谭振山故事全集 上

国家级非物质文化遗产
名录项目

中共辽宁省省委宣传部文艺精品创作生产
专项资金扶持项目

辽宁省文联文艺创作生产专项资金
扶持项目

江帆　宋长新
主编

中国文联出版社

图书在版编目（CIP）数据

谭振山故事全集：上中下 / 江帆，宋长新主编．
北京：中国文联出版社，2024. 12. -- ISBN 978-7
-5190-5776-3

Ⅰ．I277.3

中国国家版本馆 CIP 数据核字第 2024JY7911 号

主　　编：江　帆　宋长新
责任编辑：王素珍　周小丽
文字编辑：徐国华
责任校对：秀点校对
装帧设计：张亚静

出版发行：中国文联出版社有限公司
社　　址：北京市朝阳区农展馆南里 10 号　邮编 100125
电　　话：010-85923025（发行部）　010-85923091（总编室）
经　　销：全国新华书店等
印　　刷：北京雅昌艺术印刷有限公司

开　　本：787 毫米 ×1092 毫米　1/16
印　　张：111.25
字　　数：1980 千字
版　　次：2024 年 12 月第 1 版第 1 次印刷
定　　价：580.00 元（上中下）

版权所有．侵权必究
如有印装质量问题，请与本社发行部联系调换

《谭振山故事全集》编委会

主　编：江　帆　宋长新

编　委：

隋　丽　詹　娜　刘　佳　谭丽敏

李若柏　赵　丹　王洪军　谢红萍

故事家谭振山 李楠 摄 2008 年

江帆首次登门对谭振山的故事进行采录 杨柯 摄 1987年

日本学者野村纯一教授拜访谭振山（左起：野村纯一、乌丙安、谭振山）
李楠 摄 1988年

谭振山应邀出席中国故事学会举办的学术研讨会，与中外学者合影 1988年

日本学者拜访谭振山　李楠 摄　1988 年

谭振山应邀出席在日本召开的世界民话博览会，在会上讲故事
江帆 摄　1992 年

谭振山在江帆家中接受访谈，与江帆及台湾中正大学陈益源教授合影　1998 年

谭振山应邀到辽宁大学为大学生讲故事　江帆 摄　2001 年

谭振山与台湾中正大学教授陈益源合影　2001 年

江帆将其所著《民间口承叙事论》赠予谭振山　2003 年

谭振山在讲故事　黄尔贵摄　2008 年

谭振山给中外大学生讲故事　张迎 摄　2008年

谭振山在给乡邻讲故事　李若柏 摄　2008年

中外大学师生及新民市文化人士与谭振山及其家人合影　黄尔贵 摄　2008年

谭振山参加新民市举办的"故事家走进校园"活动合影　黄尔贵 摄　2008年

谭振山与江帆　李楠 摄　2008年

江帆与故事家谭振山、杨久清　李楠 摄　2008年

《谭振山及其讲述作品》出版发布会在台湾文学馆举办（右起：陈益源、李瑞腾、宋长新、江帆） 陈益源 提供 2010年

2010年5月，《谭振山及其讲述作品》出版发布会在台湾举办，此为台湾媒体的相关报道。

江帆对谭振山进行访谈　2010 年

谭振山民间故事全集编纂培训在辽宁大学举行　2011 年

谭振山荣获"中国民间文化杰出传承人"奖杯

谭振山荣获"国家级非物质文化遗产项目代表性传承人"奖牌　黄尔贵 摄

序 言

农耕文化最后的歌者
——走进谭振山的故事世界

谭振山（1925—2011），男，汉族，辽宁省新民市罗家房乡太平庄村的农民，辽河岸畔深受民众喜爱的著名民间故事家，第一批国家级非物质文化遗产项目"谭振山民间故事"的代表性传承人。

谭振山讲故事有以下特点：

故事数量多——据采录统计，列出篇目的故事多达1062则。

讲述质量与技巧高——在他的家乡一带有口皆碑，颇受民众喜爱；中外学术界对他的故事进行调查采录后，对此均有认同。

讲故事的历史长——从10岁开始讲故事，长达70余年。

故事活动影响大——不仅在其家乡方圆百里驰名，从1989年起，多次应邀到中小学以及大学为学生们讲故事。中央电视台及多家省、市媒体对他的故事活动都做过专题报道。自20世纪80年代以来，先后有日本、美国的学者慕名前往他家采录故事，我国学术界的目光更是被其吸引，有学者对其进行了长达20余年的追踪研究。

故事成就突出——1989年，谭振山被辽宁省命名为"优秀民间故事家"。1992年，他应日本学术界邀请，赴日出席"世界民话博览会"，成为我国当时第一位走出国门到海外讲故事的故事家。1998年，"民间故事家谭振山及其讲述作品之调查与研究"专题计划在台湾通过立项，结项成果《谭振山及其讲述作品》2010年在台湾出版，引起热烈反响。2006年，在我国公布的第一批国家级非物质文化遗产名录中，"谭振山民间故事"作为唯一的个人项目被收录。2007年，谭振山被列入第一国家级非物质文化遗产项目代表性传承人名单。

讲故事是谭振山的最爱，一个普普通通的农民，因为讲故事而成为"国宝"，谭振山的故事确实讲出了名堂。

生活中的谭振山是一个质朴的农民。他的人生履历十分简单：1925年农历十一月初十出生于太平庄一户农家；少时勉强读了几年书，16岁辍学务农；20岁被征当了几个月的兵，"8·15"光复后又回乡务农；土改时任过村文书，合作化时当过队会计，后曾到公社农田办公室当过一段总务；20世纪70年代复回家务农。谭振山在生养他的辽河平原上耕作了大半辈子，直至晚年，岁月抽尽了他的满头青丝，却磨蚀不掉他那关东汉子的风采：80多岁的谭振山，腰未塌，背不弓，依然人高马大，赤红的脸膛上，岁月的雕刀刻下的道道皱纹，都袒露着敦厚和质朴。冷眼看去，他不像那种善讲会说的故事家，倒像一个十足的本分庄稼人。谭振山一生不吸烟，少饮酒，更不赌博。他唯一的嗜好就是听故事，讲故事。从记事起，他就缠磨着家族中的长辈和村里能讲故事的人，直到把他们肚子里的故事全部缠磨出来。他从10岁起开始讲故事，到30岁出头，已成为附近十里八村最能讲故事的人。在那些常听他讲故事的乡邻眼中，他是一个好庄稼把式，更是一个无所不知、无所不能讲的大能人。

20世纪80年代中期，中国展开的全境民间文学普查，使谭振山一鸣惊人，一下子成为地方上的文化名人。1987年，笔者时任《中国民间故事集成·辽宁文学卷》副主编，因编纂工作需要，前往新民县（今新民市），对该地区文化部门上报的数十位故事家进行学术鉴定。其时，新民县的数十位故事家荟萃一堂，摆开了讲故事的"擂台"。正是在这带有"打擂比武"意味的故事讲赛会上，笔者结识了谭振山，并被这位故事家的故事及其讲述风格吸引，由此开始了对这位故事家长达24年的学术追踪研究。在这24年的时间里，笔者无数次地往返于城乡之间，不仅住在老人的家中访谈采录，也曾数度将老人请到笔者家中小住，与他及其家人结下了深厚友情。正是在这种带有深度与温度的田野调查中，对故事家本人以及他讲述的故事有了更为深刻的认识。

民间故事作为一种口承文学样式，其基本特征是以人为载体进行传承和流动的，对民间故事的研究离不开对其载体的研究，尤其是对这一传统的积极携带者——故事家的研究。民间故事家由于生存环境、经历、信仰、价值取向不同，性别、年龄、文化、个人资质各异，在其故事活动中，无一例外地体现出各自的风格与特点。这一点很像解释人类学的代表学者克利福德·格尔兹所说的："人是悬挂在由他们自己编织的意义之网上的动物"，因而，对"文化的分析不是一种探索规律的实验科学，而是一种探索意义的阐释性科学"。[1] 从这一意义上看，可以说，故事家谭振山所展示给我们的"文化之网"是独特的，对这一具有代表性的民间故事家进行长时段的追踪研究，能够使我们真实地了解"一方水土一方人"的日常生活及其精神世界，把握特定区域、特定群体的"文化之网"是如何编结出来的。

一、谭振山故事的传承谱系及主要类型

谭振山的故事数量虽多，内容却并非包罗万象，故事类型也不繁杂。综观他的全部故事，主要可分为以下几种类型：与当地风物、人物有关的传说故事，鬼狐俗信和其他精怪故事，历史人物及文人故事，生活故事等。

谭振山故事的类型特点和他本人的生活经历有很大关系。谭振山祖籍在河北省乐亭县谭家庄。1799年，其祖上移民关外，定居在东北的辽河平原。谭振山没有走南闯北的生活经历，他一生中虽有几次小的迁徙，但终未离开现居的太平庄方圆几里。他的故事传承谱系清晰且集中，多是家族传承，这些故事听何人所讲所授，他大多铭记在心，笔者曾对此进行过专项调查。谭振山故事的前辈传承人主要有6位，即祖母孙氏、继祖父赵国宝、伯父谭福臣、长兄谭成山、教书先生国生武以及人称"瞎话匠"的乡邻沈斗山。在他掌握的千余则故事中，有大约三分之二是听这6人讲述的。由于主要的几位前代故事传承人均世居此地，这种封闭型的文化传承使得他的故事具有非常浓郁的辽河区域文化特色。换言之，谭振山掌握的故事类型，是几位前代传承人的故事类型的综合。这6位传承人讲述的故事，构成了谭振山故事类型的主干。此外，谭振山还从其舅父崔文，小学教师李玉树，乡邻张学富、刘万信等人那里零散听到数百则故事。

综观谭振山故事传承网络的经纬，不难看出，谭振山掌握的故事数量之所以如此丰厚，是因为他从小就生活在前代故事家群之中，有其不同于常人的得天独厚的优越条件。前面提到的这6位老一辈传承人，人人称得上故事家。他们或是谭振山的亲人，或是他的近邻，在向谭振山讲述故事时，也许并无明显的进行文化传承等功利目

---

[1] ［美］克利福德·格尔兹：《文化的解释》（序言），韩莉译，译林出版社，2017年。

的。但是，他们却实实在在地以各自的言行及民间故事向谭振山宣讲了人生大课，积极影响和塑造了谭振山的人品及文化性格。换言之，谭振山是直接吮吸乡土民间故事的乳汁茁壮成长起来的。更为重要的是，谭振山具有爱听、爱讲故事的天赋和素质，在接收故事上表现敏感，在储存故事上记忆力惊人，同时，具有表述故事的才能和智慧。正是这些内外因素，使他超越了同一时空环境中的一般听众，最终成长为一名优秀的民间故事大家。

二、谭振山作为故事传承人的文化自觉意识

作为民间故事的传承人，谭振山的讲述活动不是盲目的，而是带有很大的自觉性。在长达70余年的故事讲述实践中，他总是有选择地讲述，从不随意乱讲，始终恪守着中国传统文化所倡行的道德规范与行为准则，而这种道德规范和行为准则，又无不生动地体现着我国传统农耕文化的特征。

谭振山曾对笔者坦言，他给人讲故事是有规矩的，概括起来即是"三不讲"：女人在场不讲"荤故事"，若情节中有"荤"，点到为止，他会讲许多"荤故事"，然而听过的人极少；小孩在场不讲鬼故事，若情节中有鬼出现时，便故意丢点落点，或者在故事后面缝合几句，讲明故事中的鬼是人装的，唯恐吓坏孩子；人多的场合，不讲思想意识不好的故事，这种场合，他往往会亮出"看家段儿"，专讲那些教人行好为善、具有道德训诫作用的故事。对故事的结局，他会因人因地而变异，故事的结局必定符合他崇尚的道德准则。谭振山为人最重德行，这使得他对表现道德题材的故事更为偏爱。谭振山说："小时候看人点戏（鼓书或二人转），点戏人一张嘴，你就知道对方是什么人品，他得意什么，必是那路人。"谭振山喜欢讲述的"看家段儿"故事，其主人公几乎全是正直、善良、道德高尚的人。生活中的谭振山同这些故事中的主人公，在为人处事和性格情感上有极大的相似点。这种故事家本人和他讲述的故事主人公在人格和性格上的互渗与叠印，绝非偶然的巧合。应该说，这是谭振山在几十年传讲故事的过程中，自觉地吸取了故事中倡行的道德观念，不断实行家教规范和自我修身的结果。他所喜爱的故事中提倡的基本人格与价值取向，已经熔铸为一种定型的精神品格和行为模式，贯穿在他的整个生活过程中。这种互渗和叠印，在谭振山的身上十分突出，显示出民间故事的传承人与其讲述的故事文本所蕴含的文化精神，是可以互相占有的。

三、谭振山的故事风格及其对文本的能动性建构

文化的一个重要特点,就是人们是以生命的体验作为文化创造的内在驱动力的。不同时代、不同地域、不同民族、不同阶层的民众正是由于各自的生命体验内容和表达形式不同,才构建出了不同质的文化,形成了种种文化间的差异或趋同现象。以民间讲述者来看,由于他们各自的生命体验内容和表达形式不同,因而他们每个人既是传统的承载者,同时又是文化的创造者。

谭振山具有高超的讲述技巧,他讲故事不突出形体渲染,注重语气和表情,以情节曲折生动见长,风格质朴而具有感染力,语言生动鲜活,幽默风趣。他善于调动听众,营造讲述氛围,表现出一个优秀故事家的良好素质。同时,他的一些代表性作品,多在其家族传承了数代,情节别致生动,具有很高的艺术审美价值。与所有优秀的故事家一样,谭振山在讲故事时,总是根据讲述情境而自觉或不自觉地对故事文本进行某种重构或处理。诸如:根据个人的好恶强调或淡化故事的某一主题;对某些细节进行取舍与调整;将陌生的故事空间处理为他本人和听众熟悉并认同的空间;将故事中的人物转换为听众熟悉的当地人;等等。正是由于这种即时性的创作与创新,以及民间故事本身的流动性特点,我们可以看到,在某些涉及历史的传说故事中,文本的表述并不似历史那样严谨准确,有的甚至与历史偏离或抵牾。传说故事具有历史性,但并非历史,而是民间对历史的记忆,这种记忆具有某种主观性和灵动性。此外,谭振山讲述的故事文本中,也存留有远古以来朴素的多神信仰、鬼神宿命论等成分,这些叙事与表述在今天的人们看来,不科学甚或带有几分"迷信",但这种"野生"且"粗粝"的集体文艺创作,富于民间意蕴和生活气息,能给听众们精神的满足与慰藉,本书编纂时没有用唯理主义去简单评判或改编,而是采取了包容和吸纳,同时,诸如"瞎子""南蛮子""傻子"等民间常用语,也予以保留。当然,他对故事文本的这种重构是一般听众及来去匆匆的调查者无法察觉的,只有对其讲述活动进行长期跟踪,尤其将他对同一个故事文本因讲述情境不同而做的不同处理进行比较后才能发现。作为一个富有创造性的故事家,谭振山在讲故事时,喜欢根据自己的生活经历和社会、人生经验对故事进行某种能动性建构或处理。他的讲述活动鲜明地体现出文化持有者的某种选择:青年和中年时代,他喜欢讲述《当"良心"》《洞房认义女,黑狗护婴儿》等故事,这类故事表现的多是道德层面的问题;进入晚年,他则喜欢讲述《吃面条》《老秋莲》等故事,这类故事反映的是老年人与子女的关系,表现的是

养老问题。可见，在讲述者讲述的故事中，不同时期关注的人生问题也不同。为此，本书有意收录了谭振山讲述的《石佛寺娄老娘婆给狐仙接产》这则狐故事的多个版本，这是谭振山在其不同年龄阶段、不同讲述语境，为不同听众讲述的同一则故事，他在讲述中对这个故事的文本进行的种种能动性建构，貌似无心无意，而恰是这种下意识的关注与行为，才是讲述者在不同人生阶段内心深处所关心问题的真实袒露。

在对谭振山24年的追踪研究中，笔者发现，对谭振山的追踪研究时间越长，其讲述活动的文化特征也就越明晰。可以说，谭振山讲述的故事都带有其个人文化观念的投射，经过其心灵滤透，是具有某种文化印记的精神产品。

从宏观上看，谭振山的文化观念与知识构架导致其对故事文本的重构主要表现在以下方面。

乡土家园观念的艺术升华。 出身于农耕世家的谭振山，在其承继的文化观念中，早已深植下浓重的"恋乡情结"。他的前辈故事传承人不但向其传讲了大量生动的故事，他们的乡土观念与家园意识也对谭振山有着至深影响。通过故事的承传，这种内化了的观念便成为他重构故事文本的原则之一。谭振山讲述的许多故事都与他家乡一带的山水风物紧密关联，这些故事原有的模糊的空间设置都被他转换成了实在的现实空间，被赋予了丰富的艺术想象，进行了艺术升华。如在谭振山的故事中，现居地太平庄东边拉塔湖畔的大塔，本是神人相助一夜之间修建起来的（《拉塔湖的来历》）；庄东南的水泡子也不是平白叫个二龙湾，湾里原是住着精灵的，善良的人曾经得到过精灵相赠的宝物（《二龙湾传说》《老鼋报恩》）；庄东3里外的石佛寺山非同寻常，传说早年间，山上不光藏有宝贝，还有狐仙显圣，附近村屯就有人家得到过狐仙的庇佑与施惠（《石佛寺的来历》《七星山黄金游沈阳》《瘸三太爷的来历》《石佛寺娄老娘婆给狐仙接产》）；太平庄南10里的兴隆店，别看地方不大，早年间，乾隆皇帝曾御驾亲临，连当地水泡子里的泥鳅都受过皇封（《兴隆店对对儿输马褂》《柳河泥鳅精受皇封》）；等等。可以说，对家园的痴迷与眷恋，是谭振山重构故事文本的文化心理基础。这种艺术提升的背后，隐含着农耕文化长期浸润下的辽河区域民众对土地与家园的复杂情感，以及他们与之深刻的精神联系。

乡土家园观念的艺术升华还体现在谭振山故事有着鲜明的"地方感"与"小生境"特色。谭振山讲故事有自己的策略，一些明显是各地相传的故事，经由他讲出来，统统打上了本土标签。不知是有意设置还是原本如此，他的故事大多发生在他生活的那一带村屯，他的故事常常这样开场——"这件事就发生在俺们这片儿"，脱口而出的即是他的家乡以及相邻的村屯，故事颇具画面感，犹如一点点拉近的镜头，辽河流域的历史生境，民众生存之日常仿佛近在眼前。如果说讲述者的知识构架是通过故事讲述展开和伸张的，那么，谭振山的故事多不属于可冠称"普通价值"的故事，而是体现其个人知识构架及区域"地方性知识"的综合体。从这一意义上看，他的故事也可视为"地方性知识"的范本。

人与生态的相生相谐。主张"天人合一"，强调人与自然的相生相谐，是谭振山对故事文本重构的又一原则。谭振山在讲述故事时，注重以生动的情节与场景向人们传递农耕民众素有的那种朴素的生态观念和环境意识。在他的故事中，这一观念的教化往往演示为如下的情节：故事中的主人公对自己的同类、异类以及生态环境中的其他构成要素表现出种种怜惜、关爱和救助，因此，他获得了意想不到的回报。在我国传统的民间故事中，这类故事数量颇多，形式多为童话故事。故事中，主人公行动的空间多为模糊的、不确切的，如某个村庄、某座山下、某条河边，等等。童话故事在空间上的模糊性，使得情节的教化意义具有一定的泛同性，达到的多为一些泛泛的教育效果。然而，与这类童话叙事的空间处理有所不同，谭振山讲述这类故事主人公的行动空间多是具体的、固定的，一般都定位在他的家乡附近，因而他讲述的这类童话也便带有了几分传说的味道。以《老鼋报恩》为例，这是一则精怪故事，表现的是爱护动物者得到好报，残害生灵者遭到惩罚这一题旨。谭振山将故事情节设置在他的家乡一带，故事从"杀生"与"放生"开始，引发出一系列离奇的情节，最终，两个人物得到了不同的结局。这则故事系谭振山的家传故事，谭振山以及他的前辈传承人显然对这一文本进行了某种重构，刻意将故事情节及人物的命运与家乡辽河的生态环境保护直接联系起来，使故事的教化功能有了具体的指向。

区域民风的勾描品评。从发生学的角度来看，民间故事本是人们的行为和思维在其所直观感知的生活世界的一种构形，人的行为和所处的时空背景相互作用，相互阐释，从而才产生故事的意义。因此，故事文本中展演的一定区域内的民众生活图景便体现为一种文化的行为体系，故事空间也可以视为区域性"小传统"社会的缩影。

谭振山讲述的故事带有浓郁的中国北方区域文化特色。在他的故事中，我们可以洞悉移居关外的中原农耕民众是如何在东北的黑土地上春种、夏锄、秋收、冬藏的，情节几乎覆盖了农耕生产的各个域面；可以了解到一代代的农耕民众是如何克勤克俭地操家度日的，故事画面几乎囊括了日常生活的全部场景；可以捕捉到弥漫于农耕社会的种种民间信仰及精神制约，领略到区域民众在这些信仰和制约面前，表现出的或庄严、或轻慢、或敬畏、或戏谑的复杂心态。由于这些故事寄托着农耕民众的精神期待，表达了他们理想的人生模式，涵盖了一方乡土的意识形态特点，因而也构成了区域民众用以解释社会与人生的解释学体系。

在谭振山讲述的故事中，人物和情节很少与他所属的文化相隔，或者说都带有农耕文化的属性。对于他不熟悉的，诸如表现沿海地区的渔业文化、草原地区的游牧文化、山区林地的狩猎文化的故事，在他的故事中绝少提到。以其故事中的人物来看，尽管主人公的职业不同，身份各异，但基本上都带有他所处的那个生存时空的印记，都是东北农耕民众非常熟悉的人物，最多的是和他一样的庄稼人，甚至就是他的村邻乡亲。在故事中，这些人物都以各自的人生角色构成一定的关系，在一个讲者和听众都熟悉并认同的空间，展演着北部中国乡间错综复杂的家族关系、宗族关系、圈层关系以及社会关系。其中有些故事不但深受听众喜爱，而且具有深刻的教育意义和很高的审美价值，如《当"良心"》《洞房认义女，黑狗护婴儿》《老鼋报恩》《断手姑娘》等。这些故事不但洋溢着浓郁的地方风情，表达了乡间民众的喜怒哀乐，抒发了他们对人生的种种憧憬，同时，也为我们勾描出一方水土上的民生百态，揭示了人性的善恶美丑，表达了故事者对此的率直品评。

值得提及的是，谭振山还掌握一些只限于在乡间深宅内院成年人中隐秘传承的故事。此前笔者曾有专文论及谭振山故事的传承谱系，提及这类故事多系其伯父谭福臣讲述。谭福臣是风水先生，这一特殊职业使他能以特殊的身份进入乡村家户的深宅内院，听到一些不能在大庭广众面前讲述的隐秘故事。虽然谭振山平时很少讲这类故事，但恰是这些故事，使我们得以窥见在乡间的日常生活中，确也存在着对传统文化通则的违例以及故事者对此的态度与品评。

"闯关东"的历史记忆与体悟。文化的形成和传播与族群在特定生态下的生存策略具有直接的关系。谭振山居住的太平庄位于一个相对封闭的移民聚居区。他从小就从家族长辈以及乡邻那里听到许多闯关东的故事。作为关内移民的后裔，谭振山对这类故事怀有一种特殊的情感，他尤其喜欢那些反映闯关东的人如何历尽艰险终于过上了幸福生活的故事。对这类故事，他用情最深，讲起来格外细腻生动，有些故事成为他多年来经常讲述的"看家段儿"，如《康大饼子接喜神》《老关头得宝》《新媳妇当家度荒年》等。谭振山讲述的闯关东故事，一般多将时间设置在关内移民乍临关外，面对严峻的生存挑战这一具有重要意义的人生时段上。多数故事讲述的是这些移民对关东地区独特的地理与生态环境的适应过程，往往是主人公到了关外生活没有着落，沦落到山穷水尽的地步，奇迹突然出现了，主人公不但获救，而且从此改变命运，过上了衣食无忧的生活。还有一些故事讲述的是关内移民出关后面临的文化适应，有的直接表现了中原文化与关东本土文化相遇后的冲突，如《关内人到关外出笑话》；有的间接地反映了由于关外地处边陲，"山高皇帝远"，封建帝国权力和官方行政管理的"王道"很难深入，因而民风蛮朴，礼教松弛，致使关内移民引携的中原儒家文化在此地常常因不合时宜而陷入尴尬或遭遇误解，如《五鬼怕阎王》《巧女戏大师》等。谭振山讲述的闯关东故事，折射出中原地区的农业文化传统怎样借助移民的播衍，在关外的黑土地上延伸、融合与发展。同时，也使我们注意到，由于关外独特的地理与自然生态环境，迫使一部分关内移民不得不改变原有的农耕生产方式而另谋生计，他们或挖参，或渔猎，或经商，使农耕文化所形成的人与土地的"捆绑"关系，在关外呈现出相对的松弛。正是中原汉民族农业文化与关东本土文化之间的融合与互动，使关东地区的民间文化在构成上呈现出多元的取向。

如果将谭振山的故事视为民间文学的"文本"，那么，孕育滋养这些故事的辽河流域的历史与日常生活便是"本文"，两者的互文关系恰如英国社会学家迈克·费瑟斯通所指出的："所有的概念、定义和故事都要依靠日常生活这个生活世界来提供最终的基础。"[1]

四、谭振山故事的文化张力与意义：从"地方"通达"现代中国"

牙买加学者比瓦基2017年发表了《本土故事的重要性》一文，认为"运用不同的语言，人类创造了自己的故事，他们重视自己的本土故事胜于来自其他地区的故事。所有的文明都非常重视包含了自身本土文化、知识体系和存在方式的故事"[2]。比瓦基在这里明确提出"本土故事"即"自己的故事"，他将"本土故事"概念界定为"包含了自身本土文化、知识体系和存在方式的故事"。同时，他还指出了一个有意思

---

[1] [英]迈克·费瑟斯通：《消解文化：全球化、后现代主义与认同》，杨渝东译，北京大学出版社，2009年，第76—77页。
[2] [牙买加]约翰·艾雅图德·伊索拉·比瓦基：《本土故事的重要性》，《信使》，2017年第2期。

的文化现象：人们重视自己的本土故事胜于来自其他地区的故事。本土故事是依附特定区域的自然生境与社会生境产生并承传的，"本土"指向地理意义范畴，"故事"指向"在俗之中"的区域文化，两者结合形构了"地理就是历史，存在决定意识"。毋庸置疑，日常生活的实施与故事的生成都从属于特定的"地方"范畴，故事只有与"地方"发生关联并形成互文，方成其为本土故事。

谭振山的故事便是地地道道的本土故事。他的故事镜像主要映现三个维度：地方——一方水土一方人的生活图景；地方性知识——基于一方水土形成的认知与知识谱系；地方性思维——一方人持有的文化心理与观念。对于辽河区域民众来说，谭振山的故事本就是"本土叙事"，在很多情况下，这些叙事并不被当地民众视为是从生活中抽离的某种"艺术"，而就是他们实实在在的生活，是他们日常生活的参照框架，是安身立命的生存背景，也是形成族群认同的依据。

笔者曾对谭振山家乡一带听过他讲故事的乡邻进行过多次随机访谈，这些朴实的庄户人对谭振山的故事普遍持有较高的地域认同性，认为"找老谭头讲故事，你就找对人了，那老头儿有文化，上知天文下知地理""老谭头记性眼儿好，人家肚囊宽，知道的也多""老谭头讲的都是咱这边的事儿，你看这些事儿咱们是不知道，那老头儿都知道，讲的也能对上卯儿"。可见，由于故事的空间景观为当地民众所熟稔，故事的内在情感也与当地民众亲和无"隔"，人们自然而然就将这些故事视为"自己的故事"。谭振山的优势也在于此，他有充足的地方性知识储备，对故事有独到把握与处理，犹如技艺高超的工匠，他对故事情节的打磨，讲述风格的拿捏，细节的调动与渲染等都堪称一绝。谭振山这种以族群内部向外观望的讲述视角，可谓一石二鸟地将"本土故事"与场景模糊不定的"别人的故事"划开了界限，由此大大增强了故事之于族群的情感凝聚和身份认同功能。

谭振山故事中的"地方"镜像与知识细节具有因袭本土的不可复制性，因为包括谭振山在内的辽河区域民众对世界的认知是从具体的"地方"与"生态"开始的。谭振山故事中的"地方"镜像，使辽河区域文化传统及民众的心事俗常变得真实可感，这些故事以其保留的原生地场景，展示了或是刚刚过去的时代，或是正在日益变化的生活，或是当下时代的种种日常性，为我们提供了"别一种"感知地方，建构知识、思想与智慧的可能。谭振山故事中的日常故事与生活细节不仅是阐释故事的根源与依据，更是未来阐释学的重要根源与依据。事实上，真正有深度的本土故事，都是通往特定区域历史及族群心灵深处的路标，能够引导人们认知一方水土，进而认知"一方人"及其文化，与"通识"意义上的现代故事比较，谭振山故事的价值与魅力正在于能够导引我们进入具体的"生活世界"。经过岁月打磨，这些传承至今的辽河乡土故事已由生活中的感性故事转而呈现为艺术之美，散发着恒久的光晕，这些乡土故事承载着辽河区域的历史，浸润着民众的悲欢，不仅是美的，也是有生命的。

加拿大地理学家爱德华·雷尔夫认为，"地方"的本质在于其本真性，"具有本真性的地方，是同人自身有着真真切切和紧密联系的地方"。雷尔夫进一步指出，地方充满了意义，而地方的意义"构建起了个人与文化的认同，也是人类安全感的来源，是我们由此出发的坐标，能让我们在世界当中找到自身的定位。相反，无地方则是地方意义的消亡"。[1] 当下，现代性所具有的"无地方"已经把根植在"地方"之中的历史与意义连根拔起，伴随标准化逐渐侵入日常生活，"地方"正在变成一个个的"无地方"，同质化不断地削弱着差异性，此已成为当代社会的显著特征。与此同时，地方性知识在当下也已被当作一种"过去的知识"、一种历史，被今人或无限夸张，或无限矮化，或有意无意淡化与改造，或弃之如敝履，一种曾经非常真实的生活正在逐渐被当代社会虚化、抽象、不屑、遗忘。然而，值得庆幸的是，谭振山的故事在某种程度上为我们记录和备份了一种"曾经非常真实的生活"，为当代和后世保存了富有特色的辽河区域文化基因与地方图像。基于社会快速变迁的时代语境，可以说，这些乡土故事是在一定意义上守护着这个世界的复杂性和丰富性。从"地方"镜像到"故事里的中国"，谭振山故事的现代张力及其意义已不言而喻，其不仅对过往的社会生活史、人类的心灵成长史予以了地方版本的记录、显影、重现与备份，更以其特有的功能在过去、现在与未来之间建立起了文化的链接。

中国故事是由地方故事构成的，说到底，乡土故事的"地方"属性才是其张力与意义酵生的基质。如果说中国是一个巨大的拼图，那么，每一个"地方"无疑是这个宏大拼图上不可或缺的一角，而"故事里的中国"便涵括了一个个微缩版的中国"地方"镜像。从这一意义上看，谭振山的故事已再次将"地方"照亮，感谢谭振山这位优秀的民间故事家为我们留下了这些精彩的故事！依托这些乡土故事，重新审视乡土故事，深入解读乡土故事，有助于代代民众理性认知"故事里的中国"，继而循着民

---

[1] 参见[加]爱德华·雷尔夫：《地方与无地方》，刘苏、相欣奕译，商务印书馆，2021年，第70、131页。

间的声音,从乡土故事走进中国历史,走进日常生活,走进现代中国。《谭振山故事全集》的编纂出版,其意义与价值也正在于此。

江帆

2024年10月于沈阳

目 录

壹　风物传说

002　望马台为啥又叫望宝台
007　柳河水不淹老爷庙
009　柳河泥鳅精受皇封
011　拉塔湖的来历
014　石佛寺的来历
016　石佛寺山之佛
017　龙吸水
018　二龙湾传说
019　二道湾水怪
021　二龙湾旱马桩子
022　大旱求雨二道湾鲇鱼泡
023　独角龙破冰
024　马神庙蟒神显圣
025　马神庙重修
026　鲇鱼泡受皇封
027　鲇鱼泡王八大阅兵
028　马虎山的传说
030　碾盘箍的传说
031　新安堡的由来
033　三面船土地显圣
034　沈阳的来历
037　太清宫的来历
040　浑河的传说
041　九门蝎子精
042　仁义胡同的传说
044　棋盘山的传说
046　刺儿山庙的传说
048　本溪水洞的传说
049　千山夹扁石（一）
050　千山夹扁石（二）
052　太子河的传说
054　铁刹山朝阳洞探险
054　望儿山的传说
055　小津舍身造桥
059　锅大家伙
060　泰山石敢当
061　五大连池大战
062　玄阳寺

065	苦瓜山传说	093	给喜钱的来历
066	瓢山的由来	094	结婚吃糖饼的传说
068	土龙传说	095	新姑老爷吃夜饭的传说
069	七十二塔	096	旗袍的来历
072	落帆亭	097	龙袍的来历
		098	门神的来历（一）
		101	门神的来历（二）
		102	算命先生的由来

贰　风俗传说

076	贴福字的传说（一）	104	张仙的来历
076	贴福字的传说（二）	107	上梁的传说
077	为什么倒贴福字	108	接梁尾的传说
078	供老祖宗的来历	109	檐下不吃饭
080	供狐仙的来历	111	刷锅不敲锅沿
082	五月初五为啥看不见青蛙	112	拍花的传说
083	五月节戴红肚兜的来历	113	八仙桌
083	桃山酒仙的传说	114	锄头的来历
084	南方黄酒的喝法	115	秃尾巴老李
085	冰糖葫芦的来历	118	土剪刀的由来
086	盐的传说	119	还我书来
088	戴耳环传说	119	掉金豆的传说
089	戒指的来历	120	四步大坎的传说
090	婚恋戴戒指的传说	121	烧纸的来历
091	花烛夜吃糖茶	123	鼓乐进坟吹喇叭

124	哭十八包的来历	172	小孩骂人丧生
126	三天不上炕的由来	172	韩信"乱"点兵
127	守夜	174	韩信活埋母
128	守夜传说	176	韩信脱险
129	瞎子坐夜	176	汉王和萧何赛马
133	土王用事传说	178	韩信走马分油
		179	冯谖客孟尝君

叁 人物传说

		183	甘罗对诗
		185	孔子借粮
136	虎守杏林	188	颜回打水
137	华母千里寻神医	189	公冶长学鸟语
140	华佗治心病	191	孔尚任骂县官
143	龙盘橘井	193	大石桥鲁班显圣
144	狗腿子的来历	195	赵州桥鲁班修
146	赵高求寿	196	鲁班显圣换大梁
148	伍子胥被杀	199	鲁班显圣加三檐
154	姜太公钓鱼	200	天下没第一
162	姜太公封神忘了自己	201	木石瓦匠三条线的来历
163	姜子牙的来历	203	金龙托刘备
164	孙膑得天书	203	三个臭皮匠，顶个诸葛亮
167	父投子胎叫小爹	204	死诸葛害活司马
168	秋生作律	206	诸葛瑾之驴
171	霸王出生	206	关公智战周仓——抛草

207	关公智战周仓——用后眼	248	包公借猫
208	关公智战周仓——布雨	251	苏小妹嘲弄佛印和尚
209	关公显圣	252	苏小妹结婚对诗
210	关公抛刀杀逆子	253	苏小妹母女对话
211	罚叫外号的人	254	苏小妹替夫答对
213	大石面的故事	255	苏小妹与秦少游对诗
215	唐王追混龙	256	苏小妹与兄对诗
216	李白名字的由来	257	岳飞杀鞑子
217	李杜会诗王	258	济小塘成仙
219	找金簪	264	观牌三千两
221	施不全讨封	266	插花老祖
222	孙思邈背运	268	朱大嫂的故事
225	孙思邈走运	270	朱洪武放牛
230	在树难逃	273	闯王过年
233	一文钱憋倒英雄汉	273	郑板桥盛京画蜈蚣
235	黎明一阵黑	277	郑板桥识才
235	白啰筒子的狗	277	唐伯虎戏秀才
236	赵匡胤骑水龙	280	瞪眼佛的来历
238	赵匡胤与红煞神	281	老君显圣治梦魇症
243	包公断吃果子案	282	老太监做谜破案
244	包公断偷孩子案	283	金圣叹临死留诗
246	包公断偷茄子案	284	金圣叹妈死不进坟
247	包公儿子尿憋种	285	李清照望梅思春

287	李小柱得道	335	刘公琬扇上题诗
288	李小柱一只鸡换个媳妇	337	黄河水翻开冰凉
292	李振修对诗	338	抵龙换凤
295	谢石相字	339	寡人在此
299	辽太子读书楼	340	乾隆封秃老婆店
303	刘和袁成成仙记	342	乾隆皇帝下考场
305	落榜秀才送考官	345	乾隆与刘墉对诗（一）
306	彭祖的故事	346	乾隆与刘墉对诗（二）
307	吕洞宾送鹤	347	吉利话
309	苟咬吕洞宾	347	刘墉得奖银五百两
313	瘸拐李成仙记	348	乾隆难刘墉
315	瘸拐李的故事	349	圆梦
316	严嵩当宰相	350	刘墉和珅种萝卜
320	于慎行为夫人圆诗	351	刘墉双梁救山东
321	蒲松龄改对联	352	刘墉戏乾隆
323	罕王出世	353	龙虎把门遇红煞
325	黑狗和乌鸦救驾	354	刘备转乾隆
327	罕王葬父	355	乾隆审对联
328	老罕王葬东陵	357	乾隆试赵昂一字不中
329	庄妃夜送人参汤	363	乾隆下江南半途留诗
330	康熙兴隆店认干儿子	363	乾隆与瓜农交友
333	康熙幼年教育大臣	367	乾隆住店
334	康熙与和尚对诗	368	龙凤出一家

368	纪晓岚写寿联	403	魏白扔进考场
369	先斩后奏	403	魏白扔修山
371	兴隆店对对儿输马褂	404	文中堂的故事
373	兴隆店乾隆夜访余善人	406	李连波上书
377	何中立	409	李连波退墙
378	乔太守乱点鸳鸯谱	412	喜晓峰和《忆真妃》
380	瘸三太爷的来历	414	萧女
381	猎人折弓杀狗	421	缪东麟赶考
382	刘八爷得奇书	423	难太守
383	扫帚星保驾	424	跑兔地变卧兔地
384	神童李开先	425	王半拉子看坟茔地
386	雪袁先生和李开先对话	428	张八爷得仙鹤
387	听月楼	429	张大帅玩牌九
390	王尔烈吃火锅	430	张大帅写对联
391	王尔烈飞笔题名山海关	434	张作霖用鸡罩罩红裙女
391	王尔烈科考	435	张作霖舍金救老人
392	王尔烈住店	436	张作霖修庙
393	王尔烈住店对诗	436	刘德随营说大鼓
394	左宝贵进同善堂	437	冯玉祥拜缎子鞋
395	左宝贵怒斩放粥官	438	娄金狗的传说
398	左宝贵雪地奇遇	440	杨宇霆木头脑袋传说
399	聪明的王绳志	440	一句话惹起战争
401	王绳志上堂救父	441	一块银圆的秘密

442	张学良查岗	499	郑奇斗宋庄头
444	张学良过生日	501	包秀峰计杀吕子川
445	张学良买帽子	503	左伯桃与羊角哀
446	于凤至名字的来历	506	鞭打芦花
448	郭松龄查岗	508	萧烈与宋开国对诗
449	郭军反奉		
451	兵营啃桌子		
452	豆腐磨老于头救大帅	**肆**	**动植物传说**
454	帅府的豆腐磨		
456	帅府的大夫胜御医	512	白狗偷食
458	掏大粪的当团长	514	狗和猫结仇
461	花把式当厂长	515	狗叩天求粮
462	四太太一笑当尼姑	516	虎头的王字
464	刘百山三刺张大帅	517	猴屁股为啥没有毛（一）
470	孙烈臣拔豆茬	519	猴屁股为啥没有毛（二）
474	沈文忠为父鸣冤	520	不禽不兽
482	吴大舌头捎媳妇儿	521	黑瞎子争王
484	吴大舌头是黑熊	522	拿猴训猴
486	吴俊陞认干老	523	鸡的来历（一）
488	赵尔巽的保镖	524	鸡的来历（二）
490	王殿荣传奇	525	公鸡讨封
494	马龙梅恩赐少年犯	527	猫和鼠为啥做仇
497	锦州银行被抢	528	聪明的耗子
		529	会说话的乌龟（一）

530	会说话的乌龟（二）	539	荞麦传说
531	癞蛤蟆战毒蛇	541	雹打出荞麦
532	麻雀为啥不会迈步	542	蒲英姑娘
534	喜蜘蛛	543	石佛寺老王太太得化石丹
534	蚊子的故事	544	还阳草传说
537	桑树的传说	547	西红柿的来历
538	相思树和连理枝	548	海带的传说

壹

风物传说

望马台为啥又叫望宝台

在沈阳到承德的公路南面,有个老牛圈村。老牛圈西边有片土岗叫望宝台。相传清朝时,老罕王努尔哈赤为了征战天下,曾在这儿建了一个军马场,放养了几千匹战马。那些放马的兵士每天就站在这片土岗上看管马群,时间长了,附近的人们都管这片土岗叫望马台。那么,望马台咋又成望宝台了呢?这里有一段悲惨的故事。

在早[1],望马台南面有一个小村子,村里只有六七户人家。

有一家姓王的,当家人叫王老大。王老大年轻时死了媳妇,身边只有一个女儿,名叫宝儿。宝儿这年十四五岁了,长得细眉大眼、白白净净的。王老大扑下身子起早贪黑摆弄庄稼,宝儿一双小手不识闲儿地剜菜、煮饭、喂猪、打狗,爷俩儿的日子虽说过得不富裕,可也够年吃年穿了。

这一年秋天,有热心人撺掇王老大说:"宝儿眼看一年年大了,再过几年嫁人了,剩下你一个人多孤单!还是赶早再说个老伴儿吧。"

王老大先是不愿意,架不住人三说两说,就活心了。

打铁趁热乎,没几天,后老伴儿就娶进门了。后续的老伴儿姓张,叫张氏。张氏刚过门,对宝儿还不错,可那是做给街坊邻居看的。时间一长,可就露馅儿了,不是嫌宝儿吃得多,就是嫌宝儿干活少,整天骂骂咧咧,吹胡子瞪眼,不给宝儿好脸看。王老大开初还护着宝儿,到后来叫张氏的枕头风吹晕了头,也责怪起宝儿来,怪她不懂事,总惹后娘生气,让爹爹不省心。

爹说宝儿,宝儿不言不语的,背地里没少到亲娘坟上掉眼泪。

就这样,张氏还是看宝儿碍眼,又捅咕王老大赶紧给宝儿找婆家。王老大犯愁了,闺女再不好,也是亲生的呀,哪有不到岁数就打发出门的呢?任张氏怎么催逼,

---

[1] 在早:以前,形容时间久远。

他也没吐口。张氏见这招不成,又生一计。

这一天,王老大下地回来,就见张氏爹一声妈一声地躺在炕上打滚儿。一问,张氏说心口疼得抗不住了。王老大赶忙请医抓药,煎汤熬水地灌下去了。不承想,张氏反倒说疼得更邪乎[1]了。求医不成,王老大又去请神还愿,病情还是不见好。

张氏这一躺,就是四五天,可把王老大折腾苦了。张氏看折腾得差不多了,这天就把王老大叫到身边,说:"昨天晚上,南海观音大士给我托梦来了,她说能治好我这病的,只有一味药,就是宝儿的心!老头子,咱俩夫妻一场,我的性命是全攥在你的手心里了。你要是舍不得宝儿,咱俩的夫妻缘分可就到头了。"

王老大傻眼了,他是既舍不得老伴儿,又舍不得女儿,急得在屋地上直转磨磨。张氏在一旁不住嘴地拿话激他,王老大被逼急了,一想,满堂儿女不如半路夫妻,孩子又能在自己跟前转登几天,还是保老伴儿的命要紧。他就一咬牙,应下了张氏。

第二天,王老大叫宝儿一块到村外剜菜,宝儿正想单独和爹说说话呢,想也没想,挎着猪腰子筐,带上家里的大黄狗,就和王老大出村了。平日里宝儿剜菜总是奔村西的野地,王老大出村却奔向了村东头的鲇鱼泡。宝儿心里纳闷儿,爹不是说剜菜吗,咋奔水泡子[2]去了?她问几声,王老大也不吭气。直到来到水泡子边的苇子深处,王老大才停住脚。宝儿四下看看,不知爹为啥把她领到这儿来。没等她开口,王老大先落泪了,说:"宝儿呀,神仙给你娘托梦了,她的病只有吃了你的心才能好,爹这么大岁数说个人也不易,你就成全成全你爹,救你娘一命吧!"

宝儿听了,真像晴空里响了个炸雷,把她吓呆了,她怎么也想不到爹爹竟变得这么狠心。她"扑通"就给王老大跪下了,哭着说:"爹呀,你忍心杀我吗?不能再想想别的法子了?"

王老大摇着头说:"你娘的病全在你的身上,你不死,她能好吗?"

宝儿说:"若是这样,我就离开家不回来了,躲得远远的,行不行?"

王老大打着唉声说:"不行呀!你娘非要你的心不可,她要见血呀!"

宝儿见爹铁了心要杀自己,一颗心早凉透了,心想:"有后妈便有后爹,这话真是一点不假!"自个儿的亲爹都这样,还活个啥意思?她"腾"地站起来,说:"爹,

---

[1] 邪乎:厉害,严重。
[2] 水泡子:池塘。

你若能下得去手，就来取我的心吧！"

王老大颤颤巍巍地从怀里掏出早就备下的杀猪刀，冲着宝儿的心窝，就要下手。就在这时，那只大黄狗"嗖"地扑上来，把刀扑落了。

宝儿和王老大都吓了一跳，再看大黄狗，四脚朝天地躺在地上，拼命用爪子抓着自己的胸脯，冲着王老大"汪汪"地叫着。王老大不知道大黄狗要干什么，宝儿却看明白了。自从后娘进门以后，这大黄狗就成了宝儿的伴儿，宝儿每天喂它，碰上心里憋屈时，也和大黄狗叨咕[1]叨咕。大黄狗通人性，和宝儿可亲了，平时宝儿上哪去，大黄狗总跟着。眼下，宝儿知道大黄狗的心，它是想救宝儿呀。宝儿再也忍不住了，扑到大黄狗的身上放声大哭起来。大黄狗用嘴拽拽王老大的衣襟，又用爪子抓抓自己的胸脯子，王老大醒腔了，说："大黄狗，你想替宝儿去死？"大黄狗点点头。

王老大心想，也好，人心狗心看上去差不多，只要哄过去张氏就行。他狠狠心，一刀扎下去，就把大黄狗的心剜出来了。大黄狗躺在地上，像个血葫芦，宝儿吓傻了。王老大手托着血淋淋的狗心，说："宝儿，你快跑吧。上哪儿去都行，就是别让你娘再见到你。"

宝儿还是傻呵呵地站在那里。举目无亲，她往哪儿走哇？一想起亲爹后娘的狠心，真不敢再回家了。如今，唯一的伙伴大黄狗也死了，自己还活个啥劲儿呢？宝儿横了横心，一把扯下头上包着的红方巾，把脸一蒙，"扑通"，就跳进水泡子里了。

王老大眼睁睁看着宝儿投水死了，心里也难受得没法儿。他坐在泡子岸上哭了一气宝儿，蔫头耷脑地回家了。

王老大回到家里，把狗心往案板上一放。张氏见了，以为真是宝儿的心，乐得她立时病就好了一大半。宝儿死了，张氏的心里乐呀，她亲自点火把狗心炖上了，一个人吃了个汤水不剩。没承想，这天夜里，张氏的心口真的疼上了，疼得她从炕头滚到炕梢，没到天亮就咽气了。

王老大赔了闺女倒把老伴儿送进去了，才知道老天报应。他跺脚捶胸也晚了，哭得死去活来。街坊邻居帮他把张氏发送[2]了。王老大大病了一场，多亏邻居照料，他才挺过来了。一个人的日子也得过呀，王老大好赖支巴着活着，家里的灶坑门总

---

[1] 叨咕：小声说话，商议。
[2] 发送：送终，办理丧事。

算没塌。

一晃三年过去了。这一年腊月三十儿晚上，村里家家都是年味儿。王老大也想捏几个饺子打发财神。他刚和好饺子馅，就听见有人轻轻地敲门。王老大纳闷儿，大年夜的，谁来串门呢？就问了一声："谁呀？"只听门外一个女人说："爹，我是宝儿。"

王老大怀疑自己的耳朵听错了，麻溜拔下门闩。可不，门外站的真是宝儿！和三年前一模一样，就是怀里多了一个孩子。

王老大喜出望外，一把将宝儿拉进了怀里，说："孩子，你还活着？可把爹想坏喽！"说完就哭了起来。

宝儿也哭得言不得语不得的，说："爹呀，我没死，那年我跳进鲇鱼泡，被人救下了，后来我嫁了人，这孩子就是你的外孙子呀。这几年，我想爹，也不敢来看你，我怕后娘容不得。"

王老大打个唉说："快别提她了！她早死了，要不是她，爹哪能逼你走那步？宝儿，爹对不起你。"

宝儿说："不说这些了。爹，我帮你包饺子吧。"说完，宝儿把孩子放在炕上，和王老大包起饺子来。

爷俩儿边说话边包饺子。王老大发现，宝儿趁他不注意就偷着往嘴里抿生饺子馅，一盆饺子馅，没包上半帘饺子就光了。王老大心里有点儿觉警，宝儿以前也不这样啊！听人说，只有精灵才爱吃腥物。当年眼见着宝儿死了，眼下会不会是什么精灵化成宝儿的模样了呢？这么一想，王老大就用上心了，当宝儿又偷偷抓起一个生饺子往嘴里送时，王老大抽冷子就把宝儿的手攥住了，说："你说，你到底是谁？你若真是宝儿，怎么吃生食？"

宝儿见被人抓住了把柄，就给王老大跪下了，哭着说："爹，我跟你说实话吧。那一年，我跳进村东的水泡子里，就被泡子底的鲇鱼精收作了媳妇。如今，我已经是精灵之体，跟他过了三年，还养了孩子。可是我总想家。平时，鲇鱼精不许我上岸，今天夜里，我是趁它喝醉了酒才偷偷跑上岸来看你的，等接过了财神还得回去。"

王老大平时想闺女都快想疯了，如今见闺女回来了，他不管她是人还是精灵，说啥也得把闺女留下来。一听宝儿还得回到那冰冷的水泡子里，王老大急了，说："宝儿，你不能走！我不让你走！"

宝儿说："我已经是鲇鱼精的媳妇了，不回去哪行？"王老大哭起来，说："宝儿，你好狠心,你就可怜可怜爹这孤老头子,留下来吧!"

宝儿为难地说:"爹,你不知道鲇鱼精的厉害,等它醒了酒,发现我没了,那可就不得了啦!"

王老大听宝儿几次三番提起鲇鱼精,恨得直咬牙。他从柜底掏出当年那把杀猪的尖刀,红着眼说:"我杀了它!"

谁知,宝儿把王老大的话听拧了,看见爹拿出了当年那把尖刀,以为要杀自己,吓得连孩子也没顾上抱,扭头就往门外跑。等王老大明白过来,宝儿已经跑出挺远了。

王老大一急之下,也忘了撂下手中刀,随后就追了上去,边追边喊:"宝儿,你别跑!你往哪跑哇?"宝儿边跑边回头,见王老大手里提着刀撵上来了,她跑得更快了。眨眼工夫,宝儿已经跑到了村东的鲇鱼泡跟前。

十冬腊月,水泡子结了冰,整个泡子像一面锃光瓦亮的大镜子。王老大心想,这下子宝儿可没处跑了。谁知,宝儿一上冰湖,冰上"咔嚓"一声裂开了一道大缝子,里面水花直翻。只见宝儿纵身往水里一跳,那道冰缝子"咔嚓"一声合上了,激起的水花有一人多高。

王老大看直了眼,等他来到水泡子边上,溜平的冰湖上好像什么也没发生过似的,哪有宝儿的踪影儿?王老大对着泡子哭喊着宝儿,嗓子喊哑了,泡子里一点动静也没有。

王老大伤心地往家走,猛然想起宝儿的孩子还在家里炕上呢。他心里一亮,不怕了,孩子在这里呢,宝儿准得回来接孩子!他三步并作两步地跑回家,一推门,见孩子还好好地躺在炕上睡觉呢,包孩子的正是宝儿当年包头的红方巾。王老大抱起孩子,觉得不太对劲儿,打开红方巾一看,里面包的原来是一个小鲇鱼崽子。

从此,王老大好像丢了魂儿,天天坐在望马台上,对着鲇鱼泡叫着宝儿的名,让她跟爹回家,谁劝也不听,一坐就是一整天。王老大想闺女成病,没过多久就死了。

村里人谁也忘不了王老大坐在望马台上哭闺女的悲惨情景,打这以后,人们就把望马台改叫望宝台了。

附记:

望宝台、鲇鱼泡都是谭振山居住的太平庄村附近的地名。当地人习惯将地势较高的土岗称为"台",将地势低洼积水的水域称为"水泡子"。望宝台因地处高岗而得名，鲇鱼泡则因该水泡子盛产鲇鱼而得名。鲇鱼泡虽然在近现代因为开垦被填平而消失了，但古老的地名与传说却保留了下来。

（谭丽敏）

柳河水不淹老爷庙

柳河就在咱新民县（今辽宁省新民市）的西边。过去，这柳河每年都涨水，涨水时水急得邪乎，在河边你得急三忙四地快走，一步都不敢停，要慢一步，就兴[1]陷到河里头。涨水时河水泛着沙，深的地方有好几丈深，过去常有牲口在河边喝水就陷在里头出不来了。就是现在，赶上发水时，汽车也有淹里头的。

可是你说怪不怪，这柳河发水管哪都淹，就是不淹新民街里的老爷庙。按说，老爷庙那地方的地势也不高，还是块洼地。洼地为啥还淹不着呢？这里头有段故事。

过去，新民县南街最热闹的地方就是老爷庙，老爷庙是个地名，那是个集市，隔三岔五就有集。平时人来人往的，买卖挺多。你别看现在这样，在早可不行，那儿不光没有集，住的人家都不多。为啥呢？这里有个原因，就是老爷庙那儿的地势洼，年年涨水都挨淹，年年涝，涝得邪乎，谁还在那盖房子呀？更别提做买卖了。

那时候，在老爷庙那儿有一个煎饼铺子，是一户打山东来的姓王的老两口开的，靠卖点煎饼和烩豆腐啥的过日子。这小煎饼铺子，让柳河水冲倒了多少回呀！

这一年，也就在四五月的时候，煎饼铺里来了一个老头儿，他进屋看了看，说："掌柜的，吃点饭。"王掌柜的说"好"，给老头儿让了个座。坐下以后，王掌柜的一看这老头儿，长得个头还不矮，瞅着脸面黑里透红的，挺精神的。

王掌柜的说："吃饭行，我这没别的菜啊，就是烩豆腐啊。"

"行，那就来个烩豆腐吧，再给我来点酒，我吃点煎饼喝点酒。"

喝完酒，豆腐和煎饼也吃完了，酒足饭饱了，这老头儿就有点困了，坐那地方

---

[1] 兴：也许，可能。

打起盹儿来，直往后仰歪[1]，差点摔倒，被王掌柜的一把拽住了。老头儿说："哎呀，有点困了。"

王掌柜的两口子心眼儿都好，老太太说："这位客爷，你困了，是不喝多了？得了，别在这屋睡，可别摔了身子骨，到后屋睡吧。"

紧挨着铺面的门开着，有个小里屋。王掌柜的两口子就把老头儿搀到小里屋炕上，说："你就在这睡下吧。"老头儿就趴炕上了，天头有点热了，也没盖被，老两口就把门带上了。

这一睡就好几个时辰。一晃儿[2]天就黑了，老头儿也没动静。王掌柜的对老太太说："客人还是晌午吃的饭呢，现在都下晚儿黑[3]了，你进屋看看他醒没醒。"

老太太把里屋门推开，一看，吓得"妈呀"一声就把门关上了。你说她看见啥了，炕上哪有人啊，是一个大泥鳅在那趴着呢！能有拳头粗，三四尺长的一个大泥鳅。老王太太悄没声儿地喊老伴儿，说："你快看看，这不是人啊，是一个大泥鳅，在咱炕上趴着呢。"

王掌柜的一看，也吓了一跳，说："啊，别惊着它，你别动弹。"他就赶紧进屋拿床被子给大泥鳅盖上了。到晚间要睡觉的时候，王掌柜的两口子也没敢进小里屋睡，就在外屋对付着睡下了。睡到半夜，王掌柜的醒了，悄悄打开里屋门一看，那大泥鳅还睡呢，觉可真大。

第二天，天亮的时候，里屋门开了，还是昨天那个老头儿出来了。他有点不好意思，笑着说："哎呀，老大哥，老大嫂，昨天我喝多了，幸亏你们照顾我，给我把被盖上了，我太谢谢你们了。"

王掌柜的说："哎呀，出门在外的，没那些说道。"

老头儿坐下来了，说："你们这买卖一天能挣多少钱啊？"

"咳，挣不多钱，这地方没有多少人客。"

"为啥没有多少人客呢？"

"这地方涝哇，一般的买卖都不愿意在这，盖房子就涝倒，都不愿意在这干，就我们俩在这做点小买卖。"

---

[1] 仰歪：仰卧。
[2] 一晃儿：转眼间。
[3] 下晚儿黑：晚上。

老头儿说:"你呀,别发愁,这个地方将来准能繁华,在这做买卖准能兴盛。依我看,你这煎饼铺子太小了,应该扩大。这东边不是有闲地吗,你再买下一块地,把铺面扩大一点好不好?"

王掌柜的笑了,说:"你是不知道哇,东边地势更洼,不能盖房子。"

"洼点也不要紧,你先买下就是了。你就放心买地吧,把铺子再扩大一点。"

王掌柜的说:"柳河发水可邪乎了,你是没见过吧?"

"没事,它不能老发水啊。你信我话,就把那块地买下来。你看着,往后柳河再也不淹这儿了,老爷庙不能涨水了。"

老头儿走了以后,王掌柜的两口子就合计,不知道真假呀,试试吧。因为地势洼,他们没花多钱就在旁边买了一大块地做房基地,挺长的一溜儿洼地。

这年秋天,柳河又涨水了。这水才大呢,就见大水整个把东面的地都淤高了,柳河的沙子全淤过来了,把王掌柜买的那块涝洼地垫得挺老高,变成一个高地场儿了,正好能盖房子了。你说怪不怪,打这年起,老爷庙这一带就再也没有被水淹过。这事是挺出奇,看着老爷庙的地势不算高,但水就是上不去。把王掌柜的乐得呀,就在这盖起一溜房子,把买卖做大了。新民县的买卖人家看明白了,就都往这挪,抢着在老爷庙这地方盖房子,这一带很快就繁盛起来了。

说到归齐[1],是那个泥鳅精受了王掌柜的恩惠,为保佑他的买卖,就不发水淹这地场儿了。要说人在世上能做一件好事就做一件好事,不能伤天害理,更不能伤害动物,动物都是有灵性的,多咱[2]你不害他,它就不害你,世上的东西就是这样。

柳河泥鳅精受皇封

咱们新民傍拉[3]有个柳河,以前不知道这柳河是哪来的水,那是说来水就遍地都是水。柳河的水特别特殊,来了以后特别急,另外它还带沙,不像辽河带黑淤土,还

---

1 归齐:结局,结果。
2 多咱:什么时候。
3 傍拉:附近。

能长出庄稼，柳河淹过的地都不长庄稼，全是白沙，柳河就是这么一个缺德的河。

单说这泥鳅精，是个多年的泥鳅精，它自己多少年了，一直就打算要成神。正赶上乾隆皇帝东巡往这儿来的时候，这泥鳅精个人[1]显圣就出来了，就把这条柳河整个儿发大水了。这乾隆一看来水了，就看水里有一条泥鳅，在那儿来回滚着。

当时文武百官就说："启禀我主，这柳河水涨得邪乎，里面有条大泥鳅在那儿滚呢，怎么办？"

乾隆皇帝说："别管它，叫它滚去吧。"所以，从此以后，泥鳅精就因为这一句话，在新民这儿南滚北滚地滚起来了，这泥鳅精搁那么[2]就成气候[3]了。

当年，日本人一看这泥鳅精闹得特别邪乎，一合计，就说："你别看你受过乾隆的皇封，我得治治你！"

这日本人整个儿都用炮崩啊，就在老胡子那旮旯儿[4]崩着它一回，这是个真事儿。这泥鳅精是两个，他们是找了个有道行的人搁法器给看的，法器是个金盆，就看见金盆里有两个小泥鳅，但是不大。崩完之后，就把这两个泥鳅精崩成了一个，他崩出一个，剩了一个，剩下个母的，公的给崩死了，这是后话，扔下不说。

咱说这泥鳅精就在老胡子这儿待下了，它哪儿也不去，辽河它还进不去，不让它进辽河，所以它多次在这儿闹事儿。

要说泥鳅受皇封，咱们这新民就受了泥鳅精的害，受得邪乎！那股白沙也邪乎，要不然，当年咱们新民有一个屯子，那时候柳河的沙，遇上大风之后就整个儿刮得特别邪乎。那时候我到过新民那旮旯儿，第一宿那沙滚得邪乎，到什么程度呢？那时候没有树林子，那沙子把一个堡子整个儿都吞进去了。这一宿黑天睡觉的时候听沙子"哗哗"响，天一亮就出不去了，沙子全进堡子里了，埋了半条街呀。

这里说了两个题外话，这里要说什么呢？这是要说这柳河的泥鳅精给咱新民带来老老[5]灾了，尤其是受了皇封以后。

---

1 个人：自己。
2 搁那么：从那个时候开始。
3 成气候：成精。
4 旮旯儿：角落，地方。
5 老老：多，很多。

拉塔湖的来历

在沈阳北面的新区，有一大片水泡子，名叫拉塔湖。拉塔湖那儿的景色不错，鱼肥水美，每年夏天，水面上开满了荷花，粉的白的，分外好看。

听当地人说，这里原来没有这片水泡子，只有一个几百户人家的大堡子，叫王家窝棚。那么，这个拉塔湖是打哪冒出来的呢？这还得从唐太宗修塔说起。

唐朝初年，唐太宗李世民听袁天罡说东北要出混龙[1]，便下令在东北修建72座塔用来镇龙。有一座塔要建在新城子北面的石佛寺山上，修塔的差事交给了一个姓尹的知府，限他在半年内修完，误了工期就要杀头。

尹知府接到圣旨发愁了，不是别的，是工期定得太紧了。按说半年时间是能修好一座塔的，可是，修石佛寺这座塔却不同寻常，一座塔得花费两座塔的工。为啥？原来这石佛寺山过去受过皇封，山上的土是禁土，不许动用，修塔的土得到十里开外去取。在早修塔用土屯[2]，屯一层土修一层塔，等到土屯到塔尖，修塔到顶，描完色彩，再把土一扒[3]，塔就算修好了。石佛寺这座塔有几十丈高，得用老鼻子[4]土往上屯了，尹知府能不愁吗？

愁也没用，尹知府不敢耽搁，赶紧骑马到方圆十里以外兜圈子，想尽快定下取土的地方好开工。谁知他跑了一程又一程，眼前看到的都是庄稼棵子[5]。尹知府虽说有官差催逼，可他还有良心，不忍心在百姓的好地上取土，他就一个劲儿地打马往前跑。最后，来到石佛寺东边的王家窝棚，他发现堡子外有一大片杂草丛生、乱石遍布的撂荒地[6]，就赶紧叫人钉木桩子。

钉下木桩子，尹知府才发现，这片撂荒地和官道之间没有路，拉土的大车进不来，在这取土就得先修车道。他心里掂量了半天，换个地方吧，自己省事了，可是毁了农田，就留下了千古骂名。他宁可掉脑袋也不愿招惹后人骂，就决定先修车道。这

---

1 混龙：古代风水中对除皇帝自身的龙脉以外的龙脉中孕养的龙称混龙。
2 屯：堆土。
3 扒：拆除。
4 老鼻子：老多，很多很多。
5 棵子：植物的茎和枝叶。这里指长满庄稼的庄稼地。
6 撂荒地：荒废的耕地。

样，开工又拖延了一些日子。

开工后，征来的民夫和大小车辆都开进了王家窝棚，日夜往外运土。这边，尹知府亲自监工，指挥着找来的能工巧匠日夜赶修塔，一修就是半年。眼看着那片撂荒地变成了一个大深坑，高高的大塔立起来了，塔尖封顶了，惊雀铃挂上了，只待把塔里塔外的装饰描绘上色彩后，就可以扒屯土了。这时候，交工的期限也到了，上边一天下来三遍公文催问。尹知府心想，要是回报工程没完，只怕自己脑袋难保；反正剩下这些尾子活儿[1]用不了几天就赶完，上边哪能立即就来验看？他就谎报说塔已经完工了。

不料尹知府刚刚回了话，上头立即传下令来：准备接驾，唐太宗要亲自验看新修的大塔，即刻就到。尹知府当时就吓傻了，他怎么也想不到远在长安的唐太宗要马上驾到看塔，这塔里塔外的色彩没描，屯土没扒，哪有个塔模样？自己还报说完工了，这可是犯了欺君大罪呀。尹知府一股急火，眼前一黑，一头栽到地上，人事不知了。

那么，唐太宗为什么来得这么快呢？原来，唐太宗在长安闻听这一方边关有乱，就亲自带着军师徐懋公、元帅秦叔宝到关外扫边。这一天，他正路过这里，得知石佛寺大塔修成，想看看修得怎样，就带着文武百官来了。

这工夫，尹知府已经醒过来了，皇帝驾到，哪敢不迎？他带着病迎出老远接驾。唐太宗的人马驻扎下来后，天就黑了。唐太宗传令，明天一早就让尹知府陪同前去观塔。尹知府到了这一步，明知是死，也就认了。

就在这天夜里，天上突然下起雨来，雨越下越大，到后来，老天像漏了一般，倾盆大雨铺天盖地，足足下了一夜，天亮时，雨才停了。

太阳出来了，满天的彩霞，石佛寺山被大雨冲刷了一夜，遍山青翠，格外受看。尹知府在前面带路，唐太宗同文武百官来到山上观塔。一上山，尹知府就被眼前的景色惊呆了。原来，一夜的暴雨把屯土全冲颓下来，一座大塔完整地出现在人们面前，最令人惊奇的是，大塔里外全都描上了色彩，五光十色，可美了。唐太宗来到塔下，围着转了好几圈，又进到塔里看了半天，高兴地连声说："好塔！好塔！"

尹知府这才跪倒在地，说："启奏万岁，这塔昨日还未完工，彩未描，土未扒。是万岁驾到，这塔才一夜之间现出真色。"

1　尾子活儿：事情、事物的最后部分。

唐太宗说:"那你为什么谎报完工,不怕犯了欺君之罪吗?"

尹知府说:"在半年之内将塔修成这样,臣已经尽力而为了。万岁有所不知,这塔下的屯土都是从十里以外运来的呀!"尹知府便把修塔的经过从头启奏一遍。

唐太宗听完,一时没吭声。半响,他把尹知府搀扶起来,说:"朕明白了,是你爱民如子,才感动老天来助你的。朕赦你无罪。"尹知府连忙谢恩。

这时,在一旁的徐懋公突然说:"万岁快看,那边是什么?"

唐太宗顺徐懋公手指方向看去,只见几里外的上空红云缭绕,瑞气千条。唐太宗说:"那儿是什么地方?"

尹知府说:"那里是一个堡子,叫王家窝棚。"

一行人来到王家窝棚,发现那红云和瑞气罩在堡子外那片撂荒地上空。他们又直奔堡子外。这回看清了,原来,昨夜大雨的积水,把取土的大坑变成了个大水泡子,好像有神仙使了什么仙法,水面上一夜之间盛开了一片鲜艳的荷花,水光花色映到半空中,太阳一照,远远望去,只见一片红云,千条瑞气。唐太宗高兴地问:"这是什么湖?"

尹知府连忙伏身答道:"启奏万岁,这就是臣修塔拉土的地方,这里原来没有水,更没有荷花,只是一片撂荒地,拉土拉出了一片大坑。万岁驾到,这大坑一夜变了模样,是托万岁的洪福啊!"

唐太宗哈哈大笑,说:"原来是这样。朕已说它是湖,它就是个湖了!不过,此湖是因修塔拉土而来,就叫它'拉塔湖'吧。"

从此,王家窝棚这个名就没有人叫了,因为它守在泡子边上,人们都称它为"拉塔湖",一直叫到今天。

附记:

拉塔湖村位于沈阳市沈北新区黄家乡西边,距七星山(即石佛寺山)约4公里。拉塔湖村域内水系丰沛,河洼、滩涂较多。(谭丽敏)

石佛寺的来历

在沈北新区，有一个石佛寺山，在早这个石佛寺山上没有佛爷，也没有大庙。

山上呢有个老头儿，能有个五十岁上下，他是个石匠，就自己孤身一人，每天以打石头为生。另外，这个老头儿还挺善良，哪旮儿台阶不得劲了他就拿石头给垫巴垫巴，道不平他就给修一修，所以大伙儿对他印象都特别好。他在石头缝儿那儿整一个小窝棚，个人就在里面睡觉。

这天他正在石头缝儿那儿打石头呢！就看见顺山上滚下来一个东西，老头儿没多想，赶忙起来就接去了，老头儿石匠出身，劲儿大，胆子也大，一下子就接住了。接住一看，是个八九岁的小孩儿。小孩儿已经滚得不像样儿了，脸都出血了，这算没掉下去。他要是不接住，到山口就拽[1]死了，那底下是山涧，能不拽死吗？

抱住之后，他把这小孩儿叫醒了，小孩儿就开始哭，说："我从小就是个没爹没妈的孩子，在一个姨家待着，现在给人家放牛。这小牛它可哪[2]跑，我就撵它，一个没踩住就拽下来了。"

老头儿说："哎呀！你这孩子命怎么这么苦啊！"

他说："嗯！我姨娘还不是亲姨娘，就是搁一个堡子里论[3]叫姨娘的。"

老头儿说："这么办吧！你拽这样儿就别动换[4]了，在我这儿待着吧！"老头儿又给整点儿饭弄点儿汤让他吃吃。

老头儿将养[5]他能有半个月了，这小孩儿养好了。这小孩儿好了之后挺会来事儿，就说："老爷爷，我怎么谢你呢？"

他说："你谢我啥呀？你连吃饭地方都没有，还怎么谢我呢？你就在这儿好好养着吧！"

又过了些日子，这小孩儿一看，说："我就不回去了，我在这儿早晚伺候伺候你，

---

1 拽：摔。
2 可哪：到处。
3 论：排辈分，这里说明不是直近亲属。
4 动换：动弹。
5 将养：照顾。

给你做点儿饭，你打的石头我帮你撂撂整整[1]。"

他说："你要是愿意待也挺好，我就认你这个孙子！"这就待下了。

待了能有一二年的工夫，这小孩儿没有名儿，老头儿说："这么办吧！我是石匠，你是我孙子，你叫石娃吧！"小孩儿说好！搁那么的，这石娃对他爷爷特别好。这石娃长大之后也学他爷爷打石头，也打得挺好。

到了他十六七岁的时候，这老头儿就有病死了。老头儿死了以后，他就于心不安哪！他说没有这个爷爷我不能活，全指我爷爷呢！怎么办呢？他弄了一块儿石头，就用笔画他爷爷模样儿，每天用钎子一点儿一点儿凿，时间长了，他做得也巧了，功夫不负有心人哪！他确实把这凿成一个石人样儿，还和这个老石匠一点儿不差。他乐坏了，就整个小窝棚把这个供上了，每天给上上香。

当地的人到那儿问他，他说："这是个佛爷，我拜拜他，他能保护我身体平安！"搁那么以后，不但他拜，也有别人到那儿磕头的，就认为这是真佛爷呢！当地原来没佛爷嘛！所以百姓知道以后都管这儿叫"无佛寺"，因为这个寺院没有佛，以后才改成石佛寺的。后尾儿[2]人们说这么办吧，石头的佛爷还是叫石佛寺吧！

这小孩儿得到老头儿的救助，跟了他一辈子，最后还全指小孩儿把他给供起来，要么说呢，人还得做好事。

附记：

沈阳石佛寺为辽宁省省级文物保护单位。石佛寺寺址位于沈阳市沈北新区石佛寺乡石佛寺村。石佛寺始建于辽代，初名为净居院，其规模极为宏大，大殿高耸巍峨，雕梁画栋，极其壮丽。寺庙四季香火旺盛，每逢佳节，善男信女络绎不绝。数百年来净居院历尽沧桑，寺院已荡然无存，1992年幸得复建。2009年5月再次动工，扩建地藏殿、观音殿、藏经楼、祖师堂、禅房、牌坊、文化广场，重建天王殿、大雄宝殿、石佛殿、海汇塔等场所建筑。（谭丽敏）

---

1 撂撂整整：齐齐整整。
2 后尾儿：后来。

石佛寺山之佛

这故事发生在石佛寺山。"石佛寺"以前又叫"十佛寺",因为当初山上有十尊佛。那时候庙外面有石像,叫护法伽蓝佛。这十尊佛挺雄壮,修得挺像样,都在庙外面守护着寺庙,谁到那儿去拜佛都先在外面拜拜。过去有这么个说法,外神拜不好里面的也不行。

年久日深,当地放猪的小孩不知事儿[1]啊,就拿石头打这个佛像。有一个佛像正好在山坡上,那旮[2]大树底下有个光溜[3]的大空场,放猪的小孩都在那儿坐着。坐着没事拿镖练着玩,就打这佛像脑袋,看谁能打上。这玩意儿一个打不上,两个打不上,时间长了就打上了,最后打成什么样呢?把佛像的一个眼珠打破了。

单表这有一天下雨,霹雷闪电,雨也大,雷也响得邪乎呀!到第二天早上一看,这山上奇迹出来了,这佛都没了,全走了,不知上哪儿去了,大石佛谁也拿不动呀,那上百斤上千斤哪!一看就剩挨打那佛没走,他眼睛不是瞅不着了嘛,其他那些佛都走了,走哪儿去下落不明,咱就不讲了。

就说剩下这尊佛。大伙儿一看这别的佛都走了,就这佛没走了,这也太苦了。这尊佛怎的呢,搁那么就出事了。就有当地百姓春天种的豆子,都长出挺高了,早上起来一看那豆架子这一趟、那一趟,都被轧坏了。大伙儿就寻思:这是什么轧的呢?磙子轧的?那人家地都出苗了,谁家磙子上这儿轧来?就瞅着那印儿是从山上佛像那儿下来的,都说:"这是老佛爷轧的呀,他没走了,憋气,天天轧地。"

后来夜里就有人看着,真就看到从山上往下倒个影,一看真到那儿就倒了,像个人压地,来来回回在地垄上压得还挺多,一宿给人家压好几垧[4]地。这大伙儿就叽歪[5]了,说:"哪儿有这样的佛爷,你走不了不能怨俺们哪,打!"这"叮当"拿石头就开打,一下子把佛脑袋打掉了,脑袋下去了,大伙就把它推到北山沟里了。

---

1 不知事儿:不懂事。
2 那旮:那地方。
3 光溜:平整无障碍。
4 垧:面积单位,东北地区一垧约合15市亩。
5 叽歪:生气,愤怒。

推到山沟里搁多少年了，一打多咱[1]呢，一打山上要修座庙，有人就提出北山沟土里有尊佛，当年"十佛"走了九尊剩一尊，那就像考古队似的，大伙带着家伙什儿就奔后面土沟里去了，年头也长了。沟里长了不少一人高的草，长虫[2]也多，费了挺大劲，后来真挖出来了，但脑袋没找着，就把身子找出来了。一看这怎么办呢，就给做个水泥脑袋接上了。现在如果你到石佛寺山去看的话，那儿有一尊佛，脑袋是水泥的，身子是石头的，就是北沟里那尊佛。

这便是石佛寺的留念。

附记：

1992年复建石佛寺期间，有关部门曾向周围村落的村民征集了很多石碑、石碾子、石磨等，为此还特意修了一个跨院儿来存放展示，其中就有一座跟故事中一样的石像存放在此。（谭丽敏）

龙吸水

龙吸水就是传说，但实际上真有看到的。

就是在俺们这二龙湾，有个老刘头，赶巧他在那儿打柴火。正傍响的时候，他看见顺北边来块像云彩似的，云彩过去之后，就瞅着个影儿弯弯曲曲地下来了，直奔二龙湾来了，那影儿就直接扎二龙湾里去了。他就瞅着，说："怎么这么出奇块云彩呢？"话音未落，就看水哗哗哗地往上翻啊，他说："不是龙吸水，要下雨吧？"当时这二龙湾水眼瞅着就下去不少，二龙湾实际是个大湖，有二三十亩地那么大。这老刘头拎着镰刀就跑回家了，告诉家人："可了不得，我在二龙湾打柴火，看见龙吸水了，那龙才大呢，一口就吸进去半拉湖。"

不一会儿，两三个点儿的工夫，这雨可大了，哇哇地下，这就是龙吸水，就是随

---

1 一打多咱：从什么时候开始。
2 长虫：蛇。

时搁哪吸水、就随时搁哪下雨。

附记

故事中的二龙湾地处沈阳市沈北新区兴隆台镇,在谭振山的家东边五六里地,二龙湾是个很大的湖,相传湖中有龙眼,所以多少年都不干涸。二龙湾一直带有神秘色彩,在当地流传着很多传说。二龙湾水源丰富,水里有鱼、虾、菱角、犄角,还有扎头,扎头是一种生长在湖里的水草,可用于喂养家禽,周围百姓一年四季总喜欢去那里打鱼采菱角。二龙湾湖周围多有坟地,坟墓很多,当地流传很多灵异故事,因而当地人晚上多不敢前往,此地夜晚更显阴凉。(谭丽敏)

二龙湾传说

在新民县东北方向罗家房乡太平庄村南边儿有一个二龙湾,当初二龙湾挺有名堂,在唐朝时候从二龙湾撵走过混龙,今天单讲在二龙湾发生的故事。

要么说这水怪哪儿都有嘛!有一年春天的时候,正下着小雨,有一个老刘头儿,他在河边儿那儿顶着雨打柴火。这雨越下越大,他就在小棚子里背背雨[1]。二龙湾里面野花秧子多,这时候他就瞅着水"哗"一家伙翻起来了,从里面上来一个大黑鱼呀!能有一丈高,谁也没见过那么大的鱼啊!瞅着都吓人,那鱼脑袋就转圈儿瞅,瞅了半天,就"哗"的一下下去了。

下去以后,也就是几分钟工夫吧!水里整个上来个饭桌子,饭桌子就在荷花上,紧接着上来四个老头儿,这四个老头儿把酒盅全都摆好之后,连酒带菜就吃上了。他们比比画画地连喝带唠扯[2],瞅着那样儿都年过半百,脸面青色儿的、白色儿的、黑色儿的、红色儿的都有,一边唠还一边说说笑笑。

---

1 背背雨:避避雨。
2 唠扯:闲谈,唠家常。

老刘头儿一看，说这是哪来的呢？真是巧哇！这河里头怎么能有这个东西呢？他就寻思。工夫一多，他就憋不住了，他寻思我抽袋烟吧！就卷烟抽上了，抽着抽着呛着了，咳嗽上了！咳嗽两声就看"哗"的一家伙，这桌子也没有了，人儿全下去了。下去以后他瞅了瞅，不一会儿，大浪又一翻，那条大黑鱼上来了，死了。他整回去一看，有二三十斤哪！整回来就归他了。

最后经过一分析，当地老头儿一解，说黑鱼是河里的精怪，当初那个河神让它出来看看外边儿有人没，它出来之后像打更似的，但没探好，没寻思老头儿在旁边儿坐着呢！他一咳嗽让河神他们受惊了，回去就把它处分了，说它办事不斟酌。所以说这河怪它也有种神圣性质，这就是二龙湾的故事。

二道湾水怪

这个故事是在哪儿呢？当年有个二道湾，就离俺们这儿不远。那时候在二道湾那旮挖混龙，挖出了俩龙眼，所以二道湾挺出名。你到这儿一打听：七星山下二道湾，那都知道。

二道湾怎么回事，说起来也挺出奇。这天，已经到下晚儿[1]了，二道湾这堡子有人正在地里铲地，这工夫就看顺南边来个小车子，急匆匆地就奔二道湾来了。那时候的小车就不错了，套着大黑骡子，里边儿坐人，那车直接赶到二道湾进去了。

"嗯？咿呀！那车怎么掉二道湾里了！"一看啥也没有了，大伙儿说："哎呀，这也别说，不用问，那肯定是北京那个开买卖的回来了！"都知道二道湾有个人在北京开买卖。这是一次。

还有一次，俺那堡子有个老刘头儿，下雨天在二道湾铲地，雨下大了，他就不敢铲了，就蹲那二道湾边儿上的树底下猫着避雨，这会儿就听二道湾里"轰隆"上来了一个大黑鱼，挺高呀！他就坐那儿瞅，瞅了半天，就看那鱼"哗"下去了，下去不一

---

[1] 下晚儿：晚上。

会儿上来一张桌子,桌子上边摆着酒壶、菜伍的[1],全都有。这时就上来四个老头儿,坐在水皮儿上喝上酒了。

这老刘头儿一看:这是河里的精怪在这河面上喝酒呢!这不怨说有神,这也是真有水神啊!但时间长了他就憋不住咳嗽,一咳嗽,那边儿"哗啦"就下去了,下去以后不一会儿,就看那大黑鱼翻上来了,还是那大黑鱼,死了!那黑鱼被处理了,它打更没打好,验道没验好,没看着外边儿有人。二道湾水怪闹这个事儿闹了好几次,要不说你到二道湾当中,一提"二道湾",那旮都打怵[2]!当初那时候小孩儿都不敢去二道湾,现在就更不行了。

二道湾这旮[3]挺出奇嘛!还有一次,有一个姓甘的,他在北京做买卖,回来以后,正好他有一个姓袁的朋友叫他捎封信,捎到二道湾的屯子。他并不知道二道湾是多大河,有没有堡子啊,回来以后他拿着这封信就冲到二道湾,到那儿一看,没人儿,就有个大水泡子!他寻思:这怎么回事儿呢?这工夫就看见一个小孩儿上来了:"哎呀,大叔啊,是不是我爸爸让你捎封信来啊?"

哎呀,出奇啊!他一看,说:"啊,捎来了!"

那小孩儿说:"好,您老到屋儿吧!"

他往河里一走,一看,二道湾里是青堂瓦舍的大房子!这姓甘的就明白了,寻思,哦,原来这是一个河里精灵的神府呀!他说:"行了,我谢谢你们吧,我就不到屋儿了,你把信带回去吧!"那小孩儿就带回去了。

搁那么,他回去之后,宣传说:"这二道湾是个水府,是精灵的神府门第,是个出神仙的地方,这儿有水神!"

搁那么,传出二道湾不简单。

---

1 伍的:等同类的东西。
2 打怵:害怕,畏惧。
3 这旮:这地方。

二龙湾旱马桩子

二龙湾就是离俺们这儿不远、南边剜菜那旮的一条大河，那时候河大啊，现在都推平了。

在二龙湾北边儿有个就像乱坟岗子似的地方。凡是人死了往那旮埋的多，什么样的死的多呢，到岁数的老人没有，净是年轻人，少亡。过去呢有规定，不到四五十岁少亡的都不能入坟，不能入坟埋哪儿呢？就往乱坟岗子上埋，那有个大乱坟岗子，谁埋都行，那河边儿的地方大。所以那地方是夏天也好还是冬天也好，到下晚儿就没人敢去。那一看，谁谁姑娘埋了，谁谁媳妇儿埋了，净是屈死的年轻人，谁也不敢去。

单说这年到春天的时候就不下雨，整个一春天这旮没有雨，那地呀都旱得七裂八缝的，旱得不像样啊，这求雨，那求雨，就是不下。不下没啥出奇啊，但有个出奇的是啥呢，就是北崖儿有一个老王家姑娘坟，这个坟茔老水咕嘟的。她的坟茔在崖儿上头，不是在底下，要底下哪儿有水汽？她的是在高崖子岗上，转圈有树，她那坟老湿乎的，就和从水里头捞出来的一样。

有个道士一看，说："这不行，这肯定是旱马桩子，它把水收去了。"

这还不算呢，各家还丢水，各家挑一缸水，到晚间水就没有了，不是你这家没有，就是那家没有了。人们一看还不敢用了，怕她给喝走了，就把剩下的水撂[1]了，再从井里挑上新的来。

人们就报给公家了，后边儿经公家批准以后，就和那家一说，那家人说："那好吧，你看啥样，你挖吧！"就把坟给挖开了，挖开一看，那坟里全都是水泡啊，那棺材泡得水咕嘟的，打开盖儿一看，姑娘死一年多了，整个尸首没烂，就像原先一样。那眼睛都没定。

大伙儿说："可真了不得，干脆炼[2]吧！"就把死人拽出来了，然后搁上干柴火伍的，倒上柴油炼呢，炼完以后这个坟也干了，这个地皮也不湿了，最后据讲，雨也下

1　撂：放下，扔。
2　炼：火化。

了。那就是因为一来雨，她就在上边儿晃荡，把雨给逼走了，不让下，她就是邪精。

要不那过去老道说这昝咋不下雨，不是有旱马桩子啊！

大旱求雨二道湾鲇鱼泡

过去俺们这昝的二道湾有个鲇鱼泡，当年努尔哈赤封它为"铜帮铁底饮马坑"。

有一年旱得邪乎呀，根本就不下雨！当地百姓就叫政府也求雨，各种求雨法儿都用。乡里组织堡子里二百来人，夏天都穿着蓑衣，脑袋戴着柳树圈，不戴草帽，就挨着河沟跪下求雨，还放鞭放炮。

到鲇鱼泡放炮放鞭的时候，鞭炮一响，在河面上就"唰"地起来一层，都是王八，那可沟[1]都是呀！大伙儿一看，真灵啊！这王八都出世了，大大小小老鼻子了！

放完鞭炮，大伙儿谁也没敢动，也没有一个人敢说话，连屁也不敢放。他们求完之后，求三天等三天，求到第二天头上，雨就下了，大雨下得"哗哗"的，那是求了一场透雨。

要不说呢，求雨都得到河边，和这个王八确实有关系。那时候，二道湾的王八到鲇鱼泡搬家，就像俩人串门似的，往往能看着。那二道湾有大鱼，就在西边的马场，王八也有大簸箩那么大，像飞似的"咔嚓"到这水里一落，落水里就没有了。

要不说过去都得求雨呢！那时候如果不下雨就得求。

附记：

求雨，也称为祈雨，在农耕社会中，人们靠天吃饭，久旱之时，举行巫术仪式祈祷上天降雨。《晋书·礼志上》记载："五月庚午，始祈雨于社稷山川。六月戊子，获澍雨。"随着农业生产过程中不断应对旱灾、祈禳丰收，祈雨的仪式也在不断丰富和强化，逐渐形成为一种特殊的文化形式。

东北地区的祈雨习俗来自关内移民，从史料记载中可追溯至清末民初。

---

1 可沟：满沟，整条沟。可：整个、满。

东北农村广泛祭祀龙王，多建九圣神祠，以供奉龙王为主，配以山神、土地、药王、虫王、苗王、马王、牛王、财神等。此外，关帝、天后、玉皇等也被视为能够行使降雨职能的神灵。

史料记载，祈雨时，人们手持柳条，头戴柳条圈，抬龙王神像或龙王牌位，沿山路或水路巡视，所经过的村落，"人皆跣足从之，遇井泉、庙宇，辄焚香拜祷"，"门外各以筒贮水散泼人群，衣湿不怒，俗例然也"。如果祈雨没有成功，有时还会暴晒和鞭打龙王，以示惩罚。

故事中反映的祈雨习俗既体现了东北地区祈雨仪式的相通性，也体现了辽河流域的地方特性，尤其是对"王八"和"鱼"的神性崇拜，带有明显的河流文化印记。（隋丽）

独角龙破冰

这个故事发生在咱们东边儿石佛寺山下面，那儿有一个通往辽河的渡口，叫石佛渡口。过去都说河口有精灵把着，精灵们各把一个渡口，要不然那时候一过渡口就告诉小孩儿不许瞎说呢！不能说别的话，你要是在船上说话，不许提"翻"字儿。

单说这个独角龙是怎么回事儿呢？有一次啊，这个石佛寺有一个老李头儿开着个小船打鱼，那时候都是俩人下丝挂子。老李头正下着丝挂子，就看见一个又大又长的黑鱼翻起大浪奔船来了，这船"腾"的一下差点儿没翻喽！那翻就完了，这鱼像要吃人一样。这老头儿看见害怕了，就喊："救命啊！救命啊！"

这工夫，就看见顺那边儿底下"哗"的大浪起来了，起来之后就看见一个犄角出来了，到那儿就把黑鱼给顶起来了。他往底下一看，像个大龙似的，就把这黑鱼给顶死了。哎呀！这老头儿在船上一看就磕几个头，原来就听说这有独角龙，这回是真看见了。

另外，在石佛寺这儿五年就得有三次两次豁冰，到三九天的时候，那冰冻三尺之厚啊！就把冰硬给豁开了，顶老高啊！那冰全上岸，要么说当地百姓对这个龙王尊敬得特别邪乎呢！一般在辽河北种地的多，渡河的也多，他们都害怕出事儿，所以就修了个龙王庙。这个龙王庙它的意思就是保护百姓平安。

这就是独角龙推冰上岸这么一段故事。

附记：

故事中提到辽河石佛寺段经常发生"豁冰"现象，"独角龙破冰"实际上是凌汛引发洪水灾害的一种隐喻。

凌汛现象是高寒地区河流经常会发生的现象，黄河、黑龙江、松花江凌汛比较常见。凌汛通常发生在流向由南向北的纬度差较大的河段，且河道弯曲回环的地方，在冬季封河期和春季开河期都有可能发生凌汛。河流的表层有冰层，冰层下面有水流，冰层破裂成块状，在水流带动下，流向下游，造成冰层堆积，河流水位快速上涨，洪水泛滥成灾，容易给河流两岸带来灾难。辽河历史上也经常发生凌汛。（隋丽）

马神庙蟒神显圣

马神庙就在我们新民市东北，那儿有个西马场，就是过去皇帝的放马场。那时候为了保护御马，就修了个马神庙。

就说这马神庙蟒神显圣吧。

那其实原来就是座马神庙。为了保护马，人们就在那儿垫了个大台子，垫好之后，请了好几十个放马倌，在当地修了这座大马神庙。庙修得是不错，以马神为主，马神的形象都是底下是个人，但是胳膊和腿都是马腿，四条"腿"都露出来了。

修完马神庙，第二天正准备开光的时候，人们早上起来一看，大院儿里就进不去了，那可院儿[1]的长虫呀，多得邪乎，在早没有。一条大长虫就搁庙的南房顶盘到北房顶上了，大伙儿一看，这可了不得，谁敢往那儿去呀！当时放马倌一看，寻思这怎么办呢？

---

[1] 可院儿：满院儿。

只能找老方丈来呗！没法儿，放马倌当时就把掌管大庙的老方丈找来了，这大庙叫大佛寺。

老方丈来了以后，一看，就说："你这得修蟒神啊，蟒神看中你这个地方了。这原来是人家占的地方，你们这座庙把人家窝给占上了。这儿原来有棵树，树底下有个窟窿，蟒神就在那里头，谁也不知道。最后这一修完庙，正好庙把人家窝压上了。窟窿搁后面，这蟒神就不干了，这就闹得邪乎。这么办吧，你修蟒神吧。"所以就在那旮——马神的旁座，修了个蟒神。

所以马神庙里头实际就有蟒神，这个蟒神还真挺粗。马神庙里马神没怎么显圣，因为它供的是马神，保护马的。一般到那旮旯儿剜菜的，还有到那儿去干啥的，就有看见这蟒神的人。另外，马神庙后面的大粗窟窿里，你就算扔多少东西进去，今晚儿扔的，瞅在里面搁着，明儿早晨就都没有了，那里就有蟒，都给吃了。

搁那么以后，这蟒神就传出来了，俺这旮旯儿一般都知道这个马神庙，一般有闹病的，到这儿求神的、讨药的，都往那旮去，这个蟒神给治。

马神庙重修

马场那儿有座马神庙。当年马神庙都不错，后尾儿经过闹胡子[1]，又这么多年了，再加上一般铲地的都在这屋儿休息，庙就失修了，泥像也颓化了，墙皮也坏了，这就不行了。结果一晃儿到伪满洲国的时候，这个马神庙，谁到那儿去，都在那儿休息。

有这么一天，怎么的了？你要说这没有意思也有点儿意思，把谁迷住了呢？就把俺们新安堡大村村长郭子恒迷住了，那时候的村不像现在的村，那时候就等于半拉[2]公社了，东边到古兰店，西边到李家窝棚，这么大，上万户人家。就把他迷住了，郭子恒整个儿就起不来了。后来庙上的这个神干脆就明说了，就找到他了，请他一定要给修庙，他有权啊！修也不是他拿钱，是大伙儿拿钱。

1　胡子：土匪。
2　半拉：一半。

他说:"就这么办吧!"他就许下了修庙。

那时候修庙挺隆重,请来的净是一帮塑弥像的。那时候俺们都看到了,那弥像塑完之后,有画图的,就是在那上面画墙皮子,塑像、画图这都能弄。这一晃,就弄多少些日子呢!一晃把这个蟒神啊、马神啊,全都修上了,后面还修了个小房。

修完之后,当时那个地方修得挺像样,转圈修上院墙,修上碑文。全修完了,前面还立俩旗杆,那俩旗杆我还记得,上面还有副对联。

马神庙当年的对联儿是谁作的呢?就是当时老罕王努尔哈赤在放马场放马的时候作的,上联是"黄土永靖尘归马",下联是"天是长烟上子虚",也就是保护马的对联儿。

搁那儿修完以后,马神庙就像样了,这一天当中人烟也不断了。

马神庙后面有棵榆树,这树也长得青松绿叶似的。树下边有个洞,这个洞里边还有条大长虫——蟒神。

那时候只有一个人搁那儿看着庙,一个老王头儿看着,他每天吃完饭,剩点东西都往这洞子里倒,倒完以后,这个蟒神就吃了。

最严重的是,那时候蟒神显了回圣,搁哪呢?就整个儿搁马神庙,脑袋一直扎到鲇鱼泡,那家伙,小有二三里地那么长,它那是障眼法,是搁那儿喝水去了。搁那么,百姓一看,马神庙里那蟒神可了不得!

所以重修以后,那马神庙就像个样了。到什么时候扒的呢?赶解放以后,这马神庙是扒了,扒完也没啥事儿。

鲇鱼泡受皇封

当时那是一个大空泡子,单表努尔哈赤把沈阳占完以后,就在沈阳建都了。他的御马多,放马场地方不够,这是放一天就吃空。努尔哈赤他性急呀!说:"哪里也没好草料了?你们这放马怎么放的?我亲自看看去!"

他就亲自跟放马的来了,他就跟着找,一找找到咱这旮旯儿,一直找到西马场,到鲇鱼泡上岸,一看,这草好啊,那草绿呀!他说就在这儿放!他说:"我也不回去了。"就搭个窝棚在这儿住下了,一看底下这个鲇鱼泡坑还大,水还清,说这个河也挺好啊!

吃一天那草吃净了,第二天早上起来努尔哈赤说:"那还得挪一挪吧!草不行了。"

当时那个放马倌跑来说:"启禀王爷,现在你看看去!出来奇迹了,昨天放马那草,这一宿的工夫还长那么高。"

他说是吗?就去看了,昨天那草都吃平茬了,这一宿又长一尺多高,说哪有长这么好的草。这就开始品哪!觉得这草吃完就长,吃完就长,他说:"这可是个宝地,真不得了啊!就在这儿待着吧!"

所以搁这儿开始叫"御马场",这个鲇鱼泡封上"通天雨",让它多咱都不干,在这儿还建一个马神庙,鲇鱼泡就是在这时候受的皇封。

鲇鱼泡王八大阅兵

这个故事发生在咱这儿的鲇鱼泡,那时候有王八、有鲇鱼、有精灵儿。为什么说有精灵儿呢?有一年哪,有一个老王头儿和一个老刘头儿在马场种地,黑天儿时候也没回来,俩人要在鲇鱼泡边儿上钓鱼。

这天儿正赶上下着点儿雾,他俩在边儿上正在那儿钓鱼哪。这鲇鱼泡北边儿有个老北河,都挨着,那地方净是坑,还连着。就看着顺着老北河来一个东西,挺大还直门儿[1]响,就奔这鲇鱼泡来了,他俩使劲睁眼睛看这是什么玩意儿。

老刘头儿一合计,他有洋炮哇,说打一下这家伙。然后一勾,"啪"的一下,不但没打着那东西,把洋炮崩稀碎,差点儿还没把他自己崩喽!

老王头儿也吓够呛,还死死地拽着手里鱼竿子,说:"这你这老刘头儿你也干得太冒失了,没崩着那玩楞,差点崩到我……"话还没说完了就"啪嚓"一下落河里了。

俩老头儿最后也没看到那是个啥,天太黑,借着月光也就能看到个影儿,俩人鱼

---

[1] 直门儿:一直。

没钓着，还差点没把自己交待在这，老王头儿跌里面起来后，脸上、身上都是大黄泥，俩人最后跌跟头打把式地回家了。

单表第二天哪，第二天是五月十三，正赶上晌午铲地的工夫，就看着外面儿像阴天似的，看着像鱼似的都往上飞呀！

大伙儿到河边儿一看，整个那河里连鱼带王八都满了，有一个大的，在上面"啪嗒啪嗒"爬。大伙儿一看，那是阅兵式啊！整个能有一个点儿才下去，大伙儿谁也没敢碰，那家伙谁敢碰啊！

要么说这王八大阅兵嘛！这王八它也有规矩，这是把兵都点一点。

马虎山的传说

这个马虎山原来就是一座空山，山上有不少树木。那时候没有人，大南边尤其荒，人也不多。那时候，这里是皇上的放马场，就在放马场这儿有这么个山。这个放马场在皇上放马之后，就开始有私人养马了，老关家就是养马的。

这老关家过得不错，有几百垧地，养了一群马，能有百八十匹在那儿放。一天放马回来之后，马数就不够了。不一会儿就有匹马自己跑回来了，老东家一看，那家伙，从头到尾可身[1]的汗。

老东家就问这个放马倌，他说："这马怎么累成这样呢？它怎么可身是水呢？你没看见是怎么回事吗？"

放马倌说："不知道呀。"

老东家说："你明儿注点儿意，这马不吃不喝，回来咋累成这样呢，它净[2]干啥去了？"

这天，马倌就留心了。到那儿去之后，这匹马根本就没搁马群里待着，跑出去了，奔马虎山顶上去了。他到那儿一看，这匹马和一个老虎在那儿斗起来了，马虎山上有

1　可身：满身。
2　净：都。

老虎。那老虎是穿山跳跃的活老虎，多狡猾呀，蹦得邪乎！但是这马也有两下子，可了不得，那一蹦也蹦多高，顺蹄子刨[1]。它这鬃毛还长，这老虎一搭，搭它脖子上了，一咬咬鬃毛上了，把它给咬秃噜[2]了，马就开始卷[3]这个老虎，这俩又干了一天。

这马倌一看，说："哎呀，这怨不得[4]呀。"

回去以后他就和老东家说了，他说："员外，这马不是跑别的地方去了，它跑山上去了，这山上有个老虎，它俩每天都打架，俺们就看着一天。这马累得可身是汗呀，它打不过这个老虎，老虎占了上风，它还不服气，天天都去。"他就把事情怎的怎的[5]一说。

员外一听，说："那好，有办法，把这马鬃打一打吧，让它轻巧轻巧，这沉得邪乎，所以打不过老虎。"马倌就把马鬃全给打下去了，打得溜平[6]。

员外说："这回好，轻巧了，这回准能打过它。"

第二天这马就又去了。到那儿之后，员外就偷偷看着，正好打了没有十回合，老虎这么一爪子挠了马之后，就一口在马脖子上咬进去了。马鬃没了，要不原来马鬃厚咬不透，这回没马鬃了就给咬住了，把马给咬死了。

这马被咬死了，老虎也回山了，员外在旁边瞅得明明白白的。这员外一考虑，也没吃这个马肉，说："这么办吧，把这个马埋了吧。"

搁这么以后，大伙儿就想把这个老虎除掉。最后打了多少日子，才用弓箭把这个老虎撵走了，它后尾儿跑到别的山上去了。

后来这个山就改名了，原来不叫马虎山，在马和虎斗争之后，才起这么个山名，叫"马虎山"。

"马虎山"就是这么个来历。

附记：

马虎山是一座海拔仅有61米，南北向的狭长小山。坐落于新民市三道

1　顺蹄子刨：顺势扬起前蹄蹬踩。
2　秃噜：脱落，滑出来。
3　卷：踢。
4　怨不得：怪不得。
5　怎的怎的：经过。
6　溜平：特别平，这里指短。

岗子乡马虎山村。

清朝时这里是东北众多皇家农庄中的一个养马场。附近分布着众多的皇家农庄，据盛京《黑图档》记载，乾隆皇帝第一次东巡时，盛京内务府就在这些农庄里选了1000匹"膘壮堪用"的好马，统一饲养调配以供皇帝及东巡队伍使用。

马虎山周边很多大小地名都与马场相关，比如：望宝台（古称望马台）、马门子、老牛圈，等等。这里还存在过供奉马神的马神庙。（谭丽敏）

碾盘箍的传说

这碾盘箍在哪儿呢，沈阳过去是古城啊，就在皇宫那旮。古城都有角，那些角都叫转角，有东北转角、西南转角、东南转角啥的。就在西北转角那儿，那旮有个碾盘箍。

碾盘箍什么样呢，过去咱们也都看过。就一个大碾盘，上面推碾子，底下不有个大磨盘嘛。那个东西上面剩半拉了，就在墙头上担着，多咱都不掉。人们觉得这是神仙显圣，就在底下盖了个庙，庙当中画的碾盘箍的像，就这么的[1]供个老仙。那一般时候，过去求神、求佛都上西北转角上去。为什么呢？那西北转角就是老仙待的地方，你看过去跳大神的呀、请神仙的，一问哪儿的，都说沈阳西北转角的。别的转角不行，都在那个转角，那儿显神，那地方也背阴，去的人也少。

单说有这么一天哪，有个拉洋车的，那洋车是搁人拉着，哪个街都跑的，不是用脚蹬的那种。就遇到个老太太，长得挺清俊，收拾得也利利索索的，就坐这洋车回来了。

拉车的就问："到哪儿去啊？"

老太太说："到西北转角。"

"啊！"拉车的一寻思：可能上香去，就"哗哗"地拉车去了。

等到西北转角了，老太太就下车了，下车没给钱。拉车的一看到庙里了，就说：

---

[1] 这么的：这样。

"钱没给呢！"

老太太说："啊，屋里取。"人就走了。

他就等着，老太太左等也不出来，右等也不出来。一看，一等一个多时辰了，就现在的俩点儿了。他寻思了：这我得看看怎么回事呢，咋还不出来呢？他就进庙院子了，一看有什么呢，就一些女姑子。他就问："老师傅，方才有一个老太太坐我车，没给我车钱，她告诉我到屋取。"

这老姑子就说："到屋取？俺这屋没谁出去啊，你到屋看看，看哪个是？"

拉车的到屋一看，就几个姑子，哪个也不是。一看供的冥像，"哎呀！"就笑了，"就这位呀。"

老姑子说："啊，这不碾盘箍吗，那好吧，你管它要钱吧。"

拉车的即时就跪下来了，说："我不管您要钱哪，碾盘箍啊，你坐我车就行了，我谢谢你，你再出门我宁可拉你。不管怎么的，我是来这儿错了，我要知道您老坐我车，我就不管你要钱了。"就趴下磕头。

这工夫怎么的，就听上面"吧嗒"一下，一看一个大洋，过去用那大洋哪，掉他腿上了。这捡起来一看，后面的姑子就笑了，说："你看，这是显圣啊，碾盘箍这不给你一个大洋嘛！"

他拿过来一看，这值好几块钱了，这十天半月也挣不来呀，就磕了几个响头，说："碾盘箍啊，再出门当中我宁可拉你呀！"

搁那么就传出去，碾盘箍爱出门，一出门就得坐车。要不说呢，那时候碾盘箍挺灵验，都供碾盘箍。

新安堡的由来

新安堡原来叫陈家坟，是个大坟洼子，后来才有新堡子，这转圈儿围着那旮[1]，有不少人家儿住。

1　转圈儿围着那旮：围着中心点。

那时候，一到旱的时候堡屯子就求雨、许愿。如果老天爷下雨，就在庙门前，给关老爷唱几天大戏，乡民就是这么求雨的。这儿也求，那儿也拜，尤其到了这白天的时候，乡民都在外边儿抬着东西走，就是为了求雨，抬到马神庙也好，抬到二道湾也好，到那儿上上供，完了就能下雨。

单表有一回求完雨，老天爷真就把雨下了。不管怎么的吧，赶得还挺准，那是求三天，等三天，没过六天当中，雨就真下了。下了之后，乡民都挺乐，说："这么办吧，这关老爷忙活了半天，咱得给人唱个戏啊！"

大伙儿就打算在陈家坟整个戏台，写上"拜谢关老爷"，写完之后，就得搭戏台子，就开始忙活起来了，上午找人搭的，下午没等上黑儿[1]呢，起风就把戏台全刮倒了。

大伙儿说："这玩意儿没搭好啊！"乡亲就又接着搭，连夜又搭了一次。

搭了没到第二天，黑天又起风了，戏台子又倒了。

连倒三次，戏台子搭不住，大伙儿一看，这不行啊！因为这事儿，县太爷都来了，问："怎么回事儿？"

当时有懂事儿的人就说："这是嫌俺堡子是个坟茔地，搭不住戏台呀！不行，咱这得改名，不改名都不行啊。"

县太爷思索了下说："改名？这么办，叫新安堡吧，一安就好了！"所以就给坟茔地起了个"新安堡"的名儿。

这回搭戏台子，确实搭住了，搭住之后，唱了几天戏。

搁那么以后，当时就宣传一个口号，什么口号呢？这么说："谁叫新安堡，就是祖上祖；谁叫陈家坟，就是孙下孙！"这就是怕大伙儿不叫，外人一看，谁不叫啊？后儿都改叫新安堡了，新安堡的名儿就是这么得来的。

附记：

此为当地的地名传说。新安堡曾用名陈家坟，清咸丰九年（1859）有一位张姓人家到此开荒立户，因居住地不远处有一片陈家坟地，故此取屯名陈家坟，民国十八年（1929）因带"坟"字不好听，当地人取平安之意，改新屯名为"新安堡"。（谭丽敏）

1　上黑儿：傍晚，天快要黑的时候。

三面船土地显圣

三面船是个地名，在这北边儿，归法库，也就是沈阳市法库县，三面船那儿是个大集镇，原来集也大。

就是有一年哪，什么时候呢？正赶上腊月二十几，在三面船那儿，就看见黑压压的一阵狂风过来了，吹得人们睁不开眼睛，卖东西的、买东西的都死死地抓住手里的东西，很怕吹跑了，风过之后就听"扑噔"一声，黑乎乎地从上面掉下个人来，大伙儿一看，是个小孩儿，有十二三岁。

这小孩儿掉下来就人事儿不知[1]啊！这大伙儿一看，怎么掉下个人来？跟前儿有屋啊，就赶紧把孩子带进屋放平躺着，开始叫他，工夫不多儿孩子就明白过来了。小孩儿起来就哭开了，边哭边说："哎呀，我啊，丢不少日子了，被一个红发老头儿给弄去了。弄去之后这不在这儿路过吗？正好到这昝儿一个老头儿，拿蝇拂甩子[2]把他给打跑了，把我给救下来的，我就掉这昝儿了。"

啊！大伙儿一听，没明白！找当地跳大神儿的一算，说："你这孩子，该然[3]你命大，要不你就完了。当时是一个妖怪把你给抓去的，多亏咱们三面船这儿土地显圣把你给救下来的。"

大伙儿说赶紧去土地佬儿那儿看一看吧！到土地庙那儿给上的香、上的供，搁那么的，小孩儿家又给重修的土地庙，这土地显圣就传出名来了，都说三面船的土地灵！

附记：

故事中提到的三面船大集是谭振山家乡一带比较大型的乡村集贸市场。东北乡村人口聚居区域都有类似的集贸市场，这些集贸市场都有约定俗成的集市日期。两个邻近的市场还会相互避开彼此的开市时间。市场上有固定商户，也有临时出售自产农产品的农户，有的地方甚至还有收售牛马的牛马

---

1 人事儿不知：晕过去，啥也不知道。
2 蝇拂甩子：拂尘。
3 该然：该当，理应如此。

市，也包含在集市里。

随着市场经济的深入和网络购物的兴起，这种集贸市场在乡间的地位也有所变化。但中国乡村特有的社会结构又在不同程度上保护了这些集市，使乡村集市在如今多元的购物方式中得以留存延续。（谭丽敏）

沈阳的来历

咱们沈阳原先南边的浑河不叫浑河，在过去的时候叫沈水。当年这沈水两岸是物产丰富，风调雨顺，确实不错。

后来这沈水就来了个龙王，但它是个恶龙，吃人，来了之后就一天天行风布雨，风雨过去之后那河水涨得邪乎啊，两岸的庄稼全冲了不算，还把人都给冲走了，大人孩子冲得不知道死了多少。

沈水岸上有一个老太太，姓沈，大伙儿叫她沈妈妈，老头儿死了，家里就一个儿子跟她做伴，儿子叫沈哥。这沈哥呢，长得壮，十六七岁的年纪，那长得跟成年男子一样，身材魁梧，干活啥的是一把好手，堡子里有点儿什么活儿伍的都不够他干的，皮肤也晒得黝黑黝黑的。人也挺好，热心肠，大伙都习惯叫他沈哥。这沈水年年涝，年年涝啊，涝得都不像样了，庄稼也长不起来，人们都生活不了了，这沈哥就说："这个河真缺德，庄稼旱的时候想它涨水它不涨，现在涨得这么邪乎呢，我看看这河到底怎么回事儿！"

这天他正在河边溜达呢，就看见河里头有个大黑鱼撵着条小白鱼，这小白鱼原本正在河里蹦着玩呢，黑鱼来了就撵它，小白鱼吓得往岸上蹦，一下就蹦到岸上来了。这黑鱼上不了岸，小白鱼也下不去了，就在那儿干蹦跶，沈哥一看，这小鱼挺可怜，心想，这么的吧，我救你一命吧！双手捧起鱼来就把它送到边上的河汊子里去了，说："你赶快逃命去吧，别在这儿了，你在岸上一会儿不就被晒死了？"这小白鱼在河汊子里回头向他点点头就浮走了。

不一会儿，就看这水里呢翻大浪花子，浪也大，花也大，就听里边儿说话声，这个说："大王啊，今天可不错啊，俺们今天没少给你打野食啊！"

一看四个王八在那儿托着好几个小孩儿，沈哥心一惊："这不是孩子吗？"

他一瞅，水底下翻上来个三头蛟，一口就把孩子吞下一个去，接着对王八说："剩下的你们都给我带龙宫去，我留着吃，我好几天没吃着孩子了，这几个就够我吃一顿两顿的，你们还得接着给我找去。"

沈哥一听：这也不像话呀，它这是还要去祸害孩子呀，就听那王八接着说了："那大王你能吃几个？"

"能吃几个？当年我当泾河龙王的时候，一嘴吃过八个小孩儿。现在这几个对我来说不是小数吗？今天我还得行风布雨开杀戒，这地方涝完准有人掉河里，现在小孩儿少了，大人也就凑合吃吧，就是肉不够嫩，太柴。"

沈哥一听：哎呀，这么回事儿啊，原来老涨水，是它闹事儿呢呀！这时候三头蛟一转眼就变成一个老人的形态，瞅着就觉得挺恶心的老头儿！完了他咳嗽一声"哗"的一下就下水底去了。

三头蛟下去以后，沈哥就回家了，回去以后就把这事儿和堡子里的人说了。大伙儿说："怨不得老闹事儿啊，是三头蛟闹事儿呢！对呀，一场大水就是三头蛟为了吃人，要不把它除掉是没有好啊！"就说要除蛟。

沈哥说："要除掉就得下到水里头跟它干去！咱们这么办，大伙儿先打刀，预备刀。"大伙就架炉起火开始打刀。

一打打了一两个月，打了不少尖刀子。沈哥打了把大刀，比尖刀还长，锋快锋快的，沈哥手握着大刀跟大伙儿说："我先照量照量去！"他就奔沈水去了。

刚到沈水边儿上就看到岸边一个穿白色衣服的姑娘在那儿站着，模样长得挺好看，看见他就笑了："你是不是沈哥啊？"

他说："啊，是啊！"

"你不认得我了吧？"

"那哪认得，没见过面儿啊！"

"那时候你救过我命。我为了玩变成个鱼，被黑鱼撵得蹦到岸上，差点儿没叫它把我吞了，就是你把我扔水里救了的，我其实是东海龙王的女儿，我叫阳妹。"

"哦！你一说，我想起来，是有那么个事儿！"

"沈哥！看你拿个刀，你来干啥来了？"沈哥就把当时看到的事一五一十地讲出来了，又接着说怎么打算消灭三头蛟，怎么为百姓做点儿好事儿都给她说了说。

阳妹说："可不好办哪，三头蛟法术很高，另外他行头也大，三头蛟那是我表哥，是我爹的亲外甥，这小子生[1]得邪乎，爱闹事儿啊！"

"那怎么办啊，我下决心了，我就是宁可一死也要为百姓除了这个恶患不行！"

"你要那么有决心的话，你救我一命，我帮你个忙。我告诉你呀，你和他干是没得干哪，干不过他的呀。他法术高强，还能发水，你没有胜算。你这去就是死呀！你有啥辙呢？你得怎么办呢？除非你能借到宝，你得想办法借宝去！"

"借啥宝啊？

"你不知道啊，龙族是水里统领水族的王，掌管行云降雨，一般东西它都不怕，但就一样弱点，怕火，不怕水，因为他个人会行雨行水啊，就怕有火。但咱们这的火不行，你烤不了他，除非得是宝才能行，咱这普通的火水能熄灭，不行，当年我姐结婚的时候，我爹就不愿意，婆家就借了一个宝锅插东海里了，把东海水都烧热了，连龙宫的人都烫死了，我爹这才把我姐给他，这回你去东海的扶桑树上找金乌借他的羽毛来。"

"东海我也过不去呀！"

"你这么办，我这儿有一双鞋你穿去，蹬上这鞋就能上天飞过去，还有副手套你也带去，你把金乌羽捧来，要不烫手，现在你就出发找金乌借去。"

"那行！"沈哥就开始穿戴。

"好，你去，我等着你！你去是去啊，我恐怕也不能长在这儿待着。因为什么呢，因为三头蛟知道我帮你忙了，那肯定找我爹告状去。我爹虽然不喜欢他的所作所为，但是也不能太管他。"

"那好！"沈哥就穿上她的龙鞋，戴上龙手套，一捆脚起来腾空就奔东海去了。

到东海去了以后就到扶桑树上找金乌，这金乌一看，说："不借，那不行！"后尾儿俩人就说瘪了。金乌说："这么办，你要能把我战败了，你就可以把金乌羽取去，要不我得看着它，看着它是我的责任。"

沈哥说："好吧！"说完也不管三七二十一，拿起刀就飞着和他干上了。这一杀，金乌没杀过他，败下去了，所以他就把金乌羽借来了。他用手套托着，但那金乌羽不仅烤还沉哪，它是太阳的一部分呀！他就"咿呀"那么烤着就往回走。

搁东海回来之后到沈水了，这工夫正好阳妹在那儿等着呢，"你赶快来吧，现在

1　生：脾气怪僻。

他又要吃人了，他非要发水，说话间就要发水了！"

这沈哥就抱着金乌羽往下落，沉哪，时间长了拿不动啊，俩人费挺大劲呀，可算把金乌羽撂到三头蛟身上了。三头蛟一看金乌羽落身上了，那彽不住，那烤得热得邪乎，就骂阳妹："阳妹你呀，你是我姑舅妹妹，我非找舅舅算账不行！"

沈哥说："你说啥也不赶趟了，你死定了！"

他说："好啊！看我今天不吃了你！"三头蛟恶狠狠地就把沈哥往水下拖，他就戳三头蛟，这一戳沈哥也跟他戳到河底下去了。

沈哥被拖进到河底去了，水性再好，也挺不了多久啊。

阳妹一看沈哥被拖下去半天没上来，着急救沈哥，一下就扎河里去了，但是她忘了，她没了龙鞋、没了手套跟普通人没啥区别。河里翻起挺大的花，混着河堤的淤泥，黑乎乎一片，没一会儿，水面就恢复平静了。最后三头蛟烧死了，他俩也都死在沈水里了。

后来呀，金乌听说沈哥没上来，就自己把金乌羽取走了，据说沈阳南面陨石山的陨石就是当年遗留的金乌羽碎片。

所以从那以后，沈阳当地的百姓为了纪念这阳妹和沈哥俩人，就用这俩人的名儿，一个是沈哥的"沈"字儿，阳妹就用这"阳"字儿，所以改叫"沈阳"，沈水以后也改叫浑河了，以后人们就过上幸福生活了。

太清宫的来历

太清宫那儿原来没有太清宫，那地方原来是个大洼坑，洼得邪乎，是个大水泡子，就是大西北边的那个水泡子。

正赶有一年大旱的时候，不下雨呀，那天阴得邪乎，就是不下雨，来块儿云彩就走，来块儿云彩就走。也还不是没云彩，就是有云彩也不下雨，这可给旱坏了。

说实话，沈阳的水，人都不够吃。沈阳的井打得也少，那时候没有什么别的水，庄稼完全靠地垄[1]水,地垄下渗得邪乎,那庄稼旱得全打绺[2]了,给庄稼旱成那样。这儿也求雨,那儿也求雨,都不成。最后来了一个老道,是个云游道士,拿一个蝇拂甩子,走到沈阳,到将军府化缘。

沈阳的将军就说:"看看去,到将军府化缘,这不扯淡[3]吗!"

老道说:"我不化别人,我就化将军你,见个面就行,我看看将军。"

将军说:"那进来吧。"老道就进去了。

到那儿一看,老道就说:"将军,你坐在这儿,心不闷烦吗?外面旱成那样,五谷都不长,眼瞅军中人都饿死了,你不想想办法,救救百姓吗?"

"哎呀!我想,但也没办法呀!莫非你是高仙,要不咋能这样问呢?"

"我能求雨,我特意来帮这地方求求雨。"

"那好吧。"

老道说:"我求完雨之后你得应我点事儿。"

"什么事儿?"

"西边这个大洼泡子,你得让我占用。"

"可以,你干啥吧?"

"我做功德事儿,也不做私人事儿,我打算修个庙。"

将军说:"那多洼呀,那是洼水的地方,能行吗?"

"这你就不用管了。"

"好吧。"将军说,"你就办吧!"

这老道就去了,先立了法台。这个老道确实有两下子,他上了法台之后,头一天起风,第二天请云,第三天大雨就下上了,倾盆大雨下了一天。沈阳城的百姓跪了可地[4],都不进屋,就等这个雨。

这雨下完以后,就瞅那大水泡子白生生的水呀,洼老深了,都有二三尺深。将军一看,说:"这不扯吗,这地方能盖房子?"

老道说:"不要紧,我有办法。这么办吧,我就买点柴火。"

---

1 地垄:耕地上与垄台相对的凹陷处。
2 打绺:指条、丝状物聚集在一起。
3 扯淡:又作"扯蛋"。没有目的地闲谈、闲扯;胡说。
4 可地:满地。

将军说:"柴火有,你说怎么整吧?"

老道说:"这么办,把柴火给我铺在里头。"

将军说:"那怎么能铺呢?"

"你铺吧。"老道就搁外面买了烂柴火,松柏啥的,就往那儿拉,堆在那儿,就把那儿全都垫平了。

这一宿的工夫就起风了,天亮了,风过去以后,柴火完全没有了,都是土,那洼地和平地一样,老高了。

将军一看,说:"哎呀,这块儿太出奇了,这柴火飘轻的玩意儿,怎么就能变成土,能禁住盖房子、盖楼了呢?"

老道说:"你不用管了。"老道就组织人在那儿修庙。

庙修完以后,说是不能让它太沉了,沉了就给压坏了,就叫"太轻宫"吧,所以才起名"太清宫"。

这地方原来就是块儿空地皮,是搁柴火垫的底,沉不就给压坏了吗?太清宫搁那么才形成。

附记:

太清宫是清代道教建筑,有重要的历史、艺术价值。太清宫坐北面南,山门开于东侧,南宽北窄呈梯形,共有四进院落,原有殿堂楼阁及道舍等房室100余间,面积5200余平方米,主要建筑有山门、灵官殿、关帝殿、老君殿、玉皇阁、三官殿、吕祖楼、郭祖殿、丘祖殿、善功祠、郭祖塔等。现存有灵官殿、关帝殿、老君殿、玉皇殿、三官殿、吕祖殿、郭祖殿、邱祖殿八座殿堂。

其中郭祖殿奉祀郭守真和护法大仙黑三奶奶。郭守真系江苏丹阳定远人,从师龙门派第七代律师李常明,于本溪铁刹山八宝云光洞潜修。康熙二年(1663)应盛京将军乌库礼之召请,主坛祈雨,颇受隆遇,遂择地兴建三教堂(太清宫),从此揭开关东道教新幕。关于护法大仙的传说颇多,属于东北地方护法仙,具有消灾祛病、保宫护院的神力。

四进院落内原有郭祖塔、碑楼,北面中间为法堂。碑楼内置"郭真人碑记"一方。法堂前两侧横墙内嵌置"太清宫特建世系承志碑""玉皇阁碑记"

石碑各一方。这些碑刻记载了太清宫创建历史及前后诸监院接替始末，这一组建筑和石碑今已无存。（谭丽敏）

浑河的传说

浑河为什么叫"浑河"呢？是什么时候开始叫的呢？这"浑河"是当年老罕王和明朝打仗的时候开始叫的，原来那时候不叫"浑河"，它就是一般的流水河。

这个大河泡子[1]挺宽挺宽，人都搁[2]这里过。南边是明朝的兵，北边就是清兵。这个罕王要搁下边儿[3]过河，到那儿一看，明兵多，他没敢过，就回来了。这明兵呢，要过他这边儿来，要占他的。明兵的官袁崇焕就派人过来了，那人到那儿瞅着河里一看，说："河水不深，能过，没事儿，但不知清朝有多少兵马，'知己知彼，百战百胜'，咱不知道人家有多少兵马，怎么打这仗呢？"

袁崇焕说："可以看一看，听听。"不说。

单表谁呢？单表罕王。他一考虑，说："这两边儿一站，当中人家肯定要来偷袭，偷袭了咱们就守不住呀，这么办吧，就吓唬他一家伙，把马粪都往这浑河里扔！"这兵就把马粪整个儿扔了一宿[4]，这马粪扔得多呀，搁上游扔，往下游淌，下游就是明朝的兵呀，马粪淌完之后不说。

天亮的时候，这清朝的兵说："过河！"努尔哈赤带着兵就过河了。

上边儿明朝的人听说清兵过河了，一看，这河水当中全是马粪呀，寻思：可了不得，这清朝的兵来得太多了！这马过河当中光马粪就干[5]可河[6]，把河水都染浑了！就说："咱赶快退，不能打了，这仗打不了！"这明朝的兵就这么自动退了，没敢接战。

1　河泡子：河或水沟。
2　搁：这里是从的意思。
3　下边儿：这里指要从河里趟过。
4　一宿：一夜。
5　干：弄。
6　可河：满河道。

这边儿其实哪有多少兵,都是这马粪把明朝的兵给惊跑了。为了纪念这件事,就把这河叫"浑河"。

九门蝎子精

这个故事说的是发生在沈阳的事。

现在沈阳不是有八门八关吗,原先沈阳是九门八关,比现在还多一个门。一打[1]立上这门之后,这九门就总出事儿,不是丢大人就是丢孩子,或者丢猪、丢鸡,什么都丢,这咭儿死人也多。

后尾儿,经人家一看,说九门有蝎子精,这个蝎子了不得,搪不起[2],但是还没法整。它出来时往往装个小媳妇,挎着筐卖个菜伍的,都有毒。你要是买完之后,吃了就死,这把人都气坏了。

最后怎么办的呢?经官府一研究,治吧。后来搁千山找的老道,那老道都多少年的道行了。

老道说:"治是能治,但是准得找到姓'姬'的,姓'姬'的还得是鸡年生人,还得赶鸡鸣丑时把这个门堵住。"

大伙儿说:"那好吧。"就开始选。

不好遇[3]呀,选了多少日子才选着,在北门外选了一个,他家姓"姬",还是鸡年生人。最后,正赶上鸡鸣丑时一早天亮的时候,往天上放炮仗,放完之后,这个姓姬的到那儿去,亲自堵了门,就把这门堵好了。

可惜大门堵好以后,这个人就没有了。大伙儿一考虑,可能是在这门里被堵住了,没出来。

搁那么以后,这个蝎子精就没有了,他也在那门里给堵住了,做了顶门杠。所以这九门就不再闹事了,但是这九门始终也没开。

---

1 一打:自从。
2 搪不起:应付不了。
3 不好遇:不容易找到、遇到。

这就是沈阳的九门,那时候一般都知道北门的九门出蝎子。

附记:

故事中的九门地处沈阳市的大北门和小北门之间,明朝时修建,初命名为"安定门",后更名为"镇边门"。1958年施工时发现九门遗址,1976年拆除。现附近只有一个叫九门路的小巷。

故事中用鸡年生姬姓人在鸡鸣时关门来克制蝎子精,侧面反映了传统社会人们对世间万物相生相克的朴素认识。(谭丽敏)

仁义胡同的传说

这个故事是怎么个意思呢?

就说有这么一家,老大和老二分家了,老大分东院,老二分西院,当中有个胡同,过去,这胡同大车都能过去。

过去说得好嘛,"分家三天生,过了三天好弟兄",这是一点儿也不差,俩人分家以后就生了[1],这俩媳妇儿屋里也嘀咕,外边也嘀咕。

有一天,正赶上下大暴雨,这个老大就在东边往墙外培[2]墙根,这一培,就培出去了一个墙根的地方,这车就过不去了。

大伙儿搁这儿过,路也不好走,往西一拐,一下子就轧到了那边的墙根,那边的墙就倒了。这老二合计着也生气,心寻思:干脆,我就添个垛儿[3]吧!就扒开墙根往外垛[4]了一二尺。最后,这车根本就过不去了!

这堡子人叨咕:"这败家玩意儿,嘚瑟得没个地方能走了,原来挺宽个胡同能过车,现在啥也过不去!"急得到这儿就开骂。

---

1 生了:生分、生疏。
2 培:在墙根处或植物根处堆土,以达到加固的目的。
3 垛儿:墙垛儿。院墙上每隔一段距离加厚的柱状结构。
4 垛:砌。垛墙,砌墙。

这俩人越整劲头越足,就干起来了。老大说:"你和我干起来,我还往墙根上垛墙呢,我就堵死这个胡同!不是咱俩的胡同吗,别人爱走不走!"老大又往外占了一尺多,就堵死了,剩个小窄胡同,刚能过人,这车根本就过不了。

这一看,当地百姓就都举报他俩,这一举报,人家县太爷就知道了,说:"这么的吧,把他俩传来!"传来一问,他俩各说各的理。

"当初分家的时候不明,他占我的地方!"

"是他占我的!"俩人㕵㕵了一阵子。

后尾儿县太爷一看,说:"这么办,你俩回去好好反省反省,明天下午的时候我再听审!"他俩就回去了。回去一看,这堡子人也多,那㕵㕵的,不说。

单表老大的儿子,在北京念书,有文化,他这边就知道信儿了,正好他爹上县里去判案的时候,他就给他爹来信了。这堡子人有看着的,一看,他儿子写得挺好,写啥呢?说:

千里捎书为一墙,

相让几尺碍何妨?

长城万里今犹在,

不见当年秦始皇!

就告诉他爸爸:"给它退回去,叫我二叔垛吧,咱不占,我不指望你给我攒这个东西!"

他爹一看,说:"儿子说得对呀!"就到县太爷那儿去了。

县太爷是个清官,一问怎么回事儿,老大就说了:"哎呀,不争了!那时候是我没想开,这不我儿子给我来封信,您看看我儿子这封信吧,我照它办事儿。"

县太爷一看,说:"好!这小伙儿念书有出息,确实好,就应该这么劝他爹妈!好吧,那我判了!"就判了。

判完以后,县太爷说:"回去照我的字行事,你看去吧!"就写了四句话。

回来以后,到堡子一看,堡子人多啊,这回怎么办吧,他哥儿俩就把信打开了,信上怎么写的呢?说:

兄弟本是一母生,

祖宗遗业何需争,

一次见面一次教,

再次何能转弟兄。

意思是：见面应该互相教育，下辈生就不能转世为弟和兄了，你们俩掂量掂量合计吧！

这老大一合计，就哭起来了。老二瞅着信也哭了。

老二说："拉倒吧，我往回退二尺！"

老大说："我也退二尺！"

这个胡同怎的，加原来的三尺变成七尺胡同了，成了个大胡同，很宽很宽，所以这堡子人就给它起名叫"仁义胡同"。

附记：

该故事的架构和脉络与著名的一尺巷的故事基本一致。但故事中的情节已完全本地化，更容易被本地人接受并认同。此外，故事后半部分增加了部分篇幅和诗句，使得故事更加丰满有趣。（谭丽敏）

棋盘山的传说

说棋盘山有一个棋盘，这是个传说。

当年，有一个老头儿姓宁，叫宁来，他是打柴的出身，每天上山打点柴火，那时候还是个二十几岁的小伙儿，后尾儿成老头儿了。

他家有个老妈，每天他打点儿柴火，买点儿货伍的。这天，他上棋盘山打柴去，每天打完柴火之后就回来。今天他打完柴，哎？正走半道儿，看山顶有人坐着哪！那旮正好有个溜光儿的地方，一块儿大方石头，平直溜光，看起来挺好，人们都在那儿歇着。

他今天到那儿一看，正好那上坐两个老头儿，一个脸儿冲南的，一个脸儿冲北的，正下棋呢！那时候下什么棋呢？就是象棋，石头上摆的棋子，两人正拿象棋下子儿呢！棋子瞅着像石头的似的，挺鼓溜，两人在那"哼哼"下。一个老头儿穿褐色衣服的，一个穿红得噜儿的衣裳，他就在旁边儿瞅着他俩下。一边还有一个小孩儿蹲着,两个童子伺候着,都有十三四岁。他说:"这些人是哪儿的呀?瞅着像出家人似的,脑袋都绑的奔拉绺儿,在头上面系着呢!"他瞅瞅不认得他们。

单表说这两人是谁呢?一个是太白金星,一个是太上老君,他俩一高兴,跑这儿来下棋了。他们下着,他就瞅着。已经快到傍响[1]的工夫了,两人饿了,就问童子,说:"童子,拿点什么吃的过来。"

童子说:"好吧!"童子就捧几个仙桃,给剥完、擦好之后,就搁那儿了,两人就吃桃,他就瞅着,桃挺大挺好啊!人家吃完顺手把桃核就扔地下了。宁来这小伙儿寻思寻思,他也渴,顺手就捡,一看没啃净,他也不嫌埋汰,擦巴擦巴就啃。一吃,好吃呀!甜哪!他吃完这个,又吃那个桃核儿。人家吃了五六个桃,他呢?这五六个桃核都让他个人啃了。啃完以后,他就瞅着他们下棋呀!越看越有兴趣,他挺高兴,接着卖呆儿[2]。就看这身边的草木啊,一阵黄,一阵绿;一阵绿,一阵黄似的啊,抬头看上面,瞅着像一个什么呢?就像一个球似的,顺东边滚到西边,西边滚到东边,来回地滚。他寻思这天是怎么了呢?要变天?来回像个球似的滚?他也不懂。

下完之后,这工夫就听天上边说话了:"还不回去吗?还下吗?"

完这俩老头儿笑了,说:"啊!我们这就回去。"这两人合计合计,着急走啊!说:"这么办吧!棋盘不用拿了,不要了。"两个神仙带着童子,顺手掏出个东西,像个木头鹤似的,他们骑上面,它张张个膀儿,就驮着他们飞了。

他就说:"这两人能耐啊!身上带着个木头鹤,能骑上它走,真出奇透了。"他到那儿一看,棋盘棋子在那儿搁着呢!他寻思:这地方是不错,没事儿上这儿下下棋也挺好的,回去吧!他自己下山就回家了。在路上他就觉着不对,说:"不对呀!我来的时候是春天,打柴时候的嘛!这怎么像秋天景儿[3]了呢?怎么这么几天的工夫就变了呢?"他寻思到秋天了,因为那不是一个春景儿了,这会儿到家了。

一进堡子,堡子变样了,原来的小房变大房,大房变好房了,人家也多了。他想:哎?这不是咱堡子吗?堡子也变了,怎么回事儿呢?找着他个人的堡子,找着个人住的地方了。到那儿一看,大房子都盖得挺整齐,他就往里走。

出来的人说:"你哪儿的?"一个小伙儿问他。

---

1 傍响:将近正午之时。
2 卖呆儿:闲来无事看热闹。
3 景儿:表示情况、情景。

他说:"我就这院儿的呗!还问我哪儿的!"

小伙儿说:"你这院儿的?你姓啥呀?"

他说:"我姓宁呗!"

小伙儿说:"你姓宁?"这时候就有不少人来看了,说:"你姓宁,上这块儿来干啥的?"

他说:"我叫宁来,我就是这院的小伙儿。"

人们说:"你这样还小伙儿?"上去就把他拽住了,"你别上这来找便宜!那宁来是我爷爷辈呢!你还是宁来?"

哎呀!大伙儿一吵吵,后尾儿有一个长着白胡子的八十多岁的老头儿到外边一看,说:"别吵吵了,当年哪!咱们老宁家有一个人叫宁来,他五月节上山打柴火,一直没回来,也没有音信,人是真有这个人,但他是不是,那不一定。"

一问怎么回事儿,他就把怎么怎么看下棋事儿一提,大伙儿都知道了。大伙儿说:"哎呀!不用问哪,你那时候距现在都有一百多年了,你还活到现在,还是小伙儿呢!你这是成神了!咱到山上看看吧!"

大伙儿到山上看,这棋盘还有,棋子也有,但这棋子只能下,不能拿,来回晃荡着走行,像带吸铁石似的。搁那么,人们给这山起个名儿叫棋盘山,这么得的"棋盘山"这个名儿。

当年这就是太上老君和太白金星下棋的地方,这宁来他就搁那成神了。

刺儿山庙的传说

这个刺儿山庙原来在抚顺南边儿。它有个什么传说呢?

原来刺儿山那旮儿有个大泉眼,泉水一直往外蹿,再一赶上雨大,水顺山上下来,可了不得!蹿得那沟里全都是水,山下年年都涝啊,当地百姓被涝得邪乎,所以那地方百姓挺疾苦。

有这么一年啊,正好来了一个老和尚化缘,打算到各家化点儿吃的。大伙儿说:"你化缘哪?我们吃饭都吃不上来了,山水老大了!"

和尚说:"哪儿的山水?"

大伙儿说:"刺儿山水呗,那泉眼大!"

和尚说:"那不堵上?"

大伙儿说:"哪能堵得了?你搁石头都得冲跑,那还了得!"

和尚说:"不能那样啊!这么办,明儿你们去,我帮你们堵堵它。"

大伙儿说:"你能堵吗?"

"能堵,你们去吧!"老和尚就说,"这么的,我不吃饭,也不喝水,我就和你们说一说。你们这个地方应该把这个山修一修,修完以后,把这个泉眼堵上,当地百姓生活就能好一点儿,这现在多难哪!"

大伙儿说:"就差堵不住嘛!我们也不是没堵过,多少次都堵过,镶都镶不住。"

当时那是搁白灰啊,没有水泥,就是搁白灰都堵不住。和尚说:"不一定,明儿个你们都去,我给你们看看。"

第二天,大伙儿就都去了。大伙儿有好信儿的到那儿一看,这个老和尚往那儿一坐,就坐在泉眼上了。这屁股一坐,就把泉眼坐住了,水一点儿也不冒了,全堵住了。

"哎呀!"大伙儿说,"可了不得了,这是个神仙哪!"

和尚眼睛一闭,也不吱声,不动弹了,已经死了。大伙儿都说:"这是个老比丘啊,得在这处按他这形儿用泥给他捏个像,修个弥像,再修座庙。"

所以就在老和尚打坐这儿修了座庙。修完庙以后,搁那么,这旮旯儿永久不发涝,这泉水也不出来了。

要不大伙儿说这个弥像谁也不敢动呢!动弹完之后,水就得上来。所以这说明那旮旯儿有大苦啊,佛爷下来救大伙儿来的。这就是刺儿山庙传说,搁那么,那个庙可灵了,算得也成准了[1]。后尾儿,大伙儿就在老和尚坐的地方修了老大一个庙,把他修里了。

附记:

"弥像"并非是"泥像"。当地民间认为,肉身佛像叫作弥像,外形与罗汉像类似,神似罗汉但又不具罗汉的特点,此故事中便指用泥膏在外部包裹

---

[1] 成准了:指有求必应。

修饰的简朴的肉身佛像。谭振山讲述这个故事时特别强调弥像的神态呈现一种"架子大""牛哄哄"的傲气神态。(谭丽敏)

本溪水洞的传说

本溪水洞,这个水洞有年头儿了,不过,原先的时候没发现。在早是战争时候日本人先发现了,之后又给屯[1]上了,咱们是解放以后才发现的。

这个水洞咋来的呢,有讲说当年是养什么玩意儿扔下[2]的呢?是说在开天辟地的时候,有的本溪水洞。当时谁在那出家修炼呢?就是鸿钧老祖,咱们中国最大的老祖宗,叫鸿钧老祖。他下面儿有三教主,开天辟地就是这个鸿钧老祖。

鸿钧老祖原身是啥呢?原是个大石头,它这个石头就是在本溪水洞修成仙的。要不为什么这个水洞,这么长、这么深、这么宽大呢?那就是他的老家,他在那儿修行的。

他在那儿修行当中,那时候连天地都没有呢,混沌的一片,那鸿钧老祖造的天地。这个据我所知,造完天地之后,有天有地了,他就还在那儿修行。再后来赶上大洪水,那时候水大啊,水到哪都倒一片,洪水都能灭世啊,洪水落下去后,还是一片汪洋,一些动物就没地方待了,他便养了这些个动物,就是耗子啊、老虎啊啥的,都在水洞里养活着呢。

等到平安无事的时候了,地面也露出来了,动物也有生存的空间了,这个老祖就说话了,说:"这么办吧,你们这些动物都出去吧。谁先出去谁是老大哥,后出去排行后面。"

这些动物们就说:"好吧。"

这开始的时候啊,水洞的门挺大、挺厚,这老祖说:"你们就把这门打开,拱着出吧。"

这牛多厉害,老牦牛也奔去了,"叮当"鼓捣[3]那个门,就用犄角把门撬个缝儿。

---

[1] 屯:聚土截水。这里指掩盖、遮挡。
[2] 扔下:遗留。
[3] 鼓捣:摆弄、研究、琢磨。

这刚撬个缝儿,这个耗子尖[1],"咻溜[2]"钻出去了。所以十二属相当中,耗子当老大,子鼠嘛。牛老二,别看它亲自剜开的,它没出来。剜开门,耗子出来了。下边儿一个一个出来的,这十二属相就是搁本溪水洞留下的。

要不就说这个水洞年头儿多呢,现在就是这个水洞有多深、多远,探险家也没探着。搁现在,旅游也不敢到最深的地方去,旅游就是溜达最一般的地方,这个水洞还是比较神秘的。

千山夹扁石(一)

要说这个千山啊,那是古代多少年以前的老山,这山里有一个夹扁石。

一般到了千山之后,都上夹扁石,夹扁石过去就是天上天,你要是想上天上天,就非得过这夹扁石不行。

到了那旮旯儿之后啊,那都得注意,山上石头因常年雨水冲刷特别滑,值得一提的是,在这夹扁石前边儿有一棵可怜松,为啥叫可怜松呢?那都是当地人们给起的,这小松树不大,长在石头缝儿里,有那么点儿土星儿拖着,在山上摇摇坠坠,那叫一个可怜,来来去去的人感叹多少年了这棵小树还艰难地活着,就都叫它可怜松,慢慢也就叫开了。

再说那夹扁石,更奇怪,下多大雨都不漏啊,你就从那过,身上一丁点儿都不带湿的,雨水顺着那石头缝儿转圈儿就消失了,那就像有个洞似的,就搁那个洞过去。这两石之间多高多长呢?高也就三米左右,长有个四米左右,上宽下窄,宽的话平均也能有半米,就那么一辘轳儿[3],都得搁那儿过,才能到天上天呢。相传唯有好人,才能过去,坏人则难以过去。

夹扁石前面儿呢?有一个小道儿,不太宽,还窄,所以也不用绳儿拦着。但你要

1　尖:聪明。
2　咻溜:迅速、敏捷。
3　一辘轳儿:一段距离。

是不注意，就有可能掉下去。要不为啥那时候夹扁石，有这么一道古嗑儿[1]呢？怎么说的呢？有这么几句话。一说："山峰八步险，迈步要检点。"八步就进了夹扁石了，这块儿不注意就完了。二说："要上天上天，不怕身夹扁！"你不过夹扁石，就上不了天上天。这就是两句古话。

所以到了千山之后，虽然都知道这地方危险，但还都要到夹扁石看看。你无论是多大个子，多胖，还都能过去。就是你得哈腰，脑袋哈着，腰哈着，到那儿慢慢儿蹭，才能过去呢。

再说那夹扁石下面儿的石头啊，磨得溜平溜平的！那会儿人都是一个挨着一个走的，在那儿磨着走，时间长了石头也就磨平了，也能说明来来去去的人太多了。

这是千山的奥妙，夹扁石的奥妙。

千山夹扁石（二）

千山这地方咱都去过，那儿我也去过。那儿确实从古以来就是个风景区，是个成仙得道的好地方。

一进山门东边有个王尔烈的读书楼，下边有个夹扁石，这夹扁石那咱是一个危险地儿，别看危险，来来往往人还不少，但就没出过事故，没摔过人，也让大伙儿觉得挺奇怪的。那咱还有王尔烈亲笔题的话，怎么说的呢？

"八步山峰险，迈步要检点。为上天上天，不怕身夹扁。"

意思就是你搁这夹扁石过去，才能到"天上天"，这谁都知道这么个地方。

这咱先不说，单说啥呢？

千山上有一个千年的大蟒，多少年了就在这山上待着，虽然这山风景和气候都很适合修行，也是难得的好地方，但它老寻思着，能不能再走上一走呢？过去说得好，"蟒入海成蛟龙"，蟒要成蛟龙那不更妥了吗？我山上不爱待，到海里当龙王去，管理水族去。它就整天琢磨这个事。

---

[1] 古嗑儿：古话。

这天它就转化成人形了，变成了一个二十多岁的小伙子，就到千山老庙去了。这庙里面有个老闭修，啥叫"闭修"呢？就是得道的高人，不吃东西就在那儿一坐，就那么个老道。它一进屋就跟那老道说："呦，道友。"

老道抬头一瞅它，就明白了，答到："道友。"

他说："你老今年得有多大岁数了？"

老道说："啊，我今年六七十岁了。"

他就说了："我今天来没别的，道友，我会会[1]你，我打算讨一签。"

"你讨什么签？你说吧。"

"我打算出趟门，你看行不行？"

"那你讨一签吧。"

他就从签筒里抓一签出来，一看是个"中平签"。这时候老道说话了："我不管你是什么签，我看明白了，咱俩说实话，我也知道你不是老百姓，我就告诉你，你不能去。这回你如果出去之后，对你身体不利呀，你想的肯定得落空。"

"我意已决，已经要去了，咋还不行呢？"

"你呀，我明白，你是打算入海呀。"

"对呀，都说'蟒入海成蛟龙'，你也知道，我不瞒你，我是蟒仙。"

"我看出来了，我知道你呀。你不能去，对你不利呀，现在你印堂发暗，此行恐怕有危险。"

他说："那我高低也得去。"

老道说："那好吧，既然你执意要去，我就不能管了，我说得也仁至义尽了，你考虑考虑吧。"

就这样，这个蟒仙第二天就走了，打了个小黄包袱，个人就奔海去了。那时候入海就得奔营口走，到营口他就上船了，等到了营口入海口的时候，这船就进不去了，就在入海口那儿直打磨磨，摆不进去了。那时候不像现在用的都是机械，在早都是搁人摆船，这船家常年出海，人家就明白了，就对众人说："怎么回事，这船上是不是有谁带什么不对的东西了咋的？"这蟒仙没吱声，还在那儿坐着。

这工夫劲儿就看前边"唰"一下，一边儿起来俩大红旗杆。这摆船的就说："哎

---

[1] 会会：挑战。

呀,可了不得,虾将上来了,这肯定有事呀,咱这一船人呢,好几十条性命呢!谁要是带什么不对的东西或者哪位大仙哪,你们急速脱离呀,船上人性命要紧哪。"

这工夫,他就从人群里站起来了,说:"不用害怕,我下去就好了,我沉,坠的。"说着就把黄包袱打开了,掏出两把单刀来,把包袱往腰上一系,顺势就跳海里去了。跳下去之后,船"嗖"一下就浮起来,也不往下沉了,这船也不往前边去了,靠边儿停着。

他一跳下去,就看大旗杆"唰"地压下去了,河里就翻上水花了,翻了半天工夫,一看怎么的呢,有一个旗杆浮上来剩半截了,那海水都染红了,不用想啊,这是双方打起来了。没一会儿,虾将就剩一个了,就看剩下那个虾将用大旗杆挑着一条挺老长的青花大蟒,头半搭在旗杆上,尾巴还垂在海里,周围都是血水,大伙儿一看就明白了,刚才跳下去那人是蟒啊,这工夫船也就继续往前走了。老道当时就算出它有一劫,这不,蟒入海就没成功。

要说这千山是个重要地方啊,那蟒仙啊、高僧啊什么都有。

附记:

北方民间传说中有蛇修炼千年成蟒,蟒修炼千年成蚺,蚺修炼千年成蛟,蛟修炼千年成龙,龙修炼千年成角龙,角龙修炼五百年成应龙之说,此传说中反映了这一传说。故事中以蟒在老道那里求得一不利卦签,不听劝阻,执意孤行,最终应验而丧命,反映了古人"命由天定"的信仰意识。

(谭丽敏)

太子河的传说

过去,当皇帝的那都是金口玉言。

当年罕王刚当皇帝的时候,带着儿子亲自在城南荒草河一带打仗,正赶上三伏天。那时候是撵明朝崇祯的兵马,正赶上前面有条荒草河,到荒草河一看,这河水清澈,但水流急,兵马过不去呀!没办法,罕王就说:"这么办,今儿先不走,明天早上河水上冻了再过！"

第二天等到天要亮的时候，罕王就说："大太子，你去看看，你看看荒草河冻没冻，冻上了就过河！"

大太子骑马到那儿一看，那三伏天河水能冻吗！回来就说："启禀父王，荒草河没冻，这伏天哪能冻呀？"

罕王就说："给我拉出去斩了，混蛋，不懂事！"就把大太子给杀了。他又说："二太子，你去！"

二太子到那儿一看，真没冻呀，回来说："启禀父王，我哥说得对啊，那确实没冻呀！"

罕王说："斩了！"又把二太子斩了。他又告诉三太子说："你去，看看荒草河冻没冻！"

三太子到那儿一看，那河确实没冻，他一考虑，我要说没冻，回去我也得被斩呀！他回去就说："启禀父王，河现在已经冻好了，溜明崭亮的，可以过兵。"

"好！"这罕王就带着兵马到了荒草河，到那一看，河边还是绿莹莹的树木，但河上如三太子说的那样溜明崭亮的都冻上了，便带着大队人马"咔咔"就过去了，他们就真的过去了！

其实是怎么回事呢？这罕王有功呀，就他这一句话，龙王就让鱼兵虾蟹给他们铺了座桥。要不你看这王八盖儿上都有马蹄印呢，那就是罕王当初过河时候踩的。

后尾儿一看，因为过这个河，杀了两个太子，也是为了纪念太子，罕王就说："这么办吧，这荒草河就改叫太子河吧！"

这就是太子河的来历。

附记：

太子河是辽宁省较大河流之一，流贯辽阳、本溪境内。太子河古称衍水，汉称大梁河，辽称东梁河，金时称无鲁呼必喇沙，意为芦苇河。明称太子河，清称太资河。关于努尔哈赤与太子河名称由来的上述传说在辽宁境内流传较广。（谭丽敏）

铁刹山朝阳洞探险

在早,"八宝"铁刹山那儿有个朝阳洞,这朝阳洞的出口据说在铁岭。

这个山有多深谁也不知道,像个谜一样,当地也有很多人尝试,陆陆续续进了朝阳洞几批人,这些人都是身强力壮或者有点爬山经验的人,但是一般到里面去的人就没有回来的,也不知道个死活,时间久了,传得也就更神了,就没有人愿意去尝试了。

再后来,虽然没有人敢进洞去尝试,但也都憋着劲想着总一天还得探探这山。有一次,有个人就突然想到个招儿,怎么办呢?就是把狗送进去了,送进去之后这头就把门堵上了,防止狗再跑回来,一晃几天了,打开洞口,夹着胆子往里面走了一段,听没有狗的声音,就立马从洞里退出来了。单说这狗呢,搁哪儿出来的呢?搁铁岭一个隧道口子出来的,就是铁岭北山后面的一个出口,两地相隔一百里那么远。

搁那么之后就知道这山是通着的。

望儿山的传说

这望儿山在熊岳城。当年有母子二人,就妈妈和儿子,爹死得早。儿子念书念得挺上进,这个妈也一心供他念书,就宁可出点儿力,剜点儿菜,喂点儿猪,也供这儿子。

这个儿子岁数也大了,到二三十岁了,说:"妈,我得走了,赶考去呢!"

他妈说:"你去吧!"儿子拿点儿盘缠就赶考去了。

那时候进京赶考要坐大船啊,她儿子坐上船之后走半道儿上该然[1]起大风了,把船给刮翻了,这船上的人全都死了。但他妈不知道她儿子死啊,这一天天就盼呀,今天盼呀,明天盼……

她每天上哪儿呢?熊岳有个山,她就上这个山顶上去,在那儿坐着,看她儿子。

---

[1] 该然:赶巧儿。

他搁海上回来呀，熊岳山下面不就是海吗，那儿正靠海港呀，她儿子回来的话正搁那儿下船。

他一走，这个妈盼了三四年儿子也没回来，她儿子死了回不来了。当母亲的盼儿心切啊，天下慈母心嘛！这妈特别惦记儿子。大雨也好，刮风也好，下雪也好，她都不顾，就是风雨不顾地看她儿子，最后她就死到山上了。

这堡屯都知道这个老太太，但谁劝她也不听，她就是想这儿子，望这儿子，最后她死了，为了纪念她，堡屯给她修个庙，塑个老太太像，在那儿写着"望儿山"。

"望儿山"就是这么留下的。

附记：

望儿山，位于营口市熊岳镇东两公里处，山顶有一藏式青砖塔，名曰望儿塔，建于明末清初，远看如一位母亲伫立山头日夜守望大海，盼望远方的儿子归来。望儿山是辽南名山，以母爱传说得名，也以母爱为主题而名扬天下。（谭丽敏）

小津舍身造桥

这个故事原先在沈阳大北东头有个地方，名叫小津桥，原来这块有座桥，现在桥都扒了盖大楼了。这个地区原来啥样呢？就是东西有条大河，河水还挺大，没有桥，谁要过去那难透了，一发水，就房倒屋塌，淹死人，所以那地方苦得邪乎。

当地有个财主叫王黑心，本来他叫王德心，但是他为人自私牟利，平时还坑害乡邻，大伙就给他改名叫王黑心，他土地也多，房屋也多，家奴也多。另外，他和当地县太老爷勾结上了，当地税钱都归他齐[1]，明明一亩地要一文钱，他要两文钱，人家要一两银子，他要二两，所以把当地人弄得苦得邪乎了。单说东西这条大河，那一到发水的时候更难，每年都有人或牲畜折里面，大伙都盼着能修座桥，王黑心是年年齐

---

[1] 齐：收集。

修桥钱，也不见他开工。他齐完之后就往兜里一揣，回家买地，不造这桥，你不给还不行，不给他就动硬的，把百姓欺负坏了。

这桥一拖就好几年，这桥呢也在建，就是不见起，今天整吧点，明天堆吧点，就是对付，老百姓心里明白的，谁也不敢闹事。

有这么一年，正赶上造桥的工夫，来这么个女人，有三四十岁，长得好，长得眉是眉、眼是眼，精神得邪乎。女人带俩小子来到王财主门外，要见王员外，底下人去传禀，就跑屋去说了，说："门口现在来一个女的，带俩孩子，要见您，讨点饭吃，说饿了。"

王黑心说："哪有饭给她吃啊！"

底下人说："那女的长得漂亮，别看三十多岁，比您夫人都强。"

王黑心一合计说："是吗？那让她进来吧！"

随后就叫她进来了。嗯？这王黑心一看，真好看！这女的确实长得好啊，就让到后屋去了，让底下人做饭。王黑心一问，这女的就回话了："我呀，没有男的了，就这俩孩子，大的叫大津，小的叫小津，大津今年十六岁，小津今年十二岁。这俩孩子都念点书，没办法，生活不过来，就讨着要着吃。到你们这儿，像你们家大、业大、人情广的地方，俺们能不能找碗饭吃？也不用给多少钱，给我们点饭吃就行，叫大孩子给你们放放牛，小孩子给你们放放猪，我给你们抹抹擦擦，收拾收拾屋子。"

王黑心说："好，答应你们，那没说的。"

他问小孩："念几年书了？"

小孩说："我念二年了。"

王黑心说："我墙上有几个字，你看认得不认得，能看下来不？"

小孩一看，写的是梅花篆字，一般不认得。小孩一看就笑了，说："我认得。"

"认得，你说说意思吧。"

"别看我念二年书，你这几个字有点含义，头一个是青气，第二个是南员，第三个是方便，第四个是财主，你这几个字是'天官赐福'。"

"那好啊，你说得不错。"一看小孩儿挺精，留下了。他说："留是留下，我得跟你说，你现在三十多岁，没有男的，我现在有六个夫人，都三十来岁，但是哪个也没有你好看。我就收你做七房夫人，你看行不行？"

女的说："那我不能干，我哪能做夫人呢？我就来找碗饭吃，帮你干活行，我不能出门。"

王黑心说:"不出门?你回头看看你能出去吗?"

女的回头一看,大门锁上了,可院子打手啊!王黑心说:"你嫁也得嫁,不嫁也得嫁。"

女的没办法了,说:"嫁也好,不嫁也好,我在你这儿待些日子,品品你。"

王黑心说:"那好吧。"女的就在那儿待着。

过了几天,正好人家修桥。女的说:"这么办,俺们家祖传的修桥,你要修桥不难,你拿多少钱修吧?"

他说:"那就包你们娘仨修吧,多少多少钱,修不上我就找你,你就嫁我,修上就拉倒。"

女的说:"好吧。"这她就应下了。

王黑心当时就问她:"你几个月能修完啊?"

大津就说:"你能给多少日子?"

"这么的吧,给你俩月。"

"那不行,俺们这祖传修桥,不怕少。"

"一个月。"

"还多。"

"十天。"

"行,就十天吧。"

这王黑心就变道了,我工人也不给你,料也不给你,你修不上,干脆就抱蹲[1]吧!所以就不给她料,她也一直没动工,到七八天头上了。王黑心就找他们了:"怎么办吧,你们没修一点,工也没动,你们娘仨怎么办?"

这女的就说了:"我领他们去修。"到第九天头上了,她带着俩儿子就站河边,就喊:"小津啊,你把桥修上。"就看小津顺河底下一蹿,就起来了,像条金龙似的,在天上趴了半天,就趴河两岸了,瞬间大河上平地起座桥,大津这时候变成了条龙,他妈就骑龙飞走了。王黑心一看这龙有龙珠,贪心就上来了,他就拽龙尾巴,龙一甩,就把王黑心甩到河里淹死了。

---

[1] 抱蹲:因为失业没有饭吃,流浪街头。此处意为眼巴巴瞅着,没办法,无法进行。

这个小津就没走，人家那俩飞走了。最后小津就卧在桥上了。所以，第二天天亮，大伙儿一看桥造好了，没使唤一根木头，没用一块石头，整个龙盘着变成一座桥，桥造得带劲[1]，你瞅着还是木头桥，为了感谢小津，就起名叫小津桥。

附记：

小津桥位于沈阳市大东区西部，毗邻津桥路。小津桥有两个传说，除上述民间传说外还有一则说法。相传后金天命十年（1625），清太祖努尔哈赤由东京（辽阳）迁都盛京（沈阳）。天聪五年（1631），清太宗皇太极在明代基础上改建盛京古城，城内人口大增，住在城东北角的许多农户，把福胜门（大北门）以东至内治门（小东门）之间的大片农田改作菜园子。因地势低洼易涝，每逢雨季，各处的雨水和附近居民倾倒的污水都汇集在这里，天长地久便冲出一条东西流向的臭水沟，水深约6尺，人们往来十分不便。据说当时有一金姓寡妇，颇有资财，她为行善积德，便出钱雇人修建一座青石铺面、设有栏杆的拱形石桥，此举深受当地百姓颂扬。桥建好后请文人为桥取名，因"金""津"同音，"津"为"渡口"之义，故将此桥命名为"小津桥"。（谭丽敏）

---

1 带劲：好，漂亮。

锔大家伙

这个故事发生在辽滨塔。

清朝的时候，就在这个辽滨塔修完以后，由于年久日深，这个塔就出裂纹了。

出裂纹以后不说，单说塔下有个堡子。这天来了一个锔锅的，走到那儿就喊："锔大家伙，锔大家伙！"

别人一听，就和他说："你站一站，你锔不锔锅？"

他说："我不锔锅，我专锔大物！"

"缸呢？"

"缸也不锔。"

"这些玩意儿你不锔，你可锔啥呢？"

"不怕大！"

有个女的就笑着说："不怕大？俺那儿有个塔，两半了，你给锔上吧，那玩意儿可大！"女的说完后，锔锅的就笑了，也没说啥。

到了第二天早上，正赶上下大雾，这雾大呀！天还没亮的时候，大伙儿就听见塔上"叮叮当、叮叮当"地响。等天亮以后，日头出来了，阳光一照，有搁那儿走的，一看，好大个锔子，真把这个塔给锔上了！

以前塔没扒的时候，这个锔子还在那儿呢！

人们都说这是鲁班显圣了，是鲁班师傅下来把这个塔给锔上的。

附记：

"锔"是指用两头弯曲的铁或铜的锔钉来固定建材或接补器具裂隙，也称"锢漏"；锔钉也称"巴锔子"。不同于文玩锔瓷工艺的精湛，早年乡间锔锅锔碗的工匠属于流动性生计，其修补工艺风格粗犷，以实用和便宜为主，不注重观赏效果。

锔锅锔碗工匠的装扮和挑担的剃头匠装扮基本相同，都是身系大围裙，肩上一根扁担，前面挑着火炉，后面挑一个多格木匣，木匣里放着金刚钻、老虎钳等工具，木匣上斜放着马凳，走村串户，口中吆喝着"锔锅——锔碗儿——锔大缸"，靠给人修补家用器具为生，收入微薄。乡间需要锔物件的人家也大都是收入低微的穷苦人家，因其社会地位低下，民间有"交人不交锔锅匠"的俗语。

"锔"这门手艺不仅仅用于锔锅锔碗，还被应用于建筑上，即指用大锔钉来固定老式木质房架子，以达到加固的作用。故事中人们认为锔塔是鲁班显圣，应该也与这门技艺的特点有关。（谭丽敏）

泰山石敢当

过去在咱们这旮，一般墙角都埋块儿大石头，上面写上：泰山石敢当。这代表什么呢？咱们就讲讲这段。

石敢当是关里人，住在关里泰山旁边一个村子里。这石敢当人特别好，武术也好，还仁义，还道德。一般堡子里要是谁遇到不公平的事了，赶上他遇到或者找到他的，他都帮忙，到那儿他敢出头；官家如果收什么钱不合理了，他也带头跟官讲道理摆事实；要是有一些街上的二流子祸害百姓，他也敢下手。他就像个侠客似的，不管什么事他都不怕，所以当地人都把石敢当看成神仙一样。

"有了石敢当就什么事都不怕"，这一说法兴开之后，慢慢地都传开了。石敢当死了以后就传到全国，皇帝知晓他保护一方乡邻的事迹后，也下了皇封，叫"泰山石敢当"。慢慢地，各地闹鬼也好，闹什么也好，都写"泰山石敢当"。要不你们以后看看古物也能看到，在老石头上刻着"泰山石敢当"。

为什么"石敢当"能到处流传呢？是因为他这个人正义，所有恶人都怕正义，邪不侵正，所以能有石敢当。

五大连池大战

这个故事发生在黑龙江省的五大连池。

据讲[1]这山上有五个池子，上通下，底下有四个，紧尖儿上[2]有一个。这底下四个池子打鱼不多打的话随便用，一般你打点鱼回去用，就先上上供，上上香，你再叨咕叨咕，比如打鱼的说："我家来客了，打三斤二斤鱼就行，不用多。"那你下去网，不一会儿就弄个三斤二斤的，你别多整，再多整就容易出事儿了。

紧上面那个池子谁也不敢打鱼，为什么呢？那池子当中的鱼特殊，一般鱼的鱼鳞冲后长，那池子鱼的鱼鳞冲前长，往前龇着[3]，所以谁都害怕。再者，为什么说怕呢？上面池子是谁的呢？就是秃尾巴老李的，原来有一个秃尾巴龙在那儿待着。五大连池是它的老家，所以一般谁也不敢去。

单说这一年哪，日本人来了以后啊！他们就用这个望水镜——往水里瞅的镜头，说这水里有两个金虫子。他们是看着水里的龙了。他们想这俩玩意儿得给抓出来，拿回去这是宝啊！他那怎么整呢？一考虑用生白灰灌吧，就把那生白灰拉来了，一色儿[4]的生白灰呀，那家伙成车地直门儿往这儿载，那家伙！是载多少吨哪！什么也架不住这老些生白灰灌呀！

大车队占去了半条道，这生白灰总算全拉到了，准备明天灌。这刚擦黑儿就来天头[5]了，紧接着雨就下来了，这雨才大哪！大暴雨，连雨带风，还急，呼呼嗷嗷的，都来不及给白灰遮盖上。一袋烟的工夫，把白灰给冲跑了不算，水顺着上面的池子就哗哗地淌出来了，不但把山给冲了，连山傍拉的房子都给干倒不少。那傍拉的日本人原本还想着捞宝呢，这一宿的工夫给淹死不少，搁那么日本人就不敢动弹了，一直挺到他们投降也没再动弹这池子。

现在这五大连池还在，凡是要用鱼的，去的话上点儿供，叨咕叨咕，就可以拿点儿鱼，还是啥说道儿没有，伸手就来啊！如果你指着打多少鱼卖多少钱，那就不行。

1　据讲：听说。
2　紧尖儿上：最上面。
3　龇着：张开。
4　一色儿：一律，全部。
5　天头：天象，天气。

玄阳寺

这个玄阳寺在哪儿呢？在黑龙江省的一个山上。

为什么叫玄阳寺呢？

当初有这么一个大庙，庙里有一个老和尚和一个小徒弟。这老和尚岁数不小，那都有五六十岁了，都有一点儿道行了。这小徒弟小，有多大呢？也就是十四五岁，他是在小的时候许给庙里的。

这小孩去了庙里之后，老和尚就像对大人那样指使他，扫庙院子、收拾庙屋，什么活儿都找他，天天干活，累得噼里啪啦的，收拾不净的话，老和尚还给两撇子[1]。另外，庙里养活的一些鸡啥的还都得他喂。这一天就过去了。不说。

单表有一天，老和尚化缘去了。他化缘化啥呢？不是化粮食吃，而是找有钱人家写簿子。他到那儿之后，就说这庙现在打算建筑，但没钱，有钱的就这个五元、那个八元的给支援点儿。老和尚就化这缘，这能靠住，化粮食靠不住哇！

单说这天，小和尚在家正自己收拾院呢，就听外边一阵风响，他寻思这哪儿来的风呢？就到外边看看，没有风，风停了。

这工夫就见一小孩儿从门口蹦蹦跶跶进来了，这小孩儿也有八九岁了，穿个红兜兜，还光着屁股。小孩儿小啊，小和尚一看，这小孩儿挺招人稀罕，他就问小孩儿："你哪儿的？"

小孩儿说："我是山下边的孩子，我在树林那边住。"

小和尚说："啊！来吧，到屋里待一会儿吧！"

俩人就到屋了。到屋后，俩人处得挺近便[2]，他比那小孩大五六岁。俩人一块儿待了两三天，小和尚就不愿意干活了，天天就和那小孩儿玩。

这天他师父回来了，到屋一看，说："你这屋咋没收拾呢？你咋啥也没干，净待着呢？"

他说："我没有工夫，没顾得上收拾。"这师父一听不愿意了，就给了他两撇子，

---

1 撇子：耳光。
2 近便：关系亲密。

完了他就哭。

第二天，他师父又走了。走了以后，这小孩儿又来了，他俩还是一天天地玩。

有一天，老和尚回来得早，正好这小孩儿还没走，在那儿待着呢，他就看到了，说："啊！怨不得¹你不收拾房子院子，原来你留个孩子跟你玩啊！"

老和尚往前走了两步，就看着这小孩儿说："咦？你不是……"没等他说完呢，这小孩就蹽²了。他就过去抓，但没抓住。

完了，他就跟徒儿说："徒儿，不急眼了，你来！"小和尚走过去，他就说："你和这小孩儿的关系挺好，你挺仁义，明天还让他来，没事儿，师父不说你！"说完之后，他就在庙里待着。

后来，这小孩儿就不来了。一眨眼过去四五天了，小孩还没来，老和尚就跟小和尚说："我得走了！我告诉你，我走了之后，他要再来，你就把这线坠别在他衣服上。"完了他就给小和尚拿来一个线团，上面还别了个针。

他说："你别他肚兜后边的带儿上就行，你也不用说啥。"

小和尚问："师父，干啥？"

"你不用问，这别上之后，我有用项。"他也没说是啥事儿。

这小和尚小，啥事儿也不懂呀，就说："行啊！"

老和尚不在家，小孩儿就又来了，扒门上一看，没有老师父，他就进屋了。进屋后，俩人还一块玩儿。

到了下晚儿，小孩儿要走了，小和尚就跟玩儿似的，把线坠别在他肚兜的带儿上了，完了小孩就走了。

这工夫，下晚儿老和尚回来了。回来一问，针别上了，老和尚就说："走吧！"带着徒弟，俩人就往出走。

俩人就瞅这线坠轱辘到哪儿，就往哪儿走。那线坠长啊，线走，线坠就在地上轱辘，他们就捋着这线找，一找找到了北山沟。

他俩到大山涧一看，那儿有个窟窿，在窟窿下边有一棵大树，树的下边有一棵人参，那人参都盖苗了。这地方背得邪乎，没人来，老和尚就说："这是宝啊，你知道

1　怨不得：怪不得，原来是这样。
2　蹽：跑。

不？咱们挖吧！"老和尚就弄上现成的朱线，爷俩儿就把它挖出来了。

挖出来一看，是一个胖小子的样儿，有多重呢？那能有八九两重啊！老和尚就说："这回妥了，这是宝！"他们就拿回来了。

拿回来以后，老和尚就跟徒弟说："这么办，先煮煮它，你给我烧火。"他是徒弟，不听不行，烧吧！他就把这玩意儿扔到锅里，上边全盖好后，就加上火了。

正烧到要熟的时候，老和尚就告诉他说："你好好烧这火，这火头不大不行！不过，这锅里不兴[1]你动，不兴你看！"

这该然哪，正赶上谁呢？下边有个老员外，找这老和尚。找他干啥呢？这老员外的姑娘有点儿毛病，叫他上家去，给画道符。这老和尚不去不行啊，他就去了。

老和尚临走前就跟这小徒弟说："你不兴动！"

小和尚说："我不动！"

老和尚这就走了。

老和尚走了以后，单表这小徒弟就在那儿烧火。烧完之后，他闻见锅里香得邪乎，就偷偷地把锅揪开了。他揪开一看，那就不是小孩儿了，瞅着像个胖人参娃娃，煞白呀，那腿都全支巴开了。那不是活孩子，像死人样儿。

这人参变孩子的时候大，但这会儿就小了，有拳头大，七八两重。小和尚说："我试验试验，看看好吃不！"他就掰下一条腿，一舔，好吃得邪乎，他说："这玩意儿怎么这么好吃？"他就掰这条腿吃那个，掰那条腿吃这个，就这样一点点地顺嘴都吃进去了，一点儿也没剩。

他一看，吃得一点儿也没剩，心想：这师父回来怨我，该怎么办呢？我也没给他留一点儿。他一合计，哎，干脆我就让他都看不着吧，用这汤骗骗他。他就把这汤哗哗地全倒出来，之后就关上门了。

不久，老和尚就回来了。回来以后，进庙门一看，小和尚在那屋待着呢，他就说："哎呀，你没烧火吗？"老和尚再到厨房一看，啥也没有了，就在外边取了棒槌打他。

老和尚把棒槌一举的工夫，就看见房子腾空起来了，这庙连小和尚都腾空起来了。老和尚怎么喊，人也听不着，他在地下，人在上边呢！

---

1 不兴：不许。

这是怎么回事儿呢？这小和尚吃了人参娃娃后，成神了。

老和尚白扯了。最后，就把老和尚气死了。

搁那么，当地的人每到初一、十五，就听见空中有"咣咣"的敲钟声，这是小和尚成仙了，在念经呢！搁这么，这寺就叫玄阳寺，就是悬在空中的寺。

后来人们到那儿去，一打听玄阳寺，当地的人都知道。那时，在下雨的时候，还能听到小和尚在空中念经的声音呢！

苦瓜山传说

说有个山叫苦瓜山，这山特别像苦瓜，山形为啥这样没人知道，看着像苦瓜，大家就叫它苦瓜山。

山根儿上有这么一个老太太，种大苦瓜，形状像葫芦似的，这苦瓜长得特别大，像样儿。那时候苦瓜也能吃，有爱吃苦瓜的，炒也行，剁馅包饺子也行。

这天来个南方蛮子，道家打扮，拉个骆驼来的，要买苦瓜，老太太说："那能给多少钱？"

老道说："我多给你钱，少给值得卖一回吗？给你十两银子。"

老太太乐了，说："那还了得，够几年口粮钱了。"

"这么办，你给我看好，等我来再摘。我八月十五来取，早不能取，准得八月十五那天，你别让谁弄去就行。"

老太太说："行！"

"那我先把银子给你。"老道就给了老太太十两银子。

老太太收了银子乐坏了，没事儿就给苦瓜秧培点土，浇点水，瓜长得特别好。一晃到八月十四那天了，她一考虑：这小孩儿有的是[1]跑来的，都要苦瓜，你也要买，他也要买。她一考虑别让人偷去啊，要偷去怎么办？没有的话，人家十两银子都给我了，还是头一下晚儿摘下来吧！她就在十四下晚儿把苦瓜摘下来了。

1　有的是：很多。

第二天起早的时候,她刚起来,老蛮子来了,说:"老太太,你那苦瓜在哪儿呢?我好摘下来。"

老太太说:"不用你摘了,昨晚我就摘下来了。"

老蛮子当时就不愿意了,说:"哎呀,这不对,我和你说了八月十五摘。"

老太太说:"不摘怕丢啊,小孩都买苦瓜来了,可院子的小孩闹,我怕它丢了呢。都在那儿搁着呢,长老大了,你看看吧。"

一看真不小。老蛮子打个唉说:"行吧!"就抱苦瓜走了,奔苦瓜山上去了。

他走了之后,老太太就合计:这人干啥呢?就偷着跟在后面瞅去了。老蛮子用苦瓜一晃,"咔嚓"一下山就开了,一看里面金银财宝有的是,他把苦瓜就支上了。他下去,没等拿几块金银财宝的工夫,苦瓜没成,差一宿,"咔嚓"一下两半了,就把山关上了,这老蛮子就死在苦瓜山里了。搁那以后,这个山还叫苦瓜山,宝贝没取出来,还在苦瓜山里保存着呢!

瓢山的由来

这故事就是讲咱石佛寺的山。这个山叫瓢山,其实就是七星山。后来有人管它叫瓢山,这个名字是怎么得来的呢?

这个山下面,在石佛寺前有一家,是老李家。这个老李太太就伺候点儿园子,爱种点儿葫芦。葫芦这玩意儿能做菜吃,也能晒葫芦条儿。这是秋天景儿嘛,到了八月十五就都得摘,一般这时候都成了,吃菜正好。

她正侍弄园子呢,就来了个南方蛮子。南蛮子长得也就那样,挺瘦,挺枯干的,眼睛棱棱着。但是他眼睛还毒[1],到园子傍拉瞅了半天,就在那儿站着,不走了。

老太太一看他不走,就问他:"你有事儿,还是咋的?你干啥的,老先生?"

他说:"我不是别的,我看你这葫芦挺好。"

"那葫芦好怎么的?你要吃咋的?吃就给你一个。"

---

[1] 毒:厉害,看得准。

他寻思老太太挺善良，就说："我不要，我打算和你买一个，行不行？"

老太太说："那有啥不行的！"

"买一个是买呀，我可不摘，准得八月十五那天才摘，我也不少给你。"他指着边上离道不远的一个葫芦说："就这个葫芦，我给你十两银子。"

"那还了得吗，这一园子菜总共也不值十两银子！"

"我就给你十两银子，不少给你。但有一件事，你给我看住了，到八月十五再摘，我来取。别丢了就行，丢了以后，银子得给我拿回来。"

"那行。"老太太答应了，就把那葫芦转圈整好，堵上点柴火挡着，怕人偷，还绑了个记号。挺大的葫芦，反正长得挺像样，她就在那儿看着。

一晃到了八月十四那天，要葫芦、买葫芦的都多，到八月十五要吃饺子呀。这个葫芦挺大，出奇，好看，人们都瞅这个葫芦，都说这个葫芦太好了。老太太说："这个我不能卖，已经卖给别人了。"

老太太一合计，就说："这不行呀，这个葫芦我今儿个搁这儿搁一宿，夜黑再丢了，十两银子不白扔了吗？到黑了点灯的时候，我得给它摘下来，搁屋里搁一宿，明天早上取就行了。"到黑天的时候，老太太就把这葫芦摘下来了，搁刀一拉就下来了，好大个葫芦！她就抱屋里去了。

天亮了，南蛮子来了，说："老太太，葫芦呢？"

老太太说："你别着急呀，我昨晚给你摘下来了，怕丢了呀！"

南蛮子说："哎呀，我都告诉你了，今儿我自己摘，你也摘不好呀！"

她说："我咋摘不好？我拉的，你看这葫芦周周正正的！"

他一看，说："哎呀，不对，这葫芦完了，摘糟蹋了。这不能摘，差一宿就没成，非得八月十五它才成呢，不到八月十五就是生的呀。""咳！"老太太说，"老先生，那你买它干啥呢？"

"这个葫芦不叫葫芦，叫'胡能'，是特殊的一个葫芦，出奇呀，要不我能给你那些钱吗？这么办吧，银子给就给了，我也不往回要了，我就拿着试验试验吧，这葫芦就给我吧！"他抱着葫芦就走了，奔石佛寺山来了。

到山上以后，这山上人也不少了，他就到南山了。他知道这葫芦是宝贝，到山上之后，对着山晃扯晃扯，就听"咔嚓"一下，这山就开了，上面一个尖，这个盖儿就起来了。一看这南山光飞出去老远了，霞光万道，焦黄呀！他往里一看，里头干脆全是黄金，那真是，金光晃得睁不开眼哪，他拿葫芦就给支住了。支完他就下去了，下去之后，他就拿了几块金子。他当时要是上去就好了，但是他贪点儿财，多拿两块的工夫，葫芦就"咔嚓"被压瘪了，碎了，这山也关上了，那半拉山就把这蛮子整个压死了。

搁那么，就管这个七星山又叫瓢山，那旮儿儿有一个包，比别的地方高，就是那个蛮子被压死的地方，要不说南方人能窃宝吗！

这就是"石佛寺开山取宝。"

土龙传说

这个土龙传说就发生在咱们傍拉，就是南边这个屯子，叫鞑子[1]屯。过去不是总说老鞑子、老鞑子吗，当年，老鞑子在这儿埋过，那坟还不小。这个坟的下面有个沙坑，坑的北边就是鞑子坟堡子。这个鞑子坟堡子南边有个大坟茔，那是边墙子老关家的坟茔。坟茔地挺大，但是埋的坟不算太多，地方倒是占了不少。

这个地方挺出奇，为什么说出奇呢？这坟年年长。尤其到了夏天，小孩们都不敢去那，都是长虫，多得邪乎。那坟后尾儿越长越邪乎，堡子的长虫就更多了，都往屋里爬，那老多了！最后，人们都不敢打了，都说："得了，蟒仙呀，你别吓唬俺们了。"就都往山上送。

后尾儿，当地来了一个南方蛮子，这蛮子到这儿一看，说："你们这地方呀，有龙脉，但是脉小得邪乎，是土龙脉。"

老鞑子问："怎么叫土龙脉呢？"

南蛮子说："我给你说一说。龙脑袋在新安堡，在老孙家菜园子那旮儿儿，那儿有一口井，它在那儿喝水；龙身子就在你们这儿呢，身子往外拱；龙尾巴在四龙湾（老关家）那旮儿儿。所以那两头都没事儿，就你这旮儿儿，坟非长不结[2]。将来兴许

1　鞑子：旧时当地民间对蒙古人的蔑称。
2　非长不结：必然要长。

变个山，你们房子都站不住，都得塌！"

村民们着急地问："哎呀！那怎么办呢？"

南蛮子清清嗓道："咳，没别的办法，就得修座庙——'压龙庙'，你们不修座庙是不行了！"

老鞑子带着疑惑问："能行吗？"

南蛮子点点头道："太行了，你们就去修吧。"

老鞑子听南蛮子这么一说，表示可行，堡子里大伙儿也就相信了，就开始修庙。这庙修完以后，在庙的开光典礼那天，长虫可道[1]都是，那就不用说了，但大土龙没看到。

南蛮子就说："这么办吧，祭奠祭奠吧。"

后尾儿，大伙儿就摆上水果、鱼肉祭奠了祭奠。搁那么以后，长虫也全没有了。没有是没有了，这个庙还挺灵，一般堡屯有点小事儿伍的，到那旮旯儿求求它吧，挺灵验的，它还挺保护堡屯呀！

搁那么以后，这个坟也不长了。再后来，你开荒、他种地的，都行了，也刨不出啥长虫了，要是在过去，你上都不敢上去，那草里都是大长虫！

所以这叫"土龙传说"，土龙地多咱都是龙头那块儿发财，龙身那块儿不行，龙尾也不行。

七十二塔

咱们东北一过山海关正好有七十二座宝塔，都是在唐朝修的，这个故事就讲这些塔的来历。

当年那时候，袁天罡和李淳风俩人都是术士，就像军师似的，会谋会算，确实有两下子。这俩人一看朝中太平了，这马放南山刀枪入库，是事儿没有了。这临朝不临朝都差了，三六九临朝，有时候不去也行了。这袁天罡和李淳风俩人商量，咱俩没事

---

[1] 可道：满道路。

在家做《推背图》吧！就把国家大事推一推，看究竟能推到什么时候。

他俩人没事就在家做《推背图》，他们这事儿谁都知道，大臣们都去过他们家看他们做，做的时候这俩人背对背，袁天罡脑袋冲炕头儿，李淳风冲炕梢儿。比如他写今日刮风，另一个也写了刮风，这俩人写的管保能对上，这日肯定有风，就是说他们对什么都能对上。

单表皇帝临朝，唐二祖[1]临朝时候看文武百官都挺齐整，这全朝几回都短[2]袁天罡和李淳风，他就问："众位大臣，那袁天罡和李淳风二位爱卿怎么没来呢？他们在忙什么事儿呢？"

有人叨咕："启禀我主，这俩人在家做《推背图》呢！"

皇帝问："什么？"

大臣回答："做《推背图》，前知五百年后知五百年，他们都能推出来。"

皇帝问："他们能有那么大能耐、那么大智慧？"

大臣说："那可不！"

皇帝说："好！我御驾亲往，咱们都看看去，看看他们做啥样儿了。这么办，那儿也离宫里不远，辇也不坐了，咱走着去！"这些人就走着去了。

到那儿之后进院儿了，过去都是一般的房子，没有楼房，一般都是平房多。进院儿之后这皇帝告诉别禀报，他们就进屋了。皇帝在前面，到里屋推门一看，俩人背对背坐着还写呢！

这唐二祖说话了："二位爱卿，忙什么呢？"

俩人一看，皇帝来了，急速下地磕头。皇帝到外屋了，他们说："我们俩人没事儿在家做一做《推背图》，看看以后天地或国家的战争形势，等等，都推一推。"

皇帝问："你们能推出来吗？"

二人回答："能推出来，还挺准！"

皇帝说："能准？那这么办吧，你俩要是真能推准的话，你们不用推那么远，就推推我吧！"他就往门槛那儿一站，扶着门，把腿抬起来了，说，"你们看看我是进屋还是出屋？"

1　唐二祖：唐太宗。
2　短：缺少。

他俩一看,直眼儿了。你要是说进屋吧,他把腿撤回去;你要是说出屋吧,他后腿就抬起来前腿就落下去了,他里面一个腿外面一个腿骑门槛子站着的,他俩就不知道该怎么说了。

皇帝说:"哎呀!你俩这不是胡闹吗?这眼前的事儿都推不出来,你们还要推五百年的?行啦!你俩就做《推背图》吧!搁今天开始国家就不给你们工资了,革职吧!"人家皇上一句话就把他们革了,不用他俩人了。

哎呀!这俩人一看,就觉得憋气,让人家革去也没办法啊!他们就只能在家待着了。待了些日子,没有生活费了,生活困难,还没办法。俩人一合计,说这么办,咱俩得走啊!在关里待不上咱就上东北,俩人就上东北来了。

到了东北一看,这地方好啊!有山有水,风景也好,说这东北有宝地啊!人家皇上也不信咱们,咱就在这儿给人家看坟茔地吧!一连二年的工夫,坟茔看了七十二座。

单说皇帝身边儿有钦天监哪!钦天监就是观星的,每天下晚儿有十来个人出来看星星,这一看就露出来了,可了不得!东北有七十二个混龙啊!就禀报皇帝了,说:"我主,可了不得!这二年多先前看不清楚,这阵儿一过清明以后星星明显了,显得邪乎了,整七十二个混龙。"

皇帝一听,说:"哎呦我的妈呀!一个混龙打江山还得闹一阵子,七十二个那要是都反不就完了吗?那怎么事儿呢?"

钦天监说:"哎呀!净是新看的,不用问哪,是袁天罡和李淳风在东北干的事儿。"

皇上说:"急速把他们找回来!"这就撒下人马把他俩找回去了。

找回来以后,到金銮宝殿他们跪下了,皇上说:"二位爱卿,这二年你们干什么了?"

他们说:"俺俩没生活费啊!没办法,在东北看点儿坟茔。"

皇上问:"那你们看出啥地了?"

他们说:"东北那儿一般宝地不少啊!人家给俺们两个钱儿,俺们就为了混生活,给人家实际看点儿好坟茔。"

皇上又问:"东北净是什么地方?"

他们回答:"东北有龙地有虎地,俺们看的七十二座都是龙地多。"

皇上说:"哎呀!那龙地不是出混龙吗?"

他们说:"那也没办法,正是好地方,人家能不占吗?"

皇上问:"那我的江山如何呢?二位爱卿,这么办吧!你俩还回来官复原职,你们把这七十二座坟茔都给我处理好,别让它再出来混龙。"

他们一听,说:"那也容易。"

皇上问:"怎么容易呢?"

他们说:"山地修塔,贵地修庙,这就能把混龙给镇住了。"

皇上说:"那好吧!你们就掂量去办吧!"

所以他们又到东北来了,是出混龙的山地方都修的塔,咱们石佛寺那时候是出混龙的地方,就修了座宝塔,就为镇住混龙。

这些塔修到差不多的时候,这个皇帝开始半信半疑了,说:"这整个是损命糟财的事儿啊!这一点儿灵验也没有,还得修这些塔花这些钱,爱卿,能准吗?"

他就说:"我主,你要是不信的话,咱们留一座别修,等着看看!辽阳别修了,还正好那儿没修完,留下看它出不出!"

皇上说:"那好吧!等着得有一阵子,那真要出了怎么办呢?"

他说:"我再看一个白虎地,白虎地能降住混龙,能敌过它。"所以又看了一个白虎地。

这看完之后,正好没到十几年,就出来个盖苏文,那时候不是高句丽吗?盖苏文在辽阳,这个盖苏文大闹天下之后,看了个白虎地就出了个薛礼,正好薛礼大战盖苏文,整战十二年才把他战败,这七十二座塔就是这么留下来的。

落帆亭

这落帆亭为什么得个"落帆亭"这名儿呢?

当年嘉兴这地方啊,有个孔子庙,挺像样儿,修得挺好。正赶这上边呢,还有一个老和尚的大庙院子,原先这庙不怎么的,后尾儿人家和尚把这个庙重修了,这一重修修得像样儿了,墙也高了,庙也大了。

但这一修,怎么回事儿呢?又往高处修了,高过了孔子庙三米,超过去了一层!

这边在江南赶考的举子多啊，有赶考的学生，有当官儿的，大伙儿一看，说："这不像话，你再高也不能高过孔圣人呀，这不是像压着俺们一样吗，你有这问题还行？"就和老和尚干起来了。

老和尚说："哪不行？你认为你们孔圣人的庙应该高，我还认为俺们庙低了不行，应该高修呢！"

最后，呛呛完之后，人家和尚就说了："你们孔圣人不是文才最高嘛，你要硬比俺们高的话，这么办，我就出个对联，你要能对上，那我就可以下落一层，比你们低几米，如果你对不上，那我就只好这么修。"

后尾儿大伙儿一看，说："你出吧！"

人家和尚就出了，说："木马三腿两个头。"

一听老和尚说"木马三腿两个头"，大伙儿当时就愣住了，答不上来了："哪有三个腿两个头的马去？"

这老和尚告诉他们说："这么办，给你们点儿时间，咱不说别的，允你们七天，七天以内你们要能对上，那俺们就给你们撤，要对不上，那俺们就照样儿修了。你们看咱们这还算说理吧，咱还是先礼而后兵吧！"

"好！"在嘉兴当中出名的举子多啊，这一帮举子就对，对了五六天也没对上，那可愁坏了。最后他们到一堆儿饭都吃不进去，这让人家给他们掩¹得邪乎啊！

本来当地的秀才啊、举人啊，还有当地的官儿啊，都是摆弄字儿的，这倒叫人家老和尚给提住了！

这天，正赶剩一天就到七天头儿上了，大伙儿都在江边上站着，这工夫，就瞅上边吃吃喝喝的，来了个大船。船头有个大旗，写的什么呢？写着"苏东坡"。

"哎呀，苏东坡来了！"苏东坡念书出名呀，大伙儿说："咱们得请他上来！"这边就搁旗摆着，让他靠边，把他迎过来了。

迎过来之后，到岸边了，苏东坡一看：站着的举子可岸²呀，都在那儿欢迎等着呢！这苏东坡就急速下来让船站下了，说："落帆，落帆！"这帆就落下去了。落下之后，苏东坡下来说："众位兄弟，有什么事儿？"

1　掩：此处指被藐视。
2　可岸：整个岸边。

"嗨！"他们说，"别提了，苏学士啊，俺们在这地方栽了！"

"怎么栽了？"

他们就怎来怎去一说，说："现在人家修个大庙，高过孔子庙了，这俺们哪能让他把圣人庙都高过去，能愿意吗？但是人家有副对联俺们没答上。"

"这是怎么一副对联？"

"'木马三腿两个头'，哪有三个腿儿、两个脑袋的马呀！这对不了，下边不好对呀！"

"嗨！你们呀……"苏东坡略加一思索，说："这好对，你们是没细想啊，那马不是骑的马，是木匠拉锯绑的那个架子，是那个木马呀！这木马是搁三股绳儿绑的，但它两边有俩头儿，要不他没法搁木头，它搁俩头儿一劈，底下三个腿儿，上边儿露俩，剩下那个不能露，露了就没法搁木头，搁了就又压上了。"

"哦，原来是这么个玩意儿！"

"好了，这好对，我给你对上！"完苏东坡就拿过纸来"唅唅"写上了。

他怎么写的呢？说"铁锚四爪一个腿"，铁锚就是锚船的那大铁锚，上边四个爪，"啪"一关地里去，地里留一个，上边就还剩三个。所以对的是"铁锚四爪一个腿"。

"这对的是绝句呀，对得好啊！"大伙儿一看，就说，"拿去给老和尚看看吧！"就拿去了。

老和尚一看就服了，说："不知是哪位学士对的？"

大伙儿说："苏东坡！"

"哎呀，还是苏学士啊！不用说别的，你们就告诉苏学士，俺们一定落！"老和尚第二天就把这庙又落下去了三米，比孔子庙还低一米，说："这回行了吧？"

大伙儿说："行了！"

搁那么之后，为纪念苏东坡搁这旮落一回帆，那个亭子就改名儿叫"落帆亭"了。

贰

风俗传说

贴福字的传说（一）

当年姜子牙封神榜封神，这个封，那个封，都封完了。姜子牙一看就剩下自己没封，也没地方封了，就这样姜子牙没封神，哪都能去。但大年三十儿晚上他没地方待，就在灯笼杆底下待着。

但姜子牙的媳妇非要封神不行，小舅子也来找他非要封神。他问小舅子要封什么神，小舅子说："我不怕高，越高那神越好，高过一切。"

姜子牙说："那你就当望天吼吧，像个猴似的，你当那个神去吧。"就把小舅子当望天吼了，小舅子没啥能耐嘛！

他这个媳妇马夫人就说："那我怎么办呢？"

姜子牙说："你呀，是个倒霉鬼啊！到哪儿哪儿烦你，到哪儿哪儿穷啊！封你，有福地方你不用去，哪地方穷你去哪。你嫁给我之后我就倒霉了，我卖面，卖马，干啥啥赔，今后哪地方没福你再去，有福地方你别去。"

说完这话以后，老百姓一看说，赶快吧，贴个"福"字吧，不然姜子牙老婆就来了。她来了就穷了，都烦她。所以有福的地方不让她去，姜子牙封的。就这样过年各家都贴福字，她就没地方去了，就满地蹲着。搁那么贴福字就留下来了，留到现在，过年都贴福字，屋里外面都贴福字，就是为了躲姜子牙老婆的，她是个倒霉鬼，是个丧神。

贴福字的传说（二）

为什么都贴福字呢？

当年在封神的时候，姜子牙给他老婆马氏封了个穷神，到哪儿哪儿穷，到哪儿哪儿穷，都不得意她，百姓也都怕她，就恳请姜子牙："她要来怎么办呢？惹不起她呀！"

姜子牙就说："有办法，她去不了有福之地。一福压百祸，你们写个福字，往外一贴就行。"

最后就告诉他媳妇："你这神哪，只能在穷地方待着，福地方不能去，你要到福地方去之后，就撤你职，你的神位就没了，你见福得躲着走。"

所以各家为了躲这个穷神，都贴福字，福字就这么兴开了。

为什么倒贴福字

过去贴福字都正贴。有这么一年，老张头儿和他老伴儿也买的福字，俩人不认得字，怎么瞅也不知道怎么贴。老太太说："来吧，我贴吧，这还不好贴了，黏住就行呗。"到门口，一边墙上贴了一个，把福字就倒贴上了。

有个人过来就说："哎呀，这家福倒了，不错，福到了。"

搁那么，老两口还真走字儿[1]了，都四五十岁了，还生个大胖小子，家还过得好了，越过越好。

这一传出去，都说倒贴福字是好啊！

当时有个财主，他也想：好，既然这样，我过年全贴。他就买了不少福字，不仅他个人屋贴，屋里、外头、墙上都贴满了，都倒贴的。

当时有个教书先生，对这财主有看法，因为这财主刻薄得邪乎，他就喊："这家倒贴了，倒贴了！"他这一喊，全堡子都说："这家倒贴了。"

搁那么，这家就倒霉了，老娘们儿养汉，倒给拿钱，姑娘也跟人家跑了，全"倒贴"了。老财主气得晕过去了，搁那他就说："我不贴这玩意儿了。"

其实贴福字就分怎么个念法。

---

1 走字儿：走运。

附记：

东北民间过年贴福字的规矩不少，俗信小年一般不贴福字，贴福字的时间应在除夕下午，且太阳尚未落下之前。而且，贴福字的顺序应从大门外向里贴，先贴抬头福，再贴门福，以此类推，最后才能贴倒福，意味着一年的福气都要从外面流进来。不是所有福字都要倒着贴，尤其是大门上的福字，一定要正贴。（谭丽敏）

供老祖宗的来历

这个故事讲的是各家供老祖宗的来历。为什么供？开始那时候没有。

就说有这么一户啊，这家姓王，他这一家过日子，就是老两口子和俩孩子，还有他妈，这老太太已经有五六十岁了，他和媳妇儿都年轻，也就三十来岁。

每天家里都有零活儿，净老太太干，这儿子就认为这活儿应该他妈干。他们两口子干点儿地里的活儿，干活回来就逍遥自在，说说笑笑的。老太太煮汤做饭，带孙子，全是她的了。这儿子还嫌不应时，回来不是这儿埋汰、就是那儿埋汰，不是这儿不干净、就是那儿不干净。喂猪喂狗嫌老太太喂得不应时，他还老埋汰老太太，轻了就骂一顿，重了就用杵撑两下子，说："你也太不中用了。该死不死，我们还得养活你白吃！"他对老太太特别不好，这不说。

单说这媳妇儿也那样，媳妇儿比他还强点儿，强，在他老头儿[1]领导下也完，对老太太也么回事儿。

这天这儿子下地干活，在地边儿歇凉儿。就夏天景儿，他趴在树底下，一看树上有个老鸹窝，老鸹在树上"呱呱"叫唤。树不太大，半大树，但是权挺多。他一寻思：咦？这老鸹肯定下蛋了吧，要不能这么叫唤吗？他仔细一看，不是，是这个大老鸹往里边儿叨食呢！它叨着东西，大老鸹来也不叫唤，一声不吱，进窝喂完以后就出来"呱呱"叫唤两声。呃，这是叨东西喂小老鸹呢。

---

1 老头儿：此处指丈夫。

他铲完一遍地，铲第二遍地的时候，他一看这出奇呀，这老鸹怎么不出来呢？一看这大老鸹堆在帮儿上了，夏天也热啊，个人用翅膀扇着风，那翎毛就掉了。原来是小老鸹叼食喂它妈。开始他也没瞅着，最后这大老鸹蹲在窝边儿上了，那嘴动了。那小老鸹一来就忽打几下翅膀，就又开始喂这大老鸹。他当时心里就感动了。哎呀！他不懂得乌鸦反哺那意思，不懂这文辞，就寻思：看这老鸹还懂得喂它妈！这大老鸹老了，飞不出去了，掉毛了，走不了了，小老鸹还将养它老了。这显得人哪，确实不对呀！他就想到他妈了。我今儿骂她一顿，明儿撑她一顿，我确实对不住我妈呀！

这回家之后吧，到家就给他妈跪下了，"妈，我以前完全都错了，我完全不懂啊！我错了。"就承认错了，承认完之后说："我今后一定对你好。"就告诉孩子们都瞅着，"你们对奶奶一定得好，这是我的妈。我把您抱到炕上去吧！"

那儿小老鸹喂大老鸹，第二天他把俩孩子都领去了，告诉他们叫他们瞅着。这孩子也明白了，就回来了。搁那儿之后他就对他妈特别好。他妈没福啊，活一年多就死了。这回可算得好了，但她还死了。死了以后这怎么办呢？他就整了个木头搁那个刀刻了他妈的像，上了色。但是这玩意儿搁哪儿都不方便，他媳妇儿说："这个也不方便，你还不如就搁心记着。"

后边人谁说呢，同堡子一老师说："这么办吧，我给你写上得了，写上你再画个像不就得了。"

他说："好吧！"就整了一个祖宗龛，搁个木头，供上纸。

搁那么的，他这一供，别人一传，都知道老祖宗的灵位了。他也宣传，说："看起来真得供老祖宗！"打那儿以后这就传下来了。开始在家供，最后全面在世面上传开了，得供老祖宗。这供老祖宗就这么传下来的。

附记：

东北民间至今仍沿袭有供奉老祖宗和保家仙的习俗，老祖宗是指家谱或祖先牌位。保家仙多数为狐仙胡三太爷，以求保佑家宅后代平安多福，避祸免灾。（谭丽敏）

供狐仙的来历

有这么一户人家，姓张。这个男的不在家，在外边儿做买卖，这个女的自己在家。每天当中的话，她有点儿啥呢？有点儿想男的。她年轻，二十五六岁，能不想吗？

这天正想着呢，觉着外边儿忽悠一下子，进来个人，一个小伙子笑呵呵地进院儿了。她当时就把屋门插上了，但是把门插上也没拦住他。这个女的就寻思，他怎么就进屋了呢？

小伙子进屋之后，他俩就这么缠巴[1]，那么缠巴。开始这女的还不愿意，最后她就愿意了，俩人缠巴到一起了。

搁那么以后，小伙子天天来。这个女的就怎么样了呢？她就一天比一天瘦，一天比一天瘦！她也知道这是个病，成问题了。她个人就哭，说："这回完了，对不起我当家的[2]！第一个是我失身；第二个，这小伙子是个邪乎的人，我得查他。"

过了不少日子，来了个老道化缘。老道瞅她特别愁得邪乎，就问她："姑娘，你是不是有闹心事儿啊？你要是有闹心事儿，就和我说一说，我帮你想想办法。"

完她就哭了。她一哭，老道又说："你说吧，不怕碜碜，有什么事儿都说！"

她就说了："每天有一个男的来强迫我，我躲不了，门插上都不行，他个人能进来！"

"那怎么能进来？我去看看吧！"老道一看，瞅瞅她前后身儿，说："这么办，我给你写道符。写道符之后，你怎么办呢？你就贴到房门上就行了。"

她说："好吧。"就把符贴了。

她把这道符贴上之后，这天下晚儿睡到半夜的时候，小伙子又来了。来了之后，就光在窗户底下站着，不进屋。她一听就醒了，她这个时候又不烦他了，看他来就乐了，看他来就高兴了，说："赶快到屋，进屋来吧！"

这个男的就晃头，意思就是我进不去屋。她一合计，就说："你进不去屋，那这怎么个整法呢？"这工夫，不一会儿这男的就走了。

1　缠巴：纠缠。
2　当家的：丈夫。

走了以后，她还想他。这个女的变成啥样了呢？到白天就愁，就怕这个小子不是人，怕她自己渐渐瘦，怕死，又对不起当家的，到晚间呢？就盼着这个男的来。

第二天晚上，他又来了，没到窗根儿底下，这回离窗根儿底下还有两丈远。他就站那儿，往前来不了了。

第三天晚上他又来了，站到大门那儿。这个男的就说话了："行啦，咱俩婚姻算断啦，我就和你有几天的情意呀！这道符太邪乎了，我是不敢往前去了。"

这个女的就问他："你究竟是谁？"

他说："我是长仙。"

她说："啊，怨不得你说咱俩有这么几天的婚姻事儿。"搁那么，这女的身体就好了。

过了几天，老道又来了。老道说："这么办吧，这道符可以扯下去。我再给你画道符，你带在身上。有了护身符，他就再不能到你身边了，要不你得让他磨死[1]，你和长仙哪能行啊？"搁这么，这个女的好了。

这个女的为了报答老道的恩情，说："你老是哪个地方的大仙啊？我明儿个要起庙供你呀。"

老道就笑了，说："你不用供我。我跟你说实话，我是狐仙，不是老道。"

她说："是狐仙啊，那好吧。"

老道就告诉她，说："我叫胡天宝。"

搁这么以后，这女的就把胡天宝三太爷供上了，意思就是保佑自己。

这家男的回来以后，她就告诉这个男的了，干脆就说实话了。

她男的说："这不是砢碜事儿，你是被鬼迷住了。"

搁那么，他们老张家全家供狐仙儿了。后尾儿，在那个堡子，不但他们供，别人有点事儿了也供，所以就供开了。

就是这么一段事儿。

附记：

故事中提到的狐仙形象，在谭振山的故事中多有出现。谭振山居住的太

---

[1] 磨死：折磨死。

平庄村东边是沈阳市沈北新区的石佛寺山，石佛寺山半山腰有一座狐仙庙，至今还供奉着狐仙，具体是何年所立已无从可考。据当地村民介绍，此狐仙庙里供奉三位狐仙：胡天宗、胡天裘、胡天宝，三位是亲兄弟。每年重要的岁时节日，常有附近的村民前往狐仙庙祈福许愿，进行祭拜。

历史上，东北地区农村多有供奉保家仙之俗，保家仙多为狐仙，其中尤以狐兄弟中的老三胡天宝最受推崇，被民间尊为胡三太爷，由此又派生出其配偶胡三太奶。相传，当年唐王李世民兵败，单身被围，危急之时，有一武将杀入重围救驾，护送唐王且战且走。唐王见救驾之人非朝中将官，遂在马上边跑边问："救驾者何人也？"来人答曰："胡三也。"慌乱之中，唐王错听为"胡三爷"，回宫后即命人为之塑像拜奉，并亲笔题之"胡三爷"。民间俗信胡三爷受过皇封，故尊其为"胡三太爷"。（谭丽敏）

五月初五为啥看不见青蛙

五月初五为啥看不见青蛙？

就是到了五月初五那天啊，咱们是没虑乎[1]啊，不管江里、海里，尤其是河里头，甚至到南边的洼地泥浆里头，都没有青蛙。

怎么回事儿呢？这个青蛙都同情屈原啊！当年屈原是在五月节[2]的时候死的，这个青蛙为了保护屈原，不让别的动物把屈原尸首给吃了，就都去趴在屈原身上，护着屈原。和这想法一样，五月初五那天好多地方往江里边扔粽子，还有扔油炸糕的，都往江里扔，为的就是让鱼鳖虾蟹有吃的，就不用吃屈原的尸首了。

屈原是个忠臣，这个青蛙为了保护屈原，五月初五那天都在屈原身上卧着、趴着、挤着，所以到那天看不见青蛙，这是为了纪念屈原。

1　虑乎：注意。
2　五月节：端午节。

五月节戴红肚兜的来历

过去那药王撒药是好药也撒,赖药也撒,毒药也撒,要不怎么下边就有灾了呢?

七仙女在天上看明白了,药王要撒这些药下去,下边不就完了吗!她就变个女的下界来了,就到了这么一家。这家姓李,就一个妈妈,带着一个小孩儿,在街上玩呢,妈妈一看,来了一个四五十岁的老太太,要找水喝,她就说:"你到屋吧。"

到屋喝完水之后,这老太太就和老李家的媳妇说:"跟你说,五月节要有灾啊,你记住五月节挂葫芦,插艾蒿,另外你们小孩穿红兜兜,你穿红兜兜,灾就全解去。"

她说:"好,你告诉我做啥样的?"老李家媳妇善良,就把穿红兜兜这事传出去了。告诉完再回家一看,人没了,一瞅,驾云彩回天上了。她就寻思:不用问了,上面不是王母娘娘就是七仙女,下界来了啊!

搁那之后就传开了,各家小孩都穿红兜兜,毒药就没施展开。以后就传得更远了,过五月节家家都挂葫芦,小孩穿红兜兜。

桃山酒仙的传说

这要说酒最好的呀,那就数河北桃山的,像桃山二锅头,那桃山酒挺出名!这桃山的酒为什么好呢?因为过去有仙人保护,那酒酿出来特别好,桃山水也清,水好酒也好。

每年到了三月三这天,管保有个骑毛驴的老头儿来。老头儿挺长的胡子,骑着毛驴到门口一摆手,那跑堂的就知道了,跑出来,一瞅,说:"老爷,有啥事?"老头儿说:"我尝尝你们的酒!"

跑堂的说:"好吧!"就到里面端出一瓢酒来。

过去那一瓢是一斤八两,老头儿"吱儿吱儿"地就喝了。

"嗯,酒还不错,再来一瓢!"老头儿一喝就喝了十八瓢。一瓢就一斤八两,他喝了十八瓢!

老头儿喝完以后,说:"这酒不错。"就走了。所以大伙儿一看,这是酒仙啊,可了不得了!

他每年到了三月三,非到这儿喝场酒不行,搁那么以后,这桃山就把他供上了,按着老爷子的样子画个像,供在仙堂里了。

酒仙保护酒嘛,所以桃山酒特别好喝,多咱没有坏的时候。

南方黄酒的喝法

过去南方专整黄酒,咱们这旮不喝黄酒,都喝一般酒。这黄酒特别出奇,为什么出奇呢?重要得邪乎!一般办大事情都喝黄酒。当年,这黄酒是谁留下的呢?这也有个传说。

有个买卖人,叫张生,他最好人情,他家就开黄酒铺。这黄酒别人也烧,他就跟着开烧,自己研究烧这酒。但烧完之后,一般人不认识,买的人少,没名。

有这么一天,他的朋友、亲戚都来了,你也到了,他也到了。大伙儿都处得不错,在一起喝酒当中,一看,他这黄酒打不开市场,都寻思:怎么办呢?这朋友也多啊,一合计,有办法了,大伙儿说拿给他资金。

一个老师就说话了:"拿资金不顶事儿!你帮三十两银子,他帮五十两银子,也救济不了他呀,他的花销大呀,谁来都请人家喝酒,谁来都待客,他待的饭菜也邪乎呀。但也有办法,在你们这儿做买卖的外商多嘛,张生的酒不是没人叫吗?到哪儿就说专要张生的黄酒,不喝别的酒,就妥了。"

大伙儿说:"对啊,好!"这朋友、亲戚也多呀,这可记住了。到哪儿的饭店吃饭都说:"有没有张生的黄酒?"

这掌柜的都是说:"没有呀!"

他们就说了:"俺们专想喝他的酒,没有就不吃了,俺们去找别的饭店吃去。"

所以,几回之后,这掌柜的说:"把张生的酒打来吧,不然卖不动,这饭菜都没人吃了。"这一说,可了不得,到处都要喝张生的黄酒,全市、全县都买他的酒,这人就多了。搁那儿,这酒一下子就发大了。这就传出去了,都传他的黄酒是最好的黄酒。这不说。

为什么说黄酒还有传说呢？过去南方有个规矩：小孩儿生下来以后，下奶的时候，亲戚朋友去了，都送黄酒。就拿二十斤、三十斤的，拿一大坛子，给人家送去，不送别的。到那儿人家就收下了呀，这一收，收得就多了。有一个人十斤、二十斤的，也有二三十斤、百八十斤的，这酒一共就好几百斤呢。

人家收下之后，用大缸子装好，到孩子满月那天，请客的时候，就打开这酒让大伙儿可劲儿喝。大伙儿喝了以后，剩下的酒不能卖，不能动，不能喝，还得包好，给埋上。就搁地里一装，把酒盖儿盖好，上边用土埋好，埋到地里。等多咱呢？不管男孩儿女孩儿，等孩子结婚那天，就把这酒都拿出来，还让大伙儿喝。喝了之后，再剩的酒，就重新埋起来，不再动它。多咱呢？等到这人七八十岁百年了，就把这酒全拿出来，一回喝了它，再剩的也不能喝了。

这就是说黄酒该怎么喝，一个人从出生到去世，一辈子都和喝黄酒有关系。所以，这黄酒很重要，多咱都得有这酒。要不那黄酒在南方怎么会被看得那么重要呢？是这么个来历。

冰糖葫芦的来历

这个冰糖葫芦是什么时候兴起来的呢？就是过去的时候啊，大约在宋朝，就是在南迁以前的时候。

那时候有个皇贵妃，这个皇贵妃有病了。有病了之后，就是什么都不爱吃，给什么、买啥啥不对口。

这天，就有一个农民赶到了。他听说了，这个贵妃吃啥都不得劲，吃啥都不好吃。这个农民就说："我听说有榜文来着，谁能把贵妃的病治好，能吃下东西，必有重赏。"他到这儿一看，说，"说实在话，我是蘸冰糖葫芦出身。"

看皇榜的官就说："啥是冰糖葫芦？不认得，不懂得。"

农民说："我就是把山楂蘸着糖吃，在家的时候这样解馋。"那时候还不懂得串呢。

看皇榜的官就说："那好吧，你跟我来吧。"就把皇榜撤下去了，带他去皇宫了。

到那儿了,这个官儿就和皇上说这个事儿了,就让他跪下,他就跪下了。他说:"这么办,你们把山楂拿来。拿来以后,我搁锅熬完糖以后,用糖一蘸。"他那时候就是蘸,没穿成串。蘸一个往盘子里搁一个,蘸一个往盘子里搁一个……当时就不粘盘子,一会儿就好了。

这皇贵妃一吃,好吃啊!又酸又甜啊!病就好了。她就问:"这东西叫什么呢?"农民说:"叫冰糖葫芦。"

搁那么以后,冰糖葫芦叫出名了,大伙也都会做了,这个农民得了不少赏钱。

盐的传说

中国原来没有盐,那时候世界上也没有盐。后来为什么有盐了呢?这有个讲究。

有这么一个小伙儿叫李小,他每天上山打柴去。他打柴呢,天天带个大饼,到哪儿个人吃点儿伍的也方便。他带得不是那么多,也就一个饼,大点,就像过去的大锅贴。

这天,他晌午拿出来要吃的工夫,就来一个老头儿,白胡子,挂个棍子,像个要饭的,走到山坡上就摆手,说:"小伙子啊,你的大饼能不能少吃一口,给我吃点儿啊?我这已经一天多都没吃上一点儿饭了,我上街要饭,到屯子走不动了,走到这旮之后,我就趴在这儿了,醒了之后胃饿得戗不住[1],心疼,饿得邪乎呀!"

"那好,您老来吧!"他掰下一块,老头儿拿去三口两口就吃了了。一看老头儿没吃怎的,他就说:"那这么办吧,这俩饼都给您老吧,我就不吃了,要不这大饼一掰,你一点儿我一点儿谁都不够吃,我不吃也行,我一早上吃饭来的,你好几天没吃饭了,都给你吧。"就都给老头儿了,老头儿挺乐,就都吃了,这是头一天。

到第二天早上上山,李小又拿个大饼,还和每天一样,正要吃的工夫,老头儿又来了,他又是没吃,又给老头儿了……一连三天,都是老头儿吃的大饼,他没吃着。但这小伙子是一点儿怨言都没有啊,确实对老人挺尊敬,老爷爷长、老爷爷短的。

---

[1] 戗不住:顶不住、受不了。

后尾儿这一个大饼吃了一半儿,老头儿就说话了,说:"你这大饼啊,吃是挺好,但有点儿噎心,一点儿也不能消化,没咸淡儿。来,我给你一个小磨。"就顺兜儿掏出来一个小磨,说:"我在这山上住,过去没事儿我就整了个小磨,这个磨你回去就搁它拉[1],拉完之后能出来一种白面儿,那就是盐,它能消化食儿,还好吃。"

"能那样吗?"

"我给你试验试验!你耳朵过来,我教你一个口诀儿,你得念口诀儿。"他就说这口诀该怎么念,一说,把要念的、要背的口诀都告诉他了。

"哦!"李小挺高兴,一天就学会口诀了。老头儿说:"我给你念念,你看看!"

这一念,怎么回事儿,这小磨自动就"哗哗"转,就拉下了这些个刷白的面儿。一吃,香腾腾的,蘸大饼吃特别好吃!"哎呀!"李小说,"这玩意儿确实不错!"

老头儿说:"你呀,拿回去吧,老百姓没有,你就拉点儿给他们。另外,你以后拉多了还能卖两个钱儿,这个能出钱,你搁这儿就够生活了,你家不就一个老妈吗,你不用打柴了,这就够用了。"

李小说:"好吧!"

这老头儿就告诉他了,说:"你给了我几天大饼,我对你的印象是特别的好呀!"说完一眨巴眼儿,这老头儿就没了,不知哪儿去了。

他一看就明白了,说:"这是个神仙呀,是神仙点化我来了!"他就回去了。

回去以后,一叨咕口诀,这磨就"哗哗"拉,那盐面子是"哗哗"地下呀!这堡屯百姓知道了都来了,你也要点儿,他也弄点儿,都吃着好吃,这山里头就越传越远,越传越远。

这天,就有个人给小伙出主意,说:"你啊,也别这么的了,干脆就上大城市里去吧,你到那儿拉完之后就卖,那你就发财了!你就去苏州,那地方多热闹啊,你有这玩意儿还能饿着了?"

李小说:"也行!"

过了几天,他就把小磨搁口袋里收拾好了,拎着就走了。出门一看,心说,怎么去呢?那时候车啊什么的都没有。

大伙儿说:"这么办吧,俺们这儿有小船儿,你坐船上,俺们送你去。"他就上

---

[1] 拉:拉磨。

船了。

到船上之后，走到不太深的地方，大伙儿说："你这好使？""好使！""你念念，我看看。"

李小在船里把小磨支上，就念上口诀了。这船上风大，那盐面子"哗哗"下可快了！快是快，这工夫怎么的？这盐面堆了一船，那船沉得直打转儿。

"不好！这个船要沉！"大伙儿说，"赶快上岸，不行了！"这一看，那盐多呀，船都沉了半截了。

其实这船是在哪儿呢？在海边儿上，不深，就是没腰的水。他们就顺船蹦下来，急步跑到岸上来了。

后尾儿，这个船怎么回事儿？个人往里就走远了。大伙儿说："赶快停了，你别在那儿一直念！"

李小这一惊，怎么回事儿呢？原来他一着急，把口诀忘了，怎么也想不起来了！这船上的小磨就在河里头这么转，船也沉了，磨也沉了。

搁那么，这小磨在海里就一直不停地转，天天转，天天转。要不海底怎么一直出盐呢？就是这小磨黑夜白天不停地转的，从此这盐就在海底里采。所以，你看在营口也好，哪儿也好，都出盐。这就是那台小磨还在转。

这就是盐的来历。

戴耳环传说

过去老李家有个人叫李文，他有个媳妇，这媳妇特别贤惠。俩人日子过得也不错，家都挺好，就是闹眼睛闹得邪乎，眼睛老是红，怎么治也治不好。那时候也不像现在有西药有伍的，啥也没有。李文这山采药，那山采药的，到了也治不好。

这天就来了个老太太，他跟老太太一提，老太太说："正好我给你看看，看看你媳妇眼睛。"看完之后，说，"不要紧，我给你治治。你信我吗？"

他说："好，就信着你了。"

老太太就拿大针给耳朵一边儿扎了个窟窿眼。扎完之后，他媳妇眼睛当时就清楚了，也不长红丝了。老太太说："这么着不行，拔了针恐怕它还长。"她就整了个红线穿上、绑上了。

临要走的时候，李文媳妇就说："老太太，您就像老神仙一样，您帮我治好了眼睛，我感恩不尽。可您走了之后，我再犯怎么办呢？"

老太太说："有办法，你要再犯的话，你就用个铁的，金东西也行、银东西也行，给它戴上，做个铁环戴着就好了，有这么个环戴着就不能犯。"

搁那儿开始就弄个银环子，有钱的就买金子戴。搁那么传开之后，姑娘们都买耳环戴，以后就变成装饰品了，有钱的姑娘都买耳环戴，怕闹眼睛。

戒指的来历

当年呢，有一个当官的，这个官特别好，爱民如子，是清官，哪都挺好，就是脾气大，遇到不可心的事，就手往桌子上一拍，手都磕破了。

他老婆特别有知识，就告诉女儿说："你急速想办法，打个铜钩子带翡翠的，让他戴这玩意儿，他磨不开[1]磕，磕他疼，也舍不得磕。"

女儿做好就给他了，说："爸爸，你戴这个，人家算命先生说了，戴它能免灾。"

大人信她话就戴上了。一整，就寻思：别磕，一磕珠子就磕坏了，就不敢磕，日子长了以后，大人就说："打个金的。"就戴金戒指。搁那以后，他戴上就很少发脾气，怕把手上的戒指磕坏了。后来大家都跟着买戒指戴，老百姓有钱也买戒指，戒指是这么传来的。

---

1 磨不开：不好意思。

婚恋戴戒指的传说

下边呀，讲一个婚恋戴戒指的传说。

这个"戒指"，其实呢，这个名儿就是从古代那么叫来的。但是也留下来这么个规矩，要不为什么这么叫呢？

妇女结婚以后啊，那有数的，小姑娘订婚就得要一副耳钳子[1]，只要订完婚就戴上耳钳子，那是老规矩嘛。谁一看就知道这姑娘找人家了，不能说我明儿再给保个媒吧，就不能再提了。一看人家戴耳钳子了，就意思什么呢，就是把耳朵给拴上了，已经有人家了，这就是规矩。

结婚以后为什么戴戒指呢？都得有戒指，一般当中的话就是最穷的人家也得有个戒指。哪怕戴不了金戒指呢，打个银的也得戴着。就好比这家哥儿仨也好，哥儿五个也好，这老头儿、老太太就看这个戒指，一看这姑娘戴戒指了，不管戴了个金戒指，还是银戒指，这就知道了，这姑娘来例假了。那过去有规矩，例假来了戴戒指。戴上之后呢，一般男的也知道女的来例假了，老太太也知道了，就说啥，一般重活啥的就别分配给你了，来例假了，照顾照顾。

等戴上两个戒指的时候，那不用问了，怀孕了。要不说啥，男的女的闹笑话当中，一看戴俩戒指，男的就不能再碰人家，人家怀孕了你给弄小产了怎么办呢？到老太太那儿也是那样，一看戴戒指了，而且是戴俩戒指，不用问，就知道儿媳妇怀孕了。分配活当中让她做轻活，一般的就不让她做了。儿媳妇有孕不爱吃东西，自己整点儿别的吃，一大家人也不能挑她。

这就说呢，中国的戴戒指当中确实有说道。搁那么的，留下个戴戒指的事。

---

[1] 耳钳子：耳环。

花烛夜吃糖茶

过去有这么一个叫王玉的小伙,是个念书的学生,不仅文章作得好,人长得也好。有个叫娇娇的女的,为人善良,孝顺爹娘,长得也好。娇娇到了找婆家的年龄,但是心气儿特别高,有多少保媒的也没看中,都没成。这个娇娇家过得不错,堡子中有个叫赖三的人相中她了,老托人去保媒,家过得也不错。娇娇就是没相中他,不想嫁给他,认为他不正义,人品不好。后来经过保媒,娇娇就给王玉订妥了,订妥以后,两人就准备结婚。

剩七天结婚的工夫,洞房王玉家都预备好了,第二天早晨起来一看,洞房外面贴一副对联,写的是:"王玉娇娇配成双,男婚女嫁最相当。可惜好人多薄命,洞房之夜两命亡。"

大伙一看,这还了得,往下一看,写的天书,意思老天给下的书。这两人就不敢结婚了,说:"这完了!"本来那时候人都迷信啊,谁还敢结婚啊。这王玉和娇娇一看完啊,就犯合计了,想:到底怎么回事呢?后来通过他一个大婶,姓单,单婶老太太岁数大,懂得也多,当时她一看就明白了,告诉他俩:"别害怕,当初是我给你俩保的媒,你俩是难得的姻缘,是双方得利的上上婚,这是有坏人触事儿,上天不能写这玩意儿,哪个老天爷能下来写这副对联?这也不是老天爷写的样儿啊!这么办,你俩听我的,假装你俩退婚,不结婚了。"

这两人一听单婶说得在理,就应下了。

说好不结婚了,娇娇就说不嫁他了,再重找一个。这保媒的人就又多了,上来不少。头一个就是赖三。娇娇说:"光保媒不行,你得写个保证,我要嫁给你以后,你怎么待我,你不能让我累着,也不能让我气着,把你的想法写一写,怎么待我。"这赖三一听,那可高兴坏了,回家马上提笔就开始写,怎么待她好,不让干这不让干那,早吃啥,晚吃啥,给买啥,那写了长长一大片子,写完就拿来了。娇娇收下后说:"你先回去,我得看看,你写得诚心不。"这赖三笑得后槽牙都露出来了,大步流星地回家收拾喜房去了。

娇娇就把赖三写的单子给单婶了。这单婶挺精,就告诉知府大人,知府一看这笔体,和对联字一点不差,是赖三的笔体,吩咐下面就把赖三抓去了。

赖三岔不住知府大人的审问啊，不说实话那就得严刑拷打，说你挑拨人家婚姻。没办法，赖三就跪下了，说："是我写的，我想挑拨黄了之后也没别的，我想娶她。"

知府一看认罪了，那就该判的判，该结婚的结婚。

知府大人怕人们还议论对联的事，再嚼舌根子说两个人结婚不好，就说："今儿个结婚，今儿是好日子，我给主婚，我啥也不怕，咱们也不用整饭菜，咱们就沏碗糖茶，大伙儿都喝点糖茶沾沾喜气儿。"

这大伙一看知府都给主婚了，那应该是啥说的都没有了，就都帮忙备糖块，预备茶水。

这婚礼在知府的主持下，双方老人也都在场，娇娇和王玉就结婚了，过上日子了。结婚想简单的话，以后也有这么办的，结婚吃糖茶就算了，就不办酒席了，就是搁那么留下来的。

附记：

现在北方地区婚礼上仍然保留有喝茶的习俗，已经演化成敬茶，是属于中国特有的婚礼仪式。婚礼敬茶的姿势礼仪有很多讲究，主要需注意三点，一是敬茶的规矩，新人倒茶水只能七分满，手指不能沾着杯里水，端水时一定要用双手，以示尊敬。泡茶的材料也有讲究，莲子、红枣，并且数量上都为双，这样意味着好事成双，早生贵子。二是婚礼敬茶流程，双方父母坐在台下前排的位置，一对新人用跪姿敬茶。三是结婚敬茶禁忌，民间以茶待客要注意"茶满欺人""七茶八酒"之说，以七分满为佳。敬茶必备的材料除了茶叶，红枣、莲子也不可或缺。红枣，表示红运当头，开枝散叶，早生贵子。此外，喜茶中的莲子不能切开，须是完整的，切开两半有分开的意思，也不要把莲子的皮去掉，去皮后的莲子是白色的，跟结婚"红事"刚好相对，视为不吉。奉茶仪式中，所有环节的动作要舒缓、安静，新人每次持物过程都要双手持奉，忌以单手接来送往。（谭丽敏）

给喜钱的来历

有这么一个县太爷,他有个女儿,长得那是真不错。在离他们家有四五十里远的地方有一个才子,这姑娘过去也念过书,他俩见过面,姑娘就相中这个才子了,托人一保媒就保妥了,俩人就结婚了。

结婚以后,那边就传过信来说:"你们这姑娘啊,给屈了!王才子是才子,但家穷得邪乎啊,连饭都吃不饱,住不像住,穿不像穿,在那儿受老罪了。"

这县太爷一看说:"我就这么个姑娘,遭老了罪了,没吃没穿,我县太老爷把姑娘扔火坑里去了,这哪了得,姑娘给他,上火坑里去了,坏了。"和老婆一合计,派人到他家看看去。

这县太爷爱女心切,他特别疼这丫头,小时候读书断字的都是他自己教的,大了才送去念书的。县太爷先就把姑娘的兄弟打发去了,还嘱咐他:"你去看看你姐,真要是房子不像房子,吃不像吃,就不跟他过了,把你姐带回来。咱也不是找不着人家,我县太爷的女儿,多咱找婆家还不好找,把她领回来得了。"

小子说:"好。"

老太太告诉小子说:"儿子,你去别像你爹那么说,找个人家不容易,人家夫妻俩本来一心,小伙子好,穷富能怎的?穷就穷点吧。这么办,我包两包银子,到那儿你偷着给你姐一包,给小伙一包。让他俩匀着花,花几年。没有了我再想办法,你别让他们太难了。"

小子说:"行!"

小子没来过,到那儿打听是哪家,到那儿一看,哎,不对啊,和别人反映的情况是两回事呀!房子也像房子,院子也像院子,大院子也好,还有奴婢下人使唤,姐姐穿得也好,姐夫穿得也好。到那儿就乐了,不对,不是说那样啊。到那儿一看,姐姐钱有的是。他进屋就告诉姐姐说:"我妈啊,害怕你受罪呢,给你带两包银子来。"

姐说:"那我能用带吗?家里有的是。"

这工夫饭菜就好了,大厨也端菜,伺候的丫鬟也端菜。小伙儿一合计:这么办吧,这钱我也别带回去了,就给你们扔下吧!他就给大厨一包,给丫鬟一包。小伙儿于是说:"这是喜庆钱,不管怎么的,我头一趟来,我姐结婚来了个这么好的地方,这钱不能留。"他就赏给大厨和伺候的丫鬟了。

搁那就兴开了，结婚以后炒菜的要给喜庆钱，喜庆钱就是这么留下的。

附记：

故事中提到的"给喜钱"，这个习俗现在依然在北方各地乡间流传着，因地域差，给喜钱的方式也略有不同，有的地方叫作礼金，是宾客给新人贺喜而准备的喜钱；也有的是新人给帮忙筹备婚礼的人的一点小心意，称为喜钱。（谭丽敏）

结婚吃糖饼的传说

过去当老人的都盼望儿女结婚以后对老人好一点，叫爹叫妈，近密得邪乎。有人就给出个主意，说结婚第一顿得吃糖饼，嘴甜得就叫爹叫妈，嘴不甜不行，你得叫她甜点。

有这么一家，二儿子要娶媳妇了。大儿媳妇一考虑，说吃糖饼，嘴甜点儿就好啊。我那时没兴这个，没吃糖饼，现在兴这么个了，我也得吃点，嘴甜点。老婆婆让她给烙新媳妇饼，她说好吧，那就给烙吧。她一共烙了五张饼，给新媳妇烙了三张，她自个儿两张。她的两张饼搁的糖特别多，她寻思：新媳妇给点儿就行啊，给多了，她嘴甜，会说话，我就不吃香了。所以她就给新媳妇弄不点儿糖，她的饼里弄的糖特别多。

烙完后，她就把饼吃了。那时都是红糖，没白糖啊，剩下点儿红糖还显眼，藏哪儿都不合适，还舍不得扔啊，她把糖也吃了。完事之后，她就吃齁着了，她那两张饼糖特别多啊，新媳妇那饼糖少，人啥事没有。

完事之后，她就和大家说："吃饼嘴甜是甜了，但是也得注意，我这吃两个糖饼，给新媳妇三张，我那两张多搁点糖，我这就齁着了。这就说明，吃糖饼也得有个数啊，不能多吃啊。"

女婿说："你可拉倒吧，你贪嘴馋，贪恋舌，自己齁着了，还巴巴地讲这讲那的，烙糖饼是对,但哪有搁那么多糖的,你少搁点啊。"

搁那之后,喝糖水、烙糖饼就留下来了。结婚那天,娘家来人之后,头一碗水不兴喝茶叶,都得搁红糖沏水,娘家客都喝这个水。再者呢,过去的人挺有知识,冬天也好,夏天也好,受了寒风,这糖是赶寒的,喝点红糖水也顶用。最后呢,喝糖水,嘴甜,就变成传说了,就这么留下来的。

新姑老爷吃夜饭的传说

这个故事就是过去一般结婚以后,女儿和女婿上老丈人家串门去,下晚儿吃完饭到睡觉以前,必须给新姑老爷吃上夜饭。现在不多了。俺们那时候都吃着了,你像包饺子啊、炒几个菜。

这个说法是谁留下的呢?就是当年有这么个老员外,姑娘嫁给人家之后,姑爷小,那时结婚早,都十六七岁小小子,到老丈人家来了,亲戚也多,这个叫姐夫,那个称妹夫的。

吃下晚儿饭的时候,小伙一看客人多就不敢伸筷了。就吃点儿饭,也不敢夹菜,饭也没吃饱,这姑老爷就装假了。老丈人一看明白了,哎呀,这姑老爷没吃饱啊,怎么办呢?家里媳妇也看见了,下晚就和他爹说:"爹,你看你姑老爷,他没吃饱啊,装假了,这么长夜,冬天景儿,能不饿吗?"

老丈人说:"你拉倒吧,不能让姑老爷饿着,我有办法。"

到点灯的时候,大伙都看牌。老丈人就告诉大厨说:"去做饭。"大厨说:"做啥饭呢?"老丈人说:"包饺子,另外再炒几个菜。喝点儿酒。"

大厨饭菜好了,找姑老爷吃饭。大伙一看,有的客人顺嘴说:"这是吃啥饭呢?"老丈人说:"姑老爷到娘家串门来,头一趟晚上必须有夜饭,多咱走多咱拉倒,这是老俗留下来的,必须得吃一顿。"姑老爷正饿呢,正好啊,个人晚上稳稳当当的,吃点儿饺子,吃点儿菜,吃点儿饭。

搁那么就传开了，姑老爷到老丈人那儿吃不实惠[1]，老丈人必须包饺子，整夜饭。其实是老丈人疼姑老爷，怕姑老爷没吃饱。

旗袍的来历

那时候都穿啥呢，一般都穿大袖、大衣服，那女子穿衣服都不露手，尤其是小姐们，下不露足，上不露手。底下那衣服都得挨地，看不着脚，三寸金莲不露，过去咱们看戏都那样，那衣服多长，袖子都耷拉着，都那样，不露手，皇帝皇娘也那样。

这天皇上做了个梦，梦见一个女的穿半截袍，到脚脖子下边，下边穿黑袍，上面衣服也短，精神得邪乎，他就相中了，这个女的也太好了。

第二天他就让画家画了个像，下令非把这女的选来不行。这一选，还真就选到了。百姓中有一个女的，正推碾子呢，一边推碾子，一边穿个半截袍。差役说："就这个。"就把她选去了。

皇上乐坏了，说："你这穿的什么袍子呢？"

她说："我是旗人，我的袍就叫旗袍，我个人在家做的。"

皇上就说："太好了，我封你为翠花宫娘娘。"就把她收入宫了。

搁那么皇上就提出："大家走亲串巷都得穿旗袍。"搁那旗人就都做旗袍，汉人一看旗人穿得好看，那没旗袍怎么办，就穿大布衫，到膝盖骨那儿。男的也穿大布衫，女的也穿，俺们小时候都穿过，热了就把大布衫脱下来，往胳膊上一搭，就像旗袍似的，旗袍就是这么个来历。

---

1 实惠：实诚。

龙袍的来历

过去皇帝自己穿的衣服老不可心,就听说有这么一个成衣匠做得好。这成衣匠姓李,确实手艺好,做的衣裳在一般人当中确实是做得好,皇上就把他找去了。

他拜完皇帝以后,皇上说:"李师傅,都说你的衣服做得好,你给我做一件衣服。做完之后,要合我身体,样儿好,瞅着还特殊,不能和一般人穿得一样,我是皇帝嘛!"

李师傅说:"那好,做吧!"他就寻思衣服的样子,肥大样子,像个大氅似的,合计好了,他就开始做,做完之后得熨平整啊,他就拿熨斗开始熨。

这工夫他就困了,打了个盹,就闻到外面衣裳有味,他就急速起来了,一看熨的地方都发热了,把前后心都熨焦了,那么好的布,前后心都熨焦了,他说:"哎呀,完了!我命不在了,这皇上能饶我吗!"一扯一看,前后心的布都掉下来了,前后心各一个大窟窿。他一合计:这怎么办呢?

这个成衣匠有智慧,就寻思:我怎么想个办法唬过去。他就扯了一块布,往前头一搁,这个布上单绣一个大龙,贴上了,底下又搁一层,绞着绣,绣了两层。绣完以后就给皇上了,皇上说:"这怎么回事?"

成衣匠说:"这叫龙袍,前面一条龙,后面一条龙,那就是皇帝,皇帝是真龙天子。所以我绣上龙。"

皇上说:"好,那不能绣一块布上吗?"

他说:"不能一块一块来,必须单绣一个色,别的青袍红袍都有,但这个龙是蓝底绿地的,所以我单搁了一块。"

皇上一听,说:"绣得好。"

成衣匠不但没挨说,还得了不少黄金,龙袍就是搁那么传开的。成衣匠就是把已经做错的衣服,变成好衣服了,做完之后不仅得到皇帝的封赏,在民间也都传开名气了。

门神的来历（一）

这个故事发生在多少年以前的清河一带。

小白龙平时不老行雨，行雨的时候先来通知，这天小白龙没事了，自己就变一个年轻小伙儿出海溜达玩，正好看见山南坡有一个老头儿种瓜呢，但种得出奇，他就到那儿瞅着。只见老头儿在垄上面先搁个土坷垃，上面搁个瓜籽儿，上面再用土面儿一扬，他看老头儿这么种，就笑着问他说："您老种瓜怎么这么种呢，怎么不刨个眼儿种呢？"

"唉，这么种它不能坏籽儿啊，要那么种的话，雨水大它就泡坏籽儿了！"

"还雨水大，能下雨吗？这大晴天的。"

"那可不一定。"

"还有，你把籽儿搁那土坷垃上头，下雨不就冲跑了吗？"

"哪儿能冲跑啊，我看这天的样儿啊，三天过不去准下雨，清风细雨。它一下清风细雨就把土坷垃慢慢儿晕湿两半儿了，瓜籽儿往里一落，土往上一盖就出来了，底下还干爽，瓜还出得好。"

"这不胡扯呢，那大雨一冲冲得满地瓜籽儿，你还长什么瓜呀！"小白龙寻思寻思，心说：你呀，还真别犟，我这行雨神都不知道，你还真能知道下清风细雨是咋的？

"不，我算了，我也合计合计，据讲啊，山前能下清风细雨，所以我才这么种的。"

"能那样吗？"

"我寻思差不多少。"

"那这么办，老头儿，咱俩打个赌，那真要下清风细雨的话咱俩嘎点啥[1]的吧！"

"那嘎点儿啥呢？"

"嘎脑袋的。"

"好，行。"老头儿答应得老干脆了。

"要下清风细雨呀，明儿早上我来把脑袋割下来；不下清风细雨或者不下，我取

---

[1] 嘎点啥：打赌。

你老头儿脑袋。"

老头儿说："不用你取，我个人割下来给你预备着。"这俩人就拍手击掌说好了。小白龙是泾河龙王啊，他一考虑：这个老头儿还真叫胆大呢，还敢和我打赌。他就回去了。

回去吃完晚饭啥事儿没有，点灯前儿上边儿就来报雨了，就喊：泾河龙王接旨，玉帝有旨文。他一听，咦，还真来旨文了，就急速跪下来接旨。

"玉帝有旨，命你明天上午到山前下清风细雨，下润土七七四十九寸；山后下狂风暴雨，下雨水入土七七四十九寸，不得有误。"

他一听，直眼儿了，真这么个事儿啊，山前下清风细雨那就真的输给老头儿了。他一合计：真憋气啊，我竟然连一个老百姓都没拧过，这输得邪乎啊！他睡了会儿觉，一考虑，干脆吧，我给你倒下[1]得了，就把山后的暴雨下那山前去，把山前清风细雨下山后去，反正也下了，把两边儿给它换过来。

他第二天早上就下上了，这山前下狂风暴雨，把这瓜籽儿、土坷垃冲得满地骨碌，瓜籽儿都冲开了；山后头下清风细雨。下完以后，雨过天晴，日头也出来了，他就到山上去了。老头儿在地上正捡瓜籽儿呢，那遍地瓜籽儿全冲得刷白啊，他到那儿一看，就说："老头儿，咋样儿，输没输啊，你把脑袋给我吧？"

老头儿点点头，说："嗯！我脑袋给你？说不定谁给谁呢！"

"你不输我了吗！"

"输你了？我和你说实话，你输了，你错行雨了，你把这山后雨和山前雨行错了，所以慢慢就有找你事儿的时候，你等着吧！"这一听，龙王就明白了，我真犯错误了，当时就颓[2]了。

"你呀，你注意吧，我告诉你实在话吧，我是谁呀，我是太白金星，我是特意来考考你的，没想到你这个小龙王真不懂事啊，你真就敢和我犟上了。"

他一听，就给太白金星跪下了。

"跪下我也不能救你，我救不了你呀，你得找别人。我告诉你，有人能救你。"

"谁能救我？"

1　倒下：反着下。
2　颓：腿吓软了，站不直。

"玉帝旨意都下来了,明天中午就杀你,命魏徵杀你,魏徵那是阴曹地府的刽子手啊,专杀龙的,你得把唐二祖安抚好,你让唐二祖把魏徵劝好,别让他杀你,回去让他下棋去,把他劝住不让他走就能保你的命啊,错过时辰就没事儿了。"

"那好吧!"这小龙也害怕了,就回去了。回去后泾河龙王就给唐二祖托梦:"你得救我啊,不管怎么的,都是龙啊!"

唐二祖说:"那行,你安心吧,我准能救你!"

第二天吃完早饭之后,魏徵上朝了,唐二祖就和魏徵说:"魏爱卿,咱俩今天朝中事儿不论,到我书房去!"

"行,走吧!"

到书房他就说:"咱俩今天得好好将一局,你不是棋下得好吗,咱俩下棋!"他俩就摆上了,叮当叮当地下,下了这盘下那盘,他寻思过午时就好了。眼瞅着到午时了,魏徵把棋盘一扒拉,说:"我怎么这么困呢?"眼睛一抹就趴下睡着了。

唐二祖一看,说:"嗯!这回妥了,睡觉醒来就过时辰了,就完事儿了,我就完成任务了,小白龙没白托我一回,我把他救了。"

过了不一会儿,魏徵把脑袋一抹拉,说:"好乏呀,太乏了!"

他说:"你不睡觉呢吗?"

"啥睡觉啊,我去阴曹地府办了件事儿!"

"办啥事呢?"

"我杀小白龙去呗,我是监斩官,我不去行吗!我是睡着去的。"哎呀,可了不得了,小白龙托我保他。"那我不去能行吗,我要不睡着就去不了,我是阴曹监斩官,我杀人总得梦中才能杀了呢。"

这工夫就听天宫来报,说:"可了不得了,现在金銮殿门口有个龙头,文武百官都跪那儿保护皇上呢。"

魏徵一看,寻思着怕对皇上不利,就说:"不用害怕,这是泾河龙王的头啊。"

搁那么的,泾河龙王天天从后门来找唐二祖要人头,说:"你得给我偿命,你之前说保我,为什么没保我呢?"

其实唐二祖真有心保他,没想到魏徵做梦的时候把他杀了。他怕小白龙来,没有办法就把魏徵画个像搁后门贴上了,前门儿就是尉迟敬德和秦琼俩人,一边儿做一门神。

人们也怕小白龙来了出事儿啊，搁那么的，就留下了各家也贴门神爷的传统，在前门贴尉迟敬德和秦琼，左边儿是秦琼，右边儿是敬德，房后独坐着的就是魏徵。这也是那时候留下的。

门神的来历（二）

这个故事说的是为什么有门神。咱们外屋贴的门神有敬德和秦琼，怎么单贴他们俩呢？

当初唐二祖坐拥天下，这两个人都是报国的忠良。皇上亲口封过，给秦琼两把锏，给敬德一把鞭，可以上打君，下打臣，打死皇帝去个龙，打死娘娘去个凤，封了这么高的官，说他俩特别忠诚，就这么封的。

单表唐二祖李世民已经死了，就剩秦琼和敬德了。正赶上李世民的儿子李治接皇位了，他不像李世民是明君。李治就不行了，和娘娘吃喝玩乐，久不临朝，皇宫也不管了，就在后宫带几个妃子玩，净胡扯。这秦琼和敬德就激了，这天俩人一合计就找他去了，到金銮殿就敲请朝钟，梆梆敲，怎么敲皇上也不出来。皇上一问，下面禀报说："启禀我主，秦琼秦元帅和敬德在外边儿敲钟呢。"李治说："不用去，让他们敲去吧。"

怎么请驾皇上也不出来，这两个人就激了，到后宫在大门那儿喊，但怎么喊也不开。最后没办法了，秦琼气得把锏拿出来劈大门，这敬德就拿鞭子抽。两鞭子没过，锏就折了，鞭子也折了。这两人一看，直眼了，当初高祖封得好，说可以上打君，下打臣，有鞭在有锏在就有命在，鞭不在锏不在命就没了，一定要保住这两样东西。俩人一看这完了，所以秦琼就撞死在大门上，敬德也撞死了。

这李治一看，直眼了，俩忠臣都死了，说："这么办吧。"为了纪念他们，就把他们俩封了门神：秦琼一个，敬德一个，画两个像贴在门上。搁那以后各家过日子门上都贴这两位忠臣的画像，有他俩把着门，什么鬼神都进不来，贴门神就是这么传下来的。

算命先生的由来

这个故事是讲算命先生的由来。怎么讲的呢？是讲过去这算命先生可不是一般的营生。

当时谁呢？就是唐二祖李世民当皇帝的时候，他一看，那瞎子们没有生活出路哇，是一点道儿都没有。他就告诉百姓们说："这么办吧，你们凡是有推碾拉磨的活儿，就找他们干，给他们两个钱，给他们点儿饭吃，要不怎么办呢？"

那时没有牲畜，少哇！所以各家磨点米面啥的，有活儿就都找瞎子去做，瞎子就给抱磨杆拉磨，每天撑着跟毛驴似的干活，累得不用说，就为挣碗饭吃。

这天，单表李世民正在屋里躺着睡晌午觉呢，就听外面"啪啪"拍窗户，他就惊醒了，说："谁呀？我这皇宫里怎么能进来人呢？"他寻思前面有秦琼、敬德把门，后面有魏徵把门，这大白天的怎么能进来鬼魂呢？他抬头一看，不是别人，是谁呢？是上面的皇帝，三皇来了。他一看就明白了，下地跪下说："哎呀，三皇大爷来了！"

三皇说："你是人王地主——皇帝，我来这儿跟你唠点儿事儿！我来不是为别的，我来打听一下，你们是怎么处理世上的瞎子的。"

李世民说："我给他们找活儿做了，都让他们混上饭吃了。"

三皇说："那不行！你想想吧，磨是青龙，瞎子属于白虎，那白虎拉青龙之后，那不把青龙拉得卸甲归田了，甩得都丢盔弃甲了。另外，白虎也累得精疲力竭了，这算个啥事儿！这活儿哪儿能行？你知道不，你们都是我的徒子徒孙哪，这瞎子也都是。你想想吧，三皇徒孙，你这么对待他们能行吗？这么办，从今之后，我给安排工作。明天你这么办，你开个瞎子会，我也参加，你就明白了。"

李世民听完之后，就说："那好！"

第二天一早，李世民就特意把长安城的瞎子全找来了，远处的够不着，就把方圆百里的全找来，那能有好几百个，把这些瞎子都聚到金銮殿的院里来，说是给开个会。

这会儿谁呢？这三皇也穿着便衣，装作瞎子，也坐在那瞎子堆里了。李世民一看，知道三皇在那堆儿里，就说："这么办，今天咱们开个会，给你们找点儿工作，找点儿活儿干，不让你们拉磨了。现在三皇都可怜你们，不是'上有三皇治世，下有五帝六君'嘛！从上头来的三皇都打招呼了，就让你们干啥呢？就是现在给你们发一本书，三皇叫这《预后记》，你们以后用这本书算命、算卦都行。"要不现在瞎子算卦使用的都是《预后记》这书。

李世民又说："又给你们什么呢？给你们一个'报君知'，就是个小铜锣。你们到哪儿都敲这铜锣，你们一敲这铜锣，他们都得躲远，不敢碰你们，这是我命令的。一会儿再给你们一个杆子，叫引杆。给你们十丈引杆子，这杆子可打腰[1]了，是三皇封了的，'上打君，下打臣，打死人不偿命'呀，你们一定要好好使唤！"

这瞎子们一听，来劲了，都可高兴了。

李世民又说："那还不算！三皇还封了，是'进得皇城府，坐得帅府床。吃饭不道谢，花钱不找账'。你看你们有这么大的权，到哪儿吃饭不用道谢，吃完就完事了，花了钱不用你找账，花了就拉倒！"

瞎子一听，这才承认是三皇做主了。

李世民说："好吧！你们都下去吧，今后你们都不用拉磨了，掂着书出去算命，瞎弄几个钱就能活，不行我们国家罩着你们。"

这三皇一看挺满意，就对李世民说："你的江山能长久啊，你今天要不这么办，你的江山就该拉完了，眼瞅你这磨一甩，是把青龙甩散了，白虎也转晕了，你的江山能长吗？坐两天就完了。现在你这样能有几百年江山。"说完三皇就走了。

李世民一听，挺乐的，因为三皇告诉他了，他的江山能长久。

单表这些瞎子，时间长了就不管这事儿了，他们自个儿是这说那说的，越来越有主意了。

这回到哪儿呢？到唐三帝那时候。唐三帝他有个娘娘要算卦，就把瞎子找来了。这瞎子当年算得不太对，娘娘就说："你这说得不对，这怎么能这么说呢？"

这瞎子机灵，说："你说我这不对？"说完就把杆子掏出来，"乒哩乓啷"一杆就把娘娘打了，他这一打，失手了，就把人家娘娘给打死了。

把娘娘打死之后，唐三帝就急了，说："你这太不像话了，给你们封得太高了，这得往回收！"所以到唐三帝那会儿就把这杆子收了。

原来的十三根杆子收回十根，就剩三根杆子，这瞎子也不能打君了，也不能封啥了。

---

[1] 打腰：硬气，神气；做主，说了算。

搁那么，这瞎子就自谋生活了，但这瞎子出门到哪儿去之后，就跟先前那样，铜锣一敲，人都躲多远呢。他们就自奔生活，以算命为生，因为有什么呢？因为有三皇发的《预后记》，所以他们算命多少有点准头。

瞎子算命就是这么来的。

张仙的来历

为啥在家里供张仙呢？就是当年宋太祖赵匡胤南征北战，东挡西杀的最后得到了大宋江山。得完以后，各国都收复了，就剩一个小国儿没收，就是离他边疆远点儿，是哪呢？是蜀国，蜀国没收。赵匡胤一看，这样不行啊，就打发一员大将去了。这个大将姓崔，武术最高，文化也最高，哪儿都好，都够个元帅资格了。

"这么办吧，蜀国不大个地方，也就有几十万人马，你就带上二十万人马把蜀国收了。"赵匡胤一看也不用带太多，二十万行了。崔将军说："好。""怎么办都行，你掂对[1]收。"刚要出发走，这赵匡胤又摆手说，"回来，回来。"就把这个崔将军又喊回来了，他没等说下去自己就笑了："我跟你说个事儿，爱卿，你到蜀国去了之后，别的不要，要一个人，你给我带回来。"崔将军就问："什么人？你说吧。"皇上说："咳！蜀国的孟昶，他是蜀国的皇帝，他有一个娘娘，长得漂亮啊，全世界都有名。就有一个花蕊夫人，你把她给我带回来。带回来就行，在这道儿上千万别难为她，我还等着她回来收作娘娘呢！她长得好，文化也高，是个才女，你千万得把她带好。另外，你千万别让她自杀喽。她一看国家失败兴许自杀。"崔将军说："那好吧，我明白了。"崔大将军走了，赵匡胤就等着。

崔大将军到蜀国之后，没等兵马都去，就打仗了。要说孟昶这个皇帝是个好皇帝，爱民如子，哪儿都好，就是不理朝政。每天这朝政的事情他也不问，就一天天吃喝玩乐，每天出诗啊、对对儿[2]啊都行，文化挺高。和这娘娘俩人最靠[3]，俩人天天当

1　掂对：看着办。
2　对对儿：对对联。
3　最靠：关系最紧密。

中夜夜都不能分开。花蕊夫人长得漂亮，也是才女呀，俩人出诗对对儿，感情处得近便得邪乎。

这天，他一听兵来了，还正领着花蕊夫人游山玩水呢。一看，这可怎么办？赶紧四门紧闭，无奈宋朝的兵士把四面都围上了，出不去了，兵都在城里呢。按说孟昶应该发兵出战，花蕊夫人说："你急速发兵去吧，掂对看怎么抵挡。"孟昶说："我去是肯定去，我自有主意。"花蕊夫人说："好。"这花蕊夫人就带着宫娥才女回宫苑了，就等着吧。

单表孟昶：他出去一合计，扒着城墙一看，那兵来得像海似的，围得水泄不通啊！这还有得打？一合计不能打了，干脆吧，就降吧。挂了降旗之后，肯定是不能封我的位，但这旮还得我守着，放个边陲王呗，不当皇帝了，当个小王爷我家还一样好，得劲儿嘛。这孟昶就没有战斗力，就把这个大旗给挑起来了，风一起，白旗。白旗挑出去了，就投降了。

大门打开了，往里边放人，把外边兵都给放进来了。这姓崔的大将一看，这蜀国也太腐败、太熊了，怎么就连一点儿抵抗力都没有呢，这么大个国家就降了？投降也不要你，杀他！当时就把孟昶杀死在金銮殿门口了。

杀完以后，就急速到后宫。到后宫一看，这花蕊夫人正在屋里坐着呢，一听兵打进来了，想躲也不赶趟儿，就把她活抓住了。抓完以后，崔将军告诉手下："不准难为她，得好好地把她将养好。"没由分说就搁几个宫娥看上她了，不让她动弹。头一个，怕她寻死。这花蕊夫人等到下晚儿也不吃东西，啥也不吃，一整天没吃东西了，宁可饿死，也不能投降！但是第二天白天就听宫娥回来告诉她，说孟昶已死，被人家杀了。

花蕊夫人说："怎么回事儿？怎么给杀的呢？"宫娥说："进来之后，没打，这二十万兵马都没动，全投降了。人家也二十万，咱也二十万，没打就全投降了。完了还把他杀了。"花蕊夫人一看，这是个孬货呀，太可耻了！我为你守节犯不上啊，一合计呀，我真不如降了就算了！我一个人在这儿守节，你这来了人一点儿都不抵抗，还投降了，还白旗呢！干脆，我吃东西。拿东西来。这一拿来，该吃吃、该喝喝，啥说道都没有了。就告诉他说："我跟你去，怎么处理吧？"

这崔大将军一看，这样挺好，就弄了一个彩车把她拉上，一道儿拉到大宋朝。

当时这赵匡胤就亲自接到午门外，把花蕊夫人搀进来了。搀进来之后当时就封了，说："我封你做西宫娘娘。"就封她做了西宫娘娘，又说，"我一定得厚待你。"一看她降他，他俩就结婚了，过得也确实不错。

一晃儿过去有一年多了，也没生儿育女，什么也没生。这天她就想起来了，想啥呢？就想起这孟昶来了：当年和孟昶啊，我俩有个气愤劲儿，他投降，杀完我恨他，但现在我还想他。因为什么呢？那时候我和他感情十分浓厚。每日每天出诗对对儿，说说笑笑的都行。但是这赵匡胤呢，作诗对对儿差劲，他是马上皇帝[1]，文采不敌孟昶，另外爱情也不敌孟昶，就有点儿想他了。一合计，怎么整，我得找个画匠画个像。就找来画匠，要他把孟昶给画下来。画个像什么样的画面呢？就画有一个人行围采猎，带俩孩儿，因为那时候他们已有俩孩儿了，都扔在家了，一男孩儿一女孩儿，然后带着犬，带着弓箭。画上的男人要对上边射箭，对下边把狗撒出去，撵兔子，就画了这么个像。意思这小伙儿长得精神，三十多岁，画个像。什么模样一说，这画匠有两下子，按照她说的方式真就画完了。差在哪儿了指点指点，一看，别说，还真像！画得跟孟昶一点儿不差。就这一活蹦乱跳的孟昶给画好了。花蕊夫人一看，好了，给画匠拿了不少钱，把画匠打发走了，她自己就把这孟昶的像给供起来了。供哪儿呢？在明的地方供着吧，怕被赵匡胤看着，就搁在外屋儿北旮旯儿[2]，挡上点儿，就在那儿供着了。每天下晚儿啊，多咱想到了，就看看去。有时候还对着像贴贴脸、唠唠嘴似的那么近便，完了上点儿香。

时间长了之后，不注意，有一天正赶花蕊夫人在那儿上香呢，赵匡胤回来进屋儿了："哎？你在那儿干什么呢，爱妃？你这是供的什么呢，还烧香？"

花蕊夫人是才女呀，张嘴来得也快："皇上，这是张仙。"她顺嘴就说这是张仙。

皇上问："什么是张仙？我没听过这名儿呢。"

她说："咳，你不知道，这个张仙哪，这不画俩孩子嘛，专管生孩子。没有孩子的就供他，因为人都犯啥呢，犯天狗，所以有孩儿也站不住。他这不是有箭吗，用箭把天狗射出去了。这不就把天狗射出去了，所以就能保住孩子。"

他说："你怎么想出来要供张仙呢？"

她说："咱俩结婚一年多二年了，本应该给我主生个孩子，到今儿也怀不上，我

---

[1] 马上皇帝：指江山是自己打下来的皇帝。
[2] 旮旯儿：角落，此处指墙角。

挺着急。所以我供张仙保佑我生儿育女。"

皇上一听,"哎呀,你心也太好了!那好吧,这么办吧,你要这样的话,那你明儿个就别光个人供,找个明亮的地方供着,供外屋儿[1]。咱们好好供他,再写副对子。"

花蕊夫人说:"对子我都编好了,上联是:把箭射得天狗去,下联是:玉弓引进子孙来,横批是:保佑子孙。"

皇上说:"好,那行了。"当时写完之后,赵匡胤一看字写得挺好的,就说,"贴上吧!"就贴上了。

正好该然啊,没有一年,这花蕊夫人真怀孕了,生了个胖小子。这赵匡胤乐了,就下通知:"下边没有小孩儿的都供张仙吧!供张仙能保佑子孙,孩子能站得全面。"这么一哄哄[2]就哄哄到下边去了,所以当时宋国的百姓都供张仙,这个就是这花蕊夫人留下的。

上梁的传说

这个故事讲的是上梁的来历。过去为什么上梁有点说道呢,盖房子、娶媳妇是大事,不是小事,必须找个好日子,也必须找个好时辰。

一般房子上梁都有这么个传说,从哪儿传下来的呢?就是当年鲁班老祖,正赶上木匠上梁,他一看挺简单,就说这么办,他没装老祖,装一个要饭花子,到那上梁的人家,说是祝贺祝贺。大伙一看,乞丐来了,那就祝贺祝贺吧!

鲁班就和木匠说,梁我给你校校,檩我也给你校校。哪个叫梁呢,大梁不叫梁,盖房子上的脊顶叫梁,大梁上去还搁人压着,算啥梁啊。他就开始校,有套顺口溜,说:"校梁头,校梁头,祖祖辈辈做王侯;校梁尾,校梁尾,祖祖辈辈做官清如水。"他就一直叨咕这首歌。

叨咕完之后,拉梁的时候,梁得往上拽,不能往上举啊,这上面有人接着,底下

---

1 外屋儿:客厅。
2 哄哄:传。

搁绳一点点往上拽,慢走嘛,这又叨咕:"大梁好比一条龙,曲曲弯弯往上行,行到空中它不走,单等亲友来挂红。"

这时候喇叭、鼓响了,你也挂被面,他也挂彩绸,都来挂,上梁花钱了,有这么个规矩。各种红布、红绸往上一挂,就把外面不吉之神全都撵走了。红的最辟邪,所以上梁有这么个举动。

附记:

上梁歌一直延续至今,走访村里老木匠,也是半个风水先生,他讲述说,现在农村依然保留了这些传统的形式,上梁有上梁的说词,下葬有下葬的说词。上梁的说词有两种,一种是人们新盖房子上梁用的说词,另一种是坟茔地修坟上梁所用到的说词。(谭丽敏)

接梁尾的传说

这个故事是说啥呢?有这么一个木匠,他给人家盖房子,误解人家的意思了。本来人家挺长个大梁,要盖两丈四尺宽的屋子,他到那儿之后,约莫[1]到两丈就给人家截折了。截折以后,一看,疏忽了,这梁不够长了!哎呀,这房子外边的墙都垛好了,梁往上一搁,差四尺远,够不上!

这木匠就来火儿了,他一合计:这干脆没法儿活了,砢碜得邪乎!人家里面全做好了,光剩上梁了,可这个梁短了,人家知道了也不能让呀!还能说让人家再换个梁吗?也不能再买个梁呀!

他一合计,没办法,干脆到外边对着月亮就哭了:"天哪,天哪!这一次我马虎做错了呀,师父,我对不起你,我也对不起祖师爷呀,可惜你们教我一回,我这个事儿做得太错了!"

他哭完,天要亮这工夫,就睡着了。他睡着以后,梦里来了一个老头儿,这老头

---

[1] 约莫:估算。

儿告诉他："你不用哭，明儿早上就有办法，会有人帮你忙去。"他一惊，醒了。

天亮时候，没等上梁，就来个白胡金星的老头儿，像个老道似的："你们这梁多咱上啊，怎么还不上呢？我看看这梁。"

老头儿一看，就告诉这个当家的说："龙有头有尾谓之'梁'，这龙得有尾，没尾不行。这梁总得接梁尾，它的尾巴多咱起来才能叫'龙尾'呢。'接梁尾当官清如水'嘛，这是最好的，不管是当官还是干啥，都挺好呀！这么办吧，急速把梁尾接上，你那梁还得接一轱辘！"

当家的说："够用了。"

老头儿说："够用的话，就拉点儿，在这上边儿接一轱辘。这梁尾必须得接！"这老头儿就主张在梁后边儿再接一轱辘，给接个梁尾。

搁那么，这梁后边儿就都接梁尾了。这梁尾接完，一看，这旮瘩个立柱，真挺好呀。新民县西边，各家的房子都接梁尾。不过得找老房，新房不行。那老房都接梁尾：一个大梁拉折了，后边接一轱辘，中间搁个柱条。这"接梁尾"其实就是那时候鲁班为救那个木匠，亲自显圣，留下的。

檐下不吃饭

这个小故事讲的是啥呢？讲的是檐下不吃饭这么个老令儿。

在早，天热的时候，尤其到南方，北方也那样，一看天热，都不愿意在屋里吃饭，太闷，人们就想了个招儿说："这么办吧，别在屋里吃饭了！"说话工夫就把吃饭的桌子挪到窗户根儿底房檐下了。

那天吃下晚儿饭的时候天还挺热。白天太阳毒，房子被烤得挺老热，屋里更闷，就房子根儿底下有阴凉地呀，这正好吃饭！就把桌子放在房檐下了。那时候也没别的菜呀，就炖点一般的菜，吃点水饭，盘子、碗也好拿，桌子摆到房檐下了，这家人就在房根儿底下吃。

饭吃完以后没一会儿，这家五十多岁的老头儿就动弹不了了。老头儿的儿子一看，说："这怎么的了，怎么还来病了，吃个饭怎么就动不了了？"老太太岁数大呀，有点经验，说可能晚上吃饭太急了，躺下歇会再看看。这儿子一看，老头儿都没啥精神头了，说："不行，我还是找个先生看看吧，别耽误了。"

没一会儿工夫，先生就进院儿了，先生来了一看，说："哎呀！我看着像是中毒了，你这吃啥特殊东西了？"

儿子说："那哪有毒啊，也没吃啥呀！俺们就晚上一起吃了点炖菜啥的，俺们别人啥事都没有呀，就老头儿自己难受。"

先生也疑惑了，说："那这是怎么回事儿呢？"先生又仔细看了看老头儿的症状，"肯定这就是中毒了呀！"

先生就问在哪儿吃的饭，儿子说在哪儿哪儿，先生说："这么的，再把桌子放那儿！再放上饭菜，我看看咋回事。"儿子就又把桌子放房檐儿底下了。按原样把碗筷菜饭伍的都摆上，一家人还在那儿坐着，都搁好之后，先生说："咱们瞅着，看还有啥没！"咳！大伙儿正在那儿瞅着呢，就看顺房檐下来了一个大长虫，那长虫脑袋顺着房檐就下来了，大伙儿惊得谁也不敢动，眼看着这大长虫淌的哈喇子[1]掉碗里了。这长虫也不吃，房檐上挂了一会儿就又回去了，原来这长虫闻着味儿了，吸那底下油烟子味儿呢。先生一看，说："你看到没，这家伙多厉害！这老头儿是吃这个毒了，赶快，还能抢救！"

先生给弄的解毒药，这算救了老头儿一命。这儿子就气呀，弄个棒槌[2]，上去把这长虫打下来了，打下来之后就把长虫弄死了。

老头儿缓回来后跟他儿子说："儿子，今后不管多热的天咱们也不能在房檐下吃饭，你也告诉街坊四邻，都注意点儿。"檐下不吃饭就这么传开了，因为在早都是多少年的老房子，都是挺来风[3]的地方，长虫啥的也都愿意待，一到夏天，长虫就愿意在屋檐那待着，是因为那地方凉快。

再有什么呢，葡萄架那底下长虫更多，过去那摘葡萄的时候最得注意，这是实在的。那葡萄架底下，长虫在葡萄上一趴，跟葡萄叶一个色儿，它在那儿图凉快，你还瞅不出来。

搁那么，一般都说"檐下不吃饭"，就是因为长虫淌那哈喇子，那玩意儿有毒，

---

1 哈喇子：口水。
2 棒槌：棒子。
3 来风：因通风而凉爽。

是害人的。

附记：

民间"檐下不吃饭"俗信的由来还有其他说法，归根结底都是出于生活实践中的经验与教训。从科学层面上看，房檐下的气流通畅，人在吃饭时身体容易发热出汗，极易外感风邪，造成身体不适或引发疾病。故事中引入蛇这种容易引起人们警觉的动物解释"檐下不吃饭"的由来，可更好地引起人们注意而加以避免。（谭丽敏）

刷锅不敲锅沿

有这么一家，姓王，家里就老太太和一个儿子。这个儿子啊，确实命大，天黑做一梦，梦见到天宫去了，其实是玉皇大帝把他选去了，他一看是金銮宝殿，就跪下了。

玉皇大帝说："王生，你呀，命大！今年都十来岁了，你是天子之命，你最后能当皇上。你回去当皇上之后，一定要爱民如子，一定要好好干。今天我给你权力，让你当皇上，你回去千万要好好的。"就嘱咐他。

他一惊醒，是一梦，他妈问他说："怎么回事，你到哪去了，怎么觉得这屋里有香气呢？"他说："玉皇大帝给我权力，让我当皇上。"

他妈说："有什么迹象呢？"

他说："我脚下有七个痦子。"他妈一看，脚下真有七个痦子，早没理乎。

他妈说："好！"

他妈就乐坏了，听完之后，正刷锅呢，拿着马勺子就磕锅沿子，说："这回妥了，我儿子当皇上了，有冤报冤，有仇报仇，杂种，再也不怕你们谁了。"

这一磕带敲不说，老灶王在外屋听见了，就寻思：这人家是啥人家呢？老太太还叨咕呢："有冤报冤，有仇报仇，儿子当皇上。"灶王就报告城隍，城隍就报告玉帝了。玉帝一看，这样人家，干脆不行，不能用他，就给他罢免了，就把给他先兆的痦子收回来，不让他当皇上了。

搁那以后小孩儿不但不那么精了，还发呆茶了，脚上痦子也没有了。完了，就因为他妈磕锅沿子磕的造的事端。要不说有什么事也别磕锅沿子，磕锅沿子灶王爷戗不住啊。

拍花的传说

过去的小孩儿啊，在小时候大人就教育孩子们说："千万别出去啊，遇到拍花子的就没有命了，就不行了！"

但是这些拍花儿的是啥样呢？拍花儿的大半部分都是什么人呢？都是老太太和老头儿，还有就是小媳妇儿。那时候确实是有拍花儿的，不是没有。拍走的时候就用蒙汗药，就是用药材拍走的。

这药配好了，就搁手里搞着[1]。在手帕上一装，有个手绢带着。就迎面儿一晃啊，都不用碰你身上，就是一晃前儿，一熏你，你当时就迷糊了，就啥都不知道了，但是你跟着他走，那小孩儿就跟着他走。拍走了之后，他就把小孩儿给卖了，回去就把小孩儿给害了。所以说这拍花子心多狠！所以说，一般出去啊，都得躲拍花子的。

一般还什么邪乎呢？最严重的是卖花儿的，有个卖花儿婆。各家走，走到那家当中的话，一般假装卖花儿，实在呢，她是在调查事儿。

要不过去有个安乐歌，有那么几句话。怎么说的呢？是这么说的，这是一个人文知识：

闲时宝剑用石磨，灶中柴草莫堆多。
院内井来宜口小，后门禁闭莫通河。
亲友戒说真心话，堂前休走卖花儿婆。
为人识破其中意，此是人间安乐歌。

你记住这八句话，是事儿没有。就是说人怎么才能过得好呢？就是"闲时宝剑用

1　搞着：拿着。

石磨",是说屋里的武器不能离手,就是有枪有炮也好,你不能离家。因为你看家,不知道贼什么时候来啊。你没应手的家伙不行。你出去,人家带家伙了,你没带家伙不行。

"灶中柴草莫堆多",就是外屋的柴草你别堆多。堆多了,着火了,你救火不赶趟啊!

"院内井来一口小",院内的井啊,井口不能大。大了以后,小孩儿、东西都容易掉进去,你还不好救。那时候是大井,不像现在是小井。

"后门禁闭莫通河",盖房子后面别挨着河。挨河涨水不就把你家给涝了吗?

"亲友戒说真心话",说再好的朋友啊,你知心话也得少说,也别都说出来。说:"我今年不错,我现在趁[1]多少多少钱,金库里有啥……"你都告诉他了,他可能就在无意中和他亲戚说了,一个传一个,就传到坏人耳朵里了,就把你害了,你就完了。

"堂前休走卖花儿婆",这个卖花儿的你不能搭咕[2]她,这没好处。过去专有卖花儿的,那些老太太、小媳妇儿,那是专门调查事儿的。

你要是这些事儿都能做到了啊,就能保证你平平安安,没事儿。

八仙桌

八仙桌为什么没叫方桌,叫八仙桌呢?其实也是方桌,就是和当初吴道子出家有关。这天呢,吴道子请客,请谁呢,就请上八仙这八个人来吃饭。八仙到这儿一看,没有桌子。瘸拐李[3]说:"哎呀,吴老前辈,我们来吃饭,让我们在地下蹲着吃啊?也不说给我们个桌子!"

吴道子说:"那我画一个吧!"他就拿纸画了一个,"梆"的一声往地下一扔,就变成个八仙桌,在那儿搁着呢。

八仙说:"哎呀,太好了。"

---

1 趁:有。
2 搭咕:搭理。
3 瘸拐李:铁拐李。

吃完饭之后，大伙儿说："给这个桌子起个名吧！"

吴道子说："不用起名了，你们这八个大仙来吃饭，就是为你们画的，就叫八仙桌吧。"

搁那之后方桌就叫八仙桌，因为八仙桌开始是他们吃饭用的，百姓们一听挺吉利，就叫八仙桌。这就是八仙桌的来历，就是吴道子给八仙吃饭画的桌子。

锄头的来历

过去在开始种地的时候，人们都敬五谷神，因为它是保护农民的。农民不用铲地，坐炕头儿念就行，"草死、苗活、地发暄"，在地头儿一走，一叨咕，草也死了，苗也活了，地也暄和了，就打粮食了，这粮食打得还特别多。所以，这百姓就不太爱护粮食了。因为这粮食打得多，有的是呀，这地还不用侍弄，坐一堆儿随便扯就行了，这粮食就糟蹋了不少。

这天，玉帝告诉五谷神说："你到下边看看大伙儿都是怎么消耗粮食的。"

这五谷神就变成一个老太太，到农村视察来了。变成老太太，好装成要饭的呀。正赶上晌午的时候，她就装饿了，正好走到了一户人家，那家媳妇儿烙的油饼挺好，这老太太就想吃。

这媳妇儿也不懂事，说："不行！俺就剩两张饼了，没有给你的，俺们吃完之后，剩下那张还得给孩子垫屁股呢，另外这狗也得喂呀，给你了，孩子垫屁股就没有饼了。"

老太太说："你先别垫饼，给我吃点儿行不？我饿了！"

媳妇儿说："那不行！"她就没给。

这五谷神一看，寻思：世界上这人太刁刻了，要不治他们一次，不让他们劳动劳动，他们就不知道粮食中用！他回去把这情况和玉帝一汇报，玉帝说："好！"就急速把"草死、苗活、地发暄"这个要领收回来了。

收回去以后，老百姓怎么叨咕都不好使了，这地就不行了，草也活，苗也活，一下雨，都可劲儿地长呀。这回咋整呢？后尾儿，当地的农民就慢慢研究，研究出了锄头,那玩意儿就像铁锹似的,往前锄,一点儿点儿的。但不好使,干锄锄不多少,把人一天累挺乏,干一天不出活儿,晃工似的。

有这么个小伙儿,叫张三。这小伙儿滑了巴唧的,一天晃工到那儿锄。这天怎么回事呢?他锄得乏呀,就不爱干了,他就坐地头上叨咕:"原先吃现成的都不爱吃,现在还得侍弄地,多受罪呀!"他就把锄头"噼里啪啦"往地上摔,"你去个屁吧!"这一摔,咋的?把锄头摔弯了。他一看,说:"我就挠吧!"哎?他一挠,一会儿就挠到了垄头,不管别人铲多远,他都能赶上。大伙儿就说:"哎?你这玩意儿快,怎么整的?"他说:"我摔弯挠的!"

大伙儿一看,真好使呀,搁那儿就把这锄头改装了。原先是冲前安的,像铁锹似的,是铲地,这回往后了,变成了往后挠。搁那么的,锄头就全都后置了。这就是锄头的来历。

秃尾巴老李

这个"秃尾巴老李"咱都知道。咱这儿有个迷信:一般来说一下雹子就往天上撇刀,秃尾巴老李怕剁!这是怎么回事儿呢?

秃尾巴老李家是山东的。老李头、老李太太这一辈子都没有儿女,到四十来岁了,老李太太不知道怎么就怀孕了,这老头儿乐坏了,心寻思:挺好,老婆怀孕了!一直没生过孩子,这次终于落一个,管他姑娘小子呢!

这一晃过去十来个月了,到要生的时候了。生的这天一看外边儿下大雨,霹雷闪电,里边她正生孩子。这儿没别人,就有一个老太太——她舅老爷婆,这舅老爷婆给她助产生下了。

孩子生下来了,这老头儿一看,吓一闪:可了不得,这是什么啊!生下来的不是胖小子,是什么呢?是个胖鱼,像个大黑鱼似的,嘴挺长挺长的,尾巴也挺长挺长,这么长一轱辘。"哎呀,这生的不是鱼精吗!"这老头儿一看就急了,这家伙,操起劈刀上去"啪"一刀就剁尾巴上了,把尾巴剁下了。

这工夫怎么的?那大黑鱼一阵火光,借着雨,驾云彩就蹽了。不说单表他蹽到哪儿去了呢？他驾云彩蹽到东北黑龙江来了。这孩子一看：这地方不错！有山有水，有树木林子，另外花草也特别新鲜，真是个宝地！

这是哪儿呢？是五大连池！他看这地方好，所以就落下了。这五大连池啥样儿呢？山上一共五个坑：山尖上一个坑，底下漫山坡上有四个坑，所以叫五大连池。

那里其实有龙，是小白龙，正搁那儿镇守着呢！他这外来的也是龙啊，是鱼精变的黑龙！他下去到那儿之后，这俩龙就干起来了，天天干架，天天干架！一杀杀得天昏地暗，天天"噼里啪啦"的。

当地百姓寻思说："怎么回事儿呢？这一整，不是下雨就是刮风，不是刮风就是闹事儿！"

这个黑龙走过去之后带冰雹，还打得重，这天又杀得没办法了。有个老王头心挺好，在那儿溜达，搁旁边卖呆儿，这时就看见来了个小伙子，长得黑黢的，这小伙子到傍拉儿给他行个礼说："这位大爷，你贵姓啊？"

老王头儿说："我姓王。"

这小伙子说："我姓李，我和你说实话，这河里原来打的仗就是我和白龙打的，这小白龙叫这儿发大水，年年把这儿都涝了，我不让他发，他不愿意！"

老头儿说："对啊，今年没发，在早这地方年年发大水。"

这小伙子说："这么办吧，你帮我一个忙，要不是他害我，我就能打过他，把他打死了我就能保护你们这旮年年风调雨顺、国泰民安！"

老王头儿说："好吧！"这小伙子就走了。

到下晚儿的时候他对老王头儿说："你呀，怎么办呢？你给我弄点儿白灰，弄几十袋来。完你再看五大连池，要举起白手来，你就往里扔白灰；要举起黑手来，你就扔大馒头。俺俩打仗，我乏得慌，得吃饱饱的！"

老王头说："好吧！"真那样儿！老王头到下晚儿蒸点儿馒头，弄点儿白灰来了。一看，那水杀得浑呀。一看举起黑手来了，大馒头"叮当"就给撇过去了，这黑龙就吃馒头，一看这白手上去了，老王头儿就往里扔白灰……

天亮就看出来了：这一夜的工夫就把小白龙打得够呛，那小白龙整个儿漂上来了！但他没死，起来迷迷糊糊的，驾云就走了，搁那么一去就永没回来，所以留下这黑龙镇守五大连池。

但他为什么叫"秃尾巴老李"呢？这是怎么回事儿呢？他是个孝子，每年必须回山东看看他妈。他妈想他思念成疾死了,这老李头也死了,所以他每年都去上坟。他临走时性子急,一走就下来一批雹子!到哪儿都下雹子!后尾儿百姓也知道他的实底儿了:"原来是黑鱼精变的黑龙啊!"

所以一下雹子百姓就撇刀,他最怕人掂刀砍他,刀一撇,他就吓得急速躲起来走了,雹子也不下了。所以大伙儿得到窍门了,知道他是让刀剁的尾巴,怕刀,一下雹子,就是秃尾巴老李回家了,就赶快撇刀!这一撇刀,他走过去就没有雹子,就能平安了。

这就是"秃尾巴老李"的由来。

异文:秃尾巴老李

说一段秃尾巴老李的故事。这故事是怎么讲的呢?咱们这儿一般下雨又下冰雹的时候就搁刀砍,咱这儿一下雹子都知道,到岁数的都迷信这个事儿,雹子粒儿一下,便往上撇薄刀。把薄刀撇出去之后,意思是薄溜儿的能砍住,就不下了。为什么撇薄刀呢?这是有原因的。

当初啊,是哪儿呢,就在黑龙江傍拉儿,有这么一户,姓李。这老李家两口子岁数都不大,也就三十来岁。媳妇每天洗衣服在哪儿呢,就在黑龙江黑河边儿上洗。

这年夏天前儿,她干了点儿活,正洗衣服当中就有点儿困了,就连带着洗洗澡,穿着裤衩就在河边儿睡着了。睡着了呢,就觉得忽悠一下做了个梦,梦着来人跟她同床了似的。完了没过多会儿就惊醒了,总觉得不得劲儿,回去就跟她男的说了:"我今儿不好,我总觉得像有人到我身边儿了似的。"

她男的说:"那都是胡扯,也不是真事儿。"

这不说吗,一晃儿过去不长时间之后,女的就怀孕了。完了后尾儿到了生孩子的时候,这天闹生的时候啊,那就闹腾了。那时候没有助产士啊,就找老娘婆子。把老娘婆子找来了,这家伙折腾得邪乎啊,不顺当,弄到半夜了,可生了,一看,生下来一个不像人形似的玩意儿,瞅着后面挺长一个大尾巴!"哎呀!"产妇一看,"这怎么还带着个大尾巴呢?"

老头儿说:"这么办吧,给它剁去吧,剩下的小子还好,要不一白胖小子带个大尾巴多硌碜啊！"他就没由分说，把薄刀拿下来，"啪嚓"一刀就把尾巴剁下来了。这玩意儿"嗖"一下就变成个大长虫似的，顺窗户就跑了。这跑了之后不说。

搁那么就说啥呢，这是一条乌龙，老李家媳妇睡觉的时候乌龙把她污了，睡完之后就生了个乌龙。它还是条雹龙，给剁了尾巴后就跑了，每天每日它走哪儿哪旮下冰雹，走哪儿哪旮下冰雹，后来就在黑龙江长待着了。

可它不得回来看看它妈吗，探完再回黑龙江。它一回来走哪儿哪旮下冰雹，所以沿途的百姓怎么办呢，冰雹一下就搁刀比画，不能等工夫多了，雹子不能老下啊。搁刀一比画它就躲了，它怕遭剁不是吗？

这就是秃尾巴老李的故事。

土剪刀的由来

有个姑娘，和小伙儿俩人是非法婚姻，就胡扯，处上之后俩人一考虑，在一起也挺好，虽然没正式结婚，两人也到一起了，在一块儿住。住时间长了，就生个孩子。这孩子生得不行，小，个儿矮，胖乎乎的还没个形。这男的一看，就不要她了，说："你这女的，生不出好孩子，我不要了。"这男的就走了，就剩下女的和孩子。

这小孩缠人缠得邪乎，这女的气急眼了，她手正使唤剪子呢，就拿起剪子，一扑棱把小孩身上就划破了，血淌得怎么按也按不住，女的就哭了。这工夫就来个老太太，像要饭花子似的，说："这个姑娘，你不用哭了。你呀，就这么一个孩子，我给你想想办法。我这儿有药。"就把药拿出来，往身上一抹，一抿，这个伤就好了，血也不淌了。

老太太说："你这个剪子啊，太长、尖，那么快还了得呢，我给你剁一轱辘去吧。"人家拿起剪刀来，用手"啪"一剁，就剁下一轱辘，就叫土剪刀，不像以前的剪刀溜尖，老太太说："你这儿子错不了，你好好拉扯他吧！别看他个儿矮，有毛病，以后也能成才。"

所以这女的就拉扯这孩子，最后这孩子书念得不错，真成才了，当官了。搁那以后凡是剪刀前头都剁一轱辘，不让它太长。

还我书来

过去在云南一带，汉族和苗族他们是两个民族，但他们挨傍拉住着。汉族在云南住，云南南边就是苗族。这两个民族祖上其实是亲弟兄，是一个爹留下来的俩孩子，最后一个变汉族，一个变苗族了，但俩人处得特别亲近，近得邪乎。

最后到老了之后，俩人都有书，苗族有苗族的书，汉族有汉族的书，俩人你也借，他也看，互相串着看。

单表这天俩人看书的工夫就下大雨了，噼里啪啦的都下冒烟了，河水暴涨，房倒屋塌，最后书都冲跑了，总共就剩下几本书在那儿搁着呢。这工夫儿来了一条大鱼，就把书都叼走了，就剩下一本书，汉人赶紧伸手去摁，还没等碰上，赶巧儿又来个牛，这牛用犄角一窝，把书也窝水里冲跑了，这两人都喊："还我书来！还我书来！"

这书就没有了，他们就说："这一个牛、一个鱼可真是太恨人了。"这苗族就把鱼逮住了，逮住就把鱼杀了，把鱼肚子切开，说："你把我书吃了，我就拿你肚子做书。"要不苗族有本书叫肚秋书，就是用鱼肚子做的书。苗族弹的那个弦，也是鱼皮绷的。这个汉族气得没办法，也把牛杀了，就拿牛皮绷的鼓，要不汉族咋打牛皮鼓？就把它们两个做纪念，它们两个动物做坏事了，把书给破坏了。

掉金豆的传说

过去姑娘出嫁时都有点难过，一想马上就进了别人家门，能不想妈想爹吗？因此临走之后都淌眼抹泪的。但婆家、娘家哪头看见都不愿意，办喜事哭啥呀？说姑娘哭不喜兴。

正赶上这天有个算命先生，到这嫁姑娘的人家了，一看姑娘在那哭呢，就笑了，就指点她家里人，说："姑娘哭不算啥毛病，姑娘结婚必须得哭，哭是掉金豆。要不临走的时候，不掉点儿金豆啊，你的娘家就穷了，都带婆家去了。必须哭两声之后，金豆就掉在家了，这就把财宝都扔在家了，到婆家个人再劳累挣去。"

要不现在姑娘临出嫁的时候，多少都委委屈屈地掉点儿眼泪呢，就是传说的掉金豆嘛！要不原先认为姑娘哭不是吉利事儿，现在认为是好事，所以娘家都希望掉点儿金豆，尤其是哥哥和嫂子更是这样想。

四步大坎的传说

这个故事就是过去人们老说的，人这一生不是有四步大坎嘛，这四步大坎难渡呀。要不说，人一般说今年有坎呀，这就离死不远了。

这老人有坎，儿女就惦记着，就想办法给感化感化，或者给吃点好的，或者求求。所以到坎的时候，是连算命带感化神灵的招法都用上。

这有哪几个坎呢？头一个坎是多少呢？是六十六。第二个是七十三，第三个是八十四，第四个是九十九。

为什么有这四个岁数呢？就是为了纪念四个古人。

头一个六十六是谁呢？就是曹操，就是北魏王曹操。北魏王曹操他是六十六岁死的，曹操那么大的人物，他才活了六十六岁。

孔夫子呢？他周游列国回来以后，那么强壮，身体那么好，到七十三岁就没挺过去。孔夫子就活到七十三岁。

这八十四岁是孟子的坎儿。孟子名轲，字子舆。孔子名丘，字仲尼嘛！那孟家是大户呀，孟子活到八十四岁，也没活过去，也死了。

岁数最大的是谁呢？是大禹。大禹他活了九十九岁。要不说呢，九十九，阎王不叫自己走。他一看不死不行了，他也死了。

这就是说人这四步大坎，谁也熬不过去，活到百岁的极少极少，一千个里面有一个也了不起了，再多这都没有。

要不过去一般什么时候呢？就是到六十六的话，子女就给老人把装裹衣服全都买了，意思就是冲一冲。买来之后，还要让老人穿一穿，尤其老人过生日这天，给老人穿上装裹衣服，全准备上，这样就是冲一冲。到七十三岁呢？就必须弄棺材。过去有钱的，到那时就把棺材准备好了，那是一点儿忌讳没有。到八十四岁，一般这装老衣裳、零碎啥的都弄好了。

所以这是留下的老令儿[1]。

烧纸的来历

要说烧纸,是什么时候兴的呢?原来中国也不烧纸,为什么开始烧了呢?

古代最早那时候也不发达,没有纸,原先只是以竹代纸嘛,写什么书都得往竹板上写。正赶有个蔡伦,他用稻草造出了纸。要说中国稻草的年头儿,这可多了,很早时候就有稻草了。他一看,没有别的可用,他就研究,就用稻草研究出造纸来了。

什么纸?就是黄纸,做出来之后,扎不拉碴,没有什么平面。那纸不像现在这烧纸,还有点儿平面,还能写还能伍的,那纸写了笔都不爱挂墨,造出来扎不拉碴,做纸壳子做伍的勉强还行,不好卖。

这怎么办呢?光造出纸了,没人买你不白造吗?后尾儿蔡伦一合计,说:"这么办吧,卖不了咱们就得想想办法,我就装死,你们给我烧吧。"

他儿子说:"好!"

定好计之后,这个蔡伦就装死,他就"死"了。

他这一"死",他儿子合计着请谁、请谁,就开始张罗了。一听说蔡伦死了,一家伙都来了,请来多少人啊!亲朋路友全吊孝来了,他儿子就把这纸拿出来了,那是成捆的纸啊!

大伙儿说:"这是干啥呢?"

他儿子说:"这黄纸名叫'烧纸'。人死之后,如果你罪小、轻,烧上纸了,阎王爷能放你回来,阎王爷也爱财,见钱也放人。就像劫狱押人似的,有钱也能放出来。如果你罪重,烧多少纸,就是回不来,在阴曹地府也享福,也能住高楼大厦,能当个官儿,也能是干啥干啥的。'纸钱、纸钱'嘛,这纸也是钱,纸到阴间就变成钱了!"说完以后,就把这纸烧了不少啊。

---

1 老令儿:老规矩。

烧完纸了怎么办了？人们就要把蔡伦的棺材埋了。"埋不得！"他儿子说，"今天土王用事，不能埋，就搁那儿丘[1]着吧！"就把那棺材搁地头儿上，撂那儿了，搁点儿树枝搭上它，就丘着了。

他这个棺材钉的时候个人就有主意，前头的锁头弄成活的，能动开，它外边是栗子皮，就把皮一扒，搞一个窟窿，留了个窟窿眼儿。

那叫气眼子，是过去留的。要不后尾儿人死之后，丘的坟都搁棺材后头那旮留个气眼呢，就是搁那时候留下的。留的那个窟窿，就像灶膛门儿似的。现在也留，不能都堵死，那都有规矩，他就这么围上了。

围上之后，他就天天下晚儿给送饭去。要他不留气眼能送吗？到下晚儿黑他就把饭从窟窿眼儿给递进去，送点儿饼啊、送点儿饭啊，蔡伦就能搁棺材里吃个饱。

到七天头儿上，就听里边棺材响，有人"啪啪"拍，这大伙儿一看：哎呀，出奇呀！

他儿子知道这事儿，准备好的事儿嘛，到清晨去了，一看这棺材，说："揭开！"就把棺材打开了。

蔡伦就摸着脑袋说："哎呀，这场大梦可了不得，到阴曹地府走一圈儿，现在看起来是有钱者生、无钱者死啊！我要不那么有钱，就回不来了！你们这钱烧得太多了，阎王爷都乐坏了，现在阴曹地府没钱花，我的钱到那儿之后，他们就等于全富裕了，他们拿这钱给各路鬼都开了资，都有钱了，所以对我都好啊！现在这不是吗？把我打发回来，叫我宣传给大伙儿多烧纸、多烧钱。"

"你爹我也看到了。"蔡伦一指其中一个人，就告诉上了。又一看另外一个人，说："你妈我也看到了，都没有钱花，困难得邪乎啊，你急速给她烧纸吧，烧了就能变成钱！有的虽然说去得早，尸首都坏了，不能活过来了，但那也能不受罪了呀！要尸首是新死的，烧纸还能放回来，都那样！"

搁那么，屯里人一看说："烧吧！"这你也买纸、他也买纸，为老人赎罪嘛，就是不能回来，在那儿也不受罪，也能到享福地方去。从这就全面兴开烧纸了。

---

1 丘：浮厝。

鼓乐进坟吹喇叭

都说人死了之后灵气就全没有了。

过去那鼓乐师傅[1]都是一个堡子一个堡子地遛[2]。有这么一天，天没亮的时候，大伙儿就听到这鼓乐响，都议论这喇叭响儿是谁家死人了咋的，一看南面有个大乱坟岗子，鼓乐就在乱坟岗子里响。

这堡子里就有几个人去了，寻思到那儿卖卖呆儿，到那儿一看有个新坟，一个丘子坟。什么是丘子坟呢，就是过去"土王用事"不许埋，就在那丘着，棺材搁上边压巴压巴，就这么个坟。大伙儿说："这是怎么回事呢，怎么在棺材里吹喇叭呢？出奇透了。"

有好事儿的[3]一打听到是谁家的坟，就找人家去了，家人来把坟拆开了，一看死的是个老头儿，也就四五十岁了，这鼓乐师傅三四个人在里坐着吹呢。一问怎么回事呢，鼓乐师傅说了："我们昨天搁别地方吹回来，到这旮就遇到这老头儿了，非让我们进屋坐会儿不行，等俺们明白之后一看就出不去了，俺们就合计在这儿吹喇叭，看看路过的人能不能听到，好救我们出去。"

哎呀，大伙儿一看这是闹鬼了，了不得的问题呀！一问，家里人就说了："俺们这坟哪，人死前儿没敢埋，也就埋点儿土不多儿，人家先生说'土王用事'不能埋，俺们已经埋两下了，所以埋半道就不敢埋了。"

这大伙儿就说："啊，先生算得真准啊，这是把土王惹了才闹的事。"

过去不都说土王惹不起啊，什么叫"土王用事"呢？就是阎王爷的五个儿子都有能耐，都封王了，就分一年十二个月、四个季节，有要春天的，有要冬天的，就老五想四季都要，就要了每个季的后面十八天。这老五他最惹气[4]，谁也惹不起他，谁也不敢在这时候动土。所以每年打春、立夏、立秋、立冬的前十八天，也就是前季的后十八天，谁也不能动土，动土就出事。所以在农村当中就留下"土王用事"的说道，

---

1 鼓乐师傅：指丧事吹喇叭的人。
2 遛：找。
3 好事儿的：看热闹的人。
4 惹气："惹"这里音同"也"，意思是憋气。

到哪儿都一样，这十八天不能动土，死人都不能埋，现在咱们这儿也这样。

再说后来就把这几个鼓乐师傅全给弄出来了，一个个都垂头丧气的，都说："出门可了不得，不认识的地方不能进，进屋就更不行了！"

附记：

"鼓乐"是农村办丧事的一种习俗，鼓乐俗称鼓乐队，成员人数不等，每人负责一部分演奏工作。办丧事有雇鼓乐队之俗，一是表示丧家的悲痛之情；二是报信儿，使乡邻听声闻知这家中有丧事；三是表示对死者的一种思念。办丧事除了雇鼓乐队吹奏外，丧家还要准备一些吃食，比如瓜子和糖块等，用来接待来奔丧的人，奔丧人越多，表明故去的人赢得更多的尊敬和想念。还有一层含义，民间俗信，奔丧人越多，声音越大，捣乱的小鬼越不敢拦路，故去的人能一路走好。鼓乐队以吹喇叭为主，一般都是在起灵和去墓地的路上吹，下葬时也要吹，俗信以为如此可为逝者打通到另一个世界的人情关系，得到关照。（谭丽敏）

哭十八包的来历

这个是人死哭十八包的来历。人死之后，为什么要哭十八包？

当年有个老王头，五六十岁就得病死了，他死了之后呢，儿子、女儿一帮，说："这怎么办？不能当时抬呀，得撂[1]几天吧！"因为什么呢？过去都怕死了之后能活回来，就寻思着能缓哪！

但这老王头死了以后，三魂邈邈悠达着就奔阴曹地府去了。他到了那儿，有个鬼领着他，也没说啥话就领到阎王爷那儿了。阎王爷一看，说："判官，看看他是怎么回事！"

判官一翻生死簿子，说："哎呀，抓错了，他不应该死，没到寿数呢！"

---

[1] 撂：搁置，放。

阎王问:"还有多少年?"

判官说:"还有十五年呢!"

阎王说:"这怎么办?快把人给送回去,这事怎么整的?"

判官说:"送也不行!不是别的,怎么办?必须得小鬼请。"

阎王说:"这怎么能请呢?"

判官说:"因为什么呢?他来这的时候,没经过鬼门关,直接来的。"

阎王说:"那你让他溜达溜达,看看阴曹地府,完了再让他回去吧,这样他回去之后,也知道知道阴曹地府的规矩。"

于是,就派小鬼领他走了十八层地狱。

到哪个地狱,哪趟门都紧得邪乎,都有打狗棒。小鬼就告诉老王头:"你得扔钱,不扔钱不行,扔了钱之后,他得了钱就让你过。"

这老王头走了十八层地狱之后,就记住要扔钱,还得哭。所以他就想回去之后,把阴曹地府的规矩告诉儿女。

下半夜他就活过来了,醒了。他醒了之后,儿女们一看都乐坏了。这老王头就说:"我到阴曹地府走了一趟,我也活不长,他说我还能活十五年,是真是假我不知道,阴曹的十几年是多少我弄不清,咱这一年是一年,他这多少天是一年呢?"

儿女们说:"不管多少年,你活着不就好嘛!"

老王头就对老伴儿说:"今后你这么办,待我死后,你想法叫女儿必须得包十八包钱,这过一道关,要哭一趟,扔一包钱,十八层地狱都得扔钱,要不这十八趟的罪可受不了啊!过去见了阎王爷就好办了,不是说阎王好见,小鬼难缠嘛!另外这阴曹地府这规矩不少啊,也缺钱,这纸钱也得烧。女的死了得有牛,让牛代她喝脏水,因为女的活着时用的水多,埋汰水。男的死了得有马,得骑马走。"他就说了这一套,这儿女就记住了。

正好没到十五天他就死了,什么十五年,是十五天!这儿女就扎纸马、纸牛把他发送出去下葬了。

搁那么,大伙儿就传开了,说:"这老王头回来是当向导似的。这老人死了之后,活着没钱,死了也是穷鬼,也得给烧纸钱花嘛,也得扎纸活儿热闹。另外,这阴曹地府也是处处卡,处处没钱也过不去,要过去那得用棒子打你。"

搁那么,就有老人死了哭十八包的风俗了。

三天不上炕的由来

过去的老令儿特别多，都是叫人讲孝心、尊敬老人的，不像现在啥说道都少了。

过去爹妈死之后，这灵还没出，还在家停放的时候，儿女就没有上桌上吃饭的，都得蹲在那儿吃，都不能上桌子，就是随便找个地方吃口饭，就完事儿了。另外，懂事也好，不懂事也好，你旁观者不能和人家说笑话。

为什么不能上桌吃饭呢？过去当妈的生孩子的时候，不像现在，那时候都卷炕席、搂谷草。就是把炕席卷一头儿了之后，炕上铺上谷草，完了再扫扫，扫净之后就能趴人了。过去都那样儿，都是在谷草上生的孩子，叫落草，没有像现在这样的设备。

那时候为了保护孩子，怕孩子抽风，三天以内不能放席，吃饭也在这炕席或谷草底下的土炕上吃，三天以后，才能像原来一样呢。所以"父母死，儿女三天不上炕"，就为了报答那三天的养育之恩，是这么个事儿，那都有规矩。这是第一。

第二个，为什么不能和人说笑话呢？人家爹妈死了，为了行孝，人家披麻戴孝，正悲伤呢，你就是骂人家，人家也不能答复你，不能和你说笑话呀。所以，人家不能说笑，咱们旁观者、当客的也不能说笑，这都有规矩。

另外，"丧事一月男女不行床"。爹妈死以后，一个月以内，男女不能行床，不能在一起胡扯。为什么有这说法呢？是因为妈生孩子的时候，也是一个月不能行床呀。他妈在月子里，能行床吗？那一段日子都是各走各房，这儿女也记得那段儿经历。所以为了纪念爹妈那时候的孤离，这儿女在爹妈丧事期间一个月内就都不行床。

这都是古来的遗风，现在越传越不那样儿了，都不懂得这些规矩了，怎么都行了。

守夜

这个讲的是守夜，就是过去死了人，为什么要守夜。

这个人死之后都得坐夜，要不然也不能那么搁屋里头。

当年有这么一家，这家就是两口人，男女俩人，没有孩子。这俩人有二十几岁，不到三十岁。

这两口子过日子，突然间这男的得了暴病，不知是怎么个病，到下晚儿要黑天的时候就死了。

他死了不算呢，他住的小房在堡子西头，西头那边还没人家，外边正好哗啦哗啦下大雨。他媳妇一看，怎么办？这没办法，没准这雨也停不了啊，别人也不知道他这个人死了呀！她就把炕梢上的被子给他盖上了，被子不够长，就露着点脑袋，多少蒙上点儿，让他在那儿趴着。

他媳妇心里寻思：你趴你的吧，你死了，不能没人守夜，我给你想想办法。但这女的不敢在屋里待呀，就在房门口开着门站着，那一个雷一个闪的，树被风吹得呜呜响，她也害怕男的成气候，过去人死了后，就有成气候的。雨也大，顺着风都刮屋里来了，女的衣服也都打湿了，那也没进屋，就在门口站着。

正好有个背雨的小伙子跑过来了，一看门口站着个女的，转脚急得要跑。这女的善良呀，就说："哎呀，这么大雨你还跑，你到屋歇歇脚，背背雨吧！"他终归是个外人，她也没说别的。

小伙儿就说："行！"

这小伙儿来了，女的说："这么办，你到屋里先坐着，我给找个人去，我有点儿事儿，你给看会儿屋，屋里有人。"完了这女的就走了，最后剩他自己了。

他不知怎么回事儿，就进屋了。进屋一看，屋里没啥人，就看炕上躺着个男的，头发露着。他说："怎么睡觉了呢？外面下大雨，女的还不在家。"他一考虑，我个人在这屋不能待，丢东西怎么办呢？我给你看家去！

他就推那男的，喊他说："你起来！起来！起来坐坐！这么困吗？"这小伙儿一看，说："他不醒！我得拽他耳朵。"一拽耳朵，那男的一蹦，就蹦起来了，起来就不是人形了。

小伙儿一看，不好！那家伙，眼睛瞪得老大，吓人巴拉的。这小伙儿就往外跑，那男的也跑。小伙儿一跑，那男的一阵风就撵去了。这小伙儿就跑，可着劲地跑。

跑得不远当中，正好堡子头有个庙，他跑到庙里一看，有棵大柳树，就跑着从树旁边过去了。这个死人到树那儿就抱上了，把树抱上之后，就拽着不动了。这小伙儿吓得就摔倒了。

他摔倒之后，就边喊边拍庙门，然后老道出来了，问："怎么回事？"他就说怎么回事。老道听后，说："看看他吧！"

老道一看那死人还抱着树呢，就对小伙儿说："别动他！"

到第二天，这人真死了，可他死是死了，这树也死了，树叶全都绿叶变黄叶，凋零了。老道说："他的阴气已经杀到树里去了，树给杀死了。要是抱住你呀，你就完了，你是命大，他没抱住你！"

要不搁那么，但凡死人必须给人看着，得坐夜，不能让他随便乱动。稍微不行，要动的话，就得给他压着，不能让他动弹。

就搁那儿留下的坐夜风俗。

守夜传说

古来有这么个传说，人死之后都得停场，两个手搁旁边，上边压上护心大钱，压上酒盅，压上绳子。这就是怕死的时辰不对，或者猫狗从旁边经过，借着人气起来闹事，出事儿，所以都用这些物件这么压一下。

单说有这么一家，一个媳妇和一个男的过日子，他们有一个孩子。后来，这男的不幸死了，他死的时候岁儿还小，三十三四岁，这女的就自己带孩子过。

这工夫，正赶有几个过路的人到她家找宿，走到这家了。媳妇说："正好，不用上别人家找去了，就搁我们这儿坐夜吧！"这三个过路的人就在这儿待下坐夜了。

下晚儿坐夜的时候，他们也待不住，一看，说："这么办吧，没事看小牌玩吧！"就又搁附近找了一个人，这四个人就搁炕上看小牌，死人在地下停着。

到了半夜的时候，嗯？就听底下有人"哼哼"，一看，怎么回事儿呢？那蒙脸纸

"呼嗒呼嗒"起来了,那几个过路人说:"可不好!这是要活了咋的?"

那蒙脸纸直门儿吹,几个过路人吓得起来就顺北头的窗户跳出去往外蹽,这一蹽的工夫,那鬼就被风带起来了。

要说人死之后,大伙儿就不能动,不能跑,如果带点风起来,这鬼就跟着撵去了。这鬼就撵,一撵,那几个过路人就跑。有一个小伙儿一跑跑到了东头的一个大庙傍拉儿,这鬼就撵到那儿了。小伙儿一看,没地方跑,往大庙里进,进不去,正好有一个大树,他就围树转,这个小鬼儿到那儿就把树搂住了,不撒手,一搂搂到天亮。

天亮之后,有个老道出来了,说:"外头'扑腾扑腾'一宿,怎么回事?"一看,那死人还在搂树呢,那手指头抠进树心能有好几寸深!这小伙儿呢,吓得堆地上了。老道一摸,他的胸口还有脉,说:"这么的吧,抢救一下子吧!"后尾儿就回去弄了点儿药,弄了点儿姜汤,就把小伙儿救好了。

小伙儿醒来之后怎的怎的和老道一说,老道说:"你命大啊,这鬼手指头抠树都能抠得这么深,要把你抓住了,不就把你抠死了?他这样是因为啥呢,他死的时候不对时辰,犯了五谷神,这是五谷神附他身上起来闹的,那死人能有啥能耐?"

要说啊,人死的时辰是主要问题。另外,坐夜的时候,夜里必须得注意,必须得谨慎,你不能随便跑,随便颠儿[1],必须得有人看着。过去胆儿小的人一般都不敢坐夜,就是这个原因。

瞎子坐夜

说有这么一家啊,过去人死了都得坐夜。这家呢,有这么两口子,岁数不大,这死的人呢也就四十多岁,老伴儿也是四十来岁,就死了,留下一个孩子。

这一看怎么办,天黑了呀!他们家就在堡子头儿上住,谁家也都没挨着,大伙儿离得还都挺远。家里死了人,媳妇一看不敢在这屋里待呀,这怎么办?这媳妇儿就愁啊!正愁着呢,来了个瞎子,带着个领道儿的,到这儿就吹笛子,算命。媳妇赶紧把

---

[1] 颠儿:跳起来跑。

他叫进来了,说:"先生啊,你上哪儿住呢?"

瞎子说:"没地方住啊,在哪儿找个宿呢?"

媳妇儿说:"这么办吧,你别走了,俺们家我老伴儿死了,男的死了,刚死嘛,还没有坐夜的,你给俺们坐坐夜吧。这最起码啥也不用愁,吃饭、喝酒都是现成的,这孩儿也在这儿。"

瞎子说:"行,那好吧。"

死者是个年轻人,少亡之人。在早,过五十岁之后啊,是正常死亡,尸首在屋里停着;不到四十岁,四十岁左右是少亡之人,尸首得停外边,不能让尸首进屋,不进正宅。古语不讲话了,"寿终正寝"嘛!到岁数的是正寝,躺在屋里头,他这不得正寝的得在外屋儿待着。瞎子瞅不着啊,小孩儿一看,进屋躺着呢,头冲南,在那桌子上停着呢。他就进屋了。

他媳妇给瞎子炒两个菜,喝点儿酒,待遇挺好,说:"先生,怎么办哪?说实话,我胆儿小,不敢在这屋儿待呀。讲不了啊,你就尽量地注点儿意,在我们这屋里待着,我胆儿小啊。"

瞎子说:"行,没事儿,我不怕。"瞎子晚上就抱着他算命的弦子在那儿,心寻思:"黑灯半夜的啥也瞅不着啊,瞎目糊眼[1]的,你别怎么的一会儿再起来。"他心里也害怕。这不说。

到半夜了,这边儿"丁零咣当"地响。听起来可不好!这媳妇儿在炕头儿上,也没脱衣服,开窗户顺着窗户就蹽了,抱着孩子就蹽了。她这一跑,跑出去不说。

单表这瞎子,瞎子心想:不好!领道儿的也顺着窗户蹽出去了。就剩他了,他瞅不着啊!干着急跑不了。就把弦子掏出来了,杂种,你来了我就砸你,来我就打你!他举着弦子在那屋里边儿待着不说。

单表这媳妇儿跑哪儿去了?就跑到东头儿去了,东头儿就有个寺庙。她刚才在家里外屋都看到了,那尸首是起来了,在屋里"叮当"地闹腾,黢黑的。她是看着死人起来了,进寺庙就告诉老道说:"道爷啊,你赶快行行德,做德吧。俺们这死人哪,他起来了!我看到外屋'丁咣'诈尸呢!您给我们看看去吧,这可了不得了,我这吓得都跑出来了。"

---

1 瞎目糊眼:也作瞎马虎眼,瞎目虎眼。

道爷一看，说："哎呀，那我看看吧。看看我这个东西全不全。"一看，先看符，在早写的符，还有几道符够用。一看有猪蹄子，狗爪子也还有，可以辟邪的。另外又一看，这五谷粮也有，都有，打鬼棒也有。这还行，还挺全面。

他没由分说把这些都包巴好就来了，一会儿诵经，一会儿念咒，得念辟邪咒啊，他就念。从东头儿到了西头儿之后，进屋里一看：黢黑的小屋儿，灯也灭了，啥也没有了，他心里寻思，但也不知道哪个屋儿里有瞎子。到屋里一看，外边儿没有，没准在里屋呢。就叨叨咕咕地进里屋儿了，这家伙的！这老道就有数儿了，他掐诀念咒当中，眼睛不能可劲睁，都得闭着眼睛，他就闭着眼睛往里走。一进屋儿当中，一拉门，这边瞎子一听：哎呀！还真来了！外屋闹完，还跑里屋儿来了，你还往里屋进！

这老道就奔里屋来了，一看里屋有动静。到里屋一看，就听"扑棱"一下子，吓一跳。这死人到底在哪屋儿闹？可了不得，闹得邪乎！那边的瞎子也叨咕："杂种，你来我就掐死你！来我就掐死你！"这老道一看，哎呀，真灵啊！还要掐死我！这边儿把黑狗蹄子拿出来了，"嘣"一狗蹄子就给砸脑袋上了。狗蹄子避邪呀，这瞎子一躲，还是砸着了。他就把弦子举起来，"嘣"给他一弦子，就打上了。打完之后就撕巴上了，"叮当叮当"就干起来了。这老道啊，就一直掐诀念咒啊，这瞎子就叨咕："杂种，我非掐死你，非掐死你。"要掐死他。这工夫不说。

单表这媳妇儿，跑她娘家去了。娘家人都来了，一听，怎么回事儿？去看看到底怎么回事儿，屋里还有个瞎子呢，走看看去吧。天都快亮了，这工夫，他们来的时候天都见亮了，就没事了。到那儿扒窗户一看，怎么的呢？瞎子抱着老道，老道抱着瞎子，俩儿人挠得血赤糊拉。外屋儿一看，有个牛犊子，正在外屋儿呢，脑袋上拱个水筲，外边儿有什么呢，她给猪拌的料，一个柳罐，这牛犊子就进屋吃这料去了。这一抬脑袋，这柳罐就挂脖子上了，就整不下去了，这牛犊子就"丁零当啷"躲这个玩意儿。死人怎么办了呢？也给翻地上去了，桌子被牛犊子拱翻了，死人在地上趴着呢。

大伙儿一看，可了不得了，闹夜谣儿啊！到这儿一看把牛犊子给抓住了，摘下来一看，这死人啥动静也没有，在地上趴着呢。一看这俩儿，说："你们别打了，再打你们俩都死了。"

把他俩都弄下来之后，这就怎么说呢，坐夜不能让瞎子坐，外屋停死人尸首必须得有人看着，千万别让动物进屋，动物进屋耽误事呀，这回是牛犊子进屋闹事儿。

瞎子坐夜闹了一场大祸。

异文：瞎子坐夜

在早，死了人都需要有守夜的，但这活谁也不愿意干，要不过去说坐夜人不好找呢。

有这么一家，一个小媳妇，男的死了。死了以后，都年轻啊，媳妇一合计：怎么办呢，没有坐夜的人怎么办呢？另外，还掂量怎么把他发送出去，要不我在家也不敢待啊。想着也没别的办法了，我到东头庙，找个老道去，和老道说一说，叫他帮我净净屋子，把鬼魂都撵走，我好在家待啊！

但这会儿还出不去，没人坐夜啊。这工夫好嘛，正好一个瞎子来了，他还带了个领道的，话赶话聊着，她说："这么办吧，老先生，你也别往哪去了，我男的死了，您老给坐坐夜在这屋里，我一会儿就回来。"

瞎子一听，说："行呗，我还没吃饭呢。"

她说："吃吧，饭有的是。"媳妇去给弄点饭，瞎子也吃完了。

这个死人，年轻死的，不能在屋里停着。过去有规定，不到五十岁的人，死后不能在屋里停着，都在外屋停着，搁现在也是那样，就把这个女婿在外屋停着。夏天也热，开着门，停着死尸，瞎子就进屋了。

这个媳妇说："你就这么办吧，就坐着吧。"瞎子在南炕头，领道在炕边坐着。

瞎子说："好。"媳妇就走了。

单表瞎子在这屋坐着，过会儿就听外屋"扑棱"一下。领道小孩儿小，害怕，十来岁，他一看扑棱一下，不管他师父，顺南窗就跑了。瞎子一寻思，他跑不了啊，一听扑棱，就合计：这是怎么的了，是不是死人活了，成气候了？了不得啊。算命有个弦子，有个高的弹的弦子，带把儿的。他把弦子抱起来，说："杂种，你来我就打你。"这家伙叮当不说，他拿弦子就在屋里比画。一听外屋人动弹，就拿弦子往门上撑，外屋左扑棱，右扑棱，叮当扑棱。他就把弦子干碎了，撑得不像样了，葫芦边儿撑坏了，上边拧的也撑坏了。他一摸弦子撑坏不行了，那就用手，说："杂种，你来我就掐死你。"

媳妇和老道回来了，媳妇到门口一听，屋里有动静，说："哎呀，不好！屋里怎么闹得成气候儿了！"媳妇吓得就躲到一边去了。老道说："不要紧，我有办法，我有咒语。"老道把符拿出来，左手拿着符，右手念咒语，就呜咪吭哄地叨咕。

这个瞎子一听外面噼里啪啦有动静,就寻思这鬼是真来啊,这还叨咕呢。瞎子拿着这个玩意,就咣当撑。这个老道就念咒,但怎么念也念不住啊,瞎子还乒乓撑。黢黑天,外面还下小雨,这个老道就叮叮当当地弄了半天,也没有捂扯住啊。老道吓跑了,告诉大伙说:"你们赶快躲一躲吧,这个鬼可了不得。我这天皇咒,什么鬼都能避住,就没避住这个鬼啊,可闹得邪乎。"

后来,弄到天亮了,这堡子里也来了不少人来看看。一看,热闹了,瞎子在房门那儿撑,门框子也撑掉了,屋里干得不像样。外屋怎么回事呢,外屋一个小牛犊子渴了进屋喝水,地下有个水桶,过去是木头水筲,带个梁,它喝完水,一抬脑袋就把水筲套脖子上了,套结实了,摘不下去了,这就叮当闹。牛犊子闹呢,死人也掉地下了,在地上趴着呢。

瞎子还跑呢,大伙一看,说:"拉倒吧,都整误会了。"

老道说:"我说我这个灵符灵嘛,没承想不好使,这活人哪能治得了呢?"

搁那之后,都知道可别让瞎子坐夜,一定找个睁眼的,像样的,其实啥鬼也没有,自个儿把自个儿吓够呛。

土王用事传说

过去呀,有这么哥四个,他们要分家。这土王是老四,在分家当中他是最牷、最冲的人,在堡屯子当中的话谁也不敢惹他,惹他就和你打起来,他是那种不要命的人。所以大人孩子全都躲着他,都知道他不好惹。

后来怎么的呢,这哥四个他们都成王了。醇王、高王什么的,最后都被皇上封王了,封王之后,到他这轱辘儿就是按照四季分,土王就说了:"春夏秋冬我都要。"

皇上说:"那不行,那别人怎么办?"

他说:"我都要,我是老的[1]嘛,我是老四,我要四个季中的最后那几天。这一季

---

[1] 老的:最小的。

不是七十二天嘛，我要后边的那十八天。不是四个人分嘛，四个人七十二天，我就要后边的十八天。打春以后到立夏以前十八天，立夏以后到立秋以前是十八天。"他这么合计的。

皇上说："那就分给你吧。"就分给他了。

分给他以后，他那要求就更邪乎了，到了他这十八天以后，不兴动土，最后人们什么也不敢动了。他是土王嘛，要是真的动点儿土的话，不是今儿个找你别扭，就是明儿和你干起来。谁也不敢惹他。等到他成神了以后，这老百姓啊，就是想动土，在他那十八天也不敢动土，得错过那几天。之前有人不听，动土之后不是闹病就是闹灾，保准都有事儿，所以就不敢惹他。到冬天就难了，尤其是埋坟，挖土挖得深，动土深那就更不行了，那样的话家里就不顺当。要是家里死人，必须躲过这土王用事十八天。这十八天最好记，就是立春、立夏、立秋、立冬前十八天。

这说的是土王用事，就有这么一个风俗。

叁

人物传说

虎守杏林

过去一般的大药铺门口都写着"龙盘橘井""虎守杏林"这两个典故,这其实是真事。为什么是真事呢?

当初华佗老先生是中国最大的名医,那是治得最好的,不但人用他,就是动物当中有病都找他,他都给服务。

就有一天哪,华佗老先生正赶上治病回来,走在山坡上,就看过来一只猛虎,站在那儿瞅着他就不动弹了。他说:"哎呀,这是我该虎食,让虎吃呀!"那老虎你能躲过去吗?那家伙,"穿山跳涧活老虎",那你跑不了啊。他就站那儿,说:"老虎,莫非应该让你吃我吗?"老虎张着个大嘴瞅他。

华佗就说:"你就来动手吧。"老虎也不动,就瞅他。

华佗就说:"怎么回事呢?"那老虎就掉眼泪了。

"啊!"他说,"你有毛病咋的,有毛病我给你看看。"老虎点点头,把嘴张着,也不闭嘴。

华佗上前两步到那儿一看,原来嗓子眼儿里卡着东西了。就说:"啊,这么办吧,你稍等一等,让我过去,我想法儿给你拿出来,看到底什么卡着了,这还闭不上嘴了。"说着他就回去了。

回去他心想:这怎么整呢?这拿也不敢拿啊。就到铁匠炉子打了一个像铜碗似的东西,把虎嘴支开之后,手能伸进去拿东西。这当时没叫"虎撑子",以后管这东西叫"虎撑子"。华佗就拿这个上老虎那儿去了,从嗓子眼儿就把东西一点儿一点儿给拽出来了,还不敢拿快了,怕它疼咬人啊!那是啥呢?正好是吃动物当中的一个大骨头,卡嗓子眼儿那儿拿不出来了,下也下不去,顶着上面卡得登登的。拿下来以后,老虎瞅瞅他,点点头就走了。

这过去没有三四天,华佗在家待着,就听见后面有动静。他后面种了一些杏,不是一般的杏，都是培养药材的杏。这杏总有人偷，他得天天在那儿看着。一听那杏林有动静，就知道又有人来偷杏了。他到那儿一看，怎么着？有两个人吓得要命，老虎在那儿趴着呢。他说："啊，这是那天那个虎。"

这个老虎点点头。他说："行，搁这么你就在这儿趴着吧！"所以那老虎怎么的呢，每天每夜都去，夜里就在那儿睡觉，谁偷杏它也不让，它就真给看了三年，守了三年杏林，就为报答这个恩情。

要不说人在世界上都得这样嘛，有恩就必报嘛！这动物当中龙和虎都能知道报恩，何况是人呢！所以说啥呢，凡是能做一部分好事的呢，你必须得做好事，这就是虎守杏林的故事。

华母千里寻神医

这是说华佗的老母亲。

华佗他哥儿好几个，华佗自己在京城当官儿，他是有名的神医呀！单说他这个兄弟和他妈俩人在家，他妈就得病了，得病之后干治不好！这大夫怎么也治不好。最后他妈说："儿子，你不行啊，急速找你哥吧！还得到那儿去把他找回来吧！或者咱们去，要不的话我这个病是没个好啊！"

他儿子一看，那能怎么办？就得去吧！那时候没有车，儿子现整个侉车推着，他妈坐在车上，他们俩就走了。

一走走了多少日子，翻山越岭的可算到了京城了，找着他哥哥了。华佗一看他母亲和兄弟来了，这一看，真有病啊！到屋一号脉，打两个唉声，寻思寻思说这么办吧！待两三天告诉他兄弟："你呀！不用看了，咱妈这病啊，治不了哇！这是绝症，没法儿治啊！"

他兄弟问："怎么，不能治吗？"

华佗说："治是能治，没有那个药，你淘腾不着，你就回去吧！啥也不用寻思，回去休息休息给她吃点儿喝点儿就得了。你要是回去得晚就死到这儿了，还死不到家，咱祖坟都在家呢！回去要是死了给我来信，我再回去，好埋到祖坟上。"这兄弟也哭,华佗也哭。

这老太太不知道啊!待了几天,华佗就告诉老太太,没啥病,回去休养休养,慢慢休息就好了。这儿子就推着他妈,华佗送了一程又一程,送完之后就回去了。

单说这儿子推着他妈,这俩人就走了。一走走一两天了,这天到了一个山旁儿,老太太叨咕,说:"儿子,我这嗓子干得邪乎啊!我得喝点儿水。给我弄点儿什么呢?我还饿!"

他心说,这又渴又饿怎么办呢?这愁啊!道儿上没有卖东西的,还没人家,净是山。他一考虑,正好!前边儿一个老鸹窝,哎?他心说,这么办吧!我去看看老鸹窝有没有老鸹蛋。

她儿子就上老鸹窝那儿去了,正好老鸹窝里就一个蛋,多一个没有,蛋上还有血,那根本就是新开档下的蛋。他就拿下来了,跟他妈说:"这么办吧!你把它喝了吧!又解渴又解饿,就这一个蛋给你拿下来了。"

他妈说:"那好吧!"心里正是连渴带饿,他妈打开一看,还是双黄的,好!就喝下去了,喝完说:"哎?好!这蛋还真止饿又止渴,我觉着这嗓子清亮得邪乎啊!好!这个蛋吃得好!"这还挺乐的,俩人歇了一会儿,儿子又推着她走了。

又走了半天怎么样儿呢?老太太又招呼,还是不行啊!还是渴。这走到一个山旁儿,她说:"我还渴得邪乎,还得给我找点儿水呀!"

这哪儿找去呀?儿子找啊找,这山旁儿上净是坟甸子,哪儿也没有水。正好有一个坟圈子顶上有,是啥呢?瞅着那水可出奇了,一个死孩子不知道扔了多少日子了,那都烂没了,只剩脑瓜骨了,脑瓜骨里有点儿水,有两个瓷虫在水里边儿洗澡玩呢!他说这玩意儿怎么喝呢?别的地方还没有。一合计,唉!眼瞅着死了,就这么的吧!他就没由分说把瓷虫挑出去了,挑完以后就把这脑瓜盖端过来了。就告诉他妈:"这捡点儿水,你别管怎么的就喝吧!"

他妈说:"行!不管啥玩意儿,能喝就行。"他妈把脑瓜盖拿来把水就都喝了。喝完以后他一考虑,说:"这就走吧!也没事儿了。"

一走走到下晚儿了,天要黑了,正好这老太太饿了,还吵吵饿。他说:"这怎么办呢?不是渴就是饿。"老太太说:"我怎么觉得饿得邪乎,像好了似的。"

一看前头儿正有一个堡子,东头儿有一个小人家,正冒烟儿烧火呢!他说:"到这家吧!看他们是不是有什么吃的。"

到屋去了，一找一说，正好外屋有一个老太太，说："你要真的渴饿……"

他说："我妈，不是我，我能忍了，我妈她有病。"

她说："你坐会儿，不忙，我正给媳妇儿整饭呢！俺们媳妇儿来月子了，这不跟着猫起来嘛！我馇粥呢！一会儿给你点儿米汤和饭，让你妈喝点儿，这老太太那么大岁数了！"

这小米粥馇好了以后，老太太说："俺们这说实在话，这也是没钱的人家。这不是没有米嘛！刚才俺们姑娘和媳妇儿俩人现抱着推点儿米，这不馇点儿粥，跟着馇粥就来月子趴炕上了，再早一会儿来月子还推不上呢！这不是，生一个小子！"

他说："那好！"这米汤整完之后，人家给他盛了碗稀汤，就把老太太让到屋了，老太太坐到炕上就喝了，喝完之后就觉得这心痛快得邪乎！这喝得太好了！

喝完后又往回走，走了两天就到家了。

到家以后啊，老太太这病就逐渐好了，不像以前那样儿。好得利利索索的，是病没有了，老太太能走能蹽了，哪儿都能去了。哎呀！这老太太一听儿子说的话，她说："不对呀！你哥哥医病，这皇帝都封了御医、神医，他怎么没治好我的病呢？他这不是胡扯吗？他这是耽误人家呢！叫他急速回来别当大夫了，他治不好病啊！连我的病他都没看透没治好，那能给别人治吗？"

他说："是吗？那我去看看吧！"

他妈说："去吧！你去了跟他说这意思。"

这儿子就又去了，一看他妈好利索了，也高兴了，这回不用推车光自己走就快了，走了几天到他哥那儿。他哥一看他来了，说："怎么？咱妈不行了吧？得我回去发送吧？"

他说："什么发送？好啦！"

华佗说："你这不扯吗？能好吗？"他就问他兄弟。

他说："哪有不好的呢！"

华佗问他："她怎么好的呢？你给她吃什么药了？"

他说："我能给她吃啥药啊！我也不会药医，我也不懂得。在道儿上饿坏了给她找点儿吃的。"

华佗问："你说说吧！净吃啥了？"

他说："咳！开始啊，她饿得没办法，我一急眼就上那树上老鸹窝里把新下的一个带血的蛋掰开给她吃了,还是双黄蛋。之后还张罗渴,我就在一个坟圈子上找到一个小孩儿的脑瓜骨,还有两个瓷虫在脑瓜骨的水里浮呢!那里有点儿水我就给她喝了,喝完以后她说还挺好。最后又渴,没办法,人家这家正来月子,小姑子和嫂子推点儿米,推完之后馇点儿粥,完了媳妇儿来月子生个小子,我到那儿一说,老太太心好,给我一碗稀粥让妈喝,吃完那就好了,是事儿没有了。"

华佗一听,说:"哎呀,兄弟啊!你这算找对了,这是方儿啊!我不是没这方儿,知道但遇不上,你知道这能治啥病吗?第一个是老鸹头一个双黄蛋让你给得着了。下边儿啥呢?是'童子天灵盖,二龙戏水汤',就是两个瓷虫顶两个龙似的,那盖儿得是小孩儿的脑瓜盖。最难得的是后尾儿这个'姑嫂推米状元汤'啊!那小孩儿是状元哪!你这讨到这样儿绝法儿,哪能治不好呢?"

他问:"是吗?"

华佗说:"那当然,要不能好得那么利索吗?"

后尾儿这华佗亲自搁京城回来,到哪儿呢?别地儿没到,就到煮小米粥这家了。华佗到这儿一看,挺谦虚地说:"前儿个我母亲往回走,喝你们点儿小米粥啊!"

她们说:"对,是有个老太太来了喝点儿。"

他说:"好了!"

看着这孩子,华佗说:"这孩子有福啊!这么吧!我认他当干儿子吧!今后这书我供。"

人家说:"那好吧!"还挺高兴。

最后这小孩儿是他供的书,还真当上状元了。所以说,病啊不是不能治,就是没那个药,这方儿都是偏方儿、天方儿,都是找不着的,碰巧遇上了就治好了。

华佗治心病

要说病啊!得认症才能治,不认症治不了,你瞎治不行。

当年的皇后有病了。她病得巧,她怎么有病的呢?就在这院子当中正吃饭的时候,她觉得这苍蝇一飞就落她碗里了,她不注意一夹就那么咽了,就像把苍蝇吃了一样。她自己感觉吃进去了，到底吃没吃她还真没吃出来。回去之后她就闹心，晚上觉都没睡好，就衡量：哎呀！这苍蝇吃进去了，这早晚得苍蝇中毒。后尾儿一看不行了，就找医生看看，再不吃点药吧！可是怎么吃药也不见好啊！一直治了有半年的时间，这皇后不但没好，反而骨瘦如柴了，本来挺漂亮个女的，现在真像是一朵鲜花谢了似的！

皇后这样，这皇上也着急。后尾儿听说御大夫华佗老先生治病治得好。华佗那时候还不是御大夫，他还在家，皇上就找人把他请去了。

华佗来了一问："怎么回事儿？"皇后说吃了什么药。华佗说："我看你吃的什么药？"过去那时候净吃汤药啊！把汤药方拿来一看，都是治那个虫虾的病，或者怎么能消毒的病，都是治这类病的药。华佗看完以后就问皇后，说："那你怎么得的病呢？"

皇后说："我就觉得我把苍蝇吃进去了。我这干吃药都不见好，这个苍蝇毒也大，现在把我身上弄得一点力量没有，瘦得不像样了。"

华佗说："好，你等着吧！我配个药，保证把苍蝇给你追出来。要追不出来不能好，它在你那肚子里还能好了？"

皇后说："好。"

他就回去配了一服药，配完以后，就到齐乐宫找那侍候皇后最贴心的宫女。他先问一个宫女，说："哪个宫女和皇后最好？"

宫女说："有一个张姑娘，长得好，也会说话，还挺精明。"

华佗说："好，你把她找来，俺俩唠唠。"

张宫女被找来了，宫女说："御大夫，皇后的病你想法给治好吧！我和她最好，她待我也好，我也一心希望她能好。"

华佗说："对，那你得配合我，皇后才能好。"

宫女说："有什么配合你的呢？"

华佗说："有办法，她不说她吃苍蝇了吗？"

宫女说："对呀！"

华佗说："那好办，我今天就把这个药给配好，配好之后我告诉你，我这是什么药呢？这是吐药，吃完准得吐。吐不害怕，吐完最后能止住。吐的时候，你咋办呢？你千万得瞅好，你先预备个捏死的苍蝇，预备好等她吐完之后，你把苍蝇塞那里头。

你告诉她'皇后，苍蝇出来了'就行，我就要这一句话就够了。"

宫女笑着说："那你就来吧！"

华佗说："好！"

这个张姑娘确实挺会来事儿的，也没磨叽，就说通了。

到下晚儿上，宫女把药拿来了，拿来之后，她说："皇后啊！你吃了吧！这回吃完你就能好了，御大夫华佗老先生可了不得，专治百灾百病，你吃完之后就能把苍蝇打下来。"

皇后说："那能打下来吗？都好几个月了。"

宫女说："苍蝇不烂，那玩意儿在肚里还得养着它。"

皇后说："那好吧！"她就吃了。吃完之后，到下晚儿上，她真就要吐了。

宫女说："吐吧！"

宫女拿来一个大白玉碗，皇后就往里吐，皇后吐的过程中，宫女偷偷把苍蝇塞里去了。塞完之后，宫女说："哎呀！娘娘啊！这苍蝇吐出来了，这不，在这里头哪！都成这稀烂样了！"

皇后说："哎哟！这么长时间，终于吐出来了，就因为你把我弄成这样了，要不我哪能闹半年这样啊？"

吐完之后又吃了点药，她心病没有啦！因为苍蝇吐出去了，所以她越吃药越见好，心就有乐景[1]了。要是病的时候有乐景的话，病能一天一天见好，就一个月的时间，这皇后好利索了，也变胖了。皇后说："还是华佗老先生，一服汤药就把我治好了，他真有妙手回春的能耐。"

其实她这病是心病，治心病得从内心上治。百病百治法，各有各的治的方式，这皇后的病给治好了，华佗也出名啦！

1　乐景：这里是乐呵、希望的意思。

龙盘橘井

这是说谁呢，就是过去华佗老先生。华佗是中国的名医、神医，那看病是最拿手、最好的。

这天正赶上华佗在一条江边上溜达，就看前边"唰"一道黑影刮过来，一晃就落下来了，一看是个小伙子，黑黢的。这小伙子到傍拉儿就弯腰深深作揖，说："是不是华佗老先生？"

华佗说："啊，你有事？你谁啊？"

这小伙子听完就把头低下了，说："我跟你说实话，我是小白龙啊。当年叫我下三场雨，我给人家下了五场，下大了，涝了。这行雨行错了之后，我确实啊受贬了，而且弄的算是犯罪。现在已经把我赦无罪了，要我回去。我说啥呢，我的耳朵它怎么听不着啥呢？所以没办法，请你给我看看耳朵。"小白龙这耳朵就是聋得邪乎。

"啊。"华佗把两边拽开一瞅，是有耳朵，有眼儿，但是瞅不着，被鳞挡着呢，就说："这么着，我把鳞给你撬开就好了。"华佗就用别头发的骨簪子把龙耳朵旁边的鳞一边撬起来一块儿。

把龙耳朵撬好了之后，就一分钟他就听见了，这回行了，确实好了。小白龙说："我怎么谢谢你啊？"

华佗就说："不用谢我。"

小白龙说："那不行，我得去谢你。"

第二天小白龙就去华佗家了。华佗干啥呢，华佗正在那儿压水呢。浇什么呢，浇他养的那些个药草呢。他种的药草多，这有好几百种呢。小白龙说："这么办吧，那你就别动弹了，我帮你浇吧，我压水比你快。"这龙把尾巴插进去，"哗哗"的水就上来了。他说："搁这么，这个井就归我。我给你浇几年，报报你的恩情，你给我治好了耳朵。"

所以说什么呢，这个龙啊每天到这旮，夜里给他打水，浇药园子，浇完了龙该走还走。整浇三年的工夫，把药园子全浇好了，一点儿说道没有了，药材也行了，就赶到这儿，到三年以后不来了。

所以为什么，到药铺你看嘛，就有"龙盘橘井"几个字。现在到大药铺、老药铺都有两句话,"龙盘橘井","虎守杏林",杏林也是这情况,虎也是这情况。这不是吗?要你看现在不管哪个药铺,就沈阳天祥都那样,这几个字不能断。

龙盘橘井这是典故。为什么它给华佗压水,就因为华佗给它治耳朵来的。现在的龙你看,画龙两边都没有耳朵,没有耳朵但能听着,就因为把两块鳞给撬起来了,这耳朵能听着了。

这就是龙盘橘井的故事。

狗腿子的来历

这故事是什么呢?就是说过去狗腿子的来历。什么叫狗腿子呢?就是给人家多少人当跑道的。

有一个县太老爷,那是个奸臣,专整贪污腐化,那不用说。他底下的狗腿子呢,做坏事也多去了,跟人净跑跑跶跶,县太爷不管怎么着,他都捧啊,捧得邪乎!

正好有个先生挺机灵的,过去那叫华佗老先生。这老先生知道了县太爷的事儿,就憋气,说:"妈呀,怎么出气呢?"

他寻思半天,该然哪,咋的呢?正好这县太爷有病了,什么病呢?腿疼。

华佗老先生就到县太爷那儿了。他到那儿,一摸县太爷的腿,就说:"你这病啊,治是能治,但你得换腿呀!这腿不换绝对不行,腿已经坏了,都流脓淌血了,真是坏了,要不就截肢吧!"

华佗就跟这县太爷说:"你得截肢换条腿!"

县太爷一听,说:"能行吗?"

华佗说:"没事儿,换了腿一样能走!"

县太爷说:"哪有换腿的呀?"

华佗说:"你还没交下两个人吗?这真要和你不错的,那他就舍不下一条腿来?"

单表这县太爷下面的那个狗腿子,姓陈,是个衙役。县太爷一看,说:"老陈,你看我这腿怎么办?咱俩关系可不错,你一辈子对我挺忠诚的,我都知道。你能不能把腿送我一个,我换上?"

这姓陈的衙役一听,说:"哎呀,你换了,我腿怎么办呢?"

县太爷说:"那有办法,叫人家先生想办法呗!"

姓陈的说:"也行!"

华佗说:"能想到办法,换腿行,你愿意?"

这衙役一看没法儿了,说:"好吧!"

怎么换呢?华佗跟县太爷说:"你把这衙役的腿缠你腿上,我再给你原来这腿拿下来。"

华佗多精呀,那是医术高明的医生哪,腿拿下来没几日,这就给县太爷换上了。

这县太爷换上腿以后,觉得不咋好使,还是不怎么的,华佗说:"这么办吧!好使不好使也就这么的了,因为那不是你的腿,你还不知道吗?今后你怎么办呢?你的脚得正走,你走正道就没事,你要一歪了,这腿就不好使了。按我这意思呢,就是不能走邪道,你这腿就能好使。你要是带点儿贪贪占占,你这腿就歪了,就不好使,就不是你的腿了!"

姓陈的衙役一听,说:"我怎么办呢?"

华佗说:"我给你换,别着急!"一看正好外边有只大黑狗,就说:"把狗抓来!"

狗抓来以后,华佗就把狗腿给卸了。卸完了,华佗对姓陈的说:"把这狗腿给你安上吧!"

姓陈的一看,说:"那能行?"

最后华佗就给这姓陈的安上狗腿了。

狗腿安上之后,这姓陈的怎么办呢?走道有点瘸。他一看,说:"这不行啊,这按理说,这狗腿撒尿它湿腿呀!"

华佗说:"你翘起来撒不就行吗?"要不说这狗撒尿翘一只腿呢!

所以这"狗腿子"就是这么叫来的。

它形容啥呢?这县官吧,下面的都叫狗腿子,这就是讽刺说他们那时候太阿谀奉承了。所以华佗老先生给他们换条狗腿,这就把他们治了。

这以后,人们一说狗腿子,大家都知道是说什么人了。

赵高求寿

过去有一个买卖人，姓赵。这个赵老板为人忠厚、纯洁，特别好，所以他交的一帮人都不错，净是正人。平生就他们老两口，还有一个儿子。他儿子小，还在念书，才九岁，他都已经四五十岁了。

这天，正赶他儿子念书回来，他家正好来客。谁来了呢？管仲来了，就是管仲子。这管仲子可了不起，那是大科学家、大文学家，在过去那都是最高尚的人物儿呀！另外，咱说他还很有才！

单说这天管仲子正在那儿陪赵老板唠嗑、吃饭呢，一看，这小孩儿下学回来了。那管仲和赵老板原来就有点儿偏亲儿，这赵老板就把孩子喊过去了，说："正好，你过来看看，你大叔来了，拜拜你大叔！"这孩子就拜了拜。

这小孩儿长得好呀，有九岁了。这管仲子当时摸了摸这孩子的肩膀头儿，"唉！"，就大"唉"一声，说："九岁是九岁啊，你家孩子……我不应该说。"

"你说吧，怎么回事？不怕！"

"你这孩子寿命不长，是个短命鬼儿呀，你看他手上这个寿命线，短得太邪乎了，我看他脸面的样儿，就知道他的寿数，他活不长。"

"是吗？"

"根据他的手相和脸面样啊，他超不过十岁就得死亡，这是一个短命鬼，也是该然。"

"哎呀！那怎么办？"这赵老板就哭了。

"那能有啥办法？"那管仲子不是一般人啊，也是个成仙的样儿，他寻思一会儿说："我想到了一个办法，你可以照办。南面有个山，叫南壁山，我算了，明天南壁山上会有两个下棋的。你这么办，明天一早，你就让孩子上南壁山上去，你别去，你去不行，得让他个人亲自去。拿点儿瓜果李桃啊，拿点儿好白酒啊，炒点儿菜啊，叫孩子端去给放到石头桌上。他俩下棋下到半道当中，正高兴、正洗牌的时候，你就让孩子跪那旮，给递上去，说：'请喝酒吧，二位大仙！'让孩子给摆上就行，他俩人喝完酒以后，就好办了。如果大仙问他：'你哪儿的，干什么的？'就让孩子哭着说：'听管仲大人说，我的寿命太短了，请你给我增点儿寿。'这样一说就行了。"

"啊！"他一听，"那好吧！"

到第二天清晨起来，真那样呀，他准备好菜，就让儿子去了，这九岁的孩子还挺知事。这小孩儿到南壁山了，一看，正好俩老头儿搁那儿坐着，一个穿红衣裳，一个穿蓝衣裳，穿红衣裳的坐在南边，穿蓝衣裳的坐在北边。俩老头儿都是大白胡子，都六七十岁了，满面风光，搁那旮坐着。俩人在那儿"咔咔"下象棋，这孩子就搁旁边等着，下不大离儿的工夫，俩人把棋撂过去了，说："好，歇歇！"

正说"歇"的工夫，这小孩儿就把菜端过去了，说："请大仙用酒、用菜吧！"

"咿呀！"这俩人就笑了，"好啊，还知道备酒菜！"这俩人就喝，最后酒也喝了，菜也吃了。

大仙吃完了以后，那小孩儿就跪那儿哭着说："大仙啊，请你帮我一把吧，我啊，是前来求寿的！"

"嘿？"这大仙说，"你怎么知道你的寿数短呢？"

这小孩儿说："我听管大人告诉我的，管大人说我寿数短，要我求求二位。"

这俩人一听，说："哎呀，管仲子什么事儿都管呀，这事儿他还知道，看看吧。"

完了穿蓝衣裳的就瞅那穿红衣裳的，说："你打开册子，看看他到底有多大寿数！"

穿红衣裳的老头儿打开册子一看，说："他有九岁的寿数。"

这小孩儿说："我今年就九岁呀。"

穿红衣裳的老头儿说："你不几天儿就要死了，就差这几天了，所以这管仲子才让你来这儿。"

完他又对穿蓝衣裳老头儿说："哎呀，你看这怎么办呢？"

北边穿蓝衣裳的老头儿就笑了，说："咱俩把人家的酒也喝了，菜也吃了，你就多添一笔吧，让他多活点儿时间，这都泄露天机了，人家都知道了，还是你这儿不严。"

穿红衣裳的老头儿说："不，不是我不严，上回我和管仲子，俺俩人在一块儿喝酒，他看见过这个册子。"

穿蓝衣裳的老头儿说："这么办吧，你就给他后边再画个'九'吧。那不一个'九'，九岁嘛，再画一个不就妥了？"

"那不成九十九了吗？得了！"穿红衣裳的老头儿说。这工夫，这小孩儿就跪在那儿连喊谢恩。穿红衣裳的老头儿就又画了个"九"，成了"九十九"。画完以后，这小孩儿趴到地上就磕头。

穿红衣裳的老头儿说:"你回去吧,俺们也不乐意下了,都完事儿了。"人家俩人就驾云走了。

这小孩儿回来了和他爹一说,他爹就问管仲:"那俩人究竟是谁啊?"

管仲说:"穿红衣裳的是南斗星,穿蓝衣裳的是北斗星。南斗六星,北斗七星,一共六七十三星。南斗主生,北斗主死,求寿得搁南斗求,北斗是管死的。他俩人一个是管增寿的,一个是管死的,所以他俩人合作,就把这事儿办成了。"

赵老板说:"啊!"完这赵老板问他儿子,"那仙人当时说啥没?"

他儿子说:"临完,人家告诉我说:'你回去告诉管仲,下回不兴他谈这闲事儿,再谈闲事儿,我就要处理他了!'"

这管仲就笑了:"我下回也不能再说这事儿了,搁哪儿也不能说了。"

赵高求寿,就是这么求的,多画了一个"九"字儿,这"九岁"就变成了"九十九岁",多活了九十年。

伍子胥被杀

这个故事说的是:人哪,不管你有多大功劳也好,你卖多大力也好,保护皇帝不容易啊!你和皇帝能同患难但不能同富贵。在患难当中,因为你保他,所以不管你怎么的,不管你说啥都行,他不在乎。把敌人打倒自己起来之后,到富贵的时候,他当上皇帝了,样儿样儿行了,这时候你再有点事儿,他就挑你理了,所以就不好办了。就是说啊,人都这样,一个家庭过日子也那样:来胡子了,咱们十来个人都守在院里,在炮台一待,摸枪摸刀,一心对外,特别谐和;到胡子走了,没事咱们在一块堆儿过日子的时候,几个人就嘀咕了,说你干活少了,他干多了,你怎么的,我怎么的了,内部就该出矛盾了。要不说呢,就像这国家战争似的,过去国家在有战争的时候也是那样儿,有当官的知识分子,一看内部起来矛盾了,这个大奸臣起事儿了,那个起事儿了,他收拾不了,眼瞅将要把国家扔了,他怎么办呢?搁外国打我中国来,外国兵起,这战争一起来,中国人合心敌外,别的啥也不管了,内部全都和了,干脆干二年仗，就把这事儿全消压下去了，所以这国家就稳当了，内部也不乱了，这也是个方式。

单说伍子胥，他是个战将，他有个名儿叫伍员，那是最忠诚的一个人，当年他闯禅宇寺三次救主，把皇上的太子抱在怀里救回来的，他把太子抚养大，太子最后当上皇帝了。他的功劳多大吧？那大得就不用说了，但他最后死得太惨了，剥皮楦草剜心，哪有这么处死刑的呢？把他皮剥了，心抠出来，像整个馅似的把撕下来的皮楦上草，然后把他放屋里搁着让大伙儿瞅，他就是这么死的。他为什么死这样儿呢？因为他太实惠了！

伍子胥是个老臣，在那个时候，这个皇帝他做皇帝年头多了，所以有点昏了。这天，皇帝头一次游武庙，什么叫武庙呢？就是过去大官死了，都塑上像，送庙里去供上，那个庙就叫武庙，那净是死了的群臣，这是过去老祖宗留下来的规矩，供着这些大臣做个纪念，就像现在的烈士陵园似的。那时候，孙武子陪着皇帝游武庙，正溜达呢！就走到这个武庙根儿底下，一看——萧何的像在外搁着呢！皇上就问这个看武庙的人，说："为什么他在外面搁着呢？"看武庙的人把怎么怎么的一说，皇上就说了："咳！过去的谋士是专讲捧圣不捧外，不像武将，谋士不可信也。"

他这一说完，孙武子就多心了，孙武子是算命的呀！他心里说："哎呀！看来皇帝对俺们这谋士还是不重视啊，我们这么卖力地为你保江山……"他掐指一算——不能保了，江山要完了。

孙武子回去以后，第三天就向皇帝递请辞呈了，对皇上说："我主啊，老身现在年岁已高，六十多岁了，我必须得归山，归山之后我还要当老道去，我就不能在这儿保江山了。"

皇帝就批了，说："那你回去吧！"正好皇上烦他呢，因为他嘴嘀咕得邪乎，总是对皇上说教啊！那时候他是谋士，帮皇上打江山，但现在皇帝烦他了。

他走的时候，这文武百官都来送。送一轱辘都回来了，就伍子胥舍不得回来，伍子胥和这个孙武子最靠，他说："军师啊！你不能走，就待这儿吧！"伍子胥还在劝他。

孙武子说："我不能待这儿，我指定走。"

一送送到十五里地，最后孙武子站下了，就拍拍他肩膀，说："伍子胥啊！你是保国的忠良，是干将啊！咱俩也好，我有一句话告诉你，你听也好，不听也罢——

'急流勇退'。你回去想办法急速退出来,这对你有好处,现在皇帝昏了,你不能再保他了,这样会有杀身之祸。"

伍子胥说:"那怎么个说法呢?"

孙武子说:"我告诉你吧,江山完了,你看这吴王的娘娘,那不西施女吗?"

伍子胥说:"对呀!"

孙武子说:"她是西域国进来的,是个野鸡……出我口入你耳,你不兴说。"

伍子胥说:"我不能说。"

孙武子说:"她是一个野鸡精啊!是鸡鸣山的野鸡转来的,越王勾践特意把她送给吴王,来磨这江山来了。"

伍子胥说:"哎呀!"

孙武子说:"你不兴说,你说完就有杀身之祸。"

伍子胥说:"不!皇帝小的时候是我把他抱出来的,我救他还把他养大了,多少年我都不忘,我不能让他把江山扔了啊!"

孙武子说:"你说完就会有杀身之祸,你别不信。"

伍子胥说:"我不说。"

孙武子说:"你不说就行,你回去吧!"

伍子胥就回去了。回去之后伍子胥就黑天白天地寻思:我说不说呢?不说吧,心膈应,因为皇帝小时候是我把他抱出来的,他当了皇帝,待我不赖,还称我为"亚父"。这个称呼那么高,管伍子胥叫亚父,就等于是爹一样了。娘娘不是人,是野鸡精变的,还能好了?这个事儿我现在哪能不管呢!他没事儿就寻思。

这天,正赶上皇帝没有事儿了,和他俩闲扯,他就唠出来了,说:"吴王啊,我有一个事儿,说也可,不说也可。"

皇帝说:"你说呗!"

伍子胥说:"你最好不要这个新选的西宫娘娘,孙武子走时候告诉我了,说她是鸡鸣山的野鸡精,越王把她送来磨你江山来了。"

皇帝说:"那哪能呢?"

伍子胥就说了:"你不信的话,夜里你试验她,你躺炕上之后,把她头发打开看,她头上有野鸡冠;你摸摸她脚,那不是人脚,是鸡爪。"

皇帝说:"能那样吗?"

伍子胥说:"你看看吧!但她明白时候不行,她睡着时候才现原形。她白天变成人脚你就看不出来了。"

皇帝说:"好!"

皇帝也真信他话啊,睡觉到半夜的时候,她睡着了,皇上把她头发打开一看,真就露出大鸡冠子来了,哎呀!真是小鸡子;一摸脚,那大爪都露着,可了不得!吴王他没由分说,一伸手就把宝剑抽出来了。刚要杀的工夫,就看那玩意儿一翻身起来了,就哭上了,说:"哎呀!皇帝,你不能暗中杀我。"她精气神特别足,这是清醒了,她就起来哭了。

皇帝一看她哭,就安慰她,说:"我不杀你,你说实话,你是不是鸡鸣山的野鸡精?"

她说:"谁说的?"

皇帝说:"伍员说他听孙武子说的。"

她说:"怎么说我是野鸡精呢?"

皇帝说:"你头上有个野鸡冠,这脚也有爪。"

她说:"哎呀!皇上你可糊涂了,你怎么聪明一世,糊涂一时呢?我是一只凤,脚是凤爪,头上是凤冠。我头些日子趴着当中摸你身上,你身上净鳞呢!我一摸是一个大龙在那趴着呢,把我吓得一翻身起来了。可我一寻思,你是龙托生来的,我就不害怕了,所以就趴着了。我要像你这么寻思,我还敢趴着吗?你身上的大鳞多厚,还挨我身上,我这皮肤这么细,你睡着以后就现原形了,没睡着以前那身上是肉,我睡着以后也露形了。你是一条龙,我是一只凤,那不龙凤相配嘛!"

吴王一听,说:"这事儿对呀!我是一条龙,龙遇到凤哪能是错呢?伍员老头儿怎么净胡扯呢?"

你看,她就把这事儿全给解了。

皇帝说:"不杀你了,拉倒吧!"

这事儿就这么的了。可这个西施女——野鸡精,她心里恨伍员呢!说:"你这老头儿,我不把你害了,早晚得死你手,你可了不得,是当朝一个宠臣,皇帝最信你呀!"

又过些日子,她一合计,怎么办呢?

这天,正赶上皇帝和她俩人喝酒,她又把东宫娘娘请来了,就一起喝酒。皇帝喝过酒之后,她就说:"今儿咱们好好喝一场子,必须喝好。"

皇帝说："好！"

正喝半道儿，皇帝高兴，她也高兴，她就说了："我主，在早不说喝酒当中舞剑最好吗？我还没看着过舞剑呢！都说武将舞剑的态度好，风度高，剑中不透风，演得最好，我没看着过呢！"

皇帝说："那你能轻易看吗？那得特意舞。"

她说："能不能找个武将给我舞舞剑，让我看看呢？"

皇帝说："那舞剑的净是年轻的，你二十多岁，也年轻，找个年轻的舞剑，一舞当中，那身上哪都能露出来，多不好看哪！"

她说："你不能找个岁数大点儿的吗？我看这么办吧，咱们朝中的伍亚父，不是舞得最好嘛，另外他岁数也大，五十多岁了，像咱们父亲一样，叫他舞不好吗？"

皇帝说："他还行，好吧！"就告诉下边儿公公，说："传旨，传伍子胥来。"

伍子胥正在朝中呢，就来了。

到这以后，皇帝说："这么办！把剑拿来，不是别的，今天西宫娘娘专想看舞剑，听说你剑舞得特别好，想让你舞上一段，开开眼，朕就赐给你一把剑。"

皇帝就给他一把剑，伍子胥一看，舞吧！就当场舞一舞，舞得当然是不错了。三十六剑招耍完以后，他面不更色，气不涌出，就往那一站。

这西宫娘娘说："太好了！我亲自赐酒。"

她亲自把酒端给伍子胥，可会来事儿了，叫伍子胥喝酒，那娘娘亲自端酒，哪有不喝的，就喝吧！伍子胥也喝了。

喝完以后，她说："这么办，伍亚父啊！你请到北屋休息，一会儿我们再想让你舞的时候，再找你。"

伍子胥说："那好。"

这伍子胥就回去了。回去以后，她这会儿就丁价[1]斟酒，把皇帝灌醉了，吴王醉了以后，这西施就调戏吴王，这摸那摸，说："咱俩洗洗澡好不好？现在你这身体多不好，洗完澡咱好好睡一觉，近乎近乎。"

皇帝色呀！说："那好吧！"

她说："不用别的，就在寝宫里，把大金盆端来。"

---

1 丁价：一直。

下人就把大金盆端来搁寝宫那屋了，水掺好，香粉搁好之后，两人就洗上澡了。洗一会儿，她就告诉皇帝，说："你先穿衣服上去吧！消耗体力就不好了，等会儿咱俩睡觉你该精神不足了。"

　　皇帝说："好吧！"

　　这吴王就穿上衣服，跑别的屋喝水去了，她个人在这屋洗。她洗完澡之后，就告诉公公，说："你去，把伍子胥喊来，就说舞剑，让他带剑来。"

　　这伍子胥正在屋待着，不知道啥事儿呀！公公去了，就告诉他："带剑去，皇帝让你舞剑去。"

　　他就来了，来了之后，一开门——一个金盆，一看娘娘光个屁股，身上一点儿衣服没有，身无寸缕，正洗身上呢！他一看，走不了了，吓得就跪那了，说："臣有罪。"

　　这娘娘就哭起来了，一把就抱住他，说："你也太不像话了，你看我好，强奸我来了。"就哭起来了，这一哭就一摆手，说："公公，找皇帝去。"

　　公公把皇帝找来了。吴王到这一看，瞅着啥？伍子胥在那跪着呢，她光着屁股按着伍子胥呢，你说这整的是啥样儿。

　　后尾儿皇上一看，就问她，说："怎么回事？你说。"

　　她说："怎么回事儿？你走之后，我洗着澡呢，他就来了，到这把剑一比画，非要我应他不行，要睡我，我能跟他睡吗？我乃是金枝玉叶，是娘娘，我这不应就不行，他那武术你还不知道吗？幸亏你来把我救了。"

　　皇帝一看，这怎么办呢？古语说得好啊，这房子地不能让人，这孩子老婆也不能让人啊！这像样吗？你功劳再大也不能这么办哪！皇帝当时就说："你赶紧穿衣裳。"

　　这娘娘现穿上衣裳，一头扎到皇帝怀里了。说："我主，怎么处理他吧？"

　　皇帝说："怎么办，那还杀他？"

　　娘娘说："杀也不行，就得重重罚啊，他要处理得轻，在群臣当中别人再对娘娘不恭呢？不光我个人，这宫里才女有的是啊，都乱了那不完了吗？你不成了个……"皇帝会成啥样儿她没说。

　　皇帝寻思：啊，你这一说，我不成王八了嘛！皇帝说："那处理，你说！怎么处理吧？"

　　娘娘说："那好，我说怎么处理，我说了算？"

皇帝说:"你说吧!"

娘娘说:"那这么办,剥皮楦草剜心。"

皇帝说:"那好,就这么的吧!"皇上就批了。

他们把伍子胥整外边之后,就把皮整个活扒下来了,往皮里楦上草,把心也剜出来了,伍子胥就这么死的。

搁这么之后,人们都叨咕,说保皇帝可了不得,不是说吗?伴君如伴虎,是一点儿不差啊!你看这么大功劳,伍子胥却死得一分钱不值,被剥皮楦草剜心,死得太可惜了。

姜太公钓鱼

人哪,有走时气的时候,也有不走时气的时候。人们常说:"倒霉,倒霉,真倒霉,赶上姜太公了。"为什么这么说呢,就是因为姜太公也有倒霉的时候,他也不是尽走兴运。要不他为什么早没当官,挺到六七十岁才当官呢?

姜太公年轻的时候,父母去世得早,姜太公自己过,日子太难了,没有办法,怎么办呢?他有一个姓马的朋友,俩人最好,姜太公就去人家那儿住着,吃人家的喝人家的。

日子久了,姜太公觉得于心不安,就说:"我去干点啥吧。"

朋友说:"你干点啥能行?"

他说:"我看卖面的挺容易,我卖面去吧。"

朋友说:"你卖面也行,正好我家里存了些面,我给你弄点儿。"就给他一箱子面,让他卖面去了。

人一落魄什么都能干。姜太公没别的法子就卖面去了。

他从一早上就"卖面、卖面"地喊,喊了一天,一直没有人搭理。直到下晚儿,要回家了,才有一个老太太把他叫住,说:"卖面的站下。"姜太公就站下了。

老太太说:"卖面的,我买点儿面,买得少点儿。"

买多买少也是买主,姜太公就把箱子打开了。

老太太说:"我孙子撒镖把窗户打个眼儿,我买点儿面把窗户窟窿糊上。"姜太公一看,买得是少点儿。

老太太说:"这么办吧,我就买一分钱的面吧。"

姜太公说:"行了,我就给你称吧。"八分钱一斤面,买一分钱的面也就一两多点儿,就在秤上称。

这老太太还紧找秤[1],说:"你可称好了,别称少了。"

姜太公说:"你这一分钱的面,我能少给你吗?老太太你就放心吧。"两人就称面。

这风大啊,漫天地刮,不得称。老太太说:"这么办,你往这边贴我身子称,就把风躲开了。"

两人正称着哪,偏赶上京城的马队跑过来了。这马一跑,过来的时候正巧一蹄子把面箱子给踢翻了。这风一起,把面呼呼全刮跑了,一点儿没剩,就剩这老太太买这一两面了。

姜太公一看,说:"得啦,拉倒吧,我就算都赔了吧,卖你一分钱啥也不当啊,我这老多的面都刮洒了。"老太太就没给钱,拿着那一两面走了。

剩下姜太公一个人,心里这个丧气呀,就说:"天啊,天啊,我怎么这么难啊!"他这仰着脸抱怨老天。正感叹呢,正巧天上有燕子飞过,一堆燕子粪就掉到他嘴里了!你说这个憋屈,姜太公气不打一处来,朝着天上的燕子喊:"我今儿非打死你不可!"就捡块砖头,"叭"一下子,没打着燕子,倒把一个马蜂窝打下来了,这蜂子"嗡"地就起来了,都往他脸上叮,一会儿工夫脸上叮了好几个大包。

他一寻思,这可真是倒霉呀,哪有这么倒霉的,回家吧。

姜太公到家之后,憋气啊,就把门一推。一推门,他"嗷"的一声,原来,正好门上有个蝎子在那趴着,把他手蛰了,疼得他直跺脚,心里合计,这事怎么都赶到一块儿了呢?他躺在炕上,还在想,我这真是倒霉到极点了。

又过了一段时间,朋友看他整天闷闷不乐的,就说:"别倒腾面了,你倒腾面能挣多少钱!你就倒腾点猪牛吧。"

姜太公说:"那也行,可是我也没本钱哪。"

朋友说:"我给你拿本钱,你就倒腾牛吧,听说现在牛挺贵的。"就给他拿了一笔

---

[1] 找秤:嫌少。

钱去买牛。

姜太公买牛的时候也听说牛的行情了，好比说，在下面买一头牛能花五百钱，到京城卖时能卖到八百钱。他想这行情挺好，挺高兴。

等他买了牛赶到京城，牛行情掉下去了，一头牛只能卖三百钱。他花五百买的，还得赔二百钱卖。再一打听，都说现在是猪的行情贵，京城人都爱吃猪肉，不吃牛肉了。姜太公一看，没别的办法，就捏着鼻子把牛卖了，赔了不少钱回来了。

姜太公回来跟朋友说："牛行跌了，不行啊，倒腾猪吧。"

朋友说："行啊，你看啥好就买啥吧。"就又给了他一笔本钱。

姜太公这回买了一批猪，过些天又赶到了京城。到了城里一看，因为牛行跌了，没人倒腾牛了，城里没牛肉了，牛的行情又上去了，这回猪的行情又跌下来了，猪进得多了嘛！姜太公一口猪花六百钱买的，在这连四百钱也卖不了。他心里合计，怎么办呢？没辙了，赔也得卖啊，就卖了，又赔一家伙。

回来后一说，朋友也挺丧气的，说："你呀，真倒霉透了，这么办吧，这回你连猪带牛一块赶去，总该能挣点吧。"

姜太公说："好吧。"就带着钱买了一群猪和牛。

他把猪牛全赶到京城，还没进城，就看到城门口的布告了，上面说：因为闹瘟疫，现在禁止猪牛进城，城里人因为吃了闹病的猪牛，都吃出病来了。姜太公一看，这回更完了，连城门都进不去了，没办法，就只好把猪牛都赶回来了。

这回赔得更惨，姜太公没法和朋友交代，就说："我这买卖是不能做了，干脆我就在家待着吧。"朋友能说啥，也只好让他在家待着了。

姜太公在家待着，越寻思越憋气，一合计，说没事我就钓鱼去吧。他就每天去渭水河边垂钓，天天钓鱼，钓了不少日子，也没钓上一条鱼。

这时候，姜太公已经有媳妇了，是他朋友给订的。说是媳妇，叫老伴儿也行，老伴儿岁数大，他的岁数也不小，结婚时姜太公七十四岁，老伴儿六十三岁，结婚的对联是还姜太公亲笔写的："六十三岁黄花女，七十四岁老新郎。"他俩结婚就是金婚。

这天，姜太公又要去钓鱼。老伴儿想，你天天说是去钓鱼，也没见着拿回家一条鱼，你也没卖钱，你天天是干啥去了？我得去看看。

老伴儿来到河边，把姜太公的鱼钩拿起来一看，说："哎呀，你能钓着鱼？这鱼钩也没有弯，你能钓着鱼吗？"

姜太公说:"那不对呀,鱼要是愿意咬住,就把它钓上来了。它要不愿意咬,你钓它干啥?愿意死的鱼才能钓它,不愿意死的鱼我不能钓它,愿者上钩嘛!"

老伴儿说:"我的妈呀,你还钓鱼,你这一辈子也钓不上一条啊。你就那样去吧,就冲你这样,我也不能跟你过了。"

姜太公一听着急了,说:"你别不过呀,不管怎么样,咱们夫妻一场,还得一起过啊。"

老伴儿说:"我算看透了,冲你这样,我是不能跟你一起过了,说啥也不行了,你就给我写休书吧。"

姜太公被逼得没有办法,只好说:"好,那你走吧,我给你写个休书。"就在地上拿块纸给她写了封休书。

老太太拿过休书,边走边说:"我怎么就嫁给你了?我还是和你离婚享点福吧。"

姜太公说:"好吧,你想走就走吧。可有一宗,你要还念夫妻恩爱,在百步以内你就回回头;你要觉得没有夫妻情义了,百步以内就别回头。"这老太太手拿休书,哪还顾得上听姜太公啰唆,麻溜就走了,百步以内也没回头。

她走过百步以外,就觉得手麻,只听晴天里"咔嚓"一个惊雷,当时就把这老太太给击死了。要说这人哪,不能太不仁德了,天理不容啊。姜太公一时无话了,就又钓鱼去了。

这天,姜太公正钓鱼呢,有一个打柴的小伙儿从河边路过,长得挺壮实。姜太公说:"你这柴火不错啊,你打柴干什么啊?"

小伙子说:"我打柴养家。"

姜太公问:"你家都有什么人?"

小伙儿说:"我就一个老妈,每天我打柴、卖柴养活我妈。"

姜太公说:"我看你今天打的柴火挺好,不能少卖钱,能卖二十吊钱。你还能闹一壶酒,五个馒头。"

小伙儿说:"哎,你说得巧啊,能这么准吗?"

姜太公说:"差不多,你就去吧。"

小伙儿就去了,到集市上一卖,正好一个老太太来买柴火。小伙儿说:"这么办吧,我也不管你多要钱,就二十吊钱吧。"

老太太说:"行啊,我也不跟你争,二十吊就二十吊吧,多点少点也没啥。不过有一样，我买你的柴火，你得给我挑到家好好堆个垛，省得下雨下雪浇烂了，我家里没有人手。"

小伙儿一看，也行，费点事吧，就把柴火给老太太挑家去了。到家之后，他又把柴火堆个小垛，封个尖，堆得特别齐整。

活儿干完了，老太太说："小伙儿，到屋里歇着吧。我家里晌午来客人，剩几个馒头，剩点酒，还剩点菜，你就对付吃点饭吧。你这柴火堆得太好了，我得感谢你。"

小伙儿说："好吧。"就坐下来连吃带喝的。酒喝完了，馒头也吃完了，小伙儿突然想起来了，说："哎呀，今儿个上午那个老头儿说的一点儿不差啊，真是二十吊钱，一壶酒，五个馒头，一盘菜，太神了。"

回来时路过河边，小伙儿就到姜太公那儿，笑着说："您老真说得一点儿不差，我酒也喝了，馒头也吃了，您老真厉害啊。"姜太公也笑了，说："早点回家吧。"

小伙儿回家就把今天遇到的事都告诉他妈了，说："我今天打柴遇到一个钓鱼老头儿，他就说我的柴火能卖二十吊钱、一壶酒、五个馒头。你说他神不神，我今天上了集，还真就卖了二十吊钱、一壶酒、五个馒头，他说得一点也不差。"

老太太说："这个老头儿可真不简单，真有两下子。赶明儿你有啥事多问问他，你得尊敬他呀。"

小伙儿说："那好。"

第二天，小伙儿又打一挑柴火，挑着柴火挑就来到了河边。今天小伙儿打的柴火多，柴火捆也大，他特意找了一条粗的杠子当扁担。

小伙儿说："老渔翁，你看我今儿柴火能卖多少钱？今儿可比昨儿还多哪。"

姜太公一看，说："你今儿最好别去卖柴火了，你今儿印堂发暗，有灾，去了之后兴许能摊上人命。你别去了，柴火挑回去，过两天再说吧。"

小伙儿说："那哪能呢？我咋能摊上人命呢？大不了你打我不还手，骂我不张口，那还有什么人命呢？不卖这柴火，我家里没吃的，妈没人养活，不行啊，我还得去啊。"小伙儿说完挑着柴火就走了。

到了城下，进城门的时候，虽然道挺宽，但是城门窄。小伙儿柴火多，人一多就挤呀，这一使劲的工夫，一下子扁担就折了，扁担一翻个儿，正好打死一个兵士，真出人命了。这没的说，官兵就把他绑上了。

旁边有人看见了，说："他这是误杀。"

官兵说："误杀也不行，人命关天啊！"

小伙儿急坏了，说："我确实不是有意的。"可他的话也没有人听。这帮官兵就把他带到皇宫。

正赶上周文王坐殿，周文王是一个贤明皇帝，就问小伙儿："你为什么打死人？"

小伙儿说："我不是有意的。"旁边也有人给小伙儿证实。

周文王说："既然你不是有意的，就不给你判重刑了。罚你蹲监一个月，让家里人来送饭，一个月以后就松开你。"说着，他就在衙门门口的地上画个圈，画地为牢。说："你就在这圈里待着吧，不兴出这个圈。这叫画地为牢，你要不出去，到一个月后就没事了；你要是出了这个圆圈，到时候再抓到你就斩你了，小罪变大罪。"

哎呀，小伙儿一看，就在这圆圈里待着吧。他就在那儿蹲着，越待越闹心，他就哀求守卫的兵士，说："我现在真就惦着我妈，我妈一点吃的也没有，你给我两天假好不？我今儿回去，明天就回来，我给她预备点吃的，我绝对不能跑。"

兵士说："俺们能说了算吗？"后来，守卫的兵士被他恳求得没办法了，只好往上报。上边听了之后，回话说："念他是个孝子，给他一天假，让他明天就得回来。咱不怕他逃跑，逃跑了再抓回来就重判。"那时候的法律挺严的，但也挺仁慈的，还真就让他回去了。

回到家之后，小伙儿跪在他妈跟前就哭了，说："妈，我摊上人命了，昨天那个钓鱼的老头儿不让我去卖柴火，我没听，结果真出事了，把一个官兵给打死了。现在人家押着我呢，我是请了假回来的。"

老太太一听也急了，说："你还得上钓鱼老头儿那问问去，看他有没有什么办法。"

小伙儿就跑到河边，到那就给姜太公跪下了，说："求您老救我，我昨天没听您的话，摊着人命了。"

姜太公说："我不让你去，你不相信，摊着了不是？因为你是个孝子，我特意照顾你。你看现在惹出大祸了，有啥办法？我也没章程[1]。"

小伙儿说："您老得救我，只有您老能救我了。"说完，小伙儿就趴地上磕头，哭得呜呜的，说啥也不起来。

姜太公一看没辙了，说："行了，你起来吧。你回去叫你妈煮一碗粳米饭。"那时

---

1 章程：办法。

候没有大米，粳米就是好东西了。"煮好粳米饭凉凉了，然后你穿好衣服在地上一趴，把粳米饭全倒在身上。完了之后，头前面供一碗祷告饭，脚底下搁一个盆烧点纸，旁边再放一个罩子灯就行了。你要趴三天以后再起来，完了就不用回圆圈里去服刑了。"

小伙儿听明白了，说："好吧，谢谢您老人家了。"就转身回去了。

他回去之后，就把姜太公说的给他妈讲了一遍。老太太说好，就一一按着姜太公说的去做了。小伙儿在屋里躺下了，像死人似的，躺在一块停尸板上，把一碗粳米饭全倒在身上，头前面供了一碗祷告饭，脚底下搁一个盆烧点纸，旁边又放了一个罩子灯。

第二天，小伙儿没回去服刑。守卫的兵士说："没回来，这小子胆子也太大了，画这个圆圈还在这呢，人没有了。"这帮兵士正要去抓，周文王掐指一算，说："哎呀，行了，不用去了，这人已经死了，现在可身全是大蛆啊，不用抓了。"

就这样过了十多天，小伙儿一看没事了，就合计着没有吃的妈养不活了，还得打柴卖啊，小伙就又去打柴火卖。

他一连卖了两天柴火，第三回进城的时候，赶巧被守卫的兵士堵着了，一看正是打柴的小伙儿，他没死呀，就把他给抓住了，押着去见周文王。

周文王听说了，心想，不能啊，我算出来他已经死了，身上都生了蛆了，为啥没死呢？就让卫兵把他押上来，问："怎么回事？你在家都干啥了？照实说，错一点我就斩你。"

小伙儿这回可害怕了，哭了，说："我告诉你实话吧，有一天我打柴火从渭水河边路过，遇到一个钓鱼老头儿，老头儿就告诉我这些柴火能卖多少钱，落几个馒头吃，结果他说得一点不差。第二天我又到他那，他就告诉我不让我卖柴火了，说我要是上集非摊上人命不可。可我家穷啊，为了养活我妈，不来不行，我就来了，果然一扁担就摊上人命了。后来你给假让我回去看我妈，我就借这个工夫又去找那老头儿，求他救我。他就给我出了个招儿：回去之后趴地上，把一碗粳米饭全倒在身上，头前面供了一碗祷告饭，脚底下搁一个盆烧点纸，旁边放了一个罩子灯，说我只要趴三天就没事了。"

周文王说："哎呀，天底下有这样的人？在哪儿呢？"

打柴的小伙儿说："就在渭水河边钓鱼呢。"

周文王说："那好，你领我们看看去，把那老头儿请来。"这就派御林军和不少文官武官去了。

御林军来到渭水河边一看，果然有个老头儿在那儿钓鱼呢。就听见那个老头儿喊着："钓钓钓，钓钓钓，大鱼不到小鱼到。"

御林军来到老头儿身边，说："你叫什么名？俺们是皇帝派来的，特地找你来了。"

姜太公也不吱声，说啥也不吱声。

御林军一看，不好办了，这也不能抓他啊，皇帝叫请啊。怎么办呢？没办法就回去了，向周文王禀报说："启禀我主，老头儿没请来，问什么话老头儿也不回答，嘴里就这套嗑儿：'钓钓钓，钓钓钓，大鱼不到小鱼到。'"

周文王说："看来你们是请不动了，这么办，派宰相去。"

宰相去到那儿，姜太公还是不动，嘴里还是叨咕那套嗑儿。

宰相也回来向周文王禀报。周文王一看，说："这么办吧，看来就得我去了。"他就带着太子和文武百官坐着辇车去了。

到了渭水河边，一见周文王亲自来了，姜太公就起来了。

姜太公说："我姓姜，名尚。"

文王说："我是专门来请你出山保国的。"

姜太公说："我这山野匹夫，怎么能保国呢？"

文王说："你不用说别的，我明白了，你就去吧，俺们完全相信你。"

姜太公说："要我去也行，我不能走着去，我得坐你的车子。"

文王说："我这儿就有车，上来吧。"

姜太公说："这车不能别人拉，必须是太子拉车，皇上你在后面推，我才能去呢。"

周文王是个明君，求贤若渴，心想，我宁愿推你。他就说："你上车吧。"

姜太公上车后，周文王亲自推着车子，又让太子在前面拉车。

拉了一轱辘，太子说："老先生啊，我实在拉不动了，你太沉了，道也不好走，你下来走两步吧。"

姜太公说："不行，我非得坐着，一步路也不能走。"他就在车上坐着，皇上爷俩又拉。

又走了一段路，最后一看真拉不动了，文王也说话了："太公，我们确实拉不动了，你看怎么办呢？"

姜太公说："你们才拉多远就拉不起了？"

太子说:"我都记着呢!一共拉了你八百步。"

姜太公说:"你拉我八百步,我就保你江山八百年吧。"

周文王当时一听就傻了,说:"啊,是这样啊!你快别下来了,我就是死,也要把你拉到皇城里。"

姜太公说:"算了,说破机关是惘然了,就这么的吧,我个人下来走。"

就这样,姜太公就保了周朝八百年。

姜太公封神忘了自己

这个姜太公呀,每天封神,封完后就没想起他这老婆来。他一看怎么办呢,这老婆囔叽[1]他了,要求封神呢。他说:"你不用去,你封到哪儿哪儿就烦你,你是个穷神。你就个人赶着溜达吧,哪儿好上哪儿去,他们都躲着你。"所以他老婆哪儿都能走。

但姜太公自己整个儿就把个人忘了,这怎么办呢,姜太公说得好啊,"太公在此,诸神退位",他到哪儿,哪儿给他腾地方。他封的神都怕他,他不管到天帝庙那儿呢,还是到黄河药神那儿,也都给他让个座儿。

但就有一天,三十下晚儿他没位置。人家都各就各位了,他不能夺人位置,没办法,他在哪儿呢,就在灯笼杆子底下蹲一宿。要不为什么三十下晚儿老百姓都到灯笼杆底下上点儿香呢,说:"姜太公啊,你收点香烟吧,你没有位置呀。"

所以三十下晚儿他就在灯笼杆底下蹲一宿,这就是他的位置。

> 附记:
>
> 每到大年三十之前,辽宁地区村民都要在院内竖起"灯笼杆"。通常,"灯笼杆"位于与正房房门相对不远处的场院之内,下端或是插于长方形的石座上,或是直接埋入土内。杆子由一根长7—8米、直径10—15厘米的树

---

[1] 囔叽:抱怨、发牢骚。

干去枝而成，在杆子顶端半米处横向钉入长约半米的三角支架，将灯笼悬于支架之上。自灯笼杆立起，一直到正月结束，家家户户均要在黄昏之时点燃灯笼，让其彻夜长明，以求照亮家里的每一个角落。灯笼杆上写"姜太公在此，诸神退位"。（詹娜）

姜子牙的来历

当初开天辟地以后，鸿钧老祖收了几个徒弟，那是三教九流啥都有。其中最出名的是元始天尊，一般人们都说他的徒弟最多。

这天，元始天尊收了不少徒弟，其中有什么呢？门口来了个熊瞎子[1]。那熊瞎子长得很大，很魁梧。它到门口就跪下了，就在那儿等着元始天尊收它。

元始天尊一看，说："我不能收这，披毛带甲的我不收，我收的是人。"后来他又说："你要想学，就到我兄弟那儿，到我三师弟那儿学去。"

但这黑熊它不去，它非得在这儿学，就在那儿跪着不起，也不动弹。

这黑熊一跪就跪多长时间了。这天，元始天尊出去一看，这黑熊整个就没有了，就死那旮旯儿了，剩下个大牙都烂了。

这黑熊在那儿整整跪了三年。元始天尊一看，说："哎呀，这心太诚了，我不收下不应该呀，应该收！"就把牙捡起来说："这么办吧，我把你遁化成人形吧！"

元始天尊道行大呀！他就在那儿念咒，把黑熊的这颗牙遁化成人形了。

黑熊的牙被遁化成人后，元始天尊说："这么办吧，就给你起个名儿叫'姜子牙'吧！"

从这开始，这姜子牙就跟着原始天尊学道，要不怎么叫姜子牙呢，就冲着这颗牙起的。

---

[1] 熊瞎子：黑熊。

异文：姜子牙名字的由来

姜子牙他怎么叫姜子牙呢？

当初啊，元始天尊是鸿钧老祖的顶门徒。他和太上老君、通天教主哥仨都是鸿钧老祖的徒弟。元始天尊就收几个徒弟，其实他是不想收的，谁去他也不爱收，结果谁去了呢？姜子牙去了！

姜子牙他是个飞熊，是个长翅膀儿的大熊瞎子。他一到那儿，就跪下在门口等着让元始天尊收他做徒弟。元始天尊一看，这人都不收，能收动物吗！另外，元始天尊这人呢，他不收动物。他不像鸿钧老祖，也不像广成子教主，这些老的人呀，收动物，他不收。但是他不收，姜子牙就不走啊！姜子牙就在那儿待着，元始天尊一天不出屋，姜子牙就掐诀念咒地在那儿一天天地守着。

一等就等了三年的工夫。这回元始天尊出来一看，地上有堆骨头，还有个牙在那儿搁着呢！他寻思：这是什么牙呢？拿起来一看，惊道："哎呀！说是头三年以前有个飞熊在这旮，他让我收他做徒弟，我没收。这家伙心太诚了啊！他烂死这旮了，牙还给我剩一颗在这儿搁着呢！哎呀，这么办吧！这动物得给度回来。他这么诚心，我不度，他就不行了！"

元始天尊说完转身就用咒语把一颗牙转成人体，变出一老头儿来。这老头儿姓姜，搁这儿起一名儿叫姜子牙。这"姜子牙"的"牙"字就是这么用上的。姜子牙就是这么起的名儿。要不以后姜子牙成名了，最后保武王杀殷纣王的时候，他咋那么大道行呢！他原来就是飞熊逆转，而且确实心也诚，心也正！

孙膑得天书

孙膑咱都知道，他是孙武子的后代，那是一个大文学家、大数学家，专能排兵布阵。他为什么那么能耐呢？这有原因。

他那时候念的头一任师父是谁呢？是王禅老祖。王禅老祖收的学生有孙膑、有庞涓，孙膑最忠诚，庞涓是个奸诈的人，但嘴会说，很忙叨人。

孙膑去了之后就在那儿待着,这个王禅老祖就告诉他说:"今儿得换班儿打柴火,没柴火烧不行。"这孙膑一去三天。

孙膑打这三天柴火的工夫,庞涓在家,王禅老祖说:"你也别掰扯别的了,我就教你点儿啥。"这王禅老祖就教了庞涓一点儿武术,孙膑回来之后,庞涓不说。

到了庞涓打三天柴火的工夫,孙膑在家,王禅老祖这三天就把武术教给了孙膑。庞涓知道这事啊,回去问,说:"大哥,师父今天教你啥了?"

孙膑就说教我啥教我啥了,一点儿也不瞒他,把学的这玩意儿都教给他了。这庞涓就学了两份儿,个人这份儿也学了,孙膑这份儿也学了。孙膑就学一份儿,庞涓那份儿没告诉他。这就是奸诈的人和不奸诈的人的区别。

王禅老祖房后有仙桃,这个桃儿长得特别好,但是那桃儿多少年才结一回果呀!这桃都已经丢一次了,王禅老祖说:"看住,这桃不兴丢!"就告诉孙膑看着。

这孙膑就看着,丢一个桃,孙膑就得挨四十个板子,孙膑挺精,说:"我就搬凳子坐这儿看着。"他就在底下看着瞅。嗯?盯到半夜,就觉得树上有人摘桃儿,孙膑有捆仙之绳呀,也确实有两下子,他去修行这几年,也学了点儿武术,已经会使唤了,就把捆仙之绳一抖,"叭"上去了,上去就把那贼捆住了,捆住就把他撂地下了。

一看,是什么?像个猴儿似的,又一看,那还不是猴儿,是个小孩儿,身上有毛,白不呲拉,刷白刷白的,给绑着动弹不了了。

孙膑说:"你谁啊?"

这小孩儿就哭了,说:"我叫白猿。"白猿的"猿"不是猿猴的"猿"嘛,他就像个猴儿似的。他说:"马莲老母是我妈,她现在有病了,就想吃你们的桃儿,吃完你们这桃儿她的病就能好一半,所以我就偷去两回,只是给我妈吃,我自己是一点儿没敢动弹呀,从不多偷,一回就偷一个俩[1],要不你们查吧,绝没多丢!我为了我母亲什么都愿意,说实在话,你就是把我放了,我明儿还得来偷。我妈多咱死多咱拉倒,我宁可死也要偷,你就打死我也没办法。"

孙膑说:"你是个好孩子呀,你这是为母偷桃,你这个贼当得值得呀!"孙膑一寻思,说:"这么办吧,讲不了,宁叫一人单,不叫二人寒,上回丢个桃儿,我挨

---

[1] 一个俩:一两个。

四十板子，这回我宁可挨八十板，你就拿俩给你妈吃去吧！"

白猿一看，说："哎呀，太感谢了，你叫啥名儿？"

"我叫孙膑。"

"哦，那好吧。"白猿就把桃儿拿走了，挺乐。

他拿回去和他妈一说，那马莲老母一听，说："谁？"

他说："孙膑。"

"哎呀！"马莲老母说，"孙膑是孙武子的孙子，孙操的儿子呀，这是咱们的大恩人，过去和咱们就不错。孙武子有一本天书，在我这儿搁着呢，孙武子那时候是我干老，我是他干女儿，他给我扔下这本书，叫我以后给他的后人，这后人有德他才让给，没德不让给。这孙膑是有德之人呀，我得给，我不能再秘着¹它了。唉，这好啊，这孩子有福！这么办吧，明儿个夜里你还去，把天书给他拿去，这是他爷爷的天书，应该传给孙家子孙。"孙武子是孙膑的爷爷，那武术高呀，这书就是道上的大武子兵书！

第二天下黑儿白猿又来了，这回来是明来的，到那儿就喊，正好是这孙膑看的桃，他一听就蹦下来了。白猿到屋儿就笑了，说："哥哥，我今天特意给你送天书来了！我母亲是马莲老母，当初你爷爷将这天书寄存在我母亲那儿，现在我母亲感念你的恩情，就让我给你送天书来了。"他就怎来怎去一说。

"哦，那好吧！"孙膑就把天书规规矩矩儿接过来了，一看，那真是，那里边排兵布阵的，完全能使敌兵不战自输啊！他说："那好吧，我收下了。"这白猿走了，他就看书。

第二天早上起来，他又偷着看了一会儿，正看呢，谁来了呢？他师父王禅老祖来了！

王禅老祖那是个啥手呀，那是高尚的道德武师呀！一进屋儿就看出他看的是天书，到屋儿一看，就咳嗽一声。

他一看他师父来了，就急速把书扔地下，又用脚给踩上了。他有错处呀，因为你得天书的话，必须得通知人家老师，他没通知，偷着看上了，他认为这是他家的天书。他寻思踩上了就瞅不着了，都叫大脚给挡上了。

他师父说："你个孽徒！我告诉你，你有'剁足之危'！你脚踏天书，将来会有

---

1 秘着：蒙着，私藏着。

人剁你手足！"

他吓得跪下了，说："师父，你救命啊！"

他师父说："不是我剁你呀，早晚会有人剁你，你踩天书犯罪了，你就准备接受剁足吧，这天书你就看吧！"这孙膑就看。

最后应哪点呢？庞涓当权的时候把他的双足剁去了。

父投子胎叫小爹

这个故事啊，是说古代的一个传说。

当年有一个驸马，叫孙操。孙操是燕国的驸马、燕昭王的姑老爷。他父亲叫孙武子，过去有《武子兵书》嘛，那孙武子是最高尚的、最有才的武师，一辈子都是最好的。这孙操也随他爹，虽然赶不上，也差不多少。

单说这孙武子死了，死完之后没有几天，这孙操就得了个儿子，得个三公子。他大儿子叫孙龙，二儿子叫孙虎，这三儿子叫孙膑。这就生孙膑了。

你别看这个孙膑以后的名望确实挺大、挺好，但生下来就叫。那叫一个作[1]呀，生下来就作，作得邪乎！你怎么哄也不行，就是叫，那小拳头一攥就"哇哇"哭，哭得邪乎！

这个黄姑一看，说："这怎么办，这孩子怎么能没办法治呢！"

他爹妈一看，没办法，怎么也不行，就说："没事儿，你哭就哭吧！"他哭得邪乎呀！

最后，这个黄姑说："你这孩子呀，真是，你都赶上'小爹'的样儿了，哪有这么哭的？"嗯？不哭了！

"哎？"黄姑说，"巧啊，叫'小爹'就不哭，咱以后就管他叫'小爹'吧。"

"这也太出奇了，你说这孩子！"驸马孙操就像逗笑儿似的说："小爹，你别哭了！"哎？一喊"小爹"，他真就不哭了！

---

1 作：磨人、捣乱。

最后，这个孙膑武术特别高深，韬略也特别深奥。后尾儿，这孙膑就搁燕国保齐国，"燕孙膑"嘛，燕的孙膑保齐国，做了齐国的军师。搁那么，这孙膑就出名了，大伙儿都知道，这孙膑是得了他爷爷孙武子的逆转，要不为什么他从小就有那么大的才华，就能收得住徒弟呢？

要不一般都说"父投子胎叫小爹"，搁那么这就成了个传说。

秋生作律

这个秋生和萧何俩人是莫逆之交，他俩是好朋友。从小在一起念书，干什么都在一起。他俩当中萧何念书不及秋生，另外人家秋生家过得不错，赶上短钱末路的，秋生还照顾萧何，俩人处得挺好。

这天当中，正赶上他俩有这么一个计划，说："咱俩考状元去吧，考上一个不能干，你不考上我考上我也不干，你考上你也别干，咱俩都得考上，一堆儿[1]当官，考不上一堆儿回来。"他们是这么合计的，正好他俩定好了，这天就考去了。

考完出榜了，人家秋生考上了，考上个榜眼，虽然不是状元是榜眼，也能做知府大人，萧何没考上。秋生一看，说："拉倒吧！我也不干。咱俩不是定过吗？大哥，我也不能失言。"这秋生比萧何小，就叫他大哥。秋生也没干知府，就回家去了。回家待了三年，到三年又考了。俩人就又考一遭，这回萧何考上了，秋生没考上。

萧何一看，说："照这么的，咱俩谁也考不上，这不扯呀！这么办，兄弟，不是我考上我说这话了，咱们就一年考一个，我考上以后你再考。要不你说，照这么的，你考上我不干，我考上你不干，这一辈子咱俩能一堆儿都考上吗？"

秋生说："那就这么办吧。"

萧何说："好，我就上任了。"

萧何上任，开始做知府了。他做知府以后，秋生比他才高，萧何忌妒。萧何就考虑：秋生没考上啊！他要考上了，就选不着我了，就得选他了。现在萧何考上之后，

---

[1] 一堆儿：一块儿、一起。

挺得脸，文才高啊！所以老臣和新臣，文武百官都挺尊敬萧何，都说他才高。他一考虑秋生没考上就没考上吧！

第二期、第三期的主考官就派谁呢？派萧何去做，萧何知道秋生笔体呀！一考完之后，秋生的卷子上就被批了：不行。秋生考了两回都没考上，这萧何憋着就没给他吐口[1]。

秋生明白了，说："大哥，你太不是人了，太不对了，你不能这么挤对我。"秋生一合计：拉倒吧！我宁可一死也不干这个了，我也不扯这套了，考不上就不考了。

这之后他就在坟地看坟，他在坟地盖个小房，个人就在坟地上一待。每天在这儿待着的时候，一看，国家缺啥呢？缺大汉律，那时候汉朝没有律，秋生说："我写个律法吧，写完以后看看是不是能用？"他就在那儿写大汉律，每天每日地写，那些不好的事儿，比如说杀人偿命、欠债还钱，这都是杀人的红杀之罪，挖坟挖墓的红杀之罪，他就写这个律，写了不少。

他媳妇儿天天晌午给他送饭吃，净给他说一些笑话。这天他媳妇儿没去，他妈送饭去了。但他那律条都写了，不孝应杀，就是不孝的儿子应挨杀，孝心的问题总是最高的，忠孝节义嘛！

正赶他母亲去了，送饭晚了一点儿。他寻思他媳妇儿进来了，一开门，他还没见着人就骂："你怎么才来？这么晚都把我饿坏了！"

他妈说："什么？是我！"

他说："哎呀，我妈！"这一看，得！"儿子该死。"

他妈说："你就骂一句，该啥死呢？"

他说："不对，我大汉律都作好了。'不孝儿子骂爹妈，应该杀。'我要不杀我自己，那我这律就不成功了，必须得按这律的规矩。"

这一看，他妈知道劝也不听啊！说："那就这么办吧！"

又待一天，秋生告诉他妈，说："我准备服毒死，我不自杀，我死之后你把我这本书卖了。这本书你拿到大街上卖去，一定要卖给萧何。你就在大街上喊'天下奇书，天下奇书'。卖给他等他看完之后，肯定会来找你，提前跟他说你在哪哪住，也别说姓啥。他找你来之后你就说那本书埋在棺材里了，你别动它，不管给多少钱，你

1　没吐口：没告诉他。

收钱行,你别动棺,叫他挖。"

他妈说:"那好。"

果然,秋生待不多日子,就死了。他妈就把秋生给埋上了,把书搁秋生的胸脯上。秋生作的律法分上下两本,第二本就搁他的胸脯上了。全都埋好了,上棺材,埋上土。

就剩这一本,他妈拿去卖。她在大街上喊:"天下奇书,天下奇书。"

正赶上萧何下朝,萧何那时候当宰相!他一看,天下奇书,说:"来来来,老太太,什么样的奇书啊?我看看。"就把书拿来了。

拿来一看,是大汉律,哎呀!大汉正没有律法呀!这大汉律谁作这么好呢?打开一看,作得太好了!这什么罪怎么判都有。但没写明是谁作的。他看是头一本,后面还注明作了第二本,说:"那好,多少钱吧?"老太太说五十两,萧何说:"好,我给你。"就给了她五十两银子,就拿回去献给皇上了。

皇上看完之后说:"哎呀!这律太好了,可以用,你这是一本呀!上下记,你这上记,没下记呀?"

萧何说:"对呀!"

皇上说:"你这么办,要有下记的话,可以重用这本书,你可以加官进职,给你高封,你得到好书了,萧丞相。"

萧何说:"那好,我找去。"萧丞相第二天就找老太太去了。

老太太说:"你要找那本书不难,在棺材里面,你个人挖去,我是不能挖。"

萧何说:"多少钱呢?"

老太太说:"你给多少算多少。"

萧何说:"再给你一百两银子。"

老太太说:"那行。"

萧何说:"我们挖去。"

萧何带人亲自把这个棺材挖开,挖开就把这本书拿出来了。他也没敢动弹,包着就献给皇上了。上面写着"第二记",皇上一看,真好!头一页翻开之后,头一篇就写着:挖坟掘墓,红杀之罪。挖坟掘墓是砍脑袋的罪啊!后面小篇写着:秋生作律,萧何看;不斩萧何,律不成。意思是说:你要打算用我的律,你必须得斩萧何,因为他挖坟掘墓了。你要不杀他,这个律就没用了!要用的话他必须得杀。

另外，萧何问作书的人是怎么死的？秋生妈说了："我儿子就因为说句笑话，他自杀的，'骂子应杀'嘛！所以守着这律条子。"问出是秋生写的，萧何明白了：哦，这是秋生的律条啊！

所以皇上对萧何也有了警惕性，也有不愿意他的地方，他对皇上太傲慢了，皇上说："好，既然这样的话，'挖坟掘墓，红杀之罪'，就该杀。"就把萧何推出去，大鳌一顿后杀了。

所以说嘛！萧何死在秋生手，死了也是他自己害的。"秋生作律萧何看，不斩萧何律不成！"

霸王出生

当初啊，杨二郎把十三个太阳赶完以后就赶山。他嫌山碍事，就把山往海里赶，喊唬咔嚓赶得不像样。

这龙王一看忺不住了，这山都赶海里去，那龙宫不干垮了吗？龙王说："这么办吧，可了不得了！想办法吧！"他就把龙女打发出去了。龙女长得漂亮啊，就找杨二郎一唠扯，龙女用爱情一联系。过去人说得好，"英雄难过美人关"，这杨二郎就相中龙女了，他俩就同床了，搁那就像结婚似的。不管结婚没结婚，他俩在一起待着了。

这么待了没有一个月的工夫，龙女就把赶山鞭偷出来了。偷完赶山鞭时间太长了，都一两个月了，龙女就怀孕了，怀孕走不了了，就生一个孩子——楚霸王。她生下来之后就扔山坡上了，说："我不能要你了，你有命就活着，没命拉倒吧，说实话，你是龙生的啊。"

生完之后，正好没有吃的，山上人一看，这不行啊，这人有才啊，另外是龙生的，不能让他死了，就把老虎用真性迷住了，说你就奶他。母老虎来了就给小孩吃奶。上面天都热，天上的飞雕呼扇呼扇地打着扇子，支阴凉。

要不说楚霸王小时候是龙生虎奶雕打扇呢，那就是有这么一段。楚霸王不是一般的，那是龙女生的，要不说霸王力大无穷呢，就是这么一段。

小孩骂人丧生

这说啥呢,教育儿女你必须跟得上。有的家里溺爱孩子,小孩儿从两三岁就骂人,还捧这个小孩儿,都说:"别管,别管,小孩儿学说话都先学骂人,那不算错。"其实孩子应该管,他不管。

有这么一家那个孩子从小就爱骂人,在堡子里这家有钱,过得不错,正经像样,还惹不起他。有一个卖烧饼的老头儿,一来他就骂这老头儿,老头儿说:"先别骂,来,来,我给你个烧饼吃,你骂得确实不错。"就给他个小烧饼吃了,小孩儿还挺乐。老头儿这时候就说:"明儿还骂再给。"

第二天老头儿来了他还骂,老头儿又给他个烧饼吃。搁那得着便宜了,是凡来个人,不管你是谁,就先骂你一顿。堡子里也有闹笑话的,也学那方式,卖瓜的给他个小瓜吃,说:"你骂得确实好听。"

越夸他,他越猖狂,其实家里就应该管教,但家里也当笑话似的,说:"你看小孩儿会骂人,这都给你吃的,还骂来吃的了。"

这天正赶上楚霸王搁家出来,没事儿带着刀就溜达。他一看来人了,就骂上了,骂楚霸王。楚霸王一看,说:"你八九岁的小孩怎么骂人呢?"到那儿一伸手就给抄过来了,拿着腿"叭"就给劈开了,硬给劈死了。

搁那么大伙儿都说:"可了不得,惹了楚霸王劈人哪,骂人还是不行啊!"所以都教育孩子不敢让孩子骂人,怕遇到楚霸王这样的。

要不说小孩儿骂人丧生嘛!

韩信"乱"点兵

这个故事就是说韩信特别聪明,他怎么聪明呢?

有一次啊,韩信和萧何俩人搁这儿路过,就闲唠,讲到了点兵,韩信就像说笑话似的说:"你不用这么一个一个查,你就五个五个查,或几个几个查,完你告诉我查的数，我就能知道有多少人。"

"能知道吗？"

"那你就查一堆儿。"

萧何一看，正好有一堆儿兵，就没告诉韩信有多少个，说："你查吧！"

韩信说："你这么办，三个三个扒拉。"

萧何就三个一伙儿、三个一伙儿扒拉，扒拉完之后，韩信就问他："你扒拉完剩没剩？"

萧何说："扒拉完剩一个。"

"哦！"韩信说，"那行了，再往回扒拉，五个五个扒拉。"

萧何又五个、五个扒拉，扒拉完之后，说："剩三个。"

完到第三次扒拉，韩信说："七个七个扒拉。"

扒拉完之后，韩信说："剩没剩？"萧何又说剩四个，一说。全扒拉完以后，韩信手指头一动弹，说："好了，一共八十八个兵！"就说出数来了。

"哎呀！"萧何说，"你说的数一点儿不差啊，你怎么算的呢？"

"这里面有个绝招儿！"后尾儿韩信就告诉他了，"三人同行七十稀，五马同梢二十一，七子团圆正半月，不够加上二百一，减去一百零五个，剩下都是你的兵，那些数你算去吧！"

"啊……"萧何一听还不信，最后按那死规矩儿一查，那数真一点儿不差！真就让人家赢了。这不说韩信聪明嘛！这还真是点兵的方法。

这不是假的，要没事儿你回去试验，你拿黄豆粒儿或拿点儿什么东西扒拉：一回三个、一回三个，扒拉完剩一个；完回头再五个、五个扒拉，扒拉完之后剩仨；完七个、七个扒拉，看剩几个，最后你一算、一乘，就正好能算出来。

要三个三个扒拉，剩一个呢？"三人同行七十稀"，就"一"乘以"七十"那么算，就算出七十；要五个五个扒拉，剩俩呢？"五马同梢二十一"，就用"二"乘以"二十一"，算四十二；到七个七个扒拉，剩一个呢？"七子团圆正半月"，就算十五。你加到一堆儿，就算出来了。好比你加到一堆儿是一百四十五，"减去一百零五个，剩下都是你的兵"，再减去一百零五，那你就二十二个兵。"不够加上二百一"，要不够减，你再加二百一。

叁 人物传说

· 173 ·

韩信活埋母

要说"韩信活埋母",有的说:"那韩信本来是三齐王,他怎么活埋他妈呢,这不是逆子吗?"其实韩信是孝子,他哪儿能做逆子呢!那是激那咎了,他不想埋也不行了!

韩信咱都知道,他妈韩小姐那时候没有男的,黑夜睡觉当中王八精把她污了,这才生的韩信。所以那韩信才那么精、那么怪,那就不是人装来的!但是这个咱不说。

单说韩信这轱辘[1]。韩信小时候也挺穷,给人家放猪。他个人没有爹,就跟他姥爷姓,在韩府待着。韩信小时候就尖,那时候多大岁数呢?十二三岁儿。这天,正好一帮猪在山坡儿上放着呢,就看顺那边儿搁天上飘驾着白云过来俩人,到九里山就落下了。那九里山是最出名的大山、好山!

落下之后一摆手,俩人就唠上嗑了,就听说啥呢?就听一个人喊"老瘸"。

"什么事儿?你说吧!"

"你说你老会看风水地,你看这九里山上有没有风水宝地?"

这个一听,笑了,说:"那你还看不出来吗?"

"我也看出来了,你说有没有?"

"有,前边就是风水宝地,这个地方能出个三齐王啊,能出一个仅次于皇帝的王位!"

"哎呀!"那个一听,"那怎么没人占呢?"

其实这俩人是谁呢?是瘸拐李和吕洞宾,是这俩八仙搁这儿路过。瘸拐李不是瘸吗,吕洞宾就说笑话儿,管他叫"老瘸"。

吕洞宾说:"这地方占不上!"

"对啊!"

"怎么占不上呢,这个地一般找不着,占不上。"

"这好找,往前边儿走一百步,到那咎用脚一踹门就开,这山真能开,不用挖!"瘸拐李就站出去了,"咱试试看看!"

---

[1] 这轱辘:这段。

他俩就走一百步，察言逗笑。到那儿，这个吕洞宾好胜啊，脚"啪嗒"使劲儿一踹，只见这个山门"呼"下就开了，一看：那地方金光四射啊！顺山都射出光来了，射得天上都通亮啊！那地方韩信瞅真真儿的、明明白白的。

"咿呀，真是啊！"吕洞宾说，"咱俩给这块儿地封上吧，别让谁埋上了，咱们走了就拉倒！"完这个瘸拐李脚一踹，又封上了。

封上了，吕洞宾说："别人是不是也能踹？"

"也能踹，但他得知道这地方啊！"

"好！"他俩人就走了。

走了以后，韩信一看，寻思说："哦，这个地方真是好地方。"这小孩儿心里有数呀，他就亲自去了，到那儿一看，正好是那俩人站的地方，一倒腾那草土，还有点儿草印儿，他按那印儿使劲儿一踹，"轰隆"一下，好悬没把他闪下去，也开了！一看：里边瞅着青山绿叶的，就像真山真水！金光四射，真是宝地啊！

他脚使劲一踹，又并上了！他就在那旮画个圆圈儿，整个树枝插上了，他说："好，我回去讲不了就得挪坟啊！"

他回去和他妈把这事儿说完之后，说："我爹的骨头在哪儿呢？我把它扔进去，要不然确实不行！"

他妈说："你说的那地方在哪儿呢？我也跟你去！"他妈没法儿，就把这骨头拿着，他们娘俩来了。

什么骨头？就那王八骨头。他妈被那王八污完生了他之后，那骨头她不留着呢嘛。韩信到那儿踹完之后，一扔，并上了，扔不进去！怎么的？包一拎一比画就并上，你踹它也白踹！

"嘿呀？"他妈说，"这出奇啊！这么办，给我！"这韩信他妈就拿过来搁旁边一站，说："你踹！"

这韩信一踹开，他妈抱着骨头"啪"一下就蹦下去了，说："我把它放里头再出来，瞅着不太深，也不是死深的坑。"她往里一蹦，"啪"的一下地穴给关上门了！

这回韩信左踹也不开，右踹也不开，这个坟就踹不开了！韩信他妈和这个骨头整个儿就埋里了，出不来了！所以这说的"活埋母"就是把韩信他妈活埋了。韩信就是这么"活埋母"的！

所以最后应哪儿呢？韩信不当三齐王吗，就是他妈纵这个地穴纵得好！

韩信脱险

这个韩信哪,当初是在楚霸王跟前,最后他就走了,不在那儿了,去保汉王了,因为楚霸王是个昏君。

他跑之后这边就撵上了,他一跑跑到个山坡上,那兵就围上了。他一看,这怎么办呢,一合计:干脆我就等死吧,我睡一觉吧,他就在山坡上躺下了。他怎么睡的呢,脑袋冲下,脚冲上,倒控着睡。这"呼呼"就睡上觉了。

正好楚霸王带兵就来了,那兵一看说:"没有,就有个趴着的。"

"那绝对不是韩信,韩信那么大个谋士,也不傻也不苶的,怎么倒控着睡觉呢。别理他,让他睡吧。"

要不说整个儿把他放过去了,等他们走了,韩信起来了拍拍脑袋说:"这是躲过大难哪!"

这是韩信聪明,什么人利用什么方式,把险脱了。

汉王和萧何赛马

韩信和萧何关系最靠,还处得不错。那时候,萧何有三匹马,汉王也有三匹马,两人经常在一起赛马。这些马能跑多少呢?这一个点儿有跑一百里地的,有跑八十里地的,还有跑六十里地的,他俩每人有这样的三匹马。

这赛两回,萧何输两回。回去之后,他这几匹马怎么喂也整不好。赛的时候跟前两次还一样,头匹马拉出去,两人一赛,人家汉王的马跑多少呢?在这一个点儿当中跑一百里地的话,就能比萧何的马省一两分钟到目的地,而萧何这马准得照人家晚一两分钟,就差那么点儿,人家跑一百里,他的马跑九十七八里,他那二马呢?一跑也比汉王的马差四五里地,也撵不上人家,三马也差四五里地。他的马一跑就输啊!那汉王就特别高兴,说:"你不行啊!萧何,你看你这个宰相当得好,可这个马不行,你赛马一辈子都撵不上我。"

赛马得挂钱哪！输了得给拿银子，萧何挺败兴，说："怎么就套不着好马呢？"

这天又赛马，韩信就说："这么办，萧丞相，我有办法，你输多少银子？"

萧何说："我输了好几百两啦！"

韩信说："这回你多挂。"

萧何说："多挂输得更多，那还了得？"

韩信说："在早不是挂一百两赛一匹马吗？这回你挂它五百两，把它全捞回来！"

萧何说："能捞回来吗？"

韩信说："我有办法。"

萧何说："有办法也不行，你骑也不行，我骑也不行，咱赢不了，马不是那个马，不在谁骑。"

韩信说："你来吧！不用咱骑，还让他们骑去。"

萧何一听，他信韩信哪！虽然瞅着韩信瘦小枯干，两腮无肉，但小孩儿挺精明，说："好，赛吧！"

第一回，人家汉王叫人把头马骑出来等着。

这韩信就告诉萧何，说："你把三马拿出去。"

萧何说："那更完啦！"

韩信说："你把三马拿出去，比他头马，可这一个输。"

那马收拾好之后都一样，头一个马就拿去赛了。到那儿一赛，人家的马一个点儿跑一百里，他的跑七八十里，落下有十多里地，那三马跟头马比肯定更完了，输得满满的，这就记上萧何输一仗。

说比二马吧！汉王把二马拉出来，韩信说："你搁头马。"他头马比汉王二马快几分钟，这一赛，萧何赢了，这二马超过他了。

后尾儿第三回，汉王把三马拉出来了，韩信用二马赛汉王的三马，一赢，正好！萧何两赢一输，这五百两银子全捞回来了。

这个汉王一看：出奇呀！说："萧丞相，你今儿怎么赢得这么邪乎呢？每回不赢啊！"

最后一打听，是韩信支的道儿，汉王就笑了，说："韩信，你真聪明啊！"

韩信确实聪明，你看：这可一个输，两赢，就都给赢回来了。

韩信走马分油

当年的韩信最聪明。这天正赶上韩信走在半道儿上，遇着这么一个疑案，怎么个疑案呢？

这两人去打油，可没有那些家伙，拿的什么呢？他拿一个瓢去，能装七斤油，另外一个拿一个小葫芦头儿，装三斤，就这么两个家伙。他俩意思是一人打五斤油，一看家伙儿不好装啊，每个人都不能正好装五斤油。这么办吧，就搁人家借一个壶来，这一个壶整装十斤油，多了装不了。他俩人就问掌柜的，掌柜的说："你俩拿去自己分吧，我把这十斤油打这大壶里了，你们拿去吧！"

他俩说："那好。"

掌柜的说："回去整去吧！"

他俩就回去了。走半道儿俩人就犯嘀咕了，这一嘀咕，就非分开不行。一看分不了啊！用瓢一提七斤，多了；用葫芦一打，三斤，还不够，怎么也分不开。

正赶上韩信走到这旮儿了，一听这事儿就说："来来来！我不用下马，告诉你们。"韩信走马分油嘛！在马上分的，就告诉他们了："你把那油壶拿起来。"他们就拿起来了，他接着说，"拿葫芦到大壶里去打油，一打，三斤，打完往大瓢里倒。"

他们说："好。"

头回打三斤倒大瓢里了，第二回又打一葫芦，又倒大瓢里了，第三回又打一葫芦，他三回打九斤，这瓢只能装七斤，已经倒两回，就六斤了，这回再倒一斤大瓢就满了，之后这葫芦里剩二斤。

韩信说："这么办吧！你别动换了，你把大瓢里那七斤油都倒大壶里，还倒回去。"他就倒回去了。

倒回去之后，韩信说："你这葫芦里剩的二斤油倒大瓢里，这回用葫芦再从壶里拎一下吧！"

他又到壶里一拎，三斤，倒大瓢里了——正好一家一半，每家五斤。

要不大家说韩信真聪明呢！他几下就把油分开了。

冯谖客孟尝君

在当年，孟尝君又是宰相又是王爷，在朝中除了皇帝是最大的官，还是皇叔叔，皇上对他也特别信任。

但是孟尝君为什么叫孟尝君呢？就是家有闲客，吃饭就没数，要不过去开店，怎么都说"孟尝君的店，千里客来投"嘛！就是搁孟尝君留下的。孟尝君也开个店，光吃饭、住宿，不收钱。招待的都是谋士，有才学的人，念书的、落魄的，等等，没地方待到他这地方待着，他全招待。但他有个什么缺点，三等席，一等、二等、三等，他就是看人下菜碟。你如果是才艺高、能力大的就坐一等席，差点的坐二等席，一般的坐三等席。住屋子也是，一等像别墅，二等的一般，三等的更一般些。出门一等的有车马，二等、三等的得走着出去。

他养活的能有一百多闲客，其中有个叫冯谖的，是个大念书的，但穿得次，来孟尝君这儿投奔他了，说："你不是好客吗，我也来做个客人！"

孟尝君说："好吧！"一看他那样，就告诉三等房客说："把他接你们屋去吧！"

三等屋本来不打招呼，吃饱拉倒的地方。这两天吃饭的工夫，冯谖带了个随身剑，就拿筷子敲剑，不吃饭光敲剑，梆梆地敲。大伙一看这人出奇，说不吃饭敲啥剑呢？三等房有伺候人的招待员，招待员三十多岁，明白啊，问："这个先生有事咋的？这么敲呢？"

冯谖说："剑也，剑也，我同你归去也，吃饭没有酒肉也。"

这屋负责人就跑去找孟尝君了，说："今儿来了个老客，叫冯谖，是个有才的人，他在三等屋住，不服劲。他一吃饭就急眼，吵吵，手敲着剑说：'剑也，剑也，我同你归去也，吃饭没有酒肉也。'要走了。"

孟尝君一听，说："那好，不用问，他可能有才，让他去二等屋。"

到了二等屋住了几天，吃饭还敲，说："剑也，剑也，我和你归去也，出门没有车马也。"不用问，这是要一等馆呢！

下面一禀告，孟尝君说："这么办，给他一等馆，出门派大车，派最好的屋住去。"这回妥了，他不敲了，每天都吃喝不说。

一晃多长时间了，有半年多了，这天孟尝君就说话了，说："你们来这些客人，我有点难心事，看谁能帮我解决，我老家在薛地住，我后搬到京城来的。我薛地有笔债，就是有上百户困难户给我借的钱，借的银子能有上百万两。你们谁懂得会计账，带上车马，想办法帮我把钱收回来。给粮也行，给钱也行，收尽了，收回来就完事了。要不在那儿飘着，多咱也收不回来。我还没办法回去，我到那儿还熟头八脑的，净是薛地的人。"

别人一看，让他们吃喝行，要是要账的话都打怵，没整过这玩意儿，另外还不懂账务。后来冯谖起来了，说："这么办，孟尝君先生，你要信得过我的话，我给你跑一趟，保证给你办好。"

孟尝君说："那好，你去吧冯先生，我信着你了。"

临走的时候，冯谖问孟尝君说："孟尝君先生，我到那儿取款之后，是不都带回来？"

孟尝君说："那不都带回来咋的？钱你就都带回来，粮食我就回去拉。"

"你看咱们家还缺啥不？薛地是不有好东西，可以买点儿也行啊？"

"你看吧，那也行，那你看有相当的，你给我买回点儿来，省得往回带那些钱，你看我家缺啥就买点啥吧！"

底下不少人，一听都寻思：你说的这不就是废话？人家孟尝君家宰相府，什么缺啊，京城什么没有，薛地有啥好玩意儿？你个书呆子，还有什么好问的呢！

但冯谖内心明白，就回去了。冯谖就回去准备，备好车马。带了二三十个人，一走走了半个多月，到了薛地，就是孟尝君的老家。

到薛地过了两天，到了第三天，冯谖说："这么办，把欠户全找来。"大家把借据都带来了，那过去有借据啊，你欠多少两，他欠多少两，地都种多少年了，有上百户啊，都来了。

大家一听孟尝君的外掌柜来取钱了，吓得有下跪的，有哀求的，说："不是别的啊，这些年，俺们这旮种地没太得利啊，年头不好，地里粮食打得不多，俺们家都给吃了，地租给不上了。地租一算都不少，另外还有放的钱，俺们也给不上。"

冯谖一看就寻思：给不上？他放的钱有上百万两，加上利钱有二百万两，就说了："那哪行呢，这么办，你们回去都合计一下，把你们的借据都拿来，明天我去对一家伙，完了再研究。"

大伙儿说："那好吧。"

第二天把借据都带来了，双方都有啊。各家借据都拿来了，和他一对，他一对，一点儿不差。一共能收二百万两银子，那么些银子、粮食，得拉多大车啊？

冯谖说："你们真给不上吗？"

大伙儿说："给不上，俺们这太困难了。"

冯谖去了这几天，一瞅真是吃没吃、穿没穿，都挺困难，人是不错，但没好年头。冯谖说："这么办吧，我看透了，我来的目的，孟尝君也说了，必须收齐，一分不能欠。今天就解决，全收。"这一说，遍地的都哭了，遍地痛哭啊，惊天动地的。

冯谖说："别哭，别哭，我收是有收的办法，大伙都别哭，都到前来。"大伙儿都不哭了，往前来。

冯谖说："我和你们说实在话，孟尝君来的时候说他是薛地人，你们这家乡太困难了，太苦了，来了以后怎么办呢，把你们的收据和我的收据都收了，干脆就给你们赦了、免了，不要了。这二百万两银子，就永生不要了，你们好好过日子吧！"

大伙儿说："那能吗？"

冯谖说："不相信，你们来看。"就把借据放一起，用火柴点着了，全点着了，就像柴火似的。

大伙都喊："孟尝君万岁啊，孟尝君万岁。"恭维孟尝君。

点完，底下人一看，合计：这不胡闹吗？这么些钱都给人撇了，不要了。

待个三天两天，歇过乏来，冯谖说："往回走吧。"轻车熟路就回来了，车是轻的，连去带回来一共一个月。回来，孟尝君正在院呢，说："冯先生回来了。"

冯谖说："回来了。全办好了，全收上来了，一分不欠。"

孟尝君说："那太好了，真会办事。"底下合计呢：全收上了？收个啥呢？

到屋了，孟尝君说："你收的是粮食还是钱呢？"

冯谖说："我都给买东西了，我一看钱不好带，你家缺东西，就买东西了。"

"买什么值钱东西？"

"就买一样东西，大人，我给买个'义'字。"

"什么？买个'义'字，买个'义'字就花二百万两银子？怎么买的？"

"薛地涝啊，我一说还钱，都哭，给不起啊。我一想，这么办吧，你们家也不缺钱啊，干脆买个'义'字，全赦了吧。我说：'孟尝君说了，你们要实在困难，就全免了，不要了。'这大伙儿都喊：'孟尝君万岁，孟尝君万岁'，都感谢你。就买这么一个字。"

孟尝君一听,说:"行了,行了,别说了,吃饭去吧。"心里特别不愿意,寻思:"哪有这么办事的?没通过我,买个'义'字带回来了。"

就这么待着,一晃到第二年春天的工夫,皇帝就裁人啊,对孟尝君有看法,因为好善了,官也大,他还是老皇叔叔老王爷,就把他裁了,让他回老家住。

这命令一下,孟尝君直眼了,没有权了,不在京城住了,回老家。通知十天以内全搬家。收拾连变卖点东西,准备路费。临要走的工夫,回头一看,吃闲饭的人是一个也没有了,就剩冯谖一个人了。孟尝君说:"你还没走啊?"

冯谖说:"我不能走,我跟你走,有饭吃就行。"俩人就走了。

就出发了,大车小辆,虽然说下仕了,家过得还不错,到薛地。一进薛地这地方,薛地大啊,好几百人都跪两旁了,喊:"孟尝君万岁,孟尝君万岁。孟尝君把我们救了,第二年缓过来了,回来你不用干,我们都供你。"

孟尝君回头看冯谖说:"看你买这个'义'字,今天得利了。群众对我这么欢迎,千两黄金都买不来。好啊,你办得对啊!"

到薛地待了几天,冯谖又出道了:"这么待不行啊,皇上看你权高势大,还是有除你的心,你得想办法。"

孟尝君说:"那有什么办法呢?"

冯谖说:"你也不是没钱,你外面走动走动,上小国溜达溜达。这小国缺少你的能力,缺少你的才华。小国要请你当官、当宰相,但请你不去,外边两个小国,过去说得好嘛,'狡兔有三穴',有三个穴才能保住生命,何况人呢?狡猾的兔子有三个洞。"

孟尝君一听,说:"啊,对啊。"就拿点黄金白银,到邻国去了。

小国都知道孟尝君这个人,在齐国很有名,一说治国安邦,就邀请他当宰相,说:"俺们国正好缺少个宰相,你来给俺们当宰相吧!"

孟尝君说:"我暂时不能去,我还得回去休息个一年半载的再说。"他没去。他又拜访两三个国,这几个国家都请他。

这时齐国就知道了,外国请孟尝君,这就直接找他来了。冯谖来的,一唠扯,皇上说:"还是请孟尝君回来当宰相,他不能去外国当宰相。"

冯谖说:"不能去。"

皇上就派人去请他。冯谖就告诉孟尝君:"你得提点要求,没要求不行,你这再回去，还不打腰啊！"

孟尝君说："提啥呢？"

冯谖说："我告诉你个办法，你就说：'咱们老祖宗坟茔，我恭敬他一辈子，因为咱们是一个老祖宗。现在我对老祖宗感恩不尽，请求把老祖宗请到我们薛地来，我的子孙辈辈恭敬老祖宗。'要答复你再去。"

孟尝君说："这为什么呢？"

冯谖说："你傻啊，你把老祖宗请来，再杀你就是灭祖之罪啦，他还敢杀你？保证你一辈子不受屈了。皇帝不敢动你。"

孟尝君就对请的人说："让我去不难，我受皇祖皇恩太大了，想着把祖先和高祖坟茔请到我们薛地来。"

皇帝一看没办法，说："那就请去吧。"就把皇祖坟茔都搬薛地去了。

所以冯谖出了几个章程以后，他完全施行了，最后真得利了。最后孟尝君干一辈子官，啥事儿没摊着，就是因为老祖宗到薛地，加上有冯谖出谋划策，所以就把他保护住了。要不说，人这玩意儿，还得利用真人，要没有真人保护你，你再精明也不行。孟尝君遇到冯谖了，所以他就步步高升，要不冯谖先头办事显得挺粗，其实他这是买个"义"字，其实这叫收买人心，这是对的。

甘罗对诗

甘罗十二岁为宰相，因为他文采高，所以皇上亲自封的他。虽然他是宰相，但他也是个小孩子，没事他就在皇宫里随便溜达，皇帝也不限制他。

这天他正在皇宫里溜达，晌午大内侍卫在一块儿堆撒目[1]的工夫，他就溜达到后宫去了。他还是个孩子，不太懂事，到那儿后，就揭开帘子往里进，正好看到皇上在炕上趴着，搂着老婆子正在那捂扯呢，两人上头一个，下头一个。他一看就害怕了，吓得跪那儿了，一脚门外一脚门里地跪门那儿了，不敢抬头，哪还不敢跑呀。

---

1 撒目：到处闲看。

这时候,娘娘说:"站下别动!你这小孩儿干啥啊你呀?"

皇上一看是甘罗,就说:"甘罗会作诗呀!这么办吧,甘罗你作首诗,作好了,就赦你无罪,你也是不知道规矩才闯了宫嘛。"

这俩人就坐起来,都用衣裳盖上了。

皇上说:"你就根据这个情况作首诗吧!"

甘罗就说了:"一脚门里一脚空,向阳床上卧凤龙。外面桃树黄花艳,插到娘娘白玉瓶。"

娘娘笑着说:"你去吧,去吧,俺俩还得到一块儿堆!"

皇上就抱着娘娘又到一块儿堆了。

所以这甘罗也就没有罪了。

异文:甘罗对诗

甘罗那时候十二岁当宰相,确实是当得早。另外,甘罗虽然封到宰相,但还是小孩儿。

看他除了临朝以外,哪儿都不能去,皇帝就封他了,对他说:"宫里随便你走,不管哪个屋都可以进,这没说道儿。"他一个小孩儿啊,皇上特别稀罕他,而且甘罗的诗作得好。

这天晌午前儿,甘罗正走呢,一没注意就走到皇上寝宫了,他开门儿就进屋儿了。

一开门,看皇上和娘娘正在炕上乐呢。正赶上俩人搞恩爱的事儿呢,他一看就堵住眼睛了。

这不闹呢吗?甘罗的脚已经迈出去一个,想回也回不来了,吓得就跪那卥了,说:"我知罪了,我有罪啊!"

娘娘一瞅,正高兴的时候呢,就说:"你干啥你?你闯后宫,你有罪没罪?"

皇帝就说:"这怎么治你吧?"

娘娘就说:"这么办吧,都说你甘罗作诗作得好,你拿俺俩作首诗,作好就行!"

甘罗一听,就说了,"一脚门里一脚空,象牙床上卧凤龙。万岁掏出黄龙剑,插到娘娘白玉瓶！"

娘娘一听就笑说："赶紧赶紧，你快去吧！俺俩高兴，还要到一块儿堆！"

这甘罗也走了，皇帝赦他无罪了。

孔子借粮

要不说这人啊，都有困难的时候，都有短的时候。

就说当年孔子那时候。孔老夫子虽然说是人间圣人，但带着徒弟们周游列国的时候，到陈蔡就完了，走不动了，哪儿也蹽不了，吃的是一点儿没有了啊！

不有那句话吗？"孔夫子陈蔡被困！"他这就被困了，那是吃没吃、烧没烧，没办法！他带一帮学生，一看好几天没吃着饭了，真没章程了，就上哪儿去了呢？

中国那时候有七雄——齐楚燕韩赵魏秦，孔夫子呢，是鲁国人，他不是周游列国嘛，他到各国宣传儒教、宣传文字的通行。到各国走，都挺佩服他，但是谁也不给开资。他没钱，到哪儿也买不起啥，没办法，就挨饿了。

怎么办呢？他一想，寻思说："现在有钱的，家能趁点儿吃的的，除了范增老祖没别人啊！"范增老祖是要饭的，能攒一点儿钱、攒一点儿米、攒一点儿面。他就带一帮学生到范增老祖那里去了。

孔子就告诉子路说："你去吧，你到范增那儿借点儿米或者借点儿面，回来咱能吃一顿，哪怕喝点儿汤呢，咱也能对付活着，要不咱能饿死在这旮，连家都回不去。"

子路一看，说："那好吧！"子路就去了。

范增老祖是个穷人啊，他是要饭花子出身。子路到范增老祖那院儿一看，怎么的？没有大墙。门口转圈儿搁刀画一圈儿印儿，一边摆个小石头儿，这就是个大门了。他就笑，说："这赶上小孩儿摆家家玩儿了，整个石头还叫墙？"也没有大门啊，他就顺着画的那个印儿迈过来了。

迈过来以后，到屋儿一看，范增在那屋儿坐着呢！子路就和范增老祖把这意思一说："我师父打发我借粮来了，我是孔子的二弟子子路。"

范增老祖一声没吱，就是没粮，说啥也没有，晃脑晃头，没借给他。哎呀，子路一看没办法，就回来啦。

子路回来以后和孔子说："没借来！"

孔子说："没有一点儿粮？他能有，能不攒点儿吗？"

后尾儿颜回问子路，说："你怎么去的？"

"我就那么去的呗！"

"到门口儿你怎么进的，你喊门没？"

"喊啥门啊，他连院墙都没有，他顺沿儿画个墙，我就顺着墙迈进去了，到里边一找他，他一个没粮、俩没粮的。"

"哦，行了！"颜回说，"师父，我师弟越礼了，这么办吧，我去吧！"

孔子说："行，颜回你去吧！"

颜回说："好！"颜回就去了。

颜回懂事啊，到那儿一看，真画个墙，有个大门。他没从后边进，挦着墙绕，绕到大门那旮了，一边一块儿石头，他顺着印儿就进去了。进院儿就喊，说："范增老祖在家吗？我特意来拜访范增老祖来了！"

童子说："请进吧！"把他请去了。

颜回到屋儿里，先给范增老祖行了个礼，说："我奉师之命，前来借粮！"

范增老祖点点头儿，说："你还真懂点儿规矩，还行啊！"说完这之后，一看，说："好吧，你来的时候吃饭没吃饭啊？"

"我还真没吃饭，回去吃。"

"不用回去吃了，正好，我锅里有饭。"范增就把童子喊过来，"童子，你把我的锅端来！"

一看，一个锅，端来了。里边是啥呢？里边焖了点儿饭，瞅着一共一碗也没有，就那么点儿。都没吃呢，范增说："正好，咱们一堆儿吃吧！"

颜回一看，寻思：这点儿饭还不够我两口的，够谁吃啊？

范增说："你来盛饭！"

童子就拿碗盛，一盛给他干一大碗，都盛完之后，盛出了三碗饭。一看锅里还是那些饭，这颜回心就寻思："唉，看透了，不用借粮，就借这锅就行了，这锅比粮都好使啊！我煮一点儿饭不就妥了？"

等饭菜盛完，吃完饭，都吃饱了，范增老祖一伸手把锅"啪"一推——掉地上打了!

"哎呀,锅打了!"这颜回说,"是不是太可惜了?"

范增说:"唉,这也不可惜啊,这个锅我也看到了,过去这玩意儿有多少人惦记借,我借谁你说吧,不借还不好,打就打吧,完事儿!"

颜回一看,寻思说:"范增老祖太歪了,他就知道我要借他锅!"完一提借粮,范增说:"你拿什么家伙来的?"

"我拿个袋子来的。"

"那好吧,多了没有啊,我就有两个鹅粮管儿。"那鹅毛后边不有个管儿嘛!"就借你一管儿面、一管儿米吧,你拿回去吃吧!"

他颜回一看,这么少,还不敢说不借。

范增说:"你拿回去吧,和你师父说以后再还我,你借完粮,你师父来了咱们再研究怎么还我。"

"那行!"

给他之后,他就把那鹅粮管儿硬给灌上粮食,灌完之后,就把那俩鹅粮管儿搁口袋里拿着回来了。

到家之后,孔子一看,说:"借着没?"

颜回说:"借是借来了,可太少了,这粮是搁两个鹅粮管儿带着来的,一个面,一个米,都在口袋里搁着呢。"

师父说:"倒!"

这一倒,那粮食"哗哗"一直出啊,就是断不了溜儿!这屋儿整个儿全倒满了,这就往房外头倒,整个儿倒完之后,一看啥呢?成一个大面山,成一个大米山,和大山一样!那就干吃不断啊!

"哎呀!"孔夫子一看,"范增老祖成神仙了,这范增是人中之仙了啊!"所以搁那么对范增老祖特别尊敬。

又过了些日子,范增老祖找他来了,说:"孔子,你周游列国完事儿了,你这粮食什么时候还我呢?"

孔子说:"我暂时没粮,这么办,我还不起叫我徒弟还,指定还你,安心吧。"

"你徒弟能还我吗?"

"能还!"

"如果咱俩都不在的话怎么还呢？"

"这么办，你找我徒弟要，凡是门口贴对子的人家都是我徒弟，俺们是念书人，都是儒教嘛，不贴对子的你不用找，见到过年贴对子的，你就要钱去，那是他老师该你的，没说的！"

所以为什么要饭花子到哪儿要饭当中，一看见有对子就要钱，不给不行呢？那是因为他借了人家范增的粮食，是该人家的。

范增老祖留下了一帮要饭花子，所以搁那么就兴开要饭了。

颜回打水

孔夫子周游列国的时候，把大徒弟颜回、二徒弟子路也都带去了，他徒弟是带得不少。这大徒弟颜回最聪明，是孔夫子的一个得意门生。

那时候分七国嘛，这孔夫子是鲁国人，他就到别的国家去宣传文教。颜回也跟着去了呀，去了之后，当地群众一听说孔夫子大弟子来了，都挺尊敬他。

这天走到了齐国，大伙儿推车推着孔子走到半道，没有水喝。孔子说："打点儿水去吧！"

颜回说："我去！"颜回怕别人去到哪不懂得规矩，坏了名声，他们到新地方创立牌子就不好创了，他就去了。

他到那儿了，正好一个女的正在挑水呢，人家拔完水之后，刚要挑走，他一看，说："这位大姐，请把水给我扤点儿，我师父现在渴了，要喝点儿水，你送我点儿吧。"

"你哪儿的？"

"我是鲁国的，是孔子的弟子，我叫颜回。"

"哎呀，你是孔圣人的弟子呀！"

"哦，我是他徒弟。"

"哎呀，那好吧！都说孔子是个高尚人物儿，是个才子呀！"

"哦，是。"

"这么办吧，正好我有一个字不认得，我提一提，你教教我吧。"

颜回一看，说："你写吧！"

那女的说："不用写了！"就把水扁担拿过来，往井口上撂，一撂就撂下来了。

颜回一瞅，就笑了，说："肯定念个'中'字。"

她一看，笑了，说："不对吧？你们大才子怎么能有这么简单的看法呢？"

"那念啥啊？念'中'字不对？"

"不对，不是'中'字，念'仲'字。"

"那哪儿能念'仲'字呢？'仲'字不是还有个'单立人儿'呢吗！"

"我在旁边儿站着，不就是个'人儿'吗？"

颜回一看，没法儿说了，这水也没打。你说吧，没比过人家，还好意思打吗？人家说得好啊："我在旁边站着呢，你不得给我顶个'单立人儿'吗，你还能念'中'字？"

颜回这就回去了，回去告诉孔夫子，说："师父啊，我可碍眼了。"

他怎的怎的一说，孔子打个唉说："唉，前途可畏啊，我们前边这路太可怕了，你说农民的智慧多高呀，你看，都是咱们想不到的问题，注意吧！"

这家伙！这回把颜回都难住了。

公冶长学鸟语

人有人言，兽有兽语，鸟有鸟语。

有个人叫公冶长，他是个念书出身的学生。他家是一般家庭，一个人苦奔勤劳地守着这个家。他会鸟语，懂得鸟说的话。

这天，他正在屋里待着呢，就看从外面飞进来只喜鹊。这喜鹊就叫唤，喊他名儿，说："公冶长，公冶长，南山死个大绵羊，你吃肉来我吃肠。你今儿个去取去吧！取来之后把肠儿给我吃了就行。"

公冶长懂鸟语呀！别人不懂，它唱完之后，公冶长说："我看看去。"

他到南山一看，真有个死了的大绵羊在那儿搁着呢，什么羊呢？不是个人家的羊，就是那山上的野山羊。他就把它背回来了，回来就告诉老伴儿，把羊整一整吃了。这老伴儿爱吃肠子呀，她把肠子捯捯就吃了，没扔给这个鹊儿吃。他和几个朋友喝点儿酒，把羊都吃完了。这先不说。

又过了几天，这鹊儿也有妒忌心，一看，说："你没给我吃，我今儿就调理[1]调理你。"又喊他，说："公冶长，公冶长，南山死个大绵羊，你吃肉来我吃肠。"

他信它就又去了，他去的时候还叨咕呢！说："这回肠子得给你了，上回没让你吃着。"

他个人去的，到那儿一看，还捡羊哪！一个死人在那儿搁着呢，是个四十多岁的半大老头儿，身上有伤，他一看，这是死人在那搁着呢，吓得一躲。正要跑的工夫，那边过来一帮拿着刀的人，说："站下！别动！人是你杀的，俺们在这旮看了半宿了，你杀了人就跑了，你哪跑得了？"

这帮人就把他绑上了，这一绑绑到县太爷那去了，县太爷一看，说："你叫啥名儿？"

他说："我叫公冶长。"

县太爷说："你杀完人就想跑啊？"

他说："我没杀人。"

县太爷说："你干啥去了？"

他就说实话了，说："鹊儿让我去捡只绵羊。"

县太爷挺明白，他说："你能懂得鸟语吗？"

他说："懂得，我确实懂得。头一回鸟儿叫我去，我捡了之后羊全让我吃了，肠子没给它。第二回那鹊儿就调理我，它说：'公冶长，南山死个大绵羊。'我到那儿一看，不是绵羊是人，我转身要走的工夫，就把我抓来了。"

县太爷说："那好，这么办，你上北屋去，在监狱押一会儿。"下人们就把他押起来了。

押起来之后，官一考虑，说："这么办！这房上有一群燕崽儿，把那小燕儿拿出一个来，看他懂鸟语不？"就找人搁那梯子爬上去了，那小燕儿窝里都是燕崽儿，拿出来一只，这俩大燕儿瞅着就叫唤啊！这人把燕崽儿拿出来之后，就搁小匣儿装起来了，搁官儿身后头扣上了。那大燕儿瞅得可认真了。

---

[1] 调理：戏弄。

县太爷说:"把公冶长找来。"公冶长被提到这之后,他就跪下了。这大燕子在窗户底下就"叽叽叽"地叫。

县太爷说:"公冶长,你说你懂鸟语,那我问问你,这大燕子唱的是什么歌,怎么唱的?"

他一听,说:"不是,大燕子不是在唱歌,它是要它的子女,它的子女让大人扣起来了。"

县太爷说:"哎呀!你这还真懂得,不差!"他打开匣子,小燕儿"突突"飞了,小燕儿回燕窝去了,那大燕子又叫唤了,县太爷又问,说:"它说啥呢?"

公冶长说:"大燕子说谢谢你,县太爷你是个好官。"

县太爷说:"好吧!可以放你了,你无罪。"

这公冶长落了个无罪,因为他懂得鸟语。要不说,鸟也会妒忌,他要给它吃了肠,它就不能调理他了!

孔尚任骂县官

孔尚任是孔子孙子辈儿的,这天溜达玩儿,正走到嘉兴县。都知道嘉兴县官是个贪官,那贪得要命、贪得邪乎!但是嘉兴县县官也挺会说。

孔尚任到嘉兴县一看,就寻思治治这县官,那儿人多啊,他也没管有人儿没人儿,张嘴就叨咕了:"远看嘉兴县,近看破猪圈。县官坐大堂,好像王八蛋!"

这一说,谁听见了?县官底下一个听差儿的听见了,寻思说:"这孔尚任太歪了,骂县官是王八蛋!"他就跑过去,和县官说:"县官啊,孔尚任他骂你,别看他现在是个举人,他骂县官还了得?这是错误嘛!"

听差的一说,县官就急了,说:"怎么骂的?"

听差的说:"他说:'远看嘉兴县,近看破猪圈。县官坐大堂,好像王八蛋。'"

县官说:"把他传来!"就把孔尚任传来了。

传来之后,县官说:"孔尚任,你怎么骂的我?你说说!"

那屋儿不少人,孔尚任说:"我没骂啊,我哪儿敢骂大人呢?"

县官说:"你不是说的'远看嘉兴县……'?"

孔尚任说:"对啊,我说的啊!远看嘉兴县,近看三座殿。老爷坐大堂,好像活神仙!"

"哎?"县官说,"这说得好啊!"

县官就问下边儿那个衙役说:"怎么回事儿?"

衙役说:"不对,我听他不是那么说的!"

那底下不少人啊,县官也不愿意丢名儿:"少说,净胡说,你听错了还赖人家!"县官又问孔尚任说,"你看对不对?"

孔尚任说:"我说的他听错了!"县官就把送信儿的衙役打五十板,拖下去了。

衙役没落着奖赏,还落了五十板子!县官他怕丢名儿啊,所以给证个理儿就完事儿了。

异文:孔五留诗骂县官

这孔五是孔夫子的孙子辈,老孔家的人是有道之士,在这个曲阜也没少念书。这小孩岁数小,有十六七岁,总爱闹个笑话。

这天他走到嘉阳县,就在他家傍拉。嘉阳县的县官是个贪官,他也知道这个县官不太好。有两个钱贪贪喝喝的,还胡扯,县衙也不修,哪也不整,大伙儿都对他有怨言。

他走到县衙之后,刚到衙门口就来诗劲儿了,那有不少人哪!他就说:"远看嘉阳县,近看大猪圈,县长坐大堂,好像王八蛋。"

他一说,这县长下边有个衙役就听着了,这个衙役挺会溜须拍马的,就跑回去了,说:"县太爷,可了不得了,孔五他在那儿骂你哪!"

县长说:"怎么骂我的?"

衙役说:"远看嘉阳县,近看大猪圈,县长坐大堂,好像王八蛋。"

县长说:"正好把他抓起来,太不像话了。"

他们就把孔五抓起来了。孔五被抓起来之后,到县衙里去了,不管怎么的,不能绑啊!到那儿之后,县长就让他坐下了。县长说:"你是书香门第的子弟,孔夫子的后辈,为什么出言不逊呢?"

孔五说:"没说不逊的话呀!"

县长说:"怎么没说啊?你学学!"

下面听声儿的衙役就学了,他说:"你说了,'远看嘉阳县,近看破猪圈,县长坐大堂,好像王八蛋'。"

孔五说:"我哪能那么说!还能骂县长?"

县长说:"你怎么说的?"

孔五说:"县长你听我说说。远看嘉阳县,近看神罗殿,县长坐大堂,好像活神仙。"

县长说:"这作得不错,好啊!"对下面人说,"你别瞎说,他能骂吗?孔夫子的正经门徒,作得好,说得对。你再说,我打你五十板子,你这不间接骂县长吗?把他推出去。"把下面溜须拍马的那个衙役推出去了。

最后孔五他还得脸了,说的是这县长不愿听这丑名。

大石桥鲁班显圣

咱们这个地方原先没有大石桥,就有一个"鲁爷店"。这儿有个鲁爷,他开了个店,来往客商都在这儿住。

正好这天来一个老头儿,要搁这儿住店,这个鲁爷小店的人说:"好,住吧!"老头儿就住下了。

老头儿住完之后怎么回事呢?住了两天来病了!什么病呢?就像伤寒病似的,不爱好,干治不爱好啊!这店东不错:"这么办,出外边儿的人不容易,你五六十岁老头子,这么大岁儿了,出来还得了病,不易呀!"店东就给他这儿买药、那儿抓药,净抓汤药熬着给他吃。他一吃吃够一个来月,这就好了,好得利索索的,但他一摸兜儿,没钱。

老头儿说:"这么办吧,店东你算算账吧,看多少银子!"

店东一算:"能有五两银子,连饭钱带药费都完事儿,五两!"

"哎呀!"老头儿说,"这么办吧,我手头是分文皆无,但是我也不能不给你,我有办法，明天我给你找点儿东西！"鲁班老头儿就起来了。

他到山上一看，有一块石头："这么办吧，你们把这个石头给我用车拉院儿里去！"那些人就给拉来了。

店东说："整它干啥？"

拉完以后，鲁班就这么冲着，他说："我是个石匠，我给你冲冲！"他就整个冲子这么冲、那么冲。冲完以后，搁那儿了："我告诉你，这个石头有用，你们南边在大挖坑，这个道儿上非修桥不可！我算到了，用不了几个月，是非修不可！要修桥的时候，他得需要石头，那个老板肯定要买你这块石头，买石头时候你别管他少要，就要十两银子！这十两银子给你五两，连饭钱带药钱都有了，剩五两就算酬谢你了，你还伺候我一回呢！剩下的也不用给我，我谢谢你！"

掌柜笑笑说："你想得真周到啊！"但心寻思：周到是周到，可能不能要啊？一块儿石头要十两银子，这石头山上有的是，再要你块石头？但掌柜还是说："行啊，这么办，您老走吧，我也不能留你，有啥可留的？"

老头儿说："这块石头你就留着吧，你把石头别搁院儿里，就搁门口摆着。"

正好没有俩月，真的开工了，果然有人修桥来了，这大石桥就修上了。一修修有十多天的工夫，这个老板怎么回事儿呢？石头全拉完之后，就是没有好柱脚石，那桥底下的柱脚石不行，找不着。

这工夫就有人说："哎呀，鲁爷店门口儿有块儿石头，那可像样了，做得可带劲了！"

老板一看：这块石头像样，真好，做柱脚石行啊！老板就来了："店东，你这石头卖给我吧，我要做柱脚石，多少钱呢？"

店东说："你这么办吧，给十两银子，其实有个人和我说了，让我把这玩意儿卖十两银子，我也不知值那么些不值那么些，反正你给十两银子，人家说这得十两银子。"

老板说："这个柱脚石花十两银子？哪有这么贵的？"

店东说："你要不买拉倒，人家说了得十两，要不你上别的地儿买去！"

老板走了，但好几天也买不着，非他这块不可，就这块儿拿手，正好，一合计说："这么办吧，俺们拉去，完了再给钱！"

店东说："拉去吧！"老板就拉去了。

拉去就撂那桥底下做柱脚石了，从上边儿把柱脚石一搁，正好正好的，一点儿不差，做完以后了，那桥就全指着那一个柱脚石。这柱脚石搁好以后，到给钱时候，老板不愿给那么些了，老板说："店东，这么办，少给点儿吧！"

店东说："那不行！"

老板说："实在不行这么办，你这要太多了，你要十两，我给你五两。"

店东说："不行，人家那老头儿说了，得十两。"

老板说："那这么办，你搬回去吧，俺不要了还不行吗？"

店东说："那搬就搬回去！"店东到那儿搬，但抠不动，你就搁几个人抬也抬不起来。

哎呀？这个老板一看，这个石头出奇："我给你撬撬！"老板就喊一部分修桥的工人，他们来了用大杠子撬，但整不动，那柱脚石像长上了一样。

老板说："你这石头怎么回事儿？怎么来的，说说！"

一个老头儿，怎么来这儿住我的店、怎么没有钱、怎么吃药、怎么给一块儿石头，他把事由整个儿一说之后，老板说："哎呀！那是鲁班老祖啊，怨不得，这是他显圣了呀！得了，十两银子，给！多少也给，给你拿十两银子！"

用那块儿石头做完柱脚石之后，这桥就妥了，不管多大的水都上不了桥面儿，无论多大的重载都不带晃一点儿的，保证没事儿，这个桥是鲁班修的嘛！

要不现在那大石桥的底座怎么还真特别结实呢？是鲁班显圣修的！

附记：

鲁班，春秋时期鲁国人，建筑工匠。姓公输，名般。后人传称鲁班。据传，他曾创造攻城的云梯和刨、钻等土木工具。被旧时代建筑工匠尊为"祖师"。

关于鲁班显圣的传说，历朝历代，在我国各地都有。（詹娜）

赵州桥鲁班修

过去唱歌不是有唱"赵州石桥鲁班修"嘛，那桥是鲁班亲自带徒弟修的，在赵州。

这桥修得特别像样，一色儿搁石头拱的，修得好，结实！他修完以后，这名儿就传出去了，全国没有不夸的，都说鲁班手艺高。

这就把谁动怒了？把八仙动怒了，瘸拐李一看："你桥修那么好，那么大名声，我们钟八仙也没像你那样，咱们八仙弟子都看看这桥能有多大分量、能挺多大载，咱们走一走！"

瘸拐李到那儿就和鲁班说："鲁班师傅，俺们要过你的桥！"

鲁班说："过呗！我这桥保证戗得住[1]你，你们这八人过，咋过不行？"

瘸拐李说："俺们可带着东西呢！"

鲁班说："有东西也戗得住！"

瘸拐李说："走吧！"这韩湘子一伸手就把两座冰山架起来搁花篮里装上了。那韩湘子的花篮是宝啊，装上两座冰山，那家伙，一拎都上百万斤！

这上桥了，张果老推个车子，里边装的净石头，"喊里咔嚓"地上来了。这桥怎么的？晃起来了！那还能不出事儿？八仙可都有法术啊！

鲁班一看：不行，要输啊！这鲁班一瞅就蹦桥底下去了，用手托着桥，眼睛斜着瞅这桥，怎么也没事儿。

单说瘸拐李，过这桥没怎么的？干晃没倒！这瘸拐李一看：哦，鲁班正斜瞪着眼睛推桥呢！瘸拐李就骂："你个瞎鲁班在这卧还斜眼睛单眼吊线，还等着瞧呢，要没有你不压完了吗？"

鲁班说："行，谢谢你，就封我'单眼木匠'吧！"

要不木匠吊线怎么使用单眼不使用俩眼睛呢？这是经过钟八仙封的。

鲁班显圣换大梁

有这么一个故事，过去咱都说鲁班是木匠、瓦匠和石匠的师傅。这个鲁班其实名叫公输子，它当木匠时候起的鲁班这个名。过去说，师傅最护徒弟，就是说鲁班护徒

---

[1] 戗得住：支撑得住。

弟。徒弟有点事儿，他没少紧着上，其实别人还没那样。

这天，单表这些徒弟里有一个木匠给人家做活，做活以前，木匠都得选木头啊！那量木头得归木匠管，他瞅这个梁确实不错，也直溜，哪都挺好。他就把这个选上做大梁了。

这已经把房梁上上了，檩子也扣上了，但是这个大梁上上、檩子扣完之后，在挂椽子的时候，"梆梆"地挂，就钉一阵，这个梁就不行了，已经出纹了。可棚顶都整完了，已经动不了了，大梁在底下啊！那时候，除了一个大梁，还有二梁，那檩子都在它上面压着呢！要不说国家栋梁之材呢！栋梁嘛！全在这梁。这一看，他直眼了，这东家能让吗？人家木头不是一根，不是没有梁啊！你这么选还给人家选差了。这已经出裂纹了，必须得换梁，你说怎么能换呢？现在不赶趟了。他个人这一宿没睡觉啊！可吓坏了，丁价来回走，天哪！这木匠活做的。还领着一帮徒弟，这老师傅就闹心了。天亮的时候，人家就要上梁了，这怎么个整法？

没吃饭前这工夫就来一个老头儿，这老头儿穿得还一般，有点白胡子，手拿个棍子，就来到这儿了，说："师傅，忙着啊？"

木匠说："啊！您老搁哪儿来？"

老头儿说："我是走道的，觉得干渴，还浑身不好受，我到这儿看看，你们这活做得不错呀！挺圆满吧？"

木匠说："哎呀！圆满是圆满，不过……"

老头儿说："我还有点饿了，你看有什么吃的不，给我弄点？"

木匠说："有，那哪能没有呢？有昨天剩的馒头。"

老头儿说："好！"

木匠就把馒头馏点，让老头儿吃点馒头，喝点汤。吃完以后，老头儿说了："我看你精神不痛快呀！师傅啊！我是不是吃你几口馒头，喝点汤，你不高兴啊？"

木匠说："这你说哪去了，你这个老人家，这东西不是我的，是东家的，就算是我的，也不在乎啊！还能差这点？我闹心哪！老人家你不知道，我这都不应该说的事，我做一辈子活了，没丢过手艺呀！这回手艺丢了，你看这梁不出纹了嘛！"

老头儿说："这梁出纹了，那你给他换一根呗！"

木匠说："那能换得了吗？人家也没有梁了，就这一根好梁，我给使唤了，你现买都不赶趟。"

叁 人物传说

老头儿说:"那你想想办法。"

木匠说:"哪有啥办法啊?"

老头儿说:"别着急,小伙子,我看有办法没,我帮帮你忙。我看你小伙子心挺善,长得挺好,光闹心的话你愁死也解决不了,这么办!你把木匠都找来,那儿有刨花,你们往上搂(聚集),这刨花它不是木头整下来的嘛!把它物归原状,不也能变成木头吗?"

木匠说:"那还能归回去吗?"

老头儿说:"你来试试吧!"

木匠没由分说就开始搂,他搂的时候,老头儿就搁手在那儿捋,往一堆儿砌,就像砌墙似的。木匠搂一筐,老头儿就砌一轱辘,一直砌到大约有房梁那么长了,他用手摁完的那玩意儿真不开,刨花不崩开,像粘上一样。全整好之后,老头儿一看,说:"这么办吧!别着急,你看它是不是能长在一堆儿了,晌午了,咱们都吃饭去吧!吃完饭再说。"

他们就吃饭去了。饭吃完之后,大伙儿回来一看、一踢,这一踢,那边起来了,这家伙变成好梁了。徒弟们说:"师傅,可了不得了,那刨花全成好梁了。"

木匠说:"这老师傅不用问哪!这是神仙呀!神仙点化我来了。"到外边就给老头儿跪下了,说,"您老帮忙帮到底吧!看怎么能帮我换上。"

老头儿说:"我帮你换上,别着急。你搁个架子,架你那个旧梁底下,架上之后慢慢抬起来,把我这个塞底下去。"

他们把旧的架起来之后,老头儿就把它塞底下去了。塞底下去之后,原来那梁一点一点撤下来了,又把那檩子落上了。全落上之后,一看——妥了,全好了,啥说道没有。老头儿说:"好好给人盖吧!你呀,下次注意吧!"

木匠说:"你在这好好喝点吧!"

老头儿说:"不用喝,我说完就走了。"

一说,老头儿没了。他一看就明白了,哎呀!不用问哪!这是祖师爷来了。正好他祖师爷走了以后,在地上写了"公输子"三个字,"公输子",这不祖师爷的名吗?他跪地下"啪啪"地磕头,说:"哎呀!师傅你救我来了,我看见了,老祖师爷显圣呀!"

要不说呢,这鲁班他在木匠有难的地方,他就给换换梁了,加加檐了,或者哪旮难寻思,他也没少显圣。这就是鲁班,鲁班他就是这么一个护徒弟的师傅。

鲁班显圣加三檐

有这么一个木匠，正赶这个木匠师傅盖齐龙宝殿——咱们沈阳城修齐龙殿的时候，这活儿包给他了，他就带一帮徒弟修，那木匠们都是成手，高啊！

但是人家告诉他了："你必须修得像样儿！"怎么怎么修，一说。

他一看，就个人画个样子照着修。修完以后，全上上了，就这檐子不好整，怎么整怎么不好看，怎么整怎么不好看——那房子大，搁这檐子矮啊！他就愁啊，交不上工呀，再有一个月不交工就得砍他脑袋了！他个人就坐那儿哭，说："天啊，我学艺不精啊！怎么就没办法呢？"

这工夫，就来个要饭花子，一个白胡金星的老头儿，拿个棍子，到那儿一看，说："木匠师傅，忙着呢？"

他说："哦，忙着呢！"

老头儿说："我好几天没吃着饭了，饿得邪乎！你有没有水能给我喝点儿？哪怕不吃饭呢！"

木匠说："俺们就有面汤。"

老头儿说："那行，面汤就行！"

木匠说："好。"就端来了。

端来老头儿一看，尝一口就笑了，说："你这面汤淡，不好吃，有没有盐，给我拿点儿？"

"好吧！"本来这个木匠师傅就没寻思答对[1]他这个事儿，这不得不答对了，没办法，木匠师傅好心啊，就抓把盐给他扔碗里了。

他又喝两口，说："不行，还淡，还得加！"

这木匠又给抓一把，他又喝。喝完以后说："不行啊，还得来一把呀！"

木匠就到那儿又抓一把加上了，老头儿说："嗯，正好，正好！这回加了三把盐可正好了！"

老头儿一说"正好"，木匠转身一看，人没了，走了，不知哪儿去了！哎呀，老

---

1 答对：应付。

头儿走了之后,他一瞅,下边儿脚印上有"鲁班"两个字儿,"哎呀,这是我鲁班师父来了!"这木匠趴下就磕头。

木匠一想:哎呀,加三把盐是叫我加"三檐"啊!

所以说"齐龙殿加三檐"嘛!一层檐砢碜,加三层檐就高了,像样了。

齐龙殿加了这三层檐就修好了,木匠最后手也成了。

要不说鲁班护犊子呢?那鲁班没少显圣,他护着木匠,木匠、瓦匠都是他徒弟嘛!一到必要的时候,这鲁班大师就显圣。

天下没第一

有一个木匠,他手艺特别好,周围三里五村,十里二十里他做的活儿就没有一个不夸好的,他个人也骄傲得邪乎。

有一回,他打个桌子,打完之后怎么瞅怎么好。一推溜光,那真是太好了。他就把桌子搁外头去了,就寻思:"这玩意儿,让大伙儿瞅瞅我这手艺。以后请我的时候,我价钱高一点儿,他们也愿意让我做,我手艺高。"他就摆着。

摆在第三天头儿上,来了个老头儿。老头儿到这儿一看,戴着老花镜这么瞅、那么瞅的,看完之后又摇摇头。这木匠一看他晃脑袋,说:"老先生,你看了半天,我这桌子打得怎么样啊?"

老头儿说:"一般,不咋着。"

"哎呀?你还敢说不咋着!我这手艺三里五村没有说不好的。"木匠说,"那好,你在这儿等着,先别走,我非要出好来不可,明儿你再来。"

老头儿说:"行,我家正好不远,我明儿再来。"木匠连夜又做个凳子,这凳子打得像样儿啊!瞅着溜光儿啊,又搁在外边摆上了。

这老头儿下晚儿回来之后,一看,就"嗯"了一声,"勉强能够碗饭吃,还不咋的,还是不行。"

哎呀!把这做活儿的师傅气坏了,心说:哪儿有这样的老头儿?这么轻狂呢!木匠就跟老头儿说:"不好,你给我做做看看!"

老头儿就笑了，说："你做得一般，不怎么好，不结实。"

他说："还怎么不结实？上人都坏不了。"

他说："你看看啊。"说完手往凳子上一放，这凳子七零八落全甩厢[1]了，铆儿都出来了。

他一看就直眼儿了，这老头儿是力大无穷，了不得啊！老头儿说："唉，你不知道啊，天下没第一啊！你老是争第一，能有第一的位置吗？你做木匠活别骄傲了，骄傲的人必败呀！你看看我这做得怎么样啊？"说着一推，"啪"，不知搁哪儿拿出来一把椅子。

他一看，老头儿这椅子做得好啊！纹丝不动没比的啊。一回头，这老头儿没了，走了。最后他一寻思，就跪下了，说："不用问哪，你是鲁班师爷显圣，教育我来了。我今后一定不敢轻狂了，我也不敢说个人活儿做得好了。"一看鲁班做的那凳子没比的，那结实得就像是连在一块儿一样。

搁那儿以后，他就知道那是鲁班显圣。所以说木匠师傅对鲁班特别尊重。鲁班也护着木匠，要不怎么说鲁班爷也护犊子呢。他也护着他的弟子，哪个整不好，怕真出事儿，就显圣救大伙儿。

木石瓦匠三条线的来历

鲁班师傅叫公输子，那是最聪明的。中国古代最聪明的三个工匠就是刘德、毕昇、公输子嘛。

公输子当木匠的时候自己起了个名儿叫鲁班，鲁班个人收了几个徒弟，收了个石匠、收了个木匠，没收瓦匠。收完以后在那儿干活呢，后尾儿就来了个小伙儿，非学不行，师父说："我不能教你了，我现在就能教俩，因为什么呢？我没有线！我的线头一个给石匠了，第二个给木匠了，你这一来就没有啥给你了，不能收！"

他说："不收，我在这儿帮忙，啥也不要！"这小孩儿挺会来事儿，天天儿帮忙

---

[1] 甩厢：器物两部分脱离。

扫院子，帮忙干活，鲁班一看这小孩儿确实不错啊！

后尾儿没等师父说话呢，师娘就说话了："这么办吧，收了他吧！实在不行我想法儿给他弄个线，没线怎么能做活呢！就三根线嘛！"正赶上这师娘纳底子剩一股纳底线，就说："给你这个线吧，你出去使唤这个线吧！"要不这三个人不一样呢？为什么瓦匠他有套办法呢？就是因为他有这根线。

后来这小徒弟在后边儿做饭、整菜，一般到吃饭的时候就喊："吃饭了，师父！吃饭了，师兄！"他一喊都得回来吃饭，因为他是管伙食的嘛！要不到现在都那样，木匠、石匠、瓦匠在一块儿干活的时候，要是瓦匠不说吃饭，木匠、石匠也不能吃饭，因为当初师父教得好嘛，人家管伙食，他没说让吃饭，那谁都不能吃饭。瓦匠说"吃饭了"，这才吃饭，都得听人家的。

把石头描上个印之后，搁锤子点个小印"啪"一劈就开，那劈石的东西就是当时师父给大徒弟的，意思就是你就不用拉，石头点个缝一劈就开。所以现在也那样，做碾子磨或者做什么的话，把石头上点几个印子，把那錾子垫上，"啪"一锤子全开，还溜齐溜齐的，那就是当时师父给他的。

木匠一看不行啊，"师父，你给他，我怎么办呢，那木头怎么办呢？"

师父说："这么办吧，我给整个带齿的你拉吧，就整个铁的给你拉上齿儿你拉，木匠使木锯。"

最后这瓦匠没办法了，鲁班就说："这么办吧，你就使唤坠儿吧，师娘给的线坠做千斤坠吧！"

所以后来这几个徒弟就都学成功了。

金龙托刘备

人哪，都是命运！刘备虽然是汉室皇叔，但他最后落魄了，在家也不行，虽然有点儿产业，自己在家就那么过着。但他好交朋友，交了几个朋友，每天没事儿吃点儿喝点儿。他辈儿大，人家管他叫大哥，他不拿钱，都是别人请他，日子长了，别人对他也有点儿意见。"这真糟透了，哪儿有这样的呢！"大伙儿就合计说调理调理他。

这天就在一个井边儿上凑了一桌，过去那都是拔水的大井，有个井盖子，挺大的口，能掉进去人。他们就把桌子放到井口边儿上了，这边铺上竹子的炕席，上头放上垫子，他来的时候人家全都在硬地下坐好了，就把那井口给他留下了。刘备他不知道啊，到井口边儿上紧走两步，大伙说："大哥，来来来，请坐，给你留了个上位。"

他一看，那旮真挺宽敞的，他到那儿"扑噔"就坐下了。他一坐下的工夫，别人就看他，但他瞅着也没什么感觉啊，明明一坐应该是"扑通"一声掉井里，但是没动静，这出奇啊！大伙儿就说喝酒！你也喝，他也喝，喝了几杯，大伙有好事儿的说看看，这怎么回事呢？就一层精[1]薄的苇席，上面铺个垫子，怎么就没掉里去呢？

就有一个好事的老王头，也三十多岁，就偷着去了。去了旁边一揭苇席，吓了一跳：咦，我的妈呀，可了不得了，一看一个大龙在那撅着屁股托着他呢！吃完饭以后他一摆手说："哎呀，咱们可惹不起，看来他的命大得邪乎，一个龙在那儿托着他呢，那哪能掉水里呢！看来刘备的命是不小啊！"

其实这个井通龙宫，是泾河龙王在那儿托着他。从那以后，他们对刘备就特别尊敬，也不想害他了。

三个臭皮匠，顶个诸葛亮

这个故事讲诸葛亮领兵打仗的时候，正过一道江啊，这江就没过去。他就串点木

---

[1] 精：非常。

筏子，一回过不去，那边水流也密，木头戗不住就散花子，钉那玩意儿也不行，几次都过不去。

哎呀，诸葛亮愁坏了，说："怎么办呢？这江过不去怎么打仗呢？"一合计，正好有个皮匠，在那掌鞋呢，他就和这个皮匠叨咕。

皮匠一看："这不是诸葛军师吗？"

诸葛亮说："唉，军师军师，现在我也粘包儿[1]了，这个江啊，过几次也过不去！这几万雄师过不去，怎么征战呢？还要上江南呢！"

皮匠一看："哎呀，大伙儿想想办法吧。"

诸葛亮一看："能想想办法敢情好了！你帮我想想吧！"

皮匠说："好！"这皮匠一招呼，"都过来。"

正好儿三个皮匠都在那儿掌鞋呢，都喊傍拉来了。大伙儿一合计，说："这么办吧，你就买牛皮！俺们会弄牛皮，你买一千张牛皮，用牛皮缝牛皮船。轻巧便利，划得还快，一个船能装十来人。另外，多大水也不沉。"所以就用牛皮船把这几万人马全干过去了！大约有十万人马。

过去之后打胜仗了，诸葛亮说："唉，三个臭皮匠，顶我诸葛亮啊！"之后诸葛亮就想，说："三人行，必有我师啊！"

之后就有这个"三个臭皮匠，顶个诸葛亮"这一说啊。

死诸葛害活司马

这个故事呢，就说过去这个人啊，死后也能报仇。

就说诸葛亮，他的对手是司马懿。诸葛亮高司马懿一等，他计使完之后司马懿也能看到，但是看到时就晚了一步，因为中计之后才知道这个是计，别人还看不透。所以他往哪儿去就完全躲避司马懿，司马懿确实是有两下子，是北魏大将。

最后，诸葛亮三度祁山之后就死了。后尾儿大伙儿一看，就在西蜀给他修一所

---

[1] 粘包儿：这里是"没能耐"的意思。

"诸葛武侯庙"，那庙修完以后就挺像样儿！

诸葛亮有遗书，上面说了这庙该怎么怎么修，还说修完之后那屋儿得搁人看着。他说："咱们谁也不兴到那地方去，除了外边的敌将咱拦不了，让他进去，没说的，别人不让进！"就告诉好了。

他死了以后，大伙儿就在"诸葛武侯庙"给诸葛亮修个大泥墩子像，修得挺像样儿，他手拿着羽扇，扇着羽扇，在那儿坐着的像，挺魁梧！

单表诸葛亮一死，那司马懿在战争当中就如履平地呀！姜维虽然说能保卫点儿阿斗，但阿斗不才，是个庸君，不懂事，他不像刘备，用人也不会用，太庸了！诸葛亮是忠臣，保他是因为有"三顾"之恩、托付之重，没办法，不得不保，才保的他。但阿斗不行，诸葛亮这一死，他就完了，一点儿主心骨都没有了，干脆是兵败如山倒啊，就败了！

正赶司马懿的兵进到这旮，一看，前边儿写着"诸葛武侯庙"。"哎呀？"司马懿说，"还有诸葛武侯庙？好，我看看！看看'诸侯武侯'啥样儿，人没死时候手拿羽扇，挺朗俊清秀个老头儿，我看他死后的像啥样！"

到那儿一看，像果然还那样儿——手拿羽扇一坐，挺清秀，往前指着……

桌上有本书，上面写的啥呢？写的是"诸葛武侯全传"。他就到那儿翻一篇，一看，写的是："司马懿必败！"

"哎呀？"他说，"巧了，你死了还恨我呢？！"他就翻，翻翻觉得纸有点儿薄，不好翻，就用手沾点儿唾沫翻，左一下、右一下，一下翻到七八十页，"扑腾"倒地了，司马懿死了！那书上有药。

这不吐唾沫拿不起来，最后抿唾沫拿起一看，这下边就知道了是"司马懿必死"，就是说司马懿的兵必败！怎么办？他就有点儿怨言，正挂着看看到底什么原因叫他败呢，没等翻几篇，这药力已经到嘴上了，他就死了。

他死之后，大伙儿就都知道了，说："看起来诸葛亮真英明啊，死诸葛亮害活司马，这活司马也死他手里了！"

诸葛瑾之驴

诸葛瑾是诸葛亮的哥哥，保护东吴，在东吴是个大谋士。诸葛瑾长得砢碜，长得什么样呢？长瓜脸，那就像驴脸似的。所以大伙儿一看就管他叫"驴脸诸葛瑾"。

这天正赶上皇宫里不知谁拉一头驴来，外面搁着呢。有的大臣整张纸就贴驴脸上了，上边写"诸葛瑾"三个字。贴上之后啊，这大伙儿没有不笑的，孙权一看也笑了，逗笑话似的说："这诸葛瑾成驴了！"

这工夫正赶上诸葛瑾儿子来了。小孩也就十二三岁，挺聪明。到那儿一看，就给皇上作揖，拿起笔，说："你们都不用笑，我给添俩字就好了。"

皇上一看是大谋士的儿子，也就没说啥，这时候小孩就在底下写上"之驴"俩字。写完之后就跟皇上说："启禀我主，这驴是俺们的驴，这不跑这儿来了。你看他们别人给写的，把我爸名字不都写上了吗？"

皇帝一看，瞪眼睛没办法，驴让小孩赖去了，这不写的"诸葛瑾之驴"嘛！

要不说小孩聪明呢，不但没挨着骂，还把驴赖去了。

关公智战周仓——抛草

这个故事呢，就是讲一个人使唤一个下人也不容易。

关公的下人是周仓，这周仓力大，多咱也是那样，个人对谁也不服气。因为他给关公当保镖，伺候人、扛刀的事儿，心里就有点儿憋气不服，心说："你这人当主帅，我就当个傍拉的保镖？"他心里就老不高兴，老想着我较个劲儿，叫关公知道我的力量大。他就有这个思想，多咱我也不能太服你！

关公拿东西的时候，他故意往高拿，他就想试验关公的气力。往往关公一伸出手来，握握手，他手也特别有力量。关公也能看出他的不服了。

有一天，关公一看，心说：周仓这个人力量大。其实关公也知道，论力量他超过周仓，关公想：我这要是不把你教育好啊，你也不明白。

这天呢，正赶上周仓又云山雾罩地说话，关公就说："这么办吧周仓，咱们光说谁力量大不行，你说你大，我也看不出来谁力量大。关平也在，今儿咱就撇点儿东西试验试验，看谁能撇过去，谁就力量大。"

周仓说："好吧！"

关公说："那这么办，今天是平伯不让，咱就拿捆草往后身撇，我今天我让着你，你不用拿一捆，拿一棵草就行，你撇过去就行，就算你赢。"

周仓说："那我能撇不过去吗？好吧！"周仓就拿一根草一撇，哎呀？撇了不远就掉下来了，一撇就掉下来了，它就没有一点儿抗力。周仓心说：真的呀，这力量是不足。他是败阵哪，就没有说关公你撇给我看看。

关公说："来我扔给你看看。"关公说着拿起一捆草来，"唞"就给扔到北园里去了，扔到房后北边儿，都过房了，"你还行不行？今后你得注意，不要老因为你力量大，要知道人外有人，天外有天。"

周仓一看，说："得。"就答应了，"我确实服你了。我今后不能和你比力气了。"就完事儿了。

关公智战周仓——用后眼

关公和周仓比完力气之后啊，周仓输了，周仓他就起了坏心。

这走道儿也好，干什么也好，周仓就老掂对试验关公。他一合计：我要是把你杀了啊，我就是首屈一指了，别人都惹不起我，就关平他也不行。

正好关公的青龙偃月刀周仓总拿着，他是拿刀的嘛，他扛着走。有一次，关公正在前边儿走呢，关平不在，他就把刀拿来了。拿来之后呢，正好天上有大饱月亮，关公在前边儿走，他把刀举起来就要砍，这影子已经射到前头去了。这有月亮，他没这知识啊！关公一看周仓举刀要砍他，就咳嗽了一声："嗯？干啥呀？周仓你！"

他说："没有啊！"

关公说："你举刀干什么？"

他吓得把刀扔了，关公看出来了，说："告诉你，我有后眼，你的行动我都瞅着你呢。"

哎呀，可了不得了！这关公确实有两下子，不但前边儿能看着，后边也能看着啊！搁这儿，他心就灰突[1]了，说："我不能取代关公啊，他确实有两下子。"

关公智战周仓——布雨

这讲的就是关公成为神之后的事儿了。

说有一次啊，关公正好不在家，要出门儿，就跟周仓说："周仓，你老抱怨你没当过家，今天我把大权交给你。我今儿出去办事儿，凡有什么事儿的话你做主。对也好，不对也好，你就当家吧！今天就把大权交给你了。"

周仓说："好！"就交给他了。交给他之后这周仓就在这儿坐着，正好就有人来求他了。

头一个是个摆船的，到了一看，就说："关老爷，俺们给你上香来了。上香主要是为了俺们船家，我们这船都停了，停止摆渡好几天了。一点儿风没有啊！是不是能给俺们刮点儿风啊，船好能走啊！不借风力这船也走不了啊，那是顺风船哪，没风走不了啊！我们特意烧香还愿就是求风，要摆风。"这个求完以后，周仓就记下了，给风。

过了一会儿，又来一位，谁呢？果木园的来了。果木园的到这儿上完供之后，就说："关老爷啊，我求你今后这几天千万别刮风啊，我们果木正开花的时候，你要是风一大，果木花儿一掉，果儿就少，坐不下果实，求您这几天别刮风。"这个许完愿也走了。

这工夫谁来了呢，正赶上浆洗铺、绸缎铺来人了，说："关老爷呀，你千万这几天别下雨呀，下雨我们就完了。我们这里呀，绸缎染出不少来了，晒不干哪！都给人家东西捂烂了，再晒不干俺们就得赔死了，俺们给你上供来了。"又上的供。

周仓一听，这事儿也太多了。不一会儿到下晚儿黑又有人来了。庄稼人来了跪着说："关老爷呀，您得下雨呀！不下雨俺们这小苗儿都快旱枯干了。小苗儿都旱完了，

1　心就灰突：心灰意冷。

那俺们就完了。再不下雨俺们就活不起了，俺们给你跪着上供来了！"

周仓一看，这可完了！是吧？有要雨的，有不要雨的；有要风的，有不要风的。怎么办这是？掂对哪份吧？这他就愁了。

这时候，下晚儿关公就回来了。他双手捧着，就说："关老爷，我算是佩服你了，我今儿当了一天家就当不了啊，我也不当家了，您就掂对办这几样吧！"

关公一看就笑了，说："这好办，我办就行了。"

周仓就问："那你怎么办呢？"

关公说："你瞅着吧！"关公就批了，"好，风打河边儿走，今儿也刮风，告诉老风婆子，风打河边儿走，让船动就行，让船走；路绕果木园，别通果木园，让果木园一点儿风没有，这就告诉好了；白天晒绸缎，白天的时候就晒绸子、缎子；夜晚来浇良田，夜里下雨，有雨不能白天下，得夜里下。"

四份公文都吩咐之后，这边儿都行动了，周仓也高兴了："哎呀！还是关老爷呀，这关老爷的能力确实行啊！"

要不为什么以后那雨净是下晚儿黑的时候下得多呢，那是关公封的那么一次。

关公显圣

这是当年在乾隆年轻的时候，也就十几岁时候的事。

皇帝那是金口玉言哪，那是封谁算谁啊。就有个狐狸精叫胡圣姑，她有个女儿叫胡媚儿。这胡媚儿就寻思：我怎么能配到皇帝呢？我要能嫁给皇帝做娘娘就全妥了，我就把皇帝的大权掌握了，那我们"胡"家就掌握江山了。

胡圣姑就问她："能行吗？乾隆可是真龙天子啊，有百年相助啊，你到那儿去能稳当吗，能让你进去宫吗？"

胡媚儿说："那咋进不去呢！我不会别的，我给他送茶去，他要把我茶水喝了，就算妥，就把他迷住了。我茶里面用药，但不能害他，就让他相中我，选宫的时候就选我，不选别人，那就妥了。"正好赶上皇帝选宫，胡圣姑就打发胡媚儿去了。

胡媚儿那打扮得漂亮，但是穿着宫女的衣服，扮成个宫女样。黑天的时候，乾隆正在那儿念书呢,宫女都给他送水送茶来,她就夹着进来了。她一进屋就一股飘香味,也特别会来事儿,大摆跪就说:"请喝茶。"茶往那儿一搌。

正赶上关公值班,保护乾隆。关公一看:这还了得!这狐狸进来了,她要是把权占住了,那国家的江山不就完了吗?所以一狠心把刀"啪"一下就劈下来了。劈完之后,乾隆一惊,就跟做梦似的。醒来一看,地上死个大狐狸。"哎呀!"他这一瞅,说,"这哪儿的事呢,谁劈的呢?"问谁谁也不知道。

这皇宫当中也有庙宇啊,也供关老爷呀。第二天就有老和尚禀报了,说:"昨晚出奇,这关老爷刀上有血,不知在哪儿杀人了。"

乾隆一听,说:"哎呀,我明白了。是关公显圣杀的那个狐狸呀,要不刀不能有血。"

乾隆就到庙里去了,到那儿一看,说:"关老爷,如果真要是你杀的狐狸,刀上见血俺们已经知道了。谢谢你,你把血就褪下去吧。"这工夫就看血就干了,不用擦就没了。这就是关公特意显圣,杀狐狸,保护乾隆。

要不说过去真龙天子百年相助呢!你想害也害不了。

关公抛刀杀逆子

这个故事是说有这么一个老王家,这家的老太太在年轻的时候养活这个儿子,老头儿死得早,她又怕儿子冻着、又怕饿着,天天这么将就儿子,从小儿子啥也不干,老太太就这么将就他。有一口东西也让儿子吃,她也舍不得吃。

一晃儿子大了,到三十来岁了,儿子除了耍钱就是胡扯,正经事儿没有,还不养活他妈。回来之后,没好菜没好饭就连吧带卷巴[1]他妈,踹巴得他妈不像样了。他这个妈也没办法,走没地方走,去没地方去。另外傍拉亲属都埋怨她,说:"你呀!净小时候惯的,你不惯能这样?惯子如杀子,现在哪有你这样的?"

老太太说:"没办法,这怎么办呢?"

---

1 卷巴:踢。

后尾儿儿子就告诉她："你实在不愿意待，你就找个老头儿出门再嫁，要两个钱我还能花一阵。"这老太太哭，还叫儿子打一顿，她现在对儿子实在是没办法。

村上有个关老爷庙，这天晚间老太太说："我干脆到庙上求求关老爷吧！看他能不能给我想想办法？"

她就去了。到关老爷那儿，她就连哭带叫地数落一阵，哭完她就出庙了。一出庙，正好儿子来了，他说："你跑这儿干啥呀你？你啥啥没整！"就"乒乓"地把他妈揍一顿，还给他妈两撇子。

把他妈打倒之后，就听后面"咔嚓"一声，老太太回头一看——儿子倒了，脑袋掉下来了。老太太抱着脑袋哭，说："我没动你，脑袋掉了，怎么给杀了呢？"

在关老爷庙门前面人就越聚越多。后来到大院里一看，关老爷这个傍拉是周仓，拿着大刀，刀上还净血。哎呀！这是关老爷杀的，你看！谁也没看见关老爷杀，可关老爷刀上有血。人们就看出来了，关老爷杀逆子，他是逆子，所以把他杀了。

罚叫外号的人

别给谁起外号，没事别叫外号，那是个砢碜人的事。这个故事发生在挺早挺早以前哪。

那时候有个唐伯虎，大伙儿都知道，那是四大才子之一。那时候祝枝山、文徵明、徐祯卿、唐伯虎都是四大解元嘛。

就说这唐伯虎他的家里有个书童，也就十六七岁，挺会来事儿，挺好挺好的。单说这天哪，唐伯虎早上起来就挺高兴，说："书童你去，到祝解元家，就是祝大胡子那儿，把我这信给送去。"

书童说："好吧。"

这书童也年轻啊，个人拿着信就去了。那都是在一个大城市里住啊，就到东关，他觉着去过两回，一看东边有个大门，挺像样的一个大黑门，一想可能就这院。正好儿这时候从门里出来个老头儿，挺长胡子一个老头儿。他就没认得，到老头儿跟前就说："打听你老一个事啊，有个老祝头，叫祝大胡子，是在这个院儿住吗？"

老头儿一看,说:"啊,你找祝大胡子,不远儿,你往东去,从东边再往北去,一拐过去,你一打听就到了。"

这小书童就走了,这都独门独院啊,东头走几家就到北边去了。到北街一看,一打听,人家说前头住的那大院儿就是。他又绕回来了,整个儿走一圈儿。到门口一看,还是这门口。哎呀?真巧啊,我才打听事儿说往后边走,走半天又走回来了,说还是这个院儿。到门口儿,就和这把门的说了:"请问门君,这院儿可是祝老先生府上吗?"

"是。"

"我是唐府的,唐伯虎唐先生家的书童,我给下书来了。"

把门的说:"好,进去吧。"就进去了,手里拿着信。

到屋里一看,祝老先生正坐在书房看书呢,连喝水带看书。一看一点儿不差,正是他原来打听信儿那老头儿!心里不太得劲儿,寻思说:我刚才问的时候他没告诉我,支我跑了一圈儿。这回来了,好吧。到屋里之后深施一礼,说:"祝老先生,我是唐伯虎唐先生家的书童,我是特意给你下书来了。"

祝老头儿说:"呃。"眉不抬、眼不睁啊,该喝水喝水,该看书看书。小书童在地下立正站着,那时候讲规矩,足足站了一个点儿啊!这祝先生说:"拿来信我看看。"这书童赶紧往前一步把信递过去了。他就看信。

信看完了之后,他说:"没啥,好办这事儿,太简单了。最近家里没有别的事儿不是?"

书童说:"没别的。"

他说:"信上说我家里有块石头,挺出奇,上回唐伯虎来看着了,他挺稀罕的。他要这块石头,你给他扛去吧。"

祝解元就领书童去扛石头了,到了一看,石头不少啊!就摸了一块说:"就这块石头。"书童一看这石头也不出奇呀,要这么个长石头,还挺沉的玩意儿,有七八十斤。这咱家有的是。

祝解元说:"就这块石头,你给扛回去吧。但是扛这石头有个规矩,最好你别休息,不兴在道上休息,这块石头是宝石,你一休息就不好了。"

书童说:"我记住了。"就把这块石头扛着走了,累得呼哧带喘的就不用说了。一路扛到城西,唐伯虎家住在城西,西关啊,就扛到唐伯虎家了。到屋之前就把石头轻轻撂外头了,说:"唐先生,我给你扛回来了,可把我累坏了。"

唐伯虎说:"什么?"

他说:"你不是要借石头吗?说要这个石头。"

唐伯虎问:"石头在哪儿呢?你扛它干什么?"

他说:"你不是在信上写的,说要借这块石头吗?祝老先生就让我扛回来了。"

唐伯虎问:"怎么回事儿?你说说,为什么让你扛石头啊?"

他说:"你不是信上写的吗?"

唐伯虎说:"究竟怎么回事儿?你说说你去那儿说啥了?你说说吧,照实说,不兴撒谎。"

书童说:"先生,我说实话吧。我这一去呀,就看见祝先生了。我不认识,我就按照你的方式说了,我说找祝大胡子,在哪儿住?他就告诉我,走了一圈儿,整整走了一圈儿啊!我回来以后啊,给他信他也不看,足足站了一个点儿的立正啊,他才把信接过去。一看他笑了,说要借石头啊,当时也没说,就让我给扛回来了。"

他一听:"哎呀!你呀,冒失啊!你管人家叫外号,人家罚你呀!头一次罚你绕着宅邸走一圈儿,第二次罚你立正一个小时,第三次罚你扛石头回来,这都是罚你呢!就因为你叫人家外号啊,你年轻人出门怎么能叫人家外号呢?"

这唐伯虎的书童才知道。

唐伯虎说:"我要啥石头啊,咱家石头有的是,要什么石头,是你做事太冒失了。这就是你叫人家外号受罚了,要不怎么说外号不可叫呢。"

其实外号儿都是丑名,过去爱起外号都是缺点。所以说它是个丑事,不能叫外号。

大石面的故事

当年唐王的时候,唐僧从西天取经回来以后,皇帝就说:"经都取来了,怎么报答西天活佛呢?"

当时就有一个谋士不存好心,就跟皇帝说:"咱们应该给西天活佛定制个僧袍。"

"那好,做吧。"做完之后皇帝就说,"谁能送去呢?"

这谋士说:"别人不行,必须是张天官,他武术也高,身体也好,就让他亲自送去。"他其实要害这个张天官,那西天取经都多少年了,这么远,那能有好吗?

张天官一看不去不行了,皇帝都点名了,那叫谁谁就得去呀,就说:"好吧,我去!我啥也不要,给我一匹马就行。"就把这僧袍打了个包背着,骑马就走了。

这一走走了一年多,就离那儿不远了,马也累完了,钱也花完了,就把马都卖了,自己还走。这回可到西天了,到那儿一看净是佛,也不知道哪是活佛,哪是释迦牟尼,就打听。最后有人把他让到屋了,告诉他:"你从东土来也不容易,就在这儿休息吧。"

他说:"好吧!"

休息这工夫,下午活佛就过来了,说:"你呀,有功是有功,你看看你们皇帝吧。"

他说:"我家皇帝在家好好的。"

"你看一看!"说着就把窗户打开了。

他一看皇帝在那儿趴着呢,就剩一口气了,"哎呀,这皇帝有病了吗?"

"对,有病了,现在马上就要死了。你们君臣有分,你应该回去看看他。"

他说:"我这哪儿赶趟[1],我走了一年多才到这儿。"

"不要紧,有办法,保管你赶趟。"

"是吗?"

活佛就告诉他:"我这儿有井,你投到井里死了,阴魂回去不就快了吗?你要对你们皇帝忠心,就往里蹦。"

他说:"我忠心,宁可一死!"

他把僧袍交给人家之后,一头就窝井里去了,到井里就感觉没那么多水,迷迷糊糊的,有一阵工夫就觉得到地方了,不走了。他用手摸,还是在井里,他就喊。这一喊外边有人说:"哎,这有人!"就赶快弄个绳子把他拽出来了,出来一看,是哪儿呢,正是皇宫西苑御花园里的一个井。

他就想:哎呀,这是个宝井呀,看来这井通着西天活佛呀,这是个佛井!这时候他就说:"我特意回来看看皇帝,皇帝身体好不好啊?"

"好啥呀,要死了!"

---

[1] 赶趟:时间来得及。

那他是忠臣哪,就跑到上屋,皇帝说:"回来正好,我正想你呢,这回袍子送到了?"

"送到了。"他就把怎么见到活佛,人家怎么跟他说的,他怎么回来的,全跟皇帝说了。

皇帝说:"这井得想办法把它填上,别让别人再下去,得保护起来。"最后就用块儿大石头做的石面把这井封上了,以后谁也不准动弹这个井。这不,为了压这个井,这石面就立那儿了,"大石面"是这么来的。

要不说还得是忠臣啊,这奸臣奏的本倒把人家成全了,这张天官回来有功了,还晋升了。这奸臣想法儿害人不行,"人害人,害不死;天害人,有何难"哪!这张天官是天,不想害他。

唐王追混龙

当年的时候,唐王在京城待着,到祈年殿观完之后,就听说出混龙了。说在哪呢?就出在石佛寺!石佛寺出皇上,这就给观出来了。唐王就派来了多少人马挖这混龙啊!在哪挖呢?就在石佛寺山底下这么挖。

那时候挖的这个龙道确实有,现在差了,以前到冬天的时候,你就看那挖的沟,一冻都出大裂纹子,两边儿瞅得真真的!

他们挖到哪儿了呢?挖到龙眼这旮儿。

单说这挖的人马,都这么挖那么挖的,这天正挖的时候,就把道挖到二道湾那旮儿了,那已经到晌午了。

一看到晌午了,有人说:"就这么办吧,都吃点饭去吧!"人们都吃饭去了。

正赶上一个人把铁锹落这旮儿了,没拿走,他说:"呀,我铁锹落那儿了,我取铁锹去。"

他回去取锹的工夫,就听地下有人说话,喊叫:"妈,妈,快捆我上马,快捆我上马!"

他说:"哎呀,这里有人说话呀!"就把人都喊回来了。人们就给挖出来了,挖出来一看，是个石人和一个石马。

这石人是哪的人呢？就是石佛寺老甘家的小孩儿，他就是龙。他妈正在那儿洗衣服，他有个小板凳，就在那儿骑板凳玩。板凳高，他小，他就一岁多不到两岁，他害怕，就叫他妈，想让他妈急速把他捆上马。

他妈说："你玩去吧，你上马上什么马啊！"推了一下，他就摔倒了。他没上去这个小板凳，要是上去，这个小板凳就走了。

所以没硬撑他，当时那边挖完以后，这个小孩就死了。

李白名字的由来

过去，人们都爱找名人给起名。李白算是名人了，那李白的名字又是怎么起的呢？

李白是位大诗人，他家是书香门第，爹妈都是文学家，都有文才，个个能作诗。

李白出生之后，他父亲可高兴了，喜得贵子嘛，他想，我生的这个儿子，将来能不能成才呢？

李白满周岁的时候，他父亲就请客给他办满岁，客人来了不老少。当着大家的面，他父亲叫人抬来一张桌子，桌子上摆了各样东西，都有什么呢？有假的黄金印，有经书，有念珠，有诗书、算盘、脂粉，等等，反正各样东西都摆上了，想看看儿子的小手能抓啥玩意儿。民间有这个风俗，叫抓周，说是孩子的小手抓了啥，长大就干这行。

他妈把李白抱过来，小李白瞅了半天，什么也没摸。走到念珠那了，他爹的心都悬起来了，就想啊，你可别摸念珠，你长大要是出家当了和尚，我可就完了，没有后人了。可是，李白没拿念珠，把念珠后面的一本《诗经》拿起来了。《诗经》是一部大书啊，他父亲一看，儿子将来是要学文学啊，一寻思，这也不错，学文学学好了也能成名啊。

这小孩儿一晃儿好几岁了，也没起名，他爹太慎重了，总想给儿子起个不一般的名字。到七岁那年，李白已经读了几年书了，他跟谁学呀？就他爹教他。

这年三四月的时候，他家花园里的花都开了。有一天，他爹高兴了，说："今天咱家三口人就坐在花园里好好喝顿酒，赏赏花。"就在自家花园里把酒摆上了。

两杯酒下肚，李白他爹对老伴儿说："夫人哪，今年咱家的花开得好啊，咱们对着这花作首诗咋样？"夫人说："好啊！"

李白他爹又看了一眼儿子，说："你这小子也得跟着学作诗，我说一句，看看你们谁能对上。"小李白也来了兴致，说好。

李白他爹看了四周一眼，就说了："春风送暖花盛开，万物迎春桃李来。"

李白他妈顺口就接了一句："火烧杏林红霞落"，没等她说出下句，小李白张口就来了一句："李花怒放满树白。"

作诗的人都知道，末尾这句最有讲究，是出彩的地方。李白他爹听了，一拍大腿，说："哎呀，儿子这句诗接得好哇！夫人哪，儿子的名字不是一直还没起吗，这么办吧，咱就从儿子这句诗上来吧。咱们姓李，李花怒放满树白，把头尾俩字一掐，一个李一个白，就是咱儿子的名了。"

李白的名字就是这么得的。

附记：

抓周，又被称为"试儿""试周"，是孩子满周岁时举行的仪式，我国各地都有流行。孩子满周岁当天，父母为孩子梳洗打扮后，将文房四宝、金银首饰、针线、刀尺、玩具、果品各种物品摆放在抓周桌上，孩子坐中间位置，随意抓取。如抓到纸、笔、书、砚预示将来是读书之人，抓到金银首饰则是经商有钱之人等，皆是根据孩子所抓物品送上美好祝福。（詹娜）

李杜会诗王

那时候在中国边上有一些边塞国家，像北国、金国、梁国、辽国等不少国家。在北国有两个人，他们自称诗王，因为他们也是诗词作得特别好，他们在那儿也听说中国有"诗仙"和"诗圣"，就是李白和杜甫。他们就商量："咱们非得看看他俩去！"

意思要会会他们俩去，因为如果他们把这李杜两人会倒、对败之后啊！他们就可以在中国首屈一指了，他俩就是大诗仙、诗圣了。

中国这边信息也来了，听说北国的诗王要来会会、比比。李白和杜甫一考虑，说："这找上门来了，咱们在中国都称诗仙诗圣。他们都有名的，来会会咱俩，咱得看看去吧！"一合计，杜甫说："这么办！咱俩去迎迎他们，别等到咱这儿会，就看看他俩怎么样，咱俩不说名，瞅瞅他们。"

李白说："好吧！"

北国的诗王就来了。俩人走到边界线，有一道白沙河，到桥那旮一看，正好李白和杜甫在那儿整船。这俩诗王到河边了，一看没有船，就喊他们："船家，船家，我们请求过河。"

李白说："要过河，那好吧！"

那河也不太宽，这两人就把他们摆过来了。摆过来之后，杜甫问："你们二位上哪去呀？"

北国诗人说："俺们是北国二诗王，听说你们中国有诗仙、诗圣，有李白和杜甫，俺们特意来会会他们，看看我们到底谁的诗好，谁的才高。"

李白说："啊，好吧！你们也饿了，吃点饭吧！"

北国的人说："好吧！"

到岸上了，杜甫说："到俺们中国来了，不管怎么的，俺们虽是老百姓，这也得欢迎欢迎你们，看你们两位诗王来了，咱们就到饭店吃饭。"

饭也吃完了，这酒越喝越高兴啊！当时就唠扯，唠扯一阵，到晚间了，李白和杜甫说："别走了，这么办吧！你们就待着再喝点。"

北国的人说："好吧！"

到晚间，月亮上来了，就着月亮，又摆上酒了，他们继续喝。正唠扯呢，李白和杜甫说："这么办吧！诗王你是不是能出个题，咱们对对？俺们俩也懂点，也能对对。"

北国的人说："哎呀！你们这全国都会作诗吗？"

李白和杜甫说："俺们全国人都会作诗，多少都会点儿。俺们看看二位诗王的才学，等看见俺们诗圣，也好说一说。"

北国的人说："不了，俺们要找他们去哪！"

李白和杜甫说："先这么办，你们先说一说吧！"

北国的人说:"好,这么办也行。到中国的边界了,看看你们中国的文化怎么样?咱们先实现你们俩的愿望。"

他们一看正好有个月亮,而且大家正喝酒呢!所以借酒杯就作了,这诗怎么作的呢?当时人家就提出了:"第一个不能离月亮,第二不能离这酒杯。"酒杯在那时候也叫"樽",所以诗句中月亮和樽都得带着。

李白和杜甫说:"好吧!"

这北国的大诗王就说了:"一轮明月照金樽。"

你看,头上有明月,照到酒杯里头来了。李白一看,该咱们说了,李白就说:"酒满金樽月满轮。"

哎?北国的人说:"对得好啊!"完北国二的说了:"明月照在金樽内。"还是没离月亮嘛!

杜甫举起酒杯,说:"来!手举金樽带月吞。"

这一喝,两人一看说:"哎呀!这好句可了不得!'手举金樽带月吞'都作出来了,这家伙作得太绝了。不行了,咱去不了了,就这俩都把咱们给对败了,咱到时候不干等着硳磣吗?"就向回返了,说,"请你们转告诗王,咱们以后再见吧!"

两人就这么回去的。

人外有人,天外有天。

找金簪

这个故事发生在唐朝的时候,有袁天罡和李淳风他们俩人,他们俩人是同母异父的弟兄,这兄弟俩人感情挺好,因为有他们妈在,兄弟两人常看他们妈去,而且他们处得特别近。这俩人念过《易经》,都会术学,都很聪明,一般的都能算一算。这兄弟两个都娶媳妇儿了,各过各的日子。

这天李淳风的媳妇儿不知道怎么没注意,就把她的金簪丢了,这金簪找不着就闹心哪!就说:"淳风啊!你不是说你会算吗?你给我打打指头算算,看看我的金簪掉哪儿了?我怎么找不着呢?"

他说:"那好!"就把八卦金星摆开一算,说,"这好找,在豆姓以内呢!你烧火抱豆秆没?"

她说:"抱了。"

他说:"那就在豆秆里呢!找豆秆吧!"这俩人就在豆秆里找,屋里豆秆抖落没有,又到外面豆秆垛里找,左一遍右一遍,抖落三遍也没找着金簪。

她说:"你算得不行啊,不灵!你急速找大哥去吧!问问袁大哥,人家比你算得强!你还是不行!"

他说:"哪儿能呢?我还不行?"

她说:"你去吧!"淳风一看媳妇儿找不着金簪着急啊!他就去了。

到了袁天罡那院儿一看,大门开着,院儿里还不少人,正盖房子上梁呢!

李淳风掐指一算,哎呀!大哥怎么糊涂了呢?今儿个火日子,这还了得?火日子还能上梁?这不胡扯吗?我还找他来了,他还不敌我呢!这心里就不高兴了,到那儿瞅瞅。

大哥说:"来了!到屋喝酒不?"

他说:"不喝。"到里屋就趴炕上了。趴了一会儿,寻思这也没法儿问金簪的事儿了,这觉得憋气啊!就回家了。

到家了,媳妇儿一看,说:"你回来了?"

他说:"回来了!"

媳妇儿说:"你问没?"

他说:"问啥问?啥也不是,今儿个火日子他在那儿上梁呢!你说糟不糟吧?我一赌气回来了。"

媳妇儿说:"你后脊梁贴个啥呢?"

他说:"哪儿呢?"媳妇儿一拽拽下来个纸条,"哎呀?这是谁贴的呢?"

一看,下边儿写着袁天罡贴的,写了几句话:"火日子上梁水日子开,二人打架扒豆秆。金簪掉在酱缸内,一打酱耙子带上来。"我在火日子上梁水日子开门,这样能解;金簪是在豆姓里,但没在豆秆里头。他一看完,说赶快找,一打酱耙子正好给抓上来了,媳妇儿说:"你还是不行啊!还是大哥厉害,你看人家猜到你没猜到!"

施不全讨封

施不全咱都知道，是总朝大人的儿子，他叫施世纶。

施不全小时候就有毛病，他爹原来当的总朝大人，那施大人[1]是三朝元老，在皇上傍拉儿挺红啊！

皇上就问过他，说："施大人，你的子女怎么没有一个上任的呢？你这个官让谁接？得正经封他官，子袭父位嘛！"

"他不行！"

"这哪有不行的呢？哪天让他来看看吧！"

"好吧！"

完他爹回去一叨咕，施世纶说："我去！"

他爹一看，就说："你这样，你说你怎么能去吧！你看看，脑袋秃了，见不了客，见客我还怕你砢碜。你看你这，一脸麻子，前鸡心后罗锅，还一个腿儿，太瘸，你说怎么能去见皇帝？那多砢碜啊！"

"我得去！"他非要去。

后尾儿他爹妈两口子一合计：去吧，管他封不封官呢！

第二天施世纶就去了，他那阵儿小，十八九岁儿，到那儿就给皇帝跪下了。施大人说："我把犬子带到金銮殿上了，请我主看看吧，他根本就没有当官的资格，所以我才没让带。"

今天来了，皇帝一看，说："你叫施世纶啊？"

"哦，我叫施世纶。"

皇帝就笑了，一看，寻思说：长得太砢碜了，你说脑袋秃了吧，还是单眼睛，一脸麻子，没有一个出奇地方！皇上就笑，说："你作首诗吧，就按你个人身上这情况作一作，把它说清就行，完朕就封你官！"

"那好吧！"施世纶来得快，"我说完，你准给我封？"

皇帝说："好！"

---

[1] 施大人：施琅。

他就说："我脑袋秃，秃头明似月；脸上有麻子，麻面满诗文；单眼睛，单眼观邪正；前头鸡心，鸡心断事真；后边罗锅，罗锅来见主；一个腿，单腿受龙恩！"这几样缺点都说出来了。

皇上说："你说的这是都有用啊！"

"对啊，你看，'单眼观邪正'，你是清官是贪官，我一个眼睛都看得清了，用不了俩眼睛，没用！'鸡心断事真'，我全指这鸡心模样断事儿呢！"

皇上说："好吧，就封你一个七品知县吧！"

他就做知县去了，施世纶头一任就是七品知县。"施不全讨封"，这官就是这次讨封之后，皇上给他封的。但搁那么他确实真行，越干越冲，最后皇帝封他为"总朝大人"。

他不但文章行，带兵也行，带着天仗队，南征北战，保卫中国江山，保卫中国一半儿都靠他！后尾儿整个儿就全靠他了！最后他就成功了。

孙思邈背运

孙思邈过去被封为药王，药王爷。这个故事就是说，人在世界上，这玩意儿都有走运和背运的时候。要到走运的时候啊，怎么干怎么招呼都能好；要到背运的时候呢，你再技术高，再怎么样儿也不行，你就只能倒霉，干啥也不妥。

这个故事就是说孙思邈啊，他正走背运的时候了，他个人开药铺做买卖啊，就是怎么干也不行，顾客也少，治病的也少，治病的来了到他那儿看完就死。他就寻思，这怎么个事儿呢？这病怎么我看完就死，就不能活呢？

正好他有个小舅子来给他拉药匣子，小舅子顺他柜就蹦出来了，说："这么办！姐夫你给我看看，我能死不？"

他说："这不扯吗？"那屋还有别人呢！

小舅子非让他看不行。"那我就看看吧！"

手到那儿一摸脉，说："哎呀！不行，你得赶快预备！你完了，你说话工夫就得死。"

小舅子问："怎么呢？"

他说："你肠子抻折了！"

那时候这真治不了，他小舅子真死了。哎呀！大家这一看，这先生了不得啊！这还有完吗？

过两天又有个姑家小舅子来了，也给他拉药匣子，说："杂种！你老看死，我调理调理你。"他就和他媳妇儿一合计，说："你把那铧拿来！"他媳妇儿就把铧拿来了，他就蹭点儿铧锈，把铧锈就抹身上了，说："让他看看，他得说我起黄，骗他一家伙。"

就把孙思邈请来了，孙思邈到那儿一看，看完以后就告诉他媳妇儿，说："你赶快给他预备吧！这人完了！"

小舅子说："你别胡扯了！"

他说："你完了，不用看了，中铧毒了！这还了得？你赶快！这没个好。"这第二天他小舅子真死了。

哎呀！这家伙一发送，大伙儿说："这孙思邈谁也别找他，谁找他谁死，别让他看了。"他现在自己真就不敢下药了，弄啥啥死，真糟透了。

这天，又有一个找他看病的，人家这家还真是不错，还有交情。看病的来了之后呢，到这儿说："你给我看看这个病吧！"这是个老太太，推着车来的。

看完以后，他说："这么办吧！你回去吧！我给你拿点儿药。"他一合计，不敢拿药了，拿什么药都死，就把甘草给她包一包，那过去甘草是领百药走的，像药引子一样儿，是凡草药的，都得有甘草。他给她包点儿甘草，说："你回去喝点儿甘草水就好了。"她说好吧！就回去了，回去之后老太太吃完饭以后就把甘草水喝进去了。

咳！喝完第二天，早上起来就死了，就找他来了。他一看，说："哎呀！这可怎么回事儿呢？这太不应该的事儿了，这哪能死呢？"他到那儿一摸脉，真死了，人也没有了。这回来寻思真憋气啊！他说我看看药书，药书后尾儿一篇写啥呢？说："鲇鱼经过菜花下，一见甘草命必坑。"他就问他们，说："你们老太太吃啥没？吃鱼没？"

"吃了，一早上搁河边儿整的鲇鱼。"

他问："那鲇鱼上面呢？"

"上面弄的菜花。"

他说："哎呀！那完了，鲇鱼搁菜花里一走，落上菜花了，回来见着甘草水那指定死。"

他这个准劲儿就不用说了，这一看说买卖不能做了，这算完了，啥也干不了了。他又找哪去了呢？就是有一个老和尚，会摇卦、会相面，他说找这老和尚看看去吧！

老和尚一看，说："你背运哪！说实在话，你确实不行啊！你干脆就待着吧！啥也别干了，干啥也不行，问题是干啥都得死人，你还能好吗？"

他说："可不是怎的！那哪天儿能好呢？"

老和尚说："我给你看看吧！"一算，说："嗯！你呀，多咱媳妇儿脚有八斤半，那时候你该走运了。"

他说："哪有那么沉呢？"

老和尚说："你别着急啊！她到八斤半那天你就好了。"

这就回来了，回来一合计，孙思邈说这地方儿不能住了，咱俩再不走，这个堡子就没人见咱俩了，搬个生地方儿还能对付看病啊！还能挣两个钱儿啊！他媳妇儿听他的啊！那就走吧！这就准备要走，这时候不说。

就说他在没走以前的工夫，他就寻思，这还不行，我还得想想办法，这怎么就治不好病呢？他就看药书，下边儿又注明了："时来银杏能治病，运去甘草也药人。"

噢，这都写着呢！这不是走运气不走运气的问题啊！他说："我今后干脆就停业不干了，一看就死，还干啥呀？"

正好又有一个请大夫的，也是那个堡子的，他说那我看看去吧！到那屋之后一看，在炕上趴着呢！他说："我号号脉。"号完之后说，"不要紧，这病没事儿，这是怀胎了，有好几个月了，用不上几个月就能养活个胖小子。"人家哈哈大笑，被一揭开是个老爷们儿，他一看这脉号得太出奇了，他当时就说了："我不能看病了。"

单说哪儿呢？他又到庙上找老和尚，就问怎么事儿呢？怎么就看不对呢？老和尚打开摇卦书一看，说："咳！书上说得好，'运败事衰，男子怀胎'，你的运气败了事衰了，你就拉倒吧！啥也别干了。"

这是孙思邈背运的故事。

孙思邈走运

孙思邈在一个地方住了几年，自己跟媳妇说："这么办吧，这地方咱不能住了，咱得搬到一个大地方看看去。"

第二天他就带着老伴儿，带着孩子们走了。

第二天孙思邈雇了一辆大车，拉着东西，就往前走。正好这当中，头天下了雨，他们走平道儿倒没啥，尤其走到哪呢？走到一个山坡下边儿的黄土地，这黄黏泥黏得邪乎，沉啊。他媳妇这个鞋，一边走一边沉，黏得这都走不了了。

孙思邈说："赶快走吧，这都饿了，到堡上吃点饭啊。"

媳妇说："我还走啥走啊，我这脚陷得都有八斤半沉了，还走得了吗？"

嗯？孙思邈一听，心说：八斤半？他突然想起之前有个算卦先生老和尚说的话，说他媳妇要是走到八斤半的脚，他就走运了。

孙思邈寻思：搁这儿真说"八斤半"这话了！就说："走吧！"

他们又开始走，正好走到一下坡儿，他就看见顺堡子出来一帮人，抬着灵，这连吹喇叭带捂扯，"咯儿嘎儿"地吹着去埋灵。

和埋灵这帮人走了个对过儿[1]，孙思邈的车也过去了。他再回头一看，顺着棺材往外淌血，一点一点地滴答着往下淌血。

孙思邈一看，站下了，就喊："站下，站下！"

埋灵的说："怎么的，干啥呢？"

"你站下，谁是主人？"

"怎么的吧？"

"你这人没死，我能治！"

"你还能治？"

"怎么回事吧，你说说！"

埋灵的说："这人是个女的，生孩子没生下来，所以憋死了。这不是吗，要埋去。"

孙思邈说："这不中！你赶快别带走了，我看看，她能活！"

---

1 对过儿：对面。

棺材里是一个年轻的女人，就二十多岁。这会儿娘家亲戚都跟着呢，娘家兄弟就说："那好吧。他自然那样说的话，管她死活，死马当活马治。看，把棺材打开！"

棺材当地就撂下，人们把棺材打开了，那女的都死一天多了，在那儿趴着呢。

孙思邈一看，摸了半天以后，就说："这孩子是没生下来，憋死了。"

孙思邈把银针掏出来，就溜着往上边儿那个穴道一扎，就听见里边儿"咕噜噜"地响。不一会儿，这孩子就生下来了，就听见孩子哭。孩子生下来，大人气儿也过来了，一堆儿救了两个！孩子也活了，大人也活了！

大伙儿一看，可不得了，神仙一样啊！

当时不是别人，姑娘的爹就磕好几个头，说："你把我女儿救醒了，我感恩不尽。多钱都不说，救命要紧啊！"

这婆家也乐坏了，儿媳妇活了，就说："抬回去，别用棺材抬了，搁俩人抬！"

铺好抬她的板子，儿媳妇就坐起来了，说："不用抬，我自己能走回去，抬啥呀，我好了！"

孙思邈说："不行，你刚生完孩子，血脉多，还得抬。"

儿媳妇说："那抬吧。"就把她抬回去了。

回去的时候，这家人也把先生请去啦。孙思邈给她吃点儿药，没有几天的工夫，儿媳妇好得利利索索，孩子也好了。

孙思邈救人的事情就传下来了，这家伙可了不得了！

这家人说："你别走了，就在这儿留下住吧，俺这儿正缺大夫呢！"就给他留下了。

留下以后，这家人又给孙思邈找了房子，就对他感恩不尽啦，家也过得不错。

孙思邈住下之后，这一传传得远啊，远的都知道了，说这先生把要埋坟里的人都给扎活了，小孩也活了，这还得了！

他自己也挺高兴，这回也有恭敬他的了。慢慢地看病的就多了，你也看病，他也看病，看一个好一个，看一个好一个。

这天一早晨起来，就是半夜将近亮天的时候，就听得有人"啪啪"地拍窗户，说："老先生，急速啊！你起来吧，跟我看看病去，看看去吧！"

孙思邈一惊就醒了，说："谁呀？"

拍窗户的说："我媳妇现在难产，生不下来，你赶快去吧！"

· 226 ·

孙思邈说："那好。"

孙思邈起来捅咕老婆子，说："赶快！给我找衣服，我给人看看去！"

找完衣裳，孙思邈又跟媳妇说："给我整点儿水，洗洗脸！"

那时候不像现在，没暖壶，没热水。

媳妇说："哪有热水啊？"

孙思邈说："什么热水，整点儿凉水得了，洗洗脸，还热水呢，用凉水洗洗就行！"

外边儿接大夫的这个人是个沫嘴[1]，听说搁凉水洗脸就行，他转身就往回跑。到家以后，就说："先生说了，搁凉水洗脸就行，就能生！"

这家伙，媳妇难产，家里围了不少人。他就把凉水往他媳妇脸上一拍，哎，还真该然啊，人家生了！凉水一激，孩子就生下来了。大伙儿一看，太灵了，这先生可了不得！

再说这孙思邈，他穿好衣服，出门一看，接大夫的走了，没人了，心说："这扯不扯呢？这是谁和我喊着玩儿啊？"他就待家里了。

到下午前儿，人家送礼来了，抬着东西到这旮儿来了，说："老先生，你太灵了！这个方子没吃药，凉水一洗脸，孩子就生了，我特意给你送礼来啦！"

孙思邈一听，心里寻思：这太出奇了，这病治得出奇啊！心里寻思这是怎么回事呢？他一合计，还得再看看卦书，他有爻卦书。一看，写的啥呢？写的是"原本势衰，男子怀才，时来运转，凉水洗脸。"就说时机来了，凉水洗脸，孩子就生了。

从这以后，孙思邈接的病人就更多了，哪儿的都接。

这天来了一个看病的，是个老头儿，带着儿子来的，推着车子。到这儿一看，先生没在家，老头儿就哭起来了，说："这怎么办啊？我儿子肚子胀多大啊，就要死了，这怎么办？"这治不了啊，就得等孙思邈回来。

这一个能看病的人都没有，孙思邈没在家，老伴儿还不懂得。正好有个大叔，挺好说，大叔也得有五六十岁，就说："那什么，你别着急，俺们这个病啊，治一个好一个，孙大夫手艺可高了。"

老头儿说："大叔，真要这么好使，你就给拿点儿药得了呗！"

---

[1] 沫嘴：快嘴。

大叔说:"我拿啥药呢?你孩子肚子胀那样了。"

这老头儿也挺实惠,就给大叔跪下了,说:"你拿点儿药,救救命吧,不管怎么的!要不我们回去了,这可怎么办呢?"

大叔说:"这么办,你先回去,我明儿就和孙大夫说。孙家大夫今天回不来,明儿就回来,咱再去给你看去。"

老头儿说:"不行,你不拿药,我不能走。拿药吃了,我心里稳当啊!"

大叔一看,怎么办呢?到药匣子一看,不敢拿,他不懂得药性。拿吧?怕吃错了。不拿吧?老头儿还不走。

他到这屋一看,正好有个要挑水的缸,空底儿了,缸里有缸底泥,这缸老也不刷,底子有泥。他伸手抠下一块缸底泥,又弄了点儿鸡蛋,一搅和,心说:"这玩意儿吃了没事,你管啥啊,我把你糊弄走就算了!"

大叔说也好意,就搁纸包巴包巴,整成一团儿。拿纸包上之后,就说:"这么办吧,拿一包药,给孩子吃了吧,喝点儿温乎水。吃完以后,明后天的时候,不行你再来,那时候大夫就回来了。"

"那好,谢谢你了!"老头儿说,"多少钱?"

大叔说:"不用拿钱,这个药,你就先拿去吃吧,完再算!"

老头儿说:"那好!"

老头儿把儿子推回去,乐坏了。到家之后,就告诉老太太,大夫给拿来药了。下晚儿,孩子也没吃饭,他就给药放点儿糖,搁点儿水,给孩子一气儿吃进去了。

吃完以后,瞅天黑了,这肚子就疼啊,小孩儿说:"我肚子疼得邪乎!"这小孩都七八岁了,就说肚子疼得邪乎,要拉粑粑。

老头儿说:"你拉去吧。"小孩儿蹲到外边儿,就拉粑粑。

这粑粑拉完,一瞅拉的是什么呢?一色儿是蜗牛,大蜗牛拉下不少来,一团一团的。

拉完以后,第二天,小孩儿的病就好了,肚子瘪了,啥事没有了。

哎呀!老头儿就说:"这大夫太灵了,一丸药就给蜗牛全打下来了,这得谢谢人家去!"第二天他就买上礼物,感谢去了。

孙思邈一看,说:"我没治过你的病,你谢我干啥呢?"

老头儿说:"不,是你这儿的大叔治好的,他给我拿了一丸药。"

孙思邈一问大叔，大叔说："我拿啥药啊？我哪敢拿，拿了就怕给治死。他不走，我没办法，我把水缸泥抠下来一块给他吃去了。"

孙思邈就问："哎呀，你这个小孩是怎么得的病？"

他说小孩儿就是喝水得的病。

正好是啥呢？这个小孩在河边喝水，喝水就把这个蜗牛屎喝进去了。他喝多了河边的水，喝的蜗牛在肚里边儿生蜗牛，结果肚子全都叮上蜗牛了。这块泥下去之后，蜗牛叮泥上了，就把蜗牛全带下来了。这个水缸泥一带，孩子就好了。

他一看，确实啊，这个病没地方看去！这治病对症就行，不只是药不药的。

治好以后，孙思邈又收了个徒弟，徒弟是谁呢？是老太太娘家孙子。

这天正好来客了，又来个治病的。病人到这儿来，说是肚子疼。孙思邈一摸，说："你这有点寒，拿点挡寒药就行。"就又告诉徒弟，"你去，你给拿点药去吧，就在底下那个格儿。"

这个小孩小啊，十六七岁儿，不懂。到那儿就把药包错了，他一下子把银杏包去了。

孙思邈说："拿去吃吧！"病人就拿回去吃了。

回去吃完之后，这个孩子就好了。一打听，这个孩子拉的是啥？连蜈蚣带着个蝎子和蛆都给拉下来了。

孙思邈问徒弟："你给拿的什么药？"

徒弟说："就拿这个药啊！"

一看是银杏，孙思邈说："哎呀，可了不得了，你拿错药了！他得的这个病，没银杏治不了，你怎么拿错药还给治好了？"

孙思邈就寻思，我这看病怎么回事呢？为啥怎么治怎么好呢？在早开始不走运的时候，甘草都药死人，你说这怎么回事呢？他一寻思，就找那个老道去了。

孙思邈说："老道啊，我这回可走运了，跟你说的一点儿不差啊！我媳妇的鞋粘的泥都有八斤半以后，我这就步步好、步步好！我前儿甘草都药人，现在吃了银杏都没死。"

老道说："咳，有一句话嘛，'时来银杏能治病，运去甘草也药人'啊！这不是我卦书上说的嘛，这不是和这一样嘛，你这回就妥了，你就步步高升、步步顺当了！"

搁那么，孙思邈就走运了。后来皇上封了个药王，药王就是孙思邈。

叁 人物传说

在树难逃

过去都说，"黄巢造反，杀人八百万"！这个故事讲的是这段。

要说这当官也不容易，当皇帝也不容易。大宋的皇帝在选拔人才的时候，就想选个天下文武全才的人做状元。

单说黄巢，黄巢这一考就考上了，他是文武全才，文的也行，武的也妥，考得确实好，这马上就能做状元了。那时候得是皇上御笔钦点状元，头一人是解元，第二是会元，第三个是状元，状元是御笔钦点，这主考官就没权点了，过去这都是有数的。到点他的时候，皇上点完以后先不说。

单说插花，谁插花呢？西宫娘娘代皇上给状元插的花。戴花的工夫，西宫娘娘到那儿一看，吓得说："哎呀妈呀！"就摔倒了！

他长得砢碜呢！一脸焦黄焦黄的斑！黄巢的黄斑是胎带的，传说他是南天门外石狮子底下的一只金蛤蟆转世来的，是保卫江山来的，要不他怎么一脸黄就像癞蛤蟆似的，因为是癞蛤蟆托生来的。

这一看西宫娘娘摔倒了不要紧，皇帝也吓得堆缩[1]那旮了，说："怎么这样的？他就那样砢碜？"

皇帝到傍拉一看，真砢碜得邪乎！皇帝说："考官这是怎么整的啊？把这个状元取掉！没他名儿了，把那考试官也杀了！"就把主考官给杀了。

主考官被杀，黄巢也被贬职了，不有句话——"杀去试官不要紧，罢去状元惹祸端"嘛！这个考试官杀了没啥事儿，罢去状元，黄巢不干啊！黄巢回家了一合计：真憋气啊！哪有这样的皇帝？你取才没有取面目的，还照面目取，我长得是砢碜，我不有才嘛！越合计越憋气。就走到了一个大庙，一考虑说："找点饭吃吧！"

到庙上找饭的工夫，正赶上有个叫卞律的和尚，他把这事儿和卞律一说，卞律就挺同情他，说："这皇帝不对！他不应该这么贬你职，应该用你啊！这么办，你在这儿吃饭吧，你不愿意走就在我这儿待着，我交你这个朋友。"

他俩处得挺近便，黄巢没走，就在这儿待着了。黄巢说："没别的，我看透了，

1　堆缩：瘫倒在地。

你既然留我，我就招兵买马，聚草囤粮，就反吧！先头儿有不少刚去考没考上的人都对皇上有意见，我干脆就招他们。"

当地有无数考不上的人，他就往回招！把当地这个响马、小胡子都招来不少啊！招来不少之后，那山头就让他占了五十多丈，山头也占了，粮食也抢下来了，当地的群众也帮着齐粮，他就招上兵准备跟朝廷干上了。他这一干上之后，一直就等着造反，这不说。

单说他这个最好的朋友，卞律呀！天天下晚儿的时候，睡觉当中就觉着门外有动静。那时候点什么灯呢？没有别的灯，就点豆油灯，把豆油搁碗里，搁棉花做个捻儿，一个捻儿不行，点两三个捻儿都行，多个捻儿就多个灯头。卞律起来开门到外屋一看，装灯油那个碗大，能装一斤多油，灯油就一点没有了，剩个干碗。他说："出奇呢？灯油怎么能丢呢？"他一品品了三天，天天丢油，这灯油就是没有了。卞律合计：怎么丢油呢？还有偷这油吃的？

这天，他寻思：我不睡觉，我看着。他就傍晚儿预备好蜡，衣裳也没脱，就在那儿趴着。这时候就听外边有动静，灯碗儿响，他把蜡"啪"点着一看——俩小孩儿。多大呢？都有十二三岁，长得挺胖乎，瞅着还挺好，他出去把他俩抓着了，这俩小孩儿正倒油哪！

卞律说："干啥呢，小孩儿？"

俩小孩儿没跑，说："师父你不用着急，俺们就弄点儿油吃。"

卞律说："弄点儿油吃？你们是谁家的？"

小孩儿说："你不认识俺们，你也找不到，俺们是阴曹地府的，到你这儿盗点儿油。"

卞律说："哎呀！你们阴曹地府怎么也没油吃呢？"

小孩儿说："不是，油不够用啊！现在的油这用那用不说，主要是用在造这个生死簿上呢！造不过来，这死的人多哪！现在黑天白天用油，油就不够用。"

卞律说："怎么造生死簿？每回没造吗？"

小孩儿说："每回没死那些人，现在黄巢造反哪！得杀八百万人，血流成河啊！那你现造赶趟啊？不得先把这簿造出来，写上名儿吗？"

哎呀！这一听，卞律觉得挺怪，这八百万净是谁呀？

小孩儿说："我知道，头一个杀的就是和尚卞律。"

他一听,"哎哟我的妈呀!"吓得一哆嗦,他说:"有我?我叫卞律。"

小孩儿说:"那你加小心吧!头一个拿你开刀,完再杀别人。"

卞律说:"不能啊!俺俩是朋友,关系最好,他还能抹开杀我去?我供他吃供他住的。"

小孩儿说:"那可不一定,俺们走了。"

人家一堆儿把油一端,俩人就没有影儿了,一道白光走了。这回他真信了,一看不是小孩儿呀!他就寻思,又过了几天,兵真就拉下来了,那上多少千的兵开始要反了,好比明天后天就要出发了。卞律和黄巢说:"贤弟呀!我可有一个事儿要和你说一说。"他就把俩小孩儿怎么偷油怎么说的告诉黄巢了。

黄巢说:"这不扯呢嘛!我能搁你开刀?咱俩啥交情啊!你收留我养活我,我来这儿全仗你养活呢,这些日子,咱俩跟亲弟兄一样,是莫逆之交,我能杀你吗?"

卞律说:"这么办,你要不杀的话……"

黄巢说:"但你说的这话我明白,这是天数,你得躲一躲,万一我不杀,底下的兵反了,把你错杀了,杀完也没章程了,我能咋整呢?"

卞律说:"对呀!"

黄巢说:"你躲一躲去。"

卞律说:"好!"

黄巢就跟和尚说:"初五那天我们就开始反,也就是后天。"

卞律说:"那好,我猫起来。"

到初五早上,和尚梳洗打理完就考虑:我上哪儿猫去呢?正好门口有一棵大柳树,那树年头多了,当中心子枯了,有个大窟窿,人都能钻进去。他说:"哎!也没别的吧,我钻这里去比较妥,等完事儿兵走了我再出来。"他顺树底下就钻进那个窟窿里去了。

单表黄巢,他把兵领出来之后,披挂之前得祭刀,不砍点儿东西不能祭刀啊!一考虑:杀牛马吧?也挺可惜的;杀人吧?也不方便。哎!没别的干脆搁树开刀吧!就把刀甩出来,"啪"一下打树上,把树砍折了,砍折一看——里面骨碌出个人脑袋来。他打开一看,说:"哎哟我的妈!这不是和尚卞律吗?他在这里猫着呢!"看了之后说:"最后还是应验了,这人还是让我杀了。"

他就啥也不管了,干脆就杀人反吧!这出门就开杀,逮人杀人,逮啥杀啥。一杀杀成什么样了？那血流成河，血流到海里去了！

龙王一看不干了，说："这不行呀！得禀报天宫。"上去了就说，"玉帝呀！黄巢造反，那可不像样了，杀了多少人哪！有上百万，这现在血都淌到河里去了，把我这个海水都染红了，那你得管管啊！"

玉帝笑了，说："不对呀！这是天数，还没够数儿呢，得杀八百万人，他才杀了一两万，那数还早着呢！"

龙王说："是吗？那干脆都别等着他杀了，我就发水吧！淹点儿。"

龙王回去就发大水，又淹死了好几百万，所以凑到八百万，那叫什么呢？"水火之劫"，上边这个玉帝批了：水火之劫，八百万。

要不说，人该死，你想躲都躲不得，"在树难逃"嘛！和尚藏树里，也没逃过去，黄巢还是把他给砍了。就是哪个树都行，在树荫里也行，在树心里也行，都逃不过这个劫数。

一文钱憋倒英雄汉

要说世界上没有钱行不行呢？没钱是不行啊！没有钱哪儿也行动不了，人非得奔钱不结！

就说当年的赵匡胤，那就不是一般人，别人叫"英雄"，那赵匡胤是"人王地主"，后尾儿当皇帝了！他年轻时候，没当皇帝以前，也没有钱，那是个什么手儿呢？到哪儿有钱就吃，没钱也吃，吃完他一瞪眼：没钱！爱怎么的怎么的！你别看当皇上以后他文明啊，他原先就像现在的大流氓似的，他有一把宝剑：不行我就动剑，和你杀起来看看！那啥也不怕，天不怕、地不怕！赵匡胤是这么个人儿。

这天赵匡胤走到哪儿了呢？走到一个瓜地，走得渴了，到瓜地一看：那瓜青瓜黄秧儿，挺好啊！他一看挺文明个老头儿在那儿卖西瓜呢，说："老者，你能不能把西瓜卖我一个？"

"好，卖你一个吧！"

"挑好的摘，我渴了！"

"行，行！"老头儿到那儿挑个好的给摘了下来，用刀"咔嚓"开开了，一看：那真是黑籽儿红瓤啊，那是解渴的好瓜呀！赵匡胤抱起来就吃……

这一个西瓜大，叫他都吃了，吃完可乐坏了，说："太解渴了，太好了！"他心寻思：要钱我是没有，说好了我就走，说不好我就给你两撇子，我啥也不怕！他就不讲理。

后尾儿吃完了，他就说："老瓜头儿，你这算我多少吊钱啊？"

"嗨！"老头儿说，"什么多吊钱！你是个君子，到西瓜地吃西瓜，要说不要钱也不好看，你不能白吃，要钱多我也不忍心，这么办吧，也别几吊了，你就给一个大钱儿就行！"

一个大钱那应该是最少的啊！赵匡胤一看，寻思：一个大钱儿一牙儿西瓜都买不了啊，这要得太少了，没法耍脾气了，要跟人家要黑脸儿就犯不上了！因为什么呢？人家对咱们特别好，你说吃了人家那么些瓜，就要一文钱，咱还跟人家耍脾气？说不过去呀！他当时就顺脑袋冒汗啊，那简直没办法！他就把剑掏出来，说："这么办吧，长者，我这宝剑当给你吧，就搁这儿顶你一文钱吧，我今天确实没钱，我没办法了！"

老头儿笑了，说："咳，一个大钱憋倒英雄汉啊！这宝剑是护身之宝，不能随便离身，你好好带着吧！今后你一定要正干，一定要务本守正，我告诉你吧，你的命运不错，今后你就好好干，不许胡诌白咧的！"

说完这之后，老头儿往地上一拍，赵匡胤回头一看：瓜窝棚没有了、西瓜地也没有了，上边儿一个老头儿一甩蝇拂甩子，说话了："我是太白李金星，今儿特意点化你来了，你好好干吧，你有天恩之命！"

这赵匡胤就趴着磕几个头，说："谢谢太白李金星，谢谢大仙！"人家就走了。

要不过去群众说"一个大钱憋倒英雄汉，没钱没办法"呢，"一个大钱憋倒英雄汉"，那是指赵匡胤说的，那当皇帝的一个大钱都憋倒了，咱老百姓还值得憋了？要不说没钱不行呢，必须得攒钱，必须得有钱，没钱啥事儿也办不通！

这"一文钱憋倒英雄汉"是赵匡胤的一个典故。

黎明一阵黑

赵匡胤在年轻的时候也不善战。当初也没啥干的，也就这摸点儿，那偷点儿。这天，他就把人家锅给偷来了，偷来锅之后，他妈一看，说："你这孩子啊！这都黑天了，你看这下半夜才回来，偷个锅干啥？"把他好损[1]，说，"你给人送去，你越学越不像话了，搁这么的你能学好？不往正道上干，你净胡扯。"

越匡胤是个孝子，外面胡扯，但怕他妈，他说："妈，那我这就送回去。"到外面一看，外边亮了，说，"天亮了，这不行了，送不了了，外边天亮了。"他就叨咕叨咕。

他妈说："不行，天亮了也送！"

他就叨咕叨咕："天哪，能不能再黑一阵，叫我把锅送回去，我妈叫我送，不送不行。"

哎？这会儿怎么回事儿？天真就黑了，他就急着送锅去了。锅送完之后，回来天又亮了。要不老天到现在也那样，临亮之前总黑着呢，一阵黑的嘛！这就证明它受皇封了，赵匡胤是宋朝的大皇帝，他封的是：黎明一阵黑。

白啰筒子的狗

这个故事是怎么个意思呢？

有这么一个老头儿啊，外号叫白啰筒子，他心直口快，有话就说，嘴不能长搁。他养活一条狗，这狗特殊，自从养活了之后，多咱就没咬过人，干养活干吃：你谁来我也不理乎！就往那儿一趴，谁来它也不咬。

大伙儿这个说："这狗是个傻狗！"

那个说："不会是哑巴狗吧，不会吱声？"

---

[1] 好损：批评。

但是白啰筒子还不认为这狗傻，瞅着这狗挺尖，眼睛也尖，什么都尖。

有一天，老和尚化缘来了，和尚到狗傍拉儿一看，摸摸这狗，就说话了："这狗是宝狗啊，白先生，你好好将养这狗，别杀了！"

"它怎么不咬人呢？"

"咳，它不能咬啊，它哪能轻易咬去？我告诉你，你这狗啊专咬皇上，它多咱咬谁的话，你就急速交他吧，最后你能借光。"

"是吗？"

"你就品去吧！"

正好，说完这之后过了不多日子，赵匡胤就搁院儿里过来了。那时候赵匡胤还没当上皇上呢，就像个二流子似的，这儿耍钱，那儿闹事，带把刀，净蒙吃蒙喝的。他一来，这狗就扑上去了，拽着他就咬，这家伙，闹得邪乎啊！

"哦，原来他有这个命啊，他这个愣头青样儿……"白啰筒子一看寻思着，完他就说："来，别走了，别怕这狗咬，不要紧，到屋儿吧，到屋儿吧！看起来我今天要特意交交你了，我有点儿好酒，再弄点儿菜，咱俩人喝一点儿！"俩人就交上了。搁那儿俩人就做莫逆之交了。

最后，赵匡胤真就当上皇上了，他当上皇上之后，这白啰筒子就借光了，也当上官儿了。要不说呢，这狗它识货，专咬皇上，别人不咬。

赵匡胤骑水龙

就说当年的宋太祖——赵匡胤，他是穷人，没有钱。他是干啥的？他给人家老杨家当猪倌。这个老杨家，家有钱，过得不错。

老杨家养活不少猪，他就天天放猪。他把猪赶到哪儿呢？赶到一个大河边儿上。他天天在那儿放，待着待不住，这天就瞅见那河里有一个像大长虫似的东西，挺粗、挺长、老浮着。他就逗它，一逗它，它就奔他来了，他就上去骑它，这回可好啊，骑上它之后，它老老实实地来回浮着玩儿，他一骑，它就打滚儿。

这一骑闹了好几天，他身上的衣服老整得精湿。这天回去以后，这个老头儿高兴了，说："你这小孩儿，这衣裳怎么老这么精湿呢，净洗澡了？那水多凉啊，能洗澡？"

他说："不，我不是洗澡弄的，那里有一个大长虫，粗得邪乎，叫我骑它玩儿呢！"

老头儿说："长虫？那么大的河，哪有长虫呢？"

他一说什么什么样儿。"哎呀！"老头儿说，"这么办，今儿你再骑，我也看看去！"老杨头儿挺高兴，就跟他去了。

到河边了，待着看了不一会儿，他一敲，它直接上来了，来了他就蹦上去骑上了。

老头儿一看，心寻思：它就是个龙啊！骑的这不是蛟龙吗！他就明白了，没吱声儿就回去了。

到下晚儿他就告诉赵匡胤说："你一逗它，它不就张嘴吗？你明儿再去的时候啊，把我这个小红口袋儿给扔它嘴里。"

赵匡胤说："那行！"他就记住了，把口袋拿去了。

下晚儿回家了，他就和他妈说："妈，你说老杨头儿这是干啥呢？他说我每天骑的像大长虫似的东西是水龙，他整个小口袋儿，告诉我扔龙嘴里头，我一摸这是骨髓，他说是他们老人的。"

老太太一听就明白了，说："哦，不用问，这龙飞水涨啊，扔里之后这下边儿肯定就能生龙脉了，这肯定能打腰！这么办，明儿个我把你爹的骨髓找着。"

这工夫赵匡胤说："嗯，把我爹骨髓找着。"找吧，就找了。

他爹没埋，那骨髓顺山在那儿挂呢，正好就装在了北边养鱼池上边的红口袋里了，在那儿挂着呢。

他爹的也是一个小口袋，扎着，骨头都剩不多了。他妈把它包个包，缝好了，说："你把这点儿拿去吧，你要把咱这个给先扔嘴里，完再扔他那个，咱不明白，肯定人家明白啊，肯定有好处！"

"对！"赵匡胤就拿着了。

第二天，这俩包儿就都拎着了：人家的是红包儿，他这个是浅红色儿，俩色儿，知道哪个是个人的。他信他妈的话，就到那儿去了。这个龙又上来了，他又上去骑龙身上，来回打滚儿翻着玩儿。他一玩，一逗，这龙嘴就张开了，他把他这包儿拿着往

叁 人物传说

嘴里一扔,这龙"啪"嘴就并上了,不吃!再搁前一晃,还不张嘴了!他寻思:这怎么办?就拿老杨家的骨头晃,一晃就张嘴——吃人家的那个,不吃他这个。

他把他这个又一扔,那龙又并上嘴了,他寻思:出奇了,怎么回事儿呢?弄了多少次,都扔不进去,拿老杨家这个一晃就开,它让扔,就他这个不让扔!他说:"真巧透了,你这龙也势利眼,看见有钱儿的,你也溜须,爱吃他的骨头棒子,就不爱吃我爹的骨头!"他一合计,心寻思:怎么办呢?

其实赵匡胤不知道他爹是王八精,他妈是被王八污了生的他。所以他拿的骨头腥,这个龙不吃,他没那命。

怎么办呢?正好那边儿不知道从哪儿漂来个木头棒子——一个大干柴棒子,不太粗,像镐头把儿那么长。他就喊,说:"木头大哥,木头大哥,来,来,你往这儿来!如果我要能当皇上,就封你!你帮我一个忙!"

哎?他一说,怎么的?那木头风一刮,真就奔他来了!到那儿正好,赵匡胤就把那木头棒子拎起来了,这回把老杨家的那个一晃,龙就张开嘴了,他把这木头棒子"啪"就插里了——那龙嘴就并不上了,他把他这个口袋拿来顺着缝儿就塞进去了,塞进去又把木头棒子一拽,这龙嘴就并上,吃进去了。搁老杨家的一晃,怎么的?不张嘴了!就吃一个,多了不要,怎么扔也不张嘴!他寻思说:这对不住人家呀,怎么办呢?唉,这么办吧,我就挂它犄角上吧!他没办法,没地方挂,就挂在龙那犄角上了,他就回去了。

要不最后他当皇帝了,杨业是"挂角将军"呢,挂龙角上了嘛!为啥老杨家净出好汉,净出英雄,净出死保皇帝的忠臣呢?因为他俩是站一个物儿上了,一个站龙肚儿里,一个站龙犄角上了,那都是龙脉!老杨家的"挂角将军"就是这时候封的。

赵匡胤与红煞神

赵匡胤念书的时候很淘,那时候他小啊,也就十几岁,他在私学馆儿上学。老师在后面教书,他们在那儿念书,他老是不老实,净有小动作,老师挺烦他。

他学校南面有个不大的土地庙,这个土地庙里的土地挺歪,谁要是从那儿走过之后，不是脑袋疼就是屁股疼，老是撞事儿。一问之后，叨咕叨咕说是撞上小庙儿了，他们都说这个老土地太不应该了。

他一合计：杂种！我给你糊上让你出不来，省得你祸害人！他捡个小破纸，就写上了：此门不通。那庙也小，他整点儿糨子就把庙门糊上了，这是头吃晌午饭时候糊上的，糊完他就回家了。

到吃完晌午饭之后，老师正睡晌午觉呢！一惊就醒了，老师就想，怎么事儿呢？这么出奇！这老师做了一个梦，梦见土地老儿拄着龙头拐杖来了，摆划他一下，说："先生啊！你得想办法救我，我出不去屋了，我那屋啊叫你学生把门给我封上了，他不扯下去我就出不去呀！"这老师一看，就寻思：这怎么学生能封了土地门呢？这还了得？我看看去！他到庙那儿一看，几个字写得不怎么好，他就考虑，谁写的呢？是淘气孩子，但这孩子不简单，一般人封不住土地门。

他上了讲堂就说："你们休息会儿，我和你们说一个事儿，南面的小庙儿谁整的一块纸贴上了？扯下来！如果不扯我看着之后要揍他，你扯下来算完事儿！我回去还得喝点儿茶，待会儿再上课，你们休息一会儿吧！"

他就回他屋了，喝茶是假话，他在屋里扒窗户瞅着。不一会儿赵匡胤颠儿颠儿就跑过去了，到那儿扯下来之后，拿着卷巴卷巴就回来了。老师一看，噢，是赵匡胤干的啊！还是这个小孩儿淘气呀！他一考虑：这个小孩儿他命不小啊！

又过了几天，那时候学校里轮班扫地，头一晚上扫也行，一早上扫也行，该赵匡胤扫地了，他家里头下晚儿有事儿，没扫就跑回家去了。在家一早上起来寻思不扫不行，上学之后老师看那地没扫非得处分他，他是值日生啊！他就起五更告诉爹妈："我得扫地去！"他爹问："这么早你敢去吗？"他说："敢去！没事儿！"他拿着笤帚就颠儿颠儿去了。

正扫地呢，就听着门口的喇叭过来了，连敲锣带打鼓，一个娶媳妇儿车过来了，他寻思，这是哪儿的娶媳妇儿车呢？他也没管，还在那儿扫。这会儿就从外面蹿进来一个挺壮身板儿、挺高的个子、脸长得黑里透红色儿的一个人。到屋之后就站下了，先是一礼，就问他："星主，我是不是可以去呀？"

赵匡胤笑了，寻思怎么称呼我为星主呢？他说："那你去吧！正烦得慌，我扫地呢！"那人就走了。他又扫两下地扫得差不多了，寻思我让他去是干啥去呢？我瞅瞅这人儿是干啥的。这工夫喜车过来了，他看见喜车从前边儿走，这个人蹦蹦跶跶地在后边儿走,就寻思这娶媳妇儿怎么在后儿搁个长得这么样的一个玩意儿呢?他就跟着。在那儿拜天地的时候,他也跟着呢!这个红脸儿人就在旁边站着,那边儿拜完天地这人儿就没了。

他回来以后寻思:这真出奇啊!到下午上学老师同学都来了,余下时间没事儿时就问他老师,他说:"老师,我有一事不明。"

老师说:"啥事儿?你说吧!"

他说:"娶媳妇儿预备一个红脸大汉干啥呢?跟在喜车屁股后,颠颠跶跶的!"

老师问:"怎么回事儿?"

他就说我怎么扫地,他怎么称呼我为星主,我跟他去他就在喜车后儿蹦蹦跶跶的,那边儿拜完之后他自己就走了。

老师一听,"哎呀!"心里就明白了,这个"胤"字是老师给取的,他犯红煞,但有紫微星[1]能解,紫微星救驾那还了得?原来你是皇帝命啊!要不怎么称你为星主呢?搁那儿老师说:"你好好念书,家里再好好供!"

到最后他不真当上皇帝了嘛!要么说人都是命中注定嘛!

异文:赵匡胤遇红煞神

赵匡胤十四五岁的时候,在学校念书。学校学生不多,有十几个学生,每天下晚儿都得把地扫净,轮值日生。这天就轮到赵匡胤扫了,但这小子滑,他不爱扫,他就寻思我明儿早上再说。

第二天早晨了,他一看,不行啊,怕老师说,所以一早上起来黑咕隆咚地就去学校了,去了就拿上笤帚扫地。正扫地呢,就听见外边儿又是鼓乐响,又是吹鼓手响的,丁零当啷连吹带打的,他就趴到窗户上一看,原来是娶媳妇车过来了。

这时候就见顺外边儿过来一个大个子,身高八尺,那家伙瞅着红脸大汉的,吓人哪!他就进屋来了,到屋就站下了,说:"请问星祖,让我去不让我去?"

赵匡胤一看,寻思寻思:你干啥呢?

---

[1] 紫微星:象征天帝的居所,也被称为帝星。

他又问："请问星祖，让我去不让我去？"

赵匡胤说："去吧！在这旮碍事巴拉的，我扫地呢！"他这儿正烦得慌呢。完那人就真走了，他就寻思：哎，这不对呀，我让他去啥玩意啊，我得卖呆儿去。一看外头娶媳妇儿呢，说回来再扫，他夹着笤帚疙瘩就撵出去了。

撵出去之后这大个子就奔喜车去了，他也奔喜车去了。到了喜车跟前，他就跟着喜车，这红大个子就退后了，没敢在喜车旁站着，他就跟着喜车，说我看看这新媳妇好看不好看。到了人家下车拜完天地啥事没有了，他个人就寻思：我得回去了。一回头，那大高个子没有了，不知道哪儿去了。

单表过了两天，学校南边儿有个土地庙，这个老土地啊，爱摊事儿，不管哪个小孩上那儿去啊，不是这个脑袋疼，就是那个腰疼，保管闹病，他就迷糊你，你就得到那儿上点儿香、上点儿供，要不土地就不让。

大伙儿叨咕说："土地呀，太歪了，谁家小孩儿去都得上香，不上香就不行，土地哪儿有这样的土地呢，这土地可惹不起啊！"

赵匡胤一看，寻思：惹不起，我让你不出门，让你再迷人！他就整了一张纸，在纸上写上：此门不通，不许出门！写完之后整了点儿糨糊把庙门就给贴上了，贴完就回来了。

单表老师睡晌觉呢，就梦见土地拿着龙头拐杖喊："老师啊，你得救救我！你学生把我门都封上了，我出不去了，再封两年不把我封完了吗！你就让他把那玩意儿揭去吧！"

老师一惊醒，说："哪能呢？我看看去。"这庙就在学校前边儿不远，老师就去了。去了一看，一张白纸上写着"此门不通，不许出门"几个字儿，字写得不怎么的，离了歪斜[1]的小字，一看就是十几岁的小孩儿写的，老师就寻思：这是谁写的呢？为什么能把土地封住？这个小孩儿可了不起呀！这小孩儿名不小啊，他都能封住土地。

他回去就告诉学生说："我和你们说个事儿，那土地庙谁淘气捆纸封住的，自己去揭了去！"说完之后老师就回屋趴着去了。其实他并没有趴着，他要不走的话就没人敢揭啊，他回小屋之后就扒着窗户往外瞅。

---

1 离了歪斜：不端正。

不一会儿,就看赵匡胤顺小屋鸟悄儿[1]就出来了,哈个腰就紧往那儿跑,到那儿把纸拽下来之后就跑回来了。老师就寻思:啊,原来是你干的这事儿啊!到晌午念完书没事儿闲扯的时候,这老师就说:"你们今儿谁干的不承认就算了,但今后这土地庙不准随便封,封完之后土地出不去了那还了得!"

大伙儿笑着说:"那能封住吗?"

他说:"那可真能封住。"

赵匡胤就说:"老师,那你说土地也怕人吗?"

"他也怕人,你封住他也不行。"

"那还不算,那还有一个事儿,你说娶媳妇那怎么还搁个红脸大汉?跳跶跳跶的,那是干啥的呢?"

"你看着了咋的?"

"前天早晨哪,我来得早,头晚儿地没扫,一早上起来忙着扫地呢,就来了个大个子,身高八尺,红脸大汉的,长得吓人巴拉的,到了就问我:'星祖,我去行不行?'我就烦得慌,就说:'去吧!'他就走了,我也不是卖呆儿,就看看他干啥去,我就跟着喜车走。我去了他就躲了,我到前边儿看人拜完天地回来了,那人也没了。"

老师一听,说:"行啊,不错,我明白!"就心寻思:"那个日子是我给择的。一算那个日子犯红煞,但有紫微星能解,除了紫微星谁也解不了。我怎么算都看出有紫微星来破解能赶到,没想到这赵匡胤就是紫微星啊,他给解了,看来他是皇帝命啊!"

搁那么的,老师就特别注意他,对他说:"你好好念书,你今后念书的学费啥也不用拿了,我都给你拿!"

"老师,那哪行啊?我于心不安哪!"

"没别的,我就认你干儿子,我供你吃穿,供你念书。"搁那么的,老师就供他吃穿,供他念书了,赵匡胤最后当皇帝了也没忘了老师的大恩。

这就是说,赵匡胤是紫微星,连土地老都怕他,红煞见了他也躲老远,称他为"星祖"。

---

1 鸟悄儿:小声、悄悄地。

包公断吃果子案

这包公没当官以前哪,他就聪明。他有个嫂子,他小时候是他嫂子养大的,对他也不错。

这一天他嫂子就叨咕:"这两包果子不知道谁打开了,偷着吃了好几块,吃了不要紧,不应该打开这玩意儿。果子是打算串门儿的东西,谁给偷着吃了?"没别人,这屋里一看,就俩丫鬟,是不是丫鬟吃的?完了就问包公:"都说你这人聪明,念书还好,一心想当官,我现在考考你吧,你就把我这案子给破了吧。你要是破了此案,兴许你将来还真有出息。"

包公说:"那好破,屋里不是没别人吗?"

嫂子说:"没别人,就俩丫鬟。"

包公说:"好。"就把丫鬟喊来了:"你俩不用害怕,过来,你们去上外屋,一人舀碗水,就不准动弹,舀来水也不准喝。"她俩就照办了。

这俩丫鬟,一个大的一个小的,大的有二十二三岁,小的有十六七岁。这时包公就说:"你俩都喝了,喝一口水,但不兴往下喝,不能咽下去,咽肚儿里去得罚你们两个,完了得吐水里边来。"

这大的到这儿就喝几口,回头涮涮嘴又吐水里了。这大的一看水湛清。这二的一吐,水里边都是渣子,一看就跪下了,说:"确实是我吃了。"

包公说:"吃了就吃了吧,以后注意,这果子不能吃,那是串门儿的东西,这个是纪律,但也没有什么大错,你还是起来吧。"

包公嫂子说:"你真行啊,没白念过书。这案子你破得痛快,今后你准有出息。以后你用这个方法,就比动刑强。我就希望当官的当中,没有大刑,要是严刑拷打,就容易冤枉人。用智慧破案,这是我的希望。"

附记:

果子即现在的糕点,旧时逢年过节、走亲访友常带糕点作为礼品。

(詹娜)

包公断偷孩子案

这说的哪呢？就说过去生孩子都得有老娘婆接产，这老娘婆正好上午是在老王家接的产，生的是一个小子。到下午的时候呢，老李家那屋儿要接产，她就到老李家去了，那边生的也是小子。

生完以后，过有三天的工夫，整个儿怎么回事儿呢？这个老李家就告状，硬告到县太爷那儿，说："黑夜进来贼了，我家这生了刚三天的孩子被人偷走了！"

县太爷说："你有什么目标啊？"

"我有目标，是老王家偷去了，他那孩子没有了，就把我家孩子偷去了。"

县太爷就把老王家传去了，传去到那儿一问，老王家说："不对啊，是俺们个人生的孩子啊，可以拿老娘婆给俺们做主，是那老娘婆给接生的。"

老娘婆说："对，我是给他媳妇儿接过产。"

一问老李家的情况，老娘婆说："他也对，我是下午给他家接的产，两家都是小子。"

县太爷说："你认得那孩子吗？"

老娘婆说："那哪能认得，那刚生的孩子都是血娃娃啊，也没什么模样，生完我包上就回来了，哪能认清哪一个啊！"

哎呀，县太爷就转不了了。这时候正赶听见锣声响，包公搁这儿巡查来了。大伙儿说："这么办吧，找包公吧，这县太爷弄几天了也断不清，没法儿说了。"就交给包公了。

包公说："这好办，我看看怎么回事儿，把孩子抱来！"就把孩子抱来了。

抱来一看，四五天儿的孩子，包着，瞅不出啥样儿来啊！包公就问，说："这到底是你们谁的孩子？"

老王家说："是俺们的！"

老李家说："是俺们的！"

那时候这玩意儿不像现在，能验血型，那时候啥也不能验，没别的章程呀，就靠断案。

包公瞅了一会儿，一看两个小媳妇儿、两个男的都争这孩子，认不清。他寻思了半天,说:"没别的断法了,要我断啊就粗俗点儿,你们愿意受也好,不愿意受也好,就这么办吧,这孩子一人一半!"

两家一听:"怎么的?"

包公说:"一人一半!把锯拿来,顺当间拉开,从上边儿搁脑袋开始拉,一直拉到底下,一家一个胳膊一个腿,光拉完也不行,得拉公平了!"

那时候这卖呆儿的人也多啊,大伙儿一看,说:"这包公今儿怎么这么断案呢?"

"推出去!"那包公脸色都青了,"断,非断不结!赶快取锯,赶快取锯!"就把锯取回来了。

包公说:"把孩子撂桌子上!"就撂桌子上了。

"我来亲自掌握,你们掂对拉!"没等拉,包公就问他们:"怎的?你们同不同意这事儿这么判吧?"

这工夫问半天,老李家也不吱声,老王家也不吱声。后尾儿老王家说:"包大人怎么判怎么算,就这么的吧。"

老李家说:"大人啊,这么办吧,这孩子我就不要了,就给他吧,我不忍心我生的孩子被拉成两半儿啊!"

包公说:"你不要能行吗?一人一半嘛!"

老李家说:"不行呀……"这回哭了。

老王家说:"大人怎么断怎么行。"

包公"啪"一拍桌子,说:"把老王家拿下!你一点儿都不心疼,这不是你家孩子,你孩子准是死了,把人家孩子偷去了,人家老李家宁可不要这孩子都不让拉,你这一点儿恻隐之心都没有,能是你孩子吗?!"

这回大伙儿一看,说:"哦,包公断得真清啊!"

这老王家就输了。所以,谁的孩子人家谁心疼,不忍心让拉开,就是旁观偷孩子的不在乎:你拉拉吧,不是我个人生的!

所以就把老王家押下去了,还罚老王家不少钱,就说包公断案断得特别清。

包公断偷茄子案

包公当官啊，开始是当个小知县，县官。当上县官以后，就有个老太太找他，说："县太爷啊，都说你判案判得清。我就是房后种点儿茄子，就剩不下，一到明儿要摘着卖的时候，茄子就丢。我卖着摘的时候，天天这茄子丢，你说这是怎么回事儿吧？还不多，我一丢丢两筐。他替我卖去了，我落不着一点儿，怎么办呢？这能不能管？"

包公说："那好办。你那茄子在哪儿呢？"老太太说在哪儿哪儿。包公说："那茄子你就不用管了，明天我给你判那案去。"她这就走了。

走了以后，包公就告诉他下边的王朝、马汉："你俩今儿个去，到那茄子地，拿个锥子，拣着哪个大的，小点儿的不用管了，拿那锥子把大茄子都在尾巴上扎个眼儿，别扎太大了，扎个眼儿就行，大茄子都给它扎上。"

他俩说好，扎完他俩夜里就回来了。他俩去得早，黑天就去了，等到半夜，茄子还是丢啊。

一早上起来，老太太又来了。包公说："你别着急，我领你找去，准能找着。"

老太太说："那能找着？一样的茄子。"

包公说："你走啊。"包公就带着王朝、马汉，带着老太太到卖茄子的地方，有市场嘛，卖茄子的地方。那茄子能个人吃吗？到那儿一看，那茄子一堆一堆的。包公一看，一个挺大个子卖茄子的，一个半大小伙子，包公就告诉王朝、马汉："你们检查，买茄子挨排儿看。"一看这个就一比画，意思在这儿呢。一看他这两筐茄子，茄子底下个个都有眼儿。包公说："这么办吧，卖茄子的，你犯了法你知道不知道？也不用回大堂了，我就在这儿处理你。"

他说："我怎么犯法了？什么犯法了？"

包公说："你偷的茄子卖。"

卖茄子的说："那哪儿能呢？"

包公说："那哪儿能？你承认不承认吧，你茄子底下有我昨晚扎的眼儿，你这儿个个有眼儿，你问问卖茄子的，谁茄子有眼儿？"

卖茄子的这可直眼儿了，吓得跪地上了，说："包大人哪，你就饶了我吧，我这是家里边有困难，没办法偷人家茄子。"

包公说："老太太也不充裕呀，这么办吧，你把她答对了吧。你俩私底下，你卖了多少茄子把钱都给她吧。别让她哭哭啦啦的，你偷了人家好几回。"

卖茄子的说："行了，我给你五两银子吧。就这么的吧，我多了也就卖个三两、四两的。"

老太太说："给我点儿就行啊，我要个面子。包大人你不愧是清官，不动刑不伍的，笑呵呵就把案子给破了。这真是清官哪！人民的父母官哪！"

包公儿子尿憋种

过去不有那话吗，真是"包老爷的儿子尿憋种"，包公一辈子当中，他儿子都不听他话。你说东他说西，你告诉他干啥，他决不能听那事儿。比方说"今儿你割地去"，他就兴干别的去，就不听包公的话。你看包公断案什么的弄得都挺清楚，就儿子管不了，没办法，要不说清官难断家务事呢。

包公呀，一辈子清官，清得邪乎！那真是"白天断阳夜断阴"哪。包公不有游仙枕嘛，要不过去抓错人了，皇帝还让他到阴间办案去，所以真能夜断阴。不管怎么的，包公是特别的清。

包公临死之前就考虑："我得告诉我儿子，这尿憋种他不能听我的。"就说："我死之后你给我打个石头棺材。"他一想："我告诉你打个石头的，你最低弄个木头的、铁的，这玩意儿都能烂，烂完之后我翻身还能托生，还能当清官。"

他告诉完之后，这尿憋种就寻思：哎呀，我一辈子没听过他的话，这我爹死了要个石头棺材，这就听他一次话吧。真就弄个大石头给他凿个棺材，上面封好了，埋上了，所以说以后再出不了"包公"了，让尿憋种给埋上了，不能翻身。

包公借猫

传说宋朝年间,在宋仁宗当皇帝的时候,有这样一个法令:人一到六十岁,家里人就得把他活埋了。因为当时世上人口太多,养活不了,认为年轻人有用,到岁数的人就没用了,老头儿、老太太是干吃粮食不能干活,国家就下令不准养活了。所以,人一到了六十岁就要被活埋,家家户户都弄得哭哭啼啼的,可谁也不敢违抗国法呀!

别人咱不说,单说包公。包公他爹这年也六十岁了,包公不忍心将自己的爹活埋,不埋还犯法,他还是个清官,怎么能犯法呢?

包公心想:怎么办呢?最后,还是孝心占了上风。他就想了个办法,把他爹藏起来了。包公让人挖了一个地窖,把他爹藏在里面,对他爹说:"爹啊,你就在这儿猫着吧,千万别出去,每天我都叫家人给你送点饭吃。反正活一天是一天,活到哪天算哪天吧。"

包公的爹从此就不见天日了,每天都在地窖里藏着,吃喝拉撒都在这里面,哪儿也不敢去,一待就待了好几年。包公呢,每天都照常上朝。

这一天,西梁国前来进贡,带来了五个奇怪的动物,一个个长得比毛驴子还大。朝廷的文武百官见了,谁也不认识这些活物是什么东西。西梁国使臣当着宋朝文武百官的面,扬扬得意地说:"知道这是什么东西吗?都说你们中国地大物博、能人多。你们如果能给它叫出名字来,我们西梁国情愿年年进贡、月月来朝。要是叫不上来啊,那就说明你们见识太少,就不能给你们进贡了。"

西梁国使臣这么一叫板,宋天子宋仁宗脸面有点挂不住了,他对包公说:"包爱卿,你断案如神,白天断阳夜断阴。这么多人不是都不知道这是什么东西吗?我就把这个事儿交给你了,你给断断是什么吧!"说完,他就一甩袖子退朝了。

包公也不认识啊,可是他当皇上的面又不能说不认识,回家之后就躺炕上发愁。包公的夫人李氏看他这样发愁,就问:"你今儿个怎么了,怎么这么愁呢?"

包公叹口气说:"你不知道啊,西梁进贡来几个怪物,挺尖的嘴巴子,挺大个肉身子,谁也不知道是什么玩意儿。皇上一看百官谁也叫不上名来,就激了,要斩全朝的人,所以我愁啊!"

李氏就提醒他说:"你不认识,问问老太爷啊!看看他知道不知道,他岁数大,见识多。"

包公一听，赶紧下了地窖去问他爹。他爹一看见就知道有事儿了，问："怎么的了？"包公把事情经过一说，他爹说："啊，过去听老人说西梁国有一种叫夜鼠的东西，长得挺老大，可邪乎了，不知道是不是这东西？"

"那得怎么看出来呀？"

"这样吧，你淘换一只八斤半的大狸猫来，它要真是夜鼠，不管它长多大，它也怕猫。"

包公说："上哪儿去找八斤半的大狸猫啊？"

"你呀，就得去到天上借御猫了，我知道玉皇大帝有只八斤半的大狸猫。"

"好吧！"原来，包公有一个鸳鸯枕，睡在这个枕头上，灵魂就能和肉身子分开。要不怎么说他能白天断阳夜断阴呢！他白天断阳间的事儿，到晚上躺在枕头上，自己的魂儿就走了，就能断阴间的事儿了。

当天晚上，包公就趴枕头上了，这魂儿就到天上了。他把这件事儿跟玉皇大帝一说，玉皇大帝同意把猫借给他，说："你用完了可得还我呀！"

"我用完了保证还。"

"行啊，到时候送回来就行。"玉皇大帝又嘱咐了一遍。

包公把大狸猫揣到袖子里，梦醒来一摸，这猫还真在怀里呢！

第二天，包公就把大狸猫带到了朝中。皇上问他："怎么样啊？包爱卿，你断出来没有啊？"

包公就说："断出来了。那东西在哪儿呢，再让我看看吧！"皇上就命人把那五个东西拉出来了，都关在一个大铁笼子里。

包公看完了说："这个东西我认得。"

西梁国使臣说："包大人，你得叫出名来，叫对了才行。"

包公说："好吧！"说完，就把怀里揣着的大狸猫放出来了。这五个东西看见大狸猫，一下子就惊了，上蹿下跳，挣开笼子门，都跑出来了。就见这大狸猫连叼再咬，连踢带踩，不一会儿，就把这五个活物都给逮住了。

包公一看乐了，说："这是耗子，是西梁国的夜鼠，对吧？"西梁国的使臣一听，不吱声了。

满朝的文武百官这回都活了，七嘴八舌地说："啊，你们拿耗子上中国唬咱们

叁 人物传说　　　　　　·249·

来啦!"

这工夫,大狸猫有只脚没压住,夜鼠跑了一个,"嗖"的一下就没影了。

宋仁宗说:"这么办吧,这猫就别往回送了,还有一个耗子没抓着呢,还得闹事,得把猫留下避避它。"

皇上说话了,包公就得执行。结果,包公跟玉皇大帝借的猫就没送回去,从此,猫就被留在人间专门避鼠了。

等西梁国的使臣退下之后,宋仁宗就问包公:"包爱卿,你是怎么认出这些怪物的呢?"

包公不敢隐瞒,赶紧跪下了,把他私藏老爹、老爹怎么指教他的事儿都向皇上坦白了。

宋仁宗听了,半天没说话。末了,他叹了口气,说:"爱卿平身吧!这件事朕不怪你。朕想明白了,今个儿的事儿要没有你老爹给出谋划策,还说不上怎样呢?老年人有老年人的用处啊!看来,朕得修改这个法令了。"

第二天,宋仁宗就下令,废除老人六十岁活埋的法令,包公他爹终于可以走出地窖了。

咱再说那猫,打这起就和包公结下仇了,它生包公的气呀!怪他不讲信用,害自己没能回到天上。从那时候开始一直到现在,猫一直记着这个仇,连睡觉时打呼噜都在骂包公,不信你听听,猫睡觉打呼噜骂的是"许送不送,包老爷杂种"。

附记:

民间多有类似的传说,版本大致相同。在古代,六十是一甲子,六十岁被称为花甲之年,所以,对于人们来说,六十岁就是人生的一个轮回。既然已经过了一个轮回,那么,生命也就没有什么延续的必要了,便把老人送深山无人处,或洞穴、土坑内,任其自生自灭。这一风俗被称为"弃老"风俗。对此,也有相对远一点的史料记载,史前,游牧民族有一传统,部落的人会将自己家年满60岁的老父母安置在提前建好的坟墓之中,因坟类似瓦罐,又叫"瓦罐坟"。这种坟在建立之时,会留一个洞口便于给老人送饭。每天送一次饭,加一块砖,一年以后,坟的洞口就会被完全砌死,这就算是把老人安葬了。

苏小妹嘲弄佛印和尚

苏大人是一个大文学家，有两下子[1]，他的妹妹叫苏小妹。这天苏大人正在家呢，有个老和尚来串门。和尚也挺有文采，就和苏大人唠上了，唠嗑当中，这个佛印挺怪，不唠多少文嗑儿，净唠些个老佛教的嗑儿。唠佛教怎么个渊源，怎么深，说怎么成神啊，成上果儿，净唠这个事儿。

苏轼心寻思，这不扯呢，人还能成佛啦？佛就是不能成的玩意儿。

但唠一唠呢，苏大人就被唠住了，因为他对佛教知道得不太深，就有点儿答不下去了。

苏小妹在屋里，隔一堵墙，就笑，当时就接着说了一句："哎，人弗为佛，人不能成佛！"

"人"字搁个"弗"字念"佛"，人弗为佛，"弗"字当"不"的意思讲，意思是说人不能成佛。佛印一听，苏小妹这话说得邪乎啊，这句是轰我呢！佛印想了半天，也抨苏小妹一句，说啥呢？说了这么一句："女子为好，女又可生奴！"

"女"搁个"子"字念"好"，这"女"字搁个"又"字不念"奴"吗？苏小妹一听："哎呀，你这是数落我呢！还想让我当奴才？"

人家说得好嘛，苏小妹一听，憋气啊！寻思半天，她又顺这边儿掏出一块纸，拿起笔来写了两句话，写了一副对联，写完以后，就说："你们忙吧，我走了。"

把对联撂到桌子上，苏小妹就走了。佛印把对联儿拿过来一看，写得挺好："凤至禾下鸟飞去，马到芦边草不生。"

佛印心里说，写得对啊！"凤至禾下鸟飞去"就是说凤凰到禾下之后，雀儿都得怕跑了，还谁比得过凤凰了吗？"马到芦边草不生"是马到芦苇边儿，马把草都吃了了。

这个佛印也没往别的地方想，就说："写得不错，挺好！苏学士苏大人，你给我书一份，你字儿写得好，我回去做个纪念。"

苏轼说："好吧。"

---

[1] 有两下子：这里指有才华。

苏轼也没寻思，拿过宣纸来写了副对联，写得也好，佛印就给拿回去了。拿回去以后，佛印自己挺高兴。正赶上有庙会，他就把对联搁屋了。他也有朋友啊，别的老道、朋友都去不少。有这么一个老道文采高，虽然不是和尚，但也和佛印来往。

老道到那儿一看，说："老师傅，老兄啊，你这个对联不能贴啊！"

佛印说："怎么的呢？"

老道说："你看，这是骂你啊！"

佛印说："那哪儿能呢？这是苏大人写的，他妹妹作的！"

老道说："你看吧，'凤至禾下鸟飞去'，'鳳'（凤）字到了'禾'字底下，又把鳥（鸟）飞去念啥？不念'秃'嘛！'马到芦边草不生'，'马'字搁个'芦'字，那草没有，不念'驴'嘛！这不骂你'秃驴'俩字儿呢嘛！"

佛印恍然大悟："妈呀，这苏小妹太歪得邪乎了，赶快扯下去！"

佛印就把这玩意儿扯下去，烧了。

苏小妹嘲弄佛印，把佛印砢碜完了，他都不知道。

苏小妹结婚对诗

苏小妹和秦少游结婚的时候是夏天景儿，他俩是在苏小妹家结的婚。

俩人结婚那天，下晚儿黑的时候，请的客就全走了。

在后面养鱼池傍拉有个大绣楼，他们结婚之后就上绣楼住了。这秦少游在外面，苏小妹在屋里，他们已经谈花论景说了半天，这工夫到睡觉的时候了，收拾好之后，苏小妹进屋就把门插上了，把窗户也关上了。秦少游要进屋啊，就喊她，让她开门开窗户呀。

苏小妹就笑了，说："这么办吧，我出一个上联，你要是能对上来的话，你就可以进来，咱俩同床共枕，你要是对不上来的话，就多咱对上多咱进来。"

他说："你出吧。"

"那好。"苏小妹把窗户一开就说话了，"闭户推出窗前月。"就是一关窗户把月亮推出去了，那月亮不是正照到屋里吗，她搁里边一推窗户，就把月亮推出去了。

苏小妹说："你对吧！"

这秦少游一听，着急了，这诗不好对呀，这是绝对呀，怎么想也想不出来。他就在外头来回徘徊，左一趟右一趟地走，就是想不起来，他合计怎么办呢？放着老婆在屋里，对不上进不去屋，难心呀！

这工夫单说谁呢？单说苏东坡。妹妹妹夫结完婚之后，他也没事儿，正在养鱼池溜达玩呢，就听见苏小妹他们俩说话。他心里就寻思，小妹呀，你怎么净事儿呢，结婚头一晚，俩人乐呵呵地睡觉好不好，难为他干啥？你看秦少游急得像狗跳墙一样，你说进不去屋着急不？苏东坡看他着急，没办法，他就捡起来一个石头，往养鱼池里"嘣"地一扔。

这石头"嘣"一响的工夫，这个秦少游就听到了，一看是苏东坡撇了个石头，当时就惊醒了，说："啊！我对上来了，'投石击破水中天'。"就是说这石头一扔，就把水里的天击坏了，那天不是照到水里去了吗！

苏小妹说："好，确实好，进来吧！"她就把门开开了。

两人这才入了洞房。

苏小妹母女对话

苏小妹没有事儿，这天在屋儿干啥呢？她净出诗对对儿，自己也闷屈[1]了，今儿一考虑，说："这么办吧，就自己刺点儿绣吧。"就把这鸳鸯枕拿去，往枕头上刺花。

正扎、正刺花儿呢，就觉得身上哪儿也难受，就有一个喷嚏打不上来了，那怎么打也打不上来，憋得难受！

一看要打喷嚏，她怕真急速打了憋到鸳鸯枕上把这花儿整埋汰了，就撂旁边等这个喷嚏，干等它也不来！她好出诗啊，个人编着顺嘴就说了："咳，嘴里嘤嘤口难开，无时无因落在怀，刚正憋到鸳鸯枕，等你来你也不来！"

这是黑天儿，点灯时候嘛，这当妈的在外屋儿一听，寻思说：哎呀，我女儿有外

---

[1] 闷屈：没意思。

心了，这准是和哪个男的有情意啊！你看，没听她说等他来他也不来，她着急了！

最后她喷嚏也不打了，没有了。她妈进屋儿了，到那儿把花儿拿起来一看：这花儿绣得挺好啊！就拿着花儿说："哎呀，女儿，你的花绣得不错啊，井里栽花井口奇，这朵鲜花真不离，过路君子把花采，扔下残花是谁的？"意思是：你光在外边儿胡扯了，这君子把你花采了，你生下孩子的时候给谁扔下？那怎么办呢！

苏小妹一听，说："妈，你说哪去了！你这是胡说八道，你知道我是说啥呢，你往哪儿寻思啊！井里栽花墙外开，老娘闲话打哪儿来？我根本就没这回事儿啊，我是一个喷嚏憋得没章程了，才作的这个诗呀！"

她妈说："好了，别说别的了。"她妈就走了。

苏小妹替夫答对

这个是怎么个事儿呢？

苏小妹和秦少游结婚以后，这秦少游特别傲，他文采很高，但也傲得邪乎！他和苏东坡不错，所以才订的苏小妹，苏小妹长得一般，也不怎么的，他以为苏小妹是一般人儿，对她不是那么崇拜得邪乎！

这一天正赶他俩结婚不多日子，在那儿闲扯，就来几个朋友，都是秦少游的好朋友。这是一个夏天，秦少游的好朋友开始在那儿瞎掰扯，瞅着一个养鱼池，这个朋友顺嘴说了："哎？你来看！南来一帮鹅。"

旁边这个朋友说了："噼里啪啦都下河。"然后说："少游，你对吧，下边儿对哪儿句都行，给它对成！"

秦少游当时就蒙住了，他没有准备。一个说"南来一帮鹅"，一个说"噼里啪啦都下河"，他当时对不上就挺着急。

完这苏小妹说："这么办吧，二位学者，你们都出完了，我替我丈夫对吧！"

那些朋友说："你对也行，对好就成。"

"好！"这苏小妹就说了，"白毛浮绿水，红掌荡青波。"

秦少游一看：对得好啊！你看，"白毛浮绿水，红掌荡青波"，人对得正对呀，一点儿不差!

搁那以后,他对这苏小妹特别尊重,他知道苏小妹确实有才。

苏小妹与秦少游对诗

苏小妹和秦少游俩人没事就爱对诗,这两口子都是诗家。他俩一直有个规定,什么规定呢?谁要输了,谁就得烧水倒茶。所以下晚儿烧水的时候就先对诗,秦少游输了,秦少游就得烧水去,完给苏小妹倒杯茶送去;苏小妹输了,就苏小妹烧水,给秦少游倒茶送去。他俩就有这么个约定。

这天壶里没水了,苏小妹寻思寻思,说:"我先烧一壶吧,他回来再说。"她就把水烧上了,正烧着呢,秦少游回来了。她一看秦少游回来了,就寻思回来得正好!她就把门"啪"一下关上了,关上的意思就是说我要考考你!

苏小妹拿出个酒壶来,说:"少游,我这儿有一个上联,没有下联,你给我对上。"

秦少游说:"对吧。"

她就说:"冰冻酒一点两点三点。"

"冰冻酒一点两点三点",这"冰冻酒"往出倒是一点一点的,那是冬天景儿,它不爱淌呀,就控着一点儿一点儿地倒。这"氷"(冰)就是一点,"冻"是两点,"酒"是三点,不正对路吗!

秦少游说:"哎呀,这是个绝句呀,不好对!"

秦少游就在外面来回走,冬天挺冷呀,他走了足足有半个点儿,一点儿也没对上。这苏小妹就着急了,说:"哎呀,对不上你就没法进屋呀,这是讲好的规矩!"

没办法呀,她还是可怜她男的,就到后面去了。后面有干巴的丁香花,她就拽了一枝,把丁香花拽下来以后,顺着楼上的窗户就撒下去了。

这挺大的花就掉下去了,秦少游一看,什么掉地下了,"啪嗒"一家伙?他捡起来一看,是丁香花,就说:"哎呀,得亏我得着这玩意儿了,这回我能对上了。"

秦少游就和苏小妹说:"我对上来了。"

"怎么对的?"

"丁香花百头千头万头。"就是说"丁香花"它正好"丁"字是个"百"字头,"香"字是个"千"字头,"花"字是"萬"(万)字头。

苏小妹说:"好,对得不错,请进吧!"就把门开开了。

到屋之后,水也烧开了,茶也沏上了,这秦少游大步往里一坐,说:"好,苏小妹,沏茶!我给你对上了,你输了!"

苏小妹说:"我输了?你给我倒碗茶吧!咱俩感情好,我怕你冻着了,是我帮了你。你是怎么对上的?"

"我说实在话,我对不上。后来我捡了一个丁香花,就对上了。"

"那冬天,外头能有丁香花吗?那是我给你撒出去的,怕你冷!"

"啊!"他才恍然大悟,说,"对呀!冬天大道上哪有丁香花,原来是你从屋里撒出来的呀!好,我给你献茶!"这秦少游就给她献茶了。

苏小妹与兄对诗

有这么一个故事,是啥呢?就说过去的诗人啊,老爱出诗、对诗。

这天晌午前儿正赶苏小妹溜达,她哥哥、嫂子在一屋儿,门外头有点儿阴凉儿,这个苏小妹没事儿就弄本《三国》坐凳子上看。看《三国》这时候,苏小妹正当姑娘呢,还没和秦少游结婚呢,也就十七八岁儿,她念书念得好。

她嫂子一看小姑子看《三国》呢,就来话了。这嫂子也挺会说、挺会作诗,也很歪。嫂子就说了:"小妹观书深思汉。"这嫂子意思就说:小妹,你想汉子!但实际呢,"小妹观书深思汉",小妹看这书啊,是想汉朝的事儿呢,这是双关语。

妹妹一听,寻思说:你说双关语,逗我玩儿,我想汉子了?我还没找人家儿呢!她回头一看,她嫂子拿个扇子,正遮着阴凉扇呢,她说:"嫂嫂怕热手遮阴。"意思就是你怕热,就用手遮阴了,"荫""阴",也是双关。

嫂子说:"你这歪得邪乎啊!"

小妹说:"让你遮上了!"把她说了一句。

完这个苏东坡就笑,她嫂子到屋儿说:"你看她多歪!"

这个苏小妹脸长，苏东坡当时就笑了，说："咳！你别看我妹妹脸长，长得不怎么的，歪着呢！我给你作一首，我碰碰她！"

苏东坡就说："小妹昨晚流的相思泪，至今未到腮边。"意思是说小妹你这脸太长，昨晚流的眼泪，下晚儿还没到腮边呢！

小妹一看，就笑了，说："哎呀，哥哥，你还说我呢！你好啊？未出画堂二三尺，先见额头大疙瘩！"

苏东坡有大额头，小妹的意思是说没看脑袋出来，额头大疙瘩先出来了！这俩人就哈哈大笑。

岳飞杀鞑子

宋朝，徽宗失败之后，真是一点儿招儿都没有，这就被北国占了。最后都啥样了呢？老鞑子来咱们家，咱得养活鞑子，一家儿养活一个，人家随便儿，当家做主，闹得邪乎！

岳飞出仕之后，他生气想把鞑子全都杀了。五月节这天，岳飞带着兵马到一个堡子，准备杀鞑子。在堡子里，岳飞看一个女的带俩孩子，背着大孩子，带着小孩子走，小孩子四五岁儿，大孩子八九岁儿。小孩子走不动还叫唤，女的就追着，还背着大孩子。

岳飞站下，就说："你这个女的，怎么这么不仁德呢？大孩子那么大你还背着他，小孩儿走不动你还追着他？"

这女的就哭了，说："你不知道啊，这个大孩子是苦命孩子，他妈死了，我是填房的。我和我男的说我认可带个孩子，这小孩子是我生的，他再苦也有一个亲妈在，可这大孩子再不苦，也没有亲妈了。他的腿脚也不灵利，走路挺费劲儿，所以我就背他。"

"哎呀，你这人太好了。"岳飞怕杀鞑子的时候把好人杀了，就跟她说，"实话告诉你吧，我们这是去你们堡子杀鞑子。你们是不是鞑子我也说不上，你是也好，不是也好，但是你心好，所以得留下你。你回去之后就挂葫芦，凡是挂葫芦的，我们就不杀你这人家。"

这个女的心好啊，回家之后，全堡子人都让她告诉了，说："赶快吧，要来兵杀鞑子，认不清哪个是不是，挂葫芦的人家就不杀，你们都挂葫芦，别让人杀错了呀！"

这一轰[1]，堡子全挂上葫芦了。岳飞带兵到那儿一看，杀不了了，全都是带葫芦的呀。岳飞就没杀，五月节就没杀上。

八月十五那天，岳飞说："杀吧，干脆！"

岳飞亲自告诉做月饼，送月饼，各家都送，月饼里夹个纸条，写着"八月十五杀鞑子"。大伙儿一看，八月十五那天都操刀杀，但是没全杀死，有不少跑的。鞑子一下都被撵跑了，撵到北国，那就是北国鱼皮鞑子了。

过去看戏看"正月十五东方会"，里面儿有个装老鞑子的。那不管唱啥，唱秧歌也那样，都有个老鞑子拎个大洋甩子，带个大腰刀，旗搁后儿走，他在那比画，大伙儿都听他的。这就给群众立了两种思想。有的说过去受人家管着，那时怎么怎么受气；有的说就像卧薪尝胆似的，寻思那时候的难处，咱们在现实生活中，堡子应该自立。

岳飞把鞑子算是杀完了，宋朝自己得到独立了。

济小塘成仙

济小塘家里就他和他妈母子二人，家里也没啥人。他家里也挺穷，就靠着自己每天上山打点柴火，卖点柴火换点儿米来养活他妈。他每天去都带两个饽饽吃，要不饿得慌。

这天他正打柴火，没等晌午吃呢，就来了个白胡子老头儿。老头儿来了一看，瞅着济小塘说："小伙子，你打柴火累不累啊？"

他说："那能不累吗？累也没办法。家没吃的，换两个钱儿来养活我妈。"

---

[1] 这一轰：这一折腾。

"啊！"俩人就唠了一会儿。济小塘一看都晌午了，寻思他得吃点儿啊，就拿出两个饽饽来。他刚拿起来，老头儿就直门儿瞅。他一看，就问："你早上没吃饭咋的，怎么直门儿瞅呢？"

"唉！不但今天没吃饭，昨天也没吃饭呢！我确实饿了，你那饽饽如果吃不了呢，就送我点儿吧！"

他说："那哪儿有什么叫吃了吃不了的，这俩我还能吃不了吗？吃了我也送你，不吃了我也送你。给你一个，我一个。"他就把饽饽给了老头儿一个，俩人就吃。可这个老头儿吃得快呀，三口两口就把一个大饽饽吃了；他呢，掰一掰吃。

老头儿吃完了还瞅着他，说："小伙子，你就少吃点儿，都给我吧！我这饿得好几天没吃了。"

"给你吧！"说完就把饽饽给老头儿了。吃完之后老头儿挺乐呵，走了！

第二天他上山打柴火，老头儿又来了。一连这样三天，天天上山打柴火，老头儿天天晌午混饽饽吃，他俩天天唠着。到三天头上了，老头儿说："你说你一天打点儿柴火养活你妈，累得不像样，打到最后能到啥样呢？我看你呀，不如跟我去！"老头儿说完把衣裳一敞，"说实在话，我是个出家人。我外边儿穿个普通衣裳就为要点儿饭方便，我其实是个老道。你跟我去如果要修个一仙半体的话，你还有吃有穿，啥也不用管了。"

济小塘一听，说："那我家怎么办？"

"你妈也不要紧，她在家也能活。那怕啥呢？你要真打算出家，那得要'跳出三界外，不在五行中'，就不能寻思家这事儿了！"

"能行吗？"

"行！"

"那我跟你去吧！"

"你跟我去吧！"

"好！"

"咱这就走。"

"好！"俩人说完就走了。

济小塘就这样走了。一走走到傍响，老道就问他说："徒儿，你饿没饿？"

他说："饿，还能不饿？饿也没办法。那有啥办法呢！"

"饿有办法。你看,不是什么都能治饿?"说完就看见飞过来许多蜂,那山上野蜂有的是。老道一伸手就抓了一大把,说:"来吧,吃点儿这个!"

济小塘一看:"那能吃吗?"

"你吃点儿,能止饿就行呗,你还咋?不管怎么的这还是活物。你要跟我学徒,就得听师父话,你不听师父话怎么能学成呢?"

济小塘一看,说:"好,我就吃。"说完他眼睛一闭就吃。一吃,喷香!越嚼越香,越嚼越香,都赶上油炸的了。他说:"太好吃了!"

吃完俩人又接着走,走了一会儿,老道又问他:"你渴不?"

他说:"渴!"

"渴了有办法!"老道就走到山坡上刮风地方蹲着拉泡稀屎屎,对他说:"你把它吃了吧!"

济小塘一看,这真是……但他也确实渴,还饿。老道就说:"你要尊敬师父你就吃,你要不尊敬我你就回去,我还不拽着你。"他一看,寻思寻思:那我就吃!眼睛一闭就都吃了。一吃,它不但不臭,反而又好吃又甜。他一边儿吃着一边儿心里寻思:这是怎么的,他的屎屎怎么就这么好吃呢?吃完俩人就又走了。

俩人走到一个山上,老道说:"到家了!"济小塘一看,山上有一座房子。老道指着这房子说:"这就是我的庙宇了,走吧!"他就跟着老道进屋了。

到了庙里以后,他就天天在那儿待着,每天做饭伺候老先生。过了两天,老道对他说:"我现在出趟门。这屋里有这么几道门,东门、西门、南门呢都许你打开看,但北门别打开。"

他说:"那行!"

老道走了,他一个人闷屈呀,他一考虑就先把东门打开了。打开一看,那家伙东海边儿啊,青山绿水的,小鸟也在歌唱。他寻思道:这地方太好了!看了一阵之后,他又寻思:我再看看南边儿!打开南门一看:到了南天边儿,南天边儿也好啊!小鸟在大海边儿上连絮窝带抱窝的。他就寻思:他这屋怎么哪儿都能瞅着呢?我再看看西边儿!打开西门一看,释迦牟尼正在那儿念经呢,各种佛爷有的是!他说:"这是个宝贝!北边儿不用问,一定是北海边了,不行我得看看哪!"他就偷偷打开了。打开一看,正好他妈在那儿哭儿子呢!他一看,哎呀!我妈在那儿哭我呢!

这工夫门就关上了,关上之后师父就回来了。师父问他:"你净看哪儿了?"

他不吱声了,过了一会说:"我都看了。"

"你看啥了?"

"东海、南海、西海都好,就北海不好。我看见我妈在那儿哭我呢!"

"孩子啊!她想你了。那你就回家吧!"

"那我哪能回家呢?我出家了就啥也不寻思。"

"你要真有决心的话,你就把你妈杀了。你要不把你妈杀了,你是不能成功的。今晚你就回去!"

到下晚儿,老道就拿了一把刀,说:"我给你把刀,你到屋不用问就杀了她。你把你妈脑袋拿下来之后就扔灶坑,别抱回来。你就把这把刀往外屋门槛子上一挂就行,完了你就回来吧。这你就能修完了,就啥也不寻思了。"

济小塘成仙也是天数,他也几乎就和仙体一样,他就说:"好,我去!"他下晚儿就去了,到家的时候正好他妈睡觉呢,进屋一拍他妈醒了。他妈一翻身,他上去一刀就把他妈脑袋砍下来了。砍完以后把脑袋扔灶坑、刀挂到外屋,他就回来了。回来师父就说:"这回你也不用惦记啦!你妈也死了,啥也没有了,你就一心修行吧!"

其实他没杀他妈,那老仙儿能让他杀了他妈吗?老道那是想让他断绝母子情感好让他修行。

他妈起来一看,这屋怎么还有血点子呢?到外屋灶坑那儿一扒拉,扒拉出一个狗头金来。那么大一块金子,要换银子的话能值好几百两银子呢!所以这块金子可值老钱了,这其实就是她的脑袋变金子了。她抬头一看,儿子上吊了。哎呦!儿子多咱回来的,怎么在外边门槛子上吊死了呢?这其实是刀变成儿子上吊了,他妈一看就哭起来了,哭完之后她说:"感人哪!不用问了,这块金子肯定是你回来给我送的,送完以后你就死了。不管怎的,我也有活头了。"

从那以后,他妈也不惦记他了,儿子也不惦记家了。济小塘就这么成仙了,最后成了韩湘子。

异文:济小塘成仙记

清初,济小塘原来也是个穷孩子,才十几岁就给人家放猪、扛活。他家就一个老母亲。

这天，他在山上正放猪呢，个人就叨咕："哪天能出息，能好呢？"

另外，这块儿每天有个老道从这里路过。这个老道路过到那旮一看，济小塘一瞅老道到傍拉了，就问："老师父，你搁哪儿来啊？"

老道说："我走好几天了，走道儿走饿了，没有吃的，你有什么吃的给我点？"

他说："我正好拿的饽饽，预备晌午吃的，那给你老吃。"这个老道就吃了。今个儿吃完不算，明儿晌午又赶这儿来了。一连三天，吃了三天饽饽。济小塘一连挨三天饿没吃着饭。

到第四天头上了，老道说："你照这么放猪，也没什么意思，你能不能跟我去，当我个徒儿？万般也不如修仙好啊。"

济小塘说："那我能成吗？"

"那看你心诚不诚呗，我就相中你这小孩了。"

"那我去，但我还有个老妈呢。"

"那就在家待着呗，还能饿着？大伙儿当地群众，亲戚朋友不都能照顾她吗？"

"那好吧，我就跟你去。"他把猪给东家赶回去就走了。

一走走了一整天，他饿了，饿急眼了。师父问他："怎么，饿了？"

他说："晌午没吃饭，下晚儿没吃饭，饿得了不得了！"

老道说："这么办，我看有能吃的玩意儿没。"他一伸手，就抓了不少苞米上的蝇虫，说："你看这玩意儿能对付吃不？咱俩吃点儿。"老道没吃，济小塘拿过来一咬，顺甜，这怎么渣不拉的这么甜呢，他都吃了。吃完觉得浑身有力量，这玩意儿行啊，好啊！吃完就又走了。

最后走得实在没办法啦，他说："老叔，我确实渴得邪乎了。"

老道说："这可没水啊，你实在渴大劲了，我这有一泡尿你喝了吧。"说完就蹲着撒泡尿，正好有个破蛤蜊皮，他就撒那里了。济小塘一看，师父都让喝就得喝呗，他心诚就把这尿也喝了。喝完觉得一股特别的清香味儿，好喝。他就寻思，师父这东西怎么都好，就走了。

到师父待的那地方了。师父说："到了，前面这山就是我的山。"一看，有个大山沟，宽，过不去。师父说："走吧，不是有个独木桥吗？"什么桥呢，就是一个小细檩子,精细的,能有一两掌宽,一踩还直门儿颤悠。师父说:"你闭眼睛过去,睁眼睛不敢走。"说完师父顺那儿就走过去了。他一看,也闭上眼睛走过去了。过去一看,就一个房子,屋舍、树木,瞅着特别清静。心寻思:我来时容易去时难啊。我回去之后,这桥难走啊,但一看,又寻思说:就看心诚不诚吧。

待了几天之后,师父说:"我下趟山,我下山之后,你在山上看着。这个屋里,哪儿不兴去。这屋里有四个门,东西南北,东西南都许你开,北门不兴动弹。你要守住我的教训,说啥不能开。"

他就待着,一看老师走了,吃完早饭待不住了,就把南门开开了。一看,就像到南天边一样,瞅着花草树木啊,景色啊,海水啊,这家伙太好了,他就出去溜达一圈。

第二天白天,一合计西边比这还能好啊,就把西门也开开了。西门开开以后,看西边儿也好啊,那到西天边一样。不怪人说西方好,确实好啊。

到第三天头儿,想开开东门得了,东门也开开了。一看,东边儿到东土了,东边儿也好。那一看竟是真山真水,确实也好。

到四天头儿,他就寻思:北门肯定还好,我师父怕我看,我得偷偷看看。他就偷着把门开开了,开开一看啥也没有,就有个小破房,他说:"哎呀,这不我家吗!"一瞅,他妈正在屋里哭儿子呢。一看他妈哭他心就软了,寻思着我怎么跟我妈说呢?看他妈哭,他也掉眼泪了。我出家就不能寻思这事了,就"啪"地把窗户关了。

到晚间师父回来了就问:"你这门开没?"

他说:"我开了。"

"都开了吗?"

"都开了,北门我也开了,东南西都好,就北门看见我妈了。"

"啊,你心不诚啊,你妈还想你,那你回家去吧。"

"不行,师父,我不能走,必须在这儿出家修行。"他非要修行不可。

师父说:"那你这么办吧,你得有诚心,今儿你回家把你妈杀了,你妈要不杀,那就是个绊脚石,你就绝对成不了仙,你要信我的话你就杀她。"

他一听师父说了,也没办法,就寻思豁出去就杀吧,说:"好!"

"那好。"师父就给他背上一把刀,说,"你今晚儿顺北桥回去,那是宽桥不是窄桥了，你到那儿把她杀完就把刀挂外屋门框子上，把你妈人头扔灶坑里就回来。"

"那好吧，杀母留刀。"

他就回去了，轻车熟路，自己老家，睁开眼睛像一阵风似的就到家了，他就寻思：我来时师父带我走了好几天，今儿个回来怎么这么快呢？到家一看，他妈正在炕上坐着骂呢。他说不用骂，到屋眼睛一闭，咔地把他妈脑袋就剁下来了，剁完以后把脑袋扔南灶坑里，把刀挂门上了，他就回来了。

那老道能让杀他妈吗！他妈早晨醒来一看，说："这屋里有动静，我把房门打开看看。"一看，"哎呀，我儿子回来了，怎么上吊了？"一看儿子在门上吊死了，那刀就变成他儿子身体了，就把儿子从门上抱下来了。抱下来之后一看灶坑里通亮，一扒是个大骨头金，像人头金似的，能有个五斤八斤的。之后，济小塘舅舅也来了，姨也来了，说："老太太，你儿子把金子给你拿回来了，然后让你养老送终，他就吊死了。"老太太哭一场，这回她也不惦记儿子了，儿子也不惦记她了。

搁那么之后，济小塘真的修炼成了，这就是济小塘成仙记。

观牌三千两

当年，济公活佛在世的时候，正赶上修大佛寺，已经修得差不多了，就短三千两银子。方丈就问济公："济颠和尚，都说你道行大，你现在给化三千两银子，大佛寺就修好了，要不就不够了。"

济公说："不用化，有人给送来。"

"那谁能给送来？"

"这么办，搬四块板石来。"

下边就搬来四块板石，他拿笔就写了四句话，告诉下边说："把它们杵到大门口，头一块杵大门口立着，这三个不让看。头一块不要钱，后三个看一块一千两，三块三千两看完。"

大伙说:"谁能看?"

济公说:"你搁着吧,过几天有人看。"

门口谁看见了谁就走,头一句写的是"不姓安来本姓昂",都寻思怎么写这么个玩意儿。

单表有这么一个公子,这个公子当年是老昂家的小孩,被大水冲走、冲到江南去了,叫人家捡去了,他那时候都七八岁。这家没有儿子,就给当儿子了,这家姓安。这小伙他姓昂,到那儿过了二三十年,这老的人都死了,他也娶妻生子了,变成公子了,发大财了,那家财万贯都归他了。他就想起个人妈来了,当时他爹没了。他就想:我这二十年没有音信,看看我这妈还有没有了。他就带着家奴,骑着阔马就来了。就找了多少日子找不着,今天走到门口,看到石头牌子上写着"不姓安来本姓昂",他一看,哎,这对啊,我原来姓昂啊,就问:"这是谁写的?"

庙的人说:"是济公大佛写的。"

"还有没?"

"还有,在这儿搁着呢。"

"拿出来看看写的啥?"

"再看不白看了,看一块一千两。"

"好吧,那看看吧,我就拿一千两。"就掏出一千两银子,掏完之后,把石头搬过来一看,写的是"千里来寻亲生娘"。公子一看,对啊,我走一千里来找我母亲,就说:"来,看看第三个。"

"别着急,还有。"

"不,马上看。"

"交钱。"

"交。"又交了一千两,打开一看写啥呢,写的是"要得母子重相会"。这一看,他说:"哎呀,看第四块吧,赶快看。"又交一千两,交完以后,一看写的是"临安寺上问法华",意思是到临安寺去找。

公子就去找了,到临安寺找法华一问,这个法华就是他妈,出家当老姑子去了。最后母子俩抱头就哭,搁那就把他妈也接去了,最后也团圆了。

这三块牌子就卖了三千两。

插花老祖

插花老祖呢是个人名儿，这就说人出家修行，也在地点，也在人。

这插花老祖原来究竟叫啥名儿咱也不知道，就说他原来也姓李。他们一堆儿呀，就有两个同学看破红尘，就不愿意在家当老百姓了，愿意出家，他俩人说："走吧，咱俩走，一定要找个好地方出家。"

俩人都有钱哪，在家带一部分钱就走了。一走走到哪儿呢，就走到北京了。一看这北京热闹啊，插花老祖说："这地方确实不错！"

他同学这一看就说："哎呀，李生，这地方能出家吗？这多繁华的地区呀，你心也不静啊，能出家吗？"

"我真不管那个，我真愿意在热闹地方出家。"

"我不行，你要这么说咱俩就别在一起了，我得走！我一定得走到深山老林里头，见不着人的地方去，那个有鼓动，才能出家呢！"

插花老祖说："这么的，我就待这儿了。"

哎，他这同学就真走了，他就待这儿了。

他一看这出家没地方出，在哪儿呢，正有个木匠铺，就跟木匠铺掌柜的一提，说："你看我要出家，打算借个房儿，我不白借，给拿钱，我带银子来了。"

掌柜的说："这么办吧，我那儿有个木匠铺，有地方租给你，租给你一间房。"

他说："行！"就给了十两八两银子，租了一年。

这插花老祖到木匠铺去了之后呢，在这小屋一待，没事白天溜达溜达玩儿，还挂着卖卖呆儿，下晚儿翻翻经，个人念点儿经书，也没有师傅没有啥。

唉，别的不说，他这一来木匠铺，妥了，这买卖就兴隆起来了。这家伙买柜箱儿呀，买窗户门儿呀，连死人买棺材都上这儿来买。这木匠铺平常一年能挣着五百钱，他来这儿没有俩月就挣了有两千。

木匠铺的都说："哎呀，借这老头儿光了！人家李生这个出家人，看来就是有才呀。"就特别尊敬他。

"这么办吧，你就不用做饭了，俺们就给你做饭带点饭得了。"所以一做饭他就吃，也吃得挺好。

一看这买卖红火多了，大伙儿都说哪哪木匠铺啊，有一个出家的学生，人家呢有福，到哪儿哪儿发财。这一传呢，到第二年春天，有个大杂货铺就请他来了，说："你不管怎么的上俺那儿去，俺那儿杂货铺买卖大，宁可给你拿多少钱，不让你白去，要不俺那儿买卖卖不动，有你就能卖动，你这福分大。"这边木匠铺还不愿意让他走，没办法，不去不行啊，那大杂货铺就把他请去了。

他到大杂货铺这儿干哪，正好，这平常杂货铺每年挣五千，今年挣十万多，买卖挣老钱了，待他也待得好。他是该吃吃，该喝喝，吃什么都行，还喝酒，啥也不忌，这修行！大伙一看，这是个花和尚啊，啥也不管，但是人挺正义，别的事儿没有。

第三年你说他上哪儿修行去了？咳，窑子街啊！那过去北京有开窑子的，那时候买卖也不咋着，住窑子的人特少，这老鸨一听说这个李老道有福，说："咱也请他去！"到这儿来了，就硬搁那儿撅去了，不去不行，来两个姑娘把他硬拽去了。大伙都笑说："这个老和尚啊，搁这儿可看你怎么办，你还出啥家，都整窑子里去了。"

到窑子里之后这就不用说了，给他一个小屋，这姑娘媳妇都过去啊，这个到那儿给他嘬个嘴儿，那个到那儿给戴朵花，这个给他洗脸抹点胭粉，那个给他擦点雪花膏。插花老祖嘛，这给戴朵花，那给戴朵花，他脑袋上花就不断哪，能有十朵八朵的！老祖是不管你怎么的，我心不动，就是心诚不动。那真也那样，就是姑娘坐怀里，也真是坐怀不乱，人家老祖就那么心诚。这一年就不用说了，好家伙，这个窑商钱卖老了，也发财了。

到三年头上了，他一看这就到三年头上，得回去了。当初分开时说好了，和他那同学一堆儿会面哪，人家说在那个十字路口等他呀，他就去了。临走前儿窑子还有不少娘们儿送他去呢，给他拿着钱，拿着吃喝。

他正在那儿待着呢，他那同学来了。过来一看他脑袋上戴朵花呢，脸上抹得五红大绿的，人家笑了："哎呀，这个李生啊，你这个家怎么出的呢？"

他说："我就在这儿出的，头一年木匠铺，第二年杂货铺，第三年窑子里头。"

"哎呀，你还逛窑子去了？"

"不是我逛的，她把我请去的。当坐堂的了，要不她卖不动，全指我这能卖动。"

他同学一考虑，说："那你……你修的经怎么样？"

插花老祖说："我该念经念经，该怎么的怎么的啊，那一点说的没有啊。"

"你锻炼到这样？这么办吧，咱俩就在这道上锻炼锻炼，看谁的道行怎么样。"

"好吧。"

两人"啪叽"就坐上了,坐了七天,他那同学就坐趴下了,迷糊过去了,挺不了了。插花老祖怎的没怎的,也没吃东西,还是那精气神儿。那还不算,那时候秋天景儿了,冷的时候了,就顺那脑袋、顺身上冒热气呀,插花老祖啊,成了!

他同学一看,说:"哎呀,你真成了,别看我在深山老林里,我真不如你。"

之后就看插花老祖坐着一块祥云走了,直接奔北山走了,人家腾空走了,就把他扔下了,他还没成,人家成了。要不怎么说修行在人不在地方呢!那插花老祖成了。

所以说做什么事还得心诚。

朱大嫂的故事

这个朱大嫂是谁呢?就是朱洪武的妈,叫朱大嫂,朱大嫂在老马家傍拉住。老马家是有钱人家,过得不错,另外这个老头儿有才还不算,还有知识。他和这个风水先生老叨咕,说呀:"俺们财是不小,可惜没有官,这光有财不行,势利势利呀!你光有利没有势它连不起来,所以得有点儿势,大师你看怎么办?"

风水先生说:"你们没那个命啊!"

老马说:"俺们就没那个命?"

风水先生说:"有这个命的话,唯一的机会就是你们家这坟茔得挪,挪挪坟茔就行。"

老马说:"那好吧!挪坟。"

风水先生看看新坟,看完以后告诉他:"今天晚上埋完坟,明天晚上你去,到半夜时候,顺着坟顶出来一朵莲花,你就把莲花当中的花蕊蕊掐下来。然后把莲花根抠开,里面有个大碗,像盆似的钵,是个大古碗,里面有一条大鲤鱼,这条大鱼你拿回去之后叫你儿子吃了,都吃完之后,汤也喝了,保证能当官,不当皇帝也得当王爷。"

老马说:"能当那么大官吗?"

风水先生说:"你安心地去拿吧!"

这老马就信风水先生的话了。果然,有钱人挪坟容易呀!就把坟茔地看好了之后，坟就挪了。

过了两天当中，老马就告诉儿子，儿子真去了，他这俩儿子马大和马二俩人去的，这俩小伙儿都挺精明。到那儿守到半夜，一看，真顺祖坟前面出来一朵荷花，荷花上面瞅着那家伙直颤悠。他就把荷花的花蕊蕊给掐下来了，完了往根底下刨，搁底下挖完之后，真有一个大白古碗，碗里有一条鱼在水里头趴着，这鱼大得得有好几斤，他就喊里咔嚓把它抱上，就连鱼带花抱上。回来以后天就大亮了，他就一合计，告诉媳妇儿："媳妇儿，不用你们伸手，俺们自己做。"他两个人就在厨房里头做上了，最后把这鱼捞出来搁大锅里了，花也搁里头了，就炖上了。这鱼炖上之后，味道喷香啊！他俩炖完以后说："看看，好吃不？"

老大拿出来一吃，说："鱼真香。"

老二说："这刺儿挺好，连刺都能吃。"

老大说："刺儿不能吃，刺儿扎挺[1]，这么办，先吃肉，完再说。"

这把肉吃了，俩人择刺儿的工夫，正好来一耍戏法的，这戏法耍得好，大伙儿说："这耍得太好了，太好了！"都在外头喊呢！

"咱俩也看看去。"他俩把锅盖盖上，看耍戏法的去了。

单表这家就没人了。谁来了呢？朱大嫂来了。西边的老大嫂，也有三四十岁了，中午就跑过来打算向这屋借点东西。到这儿一看，这屋没人，一闻这锅里真香，这什么味儿？这锅里头这么香呢？她揭开一看，一锅鱼汤，还有破鱼刺儿，她也馋了，她说："我还真馋了，我尝尝好喝不？"她就舀一勺一喝，"哎哟！这汤香得邪乎！"她左一瓢右一瓢，也不太多，有那么两大碗汤，她都喝了，把鱼脑袋都吃了。她吃完以后就回去了，她觉着这身上就特别舒服。回去过不多日子，她不爱吃东西了，就怀孕了，这倒不说。

单表老马家，老头儿就挨个问他们，儿子说："没都吃了，那汤没有了，都让朱大嫂喝了，俺俩回来晚了，看戏卖呆儿去了。"

一问这风水先生，风水先生说："行了，你没这个命啊！你们就可以当个旁差的官吧！正官得人家当，那鱼最好的是鲜汤和骨头啊！整个精华都让人家吃去了，你光吃那肉，那是浮东西，白扯白扯！人家最后生孩子当皇帝，你们当个大臣就不错了，

---

[1] 扎挺：扎得慌。

或者给人家当个娘娘。"

这不就应了,确实朱大娘果然是没有几个月就生个胖小子,生的孩子是朱洪武,朱洪五最后对老马家还不错嘛!

要不说这玩意儿都是命运,他们没都喝,就没那个当皇上的命。

朱洪武放牛

一个人长大了能不能富贵,在小时候根本看不出来,就像明朝皇帝朱洪武,小时候家里特别穷,他十几岁就开始给有钱人家放牛。

朱洪武小时候特别淘,是个淘气尖子,鬼主意鬼点子有的是,和他一起放牛的小孩儿都听他的。

一天放牛的时候,朱洪武一高兴,把放牛的小孩儿召集到一块儿,说:"今天咱们玩个游戏,我当皇上,你们什么都得听我的,好不好?"

放牛的小孩儿一听,这个游戏没玩过,挺新鲜,就都说:"好啊,好啊。"

朱洪武在一块大石头上一坐,那个神气劲儿就像自己真当了皇上似的。他就在大石头上命令别的小孩儿干这干那,和这帮小孩玩得高兴极了。

最后朱洪武站起来说:"咱们光这么玩不行,得像个样儿,这么的,为了庆贺我当皇帝,咱们得吃点喝点。"

别的小孩一听,说:"那咱们拿水当酒,拿草当肉吧?"

朱洪武说:"我都当皇上了,不来假的。咱们把牛杀一头,用火烤了吃,怎么样?"

小孩们吓傻了,这个说:"俺家这牛俺爹可舍不得让俺杀。"那个说:"我是给东家放牛,杀了他家的牛他肯定不放过我呀。"

朱洪武一挥手,说:"不用你们的,杀我的牛,有事我顶着。"

这帮小孩就高高兴兴地忙开了,杀了一头老黄牛,捡点柴火烤了吃了。

等吃饱了,也闹够了,有的小孩就挺担心,问朱洪武:"你的东家要是问你咋少头牛怎么办呢?"

他说:"没事,我有办法。牛头、牛尾巴咱不是没吃吗?咱们把牛头拿到南山挖个坑埋上,光把牛角和牛脸露出来,再在北山挖个坑把牛尾巴埋半截光露尾巴梢儿。"

大家就分头给埋上了,埋完就各自赶着牛回去了。

朱洪武像没事儿似的也赶着剩下的牛回东家那儿了,东家一看,少头牛啊,就问他:"牛倌,这牛咋少一头呢?"

朱洪武不紧不慢地说:"没办法,它倒钻山里不出来,我拉了半天也没拉出来。"

东家一听,这不是胡扯吗,挺生气,就说:"别扒瞎了,快点说,那头牛哪去了?"

朱洪武眼睛瞪得多老大,装得像挺委屈似的,说:"我都说那牛钻山里了,你还不信。那你自己看看去,那牛脑袋还在南山,尾巴在北山呢。"

东家哪信啊,气冲冲地到山上一看,哎呀,真有个牛脑袋在南山,牛尾巴在北山。他就叫人到北山拔牛尾巴,自己拔牛头。

朱洪武心里有点没底儿,他和那几个小孩觉得埋得挺结实,可是大人力气大啊,谁知道能不能拔出来呢?

东家认准了这是个死牛头,就使劲往外拔,谁知道,这牛头突然"哞哞"地叫上了,把东家吓得一屁股坐地上了。这时候,拔尾巴那人也回来了,慌慌张张地说:"东家,怪啊,那牛尾巴拔不出来不说,自己还在那晃荡呢。"

朱洪武和东家都直眼了。

这东家姓马,是个员外,也不是白给的,仔细一看牛倌,这小孩相貌不一般,可能是奇人出异事吧。这事就这么过去了。

有一天,朱洪武放牛回来,赶上天儿热得邪乎,他又困又热,一看这牛棚挺凉快,自己就在牛棚里找个地方睡着了。

马员外的闺女马小姐,这天睡到半夜,要出去上茅房,就让两个丫鬟陪着一起去。刚出房门,走在前面的大丫鬟突然"哎呀"一声,说,"小姐,不好了,牛棚着火了!"

马小姐吓一跳,乍一看,牛棚里面真是亮亮的,像着火了似的。她刚要喊人,又觉得不像是火光,倒像是无数的金子在闪闪发光。

马小姐挺好奇,就带着丫鬟到牛棚来看看是怎么回事。到了牛棚,往里这么一看,两个丫鬟当时就吓得直叫唤。原来朱洪武在牛棚里睡觉,有一条小长虫正在他嘴里、鼻子里、眼睛里来回爬呢……

马小姐是个才女，读书读得多，在心里大吃一惊：古语说，蛇穿三窍是宰相，蛇穿七窍是真君。这蛇不是在穿他七窍吗？这人命可不小，别看现在是牛倌，以后肯定不得了啊。

当时就把朱洪武叫醒了。朱洪武还迷迷糊糊的呢，一看是马小姐来了，就起来了。

马小姐就问他："你怎么睡在牛棚里了？"

他说："今天太热了，我放牛回来觉得牛棚挺凉快，就在这睡着了。"

"我问你一件事，你跟我说实话，我保证不跟别人说。上次那头牛真是钻山了吗？"

朱洪武有点不好意思，说："其实是我那天玩当皇帝，和别的小孩儿一起给烧吃了。"

"那为啥我爹说牛头能叫唤，牛尾巴还晃荡呢？"

"这事我心里也划魂儿呢，我埋得真是死牛头和牛尾巴。"

马小姐一听，心里明白这小牛倌真不是一般人，就说："不瞒你说，刚才我看见你蛇连七窍了，你有君王之命。"

朱洪武"扑哧"一乐，说："是啊，我现在天天在山上当皇帝，可不是君王吗？"

马小姐也不听他开玩笑，急忙说："这么着吧，现在我情愿许配给你，如果有一天你要真的做了君王，把我封为哪一宫呢？"

朱洪武开玩笑开惯了，心里觉得好笑，可脸上假装挺严肃地说："这里没有金銮殿，又没有文武官员，也没有士兵，我怎么封你呢？"

马小姐认真地说："没事，这牛棚好比你的金銮殿，牛好比文武官员，草料好比百万士兵。"

朱洪武整天在山上当皇帝，都当熟套了，就像真事儿似的，说："那好，我就封你当正宫。"

马小姐心里这个乐呀，当时就跪下说："谢主隆恩。"

两个丫鬟刚才还卖呆呢，现在一看，哎呀，小姐咋还讨上封了呢，大丫鬟反应快，虽然不知道怎么回事，就知道小姐肯定没错，也跪下了，说："那把我封哪一宫呢？"

朱洪武笑着说："就封你当东宫吧。"

那个小丫鬟一看,急了,也跪下了,向朱洪武求封。

朱洪武说:"就封你当西宫吧。"

这事过去很多年以后,朱洪武真的当上皇帝了,马小姐也真的做了正宫娘娘。

闯王过年

闯王李自成得北京,把崇祯逼得吊死在煤山。吊死之后,李闯王挺高兴啊,一看这得了江山啊!正好是三十儿那天得的江山,第二天就过年了。他一看,这家伙文武百官的都拜,各家吃喝玩乐的也都像样啊。闯王一看说:"这么办吧,以后都天天过年吧。"

他这就是个传言,其实谁家也没赶上。他就是不理朝政,天天儿过年。到十八天以后,江山就没了,叫人家吴三桂借清兵打出去了。打完以后,建了清朝。吴三桂被封为藩王,吴三桂儿子当上驸马了,闯王就得了十八天天下。

郑板桥盛京画蜈蚣

这件事发生在清代,咱们沈阳那时候叫盛京。

盛京城里小东门有一个王家小店,是个旅店。这个小店的店东姓王,人称王老好。

王老好是店东的外号,就因为他心肠好,爱做善事。他开店,南来北往的人,你是有钱也住店,没钱也吃饭。当然,一般人谁也不能吃了、住了,一点钱不给就走人。到他这个小店住宿的人多半都是做小买卖的,赶上天黑了,在这住一宿,天亮办点货就回去了。再就是穷人,人家真正有钱的人不在这住,嫌这店小。所以,王老好开这个小店儿,也没什么大的利钱。

有一天,王老好的店里来了一个老头儿,长得挺高的个儿,干瘦干瘦的,是个瘦老头儿。这个瘦老头儿到店里住下后就有病了,到第三天,病得干脆就起不来炕了。瘦老头儿住店的钱也没付,王老好没法儿,说怎么办呢,找先生看吧,不管怎么的治病要紧呀,就给老头儿请个老汉医来。老汉医一看,瘦老头儿得的是慢性伤寒病,不能马上好,得慢慢调治,就说:"先开几服药,慢慢治吧。"王老好就上心伺候着,连扎针带吃药的,一治就治了一个来月,老头儿的病才渐渐好起来。

  病是好了,老头儿连住店带吃药,花了不老少的钱,都是王老好给垫的。他也垫不起了,小店没有多少资金啊。这天,看老头儿精神挺好,能起来炕了,王老好就对他说:"客人啊,你在我们这住有一个多月了,饭钱、店钱咱不说,光吃药的钱就不少,我都是和人家药房赊的。这些天药房天天来要钱,也不知道你身上带没带钱,能不能拿出一点来,先把欠药房的钱开付给人家?"

  老头儿笑了:"我这不是来沈阳会朋友的嘛,朋友没遇着,没办法,才住你这店里的。你看,到你店里我就病下了,这一个多月我是啥也没干哪,你说我哪来的钱?手里真是分文皆无哇!"

  王老好一看,这事也真难办了。看王老好为难,老头儿又说话了:"这么办吧,有也好没有也好,我一定先把药钱开付了,容我明天想想办法吧。"

  第二天早上,瘦老头儿起来了,对王老好说:"店东,你上街给我买几张宣纸,买一双靸鞋,买一支毛笔,买几块墨。买这些东西的钱你都给我先垫上,完事儿我一起给你钱。"

  王老好说:"你买这些东西干啥?"

  瘦老头儿说:"你买来就行了,我自有用处。"

  王老好就按他说的,把宣纸买了两张,买来了笔墨,又买了一双靸鞋。什么是靸鞋呢?就是过去庄稼人穿的那种便鞋,鞋面是两皮脸的,中间挤一道细皮子,挺结实耐穿的。那时候的人都穿那种鞋,沈阳城里人也穿。

  王老好把东西都买来了,交给了瘦老头儿。瘦老头儿挺满意,说:"好吧,那你就休息吧。"王老好说:"我站这一会儿怕啥的?"他不想走,是想看看瘦老头儿买这些东西看啥用。

  瘦老头儿说:"好,那你就在这儿吧。"就见瘦老头儿研墨,一研就研了半天,把几块墨都研了,墨盘存不下,就往盆里倒,足足倒满了一盆墨汁。瘦老头儿把新买的靸鞋拎出来一只,就一只,把鞋脸儿冲下,倒扣着,按到墨汁盆里就泡上了。

泡了一个时辰，看看泡得差不多了，瘦老头儿把宣纸铺好了，把鞋拎出来，往宣纸上"啪啪"拍了两下子，就拍这两下子，一张宣纸上崩得都是墨点子。王老好一看，哎呀，这老头儿怎么了，疯了？怎么往纸上拍呢？这糟践钱不？再看瘦老头儿拍完以后，不慌不忙，抄起笔来在纸上这么一勾，那么一勾，你猜怎么着，嘿，不一会儿，一幅画就出来模样了，敢情是画了两个大蜈蚣。好家伙，那上边的须子啊，尾巴呀，像活的一样，特别有精神，就不用说了。画完了，瘦老头儿刷刷点点写了一行小字，又掏出一个名戳儿盖上了。

盖完以后，瘦老头儿对王老好说："王掌柜呀，你看看我欠你们多少钱？"

王老好说："前后一共欠有十五两银子。"

"那好，你拿这张画儿到当铺，你愿意当也行，愿意卖也行，他都能收。反正这张画就给你了。不管卖多少两银子，十五两也好，二十两也好，都给你。你卖完以后，就把欠你们的钱还上。这么办吧，现在已经到下午了，你快去上当铺吧，去晚了当铺就闭店了。"

王老好瞅瞅这张画，说："这么个玩意儿还能卖十五两银子？"一看瘦老头儿有点不高兴了，他也就再没敢往下说别的。瘦老头儿说："你快去吧！"王老好只好拿着这张画到了当铺。

到了当铺一看，正好，掌柜的、当铺东家都在。王老好说："我没别的，来当张画。"就把画拿出来了。

掌柜的接过来一看，说："东家，还是你看看吧！"当铺的老东家一听，就知道有事，他是老饱学啊，白胡子飘着，没有两下子能开当铺吗？他就把画接过来了，看了半天画，又仔细看看落款，说："你这张画是打算卖，还是当啊？"

王老好说："怎么的都行。"

当铺东家说："我看你就卖了吧，别当了。当了过后还得抽当，怪麻烦的。"

"卖也行，得看看能卖多少钱哪？"王老好心里没想这画能值几个钱，他寻思，要是值钱的话，瘦老头儿早就开价了，这也没告诉卖多少钱哪！

"那你想卖多少钱呢？"店东让王老好报个价。

王老好心里也没谱，就寻思，卖多少钱呢？急出汗了，抹擦抹擦脸。当铺东家一看，误会了，说："啊，你这是满把搂啊，这不用问哪，你这是要一百两啊，一百两银子。"

王老好一听，心寻思说，我哪敢要那些呢？他刚想辩解几句，当铺东家说话了："行，就这么办吧，一百两，就给你一百两银子。"

王老好一看，这价钱也太出格了，这是什么金贵玩意儿，这么值钱！他也没说别的，就含混着说："好吧，行啊，卖了吧，你点银子吧。"

当铺掌柜的赶紧就称了一百两银子，用兜子装好了，又给缝上口，怕丢，忙不迭地送到王老好怀里，说："这银子就归你了，拿回去吧！还有，这是卖画的文书，你签个名儿，打个戳儿。"

办好了手续，王老好拿了银子，走出当铺的大门。没走多远，他又回头瞅了瞅这家当铺，心说，这个当铺可上当了，给我这些银子。等他们一会儿要是回过味儿来，还不得反悔呀？我得快走！

这边，当铺东家和掌柜的也高兴坏了，今天可占了大便宜了。再一看，不好，王老好正站不远处往当铺瞅呢。哎呀，他可别是把画卖了要反悔呀，就赶紧吩咐伙计："上板，快关门，休店，可别让他再往回要这张画！"这就急急忙忙把店门关上了。你说说，这还两头害怕。

王老好回到自己的店里，心说，卖了这么多银子，得告诉瘦老头儿一声。到屋一看，瘦老头儿没有了，一问伙计，说走了，不知道上哪去了。王老好一看，说这事也太出奇了。王老好是老实人哪，心里总寻思，拿这一张破纸就换一百两银子，是怎么个事儿呀？瘦老头儿要是没走，还能问问他。可他人也走了，这可咋办呢？把王老好闷得一宿觉也没睡好。他想，不行，我还得到当铺问问去。

第二天，他又去了当铺，把当铺掌柜的和东家都吓了一跳。王老好说："掌柜的，我那画指定是卖你了。你说实话，你为啥给我一百两银子？我总认为它不值。这是一个店客欠了我点钱，就给我写了这幅字画儿，写完以后他就走了。他就欠我十五两银子，我寻思把剩下的银子给他吧，他还走了。我这银子都没办法消耗了。你说说，就这画，你给我这些银子，它贵在哪儿呢？"

当铺东家笑了，说："咳，你是不知道哇！这张画，你是卖一百两银子，就是二百两，我也买不着哇！这是郑板桥的字画儿，他是当今扬州八怪之一呀！那还了得，上哪能买着他的真迹？这是最值钱的画呀！"

王老好说："哎呀，原来是郑板桥的画啊！"

搁那么，传出来一段郑板桥盛京画蜈蚣。要不说呢，这名人的字画就是值钱。

郑板桥识才

郑板桥是个文采高的人,他做过七品知县。到县里上任不几天,他就遇到这么一个案子。

有一个老师到这儿告状,给人家教一年的书,最后讲的是八吊钱,到年末的时候财主不给,意思就是他讲得不值,就是没钱,说啥也不给。这老师一看,憋气呀,教一年书一分钱没捞着,就到县太爷这儿告状来了。

郑板桥一看都传来了,都跪到底下了,就想:这老师是不是误人子弟了,没文化,没教好,把人家骗了,要不人家为了学生学习请老师,能不给他钱吗?正好看见有个灯笼在那儿挂着呢,就说:"好,这么办,老先生,我看你的文化如何,教人家是不是误人子弟了。我有个上联,你看看能不能对得上。"

老先生说:"请你说吧,县太爷。"

"四面灯,单层纸,辉辉煌煌,照遍东西南北。"

先生稍加思索就对上了:"一年学,八吊钱,辛辛苦苦,历尽春夏秋冬。"

哎呀,郑板桥一看对得好呀,不仅严丝合缝,还特别工整啊。就说:"你是有才,不是没才呀。好,财主,给人拿钱,不拿钱不行,我命令你拿钱。"最后把八吊钱给他了。

给完以后就说:"就这么办吧,你也不用走了,就留我衙门帮忙吧。"就给他留下做师爷了。

搁那么这先生也出息了,给郑板桥当师爷。要不说人还得有才呢,没才不行,但还得遇着明才的人,那才能出息。

唐伯虎戏秀才

就说唐伯虎,也叫唐解元,有这么一次出门,正好前面遇着两个科考举子,是两位秀才。这俩秀才轻狂,一边走,一边就觉得自己才高,学富五车了,那了不得了。

唐伯虎暗中跟着笑，寻思：你俩也轻狂得太邪乎了。

走路当中，其中一个秀才说了："这道儿太好了，这天虽然说黑了，瞅着前边儿还有灯，还挺亮，这个景咱俩不能不作首诗啊！不能空度时间。"

另外一个秀才说："好吧！"

第一个秀才说了，说："远看一盏灯。"

第二个秀才说："你这第一句作得好啊！我对下句，'近看还是一盏灯'。"

下边就没有话了，两人对不上了。唐伯虎一听就笑了，说："你俩人真够数啊！这个词太出奇了。这么办吧，二位公子你们对不上，我对一下行不行啊？"

秀才说："那你对一下吧！你要能对两下也好。"

唐伯虎就给对，他是这么说的："一个糠匼袋，一个屎尿包。"

他俩一听，这对的叫什么玩意儿？意思是你俩都是拉屎撒尿的玩意儿，没正经玩意儿啊！

两人就不太高兴，说："你对是对上了，但是这对得也不太合格呀！"

三人就继续往前走，又看见啥呢？看见前边有一座山，其中一个秀才又说了："远看一座山。"

另外一个秀才说的："近看山一座。"

唐伯虎一看，这对儿太出奇了，他又说了："走道儿加点小心，不要砸破你脑袋。"

他俩一看：你这是处处跟我俩碰，你这个人也会蒙两句，可你也不能瞎蒙啊！

三人又往前走，看见这个前边有一棵树，其中一个秀才说了："远看一棵树。"

另一个秀才说："近看两个杈。"

这是两人对的，唐伯虎说："一个杈叉你，一个杈叉他。"

这两人一听，就急眼了，拽着他说："你别走，你不会对在这儿瞎对，俺俩是这个国家有名的秀才，你这是糟践我们。"正好这会儿走到县衙门口，说，"走！找县太爷评评理去。"

三人找县太爷去了。正是县太爷当堂的时候，县太爷一看秀才，秀才那都是有功名的人呢！三人进去之后，俩秀才告状来了，县太爷说："好吧！"

秀才到那儿一说："县太爷，这个小伙儿太不懂事儿了，不管他是干啥的。"

县太爷一看，那唐伯虎穿得也不错，光是站着也不吱声，县太爷说："他是怎么回事儿？你们说说吧！"

秀才说了："俺俩说'远看一盏灯，近看还是一盏灯'，他说的'一个糠㞎袋，一个屎尿包'；俺们说看着的一座山呢，他说防着石头掉下来，砸着你们脑袋；俺们看着棵树说'远看一棵树，近看两个杈'，他说'一个杈叉你，一个杈叉他'，你说这是对的什么玩意儿，这不整我们一样嘛！"

这一听，县太爷就笑了，说："你俩这诗出得也不出奇，他对得也不出奇。"就问他："你到底怎么回事儿，你到底怎么给对的？"

唐伯虎说："不对，县太爷，我对是对了，但不是这么对的，他说的是他们出的对，那是不差，我对时可不是这么说的。"

县太爷说："你怎么对的？"

唐伯虎说："我是这么说的，他们说了'远看一盏灯，近看还是一盏灯'，我是这么对的，'红灯驱万影，长夜伴人行'，这是头一句对的；第二句他们说的山是'远看一座山，近看山一座'，我说的是'幽谷坐白云，飞土从天落'。"

县太爷说："哎哟！这诗对得不错，后边那句呢？"

唐伯虎说："他们说'远看一棵树，近看两个杈'，我这么对的，'未结黄金果，先开白玉花'。"

县太爷当时就站起来了，说："哎呀！你请坐请坐。"就让唐伯虎坐下了。

这俩人不乐意了，说："不对，他和俺们不是这么对的。"

县太爷说："别吵，别吵，真正对得不错嘛！你们还说啥呢？"

这个县太爷就问唐伯虎："你贵姓啊？"

唐伯虎说："我姓唐，名寅，字伯虎。"

县太爷说："哎呀！这不是唐解元嘛！请坐，请上坐。"就急速搬个凳儿，让唐解元坐下了，对俩秀才说："你俩回去休息去吧！"

俩秀才一听是唐解元，就灰溜溜地蹽了。

所以说这秀才不懂事儿才逗呢！

瞪眼佛的来历

这个故事是哪儿呢？就说老罕王当年，那时候不是老罕王，是小罕儿。

小罕儿从李总兵那儿跑了之后，他就跑到一座山上。人家后边追兵撵得邪乎，他没办法了，一看旁边有个放羊的，一个老头儿，一个老太太。老头儿五六十岁，老太太也有四五十岁。他到那儿以后深施一礼，说："大爷大娘，你们救我命啊！后边有人撵我。"

他们说："那怎么办呢？你先进屋吧。"

他就进屋了，说："您老得救我，您这么大岁数了，我是个小孩儿啊！您老就想个办法吧。"

老头儿说："来吧，好办，我救你。我看你这小伙儿人不错，我救你。来吧，先把我的衣服穿上。"老头儿就把这一身放羊的衣服全都脱下来了，说，"你赶快都披上，戴上帽子，你在这儿放羊。你把你的衣服脱下来我穿上。"

这小孩儿就把自己衣裳全脱下来了，老头儿穿上年轻人的衣裳，收拾得挺利索，就往山上走去了。他就穿着老头儿的衣裳在这儿放羊。

追兵到这儿之后就喊："老头儿，你看见一个小伙儿跑过去没？"

他说："那不往山上去了吗？"他就一比画。追兵就往山上撵去了。撵到山顶之后，到这儿就把老头儿抓住了。脱衣服一看是个老头子。这也不对呀！那是个小伙儿，十几岁的小孩儿，这怎么是个老头子？就挺纳闷，也挺生气。"你干嘛穿这么一身衣服，怎么整的？"就又回来找来了，到这儿一看，老头儿没了，老太太也没了，羊也赶回去了，就没有人了。

就单表这罕王跑了，跑的时候就忘问人家姓啥了。这小孩儿当了皇帝以后，就想这老头儿、老太太。就想：哎呀，当初要是没人家放羊的帮我出的章程，我当时被抓住就死了。后来他又到那儿去了，找这个放羊的。一打听，谁也不知道。所以他怎么办呢？就为了纪念他，就想当时他不是放羊吗，他就画了个老头儿、老太太的像挂上了。挂完之后他就又供上个羊嘎拉哈[1]、哈拉巴[2]，就是瞪眼佛，就是这老头儿、老太太像。因为这老头儿眼睛总是瞪着，就这么留下来的。

---

[1] 羊嘎拉哈：羊后腿的关节骨。
[2] 哈拉巴：动物的扇子骨、肩胛骨。

老君显圣治梦魇症

有这么一个女的,她男的多咱都不在家,她每天下晚儿就老做噩梦,就梦着一个男的来和她怎么怎么的了。她一看这怎么办呢,就天天哭,天天哭,最后人就渐渐消瘦,已经不行了。

这天来了个要饭的老头儿,她就告诉丫鬟:"你答对答对他吧。"

"不行!"老头儿就告诉这丫鬟,"我今天非得到屋不行,主人给我饭,我就得看着主人我才能吃呢。"

这女的一听,说:"那好,那进来吧,反正我也病这样了。"

到屋一看,这女的长得如花似玉的,很漂亮,就是瘦得不像样。这个要饭花子就说:"姑娘啊,你有病啊!"

"啊,对呀!"

"你是心病啊。"

这女的一听:"对呀,我天天下晚儿黑闹病啊。"

"这么办吧,我给你想法儿治吧,你不用害怕,没事。你啥也不用寻思,你自己啥也没有,你这属于梦魇症,梦魇症是邪病啊。"

"那怎么办呢?"

"我给你三道符,头一道符你就贴在外边,第二道符你吃了,第三道符贴你头上就行了。"

"好吧!"这女的信他话了,全贴巴好了。

这是什么时候来的呢,这是上午来的,要到下午来她就不能贴了。上午她寻思我早晚得死,下午就盼着小伙儿来,好同床共枕,所以她下午就惦记着人家来。贴完之后到下午了,就寻思:哎呀,给我贴上了,不如不贴呢,不贴还能来,不来我还挺想他的。

搁那儿到下午了,一看这小伙儿来了,真来了。来了以后不进屋,就搁窗根儿底下;第二天来就到大门口了;第三天就不进院了。

搁那么之后她就逐渐好了,好了之后她就合计:这老要饭花子是谁呢?回头一看,这符底下写着呢,一晃儿的工夫那字儿就出来了,写着"太上老君"。"啊,看

叁 人物传说　　·281·

起来这是老君显圣啊！"说完之后这符就自个儿都没有了，全都收回去了，她的病就好了。

老太监做谜破案

有个皇帝，这天起来之后就闹心，他一个小女儿丢了。小女儿长得可精神了，才七八岁，这小公主就丢了，找了一天也没找着。这怎么办呢？皇帝就愁啊，问谁谁也不知道。

有个老太监岁数挺大，能有六十多岁了，到那儿给皇帝跪下了就说："我主啊，这案子打算破啊！"

"怎么的，你能知道消息怎么的？"

"我是知道一点儿。这么办，我给你出四个字，你搁上各添一笔，你添得对，管她死活都能把小公主找出来。"

"哪几个字？"

老太监写的啥呢，"菜、如、禾、七"。就说："请皇上一个字上添一笔，添对了就能破这个案，我就不能明说了。"完了磕两个头就走了。

皇帝一看怎么办呢，着急啊！一急，他就惊醒了："哎呀，明白了。好，找菊妃去！"就把菊妃抓来了。

"你说吧，我的小公主你给藏哪儿去了？"

菊妃说："我不知道啊！"

"不知道！你说实话！"

问得没办法了，菊妃就说出来了："我把她藏起来了，没害她呢。因为这小孩儿特别精，所以她妈妈特别得脸[1]，我气得把她藏起来了。"

"你也太坏了。"

这皇帝是怎么添的呢，这就说一说。头一个"菜"字添一笔，念"菊"；第二个

---

[1] 得脸：受重视。

"如"字添一笔,念"妃";第三个"禾"字添一撇,念"杀";第四个"七"字添一笔,念"女"。这"菊妃杀女"就这么来的。

因为老太监有高招,把这个案子就给破了。

金圣叹临死留诗

金圣叹他最后犯啥错误了,就是顶撞皇帝!那皇帝有什么地方不对,他当时就敢说,那是个清官。

清朝那时候兴[1]马蹄袖,后边儿兴戴顶帽子,带个辫子,那代表啥呢?满族那是牧民当皇帝,马蹄袖的意思就是不忘本,全得仰仗马,所以马蹄袖代表马王,后边儿尾巴那是马尾巴。清朝的官儿们都戴个罗圈帽子,后边儿都有个尾巴。金圣叹对这个最不得意,说这哪能行呢,哪有人装牲口呢!

所以这天他就不高兴了,就来劲儿了,把马蹄袖卷上来,头发也露着,上金銮殿就爬上去的,没走,连尥蹶子带爬。皇帝一看,说:"你干啥?"

他说:"我代表牲口上来的,咱们国家不是尊重牲口吗?全天下都是牲口,我装到底好不?何必光个马蹄袖,带个尾巴呢?"

这把皇帝气得说:"金圣叹你太不懂事儿了,你这么大官,都三朝元老了,保了三个皇帝你还这么胡闹!推出去开斩!"

"好,你杀了好,我就不怕你杀我!"他越说越激动。

皇上说:"好,你这样的可以灭门九族啊!"皇帝一拍,"灭门十族,全灭,坟茔都掘!"后尾儿就把金圣叹押到监狱了,第二天开斩。

到了第二天一早上起来就下小雪,下雪的工夫金圣叹就留首诗,意思是说我死了之后老天都悲观,都掉眼泪。怎么留的呢?他这么作的,他说:"苍天为我报丁忧,大地山河尽白头。明日太阳来吊孝,千家万户泪交流。"

因为他岁数小,死的时候才三十岁,下边儿他又作了一首:"耿耿文曲不非凡,

---

[1] 兴:流行。

虚度光阴三十年。自想曾参养曾皙，焉想颜路哭颜渊。白头老母抚灵案，红粉佳人化纸钱。单等明年寒食节，哭声儿再悼声天。"

金圣叹妈死不进坟

金圣叹是个大才子，要不《三国》是他批的呢。金圣叹他妈为什么死不进坟呢？他妈是最聪明的一个老太太，他妈就告诉他说："圣叹啊，你别看你当官保皇帝，你这么大个官儿，也是第一才子，但是我死了不能进老金家的坟！"

他说："妈，那怎么回事儿呢？"

"老金家没德！你现在当那么大官儿，将来就有那么大祸害的时候。你算吧，老金家从你高祖那辈开始，整八辈儿，净干屠宰场了，净杀好骡子好马，不管偷着摸着，弄着就杀。你说哪能当官去！你就考个头名状元，成了元老这么大官儿，相信你也得犯错误，你也得作孽。咱老金家没德啊，所以让你当了大官儿，没有大官儿，摊不上大事儿。我怕将来犯错误之后，别人是灭门九族，姓金的得灭门十族，灭门九族那是杀活人，灭门十族是剜坟墓啊！我怕把坟墓给剜了，所以我不进老金家的坟。你老金家坟修那样，我看了是好，我宁可埋哪山岗子，你给我埋个单坟，他不能剜了去。"

那老金家坟修得像样啊！他一看他妈这么说，真就信他妈的话了。他妈死了之后，他就把他妈埋到一个一般的山上了，没进老金家坟。普通人都说，你看这老太太真不得劲儿，就不进坟，但老太太有她的想法。

后来赶上老金家以后真就犯大错误了，灭门十族啊！老金家都灭了，不用说十族了，全灭了，剜坟掘墓！就是没剜老太太这个坟，没给剜，在这儿搁着，保住了他母亲的尸骨。大伙儿都说金母真有先见之明。

李清照望梅思春

要说李清照啊，那是个大诗家，她文采最高。她男的死了以后，她一个人过，也不太高兴，后尾儿就不在这儿住了，搬到了南方一个山坡的小城市住下了。搬家以后，人家谁也不认得她，她像个老太太似的，四五十岁了，造得也挺不像样儿的。

后尾儿有人就知道了，说这就是李清照，是当年的大诗家、大书法家，就有不少好文艺的人到这儿来拜访她。你也来、他也来，来的时候都抱着挺大的希望，说这人可确实长得不错，怎么怎么好，但谁来了都失望。来的都是一些个秀才、书生呀，到这儿一看，是一个老太太，一点儿容颜都没有了，不像样儿，就不愿和她交了。所以就冷她，"乘兴而来，败兴而归"，就都回去了。所以，搁这么的，就没有来的了，谁也不来了。她个人就悲观了，人这玩意儿到老了，确实就不行了，人也瞧不起她，自己思春也心烦。

这年冬天正赶上下雪之后，梅花也开了，她就把这梅花掰下了不少。过年的时候，她个人就用糨糊在门口粘了半副对联，全是用梅花拼的。她拼了个上联，没拼下联。她怎么拼的？"独梅隆冬遗孀户"，"独梅"就是一束梅花。

有个拜年的看见了，心寻思说：李清照拼的这个词是什么意思呢？大伙儿都没懂。

单表有一个才子，五六十岁了，没娶媳妇儿，原来净想念书了。他路过这儿，一看，寻思：李清照拼的这副对联，是有意义的呀！

"哦！"他就明白了，"李清照这是'望梅思春'呀，看着梅花想春天的情况，她是有意嫁人了呀。"他也没说啥，就等着。

第二年春天，杏花都开了，他掰朵杏花就去了。他到那儿就用这杏花把下联给粘上了。粘的啥呢？粘的是"杏林村暖第一家"，这就把对联给对住了。

李清照出来一看，笑了："哎呀，你对得确实不错呀！这么的，你如果同意的话，咱俩就在一起过吧。"所以他俩搁那就结婚了。

这副对联正好是一副爱情联。搁那么的，这李清照就有男的了，也有了依靠；这男的呢，也有她这个才女了，这俩人就过上了好日子。

异文：李清照望梅思春

　　这个李清照自打赵明诚死了以后，说找个人家儿吧也不好找，没有相当的，另外也没有人有她那么高的文才，配不上她！她就那么个人过着。

　　这天她搬到江南去了。她那时不再是年轻容貌好、花枝招展的时候了，都已经是五十来岁的老太太了。她到江南之后，就找个院儿住下了。

　　开始谁也不认识她，住有半年多的工夫就有人传出去了说："这就是当年的大诗家李清照！"就有不少才子来访问，你也来、他也来，来的时候是乘兴而来，回去时候是败兴而归！

　　她不是年轻的时候了，都五十多岁了，长得也不怎么的，也老了、也不那么靓了，大伙儿到那儿一看，就对她没什么意思了，所以就都回去了。搁这么的就没多少人儿来了。

　　有一年冬天要过年了，李清照一看觉得挺败兴，心寻思：这日子真是过得一天不如一天，一天不如一天，现在就没人儿瞧得起我！后尾儿过年了，她一看就寻思：这么办吧，我写副对联吧！过年时候不是梅花儿盛开的时候吗？她就弄梅花儿粘了这么一个上联，是怎么粘的呢？粘的是"独梅隆冬遗孀户"。她粘完上联，没粘下联，意思是想看看有没有能对的。"独梅隆冬遗孀户"就是独梅之下、隆冬之天，扔下这么一个单独户，单独她自己。

　　贴完之后，有不少人从这儿走过，看看也就过去了，都没留步。正赶上有个才子，姓王，王公子，王公子四十来岁了，也没娶老婆，走到这旮一看：咦？这李清照怎么贴出这么个对联呢？他仔细一瞅，寻思：哦，她这是望梅思春啊！她还打算找对象，还要找男的，好！他就回家了。

　　但是这时候还不能对，没到时候。到第二年春天杏树开花儿的时候，这个王公子到那儿就把杏花叶摘下半筐，开的那花儿没等谢他就摘下去了。他也整副对联，对好、贴纸上之后，就到那儿给它贴下边儿了。他是怎么对的呢？他是这么写的，"杏林春暖第一家"，就粘这么半副对联。

　　粘完以后，这个李清照出来就看着了，咿呀？粘得不错啊！一看王公子还没走，就说："且说这位公子贵姓啊？"王公子就说他姓啥姓啥，一说。

　　李清照说："到屋儿吧！"

俩人到屋儿一唠扯，越唠越投缘，文采方面也相似，所以他俩人就自动到一起了。李清照说："这么办吧，你也没家，就在这儿待着吧！"

搁那他俩就成婚了，配成了一双。这一双夫妇是才女、才郎呀。俩人搁那么得着了幸福生活儿。

李小柱得道

有个叫李小柱的，家里就只有他和他妈母子二人，他家里挺穷，就靠着自己每天上山打点儿柴火来养活他妈。但是他妈身体有病，而且病得邪乎，怎么整也老有病。

有一天，有个陌生人就对他说："你妈这个病啊不好治，早晚也得死。你干脆就不用养活她了！"

他说："那哪行呢？你这人怎么不咋着啊？咱俩初次见面，就让我害我妈。"

"你要不的话你就豁出命来。北山那儿没人敢去，那山特别毒，你要到那山上去。那山上有人参果，你要把人参果采来，你妈吃了之后就能好。"

"能那样吗？"

"那不怎的，你去吧！"

"好，人参果？什么我也能去！"第二天一早上他就去了。

去了之后到北山一看，那山上没有人哪。传说那儿有蟒蛇，有长虫，什么都有。他正走着呢，就看前边起来一层白霜，雾气叨叨的，他就纳闷这怎么雾气叨叨的和白霜似的呢？仔细一看，一个大蟒啊，在那儿吐芯子往外吐霜呢！他说我的妈呀，这可是了不得的地方，不是说吗，没人敢来呀，可真是那样！他就吓得往里躲，就在蟒一回头吞他的工夫，他正好一躲，后边儿就有人一搂他脖子，说："不害怕。"他回头一看是一个老头儿，白不列尖的，手上还拿一甩子。他说："咱俩有缘哪，你是我徒弟啊，我救你，不用害怕。"就把他领回来了。

领回来之后说："你呀，跟我到洞里去吧！"他就跟着到洞里待着，老头儿说："你在这儿待着吃点饭再回去吧！"就在那儿给他整的饭，他就在那儿吃了。

待了两天，他说："我妈情况啥样呢？"

老头儿说:"你不用惦记你妈,你妈的药我给她送过去了,能好了,不用惦记!"

"能那样吗?"

"那咋不那样?你不行回家看看你妈也行!"

"好吧,我看看去!"他第二天白天就回家了。

到家门口一看,他瞅着门口这院儿就不是他的院儿了。一打听,别人说:"那老太太都死多少年了,还有老太太呢!你是哪儿的?"

他说:"我是她儿子,我是李小柱啊!"

"这不扯呢,李小柱那走多少年了没有音信,还有李小柱?"

他俩这一说,就有个老乡问说:"你现在啊,在哪儿待着呢?"他就说在哪儿哪儿。老乡一听,就笑了:"你可能是成仙了。我听人讲,你走以后你妈就有人给治,病治好了之后不久也死了,都给她发送了,有不少人都看她来。你在北山遇着高仙了,今后你就不用考虑别的了,你急速回去吧!"

他就回来了。他一路上都考虑,能真那样吗?到北山一看,洞里没有人了,老道也没有了,谁也没有了,就见那儿放着个纸条:李小柱,此洞就是你的,你就是本洞神仙了,你就守着这个山过吧!李小柱一看,哦!我就应该在这儿守这个洞了。搁那么他就修炼成了,做了洞中仙。

李小柱一只鸡换个媳妇

有这么一家啊姓李,一个老太太,就一个儿子,儿子叫小柱。老太太挺善良,有四五十岁儿,儿子就十八九、二十岁,家穷,娶不起媳妇。一家在堡子的西头住两间小破房,院里没院墙,种点儿园子。家北边儿就是山,上山可近呢!李小柱每天出门打点儿柴火,他还真能干,就是养活不起这个家,因为他们没有多少土地,只能打点儿柴火、卖点儿柴火,回来刨一点儿荒,娘俩就这么活下来了。

他家里就有一只母鸡,这天他妈说:"孩子,你把小鸡养好,别把一只鸡小看了,你要把这只鸡养好了之后啊,就能下二三十个蛋,把它抱成窝就能出二三十只鸡崽子。那过年就不是一只母鸡了,二三十只小鸡子下多少蛋?不是就能下好几百个蛋吗？再抱成窝，再生鸡崽子……要有十年的工夫，你娶媳妇都用不了了！"

小孩儿一听，他妈这话说得对呀，这玩意儿说得真挺明白的，其实他妈就是哄孩子呢，哪儿有那么简单呢！

这天小伙儿上山打柴火去了，老太太在家，傍晌就来了个走道的，到门口瞅了瞅就说："老太太。"老太太一看，他说，"有水没？喝点儿！"

老太太说："水还没有吗？到屋喝吧，哪儿有在街上喝水的！"

那人也就四十来岁，穿得还不错，就一个人儿，到屋一看，屋里也没什么摆设就坐下了。老太太先扫了扫炕，扫完之后说："你坐炕上吧！"就坐上了，完老太太就把水端来了。

老太太正整饭呢，他一看，"啊，你这整饭呢？"

老太太说："整饭呢，怎么，饿了咋的？"

"可不是，一早上起来没吃饭，糊里巴涂地就出来了，到现在真还没吃饭呢！"

"这么办，我给你整点儿饭。"老太太就和他唠嗑，"家里就一个小子，小子还没订媳妇呢！"

"啊，怎么不订媳妇呢？"

"订不上啊，俺家这么穷，谁给呀！就我一个老太太带一个儿子。"

"那你慢慢儿遇着瞧啊，别着急呀，兴许能遇着，我明儿要遇到合适的就给你找一个！"

"那敢情好，得好好谢谢你了！俺们找是找啊，可是没有钱哪！"

"订个媳妇儿，往一起一凑俩人就过，要什么钱！"

"好，我去整饭吧。"她就整饭，一看老头儿不是一般人，就寻思想给老头儿整点儿好的，可是家里啥菜也没有，弄点儿园子里的土豆茄子上来吧，还觉得于心不安，连炒菜的油都没有，啥也没有！她一狠心："唉，没别的，把小鸡子给他杀了。"她出去就把小鸡抓来杀了。

老头儿一看，说："你别剁小鸡子了！"

老太太说："剁了吧，没有菜吃，啥菜也没有！你等着，我去剁去。"说完老太太就把鸡拿去剁巴剁巴，整好就端上桌了。她整得还挺好，虽然没有油，但小鸡子本身有点油，再搁点儿咸菜，瞅着挺像样，老头儿就吃上了。他一边儿吃一边儿咂巴嘴，说："这饭菜吃着不错啊！"

叁 人物传说

原来吃饭的这人是谁呢，不是别人，是正德皇帝，他一早上私自出来的，没让太监知道，知道了不得跟出来吗？他从御花园出来就溜达到这儿了，一后响了都没吃着饭，他饿了，就吃得特别香，寻思这比皇宫的菜都香，皇宫里上好几十个菜我都不爱吃，这小鸡还真挺好吃。

正吃着呢，李小柱回来了。背着柴火，颠颠跌跌地进院了。一进院，他妈说："你来得正好，别挑柴火了，屋里有客！"

他说："哪儿的客？"他妈就告他说哪儿的客，他就到屋了。

他进屋一看，老太太说："给老先生行个礼！"他就行了个礼。正德皇帝一看，这小伙子长得挺好，满面风光，长得还挺魁梧，就是穿的衣裳破。

小柱一看吃小鸡子呢，就瞅瞅他妈，问他妈怎么回事儿？他妈说："家里实在没有菜！老头儿可好了，能说会道的，人家还找人给你保媒呢！我一看怎么办，就把咱那小鸡子给人家杀了吃了。"

老太太一说完之后，小柱就哭了。他这一哭，正德皇帝一看就笑了，"你这小伙子，为什么哭啊？是不是为这小鸡子哭啊？我吃个小鸡子，你是舍不得还是咋的？"

他说："您老不知道啊，我不是舍不得小鸡子。那不是一个小鸡子的问题啊，那是我的媳妇问题呀！"

"小鸡子怎么是你媳妇呢？"

"我妈说了，小鸡下蛋抱窝，抱窝完了再下蛋，要抱个五年八年之后啊，就能够我娶媳妇了。那你这给我吃了，这媳妇就等于你吃了一样，我还哪儿娶媳妇去！也没本钱了，啥本钱也没有了！"

正德一听就笑了："哎呀，我这一顿饭就吃了你个媳妇，这扯不扯？"吃完以后，正德就问他，"你知道不知道这旮谁家有好姑娘没？"

"好姑娘那不有的是，能给我吗？我穷！"

"你别往穷上说，也别往这个一般人家上说，你看谁家当大官的，他有好姑娘没？"

"那有，俺们这个知府大人他有个女儿，李小姐，长得可好了，清晨她上山上游春去，坐的轿子去的。到了傍拉儿我看见她了，长得可漂亮了，也就十八九岁，跟着好几个丫鬟。那丫鬟都不错，一个个都好，那姑娘更好了！"

"啊！知府大人，是李知府吗？"

"那我没看见过，李小姐上山，我打柴的时候偷着看了一眼。"

"你愿意订她吗？"

"那我还不愿意啊？人家能给我吗？"

正德说："这么办，你别着急，我把这鸡吃完之后，给你保这媒，保证能成！"

"得了，您老吃就吃了吧，别说笑话了！我拿小鸡子能换个媳妇吗？又不是您的女儿，人家的姑娘您能说了算吗？"

吃完饭以后，老头儿顺腰掏出一把扇子来，"这么办吧，你拿着扇子去就行，啥也不用说，到那儿你就喊李知府的名儿，说李知府接旨。"

"什么？"

"喊'接旨'就行！完了你把扇子给他，你告诉他，就说奉主子之命，叫我到你这儿入赘来了，娶你姑娘做媳妇，现在有圣旨在此。"

小柱也不懂，也没念过书，哪儿懂这句话，"我也记不住啊！"

"你这么办吧，你给他扇子他就明白了，就说娶他姑娘做媳妇，就说我说的。你把情况一说，就说我穿什么样的衣裳，长的什么样儿，说完就行了！"

李小柱一看，说："好吧！"下晚儿正德就回宫了。

单表他睡了一宿觉，天亮了，老太太就和他说："你看看去，问一问看怎么个事儿，好比他们有亲戚呗！去吧！"李小柱就去了。

出门前他也收拾了收拾，把衣裳也洗干净了，虽然就一双鞋，洗洗之后就去了。到了知府大人家，一拍大门，把门的问："干什么的？"

李小柱就把扇子举起来说："你喊知府大人接旨。"

把门的一看就往屋里跑，见着大人就说："启禀大人，有一个小孩儿传旨。"

大人说："咦，那了不得！"李大人就亲自出来了，一看一个小孩儿真举着个扇子呢，心想这可能是皇帝的御扇，到了那儿先对扇子磕了两个头。小柱一看，这怎么还给我磕头呢？这玩意儿这么大用呢！完了大人接过来扇子一看，真是御扇，那御章什么的都有啊！

大人把小柱接到屋，就问："你传什么旨，有什么事呢？"

小柱说："没别的事儿，昨天我们家大门口有个吃饭的老头儿，吃完之后叫我把这扇子给你送过来，说让我来找你。你有个姑娘长得挺好，他保媒呀，叫你把这姑娘给我做媳妇。叫我上你这儿待着来，安排我个工作。"

李大人说："那他怎么认得你的呢？"

"咳！他没吃饭，在俺们那儿吃的饭，把俺们的小鸡子给吃了，我妈把小鸡杀了，杀完之后我就哭了，我这个小鸡子是给我娶媳妇的，下五年八年蛋就够我娶个媳妇了。蛋抱窝、窝生蛋、蛋出崽、崽再抱窝……这么一说，他就笑了，就说：'我给你保个媒吧！'我就提起你家姑娘不错，'那行，就保她吧！'叫我娶媳妇来了。"

李大人寻思：唉，我主啊我主，你吃一个小鸡子就把我姑娘给搭上了，这可真成笑话了！我家姑娘被这么给一个庄稼汉了。"这么办吧，行是行，给你是给你，你暂时在这儿吃饭。"

李大人就留他在那儿吃的饭，吃完以后，对他说："扇子撂这儿吧，你还得急速回去，回去之后你就别来这儿了，你就急速进京。你到那儿门口之后啊，你还得找皇上，那不是别人，那是当今正德皇帝。这回你和他说李大人同意把姑娘给你了，同意是同意，但俺们生活怎么活呢？也得有点儿工作啊！所以找他给你点儿工作。"

他一听，说："啊，好！"他就去了。

第二天一早上就到京城了，到金銮宝殿门口，传旨的就进去禀告说有个李小柱来找，正德一想：对呀，就是前天的事儿，"让他进来吧！"他就进去了。

进来一看，正德就问他说："你去没去啊？"

小柱说："我去了，御扇他留下了，姑娘给我做媳妇行，但我俩生活不了，找你要个工作。"

"啊！要个工作，那好吧，正好河南缺个知县大人，你去做七品知县吧，带着媳妇上任去吧！结婚吧，我主婚。"说完又告诉下人从库里拿千两白银给他们做结婚定礼。

这李小柱拿上千两银子回来之后，就当上县长了，又娶了个有钱媳妇，所以李小柱这一只鸡便宜老了。

李振修对诗

乾隆皇帝登基以后，天下没什么事儿，文武百官都好多。这天早上起来，临朝的时候，乾隆就问文武百官："我有一个上联，你们给我对上。"

大伙儿说："好吧，你说一说。"

乾隆说："'什么高什么低什么东什么西'，你们对上就行。"

大伙儿你也想，他也想，也文武百官不少，谁也没对上。弄了一道儿[1]，过了好几个点儿。

乾隆打个唉，说："咳，李振修退休走了，要不然的话，他在这儿就能对上了，还是人家有才呀，你们都不行啊！"

一听，大伙儿都有点儿伤心哪，也不敢说别的了。

撂下了不说，单表谁呢？单表有一个叫张秀的大人，他正赶第二天出差上外边儿去，经过李振修家。他就说："我到他那儿打听打听，看他能不能对上。皇上不说他好对嘛，我看他是怎么对的！"

张秀特意到李振修家串个门儿。李振修一看，这是同朝大臣来了，就说："哎呀，张大人来了！"

张秀说："啊！不是别的，我到这儿有点儿事，拜访拜访你。我有一个下联儿对不好，你看'什么高什么低什么东什么西'怎么对？"

他在问的工夫呢，正赶李振修在园子里头收拾倭瓜、茄子、黄瓜，这黄瓜青枝绿叶的很多。

李振修说："那好对，我告诉你，这不瞅着呢嘛，黄瓜高，茄子低，冬瓜东，西瓜西。"

张秀说："啊，对呀！"

李振修一听就对上了！对完以后，这个张秀就记住了。第二天临朝了，皇上正好又问这句话，问："大伙儿对上没对上啊？"

大伙儿没人吱声，这回张秀就跪下说："皇上，我对上了！"

乾隆说："你说说吧。"

张秀说："黄瓜高，茄子低，冬瓜东，西瓜西。"

乾隆一听，脑袋往上一抬，眼睛往下一愣，脸一沉，说："这什么呀？我和你数黄瓜道茄子来了呢？你们这还不行啊，要是李振修在这儿待着啊，肯定对得好！"

1　弄了一道儿：提出了一个问题。

叁　人物传说

张秀又跪下说：“皇上哪，臣知罪，这个事儿就是李振修对的呀！我昨天特意到那儿访访他，他告诉我的。”

乾隆说：“不可能，把他调过来！”

那皇帝一圣旨下来可了得，御林军就去了。李振修大人正在园子伺候黄瓜呢，他老了，告老还家啥也不干，有点园子，带着老婆孩子，挺高兴。一听说皇上让他去，他就毛[1]了，那不是好事啊！"文怕巡来，武怕调"，这是请你到那儿治罪？不知啥事！

李振修说：“去吧。”

李振修马上就来了。不像现在当官儿的时候有轿啊，他这没有，就走来的。他擎个小帽儿，颠儿颠儿地就来了。

到这儿一看，皇帝正临朝呢，李振修就跪下了，说：“圣上万岁！”

乾隆说：“李振修，我问你个事儿，我有一个上联你帮我对上。我打听打听，看你能对好不？”

李振修说：“什么上联？”

乾隆说：“我就说吧，'什么高什么低什么东什么西'。”

李振修一听，寻思我给你对吧，就说：“恩主高来，微臣低，文在东来，武在西。”

乾隆说：“哎，还是人家对得好，这才叫对对儿呢！叫什么数黄瓜道茄子呢！”

张秀大人就跪下说：“李振修大人，你不对啊，我昨天跟你说，你不告诉我'黄瓜高，茄子低，冬瓜东，西瓜西'吗？”

李振修说：“咳，你看地方儿啊！我那时候在菜园子，你叫我对对儿，我所以就指着菜对了。今天在金銮宝殿，我能指着菜吗？有皇帝在这儿呢！按地方对对儿是第一！”

乾隆说：“对啦，还得李振修啊！你回去吧，没事儿啦！”

李振修抹过头，“谢主隆恩”之后，掉过去急速回家，恐怕有事儿。

他这就回去了。

---

1 毛：慌张。

谢石相字

南宋时,在长安城里住着个名叫谢石的算卦先生,五十多岁,老伴已经去世了,只有他和七十多岁的老母亲相依为命。谢石每天在街上摆摊相字为生,在当地挺有名气的。

有一天,一个二十多岁的小媳妇来找谢石相字:"老先生,我来相个字。"

谢石说:"那容易啊,你随便写一个字吧。"小媳妇想了一想,就在纸上写了个"借"字。

谢石看了看,问她:"你相字是为了什么事啊?"

"我男人出门在外做买卖,都好几年了,我想问问他什么时候能回来?"

"是这样啊。"谢石说,"你别着急啦,他能回来,你回家准备准备吧,这个月二十一号就回来了。"

小媳妇半信半疑:"真能回来吗?"

"当然是真的,你可别以为我说笑话呢,到那天你就把酒菜准备好,保管能回来。"

"好,这回可有盼头了!要是他回来了,我一定好好谢谢老先生。"小媳妇说完,欢欢喜喜地回家了。

小媳妇回家后就开始准备。到了二十一号这天,她起个大早,做好了一桌子酒菜摆在桌上,又摆好两个人的酒杯碗筷。一切都预备好了,只等她男人回来了。她一边等一边想:都说谢石相字灵验,这回看看这老先生灵不灵。

等到下午,她男人还真的骑马回来了。小媳妇这个高兴劲儿就别提了,心说:"哎呀,这先生可了不得,还真灵啊。"她急忙跑出去迎接:"你真的回来啦!饭菜都预备好了,快进屋吧!"

小媳妇的男人出外好几年了,也想家了,赶紧跟着媳妇进屋了。他到屋一看就愣了:炒的热菜,拌的凉菜,摆了满满一大桌子,可这酒杯碗筷怎么都是两副啊?

男人心里就犯合计了:我也没和她说要回家啊,她这一桌子饭菜是给谁预备的?不用问,这是另有旁人啊!男人这火儿就上来了,冲着小媳妇大喊:"你是不是有外心了?啊?我出门这么多年没回家,也没给你来信儿,你怎么知道我今天回来啊?"

小媳妇一听，太委屈啦，就说："我哪有什么外心啊！我去找谢石先生相的字，打听你什么时候回来，是他告诉我你今天回来的。"

男人哪里肯相信啊："怎么能这么准啊？一天儿不差？你这饭哪是给我做的啊？不定是给哪个野男人备下的呢。"

男人越想心里越来气，不由分说就把小媳妇打了一顿。小媳妇本来欢天喜地地做好饭菜等他回来，反倒受了这样大的冤枉，还挨了一顿暴打，坐在地上哭得死去活来。

男人说："我就不信，我倒要问问那个相字的去，他在哪儿呢？"小媳妇只是哭，也不理他，男人就赌着气自己骑马走了。

男人到街上一看，谢石都收摊回家了。他又打听了一路，找到谢石的家里。进了大门，见到谢石，就问："老先生，头些日子有个女人到你这相字，问她男人什么时候回家，你说她男人二十一号回来，真有这回事吗？"

"不错，有这回事。她当时写的是个'借'字，我告诉她是二十一号。"

"你凭什么断定是二十一号呢？"

"看来你就是她的男人吧？你看啊，这'借'字的左边有个'人'，这就是你。右边上面是'二十一'，下面是'日'，所以说你二十一日回来。"

男人觉得有道理，可还是不太相信，就说："那你再给我相一个字，要是能准，我就相信你不是骗人。"

"好啊。你也写个字吧。"

男人就在兜里摸笔，没摸着笔，摸出条手绢。他嫌手绢碍事，就用嘴叼着，接着找笔。谢石一看他这个样子，就说："你也不用摸了，赶紧回家吧。你媳妇上吊了，赶快！回来我再告诉你为什么。"

男人一听慌神儿了，赶紧骑马跑回家，一看，媳妇还真上吊了，都快没气了。他赶紧把媳妇解下来了，连拍带喊给救活了。小媳妇扑在她男人的怀里这个哭哇，男人也觉着自己冤枉媳妇了，抱着他媳妇，连说："这个相字的先生可真奇了，要不是他让我赶紧回家，你就叫我给冤枉死了。"

夫妻俩和好了，又一起到谢石家来感谢老先生。一进屋，男人就哭了："谢先生，你可真是大恩大德啊。可我还没写字呢，你怎么就知道我媳妇要上吊呢？"

"是啊，你把手绢往嘴上一叼，'口'字底下加个'巾'就是个'吊'字啊，字就已经出来了,我就知道你媳妇上吊了。"

"哎呀,先生,你可真是神了。"夫妻两个心服口服。

从此,谢石在长安城就更出名了,人人都知道谢石相字救下了人命,把他夸得像神仙一样。

长安是京城啊,天子脚下,一传十,十传百,谢石相字灵验的事不久就传到当今皇上那里。皇上心想:这个姓谢的相字真就相得那么准吗?我倒要看看。

这一天,皇上心血来潮,换上便装,青衣小帽,打扮成买卖人的样子,带着太监就从御花园里出来了。两人来到了谢石摆摊相字的大街上,看见卦摊前面有好几个人在相字,皇上在一旁瞅了半天,没吱声。等人走没了,他走到谢石那,说:"老先生,听说你字相得不错,帮我相一个好不好啊?"

谢石就说:"你随便写一个字吧。"

皇上就在地上写了个"一"字。谢石看了看说:"你这个字写得不太清楚,那边有个沙滩,上那边写吧。"说完就把皇上领到一个没有多少人的背静地方,说,"你在这写写看看。"

皇上一看,这也没多少沙子啊,是块硬地,就说:"这也没沙子啊?"

谢石弄了一根棍子给皇上:"你就在这儿随便写个字吧。"

皇上挺纳闷儿的,心想:看来你还得靠问哪,问完你才能知道是怎么回事,那我就写个"問"字吧。皇上写这个字时,右边最后一笔没勾上去,拐到外边来了。

谢石一看就愣了,当时就跪倒叩头:"君王在上,草民谢石有礼了。"

皇上心中称奇,但是也没动声色,问:"你是怎么相出来我是君王呢?"

"刚才在那边您写第一个字的时候,我就觉着您不是一般人。您把'一'字写在地上了,'土'上加'一'念'王'啊,所以您不是皇上至少也是王爷。我一看,就没敢再在那边相,把您领到这边来了。到了这边,您写了个'問'字。您看,这个'問'字的右半边是个'君'字,左半边还是个'君'字,最后一笔勾还撇到外边来了,左看右看都是个'君',就是说反正您是个君王。"

皇上一听挺有意思,就承认了自己的身份,说:"你字相得不错,明天你到我的金銮宝殿上来相字吧。我也不下圣旨传你了,你直接去就行。"

"遵旨。"谢石跪在地上,一直等皇上走远了才敢起来。

第二天早晨,谢石就去了。到金銮宝殿门前,看见有御林军守卫着,就请他给通报一声:"烦劳传禀一下,说相字的谢石来求见皇上。"皇上听了说:"让他上大殿吧。"

这工夫正上朝呢,文武百官都站在两旁。谢石走上大殿,跪在地中央,等皇上问话。

皇上就对他说:"谢石,你给我相个字吧。"

"遵旨,请皇上赐字!"

"不写了,就把'春'字给我相相吧。"

谢石心想:"皇上是什么意思呢?一年四季春为首,他是让我说点儿吉利话吗?可是看这'春'字的意思,可不好啊。"他眉头一皱,豁出去了,把心中真实的想法说了出来:"皇上,'春'这个字有讲啊,这意思是说'秦头太大,压日无光'啊。"皇上听了,若有所悟,心里却暗暗称奇。

原来,当朝的宰相正是秦桧。谢石的意思是说当朝宰相秦桧的权力太大,把皇上都压下去了。话虽不假,但却犯了大忌,杀头的罪名啊,因为秦桧当时就在殿上站着呢。听谢石这样说,恨得他的牙根儿直痒痒,可是当着皇上的面,还不能发作。秦桧就狠狠地瞪了谢石一眼,心说,你也该死了。皇上当时也不便说什么,就让谢石回家了。

其实,谢石当时看见秦桧瞪自己,就知道自己失言了,肯定是活不成了。回到家之后,也没再多说,他先把老母亲送到了舅舅那躲起来,自己收拾点东西就连夜逃出京城了。

出了城还没跑出去多远呢,就被秦桧派来追杀他的兵马撵上了。他是两条腿走路,人家骑马当然快了。一会儿工夫,谢石就被撵进一座山里了,大队人马就把山给围上了。

谢石心说:"这回完了,我这个字可相错啦,人家都说我相字准,哪承想我自己就要死在相字上了。"

谢石这边正发愁呢,一抬头,看见山里走过来一个穿绿裙子的姑娘,二十多岁的样子。姑娘看了看他,说:"这不是谢石老先生嘛!正好,相请不如偶遇,你给我相个字吧。"

谢石这时候还有什么心思相字啊,就说:"姑娘啊,我还相啥字啊,我都快没命了,还能相字吗?"

"你就给我相一相吧,一句话就完,我有点愁事,你老得帮帮我啊。"

谢石心想，自己反正也是要死的人了，也不差这一次了："那你快写吧。"

"我也不写了，我就在这站着，你给我相相吧。"

谢石这才打起精神细看这个姑娘，只见山风吹着她的衣裙，有点飘飘乎乎的。谢石心里透亮，马上就明白了，连忙给她跪下，说："大仙啊，快救救我吧，要不我就让人给杀啦。"

姑娘笑了："你怎么知道我是大仙啊？"

谢石说："你往那一站，是个'人'，'人'旁一座'山'，不就是个'仙'字吗？你是这山中之仙啊。"

姑娘笑了："你这回是说对了，那就请先生跟我来吧。"

说完，那个姑娘就把谢石领进山里去了。追杀谢石的人找遍了整座大山，也没找着个人影，只好空手而回了。

就这样，谢石最后被神仙给救了。

辽太子读书楼

这个故事发生在北镇，在早不是说塞北幽州嘛！这是说的咱们这儿，那时候是属于辽国的。

这个辽国的傍拉是北镇，北镇这边是朝阳，那时候都归辽国管。辽太子是老二，还有老大，老大和这老二是亲哥俩。老大岁数已经大了，老二和老大差十七八岁。辽太子十八九岁，小伙子长得帅，每天好行围采猎。

这天，他带着一帮太监和随从骑着高头大马去北镇一带的山上行围采猎。

正好看见个玉兔，顺这边跑过来了。白兔子瞅着身子挺弱的，太子把弓箭拿出来，瞄准之后"梆"的一箭就射出去了。这兔子没跑几步，就在前面倒下了，太子的箭射出去挺远啊，就在山傍拉射的，百步一样啊！射完就看那兔子摔沟里了。下边人就哈哈大笑，说："太子真神箭哪！"下边的人就跑去了，到那儿把兔子捡起来了，拎兔子回来了，连箭都带着呢！

随从就说："太子，你这箭太神了，给你吧！"

太子一拎兔子的工夫，一看，顺山那边来个骑马的女的，这女的也就十八九岁，是一个小姑娘，长得挺好，瞅着真是水灵灵的眼睛，穿的红斗篷，下边跟着丫鬟。这女的到这块儿一看，一摆手，说："慢着！"

大伙儿一看，这女的说："这位长官，你那兔子不是你射的，是我射的。"她不知道那是太子。

底下人说："你说什么？那是太子射的！"

女的说："原来是太子啊！可那是我射的，要不你看看那箭，箭头上有我的名儿，不是你们的箭。"

太子说："好，我看看。"

太子到那儿把箭拔下一看，真直眼了，箭杆上有两字"云云"。哎呀！一看"云云"两字，那就不是太子的，太子叫耶律倍，那箭上有"倍"字。他箭没射上，俩人一堆儿射的，人家射的箭刮上了，他箭落空了。这太子笑了，说："看你这箭法太高了，我这没射上，这么办，给你拿去吧！"就把兔子扔给人家了。

女的一摆手，说："行了，既然是太子要，你们就拿回去吃吧！知道这事儿就行了，我啥也不要了，箭也不要了。"

太子说："好吧！你不要，我就做个纪念。"

太子就把箭拔下来之后，瞅这个女的长得真好啊！太子寻思："我走过这么多地方，还真没看着这么好的女子呢！另外说俺们这个契丹人，辽国里还没有这么好的女的，这汉人的女的长得太好了。"

女的走了以后，太子就回去了。回去以后就对这个云云朝思暮想，不知姓啥，就知道叫云云，箭头有名啊！

一晃过去几天，他就病了，想得受不了了，这一想就得相思病了。底下侍候他的宫女，一看他吃东西吃得也少，样儿样儿不行啊！就报告国母了，说："国母啊！太子现在有病了。"

国母说："怎么病了？"

宫女就说了："前些天儿，太子行围采猎去，遇着一个长得挺漂亮的姑娘叫云云，她是汉人，可太子相中她了，他回来之后就想她，白天夜里老叨咕'云云'，您看怎么办吧？"

国母一看，这不行呀，"这得说一说，你再想也不能把汉人招进宫啊！她再好看，咱也不能娶汉人做娘娘啊！咱得找那辽国人呢。"

这一劝他，辽太子当时就一声不吱，就是哭，皇上也不知道该怎么办了，就派人打听这姑娘去了。她在哪儿住啊，是干什么的呀，打听了不少日子，终于有下落了，说这家姓高，她爹是医生，叫高捷，她叫高云云。

没有两天的工夫，皇上就直接下通知了，把高医生请到皇宫。高医生拜完之后，皇上说："没别的，我儿子在射箭当中啊，你这姑娘射着一个兔子，他相中你这个姑娘了，你的云云长得好，但太子也有才，长得也好，我一直打算给我儿子招个娘娘，娶你的女儿，你看怎么样？"

高捷说："那我得回去商量商量，我不敢做主。"

下人说："那皇太子选娘娘，还有啥合计的？"

高医生也明白呀！就没有拒绝，也拒绝不了人家呀！说："这么办，我和我女儿商量吧！"这就回去了。

回家以后，到院子了，他就不乐意，他不愿意这门亲。高云云就问："你怎么回事儿，爹爹？你怎么不乐呢？心里有郁结啊？"

高捷说："今儿遇到个事儿。"

高云云说："什么事儿？"

高捷这么一说："全因为你射猎，正好射一箭，当时耶律倍也在，他是太子，他相中你了，非要娶你做娘娘不行，我哪能和他做亲戚呢？你要是去之后，我一辈子见你面都少了，那当娘娘还能见着面？"

姑娘一听，说："那我也不能嫁他，这么办吧，咱不嫁也在这儿待不了，待着他就得斩咱们，那砍死还了得？咱搬家吧！"这天夜里，爷俩儿连夜就搬到了朝阳。

再说这边儿。皇上这边一选好，第二天大人马上一找，可没有人家了，全都搬了。这太子又闹心了，哭哭啼啼的。一合计，他们这往哪搬了呢？寻寻他们去吧！就一点点访，访多少人家也没访着。耶律倍没办法，他闹心啊！就准备上他舅家待两天去。他舅在哪？就在朝阳，该然啊！他上他舅那儿，正在他舅那儿待着没事儿，还打围[1]去，一连打了几天围。

这天咋的，正赶上高云云搬去有半年多，也高兴了，说："今儿个我还行围采猎

---

[1] 打围：打猎。

去，那回采猎闹了点事儿，这回离可老远，够不着，就没说了。"

这高云云又采猎去了。正好高云云搁山顶下来之后，有一个山沟，她到那块儿没踩住，就叽里咕噜地往下滚，这工夫就听底下有小伙儿喊她，说："不能下！危险！"这工夫她已经停不住脚了，就看小伙儿紧忙跑两步，在底下接住她了，高云云顺着出溜下来之后，人家小伙儿就把她抱住了，她没摔到沟里，要不接她就摔下去了。他抱住一看："哎呀！你不是高云云吗？"

高云云说："哎呀！原来你是辽太子呀！你怎么来这儿呢？"

他就说："我特意访你来的。"

高云云说："那这么办，到我家去吧！"这两人就到家了。

太子说："咱俩还是有缘哪！不管怎么的，我是特意来找你的。"

高云云说："我没有别的意思，我就是不愿意当娘娘，你要是不当皇上，咱俩就结婚，咱说好。你要当皇上，我还不嫁你。"

太子说："我宁可要你，也不要皇上的位置。"

高云云说："那行！"太子就带她回去了。

回去以后，正好国家战争起来了，需要人挂帅出兵打仗。高云云说："这么办，咱俩人去打这场仗吧！"

太子说："好吧！"

太子挂帅，她就做个参谋，两人出去和外国打仗。这一仗打下来，高云云武术高、太子也武术高，打一个胜仗回来，有功了。皇帝高兴，说："这么办，你们俩就结婚吧！我现在退位了，辽国的皇上就交给你吧！"

这大太子在旁边看着，当时他兄弟就跪下了，耶律倍说："皇阿玛，我不能接这个皇位，我和媳妇儿俺俩当初订婚时候说好的，她不让我当皇上，叫我哥哥当，我要当皇上她不嫁我，我已经和她有言在先。俺夫妻俩原先就那么说的，不能改了。"

皇上说："好吧，你们个人合计吧！"

耶律倍说："好，我不当，我宁可当个清闲的人，封我王爷，我当个自在王；不封王爷，我当个百姓也甘心，我和云云俩都能过，叫我哥哥当皇帝吧！"

大太子对他感恩不尽啊！谁不想当皇上，大太子想："哎呀！我兄弟连皇上封他他都没要。"大太子当时就说："这么办，兄弟，我就封你个逍遥王吧！你就在北镇吧！"

大太子封他个逍遥王做,还封高云云为高美人。他俩就团圆了,这边人都知道,高美人和耶律倍是一对相当好的夫妻。在辽国的太子当中,大太子做皇上了。

刘和袁成成仙记

刘和与袁成俩人是莫逆之交,是最好的朋友,都是农村人。俩人处得特别好,每天个人除了伺候点儿地伍的,没事儿就找人闲扯。俩人岁数都不大,二十来岁儿不到三十岁,也都有媳妇和孩子了。

快到五月节了,这天刘和就说:"咱俩得上山哪,到山上采点艾蒿伍的。"

袁成说:"好,去吧!"

"还有蓬枫呢!"

"那蓬枫也采点儿,这五月节采的东西回来好像能治病。"俩人就乐呵呵地去了。

五月节这天,俩人一早上起来没吃早饭就走了,他们老伴儿说:"你去吧,回来了我给你煮鸡蛋吃。"俩人就走了。

俩人走到山坡采了几株艾蒿,就看见前面那山上有人下象棋玩呢!到那儿一看,俩老头儿下棋呢!他瞅瞅说:"呀!俩老头儿下棋呢!"

老头儿渴了把桃儿顺兜掏出来就啃,啃完了就把吃完的桃核扔地下了。他俩一看,也渴了,说:"咱俩没别的吃的,就捡点儿桃核吃吧!挺好的桃,还是大桃。"俩人就刨桃核吃,你也啃,他也啃。

啃巴一阵,老头儿就说话了:"小伙子,你俩哪儿的?"他俩告诉人家他们是哪儿哪儿的。老头儿说:"这么办吧,你俩就不用回家了,我看你俩人也挺好的。我呢是个出家人,爱惜这个小孩儿们,你们跟我去做徒弟得了!"

刘和说:"那哪儿能去呢?不能去!俺们家有老婆、有孩儿呢!"

"嗯!你要不去啊,你想再去那天就晚了。你去跟我们走就妥了,你呀,那时候你还别拿把[1]。你要找我们来,还不哀求我们收你啊!"

---

[1] 拿把:矜持,故意作难。

"那我不能，我家有老婆孩子，我能扯那吗？"

"那走吧！"这俩人就回家了。

往家一走，一看就不对了，来的时候是五月节，满地青苗啊；现在一看都冬天景了。"这是怎么个事儿呢？就这几个点儿，这气候变化这么快是怎么个事儿呢？"

到堡子一看，堡子整个全变样了，整个都不认得了。尤其刘和到家一看，大门庭院都修了，房子全盖了，不是原先那房子了。他就打听，一看有一个老头儿在门口坐着呢，他就问："老头儿，打听你个信儿。原来有个刘和在这旮住啊，怎么房子变这模样呢？"

老头儿一看，说："你认得刘和吗？"

"是啊！那咋不认得呢？"

老头儿一听就笑了："你怎么认得他的？"

"说实话，我就是刘和，还认得啥呀！他叫袁成。俺两人上山采药去了，这不才回来吗！到这儿就变了，俺两人是蒙了还是怎么着？"

"哎呀！你是刘和？"

还有一个老头儿搭口说："刘和那是我八辈老祖啊！那八辈祖先了。"

那个老头儿说："我是袁成的孙下孙子，重重孙子了都。"

他问："多少辈了都？"

"妈呀，有一百多年了。"

他俩一听，直眼儿了，说："那俺两人你们听说过吗？"

老头儿接着说："是！当年是说过，有俩人上山采药去了永生没回来，一百多年哪！就您俩小伙儿能是吗？"

他俩就明白了，说："嗯！人家下棋老头儿说得好，咱还得找人家去啊，不回去待不了了。行啦，你们好好过吧！我告你实情，俺们就是啊！"

老头儿不相信，说："大伙儿来看看！"

这就把一个屋里的人全给喊出来了，有的岁数大的明白，一看说："哎呀，不用问了，这是成仙了，连模样都没改呀！"

他俩一看，说："不能待了。既然这样的话俺们待不了，俺们急速回去找那两个大仙看看怎么样！"他俩就回去了。

回去之后，俩人还下象棋呢，他俩到那儿就跪下了，说："二位大仙哪，你们就成全俺们吧,让俺们跟你们去吧!俺们愿意去了。回去之后啊,就没人认得俺们了。"

俩老道就笑了:"你俩在这儿待着吃了几个桃核啊,就已经经过近二百年了,他们认得你啥啊,那都是几辈玄孙子了!"所以他俩人就跟着走了,俩人就都成仙了。

落榜秀才送考官

什么叫考官呢?过去那时候是三年一主考啊,京城三年一考,省里三年一考,咱县里也三年一考。县里考秀才,念书念得不错的书生先在县里考,县里考上秀才以后,说秀才入皇门了,就像国家现在有这个大学生,才许可你到京城考举人哪,考状元都搁那儿考呢,所以你准得是秀才,不是秀才入不了皇门。所以这头一步就非得考不行。到考的时候哪儿来的人呢,不光县里的官儿啊,那大部分都是省里的官儿和北京的官儿来主考,今天在这乡考,明天到那乡考,人家来专人监考,就像钦差似的。

单表这个县啊,这天就考秀才,来个主考官,主考官岁数也不小啊,五十多岁的老头儿啊,他是朝廷官,他来了到那咱就是钦差大人了,县里头恭敬地考,一考考了三场以后,或者落第,或者及第,完一出榜就完事儿。有一等秀才、二等秀才,最次也弄个三等秀才,那就是有个名了,那就不咋的了,还有考不上的。

考完三天头上要欢送会,不管几等的秀才都得送,正好送到一个叫井口坝的小亭要分别的时候了,这个主考官就高兴了,说:"不管怎么的,都是我主考的,今天你们都算我的学生,今天临走的时候我出上联,你们大伙对一家伙。"他就高兴地说:"今日分别井口坝。"

但是别人没准备,没寻思他出这道题,当时就有不少对不上的,后尾儿就听后边儿有一个人说了:"唉,他日相逢白玉阶。"

考官一听就寻思:哎,这个对得好,我就随便说了一个"今日分别井口坝",他就对个"他日相逢白玉阶",那白玉阶就到皇宫了,那就是考上了啊,这对得太工整了,太好了。他就说:"来来来,往前来,你是谁呀?"

"我是三等秀才,孙彦。"

他一听,哎呀,这小子不满哪,还报个三等秀才。这工夫孙彦就走到前面了,他说:"往前来,你叫孙彦?"

"啊,我是三等秀才,孙彦。"

"啊,我看你的口气啊是对我不满,是我误点秀才了。今天我不走了,我回去把卷子重审一遍。"单审谁呢,就审他的,回去就找着孙彦的卷子,一看,人家考得确实好,他确实给人家误了,他那时候也没太注意,就给人家翻过去一看,够三等,就划了个三等,其实没说的,那是一等,他随时[1]就给人改了,改了一等秀才。改完之后又向人道歉,说你确实够一等秀才,我那时候笔误。

第二天要走的时候,大家都欢送,说你这主考官确实够用,能知错就改,没有架子,要一般的考官肯定就三等三等,二等二等呗,我还回去给审查一遍?审查完之后还知道向你道歉说我笔误了。这一下把孙彦也捧起来了,孙彦确实有才,孙彦对他也特别尊敬,对他说:"我就认您为恩师吧!"

搁这么的以后,人们就都知道这个主考官真正是有错就改,是个好官儿。要不说有话还得敢说,还得有才。

彭祖的故事

在中国彭祖岁数最大,活了八百八十秋啊!活一百四五十岁那都有,但没有活八百多的,为什么活这么大呢?这是有原因的。

阎王爷的判官那儿都有签,谁多大岁数到那儿都能找到,等到收人的时候,把本儿打开一看就知道收谁。正赶上阎王爷裁完签之后着急钉本,摸一个签捻巴捻巴就钉这个本儿里了,那签上正好是彭祖的名,这钉里之后就找不着彭祖了,把彭祖就落下了。但是知道有这个人应该回去,就落一个人找不着,哪儿也没有彭祖的名,它那签作纸捻了,上哪儿找去呀!

单表彭祖,他活这么大个人挺高兴,这天他就在河边儿溜达玩。正好这边儿阎王爷打发两个小鬼过来找他,告诉他俩必须找着,找不着不许回来。他俩着急啊,就在

---

[1] 随时:立刻。

那叨咕:"怎么办呢,阎王爷也找不着彭祖啊,没有名咋找呢?"他俩没法儿,正好拿个炭棍子,整可手净黑的,就说:"咱俩刷刷吧,要不太埋汰了。"就搁河边儿刷这黑炭。

彭祖在河边儿溜达呢,看看就笑了,说:"我寿活八百八,没看过黑炭往白刷,这能刷干净吗?"

"哎?"小鬼一听就问他,"你多大岁数?"

彭祖说:"八百八啊。"

小鬼说:"你叫啥名?"

彭祖说:"我叫彭祖。"

小鬼说:"正好,来吧。"拿绳"啪"就把彭祖套上了。"正好找不着你呢,你这一句话妥了。"

就这么的把彭祖抓去归位,彭祖才死。

吕洞宾送鹤

在堡子头上有这个小饭店,特别小,卖的东西也少,也没多少吃饭的,一天有一份两份都了不起了,这夫妻二人将[1]能维持生活,但小伙子和他媳妇都挺仁德,确实不错。

这天一早上起来俩人在那儿做饭呢,就来了一个叫花子,老头儿能有六七十岁,白发苍苍的,挂个棍子就说:"掌柜的,你们俩吃没吃我不知道,我好几天没吃饭了,能不能舍我点儿饭,再不吃我就饿死了。"

这小伙子就瞅瞅媳妇,媳妇瞅瞅小伙子,为什么瞅呢?那时难得邪乎呀,这里面做的稀粥将够他俩吃的,要给他吃他俩就完了。但一看老头儿饿那样,没办法,媳妇说:"这么办吧,咱俩下晚儿再说。这位老大爷你进来吧,到屋里吃,挺冷的,别在外面了。"他俩把老头儿让到屋里,就把饭盛出来了,弄点咸菜弄点酱,这老头儿就

---

[1] 将:仅仅,刚刚。

稀里哗啦地把一盆饭都吃了。没有饭了,他俩就没吃着。

到第二天早上起来,俩人正搁那儿做饭呢,这要饭的老头儿又来了,到屋就说:"哎呀,我昨天就吃一顿饭,晚上又没吃呀。杀人杀死,救人救活,你们还得照顾照顾我,我还得吃你们点儿饭哪。"

小伙子说:"这么办吧,咱这点饭也不多,咱们匀着吃,给你吃一半,俺们两口子吃一半。"他俩就给老头儿盛了一碗,他俩盛了两小碗,这他俩就垫巴垫巴,谁让他俩心好呢。

第三天这老头儿又来了,也是大伙匀着吃的,就这絮烦劲儿吧,本来就没有吃的,他天天这么吃,小两口挣两个钱还不够买米的呢。

三天过去了,到第四天早上了有两个买卖,这老头儿又来了。这回来和每天不一样,乐呵呵进屋了,到那儿一看,说:"掌柜的,今天吃饭的客有几个呀。你们夫妇二人不错,我今天来不吃你们的饭了,我要吃呀,你们就得挨饿,我于心不安啊,今儿我特意来谢谢你们。"

小伙子就说:"谢我啥呢?"

老头儿说:"我这儿有一张画给你吧,你把它贴墙上,你吃饭的客就多了,能多挣两个钱。"

大伙儿说:"那瞅瞅是什么画呢?"

一看,画里是一个大仙鹤。老头儿说:"你冲鹤拍巴掌,拍五下这鹤就能从画里飞出来在地上跳舞,你手一合,它就能上去。"

大伙儿说:"这出奇了,照量照量吧。"这一照量还真是,拍五下这鹤"扑棱"顺着画就下来了,在地上这么跳、那么跳,这画就剩一张白纸。从这以后就传开了,都说这饭店有张画,画上的鹤能下来跳舞。这吃饭的也来了,卖呆儿的也来了,天天可屋挤呀。

一晃能有半个多月,饭店的买卖也像样了,钱也没少挣。这天正晌午的工夫,要饭花子又来了。小伙子就说:"老大爷,来,到这儿吃饭吧。"

老头儿说:"我吃不吃都行,不太饿呢,坐会儿就行了。"小伙子就给他倒了碗水。他说:"唉,不是别的,今天我取这个画来了。这回你买卖也行了,已经卖出主顾来了,再说你们做得也货真价实,这个画我得带回去了。"

小伙子说:"好吧,你把这画卷卷拿走吧。"

老头儿说:"不用卷着,它还得下来呢。"说完老头儿一拍巴掌,这鹤就落地下了,落下以后老头儿摸扯摸扯鹤顶毛,就说:"鹤,这么办吧,你驮着我,咱俩得走了。"老头儿一翻身就坐鹤身上了,骑上之后这鹤"扑棱"就飞起来了。

大伙儿一看,这不是人哪,这是神仙哪!小伙子就喊:"请问大仙你是哪位呀,你告诉告诉我们也知道知道啊。"

就看老头儿骑着鹤回手把两个拳头一摞,一个老师傅就说:"哎呀,你是不是吕老吕祖啊?"就看老头儿点点头,骑着鹤飞走了。大伙儿都明白了,原来是吕洞宾大仙呀,怨不得这么大能耐呀!

苟咬吕洞宾

过去不是有那俏皮话"狗咬吕洞宾,不识真假人"嘛。这"狗咬"其实是个人名儿,不是真正的狗咬,它是姓苟的苟。

这就不是按八仙那儿了。那时候吕洞宾是个大富裕人,有钱儿,是个二十五六岁的小伙儿,和他媳妇俩人都挺好的,家过得不错!

吕洞宾最善良,谁求他借东西,他都借。正好这天来了个小孩儿要饭,他就是苟咬儿,有十五六岁吧。他到那儿一哀咕[1],吕洞宾说:"哎呀,你这小孩儿,多大了?"

苟咬儿说:"今年我十五了。"

吕洞宾说:"你家里有什么人?"

苟咬儿说:"父母都死了,啥也没有了,就剩我自己了。我孤身一人没有办法,饭吃不来,要着吃。"

吕洞宾说:"那你多咱是头啊,下晚儿在哪儿住?"

苟咬儿说:"下晚儿蹲庙台,逮哪儿蹲哪儿。"

吕洞宾看小孩挺好,挺稀罕,就说:"我看你挺好,你就别走了,就在我这儿待着吧,我供你吃,供你念书伍的。"

---

[1] 哀咕:哀求。

苟咬儿说：“那赶倒好了！”趴地下就磕头。

吕洞宾给拽起来说：“不用磕头，起来，起来！”

虽然苟咬儿没念过多少书，但挺文明，挺好。吕洞宾说：“我就认你做干兄弟吧，你管我叫大哥。你搁这儿待着，我供你念书。我这么大的家业就哥儿一个，也孤单。”

苟咬儿说：“那好吧！”

俩人就待下了。吕洞宾给苟咬儿请了个老师，苟咬儿念书跟吃书一样，念得好！这一晃过去十年，苟咬儿已经到二十五岁了，吕洞宾三十五，他俩差十岁。

苟咬儿说：“大哥，我得科考去。”

吕洞宾说：“对，去吧！”

苟咬儿去之前，吕洞宾说：“考是考啊，那什么，你得把家成了啊！要不然的话，你到时候回来，没个家哪行啊？那保媒的不少，你得要一个家。”

苟咬儿说：“那好。”

吕洞宾说：“保媒有的是，我给你掂量娶个媳妇，你看看。”

吕洞宾说有一个叫张淑华的，也是一般人家，小姑娘长得好，就给苟咬儿许好了。订准了之后，啥事儿都是吕洞宾操办的，连整席，带买东西，一切聘礼都买完之后，都预备得像样儿！

娶媳妇那天，苟咬儿说：“大哥，我于心不安哪。你说你把我拉扯大，供我吃，供我念书，我命都是你给保住的，还给我娶媳妇，我怎么报你这恩情哪？我是一辈子忘不了！”

"哎！"吕洞宾说，"得了，什么恩不恩的，你要是真想着我，就这么办，你今儿不是娶媳妇嘛，晚上你先别跟她睡，让我三天就行了。"

苟咬儿合计，大哥本来挺正直，今儿怎么想这事儿呢？行啊，三天就三天吧，也没有办法，我这是穷得望着人家！他就说：“行啊！”就应下了。

过去的时候儿不像现在，保完媒以后，新郎、新娘子都没见过面。一拜天的时候，戴着蒙头盖子，也看不着，谁也不认得谁。

吕洞宾到晚间儿真那样儿，穿的是学校服，夹本书就进屋了，也是戴个帽子。屋里挺像样儿，有办公桌儿，有暖床，什么都有。他到那儿就坐办公桌上了。

张淑华就起来了，给他倒上水。吕洞宾头没抬，眼没睁，没吱声，他就坐那儿看书。张淑华没办法，就坐炕上陪着他，从黑天一直到天亮，外边儿鸡都叫了。

吕洞宾把书本儿一合，就走了，出去了。张淑华说："这个男的怎么青呼啦的[1]，一宿一声不吱呢？"

不光头一宿那样，一连三宿都那样。到三宿后，吕洞宾就告诉苟咬儿，说："你去吧，你媳妇挺好！"

苟咬儿一看，说："好吧。"

晚上苟咬儿也穿学校服，也夹本书就进屋了。到屋也坐办公桌那旮了。这又有小半夜了，媳妇可不干了，就问他："苟公子，你是不是嫌我不行啊，你这怎么回事儿呢？三天的工夫，你一宿觉不睡，干脆就看书，低头儿一语不发，不吱声儿，你瞧不起我啊？你嫌我家穷你吱声儿，不能这么冷淡我呀。今儿晚上还看书，你说你像样子吗？"

苟咬儿一听，如梦方醒，寻思："哎呀，原来我大哥晚上在这儿头都没抬呀，这是和我闹一个笑话似的，我大哥真是真男子！"苟咬儿把书并上，说："好，今儿睡觉，我也困了。"

这俩人就睡上觉了。一晃过去不少日子，单表苟咬儿科考去。到那儿一考，真就不错，中了头名状元！一分配，下到苏州，先做八府巡按，之后又改做知府大人。后儿苟咬儿的媳妇也搬去了。

苟咬儿到苏州以后，吕洞宾来过信，让他有时间串门儿去。但苟咬儿刚安顿好，也没去。

一晃儿过了几年，吕洞宾家被抢夺还不算，最后着一把天火，房屋全烧完了。有点儿地也不顶事儿，没人种那地，整个儿都撂荒片儿了。

吕洞宾和媳妇两口子一合计，咱还有孩子，这怎么办呢？

媳妇说："咱俩人活不起呀！你出去找苟咬儿兄弟去，他现在有钱了，当初咱们也对他热情，他也不是不知道。"

吕洞宾说："去就得我去呗？"

媳妇说："就得你去啊，我能去吗？"

吕洞宾说："好吧。"

媳妇说："你去那儿看看，不说别的啊，弄他百八十两银子，回来压压铺铺窝！"

---

[1] 青呼啦的：指脸色不对。

吕洞宾说："那行啊。"他就去了。

吕洞宾下到苏州，也好找，直接到巡按府了。苟咬儿一看，亲近得邪乎，但苟咬儿没工夫陪他，老出门儿，十天八天才回来一回。吕洞宾这一待，别的不用，天天成席呀，住得也好。

一晃，待了有一个月了，吕洞宾一看，待不起了，再待家里老婆就完啦，她还惦记我呢！吕洞宾就说："苟咬儿兄弟，我得回去了，不能待了。"

苟咬儿说："回去就回去吧。"

苟咬儿也没提给拿钱的事儿，吕洞宾就不高兴了，心说："可惜啊，当初你的命都是我保下来的，之后念书我供你，生活我供你，还给你娶媳妇。你现在一点儿义气都没有了，一分钱都不想给我拿，这怎么办呢？"

吕洞宾临走的时候，苟咬儿说："这儿有五两银子，够你盘缠钱了。"

吕洞宾一听，心说："这么远的路，五两银子是够盘缠了，但到家可怎么活呢？行啊，今世我都不想见你了！"他就走了。

吕洞宾拿着几两银子在道上吃点儿饭，买点儿东西就走啦，一直走了七八天才到家。

刚进堡子，吕洞宾就听有人哭。走到个人老院儿一看，大墙全砌起来了，新房子盖得瞅着像样儿啊，比原来的还好！吕洞宾合计，咿呀，这房子谁给占去了呢？又听院儿是他老婆的哭声儿。

他急速走到大门那儿。"哎呀，老爷回来了！"下人一边儿往屋跑，一边儿喊，"夫人，夫人，你看，怎么回事儿，老爷回来了！"

吕洞宾老婆是陈夫人，她起来一看都吓蒙了。大家都躲他，都不到他傍拉。

吕洞宾说："怎么回事，我怎么带了凶神啊？"

陈夫人说："你不死了吗？"

吕洞宾说："我多咱死的？"

陈夫人说："这棺材不是你嘛，我这不是哭你呢嘛！"

吕洞宾说："这怎么回事呢？"

陈夫人说："咳，你看看怎么回事吧。"

吕洞宾说："不能啊！"

陈夫人说："不能啥啊？这是你苟咬儿兄弟亲自送来的棺材，房子也是苟咬儿打发人来盖的。他来了好几次,说你是让火烧死的。最后特意把你送过来,在那搁着呢。"

吕洞宾一听,说:"这么办吧,看看棺材里面是不是我?"

吕洞宾和陈夫人把棺材打开一看,干脆里边儿全是黄金,装了一棺材,上边儿有个纸条,写着:"苟咬儿不是负情郎,哥哥恩情不能忘。你叫我夫人守空房,我叫你老婆哭断肠。"

"哎呀!"吕洞宾一看,就说,"这回我可想透了!"

这工夫,外边儿就有锣响,他们一看,是苟咬儿和张淑华"呼呼"坐大轿来祝贺了。

陈夫人说:"好,这行啊,这回都来了!"

一看,吕洞宾说:"行了,预备饭吧。咱们今天就一张桌儿吃饭,什么也不用,就来个团圆席。"

喝酒的工夫儿,陈夫人就喊张淑华:"咱不动弹,咱俩坐席上。"她俩坐好了,陈夫人更来劲儿了,对吕洞宾和苟咬儿说:"你们俩就拿俺俩作着玩儿呢?一个让人家兄弟媳妇守空房三天,一个让我哭丧!干脆啊,满酒,你们俩一人敬我们三杯酒,给我和兄弟媳妇赔罪!"

苟咬儿说:"对对对!"

苟咬儿和吕洞宾俩人真就一人倒三杯酒敬他们媳妇,搁那赔了不是,行了个礼。

俩媳妇说:"你俩人闹着玩儿,把俺俩坑坏了!得了,这事儿就过去了!"

瘸拐李成仙记

瘸拐李叫李铁柱,过去他不叫瘸拐李,因为腿瘸成仙之后才叫的瘸拐李。

李铁柱以前是个老庄稼人,啥也不是。这天,正在山上打柴火,来一个老道。老道来了之后,到傍拉一瞅这小伙儿打柴,就说:"小伙儿打柴火呢?"

李铁柱说:"啊。"

老道说:"你叫啥名儿?"

李铁柱说:"我叫李铁柱。"

老道说："你家呢？"

李铁柱说："我家没啥人。"

老道说："那你天天打柴为了啥？"

李铁柱说："就为了我自己生活。"

老道说："好。我看你是一个心挺善良的人，你还真不如跟我出家去，当个老道。你出家之后，准能修个差不多。"

李铁柱说："能行吗？"

老道说："能行。"

李铁柱说："能行我就跟你去。"

老道说："好吧。"

这时候，李铁柱傍拉还有个半大小孩儿，姓王，那小孩儿说："老师父那我也去得了呗！"

老道说："你俩去都行，来吧！心诚就行。"

俩小孩儿说："好吧。"

俩人就跟着走。他就带着这俩小孩儿，三人一起走。一走走到傍晌了，这李铁柱也说，姓王的小伙儿也说："师父啊，我有点饿了，这饿得邪乎，连饿带渴，师父你能不能给我们弄点吃的？"

老道说："吃的倒有，你们俩能吃吗？"

他俩说："那有啥不能吃的呢？"

老道说："那好。你们要是能吃就行。我这肩膀头有个包，已经出头儿了，净脓，我胀得难受啊！你们吃完还能解饱，你俩谁吃来吧？"

姓王的一想：哎呀！那有的吃？！那净脓净血，能吃得了吗？

师父喊："李铁柱，你不饿吗？你吃吧！"

李铁柱一考虑：师父说得好，得信他话，叫吃就得吃。他说："来，我吃。"

他就把师父肩膀头搬过来之后，对准那脓包就连裹带吃，这脓裹着喷香，还挺甜，真好吃啊！他一口气的工夫把这个大脓包给裹瘪了，他吃得挺饱的，抹抹嘴，说："挺好。"

姓王小伙儿一看，说："你真傻啊李铁柱，你喝脓，太不像话了。"

他们又走，走到晚上了，老道又问他们："你们还怎么样了？"

他俩说："我渴得邪乎！"

老道说："渴好办，不难。"就往那儿一指，说："我给你们拉泡屎，你们吃吧。"这老道就蹲那儿拉泡稀屎，把肚子里的稀屎都拉出来了让他们吃。姓王的还不吃，李铁柱一看，他把屎也都喝了。一吃还是既甜又香，都吃完了。

老道说："这么办吧，咱们现在面前有一条河，谁能耐大谁过去，过不去拉倒啊！你们就把眼睛都闭上往上飞。"

李铁柱就坐那儿，老道一拍那姓王的肩膀，姓王的"扑腾"一下落地上了，没起来！一拍李铁柱肩膀，李铁柱跟着就起来了，闭着眼睛忽悠忽悠的，等睁眼一看，到哪了？到一个山上了，真是一个山清水秀的地方，那瞅着什么都有啊！

老道说："李铁柱，到家了，到我庙里了。你已经成仙了，要不能驾云走吗？咱俩是驾云来的。你这么办吧，你不腿瘸吗？就叫瘸拐李吧，别叫李铁柱了。"

搁那么的他修成了，那姓王的回家了，还啥也不是。

瘸拐李的故事

当年，瘸拐李也不是神仙，也是老百姓，过得也一般，有老婆，也有孩子，不是年轻出家，他是半路出家。自己年轻过日子也挺困难，也没吃没烧的。

老婆说："你得想想办法，弄点吃的，天天儿吃不上穿不上的，孩子也跟着你挨饿，怎么办呢？"

瘸拐李说："这么办，天正六七月的，我想办法出去偷点儿，什么砢碜好赖的，偷点儿是点儿。"他就去了。

到堡子以后，哪家也进不去，门都关得挺严。他就和人唠嗑，溜达半宿也没有说睡觉的。后来外面下小雨就回来了，回来告诉媳妇："挨一宿饿巴，今儿没偷着，明儿个白天再说。"

但瘸拐李爱背个水葫芦，喝点儿水，他又去了。这回去的家挺适当[1]，过得不错，

---

[1] 适当：家境好。

就进去了。从外面窗户进去，里面还有个隔扇窗户，里面有东西。他就把窗户开开，他往里钻能钻进去，一合计："我钻进去偷点东西是挺好，但人家醒没醒说不上啊！这我一钻上去，一斧子我就完了，就把我剁死了，我试验试验，就把水葫芦伸进去了。"往里一伸，真的"咔嚓"一刀，人家知道来人了。他爬外面窗户的时候人家就知道来人了，到屋"咔嚓"一刀，水进得哪都是。他吓得就往回跑。

他一看，拉倒吧，我也别回家了，对不起老婆孩子，偷不来啊，我就自己出家吧，就一下干到终南山了，到山上他就出家了。一出家就二十年啊，他就寻思：我回家看看吧，二十年了，我这出家，老婆孩子饿死都不一定啊！其实他就修成了，二十年成功了，成了八仙之一，就驾着云彩回来了。

到家一看，院里房屋全变了，不是原来小破房了，都盖成大楼房一样，盖得像样啊。他就寻思：人啊，命真不一样，我在家没过好；我没在家，人家过得真不错。一听屋里，儿子和老伴儿正唠嗑呢，都过得不错。他就寻思：我就不到家了，就走了。他说："唉，二十年前我去偷，一刀砍坏水葫芦，儿孙自有儿孙福，不用爹妈盖高楼。人家都盖上了，我是没给人家伸手啊。世间人你就不用惦记儿女啊，他自然有他的办法。"

严嵩当宰相

谁都知道，严嵩是历史上有名的大奸臣。其实他本来当不上宰相，可后来怎么就当上了呢？这里面有个故事。

当初严嵩是个读书人，书念得挺好，上京城参加科举考试，本来以为能考个功名，谁知没考上。他觉得挺败兴，可也没有别的办法呀，就来到了杭州，整天到处给人爻相面，有时候卖点字画，勉强吃饱肚子。

再说当朝的万历皇帝[1]，六十多岁了也没有儿子。皇帝岁数大了，精神头也不足

---

[1] 据历史记载，万历皇帝当政时严嵩早已去世，故事家讲故事时并未严格按照史实进行故事编排，后文嘉靖皇帝亦是如此。

了，朝廷上下乱了套，有些奸臣就想趁着这乱劲夺权。万历皇帝的几个侄子也稳不住神儿了，也都准备着要夺位。万历皇帝一看，心里真是着急。

有一天，万历皇帝和文武百官正上朝呢，有一个小太监递上来一个秘单，万历拿过来一看，气得脸煞白，一拍桌子，说："逆子！我平日对你不薄，你居然做出这么大逆不道的事来！"

文武百官也不知道说谁呢，那些奸臣心里有鬼，都胆突突的[1]。万历一看，大臣们都低着头不吱声，就让人把这秘单传下去，说："你们看看吧。"

大臣们一看，有的就在心里松口气。原来，这秘单上没说他们要造反，而是皇上的亲侄子云南王，说他要在云南造反，现在正偷偷地招兵买马，就要夺江山来了。

万历皇帝气得在大殿上走来走去，说："我已经准备要立他为太子了，谁承想他却反了！这朝中肯定有他的同党，没有同党他也不敢反。镇宁将军，你赶紧带些人马把他抓回来，抓回来招出同伙再一起算账！"

镇宁将军名叫李龙，他领了命，就准备带着一干人马要去云南抓云南王。临走时，万历皇帝又嘱咐说："你这次去要先把他稳住，千万别难为他，如果把他逼急了，事情就不好办了。"李龙领命就直奔云南去了。

李龙走了以后，朝廷上下是有悲的有喜的。

忠臣们悲呀，个个叹气摇头，都说："当今皇上是越来越糊涂了，他这几个侄子中，顶数云南王最适合接皇位了，要是把他杀了，那江山就完了，早晚得落到奸臣手里。"

奸臣这边一个个可都乐坏了：这下妥了，要是把云南王杀了，就更没人挡着他们夺皇位了。

再说李龙，见了云南王宣读了圣旨，说皇上调你回去。云南王还不知道怎么回事呢，就被关到一个木笼囚车里，往京城赶。

虽然说是关在囚车里，可毕竟是王爷啊，皇上临行前又有交代，李龙就没给他戴刑具，还预备了几个人侍候他。

这天走到杭州的时候，天就黑了。那时候，御林军住的店别人一律不许住。这天晚上，御林军看好了一家旅店，店东家就得清店啊，别的客人都出去了，就剩一个

---

[1] 胆突突的：指害怕。

人，说啥也不走。这人是谁啊？就是严嵩。他在杭州没有房子，就一直住在这个旅店里，今天听说来了官差，就想："指不定有哪个大官在这住，万一有机会见面了，还兴提拔提拔我，也算我没白读这几年书。"

严嵩就对店东家说："我在这店里待了这么长时间，习惯了，也不爱换地方，御林军要是问，你就说我是你们家人不就得了。"店东家一听，也行，就把他留下了。

吃完晚饭，严嵩一看人家大官也不出屋，自己也见不到啊。反正也没什么事干，他就到店门口给人相面去了。

这时候，正赶上云南王的书童出来溜达，一看门口有个相面的，就回去和云南王说："王爷，门口有个相面先生，岁数不大，像是挺有文化的，找他相面的人挺多，你不算算这次皇帝抓你回去是凶还是吉啊？"

云南王心里早就没缝儿了，坐囚车回去还能是吉啊，就没心思算。可是架不住书童左劝右劝的，最后，云南王说："好吧，把他叫来吧。"

书童就到外面叫严嵩，事先告诉他说："要算命的是云南王，现在他被皇上用囚车抓回去，也不知道吉凶，先生你到那儿可得给好好看一看。"

严嵩一听，心里叫苦，没遇上贵人，倒摊上这么一个事儿。给一帮子百姓算命可以两头堵，云南王这事怎么说呢？这用囚车拉回来还能有吉事啊？可要是说凶，云南王一生气，说不定就把我给杀了。

严嵩就和书童说："我先回屋换身干净的衣服，一会儿就过去。"他回到自己屋就开始琢磨，他早听说现在朝政混乱，有些奸臣要夺权。严嵩脑瓜快，一会儿就想出来一个主意。

他就到云南王屋里来了。相完面之后一爻卦，严嵩说："王爷，你这是吉卦，上上卦，好卦呀！你这回去京城肯定高官得做，骏马得骑。"

云南王哪信啊，就说："真能那样，我还用坐囚车来啊？"

严嵩不慌不忙地说："王爷，我从你这卦上都看出来了，当今皇上年老岁数大，现在朝中大乱，奸臣当道，皇上没有办法，才使用这苦肉计，把你用囚车软禁回去。不然的话，明调你回去怕你在道上被奸臣杀了。你这回回去，皇上肯定让位，把皇位交给你，这不是大喜事吗？"

云南王一听，有点道理，可还是半信半疑，就说："好，我要能做皇帝，就封你当宰相。你也一块儿去京城吧，就在午门那儿等我的信儿。"

严嵩心想，如果我算错了，你被杀头了，我还怕你啥呀。要是我算对了，这好事也不能错过呀。第二天，他真就跟着云南王去京城了。

云南王到了京城，皇上对文武百官说："今儿先不审，把他押到御林监去。明天上朝再审。"

这天晚上，皇上就让人把云南王带进书房来了。云南王到屋之后，连忙跪下说："吾皇万岁。"

皇上说："你先到后边去沐浴更衣吧。"

嗯？怎么回事？咋啥也没问就要我沐浴更衣呀？云南王心里有点缝儿，可能不是要我脑袋。就去洗澡，换好衣服之后又回来了。

皇上这才笑着说："实话告诉你吧，我现在年龄大了，没有精神管朝政，这朝中太乱啦，我本有心把你调回来接我位，可奸臣太多，不敢调呀，怕你在道上被人杀了。我就想出这苦肉计。明天早朝的时候，你就做皇上吧，我做太上皇。"

云南王都听傻啦，那算命先生算得也太准了。

第二天早上，皇上上朝了，这帮奸臣寻思这回肯定能处理云南王，一个个早早就都来了。

万历皇上说："我现在年岁太高了，不能做皇帝了。昨天我把云南王调回来，已经把皇位让给他了，年号嘉靖。"

那帮奸臣都直眼儿了。

云南王当上了嘉靖皇帝之后，第一件事就派人到午门去找那个叫严嵩的。严嵩正在午门旁边摆摊算命呢，一看见宫里来人叫他，乐得啥也不要了，颠颠地进宫了。

严嵩到了大殿，头也没敢抬就跪下了。嘉靖皇帝说："我说话算数，今天就封你为当朝宰相。"严嵩做梦也没想到，好事这么快就来了。

嘉靖皇帝年轻有为，登基不久，就把奸臣全都革了，把忠臣全留下来了，一下就把朝廷给清了。

严嵩当上了宰相，刚开始的时候官做得也挺好，后来慢慢地就见利忘义了，最后成了一个大奸臣。

于慎行为夫人圆诗

于慎行是老宰相，是一丝不染的清官。他老家在山东，当年保万历上位之后就没把家搬去，夫人就在家待着带儿女，就他一个人在京城。夫人以前兢兢业业养家，努力伺候他，他后来当宰相了，在皇帝傍拉儿待着。

有一年，夫人来信了，就像说笑话似的："于大人，你当这些年官我一点儿也没跟你享受着，能不能把我领到京城，来北京享受享受，见见大世面，见见北京啥样呢？"

他回信说："你来吧！"

这老头儿岁数大了，夫人也四五十岁了。于慎行是朝中最红的人呀，文化最高，谁都知道。她去了以后不说，尤其那些大臣的夫人一听说于夫人来了，都争着请客，宰相的夫人来了，谁不请啊，都怕溜须拍马溜不到位。

这天正好在一个兵部大人府上请客，那夫人们能有二三十个，都聚一块儿堆了，酒宴前就唠上了。人家都二十八九岁、三十多岁，一看就她岁数大，穿得挺朴素。就有人问她："于夫人，都知道你们山东地方不错，山东有什么出奇的东西给俺们介绍介绍，俺们也见识见识。"

她一听，说："啊，山东出奇的，山东没别的，有山。"

另个人说："啊，有山，还有啥？"

她说："有水。"

这一说完人家下边就不问了，还有一个人说："还有啥呢？"

她说："有人。"

这一下谁都不问了，不问了就在背后议论：看起来呀这是个老庄[1]，啥也不会说。哪地方没山，哪地方没水，哪地方没人哪，这真是"女子无才便是德"呀，这于大人就娶了这么个没文化的老婆。意思是讽刺她不会答辞，这大伙儿都没瞧得起她。

单说到了晚间，于夫人回家了，个人也知道答得不好，就跟于大人说："我回去吧，不行啊，我不在这儿待着，这也请我、那也请我，问我我都答不上。"

---

1 老庄：乡下人。

于大人说:"问你啥了?"

于夫人说:"今天问我山东有啥玩意儿,我说有山;那个问我,我说有水;后来没办法了,我说有人。人家没说啥,下边就不说了。"

于大人一听,说:"好啊,你答得对呀!"

于夫人就说:"我还对啥呀,就咱俩你还捧我呢!"

于大人说:"不是!好,有办法,明天你去时我给你写上,你让她们答道题就好了,就要回面子了。"

于夫人说:"好吧!"

第二天吃完早饭之后,于大人就给她写个条,就把上句给她写上了,写完之后就拿去了。

这于夫人文化没那么高,但也行,还会说几句。到那儿一看,说:"众位姐妹,昨天你们问我,我给你们说了个题,今天题让我誊下来了,请你们把下联对上。"

大伙儿一看怎么写的呢:山东有山,泰山巍巍;水有黄河,黄河泱泱;文有孔孟,武有孙姜;山东山水人物数第一。

于夫人接着说:"就这么句话,请把下联对上。"

大伙儿一看直眼了,说:"哎呀,了不起呀,这人家是昨天没明说啊。"山东有山,泰山最大,谁也压不倒泰山;黄河最长,过去那黄河是主要河流,最出名;文有孔孟,这孔子孟子都出自山东,享誉全世界;武有孙膑、姜子牙,那都是大谋士。这些都在山东,当然山东的山水人物数第一了。

这都答不上了,就商量:"这么办吧,拿去给朝中大臣们看看吧。"这都拿家去了,叫别的臣子们一看,都答不了,那于慎行弄的玩意儿能答了吗?

然后,把这道题就挂在金銮殿了,直到万历去世,也没人答上来这道题。

蒲松龄改对联

蒲松龄是写《聊斋》的,是一个作家。另外,蒲松龄也是个举人,虽然说没当过大官,但是他文化也挺高,人不错,挺正义。

这天啊，他就溜达，就溜达哪儿了呢？就到一个老王家那儿。这个老王家是个恶霸大地主，是个有钱有势的人家。另外，家里儿子也都当官，爹也是当官，都是当官的。都是进士，不是别的官，都是考上进士了。先考的秀才，然后考的进士。

这回家里有人考上进士了，老头儿就高兴啊，父进士、子进士，都是进士，那还了得！这老伴儿也成夫人了，儿媳妇也成夫人了。

过年写对联了，他家就写了，怎么写的呢？

上联是：父进士子进士父子皆进士。

下联写着：婆夫人媳夫人婆媳皆夫人。

大伙儿到那儿拜年去，走到门口一看，就指画他家说："这中了个进士的官儿，就不是他了！净整这些名堂事儿！他一个进士没权挂，人家当知府、当县长有权，他一个进士没权挂……"

蒲松龄说："你们别着急，我给它改改就好了，他就知道错了。"这恶霸人家，不能让他好！到了那儿就给改了。

怎么改的呢？改得挺简单。

父进士子进士父子皆进士，就把这"士"字儿底下的横加长点儿，"士"字儿改成了"土"字儿，横长一点儿不就念"土"了吗？变成：父进土子进土父子皆进土。

下边儿呢，婆夫人媳夫人婆媳皆夫人。这个"夫"字儿，改成"失"字儿，搞一撇。"人"字儿他也改了，"人"字儿他改成"夫"字儿。"人"字儿上面他搞两横，念夫，丈夫的夫。就变成：婆失夫媳失夫婆媳皆失夫。都没丈夫，这么改的。

哎呀，改完以后，大伙儿谁知道了，谁都笑啊！都说这老进士对联写得太出奇了！到那儿以后，谁都瞅，干瞅这个对联。

这时候，这个老进士，就琢磨，这是怎么回事儿呢？到那儿都瞅我的对联，我的对联写得好是还是怎的了？他还认为他对联写得好呢！

他到那一看，直眼儿了！说："这不是骂咱们吗？！"

父进土子进土父子皆进土，这俩人都死了。

婆失夫媳失夫婆媳皆失夫，这还真对上了，他俩死了以后，她俩不就都成寡妇了嘛！

他就叫人，说："赶快撤，赶快撤，都给我撤下去！"就把这个对联撤下去了，搁那么，这个对联他不敢写了。

罕王出世

明朝的时候有个李总兵,在朝中保皇帝。那年钦天监观星台就报告皇帝说:"可了不得,现在出混龙了,江山都是问题,得急速找混龙。"这就杀人磨刀的,各地方找混龙。后来任务就下到李总兵这旮了,告诉他必须找到混龙,这混龙就出现在沈阳这旮。

这天也该然,他有个书童小名叫"小憨子",人挺老实,憨不愣登的,在那儿给他洗脚,小孩才十四五岁,李总兵平常挺爱跟他说话。这小憨子说:"总兵大人,你脚心有个大红痦子呢。"

李总兵说:"嗯,要没有红痦子能当总兵吗?全仗着红痦子呢。红痦子驮着人,一辈子不受贫哪,那哪儿有不好的?"

小憨子还小不懂啊,就说:"那我也有痦子,我的比你的还多呢。"

李总兵说:"你能有痦子?"

小憨子说:"有,怎么没有呢?有七个呢!"

李总兵说:"我不相信。"

小憨子说:"你看看!"说完就把脚抬起来了。

李总兵一看,七个痦子排出七星样,就寻思:"哎呀,我这儿找混龙、那儿找混龙,原来在我府上呢,你就是啊。"说:"好了,穿上鞋吧。"也没多说就走了。

他有个小老婆子叫"喜拉氏",这就属于旗人,到晚间他就和这小老婆子说了:"咱们这儿找混龙、那儿找混龙,咱们的小憨子就是混龙啊,了不得,脚有七星啊。我得报告上边把他抓住,抓住之后一处理就完事儿,我的任务也完成了。"说完就睡着了。

单表这小老婆子心肠好啊,半夜就起来了,没由分说,就告诉小憨子:"你快走吧,你走之后就算得了,你不走啊,早晚把你害了,你是混龙啊!"

小憨子说:"哎呀,我走了,夫人你怎么办呢?"

喜拉氏说:"你不用管我了,他爱怎么处理怎么处理吧!"

小憨子临走就给她磕两个头,说:"夫人在上,我如果真能当官的话,我就认你做母亲,你就是我妈妈。"说完就走了。

到第二天早上起来一看小憨子蹽了，这李总兵就知道了，不用问哪，这准是喜拉氏说的，就盘问他这夫人。夫人没办法了，后尾儿承认了："我确实告诉他了，我觉得小孩儿挺可怜的。"

李总兵说："这么办吧，你就等着挨处理吧，我要报告上边。"下半夜，这夫人一考虑："等你处理我，我还得挨杀，干脆我个人死了吧！"就在外屋上吊了。

搁那么罕王登基多年以后，就想起这事儿来了："哎呀，没有夫人我走不了啊，多亏人家。"后来听说夫人吊死在外屋了，所以他就封她为"喜利妈妈"，专在外屋供着。

附记：

努尔哈赤（1559—1626），一作努尔哈齐，满语意为野猪皮。姓爱新觉罗，号淑勒贝勒。"淑勒"为满语，汉语"聪明"的意思。清初，"贝勒"被汉语译为"王"，故努尔哈赤也被译为"聪睿王"。努尔哈赤出身于女真贵族世家，但他的童年生活并不幸福。努尔哈赤10岁丧母，继母纳喇氏时常虐待他和三个弟妹。为谋生计，努尔哈赤自少年时代起，就时常上山打猎、挖人参、采松子，拿到抚顺马市上交易维持生活，补贴家用。从努尔哈赤娶妻生子的年代及相关历史记载分析，努尔哈赤在12岁至18岁之间离家在外，独自闯荡。这段经历对努尔哈赤日后勇武坚韧的品格、精明能干的头脑以及统一部落的伟业都产生直接而重要的影响。明万历十一年（1583），明军攻打古勒城阿台，努尔哈赤的祖父和父亲都死于战乱，明朝廷以误杀其祖父和父亲的原因，让努尔哈赤袭建州左卫指挥之职。努尔哈赤以祖父所遗铠甲13副起兵，统一女真各部后，政治上一面与明朝廷保持臣属关系，一面采取远交近攻的策略，先后征服了建州女真全部，以及海西、东海女真大部。万历四十四年（1616），努尔哈赤在赫图阿拉城（今辽宁新宾县）称汗，国号大金（也称后金），建元天命，公开反明。后围攻宁远城，受伤严重，天命十一年（1626）8月死于去沈阳40里之瑷鸡堡。（詹娜）

黑狗和乌鸦救驾

这故事是在清朝。

老罕王年轻的时候，给李总兵[1]当书童。李总兵那时候就已经得到圣旨了，说观星观到东北这旮儿要出"混龙"，必须把他抓住。李总兵在沈阳就寻思：这哪儿找去？找不着啊！

后来正赶上李总兵洗脚，罕王那时候是个十五六岁的小孩，就帮着掺合洗脚。他看李总兵脚上有个红痦子，就说："哎呀，大人，你脚上怎么有个红痦子呢？"

李总兵说："咳！这有一个红痦子就当了总兵了，我要有两个就更了不起了！"红痦子长脚上最有福呀！

这小罕王就笑了，他说："能那样吗，你看我脚有几个？有七个呢！"

李总兵说："哪有那些？我看看。"一看正是七星样，正好七个星，七个痦子。哎呀，李总兵看见了，就说："这儿抓那儿抓的，原来'混龙'在我这儿呢！"意思就是得抓他，但当时没马上抓，一瞅小罕王伺候他挺好的。

李总兵有个小老婆子，到晚间，他和小老婆子睡觉的时候，就和她说："你看，这儿抓混龙那儿抓混龙，我往哪抓去？这小罕子就是呀！他就是'混龙'，他脚底下有七个痦子，我明天得抓他送过去。"

这个小老婆子心最好，天亮就告诉小罕子，说："你赶快走，李总兵要抓你，抓你你就得死呀，你快走吧。"

所以这小孩就跑了。

跑完以后，这李总兵就知道了，知道是小老婆子放走的消息。小老婆子一看，没好了，非杀她不结，这小老婆子就自己在外屋儿吊死了。所以为什么罕王当皇帝之后，封这个喜利妈妈呢？就是封救他的这个李总兵的小老婆子。外屋供着的喜利妈妈，就是李总兵的小老婆子李夫人，就为纪念这个事。

罕王跑了以后，跑到哪儿了呢？就搁沈阳往北跑去了，就是北陵那旮。那时候不叫北陵，就是一个堡子，一蹽蹽到了山坡，这兵就围上了。那兵老鼻子了，就撵上他

---

[1] 李总兵：李成梁，明朝辽东总兵。

了。他一看自己跑不了,没办法了,就趴地下,这工夫老鸹就多了,"呼呼"地都来了,就落了可地的老鸹。

后尾儿李总兵带着兵马撵到这儿一看,说:"那儿不能有人了,落那么些老鸹还能有人吗!有人的话,老鸹还敢落地吗!"所以这兵就没去,这老鸹就把他保住了。

等他醒了以后,这老鸹都飞了,他就说:"啊,多亏你们把我救了!"

他说完之后,乏得邪乎,走不动了,就说:"我还在这儿睡会儿吧。"就又睡上了,这回真睡着了。

正赶那时候野火多,着起火了。那火也大,"呼呼"地着得邪乎,就奔他来了。那火就着得离他不远,这下完了!正好那地方野狗也多,赶上有个黑狗搁那旮旯儿。这狗一看这儿存[1]着人呢,火马上要到这儿了,就急速下去蘸点儿水,在地上转圈打滚,把他转圈儿的草全给淋湿了,这火就搁他身边绕过去了,没烧着他。

后尾儿他醒了,明白过来一看,那狗可身是水,在那儿趴着,硬把黑狗给累死了,不会动弹了,他就说:"我要当了皇帝,一定要封你,你是功臣哪!"要不为什么清朝都不吃狗肉呢。

这就是"黑狗和乌鸦救驾"。

所以他一看北边这地方太好了,就画上记号,记住这个地方了。所以为什么在东陵后尾儿又建了个北陵呢?就说那地方是宝地,因为那旮旯儿是他得生的地方,所以他保持那地方做个北陵。

附记:

旧时,满族人家院内有立"索罗竿"的习俗,"索罗竿"多是用一丈长的笔直树干做成,顶端砍成尖状,用一无底沿浅的锡碗或锡斗套在竿顶。常设在院里的东南方向,与偏东侧房门相对。每天祭天时节,在锡斗内放些祭肉或杂粮喂乌鸦等鸟类,同时也有把祭品送到天上的美好意愿。后来,在与汉民族杂居共处的过程中,满族的祭天之俗日趋减弱,但在院内立"索罗竿"的做法却一直沿袭下来。(詹娜)

---

[1] 存:睡,睡觉。

罕王葬父

当年罕王小,他那时候还不是罕王,就是个小孩儿。他们家在哪儿呢?他老家就在长白山那儿。他那时候特别穷,一直想闯关东,就跑到沈阳来了,打算打点工,干点啥。

罕王那时候小,就十八九岁。他爹死了,都埋完之后,他不忍心把他爹扔在那边儿,就说:"那我就把它(他爹的骨头)带上吧。"他就想搁身上背着,给背家去。他带着骨头,搁那么一个布包裹着,就搁身上背着。

他走着走着,有一天就走到哪了呢?就走到新宾县。到了新宾以后,正赶上天黑了,他就饿了,说:"我吃点饭吧。"

他想吃点东西,但一合计,这玩意儿不能背屋儿去呀!把这尸骨背进去,人家指定当时就不乐意,你这骨头棒子往人家屋儿背,人家能乐意吗?这骨头棒子搁这红布包着,本来瞅着就挺明显的。

正好这饭店门口有棵带大杈儿的柳树,挺大,七杈八杈的。他就说:"我到饭店吃饭去,就把这搁树上,我在那儿吃饭能瞅着,另外这块儿还没人偷。"他也寻思到了,把这玩意儿夹到树的大杈巴上,就进屋吃饭去了。这大树杈离地能有五六尺高。

小伙子到屋儿吃了点饭,还喝了点酒,完了寻思说:"我得走了。"

到那儿一看,糟了,这骨头棒子拿不下来了,整个儿长在树里一轱辘,就跟这树长一起了,把骨头棒子全包在里面了,扯也扯不动!眼瞅着树还在长,最后整个儿就把骨头棒子全埋里了,瞅不着了。

哎呀!他一看,说:"看起来我就得把你埋在这儿呀,我也不能把人家的树给放倒了。"

他趴地下磕几个头,说:"就这么办吧,以后的话,我在这旮儿再想法儿,看看能不能给你埋坟,再想法儿把这树都埋上。你保我,要能发财的话,我就买下这地方。"他就搁那地方走了。

所以,最后他当上皇帝以后,就把陵建在那儿了,这陵就是"永陵",是头一个陵。沈阳不还有昭陵、福陵吗。东陵为福陵,北陵为昭陵,永陵建在新宾那儿。

要说这都是命运,你想呀,他正占着龙地。说当年谁呢?当年吕洞宾和瘸拐李走到这旮,就看到过这个地方,那时候就知道这个地方是块宝地,但一看离地六尺才是坟茔地,谁也占不上。没想到他爹的骨头落树上,就占上这坟茔地了,他也当上了皇帝,所以这旮旯儿是宝地。

老罕王葬东陵

老罕王陵为什么搁永陵挪到东陵来了呢?他的陵原来不在咱们这旮,在永陵,后来才挪到了东陵,也就是福陵。

老罕王挪到这旮来了之后,一看,就打算在东陵葬。东陵地区特别好呀,真山真水是一点儿也不差。阴阳先生说东陵能有一百个泉眼,全找着才能占呢,要不不能占。所以这老罕王就下命令叫人找这泉眼。一找找了多少日子啊,就是找不着全,就找着九十九个,还短一个泉眼,那就不能占陵了呀。这就把那找泉眼的兵急坏了。

这一天又找,这兵也实在没章程呀,距老罕王允他们的时间还有三天期限,命令下来了,要找不来就把在东陵找泉眼的兵全杀了。

第二天,他们又找,还是没找着,大伙儿就都哭上了,其中一个兵说:"趁着没死,大伙儿哭一场子吧。"这四五十个找泉眼的兵就哭上了。

这傍拉有个小窝棚,一个老头儿、一个老太太,俩人在里面住。这是冬天,他俩就靠捡黄蘑对付混生活,捡点儿蘑菇、松子就够吃了。黄蘑捡下来之后,冬天也能卖,夏天也值钱。老头儿一听有人在哭,就问:"怎么回事儿?"

那些兵说:"一共有一百个泉眼,俺们找着了九十九个,剩下的那一个找不着了,再找不着老罕王就要把俺们这一帮人全给斩了,所以俺们都哭。"

"哦!"这老头儿笑了,"你早说呗,这么办吧,我不能让你们死,我帮你们找一找。"

"你要是知道敢情好了。"

"我还不知道吗?我要是不知道能和你说吗?不能差,你这么办吧,你回去就说找着了,叫老罕王找我来,他要真是明君的话,他就来一趟。"

"那好吧!"这些兵就都跑回去了,"俺们在现场找没找着,有个叫王四冲的老头儿找着了，得请罕王过去一趟。"

罕王一听，说："那好吧！"罕王当时就骑马来了，那也是马上皇帝呀！

到那儿一看，老王头儿就出去了，说："罕王，哪儿也不用找了，这泉眼就在俺屋儿呢，叫我给堵上了，它不淌水了，让他们上哪儿找去？"

罕王到那儿一看，说："在哪儿呢？"

老头儿告诉他："在俺们西边的锅台底下搁砖头封着呢，那时候那个泉眼老冒水，我就给封上了，现在这水出不来了。"

"哦！"罕王就对士兵说，"咱们到那儿看看吧。"到那儿了，罕王说："那打开看看吧！"这老头儿就打开了。一看，瞅着真是封着呢，当中搁泥堵上了。

老头儿说："打开就不行了，那水旺，了不得，告诉你实在话，这个泉眼是东陵的一个主泉，数它大。"

罕王说："哦，那好了，看看吧。"

第二天，老头儿的女儿就找了个房子，给他搬出去了。完就把那泉眼打开了。打开封以后，那泉眼"哇哇"往上涌水。真有泉眼呀！所以罕王就把正式陵占到泉眼那旮了，占的是主泉，这陵就是东陵。

后尾儿，罕王还给王四冲两口子一些黄金和银子，说："你们俩好好养老去吧！"他俩就得到了一份报酬。

庄妃夜送人参汤

这个故事讲的庄妃啊，是清朝皇帝的庄妃。

明朝有一个大官，洪大人，两国战争的时候，洪大人被捉了。洪大人那就像元帅一样啊，那么大的功劳啊！洪大人被抓之后不吃不喝，就在监狱里待着。

庄妃是皇太极的妃子。皇太极和庄妃没事就去监狱里偷着瞅洪大人的表现。有一天，洪大人在地上坐着，身上沾上土了，洪大人就起来拍身上的土。

庄妃最精心，就捅咕皇太极，说："这个洪大人能劝，他不想死。"皇太极说："怎么说呢？"庄妃又说："你别看他是忠臣，他不想死。他有爱衣之心。衣服埋汰了还拍拍呢。他还是愿意活着，他要是真愿意死的话，还管衣服埋汰？沾上屁屁又能咋的啊？他还是有求生之心。这么办吧，感化他。"

皇太极就命人做碗人参汤，告诉做好之后让庄妃送去。庄妃就带着人参汤去了，带着宫娥。这时狱门就开开了，宫娥说："启禀洪大人，这是我们庄妃，洪大人是忠诚之人，有忠心。庄妃对你特别信任，所以给你送一碗人参汤，让你补补身体。"

洪大人心想："哎呀，人家是正宫娘娘，皇太极的正宫娘娘给我送人参汤。"他心有点儿软了，就双手接过人参汤，说："娘娘，我谢谢你了。参汤就不用了。"

庄妃说："不，你得喝它。以前那是两国争战的问题，谁都有失败的时候，但我知道你是个好人，百姓不能离你。"

庄妃这一说，洪大人就哭了，说："我啊，也有老婆孩子，也有家。我寻思啥呢，我就觉得投降之后砢碜，被别人耻笑。今天皇后娘娘亲自给我送人参汤，那么尊敬我，那我就讲不了，那我就以恩报恩吧，降了清朝。"洪大人就这么投降了，之后给清朝立不少功。

要不说呢，臣子都得用温暖来降，不能动硬的，庄妃看透了这个道理，庄妃是个才女。

康熙兴隆店认干儿子

康熙东巡的时候来沈阳，自己待不住，就带点御林军，带两个太监，出来溜达。这天康熙就溜达到兴隆店了，到兴隆店大裕禄就住下了。

第二天早起，天亮了，康熙就告诉下边人，说："我溜达溜达去，你们都不用跟着。"他溜达去了。

康熙就溜达到兴隆店的一个市场，这市场挺大挺热闹，卖蔬菜的多，卖啥的都有。康熙走了半天，看见一个小孩儿，能有十四五岁，在卖黄瓜。那黄瓜瞅着好！花都是新鲜的。那小水黄瓜，瞅着嫩葱得邪乎。皇上一看这黄瓜不错啊，心寻思皇宫那黄瓜都没有花，都是干巴黄瓜，这现摘的黄瓜太好了！

这工夫说着说着，康熙嘴就渴了。嗓子有点儿干渴，心想整根黄瓜还真不错。但皇上出门不带钱啊！你别看他钱多，净别人给他买，他净空手走，啥也不带，他吃啥净别人伺候。他一摸兜没钱，心里寻思，我是不是买一根能行。就问他："小伙子，你这黄瓜怎么卖的？"

"五毛钱一把，一把是五根。"

"我确实嗓子渴得邪乎，我吃不了这些个，要买一根行不行呢？买一根。"

"你就为了吃啊？"

"啊！"

小伙儿笑了，说："这么办吧，我看你老人挺好，我就给你拿一根吃吧，什么买不买的。"就顺手从五根当中拽一根小黄瓜，新鲜的，给康熙了。这皇上一看，这小伙子不错啊，就把黄瓜拿来，一吃，可口的清香，特别好。吃完之后，就问："家里都啥人啊？"

"我家里啥也没有，就我和老妈。我从小爹就死了，就靠我一天给人家放放猪，再不就欻工夫[1]卖点黄瓜，挣点零花钱，对付活养我妈。"

"你妈多大岁数？"

"我妈今年能有五十来岁了，我今年十四五岁。"

"你叫啥名？"

"我叫王小。"

"哎呀，你小孩儿这么好，这么办，你回去和你妈合计合计，你要能信得着我，你就跟我去。我家有买卖，上我那去。"

"你有买卖是有买卖，可咱俩素不相识，怎么能麻烦你老呢？"

"这么办，我认你干儿子，我给你当干老[2]。"

小孩儿说："好！我回去和我妈说说。"

"这么办，你回去吧，我待会还来，来这旮儿找你来。"说完之后康熙就溜达就走了，回到旅店又吃点儿饭，吃完以后，心想得去啊，那小孩儿是不已经和他妈说好了，是不回来了。康熙就回到了市场，一看，小孩儿真回来了，在那等着他呢，见到康熙，小孩儿就说："和我妈说好了，我妈说愿意去。"

1　欻工夫：挤时间。
2　干老：干爹。

"那好，愿意去好，明天就走。"这康熙认个干儿子，卖黄瓜的王小，这个都是命。

到第二天早晨起来，康熙的随从就雇个大车。皇上在前面坐着，王小和他妈在后边坐着，一个赶车的，下边还有什么御林军坐别的车。但他也不知道这个是皇帝，皇上穿的便衣。

这就走了好几天，到了北京。到北京东华门了，正赶上翰林院的都接出来了，这都跪下了。王小他妈虽然说岁数大，但也明白，说："哎呀，这个官可不小啊！这些人净是当官的，都给他跪那旮儿了。"

底下人齐声呼"万岁"，王小就跟他妈说："我过去听人讲过，这不是皇上嘛，才呼万岁。"

这时王小吓得哑默悄[1]就下车了。康熙就看见了，说："别下车，在那等着。"康熙就把翰林院的大学士喊来了，说，"我认了个干儿子，在兴隆店认的。卖黄瓜的，叫王小。你就给他起个名吧。"

"就叫王世杰吧。"

"你把他领你那翰林院去，给他找个好老师，教他书，让他成才。这个老太太你随便安排个住处，有吃有喝就行了。叫他母子常见面，在一个屋住。"

"好！"翰林院的官员就为王小和他妈找个地方住下，王小也念上书了。王小虽然没念过书，但挺精灵。一晃过去几个月之后，康熙没事就打听王小，翰林院的官员就说："这小孩儿挺好，不错，念书好。"

翰林院也知道皇帝得意这个孩子，经常表扬这个孩子。孩子也得脸，念书真的也不错。王小一晃念了几年书，二十来岁了，康熙一看这个孩子确实挺好，就在北京城让他当了一个知县。

搁那么，王小自己就出息了。

---

1 哑默悄：悄悄地、不声张。

康熙幼年教育大臣

这个故事是发生在康熙年幼的时候。那时候康熙还没执政，国家大臣中最大的是鳌拜，管朝阁大事。

康熙年幼的时候就有知识，十三四岁的时候，有一次他带着宫里几个太监，穿着便衣，出皇宫溜达玩。那时康熙小伙长得挺帅，他和太监溜达到北京东关里头，看见一个大饭店，康熙就进饭店了。

康熙到饭店一看，这屋像样啊！这屋里头东西，吃喝好啊！他心寻思这么好的吃喝能有多少人吃呢？就坐那了，两个太监也坐那了。康熙说："咱们随便要点儿饭菜吧。"他们随便要点儿饭菜，还不那么好。

康熙一看那边桌上的要了成桌的席，没有多少人，就四五个人，在那吃一桌子，这饭菜搁现在都得要到上千元还要多。那伙儿人吃完之后，桌上连十分之一也没吃完，全都剩下不要了。康熙看见就起来了，说："你们吃饭，怎么要了这么些菜呢？那吃不了还全白扔了！"

那伙儿人一看，说："那有啥办法？不吃咋的，老子有钱！谁让咱们父亲有能耐了呢！俺们八旗人就可以吃喝，这是借皇上光了。俺们小孩儿下生之后就有三分皇饷，就给银子。那是咱们老人挣的汗马功劳。不吃咋的？"

康熙一听，心寻思，你呀，真不知好歹啊！当着我还吹呢！你们这么扔可了不得，是先扔小后扔大，扔了家乡扔国家，要都像你们这样，国家都完了。那伙儿人一看小孩儿不大，穿得也挺好，都说别和他惹气，都走了。

就在这工夫，饭店又来了两个官，戴着官帽子坐这儿吃饭。

吃完之后，一个大人就跟另一个大人说："王大人啊，这你得管啊，不管不行啊！朝中事现在太不像话啊！这个圈地啊，旗人都往回收，尤其鳌拜，他家乡当中，群众地赖老[1]，你得管管，你是这地方知府大人啊。"

另一个大人说："我能管得了吗？我惹得起人家吗？因为现在朝中就鳌拜说的算。那是个辅佐大臣，欺负皇帝岁数小，说的不算，没有权，那我怎么管得了呢？"

---

1 老：这里是"很多"的意思。

康熙一听,心想这是朝中大事啊。康熙就走到两个官的傍拉瞅瞅,说:"二位大人喝酒呢?我刚才听二位说话唠嗑,挺明了,是当地父母官。我是个念书学生,我心寻思,这个人啊,老师说得好,教书教得好,讲其人都得谈事,不谈事不行。朝中大臣的话,一定要替民做主,帮百姓办事。不有那句话嘛,酒醉观其性,临利观其廉,是非观其智,祸乱观其勇。为什么这么说呢?酒醉观其性,人这性子平常瞅不出来,喝完酒之后本性才露出来呢。临利观其廉,看到利了,你得廉洁,你不廉洁净贪还行了?是非观其智,要是出是非了要想想这事怎么能把它完结了,没智慧不行。祸乱观其勇,那人家抢你了,你再讲志向能行吗,你得动手,没勇气不行。"

这俩大人一听,瞅瞅康熙,小伙儿穿得挺好。姓王的大人一捅另一个大人,说:"好,你说得对,公子说得不错。"

两个官听后就出饭店了,其中一个就说:"看起来这个公子不是一般人,当初听讲,康熙爱出宫溜达玩,是不是康熙啊?咱惹不了。"

这两个官回去之后,真就是按康熙说的那么办,真就和鳌拜干起来了。但最后鳌拜把这两个官都杀了,这给康熙气坏了,心想这两个官我教育完之后你都给杀了。但康熙拦不了,人家鳌拜正当权的时候,人家是辅佐大臣,辅佐你,人家说的算。

搁那一次康熙就对鳌拜有想法了,要不康熙最后扳倒鳌拜呢。抓住鳌拜后将他押起来还革了职,最后杀了鳌拜。这都证明康熙是个明君。

附记:

清代,大批山东、河南等关内人向关外移民,朝廷为了鼓励旗人移民,给旗人一定的优惠待遇。当时关外人少地多,旗人骑马围着一大片荒地或一大片山林跑一圈,有多远跑多远,在跑的范围内做上记号,即可以成为这一片地或山林的主人,又称跑马占地、跑马占荒、占地户等。(詹娜)

康熙与和尚对诗

一次,康熙穿着便衣出去私访,就溜达到一个庙上。到庙上边儿一看,瞅着那儿真是青山绿叶儿,花开着,树木也都挺齐整。康熙一瞅,那山泉下边儿正好有个女的,正搁河边站着呢!傍拉儿这个和尚就开始瞅这女的,这个女的呢,也瞅这和尚。

康熙往下一看,顺嘴就作首诗,说啥呢?先说女的:"山石岩下女子好,少女真妙!"这不说嘛,"山石岩下","山""石"在一起念"岩",所以是岩下;"女子好",一个"女"字儿一个"子"字儿念"好";"少女真妙",你看正好"少""女"在一起还念"妙"!这完全是连字来的。

和尚一看,说:"哎呀,这人的诗出得好啊!"寻了半天,一看,出诗的人在那山上站着呢,"咳!"和尚就直接说了,"古木林中枯,此木为柴!"这也是那么个意思,这个"古""木"在一起呢念"枯",是枯木;"此""木"在一起呢,是柴火的"柴"。

康熙一看,寻思:对,确实不错!康熙到傍拉儿说:"老师傅,你这对得确实不错!"

和尚笑了:"是先生你出得好!"俩人说一阵。最后,俩人互相都挺敬重,康熙也离开了。

刘公琬扇上题诗

这个故事发生在康熙年间。这刘公琬是个科考举子,本来文采方面挺好,那真是才高八斗,个人觉得考状元十拿九稳呀,就有这么大信心。

但这玩意儿怎么说的呢,确实有才无命,他走半道就病了。在店里住了几天,病是好了,可已经过考期了,个人就哭了一场,寻思:这怎么办哪,白读这几年书,三年一考不容易啊。就没脸回家了,另外也没有盘缠了,回不去了。

这小伙子挺好的,二十几岁,没办法呀,就在京城里卖字画。到哪儿了就给人家写写画画,特别是到饭店、酒馆、茶社之类的,帮人家写写字画,装饰装饰屋子,挣两个钱混生活。其实也攒不下一点儿,这儿三吊钱、那儿五吊钱的。

单说有这么一天,正赶上康熙皇帝穿着便衣、带着两个太监溜溜达达就出来了,他不也待不住嘛!走到哪儿呢,就走到一个饭店去了。到那儿一看,这墙上的字画写得好啊，下边落款：刘公琬。因为康熙皇帝也好字画，就问这个店东："掌柜的，你们这字画谁写的，这刘公琬是干啥的呀？"

店东就说了："哎呀，这是个学生呀，是个赶考举子，文采可高！在道上闹病了，误了考期，没办法，落京了，这正是'有家难奔，有国难投'啊！这不，在这儿卖字画呢！"

康熙说："啊，写得不错，多咱看到他也让他给我写几首呢？"

店东说："那你别着急，他老来，天天搁这儿。"

正说着呢，这刘公子就来了。店东说："刘公子呀，正好，这位先生找你写字画呢，刚才还叨咕你呢。"

刘公琬说："好！"一看康熙岁数也不大，也就三十多岁，就坐下了。

康熙说："这么办吧。明天这时候我过来找你，你给写两幅字画。"这是夏天景儿啊，康熙手拿把扇子扇呢，就撂那儿了。刘公琬把扇子拿起来一看，说："哎呀，你扇子后面没有诗句，我给你写首诗。"

康熙就说了："好，你写一首吧。"

刘公琬有才，一看是幅山水画，有山、有水、有小桥，上面都是树，挺好一幅山水画。要不说呢，人都是该然，不说"福至心灵"嘛，他就遇上这事了。他写得也正对路，说："月儿弯弯照树梢，小桥底下水滔滔。边关紧锁乾坤在，万里江山坐得牢。"

康熙一看好呀，对他呀，他正是皇帝呀！尤其"万里江山坐得牢"这句太好了！他心寻思，俺俩是有缘啊，就说："写得好，明天你这时候来，我搁这儿找你。"唠了一会儿就走了。

第二天刘公琬就来了，还寻思写字画赚点钱呢，这时候太监就来了，说："走吧！"

他一愣，说："到哪儿啊？"

太监就说："不远，走吧。"人家有车呀，上车就走了。

走了一会儿，一看到了金銮殿门口，他是学生啊，就明白了，就问："这怎么还到金銮殿了呢？"

太监说："走吧你，到屋你就知道了。"

到屋一看，正中坐的不是昨天那个买字画的吗？！一看他是皇帝呀，就跪下了，说："我主在上。"

皇上说:"这么办吧,虽然没考,你文采方面也够用,就暂留在京城做个内臣吧,做个府尹吧。"就给他封官了,他也就不离开皇上身边了。

搁那么,扇上题首诗得个官,比在考场上写三篇文章还容易,就这一首诗就成功了。

这就是刘公琬的故事。

黄河水翻开冰凉

这说的还是刘公琬的事儿,刘公琬在朝中当官,这文武百官都不少,有的文采也都不错呀。一天,皇帝临朝之后正事论完了,就论起闲事了。皇帝就说:"众位爱卿,今天有点儿闲暇时间,咱们这么办,到外面走一走,看看。"

这时已经吃完晚饭了,皇上说:"这么办吧,我出一个上联,你们谁给对副对儿。"

就听皇上说:"星出天台面。"这底下文武百官没准备呀,当时就不好对呀。他就对刘公琬说:"刘爱卿你来对个下联吧!"

刘爱卿说:"好,我对,云飞月作衣。"哎呀,大伙儿一看,对得好啊!

皇上说:"雪消山路走。"

别人还对不了,还得刘公琬说:"冰拥水扒皮。"大伙儿一看,还是人家呀,光说不行呀。

皇帝随时改个口:"远看河水如蛇字。"

刘公琬接:"近是渔翁驾如船。"

皇帝一看他对得确实好,就说:"还有一个绝句看你们能不能对,'泰山石稀疏梆硬'。"

别人都对不了,刘公琬就说:"黄河水翻开冰凉。"

皇上说:"好,确实有才!"

后来,都说刘公琬是个大才子,对的都是奇句,他这就出名了。

抵龙换凤

当年哪，乾隆三下江南，其实就是为了访他的真假。

那时候是谁呢？当时雍正当皇帝呀，他那娘娘本来没有儿子，就生了个姑娘，娘娘不得力呀，那雍正皇帝脾气多暴啊，就瞧不起那娘娘。

娘娘怎么办呢？她娘家有个贴身大臣说："这么办，我听说陈阁老现在也生孩子，是陈阁老三夫人生的。大的、二的都有好几个儿子了，这三夫人又给生了个小子。这让陈阁老给抱过来，想办法换一换。"

娘娘说："能换吗？"

这大臣说："我有办法！"

第二天就传旨说叫陈阁老把孩子抱过来，娘娘要看一看。

娘娘让抱过来，不抱不行啊，孩子生了没几天，陈阁老就给抱过来了。娘娘说："让俩孩子比比，俺这也生了一个小子！"其实她生的是丫头。

陈阁老把孩子抱过来之后，俩人在那儿一比，都那么大，都生得不错。那陈阁老也不敢瞅哇，就跪地下等着吧，人家上面看呢！

娘娘看了之后，把孩子包好，说："这么办，你抱回去吧！"就让他抱走了。

临走前，那大臣说："你这孩子是丫头，是金枝玉叶呀！"

陈阁老说："不！"

那大臣说："不？你看看！你岁数大，看花眼了，这不是女孩子吗？这不是千金小姐吗？"

娘娘说："这么办吧，是千金小姐的话，你别忙抱着回，我认她义女，算我的女儿。"完了把玉如意拿出一个，说，"给孩子拿去吧，做个纪念。孩子长大之后，俺们给找人家。"

陈阁老是一声也说不出来呀！那时候当阁老大人，官老大了！这陈阁老一看，心想，说别的说不了，人家给换了，那咋整？人家都封皇上女儿了，你还敢不给将养？所以他把那孩子抱回去，就留下了。

孩子长大以后，那不是乾隆这一段嘛，就是乾隆长大之后三下江南这段。

最后有个谁呢？那时候换孩子的老宫女，她岁数大了，慢慢地把这事儿就给透漏出来了。乾隆听到了，就把宫女喊过来问："你唠唠什么呢？"

宫女一看没办法，就跪下来说了。乾隆听完之后，对那宫女说："你不能跟第二个人说，你说我就斩你，不说还行！"

宫女说："我不能说！"

所以乾隆三下江南就是访陈阁老，访他生身母亲去了。

寡人在此

这乾隆啊！他没有事儿的时候老爱看看对子。

这有一年过年，他就穿便衣出去溜达玩了。走不多远，一看，一家门口有副对联，上联写啥呢？"家有万金不算富"，他一看，说："这好大口气啊！家有万两黄金还不算富啊！"下联是"五个儿子是绝户"，横批是"寡人在此"。他一看："妈呀！太尿性[1]了，人哪有这样写对子的呢？"心里就不愿意，把它抄下来回去了，告诉下人把那人给找来。

第二天是大年初一，就把这家人给找去了，是个老太太。老太太去了就给皇帝跪下了，问："我犯什么错误了？"

皇帝一看，说："你倒没啥错误，就问问你那对联是谁给你写的？"

老太太说："对联谁写的不算，那是我个人编的，我求人家给我写的。"

皇帝说："你编的？为什么写'家有万金不算富'呢？你家有万金吗？那万两黄金不算富，还得多少才算呢？万两黄金可以说是敌国之富啊！你那么有钱，还不算富呢？还'五个儿子是绝户'，那还要多少个儿子？另外'寡人在此'，你也敢称孤道寡？我才称孤道寡哪！"

老太太说："哎呀！你和我这'寡'不同啊！我一说你就明白了，我说'家有万金不算富'，过去管女儿不叫'千金'吗？"

皇帝说："对呀！"

1　尿性：厉害。

叁　人物传说　　·339·

老太太说:"我有十个女儿,一个一千金,十个不就一万金嘛!那能算富吗?谁给我钱花?都过得挺穷的,谁都不给我一分钱。我一考虑,我白得千金,一个女儿一千金,十个女儿一万金,所以我家有万金不算富。现在还穷得叮当响,一整还一点花的都没有,我怎么富?"

皇帝说:"这事对呀!那'五个儿子是绝户'怎么个意思?"

老太太说:"过去说得好啊!'一个女儿半拉儿'嘛!这我十个女儿不相当于五个儿子吗?这不还是绝户吗?"

皇帝说:"那'寡人在此'怎么个意思?"

老太太说:"我是个老寡妇,男的没有了,儿子也没有,'孤寡'的'寡',我自己在家待着呢!"

皇上说:"好!这对联你确实写得好,这么办,给拿二十两银子,赶快送回去吧!"就把她送回去了。

要不说嘛!这对联也确实有意思。

乾隆封秃老婆店

在清朝的时候,乾隆皇帝很爱微服私访。

有这么一次,乾隆在东巡的时候到盛京来,正好路过锦州。乾隆就把龙袍脱了,轿子也不坐了,要骑马走一段,就到中布旗车站那,往北边一看,有一片挺大的草原,还有一个店。乾隆就说:"到那边吃点饭吧!"乾隆和随从几个人骑着马,就像买卖人一样,七八个人就进店了。

到店一看,这个店东是个女的,也就能有二十七八岁啊,挺沙楞[1],脑袋上没头发,溜光,像个小伙子似的。乾隆几个人一进店,这个女店东喊咴咔嚓[2]地招待,热情得邪乎了。

---

[1] 沙楞:指办事利索,不拖泥带水。
[2] 喊咴咔嚓:指说话做事干净利索。

乾隆一瞅就笑了，心想：这是个秃老婆。乾隆他们几个人吃上饭的时候，就和这个秃老婆唠起来了，秃老婆挺会唠。乾隆就问她："你开店当中就靠你自己吗？"

她说："我男的他不行，全是我张罗的。你别看我是个女的，来人去客我全都能张罗。"

"啊，你就能开店张罗？"

"我别的也行啊，出门办事骑马我都能！"

"你能骑马？"

"太能骑了！"

"这么办！"乾隆说，"你要能骑马的话，俺们有匹马，那马反正烈点儿，你不怕摔就骑骑。"

乾隆他们带着有一匹马，烈马，爱尥蹶子，一般人骑不住。

秃老婆说："尥蹶子我也能骑啊！腿摽着掉不下来！"

别人说："你别骑，再摔了！"

她说："没事！"

这秃老婆就上马上去了，马连尥蹶子带竖刨，但她腿摽着也不掉下来，膏药一样。

乾隆说："你跑一圈去吧！"

她说："好！"她就溜着大草原，跑了挺大一圈回来了。

秃老婆跑回来说："客家，你看怎么样？"

回来马被骑了可身汗啊！给这马骑得老实了，用拳头打马都不跑了。

乾隆说："哎呀，你能驯马啊，你这个女的真了不起啊！"接着又说，"你跑了这么大一圈，我就把这一圈地都封给你。我告诉你，我是当今皇帝，你跑的这一圈就都归你了，归秃老婆店！今后这一片草原都归你！"

搁那么的，到锦州中布旗车站那打听，都知道秃老婆店，这就是当年人家骑马挣来的。

叁　人物传说　·341·

乾隆皇帝下考场

这个故事呀叫乾隆皇帝下考场。乾隆那时候年轻，也就二十四五岁。这一年正好赶上大科考，他到晚间吃完饭，没事了，就寻思：今年在北京赶考的举子有多少个呢？我也溜达溜达看看，查查他们！完了他就穿上便衣，带着太监溜达去了。

他走到街上一看，好家伙，这门口的店名全改了。为什么呢？为了招收住店的客，把店名全改成"状元店"了。乾隆一看就笑了，心寻思：我就取一个状元，这都写成状元店了。可这状元店啊大伙都爱住，考状元不是嘛！乾隆一看哪，是到处都忙忙活活，上下来人有的是呀，就继续往前走。

走到南关，到一家店门口，一看怎么的，有人在院子里熬药呢，这家也写着叫状元店。他到那儿瞅一瞅，就问："这怎么的，谁吃药呢？"

店东说："可不是，我这儿有个赶考的举子啊，四五十岁了，这么撇家舍业不容易啊！到我这儿之后没等考呢，得病了，我给他熬点儿药。"

乾隆一听，想：哎呀，这也不容易啊！撇家舍业到这块儿，还没等考呢，就病这咕了。完了，又白来一趟啊！就这么，乾隆就顺便进屋了。进了当院儿之后，瞅着那人在屋里坐着呢，还没躺着，就栽歪个儿坐着呢。等乾隆进屋了，瞅瞅他，就问："哪位有病了？"

那人起来说："啊，你是大夫咋的？"

乾隆说："我懂点医术，路过这咕，过来看看。"

这俩人就唠上了。乾隆一问，知道他也是秀才出身。哎，一唠扯，还挺好，这人的文采挺高，确实不错，就是声音不行啊。为什么呢，已经有病了，谈唠方面声音确实不行。确实唠不出去了，费劲。但是言语上确实真有两下子。乾隆就问他："你这么大岁数考几次了？"

"哎呀！"他说，"没法儿说啊，从二十几岁就考了，三年一考，三年一考，考六七回了，考二十年也没考上。咱也不知道差什么，我约莫我差不多，没想着就是不行。看来咱们还是深造不够啊！"

乾隆说："啊，这么的啊！你叫什么名儿啊，家是哪儿的呀？"

他说："我姓胡，叫胡德。家是湖广的。"就把家住哪儿哪儿一说。

乾隆唠一唠就说："你别着急，慢慢地吃点药就好了。"

这胡德就说："哎，我就这一次了，不能再来了。我的家啊，说实在的，有老婆有孩子。娶完媳妇之后啊，我老婆是并织并烧啊，养活猪、喂鸡啊，供我念这个书。我在家自读了二十多年，就弄个秀才，啥也考不上。这家里现在是拉饥荒来的，说实在话，家里啥也没有了，甚至我老婆的金银首饰都卖了，凑这点儿盘缠钱啊。这次我再考不上，俺俩就得要饭生活啊。这真难啊！"这么说着掉泪就哭了。

乾隆听着心就软了：这人这么好，为什么就考不上呢？就跟他说："你别着急，你那病没啥事儿，我看你唠嗑当中的话还挺明白，另一方面看你气脉还挺足，能好。离考不还有三四天呢吗，你就考吧，三四天当中还赶趟儿，兴许能考上呢？"

胡德说："够呛啊！考试我是打算去，就怕起不来呀。这起不来不说，到那儿坐也坐不住啊！"

完了店东也说："两天没吃饭了，病得挺重的。"

乾隆听后，说："啊！"这话就撂下了。别的不说。

单表乾隆回去了一寻思：考这玩意儿费这么大劲儿。一看这赶考举子也不容易啊。心寻思考一考，到时候考个状元，哪承想这家伙考了二十多年了，也没考上。家弄得穷成这样，这考试怎么那么难呢！哎，一合计，说："我试验试验。"

到了第三天当中，到那儿一打听，名全报完了。他就瞅着没有胡德的名，一看这是有病来不了了。他就最后报个名，报"胡德"，什么地方的，家庭住址都写上了。这么的，就顶胡举子的名报上了。

报完名入场的时候，乾隆皇帝穿便衣就去了。谁也不认得他，那皇上他上哪儿认得去？考试的时候是一人一个屋，小屋不大，他也在那儿考，考了三场。乾隆是个有才的皇帝啊，但是也费劲，这题也得想啊。那也不是他出题，他也不知道题，也硬憋、硬想，但答得还确实不错。全答好了之后不说。

单表公布榜的时候。过几天榜一公布，胡德中的第七名。那一共取三十二名呢，中第七名，那就不错了。中了之后报喜的就来了，那家伙报马"啪啪"地到那个状元店了，到了就喊："你们这儿有个胡举子，胡德吗？"

老店东就说："有一个！"说完就寻思了：有一个是有一个，他有病了，在炕上趴着呢。

报喜的说了："他考中进士第七名了，马上可以见皇帝去，见完了还能做知府呢！"

叁 人物传说

老店东一听，说："在屋呢。"就给领进屋了。

这胡德正在炕上坐着呢，刚见好点，好了是好了，可他没入场，他已经错过这日期了，考完都有五六天的工夫了。个人在屋里正愁着呢：这白来一趟啊，考场都没进去。一听说是报喜的，他就说："不对，你们报错了，我根本就没去。"

报喜的说："不对啊，你不叫胡德吗？"就说家是什么地方的，住址什么的，说得一点也不差。

胡德心想："哎呀，我没去啊，在屋里待着呢，谁替我考的呢？"这店东心挺明白，就说了："这么办吧，你给拿俩钱，给报喜的拿走吧，我这儿有，先给你垫上。"就拿了二两银子给报喜的，把他打发走了。

打发完报喜的，胡德寻思："这怎么回事儿呢，咱也没去啊，谁能考上搁咱名呢？这还真考上了，这不容易，考第七名不容易了，考得不错！"完了过一会儿，没有半天工夫，又来报了，说："报喜，让你明天早上皇上临朝时候去受皇封，考上的举子全得去。"

胡德说："去吧。"店东给他收拾收拾，这衣服穿上了，病也好了，他就去了。

到了金銮殿，都进屋了，一点名儿大家都去了。一共三十二名举子都跪下了，他就跪在第七位上了。这一听皇上说话，他抬头一看，心里"咯噔"一下：哎呀，这上面坐的皇帝不就是前儿上我那儿去，访问我的先生吗？！这是他呀，是不是他看我有病，就给我个官呀。这内心上就特别有感激之情了。完了叫了几个名，上面就喊："胡德！"

他说："啊，对。"

乾隆说："好，你考上了吧？不错。"他说完，胡德就明白了，这是拿话点他呢。乾隆接着又说："好，好好干！"完了就封他做了个知府。

胡德第二天又特别去拜会皇帝。拜会以后，皇帝就说："不管怎么的，你回去好好干吧！"就让他回去了。这胡德封完官之后不说。

单表乾隆皇帝，乾隆皇帝找谁去了呢？找这个主考官。那些个大主考官都不简单啊！乾隆皇帝就说："主考官哪，我打听你个事儿。你考取的举子我今儿个都看了，你给我拿的那个册子我也瞅了不少，我就瞅第七名举子写得不错，和第一名、第二名差不多少，为什么就中第七名呢？"

主考官拿过来一看，说："对，不错，是划的第七名。他这个人啊，作的文章都好,哪儿都不错,就是口气太大,生硬,太傲慢了,所以没点他。"

皇上是一声没吱呀,心寻思:"这主考官可真有眼力啊,我没白用他!"这可不,皇帝从来说上句说惯了,所以文章是好,就是太傲慢了,所以没考上状元。

这不是嘛,搁那么以后,这个胡举子也当上官了,乾隆也露名了,乾隆才知道考个举不容易。搁那么下通知这么办:在早不是考七篇吗,这回就定下来,考三道题就完事儿,不考那些个,题多把人都累坏了。

科考三道题就是搁乾隆那儿改的。

乾隆与刘墉对诗(一)

有这么一次啊,乾隆一直听别人说刘墉文采高,他老不服气儿,老挂¹着戏弄戏弄刘墉。

这天乾隆正在道儿上游山玩水呢,走到哪儿了呢?就到泰山去。带了一帮文武官员,溜达儿玩儿去。

乾隆就说话了,说:"众位爱卿,你们看,咱们触景生情,到泰山得了。你看,这泰山下面儿有很多碎石,里头有不少大石头,我出个上联你们对对吧。"

他们就说:"好吧。"

乾隆就说了:"泰山石稀疏梆硬。"

文武百官一看,心里说:这不好对啊!

你看,泰山石稀疏梆硬。是,一早的时候"哗"下来一堆石头,是挺疏。但是拿不动,硬啊!石头那是硬玩意儿,你能咬动吗?稀疏梆硬,泰山石稀疏梆硬。

这别人儿转轴了²,都对不上啊。这乾隆不太高兴,瞅瞅刘墉说:"刘爱卿,你能对不?"

刘墉说:"臣能对。"

---

1 挂:想。
2 转轴了:想不出来。

乾隆说:"你说吧。"

刘墉往前面儿一指,说:"黄河水翻开冰凉。"你泰山石稀疏梆硬,是疏,一倒"哗"下来一堆石头。但是咬不动啊,梆硬梆硬的!我这是黄河水翻开冰凉。那黄河水哗哗的,那浪大啊,"哗"那大浪起来就跟开锅一样。但它冰凉,一摸不是热的。

乾隆一看,说:"对得不错,好!"意思说还是刘墉有文采啊!

这刘墉就成名了。

乾隆与刘墉对诗(二)

乾隆和刘墉出门,还有几个别的大臣在一起走。这乾隆他老是爱显才,也老试验刘墉,看他有没有才。

正走着,走到一个花园傍拉,有个大养鱼池,养鱼池上边有棵树,他在那站着瞅。一看那树影照河里去了,正好这鱼在那河里的树影里浮着玩呢!这乾隆一看,来词儿了,说:"众爱卿,我这有一个上联,你们给对上。"他说,"树影落河鱼上树。"你看这说得还挺顺当,树影落河里去了,鱼上树了,影在河里,鱼在树影上趴着,不上树了嘛!看起来正像在树杈子上浮着玩呢!别人一看,这词儿不好遇着,也赶巧,他净整这词儿,叫人家上哪对去?所以说不好对。皇上说:"对不上吧?那谁,刘爱卿,还得你对。"

刘墉一看,说:"好!"刘墉瞅完之后说:"哎!我对上了。"

乾隆说:"你对吧!"

刘墉说:"柳荫铺地马蹬枝。"

你看,柳树荫儿铺地下了,正好骑马的来回过呢!那马不蹬树枝上了嘛!其实也蹬土地,就是借词。

皇帝和大伙儿一听,哎呀!说:"对得好呀!'树影落河鱼上树',这是借词,借这个水里的影,鱼在影上待着了;这'柳荫铺地马蹬枝',柳树的荫凉铺地下了,叫太阳光一晒,正好把树枝照地下了,马来回跑,蹬树枝上了。"

乾隆一看,说:"确实对得不错,要不说还是刘爱卿有才啊!"

吉利话

过两天工夫又赶上临朝,乾隆说:"这么办,今天下朝比较早,咱们也溜达溜达。"就带着文武百官到御花园溜达去了。

正上楼的工夫他就来事儿了,说:"刘爱卿,不都说你会说嘛,你给我说两句吉利话。我往上上那工夫你就说,我下楼你也得说。"

皇帝往楼上一上,刘墉就喊:"我主上楼步步登高。"唉,这是句吉利话。完了乾隆转身就下楼了,他一想:"我也不能说'我主下楼'啊,那还得了,那是错处啊。"他看乾隆一落步的时候就来道儿了,说:"我主后背(辈)要比前背(辈)高。"这可不,下楼时后背不就起来了吗,说"后辈"高不是更好嘛。

乾隆一看还真能耐,等到四方台上了,皇帝说:"这么办,我这儿有个上联,没下联,你给对对吧。我这是:四方台,台四方,四方四方四四方。"

刘墉有才啊,不假思索就说:"万岁主,主万岁,万岁万岁万万岁。"

乾隆一听,说:"刘爱卿,你确实够格啊,行啊。"这一回就这么把他饶过去了。

刘墉得奖银五百两

有一天啊乾隆皇帝在朝中没事,大臣们也都在那屋里。这刘墉啊平时是老奏本,老奏本,这工夫儿他没在屋,大伙儿都说:"这老罗锅没在屋啊,今儿本子没奏呢,这也不能散朝啊?"

这时间长了乾隆也没说的了,他也说:"奏本是奏本,正好还行,这刘罗锅……"个人就说"刘罗锅"说漏口了。

这时候刘墉进屋了,就跪下了,说:"谢主隆恩。"

乾隆说:"你谢啥呀?"

刘墉说:"你不封我'罗锅'吗?"

乾隆说:"我没有啊,我能封吗?"

刘墉就说了："君无戏言，君臣要是说笑话还了得。"

乾隆一想，就说："你听错了，我没说完呢。我说刘爱卿啊办事公道，一辈子两袖清风，我把那罗锅银子赏他五百两。"

刘墉说："啊，好，谢主隆恩。"就这么刘墉是硬骗了五百两银子，挺高兴。

大伙儿都说："真怪，搁屋就把皇帝咔哧五百两银子拿家去了。"

但皇帝不高兴啊：真了不得，这家伙见缝儿就钻哪，我就说错一个字就给盯上了，就骗了我五百两银子，我明儿难为难为他。

就是这么一段故事。

乾隆难刘墉

又过了一些日子，上朝的时候乾隆一合计：刘罗锅真能耐啊，我是真得难为难为他！这不正好朝中不少人又提起来忠臣的事了，大伙儿说："忠臣不怕死，怕死非忠臣。"

乾隆就说："众位爱卿，那我有一句话问问你们，看你们谁能答上，'君叫臣死'。"大伙儿就没人吱声了。

刘墉说："那臣就得死呗，臣不死不忠；父叫子亡，那子就得亡，不亡不孝。这都是古代的伦理，一点儿不差。"

乾隆说："那好了，你是忠臣吗？"

刘墉说："是忠臣。"

乾隆说："那好吧，我叫你死去，你就死了吧，看你忠不忠？"

刘墉一听，说："怎么死去呢？"

乾隆说："你投河死去吧，正好御花园里有个养鱼池。"

刘墉说："好吧，那我这就去了。"

刘墉起来之后对大伙儿一抱拳，说："众位，来生再见吧，我今天死去了。奉皇上一句话'君叫臣死'，那我就得死去。"转身就走了。

到那儿溜达了一圈，衣裳也整湿了，就回来了。乾隆一看，就说："你怎么没死呢？"

刘墉说："不是我不死，我已经投河了，到那儿遇到屈原了。他就问我：'刘墉啊，你怎么来了呢？'我说不是那句话嘛，'君叫臣死，臣不得不死'，皇上让我死，我才来的。他说：'唉，你呀还有一句没听明白，遇到昏君当死，遇到明君当生啊。你回去问问皇上，是昏君还是明君，要是昏君你再回来死也不算晚，要是明君你就当生不当死，你回去问问去。'所以啊，我回来问问皇上，你到底是明君还是昏君？"

乾隆说："我是明君，不是昏君！"这不是吗，刘墉不应该死啊。

圆梦

有这么一天，一早上起来乾隆就要难为刘墉，就为了五百两银子憋气，心寻思："我非治倒你，让你输输嘴不行。"

上朝之后正事论完了，皇帝就说："众位爱卿，我昨晚做梦了，梦做得不太好，有谁会圆梦给我解解梦。第一个梦啥呢，梦见日头落了；第二个梦见山崩了；第三个梦见海干了；第四个梦见花谢了。"

文武百官一听，都把头低下了，谁也不敢吱声了。那解不了啊，这梦都不好啊！憋了半天，乾隆就说了："别人不行，刘爱卿你最聪明，你给我解解吧。"

哎呀，刘墉一看，这是点子啊。寻思半天，跪下说："我主啊，这梦做得太好了，这都是吉利梦啊，我主洪福齐天哪。"

乾隆就笑了："你光说好的，你倒说说好在哪儿啊，一个个给我圆。"

刘墉说："好。日落帝星现，山崩大路平。海干龙出跃，花谢果乃成。"

乾隆一听，说："好，你解得确实好，赏银五百两。"

这不，又赏了刘墉五百两。

刘墉和珅种萝卜

这个皇帝闲着没事儿就宴会群臣。有一次宴会完就叨咕，说："你们谁有什么宝啊、特产啊，说说吧！"

这个夸说他那儿能长什么果木树，那个也说他那儿长什么好。完这个和珅说："俺们山西[1]大萝卜好，那小根儿、大身，长得大得邪乎，好啊！"

皇上说："是吗？"

完刘墉当时就说："哎？你的好？你可强不过俺们山东！俺们山东地区长的萝卜没比的，最好，还好吃！"怎么怎么好一说。

皇上说："这么办，那你俩种，试验试验！"

"行！"他俩说，"俺俩种，等到秋天给皇上献宝来！"这俩人就回去种大萝卜。

和珅回去就告诉群众："挑最好的地种一块大萝卜！"种好了之后，他就亲自整，多加了点肥，就侍弄好了。

刘墉回去之后告诉群众："挑那个一般的、兔子不拉屎的地种大萝卜，差不离儿就行，你就正常侍弄就行。"

到秋后取大萝卜了，全搁车拉着，拉去了。

一看，和珅的大萝卜一个都有二三斤重，那大萝卜是真像样儿，皮儿也薄、萝卜也好，特别好；刘墉的萝卜就不行了，干不拉瞎，净小萝卜蛋子，一斤能有三四个。

人家和珅的一个就三斤，刘墉的一斤有三四个，一个萝卜三两，差十倍！就拿去了。

拿完之后下去了，乾隆一看，说："哎呀，你们那萝卜是怎么种的？你看人家和爱卿的萝卜长得多好！"

和珅说："俺们这儿都这样！"

乾隆说："对啊！"

刘墉说："俺们山东确实是地薄啊，我挑好地种就长这样的萝卜，这不山东苦嘛！请我主以后有什么事儿，就对山东照顾一点儿，这就得了！"

---

[1] 历史上和珅非山西人，此为讲述者为使故事更生动而杜撰的。后同。

皇上说:"这么办吧,今后山东的税就免去,就免三年农业税,照顾山东,啥也不要了!"

和珅一看,直眼儿了。你看,又把和珅治了!要说种大萝卜,这是刘罗锅的特长嘛!

刘墉双梁救山东

就说啊,刘墉家是山东的,和珅是山西人,他俩是俩地方。一个左丞相,一个右丞相,这官都不小!

单说这个和珅啊,有些个狡猾,他那时候就和乾隆说:"现在山东地区最富裕,那确实不错,咱们这个粮饷不够,别的地方都要不上来,咱给山东多加点儿粮税吧!"就给山东加上了双粮税。

就像现在的啥呢?就像现在的农业税似的。别的地方一亩地好比五文钱呗,这个山东就得十文钱!因为它地方好啊,多打粮食,就多纳点儿税吧,就加上去了。这一加,山东戗不住啊!那你合计合计:一样种一亩地,人家纳一成税,他纳二成税,他也不高兴啊!都叨咕……

刘墉一看,没办法,还不好说啊,所以这刘墉就合计盖个房子,说:"好吧,就这么的吧!"就盖房子。

房子盖完以后,他就特意请桌客呀,就把皇帝请来了,把和珅也请来了,还请来了群臣,他说:"我盖个大房子,今儿请你们到我府里头喝顿酒,唠唠!"

大伙儿说:"去吧!"

最聪明不过君王啊!那乾隆是明君,聪明,到那儿一看那梁,一声没吱。但是别人沉不住气,一看,说:"哎呀,刘大人,怎么回事儿呢?你怎么还搁双梁呢?那多不好看啊!"

那大梁怎么回事儿呢?咱这儿都一个梁嘛,他搁俩梁,大梁上边又有大梁,俩梁托着。那就高了,不好看啊,那能好看吗?人家都搁单梁嘛!

完刘墉就笑,他说:"不是别的,我就是为了纪念。因为什么呢?俺们山东国家不是收双粮税吗？我怕忘了，所以搁上双梁，多咱要钱我就能交上双粮税，就没要单梁。不好看吗？"

大伙儿说："是呀，这双梁多不好看啊！"

刘墉说："我主，你说这双梁是不是不好看啊？"

乾隆一看，说："行了，不用说了，把山东多的那层粮税免去！就要单粮，和别的地方一样，不兴要双粮了！你现在这一个梁上去有主意了，妥了！"

搁那么，就把这山东全给解决了，双粮税给免去了，搁那儿山东就得过了。这都是因为刘墉确实有两下子。

最后刘墉把那双梁拿下去了。

刘墉戏乾隆

这天，乾隆皇帝和刘墉俩人溜达玩，俩人唠嗑，这个那个的。挺高兴的时候，忽然间，那边儿有一个女的正在那儿站着呢。这个女的长得漂亮，乾隆的脑袋就扭过去瞅，但扭脑袋瞅着呢，脚没停，还往前走，刘墉走他也走啊。

刘墉一看，心里说：就别在那儿瞅了，还瞅呢！刘墉一看，他就来话了，说："恩主，你说世界上什么力量最大？"

乾隆说："那力量当中的话，最大的是虎，再是马，再是牛。牛有莽劲，牛力量最大。"

刘墉说："不对，力量最大的是女人，女人的力量最大。"

乾隆说："那女人有啥力量？"

刘墉说："女人能把龙脖子吸弯，能把龙脖子吸过去！"

乾隆一听就明白了，说："得了，别说了，走吧！"

他们就走了，乾隆把脖子扭回来了。

龙虎把门遇红煞

过去娶媳妇儿呢有红煞，死人有白煞，那是最不吉利的事儿，是最使人烦的东西。那娶媳妇儿要碰上红煞的话就什么都完了，过去有句话说得好嘛，"娶媳妇儿犯红煞，绝对还得再嫁家，男的不死女的死；出门犯红煞，尸首不回家；得病犯红煞，必须埋土里。"

有一回乾隆和刘罗锅俩人微服私访，走到一个堡子，正赶上有一家鼓乐喧天地办事儿呢。乾隆一看，就说："咦，今儿这日子是什么日子呢？"

那过去当个老小官儿都懂点儿好赖日子，刘墉掐指一算，说："哎呀，今儿不好，红煞日啊！"

乾隆一听，说："这怎么择日子娶媳妇儿呢？走，咱看看去！这是谁给择的呢？这么缺德呢！"没等喜车到了呢，俩人就先奔这娶媳妇儿家去了。过去一看，这家大门贴着对联，日子过得不错，大门两边儿还有上马石，一边一个石头，他俩一瞅就坐那儿了，这乾隆坐东边了，刘墉就坐西边儿了，俩人就坐在大门口等喜车来了。

不一会喜车嘚嗒嘚嗒就过去了，过去就进院了，进院之后人家就拜天地，他俩瞅着人家也拜完天地了，完了就找东家，说找老头儿说句话。

东家说："找吧！"

老头儿出来一看这俩人穿得不错，身份肯定也不一般，老头儿就笑了，说："不知二位是哪儿的客啊，我也不太认识。我亲戚多，朋友也多。"

"不，俺们就是打听打听你们这结婚的日子是谁给择的？"

"就是西头学校有个老师，他还会教书，还会择日子，是个老饱学。"

"啊！那好了。"完就走了。他俩一合计就到西头找老先生去了。一到学校就问学生说："那老先生在家不在？"

"在家呢！王老师，就一个老师，老头儿了，五六十岁了，老饱学。"

"哦，那好。"俩人就进屋了。

老先生一看，不认得，就说："哪儿来的客呢？"

"啊，俺们搁这路过这旮。老先生，我打听个事儿，今天东头结婚的日子是你给择的吗？"

"是我择的。"

"今儿的日子是什么日子，好不好？"

"今天不好，红煞日。"

乾隆一听，说："红煞日，那你怎么给人择了呢？"

"红煞日最不好，娶媳妇儿过不长，得病遇红煞就得死，两口子干架犯红煞跑了之后就不能回家，就得离。"

"那你怎么择这个日子呢？"

"不对，有解啊！"

"有什么解？"

"咳，我算过了，龙虎把门，什么都能解了，啥也不怕。"

俩人一听，刘墉瞅着皇上、乾隆瞅着刘墉，寻思："得了，咱俩给人把门了，一个龙、一个虎啊，咱俩把门，那红煞敢到吗？今儿人家都算到了，今儿是龙虎把门，啥事儿没有，是最吉的一天，红煞日变成好日子了！"就说："好，你日子择得不错，俺们走了。"俩人就走了。

要不说这玩意儿你看，这择日子先生就知道日子不好，就能给解了。

刘备转乾隆

这段故事呢，比较短一点，这是一个显灵小故事。

就讲当年在清朝乾隆年间，乾隆皇帝他每天吃完晚饭之后，个人在皇宫里走走，前后御书房转圈溜达，不能太监一天天老跟着他。他就老觉着后边有个人似的，心里寻思，后边怎么老有个人似的呢？

等乾隆回到宫殿以后，就叨咕："我天天走道当中的话，老像后边有个人似的呢。"

刘罗锅子刘大人知道这件事了，就告诉乾隆："你可以问问后边是谁啊？他老跟着你。"

乾隆说："后边还没有人，瞅着像有似的。那好我问问！"

这天乾隆又个人在皇宫里溜达，后边就听见"嚓嚓"的脚步声，乾隆一回头，说："后边何人？"

后边这个就说话了："二弟云长！"

"啊，二弟云长？三弟在哪？"

"镇守辽阳！你是我大哥刘备！"

这乾隆一听，说："啊！原来我是刘备转的胎！"

后尾儿刘罗锅知道这事了，心想，不怨说乾隆精明啊，那是当年三国刘备转的世。

乾隆就想找他的三弟，那个辽阳镇守使。这个镇守使勇气大，当时，一听皇上非调他来不可，着急了，不知道啥事儿，一宿的工夫就火拢[1]死了。这乾隆知道了就哭了，说："我三弟还是像过去张飞那性子似的，勇气大，他还死了，没见着面。"

就是这么一段小显灵故事，就说清朝的时候都供关公，封他做"西天大帝"，都说那是乾隆封的，就讲乾隆是刘备转的世。

乾隆审对联

这乾隆没有事儿就好溜达。到过年的时候他出去溜达，正好看到有副对联。他仔细一看，这对联写得口气挺硬，他心就不高兴。怎么写的呢？上联写的是"打遍天下吃肉"，下联什么呢？"我有皇上当家"，横批是"万民所养"。皇帝说："这口气哪有这么大的？这'打遍天下吃肉'，天下都让你打遍，你吃肉，你吃好的，那我皇上都不及你呀！还'我有皇上当家'，你都打算当皇上啊！那我当啥呀？另外'万民所养'，我是'万民所养'，领导万人，你还这么大口气？"就告诉太监："记住这家，过了初一初二，有时间把这家人找来。"太监就记住了。

到初三那天，就找人把这家所有人全传来了。这家就哥仨，老大能有三十来岁，老二有二十来岁，老兄弟有十二三岁，就这么三个人，爹妈都死了，对付在一堆儿过，写的这副对联。整去之后，每个人都吓得堆缩着，皇帝亲宣，那还了得！到那儿

---

[1] 火拢：上火。

都吓跪下了，皇帝说："你们说说吧！没别的事，就说你们这副对联写得口气太大了，那谁给你们写的？"

他们说："谁写的倒没说道，那是我们编的，求人写的。"

皇帝说："你们为什么搞这么大口气呢？还'打遍天下吃肉'。"

老大说："启禀我主，我是个打猎的，这一辈子全指着打猎生活呢！打个兔子，我今儿就烀兔肉吃；打着狼，我就烀狼肉吃，我就满天下走着吃，一两个月都不回家，这不是'打遍天下吃肉'吗？"

皇帝说："可也对！那你们为什么说'我有皇上当家'呢？"

老二说："对呀！我是个耍钱的，我这一辈子就爱推牌九，推牌九谁不要皇上啊？这有皇上的话能压倒一切，我就盼着皇上来，皇上一来我就打腰了，就能多吃钱，所以'我有皇上当家'。"

皇帝说："哈哈！你是耍钱的，对！耍钱中是有皇上的说得最算，是皇上当家。那'万民所养'是怎么回事呢？"

小孩说了："皇上啊！我告诉你我是怎么写的，我是小孩，你想想我大哥'打遍天下吃肉'，走哪打哪；我二哥天天耍钱，没人管我了。我没有办法，爹妈死得早，所以，我每天就出去要饭吃。今儿要这家吃，明儿要那家吃，反正都走遍了，所以说没有万家，也有八九千家，天天要着吃，吃饱我就换个家，那能老上一家要去吗？我没有办法，个人就是个苦命孩子，我一考虑，过年写对子，也把我的心情写一写吧！'万民所养'嘛！是大伙儿把我养活这么大的。"

皇上一听，说："哎呀！"

这回文武百官也都笑了，瞅着皇上，意思是："不能处理他们，他们也没有什么错处啊！"

皇上说："那好吧！我就算你们无罪，不处理你们。不处理是不处理，这么办，你们这家过得也挺难。"又对下人说，"把银子拿来，给老大十两银子，'打遍天下吃肉'也不容易，买点吃的过年吧！老二不给他，不处理就不错了，你耍钱不是好事，这看你困难就不处理你了，但也不给你！给老三拿三十两，这老要饭吃，没有钱怎么办，你学点手艺，净要饭也不行，都十多岁了，该学会干点啥了。"

这老三也乐了，说："好！"

皇帝说："你们这对联以后可别这么写了！"

乾隆试赵昂一字不中

这是在乾隆年间的事，这乾隆皇帝是个多才的皇帝，有才，专讲出诗、对对儿。正赶这年招考状元，天下的举子都去了。

那时候分解元、会元、状元，考完三榜都出去之后，一看，头一名中的是会元，这会元下边就是解元，就是说他解元也中了，那秀才、举人就更不用说了。这连中两榜，第三榜是御笔钦点状元，得皇帝钦点。所以，皇上说："这么办吧，今晚儿我钦点，都来吧！"

点啥呢？就能点三品：一个榜眼、一个探花、一个状元。状元最大，完了就是榜眼，完了探花，就按这三名点去。

中了会元的不多，一共就有几个，都去了。几个人到金銮宝殿上就都跪下了。

这头一名是一位叫赵昂的，一看，他文章作得挺好，哪儿都好，乾隆就挺偏爱他，挺稀罕他这文章，头一位就点他，说："赵昂！"

他说："小民是！"就跪下了。

"哦！"乾隆一看，瞅瞅卷子，说，"你这作得都不错，卷子也挺通达，哪儿都挺好，我是挺满意你这卷子，点你状元是行。但你有一个字儿用得多少有点儿不那么适当，那个'惟命是听'的'惟'字儿你要搁个'口'字儿就好了，你搁了个竖心儿，但这也不算错。"

皇帝这一点，这个赵昂怎么回事儿？他是个年轻人呀，要是岁数大点的就会说："哦，是！"这就完事儿了。完点他了，他不会事儿，他一看，说："我主啊，那个'惟'字儿可以通用，用哪一个都不算错。"

哎呀，乾隆一听，寻思："你这小子性子傲呀，我说你不对，你还把我顶过来了，还用哪一个都行、可以通用！"完就说："怎么能通用呢？"

"都是'wéi'嘛！"

"能通用？好了，那我给你出个字儿，你通用一下子吧！姓苟的'苟'，是草字头儿搁个句字儿，这是个姓，那大狗的'狗'人家谁能姓啊，能通用吗？"

一看，乾隆把他顶住了，这个赵昂就没话说了，他心寻思：皇上，你这不胡扯起来了吗？他不能说了，就把头儿低下了。

叁 人物传说

· 357 ·

乾隆说："不行，你这性子太傲，今儿不点你，你下去吧！"就把他赶下去了，不要他了。人家又把另外两名点上了，他啥也没落着。

考完之后，三榜都落下了，他第三榜就没得中，落榜了。这一落榜，没考上状元，会元也白扔了、解元也白扔了，他个人越寻思越憋气，就在外边大哭一场。

他年轻呀，二十四五岁儿、二十六七岁儿，在外边哭完以后没章程，个人心寻思说："怎么办？我来的时候和家里都说了，准能考上，我恨不得能扛个大旗，考不上状元也能弄个探花、榜眼，能弄个官儿当呀，这啥也没落着，叫人家看扁了！看起来这玩意儿还是不能犟呀，还是咱们性子太傲呀！"

虽然这样说也没办法，就在北京待下了。干啥呢？自卖字画儿。就给这家的买卖写几张字画儿啊，给那个写个什么存条儿啊，或给那家写个扇面儿啊，完人家给点儿散零碎银子、给几个大铜子儿。给两个钱儿他回来好吃饭呀，一天混三吊、五吊钱的话就够吃饭、住店了，他就这么混饭吃，一点儿也剩不下，他干的就是这么个小活儿。

哎呀，他每天走啊，大饭店不敢去，一般的饭店倒还凑合。一晃过去多长时间了？一晃在北京三年了，他家在沈阳，在北京待三年了，回不去家。不说。

单表谁呢？单表乾隆。这天正是夏天景儿，乾隆皇帝也待不住了，他有一个小太监姓兰，十七八岁儿，他就喊兰太监，说："正好，小兰子，走，你把衣服换了，咱俩上街溜达一会儿去，穿便衣！"

乾隆爱穿便衣私访啊，他不爱穿龙袍，就把衣服都换了，兰太监也换了，像个书童似的。

乾隆带着这太监就走，说："搁后门出去！"俩人就搁御花园那个门出去了，谁也不知道啊，那前门要问起就麻烦了。

俩人出去了，溜达了一圈儿，这一走，就溜达到晌午了，乾隆说："咱俩吃点儿饭，你不带着钱呢吗？"

"带钱了！"

"好！"

那皇帝是不带钱，空手。别看他不带钱，有人伺候他。

正好前边有个十字路口，挺繁华，那里有一个饭店，虽然不太大，瞅着客还不少，乾隆说："到这屋儿吧！"俩人就到这屋儿了。

那正晌午时候，是饭时呀，正是吃饭景儿，到屋儿之后，坐下来一看，吃饭的也不少，人山人海，男男女女都有。

要完菜，菜还没上来的时候，有点儿工夫，这乾隆抬头儿一看："咦？这字画写得不错啊！"就问这个跑堂的，"过来，来来来！你们这字画是谁写的？这后边还签着'赵昂'俩字，写得不错啊！"

"这个小伙子是写得挺好，可惜他没有考上状元呀。"

"哦！"乾隆一听，"他写这一张给多少钱？"

"咳！他二十七八岁的小伙子落魄了，回不去家，给几个大钱儿够吃饭就行，这人挺好的。"

"他还多咱来？来了我也写两张。"

"能来！他天天儿来吃早饭，到时候来了也就吃俩包子或吃一个馒头，完就走。"正说着，"这不是来了吗？"跑堂的一指说。这个小伙子真就来了！

这小伙子来了夹个小书兜儿，书兜儿里装着笔、墨，挂着到哪儿都能写。他来了一进屋儿，这跑堂的就笑，说："这个就是！"

完乾隆就瞅，乾隆说："哦，来，来，往屋儿里来！这位公子，你姓什么？"

"我姓赵。"

"哦，来，坐下，坐下！来吧，坐我傍拉儿，这儿有地方，你就坐这儿吧！"那小伙子就坐那儿了。

乾隆那时候已经要下了东西，还没吃，这小伙子也要了两个馒头、一碗汤，他刚要吃，这乾隆就说："你写得不错，给我也写两张字画儿吧！"

"那行，可我没带纸来！"

这工夫那个跑堂的说："俺们这儿有宣纸，卖你两张。"

"那行，正好，给我拿几张，管多少钱呢！"

后尾儿跑堂的拿来了两张宣纸，吃完饭小伙子就给写上了。乾隆说："你随便儿写，就按现在这个景致写就行！"

一看，写得笔走龙蛇，写得好呀，那字儿像龙飞凤舞一样，哪儿都好。

"哦！"乾隆一看，"你这么高的文化、这么高的文采，怎么不考状元呢？何必在这长街卖画儿呀！"

"咳！这位老板，你不知道，我不是没考呀！"那小伙子笑了，就说起他是哪哪地方的人，完了说，"我今年就是科考来的，我念了十多年书，真是那样，'十年寒窗磨穿砚'，这十年的工夫板凳都坐坏了、砚台都磨穿了，从十几岁念书到现在，能不考吗？没办法，咱们还是不行，没才呀！"

"那你学那么长时间了，啥也考不上吗？"

"其实我考上了，先考上了解元，最后又考上了会元，就差个状元没中！"

"那咋？虽说状元没中，这也已经中了两榜，这两榜中哪一个都可以封官嘛！"

"当今的乾隆皇帝试验我，我差了一个'惟'字儿，这个字儿我用得不太适当，要用那个口字边儿的'唯'就好了，我用的是竖心的'惟'，我那时候挺犟，就一时起冲突了，我说：'不，可以通用，我这个不算错。'其实我一说完，乾隆就不高兴了，他说：'那行了，你通用回家通用去吧！'他又给我写俩字儿叫我通用：一个姓苟的'苟'、一个大狗的'狗'。它通用不了呀，那哪能通用去？！他说：'这俩字儿不都念"gǒu"嘛，你能通用吗？'我一看真就憋那旮了。"

完这乾隆一听，想起来了，心寻思："哦，你就是当年那个我本想试验试验，后尾儿一恼怒不要的小伙子呀！"他说："你叫什么名儿？"

"我叫赵昂。"

这乾隆就明白了，知道他叫赵昂。乾隆说："哎呀，看起来当年那皇帝不仁呀，不是个明君，这怎么能因为一个字儿就不用呢？"

赵昂说："不，当年皇帝至明至圣，是对的，是我那时候一时错了，我不应该反驳，君臣没有大礼还行了？"

"哎呀？这小伙子行啊，还没有埋怨情绪，我引他说乾隆不对他都没有说，还感谢我，还说我对呢！"这乾隆一看，自己内心就挺高兴，挺感动，心寻思说，"这我得重用啊，不能再这么错过机会了。"就和赵昂说："你就打算老这么写字画儿？"

"那能怎么办，没办法呀！"

乾隆说："我有一个朋友在苏州府当知府，你如果不嫌官儿小，你到那儿去了之后就托他，我给你写封信，你拿我这信到那儿他能给你个小差事儿。管他给点儿什么大小差事儿呢，你能混碗饭吃，也不至于在这长街卖画儿呀！另外，你还能有机会。"

"那敢情好，行，我愿意去！"

"那好吧，你要这么说，明儿一早就再到这儿来，我是不能来了。这不是俺们的小书童吗，叫他跟你去，你到这儿来了之后，他会领着你，把你送去。那是俺们亲戚儿，保证能招待你。"

"那好吧。"他就回去了。不说。

单表这赵昂。他回到店里之后住了一宿，第二天早上，个人就把东西都收拾了收拾。收拾完之后他心寻思："这说完了是真是假啊？到底能不能送我呢？怎么去呢？人家搁啥送我呢，他能搁车送吗？瞅人儿倒是挺沙愣个人儿，是个大老板，可他亲戚儿在那儿当知府他能说了算吗？到那儿人家能不能真给我办呢……"净问号啊！想想，爱怎么的怎么的吧，就去了。

到那旮的饭店了，待没有五分钟，那书童就来了，他是骑马来的，还带了一匹。

大伙儿一看，说："来了！"

赵昂说："哦！"

小书童说："正好，我给你带了匹马来，俺们老板说了，你就骑这匹马，咱俩走一走，多咱就走到了。"

"哎呀！"赵昂说，"那还了得？"

"不用客气，你就骑上吧！"完又和大伙儿说，"把这东西搬上去！"大伙儿就把这东西都搬好了。

小书童说："这东西都是用的东西，俺们那亲戚儿不是当知府嘛，这是给他捎去的，你到那儿就明白了。"

把这东西全搬好、都给驮上之后，这赵昂也上马了，俩人就走。在道儿上是一句话没唠扯，就是骑马走，到哪儿饿了就吃饭，吃完饭就走，黑天觉也没睡。走了两天一宿，就到苏州府了，一看，那苏州城是繁华热闹地区，热闹得邪乎，不比北京城差，那真是像样儿呀！打听苏州府，那谁不知道啊！

他自己也不用打听，人家那个小书童知道，就领着去了。到把门那儿之后，这个书童一摆手，告诉那把门的说："你往里传！"就把一封信给他了，把门的一看，就拿着传去了。不一会儿，那大门、房屋门就全都开开了，大敞役门欢迎他们。

把他们接进去之后，赵昂一看，寻思说："这家伙，这派头儿不小啊，俺们来了还大开役门，这还了得？看来这知府的架子是一点儿也不大啊，还挺客气呀！"

到那儿一看，来接的不是知府，谁呢？是师爷。师爷到那儿一看就跪下了，哎呀？赵昂寻思说：这是怎么回事儿呢？这时候就看小书童把前胸解开了，顺里面掏出来一个黄包,他手托着黄包,把纸打开了,头一个就喊赵昂,说:"赵昂接旨!跪下!"

赵昂一看就愣蒙了,师爷就捅他,这赵昂就跪下了,师爷也跪下了,只听书童说:"奉天承运,皇帝诏曰,现在皇帝亲笔御点,命你做苏州府知府!"

他一听,当时就糊涂了,他念过书也明白,得先谢恩呀,就说:"谢主隆恩!"

他谢完恩起来之后,书童就告诉师爷说:"师爷,这个是皇帝御笔钦点的苏州府知府,你们那知府大人不是调走十来天了正缺任嘛,这是皇帝特意给你们选的,奉皇上的命,我把他送来了。"

师爷说:"好!"就拜了拜这个赵昂。

后尾儿,赵昂还是不明白,就说书童,说:"小兄弟儿,我怎么还糊涂着呢,到底怎么回事儿呢?"

"怎么回事儿?前天同你说话的那个就是当今的乾隆皇帝呀!你是没看出来,那会儿黑天点你的就是他呀,差一字没把你点完,他也就取笑话儿似的把这回事儿误会了。前天你一承认错误、心地一宽,他就挺高兴,说:'看起来这人确实有才,确实明事,不但没有埋怨皇帝,还感谢皇帝,这可得重用!'所以当时回去就点了你。今天我特意送你来,就是因为皇帝亲自点了你。"

赵昂当时正跪着呀,就向北京大谢一场子,谢完以后说:"好吧!"这书童就回去了。他搁这么就在那儿做了知府。

他要不就当个状元,那哪儿能当知府呀!这直接就当知府了,"赵昂差一字不成而当知府"嘛!搁那么赵昂真做了个清官,干得还真不错。

要不说人这玩意儿,多咱还得谦虚点儿。他这回如果真有埋怨情绪、真说几句乱七八糟的呢?那不但不会封他,治他罪都不一定!

要说他后尾儿不但承认个人犟得不对了,还表扬乾隆。乾隆说得好嘛:"当年皇帝不仁啊,不是明君,这哪儿有明君因为一句话就不用的呢?"

他说:"不是那样的,应该说当年皇帝智仁才是,他是好样儿的,是明君,是我那时候不应该犟,现在承认是晚了!"

他说这几句话,皇上特别愿意听。

乾隆下江南半途留诗

这乾隆爷到晚年了,他就打算下江南不当皇帝了,就是找清闲去了。

他自己去就带两个人儿,谋士,正好走半道儿就看着一个女的在那儿推碾子呢!抱着碾子杆在那儿推,一边儿推一边儿发一边儿扫,还出汗哪!所以还一边儿用手擦擦汗,就是这么一个女的,她长得还挺好看。

他站下多看几眼,乍一看这女的那汗淌下来之后真像一朵鲜花带露水一样儿,所以他留首诗:

登古道,过黄庄,见一民妇碾黄粮。

双手杆头抱,金莲裙下忙。

紧笤扫,慢簸扬,几时停住整容妆?

汗流满面花含露,糠抹蛾眉柳带霜。

观此景,好凄凉,可惜佳人配农郎。

他一寻思:我要是不打算到江南去啊,这女的我一定要收她做娘娘,可惜这么好的佳人儿配庄稼人了。这多咱也是对庄稼人看得低呀!这首诗是写给这个女子的,意思是形容这女的长得太漂亮了。

乾隆与瓜农交友

这个故事就是什么呢?就是乾隆和一个种瓜老头儿,他俩遇到一起了。

这个故事发生在远年哪。那时候乾隆皇帝天天临朝后,老感觉闷屈、寂寞,待在皇宫里一点儿意思也没有。

有这么一次,他在皇宫里待着闷屈了,就合计能不能和群众见见面,唠一唠,扯一扯呢?之后他就带个姓兰的太监出去了。这兰太监是个小孩儿,岁数不大,也就十五六岁。

乾隆跟他说:"你跟我去!"

兰太监说:"好吧!"

乾隆说:"咱把衣服换一换!"

俩人就换上了便衣。乾隆穿得挺朴素,但衣服是挺新的,也挺好看。

俩人没搁金銮殿大门出去,搁后门走的。他俩知道那掌宫太监不让走,掌宫太监有责任,怕出事儿呀,皇帝到哪儿去,得经过掌宫太监批准。俩人怕别人知道,就挂着溜达、玩儿的名号出去了。

俩人出去后,就在北京傍拉游山玩水,一走走到个山头,就看这山上的水,越看越有意思。又走到大树林里,也傍晌了,乾隆就说:"这么办,我坐会儿,困了!"说完就在树底下挺好的一地方趴下了。

他一看,人家庄稼人在铲地那儿睡觉呢,挺自由的,他就说:"我也躺下待一会儿!"待一会儿之后,他也睡着了。

乾隆睡着之后,这兰太监年轻哪,一看那儿有雀鸟,他就玩儿去了。

乾隆睡了一会儿就醒了,醒来一看,小太监没在傍拉,他就说:"我个人回去!"他就个人往回走。

搁山坡下来,走出了二三里地,他就走到一片大西瓜地。一看,那西瓜齐整绿叶的,好得太邪乎了,他就说:"这西瓜太好了!"心里还寻思,原来这西瓜是这么长的,这可地的西瓜,不是市场上卖的西瓜,这有叶还有秧。他没见过种西瓜,就合计弄个西瓜吃!

那时候乾隆年轻,有三四十岁。他进到西瓜地一看,有个五十多岁的老头儿。老头儿一看来了个人,就说:"来了!"

乾隆说:"啊!我渴了,看看买个西瓜吃。"

老头儿说:"行!我给你找一个好的!"

那时候正傍晌,天热呀,那老头儿明白,就下地把西瓜给他抱来了。

西瓜抱来后,老头儿用刀"咔"就打开了。乾隆一看,那家伙,黑籽儿、红瓤,水灵灵的,那比皇宫吃的西瓜好,皇宫的西瓜那是养一两天再拿去的,现在这瓜是现打开的。乾隆说:"太好了!"说完咬了两口,觉得是又甜、又酥、又好。乾隆边吃边说:"这瓜不错!"

但吃完西瓜之后,他得给人钱哪。一摸腰,手拿不出来了,因为他没带钱。那乾隆出门哪用得着带钱,下边跟着的人都是伺候他的,他哪能带钱去!

乾隆一看，就不好说这意思。这老头儿挺聪明，一看他没拿出钱来，就说："客人，用不着给钱。夏天到西瓜地吃个西瓜解解渴，给什么钱？我这多少人都不收钱，你别拿了，收回去吧，我不要钱。再说你给我钱，我也不能要。"

乾隆一听，这老头儿还挺明事儿，没使他多砢碜，要不他就下不来台了。

吃完西瓜后，乾隆先在西瓜地里坐了会儿，又到窝棚里待了会儿。那小窝棚里有一铺炕，虽然不太干净，但收拾得也挺立整。他一看，炕上有一个账本，一个笔。那账本是老头儿卖西瓜记账用的，但老头儿不会记，就求谁呢？求他那堡子的一个王老师。白天卖的钱，他先在心里记着，下晚儿王老师到他那儿了，再给他记上。

乾隆拿起账本看了看，又拿起笔来瞅了瞅。再一看，炕上有把老头儿扇的纸扇子，这扇子是空面，没有字，他就在这上面写了几句诗。写完之后落款呀，趁老头儿没看着，他就偷偷地把小玉玺拿出来，在嘴上哈了一下，就摁在扇子上了。摁上之后，老头儿他没念过书，看不懂，再说他也糊了吧唧的没看着。过了一会儿，乾隆就走了。

乾隆走了不远，就看见太监也过来了，就一起回去了。不说。

单表这老头儿。到晚间的时候，王老师又来给他写账了。写完之后热呀，他就扇扇子。他拿起扇子，一看，"嗯？"就问这老头儿，"李老板，你这扇子上的诗是谁写的？"

老头儿说："哪儿？今天白天有一个吃瓜的，到这旮旯儿之后，他也没带钱，我也没管他要。他就像斗笑话似的，拿着扇子当中，就拿起笔给划拉了两下。"

王老师说："哎呀，这可不是划拉两下的问题呀，这可了不起呀！这回妥了，你这瓜可是卖着了，这一地的瓜也不值这几个字的钱哪！"

老头儿说："那怎么说呢？"

王老师说："咳！这妥了，这是当今皇帝乾隆写的。你就拿着扇子试验去，不管到哪儿，到县里，县里给钱；到州里，州里给钱；到省里，省里给钱。"

老头儿一听，说："能行吗？"

王老师说："这么办，明儿你就去，保证行！你先到本县试验试验。"

老头儿说："我试验试验？好吧！"

老头儿就把扇子拿上了，但老头儿没念过书，不懂呀，人家也没给他细讲。

王老师又说："你去那儿别蹲着，到门口你就喊，喊他官名儿。你要不知道他的名儿，你就喊县官接旨。你还得把扇子举起来，你不举不行。他接旨之后，就会款待你，完了你要多少钱，他给你拿多少钱，还供你吃啥的。"

老头儿说："能那样吗？"

王老师说："你去吧，管保你好使！"

这老李头听后还挺高兴，心想："我试验试验！"

第二天，老头儿穿了件干净衣裳，收拾收拾就去了。

这儿离县衙也不太远呀。他到县衙去了，"打醋还不敢喊"，最后转了半天，人家把门的就问他："干什么，你在这儿这么地转是干什么？"

他说："我这儿有圣旨。"

把门的一听，说："有啥？"

老头儿在县衙门口就喊："县官接旨！"

把门的一听，不敢动弹了，就跑屋里说："县太老爷，门口有一老头儿举一把扇子，说让你接旨呢！"

"哎呀！"县太爷一听，说，"他这儿有把扇子，准是皇帝下圣旨了，让他给拿来，我得看看去！这老头儿是庄稼人，可不敢白话。"

这县太爷就跑出去了。

县太爷跑出去以后，说："这么办，你把圣旨让我看一看，我好拜。"他把扇子接过去一看，皇帝的玉玺在上面扣着呢，这真是圣旨。县太爷马上就把扇子供上了，拜圣旨。

拜完以后，就把老头儿让到屋里，那是传旨官呀，还了得？进屋了，又留老头儿吃了顿饭。

饭吃完以后，县太爷说："你老有什么事儿，请吱声！"

老头儿说："我不用什么。"

县太爷说："这么办吧，我给你拿点儿银子吧！这给你拿得也不多，先给你拿一百两，花完之后，你再来取。今后你不管到哪儿的府上，他都给你钱。"

老头儿就打听，说："县太老爷，我咋有点儿不明白呢？今天这事儿，我都不知道是怎么回事儿。"

县太爷问："这怎么回事儿呢？"

老头儿就说："他是吃瓜的，我也没管他要钱。这是他写的，给我撂炕上了。这还是教书先生叫我来的。"

县太爷一听,说:"啊,我明白了。我告诉你吧,那是当今乾隆皇帝私访遇到你了,现在你这可打腰了,你和他是朋友了。这扇子上是怎么写的呢?写的是'村中有一叟,与朕是好友。遇见先供饭,欲走再供酒。'这么四句,下面还有落款。你说谁敢不恭呢?"

搁这么就妥了,这老头儿就打腰了,神气了。

乾隆住店

这段儿是乾隆住店的事儿。

走到晚上挺黑了,乾隆一看,得住店啊!这是一个城边农村,店房儿正好是三间房儿,就是一头儿开门,里外屋。他住到人家外屋,就是一进屋那间,里边儿隔道墙还有一间,是先来的住的,那是对儿新结婚的小两口儿,就像旅行结婚似的。

他一看这小两口儿挺好,年轻。他自己一考虑,说我这岁数儿大了,看人家年轻多欢乐啊!咱这就自己一个人。所以到黑家儿睡觉时候也没睡太好,连走着乏,另外到江南去也不太高兴,岁数大了,挂着要清闲的名儿去了,他不管朝政了,所以不太高兴。这就寻思啊!天头盼亮也不亮,还在那儿叨咕:天该亮了,咋还不亮呢?怎么这么长的夜呢?

单说睡隔壁的这小两口儿人家盼夜长,男的说:"还没亮,得等一会儿呢!"女的说:"再多一会儿亮,多趴一会儿多好哪!"两人就近便,这嫌夜短那儿盼着夜长。

乾隆就借着这事儿作一首诗,写完就贴墙上了,怎么作的呢?说的是:

你我相住隔一墙,你嫌夜短我嫌长。

今是洞房花烛夜,愿君早得状元郎。

写完之后他第二天走了,店东一看,说这是个风流才子啊!就把这诗给抄下来了。

龙凤出一家

这个龙凤出一家是个实际事儿。就是当年谁呢,就说当年乾隆和索额图女儿的故事。

乾隆有个姐姐,乾隆小时候,七八岁的时候都要梳头。男孩子留头发,女孩子也留头发,到十来岁梳头的时候,他姐给他梳头,梳得特别好。乾隆就说:"姐你梳得太好了。"

他姐姐说了:"好怎么办呢?要不这么办吧,我梳得那么好的话,等你长大当了皇上,你封我个啥呢?"

他说:"我封你个朝阳正宫。"

他姐说:"好,谢主隆恩。"

这一看屋里谁也没搭理他,索额图一听,这怎么行?这一个兄弟、一个姐姐,但这也没办法,皇上说了又不能不算哪!还真封了你说。他已经定太子了,这怎么办?要不这么办吧,就把乾隆这个姐姐给老索额图家了。其实这不是他亲女儿,就是皇上的姑娘给他了之后,他认的女儿。所以待她从小待得特别好,待这姑娘大了之后,这索额图就当阁老了,要不说这索额图是奸臣呢,这不是他亲女儿。

纪晓岚写寿联

有一次,乾隆在朝中待着闷屈,下朝没事了就找纪晓岚。因为纪晓岚文化水平也高,乾隆一出门就带着他,乾隆说:"咱俩也溜达溜达去,何必在家干待着呢,在皇宫待着也没什么意思。"俩人穿上便服就溜达去了。

到晌午就走到农村了,他俩饿了,一看周围还没有饭店。这时候就看到一个农家大院有不少人,闹闹腾腾,一打听知道了,是儿子们给老太太办寿呢。乾隆说:"哎,咱俩这么办吧,买二斤果子,弄个人情,到那儿吃顿席吧?"

纪晓岚说:"行。"他俩就买了点寿礼,准备到那儿走个人情,吃一顿席。

这家是大户人家，来的客也多。他俩一去，虽然也不知道这是哪儿的客，把门的收了礼，也就给迎进来了。当家的年轻，是个二十五六岁的小伙儿，这小伙子瞅着他俩挺文明，但不认识，就给让到上等席那屋了。

到屋一看有不少人都在那儿写寿联呢，笔墨都现成的，写完就往外挂。乾隆手好动啊，一看正是机会，就想练练笔头子，就说："来，我也写。"

当家的说："好好，来吧，写完之后挂正牌子上。"

乾隆就点咕[1]纪晓岚，说："我写一半，你写一半，你给圆满上。"

纪晓岚说："那好！"

就看乾隆写了第一句：老老太太不是人。写完之后就撂那儿了，这儿子都不愿意了，连着卖呆儿的、办事儿的都叨咕。待客的说："瞅着挺文明的先生怎么写这么句话呢，这叫什么寿联？"

乾隆又写第二句：养活儿子叫偷盗。这大伙儿一看，哎呀，当时就是没辙呀，等瞅着看怎么回事儿。

纪晓岚笑着说："好，我填上！"这是拿笔就写，跟前面的联就连上了。大伙儿一看，这回是：老老太太不是人，九天仙女下凡尘。养活儿子叫偷盗，偷得蟠桃献母亲。

这寿联一出来没有不叫好的，纪晓岚搁那儿就成名了。

先斩后奏

就说有一次，这个乾隆啊，没有事儿他爱写对联。

到正月初几儿就出去溜达玩儿，在北京城。正在那儿走着呢，就看一家门上写着几副对联，他一瞅，这对联写得太古怪了！也不知道是什么人写的。

头一个写什么呢？"惊天动地之户，数一数二人家。横批：先斩后奏。"乾隆他

---

1 点咕：和某人说话。

一看,哎呀,这家人了不得!干啥的?咋这么打腰[1]呢!惊天动地的户,数一数二的人家,数一数二在北京,下边儿还先斩后奏,我皇帝还得批一本哪!他还先斩后奏,哪儿这么大的口气?

他就记住这地方了,回去告诉太监说:"把他传来,哪儿有人家这样写的?"这就传去了。

一传去之后,单说这家:一个老头儿三个儿子,就都传去了。皇上传的那还了得?就都去了。

到那儿就跪下了。老头儿害怕,老头儿有点儿文化呀,怎么回事儿呢?一说。皇上就说:"不是别的,我问你们这对子,谁写的?"

啊?这个事儿好办,老头儿就说:"这对子是我写的。"

皇上说:"你写的就说说吧!你们什么户?够惊天动地之户的,能惊动天地?还数一数二的人家,北京这么大城市,买卖多,多大,有多少人家,你能数一数二?还先斩后奏?这还了得吗!"

老头儿就笑了,"我说的都是本行业。要我说,您听听吧。头一个'惊天动地之户'是说我大儿子。他干啥呢?我大儿子是打围的,专门以打猎为生,也没别的能耐。他那枪一响就打着这动物,所以说'惊天动地'。每天打猎放枪得'嘣嘣'响嘛,哪天不得惊动天地呀!"皇上一听,呃,说得也对。

老头儿接着说:"那'数一数二人家'是说我二儿子。我二儿子是摇斗的,给人家播斗,那时候给人家播种,一斗二斗他都得数,他不数行吗?所以是'数一数二人家'。他非得数不结,不数人家能给他钱吗?"

皇上一听,"哎呀,对呀!那先斩后奏怎么回事儿?"

这老头儿说:"这更容易了,我三儿子是什么呢?是个厨子带杀猪,先得杀,完了还得给人家做[2]。他得先把猪宰了,完了做菜,就这么个'先斩后奏'。"

皇上一听:"好啊,你咋写的,不错,这副对联儿!回去吧,没事儿了。"走还给拿十两银子,没白来。

爷儿几个就拿十两银子回去了。

---

1 打腰:说得算,神气。
2 做:音同"奏"。

兴隆店对对儿输马褂

在过去，谁敢跟皇上打赌？还敢往赢里赌？你还别不信，就在乾隆年间，在咱东北这地方，就出了这么一档子事。

有一年，乾隆到东北来祭祖。一进盛京，他就听人说城北兴隆店有个饭馆叫"千家店"，店里有个小跑堂儿的，十七八岁，特别能对对儿，虽说对的不能都说好，但他对得特别快，那真是你有来言，我有去语，话都不带落地上的。乾隆听了心想："他一个跑堂的小毛孩儿，居然会对对儿？还能对得特别快？真是奇了！我就知道东北这地方有一个王尔烈，那真是个才子。如今哪又出来这么一个小跑堂儿的，我倒要会会他！"乾隆爱才啊，这么一想，他就坐不住了，说："好，我看看去。"

那时候，天刚入冬，天头带冷不冷的。乾隆就穿着便衣，外面穿了个马褂，单身来到了千家店。千家店这个饭馆不大，但挺干净利索。进了屋里，乾隆一合计：这么办吧，点几样酒菜吃。

这时候，一个跑堂的小孩儿就过来了，问："你老吃点儿什么？"乾隆就随便要了点儿酒菜，喝上酒了。

酒喝完了，乾隆故意假装没带钱，他一摸兜，说："哎呀，今天可不凑巧，酒也喝完了，菜也吃完了，今儿个我没带来钱啊，这可怎么办？"

小跑堂儿的一看，说："那怎么办呢？咱们也不认识，要是认识的话给你记个账。"

乾隆说："对啊，萍水相逢，根本就不认得。这么办吧，你也别难心，你是小跑堂儿的。你这不有当铺吗，我身上穿的这个马褂你给我当了吧，当完以后，我有钱了再赎回来。"

小跑堂儿一听就笑了，随嘴就说："天寒地冻，请你别当马褂。"

乾隆一听，虽说是白话，可听起来还真都成句。乾隆也笑了，说："不给酒钱，叫我脸上发烧。"

小跑堂儿的一听，说："你这客人话说得好啊。"

乾隆就笑了："你这上句说得也不错。我再出一个，你要是能对上的话，我这马褂就输给你，拿它顶账了。如果你对不上，那讲不了了，就记你账上吧，这饭钱我就不给了。"

小跑堂儿的就笑了，说："你说吧。"

乾隆说："千里为重，重山重水重千里。"

小跑堂儿的一听，这联说得好啊，他没加思索就说："一人为大，大邦大国大一人。"

乾隆一听，这对子对得是一点儿不差啊。"你对得好啊，我这马褂输给你了。我把它脱了，你先当了去吧，我以后再赎。"

这时候，外面下起了小雪，雪花漫天飞。小跑堂儿的一看，就说："人来客往，酒钱随时捎来就是。"他的意思是说这马褂不用当了。

乾隆一听，又一句啊，就说："风刮雪飘，马褂眼下穿上也行。"说着，就把这马褂穿上了。

小跑堂儿的说："你可以走了。"

乾隆一看，就笑了，说："真是好店好客好兴隆。"

小跑堂儿的一听，人家这是说的下联，不是上联，一看就知道不是一般人，要是一般人，这下联不能对得那么冲。

小跑堂儿就说了："好国好君好昌盛。"对出上联后，就把乾隆送出去了。

送走客人，小跑堂儿回来就告诉店东："店东，咱们这店名得改了，不能再叫'千家店'了。刚才我送走的客人可不是一般人啊，他可能就是乾隆皇帝！从他对的联句当中我都听出来了。你看，'千里为重，重山重水重千里'，是说他从一千多里地以外来的。另外，他那句联儿对得也挺有意思，'好店好客好兴隆'，意思是希望咱们这饭馆兴隆啊，咱明天就把店名改叫'兴隆店'吧。"

店东一听，惊得嘴都张得挺老大。他一合计，小跑堂儿的话也挺有道理，就信了他的话，把"千家店"改成了"兴隆店"。

又过了些日子，也就不到半年吧，乾隆又从这儿路过。他特意到这看看，一看，原来的"千家店"改叫"兴隆店"了。乾隆心里佩服那个小跑堂儿的。进了屋，看见小跑堂儿的，他就笑了，说："谁说关外无才子啊？你就是有才之人啊。"

后来，听说这个小跑堂儿的给调到京城去了，乾隆皇帝给他封了个官。

这就是乾隆皇帝打赌输马褂的故事。

兴隆店乾隆夜访余善人

这个故事发生在乾隆年间。

那时候，咱新民县西北二百多里都是山地。在这片山沟里住着一户老余家，当家人老余头儿有六十四五岁，五个儿子，没有女儿。老余家有钱，那钱多得就说不清了，人家都说他住的那个北山沟里头干脆就净是银子。

有一年，年三十儿下晚儿，老余头儿喝了两盅酒，心里不痛快，把酒盅往桌上一搁，打了个唉声。儿子、儿媳妇们一听，赶紧过来看看，大三十儿下晚儿打唉声，准是这老头儿有啥事不高兴了。

大儿子说："爹，有啥不痛快的事儿你就说啊，哪个你说不得，为啥唉声叹气的？"

"咳，不是别的呀，我就寻思着，你们这帮孩子不能成大才呀，你说咱山沟里头存那些银子，一直就守着，你们谁也不寻思花[1]，钱这玩意儿干留着一点用没有，名没名，绩没绩，光有利当什么呀！钱财到头都得光，世上还一点名儿没留下，沟外头的穷人多得数不清，为啥？就差在没钱！"

大儿子说："爹，我明白了，你别愁了，这么办吧，过了初五我就出门，花钱去。"

老疙瘩也说："就这么办，爹，过了初五我也跟大哥一起去。"

老余头这才端起酒盅接着喝起酒来。

一过初五，余老大和余老五就出门了。人家钱多啊，骑马就走。一走走到兴隆店，就是现在咱村旁边的兴隆店。兴隆店那时候屯子不大，也不叫这个名，不过挺繁华的。

这地方为啥繁华热闹呢？原来，这个地方守着皇家修的大御路。啥叫御路？就是皇帝出关到咱东北祭祖的时候走的路。皇帝到沈阳的北陵上坟的时候，必须从兴隆店路过，来来往往进京的大车也都得搁这走。哥俩一看这地方人多，车水马龙的，热闹得邪乎，都觉着这是一个花钱的好地方。

哥俩再往大御路的道北边一看，有个大洼坑子，大，那坑老大了！走近一看，坑

---

[1] 花：指投资。

里养着鱼，那鱼一色儿草片子大小。哥俩就问这是谁家的坑，大伙儿说是老黄家的大坑，是个废地方，没啥用场。哥俩就问这大坑卖不卖，大伙儿都说保准能卖，一个废坑，那还不卖，能换点钱还不好？给点钱就行。这哥俩到老黄家一打听，果不其然，一百两银子就买下来了。买下这个大坑，哥俩又往南边走，没出一里地，又见有一个大沙岗子，也买下来了。

买完以后，就在当地雇车，拉沙岗子的土来垫这个大坑。没出几天的工夫，就把坑全垫平了，垫得跟平川一样了，和进京的大御路挨上了，连成片了。哥俩一商量：这么办吧，在这盖房子，大墙垛起来了，一溜盖了好几十间房子。盖房子干什么用呢？清一色儿的大车店，就这么开了个余家店，专门接待来来往往进京的大车，连吃饭带住宿。

余家店开张后，余老大说："这么办吧，咱爹不有钱吗？咱干脆写上'孟尝君子店，千里客来投'。咱再放出风去，余家店是有钱没钱都可以住，有钱就给点儿，没钱住完了拍屁股就走，一分钱不留。"

这话一传出去，妥了，进京的大御路谁不知道啊。这样，一传俩，俩传仨，来往过路的都知道了，明明应该在兴隆店西边住店的也不在那住了，多赶个十里地、二十里地，到这住店来；明明应该到兴隆店东边住店的，到这也不走了。你想啊，有钱就给点儿，没钱就拉倒，给多少算多少，这多省钱，谁都图省钱啊。就这么，余家店的名声就传开了。

这一晃儿就传出多远去，都传到了京城。京城里也都知道大御路上有这么个余家老店。人们还传说，到余家老店，不但有钱没钱都可以住店，要是走到半道儿，没盘缠路费，他还能给你点盘缠路费；要是有困难呢，没吃没喝的话，到那儿待上十天半个月的，也不撑你，还管你饭吃。就这样，余家店的名声越来越大，余老头儿也因此得了个"余善人"的美称。

这些都不说，单说乾隆皇帝也听说了这件事。这一年，乾隆东巡盛京，走到山海关的时候，就听说兴隆店的余家店特别兴盛，余家店的余善人怎么怎么好。乾隆一听，心说："真奇了，我是一国之君，走出来没听见什么人讲究我，就他这么一个庄稼人，怎么能有这么大的名声？过了北关，这沿路上更是没有不夸他这个人好的，我这个仁君德主都没有他的名声大了？我倒要看看他是怎么个善人！"

乾隆这么合计着，就故意走大红旗[1]西边，为的是要会一会这个余家店。到了新民县，离兴隆店还有七八十里地，就扎下了营。乾隆说："众爱卿都把身上的衣服换了，娘娘和宫女也都穿上便衣，今天我要便装访访这个余善人。"就这样，他带上这二三十口人，赶着两辆大车就奔余家店来了。

乾隆一行人到了兴隆店，进了余家店。余善人一看，哟！进来两个大车，车上的人穿得都不错，就是瞅着有点狼狈，造得不像样，一个个身上都是连泥带土的。

进了屋，乾隆就说了："咳，你这不是余家店嘛，俺们这是到东北长白山祭祖去，哪儿想半道儿被抢了，被山里的胡子给抢了一空，分文皆无了，你看衣裳都被抢去了，这不弄点儿破衣服穿上了嘛。"

余善人一听，说："哎呀，祭祖是好样的，这是孝顺啊！没事儿，这么着，俺们这店是有钱没钱都能住，你们就住下吧。"乾隆一行人就住下了。

到晚上吃饭的时候了，余善人特地吩咐，预备两桌酒席，这都是好人家，现在是遇到难处的时候，咱们可得好好招待。一会儿的工夫，两桌席都预备好了。

酒菜都端上来了。乾隆一看这么丰盛，就说："掌柜的，你们给准备了这么多好饭菜和酒，俺们可没有钱啊！"

"哪儿的话，不要钱，我知道你们被胡子抢了，哪还有钱啊，就这么吃吧，吃吧！"余善人热心地招呼着。

这伙人也饿了，也没客气，就吃起来了。

乾隆说："老店东，你能陪我喝点儿不？"

"行，喝点儿就喝点儿！"余善人又吩咐人炒了几个菜，两人就喝上了。

两人是越喝越近便，越喝越近便。乾隆顺口就说："老哥哥，你的名声不小啊，这一过山海关我就听说有个余善人啊。"

话一出口，乾隆自己就后悔了，心说不对啊，我是皇帝啊，管人家叫了老哥哥，那他以后不就和王爷一样了吗，我这走嘴了！但走嘴也没办法了，话都说出去了，收也收不回来了。

吃完饭，两人又喝了会儿茶。说话工夫，余善人从屋里拿出五十多两银子，放一个盘子里，端了出来。

---

[1] 大红旗：新民境内地名。

"这么办吧,穷家富路,你们被胡子抢了,一分钱没有,到长白山还那么远的路呢,你们根本住不了店,别的店都要钱啊,到时候你们怎么办?就把这五十两银子送给你,做路费吧。"

乾隆一看,真是名不虚传啊,不但没要店钱,还给路费,这余善人心也太好了。

"那就多谢了。我们还忙着赶路,这就走吧。"

"不行,怎么着你们也得在这住一天。人困马乏的,造得这样了,给你们换换衣服吧。"余善人真心地留客。

"何必这样呢,太麻烦你们了,不行,我们非走不行。"乾隆说走就走。

余善人留客心切,心一急,上前拦了乾隆一把,这么一拉,乾隆差点没摔了。护驾的护卫情急就露了馅儿了,几个人一齐围过来:"你干啥?你这是拦驾,你知道不知道?!"护卫说。

余善人也是个秀才出身,懂得这些,一听说是拦驾,当时就吓直眼儿了。

"你知道不?这是当今皇帝,乾隆皇帝,你拦驾还了得?"护卫还训斥他。

余善人当时就跪下了,赶忙磕头:"我有罪!我有罪!"

"哎,你起来吧,我刚才都管你叫老哥哥了,我就封你一个边疆王吧!这你还有啥罪呢?"乾隆一边说,一边叫人把余善人拉起来。余善人刚站起来又跪下去了,他得谢恩哪,就这么被封了一个王爷。

乾隆这就不能走了,又回到店里。两人又吃饭,喝酒,就这样,在余家店又住了一天。

第二天临走了,乾隆说:"老哥哥,我得走了,这么办吧,你这店开得真是不错,你好好开吧。我不是封你边疆王了吗,余家店从今往后就叫'兴隆店'吧!"

余善人一听,赶忙跪下,说:"谢主隆恩。我这店由明天开始就叫兴隆店了。"

这在过去,一般的店铺都不能用乾隆皇帝的"隆"字,这是犯皇帝的名讳。可"兴隆店"因为是乾隆皇帝亲口封的,也就没那么多说道了。

就这样,自打那次乾隆走后,余家店就正式改叫"兴隆店"了,一直叫到现在。

何中立

何中立是个进京科考的举子，他家过得不错，小孩儿书念得也好啊！离京城不太远就没骑马，这天走着走着，就走到夜里了。一看前边儿一个大树林子，树林的道边儿还有一个坟茔地，这地挺干净还溜光儿的，他就跑那儿趴着睡一觉。

趴那旮晃儿之后就睡着了，睡着做一梦。忽然当中就看来一个女的，穿得挺好，三十多岁儿。到傍拉儿一看他，就问："你是谁家的，怎么在我家这旮儿睡觉啊？"

他说："我是何中立。"

她说："哎呀，你叫何中立。既然河中立，为何不湿衣呢？"说这河中立，衣裳咋没湿呢？他答不上去，没说好啊！

她说："咳，你那哪行去？你将来有用这句话时你搁啥答呢？我告诉你吧！谁要是这样问你的话就这么答：前有天之光，后有太阳照，所以河中立，永远不湿衣。你记住就行！"

他说："那好，我谢谢姑娘。"说完之后这姑娘就没了，没了他一惊就醒了，说："哎呀！在坟茔这旮晃儿做上梦了，巧哇！"这话听得挺有意思，他就记住了，这就不说了。

单表他进京科考去了，到那儿真就考上了，金榜得中，中了头名状元。正点状元时候，是乾隆皇帝御笔钦点啊！叫上去一看说这是第一名，叫何中立。乾隆瞅瞅他就笑了，说："你叫什么名？"

他说："我叫何中立。"

乾隆问："哎呀！既然河中立，为啥不湿衣呢？"

他一想："哎呀，那天那女的告诉我，真问这句话了，我就那么说吧！"他说："前有天之光，后有太阳照，所以河中立，永远不湿衣。"

乾隆就笑了，说："答得好！确实答得好！"所以就封了他一个状元，封了他一个八府巡按，说："你可以回家祭祖去吧！"

他就回去了，他祭祖时候带着下属走到坟这旮儿把轿就停下了，他说："下轿！"下来一看这儿有个坟，他就寻思，他是在这儿做的梦啊！是她告诉我的这句话，是谁家坟我得明白明白。这工夫正赶上一个捡粪老头儿过来了，到这儿一看，他就问：

"老人家，这座坟茔谁的？"

老头儿说："谁的？你还不知道啊！咳，这个坟可有名啊！现在你别看这样儿，这是当年苏小妹的坟，是苏东坡妹妹的坟，这坟那不是一般的。"

"噢！怨不得她这么高文化告诉我，那么点化我，原来她是苏小妹啊！"急速下马之后，到那儿大拜，二十四拜，拜完以后说："你是我老师呀！没有这句话，绝对不能点我状元呀！这么办吧，我许愿给这坟茔立碑。"

这又新给苏小妹立的碑，完了这坟又给重新培的土，这就是何中立当官的事。

乔太守乱点鸳鸯谱

乔太守是个太守大人，人聪明，也是个清官。他当太守那时候，老李家和老张家两家做亲家了。这个老李家的小伙儿二十几岁，老张家的姑娘给老李家做亲去了。但是做亲时这小伙儿身上就已经有病了，还病得挺重，都娶不了媳妇儿了。家人一看，说："这么办吧！你也别寻思那事儿，你娶来冲冲喜就能好。有的亲戚说了见喜事儿你的病就能好，要不你就像恹恹病似的，哪天能好啊！"

他架不住说，又有心思，说："那就娶吧！"就给老张家下通知了，"俺们打算结婚，你们就准备吧！"那边儿一看，啥也不知道就答应结婚了。

等东西全都买完了，这事儿就传出来了，说老李家这小伙子有病。姑娘一听："那不行呀，他有病，我结了婚之后我就是一寡妇啊！他这道儿不好，不能这么想啊。你娶完之后两天半死了，我不当寡妇吗，我何必去呢？"完了就和她爹妈说。

她爹妈说："那不行啊，都应人家结婚了，不去行吗？那日子都择了，信儿也都下了。"

姑娘就说："那好吧！"

明儿就到结婚了，今儿就合计该怎么办呢？正好这老张家姑娘她有个兄弟，这个张家姑娘二十，她兄弟十八，长得挺高个儿，还挺好看。她兄弟说："不要紧，姐，明天我替你去。反正他不是有病吗，他又不能怎么的，我看看他。"这兄弟挺怪，也是念书出身，那时候男女都是长头发啊，第二天他就梳了一个女人头发，打扮成个姑娘样儿，大伙儿就把他送到老李家了。

来了之后就结婚，但结婚要拜天地呀，这老李家小伙儿拜不了天地。但小伙儿有个妹妹，十八九岁儿，别人就说："不用了，叫小姑子替拜得了！妹妹抱个大公鸡替哥哥拜天地吧！"他妹妹就抱个公鸡和人家张家小伙儿拜天地了。张家小伙儿是男扮女装，她是女的顶男的，俩人就把天地也拜了，也对拜了，拜完之后公鸡也松开了，俩人就入洞房了。

到晚间一看，老李家这小伙儿根本入不了洞房，他有病啊，他能入洞房吗？家人就说："他这身体得的是不至于死的病，但也是特殊的病，就让他个人睡吧。"

有人听说了："那不行啊，新人能空房吗？叫妹妹跟她存吧！正好她俩拜天地，让她俩存吧！这俩姑娘一存不挺好吗！"这样他俩就正好在一屋存上了。

其实老李家这姑娘还挺猾，睡到半夜的时候就说："嫂子，你过来。我得睡你一下，你是我哥的媳妇儿，我就顶我哥那位置。"

说完她就钻他被窝儿，搂住人家了，一摸，竟然是男的！她就问："你是谁？"

张家小伙儿一看也瞒不住了，就说了。这俩人一看都觉得对方挺好，就说："咱俩就这么的吧！"他俩就抱一起睡上了，真就成新婚男女了。

成完亲之后俩人一待待了七天，他就要回家拜门子去。他一拜门子要走了，这姑娘就哭了，说："你可把我坑了，我已经把身体交给你了。我哥也好了，你姐姐肯定得来呀，到时候你还能行吗，人家换人了，你还能陪我吗？这我可怎么办呢？"

她这一哭，她娘家爹妈看着说："这怎么个事儿呢？这姐俩怎么走得这么近呢？怎么哭起来了，还不让走呢？"完了这姑娘就又哭了，他也急，一问，他们把实话给人说了。

这老头儿一听就激了："啊！这家不对，不能把小子当姑娘给我们打发来了，还把我们姑娘骗了。"两家就干起来了，一干就告到太守大人那儿了。

乔太守一看："好，都传来！"就把两头的男的女的都传来了。

他们跪在那儿，太守一问，他们就说是怎么回事。问完之后，太守就对老李头说："你家的姑娘也没给人家，公子有病就不应该娶媳妇儿来冲喜。你把姑娘和人家拜天地，已经是男女了；人家来了呢，也怕到你家，公子两天半死了，人家当寡妇，就把小子打发来了。这一错再错，我看就这错上来吧，两对儿都挺相当，老张家姑娘还配老李家儿子，原配不动，你这个姑娘就配她的兄弟吧，让他俩结婚吧！这么两对

叁　人物传说　　　　·379·

儿没说道，我主婚。"

大伙儿一看，百姓也都挺乐的，说："好啊，乔太守你乱点鸳鸯谱，把鸳鸯点得还真合理。"所以大伙儿都称好，说得乔太守哈哈一笑，说："我今儿主婚，就拜天地吧！"他们就拜天地了。

他们就成为两对夫妻，团圆了。

瘸三太爷的来历

石佛寺有个瘸三太爷，他为什么叫瘸三太爷呢？

有两种讲法儿，头一种讲法儿是啥呢？当年哪，在这儿全是马场。东面的堡子叫马门子，那是个门，这边儿都是荒地大马场，挨着山，一点儿人家都没有。那时候咱这旮儿，狐狸啊，狍子啊，有的是。那正是荒草野店大马场而且没人家的时候啊！

单说谁呢？单说这个乾隆皇帝。乾隆皇帝在北京待着，每年都得来一回——东巡，尤其上沈阳上坟来，那东陵北陵他一年来上一次坟。这回又要来，来的时候正宫娘娘就说了："我主你上东北去，我听说东北皇陵那边儿有个大马场，那地方儿狐狸有的是啊！"

乾隆说："是啊，那还能没有吗？"

她说："你去的时候，你不是射得好吗？碰着好的小火狐狸给我射一个，我剥皮好做狐狸围脖儿，那是最好的，暖和还好看！"

乾隆说："那行！我应你，保准给你射一个回来！"

乾隆应下之后就来了，到这儿来就住到沈阳了。到沈阳之后，就跟着一干人骑马出去行围打猎。这天到马场，正好走到这旮儿就看到狐狸了，一条火狐狸。其实狐狸是能大能小的玩意儿，神仙一般。一看那火狐狸，精灵儿！确实是一条好狐狸。他说："这个狐狸好！你看我非得射着它！"文武百官就把箭给他拿来了，大伙儿说："看看我主的箭法儿！"

皇上说："我保证能射上！"

要么说皇上是金口玉言嘛！他一说完箭就打过去了。

单表这狐狸,正是狐天龙,它一听皇帝说了,保证能射着它。那是金口玉言,不能空说啊!一合计,怎么办呢?不让他射吧,皇帝就没有尊严了。唉,这样吧!给你个腿!它就把腿一伸,"啪"地就射腿上了,射完以后这狐狸带箭就跑了。

这边儿赶紧说撵它去,不撵不行!撵了几里地就到石佛山了。到石佛山之后,一看山上有个庙,那时候就有狐仙庙。他撵到那儿,下人说进这旮儿就没有了。皇上加上下边儿的武士们一找,说:"哎呀!这哪儿去了呢?到那庙歇歇看看吧!"

到屋里一看,箭正在哪儿呢?正在那个供桌上搁着呢!一看这个第三位——三太爷,正好泥像边上扎个窟窿眼儿。噢,箭射里了,原来射他身上了,这成神了,能射着吗?

乾隆说:"既然成神了,你是老三,赶明儿叫瘸三太爷吧!搁那儿你就别离石佛山了,省得到哪儿去别人还射你,你在山上待着吧!"

所以瘸三太爷永久地守着石佛寺山。

猎人折弓杀狗

有一年,乾隆皇帝在朝中的时候,他们没事儿闲谈论就叨咕:"现在这回行了,刀枪入库,马放南山,都天下太平了,这是第一个。第二个意思说是啥呢,有些个老臣,没什么用的就应该精简,不能白吃饱儿,养白吃饱儿。"就有一个形势的事儿了。

刘墉一听,这不是个事儿啊!他还没法说。后来人多闲唠的时候,皇帝也问他,说:"刘爱卿,今儿你怎么没吱声呢?没接上话儿呢?"

他说:"我接话儿,我有个故事。"

皇上说:"你讲一个吧,正好给大伙儿讲讲。"

他说:"好吧,我讲是讲啊,不管对不对,请皇上也好,各位大臣也好,都别怪我的罪。"

皇上说:"不怪你罪,你说吧。"

他说:"当初,有个猎人,他靠每天出去行围采猎为生,养活了一个狗,撵几个兔子,用弓箭射几只飞雁,也就是飞鸿。飞鸿从天上过,他底下就射下来,弓挺好使。时间长了,儿女也大了,家也过得不错了。这儿子就说了:'整这个破弓破箭的有啥用啊,还养活这只破狗。'最后说,'这么办吧,爹你不是爱吃肉吗,我把这狗杀了吧,狗肉比什么肉都好吃。'就把狗给杀了。

"狗杀了就把肉给他爹烀吃了。最后他爹也吃完狗肉了,弓也拆巴了,就弄折了。这年正是春天的时候,正赶上他和儿子上地里去,就看见山上下来一只玉兔。一看这兔子好啊!他爹说:'好!狗!'

"他儿子说:'狗不是刚才杀了吗?'

"一看天上雁又叫唤,说:'快把弓拿来。'

"他儿子说:'弓前儿个不是给折了吗?'哎呀!意思是这一看玉兔思良犬哪!看到飞鸿想雕弓啊!看来这良犬、雕弓,还得保留啊!"

乾隆心说:"你这么一说,这些老臣还得留下呗。"最后乾隆就笑了,说:"我看是那意思,还得保着这老臣不说,还得保留他们。"

刘八爷得奇书

过去有个人叫刘八爷,他是个庄稼人出身。

这天他正在那儿铲地呢,不知道从哪儿"呜"就刮来一阵风似的,什么东西就"啪嗒"落傍拉儿了。他一看是一本书,打开一看怎么的,书里没字。后来他把阳光一挡,背后一看这字写得挺真确。"哎!"他说,"这是一本宝书啊!"就拿着回去了。

回去一看,这其中有些就像咒语似的,还有的像佛经。他看完书之后心里就特别明亮,有的家小孩儿生病了,他不用看也不用摸,有耳报神就告诉他这小孩得啥啥病了,他心里就明白了。

搁那么就传出去了,这下看病的都来了。他天天给人看病,再加上给人家做活,腾不出一阵闲工夫啊,一家伙好几十人在那儿排着等着呢!他到那儿一看,就说你肚子疼,你哪儿哪儿疼……把病就告诉人家。

大伙儿一看,最后就问他,说:"你怎么知道的呢?"

他说：“我不是知道，有耳报神告诉我。我到了他就告诉啥病，我把他告诉的再说出去，告诉你买啥药，我也不卖药。”他就用这本奇书看病，那病看老了[1]。

最后他天天这么看，刘八爷就不务正了。正好看完奇书之后，有一个女的有毛病了找他看，他就不知讹人家多少钱，还把这女的划他手里给他做媳妇了。搁那么，天书字就没了，变成白书了。他自己也说："完了！"

要不说人这玩意儿，你有好东西得保持住，你不能拿那东西讹人、祸害人。要不那奇书传出去，那得传多远哪！

扫帚星保驾

这个故事就是说人不论大小，马不论高低。

过去皇帝傍拉有这个钦天监。每天下晚儿，这钦天监就得在观星台观星。钦天监就是老人多，无论是四五十岁的、六十岁的，在观星界那都是老手，专能观天文地理，就像现在的观星台、风雨台似的。

这天，钦天监这个地方进来一个小孩儿。这小孩儿有十六七岁，是一念书学生，他是有人送进来的，名叫李靖。

李靖被送进来之后，这些老家伙就不明白了，整个小孩儿来，他能懂得什么玩意儿？他能看啥玩意儿？但有人说得挺详细，说这小孩儿怎么精明，这些老的都不太服他！

乾隆也挺好奇。有一天下晚儿，乾隆没事，没天黑的时候，他就去钦天监了。他说："我看看这钦天监，他们这天天黑夜唠什么磕。这都是皇宫里头的，我去看看！"于是他穿上便衣，晚间就去了。

去了之后，乾隆到钦天监那屋，就扒着窗户看。窗户上没有玻璃，他就把窗户纸捅个窟窿往里瞅，一看，不少人在屋里坐着闲扯呢，这一句，那一句，这个星台怎么的，那个星台怎么的，观星怎么观，闲扯这事儿呢。

---

[1] 病看老了：看了很多病人。

就有一个小孩儿是新去的，乾隆一看，说："啊！这小孩儿我听人说叫李靖，这小孩儿挺精明的。"他一看，这小孩儿也没唠啥，就在那儿干坐着，往外界瞅。

这屋里大伙儿唠了一阵，有人说："这么办吧，散会，回去睡觉！"乾隆一听，这要散会了，不好办哪，他吓得急速就蹽边儿了。

这乾隆蹽边儿之后，一看，没地方猫啊！正好在花院里有个大扫帚，他就蹲扫帚根底下了，就用它挡着身子，要不被别人看到多不好看哪！

这工夫，大伙儿就都从屋里出来了。乾隆一看，头几个出来的是老的，后来小孩儿也出来了。这时，就有一个老先生说："可不好，现在紫微星离位！确实不好，你们看吧，紫微星离位了！"大伙儿一看，真的，紫微星移位了，这还了得，得赶快上报，这就要上报。

小孩儿就说了："拉倒吧，没事儿！"

大伙儿说："你懂什么玩意儿？紫微星移位，那还了得，这还没事儿？"

小孩儿说："咳，没事！紫微星离位怕啥，那不有扫帚星保驾呢嘛，那怕啥呀！"

大伙儿一看，真有扫帚星啊，就说："你这小孩儿懂什么？"

小孩儿说："没事儿，扫帚星保驾，这正常，啥事儿没有！"

乾隆一听，心想这些人都不抵这小孩儿呀！

回去第二天，乾隆就把这李靖叫去提拔了，说："今后，你主持钦天监，就培养你，你看着最好！"

其实，这小孩儿就是看见皇帝在扫帚根儿底下躲着呢。紫微星离位，扫帚星保驾，那是啥事儿也没有。

搁这么，这小孩儿就把那老的都盖[1]了，这就是扫帚星保驾。

神童李开先

李开先，最后当上宰相啦。

1　盖：超过。

他小的时候，父母就没有了，在他姨夫家待着。他姨夫是县太爷。这个小孩儿聪明，从四五岁儿开始在姨娘那儿念书，县长也教他。他是一教就会！

他六岁的时候，这天，正赶上省里招秀才。招秀才的人是省里来的八府巡按，和他姨夫都认识，县太爷就把"神童李开先"报上去了。

他们就说："你们报的神童李开先在哪儿？我们看看！"

县太爷说："他是我外甥，在这儿呢。"

他们一看，是一个小孩儿，不大，蹿跶蹿跶在地下呢。当时那屋科考的人不少，可屋子的人都到齐了。

巡按就问他："你叫李开先吧？"

李开先说："啊，我叫李开先。"

"你还打算考个秀才咋的？"

"考个秀才有啥？考呗！"

"你能考上秀才？就这么点儿？你围桌子走三圈，完再让你考。"

"那好。"但他就走了一圈。

巡按说："你接着走啊？"

"咳！"李开先说，"就一个秀才，还走三圈干啥，也不是考举人呢，走一圈就可以了。你就问吧！"意思是我也不用太想，你说吧。

这个省长就说："我出一个题，你能答上下题就行。'河边柳，枕边妻，无叶不青，无夜不亲。'"

大伙儿一听，这题出得挺深啊！说河边的柳树，枕边的媳妇，第一是"无叶不青"，河边的柳树叶子都是青的，没有不青的。枕边妻是"无夜不亲"，每天晚上都亲近，没有不亲近的。这不好答啊！

巡按说："你说说吧。"

大伙儿说："难答！这个小孩儿才六七岁，就是俺们，这题也得答一阵儿啊。"

这个小孩儿正巧儿看见外边儿挂了一个雀笼子，后边儿还有个仓子。就说："好，大人你听着。"

他就说："笼中雀，仓中鼠，有架必跳，有稼必要。"

巡按说："这怎么个说法呢？"

李开先说："'笼中雀，仓中鼠'，就是笼中的鸟，仓库中的老鼠。'有架必跳'，

叁　人物传说　　　　　　　　　　　　　　　　　　　　　　　·385·

那笼子里头有搭脚架儿，雀在那上面跳着玩，必跳；仓中鼠呢是'有稼必要'，稼当麦子讲，仓子里有了老鼠，饱肥的麦子，它一个儿就都能留着。"

巡按说："哎呀，你答得好啊！我再出一个，你要是能说上，就行了。"

巡按就先给他讲了个小故事，说："我给你讲完以后，你就得答上来。"

他说："好吧！"

巡按先说了个小故事。说就有这么个老宰相，他都干了多少年啦，打算告老还家了，够吃够喝的，就不爱皇帝老囚着他，但皇帝还舍不得他。这天，文武百官都跪着，老宰相就把申请书递上去了，他就说："启禀皇主，我年岁太高了，打算回家休息休息，我想递上申请书。"

皇上一看，就笑了，说："这么办，我出首诗，你要能对上，你就可以回家。"

老宰相说："好，你说吧。"

皇上说："你回家的目的，我给说说，你听对不对。你是'口十心'，就是'口'字儿、'十'字儿，搁个'心'字儿，是'思'字儿。你就占着这个'思'字儿，你是思家、思亲、思妻子啊，你是想家、想父亲母亲、想你妻子了！"

故事说到这儿，李开先说："这么办，我替老宰相答吧，好不好？"

巡按说："对啊，皇帝出完题之后，老宰相是怎么答的？"

"我替他答！"李开先就说，"'言身寸'，念'谢'字儿，谢天谢地，谢皇恩，让我回去。"

这小孩儿答完，大伙儿没有不佩服的。

巡按说："你讲得也好，答得也对，这个'谢'字儿答得好啊！"当时这个巡按就笑了，说，"你可以封头名秀才了，你就是秀才！"

就这样，李开先七岁就当了秀才。

雪袁先生和李开先对话

过去雪袁先生和李开先最有学问，李开先七岁当秀才，文采最高，最后当了宰相。

正赶上李开先到老了就有病了，他俩是莫逆之交，雪袁先生常来，坐一起吃啊、喝啊，那不分彼此，没办法说。雪袁先生和他岁数差不多，都六十来岁。

这天雪袁先生来了，一看李开先病得不像样，挺重。李开先的老婆就问他说："大哥，你看你兄弟的病怎么样，有没有危险啊？"

这雪袁先生一看，没好明说，要说不行了，多伤心啊，他就说："唉，弟妹啊，你告我那侄儿，把我兄弟胡子搁墨染一染就行了。"完了他就走了。

这媳妇一听，这孩子就告她说："妈，我大爷告我把爹的胡子搁墨染一染，那这病能好吗？"

他妈就哭了，说："你大爷没好说他死啊。染胡子怎么个意思，不就是乌胡吗，那胡子搁墨一糊不就呜呼吗，没说呜呼就说染嘛，呜呼和染有啥区别，那不就呜呼哀哉吗，你爸肯定不行了，呜呼不就死吗？"

儿子说："啊！"

正好没有两天李开先就死了。雪袁先生到这儿就大哭一场，这是雪袁先生提前就算到了，告诉他媳妇给染一染胡子。

听月楼

当初咱们东北辽阳有个王尔烈挺出名，这王尔烈要进京赶考去了，那是文采也高、气也壮，临走说："指定考上状元！"在家就把状元旗做好了，拿着旗去的，"不考上就不回来"，那有信心哪。

其实都说考状元去，全国就考一个状元，几十万人考去，哪儿那么容易考呢？

正好走到半道儿还搭个伴儿，也是个辽阳人，叫王威。这人岁数比他略微大点儿，俩人处得挺近便，王尔烈管他叫大哥。俩人都是念书学生，科考举子，到北京之后俩人就住一个店。

等考完试出榜了一看，这王尔烈真中榜了，中头名，王威就落榜了，没考上。但是王尔烈没当状元，那时候有个规定，"南不封侯，北不点元"，意思是关里不封王侯，关外不兴点状元。怎么办呢，封他啥呢，虽然不是状元，官也不小，在翰林院当头一名大学士,代皇上教太子。所以老话说,"老主同年少主师",和老主同年兄弟,是少主的老师,就这么大个官,那还小吗?他当上官不说。

单表王威。王威一看自己落榜了,没办法,没法儿再见人家了,自己回家吧也磨不开,也挺懊念的。一看这么办吧,找个地方,念书人就可以教个书呗。正好有一家过得不错,也是个财主人家,小孩还没有老师,就把他请去了。

请去之后教书教得还不错,一教教了一二年的工夫,这家就在院里修座大楼,修得挺高、挺好,修完之后就问:"王老师,你文采这么高,俺这楼没有名,能不能起个合适点的名呢?"

"那好。"他一看说,"这楼确实修得高、修得好,我给起名,就叫'停月楼'吧,走到这旮月亮都过不去。"

"好,那就这么办。"

说完之后就定下了,第二天这楼修完几个栅栏之后,王威正待客喝酒呢,这瓦匠来了:"请老师把字写下来,俺们得修出字来呀。"

"好吧。"但他酒喝多了,就写串了,"停月楼"写个"听月楼"。人家瓦匠也不管那事儿,怎么写怎么弄啊,写完之后上面"叮当"搁水泥全整好,就修个"听月楼"。

过了两天全修好了,当家的一看"听月楼",哎呀,出奇呀,就找王威,"王先生,你这名怎么起的,你不说'停月楼'吗?"

"是啊。"

"你看看这写的啥?"

到那儿一看,"听月楼"。王威说:"那什么,你问问瓦匠怎么整的?"

"这不你写的字在那儿搁着呢吗?"

一看,写的是"听月楼",哎呀,这可糟了。当时人家东家这老员外就不太高兴:你看这"停月楼"没写,写个"听月楼",听啥呢,在楼上能听啥去,这也讲不通啊。这么办,暂时撂这儿吧。

初五那天庆贺这楼,到初一那天王威就担不住了,就寻思:初五庆贺这楼,到时候把名字一说,就跟砢碜我一样啊,我这先生不就完了吗。晚上一宿没睡好觉,天亮就走了,到哪儿了呢,到王尔烈那儿去了。他个人合计:"我得找王尔烈去啊,当年我俩一块儿考的,人家考上了,我没考上,我现在当老师都没当好,窝火得邪乎啊!我看看他能不能让我干点别的,我在这儿待不了了。"到门口了就对把门的说:"麻烦你传禀一声，就说王威拜访他来了。"

王尔烈一听王威来了，说："好，有请！"就把请去了，看到他就说："坐下说，你搁哪儿来的？"

他就把这些事都说了："这回写个'听月楼'，能听啥吧，我想不通啊，所以没办法找你来了，请你帮我想想办法。"

王尔烈略微一思索："那好，你回去吧，到初五那天我去，管保给你扭转过来。"

"能吗？"

"你就不用管了，你去吧。"王威就回来了。

初五那天，当家的老员外就不太高兴，整个"听月楼"听啥呢？那客来老了，都来贺喜了。这工夫就听外面锣鼓响，来人禀报说："王尔烈来贺喜了！"

"哎呀，咱和人家没来往啊，王尔烈来还了得，朝中的大官啊！"

"不是奔你来的，人家是拜访老师来了。人家说了年轻前儿搁这儿念过书，王威是人家启蒙老师。"

"哎呀，那好，请吧。他来正好，说一说这楼，他是文采最高的人，看我家这楼怎么解决？"

这把王尔烈请进来了，他到那儿一看，写的"听月楼"。这老员外就说："你看俺们老师起的'听月楼'，先写的'停月楼'，后改的'听月楼'，请问哪个好呢？"

"哎呀！"王尔烈说，"'听月楼'好，有响，'停月楼'比这次一等。"

"那怎么能有响呢？"大伙儿都听着呢。

"咳，这'听月楼'最有响的，这得有高才才起的这个呢，不是高才起不起来。这么办吧，我给配副对联就知道了。"

就拿起笔，那"听月楼"是横批啊，就给两边配副对联。对联配完之后当时就塑好了，全过来看。怎么配的呢？

上联是：百尺高竿接太空，手扶玉栏仔细听，叮叮咚咚钉捻响，咕咕咚咚捣药声；下联是：吴刚砍桂响叮咚，震得桂花落楼中，忽然一阵香风至，疑是嫦娥笑几声。

这大伙儿没有不叫好的，这个楼名起得好啊，"听月楼"啊！

搁那么成名了，王威也待下了，东家对他也挺尊敬。这就说一副对联就把这楼名全改过来了，证明王尔烈确实是天才。

附记：

王尔烈（1727—1801），别名仲方，字君武，号瑶峰，清乾隆、嘉庆年间辽阳县（今辽宁省辽阳市）贾家堡子人。以诗文书法、聪明辩才见称于世，乾嘉时期的"关东才子"。《辽阳县志》称其"词翰书法著名当世者，清代第一人"。16岁时，诗文书法蜚声遐迩。26岁，参加全州（辽阳）的童试，考中贡生（秀才）。39岁，参加京师会试，未能及第。44岁，参加了京师礼部主持的恩科会试，考中贡士。经过殿试，中二甲一名进士，被任命为翰林院编修、侍读。王尔烈家学渊源，闻名遐迩，本人有"三江才子"之称，兄弟亦负盛名。传他在江南主考时，曾自负地说："天下文章数三江，三江文章数吾乡，吾乡文章数吾弟，吾为吾弟改文章。"在东北各地，传说着他的许多诗对故事。（詹娜）

王尔烈吃火锅

这个故事是说啥呢？是说当年咱们辽阳的王尔烈上北京科考的事情。

王尔烈可以说是才高八斗，那文采确实高得邪乎！他去到关里之后，关里人就对他有一些个小看法。因为什么呢？东北是不毛之地，大荒遍地，北大荒嘛！那能出什么人才？！另外人家关里多才子，那关里都是经乡啊、书乡啊什么的，因为人家那旮才子多，所以就瞧不起东北人，认为东北人没有当官儿的资格。所以东北人上京没等考的时候，就有一个南方人在那黑板上写了："我南方，千山千水千才子！"写了一个上联，下联搁那儿撂着没写。

东北人到那儿一看，觉得憋气，但是还不好答。后尾儿正好王尔烈到了，王尔烈一看，拿笔就写了："我北方，一天一地一圣人！"

这一下把南方人给盖了，你才子再多没圣人的话也不行，圣人出自北方啊！那过去北方封在哪儿旮？不是光说东北是北方，你像河北省、山东省，这都属于北方。"哦！"南方人一看把他盖了，就挺佩服王尔烈。

王尔烈飞笔题名山海关

就是在山海关那时候，王尔烈书法写得好啊。那山海关不是"天下第一关"嘛，就是王尔烈写的。

写匾那天，王尔烈亲自在底下，把它写好了以后就挂上去了。挂上去一看，大伙儿都笑了，说："王先生，你这个'下'字没有点儿呀，这不成'丁'了吗！那也不是'天下'了，是'天丁'了。"

王尔烈说："是吗？"一看，"啊"，真那样。就跟他们说："放心，好办！"他就把这个棉花团子拿过来，裹上墨了之后，"梆"一脚踢过去了。这一脚正踢到点儿那旮，削个点儿。

要不说王尔烈一脚踢一个字呢！把那点儿踢上去了，就一脚露名了。所以打听"天下第一关"的"下"字，都说是王尔烈一脚踢上去的。

这就是王尔烈成名的故事。

王尔烈科考

这个故事就是讲当时啊，王尔烈是咱们辽阳人，王尔烈的文采是最高。他进京科考去以前，个人就说过："我进京准能考上。"就和家乡父老也说，和老师也表个态。

王尔烈临走的时候是打着状元旗走的，个人临从家走就把状元旗做好了，说："我到那儿之后不用他们扛大旗，我个人打着去。我不考上状元不回来！"他这话都说了，就是这人文采特别高，个人有把握去的。

到那儿之后，一考真就三榜得中，中的头名状元。这不说。但是那时候有个规定，是"南不封侯，北不点元"哪！关里不封王侯，关外不封状元。虽然没封状元，但是状元名誉，状元位置，就封他做了翰林院大学士。但是皇上封了，说"老主同年少主师"，也就是和老主是同年弟兄，是少主也就是皇太子的老师，就把他封了这么高。

当时考是怎么考的呢？全考上三榜得中之后，皇上御试的时候问他，一看他皇上就说了："王尔烈，我出副对联你能不能对上？我出上联，你给我对下联，说：'身后无玉帝。'"就说了这么一句。

王尔烈人家有才呀，一看就说："前边有翰林。"

翰林院里边有翰林，皇上说："对得好，确实好。"皇上说他对得好，当时就封他"老主同年少主师"。

搁那儿，王尔烈确实打腰了，也给东北争光了。把翰林旗也扛回来了，还被封了"老主同年少主师"嘛，就这么一句话，皇上把他封了。其实他都考上了，就御试了这么一句。

王尔烈住店

王尔烈这天进京科考去，住一个旅店，到旅店住下之后，发现店里的屋儿倒挺干净，就是时常没有人住，院儿里没多少人。他这就心寻思：怎么回事儿呢？就问店东："这院儿里怎么没有住人呢？咋这么空呢？"

店东说："没啥，这些日子没有多少旅客。"

王尔烈就住上了，住到半夜，觉得屋儿里有动静，他一惊醒，就听棚上有人说话，说啥呢？"灯吹灭，灶吹欢。"说完之后不接着往下说了，完又往下边说啥呢？"树影过河鱼上树。"又说一句。

他一听：哦，这都是上联，俩上联子，就念这几句，它俩也对不上啊！完这个王尔烈就准备好了，人家王尔烈那才多高啊！这工夫就听上边又说话了，"灯吹灭，灶吹欢"。

完王尔烈就说话了，说啥呢？"船漏满，锅漏干。"

嗯？上边儿听下边儿吱声了，完就又叨咕，说："树影过河鱼上树。"

王尔烈答得好："柳荫铺地马蹬枝。"

完上边儿哈哈大笑，顺房子就说："我师来也，你是我老师，我老师来了！"不一会儿就看顺天棚下来个小伙儿，穿得挺好，一身白衣服，到地儿给跪下了，说：

"老先生啊,你得收我这徒弟,我现在这是没法活了!"

王尔烈说:"怎么回事儿呢?你说!"

那小伙子说:"我是科考举子,走这旮之后发现人家上次考的举子留了两个题纲,留个纸写的是'灯吹灭,灶吹欢''树影过河鱼上树',人家下边儿注的啥呢?'科考的人把它对上之后,今年可以科考。'所以要对不上呢,你就没脸儿去,就别去,去也没用!我一考虑,对不上,对了多少日子也对不上,没有办法,我就包下了这个房,和店东说了,让他别招别人,招人也没事儿,我天天夜里在这棚上趴着,像闹鬼儿似的,我就是为看这谁能对上,今天真遇上才子了,你能对上!"

王尔烈笑了:"那好吧,你跟我去吧!"他俩就一堆儿走了。王尔烈最后考上了举人,做上官以后,这小伙儿也跟着中举了,他们也不差。

你看王尔烈对得挺好嘛,他说的"树影过河鱼上树",那树影到河里头了,鱼在树上趴着玩儿呢!那小伙子说那不好对,人家王尔烈对的说"柳荫铺地马蹬枝",那道上柳树荫铺地了,留一隙阳光,马搁道儿上头跑,不和蹬树枝儿一样吗?对的是绝句呀!

所以看来还是王尔烈有才!

王尔烈住店对诗

有这么一个旅店,这王尔烈路过要住店,这店主说:"住店是住店,俺那屋啊,不少日子没住人了,一打上回住两个,刚好走了之后就没人敢住了,那屋闹鬼啊!夜里老有动静,磨磨叽叽的,叨咕这叨咕那的。"

王尔烈说:"是吗?不怕,我没事儿,我住行。"

店主说:"你住吧!"

那屋确实挺长时间没住人了,他就在那屋住下了。住下之后,睡到半夜就听到棚上说话,说的啥呢?"灯吹灭,灶吹欢。灯吹灭,灶吹欢。"就叨咕这两句,没完没了丁价叨咕。王尔烈一听,这是不会对下句啊!王尔烈说:"这么办!朋友,我给你对上,你再说一遍吧!"

上面就说了："灯吹灭，灶吹欢。"

王尔烈说："船漏满，锅漏干。"

上面说："哎呀！对得好！太好啦！"

这工夫就顺棚上下来一个人，下来之后，到地下就给他跪下了，说："你是我的恩师，我认你做老师了。"

王尔烈说："你是怎么回事儿？你是鬼是人呢？"

他说："我不是鬼，是个人。我原来在家时候，准备进京科考，以为必定能考上，在我住这旅店之后啊！上回走的店客也是科考举子，人家扔下一副对联，就写着：'灯吹灭，灶吹欢。'下边儿用小字说得好：'对不上的举子，你别上去科考，因为没那个才，你对上再去。'我到这儿对了五六天也对不上啊！所以我没胆儿进京了，我一合计要死。后来我跟店东家说这房子别租别人，就租给我吧！多咱有高才生来的时候，我也能让他住。今儿我看你来了之后，你给我对上了，你就是我老师。你是哪儿的人呢？"

王尔烈说："我是辽阳王尔烈。"

他说："哦！王尔烈，怨不得，这是出名的人物啊！这么办，高低我也得认你为老师。"

王尔烈说："好吧！你就跟我一堆儿进京科考去吧！我带你走。"

这不是带走了嘛！就这么两句，王尔烈认了个徒弟。他说"灯吹灭，灶吹欢"，那灯一吹就灭，那灶越吹越欢；王尔烈说"船漏满，锅漏干"，那大船底下要漏个窟窿的话，一会儿船不就满了嘛！要锅漏的话锅就干了。你看，他对的都合音儿，所以王尔烈因为两句诗收了个徒弟。

左宝贵进同善堂

当年沈阳有个同善堂，同善堂原先没有，为什么建同善堂呢？就是当初左宝贵大人在沈阳当督军的时候，正好修西边下水道，一挖挖出十袋银子来，不知道哪个朝代埋的。

左宝贵说:"这也不能动弹,看沈阳市挨饿讨饭的小孩儿太多了,太难得邪乎了,我就建个能救济孩子的、像福利院似的地方。"那时没有福利院,起个名字叫同善堂。所以在大西就建了个同善堂,凡是受苦小孩儿都集中到那儿去,没爹没妈的孩子。当时找了十个八个挣工资做饭的养活他们,小孩儿一收能收一二百人啊,就养活这帮孩子,同善堂就是那时留下的。

同善堂以后,天主教有个育婴堂。育婴堂和它一样,都是收当地群众的孩子,没爹没妈的孩子。育婴堂要女孩,不要男孩,同善堂呢是男孩儿女孩儿都要。所以同善堂在沈阳修完挺出名,就把当地苦命的孩子都收去了。长大了还念书,还有老师教。到十八岁就不管了,个人出去爱干啥都行了。沈阳孤苦伶仃的孩子都得了救,都感谢左宝贵建的同善堂。

附记:

左宝贵(1837—1894),字冠廷,回族,平邑人,官至总兵、提督。甲午战争中,率部东援朝鲜,守平壤玄武门,登城督战,虽受枪伤,犹裹创指挥,中炮阵亡。与丁汝昌、邓世昌并称甲午三英,谥号"忠壮"。(詹娜)

左宝贵怒斩放粥官

就说民国二十几年的时候,我们沈阳啊,有个将军左大人。那时候正是挨饿得邪乎。一天涨三茬水、四茬水,这叫压道,出去种地就涨水,庄稼就没一回。庄稼就根本没法种,小苗就捞不着。一天涨三回水,你说还能得啥庄稼?那干脆就没办法,饯不住啊。所以怎么办呢?所以小东一带,就是现在东关一带,那个地方都没了,当地群众就在那个圊子傍拉的,都活不起啊!

左大人说:"这么办吧,就国家拿出来一部分钱来,救济款不行,就放粥锅吧。有钱的就别吃了,没钱的他不怕硌碜,就吃吧,放粥锅吧。"就告诉手下人把粥锅立上了之后,就预备了十二口大锅。一锅煮一石多米,煮了一千多斤米啊。谁来了之后不用问,按人儿照勺子打,一个人儿打两勺子,就是用水舀子发稀粥。

这一放能有多少日子呢？放了能有不到几天的工夫。这一天左宝贵就在那儿溜达，走半道儿上，看一个小孩儿啊拿一个破粥桶啊，烂得邪乎。

左宝贵就问他，说："你这个小孩儿，就十来岁儿，你怎么来领粥呢？你家大人呢？"

他说："没别人啊！大人啊，我家父母都死了，就剩我个人领这点粥啊！"

左宝贵说："你家是什么地方？"

小孩儿就说："我家是关里的，是山东的。"

左宝贵说："你家山东的，什么地方的？"

小孩儿说："左家庄的。"

左宝贵说："哎呀，左家庄？你叫啥名？"

小孩儿就说："我爹叫左宝玉。"

左宝贵说："哎呀，咱俩是家人呢！你这一说，是我家侄儿啊！这么办吧，你和我去吧。你就别在这儿领这个粥喝了，不就是你个人吗？"

"就我个人啊。"这个小孩儿吓得趴地下就喊，"大人大人……"

左宝贵就说："这么办吧，你管我叫大叔吧。咱俩真是一家的啊。"

这个小孩儿得好了，就说："这粥啊，大人啊你是没看啊。"他还不说粥里没放米，说："上面的意思是不错啊，太稀得邪乎了！那是一个粒儿跟一个粒儿地跑啊，都被他们吃了。这官儿连吃带喝，净买好的吃，他们都吃菜啊！"

左宝贵："是吗？走，和我一堆儿看看去。"这左宝贵心里话了，这是群众有反映啊。

这天左宝贵就来了，穿便衣来的。到这儿一看，正赶上一个大个子领粥回来，和人家干起来了。因为粥太稀，还不给他，就干起来了。

大个子穿着破破烂烂的衣裳，左宝贵到那儿一看，说："怎么回事啊？你站一下，这是怎么回事儿啊？"

大个子就说："这粥啊，我没法领了！你看这粥！"

左宝贵一看这粥精稀精稀的，不像粥样啊！

左宝贵说："怎么这么稀？是不是你兑水了？"

大个子说："啥兑水了啊？这都想不给我呢！"

左宝贵一看，说："这么办，你把衣裳脱下来给我。我把我这个好衣裳给你，我这也是便衣。"

大个子就说:"好吧。"

他俩就换了,这个大个子的破衣裳左宝贵就穿上了,带两个人就去了。

到粥锅那个地方,就去站排领粥。到他那儿就一舀子,干脆啊,那是随时粥少了就往里现兑开水。一看少不够发的,就兑开水。一人一舀子,不够就兑开水。

到左宝贵这儿一舀子,他就算这一舀子粥里面也没有一两米啊!那还能吃饱啥啊?

他就合计,我告诉的时候和下面说了,粥正经不错,那是黏糊粥。这连稀粥都够不上了!

他就问那个放粥的:"放粥官,这怎么能这么稀呢?当初左大人不是说得好吗,放粥放黏粥吗?也没说这样,这和稀米汤一样啊?"

放粥的就说:"你说什么呢?左大人?他说的算,他怎么没来放呢?俺们放粥就俺们说的算!"

左宝贵说:"你们净把好的都吃了,净吃干饭,吃五六碗,可劲儿造[1]……"

放粥的说:"我有这个本领!怎么没让你放粥呢?谁放粥谁就吃,不吃行吗?"

正吵吵呢,放粥官就过来了,说:"怎么回事儿?"

发粥的就说:"这个人在这儿捣乱。"

放粥官就说:"把他抓起来,揍他一顿!放粥你管得了吗?"

左宝贵一看,真有打他的迹象,就急眼了。啥也没说,上去就把人家打一撇子,这就干起来了。

干起来了以后,有一个明白的就说:"哎呀,像左大人样儿!"

这一听是左大人,别人谁也不敢伸手了。一看,这左宝贵下面还带着一帮人,在那儿护卫呢。左宝贵就向护卫招手,说:"把他绑了。"就要把放粥的绑起来,左宝贵说:"太不像样了!"

左宝贵当时就把衣裳"啪"脱下去了,穿上里面的白衬衣,说:"我就是左宝贵!我让放粥的时候不是这稀,告诉过你们这些放粥官,你们贪得也太多了,太不像样了!"

---

[1] 造:吃。

左宝贵说:"今天就让大伙儿们看看!百姓们,你们不用害怕,有不对的就可以提,你们为啥不敢提呢?今天,我就当面斩了他们,给你们看看!"就把刀拿出来了,当场就把放粥官的脑袋砍下来了!

左宝贵说:"今后你们放粥的,谁要是还放成这样,我就照样砍!一个不听,我就砍一个!你们也跟着吃稀的,你们也不能随便胡扯!"

搁那么,这个粥算是放成了,开始是干糊粥、黏米饭、黏糊粥。要不大伙儿说左宝贵真是好官!左宝贵成名了。

左宝贵雪地奇遇

左宝贵,他是个回族人,是个清官,那在沈阳是将军,说了算,人确实不错。

这天,左宝贵正骑着高头大马从东庄回来,走到东陵东边,看见有个大岭似的,下面有个窝岭圈。左宝贵就听窝岭圈里有人叨咕:"天啊!天啊!老天爷下雪下太大了,这坑人一样。"他一听就把马勒住了,一看一个老头儿五十来岁,抱胛[1]在那蹲着呢,叨咕说:"数九隆冬雪花飘,老天下下杀人刀。我今在此能避难,世上穷人怎么逃啊!"

左宝贵一听,这老头儿太知足了,他在这儿避个难,还觉得挺享福,还可怜这世上穷人没法逃。左宝贵一看这人心眼儿太好了,就问:"你是做什么的啊?"

老头儿就起来了,说:"我姓胡,叫胡太,我是关里人,我在东北做点零工,下雪天没有办法,我在这地方背背雪。这地方太好了!把雪全挡住了,这天头雪太大得邪乎了!"

"那你为什么念首诗呢?"

"我可怜世上这人啊,还有多少没有找到像我这样能背雪地方的人,还得顶雪给人干活的呢,那得多难啊!"

"哎呀,你这心太好了,你个人穷这样,还可怜世上穷人没法逃没法活。这么办

---

[1] 抱胛:抱着肩膀。

吧，你跟我去吧。"

老头儿一看，就磕头，说："大人，我愿意去。"

"你去吧。到那之后，有啥你吃啥，活盯着干。"

搁那之后，老头儿跟左宝贵去了，他就保护左宝贵。确实，这老头儿力量也大，哪都挺好，跟左宝贵出门做护卫。老头儿之后就有了安身之处，也享了福。

要不说人在世上都得有知足性，他要是没有知足性，他能念诗念得左宝贵高兴吗？他就是这么穷还知道有知足性，所以他就得到了安身之处。

聪明的王绳志

这段小故事挺有意义，叫"王绳志"，也叫"聪明的王绳志"。王绳志是个念书人出身，能写呈示，什么都懂得，这人挺善良。

就有这么一次，他在街上正走着，遇到一个女的，这女的正在那儿哭呢。这一看，多大岁数呢？也就十八九岁，是一个小媳妇。

他就问这女的："你哭啥？"

这女的就是哭她自己，也不是哭别人家，说："我太苦了！"

他说："怎么回事儿？你说说吧。"

她说："这不我出来打官司吗，俺们家，我十七岁结婚，十八岁男的就死了。死完以后，我老公公还年轻，四十多岁；小叔子二十岁，比我还大两岁，你说俺这寡怎么守吧！人家家里有钱，不让我走，不让我出门，非让我守这寡不结。你说，我在那儿根本就守不了，你看老公公这么年轻，小叔子还大。"

他说："那官呢？"

她说："那官就判了，不让我出门呀，必须在那儿给人家守寡。"

他说："好，你再去告，我给你写个呈示。"

王绳志就帮她写了个呈示，写完以后，说："有这几句话就行，你去吧。"

当时她一告，那边就又传去了，县太爷一看，说："这不是昨天我都判完的玩意儿吗，今天怎么又来打官司了呢？"

叁 人物传说　·399·

小媳妇就又把呈文递上去了。呈文递上去，（县太爷）一看，写得挺简单，怎么写的呢？说："十七嫁，十八寡，公壮叔大，瓜田李下，当嫁不当嫁？"

"哎呀！"县太爷一看，"对呀，老公公才四十多岁，小叔子二十多岁，那'瓜田李下'，就是说这是有瓜李之嫌呀，那还得了？"当时就批了，说，"好，当嫁，当嫁！"

当时人家员外那家有钱呀，人家不干了，说："那不行，昨天都判了，说不得。"

县太爷说："不得？人家说得好啊，你四十多岁你可以再娶，你儿子没有人的话，那小子可以再娶，人家在这儿待着多不方便呀！那古语说得好，'瓜地不提履，果园不整冠'，这还不懂吗？当嫁，急速嫁，到别的地方去。你当女儿把她嫁出去！"这回她就成功出去了。

王绳志就出名了，大伙儿说："这小伙子真有两下子，那小媳妇岁数不大，也就十八九岁，让他给救了。"

又过了几天，就又有一个女的找他，也是这个事儿，也是十八九岁，她说："王公子，俺们这家男的死了，老婆婆也死了，剩个老公公。俺家房子不大，一铺炕上住，你说怎么待吧！老太爷把我当女儿看待，就让我在家伺候他，你说我怎么能待？县里头的县太爷还不允许我出门。"

他说："那好。"他就又给写了（呈文）。

写完之后，女的拿去，到那儿交给了县太爷，县太爷一看，说："哎呀，你这判过一次了，怎么又来了呢？"

县太爷就看这呈文，写得挺简单，怎么写的呢？"十七嫁，十八孀，婆先死，公年壮，三间房，一铺炕，请大人细思量。"

大人一看，说："那没法住，你看老公公强壮，四十来岁，就一铺炕，老太太还死了，干脆就批你出门吧。"

又告诉她公公那边说："你这么办，当女儿把她张罗出去，陪人点东西，就走个亲戚。你不是挂着媳妇好吗，离不开吗，你就认她当女儿，以后就当爹妈的亲女儿走。"县长就直接判了。

所以这回判了之后，王绳志就更出名了，大伙儿说："真有两下子，咱光说不行呀！"

这天，王绳志在街上正忙着走呢，就遇着一个女的，大概也就三十岁左右吧，也在那哭呢。

他说:"怎么回事,你哭什么呢?"

她就说:"我有一个儿子,那时候儿子跟老太爷挺生疏。生完这小子以后,这小子不太好养活,就把他许到了庙上,宁可让他当和尚,能保住他的命就行。许完之后,他真就活了,没啥事。这不当了没多长时间,现在小孩儿也就八九岁吧,我男的死了,我闹了个没儿子,啥也没有。我这打官司也没打过老和尚,老和尚说:'那不行,我没有徒弟,没人伺候我就不行。另外你舍到庙上的孩子,就不能往回要。'"

女的说:"我到那儿打官司,县太爷也说,那舍到庙上的孩子还能往回要吗!我这没办法,你说我怎么办,我下辈子怎么活吧!而且我们家业还不小,没有传宗接代的人。"

后尾儿一看这事,王绳志说:"那好办,我给你写几个字,你去告他去。"他就写了几个字,说,"你去吧。"

她就拿着王绳志给她的这封信,找到县太爷这儿,就交上去了。

县太爷这么一瞅,瞅了半天,说:"哎呀,这还是王绳志写的笔体呀!"

这词写得也挺歪,怎么写的呢?这么写的,就两句话,说:"和尚无徒可再买,寡妇无儿哪淘弄?"

县太爷一看:"对呀,和尚没有徒弟可以再买,那寡妇没儿子哪淘弄去,你让她怎么再生?是,她三十多岁,但没有和她生的,回去不能传宗接代呀!"所以就又判回去了。

搁那儿,王绳志就出名了,人们都知道,都说他是"刀笔师爷"。所以县长就给他下通知了,说:"今后你不许再写呈示,你再写呈示,我也不爱接待了,我就不批了!"搁那儿就拒绝他写呈示,这县太爷太打怵了。

搁那么,王绳志就成名了。

王绳志上堂救父

王绳志是个刀鼻子,小时候不大,十二三岁时候,他爹是个老实人,就摊着事了。就误认为他爹偷东西了，其实没有赃，他爹真没偷。县太爷说不行，非要发配北方北大森林去做劳役，到那地方九死一生。当时正是出劳工的时候，让他做劳工去。

他爹说不管怎么的，没有别的事，不能去出劳工。他家过得不错，但没给县太爷递过礼，就恨他家。老王头儿一看没办法，就哀求县太爷。

县太爷说："你不用哀求，你就回去吧。别的事不用做。你要是能拿来牤牛犊、公鸡蛋，你要能让牤牛下犊、公鸡下蛋，我就不让你去。没这能耐，高低让你去。"

老王头儿就回来了，到家和老伴儿就哭了，说："我完了，县太爷告诉我非得去不结，或者拿去公鸡蛋、牤牛犊，牤牛能下犊吗，公鸡能下蛋吗？"

王绳志十二岁小孩儿正念书，告诉他说："爹，你不用着急，明儿我去，什么了不起事，服什么役，我替你服役去。"

到了第二天早上，小王绳志书不念了，背书兜就去了。小孩儿冲啊，上大堂，县太爷升堂之后，他就过去了，跪下了，说："县太爷在上，我叫王绳志，我是老王头的儿子。你不叫我父亲到北边去服役吗？我替他服役去。"

县太爷说："你这么点儿，能干活吗。你父亲干啥呢？"

王绳志说："我父亲来不了了，来月子了，昨晚上猫下的。"

县太爷说："笑话，你这不胡扯吗？你父亲不是老头儿吗，还能来月子吗？"

王绳志说："那就不能来吗？！"

县太爷说："那能来吗！没那事啊。"

王绳志说："没那事，为什么你冲我爹要公鸡下蛋，牤牛下犊呢。这不是和它一样吗？"

县太爷一听，这小孩儿歪得挺邪乎，说："那好，你起来吧，我就冲你这小孩儿这么精明，你就好好念书吧，今后就不用去了，不用你爹去受苦了。"

回去小孩儿告诉他爹不用去了。搁那么传出去王绳志了不起呢，专能打官司告状，十二岁就把他爹救下来了。

魏白扔进考场

魏白扔就是我们这旮的,这是个实际人儿,小伙儿书没少念,就是心眼儿太实诚。他书念得还不错,都挺好。

正赶上大比之年,他就进考场考秀才去了。那时候规定是新民府考的,加上人家省里也来人了,他就去了。那时候都使唤水笔啊,每个人都带着笔帽、砚头、纸,个人写个人的,人家出完题他答。

他去了就到秀才场上坐着,等人家出完题之后他就寻思寻思题,叨咕说:"啊!这么答,那我得稳点儿答!"一合计这个文章不行,得选点儿好的;又寻思这个也不恰当,不及那几句好,他就在那儿一直想。他想的时间太长了,整个一个点儿人家都交完卷子了他还在想呢!人家批卷子了,他笔帽还没拔,还在想呢!

一同考的人说:"行啦,拉倒吧,你不用拔了!现在时间都过了,人家不收了。"

他说:"哎呀!我白来一趟,笔帽还没拔。"

完了大伙儿就说:"你呀,真的,魏白扔,魏白扔,真白扔啊!"

他解释说:"不对,魏白扔,我这魏字起得好,'没白扔','魏'当'没'字讲。"完了大伙儿哈哈一笑,魏白扔的名儿就是这么起出来的。

魏白扔修山

魏白扔考完秀才回家之后啊,他就每天自己念点儿书。因为他没考上,他也不出去。

他岁数大了啊,就老对这个山言水语呀有爱心。尤其是对山,他特别爱惜山,就认为山呢是龙脉,说将来准得出大作,他就特别羡慕。要不说天天儿来啊,他一个礼拜准得来三天,隔一天来一天。来了就到石佛山这儿上点儿香啊,上点儿供!实在没有别的上的,他就弄点儿草,点着点儿香到那儿就跪着嘱托嘱托,嘱托完之后再念几首唐诗、宋词,在那儿背一阵,念一阵,念完之后哈哈一笑!他一般都带点儿酒来,之后个人在那儿摆酒啊！有菜没菜都行，要是实在没别的菜，带个鸡蛋来咬两口，把酒喝完之后也回去。大伙儿一看都说这老先生还真有点儿意思，都知道他。

正好北边儿山涧下边儿有个山怀，人们在那儿打石头。那时候还是靠人打石头，不是炮崩。打完之后石头就拉走了，那打了多少车啊，日子长了那旮就出现个大旋塘。他走到那儿一看就哭起来了："哎哟，我的妈呀！这是龙爪啊！山上这么好的地区，你们把龙爪给打完了，这哪能出去人物呢！"

他一看拉车的净是有钱人家，他就买着果匣子，买着东西上有钱人家串门，说："不管怎么的，今后你别拉了。那旮我把它修好，要不咱这旮出不来人物，尤其你们这一家当中本来念书有学问的就多，知道哪个出息呀？哪儿能把龙爪取出去呢！"他没办法，就整个筐，天天儿搬那山底下的破石头往那旮填，修山嘛！

这一修就修了两三个月，他都不回家。因为那时候是夏天，不冷啊！他就带着大饼在那儿住，黑夜在那儿住，白天在那儿修。这老魏家过得不错，他儿子后尾儿到那儿一瞅，回去就告诉几个孙子们，说："你们去吧！去石佛山把这低处修平了吧！要是不修，你爷爷就守着那个山啊一辈子不能回来。"所以大伙儿都来修山，整个干了两天哪，把这山算修好了。上边儿也苫上草了，最后他就跟着回家了。

要不说魏白扔修山都知道呢，就是这么传下来的。那山他确确实实给修好了，因为他爱惜这山哪！

文中堂的故事

文中堂是个官名，他其实姓文，是中堂大人。原先老文家的这个小孩儿是干啥的呢，他是个穷人家的孩子，家里特别困难，他就给人家大东关有个林大架子家当书童。老林家有钱，那是有钱的大财主，外号叫"大架子"，那时候有钱的人嘛，就是谁也瞧不起。他就在那儿伺候林大架子，给他当书童。小孩十二三岁挺会来事儿，林大架子也是个念书的人，但他好出来打猎。

这个文中堂的小名叫小二，这天林大架子就喊他说："小二啊，你今儿跟我打猎去，带上鹰犬。"

"好吧！"他一早上吃完早饭抱着大鹰、带着猎犬就出来了。搁大东出来之后，林大架子骑着马，他就跟在屁股后头走，正好走到中街的时候，他一下没抱住，这鹰"秃噜"就起来飞出去，落人家前边儿一个大院里了，林大架子说："你看，你没抱住，把鹰给我抓回来。"

他说："好。"到那儿一看，大门正好敞着呢，一个黑黝大门，大砖墙都挺像样儿，房子是前后五间的两趟房子，厢房也有，一看就是大财主，他就顺大门进去了。顺头道门进去之后，没有人，一个人没有，到二道门了，还没人。他说："怎么这家没人呢？"

二道门是个角门，角门也敞着呢，他往里一进，一看那鹰在二道门里落着呢，他一进去刚要抱鹰的工夫，就有一个二十几岁女的出来了，穿一身白，长得挺好看，看见他就站下了说："请大人让步！请大人让步！"

文中堂一看，说："什么大人让步，我是来抱鹰的。"管你让步不让步呢，到了也没稀罕理她。完了他就往里一闯，这女的吓得往旁边一栽巴就躲开了，还躲得老远，他就进去把鹰抱起来了。

他抱鹰的工夫，这女的就顺大门出去了，出去奔街上就跑了起来。他一看这女的跑得像疯子似的，他就瞅着，正好到大门那儿之后，林大架子人家的马没在大门那儿站着，在旁边待着呢。这时候西边就来了一个骑高头大马的，正走到门口，这女的上去一把就把这小伙儿顺马上推下去了，掉下去之后马也不动弹了，人就摔那儿了。林大架子瞅得真真的，说："呀，这人怎么从马上摔下来了呢？"

他抱鹰出来以后，到那儿一看，林大架子跟他说："咱走吧，你看这马把他摔下来了。"围着的人也不少，一看哪，这人顺嘴冒沫子，死了。

大伙说这是骑马没骑住，让马摔死了。完了他就和大家说："不是没骑住啊，这家啊缺德，有一个二十几岁的姑娘，我进院之后和我说话呢，她说'大人让步，大人让步'，我说什么大人让步，我一个小孩儿她叫大人，我就过去抱鹰没稀理她，她躲旁边去了，我过去抱鹰的工夫她就跑出来了，到了门口她给推马下的，硬把小伙儿给推下去摔死的。"

大伙儿一听，哎呀！林大架子站着也没多远，就打听说这家怎么回事儿呢，怎么大敞一门，没有人呢？有个挺文明的老头儿就说："唉，你不知道啊，今儿这家人家放殃啊！这家人家死人之后，人家风水先生择了让今天放殃。殃一般都是八十以上走

叁 人物传说 ·405·

殃，所以也没害，这家的殃三十就殃，平地就殃，打人打得不行，碰谁谁死啊，所以全家人把大门全敞开就放殃，所以人都走了，没有人。"

"啊，那怎么刚才有的说这个男的是让这个小媳妇儿给推下来的？"

"什么推下来的，那是殃打的，你看顺嘴冒白沫子吗，那是殃打的。"

林大架子一听就明白了，对小二说："哎呀，小二啊，你的命不小啊！她称呼你大人，让你让步，最后她没打你，跑门口把小伙儿打掉了。你都能看到，别人看不到殃，你的命大啊！"回去林大架子就告诉他，"今后啊，你就不用当书童了，你就念书吧！"

他说："那哪行呢！"

"真念书吧！"搁那他就供这小孩儿念书。念了多少年之后，林大架子一看他确实念得好啊，两口子一合计说："不行啊，这玩意儿看起来是没有好杠就拴不住马啊！"

"那把他认作干儿子吧！"

他说："这不行，干亲拽不住，就得把女儿给他吧！"最后他们就把他亲生女儿给文中堂做媳妇儿了。

文中堂后来也真就到京城中举，考上府尹大人了，最后做了中堂大人。搁那么的，老文家就发大财了，现在到大东一打听文中堂胡同就都知道，老文家这家人家过得有钱嘛！要不说人死有殃，娶媳妇有红煞呢，确实是有。

李连波上书

这个故事发生在西门街。这李连波是南老学的校长，一个教书先生，是河西小塔的人。

这天，他在那儿正教书呢，河西小塔有个老乡找他来了。这人多大岁数呢？也有三十多岁了。他找李连波干啥呢？他说："李校长啊，我是磨不开才来找你呀！我妈有病，我到这儿打点药，可家里没钱，强凑凑了两块钱的药费。没承想，到西门街，过城门时，那把门的要税，没有税不让进，两毛钱过城门一次。我这两块钱给了他两毛钱,剩一块八,到药店打药打不来了,你说差两毛钱药铺不卖,我这没有办法了,为了我妈这病,我特意找你来了。"

李连波一听,这实在是,别的不说,这怎么过城门还要税呢,怎么整的这是?他心里就寻思。

完了,他就跟那老乡说:"行,我先给你拿钱吧!你先去吧,不管怎么的先把药买了。"就给他老乡拿了两毛钱,那也不太多,就打发他回去了。

这老乡回去不说。

单表那时候谁当官呢?是曹举人,曹锟,曹大总统,那时候换成他了,原来的官是别人。李连波就想:这曹大总统该改改政策了,在中国,民国本来就挺黑暗的,你这上来后还加劲儿,那过城门还要税?你说这不净是事儿,不是吗?

他心里忒憋气,到晚间吃完晚饭以后,他就拿支笔,再拿来信纸,就开始写信,信咋写的?

开头就是说致曹大总统,怎么怎么冒昧,怎么怎么不对,我现在给你提一点儿意见。

头一个啥呢?说过城门纳税,此路不通。当官应该以民治为主,要围绕群众的话,以民心为主,民心要好的话就能长,要想源远流长就必须保其源,你这个水源保不住,你怎么能当长了这个皇帝?

第二个不对就是哪儿不对呢?就是中国这窑场妓女太多了,她们都是好儿女,年轻的时候风花雪月,到晚年之后,那就没人养活了,凄苦难言哪,所以这也应该根除,不应该有。

第三个不对是贬内媚外。你这中国不能净进外国货,中国那得自力更生,中国得有发展的官校,认为外国进来的什么都好,这不是办法,你应该致力于发展中国。

第四个是"禁止开荒"不对。开荒是多开土地,多打粮食,那都是富裕国家的政策,你不让开荒,有啥好处呢?

第五个是应该利用科考制度,在群众当中科举,谁考得上算谁,不能你想着招谁就招谁,这也不合理!

就这样写了,给总统邮去了。

一晃过去半个多月,这信还真邮到总统府了。这个曹锟大总统到书房一看,有一封信,又看了看是谁给写的,完了把信打开,翻开看了半天,心想:"真有胆大的,给我提这些意见。今儿个来劲了,这样怎么处理他呢?他是一个老师,我就说斩了他,把他叫来?"

这工夫正寻思着,没下结论呢,正好外边书童来报告了,说:"启禀大总统,现在有个省长来了,半路来的。"曹锟说:"好!"就把信撂那儿了。他就上待客厅招待这省长去了。不说。

就说这会儿谁也来了呢?曹总统他爹来了。他爹也是举人,是个六七十岁的老头儿。这会儿他就高兴地溜达过来了,他一看有封信,上面写着"李连波上书",哎呀,还有上书的!打开这封信一看,第几条、缺点啥的都写出来了。他是个老举人啊,他看完后,就哈哈大笑,完了就比着抄下来了,然后又在信后边批了几句话。写了以后就撂那儿走了。不说。

单表曹大总统待完客人之后,晚上喝了点儿酒就回来了。他回来一看,又一封信来了。这一看信就来气了,他打开一看,嗯?后边还有批的批文。

一看谁批的,是他爹批的。怎么写的呢?是这么写的,说:"笔泣鬼神胸有墨,知进退无书载册。大禹拿鼎惊天地,应该重用李连波。"这是他爹赞成李连波。

他爹是举人哪,他一看,我爹都赞扬这个人了,这应该是忠臣啊!行了,咱就不处理了。

一晃过了一段日子,京城里正好缺个府尹。曹大总统他爹就提出了,说:"不用选别人,就把李连波调来,他是个清官。你看他多大胆子呀,敢给你提意见,别人敢提吗?没有这样的人,你当不了好皇上!"

曹大总统说:"好吧!"就把李连波调去了。

李连波来了以后,当上府尹,那官就大了。完了曹大总统就特意找李连波吃了顿饭。

李连波拜访他去了,他说:"这么办吧,李连波,你就别走了,咱们吃顿团圆饭,你和我全家吃顿饭。"这就把他让到后边私宅子,连他爹带他媳妇、孩子都在,就表现得很近。

吃饭的时候,老举人就笑了,攥着李连波的手说:"李老师,你的信哪,在这里,你看看吧!"李连波就看信上写着:"你这个当官儿的,有几个是要批的。"李连波一看,是曹老举人批的,就心想:"要不没处理我呢,原来都是你批的。"

完了老举人又说:"这么办吧,你能不能再作首诗,就按你的情况。"

李连波说:"可以作一首。"

老举人说:"好吧!"

李连波拿起笔就写了,怎么写的呢? 说:"闲人阅卷露传曹,性命弹指命浅薄。始皇久戮无弟子,暴君谁敢骂当朝?"

老举人一看,笑了,说:"好啊!"曹锟也说写得好。

这写的意思是说:老举人啊,你阅卷之后,看起来你确实看得特别明白。我的性命啊就是弹指之间,一抬手我就得死,没觉得我还能值钱了。所以你得想啊,"始皇久戮无弟子",那秦始皇死了这些年,他的子弟都没起来,不就因为秦始皇太残、太坏嘛!"暴君谁敢骂当朝",要是暴君的话,谁敢说皇上的不对啊?所以这不因为你是明君,我才敢提嘛!

所以曹锟说:"最后一句说得好!"

搁那么李连波做府尹了,就成名了。

李连波退墙

这个老李家在西院儿住,家里有李连波他们哥俩儿,他叫李连波,兄弟叫李连亭。他俩都在哪儿呢? 李连波在京上当府尹大人,李连亭在家种地。下人不少,一大家人家,过得不错,有几十垧地。

东院儿叫王德茂,老王家过得也不错,也有钱。但是王德茂这人哪,心小,老还不服气,有点儿虎劲儿[1]的。你别看你当官的,我不怕你。

这天,他们俩有道墙,这道墙是两家的墙,就是两家年年儿垛的一道大的结壁儿墙。这年夏天,老是下雨,这墙就堆缩[2]不少。李连亭就喊东院儿的王德茂,说:"大叔啊! 咱这墙都堆缩这么个样儿了,我看哪天咱俩垛一垛吧! 是不是有工夫咱们一人求两个人儿,咱们两个把墙整一整!"

---

1 虎劲儿:莽撞。
2 堆缩:缩小。

王德茂说:"整也行,不整也行。这墙我看哪,没大劲头儿,没有石头底儿它根还得往底堆。莫如把它扒喽!扒完以后啊咱拉点儿石头,完了再提垛那墙,好不好呢?"

李连亭说:"好啊,那这么吧,我扒吧!"

最后就把这墙扒了。扒完以后拉的石头,石头拉去了就垛吧,一人求二十人。

这天二十人供完早上饭儿了,各人供各人的人啊,两家墙嘛!这撂垛拉线儿的工夫,王德茂说话了:"连亭贤侄啊!我有一个事该说也得说,不该说也得说了。我本不想说了,这些年哪,我得说了。这个墙这么垛不行啊。你们那边儿有我们一丈五尺地方,三步远。"那过去一步估摸是五尺,不像现在使用米尺,那时候五尺杆子算一步,一步五尺,有三步远。"当年你爹活着的时候啊,和我爹那会儿他俩不错。你这院儿盖房子不够用,意思就是借你们三步,后面你们没房子盖,这地方儿就这么搁着呢!你要不相信的话,咱有个界石,你搁这三步之外在你这边儿能挖出界石来。"

"那哪儿能呢?"

"不能?你看看,我爹有遗书,你们爹有没有说不上。"

"俺们没有。"

"你看看吧!"王德茂回家把大匣子找回之后一看,像那文书似的,搁文纸写的他爹的遗书,写挺详细,还有他爹的名,两人儿名儿写的双方借一丈五尺地方。

借一丈五尺地方有遗书,他那一看不行啊!这帮忙儿的,一家二十人有四十人,李连亭说:"这么办吧!大伙儿看有界石没?要有界石就算了!"

李连亭就在一丈五尺远儿地方就挖,挖不远儿就挖着个大石头,立着这么大个四方石头,像小碑匾似的,挖出一看写着"界石"俩字。这一看李连亭没话说了,再你哥当官的话,人家家有遗书,那有界石在地底下着呢,离土面有二尺深哪!那能说啥?这就没办法,就是连逼着你退!一退退到哪儿?退到那墙根儿底下去了,离房墙不远儿了。这多憋气啊!明白人儿说:"这连亭明知道不是这么个事,但说不出话来,没理性儿。"

连亭一合计说这么办,就告诉家人:"急速上北京,找我哥去!看怎么办?他是长兄,他说怎么办就怎么办!"就打发人骑快马,这家做活的打头的骑马就去了,干到北京了。

到北京了,单表这李连波,一看家来人了,一问怎么回事。家人把怎么的一说,他拿信一看，怎么写呢？就这几句话："含泪疾书捎进京，进到通告我长兄。祖一宅地被人霸，三步之遥一日坑。"就这么四句话，祖一宅地被人霸，就是老人扔的宅地被人家霸去了，三步之遥就是一丈五嘛！一日坑是一天就给人家了。大哥你看怎么办吧？给不给吧！

李连波一看，这赶上官司要出事儿啊！说本来咱还有个当官的在那儿呢！就告诉说你急速回去，吃点儿饭，回去千万别起事儿，这也就一丈五尺远嘛，给人家！最后他说我写封信，就写了封信。

信写回来之后，这边儿都等着这事儿看怎么办吧！这老王家人，不让人，老李家有当官儿的，这准是一场大官司啊！第二天下晚儿，这骑马的造回来[1]了。大伙儿一看说拿回一封信来，卖呆儿的有的是啊！李连亭也没躲避大伙儿，就把信当大伙儿面打开看。打开一看这怎么写的呢？李连波就告诉他兄弟说："千里捎书为一墙，相让几步又何妨？长城万里今犹在，不见当年秦始皇。"

给他退了能怎么的呢？那万里长城修那远，秦始皇还没有了呢！兄弟一看，听大哥话，那退！就喊去，说："王德茂大叔啊，咱们垛墙吧！就上我们这旮儿垛来，一丈五尺远，给你退回去！我哥来信了。"

但是李连亭不让他看，他也能听别人讲究这信是怎么写的。这王德茂回屋之后越寻思越羞，哭起来。他说："我对不住人家啊！这事儿办的，我寻思他嘎，他当官我斗他，人家不和我斗啊！这啥事儿弄的，我太缺德了。"

他怎么事儿缺德？他说："我这是故意来惹事儿。"当初他怎么的呢？根本就没那界石。"就前年时候，那房院子我楦土[2]，我黑家儿[3]连夜挖的，那房院子楦土瞅不出来，我挖完之后现找个石头埋里的，埋里之后我把上面土整好又背的垄，那瞅不出来啊！谁也不理会啊！这我说的是界石。那个遗书呢，我写完搁锅蒸一蒸，那纸都变色儿了像陈纸似的。"他说缺德啊这事儿办的，越寻思越觉得不是事儿。

第二天，王德茂就找人家李连亭来了，就哭着说："连亭啊！大叔对不住你啊！我说那话完全都不对啊！都是假的，现在这地方儿你还搁这儿垛吧！就别寻思别的了。我那界石啊别说了都是假的，我现埋的界石啊！我准备碰碰你吧！我寻思你们当

---

[1] 造回来：赶回来。
[2] 楦土：垫土。
[3] 黑家儿：天黑。

官儿的准得惹事,没想到你哥那么仁德。我这哪能这么欺负人去?我还叫人吗?"

"那不行,我哥都告诉了,一定要给你退,我也不敢不退啊!"

"不!我给写封信,不用你去。"他又回家写封信,写完信告诉家人说,"你送去。"家人就给送去了。

骑快马到北京了,李连波一看又来信了,打开一看,是王德茂写的。怎么写的呢?写挺详细,也四句,说:"家父遗书并非真,为夺三步昧良心。暗下界石做假证,愧我难以见友人。"这么好的邻居我哪儿能对不住你呢?干脆你就搁这垛吧!咱好好的吧!

从那以后,俩人处得特别近。最后王德茂的孙女给这李连亭儿子做媳妇儿了,俩人做儿女中亲,所以他俩都和好了,这墙退得好!

喜晓峰和《忆真妃》

这个《忆真妃》是谁留下来的呢,就是喜晓峰。喜晓峰在哪儿住呢,就在咱们(辽)河西,离咱这旮儿不太远,就在老八区。喜晓峰是八旗人,他爱写书,那时候沈阳有三才子嘛,其中有廖润绂,还有喜晓峰一个。

喜晓峰为什么写那么一个《忆真妃》呢?他到老了之后娶了个小老婆子,大老婆子死后续弦,娶个小老婆子。那时喜晓峰已经五十来岁了,小老婆子也就三十来岁。

喜晓峰家过得有钱啊!他虽然没当过大官,但也当过官,当过知县。俩人结婚以后啊,他和小老婆子处得非常好。他也会待小老婆子,小老婆子对他也特别殷勤。喜晓峰没事就写写画画,每逢写诗的时候,没等喜晓峰下地的时候,他媳妇儿先下地给他挨墨,小老婆子把墨挨好了之后他写,写好之后他拿过来,媳妇儿再表扬这么好那么好,赞扬他诗写得好。所以喜晓峰特别得意,往哪去都带着小老婆子。

这一晃,没说美景不长呢,等喜晓峰到六十多岁的时候,小老婆子到四十多岁的时候,这个小老婆子就得个暴病死了。死了以后啊,这喜晓峰就自己悲观得邪乎。把他媳妇儿埋了之后,自己个儿老上小老婆子的坟那去,自己个儿哭,淌眼泪。

喜晓峰他在哪儿住呢?就在前边那个塔,就在那下边住,他没事儿就到塔外边溜达。他个人就和这塔念叨："塔呀，塔呀，你这些年还完整啊，原来我们是两口子，现在她死了，我特别想她。"他就想这小老婆子，天天念叨。

这天正好外边下小雨了，这雨哗哗下，人不说得好吗，越雨天人越愁啊，下雨天不是好景，是愁景。

喜晓峰是什么名呢，出书时的代名，他实际叫关喜林。这天他溜达完之后，回家翻来覆去怎么都不能睡觉，一合计写点啥吧，就把笔抄过来，个人就"刷刷"写。写啥呢，一合计，就把他和他小老婆子的爱情写上，就写小老婆子人死后，是怎么怎么想她，这些全写出来之后，就写成了一套长篇的宋词。那时候没写是什么忆真妃，就是给小老婆子写的。喜晓峰全写好了之后，天亮了，一看能有多少字呢，能有上千字啊，能有二百来句，写得好！一看自己写得不错，这一宿的工夫写出来了，心里特别高兴。

第二天早晨喜晓峰吃过早饭以后，连相[1]就赶到沈阳。沈阳东关有个沈阳书报社，到那儿就让廖润绂看，他们不都是沈阳三才子嘛。

喜晓峰说："没别的，廖君，你看看，有不得当的地方帮我改改。"

廖润绂这一看，"哎呀！你写得不错啊！改不得了，我给你看看就行了。"

廖润绂看完就笑了，说："你这不错是不错，但你这材料出不去。你把想小老婆子写这么恳切，这哪能出去啊？她也没有名啊！我给你变个方式吧，你干脆这样，你换个口径在题上写。你想啊，当年的时候，杨贵妃死了以后唐明皇想她，你把你词挪唐明皇想杨贵妃那儿去，写成'忆真妃'。"

喜晓峰说："对啊！"喜晓峰赶忙回去又加工，又写了两天，写好了《忆真妃》。

这个《忆真妃》写好后，传到沈阳东关，才子们看了都说好。

搁那么，《忆真妃》传遍东三省，后尾儿关里也传过去了，挺有名的。《忆真妃》是子弟书，喜晓峰就是这么写的。

---

[1] 连相：立刻。

箫女

箫女李玉凤家过得不错，没有父亲了，剩个母亲。家有钱有势，那时候有钱就是有多少土地、有多少房屋。土地不值钱，全指着副产，副产多。

这李玉凤从小如花似玉，长得可好了！到十四岁，天不作美，她就出天花了，差不点儿没死了，强治过来。这一出天花就完了，脸上都是那大麻子，麻子可厚了，恨不得起撅。原先李玉凤也是念书的，这一看个人也磨不开，出门怕人笑话，这就在家待着吧！找人家难找，好的呢，人家不要她，这一大脸麻子。劣的呢，她还相不中，人家不愿意因为这家有钱哪！另外她还有才，书念得多，这就老是一个人憋气。

这倒不说，单说有一年冬天，正是数九隆冬的时候，这丫鬟和她一个屋处，人家老太太一个屋。这丫鬟从外头跑进来了，说："小姐小姐！可不好了！在门口那旮儿儿冻着一个人，那手还支棱着没死哪！在那大雪里，你看看去吧！"她这都穿完衣裳了，她一去她妈也起来了。

一看，一个小伙子，也就是二十几岁吧！穿一身单衣裳啊，衬裤衬衣，就在那大雪里埋着，剩下点儿布蹦跶在那动唤呢！哎呀，没死哪！

李玉凤说："这么办，咱把他抬屋儿去！这见死哪有不救的呢？"连老太太带李玉凤和这丫鬟就把他拽进屋儿去了。拽屋儿也怕他死啊！心好就把他搁炕上了，撂在热炕上之后，李玉凤告诉丫鬟："急速整点儿姜汤！"就把那鲜姜熬的汤，姜熬好了之后就把红糖沏上了。把姜汤红糖水灌下去，这玩意儿确实真赶寒气，他这寒本来大，这一着凉了，还真没死，灌完明白过来了。

明白过来自己就哭了，他说："我这捡条命啊！你们要是不这么救我没个活啊！"一看自己搁炕趴着呢，人家给铺的被褥，他就哭了。后儿李玉凤问："你是哪地方人士啊？为什么冻这样儿？"

他说："我是农村王家庄的书生，我姓王叫王生。我是个念书的，准备进京科考去。行李马匹走半道儿都被棒手给我打了，棒手把我打下来之后，马匹行李都给我拿走了。把我衣裳也给扒去了，就给我留身衬衣，银两钱财都拿走了。我没有办法，就往堡子跑，正赶上下大雪，没等到堡子就把我冻完了，我到门口不等喊人就动不了了，给我冻雪里了。这幸亏你们把我救了。"

"哎呀！这太难啦，好兴儿没死了你！"老太太说，"这么办！急速整点儿饭！整点儿面汤。"不用问，冻那样儿整点儿面汤。李玉凤心想我这么办，卧点儿鸡蛋，就给他卧了几个鸡蛋。这面汤卧鸡蛋，王生连饿好几天都没吃上饭了，这连鸡蛋带面汤叮咣地造一肚子。这就妥了，人是铁饭是钢嘛！这一吃完之后有主意了，就起来下地"梆梆梆"地连李玉凤带老太太和这个丫鬟给大伙儿磕了好几个头哇！说："你们救我一命啊！"

老太太说："这么办吧，你别走在这儿待着吧！"

他说："那我也不好待啊！咱一屋儿行二屋儿住啊！"

她说："这么办，我认你做干儿子还不行吗？"

他说："那好！妈在上，我给你磕头了！"就给磕了头。

这就待下了，待下不说，单说王生啊！王生你别看他受难，长得好，小伙儿长得一表人才。这老太太就相中王生了，待了几天之后就和这李玉凤说："我看，能不能和他说说，你也十七八了，他也十七八了，咱家还有钱有势。他考上就考，考不上就回来，你没听他说吗？他家还没人，爹妈都死了，长这么大就跟一个叔叔过。"

李玉凤说："不行，妈，我有先见之明啊！咱们和人家说就像要人家好处似的。咱本身救人家命，我再配人家，我这一脸麻子人家能要我吗？另外不要还磨不开，你还认人家干儿子呢！我看咱还是不说好。"

她妈说："不说？"

李玉凤说："不能说啊！人家长得这么好一个小伙儿，咱这一脸麻子没法儿和人家说配人家，知道你这是好意，就像拿人家好处似的嘛！"李玉凤是个明了的人，后儿她妈就忍着。

一晃过去十天以后了，那小伙儿精神也好了，是说儿没有了，就准备科考去。老太太就说了："王生哪，干亲不算亲，多咱也不能长远。我有一个事儿不好说，你想想！俺们家没别人就你姐姐自己，玉凤儿比你生日大，你俩同岁。我看怎么办呢？她反正就是有点儿麻子，没别的毛病，你如果愿意的话，我把你俩配成男女！你如果能考上就考上，考不上就回家掌我们这家也有个窝儿，俺家有地有房子什么都有。"

这王生稍微打了一个唥儿[1]，打唥儿完随时就改过来了，说："行！妈，我同意！"

---

[1] 打了一个唥儿：犹豫了一下。

这就同意了，同意之后老太太挺乐，就找李玉凤去了，说："玉凤儿啊！我给你说好了，你兄弟王生同意娶你。"

她说："那不行！绝对不行！我不能让人家难心，你一问他他准难心。"

"是，他打个啃儿，最后可也应了呀！"

李玉凤就过来告诉王生："你别的不用想，我也不能嫁你！你这个小伙儿到京城考上考不上娶媳妇儿也好找，我不能嫁你，不能累赘你，我这个身体这样。"

完了他当时就说话了："姐姐，我现在实在是愿意娶你，因为我看你心好！心正！娶媳妇儿俩人处的是一个心情儿，光看容貌不行。"

她说："不行！你愿意我不能愿意！"

他说："这么办！姐姐你是怕我坏心吗？那我就起誓！"

当时王生就跪地下了，说："老天在上，过往神灵，我今天情愿娶李玉凤为妻。我以后当官儿也好不当官儿也好，如果我有三心二意，临死时候落江而死、身葬鱼腹！"

他一起誓，李玉凤一看这没办法了，说："你愿意我还能不愿意吗？"俩人就订婚了。订了，依王生呢，是当时结婚。李玉凤说："别结婚，你进京科考去，考回来再说！好不好呢？考上考不上咱有家有个窝儿。我也不知道你准考上，也不能不去，因为你来就是为这事儿。"王生说："好吧！"

第二天走时候，马匹、行李、银钱都是人家老李家出的。马也好，行李也好，还拿不少金银财宝，有钱哪老李家！他就走了。王生进京科考去了，一走走了能有一个多月吧，考场上考完了。

这边儿正巧儿李玉凤和她妈在家呢，外边儿骑马的就到这儿拍门，就喊："李玉凤在家吗？先给你报喜来了！王生现在已经中举了，中第三名探花，现在已经到苏州当知府大人去了，先给你送喜还有一封私信。"这李玉凤打开私信一看，还写得挺客气，说："暂时我没法儿在家，我到苏州，过两个月之后我就能回家把妈和你一堆儿接来，咱俩到那儿正式结婚，你就等着吧！"

这边儿急速给人家报喜的拿钱哪！一高兴了给拿块儿银子说拿去吧！多少就这么的吧！这报喜的挺乐，都答对走了。李玉凤这儿等着吧！这堡子的都哄一堆了，说这当官儿啦！李玉凤还真有福啊！这一脸麻子还找一个当官儿的男的，这都羡慕啊！

就不说了，她就等着吧！等了一天也不回来，等了两天也没信儿，等到一两年也没信儿，一等等到三年还没信儿。

单说这王生为啥没信儿呢？王生考上之后那得夸官哪！夸官得认老师，过去有这规矩。他认谁呢？认的是兵部司马大人当老师，兵部司马有个女儿，长得挺漂亮，就看中这王生好了。兵部司马就找他家去了，说："探花，你现在成知府了，没有夫人，我正好有个女儿。"

他怎么怎么一说，王生一看他女儿这么好，就想：哎呀！有兵部大人这个后台，我这官儿还有差？要是把李玉凤整来，一脸麻子也真带不出去啊！到哪儿也砢碜。这有兵部司马的女儿，第一个我能借上光儿，第二个这媳妇儿也好，干脆吧！我就娶了吧！他就应下了。也没提订媳妇儿那轱辘，反正也没结婚。正式结婚娶完之后就把他媳妇儿带到苏州，到苏州当知府去了，所以没给李玉凤来信。

这边儿等了三年也没有音信哪！知道他去当苏州知府了，当时那么说的呀！这天就涨大水，那大水才大哪，赶上天河水涝人家了，是个房子都倒塌了，这个王家庄堡子房子没剩，地全都涝完了。李玉凤一看，这怎么办呢？没法儿待了，这会儿她爹死了，她妈涨完水以后也死了。

堡子的大伙儿就说："你多余在家，急速上苏州吧，找你夫婿去吧！他那当官儿的，没接你你就不去吗？还兴许是事儿多忙不过来呢！"

李玉凤说："不对啊！再忙他也能打发别人娶我来呀！他也没娶这怎么办呢？不去吧还没有一定，就着去看看怎么事儿吧！他别有什么差儿啥的，我看看去！"多少凑两个盘缠钱儿个人就去了，告诉家里一声，就都知道她去了。

那时候一走能有一两个月，到苏州城了。到那儿好打听啊！知府大人的衙门能不好打听吗？吃完早上饭儿就去了，到那儿一看有把门的。

把门的门军说："你找谁？"

李玉凤说："你回禀一声儿，和你家知府王大人说，就说有一个女的叫李玉凤来找他了，他要问什么样儿？你就把我长这样儿说出来他就知道了。"意思就是我有麻子，你一说他就知道了。

把门的说："那好吧！"又问她是什么人。

她说："你不用问我是什么人，你就提提我这模样儿就行。"

这把门的到屋了，说："启禀大人，门口来一个女的，说你们家乡的要来找你，她说了，不用提别的，她脸上有麻子。"

叁 人物传说

这一听，这不是李玉凤吗？王生问："她姓什么？"

"姓李，叫李玉凤。"

"好了，你等一会儿吧！"

这王生一听，这不对啊！就寻思：李玉凤啊李玉凤！你怎么一点儿不明白呢？我要是要你的话我早就把你娶来了，还用等三年吗？这边儿眼瞅着孩子都有了，我还能要你吗？这不扯呢吗？你这不应该来！他就埋怨她不应该来。哎呀！这不怨我，一寻思，拉倒吧！来就来吧！打发她回去吧！就拿起一片儿纸写了几句话，写完以后就告诉把门的说："你去！叫库官取十两银子。"银子拿来了，说，"你把这十两银子加这封信给她吧，就让她快走吧！"这门官拿着一封信和十两银子就出来了。

这李玉凤外名箫女啊！因为她爱吹箫，到哪儿这箫不扔，而且吹得特别好，这王生在早儿也没少听她吹。单表这门官到门口了，李玉凤接过这信一看，还有十两银子，当时就颓了。哎呀！太不应该了，怎么写的呢？这么写的是：

麻子丑女不是花，当年王生不傻瓜。
殷勤侍奉为招婿，蛤蟆想往高处爬。
给你纹银一十两，急速启程快回家。
破把缠腿不醒悟，莫怨官心送南衙。

这李玉凤一看没章程了，人家当官儿的，惹不起人家呀！这就哭起来了，哭了一阵儿就把箫拿出来吹起来了，吹了一段悲段。

这王生一听，说："赶快让她走！我不愿意听她箫！"

这李玉凤没办法，走吧！手托着十两银子，托着这封信个人就走，搁苏州饭也不吃，一步一步地走，越寻思越憋气。

出苏州城了，苏州城北边儿正好有一条大河——长江，到江边儿一合计说："李玉凤啊李玉凤，看你生有出身死有地啊！你就是应该死在这长江里啊！就应该死了，看你还有啥意思？你根本就不应该来！明知道他三年没娶你，他能没媳妇儿吗？这小子他坏人坏得邪乎，王生可惜当初我救你一回呀！我要是不救你你早就死了，当什么官儿啊！我待你那么好，另外你还和我起过誓，说身葬鱼腹、坠江而死，现在你啥也不顾了！"

越寻思越憋气，"天哪！天哪！"哭悲愤了，又把箫拿出来吹一段。把箫、银子和信都撂岸上了，说："没别的吧！我就投江一死完事儿了。"一看自己磨不开投，就把大布衫儿蒙脸上了,一头就扎到江里去了。

她扎进去先不说,单表她扎进去就不往下落,落不下去,一摸这底下溜平呀!像大碾砣似的,这干拨拉下不去,脑袋还在顶儿上露着。她说这是什么玩意儿像大碾盘似的?其实这是一个王八把她驮住了。

单表谁呢?这远处有一个打鱼的小船儿,离这有一二十里地,这小船儿他怎么整也不好使。后儿来一阵大风,这风一刮怎么的呢?这船就借风力起来了似的,一阵风就刮到这儿来了,到江这头儿了。

到这儿一看,"哎呀!这河里怎么有个人在那旮旯儿呢?"这小伙子摆到傍拉之后就把她给拽上来了,拽上来看她没淹着,因为驮着呢!就整他小船儿上了,这小伙儿一瞅瞅,是个女的,把这女的拽上来他糊里八涂的也蒙了。

这李玉凤寻思:我觉得淹着了,怎么没淹着呢?这一看在人家船上待着呢!李玉凤就听着后面说话:"玉凤好心肠,不该江中亡。神人来搭救,应该配黄良。"

就说这四句,黄良是这个摆船的小伙儿。李玉凤一听回头一看,一个老头儿拿着蝇甩,白白净净的,就跪下了,说:"你莫非神灵?"

老头儿说:"我是太白金星,路过此地,我看你有冤气儿上升,我把你给救了。下去以后为啥不落呢?我把鼋神——王八精给打发过来了,它驮着你的,驮着你当然下不去了。啊!今天就这办吧!我就主婚,当个介绍人似的,你们俩就结婚吧!你们俩愿意不愿意?"

这黄良还不愿意?黄良没有妈就他孤身一人,个人打鱼为生,就在岸上那儿有个小窝棚,在那旮旯儿就他自己。他一看娶这么好的姑娘他不干?他能不干吗?黄良说:"我愿意!"好吧!俩人把婚就结了,还给太白金星磕了几个头。磕完头以后黄良问她,说:"大姐,你为什么投河呢?"

她就说:"我先头儿有个男的,他当官儿了,嫌我长得砢碜。"

他说:"怎么还嫌你砢碜?你长得如花似玉这么好看,他能嫌恶吗?"

李月凤说:"我还如花似玉呢?"

她寻思寻思扒着船往底下一瞅,那水挺清亮儿,吓得她一闪。没有麻子!完全就像她原先十四五岁儿那会儿,她一投河,这麻子就让水给冲平啦!细皮嫩肉的,她一看这高老兴了!她说:"我要是知道没有麻子,何必还投什么河呢?"这投河投便宜了,你看!

小伙子说：“好吧！咱俩就过吧！”就回那十几里地儿不远的小窝棚，俩人就在那小窝棚里过上了。这一过俩人都挺能干哪！天天小伙子贪黑儿打鱼，欢天喜地的俩人过得乐了吧唧儿的。待有三年的工夫，人家都生了小子，有孩子了。

这天正赶上中午打鱼的时候，就看见上面弯腰吧嚓地来一人儿，离他不远儿就"啪叽"跩河边去了。

"哎呀！这拽倒个人哪！"黄良一看，说，"看看去！见死不能不救，他怎么拽了呢？"

到那儿一看，也不是岁数大的，就二三十岁儿。这工夫李玉凤到了，到这一瞅像面熟似的，一问他，他说："我叫王生哪！我是知府，当年我娶的媳妇儿是兵部司马的女儿，兵部司马他现在是奸臣了，因为他沟通外国要反，所以皇帝把他斩了。我算不错，没斩我，就把我开除了，永不录用，完了我媳妇儿还嫁别人了，不跟我过了。我没办法一个人没主意了，就走着饿着，好几天没吃饭就饿倒这旮儿了。"

这李玉凤一听，正是她先头儿的王生啊！问："你叫什么名儿？"

他说："我叫王生。"

又问："你娶过媳妇儿没呀？家在哪儿住啊？"

他说"咳！别提了！一言难尽哪！我家在北边儿住。当年我进京科考时差点儿没冻死我，多亏人李玉凤家母女把我救活，之后我不应该对不住人家啊！都订婚了，回来之后寻思兵部司马有权我就娶他女儿了，现在弄得这人不人鬼不鬼的，我对不起李玉凤啊！所以我一合计，拉倒吧！我就往回走，走到这儿好容易没饿死。"

李玉凤说："好吧！你吃点儿饭，俺这有饭，你等会儿吧！"就进屋儿了。这李玉凤没由分说，整的面汤又卧的鸡蛋，她知道他爱吃那口儿啊！卧完之后告诉黄良给端去，黄良这端去一小瓷盆子哪！他这连鸡蛋带面汤吃得挺饱挺饱的。就听那边儿箫响，一听：哎呀！这像李玉凤箫吹得这么好似的，就越听越像是，又问的黄良，说："你们姓什么？"

"我姓黄。"

"吹箫的是？"

"哦！是我媳妇儿，姓李，叫李玉凤。"

"李玉凤？"

这工夫黄良就回去了，不一会儿给端回来了，啥呢？十两银子一封信，说："这是李玉凤给你拿来的十两银子、一封信，给你看看吧！你走吧！"

他打开信一看，不那么写的，变样儿了，怎么写的呢？

十两纹银信一封，害得玉凤落江中。

多亏神仙把我救，三年在此小家丰。

我改容颜你落配，也是人间有报应。

还你纹银一十两，叫你做人去谋生。

这王生一看，自己哭起来了："玉凤哪！"这黄良也走了，个人哭一阵就起来了，说，"长江啊长江！我现在没脸儿活了，活有啥用呢？干脆我投河一死吧！李玉凤啊！我今生是报不了你恩了，来生再报你恩吧！再见吧！我要投河了。"

"啪"就蹦江去了，这李玉凤听得明白儿的，说："赶快顺船把他救！这不能不救。"人家俩跑旁边儿去救，他跟着就蹿水里了，就看那个大鱼啊！一口把他吞下去了，吞肚儿让鱼吃了。李玉凤说："你呀！真应誓了，身落大江，身葬鱼腹啊！让鱼给吞了，你起誓灵了！"

搁这么的，李玉凤和黄良过得好好的，最后黄良的小孩儿还真当状元了。人家李玉凤又得了个女儿，女孩儿也不错，搁那人家闹了个团圆。这当年王生他要是不坏心哪儿有这事儿啊！这人还得有好心眼儿啊！

缪东麟赶考

缪东麟[1]对老婆的感情特别好，就像喜晓峰[2]似的。喜晓峰有个小老婆，她死了以后，喜晓峰为她写了一个《忆真妃》，他和老婆感情特别好嘛！缪东麟也那样。缪东麟的老婆特别聪明，有才，所以缪东麟对她特别好，要是没才，他俩还遇不到一块儿堆去了！

单说缪东麟挺有才，但是科考考了几次都没考上。他从二十四五岁就开始考，三

1　缪东麟：光绪年间的进士。
2　喜晓峰：清代子弟书作家。

叁　人物传说

年一考，三年一考，考了三四届，考到四十来岁都没考上，就有点泄气了。

又到大考之年了。这天，缪东麟的媳妇就动员他，说："你还得去！"又非得让他去不结。

媳妇对他挺信任，他对媳妇也挺尊敬的，一看媳妇都说了，就说："去就去吧！"

媳妇就给他把行李啥的都收拾好了，衣服也装点好了，进京的银子也都准备了。

一早上起来，他媳妇就说："这么办，咱俩喝一杯欢乐酒，我送送你，祝愿你高榜得中！"她就烫了点酒，俩人就喝酒。

酒喝完以后，缪东麟就上外面去了，正好看见外面有个灯笼杆，灯笼杆上有个刁斗，那叫笙子，就在那上面落了一个夜猫子，它在那儿"咕咕喵、咕咕喵"地叫着。

他说："这真憋气，太倒霉了，这夜猫子叫，准没好事，这是哭丧鸟，是他妈鬼鸟呀，你说这事扯不扯呢！"他这心里就不愿意去了。

他撒了泡尿，回屋里把行李一扔，说："我不去了，还是考不上，没等出家门，这夜猫子就叫了，对着我哭丧还能好了？"

他媳妇说："哎呀，是吗？"她到那儿一看，那夜猫子真在那刁斗上落着叫呢！这媳妇当时也有点愣住了，但她稍微一转圈的工夫，就由怒容变乐容了，说："好，好兆头，相公你去吧，这回准能考上！"她就乐了。

"你别骗我了，你不懂那是哭丧鸟呀，有啥好的？"

"咳！你挺明白的一个人，你想想吧，今年最好，准保你能考上。这个鸟是道喜来了，这是喜鸟，早早给你道喜来了！"

"怎么是喜鸟呢？"

"你看，它落的地方好呀！是不是咱们管它叫鬼鸟？"

"是鬼鸟呀！"

"是有个'鬼'字吧，它落刁斗上了，你看那'鬼'字加个'斗'字念啥？"

"哎呀，念'魁'呀！"

"对呀，准能夺魁呀！"

"好！"这缪东麟高兴了，收拾行李就去了。

结果这回真考上了，考了个翰林。

难太守

有一个王公子,这王公子自己活得也挺好,在杭州、苏州一带是个有名的大学士。

这天,他带两个同学在西湖里摆船玩儿,正好杭州太守也出来了。人家出的不是小船呀,是大龙船,那船上有不少人呢。这船摆出来之后一走,王公子的船就没躲开,"哗"一下子碰那船尾上了。

这小船碰大船,最后是小船吃亏呀,大船能碰到啥?可那太守底下的水手们都生,说:"你干啥?碰到我们的船了!"

一吵吵,这太守出来了:"哎呀,还有这狂头娃呀,敢撞我的船?!"他心一寻思,就在上头比画说:"你站下,站下!你说你干啥呢,怎么往我船上撞?"

这王公子说:"我这小船躲不开了,要不我能撞你大船吗,我也不敢呀!"

完了这旁边就有人说话了:"太守,这是西湖名士,是杭州名士中最有学问的学生,王公子。"

这太守说:"是吗?那好,这么办吧,你不是诗作得好吗,你就给我作一首吧!要作好了,我就放你,作不好得处罚你,你可是撞我船尾了!"

这王公子一看,就说:"好吧,大人你听好,我诗是作不太好,但是也能作。"

"你作吧!"

"好!"完这王公子就说,"难难难,难难难,上皇晏驾未整年,黎民百姓流眼泪,杭州太守玩划船。"

这诗作完之后,太守一听,当时就摔倒了,说:"赶快,退缩,退缩,退缩!"他就坐那儿了。

完底下就有人说:"怎么了太守?"

"退缩!不用说别的,赶快回去!"这太守就回来了。

为什么这样呢?过去都有规定,皇上死了之后,当官的三年不准玩划船。这老皇上死还没有一年呢,他今天高兴就玩划船了,那还了得?人家作得好嘛,"难难难,难难难,上皇晏驾未整年",皇上死没到一年呢;"黎民百姓流眼泪",大伙儿都想这个皇帝;"杭州太守玩划船",你太守玩划船,那还了得?

这太守吓得说:"这还了得?这要整回去,我这官搭进去还不算,得砍头呀!这小子太歪得邪乎了！"他就回来了。

搁那么之后，这个公子就出名了。大伙儿说："他真不怕，一下就把太守治老实了！"

跑兔地变卧兔地

这个故事讲的是城边三台子一带的事儿。

有这么一家，这家找了个先生看坟茔。这个先生到那儿看了几所，都一般，不怎么的。这当家的一寻思：北岗的边儿上有个地方挺好呀！他就领风水先生去了。

这旮确实不错，风水先生瞅半天，心寻思：这地方是不错，可惜是个兔地，不是卧兔，是跑兔，这是跑风的地方呀！一般的先生也都能看明白，但这个风水先生一看，一寻思：这地方行！就告诉这当家的："你要信得过我的话，你就买这旮，保证你能过好。"

"是吗？"

"咳！我看得没差，你就买在这儿吧。"就把坟茔给看上了。看完以后，就把人埋了。埋完那天下晚儿，大伙儿都回去吃饭了。不说。

单表谁呢，单表张大帅这工夫带一帮护兵出去溜达弯去了，他到那儿一看，有个新占的坟茔呀。那家伙！五红大绿的，瞅着占得挺好呀。他就骑马在坟茔转圈儿走，一合计，说："下地看看吧！"他就下马在坟茔走了一圈儿，一看，这儿立个石碑，上面写明了这碑是哪儿哪儿的。

当时有个谋士，这个谋士懂得风水，他说："大帅，这坟茔，你看怎么样？"

大帅说："这地方不错啊。"

"不错是不错，不好啊，这是个跑兔地呀，这家绝对过不好！"这谋士相信那个兔没有撖弯儿，跑不了，一跑，这腿儿不就起来了吗？

"还有那说道吗？这是哪个先生给看的，不是调理人吗？这么着，打听打听！"他就去了。

一说大帅来了，那谁不恭迎呀！大帅到院儿之后，就问，说："你们是哪个先生给看的坟茔，我得打听打听。"

当家的说："先生还没走呢，在屋儿吃饭呢。"

"好！"大帅过来了，"哪位先生？"

这先生就过来了，老头儿五十多岁，一看，说："大帅在上！"

"这坟茔是你给看的吗？"

"是我给看的。"

"这坟茔是什么地呀？"

"跑兔！"

"跑兔你还在这儿给人看？你是怎么看的？"

"不！'跑'兔变'卧'兔了，今天我看到了，转一圈儿，把兔给圈住了，起不来了，所以这地比哪儿都好。"

张大帅一听，还是没明白，但是他的军师爷，那个谋士明白了，他知道张大帅是托生来的，说："大帅，别说别的了，走吧！这个看坟茔的高啊，他就知道你今天要到这儿走一圈儿，能给圈住。"

大帅一看，说："真能看啊，把我来都看出来了！好，咱们得重用这个先生！"

张大帅这不是走一圈儿吗？要不说，这个转一圈儿把"跑"兔变"卧"兔了。要说风水先生也了不起。

王半拉子看坟茔地

这个故事是什么呢？是王半拉子看坟茔地。

王半拉子他是个穷人，从小就给人扛活，当半拉子[1]。十二三岁就开始干活，干到二十几岁。二十几岁那年，王半拉子遇见个艺人，这个艺人是南方人。这个艺人走到王半拉子家这就有病了，有病之后走不了了，王半拉子就把他接他家去了，把这个艺人将养好几个月，将养好了。

---

[1] 半拉子：未成年的长工。

这个艺人说了:"我是个看坟茔地的风水先生,我把这玩意儿教给你吧。"就把自己的手艺全教给王半拉子了,怎么怎么看的那些。王半拉子虽然没有多少文化,但一学也都行了。

不说这个。单说有这么一次啊,就在咱新民附近,有个王家窝棚,王家窝棚有个老王头他家过得像样,有钱啊。这老王头的老爹死了,老爹死了就得看坟茔地。当地堡子也有看坟茔地的,也挺出名的,有个冯老先生。但这老王头一考虑,这个冯老先生看这坟茔地,给张家看、李家看,也没看出怎么的来,也没什么发展。这老王头就经过别人介绍,说新民北啊,就在关家店傍拉有个王半拉子看坟茔地看得好,他是后悟的,精得邪乎!所以老王头一听就把王半拉子请去了。

王半拉子被请到王家窝棚去给老王头看坟茔地了。那时候看坟茔地,不像说就一块地,人家地多,哪块地好就在哪儿看。当时王家窝棚那有好几十垧地啊,这王半拉子就串堡子南、堡子北,整个堡子全看了,堡子傍拉的山坡、沟里都看了。最后就看北山坡有个小地方挺好,他对王老头说:"欸,这旮挺好!"瞅了半天,王半拉子一看说,"这是个兔儿地啊,这地方不错啊。"他就把这个地方给看下了。

看下以后,没过两天,老王头就把他爹发送完了,就给他埋在王半拉子看好的坟茔地那了。埋完之后王半拉子没走,那时候看坟茔地先生要在下葬后的第三天撒五谷杂粮把屋子煞煞鬼,煞完鬼之后他再走。

就在下葬后第二天的工夫,谁来了呢?正赶上张大帅搁这儿路过。当时张大帅穿着便衣,骑着马溜达着玩儿,到北边探家回来了。那时候刚当大帅,带着俩护兵,正路过老王头他爹那块坟茔地。张大帅到了一看,正赶啥呢,正赶冯老先生往坟茔地瞅呢,他看冯老先生在那咂嘴。冯老先生一看大帅来了,他认得,大帅曾在新民当胡子,大家都知道,就说:"哎呀,这不是大帅嘛!"

"啊!"大帅穿便衣下马下来,说,"你不是冯老先生嘛,这谁死了,坟茔地你看的?"

"是老王头他爹。"

"唉,老王头和我不错啊。有交情,我得到那看看去。这坟茔地你给看的?"

"不是我给看的!"

"那你搁这瞅啥呢?"

"这坟茔啊,不太好啊。我和老王家也不错,但是这次没找我。不是因为没找我，说人家不好，这坟茔地看着是个跑兔儿啊！兔儿地是兔儿地，跑兔儿啊！已经脑袋抬起来了，后腿没起来，后腿起来这就走了。这兔儿一走，就成空地了啊！败家地啊这个！"

"啊，哎呀，看坟茔地的是哪的先生？"

"那先生都不能走，请的外面的王半拉子，过去就给人扛活的一个穷哥们儿。"

"这怎么看的，等我给看看。"张大帅本来挺好信儿[1]的人哪，另外和这老王家不错，他带着人就进老王头家了，进院以后，当家老王头一看张大帅来了，刚要开腔说话，大帅就说："别提我名。我和你风水先生唠唠，我有点儿事。"老王头说："好吧！"

老王头就把张大帅让到书房了，张大帅就说："这么办吧，你把风水先生找来。"老王头就把风水先生找来了，王半拉子并不认识张大帅。王半拉子到屋后，张大帅一看，王半拉子岁数也不小了，也三十五六岁了，长得还其貌不扬。张大帅就说："不是别的，你是王先生吗？这个坟茔地是你给看的吗？"

"不错，是我给看的。"

"你看的，这坟茔地是什么地方啊？这是属于什么地啊？"

"这是属于兔儿地，兔儿地是发财地。"

"这坟茔地是什么兔儿地啊？"

"这个兔儿地啊，现在可以说，看的时候是半卧半起，要说跑兔儿没起来，腿没起来，脑袋抬起来了。它脑袋抬起来了，稍微一动后腿起来就要走了。这叫跑兔儿，这坟茔就不行了。要脑袋不起来，这坟茔就发大财啊！钻洞的。"

"那你看一回怎么还给看个跑兔儿的坟茔地呢？"

"这不对啊，这坟茔地肯定能好，是怎么能好呢，我看透了，这坟茔地占上之后过不去三天，准有娄金狗[2]走三圈，走三圈之后啊，就把兔给卧住了，就变成卧兔地了。"

"啊。"张大帅一想，忽悠一下子明白了，他在坟茔地走了好几圈啊！说，"什么叫娄金狗？"

1　好信儿：好奇。
2　娄金狗：古代神话中的二十八星宿之一。

"娄金狗下界就是犯星辰,现在娄金狗已经在咱们阴世间当官了。他肯定在三天之内来坟茔地走一走,他一走的话,兔脑袋就颏下去了,就害怕了,它脑袋一低下去之后,腿没起来就完事了。永变卧兔儿地,变个富裕地。"

张大帅一听,我的妈,你看得真绝啊!就知道我来。张大帅个人算过自己是娄金狗转世啊。张大帅说:"好!你看得不错。"

当时那冯老先生一听,可了不得,王半拉子能看到大帅能来,三天以后能到坟茔上转三圈。所以从那以后,王半拉子更出名了。

张八爷得仙鹤

张八爷和张六爷是亲哥俩,俩人都是农民出身,俩人原来都念过书,都有文化。俩人的儿子和儿媳妇儿都一帮,还过得不错。但俩人晚年就不爱待在家,儿女在傍拉怎么劝,他们也不同意,他俩就说:"不行,俺们老哥俩到晚年打算找个清闲地儿一待。"

这俩人一合计,就去了新马场。在马场那儿有个马神庙,哥俩就想去马神庙后边一待。

儿女说:"这么办,你们就在鲇鱼泡岸上待着吧!"鲇鱼泡过去不受过皇封嘛!那也是好地方,儿女就在这儿给他们盖个小房,俩老头儿在这儿一待。

待了一年,他俩也没什么事儿,一天就是念点儿经,拜拜佛。因为是在鲇鱼泡边上,所以实在不行钓钓鱼。他们那不是出家,就是找清闲,到春天时候打打雀儿,那河边宽敞,那时候地多,这地方也没有多少人家,小鸟多,就把这夹子预备之后,在沟边转圈儿挖个坑,那是一个挺大、溜圆的坑,能有方圆一百米。就转圈搁土围上,下上夹子在那儿打雀儿。春天打雀,夏天钓鱼,冬天也能拿鱼,一天清闲自在,偶尔两人弄点儿吃点儿,还挺高兴。

这天就听外边儿"咯噜咯噜"地叫,这是什么叫呢?刚春天景儿,两人扒开门一看,来了个大丹顶鹤。那时候鹤都挺缺啊!两人一看,是个丹顶鹤在那儿叫唤,张八爷说:"哎呀!来个鹤,这是。"他一看,说,"这么办,叫叫它,喂喂它。"张八爷到傍拉去了，鹤没跑，张八爷就拿点食给它吃，它吃两口，张八爷摸摸它的毛，它不飞了，还顺着跟他进小屋了。张八爷说："哎呀！咱几个有缘哪！看样儿俺俩还能修行成呢。咱今后得改了，不打雀儿了，不拿鱼了，不能杀生害命，因为咱俩要修行成，就得爱惜小动物们。"所以他们每天都喂仙鹤，每天他们确实特别高兴。

春夏秋冬一天天地过。一晃儿过去不少日子，仙鹤也特别舒服，一天在这儿早晚也"咯咯"叫唤两声。三里五村，一般到马场种地时候，人们都挂念着去看看仙鹤，瞅着这鹤还挺出奇。

一晃儿，过去二年多，快三年了。他俩说："咱俩能修成了，这还算不错。"他俩每天就修行，一心想成仙。正赶上夜里仙鹤在外面蹲着，就听着仙鹤不是好叫啊！他俩就跑出去了，说："是不是谁给抓的啊？"一看，一个黄鼠狼叼住仙鹤脖子上了，怎么拨拉也拨拉不下去，这俩急了。到那儿就打，最后把黄鼠狼打跑了，仙鹤也被咬死了。

他俩一看，说："哎呀！完了，这看起来大势已去呀！这仙鹤一死，咱俩也难成了，这是白修一场啊！"这俩人在那儿待着就越来越败兴。

最后，俩人是拿鱼也不高兴，打雀儿也不高兴，在这儿又住两天，觉得屋还冷，待着也冷淡了。他俩一合计说："咱俩这么办，改行回家吧！"

那小房也扒了烧了，他俩就回家了，这仙鹤他们也白惦记一场。

张大帅玩牌九

这个故事是说，官兵得一致呀，意思是说这张大帅带兵有方法。

过去，有个靳副官，他在大帅那儿当过护兵，有关这张大帅的事儿他没少讲。

一天到下晚儿的时候，张大帅就不穿这个军衣，穿上便衣了。他穿了个挺长的半截大棉袄，带着大刀就到护兵营去了。

护兵营有二三百人呢，他到屋后，扒那儿一看，有推牌九的，有打牌的，都有玩的，站岗的在站岗呢。

他穿那衣服，人家也瞅不出来他。他到推牌九那儿，坐那旮儿之后，一看，人家在玩，他就说："这么办，得了，让我推两把！"

大伙儿一看，说："大帅！"就都起来了。

他说："不用躲！我也推，来！"

他把兜里东西先掏出来，就都撂炕上了。那些大洋、银票的搁现在说也有好几万，那时候也有千儿八百的，这就都丢那儿了。

他说："大伙儿瞅着点摸，别让大伙儿偷了。"大伙儿一猜，这是点拨他们呢，别让偷。

他就稀里哗啦地推，那边压钱，他就光推牌，这边就偷。有人拽出两元来，他也不瞅，就装瞅不着，别人就偷。

这一阵工夫，赢了也是赔，他输了就说："好，你也赢了！你们在这儿扒拉点儿，挺好，给你！给你！"

用不了俩点儿[1]的工夫，他这钱就全输完了。他一拍腿，说："玩不过你们，不玩了，完事了！我这俩钱输了拉倒！"就走了。

后来，大帅每天下晚儿来一场，这样就像给大伙儿开资似的。大伙都说："大帅借此机会跟大伙儿同玩，这是个手腕，是大帅爱民的方式。"

张大帅写对联

咱们东北王张作霖大帅，那时候有三四个顾问。头一个顾问，是日本顾问。另外还有朝鲜顾问、德国顾问。但谁也没有日本顾问吃香，日本顾问会来事儿，他还是中国通，中国话说得特别好。

一晃儿在中国待了二十年了，日本顾问打算回国。日本天皇一看，说："你回国好啊，我想看看你在那边处得怎么样！"

日本顾问就和张大帅说："大帅，咱们也处好几年了，都挺近便，甚至你的机密大事都是我帮你料理。咱俩处成这样儿，我有朝一日回去了，日本天皇要问我和你处

---

[1] 俩点儿：两个小时。

得怎么样，我指定得说处得不错呀。你看能不能给我点儿纪念品，给我写副对联呢？你写完之后，我回去也好说话呀，我就拿这副对联给天皇看，说这是大帅亲笔写了之后送给我的。"

日本顾问第二天早上就要走呀，大帅说："哦，行行行，我给你写！你等着吧，明个儿走的时候，你就过来取！"

日本顾问的目的是啥呢？他知道张大帅写不太好，就想看看你张大帅这个中国字到底写得怎么样儿。

张大帅原来是胡子，他是个大老粗呀，不会写，虽然也学过点儿字，那也是后练的，没写过。这大帅一看，就急得找秘书。秘书长过来了，大帅说："我要写副对联，你看写什么好呢？"

秘书长说："你掂量写吧，我也不知道你写啥好。"

大帅说："不！你不用写太好的，别写正经话，写胡扯字就行，咱有正经字给他写？"就把要求告诉秘书长了。

秘书长说："那好吧！"秘书长写完之后，他一看，就摹体。他写了几回，也学会了，都写上了。

第二天早上起来，正要吃早饭，日本顾问来了，说："呀！大帅。"

大帅说："起来了？"

日本顾问说："起来了，我都吃完饭了，我看看你的对联昨天是不是写完了，我取来了。"

大帅说："还没写呢，我这就亲笔给你写！"

日本顾问寻思说：哎呀！大帅还真能写呀，真有两下子，不像大伙儿说的大老粗，不认得字呀。他要不认得字，就求别人写了，也不能在这儿亲笔写，还让我瞅着呀。本庄繁说："好吧！"

大帅就把宣纸铺好，把笔麻溜拿过来，就写上了，那也敢划拉呀！上联写的是"夜有双妻伴"，意思是我有两个老婆搂着我；下联写的是"昼夜掌兵权"。下边写"张作霖黑宝"。本来要写"张作霖墨宝"，他把那个"土"字忘了，就写个"黑宝"。

写完以后，秘书一看，心寻思：这不对！下边的"墨宝"，那是落款呀，这张作霖怎么没写"墨宝"，写了个"黑宝"呢？秘书还不好明说，怎么办呢？他就到傍拉捅大帅，小声说："大帅，一尘不染呀！"他一比画，意思就是：这昝是尘土不染呀，

叁 人物传说 ·431·

底下没有"土"字。

别看张大帅是个大老粗,他来得快,他一看,"黑"字底下没"土"字,就哈哈大笑,说:"哎呀,你说'一尘不染',是指的这个'墨'字底下没有'土'字不?"

秘书长说:"啊,对啊!"

大帅说:"真也是,我和他不错是不错,但我也不能把中国国土给他带日本去呀,我能把中国土地给他带去吗?所以我才写了个'黑'宝。这'土'字不能带,带有中国国土的都不行。俺俩好是好,我不能卖中国国土呀。"

日本顾问一看,心寻思:可了不得,张大帅这大老粗看起来可真是寸土不让呀,所以这中国是难侵、难占了。搁那么的,张大帅成名了。

异文:张大帅写对联

咱们中国那时候和日本不错,中国请的几个顾问当中,最打腰的、最使人尊敬的就是日本的这个顾问。这个日本顾问是中国通,是日本派来的,属于文官。

另外,到中国来的还有德国顾问和美国顾问,最可信的是这个日本人,他和张大帅处得不错。但是处好几年了,这日本顾问有事儿,打算回国。他心就寻思:都说张大帅没念过书,他是不是能写对联?另外我来了这么长时间,回去啥也拿不回去,没有张大帅那点儿信物,在日本天皇面前也不好说话呀!你看,我要走他也没给我买啥。哎,我就留副对联,他写完之后我可以做个信物儿。日本顾问第二天起来说:"大帅,我有个要求。"

大帅说:"你就说吧,有事儿可以说!"

日本顾问说:"咱们俩处这么近便,大帅对我这么爱护,我对大帅也特别尊敬,所以俺们日本天皇也知道咱俩的关系。我现在有这么个希望:能不能你亲笔给我写副对联?我拿回去就可以给日本天皇递上去,让日本天皇看一看咱们这两国处的关系。另一方面我也知道大帅有这样的高才。"

张大帅听半天:"哦,叫我写对联,那行行行!"就应下了。应完以后,又问道:"你多咱走?"

日本顾问说:"后天走,明天我来取吧!"

大帅回去就叨咕:"叫我写副对联!怎么办呢?"

这下边儿有秘书呀，秘书说："那你就掂对写一副给他吧！"

大帅说："我那两下，你还不知道？还写副对联？那都不知道要给人家写哪儿去了！这么办，你给我写副对联，教教我，写一般的就行！"

秘书说："写什么呢？"

大帅说："不写友谊不友谊那事儿，和他们那还能玩真的？什么两国友谊、两国和好，那玩意儿都不用写！咱写这个，也就像是写笑话儿似的。"

秘书说："那好，你掂对，我给你写吧！"秘书就用连笔字儿写上了。写的啥呢？"夜有双妻伴，昼夜掌兵权。"意思是有俩老婆守着我，白天黑夜掌大兵权。就写这么一个笑话儿似的对联。

大帅一看："好，行，行！你这句话编挺好，我就是和他们不能说这实在事儿，就逗笑玩儿那样写。"

秘书就写出去了，他说："你练练！"张大帅就练这几个字儿，就写"夜有双妻伴，昼夜掌兵权"，下边就写：张作霖墨宝，那得落款儿不是嘛！他就全写差不多了，会了也真行了，但他并没写。

到第二天早晨了，大帅一早来了，一看："日本顾问来了，好吧，进来吧，进来！"

日本顾问进屋儿了："大帅，我昨天麻烦你那事儿是不是已经写好了？"

大帅说："没，没有，这就给你写，写完你就拿走，这不是干得快嘛！"

哎呀！日本顾问一看，寻思：都说张大帅不会写字儿，写不多好，还当着面儿要写，还是有才啊！日本顾问说："那好吧，我等一会儿，我恭候！"

大帅把宣纸给铺好之后，拿下笔来，大笔一划拉，说"夜有双妻伴，昼夜掌兵权"。下边本该写"张作霖墨宝"，这个"墨"字儿底下就忘写那个"土"字儿了，写个"黑宝"！那"墨宝"不是像句套语嘛，人家写字画儿下边不都写"墨宝"吗，就是"黑"字儿底下一个"土"字儿那个"墨"嘛！他把"土"字儿忘了，就写个"黑宝"。这秘书一看：这丢笔丢得邪乎呀！这拿日本多砢碜呀！他就捅大帅，小声儿说："大帅，大帅，那'墨'下边儿没'土'字儿！"

大帅说："什么？"

秘书说："土下无尘，不是吗？"意思是你就没尘土，没"土"字儿。他没敢明说，说"土下无尘"。

"啊！"大帅一看，这没有土字儿，"啊"一声："哎呀，你是不是说我这个'墨'字儿下边没有个'土'字儿啊？"

秘书说："啊！"

大帅说："我那是故意的，我不能搁呀，那哪能写去？俺们俩私人关系是不错，但和他再怎么近便，我也不能把中国国土给他带日本去呀，我还能把国土卖给他吗？应该寸土不让呀！"

日本顾问一看，寻思："我的先生啊，张大帅太了不得了，不用说占他地盘儿了，连写个字儿，'土'字儿都不搁上，你看这，怕占他国土呢！"日本顾问从此就对张大帅特别尊敬。

张作霖用鸡罩罩红裙女

张作霖是东北的大帅，可以说是"东北王"。当初，他是个胡子，并不是大帅，在黑山、新民这一带，就闹腾腾的，但大帅还挺仁德。

有这么一次，有一家姓李，这家日子过得不错，特别有钱啊！那是座孤窑啊，没有前后家。张作霖就带了几十人奔这家去了，就给闯进去了。

这家特别有钱，另外有个姑娘，长得特别好。闯进去之后张作霖在前头，不怕死，就硬往里边干。闯到屋里之后，别人光奔东西，他就奔外屋一跑，就看见在外屋犄角有一个人在那趴着呢，刷白的身子。张作霖一瞅，这不是一个姑娘吗！长得挺漂亮的姑娘。

这姑娘吓得直哆嗦，就说："哎呀，你要不杀我，叫我怎么的都行啊！"

张作霖说："别动，不兴说话。"

一伸手就把鸡罩拿起来给姑娘扣上了。"不许你动！"扣上之后，就跟其他人说，"这没有什么，咱走吧。"他们就把钱财抢去一部分，拿走了。

张作霖就告诉手下人，说："这家咱们抢完了，下次不能再来了。"

等他们走了之后，姑娘就自己出来了，出来之后就和家人说："多亏那个头儿啊，要不是他把我用鸡罩罩上，那别人来就把我祸害了。看来那个头儿还是好胡子头儿，还是好人。"

张作霖就这么做了一步德，最后他当上大帅，算命的算出来了，他能当大帅全是因为他做了几步德呢！

张作霖舍金救老人

过去说，人有后人是防备老呢，不像现在。现在说人到老了之后要是没后人，还有这个五保户，国家能负责任。在旧社会，人老了之后没人管，有钱的不管你，穷人也管不起，国家也不负责任。

就是有这么一对老人，老公母二人[1]，累了一辈子。到晚年，他们就没法生活了，俩人就觉得苦闷啊，一合计，不如死了好。

正好这天，他俩就吃没吃的，烧没烧的了。他俩住在一家大门口前面的小平房里，一个破平房，啥也没有，他俩在大门口就像看大门似的。

正赶张大帅领帮胡子搁那堡子路过，就走到这老两口住的平房那旮旯儿。张大帅一看屋里有小灯，小亮不大，他就听里边，哼呀咳呀地哭，他说："哎，站下！"

那帮胡子就都站下了，那时大帅当胡子也抢啊，那是刚抢完回来。张大帅就听里面叨咕，老头儿说："咱俩呀，没别的章程啊。"

老太太说："老头儿啊，生有处死有地啊，俺俩今晚得死，不死没办法。明天没有抓把之粮，柴火没柴火，上边没有粮食，下边没有柴火啊。这干也干不动啊，去借无门啊，咱俩人亲没亲，友没友哇，没有儿女啊，这是没章程啊！"

老头儿说："咱俩不管怎的，一辈子，都七八十岁了，咱俩就在这梁上一上吊算了。"

这时就看他俩在梁上绑绳，一头儿一个，就把绳子绑好了，老头儿对老太太说："你在那头套上，你先套上，完事我再一套，咱俩一坠，正好都一堆儿死。"

张大帅这一听，心说，哎呀，这怎么要死啊！他扒窗户把窗户纸捅破一看，老头

---

[1] 老公母二人：指没儿没女。

儿正要上吊呢。大帅把窗户一拍,说:"不兴死,死什么死!给你银子!"就告诉下边说:"给银子!"下边人"啪啪"就往小屋里撒了几块银子、元宝啊,一块四十二两啊,撒进三四个去。

这时大帅带人就走了,这老头儿说:"这谁骂一句,还不让死。"正说呢,就看从窗户外面撒进几块银子,老头儿捡起来一看是大元宝,"哎呀,可了不得啊!三四个元宝可上百两啊,咱俩活到几百岁都够用了!"

所以张大帅做这一步德,老头儿老太太没死。

张作霖修庙

有一年,张作霖当胡子的时候,被马头兵撵得一点儿招都没有啦,他就跑庙上去了。正好三家子有个大庙,他就进去了。一看庙里有个泥像,挺大,空心的,他就钻关老爷的后身去了,把关老爷的红袍披上,紧搂着关老爷在那儿趴着,袍还披着。这兵到这儿一看,就老泥像一个,也没啥,就走了。他就嘱托说:"关老爷你得保护我,我要哪天真得利了,不死,我就给你重修庙宇。"关老爷保护得好,兵没找着。

后来,张作霖当大帅以后,想起这轱辘来了,有个叫赵广发的找他修庙,就是当时屯子里的。张作霖跑出来以后,第二天就和人说了:"多亏关老爷保护我,等我有权力那天给修庙。"所以赵广发知道这事儿,一看张作霖当大帅了,赵广发带领当地群众去找他,到沈阳一提,大帅乐了,一拍头:"你要不提,我都忘了,广发,你就主张修,我拿钱。"

所以大帅给拨的款,赵广发当的监工,亲自把庙给修好了,重新塑的神像。

刘德随营说大鼓

刘德是说大鼓的,大鼓书说得好。

想当年的时候啊，就是张大帅当胡子的时候，在新民啊、黑山一带当胡子。那刘德是怎么去的呢？

那时候张大帅他们在哪儿住着呢？就在柳树棵子[1]那块儿待着，下晚儿没事，他们就闷屈啊。大伙儿说怎么办呢？就想找个热闹。这山林子里上哪儿找去啊？这时候有个人就提议说："我听说有一个叫刘德的，大鼓书说得好，大伙儿都爱听，咱们把他找来。"

张大帅就说："行！把他找来。"就派人去找了。

刘德就在树林子里，在胡子堆儿里说了一段儿。这跟胡子也走一圈，也不能白走。就给他点儿钱，给他补条裤子。

单表张大帅，当了大帅以后，这下晚儿也闷屈，说："不行！把刘德找来。他在早儿我当胡子的时候给我说过大鼓，那时候都没说什么，现在就更能给我说了。"就派人找去了。

这个人就对刘德说："这么办吧，你以后就随营走吧，就随着我们大帅府走。下晚儿黑就给我们说一段儿，就给我们大帅府这几个人就行。"搁那么，他天天下晚儿去说一段儿，天天说一段儿。

要不怎么刘德能出名了呢？就是张大帅最爱听大鼓书，他是这么出的名。

冯玉祥拜缎子鞋

要说人当官也有中正的，也有不中正的。当初陆军将军冯玉祥，挺正义，带兵带得确实挺好，但是纪律严得邪乎。他有个规定，就是到百姓当中必须穿军装，不能随便换这换那的，买一双鞋穿都不行。

有一次，正赶上一个兵新买双缎子鞋，挺漂亮就穿着回来了，兵还不是个小兵，是个连长级。一到大门他看到了，他"啪"给人家来个立正，那连长吓得都颏了："司令，我！"

---

1 柳树棵子：柳树林。

"我不是给你敬礼,我给你的鞋敬礼。你这鞋是太值钱了,太好了,我见你鞋得拜。"

这连长就颓那旮了,连叩咕:"司令我错了,今后绝不穿缎子鞋了。"

"啊,你个人知错就行啊,好。"这就下通知了,"今后这么办,凡是穿缎子鞋的、穿便衣的,都收拾收拾受处理,今天你算头一次,我就算拜一拜。"

以后谁也不敢穿缎子鞋了,谁也不敢穿特别民众的衣服了。军队就得穿军装,你不能打扮得像群众似的!

娄金狗的传说

要说过去娶媳妇儿不易,死人也不容易。过去说娶媳妇儿啊,有红赏。死人呢,有白赏。另外,还有些凶神助孝、凶神应跟,那不一样儿。

说张大帅正待着没有事儿,闲溜达。就看那边儿娶媳妇的车来了,张大帅一看,"哎呀,来娶媳妇儿的车了啊!"大帅穿着便衣,没穿军队的衣裳,就溜达儿玩儿,就带几个护卫走。一看,这个车过去,车后面跟着一个老瘦猪。一看还不是母猪,像骚猪[1]似的。

就说:"这是怎么回事儿呢?怎么在喜车后面儿,跟着个骚猪呢?"他就跟着走了。

正好,一看这个骚猪跟着走,他就奔去了。一奔去,这个猪就撤后了,就不在喜车后面儿了,它就在喜车傍拉走走。到了那儿,人家这个新媳妇儿下轿了,这个猪就没了。他看完拜完天地,他就回来了。

他就打听,他说:"这个猪是怎么回事儿呢?"

这个时候,下边儿有一个明白的,就说:"猪啊,不是好事儿啊!那是凶神啊!这家绝对好不了!怎么择这么一天呢?今儿凶神下界,他怎么择那个日子呢?猪跟着,咱都看着了。"

---

1 骚猪:公猪。

他说："打听打听，谁给他择这天的？这先生太害人了！"

到了那儿一打听，说是哪哪儿的先生。说："老先生没走，还在这儿呢。"

回来就说："老先生还在这儿。"

大帅说："我就应该亲自找他去！"

一看是一个教书先生，老饱儿学，六十来岁的老头儿。

大帅到那儿了，就问他："请问老先生，这个日子是你择的吗？"

他说："啊，是啊，是我择的。"

大帅说："今儿个日子好不好？"

老先生说："今儿个日子好！按理说啊不好，但是结果变成最好的一天。"

大帅说："怎么能变呢？"

老先生就说："今天是猪神下界啊，凶神下界，凶。但是凶能变吉，变成吉神下界了。"

大帅说："好嘛！猪神成虎了！那怎么回事儿呢？"

老先生就说："今天有娄金狗下界！娄金狗啊，猪怕娄金狗啊！猪不是都怕狗吗？见了娄金狗它就躲过去了，所以变成吉星了。"

张大帅一听，一声没吱啊！张大帅知道，他算过命啊，说他是娄金狗转世啊。心里说："这位先生可了不得！就知道今天我来！"就说："那先生你能知道今天这娄金狗准来吗？"

老先生说："知道他准来，我算得一点儿不差！所以看的这天。"

张大帅说："好！老先生，你请吧，喝酒吧，我走了。"他就走了。

走以后，这回打听的人说："可了不得了！今儿来的这个是大帅啊！要不说啊，你今儿是答对了，答得好啊！要是答得不好，今天兴就宰了你啊！"

老先生说："我知道他今天来不可！所以才择的今天。"

大家一看，说："这老先生够说儿[1]！就知道张大帅是娄金狗转世！"

1　够说儿：厉害。

杨宇霆木头脑袋传说

人得做些好事，做坏事最后得到报应。当初杨宇霆在大帅旁边是个红人，就因为他做事不当，所以大帅死就死在日本人手里了。日本人在两洞桥把大帅崩死之后，张学良就记在心里了，意思就给他爹报仇。

正好有一天，张学良亲自在三十下晚儿请杨宇霆和常荫槐来打牌，杨宇霆是参谋长，常荫槐是督军，他俩是莫逆之交，所以他俩就勾连着害大帅。张学良事先都安排好了。他俩来了之后，张学良就把杨宇霆毙了。

杨宇霆家属来取尸首的时候，一看杨宇霆脑袋没了，丢了。就是谁恨得把脑袋割去了，但张学良没动弹。他们就拉回去，拉到河北十三沟了，十三沟的人就传出去了。没脑袋这怎么办呢，虽然他害了大帅，但他官还不小啊，是总参谋长，就把他埋到山沟了。

一晃到1948年了，正好群众就宣传杨宇霆是奸臣，害了张大帅，据说他的脑袋是木头脑袋。当地就有不信的，就有群众问农委会，能不能把他的坟给劈开？

"可以！"

农委会批准了，就把杨宇霆坟挖开了。挖完以后，打开一看，真是身子骨头棒还都有呢，没有脑袋，是个木头脑袋，榆木做的壳子。所以木头脑袋就是这么传开的。人死之后，杨宇霆连脑袋都没保住，他做了一辈子参谋长，最后为了个人的夺权，把江山弄完了，把大帅害了，临死还弄了个木头脑袋。

一句话惹起战争

要说人这啊，是一言兴邦，也一言丧邦。有句话说"良言一句三冬暖，恶语伤人六月寒"，确实一点儿也不差！这个故事出在哪儿？

当年，张大帅和杨宇霆俩人到关里开会去，那时候正赶上曹锟坐天下当总统。他去开会的工夫正赶遇见关里的段祺瑞段大元帅，他是管国民党的。

段祺瑞本来穿一双马靴，这个马靴是旧点儿。张大帅见面儿也爱说，像说笑话似的，就说："段大帅真太仔细呀！这么大会场，怎么穿双旧靴子来了？"

段祺瑞一看，笑了，说："你别看是旧靴子，这根儿正！"

张大帅一看，说："怎么的，你根儿正，我当过胡子，我根儿不正咋的，我也没抢你的！"两说三说就干起来了，一句一句谁也不让。干起来之后，张大帅觉得磨不开[1]，到那儿别人再一拦他，这会也没开好。

第二天一看，"干脆吧，不开会了，回去！"张大帅说，"你就等着吧，我根儿不正？我看看你能把我怎么的！"这大帅回来之后和杨宇霆一合计，说："咱们打他！"

杨宇霆一看，说："这事儿不应该打这个仗！就一句话的事儿，战争起来之后劳民伤财呀！"

张大帅说："不行，我非把他的地方夺了，不夺不行！"所以就发起了"直奉战争"。

那"直奉战争"就是搁这一句话起来的。

一块银圆的秘密

张学良家有个秘书室，秘书室侧室有个箱子，张学良也没打开过，锁头锁的。下面人也不知道怎么回事。

下面有个兵，心就想坏道了，就把张学良钥匙偷着印下来。印完之后，就把侧室门开开了，大箱子开开，张学良不在，打开一看，箱子里一个匣子，里面就一块大洋，袁大头，多一个没有。他就寻思：怎么回事？这么大个箱子，就一块大洋。其实他没拿，他就放下了，又搁起来了。

过了些日子，张学良回来了。这一天正赶上到八月节，张学良把箱子全打开了，这个箱子也打开了，张学良掂着、瞅着这块大洋，就笑。这个人就到近便，说："少帅，我请问一下，为什么你拿这块大洋这么掂量这么笑，这块大洋有什么出奇地

---

[1] 磨不开：不好意思。

方呢？为什么你这么恭敬它呢？"

张学良说："这个大洋和一般大洋不同啊，你拿一百块我也不换给你啊。"

"那出奇是金的吗？"

"啥是金、是银的，一样。这个大洋有个纪念性。"

"什么纪念性？"

"当初啊，杨宇霆做事不当，让日本人在两洞桥把我爹崩死以后，我有心把他除掉，但除不了，因为他势力大。所以我就逮一块大洋对天祷告说：天哪天哪！我就把大洋往天上扔，落地之后袁大头的像冲上，那我就可以除掉他了；要冲下，我就不敢动手。天助我一臂之力。扔完之后，转了多少个儿，'扑棱'一家伙像就冲上了。我就能成功，我就把大洋保存起来。最后我把杨宇霆除掉，真杀了他，挺顺当。杀了以后大洋我就不能花，做个永远的纪念。"

"原来这么个大洋啊，这么个秘密啊，我们都寻思什么宝贝大洋呢？"

张学良查岗

这个故事发生的时间比较近，也就是几十年以前。当初在沈阳张大帅当权的时候，张大帅叫"东北王"，他儿子是少帅，叫张学良。张学良这个人还挺细心，还挺慈善，人也挺有知识。

一天晚上，张学良出门办点儿事儿，回来之后到皇姑屯车站。到车站的时候穿的是便衣，一个人走。到车站一看，有一趟军用货车在那儿停着呢。这车旁边也没有一个岗哨，啥也没有。他心里就寻思：军用车旁边怎么没有一个站岗的呢？这车上装的是什么呢？他把手往车上一摸，里边是枪支。他刚一摸，后边就撑上了，说："别动！"他一看，后边大枪撑上了，"把手举起来！"张学良就把手举起来了。那他得听说呀，不听说不行啊。张学良一看这人，能三十多岁，黑黢的。

这人就问张学良："你是干啥的？搁哪儿来？"

张学良说："我是路过这儿，到这儿看一看。"

那人说："你把手举起来，我看看。"他一摸腰，有一个枪，德国牌的一个手枪，他说,"好,不管你是干啥的,跟我走吧,进屋儿。"他俩就到了值班室。

值班室有个何警长,何警长正值班呢。这站岗的叫孙老蔫,他是个老实人,还实惠,他站岗的时候特别多,一般的时候别人不爱站,打麻将打牌时候,就说:"孙老蔫,你站一会儿吧,我给你一盒烟。"他就替人多站一班。他站岗都不在明处,都在暗处猫着,等谁来之后他才出去。他不在明处站着,他说在明处站着不方便,兴许被别人打中,就总在暗处猫着看着人家。

这到屋儿一看,何警长还打麻将呢,就说:"你先到那儿蹲一会儿。"张学良一听就蹲地上了,蹲就蹲一会儿吧,得等麻将打完这一盘。何警长一看,就问他,说:"你是哪儿来的,干啥的?"

他说:"我是路过这旮,回来喝点儿酒喝多了。"

何警长又说:"看看他兜里边儿有钱没?翻翻!"

有人就下去一摸腰,说:"穷鬼!"这天张学良还真没带钱。"那你就蹲着吧!"张学良就在那儿蹲着。

那是夏天景儿,夜间短,不一会儿天就亮了。何警长就告诉那几个人说:"你们在这儿看着,我把他送警察署去。"就要把张学良送警察署,他一看有功了,抓个嫌疑犯哪!就带着张学良押着送去了。

到了警察署,署长一看,这是抓了个坏人哪,这还了得!就说:"带进来。"带进来一看,署长认得,那时候张学良也是少帅,皇姑屯这警察署长也经常开会去。到屋儿一看,哎呀!就站起来了,说:"是不是少帅呀?!"

他这一愣,张学良说:"是。"

张学良这还绑着呢,署长急速就给解开,然后把眼睛一瞪,说:"瞧你干的好事儿啊,何警长!怎么回事儿,什么人弄的?"

何警长本来想着来请功,到这儿来不但没请着功,还弄一身呲儿。"你先回去吧!"这何警长就回去了,又把张学良送到少帅府。

送回去以后,单表这何警长,他回去和老蔫说:"这回人是你抓的,你合计吧,你还拿枪撑他,他还不要你命啊?你瞅着吧。"下晚儿电话就过来了,意思是告诉孙老蔫让他去,这回他害怕了,"不去不行啊,你赶快去吧。"

他去了以后,告诉署长也去,署长也去了。到少帅府,少帅正在办公厅那儿坐着呢,二郎腿一搭,正在那儿喝水呢。看他们来了,就说:"来了?坐下吧。"

署长说:"我哪儿还敢坐呀,冒了这事儿,下边人不懂得,犯了这事儿了。"

张学良说:"行了,那人叫啥名字呢?"

他说:"叫孙老蔫,学名叫孙德顺。"

又问:"把他带来了吗?"

"带来了。"

少帅说:"好。你还挺认真,不管怎么的,你这样做就对,还真正够个军人。你回去以后,那个警长就是你的了,给你升一级,你回去就当警长。那何警长把他刷下去,叫他回家吃饭去。他没事儿领着人就打麻将,成天成宿地打,还当什么警长!"

孙老蔫儿这回可得着了,升了一级还得到表扬了。何警长最后还遭到处理了,就说这张学良查岗,挺认真。

张学良过生日

张学良是六月三号生日,一过生日的时候,过得特别隆重,下面都送礼。

有一次,张学良为啥不过生日了呢?送礼全部打回,不要了。别人问张学良:"为啥不过了呢?"

他说:"不能过了。"正好张大帅是六月四号崩死的,他说:"我的吉祥日子挨着我爸爸的苦难日子。我哪能过生日?我就是为了纪念他的苦难日子,不能过这生日了。"以后,张学良的生日就免除了。

一晃过去几年,把杨宇霆也毙了,日本人也打跑了,张学良还继续过生日,他说:"现在我的家仇和国恨都解除了,我爸爸的死也算完事了,我还过我的生日。"搁那张学良还继续过他的生日。

张学良买帽子

人们现在都爱穿名牌衣服，专为了穿名、穿钱，不但现在，过去的时候也是那样，就讲少将张学良小时候的事。

张大帅当胡子的时候就不用说了，当上大帅就打腰了。

张学良小名儿叫小六子，大帅就稀罕得邪乎，特殊稀罕。

有一回正赶上冬天冷的时候，张学良十二三岁了，没有帽子不行，他妈说买个帽子吧，就打发下面的人买帽子去。临走的时候，张学良他妈就告诉说："必须买个不得离[1]的，戴不出去不行！"

下面的人说："那好。"就出去了。

出去先到的哪呢？到沈阳天字号买卖——老祥和，向他家一打听："你这儿有没有最好的帽子？"

"有啊！"掌柜的就把帽子拿出来了。

买帽子的小年轻在柜子傍拉说："这个帽子多少钱？"

掌柜的说："一百元钱。"

那时候买一垧地才二百元钱，这个帽子就得一百元钱！

"这是一等帽子，这帽子好！"掌柜的就夸这帽子这么好那么好的。

买帽子的说："不咋着，俺们少帅能戴一百元钱的帽子吗，这都说不出口去，还有好的吗？"

"俺们这儿没有了！这么办，你再到下边去，看看别人家还有没有，俺们这儿卖不出去，没进什么好帽子，别人家有进好的。你到天财城看看，那也是俺们老祥和的买卖。"

买帽子的说："那行！"他就到别人那儿看去了。

这工夫，人家就把下面人打发走了，说："赶紧去拿顶帽子，送天财城去。"这就拿着几顶帽子连下[2]送走了，两个地方都是一家的买卖。

---

1 不得离：差不多，指好的。
2 连下：赶快。

叁 人物传说 · 445 ·

最后这个买帽子到了天财城,到帽子柜台上一看,这儿卖的帽子摆得齐整,还不少啊!他就问:"有好的没?"

卖帽子的说:"有,俺们这是一等帽子,沈阳没有比俺们这儿再好的帽子了,反正俺这儿就是价钱稍高点。"

买帽子的说:"多少钱?"

卖帽子的说:"五百!"

他一听,"哎,这帽子的价钱还差不多!"就让把帽子拿出来。

卖帽子的把这帽子拿出来后,他一看,还确实不错。其实还是原来他在那儿看的那个帽子。

他还这么好那么好地夸半天,就说:"行啊,这帽子我就买下来吧!"就花了五百元钱买下了这顶帽子。

要不说呢,从古至今都是听名声买名牌,这不就是光听价钱不看货嘛!

于凤至名字的来历

这个于凤至是谁呢?是张学良的夫人。那时候他们是怎么订的婚、怎么结的婚呢?就讲这一段。

张大帅和老于头儿不错,老于头儿是个大财主呀,家在北边的吉林,张大帅往往[1]到那儿去。因为于凤至她爹和孙烈臣、吴督军都不错,所以正赶上张大帅那天去了,他们也都去了。

大伙儿到那儿去之后,于老员外不用说,就在那儿留的客,那菜挺丰盛啊!大伙儿就连吃带喝,在那儿坐着闲扯,就唠到前程的事儿:怎么怎么干、张大帅怎么统一中国……唠一阵儿,越唠越高兴。

单表这个老员外。这老员外多大岁数呢?那时候不是岁数大,三十多岁,不到三十七八岁,他夫人也三十多岁。丫鬟跑来了,一看就喊叫说:"老员外,你看那房

---

[1] 往往:经常。

子上是什么雀儿，怎么这么大呢？"

老员外出去一看，说："哎呀，这雀儿真出奇啊！"这你也看，他也看。

张大帅出去一看：不认识这雀儿啊，特别大，特别新鲜得邪乎！就赶上一个凤凰样儿了，说这凤凰还不像凤凰，但这雀儿长得新鲜，自己在那儿冲南边儿叫。不说。

单表谁呢？单表这个员外的夫人，夫人那边来信儿了。有个丫鬟说："老员外，赶快去吧，现在夫人猫起来了，生个女孩子！"这不刚生完嘛！

"哎呀？"大伙儿说，"好啊！这房上有小鸟儿叫，屋儿里生个女孩子，这女孩子命不小啊！雀儿贺喜来了，所以虽然咱不认得，但它就不是凤凰也不能是一般雀儿啊！"

这孩子降生完之后，老员外说："大伙儿看看吧，看这孩子叫啥名儿吧？"

大伙儿你一句、他一句，在那儿揣度。最后大伙儿说："可以叫小凤！"有说叫"喜凤"的，有说叫"彩凤"的……最后，张大帅说："这么办吧，咱们来了，凤也来了，那就叫于凤到！"

大伙儿说："叫凤至吧，'至'比'到'好。"

"好！"张大帅说，"这么办，就叫凤至！"搁那儿张大帅给起个名叫"于凤至"。

那时候正好张学良是后生的，比于凤至小四岁，后来他俩处得挺近便。后尾儿老员外说："这么办吧，如果你这公子没订媳妇儿，咱们就做个亲吧！"

张大帅说："那好吧！"张大帅从小就给他儿子的亲事订下了，张学良订于凤至是这么订的。因为张大帅也知道这鸟儿是一个吉祥物儿，这个姑娘也有才。大帅寻思说："说实话，她叫于凤至，我儿子就有光明，'龙配凤'嘛！我儿子虽然没叫'龙'，但这也行。"

张学良和于凤至就订婚了，要不你看，于凤至确实真就成名了，确实哪样儿都明白，做事儿也特别沙愣。

这故事就是说什么事都有先兆。

郭松龄查岗

这个故事就是说在军队啊，军纪得要严。

郭松龄这个将军对军队特别严，到了他值班，他要是去大帅府的时候，他必须查岗去。

这天，郭松龄正在那儿溜达查岗呢，就看有一部分兵，在街上买百姓的东西不给钱。有的吃香瓜，吃完一抹擦嘴头，就走了。有几个吃点儿香油馃子、油子糕，吃完也不给人钱。最严重是买烟，烟抄起来揣兜里就走。卖烟的都是老头儿、老太太啊，就可劲儿喊啊。

有的就说："这也不是大帅府的护兵啊，这赶上阎王斋一样啊！天天儿就到我们这儿来熊[1]我们！"

郭松龄一看，就说："这哪儿行啊？给我站下！"大家都知道他是郭松龄。

他一堆儿拽住五六个，说："你们哪儿的？"

当兵的说："俺们哪儿的？俺们是大帅府的！"

郭松龄说："啊，那大帅府的警卫连更应该守安分了！"

当兵的说："那不是俺们的钱不够花嘛！"

郭松龄说："不够花？这么办，给我带进来。"就给带进去，送大帅府去了。

大帅一听，就说："这是怎么回事儿？"

别人就说："郭军长给送来的。"就把这经过和他一说。

大帅说郭松龄："郭军长，这些小事儿能怎么的？孩子们都说挣这俩钱儿不够花，要是去抓点儿就抓点儿呗，省得这些人吃咱们的。"

郭松龄说："这不对啊大帅！不够花的话，大家都不够，不光他们不够。那为什么别人没抓，他们抓呢？那要是照这样的话，不就乱了吗？这兵是兵，匪是匪。兵匪还有什么区别呢？"

大帅一看也没话儿说了，就说："好！下次处置他们！这次就这么的，今儿个这事儿就这么的吧。你们都下去吧，下次不能再这样了！"

1　熊：欺负。

郭松龄就很不满意，说大帅态度不对，就是护下面的人护得邪乎！他抢多少都不管。

所以说，这个事儿就显得郭松龄特别清。

郭军反奉

要说啊，这个当官啊，也得会用人。

民国时，东北的郭松龄是个上将之才，是个有才的人。可以说，在张大帅的军队当中，郭松龄可以说是首屈一指，指挥兵干点啥，哪样都行。

另外，他还和张学良是莫逆之交。张学良在讲武堂念书的时候，他是张学良的老师，他就教政治，教张学良，张学良管他叫郭老师。

另外，他和张学良俩还是忘年交，是磕头的朋友。他俩是近得邪乎，张学良做的好多事情都离不了郭松龄。郭松龄为人正义，他告诉张学良也要正义。

郭松龄还有个外号，叫郭鬼子，就是因为他特别精，精得邪乎，他懂的东西太多，太精妙。

这不说，单表张大帅。他用人不当，遇事不明，因为他最相信杨宇霆。杨宇霆为人有点儿奸诈，就把郭松龄弄得里外不是人。所以打胜仗的时候，是杨宇霆升官，打败仗的时候，就往人家郭松龄身上推。有一件事儿为证：杨宇霆去打上海，打败了。地盘丢了。结果回来后不但没处理他，还给他封官，可见张大帅就偏心他。郭松龄去那儿抗敌去，让人家去受围。你说这事儿合理不？郭松龄就有些恼怒，对张大帅有些看法，这事儿就存有一点嫌隙。

后来直奉战争，张大帅就直接派杨宇霆和少帅俩人去了。少帅带兵去了之后，郭松龄是副手，也就去了。到了山海关以后，这军饷也不及时，衣服也穿得少，正是天寒地冻的时候，什么时候呢？已经到阴历的冬至月了。那时候军队穿的都是单鞋、单裤，棉衣没发。那时候对待郭松龄的意思是，你的军队打败仗，我就不给你发衣服了，把你好刷了不用你，意思就是对郭松龄有排挤性。

说这个郭松龄一恼怒，就到哪儿了呢？到了白旗堡西，就搁山海关返回来了，说:"我不能打了。"

摊巧儿这个时候,正好张学良不在,张学良正赶上别的地方开会去,就把大权全交给郭松龄了。他带着全军,好几十万人马,就倒返沈阳,就返回来了。意思是什么呢?口号是什么呢?就是"保少帅,推老帅!"叫老帅让位,保少帅登基。军队回来时就是这么个口号。手下那些当兵的也得意少帅,都不得意老帅,所以他的那些兵也都和他一堆儿打回来了。

打到哪儿呢?就打到白旗堡。那时候天寒地冻啊,雪就开始下了,冷得邪乎啊!奉军在兴隆店,张大帅的兵也在兴隆店,这两伙兵就在兴隆店打起来了,打得嘎嘎响,个人打个人,那就不用说了。

这是什么时候呢?是1925年,我正是那时候生人啊。战争正是在冬月打的,是挺冷,打得可是激烈得邪乎啊!

最后怎么了呢?最后一看,沈阳方面的张大帅就把谁调来了呢?就把吴俊陞的大马队叫来了。吴俊陞在哪儿?在黑龙江当督军,孙烈臣在吉林当督军,东北三个督军嘛,最大的还是沈阳张大帅,他管全东北。

把他们调来也没行。张大帅一看没法儿了,打不了了,就快要不行了,就要败了。那时候沈阳已经贴出来标语了,"送张迎郭",就是送张大帅迎郭松龄,连旗帜都预备好了,连牌匾都写出来了。

这张大帅一合计,还得找吴俊陞,就和这个吴大舌头,也就是吴俊陞联系,向他求援。这个吴大舌头接着信儿就和人家苏联那边联系上了,当时沈阳的火车奔北边黑龙江的火车叫中长路,那火车归人家苏联管,那时候中国没火车,火车都没有。就有一条铁路是咱们的,是哪儿呢?就是沈阳奔山海关、奔关里那一条铁路,剩下都是外国的火车。吴大舌头和苏联铁路一联系,整个包下三天的铁路。不让人家卖票,不让载旅客,整条线的火车都载兵,多给人家钱,这苏联才卖给的,这回吴大舌头的兵都载来了。

这吴大舌头那能耐啊!人家的兵穿得好,净是棉衣、棉裤、棉皮袄来的。到这边,那以暖兵对冷兵打,那还了得!郭松龄的兵就不行了,穿那个单衣服、单袄都没换,穿得夹鞋片。那冷得要命啊,那都递不出枪来。最后就打不过人家了,所以就败了。

这一败,郭松龄败到哪儿呢?败到白旗堡,就现在的大红旗啊。那时候叫白旗堡，解放以后不叫白旗堡，改叫大红旗了。大红旗不是车站吗？就在那旮旯儿。郭松龄没有办法，叫人家困住之后，他就带着老伴儿跑到一家的白菜窖猫起来了，后来还是被人抓住了。抓完之后，张学良要是回来在场，不能毙他。张学良知道他有冤屈的事儿啊，虽然他犯错了，他返回沈阳之后，不是为了反张大帅。

没等少帅回来，杨宇霆就下命令了，杨宇霆是总参谋长，说："毙了他！不能留他，这是后患。"杨宇霆就下命令把郭松龄给毙了，把郭松龄夫人也毙了。郭松龄夫人叫韩淑秀，这俩人是这么死的。

俩人虽然是死了，之后有些个百姓对双方看法不一样。有些不认识郭松龄的说，郭松龄反奉不应该，吃老张，打老张，不应该打；有些说老张对他有些不公平的地方，他要保少帅……所以是说法不一。

现在解释下来，老百姓对郭松龄的印象还确实不错，说郭松龄是一个革命者。

兵营啃桌子

过去，张学良在东北大营的时候，他在一个兵营里当副官。

有一天他查夜，有两个负责夜里巡哨的兵跟着一起去，他是巡哨连长，他带两个兵检查去了。到这屋一看哪！屋里头多的话能有七八十个兵在南北炕住着，没想到这些兵都起来了，点上灯说："都起来干啥呢？"一看，都在地下啃那桌子呢！一张长桌子，本来是预备白天写点啥的，吃饭用的，这些兵都在那"咔咔"啃呢！

他说："怎么？这啃桌子是磨牙呢？"

那些兵都啃桌子，谁到这儿也不懂得，喊他们也不明白。没办法，到他们后脊梁拍一巴掌，嗯！这一巴掌算拍明白了。拍完巴掌之后，这里的兵都上炕个人趴下了。第二天早上一问，谁也不知道起来了，都不知道有这么回事儿。

所以怎么办呢？那个兵营啊！一发生这样的事，就叫人去拍他们，要不得啃一宿，就是这么个兵营。

豆腐磨老于头救大帅

过去人说谁都有受谁的恩惠，要不说受人滴水之恩必须涌泉相报呢。当年的时候，张大帅并不是大帅，他原来是个新民和黑山中间的一个胡子，手底下有一帮人。

但是当胡子这玩意儿不能老得利，也有失利的时候。有那么一次，张大帅他们就失利了，被兵就围上了，打得是落花流水啊！张大帅没有办法，自己啥也没有了，马也没有了，空剩人了。就黑啊，半夜三更，天要亮的时候，鸡叫以前，就跑到哪呢，就跑到于家窝棚。

到于家窝棚一看，别人都没点灯，就尽西头有这么两间小房有灯光。他就着急忙慌跑那屋去了，一看，老头儿正割豆腐呢。起早做豆腐的一个老头儿，炕上还躺个老太太。

进屋之后，大帅一看没办法，说："你老人家啊，赶快救我命吧！我就是胡子张作霖啊！现在人家打我，我是上天无路，入地无门啊。你要不救我，我就完了。"

老头儿一看，哎呀，觉得挺难。一看小伙子岁数不大呀，那时候二十七八岁。就问："小伙子你怎么这样跑呢，你叫张作霖啊？"

"啊！"

"我听说过这个名。"

"你老救我吧！"

哎呀，老头儿说："这么办吧，那我就救你，想想办法。这么办，你急速把你这个外边衣服脱去，换个衣裳。"老头儿就进屋把别的衣服拿来一件，让张作霖套上。张作霖套上衣服以后，老头儿说："你把这围裙扎上。"就把一个围裙，那时候还不是白围裙，都是蓝围裙，就把一个蓝围裙给他扎上，围身上了。说："你来割豆腐来！"叫张作霖割豆腐。

老头儿对张作霖说："你是我儿子，我是你爹，咱俩人就好说话。"说好了之后，兵就到了，到了一看，"有人没？有胡子吗这屋？"老头儿说："没有，就我们爷俩，我儿子割豆腐，我帮他烧火呢！哪有人？炕上躺着的是老太太。"一看真是这么回事儿啊，他们在那儿割豆腐，在那儿"劈啦"忙活，可屋气[1]。一看，真没有，别惊扰人家了，走吧，兵就走了。

张作霖在老头儿家眯着，出不去啊，兵围着啊。一待待了四五天的工夫，兵也散了，谁也没有了，胡子也不抓了，完事儿了。他合计我得走啊！他说我得问问干老吧，真就认这干老了，就说："干老，我得走了！"

老头儿说："你走吧！"

张作霖说："我走之后，我如果要真有出息那天的话，你老找我去，我一定报你德！"

老头儿说："你走吧，咱施恩勿报，不图你报，你走你的吧，你个人好好注点儿意！最好啊，你以后还是务正道吧，胡子当不得，别当这玩意儿。"

张作霖说："好吧！"

老头儿说："俗话说得好，说那胡子像兔子一样，兔子没有老死的兔子，胡子也那样。都是让人枪打死的，不能干的玩意儿，你掂对干点儿别的吧。"

他说："好了，干老，安心吧！"大帅就走了。

一走过了多少年，大帅真当上大帅了！当大帅就把这玩意儿给忘了，他那官大啊，一走一过的事儿。他那朋友亲戚有的是，那官巴结的都有的是，哪儿还能想起他的干老来？这老于头儿也寻思了，老太太咱俩那时候五十多，现在都七十来岁了。个人不是没儿女，有儿女，那时候是个人过的。儿女就打听，说："这回张作霖当大帅了，那时候你不救过他嘛。"连亲戚们也说："你不好找他去嘛！"

老头儿说："我找他能认得我吗？我找他，那时候我才五十啷当岁，现在六七十岁老头子。"

人们都说："你去，找他！"

他说："我去，我去！"他就去了。

去了之后，到大帅府了，沈阳大帅府谁都知道啊！到门口了，他就告诉门口的把门兵，说："你给我回禀一声，就说你干老来了！姓于，做豆腐老头儿。"他就把这个围裙拿着，拿着蓝围裙，这个围裙可不是当年的围裙，又做的蓝围裙，就把它拿出来了。

---

[1] 可屋气：满屋子的气体。

后尾儿把门兵一禀报。大帅说:"让他进来吧!"把他让进去了,把门兵就把他送进去了。

老于头儿进去之后,大帅府的人都看这个老于头儿,觉得他怪啊,这个干老就把大围裙拎着,拎着围裙进的屋。张作霖一看,哎呀,想起来了,做豆腐的围裙记住了。哎呀,这是我干老。说:"起立,这我干老来了。"

张作霖说:"哎呀,好几十年了,我都忘了。确实不对啊,你老找上来了。"留老头儿在那吃和住之后,张作霖说:"这么办吧,你来有啥意思,是不有啥事吧?我那几个兄弟、妹妹们他们在家过得怎么样?"

老头儿说:"他们在家过得都行,都能对付。"

"是不打算当官啊?我都给个一官半职的,给个连长、营长看看,到我这来看看。"

"他们都不希望当这个官,我现在就是想你,你干妈也想你。挂着看看你!我说你是我干儿子,没人信。"

他说:"那好吧,没人信好办,我送你块匾。"告诉下边人急速给刻块匾,上面写着:干父、义父怎么怎么的,下面注张作霖的名讳。告诉老于头儿他们那个知县,一定要照顾老于头儿。另外临走张作霖给老于头儿拿了不少银子,拿了不少金子。

老于头儿回来以后,匾往上一挂,这就是新民也好,黑山也好,不管哪的,都得拜拜老于头儿去。你看这老于头儿打腰了,大帅的干老嘛!所以他救他一命,老于头儿搁那么,儿女钱财也够花了,享了一世清福。这就是说人还得做好事。

帅府的豆腐磨

当年张作霖当胡子那时候,有一次,他和他手下的人就在咱们新民西黑山附近,被大兵撵得是一点儿章程没有了,他就是带着几个弟兄跑啊!

后尾儿张作霖和几个弟兄就跑到了一个小堡子。当时正赶晌午,他们一天没吃饭,饿啊。看见在堡子头上有一家,一个老太太正烧火呢。

他们一看没有追兵就进屋了,到屋一看,张作霖就问:"老妈妈,你有什么吃的没?"

老太太一看进来好几个，老太太挺慈善的，说："我这正好煮的黍米饭、小豆腐。"

张作霖一看厨房里有馇的豆腐，还有豆腐磨正磨豆子呢，锅里还有烀的豆子。张作霖说："好哇！"

老太太就把饭端给他们，大帅还真没咋吃过这玩意儿，他们几个人造得挺饱挺饱的，还吃得挺香。张作霖他们几个吃完了以后，就跟老太太说："这么的吧，今天我们也不方便，也没钱给你。"

老太太说："要啥钱啊，你们就走吧。吃完就完事了，一顿小豆腐要啥钱啊？"张作霖他们几个就走了。

这一晃就过去多少年了，张作霖当上大帅以后，就在沈阳大帅府一待，这吃什么都不香。那真是山珍海味满桌子，但就是吃啥啥不香。他还老嫌大厨整的不好吃，一吃就老说："没好玩意儿，这怎么整的菜！"

这天张作霖做梦也不怎么就想起当年当胡子那时候，吃的那一顿老太太馇的小豆腐真是太好吃了，好得邪乎。他就告诉下边，说："去给我馇小豆腐！"

这个大厨一看，馇吧，那人也会整啊，也把豆子泡上了。大厨馇完以后，就给大帅端上来了，另外人家大厨搁不少材料呢。大帅吃饭时是有一个人陪他吃的，大帅吃两口大厨馇的小豆腐觉得不咋着，就跟底下人说："大厨这馇的不好吃，手艺真不行，把大厨全刷掉，一个不要，连个小豆腐都不会馇。"

陪着大帅一起吃饭的就问张作霖："大帅你怎么觉得不好吃呢？"

大帅说："某年某月某日的时候，我在新民县西处有个小堡子，可能叫王家屯，有个老太太馇得好。那小豆腐好得邪乎！香得邪乎啊！"

"那把她请来呗？"

"好，去，请去！把老王妈妈请来！"底下人就拿着钱去的，怕老太太不来。到王家屯把老太太请来了，老太太坐车就给拉来了。

老王太太一看，那就馇吧，就按原来那么泡的豆子，也那么馇的，馇完以后，老太太亲手给大帅就端上来了，"吃吧！大帅。"大帅说："好，这回准好吃！"

大帅吃了一口，说："嗯？老妈妈你这小豆腐馇得和当年不一样呢？没那好吃呢？也不好吃了呢。"

老太太就说："咳，大帅啊，人哪，不有那么句话嘛，说'饱了不好吃，饿了甜如蜜'啊！要是不饥饿啊，吃东西不能香啊！那时候你什么身份啊，你那时候是跑得连饥带渴啊,啥也吃不着啊,吃什么什么香啊。现在你说你酒肉满桌子都不爱吃,哪能爱吃小豆腐去,你还能怪你下边人吗?"

大帅说:"啊!真是这回事!"

搁那之后大帅也明白了,又让那几个大厨都回来了。要不怎么说,人就是此一时彼一时的问题。

帅府的大夫胜御医

这个故事讲的是什么呢,讲的是大帅府的大夫胜御医。这个故事发生在咱们新城子附近,有个老路头儿,他路官屯的,也就五十多岁,家过得还不错。这天他就牙疼得邪乎,那是怎么都治不了,吃药也不好,扎针也不好。

这天早晨,老路头儿起来之后,个人到外屋的仓房里,偷摸就灌了一小瓶儿卤水,灌上之后就揣怀里了。他告诉老伴儿,说今天要上新城子,路官屯离新城子八里地,要到那好好改善一顿,到新城子下下饭店。

老路头儿就跟老伴儿说:"你在家就不用惦记我,我死了你都不用惦记我,咱俩一辈子就这么的吧。"临走还握握老伴儿手。

老伴儿说:"你净说糊涂话,牙疼还能死人了!"其实老伴儿不知道老头儿心思,老头儿揣卤水呢,就准备自杀了。

老路头儿到了新城子,已经是傍晌了。新城子有一个艾家馆子,卖大碗面,就像现在那面条似的,那时候是擀的,不是抻的。一碗宽面条上面带肉帽的,里头有大肥肉片,这一碗就能有二三两。老路头儿个人寻思着就进艾家馆子了。

老路头儿就要了一大碗面,不一会儿人家给他端上来,热气腾腾的。他就干瞅着,一筷子不动,他牙疼啊,哪敢吃。他寻思说:"这面条啊、肉啊,咱俩无缘啊,我要吃一筷子就得疼死啊,我这牙啊!"边寻思还淌眼泪,眼泪"啪啪"往桌上掉。大伙儿一看,说:"这老头儿你怎不吃呢?"老路头儿说:"咳!我吃啥啊,我吃不了啊,我这牙疼得不得了啊!"

这工夫,顺着桌子那头,过来一个大高个儿,挺沙楞一个人,也有五十多岁。

到老路头儿桌边一看,说:"这位老哥,你怎么不吃面条呢?"老路头儿说:"我不是不吃啊,我三天都没吃一口安心饭啊,吃不了,牙疼得要命啊!谁也治不好啊!我说实在话,我现在不想吃了,我来了……"说着说着就把卤水掏出来了,"我准备要吃它了。"

别人问:"那是什么?"

老路头儿说:"我带的卤水啊!我把它喝完之后,死道沟里就完事了,省得儿女惦记我。我这罪受不起啊!"

掌柜的怕老路头儿喝了卤水,就说:"给我卤水吧,你别拿着了!"

老路头儿说:"不,我不能搁你这屋喝。你抢不去。"

这个大高个儿又说:"你牙没找大夫扎扎吗?"

老路头儿说:"扎哪能好呢,根本就不行,治不了啊。"

这个大高个儿说:"这么办,你要信得过我,我给你扎一针,试验试验。"

老路头儿说:"那我有啥信不着你的,你要会扎那还不好。"

这个大高个儿就把兜子"唰"拉开,那时候有拉锁兜,里面是医疗器械,就是属于西医。他拿出个大白银针,说:"你别动弹,别动弹。"就连扎了三针,扎完之后,说,"你别怕疼,我给你稳稳针。"之后大高个儿就说,"掌柜的,你把那碗面条拿锅里给他热热,凉了。"

掌柜的说:"那行!换一碗也行啊!"掌柜的就给老路头儿换了一碗新的面条端上来了。过了能有十来分钟以后,大高个儿把针拔下来,对老路头儿说:"你吃吧,照量照量!"

老路头儿忙说:"哪敢吃了?"就害怕。

大伙儿说:"你就照量照量,吃怕啥的。"

老路头儿就扒拉一口,不疼了。就连面条带肉,没有十分钟都吃进去了。还告诉掌柜的:"再来一碗!"等老路头儿两碗都吃完以后,他下地就给大高个儿跪下了,说:"你可是神仙啊!这是哪方神仙把我救了!要不我就得死了。这一针下来怎么这么好使呢!"

大高个儿说:"咳,也不用谢我,我一分也不图,我路过这,咱俩有缘啊!我就是大帅府的大夫。"

老路头儿又说:"这是御医啊!怨不得这么邪乎,可了不得!"他跪着又磕了几

叁 人物传说

· 457 ·

个头,大高个儿说:"你别磕头了,不用谢我了,你相信医生就行。"

搁那么,帅府的大夫就出名了。到新城子一打听,都说帅府医生赛御医,跟神仙一样。

掏大粪的当团长

这个故事是说什么呢?掏大粪的当团长,就说明啊,世界上都这样,挨上金就是金,挨上玉就是玉。你看,挨上好地方啊,出息就容易,要是挨不上好地方啊,再有能耐也上不去。

就说有这么一个老王头儿。他从年轻给张大帅干活。张大帅当大帅以后,就给人家掏大粪,就在大帅府里头。

大帅府里头,有几个厕所啊,他就把这个大粪掏完以后挑出去,那时候没车啊,他就挑。他们就使唤这个老头儿。

一晃老王头儿多大岁数了呢?他从二十几岁就开始干,干到四十多岁了,他还是掏大粪的。

掏完之后,老伴儿就嘀咕他,说:"你啊!你看大帅身边的啊,都当官了,当团长的、营长的,人家都当上官娘娘了。你是掏大粪的,我是掏大粪的老婆子,天天就在下晚儿闻这个臭味儿。这二十年,天天在大帅那儿,人家照顾你啥了?啥官也没捞着你!"

他就说:"你说,你净扯淡!我能干啥?我没上过马,也没念过书,也不认字儿。"

他老婆就天天嘀咕说:"不认字儿不要紧,大帅还没念过多少书,人家还当大帅呢!人家不也是练的吗?"

这天啊,俩人就干架了。正干呢,正赶上大帅就赶到了,说:"这干什么呢?因为什么就干起来了,在屋里嗷嗷的?这两口子。"到屋里一看,大帅就说了,"吵吵什么?因为什么?是没钱花还是咋的?"

老王头儿说:"不是没钱花,这不是说我没出息吗?人家一堆儿来的,都当官了。

我掏大粪的啥也没当上，意思是埋汰我不会来事儿。"

"啊！"大帅说，"看来今天是你老伴儿让你当官啊！那行，要当官行。我想个办法，你这么办吧，你过两天来吧。"

候了几天之后，大帅就说："你这么办，你把这个屋收拾收拾。把家收拾收拾，全收拾好之后，你挑件好衣裳，换换，你洗洗澡。"

大帅为啥让他洗澡？掏大粪的有味儿啊！他就照他说的，沐浴更衣，全洗完了，收拾两三天。

大帅就告诉他，说："我给你写封信，你去吧。到东大营，找团长去。到了东大营，有一个独立团，你到那儿去吧。"

老王头儿说："好吧。"就去了。

老王头儿一合计，我到了那儿，我也不认得啊！大帅一合计，说："这么办，你不是不认得吗？你就去常来的那个师长那儿，独立团在前院儿。那有一个加强师，那个师长不是常来吗？那个张师长。"

老王头儿就说："嗯，那行，他来我看着过，我认识他。"

大帅就说："那也行，你就到他那儿去吧，你去找师长吧。"他随手就把纸条上面的字儿就给改了，改成师长，给师长写封信。他就去了。

拿去了以后，师长一看就笑了，说："哎呀！你老王头儿不掏大粪了？"

老王头儿就说："不用了，大帅让我再找份工作，大帅让我来的。"

来了一看，这封信写得挺详细，大帅的意思是给他补个小官儿，找个清闲的官儿，干挣钱不干活的官儿。

这师长就说："这么办，你上独立团吧。"

到了独立团一看，当个连长吧。上尉连长，给他个官儿。那时候容易啊，说给就给啊。

老王头儿就拿着这封信去了，到了独立团，找团长一看，就告诉他到第一营。到了第一营，营长一看这是连长级啊，说："这么办吧，你在这儿当连长吧。"归营长管。

正好这天正出操呢，全营出操。出操之后，营长一看这信，就笑了，说："你这么大岁数，当过兵没有？"

老王头儿说："没有。"

营长就问他："你当营长，让你训练兵，你会训不？"

老王头儿说:"学呗。"

营长说:"这么办,待会儿我训练兵的时候,你站这儿。"

这个老王头儿就说:"要是别的当官的来了呢?"

营长就说:"我看看你能知道口令不?"他就喊立正稍息。

这一训,跑步、稍息、立正,他吃不住[1]口令啊!

老王头儿不会转。营长喊两声立正,腿就伸出去,就稍息了。后来一看,这你也不懂啊!你还怎么能训兵呢?

这个营长就说:"这么办,你出来,我单训训你看怎么样。跑步!"

老王头儿跑两步也不带劲[2]。

营长说:"立正。"

老王头儿立正还晃晃荡荡的,左右转也晃晃荡荡的。这不扯[3]呢吗?还当啥官儿?

这个营长就说:"你啊,你进屋休息去吧。"

老王头儿这一看,对他一点热情没有。这不能干啊,根本就不行啊,这还一个劲儿埋怨我!转身就回来了。

回来之后,到炕头上,老王头儿就给老伴儿说:"你看这回好了,我说不行,你非让我去,非让我当官不可。这回可当官儿了,当连长我也不会训练兵,我啥也不懂。当营长我啥也不懂,还让营长瞧不起我,还直门儿呲儿[4]我。"

他老伴儿一看,就说:"拉倒吧,那就在家吧。"

第二天早晨,大粪筐子一挑,又去掏大粪去了。大帅正好上厕所,一看,说:"哎呀,你没去吗?"

老王头儿说:"我去了。营长笑话我不中用,不爱用我。"

大帅说:"是吗?那好,你还去,这回你去就中用了。"

这回大帅又给他写封信,这回直接告诉那个师长,放他做个团长,管着他(营长)。他营长不是嫌他不中用吗?这回换成团长管着他。

到了那儿,师长一看,这回当上团长了,营长都说不过了。管着营长,让他瞧不

---

1 吃不住:掌握不了。
2 不带劲:不标准。
3 扯:开玩笑。
4 呲儿:斥责。

起人!到那儿一看,就让他当个助理团长,就是副团长那个角色。干开饷,不管事,随便,愿意管啥管啥,管管后勤。

这个营长一看,心想:我的天啊!这回可了不得了。这个正团长一看,心里说:"行了,我要是再说不中用啊,明儿就当师长了,人家就得管着我啊。"就说:"好吧,你在这儿吧。你当副团长,咱俩平起平坐。不用分副的、正的,你就随便待着吧。"

搁那么,他干得挺红火,挺好。他不管事儿,是事儿不摊[1]啊。还是团长说的算呢,他就在那儿干开饷,就知足了。

人家就当上团长了,要不就说挨金是金,挨玉是玉呢。

花把式当厂长

这个故事出在大帅府,就是有一个老刘头儿,他从年轻的时候就爱栽花弄草,正好大帅府缺人,他就去干上了。

干上之后,他就在大帅的后花园里养花。这个花儿怎么培养,那个花儿怎么种植,到了冬天这个花儿怎么保管,都懂。他把这个花儿保养得挺好,挺出名,这个老头儿干得挺好,大帅对他挺信任。

信任是信任,老刘头儿一看,自己一点儿权没有,就管花儿啊,挣俩死钱儿。

这老伴儿老嘀咕,说:"完蛋,我这辈子跟你屈透了!四十多岁啥没熬上,出门口连个接的都没有,你连个兵都没有,你说你这不是胡扯吗?你看你和大帅这些年,你看谁没出息吧!就你没出息!"

老刘头儿一听,"就我没出息?"

老伴儿就说:"那你这么办吧,你回去和大帅说一说,是不能派我个兵当当?"

老刘头儿说:"也不好说,哪天我和大帅说说。"他们在一个院儿,和大帅常见面啊。

正说着,大帅看花儿去了,大帅告诉说:"这花儿不错,那花儿挺好……"

---

[1] 摊:管。

他老伴儿就说:"大帅,好是好啊,我们老头儿啊,现在四十多岁了,天天连个接他的都没有。人家都能弄三个两个官当当,他啥也弄不着。出门口人家一看,就还是个兵。一天到晚就挣那几个死钱儿。你能不能拉他一把?也当个官儿,我也弄个小车子,我也弄个官娘娘当两天。"

大帅就说:"哎呀,好啊!那好,在我这旮儿干几天的都有功。我能让他当官,你就等着吧。"

过了几天也没分配。他比较耐心,就又等了两天。

这天,大帅正合计上外头去。这个花把式就在干活,半夜还在那儿浇花儿,收拾花儿呢,他稀罕花儿啊。

就看那边,从草坪那旮儿一猛一猛[1]地过来个人,老刘头儿一看,说:"来坏人了!"

老刘头儿就撵,那个人就躲。撵到大帅府门口了,躲傍拉一看谁呢?他跑过去一看,是大帅,给他吓坏了!

大帅说:"好,你是好样的!不图财。"

大帅待了几天,说:"这么办吧,我给你找了一个工作,你去吧。在工厂里当个厂长吧,到了你就在那儿管管。你当副厂长,正厂长人家支配一切,副厂长在那儿就是个牌位儿。"

大帅就给那儿写封信直接送工厂去了,厂长一看就明白了,大帅府派来的,就是派条狗来的话,也得搭理啊,你也不敢惹啊!就说:"好,好,欢迎你来。"

搁那么以后,他当个厂长还挺自然,他不管事儿,工厂的事儿他啥也不懂啊,在那儿干享受。

四太太一笑当尼姑

这个四太太是谁的呢?是吴大舌头的太太。吴大舌头有四个女人,第四个女人四

---

[1] 一猛一猛:一点一点儿。

太太长得可漂亮了，后来成了尼姑，这是怎么回事呢？

这天四太太就从外面回来了，那时候东北有汽车了。四太太坐汽车，司机开车就回家了。到帅府了，吴大舌头吴督军舌头大，权也大，那是黑龙江省督军，那还了得！

吴督军在车后头坐着，四太太在前头坐着。四太太一下车就看见司机脸上崩上一点儿油泥，就是擦车的油点子划脸上了。崩在脸上，就跟花鼓脸一样，就跟玩偶似的。这四太太好笑，瞅瞅司机就笑了。

吴大舌头一看："哎呀！你逗着司机玩儿呢？你俩有情啊！我高低要毙了你！"说着掏枪就要毙。

这时候孙烈臣在场，他是吉林省督军，就说："不行，不行！这哪儿行啊？大帅！"

吴俊陞说："我看她和司机有情，她和他逗情，在那儿笑呢！"

还不准四太太说别的话，听不进去啊，非毙不行！这下子，孙烈臣就拽着他不让他这样。

四太太就说："他脸上净油点子我才笑，我不是和他有情。你大帅多大官儿，我和这个司机有啥情啊！"

吴俊陞就说："不用！咱俩歪个东，你要是愿意，你就嫁给他。"

四太太说："我不能嫁给他，我谁也不嫁！要不这么办吧，你要是真的不要我的话，叫我当尼姑去吧，我宁可出家！你看我脱离红尘好不好呢？"

吴俊陞就说："好！这么办吧，你要是出家，我给你休书。你永生不嫁人，嫁人我就毙你！"

搁这么，四太太就因为这一笑，吴大舌头就亲自写了张休书，把四太太给休了。四太太真的就在黑龙江省姑子庵出家了，当了个住持尼姑。要不就有人打听摩尼尼姑呢，摩尼尼姑就是四太太。

要不就说这当权的了不得呢！一句话就把人给撩了[1]呢，让四太太当尼姑去了。

---

[1] 撩了：休了。

刘百山三刺张大帅

刘百山是咱们新民小北村人，小北村在老八区沟屯傍拉。他从小就练过武术，有两下子，是挺正义的一个人。刘百山当过胡子，但他当胡子行得正，走得正，不像真正的胡子那样抢钱，这就得说他不错了，搞那乱七八糟的呀、强奸妇女呀，他都没有。

到岁数大点，二十五六岁的时候，他就不愿意当胡子，投军去了。投到北京当卫兵去了，在卫队一待有几个月。那时候是蒋介石执政，他的总卫队一共有二百人，其中就有刘百山。

这天正赶响午，那搭洗衣服绳上，士兵的被单子晒得不少。这工夫，有一个被单子"呼啦"一下就刮到低压线上去了，那上边还有电呢，得急速拿下来呀，这还了得？单说这个刘百山，他一看，说："这么吧，别瞅了，我看能拿下来不能。"当时傍拉也没多少人，能有七八个。

大伙儿说："够不着，高！"

刘百山说："没事儿！"刘百山用脚搁底下一跺，向上一纵，"嗖"就起来了。起来有两三丈高呀，到那儿就摘下来了，摘下来就轻声落地了。

"哎呀，你有武术啊，了不得！"正赶蒋介石搁这边儿溜达玩儿来了，一看他落下来，这蒋介石就到他傍拉拍拍他的肩膀，说："百山啊，你够用呀！"

刘百山一看，是蒋介石，说："哎呀，蒋总委员长。"

蒋介石说："你确实有两下子，你当卫兵这么久了，这手可是还怎么没露过呢，我都不知道一点儿。"这刘百山就笑了。

蒋介石说："好，你听调吧！"

过有三天的工夫，蒋介石就把刘百山找去了，蒋介石说："百山，提拔你一步，你上我这儿来，你在卫队那儿多屈才呀，那不是黄金埋在土里了吗？咱这儿有个暗杀团，人不多，一共有一二十人，我把你吸收到这里，你上这里来吧。这里工资高，那里一月工资才三十块钱大洋，到这儿给你六十，工资高一倍。另外，平时没活儿干，有事儿就出去，没事儿拉倒。"就把他调过去了。

调过去有半年上下，这天蒋介石给他任务了。他说："百山，你急速上东北，我知道你是东北人,张作霖也是东北人,他在关东那是一只虎呀,早晚得成问题,你就去把他暗杀了吧,这是我给你的任务,杀完你就完成任务了,去吧!"

刘百山一听:那去呗,得守命令。

蒋介石就把手枪、刀全给他预备好了,另外给他拿的路费也多,拿了好几百两银子,就对他说:"上东北去吧。"

刘百山就搁关里坐火车到东北来了。他到沈阳住了一宿,一合计:先到家,完了再说!他就到小北村了。

他到家待了些日子,和大伙儿一唠扯,都反映张大帅坐镇东北还不错,风调雨顺、国泰民安的。大伙儿说:"你别看张大帅说话脏话连篇的,但没什么坏心眼子,用的地方都不错。"

刘百山就寻思:哎呀,张大帅还是个明君,这是个好人,不应该杀。杀完之后,东北就没有头了,那百姓不就吃苦了吗?我家也在东北住呀!这蒋介石也不对,让我暗杀他,打仗不明打,暗杀哪儿对去?他就合计:张大帅还不错,还是明君,不过怎的也得去,不去不行呀。

搁家待了四五天,他就到沈阳来了。来了待哪儿呢?张大帅府对门就是一个大旅馆,他就在那儿住下了。那时候张大帅府就在小河沿北边,杨宇霆府在西边,他俩离得不太远。他溜溜达达到张大帅府,转圈儿走了两天的工夫,墙有多高、搁哪儿能进、搁哪儿能出就全看好了。他寻思:大帅的屋挺大,后边像花园似的。前边的道也都量好了。

这天到黑天了,刘百山就去了。他手别双枪,带把短刀,顺墙一纵就上墙头上去了,墙下边还有树。他一看,就把问路石拿出来往底下扔了扔,看是不是有陷坑。一扔,里边是实地,他扒拉扒拉地,还挺硬实,没啥。他寻思:没啥就好。就轻轻飘飘地落到地下了。

他落下以后就走,走哪儿去了呢?那时候已经到九点来钟了,别的楼都闭灯了,后边还挺亮,他就搁这楼"啪"奔后楼蹦过去了。他走墙头儿、上楼都行。过去以后,他就在后边一个作仓库的瓦房上趴着,正好对着张大帅的卧室楼。那卧室楼里灯点得挺亮,张大帅和五太太正搁屋儿闲扯喝酒玩呢。

酒喝完了,张大帅就吵吵说:"把我扶出去,我尿泡尿去!"他喝醉了,要尿尿。刘百山在南边的房子上,正对着他这个卧室楼的门,听真真儿的。刘百山一看,这正是机会呀,顺手就把枪掏出来,预备好了,他寻思:"我就守着,你一出,我就把你打住。"

张大帅出来了,手拎着裤子,也没找厕所,站台阶上就往下尿,五太太在一旁扶着他。刘百山一合计:这玩意儿不对,当胡子得讲道德,"坐汉不打走汉"。人家正在那儿尿尿呢,我打完有啥功劳?要打他也得告他一声,让他知道我是个英雄,我偷着打死他一点儿功劳也没有,没名儿呀。人家张大帅就进屋儿去了。那时候讲英雄嘛,头一天就没打。

他搁那儿待一会儿,就回来了。回来到店里待了一天,第二天吃喝玩乐又溜达一天。到晚间,他寻思说:"我得去了,今晚儿得把这任务执行了。"他就去了。

到那儿一看,还是那房,还是那地方,他都知道呀,就趴好了。这工夫,张大帅正在那屋儿趴着呢,没有俩点儿,就看见从外边进来好几个人,只听张大帅说:"给我带过来,什么事儿都干!"

刘百山一看,被绑着带进来的是几个兵,有一个还是连长级别的。就听张大帅问:"怎么回事儿?"

领头的说:"他把人家妇女糟蹋了,俺们要赶着救人的时候,那边正在哭闹呢。"

张大帅说:"你当兵还兴那事儿啊,我当一辈子胡子再怎么的也没干过这事儿啊!好,拽出去枪毙!"当时到外边真就毙了,连法场都没到。

刘百山一看,寻思:张大帅够资格,是个不错的人物呀,你看,真执行了,看起来他对百姓尤其爱护呀!他又没忍心打,又回去了。

第三天的工夫,正赶刘百山下午在大帅府南边溜达,一个二十来岁的姑娘写张纸,在那儿跪着求救呢,有一个店东看着她。这个姑娘是和她爹妈搁关里到这儿投亲来的,到这儿之后投亲不遇,她妈整个儿就病在店里了。她爹领她来这儿就是卖女儿,谁买就卖出去,这女儿也情愿把自己卖出去,用卖完的钱给她妈治病、还店里的债。他们没有钱,没办法,欠人家有两个月店钱没给上,人家店东就在这儿看着她。

哎呀,刘百山一看,寻思:他们太难了。他一看,姑娘在哭,长得挺好、挺稳当,是个正经人。刘百山就问她:"你知道卖完以后是卖到什么人家吗?"

那位姑娘说:"我不管是什么人家,为了救我妈,我就算了,买我的哪有说是真正黄郎儿娶媳妇儿的呢?就是给人做小,也没办法,他就是五六十岁也算了,我认命,能把我妈救好我就知足了,因为我的身体是我妈给我的。"

他一听，寻思：这姑娘太慷慨了，太挚诚了。他就说："老头儿，你欠多少银子？"

老头儿说："我现在欠人家能有一百两，不到一百两也差不多少，也回不去家，没钱呀。"

刘百山说："你别着急，你今天不用卖了，把她领回去，明天这时候你上这儿来找我，我给你拿一百两，完事我能让你回家，我还不要这女的，啥也不要。我一见谁有困难，我心就软了。"

老头儿磕俩头，说："真的吗？"

刘百山说："那就等着吧，你回去吧。"这老头儿就回去了。

单表刘百山。他晚间一合计，说："这回不能暗杀了，我就明儿去吧。"

到第二天下晚儿，他顺墙就到大帅府来了。那大帅府看得紧，转圈儿围的有多少人呀，这刘百山身板快，"嗖嗖"顺窗户底下就到大帅府了。正好有兵巡夜防守，那些兵走过去之后，他把门、把窗户端了，顺脚就进来了。

进来到屋儿，一看，大帅正在那儿趴着呢，他一翻身，说："谁？"

"你不用吵吵，没事儿。"刘百山手拿双枪呀，大帅一动就能打死他。他说："大帅，你当一辈子胡子头儿了都不怕枪，怎么还害怕这玩意儿呢？"

大帅说："哦，我不怕，不怕，那朋友你坐着吧。"

"那好，没事儿。"他把枪"啪啪"撂桌子上，"我不怕这玩意儿，大帅你要给你。"

"嘿。"大帅说，"你看起来是个朋友呀。"

"我就是特意会朋友来了嘛！"

"好！"大帅穿上皮风衣就起来了。

"你别喊人。"

"我谁也不喊，你有事儿说吧。"

他就说他叫刘百山，是哪儿哪儿地方的，完了他说："我来这儿没别的，我给你说一个事儿，你得罪人了。"

"我得罪谁了？"

"你得罪老蒋了，你别看你俩不错，他要杀你呀，我是老蒋暗杀团的，来三次都没杀你。头一次，你在尿尿，你夫人扶着你，我一看'坐汉不打走汉'，你在这儿迷

叁 人物传说

迷糊糊的，打倒你不是英雄，所以我就没打。第二回来，我看你处理案件处理得挺好，因为那连长强奸妇女，你还把他毙了，你没有护着兵的心，确实挺中正，爱老百姓，所以我就没忍心打你。今天我有点儿事，正好，就和你明说吧，我也不能打你了，我准备回去了，可我这手上缺二百两银子，你给我拿二百两银子我就回去，不要多。"

闹腾了一阵，大帅说："那行，行，那没说的，你够英雄！这么办，你要不爱回去，就在我这儿待着给我当护兵吧，我不能错待你，我看你太慷慨了。"

"我暂时不行，以后再说。"

"这么办吧，那你就拿吧。"

"好！"

大帅就喊人，说："进来人！"这兵就进来了。

大帅说："不用别的，我来个朋友，他缺钱了，你们到金库给我取三百两银子来，完把大门打开送他出去。"就把他送出去了。

刘百山回来到店里以后，待了一宿。第二天清晨天一亮，他就来了，到十字路口，正好，老头儿带着女儿就在那儿等呢，这回没跪着，不求人了。刘百山一看，他们真来了，就到那儿说："这么办吧，咱到饭店。"就把他们领到了饭店。

到饭店，就要了点儿饭。吃完之后，刘百山说："我给你二百两，一百两开付欠款，剩下的一百两，你带着女儿回家，这就完事。我叫刘百山，你知道我人就行了，啥也不用谢我，一辈子不用叨咕我，你正义做事就行。"

老头儿说："是！"

这姑娘吓得跪下了，说："我们无以回报，怎么办呢？"

刘百山说："你岁儿也比我小，就给我叫哥哥就行，这就完事儿。我告诉你实底，我也没有别的心，我家有媳妇儿。"这父女俩那不用说，感恩不尽，就把银子带走了。

刘百山就拿一百两银子做盘缠，准备回北京了。他回到店里，就合计：怎么办呢？我回去怎么和蒋介石说呢？我要说到那儿没打，那还了得？我这命就不在了呀！我说没找着也说不下去啊，我看透了，我就个人做点儿伤吧，不做点儿伤不行。

没有人时候，他就顺库房找了两双旧鞋，把那鞋拽出来以后，就撑到大腿根儿这旮垫里了，他也是内行呀，趴着，就用枪打上了。要不垫东西的话，肉皮爆皮都不算，糊了巴曲[1]的还能看出自杀来呀。从远处打的枪眼儿没有糊色呀,他就寻思垫上几双鞋底子。

这枪一响,就有动静了,这下店里都喊:"来胡子了,枪响了,枪响了!"

这工夫正赶啥呢?正赶大帅府的护兵走到门口儿,他们进屋儿来了,说:"哪儿?哪儿?"

大伙儿就指着说:"这屋儿!"

护兵到屋儿一看,刘百山在那儿趴着呢,一看是个人手枪打的,就说:"哦,个人拿枪自杀呢!"

刘百山说:"这么吧,你不用问了,你和大帅说一下吧,你说有刘百山,自己摊着事儿了,自杀呢,你和大帅一说他就明白了。"

"哎呀!"护兵说,"你和大帅是朋友咋的?"

刘百山说:"你和他一说就行。"

护兵回去一说,大帅说:"好,把他抬来,抬来!"

刘百山就被抬到了帅府,将养有七八天,治好了。大帅说:"你为啥这样,百山?"

他说:"我不这么打,回去和蒋介石怎么说呀!你当一辈子胡子,你也知道,我要明打就把腿打破了,所以我就垫了几双鞋底子!"

大帅说:"你够朋友,不管怎么的,你回去之后,要不愿意在那儿待,就再回来。"他就回去了。

刘百山回到关里以后,蒋司令一看,说:"怎么样?"

刘百山说:"没成功呀,防御太严。后尾儿我第三次去,间接被看到了,幸好我走得快,走得慢就回不来了,这不大腿被枪打受伤了嘛,这眼儿还在这儿搁着呢,正在治疗呢,我治疗得差不离儿能挺住就回来了,怕耽误委员长的事儿。"

蒋介石一看,心寻思:你这是个废品呀!蒋介石搁那说:"这么办吧,你就不用来这儿了。"就把他辞了,不用他在那呆了,让他还回兵营,愿意干啥就干啥。

刘百山就回到东北,不在那儿待了。他回来也没在大帅府干,自己有钱了,就清闲了几年。以后再干啥,咱就不知道了。

---

[1] 糊了巴曲:形容血肉模糊。

孙烈臣拔豆茬

孙烈臣是在吉林当督军，原来他也穷啊，家里爹死得早，剩一个妈，守寡，孙烈臣那时候小，也就十一二岁。

冬天的时候，天头特别冷，孙烈臣有个姨娘，就劝她姐姐，说："大姐，你就找个老头儿吧！出门吧，你就别守着了。你看烈臣这样，十一二岁，鼻涕拉碴的，还能有啥出息啊？你干脆啥也不寻思，找个人吧，别守着他了。"

这孙烈臣一听，当时也不懂得啥，人家就劝他妈出门啊，但他也不愿意。他妈说："我就这么守着吧，不管怎么的，这还有几亩薄田还能对付活。"

冬天没柴火，正赶上离过年不远了，那时候地就开始化了。地里那豆茬子高，孙烈臣他妈就带着孙烈臣捡豆茬，就整个破袋子。她拽，孙烈臣也拽，就拔豆茬。娘俩冻得嘶嘶哈哈的，直门儿哆嗦。

这时正好家里有个叔伯叔叔，叫孙德，路过。这个叔叔和孙烈臣他爹俩人不是一个爷爷公孙，是一个太爷公孙，是堂叔。孙德一看，就说："哎呀，天头这么冷，嫂子你还拔什么豆茬啊，领着孩子这不冻坏了吗！"就来恻隐之心了。

"别拔了，别拔了，回去吧，没柴火我给你弄一点儿，快过年了，也不能拔这玩意儿啊，多冷啊，把孩子冻坏不就完了。"孙德就把孙烈臣手拽过来，给他焐手，就说，"手都冻啥样了，回去吧！"就把他俩撵回去了。

孙烈臣和他娘回去以后，这孙德真不错，他回家之后就整个小毛驴车，装一车柴火，就给他娘俩送去了。孙烈臣得到柴火后，他虽然小，内心当中也明白："这可了不得，省得我冻手了，这豆茬拔得饯不住啊！"他妈也说："这雪里送炭一样，你叔叔给你送点柴火来，顶老了事[1]了，要不咱不拔怎么办？"所以孙烈臣对他叔叔孙德特别有好印象。

一晃就过去多少年，孙烈臣当官，当了督军了！东北不是有三大都督军吗，沈阳督军张作霖，吉林督军是孙烈臣，黑龙江督军吴俊陞吴大舌头！这三个督军，其实都是归沈阳张作霖管。

---

[1] 顶老了事：起了很大作用。

孙烈臣在吉林待着不说，单表他这个叔叔孙德。孙烈臣给叔叔老来信，就说，叔叔你来吧，到我这儿，我养活你晚年。孙烈臣就惦记他叔叔，姨娘找他办什么事都不行，叔叔找他办什么事都能给办，他就想着拔豆茬这事儿了。受人滴水之恩，必当涌泉相报啊！

孙烈臣是有文化的才子，这天他叔叔孙德就去找他了，他叔叔是个庄稼人出身。那时候也老了，能六十多岁了，就去到吉林了。到那一看黑天了，那时候也没有电话，啥也没有！孙德还是坐人拉粮食车搭脚[1]去的。孙德下车之后，一想就住旅店吧，明天我再去找我侄儿，别赶黑去，到那麻麻烦烦的，也兴把门的不让进。庄稼人实惠，老头儿就没去，就找了个旅店住下了。

当时旅店有南炕北炕，孙德一看有钱的都住南炕，他就住北炕了。住到半夜，查店的就来了，那时候店查得紧，因为总闹胡子。警察局的人到店里之后，挨排儿问，问到孙德那，一问："哪儿的？"

孙德说："我是黑山的！新民黑山人。"人家一问他，他岁数大了，说不上来，打胡噜语。查店的上来"啪啪"就给孙德两撇子，说："你到底怎么回事？你干啥来了？"

打两撇子给孙德打急眼了，说："你打我！我找我侄儿来了！"就急了，闹起来了，就哭起来了。

店东一看，就问孙德怎么回事儿，孙德就说我侄儿是孙烈臣。查店的一看，这老头儿也不能咋的，就走了。

第二天一早，店东会来事儿，给孙德预备的饭，吃完之后，搁人给他送去的。孙德到了孙烈臣那儿一说，孙烈臣一听就急了，说："啊，太不像话了，谁打的？"就把那个打他叔叔的警察给处理了，不仅这警察受处理了，连警察署署长、警察局局长都受处理了。孙烈臣说："查店随便打人还！那是我叔叔，亲叔叔一样！"

搁那之后，到吉林住店就有个规矩，是凡咱们黑山、新民去的人都是孙烈臣的亲属，住南炕，别的地方住北炕。查店的南炕不问，一晃就过去，不细问，什么包啥也不用打开不用看。到北炕不行，行李卷都打开看看，检查检查。要不以前都有说法说黑山人住南炕呢，这是孙烈臣留的规矩嘛。

就说一个人能救人就得救人，能施恩还得施恩。

1　搭脚：顺路搭车。

异文：黑山人住南炕

这个故事说的是民国后期"东北王"张大帅在沈阳时的事儿。

张大帅那时候在沈阳有几个铁杆儿朋友。头一个就是孙烈臣，在吉林当督军；第二个就是吴俊陞"吴大舌头"，在黑龙江当督军，这俩都和他不错。

这个孙烈臣小时候家里确实很困难，穷得邪乎！在他十来岁的时候，他爹就死了，剩个妈。那时候冬天冷得邪乎啊，又没柴火烧，他妈就领着他在地里拔豆茬，搁个筐提点儿豆茬回来烧火。

他有个姨娘，这天正赶上姨娘来了，就和他妈说："大姐你呀，不如找个老头儿啊！你这样儿子能有啥出息啊！他鼻涕拉碴的，你累成这样还整个他，十二三岁，要整大了吧，还能把你养活到哪儿去呢，你找个老头儿算了！"

他妈说："不行，早晚伺候人不容易。另外孩子受屈，我宁可这么苦。苦就苦点儿吧，不信他没文化。"这些话孙烈臣他都听明白了，他十二三岁了，也记事儿了，知道姨娘是让他妈出门改嫁。

有一天正冷的时候，他们在拔豆茬，他一个叔伯叔叔来了。到那儿一看，瞅瞅就喊："大嫂啊，天都这么冷还带着孩子拔豆茬，冻了孩子怎么办啊？你看孩子都冻成啥样了！你说你拔豆茬，孩子没穿的，在那儿抱个夹儿蹲着。快回家去吧，别整了！待会儿我给你送点儿柴火，等过两天天好了再拔吧！"就把他娘俩安抚回来了。回去之后，他这叔叔真不错，套个小车就给他们连豆秆带高粱秆拉来了一车柴火，这样就能烧一阵儿了，还暖和。所以孙烈臣就对他这叔叔印象特别好，因为他叔是真照顾他们。

最后孙烈臣当吉林省督军以后，凡是谁来求孙烈臣办事儿的，要是托他叔叔过问的，他不管怎么的，都要给办成；要是这姨娘托的啊，不但不办事儿啊，事情还弄大扯了，他就不管，就告给姨娘："我没能耐，你不用别的，我小时候你不是说我鼻涕拉碴的没用吗，还叫我妈出门吗！"他就是对人有恨性。

有一次让他叔叔到吉林串门来看看。叔叔是新民黑山人，叔叔这天也高兴，说我个人去，谁也不用，去了还有人接待我，我个人就坐火车去呗，又不是去不了，那时候通火车了。老头儿自己就收拾收拾，一个庄稼老头儿，收拾利索就行了，也没啥穿戴。就穿个小棉袄，提个小袋子，穿一双乌拉鞋，戴个狗皮帽子，个人坐车就来了。

到了吉林那地方，下车一看，天黑了。他就寻思，得了，别麻烦侄子了，黑天找人家也麻烦，我还找不着衙门，就到个店里住一宿吧。其实呢，那会儿也没有电话，啥也没有，他也不懂怎么个方式，他就住店了，一看店里是南北炕，一看人家南炕都住满了，他也没和人家挤，就住北炕了。

老头儿在北炕住下之后就趴下了，到半夜，查店的就来了。那家伙一个个的耀武扬威的，还背着枪，那枪背着"咔嚓"直门儿响，进屋就喊："不要动！谁也不准动！"一个一个地挨个儿检查，包儿什么的都检查。检查完南炕查北炕，到检查北炕的时候，就到孙烈臣他叔这旮了。正好他上边儿有一个是关里人儿，这些士兵们一看就叮当地往扁了揍，就问："你说实话，你到底是干啥的？我看你不像庄稼人样儿，你怎么瞅着这么牛哄哄的！"就把他打了。到他叔这了，一看他叔叔就问："你是干啥的？"

"是庄稼人。"

"你还叫什么庄稼人儿？干啥庄稼呢，你是偷庄稼、还是捡庄稼的？二把地庄稼人。"

"你这不对呀，你不能随便儿就臭呸我，我是个正经庄稼人。"

"什么庄稼人家！"说完就"啪啪"给两撇子。

孙烈臣他叔一看，当时就激了，说："这地方看起来就不是地方啊！这都不如俺们黑山啊！黑山胡子窝地方也没像这样，你们比胡子都邪乎啊！你们不由分说就打，好，明儿找说理的地方去，我找你们官儿说！""找什么门子，什么官儿？"

"好，你们官儿，你们官儿不是人！孙烈臣他不是东西，养活这帮他妈胡子兵！"他就骂起来了。大伙儿一看，说："这老头儿敢骂孙烈臣，还了得了？"

他说："说实在话，孙烈臣是我侄儿，我上他那儿串门去，他叫我来，我就没给他去信。"

这一说，带兵检查的连长一听孙烈臣是他侄儿，就说："当真吗？"他说："这不真的咋的！"

这就没办法了，连长吓得就跪下了，说："您老可别说别的啦，俺们认错人了！这么办吧，马上就把您老送去吧！"就套上马车把他直接拉到孙烈臣府了。孙烈臣见他叔叔来了，那恭敬的，这个连长一看，吓得就跪下说："我犯错误了，也不认得他老人家,到了店里还打了他两撇子。"

这孙烈臣就激了,说:"你敢打我叔叔?这谁打的,全枪毙!这么办,把店东找来!"这店东来了,孙烈臣就问他:"你们没说接见吗?"

店东说:"也没说是你叔叔啊!"最后就把当时打他叔叔的两个人枪毙了,别人也处理了。

搁那么的,店东就告诉大伙儿了,凡是来住店的黑山县人,都住南炕。检查的人来了就告诉说南炕都是黑山人。反正有没有黑山的都是南炕,所以检查的到南炕一走就过,查不查都行。都到北炕仔细查,这么说、那么问的,就不敢碰南炕的。搁那么就留了一个规矩,说黑山人都爱住南炕。所以查岗也不查,哪儿也都松分,就沾了孙烈臣这么大光。

沈文忠为父鸣冤

沈文忠是个老饱学儿,从小念书,外号叫沈斗山,还有一个外号叫沈大学生,就因为他念书念得多。他讲的故事也多,其实我的故事和他还学了不少,这个就是他本身的故事,我就讲讲他这段。

要说人在世上啊,什么都得学。要说这打麻将不好吧,也得会,要不你到哪儿去,配不上手。就说沈文忠这人他家的遭遇。

沈文忠的父亲叫沈交,这是个外号,挺爱交人的一个人,家里过得不错。他父亲到晚年,五六十岁的时候,娶了一个小老婆子,就在沈阳娶的。这女的就是一个沙愣人,也就三十多岁,不到四十岁。那时候沈文忠多大岁数呢?那时候沈文忠十八九岁,都娶媳妇了,也是新结婚。

单说他爹娶了小老婆子以后,家里几十垧地,过得也不错,家里儿女一帮。但是过了一段时间以后,过了没有二年,单说这媳妇她就待不了了。她吃喝玩乐无所不干,她就是个耍人[1]的,就不能在这儿待着了。

---

[1] 耍人:磨人。

沈文忠他爹为啥娶个小老婆呢？他先头的老伴儿，眼睛不行，瞅不着了，他意思是娶了这个伺候大老婆子，倒不是真正贪图这小老婆怎么的。结果人家不伺候还不算，一天到晚不是看牌就是吃喝玩乐，喝酒，什么都不干，后尾儿他俩就干嘀咕，他俩就离了。

这一离了，人家待了二年，临走这女的就不干了，人家说了："我走了行，但不能白走。你必须给我拿赡养费，另一方面，我来的时候带的东西必须带回去。"

沈文忠说："你带了什么东西？"

这女的说："带了十根金条。"这下卡上了，那时候十根金条得多多呀，光买地就能买五垧八垧地呀。人家就把他告了，这沈文忠就打官司啊，就到了沈阳县，那时候就在沈阳市内，咱们那时候归沈阳县管。

到沈阳县里了，就过了一遍堂，这女的有人，搪不过了，就把沈文忠他爹押起来了。人家有人，没判，就干押着你。沈文忠他爹一押押了三年。你不拿钱吧，就干押着你呀！你说这气人不气人？

这样押着的话，沈文忠他爹押得饨不住了，家里边噼里啪啦的就不说了，单说这沈文忠。沈文忠当年年轻的时候过得不错，他自己一考虑，和他有病的妈一合计，说："要不这么办吧，我打算不念书了，我打官司去吧，替我爹去吧！"

他就主动地到沈阳县打官司去了。他这官司打了一年哪！到过年三十儿下晚儿了，人家也都放假了，他就回来了，他家就造完了。一晃儿这三四年的工夫，家里地也没正经种，弄得噼里啪啦的，家一下子就衰下去了，日子就过塌下去了。

他回来就走到道义屯，有个刘家店，刘家店的掌柜的叫刘榔头。要不说这过去的人哪，这玩意儿有钱有势都能交下人，没钱没势当时就完了。钱在人在，要是没有钱哪，人也不在了，也就没有感情了。这刘榔头是沈文忠认的干老，过去到店里来，吃喝待着都行，那时候老沈家都是大车来回走，多有样儿啊！那时候他到这儿都是挺红的人。这回他回来了，家也败落了，日子也过得穷了，认的干老也不那样了。

三十下晚儿到那儿之后，一看说："哎呀，沈文忠，你这是搁哪儿回来的？"

他说："我这是才从沈阳县回来的，天黑了，我走不了了，我得在这儿住一宿。"

"大三十儿晚上的，哪儿有在外边住的，你赶紧回家！俺们这儿也没有客。"这就把他给赶出去了。

没办法，他说："那我走了。"到屋儿啥也没吃啊！他出房门之后，出了大门就哭开了。这么远的道儿得走回去，就顺着道儿往家走，这四十多公里地呀！走着他就想：人哪，得自强啊！这回是看见了，一没有钱，人一穷就完哪！干亲也不亲了，亲戚也不是亲戚了。过去他欢迎我可是欢迎得邪乎，有钱那时候，大车赶着都往里住。这一看也不行了，家也败了。

后来走着就到家了。到家一看，他和媳妇俩人结婚时间不长，一年多，也没小孩儿。媳妇一看，说："回来了，咱这过年哪，啥也没预备呀！你也不在家，也没人张罗呀，过年三十儿咱饺子都没预备，就这么对付着吃点儿吧。"

他说："行啊，就这么的吧。"三十下晚儿这一家二十几口人哪，过年都没吃上饺子。他躺被窝里就哭啊，他个人心里就寻思啊，他媳妇就劝他。他说："那还不算呢。这官司没得打，我到那儿之后挨碰啊！到那儿之后，这县长也不问青红皂白就哏叨[1]你，还说：'你们没良心，你们老沈家花人家十根金条不给人家。活该把你爹押起来，不行把你也押起来！你不是替父打官司吗？'就这么骂。我在官司那儿住，那传堂的也骂骂咧咧的，这确实看出来了，有钱的可了不得。因为我这后妈她门子大，她是要人的，官儿都交下来了，豁出去她身体了谁交不下呀！"他就把这事儿讲完了。

媳妇说："那怎么办呢？那还不算呢！咱们还来礼了呢！"

他问："谁呀？"

媳妇说："城东李大阁屯，我姑爷他家办事情，娶儿媳妇。正月初六要办事情，这不来喜帖了。还请咱去，你说是去不去吧？"

他说："哎呀，那得去呀，不去不对呀！姑爷丈那是挺有名誉的人，姑爷丈过去当过翰林，当过知府，最后老了就告老还家了，人家娶儿媳妇儿，那我得去。"

他媳妇说："那你去没办法，咱也得栽两个钱儿吧，多花少花也得去呀。他也知道咱家里困难了，打官司打穷了，他也不是不知道。"

他说："行啊。"这沈文忠怎么办呢，他就寻思着栽两个钱儿。那在清朝的时候，都是花花票，他拿两个钱儿就去了。

单说沈文忠，到了李大阁屯了，他是初五去的，初六办事情。初五到了之后，人家就坐席了。姑爷丈在那儿他也不坐，一看，说："侄女女婿来了，你这打官司多咱回家的？"

---

[1] 哏叨：批评、骂，数落，呵斥。

沈文忠说:"头过年我回家的,回家待了四五天,这就赶来了。"

他说:"我知道你这几年哪,弄得心里头不痛快呀!"

沈文忠说:"可不是吗!"他就自己打了个唉声,说,"这官司不好打呀!一个没钱、一个没人哪,官司不好打呀!这沈阳县县长啊,太黑点儿了。人家那边儿用金钱买东西也好,用人身体也好,不管怎么对咱们这边儿是一点儿不利呀!到那儿就骂,他也不问你啥啊!你起诉也起不了,就慢慢打吧。"

说完这些以后,下晚儿就到了坐席的时候。晚上有席位嘛,晚上把姑娘接来的。那是两通长炕,当时都是炕桌,没有地桌。就在南炕炕梢那儿摆了个桌儿,一个炕两个桌儿。他就坐南炕那儿,靠边儿上坐下了。人家里屋还有席。他也知道,里屋里花的料更贵些,这不是谁都能坐的。

坐那儿之后,还没等喝酒这工夫,就听到里边说话了。这时候姑娘也过去了,老姑爷丈一看,说:"我到里屋看看,里屋有客。"

他到里屋一看,里边人说:"你来得正好,这正短个人呢!这待客你们总得找个对手的,那样俺们飞花才能飞起来呀!飞不起来这花,这酒怎么喝呀?"

这姑爷丈一听,说:"哎呀,那怎么办呢?"他们说的这飞花就像划酒令似的,净是对知识的。他就想,一想:哎,这谁,这老姑老爷文忠?"你念书念得挺多的,你还不会飞花吗?你就陪陪这几位大人去吧!去陪他们喝喝酒。"

他一抱拳,说:"不行,真不行。我也听说了,那屋里边几位都是大人,人家都是高官,都是长辈,我哪儿敢陪?"

他问:"你会飞花不?"

沈文忠说:"会呀!念书的能不懂这个吗?"

这里边一听,说:"来来来,这没事儿,是学生更好了。"

他姑爷丈说:"你过去吧。"就硬把他拽过去了。

沈文忠就过去了,他要不会飞,还不过来。这过来一看:三位大人,这么大屋儿就三个人在炕上坐着呢。仅仅是在炕里边放一个桌儿,那是四个人的桌子。最里边坐着一个是亮红顶子,那时候看官是看顶子,另外两个是亮蓝顶。他一看:呃,这个是知府以上的官儿,他也是太守知府。那两个是县长级的,都是县太爷。这估计官儿外边请了不少啊!

一进去就招呼他:"来来来,小伙子,坐下,还是个学生。"他穿着学生服啊,一看小伙子挺好，二十几岁还穿学生服，说明书没少念哪！他们都知道。他就坐在南桌子角上了。那地方，哪敢坐？有咱坐的地方吗？正好上坐的翘着腿，他就坐那旮了。

这工夫酒就端起来了，就非得让他飞，他一飞就输了两把。那他喝吧，就得喝呀。喝完了，里边的就说话了："你这学生，我看你呀，现在飞输两把，你要输到下晚儿，你非得喝醉呀！你这心不稳哪！你老是磨不开[1]呀！你说咱这飞花当中就无大小，你就别考虑我们是官儿，你是个百姓，那不行。咱们坐一块儿堆就得心平气和地飞，你这当中一飞就输，一飞就输，那不扯呢！你还是磨不开。"说完了，他们又往里错了一步，坐得稍微稳当点，又飞了一把。

这工夫，他这姑爷丈人就过来了。姑爷丈在旁边听着，唠了一会儿磕。唠完了之后，一看，这姑爷丈就说话了："你们三位都是我当年老朋友了，咱当年都是同事，咱们都是一起的秀才。这个是我亲侄女婿，有些事我得和你们说说呀，我都没敢和你们说，都没敢找你们提！他这么好的一个人，背了不白之冤！他有个爹，他爹前边办了一个续弦老婆，老婆没死，寻思娶一个，伺候伺候。娶完之后，不但没得利不说，人家走了。走了倒不说，人家坑他了。说人家来的时候拿了十根金条，非让给不可，这倒赔他们能赔得起吗？他家里一个庄稼院儿人家，没有那事儿。就把他们告了。这还不说，他爹打无头官司，都押三年了，也不判案，不过堂，就是干押着。他替父鸣冤，书都不念了。这不还没考吗？他都打了一年多官司了。到那儿就挨呲，就在这沈阳县哪！我打算请你们帮忙，正好儿，你们三位都来了，看你们谁有力量使点儿力量，帮我这侄女婿处理公平了。"

说完之后，这两个戴蓝顶的就瞅这个戴红顶的，人家官大不是。意思是那都是公事，公事都传给县里了。你县里得处理，人家那是知府。这个戴红顶的也没说啥，点点头就笑了，说："那好，咱们喝酒吧。"就喝酒，啥也没接上。也没说行，也没说不行，就喝酒，连飞花带喝酒。结果花也飞完了，酒也不喝了，就到了晚间了。

第二天，正式办事情。事情也办完了以后，人家要走了，就找他这个姑爷丈来了。说："你这侄女婿提的这事儿啊，这么办吧，我们今天就回去。回到哪儿呢？他们不是初七初八就过堂吗？你让他跟俺们回去吧。俺们这也有车，要不他还得坐车去。没有车走着还费劲。我多拉一个人，我这就回沈阳了。"这是红顶子的那人说的。

1　磨不开：有思想包袱、放不开。

他姑爷丈一听，说："那敢情好了，行！"就和沈文忠说，"你去吧，就和你大爷一块儿走吧。他这车上有地方坐，你就坐在车上。"

沈文忠说："那好吧。"

到那儿一看，什么车子？小车，就套一个骡子的小车子。那清朝的时候，哪儿有别的车子？一个大骡子配一个小车子就不错了。他一看，咱哪儿敢坐里边去，人家官儿坐里边儿，咱坐后边外边就不错了。

他坐下之后，身子翘在里边，就坐在车老板儿那地方了。老板不坐，那时候老板都是跑着赶车，他就坐下了。寻思官儿能在道上问点儿话，人家在道儿上一句没问哪！没说你爹那打这官司是怎么回事儿？人家就没问一点儿。沈文忠心说："这也白扯，我姑爷丈说的那些话没顶啥事儿啊！我要知道这样我都不坐你车回来。"这就走吧，车就走了。

到东山咀那旮，他一看道北边有个大院儿。这官儿就告诉他，说："小伙子，我就在这院儿判案。这是知府衙门，你没来过？"

沈文忠说："没来过。"

他说："你不是初八过堂吗？你初七来一趟吧！今儿不是初六吗？"

沈文忠一听，说："呃，那好。"他就回去了。

自己吃点儿饭，就到旅店了。第二天天没等亮就起来了，梳洗打扮之后，就下了东山咀。

到了东山咀之后，等到时间了，一看八九点钟，人家升堂了。有把大门的，他就说："麻烦您给启禀一声，我叫沈文忠，我要见见你们大人。大人昨天有话，叫我今天来。"

把门的说："好吧，我给你回禀一声，有这么回事儿。"

沈文忠说："谢谢您！"

等回禀之后，人家说："进来吧，你去吧！"

到屋儿之后，就和昨天不一样了。不是说穿个便衣，戴个红顶子就完事儿了。一看，这家伙穿得威武啊！两旁站堂的在那儿"威武——"直门儿喊呢！他吓得身不动自摇啊，到那儿就赶紧给人家跪下了。那是在大堂上，那场面威武得邪乎。"大人在上，小民沈文忠有礼了。"

大人看看他，说："沈文忠啊，你爸爸这个事儿啊，挺重要的，我管不了啊！你就回去吧！"就这么一句话，往下就没说。他还没法问，你敢问吗？大人说："你回去吧，你爸爸的事儿我管不了啊。"

哎呀，这沈文忠一听，头也没敢抬呀！他磕了两个头，说回去就回去吧。那能怎么办？还是得回县里给审理。他就回去了。

他回去以后，到了住的那家小店里，这天连饭都没吃啊！还吃啥饭呢！个人躺在那儿就哭。心说："完喽！我姑爷丈托的这门子都不一定用得上。他也管不了，还是人家知县那边硬啊！还是我不识相，人家都没管。"他就在那儿哭，哭完以后，等到响午过了，到下晚儿黑了，他才吃了口饭。第二天就过堂了，他这就准备呀。

到了第二天早上起来，他得准备多咱呢？八点过堂，他七点就得走啊。那是有数儿的，晚一会儿人家传堂的就得传来。他收拾完之后，一早晨就睡着了，这头一晚上没睡好觉，连哭带委屈的。他这一睡就睡到快八点了。

他就觉得有人捅咕他，他这一看，传堂的来了！正是县里传堂的。那每天来，都半个多月了，搁在以前肯定说："你咋还不起来？再不起来削两撇子！"那传堂的来了，晚一点儿也不行啊！他赶紧说："这就起来，晚了。"

传堂的说："没事儿，没事儿，你别着急，慢慢穿。"

哎呀？他一看，今儿个怎么和风细雨了？今儿这传堂的也挺乐景儿，对我还挺好啊。他这穿完衣服之后，传堂的说："你先吃点儿饭，别着急。"

他说："我先不吃饭了。"他寻思这马上就要过堂了。

传堂的说："行，过堂是过堂，你多少造巴[1]点儿。"

他说："我还有一口饭。"他还剩几口饭，在小店桌子上搁着。他就个人整点热水氽巴氽巴，扒拉一口饭，生怕晚了。他想这就晚了，晚就晚一会儿吧。传堂的也说："晚就晚一会儿吧，谁都有睡着的时候。"

吃完了他们就走，走到半道儿上，传堂的就告诉他，说："沈文忠啊，你官司赢了，你到那儿就知道了。"

他说："是吗？！"这心里就"忽悠"一下子。心说："哎呀！这官司没打就赢了？还是我姑爷丈说的有效果了？那官儿昨儿个还告诉我说这事儿他管不了呢，还是这官儿他都有门路啊！"这就走了。

---

[1] 造巴：指吃饭。

到那儿一看，还是原来那个沈阳的县太爷，就是押他好几年的那个县太爷。县太爷在那儿坐着呢。他到了之后，回禀说："沈文忠来传。"

这县官就自己打唉子，说："沈文忠啊，你替父打官司，你是个孝子啊！可亲可敬啊！这一年多你没少受罪呀！本官我处理你这个案件过程中，有些事情查访不清，这一时之错，把你和你爹错押几年哪！"完了告诉下边人，说，"把那老沈头儿提上来。"下边就把老沈头儿提上来了。

一上来，看这头发糟得都不像样了。三年当中也不剪头发，啥也不整。要说过去进监狱呀，就不剪头发，头发都留多长啊！他就出来了，一出来就跪下了。

这县官又说了："这些年我经过多方面的调查，你确实是被屈的呀！金条确实是没那事儿啊！现在就把一切判清，你是无罪释放。我今天不问别的，就问你三年在衙门的工夫，花了多少钱？你照实说，不管你花的住店钱，还是上访钱，递的小费钱，都加在一块儿。"

他一听：呃——沈文忠这回是听明白了，知道这个有效果了。说："爸，我来算吧，你这都糊涂了。"

沈文忠他就算，这一算说："这银子我们花得足足有一千五百块。"那时候买一垧地才花二百块钱哪！他们这打官司就花了一千五，就顶现在十万啊，就那么多！

官儿说："好，咱这么办，哪层花的钱哪层给你报，不够的咱县里边给你补。"这一判完之后，就把这老沈家一千五百块钱全都给赔足了，最后是搁国库拿的。然后就把这女的，也就是他这小老婆子，她属于诬告，就把她给抓起来了。

这全都整完了。沈文忠外号叫沈斗山，他把父亲接回来以后，钱也还给了老沈家。他又买了几垧地，把家里也重整了一下。要不这沈文忠就说呢：打官司你得有人，没有人你打不了官司。他那天要不去吃那六碗儿啊，要不和人家飞花的话，这事儿也不行。要不说什么都得学呢，不会杂耍也不行，也交不来人。他要是不会飞花也不行，他不会的话，他也不能过到那屋里去，不过到那屋里去，他姑爷丈也不能给他讲这一段，所以人家才给他帮的忙。人家其实是知府，正管着这沈阳县，但就没好意思说"我管"，实际人家也使劲了。人家就下通知了：你给弄清。要是他审不好，这沈阳县长得撤了他的职。这审理不清楚不行了，就这么判的案。

吴大舌头捎媳妇儿

这个故事啊，发生的年头也不多，就发生在张大帅当权的时候。那时候在东北三省，张大帅在沈阳是督军，他那属于一督军。二督军是吉林的孙烈臣。三督军是黑龙江的吴俊陞，吴大舌头。

吴大舌头没多少文化，当年和张作霖在一起当胡子，那都是好哥们儿，最后跟着张作霖成名当那么个官，但吴大舌头挺忠于张大帅，另外他待弟兄还都不错。

这一天啊，张大帅在北京坐下之后，张大帅也高兴，就下通知了，召集各个地方的行政长官，尤其这个督军了、旅长了要开个重要会议。

通知下来了之后，吴大舌头一看通知乐坏了，说："哎呀，大哥够意思。不管怎么的，在北京当总统了，当大官了，还请我们都去！我得去！"他就收拾衣服，收拾完之后，他就到警卫连去了。

警卫连不都值班，一连二百来人的话，也就一个排值班，一个排也就四五十人。他到警卫连的时候，正好一个排值班在这儿待着呢。这吴俊陞就来个虚号子，说："弟兄们，我要上北京去了，参加大哥的会议，你们有什么事没有？不管怎么的，咱们别磨不开说，有什么事，需要东西的话，北京什么东西都好啊！我给你捎回来点也行。谁有需要买什么，捎什么都行啊。"

大家都说："大帅没啥捎的。"吴大舌头一抹身[1]就听后边说话，说："我就缺个媳妇儿啊！督军能给我捎个媳妇儿比什么都强！"

吴大舌头一回头，"嗯？怎么？谁给捎媳妇儿来着？没媳妇儿，谁，谁？"这就没人敢吱声了，这时吴大舌头脸就拉下来了，就不那么有笑容了。这家伙大伙儿一看都直眼了，一个排四五十人眼睛都直上了。

后尾儿警卫连张连长在旁边一看，紧抹扯说啊："大帅，别着急，别着急。这人也可能是说走嘴了。"

吴大舌头说："不，给我找找，看看是谁。"

"这么办吧，大帅你走，别因为这个耽误事。这车等着你呢，你赶车，你走了以

---

[1] 一抹身：一转身。

后,我准能给你调查出来,你回来处置。"

"那好,你调查好,回来交我。"

"好!"

吴大舌头就走了,这个张连长岁数不大,也就三十来岁。他到晚间一看,说:"这么办,集合!"全排就集合了。"就你们这排,究竟谁说的吧?你们要不说谁说的,不承认之后我挨排儿打!一人打五十板子。再不承认,还打五十板子!"张连长就把板子掏出来了。

后尾儿有个小伙儿一看,真就磨不开了。小伙儿姓张,叫张龙,就是他顺嘴说个笑话,要吴大舌头给捎个媳妇儿。他多大岁数呢,也就二十三四岁,当兵来几年的工夫,干得也真不错。他就跟张连长说:"连长啊,你别打了,那是我说的啊。一句话说走嘴了,另外大伙儿替我挨打也不应该啊!那我个人就承认吧,你就把我举了算了。"张连长说:"那好,押下去!"就没由分说把张龙押到禁闭室了。

又过了四五天,吴大舌头回来了,高高兴兴就回来了。吴大舌头到屋坐下了之后,喝点儿水,喝完之后就回到后屋去了,到书房去了。吴大舌头有个叫春红的丫鬟就过来了,说:"大帅回来了。"这丫鬟长得还真不错,就是有点儿笨,吴大舌头对她的印象也不怎么的。

春红就给吴大舌头倒水,春红拿一个壶端水,到屋之后,吴大舌头在那正嗑瓜子儿呢,他一扔皮,她一躲,"啪嚓"家伙,这个装水的壶就掉地下了,打得稀碎啊!崩了吴大舌头可身水。大帅吴大舌头说:"这真是的!怎么整的?太没用了!"就哏叨这个春红,给她哏叨得不像样。

就在这工夫,张连长到屋来了,吴大舌头说:"张连长,来来,正好儿,你那什么,前儿你说捎媳妇儿那人是谁?找出来没?"

"找出来了!"

"把他整来!"

"好!"

张连长就去禁闭室带张龙去了,到禁闭室门打开了之后,张连长说:"走吧,张龙。吴大帅找你呢。"张龙吓坏了,一到屋就给吴大舌头跪下了,说:"大帅啊,我错了。我前儿一句话……"

"不!是不你说的?"

"是我说要捎个媳妇儿，我没媳妇儿，我那一句话说走嘴了。"

"这么办，我真给捎个媳妇儿回来了！就把她给你！"手指着春红丫鬟，接着说，"就把我这个伺候的人给你！这丫鬟给你。她不中用，干啥啥不行，壶都打了。"吴大舌头就跟春红说，"你就嫁他吧！你也二十多岁，他也二十多岁，正好给他。"

那吴大帅说的算啊，吴大舌头接着说："我不处分你！没媳妇儿也不行。正好有个媳妇儿。"

张龙就说："大帅啊，我可不敢要啊！当初你想想，我是一句话说走嘴了。我这么点儿工资，一个月八块钱的工资，哪能养活起媳妇儿啊！我也养活不了她啊！我哪敢要她啊！就是大帅你给我，我也不敢，这情我也领不了啊！"

张连长一看，这是机会啊，站着就说了："大帅啊，他说的是实在话，他那小兵挣那八块钱，哪能养活起媳妇儿去！根本就不行嘛。说真要像当个连长还行，一个月挣三十多元钱，养活个媳妇儿差不多。"

吴大舌头说："怎么，当连长就行？"

张连长接着说："对，像我这工资，三十多元钱，有个媳妇儿还差不多，他那根本养活不起。"张连长就寻思，吴大舌头能说把春红给你吧。

他说完之后，吴大舌头一听，说："那好！你说得不差，三十多钱能养得起。这么办，你把连长就给他吧！让他当连长吧，让他挣三十来块钱。你再尝尝当兵的滋味，再好好干几年，照量照量。张连长你把衣服脱了和张龙换了，今天就换了。"就对张龙说，"这么办，你把媳妇儿领回去吧！"

最后张龙落个媳妇儿还落个连长。

吴大舌头是黑熊

这个故事是怎么个意思呢？有这么个讲究，说"吴大舌头是黑熊"。

据说吴大舌头将军府的兵营里头啊，有只黑熊，那吴大舌头是督军，那还了得，他有护兵呀，这"黑熊"不敢动弹，就搁那儿趴着。

有一次啊，护兵正搁外边上厕所回来，就看见这大熊瞎子一下子进屋儿了，他一看，心寻思：可了不得，这不害大将军吗？完掏枪就要打，这工夫，这黑熊一抖落毛，没了。一看，谁呢？吴大舌头过来了，这护兵说："哎呀，大帅，出奇呀！"

"怎么的，你干啥了？"

"大帅，我上厕所去了，搁厕所才回来。"完这个兵也没敢再吱声啊，他怕说了大帅说："上厕所？没准儿你回来，这大黑熊瞎子一下子就进屋儿了呢，还上厕所？！"这护兵就没敢提"熊瞎子"几个字，就回去了。

他回去以后，就偷着和别的兵说："都注意吧，今儿我看见大黑熊瞎子进屋儿了，它黑天是不是能把大帅给吃了呀？这大帅还没看着，咱们瞅着点儿！"

到睡觉的时候，睡到半夜，这游行的兵一看，督军府大帐房里头"轰隆轰隆"的，瞅着发出声音那家伙不是人形儿，大伙儿就搁后头趴窗户看，一看，说："哎呀，大黑熊不正在炕上睡觉呢吗！"

完了大伙儿到屋儿一看，说："报告大帅……"

一"号号"，这"黑熊"一骨碌就起来了，脑袋也清醒了。一看，是吴督军，吴大舌头。大伙儿搁那说："吴督军是黑熊。"

那玩意儿老现人形，大伙儿说："吴大舌头兴许就是那只黑熊，他是黑熊逆转，要不他能当大官吗？"

异文：黑熊现床头

这个小故事就是说过去的人啊，要是当官的、出息[1]的当中，就有些是犯幸运邪乎的事儿，要是不当官的就是没这个说头儿了。

在东北王张大帅那时候，他下面有一个把兄弟，叫吴俊陞，吴大舌头。

吴大舌头在打仗的时候，那是啥也不害怕。那是胜利将军，带着兵，他亲自领着干，要不他后来怎么当上督军了呢？

打仗回来之后，那子弹啊，一脱皮袄啊，就往炕上掉，都能有一堆。子弹就在皮袄里裹着呢，掉下来扔炕上了。

大伙儿就说："哎呀，可了不得了，太危险了！"

---

[1] 出息：这里指有成就的人。

他说:"打不进去,我这皮袄都没打进去。"你看这就是他的命大,打几次仗,没打死他。

有那么一次,他在屋睡觉呢,那时候有护兵啊,护兵一看正搁屋待着呢,一瞅床头底下蹲个大黑熊,熊瞎子!

这护兵吓坏了,可了不得了!就集中兵马喊这个班长,报告班长说:"可了不得了!有熊瞎子进大帅府了,在吴将军窗台那儿呢!"

过一会儿,大伙儿就过去了。过去一看,熊瞎子没了,不知道哪儿去了,哪儿也没有了。

班长一问,最后他就说是怎么怎么看到的。以后,经大伙儿一揣度[1],另外吴俊陞自己明白,就说:"你不用找,熊瞎子就熊瞎子吧。我算过命,他说我是黑熊转的[2]。"

"啊!"这些人这才知道,从那以后,他在那儿趴着,再见到熊瞎子谁也不惊讶了,知道他是黑熊转的。

就说人这玩意儿,都有个命运,要不说人家能当官呢!

吴俊陞认干老

这故事发生在民国年间的洮南府。

这个吴俊陞就是吴大舌头,原来他就是当胡子的,最后当督军了,就当黑龙江省督军,那时候不小了!东三省中,沈阳是张大帅当督军,吉林省是孙烈臣当督军,他是黑龙江省的督军。当年他就是胡子,和张大帅一样,他们一帮人都在北边当胡子。

单说吴督军个人。这天他带着好几十个人在山上,正赶上人家队伍扫边剿匪,他们就没跑伶俐。他一看这不行了,就把一屋人整个儿都散了。他自己没跑出去,就落

---

1 揣度:猜测。
2 转的:化身的。

在山里了。一看怎么办呢？他就把外边衣服脱了，枪也藏起来了，穿着便衣，意思是躲不出去就装着像在山上找东西似的。

那山上没人，除了胡子就是胡子，哪有好人啊！这军队就把他抓住了，抓着以后就给他带到洮南府了。带到洮南府谁那儿去了呢？俺们东边马门子有个袁七，老袁头儿搁那开了个大店，大车也好，行人也好，都能住。袁七是个南方蛮子，老头儿挺会说，那时候也是六十来岁。这一看把他抓回来了，抓回来以后就给绑上了，认为他是胡子。其实他真是胡子，被兵抓回来了。

到晚间，都到店里住吧，就到店里来了。当兵的说："抓个胡子，还有点磕巴。"

袁七就寻思：磕巴？他听说过，过去有个吴大舌头，磕巴，说话不太真楚。但是外边去的兵不太熟悉呀，那是一个营长抓的。

单说这个袁七。袁七一看，这家伙绑得，本来就舌头大，说话不真楚，这一绑就更说不出话来了。问他也是，他说得也听不清。

后尾儿袁七到那儿一看，瞅了瞅，没由分说，到吴大舌头傍拉就削两撇子，就骂："这个秃小子，真不懂事，我叫你给找点儿兔子拐棍儿[1]治拉肚子，你跑山上干啥去了？这把你给逮着了，这不胡闹吗！"

他又和督军说："这个孩子是我干儿子，他干妈拉肚子，没办法，那兔子拐棍儿是能补肚子的，让他上山上找点儿去，他不道咋的和你们碰上了，被你们抓来了。"

袁七挺出名，开大店的，南北都知道他。营长说："老袁头，你认得他吗？"

袁七说："我干儿子我能不认得！我短揍他。这么办吧，赶快给打开，俺这干活都没人，还不来。"

后尾儿袁七就亲自给他拽开，打开以后告他："还不赶快给营长磕个头！你真是把人家哄弄上了，你这对吗？"

吴俊陞就真这样，给人家行个礼，说："谢谢干老，我知错了。"

袁七说："得了，好好干活去吧，你这不瞎扯呢！"

搁那么以后，吴督军真那样了，说："这么办吧，我就认你当干老吧。"真就认干老了。最后当上督军之后，他还叫干老，没忘恩，也没负义。

有一次袁七他家摊着事儿了。老袁家有个儿子叫袁小华，最歪。在洮南一带，

---

[1] 兔子拐棍儿：毒根草。

那家伙在百姓中不得民心，出门看到人家过得不错，有种地的就霸人家点儿地，或者碰到码头干苦力的，他就揍人家，拿鞭子抽人家。这回人就把他告了，一告告到督军府。

实际吴大舌头是一个昏官，但是他命好，当上督军了。

他一拍，说："去去，把他们统统都给我抓来，还敢告干老？这胆子真不小啊！明儿再告，还告到我督军身上了呢！"

这人家一看：这是个昏官啊，拉倒吧！

搁那么传出去了，说："吴大舌头认干老。"意思是保他干老，百姓都不要了。

赵尔巽的保镖

这个故事呢，名叫赵尔巽的保镖，其实这个故事发生年头也挺近，就在清朝的时候。就发生在沈阳北山傍拉，马门子那儿。

清朝的时候马门子这地方啊，就是旗人和民人有矛盾的特别多。这旗人那时候啊，人家生下来之后，就有多少马甲，就像上边黄带子[1]似的，给你多少金银让你花。这民人，也就是汉人，就不行，啥待遇没有。那还不算，人家旗人还打腰，过去当官全是旗人当官，那民人告状都没处告去，所以旗汉有很大区别。

就说这故事当年发生在马门子，这故事是真实事。这马门子有一个长泡子[2]，长泡子东边的地都是马门子石佛寺的地。西边地是咱们新民的地。长泡子西边的民人为了护河，就栽了一部分树，树栽完之后，几年都长成大树了，挺像样。

马门子有一家老李家，他家是旗人，打腰啊！一看长泡子西边这树长像样了，人家来车就跑河西边放树来，大树被放倒好几棵，完事儿就拉走了。河西边的民人中有一个老王头儿，念过书，也是有文化的，就和老李家干起来了，老王头儿就到县里头打官司，县里头人家都欺负他，帮人家老李家说话。老王头儿没办法就到盛

---

1 黄带子：皇族。
2 长泡子：河。

京来打官司。

这个官司打了有多长时间呢,有一个来月,老王头儿官司打输了。不但树让人老李家白放了,还包人家一切损失,打官司的路费都得包人家,还得包人五十两银子。这老王头儿个人颓得邪乎,家没多少土地,为了堡子打的官司,冤透了。老王头他个人寻思,低个头,就从沈阳市政府出来了,就走到沈阳小北关那,个人就寻思太憋屈了。

这工夫,人家老李家的大车就过来了,人家老李家打胜官司了,本来家里也有钱,还是旗人说了算,老李头儿就坐大车里叨咕,说:"到哪了,老板啊?"老板说:"到小北门了!"老李头儿说:"好!一到小北门啊,我就战败小民人儿!"

这时候旁边就站个小伙儿,多大岁数呢,能有二十七八岁,心想这人说是什么意思呢。这小伙儿其实也是民人,穿得挺好,还不错。他回头一看,车跟着没有两步远,后头跟着一个老头儿,低着头。他一看,说:"老头儿,你站下!方才这车你认识是哪的不?你紧跟着车走呢!"

"咳,别提了。人家是马门子老李家的。"

"他出小北门就喊,'一出小北门,战败小民人儿',你们是不打官司咋的?"

"对呀,我是民人啊!我是东岗子老王家的啊!"老王头儿就把老李家怎么怎么占的他土地,打官司没打过人家,还得包人多少损失,他也没办法,这些事都跟小伙儿说了。

小伙儿一听,说:"这也太不合理了!这么办,他也太狂得邪乎了,你要信得过我,我领你打官司去!你告他!"

"我再告,我这钱都没有了,都空空的了,再告再输怎么办!"

"不要紧,我领你去,不用找别人。"

"好吧!你能帮我好了,小伙子。那就走吧!"他们就去了。

路上走着,小伙子就说:"我告你实在话,我是赵尔巽将军府的,我是他的保镖。"这个小伙儿就把老王头儿带到赵尔巽府。

因为这小伙儿是赵尔巽的保镖,他能见到赵尔巽啊!小伙儿进屋之后,看见赵尔巽就说:"将军,有一点事不平!"就怎的怎的一说。

赵尔巽不是旗人,也是民人。他一听说这情况,也挺气愤,说:"这太狂了!把人树放了,还让人包赔。"所以说,最后通过赵尔巽,就进行第二次审案,就把老李头儿抓起来了，这一下子一判，就把放树这事全断过来之后，还让老李家包老王家一切损失。

搁那之后，老王家在河西边站住脚了，马门子老李家就颓了。以后打听也不知道这小伙子叫什么名字，人家就说姓王，说是赵尔巽的保镖，这小伙子太好了，太慈善了，要不是人家也打不赢这官司。

所以，以后一提到赵尔巽保镖，都知道那是好人，是正人。

王殿荣传奇

这个故事是个新的故事。这是在什么时候呢？日本人还在东北的时候，那时候是伪满洲国。

当时沈阳有宪兵大队，王殿荣是宪兵大队一个中尉副官，说是当汉奸了。虽然是给日本人当中尉副官，但当的中国官，他的日语还能对付说几句。他这人挺正义，还不错。

一天，王殿荣正赶执勤，带着枪，带一个少尉，这少尉姓李，他俩人就出去执勤去了。正走到哪儿呢？正走到沈阳太原街北，就看见一个卖烟卷儿的老太太，她能有五十多岁，有一个破架子搁那儿支着，烟卷儿就在那架子上摆着，上边不少烟。

这工夫搁那边儿来两个日本人，"噼里啪啦"穿着马靴走过来了，走来她就喊："太君，太君，你买我的烟好几天了，你不都开资了嘛，你给我钱吧！"

日本人说："什么钱钱的？"

"哎呀！"老太太说，"这不行啊，你赊的时候说好的过几天就给，你又不是没开资，我听说你们昨天都开资了，你给我钱啊。"

日本人说："什么玩意儿，待会儿揍你！"

说着就要打她，这个王殿荣是宪兵大队的，管他这个军队呀，他一看，寻思说：这不对！就到傍拉儿，问日本人说："你干什么？！"

这日本人是一个上等兵，三个星。他回头一看，是王殿荣，人家是中尉呀，虽然日本残暴，和中国人也讲礼节，他"啪"敬个礼，说："报告中尉！"说了句中国话。

王殿荣说:"不,你怎么回事儿?你是不是买人家烟了?"

老太太一看王殿荣是中国人,说:"这位先生,你不知道啊,他买了不少日子烟了,当时是没有钱赊的,这不现在他们开资了,应该给我钱,缺我十多元钱了,我这烟钱根本就没多大本钱,他这么赊,那哪行呢。他到了[1]也没给我呀,所以我才管他要钱。"

日本人说:"哼!这就是干要钱!"

王殿荣说:"你这不对,你要不买,她会要?是你要买的,她上你军队去能进去吗?你们那个部队能让她进去吗?你要给人家,咱哪儿能找这麻烦呢?你考虑考虑,咱们军队的军纪怎么说的,你把军纪说一说,是不是公买公卖,不许抢占群众一分一文啊?那咱们占住这句话了吗?另外你们也不是没钱,咱都是昨天开的资呀,给人家拿钱!"

这日本人在王殿荣的督促下没办法,就顺手掏出钱来了,说:"给你!"就给老太太十块钱。

给完之后,老太太说:"你还剩点儿。"他就找给她了。

这日本人虽然给了,但心里不太满意这王殿荣。后尾儿一看,不满意也没办法,人家王殿荣级别比较高啊,他就走了。

又过了有十天半月,这天正赶王殿荣又和姓李的溜达玩儿去,那宪兵多咱都手不离枪,他俩都有枪。宪兵过去在伪满洲国的时候是管各种军队的,军队、警察都管。宪兵是掌握宪法的嘛,是最打腰的。他俩正溜达着走呢,正好啥呢?日本人执行勤务,还是那天买烟的日本人,他保护那段,到那儿日本人一比画,告诉他们:"这儿不行,走不了!"就不让走。

王殿荣一看,说:"是我。"

日本人说:"你也不行,上边有命,不管是谁都不能过。"

王殿荣说:"因为啥不让过呢?我问你,有啥事儿?"

日本人又说:"你也不行。"

这个王殿荣一看,说:"哦,你找邪火啊,前儿我说你一回,你今天有正式任务来这儿站岗,就不让我过去了。"

---

[1] 到了:到最后。

完越说越变态，日本人把战刀"啪"掏出来了，说："你过去我就宰你！"这就要砍王殿荣。

王殿荣上去"叭"一脚，在日本人手腕上踢一脚，刀就飞了，王殿荣有半身武术呀，这日本人就急了，上来就干上了。

王殿荣一看，说："你这太不像话了。"气着急了，把手枪掏出来，"啪啪"两枪就把日本人给打死了，完还有一个人也要上呀，这个姓李的少尉一看主官把两个日本人打死了，他掏枪"叭"也打死一个。

这一打完就直眼了，当时一猛性把人家打了，打完以后不好说呀，怎么办呢？俩人一合计：这么办吧，赶快回军队去！他俩就马上回去了，回到了宪兵总队，那儿各有各的办公屋，别人都不知道。

王殿荣回去就猫起来了，猫完之后就把屋儿里的东西都收拾收拾，把衣服也收拾好了，完就跟李少尉说："咱俩得准备跑啊，这地方不行了，待不了了。"

这工夫，王殿荣一寻思，说："怎么办，这得有钱，没钱不行呀。"

李少尉说："我还有两千，都先拿着。"

全收拾好这工夫，外边日本兵就知道了，这不等说话，上来就围上了。他俩没报官，报官也是完，有人命，那还了得？他俩就跑，把枪递出去又打倒好几个，那急了，打完之后就顺楼梯跑下去蹽了。

这家伙！一屁股干到哪儿？坐车干到北市场。这工夫，一看出不去了，那时候讲话得往远走啊，就暂时到北市场找一个旅店待下了。待下没有半宿，日本人知道了，就撵上来了，又到北市场围上了。第二天一早起来，在北市场旅店门口遇上了又打倒了好几个，日本人下的啥命令？抓活的！所以这日本人不敢开枪，他们敢开枪啊，所以他俩就占便宜了。

后尾儿，在旅店门口，日本人最后一枪把那李副官打死了，就剩王殿荣自己了，他个人就跑了。一跑跑了两三天，这人就不见了，日本人着急啊，一晃哪儿也找不着了，王殿荣打死七八条人命呀，日本人一看，寻思：这怎么办吧？！

单表这个王殿荣。王殿荣上火车跑了，干到黑龙江林业地区，他那儿有一个亲姑舅姐姐，他就到那儿去了。他到那儿就和他姑舅姐姐、姑舅姐夫把情况一说，说是怎么怎么回事儿，怎么摊到的事儿。

他姑舅姐姐说："你在这儿待着吧，这是背地方，什么人都不会轻易来，不行上林业干活儿去。"

王殿荣说："好。"他就待着了。

一晃待了不少日子了，这天没事儿了，他也挺闹心，他知道家里这边也不稳当。他家在大南住，他爹妈还有老婆都在家呢。后尾儿正赶北上打游击的八路军到这儿来了，他姐夫跟八路军都挺熟，一提这事儿，八路军说："那跟我去得了，何必在这儿猫着呢？"

王殿荣同意了，说："那好！"

他姐夫说："这么办吧，既然剩没有十天半月就过年了，过完年再去吧，不差几天，在俺们这旮过个团圆年。"

八路军说："那好，俺们就愿意吸收这样的，他敢打日本兵，那是好样儿的。"不说。

单表谁呢，单表他这个姑舅姐姐。王殿荣他妈是她亲姑姑，他姐姐寻思他惦记他妈，说："大兄弟，不用害怕，我叫你外甥去，到那儿看看他姑奶，完听听消息，看那边儿怎么样。"

王殿荣说："好吧！"

这小孩儿那时候就十七岁，高小毕业以后也没事儿，乐呵呵地带钱坐火车就来了，要说该人出事儿呢？他来了以后，正好被当地的村长识破了，村长寻思说："多年不来的亲戚为什么今年过年要来，这小孩儿来了，是不是他的舅舅跑他那儿去了？"完就报给日本人了。

一报日本人，这小孩儿就被抓起来了，这小孩儿戗不住打啊，几撇子就打出实情了，他说："是，我舅在俺们那儿。"

这日本人说："好吧。"

这一看，当时就把小孩儿留下了，正好过初五，就把王殿荣家全给绑上了，连他老婆带他爹妈都绑上了，搁火车一下就干到黑龙江，把那小孩儿带过去了，以为这小孩儿知道家啊。

单说这以后。经一夜，到了就奔他那儿去了。这王殿荣正在他姑舅姐姐那屋儿坐呢，他一看外边有动静，起来就毛了，把枪掏出来了。这工夫一看，他爹先到了，他爹就喊："殿荣啊，你不用动手了，我看你在屋儿呢，俺们这罪受不了了，因为你个人全家都得受罪，都得死啊，你敢作敢当吧，你就投案吧，别让你爹和你妈跟你受罪。"

这王殿荣一看，爹妈都在那儿绑着呢，在卡车上推巴着，他寻思说：真受罪呀！没有办法，他就说："好，你进来吧，绑吧！"

日本人不进，说："这么办，你枪扔过来，不扔来不行。"这王殿荣没有办法，就把两个枪都扔出去了，完就被绑上了。这么的，王殿荣这是落网了。

落网回来以后，王殿荣还有一个差事，就跟日本人说："你就处理我死也不难，但我现在必须得回家看看，得让我看看家、拜拜祖坟，我得对得起祖先。"

日本人说："那好，准你！"

后尾儿，他就回家拜了拜祖坟，又请了一回客，（关系）不错的都来了，他把宪兵队的领导也都请来了，日本人派人来看着他。这王殿荣说："那时候是我错了，给你们惹祸了，让你们替我担心了，我就是死也不屈了，我情愿死，没说道。"

后尾儿日本人一看，还对王殿荣特别赞成，但赞成是赞成，不毙不行啊，毕竟他打死了那么些日本人呢。

完了日本人说："看看人家中国人，有志气！虽然说要死了，但死得光明磊落！但他打死了咱们这么些人，现在得给大伙儿报仇，就把他毙了吧。"王殿荣就是这么死的。

马龙梅恩赐少年犯

这个故事是马龙梅恩赐少年犯。

这个马龙梅是谁呢，他是咱们西安堡的人，他原来是新民这旮儿的副县长，属于司法方面的正官。这个马龙梅先说一说，而这个案子，下面我再讲。

当初咱们新民西啊，有这么一个堡子，叫李家屯。这李家屯啊，堡子也不小，有那么几十户。就有这么一个老李家，这家这个男人死了，扔下个媳妇儿，也就有三十四五岁吧，还有个小子，小子有十二三岁。

这个老李家的媳妇儿在男的死后，她不出门，不出门但也不守分，就那么胡扯，她就跟大孤屯的一个男人胡扯。这个男人到老李家之后，又吃又喝不说，还捶打老李家这个小子,老嫌这小子不中用。有时候就骂老李家这小孩儿,完事还搋两杵子。这小孩儿就哭,心说:"真冤透了,我爹都没打过我一下子。我妈她整了一个爹不爹,啥不啥的,还是跟着她在一起胡扯的,到这儿还追着捶打我。"这老李家的小孩儿没事就跑他舅那去,他舅家离他家有二里地。到他舅那,就跟他舅哭。

这一晃就已经到冬天这轱辘了,这小孩儿就跟他舅说:"舅舅,能不能想办法把那个男人除掉。他一喝上酒啊,就啥也不顾啊,睡上觉呼噜和沉雷一样啊。我想一刀就把他灭了去。"

他舅说:"你可别胡扯,你小孩儿哪兴去。"其实他舅也知道他姐姐和那个男人在一起胡扯的事啊,他舅和这小孩儿俩人就合计怎么把这个男人除掉。他舅就说:"这么办,腊月十五那天啊,我去除掉他。那天你让你妈预备点酒,预备点菜,就说我舅要串门来。就说我舅腊月十六串门去。"这小子说:"行!"

俩人合计好了之后,他舅说:"我定头半夜去,就是寅时以后,我准到。"这小子说:"行!"

这个老李家是一个两间房,南北炕,这小孩在北炕存。腊月十五那天娘俩吃完下晚儿饭以后,这个男人就来了。到这儿之后,喝完酒就和小孩他妈俩人趴着睡上了。

这小孩儿就偷溜出去到外边看看,他舅没来。又出去看看,他舅还没来。这个小孩儿他就十二三岁的孩子,有啥主意,过了挺长时间他舅都没来。

后尾儿这小孩儿一看,就心寻思,不行,我就个人动手吧!他都预备好了玩意儿,一个尖刀子,就是杀猪尖刀,锋快锋快的。

这小孩儿一看,他妈也睡着了,胆子也大,盯着他妈,一看他舅这工夫还没来。正好这工夫,这个男人喝点酒一热,就把前胸被窝都捆开了,他就穿了一个背心子。这小孩儿一看正好,没由分说到那就把尖刀拿来了,拿来之后就对着这个男人的心口窝"咔嚓"削进去了!那个男人"嗯嘤"一声一叫唤,一翻身,那血"哧"蹿出来了,他就死了。

这时候小孩儿他妈惊醒了,一看,儿子把人家杀了。他妈就开始闹上了,这时候小孩儿他舅来了,就跟他姐姐说:"拉倒吧!你别胡扯了。因为你这事,孩子都抬不起头来,你还非这么样啊!"

这女的一看,让她兄弟哏叨也不能说别的啊。这小孩儿和他舅的想法就把尸首藏起来，把血擦巴擦巴，擦巴净以后，就把尸首装麻袋了。这爷俩抬着，就到新民县西边的溪泡子，那溪泡子也大，他们就现打的冰窟窿，把麻袋塞冰窟窿里去了。

这不说，这一晃过去不少日子了。这小孩儿他妈就天天想这个男人，她那个奸夫。到第二年春天了，这小孩儿看他妈那样也有点气，就说他妈："这你真气人透了，他那有啥意思，你跟他胡扯？要不你就找个老头儿！"

娘俩就干起来了。他妈气得就说："好，你杀人了！"他妈就在街上喊上了，说谁谁是她儿子杀的！当时当地这个事就传遍了，县政府就来人了，就把小孩逮去了，一问这小孩儿，他也没瞒着，就说是我杀的。一问他舅舅，他说："我舅舅没来。"他舅舅当时就真没来呀，要是他舅舅来就粘包[1]了。这小孩儿当时十来岁啊，十来岁不能判死刑，另外他还情有可原，就判个活期，十几年，他就在监狱押着了。

从老李家这小孩儿被押之后啊，他的舅舅咱不说，就说这个妈，就没看过他儿子去。人家别人逢年过节都给送点儿饺子，送点儿米饭啥的，那时候监狱伙食水平低呀！他这个妈逢年过节就没看过亲生儿子，就没送过一回！就恨她这个儿子把她奸夫杀了。

后来监狱里的人报告马龙梅说，监狱里有一个小孩儿逢年过节就没人给送过东西。马龙梅知道后，说："那好，不要紧。"他就告诉自己老伴儿，说："咱包饺子！"饺子做好后，马龙梅告诉手底下人，给小孩儿送去。逢年过节，换衣服伍的，马龙梅个人拿薪俸给小孩买打扮的衣裳。最后想尽一切办法给小孩儿脱离罪行，一点一点的，最后这个小孩儿二十几岁，刑期已经差不多满了，就给小孩儿放出去了，这小孩儿出狱后也没忘了马龙梅对他的恩情。

要不说这马龙梅招人爱戴，他是个清官哪！

---

[1] 粘包：惹麻烦。

锦州银行被抢

这个故事发生在中华民国的时候，那时候就有银行了。锦州银行成立之后，当地胡子多，但是得不着实惠，咋也抢不着。

单说有一个胡子头，叫"小白龙"。这"小白龙"有两下子，小地方不抢，专抢大买卖，绺子[1]里有三百多人，就在锦州西北的大深山里。

这天大伙儿就提出来了："老板，咱们天天在这儿守着，吃没吃，烧没烧，怎么办哪？咱得想办法来两个钱啊！"

那时候"小白龙"都五十多岁了，说："这么办吧，你们不用出去，我个人借点去。"大伙儿说："你个人去哪儿整呢？"

"小白龙"说："有办法。"

第二天早上起来，"小白龙"就告诉手下的套大车，那时候都是胶皮车，手下的套了几个大牲口，他坐着胶皮车就走了，直接到锦州的小北门。下车后他就说："车搁这儿等着，别走，等我多咱回来多咱走。"

他自己要了个马车，就跟车夫说："你给我拉到锦州银行去，到那儿之后你不用走，回来我给你钱，我到那儿取点儿钱。"

车夫说："行！"这就给拉去了。

到银行门口了，"小白龙"说："你等着吧。"车夫把车搁门口了，蹲着等着。

单表"小白龙"，他穿的宪兵衣服，带着手枪，到那儿一看，直接跟把门的说："我是宪兵总队搞内勤的，视察一下你们这银行内部。"

把门的说："那好，请进。"就给请进屋里了。

一道上过了三道岗，就到银行正屋了。他一看这屋有不少人，都在那儿上班呢，他就从兜里掏出来一张公安局证明，说："我是锦州公安厅搞内勤的，到这儿查查你们，看看你们的资金情况和人员情况，把你们经理找来。"经理就过来了，他就问："你是经理？"经理说："啊，我是。"他说："行，坐下吧。"这经理就坐下了。这时候他就掏出个小本来，瞅着小本问："你们这买卖有多少人哪？"经理说："一共二十八

---

[1] 绺子：聚众掠夺民财的土匪。

个人。"他说:"在家多少个?"

经理说:"在家十八个,那十个下片儿了,不总回来。"他说:"十八个都在屋吗?"经理说:"有两个请假没来,剩下的都在。"

他就问:"你们这么大个买卖,一旦有什么事,像天火水涝或者胡子抢的,要通知哪儿呢?"经理说:"通知你们宪兵队呗。"

他说:"我还不知道?就是告诉你们,有事儿就报告给我们。"他接着问:"你们这买卖有多少现金,如果紧张的时候,最多能拿出多少来?"

经理就把有多少钱、能拿出多少跟他说了。

他说:"是不是有个人债务?"经理说:"没有,钱都在庄上呢。"

他就刨问个遍哪,最后就说:"如果今天银行被抢,你们怎么报告?"经理一指,说:"这有特殊电话。"

他到那儿没由分说,一伸手把电话"叭"拽下来了,就给摔了。这工夫就把手枪掏出来了,说:"不要动,说实话,我是胡子,抢你们来了,把库里现金都给我拿出来。"

大伙儿一看不拿不行啊,枪逼着呢,会计就把柜打开了,把钱全给他装包里了,装了两个手提包。那时候这些钱相当多了,买地能买几十垧,够活几百年了。拿完之后他就说:"你们都别动弹,动弹的话就没有命。"谁也不敢动啊,他拿枪指着经理说,"你送送我吧。"

这经理拿两个包在前边走,他在后边拿枪对着说:"到门那儿你多说一句话,我就打死你,钱是国家的,命是自己的。"经理哪敢吱声呀,搁大门出来后,"小白龙"带着经理一起上了马车,把门的一看,那还有啥说的,经理带着包亲自送客,还是宪兵队的。

这车走到锦州北门外,他跟经理说:"你回去吧。"这"小白龙"让自家的大车给拉回去了。

第二天报纸全报这个事啊,这抓那抓的,人家把这银行抢得老老实实的。

搁那么,银行这真注意了,一般去陌生人都不在内部接待了。

郑奇斗宋庄头

郑奇呀，这小伙子岁数不大，也就十六七岁，但他力大无穷，那力量，和谁干架，他上来拳头，几拳就把你磕出去。那还不算，他坐在那，三个两个扳还扳不动他。你要是这个拽他胳膊，那个拽他腿，他腿一伸就把你蹬出去，就这么大力量头。小伙子力量大得邪乎！

这天当中，郑奇就溜达着玩儿。正好儿在街上有个庄头，姓宋，大家都叫他宋庄头。庄头过去都了不起，有钱啊！过去什么叫庄头啊？那过去皇帝王爷都有庄头，马庄头，农业庄头，布庄头啊，商业庄头，好比说我是个朝中王爷，这旮儿放马场我买五千匹马，就找一个庄头雇多少人管那五千匹马，像个总管似的，其实就是管事的，那就是庄头。

这个宋庄头老个人自吹，说自家的这套马车，前面三个骡子，后面一个马，力大无穷，多大分量都能拉走。这天宋庄头又在街上自吹，街上闲扯的人挺多，正好郑奇也在那待着，郑奇说："这么办吧，宋庄头，都说你马车力量大，咱们嘎个小东[1]行不行呢？"

"嘎一个吧，怎么嘎？"

"你这车把它停那旮旯儿，我给你薅住后辕子，你要能赶出去的话，那我就输你多少钱。"

"什么？你还能把车薅住？小伙子你这不是笑话？"

大伙儿都说："照量照量！这是咱们郑奇，力大无穷！"

宋庄头说："好，这么办，咱俩怎么说，我不红脸，你要把我马车薅住，这马车都给你，连车带马都给你。那不是赶一下子，是赶几赶。"

郑奇说："那行！"

"那要拉不出去呢？"

"要是拉不出去我给你干一辈子活，不要钱，我没钱啊！"

"那行！"

---

[1] 嘎个小东：嘎东，打赌的意思。嘎个小东，指打个小赌。

这街上卖呆儿人多，因为正在正月前儿，正月初儿，大伙儿都是闲的时候。宋庄头把马车就赶出来了，三头骡子一匹大马，那多壮啊！装好之后，车就站那了。宋庄头说："咱说好，人都在这呢，要把你拉死可不负责任，要把你押死了，你断肠子断肚子……"

"不用，拉死我认命。"

"咱们这么办吧，签合同吧。"

"不用签，这大堡子人做证实。"

堡子卖呆儿的人多，都说："俺们做证人，都知道。"

郑奇就薅住马车后边那个车槭子了，脚一使劲就蹬上了，一点头，那意思就是你拉吧。庄头告诉老板说："赶，急赶！"一赶连马带骡子一蹿腾，车没出去，纹丝没动，没拉起来。

宋庄头一看，心想，有两下子啊！车老板又赶，后尾儿把马屁股一打，马一抬的工夫，稍微一撼动，又回来了，拉四五拉没拉出去。这时候宋庄头就站起来了，郑奇就说："宋庄头，这么办，你先歇歇马，我也在这。"

宋庄头说："不！还赶！"

"行！那我还来。还得搭多少工夫啊？"

"最后一次。"

"好吧。"车老板又叮当赶，拉了多少回啊，最后也没拉出去。那郑奇的鞋底子全都干坏了，全都蹬坏了，蹬飞了，郑奇一笑，说："宋庄头你看怎么办吧？"宋庄头一看话说出去了，那能怎么办，没办法，不吱声了。

郑奇又说："你呀，拉倒吧，宋庄头，你是庄头，我是小孩儿，我不能惹你。另外你知道俺们这个堡子就行，以后有什么事你高看一眼，别跟咱堡子人耍脾气，郑家庄这旮儿的人你别惹咕就行。你要不惹我们这堡子的人，我什么都能照顾你，不管怎么的，别看我小孩小。你这车马赶回去我不要，我不贪财。你给我买双鞋吧，鞋蹬坏了。"

宋庄头忙说："行！行！行！"宋庄头给郑奇买了双新鞋。

搁这么的，郑奇成名了，谁也不敢惹郑奇。宋庄头一提郑奇都说："这小伙子了不得，他要是急眼打你啊，十个也打不过他。"所以郑家庄那堡子，宋庄头多咱都不敢闹事去。雇人的话，到时候照数都给钱。原先宋庄头雇人不爱给钱，干活也不往回拿，搁那不敢了，怕郑家庄的人去找郑奇。

搁那么的，郑奇就把宋庄头教育好了。

包秀峰计杀吕子川

包秀峰是谁呢？是张大帅的谋士，一个瞎子，人称"包瞎子"。张大帅不专信瞎子嘛，包瞎子会算，他就把这个包瞎子请去了，包瞎子当年给他算过，他也知道包瞎子神通广大、有两下子，相信他准能算。这包秀峰是后瞎的，他原来是书呆子，文化挺高，都是让吕子川给害的。

要说人这玩意儿啊不一样，包秀峰是教书先生，教得狠点儿，不会就打，不会就打。这吕子川是念书学生，家里过得不错。包秀峰教书那时候有二十五六岁，这吕子川也十三四岁。吕子川一看，寻思："小子，你打我，我调理调理你吧。"

一天，正赶包秀峰上炕睡觉的时候，这个吕子川就来坏道儿了。这小孩儿家里有钱，但他很坏，就搁家包一袋儿白灰来了，这白灰就是一般使用的那种白灰面子。

晌午时候，包秀峰正在睡午觉呀，他闭着眼，这吕子川怎么的？到那儿就把那白灰面子按他眼睛上了，使劲一揉的工夫全揉进眼里去了。这下包秀峰疼得就不用说了，没办法，现洗也不赶趟儿了呀。后来洗完之后，这眼就烧完了，那包瞎子是这么落的"瞎子"。所以他恨吕子川恨得邪乎！

最后，吕子川就走了，当胡子去了。这包秀峰找也找不着他，就没嚷嚷了。

所以，今天正赶张大帅当胡子，吕子川投到张大帅那儿给他当狼把[1]，包秀峰给他当参谋长去了，他俩就见面了。但见面谁都不提过去的事儿，包秀峰知道这事儿，吕子川也明白，都不说。张大帅呢，啥也不知道。

这包秀峰就黑天白天寻思怎么报复吕子川。这天，包秀峰就跟张大帅说："吕子川这货啊，谁都敢干，别看张大帅你和他不错，他早晚得寻个机会把你干掉呀！"

最后，张大帅说："人家没啥错处，干得挺好，不好早就不用人家了。"

---

[1] 狼把：胡子头。

包秀峰说:"你别看他那样挺好,这吕子川可毒着呢,那家伙背后总叨咕,要干掉你张大帅。他当着狼把,当着大把刀,你要知道,他可是领着一帮人呢!"

张大帅说:"不能,他能有那胆子吗?"

包秀峰说:"别着急,哪天儿试验试验!"

这个包瞎子到张大帅这屋去了,就告诉张大帅说:"这么办,大帅,你呀上后边儿猫着去,我来你这屋睡一觉,你看怎么样?"

大帅说:"就这么办吧,让你试验试验。"这包瞎子就躺那儿睡了一觉。

但他在大帅那屋睡觉的时候,吕子川看见了。吕子川到那儿一看,睡觉的是包瞎子,他就寻思:哦,大帅没在家。这吕子川就拉倒了,把这件事撂下了。这是头一天。

品了几回以后,这吕子川发现包秀峰常去大帅那屋睡觉去。这天正赶张大帅在家趴着睡觉,这吕子川就又去了。他拿着手枪、带把刀,怕包瞎子喊,寻思到时给他一刀。他进屋之后,以为是包瞎子在那儿趴着,就狠心地说:"你这臭小子,又来大帅这屋睡觉,我今儿就毙了你!"其实这包瞎子没在那屋趴,是张大帅在那儿趴着呢。他就预备好了,准备行刺。

这包瞎子"瞎",但不是全瞎,他是二成眼儿,能瞅着点儿。他一看吕子川进来了,就预备好了。吕子川一伸手,一搁被子的工夫,这包瞎子就喊,说:"大帅,有刺客!"

张大帅一翻身,醒了,一看吕子川手里拿着刀正要攮他呢,这张大帅就急了,说:"子川,干啥你?"

"啊……"吕子川就说不出话来了。他其实一心想攮包瞎子,但这会儿他还没办法说,就干咂巴嘴。

张大帅说:"哦!你真要行刺呀,不怪人家说!"

这时候,包瞎子说:"那还寻思啥?就急速执行死刑呗!"

这工夫下边就过来不少护兵。这护兵原先就安排好了,在外头一听"嗷嗷",进来就把吕子川给绑上了。绑上之后,包瞎子就下命令说:"推出来斩了!这时候还等啥?"

大帅说:"斩吧!"就这么把吕子川斩了。

你看,这个包瞎子使用一计就把吕子川杀了,真是"计杀吕子川"呀!他俩人过去在源头上的恩怨今儿算了结了。要说人这玩意儿"冤冤相报几时休",都那样。

左伯桃与羊角哀

　　这个故事是老几年的故事,过去念过书的都知道这个故事,时间挺长。这个就是说,这两个人交友特别近密,但是多少有点儿近得邪乎了。

　　左伯桃是个念书的公子,书念完了就告诉老婆孩子说:"我得进京赶考去,念这么多年了,不是说'受得十年寒窗苦,金榜题名中鳌头'吗,我得去。"

　　家里说:"那就去吧。"他家过得不错,有钱,他收拾收拾带着钱就走了。

　　一走走了好几天,多少日子,那时没有车,全靠走啊。这一天赶上下雨,哇哇地下,一看前没有村,后没有店。一跑看山坳上有个小房,他就跑进去了,一看门也没关,就推开进去了,到房里一看,就一个人也坐着念书呢。他就说:"我来避避雨吧!"

　　那人说:"来,到屋吧。"他就到屋了。进屋一看也没啥,就一个人。俩人一唠扯,那人说:"你来吧,不用怕,我就一个人,在山上念书呢,家也没这儿肃静,在山上就盖个小房,也没有外面人接见。你是?"

　　他说:"我是进京科考的。"

　　"那好啊,我也准备进京,咱俩一起走正好。"这两人越唠越近啊,意气相投。唠完以后,那人说:"我整点饭,你贵姓啊?"

　　"我姓左,叫左伯桃,你呢?"

　　"我姓羊,叫羊角哀。"

　　"哎呀,好!"

　　俩人就越唠越近啊,到半夜羊角哀说:"大哥,这么办好不好,我看你这人挺够交,你要不嫌我贫穷,不嫌我不行的话,咱俩可以拜把子,拜弟兄好不好?"

　　左伯桃说:"拜吧!"这两人插上香,就拜生死弟兄了,同生同死,起了千斤重誓,有官同做,有马同骑。

　　待了几天工夫,天冷气清的时候,俩人说:"走吧!"

　　这羊角哀一收拾,也没啥,就把这小破屋钉巴钉巴,告诉家里说:"我走了。"他俩就走了。那时候也没什么可拿的,拿点儿吃的就走了。

　　正赶上是冬天的时候,大雪一下就了不得了,冷得邪乎,就走荒郊野外闷地里,一看前边雪下得都没腰深,迈不开步,俩人一看走不了,这怎么办,一合计,看前面大树林子有个大柳树，这个树粗得邪乎啊，能有上百年的树啊，空芯子，芯子烂了，就剩外面皮了，上面还能长树芽。俩人一看这里挺好，能蹲一会儿，这俩人就进去了。但树进去俩人还挺费劲，里面只能待一个，那个只能在门外待着，它搁不下，没那么大地方。这左伯桃进去待一会儿，羊角哀进去待一会儿，俩人换班待着。

等到天快亮了，俩人一看，一点儿也走不了了，还没吃的。左伯桃一合计，说："这么办吧，就剩两个大饼子了，走不了了，寸步难行了，咱俩不用说科考去了，命都保不住了，都得双双冻死这里头啊，走是走不起了，你看就这两大饼子，身上没衣裳，都穿单衣裳，夏天走的，走半道也没换，来了个这么冷个地方，下大雪。这么办吧，角哀你去吧，进京赶考去，我就在树洞这儿蹲着，你考回来，我要死了，就把我一埋；不死的话就更好。死是肯定，活不了了，你去三年五年能回来吗？"

左伯桃就把外面衣服脱下来了，说："你穿我的衣服，穿这两套衣服，单衣服冷啊，这两套加起来还能暖和点，两人衣服并一个人穿，能暖和不少嘛。"左伯桃全脱下来了，穿个破裤衩子在那儿蹲着。

羊角哀说："大哥，那不行，你得去。"他让他去，他俩就互相谦让。羊角哀一看不行，脑袋往树上"梆"一撞，羊角哀就撞死了。要你去你不去，我撞死看你还去不去！

左伯桃抱着兄弟就哭啊，说："兄弟呀，你怎么这么死呢。"没办法，他得去了，左伯桃把衣服就都穿上了，把羊角哀衣服也穿上了，把羊角哀穿裤衩放树洞里了，俩人衣服穿上保暖点儿啊。穿完以后，就把大饼子从羊角哀身上拿下来，也不管埋汰干净，咬两口，梆梆硬，还能多少止点儿饿啊，就吃不点儿，吃了一个，剩下一个揣着，搂个大饼子就跑。这一跑跑了一天啊，到黑天了就住堡子，大饼子嚼巴嚼巴，到住家要碗饭吃，搁那就再走。

一晃走了多少日子啊，净是要着吃、讨着吃啊，到了集镇地方、有钱地方，就买点儿饽饽拿着，要不到了荒郊野外就没有卖东西的。最后到京城了一看，说："那就考吧！"

左伯桃的文章好，有两下子。去那儿一考，真就中了，中了头名状元，分配到苏州当知府，他一看这回妥了，我这就去吧。分配完以后，他一寻思不行，就和皇帝说："我先不能上任，我有个兄弟死树洞里了，我让他来他不来，他让我来我不来，俺俩互相谦让，没办法他撞死了，这我才来。他还在树窟窿里搁着呢，我能当官走吗？我得把他发送出去，埋完以后我才能当官去呢，希望主上准假。"

皇帝一看这义气，说："好，给你们半个月假，你把他埋好，再回来上任。"

"好吧，谢主隆恩！"

说完左伯桃磕了几个响头，带着兵马就回来了。这回有钱了，不像原先了，那坐着大轿，前有人马、后有跟马，就到树窟窿这儿了。一看，羊角哀还在那儿，穿个破裤衩子、撅着屁股，在雪里趴着呢，左伯桃当时就哭了，说："哎呀兄弟，你啊，为我而死啊！"

他哭完说："那埋吧！"他看山南坡后面有个大树林子，还有个大坟茔子，他就在坟茔南边挑个向阳地方埋上了。埋完以后，当时左伯桃写了篇祭文念念。念完以后告诉手下说："今晚我不走，在这儿住，守三天墓再回去上任。"

他就在这儿待下了，等到半夜天要亮的时候，左伯桃做一梦，梦真真的，梦到羊角哀来了，还是原来那样，说："大哥，你对我不错。你把我埋葬上了，也发送出去了，我太感谢你了！感谢是感谢，大哥，有个事儿啊我得说，你埋那地方不行，不是地方，我强不住人家，后面有个大坟茔，那儿人多，好几个人，说我占人家风水了，占人家前头了，压着人家了，昨晚干了一宿架，这叮当打，我也打不过人家，也没办法。大哥，烦请今晚你给我扎个纸活，扎几个拿刀带枪的，扎好给我烧了就行，帮我助助威，我就能强过他们。"

左伯桃说："好。"到天亮一看是个梦。左伯桃亲自画上，扎的都是带枪的纸活，那大枪大刀的十来个，都是小伙子，扎好之后他就亲自烧了。烧好以后到下晚儿，他就听坟茔那块儿喊喳闹鬼，真有动静。

等到天快亮的时候，他又梦到羊角哀来了，哭了，说："大哥，不行，白扎啊，扎这纸活不顶事，不像真人，没有血液，强不过人家埋的死人。你这扎的纸活，光能助威不能打仗，只能喊助威，打仗就躲了，强不住，没有真魂不行。光我个人也抵不过人家，强不住人家。"

左伯桃一听，说："你安心吧，我有办法！"

他后尾儿一合计："完了，羊角哀为我而死，最后他的坟还被人挤对得占也占不了。"他就写了个申请，告诉来的兵说："这么办吧，你们回去就和皇帝说我辞职不干了，我为我兄弟殉死，我今儿也死。死完以后我帮他战，俺俩人就能战过了。"

说完之后就写，底下兵也不敢说啥啊，有几个副将说："那不行啊，主帅，还得回去。"

左伯桃说:"不行,你说啥我也不能听,我非得为我兄弟而死不行。"说完拿起剑,"啪"就自刎了,躺在他兄弟坟上了。兵将一看,说:"那把他也埋在这旮吧!"埋完之后,兵将就把这封信给皇帝带回去了。

下晚儿底下,兵就听着坟茔里"喊里咔嚓"干得叫唤,喊着干。天亮一看,这边坟茔怎的没怎的,后面大坟茔全干开了,坟都两半了,棺材都撅出来了。左伯桃还是威力大,把那边儿战败了。天黑的时候,左伯桃哈哈大笑就给副将托梦说:"这回妥了,俺俩兄弟占了上风,你把这个呈子交给皇帝吧,你把情况一说就行了。"

所以副将带着他这个申请呈又回到朝中,交给当朝皇帝了,皇帝一看一问,副将怎怎的一禀告,皇上说:"哎呀,看来世界上真有实诚人哪!左伯桃和羊角哀这两人真是不可得的英雄、不可得的朋友啊!好,从这以后咱们一定要照义气交。"

左伯桃和羊角哀的事迹传到后世,所以过去那个书上都有。

鞭打芦花

要说过去办事情娶小老婆子也不容易。这个闵老员外家有钱,过得像样。过得像样是像样,前面老婆死了之后,扔下一个孩子叫闵子骞,完了他又娶个老婆。这闵子骞是孔夫子的弟子,最孝敬爹妈。他这个后妈最邪乎,这个后妈又生了两个孩子,也都是小子,那待得特别好,又怕冷着又怕热着。

有一年天头冷呀,冷得邪乎。闵老头儿这天高兴,早上起来吃完饭就说:"这么办,不管天头冷不冷咱都到外面溜达溜达去!"就告诉闵子骞,"你带两个兄弟拉着我。"那时候没有别的车马,专是坐车,搁人拉车,那爹唤儿女都得拉着爹妈。这闵子骞是老大,架着沿子拉,两个兄弟在前头拉。走到半道老头儿一看,两个小孩儿拉得都冒汗,就闵子骞哆嗦,迈不开步,冷得邪乎。

这老头儿就说:"你太不像样了,你这么大怎么没有一点儿劲儿呢?你看你俩兄弟可脑袋冒汗,你一点儿汗没出,你太藏奸[1]了,短揍的!"

老头儿气得急眼了,就把鞭子抄起来了,照闵子骞身上"噼里啪啦"地打。闵子骞那时候多大呢,有十五六岁了,站那儿也不吱声。过去那衣裳用破囊囊片[2]做的,鞭头重啊,就把衣服打坏了,从里面飞出来一色儿的芦花!那玩意儿精囊[3]的,没分量还瞅着厚,飞得哪儿都是。这回一看,老员外明白了,下车一摸那棉袄,飘轻,净芦花,这能暖和吗!再摸那俩小孩都是棉子絮的。当时就说这老婆:"你呀,太不仁德了!亏我结婚后对你这么好,你对你个人生的孩子这么好,对我先头儿子这样,回去我高低得休了你。"

回去老头儿就激了,拿鞭子把媳妇打一顿,非休不行。这媳妇就跪下哀求他,最后没办法闵子骞跪下了,说:"父亲哪,你不能休我妈,你休我妈就完了。你想啊,'母在尚有一子寒,母去三子无衣穿'哪!我妈在,也就我个人受点寒;我妈去了,你不还得娶个老婆,俺们三个都属于先头的了,不都受罪吗?所以你不能休呀,必须留下我妈,那样我那俩兄弟不能受罪啊。人都能改过,她还能改,这是第一;第二呢,我宁可受点罪。"

他爹一看真那么回事呀,最后这个后妈被感动了,当时就跪下了,说:"丈夫你放心,我承认我原先对儿子不好,你留下我,看我以后怎么样。我今后一定对孩子好,我绝对不能有别的心了。"

这说着呢就"嗷嗷"哭了,闵子骞也说:"人能改过是无过,爹,你留下我妈吧。"

一看闵子骞也哭得邪乎,老员外说:"行了,多亏闵子骞救你,要不是闵子骞救你,我不能要你!"

搁那么,闵子骞母子也处得近便了,这后妈也三个孩子一样看待了!

---

1 藏奸:指不肯拿出全副精力。
2 破囊囊片:破布片。
3 精囊:暄软但不密实。

萧烈与宋开国对诗

这个故事是马上解放时发生的故事，挺有意义的。

萧烈是哪的呢？是咱们老二区区长。过去说八路军大老粗这事完全不对，要都粗的话就不能闹革命，不能领导这个千军万马。萧烈就是个才子，有文化。

那时候萧烈在二区的时候，明着是二区区长，实际上在二区待着的时候极少。那这边有国民党，又有警察局的，直门儿撵抓萧烈，他就在二区待不稳当。他来待些日子，这玩意儿一看人家多，敌众我寡，他搪不了就得到河北[1]去，净在法库这一带待着。

这天啊，萧烈就从河北回来了，他不离儿[2]就回河南一趟。他到二区打一照面，看看怎么样，他是河南区长啊！这天萧烈回来了，那是什么时候呢？正春角[3]，天上下小雨，细雨蒙蒙，还有下点儿雾似的。

萧烈和谁不错呢？和宋开国不错，宋开国是国民党现参议员，这人有文化，他不给国民党做事，给八路军做事，对八路军有回报的情况他都掌握一些。宋开国，号叫"宋卿侯"。萧烈这天顶着小雨，带了一二十人就到宋开国家。当年宋开国没在傍拉岗子住，在哪住呢，在月牙河[4]住。

萧烈到宋开国家一看，说："宋老乡在家吗？"

宋开国说："在家呢！"宋开国就把萧烈他们让到屋里，到屋里就坐下了。坐下了之后，宋开国说："你没吃饭呢？"

萧烈说："没吃呢！"

宋开国就告诉老伴儿、媳妇儿们去馇点儿粥，就馇点儿小米粥，馇了一盆，完就弄点炒黄豆。萧烈他们就垫巴垫巴，那时候也不挑饭菜啊，那时候都挨饿的时候，另外那打游击的时候，都困难，有人招待就不错了。穷人招待不起，有钱的还都是国民党那边的。

---

1 河北：指辽河北。
2 不离儿：隔一段时间。
3 春角：初春。
4 月牙河：沈阳北郊地区。

萧烈他们在那吃饭时，宋开国在那抽烟，过去有那烟盒，宋开国就在那烟盒上写了几个字，写完以后就给萧烈，说："萧区长给你看看。"

萧烈拿过来一看，一片纸写了几个字，就什么呢？就打油诗似的，有那么几句。怎么写的呢？这么写的，说：辽河河水水清清，河水清清匆忙忙，君子几时归碧海？就这几句话。

啊，萧烈一看，说："啊！辽河河水水清清，河水清清匆忙忙，君子几时归碧海？"宋开国意思就问萧烈说，现在这个世界这么乱腾的时候，请问君，哪天能正大光明呢？哪天能出日头？哪天群众能过上好日子呢？哪天能真正一统呢？宋开国都是搁暗语问的。你看，君子几时归碧海，那辽河水归碧海，归海那不就是走正道了吗！那不就好了吗！

但是当时萧烈也没答，吃完粥以后，不一会儿就把纸盒递给宋开国了，说："啊，老乡，给你吧，俺们要走了。"

他们走了以后，宋开国拿起来纸盒一看，哎呀，萧烈答上了，怎么写的呢？"天阴雨雾雾蒙蒙，蒙蒙雨雾昏暗暗，我知明日见青天！"宋开国一看，确实挺好。

这是什么时候的事呢？这就是1948年春的事，到1948年八九月就解放了，不到十月一。

这一解放，宋开国再一想啊，哎呀，这就知道了！过年时宋开国写对子，在门口一块儿堆就把他和萧烈对的那打油诗上一联和下一联就全写上了，大伙儿一看怎么写这副对儿呢？宋开国就把情况一说，这大伙儿才知道。

肆 动植物传说

白狗偷食

要说白狗是最奸猾，奸得邪乎。

有这么一家，过得还不错，那时候都怕媳妇不好订，所以老太太从小就给儿子订了个媳妇儿。订上儿媳妇之后，正赶上儿媳妇妈就死了，剩个爹，这日子没法儿过，家也没法儿伺候了，"这么办吧，送小家[1]吧！"就把她送来当小家媳妇儿了。

老太太一看，早晚也得给儿子结婚，小姑娘也不小了，也十一二岁了，长得也不错，就留下来了。留下来之后，她就老嫌小姑娘吃得多，这也费那也费，就瞧不起这小童养媳妇，就给媳妇气受，不是今儿锥[2]两下子，就是明儿打两下子，老是嫌人家干的活儿少，东西吃得多，就老烦这个媳妇儿了。

正赶上春天收拾拉爬架子、犁杖要种地的时候了，就有个木匠来家里做活，老太太给木匠烙了几张饼，烙完饼之后没吃了，还剩几张，老太太也仔细，就想着下顿再给木匠吃吧，就搁筐里挂到外屋一个钩上了。到下晚儿，老太太到那儿一看，这饼没了！她就问小媳妇儿："是不是你吃了？"

小媳妇儿说："我哪儿吃了？"

"那几张饼怎么没有了呢？"说完就乒里乓啷地打小媳妇，打得小媳妇儿直门儿叫唤。木匠看见了有点儿心不忍，"别打了，就当俺们吃了，下晚儿没有饼俺们就不吃饼，吃点儿饭也行，非得吃饼吗？"他就劝了半天才劝过去。完了木匠就寻思：这小媳妇也不能啊，瞅着这小媳妇也不像啊！

完了第二天老太太给木匠整了点儿好酒好菜，吃完之后又搁筐里挂上了，这木匠就留心了，看看这小媳妇偷不偷。不一会儿，这家人家养的白狗来了，就见它把马褥

---

1 送小家：指送到订婚的婆家当童养媳。
2 锥：用锥子扎。

子[1]用脑袋顶着顶到筐底下，跳到马褡子上蹲着，前爪就把筐摘下来了。摘下来之后就把菜舔着吃了，吃完装里又给挂上了。木匠一看，说："啊！狗崽子，原来是你呀，你这玩意儿真能耐啊，小媳妇冤得慌。"

下晚儿老太太一看菜又没了，接着又打小媳妇。木匠见了赶紧说："别打，别打，就当俺们吃了，我告你实景儿，你这狗作怪了，是狗吃的。"

老太太说："不能吧！"

他说："不信你再照量照量，再试一天。"老太太就又整点儿饭，包了一顿饺子，老太太当着狗的面儿又挂上了。不一会儿，这狗又去了，一看没有人，就又摘下来吃，老太太就看着了，这回激了，就骂说："杂种，畜生，我非打死你不行！"这狗一屁股顺窗户就蹽了，蹽完就没有影了。

木匠黑天儿回家，路上自己没有应手家伙，就扛着一个锛子回家。正好走到山坡了，这狗在那儿等着他呢，这狗一看见他就像疯子似的非咬他不行。木匠说："啊，我破坏你的事儿了！"这狗真是阴[2]啊，怪不得都说白狗养不熟，白狗可不能养啊，可了不得了！他袖子里有锛子，他套上三下五下一锛子就削到狗身上把狗砍倒了，削了个窟窿眼子，把这白狗砍死了。

完了木匠第二天回去告诉老太太："白狗让我砍死了！"怎怎的一说。这狗可了不得，你们好好地待这媳妇儿吧，你媳妇儿挨打，冤得慌啊！这老太太听完就抱着媳妇儿说："今后你安心，你就像我女儿一样，把你当女儿看待，原先我对你的不好我一定要补回来。这个白狗把你坑坏了，之前我就认为是你偷吃的。"

搁那么的，谁家养白狗都打怵，都不爱养白狗。

附记：

故事中提到的锛子，是东北木匠做工时常用的一种工具，属于平木器、削平木料的平斧头。一般是双刃，一刃是横向的用于削平木材，另一刃是纵向的用于劈开木材。一般用于去除树皮或加工成大概轮廓的粗糙加工。使用时有一定的危险性，随着木工机械的发展，锛子已经很少见了。（谭丽敏）

1　马褡子：木制条凳。
2　阴：坏、损。

狗和猫结仇

要说这狗和猫啊，原来它俩是最好的朋友，都在一个有钱的人家住，这家很像样。这狗有东西想着猫，猫有东西也想着狗，俩动物一天没啥事的时候趴着，互相都挺近便。但这猫有些懒惰，不爱干活儿，不勤勤，爱吃，这狗挺勤勤。

这天啥呢？正赶人家老东家包饺子，剩了不少，在那儿搁着。这猫扛不住嘴馋，到那儿就左一个吃，右一个叼，叼破不少。

这老东家回来一看，饺子没了，急了：饺子上哪去了？气得没办法了，一问这狗，狗没明说，就说："这饺子我是没动一点儿，你问问我猫兄弟吧，看它动没动吧。"

这老头儿一看，就把猫哏叨一顿，说："是不是你吃了？你个馋猫！"就骂它一顿。

这猫就不愿意了，跟狗说："你不应该给主人递小话儿。"

又过一些日子，到什么时候呢？到春天河开以后。这猫挺勤勤，能拿鱼，它到河边瞅着，大鲇鱼一上来，它一爪挠了之后就把鲇鱼叼上来了。这天，它叼了几条大鱼，连骨头带刺拿回来就给老东家端上来了，老东家一看挺乐，寻思：这猫能干活了！他就乐坏了，说："好吧，摊[1]吧！"摊完之后，就给那猫说："你吃一条吧，一天吃一条。"这猫每天吃，就习以为常了。

这天老东家出去溜达一圈，买了不少鱼回来，回来就把鱼给炖上了，那香味就从锅盖里飘出来了。这个猫就说话了："老东家啊，今天这鱼整出来火候特别好。"猫能通人气儿，会说话，"你一会儿好好多吃一些吧。"

老头儿说："那好！"

鱼做好以后，这猫越寻思这鱼肉越觉得香，越觉得香就越馋，它就合计尝一口，越尝越香，最后就把鱼都吃巴了，就剩点儿鱼刺、鱼脑袋了。这猫一看，寻思："怎么办呢？这老头儿还得问我呀，唉，我给狗大哥拿去。"

这工夫，狗正在外边趴呢，猫就到狗那儿，说："狗大哥，正好，老东家今天买的鱼多，他吃巴剩的鱼刺、脑袋都给你拿来了，你牙好，你吃吧。"狗一看真挺香，

---

[1] 摊：煎。

就吃了,刺也吃了,脑袋也吃了。

这个猫就跑到老东家那儿去了,说:"主人啊,那个鱼做好了之后,我就给端来了,走半道遇到狗大哥了,这狗大哥非要尝尝不行,他抢去就在那儿吃上了,我打架也打不过他,这不还吃着呢吗?"

主人一听,说:"这不对呀,我看看去!"

这主人就去了,到那儿一看,狗正在吃鱼骨头、吃鱼脑袋呢,这个气呀!上去就把狗踢两脚,打两撇子,说:"你偷吃鱼!"

狗说:"是猫给我的。"

主人说:"哪儿是猫呀?猫告的状,还会是猫?是你抢去偷吃的!"

这狗一看,那猫"噌"一下上树了,就气坏了,说:"杂种,我多咱逮住你,非揍你一顿,咬你一顿不结。"

搁那么的,它俩就做仇了。要不现在猫和狗多咱都不和呢,就因为这猫太爱递小话。猫是馋猫,狗是忠良的动物。

狗叩天求粮

这说的什么呢?因为五谷神把粮食和种田的把式都收上去以后啊,农民种点地也不容易呀,打也打不了多少粮食,生活确实难啊。

人都没吃的,狗更吃不着了。这狗怎么办呢?狗不是会跪着嘛,半夜当中它就跪下了,就向天叩着求粮食,那不知道过了多少天,最后把玉皇大帝叩得没办法了,就告诉事务大臣说:"这么办吧,咱们把粮食放一部分,狗都饿了,人更不行啊,还得让他们活着呀。"

完就把粮食放下去了,意思让下边多收一点,缓解缓解。就问这狗,说:"那你求一回粮,打算怎么个吃法呢?你是吃好的吃次的[1],你净吃什么粮呀?"

狗一看粮食给得多了,立马就说了:"我吃上头粮就行,我愿意吃上头的,不爱

---

[1] 次的:差的,级别低的,不好的。

吃底下的。"

玉皇大帝就说:"好,可以。你有点贪心哪,那你就吃上头的吧。"

玉皇大帝说的那就是圣旨,那人们都得照做,以后不愁吃的了,狗挺高兴。

结果玉皇大帝告诉狗说:"这粮食放下去了,你所求的吃上头,我也同意了,以后你就吃上头,上头是米汤。"以前煮稀粥,一捞,饭都在下头,上面是米汤。狗不是要吃上面的嘛,就给它喂米汤。狗求一回粮,还吃的米汤,别看现在都吃饭了,过去都吃米汤。

要不说人、狗都这样,没有就好,有了就不满足。

虎头的王字

说虎头上的王字是怎么来的呢?

当年自打这个王莽篡位以后,老丈人篡了姑爷的位置,王莽夺了皇权之后,这整个要把老刘家人杀尽,一个不留。刘秀逃跑的时候,还是个小孩儿呢,他就跑出去了,这跑出去之后,是有家难奔有国难投啊!他爹都完了,让人擒住了,他没办法就得跑啊!

这天他跑到一座山上,到山上之后,就哪也走不了了,因为害怕呀!就在山上蹲那儿挨着,那时候他也就是十一二岁的小孩儿。这会儿他就看着来一只大"猫",老大个的"猫"了,他在宫中就看见过猫,没看过这么大的,就说:"这个猫大呀!怎么这么大?"这"猫"就跑它傍拉儿瞅着,眼扑棱扑棱转着。他就瞅着,说:"大猫呀,你从哪来?怎么跑这儿来了呢?我在皇宫的时候就稀罕猫,你这猫比俺的猫大。"他就抹扯抹扯这"猫"的毛。

这工夫就听后边有动静,他抬头一看,那家伙飞沙走石的,兵马撵上他了。哎呀,完了!他就吓得趴"猫"身上了。这"猫"一起来就把他驮住了,"猫"就带着他蹽了。这"猫"嗖嗖地穿山越岭,快得邪乎呀!一干就干到老远去了。躲到平安地,它趴下,他就下来了。

他就对这"猫"说:"刚才后边兵马撵我来了,今儿要不是你呀!我就完了,可惜我爹是皇帝,最后我就没当上,如果我要能当上皇帝的话,那我就封你为兽中王,因为你把我救了。"

其实这是老虎,他说这些话是因为他不认得老虎。

以后,他知道救他的是老虎了,要不老虎脑袋上怎么有个王字呢?就是当年刘秀封的。刘秀封老虎为百兽之王,就因为它当年保护过刘秀。

猴屁股为啥没有毛(一)

这个故事就是说这个虎娃也得成虎。

有这么个虎崽子,不大,它多大呢?就是一年多二年的虎。它没个人打过食吃,就是大虎打来食之后,咬点儿肉再给它吃,它自己没什么活路。

这天,它出来之后,看到啥呢?看到一个大叫驴在那儿立着呢。这驴认得它啊,一看老虎来了,那虎崽子个儿不小,那驴就毛了[1]。毛了以后,挣缰绳挣不开,这怎么办?驴一合计,我挺着吧!

这虎来了,到驴傍拉一看,不认得!这虎就问驴:"你在这儿待着干啥呢?"

驴说:"我是张果老的神驴。"

老虎说:"啊!"

驴又说:"我每天最少吃两只虎、三只狼!"

老虎一听,说:"这可了不得,这家伙!怨不得你长这么好啊,长着四只蹄儿,白眼圈呢!"说完,老虎就往回跑。

这老虎跑到河川,遇到谁呢?遇到猴了,猴一看,说:"这跑什么,怎么回事儿呢?"

老虎说:"别提了,可了不得!我看到一个怪物哪,那长得高大,蹄子也长,一蹦多高啊,在那旮旯儿'嘎嘎'直叫唤呢!它说它一天能吃两只虎、三只狼,我一看,吓得就蹽回来了!"

---

[1] 毛了:受惊而狂奔。

猴子说："在哪儿呢？"

老虎就说在哪儿看到的。

猴子一听，说："不用问，你看到的是驴吧！它是你的口食[1]，你把它吃了不就完事儿了嘛！"

老虎一听，说："那还了得，它吃两只虎呢！"

猴子说："这么办，我跟你去看看它，要真是驴的话，你把它吃了，我也借你的光吃巴点，我也能吃条腿！"

老虎说："好！这么办，我要是能吃着，我给你一半！"

猴子说："那行吧！"又说，"那怎么去？"

老虎说："怎么去？这么办，我驮上你，光你个人走，你跑了，我怎么办？"

猴子说："行吧！"

老虎说："驮着也不行，我给你绑上吧！"说完，老虎就把河边的纤绳绑在猴子的腰上、脖子上，最后绑到腿上。

猴子就蹲到老虎肩膀上，老虎就驮着它走。

猴子和老虎走到驴傍拉不远，驴一看，老虎驮着猴子呢！驴就想：猴崽子，你坏良心哪，不用问！你怎么把它整来了呢，你泄我底呀！我这得蒙[2]一蒙，不蒙不行啊！

驴就说："两耳尖尖是迟来，你说你给我送三只虎，今天咋给我送一个来呢？"

老虎一听，就跟猴说："不对！你这答应给人家三只虎吃，这是先送我一个啊！"说完，老虎"哇"的一声叫唤，撒下猴子转身就跑，这猴子顺老虎身上就掉下来了。

这虎跑着，猴子被勒着脖子跟着跑，赶到山上，这猴屁股也磨得不像样了，都磨出血了。又跑了一段儿，老虎跑不动了，就对猴说："拉倒吧，咱俩绝交吧！"

要不说那猴屁股都是红的呢，那都是贪吃磨得。

---

[1] 口食：口粮。
[2] 蒙：（带有撞运气性质的）试验。

猴屁股为啥没有毛（二）

有这么一个大梅花鹿，挺精明的。有一天跑到山坡上玩，遇着一个小老虎，这虎是刚出茅庐的虎，小虎，但是个头不小，就是年龄小，不认得鹿，因为在山上不常出来呀，这回没有大虎贴着，它就不认得鹿。它一看鹿那家伙犄角多长，七大八叉的，就害怕，"这家伙是什么怪物呢？这么邪乎！"一看上面那犄角还了得，吓得就躲多远！这鹿呢，一看见小老虎也害怕了，那虎是吃鹿的玩意儿，鹿就紧躲它。鹿一考虑，这跑不了！见虎能跑吗？没跑就站那儿。鹿一看，就夯着胆子[1]问虎说："你是搁哪儿来呀？"

虎说："我是搁高山上来的。我是头一次出门，没看见过。你是干啥的？"

"我是梅花鹿。"

"你脑袋上长的那个叉子是什么？"

"这是两个叉子，专叉虎的！我如果吃肉的话呢，逮着兔子一叉就能吃了。我一天能吃十只兔子，能吃一只虎。"

老虎一看，寻思说：可了不得了，妈呀这家伙能吃虎啊！唠了一会儿，说："那这么办吧，我得走了。"这老虎就吓得一步一步偷着走过去了，它吓坏了，走远了就紧跑。

正好走山坡上又遇着个猴，猴喊说："来来来，小虎，来来，你跑什么？"

小虎说："别提了，我遇着一个鹿啊！可了不得啊，这叉子快啊，我跑得慢就给我叉住了，幸亏它没叉着我。"

"哎呀，这不扯呢，那是你的肉啊，你没吃。鹿肉多鲜亮啊，你还怕它？虎是兽中之王，你怎么还怕它呀！"

"拉倒吧你，那叉子可快了！"

猴说："这么办吧，你如果不相信的话，我就领你去。咱俩把它的肉吃了。"

"我不敢去啊！"

"你不敢去，这么办，我跟你俩去。"

1　夯着胆子：勉强鼓勇气。

"去吧！"

"我走得没你快啊，你跑得那么快。"

"我驮着你。"这猴就上老虎身上了。老虎一合计：不行，你有事儿你跑了，我上哪儿找你去？我让它把我吃了，这不白搭条命吗？我得把你绑我身上。就现从树上弄一绺树皮，一边儿绑到猴腰上，这边儿绑老虎大腿上了。小虎说："你趴我身上吧，有事儿你可别掉了。"

猴说："那掉不怕，没事儿我再站起来。"它们就走了。

正好走到离鹿不远的地方，鹿一看小虎身上驮个猴啊，就寻思：猴崽子，你这坏良心哪，不用问，你熟门熟道的！它知道猴最坏啊。但这鹿精明啊，开口就说："哎呀，那不是猴大哥嘛！"

"啊！"

鹿说："猴大哥，你昨天不是应了我两只虎吗？我一顿吃一只，够吃两顿的。你说给我送两只虎，今儿怎么就送了一只呢？那只怎么没带来呢？"

小老虎一听："哎哟我的妈呀，猴你真是坏呀，把我送来给它吃呀，你应人家两只，你故意骗我过来。"它就蹽。

这一蹽，鹿就喊："你别跑别跑，你拽住，我好吃它，我好吃它。"

这老虎一听，跑得更欢了，这一颠跶，就把猴颠下来了，但猴身上绑着树皮呢，它跑不了啊，就把猴弄了个仰颏趴[1]，把屁股都弄破了。到了没人的地方，老虎站下了，猴也"嗯啊"地叫唤啊！一看哪，这猴屁股完全都出血了，完全没有毛了，要不说现在猴子还光腚没有毛呢，就那回它想给人家老虎出歪道，叫老虎把它闹的，搁那留下这个疤了。

不禽不兽

有一次老虎开会，动物在山上聚齐了，聚完一看蝙蝠没过来。正好蝙蝠在那儿溜

---

[1] 仰颏趴：仰倒。

达玩呢，老虎说："来，来，你过来，你怎么不参加会呢？"

蝙蝠说："我不归你们管，我是飞禽，我能飞。"

虎王一看："对啊，人家是飞禽，能飞啊，管不了。"就没管它，就开会了，把事儿都归拢[1]好了，就散会了。

第三天，谁开会呢？正赶上凤凰大王开会，蝙蝠又飞出去玩。凤凰说："来，来，你怎么不参加会呢？"

蝙蝠说："我不归你管，我能走，我没有羽毛，我是兽类。"

凤凰一看说："嗯。"

没过多长时间，凤凰大王和老虎大王就见着了，一唠扯说前几天开会的事，就说到蝙蝠了，两个就说："这不行啊，得管它啊，让它去找玉帝吧。"

后来玉帝说："蝙蝠不禽不兽，谁也不管它，白天不许出来，晚上爱走就走吧，让它随便飞去吧！"

搁那蝙蝠就黑天出来，不是飞禽、也不是走兽，是这么个东西。

黑瞎子争王

过去山中无王，今天你和它干，明天它和你掐，没有个主事儿的。最后老虎一开会说："这么办吧，咱们得选个王。"

黑瞎子一看说："谁也不行，就是我的事儿。"这大熊瞎子长了有一丈高，说就该他主事儿。大伙儿一看，有点儿不太服它，长得也不像样，闷出出那样，但是也都有点惧怕它。

最后老虎说："不用争，这么办吧，最后看咱们谁力量大，谁真正有能耐才能争王呢。咱们就看最后谁能把这山守住，谁是王。"

黑瞎子说："那好！"这黑瞎子就上山了。一看那山上树木也多，最后守住山尖，谁也上不去才算，黑瞎子就喊里咔嚓把山上树木连拔带舞带滚的，干得不像样，累得

1　归拢：整理，总结，办理。

头破血流的。

到山上一看,人家老虎在山尖上坐着呢。虎说:"你来吧,咱俩试验试验吧。"

这黑瞎子累乏了,抬不起来头了,到那儿摔了两跤,就让虎把它摁倒了。虎说:"这么办吧,我不能伤你,你别看你争为王,你要真能好好为大伙儿,把大伙儿都团结起来,那也行了。"

大伙儿一看,老虎没伤别人,黑瞎子那么乍都没咬死它,还团结动物。黑瞎子说:"行了,我认了,甘拜下风吧,我都累乏了,干不动了,再干就得打死我。这么的,你就别打我了,我也堆了。"

搁那,黑瞎子吃亏了,老虎当王了。

拿猴训猴

过去有这么一个做买卖的,倒腾草帽,挑了一挑子草帽子走山路。天头热啊,他在树底下坐着,就把草帽挑子撂旁边了。不一会儿工夫,他戴着草帽就睡着了。

睡起来一看,草帽一个都没了。再一看,可山都是猴啊,都戴着草帽子。哎呀,他一看,这是看我戴着,猴会学艺呀。他打了个唉声,心寻思:"这事真出奇呀,我这不赔死了?"这一想来气了,就把草帽"叭"摔地下了,他就来劲儿了。哎,就看山上这些猴子你也撇,它也撇,猴子都学他在那儿撇帽子呢,撇得满山沟啊。他一想:"啊,你们这是照我学呢,好吧,我捡吧。"一两天哪,才把草帽捡完,回去了不说。

单说他儿子。他儿子是个十五六岁的小孩儿,就说:"这猴太歪,太坏了,我明儿调理调理它们去。"

他爹就问:"你用啥调理啊?可别瞎整,别再受伤了。"

这小孩儿是个念书学生,精明着呢,就说:"爹,放心吧,我有办法,你来吧。"

第二天,这孩子就带了一筐笤刮脸刀,能有几十把吧,就上山了。上山之后就整点水抹扯抹扯,就坐那儿开始刮脸,过一会儿就趴着装睡着了。这猴都瞅着呢,就把刀全偷去了,这个刮得淌血了,那个刮破了,"嗷嗷"直叫唤,把刀撇得哪儿都是啊。这小孩儿就笑:"再让你们偷,再也不敢偷了吧!"

这就说什么呢，猴子这玩意儿是真精明得邪乎呀！这小孩儿把猴训完了，再说一说拿猴。

过去人们都穿大乌拉[1]，要拿猴就把这个乌拉拿去，里面装好黄沙，再把绳子准备好了。然后人穿上干净乌拉就来回走。那时候猴多呀，等到人躲起来了一看，好嘛，几个猴到那儿去就把乌拉你穿一双、它穿一双，就都绑上了。这一绑上之后就拿不下来了，有沙子跑不动啊。拿猴的就拿小鞭子过来了，左打右打就把猴全打老实了，一个个都抓住了。

要不说呢，对猴子啊，办什么事都得注意，它确实照你学得邪乎啊！

鸡的来历（一）

有这么一家过得真不错，家里就四口人，老头儿老太太都没有了，就小两口，男的有二十七八岁，女的小，也就二十一二岁。他俩有一小孩儿，五六岁，还有个小姑子，就是男的妹妹，有十四五岁。这嫂子不好，老瞧不起这小姑子，老给她气受，家里活还净让她干，每天干活把小姑子累坏了，小姑子不干还不行，没办法。这小姑子叫啥名儿呢？叫小季，嫂子一喊她"小季"，就是叫她干活。

这天，小季干活干得太累了，就稍微贪贪点儿[2]，没怎么动弹。嫂子就说："你真气人透了！哪儿哪儿都是活，就在那待着不动。"到那就"啪啪"给她两撇子，这两撇子打错了，正好打她脑袋上，就打出脑震荡来了，下晚儿小季就死了。小季这一死，嫂子也磨不开，这是她打的呀！没办法就哭，哭也没用，小季已经死了。男的一看，说："这么办，埋上吧！"男的也没办法，不能说别的了，媳妇儿也不是故意的，就在后边整个小坟茔把他妹妹埋上了。

埋上之后，这小孩儿夜里找他小姑，就喊："我姑呢？我姑呢？"

他妈就说："没有了，死了。"

---

1 乌拉：旧时东北的一种防寒皮鞋。
2 贪贪点儿：延长休息时间。

小孩儿说:"在哪儿呢?"他妈告诉他:"在房后埋着哪!"

小孩儿就喊:"小季姑,小季姑……"第二天他哭得邪乎啊!他妈说:"你上坟那儿哭去吧!"

小孩儿就上那儿哭去了。到那儿正哭着呢!那坟上有一窟窿,顺窟窿出来一个动物,不知啥玩意儿,蹦蹦跶跶的,其实那就是蹦出来个小鸡崽儿。他一看,说:"哎呀!我老姑出来了,我老姑出来了!这不在这呢吗!"

这小玩意儿谁都抓不住,这嫂子也想把它抓住,黄色毛绒绒的,挺好看,可谁也抓不了。

后尾儿小孩儿就喊:"那我老姑,你们别抓。"他就喊,"姑姑!"他一叫姑,这小动物就奔小孩儿来了,小孩儿就把它抱住了。

男的一看,这不用问哪,说:"哎呀!我妹妹死后托生成它了,要不为什么她侄儿一叫'姑'她就来呢?这么办吧,给它起个名儿,就叫小鸡子吧,代表我妹妹死得屈;另一方面,唤它就唤'姑姑',小孩儿管她叫惯了。"

要不人一向小鸡子叫"咕咕",小鸡子都来呢,而且名儿叫小鸡,鸡就是这么来的。

鸡的来历(二)

小鸡子为什么叫小鸡子呢?

就是过去有这么一家,哥哥嫂嫂两口子有一个小孩儿,小孩儿不大,六七岁。有个小姑子,就是哥哥有个妹妹,十五六岁,妹妹小名叫小季,长得挺好,哪都不错。小季挺会过日子,这嫂嫂挺忌妒,吃东西、穿衣服啥的,都给她小姑子气受。小姑子不愿意,还不敢说,老嘀嘀咕咕的。

哥哥多少有点惦着妹妹,总护着。这天嫂子说:"你护着吧,你这妹妹不正道,昨天,我看她和小伙子在后园勾搭得不像样,你要不管,弄出砢碜事儿,我当嫂子的,我可不兜着啊。"她哥一听来火了:"怎么还有这样的妹妹,这怎么还胡扯起来了。"哥哥没由分说到后花园就问她,说,"小季,你过来,你乱闹什么玩意?"

小季说:"没有啊。"

她哥说:"还有小伙子。"

小季说:"没有那事儿,没有那事儿。"

小季就急了,她哥哥就更急眼了,脚下正好有个小棒子,顺手就拿起来了,"砰"一下子,姑娘就倒地下,昏过去了,干叫不醒,就死了。这哥哥就哭了:"我这事儿办得太冒失了,没问怎么的,我一棒子就给打死了。"过后就挖个小坟埋上了。

这个六七岁的小女孩就叨咕:"我要找姑,我要找姑。"她姑平时总带她玩。

她妈说:"死了,你上房后去找你姑吧,你姑被人打死了。"

她就上房后去哭:"姑姑,姑姑。"

正哭着呢,就从那坟里出来个小动物,蹦蹦跶跶地出来了。大伙一看,什么玩意这么好看呢。哥哥嫂嫂就你也抓,他也抓,谁也抓不住。小孩儿喊:"那是我老姑,从那儿出来的,姑姑,姑姑。"小鸡就奔小孩儿去了,小孩儿摸摸就给它抓住了,说,"这是我老姑。"他们就养着它,作为纪念,小孩儿就叫姑姑。

为什么叫小鸡呢?哥哥为了纪念妹妹,他妹妹小名小季,死了叫小鸡,其实叫小季。为什么小鸡下蛋说"咯嗒,咯嗒"呢,就是埋汰她哥呢,"哥打,哥打,哥打我,把我打死的。"小鸡子就是这么留下的。

附记:

东北乡村妇女在呼唤家鸡时虽稍有不同,但基本都是发一串"咕"音。开头第一个咕发向上滑音,后面跟一串发音短促的咕。通常鸡聚在身边时还会撒些杂谷乱菜,来训练鸡向声而聚的习惯。(谭丽敏)

公鸡讨封

在早开天辟地那时候,鸡、鸭、鹅它们都一样,没有公母之分,都是母的,没有公的,没有公鹅、公鸭、公鸡,啥公的也没有,后来咋的了呢?

大伙儿就都叨咕说:"这不行啊,这怎么留后呢?下辈怎么办呢?"

后来有的提议就说:"这么办,谁上西天找活佛去,问问怎么办!"

鸡说:"我去!我飞得快,走得也快!"

大伙儿就说:"那你去吧!"

鸡就飞去了。

鸡领命后着急呀,就连走带飞,赶到了西天活佛那,就跪下说:"活佛,俺们这现在没有公的,怎么能留后呢?"

活佛说:"那好,给你安个鸡巴!"给它安了,活佛又说,"你拿回去吧,自个儿能用!"

鸡就拿回去了。它这一路上还咯咯直叫,乐坏了。

回去后,正好遇到什么呢?正好遇到鹅了。鹅一看鸡回来了,就问:"你这讨封讨得怎么样?"

鸡说:"讨回来了,讨回个鸡巴来,现在有公的了,挺好!"

鹅一听,说:"啊!这么办得了,俺们走得慢,去不了,那你先给我呗!完了你再去一趟。"

鸡说:"那有啥说的,你也不是不能走,你就自己去呗!"

鹅说:"你脚程快,还能飞,我们都太慢了,赶不上你一半的能耐,你照顾照顾我们呗。"

它俩一来一回地商量,鸡就说:"哎呀,给你吧!"它就把这讨回的给鹅了,这鹅有鹅鸟,就把那弄旮旯儿里了。

完了鸡又去西天了,到了那儿,活佛就说:"你这咋又来了?"它把情况一说,活佛就说,"行了,再给你一个吧!"就又给了它一个。

鸡回来之后怎么呢?这鸭子看到了。鸭子就说:"你回来了!"它俩就一来一回地说,鸭子说:"给我吧,你这跑得快,你再走一趟,俺们这走路一跩一跩的,哪天才能到啊!"公鸡也架不住这鸭子,就把又讨回的给了鸭子,所以鸭子也弄了个鸭鸟,也长上了。

这鸡又去西天了。这次去了,活佛就不愿意了,说:"你呀,鸡啊,你这不能再三再四的,哪有讨了又讨的呢?"

鸡赶紧说:"我不是!"

活佛说:"不是啥?你去吧,放屁去吧!"

所以，公鸡轧蛋就放屁，放了屁就完事了。

搁这么公鸡讨封就讨了个放屁。

猫和鼠为啥做仇

这个故事是"猫和鼠为啥做仇"。

其实当年老鼠和猫是最好的朋友，是莫逆之交。猫和老鼠都住在一个大财主家，都过得不错，它俩在一家之后，为养活自己啥都吃，每天没事就在那儿趴着，在那儿捂着。

后边正赶上啥呢？就在开天辟地的时候，就是定十二属相的时候，正好玉皇大帝说了："这么办，你们十二属相定定位子，看谁在前头。"

这龙和鼠就说："这么办，从今后谁跑得快，谁第一，完了十二属相再往下数，要不谁都想争前头，都愿意当官呀！"

这个猫它是个懒猫，就跟老鼠说："鼠弟，我不爱去。这么办，你和玉皇大帝说一说，给我哪个位子就是哪个位子，占住一个就行，我不太争！你跑得快，你就跑过去，我不爱颠跶地去跑去。"

老鼠说："那行！大哥，你在这儿待着吧，我指定给你办了！"老鼠就去了。

老鼠去了一看，长跑哇，玉皇大帝在那儿瞅着呢。

老鼠跑得是不慢，但再怎么快也跑不过牛。这老牦牛跑得快得邪乎，那家伙，嗖嗖的，不一会儿就跑多远！老鼠一看，不行哪，眼睁睁就落下它了。老鼠尖哪，它往前一蹦，"砰"一下就蹦到牛脖子上去了。它小啊，不沉，伸到牛脑袋上，急扯扒拉地一搂，牛就驮着它跑。

快到终点了，这老鼠尖，它腿一蹬，"砰"一搭，就先蹦上去了。

上面一查看，老鼠先到，牛差一步呢，所以就把老鼠排第一，牛排第二，要不说子鼠丑牛、寅虎卯兔呢，下边虎才到，虎跑得那么快，才排第三，兔子才跑第四嘛，这十二属相就是这么排的。

但为啥猫跟鼠有仇呢？鼠把猫忘了，没提猫的事儿，排十二属相的时候它把猫给忘了。

它回来了,猫就问它:"鼠弟,那你排第几,我排第几?"

它一听,直眼了,说:"我那时候忘给你问了!"

猫一听,说:"你真不对!咱俩这么好,你忘问了?"猫一急就抓它,它吓得就蹽了。

搁那么老鼠怕猫,就这么怕,见面就跑,见面就跑!要不猫又急又蹦的,就是要吃它,就是呛它、恨它。猫和鼠就是这么做的仇。

这就是排十二属相。

聪明的耗子

在早,农村耗子特别多,家家就开始养猫,那也抓不完,这耗子都聪明。

单表村头有一家,秋天刚丰收完,粮仓子都堆满了,就有一帮耗子惦记上了,但是出不去门,一出去这猫就抓,这猫耳朵特别灵敏,耗子一露头猫准保就知道。那耗子里边也有为主打腰的,也有耗子王似的,一个岁数比较大的耗子就坐那儿说:"这么办,开个会,大伙儿一起研究研究,看怎么能躲过这个猫,别把咱们吃了。"

这就想招儿啊,你也想,它也想,想半天没想出来。就有个小耗子挺聪明,说:"有个办法,它来咱们知道就行,它来有动静咱们就能跑。给它戴个铃铛,戴上以后铃铛一响咱就蹽了,就能赶趟。"

"好办法!"都说好办法。好了半天,老耗子就问这些耗子:"你们谁能给猫戴上呢?"

大伙儿一看,束手无策了,没人敢给戴。老耗子后来想了半天说:"你还是白聪明啊!"

会说话的乌龟（一）

有这么一个乌龟，它本是河里的动物，但和谁成为朋友了呢？和岸上的一个长虫！这长虫没事儿就到河边去，它也会浮水啊！长虫在河边上，乌龟在水里，两人处得挺近便，寸步不离，往往乌龟有事找长虫，长虫有事找乌龟，它俩总是互相照顾。

这天正赶上龙王爷办寿，就下帖子请乌龟去。这长虫一看，这去龙宫挺不错啊！长虫说乌龟："你还能到龙宫看看去？在那旮可老乐呵了！"

乌龟说："龙宫呀，我们常去，那里确实好。"

长虫说："咱俩好一回，你能不能把我带去？我到那里看看这个龙宫啥样呢？俺们这个陆地上的只能在河边上待着，也就浅水地方能浮，就是看不着龙宫啥样。"

乌龟说："不好意思，没有请帖，你去那儿要是暴露了，龙王非怪罪不可呀！那龙王翻脸不认人哪！"

长虫说："你到了那里，想想办法。"

乌龟寻思半天，说："除非这么办，你趴我身上别动弹，你趴在我身上还行。"

长虫说："那好。"

乌龟说："我就带你一回。"

这天两个就去了，长虫趴在王八身上，盘成一盘，王八就驮着它。

到那儿去了，正好龙王爷办寿的时候，都得磕头啊！这水族的水怪们都磕头给龙王贺喜。王八也磕头，它一点头的工夫，就把长虫给甩下去了，掉池塘里边儿了。这龙王一看，急了，喊："这什么？"就问它，"老乌龟，你后边儿驮的什么玩意儿？怎么掉那么长个玩意儿？"

这长虫也不敢吱声，吓得颏着。乌龟怎么办的呢？它还没害怕，因为它有主意。它爬了半步就跪下了，说："龙王在上，这是我一个朋友，它叫长虫。"

龙王说："长虫？长虫干啥的？"

乌龟说："长虫是最吉祥的东西，长虫意味着长寿，它寿路最长。它也是要给你祝寿来，我一考虑，它来正好呀！长虫千年寿，俺们这乌龟是万年灵，所以说，祝你这个龙王爷是长寿万年。"

这个龙王爷一听，"好啊！这个词用得好，你还真不错，确实行，这么办，今后你当我宰相吧。"

所以说，这一句话，龙王就把乌龟封为宰相了。要不这个王八在龙王的龙宫里是宰相呢？它是这么当的宰相。

会说话的乌龟（二）

这个故事是啥呢？有这么一个河，河里有个大乌龟，它和长虫不错。这个长虫没事儿就到乌龟那儿去，乌龟没事儿也到长虫那儿去，它俩常见面。乌龟上岸它能爬啊，能爬到长虫那儿，长虫也能到河边去，两个特别靠得邪乎！所以有点儿什么吃的喝的，两个就混在一起，没事儿老待在一块儿，特别近便。

这天正赶龙王爷过生日，请下边的水怪们都去祝寿，其中有乌龟。这乌龟一看，挺高兴，说："得了，我也得去了！"

这个长虫一听，说："大哥，你去给龙王爷拜寿，龙宫里不知怎么热闹呢！"

"那能不热闹吗？好得邪乎啊！"

"我能不能去一趟？"

"你哪能去呢，没人请你，你到那儿不是受辱吗？"

"大哥，那你给我想想办法，咱俩这么好，你想想办法偷着把我带去，我到那儿不吱声，猫着看一看就行！"

架不住它商量啊，乌龟一看，说："可以，去就去吧！这么办，我驮着你，你盘一盘儿趴我身上别动弹，那样瞅不出来。"

长虫说："那行！"

这乌龟就去了。去了之后，长虫就盘在那大王八盖儿上，一盘不动弹了，粘上了。到那儿拜寿的工夫，这个乌龟就跪下了，说："龙王爷在上，本帅特意给你拜寿来了！"王八就磕头。

磕完头一站起来，"扑腾"一下，怎么回事呢？这个长虫没趴住，就掉下来了。

龙王一看，说："什么？那是什么？！"

这个乌龟一看，直眼了：漏了，不行了！乌龟就跪下了，说："启禀龙王，是长虫,俺俩是磕头弟兄!"

"长虫干啥来了?"

"咳!是这么回事儿,它来给你上寿来了!"

"它上什么寿?"

"咳!你还不知道吗?长虫,长虫,寿命最长!乌龟,乌龟,寿命万年!所以今天长虫和乌龟来,就是祝龙王爷你长寿万年啊!"

龙王说:"好啊,你这说得不错!这么办吧,那咱们今后就做个朋友吧,宫里你就常来,你这个乌龟还确实真会说话!没别的,咱们龙宫里正缺个元帅呢,今后你就当个元帅吧,龙宫的事儿归你掌握!"就封的乌龟大元帅。

所以怎么的?这个乌龟不但没受处理,还当个元帅!这乌龟就是搁那么当上的元帅。最后,长虫和王八两个也做磕头弟兄了。

癞蛤蟆战毒蛇

有这么个李小,他从小就爱鼓捣蛤蟆。

这天他正搁院里莳弄[1]园子呢,就瞅着一个小癞蛤蟆。他一瞅还挺精致,虽然埋汰点儿,但它生来就是那玩意儿,自来就有疙瘩。有个苍蝇从这儿一飞,这癞蛤蟆一张嘴,"哧儿"就进去了。李小就想:唉,有两下子,那个青蛙蹦那么远都抓不住,它一张嘴就能抽进去,挺有意思。他挺稀罕,就把这蛤蟆拿过来了。

拿到屋就弄个家伙什儿装起来养活着了。南方暖和呀,冬天也喂、夏天也喂,一喂多少年呢,这小孩儿从十二三岁一直喂到二十多岁了。这蛤蟆就长了,搁不下了,就弄个小口袋装着,没事捉点虫喂它,睡觉也让它在屋里待着。

有一天李小上山打柴火,他这个癞蛤蟆从不离身哪,就弄个小挑子带着。砍完之后就想吃点饭。那时候山上挺热,一看山坡下边有棵大柳树,那旮背阴得邪乎,就坐那阴凉下了。他把饽饽拿出来准备吃饭,这工夫就把装蛤蟆的袋子打开了,说:"你

---

[1] 莳弄:管理,经管。

也休息休息吧,别在里面老圈着了。"那蛤蟆顺里面就蹦出来了,他喂它点饭粒,在树根底下俩人就对着瞅。那癞蛤蟆也大,赶上个小四方盆那么大。

正喂着呢,就听癞蛤蟆"呱"一声。这癞蛤蟆从来没叫唤过,今儿叫唤了。他一瞅,这癞蛤蟆翻个个儿摔倒了,又翻过来了,还冲上面,又"呱"一声,又翻一个个儿,连翻三个个儿。他想:这蛤蟆怎么回事?多咱没叫唤过,今儿出奇了。再看这蛤蟆翻个个儿就动弹不了了,眼睛还往树上瞅,他回头一看:哎呀,我的妈呀,可了不得,一看一个大长虫挺老粗顺树当啷[1]着,那芯子还在外面吐着,让蛤蟆挡住了,长虫提溜[2]着死了。

他明白了:你救我一命啊!这癞蛤蟆救了他一命,但自己也累死了。这蛇是让癞蛤蟆的蟾酥浆浇了,癞蛤蟆都有蟾酥,长虫最怕这东西,要不为什么蛇不敢咬癞蛤蟆专吃青蛤蟆呢?

所以养活什么动物都有好处,像癞蛤蟆就救了他一命。

麻雀为啥不会迈步

咱们常见的家雀儿都是一蹦一蹦的,这家雀儿为啥不会迈步呢?这里面还有一段小故事。

世上的五谷杂粮啊,都是上边儿给下来的,是由仙姑掌管着人间的粮食,要不也没有粮食吃。有一次管粮食的仙姑下来一查,发现地方百姓把粮食糟蹋得太邪乎了,回去就把这事儿告诉了玉皇大帝。玉帝一看,人们有了粮食就不懂得珍惜了,就下令开始断粮,不给百姓粮吃,百姓们没办法了,就只好吃糠咽菜。

单表上边的这些雀仙们啊,就数家雀儿最小。雀仙的大王看着百姓这么可怜,就对家雀儿仙官们说:"天下的百姓太难了,没粮食吃可不容易啊,咱在天上待着那叫享福啊!咱们应该去帮帮他们,别的雀儿没长成,你长得小,看能不能想想办法!"

---

1 当啷:垂下来,耷拉下来。
2 提溜:悬挂,悬垂。

家雀儿一听，就说："我长得小，我偷偷下去，给带一部分去。"所以它就偷偷地下去给百姓撒一部分粮种，这样人们就有点儿粮食吃了。

正赶上玉帝视察下边儿，一看下边儿有粮食，就寻思：地里有粮食了，哪儿来的粮食呢？回来之后一查，别人都说粮食是家雀儿带下去的，他这就把家雀儿给抓起来了。玉帝对家雀儿说："你胆子真大啊，还敢破坏我天规？"说完玉帝就要把家雀儿推出去斩，非杀了不行。

众雀神一听都纷纷哀求说："玉帝啊，这个小雀儿也不是为自己，不管怎么的，它也是爱百姓啊！"

玉帝一听，说："人们不对就应该受到天谴。这么办吧，你愿意在下边儿待着就把你贬了吧，永生不许你上天，你就下人间待着去吧！你身上的毛也搁火燎了它！"家雀儿的毛就被搁火燎了。要不家雀儿的喙你看都透红透红的嘛，那就是被火燎的。燎完之后玉帝又说："看看它身上还有什么粮食？可别让它带下去。"天兵们一翻，身上没什么粮，一摁，"咔咔"摁得不像样，也没摁出粮来。这家雀儿其实在肚里带了一部分粮食，为了给人们带下去，强忍着天兵们的搜查，就这样下到人间了。

下来以后家雀儿就呕啊，这一呕就把肚子里的粮食呕出来了，家雀儿告诉人们可以把粮食种下去，就能产更多的粮食，这样人们得到了种子，可以自己播种，不需要靠上天施舍了。玉帝这工夫一看，下边儿又有粮了，他就说："这家雀儿真了不得，这么点儿的小家伙能有能力做这么大的事儿！好，那就罚它永生不准迈开步，给它戴上脚镣子，让它走的时候蹦着走！"所以家雀儿就戴上脚镣子了。

所以为啥家雀儿蹦着走呢？就是因为它戴着脚镣子呢，所以不能迈步。那有没有迈步的时候呢？也有，但是有传闻"家雀迈步，谁看到就该谁死"，说是它有一次迈步，正好被关云长看到了，看完以后他最后不死在樊城了吗？那就是看到不该看到的了。要不他也不能死在樊城，死在樊城就是应了验了。所以搁那么，谁也不敢看家雀儿迈步了，家雀儿也不敢迈步了，怕谁再因为它死了。要不人们这么爱戴它呢，就是因为粮食是它带来的。

肆　动植物传说

喜蜘蛛

在早,这屋子当中就没有虫。那什么叫喜蜘蛛呢?

有这么一家,小两口新结婚,俩人入洞房之后,睡到半夜,这家小伙子忽然觉得上面有个东西晃荡,他一惊,"可了不得了,什么玩意儿?"

他媳妇精明,一看,说:"不就是个蜘蛛嘛!"

小伙儿说:"这怎么着,大结婚的日子,它在上面爬,别把床弄脏了呢!"

媳妇说:"咳!"

这工夫,老太太听见了,忙问:"怎么了?怎么了?"

媳妇说:"没啥事,蜘蛛道喜来了。"

老太太一听,说:"哎呀,它是怎么道喜的?"

媳妇说:"这是喜蜘蛛,俺俩新结婚,它来道喜了。'早道喜,晚道财,不早不晚是白来',它这是下晚儿来的,道喜道财都来了!"

老太太说:"好啊,你确实有福,给带来喜了!"

搁那么,这蜘蛛就不受人们贬[1]了,要不原来这小蜘蛛不是被人弄死,就是被送走。从那儿留下的喜蜘蛛一说。

这个故事就是说,这新媳妇口才好,把蜘蛛给封了。

蚊子的故事

过去呀,有这么个屯子,叫李庄。李庄有那么一个庙,这庙里住着蚊子大王,蚊子大王有个老令儿,李庄每年都得送一个人给它吃,要是不送人给它吃,那堡子里的人就不用说了,都得来病,那身上全都是挠破、咬破的。要是送进去一个人,那今年屯子里就没事儿,各户人家都安全了,就是这么个情况,这老令儿可太邪乎

---

[1] 贬:贬低。

了。搁那么，当地村长就定了，挨家轮，每年送一个人，不管是男孩儿，还是女孩儿，都得送！

这年轮到谁呢？就轮到老张家了，他家得舍出一个人。他家就一个儿子，一个女儿。老张头一合计，难心哪！送儿子吧，舍不得；送女儿吧，也舍不得。

最后这女儿就给他爹跪下了，说："这么办吧，爹，你就别舍不得了，怎么也得舍一个，你把我送去，你就别把我兄弟送去了，我兄弟去了之后，咱家不就断香火了，就绝后了吗？"

哎呀！他一听，说："傻孩子呀，你想想吧，你都十八九了，出嫁的东西我都给你买了，衣服、陪送你的东西都给你买了，银子人家也给了，你要结婚了，把你送去之后，人家那头也不愿意呀！"

女儿说："不愿意也没办法，谁让这事儿摊咱家来了，彩礼啥的那应该给还回去！"

老头儿一听，就说："好吧！这么办，给人家送去吧！"

老头儿吃过晚饭以后，就把这姑娘给送去了。送到那儿之后，那儿有规定呀，就是这人得穿个裤衩，光着膀子，在那儿一蹲就行。

那蚊子庙里头有个大床似的，把姑娘送过去之后，这女的就穿个裤衩，把头发散开，上面再穿个背心，就趴那儿等死。

她爹妈就哭，妈说："这么办吧，我这苦命的女儿也回不来了，要出嫁了，娘家这准备的出嫁东西咱也没用了，就把它拿来吧。拿来之后，给她烧了吧，烧完以后，我也不用触景伤情，看见东西就想我女儿了，这烧了就完事儿！"

老头儿在堡子里亲戚朋友也多，人缘也不错，那也是买了不少结婚的东西呀！一看是不赖呀，四床被子，四床褥子，连幔子，那东西老多了，整个小牛车就拉庙上去了。

拉去之后，就在庙院子门口点着了火。点着火之后，这棉花芯子不太好着，呼呼地这黑烟就起来了，烧了半宿。

单说这蚊子大王来了，一看，这烟起得邪乎，就不敢往里扎，干在上面跫摸[1]，就是不敢落下来。

再说这姑娘，这姑娘没睡着，她能睡吗？她就在那儿趴着，瞅着。她就看两扇锅

---

[1] 跫摸：看一看，找一找。

盖下来,像大蚊子形,但那瞅着大啊,都有好几丈长,大嘴也张着,就是不下来!

姑娘一看,这蚊子大王见着烟就躲,见着烟就躲。天亮后,这蚊子没吃她就飞走了。

哎呀!第二天人们都知道姑娘啥事儿没有,大伙儿一看,回去就说:"咋没吃这姑娘呢?"

有人就怎么怎么的一说,是这烟把它呛得不敢吃了。

大伙儿说:"哎呀,看来这玩意儿怕烟。这么办,明儿咱就炕[1]它!"

搁这么,大伙儿就开始你家送东西,他家送东西,在这庙院子里就开始烧上了,那黑咕隆咚的全是烟了,炕了有十来天,这蚊子怎么回事儿呢?它被烟熏跑了,这蚊子大王也不敢来了,庙后来也黄了,人也就不用送了。

要不说夏天得炕蚊子呢,那是蚊子大王吃人吃的,姑娘家的东西把他炕跑了,留下这个验证。

所以搁那么,人们就知道炕蚊子了。

附记:

东北农村因为家家养牲畜,所以蚊子特别多,每至夏季,蚊子会影响人们的正常生活,农村至今还保留着炕蚊子的生活习惯。用晒干的艾草最好,端午前后采摘大量的鲜艾叶编成艾辫储存起来,随时可以用,气味好又驱蚊。

再有,旧时乡村姑娘出嫁时的陪嫁有四铺四盖之说,即四套被褥,大多是适龄女性出嫁前由自己或在母亲的陪同下缝制的。富裕一些的人家还附上一对绣花枕头和一挂幔子。这些东西有时也由婆家准备。随着时代变迁和生活条件的提高,嫁妆的内容也在不断发展和变化。(谭丽敏)

---

[1] 炕:用烟熏。

桑树的传说

当初老罕王避难的时候,这李总兵抓得他是没地方跑没地方颠儿的,没有办法,是当朝皇上下令抓他,因为他是条混龙啊!所以没办法,他就跑到大树林里去了。这树林里有棵桑树,他也不太认得,一看不太高,净那大叶子,另外旁边杂草也多,他就钻桑树根那里去了。

这时候那帮兵就撵过来了,到那块儿说:"进那片树林子!"这些人看了半天,到往林子里进的时候,这些人就不敢了,说:"不行,进去不得,净长虫。"一看,那树上咕涌[1]咕涌地爬着长虫。这些兵说:"这么多长虫呢!他没在这里,他要是在这里,长虫把他毒也毒死了!"

这找一回,那找一回,也没把他找出来。后尾儿人家都走了,他才出来。出来他就对这树说:"你等着吧!我如果真要有能当皇帝那天,我就封你这树。"他就走了。

后来罕王真当上皇帝了,在准备封赏树的时候,因为这桑树长得矮,它周围的大树,比如杨树、柳树都长起来了。桑树矮呀,它在那些大树底下瞅不着它。罕王就说了:"好!在大树当中,杨树和松树都是国家的栋梁之材,我封你们,都做大梁吧!"罕王就没看到桑树,封完就走了。

这桑树气得直骂:"我最后封赏还没落着!"因为生气,它那个树皮全胀开了,这胀得像长虫似的,为什么桑树皮曲曲洼洼都开裂呢?这个桑树说了:"当初就是因为我显的圣,像长虫缠树上似的,把你这个努尔哈赤罕王救了一驾,救完之后,你这个罕王没封我,所以我又显的形,让你看一看。"

但是罕王不想封了,封了一回就拉倒了。所以说桑树的树干气得就胀开了,树皮曲曲洼洼的像长虫皮似的,这桑树就特别悲伤,立功却没得到奖赏。

---

1 咕涌:慢慢地蠕动。

相思树和连理枝

有这么一个李老员外,家过得不错。他有个女儿叫李德英,是个未出阁的闺房大小姐,她虽然是个大小姐,但人挺殷勤,没事儿就到花园里伺候伺候花儿、收拾收拾屋子伍的,长得也好,也会说话,哪儿都挺好。

员外家有个猪倌叫王玉和。这个王玉和也就十六七岁儿,和这姑娘岁数相当。他放猪回来没事儿就到园子里帮小姐伺候伺候花儿、浇浇水伍的,挺勤快,这姑娘对他就挺有好感,王玉和对她也特别近便。俩人也是越说越近乎,后来俩人就靠得邪乎了,没事儿就看看花儿,他放猪回来姑娘就教他写写字儿。最后姑娘就和他说:"相信我,我就嫁给你,不管你穷不穷,我都嫁给你!你穷不怕,俺们家有钱,我带点儿去也能过。"小子说:"我看你家够呛!我是个穷放猪的,你爹能愿意吗?""他不愿意我也愿意。一句话,我宁可死也嫁给你!"

一晃过了些日子,这个老员外就看出来了,"那不行,咱这个家这么有钱,哪儿能把姑娘嫁给个穷放猪的呢!"说啥也不让,就把这姑娘给拷上了,就不让姑娘见猪倌的面了。

搁那姑娘也见不上小子面了,小子也见不上她了,姑娘没事儿就天天哭,姑娘哭得就得相思病了。丫鬟就和老员外说:"姑娘啊病得挺重,你要不答应她的要求啊,她最后可能寻死!"

员外一听,"她死就死,死不死我不管,反正不能嫁给那个穷小子!"这个小伙儿想去看看姑娘也看不着,不让进去,也挺惦记她。

这一晃有半年多,姑娘就病重了,最后姑娘就死了。死了埋哪儿呢?就埋在南边儿一个山上的小沟北边儿了。埋完以后,她爹想想也憋气:"你没事儿想他得相思病死了,太不应该了!"她妈也这么寻思。王玉和一看她死了,就到坟茔那儿哭上了,在坟茔上整个哭了一天一宿,最后也哭死了。

当地人一看:这王玉和对小姐的感情太浓厚了,哪儿有这么好的感情呢,就把他也埋这儿吧！但并榑子[1]的时候，人家员外不让并，说不是男女[2]不能并，你爱埋哪儿埋哪儿！最后就埋在沟子南帮儿了，和小姐的坟茔相邻着有六七尺远，你俩没事儿黑夜就唠扯吧！

埋上以后不多日子，姑娘的坟茔上就出来一棵树，小伙的坟也长出来一棵树，这俩树开始的时候都先往粗了长，日子长了就像风吹的似的，南边的往北边栽巴，北边的往南栽巴。俩树到一丈多两丈高的时候，顶上就并成一堆儿，树梢就交上了，长得还可像样了。树叶上还有字儿，什么字儿呢？"百年好合"！

大伙儿一看："哎呀！不用问哪，要不过去说有相思树呢，这树也有感情啊！"后尾儿就传开了，她爹妈也知道了，但也没办法，都死了也不能并，就那么的吧。最后这树枝也连上了，叫连理枝。

搁那么的，这事儿就传开了，说人呀要活着的时候有爱情，死了连树木都有爱情，树枝就连着长到一起了，所以相思树、连理枝就是这么留下来的。

荞麦传说

咱们种的荞麦为什么叫"荞麦"呢？这有一个传说。

当年，有一个屯子叫王家庄，这个王家庄当时有不少户人家。有户姓乔，这家有个姑娘叫乔麦。这姑娘长得挺漂亮，人情也好，还能说会道的，确实不错。屯子里给她保媒的有的是呀，你也保、他也保，但姑娘一直不愿意，就没挑成。

她那儿有一个大地主，姓陈。到她二十三岁的工夫，这陈地主就托人保媒，后尾儿也没成，没成反正也没怎的。

有一个恶霸地主，姓韩，名露。就是韩员外家。他家里当官，有钱，他爹过去当宰相，他相中乔麦了。这是个恶霸呀，就硬把乔麦给抢去了，这乔麦是不嫁不行，非嫁不结[3]了。

---

[1] 榑子：棺榑。
[2] 男女：此处指夫妻。
[3] 不结：不得不。

肆　动植物传说

这一抢的工夫，怎么回事儿呢？乔麦出面说话了："我不是没有对象，你抢不了我，我现在已经有主了。"

韩露说："谁呢？"这个乔麦就说："我男人姓白，叫白露。"韩露："是吗？"大伙儿一看，说："真是白露。"

韩露心里就暗暗记下了，要不咋说不怕贼偷就怕贼惦记呢。他后来就带人找到白露，问是不是乔麦的男人，白露刚一点头，韩露不由分说就带着人开始打白露，最后竟把白露打死了，扔山坡上了。

乔麦在家只听说白露被打死了，还没等她缓过神儿，就被韩露抢去了。

抢到韩家以后，这个乔麦就哭，也不吃东西。过了好几天，乔麦一看，不吃不行了，就和韩露说："韩露公子啊，你爹当那么大的官，家里还有钱，你现在抢了我，你得答应我一样事，我非得到白露死的地方看一看，才能嫁给你，因为我和他原来不错，都订婚了。"韩露说："那好吧，那行，没事儿。"

韩露就搁车把乔麦拉着，拉到白露死的那个地方了。到白露死的那个山坡下的平川地，韩露说："这人就是在那儿死的。"乔麦说："知道了！"

乔麦下车之后，到那儿一合计，说："天啊，天啊，白露你是为我而死的呀！"她心寻思着，就一头撞死在车上了，撞死之后那血都喷可地呀！后来那个地方就长出了一朵小花儿，红蕊绿叶。

大伙儿一看，说："这是乔麦死了之后喷出的血长的花儿。"这东西慢慢地就长大了，结了穗儿，打了籽，还不少。当地百姓一看，这还能磨面。所以搁么的，大伙儿都说："这么办吧，为了纪念乔麦，就叫它'乔麦'吧！"后尾儿叫白了，叫成了"荞麦"。

搁那么，就留下了荞麦。要不为什么到白露的时候荞麦最好呢？咱们种完荞麦以后，到白露就成熟了，到寒露就全都死了，怎么回事儿呢？"乔麦"怕"韩露"啊！

附记：

这个故事里，"乔麦"有"白露"而欢、遇"韩露"而死的情节和谐音，巧妙地讲述了荞麦这一农作物的农时节点，农耕民众用人们喜闻乐见的故事形式传播着农作物的习性与耕种要领，是一种生活智慧的体现。（谭丽敏）

雹打出荞麦

这说的是什么呢？人心得公，人心公天能照顾；人不能偏心，偏心没好处。

有一户姓张的人家，家挺好，过得也不错，就是不善良，老是大斗小秤的，在他这儿买粮管保比人家少，往里进他用大斗，往外出用小斗。什么斗呢，猪皮斗，还不用换斗，就那一个斗，他能约出两样儿来。

怎么约呢，他有办法。有人约粮去，他把斗搁水泡了，泡完撑开了拿去约，那满满一斗不少啊，斗都涨开了嘛。往外出粮怎么办呢，把斗晒干。晒干之后皱巴得不像样儿，就装不了那么些粮食了。

就这么的，人们都管他叫"张猪皮"，当地的百姓都反映，没办法，他有钱哪，惹不起。所以这老天爷就怒了，玉皇大帝就告诉行云布雨的神："你们急速给他点儿亏吃，今儿把他的地都拿雹子打了，这人也太可恶了。"

过去下雹子有雹神，雹神领命就去了。可他就误听一句话，人家告诉他"在山东后"，意思是在山后边再东边点儿，他就光听"山东"，把"后"忘了，到山东挨排儿就给打上了。这回打错了，把老李家给打了，老李家是善良人家，把人家那片儿地给打得不像样儿。

打完就回去了，上边儿一查，一看说："哎呀，完了，雹神你犯错误了，今儿打错了。"他一看，真打错了。

玉皇大帝说："这怎么办，把善人给打了，恶人还没打着。"

雹神说："那我再回去打！"

玉皇大帝说："那你打完之后怎么办呢，打错的也长不出来了，这不好办呀？"

雹神说："这么办，给他刮阵风把这都刮跑了。"这雹神就来阵暴风把老张家的地全刮了。

但怎么补偿人家老李家呢？那时候没有荞麦，他就从空中下了像草籽似的东西，老李家的地满地全长出带白花的青草。人们谁都不认得，就让它那么长着了，到成熟了一看，全是成粒儿的三角粒儿，那就是荞麦。搁那么，荞麦籽传到世界上，所以说晚地晚苗种，没有苗不赶趟儿，种荞麦就赶趟。

就这么，荞麦传到后世，是为补偿老李家挨打，给行善人家的补偿，才有了荞麦。

蒲英姑娘

有这么一个山区，当地人都得了一种病，就像流行病似的，身上爱生疮，这病传得特别邪乎。那时候没有什么药啊，干脆能用的就没有，治病也不及时，人死老多了。

单说蒲英她爹妈、弟弟、妹妹身上也都是疮，就蒲英没生这疮。这怎么办？蒲英姑娘最有孝心，她没办法，就跑到山上的山神庙傍拉儿哭，说："山神爷啊，你能不能想想办法叫我妈妈的病好呢？不然怎么活啊！"

这工夫，就看见顺山上下来一个道姑，她说："蒲英姑娘，起来吧，山神爷说了，让我给你找一样草，这草能治这种病，你拿回去吧。"

"是吗？"

"是！"

"希望你们当地今后也多做一些善事，这边就不给你撒灾了。这叫婆婆丁，你拿回去就行了。谁要生疮了，你就给他掰个婆婆丁，拿给他几根花。另外，你回去把籽儿留着，你个人可以种。"

这蒲英姑娘回来以后，信这道姑的话，就把婆婆丁给熬上水，给她妈连吃带擦。没想到，没过几天真就好利索了！这回蒲英姑娘心里就稳妥了，她就在街上支上大锅，熬婆婆丁水给大伙儿擦身上，擦完之后，都好了。蒲英后来把这籽儿都攒起来了，开春种上，长出了不少的婆婆丁。

这个蒲英姑娘活了挺大岁数，她死了以后，当地百姓为感谢她，就把"婆婆丁"叫"蒲英"。又因为那道姑说这草叫"婆婆丁"，所以就有了俩名儿。这婆婆丁的药用就这样传到了后世，蒲英姑娘搁这么也留下了美名。

石佛寺老王太太得化石丹

这个故事发生在石佛寺山下。

有个老王家，老王太太家住在山坡上，养了几只小鸡，每天鸡都在鸡笼子里下蛋。

有一段时间，每天鸡一下蛋就丢蛋，但也没见谁偷鸡蛋，就是丢，丢得邪乎。是怎么回事呢？每天小鸡子"咯嗒"完之后，到鸡笼子那一看，蛋就不见了，这也太出奇了。

老王太太就寻思：我倒看一看是咋回事。这一天，小鸡下蛋时，她就蹲在旁边瞅。一直盯到晌午，小鸡一"咯嗒"的工夫，就见顺着窗户下来一条大长虫，能有两三米长，还很粗，到鸡笼子那一口就把里面的鸡蛋都吞进去了，吞完就走了。

老王太太看得清楚，吞的还不是一个鸡蛋呢，吞了两三个。再一看那条长虫的"八寸"，就是长虫的胃那地方，鼓起一个大包，把长虫撑成那样。

老王太太就跟着这条长虫走，想要看个究竟。就见长虫爬到房后，那有棵大杏树，这条长虫就盘杏树上了，一盘一勒，鸡蛋就勒碎了，胃上那个大包就勒平了，长虫下了树就走了。

老王太太心说："啊，原来鸡蛋都让你偷去了，你吃完鸡蛋就跑树上盘着，挺有招儿哇。好，让我教训教训你。"

她回家找了一块桃木疙瘩，用刀削成溜圆的两个像鸡蛋那么大的球，再把鸡蛋打了两个，用俩空蛋壳把桃木疙瘩一扣，像两个真鸡蛋似的。预备好了，等第二天白天，小鸡子又趴窝了，没等到下蛋的时候，她就把两个假鸡蛋塞进鸡窝里去了。接着，她就用一根棍子捅鸡窝，一捅二捅，小鸡子就"咯嗒咯嗒"地叫唤，把正要下蛋的鸡都吓跑了。

这工夫，就见那条大长虫又从房上下来了，到了鸡笼子那，一口就把俩鸡蛋全吞下去了。吞下去以后，老王太太就在后边跟着，心想，我看你怎么办。这长虫顺着窗户下了地，到房后又盘树上去了，开始勒鸡蛋。嗯？长虫心里奇怪，今天怎么勒了四五圈，也没勒碎呢？它哪知道，平日那鸡蛋里边是稀的，一勒就软乎了，鸡蛋壳一碎，蛋就化了。今天这"鸡蛋"里边是木头疙瘩，它怎么勒化了去？干勒不化。这长虫也害怕了，吓得直瞅那个大包，寻思一会儿，长虫就从树上爬下来，慢慢腾腾地往北山爬去了。

老王太太就跟着这长虫走，一步不落地跟着。就见大长虫爬过山坡，到了山背坡后面奔着一个小河沟去了，小河水不大，河边有一墩子草，叫不上名来，不知是什么草，长虫把那草上吃了几口，完了就爬回来了。

老王太太再一看，怪了，长虫身上的大包没了，那肚子圆乎乎的啥也没有了，那个"假鸡蛋"化了。老王太太心想，哎呀，这墩草可厉害呀！老太太心挺细，就奔着草过去了，到那一看这草，长虫咬的牙印还在，它没吃几口。她就把草割下来了，后一合计，不行，草根也得要，就把这墩草的根也挖出来了。

王老太太到家后，就把草栽到院子里，又把割下来的草用绳子绑上，挂了起来。

不到一个月，她老头子就得病了，什么病呢？是腹胀病，就是不消化，肚子胀得邪乎。老王太太就想起这草了，她想，不要紧，这草就能化肚子里的食，当初，那大长虫肚子里的木头疙瘩都能化，别说人这点病了，我给他试试。她就把草拿下来用水熬了。老王太太不懂得药性大小，就把这墩草都给熬了，熬过之后，当天下晚就给老头子喝下去了，老头子喝完之后，挺好，也不疼也不叫唤了，就在炕上趴着睡着了。

第二天，天亮了，老头儿子还趴在炕上没动静。老王太太掀开被子一看，可坏了，完了，老头儿子就剩一副骨头架子了，整个人全都化了！哎呀，这老王太太就哭起来了。

后来，当地有明白人给看了，说老王太太得的这墩草是"化石丹"，别说木头、骨头，就是石头也能被它化了，这可是宝贝啊。老王太太就把这草栽培上了，以后就制成了"王氏化石丹"，这个药就是这么传下来的。

还阳草传说

有这么一个老石匠，他每天在山上打石头。打点儿石头卖，一天为生活。

他家有个老太太，他去打石头的时候，这个老太太就在家个人过。家里养活一只小鸡子，这小鸡子下了蛋就丢，下完就丢，老吃不着。

他儿子和媳妇儿人家个人过，在傍拉儿住。媳妇儿来了一听这事儿，就跟老太太说："你瞅着点儿，看到底是谁偷去的，怎么养活一只小鸡子，这鸡蛋吃不着，那不白养活吗？"

老太太说："我就在鸡筐里头放着，你听它'咯嗒'完之后，到那儿就没有了。"

媳妇儿说："这么说，您老人家倒像认为是我吃了似的，我也没吃，这么办，你看着点儿，看到底怎么回事儿。"

老太太说："那好。"这老太太看鸡蛋不细心，她看一会儿，就进屋儿待一会儿。这天鸡蛋又没了，老太太寻思说：巧呀！

完了媳妇儿说："你这么办，今儿你在这儿别动弹，这鸡筐不是在西厢房上挂着吗？厕所没人待着，你就待在厕所里，这样准能得手。"

老太太就把厕所门打开了，蹲厕所里待着。到中午的时候，小鸡搁地下一"咯嗒"，她就看来了，就看见顺房顶下来个大长虫，正经挺大挺长的黑长虫。它下来之后，闻一闻，几口就把鸡蛋全吞进去了。吞走之后，老太太就跟着它，房后尾儿有棵大杏树，这个长虫就在杏树上盘了几圈，它吃进去两个鸡蛋之后，肚子鼓得挺高，这一盘就全勒碎了。哦！老太太寻思，你就这么吃的呀！这长虫就走了。

她下晚儿回来就告诉老头儿："老头子啊，这回我看明白了。咱们谁吃？谁也没吃呀！我能吃吗，吃完能不告诉你？都让长虫吃了！"

老头儿说："它怎么吃的？"老太太就怎来怎去一说。"哦！"老头儿说，"那好吧，不要紧。"

这老头儿是石匠呀，他第二天上山之后，就整两个石头疙瘩，用石串子一点儿一点儿开，一点儿一点儿修整，修得溜圆，像小鸡蛋似的，修了两个，就回来了。他回来告诉老伴儿说："这么办，你把鸡蛋拿两个来。"

老太太拿来之后，他就把鸡蛋掰成两半，把那两个小石头塞进蛋壳里，完用木头一扣就扣起来了。扣完之后，给上边抹了点儿鸡蛋的黄儿。都抹好之后，一粘粘整整的，挺好，他说："这么办，明天早晨你就把这玩意儿塞到鸡窝里去，别等晌午，一下蛋不就完了？你把小鸡一捅醒之后，那长虫就能来了。"

老太太说："好！"

老头儿说："明儿我也不去山上了，就在家看着，看它能怎么办，治不了它还得了？"

肆　动植物传说　　·545·

老太太就把"鸡蛋"放下来了，到晌午之后就差不多了。老太太正瞅着呢，嗯？小鸡子要下蛋了，没等小鸡子"咯嗒"，这老太太就整个棍子捅小鸡子，一捅小鸡子，小鸡"嘎嘎"叫，就像"咯嗒"的声似的，这长虫就来了。它到那儿和每天一样，一伸嘴就把"鸡蛋"全吞下去了，完就走了。

它这一走，这老太太、老头儿说："好！"老头儿拎一个大锤子就跟着它去了，也没打，就瞅着它。那长虫到后边杏树上就勒，一勒怎么回事儿？勒了几下就顺树上掉下来了，疼得在地上直哆嗦。

老头儿一看长虫疼了，说："这你饯得住勒了？你在树上勒的是石头呀！"

这时长虫又爬上去了，又勒，一勒又掉下来了。第三回它就不勒了，转身就爬走了，一拱一拱，爬得挺费劲。北边有一个山，它就爬到山坡上去了，到山坡上一瞅，那儿有个河沟，那河沟里有点水，不大，它搁河沟儿就过去了。老头儿就跟着它，跟过去瞅真真儿的呀，到北边咋的？有一小堆草，不大，就是小绿草。它就到那草上咬下两个草叶，咬完以后它就回来了。

回来路上老头儿还跟着它走，到那边过河沟的工夫，一瞅长虫这肚子，瘪了！"哎呀！"老头儿说，"出奇呀，这长虫好了，啥事儿也没有了！"他就寻思这是和那草有关系，它吃了那草就好了嘛。这老头儿到那块儿去了，一看，这一堆草和别的草不一样，是一堆青草，那长虫咬了几个小草叶的尖儿，他就把这玩意儿整个儿连根儿拔起来了，拔起来之后，就拿回来了。拿回来，长虫搁那么也不来了。

他回来了和老伴儿说："这玩意儿可是个宝呀！"他就怎的怎的和老伴儿一说。

她说："是吗？这么好呀！"她娘家有一个叔叔，闹腹胀，肚子胀得邪乎。这个老太太一想，正好呀："我这个叔叔六七十岁了，得了腹胀，我看看这草能好使不。"她就给她叔叔掐了几个叶儿熬着喝，他喝完以后真就好了，这腹胀全消了。

搁那么，老太太说："这么办吧，咱就拿它做人缘吧，给钱不给钱的不重要。谁有病胀肚的，或者有什么事儿需要了，咱就找一点儿给他。"

但这玩意儿使用不太长，没有几年，连旱带伍的就没了。后尾儿就传出去说："用这个草，人死了都能活过来！"

最后大夫说："这是宝草，但是只有长虫能认得，别的生物都不认得。"要不说长虫认得"还阳草"呢，过去盗草，长虫能盗，别的就盗不出来，不认得！

这"还阳草"搁那么的就传下来了。

西红柿的来历

其实，在早咱们中国没有西红柿。这西红柿是搁哪儿来的呢？是搁外国传过来的。就像以前这个荔枝伍的都是搁西方国家进来的，那时候外国每年都要给皇宫进贡一些特别的东西，这小红果就在里面，进来以后，大伙儿看着这小红果颗颗饱满圆润，惹人喜欢。尝过之后，娘娘们都喜欢吃。

这小红果因不好保存，所以一般送得少，也就能有一袋子两袋子的，挺金贵的，都被保存好搁仓库里了，备着留着给娘娘吃。要说当时呢，有一个太监，姓李，李太监，他这人平时挺细心，就留意了这小红果放在哪了，没几天他就进仓库里去了，秘密地一天拿出来一点儿，拿出去以后就到外面，找到当地的农民，说："你们看看这玩意儿能不能攒籽儿，这个小红果要是能种出来的话，大家都种，准保有市场，减轻你们平时生活的困难。"

大伙儿一看，小白布袋着里面一颗颗小红果，知道这来之不易，就对李太监说："你这偷偷拿出来，会不会挨罚？"

李太监长出一口气道："哎！这要真能成，我宁可挨罚，你们就试试吧。"

大伙儿就把其中一个小果掰开了，一看里面真有籽儿，说："能行！"

"那好！"李太监就回宫去了。

这小红果就两袋子呀，他就偷出一袋子给农民了。这边农民也很珍惜种子，尝试了几次后，真就种出来了，而且长得更好，搁那么，这西红柿确实就传开了。没多久宫里就发现太监偷宫里东西，娘娘就把他处理了："你竟偷我东西吃，押下去！"

处理完他之后，这娘娘和皇上也听说了他这个西红柿是给百姓了，他没吃，还攒出籽儿来了，现在自己的国家也有小红果西红柿了，就合计就说："这样吧，处理错了，他这也是为了百姓。"娘娘就把他又从监狱提出来了，对他说："还行，你不是自己贪图吃，是为了给百姓留下种子，是好样儿的！这么办，冲你这个善心，我这袋西红柿也不吃了，都给你拿下去吧！"就把留在仓库里的西红柿都给发下去了。

中国的西红柿就是搁那么的传下来的。

肆　动植物传说

海带的传说

这个故事有点儿年头了，老早年的，就说原来没有海带。

有一个老张头儿，这老张头儿是做什么的呢？这老头儿是个中医，专治疑难杂症。每天起来呀，到山上采药，采各种药，当地谁要是有个小病伍的，他还不要啥钱，就拿偏方给大伙儿治病，他医术还特别好。

这老张头有个儿子，有个老伴儿，儿子长得也精神，小名叫张郎。

这张郎一晃儿十六七岁了，但是那旮有啥病呢？就是粗脖根儿的特别多。不管男女，都粗脖根儿，粗脖根儿那时候还挺邪乎，活不多少岁数，到不了五六十岁就死了。

老伴儿也叨咕："你呀，这么采药这么治的，到这粗脖根儿没治好，你要是治好了，百姓都感谢你。"

他说："我不是不想采，是没那个药。我也不懂得什么叫粗脖根儿，治不了。"

这样一晃儿几年之后，这天正赶上下大雨，老头儿也老了，躺在炕上起不来了，就告诉儿子，说："张郎啊，我这一生啊，心病就是没把粗脖根儿治好，我愧对老百姓！我是个郎中，还没治好这个病，你一定得把我这事儿继承下去，咱们这地方粗脖根儿的人太多了，老百姓都遭难了，必须想办法找到对症的草药呀！"

张郎说："爸，你安心吧，我从今天起一定仔细钻研草药，早日找到对症的草药。"

老头儿说："你这么说我就放心了，后继有人了，儿啊，也难为你了。"

老头儿摸了摸儿子的头，手便垂下去，去了。

平时乡里乡亲的都受老头儿恩惠，死了之后百姓参与的不少，把他爹给发送出去了，捆巴出去[1]了。完了他就跟他妈俩人过这日子。

过日子当中每天还得采药啊。这天正采药回来，走在江口子边上，就看到一只大鱼鹰正噼里啪啦逮鱼，一条大白鲢子，被这鱼鹰一吓就蹦到岸边儿上来了，这张郎到傍拉来，就紧跑把那鱼鹰给撵跑了。他撵跑了鱼鹰一看，这大白鲢挺新鲜的，能有一两斤重。他就说："放了吧，放了你就在水里边待着，别往这岸上蹦，这岸上哪是你

---

[1] 捆巴出去：这里指发丧，送葬。

待的地方啊，你这不晒死了吗？我今天要是不赶上，鱼鹰早把你叼着吃了。这赶上了讲不了，咱俩有缘哪，我救你一命吧。就用手托着它把它送到水里去了。

这送到水里去了之后，这小鱼儿一转身冲他点点头，完了就浮下去了，这就过了一天了。

第二天，他又在这河边采药回来，就看见河边上站着个姑娘，姑娘离远儿看他来了，笑呵呵地说："你是不是张郎啊？"他说："啊，我是，你怎么认识我呢？"

她说："不是我认识你呀，是你不认识我了，头一天你不救我一命吗？那就是我。"张郎说："我哪儿救你的命了？"

姑娘说："不就在这个江边上吗？我告诉你，我是龙女。那天我因为贪玩儿，变个鱼，正在江边上浮着呢，赶上鱼鹰来了，吓得我一蹦就蹦到岸上去了，回是回不去了，多亏你救了我。我回去告诉我爹妈，特别感谢你。因为你人特别好，我这次来是报恩的，咱俩有缘分，你没有媳妇，要是不嫌弃我是个异类、不是人形，是龙女的话，那我情愿嫁给你，陪你几十年，我伺候你。"

他说："那我哪儿能嫌你，你现在不是个女的吗？是女的就行呗，还管你龙不龙的。"姑娘说："那好吧。"

他就答应了。答应之后他俩就一起过日子了，这张郎还天天采药，累得不像样儿，这龙女就问他："你天天采药为啥？"

他就说了："我爹临死的时候有个心病，嘱咐我，叫我把咱这地方的粗脖根儿全治好。我现在也没有办法，采了不少草药，都不对，怎么办呢？干脆就没这药，治不了。"

姑娘一合计说："哎呀。"就点头儿了，"这么办吧，你先等一等，我回龙宫和我妈商量商量，看看是不是有办法。"张郎一听说："你有办法啊？那好啊。"

姑娘就回去了。回去一说，她妈说："你能忍心吗？"

她说："怎么不忍心了？我明白，我的头发就能治粗脖根儿。我剪完之后就成个秃子样儿了。那样我就没有容貌了，就完了。所以我为了张郎救我一命，他那么有决心，我宁可当秃子，把头发剪去。"

她妈一听，说："你去吧。"也告诉她情况了，她也就回去了。

回去之后，她就和张郎说："这么办吧，我成全你，我这头发就是药草，你把我头发剪下来之后就能治。"张郎一听："那点儿头发当啥玩意儿啊？"

她说:"不啊,你往海里扔啊!扔到海里之后它就变成大叶子了,就能长,年年长年年长,海里就不断了。不但吃一茬,吃一辈子不带断的,多咱采多咱有,那学名叫海带。"

他说:"那敢情好了。"张郎高兴得都给这个龙女下跪了,"这样就能救百姓了,就能救百姓。"姑娘说:"不用跪我,只要你不嫌我丑就行。"张郎说:"不能,就是你剃光头了我也要你啊!还能嫌你丑?"

这俩人就把姑娘的头发给剪下来了,剪下了就撒到海里了。当时就漂着一大片,全长起来了,像水葱似的。全长到海里,全都是海带。这百姓知道了,搁那么,百姓吃完了海带,粗脖根儿就治好了。从那儿开始,粗脖根儿就吃海带,吃海带有好处,海带就是这龙女的头发长海里了,一直长到现在。

国家级非物质文化遗产
名录项目

中共辽宁省省委宣传部文艺精品创作生产
专项资金扶持项目

辽宁省文联文艺创作生产专项资金
扶持项目

谭振山故事全集 中

江帆 宋长新 主编

中国文联出版社

目 录

伍　生活故事

552　八不打
553　白面鬼
556　半拉子摸金锭
557　鲍奶奶的枕头
559　保媒的两头瞒
560　报应
563　背女过河
564　笨人念书
566　笨学生铁镘
567　川三不分
569　比大胆
570　杯弓蛇影
571　别砍虎皮
572　卜者子
573　不会说吉利话的女人
574　不会说人话的人
575　不能让小孩子赌博
576　不识字记豆腐账
577　不说话打赢官司
579　不再上当
580　才高者命短
583　才女招女婿
584　财主挂匾
586　财主求人写对联
587　馋虫
588　长工打伞送长工
590　长寿坊
594　陈广玉分家留诗
595　吃大片肉
598　吃火烧
599　吃面条
600　吃切糕
602　吃双合饼
602　丑男子订俊媳妇
604　吹牛大王
608　此墙是你祖先堂
609　聪明的媳妇
610　聪明的丫鬟（一）

611	聪明的丫鬟（二）	679	风流诗案
614	崔二的故事（一）	681	爱拍马屁人
617	崔二的故事（二）	682	夫妻嬉戏
620	打肿脸充胖子	683	夫人属牛
622	大骗子手	683	府尹断服毒案
629	大嘴姑娘找婆家	685	父子通信
629	当兵的吃切糕	686	改对联
630	捣蛋鬼	687	哥俩儿威震旅店
633	盗墓遇"鬼"	689	哥仨分兔子
635	坟内借火	690	隔门望见儿抱孙
636	弟替姐出嫁	691	给店家买驴
639	丁老爷的儿媳妇	693	更夫梦匪救主人
641	耿先生下反药治好病人	694	公婆告儿媳不生
646	王先生下错药	697	姑老爷带孩子报喜
649	董二力降工头	698	古庙对诗
651	洞房认父	699	刮地皮的官
653	洞房认义女，黑狗护婴儿	700	财神爷自述
659	逗瞎子小孩	700	关公二郎神
664	儿子学乖给丈人办寿	701	光棍闯局压三
668	放鹰的媳妇	702	光棍看牌要火
672	分家产（一）	703	害人如害己
675	分家产（二）	707	好马救主人
678	分家吃散伙饭	709	好事增寿

711	小偷	770	交白卷中状元
712	横日挂金钩	776	骄傲的神弓手
713	红胡子老二哥	778	教书先生写名字
716	屈死鬼	779	姐妹易嫁
720	肇知县认义女	787	借女吊孝
724	知县当小偷	792	金家坟聂家看
731	红蜘蛛与绿翡翠	793	酒鬼
740	后娘胜亲娘	794	"酒鬼"的来历
745	胡大印装神审游仙图	795	酒后不哈腰
748	坏木匠和坏瓦匠	797	举人对二妻
749	荒年变丰年	798	看坟茔地
750	黄耳狗两次救主	800	看下部
752	义犬（一）	801	康百万比不上李八沟
753	义犬（二）	803	磕巴捡豆腐
754	机灵的小偷	804	空城计失灵
754	鸡肚皮不如鸭肚皮	806	哭大头儿子
756	鸡叫三声	808	老裴家起来了
757	假行家开药店	809	老秋莲
759	假行家看坟茔地坑了自己	814	老师吃饼对诗
760	简妙的造酒法	816	老王太太抓胡匪
761	见吃的话多	818	老翁挂匾
762	箭箭不离腚	819	老于头救逃兵
767	将计就计摔古董	820	老于头死鱼腹

821	老员外不识字出笑话	870	路遥知马力（一）
822	老丈人办寿（一）	877	路遥知马力（二）
825	老丈人办寿（二）	881	卖柴遇骗
826	老丈人办寿（三）	882	卖画的添一笔不值钱
827	老丈人办寿（四）	884	卖木头吃饭
828	老丈人办寿（五）	885	卖肉老王
829	老丈人办寿（六）	886	没爱情的人
830	雷殛坏学生	887	门对青山绿更多
832	兄弟对诗	888	门联藏谜
834	李半仙成名	889	蜜蜂记
839	李府卖粮遇强盗	897	拿袜子打人
844	李员外和刘员外	898	男装女出嫁
845	两不该贪	900	尼姑背醉壶
848	两好合一好	901	尼姑还俗
852	量心	902	女的放鹰裁衣服
854	辽河边认义女	903	女的放鹰扔戒指
855	偷方糖	904	女的放鹰屋里空
857	烈女报仇（一）	907	怕考
860	烈女报仇（二）	909	怕老婆（一）
865	猎人打野猪	910	怕老婆（二）
866	猎人机智打狼	911	怕老婆（三）
867	刘三戏猴	912	怕老婆出奇
868	六亲不认	912	拍花的

913	刨风根儿	955	三姑老爷上寿
915	喷钱兽	957	三个近视眼
916	骗不孝子（一）	960	三忍救妻女
918	骗不孝子（二）	963	傻姑爷捉丑
920	骗子手老王	965	傻老婆学舌
923	七活八不活	970	傻子办年货
927	七岁孩子当家	973	傻子卖马
928	千里访知县	975	上行下效
931	抢寡妇	977	烧麻花圈
933	劁母猪误听劁母亲	978	时来易借银千两
934	荞面屁	981	世上哪有脱尘人
936	巧财主	986	叔侄儿结婚
937	巧得匣儿	989	摔王八
938	巧女一封信	991	摔眼镜
939	巧嘴媒人	993	谁更"聪明"
941	妾打贼	994	谁养活我
943	驱匪记	994	说梦话丢钱
944	劝渔翁及早回头	995	死后不赊
946	热的好	996	孙家窝棚范奔娄
946	认小偷做儿子	998	孙子媳妇给爷爷公公拜小
950	赛东坡	999	贪吃的媳妇
952	三个姑老爷给丈人办寿	1000	贪心的伙夫
954	三个姑爷对诗	1002	唐二里打赌

1003	桃花儿认夫	1051	五鬼怕阎王
1011	替夫答对	1054	五湖与四海（一）
1012	天下第一俭	1056	五湖与四海（二）
1013	挑豆种	1058	五马换六羊
1014	铁匠教徒弟	1060	西瓜没熟
1016	偷状元	1061	儿媳妇不叫公爹
1018	村女戏和尚	1062	儿媳妇有才不说酒
1020	王八变水蛇	1064	喜鸟和鸠鸟的对话
1024	王二爷捣蒜两耽误	1067	瞎子偷钱
1026	王二爷装死	1070	先生有病
1027	王货郎用计杀奸夫	1073	贤孝儿媳妇救婆婆
1030	王老大装疯打警察	1074	县官与小孩
1031	王千金下厨房	1076	县太爷神明
1032	王全认子得妻	1077	县太爷雪地买帽子
1035	王生娶麻风女	1079	相字先生
1040	王掌柜的买货存货	1080	小接媳妇
1041	为友报仇	1083	小抠吃鱼
1042	我几时养过你这样的儿子	1084	笑话闹不得
1043	我来也	1087	写春联出笑话
1046	我是老虎	1088	新船配新篙
1047	我也凉快凉快去	1090	新儿媳妇当家过荒年
1048	乌纱帽越多越好	1093	兄弟变心
1049	五个鸡蛋	1095	修桥补路双眼瞎

1098	秀才当小偷	1147	有缘千里来相会
1100	秀才请客	1149	于阁老难堪
1101	绣楼会	1150	御史夫人施妙计
1107	徐家的裤腰带	1152	宰相肚子能行船
1107	徐破帽子包银币	1154	炸活人脑袋
1109	选女婿认十个字	1157	张大力
1110	丫鬟戏老先生	1158	张生学戏法得妻
1112	眼不见为净	1161	张生装鬼吓李生
1113	爻卦先生也骗人	1164	张先生治病
1115	叶马台张	1167	找哥哥当兵
1117	夜不留门	1169	肇知县请客
1118	一百两银子	1171	知人知面不知心
1119	一寸佳人	1173	知足堂前戏腊梅
1121	一袋烟丧命	1178	种地得金印
1122	一个烟荷包	1180	周仓怒斩四龟
1124	一壶酒	1181	住店
1126	一计害三贤	1183	狀元掛匾
1131	一句笑话两条人命	1184	审抬筐
1139	一块假银圆		
1141	一匹布做一个裤衩		
1142	一条绝妙的批语		
1143	一物降一物		
1146	有话别和外人讲		

伍

生活故事

八不打

有个女的特别聪明,当时县太爷都知道她是个才女,能作诗对对儿。她家男的呢,是个庄稼人,在农村住。

有这么一天,正赶上女的要回娘家,那时候没有车,就骑毛驴。这男的说:"我送你去吧。"女的那时候都缠足,走山道走不了,就得骑驴去。她骑上毛驴走到半道儿,到一个山坡拐弯的地方,那边来个大轿,是县太爷坐轿来了。这锣鼓一响,她这驴就惊了,这一惊她就顺驴摔下来了,驴就跑了。这男的也没拽住这驴,这驴连尥蹶子带伍的就冲人轿上了,把抬轿的踢了,县太爷就顺着这轿滚出来了。

这县太爷就激[1]了,说:"好,把他抓了,太不像话了,我轿来了不躲,还把驴松开给我撞了。"就把拉驴这庄稼人抓起来了,这女的一看没办法,就跟着去了。

到县太爷那儿了,县太爷就问那男的:"你太不知事了,你拉驴不好好拉着,把驴整跑了,把我还顺轿摔出来了,你说怎么处理吧?今儿我也不冲你别的,就打你八十大板。"

她一听就直眼了,八十大板不打死了嘛!这女的赶忙就跪下了:"大人哪,不能打,不怨我这男的,怨驴啊。"就把怎么不应该打讲了一遍。

县太爷一看,底下有个师爷告诉他:"这个女的就是那才女呀,会作诗,作得好啊!"

"啊,这么办,我也听说你是个才女,会作诗,今天你要说不兴打、不应该打,你就说一说吧,你能说出'八个不打'来,那我就不打他。"

她一听说"八个不打",就说:"那好吧,大人你听听看,我说的对不对。"

"好。"

---

[1] 激:发怒,生气。

她就开说了:"月移角楼更鼓罢,渔翁收网转回家,卖艺儿郎去投宿,飞蛾团团围灯花,院内游仙已停歇,铁匠熄炉去喝茶,猎人山中捆死虎,油匠改行谋生涯,丈夫惊驴碰尊驾,望请大人饶恕他。"

县太爷一看作得好啊,确实是"八不打",这就赦无罪了,让他们回去了。所以这才女从那出名了,这就是"八不打"。

白面鬼

这个故事是讲什么呢?叫白面鬼。

有这么一家,男的挺精明,不过就是岁数大了点儿,有三四十岁。娶了个媳妇岁数小,有二十多岁,比他差十四五岁。这媳妇缺心眼,但总还不服气,自己不承认自个儿是缺心眼。但她不承认不行,因为她干啥啥不行,整饭也不会整,啥也不行。这男的回来还得伺候她,整个一祖宗样儿。

这天,男的回来伤心,就叨咕:"可气呀!咱俩过了这些年日子,那时候三叔、二大爷和几个舅舅,他们在南方住,这过年了咱都没请过席。你说今年咱请请他们几个,弄点儿菜啥的,要不你说太对不住人了。可是你也不会整,你说该怎么办呢?"

媳妇咬着舌头说:"没那回事儿,我还不会整吗?就怕你没那玩意儿!"

男的说:"那好!这么办,咱不整别的,就包点儿饺子吃,还实惠。"

女的说:"好吧!"

这男的就买了一袋面,买了点儿肉回来。回来以后给他媳妇,就说:"给你,你整吧!"

这男的还上班,晚上回来再去请客人,她就在家舞弄上了。

她根本就没和过面,没整过。她把面、肉拿过来之后,一看,没菜板,怎么办呢?往外一瞅,就把外边洗衣裳的大板拿回屋来,撂那儿了,然后就"丁零咔拉、丁零咔拉"地剁,把肉、菜剁得烂七八糟。

弄点儿油吧,也不知道怎么办,反正也就那样把油倒馅儿里。

和面怎么办呢?她想这请五六个客人,这么小的盆能盛下吗?寻思就像和泥一样，就把面倒地下了。面外边用扫帚扫得溜光，还挺干净。扫完之后，就扒拉个坑，转了个圈儿。和泥不是往坑里倒水，然后一和嘛，可她不知道这面跑啊，这水一往面里倒，水就往两边儿冲出来，这哪儿都是淌着和面的水。她一看，这怎么办呢，就把笤帚拿来，"噼里啪啦"地急着扫。这面一扫，笤帚上、地上全是面，她就连手搂带捂的。搂完之后，她没地儿蹭，就往大腿上蹭。

面也和成了，也和了个大坨子。

这时天也黑了，她就说："包吧！"就把面拍打拍打，然后拿擀面杖擀，皮儿擀得厚墩墩儿的。

擀完以后，她就考虑，这怎么个包法儿呢？一合计，哎，干脆我就别包一个，包俩吧！她就包了俩饺子，包了一个大的，一个小的。在包的过程中，这面也糟蹋了几斤，馅儿也就包在里面了。

最后包的馅儿也没剩，面也没剩，包得还挺准，就包了俩饺子。饺子包好之后，用俩锅蒸，大锅蒸大的，小锅蒸小的，她看也挺如意。这就蒸上了。

整完之后，她男的就回来了。到屋一看，就叨咕："哎呀，我的妈呀！这屋怎么整的，咋糟蹋成这样？"

她说啥呢，说："你呀，你真不行，你买的面不好！"

男的说："怎么回事儿呢？"

女的说："你走了南闯了北，买的面不吃水呀！你说这水吧，弄了满地，还漫我的大腿，门后还立了个白面鬼。那扫地的笤帚净是白面，你看这整的！"

男的说："你这还一套一套的，净怨我。你包完没？"

女的说："包完了，包得可好了，立整立整的。馅儿也没剩，面也没剩，正好！"

男的说："你估得还挺准的！"

女的说："啊！"

俩人就烧火，过了一会儿，饺子该熟了，男的揭开锅一看，一个锅就一个饺子。男的说："哎呀，我的妈呀！"

女的说："你看，我是你老婆，你还叫我妈！这饺子包得好，你连妈都不认得了？"

"哎呀！"这男的就打着唉声说，"可气呀！这席怎么请呢，你说吧！"

这火大啊，没过多会儿，饺子就蒸好了。

· 554 ·　　谭振山故事全集/中

蒸好以后，男的说："这么办吧，你就猫起来吧。那你说，二大爷、三叔、舅舅他们进屋来了，一看你这玩意儿整的，那你说我怎么弄个说法？"

女的说："那怎么办呢？"

男的说："你猫外屋，我弄个鸡罩把你扣上。我把他们打发走，就说你没在家，串门去了。我说是我整的，不就完事儿了！我不会整，不怕他们笑话，笑话笑话就拉倒；说是你整的这样的饺子，人还不得笑话死！"

女的说："行啊！"她就蹲外屋，用鸡罩一罩，在上面盖了小盆儿就不吱声了。

这屋小呀，人说话能听到，这媳妇就说："我不吱声，你走吧。"男的就去请客了。

不一会儿，这客人都来了，正好坐满桌。三叔、二大爷来时都饿了，没等端呢，这男的就笑，说："哎呀，二大爷、三叔，让你们见笑了。我们多久没在一起吃饭了，今儿我高兴，寻思着请你们大家吃一顿。可这不凑巧啊，你侄儿媳妇回娘家去了，娘家她妈有毛病，不去不行。她去了没回来，今儿你看这不请不行，我就这样忙活着请你们吧。这饺子是我弄的，我是肉也不会弄，馅儿也不会整，面也不会和，就这样对付着整上了。你看这饺子，我就包了俩，多了没有哇！"说完就把这大饺子、小饺子都预备好，端过去了。

那有大桌子，是一桌弄了一个，男的说："你们就拿着吃吧！"又把刀拿过去了。大伙一看，就哈哈大笑起来，说："太好了，这饺子太大了，这样吃好啊！"

有个叔爱说笑话，就说："小子，这饺子包得不错，我和他们一辈子没吃过这样的饺子。这饺子太好了，太大了，太好吃了！"

这边怎么呢，这媳妇就顺着鸡罩钻出来了，一拍大腿，就跟她男的说："你还别逗能耐！这饺子是我包的，哪是你包的，你别领功，那是我包的！"

大伙一看，她这可身上都是面呀。男的说："得了，你拉倒吧！"男的是哭不得，笑不得呀，又说："你回去吧！"

女的就回去了，还说："不是别的，你别领功了，这是我的功劳！"

你看，就这样的媳妇。

伍　生活故事

半拉子摸金锭

有这么一个半拉子,他给人家做活儿,这个东家也好,打头的人也好,老是巧使唤人家,干活儿干的是整人的活儿,给人家半拉儿钱。这一天啥活儿也没少干,铲地也割一根儿垄,到了十六七岁也不给涨钱,人家要是挣五袋儿粮,给他也就四袋儿粮,给他少了不少。

这天正忙着铲地呢,他就提这事儿,说:"我这不够整个人,怎么事儿呢?"东家也在那地里呢,东家站下了就笑,说:"你还别那么说,你干啥也不行!你要是能行我就给你整人了。"

他说:"干啥行?我什么都行!"

东家说:"那行,这么办!那边儿来个女的,骑马的,你要是敢摸摸她脚去就行!你要是摸摸她脚或者把她拽下来,回来我就给你整人!"

大伙儿说:"好!你听着没?这不东家说了嘛,你就去吧!"

他说:"这么办!我要是摸摸她脚,你就给我整人钱。"

东家说:"对啊,你去吧!"

他说:"好!"他就去了。

那女的在那地头儿挺远的呀,他们在这边儿铲地啊!他就跑那头儿去了,跑过去一摆手,正是一个大姑娘骑马,那长得挺漂亮。到那儿一看,一个十五六岁儿的小子,就站下了,说:"有事儿啊你?"

他说:"不是别的,大姐,我和你说一下子,俺们在那旮旯儿嘎个东[1],说你骑这马镫儿是什么的。我说是铜的铁的,他们说是木头的,还有说是锡镍片的,我来看看是铜的是金的?"

她说:"哪有金的?这都是铜镫儿铁镫儿。"

他说:"大姐,我看看,究竟是什么镫儿?"

她说:"那好吧!你过来看吧!"

他到那儿把镫儿就抄起来了,那姑娘脚也没拿出来啊,他看镫儿哪!这离远儿一

---

[1] 嘎个东:嘎东,打赌。

看，在那旮旯儿真摸脚哪！他看了一会儿，说："那好！大姐，你请吧！"这一伸手，这女的就骑马走了。

半拉子回去一说："咋样儿？我倒是摸着脚了吧！这回你给我整工钱不？"

这回这个东家没办法，给他开的整工钱。

鲍奶奶的枕头

这个故事就是说啊，人在世界上，都要互相体贴、互相照顾。

有这么一个老太太，她在过去，她男的当过官儿，是鲍二爷，她是鲍奶奶、鲍太太。一晃儿，老头儿死了以后，这个老太太就自己伺候自己，啥人也没有。

傍拉住个谁呢？傍拉住一个老王家，老王家的小姑娘挺好。叫小凤儿，十二三岁儿了，没事儿就过去，去了就喊："奶奶好，奶奶好！"这老太太就答应她。她到了那儿，没事儿就给老太太梳个头啦，帮着洗洗脸啦，照顾照顾这老太太，对老太太可好了，老太太对这个小凤儿印象挺好挺好的。

一天天这日子长了，这老太太就整不了饭了。小凤儿就说："我帮你整。"这小凤儿就帮着整饭，帮着做菜，净是她的事儿。

这鲍奶奶有没有家属？有家属，其实她就是没有儿子，侄儿、侄女一大帮，谁也不来，没人儿理她。

你看她男的以前当官儿的，那时候行，都来。现在光杆溜滑的，一个穷老太太，就没人去了。就一个穷老太太，一个屋一瞅啥也没有，就是一床破被、破枕头。

老太太没事儿就黑天枕着枕头，白天就抱个枕头。黑天了枕着枕头好趴着休息，白天她胃不好，往肚子这儿一整，就把枕头往胃这儿一抱，一坐。这个小凤儿就说了："鲍奶奶，你这枕头是黑天、白天都能用上啊。"

奶奶说："我不能离这个枕头啊。全仗着这个枕头，白天顶着胃、顶着肚子，黑了我就枕着。"

一晃儿，经过半年多、一年多了。老太太就有病了，这有病之后，这小孩儿就殷勤得邪乎，到时候就过来。

小凤儿的爹爹、妈妈也不错,说:"你好好照顾她吧。你是个小孩儿,原先这个老奶奶对你也不错,你和她挺近便的,你就去照顾她去吧,就在那儿待着吧。"

后来时间长了怎么样啊?小凤儿就不离开那儿了,说:"我就黑天在这儿伺候你吧。黑夜里不行,你就一个老太太,你再摔地下,你自己都起不来啊。"

鲍奶奶一听,心里就不安了,说:"那哪儿行?我这儿穷得叮当,啥也没有,就将就能活。"

小凤儿就说:"那不要紧,实在没有米啊面啊,我给你整碗汤。"小凤儿回家还端碗面,就整点儿面汤,处得就是这么近,近得邪乎。

别人就有舆论,有的说:"这是个傻孩子,傻丫头!就这么样地伺候她!"

一晃儿,过去有半年多了,老太太就病了。这回真的是病得邪乎,动都动不了了,吃也吃不进去了。

老太太一看真不行了,就把小凤儿叫傍拉来了,说:"凤儿啊,我要不行了!你把你妈找来,我和她说儿句话。"

这小凤儿就把她妈也找来了,都在傍拉住着,街坊邻居的也找去了。

她就说:"凤儿啊,我挺稀罕你。你一口一个鲍奶奶,鲍奶奶,我就认你当干孙女儿吧。这么办吧,我死之后,别的玩意儿也没有,这房子就归你们,你们一归拢就完事儿。小破屋也不值啥钱,你们收拾收拾。"

她对小凤儿说:"你伺候我一回啊,我没别的给你啊。我没有纪念的东西,我黑夜白天地抱这个枕头,就是黑天睡觉的这个枕头啊,你把这个枕头拿去吧,做个纪念吧。拆巴拆巴留着你枕。"

小凤儿说:"那好,我就不能离这枕头。我天天守着它,就像看到鲍奶奶一样。"小凤儿就哭了。

鲍奶奶说:"别哭,别哭。"说完之后,第二天就死了。

死了以后,单表小凤儿。真那样,把东西都收拾完了,就拆这个枕头。

她妈就说:"这破枕头别要了。"

她说:"不,鲍奶奶黑天白天守着,我不扔。我把它拆了,拆完之后我就做纪念,我得留着它呢,我以后嫁人还要带着它呢。"

她妈就说:"这孩子啊!"

小凤儿就在这儿拆,拆完之后,看见里边有一个小红包。

"哎呀！"她就说，"这出奇啊！这怎么有一个用红布包的小包儿呢？"打开一看，干脆都是黄的，是黄金。净是金疙瘩、金宝儿。

那时候就相当值钱了！不像现在，那时候是少。现在都能值个五十万、八十万的。这里面有这么多的钱！

她就告诉她妈，她妈说："哎呀，看来这是鲍奶奶特意给你的一个枕头，怪不得她不离开这枕头，黑天白天的。"她妈又说，"这么办吧，咱们把鲍奶奶的坟茔好好葬一葬。"

这下子就把这个坟茔弄成个大坟茔，上面栽的树，雕刻的像也特别像。

鲍奶奶也没什么亲人，净是远房的侄儿、侄女。他们就说："这么办吧，咱们今后，没有别的，逢年过节给老太太上个香，到这儿来给上个坟，全是俺们的事儿，你呢就和亲孙女儿一样。"

小凤儿就说："那太好了！"

从那以后，鲍奶奶的这个枕头就值钱了。鲍奶奶的这个枕头，就是这个跟着她的小孩儿得利了。

保媒的两头瞒

有这么个保媒的，这老张头一辈子专保媒，高媒也能保、低媒也能保，一般订不了媳妇的、有点毛病的，都找他去。

有一家有个小子，没鼻子，让疳把鼻子吃去半截，就订不上媳妇。十八九岁了，家过得也不错，他爹就说："怎么办呢？就得托老张头去，他能保媒能白话啊。"

儿子说："好吧！"

这他爹就去了，到那儿跟老张头说："你给想想办法，小孩有点毛病，俺们宁可多花俩钱，不能让你白跑，完事了好好谢你。"

老张头说："什么毛病啊？"

这小子他爹就说了："就是鼻子出疳哪，把鼻子吃掉了，没鼻子，现在也长平了，硌碜点儿，过日子、作风哪儿都行。"

伍　生活故事

老张头说:"好,那行,你等着吧!"

这正合计谁家行呢,正好有家托他保媒,姑娘是个哑巴。这家的就跟他说:"这么办,你保妥之后俺们必有重谢,俺们这是个哑巴。"就把具体情况跟他一说。

老张头说:"那好!"他三保两保就给保妥了。就跟这姑娘家说:"那头有个老王家,有个小子哪儿都不错,就是家不太富裕,眼下没啥。"

姑娘家说:"那不要紧,眼下没啥也行,慢慢就好了。"

老张头说:"行,就这么的。"

他到小子那儿告诉人家:"这姑娘言语迟点。"

这小子他爹说:"啊,那言语迟,迟呗,不要紧,能过日子就行呗,言语迟点怕啥,咱也不让她唱戏、当说客去,不要紧!"

老张头说:"那好!"这就订妥了,双方也没相看,就订下结婚的日子了。彩礼他都给过去了,给他一部分好处,他两头落好处。

结婚那天,拜完天地入洞房了,一看直眼了。这小子也哭,这姑娘也哭,俩人都不愿意,就把媒人找来了,大伙儿就问他。这老张头说:"不怨我,我告诉过你的呀,我是不是说他眼下没啥,就没鼻子;我说她姑娘言语迟,她不会说话,不言语迟嘛,没告诉你吗?"这俩人一听,直眼了,所以俩人也就把婚结了。

所以说当媒人两头瞒,就瞒得这么好。

报应

报应循环,这玩意儿早晚要到,要不说人还得做好事儿。

有这么一个摆船的,就他自己,还带着个老伴儿。他到三十五六岁了也没有个儿女,老伴儿没生孩子。

这天,这男的摆船时正好遇到一个进京科考的公子。这公子骑着高头大马,到河边这旮儿就下马了。

这摆船的摆的不是大船,是小船。这小船能拉两三个人。

一看,这马上不来呀,摆船的就说:"这么办,马也能上来,你不用着急。我把你先摆过去，再给你把马遛过来。这儿水不太深。"

公子说："那好吧！"

摆船的说："这么办，你先等着，我先遛马。"说完把船搁这边，他就把马给他顺着河流拉过去了。

这水没腰深，马也会浮，他把马拉过去，就给拴树上了，他就又过来了。

摆船的说："我把马拉过去，给你拴树上了，我再摆你！"

公子说："行哪，挺好！"

摆船的一看，这公子把褥套子搬上来了，那进京科考是要带钱的，这公子有钱哪，岸上还有马，他就想："这笔财可不少哇，这我要把它得了之后，我这半辈子就不用摆船了。"他就越寻思越高兴。

走到河滩地当中，他这一摆船，"啪"一船竿子，一拨，这书呆子哪懂那事儿，敲几竿子就把他打到河里了。

这公子掉到河里，那河水一人深哪，他一翻身没翻过来，摆船的拿竿子一杵，就把他杵河里去了。这公子在那旮旯儿喝了几口汤（河水），就淹死了。

公子淹死之后，这摆船的就把船摆上岸，让马驮着他回家了。

回家后，他告诉老伴儿说："这回妥了，啥也不用做了！"

老伴儿问这怎么回事儿，他一说，老伴儿就说："你这可真不对呀，这事儿干得太缺德了。咱没儿子、没女儿就够缺德了，你现在怎么干这事儿呢？"

他说："已经这么办了，下次不干就行了！"

他俩一看，黄金连白银能有好几十两呢！这就妥了，这日子就过得不错了。后来，连买房带买地的，过得挺好，从那以后，这男的就不摆船了。

正好该然哪，没有一年的工夫，老太太怀孕了。你看这老太太，早没怀孕，三十五六岁倒怀孕了，后来就生了个大白胖小子，挺好的。

老头乐坏了，说："看起来什么报应循环哪，我不得这马，我还养活不起这孩子呢！这回就能把这孩子养活起了，挺好！"

这两口子就连稀罕带抱地将养这孩子。

一晃，这孩子到多大呢？到八九岁了。可这孩子就是哭闹。闹怎么办呢？他爹一哄他，他就专打他爹嘴巴子，一打嘴巴子他就不哭。这孩子一哭，老太太就跟老头说："你过来，让他打俩嘴巴子吧，他爱听响儿。"老头就过来"啪啪"地敲嘴巴子，这孩子就不哭了。这方法还真不错!

一晃,孩子大了,到十五六岁了,念书了也那样。一念书回来,就先揍他爹俩嘴巴子,要不他就不行呀,他说:"我心里难受,非打两下不行!"

哎呀,这打得没有办法了。那小子都到十六七岁了,这老头也伤心,就说:"这怎么回事儿呢?这专打我嘴巴子!"他心里一合计,说:"哎,我这也想不了,我有一个老朋友,是个老和尚。这老和尚在庙里挺会算,我去爻一卦!"他就去了。

他去了之后,老和尚说:"哎呀,你咋来我这儿了,王掌柜的?"

他就说:"不是别的,我有一个孩子,不太省心哪!从小我就惯这孩子打我嘴巴子,大了还打。现在他从学校回来之后,还得打我俩嘴巴子,他才稳当,要不他觉也不睡,睡觉之前也打我俩嘴巴子。一天我这嘴巴子准得挨十个、二十个的!"

老和尚一听,说:"我给你算算!"老和尚就给他算。

一算就算出来了,老和尚就点头说:"嗯,是这样!"老和尚有半神之体,能告诉他就算不错了。老和尚说:"你回去之后问问他,说'你为什么只打父?'问他为何打你。"

老头说:"那好吧!"就回去了。

回家之后,他儿子又打他。他就喊这孩子,说:"你站起来,我问你,你为什么只打父?"

小孩儿说:"啊!你想想,十八年以前把船渡,金银财宝全归你,所以你今天才暴富!"

他一听,心想,"哎呀,我的妈呀,这把底儿兜出来了!十八年以前把船渡,把人给害了,占了人家的金银财宝,所以我今天才暴富,成暴发户了"。

老头一听,说:"我今天就打死你拉倒!"

老太太一听,也伤心哪,说:"你这孩子!他做了坏事,你这托生成'拍子'了,这个死人,这糟不糟呀!"

老头喝点酒,一合计,拉倒吧!就到房子的后院,自己吊死了。

没法儿了,最后老太太领着孩子过的晚年。

老头死,是他自己没法活了,要不天天挨打。

要不说,报应循环了不得,这就是报应。

背女过河

这有一个姓王的学生,叫王升,他是十七八岁的念私学的学生,小孩儿念书挺好,这天放假了,他就在街上溜达。溜达到哪儿了呢?溜达到蔓地里有个山旁,到山旁那旮儿他就溜达到带弯儿的地方。

到弯儿上有一条小河,就听见河边有一个女的哭,他说哪一个十七八岁的姑娘哭呢?紧走两步到傍拉一看,那是个南北淌水河,不涨没多少水,几步就过去,这回涨水了,起码都能没哪儿呢?都能没大腿根儿以上深,那水"哗哗"地滚多高起来的,河淌得特别紧。

一看那女的在那儿哭,他寻思这么哭是怎么事儿呢?他也心挺软,就走傍拉去,说:"这位大姐,有什么难隐的事这么哭呢,让你这么悲痛呢?在这哭一个人没有,要是有狼有虎的不就把你吓着了吗?"

她说:"唉!你不知道啊兄弟,我上我姨那儿串门去了,我妈有病了,叫我回去看我妈去。我走这旮儿河边涨水了,我过不去了,这么大的水我一个女的哪敢过啊!我怕淹着所以过不去了,这水多急啊!"

"哦!原来差这么点儿事儿啊!"这学生寻思怎么办呢?瞅半天看转圈儿都没有人儿,那时候男女授受不亲,不像现在!他说:"这么办!大姐,反正也没人儿瞅着,咱们都是正人,我背你!把你背过去得了,省得你妈有病你也着急。"

女的说:"能行吗?"

"那有啥不行的?"

"好!那就这么的,你要背就背我受回苦吧!"

这女的起来了,那时候都穿那大布衫儿!这小伙子把大布衫儿挽巴挽巴,在身上绑上点儿,裤子撸上来就下水了。这姑娘就趴在这男的身上,他拽她手就背着她。河水挺深哪!就背她一步一步走,正走当间儿,该然哪!正东边过去几个人,谁呢?有他老师,这老师看着了。一看那不王升吗?我学生!怎么还背着一个大姑娘呢?这也太不像话了,男女授受不亲。过去不用说背呀、手拉手,就是袖子碰了下都得私解,这你还背呀!你连着上面脑袋挨脑袋,这像样吗?就不乐意了,不愿意也没吱声儿。看得挺明白,就回学校了。

到第二天上学了,念完书就问他:"王升,你起来!你昨天干啥了?"

王升起来说:"没干啥啊?"

"你说一说吧!我看着了,在河里你背谁了?"

他一寻思,哎呀!老师知道了。他头低下去了,后儿说:"我背一个姑娘。"

"为啥要你来背人家?这么样吧,你根据你昨个情况作首诗,你要能作好我就不处分你,这首诗把情况说详细了,不用太长,八句话说好就行。"

"好了,老师我作。"

这八句诗他作的是:

"民女河边叹急流,郎袍化作渡人舟。手掐先问挽跪走,上有龙头对凤头。一朵鲜花垂人背,私问春色满黄洲。轻轻放在芦沙岸,默默无言各自羞。"

他那意思是,民女在那儿哭因为水淌得紧嘛,她不敢走。我是背她了,但有大布衫儿隔着呢!大布衫儿像条船似的。我是背她不错,上边手掐她手,脑袋挨她脑袋,瞅着是不大好看,人家女的一朵鲜花我背她能没有情吗?但我实在不是那样儿。最后怎么样呢?到过了岸我就把她轻轻放在大沙滩上了。我俩连个话都没说,她也含羞我也含羞,俺俩脸一红就各走各的路了。

老师一看,这人正哪!"算你无罪吧!"

笨人念书

这个故事叫什么呢?叫笨人念书。就是说人笨哪,不一样,你怎么教,他也笨,没办法。

有个员外,他家里过得不错,但他儿子笨。没办法,他就专门请个老师教他儿子念书。这老师姓李,叫李浩年。这李老头教书教得特别好,他老说:"哪有教不了的,费点工夫吧!"他不服气,就到这员外家教书来了。

这李浩年来这儿多长时间了?半个来月了。他一开始教《百家姓》,可这老员外的儿子连"赵钱孙李"这四个字都记不住,"赵钱孙李"教一遍忘了,教一遍忘了,就是记不住,就是不认得,把这老师气得。这怎么办呢?李浩年就一个字一个字地教。

这天咋呢？正赶上半个来月，人家老员外家来客人了，姑老爷来他家串门了。李浩年一看，这小伙子一个字都不认得，回去说不过去呀！这怎么办呢？他就把这小伙单找过来，给他吃小灶，说："你来，我教你！这么办吧，你知不知道你家西边傍拉那家姓啥？"

小伙立马说："姓赵哇！"

李浩年说："你还答得挺痛快，你要忘了这'赵'字，你就想想西边那家姓啥，就是'赵'。"

小伙又说了："老赵家穷，没钱，净上我家借钱！"

李浩年一听，说："对！你记住'钱'就行了，你们有钱，他们没钱。'赵钱'，记住没？"

小伙说："哦，老赵借我们钱！"

李浩年说："你记住，头一个是姓'赵'，老赵家，你就想起来了；二呢，你想他们老跟你们借钱，你就想起来'钱'了！"

小伙说："那有办法了！"

要教"孙"字了，李浩年就说："你要是记不住'孙'字，你就想想你是你爷爷的什么？"

小伙说："我是我爷爷的孙子。"

李浩年说："那对呀，你是你爷爷的孙子，你就记住这'孙'字，记住没？"

小伙说："记住了，我是我爷爷的孙子。"

李浩年说："你记住我姓啥没，我姓李，叫李浩年。"

小伙说："对呀，老师叫李浩年，我记住了！"

之后，他教了一遍又一遍，这小伙真记得不错了。

第二天，在酒宴间，人家客人也来了，老师答应要上座陪客人呀！大伙儿就连喝酒带聊，这员外就问李浩年，儿子的《百家姓》学得怎么样了。

李浩年说："也记住点儿，记住了'赵钱孙李'。"

这员外就对他儿子说："这么办吧，你把这四个字给我写写！"

李浩年就跟员外儿子说："这么办，我写你念吧！"说完，李浩年就把"赵钱孙李"这四个字给写下来了。

伍 生活故事

· 565 ·

小伙瞅了半天，见老师往西边一指，意思就是说西边老赵家，小伙说："啊，我知道了！老赵家借俺们钱，西边的姓赵，借俺们钱。"

李浩年一听也对，有姓钱。接着小伙又说了："我爷爷的孙子李浩年。"

这大伙儿一听都笑了。李浩年说："你这小伙果真不能教了！"

这就是笨人念书。

笨学生铁镬

有个笨学生，家过得不错，请个老师来。这学生就是笨得邪乎，教一遍不会，教两遍也不会。没办法，这个老师也愁，就问这个学生："你姓什么？"

"姓铁。"

"你把这个'铁'字先练练。"

"不会写。"

老师就教他"铁"字，左一遍写也记不住，右一遍写也记不住。正好这学生家请老师吃饭，老师一看这怎么办，到时候人家问，也不能说一个字不认得，我教半个月没认得一个字，这姓都不认得，也不是那么回事呀。这么办吧，就告诉那学生："你来，我给你拿个样子。"就拿了个铁镬。

"认住我拿的这个，你要记不住这个'铁'字，你看这不有铁吗？"

"对，我记住了。"

"你姓什么？"

学生一瞅："铁。"

啊，这算记住了。"到那儿我就写你这个姓，你说念'铁'，就能把你爹充过去。"

等到吃饭的时候，饭也吃完了，酒也喝好了，这先生就唠叨："怎么办呢，你这学生可费劲了，我都教了半个多月，没认几个字，就把你这'铁'字认住了。"

"那也行啊，能把姓认住也不差，有功劳啊。来吧，你给写一个，看他认不认识吧？"

这先生就写个"铁"字，写得挺大，搁那儿了。

"你念念！"

他到那儿一看直眼了，不认得。

"念啥呀？"

"不认得了。"

先生说："你好好想想！"没办法，就顺兜里把铁镬拿出来，搁手比画："你看这不是？"

"啊！"他一听着急了，"这我认得，老师，这念'铁镬'。"

这可好嘛，这姓。

"一个字！"

"一个字，念'镬'！"

哎呀，老师一听："我的先生啊，行了，你拉倒吧，你回去吧，你这学生我也不能教了，我也不挣你的钱了，咱俩各奔前程吧。"

从那以后，这先生书也不教了，这学生也不上学了。

川三不分

有这么一个老先生，在员外家教书。这个老员外有个儿子，能笨到极点！就怎么教他也不会，那没有办法啊，教啥他也不懂！

老先生就开始教，他说："这么办，我先教你念，后教写。"念啥呢？"赵钱孙李，周吴郑王"，老先生就告诉他了，后来又教他说："冯陈褚卫，蒋沈韩杨……顾孟平黄"，就教这几个百家姓的字儿。

他就能记住"赵钱孙李，周吴郑王"，到这"顾孟平黄"啊，他就记不住了。不管老师怎么教，他是记不住一点儿呀，"顾孟平黄"，他一念，就老磨叽"平房"。老师说："哪儿有那个句儿啊？"完就寻思：这事儿怎么办呢？这么办，你这个书也不用念了，我就教你写几个字儿吧！"

就教他写字儿。头一天教他写啥呢？写"一"字儿。这小孩儿也学写啊，在书上写："一、一……"

伍 生活故事

老师说:"一,记住没?"

学生说:"一。"就记住"一"了。

"一"写完之后,老师一考虑,就告诉他说:"这么办,写'三'!"

他就写"三","一二三、一二三……"就写这几个字儿。

单说谁呢?单说他家那天正赶请客,这个老员外过生日,不少朋友都上这儿贺喜来了。客都来了,老员外也觉得挺高兴,说:"这么办吧,叫我儿子过来,他十多岁了,也懂点儿书,就领过来见见大伙儿,给大伙儿行个礼!"

这老先生就在傍拉儿待着呢,没来以前先生就告诉他:"我教你写个字儿,就写这个'三'字儿。"他记住了,不说。

单表什么呢?单表这个"三"字儿加上这个"一"字儿他全都记住了,"二"他记不住,不知几横,糊里巴涂的。这天来了,他爹一看,就和大伙儿说:"俺们学生啊,念了一年书了,先生教得也不错,眼目前儿的也能写点儿。"这爹还夸了夸他儿子。

大伙儿说:"这么办,孩子给写写吧!"

老先生说:"这么办,你不用写别的,你就写'一二三四'当中的'一''三'就行!"

他寻思半天,说:"我不能写,你们写我念还行!"

"那好!"没有别的能写呀,老师就在地下整个棍子,拿过来没由分说,心一寻思,一划拉,就写个"一"。

他摇摇脑袋说:"不认得!"

"你怎么不认得了呢?"他老师小声儿说,"那不'一'吗?"

他说:"不,这'一'才几天呀,脸都长那么大了?我念那时候它还小啊,这家伙这几天怎么都这么长了呢?它长个儿了,那还念'一'吗?"

老师一看,真气透了:你这是什么玩意儿?!老师顺笔就写了那么个"川"字儿,这"川"字儿也教过他,他也学了。老师说:"你看这念啥吧?念什么玩意儿?"

他瞅了半天,说:"老师啊,这个字儿我可不认得,要横着写我认得,念'三',这现在立起来了,我就不知念啥了?"

老师一看,说:"你呀,你呀,真也是,这不是你的名儿吗?你不叫'李大川'吗?"

他一听，说："老师啊，今后你就给我改名儿叫'李大三'吧，就不叫'川'了，我根本就不认得。"

"这学生算完了！"这老师一看就和他说，"得了，行了，你下去吧，下去吧！"把他喊下去了。

要不说遇到笨学生，那是真没章程了，怎么教怎么不会。这老师从那以后也弃行了，不干了。

比大胆

有这么两个人，老因为比谁胆子大，好互相闹笑话，一个张大胆，一个李大胆。这个张大胆说："你胆子大？我胆子大，你不行。"

李大胆说："这么办，你要胆子大的话，昨晚咱街上死个老头，在南面放着，正赶上'土王用事'没埋，在棺材里装着，白茬棺材就那么盖着。你到那儿去不用别的，你就把这棺材盖儿揭去之后，敢喂他几口饭就行。"

他一看，喂饭，说："好，那行！"

"你去可是去，那你去的时候得留下点儿标记啊。"

"行啊，我有标记，我把我这衣裳扔他身上，给他盖上，你就知道我去了。"

"那行，你可别吓着啊，吓着可别怨我。"

"不怕，我胆子大！"

到晚上了不说，他就去了。张大胆自己拿一碗饭，拿点儿菜，另外，他爱嗑毛嗑[1]，整点儿毛嗑揣着，留着自己嗑。正好半夜还有月亮，他到那儿把棺材盖慢慢揭开了，死的这老头姓李，他就说："老李头啊，你死了之后啊，我来给你做个伴儿，到这儿喂喂你，你看你饿没饿，我这带着毛嗑呢，能嗑你就嗑点儿。"

他一看嘴张着呢，说："哎，我给你拨点饭吧。"拨点饭一看，老头"吧唧吧唧"咽下去了，他一看这家伙真吃呀！

1　毛嗑：瓜子。

给毛嗑放嘴上了，这死人说话了："这没剥皮。"

这吓得他一嗓子喊出来了："我的妈呀，可了不得！"

这还说话呢，还喊着："还来！"

他吓得扯屁股就蹽[1]了，哪有这样的鬼，可了不得，真邪乎啊，吓得跑家去了。到家之后，自己躺炕上寻思：可了不得，确实输了，戗不住人家，我胆子还是不行。

晚上李大胆去看望他了，说："你去没去呀？"

"怎么没去呢，我去喂他了，还嗑毛嗑了呢。"

李大胆说："你害怕没？"

"我没害怕。"这还不嫌砢碜呢。

"没跑啊？"

"不跑啥，吓得我跑家去了，还不跑呢。"

"你呀，算输了。我告诉你个事，不用害怕，那就是我昨晚去了，把那死人㧅[2]出去了，我趴下了，我吃你饭菜、毛嗑的。你这叫胆子？"

张大胆说："得了，搁这以后你是大哥，我是兄弟，我没你胆子大。"

这不没比过人家。

杯弓蛇影

有这么一家人家，日子过得还不错，老先生岁数不大，也就三十多岁，自己没事儿就好喝点儿酒。

这天正赶上夏天，开窗亮阁的，他一喝喝到天黑点灯了，还喝。女的给他倒上酒，男的拿上酒一喝，觉得这酒里有像小长虫似的东西，他没理会就喝进去了。喝完之后嗓子一噎的工夫，他说："哎呀，是不是长虫喝嘴里去了？"他内心就觉得有长虫存在。

---

1 蹽：溜走。
2 㧅：从一侧或一端托起重物。

从那以后,他的身体就完了,渐渐瘦,吃药也不见好,到哪儿一说就是有长虫。那时候也没有别的方法,人家汉医一看,就说吃驱毒药吧,他就吃驱毒药。可是越吃越大发,也不见好。

最后一晃到一年多了,眼瞅着离死不远了,他有个姑舅大爷,大爷是个有文化的人,还是个大夫,一提这事儿,大爷就问他:"你看到长虫没有?"

他说:"我看到了,我还喝进去了。一晃就和小长虫似的。"

"你在哪儿喝的?"

"就在这旮旯喝的。"大爷就抬头瞅,瞅半天一看上头挂个弓,那个灯光那么一晃,大爷有知识啊,就明白了。大爷就说:"今晚儿我也来喝,你来看看。"

侄儿说:"好吧!"

到晚上了,侄儿陪着大爷坐那儿,就说:"我还喝着药,我不能喝,喝两盅就完事儿。"

"那行,不用喝也行。"大爷就把酒倒好之后,看了一下灯的工夫,就说:"你来看看,是这个影儿不?"

"啊,是啊!怎么还有长虫呢?"

"你看看墙上那弓。"

他抬头一看:"哎呀!"大爷说:"那弓的影儿啊照里头了,哪儿有长虫啊!你自己心病,搁这儿之后你别寻思别的了,你就寻思这弓影就完事儿了,你这完全是杯弓蛇影!你急速天天儿吃点儿药就好了。"

搁那他侄儿信他大爷话,就吃点儿顺当药,自己心也不疑了,身体也渐渐好了,要不说病这玩意儿准得心别疑呢,最后两口子就过上团圆日子了。

要不说杯弓蛇影留到最后成了一个谚语似的,所以人这玩意儿哪儿病都得自己养,得自己治,你别寻思这个,寻思那个的,都是白扯!

别砍虎皮

有这么个老财迷,爱财如命,舍不得吃、舍不得穿。老头五六十岁了,也上山干点活儿，有个儿子，儿子都不干。儿子会武术，枪棍剑戟都会耍，家过得不错。

这天正赶老头上山，叫老虎给看见了，儿子在山下呢。他吓得一伸手，老虎就把他叼起来了，叼着后面的腰带，要吃他。这老头就喊，这个虎就跑啊！儿子拿着弓箭、拿着刀，就撵上了。

撵上别住虎之后，虎就叼不得劲了，他就用刀要砍。他一砍，老头就告诉儿子说："儿子，你可别把虎皮砍坏了，虎皮值钱啊，你把它逮住值钱啊，砍完虎皮怎么办？"

儿子说："老虎叼着你呢。"

老头说："叼我没事。疼点不要紧，它一口两口吃不进去。你别把虎皮伤着就行啊。"

这个财迷为张虎皮，连命都不在乎。

卜者子

有这么一个算卜的先生，他儿子也跟着学，儿子小，不大，十几岁，挺精明。他爹就寻思测验儿子怎么样。

这天正赶上下小雨，就来个男的紧跑，到屋就说："给我爻一卦，我家有病人，看这病人能不能好。"

老算命先生就告诉孩子说："你给看看、相相。"

孩子一看，说："好！根据情况，我相，你看对不对，老大爷。你是搁东面来的，你家在东面住。"

男的说："对啊，你相得不错，我家在东面住。"

"第二，你姓张。"

"哎呀，把姓也相出来了。"

"可能是你夫人有病。"

"对，都对。"寻思相得不错。

"你急速抓药去吧，能治好，这病不至于死，你不用害怕。"

"好。"男的就走了。

这人走了之后,他爹就问他说:"你怎么相得这么准呢?"

孩子说:"你看他披风带雨来这么紧张,后脊梁浇湿了,下西风雨,他不从东面走,能浇脊梁吗?往西面走,后脊梁浇湿了,正好是搁东面来的。"

"嗯,那姓张呢?"

"他草帽上有个'张'字,怕丢、怕错。"

"你怎么知道他老婆有病?"

"不是他老婆,要是他爹有病,他能顶大雨来?"

"儿子,你真聪明啊。"

不会说吉利话的女人

就有那么一家过得真不错,儿子娶了个媳妇。新媳妇娶来之后不太爱吱声,平常也说,但没多少捧口。

过年了,老太太在炕上坐着,媳妇在地上擀剂子、包饺子呢。老太太就说:"媳妇呀,今天说话得注意啊,三十晚上咱说话都得吉利点,越吉利越好,一年顺当,要说不吉利的一年也别扭,咱都挑好话说一点。"

媳妇说:"那怎么算说好话呢?"

老太太说:"说吉利话呗。"

媳妇说:"吉利话说什么吧,咱们这房子租的,今年搁这儿住,过年不知道上哪儿住去呢,你再吉利怎么的?"

老太太说:"你这孩子呀,说话真是别扭透了,哪儿有这么说话的,一点儿不吉利。"

媳妇说:"什么叫吉利,那你儿子死了我不得出门哪,我还能守寡呀?我这么大岁数,还吉利呢。"

老太太一听,说:"我的先生啊,你呀赶快拉倒吧,算了算了。"这说完老太太就憋气。

过初五以后亲家来了,这媳妇的娘家爹过来瞅瞅。老太太就把这情况说了:"你女儿说话太不考虑了,我让她说吉利话,你说她这两句话说得多巧,真一点儿也不行啊。"

亲家说:"她就那样。那你说实在话,她说的话也实在,男的死女的能不出门吗?别说一个,几个也得出门哪,这是实在事。那你要死了,俺们亲家还得办个后老伴呢,能成天守着吗?"

老太太寻思:好嘛,爹"会说话",女儿也"会说话",这太"会说话"了!这话说到这儿就撂下了,临走前老亲家说:"亲家奶奶,我要走了。"

老太太说:"你走就走吧。"

这亲家又说了:"这么办吧,咱俩要不死过年再见。"

老太太说:"得了得了,走吧走吧,你这话太'吉利'得邪乎了!"

这不,爷俩都不会说吉利话。

不会说人话的人

男人也好,女人也好,都不会说人话,也是气人。

有这么两口子,过得一般,不太好,也不太充裕。老头儿有多大岁数呢,有五十多岁,姓李,老太太也五十多岁,就俩人。

这天,正好隔壁这家就死个孩子,两口子生个孩子,七天这孩子抽风,就死了。这得扔!这两口子一想:这么办吧,就把隔壁老李头找来了,老李头这么大岁数适合扔孩子,扔孩子也不白扔,给他二两银子。

两口子扔个孩子挺悲观的,媳妇儿说:"就这么办吧!"就把老李头找来了。找来以后就说:"大叔啊,把你喊到屋里没别的事儿,俺们这个孩子,生完之后啊,没有七八天,昨晚上就抽风死了。一看别人没有到岁数,就您老适合,您帮忙把孩子抱走吧!这没别的,就二两银子,您老留着打酒喝吧!"

老头儿一听,扔孩子,瞅瞅孩子,瞅了半天,老头打了个嘶嘶说:"扔是行,扔也不好拿呀这玩意儿,我胆儿也小啊!这么办吧,还有没有,就死一个吗?要死俩好办,我一头儿挑一个就去了,这一个还得拿着。"

这两口子一听,我的妈!行了,这老头儿真是的!当时就说:"行了,不用你了,回去吧,我自己扔!"这男的一赌气就扔了。回去憋气呀!哪儿有这人哪,他不会说人话!还问死几个,死一个就够苦了。

第二天,他媳妇没事儿找老太太去了,说:"大婶儿啊,这大叔太不会说人话了,俺们死个孩子都苦透了,他还问我们死几个。俩还说挑着,一个不敢扔。"

老太太说:"他啊,到岁数就不会说话,没事儿,再死孩子别找他!"

不能让小孩子赌博

这小孩儿,第一个得从小时候就教育,别耍钱;第二个是啥呢?交人得睁开眼睛,你挨着好人就是好人,挨着坏人就是坏人。

你看着自己的小孩儿,要是摊着这么个事儿,也不好办,就是交的人不一样。交人第一个得睁开眼睛,第二个就是街坊邻里,你得遇着个好邻居。

有个小孩儿姓李,傍拉还有一家姓王的。这个老王家挺生,还冲,一般人都惹不起,就像当地的一个大土豪似的。

这两家的小孩儿就在一块儿玩儿,小孩儿都不大,都七八岁、八九岁的样子。他们干啥呢?他们一起玩弹弓子,专打泥蛋儿,那边儿放个指标,看谁打得准,谁打得不准。

老王家的小孩儿说:"这么办,我要是打不上,输了,就给你做十个泥蛋儿;你输了,就给我做。"

老李家的小孩儿说:"好。"

老王家的小孩儿就输了。

慢慢地,泥蛋儿由十个涨到一百个,一百个涨到一千个,一千个涨到一万个。这都说了不算,谁输了先给做一部分,多数先欠着。

到最后,老李家的小孩儿就像说笑话似的,说:"那这么办吧!"指着一个挺大的坑,能有一里地大的水坑,说:"咱俩谁要是输喽,谁就得做泥蛋儿,得做一坑的泥蛋儿!"

老王家的小孩儿说:"行啊,打吧!"

这下老李家的小孩儿就输了,其实这就跟个笑话似的。老王一听说这事儿,就对老李家的小孩儿说:"好孩子,你咬住口,是不是你输了!"

老李家的小孩儿说:"输了。"

老王说:"输了,好!假输假赢那不行!"

这两家当时就干起来了。

老王说:"孩子耍钱我不拒绝,俺们家就靠着这个呢!别的咱不说,你给我做一坑泥蛋儿就算完事儿。"

大伙儿一听,说:"我的妈呀,那一坑泥蛋儿做八辈子也做不完哪,哪儿还能做完这小泥蛋子?这小泥蛋儿是不大,但是那个坑填不满啊,光拉土也得拉一辈子!"

最后干到县太爷那儿,这两个家越干越大扯,就要玩儿命了。县太爷一看,跟老王说:"这么办,这一坑泥蛋儿你也别要了,不管怎么的,你就让老李家割点儿地给你,算补偿吧。"

老李家没有办法,最后就给人家十垧好地,这泥蛋儿就不给做了。老李家的小孩儿,从那以后就不和老王家的小孩儿玩了。

这就是教育大伙儿,小孩儿不能说着玩儿。说着玩儿输了,遇着像王家这样的人,就和你玩命!这不给人家做泥蛋儿,就得给人家土地嘛,就是因为说了一坑泥蛋儿!

不识字记豆腐账

下边咱们呢,讲的就是不会字也就是没念过书的人记账,不识字记账。

也是卖豆腐的,但他寻思着出门前就说好了,就告诉人家,求人家。这么办吧,咱堡子[1]就十来家,没多少。你把名儿给我记上,我到那儿一看也能记住。

一看,这怎么记呢?你给写上一二竖排。比方说西头儿的第一家,东头儿的第一家、第二家,写个一二排,下边写个名儿,到他家门前查一下就知道了,他挺尖哪!

---

1 堡子:泛指村庄。

回头这卖豆腐的一看,这办来吧,好比东头儿第三家买没,他记第三家,回头一查第三个,就画个圆圈儿,画个四块儿就是买一块豆腐,要是买两块豆腐就画两个四块,他不会记账就画两块,买三块就画三个四块,就挨着画。

他天天画,都不给钱哪!都等着一块儿堆给钱呢。画了不少了以后,都画得一块一块的。最后都画完了,人家第五家给他钱了,"给你钱哪,你查好,别整串了"。

他说:"不整串。"一查,是十八块豆腐,人家给他十八块豆腐的钱。钱给完了,他怎么办呢?勾啊,上边一勾就完事儿了。勾完以后不说。

过的日子多了,他就把这勾的事儿给忘了。之后当中还有给的,给他不少的。他一看:怎么回事儿呢都?一考虑这豆腐钱没给,觉得他们有的没给,就寻思得找他去,就找人家要钱去了:"你还该我块豆腐钱没给呢!"

"不给你了吗?!"

卖豆腐的说:"你给啥给呀,你这短一串儿钱呢!这不整一串儿,不是吗?"

买豆腐的说:"不是全给你完了?"

他说:"不对!"他后边儿记错了,人家有买多的,买十个一串儿嘛,就给勾十个圈儿,勾一竖,一串儿。他先勾的账,勾也记不清了,卖的也记不清了,就往人家要一串儿钱。

人家说:"得了,今后你就别整这玩意儿了,俺们该你一串儿钱还?"

不说话打赢官司

有这么一个忠厚老实的庄稼人,家里养了一匹马,这匹马长得膘肥体壮的,可就是脾气大,性子野,野得邪乎,一般人不敢上它跟前去。为啥呢?它爱尥蹶子,不管是人还是物,只要在它身边,没有不被它踢的。

时间长了,因为这马总惹祸,庄稼人就准备把它牵到集市上卖了。

他把马牵到集市上,一看,来得有点早了,还没开集呢,就想找个地方,把马拴上。

集市上有拴马的桩子,还都空着呢,一个挨一个,一大排。庄稼人一看,一个个马桩子离得都挺近,就没敢把他的"野马"拴这儿,怕他的马把别人的牲口给踢了。他四下一撒目,不远的地方有棵大树,他就把马牵到树底下,拴树上了。

庄稼人起早就奔集市来了,还没吃饭哪,这工夫也有点饿了,就把带来的草料撂地下,给马吃。他自己在树旁边的地方找个石墩子坐下,嚼点干粮。

等他快吃完的时候,赶集的人也来得差不多了。他刚要起身,就看见一个人牵了匹马,把马也拴在这棵树上了。庄稼人的"野马"正吃草料呢,也没腾出工夫尥蹶子。

你说来的这人是谁?是当地的一个武官。他这天是骑着马赶集来了,寻思到牲口市转转,相相马,有好的就买一匹。他来得有点晚,拴牲口的桩子都满了,一看旁边有棵大树,拴着一匹马,就走过去把自己骑的马也拴在那树上了。

庄稼人一看,着急了,连忙跑过去,说:"官爷呀,你这马别拴这儿。我这马野得邪乎,别把你的马给踢坏了,你再找别的地方拴吧。"

武官一看庄稼人的那匹马,正吃草料呢,也没尥蹶子,就以为庄稼人骗他,就说:"怎么的?这树是你家的啊?兴你拴,不兴我拴?你的马野?我这马才野呢!你要是害怕把你马踢死,你就再找地方!"说完,他就扬个脸走了。

庄稼人还敢说啥,就想把自己的马换个地方。他四下一看,到处是人,到处是牲口,哪敢拴别的地方啊。算了,就在这拴着吧,反正我都告诉他了。

他就赶集去了,想先遛一圈,听听马都是什么价,然后再卖。

等他遛了一大圈儿回来的时候,老远就看见武官的那匹马叫"野马"给踢得都走样了,浑身都是血,鬃毛也没剩几根了,有一条腿也瘸了。这腿一瘸,那马就跪下站不起来了。庄稼人的马又上去给了一蹄子,正好踢在那匹马的天灵盖上,一下子就把那匹马的脑袋踢出血了,当场就死了。

也赶巧,庄稼人的马那最后一蹄子踢出去,正好被刚回来的武官给看见了。他一看自己的马给踢死了,气得一下子就把庄稼人给揪住了,嗷嗷喊起来:"走!咱见官去!你敢把我的马给踢死,你非得赔一匹不可。"

庄稼人哪能扭过武官,就被他揪着上县衙门来了。

县太爷升堂后,就问这是怎么回事。

武官抢着说:"今天赶集,我俩的马拴在一棵树上了,等我回来的时候,正好看见他的马把我的马给踢死了。这事儿不少人都看见了,我的马可不是一般的马,他得赔我一匹好马。"

庄稼人往地上一跪,也不说话。

县官问他:"这事儿你认不认啊?你的马要是真把人家的马给踢死了,你就得赔。"

庄稼人不吱声。

县官说:"本官问你话呢,你咋不吱声呢?"

他还不吱声。

县太爷就跟武官说:"他是个哑巴吧?"

武官说:"不是,他不是哑巴。我问问他。"

武官就问他:"你倒是说话呀?"

他还不吱声。

县太爷说:"你看吧,他肯定是个哑巴。"

"县太爷,他这是打赖,他真不是哑巴,他刚才还跟我说过话哪。"

"说啥了?"

"我拴马的时候,他过来和我说:'你别拴这儿,我这马野得邪乎,别给你的马踢着。'县太爷,他肯定是装哑巴。"

这时候,庄稼人张嘴说话了:"县太爷,你听明白没?我要是先这么说,他就不能承认了。这会儿他自己说出来了。我事先都告诉他了,别和我那'野马'拴一块儿,怕踢着他马,他非拴那儿不可。你说这事还能怨我吗?"

县太爷一听,这道理明摆着的,想护着武官也不行了,就和武官说:"这事不能怨人家。你还是赶紧回去卖马肉吧,再拖一会儿那马肉不新鲜了,就卖不上价了,到时候你赔得更邪乎。"

武官这会儿也没啥可说的了,自认倒霉呗。

后来这事儿就传开了,人们都夸这个庄稼人聪明,不说话就把官司打赢了。

不再上当

农村人不常出门儿。老头儿虽然有点儿土地,家过得不错,但他没坐过火车,也没出过门,那沈阳他都没去过。

这天,老头儿一合计说:"上沈阳!女儿在沈阳住,到沈阳看看!"就坐火车去的,那时候火车、客车都通着。上车之后一看这边儿是硬板儿凳子,啥也没有,一看里边儿那凳子带褥套子的,铺得稀暄[1]。

他说:"哎呀,这地方儿不错!"其实人家那是软席,他不懂,他就上人家那儿坐着去了。

坐着不远儿的工夫,人家检票的来了,这乘务员儿过来一看,说:"起来起来,我看看你票。不行,你得加钱!还得拿五元钱,你这坐的是软席,你这是硬板儿票,你坐能行吗?"

硬逼着他没办法,一看这吃了哑巴亏儿了,又拿了五元钱,本来就舍不得花钱,硬逼着他加了五元钱坐的软席。他寻思,哎呀!沈阳这块儿来不了,净外行!净骗钱的地方儿,就挺憋气。

他下了车了,离那儿挺远的,雇车吧!那时候什么车呢?有马拉的洋车,不是现在蹬三轮的,就是人在前面马拉着往前跑的洋车。拉车的站下了,他上车了。上车一看,上边儿那座儿顶上铺的毡垫儿,挺干净的,底下那脚蹬的木头的。哦!他说:"不用问哪,我得坐木头上,坐上面那是软席,我别上当了。"他就坐前面木头上了。

这拉车的寻思这怎么压得这么沉呢?一看,说:"你怎么坐这啊?你往上头坐,这多沉哪!"

老头儿说:"行啦!沈阳这地方儿我不能来啊,不能上你们当啊!我就坐这儿吧!我再上当还得花第二回钱!"

才高者命短

有这么张、李两位秀才,准备进京赶考去。这天,走到山坡下面一个小桥处,这两人一看就来诗兴了,张秀才说:"人打桥上走。"

---

[1] 稀暄:软和。

李秀才说:"好,大哥,我对下句,水打桥下流。"

张秀才说:"对得好啊,这绝句,太好了。"

这两人就高兴,说:"咱俩肯定能考上,这一般人都对不上。"

一看地里开着花,张生就说:"桐籽榨桐油。"

李生说:"好,黄籽榨黄油。"

张生说:"好啊,榨得太好了。"

两人走不远,姓张的就哭起来了。李秀才说:"大哥,你哭啥?"

张秀才说:"你不知道吗?才高者命短啊,咱俩这么高才,活不长啊,非死不行,根据情况,可能到不了北京,咱俩就得死。"

"那咱俩得想后事。"

"对啊,得买两口棺材,要不临死连棺材都没有。咱俩呢,有钱,这么高才,哪有不死的。"这两人就走到棺材铺了。

掌柜问:"二位公子哭什么呢?"

"不是别的啊,俺俩因为才太高了,俺俩寻思有棺材买俩。"

"啊,是有俩棺材。"

"那我们一人一个,因为怕死了买不到棺材。"

"你怎么才高?"

张秀才说:"我说'人打桥上走',他说'水打桥下流',对得多好啊;我说'桐籽榨桐油',他说'黄籽榨黄油',这对得多明显啊!"

说到这儿,掌柜就笑了:"你俩来晚一步啊,这个棺材只能卖你们一个,不能卖俩,这个我得留着,我也怕死啊。"

"你怎么怕死呢?"

"我怕羞死,你俩诗作得太好了,怕把我羞死。我留一个,卖你们一个吧。"

异文:才盛者命短

有这么一个故事,说"才盛者命短"。也就是人有才呀、文化高啊,命就短。有这么一句话,"好人无长寿,祸害活千年",那是一点儿不差啊!其中有两个学生,一个李生,一个张生。这两个学生是狂生,他俩自负有才,自己承认才高。

实际呢，他俩才到底怎么样呢？咱们就看看这段。

有一次啊，这张生和李生两人就认为自己才高，可以游遍天下了，就约哪儿到处走一走。走出去之后，走一二百里，到了城市边儿上，正走到一个山坡下，有座小桥，前边儿大城市。这个张生一看，桥底下水也淌，上边儿景致也好，旁边儿树上花也都开了，百花争艳的时候。雀儿也唱，他俩这就高兴，诗性也就来了。张生说："这么办，这好地方不能没有佳句啊！没有诗句的话，咱俩儿白来一趟啊！"就接着说："人打桥上走。"这是张生说的。

李生一看，寻思半天，想："啊，我对下句啊！你这上句这么好，没下句不行啊！"就说道："水打桥下流。"

张生一想：对呀！我说"人打桥上走"，人家说"水打桥下流"，一点儿不差呀！"好！对得好，确实好！"这俩人你也捧他、他也捧你，都说对得好！

俩人又接着往前走，走到前边儿一看：遍地花儿都开了，走哪儿？正走到茶树枝底下了。张生说："茶籽儿出茶油啊！"

李生一看，那边儿有棵桐树，梧桐树，就说："桐籽儿出桐油啊！"

张生说："对，对得太好了！"打这儿之后，俩人就互相地你捧他、他捧你，就好得了不得了。这互捧当中的话，最后张生寻思寻思，就到城市边儿上了，越寻思越不是滋味儿，就哭起来了。

李生说："你哭啥呀？"

张生说："唉，你不知道啊！'才盛者命短'，咱俩儿这么高才，哪儿能活得命长啊！我觉得我说完这两首诗之后心里就不痛快，要出什么问题，要一命呜呼。"

李生说："那怎么办呢？"

他说："这么办吧，要不不行，到棺材铺买两口棺材吧！"他俩正好有俩钱儿，要是不行的话，钱在兜揣着，没人给买呀！买完以后，死了往棺材里一趴，弄俩棺材。

李生说："那好吧。"俩人合计好就到棺材铺了。

到棺材铺，这掌柜和徒弟一看，哭得这家伙的！掌柜的一问："这怎么回事儿啊？"

这俩人就哭了，说："才盛者命短哪！俺俩不是怕别的，买两口棺材，俺俩现在说话间要一命呜呼了。"一看，屋里正好有俩棺材，俩人买这俩棺材正好。

人家问："你怎么出的诗？"

他就说了："人打桥上走，水打桥下流。茶籽儿出茶油，桐籽儿出桐油。"

掌柜的一听，说："不行，这棺材你不能都买，只能卖你一个。"

"因为什么呢？你有两个咋不卖？"

掌柜的说："我得给我预备一个呀！我不给自己留一个不行啊！"

"你怎么的了？"

掌柜的说："我听你这诗啊，感觉自己也活不长了，我羞也羞死了！"

才女招女婿

有这么一个老宰相，有一个爱女，姑娘长得也好，文才也高，就是选不好合适的女婿。

这个姑娘说："你不用给我选，我自己选，我出一副对联，谁要是能对上我就嫁给谁。"

他爹说："好吧！但是得有年龄限制，只能十八岁到二十五岁中间的，岁数大的不行。"那八十岁老头子能嫁吗？人家有条件，这就把对联贴出去了。贴出去先不说。

单表这是在哪儿呢？这是在北京城里的事儿，正赶有几个举子科考去，到那儿考试还没到日子，差不少日子，他们就在那儿待下了，住的旅店。

这店东说："你们这七个小伙子科考来了，现在没到日期，我们后边儿有个宰相府招女婿，你们有没有媳妇儿？你们谁要是文才高啊，要是能给他当个女婿比当状元都强！那宰相多好啊，家有钱有势，肯定能给封官！"

他们说："是吗？"

店东说："是！你们要不看看去？"

他们几个就去了，一看，人家在那儿贴着呢！怎么写的呢？就十个字儿，还告诉了：俺们是从前头儿往后写的，你搁后往前对。这老宰相俩女儿，大女儿出门了，就剩这小女儿，大女儿叫大娇，二女儿叫二娇，这小女儿是怎么提的呢？

伍　生活故事

"一娇出嫁剩二娇,三寸金莲四寸腰,长得五六七分色,面是八九十分笑。"

正好这十个字儿,让往回对,这京城多少人都没对上。七个小伙子一看,瞅着挺简单,难对啊!回去一想也没对上来。这几个小伙子说:"还考状元呢?这么点事儿都没对上,咱回去吧!"一赌气都回去了。

就剩一个张公子,这个张公子说:"我既然来了,我家还不像你们那么充裕,还困难,强凑两个钱儿到北京,没考就回去太可惜了,这考不上大的,小的弄个进士弄个榜眼也行啊!我先不回去。"这就剩他自己了,人家都回去了,跑了六个,都不考了。

他就自己在店里住着寻思,这玩意儿真难对啊!

这天晚上他睡不着觉,上外边儿溜达。这日子已经到十八九了,月亮不算圆了,剩少半拉儿,他就瞅这月亮,瞅着瞅着,忽然想出来了。哎呀,有了!这到屋就搁笔写出来了。写完一看,对得还不错,还真对上了!

他第二天就去了,到宰相府了,告诉把门的门军,说:"门官,请你禀报宰相和小姐一声,我能对上。"

门军说:"好吧!正经没人对哪,你去对吧!"

把他带到屋了,宰相和小姐正在屋坐着呢!他就对了,他是这么对的:

"十九月亮八分圆,七人科考六人还,五更四下三点整,二娇伴我一人眠。"

二娇说:"可以,你这对上了,行啦!"把他收下了。

这回啊!他捞着个媳妇儿,当上宰相的姑爷了!

财主挂匾

这个故事就说啥呢?人一辈子,就得有点儿好人缘。

这个财主啊,挺壮,是个恶财主。在堡子当中谁都不得意他,但是又惹不起,钱大。

这天,他想挂个匾,他不会写,就请先生。那时候有个教书先生,这个财主就说:"你给我写个匾,我打算挂块匾,打算盖新房子,盖个大房子。这回要盖个大瓦房,把平房盖成楼房!"

这个先生就说:"那好吧,我给你写行。"老先生就去了。

去了之后,老先生知道他的脾气不好。但是群众对老先生有看法,说你不应该给他写去,这样的人家你不能帮他忙。

老先生就说:"等到我写完,你们就明白了,我是替你们出气啊!"

大伙儿说:"老先生,你能是替我们出气?好吧。"这个先生就去写了。

匾写完之后,刻吧。瓦匠给新立个柱子,木匠钉个大金子匾,把匾钉完之后,就钉刻的字。

这块匾怎么写的呢?写得挺好,字写得也工整,样样都不错。

怎么写的呢?这么写的:"扒了土房盖楼房,灰道要比泥道强。头门凿二门盖,家有黄金用斗量。"这个匾就写完了。

写完以后,财主一看挺好啊!"家有黄金用斗量!"就把这个匾挂上了。

挂上了以后,老财主没事就瞅瞅匾,挺高兴,心说:太好了!先生写得真好!

别的不说,堡屯里有一个不懂的,就说:"这个老先生真会给人溜须!给他编得这么好的匾,给财主挂上了!"

正好就来个谁呢?来了个才子,人家文采大。到了一看,百姓闲唠嗑,都说这个财主。

这天才子就来到了一看,才子就笑了,说:"这匾,谁刻的匾?"

大伙儿就说:"是一个老先生,他溜须捧臭!帮这么个财主写这么好个匾,这个财主这么歪,不太好。他不知道怎么的了,还写那么个匾!"

这个才子就说:"他还溜须捧臭?他这个老先生直性啊!你们没明白啊,这是借那匾骂他呢!"

大伙儿就说:"是吗?俺们不明白啊!"

才子说:"你们看着啊,这叫冠头诗。'扒了土房盖楼房',有个'扒'字儿;'灰道要比泥道强',有个'灰'字儿;'头门凿二门盖',有个'头'字儿;'家有黄金用斗量',有个'家'字儿。这不是'扒灰头家'?就是扒灰头子,是个扒灰耙子的人家,还能好了吗?"

大伙儿一看,真对啊!"扒了土房盖楼房",是个"扒"字儿;"灰道要比泥道强",有个"灰"字儿;"头门凿二门盖",有个"头"字儿;"家有黄金用斗量",有个"家"字儿,是"扒灰头家"。

这事传到财主耳朵里了,财主一看,真不是味儿啊!告诉人把匾拆了吧。从那以后,把匾自动拿下去了,不要这个匾了,再也不挂了。

老财主就说:"不能挂了,咱没做好事儿,挂不好这匾。"从那以后,不挂了。

财主求人写对联

说有个财主,他有钱但刻薄得邪乎,谁求他一点也不行,所以他谁也交不下。

过年了,他一考虑,说:"得写副对联,过年都得贴对子啊。"但他自己不会写,家里还没有念书的人。附近有一个八十多岁的教书先生,他和先生说,先生一看,寻思寻思不愿意:"平时连碗水都喝不着你的,过年写对联找我来了,就知道使唤我们啊!"一考虑,先生说:"我也没什么对联可写。"

财主说:"你编编就行,你这当先生的,还不会编吗?"

先生说:"那我会是会。"

财主说:"写吧。"

先生一看,瞅瞅他这家,寻思寻思,这财主邪乎嘛!他家女的不正经,女的好在外边胡扯,但他不管,只要能收钱就行,他这个财主家是这么一家。所以先生就给他写上了。

写的上联是"一二三四五六七",下边是"孝悌忠信礼义廉",这不都七个字嘛!财主拿回去就贴上了,贴上之后不说。

第二天是正月初一,初一拜年的人多。大伙儿来拜年一看,都说:"这对联写得太简单了,但是写得还真不错。"

最后有个老爱管闲事儿的人一看就笑了,说:"哎呀!好啊!财主我祝贺你们这家庭,真确实好啊!这对联写得太优美太好了,真是对你们这家庭日子写的。"

财主说:"我特意求的,好的话明儿个我找个瓦匠把它铸上,省得年年写了。"

管闲事儿的人说:"那更好了,不用说了,这么办吧!你要找瓦匠,我给你找一个,俺们那傍拉儿有个瓦匠铸得好。"

财主说:"好吧。"

他就找个瓦匠，把字儿搁水泥给漫上了，那时候把白灰掺上沙，叫"漫上"，这大字漫得像个匾似的。

漫完以后，待不多些日子。财主一个外甥，人家是念书人，来串门儿。到这儿一看，说："哎呀！舅舅，这对联是谁整的？谁漫的这玩意儿？"

财主说："瓦匠嘛！"

外甥说："瓦匠能漫这些字上？"

财主说："不是，教书先生帮我写的，瓦匠帮我漫的，所以才有这么美观。"

外甥说："还美观？！你没寻思寻思吗？多不好听啊！"

财主说："怎么还不好听呢？那上边是'一二三四五六七'七个字，下边是'孝悌忠信礼义廉'，那不也七个字嘛！"

外甥说："啥呀？上边没写'八'，'八'给忘了；底下呢？'孝悌忠信礼义廉'，'耻'字没写，'礼义廉耻'不是嘛！没写'耻'，忘'八'无'耻'，这不说'王八无耻'这句话吗？这不骂你们呢吗？"

他一听，说："哎呀！他骂我们这家王八无耻，俺们这家老娘们也不清净啊，这不成了男的是王八，女的是养汉老婆了吗？"

财主"啪，啪"把几个字都刨下去了，从那以后不写对联了。

你看，这财主，没有文化的人，骂他都不知道。

馋虫

这个故事就是说人哪，生死由命。

有一个小伙，娶了媳妇以后，也没有孩子。小伙结婚也有三四年了，爹妈对他不错，媳妇对他也不错。可这小伙就是渐渐瘦，渐渐瘦，就是瘦，就是馋，你无论做什么，他也不好好吃。你比方说炖点儿菜，没等爹妈盛呢，他就先挑好的吃了，你要是搞点肉，也是他先吃了。这小伙就那么地馋！不管怎么的，实在没肉没菜，他就把油倒到菜里面吃。

他媳妇就说："你呀，真没出息，你咋这么馋得邪乎呢？"

小伙说:"我也不知道,我就是馋得要命。"

后来他媳妇一看没办法了,这怎么办呢?

再后来,这家越过越穷,过得不像样了。他就跟他媳妇说:"咱俩这么办吧,你就走吧,我这也养不起你了,你也别在这儿埋汰了,别受这罪了,我这用不了三天五天的就死了。"

媳妇一听就哭了,毕竟俩人感情不错。媳妇就说:"这么办,走就走吧,我给你买点儿肉,你可劲儿吃一顿,馋馋你,让你看到多少吃多少!"

媳妇要走了,给娘家的休书他也都写了,这就要离婚了。这媳妇就买了几斤肉,回去都给他炒好了。

炒肉的时候,他睡着了。媳妇炒了一盆又一盆的肉,肉炒好后,就搁到他的傍拉了。媳妇就在那儿坐着淌眼泪,心里寻思:"我要走了,这是最后一顿饭了!"

她正哭呢,就看见一个东西顺着小伙的嘴里出来了。这东西"吱吱窝窝地",像小虫子似的。出来之后,就爬着奔菜盆去吃那个菜。媳妇一看,说:"啊!闹了半天,你是有这个虫子呀!"说完之后,就"啪"的一下,把那只长虫抓住了。把小伙子的嘴并住,不让它进去。这样就把那长虫连揪带捆地整死了。

从那以后,这小伙病好了,也不馋了,什么病都没有了,好利索了。媳妇也不出门了,俩人又过着团圆日子了。

要不说人馋哪,不是自己有毛病,是馋虫在肚里呢,是它想吃,什么东西都是它吸收进去了,小伙没吃着。

从那以后就说这馋虫得制住。那时候医道不尖,没有什么办法,这媳妇,她就这么地把它馋出来了。

长工打伞送长工

有那么一家子,是员外之家,有钱。有钱之后呢?那是儿子也好,女儿也好,有好几个。这老头岁数大了,还娶了一大二小三个老婆,光小老婆子还娶俩,小老婆子长得年轻啊!老头已经有五六十岁了,小老婆子才二十四五岁,不到三十岁。小老婆子这一天啊,吃喝玩乐就不用说了。

单说谁呢?单说这个小孩念书,他自己请了个老先生,这老先生也有五六十岁了,那就是老教私学的,那时候都没学校。他家有三两个学生,每天就这么教。

这老员外也盼着儿子学好,也盼着儿子出息,就对老先生特别殷勤,给老先生买这个、买那个,买衣服伍的。尤其来客了,就叫老先生陪客,这是高待这个知识分子不说。

单说什么呢?有那么一天哪,这个老先生要回家,正好外边下小雨儿。老先生为什么忙着顶雨回家呢,他家老伴有点毛病,他挂着老伴儿。搁谁送老先生呢?老员外一看,这么办吧,这个书倌儿送去吧。

小雨儿不大,细雨蒙蒙的。后来一看,没有车,那就骑个毛驴儿吧,这先生就骑了个毛驴儿。这小孩呢?也是十七八岁,念过两年书,穷人家孩子。他就给先生打着伞,还拉着驴,特别地照顾这先生,人家先生打腰[1]啊!

喷!但这个小子还真不太服气,心说:"这先生够牛,我打着伞,你自己还不拉驴,咱俩不能两样整啊!"

老先生人家挺绅士,骑驴身上了。出去走了不远之后,正走到山上,这小雨下得挺欢。这先生一时看这山上下雨,再加山顶上树木长得挺好,就来诗兴了,就作了首诗。怎么作的呢?随嘴就念了,说:"山前山后雨蒙蒙。"

这小孩一听,心说:"呀哈!既然这老先生说了,那我也接一句吧!"小孩也不善,他就接了一句,说:"长工打伞送长工。"

老先生不愿意听,这不是砢碜他嘛!他算啥长工啊,他是老师!便说:"你这不对,我是老师,你是做长工的,你打工的。"其实算计算计,不都一样嘛!

先生又说:"酒席宴前分大小啊!"意思是,"来客时我能陪客,你不能陪客呀!"

小孩也说了他一句:"谷满前期一般同啊!"意思是,"谷满之后,下次回家,你也种庄稼,我也种庄稼,都打工的。看你这回咋打腰哇。"

这先生就不愿意了,说:"你这小孩怎么说话,说话说得太……"

"别!"小孩说,"不真是这么回事嘛,你说,谷满前期不都一样,到满完工了,

---

[1] 打腰:吃得开,有地位。

伍　生活故事

我回家，我也不给你打伞了。你回家，不也得抱屯嘛！"

喷！这先生就觉着憋气，回家看了看，骑毛驴又回来了。到员外的家之后，就看谁呢？这个员外的三夫人，在这屋坐着呢。

他就说："正好，夫人你来说一说，你听听我说的这首诗对不对。我怎么说的呢？我说'山前山后雨蒙蒙'。没等我说完，这小孩凭他念了点书，他就说啥呢？说'长工打伞送长工'，这等于说他是雇的，我也是雇的，不就说我也是长工嘛！我当时就说了，'酒席宴前分大小'，我是说我能陪客，你陪不了客。他说'谷满前期一般同'，你说他究竟说得对不对？"

这个三夫人一听，就笑了，说："老先生啊，你是误会了，其实人家说得完全对啊！"

他就说："那怎么能对呢？"

三夫人说："哎呀！就别说你啊，就我和你们，也是一般同！"

他说："那你怎么能和我们一般同呢，你不是夫人吗？"

三夫人说："你这不是说傻话嘛！我是三房夫人，是玩笑夫人，不是真正原配。我现在长得好，有面子，他稀罕我了；等我老了那天，他就得踹我了，就不稀罕我了，还兴再娶个好的呢！"

先生说："不是那么回事，你那叫凭能耐！"

三夫人说："咳，先生，别说别的了，凭啥能耐啊？你凭嘴，我凭身子。他稀罕我的身子，他稀罕你的嘴，你能教书。所以对咱们才好呢！"

先生说："行行行！你别说了，再说就砢碜了，拉倒吧！"

先生低着头就回去了。

长寿坊

要说做亲戚啊，得实惠。这个故事讲的是做亲戚出笑话的事。

有一个姑娘给人家，她正好农村的，给到了沈阳。沈阳这家呢，过得不错，挺有钱，娶个农村姑娘。为什么娶农村的？姑娘长得好，那小伙儿相中了！这个老掌柜的不太高兴,他瞧不起农村人,说:"农村人、庄稼人她懂得啥啊,和她做啥亲戚?!"这姑娘是不错,但是他有时候也瞧不起她。

单说姑娘结婚好长时间了,这个老丈人也没串过门去。这姑爷不错,这天就和姑娘说:"叫你爹来串串门吧,到咱家看看。你看,结婚这么长时间了,他也没来过一回啊!"

她说:"来啥来,来咱俩怎么答对。你那爹的脾气你不知道嘛,老太爷本来就势利眼,瞧不起人!"

姑爷说:"哪儿有自己的亲家也瞧不起的?来吧,没事儿!"姑爷直门儿让来,后来没办法,姑娘就给她爹去了一封信。

农村的老丈人一看,女儿给来信了,信上说:"爸爸,你来吧!你姑爷让你串门,你到这儿看看吧!"农村这个老亲家呢,虽然是庄稼人,也念过点儿书,懂点儿礼貌,不是不懂,他就去了。

他没去以前,姑爷就和他爹说了:"俺老丈人要串门儿来,到这儿咱别小看人家,你待一待他,他多吃点儿、花点儿,问题不大!"

他爹说:"行,给你待亲家,待你老丈人还不行吗?"完也笑了,"你还怕俺待错了?"

这天真就来了,来了以后,庄稼人到这儿一看也挺实惠。吃完饭之后,沈阳亲家说:"亲家,你来过沈阳没?"

农村亲家说:"没,没来过,这是头一次!"

沈阳亲家说:"那这么办,我领你溜达溜达去,好好见见大世面、见见景致,要不沈阳这地方挺热闹啊,你来一回不容易啊,没有向导、没人指示,告诉你也不懂的!"

农村亲家说:"对,你领我溜达溜达吧!"就走了。

一出去,这个农村亲家就来事儿了。正好走到了监狱门口,一看,这家伙,都挺长的头发。他就瞅,说:"咿呀,这是干啥呢?咋这么些长头发小伙儿呢?"那时候住监狱,不像现在啊,那时候不理发、不剃头,现在半个月一理发、一个月一剃头的,那时候都长发拉碴的。要不骂人说,"你头老也不剃,赶上住监狱了!"就那样,你住三年也不剪头、住四年也不剪头,那时候都留长头发,那造巴得不像样!

那城里亲家就说笑话:"唉,亲家,你不知道吧,这叫'长寿坊'啊!你们农

伍 生活故事

村没有？"

农村亲家说："没有！"

沈阳亲家说："在这屋儿待完之后啊，寿数能长，能多活多少年啊！如果你要得这么一屋儿住多好啊！"

农村亲家说："哦！"

又往前走，走到窑子街上去了，一看：那净窑子娘们儿，出来穿得五红大绿的，挺新、挺好！这农村亲家就说："亲家，这是干啥呢？"他还打听。

沈阳亲家说："你这真也是，你不知道，这叫'小红娘'嘛！亲家母没穿这衣裳？"

农村亲家说："没有啊，俺们家哪儿能穿这么好衣裳呢？"

沈阳亲家说："这叫'小红娘'！"

农村亲家说："哦！"

沈阳亲家说："来这儿的都是有钱儿人家，都是阔小姐，没有钱谁住得起这地方啊？"

农村亲家说："哦！"

他们就往前走。正走呢，一看，啥呢？就看见马拉大粪。那时候人家都有个兜儿接着，不让往地下拉，那都一拉一大泡呀。农村亲家说："哎呀，那马屁股怎么还兜个兜儿呢？"

沈阳亲家说："那可不简单呀，那叫'千层饼'！"

农村亲家一看：这一拉就像拉千层饼似的。他说："沈阳这地方真出奇，好啊，还有'千层饼'！"又一看，那马撒尿还搁桶接，他说："亲家，怎么还搁桶接着呢？那不是马撒尿吗？"

沈阳亲家说："这叫'万年汤'！"

"哎呀！"农村亲家说，"沈阳这地方太好了，净好吃的东西呀！"

又往前走，正赶人家那边死人，他一听：叮叮当当，叮叮当当，连吹带打啊！农村亲家说："亲家，那是干啥呢？"

沈阳亲家说："这叫'叮当会'啊！在你们家没办过吗？你们家不也常办'叮当会'吗？这办'叮当会'呀，是最高兴的事儿，是个喜事儿、好事儿！"

农村亲家说："哦，'叮当会'要戴孝吗？"

沈阳亲家说:"对呀!"

走不远,一看,那边着火了,这家伙,都乱跑救火呀!他一看,说:"哎呀,亲家可了不得了!怎么那房子着了呢?"

沈阳亲家说:"那是'发红光',那不是着火了,那是放光了,这地方是发财了啊!"

"哎呀!"农村亲家说,"沈阳地方净是新名啊!"

又往前走,走不远儿,一看啥呢?一看前边有抬棺材的,要埋走了,这农村亲家说:"这叫啥,亲家?"

沈阳亲家说:"叫'万运斗'!"

农村亲家说:"哦,'万运斗','万运斗'是往哪儿抬呢?"

沈阳亲家说:"你别着急啊!"

又往前走不远,一看"万运斗"到那儿就被埋上了,农村亲家说:"这叫啥?"

沈阳亲家说:"这叫'百年藏',藏到地里,多咱都动弹不了了,这都是最好的事儿,是喜事儿!"

又走不远儿,正好走到前边河边上,高粱穗儿掉河边了,那王八正在那儿舔高粱穗儿呢,一口一口咬着吃。农村亲家说:"这是什么玩意儿,在这儿咬着?"

沈阳亲家说:"你不知道吗?在家当庄稼人,你不知道?没割过高粱吗?这叫'割高粱',这是它帮着割穗儿呢!"

"哎呀!"农村亲家一听,说,"太好了!"

溜达完一圈儿回来了,农村亲家说:"亲家,今儿可没白溜达,太好了!我要回去也算见过世面了,这回我要回去,别人问我我也得说亲家这回带我到沈阳见见洋景儿、看看新!今儿都看着了,没少看呀!"

这个沈阳亲家笑了,和儿子说:"你看他慢慢就待坏了,你等着看吧!"他女儿搁那儿待着也寻思,大伙儿也都寻思,都笑了。

沈阳亲家有个胡琴儿——胡胡儿,农村亲家一抬头,说:"咿呀,还有个胡胡儿呢!"

沈阳亲家说:"你会拉吗?"

农村亲家说:"我能拉两下!"

沈阳亲家说:"拿来吧!"农村亲家就拿来"吱嘎"拉两声。

伍 生活故事

沈阳亲家说:"那亲家还会唱吗?唱一段儿!"

"我给你唱一段儿,今儿搁亲家领着啊,我看见大世面了,那沈阳确实是好地方,沈阳亲家领我溜达一回啊,我确实挺高兴!我今儿给你唱两句儿,你听听吧!"农村亲家就拉起来了,拉两下就叨咕,这是我亲家教我的,说:"亲家母你好比'小红娘',你们家中好比'长寿坊',你们饿了就吃'千层饼',渴了就喝'万年汤',你三天两头儿办'叮当会',二五八月'放红光'!"

这沈阳亲家说:"得了,你可别糟践人了,你把我糟践死再说!"

农村亲家又说了,说:"把你糟践死装在'万运斗',然后弄到'百年藏'!"

沈阳亲家说:"算了,算了,你可拉倒吧,别往下说了!"

农村亲家说:"我有心带出三五句儿,我亲家出屋儿还'割高粱'!"

沈阳亲家说:"你这一场都给我骂死了!这玩意儿让你都用上了!"

农村亲家说:"行了,咱俩算拉倒吧,一顶一,还就算完事儿!"

你看,他把沈阳亲家回骂了一顿!

陈广玉分家留诗

有这么一家,老陈家,哥儿好几个,这家庭土地不平衡,有好有劣。一分家的时候,你争好的他争劣的,都答对不好,一分分有一个月没分好这家。请一拨人来了之后,吃喝完事儿一分分不开,人家走了。又请,搁一两个月也分不开,最后这分差不多又有人矫情。

这陈广玉,他是念书人,就说话了:"我留首诗吧!"

诗是这么写的:"兄弟同胞一母生,祖宗一业何须争?转眼就是百年后,焉能再转弟和兄?"

写完之后他就把这供到老祖宗那儿了,说:"大伙儿看一看吧!我这块儿啥也不要了,你们怎么分都行,还不好吗?咱们就是这几十年弟兄嘛!都是四五十岁了,但凡你这人都死了,下边儿的还能称是弟兄吗?"

这一说,大伙儿一寻思,都哭起来了,搁那儿说:"这么办吧,怎么分都行,啥说道没有了。"都说没说道,这一分就把家给分开了。就是这几句话把家给分开了,所以他们这家把这几句话给供上了,分家这诗就长久地供老祖宗后边儿了。

吃大片肉

这个吃大片肉是怎么回事呢?过去呀一般到岁数的人都懂,如果这家真要是家庭不错,但东挪西挪,东借西借,钱借得特别多,到最后还不起了,就得"吃大片肉"了。好比外面拉饥荒有五百两银子,全家什么都算上就值一百两,还差四百两还不上,怎么办呢?就杀个猪,买点儿酒什么的,把债主全请来,就可这些家值拍卖还你们的饥荒。他把人请来一断,这茶杯明明值一元钱,就定到五元,就可这一百两东西还你五百两饥荒,就这么个事。就像现在该银行贷款,最后实在还不起了,我就把东西交给你了。

单表老李家就这么个情况。他家过得不错,就一时整不开了,眼瞅着年期近了,一看他还不起了,人家就逼上了。老头一算能有三千两银子的饥荒,他家里划拉一块儿堆没有五百两,老头也没办法了,还有儿子在外面念书呢。他就告诉底下管事的:"咱就豁出来这破家,全还了吧,没别的章程了,现在外边有两个钱也上不来,另外也没什么好的亲戚帮咱们。"

这时候都腊月了,要债的都上来了,他就跟债主们说:"都别着急,腊月二十八那天吃大片肉,老李家按家值所有东西都给你们分了,那天不来的就算拉倒。"往各家都下了请帖。

腊月二十八那天人都去了,上百人哪,院子都挤不下了,可院子里都是等着结账的。一算正好"一折六",该人家六块钱给人家一块钱东西就行,比方大米一块钱一斤,该人家六百块钱给人家一百斤大米就行。有人拿这,有人拿那,都分巴了,最后就留下几件破衣裳,好衣裳都给分没了。

别的不说,单说有一家姓张,这老李家该人家一百两银子,也是买牲口借的,还不上了。这老张头是个面上人,但家过得一般,不那么有钱,自己家是一副犁子、二十垧地,五个儿子就种这地。大儿子跟他爹说:"这回老李家吃大片肉了,这饥荒要开还了,咱去看看吧,咱这一百两银子能弄回点儿,一二十两的。"

老张头说:"不去,人不能顺井投石啊!你合计这工夫六元要回一元钱的东西能顶啥呢,都送他好不好呢,咱就不能去。"这老张头五十来岁,挺有文化,儿女也都听他的,就谁也没去。

到二十九那天,这个老张头自己就去老李家了。老李头一看,说:"哎呀,大兄弟,昨天你没来,这点儿玩意儿都还饥荒了,今儿你来……"

老张头说:"不,你别说别的,我来不是为了要钱,我来看看你们,眼瞅着明天就三十了,我来瞅瞅你们这好几十口人怎么样了。"

老李头说:"到屋吧。"

老张头说:"到屋,你不让我到屋我也得到屋。"到屋一看有不少人,他说话了,"我跟你们说,你们不用寻思别的,我不是来要那一百两银子来了,我到这儿看看你们。钱怎么的,多咱不花钱呢,你就落着,多咱有多咱给,没有我就不要了。"又唠了两句别的,老张头就问:"眼瞅着过年了,你们留点儿啥东西没?明天三十得吃顿饺子呀!"

老李头说:"哪儿有那闲心了,都拿走了,白面、大米、猪肉一点儿没剩啊,说实在话,就剩点儿松米,能吃个五六天,剩下啥也没有。"

老张头说:"啊,我明白了。大哥,你好好过,别看暂时这样,你们日子有兴旺。你那两个儿子在外念书都不错,你们家也有基础,另外你的门路不是那么死,只不过现在不愿找亲属。"老张头回去之后就告诉儿子,"套车,把精米灌三斗两斗的,白面扔两袋,松米再拿点儿,猪肉拿点儿,让他们吃个正月,过年吃顿饺子。"

儿子说:"那……"

老张头说:"傻孩子,你不知道呀,这叫雪中送炭哪!没事的时候你请他吃八百顿饺子他也不高兴啊,这时候你要送去他内心多高兴啊!家让人分得噼里啪啦了,没人交他了,你再送点儿去,他对你怎么个印象啊,这叫雪中送炭啊,你处世不能像井里蛙似的啊。"

儿子都整好了,老头套上大车就给送去了。大车一进院,老李家的人都寻思:这是干啥呢?老张头就跟老李头说:"这不过年了嘛,大哥,我知道你也不想和别人说,就干脆不过年了,那怎么行?这小孩儿一大帮,全家好几十口人呢,过宽敞日子过惯了,现在没有了,那能欻得住吗?我回去一合计,给你们送点东西来,你别想别的,我啥也不要，就光送，这大米、白面都有，猪肉还拿来一半，不管怎的，让你们吃顿饺子。"

这老李家全家都哭了，有的孩子都跪下了，说道："他张大叔太好了。"最后把东西全搬下去了，老张头跟小孩说："我给你们一人一两银子压岁。"这就又拿出一二十两银子去了，完事老张头就回家了。

老李家三十晚上真包饺子了，老头就叨咕："记着，这饺子可不是一般的饺子，是人家送来的。不管我以后在不在，你们长大以后老张家你大叔的恩情不能忘啊！不管多少，这心思了不得！咱家穷这样了，谁理咱们哪，现在人家是雪中送炭，特意交咱们来了。"

过去没一两年，这老李家怎么样呢？人家外面有钱的亲戚有的是，知道信儿了就顶上来了，这亲戚都说："大哥，咋闹这事儿呢？出这事儿给我们去封信哪，我们送点银子开开饥荒不就行了，何必整这样。"

老李头说："不行，他们都害怕，我所以分一家伙。告诉你们实话，我也就拿这些开开算了，拿少钱开大饥荒怕啥的。"这边粮也拉来了，那边大车也给送粮食，最后人家把地也给种上了。

过没有二年，老李家这两个小子妥了，都当官了，有一个当知县的就转他们这县来了。老李头就跟他这儿子说："你谁家也先不用去，先去老张家，拜你大叔去，那比谁都亲。"完就把当年的情况说了。

他儿子说："好！"到老张家那儿拜完之后就说，"大叔，我现在有点权，你们家那啥……"

老张头说："有几个儿子，几个孙子。"

他说："这么办，小孩都交给我，读书我供，另外的我给分配工作，我安排。"

老头说："那还了得！"

他说："你别说别的，现在你们明白、俺们明白就行了，俺们家今后一辈子都不忘你这个恩情啊！你这自己家是太好了！"

所以，谁也没得利，就老张家得老利了，分配工作，孩子念书，样样都照顾。这就说人在世界上处人哪，别净往上交，往上交不行。他要落魄的时候、没办法的时候，你要找他吃顿饭他都挺高兴；他如果真当上大官了，你扒爪上劲儿请他吃他也不在乎。所以人哪就得这样，像人家老张家不就得利了嘛！

伍　生活故事

吃火烧

这是什么呢？就是过去人们讲的，这人哪，到老之后，不是说尊老爱幼嘛！可现在什么呢？光爱幼不尊老了，尊老的差劲了。这也别说城市，也别说农村，你看各家都那样，对这儿女呀招呼得特别周到，有点儿小病抱着就去看；对到了岁数的呢？因为八九十岁的就该死了，有病就在家挺着吧，就这样！另外，吃东西也那样，孩子拿多少钱也不心疼，这老人花点儿，有的人就确实不太高兴。

但是也不是都那样儿。

就有这么一家，这家老头有点儿文化，在当年那时候，一般有什么事儿，他帮人说说道道都行。可他老伴儿死后，他自己就在东屋住，儿子在西屋住。

儿子有个孩子，三四岁了。

这天，儿子一看，卖火烧的来了，就去买火烧了，买了有十几二十个。

那时候没有啥吃的，就打个火，烧个烧饼，那就叫火烧。过去那火烧饼，在旧社会就算不错了，不像现在。

后来，这儿子买来火烧之后，是连他吃，带孩子吃，媳妇也嬉皮笑脸地在那儿吃，这三个人就在那儿偷吃火烧。这老头一听，这嘻嘻哈哈的干啥呢，他就扒门缝上瞅，一看，都在吃火烧呢，可他啥也落不着。

那时老头都七老八十了，也挺馋的。他心里可气了呀，就寻思："当年那时候，我买个烧饼，连一口都舍不得吃，都给你拿回来，光给你吃了。现在你给你儿、媳妇吃我不反对，但你还有个爹呢，咋不拿给我点儿尝尝呢？你把我锁到门外头，你们在那屋吃，我在这屋瞅着，我还能听到你们吃，我扒门上还看到了！"

说着说着，老头就念了一顺口溜，说："咳！扒着门缝往里瞧，看见我儿吃火烧。自己儿子长大了，一辈正往一辈瞧。"

等你慢慢老了，也就这样了，他就心里寻思。

儿子一听，说："我爸爸咋在那儿念顺口溜呢？"他就去看。

一看真是那样，这儿子就对媳妇说："这么办吧，咱们把爸请回来吧！"儿媳妇说："不要！当时请了不好看，明儿再恭迎吧！"

搁那以后，儿媳妇也变心了，儿子也变心了，都缓过来了，对他这老人还真不错了。

因为这火烧就把他儿子教育过来了,这就从小事看出来了。

吃面条

这个故事属于教育人的故事。就说人到老了之后,都有苦闷。不是有那句话嘛,"人老情自卑"。另外,要是儿女不孝的话,那老人就更苦闷了。

这个故事就讲有这么一个老头儿啊,王老汉,他有三个儿子。这个王老汉特别勤劳,他给三个儿子都娶了媳妇儿,家里房子也都盖了,院修得也不错。老伴儿死后王老汉也没跟儿子们分家,都在一起过。

王老汉都六十多岁了,那还跟着儿子们干活儿,下地去铲地。这天啊,王老汉又和儿子们下地干活儿去了,这个先不说。单表家里来客了,大儿媳妇儿娘家爹来了。家里这三个儿子的媳妇儿一看,那就整饭吧。那时候没有别的啊,就整点儿便宜饭,就擀的白面条,打点儿卤。这饭那时候就不错了。

三个媳妇儿擀完面条之后,就煮了一大盆。面条煮完之后,人家大儿媳妇儿娘家爹吃了几碗,一老头儿能吃多少这玩意儿啊,他吃完了以后剩不少啊。大儿媳妇儿一看,说:"这么办吧!"她把碗抄过来了,说:"你大哥岁数也大了,累得不像样,我给他留一碗吧。"到盆里就挑了一碗面条,挑完以后就把面条搁在橱柜里了。

二儿媳妇儿一看,心想,"啊,你惦记你当家的,我也有当家的",那也不含糊啊,就说:"你二兄弟累得也不像样了,我也给他挑一碗吧。"也挑了一碗,满满的一碗。

这三儿媳妇儿一看,哎呀,你们都惦着,就笑了说:"你那老兄弟本来正猛长的时候呢,不到二十岁呢,我给他也挑一碗,让他吃点好的。"她那碗挑得比别人还满,真是一碗比一碗满啊。

三个儿媳妇全都挑完了,这盆里的面条基本没多少了。大儿媳妇儿一看,剩的面条也不太多了,就拿个小碗,说:"老太爷还没有呢,这整得多不好看啊!"她就连稀带干地强弄有一平碗,但是挂不了尖啊,稀的啊,没有干的,净是短的面条。挑完之后也就把面条搁条桌子上了,过去穷人都用条桌子。

响午,爷儿四个都回来了,进屋坐下之后。大媳妇儿端碗面条,拍老大肩膀说:"我给你留碗面条呢,今儿来客了,面条你吃上吧!你壮壮身板。"老大一看笑了,一看面条还热乎,挺好啊。

老二媳妇儿也端过一碗面条来,一拍老二肩膀说:"我给你也留一碗呢,你也吃吧。"老二也吃。

这老三媳妇儿更妥了,到老三傍拉,端着告诉他:"你这碗面条比他们都多,我给你挑的,你看怎么样?你好好吃一碗。"

完事大儿媳妇儿把那碗面条就给王老汉端来了,说:"爹,你吃这碗吧!"老头一看,那都满满登登三碗面条,他这精稀咣当一平碗,净汤啊!

这吃就吃呗,大儿子还来话了,他一看觉得挺高兴啊,媳妇儿留面条了,就说:"咳,吃饭要吃家常饭啊!"意思就是夸媳妇儿,说我媳妇儿惦记我。

老二一看,"哎呀,你夸媳妇儿我也得夸我媳妇儿啊",就说:"穿衣要穿粗布衣啊!"意思就是还得家常自己的老婆。

老三一看更直接说:"知情知意还得结发妻啊!"意思就是你看我这碗面条这么满嘛!

老头一听,把碗往边上一推,打个唉声,说:"要有当年你妈在啊,我这面条就不能这么稀啊!"

吃切糕

这个故事叫吃切糕。

过去那切糕啊,就叫挺出奇了,就是黏米搁上豆馅子就不错了,因为那时候没有多少细粮啊!除了过年过节撒点儿,再不就是确实真馋了撒点儿。

有这么一家,有一个老太太娶了个媳妇,这媳妇是个小接媳妇,最后上头了也害怕老太太。这老太太厉害啊,没事儿就打两撇子,蹶巴两脚媳妇,媳妇怕她还怕得邪乎!媳妇多大岁数了?已经到十八九岁了,还直门儿受气。老太太多大岁数了?老太太也就四十多岁儿，就是厉害！

这天老太太要走了，告诉她说："媳妇，你把这切糕都撒好，撒好晚上回来我吃。"

媳妇说："好！"媳妇连面拿来，自己就撒上了，撒上小豆。烀好了之后就烧，烧切糕全凭火呢，烧好就到晌午了。女婿在地里干活不回来，晚上回来。打开锅一看，这切糕好啊，黄么金的，可好了，闻着香喷喷啊！她也饿了，媳妇一早也没吃饭呢。"是不是吃一块也行呢？不行！要吃完这块切糕啊，老太太就得打扁我，就得挨揍！"

嘴说不吃，心上惦记着切糕，她就转锅老是闻着味，就搁手上掐一点儿，是真香！又一合计："干脆啊我就吃点儿，吃完以后啊，我把切糕都给它铲出来搁盆里，她就瞅不出数来了。你在锅里一大块，剁哪旮旯她都知道啊，我都铲着搁盆里！"

她就把那切糕啊全都铲完搁帘子里蒸上了，一块一块的就没准数啦！"我怎么能吃了呢？我要这么吃老太太回来也不能让我，怎么办呢？"一合计，哎，有了！她就弄个大碗挑了一碗切糕上茅房栏吃去了。茅房栏就是厕所，那过去的厕所也挺大，就是在房子山头上随便拉的地方。她就上那儿去了，蹲那旮旯吃切糕，吃得还贼香！

老太太回来到屋一看，切糕怎么这么香呢？打开一看，真的好了，这都在床上堆着了，媳妇哪儿去了？一看哪儿也没有！怎么没在家呢？一合计，"我吃俩，太香了！"又一合计：我告诉媳妇不许偷嘴吃，我要吃的话，让人家看到了也不恰当啊，好像净该管人家不该管自己似的！

寻思了半天：干脆吧，我搁碗整点儿，上茅房栏吃去！她也想到茅房栏了，那是背地方啊！她整碗切糕就端茅房栏去了。

一进茅房栏，抬头一看，媳妇在那儿正蹲着偷吃呢！媳妇回头一看她，吓得不敢动了，怕她打骂啊！她一看到，也弄个骑虎难下，你看你老太太净说人家呢，也端碗切糕，这干啥啊？但老太太来得挺快，就喊："媳妇，媳妇，你别害怕！我知道你年轻，饭量大，我怕你一碗不够吃，又给你端来几疙瘩。"

媳妇一看，"我的妈啊！"

老太太说："得了，这俩你吃了吧，吃完就完事儿！"

吃双合饼

那时候细粮少，有的家就没有细粮。有这么哥俩，哥哥和嫂子带着兄弟过。这个哥哥有二十多岁，兄弟十四五岁，也能干半拉的活儿了。

一天，嫂子给他们烙五张饼，没多烙，这五张饼她烙得薄，就像那筋饼似的。这个嫂子就偷着告诉他男的，说："你多吃一张，五张你得吃三张，给他留两张就不少，这样你就能吃饱了。"

他说："那我怎么能多吃呢？"

这个嫂子说："你一回拿两张吃，你吃两张他吃一张，吃完还剩一人一张，这样你不就吃三张了嘛！"

他说："好！"

单说这个小孩儿，你别看他小，十来岁也有主意了。他先拿一张饼，拿着就咬，他哥说："哎！我来个厚点的吃。"他哥一伸手抄起两张饼来就咬着吃。

小孩儿一看，心想："你拿两张饼，我拿一张，还剩两张，你寻思一人一张，这样你就多吃一张了，好！"他这一张饼吃得快呀，他哥是两张吃得慢，这小孩儿大点块大点块地吃，他哥也快吃，但他哥两张饼厚，所以吃不过他，这小孩儿就把一张饼吃完了，吃完就笑了。"我哥拿两张抄着吃，我也拿两张。"他拿起来就咬，他哥直眼了，一看，弄了半天，没鬼过他兄弟，这小孩儿倒捞三张吃，他哥只捞两张。

嫂子一拍腿，说："完了，这老的鬼不过小的呀！你看，人家吃双合饼，人家先把一张饼快点吃完了，最后再来两张。"所以，嫂子拍拍男的肩膀头，意思说："我白惦记了，没鬼过你兄弟呀！"

丑男子订俊媳妇

有这么一个姑娘，她家过得不错，也挺有钱的，这姑娘长得也漂亮，就是男的不好选，选谁她也相不中。后来保媒的给相了不少，她都相不中。最后这女的把自己本相画下来了，画完以后，就贴到大街上了，说："谁要能赶上我这相好看，我就嫁给他。虽说我是个女的，但他也得长我那样才行。"爹妈也同意了，人家有钱哪！她就让人给贴大街上了。

贴上有半年，也没有赶上她的长相的，男的哪有赶女的好看的。

还有这么一家，哥俩叫张老大、张老二，这个张老大长得挺怪，二十多岁，家有点穷，他告诉老二："我有办法，你帮我把媳妇儿订上。"

老二说："那我怎么帮你订呢，哥？"

老大说："你呀！就装傻。"就告诉他弟怎么怎么的，他弟就记下话儿了。

到第二天，这张老二拎个棒子就去了，到那儿一看那相就开始噼噼啪啪地打。人家看守的说："别动！干啥？"

老二说："不是别的，这是我哥。"

看守的说："你哥？这是我们家小姐！"

老二说："不，这是我哥，一点儿不差，他净在外面溜溜达达地念书，不管我，我在家都没人养活我了。"说着说着就哭起来了，"我非打坏他不行。"

后来，这看小姐相的一看，说："哎呀！真有这样的美男子呀！报告员外去。"他报告员外说："逮着了，有个小伙儿长得模样好，他兄弟找不着他了，他到外边儿念书去了，准备科考，他兄弟气得打那个相哪！"

之后员外把这兄弟叫过来一问，张老二说："是我哥的模样。"

员外说："这么办，你就回去吧！我们给你找你哥哥。"

第三天，员外一查一找，到了他家一问，这老太太说："我有俩儿子，这不是吗？我大儿子就和你这相的模样一点不差，但他不在家，这是我二儿子。"

员外说："不是别的，俺们家姑娘选个美男子，就选中你的大小子了，他长那么好，选他就行。"

一说就说妥了，老太太说："那行吧。"

这结婚得看看日子，这日子也看了，要说这过去的姑娘也毛头，看完以后就结婚了。

那时候蒙个盖头，再一个拜天地，也没有别的什么仪式了。这就糊里巴涂地过去了。结婚那天晚上，到睡觉的时候，她进屋要点灯，这男的就告诉这女的："别点灯！咱们有这个规矩，我已经算好命了，咱俩犯这个走马灯星，不能见灯，见灯就不好，明天见行，今晚儿是不能见，就得这么黑着睡。"

媳妇儿笑了，说："有那个规矩？"

老大说："有那个规矩。"

两人就趴下睡上了。睡到半夜，就听房后号叫："我是过往神灵，你们俩人长得都太精了，'男女一样，活不到天亮'，你俩非得有一个毁容不行，要不天亮之前你俩就得死一个，我是神仙，专门收这个来的。"

他拽媳妇儿就哭："咱俩活不到天亮了，怎么办？咱俩挺对视的，是你毁容还是我毁容？"

媳妇儿说："你毁容吧！要不我这毁容之后，长得碨碜了，明儿你就不要我了。"

老大说："我不能。"

媳妇儿说："我不毁容，你毁吧！"

老大说："我毁变碨碜了，你还能嫁我吗？"

媳妇儿说："指定嫁你，没说道儿。我现在起个千年毒誓，我绝对嫁给你，你多碨碜也跟你。"

老大说："好吧！"

要不怕活不到天亮啊！这怎么也得毁一个。这小伙儿就蹦地下了，连打滚带伍的，闹了一阵。没过多长时间，这神走了，天也亮了，女的一看，老大长得太碨碜，真不像样了，说："哎呀！你长得太碨碜了。"

老大说："这不毁容毁的嘛，你不是让我毁容吗？"

媳妇儿说："拉倒吧！就这么的吧，这不是命里该灾吗？'男女一样，活不到天亮'，咱俩毁一个就行了。"

从那以后，他俩也就过一辈子，要不说这订媳妇儿也要有巧计，他用妙计把这媳妇儿骗来了。

吹牛大王

这个故事专讲吹，看谁能吹，谁吹赢算妥。

江南有个张三能吹，挺出名，那一吹吹挺老远；塞北有个李四能吹，这俩人都是当地能吹的人。

张三媳妇呶呶着说："张三，你老说你能吹，塞北有个李四比你能吹。"

张三说："他可不行，哪儿天别着急，我会会他去，最后看谁能吹，要不这天下第一吹争不到手啊。"这不定"天下第一吹"嘛，就看到底谁能吹，定定名，现在就他俩互相争执。这张三就搁关里走过来了。

单表李四。李四在家待着，堡子里的人也说："李四，都说你能吹，听说张三吹得有劲头，比你吹得大，能吹，你吹不过人家。"

"我吹不过他还了得。"

"这么办，要不你们就碰碰去。"

"好，我去。他不在江南嘛，我找他去。"

他俩正好往一起走，张三往这边儿来，李四往那边儿去，走到山海关见面了。俩人正好住一个店，到那儿住下之后就闲聊："你贵姓？"

"我叫张三。"

"哎，你是不是江南那个吹大王张三啊？"

"啊，是我。"

"我叫李四，我是塞北的，我也能吹。"

"那好啊，正好会你去呢。"

俩人特别近便，俩兄弟都能吹的，这一唠唠半天，喝上酒之后就说哪儿边哪儿边好。李四先说："俺们北边儿什么都大，都好。"

"是吗？"

"山大，水大，什么都大。不说别的，就说那鼓吧，那鼓都大。"

"鼓多大呢？"

"哎，多大！战争那时候五十万人马没地方待，地上有水，就赶鼓上去，连人带马都在鼓上站着。你说有多大吧，五十万人马在鼓上站着。"

"嗯，那真不小。"

"那可不是嘛，那确实啊，五十万人马在鼓上站着，没湿着一点，要不马蹄子也湿，人也湿呀。"

"这个鼓可真不小。"

伍 生活故事

"那能小吗？你们江南没有这个地方。"

"我们江南那儿也有出奇的地方。"

"什么出奇？"

"我们江南树高，站树上没事儿就拿星星玩，拿星星往这儿一撇、往那儿一撇，倒弄星星玩。就站在树上倒弄星星，树高。"

"太好了，你这一说太出奇了。"

俩人唠完之后要散了，李四就说："这么办，大哥，早晚上你们江南看看去。我定了，就到八月十五我去，看看你们这树多高，看看你们那儿怎么样。"

"八月十五天头凉的时候不行。"

"不行，我八月十五就去，正好割完地。"

"那好吧，那你去吧，我等你。"这俩人就回去了。

俩人散了挺高兴呀，这个张三就愁上了：他还真较真啊，那哪儿有那么高的树，还摘星星。回去和媳妇唠叨："遭了，我吹得有点过火了。"

"怎么吹的？"他就把这事跟媳妇一说。媳妇说："你也真是，那树不是别的，在树上能摘星星，你吹得是不小。安心吃饭吧，啥也别寻思，油着起火还不怕呢，来再说。"

一晃就到八月十五了，头两天的时候他就寻思这该到了。媳妇说："不要紧，来有办法。"

这天他正在屋待着呢，一看外面有人拍大门，说："这是不是张三大哥家，我是李四。"

"哎呀，来了来了。"媳妇说，"这么办，你快猫起来。"那有大格子柜子呀，就把柜门打开了，说，"你趴柜里不兴吱声，我给你答对。"

"你能答对？"

"我能答对，你看吧，你会吹吧，我也会吹。"

"好吧。"他就趴柜里等着，寻思这"天下第一吹"是争不到手了，这人家来了自己就露馅了。

李四到屋一看，"哎呀！"

"我就是张三屋里的。"

"哎呀，大嫂啊这是，大哥呢？"

"咳，吃饭吧，完再唠。"就把饭菜酒摆好了。

正喝酒呢李四就打听，说："我大哥呢？"

"咳，你大哥呀，现在没办法，该然落魄呀，现在已经进监狱了。"

"哎呀，因为什么呀？"

"别提了，进监狱能有半个来月了，没回来一回呀，没办法，我愁得邪乎啊！"

"因为什么，他也不能惹祸呀。"

"惹啥祸呀，俺们养活一头牛，这牛惹祸了。"

"牛怎么惹祸了？"

"把人家麦苗给吃了呗。俺们这边不种秋麦嘛，种完之后麦苗都老高了，都给人家庄稼吃了呗。"

"那能损伤多少，包他呗。"

"包不起呀，包得起不就包了嘛！"

"包多大呀，能吃多少呀，吃还能吃五亩地了？"

"五亩地？"

"吃一坰地？"

"一坰地也不行，多得多呀。"

"多多少？"

"咳，吃九州十府一百单八县。九州十府一百零八个县的麦子都给吃平了。"

"这不笑话，哪儿有那么大牛呢？"

"你傻啊，没那么大的牛你们塞北咋蒙那么大的鼓，还站五十万人哪，哪儿来的皮啊，不是我们江南的牛拉去你们蒙的鼓吗？"这李四就不吱声了。

张三媳妇说："你看你不行吧，你出来吧，我给你答对完了。你俩都是假的，你俩都不够大吹，天下第一吹在我这儿呢。"

结果她闹个天下第一吹。

此墙是你祖先堂

老李头开豆腐坊儿，日子过得挺一般，两口子就一个小子，小孩儿念点儿书还真不错，挺好挺好的。他家过去住的哪儿？住的是警察局后院儿，前边儿就是警察局，过去那旧中国的警察局，有局长和二三十人。

他们这大门就对着警察局后边儿，这后边儿有个角门子。这些官儿啊兵啊的，有那厕所但远哪！都不爱去，角门子出来之后，对人家大墙就"哗哗"往那儿尿。那夏天浇还行，那冬天它冻冰啊！另外那一吹，大门北边儿就冻冰。人家那屋儿墙还不太高，尿尿脑袋都能瞅着院儿里了，人家都能瞅着他了。很难哪！这老李头儿没办法，说也说不起呀！不好办！

这天老太太就叨咕，那小孩儿一看，说："那就不让他浇呗！"

"能不让他浇吗？你一个小孩儿。"

"我有办法，我写两个字儿他就不浇了。"

"那你写吧！"

他就写了，写完之后钉个小牌儿，小牌儿挺规矩的，就钉到墙上了，这小孩儿聪明嘛！过了不一会儿工夫，这些官儿又来浇了，浇了一看，回去叨咕，说："可坏透了，老李家小孩儿写了个牌子，你去看看。"

这局长到那儿一看，是这么写的：

"此墙不是你的墙，此墙是你祖先堂。

双手掐着你的父，何必满眼泪汪汪？"

大伙儿一看，这骂坏了，局长说："别跟他气，以后谁也不兴去，那旮旯本来就不是应该撒尿的地方，有厕所儿你不去，你还怨人家骂你们吗？"

从那以后，大伙儿就被这小孩儿辟住了，你看这小孩儿聪明吧！

聪明的媳妇

有这么一个财主，挺捣蛋，雇人给的价钱多半不太低，但到时候不给钱，老得这么扣那么扣，总得扣你一部分钱，给不完。你要是做活做不好，他也不行，也得扣你的钱。他就是一个刻薄财主。

有这么一个做活的，还挺忠实，他姓王。他给财主干了一年，春天就开始干，跌倒爬起，干得很认真，干到快秋天，眼瞅着快打场了，他还在那儿干呢。有一次他一下没注意，正好老东家有个猫不知道在哪儿藏着搁着，他过去一脚就踩猫身上，一下子把猫给踩死了。

这老东家就哭起来了，说："哎呀，我这猫是传家之宝啊，没这猫我哪儿能过这好日子。全靠它保护我呢！你这把我坑坏了。这你包我的猫吧！"

老王和老东家强说歹说了半天，东家才说："这么办吧，你今年的工钱就不用要了，顶我这猫钱吧！"

老王一听，说："那也不行啊，那我还怎么活呢！"

东家后来一算，说："这么办吧，你工钱还拿回点儿去了，你就把拿回去的都给我拿回来行啦！"那意思就是，今年干的活儿白干，他好比一共挣个五百一千，他拿回去二百，那二百还得给拿回来。财主说："我那猫值老钱了，我就没法和你说了！"

后来，这男的晚上回家和他媳妇儿就哭了："白干一年还不算，还得倒给人钱哪！东家的猫让我给踩死了，猫在那你看呢我瞅不着，不注意一下就把挺蔫的一个猫给踩死了。"

媳妇儿说："那好办，那咱给人钱吧！"

"那你有钱吗？我挣俩钱回来之后早就花了，一分钱都没有，你别开玩笑了。"

"你让他来取来啊！你和他说让他来取，你说我媳妇儿给预备下了，叫他来就行！你别跟回来。"

"那行？"

"那有什么呢，就让他来就行！"

他回去之后就告诉东家："我媳妇儿说了，钱已经预备了，你可以去取！"

东家说："是吗？"

"啊！"

"好。"东家就去了，到门口那儿之后就喊："老王啊，今儿在家呢？"

老王媳妇说："啊！到屋吧！"东家一听是老王媳妇儿答应，就进屋了。进屋一开门，从门外往里进，一迈"咔嚓"一脚把一个瓢踩成两半了。

这媳妇儿一看就闹起来了："哎哟！我的先生，那瓢是俺的聚宝盆哪！俺们全靠这瓢啊！那瓢啊装一斤粮食就吃半年都吃不了，它啊能长粮食。你这一下就完了，俺这一辈子都完了！这不要说是光一个瓢的问题，你买不着这是。俺们家不管多少口人，有那么二斤米在那儿搁着，多咱都吃不了。要不俺们就挣俩儿钱能够花吗？这怎么办吧？"

这一招就干起来了，要说这事吧还不好说，不好认清这事儿啊！一看，啊！你搁猫吓他，他呢搁瓢吓你。大伙儿有的吱声："这么办吧，你们俩顶吧！拉倒吧！你也不要猫钱，她也别要瓢钱了，就这么的吧！"

后来一合计，老财主问媳妇儿说："行不行啊？"

媳妇儿说："按理说是不行。不过您是东家，俺们是伙计，有一部分感情，俺们就得说行了，要不怎么办呢？管你这东西，我就是干一年才有准。这么办吧，你呢也别往回要钱了，俺们这一个瓢赔就赔吧。这玩意儿宝贝没有了，就宁可这么的吧！"

财主说："好吧！"这两家当面就说清了，说完东家就回去了。

回去之后东家就说："这个媳妇儿可真是了不得！"又告诉做活的："你回家去吧！你下完工之后就完事吧，咱俩两不耽误，回家吧！"

从那以后，他就平安回家过太平日子了。

聪明的丫鬟（一）

有个丫鬟特别聪明，和主子感情挺好，也挺会来事儿。

小姐对这丫鬟说："你确实挺会来事儿，这书你也没少看呀。"

丫鬟说："我没看多少书，就是小姐看完之后，我偷着看一会儿。"

小姐说："今天我和夫人都在这儿，就看看你念书念得怎么样吧，你如果真够一个成年人的水平了，我也不能老累赘你给我当丫鬟，我一定让你结婚，给你找个婆家。"

那丫鬟说："小姐说的算。"

老夫人说："我给你出个题，你能把这诗作出来就行。你能答上来，我就给你找婆家，不能老让你当丫鬟。你来的时候十三四岁，现在都二十四五岁了，念你在这儿伺候俺们姑娘十来年了，不能老累赘你。但你如果没这个资格，到那儿不会料理家务，没学来本事，就不行了。"

这丫鬟说："那好，你说吧！"

老夫人一寻思，说："这么办吧，你们不都爱作诗嘛，那你就给我作个'无风'诗吧，就是'说风不漏风'的诗。"

这丫鬟一听，说："好，小姐，我就作一个吧。"

小姐说："作吧！"

这丫鬟心里边儿一寻思，略加一思索，就说："东院的桂花西院香，鸟儿不飞树梢响，一斗炊烟飘然去，几片红叶过泥墙。"

"哎呀！"老夫人说，"这诗作得好呀！你看，这四句当中都显示出'风'来了，但都没提'风'，这是一点儿也不差呀，作得好！你看，东边花园的花西边香，要是没有风，西边能闻到花香吗？太好了！"

老夫人一看，接着说："你这作得不错！你看，'鸟儿不飞树梢响'，鸟儿不飞，那树梢都响了，那是有风吹的呀；'一斗炊烟飘然去'，烟囱里一出来烟儿，就飘然刮走了，它还是风刮的呀；'几片红叶过泥墙'，这边儿的红叶落到墙那边儿了，不还是风吹的嘛，不错！这么办吧，我说的算，准你结婚！"这丫鬟就被批准结婚了。

从那以后，这老夫人给她找了个好人家，这丫鬟就得好了。要不说"聪明的丫鬟"嘛，她这是得了善报，主子对她也好，她自己也得了完善，找个女婿过好日子去了。

聪明的丫鬟（二）

从前，有个员外，家里特别有钱，光丫鬟就雇了十来个，年龄最小的那个丫鬟叫李英，透精百灵的，员外挺喜欢她，把家里的钥匙都交给她保管。

有一天，员外一家人到外面串亲戚，晚间回不来了，就剩下一帮家丁和十几个丫鬟在屋里看家。

半夜的时候，来了一伙蒙面的胡子，都拿着大片刀，打家劫舍来了，谁拦着就砍谁。家丁一看不好，都吓跑了。这群胡子就闯屋里来了，一看这家的主人没在家，就把这帮丫鬟都叫出来了。这些丫鬟哪见过这阵势啊，一个个吓得像筛糠似的。

胡子头就冲这些丫鬟喊："你们这里谁是管事儿的？"

年龄最大的那个丫鬟就哆哆嗦嗦地站出来了。

胡子头上去就把大片刀往这个大丫鬟的脖子上一架，说："你要是识相，就快点把这家的钱财都拿出来。不然我就让你们都没命！"这帮胡子可是啥事都能干出来，大丫鬟吓得脸煞白，说："我真不知道钱在哪，李英管钥匙，她可能知道。"

李英一看，自己走出来吧，就说："钥匙是在我这，我也知道钱在哪儿。你要是保证不伤害俺们，我就带你们去找。"

胡子头一看，嗬！小丫头不大还和我讲条件哪。就说："行，你要是帮俺们把钱找着了，我一根毫毛都不碰你们。"

"你说话算数啊？"

"哼，我个大老爷们还能骗你个小丫头片子啊。"

"那行，我带你们去。"

李英就拿着钥匙领着这群胡子奔员外家放钱的屋子来了。这一道儿上，李英就琢磨，该怎么办呢？不给拿的话，这些人肯定都没命了，把钱给他们吧，也对不住主人啊。眼瞅快走到放钱的屋了，李英也没想出主意来。得了，骑驴看唱本——走着瞧吧。

到了门口，李英把门给打开了，胡子往里一看，黑咕隆咚的，啥也看不见啊。就和李英说："大爷又不是夜猫子，这么黑能看见吗？你去给拿根蜡烛来！"

李英就拿了一根蜡烛，点着了。到屋里，她往中间那个大箱子一指，说："银子都在这儿呢。"

这群胡子蜂拥而上，把箱子砸开了，一看，哎呀，全是金银财宝，一个个眼珠都掉里了，赶紧往带来的麻袋里倒腾。

李英在旁边一看，这些胡子这个也装，那个也拿，忙得这个欢哪，啥也不顾了。

她眼珠儿一转，就拿着蜡烛走过去说："你们看不清吧？我给你们照照亮。"她就凑过去，挨个给他们照亮，一个都不带落的。

胡子头一看，这小丫头挺好哇。等装完了财宝，就和她说："小丫头你挺配合，我也说到做到，一根毫毛也不碰你们。"说完就领着那帮胡子扛着麻袋走了。

第二天，员外回来了，一看家里遭抢了，连忙问咋回事啊。大丫鬟平时见员外对李英好，早就嫉妒她，就抢着说昨天怎么来胡子了，怎么抢走了银子。还说："就怨李英，是她把家里的钥匙给这帮胡子的，领着胡子去拿银子不说，还生怕人家看不见，点着蜡烛到处给他们照亮呢。"

员外一听，肺都要气炸了，训斥李英说："你嫌他们抢得慢啊，还给照亮！"

李英说："员外，是这么回事……"就趴员外耳朵边嘀咕了一阵。也不知道她跟员外说了些什么，反正员外乐了，转身就出去上县衙报案去了。

没出三天，这案子就破了，员外家的银子都找回来了。

原来呀，李英哪是诚心给胡子照亮啊，她看这些胡子都蒙着面，认不出来，就趁那些胡子不注意的时候，把蜡油都滴到他们衣服后襟上了。员外到县衙跟县官一说，县官马上差人找后襟有蜡油的人。可巧第二天，当差的正巡逻呢，就看见有两个人的衣服后襟上滴有蜡油，正在饭馆里吃饭哪。原来这帮胡子昨晚抢着钱了，今儿就出来胡吃海喝来了。

当差的当下就把这两人抓起来了。他俩一开始还嘴硬呢，不招，后来给拉到县衙大堂上，挨了几顿大板子，俩胡子受不了了，就都招了，把剩下那些同伙也都供出来了。

这胡子头落网以后想不明白呀，问县官："俺们都是蒙着面抢的，你咋认出来的呢？"县官就告诉他是怎么回事。这胡子头就说："咳！我这大老爷们叫小丫头片子给治了。"

打这事儿以后，员外就更喜欢李英了，干脆收李英当了干闺女，过了几年，还给李英找了一个好婆家，像自己闺女似的把她嫁出去了。

崔二的故事（一）

崔二又名啥呢？又名靰鞡。他大名叫崔二，小名叫靰鞡。

单表他。小伙从小念点儿书，哪儿都挺好，就是长得不怎么的，没啥样儿，家里穷得邪乎。他一看，这怎么办，日子怎么过呢？

正好碰上什么呢？有一个大户，张家。这老张家有钱，家里过得挺像样。这张老员外一辈子没有儿子，就一个女儿，外号叫"赛天仙"。其实这个"赛天仙"长得不像样，长得那是砢碜得要命。人家说有三寸金莲，她有三寸还多，那长脚，能有一尺八那么大！她那一说一笑，就像夜猫叫。所以这姑娘找不下女婿，给人家谁，谁也不要。给穷家，她相不中，也不考虑；给好的，她也给不出去。

这天正赶上崔二找活儿，就找到张员外了。这张员外一看，崔二这小伙儿挺好，张员外当下就相中他了，说："你这么办吧，何必在外边儿扛活儿呢，把我姑娘给你吧！"经张员外一说，崔二就考虑，这穷得娶不起媳妇。但崔二挺有计划，就说："那行啊，我就收她吧！"

崔二就把张员外的女儿收回来，俩人就结婚了。

俩人结了婚确实不错，不错是不错，崔二脾气好啊，但这姑娘脾气大，这姑娘老瞧不起他，老说他穷。

崔二说："这么办吧，你不是说穷吗？那咱就别在这儿过了，在这儿过，在人跟前也没啥好的呀，人家有钱！咱俩过咱的日子，现在有个地窝棚，咱就在这地窝棚找个房住。"

老丈人说："行！离这儿三十里的地方，俺们有个地窝棚，那儿有不少好地，给你们，你们就在那儿连住带种地去吧！"

这好了，两口子就到那儿去待着了。在那儿待着，这媳妇老是那脾气，老骂崔二，这老丈母娘也瞧不起他。崔二说："这怎么办呢？就想怎么治弄治弄你！"

这天一早，崔二骑个毛驴就到老丈人家来了。他一看，老丈母娘在家呢，崔二就说："老岳母啊，可了不得了，你女儿疯了，疯得可邪乎了，逮人就骂，逮人就打，是连哭带闹啊！一会儿，你赶快看看去吧，套上车去吧！"

正好老丈人不在家呀，那老丈母说："那怎么办？"

崔二说:"我先回去看看她疯成啥样儿了,别给家打得怎么的了!"他就回去了。

他走了以后,老丈母娘人家有钱哪,就告诉底下人赶快套车。这就套上大车来她闺女家了。不说。

单表他回家之后,媳妇其实没疯,他就跟媳妇说:"媳妇,你妈死了,我搁那儿才回来,刚停完尸。停完之后,人家先生说了,叫你急速出殡,不能超过两天,超过两天得诈尸,就闹鬼了。所以你马上去,你得吊孝去!"

媳妇说:"那咱走吧!"

他说:"好吧!"

媳妇说:"这三更半夜,天黑的怎么能去呢?"

他说:"来吧,你洗洗脸就去吧,别寻思别的了!"

媳妇洗了洗脸,他说:"我给你拍拍!"

媳妇说:"拍吧!"

他说:"扑粉就行,别拍别的!"他就到屋一伸手,抄出一把化煤的灰,完了就给他媳妇拍脸上了。媳妇也瞅不着那玩意儿,黑天半夜的。

他拍了拍说:"走吧,挺好,挺白了!"

媳妇也说:"走吧!"

媳妇出去,骑上毛驴之后,他就说:"你骑驴,我拉着驴。"

俩人就走了。

俩人走着走着,崔二一看,那边不远有人家,就跟他媳妇说:"你听,那边不是有鼓响呢吗?"

媳妇说:"没听着!"

他说:"你赶快哭吧,现在不哭,到那儿再哭就不赶趟了!"

这她就哭了,"哇哇"地哭她妈。

他媳妇正在那儿哭,这工夫,那边来大车了,他一看,是他老丈母娘来了。崔二没由分说就把驴松开了,完了跟他媳妇说:"你赶快把驴骑走吧,我过去看看去,人家那边来人了,是不是人家着急呀!"他就跑去了。

到那儿一看,老丈母娘在车上坐着,他就说:"老岳母,可了不得了!你下地看看去吧,你女儿疯着来了,那不是嘛!"

他岳母一听,说:"是吗?"他岳母就下车奔这儿来了。他就跑在前面,跟他媳妇说:"你妈活了,诈尸了,可了不得了!你赶快跑,那不撵人呢嘛!她抱住你,你就得死,赶快躲起来吧,可了不得了!"

女儿一看,她妈真来了。丈母娘一看,女儿的脸不像样啊,那是真疯了,咋还疯成这样了呢?这她妈就喊她女儿:"赛天仙女儿!赛天仙女儿!"这女儿一听,她妈诈尸了,她就打着毛驴飞快地跑。

就这样闹了一宿,都也没睡好觉啊!

等天亮了,这仆人都起来了,张员外也回家了。

单表这边儿,这女儿跟她妈俩人说起来了,女儿说:"你姑爷不是说你诈尸死了吗?"

她妈说:"我多会儿死了?"

女儿说:"他回去说你诈尸死了,我才哭你!"

她妈说:"不是说你疯了吗?"

女儿说:"我多会儿疯的?"

她妈说:"不用问,这肯定是他闹的事儿呀!"

这老员外回来了,就说:"拉倒吧,弄了半天,折腾一宿啊,还上了人当了。这一宿啊,让人家把你们都玩了。你看,你也惊,她也乱,疯的疯,傻的傻,你俩这闹的。搁这么别瞧不起人家,这姑娘给人这样,就老实点儿吧!"

老员外又告诉他女儿,说:"今后你要打算过,你就像个样,不打算过就拉倒!你再找不来这样儿的,人家就是有计划地把你坑了。"

这崔二媳妇一听,不哭了,就回家了。老丈母娘也不去了。

媳妇回家后,一头撞他怀里,说:"今后你爱怎么的就怎么的吧,你打我骂我,我也不走了。我甘愿嫁你了,你到时候也别想逃了!"

崔二一听,就说:"之后你如果收敛了就行,我就绝对对得起你!"

媳妇说:"好吧!"就待下了。

打那以后,俩人就过团圆日子了。

崔二的故事（二）

这还是崔二的故事。

崔二跟他女的，俩人日子过得不错，过了几年俩人就有两个孩子了。

这天正赶上过年，崔二就打柴火卖。那时候，城里的柴火特别贵。他净打树枝，因为过年三十下午烧树枝，烧秸秆容易起火。他就搁家挑点松树杆，到城里卖去了，他这一挑，挑的这头是松树杆，那头是树枝。

他挑了多少呢？挑了八捆，是一头四捆，他挑过去的。他正卖呢，有一家，这家是买卖家，挺乐意讲价，就问他："多少钱一捆？"他讲的是三块钱一捆，一共卖三八二十四元。

这家掌柜的一看他是庄稼人，不敢招呼，穿得也不怎么的，夯夯的样儿，长得还不错，小伙有三十多岁。这家掌柜的就跟他说："你这三块钱一捆，那好算哪。十捆是三十元，你还差两捆呢，这不是二十三元吗？"

崔二一听，说："怎么是二十三呢，不是二十四元吗？"

这会儿就来了个卖呆儿的老头，也有五十多岁了，就问崔二："小伙子，你是庄稼人吧？"

崔二说："对，我是庄稼人！"

老头说："你不懂账啊，那是三八二十三，哪有三八二十四的呢！你连算账都不会！"

崔二说："不啊，俺们在家也学过，是三八二十四呀！"

老头说："农村是三八二十四，城里是三八二十三！你知道吗？这是城里的规矩，哪有算三八二十四的呢！"

崔二就问他说："你老贵姓啊？"

老头说："我姓王！"

崔二说："啊！"

老头说："我叫王二，外号叫'气死狗'。"

崔二一听，说："啊！"

老头说："你卖就卖吧，人家不能多给你，二十三元，这讲的价钱够高了！"

崔二一听，心说："憋气呀！人家掌柜的唬我，你也帮着唬！"他又跟掌柜的说："你能不能多给我点儿呢？"

掌柜的笑着说："这么办吧，我看你这小伙挺可怜的，我再多给你五毛钱吧！三八二十三块五吧，就拉倒吧！"

掌柜的就对这老头笑了，这老头一瞅也乐了，就把他给唬了。

卖完以后，崔二就跟老头说："俺们农村人哪，确实不会算账。今天这幸亏你呀，遇到王大爷你了，你会算，三八是二十三，要不俺们真就做不了买卖了，人家说不要就不要了！"

老头说："对呀！"

崔二一看，说："你老这么办，今天我看你这老头确实不错，我家父母都没有了，你比我大不少岁数呢，我认你个干老儿吧！讲不了，你跟我到饭店吃点饭去，别看卖的钱少，吃饭用不了，还能够用！"

老头好吃，就说："那好吧，你要有这心思，我就去！"

崔二就领这老头到饭店了，要了点儿菜伍的，要得还不少。

这老头呢，还领了个孩子，多大的孩儿？有五六岁的孩儿，是他孙子。崔二一看，说："坐这儿吧！"

有人请吃饭，这老王头挺高兴的，他在那儿坐下，就先给孩子夹了块肉，孙子吃，他也在那儿"哇哇"地吃。

崔二开头要了几个菜，吃半道儿了，他就摸着这小孩头发说："这小孩太好了！"崔二又跟老王头说："哎呀，可惜我这一辈子有个老伴儿，没生孩子，我就稀罕孩子！如果你要不嫌弃的话，这孩子，我就认作干儿子了，我给他买点啥。我家也不像这样，我家还有不少地。"崔二就这么一说。

老头一听，这心里有答案了，就指着崔二跟他孙子说："叫干老儿！"这小孩就叫干老儿。

崔二说："好，就这么办！大叔你在这儿吃饭，我带你孙子买些东西，再给你买套衣裳。回来之后，我再请你来！"

老头说："那行，你去吧！"

这家饭店掌柜的一看，饭店还剩着他，有吃饭的，就放心了。崔二就抱着这孩子走了。

这老王头高兴透了，这回有答案了！帮他算账，把他唬了，他这庄稼人真是好唬，不懂事呀！他就边寻思边吃饭。

崔二把孩子抱哪儿去了呢？抱卖肉的地方了。那儿有大肉床子，卖猪肝、猪肉啥的，那床子大啊！到屋一看，崔二说："掌柜的，我买点儿肉！"

掌柜的说："好，来吧！"

见到买主，那卖肉的特别尊敬，那时候没多少买主啊。

崔二到屋里就跟掌柜的说："这是俺们家孩子，俺儿子。"

掌柜的说："好，坐下吧！"崔二就坐那儿。

掌柜的说："给孩子拿几块糖！"就拿几块糖给这孩子吃。孩子也挺高兴，能吃上糖了。

崔二说："这么办，你给我砍几片肉。挑好肉，砍十斤瘦的，十斤肥的！"

掌柜的说："那好，肥的砍平肋！"

掌柜的把肉给砍完了，崔二又问："有没有猪肝儿？"

掌柜的说："肝儿也有！"就给他弄来一副大猪肝儿。

买完以后，一摸身上，崔二说："这么办，太对不起了，我来时慌神了，钱包忘拿了。我家就对门，不远，我回去取钱去，把孩子先撂这旮儿，我把这肉拿走！"

掌柜的说："那行，拿去呗，孩子在，怕啥呢！"

他背着肉，连猪肝儿都拿走了，孩子就扔炕上了。他拿着肉正要走，一想，说："别，我得写上欠账哪！"

掌柜的说："你写吧，怎么都行！"

掌柜的还不认识字，崔二说："我给你写，我会写！"崔二就写上了，写完几句话，他就走了。

单表谁呢？单表崔二把肉拿走，孩子在那儿待着。这掌柜的干等他不回来，这左等不回来，右等不回来，屠夫掌柜的想："那不怕，有这孩子在。这么大孩子还不值二十斤肉钱、一副猪肝钱哪。怕啥，等着吧！"掌柜的就等着。

再表这老王头吃饭呢，这吃完饭，人家饭店掌柜的一看，说："你这么办，这吃完了你算账啊，这么坐着能行吗？"

老头说："俺们这人一会儿就回来！"

饭店掌柜的说："什么时候回来啊？那孩子都抱走了，哪儿能抱回来，你算账吧！"

老头心里就寻思，这得算多少钱？就说："我还得拿钱？"

掌柜的说："你不拿钱谁拿钱？俺们这还得腾桌子待别人呢，你不能老占着桌子！"

老头一看，这没有办法，人硬逼着呢。老头兜里有两个钱，就全掏出来，把饭钱结了。

饭钱结了以后，找孩子去吧。他是找哪儿也没有。

后来，老头一看，孩子在肉店那儿坐着呢，就问孩子："你咋在这儿坐着呢？"

孩子说："啊！我在这儿待着，我干老儿走了。"

老头到屋一提这话，掌柜的就说："先别抱孩子，那肉钱你得给呀，你没拿着？"

老头说："哪有肉钱？我没买肉！"

掌柜的说："没买肉？孩子在这儿押着呢，买肉的时候，把孩子扔这儿的。你要抱孩子，先得给肉钱，那不是写账上了嘛，伙计那儿写着呢！"

老头说："哪儿呢？"他认得字，一看，写的啥呢？写的是："为人世间变新篇，明白三八二十四，当作三八二十三。因为你心不正，叫你孙子顶二十斤肉、一副肝儿。"

写完这些，崔二就走了。这老头没有办法，从家里取来现钱，结了二十斤肉钱、一副肝儿钱，把孩子抱回去了。

打肿脸充胖子

这个是怎么个意思呢？

有一个小伙儿，娶个媳妇儿。这个小伙儿，他本身姓王，实际他没有主见，有个外号，叫"要依靠"，就是什么事儿都依靠媳妇。媳妇说东就是东，说西就是西。没有媳妇的话，他是一步不敢行动，待媳妇儿不错。就是这么个人儿，还挺正义。

他出去办事，媳妇就说："你啥也不行！"这么不行，那么不行，七十二个不行。

在这个堡子中，他也念点儿书，书没少念，但不打腰，没人尊敬他，家还没过起来。

后来，他就寻思，他媳妇就说："你瞅你出门那样，你看你那穿戴，穿得也不像样，戴得也不像样。"他媳妇儿就老损他。他说："我有啥啊？我也没工作，也没有啥能耐，穿能穿啥？能买起啥？"

一晃儿就过去不少日子了，这天媳妇就来气儿了，媳妇说："这么办，你别那样！你信我话，我把你装扮装扮。我有两个钱儿，我把娘家陪送的钱，从柜子里拿出来了。我赶紧上集上给你买衣裳去，给你买几套外衣裳。"

衣服买来之后，全安排好了，真像个老板样儿，收拾好了，像个念书人的样儿。他就到屋了，他媳妇儿说："你穿是穿，但是你太瘦了。这脸瘦得不像样啊！叫人一看也是个穷命鬼，不像有钱儿的。不行，你得胖啊！"

他说："那怎么能胖？现吃也不赶趟！这还能胖吗？"

他媳妇儿就说："这么办吧，我让你胖。"

就把鞋底子掏出来了，他媳妇儿说："打肿脸充胖子吧！你趴下，我打你不许叫唤！叫唤就像咱俩干架似的，我是为了你。你得忍！拍肿了就能胖。"

他就说："好吧。你可劲儿削我吧。"他就趴下了。

他媳妇儿左右开工，"噼里啪啦"是左一个嘴巴子，右一个嘴巴子。就搁鞋底子削啊！全打肿了，打通红啊！

第二天真肿了，红了，瞅着真带劲了。

他媳妇儿说："这回你上街走走去吧。"

这就上街上走，这回他穿得好了，像个大学问家似的。他戴上眼镜儿，戴上礼帽子，手拿文明棍一走。

大街上认识他的人说："哎呀！这几天没看着他，今儿这王先生是怎么了？是当官了咋的？长得怎么这么发福啊？这几天脸就胖这样？脸都通红通红胖啊！这还不算啊，瞅着穿的也好了。"

一问，有人说人家发财了。

有人说："是吗？"

有人说："我知道，前儿一阵儿啊，人家把门脸全都给修起来了。"

媳妇也真要强，就把大门洞都修起来了，把门口都修好了，把向外的路都修好了。

就有人说:"人家现在发财了,不用问了。"

有人说:"是吗?那好吧。"

堡屯子里溜须的人多,这晚上就来不少人。到这儿一看,这院里也修好了,这屋里也收拾得钢新,特别新。

这媳妇就说:"我不是说嘛,你大哥现在上班了,现在有好工作了。人家哪哪一个知府大人请他当师爷去,在那儿当师爷呢。"

这妥了,这大伙儿就说:"师爷啊?这有权了,说了算了,给省会大人干活。"

这就火了,你也送礼,他也送礼,送金银财宝,这个女的就收。这一收就收了不少日子,一传传到多远。

单表谁呢?单表真正这个知府大人就说:"我们这儿没选他当师爷啊!怎么说他在这儿当师爷呢?我到那儿看看,这个人到底怎么样?莫非这是有先兆?都说这人儿挺会来事儿。"就把他请去了,到那儿一看,这个人确实挺胖,长得真像官儿样子。

知府说:"这么办吧,那你就给我当师爷吧,就当这个副知府吧。"就把他留下了,从那以后他发财了。这个"要依靠",也发财了,家也过好了。

要不就有这么句嘛,叫"打肿脸充胖子"!就是这么留下的。

大骗子手

这个故事发生在远年那时候。

在沈阳市旧世界的时候啥也没有,最好就是拉洋车的,那算不错了。所以在沈阳出门,一摆手就是洋车,什么洋车呢?不是蹬的,就是搁人跑着拉的,一人儿在前头,架俩辕子跑着拉,这么个洋车。但是可稳当,人往那洋车上一坐,出门这就不错了,没有牲畜拉,也不像倒骑驴那样儿。这个不说。

单说谁呢?有一个关里人,这个人姓张叫张武,他在沈阳拉洋车,在沈阳他有个姐姐,姐姐在这儿住,姐夫是给人家织布机房织布的,他没地儿就早晚在姐夫那住。后来一看住长了也不方便,姐姐就一个小屋,人家两口子还年轻,他说:"这么办吧,我就不在这儿住了。"他就找个小旅店,找了一间房儿;自己在那儿住,自己整饭伺候自己，这小房儿租下之后他每天出去拉洋车。

这天拉洋车他怎么样儿呢？正好一早上出去之后到车站了。有一个女的拎着俩提包，就摆手要坐洋车，他就去了。到那儿一看，他问："你这往哪儿去啊？"

她说："我还没什么准地方，来，小伙子，坐下唠唠！"这就坐下了。这女的多大岁数呢？也就二十六七岁儿，他也二十三四岁儿。她说："这沈阳市我头一次来，不太熟，我搁家来之后想到沈阳溜达溜达，沈阳哪个店最好？你把我送去！"

他说："沈阳南站的大和旅馆好啊！"

她说："那好！"

就上了车，上车就拉到大和旅馆了，到地方东西全都寄存好了，店也租好了，告诉店东她得住几天，租的是单间屋，还挺漂亮。这女的就问他："沈阳最好的地方是哪儿啊？"

他说："没哪儿地方，除了公园呗，有北陵！"这是在中华民国的时候，有北陵了，"还有东陵"。就说了这几下，"有中街"。

她说："这么办吧，你就拉着我到北陵去！"

他说："走吧！"这俩人就走，到北陵溜达一圈儿，她溜达他就坐着，她说："你这车别动换，我溜达，不用怕！我钱不能少给你，我有钱，不是没钱。"完一伸手说："把钱先给你点儿，你别再寻思我不给你钱。"

他说："不用不用！"她把兜子一拉开看里边儿一色儿的钱哪！那都是大洋票！那时候中华民国就花洋票了，看那大洋票老了，像有多少万！他说："你快拉上，别露白，钱露白不好。"她就拉上了。

这女的说："这么办吧！你把洋车锁上它，咱俩溜达去！你给我拎着钱包，我还信着你了。"

他说："那好！"这小伙儿挺实惠啊！这张武就拎着钱俩人在北陵溜达。

溜达完之后，她说："咱俩走吧！晌午了，吃点儿饭去！"坐车上了，到大饭店，俩人吃的饭，吃完以后，都是这女的拿的钱。她说："我拿钱，你没钱，你拉洋车的哪有钱呢！"溜达完到晚上黑了，又把她送店里去了，说："你每天拉一天能拉多少钱？"

他说："我拉一天哪，一般最多也就是拉三块钱。"

她说："这么办，我给你五元，今天你别白拉。"

伍　生活故事

他说:"那还了得?"

她说:"给你五元。不但今天,从明天开始你天天儿早上来,一早上你八九点到这儿,晚上再回去,晌午我供饭,我一天给你五元钱包你车。"

他说:"那好,太行了!我保准来,不能耽误。"

她说:"我准得在这儿溜达几天。"

他说:"好吧!"

从那以后晚上就走了,第二天又来了。她一上车又开始溜达,在沈阳市中街啊啥的都溜达完了,到中午就吃饭,吃得也好,还她拿钱。到晚间时候呢,往旅馆一送,说你回去吧。这就回去了。一连能有七天的工夫,那花钱都不理会!那钱有的是啊!他最后也寻思,这女的她怎么这么有钱呢?这女的就跟他说实话了。

她说:"我和你说实话吧。你别老认为我怎么花这些钱,我不在乎。说实话我现在虽然钱多但是我挺悲观,我告诉你我是谁。我男的啊,过去在军队里当过军长,现在在关里杭州省当省长,我是他第三个小老婆子。现在他又娶第四、第五个了,我这没人家岁数小,人家都是十八九的姑娘啊,我就不吃香了,所以我和他离了,离完之后他给我的这些钱。他还没屈了我,说让我自己随便花去吧。反正咱是离婚了,这不是给我这些钱?我拿着这些钱尽量乐意咋花就咋花了。"

溜达这些天以后,这女的老问他,说:"你家是什么人呢?"

他说:"我家哪有啥了,就我自己,原来有个妈,现在这个妈在我姐那儿待着呢。我也养活不起,我姐在那儿照顾照顾。"

她说:"噢。"

他说:"人哪,这一生不容易啊。都说是娶个媳妇儿,我也没娶,娶不起呀。谁给我啊!"

她说:"其实你这人儿挺准成挺稳当,这依着人选人的话,各选一样儿,有的啊,愿意选有钱的,愿意挑有模样儿的。要搁我怎的呢,就选终身老实,能尊敬女的能高待女的就行。我现在告诉你个实在话,我打算要选个男的,就选小伙儿不大离儿的,能待我好就行。我上回已经当小老婆子让我伤心了,用着了人家就蹽股一家伙,用不着人家就不稀得理我,我这个小老婆子当得没意思,所以我才伤心。这么办,小伙子,你看咱俩人行不行?你要行我就嫁给你!"

他说:"那还哪儿的挑去?我现在哪有啥呀?一分都没有,全指着拉洋车糊生活呢！"

她说："不！我有钱你还怕啥的？这么多你也不是不知道。这么办，你沈阳不是有姐姐嘛，你哪天和你姐姐说一说，你姐姐要是愿意的话，你就把我拉去让他们看看，她要是同意的话咱俩就这么的。买东西结婚都不用你拿钱，都是我的事儿，你看好不好？我还不是蒙人的，蒙你干啥？还不够两个半钱儿的。"

他说："好！"就回去了。

这小伙儿晚上还真回去了，到他姐姐那儿一说，姐姐傍拉有邻居一说："你一个穷哥们怕啥的呀？她有钱，你就娶她呗！那就妥呗！享受一天是一天，她那是给人家当小老婆子当伤心了，要找个一夫一妻的，那你就娶她呗！她有啥蒙你的？她还能蒙你命？你也不该她命，不欠她的。"

他说："那倒是啊！"

他们说："好吧！这么办，你就说你愿意。"

他姐姐也说："这么办，你把她领来我看看。"

第二天他就去说了，她说："我跟你去吧，我还没看着你姐啥样儿呢！"他就搁洋车把她给拉来了，拉的时候这女的说："咱得买点儿东西，买了东西到那儿吃顿饭。"这女的就买东西，一买买了肉还有不少别的东西，花了不少钱。

到那儿，他姐姐一看不错，说："这么办吧，邻居也挺好，都别走了，在这儿整点儿饭，咱吃团圆饭吧！"这大伙儿做的饭，做完她在这儿吃的饭。吃完之后一唠扯，她还挺会唠扯，大伙儿都说他："你这小伙子，你算走运了，你烧八辈儿高香了，娶这么个媳妇儿还不知足？你就娶吧，啥也别寻思了，她在那儿伤心了，跟你就知足了。"他说好吧，这一说就妥了。

她说："这妥不行啊，不能结婚，没房子哪行呢？看哪有卖房儿的找一所儿。"人家一看，正好！离他姐那儿二里地远有卖房子的，院儿、房子和东西都是独门独院儿地卖，她说："咱买下来！"这就花了几百块钱买下来了。

房子买完之后，她说："这么办，你装修装修，不装修哪行啊！万一我亲戚来呢！我不是没亲戚，告诉你实在话，我好亲戚有的是，要没好亲戚我能找那么样儿的人家吗？我可得告诉你，我的姑舅哥哥是北京市的市长，还有在军营里当官儿的。要不我能这样儿吗？"

他说："噢，好吧！"就把这屋全装修，全收拾好之后俩人就结婚了。这一结婚

伍 生活故事

买了不少东西啊！左右邻居连他姐姐都去了，都挺高兴！没用大伙儿花钱，媳妇儿还娶到家了。另外，人家也有钱哪，彩礼也娶到家了。

这一晃结婚以后能有好几个月了，都挺好，她就告诉这男的："你别拉洋车了，拉着硌碜，咱家这么好，正经不错，我穿得也好，你拉洋车拉得我多难看啊。干脆你也装老板样儿，咱们出门就坐洋车吧！"所以这女的给她男的买了好几套衣服，那都是老板衣服，穿得好啊！买的眼镜买的帽子，全买好了，这回这张武也不像当初那张武样儿了，这一穿上真像个大老板似的。那大伙儿都说，他真有福啊！娶个漂亮媳妇儿还打扮上了，没有一个不羡慕他的。

这一晃又过去好几个月了，这一天这媳妇儿叨咕："咱俩人哪，是坐吃山空干待着！"

他说："那怎么办呢？"

她说："过去我爹我妈都是买卖人，都是行商贸易做大买卖的，净把货拉走到关里卖，在杭州搁那边儿取货，每回得卖好几车。我打算做几趟买卖，我爹那时候做，我也跟着走过，我也会做。"

他说："那好吧。"

一合计她说："这么办，咱明天就做买卖去！"

他说："那就去吧！你掂量着办，怎么都行，我是不懂啊！"

她说："好！和你姐姐说一下子。"就告诉他姐姐了，说打算出去做几天买卖，让姐姐帮着看看家，他姐姐说行。

第二天早上，她起来包的饺子，这饺子包好之后车就过来了，那时候是什么车呢？大汽车，中华民国那时候就有大汽车了。汽车雇来之后得拉货去呀！她就告诉这个男的把钱先搁家里，带着一半儿，把钱留家一半儿都锁着了，他俩就走了。

走了之后，坐着汽车就去了，到哪儿呢？就到那过去沈阳市做大买卖的地方，叫金胜鸿！这不怕买卖大，到金胜鸿了，大车开院儿去了。一看，一听说是大买主！这老板就跑出来了，说："到屋，请吧！"

她说："俺们是哪儿哪儿的老客，我家原来在北京住的，我哥是市长，我来做买卖。"

老板说："那没说道！没说道！到屋喝水吧！"这到屋斟的茶，拿出来的净是好茶。到柜房儿了，茶水也喝完了。

她说:"这么办吧,你把布样儿拿出来我看看。"

老板说:"有!有!"

就拿出来了,什么样儿呢?像书似的,一本儿一本儿的,那一本儿得钉四五十篇儿。这书里净小布边儿,就翻那布样儿看,说:"这个布还挺不错,瞅着挺好,这个多少钱一匹?"老板告诉她多少钱,她说:"这么办,来二十匹。"再一看那个,说:"这个来三十匹。"就点他货,这一买干不少。她一合计,足够一大汽车了,这能有上千匹布了,一看这净挑好的买。不用看货就看样子,告诉说:"你可不能差样子。"

老板说:"不能差,咱这买卖能差吗?"

她说:"你给我点货吧,点完货付钱。"

这老板一看,就告诉小劳力,说:"别的活全停,全给这车付货。"这来一二十人哪,全在那儿叮咣地扛货,货全扛完了,车全装好封好了。

她说:"这么办,点钱吧!"

这就点钱,一点钱,哎呀哈,钱不够了,好比多少钱呢?应该是三万块钱,就带了一万八千块钱,差一万二千块钱。她说:"哎呀!没带够,寻思不能用这些钱呢!这么办,掌柜的,你的货在车上装着别动换,俺也不走!"就告诉她男的,"老板你在这儿休息,在这柜房待着,我打车回去取钱去!"到门口现找个马车,坐上就走了。

单说这个买卖老板告诉小徒弟儿,好好伺候这个老板。倒水!这又倒水又倒茶的,这大买主伺候不好还了得!这边儿是左等也不回来,右等也没到这儿。等能有俩点儿了,就看这个老板直门儿打盹似的,小徒弟说:"你困了吧?困的话在这旮旯儿睡一会儿。"就给铺好他睡上了。又没有一个点儿,这小孩儿一看,他睡睡淌吃水,说这是怎么的了呢?一喊他不吱声,就跑过去了,说:"掌柜的,可不好了!买货那个老板在那儿淌吃水,八成要死!"

老板说:"那哪能呢?他死柜房儿那还了得?"就跑过来了,好几个人到那儿一看,死了!

"哎呀!这可了不得!在咱们柜房儿死的,那还了得?另外人家有人哪!市长是人家哥哥。唉!这么办,等着吧!"

这等了不一会儿,那个女的坐车回来了,回来把兜儿拎来了,说:"老板,钱拿回来了,不差一万二吗?你查查钱数。"

他说:"先别查,别查!"

她问:"怎么的呢?"

他说:"你到屋看看,你们那位先生到底怎么啦?好像有毛病呢。"

她说:"哪能有毛病呢?好好的有啥毛病呢?才三十三岁儿的小伙子正壮年呢!"

到屋一看,说:"这不死了嘛!还有毛病呢,你们这……"

他说:"没整别的,就喝点儿水。"

她说:"不用问,就是你们水里有毛病!我啥也不能说,我就上北京找我哥,让他把这事儿给我办了就行了。"

这老板说:"别!别!你别动换,用不着,咱慢慢研究。"

这老板是有钱的人,都害怕大事儿,因为人家有那门口儿大!这老板就跟她商量,说:"这么办吧,已经死了,俺也不是害的,该着双方倒霉。你呀,咱就自己善了吧!也别惊官家了,惊官家没啥好处,俺也不是害他,该着你们倒霉俺们倒霉,这人去了俺们就搭点儿钱吧!你这车货俺们就不要钱了,干脆你一万八拿回去,这一万二俺也不收了,你就把这死尸拉走算完事儿了,咱就私了,好不好呢?"

媳妇儿就哭,说:"那哪对得起我呢?"

老板说:"就这么办吧!小姐,你就成全成全我们,要不怎么办?你回去和你哥别说,外边儿也缓点儿说。"

她自己擦擦眼睛,说:"那就这么办吧!还能怎么办呢,该着我倒霉,行啊!"

就把这死人围巴好搁驾驶楼后边儿头一个货包上了,都弄好了,这钱也全拿回来了,她就把钱揣好之后,连司机带她俩人就上车了,这就开走了。开走以后不说。

过了有四五天的工夫,就有人儿发现了,说在沈阳南边儿浑河那儿逮个死倒儿,被卷着的,打开一看,最后有认得的,正是张武,人家把这死尸扔到浑河里了,把布拉走了。然后张家才仔细体会出这整个是个大骗子,最后再一打听,还哪有那个家啊!这个小伙儿就是被卖了这一条命,她整个就是买这小伙儿命来了,拿他的命换的钱,她一下干进去好几万块钱,这就是大骗子手。

大嘴姑娘找婆家

有这么一家有个姑娘，到二十来岁了不好找婆家，为什么呢！她嘴长得比一般人大。姑娘长得不错，就是嘴大，看一份就在嘴上黄，看一份就在嘴上黄，把爹妈愁坏了。

这天保媒的又来了，说："这么办，再看的时候想个办法。你就唠一两句嗑，别多唠，嘴别让它露大了。"

姑娘说："那怎么办？"

媒人说："有办法，你进屋端碗醋，我到时候问你端的啥，你说'醋'，那嘴就不张啊，显不出嘴大。"

姑娘说："对呀！"

这回媒人有招了，果然就带人过来看了。男方家的到那儿一看都挺好，哪都不错，就说："把姑娘找来吧。"

姑娘搁那屋正好端碗醋就上来了，大伙儿一看，这媒人就说："大侄女，你端的这是什么呀？"

姑娘说："醋。"男方家的一看嘴不大呀，挺好。

往屋一迈步，该然地上有只鞋，"啪嚓"就被绊倒了，这碗就"啪嗒"一下摔打了，姑娘就说："哎呀，洒了！"

这一说"洒"，嘴就张开了，男方家的说："不行，嘴确实大。"

这不，还是没找成。

当兵的吃切糕

军队里都有这规矩，就不许当兵的在街上买零嘴吃。你要饿了，你可以到饭店吃，不管吃啥，你都可以坐着在那儿吃。但你不能拿着东西在街上就吃，一点儿规矩不讲，那不行。比如你买花生呢，买完之后回家剥着吃去，不许在街上吃。

有个当兵的在街上看见切糕挺好,他不懂规矩,就买块切糕。那时候的切糕都是下头有层豆子,中间有枣,瞅着花溜溜的,他就买了块切糕,一边儿走一边儿吃,一边儿走一边儿吃。

正好就来个官儿,那还不是个小官儿,什么呢?是个少将。人家带着老婆溜达,他一看不行了,"啪"一立正,连切糕带伍的扣一脑袋,打一立正。官儿一看,觉得他太不像话了,问:"这是什么东西,这是?"

"啊,切糕。做得花花。"

"瞎说什么!"

"带豆的不是花花咋的。"

少将媳妇一看,说:"你这兵啊是怎么练的呢,一说净说笑话呢。"

少将告他说:"滚回去吧!今后永不允许你上街。"他就把这兵圈起来了。

后来这兵回去之后,这官儿就和他定下说,今后在街上不许吃东西,你看吃东西就出丑,哪儿有说拿着切糕在大街上吃的呢,弄得整个脑袋胶黏的,我问你说花花不,你还说带豆儿的。

捣蛋鬼

这家有个小伙子,从小就捣鬼,但他没有"鬼"名,就叫"捣蛋"。每天,在家他也不怎么干活,念书他也不认真念,这就把老师给气坏了。

有一天,老师被他气得说:"你这孩子念书不好好念,还净惹事儿,不是和这个干架,就是跟那个干架!"说完,老师把他拽过来,"噼里啪啦"地打了他几板子。打完之后,他就恨老师,心想这老师太可恶了!

那时候老师都岁数大,不像现在有小老师,那都是五六十岁的老头子。

那时候厕所怎么修的呢?就是一个大坑,人蹲在边上。这老师怕摔了呀,就在墙上面钉俩橛子,就是木桩,手扳着橛子,屁股对着坑拉屎。老师的那个厕所就是这么个地方。学生那时候上厕所也是那样。

后来这学生说:"张顶如你打我,我就折腾你!"

到晚间没人，他就去厕所了。他就拿个小刀把这橛子底下削了，"咔嚓咔嚓"地削得剩了这么一点。俩橛子全"咔嚓"完了之后，他就在上面给弄了点儿泥糊上，这样就瞅不出来了。

单表老师晚间没事儿呀，上趟厕所吧，就去厕所蹲着。他蹲下去之后，手轻扶着橛子没怎么的，到拉完屎起来时，他用力一扳，"扑通"一下就摔坑里去了，给老师的衣服上弄得满是屁屁，这老师气坏了，心想这也太气人了！

这老师回屋之后，就把衣服洗了。然后到厕所那儿一看，不怨橛子不结实，是谁给它"咔嚓"了，又一看，净是新印，这老师就说："不对，这准是谁干的！"

第二天，这老师急眼了，去教室一问，谁也不说。这有十几个学生，老师就说："挨个打！"学生就挨边儿被老师"噼里啪啦"地打板子。

打着打着，正赶上谁来了呢？正赶上庙里的和尚来了。他正要打捣蛋呢，庙里和尚说："得了，别打了，打几个得了，出出气就算了！今后你们不管什么事儿，都不能再这样了！"和尚说说情，这捣蛋就没挨打。

完了没事儿了，这捣蛋就跟和尚说："和尚，你这把我救了，谢谢你啊！其实俺老师不懂事，他头天把我打了，我才给他'咔嚓'的。"

和尚一听，说："哎呀，原来是你'咔嚓'的！"心里寻思，"你这真不懂事儿。"

后来，和尚一想，说："这么办吧，干脆告诉老师吧！"他就告诉老师了。

这老师一听就急了，把捣蛋暴打了一顿。

打一顿之后，捣蛋一合计，这回家吧！

回家之后，他心说："这老和尚，你不对呀！我跟你说实话，你为啥把我举报了呢？"他寻思，怎么办呢？后来一想，有了！

正好这和尚睡觉睡得晚，没事儿喝点茶水，回来晚一点就睡下了。和尚睡下去之后，他就进去了，把这和尚的衣服、帽子全偷出来了。偷出来之后，他就上集市去了。

那时，起早的时候有集市，卖鸡、买菜的挺热闹。他就穿着和尚衣服去了。

去了那儿，他就到这个女的旁边碰一下，到那个女的旁边拽一下，跟那个抱个腿儿。大伙就说："这老和尚太不像话了，怎么能那样？"这样一弄这些女的，捣蛋就给这老和尚的名声搅黄了。

女的们回去一说，家里男的一听，就说："哪有这样的，这和尚咋学会那样了？"

大伙中年轻的就说:"去,揍他去!"

这庙里就来了一群小伙子,把和尚暴打了一顿。

打完以后,捣蛋就搁家笑!这时谁来他家串门呢?他亲姐夫来串门了。他姐夫问:"你笑啥?"

他说:"我不笑别的,我笑和尚呢!和尚他说我坏话,我告诉他知心话,他把事儿告诉老师了,老师就把我好一顿打呀!最后我穿了他衣裳在集市上戏弄女的,这就把他坑了,他也挨揍了!这不,他的衣裳还在这儿呢嘛!"

他姐夫说:"你呀,那不是祸害吗?这么办吧,你呀,去给和尚认个错儿吧!"

他说:"我有啥错,我能认错?我晚上就把这衣服给他卷回去,没事儿了!"

到黑天,他把和尚衣服卷巴卷巴,就扔到庙里了。

他姐夫一看,这小孩儿学得不像样儿!他姐夫和这和尚不错,就告诉和尚说:"今后你别管闲事了,管闲事不好办。你这事儿,我跟你说,不怨别人,就怨捣蛋,就我那小舅子,是他干的事儿,他把你坑了!"

和尚一听,说:"哎呀,太坏了,这小子!我对他还不错!"

第二天,没由分说,和尚就给他一顿好打。

以后他看见他姐夫,就想:"姐夫,你这太不应该了,我和你说实话,你还这样办,干脆吧,我得和我姐姐说!"

他就和他姐姐说:"我姐夫不正啊,他外面有人哪,要休你呀!我看见他在外边领了一个大姑娘,那姑娘长得可漂亮了!"他就这么地一说。

他姐姐一听,就急眼了。那女的家里过得不错,气昂啊!他姐姐一回家就跟他姐夫干起来了,把他姐夫打得头破血流的。

他姐夫说:"你看你,我都舍不得打你,你怎么这么打我,你怎么这么闹呢?"

他姐姐说:"咋!你不干好事,我兄弟说了,你领个大姑娘在外边走,你不要我,要休了我!"

他姐夫一听,说:"不用问,这捣蛋是真'捣蛋',把我都扯上了。我啥也不说,你不能那样了啊!"

他姐姐说:"什么事儿?"

他姐夫说:"他挑唆那和尚,穿着和尚的衣服拽妇女。我气得就告诉和尚了,和尚把他打了,他现在把我也捉弄了。你这兄弟一天没事儿净惹事儿,太能捣蛋了!"

他姐姐就说:"他从小就鬼了巴拉地净干点坏事,跟捣蛋鬼一样!"

就这么着传出去叫他"捣蛋鬼",但后来,一般谁也不惹他,也没人教他了。

这就是捣蛋鬼。

盗墓遇"鬼"

这个故事发生在南边儿四台子。

一年春节的时候,有那么一家,这个新媳妇儿结婚第二天就死了,家过得不错,就是跟这个男的受气,受气后吊死的。吊死之后那就不用说了,人家娘家不让了,这埋葬的时候就把东西全埋上了。新媳妇儿结婚时候要的东西啊,手镯、金镏子全给她装在身上了,全埋上了。

有个徐木匠,他亲自往棺材里装的,亲自钉的棺材板儿,全都是他钉的。钉完以后埋哪儿呢?埋四台子后边儿道旁上有个坟。那年轻的死完不能入祖坟哪,就埋在道旁一个犄角上了。

埋那儿不说,过了两天的工夫,谁呢?单表这徐木匠,他那儿还有个张木匠,张木匠岁数比他大点儿,胆子比他大。徐木匠就叨咕:"咱这做木匠活一天挣不了多少钱哪!前儿个,那谁谁的媳妇儿死了,那可装老多东西啦!那东西要是拿出来,够咱活二年多了。那家伙!连金银首饰都装里了,人家还给裹的多少布!咱胆儿小,不胆儿小就抠开它!够活几年了。"

张木匠说:"那怕啥的?一个坟茔,咱俩人去呗!"

徐木匠一合计,说:"好!那咱俩人就去!"

到晚间,正是正月十二三的时候,月亮还挺亮的。趁着月亮地儿,他俩拿着锛子就去了。到那儿一看,棺材正在那儿埋着哪。徐木匠打的棺材,都知道在哪儿埋着呢!

徐木匠问:"怎么整?"

张木匠说:"别着急,有办法,咱不能全劈开倒费事啊!把后踝头那块土挖开,拿铁锹挖开之后,那棺材不是长嘛!"后边儿那小板儿叫踝头,前边儿的叫前踝头。

"后踝头那儿的板子一撬能开，咱用锛子把它别开。"就用锛子把那儿给别开，把那立板儿拿下来了，露出这么大一个窟窿。

张木匠说："这回妥了，把人拽出来以后就好办了。完了咱就拿东西，人一拽出来就能带出不少东西。"

这个棺材大，张木匠说："徐木匠，这么办。你年轻，比我滑头，你进去！"

他说："我害怕！"

张木匠说："不怕！我给你壮胆子，怕啥的？你伸手去吧！"

他伸手一摸："嗯？没有呢？"

张木匠说："哪能没有呢？你不知道，棺材大，一抬人往前一拥，脑袋就起来了，在前头儿人就像坐起来似的，她就拥前头儿去了，所以摸后边儿没有人。你钻里去拽！"这徐木匠就钻里去了。

往里一钻，一摸当中，就听到里边儿叫唤，"嘎"一声，徐木匠说："赶快拽我吧！不好不好，她把我掐住了！"

这张木匠一看，就拽这徐木匠的腿，拽出来正好，里边儿有个掐他脖子的，那个也拽出来了，一拽拽出俩来。张木匠说："哎呀！这是活了死了？"

徐木匠说："不行！她快把我掐死了，赶快动手！"

这张木匠一看，没办法了，就把锛子操起来了，"乓乓"的一顿锛子，就把这个女的砍个破稀烂。最后是真正死了？真正活了？还是真正闹鬼了？都不知道，反正是知道真正把他脖子掐住了，这砍得不像样儿了。

砍巴完了，张木匠一看这徐木匠动弹不了了，他说："这么办吧，啥也别顾了，咱俩急速回家去吧！还找什么金镏子金钳子，就是金耳环？哪有那工夫了？"吓得这张木匠就把徐木匠背走了。

背到家了，徐木匠他媳妇儿一看，这怎么回事儿？他一说："我完了，我让他把我坑了。他倒是说没事儿，让我钻，俺俩盗墓去了，让鬼把我掐了，这不是嘛！"

第二天早上起来之后，这个徐木匠就死了，吓死的。人家把张木匠告了，张木匠也被抓到监狱去了，公安局来一看挖开的这个坟，金镏子全在里边儿搁着呢！这个女的身上有血，原来她吊完缓过气儿来活了，最后这个张木匠也死在狱里了。

这俩人是白搭两条命，啥也没得着。

坟内借火

说有这么一轱辘路的边儿上有个大坟茔,这个坟茔已经年久日深,坟头儿上都让这狐狸和黄皮子盗成个大洞了,里面的棺材已经没有后板了,里面东西也全盗出来了。那坟没塌,棺材上边儿像堂子似的,有什么紧事儿,人可以钻进去,到里背背雨啥的,那里边儿就是这么个地方。

单说有一家在这旮旯栽一片地瓜。在栽地瓜的时候,他自己就在这儿看着。不一会儿,大雨来了。他一看,这怎么整?天阴得黢黑,他没地儿跑。于是心里一合计:爱怎么的怎么的吧,我就钻那里去,反正也和小孩儿们钻过,也在里面待过,在那里铺点草也不害怕。

他就爬进去了,那里头人能坐得下,他就坐到里头去了。他岁数也不小了,三十多岁,就他自己一个人儿在那里头蹲着。左蹲右蹲当中,他就想抽烟。他带着一颗烟,但没有火,火忘拿了,光有烟这可怎么办?他心想:我这颗烟怎么能抽着呢?

不一会儿,正赶上有个走道儿的跑这儿来躲雨了,他也往里头跑,也没看就钻进去了。这时候天快黑了,他到那儿之后身上也湿了,就进去一轱辘,待旁边了。那棺材挺长啊,先进去的那人在里头,他就在边儿上待下了。

后进去的那人待下之后也犯烟瘾了,就自言自语:"哎!抽颗烟吧!"人家带着烟也带着火呢。于是,他就把这个烟拿出来,"哧儿"打着火点着烟了。

他在这外边儿一抽烟,先进去的人一看,心想:"哎呀!这火太好了,我也想抽,要是我和他说借火,他是不是得害怕呢?"所以他没敢吱声。又想:"我在棺材里,他寻思没有人,我一说话再把他给吓着。"他也是好意,就没敢吱声。但是憋一会儿,不行呀!这烟抽不着天还下雨,他闹心呢!一看,人家又一打火抽第二颗烟了。

先进去的人终于忍不住了,在人家又打火的工夫,他就一拍那人的肩膀头,说:"朋友,能不能把火借我使唤一下子?"

这后进去的人"嗷"一声吓得就蹽了,这家伙一蹽,他一看,说:"哎呀!可不好,把人家吓着了!"他就在后面撵,边撵边喊:"我是人,不要害怕。"

后进去的人一屁股就干到家,他家不远,他一到家把门踹开就跑到屋里了,到屋儿就喘。这借火的还在后边喊哪!说:"我是人,我和你借火。"

他进屋就告诉媳妇儿:"妈呀!可了不得!鬼撵屋里来了,你还在那儿待着!"

他媳妇儿一听,就到那儿一看,说:"你什么鬼呀?"

借火的说:"我不是鬼呀!"

她一问,借火的把怎来怎去一说,这才明白了。媳妇儿说:"哎呀!你可把他吓死了,看你们俩这事整的!"

这人一看,原来他们是一个堡子的,他俩还认得。借火的也不敢说话了,他说:"你说名儿不就好了吗?你咋没说呢?"

借火的说:"能容我说名吗?不等我说你就蹽啦!"

这就造成误会了。这是"坟内借火,借不得",因为这不是个借火的地方。

弟替姐出嫁

有那么一家,老王家,过得不错,家里挺有钱。这家男的也是念书人,他念点儿书之后,家里给订了媳妇,订的是老李家的姑娘。老李家姑娘多大呢?老李家姑娘得有二十一二了,这小伙子也有二十一二。这就准备要结婚了。

但是,这小伙怎么呢?实在是有病呀!要不他为啥结婚?他忙着念书呢,能结婚吗?他有什么病呢?先生说是伤寒病,这病挺重大。伤寒病治不好,最后那小伙干脆就落炕了,那得的病能轻了?

这病得这么重怎么办呢?

正逢有个算命仙儿,就瞎扯说:"你呀,这孩子,不怨得这么大重病呢!"又对他妈说,"你应该给他娶个媳妇冲冲。这是遇上什么呢?他让五鬼给迷住了,用喜事儿一冲就能好!"之后又对那男的说,"鬼出去之后,你这病就见好。"

后来他妈一合计,说:"这娶媳妇倒行,咱家有钱呢!但这媳妇能给娶吗?他瘫到这炕上动不了,还娶人家女儿?你说这娶回门过两天,慢待慢待死了,人家那不守寡呀?咱们这旮旯儿底下都是至交,应该做得心里无错,要不对不住人家!"

这算命仙儿说:"你呀,就得这么办!你要不信的话,你儿子就治不好,你要信我的话,就能治好!"

她一听，心里寻思说："行，就这么办，为了儿子就这么办！"

这男的他妈就自己去了老李家，说："咱娶媳妇吧！"

两家一商量，老李家说："那娶吧，都男大当婚，女大当配的！"

于是，两家就一言定夺了。

定到多会儿结婚呢？定到八月十五头几天，八月十二结婚。过八月十五那就是过团圆节，这就定好了八月十二结婚。定好了以后，这边不说。

单表看时间看得长哪！还有一个半来月才结婚，就有人把那边的消息传过来了，老李家就知道了那男的有病。先生都给看过病了，能不知道？这消息就这么着传过来了，说他起不来炕了，说哪天就死呢，意思要用结婚冲冲。

哎呀！这老李家一听，说："这不像话，拿我们姑娘冲冲！结婚以后你死了，我们这不害娃呢嘛，这哪儿说去？这不行！这医生都看了，钱都撒出去了，还弄不清。"

这老李太太也正搁那儿闹心，怎么办呢？

最后谁呢？最后这姑娘有个舅舅，说："这么办，不要紧，讲不了哇，待看看有病没病，真有病咱们就不嫁他，没病就嫁给他。"

老太太说："那不对！结婚后病了，不是还得去？"

她舅舅说："确实得去，去了那也能回来嘛！你还能到头来把你姑娘卖了，和人家弄一块儿？就是不到一起吧，那屋里一趴也是寡妇了！"他又说，"这么办，叫我外甥去！她不是有个弟弟嘛，今年也十九二十了，面盘长得挺好。他男扮女装去了之后，他姐夫真要好好的，那结婚了，俩人先待几宿，到了九天日子再把她换回去。他要肯定是有病，动不了啥的，那就不嫁了。"

老太太一听，说："也行！"

于是俩人一合计，就把这事儿告诉了她女儿，女儿说："行！"

又告诉她兄弟，兄弟说："我去行，我就替我姐姐去！"

到结婚那天了，弟弟也收拾好了，十八九岁的小伙儿，长得挺精神。那时候都是留长发，不跟现在似的，这弟弟就梳着女子头发，戴了个花，收拾得好漂亮，像个大姑娘样儿就去了。

这弟弟去结婚，到那儿一看，该然哪！他那姐夫真起不来炕了，那确实病重得都下不来炕了。"她"小姑在一旁问她爹妈："怎么办吧，这拜天地怎么办呢？"

正好，仆人中就有人说："拜天地，有办法，叫'她'小姑代呗！这不是有'她'

小姑嘛,今年也快有二十了。叫'她'小姑代,小姑抱着公鸡,那儿有公鸡。"

于是这仆人就跟"新娘子"说:"小姑替'你丈夫'抱着公鸡拜天地。"又对小姑说,"你替你哥哥抱着公鸡拜天地,有这规矩。"

男的爹妈一听,说:"那行,就这么办!"就和亲家商量说:"你姑爷在屋里发汗呢,这一发汗哪,怕闪了汗,不能拜天地,叫他妹妹替吧!"

亲家听了说:"那行!"

于是,男的妹妹笑眯眯地抱着公鸡出来了。男的妹妹是十八九岁的大姑娘,长得挺好。之后,俩"姑娘"就拜天地,妹妹就和"嫂子"拜天地。

拜完以后,到晚间了,睡觉吧,这男的妈心想,也不能让媳妇同房了,明知儿子起不来,能去吗?于是,她就对"儿媳妇"说:"不用同房了,到你妹妹那屋存着先,拜天地是她跟你拜的,存也能存。"又跟她儿子说,"你妹妹跟人家一块儿存的。"

"姑嫂"俩人存在一起,一铺炕睡觉,两人就嘻嘻哈哈的,因为妹妹寻思俩人都是女的,那是她"嫂子"嘛。但那边,这小伙自己知道,小伙挺正义,他不咋爱逗她。但那姑娘挺滑稽,睡到半夜就捅他,说:"你过来吧,咱俩女的还不能到一块儿吗?"

"你胡扯啥?"小伙说。

被子还来不及掩,这妹妹就钻他被窝去了。

一搂一抱,这妹妹就说:"哎呀,你到底怎么回事?你这不是男的嘛,你坑我!"

小伙说:"说实在话,我是男的。你家不应该娶我姐姐,你哥病这么重,都起不来了。你们真要我姐姐嫁给你哥,你哥不在那天,你们这不要我姐姐守寡吗?所以没办法,我替我姐姐来的。今天你愿意,你就跟我一被窝存,我倒没什么不愿意!"

这姑娘自己心里寻思半天,就趴他身上,搂着他说:"你呀,就这么的吧,我也相中你了,咱俩做男女吧!"他俩就到一块儿了。

就这样,俩人一连住了几天,这弟弟要回去的话,那也能回几回了。

这哥哥怎么呢?哥哥真就起来了!这一看,不错,真的发汗了,汗出得溜,病也见好了。

哥哥的病见好之后,那边叫哥哥回去回门哪,这姑娘就不干了,拽着她"嫂子"不断地哭,就不让走。她爹妈一看,说:"你真有意思啊,你俩睡没几夜,感情这么浓厚,你'嫂子'又不是不回来了!"

"爹妈,我什么'嫂子'!他怎么能回去呢?他回去,我怎么办?"

"你怎么办？"

"'她'是男的，俺俩已经同床共枕了，我都怀孕了。"

她爹妈一听，说："这还了得！"这一看，就干起来了。

这一干，双方就惊官了。这县太爷挺聪明的，说："都带上来！"就把这哥哥也带来，他媳妇也带来，这小伙子——假媳妇也带来，他妹妹也带来，四个人就同堂拜县太爷。

县太爷说："你们双方都做得矛盾啊！你呀，有病就不该跟人家冲喜，不能为了冲喜把人家娶来，人家也怕出事！这弟弟替姐姐出嫁，这姐夫真要好了之后，他姐姐再来；不好之后，人家没指正你，他姐姐在家不当寡妇？你妹妹相中这姑爷不错啊，俩人到一起，也就成男女了。你们说现在怎么办吧？我看这么办吧！这一错连一错，错打错来挺好，就干脆今天配两对儿婚约。就让你这个妹妹和这小伙结婚，他俩也应该结。你俩呢？是真正的一对夫妻，也结婚。我今天就给你们主婚，今后就这么办！"

这双方老人听后挺乐意，说："就这么的吧！"

县太爷一看他们都不错，就指着那兄妹俩、姐弟俩说："你今后也别叫他姐夫，你也别叫她兄弟媳妇，你们都是亲连亲。"又说，"这你们相信了吧！你们回去之后，是亲和亲的过，亲和亲的更亲。"

就这么，县太爷搁现场给他们做成了两对儿团圆夫妻。这四个人真就结婚了，真变成亲的了。

丁老爷的儿媳妇

丁老爷是个有钱人，家里过得不错。他在堡子当中不是官，就是一般的老百姓，但是因为他岁数大，大家就都管他叫丁老爷。丁老爷有三个儿子两个儿媳妇，老儿子没订媳妇。

那时候有集，赶集买东西、卖东西。两个媳妇要上集，他就告诉大儿媳妇、二儿媳妇："大媳妇、二媳妇，你俩上集给家办点事。要不家里也没人干这事儿，让老太太暂时在家里待着，中午让她整顿饭，你俩去上集吧。"

俩儿媳妇就问："家里有啥事啊，为啥让我俩去？"

丁老爷说："不是为别的，把羊拉着。把羊卖了，买点咸盐驮回来。家里盐不够吃，能买多少买多少，用羊驮回来。"俩人一听，也没注意啊，把羊拉过来就牵走了，拉一只羊就走了。

快到集上，她俩一合计：哎呀！这不对啊！她俩这才想起来，老太爷说得好，是叫把羊卖了，用羊驮点盐。把羊卖了，哪还有羊了？就这一只羊，咱俩也没多拉，就这一只！咱俩要是回去，老爷看咱俩办错了，也不能让[1]咱俩啊？俺们怎么就这么糊涂，没听明白呢！

这俩人一想，就没主意了，就在街上哭起来了。

正在这哭呢，就看在山岗上有个住家儿，有两间房，从那里出来一个小姑娘，在那放羊。这个小姑娘也就十六七岁儿，一看她俩在那儿哭就问："二位大姐，你们在那儿哭啥呢？"

她俩就说："我俩要赶集去。"

小姑娘就说："要是赶集去，你俩就去呗。这溜光的道儿，你们就走呗。"

她俩就说："不是啊！老太爷告诉我们去卖羊，把羊卖了买咸盐，然后用羊驮回去，这哪能办得到呢？卖了以后还能借一只羊吗？这也不是那么回事啊！另外，我们这个老爷脾气挺倔，你要是办不对，他还不乐意，他准闹！俺们也惹不起啊，就只好在这哭。"

这个小姑娘就说："哎呀，这好办啊！说这你们还不明白？你们信我话，你们到屋来，我有办法。"

到屋里，小姑娘就告诉她俩："你们啊，去集上拿把剪子，等回来的时候再给我捎回来。到那儿以后，你就卖羊毛，那有收羊毛的。到那以后，你就讲价，讲好了你再剪，那儿是讲好价现剪。卖了羊毛以后，能买几斤咸盐就买几斤咸盐，回来时再用羊驮回去。"

她俩一听，就说："啊！这么个事儿啊！那好吧！"

俩媳妇乐了，大媳妇、二媳妇拿着剪子拉着羊到集上卖羊毛。到了集上，买羊毛的一扒拉，一摸，羊毛确实不错，就让她俩现剪。一卖，卖了三两银子；一买，买了

---

[1] 让：此处为原谅的意思。

二十斤咸盐。买完以后,搁小袋绑好,就放羊身上驮回去了。

驮回来,丁老爷一看,"嗯?出奇啊!今儿这俩媳妇出奇了!这事儿我都想不到!把羊毛剪了卖了,还用羊驮回来了,有两下子啊!"

他又一想:不对!这不是她俩想的,这俩媳妇没这能耐。就问她俩:"你俩人说实话,谁让你们这么办的?为什么这么办呢?"

她俩就说:"你老不是告诉把羊卖了,用羊把咸盐驮回来嘛。"

丁老爷就说:"你俩说实话吧!谁告诉你俩的?你们别白话我,别骗我就行!"

这俩媳妇就吓哭了,就说:"不是别的啊,老爷啊,俺们在半道上急哭了。你告诉我们的话,我们没听明白。你说你叫我们把羊卖了,还要用羊把盐驮回来,我们有啥办法?我们就这么一只羊。正好这时候有个放羊的小姑娘,小孩挺精神,会说,下来一听就笑了。她借我们一把剪子,让我们这么办的,是人家教给我们这么办的。"

丁老爷说:"哎呀,这好啊!这个小丫头在哪儿住?"

她俩就说:"在山岗那儿住,家里小房儿不大。"

丁老爷就说:"正好,你老兄弟这没媳妇呢,就把她订来!这是过日子的人家,这样的人能当家!咱们就把她选当家的吧!"所以就托人说亲去了。

这有钱人好订啊,一搞就搞妥了,就把这个小姑娘订回来了。从那以后,当家就用三儿媳妇了。三媳妇掌握一切,全让三媳妇当家,这个媳妇聪明啊!

耿先生下反药治好病人

有这么一个耿先生,过去都是老大夫了,专使这个中药!这药铺里有两个小徒弟,一个新来的,另一个早有的,都在这儿待着。

正好他们一个院儿,西院的一个老李头,这老李头就和他们走一个大门,住得近得邪乎,就在一个院儿里住。这老李头呢,好喝酒,多咱都好喝一点儿。

这天正赶老李头上街回来,晚上回来之后就说:"今儿得喝点儿,再喝点儿酒。"

老伴儿说:"喝啥酒?你那酒还在那儿撂着,你昨天那酒还没喝了呢。"他们家柜子上有个铜壶,这么高一个铜壶,一壶能装四两酒。头一天倒的酒他也就喝了二两,没喝了。老伴儿说:"我给你拿来,拿来给你烫烫。"老伴儿就给烫了烫。一看也没别的什么菜,就整两个一般的菜,炒点儿土豆片儿,炒完以后他就喝酒。

酒也喝了,土豆片也吃了。吃完以后,酒壶撂下之后,他就寻思说:"嗯?今儿酒喝得不大对劲儿,喝急了,咋肚子疼呢?"

老伴儿说:"你肚子咋能疼呢?酒是热东西,喝进去咋还肚子疼了?也不能那样啊!你是喝迷糊了,脑子喝迷糊了,也不能肚子疼。"

他说:"不行,肚子疼得邪乎。"一说疼得邪乎一会儿就犴不住了。

他老伴儿说:"这么的吧,找个大夫给你看看吧!"后边儿就把大夫找来了。

大夫一听:"什么了不起的事儿,也不用问,你喝凉酒了。"

老李头说:"不啊,烫热了。"

"热了也不行,你上街稍微有点儿风寒,感冒了。不用号脉,啥也不用,拿点儿药去,我找个人一会儿给你送来。"正好带着徒弟来的,就说:"你回去吧,一会儿把药给抓来。抓回来之后你一吃就好了,不用熬,你泡着喝就行。喂着吃也行,那是面子药。"小徒弟就回去了,告诉他哪个格儿,在尽北头里边儿,小孩儿就去了。

他那药,药架子一趟一趟的有七八趟。他到那儿从顶北头儿最底下那层拿出一个来,打开一看绿莹莹的药。自己拿勺儿舀了两勺就拿回来了。这会儿这老先生就走了,上街了。

他回来之后就说:"你吃了吧,我们先生走了,我拿来了。"

老李头就问:"多少钱?"

"啥钱哪,能要钱吗?都一个院儿住着。"他就吃了。吃完以后不说。

单表先生回来了,耿先生回来,小孩儿说:"药拿去了。他要拿钱,我说都在一个院儿住着不要钱。"

先生就问:"你打哪儿拿的?"

"就这个格儿嘛!"

他一看:哎呀!心里"咯噔"一下子,但嘴没说。

小孩儿说:"我是不是拿错了?舀了两勺。"

"行了,这就摊人命了。因为什么呢?这是银信,也叫红矾,拿错了!"

他一听:哎呀,我的先生,这准完了。黑天这耿先生就没有觉了,担心没死了吧?一个院儿住着,走一个大门哪。不一会儿就到窗户底下听听有动静没有,死没死,也没有动静。这一宿起来四五回就听着,到下半夜的时候困急眼了,不挺了,爱怎么的怎么的吧,耿先生就回去睡上觉了。

第二天天亮了,耿先生就起来了。起来自己到那屋里去了一看,就问老太太:"大嫂,我大哥昨晚上肚子疼好没好啊?"

老太太说:"一宿啊,稳当当的,啥也没有啊!你这药挺好使啊!吃了之后啥事儿没有,要不得疼坏了,得亏你这点儿药啊!"

耿先生说:"我得喊一嗓子。"

一喊,李老头一扑棱就起来了,说:"昨晚上可了不得了,我肚子特殊疼,吃你这药真好使,真治住了!现在不疼,好了。"

他一听,说"大哥,你吃我的药,那你是怎么得来的呢?"

"不是昨儿个就喝了点儿酒嘛,酒效啊!"耿先生一看,不就是这壶吗?耿先生一磕打,里边儿有动静,一倒,一个蜈蚣在里边趴着呢,一个死蜈蚣。

哎哟!这耿先生自己打唉声,心想:"我这个先生太马虎了!要没这蜈蚣的话,你吃我这药就得药死了。但要不是拿错药,拿一般的治肚子疼的药,也得死。这蜈蚣毒性大,蛰也得蛰死了。这错打错出来,就治好了。我看这看病的先生真难当啊!"

打这以后,耿先生就寻思:以后什么事儿非得我亲手拿不可,小孩儿们信不着了。就那小徒弟,也没办法埋怨他,他还真把病治好了。我得告诉他,和他说实话啊。就说:"大哥,这病不是我治好的。我这是药拿错了,该着你命大。"就说实话了。

后来这老李头就说了:"看起来还是你有德,我也有德,这才没摊着啥事儿啊!今后你也得注意,下回我喝酒啊,我得先看看壶里边儿有啥没啥。另外,这壶没盖子,盖起来好了,没盖子,就敞搁着了。"

要不说呢,凡是一个事儿,坏事容易变好事儿,好事儿也容易变坏事儿。

这就是耿先生下错药。

异文:丁先生下反药

有这么一个好喝酒的人,老王头儿,他多咱见着杯里的东西都高兴,就是不离杯中物,老爱喝酒。那时候喝酒用啥呢?他用的是铜壶,能装四两酒的壶,他每天烫完喝半壶,剩下的晚上再喝。

这一天，他头一晚儿就把酒倒上了，这喝上几口一看，说今儿不太好就不喝了，这酒没喝就撂那儿了，撂在柜盖儿上了。搁了一宿，天亮的时候一看，说："我还得喝点儿。"他儿子说："这么一早上的，出门就别喝酒了。"不喝就不喝，就没喝那酒，这酒又撂了一天。

他晚上赶集回来了，酒撂了一天这回得喝了。赶集买了点儿菜，他自己做了点儿，自饮自酌这酒就喝上了。喝完以后，这酒壶又撂在窗户台的窗户架子上了，就是窗户上有个板儿，撂在那儿了。

撂上不说，单说他喝完酒不一会儿，点灯的时候就觉着肚子疼得邪乎，说："我怎么肚子疼得这么邪乎呢？"就喊他儿子，"你去！把你大叔找来。"他那儿有个丁先生，就在一个院儿住，丁先生家是开药铺的，有好几个徒弟，过得还不错。到这儿来一看，问："怎么的？你说说吧！"

他说："就是喝点儿酒，肚子疼。"

丁先生说："你估计勾起寒来了，你这到岁数寒大。这么办，不要紧！我拿点儿药就好了。"

丁先生就回家了，到家之后呢？正要抓药，赶上有一个来接大夫的，来接丁先生来了，人家有个紧命儿的，说赶快去吧！他就告诉徒弟，说："你去！南头儿药柜上那几个格儿，你包点儿给西院儿的老王头儿送去！让他喝点儿就好了。"

这个徒弟到那儿去了之后，那时候都是点洋火儿的灯，没别的灯啊！到那儿有一个小灯儿，不太亮在那儿搁着呢。他就把那匣子抽开之后，有好几个上下格儿呢，他包上点儿药就拿去了。到那儿就说了："王大叔啊，我师傅走了，给人家看病去了，我给你送点儿药，你快吃！吃上就好了。"他这温好水就喝下去了。

他喝进去不说，单表这丁先生，丁先生到那儿去了一会儿，看看病人也就是一般病儿，给治一下，又扎扎搓搓，完了之后就回来了。回来以后他惦记这事儿，到屋一看，就问他徒弟："给老王头儿送药去没？"

徒弟说："送去了！我给他在这格儿包了点儿。"

丁先生问："你在哪个格儿包的？"

徒弟说："这个格儿嘛！包点儿给他拿走了。"

他打开一看，"嗯！"

光"嗯"了一声，也没说别的话，他说："我看看去！"就急速过去了。

到那儿一看,说:"那什么,老王大嫂啊,我大哥好点儿没?药吃没啊?"

大嫂说:"吃了,你的药拿来就吃了,现在趴得挺稳当,在那儿趴着呢!"

"那行吧!吃了就拉倒吧!"

这一回去,心寻思这糟啦!怎么糟了?拿错了,把什么拿去了?把红矾也就是砒霜拿去了。红矾那时候又叫信石,徒弟不认得,就把那红矾面儿包去了,吃了。

这回妥了,摊上官司了,这回算完了!丁先生就在这屋儿睡觉,他俩一个院儿呀!不远儿,一个大院儿走一个大门。不一会儿就到那儿听听去,这一宿丁先生都没睡觉哇,一宿听着那边儿都没动静。

天亮了,他又跑过去了,就问:"我大哥昨晚儿怎么样?"

大嫂说:"挺好!吃点儿药,昨黑家儿一宿没动换。"

他说:"那叫醒他,我问问他,看好点儿没?怎么样?"他寻思估计死啦!赶得挺好,没叫唤。

这一叫,老王头儿"呼"地起来,说:"哎呀!可了不得,我这肚子疼得要命!这一宿强挺过来,好啦!"这丁先生奇怪啊!老王头儿又说:"好了,是事儿没有了,这回一点儿都不疼了。"

丁先生寻思:"这可出了奇事儿了,吃红矾还能好?你还没死?你什么病也不行啊!一看,又寻思半天,还是你命好,这红矾下去还有不死的?"坐了一会儿,他说:"这么办!大哥,你昨晚儿怎么得这病的?"

老王头儿说:"别提了,前儿我倒的酒,没喝完,就在那窗台上面搁着。昨天我回来又馋了,炒点儿菜我又喝点儿酒,喝完酒以后就肚子疼得要命,那搅和得疼啊!你那药吃着真不善劲儿,吃完以后真就管那了,先下去疼一阵子,疼一会儿就稳当了,不疼了睡一觉又出点儿汗。天亮还真好了!多亏你这药,没这药把我得疼死了。"

丁先生问:"你的壶在哪儿了?"

他说:"不就在这儿呢嘛。"

丁先生说:"拿来我看看!"

完了就给他拿来了,拿来之后他弄点儿水倒里涮了涮。涮完之后把水倒出来一看,"哈!"什么?一个大蜈蚣在里待着呢!"哎呀我的妈呀!可了不得!天哪天哪！你不该死，有救啊！大哥，我这行业不能干了，我回去弃行！别看我给你治好病。"

老王头儿说："为什么不能干了呢？"

丁先生说："不能干了，人家这马虎一点儿也不行啊！昨天你差不点儿没死了啊！我告诉你实在话，你是应该死却没死。这个蜈蚣在里面搁着，喝蜈蚣泡的酒哪有不死的？指定得死。正赶上抓错药了，给你抓的红矾，这以毒攻毒正好。我要是不抓错药，抓别的药就完了。它这个蜈蚣劲头儿上来了能把你搅死，正好这徒弟抓错药以毒攻毒。你想想吧！要不是抓错药，或者我要是一马虎没看着，这都得死亡，你说我这大夫还敢当吗？你说哪有这样儿的事儿啊！"

从那以后，他们俩人说："这么办吧！咱俩人好好喝一场儿吧！把这壶好好涮涮。"涮完之后俩人喝点儿酒，丁先生说："这么办吧！今后啊！我也不当这大夫了，你也别得这病，喝酒千万要注意了，你把那壶撇了吧！以后都不要这铜壶了。"这就把铜壶撇了，他这大夫当不当以后咱就不知道了。

这是丁先生下错药治好病人，要不是下错了，这病还治不了了。你看，要么说呢，这大夫一步都不能错哪！

王先生下错药

要说这个当大夫的人哪，都有脱身之策。这玩意儿，你要是没有脱身之策，自己要粘身的时候，自己还确实不行。

有这么个王先生，多大岁数呢？也有五十多岁，特别精明，看病看得也好，哪儿都好。但是时间一长之后，就有疏忽的时候，他咋的，就自己在家开药铺，和老伴儿俩人一块儿住，家里边雇两个小打杂的，帮着抓药伍的。

这天，正好谁呢？他亲叔伯小舅儿，就是他媳妇大爷的儿子生病了，多大岁数呢？也岁数不小了，四十来岁的，比他岁数小点儿。到这儿一来，按着肚子，说："唉，不好，今儿我这是有毛病，姐夫你给我弄点儿药吧！"

他问："没啥事儿吧？"

"没事儿。"

他说:"我给你看看吧。"

"不用看。"

一看一摸,王先生说抓点儿药就好,没事儿。正好他俩儿唠会儿嗑,告诉小徒弟说:"你去,把这药给他抓点儿,给他吃了。"

小徒弟说:"好。"

他小舅子说:"得了,我就自己到那屋吃去吧,你就别那么费事儿了。"

到外屋整点水,那个小徒弟到那儿给他抓点儿药,他就喝了。喝完以后,他说:"我这儿不得劲儿啊,还得回家。"家不远,就离这儿有十几里地,"我就骑马吧!"日子也过得不错,他骑马就回去了。

他走了以后,单说这王先生。他不放心,就问这徒弟:"你抓了多少药啊?药剂大小?"

这徒弟就给他看,"就打这地方拿的药?"

他又接着问:"拿多少?"

徒弟说:"就拿了一包多点儿,他搋就搋给他了。"

他一看,"啊?是这个吗?"

徒弟说:"是呢。"

他说:"行了。"一看完了,搋的什么呢?银信,砒霜啊!也就是红矾哪!那是毒药,他喝完之后必死无疑,"是这个吗?"

"是,没差。"

哎呀,王先生心想着,也没敢说不对呀,回去一考虑:这可怎么办?他这人没命之后,我这官司能不打?小舅子也不行,叔伯小舅儿啊,那名誉出去了,这大夫当一辈子还当不当啊?一合计,不管怎么的呀,我得先把名誉挽回来呀,然后他爹妈没养活的,我养活着呀,从良心方面也得这样,也不能叫这个把名誉毁了,到屋里去,就擦眼泪,就哭。

媳妇就问他:"你怎么回事儿呢?你哭啥呢?"

他说:"得了,你呀,你兄弟得个绝症,这病没得好啊,刚才我到这儿一看哪,你说怎么办?"

媳妇说:"你给他吃药啊!"

他说:"你给他吃什么药啊?我告诉他拿点儿粗了药,就是大致的,差不多的,粗了着吃了,就赶紧叫他回去,再不走就得死咱这儿,要不吃咋整,那就是绝症,治不了的病,那这么办吧,赶快穿衣服,咱俩儿吊孝去吧!"

媳妇说:"那得赶紧穿。大爷就这么一个儿子,我不去还对了?"

这就没法儿了,媳妇先穿上了衣服。要不说过得不错,有钱哪!套个大马车,告诉老板赶车,拿纸,就地到卖店买的烧纸,买了一车烧纸,买了不少。完又告诉媳妇:"咱俩走吧!"他俩一收拾就过两三个点儿的工夫了,这小舅子就回家了。

单表谁呢?单表这个小舅子回家了。到家一看,哎!不得劲儿,就趴炕上了。趴着,他媳妇问:"怎么回事儿呢?"老婆和孩子都不知道怎么回事儿啊。

"我刚才在你家姑爷那儿,我一看肚子疼、挺难受,教他给我拿点儿药吃。吃完以后他说,'你回去吧!'叫我回来,我回来吃完药就不得劲儿,大管子不得劲儿。我这儿疼得难受得邪乎,疼得出不来气儿啊!"

一听,大伙儿说:"这是怎么回事儿呢?"不一会儿,一伸腿,死了。真死了!这不行啊,这药错了?正叽咕呢,怎么办?这门口有人哭呢?就在大门那儿有人哭。就"呼啦"一下:"哥呀,兄弟呀,你呀,你这是绝命呀,你是应该死的呀!怎么得这么个绝症呢?"

这屋里人一怔,哎呀!一看谁,这不大妹子来了嘛。大妹子在门外哭呢。一看还拉着纸。这先生就说:"我小舅子该着死,没办法,我这没好意思说是绝症啊,我说了的话今儿就得死我那儿,我说你还是回家死来吧。我这和你姐给你吊孝来了,还拿着纸啊。我说他指定到家就得死。"

大伙儿一看,这大夫也太灵了,可了不得这家伙的!看完病就知道什么时候能死,把纸都拉来,吊孝来了。不但他没有罪,这么办着,帮着发送,反而还成名了!"大先生看病看得准,看完之后就知道多咱能死。"从那以后,他成名了。

但他内心里知道,对不起人家,给叔叔大爷也没少拿钱花,到最后他也没说。临死的时候,儿子要学大夫,他告诉他说:"不能学这玩意儿,这玩意儿一时误会就能闹出人命,他都八十多岁了,这辈人都没有啥了。我这是误伤一个,我缺德,死了之后我才缺德呢!我现在呀是把名誉买回来了,这么大岁数了,自己在内心里也愧疚,还是难受。"

最后,他把这事儿说出来了。

董二力降工头

董二是沈阳的，过去董二是力大无穷，最有力量的。一般地说呀，车要是洿住，陷在泥水里，谁也掮不动，他掮掮就能行。小伙子还挺仁义，人也挺好。还有个哥哥，哥哥老实，也有点儿力量，也不错，但是比他力量小，不行。

这哥俩儿在沈阳做工，一看沈阳挣得少，那北边儿林子里招人，工钱特别高，他哥就跑那儿干去了。到北边儿一合计，那一个组啊，就十二三人，抬大木头，放三个大木头就在那儿抬着。干了一个月，掮车、装车伍的，到了二十七八天的工夫，那时候工钱高，能挣个万儿八千的，现在都挣不了那么多。最后要开支了，这把头就说话了："这么办，咱不管新来的也好，早来的也好，咱得露一手儿，如果这个顶不住，讲不了，差一天也不开支，也得回去，就不要了。今儿都得露一手，就抬这木头，力量太薄不行，总得像个样儿。"

大伙儿说："好吧。"

怎么办呢？这天早上起来了，这工头儿就说："这么办，你们抬这木头，先前抬得少，四个人抬那一个大梁啊，飘轻，得加一根。"他们还得过河沟儿，河沟儿上搭的独木桥，一个小板桥儿，还不太宽。人在上面还得错着走。这人就一点点地错着走，还得拧着。有几根木头，他这两根木头就有点押劲儿了，他哥一看，哎呀！这能过去，就咬着牙把木头抬过去了。

这把头一看，说："行啊！"又抬了一会儿，说："这么办吧，再加一根儿。"又加了一根儿，这根儿加上抬在半道儿上，他哥就说："不行不行了，我宁可不挣钱也干不了了。"就吓这一两个后去的，谁也干不了了这活儿。

工头说："那没办法，这活儿你干不了了，就回去吧。我这不能给你钱。因为什么呢，我这说好了得干到三十天，你干到三十天才能开支呢！"

回来之后，强说歹说才给了几个盘缠钱，剩下都没给。这个董老大回来觉着憋气呀，心说：这也太狠，给我们治垮了都，这家伙的！回去就跟他兄弟说，兄弟说："你还是不行，你抬得了吗？"

他说："抬不了，不行，那沉得邪乎。人家锻炼好了，都是老人儿。"

董二说："不是不到时候不开支吗？待会儿我去。"董二下午就来了，到这儿一讲，工钱挺高，给得多，比外边儿干活的高好几倍。董二说："好，我来干好了。这么办，咱们先说好，你们这工不是我能做吗？"

工头说："对呀！"

董二说："好。"就干了，干了有二十四五天了，工头又想起老招儿来了，还抬木头。这董二就和一个人在那儿抬，先搁一个大梁，抬完之后抬俩，抬过去之后抬三个！这三个大梁往那儿一放，原来的人都打怵了。没劲儿了都，后来是一点一点地，勉强蹭过去了。桥还窄，蹭过去了。

工头一看：哎呀，不错哪！这个当中，又抬了之后，董二到跟前一看，说："这么办，再搁一个好不？何必三个呢，凑四个好不好？这不正好儿咱四个人抬，一人够一根儿嘛！东家不是说要咱们抬完吗？抬完了就完事儿。"

东家说："对，抬四个！这回抬完下回就不抬了，你们谁抬？"就开始研究这问题。

这回较劲儿了，一上那桥踩得都两路晃荡啊！走到当间儿，董二就站下了，说："不行，我鞋坷垃里有东西，我得磕打磕打。"单腿儿抬着走，就把这鞋脱下来了，就磕打鞋。磕完之后又穿上了。一看这力量了不得！别人拿俩胳膊抬还费劲，他单腿支地还抬着杠子，不撂下。磕完鞋穿上之后，说："不行，别走，这鞋我还得磕打磕打。"又磕打。

东家说："行了，你别磕打了，工钱都归你得了，都把别人给压死了，都架不住了。"

他说："那不行，咱说好，光给我这工钱不行，上次有个董大，那是我哥哥，你把他骗了。没给钱，把那份工钱你给带着。不带着，今儿你们都下去，这工钱归我自己。咱不是十二个人干活儿嘛，十二份工钱都算我自己的，我自己给你扛。"

大伙儿一看，说："行了，董二你够厉害的！俺们现在都是混碗饭吃，是东家想的坏道儿，不是俺们的事儿啊！东家在那儿，你问东家怎么办吧！"

东家说："得了，你就把上回董大的工钱照常拿回去得了，你能干就干，不干就请吧！俺们也用不起你，看你来这儿纯粹是找狂来了。"

这样好好说了，还请吃顿饭，喝完酒，双工钱，他自己的工钱，连他哥拿的工钱，拿了双份工钱回来的。就这么的，把工头降住了。

洞房认父

这个是哪儿呢？说有这么一个姓李的，他家是关里吴县的。自己在吴县待着，地也少啊，打不了多少粮食。没办法，后来看生活强混也混不下来，也没别人，就两口子和一个小孩儿。

他结婚早，就十八九岁；媳妇也早，就十七八岁，生个小女孩子。小女孩子生完以后就强活着。他媳妇说："你看，咱该怎么办？你得想个出路啊。一共这二亩半地也不够我自己伺候，你也在家泡着，我也在家守着，这孩子一年比一年大，怎么活呢？"这孩子小名儿叫小英子，李月英，这可怎么办呢？

他说："要不这么办，他们都闯关东，要不我也闯闯关东去，到关东照量照量。"

媳妇说："你去是去，你多咱回来？咱还都年轻着呢。"

他说："这也没有别的办法，要是这样咱就只能暂时离开呗。早晚都得在一起，有啥说的。"

媳妇说："那好吧，这孩子我就自己带着，你到那儿之后千万得给我来信哪！你得给我邮两个钱儿来呀！"

他说："行。"他就自己闯关东去了。

他出来以后跑到哪儿去了呢？就跑到咱沈阳。到沈阳这地方，就找个地方待着呗。待在这儿他就挣不了多少钱，给人家做买卖，自己再花点儿，抽点儿烟伍的，就剩不了多少。他在这儿属于学徒，他手艺不行啊，干了二三年以后也没攒下多少。

一晃儿就过去五六年了，过去五六年不说，他就自己干得挺好。后来他家堡子里人也有到沈阳的，有回关里老家的，他说："这么办，你回去吧，给我家里带两个钱儿去。"就给家里捎两个钱儿，捎点儿银子给家里。但人家回去的时候又给他带回来了，说："你们家里没有人了。打听当地说你母亲死了，你媳妇带着孩子也走了，到沈阳找你来了。到这儿都来了一二年，也没找着。现在谁知道在哪儿，说不上了。"

他一看，这家散了。哎呀！这可糟透了，这可伤心透了。自己在那儿后悔，多在这儿干了这几年。但他这买卖干得挺好。他有文化，就当掌柜的。他当上掌柜的之后，这老板就看上他了。这家老板对他不错，特别相信他，就对他说："你呀，就好好干吧，就在我这儿干。"

他一晃儿就到了四十多岁了,这出来有十四五年了。自己老寻思家,自己妈死了,还有媳妇儿、有孩子。该然啊,正赶上就有一个下小雨的时候,六七月的时候就来了两个要饭的,一个老太太领着一个姑娘要饭。要饭的来了,他还不在柜上,老板在家里待着,在柜房待着还有掌柜的。掌柜的就说:"你们要饭饿成这个样儿,你们是哪儿的?"

老太太就说:"我们是关里的,没办法了要点儿饭哪。"

掌柜的说:"要不这么办吧,你就来里边吃点儿吧,俺们这儿有剩的饭。"吃饭当中,掌柜就说:"你老太太给姑娘找个人家不就好了吗?姑娘十七八岁,找个人家吃饭,你何必领着到处要饭呢?还这么难呢!"

这女的也四十多岁,说:"我上哪儿找去呀?这也没有相当的。岁数大的也好,他得过得不大离儿呀,他能供得起俺们口饭吃呀!"

这人就说了:"你不用找了,你在这儿找就不难。俺们老板就没有媳妇儿了,媳妇儿现在死了,啥也没有了。如果你说他,他尽管岁数大点儿,今年有四十岁,比你这姑娘大二十岁,这家里有的是钱!这买卖都是人家的。他说了算,什么事儿也没有。"

老太太一听,说:"也行。这么办吧,你给提提吧。"

一提,老板开始不愿意,这李掌柜的开始不愿意。架不住大伙儿撺掇呀,后来说:"行。这姑娘挺好。"就行了。完了这最后当中订妥了,俩人就结婚。

单说结婚这天,之前呢都没见着面。到结婚这天一看,这姑娘长得确实不错。就吃点儿饭,老太太就安排到别的地方住去了,也没在这个院儿,他就自己和这姑娘入洞房。单说这入洞房那晚儿,他一进来瞅着这姑娘,自己在那儿号呢。他一看,说:"姑娘,莫非你不乐意是咋的?为什么哭呢?"

姑娘说:"我不是不愿意呀!我自己想,我今年二十岁了,你四十来岁了,你家豪富有钱我也知足了。我想我的命太苦了,我当年要是在家吧,好好的我爹我妈在,我也不至于落到今天哪!今天这么逃难哪!"她就哭。

他问:"那你们家呢?你爹妈都没有了吗?"

姑娘说:"我就有个妈了,刚才没说嘛,我爹走了,我爹也是闯关东来的,我家是吴县的。"

他说:"哪儿的?"

姑娘说:"吴县的。"

他问:"你们是吴县的,吴县什么地方的?"

姑娘说:"李家庄的。"

他一听,哎呀!李家庄?!"你爸爸叫啥呀?"

"我爸爸叫李文忠,他年轻的时候就走了。"

他一听,心咯噔一下子,说:"你妈是谁家的姑娘?"

姑娘说:"我妈是老王家姑娘。"

他一听,哎呀!当时就说了:"你是不是小英子?"

姑娘说:"对呀!我叫李月英,小名儿叫小英子。"

他当时就哭了,抱着姑娘就哭了:"你是我女儿,我是你爸爸,这事儿弄的,多难听啊!"这俩人就哭起来了。"这么办吧,我是没法活着了,这传出去之后,父女结婚这还活得了吗?干脆这么办吧,姑娘啊,我这家里钱有多少你就带上,带着你妈,你俩就掂对过吧。我就是一死也甘心了。"他就要上吊,这工夫。姑娘就劝他。

该然呢,正赶上还有个小徒弟,二十多岁的小伙子闹洞房来了。"他俩结婚喝喜酒,咱闹洞房去。"就来了两个。到这窗户外边一听,这里边正哭呢。再一听,哎呀!这是爷俩结婚,这出奇呀!一听这师父要死,这徒弟到这儿一脚就把门给踹开了,到屋里说:"掌柜的,你不能死,你们怎么都没怎么的这问题。俺们就证明这事儿。"

这掌柜的听他这样一说,后边徒弟也把老太太请回来了,找个地方一唠,真是夫妻。老太太说:"就这么办吧,你不是救他一命,没让他死嘛,就把姑娘给你吧。咱就这么办,我给你们主婚吧。"

就这么的,姑娘就嫁给了这个二十多岁年轻的小伙子。从那以后,这父女结婚入洞房,其实是跟这个小伙子团圆了,也在这洞房就把她爹给认了。

洞房认义女,黑狗护婴儿

这个故事发生在什么时候呢?发生在过去清朝的时候。

早先年,盛京北面有个王家庄,庄里有个老实巴交的庄稼人,名叫王老疙瘩。王老疙瘩三十岁娶了一个寡妇做媳妇，过门后一直没有身孕。一晃十多年过去了，两口子积攒下几十垧地，家里还养了条大黑狗。可是人丁不旺，缺儿少女的，日子怎么也是不红火。有人劝王老疙瘩再续一房小，可谁要一提这事，他就冲谁扭头别脸不高兴。他越是这样，媳妇对他越好。

这一年，媳妇得了一场大病，王老疙瘩豁出钱，紧着请医抓药地扎固[1]，精心在意地伺候。媳妇病好以后，王老疙瘩出外干活时，她就走东家，进西家，串开门儿了。这一天，媳妇从外面回来，就把王老疙瘩摁坐在炕头上，喜滋滋地说："听着，我总算给你相中一个好姑娘，替你做主订下亲了，你看什么时候娶过来？"

王老疙瘩的脸"呱嗒"撂下来，斥嗒媳妇说："谁叫你办的这事？我都快五十的人了，娶什么小？"

媳妇眼圈一红，眼泪噼里啪啦掉下来，说："你待我越好，我越得替这个家考虑呀！咱俩没有儿女，一个亲人也没有。咱这家业将来都得落别人手里。你那个远房侄子人不正经，又没安好心，就惦记着咱的家产，找他帮忙干点啥，比摘星星还难。你说，咱不想法留下自己的骨肉，老了有个天灾病热的找谁呀？"

王老疙瘩往地下一蹲，抱着脑袋不吭声了。好半天，他才抬起头，说："这姑娘是哪村的？咋愿意给咱做小？"

媳妇这才有了点笑模样，说："这姑娘真是个好姑娘。家住三里外的李家窝棚，今年十八，名叫小英子。他爹妈都有病，家里边孩子崽的一大帮，日子窄巴得没了缝儿，姑娘为救全家，愿意上咱家。就是聘礼要得多，要三垧好地，嫁妆在外。"

王老疙瘩说："姑娘爹妈也舍得让闺女给人家做小？"

媳妇说："当爹妈的先是不点头，架不住姑娘愿意，又看是我说亲，老两口寻思过门后不能以大欺小，给他闺女气受，就吐口了。唉，也是被穷日子逼得没有法儿啦！"

事到如今，王老疙瘩也就不再埋怨媳妇了，过了些日子，找人把地过给了老李家，又给小英子送去不少嫁妆，两家商订妥，赶上冻前就成亲了。

王老疙瘩虽是娶二房妻，还是像模像样地操办了一场。女方是大姑娘上轿头一回呢，不能让人家姑娘太受屈了。晚上，人客散去，媳妇把王老疙瘩推进新房，自己回

---

[1] 扎固：治病。

到小屋里。王老疙瘩才被人灌了几口酒，脑袋有点晕乎乎的，推开新房的门，就觉得眼前发花，好像进的不是自己的家。他没想到老伴把新房布置得这样扎眼：新糊的墙雪白雪白的，炕琴柜、躺柜漆得明明晃晃。炕上铺了红绸花被，一并排两个大枕头，枕顶绣的是并蒂莲花，戏水鸳鸯。新娘子一身新，坐在炕边，低着头，把脸扭向炕里，只给王老疙瘩个后脑勺看。

王老疙瘩咳嗽了一声，姑娘身子一动，脸没转过来；王老疙瘩又使劲"吭吭"了两声，姑娘还是没扭脸。王老疙瘩站那不知怎么好了，他想，许是姑娘害羞？就慢慢蹭到炕沿边，吭吭哧哧地说："不早了，早点歇着吧！"姑娘身子纹丝没动，两个肩膀头却一抽搐一抽搐的。王老疙瘩慌了，一下子扳过姑娘的脸，只见姑娘满脸是泪，两只眼睛肿得像两个水蜜桃。谁知道她在新房里哭多久了？

王老疙瘩松开手，酒劲儿全没了，小心地问姑娘："你怎么哭了？莫非你不乐意这门亲事？你要是不愿意嫁我，嫌我家不好，你可以吱声。"

姑娘不吱声，越说越哭。

王老疙瘩说："你这不像话呀！你得吱声到底怎么回事啊！"

姑娘说："不是你家不好，你家比我家强多了。我哭就哭我自己命苦，你都五十多岁，我才十八九岁，你比我爹岁数都大，我十八岁的姑娘给人家做小，我心里憋屈！"

姑娘就这几句话，说得王老疙瘩一张脸火辣燎地发烧。他想想自己是有点作损。要续后，也不能找人家十八岁的黄花闺女呀！自己这么大岁数了，过些年一死，还不扔下人家年轻轻的守空房，守到哪年才是头？他有点发颤地说："你也别哭了，事情还赶趟。今晚上你自己在这屋住一宿，明天一早，你怎么来怎么回去，我套车送你回家。"王老疙瘩说完，转身就想出屋。

英子一把将他拽住，哭得更邪乎了："你不能这样把我送回去呀！我爹妈身子骨不好，没有那三垧地和聘礼钱，我一家都得饿死。我不能回去，求求你，让我哭一会儿就好了。"

王老疙瘩心软，最见不得别人掉泪，急得他在屋里一个劲儿地打转转。末了，他一跺脚说："你别哭了，我明天还送你回家！那三垧地和嫁妆东西都不要了，权当没有这档子事！你回家好好伺候你爹妈吧！"

英子一下子止住哭声，愣住了，好半天才瞅着王老疙瘩脸，不大相信地说："那

伍　生活故事

地、钱和东西，你真的不往回要了？"

王老疙瘩说："我这人说话不打赖。"

英子还是信不过，说："你和我非亲非故，咱们以前都没见过面，你真舍得把三垧好地白白送人？日后哪能没说道？"

王老疙瘩被问住了，不知咋说才好。他打了个唉声，一甩手出了新房的门，来到媳妇的屋里。媳妇心里有事，还没睡着，看王老疙瘩进了她的屋，就埋怨开了："你这人真也是，不去陪着新人到我这转悠啥？这么大岁数了，还要人教吗？"

王老疙瘩说："你瞎咧咧什么！告诉你，人家姑娘不大乐意呀！我刚才跟她说了，明天送她回家，那地咱也不要了。强扭的瓜不甜，咱做这事是欠妥，宁可不要儿子也不能作损。"

媳妇听了，叹口气说："好吧，全依你。"

王老疙瘩又说："你也别为这事上火，我想这么办……"他跟媳妇一喳喳，媳妇才乐了。

王老疙瘩两口子一块儿来到新房，英子正坐在那发呆。王老疙瘩说："姑娘，你刚才不是说和我非亲非故嘛，我和老伴合计好了，想认你做干女儿。你若同意，那几垧地给你；你若不同意，那几垧地也给你，你放心回去好了。"

英子一听，又惊又喜，连忙跪下给王老疙瘩两口子磕头，嘴里"干爹干妈"地叫了好几声。王老疙瘩两口子还没人称过爹呀妈呀，心里又酸又喜，说不出是个啥滋味。

第二天，王老疙瘩两口子套上车，把英子送回家，大黑狗也跟在车后直撒欢。李家老两口听女儿一学说，心里甭提多感激王老疙瘩了。一家人都让英子到干爹家多住几天，在干爹干妈跟前尽尽孝，英子说："反正两村离着不远，我今后两下勤跑着点儿，哪有事儿到哪吧。"王老疙瘩两口子嘴没说，心里却合计：谁不知"亲爹亲妈长流水，干爹干妈干巴嘴，哪能一样对待？"

这件事过去约有半年光景，王老疙瘩媳妇又有病了，吃什么都反胃。没承想，英子真拿干妈的病上心了，干脆住在干妈这儿，白天晚上伺候着。王老疙瘩叫英子去找郎中，英子却找来个老娘婆儿，三看两看，说是王老疙瘩媳妇怀上身孕了。这才是从天上掉下来的大喜事，王老疙瘩两口子乐坏了！谁能想到，恁四十奔五十的人了，真还要当一回爹妈！英子生怕干妈身子有个闪失，照顾得更周到了。王老疙瘩是真知足哇，对媳妇说："咱这干女儿没白认！"

一晃儿，怀的孩子足月了。这一天，李家窝棚有人捎口信儿，叫英子赶快回家一趟，他爹病重了。英子听说后，挺难心，一头是亲爹病重了，一头是干妈要做月子，顾哪头呢？王老疙瘩说："你还是回家看你爹当紧，你干妈这头有我呢，我看，她一天两天生不下。"

　　英子有日子没见着她爹了，心里真惦记，就说："我今晚回来。"说完，心急火燎地去了。

　　世上的事总是那么赶巧。英子前脚回家，王老疙瘩媳妇紧跟着就吵吵肚子疼。王老疙瘩一看媳妇要生，慌了手脚，急忙去找老娘婆来接生，一边走一边埋怨媳妇，早不生，晚不生，干女儿一走就要生。

　　他一出家门，正碰上那个远房侄子。侄子一听婶娘要生孩子了，变颜失色地说："你快回去照顾婶娘，我去找老娘婆。"不大工夫，侄子把老娘婆找来了。王老疙瘩媳妇快一声慢一声地折腾了一宿，鸡叫时，才生下一个胖小子。

　　不料，这孩子落地后一声没哭，小脸铁青。老娘婆看了看，对王老疙瘩媳妇说："可惜你白遭一回罪呀，孩子是个死的！"

　　王老疙瘩媳妇折腾了一宿，刚缓上一口气，一听说孩子死了，脑袋"嗡"的一下子，顿时背过气了。王老疙瘩见此情形也傻了，站在那一动不动。老婆娘连忙给王老疙瘩媳妇又掐又拍地鼓捣了半天，她才"哇"的一声大哭起来。

　　老婆娘没管这些，把死孩子往王老疙瘩手上一塞，说："趁天还没亮，赶紧把孩子扔出去，这是规矩！"

　　王老疙瘩看看白白胖胖的儿子，眼泪哗哗往下掉。他不忍心看着孩子光着走，就抓过媳妇的棉袄，把孩子一裹，挟了出去。

　　出村头不远，有一块黄土地格子，王老疙瘩长叹一声："唉，命中无儿不能强求子呀！"把孩子往地格子上一放，转身就走。

　　他刚一挪步，身后"呼"的一声蹿过去一条大黑狗，王老疙瘩认出来了，是自家的大黑狗，就叨咕一句："喂狗就喂狗吧！"头也没回地去了。那时候有规矩，扔孩子不能回头瞅，明知道孩子被狗扒了也不能撵。

　　再说英子。回家后看她爹是犯了老病，有点放心了。给爹爹灌下药，她大清早就往干妈家返，她心里惦记着，干妈半辈子了头一回生孩子，这可是大事呀。她出村不远，就看大黑狗冲她"汪汪"叫着扑过来。英子平日里可喜欢大黑狗了，心说，这狗真通人性，知道我早上回来，到大道上接我来了。不料想，大黑狗叼着英子的裤腿儿，汪汪叫着，紧往一边拽。英子不知道大黑狗想干什么，就跟着往前走。

就见大黑狗跑到一块黄土地格子旁停下来，晃着尾巴，叫得更欢了。英子一看，嗯？前面地上不是干妈的棉袄吗？棉袄里传出来孩子的哭声！英子麻溜过去，打开棉袄，只见里面包着一个刚生下的胖小子，胖小子哭得肚子一鼓一鼓，肚脐眼上，一根大针顶出了半截子！英子连忙从孩子肚脐上拔出那根针，心里寻思，既是干妈的棉袄，这孩子一定是干妈生的，是谁下这样的毒手？她抱起孩子，拿着那根大针，抬脚就往干爹家跑。

到家后，她敲开大门，王老疙瘩看干女儿回来了，鼻子一酸，眼泪下来了，说："英子呀，你白伺候你干妈一回！孩子生下就死了。你要早回来一步，还能看看那孩子。我的命太苦了，呜——"英子把棉袄往干爹怀里一塞，说："孩子活了，叫我抱回来了！"

"真的？"王老疙瘩急忙打开棉袄，可不，胖小子在里面蹬腿呢。这是怎么回事呢？

英子说："干爹，这孩子死得怪呀，我看是有人害的，在孩子肚子上扎了这个！"说完拿出那根大针。

王老疙瘩拿过那根大针，看了又看，咬着牙说："这都是老娘婆干的！这个老婆子被人买通了，我知道是谁了！"

英子说："谁收买了老娘婆？"

王老疙瘩恨恨地说："还不是我那个不成器的侄子！这个王八羔子早就眼热我这点家产，一心等我死了好承受。我认你干女儿他就气得够呛，这回看我要有自己的骨肉了，他更没指望继承我的家产了，这才想出这个毒招断我的根！"

英子说："幸亏这根大针扎偏了，没伤着五脏六腑，要不，这孩子真没命了。"

王老疙瘩把这事告了官，英子在一旁做证，那个远房侄子和老娘婆只好招认了合谋图财害命的经过。不用说，这俩人都受到了应有的惩罚。

王老疙瘩老来得子，两口子乐得杀猪还愿宴请乡里，人们都说他是积德行善才儿女双全。王老疙瘩笑着说："没有我的干女儿，我得了儿子也是白扔啊！"

后来，英子帮助干爹干妈把兄弟拉扯到七八岁，她才出嫁。王老疙瘩两口子真像陪送亲闺女那样，打发英子出了门。

逗瞎子小孩

有这么一个瞎子，老好胜，这心眼儿还小。他雇两个小孩儿啊，是雇一个黄一个，雇一个黄一个。他老爱打人家小孩儿呀，没办法。

这堡子有一个王二，这小伙子花得邪乎！这天，他一看，寻思：你净逗小孩儿，我今儿调理调理你！这王二哥儿好几个，那瞎子都不认得。这王二就去了，说："老先生，听说你要雇个小孩儿领道，是吗？"

"啊！"瞎子说，"我要雇一个！"

"那我给你领行不行呢，我今年十一二岁了。"

"那行！"

"多少钱，讲一讲！"

"一月给你五吊钱！"

"五吊钱行，像出公差儿似的，行！"

一吃饭的时候啊就完了，这瞎子吃饱了，就给人家剩点儿残羹，剩多少王二就只能吃多少，不让他吃饱。另外还没有什么菜，那瞎子挺狠毒，弄点儿菜还不够他自己吃的。这小孩儿气得说："太邪乎了！"这天小孩儿一看，"我今儿非调理你不结！"

这瞎子问他说："小孩儿，你叫啥名儿啊？出门儿了我好喊你呀！"

王二说："我叫才刚呀！"

"哦，你叫才刚。"然后他说，"才刚，我记住啦！"

这天走到晌午了，才刚就说："咱们饿了怎么办呢？"

瞎子说："真饿了没有旅店？"

才刚说："没旅店啊，前边只有个大庙。"

瞎子说："庙行，没事儿，庙里的老道、和尚都舍善，咱就到那儿讨点儿饭吃。"

瞎子挺会说，带着才刚就去了，到庙上和和尚一说，老和尚说："这么办，到餐堂吧！"就把他们让到餐堂了。到餐堂之后，老和尚就给他说："你们还没吃饭呢，先吃点饭吧！"人家就叫小和尚给做点儿饭、炒点儿菜。

俩人饭也吃好了，完临了走了，这瞎子困了，这个才刚就领道儿说："这么办吧，你在这庙堂上睡一觉吧，我给你垫巴垫巴。"

瞎子说："好！"

庙堂扫得挺干净，瞎子就在关老爷前边儿那个办公桌儿底下躺好，睡上觉了。他睡上觉了，不说。

单表谁呢？单表这个小孩儿啊，他一合计：杂种！我得调理你呀，把你这弦子东西都背走，不能给你留这咎儿，完了我再拉泡屁屁！才刚就在办公桌儿傍拉给拉一泡屁屁，拉完屁屁就走了。

瞎子一惊醒：小孩儿没有了！哪儿喊都没有了，他就喊："才刚，才刚！"

这老和尚到那儿一看，说："哎呀，先生，你这怎么在屋儿拉屁屁呢，你这是什么玩意儿？！"

"不是我拉的！"

"不是你拉的谁拉的？"

"才刚拉的！"

"怪不得还冒气儿呢，原来是才刚拉的，你什么玩意儿？！"就到那儿一扁担把他打够呛！

一看这弦子也没有了，他憋气就要回家，后来别人就把他送回家了。他到家一看，说："这不行呀，没有好人雇，雇不了呀！雇完以后把我扔下跑了不算，把弦子还整走了！"一寻思，又说，"还得雇人呀！"就又买了一个。

最后雇的这人是搁哪儿雇呢？是搁西庄雇的。这小孩儿说："你安心让我来，我绝对不能拉屁屁，不能像才刚似的！"

"你叫啥？"

"我小名儿叫出来看。"

"那行！"瞎子就把他留下了。但留下之后，他还是旧性不改：对人家还是那么乍古，还是不给人家好吃的，做的不是就揍人家！

这天小孩儿也合计："才刚把弦拿走了，我也调理调理你！"正好走到大街上了，那街头儿上的堡子是热闹地区呀，那地方人不断，他就站起来了，说："老先生啊，前边有条河，过不去啊，怎么办呢？"

"多深啊？"

"深倒不深，但得没膝盖，都得中法蹚水！"

"哎呀，那裤子不都湿了？"

"没人儿过呀,我试验试验多深。"小孩儿就过去了,不一会儿回头儿一看,说:"不深,没大腿根儿深,把裤子脱下,要不裤子湿了怎么办呢?回头怎么拿?"

"对啊!"

小孩儿说:"我也脱了,师傅你脱了吧,脱了我给你拿着,到那旮旯儿再穿。"

"那行啊!"这瞎子就把裤子也脱了、衣裳也脱了,光个屁股,说:"走吧,往前走!"

他往前走这工夫,小孩儿把他裤子、衣裳全拿跑了。他走了不远:没有水啊!他就喊:"出来看,出来看!"

这堡屯人不少,大伙儿寻思:谁喊出来看呢?出来不少姑娘、媳妇儿啊,一看:有个瞎子光着个屁股在那儿喊"出来看"呢!

堡屯有个小伙子,他上去说:"你什么玩意儿啊?!你光自己屁股让人看啥?看你破瞎子、看你这破身子?"就把他"乒乒乓乓"一顿好揍啊!

他说:"我喊'出来看',他是我领道儿的小孩儿!"

这小伙子说:"在哪儿呢?"这小孩儿早没影儿了。

从那以后,这瞎子自己说"雇人是不容易呀"!他没有办法,最后他儿子给他领道儿,这才解决了问题。

异文:瞎子刻薄领道

说有个算命先生,要说这先生说得好嘛,他是个瞎子,这瞎子都狠,说得那是一点儿不差,他也刻薄。出门算命当中啊,雇个领道儿的,这领道儿的拿着棍儿领着他,领道儿的一不对,他就拿竿子拨拉[1]这领道儿的,领道儿的没少挨这打。但领道的穷啊,没办法,这小孩儿不挣这点儿钱还不行,就挂着挣俩钱,他还给的不多,领道的也就为了挣口饭吃。

这天,这领道儿的太伤心了,他一看,不像样啊!心里想着,我得调理调理这瞎子,我宁可不领你了。这是夏天景,热呀,正好这天就走到都市大街上了,到胡同边儿上就站下了,说:"先生啊,咱先别往前走了。"

---

[1] 拨拉:拨动,拉扯。

瞎子说:"怎么了?"

领道儿的说:"这前边有条河,这水不太深的话,也能没屁股,这蹚水都是一身衣裳一身湿啊!要不这么办,咱俩把衣服脱了,蹚过去,然后我把衣服给您抱过去,您再穿上。"

瞎子说:"那行啊!没人吧?"

"这哪儿有人哪?沟梁遍野的地方,净是水坑了,啥也没有啊。"

瞎子说:"好吧。"这瞎子瞅不见啊,就把衣服全脱了,脱了个光屁股。

这领道儿的叫啥名呢?名叫"出来看",瞎子把衣服脱了之后,转了半天,没人领着他呀,他过河也不敢往前走啊,摸也没摸着水,他就握个棍子往前蹚着走。每走几步,就喊那领道儿的,说:"出来看哪,出来看。"越喊越没有,越喊越没有,这领道儿的把衣服给他拿走,早跑了,不在这儿待着了。

他一边儿摸索着走,一边儿喊着:"出来看哪,出来看哪!"这堡子是个挺热闹的地方,他都走到大街上了,还在那儿喊"出来看"呢!

大伙儿一看,咋有光屁股的瞎子呢,还喊"出来看",滴溜当啷儿地露着,这人们就说:"你也太野蛮了啊!你也太耍宝[1]了,这么大岁数了,你还喊出来看,光着个屁股!看的啥玩意儿啊,看你光屁股?!"

这家伙,走了这一道儿,你踢一脚,他打一脚,最后弄半天,他哭了,说:"不是别的,我是瞎子,给我领道儿的名儿叫'出来看'哪,我这是喊他呢。"

一问,这回公安局来了,一看,说:"不用问哪,你待这领道儿的太刻薄了,所以人家调理你啊,你赶快回去吧。"后来就把他个人送回家去了。

回家之后,一看这也不行啊,于是他能不出门就不出门。又待了些日子,一看,还得雇领道儿的。那小子跑了,这回得对小孩儿好一点了,告诉他,别再那样了。

这回领道儿的来的时候,瞎子跟他说:"上回我雇了个领道儿的,他把我调理了,他名儿叫'出来看',我对他不错,他说我对他不好。"这个领道儿的比那个领道儿的还大两岁,更明白:"啊,你这人刻薄得邪乎啊!行啊,好,我看你对我啥样,不行,我也调理你呀!"

---

[1] 耍宝:炫耀,卖弄,装疯。

瞎子问他说："你叫啥名儿？"

他说："我叫才刚。"

"才刚，好，这回不是'出来看'了。"

才刚答应了，又领他走，算命得天天领啊，领了几天，他支给才刚一丁点儿钱。另外，吃饭哪，瞎子又太埋汰[1]，整菜整得少，瞎子吃饭就剩不了多少菜，才刚也吃不上。领道儿的心里说："你也太刻薄了，没有你这么刻薄得邪乎的，哪儿有你这样式儿的？"这天一合计："干脆啊，我不想了，就领他溜达。"

正好，到了个庙院子。这天黑了，得住下了。领道儿的就说："黑天了，这么办吧，师傅，前面有座大庙，咱就在这儿借一宿吧。"

瞎子说："那好吧。"

一说，这儿老和尚不少，说："行啊！一个瞎子，一个领道儿的，住吧。你们就在前边那个大走廊里住，那儿有个弥勒像，你们铺个床铺就在那儿睡吧。"结果俩人就在那儿睡了。

睡前吃了点儿饭，这庙里的和尚对他们还真不错，给他们摊点儿鸡蛋，盛点饭，端来了，瞎子一拨拉，吃饭吃菜。"你少吃！"就不让领道儿的吃。领道儿的一看："你这样，不怪上回那个调理你，我也赶紧走得了，我看透了，不能在这儿待着了。"

等天亮的时候，这领道儿的一合计：来屄屄了，哪儿我也不去了，我就在这庙堂里拉，就在关老爷庙堂前边儿八王桌地上拉，拉完以后，就走了。

走了以后，这瞎子还在那儿趴着，还没起来，正等着早上吃饭呢。心说：怎么回事，这才刚哪儿去了呢？就喊："才刚，才刚。"

最后正赶上人家小和尚过来，一看地上有屄屄，就说："瞎子，你瞎你就哪儿都拉！往神前头都拉？！"

瞎子问："什么？"

小和尚说："有屄屄，这儿拉的。"

瞎子说："那是'才刚'拉的。"

1　埋汰：不整洁、不干净、肮脏。

伍　生活故事

小和尚"嗙"[1]一撇他,"不才刚儿拉的,能有这回事儿了?你才刚拉的就有理了?!你这瞎子把人气得,还才刚儿拉的!你这瞎东西!"

"噼里啪嘟"一顿好打,搁那儿,瞎子一看哪:"我又上当了,以后咱就自己溜达吧!"后来有好心人告诉他:"以后啊,你就别那么刻薄了,你好点儿吧!"

打那以后,这就教育好了瞎子,以后对领道儿的就不再那样了。以后别人也不讲了,没有了。

儿子学乖给丈人办寿

有这么一个老丈人,他有三个姑老爷,大的和二的起码都是翰林或者秀才,都是有名望、有才学的人。这个老的虽然念了点书,但是不太多,还老装个人,有点虎兴[2],家里有钱,家大业大,这老丈人就是图有钱才把女儿给人家的。

给完以后,姑娘也认可了,到那儿享受呀。这老丈人就有点后悔,但也没法说,说不了别的呀,他这姑爷见不得人,没办法。

这天老丈人办寿,就给姑爷们都去信了,说:"三个姑老爷,你们都来给我庆寿吧,我这已经到七十大寿了。"

这个小女儿明白呀,就告诉女婿说:"哎呀,我爹提前来的信儿,你去了之后可别丢碜。到那儿你得会说,你本来就不行,没多少文化,我两个姐夫都是才高八斗有文采的人,你到那旮旯儿瞎胡扯,那不给我爹丢碜嘛,另外咱也没有颜面呀。"

她说完之后,这老公公听了就合计,这媳妇说得对呀!他就说:"儿子,你这么办,你学学去吧,你到外面溜达一圈,学学乖。"

小伙儿一听,说:"行呀。"

第二天一早上,他就合计,学乖,上哪学去呢?

他爹告诉他说:"你拿点钱,花点钱不要紧,咱家钱多。"

---

1 嗙:呵斥声。
2 虎兴:莽撞。

他这天出去以后，正好走到一个大道上，他就一直往前走。走了半天，就看见前面有两个才子，是念书的学生，人家正溜达玩呢，他就跟在人家屁股后面，也溜达玩。

他有钱呀，他就跟那两个才子说："二位公子，你们这是溜达玩呢？我也挂着跟你们溜达溜达。"

"走吧！"

他说："这么办，咱们先吃点饭。"

他就拿钱请人家公子，俩公子一看，挺高兴，心想这小伙儿挺大方呀！他们就随便吃了点饭菜，完还喝了点酒。吃完之后，就出去溜达去了。

他们溜达到哪儿呢？就溜达到前面山坡下面的一个小河泡子上，水澄清，特别好。

这时候，一个公子说："咿呀，这水太清了，太好了。"

另一个公子说："水好是好，可惜就是没有鱼呀！"

这学乖的人一听，心里合计这也不错，"清水无鱼"呀，水是挺好，就是没有鱼。他就记住了。

又往前走，前面有一条小河沟，那儿有个独木桥，就是一根木头，像个大顶子似的，走道晃悠得邪乎，不能走。

一个公子说："哎呀，这个桥怎么这么窄，双桥好走，独木难行呀，这桥难走！"

这个学乖的人一听，这句话不错，他也记住了。

他们又往前走，走了不远，就看见前面的地皮都起来了，头天下的雨，第二天太阳晒得那土都卷起来了，一块一块的就像烙煎饼似的。

一个才子摸摸那土说："哎呀，真也是，经过日光这一晒，泥土全起来了，真是'日晒山泥卷也'。"

他一听，这话更好听，他说："公子你说什么呢？"

公子说："我说'日晒山泥卷也'。"

"好！"他就又记住了，记得还挺扎实的。

又走了半天，正赶上人家那边办大事情，搭芦席棚呢。没等搭完，那风就起来了，大席一刮，这一片那一片的，刮得哪儿都是。一个公子就笑了，说："真是'风刮芦席望月天'。"他又记住了。

他们还往前走呀，走到前面正好看见两个老鸹，它们正在那儿叨一个死猪崽子呢，这俩老鸹，你也叨我也叨，在那儿不停地叨，还直门儿抢。

这时候一个公子说："二鸟争食，低头不语呀。"

他一听，这句话也不错，也记住了。

又走半天，走到了一家，一瞅，这家媳妇在那儿喂猪呢。两个猪在那儿吃食，你给它扑弄一下，它给你扑弄一下，俩猪打架，不正经吃，在那儿乱拱。这个媳妇说："放着这样的饮食不吃，还拱什么呢！"

这俩公子一听也笑了："二孽畜呀，放着这样的饮食你不用，瞎和弄什么呢！"

他一听，还是这公子说得对，他又记住了。

往前走走，这回怎么回事儿呢？走到山坡上了，碰见有个狗撵兔子呢，一看是两个兔子，那兔子这个往那么跑，那个往这么跑。这狗直眼了，撵这个吧，这个往那么跑了，撵那个吧，那个往这么跑了。这狗就"吱吱"地撵，这俩兔子就"吱吱"地蹽。这兔子害怕，怎么撵它也不敢回头，就"吱吱"地蹽。

那公子就说了："一狗撵二兔，兔兔不回头呀。"他又记住了。

学完到黑天，他回家了，他爹说："回来了？"

"回来了，今天我真是满载而归呀，学得不错，都学会了。"

"好，能用上就行。"

到了第二天，老丈人办事情，他就去了。到那儿一看，他晚了一步，那俩姑老爷都正在屋里喝茶水呢，还来了不少客。

他到屋以后，大姑老爷知道他有点缺心眼，就拿他戏弄玩，说："倒水，倒水！"比画着不用搁茶叶，搁白水就行！这下面伺候的丫鬟就倒了白水端上来了。

他端过水一看，笑了，说："水是好水呀，可惜就是没有鱼呀！"

这老丈人就说："哎呀，不对，赶快换茶水，这哪行，'清水无鱼'还行了？"

这俩姐夫一看，说："这不简单呀，这说话拽拽呼呼的呢，还挺会说。"

然后老丈人说："咱们吃饭吧。"

这个大姑老爷就把筷子递给他一根。别人都拿完之后，正好就剩这一根筷子了，就递给他了。

他拿着这一根筷子，比画比画，就说："咳，双桥好走，独木难行呀！"

"哎呀！"这老丈人说，"对呀，我这姑老爷不傻呀，赶快再拿一根筷子去，这是怎么整的!"就又拿了根筷子。

筷子拿来之后,二女儿就捅大女儿,说:"问问他统共念多少年书,他说话怎么拽拽呼呼的呢?"

大女儿就问他,说:"老妹夫,那你念了多少年书呀?你这么会说!"

"咳,我念了不少年呀。"

"你净念什么书了?"

"我那书也有名——《日晒山泥卷也》。"

"哎呀!"二姑老爷和大姑老爷一拱搭,说,"咱俩念过五经四书,还没念过这个书呢,这叫什么书呢?《诗经》和《易经》里都没有呀,《日晒山泥卷也》,哪有这个书呀?"完就问他说,"那书有多少篇,多厚呀?"

"风刮芦席望月天呀。"

"哎呀,那么厚的一本子呀!咱俩别吱声了,说不过人家,说也是挨说,咱俩干脆就吃吧,咱不管这了,吃完拉倒,不搭理他!"他俩这就埋头喝酒吃菜。

他一看就笑了,说:"哎呀,二鸟争食,低头不语呀。"

这俩一听,挨骂了!老丈人一看,这老姑爷了不得,接得准呀!那俩姑爷一看,就磨不开再吃了,老丈人和大伙儿都瞅着他俩呢,他俩就扒拉扒拉不吃了。

这时候他又说了:"这俩畜生,放着这样的饮食你不用,你和弄什么呢?"

这俩人一看,拉倒吧,这没法待了,待不了了。这俩人就下桌告辞,向老丈人一抱拳,说:"我们先走一步了,回去了,这儿待不了,不能和他坐这个席。"说着转身就要走。

老丈人一看,这俩姑爷都是有功名的人呀,这哪行?然后他就撵。

老丈人这一撵,他就来事了,说:"一狗撵二兔,兔兔不回头呀!"

这俩姑爷"吱吱"地走,老丈人在后"吱吱"地撵,大伙儿都"哈哈"地笑了。

他把学的乖都用上了。

放鹰的媳妇

要不说啊，过去娶媳妇不容易，尤其是穷人。

有这么一个牛木匠，他老婆死了，扔下两个孩子。他就一心做点儿木匠活儿，挣两个钱儿，打算再娶个媳妇。像他这样的，媳妇不好找呀，半拉当中[1]，女的一看他有两个孩子，人家也不愿意。怎么办？他就到处托人找。

正好，沈阳过来一自己[2]，说："我有一个妹妹，她现在没有人家儿，但是得要两个钱儿。因为什么呢？我妈有病，非得要两个钱儿养活我妈不行，要不然的话就不能给。"

那时候讲花钱，是在民国花纸币的时候，不是使唤银子的时候了。牛木匠问："多少钱？"

沈阳来的自己说："拿五百块钱包干，别的啥也不要。你拿五百块钱，就能娶媳妇。"

牛木匠一合计，正常的娶媳妇都得四五百，这也不算多。

讲妥了之后，牛木匠一看，对象是不错，还真挺好，也就是二十五六岁，牛木匠三十多岁，俩人就结婚了。

结婚以后，俩人自己过得也行。牛木匠有几垧地，平常做点儿木匠活儿，叮当叮当干了一年了，这个钱就都交给媳妇啦。牛木匠对媳妇说："我手里是攒了两个钱儿，要不我今年还种地，你就好好在这待着吧！你把我孩子教养好，我绝对不能错待[3]你，咱俩光生活上都没问题，生活上好，咋都不愁人。"

媳妇说："行呗。"

一晃过了一年多，她夏天来的，现在到秋天了，种的地，粮食也打下来了。那时候种的大黄豆，都打下来了，一卖卖了好几百元，他原来家里也有钱。

媳妇就说这个牛木匠："你这钱攒得不实惠啊，不顶买点儿黄金，黄金那多准

1　半拉当中：带有些许贬义，形容事物不完整或者人的某种特质不够全面。
2　自己：个人。
3　错待：亏待。

成[1]。金子是无价之宝，到多咱都值钱哪！这钱一毛[2]，就不顶事儿了。"

牛木匠说："对啊，金子好！"

媳妇说："买完回来往地里一埋，往那儿一搁，那多好啊！这你搁家有钱，你不在家我在家，我不在家还担心，黑天害怕再丢了。这是说实在话，你还是不放心我，由于我是后来的！"

牛木匠说："你别胡说！你是后来的，你还要偷咋的？"

媳妇说："我能偷吗？我都不放心，害怕。"

牛木匠说："那行，等收拾完的吧。"

隔了几天，俩人把地全收拾完，粮食也卖完了。一凑，凑了足有千儿八百[3]的，钱凑了不少，就能买上好地了，买三垧两垧地，也就是那么些钱。

媳妇说："这么办，咱俩把这些钱包好，明儿上沈阳到我娘家。咱俩还没上我娘家串过门儿呢，你到我娘家串串门。我姐姐，还有我妹妹都在那堡子住，到谁家都行。"

这俩人就去了。去了以后，媳妇说："这个院子就是我妹妹的。"

牛木匠说："先到妹妹那儿吧！"

她说："也行，我娘家在那趟街儿呢。我妹妹过得不错，到我妹妹那儿吧。"

到了妹妹那儿，他们一进屋，妹妹就说："哎呀，我姐回来了！"还挺近密[4]的，就说："我这姐夫来了，眼瞅一年多了，你才领他回来，这把你们累的！"还说了两句笑话。妹妹也二十多岁，妹夫在院。

那都是什么房呢？那都是趟房，一进院子当中，一趟房子，都是自己独门独院儿的，有个小大门。进屋都是两间，里外屋，沈阳市内都是那样的。

妹夫到屋一看，就说："赶快整饭吧。"妹妹就做饭。

做完饭以后，妹夫、妹妹就领着喝酒，都挺好，哪儿都不错，挺近密。到晚间的时候，一看有个小里屋，妹夫就说："这么办，你俩在里屋睡，俺们在这儿。"他俩就在这儿单存的，妹夫对他们不错啊。

1　准成：可靠。
2　一毛：贬值。
3　千儿八百：成语，一千左右。
4　近密：亲近密切。

完了就到第二天了。一早晨，妹妹、妹夫都在家，正好媳妇说："咱俩到街上的市场看看去，市场里头的东西相当好。我给你买点儿穿的，咱也不是没钱，咱买点儿穿的，买个好帽子。"

牛木匠说："走吧。"

她妹妹就说："你们早点儿回来啊，回来好吃饭。"他俩就走了。

临走以前，媳妇说："这么办，你把东西（财物）拿出来，别搁兜儿里揣着。"

牛木匠说："那怎么办？"

"锁在箱子里。"媳妇告诉她妹夫，"你把钥匙给我。"

"好，给你吧！"妹夫就把钥匙给她了，说，"你自己开。"

媳妇把箱子"咔"地打开，把东西扔箱子里，完了就锁上，就和她丈夫说："给，钥匙你拿着，回来你开。"

牛木匠一看，这多实惠呀！牛木匠觉得没说道[1]，锁完之后，就把钥匙给媳妇，俩人就走了。

他们到了市场，走到当中，人多，一个挤一个。他这一下没看住，媳妇的脚被碰了一点儿，就喊："哎呀，你多加小心，你把我鞋都踩掉了！"这个媳妇提鞋，他就看着瞅着。又走不远儿，正好遇到一个人，又碰到他媳妇的脚了。她就说："你看！你这小子，怎么回事儿，怎么往人家脚上踩呢？"她就揾自己的脚。

牛木匠说："也真是，今儿你这脚怎么老被人踩呢？你注意点儿啊！"

她说："不是，我脚疼得邪乎，邪乎难受。这么办，你给我找个什么坐着去，我好揉揉脚。"媳妇一看，那边儿有个破纸盒子，就说："你给我取来。"

牛木匠一看也不远，他就去取纸盒子。纸盒子取来了，他一看，媳妇不知哪儿去了。他就到处找她，哪找哪没有。他就合计怎么回事，她哪去了呢，这个人呢？找不着了。人山人海的，那么多人，商店就在傍拉，人就不知道哪儿去了。

牛木匠一看，说："这么办吧，我先回去吧，她可能回家了。"他就回去了。

他一进院儿，人家这院儿里就出来人了。这也不是那个妹夫、妹妹了，又换一家，都是四五十岁的老头子和老太太。

老太太说："你哪儿的，干啥？"

---

[1] 没说道：表示对问题没有特别的看法或意见。

牛木匠说:"我到这儿串门的啊!"

老太太说:"上谁家串门去?"

牛木匠说:"这是我们连桥儿[1]的家。"

老头子说:"谁是你连桥儿?我五十四岁了,还和你连桥儿?"

牛木匠说:"不啊!我东西还在这儿呢。"

老头子说:"到屋里看吧。"

他到屋里一看,箱子也没有了,柜也没有了,干脆就是一个空屋儿!屋里头就摆了点破东西。

老头子说:"俺们这是新搬来的户儿,你有啥呀?"

他一看人儿也不对了,屋也不对了,一打听,这是完了,没招儿了。这是找谁谁也不认得。后来,他就又到市场上找那个女的去了。找了一天没找着,第二天没有办法了,自己就回家了。

他所有的钱全让人骗去了。就是告诉大伙,这是放鹰[2]的女的,女的走了,钱也捧去了。

附记:

在落后的农村,会有一些单身男子花钱娶媳妇,但这些花钱娶来的媳妇多是外地的,她们来了后并不让人放心,所以会有一段时间的看守期。但很多花钱娶来的媳妇还是会找到机会跑掉。村里人会说这个光棍被人放了鹰,而那个女人就是鹰,介绍女人嫁过来的人就叫放鹰人。

之所以叫这个名字,是因为鹰会被主人放飞,但最后总是又会回到主人的肩膀上,所以有了"放鹰"这样一个形象的名字。在过去的农村,存在着特别多的放鹰现象,到了现在,这种现象其实还存在,虽然现在和过去的放鹰稍有不同,但骗人的本质其实是没有变的。

---

1 连桥儿:连襟,姊妹丈夫之间互称或合称。
2 放鹰:比喻唆使女子诱拐他人财物。

分家产（一）

要不说人这玩意儿，都说儿子女儿得力[1]，也不知怎么得力。

这老两口子有三个女儿，都认为这女儿准能得力。这老两口子怕后来受罪，就偷着攒两个钱儿。老婆子揣着，没有儿子，就谁也没告诉，也没告诉三个女儿。老头还有一个侄儿，侄儿也在这个堡子住着，亲侄儿也没告诉。这两个钱儿谁也不知道。

这个侄儿不错，女儿们也都不错。

这一晃，他们就老了，他老伴就死了。临死的时候，她就跟老头说："这钱在这儿存不住，我给你存侄儿家去了。"

老头有个亲侄儿，钱就存在侄儿手里了，说："我这钱放你这儿，给我留着。"

侄儿说："那好。"

单表老头儿。老头老了就心里寻思：我到女儿那儿去看看，看哪个女儿可靠，我将来就把这产业给她，我连这点儿钱和这点儿地都给她。我现在就得试验试验这三个女儿，他就去了。

这老头儿早上一起来就走了，没吃饭。他先到大女儿那儿，正好姑爷在院儿里呢，说："哎呀，老岳父来了，赶快到屋吧！"

老头儿到屋了，姑爷一看，说："没吃饭呢？"

老头儿说："没吃饭呢。"

姑爷就告诉大女儿，说："那什么，和点儿面、挖点儿葱，烙点儿葱馅饼！"

这个女儿不行，女儿一看爹来了，就来气，说："你一早晨就来了，不吃饭，你这老头儿啊！"就对女婿说："你不知道吗？葱就怕露水，一早上有露水，你整葱，葱就不长了！这有露水能吃吗？吃不了啊！"

她爹一看，女儿是不愿意整啊，就说："拉倒吧，葱有露水，当中就不能吃吗？别整了！"

大女儿真就没整。

老头儿就说："我在这儿坐会儿就行，喝碗水。我在这儿待一会儿，我不吃，我

---

[1] 得力：做事能干，有才干。

一早晨在家都垫巴¹点儿了，不饿！"

后来，老头儿越坐越来气儿了，就说："我走！"就走了。

盯到快晌午了，他就到二女儿那儿了。走进里面，二女儿在家呢。姑爷还都不错，说："哎呀，孩儿他姥爷回来了，快到屋吧。这么办，割点韭菜，晌午包点儿饺子。"

媳妇说："你还不明白吗？那晌午韭菜怕晒，一晒，那韭菜干巴得能吃吗？那吃了也犯病啊，晌午哪有吃韭菜的！"

哎呀！她爹一听，心说："好啊！韭菜还怕晒，怕吃出病来？"

这饺子也没包。

姑爷说："整点别的吧。"

老头儿说："不用包，我回去了，我到你妹妹那儿去。"

几个女儿的家都不远，就离几里地。老头没吃饭，就憋气啊，心说："我哪也不吃，到三女儿那儿，看看三女儿怎么办？"

他到了三女儿那儿，一进屋，三女儿正好蒸的黄面豆包儿。老头儿在门缝儿就看到豆包儿了，三女儿搁一个大簸箕里蒸豆包儿，蒸了不少。她一看爹进院儿了，急忙就拽了个褥子，把黄面豆包儿盖上了！

盖上之后，他爹看得明白的，在那儿站着呢，她说："正好，俺还没烧火呢，要不我馇²点粥，你吃点儿吧。"

老头儿说："我不吃了。"

哎呀！老头儿寻思："可惜啊！妈的，这豆包热乎乎的，女儿没让我吃，搁褥子盖上了。"他开始伤心了，说这三个女儿是一个都不行啊！

后来，三女儿说："这么办吧，爸爸你在这儿等一会儿，我馇点儿粥，这也没有别的吃的玩意儿。"

老头儿寻思：黄面豆包在簸箕里用褥子盖着，还冒气呢，还没有吃的玩意儿？我能吃几个？就说："我也不饿不渴的，我都在你二姐那儿吃完饭了。"他就说假话了。

三女儿说："那好吧。"

1　垫巴：先吃一点东西，让自己不要太饿。
2　馇：熬（粥）。

老头儿就回家了。回家以后，老头儿饿啊！一赌气，就到自己亲侄儿那儿了。他哥哥不在了，就一个侄儿了。

他到了屋里，侄儿媳妇一看，说："哎呀，我叔来了，搁哪来的？"

老头儿说："搁家来的。"

侄儿媳妇说："吃饭没？"

老头儿说："没吃。"

侄儿媳妇说："没吃？整饭！这都黑了，咱们整点儿饭。"

侄儿媳妇就急了忙慌[1]地要现整饭，侄儿说："这么办吧，整个快点的，给擀点白面条，再卧两个鸡蛋。"

老头儿饿啊，把面条吃了，把鸡蛋也吃了。他寻思："看起来，自己亲生的都不如一个侄儿啊。这女儿还属外姓，不行啊。我这几个钱儿啊，都没说。幸亏没说，说完之后，落到她们手儿更完了。"

老头儿自己一考虑，还是自己回去过吧，先过段日子再说。

又过了有几个月，老头儿就有病了，身体就软弱得邪乎了，这要不行了。他一看，就得考虑自己归谁了。他就告诉侄儿说："你把几个姐姐都找来，再把堡子里的会首[2]也找来！"

侄儿就都给找来了。找来以后，老头儿当时就说："我这个病啊，确实不行了，眼瞅着活不了几个月了，我现在就得归谁家。这么的，这侄儿也都来了呢，我搁这儿说个实在话，我这有点家产。"

老头儿说完多少多少钱，多少多少东西，这一说真不老[3]少。大女儿一听，就说："那好办，到我那儿去，我爹我伺候，保证伺候得应时又周到。"

二女儿说："那行，你要是不去她那儿，上俺那儿去也行。"

三女儿说："上我那儿去吧，我是老女儿，我多咱都应该伺候应时。"

几个女儿就都想尽心了，侄儿没说啥。

老头儿自己心里就想，你们这是看到我有两个钱儿！他就跟大伙儿说："这么办，亲朋旧友们，我说哪儿就奔哪儿，怎么办怎么算，我就一句话。"

1　急了忙慌：形容举止慌乱。
2　会首：指有体面的(人家)。
3　老：极其。

他说:"我女儿家肯定不能去,我的钱就归我侄儿!我侄儿能给我擀面条吃,能给我吃的,我就信着我侄儿了。别看她们是我亲生的,你们大伙儿不用笑话。不用你们什么孝心,我一说你们就知道了。说葱怕露水,韭菜怕晒啊,黄面豆包搁被窝盖,我都没吃着啊!我没法儿,到我侄儿那儿吃的面条。我干啥还往你们那儿去,你们都给我滚!分啥家产,谁的家产也不是你们的玩意儿,分家产?我都给我侄儿,死后就在我侄儿那儿了,我就信着他了。"

这侄儿、侄儿媳妇就把老头儿接回去了,钱就归人家了。这三个女儿都闹[1]直眼[2]儿了,谁也没捞着!

分家产(二)

有这么一个老头啊,有三个女儿,老伴儿死了。死了以后他就自己过,过程中,就自己攒了两个钱儿,女儿们谁也不知道,他谁也没告诉。堡子里他有个叔伯侄儿,他哥哥、嫂子都死了,就留下这么一个侄儿,也娶媳妇儿了,平时和他相处得还不错。

他已经七十来岁了,还得自个儿整饭、打醋。他自己考虑:我饭也整不了,啥也费劲,我应该找个吃饭的地方。谁家对我好,我就把这两个钱儿拿去叫他伺候我到死就算了,何必我撅着也忙,欠着也忙,自己伺候自己呢!一合计,先找大女儿,大女儿岁数大点儿,已经三十多岁了,能稳当点儿,他就去了。

他一早上起来没吃早饭,合计着去大女儿家吃,反正离得也不远,就四五里地儿。他一进院儿,姑爷就看见了:"岳父来啦!"

他说:"啊!"

姑老爷说:"进屋,进屋!"进屋之后就告诉他媳妇说,"赶快来吧,你爸爸来了!早晨还没吃饭呢,赶紧整点啥!咱们没别的了,还有点儿面。你就拔点儿大葱,

---

1 闹:干,弄,进行。
2 直眼:只能眼看着而无计可施。

多搁点儿鸡蛋，烙点儿馅饼。"

媳妇儿说："你也真是，啥也不明白，一早上那葱有露水，能吃吗？那么大的露水。吃了露水，葱还能好吃吗？人吃了也不得劲啊！"

她爹一听女儿不愿意整，还说葱有露水，就说："别整了，挺大露水的，水嘟嘟的怕不好吃！我呀，上你二妹妹那儿去，我先来看看你，我到那儿再看看她。"

唠了一阵也没唠别的，大女儿也没说留他。他一考虑，这是完了，他在这儿待着不行，就说要走。姑爷还不错，说："你在这儿待两天吧！"

他说："不了，我得走了。"他就走了。

到了二女儿家就晌午了，二女儿一看，晌午爹来了，肯定是没吃饭呢，就寻思还得整饭，太麻烦了，她不愿意。二姑爷说："你爸爸来了，来了也没别的，割点儿韭菜，给包顿饺子吃。搁点儿鸡蛋，整点儿素馅饺子也挺好，到时候一吃。"

"你呀也真是，那韭菜晌午能割吗？割完根子不晒干巴[1]了，韭菜怕晒，你不知道吗？那一晒干韭菜就完了，哪儿有晌午割韭菜的！"

老头儿说："别割啦，别再割死喽！"也没吃上饭，一合计：干脆走吧，哪儿也不去了，就往家走。正好路过老女儿[2]家，晚上烧着火了，老女儿家正冒烟呢，他就寻思：这回差不多，到了就能吃饭。他挺高兴，就进屋了。

一进屋之后，老女儿干啥呢？老女儿正做黏豆包呢！小豆包做得挺精致，挺好，一看她爹来了，这怎么办呢？正好已经蒸出一锅，倒大盆里了，这没法儿，就急速整个小褥子盖上了。但怎么盖它也冒点儿气呀，开窗亮阁的，她爹人家在窗户底下都看得明亮亮的。到那儿一看，黏豆包被盖上了，还盖啥呢！

姑爷看见爹来了，就对他媳妇说："来，给整点儿菜，有现成的饽饽，让爹吃点儿。"

她说："哪儿有什么饽饽啊，还没做好呢，一时半会儿还做不出来呢！"

她爹一看，寻思说："你都盖上了，还做不出来？不给我吃，不能指望这女儿哪！"他一合计：唉，拉倒吧！就说道："我在你二姐那儿吃完饭了，也不饿，我就回家吧。早点儿回去，要不黑夜还不敢走。"他就走了。

1　干巴：指因脱水而收缩变硬。
2　老女儿：最小的女儿。

他一路走一路合计，越寻思越憋气，到堡子了，就是到他侄儿那儿了。侄儿一看是叔来了，就问："搁哪儿回来的？"

他说："我出门了，刚回来！"

"没吃饭呢？"

"吃是没吃呢，就到家了。"

"赶紧整点儿饭，整点儿面汤吧！"

他媳妇说："擀面条就行！"

他就说："那擀吧。"侄儿媳妇就给他现擀的面条子，炸的鸡蛋酱，老头稀里呼噜[1]造[2]了好几大碗哪！造完了一看，寻思寻思，说："嗯！不错！"

又过了两天，老头儿身体不行了，就把他们都找来了开会，告诉他们说："我现在攒了有五百块钱，挺殷实了，能买好几垧地了。我连二十天也活不了了，我是足够花了，但是没人伺候我。我就寻思这钱归谁呀？他就把我伺候到死完事儿了，他爱发送[3]不发送，我不挑。"

他说完以后，大女儿就说："那好办，实在不行俺们那儿宽套，有地方。上俺们那儿去。"

二女儿说："俺那儿也行，这不管怎么的，我是你生的女儿。"

老女儿说："爸爸，你别往那儿去了，我是你老女儿，谁还能比老女儿亲吗？"

他爹说："唉！亲是亲哪，但是不是能往亲处走呢，你们想想吧！"

"那怎么不能走呢？"

"这你们还不知道吗？你们说吧，葱怕露水，韭菜怕晒，黄面豆包被窝盖。没有办法，我回来到我侄儿那儿吃了两碗面条解解馋呀，要不饿得犺不住啊！我哪儿也不去，就到我侄儿和侄儿媳妇那儿。我告诉你们，你们谁也分不去一点儿家产。"

大伙儿说："那我爸爸的家产能不分给我们吗？"

"你们没资格分，一点儿好心也没有，你们说说吧，自己拍拍良心吧！我就跟我侄儿过了，叫我侄儿、侄儿媳妇伺候我。"

大伙儿一看，都说老头儿怎么连女儿那儿都不去，老头说："你们看看吧，能去

---

1 稀里呼噜：象声词，形容吃面、喝粥、打鼾等声音。
2 造：吃。
3 发送：办丧事，特指殡葬。

吗？"就和大伙儿一说，怎么到那儿去的，怎么葱怕露水，韭菜又怕晒，黄面豆包做好不给他吃又盖上了，这叫什么女儿！这些女儿一看，都低头哭着跑回家去了，所以老头儿就和侄儿过了，女儿们谁也没分去家产。

分家吃散伙饭

有这么个老艺人啊，他有三个儿子，过不到一块儿堆了，要分家。这无论谁都说："这么办吧，分家吧！"

老头就说："分家就分家吧，咱散伙儿得吃顿饭啊！大伙儿一块儿堆吃散伙儿饭。"就告诉三个儿子拿钱买点什么，大伙儿吃点饭。

大儿子磨蹭半天，拿了十个大钱儿来。老二一摸腰，整了半天拿了八个大钱儿来。剩老三了，拿出五个大钱儿来。

哎呀！老艺人一看，说："可惜啊，我干了一辈子，连说书带唱戏给你们娶的媳妇，盖的房子。临分家了，就拿出这么几个大钱儿来！"心里寻思：可惜啊可惜，我这辈子算完了啊！

他就叨咕说了："分家为求大家欢，哪料到今天心里酸。大钱儿拿了是五八一十三，请问请问，你们能不能说是心甘？"

老人意思是说：我一辈子这么苦！出去之后吃什么呢？喝什么呢？他打个唉声，说："行了！今后，我就告诉大伙儿，我也不宣传了，也不讲了。儿子中间也不谈这件事儿了。"

意思是说：这几个儿子太让人心酸了！这让老艺人伤心啊！

风流诗案

有这么一家,是员外之家,就是张员外的家。张员外家办寿,办寿就是过生日,过六十大寿。

这天姑爷来了,亲朋好友也来了不少。办完寿以后,晚上,人都走了,就剩这姑老爷没走,在这儿住着呢。这是夏天,员外家的屋又多,就给姑爷在当间儿[1]找了个屋,和女儿在一个屋。

张员外还有个老女儿,小姨子十八九岁,没出门,自己一个屋。她还没出门[2]呢,就在家待着。

不说别的,睡了一晚上,天要亮了,大家都起来了。外边儿,这个小姨子起来了,到那儿一看,姐夫没起来呢。那时候天没太亮,这夏天前儿,她姐夫的胳膊、胸脯子全露着,枕头也掉旁边了,脑袋都悬空着呢。她一瞅,这哪行啊。这姑娘好意,说这如果真要脑袋悬空睡觉,不就落枕了吗?她就把这枕头亲自搬上来,把他脑袋挪一挪。

她这姐夫就醒了,一伸手,就把小姨子抱住了,拽她衣裳,抱着她要嘬嘴儿。

这时候,小姨子一蹭就蹭开了,说:"你太不像话了,拽我衣裳那还行?"这姑娘寻思憋气,说,"我好好给你垫垫枕头,垫垫脑袋,你不能这样!"姑娘就拿起笔、拿起纸来写了一首诗。写完以后就贴板门上了。过去有板门,她就贴上头了。

这时候她姐夫醒了,到那儿一看,小姨子急了,写了首诗,这个姑老爷就明白了。怎么写的呢?这么写的:"好人扶香枕,不该拉奴衣。奴家无他意,不该把奴欺。好恼!好恼!"

姐夫一看,说:"这么办,我也得写一首诗!"书房里有纸,他操起笔,拿起纸来又写了一首,贴上去了。

怎么写的呢?这么写的:"喝酒醉如泥,不知东和西。都是桃花面,哪知是他姨!"他寻思是他老婆子,自己媳妇呢。都是姐妹儿,都差不了多少,就贴上了。

---

1 当间儿:中心,中间。
2 出门:出嫁。

贴完以后不说。谁来了呢？他老婆来了，老婆挺嫉妒，到那儿一看，说："哎呀，妹妹也写首诗，男的也写首诗，你俩这是有关系，不用问啊！"拿起纸来，她也写了一首，风流诗案嘛，她怎么写的呢？这么写的："一张纸糊窗，里外亮堂堂，双方都有意，何必拉酸腔！好羞！好羞！"意思是好羞啊，就给贴上了。

贴完之后不说，单表大嫂来了。嫂子一看，一个妹夫，一个小姑子，嫂子也来诗性了，说："哎，我也写一首吧！"她拿来纸也写了一首，写完就给贴上了。

怎么写的呢？这么写的："也应扶香枕，也应去拉衣。姐夫戏小妹，世上常有的。没啥！没啥！"

写完之后，这时候，谁到了呢？老太太到了，她一看，就说："不好！这乱七八糟的，多砢碜啊！"老太太操起笔来也写了首诗。

怎么写的呢？这么写的："都是女孩家，何必闹喳喳。此事传出去，不怕人笑话！"就是说算了，算了吧，就在底下又写俩"算了"。

这个老头来气儿了，老头到这儿一看，说："干啥？上我这儿办寿来了，还是演戏来了？整这一大堆玩意儿！"操起笔来就写。

怎么写的呢？这么写的："不对装假对，这事谁不会！哪是来拜寿，明明找便宜。告状，告状！"老头儿就要告状。

这会儿贴墙上了，大伙儿一看，说不行啊，要干起来了，抬走！连着板门就抬走了，就抬到县太爷府去了。

到了县太爷那儿，县太爷一看，早晨正升堂呢，抬着大板门，上面尽是诗啊，风流诗。县太爷看完之后，看着人都来了，都在下面跪着。大家就说："判吧，看到底谁对？"县太爷一看，就笑了，说："这么办吧，我也写首诗，就给你们判了！"

他就写了："一家老和小，来到公堂搅。这些花花案，我怎管得了！退堂，退堂！"

他写完就告诉退堂，人都退下了，说："抬回去吧！"于是，大伙儿就把大板门抬回去了。

爱拍马屁人

县太爷转了个县，到这个县里来了以后，一看底下有不少伺候人的，都是衙役们。就有这么一个衙役，专会拍马屁，他过去拍惯了，附和人情，会说话。县太爷来了之后，他就说："县太爷，我早听说你老明如水、清如镜，你来了，咱们当地群众真是太有福了。"就开始拍马屁。

县太爷说："哎呀，你这小伙子挺会说话啊，你叫啥名字啊？"

"县太爷公断吧，你说我叫啥名？县太爷这么清明，还能猜不着吗？"

"我说你是张三还是李四啊？"

"哎，对，我正是张三、李四，和县太爷说的一点都不差，看来真是清官。"

"你到底叫张三还是李四啊？"

"我妈先在老张家怀的孕，老张家我那个爹死了，又嫁给老李家，到老李家生了我，所以我又叫张三，又叫李四，叫哪个都对。"

县太爷一看小伙真会说话，就问："小伙你今年多大岁数了？"

他说："县太爷公断吧，看我多大岁数？"

"那怎么能断呢，我是说你三十九还是四十啊？"

"哎，对！我又三十九又四十，我三十九，那天三十儿晚上生的，钟一动就到四十，差半个点儿，正当钟一响，放鞭炮接神，把我就生下来了，所以三十九、四十都行。县太爷真会说，真会公断。"

县太爷一看，这小伙子打溜须打得这么邪乎，说："那好吧，你真是挺聪明，你就跟着我在身边吧。"

他说："好，好，县太爷好！"

之后县太爷让备马，不少人都在备马。马不小心就叮当放了个屁，他在那儿没听清，就以为县太爷放的，县太爷说："放屁了！"

他说："不，这屁也香，嘎嘎响，脆生，还喷香，还有一股清香味儿呢！"

"哎呀，这是马放的，不是我放的，瞎说。"

"是吗？嗯，对，这味儿才到来。"

大伙一看说："你呀，就是拍马屁出身，你明儿就拍去吧！"

县太爷一听,也不吱歪[1],说:"拉倒吧,你今后还是回家吧,你拍马屁我不成马了吗?"从那以后就不用他了。所以拍马屁也不是都好。

夫妻嬉戏

"夫妻嬉戏"就是两口子在说笑话。

这个媳妇儿姓严,叫严河。丈夫念书念得不错,是举人,当县官了,但有点儿毛病,什么呢?脸上有麻子!这麻子坑儿不少。媳妇儿呢?脚大!那时候都缠三寸金莲,她没缠脚,那脚大得邪乎,横着能有一尺!大伙儿都讽刺她。

他一看,也讽刺媳妇儿说:"严(沿)河架盖儿走,站到水里水横流,有朝一日踏青去,野草鲜花遍地愁!"

媳妇儿一听,这是损她呢!你看,他的意思是说:严河架这俩鞋特别大,架耳朵嘛!站到河中间水都过不去,那脚都挡着水,到踏青的时候,把草都给踩死了!媳妇儿就笑了,寻思说:"你这举人背后还骂我呢,还瞧不起我!"她就说了:"相公好文章,满脸诗文密麻麻,劝君莫上花园去,免得蜜蜂认作房!"意思是说,你要到蜜蜂的房屋儿去,那蜜蜂就要进你蜂房了,都上你脸上絮窝[2]。

男的笑了,抱着她说:"你可别说别的了,我也不说你脚大,你也别说我脸上有麻子!"

这"夫妻嬉戏"就是这么来的。

---

1 吱歪:乱说话。
2 絮窝:指动物搭建巢穴的行为。

夫人属牛

有个县太老爷贪得无厌,那是贪得越多越好。县太爷有个夫人,要过生日了,早就跟底下人说:"我夫人过生日,大伙给好好过。"下面衙役把当地群众里有钱的土豹子都集中起来,说:"这么办,夫人属鼠的,咱们给打个金耗子,这不挺好。"

大伙说:"好啊!"

有钱人就用一二斤金子打了一只金鼠,给他送来了。县太爷一看,送个金鼠来挺高兴,掂量掂量不太沉,没有一斤分量,就笑了,说:"唉,你们弄错了,我夫人不属鼠的,属牛。你们得按牛打,另外打的时候得打个实心的,别打空心的。"

大伙一听:"哎呀,我的妈呀。那属牛不能打太小啊!"

从那以后,就说县太爷老婆是属牛的,要不说哪有这么贪心的。

府尹断服毒案

有这么一个女的和一个男的,俩人搞不正当关系。这个男的是个医生,女的自己有丈夫。但她相不中这男的,男的长得不怎么样,岁数儿还大,所以她借看病为由就和这医生俩人胡扯上了。越扯时间越长,这女的就对医生提出了:"咱俩能不能长期过?我看这样好,你能不能想办法弄点儿毒药把他药死。要是人不知鬼不觉,我就嫁给你了,你还正好没媳妇儿,咱俩不就长期了嘛!"

医生说:"那不行,我不同意。咱就这么胡扯是胡扯,但不能杀人害命。"

但日子长了,一晃就闹了有好几个月,这个女的天天难为他:"你要不就别来了,你要不把他害了,你就不能来!早晚咱俩也长不了,我不能让你这么胡扯。你要是把他害了,我就指定嫁给你!"

医生一看,寻思寻思说:"行啊,我想想办法!"

"那好吧!"

这天正赶上五月节以后,正是百花盛开的时候,医生就告诉她说:"我给你出个方子,今天你们在外边儿园子里放个小桌吃饭,吃完饭以后我就把他害了。"

她说:"那好!吃什么呢?"

"有办法啊,你就买点儿猪肉粉条一炖,煮点儿粳米饭,好好恭敬[1]恭敬他,让他临死吃顿饱饭。"

"好吧!"这女的还真就那样,就搁屋里头来回端菜,从那花底下来回走,菜端好了就喊男的:"吃饭吧,咱俩好好吃一顿。"两口子就吃上了。但这医生没去啊,他是野汉子,他能去吗?

在吃饭端菜的时候,她心就有点儿软了,一想结婚也不是一年半载了,虽然没相中他,多少年了,也有点儿感情。他今天就死了,我就没相中这模样,把他害了,之后和医生过。想着想着就淌眼泪了,淌着眼泪端着菜来回走,经过花儿底下的时候眼泪就掉菜碗里了,自己也跟着心挺寒,就擦巴眼泪说:"吃饭吧!"

吃完以后,这男的晚上就生病了,没等抢救呢,就真死了。这一死之后,人家左右邻居知道啊,男的还有亲属,说:"不行,一定要查清,这自己他没有病,白天还吃着粳米饭喝酒呢,这怎么晚上能死呢!是不是你给害的?"

女的说:"我没害!我怎么能害呢!"

后来有人就报到省里府尹大人那儿了,府尹一听,就问她说:"吃的什么饭?"

她说:"吃的粳米饭,猪肉炖粉条。"

"哎呀,猪肉炖粉条,夏天还有点儿豆角一块炖着吃的,这也不是害人的玩意儿啊,还有别的药没?"

"我是不知道。"

后来一问说谁谁是怎么样,她就说了。于是又找来了医生,医生说:"你问别的我不知道,我就说实话,俺俩是有奸情的事儿,这是不错。但是下药我实在没下,没害他。您找找有史以来呗,哪有吃粳米饭、猪肉炖粉条就死人的?我就寻思给她吃这一次,下次我就不来了,我就和她断了,她平常让我害他,我没害他,我也不忍心!"

府尹寻思说:"哎呀,那怎么回事儿呢?这巧啊!"府尹他是个清官,不能说判就判,就对医生说:"这么办,你把你的药书找着,看看猪肉炖粉条有没有害?"

---

[1] 恭敬:尊敬或尊重地对待。

医生就找着书，一找找到最后写得挺详细：粳米饭炖粉条是没害，但是怕啥呢，怕遇到菜花下，遇到眼泪命必坑。一问女的正好说她哭了。她端菜的时候是从那个麻籽花底下过去的，那麻籽花已经掉菜上了，她眼泪到那儿点一下子，正好堆一块儿了，菜籽花加眼泪就有毒，它俩遇一块儿就是毒药。

府尹大人一看，就对医生说："哎呀，这也不怨你呀。但你这奸情是不应该，这样，你给发送了吧，罚你二十两银子，你把人给发送出去。你没罪是没罪，但你今后不能胡扯。女的有罪，女的存心要害他，女的偿命去吧！"就把女的偿命了。

要不说害人不害人这东西，没承想女的真把他害了，最后女的死了。

父子通信

有这么一个关里人哪，就跑关东来了，在沈阳给人家买卖人当小劳金[1]，干了几年攒了两个钱儿。他有个父亲在关里，在关里图显住。他一看，这怎么办呢？回趟家得不少盘缠路费，还没有车，就得走，太难得邪乎了。正赶上他堡子有人要回去，他就告那堡子人说："大哥，你回去之后给我们家捎两个钱儿吧！"

"那行，给你捎吧！"

他就整了四十块钱，把四十块钱全包好了之后就跟那大哥说："我给我爸写封信，完了你交给他。"

"那行。"他就写了封信给人家了，人家拿着钱和信就走了。

走半道儿了之后，那大哥就寻思：他写什么信呢？今儿我给他捎这钱他家知道不知道呢？如果不知道我给他留点儿，不能都给他。寻思寻思他就来坏道了，他打开信一看，上边儿画了一帮苍蝇，底下画了五个王八。他一看，这什么意思呢？不会写字，画这玩意儿！唉，拿来吧，他就拿走了。

到家之后，他一摸腰拿出三十元来，留了十元没往出拿，他就把钱和信递给大叔说："大叔啊，正好兄弟给你们捎两个钱儿。"

---

[1] 劳金：是指旧时地主给长工或老板给店员的工钱，也指长工。

老头拿来信一看，啊！看完以后又拿来钱一看，问："大侄儿啊，这钱不对吧，你兜里是不是还有啊，还差十块钱呢！"

他说："是吗？我摸摸。哎呀，真还有十块钱。"就掏出来了。掏出来就问他说："大叔，那你怎么看出来的呢，我咋就没看这信呢？"

"哎呀，这不明摆着呢嘛，画的蝇子就代表银子，这不画着五个王八嘛，五八不四十元嘛。它哪儿能三十呢，也对不上数啊！"

"哦！您老再写封信不？"

"我写封信。"老头也写了封信，写完之后他拿着就走了。回去之后他拿上信一看，也不明白，一看什么呢，一个大脚驴在那儿叫唤，下边一个水桶在那儿倒着扣着呢，水都洒了，水桶底儿冲上扣着呢。他一看，这真难揣啊，他不认得字儿，信写得都特殊，还画画儿，他就拿回去了。

拿回去之后，到儿子那儿一交，儿子一看，不太懂。儿子旁边还有别人，有人明慧，一看说："我告诉你，这太容易了，这大驴就好比你的爹，大驴一叫唤说'儿啊，儿啊'，就是喊你呢，说'儿子，儿子'。这不，筲[1]在那空着呢，就是说钱捎到了。"

"哦！"所以这捎银子的一看，"行了，我这明说，这人和牲口办事儿，你们这是净说谜语，今后我是不给你捎这玩意了。"

改对联

有这么一个才子，他的文化其实不怎么样，没认得几个字，但是他花钱买了个"秀才"，所以大伙儿成天管他叫"贾才子"。实际上他不姓贾，姓张，就因为他是个假才子，没有多少文化。

他老爱摆弄文字，过年了，他就考虑说："我得掂量找自己[2]写一副对联。"他自己写不好，别看他当个才子，他从来都没写过，净是花钱买来的。

1　筲：水桶。
2　自己：个人。

他就请了个老先生，提前预备了点酒菜，想着忙完了喝一场酒，他说："老先生，你能不能帮我个忙，过年帮我写一副对联吧？"

老先生说："那行，可以。"老先生把纸拿来，说，"那写一般的？"

他说："一般的行，掯对写个新鲜点的就好。"

老先生拿出笔来了就说："天增岁月人增寿，春满乾坤福满门。"就给他写好了。

他说："这不行，太老，每年都写这个，老写这个哪行呀！另外，俺们家没别人，没有爹，就我妈一个，你就让我妈增寿，也别'天增寿'了，我妈岁数大，增点寿我不就妥了嘛，俺们家不就都有依靠了嘛！"

这个老先生一听，心里合计：你这个假才子呀！就说："那写是给写呀，但都得是相对的，不对不行，有'妈'就得有'爹'。"

他说："行，那你掯对写吧，能对下来、能押韵就行。"

"那好。"老先生就说，"天增岁月妈增寿，春满乾坤爹满门。"就把这"爹"字写上了，"妈"对"爹"嘛！

他一听，说："啊，这个对，'爹'对'妈'，就这么写吧！"

"好！"老先生就给写上了，"天增岁月妈增寿，春满乾坤爹满门。"那就满门都是爹了。

写完之后，他就贴上了。他这一贴不要紧，引来不少看对联的，大年初一拜年的到这儿都瞅，说："这副对联写得好，太好了，人家'贾才子'真有才！你看人家这可院都是爹，'爹满门'嘛，满门都是爹！"

后来日子多了，有个亲戚来了，就说："你呀，赶快扯下去吧，你妈守寡守这些年都够说的了，还要'爹满门'，招一个不行，还都招来，都给你当爹呀！"

从那以后，这"贾才子"自己就把这副对联给扯下去了。

哥俩儿威震旅店

有这么一对老张家的哥俩儿，他们每天在家种点地，干点活儿。俩人没事儿老唠叨："咱俩一点儿武术没有，是不是能学点武术呢？学成了在家也能防防贼偷，省得受欺负。"

俩人一合计，家里又有点儿地，就告诉爹妈说："我俩想学点儿武术去。"他俩岁数都不大，都十七八岁。

他俩就去了。哥俩上了一座高山，找了一个师父，就想学武术。师父一看，说："你俩能学点啥呀？你俩瞅这样，也不像学武术的样儿啊！"

哥俩在这儿待了几天，师父说："这么办吧，你们不用学别的了。你呢（哥哥），就给我抓苍蝇，把这屋里的苍蝇抓净就行了；你呢（弟弟），干啥呢？你就给我和了[1]豆子吧，这儿有一盆豆子，你在这儿和了。"

他俩一考虑："这叫什么武术呢？"

也别多管了，就和了吧！弟弟就天天"哗哗"地和了豆子，和了些日子的话，怎么样呢？他的手不用沾那豆子，豆子就跟着手跑。

师父又告诉他："把手往上挪！"

到最后，弟弟站那儿一晃，豆子就"哗哗哗"地转。

"嗯！"师父说，"你这差不多了，变样！"这下就变样了，改成和了石头子了，弄了点儿小石头，就和了那玩意。

和了那玩意"扎手巴啦的"，弟弟的手都磨破了，后来磨得也不知道疼了。到最后怎么样呢？他手一动弹，石头子都"哗哗哗"地跟着跑。

师父一看说："又得变样了！"

变啥呢？鸡爪钉啊！就钉箱子的钉子，一削一盒子，叫他和了那玩意儿。他和了到最后，鸡爪钉也能跑了。

师父说："行了，你就待着吧。"

再说他哥抓苍蝇。那屋苍蝇也多，抓不净，但抓不住就得挨打啊！最后苍蝇离着五尺远，他哥的手"啵儿"一去，就能把苍蝇抓来，也练成了。

练成以后，哥哥对弟弟说："这不扯呢，光练成之后能干啥玩意儿呢？让我干，也没有说抓苍蝇的啊？"

这天师父说："好吧，你俩回家吧，可以自己立个门户了，没人敢欺负你们了。"

哥俩儿就回来了，正好走半道儿上住了店，他俩在屋里吃饭。正吃饭的工夫，

---

[1] 和了：搅拌。

就来胡子了。胡子把屋子围上,就告诉这些人说:"谁都不许动啊,动弹之后就杀你们!"

一边儿比画,一边儿有的人还真要动弹,胡子就射箭,"啪啪"就射倒两个。

他哥一看,胡子真敢射啊,这箭来了,就对弟弟说:"不用害怕,我给你抓!"

就站在那儿,箭一来,他哥"啵儿"就抓一个,一来就抓一个。他手抓苍蝇抓惯了,箭像飞的蝗虫一样,全抓住了,抓住的箭撂了一堆呀。

大伙儿一看,说:"这家伙了不得啊!"

胡子一看,就把刀伸出来了。

弟弟一看,旁边儿正好有个石墩子,就是个石槽子在这儿搁着呢。他用手"啪"一拍,石头"啪"一声就削得多少瓣儿,稀碎啊!

胡子一看,说:"我的先生啊,这两个人还了得?这老石头都打得稀碎,碰他都碰不得啊!"

最后全吓蹽了。之后,这店东家一看,这俩人有能耐呀,就说:"你俩别走了,就在这儿保护我这店吧,要多钱给多钱,也不少给你!我这店也大,还不用你们干活儿。你们啥也不用干,你们光待着就行,你们哥俩的名儿就够吓住胡子的了!"

从那以后,这哥俩真就在那儿待下了,钱还不少给。后来,他们家也搬过去了。外边儿胡子一传,说:"那店去不了了,有一对老张家哥俩,谁也惹不起啊!"

所以,这哥俩把这个店镇住之后,从那以后就出名了。

哥仨分兔子

这亲哥仨出门打兔子去,一打就打了五只兔子。打了五只兔子就回来了,这时候正是冬天前。这哥仨自己过自己的,都有媳妇。

这媳妇来了一看,就捅咕[1]老三说:"这五个兔子怎么分啊?"哥仨一人分不到俩,谁要一个,谁要俩?不好分啊!

---

1 捅咕:指怂恿做某事。

老大一看，老大说："这么办吧，咱们分兔子以前喝点酒，说点酒令。说完之后，咱们再分。"

那哥俩就说："那好吧。"

这老大喝了点酒，说："我这胡子一大把，五只兔子我要俩。"意思是说我要两只兔子。

老二说："别着急，等都说完再一堆儿拿。"老二就说了，"我这胡子一大扎，五只兔子我要仨。"

这老三一看，大哥要俩，二哥要仨，这没他的份儿了。三兄弟媳妇就捶他，说："你真是完蛋！你早说不行吗？"

老三说："这么办，别着急！咱们不是说按诗文拿兔子吗？我也说完，你们再拿。"老三接着说，"你们别动，都撂那儿。"

他把五只兔子一摆弄，把哥俩手按住了、抓住了，前面说的不是都拿胡子说的嘛，他就说："我这胡子才萌芽，五个兔子我全拿！"他全搂去了。

大家一看，还是老疙瘩有能耐啊！这三媳妇抱着五只兔子，全拿走了，这俩谁也没拿着。

隔门望见儿抱孙

人生儿育女都是为了养老、防老，人都这样。

有这么一个老王头，自己从年轻时就挺殷勤，念过点儿书，还真不错。他把儿子拉扯大了，娇生惯养的，很怕这儿子受委屈，从小就供他念书，最后还给娶了个媳妇。娶完以后，他和他老伴还是疼这儿子，也疼这儿媳妇。但这儿子娶完媳妇以后，对老人就没什么感觉了，就对这媳妇特别近得邪乎。老人一说这媳妇哪不对，他就说："你可真也是，到岁数了，啥也不懂得，瞎掺和啥玩意儿，乱掺和！"就呲喽[1]他爹，他爹一听也伤心。

---

[1] 呲喽：训斥。

他爹过去也念过书,说:"可惜呀,我这生的儿女,现在大了都不理我了,我一说还像瞎掺和似的。"

老太太就说:"你呀,啥也别管,现在他有媳妇就行了。"

正好过了没二年,媳妇生了个孩子,更打腰了,还是个小子,天天就抱着这小子。

这天在那儿,老头瞅着就伤心。

儿子在那屋,一边抱着小子一边稀罕,那小子也一两岁了,说:"儿子,你好好长大,长大之后你就当官,爹好借你的光。"他就这么哄那么哄地,连抱带稀罕带嘬嘴的。

这里有门缝,老头扒着门缝一看,就心里寻思说:"可惜呀,当年我也这么稀罕你来的,没承想你现在对我这么寒冷啊。"他自己随口就作了首打油诗,怎么作的呢?就说:"隔门望见儿抱孙,我儿就把他儿亲。但等他儿生长大,能把我儿气断筋!"他连着叨咕了两遍。

他儿子有文化,一听,就说:"哎呀!"

媳妇说:"你听听,老太爷还念诗呢!"

他儿子说:"得了,你别说了。"

从那以后,儿子变样了,说:"爹,你安心吧,我绝对不能这样了,因为什么呢,我也不能让我儿子气我。"他还告诉媳妇了。

以后他们对老人还真不错,就这么改了。老头的这首诗还真有效果。

给店家买驴

这家在山旁开了个旅店,正好有租大车的、有倒腾牲畜的都在这儿住。就有这么一个小伙子和他爹两人也在这儿住,他俩也没什么钱,就把家里钱都拿出来买了两头挺壮的驴回去准备种地,没回去就在这儿住下了。

这一宿的工夫,就是说不凑巧,该着倒霉。就进来狼了,这狼把俩驴都给吃了,"噼里啪啦"地咬得不像样儿,没吃了,都吃前槽了,后边剩的尾巴都在那儿搁着呢！这爷俩起来就哭上喽，本来没有钱还困难得邪乎，老头儿也哭，小伙儿也哭，说这活不了呀！怎么办呢？

店东心挺软，都是住店的，说："那咋整呢？你和狼还能置起气来？"

边上的人说："这么办吧！店东你帮着把驴给卖了吧！剩点驴肉或许还能剔下来十斤二十斤的。"

店东说："不能剔，摆着吧！"

到晚间时候，店东心肠挺好，和老伴儿一合计，说："咱们今年来个绝事儿吧！就抓狼卖了，给他买驴去，要不然的话瞅他们太难了。"

她说："好！这驴别动。"

这驴就没动，还在狼吃的地方原封没动。后来一考虑，说光有这么一头驴不行啊！还得弄一头驴，又倒腾了头驴来，搁哪儿了呢？就搁下屋里拴着了。下屋那门是活门，店东有章程，就把那门用绳子绑好了，这个门能拽能松，就让几个小伙子在里边等着。

这活驴在里边一会儿就叫唤，这狼啊，就今天来得多，每天来三只两只，所以没吃完驴，今天来的狼能有十多只，山场狼多，这就都来了。

这家伙！满院儿的狼啊！能有十多只，进去就开始吃驴。那狼多肉少啊！一会儿把肉就给吃完了，哎呀！一看，东屋那儿还有毛驴呢！就直往里钻，那门是大板门，挺结实，一挤就有缝。这狼一看进不去就用脑袋往里一挤，就进去了，里边儿门就"咔嚓"一拽，上面棒子就"叮叮当当"地把狼打死了。

打死一只之后，没由分说，就把这狼拽屋里去了，完了那些狼还往里钻……这一宿打了十五只狼，全打住了。

打完之后，店东说："这么办吧！把狼皮卖了吧！卖完之后给你买驴！"全弄好之后的话，他也说了，"从今之后，我这店也难开了，这十五只狼打死还有狼呢！肯定要到这旮儿寻仇来，我就闭门不待了，山场这块儿就不要了。"

所以这店也不开了，人家店东心肠好啊！就搬到屯里去住了，它们找不上了，这就剩空场了。足足闹了能有半年多，狼总到这儿"嗷嗷"叫唤，就找这儿来报仇，要么说狼记仇嘛！它们最后也没找着。

所以怎么样呢？他拿那十五张狼皮买了两头壮驴给他，他们牵着驴就回去了，就是说这店东心肠不错。

更夫梦匪救主人

这个故事是讲什么呢？有这么一个打更的老头，四五十岁了，特别忠诚老实。他在这家打多年更了，这家大掌柜的也挺信任他，工钱给得还不低，倒还不错。

这家掌柜的买卖大，雇了不少人。这天掌柜的起来干啥呢？就准备办货去。掌柜的把大事弄好，钱财都弄好了，就准备要走了。

完了老头就跑过来说："不要，不要！掌柜的，你先别动弹！"

掌柜的说："怎么样？"

他就说："你可不能动弹，我昨晚上做了个梦，就梦见你走到那北边，离这儿五十里地的山坡那旮旯儿有胡子，他们今天准要抢银子，你今儿先别去。等过了晌，晚上去就没事了，这梦的是上午的事儿。这梦得真气人，有一帮胡子拿着刀枪，把人都抢了。"

掌柜的一听，说："是吗？那好，我先不去！"

这掌柜的就真的没去。

等过了晌午，掌柜的晚上去了。他一打听，真是那么回事儿，一帮胡子上午连车带人抢了不少。

之后掌柜的去了，把货也办来了。

到第二天白天了，掌柜的说："预备饭吧！"把饭预备好以后，掌柜又说："这么办，预备点儿菜和酒！"就又预备了点儿菜和酒，完了就把这更夫请来了。

把这更夫请来后，掌柜的说："更夫啊，昨天你告诉我的真不差，你这梦挺灵，我这真没挨到抢，别人都挨到抢了。我今天特意酬谢酬谢你，请你吃饭，没有别的，给你十两纹银作为奖赏，你坐这儿喝点儿酒吧！"

更夫吃完以后，这掌柜的就跟他说："这么办吧，今天你就卷行李回家，你就下工吧，我不用你了。"

更夫一听，说："哎呀，这，我哪儿不对呢？"

掌柜的说："你自己明白就行了，我也不用说了。我给你奖赏，这功是功，过是过，功过不能一概而论。你告诉我是有功，我也没挨抢，我给你十两纹银，也请了你。"

伍 生活故事

最后他不走，咋也不走。大伙就说："咳！"别的不少徒弟们也唠叨说："掌柜的不对呀，应该留下他！人家这做的是好事，告诉你了，不是挑唆你。你要像这样，那俺们还怎么干呢？这不好干了！"

掌柜的听到了，就说："不对呀！实质呀，他是更夫打更的，他不睡觉，他能做梦吗？他要睡觉了，那不失职嘛！他要睡觉的话，我这更还用他打干啥？"

大伙一听，说："对呀！他说是做梦梦到的嘛，这不是就失职了嘛！"

所以就把他辞退了。

公婆告儿媳不生

过去有这么一家，姓啥呢？姓张，老张家，是个员外之家。过得挺好，老两口就一个儿子。儿子也挺喜欢念书，到岁数了，十七八岁，就娶了个媳妇。媳妇是谁家的姑娘呢？是金家村老金家的姑娘。姑娘挺好，俩人结婚以后感情都不错。

小孩儿在塾房念书，这塾房离家挺远的，有二三十里地。

这一晃，结婚三年了。这个老太太就跟老头儿嘀咕，说："你看啊，咱儿媳妇肯定有病，没病都没人信，这结婚三年连孩儿都没生！这古语说得好，'不孝有三，无后为大'。这没有后人，谁接香烟啊，这不扯呢？他们都二十来岁了，干脆咱休了她，再新娶个儿媳妇，咱也不是娶不上，家里有钱，这么大势力，非要她？"

老两口瞅着儿媳妇每天还不高兴，也有一点冷落性儿。老头也有点信了，就说："行，咱休媳妇！"

老两口就和儿媳妇谈。把儿媳妇找来之后，老公公就说："你俩人都不错，可惜啊，到我这儿也三年了，俺们一心是想生个孩儿，抱个孙子，没想到你一直都没生。古语说得好，'不孝有三，无后为大'，这三年了你都没生个儿女！这么办吧，俺们写封休书，把你休了就算了。你回娘家，该找谁找谁，咱们谁也不说啥，也不说这对，也不说这不对。"

儿媳妇一听就哭了，说："那哪儿行啊，我也不知道怎么回事啊！"她就嘀咕了。

老公公一看她嘀咕了，说："这么办吧，咱们就经官家判吧，看怎么算。现在不是有个县太爷嘛，新转来的，挺清廉。"

儿媳妇说："好吧。"

这就去县太爷那儿了。

这个县令叫燕知县。升堂之后，看大伙儿都跪下了，县太爷说："这么办吧，你们先把这个呈子拿上来。"这个呈子是儿媳妇写的，就给县太爷拿上去了。

县太爷拿过去一看，上面就几句话，写的不多，但挺详细，说："奴家本姓金，家住金家村。结婚三年整，没见丈夫身。公婆埋怨我，没能抱孙孙。要休金家女，前来请大人。"

哎呀！这个县太爷心说，这不怨人家啊！三年都没看见男的了，能生孩子吗？还埋怨人家什么玩意儿啊？这是怎么整的，这媒人怎么弄的？就说："把媒人传来！"

媒人传来，县太爷问她："怎么回事，这结婚三年没生孩子，你这媒人怎么保的媒？"

媒人一听，心说也太出奇了吧！我保媒，还管生孩子？我就管结婚，都结完婚三年了，三年之后才找媒人？

媒人就说了："媒人本姓顾，家住十里堡。双方结了婚，谁管合铺不合铺。那你睡觉不睡觉，我能管得了吗？"

县太爷一听，这也对，不怪人说这玩意儿，就说："这么办，把这个小子找来。看他是不是有外遇，胡扯啊？连孩子都没有，这孩子他到底是要不要啊？把这个小子找来！"

就把这个张生传来了。张生跪下把这个事儿一听，就说："这么办吧，我也有呈子。"就把这个呈子拿去了，说，"小生本姓张，吃住南塾房。白天学四书，夜晚写文章，哪有时间伴红娘？我没那个时间，得念书啊！"

县太爷一看，这不扯嘛，人家这是正经念书，一心朴实，黑天白天不回家，哪能有孩子？

县太爷就瞅瞅这个老头儿、老太太，说："你俩听明白没？我告诉你们吧，我也写首诗。"就写道："县太爷本姓燕，先来你们县。此案已明了，回家自己断。"

"得啦，走吧！"老头儿说老太太，"你净胡扯！弄了半天，弄了咱俩一身不是，要不媳妇天天不高兴呢！男的不回来，你不知道？他不是在那儿念书来着嘛，在那儿念书能有孩子吗？你还找人家，赶快走吧！"

这俩人就回来了。

异文：新知县断案

在咱们新民啊，过去有一个金家村，金家村里有这么一家，娶完媳妇儿以后，过了能有三四年，这个媳妇儿都没怀上孩子，不生育。这家过得不错，儿子念书啊，还要考状元，不生育哪行啊！这老公公老婆婆一合计，说："不行！得休了她！"就要休这儿媳妇。

这儿媳妇知道后没有办法，万般无奈，个人就写个小呈子给新民县县太爷递上去了。这个县太爷是新转来的，姓晏，晏县太爷。县太爷打开呈子一看，上面写得挺详细。怎么写的呢？"奴家本姓金，家住金家村。结婚三年整，没见丈夫身。公婆埋怨我，未能抱孙孙。要休金家女，前来找大人。"就这八句话。

晏县太爷一看，就明白了。心想："呃，这结婚三年，没看着丈夫。公公婆婆还要孙子，这不难为人嘛！丈夫都不在身边，哪来的孙子，这不胡闹嘛！还要休人家，所以找我来了。这婚姻的媒人怎么回事？"县太爷一时恼怒，就说："把媒人传来，我倒是看看这是怎么个事！"

媒人到这一看情况，就说了："媒人本姓顾，家住十里堡。双方结了婚，谁管合适不合适啊！"也确实是，媒人给你保媒来了，结婚就完事，睡觉不睡觉还能找媒人管吗？

县太爷说："对呀！人家保媒双方彩礼全完事了，没责任了，睡觉不睡觉媒人哪里能管得到呢？"又说，"好，找她丈夫！问问他到底是怎么回事，是不是他在外边胡扯，为什么没孩子，他爹都要休人家了。"

她丈夫被找来了，这公子姓张，也写了几句，说："小生本姓张，吃住在书房。白天学诗书，夜晚写文章。哪有时间伴红娘啊！"

县太爷一听，说："哎呀，这对啊！人家为了读书，黑天白天在书房读书，白天学诗书，晚上还学写文章，没有时间陪媳妇儿睡觉，哪能有孩子！"

县太爷一笑说："这么办吧！"就告诉这个儿媳妇了，说，"本官本姓晏，初来新民县。此案已明了，回家自己断！散堂！"就告诉他们，你们小两口自己回去断案吧。

姑老爷带孩子报喜

过去那尖姑娘都配给傻女婿了，因为人家有钱哪。这结婚以后过些日子媳妇就生孩子了，她就告诉这傻女婿："你去，到老丈人那儿报个喜，就说生孩子了。"

他说："啊。"

媳妇说："要是问你生的啥，你就说'锅台转'。"

他说："我记住了，'锅台转'。"这就走了，到了老丈人那儿就说："你女儿生孩子了，生个'锅台转'。"

老丈母娘一听，说："生个女孩好，那没说的。"就留他吃顿饭，吃完饭以后说："这么办吧，给孩子拿布去吧。"那时候也困难哪，给小孩拿布做褯子[1]，就给扯块大白布，四四方方的，他卷着就拿走了。

这一道走得挺乐呵，饭也吃足了，唱唱咧咧的，到了离家不远的一个山坡上，他来屁屁了，就把布搁树根底下的草上了。拉屁屁的工夫他一动弹，"嘣"从草窠里蹦出个兔子，就把这块儿布顶跑了。他一看这兔子真气人，把布顶跑了，起来就撵。正好南面来一帮送丧的人，都带着包头，他就喊："大娘，大娘，你看着兔子顶块布没？"

过去戴孝都是头顶布，不系带子。别人一听，说："你这不是骂人嘛，我们这死人了戴孝，说我们兔子顶块布，谁不顶布？"就把他揍了一顿。

哎呀，他一寻思憋老气了，这还挨打了，到家跟他媳妇就来劲儿了："都怪你让我去，拿块布叫兔子顶跑了，我问他们看到兔子顶块布没，他们还给我一顿好打。"

媳妇说："人家那是死人了，见面你得致哀哭丧才对呢。"

他说："是吗？那好。"

第二天又出门了，正赶上人家娶媳妇，他一看人不少，到那儿就哭上了："到底你可死了。"

这娶媳妇的一听，这多丧气，到那儿揍他一顿，说："你瞎哭啥玩意儿呢？"把他给打回来了。

媳妇说："你真是，今儿跟昨个不一样，那你得道喜，娶媳妇那是大喜事儿啊！"

---

[1] 褯子：尿布。

他说:"啊,人多娶媳妇。"

媳妇说:"人多娶媳妇嘛。"

他说:"对,我得道喜。"

又一天出门正赶上人家着火,他就嗷嗷喊:"大喜呀,大喜呀。"人家又把他好一顿揍。

他回去告诉媳妇:"我今后不能出门了,出趟门挨回打,出趟门挨回打。"

媳妇说:"你不能道喜,着火你得浇水呀,管他浇多浇少,他得领你情。"

他说:"啊,见火得救,对。"

又过两天上铁匠炉去,正赶上人家生火,好不容易才生着。他一看起火了,不好,搁水"哗"一下就倒上给沏灭了。

铁匠上去就踢他两脚,说:"你滚,你这孩子也太淘气了,淘得没人形了。"

从那以后,他再也不出门了。

古庙对诗

有这么一天啊,正赶天上下大雪,大雪下得"哗哗"的。这是什么时候呢?是开春以后、过年以前的时候。正赶上春天下大雪。

这工夫,有几个人走到半道一看,前面有个古庙,他们几个寻思:避避雪吧!这大庙里就跑来几个人:有一个念书学生,是个秀才;有个庄稼人;还有一个有钱的,是个财主;最后进来的是一个花乞丐,要饭花子,歪眼巴嚓地拄着棒子,跑进来了。

到里面一看:有钱的这个财主穿着大皮袄、戴着大皮帽子,在庙门那儿站着卖呆儿看雪景儿;这个秀才,人家穿得也不错,也不怎么冷得邪乎;这乞丐不行,他冷,穿得少呀,蹲在旮旯儿里头待着;这庄稼人穿得也能挺住。不说。

单说这雪越下越大,下完之后都盖住地皮了,晕了挺深一层。这个秀才一看,这雪景正好出诗、对对儿呀,他就来诗兴了:"大雪纷纷落地。"

这农民一看,也觉得这雪下得不错,大雪下完之后,这庄稼能好呀,"瑞雪兆丰年"嘛,春天前能出庄稼,地皮也能好呀,他也接一句,说:"这是农民好运气。"

这老财主，他顺耳那么一听，合计："反正我有吃有喝的，下不下我也不在乎，就是下十天半个月我也不害怕。"他说："咳！下他十天何妨？"

要饭花子一听，不高兴了，寻思："你这个有钱的，真会说话啊，要下十天，你不管怎么样，也有吃有喝的，我不得饿死在这庙里呀！天这么冷，我穿得还不行，也出不去呀。"所以他一听那有钱的说"下他十天何妨"，就骂开了，说："放你娘的狗屁！"

大伙儿一看，说："这句话接得准！"

刮地皮的官

有这么一个县官，来了之后没钱不收啊，那收得邪乎，这个税、那个税，收得就不用说了。当地老百姓给他起个外号，叫"刮地皮的官"，他是刮地三尺啊。

单表他干了三年，快要走了，当地群众都恨坏了，没有一个送他的，他带着老婆、孩子、车、钱，就走了。他出了县城以外，在一个坟的傍拉，道上跪了不少人。他一看，怎么不像人，像鬼似的在那儿趴着。这些人说："大人你把我们救了，谢谢你。"

他说："哎呀，我还做德[1]了？"

这些人说："不是别的，俺们是地下的人，多咱一辈子也出不来，因为你刮地皮，刮地三尺，把地皮都刮净了，俺们才被翻出来了，这不得谢谢你吗？"这刮地皮把地下鬼都挖出来了。

---

1 做德：做善事。

财神爷自述

有这么一个庙，庙里供着财神爷，这庙也没多少烧香的、许愿的人。但是当地有个财主想办法要捞一笔钱，他就弄各种募捐，说："不管怎么样，财神爷是保佑咱发财的，咱必须把财神庙修好。"就各地写布施，到你这儿拿五十，到他那儿拿一百的，一整就整了不少银子。

回头修这财神庙，这庙修得像样，财神像也塑好了，那修得像样得邪乎！这可妥了，从这以后，烧香的多了，远道的、外地的都来呀。谁也不白来，到那儿上完香之后，就在功德箱扔些钱啊，这财主天天打扮得像老道似的，上香拨火在那儿伺候，这钱就都归老财主了。

这天正赶上当地有个秀才，一看财主在这儿骗人，一合计："干脆我写副对联吧。"他就写副对联，这对联怎么写的呢？

你也修，他也修，只有几文钱，给谁是好；

东来拜，西来拜，没做半点事，叫我难心[1]。

"财神爷"就写了这么一副对联。

从那以后，凡是来的都说："哎呀，还是不行，财神爷太难心了，根本没钱发，还给我呀，这说得好嘛。"

从此，那儿香火就不那么兴盛了，消下去了。这财主算盘没打好，白修这庙。

关公二郎神

有这么两个穷秀才，这两个秀才不太会作诗，但还爱作两首，没事就爱叨咕叨咕。

这天俩人没事就上泰山，离泰山不远一看，泰山上新修了个庙，好像修得还挺

---

[1] 难心：心里为难。

好。王生就对李生说:"这庙是什么庙呢?咱俩猜猜吧,看谁能猜着。这么办,咱俩作首诗吧?"

李生说:"作吧。"

王生说了:"远观高山一庙堂。"

李生就说:"不是关公是二郎。"

俩人都说这诗作得太好了,就这么连吹带捧地上山了,正好一个放牛娃在山上待着呢,他俩念的人家也听见了。

到屋一看,直眼了,这是座空庙,没有冥像,啥也没有。王生说:"这怎么办,这诗也没对齐呀,这下面得封上啊。"这俩人就想啊,干封封不上了。

这时候,那放牛娃笑了,说:"我给你们封上吧,'关公单刀去赴会,二郎担山赶太阳'。"

他俩谁也没接上,都走了。

光棍闯局压三

过去凡是放局[1]的人都有门子[2],那都是惹不起的人。要是保大局的话,一天就不知道要抽多少银子。那儿一般都有两个打手在屋里待着,要是遇上闯局的,他们来了就是打啊!

有这么一个局子,有四个打手,那局子大得邪乎啊,就是县太爷也不敢惹,人家那就是乍、硬。这天来了个闯局的,到屋里一伸手就押宝说:"我押三!"别人就看他,结果还真就是三,但他还不揭盒子,就是水钱。局子里的人就说不揭不行,你进屋闯三,不揭盒子能行吗?他们就干起来了。

局子里的头儿说:"这么办,这家伙是个无赖,给我打!"说完这四个打手就拎着棒子过来了。

---

1 放局:指为赌博活动提供必要的条件和设施。
2 门子:后门。

小伙儿一看，说："你不用着急，你等着。"他一看有个大炕沿，什么炕沿呢？那时候是柞木炕沿，柞木是最硬的啊！他一伸手就拿过来了。他如果单拿起来也不算出奇，那别人也没人怕，一伸手，"啪"的一下就把炕沿掰两半儿了，一下掰一头，一手拿一个。

大伙儿一看，说："我的妈呀，可了不得，用手掰这木头的力就有千斤的力呀！不说打，就碰也戗不住啊！"

这几个打手明白啊，就赶紧架住了，说："朋友，别动手了，行了，你够数了，这一手就行了！"那叫单手劈木啊，那还了得！

从那以后，他就把大伙儿镇住了，局子头子就和他说："今后这局也有你二成份子，假如一天要收入一千，就给你二百，你在这儿待着就行。"最后局子头子说："你们这四个打手回去吧，有这自己就行了。"

从那以后他就赢了，也闯上局了。要不说现在的光棍也是从那时候留下的。

光棍看牌要火

要不说耍钱也好，平常也好，就不能惹光棍[1]。

有这么一伙儿耍钱的，干啥呢？看牌呢，那都是光棍啊！因为是夏天，所以人就多，你也看，他也看。其中就有一个光棍挺横，挺生，挺冲，撸着大腿在那儿看牌呢，和人"叮叮当当"地说说笑笑。

他回头一看，傍拉站着一个小孩儿，有十四五岁儿，他就说："小伙子，去，给我拿火去！"

小伙子一看，说："那好，你等着吧！"就去了，去了之后就把火拿来了，什么火？木头火炭！是外头生炉子烧水的火炭，还是用手拿的，要不咋就叫光棍呢！你看说他光棍吧，小孩儿比他还光棍，他就用手握着火炭，手还被"滋啦"烧得直门儿叫，就那么拿来了。

---

[1] 光棍：此处指在人前为扬名而耍横，又叫"立光棍"。

他拿来后，他们正看牌呢，到了也就没吱声，也没说拿火，就那么的给拿着。光棍回头一看，说："拿火了吗？"

他说："拿来了！"

他一看小孩儿拿着火，那火都顺手淌油子呢！他一看，这是个光棍哪！他就考虑："我要是拿着点上烟自己在那儿抽，显得不义气呀！"一合计，说："好，你别着急，把腿一撸，来，你给我撂大腿上，我这把牌看完再点！"

小伙儿就给他撂大腿上了，他就在那儿看牌。看完了之后，他腿就烧了个大疤，那腿被烧得"滋啦"直响，他也不动一下，眼睛也不眨。他点完烟抽上了，抽上就把火"啪"地推出去了。

这小伙儿一看，说："你够爷们！"

他说："小伙儿，你也够英雄！咱俩做个忘年之交，做个朋友吧！"他俩就做了朋友。他如果要没往腿上撂，那小伙就不能让他了，为了拿火，手烧成那样儿，你怎么也得报答我，能让他吗？一看他也是光棍，撂到大腿上烧了一片，也够英雄，就算了。要不大伙儿一看，光棍了不得啊，这是光棍遇光棍啊！

害人如害己

这个故事是讲害人如害己。就是人，做事不能亏良心，也不能就尽着自己找便宜。你要是打算害人的话，也得考虑到自己的后事。

就有这么亲叔侄两个，这个叔叔啊，年轻的时候和他哥在一起过，他的大哥对这个兄弟不错。大哥临死的时候曾告诉他兄弟："我现在岁数大了，就要死了。我的儿子就交给你了，你掂对把他带好吧！"

儿子那时候多大呢？也不小了，十五六岁了，那时候的人已经订媳妇了。

他就说："那好吧。"

这个时候这个叔叔已经娶了媳妇了，一晃儿过了几年，这个小伙儿就娶媳妇了。这个小伙儿娶的媳妇挺好，挺仁德，另外挺慈善，长得也好。

这个叔叔婶娘就有点嫉妒心眼，就说："你看，还得摊点家产给人家！要是不摊点给人家，这点儿土地不都归俺们吗？"那时候就靠种地啊，这个当叔叔的地少啊，他哥哥活着的时候有几十垧地呢！

这个婶娘就说："你说，他爹死了扔下个小子，要是没有这个小子不就妥了吗？！"

婶娘就告诉她男人，就是这个当叔叔的："你啊，哪天啊，早晚得把他害了！他要是死了以后，这块地都是咱们的了！原先是归你们哥俩，这回就归咱们自己了。咱们小孩大人都妥了，啥也不用愁了。"

叔叔一看，就说："好吧。"

这叔侄俩其实岁数也差不太大，他的这个叔叔也就二十五六岁，婶娘二十四五岁，这个小伙儿十八九岁，二十来岁，都不差几岁。

过了些日子，这一天，叔叔就提起要去跑外做买卖，说："这么办，小子啊，咱俩出去做买卖去，叫你婶娘和你媳妇在家，咱俩出外面做趟买卖。"

那叫行商贸易啊，他们就掂对好两个钱儿，出去做买卖去了。从家这边发了点货，发的布匹。

上哪儿去呢？他叔叔说："咱先上苏州。"

去了多少日子呢？去了几个月，不到一年，真把钱挣着了，挣了不少。

叔侄俩挣到钱了，就往回走。正好走到哪儿呢？正好走到苏州北边有个山坡，那儿有不少人围着。怎么回事呢？就看着那儿塌了个地穴子，还出了个告示，意思就是谁敢看地穴子里有啥，得了啥宝贝都给他。那个时候有悬赏，就是没人敢下去。

这时候，他叔到那儿瞅了半天，一看，地穴子里往外冒烟呢，虽然不知里面到底有多深，心想，真得下去看看里面有啥，也许真是个发财的窍门呢？最起码也能得千八百两金子，还有银子！不过，不知道到时候能不能上来。

他叔一寻思，就拉他侄子，就问他侄儿："这么办，我下去，你看行不行？"

他侄儿说："拉倒吧！你下去了，我婶娘就自己在家，你要是上不来怎么办呢？"

"没事，这还有啥上不来的呢？我跟你说句话，我这就是比你大几岁，我要是像你这么年轻就妥了，我早就打算下去了。"

他侄儿就说："你下去能行吗？"

他说："没事！"

他侄儿说："我下去！我照量照量！我真得着啥财宝了，之后咱就回家，这回过日子就够用了，买卖啥的也不用做了。"

他说："那好吧，你行吗？"

他侄儿说："没事儿，那能出啥问题？"

说到这，这个小伙儿就和周围的人说："这么办吧，我下去吧。"

大伙儿都说："你下去也中，去看看里面到底有什么！"

就这样，这个侄子就下去了。他下去是坐着大筐，被放下去的，洞其实不深，不是什么地穴子，就是一般的洞，他就下去了。

下去以后呢，洞上面不是有一棵树嘛。树干上有一个大窟窿。他这面下去以后，就听着"轰隆"一声，上面的土就塌下去了，不大一会儿工夫，这树也陷进地下去了。他侄儿在下面大叫："完了！堵住了！"

他一看真是称心了！就对这帮人说："这么办吧，你们赶快拿钱吧！我侄儿下去上不来了，现在死活不一定！"

这帮人一看，这怎么办啊？拿钱吧！这人都上不来了！人家就给他一千两银子，他得银子之后就回来了。

他回来以后，就不说他侄儿了，单说他这边。他回家就告诉媳妇："成功了，没事了！这么说吧，这小子是回不来了，八成是死了！"

他媳妇说："你这么办，既然他回不来了，咱就卖寡妇，把他媳妇卖了！他这个媳妇长得好看，也好卖啊！"这俩人就和人贩子拉咕¹，一拉咕就拉咕妥了，他叔叔和他婶娘一合计，讲妥之后，把侄子媳妇卖了五百两银子。

他侄儿的媳妇还蒙在鼓里呢，啥也不知道啊。她睡觉睡到半夜的时候，侄儿媳妇就觉得心里难受，就闹心。她寻思这是怎么个事儿呢，怎么闹心呢！男人没回来，叔叔可是回来了，还含含糊糊地说，男人贪财，在外面做买卖不急着回来，真是这么回事吗？

她一听那屋，有人唠嗑，没点灯唠嗑。她就含不见儿²走近听一听，正好听到婶娘告诉叔叔："这回我告诉你，那个冤家不是死在地穴里了嘛，把侄儿媳妇卖两个钱儿，日子就能好了，这回咱俩好好地过一过。侄儿媳妇我卖了五百两银子，明天早晨人家给送来。"

1　拉咕：联络。
2　含不见儿：有意无意地。

就听他叔叔说:"送是送来,但是咱俩不能露面啊!露面不好看啊,我去告诉他们谁是侄儿媳妇。我怎么告诉他们呢,我就告诉他们明天早晨穿白鞋的那个就是,咱侄儿媳妇不是穿俩白鞋嘛。到时候你就上屋去,在屋里假装陪她做伴儿。万一她要是知道信,躁了呢,看外面一来动静,他们来的时候,你就把门开了,人家就把她抓去了。"

他媳妇说:"那好吧。"

唠完之后,到晚上天黑了,睡觉的时候,她媳妇就到屋说:"侄儿媳妇啊,我过来和你做伴儿。"

这个时候,侄儿媳妇已经听到他们谈话了,已经知道这事儿了,就在婶娘睡觉当中。这个侄儿媳妇也不是善茬啊,半夜就把她的那双白鞋搁婶娘那儿了,她把她婶娘的鞋偷出去,给藏别的地方了。

正好,半夜人贩子来了,"咣咣"敲门,侄儿媳妇这回尖了,偷着就猫起来了。婶婆子一听人来了,一摸鞋抓起来穿上就跑出去了。她出来了,定准是穿白鞋的,告诉人家穿白鞋的就是啊!人家不由她说话,就把她装到轿子里,抬走了。

抬走了以后,第二天天亮了,他叔叔一看老婆子让人抬走了,侄儿媳妇在家呢!

这个时候谁呢?不知道什么时间,侄儿回来了。侄儿回来了,到屋之后就说:"叔叔啊,你做的好事啊!你调理[1]我下到地穴,你倒是跑了!幸亏里面有一条大蛇,大长虫,看我上不来之后啊,看我哭,就告诉我,你不用哭!你和我出去吧!我就拽着这长虫的尾巴,是它把我带出来的,这样我才能回家。这银子也都叫你领了,咱俩分吧!"

他叔叔就说:"银子领来能怎样?你婶娘已经让人抢走了!"

他叔叔自己一合计,没法儿见人了,干脆就死了算了!老伴儿也没有了,让人买去了,自己又干了对不起侄子的事儿,在这地方今后也没法见人了,站不住脚啊!他就到房后上吊了。

这个叔叔贪图这点银子,结果到手这些钱,再加上自己的几垧地,就都归他侄儿了,到了归齐,整个是他把自己害了!

---

[1] 调理:哄骗。

好马救主人

不是好马识途嘛,这一点不错,这马确实好。

有这么一家,养了一匹马。这匹马从来就特别,你上哪儿去之后,都不用考虑怎么回来,去了你就赶着走。好比上沈阳奔集去,回来你不用管它了,不管怎么拐弯抹角,它都能帮你找到家。就是半夜,你也不用吱声,往车上一坐就行,它走道儿见车就躲,就这么一匹马。

这家有个二儿子,小伙子二十三岁,媳妇都在家。有一天,他爹让他坐马车从山上往下拉个大石碾子。去之前,他爹就告诉他,说:"千万注意,山坡可陡了,不好走啊!不是别的,别把车整翻喽,再碰着哪儿。"

二儿子说:"不能,没事儿。"

正拉下坡儿的工夫,就该倒霉。这个小伙子,穿着乌拉[1],乌拉底下钉了个掌子,打的是圆掌,时间长了就被磨平了。正好这天山道上有石头,他一踩,"喊里咔嚓"地就摔趴下了。

正往下放车的工夫,这马一看,就站住了,要说一般的马肯定站不住,这马一哈腰,用嘴就把他二儿子叼起来了。叼的是哪呢?这个小伙儿系了个腰带子,过去都讲系大带子嘛,布带子,这马就把布带子叼起来了。它叼起小伙儿就往外跑,"哗哗"地跑到平道上,又把车停住,这才把这自己给撂下了。

这小伙儿一看就哭了,说:"哎呀,马啊,要不是你,我就死了,看见你把我硬叼起来了。"他就给马磕了几个头。回家之后,他跟家里人也说了。

最后就是这匹马到临死了,这家也没吃它肉,就把它埋了。埋上之后,这小伙儿每年还给它烧点纸。

这就是说好马救主人嘛,把主人救了!

---

[1] 乌拉:中国东北地区冬天穿的一种防寒鞋,用皮革制成,里面垫着乌拉草。乌拉草是东北三宝之一。

异文：好马救主人

有这么一家，这家过得都不错，老头儿有三个儿子，老儿子是赶车的，家里孩子老婆都挺好，都是务本守正地过日子，都是自己家人干活儿。

这天正赶上啥呢？正赶上大车拉的重载。这车上套着牲口，前头套三只大骡子，后边一个马。这个马是匹老马，是多年的老马了，这小伙子不用打一下，一说话这马就能明白。这小伙子一吆喝，它就知道怎么拉，那确实好。

这是一个冬天，净是冰雪地。正赶上搁山上往下拉石头，这山坡有点陡，还拐弯。那时候的车没有闸，都是大花轱辘车、大铁车呀，过去农村的大车都是车轴转，还不是轱辘转，这小伙子就赶着车走。

正好，一下坡，一拐弯儿的工夫，这车就站不住了，那道滑呀，车轱辘还都是铁的，挂着铁溜滑溜滑的，像赶着冰车一样，最后一骨碌下来了，这马就可劲儿往后刹，可刹不住呀。他这一拽马的工夫，怎么样？"啪嗒"摔倒了，颌骨整个就摔地下了。这马就可劲儿往里，这是个慢坡[1]呀，马屁股往后一坐就把车稳住了。那道儿滑呀，这工夫就稳不住了，又不行了，他干爬也起不来。好马就是护人呀，这工夫，这马一伸嘴就叼起腰带把他叼起来了。过去人穿棉袄，外边都系个大腰带子。那牲口都好使啊，叼起来之后，这马就一点一点往道中央慢慢下，一点一点拽着，死死拽着，叼不起来的时候就搁腿在地上捞着，到山坡能稳住的时候，马就把屁股坐住了，把他撂那儿了。

撂完之后，这马不用说，累得就"嗒嗒"淌汗呀，都动弹不了了。最后，他起来拍一拍这马，给马磕了几个头，说："马啊，你要不救我，我今天就完了。"

所以，他家对这马的感情都特别深，不让它做重活，就让它在家待着。这马又养活几年就死了，那马肉也没卖，也没吃，整个就埋上了，立了个"宝马坟"，留下了这么一个纪念。

要说好马就是护人。

---

1 慢坡：缓慢的斜坡。

好事增寿

有一个王秀才，这王秀才家过得一般，没有多少钱，但他挺实在。

这天，他进京科考去了，到京城考了三场之后，没考中，自己也挺悲观，他心里寻思说：我怎么没有这个命呢，我就到大街上算一算，爻一卦去，相相面，看我有没有这个当官的命。

那北京城的相面先生，相面相得就都不错了。他到那儿一看，有一个老先生，这个老先生姓李，外号称"李半仙"。这李老先生一看，说："你不用算了，你啊，我也看出来了，你也没有多少钱，是个穷秀才，我也不收你的钱。我告诉你吧，你呀，不但考不上，还是饿死的命，你还得饿死呢，后边三年能饿死街头，我还要你的钱干啥？你就走吧，不用算了！"

"哎呀！"这秀才就唉声叹气，"真这样儿吗？"

老先生说："那可不咋样？"

他自己一合计："我家离北京不太远，也就二百里路，就走着回去吧。"他就走了。他出来以后，是越寻思越憋气。这天晌午前儿，他走到了一个大河边，这工夫，就听见树根儿底下有人"号号"，他心里寻思：怎么回事儿呢？

一看，一个小孩儿掉下来了，在河里扎着，脑袋一冒一冒的，一帮女的没有会水的，谁也不敢下，就瞅着孩子干号。他一看，说："那也不能瞅着孩子淹死啊。"他也懂点水性，连衣服都没脱，就那么硬扎进去了。把孩子给托出来之后，他就在水底下露着嘴丫子，一点一点走。他也不会多少水呀，就朝岸上的人摆手，说："你们这么办，撇给我个家伙。"

后来人家就给他撇了一根绳子，他拽着绳子就走上来了，把孩子也托上来了。到上边之后，在那儿趴了半天，他也喝了几口水，吐了不少水呀。

他把孩子救活了，心里寻思："孩子活了，我死了也不委屈呀！我已经是过三年就死的命，先生说得好，三年过不去我就准得饿死，我何必活那三年，早死也应该了。"后来，那孩子的家人对他感恩不尽，说："给你拿多少钱呢？"

他说："我不要，一分不要，你不用拿钱，你别像拿钱买孩子似的，我应该救他。"他在这儿待了一天就回家了。

伍 生活故事

这天他又走,正好走到了一个树根底下。他一看树底下,啥呢?有一个包,那包还封得挺紧。他就寻思:这包里是什么玩意儿呢?他打开一看,有五块银子,那就是二百两呀。哎呀!他心里寻思:"谁的银子丢了,这还了得?那是二百两呀,这么大一个数字呢!可了不得,这要是谁给人家办事丢了这银子,他得丧命啊,就是自己的银子,他也戗不住呀!这么办,我不能走,我也不能拿,我得看着它。"他就把银子挪旁边给盖上了,就从那以后等着。

不一会儿,来了一个人。这个人正好是骑毛驴来的,他到那儿就下来嚷嚷着寻摸。这个王秀才就从树后出来了,说:"你寻摸什么呢?"

那人就哭了,说:"我爹闹病,要死了,我买棺椁的钱丢了。我现在搁我大爷那儿借了五块银子,回来准备发送我爹,走到这儿这驴就毛了,我就把这钱褡子包给掉下去了。我当时下不来驴,都跑二十多里地了,才回来。这不,回来就没看见我的银子包。我得死在这儿了,不能活了,等我爹死了,没有发送的钱怎么办呢?"

听那人这么一说,王秀才就说:"你别害怕,我捡着了。不过你得说说你的包是什么样的。"

那人就说他的包什么什么样儿。王秀才打开一看,真是那样,正是人家的。就说:"那好吧,那你就拿回去吧。"

"那不行,我得谢谢你。"

"你不用谢,我啥也不要。"

"你叫啥?"

"你不用问我叫啥,我姓王,我不要啥,你就走吧。"把那人打发走了,他自己心里就特别稳当,寻思:"我也算做过好事了,这玩意儿不错,做点儿好事,这心里就像不慌了似的。"

回家待了些日子,到三年头了,他没死,他就寻思:怎么没死呢?就又科考去了,三年大考嘛,他就进京去了。

到京城一看,他去得早了,还得三五天考呢,他就在旅店住下了。这工夫,他就心里寻思:"我再相相面去!"就又上那儿了,一看,还是那个先生。他就说:"先生,你给我看看,头三年我来这儿相过面,这回你再给我看看吧。"

嗯?那先生一算,说:"你这卦转过来了,你说头三年那情况我相信,我也想起来了,我说你是受穷饿死的命,你看起来是做好事了,寿数变了。这还不算,你的福气也来了,你做过两回好事,就是这两回的德行把福气给买过来了,这回你能中举。"

王秀才说:"是吗?我要中举了,我得好好谢谢你呀,你保证能中啊?"

后来,他真就中举了,当了个知县,这命也好了。做好事得好报嘛,他当时就得好了,寿数也长了。

小偷

就说现在小偷偷东西也不一样了,有的顺窗户进去。过去那时候窗户少啊,住的家都是小窗户,那都钉得登登的,进不来。尤其夏天景,那房子平房多,底下都是土墙。小偷怎么办呢?就顺着后边的大山"矻矻"地凿一个窟窿,那窟窿爬不了啊,所以小偷进的时候都得仰着壳[1]往里进。脑袋一进来,身子就进来了,身子小,脑袋大,脑袋一进来,胳膊一进来,手一推,他就进来了,出去也那样出。他不凿大窟窿,凿大窟窿费劲啊,所以小偷都那么偷惯了,到哪儿都凿窟窿,所以群众都知道小偷是仰着壳往里进。

这天有一家小两口正睡觉呢,就听后边"扑棱扑棱"响。男的一捅女的,女的就明白了,男的说别吱声。不一会儿,就看小偷顺着北墙的窟窿仰着壳往里进,他是脑袋先进来的,进来之后身子还没进来,胳膊也没进来,正往里边晃啊!这个女的挺滑头,她一伸手就把枕头拿起来了,到那儿把小偷脑袋一拥,就给他枕上了。这小偷脑袋枕上之后,进是进不来、出是出不去,脖子卡墙窟窿上了。

男的一看,说:"好,让你再当小偷,不知好赖!咱俩把尿盆子端来,撒泡尿!"就把尿盆子端来按住给他灌尿,把小偷灌得咯儿喽咯儿喽的。

灌完以后,男的说:"你回去,我不害你!今后你不许干这营生就行了!"说完就把枕头给他拽下来了,小偷才一点一点地退出去了。

从那以后,小偷再也不敢来了。

---

[1] 仰着壳:指身体正面朝上。

横日挂金钩

有这么两个举子进京科考去了,但没考上,落榜了,俩人觉得挺憋气,就回家了。

在回家的路上,俩人找了个旅店住。他俩到旅店一看,这店挺干净、挺好,就住下了。

住下以后,店里有个女主人,是个媳妇,也就二十多岁。店里还有她的小姑子,俩人一块儿开的店。这家的老头老太太在另外的房子住,她俩就接几个客人,挣点钱。

到晚间,这媳妇过来把铺的盖的全收拾好之后,这俩举子挺客气,就跟这媳妇说:"这位大姐,你挺殷勤的,帮俺们都铺好了。"

这媳妇就问他俩:"不知二位公子贵姓高名啊?"

这俩人就说:"俺俩是木易十八子。"

这媳妇说:"啊,不知哪位姓杨,哪位姓李?"

其中一个人就说:"他姓杨,我姓李。"

完了另一个举子说:"不知这位大姐你贵姓啊?"

这媳妇说:"咳,我是横日挂金钩。"

俩人听完一合计,当时就没说上来。这媳妇说完就走了。

这边俩人睡觉的时候就寻思,这"横日挂金钩"是怎么个事儿呢,她这姓啥呢?俩人你也寻思、他也寻思,到最后都睡着了,也没想出姓啥来。

到天亮了,俩人也没想上来。

等这小姑子早上来叠被子的时候,他俩就问:"这位姑娘,你们家贵姓啊?"

她说:"咳,俺们家姓巴。"

他俩人一听,就笑着说:"哎呀,别提了。昨晚俺俩一宿没睡好觉啊,想你嫂子有'巴'字啊!"

这小姑子一听就急了,说:"你们胡说,真不是人!"说完就跟他俩干起来了。

最后经过店主跟他俩一解释,说:"你俩这能考上?连句人话都不会说,还一宿的想我媳妇有'巴子'。"

最后他俩背着书篓，话都没敢说就走了。俩人走到半道，说："怪不得咱俩考不上，咱这是不会说人话呀。"就这样也只能回家了。

红胡子老二哥

有这么一户姓李的人家，老李头和老伴，有个儿子结婚了，有个小孙子。儿子身体不太好，腿瘸，拄双拐，人都叫他瘸子老李。瘸子老李有点儿文化，但他也不太搞这文化，就愿意在家里头种点儿地。

咱中国从那时候刚开始时兴照相，那时候不像现在，没有别的能耐，照相都是搁大架子，都照快相。

这天就来了个照相的，堡子有两个人照了，瘸子老李也高兴了，说："这么办，我也给家里人照个相吧！"就给老太太、老头儿照了个相，意思是怕他爹妈死了，照个相做个纪念，瘸子老李自己没照。

照完以后，一看这到晌午了，瘸子老李说："这么办，师傅，你别着急走，在这儿咱吃点便宜饭，一不留饭钱，二不留水钱，'人不吃路，虎不吃山'，你就在这儿待着，我看你照相照得挺认真，挺好，我没有别的意思，你把这相片好好给洗洗就行。"

照相的说："那没事，指定洗好，你就放心吧！"

瘸子老李说："那好，吃饭吧！"就留他吃的饭。

那庄稼院没啥吃的啊，那时候正是六七月，打小麦了，有白面，这老李就和一疙瘩面，烙几张饼，又揪两个茄子搁点儿豆腐熬上了茄子汤。吃的就是这便宜饭，那也就不错了。

这照相的饭也吃了，茄子汤也吃了，吃饱了之后心不稳当，寻思：这么办不行！我白吃你家的饭于心不安呀，你们这人家真是太好了，真是善良！他就去找瘸子老李，一看这儿有一个小孩，这小子也十二三岁了，刚学会念书，他就和瘸子老李说："这是你的孩子吧？我给这孩子也照一张相吧，就不要钱了，要不我从心里觉得不稳啊！"

瘸子老李说："那哪行啊？你照相如果不要钱，我不就是留饭钱了？你要照也行，我得给你钱。"

照相的说:"那不用,用不着,要给钱了我没法照。"俩人连说带笑,就给那孩子照了一张。

照完以后,瘸子老李一看,非给钱不行,人家没要,对他确实不错。瘸子老李说:"这么办,以后你到街上呀,你就到我这儿来,我给你供点饭,我处你这个朋友!"

照相的说:"那好吧!"就走了。这一晃就过去了。不表。

这就到秋后了,这天,瘸子老李家十二三岁的孩子丢了,不知哪去了。到第二天早晨就来信儿了,说是让胡子给绑去了,在西马场。那送信儿的说:"胡子在马神庙的马场地集合了,叫你们急速投钱赎人去,拿五百块钱,少了不行!"那时候投绑票儿得花钱啊,那五百块钱就不少了,一个人扛一年活都挣不了五百块钱啊,那么多数字呢!

一看送信的走了,瘸子老李就和他爹合计这事。他爹岁数也大了,都六七十岁了,一看,说:"这么办吧,我去吧,你这瘸子也走不了啊!"

瘸子老李说:"咱们凑俩钱儿吧!"就要凑合。

但他这个家还有点儿钱,他爹说:"凑合啥,这么办吧,我那儿有零铜子,就把零铜子凑合凑合吧!"就凑那一毛钱铜子、一分钱铜子,一凑凑了二十元,那时候一分钱铜子能买两块豆腐。人家要五百,他拿二十,净铜子!就像现在似的,要一千,他净搁一毛钱凑,用一小口袋拎着。

他爹去了,一走,就到马神庙的马场了。马神庙南边有一个王家窝棚,一打听,马神庙没人,都在王家窝棚呢。他爹到王家窝棚了一看,不少人在那儿啊,就进屋儿了。到屋儿之后,他爹就给人家说他是哪儿的:"我是李家庄的,是为我孙子投票儿[1]来的。"

胡子说:"那好,到屋里吧!"

他爹就到屋里了,说:"说实在话,你们在外边也不容易,我也知道你们都是草莽英雄。我呀,多了是没有啊,本应该多拿两个钱儿把我孙子投回去,但我把老娘们儿的压线坨子钱都搭上来了,尽我力量凑也就凑这么俩钱儿。"就往炕上一倒,那家

---

[1] 投票儿:指赎人。

伙"哗哗"倒了半炕,净铜子!

大伙儿就笑,说:"你搁哪儿凑的,怎么凑来这么些零铜子呢?"

他爹说:"没办法,大人孩子的钱全凑上了,就凑这俩钱。"

这工夫,胡子说:"这么办吧,你别着急,吃完饭再回去,先吃点饭吧!"

他爹就在那儿吃了点饭。吃完饭之后,他爹说:"我得看看我孙子。"

胡子说:"好,把他叫过来!"就把他孙子叫来了。

他爹一看:没绑着!小孩儿十二三岁,到那儿一看,就叫:"爷爷,爷爷!"还挺乐,没怎么样。

到屋儿之后,他爷爷也没敢问他受委屈没,就说:"你净在这儿待着了?"

孙子说:"嗯,我净待着了,在这儿挺好!"

"哦!"他爷爷说,"好吧,吃饭!"

吃完饭合计回去呀,他爷爷心里寻思:"这玩意儿是不是能让我回去啊?"这时候,胡子头儿就笑了,说:"这么办吧,把你孙子带回去吧,咱就做个朋友,行了!"完就回来了。

回来以后他就问孙子,说:"我问你,怎么回事儿呢?你十二三岁也懂得了,那胡子为什么对你这么松呢?"

孙子说:"爷啊,你不知道,把我抓来那天绑得可紧了,那家伙还打我两撇子呢,打完我之后,叫我哭,跟家拿钱,不拿钱不行!我到屋里之后,嗯?正好在那儿不一会儿,谁来了你说,那个照相的来了,咱在那儿吃饭,不是有个照相的嘛,他来了!进屋里我一看见他,我就喊他'叔,叔',我认得他啊,管他叫叔。一叫,他到那儿一看,哎呀,他就不愿意了,当时就说了,'这不对呀,他爹是个残废人呀,咱们当胡子救死扶伤,本来应该做功德事儿,应该照顾残废人的家属,怎么他爹残废还绑来他家的孩子呢?这太不仁德了,谁干的事儿?'

"大伙儿一看都说,'不知道'。

"那个照相的说,'不知道?这么办吧,好好待他!'又和我说,'过来吧,来,有叔叔在,你不用害怕!等个一半天儿你爷爷能来,来了能把你带回去!'

"这正好,今儿你来了嘛,要不你拿两个铜子能让我回来?能回来吗?人家都说好了,要不就把我送回来了,那是多亏了这位叔叔呀!"

哎呀,这老头儿就对天磕几个头,说:"天啊,天啊,看起来还得做善事呀!

你爹这顿饭供得太有主意了,要不是那顿饭,想来他也不认得你,也不能那么寻思啊!"

这一看,照相的是怎么回事儿呢?那阵儿外边有外探子,就是踩地盘,踩窑儿的,哪儿穷哪儿富,他都知道,这照相的就是那探子。踩完之后,就掂对绑票,他回去在那儿还说了算。所以这孩子一说,胡子老二哥,也就是那个照相的,就把人放回来了。

要说这个胡子啊,他也讲义气,不是不讲义气。

屈死鬼

这个小故事是什么呢?是个玩笑故事,实际也就是那样。

有这么一个堡子,叫上寺嘴,这堡子旁有一道河,这堡子在河的东边,河西边的叫下寺嘴。这地方就有上寺嘴、下寺嘴这么两个堡子。

下寺嘴的老李家有个念书的学生,十七八岁了。那时候在学堂念书,老师管得挺严。这小伙长得帅,穿的衣服也好,他是在上寺嘴住,到下寺嘴念书。

一个夏天前,他过河,河水不深,他就蹚着过来了。过来之后,他穿上衣服就到下寺嘴上学去。

正好走到一家门口,这家房子门口修得窄。这家有个姑娘,也是十七八岁了,长得挺好。这姑娘正在洗衣裳,端着水就要泼出去。小伙刚好走到门口,这姑娘没看到他过来,"啪",正好泼得他可身上是水,衣服裤子全湿了。小伙一看,站住就不愿意了,说:"哎呀,这位大姐,你太不应该了,哪有往门外倒水的呢?你这大门一开,也不瞅着有人没人,我这怎么上学呀?这衣裳弄成这样,老师得说我!"

这姑娘一看,小伙长得挺漂亮,挺白净,正经是个好漂亮的小伙儿啊!她就说:"这么办,兄弟,也不知谁岁数大?"

这姑娘一问,小伙儿说:"我十八!"

姑娘说:"我也十八,咱俩都同岁。"姑娘再一问,还是小伙大。这姑娘就说:"你到屋里,我有办法!"

小伙儿就跟姑娘到屋里了，姑娘说："这么办，你到屋把衣裳脱下来，我给我哥哥洗衣裳，洗了不少，都干透了，你穿着他的衣裳去念书。完了你那衣裳脱下来，我给你洗洗，洗完之后，你晚上回来再取！"

小伙一听，说："妹妹，你心眼确实挺好啊！"

姑娘说："那好，你脱去吧，去那屋！"

这家有厢屋，小伙就在厢屋把衣裳脱下来换了，完了就走了。

放学后，小伙就回来取衣服。人家吃晚饭的时候，他走路路过，就到屋里拿衣裳。俩人处得挺近，这姑娘把衣裳递给他之后，俩人在这当中就有情义了。

姑娘就说："这么办吧，咱俩处得挺好，你晚上有时间能不能来一趟，我给你留门。"

他说："那我怎么能不来呢！"小伙也十八岁了，情爱也有了，也都懂得了。

姑娘就说："顺北边有棵槐树，你从槐树上下来之后，正奔北窗户，你蹬着窗台就进来了。"

小伙说："那行！"

姑娘说："我把后门给你开开！"

小伙说："好！"

这是夏天前，到晚上八九点，小伙真来了。他搭墙上了槐树，从槐树上下来之后，就到了房根底下。一摸，这后门真开着呢，他就从后门进来了。

姑娘就笑着说："你真来了！"

他说："来了！"

姑娘说："到屋里来吧！"

他到屋后，俩人就在一块儿住上了。

俩人都还年轻，这一住就住了十来天，这小伙是天天来住。

最后怎么样呢？小伙习以为常了，这姑娘开始害怕了，就老躲着他。可这小伙常来，开门就进屋睡，常常是姑娘连推带就的，俩人就在一炕趴着了。

这日子长了，谁呢？她嫂子正搁这窗根儿底下过，就听着了。她一听，说："怎么有男的声音呢？"她嫂子一听，他俩嘻嘻哈哈，净说情话。她嫂子说："哎呀，我们姑娘完了，学坏了！"

她嫂子回去就告诉老婆婆了，说："妈，咱这姑娘学坏了。"

伍 生活故事

老太太说:"那哪儿能呢?"

她嫂子说:"你还不信,黑夜一个小伙儿在那屋存着呢。我听到了,我是没工夫瞅,是男的!你去看看,是不是真假!"

老太太说:"好!"

这老太太就去了。去了之后,她扒着窗户,把窗户纸舔破一看,俩人正好在一块儿抱着搂着呢。看到有一个小伙,长得挺漂亮,这老太太不敢吱声就跑回来了。

老太太回去之后,就跟老头说了。

老头说:"这不行!这还行了,咱是什么家庭?"就把女儿叫过来,问他女儿:"你说实话,到底怎么回事儿,他是谁家小子?"

这姑娘就哭了,说:"我哪知他是谁家小子,我也不知道他从哪儿来的,天天半夜就来。就有一阵大风,风过去之后,他就来了。他下来之后,我就不明白了,他搂着我,等俺俩完事儿,我才明白俺俩说笑呢!我也不知道怎么回事儿,这看起来他不是自己,不是神仙就是什么精的。"

她爹一听,说:"哎呀,这不怨我女儿,那有啥办法,这精要迷人,那有啥办法!"老头一合计,说:"这么办,孩子,我有办法!今晚儿给你一个线团,线团当中有预备针,回头你俩睡完觉之后,你把针插在他后边衣裳上。他走时就能带着线团走,咱跟着看看他是什么精,是鱼精还是兔子精、耗子精,看看是怎么回事儿!"

姑娘说:"好!"她就把线团收起来,针也收好了。

到晚上,小伙又来了。俩人睡觉时,一提这事,姑娘说:"糟透了,咱俩的事儿漏了。"

这姑娘一说,小伙儿就说:"不要紧,没事!插线团,插就插呗!"

姑娘说:"那不把你找着了!"

小伙儿说:"有办法,你插吧,你不用管了!"

小伙儿临走之前,姑娘就把这针给小伙了,说:"我不给你插了!"

小伙儿说:"真插也不怕!"这姑娘就把针给小伙儿插身上了,小伙儿就带着线团走了。

小伙儿出了堡子一看,正好东边头上有个土地庙。这土地庙不大,土地老爷在里边坐着呢。小伙儿就说:"没办法啊,土地老爷!这么办,你就替我搪上这灾吧!"这土地老爷身上有玉带子,小伙儿就把线团上的针拔下来插玉带子上了,他就走了。

他走不说。单表这头,这线团不转了,只有走才转哪!好几个人就跟着瞅这线团,说:"赶快撵上,线团不转了,到地方了!"这连她哥哥、她爹,她家好几个人,就都跟着撵来了。

他们一看,撵到土地庙了,线团进土地庙了。那会儿都天亮了,他们到土地庙里面一看,针在老土地身上插着呢,这老头就急了,跟老土地说:"你真不像话啊,你都这么大岁数了!老土地呀,你是当地神仙,你怎么贪恋女色,和一个十八九岁的女孩儿胡扯呢!"

老头就告诉大伙儿说:"打!给我打!给我打坏!"这老头儿子也着急呀,"丁零当啷"就把这土地庙的泥龛打碎了,脑袋也打扁了,身体也扔地上了。

大伙又说:"把庙拆了它!"这庙不大呀,那土地庙就能钻进去几个人,再大没有,大伙就把这庙给拆巴了。

打完不说,那当地村长不让了。村长一看,说:"这不行啊,你怎么把土地庙给拆了!"

老头说:"他贪恋女色,和我姑娘胡扯!"

村长说:"那也不行,你有什么证据呀,你这浅薄的,你就怨人家!不行,这庙你必须得修上,你别再找别的事儿了!"

当地村里一看管不了啊,就惊到县里去了。

到县里一说,县太爷说:"把那老头传来!"这就把老头传去了。

传去之后,这老头到那儿一说,县太爷就说:"别的不用说,咱们先修庙,之后再解决问题。庙必须得重修,你这拆了可不行,当地群众修的庙,你能说扒了就扒了?你这还了得!"

后边老头没办法了,被硬逼着给拉了砖,塑了像,修了一个多月,这庙修好了。这回庙修得挺像样,老土地肚子挺大,脑袋也修得挺像样儿,比原来的还修得威武、神气。庙修好之后,从那以后不说。

单表谁呢?单说这个老李家的学生啊,又从那以后走。他一看,这土地庙修好了。他一打听才知道怎么回事了,进屋就掏出笔来,那土地爷的肚子大,他就在那土地爷的肚子上写了几句话。怎么写的呢?是"上寺嘴对下寺嘴,你不该泼我一盆水。千里婚姻一线牵,哪庙都有屈死鬼"。他就在这土地爷的肚子上写了四句。

写好之后,小伙儿就走了。后来,大伙一看,"哎呀,这土地爷肚子上的字是怎么回事儿呢，这谁写的呢？"

单表谁？单表这县太爷。这事儿就有人告上去了，县太爷说："我看看去！"他到那儿一看，真有写的字，再一瞅那笔体，像小孩儿的笔体，写得不那么大方。县太爷就说："这么办，去学校！"他就到学校了。

县太爷到了学校，和老师一说，就问那老师："说实话，你觉得到底怎么回事儿，是哪个学生干的事儿？"

之后老师一问，老李家学生本来就挺诚实，是很好的孩子，就偷偷告诉老师了，说："老师，这是我干的事，怨我！"他怎么怎么样一说，又说："俺俩有感情了。"

老师听后，说："啊！我得和县太爷说说，我不能不说呀！"这老师就和县太爷说了，县太爷就说："这么办，明天过堂！"

县太爷第二天升堂了，就把这小伙传来了，姑娘也传来了，姑娘全家都传来了。他们到了那儿，县太爷就说："这么办，今天我得给土地老儿赚回面子。究竟是土地老儿干的事儿，还是谁干的，现已弄清这事儿了，也知道是谁在土地老儿身上写的字了！"

县太爷一说，这小伙就跪那儿了，姑娘也跪那儿了。县太爷说："好了，我给你们赋首诗吧！你不是写了四句嘛，我也写四句！"

这县太爷就写了，写的啥呢？说："上寺嘴对下寺嘴，不该泼你一身水。千里婚姻有线牵，何必再找屈死鬼。"

县太爷说："干脆这么办，你俩处得都不错，就结婚吧，你俩也都愿意！"

完了这县太爷就主婚了，说："老土地得做媒，没老土地你俩还结不了婚呢！"

从那以后，他俩就结婚了，俩人就成为夫妻了。

肇知县认义女

清代的时候，说不上是哪州哪府了，有一个知府大人，两口子有一个女儿。这个女儿有十五六岁吧，长得眉清目秀的。知府家住在府衙后面的一所大宅院里头，日子过得相当不错。

话说这年夏天的一个早上,知府家的小姐和知府夫人娘俩起来之后,开始梳洗打扮。那光景天热啊,谁家也不能关窗户关门的,知府家的南北窗户都开着。娘俩洗完脸,当妈的正要给女儿梳头呢,就听见门口有人大呼小叫的,这娘俩就从屋里出来了,走到门口一看,看门的衙役正在推搡一个穿得破衣烂衫的小姑娘。

知府夫人心眼好,就把衙役给训斥了,说:"你这是干啥呀?这么大人了怎么跟小孩一般见识呢?啥事还至于动手啊?"

衙役就说这小姑娘是来要饭的,他怕惊动了大人,就想把这孩子打发了。

再看这要饭的小姑娘,长得跟知府的女儿差不多高,看起来年纪也差不多大,长得也算是标致,不过就是埋汰点,蓬头垢面的,手里还拿着个破饭碗。

这姑娘一看见知府夫人,一下子就跪下了,边哭边说:"大奶奶呀,你可怜可怜我吧,我饿得好几天没吃饭了,能不能把你们家吃剩的东西给我点呀,你救我一命吧。"

知府的女儿就跟她妈说:"妈,你看她多可怜啊,咱把她叫到屋里去,给她点吃的吧。要不然她就饿死了。"

说话的工夫,知府夫人就把要饭的姑娘带进了屋。进屋后,夫人吩咐下人到厨房把前一天吃剩的饼烩一烩,给这要饭的姑娘吃。夫人又对姑娘说:"你在这吃吧,我让下人给你打一盆水,一会儿你吃完饭,洗洗脸,梳梳头再走。"说完,夫人就进里屋给女儿梳头去了。

这要饭的姑娘真是饿坏了,一大盆烩饼她不一会儿就全吃了。吃完了之后,这姑娘洗了脸,梳了头,还把脏水倒了,盆都给刷干净了才走。

这要饭的姑娘走后不大一会儿,肇知府的女儿从里屋出来,跟她妈说:"妈,你看见我的那个戒指没?我刚才洗脸的时候摘下来了。"

知府夫人说:"我看你刚才放窗台上了,你看看有没有。"

女儿找了半天,说:"没有啊,哎呀,我想起来了,是不是刚才俺俩进屋梳头的工夫,让那个小要饭的给顺走了?"

知府夫人一听这话,心里就寻思:"那个孩子看着挺老实的,不能干这事吧?更何况我还施舍她一顿饭。可是,要说不是她偷的,这屋里也没进来别人了,这可真是知人知面不知心啊!"

知府夫人马上派府里的衙役出去找那个要饭的姑娘,这娘俩也跟着衙役们一起出去找，找了挺长时间，最后在一个破庙里把这个小姑娘给逮着了。

知府夫人上去一把就把要饭的姑娘的手抓住了，说："你这个丫头不仗义呀，你说你饿，俺们二话没说就给你饼吃。你要是说你没钱，我都能给你钱，可你不能偷我们戒指呀。你胆子也太大了，偷东西偷到知府衙门里去了。赶紧把戒指给我拿出来，要不就给你送大牢里去。"

这要饭的姑娘哪看过这架势啊，一个个衙役龇牙咧嘴的，腰里还别着大刀，就哭了，说："我没拿你们戒指，你们施舍给我饭吃，我感激还感激不过来呢，怎么能偷你们东西呢？再说了，你家的东西，我怎么能知道在哪呢？"

旁边的衙役说："夫人，别跟她废话了，这一看就是个惯犯，多狡猾，死活不说，干脆把她带回去让大人审吧。"

几个衙役就拿大铁镣把这小姑娘弄回衙门去了。弄回去以后，肇知府的女儿就跑到她爹那告状去了，说："爹，今天一大清早有个要饭的来咱家要饭，我和我妈好心，舍给她一顿饭，可谁知道，她是个小偷，吃完饭了把我的金戒指给偷走了。衙役们把她抓回来了，你管不管？"

肇知府一听就火了，说："真的吗？这要饭的丫头胆子也太大了，给你饭吃，你不但不说感激，反而还偷东西。我当了一辈子清官，最烦偷东西这件事，现如今这整个城里都让我整治得都路不拾遗，夜不闭户，你竟敢偷到我知府家来了，这可真是不想活了。把她给我带上来！"

衙役们就把这要饭的小姑娘带到大堂上了。可是，不管这肇知府怎么问，小姑娘就是说自己没偷。肇知府寻思："你这是不见棺材不落泪啊，我把你押到大牢里，看你到时候说不说。"

"来啊，把她给我押到大牢里，听候发落。"肇知府一击惊堂木，拂袖而去。衙役就把这小姑娘押到大牢里了。

这一晃儿，一年就过去了。先不说关在大牢里的小姑娘，单说这肇知府的女儿。到了第二年开春的时候，有一天早晨吃完了饭，肇夫人和女儿正在房后的花园里溜达呢，眼瞅着从树上掉下来一个鸟窝。娘俩赶忙上前，一看，是个家雀窝，窝里还有好几个嗷嗷叫的小家雀呢。知府的女儿没见过鸟窝，挺好奇的，就凑到跟前看看这窝里有没有雀蛋。这娘俩刚蹲下，就看见鸟窝里有个东西黄得晃眼，还有亮光。知府女儿拿手扒拉扒拉窝里的鸟粪，就把那东西抠出来了，拿到手里仔细一看，就喊她妈：

"妈，你快看，这不是我去年丢的那个戒指嘛，怎么跑到鸟窝里来了？"

肇夫人仔细一看，说："哎呀，这可不就是你去年丢的小戒指嘛，怎么在这呢？哎呀，我知道了，这戒指准是让落在窗台上的家雀叼去了，咱俩没看见啊。你说这可咋办啊？咱们还赖人家要饭的姑娘偷去了，把人家关大牢里头一年多。姑娘，赶快把这事告诉你爹吧，要不然你爹知道了，非把咱俩骂死不可。"

这娘俩赶快就把这事告诉了肇知府。肇知府一听，连连拍着大腿，叹了口气说："哎呀，我做了一辈子清官，这回可当了昏官了，咱对不起人家啊。来人啊，赶快把大牢里的姑娘给接出来。"

这要饭的姑娘自从被关到大牢里遭老罪了，就没吃过一顿饱饭。夏天的时候，那草席里的跳蚤、虱子把她咬得成宿成宿睡不着觉，冬天也没有棉被，姑娘脸上的冻疮左一块右一块的。那罪遭的就不用说了。

衙役把要饭的姑娘从大牢里接出来，带到大堂上。肇知府说："孩子，我对不起你啊，那戒指不是你偷的，是让家雀叼到它窝里了，刚才找着了。这一年多让你枉担了罪名，遭了这么多的罪。这么办吧，我家的女儿和你年龄仿佛，你要是能原谅我，不嫌弃这个家，你从今天开始就在这院子里住，你就是我第二个女儿，我从今往后好好疼你，把你这一年多遭的罪都给你补回来。"

这要饭的姑娘一听就哭了，自己总算洗清白了，还行啊，这个知府大人还是个好官，能知错认错。姑娘也挺会来事，"扑通"一下就跪下了，说："我从小就没有爹妈，我是要饭长大的，你要是认我当你的女儿，我将来肯定好好孝顺二老。爹爹在上，女儿给你磕头了。"说着话，这姑娘就"咣咣咣"地给肇知府磕了三个响头。

肇知府连忙把姑娘扶起来了，叫来了夫人、女儿和家里的下人，对大伙儿说："你们听着，从今天开始，她就是我的女儿了，今后谁要是敢欺负她，我绝饶不了。"

从那以后，肇知府就有了两个女儿，一家四口的日子过得挺和美。"肇知府认义女"的故事也传开了。这就是说，过去人当官就得这样，错就是错，对就是对，知错就得改了。

知县当小偷

早先年，有个十五六岁的小男孩，领着上年岁又双目失明的老妈过日子，他们家地无一垄，钱无一文，亲戚就更不上门了。逼得小孩也没办法了，为了养活老妈，只好干那偷东摸西的营生。

这天，他到堡子边的树林里捡干巴树枝。在回家的路上，看见一伙人吹吹打打的还抬着花轿。不用说这是娶媳妇的。小男孩眼珠一转，忙把树枝送回家。然后，他来到办喜事这家，就混到了后宅。他别处没去，直接进了洞房。他一看别人都在前院忙活呢。就剩下新娘子蒙着盖头坐在床沿上。他着急忙慌地对新娘子说："嫂子，可不得了啦！外面来了个强盗，专门抢好东西。你快点把好衣服换下来，把值钱的东西包起来。叫咱妈藏个好地方。"

那时候的新媳妇，自个儿的丈夫长什么模样都不知道，更不认识小姑子和小叔子啦。新媳妇以为这小男孩是自个儿的小叔子，就信以为真啦。忙把身上穿的戴的，凡是值钱的东西包成一包，交给了小孩。

等客人都走了，新郎官回到洞房，发现屋里边挺乱，便问新娘子怎么回事。等新娘子说完之后，才知道衣服和钱被骗走了，便赶忙告到官府。

县官接到状纸以后，派了不少人查找也没找到。后来小男孩把骗来的衣服送到当铺去典当，被人家发现了，把他送到县衙门。

县官问他："你偷人家的东西可知罪吗？"

小孩说："我没偷，我也没罪。"

"大胆！这赃证俱在，怎说不是偷的？"

"根本不是偷的，他们家的衣裳挺老多，也没啥用，衣裳何苦穿得左一层右一层的，还把红布盖脑袋上啦。其实呀。那些东西是她愿意给的！"

县官一听，不但没生气反倒乐了："行了，你这小嘴可真能辩。这么的吧，你能把我的眼镜盗去，就赦你无罪，我还跟你当一回小偷。"

小孩说："大老爷，你说话算数不？"

"你放心好了，我说了就算。"

县官每次退堂都把眼镜带到书房去，今天他想试试这小孩到底多大能耐，就把眼镜放在桌案上，还派俩人轮班看着。当晚，这俩看眼镜的不错眼珠地盯着桌案上边。都过半夜了，一阵脚步声传来，只见一个人端着茶壶碗走过来，放到两个打更的面前："大老爷叫我给你们送点茶水，提提神。"说着话还给俩打更的一人倒了一碗水。这俩打更的正渴呢，一见有人送水，就左一碗右一碗地喝开了。等喝完水再看，送水的人和眼镜都没了。

第二天，小孩来到大堂上，双手举着眼镜："老大人，我赢了。"县官问他是怎么偷的眼镜。他便一五一十地说了。县官只好放了小孩，还答应跟小孩当一次小偷。

这天，县官穿着便装和小孩出去偷东西。偏巧，叫人家看见啦。他们俩没命地就跑哇。县官长得胖，加上不常运动，跑几步一摔跟头。小孩怕县官被抓住，他叫县官先跑，自个儿在后边。不一会儿，抓贼的人就把小孩抓住了。小孩大声冲抓他的人喊："你们抓我干啥呀？我也没偷。"抓贼的问他："没偷你跑啥呀？"小孩坐在地上，边哭边吵吵："我妈闹病了，我去找先生，你们怎么乱抓人哪？东西又不是我偷的，是前边那个老头偷的。"

大伙一听，这是委屈人家啦，就把他放了。再说县官听小孩说，偷东西的是他，豁出命来往回跑。

县官跑回了县衙不一会儿，小孩也跑回来了。县官问他："为啥叫他们抓我呀？"

小孩笑了："我要不说你偷的话，你能跑那么快吗？再者说了，他们抓我也白抓，我一说给妈接先生，他们就相信了。要不然，咱俩不都叫人家抓住哇。"

县官心想，别看他人小可挺机灵，就打心里喜欢他。可又一想，挺好个小孩，怎么偏去偷人家呢？后来他知道，小孩为了养活老妈，被逼无奈才干这营生时，感到可怜可惜。这位县官是个热心肠，他想好好帮帮这孩子，让他出息成人。县官说："你呀，今后就别去偷啦，缺什么少什么你说一声。你要答应我以后不再偷了，你家的事我都包下，还供你念书。"

小孩知道县官说话算数，他就一口答应了。县官这么说的，也这么办啦。

几年的光景，这小孩真出息了。进京赶考得中了，当上了知府。知府回家夸官祭祖时，带了不少礼品去看知县。按理说县官没有知府大，得好好款待一下。可县官还像往常一样，一点款待的意思都没有。知府说："我给你送来这么些样礼物，应该好好款待才对呀！"

县官脸一沉说："我没把你当知府看待，我把你当成我的儿子，儿子孝敬老子是应该的。再者说我供你念书，是想让你成为有用的人，不是做欺上压下的小人，送客！"

知府被驱至在门外。他站在台阶上望着大门，眼泪一对一双地就下来啦。其实，知府是想试探一下县官到底是怎样个人。他见县官不是势利小人，而是公正无私的清官。别看县官对他冷言热语，又驱他出门外，他不但不生气，反倒更尊敬他了。知府想起县官对自己的恩重如山，今天不但不报恩，反倒让他生气，叫他的心里就更寒了。

天都黑了，当差的发现知府一动不动地站在门外边，就赶忙告诉县官。县官来到大门外对知府说：

"知府大人，看来我不款待你是不能离去呀！"

知府忙说："大人，你欠我一碗狗食。"

"此话怎讲？"

"我与大人相比起来，我只是一条狗，当初大人不管我，我现在不知怎样啦，您的大恩大德我永世难忘，您不用势利眼光看人，公正无私，大人要是还像当初那么相信我，我可整天站在这里给您家望门。"

县官说："这说的哪里话，我盼望你做个正直人，你要是还像当初那阵儿相信我的话，我还有一件事求求你。"

知府说："只要大人不让我去做贼，我什么事都答应。"

知县说："好吧！一言为定。我有个女儿长得又胖又丑，天底下没人敢娶她，今儿个就许配你为妻吧。"

知府跪在地上："岳父在上，请受小婿一拜。"

第二天，知府和知县的女儿成了亲。知府入洞房一看，娘子长得眉清目秀，如花似玉，满腹文才。

知府带着夫人上任之前，特意到知县那告别：

"岳父大人，您为官清正廉明，小婿不该再来试探，望大人原谅。"

知县听完哈哈大笑："你试我一言，罚你站一天，盼你做清官，才结好姻缘。"

异文：知县拿小偷

那个时候啊，这家有个挺精明的小孩儿，就剩一个妈，爹死了，家困难得邪乎，养活不起这妈。他还小，岁数不大，就十三四岁儿，也干不多少活，自己就想办法。怎么办呢？偷点儿吧，还不会偷。虽说不会偷，但一想，还就真得偷！没别的办法啊，靠我的智慧吧，偷！

这天，正好北边儿的堡子办事情，人家娶媳妇儿办喜事，他就去了。小孩儿穿挺好去的，进堡子了一看，正办事情哪！吆吆喝喝的，已经到晌午了，那时候坐席正好挺热闹。他一看，这怎么办呢？他就寻思寻思，唉，干脆我给你放把火吧！在办事情这人家门口有柴火垛，他就给点着了。这火一起来，人都喊："可了不得！着火了！着火了！"这一喊，人都往出跑啊！他就进屋了。

进屋这新媳妇儿正坐着呢，那时候新媳妇儿和现在的不同，新媳妇儿和家人都不认得，因为那时候是从小订的，结婚才见面儿，媳妇儿不能见婆家人，连女婿都不认得。他到屋就叫："嫂子，我是你亲小叔子，现在可不好了，你赶快躲一躲吧！这外边儿不光着火，胡子也来了，胡子把柴火给点着了，这怎么办？我妈告诉我了，叫你把来时候带的金银首饰急速给我，我给你藏起来，别让人家抢去！"

媳妇儿说："那怎么办？"

他说："你赶快往下拿吧！"

这媳妇儿连撸金戒指带撸耳环子，叮当伍的全脱完了，整完连点儿好衣裳包上之后，说："兄弟你搁起来吧！"

他说："我搁起来没事儿，你就在屋待着吧。等胡子来了你啥也没有怕啥的？要不你新结婚非要你东西不行。"他就全拿走了，这拿走了先不说。

单说这边儿火也救完了，女婿回来了，她就问："我那东西他老叔拿去都搁哪儿了？"

女婿说："什么他老叔啊？"

媳妇儿说："你看这不是着火来胡子了吗？来个小孩儿说是你兄弟，管我叫嫂子，把我金镏子和手镯都拿走了。"

女婿说："哎呀，哪有那事儿啊？我也没有兄弟啊！那叔伯兄弟不能来呀！"

就问叔伯兄弟,谁也不知道,"这妥了,叫人家骗去了。"这媳妇儿就哭起来了。女婿一看,说:"别吵吵!吵吵不行,金银首饰那玩意儿不能吃,他准得卖,或者当,咱一吵吵出去就不好办了,干脆咱叫人看着。"

他就叫人在当铺那儿看着,这小孩儿回去之后没有换钱道儿啊!手镯、金镏子还有那衣裳得拿当铺当去,人家在那儿看着哪,正好就把他抓住了。

这一抓就交给县官了,县官一看,说:"你这小孩儿啊,十几岁孩子就当小偷,你偷多少是好呢?"

他说:"我没办法,我不偷家里没有吃的,我妈没人养活,我就得学偷!"

县官说:"你学偷,那是个什么买卖你能学呢?那能养家吗?"

他说:"不管怎么有口饭儿啊!不然我们没有吃的。"

县官笑了,说:"我怎么处理你呢?我把你押上了,你妈没人养活,那么大岁数了,六七十岁的老太太;不押的话你还犯法了。这么办吧,你能偷好,你把我东西偷去,我就算你无罪,你能把我这眼镜偷去就行。我告诉你实在话,我这眼镜就搁办公桌上,我搁人看着,你能偷去就行!"

他说:"那可以,行!"

县官说:"那好吧!今儿个一宿的工夫,就这一宿。"又告诉两个护兵,说,"你们这么办!你们就在这儿坐着,眼镜就搁这桌子上,你们在这儿连喝水带下象棋,你们给我看着眼镜,他要是偷去明早上就赦他无罪,要是偷不去明早上就判他刑。"

这小孩儿说:"好吧。"

县官说:"你在这屋待着,不让进屋怎么能偷呢?但是你到那儿不能抢,抢不行!"

他说:"那对!"

这小孩儿就在这屋待着,就寻思,这一晃到半夜了,他那书童有好几个呢。这小孩儿他怎么办?就装书童,见那书童睡上觉了,就把书童衣裳穿上了。衣裳穿好之后帽子戴上一点儿不差,收拾好好的就倒壶水,他端上水另外拿点儿点心就去了。

小孩儿到那儿,一进屋就喊他们,说:"二位哥哥,你们正好都乏困了吧?大人叫你们好好在这儿看着,千万注意,另外给你们拿点儿点心和水来。"

俩人说："好！好！"这就急速往外拿，搁水的工夫，小孩儿就把眼镜带出来了，带出来他俩也没理会。这之后人家回去了，他俩还在那儿喝水呢，连喝水带吃点心哪！

这工夫他回屋了，正赶上大人睡半夜起来了，说："我看看去，这小子偷没偷！"

到屋一看，大人说："哎！你们在那儿还喝茶呢！眼镜呢？"

"哎呀！"护兵说，"刚才还有呢！刚才小书童说你老让他给我们送茶和点心来了。"

县官说："让人偷去啦！哎呀，这偷去我还跟他说好了，我不罚人家不算，我还得当小偷儿，那是俺俩定的条约。"

那是跟小孩儿定的，说"要是把眼镜偷去了，你认可跟我当回小偷儿学学，看我怎么偷的"，这大人也跟取笑似的就答应了。

到了第二天白天，大人说："这么办吧，小孩儿这回你是我师父了。你会偷，我得学偷，我跟你走一趟吧！"这小孩儿十二三岁儿，人家大人是两榜进士出身哪！大人说："这么办，我跟你溜达一趟，看你到底怎么偷。我偷不偷不用说，就是瞅瞅你！"

小孩儿说："好吧！"一合计这怎么办呢？就寻思半天，他说，"这么办！晚上我领你去！"

到晚间了，这小孩儿和大人就去了，俩人就走啊。小孩儿一合计领他上哪儿偷去呢？这也没有什么。唉，这么办吧，就偷牲口吧。上一家看人家牛棚有牲口，大人说："我不进去，你进去偷，我在这儿瞅着你。"

说好小孩儿就进去了，进去了院里人家上屋还点着灯呢。小孩儿就摆弄牛，一看有大牛小牛好几个，他就喊："大人哪，咱们偷大牛偷小牛啊？"

他一喊，大人合计：这孩子是什么玩意儿呢？这屋听说偷牛来了，这小孩儿就蹽。大人也跟着跑，大人跑得慢哪，后面好几个人撵呢！小孩怕撵上大人，在后边儿就叫唤，其实人家撵一骨碌，一看没偷牛就不撵了。

小孩儿就喊："别打我，不怨我，前边儿我有一个老叔叔，他让我偷的。前边儿那老头儿就是，你撵上他就知道了，现在你赶快撵他吧！别打我！"完了就哭，大人一看这小孩儿完蛋，光说嘴，把我咬下了。大人就可劲儿蹽啊，就蹽到

伍 生活故事

县太爷府了。可脑袋汗呢！

大人说："这小孩儿可把我坑坏了，你说哪有这样孩子啊！他还光说嘴。"

不一会儿小孩儿也回来了，大人说："你怎么回来了呢？没让人抓着吗？"

小孩儿说："抓啥抓呀！我是故意喊的，哪有人儿撵哪？我要是不那么喊，你能跑吗？那后边儿撵上怎么办呢？"

县官说："哎呀！可把我累坏了，你这道儿真多啊！这么办吧，你就别偷了，我也看透了，我哪，还没有儿子，我就认你干儿子吧！你就念书吧！"

小孩儿说："那好吧！"他趴地下就磕头，就叫爹。

从那以后，大人就供他念书。一供就供到十七八岁了，真成功了，他就进京科考去了。到京上一考，正好考上一个头名状元，真中上了！一派派到哪儿呢？派到苏州府的知府，正管这个大人，大人他是知县哪，人家这是一府管多少县，就被派到那去了。

这一看，妥了，他干爹正在那个县上做官儿。这他一个人就寻思寻思，当上知府不多日子，他说我得串串门看看大人去。另外我这官儿大，我还得显示显示。他自己买点儿东西伍的，带着护兵坐着大轿就来了。

县太爷坐四人轿，他坐八抬大轿。这小孩儿穿得不像那时候了，穿的完全都是知府衣服了，挺像样儿。到门口就告诉："通报一声，通报你们知县，就说八府巡按来了。"完了就把名儿一报，这县太爷一听，噢！他这小偷儿子回来了，当上八府巡按了。他没动唤，也没出去接他。

小孩儿一看，也没接待进院儿啊！那也进院儿吧！他就告诉随从抬着东西，拿着礼物，就进屋了。这个知县并没起来，小孩儿到屋一看，就喊："知县，我给你拿点东西，送点礼物。"

县官说："好吧！那放旮旯儿吧！"也没太注意，也没起来。

小孩儿一看，没搭个他。他就问："怎么事儿呢？我来了拿这些东西，你不但不注重我，为什么连起都不起来呢？"

县官说："咳！我拿你没当知府看待。我要是往近了说，是拿你当我儿子看待，爹不应儿子；要是往远了说，你是个小偷儿，我不能恭敬你。你来就来走就走，你东西愿意扔下就扔下，不愿意扔下就走，就请回去吧！我不招待你。"就告诉下边儿人，"送客！"

这知府大人一看，还真了不得！还撑我了，那走吧！东西撂那儿就走了。到门口的时候，就告诉护兵说："你们都退下！"就把轿子叫人全抬走了，让抬堡子外边儿去，说，"我在这儿站着。"

他就在大门外边儿站着等着，从一早上吃完早上饭儿就在那儿等着，人家屋里也没动静。到了晚上了，知县出来了，一看他还在那儿站着呢！就问他："你怎么还不走呀？还在这站着呢？"

小孩儿说："大人啊，你还缺我一碗狗食，我还寻思吃你一碗狗食之后再走，我在你身边儿是一条狗一样儿。我明白，到什么时候你也是我干父，到什么时候你也是我恩人。"说完就"啪"地跪下了。

"不行不行！你穿这知府衣服不能给我下跪，赶快起来！"小孩儿这就起来了。

知县说："这就行了，你明白这意思就行了，到屋咱俩就是父子，你把衣裳脱去。"小孩儿这就脱下来了。

知县说："你还行，确实还没忘本。你就好好干，以后得对得起百姓，对得起群众。唉，这样就当对我了。我一辈子清官，你也不能那样儿，我没白供你念书。"

从那以后，这小偷儿确实干得不错，这知府当得也清，爱民如子，群众也说这县太爷真认了个好儿子！真是有眼力！这老头儿最后也成名了。

红蜘蛛与绿翡翠

过去有一个知县，姓吴，叫"吴三有"。这个吴三有为什么叫"吴三有"呢？因为他这个县太爷特别清廉，群众都对他特别有好感，所以就给他起了这么个名。他听完之后，笑了，心想：也对！

"吴三有"头一个"无"是无啥呢？没有贪污劲儿。多咱不贪污，"无"有；第二呢，没有冤案，在他手里判的案子都判得特别清明，就没有判冤案、判错案的时候，"无"有；第三，他没儿子。这吴三有没儿子，就一个女儿，"无"有。所以，群众说这是"吴三有"。

一提"吴三有",他自己也寻思:真是"无三有"!我最后也没有儿子,没有就没有吧,有个好女儿也行。这个吴三有,他天天升堂。不说。

单表他有个女儿,叫啥呢?乳名叫娟娟,大名吴月娟。这个女儿有十六七岁,长得挺精神,也挺漂亮,挺好。

这月娟姑娘自己在北楼里头住。那其实不是什么楼,是在平地上修起来的,就是一般的房子,叫"北楼"。要不过去说"小姐住八五一十三层楼"嘛!那是什么楼呢?是通过十三层台阶登上去的楼。就是在大土岗子上修起一个房子,底下修十三个台阶,人在底下走到上边就正好"八五一十三层"。这"十三层楼"就是这么个十三层,不是指的十三层大楼,那会儿哪有大楼啊!就是一个有十三个台阶儿的小姐楼,这小姐楼比前头的大房子都高,也叫绣楼,那是转圈的院子呀。月娟就自己在那儿待着。

这吴三有呢,自己住一个大院儿,院里有几所房子,后边的花园里栽着花草树木,还有个小的养鱼池,这院儿里挺好,挺清净,不说。

单表吴三有。吴三有中年有什么不顺心的事儿呢?他特别得意、特别对劲儿的老伴儿死了,就剩下一个丫头,他就靠刘妈妈伺候他。刘妈妈是当年他跟老伴儿结婚的时候,老伴儿娘家陪送来的丫鬟。他老伴儿得胆结石死了,这刘妈妈也老了,也没给她找人家,她没出门,就在这儿一直伺候他到现在。她这会儿有多大岁数呢?也有四五十岁了。她对这个吴三有老爷特别尊敬,也挺殷勤。

单说吴三有他老伴儿死了以后,月娟姑娘自己心里就不高兴,老一天天想她妈,想得邪乎,老是哭哭啼啼的。她爹一看,寻思:怎么办呢?就愁了。她爹说:"你想你妈也不顶事儿,你都十五六岁了,应该像个姑娘样儿,哪能老这么哭哭啼啼,像个小孩儿似的呢?"

她说:"那有啥办法呢?"说完就哭。

后来,刘妈妈说:"大人啊,她能不想她妈吗?那是她亲妈,这亲生女儿能不想吗?男女没有的还想呢,何况人家是女儿和妈,这是骨肉至亲,能不想吗?但是,这姑娘现在可不但光想她妈,我看还有一样儿,她不爱收拾,不爱打扮。"

"对啊,我看这姑娘也不洗脸,也不梳头,跟个二大小子似的,一天就搁书房出来走到绣楼,也不干啥,这怎么办呢?"

"我有一个办法,要打算让她学正道,就得让她描龙刺凤,让她扎花儿、描园子,学女子活儿。另外,给她穿女子衣服,买点好衣服给她穿。我看还有一个事,我不知该说不该说。"

"你说吧,有事你快说!"

"我看啊,她最稀罕首饰,咱们家老夫人是不是原来有出奇的首饰呀?我觉得有,就是陪送的时候你给订的,夫人到老也没拿出来的那个戒指,是不是给她看一看?她准能高兴!"

"哦!"吴三有说,"你说那个红蜘蛛戒指呀。"

"对啊!"

"那多年都没拿出来了,夫人结婚的时候,那红蜘蛛戒指是最宝贵的东西。另外,还有一个绿翡翠,当时她戴了没几天就搁起来了,很怕那玩意儿被糟蹋了。"

"你给拿出来,她有这个东西准能高兴!她要是爱戴了,就装姑娘样儿了!"

"可以,行,我找找。"第二天中午的时候,这吴三有就把月娟姑娘喊过来了。喊过来之后,他就把箱子全打开了,最后打开底下的箱子,这么找那么找,就找出来一个红包,找出来之后,他说:"女儿啊,我有一个东西,你看看你稀罕不稀罕?"就把这个红蜘蛛拿出来了。这是什么呢?就是一个金戒指,上面用翡翠宝石镶了个红蜘蛛。

"嗯?"她一看,"好!"

"还有奇迹呢,你还没看着呢!"

"什么奇迹呢,爹爹?"

"你别着急,等晌午吧!"

不一会儿,这日头就到正午时候了,到晌午了。吴三有说:"把它搁外头的日头底下晃去吧,你看看!"

月娟把戒指往窗外一搁,怎么回事儿呢?红蜘蛛会动弹!日头一晒,它就在那儿"啪啪"蹦跶,像活的一样。

"嗯?"她说,"这真出奇啊!"

吴三有说:"当年你妈结婚那时候,我就只有这一个东西。这不是一般的东西,是当年你爷爷在朝中当官,皇后娘娘亲自赏给他的,所以他留到了现在。这是皇宫里的,要不咱能有这么好的东西吗?这可是价值连城呀,我都没敢动,再困难我也没敢卖,留到了现在。我看你还是把它戴上吧,好好装个女子样儿!"

"我戴,我爱戴!"月娟拿起来就戴手上了。这姑娘高兴透了,戴上它以后,瞅着特别地稳重。

从那以后,她就不"蹦跶"了,自己每天梳洗打扮,梳洗完之后,把戒指一戴,真挺好。这一晃,过去了一二年。这姑娘每天描龙刺凤,特别听话得邪乎,她爹挺高兴。

单说有这么一天啊,这个月娟一早上起来,自己就在后边的绣楼里梳洗打扮。那是夏天呀,这窗户全都打开了,月娟连梳头带洗脸,当中怕埋汰,就把手上的小镏子[1]摘下来,撂到脸盆傍拉儿的大桌子上了。她正洗脸呢,外面来了一个小姑娘,喊她说:"小姐啊,帮帮我吧,我好几天没吃饭了,饿坏了!"

她回头一看,一个小姑娘,多大呢?也有十四五岁了,比她能小一两岁。瞅着长得还真不错,就是穿的衣裳破,像个要饭花子。月娟说:"你是哪儿的,小姑娘?咋造成这样儿了呢?"

那小姑娘就说她是哪儿的:"我爹妈都没有了,就我自己,我没有办法才讨着、要着吃,要不也不能要呀!"这小姑娘一说,确实挺难,她还挺会来事儿。

"哎呀!"月娟说,"这么办吧,你进屋儿来吧,没想到你这么难。"这小姑娘就进屋儿来了。

"我看看,给你找点儿吃的。"这月娟就到厨房了,一看,还有头一晚剩的饭,她拿过来之后,说:"这么办,我给你热热!"

这月娟就用大勺子在锅里搁点儿热汤,搁点儿油,炒了一阵子。她说:"你把它吃了吧!不管怎么样,你要饭遇着我家了,我家也趁得给,不是给不起,你要吃饱!"这小姑娘就吃起来了。

这姑娘正吃的工夫,月娟怎么回事儿呢?正赶上想上厕所,她说:"你在屋儿吃吧,我上厕所!"她就上厕所去了。

月娟回来以后,这姑娘饭也吃完了,她说:"小姐,谢谢你的救命之恩,让我吃了顿饱饭,要不然我吃不着呀,我走了。"

"你叫啥名儿啊?"

---

[1] 镏子:戒指。

"我叫花妹。"

"啊,你叫花妹,你这小孩儿不错。这么办吧,今后你要真吃不着饭,要不着饭了,你就上我这儿来,我还给你饭吃,你别饿着,我看你是个挺好的孩子,我也愿意交你这个朋友。"

这姑娘就笑了,行个礼,说:"大小姐啊,你高抬我了!我走了。"她就走了,她走了不说。

单表这边儿。这月娟回来吃完饭,想戴镏子了,一看,戒指没有了!她东找西找,把屋里都找遍了,是哪儿找哪儿没有呀!"这戒指哪去了呢?"她一合计说,"这么珍贵的东西丢了可不行呀,这时候问谁呢?"

这工夫,她爹回来了,她和她爹一说,这吴三有就不高兴了,寻思:传家之宝丢了,这姑娘真不注意呀!这吴三有说:"还有来别人没?"

"这屋儿谁也没来,就来一个花妹,她是要饭的。我答对好了之后,她吃饭的工夫,我上厕所了,我看这小孩儿挺诚实,不能拿。"

"不能拿怎么没有了呢,也没有第二个人来呀,这谁能拿?你说吧,肯定是她!好,我就把她抓回来!"

到了下午,吴三有就吩咐衙役,说:"下去,在要饭的小姑娘当中挨个找,把花妹给我抓回来!"

正好,一找就找着了。其实也不用去哪儿找,她就在大街上。她还得要饭呀,能跑吗?这衙役就把她抓回来了。

抓回来之后,就把她带到公堂上了。这吴三有一看,急了,这不是别的,是他自己的传家之宝呀,那还了得?吴三有说:"那是俺们的传家之宝,你还觉着是啥呢!我也知道,你一个小孩儿,是不懂事拿去的,你说实话,赶快拿出来,算你无罪!"

"大人,我确实没拿!"这花妹没拿。

"你这孩子,不给你点儿罪,你不知道厉害,给我打!"这衙役就"乒乒"一阵打。

打完以后,她还不承认,不承认也没办法。这吴三有一看,说:"这么的,上刑!"就要上刑。

后来,她说:"大人,你不用打了,打也没用了,我是拿了,我承认,但这东西让我走半道儿跑丢了,找不着了,不知道哪儿去了。"

伍 生活故事

哎呀，这吴大人可怎么办呢？他一合计，自己找找吧，就打发人下去挨地方找，找了一段儿，没找到，这哪儿有啊？其实，这花妹是在说谎话，她不承认不行了，戗不过体刑就招认了。不说。

打完以后，吴三有说："这么办吧，下到监狱吧，多咱找着再说！"就把花妹下到监狱了。

这个娟娟从这儿丢了东西以后，自己每天心里就不高兴，她心里寻思：这玩意儿真糟透了，你说怎么就丢了呢，到底哪儿去了呢？哪儿找也没有，没办法。不说。

又待了些日子，到第二年开春了。这屋有个小燕子窝，窗户全开着。一天，都在屋里吃饭，这工夫怎么样？小燕儿在里面来回飞，燕子都从南方回来絮窝了，三絮两絮当中，那燕崽儿都快要掉出来了，这老燕抱燕崽儿的时候，一蹬，"啪嗒"把窝蹬坏了，这窝就"哗哗哗"下来了，掉下了半拉，还掉下来几个蛋，没出崽儿。

这月娟高兴了，说："呀！有燕崽儿没有，我看看！"就跑去扒拉，一扒拉，"嗯"了一声。

她爹说："怎么样？"

"爹，你看看这是什么！"这月娟掏出来一看，正是她丢的那个戒指，从小燕儿窝里掉出来了。

"哎呀！"她说，"爹啊，看起来委屈花妹了！这个红蜘蛛戒指准是从那以后被小燕儿当虫子叼去了，这玩意儿有点儿大，它吃不进去，在窝里絮着呢。这不，窝掉下来，我看见的嘛！"

"哎哟！"吴三有一看，心急了，说，"我这事办得太缺德了，我一辈子没办过错事，没办过错案，我自己家的事儿倒成错案了！好，我急速提案！"

第二天升堂的时候，他就提出来了。提完之后，这吴三有就把外面的官服、官帽全脱下来了，穿着便衣，亲自到花妹傍拉说："花妹啊，我这一辈子都没判过错案呀，这回判错了！因为我家的事，我一时冲动，就把你打了，我对不住你啊！这个戒指小姐在燕儿窝里逮着了，是被燕子叼去的。这燕儿窝掉下了才逮着，要是燕儿窝不掉，就害你屈官司[1]了，那我这官不当得混蛋透了吗？亏我还落了个'清官'呢！我现在就把乌纱帽脱掉，不戴了，我情愿辞官不做！这么办吧，我给你点补贴，给你点银

---

[1] 屈官司：俗语，冤枉官司。

子,你就回去享福去吧!"

这姑娘就哭,说:"大人,不能那么做呀,那不对!你这一办,就说明你是个清官,你要是个昏官,你不能这么办,能承认错误就是好官。现在咱们县里的群众还都需要你呢,不能因为我这点小事儿就把你的官打了,群众没有父母官也不行,我现在最明白这事该怎么做,我宁可自己被屈,也不能叫全县被屈,你走了之后再来个糊涂官不就完了吗?我确实也受罪了,但受点罪也甘心了,因为遇着了你这明白人!"

"哎哟!"吴三有一看,寻思半天,说,"这么办吧,你家啥人也没有了,如果你不嫌着我不对,我就收你做个女儿吧!我有一个女儿娟娟,今儿就再收一个!你就像我自己的亲女儿似的,到时候我一样答对你出门,一样陪送你!"

花妹说:"我的身体太低贱了,也不能做县太爷的女儿呀,我能做得起吗?"

"我愿意!"

"你愿意的话,那我就认你这个父亲吧,就当我亲父亲一样!"这花妹当时就跪下了,说,"爸爸在上,如果以后你百年了,我就给你披麻戴孝,干什么都行。我宁愿伺候你到老,我一定恭敬你,因为你这人太对我心了,我就是受点罪也甘心。"

吴三有说:"好吧!"

之后到屋里了,这个吴三有说:"这回你是我干女儿了,我女儿的镏子也逮着了,还没有给你什么纪念品呢,这么办,我还有一个翡翠戒指,虽然不如那个红蜘蛛价值高,不是那么出奇,但也差不多少,也不错,这个也是价值连城。"就顺着柜子掏出来了。

掏出来给她了,一看,什么呢?绿翡翠,一个戒指!那好呀,黄金镶着翡翠,那还了得,那是宝石呀!她也特别稀罕。这就一个女儿落一个戒指。

吴三有说:"今后啊,我是你爹,你是我女儿,你就好好在这儿待着吧!"花妹就待下了。

从那以后,这花妹就特别殷勤,她自从来了以后,就对月娟特别尊敬。人家是小姐呀,这个小丫头也懂事,就这么地那么地伺候。月娟就告诉她说:"你别伺候我,你是我妹妹,咱俩同起同坐,你要再那么伺候我,我爹就不愿意了!"

"不,妹妹伺候姐姐是应该的事儿,我不是丫鬟,我是你妹妹,伺候你还不应该吗?"俩人就连说带笑。这俩人每天在一个楼上,玩得欢天喜地的。这不说。

这天一早上起来,花妹洗脸这工夫,把翡翠戒指也撂到桌子上了。这是什么时候呢？一个冬天，没小燕子的时候。这个戒指撂到桌子上就没有了，花妹一看，心里寻思：这戒指哪儿去了呢？就找，怎么找也没有，她自己就犯愁了。正犯愁呢，月娟说："你搁哪儿了？"

花妹说："我搁桌子上了，这就没有了。"

这工夫，老爷就喊她，说："花妹，过来！"

花妹过来了，说："爹爹，有事儿？"

"你戴戒指咋不注意呢，你的戒指怎么能乱扔呢？这个戒指，人家刘妈妈捡着了，给送我这儿来了。这是爸爸的东西，是传家之宝，你下回必须得注意呀！"

"咿呀！"她就寻思，说，"爸爸，我没搁别的地儿，就搁桌子上了，我洗完脸，这就没有了，不知怎么回事儿。"

"你那儿刘妈妈也不能过去呀。"

她说："你想啊，刘妈妈捡着了，怎么没给我单给老爷你送来了呢？"

月娟一听，说："小妹说得对，她这是为了取得老爷的信任，宁可弃财不爱。这个刘妈妈，你别看人家岁数大，她也有智慧、有智谋，不管怎么样，拿回来就拉倒吧。"这花妹就把戒指收起来了。一晃又过了一些日子，不说。

单说这个月娟姑娘，晚上黑在绣楼上趴着睡觉，她一高兴，就把那戒指放床头了。天亮的时候，一看，怎么回事呢？来一个猫，这猫一口就把戒指叼过去了，叼过去就跑了。这可了得，戒指被猫叼跑了！这她就撵，这家伙，一撵撵到哪儿去了呢？撵到了楼底下，完又从楼底下撵到了房顶下边，最后撵到大房子那儿，这猫就不见了，不知进哪个屋儿了。这月娟就着急呀，花妹说："别着急，我看看！"

这花妹就到各屋儿听声，别的屋儿都是空屋呀，听到刘妈妈那屋儿了，刘妈妈正在打猫呢，她说："赶快出去，出去！"那猫"嗷嗷"叫，不愿出去。

花妹扒窗户一看，这屋里啥也没有，单把猫打出来了。她就寻思：这猫正是叼戒指的猫呀，这是刘妈妈自己养活的啊。哦，不用问，这里边有事呀！这花妹回去就和她爹说："我有一个事儿，我看透了，我姐姐的戒指丢得有原因，刘妈妈身上可能有问题。"

吴三有说："那哪能呢？她是从小陪你妈来的陪伴丫鬟，都这些年了，和我没说的，她哪儿能有别的心呢？"

"不！因为什么呢？那猫叼走戒指之后，她就打那猫，她是在掩饰她偷了戒指呀！上回我丢戒指的时候，我就觉得出奇，我搁在那儿，没别人去，就猫在傍拉，这戒指就不见了，准是猫给她叼去的。她知道是我的戒指，为什么没有直接给我送回来，而是给你了呢？这不是为了取得你的信任吗？你别看她是老太太，这老太太智谋高，有心眼儿，她有别的心，根据我掌握的情况，这戒指可能就在刘妈妈那儿。"

"那不能！"

"不能？那你访一访吧！"

"好吧！"这吴三有就寻思了，把这事儿也放在心里了。这个打猫的事就过去了。不说。

单表谁呢？单表娟娟。这娟娟也说："爹，有一次，我看见刘妈妈没事往炕上扔戒指，叫猫叼着玩儿。这猫从那以后就偷偷地叼戒指了，它是训练出来的。"

"那好，我看看吧，试验试验她。"

大家就都说："好了。"最后，弄了几天也没找着这戒指，可那非找不结呀，那戒指哪能丢呢，那了不得了？！

后来，这个吴三有就和月娟、花妹一堆儿到刘妈妈那屋儿去了，他说："刘妈妈，这戒指你捡着没捡着？那是猫给叼走的，那个猫就像你这屋儿的猫似的，你看是不是叼到你这屋儿来了。如果叼来了，不怪你，那是猫叼来的，你要逮着了，就还给她。"

刘妈妈说："我没有！"

他们唠了半天，这刘妈妈就朝外屋儿走，正往外走的工夫，她就摸摸疙瘩鬏儿，整掇整掇头发，那时候女的都梳疙瘩鬏儿嘛。这花妹最精明，她心里寻思：哦，她摸疙瘩鬏儿，这戒指是不是在疙瘩鬏儿里搁着，她怕掉呢？完她就和她爹说："爹，我看她老整头发，这戒指肯定在那疙瘩鬏儿里装着呢，要不你翻她疙瘩鬏儿。"

"那好！"这吴三有就急了，说，"刘妈妈，你过来！你说你的猫没拿，一个没拿、俩没拿的，你把你头发打开，我看看！"

这刘妈妈"啪"就坐地上，哭起来了。

吴三有说："哭也不行，赶快伸手！"

这花妹上去一把就把她的疙瘩鬏儿打开了，一看，这个戒子正好就在疙瘩鬏儿里包着呢，这一打开就掉出来了。

后来，一问怎么回事儿，她说实话了。她说："从打小姐结婚，我搁娘家当陪伴丫鬟过来，我就相中这个戒指了。这戒指是无价之宝，是皇宫的东西，那是价值连城的宝贝呀，无奈夫人舍不得戴，戴一两个月就装起来了，这钥匙看得还紧，我偷不出去。所以要我出门，我不出门，我就惦记着这个戒指，我打算多咱惦到手再出门。那只猫就是我养出来，专叼戒指的，所以它叼来之后，我就趁这个机会藏起来了，没想到遇着个冤家对头，花妹她眼尖，把我看透了。所以怎么处置，怎么算吧。"

吴三有说："那好！我看你这贪心太重了，就押你几天再说吧，你就多咱改造好再出来！"就把这老太太押起来了。

后来，这吴三有就把花妹和娟娟叫傍拉儿了，他说："你们俩人确实不错，尤其花妹你，你就像我亲女儿一样。今后的话，你出门、找人家的一切事务，我都给你管，我就像你的亲爹一样！"

从那以后真那样呀，月娟出门子也好，花妹出门子也好，这吴三有都亲自陪送了不少东西，把花妹当亲女儿一样看待。从那以后，吴三有和花妹这父女俩真就走长了，相处长远了。

这就说啥呢？这就说因为翡翠戒指和蜘蛛戒指闹了一场大事儿，多亏花妹精明，才弄澄清。

后娘胜亲娘

这是什么呢？后娘胜亲娘。

这个故事时间就长了，就说过去啊，都说后娘最给孩子气受，说是"最毒不过后娘心"嘛！但实际当中后妈不是都那样，不能说全世界后妈都给孩子气受。现在要讲的这个呢就相反，不但后妈不给孩子气受，还对儿女好。

有这么一家，姓李，当家的叫李仁。这李仁两口子有一个儿子，叫有才，多大呢？也就是六七岁，小孩将懂点儿事。这李仁家有点儿地，也不太多，有几垧地，种点儿地，能维持生活。三口人日子过得挺好，挺兴盛。

事与愿违啊，这年老太太（李仁的老伴儿）也就三十多岁，就来急病了。那时候医药不及时啊，东请医生，西找大夫，就弄来草药治，也没治好，这媳妇儿就死了，死了就扔下李仁和儿子有才了。李仁家在堡子人情都不错，堡子人一看，孩子也没有妈，李仁也没老婆，大伙儿就想着，有相当的给李仁介绍一个。

这一晃过去一年多，二年上下了。正好南庄有这么一个相当的，南庄离李仁那堡子挺远，有好几十里地，通过亲戚朋友就给介绍了这么一个，叫王月英。这个王月英的老头儿叫张毅，出车祸死了，他搁人家干活当中，正赶翻车给他砸死的。也扔下一个孩子，这个孩子比较大点，能有十一二岁，比李有才大四五岁。

王月英听媒人一说，这李仁脾气挺好，就嫁给他了。那时候结婚也没要啥，带孩子混碗饭吃呗，俩人将养孩子嘛。王月英就跟李仁说："我来了之后，啥也不图，只求把我孩子拉扯大了就行了。"李仁说："好！"俩人糊里巴涂地没正式操办，就把婚给结了。结婚以后，过了几年，俩人确实也不错，感情也挺好。李仁对月英一直也不错，俩人处得挺近便。

这玩意儿，要不都说是命运呢，过了几年这个李仁得急病了，就死了。死以后就剩这个王月英了。这王月英一个人就哭了，心说：可惜不，我命太苦了啊，那个男的出车祸死了，嫁了这个呢，又得急病死了。我一个人，孩子怕没人拉扯，叫着[1]人帮带一步，到这还捡一个孩子。李仁临死的时候，拽住月英的手啊，说："月英啊，我这个孩子，一点儿依靠没有啊，没有十亲九故啊，就有两家都远，顾不上他啊，指不上啊！这孩子能生不能生、能存不能存就在于你了。我临死拜托你了！"拽着她的手哭。

后尾儿月英说："你安心吧，我对得住你啊！"李仁说："你呀，不管怎么样，你就出门的话，也得把他带去，你别让他在这，在家饿着。"月英也哭，说："好吧！"李仁死后，这王月英就领着俩孩子过。

王月英这回妥了，负担重了。一共家有三亩五亩地，她种点儿地，忙完之后，连剁菜带喂猪啊，带捡柴火啊，就操持这个家，奔波就不用说了，干了一身糟。等了有二三年的工夫，月英一看这生活就不好维持了，就和他大儿子说，大儿子叫张德才。她就说："德才啊，你别念书了，你在家帮妈放放猪，养活几只羊，再剁点菜，要不我确实维持不了了。你兄弟小啊，他不能干啥。"她儿子挺好，说："行，妈，你不用难心，我自己就下来不念了！"

这个德才就不念了，就帮他妈，每天起早贪黑，到那儿剁菜喂猪，到地拔苗，都帮忙干，挺能干。堡子的人，对这个张德才印象都特别好，尤其傍拉有一个姓朱的，

---

1 叫着：此处指希望，巴望。

这家小姑娘也挺好的，这家就愿意把姑娘给他，说："你这个孩子真正能干活，你们家这么苦，咱们作为邻居，穷搭穷嘛！"就把姑娘订下来了，给张德才订个媳妇。媳妇小，比张德才小四五岁，那时候穷搭穷就订下来了。订下来但也不能结婚啊，什么都没有啊！

后尾儿一晃又过去了几年，等到李有才十二岁那年，这小孩儿就来病了，就是过去这个伤寒病似的。那时候不像现在，医学不发达啊，不好治，一般治不了。

找大夫一看，有一个老中医一看，"唉"了一声，打个唉声，就跟这王月英说："唉，你这孩子的病啊，不好治啊！你这孩子的病要是想治是能治，但是需要一点儿钱了。他这病是什么呢，是必须得用好药。要没有真正的好参鹿茸啊，没有西药良药治不了，非得有这药不行！你这家也治不起啊！这最低啊，买这药，最便宜的也得二十两银子。你能治得起吗？"

月英一听，那还了得。那也没办法，你说怎么办？一年喂个猪卖几吊钱啊！卖十吊八吊的，卖不了半两银子。五十头猪也不够治这病啊！月英这就哭了，就告诉大夫："你先回去吧，先生。俺们合计合计，明天早晨你再来一趟。"

大夫说："那好吧。"人家就走了。

这李有才就哭了，这孩子也懂事啊，告诉说："妈，你不用给我治，你也没有钱，另外我哥累死累活这么干，我都十一二岁，啥也干不了，还念书呢，要是治完之后，你可哪有那些钱。"

到点灯的时候了，月英就搂着儿子，亲儿子，说："德才啊，妈妈对不住你啊！我有一个事得和你说，看你愿意不愿意，你都十六七了，你也懂事了。你爹临死有不少抚恤金啊，我到底也没露啊！你爸撞死之后，那家给的钱啊，给了点儿银子。我嫁李仁也没露，拿来之后我就藏着呢。现在你兄弟啊，这个后爹死之后，扔下这个孩子，你说怎么办吧？我不给治，眼瞅就死了，我是后妈。治吧，现在就得这点儿银子治啊，这是给你娶媳妇儿盖房子的钱。我不拿觉得对不起你死去这个后爹，你说。"这就哭起来了。

这儿子告诉妈："银子你花了吧，我宁可不娶媳妇儿，给我兄弟治病！我不埋怨你！"

他妈说："你是好儿子！"这月英一看，没由分说，就把死的男的牌位举出来了，这张毅有牌位，月英从柜里拿出来就供上了，上了香就跪下了，说："夫君啊，当初啊，咱俩人是恩爱夫妻啊！你那时候死了之后没办法，我带孩子出门啊。现在你这笔钱我得动了，就为救这个后孩子，我不是干别的花，你不能恼我！不是不给咱儿子花！你别责怪我了！"说完之后，第二天早晨起来，月英就把炕梢皮揭开了，那银子在炕洞里埋着呢，一共三十两抚恤金，三十两银子。

第二天大夫来了，月英说："先生啊，那银子淘着了！"

先生说："怎么能有这些呢？"

月英怎么怎么一说，就说我先头丈夫怎么怎么死的，死完之后有点抚恤金，没敢动，为了救这个孩子，宁可自己儿子不娶媳妇儿，也得拿出去。先生当时都激动住了，说："哎呀，你心太好了，我一分钱不图，买了之后给孩子吃这药，我绝对不会做缺德事儿，我为了救这家。"

大夫出去拿银子一花，花了顶二十两，把东西药都买来了。治了没多少日子，有才这孩子就恢复正常了，一点儿说的没有，就好了。完了他还继续念书，念书还挺好。还剩十两银子呢，月英寻思寻思，这给自个儿子明儿娶媳妇儿能够啊！

又过了几年，正赶大比之年，李有才要上京城赶考啊，月英一看这堡子考试通知有了，这时有才就说："妈，我就不去考了，那路费是问题！"月英一合计，说："拉倒吧，你哥先不娶媳妇儿了，都给你拿去吧，这十两银子吧，你就掂对花吧，怎么道上也够花了这钱！"

这月英心好，就把这十两银子，倾囊而倒啊，全给李有才了！这李有才就给他妈跪下了，说："妈，你对我真是了不得，我到了，考上考不上，我回来一定养活你一辈子！"就哭了，然后李有才把这银子拿走赶考去了。

到京城李有才确实不错，那真是高考得中啊！中了头名状元，当时皇帝一看，小孩长得帅，精神，哪都好啊！那过去封完头名状元以后，要御笔钦点状元嘛。点完以后，谁呢？说娘娘撒花，东宫娘娘那是亲自给状元撒花，过去状元是最红的官嘛！

娘娘撒花当中，一看小孩长得好啊，一问家境什么的，一说，就捅皇帝，说："咱们这个玉红公主没找人家呢，莫不把他招成驸马得了呗。"

皇帝说："那你看着办吧。"就把东宫的公主招给他了，做驸马。李有才一看，当时就谢主隆恩，谢完之后没起来。

皇帝说："还有啥事啊？为啥你不起来呢，驸马？"

他说："我的家不是一般家庭啊！"他就把他妈怎么怎么一说，接着又说："我妈必须有人养活，我必须给我妈报答！我宁可这官不当，我也得报答我妈，养活我妈！"

皇帝听后，说："哎呀，这世上还有这么贤德的夫人，看起来真是好啊，国家昌盛必出贤良啊，有这贤良女！好，那我就封她贤德夫人吧！把凤冠霞帔赐她一套。"皇帝就亲自赐月英凤冠霞帔，封她贤德夫人。

这李有才捧着凤冠霞帔，给他妈就要送回来。这李有才人还没回来，报喜的早就到了。这到了以后，就不像原先那样了，那焕然一新啊！这知府衙门的，知县衙门的，都来接他。公主也来了，那还了得！

李有才回来一看，车马进堡子之后，欢迎的大棚都搭好了。他到家一看，他妈正在屋忙活呢，就告诉他妈，说："妈你急速坐下。"他妈坐下之后，李有才带着公主就拜他妈，拜过之后，月英一看儿媳妇儿是皇姑啊，这还了得，这得行君臣大礼啊！皇姑当时就说了："老夫人，咱们在朝中行君臣礼，我到你家就是你儿媳妇儿，咱们可以使唤家礼。不管谁在，咱们都行家礼，该叫啥叫啥。"这皇姑特别明步[1]。

这时候一看，那就拜祖吧！在拜祖的时候，李有才一看他爹的名李仁搁上搁着呢，就说话了，说："这么办，母亲啊，我先头那个爹，张毅的牌位也得供上，要没有张毅那个爹，我不能当上官，不能光拜我自己的爹。"月英说："好！"就把那个张毅的牌位从柜里找出来，供俩牌，说按岁数，谁岁数大谁在前头。李有才亲自拜的。

当时堡子很多人都来了，他家有个叔伯爷爷，老头儿也是老饱学，说："看起来啊，这国家要昌盛啊，必出贤良啊，我们家摊个贤良女啊！这老张家争光了，说我这个老头八十来岁啊，代表我们全族啊，向侄媳妇儿，向你祝福啊！"亲自带大伙儿作个揖啊！

之后，皇姑说："让我哥和我嫂子结婚吧，他俩还没结婚呢。"皇姑搁京城把结婚东西全带来了，当时张德才和朱家姑娘就结婚了。

结婚以后没多久，当时国家有命令啊，钱也拨来了，就要在这堡子造个驸马府，叫张德才监工在这待着。这个李有才还得回京城去上任，就和皇姑回去了。

从那以后，在堡子当中，张家李家合成一家，真变个团圆人。要说呢，后娘胜亲娘，那是一点儿不差！

---

[1] 明步：懂事。

胡大印装神审游仙图

过去有个季太守,这个太守大人那时候有个大老伴儿,大老伴儿生一个孩子叫季善。最后他又娶了个小老伴儿,小老伴儿生了一个孩子叫季俗,这个季俗年纪小。生完小季俗以后啊!这个大人没有几年的工夫就有病了,一个人就维持不了家啦!他那两大院子,一个东院,一个西院。东面院子小,但带个花园;西边的大,那牲口骡马什么的都在西院,那是老院子。

这老头临死以前,就把他大儿子、小老伴儿和大老伴儿都叫过去了,说:"这么办,我死之后啊,我这家操持不了啦!怎么办呢?"就告诉这个季善:"你的小妈和你的亲妈还有家里就全仗你养活了。"

季善说:"那行,我养活。"

太守说:"家里四五千垧地你说了算,这些都归你,这是一个;第二个我告诉你,这西院当中,牲畜和那些家里的财产都归你掌握,你兄弟这才三岁小孩儿,他还在怀里被抱着呢!他懂啥?你小妈还小,刚二十五六岁,她也不懂什么。现在东院就归你小妈和季俗他俩,那小房子给他们,西边的院子大,连东西厢房大配房,都归你那边。"

季善一看,这还不行吗?就按他爹说的全分配好了。

说好了之后,这小老伴儿拽着他说:"老爷啊!你活着的时候我是你小老婆,你死之后你这一分配,那季善的性子你不懂他吗?那多年得邪乎啊!俺们娘俩哪还能活了嘛!我还有一个孩子,我也不能出门,这季俗多大点儿啊!他是你亲生自养的,你掂量他还能活呀?"

"哎呀!"太守说,"不行啊!也不能给你们多了,另外他也不能干,你们也保持不住,你就按我说的办吧!"

太守顺边儿上掏出来一张纸,说:"我画张图。"他就画着,图上还写着:"行乐图"。他说:"你以后就按这行乐图办事儿吧!"把行乐图就给她了,说:"你揣起来,我死之后,过一年也好,两年也好,三年也罢,如果他对你真不好的话,那你可以告他!得找清官,不是清官不行,还得找有才的官,你把行乐图一交就行,他也能审查。"

这小老婆一看：就是季大人用手端着茶水，整个笔在地下画哪！怀里抱着季俗，就这么个行乐图。

她说："这也没啥啊？你抱你老儿子，整个笔在地下学着写字儿玩儿呢！"

他说："你啊！听它就行！"

她说："行啊！"

这小老伴儿特别贤淑，人也挺好。一晃儿，没有几天老头就真死了。他这死了以后，开始还行，季善给她们供吃供住的。过了两年之后，季善心就变了。寻思："这白吃饱啊！他们娘俩得一直在这儿待着，这要没他们，家不就是自己的了嘛！这还得给她一半。这小季俗他是我爹的儿子，现在才四五岁，怎么办呢？"他就起歹古心了。干脆挤兑她出门，可是这小老婆不走，还不把儿子带走，如果她把儿子带走，不就把这家都扔下了嘛！

季善变了心，总是在这儿嘀咕，最后说："你们这东院，种点菜就吃点菜，不种就拉倒，没有菜就别吃！完了粮食给你们点儿吃就得，别的花销和零花钱，啥也没有！"

这个小夫人就哭啊！也没有办法。正赶上谁呢？胡大印升上做知府大人去了，他是个清官，另外才也挺高，她听说了，她就告诉他去了。

告诉他之后，胡大印一看，哎呀！这是季太守的夫人。小夫人递上行乐图去了。胡大印一看行乐图，可是看不懂。他说："这怎么办呢？太守留的这个密纸像密码似的，我还弄不通，别给弄错了。这么办！夫人你先回去，我回书房去好好审查审查这个图，看几遍，然后再判这个案。"

小夫人说："好吧！"这就回去了。

单说这个胡大印，他回到书房就看这个图，左看左不懂，右看右不懂，说："这个地下画的啥玩意儿呢？还抱个孩子在地下画着。"完了瞅半天，倒转一看白纸的后边，前边就那个图，后边啥也没有，还没有字！

他一心焦，一边瞅一边喝水，就把图摺到桌上了。这一下没注意，就把水碗碰洒了，这水"哗"地就淌下来了，哎呀！纸洇湿了，他就抖这纸，纸抖搂完一看，妥了！字出来了，那后边全是字。它是那种一沾水能露出字来的纸。他一看，写得挺详细的啊！这季太守还是明白人啊！他就把纸装下来了。

到第二天，季善就去了，胡大印说："这么办，你家的案我上你们家判去，不用在这儿判。"

季善说:"好吧!"

胡大印就带着一帮衙役们去了季府,还有好几十人都到季府看热闹去了,到了季府他就摆上香案了。

季善说:"判个案怎么还摆香案呢?"

他说:"摆上!"

摆上香案了,上面写着季大人的名儿,他就上上香,说:"太守大人啊!你虽然死了,但阴魂不散也不能走,你在家哪?我今儿把你请回来,你把你家的案该怎么判告诉我!我知道你不能说,所以我帮你说一说。"

这不是嘛!摆完之后胡大印说:"好了,赶快磕头!你们父亲回来了,对面坐着呢!"

大伙儿一看,吓得都跪下了。连儿子带媳妇儿加小老婆大老婆都磕头。

磕好头了,胡大印他就叨咕叨咕像在答应季太守说的话似的:"按这么办!我就按你告诉我的,你告诉我怎么办我就怎么办!"听完之后,他说:"大人说了,季善哪!西院东西照常归你,挖地三尺也是你的东西。东院呢?这小院给你小妈和你兄弟。"

季善说:"对!对!我听我爹的话。"

太守说:"他有地,挖地三尺,地下要有东西就是他的,挖出石头是他的,黄金也是他的。"

季善说:"那有啥?"他知道没啥了,说,"行!"

全弄好了之后,胡大印说:"今后啊!你小妈他们个人过啊!你们之间各不相扰。哪院东西归哪,最好都要立字,把家里管理好。你爹都知道,要不行的话,他还有托梦回来找你的时候。"

季善吓得就磕头。

全都分配好了,胡大印说:"季大人你请回去吧!你的案子我给你这么判了。"季大人行乐图那不写着呢嘛,都告诉他了。

全分配好之后,胡大印就喊:"季俗啊!你和你母亲过来。"他们两个就过来了,他说,"你们俩到东院,现在就去,到小房后那花园桃树底下,可以深挖三尺,那儿有几缸银子,是你爸爸死前给你们预备的,你们娘俩以后靠那个生活。"

到那儿了一挖,五万两银子!这五万银子比西院的钱都多,他俩这以后的一辈子啊,全够用了!小孩儿念书还是干别的都够了,所以季俗成功了。

就说人家季大人,他死前没安排,因为他明白,当时要给留多银子了,那大儿子季善不能干!所以这一分配完之后,是他爹回来给的指示,把他爹请回来这一说,所以都行了!其实这些都在行乐图后边写着呢!那原是告诉好了的,所以胡大印装神弄鬼地把这案给判清了。

要么说人都这样,这弟兄多啊,就是一母所生的还有分心的,何况两母所生的,很容易出事儿!这就说人家季大人临死英明,留下行乐图。

坏木匠和坏瓦匠

要说这手艺人哪,这玩意儿确实啊,说十匠九落,一匠不落,指山卖磨。这手艺人不是说都不可交,也确实有那心眼儿小的,不高兴就调理调理人。

这个坏木匠和坏瓦匠就有一回给一家盖房子,这盖房子的家挺不错,家过得挺好,挺正义,就是小抠点儿。在这个盖房子当中,从吃喝方面都老差点儿。

木匠不乐意,瓦匠也不乐意。心说:太小抠儿了,整什么也不多。他们这炒点菜的时候连肉都不见,就是见也见不多少,太小抠儿了!他俩都不愿意。

这天一合计,非调理他不结。不调理他,他都不知道啊,让他抠。

第二天,瓦匠盖大房子,木匠在后边,瓦匠修大门洞当中,单说木匠,木匠有办法:"我干脆呀,我调理你。"木匠在哪儿呢?他正修大门楼前面,不得先搭架子嘛。这木匠在搭架子的工夫,就先做了个木头人。木头人拎着把刀,刀挑好了,像把单刀似的。刀指着院儿,就把这木头人下在大门洞的前门房大梁上边了。正对着院儿指着。心说:"一辈子你也不带好的,不说家破人亡也差不多少啊!"这一把单刀直入指着院儿还有好?就下上了。他这下上了不说。

单表这瓦匠也没好心。这在上屋修完了之后,一考虑:"我得想办法",他就做了一个泥人,推着个车,车里边就装的金元宝什么的,就在屋里大梁头房顶那儿压在瓦底下了。心说:都给你推出去才好啊!给你家里推得溜穷溜穷的。就下好了。

下好了不说，活儿也做完了，也没见效果，也没看见那家人穷。一晃儿过去三年了，这家不但没穷，过得还特别好。

这是怎么回事儿呢？有一天这瓦匠和这木匠正好在别人那儿干活儿遇一块了，"你说这是怎么回事儿呢？那家把咱俩累个够呛，一点儿肉都不给吃，我给他下点儿障碍。"

木匠一听："你也下了？我也下了。我下了一把单刀对着院指着。"

瓦匠说："我给他下的车，推着货，把他的金银财宝都给推出去。"

木匠就问："你是怎么下的？"

他说："我正对着大门往外推。"

木匠说："得了，别说了，我这大门洞一把刀正在这儿指画着呢。"

瓦匠也明白了，说："整个儿啊，你这刀把我这个车给管住了，我这推不出去呀！你这刀一指画我还敢往外边推吗？我这泥人白做了，被你那给管住了，所以他家发财还是发呀。你那个给他把门的刀啊，看来人家还是有财呀！以后咱俩得做好事，这是个教训，以后这样的事咱可干不得了，不行了。"

打这儿他俩就长教训了。

荒年变丰年

有这么一个当官的，就是爱报成绩，税要得也多。这年，税要得特别多，当地人挺苦的。有个才子老头，念过书，最后就去申请了："县太爷，税应该减一减，我们年头紧得邪乎，怎么还要这么多呢。"

县太爷说："不，你说说吧，真要得五成、八成也行。"

"哪有五成、八成？"

"到底得多少，你说实话，你这么大岁数，我相信你。七八十岁老头了，能不相信吗？"

"俺们今年得的麦子有三成，水稻二成，棉花二成。"

县太爷一听，说："麦子三成，水稻二成，棉花二成，不错啊，得七成年头，还少吗？加一块不七成吗？这还不纳税吗？必须纳税。"

老头一听，寻思：可真会来事儿啊！就说："不行啊，那我这岁数，就得国家照顾了，我一百四十岁了，国家还不照顾吗？"

县太爷说："你还那么大岁数，你才多大岁数？"

"我七十，我大儿子四十，我二儿子三十，俺们加起来不就一百四十了。"

"能那么加吗？"

"刚才你就那么加的。"

县太爷就一声也不吱了。

黄耳狗两次救主

这家在哪儿呢？在城里住，就好像咱现在来沈阳住，那个时候就在北京住。这家姓王，过得确实还真不错。这人好打围，带着黄狗出去，打些兔子、野鸡，就在北京郊外的山坡打围。

有一天，他就这么去了，怎么回事呢？他搁家喝酒喝多了，到山上之后就打不了围了，他困哪，迷糊在那儿了，就趴在山坡上的荒郊那儿了，这黄狗就围着他。

该然他正赶上烧山火的时候，不等黑天的工夫，野火就起来了，就"呼呼"地烧起来了。这狗一看，着急啊，就拱他，但怎么拱，他也不醒啊！这狗就没有办法了，怎么办呢？它就下河里去沾水呀，就在草里面转圈打磨磨，把草润湿。这狗累得不像样啊，干了一宿的工夫，那火把转圈[1]全烧过去了，就他这几丈是湿的，没烧着。

等天亮了，他就醒了。他一看，这狗累得动弹不了了，他就明白了，是狗把这草全润湿了。他看着狗，就说："哎呀，你救了我一命啊！要是没有你，我就完了！"

这是头一次。这一看把他救了，就回家去了，家里对这个狗爱得邪乎了。

一晃过去几年，这狗也好了，啥事也没有了。正赶上战争起来了，就把北京城困住了。一困住，这是里外不通啊。他也是个一般人家，没分多少粮，这就没有吃的

---

1 转圈：周围。

了。到北京城的话，要不是人家真有钱的，有钱人家存点粮吃，一般人都饿完了。城出不去人，那兵围得登登的，非常密，那没办法。大家一看，这就完了，一二十个孩子和狗连一点吃的都没有，怎么办啊？天哪，天哪！这狗搁那儿趴着呢，眼泪汪汪的。人都吃不上了，它能吃啥呀。

他说："黄耳啊黄耳，你也应该饿死啊，当年你救我一回啊，要不是你，我就死在山头上了。虽然你救我一回，可现在还得死，全家都得死啊，没有一点吃的，有啥办法呢。现在这就是有灯变不出火来，远水不解近渴。咱们农村是有家，兄弟们都在农村住，连我这个叔叔都在那儿住，他是有粮，但送不来啊，离这儿能有上百里地，能送来吗？一天哪怕只管我有一斤粮，我也能活啊。"

他就眼巴巴地瞅着这个狗，说："你能不能回家给我取点粮？你要是能回去取点粮的话，咱就能度过命！"这狗点了点头。"哎！"他说，"行啊！"

那个狗带回过老家，就试验试验吧。没分说，他就拿个小面袋子绑狗身上了。完了写一封信，写了几个字，说："没有粮了，别多驮，驮三斤二斤就行，就能保这几口人的命。"预备好了，就给这狗绑上了，信也给它绑在里边了。

那黄狗也大，也明白。搁哪儿走呢？城墙那儿有个水洞子。那时候不像有枪，没枪啊，站岗的都在城墙上面打，不让人上来，但是狗他不理会。这狗顺着城墙水洞就爬出去了，就干出去了。那出去就铮铮地像飞一样地跑，没有几个点它就干到家了。

到家一看，都半夜了，它就"咔咔"地挠门。

里面人说："怎么挠门呢？"开门一看，说："哎呀，这黄耳回来了！"

这狗回来了，到屋点上灯一看，身上怎么还有个袋子呢？打开袋子一看这信，说："哎呀，这城里饿完了，快先吃点东西，先给狗吃！"就给狗现馇（煮）点粥，给它先吃个饱。

吃完以后，就绑了几斤米几斤面，一共三四斤，他们都给狗绑上了。这狗"噔噔"地就跑过去了，没等天亮就干过去了。

从那以后，这老王家多亏这狗来回倒腾粮，人家才没饿死，全指这个狗把他救了。北京城整困了半个月，饿死一半的人。

这就是黄耳两次救主，这狗通人情。

义犬（一）

狗这玩意儿确实是有灵性的东西，它也知道疼人。

有这么一户人家，在城里住，他们农村也有家，也常回去。他家有个大黄狗，名叫黄儿，这狗才好呢！

有这么一年，世界大战，城里这户被敌人困住了。那时候一困住，人就出不来了，粮食也进不去。什么也吃不着，那不把人饿完了？饿死了不知多少。

这家这个小伙子和他媳妇儿还有孩子，没一点儿章程了，就有一个大狗。这小伙子就说："黄儿啊，你是个义犬，我知道你是好狗，但是你光在我傍拉站着也不行啊，咱们能双双饿死呀，你要真有能耐，你回趟农村老家，给我取三斤二斤米来，那样我也能活啊。"狗瞅着他就点点头。

"哎呀！"小伙子说，"你能去？那好！"这个当家的就把小面袋拿出来了，里边写了封信，把它绑到狗的腰上了。绑好之后，说："你回去吧！"

这狗连夜就顺城门水洞干出去了，一下干到了农村。城里到农村不远，能有五六十里地，那狗连跑带颠的，一个多点就到了。

它到家就挠门，家里人一看，寻思：是什么挠门呢？打开门一看，是狗，就说："哎，咱的大黄狗回来了，黄儿回来了！"

这家人就寻思：沈阳怎么了？一看信，写的是："全家要饿死了，别管大人孩子，一点儿吃的都没有，给它拿三斤二斤米，别给多，多了不行，它驮不动。"

家里人说："好，这么办，就约四斤米，够糊两顿饥。"就约四斤米绑在狗的肩膀上给拿去了。完事又对黄儿说："你们要的话，再回来！"它天没亮就跑回去了，回去这家四五口人通过这四斤米就能活一天呀。

他们整困了能有一个月，这狗跑来回能有三十趟，把这家全家都救活了。当时沈阳城饿死一半人啊，人家没饿死一个，所以这狗就成为"义犬"了。从那以后，这狗谁也不能打一下、碰一下。这狗死了之后，这家就把狗埋上了。

要不怎么说狗能救人呢。

义犬（二）

有这么一条义犬。这条狗啊，特别通人气，特别好。这个主人，无论往哪儿去，都带着它，甚至主人宁可不吃，也都惦记着这狗。

就有这么一天，主人要巡围采猎去了。他拿着弓，拿着箭，带着狗就出去了。

他临走前，喝了点酒，贪酒了。酒喝多之后，被风一吹，他就犯酒劲了。

晌午的时候，到了山坡他就走不了了，他个人就说："这么办，我就在这儿睡会儿吧！"他就在山根里边睡着了。

正睡的时候，怎么回事呢？这狗就叫唤开了。狗一看，顺北向山，火烧起来了，这北风大啊，这火起的，顺着山坡就过了南山。

狗一看，他起不来，就着急得是连拱带叫啊，这样他也不起来。这怎么办？没有办法了，狗一看，转眼这火就要到了，它就"啪"地跳进水坑里了。

这狗下水里去沾了点水，就在他周围的草上打磨磨，这么打、那么打地打磨磨，就把北边挨他的草全都洇湿了，那样湿得快！

最后那火到这儿了，湿草点不着啊，就顺着他旁边绕过去了，这就把他那块儿剩下了。

到下晚儿，等他酒醒来之后，起来一看，狗都累得动弹不了了。

哎呀！他一看，狗怎么会这样呢？他再一看这火，就看明白了。他一摸那草，哎呀，那草竟是湿的，再一摸这狗，它累得身上都冰凉了，他就跟狗说："你是我的好狗啊，我没白养活你！这么办吧，我绝对不能吃你，我把你带回去！"他就把狗背回去了。

背回来之后，这狗死了。他就给狗弄了个坟茔，把它埋上了，之后他就在那儿写了"义犬"俩字。

从那以后就说狗通人气，能救人呢！狗它不像别的动物，确实是个义气动物，要不说人一般都爱惜狗呢！

机灵的小偷

有这么个师傅，教两个徒弟，这徒弟也学得不错了，就是认不清谁有钱，谁没钱，弄不清楚。师傅就说："你俩真笨哪，那有钱能告诉你吗？你得叫他告诉你，你再去偷他，偷一回的话，你得机灵点啊。"

"怎么能机灵点呢？"

"我领你去，保证偷着。各人做各人买卖，刀预备好。"

这个师傅走半道儿人多的地方，按着兜儿，就喘着叹气："哎呀，哎呀……"

"怎么了？"

"可不好了，你们注意啊大伙儿，有小偷把我兜拉开了！"

这庄稼人也好，买卖人也好，都摸摸个人兜儿，哪个兜有钱摸哪个兜，一看没动弹，心就稳当一点儿。

这回徒弟明白了，啊，这么偷啊，好，就跟上了，没过两天的工夫，一个人都做一份，把钱都偷到手了。偷到手之后，回去告诉师傅："你这方法真灵啊。"

"对呀，你要不说他能摸兜吗？他能告诉你哪儿搁着钱吗？这是第一个方法；第二个呢，你偷屋里东西也那样。进院你别偷，你就往那儿扔东西，"叮当"的，他就起来着急说看看什么什么别丢了。什么值钱他到外面看什么，或者猪圈有个大猪，或者哪儿有骡马了，他保证看去。这你就知道哪儿有贵重东西，你直接就能偷。"

所以说傻小偷光冒蒙[1]也想不出来，搁那么学到个机灵的方法。

要不说小偷机灵呢，可得千万注意。

鸡肚皮不如鸭肚皮

有这么一个县太爷，是新转来的，到这儿以后，威名挺大，穿得也不错。其实

---

[1] 冒蒙：没有把握，靠碰运气和猜测做事。

呢，这县太爷姓张，叫张贵和。但他待了一段时间之后，行为也没啥，什么也不懂，糊里巴涂的。所以底下这人们就偷着给他起了个名儿，就给他起了个外号，管他叫"空膛鸭"，意思是你啥也不是。这不说。

单表啥呢？单表这个打官司的。有这么一家，姓张，这家就让人家欺负了。就因为一点儿地，地就硬让人家给占去了，他一看这憋气呀，一想他得告状啊！他知道这县太爷"空膛鸭"爱贪污受贿呀，没钱打不了官司，非得有钱不行。怎么办呢？一合计呢，后来他就通过一个好打官司的经纪[1]似的人，就是个来回拉磨儿的，他就找了一个，说："你给我帮帮忙，你看怎么办，我想把这官司给打赢了。"

人家说："想打赢了，你得送礼。送礼得怎么办呢？明说他不能收，那官儿可奸了，你给他弄点儿吃的还行。"

他问："那怎么办呢？"

经纪说："你就这么办，用个小鸡子装银子。"

"那行。"就用个小鸡子，煺完把这鸡开膛了之后就往里装了几块银子，能有个七八十两的，装好缝上之后，这个经纪，布置事儿的这个人就给县太爷送去了，说谁谁谁，为了官司的事儿。

知县说："那好！"就把鸡一掂对，还行，打开一看，有俩元宝，有七八十两。

"好，不少，保证帮他说话。"说完就留下了。这不说。

到了第二天早上，判案之前，被告那家知道了。被告人一看：咱占了人家地，现在这要打官司，连退地、带给钱这砢碜哪！不行，得想办法送点儿礼，这官儿贪哪，你不送礼不行。就找谁呢？他也找了个经纪。找的谁呢？也找的这个经纪。这和他一说："怎么办吧？您跑这官门路都跑遍了，来回替县太爷也没少办事儿，你也熟，到那儿呢，您得替我打这个官司。"

经纪说："这打官司得送礼啊！"

他说："对，就得送礼。这么办吧，我这儿没别的，多送一点儿。"

经纪说："这么办，你弄个鸭子，你把它煺了，里边儿装四个元宝。"之前那个装了两个，这个装了四个，就给送过去了。

送完之后，这俩都接礼了，这官儿接一份儿礼好办，这两份都接了。大堂之上，

---

1 经纪：买卖双方的中间人。

官儿把桌子一拍,说:"带上来!"就把打官司的带上来了。就问他:"老张头儿,你因为什么告人家?"

他说怎么怎么的,把"他占我多少地,他占我地了"一说。

人家说:"我没占,那是我的地,我收回我自己的地。以前我那地摞荒了,我收我的地。"

知县一看,那意思,说道:"那你还告人家呢?人家收回的是自己的地,你这是无故取闹不是!老张头儿你这是无故取闹,还打官司?"

这一看,也不帮他说话呀!他就着急了:"大人哪!你就看在鸡肚皮的分儿上吧!"意思是你就看在银子的分上吧!

县太爷把桌子一拍:"这鸡肚皮有鸭肚皮大吗?!鸭肚皮不是比它大不少嘛,不是吗?"

这一看当中俩人一瞅,啊,这经纪也笑了:"那好吧。你快回去吧,你这官司输了,你没胜过鸭肚皮大呀!"

这就是说说过去这官儿都贪污,谁花钱多就能胜了官司。不有那么句话嘛,"衙门口冲南开,有理没钱你别来"。光有理不顶事儿,没钱不行。旧社会这过去的官儿都那样。

鸡叫三声

这个故事是说过去相面爻卦的先生都有一套艺术,他说什么对方都能相信。

说这天有这么一个相面先生,外号儿叫李半仙儿。他专门给人算卦,算得特别好。

单说那天就来了三个算卦的,卖呆儿人也多。这三个人当中,有一个是状元,正搁那儿路过,一看挂牌上边写得好啊,上边写着未卜先知,旁边还写了一副对联,上联是:闲来无事来问卜;下联是:祸到临头后悔难。旁边还说,要是一支算错了,加倍倒找钱。还倒给你钱!这状元一看,这写得口气太大了!于是下轿之后说看看去。到那儿之后这算卦的急速给状元让个座,状元说:"你给我看看吧!"

这同时又来了个打鱼的，最后又来了个和尚，也站那儿了，都要相面。这周围卖呆儿的特别多。状元说："你给我看看吧。"

他说："这么办吧，你把生日时辰给我吧，不用看别的。"

状元说："我是鸡叫三声生的，正是丑时啊，今年是二十七岁。"

一看那俩，和尚说："不错，俺们俩也打算相，我也二十七岁，也是鸡末丑时生的。我是个和尚。"

那打鱼的一看，说："我也是鸡末丑时生的，今年二十七岁，我是打鱼的。"

俺们三个人都是一样生的，咋现在就不一样了呢？他说："别着急，我给你们看看，这生的时辰有早的、有晚的，差一点儿都不行，就看不同相而论。"

大伙儿说："好吧。"

他就先看这状元，看完之后他就说了："你看看，鸡叫三声是一点儿都不差，鸡叫三声是五更，你们三个人哪同年同月同日生。还同时，都是一个时辰，但这小鸡子叫得不同。生你的时候啊，抬头三声是状元，小鸡子叫了三声，但是抬头三声叫的，这是状元。低头三声是和尚，它低着头叫的时候降生的是和尚。恰有回音三声叫，生下就是打鱼翁。正好这小鸡子叫完之后有回声，这时候你生下来了，就是打鱼翁。你们都是鸡叫三声生的，但是声调不同，所以你们就不同。"

大伙儿一看，这都一个时辰一点儿不差。就说这相面先生啊，都有自己一套办法，就是这么个小故事。

假行家开药店

这个故事是说一个人干什么也得整明白。

就有这么一家，爹跟儿子过日子，家里过得还真不错，有两个钱。这家老头要开个买卖，儿子说："开啥也不行，比不上开药店好，药也搁不坏，还能卖。"这儿子也不大，十五六岁，是念书学生，爹也有个四五十岁了。

老头就说："行！这得请个先生，咱也不懂药性呀！"

这老头就请了个种菜先生。

这种菜先生外号叫"假行家"。这爹一合计,说:"不管'假行家''真行家',能给卖药就行,好不容易请来的!"这种菜先生就来了。

其实呢,这"假行家"不懂药性,但他硬充行家,说:"那没问题,百草之药我都懂的,我去!"他就去卖药了。

在这药店的门口有个掌鞋的陈皮匠。这天,他一看这家买卖做得挺兴盛,又请掌柜了。

这"假行家"卖药也没几天。这天,就有人来买药了。他正在那屋待着呢,买药的人就说:"掌柜的,我买二钱白芷。"

这"假行家"一听,说:"二钱白鸡?好吧,这么办吧!咱们就不论钱,给你论个儿卖。"

买药的人一听,说:"我不买那些,我也没那些钱,我就买四五个大钱的。"

"假行家"说:"行,行!"

这买药的就给了他四五个大钱。

这"假行家"就告诉这老头说:"掌柜的,把白小鸡抓一个!"说完,就叫掌柜的去抓白小鸡。

老头一看:"这咋还卖小鸡呢?"这"假行家"说:"人家买'白鸡'嘛,你开药铺的,你还不懂?掌柜的,人买啥你卖啥!"

这老头一听,这真是假行家啊!那就这么卖吧,就拿小鸡去了。

这买药的人一看,这也合适,拿五个大钱买一只白鸡回去,吃肉多管用啊!他就寻思,不用问了,这先生开药方让吃鸡肉,这准是顺气呀!

这买药的就将白鸡拿回去了。

没过多久,原先那买药的又来了,说:"掌柜的,我买茯子。"

这"假行家"一听不吱声了,待了半天,对这家老头说:"这么办吧,没办法了,我这人就是认真,你们爷俩就得跟人家去了。买'父子'呢嘛,你俩得去呀!你们不去,我还能去吗?我不是'父子',你俩是父子啊,谁让你是开买卖的!"

这老头一听,说:"哎呀,这买卖开得了不得,这还把我们给卖了,你看你!"

这陈皮匠一听,说:"哎呀,先生!这买卖你赶快关了吧,我也走了,再这样卖,能把我陈皮匠也卖了!"

后来这买卖也就黄了,这"假行家"也走了。

假行家看坟茔地坑了自己

这事儿就出在这傍拉，就出在石佛寺。

过去呀石佛寺是风水宝地，有这么一家，老头姓王，每天早晨起来以后就在山上溜达。有一天日头没出来，他就看那地方像有个大牛在那儿趴着，到傍拉一看，是气，那气出来还不走，变成牛形似的，犄角什么的全有，整个就是个大牛。他一想：哎呀，这是卧牛之地啊，这要占坟茔可了不得。他也听人家讲过风水，知道这是宝地呀，一合计："我得把我爹埋这旮旯。"

后来，过些日子他就品，一品品了十来天，天天日头没出来，那旮旯就有像牛似的一团气。他就告诉儿子："这么办，挪坟吧。"山上地是公家的也没人管哪，他就把他爹他妈从好好的坟茔地挖出来挪到那儿去了。

这一挪完确实不错，家也兴旺，六畜也兴旺，什么都兴旺。就一样不好，老娘们都养汉，不但十八九岁姑娘、二十来岁老娘们养汉，连五十来岁老太太都养汉，全家都养，谁也不用说谁。他一看憋气呀，管也管不住，也不能天天干架呀。他就寻思：怎么这样呢，家过得这么有钱了，怎么都爱在外面胡扯呢？

这天正赶上别人看坟茔地，老头有钱，他就陪这个风水先生唠嗑，陪人家走一走。全看完之后，走到他家坟茔地傍拉儿了，就说："老先生，你看看这坟茔地怎么样？这不是我们堡子的，外堡子埋的。"

风水先生说："嗯，这坟茔不错，这坟茔兴旺啊，家庭运数都好。哎呀！好是好，有一样，这家老娘们……"

他赶忙说："没事，不是傍拉儿的，我们就知道是远地方埋的。"

风水先生说："那没说的，就老娘们不能正道，都得养汉，连老太太都得养汉。"

他就问："那怎么回事儿呢？"

风水先生说："你没看吗？这现在埋上了，瞅不着了，不埋时这旮旯准有卧牛。一早上气端起来像个牛似的在这儿趴着，是大卧牛之地。是宝地没错，但你没看啥牛啊，女牛埋男牛，把男的埋女牛那儿，能没有养汉的吗？女牛就这玩意儿啊，非养汉不行。"

他说："啊！"回去一考虑："挪坟吧，穷富我也不要这坟了。"就把这坟又挪回原来坟茔地去了。

要不说他寻思占好坟茔地,结果全家养汉,坑了自己。

简妙的造酒法

有这么一个掌柜的,老是爱喝酒,还舍不得花钱,就想造点酒。正好他认识一个造酒的掌柜,就去问。人家说:"好造,就用一斗米,二升曲,二斗水,一泡,酒就出来了。"

"那好,我回去做。"

他就回家之后,按这个方子就做上了,泡了七八天也没酒味,就回去问:"你这造酒方法不灵啊。"

那人说:"怎么不灵啊?"

"泡了七八天了,一点酒味没有。"

"那哪能呢,不能,我去看看。"一看,说,"怎么这么稀呢?你都搁什么了?"

"我搁大麦曲了,搁水了。"

"你搁米了吗?"

"忘搁了,没搁。"

"这不扯呢,一斗米都没搁,没有米能出酒吗?再简单的造酒法,净搁大麦曲,能出酒吗?你这人太含糊了,你看这酒没造成。"

见吃的话多

这个故事叫"见吃的话多"。

有这么四个磕头弟兄,处得特别近,他们原来都是念书人,分别姓赵、钱、孙、李。他们四个每天出门溜达就爱对诗、对对儿。但这老四太滑,不爱多说,就说一个字。人家别人说七个字,他只说一个字,不过这一个字还挺押韵!

这天,四个人又溜达去了。这老大就对老四有点儿不满,正好走到山坡的时候,一看那边来了个抬棺材的,老大就说:"咱们还得对诗、对对儿。"

大伙儿一听,说:"对吧!"

老大就说了:"抬头望见一棺材。"

老二说:"近看有人把它抬。"

老三说:"将要抬到荒郊外。"

老四笑着说:"埋!"

老大一听,说:"你这太简单了!"

老四说:"不就是一个字的事儿嘛,不是埋的,能搁着吗?"

大伙儿一听,说:"对!"

四个人就又走。走到河边,一看有座桥,老大就说:"抬头望见独木桥。"

老二说:"走一步来摇三摇。"

老三说:"失目先生过不去。"

老四说:"绕!"

大伙儿一听,说:"你这人太滑了,哪有这么对诗的!"

四个人就回家了。

到家了,大伙儿说:"这吃啥饭呢?"

老大说:"这么办,咱们包饺子。"把面拿出来后,老大又说:"少包点儿,别包那么多,吃七八成就行,咱今儿治治他!"

这就把饺子包上了,老大明白三斤面够四人吃,他就包了一斤多面,包了有七八十来个饺子。

饺子煮好,端上来之后,这老四刚要夹,老大就说:"先别夹,今儿咱哥四个先说一下,是对诗、对对儿,说一个字吃一个饺子,咱们按字数吃。"

大伙儿一听,说:"那好吧!"

这老大说:"这说啥呢?"抬头一看,房顶上有个小燕子窝,他就说:"抬头看见一燕窝。"这一说,说了七个字,说完就夹七个饺子放他碗里了。

老二说:"里边小燕七八个。"这也是七个字,他也夹了七个饺子。

老三说:"大燕打食回家转。"这也是七个字。

老三说完,大伙儿就寻思,这老四准说"喂"字呀!

老四一看,不行了,这准要吃苦呀,他们能饶了我?我得掂量掂量把字找回来。他一考虑,就把胳膊袖子撸起,又把盆端自己傍拉来,说:"我说!"

大伙儿说:"你说吧!"

他说:"喂了这个喂那个,喂了那个喂这个,喂了半天没有一个饱,大燕展翅飞出窝,飞到五里桃花淀,飞到十里杏花坡。桃花淀里出美酒,杏花坡里出娇娥。大燕打食回家转,喂了这个喂那个,喂了那个喂这个,喂了半天没有一个饱,二次展翅又出窝……"

大伙儿一听,说:"行!行!你别说了,都让你吃吧,俺们不要了!"

后来,大伙儿就问他:"你有这么多句话,那每天怎么就说一个字?"

他说:"哎!就是见吃的话多嘛!"

箭箭不离腚

从前,有一个姓王的员外,家里特别有钱。

王员外有一点美中不足,就是没有儿子,只有三个闺女。王员外就想:一个女婿半个儿,我这三个姑爷得好好挑挑。

大闺女和二闺女嫁得都不错,大姑爷是个团练,二姑爷是个总兵,都是武官,俩人跑马、射箭,十八般武艺样样都通。王员外挺满意,逢人就夸他这两个姑爷有能耐。

一晃儿,三闺女也长大了。王员外就想,我这三闺女长得最好看,脾气也最好,怎么的我也得给她找个比她两个姐夫还强的姑爷。

王员外就在他们家大门上贴个告示，说谁的武艺能胜过我的大姑爷和二姑爷，就把三闺女嫁给谁。

这告示一贴出去，好几个月了，不仅没有人来应招，连说媒的也不来一个。为啥呢？谁都知道王员外的两个姑爷武功太厉害了，谁能比过他们呀！

王员外在家等着有人揭告示，等得抓心挠肝的。他心想，"张榜招婿这事儿十里八村都传出去了，要是再没有人来，我这台阶可怎么下啊。这不把我闺女给坑了嘛。"

这边先放下不表。单说有这么一天，王员外家家丁正在门口站着呢，就见来了个小伙子。这小伙儿长得文文弱弱的，一瞅就是个书生，手里却拿着一张大弓，背上背着一篓箭。

这个书生上前弯腰施礼，说："这位门君你给个方便，我刚才射下一只大雁，掉在你家院里了。"

家丁有点儿不相信，说："不能吧？我刚从院里过来。"

"我是刚射下来的，有劳门君给看看。"

"那你在这等一会儿吧。"

家丁就到院里一看，咦？还真有只大雁在那趴着呢。捡起来再一看，眼珠差点掉下来了，你说怎的？真是好箭法，那只箭正好射在雁的屁眼儿里，射个穿膛过呀。

家丁心想，他可能是碰巧射的。就出来把雁给小伙子拿走了。

第二天，小伙子又来了，说又有一只雁掉到院子里了。把门的家丁一看，了不得了，这次这只雁还拍着膀儿呢，箭还是扎在屁眼儿里。

第三天，把门的家丁一看，小伙子又来了，就说："怪了，你这雁咋专挑咱们家掉啊？"

小伙子说："这回不是雁了，是个兔子。"

"不可能，你这雁能从天上掉下来，这兔子得从门口进来，我在门口也没看见哪。"

"你家水洞大呀，我亲眼看见它从你家水洞进去的。"

把门的家丁一想，也兴许，就上院子里来找兔子。果不其然，有一只大白兔躺在水洞那，屁眼儿里插支箭。

把门的家丁都傻啦，心想，这人箭法太高了，箭箭不离腚啊。咱家大姑爷和二姑爷也不能射得这么准哪。不行，这事我得跟老爷说去。

他让书生在门口等着，当下就拎着那个兔子进屋见王员外，说："老爷啊，了不得啊，有个人一连三天把东西射在咱家院里了，我一看，凡他射的东西，都射在屁眼里，穿膛过啊。前两天是大雁，今儿是兔子，你看看吧。"

员外把兔子拿过来一看，也吃惊不小，说："快！你赶紧把他给请进来。"

这边小伙在外面还等着呢，把门的家丁就跑过来和他说："小兄弟，老爷请你进去。"

小伙子一听，心里有点突突。你道怎么回事？其实呀，他叫李才，就是个书生，根本不会射箭。他是觉得王员外招女婿只看重武艺，瞧不起读书人，就想捉弄捉弄王员外。他那大雁和兔子都是从市场上买的，故意把箭扎到屁眼儿里，趁没人注意的时候，顺着王员外家的大墙撇进去，然后就假装来取。

小伙子跟在把门的家丁后面，一边走，一边想："能混过去呢，我就捡个便宜；混不过去呢，他也不能把我咋的。"

李才到屋了，王员外一看，小伙子长得白白净净，和他三闺女挺般配，就问："你箭法这么高，那别的武艺怎么样啊？"

李才说："那就不用提了。"

王员外心想：哎呀，那肯定是更高了，就问他定没定亲，李才说还没有呢。王员外心想，这回妥了，就他能配上我三闺女。

王员外回去就和老伴合计，老伴说："这么高的武艺，上哪找去？将来没准儿是个武状元，咱闺女跟他肯定能享福，可别把他放过去了。"就赶紧张罗着给他们订婚。李才家也没什么人，王员外就挑个日子，把三闺女嫁给李才了。

结婚以后，日子过得挺快。这一天，王员外过生日，三个姑爷都祝寿来了。

看看人到齐了，王员外有意要显摆显摆三姑爷的能耐，吃饭前，就和这三个姑爷说："我今儿过生日办寿，就想吃点儿野味，你们都骑马到山里给我打点回来，獐狼野鹿也好，兔子野鸡也行，你们谁先回来谁先吃酒。"

大姑爷和二姑爷已经听人说三妹夫的武艺高得不得了，早就想摸摸他的底儿了。一听老丈人这么说，连忙说好，都备马去了。李才硬着头皮也得去啊，他一边备马，一边寻思：这下完了，露馅了。

备完马，家丁把弓箭也都准备好了，三个姑爷就背着箭，挎着弓，一齐骑马奔山里去了。

刚走到山根儿底下，就跑出来一只大兔子，大姑爷说："二位兄弟你们谁射？"

俩人说："我们不射，你射吧。"

大姑爷拉开弓，一箭射在兔子身上，兔子当时就死了。大姑爷下马把兔子捡起来，和他俩一拱手，回去了。

二姑爷和三姑爷又继续往前走，快到树林里的时候，草丛里飞出一只肥乎乎的野鸡，二姑爷说："妹夫，你射？"

李才说："不，你射！"

他不会射他射啥呀。

二姑爷抽出箭来，一射，把野鸡射下来了，射完也回去交差去了。

就剩李才了，他什么也没打着，没法回去，就一个人骑着马在山林里转悠。他转悠啥呢？他就低头瞅，看能不能捡个死兔子啥的。结果走了半天，连个死鸟也没看见。他也不能空手回去啊，就继续往深山里走，越走越远。

他还在马上低头撒目呢，就听耳边"呼"地刮来一阵风，就看见一只大老虎，张着血盆大口，嗷嗷叫着朝他扑过来了。他当时就吓得尿裤子了，赶紧爬上一棵大树，那马也"嗖"的一声撒开蹄子跑了。

大老虎哪能甘心啊，就在李才爬的那棵树底下向上蹿。也活该这老虎倒霉，它一蹿高，正好蹿到一个大树杈上，把脑袋卡住了，是上也上不来，下也下不去，卡在那干扑腾。

李才这回可能耐了，从另一个树杈上滑下来，拿出箭袋，顺着虎屁眼，一根一根地扎，把身上带的二十多支箭全扎进去了，老虎哪受得了啊，扑腾一阵儿就死了。

李才寻思，这老虎我也搬不动啊，还是先回去叫人来吧。

这时候，他骑的那匹马早跑没影了，没有马，他就深一脚浅一脚地走回去了。等他走到老丈人家的时候，酒席都要撤了，这伙人正叨咕说这三姑爷怎么还没回来。大姑爷和二姑爷嘴上说着急，其实心里可得意了，想：这回三妹夫可丢丑了，看老丈人还夸不夸他了。

大伙儿正说着呢，李才回来了。大姑爷一看他两手空空，就故意问："三妹夫，你这么半天才回来，射了点啥呀？"

李才说："射点什么？！像你们弄个兔子弄个鸡就回来喝酒，那算啥呀？赶紧套

伍 生活故事

个车，我射了一只斑纹猛虎。"

大伙儿都有点儿不信，二姑爷说："拉倒吧，那可不容易射，一个人根本整不住。"

李才说："今天是老丈人办寿，我能说这笑话吗？咱们赶紧套个车拉去吧，一会儿就天黑了。"

给王员外祝寿的有上百人哪，一听这话，吃完饭了的人也不走了，就等着看老虎。王员外高兴得更别提了，寻思这三姑爷真给我争脸哪。

李才就领着一帮人进山了，到那一看，老虎还在那棵树上挂着呢！那些人都瞅直眼了。李才说："我怕被别人拖去了，就把它挂树上了。"

大伙儿就一起动手，好歹把老虎卸下来了，用大车给拉回去了。

回到员外家，大伙儿围过来一看，可了不得，这虎射得好啊，箭全都射在屁眼儿里了，这三姑爷的箭法真是无人能比呀。

王员外那个得意呀，说："这虎归我吧，这虎骨值钱。我不能让你白射，给你驮两垛银子去。"

堡子里的人不一会儿就全都知道李才射了一只猛虎，得了两垛银子。

李才媳妇也挺高兴，回家之后，夫妻俩就把银子撂外屋地上了。

到了晚间，有两个毛贼听说他家有两垛银子，就想来偷。可这两个毛贼都听说李才的箭法好，专射屁眼儿，就怕被他箭射屁眼儿。俩人就合计：咱俩这么的，弄两个铜锣带上，他要用箭射咱们，就把锣扣屁股上，他射得再准也射不进去呀。商量好之后，俩人就买了两面铜锣，带在身上，半夜就去了。

两个毛贼顺着门缝把门闩打开之后，就把银子一点点地往外搬。也是巧，这时候正赶上李才做梦，梦见啥呢？就梦见射虎、射雁呢，梦见自己是一个好射手，撵着猎物追呢，一边追一边喊："跑？往哪儿跑？看箭！"

两个毛贼一听，"哎呀我的妈呀，可了不得，李才发现咱们了！"俩人赶紧把铜锣往屁股上一扣，出门就跑，正好跑进一片棉花地。棉花正是结桃的时候，两个毛贼一边跑，棉花桃就在后面往身上刮，正好刮在铜锣上，打得嘣嘣直响。这俩贼吓得一个劲地跑哇跑哇，不敢停啊。两个人一边跑一边庆幸："这真是箭箭不离腚啊，幸亏咱们带锣来了，要不就都射屁眼儿里了。"

将计就计摔古董

过去在北京城,有个收古董的老王头,这老王头能耐可大了,啥能耐?眼睛毒哇,专能看古物,搁现在话说就是古董鉴别。过去的罐子啊、古瓶、掸瓶什么的,他一打眼就能看出真伪。就这么的,同行业的人送了他一个外号,叫"古董王"。这老王头自己家里也开了个当铺,生意挺兴隆的。

这天,正赶上儿子没在家,王掌柜自己一个人看着店铺。

快到晌午的时候,有两个人拿着一对儿掸瓶到当铺来了。王掌柜一看有客人,就堆着笑脸迎了上去。这俩人落座后,就把带来的掸瓶摆在了桌子上。

王掌柜不敢含糊,赶快把放大镜拿来,对着这对掸瓶左看右看。王掌柜边看边合计:"这真是对好瓶子啊,少说也能值两千两银子。"

看完了之后,瓶子的主人说话了:"想来王掌柜也能看出我这对掸瓶的货色了,我呢,也不和你兜圈子了,咱们快人快语,这对瓶子我只当不卖。我近来家中有急事,手头实在是串换[1]不开了,否则就是打死我,我也不会当掉这对宝贝。行了,咱们也不用议价了,一千两银子,多一两不要,少一两不行。王掌柜,你看怎么样?"

王掌柜一听,一千两银子,不多。他二话没说就告诉伙计收货,开银票。王掌柜心想,这下子可能大赚一笔了,这对瓶子在古玩店少说也能卖两千两。

王掌柜也没想那么多,就把瓶子收了。那时候一千两银子能顶现在的四五十万块钱,可不是小数字。这王掌柜等于拿出自家买卖本钱的十分之一收了这对瓶子。

收完以后,王掌柜觉得挺高兴,中午还喝了二两酒。晚上回来还让儿子看了看这对瓶子。

说话过了没有一个月的工夫,王掌柜的一个德国朋友到中国购宝,他俩平日交情不错,这人也对付能说几句中国话,王掌柜就招待他在自己家里住下了。

晚上吃饭的时候,俩人喝到兴头上,王掌柜就说自己前些日子收了一对古董瓶子。这德国人对中国的古董特别感兴趣,就提出想看看。

王掌柜就把这个德国朋友带到了库房,小心翼翼地把这对瓶子摆到桌子上,让他

---

[1] 串换:周转。

看。这位德国人也是个鉴别古董的行家，尤其是掸瓶。他左看右看，看了半天，把眼镜摘了，打了个咳声，说："王师父啊，老大哥，你好好看没？"

王掌柜说："哪能不好好看？是看仔细了才收的。"

朋友说："大哥，你再仔细看看，这对瓶子是赝品啊！"

"哪能呢？不可能，肯定是你喝多了，眼花了。"王掌柜这工夫有点坐不住了。

朋友说："王掌柜，你再好好看看，这真是假的，是做旧货。"

王掌柜有点心慌了，又仔细研究了半天这对瓶子，可不，真是假的，是做旧货。王掌柜一屁股就坐在地下了，当时就昏过去了。

这对瓶子可把王掌柜的给害惨了，多少钱都砸里了，他气的得了场大病，趴在炕上一个来月没下地。也难怪，这事搁在谁的身上都够呛，一千两银子就这么打水漂了。

一个多月过去了，王掌柜的病总算是好了。可是身上的病好了，心病还没去根儿，这股劲儿总是别不过来，他整天闷闷不乐，也不怎么吃东西。家里头儿子也劝，老伴儿也劝，谁劝也不好使。

王掌柜的整天寻思："不行，我必须得把这一千两银子要回来，要不然，我以后也没法在这一行里混了。"

几天以后，全北京城的古董铺子都收到了王掌柜发的请帖，说是要宴请宾朋，切磋技艺。大伙儿一合计这是好事啊，再说了，王掌柜的威望高，谁都得给他这个面子，大家就都去了。

那天，全京城的古董商都聚集在王掌柜家了，能有七八十人。大伙儿正推杯换盏，喝得起劲呢，王掌柜的说话了：

"头阵子啊，我花一千两银子收了一对汉代的白玉掸瓶。这对瓶子可以说是绝无仅有的，整个北京城就这么一对。"

他这么一说，大伙儿就都好奇，都说想开开眼。王掌柜的就吩咐伙计把这两个掸瓶从后屋端出来了。这两个掸瓶搁俩纸盒子装着，一个盒子装一个，伙计把掸瓶拿出来搁到柜台上了。

大伙儿上前一看，都说这对瓶子好，王掌柜的真识货，抬着宝了。

就见王掌柜打了个咳声，说："好啊，好啊，我好上当啊。我跟大伙说实话，这对瓶子是做旧货，搁土里埋多少年做旧的。就这对瓶子可把我坑坏了，我因为它，一千两银子打水漂了不说,还得了一场病,差点儿没死了。关键是我这一辈子的名声让它给砸了呀,我以后还有什么脸面在古董行混饭吃啊。我今天请各位来,就是提醒大家以后可要长点眼,再收货,千万好好看看。"

听王掌柜这一说,大伙儿也都有点晕的乎的了,怎么,这是一对假货?

王掌柜的接着说:"这么办吧,我今天栽在这对瓶子上了,就不能让它再坑着你们。我今天就当着大伙儿的面把它摔碎,免得以后大伙儿再上当。"话刚落,王掌柜拎起这对掸瓶,"啪"地就摔在地上,摔得稀碎。

王掌柜摔掸瓶这件事很快就在京城传开了,你想,那是七八十张嘴呢,一传俩,俩传仨,没到半个月的工夫,京城里没有人不知道这件事了。

这事过去没有半个月,这一天,王掌柜的当铺里进来了两个人,这两个人不是别人,就是前几个月来当那对掸瓶的哥俩。这哥俩来了之后特别横,对站堂的伙计说:"把你们掌柜的找来,我们抽号。"

这可把站堂的伙计给吓坏了,心想:"这下子掌柜的可完了,他前些日子一赌气,把那俩掸瓶当着大伙的面给摔了,今天可上哪去给人家找掸瓶啊?"

小伙计赶忙跑到后院,把王掌柜的叫出来了。

王掌柜走到柜台前,看了这俩人一眼,说:"哥俩来抽号啊?钱带来没?"

这俩人马上就把钱掏出来了,伙计一数,一千两银子,一点儿不差。再看这两人,一脸坏笑地看着王掌柜。

就听王掌柜对着里屋大喊一声:"抽号,汉白玉掸瓶一对!"

就见两个跑堂的伙计从库房搬出来两个纸盒子,王掌柜的吩咐把纸盒子放在柜台上。哥俩一看盒子就傻眼了,盒子还是当初他俩送来时候的盒子。这哥俩赶忙把盒子打开一看,还是当初那对汉白玉的瓶子,一点不差。俩人一看没话说了,只得把掸瓶拿走了,把银子也还给王掌柜了。

走出当铺大门没有一百步,这哥俩气得就把那对瓶子给摔了。

这哥俩走了不说,当铺里的柜台伙计就问王掌柜的,说:"老爷,你前些天不是已经把那对瓶子摔碎了吗?刚才那对瓶子是哪来的啊?"

王掌柜笑了,说:"我那天摔的不是这对瓶子。我一看上当了,就干脆将计就计吧,前些日子又现找人做了一对新掸瓶,做旧之后,当着大伙面摔的。我早就猜到当这对瓶子的肯定是内行人,他听说我摔之后,肯定得来抽号赎掸瓶,借机再敲诈我一把，所以我就把他诓来了，让他抽号。这样一来，不但把我的一千两银子找回来了，还把丢的面子也找回来了。"这帮伙计听了，各个佩服得五体投地。

这就是将计就计摔古董的故事。

交白卷中状元

这个故事发生在明朝嘉靖年间，就是严嵩当宰相的时候。

在咱们北边有这么一个马家庄，庄里有一个姓马的员外，这个马员外家境富裕，过得特别好，是他家那一带远近闻名的大财主。

马员外两口子为人心地善良，对待家里的下人都像自己家人一样。可唯独有一样不可心，就是老两口子结婚多年却膝下无儿，眼看着这么大的家业没人继承，这可把老两口子愁坏了。

马员外两口子为了求个儿子，那可真是没少费心思，又找瞎子算命，又托人淘弄偏方，凡是听说能生儿子的办法，都用过了。这老天还真是不负有心人，马员外在四十岁的时候，老伴生了一个大胖小子，这可把马员外一家高兴坏了，总算后继有人，家里香火没断啊！

马员外两口子对待儿子那叫细心，真是搁在手里怕丢了，含在嘴里怕化了。虎头鞋、长命锁，只要说能保佑孩子平安健康长大的，马员外全给儿子置办全了。这孩子可真是嘴里叼着大钱出生的，托生到好人家了。

眼瞅着孩子就快满月了，马员外和老伴一商量，决定给儿子好好办个满月酒。这一大家子人提前十来天就开始准备了。到孩子满月那天，堡子里的人都来给孩子过满月酒，祝贺马员外老来得子，把马员外乐得一天没合拢嘴。

大伙儿正在给马员外道喜呢，这工夫就从大门外进来个老道。这个老道打眼一瞅，长得清俊，清风透骨，花白胡子挺老长。马员外一看是位道长，马上就迎上前去了。到了跟前，老道一捋胡子说："听说马员外得了个公子，我特意来贺喜来了。"

马员外说："道长远道而来，赶快请屋里坐。"说着话，就把老道请到屋里了。

老道进了屋，看了看悠车里的孩子，这孩子长得才壮实呢。老道说："这孩子是福相啊。"

马员外说:"头两天给起了名字,叫'马世英'。"

老道掐指一算,说:"哎呀,这名起得太好了。日后定能大富大贵啊!"

这话说得马员外心里这个敞亮。老道吃完饭之后,马员外给老道拿了几两银子。老道也没客气,临走时说了一句话:"白衣飞进凤凰池。"说完之后,他也没解释,甩甩袖子就走了。

别看马员外这家这么有钱,可是这两口子都没什么大的文化,没听懂老道说的这句话是啥意思,来道喜的亲戚朋友也解释不清这句话到底啥意思。这马员外就在心里犯合计了:"这句话到底是什么意思呢,是说我儿子好还是不好呢?"

大伙儿议论来议论去,就说:"你放心,肯定是好事,这句话里不是有凤凰嘛,有'凤凰'这俩字就不错,龙凤呈祥嘛,准错不了。"

老两口子就把这句话记下了,俩人没事就叨咕叨咕,所以马世英从小也就记住这句话了。

慢慢地,马世英就长大了。马员外两口子就盼着儿子将来能出息个人才,可谁承想啊,这个马世英打从小就不爱读书,天天游手好闲的,这可把老两口子给愁坏了。

老伴说:"那个道士不说将来咱儿子肯定能当大官,大富大贵吗?这要是从小就不爱读书,将来还能当大官?他这说的也不准哪!"

马员外说:"不行,不能就让他这么天天闲逛,他不是不爱去学堂嘛,咱把先生请家里来教他,再去找个书童,天天伴着他学,他学也得学,不学也得学。"

就这样,一晃读了十几年书,教书先生是天天来家,书童也是天天陪伴着学,可是这马世英根本就不是个吃书的孩子,没有一回考试考得好的。但人家教书先生不说不好,不然东家就不给教书钱了。教书先生为了多挣两个钱,平时总对马员外说:"你这儿子将来错不了,肯定是个当状元的料。"

马员外两口子不明其里呀,一听乐坏了,见人就说自己儿子读书读得好,将来肯定能考上头名状元。马世英也好吹嘘,说自己书念得不错。其实呢,他啥也不是。

这一年,马世英十九岁,也到了考秀才的时候了,他爹说:"儿啊,离考秀才就剩不几天了,这几天呢,你在家读书,让书童先去打个前站,安排安排,等都安排好了,你就去赶考去。"

老员外就打发书童到县城去了。这书童也不小了,十八九岁了,也挺中用。到那把房子租好了，一切都安顿好了，就回来了。

书童和马员外说："我把一切都安排好了，公子现在就可以启程了。"

这马世英知道自己这两下子，他本身就不愿意去，情知去了也考不上。可是不去也不行啊，这爹妈还等着儿子做大官呢。没办法，马世英就和书童上路去县城了。

到了县城，这马世英就更闹心了，心里合计："我爹妈花了这么多的钱，就等着我能金榜题名当大官呢。这我要是落榜了回去，不得把他俩气死啊？"

吃过了晚饭，马世英就告诉书童说："这么办，这不俩屋嘛，你住一间，我住一间，你不兴耽误我读书，没事不兴喊我。但是明个早上你得叫我起来，我五更天的时候必须到考场。"书童点了点头。

书童把东西都收拾好就睡觉去了。这工夫，马世英也进了屋。他进屋就把门插上了，然后一头倒炕上，把被子蒙脑袋上，就开始呼呼大睡。

书童不到四更天就起来了，一看，时间还早呢，就站在马世英房门口等着，生怕自己再睡着了耽误事。四更天刚一到，书童赶忙就敲门，说："公子，到四更了，快起来吧。"

书童把耳朵贴门缝上听，没动静。过了一会儿，书童又敲了几下门，还是没动静。这下书童可急坏了，这公子是干喊也不醒，他还不敢踹门。小书童在门口急得团团转。

转眼就到五更了，这马世英是一点醒的意思没有。再看书童，在门口急得都快哭了。到了六更，这天就大亮了，马世英也总算是醒了。他把被一掀，擦了擦哈喇子[1]就坐起来了。他下了炕走到门口，把门打开，一看，这小书童在门口转圈呢。他就问书童说："我不让你四更叫我吗？你咋不叫我呢？"

小书童说："我在门口喊你半宿了，你也不起来啊。"

"你还犟嘴，现在怎么办啊，这跑步去都不赶趟了，秀才考不上你说我冤不冤？我回家怎么和老爷说啊？"马世英把书童好顿骂。

书童也挺憋气，心想说："我起了个大早，没得着好不说，还挨一顿骂。"

马世英说："行了，也别考了，收拾东西赶紧往家走吧。"

书童收拾好东西，俩人吃了早饭，退了房子就往家走。马世英边走边寻思："你

---

1 哈喇子：口水。

上我当了吧，我把你骗了，你还挨顿骂，回去看老爷不打死你。"

俩人各怀心事地低头往前走，迎面过来一辆八抬大轿，他俩也没瞅着，就顶上去了。

打头的侍卫一看他俩撞轿子上了，就喊："站住，你俩好大的胆子啊，还敢往轿上撞，惊了大人的虎威，你俩担待得起吗？我看你俩是不想活了！"

马世英和书童一下子都被吓住了，哎呀，坐这八抬大轿的肯定是大官呀，他俩吓得就跪下了。马世英说："大人，小的该死，惊了虎威。我是上县里去考秀才的书生，起来晚了，着急考试才撞上大人的，大人想怎么发落就怎么发落吧。"

单说这轿里坐着的是谁呢？是严嵩严阁老。他是宰相，也是今年的总监考官，在朝中是说了算的人物，那是一人之下，万人之上啊。

严阁老从轿子上下来，说："哎呀，你是赶考书生啊。既然这样，撞就撞了，我不处理你。"

严阁老又说："你就是现在跑去也不赶趟了，都开考了。这么办吧，你这是因为我耽误了，我给你写封信，你拿去给主考官。另外呢，我让我的护卫亲自送你去，要不考官不能相信你，不能让你进考场。"

严嵩严阁老是怎么想的呢？他是想做个姿态，让人看看他体恤民情啊。

随后，严阁老就吩咐护卫把马世英送到考场。到了考场，县里的主考官一看这封信，说这是严嵩严大人写的信啊，来得再晚也得收啊，就让马世英进考场了。

马世英进了考场，拿到试卷后就傻眼了，他根本就不会答。这工夫，他就合计："我今天真倒霉，本来就想着回家就得了，可谁曾想半路杀出个程咬金来啊。我今天算是栽到这了。"

马世英坐在考场上越想越生气，越生气就越不想答，后来干脆就在考卷上把自己的名字"马世英"写上了，一道题也没答，就把白卷交上去。出了考场，他带着书童，头也没回，一口气跑家去了。

考试考完了，县里的主考官、副考官和不少官员就来批卷子来了。大家伙儿批到马世英的卷子时，一看，这张卷子除了考生名字，多一个字也没有。这几位考官挺奇怪，大家伙儿在一起商量，就说："听说这个马世英读书读得挺好啊，不能一句也不答呀，这怎么一个字没写呢？能不能是咱们待人家不周，他对咱们有意见啊？他可是昨天严阁老亲自派人送来的，准是当朝宰相严阁老的亲戚呀。这咱可惹不起呀，要不就给他个秀才吧，给批个第一名吧！"就这么，这几位大人就把头名秀才给了马世英了。

没过几天，县里的大榜就贴出来了，果不其然，这头名秀才还真就是马世英。这报喜的队伍就敲锣打鼓地进了马家庄了。这下子可把这老马家乐坏了，马员外也乐，老伴也乐，老两口子就说："看来这道士说得真准哪，俺们儿子还真出息，将来肯定当大官了。"这老马家就大宴宾客，闹哄了好一阵子。

可是这马世英心里是直画魂儿呀，这是怎么回事呢？他真不知道怎么误打误撞地就考中了这个秀才。从那往后，这马世英还是像以前那样，成天吊儿郎当，不干正事。

一晃儿，又过去一年了，眼瞅着省城考举人的考试就要开始了。老太太就说："儿子，上回去考了个秀才，这回还得去啊。这回给妈考个举人回来。"马员外给儿子准备好了盘缠，马世英和书童就带着盘缠又上路了。

马世英合计，这回不可能再遇上那个大官，可千万不能晚了。这回俩人准时到了考场。进了考场，考官发完卷子以后，这马世英一想："干脆吧，我就还按上次那么办，交白卷吧，兴许还能混个举人也说不定呢。"他就又把"马世英"三个字写完，把白卷交上去了。

考完了之后，省里主考官一看马世英这卷子，说："不对啊，马世英可是县里报上来的头名秀才啊，成绩那么好，怎么把白卷交上来了？"

副主考官说："不对，这里肯定有事，咱还是问问吧。"

这俩人就写了封信给县里的考官，县考官说："对，这马世英在县里考的时候交的就是白卷，他是严阁老亲自派人送来的，咱也惹不起啊，咱们几个人一合计就给了他一个秀才。"

看完信，这省里的两个考官一商量，说："拉倒吧，咱也学县里吧，做个顺水人情，给他一个举人吧。要不然这严阁老咱也惹不起啊。"

没过几天，省城一发榜，马世英又得了个头名举人。这回可妥了，那举人不比秀才，当了举人之后，很快上面就下令让他当了县太爷。这一下子，马家庄可就开了锅了，到老马家贺喜的人都排长排了，人们都说老马家出大官了，这祖坟都得冒青烟啊。

马世英自己觉得好笑，心寻思："我这命还真挺好，交了两张白卷，换来个头名举人，这事到这就算完了。"今后好好当这个官，也算对得起我爹和我娘了。

说话这工夫，马世英当上县太爷也快大半年了，成天把他忙得脚打后脑勺，读书考状元这事早就忘没影了。可他不记着，有人记着呢。

马世英当上县官的第二年春天，京城就要开始考状元了。马员外就和儿子商量，说："儿啊，这状元招考眼瞅着就开始了，你赶快准备准备，我给你备了匹好马，明儿一大早你就上路吧。"

马世英一寻思，说：这回可完了，到南京考状元是皇上主考，我要是再交白卷那不就露馅儿了。皇上一旦查出来，我这举人是靠两张白卷得来的，那不得把我杀头啊？我要是不去，我爹我娘肯定不能放过我。横竖都是死，去就去吧。

第二天一大早，马世英骑着快马就奔了南京，天擦黑的时候就到了。

到了南京，马世英找个店就住下了。考试那天，他和前两次一样，就在考卷上写了个名字，就交卷了。

这主考官一看马世英的卷子，就糊涂了，心寻思："怎么回事呢？这马世英不是头名举人吗？到这怎么交白卷呢？"他随即就给省里的考官写了封信。

省里的考官回信说："这个马世英啊，在县里考秀才时交的是白卷，在省里考举人时交的也是白卷。可人家是严阁老亲自送来的，咱能惹起吗？没办法就得给他第一名。"

这主考官一看，明白了，说："哎呀，这小子的举人是这么得来的啊。那行了，严阁老是我顶头上司，还是我的老师。干脆，咱们做人情吧，顺水推舟。我今后还全得靠严阁老提拔呢！"得，一个字没答，愣给他批了个头名状元。

中了状元还了得，过去的状元在朝廷里都当大官，一辈子享受荣华富贵啊。皇榜贴出的第二天，皇上就在宫中设大宴款待头名状元，朝中的文武百官都前来祝贺。皇上册封了马世英头名状元之后，文武百官就都举杯向马世英表示祝贺。

酒过三巡了之后，和马世英同在一桌的吏部天官李大人就说："我听说今年这位状元不简单啊，他是三拔头筹考上的状元。我得会会他，看他是不是真有才华。"

这工夫，马世英就走过来给李大人倒酒来了。倒完酒之后，吏部天官李大人为了难为新科状元，就故意把酒杯碰倒了，这酒就洒了。

李大人一看这酒洒了，就对马世英说："状元老爷，你看，今天咱俩有缘坐在一张桌了。我听说你饱读诗书，学富五车。我有一个上联，请你给对个下联吧。"

伍 生活故事

马世英一听这话，马上身上惊出了一身冷汗，心寻思：这下子可完了，我哪会对对联啊！可是不对也不行啊，皇上和满朝文武都在这看着呢。他就硬着头皮答应了。

李大人一看马世英答应了，看了一眼碰倒的酒杯，张口就来："红袍碰倒鹦鹉盏。"

马世英连这句话是啥意思都没听懂，就更不用说对下联了。他拿着酒壶，越想越着急，越着急越想不出来，急得一脑瓜子汗。就在这工夫，他突然想起来小时候，他爹妈总跟他叨咕一句诗，他也顾不上寻思了，顺嘴就说："白衣飞进凤凰池。"

李大人一听："哎呀，这联对得好哇，'白衣'对'红袍'，'鹦鹉盏'对'凤凰池'，说的都是朝中之事啊。看来不是瞎忽悠啊，这小子是真有才啊！"

不光李大人说好，满朝文武听了，也都佩服得不得了：这新科状元真是大才子呀！

打那之后，马世英就越来越受到皇上的宠幸。不过，话说回来，他书读得不咋的，干点啥还真行，再加上他也会溜须，这官就越做越大了。

这一年，正赶上洛阳遭兵劫，敌人眼看就攻进南京来了。皇上是有病乱投医，就让马世英带兵打仗。他一个文官呀，从来就没带过兵，也没打过仗啊。到了战场上，他一看敌人那个耀武扬威、人高马大的，当时就吓瘫了。他一害怕，手一滑，顺马上就摔下来了，脑袋正好磕在一块大石头上，当场就摔死了。

马世英摔死之后，他手下的兵士就火速回京城报告，说马世英战死沙场了。皇上一听，痛折一员爱将啊，就册封马世英为神武大将军，从那以后，他还成了文武全能的名人了。

骄傲的神弓手

有这么个旅店，住宿的人不少，尤其这天住了个保镖的大车，这镖车里拉的净是绫罗绸缎、黄金这样的好东西。但是呢，这镖车就一个保镖，一般的保镖都两三个呀。大伙儿在酒桌上，就有问他的，尤其是店东，店东爱打听事儿，就问："这位壮士，那保镖就你自己吗？"

他说："啊，就我自己就行。我保镖保了一二十年了，可以说没失过镖。"

有人就说："你武功那么高吗？"

他说:"我凭这个弹弓就行,可以说打遍天下。"

这时候跑堂的小伙儿就笑了,说:"这位武功真高。"

他说:"那对,确实!"

吃完饭不说。住了一宿,第二天早上就走了。走了多远呢?走南边没有十里地,就看到从密松林里出来一个人。

那人说话了:"站住,把镖扔下,你过去。"

他一看笑了,"哎呀,真遇到劫我镖的了。"一看就一个人,还没拿武器,系个白围裙。

他说:"就你能劫我镖?"

那人说:"这么办吧,你不是弹弓打得好嘛,我就领教领教你的弹弓。"

他说:"好吧!"

这就插一句,为什么说他武功高呢,他是神弹弓李五的亲外甥。姓张,叫小张。这小张特别地狂,因为李五教得好,他也确实打得好。

这说着,小张把弹弓就抄起来了,对着那人脑袋"叭"打过去之后,就看对面拿起个铁马勺,就盛菜那勺子,"叮当"一接住就倒兜里了,一打"叮当"就接着了。他弹弓一直打,那边盯着接,"叮当""叮当"的,这一会儿工夫弹弓子儿就全打没了,带的五六十个子儿全干没有了。

那边说:"你打呀。"

他说:"弹弓子儿打没了。"

那人说:"你回去吧,今儿不抢你,你回去取去,明天再来。"

这小张一合计:这可真遇到敌手了,这可了不得了。他一个马勺都接去了,我打一个他接一个。没办法就回去了。

这一去就是不少时间。傍晌了,大车赶回去了。一到店里,大伙儿都说:"怎么回来了?"

他说:"啊,今儿不走了,回来住一宿。"

到屋之后,一看一个跑堂的过来说:"呀,师父,又回来了。"

他说:"啊。"

跑堂的说:"怎么了?"

他就说了:"今儿遇着对手了。"

伍 生活故事

跑堂的就问："那你没打吗？"

他说："打也不行。"说完就瞅这跑堂的，觉得挺面熟，接弹弓子儿的像他，也扎块围裙。一合计："哎呀，我昨儿个失言了，这是个高手啊。好，这么办吧。"

下晚上他就和店东说："今天没别的，我这一生当中多少说几句不对的话，今天这屋你给我预备两三桌酒席，是你这院里的伙计我全请，一个不落。上至掌柜的下至伙计，再加上我们，咱们好好喝一杯，我赎赎罪。"

店东说："好吧！"这事他不能多言语，就给预备下酒席了，下晚就全请来了。

在酒宴上他就说了："我昨天喝点酒，失言了。出门保镖全是靠朋友，要是没有朋友帮助我，我能保住这镖吗？靠打不行，打得快不如交得快。我确实失言了，今天请众位师父们能原谅我。"

之后跑堂的说："没事，走吧，今天在这儿待着，明天就没事了。"

吃完饭之后大伙就回去睡觉了，还是各人睡各人的铺。

单说这小张一掀开被子，就看弹弓子儿全在被底下放着呢，这被底下好几十个呢！"哎呀"，他说，"天哪，这确实是这个跑堂的接着的，给我扔这儿了。"

等到第二天临行前，他特意对小跑堂的一抱手，说："师父，再见吧。"

跑堂的说："好好，以后再见。"

这俩人告别了，一路上什么事没有就过去了。

要不说嘛，说话太轻狂不行啊！

教书先生写名字

有这么一个有钱人家，他家有个儿子。有一天他爹就说了："我儿子也长大了，得干点儿啥呀。这么办，念书吧。"这么的，就找了个教书的先生。

把先生找来之后，他也不正经念啊，只知道玩，啥也不正经念。老师没办法，说："你这样完了，你得学点儿，不学点儿我工钱都难拿啊！"就天天给他开小灶教。今儿老师画一横，说："一。"

他也跟着说："一。"

第二天老师画两个横，说："二。"

他也跟着点头，说："二。"

等到第三天，他看先生画三个横，就寻思：啊，就这么好教啊。就告诉他爸爸了，说："算了，我也不学了。看这先生我也能当了，何必给他钱呢！"就说啥不念了，教书先生也走了。

他待一段时间，就跟他爸爸说："我也找个教书的地方去。"就找个教书地方去了。他到了个地方，那儿正好是个山旮旯儿，没有教书的，缺先生啊。这家是个员外家，过得也不错，就把他请去了。这个阔秧子就学那么三个字就去了。他到那儿一看，说："好吧。"就教上书了。

这天正赶上请他吃饭那工夫，这家员外就跟他说："先生，我们那孩子名儿起了，就是没写呢，你能不能给写下来看看，俺们也不会。"

他就问："姓什么呀？"

员外说："姓'万'，叫'万百千'。"

"啊！"先生说，"那好吧。"就拿笔开始画呀。那"一万"得画多少横呀，他就一点儿一点儿在那儿画。

这后来画得没办法了，小孩说话了，说："老师呀，你不如把筢子拿来，这一回能画多少个啊！"

先生一听就笑了："行了，我也回家吧，你也别学了。"先生就回家了。

姐妹易嫁

这个是姐妹易嫁。

这说的是什么时候的事儿呢？说的是过去有个张府，这张府的张老员外家过得相当有钱，那有上千垧地，儿子女儿都挺好，哪儿都不错。

有个大坟茔在哪儿呢？就在堡子东头山坡，那是张家坟。这坟有多大呢？能有半垧地那么大，有五亩地呀！这坟茔转圈栽着杨树伍的。那家伙，还修了山包儿，转圈儿修着假山、假水可在意了！这坟茔修得特别好，可其实里面坟不多，就有这么一个主坟，旁边儿有俩小的配着，坟上面栽着像样的树木。不过这坟茔里那主坟修得大，瞅着像小馒头山。

这人家有钱，不但把坟修得挺像样儿，坟前面的石子儿桌、石子儿路，也修得挺好。不说。

单表这天，这个张老员外正好搁外边有人请他喝完酒，他骑着马回来了。

他回来到哪儿呢？就走到坟茔傍拉了。这天挺热，他就听见坟里雀鸟叫。他一听，说："哎呀，这坟茔不知什么雀鸟这么好，什么雀，百灵？唱得这么好听！"他听高兴了，就把马拴外边，进坟茔里绕绕。

他走到主坟这旮旯儿，就听里面有人喝顿呢，说："赶快腾地方，痛快点！你太不像话了，这是你们的地方吗？这是毛老爷的坟，是毛老爷的住宅。你们住这儿行吗？赶快腾地方，不腾地方，你们家就不得好死！腾地方，给毛老爷腾地方！"

这张老员外一听，说："出奇呀！这坟茔里说话，听得挺真的！"他心里就犯硌硬，也没在那儿说话，骑着马就回来了。

他回来以后，没几天的工夫，家里就来病了，牲畜也死了，房子也倒了，最后还死了一个人，他的一个孙子死了。他就硌硬了，就知道这坟茔有事儿了，就找风水先生。

这风水先生是个南方蛮子，一看，说："不行！你这坟茔得挪，你占不了。这坟茔不是你们的坟茔，这坟茔将来能出个宰相，这是宰相毛老爷的坟茔啊！"

他说："哎呀，这是毛老爷的？宰相是谁，哪有毛老爷呢？"

风水先生说："对呀！不用问，这坟茔是宰相的坟茔，你们不腾地方，就还得死人，你们赶快起坟吧！"

张员外一听，说："这么办吧，那把主坟挪走吧！"就把主坟挪走了。

主坟挪走之后，就剩个空坟了。坟起完之后，那坟多大啊，像小窑似的。

坟起完之后，这儿空了，张家的主坟起到别庄埋上了，这回稳当了，不说。

正好没过几天，张家有个放牛的老头，姓毛，是老毛头。他有多大岁数呢？有五十来岁吧。他家里有个老伴儿，还有个孩子，这孩子是一个小子，有十来岁。这家里全靠老毛头放牛，挣俩钱过生活。

这天，老毛头放牛，一看来大雨了，怎么办呢？他就把牛赶到这坟茔傍拉来了。他到那儿一看，哎！没地方猫，我就上这坟坑里去吧！正好那坟土挖完之后，有挺深的坑，他就蹲那儿了，外面风大也刮不着他，因为有树挡着，他就在那儿躲着。

咳，该然哪！这雨大啊，是一阵大雨哇哇的，这水整个一下就排进坟坑里来了，那水有多深呀！这就把老毛头给淹死了，可谁也不知道！

这放牛郎一看，老毛头放牛还没回来，怎么回事儿？就派人去找，结果找着牛之后，没找着人。

后边也在张家做活的一个人说："可了不得了，老毛头淹死在坟茔里了！"

这老毛太太一听，就哭起来了，说："这可怎么办？"

老毛太太哭完之后，就找张员外，说："东家，这么办吧，俺们没有一点儿办法了，你做点儿好事儿吧，你把我这老头找个地方埋一埋吧！我埋不起呀，没有钱张罗，也没钱供饭呀，就他扛活挣点钱，现在我还带着一个孩子呢。"

张员外一听，说："哎呀，原来是你老头啊，你们姓毛吧？"

老毛太太说："对，姓毛啊！"

张员外说："我看看去！"

张员外到那儿一看，这老毛头正死在主坟起的坑里，正在那儿趴着呢。这张员外就想，这真是命不小啊！看起来这应该撑，这是你们的坟茔地，看来你们这孩子将来是当官的。他就说："这么办，你们家不还有个孩子？"

老毛太太说："我还有个小子。"

张员外就说："把孩子带来！这小子他爹死了，得看看哪，得拜拜灵哪！"老毛太太就把那小孩儿带来了。

张员外一看，小孩儿长得挺好，挺精神，有十多岁，瞅着挺不错，就说："这么办吧，这发送你们不用拿钱，我给拿钱！"这就拿来十两银子，给老毛头买了个大棺材，把他装里头。张员外说："就埋在这主坟里，哪儿也不用动弹了，这坟就是给他预备的！"

埋完以后，最后供大伙几顿饭吃，大伙就走了。

临走的时候，这张员外就跟老毛太太说："这么办吧，你跟孩子也都搬我这儿来吧，你们的生活我供给。"

老毛太太说："那还了得！"她又说，"俺们孩子给你干点儿啥呢，可他小也干不动啊！"

张员外说："不用，你来就行！"这老毛太太带着孩子就来张家了。

伍 生活故事

来了以后，张员外说："这么办，你这儿子，暂时我就认他做干儿子，我就供他念书。"这张员外就把孩子领到了家里。

念了几年书以后，这孩子念书像吃书一般哪，那念过去过目成诵，就不忘！张员外一看，这孩子真是那材料，他就和张老太太说："不行！这干垛子拴不住马，光认干儿子是白扯，咱把姑娘给他吧！"

正好这张员外有俩十来岁的姑娘，一个十二三岁，一个十岁。这小子也十来岁。张员外就想把大姑娘给这孩子，给他做媳妇。

老毛太太一听，说："那可不行啊，东家！俺们家穷得叮当，就剩这么一个小孩儿了，你把姑娘给他，那将来受罪能行吗？"

老张太太说："你不用害怕，俺们愿意给呀！俺们能悔心咋的？那问题你怕啥，也不用你愿意？"

老毛太太说："那俺也不愿意，俺们家穷得叮当的！"

老张太太说："没事儿！"就把姑娘给这孩子了。

一晃过去有几年多了，小孩儿也念了十来年书了，过去说"读书十年寒窗苦，金榜题名占鳌头"，到十年了得科考去。

这临科考以前，张员外就想，怎么的也得先让他俩结婚。他就说："你们先结婚吧，结了婚再去！"

这要结婚了，老毛太太那边说准备点啥，张员外说："不用准备彩礼，啥也不用，都是俺们的，俺们全陪送！你在家等着就行！"那还不算，他们又把老毛头家的院子收拾收拾，又给盖了新房。全陪送不说。

单表快结婚了，这大姑娘就找她爹妈说："我不能嫁给他！你们相中他这么出息，那么出息，那我也不能嫁给放牛的一个孩子，他爹放牛，这孩子能有出息？我也不能嫁给放牛娃啊，我说啥也不干！咱们家上千垧地，我能嫁给他？我出门儿，脸都丢不起！"这姑娘说啥也不干。她爹寻思他女儿就光说，到时候就好了。

这一结婚，粘包了，赖上了，姑娘说啥也不干。这小伙也二十，她也二十，俩人同岁。那边人家毛公子带着轿子娶媳妇来了，这边怎么说，她也不穿衣服。

她爹说："你呀，孩子，赶快穿衣服吧，你可别让你爹难心了，错不了，你去吧！我有这些土地，还能让你受罪？我有上千垧地，我也没儿子，你怕啥呢？"

这大姑娘说："我就不去，爱谁谁去！你相中，你去！"

这从半夜来的轿子到现在也没走,人也不能在那儿睡呀!那边说:"再不走,俺们就回去了!"张员外说:"别着急,姑娘穿衣服呢,稍收拾收拾,别着急!穿会儿衣裳,还得打扮呢,没擦脸抹粉呢!"就这么那么地白话。

这大姑娘,她爹妈怎么劝,她也不行,她爹妈说:"你这是逼我俩一死呀,你太不懂事儿了!"

后面她妹妹急了,说:"你呀,姐!你不应该呀,你看爹妈把我们拉扯这么大,现在为这事儿……这是好事儿,你怎么就不愿意呢?还非把咱爹逼得撞头去,撞死去啊!"

大姑娘抬头一看,说:"妹妹,你去!你说好,你去还不行嘛!我不抢你的位子,给你了!"

小女儿说:"给我?给我,我也没和人家订婚!要是爹妈把我许配他,那我就愿意,他穷我也愿意,我也甘心,也不能和爹妈这么着!"

她爹一听,说:"这孩子说话开朗,说话好听哪!"

张员外就过来对他这小女儿说:"孩子,假如说,我现在让你去替你姐出门,你去不去,你愿意去不?"

小女儿说:"这么办,爹你有话,我就去!"

她爹说:"那好,我愿意让你去!"

小女儿说:"那我愿意!"

她爹说:"好!"

她妈说:"你是我的好女儿啊!"就把她姐姐柜子里的衣服拿出来,连衣服带首饰都给她收拾上了。

这妹妹打扮上,收拾好,蒙上盖头,衣裳穿好了之后,这边就说:"好了,上轿吧!"这姐姐没走,妹妹就上轿了。

上轿以后,那边把人娶回去,这就把婚结了。

过了门,这妹妹跟毛公子俩人感情也处得不错。

但这妹妹有点儿啥缺点呢?头发稀,就像原野上豹子秃似的,但不那么秃,就是比一般的少,比一般的差一半儿。其实这妹妹长得还不错,就是头发稀!那时候讲青丝发嘛,但她那头发不太行,黄巴唧蔫的。

又过了几个月,这毛公子总寻思他这媳妇,说:"哪儿都挺好,可这头发咋这么

伍 生活故事

· 783 ·

稀呢，咋稀成那样儿呢？"他心里老这么寻思，但是夫妻俩处得感情不错，也没怎么着。

后来时间长了，夫妻俩一唠，这妹妹就说实话了，说："我不是你媳妇，我是替我姐姐出门。"这妹妹就把这话说出去了。

这毛公子还挺感谢她，就说："你这不错，你没瞧不起我，你自愿替你姐姐出门。"所以这毛公子就对她特别好了，不再瞧不起这媳妇了。因为什么呢？他说："你是我的知心人哪，你愿意来。"

从那以后，俩人在一起日子长了，这毛公子也该进京赶考了。

正好到大比之年，这毛公子要科考去，他媳妇帮他把行李、马匹全预备好了，这钱啊也预备好了！把他打扮好，媳妇说："你去吧！"

毛公子骑着高头大马，带着书童就走了。

这天正好走到离北京不远，到哪儿呢？正好走到一个大村庄，这大村庄有个店，店门口有个店主站着接人似的，这店主姓王。

这店主为啥在这儿接人呢？因为过去南来北往的客人，比如进京科考的公子、商人，这地方有的是。这店的王掌柜昨晚儿做了个梦，梦得还挺出奇，梦见啥呢？就梦见他家老人了。他家老人过去有钱，也有功名。他家老人就给他托梦来了，说："孩子，你这当掌柜的不行啊，你将来有大灾，这是神仙告诉我的，你准得进监狱呀！我说你得交几个人，要不你出不来呀！我告诉你交谁，就交毛解元。明天从你这儿过去，有个科考的，姓毛，他将来能考上解元，他最后还能考上状元，他能救你呀，你得交他，得好好对待他！"

这王掌柜的就问："是吗？"

他老的说："没差，他明儿就来，准到你这儿住！"

正好，现在这王掌柜在街上跟毛公子打听，问："你姓啥？"

他说："我姓毛。"

王掌柜说："正好，赶快到屋吧！"

这王掌柜对毛公子客气得邪乎，又给牵马，又给拽拴牲口的绳。把马拉进院里之后，这王掌柜就对他说："这么办，毛公子，咱们处个朋友，我跟你一见如故。你住店哪、花钱哪，我一分不要，都白送给你！"

毛公子一听，这真是好人哪！他就在那儿待下了。

"你准能考上！我前儿做了一个梦。"这王掌柜对毛公子说。

王掌柜又说："我家老人告诉我了，你呀，这回准能考上解元，最低能做一任知府，最后你能当个宰相。我家老人告诉我的，让我往亲地交往你，就和你明说了，我以后有难，你得帮我忙儿！"

毛公子说："那没事儿，我要能当了官儿就能帮你忙。"

王掌柜说："那好吧！"

毛公子在王掌柜的店里待了几天就走了。

他在道上走着，心里还特别高兴，说："好，这回我得考上！"

但他没事儿躺炕上，就老寻思，说："我这要是真当了状元，当了宰相了，我这老婆的头发太稀，黄巴唧蔫的，这带不出去呀！出去别人一看，你这夫人太砢碜了！"他又心里寻思："就这么办吧！我要考不上也就拉倒，考上之后就把她休了，休了以后，我再娶一个就行了。那媳妇有的是，还愁没有好的姑娘！"

可他到了北京，一考，落榜了。他之前那么一寻思，心就变动了，所以他就没考上。

他没考上之后，自己觉得砢碜，到人店里也不好住了，他自己就从人家店旁边过去了，也没在那儿住。后来他就回家了。

他到家又念了一年书，到一年头儿又来了。

来了之后，单表这个王掌柜的。这王掌柜又做了个梦，他家老人告诉他说："你赶快迎去，他今年又来考了。去年他没考上的原因就是因为他心坏了，想休了他媳妇，他媳妇有德，是个才女呀，他不应该这么寻思。你让他好好处媳妇，终有善报。这媳妇模样也好，还能改装，头发也还能好。你就和他说，你说'你上次没考上，你状元位子给人姓王的考去了，不用问，头名状元肯定姓王，你给人让位了，因为你心不正！'"

这毛公子又来了，王掌柜在街上正好看到他了，就说："到屋吧！"

他说："到屋也不行，你去年做的梦没灵，我没考上。"

王掌柜说："不是我梦不灵，你到屋喝酒，我跟你说说吧！"

俩人就到屋喝酒，王掌柜说："你的心哪，有些变迁了，我说你，你别不愿意啊。我这个老人哪，又来给我托梦了，说你应该中，但没中的原因是你心里打算休媳妇，你嫌你媳妇头发稀，你最后打算要再娶一个，所以上面一恼怒，就把你名儿让人换过去了。今年你别那样，准能考上。"

他一听，说："哎呀，对呀，我确实真寻思这事儿来着！"

这掌柜的说："绝对不能寻思别的！"

这回毛公子到北京，真的就考上头名状元了。这一考上之后，这官就大了，不用说。他这就回来了。

回来以后，他干了几年知府，又干了八府巡按。巡按干完之后，最后升他啥？升他做宰相，升他为毛相爷，毛宰相。

单说谁呢？单说他的大姨子，也找了人家，找的是当地有钱的人家，是个财主，是王凤公子，这公子是有钱，但是不干正事儿。俩人结婚以后，感情倒不错，但这公子是连耍带闹，连唬带扯的，没有几十年的工夫，也就一二十年，他就把家全糟蹋空了，最后连破房子都剩不下了。他俩就嘀咕，没办法呀，俩人就离婚了。

这一离婚，他大姨子就觉得没脸活了，就想喝药寻死。她爹妈也都没有了，这怎么办？后边儿别人就劝她，她说："我这么办，我就出家吧，因为我头一次就失去机会了，没嫁着老毛家，人要我，我还不愿意人家。这回我还活个啥劲儿，找也找不下相当的了。"所以她就出家了。她有点儿金银财宝，就带到庙里去了，她就在庙里当了个住持，收了几个徒弟。

正赶上这个毛大人回来之后，妹妹说："我男的回来了！"

这姐姐一听，说："我得看看去！"再一想，她磨不开脸，没法儿去，当初她不愿意，没嫁给人家呀！她就打发谁呢？打发这个小尼姑，说："你们去吧，替我看看去！"这小尼姑拿着一封信就去了。

这妹妹一看她姐姐拿来信了，心里挺高兴，就问毛大人怎么办。毛大人说："你看着办吧！"她说："好！"她就把彩缎啊、绸子啥的拿了两三匹，拿来之后，全都叠巴好，她就告诉小尼姑说："拿去吧！你给我姐姐带过去吧，让她留着！"这小尼姑拿着彩缎、绸子就回去了。

这小尼姑来的时候啥也没寻思，就寻思这妹妹能给拿两个钱，因为她们主要是缺钱，庙里钱不够花，她姐姐也没花的了。她就寻思能给拿百八十两银子，现在一看拿来的是彩缎，净拿来的是衣裳料。

这姐姐一看就不愿意了，说："妹妹你咋就想不到给拿点钱，你们这么大的宰相，有钱呀！"就跟小尼姑说，"给拿回去，不要这玩意儿！"这小尼姑又给送回去了。

送回去之后，这个毛宰相和她妹妹一看，就笑着说："哎呀，你（姐姐）真没有这命呀！"俩人边说边当着小尼姑的面打开了，一看，里面装着黄金，这黄金在衣裳料里夹着呢，能有百两。

这小尼姑一看就明白了，说："哎呀，俺们老师父没寻思这儿有黄金哪！"

毛宰相说："这么办吧，就把彩缎留下吧，她是不能穿这了。这么办，再加点儿，凑足一百两黄金给她拿去吧，让她自己留着过晚年生活吧。"这小尼姑就拿回去了。

小尼姑拿回去之后，这姐姐就对天说："天哪，这就是命哪！我没有做夫人的命哪！这还不错，借妹妹的光，我现在还能过得去！"

搁这么就说人这玩意儿，一辈子还得做好事儿，做坏事儿不行。

这姐妹易嫁就是搁这儿说的。这姐姐没这命，妹妹有这命，这妹妹真就当上夫人了，最后也打腰了。

最后，这个店掌柜真的摊上事儿了。他摊啥事儿了？他误杀人命。有人在他店里住店当中，就死屋里了，人家说是他打死的，这就把他告到县衙，抓起来了，还要判刑啥的。

后面毛宰相一听，这人屈呀！后儿就给他判了，说他是负屈，不是真事儿，那人死是应该死，不过死的地方不对。毛宰相给打点打点之后，就把店主给救出来了。

王掌柜说："这梦说得真准！"

从那以后，这毛公子也得王掌柜的利了，这王掌柜也把毛公子捧起来了。

要不说这就像先到似的，你看这张员外先是听到人在坟茔撵他，这也是一段事儿。这就是人应该先知道他应该得的事儿，福祉和祸事儿都是应该先来的事儿。

借女吊孝

过去都是从小定亲，因为双方家庭关系好，所以从小就把亲事给定了。

有这么个王老员外，老头这一辈子！没有儿子，就一个女儿，女儿叫王美容。他家有这个百八十垧田地，底下还雇的人，家里有钱，过得挺不错的。这姑娘从四五岁就订人家了，给北屯的人了，北屯也不太远，有七八里地。北屯有个张安虎，这个张老员外有三个儿子，大的、二的都娶媳妇儿了，就剩个小的还没娶媳妇儿。老王家就把王美容给张家这个老儿子了，老儿子叫张宝同，还是个念书的学生，小孩儿长得好，还精明。订的时候才四五岁，长大以后谁也没见过谁。

一晃都多大了呢？他们都有十八九岁了。单说这个王美容！她就不行了，她到八九岁的时候，出了天花，落得一脸麻子，本来长得不像样，又造得鼻涕拉磋的，就是长得一点样儿没有。这个老员外一看，就担心，说："能不能人家最后再有别的心呢？再不要这个订的媳妇儿。"他害怕也没办法！就这么的吧！就这么糊弄着过。

单表人家老张家。张宝同他的奶奶死了，奶奶死之后，就有人出主意了。这个张宝同有一个叔伯叔叔，是卖豆腐出身，老上这块儿来卖豆腐，他认得这个姑娘，当时就告诉他这个叔伯哥哥张员外了，说："张员外大哥，我可不太爱管闲事儿呀！我侄儿呀！别看他从小定的亲，那娃娃亲定得都不错，两家都挺好啊！但我这个侄媳妇儿太不像样儿了，她一出门是一帮护兵！跟着'嗡嗡嗡'的，净绿豆蝇子跟着啊！她脑袋净疮，净疮不说还有一脸的麻子，埋汰得邪乎，造得不像样，小眼睛不大，出门还绿豆蝇子保驾，'嗡嗡'苍蝇不离，那我侄儿能要她？你说，干脆取消了这门亲事算了！"

张员外说："不能啊！"

叔伯弟弟说："不能？不能这么办，我有办法。这老太太不死了嘛！奶奶死了就让她吊孝。没过门的姑娘，让那孙媳妇儿陪她奶奶，给她奶奶吊孝。吊孝不来不行啊！她必须得来，她来以后，你不就看着了嘛！要不你能随便看吗？"

他说："对呀！"

这请帖就送去了。老员外这边就明示，说："是我妈死了，这不是嘛。现在这边，打算叫她陪他守孝去，孙子陪灵没有孙子媳妇儿，虽然没结婚，也有孙媳妇儿之分，也得送送奶奶。要求王美容亲自到这旮儿陪灵来，这边把孝衫、孝服、红袄都预备了。"

这边王员外说："好吧！"

这边张员外都预备好了，孝衣是一色白的，让她也换的一色红袄，再戴上孝，没结婚得穿红衣服回家，这是规矩，人家都知道。

单表老王家这边，这老王员外一看，就直眼了："哎呀！这可糟了，这样哪能去得了呢？人前人后的，到那儿一瞅，你说这当时不就完了吗？不去还要黄，不去的意思像瞧不起别人似的，也说不过去呀！所以非得去不行呀！"

到晚间之后，这老王员外就骂老伴："你呀你呀！完蛋！生这个丑丫头，怎么办？你说，怎么生出这样出不去台的？"

老伴说："你也不能怨我，我也不是野来的，不是你种的嘛！"

这俩人就干起来了，姑娘一看也没办法，说也说不了了，姑娘她不傻，不傻是不傻，但长得不像样啊！那有啥办法。

后来老太太说："这么办吧，咱们有个侄女嘛！"这个老王头有个叔伯兄弟，在傍拉住，家里挺穷，在早儿老王家没少周济他家，他那丫头可好啊！是个十八九岁的丫头了。"这个小英子挺好，就把她借去得了，叫她去吊吊孝，吊完孝再回来，等结婚时候咱姑娘再去，不就应付过去了吗？"

王员外说："那也行啊！反正也不结婚，可也行，那就去说说吧！"

她就跑那儿找去了。找来之后，这老太太说："英子啊！没别的事，你姐她婆家奶奶死了，现在叫陪灵守孝去，你说她那样能去得了吗？你说怎么办呢？没有办法，我想让你替她去。去这一趟陪陪灵，也就两天就回来了，回来以后，你该怎么还怎么的，一样找人家也不晚，你不也没找人家呢！"

英子说："大娘啊！世上借粮、借钱的有的是啊！哪有借人家姑娘吊孝的呢？这事情我可没听说。"

老太太说："孩子，你别说别的，不让你白去。大娘合计好了，你们家困难得没办法，生活都是问题，这求那借都难。你看，你现在这不是个机会吗？你吊一回孝啊！我给你三垧好地，我们家上百垧田地，也不差这点儿。我们也照顾你们家，这最后家中有事，还得来找你帮忙啊！"

英子一听，三垧好地，那可真值钱呢！有地那就是钱！说："那我回家和我妈我爹合计合计，看他们愿不愿意。"

老太太说："不管怎么的，你得把大娘这事给周济过去，你要不去啊，你姐就完了。"

英子说："那行啊！"

这小英子就回家了。跟她爹妈一说，她爹就来劲了："干啥？看俺们穷啊！叫俺们给吊孝去，这算是什么事？哪有借姑娘吊孝的？！借钱、借米的有的是，还没有借姑娘的。"

伍 生活故事 ·789·

小英子说:"不白借,我愿意去,我都应了。他们给三垧好地,先把地拿回来,得让他们写出文书。"

英子爹说:"好吧!"

这一说,她妈看这女儿铁了心愿意去,也是为了这个家,说:"好吧!把他们找来。"

这就把老王头找来了。把王员外找来一唠扯,英子爹说:"那行,大哥,你让她吊孝行,你别光说,你得把地的文书写了,钱得拿回来。"

王员外说:"这么办!我给你一百两银子,另外三垧好地。"当时就把文书写出来了,"三垧好地,就属于给你们的,当初咱们老家分家之后,你们困难,我就给你三垧好地。"另外给一百银子,这都拿过来了。

英子爹说:"那好吧!行了。"

第二天,这小英子就打扮上了,老王家有钱哪!给买的好衣服,全收拾好了,这姑娘打扮得像样,因为她长得好看,你别看这小英子是穷人家姑娘,长得好!

他们套上大车就去了,这老王太太和老王头都去了。到那儿一进堡子,大伙儿都知道这事了,说:"走!走!看看这豆腐匠说的是真是假。"别人都以为他这个做豆腐的叔叔说得不准。进堡一下车,大伙儿一看:"不对呀!这多好的姑娘,人家王员外哪有他说的那样的姑娘,还说是头包绿豆蝇子,你看这多漂亮,长得多好!人家长得如花似玉的。"

这张宝同一看,也乐意了,这姑娘不错!

吊上孝之后,到晚间了,张员外找到豆腐匠,一问怎么回事儿,豆腐匠说:"大哥,你别不信我话,我不能坑我侄儿,咱们虽说搁这是不太近乎,但也是我叔伯侄儿啊!这姑娘肯定不是他家的,我知道他有个叔伯兄弟,在他家傍拉住,也姓张,这个姑娘叫小英子,我卖豆腐那姑娘她买过,那时候瞅着她没穿好衣服,穿得一般,可小姑娘挺精神的,瞅着挺不错。这就是那姑娘,准是!她准是借来的。"

老张说:"那怎么办呢?"

大伙儿一合计,"这么办吧!不借来的吗?装着来吧!干脆就结婚,这工夫就结婚,看他怎么办。"

老张说:"好!"

到晚间之后,老张说:"员外啊!咱们看透了,趁着这老太太死了,咱们也冲冲喜，我看就给宝同他俩完婚算了，趁这回人也多，咱俩省得动第二回了，叫他俩结婚。以后我这个家有个人照顾了，你们有事也得利，姑爷帮帮你忙去，咱双方都得利。"

老王太太说："那可不行啊！俺们这姑娘没到岁呢！"

老张说："这都十八九岁了，那岁数到了啊！还差啥岁数呀？俺家活儿也不多。"

大伙儿人多，这个说结婚，那个说结婚，弄得老王头儿没章程了，老王头儿一听："这结婚就结婚呗！这结婚之后过两天咱们再换呗！那有啥办法。"

老王太太说："好吧！咱们也不露名。"偷偷告诉小英子："你别露名，结婚之后，不让你吃亏，还给你三垧地，我回去就给你，不让你白在这儿结回婚，完再把你换回来。"

小英子说："好！"小英子心里就寻思上事儿了。

到晚间真就把天地拜了，女婿一看姑娘长得好看，俩人就笑着进屋了。拜完天地，得入洞房！入洞房的工夫，这姑娘想好怎么办了，就告诉他，说："晚间了，你得给我扛点水去，我劳烦劳烦你。"

张宝同说："那行！"

张宝同扛水的工夫，她把门就插上了，回来就不让他进屋。宝同说："为啥不让进屋呢？"

小英子说："不行，你把你爹妈都请来，我再让你进屋。"

他们都来了，站门外头，小英子说话了："两位大人，我跟你们说实话，我现在不是你们的儿媳妇儿，我叫小英子，我是她叔伯妹妹，我姐姐她现在有毛病，这两天没来上，我替她来的，你说和你结婚之后，我能和你同床共枕睡觉吗？如果你家真要我这个儿媳妇儿，也行，那咱得说明白，那你跟我这穷人订，我也甘心，我啥也没有，我也不是不嫁给宝同，我也愿意。但你们得说明白，别一发现弄错了之后，把我打发回去，那我图意些啥呢？"

老头一听，说："这么办！姑娘，你就是俺们的儿媳妇儿了，别的啥也不用说了，还别说王员外的女儿，她就算长得如花似玉，我们也不要她了。俺们就要你了，你就把门开开吧！"

所以小英子把门开开之后，这回妥了，宝同才到屋里，俩人同床共枕了，真成个男女了。完到第三天回去之后，这老王家两口子抱着哭一场！老王头儿说："他妈，你说这姑娘,咱这是替人家陪送啊!"你看着帮人家把姑娘陪送出去了,还捞了个好人家,这不是嘛!

这"抵龙换凤"没换下来,还真正给人家做门好亲戚。所以嘛!这小英子替她姐出门了,倒真正摊了个好女婿和好家庭。所以说这"借女吊孝",变成真的了。

金家坟聂家看

这个金家坟在哪儿呢?在石佛寺南边儿,这个坟茔是不小的一大坟茔。过去说老金家是吏部天官,看坟的姓聂,那是个奴才,给人家老金家看坟,没日没夜地在那儿待着。

这老金家不是在辽河嘛,原来这辽河是从石佛寺南边儿过去的,搁俺们这儿过去的。这金家坟原来在河北,后来辽河改道,这一冲怎么的呢?石佛寺跑到河北去了,把金家坟留在河南了。这坟还没冲,怎么回事儿?因为这坟在山上埋的,就在石佛寺山南山坡高的地方埋的那么大个坟茔。

这坟茔冲来以后,都是有宝有财的。有两个大石狮子,有两个大碑,两个大王八驮着碑。这到夏天的时候,孟家台就瞅着这碑的两个眼睛犯火亮。孟家台就是不得过,老穷了。他后来就把这碑一个眼睛扎瞎了,就扎瞎一个碑。最后这石碑哪儿去了呢?以后一年一年的时间长了,后来经过解放以后,就把它们都推倒了。现在都在那石佛寺山保存着呢,山上有一个地方,各种石碑、古器的东西都在那儿搁着。

就讲这看坟的老聂家,老聂家那个时候怎么办呢?因为这老金家是一年一来,来的时候那动静大。坐小车,带着姑娘媳妇来的。那老聂头,都六七十岁了,都得跪下、趴着,人家都是蹬着他肩膀子下车。上车也是蹬着他肩膀子上车,踩着他后背,都是那样恭敬着人家。

到最后,一看这清朝垮了,成民国了,这老聂家就改名了,不姓聂了,姓王,改名叫王道宽。要不咋说这"金家坟聂家看,更名改姓王道宽"呢!这老金家回来找不着老聂家了,没人了,不知道哪儿去了。其实是改名了,叫王道宽。

就这样,经过国民党也好,什么也好,怎么挖也没挖出真坟。这坟埋的有几十个坟头，就没有，就没找着。后来大伙儿一考虑，它原来高，在城南边儿，是不是在城里边儿呢？离这儿一二里地，那肯定有！那时候金家坟就是多，在过去那时候，也不是没起过，也起出一两个来了。那榃膛坟起开之后，东西都被警察局给拿走了，那里边停着的东西都有，就是这么个故事。

酒鬼

有这么一个老头，专好喝酒，那酒喝得要命啊！

他有个女儿，对他不错，不愿意让他那么喝，说："你越喝越多，喝那么多有啥好处啊？你啊！"

他女儿没办法，就劝她爹说："爹啊，你不能常喝酒，酒能误事。酒本来是有妨碍的东西，错事全赖酒啊！伤心后悔是怨酒，得病也怨酒，凡是伤及天下的事都因酒啊！爹啊，你别喝酒！"

他一看，说："好！女儿说话我知道。女儿说这话，是怕我多喝酒啊！我也知道女儿是好心肠。女儿说话是真实诚！"

他就说："今后啊，我这么办。今天喝八升，明天喝一斗啊！多喝二升是因为什么呢？女儿虽然不让我喝，但我不能不喝啊！"

女儿一看，说："爹啊，爹啊，你这酒是没办法戒了。"

他爹就说："不啊，我啊不为别的。我告诉你，我死了以后，你不用买棺材，你就把我往酒篓子一装就行。用酒篓装埋了之后，我到里头还能得个酒。你到那儿上坟填土的时候，不用买纸钱，你多买几个酒盅，就多买几个酒盅预备在那儿就行。我使完这个使那个。"他爹的意思是说，你多咱就别离酒，就酒壶啊，酒盖儿，酒篓子都预备点儿！都给我陪葬里头，我好喝酒。

女儿一看，就哭了，说："爹啊，到老了也没离开酒啊！你将来就得死在酒壶里头！"

他爹哈哈大笑说："好！我要是死在酒壶里头，我变个酒鬼的话，那就留下美名了！这喝酒的人都得感谢我！"

伍　生活故事

"酒鬼"的来历

有个人最爱喝酒,那喝得邪乎!他家过得不错,有个媳妇儿,媳妇儿也劝他别喝了,但谁也劝不了,他逮着酒就没头儿!一天哪儿也不去,穿的也不像样,就是喝酒,可劲儿地喝。

这天他爹就急了:"儿子啊,咱都念书人,我劝你别喝了,劝儿少饮朦胧酒,只见你衣服穿在身,有朝一日人前站,又显衣裳又显人!"因为啥呢?省下买酒钱可以多买件衣裳穿,何必喝那玩意儿呢?

他就笑了:"爹,你说得不对,劝父多饮朦胧酒,少件衣服穿在身,有朝一日阎王叫,不叫衣裳光叫人!"意思是:衣裳净白扯,是给别人扔下的,死了也带不去呀!

他爹一看,来劲儿了:"你还有说道!"又告诉他儿媳妇说,"你过去,躲开,好让大伙儿给我绑着他!"

他说:"不用绑,你就说怎么办吧,打我也不动手!"

"不绑也行!"他爹说,"好!把他扔酒瓮里!"

这家有钱,有个大酒瓮,什么酒瓮?就是大酒箱子,像大立衣柜似的那么高,能装几百斤、上千斤酒。那酒瓮上边有一个四方盖儿,大伙儿揭开之后,一下就把他按酒里头了,完又把上边儿的盖子盖上了,但他没被盖太满,露个嘴,虽然噙不着也能喝着。他就搁这酒瓮里泡上了。

他爹说:"这么办,把那封条拿来,我要贴上封条,谁也别打开!"又告诉他儿媳妇,"你要打开我就处理你!"这大封条就给贴上了。

贴上封条了,他爹说:"把大磨拿来!"大伙儿就整俩大磨压着他了。

哎呀,这一压,儿媳妇就哭了:"爹啊,爹啊,那怎么办呢?"

他爹说:"不用管,不管怎的,你打开就不行!"他爹就赌气走了。

媳妇儿就哭了,说啥呢?"爹爹说话你不听,把你扔进酒瓮中,夫妻要能再相会,除非山河在梦中!"他俩人就哭起来了。

他一看他媳妇儿哭了心就软了:"贤妻你不用哭,劝妻莫要心伤怀,瓮上封条别揭开,贤妻要有夫妻义,给我送点儿酒菜来!"意思是我这喝酒没有菜。

媳妇儿一听，说："滚蛋，呛死你！还在这儿喝！还要酒菜？你不成酒鬼了？！"

他说："成酒鬼我也爱喝，我就爱喝酒！"

媳妇儿说："滚蛋，你个酒鬼！"

从那以后，"酒鬼"叫出来名儿了，大伙儿叫"酒鬼""酒鬼"，就是这么出来的名。

酒后不哈腰

有一个好喝酒的人，他多咱是不醉不拉倒。

这天正赶上人家请客，他就去了。到那儿喝得太多了，稍微一哈腰，酒"哇"一下就吐出来了。他女儿就说他："你呀，少喝点儿好不好，何必喝那么多呢？"

他说："不，我不哈腰不就没事嘛！"

正好走到半道上，他的礼帽"喷儿"就让风刮掉地下了。他不敢捡哪，一哈腰就吐酒，就寻思："找谁帮我捡一下呢？"这工夫正好一女的过来了，这女的怀孕了，大肚罗锅地就走到这旮旯了。他就喊："大妹妹呀，我求你，你把这帽子给我捡起来，我肚子不行，哈不了腰啊！"

正赶上这女的男人从傍拉走过来了，男的说话了："你瞎啊，你看她这肚子能哈腰吗？"

他说："啊，你也喝醉了，喝那么大肚子。"

女的说："滚蛋！"

他说："咱这地方不是有这个说法嘛，真这样，你喝醉，我喝醉，咱俩就不哈腰啊，'酒后不哈腰'嘛！"

男的说："你给我滚蛋，别在这儿忽悠。"到那儿给他一脚。

这一脚下去，他把酒"哇哇"吐出来了，他就说："你早给我一脚啊，早就明白了！"

异文：酒后不哈腰

过去说"酒后不哈腰"，是怎么个意思呢？

有个醉鬼，不管谁家大事小情，他到那儿非喝醉不行，不醉不休。要是明天早上有办事情的，今儿白天别人就不敢留他；要是头一天晚上留他，那他头一天晚上饭都不吃，第二天早上一准儿光喝酒去。所以吃完下晚饭一早上现找他，他还能喝得少点。这么好喝酒，喝酒还不吃多少菜，光喝酒。

这天，他上人家喝酒去了，喝得特别多。他心寻思："我今天得多吃点儿菜，要不老这样不吃菜光喝酒也不行，太稀。"他就连吃带喝灌得满满的，最后吃到嗓子眼儿了，一哈腰都能吐出来，就那么多。像口袋嘴装满了似的，还不像口袋嘴儿能扎，这嗓子还不能扎。

他喝完就走了，自己拿手绢不是擦嘴，是堵嘴，怕淌出来。走半道上正赶上一阵风"飕"一下把戴的礼帽刮掉地下了，不捡吧，觉得可惜；捡吧，哈不下腰，那非吐不行，呛不住。正赶那边来个女的，这女的怀揣六甲，眼瞅着就要生了，人家找助产士，那肚子大得邪乎，本来就哈不下腰，那双身能哈下腰吗？

他还挺客气，说："这位大妹妹，我求你，你把帽子递我吧。我这确实酒喝多了，哈不下腰，递给我吧。"

女的一看，说："你瞅不着啊，我啥样哪，你可以拍胸脯子，你意思你哈不了腰，那我能哈腰吗？"

他说："啊，原来你也喝醉了。"

这女的说："滚蛋！"

他说："这要不你为啥不能哈腰呢？"

后来大伙儿一哄，他到跟前儿一看，"啊"，这算知道了。这不，俩人哈哈大笑，各走各道回家了。

举人对二妻

有个举人,也就三四十岁,他媳妇儿也三十多岁了,但没孩子。

举人一考虑,说:"我得再娶个媳妇儿!"他就又娶了个小老婆。小老婆年轻,二十来岁,挺得宠。娶没有一年多,就生个小子,这个小老婆就更得宠了,举人也就和小老婆挺近便。

这天,正好菜炒好了,酒也上来了,这举人就说:"这么办吧,咱们好好喝一回吧!"

大老婆说:"这么办,喝是喝,我得先给你说个酒令儿。"

举人说:"说吧!"

大老婆就说了:"壶中有酒,桌上有鸡,这自古以来是一夫一妻!"

哎呀?!这小老婆一看,心寻思:"你这是碰我呢!你看还'一夫一妻',不是你不生孩子才娶的我吗?你还'一夫一妻',还讽我?"她就说了:"好吧,我也说一个!"

这个举人说:"你也说一个吧!"

小老婆也说了:"壶中有酒,桌上有果,只因你不生,他才娶了我!"

这个举人一看:这俩媳妇儿是要争口啊!他急速说了:"咳!我给你说一个,你别说了!壶中有酒,桌上有菜,二位夫人我是一样相待,别说别的了!"

这俩人哈哈大笑,都躺举人身上了。

异文:举人巧化大小老婆矛盾

有这么一个举人,他自己原先有个老婆。那时候看自己有钱有势,就又娶了个小老婆。但娶的时候,大老婆不太同意。娶完了,大老婆就吃醋,她能愿意吗?但不愿意也没办法,她拦不了,所以就一直不太高兴。

娶完之后,一个五月节,酒也摆好了,菜也摆好了,他们仨都在桌上吃饭,说是欢乐欢乐,好好喝一场子。

举人先说话了:"这么着,咱们得说个酒令儿,必须得说桌上的菜和壶里的酒。"

"我先说！"大老婆就说，"葫芦有酒，桌上有鸡；自古以来，一夫一妻！"

小老婆一合计，"哎呀，你这碰我呢！"她就说："咳，我也说！"

举人说："说吧。"

小老婆说："葫芦有酒，桌上有果；因你不生，他才娶我！"

举人一看，她俩嘀咕起来了，就说："咳，我说一个吧。你俩听听，别着急。'葫芦有酒，桌上有菜；一样夫妻，一样相待。'"

举人说完，这俩媳妇都哈哈笑了，一样相待就行！

看坟茔地

就是过去看坟茔地，都得请资深的风水先生，有两下子的才去看。

这回这个故事是讲啥呢？有这么一个王大懒，他十六七岁，从小时候就干大人的活儿，后来看挣不了多少钱，就想干点儿别的。

这天他就遇到一个看坟茔地的老先生，这个老先生是一个大师，知名的人啊。另外，原来也是当过官，后来就看坟茔地了。王大懒就上那儿去了，就哀咕他，恳求他了，说："你教教我吧，要不我这啥也不会。"就给人家跪下了。

老先生说："这么办吧，我收你做徒弟了，你就跟我走吧。"

王大懒就开始学，一学就学了一年。一般的都能看得差不多了，他也都明白了。

这天老先生就告诉他这个徒儿，就提议说："你自己去看看，看看能不能自己找活儿，能不能看好？"

这王大懒就说："行。"他就出来看了。

这天正好有一家人家儿死人，坟茔地没人看，王大懒就赶到了。大家都以为他是先生，一看，王大懒岁数不太大，二十多岁，有点不放心。

王大懒就说："我师父可是出名的。"一提谁谁谁是他师父，他师父挺有名，名气高，过去当过知府，告老还乡自悟的看坟茔地。

他们说："那好吧，给看看吧。"

王大懒一看，走遍了全面的地，上百垧地，他也没相中。就相中一个北山坡上，就是北山往南那旮旯儿。

王大懒瞅着挺好，就说："这个旮旯儿真是不错，就在这儿吧。这是一个兔儿地[1]，在这儿的话，你家就能出大官儿。"

王大懒看上了，也看完了。地看完了，坟埋上以后，人都回家了。一早晨起来埋坟的时候，王大懒的师父就赶到了。

师父怕他出门出差，就特意暗中跟着走一走。师父到那一看说："哎呀！这个坟茔地看得不咋高啊！是不是我徒弟看的？我就听说这有一个小孩儿看坟茔地，看是不是他？"

师父就围着这儿，走了几圈儿，一看，说："这坟茔地看得水平不咋高！这是个跑兔地啊，兔儿地是兔儿地，但是跑兔儿啊！没有窝线，这兔子没有窝儿，是撅腚在那儿站着呢。这兔跑了不是白扯嘛！这坟茔怎么能算是好的呢？"心里想："这个小孩儿不行，我得看看他去。"他就去了。

到看坟的人家，师父一提，说："我到这儿来，是找我徒弟来了。"

人家就问："你徒弟是谁？"

师父说："我徒弟是看坟茔地的。"

人家说："那好吧。"就把他让到屋里去了。

王大懒一看他师父来了，给他师父行了个礼，说："师父你来了。"

师父把他叫旁边了，说："徒儿，你说你看的这个坟茔地是什么地啊？"

王大懒说："师父，地是好地，是兔儿地。"

师父说："兔儿地？你看是跑兔儿是卧兔儿啊？"

王大懒说："是个卧兔儿。"

师父说："这地怎么能是卧兔儿呢？腿还没被窝压着呢？"

王大懒说："师父，你没看着啊！那是跑兔儿地啊！但是今天我专门叫一个娄金狗[2]过来转三圈，能穴住！我知道你今天非得来不可，我知道师父你是娄金狗，凡事

---

1 兔儿地：民间有俗语，兔子不拉屎的地儿，指的是不好的地，不适宜种地的地方。这里也指贫瘠的地方。
2 娄金狗：属金，为狗。中国神话中的二十八宿之一，为西方第二宿。缘于中国人民对远古的星辰自然崇拜，是古代中国神话和天文学结合的产物。娄，同"屡"，有聚众的含义，也有牧养众畜以供祭祀的意思，故娄宿多吉。娄宿之星吉庆多，婚姻祭祀主荣华，开门放水用此日，三年之内主官班。未从官，季神也，娄星神主之。季神十三人，姓竺，名远来。衣流荧单衣，娄星神主之。上治太一君，下治平盖山。

伍 生活故事

都知道,当过知府大人。你到了那儿,你不能不瞅!你转三圈,就给穴住了。"

师父说:"好!你小子真够水平,知道我来!你看坟茔地,今后我是说的没有。"

后来这东家一听,这个小子看的坟地了不得,知道他师父来。这个地方也果然不错,他也发财了,过好了。

看下部

有弟兄两个处得挺近便,原来是同学,后来是磕头弟兄。这老大挺文明,老二也挺文明,俩人处得都不错。

这天正好老大来了,就和老二说:"你看我吧,待不住,确实也寂寞得邪乎,有什么书给我找一本?"

老二说:"有,有,我这儿有书。"给他拿一本什么呢,拿一本《三国》,上下集,这兄弟媳妇就把上集递给他了。他拿着就回去了。

他待了些日子看完了,就回来送这本书,这当中就一句话说错了。

他把书撂那儿了,兄弟媳妇一看大哥来了,挺高兴,说:"这么办,预备点饭吧。"这就预备点饭、喝点酒,酒喝完之后那是夏天的时候,兄弟媳妇就过来了,给他装袋烟。

装完之后他就说了:"弟妹呀,我现在在家还挺寂寞,还待不住,你能不能把下部给我看一看。"

兄弟媳妇一听,"哎呀,要看我下部!"转身滴溜就过去了,到那儿就喊:"你这大哥呀,赶快打发走,哪儿有看兄弟媳妇下部的?"他这一听他自己说话让两口子吵吵起来了,他转身就走了。

后来兄弟就问他:"到底怎么回事呢,你呀?"

他说:"我看下部书,书没说出来她就走了,我能看兄弟媳妇下部吗?"

你看,这就是个误会。

康百万比不上李八沟

这个康百万在那时候是最有钱的人，在当地，他那是百万富翁，家有上百万。

他有一个女儿，这女儿不好找人家，找高的不成，低的不就，给她找哪个，姑娘也不太愿意，就是不好找。另外，康百万想找个啥样儿的呢？他老寻思这人家得敌上他这家当才行，没他这家这么有钱他还不给女儿。但谁都还敌不上，没他那么大的财主，他还不图功名，就图钱大。所以这女婿一直找不上。

他有一个至好的朋友，是个老道，这老道到他家串门来了，他一合计，就提起来了："道兄，这可怎么办？你侄女的婚哪，太迟延了！到了岁数都找不出去。"

老道说："你不是找不出去，是你心太高了。"

康百万说："那怎么办呢？"

老道说："有个办法，我看，就听天由命吧！"

康百万说："怎么做呢？"

老道说："你信我的话，这么办，你就把毛驴一备，备上之后，你搁家人看着，你们家有银子嘛！就把银子和金子装上，这边驮银子，那边驮金子，每边袋子里装上几块。装完之后，把这毛驴给赶着，赶着但让它自己走，你在后头，就看它往哪边去，你就往哪跟着。搁几个家人围着，走到深山老林也好，到哪儿也好，直到它停哪家不走了，你就把姑娘给那家，就认命吧！他穷也好，富也好，进大院就做大院的媳妇儿，进小院就做小院的媳妇儿，听天由命吧！"

康百万说："可以，就这么办。"

姑娘也同意，说："这么办吧！试验试验，看我命啥样。"

这把毛驴和鞍都备好了，也不骑着它，就让它两边驮着银子，一堆儿驮十块八块的，驮有二百两银子，十一二两黄金，就走了。这毛驴也出奇呀！从康百万家出去以后，经过大堡子、小堡子，走了十来个堡子也不站，就一直往前走。

康百万家人说："这家伙上哪去呢？看你多咱走乏再说。"

这毛驴儿整走这一天一宿，到第二天早上起来，吃完早饭的时候，走这个山沟儿里去了。他们到山沟儿一看，那个大山沟子老大了，是一个净沟子没人家的地方，到那儿之后，一上坡这毛驴"喷儿"站下了，不走了。

他们说:"你怎么不走了?"打它它也不走了。一看,沟子上边有个小房,小破瓦子房不大。这驴就直接奔小房去了,进院之后,这毛驴到这儿就要人家栅子上那树叶吃。康百万家人一看,不用问哪,这姑娘就得给这儿了,那老道说得好嘛!他们到屋一看,就一个老太太,说:"你们家净什么人呢?"

老太太说:"我有个儿子,外面人叫他李八沟,他也没有名,俺们住的这地方转圈儿有八个沟,俺们姓李,所以就管他叫李八沟,是按这地名起的,他天天打柴火。你们干什么的?"

康家说:"俺们是保媒的,给你儿子送媳妇儿来了。"

老太太说:"俺们这地方这么穷,还能订起媳妇儿?"

康家说:"你看,这还是有钱的媳妇儿哪!康百万的女儿。"

老太太知道康百万的名儿,说:"哎呀!康百万不是最有钱的?康百万,听说过嘛!"

康家说:"对啊!是他,这不是嘛!定礼都拿来了,给你先拿钱来,人家把陪送钱都拿来了。"

康家人就把金银搬屋来了,放到炕梢上,连银子带金子,金子那玩意儿小,一块块的金疙瘩不多,银子块大,叮当的,都扔炕上了。扔完以后,说:"这么办吧!过几天我们再来。"

人家就回去了。这会儿她儿子回来了,回来以后,老太太说:"正好,你回来了,给你订媳妇儿了。"

李八沟说:"订啥媳妇儿呀?"

老太太把怎来怎去一说:"有个康百万,人家现在也不知道怎么认得你了,也不知怎么回事儿,就相中你了。刚才到这儿来了,人家把订金都拿来了,你看着这银子没有?这白花花的银子多好,咱都没看过这银子,我小时候看过,但咱就花铜子儿,因为咱没这个大钱。"

儿子拨拉着一看,说:"咳!这值啥钱?北边那沟里有的是呀!那里不都是这玩意儿。"

老太太说:"能是吗?"

儿子说:"可不是!我没见过不知道,你看看去,妈咱拿一两块去比比。"

娘俩就去了。到那儿一比,一点儿不差,那沟全都是!他妈说:"哎呀!这可了不得,这么些银子,你早不说呢?"

儿子说:"我也不认得这玩意儿啊!还早说啥?"

第三天,人家康百万家来人了,骑着马到这儿,姑娘也到这儿看看。

老太太说:"你们不用拿银子了,你看俺们这银子有的是呀!那沟里全都是。"

康百万说:"能吗?"到那儿一看,真是啊!这一瞅之后,那一点儿不差。他说,"这么办,你们结婚吧!"

这结婚的时候,康百万打个唉声,一瞅这沟里,银子太多了,说:"我康百万是不敌李八沟啊!还是你李八沟银子多,这八个沟都是银子!"

从那以后,康百万就把女儿给他了。

磕巴捡豆腐

这故事有点像讽刺故事似的,说这人哪,都有不全的地方,也难啊!

有这么一家是磕巴,家过得还不错,娶了个媳妇儿。娶媳妇儿,媳妇儿就说:"你呀,这磕巴耽误老事儿了!"

他磕磕巴巴地说:"耽误啥事儿了?哪回我也没吃亏。"媳妇儿说他,他还不服。

这天,正好来了个卖豆腐的,媳妇说:"你捡点豆腐去吧!"他一看就摸个盆去了。媳妇儿告诉他捡多少,"捡两块,一人一块就够用。"

他说:"拿碗装不下,拿个大盆怕啥的,咱也不多捡。"

磕磕巴巴地就去了,到那儿之后他说:"捡,捡豆腐。"捡豆腐的一看,拿大盆来了,卖豆腐的高兴,肯定捡得多啊!就往里搁了一块,他说:"捡,捡……",他说捡两块就得了,可这"两块"说不出来,就"捡,捡……"卖豆腐的就噼里啪啦地捡,噼里啪啦地捡。

捡了半天,他一看这一盘豆腐捡得没多少了都,他这一盆都干一盘了,他一拍大腿,磕磕巴巴地说:"捡两块!"

卖豆腐的说:"这怨不得我,你不说两块我咋知道?你说'捡,捡',我就一直捡呗!"一看全压碎了,那就端回去吧!

这么的，回去媳妇说："你看，你看，你这是给办的什么事儿？"自己也窝点儿火，真憋气！捡了这些个豆腐，不说了。

过了几天，他媳妇儿一看，你这个磕巴耽误老事儿了，他还不服气。正好两口子夹樟子[1]，媳妇儿在外边儿，他在里边儿，夹完之后，俩人就往一块儿拧。他这一回头，一下子没注意到，就把手指头夹住了，没拿出来，就勒住了。这时候媳妇也勒，他就喊："勒，勒……"意思是说"勒手了"，可说不出来，就"勒，勒……"他媳妇儿可劲儿勒。他就"勒，勒……还勒！"媳妇合计，还勒呢？一看：哎呀！哭了，怎么的了？说："勒手了，还勒，都勒出血了！"

要不怎么说这磕巴耽误事儿呢！这磕巴捡豆腐，磕巴夹樟子讲的就是这段儿。

空城计失灵

有这么一家，老头家日子过得还不错。虽然不是员外，家里也有好几垧地，他有好几个儿子。这个老头儿爱看古书，没事爱看《三国》，把《三国》看得通熟。他对诸葛亮特别熟，什么摆兵布阵哪，他就寻思：诸葛亮咋这么能耐呢，他是真行啊这玩意儿你看打哪轱辘仗，让哪轱辘赢，哪轱辘都行，最好看的还是空城计。你看就诸葛亮一个人在那儿抚琴，司马懿那么一个大将，带着好几万兵就没敢进城。他怕进去诸葛亮就把他抓住了嘛！其实城里根本就没有人，人都调兵走了没在家，就剩下一个空城，诸葛亮在那儿坐着抚琴，但是司马懿就没敢进去，诸葛亮把他司马懿镇住了。老头儿看着还真有计道。

过了没几天，正赶上堡子唱大戏，唱戏的时候人们都愿意去啊，那时候农村没有戏呀，那演台戏谁不愿看！老伴告他说："我是不管你呀，他们年轻人不看家，我也不看了！我也去！"说完又告诉老女儿，"你把车套上，咱们坐车去。"

大儿子一看，就和他爸爸说："爸爸，你在家看家吧！咱们都年轻，你儿媳妇也要去，我也跟着去呀。"

---

1 樟子：篱笆墙。

五个儿子、五个儿媳妇连着孙子孙女儿叮当地都套上大车去了,他们一个车套不下,还套了俩车。老太太人家也去了,就剩老头,老头一看就在那儿寻思:真出奇呀,把我弄家了,这真是赶上空城计了,唉!他正寻思呢就听那边儿家什一响,越弄越邪乎,他就坐不住脚了,一合计,说:"不行,我也得去!诸葛亮摆空城计呢,我就不好摆一出空城计?空城计是别关门哪,诸葛亮是大敞一门两手抚琴来,我也把大门开开!"说完就把大门开开了。

　　他寻思我这房没开,窗户得开开,就把屋里的窗户全开开了!那还不算呢,窗户开开之后又把屋里灶火烀上了,烧火还让它冒烟。他整完之后又把灯也都点上了,那时候都点洋油灯!一屋还点个灯。他爱看那玩意儿,自己就跟着去了。去了以后就看戏,这戏唱得也确实不错,都挺好!

　　单说还真来个小偷,那时候本来有唱戏的,小偷借机会能不偷东西嘛!小偷来了一看,哎呀,这老李家怎么开着门?他进去一看,大门开着,屋里开着,屋里还冒气!他就寻思:这家里肯定有人,屋里净气呢,人都烧火呢,灯还点着,这我可进不得。这看起来最少有几个人在家,他就没敢进屋,自己就走啦,东西也没丢!

　　他第二天早晨看完戏回来,一看啥也没丢,儿子说:"怎么开着门呢?"

　　他说:"那没事儿,我摆的空城计,啥事儿没有!"

　　儿子也笑了,说:"你可真有胆子,这东西丢了怎么办?"

　　"没事儿,你安心吧,空城计最好使!诸葛亮的空城计还不好使咋的?"

　　到了第二天晚上,人家不是又唱戏呢,他一看,他照么担着,说:"你们都去你们的,你们不用管,我有章程。"等家里人都走了,他还是把门那么全敞开着就走了。

　　单说这小偷,他昨天半夜就把老头摆了个空城计说出去了,有人听说了就传出去了,结果老头走了之后,就来了好几个小偷。小偷到那儿一看,屋里还冒着气,可屋里一个人也没有!他们就说:"拿吧!"就把东西、柜全给掏出来了,净拿好的东西,那时候没别的,粮食伍的,鲜茶叶、金镏子首饰全抱上拿走了,把屋里偷空了,偷完就走。

　　第二天早上回家一看,大伙儿就都哭起来了,东西都丢了。大伙儿说:"老爷子你这事儿是怎么办的呢?让你看着你不看着,还摆空城计呢,你这空城计摆的什么玩意。"

　　这时候来了不少人都打听怎么回事儿,他也出汗了:"哎呀!我是大意了,还是看三国看得不熟识！人家诸葛亮说得好，'空城计可一不可再'啊！我怎么摆第二次空城计呢！这摆一次行，人家诸葛亮就摆一次，第二次就不敢摆，我给人家来两次，这次就不行啦，看起来这章法我还是不熟悉！所以说这空城计失灵啦，这家伙全给他偷穷啦！"

哭大头儿子

过去有这么一家，这家有老头儿、老太太，还有他们的三个儿子。

一天，老头儿和儿子们说："你们都出去学点手艺，咱家土地不多，光这点儿玩意儿不够侍弄，一年收入有限，你们学点儿手艺或者学点能耐，回来之后你们能娶个媳妇儿、能干点儿啥呀，要不的话，你们连个手艺都没有，也养活不起媳妇儿呀！"

几个儿子说："对！"这几个儿子都不大，老大二十多岁，老二二十岁，老三十八九岁。

老头儿说："个人找个人的门路，管他挣钱不挣钱呢！"这几个儿子就出去了。

老大出去一看，没可遇的，正好有个山坡，在这儿遇见一个老头儿打猎：这枪打得好，"砰"一枪，"砰"一枪，枪一响就把兔子打掉了，那打得可准了！他这个儿子就和老人说："您老教我得了，我就在这儿帮您干点儿活儿伍的。"

打猎的老头儿说："那行啊！"老大就在那儿待下来了，也不要钱，平常帮人家侍弄点儿地，侍弄完地就打围。一去去三年，他枪打得挺准，学得是不错，但是他平时没怎么打过，就在山上见人家那师父打，他偶尔打，也凑合能打上，糊里马虎学三年回来了，不说。

单表老二。老二干啥？一看老二学会锔锅了，谁碗坏了、锅坏了他会锔。他"噼里乓啷"地，自己能打铜，什么都能干，挺勤勤，也都学会了。

这个老三出去没找别的啥，正赶上人家一个办丧事的班。干啥呢？哭丧的班，专讲哭，像现在的哭尸班似的。他就学人死了该怎么哭啊什么的。大伙儿都叨咕他师父是属于当人面儿哭，怎么怎么的。这老三的师父就说："别看咱们哭，就那回事儿，自己叫爹叫妈，叫啥爹妈？！咱们实在是哭大头儿子的样，咱还能给他好好哭了？咱

· 806 ·

哭是为了钱儿,咱能真心哭吗?咱也没有眼泪,完光给他唱,那就唱去呗!咱这旮旯叫'哭大头儿子'。"这个老三也记住了,到那儿也会哭了,学的是专讲哭。

到三年头上了,几个儿子都各自归家了。老头儿一看,儿子们都回来了,挺乐。大伙儿就开始吃饭,酒也喝了,菜也吃好了,之后,老头儿说:"这么办吧,你们回来了,演习演习你们都学会什么玩意儿了,我看看你们是不是真能有实现的!"

老大说:"那好吧,没说道,我这个枪打得是最准的,指哪儿打哪儿!"

老头儿说:"是吗?那好!"

那时候的枪都还是带老洋炮的,这老大的枪也装好了,一看没什么动的玩意儿,他爹站起来之后,正好脑袋上有一个苍蝇,他说:"我打你苍蝇!""砰"枪一响,他爹就完了,苍蝇真打死了,他爹也倒地下了。

"哎呀!"大伙儿一看,"你这手艺学得缺德啊,把你爹还打死了!"

他说:"我不是打苍蝇呢嘛,不是打我爹,我学手艺就没寻思打爹的事儿,我就学会见物儿打物儿,他物儿躲得不是地方,地方躲错了,这怎么办呢?"

老二说:"不要紧,我学过锔锅,我看看这两半儿是不是能锔,锔完还能活不能。"这老二没由分说就把他爹脑袋拿过来了,之后弄个锔子,"噼里乓啷,噼里乓啷"就给锔上了,锔完之后还是没活。

这老三儿子一看:"完喽!这可完了,真打死了!"

这老太太就哭,说:"你俩这手艺可糟践坏了,把你爹送回去了,老三,你有什么办法?"

老三说:"没事儿,我能哭,哭是我的事儿!"他把他爹停上之后就哭上了。

后来他妈问他说:"那你学会什么了,怎么学会哭这儿呢?"

他说:"咳!我们哭实在是为挣俩钱儿,师父说了,这是'哭大头儿子',哭什么哭啊,正是为挣钱!"

他妈说:"得了,你别哭了,拉倒吧!哭了半天你爹还是大头儿子,你们这仨儿子学的手艺果然净都是废品,去吧,去吧!"

老裴家起来了

这个故事是说什么呢？就是说学人语。

有这么一家姓裴的，过日子过不起来。家过得还不错，不错是不错，就是起不来。就是年年儿给人家打场、种地、扫地，做买卖也不挣钱啊！

一说老裴家，老裴家，那是干赔不挣！都说那还有过好的？干赔不挣，大年初一就老裴家，老裴（与"赔"同音）家的！

后来，他有一个姑老爷是念书人，挺聪明。他就说："这么办，爹，你把这改一改吧。"

老丈人就说："我不姓裴？那还改啥改，咋改？"

姑爷就说："有办法。你别老让人说老裴、老裴，你就不兴说'起来了吗？'"

他说："我起来了？谁说呢？"

"有办法！"他姑老爷告诉他说，"你在大门安上两个晃悠门的，换上两个。一打开之后，'嘎吱轰隆轰隆'响，大概让它响一会儿，别让它响太多，大门闩子紧点儿搞着。"

老裴头儿说："好！"

从那以后安俩大门，大门上是门上都用响儿动，都有动静。就是里头的大门一碰着就"轰隆轰隆"响，那响头儿也大。他家一开门，全街上都能听到。

安上以后，他就一早晨三更半夜就起来，要起早出车伍的。一起来，大门"轰隆轰隆"响，"轰隆轰隆"。

大伙儿一看，就说："老裴家起来了，这么早！"

打那以后妥了，动静一响大伙儿就说："老裴家起来了，老裴家起来了。"从此，人家真就过好了。

要不这个老丈人说："得亏姑爷这个高招！要不然的话，这'起来'俩字儿谈不着。"

就因为这个大门，一早鼓动这个大门，一醒，大伙儿就都说："老裴家起来了，这家伙这么早，他家起来了。"

从那以后他发财了，就是这一句话。

老秋莲

从前有户姓杨的人家,老两口老来得子,四十多岁生下个儿子。

老杨头在外面给别人做苦力,老太太在家喂猪,日子过得紧巴巴的。

老两口老在一起叨咕:咱哪怕有一点文化,也不至于这么受累。咱这辈子算过去了,咱儿子可得让他念书,以后就算不能当个一官半职,能给人家管个账儿也行。

老两口想的挺好,还给孩子起个名叫杨怀心,意思是记住爹妈怀的这份儿心思,好好念书。

杨怀心从小就挺聪明,书念得也好,可就是叫老两口给宠得一身毛病。这也难怪,他爹妈为了让他一心读书,啥苦活累活都不让他干,有点好吃的也舍不得吃,都给他留着,时间长了,杨怀心的心里也就没有父母了,一点也不知道他爹妈的辛苦,好饭好菜都自己吃,不兴他爹妈碰,在家啥活也不干,油瓶子倒了都不扶。还仗着自己多念几年书瞧不起他爹妈,觉得他爹妈伺候他是应该的。

老两口也觉得这孩子不太懂事,但又一寻思,可能是岁数小吧,长大了就知道心疼爹妈了。

其实呀,养孩子必须得教育,大人不教育,孩子自己就能懂事儿啊?

话说也快,一晃儿杨怀心十七八岁了,书念了不少,可对他爹妈的态度一点都没变好,整天"驴"乎乎的,没个当子女的样,驴得邪乎。

有一天,杨怀心上学堂念书去了,他妈正喂猪呢,西院的张大娘端着一碗饺子过来了,进院就喊:"老嫂子,别喂了,过来吃我包的饺子!"

老杨太太擦擦手,过去一看,笑着说:"哎呀,还荞面的哪。"

张大娘说:"刚出锅,你快趁热吃几个。"

那时候荞面饺子可是好玩意儿,一般人家一年也吃不上几回,老杨太太能不馋吗?就吃了一个,香得直咂嘴。

张大娘说:"好吃你再吃一个。"

"不吃了,给我儿子留着。"

"哎呀,你都这么大岁数了,还不该吃点儿好的呀,你儿子吃的日子在后头呢。你快趁热再多吃几个。"

伍 生活故事

老杨太太也不好推,就又吃了几个。

等他儿子回家,他妈就把那碗饺子端出来了,说:"你张大娘家包饺子,给咱家送来一碗。"

他儿子一看:不对呀,这碗饺子怎没装满呢?就问他妈:"你是不是偷吃了?"

他妈说:"我本来不想吃,你大娘非得让我吃,我就吃了几个。"

杨怀心一听就火了,上去就把老太太推个趔趄,说:"还是你馋!那么大个人和我争这几个饺子?下回再敢偷吃,我就把你嘴撕烂。"

你瞧瞧,这孩子都给惯得没人性了。

这事儿过去了半年多,就到科考的日子了。杨怀心带上他爹妈四处筹借的钱,背个行李就要去京城赶考了。爹妈舍不得呀,送他左一程右一程的。杨怀心不耐烦了,就把他爹妈往回推:"去去去,你俩快回去吧,跟得我怪烦的。"

他爹妈只好停下了,老杨头说:"孩子,我和你妈供你这些年书,不图你为官为宦,就想让你以后有个轻巧的谋生道儿,别像俺们给人家干苦大力。所以呀,你这回考试能考上更好,要是考不上也别想不开,早点回家,咱找点别的营生干。"

杨怀心把眼睛一瞪,说:"老头子你会不会说点儿吉利话啊,什么考不上考不上的。"

他妈眼泪汪汪地说:"儿子,在外面别屈着自己,别怕花钱。"

杨怀心一撇嘴,说:"你们就给我带这一脚踢不倒的两个钱儿,够啥呀,别人吃干的我就只能喝点稀的呗。"

他妈一听,受不了了,赶紧把自己的金耳环摘下来,说:"孩子,这是妈结婚的时候你爹给我的,你先拿着,实在钱不够了,你就把它卖了。要是钱还够用,你可千万给妈带回来呀。"

杨怀心一把把耳环抢过来,冲他爹妈喊:"行了,行了,磨不磨叽呀。我可得走了。"说完,头也不回,大摇大摆地走了。他爹妈在后面一直看到他走没影儿。

其实杨怀心有自己的小九九,他想:"我要是真考上了,当了大官,说我爹妈是干苦力、喂猪的,还不得被人笑话?要是考上了,我才不认他们呢。"

这一道上他尽寻思好事了,想自己中了状元,认当朝宰相当他爹。

这想归想,结果怎样呢?真就没考上。

杨怀心把怨气都归到他爹头上了,心想:"死老头子乌鸦嘴,送我的时候净说那不吉利的话,我算看透了,他俩就是我的扫帚星。没考上我也不回去了。"

杨怀心毕竟念了多年书,有点文化,就在京城一家店铺当上了管账先生。这家掌柜的一看,小伙子挺有才,账管得也好,就有心想把自己闺女嫁给他。

这天掌柜就把这事儿和杨怀心说了,杨怀心一听,眼珠一转:"掌柜的就这一个闺女,我要是能当上他姑爷,往后这产业不都是我的了吗?这是天上掉下来的好事。"当时就一百个愿意。

掌柜的说:"这婚姻大事还得问问你爹娘啊。"

杨怀心怕说出他爹妈是穷苦力,人家反悔,干脆说:"我从小就没有爹娘,也没啥知近的亲戚,这事我自己说了算。"

掌柜的一听,那还有啥说的,就开始张罗婚事了。

结婚以后,杨怀心可妥了,岳父对他好,给他们单独盖个新房子,媳妇更不用说,长得漂亮还能干。过了几年,店铺生意越来越大,杨怀心在京城也有点名气了,至于他爹妈,早给忘一边了。

再说他爹妈,在家还等信儿呢,谁知几年下来,音信全无。求人上京城打听几回也没打听到。老杨头一股火得了重病,没几天就死了。剩下老杨太太成天哭,想她儿子。

这一天,西院张大娘来了,说:"老嫂子,我听人说在京城有个做大买卖的,也叫杨怀心,你求人打听打听,看看是不是大侄儿。"

说得老太太心活动了,心想:"反正家里就剩我一个人了,管他这人是不是呢,我看看去。就算不是,我也能在京城打听打听。"

老太太想儿心切,第二天就收拾收拾东西奔京城去了。京城离家有好几百里地哪,老太太成天饥一顿饱一顿,天黑就找个墙角旮旯儿对付睡一宿,反正是遭了不少罪。

这天可算到了京城。老太太一打听,还真有个有钱的买卖人叫杨怀心的。她顺着别人给指的道就去找杨怀心。正走呢,后面有人骑匹高头大马"嗖"地过去了,前面正好几个小孩在道中间玩,来不及躲,叫马给踢伤了。那人也不下马,抡起马鞭子就抽那几个小孩,嘴里还骂骂咧咧的,就像没事人一样骑马走了。

老太太就问旁边的人:"这人咋这么霸道哇?"

有人接茬说:"老太太你不是京城人吧?你不知道哇,这人叫杨怀心,买卖做得可大了,仗着自己有几个臭钱就横行霸道的,俺们都管他叫'杨坏心'。"

老太太一听,心想:呀,我瞅这人长得和我儿子连相,真兴就是我儿子呢。

老太太望儿心切,也不管这人霸不霸道了,赶紧接着找杨坏心家。走了大约一个时辰,就看见前面有个大院套,一打听,人家说这大院套就是杨府。

老太太上去和把门的家丁说要见杨坏心,把门的家丁问:"你是他啥人哪?"

老太太也不知道这个杨坏心到底是不是他儿子,就没敢说是他妈,只说:"我是从他老家来的。"

"那你等会儿,我给你通报一声。"

杨坏心正和他媳妇逗儿子玩呢,结婚好几年了,儿子都三四岁了,听说有人从他老家来,觉得有点奇怪,就和他媳妇说:"八成是个骗子,我出去看看去。"

到门口一看,是一个穿得破破烂烂的老太太,再仔细一看:"哎呀妈呀!这不是我妈吗?"

老太太一看,"哎呀,真是我儿子,白白净净,有模有样的",心里高兴得不得了,一句话都说不出来了。

杨坏心就趁他妈说不出话的工夫,连忙把她拉到没有人的地方,把脸一沉:"你怎么还找来了?赶紧回去,别在这儿给我丢人现眼。"

他妈哭着说:"孩子,你让我回哪呀?你这些年也没给家捎个信儿,你爹着急上火,得场病死了。咱家没人了,妈就剩你一个依靠啦。"

杨坏心没有办法,就说:"你在我这待着行,可有一条,不许说你是我妈,我没你这个穷妈。"

"那我是谁啊?"

"你就说是我从老家找来的用人。还有,不许和别人说我的事,一个字也不兴说,你要说了,看我怎么收拾你。"

他妈这个伤心啊,这儿子咋还这么驴呀!可伤心归伤心,不在这儿待着自己也没路儿哇,也没个依靠。就答应了。

杨坏心把老太太领进屋,跟他媳妇说:"这是我从老家找的用人,叫秋莲。咱家不缺一个喂猪的吗?你让她干,她可会喂了。"

媳妇说:"行啊,雇谁不是雇,我看这老太太挺好。"

老太太在旁边一看,这个女的长得挺和善的,哎?她戴的那对儿金耳环挺眼熟哇，细一瞅，呀，那不是我的那副耳环吗？我儿子给她了，想必这就是我的儿媳妇了，她拉着那孩子长得挺像我儿子，肯定是我孙子了。老太太心里又是悲又是喜的，啥话也没敢说，就在这住下了。

媳妇这人挺善良，对老太太挺好。有时候自己忙不开，就让她帮着照看孩子。老太太巴不得呢，自己孙子能不喜欢嘛。

这一天，老太太去喂猪，正好看见前几天下完崽儿的母猪躺在圈里，那些小猪崽就在它身边挤来拱去的。老太太瞅着瞅着，心里就难过上了，叨咕说："猪哇猪哇，我都不如你呀，你生的孩子都围在你身边，你们是母子团圆哪。我就生了一个儿子还不认我，让我说是他用人哪，不管我叫妈，管我叫老秋莲。"

正巧这时候她儿媳妇上猪圈来找她，就把她叨咕的这些话都听见了。媳妇当下就直眼了，心里琢磨："听老秋莲这话，她是杨怀心的妈，我的婆婆呀。可杨怀心说他从小就没爹没娘啊？不行，我得问个明白。"

这媳妇就把老秋莲叫来了，说："老秋莲哪，不瞒你说，你刚才叨咕的那些话我都听见了。你跟我说实话，你真是杨怀心的亲妈啊？"

老秋莲一听，这时候不说也不行了，就把自己和丈夫怎么供的儿子念书，他怎么去京城考试，怎么一去不回，自己怎么找来的，说了一遍。媳妇都听呆了。

老秋莲又说："我也不瞒你，你戴的耳环是当年他爹结婚时给我的，我怕他上京城考试路费不够，就摘下来让他带着的。"

媳妇一听：对呀，这耳环真是结婚时杨怀心给她的，说是他妈临死前留下的。

老秋莲说："我今天和你说的话，你可别跟我儿子说呀，他知道了还不得打死我呀。"

这媳妇的心哪像炸开锅了似的，连说：杨怀心哪杨怀心，你成天打扮得像个人样儿似的，其实禽兽不如哇，你连你亲妈都不认，你还是人吗？我爹当初怎么就瞎了眼，把我嫁给你了。

想了一会儿，媳妇说："妈呀，你这儿子的良心都让狗叼去了。我想好了，你跟我走吧，我养活你。"

老太太说："那我儿子呢？"

媳妇说："我给他留几句话，他看了就明白了。"

媳妇就回屋拿起笔，写了几首诗。怎么写的呢？

伍　生活故事　·813·

第一首是:"母子分别泪涟涟,盘缠不足摘耳环。望儿得志归故里,两眼望穿儿不还。"

第二首是:"为儿百里讨饭来,不认亲娘最不该。良心丧尽假仁义,拿着亲娘做奴才。"

第三首:"乌鸦反哺孝双亲,往返擒食喂母亲。为人不认亲生母,枉在世上不如禽。"

第四首:"妻子永别有原因,皆因丈夫灭人伦。带走儿子非心狠,怕他长大学父亲。"

留下这四首诗,媳妇就带着老太太和儿子回娘家了,让她爹把家产全都收了回来,一点也没留给杨怀心。

杨怀心晚上回到家,一看,人去屋空了,案子上就留下这四首诗。他一看这几首诗,就啥都明白了。他现在是啥也没有了,人性不好,出去要饭都没人给他,没过多久,他就饿死了。

要不说呢,做人得有良心,没良心的人都没有好下场。

老师吃饼对诗

过去都是开的私校,不像现在咱这大学校,一个老师就教一二十个学生。

这儿有个张老师,多大岁数了呢?能有五六十岁了。自己有这么三间房,招了一二十个学生,老师教得确实不错。但这老师总唠扯,就说:"你们好好念书,念完之后,有出息了谁都尊敬你,一点儿都不差!"

他还告诉学生,说:"你们不知道吗?过去有首诗说得好,'读得书多胜大丘,不须耕种自然收。东家有酒东家醉,到处逢人到处留。日里不怕人来借,晚间不怕贼来偷。虫蝗水旱无伤损,快活风流到白头。'你有这书底的话,谁都请你,和你喝酒,你也不怕丢份,还不怕唠。"

这学生们一听,挺高兴,就说:"是不错!"

这天老师就烙饼,春天烙春饼,烙得挺薄。他又炒了点土豆丝,那时候还没有啥肉呢。土豆丝炒好、饼烙好之后，就端上来了。

有的学生说："老师，饼烙得不少？"

老师说："不少，明儿找人帮我吃。这么办，我出个上联，哪个同学能对上来，就跟我一起吃饼，反正我一个人也吃不了，我请请你们。我还不瞎白话，你们要是对不上，就吃不着了。"

大伙儿一笑，就说："老师，那你出一出吧。"

老师说："我出了，你们得能对上。"

学生们说："能对上！"

正赶上这春天景儿呀，屋里吃饼，外面下着小雪，这雪薄得邪乎，落地就化，老师就作了，说："老天下雪薄如蕊，落到地下变成水，老天啊老天，何必多费事，你下雪不如下水。"这也是绝句！大伙儿你看他，他看你，都对不上。

最后有个淘气学生，虽说挺淘，但是念书还不错。待了半天，他站起来说："老师，我可能能对得上。"

老师说："你对吧。"

"我对完怕你打我。"

"你对，你能扣上题，我就不打你，还让你吃饼。"

"老师，是那么句话不？"

"是，同学们都能证明，真那样！"

"老师，我对了啊。'老师拿饼薄如纸，吃到肚内变成屎，老师啊老师，何必多费事，你吃饼不如吃屎。'"

老师一听，说："这学生！"又一合计，扣得准啊，扣得一点儿不差，就说，"那你吃饼吧，我不吃了，这都给你们大伙儿吃吧！"

最后这饼就都给大伙儿吃了，老师没吃着饼。

老师寻思，这学生了不得，这联对得，歪得邪乎呀！

老王太太抓胡匪

有这么一个故事,老王太太抓胡匪。这老王太太,就一个人,能有六十岁。老太太干净利索,也确实有钱。为什么有钱呢?人家儿子在过去旧社会的中央银行当行长。老王太太自己在家,哪儿也不去,就守着两间房在这儿。

这天睡到半夜,听见有人拍打她家门,老太太一看,门我到底开不开呀?不开的话,他们踹也能踹开,爱怎么的怎么的,那就开吧,说道:"先别拍,我给你开门。"就把门开开了。

开开之后人就进来了,进来四个,四个小伙儿都二十多岁,到屋一看,叫了一声"老王太太",说:"俺们来也没别的事儿,就是太困难了,过不起了,你老有钱没?借我们两个钱花花。"这时候灯也点着了,都是保险灯,洋油灯带保险的,带灯罩的。

老王太太一听,借俩钱儿倒是不难,就问:"你们得借多少啊?"

"多了多借,少了少借,你看着办。"

老王太太说:"那倒行,你找我算对了,我儿子是中央银行行长,另外我们家还有钱。你抢我算对,你别抢那穷人,抢那穷人他们还没有钱,好不容易他们攒两个钱,要是被抢了都活不起。这么办,我打开你们自己拿吧。"顺手就把大柜"啪"一下开开了,这几人一看:一色大洋啊!一柜大洋,几个人乐坏了,你装他也装。老王太太说:"装多了拿不了,太沉了,没有了你们再取来。"

这一人装了二百块大洋,都乐呵呵的。"老太太我们喝点儿水。"

"喝水有热水,暖壶里有。"喝完水就走了。走了以后不说。

单表第二天没有事儿了,这人都多,堡子里唠嗑儿,这老太太就说:"我失盗了。"

村里人问:"怎么失盗的?"

"昨晚上,进来四个黑胡子,这黑胡子进屋管我要钱,不拿钱能行吗?我让自己装,一人给他们装了二百块大洋,够他们活多少年了。我也寻思,这多穷,没办法,要不能当胡子吗?这二百块大洋他们拿去之后,一共八百块,他们一家二百块就够活个十年、二十年的了。就给孩子读读书也好,孩子娶媳妇也好,都够用了,还用不了,挺好的。我希望他们回去正当花,正当活着,这比什么都强,别白抢一回。"

别人问："你怎么这么盼他们好呢？"

"对呀！他穷啊，不抢咋的？但有一件，如果他这钱花得快，糟践了了，再抢我来的话，我可不能让他了。因为什么呢，他不懂人情了，我这么善待你，再敢来我就把他绑上了，交给官去。"

大伙儿就说："你有那能耐？你能绑了胡子？"

她说："能，别着急啊，他自己叫我绑。"大家说个笑话就完事儿了。

正好，没有半个月，这胡子哪儿有脸呢？一看这钱来得容易，咱们四个还得去呀！又来了。这回到这儿就喊："大妈，王大妈。"这回就客气了，"你把门开开吧，俺们管你借俩钱儿。"

老王太太说："呃，好吧！"就把门开开了。

到屋之后还给老太太行个礼。"俺们就取俩钱儿来了。你们这儿有钱，俺们是没有钱，没办法，还得一人借几百两，就一人三百块，三百块，多拿点儿。"

"那行，不着急，你们好好歇一会儿。急急忙忙干啥，我一老太太就这样。"完老王太太就抽根儿烟。

他们一看，说："您还抽烟呢？"

她说："我这烟可好啊！"

"给我也来一袋！"

老王太太就顺柜子拿出一烟盒子，一人送他们一袋子好烟，说："这烟是最好的烟，我儿子拿来的。"打开一看，红烟都扑鼻子香啊！满屋子的香味儿。好啊！这四个人一人拿个大烟袋，胡子还有大烟袋，自己卷上就抽。抽了没有二十分钟，一个一个都趴炕上了，全完了。这烟里边儿怎么的？下了蒙汗药，他们都迷糊了。老太太一看，迷糊好了，我得把他们绑了。早就预备好了，怕他们来嘛。绳儿拿出来了，背着绑，倒着绑着背呀，都绑好了。

全绑好之后就不说了。老王太太出门，就喊左右邻居："快来吧！"这一整天就亮了，他们还迷糊着呢。天亮之后来了不少人，老王太太就说："我抓了四个胡子！"

"别胡扯，你咋能抓住胡子呢？"

她说："不信，看看去，都在炕上趴着呢！"一看都在炕上趴着呢，绑的，还没醒呢。"等一会儿，泼点水就醒了，别着急。这蒙汗药怕凉水。"一泼凉水这些人都醒过来了，打打哈欠，一看，都绑着呢，就都不吱声了。

伍　生活故事　　·817·

老王太太说:"你们哪!自己找辛苦啊!你们不知道好歹呀,头一回我给你们银子,顺顺当当给你们,你们就应该不来了,但是今儿你们还来,还来我要是再给你们的话不就没头儿了!讲不了啊,可一不可再呀!第二次就是你们自己找的,我得把你们送官,爱怎么的怎么的吧!"就报了官,把他们拉走了。

一个老太太逮着四个胡子,大伙儿一看说:"老王太太,你真有能耐,把胡子都能抓着,还抓四个胡子!"

老翁挂匾

有这么一个老头儿,自个儿就骄傲,觉得自己岁数大一点儿,岁数高就高过一切。

这天,他自己没事儿就在门口挂块匾。怎么写的呢?写着:"老翁今年八十八,家中尚有一枝花,谁要岁数高过我,且把花儿让给他。"就愿意把老婆给别人。

这写完之后不说,这屯子上的人都笑了,就说这老头儿太狂了,八十八岁高寿。那时候八十八是高寿。老太太也岁数不小了,老太太说:"你净胡扯。"后边不说。

单说谁呢,有个老和尚。老和尚就说了:"好,你不是说你岁数大嘛,'我是高山一老僧,开天辟地我先生。不知我年龄有多大,敢问黄河九澄清。'那黄河一澄清就三千年,这九澄清赶上好几万年都过去了,你怎么能比我?"

他一听直眼儿了,赶上黄河九澄清,那还了得?那岁数太大了。后来没章程就回去了,头也低下了。回去老伴儿就问:"怎么回事儿?"

老头就怎么怎么地一说。"哎呀,真是的。"老太太也就写了,也写了挂匾,说:"我是闺房一青苔,开天辟地我先来,你妈结婚是我保的媒呀,生你是我把你接下来。"我还能嫁你?这老和尚一看,行了,低头也就不说啥了。我没资格娶你,接产都是你给我接的。老和尚低头就走了。

老于头救逃兵

这是讲有个老于头,挺善良个人。在过去当中,逃兵都得枪毙,都得死刑!当兵的不能随便儿跑。

这天,老于头自己走到一个大河口边儿上,就像咱北大堤似的,一个大荒草甸子,正好这儿就有两个人抓回来两个逃兵。就去两个人把逃兵抓回来的,其实是去了十几个人,逃兵抓回来之后那些兵就走了,打发他们两个把逃兵送来。送回来的路上,路过,正被老于头看见了,这两个人怎么的,还都是个小班长。

这老于头一看,这回去俩人指定枪毙呀,这没好!他就站下了,说:"停停停!"这押着逃兵的俩人站住了,不认得老于头,就问他:"你干啥?"

老于头说:"不是别的,有几句话说。"

老于头就对着身旁说话:"你有什么事儿啊?老头儿,你倒是说话呀!要我说?你得说话呀!"

这时候,老于头转过来跟那两个押逃兵的人说:"你们两个刚才不在那儿站着吗?有一个白胡子老头儿,手上拿着一龙头拐杖。他叫我来的,要不我拦你们干啥?他说了,你俩今天哪,应该做一步德,你俩应该做德积德。那两个逃兵他俩是初犯,他俩原来是做好处的,这一次是走背运被你们抓住了。你们把他俩放了之后啊,你们今后不但能过好,儿女当中都得发大财,就是这步德给你们留的,就看你们两个的了。他是谁呀?我问他了,他说是太白金星,你们看见没?"

俩人说:"没看着啊!"

老头儿说:"你俩还是没缘,没仙缘哪!"这老于头说着就真给旁边深施一礼,说:"太白金星,还有什么说的吗?"

这俩人一听,心说:太白金星这是,挺出名的啊在天上!他俩说:"这要是放完之后漏了怎么办呢?"

老头儿说:"我有办法,说那哥俩跑了呗,绳子开了呗!这么办吧,你俩打几枪,之后我就做证说他俩蹽了,没打中,就说绳子不结实,当时没绑好,太着急了。"

他俩说:"能行吗?"

老头儿说:"行,要不他们怎么能跑?"

伍 生活故事

俩人说:"好。"

后来老于头又听他俩在那儿嘟囔,就说:"太白金星保护你俩呢,你们俩什么事儿没有,不用害怕。"

俩人说:"那行。"这信他话了,就把这两个逃兵放了。

老头儿说话了:"你们赶快走。"那两个逃兵就蹽了。

这段时间他俩儿就打了几枪,这老于头在这儿站着。这工夫,军队就回来了,军队人不多,也就几个人,还都比这俩人小,都是兵。就说:"怎么回事儿,班长,怎么回事儿?"

那俩人说:"别提了,这俩人你们怎么绑的绳子?没绑住啊!这一回来绳子就开了,我一看不行就拿枪打吧,打了两下没打中,第三枪就没敢打,他两个人全蹽了,糟不糟你说。这不是,这老头儿在那儿站着呢,他帮我俩抓也没抓住。"

老于头说:"不行啊,这俩小子有武术,抓不了啊!我一伸手当中,胳膊一拦都动不了,他俩这是都有武术!这俩人,他俩都蹽了,那怎么抓?"

哎呀,大伙儿一看,也没办法就说:"就这么的吧!咱回去别说了,就说没抓住得了,也别说抓住跑了,还不好听。"

"好吧。"这一回去,到元帅那儿一报,就说没抓住,没找着,这俩人蹽了。

从那以后,老头儿用了个小妙计就把两个逃兵给救走了。他自己也老想:"我这心中特别高兴,救了真人命,胜过修十座浮桥啊!造十座桥的话花多少钱也不及救了两人命打腰啊!"

老于头死鱼腹

要说过去拿鱼,分怎么拿。过去全都在边外大河里捞鱼,那鱼一捞上来就多啊,上多少万斤往外滚,你搁多少车拉也拉不动,那鱼多得邪乎,还有大鱼!那多少年不去的不毛之地,原来就没有人,人都是后搬去的,鱼就特别多,所以这拿鱼的把式是主要问题。

有个老于头是个大把头,他对这事儿确实挺通明。这天在捞鱼的过程中那鱼就上不来了，全搁那儿拽不动了。大伙儿一看，完了，这里有大鱼！老于头一看，这怎么办呢？但他知道规矩呀，有大鱼的话，这个把头就得下去刺杀大鱼去。老于头没由分说就告诉二把式："我先下去，我不行你再下去！咱们不能把网子的人全淹没了，咱们干这行的，平常待着，分三份钱，挣双工钱，咱不干这事儿行吗？"

二把式姓高，二把式一听，说："好，你先下去吧！"老于头就下去了。

老于头带着刀下去直接奔那网进网了，进网一看那家伙的，那鱼多啊，到尽里头一看，一个大鱼，那嘴张得多大，一抽气，"嘣"的一下就把老于头抽进去了。老于头到里边儿之后他方向就转不着了，到里边儿人一转个儿就不知道哪个方向了，就整刀划，铿铿地划，划三下也没划开，这工夫就完了，老于头就死鱼腹里，化了。

那鱼肚化东西最快，为什么人的胃好呢，就像小鸡子吃东西似的，它吃个石头子儿都能化，那鱼胃里头更有量，吃东西不嚼，到里头什么都能化，更邪乎！这老高头一看他上不来，说："我得下去了。"他就下去了。

他下去了之后也叫鱼给吞进去了，发现没有骨头，他到那儿划了三刀，就顺肚子划开了，划开肚子他顺肚子底下出来，这鱼就死了。

鱼死完以后，大伙儿把鱼捞上来，一看哪，老于头已经化得剩骨头了，他划哪儿了？他划鱼脊梁胆子了，进去之后没转好方向，就划鱼脊梁胆了，脊梁胆有骨头，刀子划不开。人家老高没蒙，猛划肚子，肚子两刀就划开了，顺肚子划了。

这事就这么样的邪乎！要不说当个把头不容易呢，得深入鱼腹杀鱼！那过去抓鱼就是这么抓的，不入鱼腹焉能得到大鱼呢！

老员外不识字出笑话

有一个老员外，没念过书，但他还老假装自己牛哄哄的，自己还挺狂，装得就像识多少字似的，装文弄雅，老摆文字，他还不懂。

有这么一天，正赶上他们有一个亲戚拿了封信来。他亲戚怎么回事呢？姑娘要出门，这几天准备请客。他也知道，请客准请他，他就在内心寻思。其实拿来的那封信并不是请客的信。他还误认为就是那封信了！

一看，一封信在那儿搁着呢，他打开一看：就写几个字儿，挺简单。他不认得字儿呀，但还装得看明白了。

那下边不少人呢，人家家工、院工都在那儿待着呢。他一看，说："哦，不用问，准是请我客，请我喝酒呀！"

他就对送信的说："这么办，你回去告诉你东家吧，我一会儿自己去，不能差！"

这个人一看，也没好说啥啊："那你去啊？"

他说："我去！"

人家说："好！"

那人走了以后，那个信就在那儿搁着。谁呢？他儿子过来了，就看着信了。他一看，说："哎呀，爸爸，你呀，你干啥去？！你看啥信！你管他借头牛就行了，他要起圈、起粪，就为借头牛呀！你去？你去能给人拉车吗？"

他爹一看："可糟透了！"他不认得字儿可耽误事儿了，你看，他还说自己去。

从那以后，大伙儿就出个笑话：人家借牛，他要去给拉车去。

老丈人办寿（一）

过去不都说老丈人办寿嘛，故事大部分都是这样的：这老丈人有几个女儿，给的礼物都不一样，有有能耐的，有没能耐的，各个家都相似。这个故事也是那样的。

这家的大姑爷是个举人，念大书的，有功名，现在当县太爷；二姑爷是个秀才，虽然没当县太爷，但是也有功名，家过得不错；这三姑娘嫁给个庄稼人，这个庄稼人也念过点书，但是功名没有，念的书还不太多，还真就说不好，认得几个字。老丈人就瞧不起这三姑爷，他话也不会说，事也不会办，但是这三姑娘还算不错，挺好。

正好老丈人办寿，三个姑爷就都拿着东西来了。到了之后，老丈人一看，说："来得好！"就让大姑爷和二姑爷坐下了。到了三姑爷这儿，他"嗯"了一声，也没再吱声。

这三姑爷就不太高兴，心想：你看看，一样都是姑老爷，不管怎么的，你姑娘跟我处了，那不也是一样嘛，你咋就瞧不起我呢？三姑娘也不太高兴，心想你别瞧不起我们啊。虽然这么想，但是也得掂对往下处呀。

办寿那天都是拿着礼物来的，酒、菜全好了，都摆上之后，老丈人说："这么坐，下面这姑老爷都陪着！"这姑娘也在傍拉站着，都得陪着。正好，三个姑老爷、三个姑娘，加老丈人、老丈母娘，吃饭的共八个人。这老丈母娘老忙忙活活的，整饭菜虽有女儿们整，但都整不太好，她老颠颠搭搭的，不赶趟儿还老帮忙。

老丈人一看，说："这么办吧，咱们暂时先别举杯，今儿过生日我也高兴，咱大伙儿喝酒就说说酒令，说得好可以喝酒吃菜，说得不好就吃饭。"

这三姑娘一听就不高兴了，合计不用问，这不难为俺们呢嘛，他（三姑爷）说不好呀！

大伙儿一听，说："好吧，那就说吧！"

老丈人说："我先出一个。"

大伙儿说："这么办吧，老岳父，你就命个题吧。"

老丈人说："我就命这么个题，头一句占个'圆'字，第二句占个'看'字，第三句占个'群'字，第四句占一个'散'字。"

大伙儿一听，说："好啊，那行呀！"

大姑爷开始就说："我说吧，我就指着门前这棵树说，'前面这个柳树圆上圆，青枝绿叶多么好看，招了家雀成群，小鹰来赶散'。"

老丈人说："对，一点都不差，小鹰一来，多少雀都飞了。喝酒！"

老大说完了，老二也不次，那是秀才出身呀。他一看后面有个大储存仓子，挺像样，粮食装了不少，他就说："我指着仓子说吧，'老丈人的红粮仓圆上圆，里面装的余粮多么好看，招了耗子成群，狸猫来赶散'。"

老丈人说："对，吃口菜，吃口菜。"

这回老丈母娘就有点不大高兴了，她可怜这个姑老爷，怕三姑爷说不好，老丈母娘心软，慈母心嘛！

三姑娘就跟她妈说："你看看去吧，我爹这不硌碜他呢嘛，他会说啥呀！"

老丈母娘戴朵花就到屋里来了，说："还谁要说，不行就不说了。"

老丈人说："都得说，不说不能喝酒。"

三姑爷说："好吧，我说吧。"他一看老丈母娘来了，还戴了朵花，就说，"我老丈母娘脑袋圆上圆，我老丈母娘戴朵花多么好看，招了野汉子成群，老丈人来赶散。"

伍　生活故事

老丈人一听:"喝酒!喝酒!"

被三姑爷这一句话就给打动了,人家不但对上句了,而且扣着韵呢!你说不出别的来呀!

异文:老丈人办寿

这家老丈人要办寿,他有三个女儿,大女儿给的是举人,二女儿给的是秀才,三女儿给的是个庄稼人。

这老丈人是势利眼,就瞧不起这庄稼人。

这天,老丈人又想在酒宴间出酒令。丈母娘也想看看,她也得掂量掂量这姑老爷。三姑娘就冲她妈说:"你看哪,我爹净出这事,老是出酒令,俺家能说好吗?"

她妈说:"那有啥办法?我也拦不了,这么些人我能拦得了吗?"老丈母娘有五六十岁,挺精神的。

老丈人说:"这么办!今天拜寿说个酒令,说好了喝酒,说不好咱们可以到那边休息去!"

大伙儿一听,说:"那说吧!"

老丈人说:"必须是啥呢?一个'站'字,一个'看'字,一个'群'字,一个'散'字,得占这四个字,要不就不能说!"

大伙儿说:"那好吧!"

大姑老爷一瞅,前面有一棵大树,上面有的是雀儿。大姑爷就来词了,说:"岳父,你听着,我说了啊!说你这棵树哇是独立独站,上面青枝绿叶多么好看,招呼家雀儿成群,老鹰来赶散。"

老丈人听后,说:"对,说得一点儿不差!"

二姑老爷一看后边有个大圆仓房。他就说:"老岳父,你这仓房独立独站,你收的余粮万担多么好看,招来耗子成群,老狸猫来赶散。"

大伙儿说:"对,喝酒!"二姑老爷就喝酒。

三姑老爷没词,这说不过去呀!他就着急,这怎么办呢?

老丈人一看三姑爷在那儿瞅,就笑着说:"看你这小子说啥吧!"

这工夫，老丈母娘带个花，也站在旁边瞅着。三姑老爷一看，来词了，就说："老丈母娘独立独站，带朵花多么好看。招来野汉子成群，老丈人给赶散。"

老丈人说："去！喝酒，喝酒！就瞎胡说吧你！"

你看，三姑老爷也把酒令说了，也说对了。

老丈人办寿（二）

有个老丈人要办寿，他有三个姑老爷，大姑爷是举人，二姑爷是秀才，三姑爷是个庄稼人。

老丈人办寿这天，三个姑爷都来了，老丈人就说："这么办吧，咱们今天好好地喝一场。不管怎么的，我办七十大寿，今儿个咱们得说个酒令才能喝酒。这说酒令得有点根据，说啥呢？这头一句得占个'宝'字，第二句占个'大'字，第三句占个'小'字，第四句占个'多'字，第五句占个'少'字，都得利用上，利用不上这五个字不能说。"

大家说："好吧！"

老大首先就说了。老大看到老丈人手里拿个扇子，他一下就把扇子抽出来，说："老丈人的扇子是个宝，打开大，并上小，夏天用得多，冬天用得少。"

老丈人说："对，你说得对，一点不差，合理，喝酒喝酒！"老大就喝上酒了。

这老二瞅了半天，瞅见那边挂了把伞，就把伞抽下来，说："老丈人的伞是个宝，打开大，并上小，下雨天用得多，晴天用得少。"

老丈人说："对，那也不差，谁晴天打伞，喝酒喝酒！"老二也喝上酒了。

老三没词儿了，这怎么办？他一看，人都瞅他。老丈人用手绢擦嘴，心里寻思："你快说呀！"

哎！这时候他想起来了，一下把老丈人的手绢拿来，说："老丈人这个手绢是个宝，打开大，并上小，揩嘴用得多，揩屁股用得少。"

老丈人说："喝酒！喝酒！"

老丈人办寿（三）

有这么一个老丈人，他有三个姑娘。大姑娘给了个举人，二姑娘给了个秀才，三姑娘给的是庄稼人。这个老丈人就有点偏心眼儿，老丈人姓刘，叫刘金。大姑爷叫王建，二姑爷叫高照山，三姑老爷叫张喜。

这一天，就到给老丈人办寿的日子了，女儿女婿们就都来了。大姑老爷有钱啊，骑着高头大马的先来了。二姑爷不一会儿也来了，都拿不少礼物等着。就唯独三姑老爷干等也不来，还让大家等着。

这个三姑老爷干等也不来，这怎么办呢？老丈人就说："这么办吧，我们就等到晌午为止。"

快到晌午了，三姑老爷和三姑娘一起来的。来了以后，这大姑老爷和二姑老爷都不乐意了，这时候老丈人也不乐意了。老丈人就说："你看，这个席本来晌午就该吃，就因为你没来，就没敢做。你看，让你来多耽误事儿！"

大姑老爷就埋怨说："你干啥去了你啊张喜？你怎么才到呢？"

三姑老爷就说："你可别提了！"这时他手里拎一个大兔子，就说，"我看今天不是缺菜吗？今天来这么多亲属，我哪敢耽误工夫啊！我一出门，我就望见一只大兔子，我能不抓吗？"

大姑老爷叫王建，一听三姑老爷说："望见一只大兔子"，就以为三姑老爷说他不是人，是兔子，王建是只兔子！

这时候三姑老爷又说："我望见是只兔子，一只大兔子我能不抓吗？我这一抓啊，你说这兔子一见你抓，它就满山跑啊！"

二姑老爷叫高照山，就把二姑爷也骂了，骂他满山跑。二姐夫一听心想："这小子儿也不把我们当人了！把我俩都给骂了！"

骂完以后，老丈人一听，就说："那你弄了半天不是来晚了吗？"

三姑老爷就说："您别嫌晚啊！这兔子分量不小啊，我一称你猜多少斤？五斤十六两！"

老大说："你真是的！怎么还说拐弯话呢？五斤十六两（过去十六两为一斤），十六两不就是一斤吗？你说六斤好不好？"

三姑老爷说:"老岳父啊,我哪敢说六斤啊!我要是说六斤,不就碰你身上了嘛!你不就成兔子了嘛!"

大伙儿哈哈一笑,弄了半天,三女婿就用这一只兔子把大伙儿都骂了。

老丈人办寿(四)

有这么一个老丈人,他有三个姑老爷:大的是个举人,二的是个秀才,三的是庄稼人。在一起待着,这庄稼人也有点儿文化。

这天,这个老丈人挺高兴,说:"都说庄稼人不行,我今儿试验试验,看庄稼人能不能接两句。这么办,今儿咱们说个拜寿的酒令,一人说一句两句,大伙儿说的是一个意思,能对上就行。"

姑爷们说:"好吧!"

大姑老爷说:"那我先说吧!"

老丈人说:"你说吧!"

大姑老爷说:"好,老岳父福如东海长流水,寿比南山不老松!"

老丈人说:"好!说得好!"

二姑老爷一看,说:"老丈人寿比南山不老松,一年倒比一年年轻!"

老丈人说:"好,对!我还一年比一年年轻了!"

这个三姑老爷一寻思说这么办吧,他就说了:"老岳父福寿双全德无量,山高水深比不上!"意思是你这德功太大了!

老丈人说:"好!别看三姑老爷是庄稼人,说得挺好!"

大伙儿就一块儿喝酒,哈哈一笑,挺高兴。

老丈人办寿（五）

这老员外，自己有三个女儿，大女儿给的举人，二女儿给的秀才，三女儿给的庄稼人。这三女婿，有点文化，但不太高。当初三女儿小时候也没挑就给了，给完以后他就有点儿后悔了，总觉得对不起这三女儿。

这老丈人就攒一部分钱，到办寿的时候了，年岁也大了，就打算把钱分下去。正赶上三姑娘在这儿呢，就说："孩子，这三家数你穷啊，人家都有功名有钱，你们是庄稼人没什么钱。你女婿还不太行，书没念多少，说话还断断磕磕的。我告诉你，我在东院穴了一囤子，囤子里穴的是钱。我呀，明天让三个姑老爷猜，谁猜着算谁的。这你不知道了嘛，你告诉你女婿，谁让你家穷呢。"这老丈人还挺正义。

姑娘说："行，那我记住了。"这姑娘就回家了。

回家告诉她女婿："这回妥了！"

女婿说："啥事呀？"姑娘就把怎么回事一说。女婿说："记不住啊！"

"这你还记不住？"她女婿就有点儿缺心眼似的。这姑娘就说："这么办，你瞅着我。"就给裤腰带解开了，把两个大钱钉裤腰带头上了。"到时候你要忘了，我把裤腰带一抖搂，你一看见大钱，就说'钱'，不就妥了吗？"

"那行，我能记住了！"

这一晃就到了办寿这天。姑老爷们都到了，客人也来挺多。

老丈人说："我这么大岁数了，眼瞅着朝不顾夕了，说不上活多少年。我今天就取个笑话，我那囤子穴了点儿东西，也不能挨个儿分，就谁猜着给谁，那猜不着就拉倒。咱们先让大姑老爷说，完二姑老爷、三姑老爷。"

那囤子穴得挺严，啥也瞅不着啊。大伙儿都瞅着，老丈母娘也瞅着。这老太太也挺惦记三女儿，老女儿嘛，想着安排好了让她家猜着，也挺高兴。

单说这老大，这大姑老爷一看就寻思："不用问哪，我老丈人爱吃细粮，这肯定是粳子。"那时候都吃粳米，没有大米。大姑老爷就说："要我说呀，我岳父穴的是粳子。"

"好，你说的先记这旮旯，完打开再看。二姑老爷，你再猜吧。"

这二姑老爷就想：不能是，粳子这玩意儿带毛的不好整，还得推。"我老丈人囤的小麦，麦子。"

等到问三姑老爷了，这三姑老爷呆啊，就想不起来了。这媳妇急速抖搂裤腰带，抖这个大钱，她在家抖的是这个腰带头，这回露出半截腰带一起抖搂。

三姑老爷挺着急，一看媳妇露出裤腰带来了，就说："咳，真是的，也不是梗子，也不是麦子，一囤子裤腰带子！"

打开一看，是钱啊，最后谁也没整着。

老丈人办寿（六）

有个老员外到七十岁了，要办七十大寿。他有三个姑老爷，大的是个举人，二的是个秀才，三的是个庄稼人。这三姑爷也念过书，不过这老丈人有点儿势利眼，瞧不起庄稼人，把这大的、二的恭敬得了不得，这老三也没有功名啊，家过得不错人家也没瞧起。

这天办寿的时候都来了，在酒宴开始之前，大伙儿刚要拿碗筷吃饭，老丈人说："咱先别吃！今天咱说个酒令，说好了就喝酒吃菜，说不好就上那边坐着去。"

这三姑娘一听就不高兴了，她知道她女婿差啊，怕说不好啊。

这大的没由分说，说："好，说吧！"

老丈人说："这么办，必须一人说一句，不用多。得押韵，押上就行。"

老大一看，就开始说了："要是官宦家，必穿绫罗纱。"

老丈人说："对，好！一点不差，喝酒吧！"

这老二说了："要盖房屋库，必须檩梁柱。"说完也喝了一口酒。

到老三那儿了，这老丈母娘挺心疼姑爷，说："你别说了。"

"不，我说吧。不说酒也不能喝，菜也不能吃。"别看这老三是个庄稼人，也有两下子！他打了个唉声，说："要生疾病疗，必须吆嗨哼。"

老丈人一听，赶紧说："喝酒喝酒，别往下说了！"

老丈人说："这寿办得憋气呀！"

伍　生活故事

雷殛坏学生

从前有两口子，他们有三个孩子，上下差三四岁。这家过得特别累[1]，累得邪乎。他们在哪住呢？就在街西头的一个私学馆门前。私学馆门前有两间小破房，没院墙，啥也没有，他们就在那儿住着。

这个媳妇挺能干。家里没有地，她就一天天地刨点儿荒，拣点儿地种。可男的有病，什么病呢？搁现在的话说就是肺病。他是面黄肌瘦，干脆就瘦得都抬不起头来，是活干不了，没办法，活不起了。哎呀！身体一天不如一天，这日子也过不起来，吃没吃、烧没烧的，啥也没有。

这个男的就哭，对媳妇说："怎么办呢？我还不死，啥活儿也不能干，光你自己劳累也不行啊！再不这么办吧，你就出门改嫁把孩子带走，我自己讨着吃，要着吃活吧！"

女的说："那哪儿行啊！"

最后没办法，女的说："这么办吧，实在不行啊，我就出门找个人家吧！找个人家之后，要两个钱儿，买点儿粮，掂对着能活下去。"

俩人都合计好了，就打算找个人家了。

正好，本街不远有这么一个姓李的，是个跑腿子的，单身。自己靠扛活儿做活儿，攒下点儿钱。他挺诚实，人也挺好。托人一保媒，他还挺愿意订她。

后来他跟女的当面一讲，说："这么办吧，你呀，别看你嫁到我屋，你们家的活计啥的你也顾着，咱不能说撒手不管了。钱呢，我这手里还有，没攒多，就攒了二十两银子，够活几年的。咱们就这么办，有什么活你尽管去，我也不挑，不怕你上孩子那住几宿。因为什么呢？你们太穷了，我就挂着照顾你们一家，你们也是男女，这没办法的。"

老李头儿挺善良的这么个人。他多大岁数呢？他也就四十多岁。说完之后，就把银子拿出来了。二十两银子拿过来以后，这小孩们就自己家待着，这个女的就出门了，上老李头儿家里去了。

---

1 累：困难，困苦。

去了之后,人家老李这回不扛活儿了,自己在个人家的山地刨点儿荒,种点儿地。他每天干活,媳妇就给他送饭。一做饭,媳妇就多做一点儿,到这边给孩子扔下点儿饽饽,再给男的扔下点儿。

一晃过去有好几个月了,这个孩子的爹呀,他确实也挺闹心的。有这么一天,他就把这个银子拿下来,看着银子,说:"银子啊,银子!因为你这银子,我老婆都走了!这真是没办法,活不起呀!"

他看完以后,银子搁哪儿呢?两间小破房,炕的上面就有一个土台子,墙上砖头中间有空儿,他就把钱塞那里头了。这工夫让谁看见了呢?一个学生,也不小了,十六七岁了,他就看见银子了。

这个闹病的男的,他不能老搁屋啊!正好这天,他到大街上树根儿底下溜达溜达,家里两个大孩儿也玩去了,就剩下小小孩儿在家,在炕上趴着玩儿。这个学生就进屋了,进屋之后,没分说就把那银子拿走了。这个小孩虽说三四岁,也会说点儿话,懂点儿事。瞅瞅这个学生,小孩也不认得,就任他拿走了。

拿走不说,单表这个男的呀,回来一看那个包没了!就问大的,大的说:"我没来屋啊!"问小的,小的说:"有一个小伙子,是个学生,到屋拿走了。"

这男的就哭开了,说:"咱们这就没个活路了!这还能活?那是你妈卖身子的钱哪!你说叫人家给拿走了,你都没看住呀!"

小孩儿也哭,那两个大孩子也哭。这干脆是逼他们死啊,没个活了!可是这摊上了怎么办?最后男的一合计:"这么办吧,我就一狠心吧,讲不了了。"他就把外屋的小镐头拿过来,一镐头一个,把三个孩子全打死了!打完以后,他就上吊了,吊死在屋里了。

吊死不说,单表这工夫媳妇该来送饭了,又惦记给他送几个饽饽。

媳妇到屋一看,直眼了!说:"哎呀!为了救活你,我才走到这步,这怎么连孩子都死了呢?天哪!天哪!"她就哭开了。哭完以后,她拿个绳,说:"这么办吧,咱俩吊一块儿吧!"

她也上吊了,这家就五口人,一个没剩。

这一吊死之后就不用说了。单表这个老李头儿,等媳妇送饭没送到,回来一看,家没有人。到那家一看,都死了!他也哭一通,心说:不应该呀!这怎么回事啊这是?这老天也太不公了,太不保护人了,这样的家庭怎么还能出这样的暴事呢?埋吧！他就豁出几两银子来，把这人家全都埋巴上了。这不用说。

五天以后，这大雨下上了。这雷喊里咔嚓地响得邪乎！轰隆隆地响，就围着这个学校转圈，那就不走。老师一看，心说这有事啊！这雷不离咱们这窗户响，咔咔地，屋里这就不用说教书了，待都待不了，震得邪乎。

老师说："不用问，可能我作孽了。这么办，你们都不用动，我出去！"他就自己顶着大雨跑到外面跪着，说，"老天你殛我吧！"这老师五十多岁了，浑身浇透了，雷也没殛。他跑回来了，让学生一个一个出去，硬逼着往出走。学生们就跑出去浇一会儿，完了回来都没事儿，就上别的屋待着去。

最后，偷银子那个学生不出去。

老师说："不行！你得出去。"

他没办法就出去了。到外面，一个霹雷就把他殛死了。殛死以后，老师一看，这学生后边衣裳被揭开了，后背上还有一趟红字。意思是说啥呢？就说你太不应该偷银子，一下要了五口人命，最后老天爷找你了。

要我说呢，这老天爷也找坏人，用雷殛他，不是不找！要不说人还得做好事，叫善有善报，恶有恶报啊！

兄弟对诗

这个老李头啊，叫李安，能有五六十岁，在哪儿呢？就在那个江边住。每天打点儿鱼，打点儿柴火，卖点儿钱，能度上活，不错。

他有一个儿子，多大呢？也就十二三岁，他就自己养活这个小子。

这年正好涨大水，有一天就顺着河边儿冲下来一个小孩儿，这小孩儿就喊"救命"。这小孩儿不知道打哪儿冲来的，就抱个秫秸子在河里漂着。这李安水性大呀，他就下去了，给小孩儿救上来了。

小孩儿也就十来岁，身上衣服湿了，李安就说："上来把衣服脱下来，晒会儿就暖和了。"

小孩儿说："没事儿，大叔我这衣服没事儿，这样晒晒就行。"就站那儿晒了一会儿，衣服就干了。

李安一问小孩儿家在哪，小孩儿就哭了，说："我家没啥人，爹妈死得早，跟着嫂子在一起。我这个嫂子也不好好对我。我给她抱柴火，正好走到河边儿，刚抱上柴火，河水就对着来了，我就掉河里了。我这柴火倒是没撒手，一捆柴火，所以没下去，该着我不死。"

李安一听，说："那你就在我这儿待着吧，正好我就一个儿子。"

小孩儿说："那我认你当干老吧！"

他说："好吧！"

一问这小孩儿说他叫张七。李安的儿子叫李五，李安说："正好！一个五儿，一个七儿，你们俩小子就玩儿吧！"打这以后李五和张七就寸步不离在一起，处得可近便呢！

这回妥了，打柴火、开点儿荒、种点儿地，连打点儿鱼，也够吃。一天一天、朝朝暮暮的也挺好，老头多一个儿子也挺高兴。

一晃能过去有三四年了，这俩小孩儿都大了，李安就跟两个儿子说："这么办吧，咱得盖个好房，现在这房也不行啊！"那时候他们爷仨就攒了两个钱，盖个新房，院子也收拾得挺像样。

这一有钱过得不错，就有保媒的了。这个李五有二十岁了，这个张七呢，也就十八九岁。这张七就跟他哥哥说："哥哥，不行，你订了媳妇我怎么办呢？"

他哥说："你着啥急啊，还差几年呢！"

他爹也说了，意思是别着急，慢慢都给你们办。

张七还是不乐意，说："不行，那我哥要订媳妇，我也要订。"

他爹一看，就劝张七说："你也别着急，我一样的儿女不能两样看待。别看你是我捡的，也一样对待你。"

又过了几天，这李五和张七正在院里待着，正赶上小院儿里燕子絮窝。这李五呢多少念点儿书，他就说："燕子在这儿絮窝。兄弟，我这儿作一首诗，你能不能给对上？"

张七说："那你就说吧！"

李五说啥呢："双双雄燕苦奔忙，家成业就守空房。"

他兄弟一听就笑了，说："可怜雄燕眼太拙，不思雌燕在身旁。"

哎呀！他哥一听，寻思："莫非你是女的咋的？"说："雌燕？怨不得我一说订媳妇你就不乐意呢！"

张七就笑了，笑着扑她哥怀里了，说："我不是女的是啥呀？这些年你都没看出来吗？"

李五说："这莫非是真的？"

她就把鞋甩了，露出三寸金莲来了。

这时候李安也笑了，就说："你俩在一块儿就这么滚着，在一起存哪！十来年当中都不知道她是女孩子？好吧，你俩结婚吧！"结果他俩结婚了。

你看这个，最后两个孩子就结婚了，这一家落个团圆。

李半仙成名

在早，在沈阳的北市场里头，有个给人爻卦相面的老李头。

这个老李头可不是一般人儿，提起他，在北市场一带可有号（名）了，他是能掐会算，爻卦相面样样都行，人送外号"李半仙"。

要说这个李半仙真有那么神吗？听完这个故事你就知道了。

李半仙刚出道的时候名声没有这么大，也没有这个外号。那时候，在他摆的那个卦摊不远处，有个药铺，药铺的少掌柜是个十八九岁的小伙子。小伙子年轻好胜啊，他听人说这老李头算啥还都挺准的，心里挺不服气，就决定亲自去试验试验。

到了李半仙那儿，小伙子心里一合计，开口了："李先生，人都说你能掐会算，神通广大，今儿你给我算算，我那药铺今天能卖多少钱。"

李半仙一听，"这药铺的少掌柜说话挺冲啊，今儿不答对怕是不行。怎么办呢，我不能把话说绝了，要说你卖的少你保准儿不愿意；要说你卖的多，谁知道药铺一天能卖多少钱啊！"他心里一合计，就说："这么着吧，我算算你一个钟点儿能卖多少钱吧！"

药铺少掌柜的一听，说："那也行啊！"

李半仙半眯着眼睛，说："今儿晌午，钟一响打十二点的工夫，管保有一个人去你铺子里买药，买多少钱的呢，多也不买少也不买，就买一块钱的药。"

药铺少掌柜的一听，心说："嚄！这个李半仙真敢吹乎，能掐着钟点儿算出我卖多少钱的药？"

"是吗？那好，今儿真要在十二点的时候，我药铺子卖一块钱药的话，明儿我就给你挂匾，以后就管你叫李半仙了。"药铺少掌柜的嘴上这么说，心里头却想："今儿你老李头要是失算了，看我怎么埋汰你。"

药铺少掌柜的就回去了。一进屋就把家里头那座钟搬来摆柜台上了。年轻好胜啊，药铺少掌柜的干脆啥也不做了，就坐在旁边上瞅着这个钟，盯着钟点儿。

先不说这个少掌柜的。再说这街里有个老王头，是个做豆腐的。做豆腐得用毛驴拉磨啊，谁想昨儿夜里，毛驴跑了，溜到街上就不知道哪去了。老王头天亮起来一看，驴没有了，这可急坏了，这怎么办，没有驴做不了豆腐啊！就直门淌眼泪。

老王头的老伴说："你上爻卦的老李头那算算去吧，都说他会算，万一他知道在哪能找着驴呢，何必你自个儿在家掉眼泪呢。"

老王头就去了。

见着李半仙，就说："老李头啊，人家都说你算得准，昨儿我那毛驴丢了，你给我算算，这个驴究竟是丢哪了？我知道你也不图钱，你要是算对了，明儿我就给你挂块匾，管你叫李半仙，让你出出名。"

李半仙寻思半天，说："行，这么着吧，你不用着急，你回去吃点药吧。"

老王头一听挺纳闷儿，说："我吃药它就能回来？"

"嗯，你只要吃上药，这驴保准自个儿就回来了。可这药你不能乱吃，得按我说的吃。这么的，你就赶今天中午十二点到前面那个药铺买一块钱的药，就在这个钟点，不兴到别的地方买，别的药铺不灵。你就买一块钱的药，多也不行，少也不行，把这药吃了就行了。"

老王头一听，心里有点儿画魂儿，虽说不太相信，可眼下也没别的法儿了啊。

老王头就去了，到那药铺一看，柜台上正好摆着一挂钟，时候还早哪，没到钟点儿。他就在药铺外头溜达，溜达一会儿就扒药铺窗户看看钟点。他在外头看，药铺少掌柜的在屋里看，两个人就盯上这钟了。

到十二点了，钟刚打几下的工夫，老王头就闯进屋了。

"买药！"

少掌柜一看，哎！神了，正好十二点，还真来个买药的。就问："你买啥药，多少钱的？"

"买一块钱的。"

哎呀！这家伙，真准！少掌柜心里一合计，说："到俺这药铺抓药，不能论钱卖，得论服。"

"那我不管，反正我就买一块钱的药。"

药铺少掌柜一听，这老头还挺倔呀，心想，我就不卖你一块钱的，就说："我这药是一块五一服，你买半服是七毛五，一服是一块五。"

"不行，我就买一块钱的，多也不要少也不要。"

少掌柜一看，心里是真服气了：怪不得人家都说老李头的卦准，是真灵啊！就问："你买啥药啊？"

这回轮到老王头直眼儿了，心说，哎呀，当时咋没问问买啥药啊？他就在那寻思。

药铺少掌柜的一看，就问："你买药干啥用吧？"

"我治驴。"老王头也不能说自个儿驴丢了，是李半仙让他来买药的。

"治驴啊。"少掌柜就把这话想一边去了，心想：看来这老头不正经啊，治驴，治什么驴呀？准是他得那种见不得人的大疮病了。

"行啊，我给你抓点儿药，就拿五败毒吧。"少掌柜的心里有数了，就到屋里抓了一块钱的药，用纸包好，拿过来了。

老王头就回家了，到家就把药给了老伴儿，说："你给我熬服药吧。"

老伴儿一看，说："你咋的了，上啥火呀！"

"不是，是看卦的老李头让我吃药，说吃了药驴就能回来，你给我熬吧。"

"这驴丢了不去找，让俺们吃的哪门子药啊！"老太太心里犯嘀咕。可又一想，人家看卦的这么说了，也可能管事儿，那就熬吧。

老太太就找出药壶，准备熬药。她把包药的纸包一打开，吓了一跳：妈呀，这都啥玩意儿啊！就见这药里蜈蚣、蛐蜒的什么都有，连土鳖虫都有。

老太太心说：哎呀，我这老头是不想活了，别的我不认得，蜈蚣还了得，那玩意儿毒性才大呢，这吃了是要死人啊，这不扯呢嘛！干脆我给它挑出去吧。就把蜈蚣、蛐蜒都挑出去了。药里还剩下什么了呢？就剩下巴豆了，巴豆她没挑，她不认得巴豆。

老太太就把药熬好了，端进屋，说："老头子，你吃了吧。"

老王头心里挺不得劲儿，说："人家得病吃药，我是丢驴吃药啊。"一口气就把药咕嘟咕嘟都喝了，喝完以后就往炕上一坐，等驴回来。

其实，老王头的驴没跑出多远儿，就跑到后趟街死胡同子里边去了。这趟街里边第二家住着两口子，都是大烟鬼，正好驴就跑进他们家了。

驴一进院，这两口子就乐了：这不是前趟街老王头的驴嘛！两个人这烟瘾犯了，正愁没钱买烟泡呢。媳妇就说："这么办吧，咱把这驴藏起来，下晚拉出去卖了，卖两个钱够咱们买几个大烟泡的了。"男的说好。

天不黑，不敢往出拉驴啊，怕被别人看见。这两口子就先把驴拴在下屋了。

这驴饿呀，在下屋直门叫唤。做贼心虚，驴一叫唤，媳妇就得给它喂点儿吃的，不能让它叫唤哪，这前后街住着，让老王头听见驴叫咋办。他们家也没有饲料，没有草啊，就把家里的黍米捧点儿喂驴。就这么着，驴一叫，媳妇就喂黍米，一喂喂有二升米。

可下等到天黑了。媳妇对男人说："你出去看看，外面有没有什么人，咱好把驴拉出去卖了。"男的就出去了。

再说这老王头，药吃下去不久，可就惨了。咋的了，肚子疼得邪乎！为啥，巴豆犯劲儿了啊！巴豆那玩意儿吃了拉稀呀！厕所在大街上，老王头是一会儿一趟。媳妇一看，说："你别上厕所了，挺远的，你就在咱家大门口蹲着吧，路挺黑的，也不走人儿。"

老王头就往大门外一蹲，刺刺地拉稀。他心里头这个气啊，心寻思：老李头哇老李头，你可把我坑坏了，我让你帮着找驴，你也不能这么整我啊！驴没回来不说，一会儿我这老命都搭上了。老王头越寻思越来气，一边蹲着拉屎，一边骂开了："我让你拉，让你拉，兔崽子，你拉，我就在这蹲着，宁可在这蹲一宿！"老王头在气头上，骂人的声音挺大，夜里传出多老远。

再说后街这个男的，媳妇让他上外边看看有没有什么人。他一出来，就听见前街老王头的骂声了。他赶忙回去，说："媳妇，可不得了了，敢情老王头知道了这驴是咱们偷的，他正在家门口骂呢，说是要在那儿看咱们一宿。"

媳妇一听，也急了，两口子就都溜到门外，憋着气儿听声。

伍 生活故事

等了一会儿，就老王头那边又开始骂了："人哪，这玩意儿，别坏了良心，真是什么人都有，小心遭报应啊！"其实，老王头这话是骂算卦的呢！骂老李头让他吃药坏了肚子，大晚上的睡不了觉，在这蹲着拉稀。

后街的这两口子不知道啊，一听这话，心里更毛了。

又过了一会儿，老王头那边又骂上了："你有坏道啊，我整不了你，你拉吧，今儿我就看你拉一宿，我宁可蹲着了。"

后街的两口子一听：这可完了，看来这老王头是盯住咱们了，要看一宿了。

这会儿，老王头的肚子都拉空了，疼得也就差点儿劲儿了。他又蹲了一会儿，看看没啥拉头了，老王头就说："这回你不拉了？好，不拉我就进屋，待会你拉我就再出来。"

媳妇在这边一听，说："不行了，咱们赶紧把驴给老王头送回去吧。没听他说嘛，咱要是不拉了，他就进屋，不堵咱们了。要是再拉，人家就再出来，听听，人家是给咱面子哪，街坊邻居住着，人家是不好当面抓咱们哪！"男的一听也没辙了，说："那好吧。"两口子就商量着把驴送回去。

刚要把驴松开，这家的媳妇忽然想起点事儿来了，说："不对啊，先别急着松驴！咱还给这驴喂了二升黍米呢！咱不偷他家的驴了，咱也不能白帮他喂了半天驴啊！咱不能啥也没捞着，还白搭钱。"

"那你说咋办？"

媳妇心眼快，上去就把驴身上的皮龙套扒下来了，说："一个皮龙套还能卖二升黍米的钱呢！"这才把驴松开，照着驴屁股打了一下子，毛驴叫唤两声，就跑出大门去了。

再说老王头，进屋之后就一直叨咕，说："好你个老李头，可把我坑坏了，肚子都拉瘪了，都要脱水了。可不能就这么算了，明儿个非找你算账不可，还吹乎自己怎么能掐会算呢，什么啊，神个屁！"

老太太也说："是啊，算的不准就不准呗，也不能这么调理俺们啊，都一大把年纪了，谁禁得起这么折腾啊！"

老两口这么说话的工夫，就听院里边有动静。

"谁？"两个人到院子里一看，哟！驴回来了，真个儿是驴回来了！老两口这回可乐了，说："不怪人家说，这老李头真是李半仙啊，这卦也太准了，是真灵啊，看来这药没白吃，是真好使呀。"

老王头往驴身上这么一摸，发现问题了，说："不对啊，也没全找回来，驴身上的龙套咋没了，龙套丢了，还值好几块钱呢。"

老太太一看，就说："哎呀，这怨不了人家李半仙了，都怨我呀！我没敢告诉你，怕你吃药吃出毛病来，熬药的时候我没熬全哪，把药挑出去扔了不少呢。这要是全熬了，龙套哪能丢！行了，这回驴找回来了，你明儿个就赶紧给人家挂块匾去吧。"

第二天，老王头就给李半仙挂匾去了。他挂匾的时候，正好药铺子的少掌柜也在那挂匾呢，两个人都管老李头叫"李半仙"，都说他是神人神算。李半仙一天得了两块匾，打那以后，他的名声就传开了。

要说这天下的事儿，真是"无巧不成书"啊！

李府卖粮遇强盗

这是一个卖粮的故事。

河北（辽河以北）有个老王家，老王家过得不错，能有三四十垧地。老头儿就是抠得邪乎，你赶上在堡子当中，谁要是缺点粮了，借点东西，他是一致不行，就这么个人。但是他的地不少，有好几十垧地，那时候种啥呢？种大豆。咱们辽河两岸都种豆子，豆子贵，人们都上营口卖豆子，沈阳也收豆子，一斗黄豆顶三斗高粱的价钱，所以都种豆子。

老王家的豆子就种得多，到了秋天，豆子就都打下来了。下来以后，他就到沈阳去卖，沈阳收豆子呀。他个人有一辆车，又求了俩车，都是大牲口车，都套三四套的，一车拉得都不那么多，不像现在的车，都是铁车。一车如果论担的话，能拉六七担，就是拉两千六七百斤，不像现在的大车，都能拉好几万斤。

虽然就拉两千六七百斤，但这豆子卖完，钱就不少了。一垧地才打五六担豆，他把这三十垧地的豆子一堆儿就都拉去了。

老头儿五六十岁了，身体不太好，取完车之后，他就告诉姑老爷去卖。姑老爷是河南二道房的人，姓李，叫李府，这姑爷挺沙楞，小伙儿也就二十六七岁。

伍 生活故事 ·839·

他就跟这个姑爷说:"正好,你去吧。"

这老李家过得也不错,咱说姑娘结婚不都找门当户对的嘛,要是穷的话,他也不能给呀,他得给有钱的。

姑爷说:"行,我去。"姑爷挺开朗、挺善良,小伙儿挺帅,坐着大车就去了。

这三辆马车就他一个人跟车去的,车上的袋子装得满满的,他坐在车上,当然坐的是头车了。车搁河北过来之后,路过石佛寺,一过石佛寺就算出堡子了。

道旁坐了一个三十多岁的老小伙子,他就站起来了,一摆手,说:"老板,能不能捎个脚呀?我打算上沈阳去,借个光。现在天都冷了,我给你扛活儿,你赏我两个钱给孩子买点衣服,到沈阳给买点破烂穿穿。我这走也走不起,没有车,我看你们这几个大车挺壮,是不是能捎捎脚呀?"

没等车老板说话呢,李府往里边一看,说:"那好,上来吧,这么个大车还差一个人的分量了!来来来,上车,上车咱俩唠嗑还方便。"李府给腾了个地方,就把垫儿给他铺开了,说,"你坐这儿吧。"李府特别客气。

坐这个车的人挺高兴,合计这人确实不错,就上车了。到车上坐着唠扯,他就说:"我是给人家扛活儿的,这不粮食下来了嘛,想使唤两个钱,我挂着回去给孩子买点破烂,拿点穿的。"

李府说:"行,这没说道。"

坐车上也没唠什么,就到沈阳小北了,小北有个郭家老店,那是多年的老店了,是个大车店。那大车店不仅帮着卖粮,还能住车住店,店挺大!

他们住下之后,就到下晚黑了,李府说:"这么办吧,咱们得吃饭去呀,走,一堆儿吃去吧。"就让坐车的小伙子也去吃了。

这个坐车的小伙子不去,李府就说:"你不用多心,一堆儿来的,俺们这三车两车的,还差你吃顿饭了!来吧,一堆儿吃吧,你别多心了。"他们就点菜、点酒,三个老板子加他俩,一堆儿吃的,乐乐呵呵的。

饭也吃完了,酒也喝完了,挺好!

第二天了,这得卖粮啊,郭家老掌柜的说:"一会儿能上来贩粮的人。"

没一会儿,那粮贩子就上来了,有不少粮贩子。老掌柜也叫粮把式,就是他给设个粮库,卖粮的给他点好处,给提点成似的,他就帮着卖粮。

他们把粮食都卖了,卖完得过秤。第二天早上过秤的时候,坐车的小伙子就说:

"这么办,我帮你忙去,你们就一个掌包的,不够用。"他就上车,帮着卖粮去了。

卖完之后,李府就问他,说:"你贵姓呀,坐一天车了都没问你。"

坐车的小伙说:"我姓吕,两个口字那个吕。"

这粮卖到下晚,吃饭的时候,还是姑爷李府说:"这么办,咱卖了一天粮,还是我请客。"他们又一堆儿吃了饭。

第二天早上起来,坐车的小伙儿就说上街溜达溜达,买点东西。他去的时候就拿个包袱皮儿,搁绳子系着。回来以后,看那包袱皮儿里面也没多多少东西,还是那么系着回来的。

李府也没好问,就合计,你来一趟这儿买啥了?也没买啥呀!他就说:"你打算多咱回去呀?"

"我打算就这一半天,明天也回去。"

"那正好,回去还坐我们车吧。"

"我打算就这意思,再搭个车回去,省着我走了,要不坐车时还得找别人车。"

"那好吧。"

第二天早上起来吃饭,这小伙儿就说:"今天不管怎么样,我也得请你们客。来也坐你们车,回去也坐你们车,在这道上你们还供我好几顿饭,我于心不忍呀。我吃不起好的,我没有,我就买两碗面条吃吃呀,我于心也就安了似的。"后来他就非买不结。到那儿,他就买点饭菜伍的,也买得不错,他们大伙儿就这么吃一顿,坐上车就回来了。

小伙儿回来的时候,正好还和掌包的(李府)坐一个车。这回坐的是当中第二辆车,因为李府带着钱,前面空车,后面空车,掌包的坐第二辆车,他就把钱裹麻袋里了,那钱卖得多呀!那时候不像现在,那时候花啥呢?零的是铜子儿,整的是票。卖完粮,那都是一沓儿一沓儿的整票,他就给装麻袋里了。一共卖了不少,能有十多沓儿,裹着装上之后,就坐车走了。

一走走到哪呢?走到沈阳北的道义屯,道义屯有个北大沟。北大沟这地方爱出事儿,那是最背的,因为北大沟转圈都是山崖,底下都是沟,哪边叫都能去,那都是奔各头去的。

正到北大沟那儿,上边"嗖"的一下,上去一匹马,骑的是一匹白马,一个小伙儿上来了,大概也就三十多岁,到那儿一摆手,说:"站住,别动!"枪掏出来就对上了,"车停下,停下!"

他们回来得早一点,日头出来以后就往回赶。再一个就是冬天景儿,天也黑了,车也不那么多。

骑马的说:"赶快,把车磨过来。"前面的大车就磨过来了,头冲北。"用那辆车顶着它,不兴动弹,都围一堆儿!"

这回,他们被围一块儿堆就跑不了了,骑马的把枪对着他们说:"痛快拿钱!"

李府寻思,这给老丈人卖粮却遭抢了,糟透了!

"你痛快拿!"

"好吧。"李府打怵呀,哆里哆嗦地就摸兜。

这个姓吕的,坐散座车的就小声说:"你拿吧,不拿能行吗?你看这样子,拿吧。"

李府没办法,就把兜给整开了,把麻袋打开,伸手进去一点点拽,捻出来两沓儿。他卖了能有十沓儿,现在说这两沓儿就两万元似的。他把这两沓儿拿出来,就递过去了。

骑马的把钱拿过来以后,搁手一攥,"不行,你卖了三车粮,卖了那些钱呢,俺们跟你一两天了,你来时就跟着你,你还这么玩?不行,还得拿!"

这还让拿,李府一看没办法了,又拿出三沓儿来。

"不行,还得拿!"骑马的还让拿。

这个姓吕的就说:"朋友啊,我也是坐车的,够一说了。你也知道他一共卖多少钱,扣几层利就行了呗,他回去给人家怎么交代?还有种了一年地,能一点不剩?咱说,但能饶人就得饶人呀!"

"你少多管闲事,快拿钱!"骑马的说。

哎呀,一听还得拿钱,说:"那好吧。"李府就哆嗦到一块儿堆去了,手吓得拿不了钱了,他没遇到过这种事。这家伙,那枪就在对面对着,还没有五步远呢!

人家那小伙儿骑着马,在马身上,还没下马。那时候冷,骑马的穿个大皮袄,戴个大帽子。

这姓吕的就说:"我帮你拿吧,这么的还不行嘛。"就把李府扒拉过去,他把手就伸口袋里了。

他一伸手,就往兜里摸了一下子,就听兜里"咯噔"一下子。李府不知道怎回事，他就伸手拿钱了，把十沓儿钱全拿出来了，说："这回你看看吧，都拿出来了，你看看行不行？"

"好！"骑马的一接，"叭"一下响了，姓吕的就把他顺马给捯下来了。

姓吕的有一个小撸子，就是小手枪，正在那钱底下压着呢，骑马的掏兜一按，枪子儿就顶上来了，上来之后就把他打下马了。

掉下马以后，姓吕的没由分说，就对着骑马的崩下去，到那儿把他的手枪抢来了，抢下来一看，这个人倒了，被打得顺嘴往外冒沫，都蹿血了，身上都是血。姓吕的一脚又踹过去，伸手把他的皮袄拽下去，说："你太不够朋友了，我这么说你都不允许，你个人找死！"

姓吕的一回身，就把钱"啪啪"全都捡起来，完后"啪"扔车上了，告诉李府说："李府，你够朋友！今天我跟你说实在话，我也是干这个的，我也是跟这车来的。你老丈人的人情太死了，都在河北住，那些穷人求他借点粮，都不行，人们没有不反映他的。我气得跟他这卖粮车过来，就是要抢这个功，叫他知道知道。但是遇到你这个好姑老爷了，我看你人情太好了，我感恩不尽。要是他不抢，今天到这旮旯儿，我也得劫你。我不能多劫，就劫一沓儿两沓儿的，教育教育你这个老丈人。这回我就不劫了，我已经得到一匹马、一支枪，我就知足了，他该死，这马也归我了。但是你回去以后，告诉你老丈人，必须要做善，要是不做善，下次还有吃亏的时候。"

这李府一听，就朝他说："朋友！"

姓吕的说："你不用问我是哪个地方的，咱俩做个陌路朋友就算了。你这大车赶快走吧，没事了，我给你瞅一会儿。"

这大车磨过来就往北赶去了，人家骑着白马就往东去了。

从那以后，这事就传出来了。他老丈人打那以后也确实真行善了，一般大伙儿赶上没有吃的了，到他那儿去，都不会让空着进去，都背一口袋进去，找他要粮食，他多少都能给点儿，一斗二斗地给他们吃。

他就改向善了，被教育过来了。

李员外和刘员外

要不说人这玩意儿，不管有什么也好，还得有一个骄傲性。

这李员外家有钱，但有钱是有钱，就没有儿子，有两个姑娘，前儿也出门了。

这天，李员外就请刘员外吃饭。他俩过得都不错，在酒宴间，这李员外就告诉下人们，说："这么办，把桌子放地下，别往炕上放，下地吃！"

底下的一书童说："那什么，员外爷，这地下不太平啊，桌子不好放。"

李员外一听，说："不是有银子吗？搁银子垫桌下！"说着，书童就把银子垫桌下了。

老太太一看就笑了，李员外就说："你笑啥？不行就给我用金子垫，咱不是有钱嘛！"

完了把桌子放下去之后，就搁银子块上放一块金子垫，就把桌子垫平了。刘员外一看，心里就合计："这不是砢碜我没钱，让我跟你比呀！"他也就没吱声。

酒也喝完了，菜也吃完了，刘员外就回家了。

过了几天，刘员外说："我也请他喝酒！"就把李员外请来了。

请来之后，刘员外心想："今儿我也让你看看！你钱大，我没钱，我让你知道我有儿子！"

刘员外有四个小子，都有多大呢？大的也有二十二三岁，最小的也有十五六岁。这刘员外就说："这么办，今天咱们就在炕上吃饭。"

这刘老太太也说："就炕上吃吧！"

在炕上吃半道，刘员外说："这炕上多热呀，下地吃吧！"

刘老太太一听，就说："挤那个桌子上怎么吃，还能坐地下吃吗？再借高凳子？"

刘员外说："有办法，把孩子叫过来！"就把四个儿子叫过来了。叫过来之后，刘员外对孩子们说："四个人，一人在底下抱一根腿！"

儿子抱着桌腿，刘员外吃了两口又说："出外头，树底下那儿有凉快地方！"

就这么挪了四五回，这李员外一看，心想，"哎呀，看起来黄金不抵儿女呀！这儿女抱着桌腿走哪儿都能吃，这黄金能挪吗？你看人家，还得有儿子！"

他就跟刘员外说："大哥，你别整别的，我明白了。多钱非人贵，儿子值钱多，人还得有儿子！"

这在互相一排挤当中，李员外就说出这话来了。

两不该贪

这是个道德故事。有个人叫张士杭，在县太爷旁边当听差，给人跑跑腿、传传差，办点事什么的。人挺好，也就二十三四岁，新结的婚，结婚没有半年多媳妇怀孕了。还有个听差叫姚二，张士杭管他叫姚二弟，十八九岁，小伙儿挺精神，没媳妇，也没订婚。他俩处得不错。

正赶上县里有一段公文要去南洋办，一看谁妥靠呢，就打发张士杭："你去吧，你岁数大，准成，多带点盘缠，这次去多则三年，少则也得二年多，这事也是挺扎手，别人办不来。"

张士杭一听，没办法呀，办吧，回去就跟他媳妇说了。他媳妇就说："你真是，我这怀揣有孕都四五个月了，而且生孩子的时候不容易，这玩意儿产前产后最危险，你不在家我哪放心。"

张士杭说："没办法，官差由不了自身，人家让我去，我不去不行。有什么事儿，县里还有别人哪，也能帮忙，我和姚二弟处得不错，他也能帮忙，再说有李大娘在傍拉儿住着呢。"这张士杭就走了，他走了不说。

单说这个家。这姚二不守正道，他一看张士杭走了，他媳妇长得漂亮啊，就惦记人家了。要不说得好呢，人这玩意儿有几不该呢，是"干柴怕烈火，烈女怕缠郎"啊！他就惦记着这女的了，但人家正经，他贴不上，还不敢太往那儿贴，他就寻思：这可怎么办呢？

这个李大娘是干啥的呢，是走家串户卖花的。整点鲜花卖卖，卖卖这、卖卖那，是个串百家门的。他就把这李大娘摸清楚了，就跟她说："李大娘，能不能帮我个忙，把这事拉扯成之后，必有重谢。"

李大娘说："那可不好拉呀，张士杭那媳妇挺正。"

姚二说："你想办法呀，她一个姑娘新结婚，别的啥也不懂，你用什么方式不行，非要说让我俩怎么的吗？"

"那我得白唬她。"

当时姚二就掏出两块银子来，一块银子四十二两呀，要不说钱这玩意儿了不得呢，这银子真好啊，李大娘说："行，我试验试验！"

李大娘下晚儿就去了，媳妇一看："呀，李大娘来了。"

"啊，到这儿看你有啥活儿不，买点啥不？"

"不用，我这身板还能收拾。"

"你男的走了？"

"走不少日子了。"

"也真是，他走了你个人怎么办啊，你这孩子现在怎么样了？"

"孩子也没生，哪知道怎么样。"

"来，我给你摸摸这胎正不正。"

这媳妇一看都是女的，怕啥，就把衣服、裤子解开了，李大娘就摸摸她肚子："嗯？"

"怎么了，大娘有事就说吧。"

"我不好说。"

"说吧！"

"你可别磨不开呀，你这孩子不全，一条腿没有，短腿呀！你俩造孩子前儿，他那时可能精气不足点儿，差点儿，这孩子腿就不全，生完肯定一腿长一腿短，还兴没有哪，没有这半拉不就瘸了吗？"

"那可怎么办哪？"

"能有办法，可是女婿不在家呀。这你俩得到一块儿堆，到一块儿堆孩子还能长上。"

"那怎么办哪，他出差得好几年呢。"

"那要不你就找别人，找个年轻小伙儿体格壮的，不用别的，到一块儿堆一个月就成功。"

"那多不好呀。"

李大娘就说："那谁也不说谁知道啊，你不是为了孩子嘛，要不怎么办哪？"

这女的不懂别的事，就寻思这是真事儿呢。李大娘就赶紧说："这么办吧，我给你找个人吧，就是一块儿堆当差的那姚二，你们处得都不错，就他吧，他体格还壮！"

这女的就默许了，不懂啊！这姚二可妥了，得把儿了，他真没想到这个，天天来，两个人就到一块儿堆了。

一天长两天短，一晃姚二在这儿待了就能有一年上下了，黑天白天的就不离这旮旯了，睡长了以后他就习惯成自然了，就像个人老婆一样了！这回孩子生下来了，是个小小子，还挺好，咱说这孩子本来就没啥问题，他就用那个方式骗人家，睡人家。

这个女的还挺高兴，说："多亏你啊，没你这孩子短一条腿，不就完了吗？"还领人情。一晃快三年了，她告诉姚二："你可别来了，那边来信了，要回来了。"

姚二说："那我就不来了。"

正好到三年头上，这个张士杭就回来了，张士杭来回去了三年，一看这媳妇把他接下来了，还挺乐。媳妇认为没缺点，她不懂得那个事儿，还觉得挺高兴。到屋坐下之后，两个人唠得挺近便，他一看小孩都会走了，那孩子都两三岁了，满炕跑了，就把孩子抱起来稀罕这孩子，说："这好，确实好！"

他媳妇说啥："好怎么好的，这还不是借光儿，你一去出差这么多年，要不借光的，能有这样的孩子！"

张士杭说："怎么的呢？"

他媳妇说："你走以后啊，人家李大娘给我看了，说这孩子短一条腿，说是你精气不足造孩子没造全，这没办法，还得找人家姚二，他二叔，人家俺俩在一块儿堆存多长时间，才给这孩子接上一个腿。"

张士杭一听：哎呀，姚二啊姚二，你不应该呀！咱俩这么好的朋友，你不能睡我媳妇啊！还缺个腿儿，你想的倒挺绝！寻思：拉倒吧，也不能说，等着机会吧！

他们这谁也没说，还是正常处法儿。一晃儿到秋后了，这个姚二娶媳妇了，媳妇是个大姑娘，长得挺漂亮，这个张士杭就在那儿连帮忙带伍的，帮着忙活。

结婚这天下晚儿呀，姚二要入洞房这工夫，外边张士杭就把他柴火垛子给点着了，那柴火垛挨着下屋，有粮食啥的，他就喊："可了不得！救火！"这人都跑出去了，姚二一看也顾不上别的了，就跑去救火了。

张士杭就跑洞房那屋去了，那时候女的不认得呀，俩人从没见过面，都小时候订的，他到屋就说："媳妇，赶快睡觉，焐被，趁着火烧旺运，这有孩子能出息，能当官儿！"媳妇一看他也是个官，就由着他吧，两个人就到一起了，张士杭就把她睡了，睡完之后他就起来穿衣服走了。

走了以后，这个姚二救完火快小半夜了，回来了，到屋寻思睡觉，还要碰她，媳妇说："你不刚弄完，还碰啥呢？"

姚二说："不啊，啥呀？"

"你说火烧旺运，到一块儿堆……哎呀，不像你呀！"

他媳妇一说刚才的人长什么样，得了！他明白了，这就激了，那时候院子还有人呢，他激了就骂："太不是人了，不应该整这事儿呀！"回头一看，有个纸条在外门子贴着呢，写啥呢：

士杭因公下南洋，家中撇下女娇娘。

多亏二弟你相助，生下强壮小儿郎。

你结婚，我帮忙，一朵鲜花我先尝。

各自痛苦各自受，各自难受心内装。

意思是你不用吵吵，没用！这姚二一合计：真这么个事啊！咱把人媳妇睡了一溜十三招，最后咱结婚，媳妇让人家给睡了，说啥吧，就各人痛苦各人装吧！

所以他俩从那以后就绝交了。

两好合一好

过去有这么一个挺诚实朴素的人，叫王俊。家庭过得不咋着，挺穷，但他肯干。就个人开店，做买卖。

干到多大岁数呢？到三十多岁了，一看家里也过得不错了，店也开得行了，买卖也行了。下边就有掌柜的说："王老财东，你得办个人啊！俗语说得好，'不孝有三，无后为大'，你这么大家产，没有后人怎么能行啊！你这么大个家业，过得也有钱了。"

王俊说："这哪儿有相当的呀。我都三十五六岁了，哪儿有相当的，办也得办寡妇了，姑娘谁给我呀？我宁可多花俩钱儿也行啊！"

他说:"正好儿,俺们屯里有个姓高的,叫高牛,家里边困难得邪乎。就两口子,他媳妇二十五六岁,男的也三十多岁,家里困难得邪乎。有个小孩儿家里养活着都成问题,你看,她要是办你这儿,嫁你之后,她家也得过了,孩子也能活了。你这人心好,也能照顾照顾她家。"

王俊一听,说:"也行。"这一保媒就保妥了,就把高牛的媳妇给保来了。保来之后,就说:"这么办吧,天天自己弄什么,就一起过,结婚吧。"

这就请来亲朋好友,正式结婚。这婚礼也施行了,到下晚儿入洞房的时候,这王俊进屋儿一看,这媳妇长得确实不错,在炕上坐着。一看,面冲里哭呢!

王俊一看不高兴,心说:入洞房了,头一天晚上你哭。就说:"娘子,你哭什么?你有什么难心事儿跟我说。我王俊不能强制你,我这一辈子当中没娶媳妇,就已经是缺点了,我也不能强制你。你有什么心事,说吧。"

她说:"我不是哭别的,俺和我男的结婚有五六年了,就没干过一回架,俺俩感情特别好。就差现在活不起,孩子还小,没有他干不了活儿,他身体还不太好,所以我才出门。可我还真想他,不忍心出门。不出门吧,还活不起,所以我个人寻思着委屈,确实想哭。"

他一听:"呃,你说的是实心话?"

她说:"是实心话。不是俺们俩生分了,他把我卖了。他卖我是为了将养孩子,俺们俩合计着,我不出门不行了,是我提出的要出门,要出门找人家。现在我哭不是后悔,主要是哭我这命啊!你叫我哭几声就好了,我该怎么过还跟你怎么过,不用寻思别的。"

王俊说:"你要是这么的,你回去团圆好不?"

女的说:"我要是回去,这钱是问题,没花的也没吃的。你的五十两银子都给我了,我不来行吗?我都卖给你了。"

王俊心眼儿最好,自己打了个"唉"声,说:"这么办吧,我王俊不能做这样缺德的事儿,把你们的家庭拆散,你俩还没啥感情问题,完了你还天天哭,他和孩子还想你。"

女的说:"孩子能不想我吗?"

王俊说:"行了,你睡你的觉,你在炕上睡,我在地上睡,咱俩谁也别碰谁。"

这王俊就在地上搪个木头睡了一宿。天亮了,说:"这么办,我把你送回去吧,你比我岁数小,我像你哥哥似的。我就认你做干妹妹,我这钱哪也不往回要了。就这么的吧!几十两银子够你们一家人过生活。"

她说:"能行吗?我得给你跪下了。"

王俊说:"哎呀,你快起来,快起来,用不着这样。"完了第二天早起之后,吃了点儿饭,他就亲自坐车把这个高牛媳妇送到家去了。

到家,这媳妇就怎来怎去地跟男的一说,这男的和孩子都给王俊跪下了,说:"哎呀!世上哪有这么好的人呢!"

王俊说:"你不用说别的了,咱俩做个朋友吧。你能干啥?"

男的说:"我干别的不行,身体不太好,软弱点儿,所以干不了,精神也不痛快,所以我就过不下去了。"

王俊说:"这么办,银子就给你了,我不要了。这还不算,要是你真的没处去了,就到我那儿。我的买卖缺人,你要是能经营外边,经营业务就行。我就是短个贴心人,我要是出去了没人看家,没人掌管这摊儿,我这还雇着十来个人呢。我看你这人也特别忠诚,挺实惠,所以我就相信你们了。"

他说:"那好,我一定去。我一定对得住你,你比我亲哥哥都强!我一定去。"所以高牛和他媳妇全家都搬到了王俊那儿,整个的买卖就都让他们做了,这两家就变成了一家。他真好,他就成了大哥了。

这样一过就过了有二年,王俊老是唉声叹气的。这个媳妇就看出来了,就问这个高牛,说:"大哥怎么老是唉声叹气的,是不是有什么闹心的事儿啊?他是不是还想媳妇,打算办个人呢?人家这么大个家业,有钱有势的,岁数也不大,才三十来岁。不办个人也不合适,要不咱给他办个?"

这高牛就说:"大哥,我看你最近精神实在不怎么痛快,你到底怎么回事儿,你和我说说不好?咱俩都不分心了,两家都合一家了。"

王俊说:"唉,我不是没媳妇,我有媳妇在关里呀。头五年我来呀,我把我妈和媳妇都扔家了,还有个小孩儿。就差这两年我没挣多少钱,就没给家里邮钱,后边我已经挣钱了,我回去一趟。那边涨大水,涝了之后不知道我这媳妇和我妈到哪儿去了。说这俩人要饭走了。那地方山河水涝,人活不起都走了。所以我现在是杳无音讯,找也找不着,没办法,我寻思着攒两个钱儿,我连老母亲都养不起,连媳妇都跑了,你说我能不愁吗?"

高牛一听，说："呃，那就慢慢遇吧。"

这就不说了。又过了些日子，正赶上要办货去，到大集上办货去。到京城办货去，是高牛去的。带几个伙计，大马车拴着就去了。就听见老百姓讲，咱这地方太穷了，水涨得太邪乎了。没办法只能卖人口，姑娘媳妇都出卖，插着草标。

高牛说："唉，我看看去，真有这事儿吗？"到那儿一看，确实啊！老太太最大岁数五十多岁了，出个价，三十多岁的也出个价，二十多岁的姑娘也插着草标。这人都活不起！

他一考虑：哎呀，王俊大哥没老婆，我看看有没有相当的给他娶一个。有没有二三十岁的，他也三十多岁。一看，正好儿前边有一个女的，长得确实不错，挺稳当，也就三十来岁，插着草标要卖。他就过去问，说："这位大嫂，你是不是要找个人家，是打算要出嫁吗？"

女的说："对，我找个人自卖自身。"

他问："那你多少钱呢？"

她说："我不能贵，便宜，因为我有个要求，我有个老妈，我得把老妈带上。我不能不孝，我得带上她，要是可以你给我十两银子就行。把我妈带去她能吃上饭，另外她也能帮忙干点儿活儿，也不能白吃饭。因为俺们家里没人了，我不能把我老婆婆扔下。如果你要是不让我带妈，你就是给我一百两银子我也不卖。我就是为了养活老太太才这么做的。"

老太太说："我是个累赘呀！媳妇出门还得带着我呀。"

高牛一看，挺好。说："这么办吧，你跟我去。到那儿看看，你要是行就行，不行临走给你拿点儿路费你再回来。"

"那好吧。"就跟着回来了。上大车了，赶车下晚儿到家了。

下车之后，他就喊："王俊大哥，我给你办个人来了。你过来看怎么样，相当不？"

这王俊一听："哎呀！你咋给我办这事儿了呢？"高牛媳妇就跑去了，高牛的媳妇一看，不错。就喊："大哥，这人不错，你看看去吧。真的挺好，还带着个老太太，把婆婆也带来了，这人多孝道啊！"

这王俊出门一看就直眼儿了。"哎呀！这不是我妈吗？！"到那儿之后，紧走两步就给他妈跪下了，说："妈，儿子不孝啊，对不起您老人家！您这是打哪儿来呀？"

老太太抱着儿子就哭起来了，媳妇也哭起来了，就是王俊他媳妇和他妈。这高牛一看,说:"太准成了!我把你媳妇和你妈买来了。这也不容易啊!"

三口人一合计,说:"这么办吧,咱就归到一起吧。现在我也有家了,我的家资你随便拿,我给你一部分。"

高牛说:"不能分开,因为这都是你的家,我没法拿。我还给你做活儿。"

后边王俊说:"这么办,你也不用给我做活儿了。咱就像哥俩一样,咱俩要分家,就一人一半,不分家就还在一起过。"两个媳妇愿意在一起过,后来他俩就变得跟亲兄弟一样。

从那以后,他俩就是两好合一好,高、王两家变成了一家。最后传出去了,俩人过得确实不错,俩人也都有了孩子,孩子也都成名了。

量心

有一个木匠,特别精巧,多大岁数也没收徒弟。到五十多岁了,有一个小孩儿叫李巧儿,他一看这小伙儿挺精明,精得邪乎,意思就打算要学徒,老木匠就一直拖着。后来这老木匠一看,说:"那就收一个吧。"就把李巧儿收下了。

这老木匠也没别人,老伴儿也死了,也没儿没女,对小木匠说:"我收了你个人啊,你就像我的儿子一样,我把我那点儿手艺全教给你。"

小木匠说:"那好吧。"老木匠就把自己木匠那点儿手艺三年工夫全都教给小木匠了,小木匠学得特别好。

到三年头儿上,学好了之后,这小木匠也知足了,到哪儿干活全都行了。一合计:"我犯不上啊,你六十多岁的老头子了,我还得养活你?我就跟你学了这几年手艺。"一合计,"干脆呀,我就不在家待着了,我就溜达吧"。他就不辞而别,个人偷着走了,上外边干活儿去了。

老木匠一看,这也没人伺候他了,整饭也没人整了,太难得邪乎了。心想:"那时候你学手艺的时候我全都教给你了,现在你不伺候我了,你说我怎么办?"一看没办法了,一合计:"干脆呀,我就做个木头人。"这老木匠手艺特别精,就做了个木头人。做完都够尺寸的话像人那么高,完了这木头人做好之后,上完劲儿就能动弹,就能干活儿，能烧水，能做饭。就能帮人干活儿似的，就像现在的机器人。

搁这儿一传，可了不得，这老木匠有木头人，帮他干这个干那个的。这李巧儿小伙儿一听，这他师父还有这手艺，我学了三年他都没教给我呀。我回去看看去，他就回来了。

进屋儿一看，木头人正在屋里给烧火呢！烧火端盆都行。心说：这可真是精透了。他就说："师父，我头一阵啊，心忙得邪乎，我不知道怎么回事啊，我就想家。在家里待了一些日子，闹病了。要不我哪儿能不回来，这回我好了，回来了，来伺候师父了。"

老木匠就说："你来了就在这儿待着吧。"他就在这儿待着了。黑天他就出去了，就把那木头人胳膊、腿多长都量了，屁股多大，腰围多粗，脑袋啥样，全量出尺寸了。待些日子就又和他师父说："师父，我得回趟家。"

老木匠说："你回就回去吧。"他个人就回家了。

到家之后，就做了那么个人，和他师父做的是一点儿不差，分毫不差。做好以后，他就拿起来了，但他一按，怎么磕屁股都不走。他师父做的一拍屁股蛋儿就能走，能干活儿，他这个咋拍也不动弹，是个死木头人。

他就把这个拿来了，说："师父啊，我想跟你学这点儿手艺，我这学艺也是偷艺。我按照你那尺寸都量去了，我也做了一个，但他怎么不走呢？"

师父说："是吗？那是你没做到。"

他说："做到了，啥都一样啊！"

他师父说："你好好量了吗？你都量好了吗？"

他说："量好了，脑袋也量了，身板儿也量了，腰多粗，胳膊、腿多长都量了，就连脚指头都全量透了。"

这老师父打了个唉声，说："唉，你呀，没量心哪！"

他说："对呀，我心是没量啊！"

老师父说："没良心，一事无成啊！你回去吧。"

他一听，呃，这就明白了。

到家之后，李巧儿的妈就说了："你没良心啊，你那时候说得好，给人家养老送终啊，你这么没良心，你那木头人还能走吗？他说你没量心这是教育你啊！"

搁这儿李巧儿就明白了，他这师父是教育他呢。打那儿，这小孩儿也不敢往师父

伍　生活故事　·853·

那儿去了，他这手艺也没学成，最后木头人也不会做。

辽河边认义女

有一个老李头，老头自己挺孤单地在辽河边住。

这天傍晌的时候，他就个人上河边溜达去了。一看，河那边从那个头上一冒一冒的，像一个人，哎，这不是人吗？一看，这人身体在树干上摁着，脑袋在这上担着，就一声不吱。哎呀，这是个女的！离岸边上不太远，能捞出来，紧那旮旯一般能够底儿，这老头住河边，他有点主意，就没说什么，往里边一点点儿下脚，够着之后他一手旋转着就把这树干拽住了，就拽到边上来了，把女的抱住之后，水就没他的腰身了，他顺着边一点儿点儿地挨着走，到浅滩上，就把女的抱上岸来了。

到岸上这女的就不省人事，他把她控一阵水叫一阵，这女的就这么明白了，活过来了。这一活，女的就哭起来了，说："哎呀！我真应该死的，怎么没死呢？"他就问这女的是什么地方的。这女的说："我是王家窝堡的，家挺有钱，我是结婚第二年的工夫摊的事儿，二十三岁了。俺们这柴火垛在哪呢？就在河滩边上堆的柴火垛。这辽河它老难堆柴火了，原先堆挺远，这回它堆到辽河边了。我抱完柴火之后，顺便到河边看看，忽然我'扑通'一下和柴火一块儿去了，我就掉进去了，我抱着捆柴火没撒手啊！一冲冲到这旮旯了，冲到这儿。"这一算，冲到这儿有五十里地，她一直抱着柴火。"我就没死，多亏您老给我救下来了。"她连着磕一阵头。

老头说："这么办，你到我家吧！不管怎的，给你整点儿饭吃。"就把她接到家了，到家一看，家里就一个老头，啥也没有。

姑娘说："这么办，那我先不走了，我就认你干老得了，你就像我爹一样，我也不躲背你。"这姑娘个人就在那屋里，也没躲背他，就把那衣服都洗了换了，全弄巴完了。

老头说："好，像我女儿似的。"待了两天，就给王家窝堡去信了，那边就来人了，这家里怪有钱的，这个小伙儿来了就管他叫干爹，叫老丈人。

这老头虽然没儿没女，但得这个干女儿真享福了，到晚年之后，这干女儿给他养老送终，一直养活到老，最后死了还发送的。要不说干女儿也一样得利呢！反正也是因为他救的人家。

偷方糖

这个故事讲的啥时候呢？就是伪满洲国那时候。

那时候在沈阳东关有个糖厂，是日本人开的一个大糖厂。那糖是打哪儿来的呢？就是咱满洲种的糖萝卜，搁那儿弄的。他们就在那儿开了个大萝卜糖厂，做方块儿糖。糖做好之后还出国，到日本也卖，到别的国家也卖，做得特别多。

这糖做完以后，总丢，有做贼偷的。这中国人当面不敢惹咕，背地里就偷它。心说：杂种，你做糖就专门偷你糖。做了一宿的糖，装上袋子就没有了，成袋子地丢。

日本人一看，这不行啊。这就着急了，就搁人看着。看着还不好抓，就把工人和把头都聚一块儿堆了，和工人说："今儿晚上你就在这儿看着，再丢就打你了。"当天晚上方糖还丢啊！工人就被挨排儿[1]打，那家伙把皮鞭蘸着凉水抽人。

这天就抽得太甚了，其中有个姓徐的，外号叫徐大白话，岁数不大，能白话，还有点儿文化。大伙儿就说："你白话了一辈子，你能说，那你不和日本人说说别打咱们了。你说俺们能看住吗？白天干一天活儿，黑天还得打更，那我们能看得了吗？"他说："我也够呛，怕说不了，试验试验吧。"

第二天，日本人一查，又丢了。挨排儿问，拿板子打。到徐大白话那儿，他说："你不用打我，这个糖我知道。"

日本人说："那好，你说吧。你说了之后算你无罪，这还不算，你说了之后，那人抓住之后还给你奖金，日本人不亏待你。"意思是你这人是好的。

徐大白话一看，就说了。大伙儿也担心哪！怕他真的说出去呀！那净中国人偷的糖，工人来回地那都是倒腾[2]啊。他说："前天哪，我上厕所去，我就看见了，那可不

---

1 挨排儿：挨着排行次序；一个不漏地。
2 倒腾：有折腾的意思，也有运作的意思。

是一个俩的。"日本人说："有多少？"他说："能有上百呀！能有上百人偷糖啊！"日本人说："那好，你说都有谁吧。"

他说："是谁，谁我也不认得，就大致看的，天也不亮。大的有、小的也有，什么都有啊，一色的是狐狸、黄皮子呀，那黄皮子能有上百个，小黄口袋一拎，装的都是糖。那狐狸有大的在车上坐着，下边小的往车上装，就拉走了。"

日本人说："你这是白话。"他说："我白话？确实是啊！要不你访访吧。"日本人一看，说："你看真了？"

他说："我离远看着，我不敢吵吵啊！我吵吵之后狐仙他得抓我，那狐仙多大能耐啊！我这是不说不行了，大伙儿挨打，我再不说我就于心不安了。"

日本人说："好，想办法。"下晚黑儿一合计，说："这么办，今儿晚上咱就派人看着抓，就预备着这天黑后抓狐狸。"

徐大白话回去一寻思，这可怎么办呢？大伙儿也知道他这是瞎白话的。大伙儿说："你白话是行，今天应付过去了，没挨打，但你怎么让它来呢？哪儿有黄皮子？"

他说："有啊，这黄皮子有的是啊，我有办法。咱到卖鸡的那地方去买鸡头，鸡头贱哪，别的买不起啊。鸡头那也是扔的玩意儿，咱就多买。"结果一买就买了好几百个鸡头啊！四五百个鸡头就都买回来了。他说："这么办，咱就把这个仓库边儿上都扔上鸡头，这要是扔上之后，黄皮子也好，豆鼠子、狐狸都爱吃有香味儿的，这儿反正有空敞的地方，它看着就好办。"

大伙儿说："好。"

到下晚儿的时候，他就把鸡头买来了，也都烀熟了。就扔到这仓库周围草窠子、仓库门边上，里边外边哪儿都有。这鸡头扔完之后，就真正把黄皮子给引来了。那时候黄皮子也多，就你也叼鸡头，它也叼鸡头，豆鼠子也来了。

这日本人离远一看，这家伙呼啦啦一帮、呼啦啦一帮的，净顺着草窠子起来了。往仓库这儿奔。日本人一看，真了不得了。这家伙真来了！真不怪说是黄皮子搬家，真搬呀。

"这么办吧！"天亮了就找徐大白话，"姓徐的，你想想办法，看看今后怎么能不丢就行了。现在我不能赖大伙儿了。"

他说："你不能这么办哪！你就掇对多上点儿供吧。糖它们也拿去了，让它们到外边吃去，何必到屋里呢。"

日本人说:"那好。"就一下子送出去几千块糖,都用盒子装着。像供奉似的,立立整整地都放一排。

搁那儿,这法就兴开了。屋里的糖也不丢了。外边这穷工人也吃着糖了,挺好,都感谢这徐大白话,这徐大白话算是白话到正道上了。

烈女报仇(一)

这个是怎么样的一个故事呢?

有一个姓王的公子,念书人出身,可惜家里穷,他都二十七八岁了,却娶不起媳妇。他有一个老妈,这老妈得有五六十岁了。

这王公子有点儿家境,但也没多少东西,念点书也没用上。每天,他自己就靠打点儿柴火卖俩钱,回来养活他妈,还得养活他自己。他妈呢,软弱!他呢,就是每天吃糠咽菜,也要给他妈弄点好吃的。这说明呀,他是个孝子,这不说。

单表他家的北边,对门,这家是什么呢?是后搬来的一户,有一个房。他跟人家也不太熟,但是时间长了,就知道这家就只有一个老太太和一个姑娘。这老太太六七十岁了,挺讲究得邪乎。这姑娘有多大岁数呢?也就二十来岁。这姑娘成天穿一身青衣服,打扮得挺利索,每天出门去剜点菜,干点活,给人家做点小工伍的,回来养活她妈。

在那个年代,往往有啥时候呢?就有吃的接不上的时候。这前边老王太太呀,你别看岁数年轻,有五六十岁,但这老太太心好。那时候没有吃的,她上对门那屋去,一看,这姑娘正哭呢,她就说:"这么办,姑娘,你别着急!你妈不是有病嘛,俺们还有点儿米,舀几斤来你先吃着,接不上再说!"

后来这姑娘家吃的又接不上了,王老太太就又给舀点米,舀点面,照顾照顾她,搁这么这两家就处得非常好。

但这老王太太有点儿目的,她一看两家处得这么好,就跟这姑娘的妈说:"咱两家能不能和为一家呢?把你姑娘给我儿子不是挺好嘛!"就讲这么个事儿。但这姑娘家也明白,明白以后也没答应,就这么凑合着过。

伍 生活故事 ·857·

一过过去一年多了,这姑娘主动跟王公子说话了,说:"大哥,没事儿咱俩唠唠。"俩人就到屋唠去。一唠,这姑娘说:"这么办,你也不用老惦记我,要娶我做媳妇,你最终目的不就是要生个孩子嘛,有个媳妇嘛,我答应你!今天下晚儿你来,咱俩在一起住。我妈现在也就这样了。"

王公子说:"那好!"

但这天,这姑娘她妈就病重了。

下晚儿王公子来了,姑娘说:"不是别的,你帮我伺候我妈几天。"之后他俩还自己睡自己屋,俩人就伺候她妈。伺候没几天,这老太太就死了。

老太太死了之后,王公子就帮着埋葬。这全都倒腾完之后,单说这姑娘。姑娘一看,点点头,跟王公子说:"行呀,你确实够好!这么办,今儿黑夜你别走了,咱俩好好谈谈这事儿!"这姑娘就没让他走,王公子也就留在这儿住下了。

俩人睡下之后,王公子说:"咱俩多会儿结婚?"

姑娘说:"结什么婚,这不跟结婚一样?结婚到一块儿,不就是为这点事儿嘛!但是我这可有一样,我不要求你来,你不能来!可一不可再,有一次你不能再说第二次,我多会儿让你来,你就来!"

王公子说:"那好!"

之后他俩人就到一起了,天亮王公子就回去了。

一晃过去一个来月,这姑娘也没让他过来,就只说:"你别过来!"

到两个来月了,姑娘就告诉他说:"这么办,你今晚上俺家去!"

王公子说:"那好!"到下晚儿他就去了,俩人又住了一宿。

住了有些日子了,这姑娘又跟王公子说:"你别来了,你还是别来了!"

这王公子一看,又不让来,就说:"等着吧!"他就等着。

过了几个月之后,这姑娘就跟王公子说:"咱俩今后就算完事!头一次为你照顾我母亲之恩,咱俩到一起是我报你的恩。这一次,也就是这第三呢,就是离别纪念似的,但我不能白让你来,我现在已经怀上了,给你生个孩子就完事。我有我的打算,我有我的事儿。暂时我不能告诉你,日后你就能知道,我不是一般人。"这姑娘就把话告诉他了。

俩人又一块儿待了没几个月,这天,老王太太寻思,这姑娘老不出屋,怎么回事儿呢?老太太就过姑娘那屋了,一看,姑娘生了个孩子,孩子生完好多天了,姑娘正抱孩子呢。

姑娘抱完孩子，笑着说："老妈妈，你来得正好，我正要把这孩子给你送过去，这是你儿子的孩子，俺俩生的。"

老太太一听，说："哎呀，那还了得！"

姑娘说："不过我不能将养，我将养不好孩子。"姑娘又说了，"你自己想办法喂，喂活就行了。这孩子错不了，我告你，这孩子他命大。另外，他最后不当大官，也当个好英雄，他不是一般人。你把他将养好就行了！"

老太太一听，挺乐。本来没有媳妇，这还能弄个孩子，还能弄个胖小子，这就把孩子抱回去了。

一晃又过去几个月，这天晚上，姑娘手拿着金子就来了。来了之后，姑娘说："这么办，俺这儿有二十两黄金，还有点白银子，你们娘俩把孩子将养大就完事了。我现在有仇要报。告诉你们，我不是一般的人，我有仇人，仇人太厉害，没办法，再有就是我母亲在的时候，我不敢报仇。我爹是死在他手里的，俺们家原来是当官的，他是奸臣，把俺们害了。我没办法，今天我就告诉你，俺们仇人是本城老吴家，你们明天白天就知道我杀了多少人。"

这娘俩一听，说："吴家不是知府吗？"

姑娘说："对呀，就是知府他们家，在早我不敢动呀，因为有我妈在，没办法！这回我就走了，将来你们别跟孩子提这事儿，也别提我，啥也别提。"

金子、银子扔下去之后，完了这姑娘把刀"唰"甩下来，说："我用这东西杀，你们就不用管了！"完了这姑娘身上穿着夜行衣就走了。

第二天白天一打听，这个吴知府家整个被杀了十三口，全家都被杀了。这就是因为吴知府是个奸臣，当初把人家害了，这姑娘是为她爹妈、为家族报仇。

这姑娘忍耐这些年，一看王公子这小伙挺好，小伙娶不起媳妇，为了给他留个后人，头一次俩人到一堆儿没怀孕，第二次又等两个月，俩人到一堆，姑娘怀上孕了。生完孩子以后，姑娘想，也对得起他对我这么好。姑娘就这样走的。

要不说这个烈女报仇呢，就是这么把仇给报了。

烈女报仇（二）

有一个老王头叫王武生，岁数不大，也就四十来岁，和老张家一个叫张甫的处得挺近。在这个堡子里他俩人处得那就是莫逆之交，俩人一天就种点儿地呀，再打多少粮，没什么大钱。一考虑，咱俩人啊不如做个买卖去！

这个王武生呢是老买卖人儿，会做买卖。

这个张甫没做过，是头一回。他说："我跟你做一趟，你多垫巴两个钱儿。咱俩岁数都大了，把我儿子也带着，叫我儿子也跟着学一学，他还能伺候咱俩。"

王武生说："那行吧！"这王武生家里有个女儿，叫王月梅，还有个老伴，那张甫的儿子叫张玉仙。他们两家日子过得都还不错。所以张甫带着儿子就和王武生去做买卖了。

这一去呀就去了一年多二年的样子，就是这边儿倒，那边儿卖，来回倒腾，买卖就赚到钱了。最后去了有三年，这个王武生说："我得回家了！家有老婆，还有一个女儿在家呢。孩子也不小了。"

张甫说："好吧！"俩人寻思寻思就往回走。这时候挣了多少钱呢？有好几百两白银！别说一辈子了，半辈子是用不了了。

走了两天的工夫，这个张甫呢，内心就坏了，就跟他儿子说："咱们这个买卖呀，人家拿的本钱多，咱们本钱少。人家是老板，咱们是半路学。是和他不错，但回去分这钱怎么个分法呢？一人一半吧，敢情人家不太高兴，人家本钱大呀！那要说真给他三股，咱落一股，咱就白跑一趟，没意思！"一合计，就笑了，"我看透了，不狠非君子，无毒不丈夫啊！"

他儿子说："那怎么办？打算害他，把他干掉？"

"对，把他干掉之后，他女儿还能到手，给你做媳妇儿，那月梅多漂亮啊！"

俩人就合计好了。到了第二天，张甫就说："这么办吧，明天咱们干脆坐船走吧！"

王武生说："行！"

坐船走的话，这黑夜得睡觉嘛！睡觉前王武生还喝了点儿酒，其实这酒里下药了。酒也喝完了，饭也吃好了，这一宿的工夫，王武生就死了。

张甫父子俩在当地找个地方就把王武生殓了。

殓了之后,张甫说:"骨头棒得背着。"又告诉他儿子,回去之后可什么都别说。他俩就坐船回家了。

到家之后,他俩背着骨头棒子进堡子就哭啊。大伙儿说这是谁哭呢?一打听,说是王武生死了,死半道儿了,他俩把骨头棒给背回来了。哎呀,这下王武生他老伴可哭啊,连他女儿月梅也哭!大伙儿都说:"这家伙这命你说,唉!做买卖死了,人家爷俩回来了。"

这个张甫就告诉老王媳妇儿说:"嫂子,王大哥得病了,我想办法治,但不及时,怎么治也没治好啊,这不就死了嘛!他心窄呀,要不不能得病死啊,俺们做买卖没挣着钱哪!去了头二年叫人家骗了,这今年多少挣两个钱儿,说实在话是将够盘缠钱,没什么额外的剩余。现在一算,一家能剩五十两银子。他那五十两银子在那儿搁着呢,俺们也没动,就带回来了。回来盘缠路费都花俺们的,没动你们的。这个钱哪叫我佺女儿拿回去吧!"说完就把钱递给月梅让她拿回去。他这一哭,张玉仙就哭,月梅也跟着哭。

这老王媳妇儿一看,人家爷俩把骨头棒子给背回堡子来,钱还给拿回来了,这是好人哪!所以他们就对人家感激不尽。到发送的时候呢还是老张家主动帮操办的。

发送完回来哭的时候,张甫当时就告诉老王媳妇儿说:"大嫂啊,别看大哥死了,咱们旧情不能不在呀,原先俺俩不好嘛!以后你家无论有什么事儿,有什么活儿,你吱声儿,叫你佺儿帮做去,他大小伙子二十来岁有啥不能干的!你别难心,不用你们做。"

还真那样,这张玉仙老是跑过去帮着热热饭,搭搭窝,挑点儿水,还真挺殷勤。一晃处了有半年,旁边有人说:"你俩人真处得不错,我看你们俩还不如做亲戚算了!"

这老张家就托人一提,这老王家一合计说:"也行!女儿都这么大了,那小子也不错,天天黑夜白天的有活儿就帮着做,就把我姑娘给他吧!俺们这个家有点儿产业也都归他。"这一说就妥了,俩人就结婚了。

不用说那老张家现在有钱了,把人杀完之后做买卖挣钱都归他家了嘛!这就盖了房子,盖了一趟趟房,就把媳妇娶进来了。这娶完不说。

这张玉仙从小就有爱说梦话的毛病,白天的事儿黑夜就说。张甫害怕啊,就老告诉儿子:"你可注意呀,可别把事儿说出去!你要说出去可就完了!这现在多圆满,家也妥了，媳妇儿也有了，房子也盖好了，老丈母娘的产业不都是咱的吗？千万别说梦话！"

儿子说："我不能说，您老放心。"

单表这事儿呢也出奇，这天正赶上王月梅上厕所去，因为是趟房嘛，厕所就在西头，回来正赶上下晚黑点灯的时候，就听见张玉仙在他爹那屋闲扯唠嗑。

张玉仙叨咕："这两天不好，好像真说梦话了！"

他爹说："你说啥梦话了？你可别把那事儿说出去啊，你要把月梅她爹那事儿说出去，咱可就全完了！"

"那事儿我能说嘛！"

"那你不能说！那就是咱俩把人家给害了，这时候你要说出去不就完了嘛！"

这月梅一听：哦，是他俩把我爹给害了！这就明白了，原来是这么个事儿啊！回去一宿没睡好觉啊！她寻思寻思说："哎呀！天哪，天哪！父亲，你怎么交了这么个朋友呢？他把你害了，用火殓完之后把骨头背回来，还称你是他好朋友？你钱财挣了都让他匿下了！"她越寻思越不是滋味儿，这怎么办呢？

这天王月梅就戳她女婿："现在在家这钱就够过了吗？你还得做个小买卖，不能老在家待着。"

她女婿说她："你又奔钱儿了！"

"对呀，你做个小买卖，也出去几天，何必老坐着在这旮儿干待呢？"

"咱俩不新结婚没一年呢，它不近便嘛！"

"那近便得白头到老呢，那老了能不近便了吗？"

"好吧。"这张玉仙就出去做小买卖了。一出去就十天半个月的，半在家半在城里做。

正好有一次出去了十来天的工夫，这天王月梅就和老太爷提出了："爹，我打算上俺娘家串趟门去。"这儿离她娘家有多远呢，也就相差五六里地。

老爷子一听，说："去呗。去是去，可也不方便，这深草摸稞的，六七月，不像平常啊，那你搁那旮儿走妖道儿，你敢去吗？"

"我骑毛驴。"

"骑毛驴也不行啊！"

"爹，要不你送我去呗！"

"那就得我送你去！"老头儿就把驴备好了，等儿媳妇上驴了，他就拉着驴送儿媳妇上娘家串门去。

一出堡子走三里地，有个大甸子。过去那有钱人家的坟茔都大，好几十所坟，树木拉丁的，一般都没人敢进去。到那儿了儿媳妇就从驴上下来了，说："爹，不行，我肚子疼！可能这两天要闹肚子。"

老头儿说："那去吧！"

"这么的，爹，你拉着驴，我上坟茔里。"

"那能行吗？"

"没事儿！"

老爷子一想啊就得上坟茔，那你能在道上拉吗？一个老爷子在那儿站着，不能不分男女呀。这儿媳妇儿就进坟茔地了。他就在那儿等，左等也不回来，右等也不回来，一等等到傍晌了，还没出来呢。老头儿说："哎呀，这是有事儿啊！"说完老头把驴拴上之后就闯进去了，到里边儿就喊，一边儿走一边儿就喊"月梅，月梅"的。

这儿媳妇就告诉他："在这儿呢，快来吧！"到那儿一看，儿媳妇儿整个都没穿衣裳，裤子全脱了，光着屁股在那旮旯蹦蹦跶跶地连走带唱。看见老头过来了就说："赶快来吧！正好，咱俩同床！"

老公公一看这不像话，儿媳妇在这旮旯怎么疯了呢？就说："赶快穿上衣裳，赶快穿上衣裳！你不穿衣裳这是啥样儿你！"

她说："不，我在这旮旯和几个人胡扯，乐呢！就不穿衣裳了，乐完之后再说。"

老头儿一看，"哎呀，这坟闹鬼儿啊！妈呀，鬼儿把你迷住了！"他硬逼着让她把衣裳穿上了，穿上了就说："走吧，串门去！"

出树林以后一说，嗯！她明白了，她就哭了："爹，反正我不知道怎么个事儿就来这事儿了！"

"你让鬼迷住啦，走吧，不怕！明儿你上点儿香就好了。"老太爷就把她扶上驴送回娘家去了。到娘家也没提这事儿，在那儿吱声不好嘛，他就回家了。

回家以后他就合计：这媳妇一犯什么都说，这不完了吗？这样到娘家能不能好呢？正赶上第二天儿子回来了，老头儿就告诉儿子说："你媳妇啊犯病了。"

"什么病啊？"

老头儿怎的怎的一说："在那旮旯到那儿光个屁股，我去了之后呢，她说得不像话。我五十多岁的人了能和人家胡扯吗？我把人家逼着穿上衣裳了。可能让鬼迷住了。现在在娘家也是胡说。"

"能那样吗？我看看去！"说完小伙儿就去了。

到那儿一看，媳妇儿啥事儿没有，乐呵呵地在娘家坐着呢！该吃吃、该喝喝，啥事没有！看见他还说："你回来了啊！"就没提那段，这俩人就回来了。

回来以后，到晚上睡觉的时候，老头儿就和儿子说："你睡觉注意，她精神上有病，别黑夜再把你杀了。"

儿子说："什么病啊，你胡说八道。"俩人就睡觉了，近便得挺好，不用说了。

到第三天下晚，媳妇儿就哭起来了。女婿问她："你哭啥呀？怎么个事儿？"

"你爹不是人哪！他送我回去的时候在坟茔树林里就把我强奸了。他把驴拴好之后就弄个刀逼着我，那大树林里我还能咋呢，我一合计没有办法啊，我不脱衣裳不行，连哭带喊的，他就把我强奸了，他还说我疯了。我到娘家之后我都没法儿活了，我就盼着你回来和你近便两晚，因为你对我好啊！今后我是不能活了，反正有他没我、有我没他！你要了爹就不要我，要我就不要他！"

女婿一听，就寻思他爹："你这不对呀！你还说我媳妇儿疯了，光个屁股让你掏灰你没有碰，那你把人强奸了，你还怨哪？"一考虑他爹五十来岁，那也有可能啊！越寻思越不是个事儿，越寻思越憋气。

媳妇说："你呀，看吧，我就和你近便这一宿，明天我就死，不能活！"

他一看："不用那样，俺俩不是父子。他不是人，净干这不是人的事儿。"

"咱俩是男女啊，我这没有不说的事儿。你说吧，你这心里还有什么事儿瞒着我吗？"

"他我就不用替躲了，净干不是人的事儿，你爹死他手了！"

"对，我都知道这事。要不他不能强奸我。"

等到天亮了，女婿说："我非和他玩命不可，有他没我，一会儿非杀了他不行！"这儿子就急了。

天亮起来以后这老头儿进儿子屋打听来了，看看他有事儿没事儿，问他说："你们俩人到底睡得都好吧，没啥事儿吧？"

儿子一听，说："什么好？你好！我好呢！"他上去"哪"一脚踹一个跟头，他爹给他一嘴巴子，他拿个耙子"当"一下就把他爹攮死了。

攮死以后，媳妇第二天就到县太爷那儿报案了，说儿子把爹攮死了。完把儿子传讯来一问，儿子说："他怎么怎么地强奸我媳妇，我才攮死他的。"

媳妇就说："不管怎么的，县太爷问问，我爹怎么死的？"这一问呢，小伙子一看要上刑，也没办法了，不说也不行了，就说实话了，就把他们爷俩是怎么把月梅她爹害死的，怎么把骨头背回来的，怎么把人家钱财都匿下的，怎么把人家姑娘娶到手的这些事儿都说了。

月梅一听，就说："我因为他俩唠实心嗑，怕说梦话才知道的，所以我装疯卖傻把他隐下来的。县太爷你看怎么办吧？"

县太爷一听，说："这么办吧，爹死是应该死，儿子给他爹偿命。但这俩人都判死刑，那个死了就不用判了，这个儿子也判死刑。"这就给月梅她爹报仇了。

完又对月梅说："这家里什么归你，你爱怎么处理怎么处理。你招夫也好，怎么也好，都给你。他把你家都害了，他的家就是你的家！"这就都判给姑娘了。

猎人打野猪

这么一个山下有个小屯子，这小屯子里的人哪，出出入入山里总能遇见野猪。尤其是那年头多的野公猪，都是好几十年的猪了。所以那山里没人敢走了，人没少祸害。

这儿有个打猎的老头儿，堡子里的人就说："你常年打猎，你把这野猪打了，给大伙儿做点儿德好不好啊？何必伤这个伤那个的。"

老头儿说："不好打，没有办法，我也想办法呢，想完再打。"

这天他和他儿子一合计，"就这么办吧，豁出我自己，你也不能管，人多了也白扯，那猪也了不得。"

他儿子说："好吧。"

老头儿说："你们也不用轰，你们去了转圈儿往树上敲，一敲它往南边跑嘛，我就在南边树上等着它。"

老头儿事先把两个枪全装好药了。那时候猎枪装的都是弹药，里边都捶好了，底下一勾就响了。这一个枪只能打一下子，多一个响没有。那药里边拌的是什么呢？有鸡爪钉，就是带三个尖儿的钉子。那时候没别的玩意儿啊，光弹药打不死它啊！

老头儿预备好之后，这天就去了，堡子里的几个小伙子就顺着北山在这树上"咣咣"地敲。这一敲动物全起来了。都乱跑啊，北边的往南跑。这老头儿就拿着枪在这树上等着呢。

这家伙，一看这有只上千斤的野猪，惶惶地正往这边跑啊。老大了！那要是一般小树，脑袋一撞就折了，那么大个家伙！这野猪就到这儿了。

老头儿一看，真的来了，好啊！老头儿在上边咳嗽两声，野猪一看这树上边有人呢，就奔树去了。到那儿就拿脑袋撞树啊，拿牙咬。"咔咔"地咬不动，树粗啊。这工夫啊，老头儿上去之前带的石头瓦块，就打它。野猪就张嘴。这老头儿一看不好打，怎么办？一看它那肉皮呀，多老厚呢！它没事儿就往松树上蹭些松树油什么的，光松树油就蹭了二三指厚，那弹药就根本打不进去眼儿，它根本不在乎，所以没法打。

老头儿一合计，"豁不出去孩子套不着狼啊！不行我得下去。"

下去之后，这野猪也急眼了，老头腰一使劲就拿枪一撑它。它一嘴就把这枪给叼住了。老头儿顺势手一勾这枪就响了，"咣"一下就把这野猪给干倒了。干倒之后它还蹦跶，老头儿又把那枪拿起来对着这嘴丫子，"咣"地又是一枪。这两枪就把野猪给打住了，打完以后，这当地的人就说："这可好了，总算把这野猪给打住了。"

猎人机智打狼

有这么一个老头，他常年打猎。古代那时候没有火枪，就用扎枪，使唤刀，老头武术挺好。

这天打猎就碰到狼了，狼奔着他去，他就拿枪扎。狼往树上一趴，他可劲儿一扎，狼一躲就蹦下去了，他就扎树上了，这枪扎得太深了，薅不下来了，狼就奔他来了。他枪拿不下来了，没办法，这狼就把他后脖子掐住了，就把老头吃了。

吃了以后，单表他儿子。他儿子一看他爹没回家，怎么回事呢，就到处打听。他儿子小，才十七八岁，还没打过狼呢，但是也会点儿武术。他一听爹让狼吃了，就来火了，告诉他妈："不行，我必须给我爹报仇，把这狼非打死不行。要不当地群众也都怕它，它没少祸害人。"

他拿着扎枪就去了。到那儿一看，狼还没来呢。他一瞅他爹的扎枪在那儿扎着呢，"啊！"他就明白了。"你这不用问哪，准撩扯我爹了，我爹这枪扎树上拿不出来了，你才吃的他，今儿我非治你。"

这会儿狼就来了，他就搁枪比画，狼就躲。狼故意往树上一趴，他就把枪掉个个儿，扎枪头冲后头，往狼身上一扎，狼一回身奔脑袋就来了，他一回身枪头正好杵狼下巴颏子底下，把狼攮死了。

这回这个地方就平稳了，当地群众就说："看见没，这老的没有小的智慧高，这小孩把狼扎死了。"

这就算除害了。

刘三戏猴

有这么一个刘三，他是耍猴的。

这天他把猴领出来之后，正走到一个堡子头儿上，有一个新坟，上边挂着灵道幡。这猴子见了挺出奇呀，猴在刘三身上蹲着，"嗖"一下蹦到坟边儿上去，就把灵道幡薅下来了。他一看这不行啊！拿那东西多硌磣，一个白布的幡儿，死人的幡儿。他就撵着这猴儿跑。一会儿就跑到人家那家去了，进堡子就上了房。他就向这猴儿要那灵道幡。这家人一看，也太憋气了啊！一早上起来，这猴儿上俺们家房顶上摇灵道幡去了。

这女的就骂，就吆喝这猴儿，说："这猴儿，我把你打死！你到这儿耍灵道幡来了。"

他说："不是我让它耍灵道幡，它拔下来的，不知道怎么回事儿啊！"

这家人说："这么办吧，打它吧。"这刘三还不让拿枪打。这家人就把那洋炮拿出来了，"砰"一下就打出去了。这一下子，洋炮打低了，正好房后边有一个人在那蹲着，这洋炮就把人家给打住了。

打住之后一看，岁数不大，三十来岁的小伙子。人家受伤了，这人家能不告吗？就把这耍猴儿的刘三抓去了。

抓去之后一问怎么回事儿？他就说："这猴儿出奇呀！也不知道这是哪家的灵道幡。"这当官的就说看看去，到那坟上一看，就问刚死人这家："你们这坟什么时候埋的？"

"前天埋的。"

当官的问："这是你什么人？"

那人说："是我男人死了。男人病一年多时间了，得快病死了。"

老爷一听："呃，是得快病死的。"

老爷就问群众，就有人说了："这女的不正道。可能是勾结着人把他男的害了，这大伙儿都怀疑呢。"

县老爷一听："好好验验，要不猴儿也不会随便动人的东西。"就把这坟茔给扒开了。扒开以后一看，那死人头顶上有个大洋钉子，钉死的。

这一看，这淫妇不承认不行了，这要揍她，她就说了。一问奸夫是谁？正是挨洋炮打屁股的那个小伙子。他俩是通奸，他就黑天白天在这儿待着。

所以最后县官下令就把他俩都给杀了，杀完之后就破案了。是这猴儿帮着把案子给破了，拔灵道幡玩，把命案给破了，这是个巧事儿。

六亲不认

有这么一家啊，有个财主。财主啊到晚年了，老伴儿还生个孩子。原来生了几个，到四十来岁又生个孩子。这个孩子生下来，就不像孩子样儿，丑得要命，那没人形啊！

财主一看，说："不要那玩意儿，我小老婆子生的孩子有的是。他长得这么难看，我要他干什么玩意儿啊？"就把他撇了，扔到半山坡上去，不要了。

不要了不说，这个媳妇儿说的也不算啊。这工夫就来个要饭花子，正走那旮旯儿之后，这个老乞丐长得也挺碜碜，到这儿一看，一个孩子扔这儿了，一个挺胖的孩子，长得碜碜就是。

花子乞丐就说："哎，可惜啊！我也穷，你也穷，小时候不得父母照看你啊！没别的吧，我做点儿好事儿，把你抱过去吧，我将就对付你吧。"他就把他抱回去了。

回去以后，就要点儿奶布子。那时候没有别的啊，就要点儿饭，冲稀了就喂点儿奶布子，就喂这个孩子，这孩子真就喂活了。

这花子乞丐就把这孩儿喂活了，孩子大了之后他俩人就特别近便得邪乎啊！他也离不开他，他也离不开他。

到十几岁的时候，这个乞丐就说："我要饭吃行，你得念点儿书。不念书不行啊！"就教他念书，他就每天每天地还念点儿书。

这一工夫就到了什么时候了呢？这个小孩儿就到了十八九岁了。这个花子乞丐说："你啊，今年科考去吧。你总记着，你要是再回来啊，你就看不着我了。我身体不行了，哪天死都不一定。你当官儿之后，一定要清，一定要好！好好干，爱民如子！"

他就劝这个花子乞丐，说："爹，你安心吧！你既然把我拉扯大，我当官儿就一定能好好干，我考不上考得上不一定！"

花子乞丐就说："你去吧！"他就考去了。

这个小孩儿念书念得好，到了京城一考，真考上了。考上了头名状元，这一中上就派哪儿去了呢？就派到县上做知府，就下江南到苏州做知府来。

他回来之后，下了轿，就先到了哪儿呢？就先到花子乞丐那儿，到这儿找他这个爹来，一到这儿一找，说已经死不少日子了。

他就哭了一场说："天啊，真不容易啊！"

他就下到苏州，当上知府了。

那时候有个谁呢？有个泰斗大人，他就问说："泰斗大人，这个地方安定不安定？"

泰斗就说："不管事儿是真安定，管事儿就不安定！告状的有的是。"

他就说："告谁的？"

泰斗说："我有心我也不敢接。头一个告你舅舅，第二是你爹！"

他一听，说："我哪有舅舅？"

泰斗说："你是石头疙瘩蹦的吗？你不是什么财主儿子吗？把你扔了嘛，叫乞丐给你捡去的吗？"

他说："啊，我明白了！"

泰斗说："你爹在这旮旯儿是无恶不作啊！那强男霸女啊！你这个爹是最有钱的！要不先头儿，他嫌你碜碜，把你扔了呢！你这个舅舅是什么呢？是当地的一个总兵大人，那贪污得邪乎，了不得啊！"

他说："好！不管他谁！只要真是那样，我一定秉公办案。"

第二天，他爹就来了，他舅舅也来了。一看他儿子是当官儿的，认亲来了。到里头一看，他就在门口写着："六亲不认！"就是不认亲啊！

他爹也好，他这个舅舅也好，一看他是真不认亲啊！

他说："我不但不认亲，我现在还要先办咱们这个案子。咱们先治内，后治外。内部治不好，外部治不了。我一定要做一个清官！"

他就先把他舅舅和他爹抓起来了，都按重刑判的。从那以后，他在苏杭一带就镇住大局了。

他在这儿当这一任知府，当得特别好。他六亲不认，他专为百姓办事儿。他说当初的话，我爹妈都没要我，就嫌我长得碜碜，我现在还认啥亲戚啊！我现在就为皇帝办事儿，为老百姓办事儿！

那么以后，他是六亲不认。

路遥知马力（一）

这个故事年头可就长了。人都说"路遥知马力，日久见人心"，这句话字面儿上的意思是说路途遥远，才知马的脚力；人处长了，才知道对方的心。要说起来，这句话是有来历的，这里头有一段故事。

过去，有这么一对好朋友，一个叫路遥，一个叫马力。他俩是同学，从小一块儿长大，互相投脾性，处得比亲兄弟还亲呢。

马力生在一个员外家，家里趁钱，地有上百垧，房有上百间。路遥却是个穷孩子，父母早没了，只剩他自己，是乡邻、亲戚们把他拉扯大的。

过去也没有学校啊，有钱人家都把老师请到家里教孩子念书。马力家有钱，也给他请了个老师，又怕他学习没有伴儿，就让路遥过来和马力一起读书，路遥念书的钱都是马力家给开付的。两个人虽说是一个老师教的，可路遥念书比马力强多了，穷人家的孩子懂事呀，知道用功。

几年以后，两个人的书都念成了。这时候路遥都二十多岁了，还没娶上媳妇。马力虽说比路遥小两岁，人家都结婚两年多了，家里有钱，媳妇也好订。那时候的人结婚早，男的一般十六七岁，女的多数比男的要大上三两岁，也就十八九岁吧！

这一天，马力就和路遥说："大哥呀，你都二十二了，你要考功名也不能耽误婚姻大事儿啊！还是说个媳妇儿成个家吧！"

路遥赶忙说："不行呀，兄弟，我自己这衣食住还靠你接济呢，哪有钱娶老婆啊，就算娶过门儿来了，我拿啥养活她呀？还是再等等吧！"

马力说："哎呀大哥，还等啥呀，这事兄弟给你办。"

马力为给路遥订媳妇可没少费心，四下托人保媒，说是要给路遥找个好点儿的媳妇，最后可算把媳妇儿给订下来了，姑娘二十岁，长得挺俊俏，比路遥小两岁，和马力同岁。

接下来就开始张罗操办婚事，不用说，结婚操办的一切费用，也都是马力给拿的，里里外外花了不少钱。

结婚这一天，路遥吃完团圆饭，喝了两盅酒，心里有点伤感，就和马力说："兄弟啊，你看我从小到大，都是借你的力呀，连娶老婆都是你帮我办的。哥哥成天都想报你这大恩啊，可我现在也没能力，哥一想这事心都不自在呀！"

马力一听，当时就说："那行，你如果打算报恩的话，今晚就让我和新娘子睡这头一宿，你只让我这一宿，咱俩就两清了。"

路遥心里"咯噔"一下子，但还是硬着头皮说："行啊！"两个人就这么说定了。

那时候结婚不像现在，那时候结婚之前新郎、新娘两个人根本就没见过面，都是媒人介绍、父母做主，就是结婚当天，新娘子也一直要蒙着红盖头，这两个人还是互相瞅不着。所以新娘子也不知道新郎官长啥样。

到了晚上入洞房的时候，路遥跟马力说："你进去吧！头一宿让给你。"

马力笑嘻嘻地说："你要让就让个彻底的，你那新郎官儿的衣服也让我穿一宿吧！"路遥心里这个不是滋味呀，但也不能表现出来，就和马力换了衣服。

马力披红挂彩，大摇大摆地进洞房了。到新房里一看，新媳妇正在炕上坐着呢，蒙着个红盖头。他进屋后，头不抬、眼不睁，拿本书就到一边儿的书桌旁坐下，把灯拨一拨，就开始看书，一看就是一宿。新媳妇蒙着个盖头，听声知道新郎人进来了，可她左等右等，也不见新郎来揭盖头，咋回事呢？新媳妇偷摸儿地把盖头撩开一点，看见新郎穿一身大红衣服，在一边看书呢。新媳妇放下盖头，就想："好啊，你不吱声，我也不吱声。"那时有个说法，说洞房花烛之夜，两个人谁先说话谁到老就先死。所以，洞房里新人谁也不爱先说话，都憋着劲儿。

一晚上，马力一直看书。这新媳妇也挺能绷，怎么累也挺着，一声不吱，就在那儿坐着，一坐坐到天亮。

天一亮，马力就把书本一合，出去回自己屋里吃饭去了。

在道上，他正好碰见路遥了，就嬉皮笑脸地说："我嫂子确实不错，对我挺热情，人长得也好。这回你不用心里不自在了，我睡这一宿，咱俩就清了。"说完，就把新郎官的大红衣裳给路遥脱下来了。

路遥脸都有点不是色了，心里有苦说不出啊：马力啊马力，你是对我有大恩，我路遥也不是知恩不报的人，可是这事你做得不地道啊。咱们都是读书人，你不知道"能穿朋友衣，不沾朋友妻"的古训吗？！又一想，路遥啊路遥，你太完蛋了，挺大个人没本事养活自己，娶媳妇还靠别人，受了人的恩，人要和自己媳妇睡第一宿，你是啥也说不出来呀！他心里这些憋屈也没个人说，和谁能说出口啊？

又到晚上了，路遥穿着那身新郎的大红衣服进洞房来了。看见新媳妇在炕上低头坐着，他就又想起马力来了，心里这个窝囊呀，也没心和媳妇说话，就拿本书，到桌子前拨拨灯，看书。

这媳妇一看，新郎官又没搭理她，又开始看书了，心里是又生气又憋屈。熬到半夜的时候，她实在绷不住了，也不管谁先吱声了，气呼呼地说："相公啊，昨天你不想吱声也就算了，你看了一宿书，我也陪你坐了一宿。可你今天咋还看书呢？你要看就自己看吧，我可挺不了了。"说完，自己觉得挺受屈，就哭了。

这边儿路遥听傻了："怎回事？昨天就看一宿书？这么说，马力没跟我媳妇睡觉啊！"路遥的心这才有点放宽了，就合上书本上床睡觉了。

几天以后，路遥和媳妇闲唠嗑。路遥说："结婚头一天晚上我酒喝多了，回来之后迷迷糊糊的，进屋就睡觉了。"

他媳妇一听，就说："你睡啥觉了？你搭理都没搭理我！坐那儿看了一宿书。害得我也陪你坐了一宿。第二天忙忙活活地待了一天客，我都累得直不起腰了，你可倒好，晚上还要看！我可跟你熬不起。"

路遥其实就是想探探话儿，确定一下。这下他可彻底放心了，马力真的是啥也没干啊！

这一晃儿又过去一年多。这一年，正赶上京城科考。路遥念书念得好，一肚子学问就等着这科考呢。果不其然，他一考就中了进士，当下就被分配到苏州当知府了。

路遥要带着媳妇离家上任去了，马力来送他，哥俩是互相舍不得。

马力说："哥呀，咱俩从小一块儿长大，还没分开过呢！"

路遥心里也不好受，就说："兄弟你放心，哥以后给你写信。你有闲空的时候就上我那儿去啊！"说完路遥就走了。

话说快，这一晃儿又过去了三年。

再说马力这头。这年刚开春，他家这地方就发大水了，那洪水大得邪乎，地里庄稼全涝死了。也该着马力家倒霉，水灾刚闹完，家里又遭了一把天火，烧得是片瓦不剩，所幸的是一大家子的人都没事。接下来怎么办哪？一大家子的人得吃饭啊！虽然还有点儿地，但大水刚过去，屯子里家家都忙着搬家、逃荒，谁还买地呀，想卖也卖不出去。马力上火呀，家里这么多人哪，怎么活呀？

看看没法子，马力媳妇就说了："你不好去找找你路遥大哥呀？当初咱们没少照顾他，供他念书，媳妇都是咱给娶的，现在咱有难了，你去找他借点呗！"

马力说："我和他这么长时间没见面了，一去就借钱，也不好啊！"

他媳妇说："那有啥不好的。他上回来信不还让你去嘛，你就去一趟吧！再说咱家这些亲戚朋友的都受灾了，现在也就他能借点力了。"

马力一寻思，也是，就把家里雇的人能打发的都打发了，剩下的就求亲戚给照看照看，自己带点干粮去找路遥了。

一路上走啊走啊，这天，终于来到苏州知府的大门口了。马力抬头一看，哎呀，高墙大院的，我哥住的房子真带劲儿啊！他心里也挺高兴。

把门儿的家丁就问马力找谁？马力就说他叫马力，找他哥路遥来了。

把门的进去传话，路遥一听是马力来了，这个高兴啊，赶紧出去接马力。哥俩挺长时间没见面了,这一见面,可亲了。

进屋之后,都坐下了,马力就和路遥说:"哥呀,你和我嫂子都过得挺好的呀?"

路遥说:"都挺好。上回我给你去信,挺长时间了,你也没回,怎回事啊?"

马力这眼泪儿就下来了,说:"哥你可不知道啊,咱家这灾呀,都连上了。"就开始讲他家怎么遭大水、怎么闹天火,现在就剩几垧地,啥也没有了。

马力说:"哥呀,给我逼得都没法儿了,我这回来呀,就想管你借俩钱儿。你兄弟媳妇和你大侄儿都得吃饭哪!"

路遥说:"兄弟你先在这儿住吧!钱的事咱过几天再说。"

马力也不好说什么呀,就住下了。路遥是上顿鸡鸭鱼肉,下顿鸡鸭鱼肉,净拿好吃的给马力,可有一宗,就是老也不提借钱的事。马力也磨不开面儿问,就这样,在这儿又住了些日子。马力在路遥家虽说吃香喝辣,可他惦记家里呀!老婆孩子也不知道啥样了。

看看路遥还没动静,马力一咬牙,就找路遥直说了:"哥呀,我在你这儿都待这些日子了,也得回去了,多少你借我俩钱儿,你兄弟媳妇还等着呢!"

路遥说:"哎呀,兄弟,现在不行啊!明天我得上别的地方办差去。这么的吧,你再待些日子,等我回来就给你筹钱。"

路遥就走了,一去又是几个月。你说把马力急的,着急也没法儿,没拿着钱咋回家呀?

这一天,路遥可算回来了。马力脸面儿就是再薄,这回也得说话了:"哥呀,这回我真得回去了,家那边还不知道怎么回事儿呢?"

路遥说:"兄弟呀,那我也不留你了,你就回去吧!"钱的事儿一句也没提。

马力心想,我哥可能把这事给忘了,就说:"哥呀,你兄弟媳妇还等用钱呢……"

哪知不提这茬儿倒好,一提钱这事儿,路遥这脸一下就撂下来了,说:"兄弟,你这事儿就不对了,你在咱家一住好几个月,哪天我不是好吃好喝地供应你,你知道就你这吃饭钱得花多少!我虽然当个知府,可是两袖清风啊!管完你吃喝,还哪有余钱儿管你全家呀!"

马力一听这话,心凉半截,是又惊又气!说:"哥你说的是人话吗?我在你家待这么长时间,不就是因为你老也不提借钱的事儿嘛,我没有钱咋回家呀?早知道你不给拿钱,我还不稀罕在你这儿待呢!"说完,他就气呼呼地出了路遥家的大门。

马力可真气坏了，浑身都直哆嗦，心说："路遥啊路遥，咱俩一块儿长大的，你没钱的时候，我待你是啥说的也没有，你现在出息了、发达了，就什么都忘了。你忘恩负义啊你，你那良心都让狗叼儿去了。"

马力越想越伤心，也不知道自己走的是不是回家的路。走着走着，就来到一个大树林子里。这树林子里正好有一棵歪脖树，马力也走累了，一屁股坐在歪脖树底下，心寻思："我这一分钱也没借着，家里老婆孩子一大家子人拿啥养活啊？还都指望路遥能救济救济呢，哪承想啊，他是这德行的。怪我马力眼瞎呀！交了一个白眼狼。"

马力是越想心里越没路儿，越想心里越窄，一抬头，看见身后的歪脖树，就想："我是命该如此啊！这样回家，连老婆孩子都养活不起了，到这份儿上，还不如上吊得了。"马力想到这儿，一狠心，就把裤腰带解下来了，搭在歪脖树上，自己做了个套儿。

这上吊的套儿啊，是里属阴、外属阳。怎么讲呢？脑袋没伸进去，就属于阳间；要伸进去，这人就完了，就属阴间了。

马力手里拽着这个套儿，就冲天喊："路遥啊路遥，你真绝呀！我马力今天就是叫你逼死的呀！"说完，他就一踮脚，要往套儿里钻。

就在这节骨眼儿上，下面有人说话："哎，你这人怎么要寻死呢？你在这树林子里头吊着，还不把过路的吓个好歹儿啊！你快下来！下来！有啥想不开的？"

马力朝下一看，底下站着一个四十多岁的男人，马力就把套儿放下了。

那男的问："你遇啥事了，要寻死上吊？"

马力说："别提了，我该然啊！"就把以前怎么和路遥相处，自己家怎么遭灾，路遥怎么待他的，叨咕了一通，说："反正我回家也没路儿了，干脆上吊得了。"

那人说："你上吊也不是法儿呀！你一死，家里老婆孩子谁管哪？你还是回家吧，兴许以后日子能好呢。"

路遥眼泪汪汪地说："咱家离这还挺远呢，我身上一分钱也没有，咋回呀？"

这人问："你家什么地方的？"

"山东的。"

"哎呀，那正好，我正要上山东卖马去。山东那边发大水，把牲口都冲跑了，现在种地没牲口，我去了能卖个好价儿。这么的吧，咱俩一块儿走，你帮我带一匹马，你骑着就行，我供你路费。"

伍　生活故事

马力一看，旁边儿还真有两匹马，鞍子都备得好好的，"那敢情太好了"。

马力问他叫什么名字，那人说："我比你大，你就叫我日久大哥吧！"马力觉得心里有了点热乎气，世上还是好人多啊！

两个人骑着马奔山东走，一走走不少日子。一路上连住店带吃饭，全是日久付的钱。到了山东地界，又走了一阵子，这一天，终于到马力家住的那个堡子了。马力说："日久大哥，这就是我堡子了，你下来到家歇歇啊？"

日久说："我还有事儿呢，不歇了，你回家吧，咱后会有期。"

马力心里挺过意不去，说："日久大哥呀，咱俩非亲非故的，你帮我这么大个忙。以后我马力有能耐的时候，肯定能找你。"

日久一笑："这点儿小忙不算啥，兄弟，我走了啊！"

送走日久，马力就先上亲戚家接他媳妇，正好路过被大火烧塌了架的宅院。一看，嗯？谁家在他家的房场新起了一所大院套儿啊？新盖的大砖瓦房，高高的院墙，黑色的大门，真带劲儿啊！

马力正琢磨呢，有个小丫鬟从大门里出来，一看："呀！这不是俺家员外回来了嘛，咋不进屋呢？"

马力一愣："这是咱家啊？"

"咋不是咱家？快进屋吧！"

马力跟小丫鬟往屋里走，这工夫，他媳妇也从屋里出来了，夫妻相见，别提多高兴了。

进屋之后，他媳妇就说："你呀，心可真大，咱家盖房子这么个大事儿，里里外外都是人家路遥大哥张罗的。你可倒好，在那儿喝上酒就不回来了。"

马力一听，直眼了，说："什么？路遥给咱家盖的房子？"

"啊，你咋还不知道呢？路遥大哥说你知道啊？大哥不光给咱盖了房，又送来那么多钱和东西啊！"

马力还想再问，这时，有个小丫鬟进来说，门外有个叫日久的人要见马员外。马力一听，说："快请进来！"

日久一进门，就哈哈大笑，说："马员外，你这回明白没呀？我是路遥知府打发来专程送你回家的。"

马力说："这到底是怎么回事呀？"

日久说:"他就让我告诉你四句话,'你闷他一宿,他闷你一春。路遥知马力,日久见人心'。"

马力这才回过神儿来,也笑了。

这就叫"路遥知马力,日久见人心",这句话就是这么来的。

路遥知马力（二）

一般都知道这句话"路遥知马力,日久见人心",其实呢,这是个小故事。

路遥是个人名,马力也是个人名,路遥和马力是同学,俩人是莫逆之交。路遥家穷,一般短点儿纸墨、短点儿零花钱,都是马力帮他,路遥爹妈死了,他就在马力家待着。后来俩人就拜磕头弟兄了,马力管路遥叫哥哥,俩人处得挺好。

一晃到二十来岁了,马力就跟路遥说:"大哥,你在我这儿怎么待着都行,但现在你都二十多得成个家了,没有老婆自己孤身一人多咱都不是家啊,没有依靠不行。男子无妇,如车无轮,你得成个家啊。"

路遥说:"我自己都靠你养活,我还敢想娶媳妇吗？"

马力说:"这么办,明儿我帮你想想办法。"这马力就下功夫宣传,意思是路遥要娶媳妇,谁给提一提。因为马力家有钱哪,人家一看路遥在他家待着就有提的,一提还提妥了,为这马力也花了不少钱。

路遥还挺有志气的,就说:"兄弟,太对不住你了,你为我花这些钱,我哪天能报上你的恩情哪,我心里过意不去呀！"

马力说:"大哥,你别着急,你结婚头三天让我住三宿,这恩情也就不用报了。"

路遥就笑了,说:"好。"像说笑话似的把这句话就打过去了。

过几天路遥就娶媳妇了,等婚事全办完了入洞房的时候,路遥真又把这事跟人家说了,就看马力是说笑话还是真的。结果那晚马力也真整了一套和路遥一样的衣裳,到晚间拿本书直接就去了。路遥说:"正好,你进去吧。"马力就进屋了。

那时候结婚双方都不认识,因为从来也没见过面,都媒人保的,不结婚不见面。马力进屋之后,媳妇一看就站起来了,说:"相公来了,请坐。"马力到那儿也不客气，把凳子一挪就坐桌旁边了，拿蜡灯就开始看书，是眉不抬、眼不睁就看这本书啊，媳妇就在炕边坐着陪着他。整看了一宿，天亮了马力站起来抹扯抹扯书本，头一低走了。

马力走了之后，单表这媳妇一看，走了拉倒吧，就梳洗打扮，一看他也没回来，就寻思进书房了呗。这不说。

到晚间马力又来了，还是那么样，整整学了三宿，都是到这儿就看书，看完就走，眉不抬、眼不睁，一声没吱，甚至连媳妇脸盘都没看。媳妇也没看着他脸盘，他总低头啊。这媳妇内心就考虑：看起来咱们这家子还是配不起人家，这有钱人家答对都不答对我呀，再说了人家还是秀才出身。

到第四天晚上，马力就说了："大哥，你去吧，我嫂子挺敬我人情，确实挺好，人不错。"

路遥也没说啥就进屋了，都是读书人手不离书啊，也拿本书来的，到那儿之后就坐凳子上也看上书了。新媳妇一看挺不住了，陪他三宿了，就说："相公啊，你睡不睡我就不管了，我要睡觉了。你来这儿坐三宿了，今晚都第四宿了，我能扛住嘛！你眉不抬、眼不睁，来这儿就看书，咱俩还有什么差头咋的，要不为啥你不睡觉呢？"

路遥一听，啊，我兄弟还是正人君子呀！说："那好，今儿睡觉，焐被吧。"两口子把被拽过来就睡觉了。过些日子就不说了。

单表京城科考，路遥书念得好就考上了，考上之后就做个巡按官下到苏州去了。马力在家带着媳妇过日子，过得也挺好。结果正赶上着一把天火，着火之后又涨大水，马力那些家底儿、资产全没有了。他媳妇就说："咱要穷了，求谁也求不来，他们比咱们还穷呢，咱这么大家底儿都弄成这样，一般小户就更不行了。"

马力说："那怎么办呢，咱就等着饿死啊，这是一点儿粮食都没有啊。"

他媳妇说："这么办吧，你急速上苏州吧，找路遥大哥去吧，现在不当官了嘛，咱当初也培养过他，他不能忘恩负义呀，你就去吧。"

马力说："我去不好说。"

他媳妇说："你去吧，没事。"

马力没办法了，在媳妇的劝导下自己凑点碎银子，连讨带要的，走了不少日子才到了苏州。这知府谁不知道啊，一打听到路遥府上，家人一传报，这路遥可热情就跑出来了，说："我兄弟来了，快到屋。"到屋之后就预备饭，先酒后茶地招待得特别周到。

这时候马力就说话了:"我来没别的事,实在是太困难了,家里扔得皮儿片儿[1]的,两个孩子都没有吃的,你弟妹在家饿着呢,我来前儿抓把米呀还能活十天八天,日子都活不了啊,我就寻思过来吧,到这儿找兄弟吧,没办法,活不下去了。"

他说完路遥就笑了,说:"啊,好,来喝酒,喝酒。"就让喝酒。

马力寻思:还让喝酒,那就喝吧。又等了几天,一看他一点儿动静都没有,啥也不张罗,而且这路遥还不一直在家,老上外面游山玩水去,一走就是四五天,还不在家陪着他。最后可回来了,马力着急了,就说:"路遥兄弟,我这确实待不了了,再待你弟妹在家就饿扁了,我得回去了。"

路遥说:"回就回去吧,早回去好,省得我弟妹惦记。"

这马力就寻思:让我回去?大哥呀,一点儿行动没有,也没说给拿钱,啥也没给拿!寻思半天,说:"那我走了。"

路遥说:"走就走吧,走没说道。"两口子出来送送他,看马力上道,人俩就回去了。

马力这去了一趟一分钱没到手,连盘缠钱都没有啊,马力想:"你真够狠毒啊,我一道要吃的来的,还得要饭回去啊。这交人哪看来是不容易呀,没承想当初交这么个狼啊!"

他走了能有三四十里地,浑身乏那就不用说了,第一没走过远道,第二没干过活,是书呆子出身,第三精神不舒畅,越寻思越败兴啊,一合计:我回去也得死,这老婆孩子一点儿吃的没有不得死嘛!干脆吧,人活百岁也是个死,不如早死早托生啊,我就早点死算了。正好前边有个大树林子,他就进树林子了。到树林子就把白绳带解下来搭树上了,绑好扣之后就寻思,要不说人都是当时想着死,到了真要死的那工夫就不愿意了呢!但一想家里,没心死还没法儿活,一狠心就在底下垫上点石头,上石头上脑袋就往套里钻。

这工夫就听到马跑连铃响,有人骑马过来了就喊:"干什么呢,里边?"这一吓他没套上脖子就坐那旮旯了。那人说:"干什么呢,这是,怎么上吊啊,到底怎么回事?"

---

[1] 皮儿片儿:乱七八糟。

马力一看来人不大，比他小两三岁，他打了个唉声就说："别提了，我没法儿活了。"

那人说："怎么回事，你说说吧。"

马力就把以前怎么跟路遥要好，家里怎么遭灾，路遥怎么对他的都说了一遍，就叹气啊，说："我心憋屈啊，回家也得死，晚死不如早死啊。"

那人说："这么办吧，不要紧，你这不是要往北京走嘛，我是个马贩子，正好有两匹马，省得我牵着费劲，你骑一匹我骑一匹正好，到你家了我再把马整走。"

马力说："那能行吗？"

那人说："那怎么不行，你骑着吧。"

马力说："那也不行啊，我这道上没吃的，我还得找吃的呢，要饭你能等我吗？"

那人说："你就放心吧，道上生活我供你，全我拿钱买，你不用考虑。"

马力就说："你贵姓啊？"

那人说："我叫日久啊。"

马力寻思：姓日，名久，还有叫这个的。就说："日久先生，那就太让你劳神了。"

日久说："没有问题，谁没有难着的时候，我要困难的时候也找你，快上马吧，大哥。"

俩人骑马走得挺快，走半道住店那也是人家日久拿的钱，吃饭也是日久付的账，他就在那儿啥也不管像客似的，挺享福还。他心想：世界上还有好人啊，不都像路遥那样的，这日久太好了，跟我非亲非故一点交情没有，人供我热乎吃的还供我马骑。

这工夫就到家了，离堡子不远了，日久就说："现在你到家了，马就别骑了，你进堡子吧。"

马力一看到家了，好好谢过日久，就垂头丧气往家走。离房子不远，一看：巧了，我走前这房子都倒了，都是空地废墟啊，怎么现在房子都建起来了？一看都是砖瓦房，盖得挺像样，另外大门前面还有人站着。哎呀，不用问，这是官家把地皮占去了，要不涝这样除了官家谁也盖不起这房子呀。他走到傍拉儿了就见门口跑过来个丫鬟，一看："哎呀，我们员外回来了！"

马力一看这丫鬟挺熟，就问："你谁呀？"

丫鬟说："我小红啊。"

马力说："这谁家啊？"

丫鬟说:"这不咱家嘛,到家咋还不认得,赶快进屋吧。"

马力进屋之后他媳妇出来了,媳妇眼睛一瞪就说:"你怎么去这些日子才回来呢,你走之后把别人都忙死了。"

马力说:"谁忙死了?"

媳妇说:"路遥大哥呗,人家亲自来好几趟在这儿监工,房子都人家给盖的,钱人家拿的,临走留不少钱哪,银子我都收柜里装着呢。那你就光吃喝玩乐待着啊,叫人家给你盖房子,你待得稳哪。"

哎呀,马力就想:"大哥,大哥,你玩得太稳当了。当初我睡你三宿空房,你让我闷一个月呀。"这时候,他媳妇说了:"路遥大哥还给你留封信呢。"

马力打开信一看:路遥知马力,日久见人心。原来日久是路遥的家人,特意送他回来的,要不他能回来啊!

这回就团圆了,从那以后俩人处得更近便了。

卖柴遇骗

这个故事说的是什么呢?就是在旧社会的时候骗人的太多,都是想尽一切办法骗人。就是农村的人到市里去,卖点儿柴火、秫秆伍的,确实都受骗。

单说去这么两个车,都拉的秫秆去沈阳,到桥北了,在一个挺宽绰的门口有两个小伙子,说:"站下!看看你柴火的价钱怎么样?我搭个[1]搭个,好吗?"

说好了之后,小伙子又问:"多少钱一车?"之后这价钱讲好了,还没太争,两个小伙子说,"这价钱行,妥!你这价钱还行,不高。这么办吧,你就给我卸这旮儿堆下吧!"

卖柴火的人说:"好吧!"他就卸下开始堆了,柴火都堆完了整好了,一找这小伙儿没有了。买柴火的人没了,他就喊,一喊,院儿里人说:"这不胡扯呢!往我门口堆柴火,俺们烧煤不要柴火,你赶快拉走!"

---

1 搭个:问问。

这俩人说真憋气啊，整点儿柴火还白堆这旮旯儿了，这越合计越憋气啊！怎么办呢？装吧！装时候整不好那秫秸叶儿都掉下来还让人家烦，人家院儿里的老太太不让了。最后没办法，卖柴火的说："没别的吧，我给你扔下俩钱儿买个烟抽，连这剩下的烂柴火都不要了，你收拾收拾留着烧吧！"这不但没卖，还搭上两个钱儿。

拉走了不说，两个人找个地方又开始卖，有人开始搭个，这家人家瞅着挺实惠啊！就把柴火放门口了，他们就开始卸，这家人说："俺们也帮你卸，你到屋吧，到屋我给你取钱。"

这就跟着到屋了，到屋一看，三个人在那儿看牌，看着挺热闹，他就坐炕沿边儿上了。不一会儿，警察来了，那时候警察局也带着枪啊！乒乒地到屋了，说："别动弹！赶快绑上！这都是看牌的。"

他说："我不是，我是卖柴火的。"

"什么卖柴火的？这三个人儿加你四个不是正好嘛！"这有话难分辩哪！"三个人儿不赌钱！都得四个人儿，那不是你是谁呀？"

这没办法就被绑上弄到警察局了，卖柴火的钱都给搭上之后强够还挨顿揍。一看，这农民到沈阳做买卖是真难啊！这看牌的也是骗人的。

卖画的添一笔不值钱

有那一个家，祖传的有一张古画，画得挺好，是自己憋住了。他爹妈临死就告诉这小子："你和你媳妇俩人哪，把这画保存好。你姥爷那时候一辈子专画画，这临死给我画的一张画，是一个打柴火的挑个挑子，人在那儿站着，低个头。这张古画将来呀，能出钱，这画挺出奇。今天哪你好好保存起来。"

这回怎么的呢？正赶上小孩有毛病，画不卖不行了，没有钱就治不了这病，这两口子一狠心说："卖了吧，别看老人给的也得卖它。"就拿这画卖去了。

这到哪儿卖去了呢？到这个北京城，到中街这儿卖了。正好来一个买画的，一看这人不是一般人，那瞅着穿得也好，有钱，一看这画说："多少钱？"

他寻思半天：多要怕人家笑话，少要怕吃亏。就搁手摩挲摩挲脑袋：要多少呢？

那人说："你摸脑袋管我要五百两啊？"

他就笑了："啊。"

"那行，五百两行！你这么办，你这画先别动弹，先在这儿搁着，我回去取银子，取完我们就要这画。"这取银子去了。

这家伙一看说："太值钱了，买坰地用不了几两银子，这一张画卖五百两，够买好几十坰地的了，这发财了！给孩子治完病以后用不了呢！"

这你也夸、他也夸，都说好，大伙儿说："看看什么画？"一看呢，正好是个打柴火的老头，挑一挑柴火在那儿站着，低个头。

这会儿来个董二大爷，也是念过点书，也会画点儿，他也赶到了，说："我看一看。哎呀，这画五百两，五百两这不多，还真行！行是行啊，你这画不全哪。"

"怎么的呢？"

"你看，这个柴火，两头柴火当中，光有柴火没有工具啊，你怎么打的呢？"

"啊，对啊！"

"我给你画个斧子，他回来你多要一百两，六百两。"

他说："来吧！"就把这画搁那旯儿了，也有笔呀，董二大爷给添个斧子，画得挺像样的呢，一个大圆斧就在那挑子别着呢。

这回人家来了，他一看拿着银子呢，说："你呀，别查银子，我这画原先没画全，这回又添全了，我画把斧子，这回呀，六百两。"

那人说："怎么的呢？"一看，说，"行了，一百两我也不要了，就一两我也不要了，你这是废品。"

"怎么说呢？"

"你傻啊，这个画里那人站那儿，是因为这斧子丢了，在那儿站着寻思呢：'丢哪了？'你看不出这心思吗？这回你整把斧子别那柴火堆上了，他还寻思啥吧，那寻思不寻思没用了嘛，这画不落空了嘛！"

哎呀，他这一听直眼了。董二大爷说："你看这劳而无功啊，我寻思画个斧子能多卖两个钱，到底把这画画废了！"

这说到哪儿呢，就是什么东西什么处理法，像这画，正画什么就是样儿画。斧子丢了，人就坐那儿寻思斧子丢哪了，准备找去。你把斧子给画上了，他还寻思啥？没寻思，那玩意儿就不值钱了，他画这画的，所以说这落空了。

卖木头吃饭

这是讲什么呢？讲的是抠牙[1]鬼都屈的。

有俩人是朋友，这家老头多少年了，也没留人在家吃过饭，人家请他他就吃，到他就不愿留人家吃饭了。

这天有个客人来他家串门，老太太心好，就说："这么办吧，老也没留你在咱家吃过饭，在家吃点饭吧！"就煮了点饭，整了点菜。

吃饭的时候，这家老头就寻思不能干吃饭。盛一碗饭之后，就不给他盛第二碗了，就干唠嗑，仅给他吃一碗就撂下算了，别吃了。来的客人呢，也挺滑，一看不盛饭了，就唠嗑："大哥，你这房子确实不错，可是砖房不好，现在木头可便宜了！"

"是吗？"

"我有个亲戚在城里卖木头，那木头现在都有一碗粗。"

"那多少钱？"

"七八块钱一根。"

"那么贱吗？有多粗哇？"

"你看，就碗口粗。"这客人就一边说，一边比画。

这家老头一听，说："你没饭了，盛饭！盛饭！"就给盛了饭。又说，"明儿你给买两根。"

"行！行！我给你买去吧！"

老头这就给客人盛了碗饭吃了。

吃完之后，这客人一瞅没有饭了，又说："你买去吧，那都是碗来粗。"就又给盛了碗饭吃。

吃完之后，老头说："大兄弟，我多会儿能买木头去呀？"

客人说："哎！我这是'卖木头吃饭'，我不卖木头没饭吃，要不能卖那么贱吗？有饭吃人家就不卖了，现在得先问问人家有没有饭吃！"

这就是卖木头吃饭。

---

1 抠牙：小气。

卖肉老王

有这个卖肉的，他姓王，卖肉的那时候都挺冲的。

正赶一个小伙儿来买肉了，乐呵儿地来了到这一看，说："王掌柜的，给我砍上三斤肉，挑好一点儿的砍！砍点儿精瘦点儿的。"

这个王掌柜卖肉的他冲啊！不管那事儿，四五十岁了，瞅瞅他一个小伙儿那样。一寻思，你要好的，谁都要好的，哪那些好的啊！都是这样儿，反正我砍啥算啥。就把那没用的肉拿来"咔嚓"一刀，这一刀下去连皮带骨都旋下来了，肥的多，没有多少瘦的，溜的净边沿的，不怎的。

"哪"地扔过去了。"给你吧！"

小伙儿瞅这个肉，左瞅也不可心，右瞅也不可心，说："掌柜的，这个肉不可心哪！等回去有个客怎么待啊？你给我换换不好吗？哪管谁要买多你给人带上这些，我就买这二三斤肉，买这块儿多不好啊！"

"那不行！卖啥样儿算啥样儿！"

他说："这么办，我说王掌柜的，我就用你一回嘛！谁不用谁这世界上，咱都帮忙儿！我也不是在家待着的人，我也有工作，你要用着我的话我一定帮你忙儿！"

"还用得着你帮忙儿？"王掌柜的说。

"这么办，王掌柜，不管怎么的，我说实在话，你肯定能用着我。不但你用着我，你们家都得用着我，我帮你忙儿还多咱都不嫌麻烦。你这么办，你给我换换不行吗？"

掌柜的心里说："这小伙儿挺驴性！我万一用他的话也行，管他干啥呢！"

"行！"就把没用的又拿过来砍一刀，这刀确实不错，瘦的多，哪儿都挺好，就给他了。

小伙儿拿着这走两步，掌柜的冷不丁儿问他，说："小伙儿，你干啥的？帮我忙儿我找你。"

"我在火葬场啊！你们要是有上那儿去的时候我就帮你忙儿！"

伍　生活故事

没爱情的人

有这么一家姓张,过得不错,家也挺有钱,这家的孩子是个念书的学生,也挺好。

这天正好来了父女二人,是走路的,到这儿之后已经晚间了,走不了就在这儿住下了。这姑娘长得挺好,十八九岁儿,老头儿也挺好的,都在这家待下了。这一宿的工夫,该然,老头儿得了急病儿就死了,死了以后这姑娘就哭哇。没办法发送不起啊!

怎么办呢?这个老张家就一个老妈妈和这个儿子,这个学生还没躲,他就说话了:"我是念书的学生,这位大姐,你不用哭,我替你发送。"

她说:"咱俩一无亲二无故的,我也不好意思用你啊!"最后一商量,姑娘说,"这么办!我也没有人家,我就给你做媳妇儿吧!你替我发送。"

他说:"可以!"就收下了,收下之后当时就把她爹发送了,花了不少钱哪!发送以后他们就结婚了。结婚了以后他俩人感情还挺好,就到一起了,到一起了不说。

过了些日子这姑娘就不让他碰了,姑娘说:"咱俩各人睡各人觉,不在一个炕上睡,我多咱都对这个差。"一晃一年多了也没到过一回,最后这姑娘就说话了,说:"我要走了,不能在这儿待了,今晚儿咱再到一次我就走了。因为什么呢?因为咱俩没有缘分。"

这男的问:"那你怎么回事儿呢?"

她说:"我多咱都不贪那事儿。这次咱俩到一块儿堆,头一次跟你是为报葬父之恩,咱俩到一块儿堆儿了。第二次咱俩做临别纪念,又到一块儿堆儿一次,我就是这么个情意,我多咱不能没有这个情意。"所以她就要走了。

这个小伙儿一看,说:"你呀!咱俩确实没有这份情意,那咱俩就离吧!"

所以这就是没爱情的人,白结一回婚。

门对青山绿更多

这个故事是发生在什么时候呢？过去几百年以前。有这么一个小伙子，一天起早家里就来客了，他就拿着瓶子打酒去。

正好儿这小伙子家对门儿，前边一个酒店，后边一个酒店。这两个是对门儿酒店，瞅着还都挺火爆。他就先到南边的酒店，"啪啪"一拍门，说："开门，我打酒。"

酒店这女的一看，急赤忙乎就来开门，说："好了，来顾客了。"就赶紧把小伙子让到柜房里，让到柜房那卖酒的屋儿了，女的说："这么办，我这就给你打啊！"

她一瞅这人还挺沙楞、稳当，三十多岁来打酒，她就喊："掌柜的，有人来打酒了，你把酒拿过来吧。"说完之后，这女的又说了："扬子江心一楚河。"这打酒的一看这怎么还对诗呢？

就听掌柜的那男的说："北方壬癸一条河。"

这小伙儿最聪明了，呃，一听就笑了，说："我有钱不买金生意呀。"意思是我先不买了，就不打了，就往北边那酒店瞅。

女的又说："门对青山绿更多。"小伙儿一看，我还是夹着瓶子回家吧，哪儿也不打了。

这其实是个谜似的，什么意思呢，这就占了个字，就是"水"字。"扬子江心"是问你是不是兑好水了？他说"北方壬癸一条河"，这"壬癸"不是水嘛。他说"有钱不买金生意"，金生水，人家明白，说我不买水，我回去了。他一往北边瞅，女的说"门对青山绿更多"，还是青山绿水嘛，意思是说那边水更多呢！

他就夹着瓶子回去了，就是这么个小故事。

门联藏谜

这儿有一个和尚庙,有一个老和尚和一个小和尚。老和尚挺正义,每天念经啊,吃斋念佛啊,化点儿缘哪,为了生活。庙院修得不错,香火也繁盛。他有个小徒弟,小徒弟到了十八九岁,二十来岁的,小徒弟有点儿猾。这老和尚老怕他出事儿,老诈唬他,他不敢胡闹。小和尚嘴上说好,我听你的,实在心他不那样。所以怎么样,一般这小和尚见到女的迈不开步儿。他老撩扯女的,撩扯得邪乎,所以当地对这小和尚评价特别低。

这天老和尚出门了。出门之前告诉小和尚:"我走了,出去给人家念经。得去个十天半月的,你呀,在庙里好好的,把庙给看好了。早起晚睡,把庙里收拾得干干净净的。人家到这儿来烧香念佛的,把人家伺候好。有姑娘夫人,给人家倒茶倒水的千万要注意。"

他说:"啊。"

老和尚就走了。他走了之后,庙里就剩下小和尚一个人了。师父这一走就剩他了,每天起来倒是挺早,把院子收拾完之后,一个人就胡扯。寺庙里来女的,他给奉经的时候那眼睛就不够瞅了,就拿眼睛撩那女的。所以那女的一看,这是不能去了,老和尚没在家,咱烧香也烧不好。这小和尚太不老实了,调戏人。这就都不来了。

这一传,传到山前山后山左山右都知道了。这样上香的基本上就没有啥了。他一看,这样不行啊!眼瞅着师父出去半拉月了,马上要回来了,这儿这么冷清哪行啊!他一看怎么回事儿,一合计,他也害怕,小和尚害怕了。知道错了,他想改,还改不了。一合计,"我这么办吧。我哪天得把这个寺院操持操持、整理整理。"就把这寺院修了个门脸,修完以后又给寺院修了副对联。全都修好了以后,就放点儿鞭炮好好欢迎一下这个烧香了愿的人。

后边这对联找谁写呢?瓦匠来修来了,这对联没人给写。正赶上有个老师,这老师说:"这对联我给你写吧。没事儿,小和尚你这么认真就好了,这对联就我给你写吧。"人家就把对联写完之后,瓦匠也把原来的对联给卸下来了。写完之后,修理好了,对联写得特别明显,鞭炮放完之后,庙都是卖呆儿的人,小和尚一看这样还行。有看完对联就走的,没说啥,他是看不懂;有的看完对联就暗中笑的,这是文化高的。

单表这老和尚回来了,老和尚自己有点儿文采。老和尚回来一看,徒弟把门联也修了,修得挺好,还挺高兴。看到外边还立着不少人卖呆儿,合计着到了门口了,就瞅那对联,越瞅着越寻思,越寻思越瞅。忽然间,当时那脸就煞白煞白的,完了!这进门之后,没由分说就去就把小和尚拽住,就上去踢两脚,削两个嘴巴子。就骂他:"你什么东西!"

小和尚还说:"我没错,没错!我这对联都修好了,才找人写的,我这有功啊,师父你咋还打我呢?"

老和尚说:"你看,这什么对联这是?"

小和尚一看,这不写得挺好吗?

老和尚说:"我给你念念,你想想。"老和尚有文采。这对联是这么刻的:

　　日落香残去掉凡心一点,
　　　炉火隐灭且把一马站边。

这么一副对联。这个师父告诉他:"你看完之后想想,日落香残,那日头落了,香也残了,这是'香'字没有'日'了,就剩下一个'禾'字;去掉凡心一点,'凡'字下边那一点没有了不念'秃'吗?那不是骂你呢,你不是秃子吗?下边说得好,说什么炉火隐灭,火灭了就剩下一个'户'字,且把一马站边,这旁边一个'马'字,这不是秃驴吗?这不是骂你秃驴吗?你还不懂这事儿?!"人家是这样写的。

他一听,这才懂了,就吓哭了。说:"师父,我错了。"

老和尚说:"错了,你得改呀。"你看这词写得多好啊!好不好可把他骂苦了,骂他秃驴、不守正业。

就这么的一个小故事。

蜜蜂记

这个就是说过去呀,有那么一段:有一个孙老员外,这孙员外呀,家里过得不错。家里没有别人,就一个儿子。这儿子就爱念书,孙员外跟老伴儿日子过得也挺好。

可过了年之后呢，老伴儿就不在了，就扔下他们爷俩儿。这孙员外一考虑：这怎么办呢？就想办个人儿[1]。他这儿子叫"云郎"，这儿子挺有孝心，挺好。孙员外和云郎一说办个人儿的事儿，这云郎不大同意。但他爸和他一商量说："爸这也没人伺候，尤其你这念书，考上之后呢，你走了我能怎么样呢？"儿子也就同意了。

这一办，办来的谁儿呢？办来一个刘氏。这个刘氏也就三十来岁，这云郎也就十四五岁，云郎他妈死的时候也就三十五六岁，这个比他那老伴儿还小几岁。孙员外一看，这刘氏长得挺好。长得好，也会说，就把刘氏娶来了。娶来以后呢，还带着个小孩儿来。孩子有十一二岁，叫"虎娃"，小孩儿挺实惠，小福娃，就是憨得邪乎，憨呆呆的，跟他妈还别别扭扭的，不太近便。

单说这刘氏结婚以后啊，对这个云郎特别好。那真是，到冬天以后怕被冷都给盖上，夏天当中把衣服给洗了还都叠上，待他特别好。

一晃儿等一年上下了，那娘俩就没嘀咕过，那处处给他挣口袋，让他多吃多干多穿。这孙员外也挺乐，说："不错，娶了个贤德女子，对待先头儿子比自己儿子都好。自己儿子都没这么待，待先头儿子这么好。"

她也说："我待他好，他没有妈，因为他是个苦命的孩子。我儿子有妈，这是第一个；第二呢，待他多好，给他花多少钱都是你们老孙家的，都是你们攒的钱，不是我的钱。就是借我手给他做一做，吃点儿好饭，吃点儿好菜，穿件好衣服伍的。"说得挺好。

这一晃儿过去有两三年了，这云郎到十七八岁了。这个刘氏在这儿待得确实也长了，也有信誉了。这孙老员外就把大权都交给她了。孙员外就跟刘氏说："行了，全交给你吧！"一看这家产，这家过得有钱哪！地有七八十垧地、百十垧地，财产也有，银子也有，什么都有啊！那个刘氏在她娘家是穷苦人家的家庭，特别穷，到这旮儿之后摊着这么富裕家庭也就知足了。但是知足是知足啊，人心不足啊！她一考虑："哎呀！云郎那小孩儿这么仁义，这么好，早晚得出息了。他要是出息了之后，还得人家说了算啊！我还得全还给人家，我这不是白扯了吗？说干啥，咱这儿子憨巴棱登的，也不行，念书也笨，不行。如果要有云郎在，多咱我还是当不了家，还得人家那

---

[1] 办个人儿：此处指续弦。

孩子说了算。要是把云郎挤走了，我就把这家产给我儿子。我一定想办法把云郎挤走了。"从那天起内心就开始想坏道儿了。

云郎在哪儿念书呢？他家后花园有个书房，云郎就在那儿念书，自己在那儿苦读寒窗，啥时候都在念书。这天刘氏躺在炕上之后就和孙员外说："员外呀，你看，这云郎都十七八岁了，也该给他娶媳妇儿了。你不能让他这么大了还没有男女的感情吧？他光念书，那么苦闷的话得娶媳妇儿了，我看不娶就是不行。"

孙员外说："那忙啥呢？他念书呢，书成之后再说呗！他考完再说，万一能考上呢！"老员外还不以为意，说不能办这事情。

她就哭了，说："不办事情不行，云郎他想媳妇儿了。"

"你怎么知道呢？"

她说："这话没敢当着他面说，他呀，没少调戏我呀！我大他十来岁，他还调戏我呢，到我跟前儿，不摸一下这儿，就摸一下那儿的，抱着嘬嘬嘴。这又不是十来岁了，年龄这么大了。虽然我是后妈，他对我这么大岁数的都有这个贪心呢，对一般女的得啥样啊！你要不给他娶媳妇儿还不得学坏了吗！"

老员外说："不能啊！我的儿子可不是那样的人哪！不能。"

"唉！我这说啊，就是家丑不能外扬啊！肯定有那个事。"她说，"要不你这么办吧，明天你试验试验他，他在后书房念书，我明儿晌午去，你看他调戏不调戏我，拽我不拽我。他拽住都不撒手，就像个扑食的苍蝇那么黏糊。"

他说："那哪儿能呢？"

她说："这么办，你看看，你猫哪儿都行。"

他说："好。"

他这一晚上就合计，第二天就到了后花园。就藏在花园外边儿，挺大个花园子，他就找了个背静地方藏好了瞅着。

单表这刘氏啊，一早上起来，就到这后花园去了。吃完早饭以后，她洗完脸，擦完粉，全抹好了之后，就到外边儿拿那蜂蜜呀往脸上、头上，哪儿都抹上了不少啊！弄一脑袋蜂蜜，那一闻离多远儿全是蜜味儿啊！挺甜，她就去了。

这云郎正在哪儿呢？正在后边儿书房念书呢，她就进去了。这儿离那后花园挺远还，根本就听不见说话。她进去之后，到哪儿呢？在半路上头发一抹，这蜂就来了，"呼呼"的。那蜂蜜多招蜜蜂啊！都闻到这味儿了，就往她身上糊，她紧走两步，也

伍　生活故事　　·891·

没用手抹扯蜜蜂,挺着,进屋了,就喊:"云郎,云郎。"

云郎一看他妈来了,再一看这蜂子糊上来了,他妈就说:"你赶快来轰轰吧!"这云郎跑出来之后,就这么轰、那么轰,他轰就肯定得拽他妈,一看这轰着也不行啊!他就把他的脸趴在他妈脸上了,想着挡着蜂,要挡着。

这老员外一看:真不像话了!抱着他妈贴脸嘬嘴呢!他在墙外边儿瞅,瞅得真真的,另外他也不知道细节,他气坏了,就回去了。

这刘氏回去之后就把那蜂蜜都洗下去了,洗完之后又擦完胭脂、抹完粉了,什么都没有了,就到员外那儿去了。员外一看就来气了,她就哭了:"不行了吧,给他娶媳妇儿吧,你看这还像样儿吗?"

员外一看,说:"不行!我娶什么儿媳妇,我非打死他不结!这太牲口了,不懂事儿,给老孙家丢人!"

到下晚了,这老员外就急了,到那屋拿一把刀,拿一包八步断肠散,拿一条绳子,说:"云郎,你太不懂事儿了!你让我伤心哪!可惜你妈死之后你后妈对你这么好啊!你现在走错道儿了你不知道吗?你还胡闹,胡扯八咧的,你也不往人道上走,干脆吧,今天我就命令你死!我也不愿意要你这儿子!这儿有三条绝计,你爱走哪条道儿走哪条道儿。你愿意上吊呢,给你条绳子;愿意自杀,给你把刀;你愿意身体好喝药呢,给你八步断肠散,你喝完就死了。"

哎呀!云郎一听,天哪!天哪!一合计:"你说我要是不自杀吧,我爹让我死,俗话说了,'父叫子亡子得亡'啊,我不死不行啊!我要是自杀吧,杀完净血,我爹瞅着也太伤心了。"你看这还可怜他爹。"如果真要是吃药,吃药之后得折腾啊,不能马上死啊!一折腾,我爹看着还难受。干脆,我上外边儿死去吧,免得我爹看见了。拿绳子我上吊吧!"他自己拿条绳子,就走了。

吃完下晚饭以后,点灯了,云郎自己走到北山坡上,走出了有十五里地。走到山坡上一看,哎,这儿有个小歪脖儿树,挺好。他把绳子挂上之后,绑个"妈妈套儿",就给他爹跪下了,趴地上磕了两个头,说:"爹呀,我今生就不能尽孝了,您要我死我也得死啊,不能违背您的命令啊!咱们来生再见吧!我也给死去的妈磕两个头,您在九泉之下等着我吧,咱娘俩就要见面了。"就哭了一场。

要不说,人寻死上吊也不容易呀!这套儿是不错,不大个小套儿。云郎寻思:这套儿啊,外属阳里属阴哪!脑袋不往里钻,这阳世凡间能活着,我这钻进去奔阴间一走就完了。合计干脆呀,没有别的办法,就一死方休吧!自己找两个石头垫脚下了,就往绳子套儿一钻,脚一蹬石头,石头一倒他就拎起来了。

这云郎脚一轻就醒了:"嗯?怎么回事儿?我脖子勒的,我记得我上吊了,怎么在这儿趴着呢?"他打个哈欠,哎呀!身上还挺乏的。这时候过来一个女的,穿的是一般,不那么太好,穿的是粗布拉衣,但是人家长得好,长得漂亮,仙女一样。长的是唇红齿白,面目真是花似的,长得好!杏核眼睛弯弯的眉。他说:"哎呀!这不用问哪,我这是死了,这是到阴间了,或是升天了,看见仙女了!我也问一句:'我这是在哪儿呢?是不我死了?'"

那女的笑了,说:"你死什么死?你要死了能在这儿待着吗?"

一会儿,又过来一老头儿,老头儿有五十来岁,说:"小伙子,你没死啊!你呀,不知道因为什么,姓啥也不知道啊!你上吊了,正赶上我走到那旮旯儿打猎去,我到那儿正赶上一个兔子跑过去,我打了之后,跑过去一看,离你那儿不远,正拿兔子的工夫,一看吊着个人哪!还动唤呢,没死啊!再一看,没别的,就把你卸下来了,卸下来之后我就把你背家里来了。你现在缓过来了,这是我女儿,俺们姓张,我叫张老大,俺们一辈子就靠这个打围为生。"

这云郎一看他就哭了。老头儿就问云郎:"你因为什么上吊啊?"

云郎说:"没办法,没法说呀!"老头儿又问云郎,云郎一合计,就说:"我说实话吧。我也不知道因为什么要上吊,我爹逼着我,不上吊不行了。我一个后妈……"怎么回事一说。云郎又说:"也说不上我这后妈回去和我爹说什么话了,这我也不知道,我爹也没告诉我,就说我应该死,说我做坏事儿了。我是没办法,就想着上吊吧!"

老头儿一看,说:"这么办吧,你这是'有家难奔,有国难投'啊!你也不能回去了,你能回去吗?"

云郎说:"我还能回去啥啊!"

老头儿说:"这么办吧,你就在我这儿待着吧。我这儿也没别人,就有一个女儿,叫良姑,张良姑,再加我一个,你没处去就住我这儿吧!"

云郎说:"不行啊,你这儿我没法待呀。因为什么呢,这么一个小屋儿,就一个小炕,你们爷俩,我怎么住啊?多不方便!另外,又不是您老自己,还有个姑娘。"

老头儿说:"这么办吧,我认你干儿子,你是我儿子。我一个儿子、一个女儿不就能住了吗？"

一看，云郎说："那还行。"这边儿磕两个头，就叫了声"爹"。就搁这儿待着了。不说。

单表这老张头儿，每天打围打点儿够生活费呀，够生活、够吃啊！这回不行了，打少了不够吃了，打兔子也好，打啥也好，得起早贪黑地打，得三个人吃了。一打就打了不少日子。

老头儿一看云郎这小伙儿和良姑俩人处得也挺近便的，一打听，岁数还是同岁，仅仅生日比良姑小几个月，就管良姑叫姐姐。最后当中就有一天，老头儿喝了点儿酒之后也挺高兴，说："这么办吧云郎，我看哪，你们两个挺近便的，黑夜白天在一起呀，唠唠说说笑笑挺近便的，你要不嫌俺们这破家穷啊，不嫌困难哪，你就给我做个姑老爷吧！我这家就交给你们了！没别的，就这个破家，把姑娘交给你，你看行不行？"

云郎一听，本来他俩有感情，处得也不错，说："我愿意。"良姑也愿意。

老头儿说："好吧。你们俩这么办吧，你们俩暂时不结婚，等你科考以后回来结婚。你准备今年科考去吧，现在到大比之年了。这不用不了几天就该走了嘛，我答对你走。"他就给他置办了一些，没别的，多少凑俩钱儿，拿点儿盘缠路费。像人家骑马坐车是不行，就得靠走了，这也是咱家穷啊！

后来这良姑一看，说："我这儿有副耳钳子，这是我妈活着的时候稀罕我，打的钳子给我了。这钳子你带着，金钳子，咱俩做纪念。另外呢，真要困难回不来考不上，考上不用说了，有官家送你，有钱了回来；要是考不上，回不来，把钳子卖了，也能做路费回家，回来咱俩也能过，咱俩就是不打围，干点啥也都能混生活了，咱俩也年轻。"

云郎说："行，你就安心吧。"他就走了。他走了不说。

一晃儿去了好几个月，云郎到北京了，还真是不错，真考上了。虽说没有中头名状元，中的二名榜眼，当时皇上就封了八府巡按。拜完以后皇上就问云郎："你家眷什么的都有没？"

云郎说："有家。我家媳妇儿现在没娶，但已经订妥了，叫良姑，她是个打猎的女儿，是个贫家子女。但我绝对不能变心，绝对不能变，不管谁保媒，我也不能答应。"

皇上一看，说："好，这么办吧，给你一套凤冠霞帔，给你媳妇带回去。"

云郎特别高兴，"谢主隆恩！"谢完之后，他往回走不说。

单表这边儿一打云郎走以后，这刘氏就一点儿挡的都没有了，把家全操持起来了，这么花、那么花的就不用讲了。最严重的问题是啥呢？她有一次有毛病，这老太太就把当地一个郎中，就是大夫啊，姓郭，把这郭大夫找来了。郭大夫年轻，也就三十多岁，这孙员外岁数大了，刘氏是二房，这是续弦哪，孙员外和刘氏差十来岁。这郎中看病的时候，刘氏就和他俩人眉来眼去的，他俩就通奸了，就好上了。这郭大夫老来老来，这孙员外一不在家，这郭大夫就来。但谁看在眼里呢？就被虎娃看在眼里了，就这儿子看出来了，知道不好看，但他年纪小，说了也不算哪！

一晃儿时间长了以后，这刘氏就跟郭大夫说了："这么的吧，咱们这样也不是个办法，怎么办呢？他家没人了，你把这孙员外害了，害死以后咱俩就能结婚了。"

这郎中说："好吧！"

单说这孙员外自己他不知道啊，这郎中就淘一个小长虫，就一点儿个小曲蛇，最小的小长虫淘弄来了，还说"香蛇"，但是也能药人。淘弄来之后，有一次孙员外喝酒，他喝完酒以后，这郎中就把小长虫用个竹筒装着，这奸夫淫妇两口子就把竹筒对着孙员外嘴里，这边儿拿火一烧，那小长虫就爬嘴里去了，这个孙员外就那么死的。死完以后，大家把孙员外一发送，就从家给捅出去了。

单表这云郎，当了八府巡按正好管他们这界面，就来了，上任了。到上任之后，哪儿也没到，自己到巡按府了，到知府那儿一打听，就问："大人，这有什么新案件没？"

知府说："有，正赶上有个案子，这个案子就得你判。"

云郎说："怎么还就得我判呢？"

一看，知府说："是你们家事儿。"

这是孙员外被害了之后，群众有意见。群众就提了："孙员外没有病，他头一天还好好的。为什么一宿就死了？这完事儿刘氏就嫁给郭大夫了，这孙员外死得不明。"群众就气愤，就告状。

云郎一看说："好。"当时就升堂了，把刘氏、郭大夫还有虎娃全带上来了。带上来之后单问的，开始问的是虎娃。虎娃在那儿一跪，云郎就说："还认得我吗？"

虎娃一看，说："哎呀！这不云郎哥哥吗？"

伍　生活故事

云郎说："你起来吧！"虎娃就起来了。

起来以后虎娃就说了："咱们家那点儿事儿，你走之后，妈怎么怎么的，他和郭郎中他俩天天在一起混，我也说不了；后来爹怎么怎么的，一宿就死了，怎么死的我不知道。"云郎一瞅，"啊，我爹这是被害了。"

虎娃接着说："爹死之后，娘就嫁郭郎中了，嫁他之后这家里的钱就随便花、随便折腾。"

云郎说："好。"最后当中又把这郭郎中和刘氏给传来了。传来以后，云郎，这八府巡按坐在大堂上一问他们，当时不承认，说啥事儿没有。云郎一看这不动刑是不行了，说："大刑拿过来！"把大刑拿上来之后，先给这郎中上上了，郎中就承认了。刘氏一看，他认，她自己不认是不行了。最后云郎问她："你说一说，就把开始怎么害的云郎，那时候为什么要把云郎害走？现在都有底案，你说一说吧。"

刘氏说："那时候我就为了图家业呀！"

"图家业为什么要害人呢？"

她就把怎么用的蜂蜜，怎么整脑袋上，怎么使唤他，他怎么帮她轰蜜蜂，她老头子怎么信了他调戏她这些事儿一说。这一看调戏母亲这罪还能小了吗？所以要杀他。最后他走了，自己吊死了。但是生死现在还不知，当初他是拿绳子走的。

云郎把桌子一拍："你恶妇啊！你好好看看我是谁？！"

她抬头一看：是云郎！这就直眼了，"你不用问了，这些都属实。你爹也是我们害的。"怎么灌的长虫，全说了。后来她就哭了，"这么办吧，我虽然作恶多端，这不错。我死之后，有个心愿希望你得答应我，我这儿子虎娃，他不孬啊，他对你不错，你走之后，他没少哭啊！"

云郎说："那你不用惦记，虽然这虎娃是你后带来的，但那也是我兄弟，我一定照顾他。"

后来说这么办吧，最后就定下来了，定的是秋后开斩，他俩都判的死刑，就刘氏和郎中他俩。

从这之后，这虎娃就跟着云郎过，像亲兄弟一样给这虎娃娶的媳妇儿，日子也过好了。要说这世界上的事儿啊，这云郎还真不错，把虎娃带好了，这虎娃和他后哥哥也像亲的一样。

拿袜子打人

有这么一个笨媳妇儿，这媳妇儿笨，但嘴还要强，你说她不缺心眼儿吧，也多少差点儿。这个男的娶完她之后，她干脆啥也整不好，你说做点儿衣裳吧，她根本就做不了。

这天，男的袜子坏了，这个袜子后边出个窟窿，他要补，就和媳妇儿说："这么办，你给我补补它！"俩袜子就扔给她了。

她一看，寻思说：这怎么能补呢？完就问她东屋二大娘说："二大娘，那袜子怎么能补啊？你侄儿让我补袜子。"

二大娘说："找袜底托儿呗！"

媳妇儿说："什么叫袜底托儿？"

二大娘说："和那个差不多少！就一个管儿，上边有一个托儿。那样的就行呗，你搁那儿补还补不了吗？"

哦！她一合计：正好儿！什么呢？她有个小镐子在那儿戳着呢，她就把这小镐子拿过来了。你看，这地方挺好，袜子一套，一抟，升上来了，她就绑上了，这地方行！她就补起袜子了。但她补得紧点儿，那小镐子底下面儿大，上边儿窄，她补紧了，那个袜子拿不下来了，最后俩袜子都补小镐子上了。

这男的回来到屋儿吃完饭之后一看："哎呀，你袜子补上没有？我打算出门去呢！这不人家正好有个事儿找我，我得和人一堆儿去呢！"

媳妇儿说："补完了！"

男的说："搁啥补的？"

媳妇儿说："我搁袜子托儿补的，补得可好了，贴贴乎乎的。"

他说："那好，拿来吧！"

她把小镐子"哪"扔炕上了，男的一看：我的先生！拽都拽不下来，补得登登的，就说："你可尖啊，哎呀，我的妈，你把人糟践坏了！"

"哦！你看，补好了还叫'妈'，'媳妇儿'都不叫了！"这媳妇儿说。

这男的急眼了，拿起小镐子就"啪"给她一小镐子，就撑她后腰上了，撑得她是直门儿叫呀！

媳妇儿就跑东屋儿去,说:"二大娘,可了不得,你侄儿打我!"

"搁什么打的?"

"搁袜子打的!"

"拿袜子打还能怎么的呀,还能疼?"

"不是啊,那袜子不同呀!你看看去吧!"

二大娘到那儿一看:袜子在小镐子上搁着呢!她就笑了:"你呀,你呀,真也是,你也不能搁袜子打人呀!"

男的说:"你别说了,得了,二大娘,够说了!拿袜子打人?你看这袜子补的吧!"

从那以后就说"搁袜子不兴打人,这个袜子托儿硬"!

男装女出嫁

男装女出嫁,这个是骗子,讲骗子的,这是个真事儿。

在伪满洲国的时候啊,有这么一个姓郭的,他就在我们现在的大屯住。他没有媳妇儿,因为家穷啊,二十四五岁了没找着媳妇儿。在那个时候自己也攒两个钱儿,也娶不上,没人给他。

后来谁呢?有一个姓王的,外号叫大眼皮的人,就在店里头给介绍一个。大眼皮是个男的,他介绍的这个女的常在那住店。这个女的是个妓女,那时候就是在那看有没有相中她的男的,愿意就扯一扯,弄两个钱儿。

王大眼皮和她也熟悉了,就说:"你何必这么扯呢?你找个人家好不好?"

这个女的说:"我不卖身。我来了之后啊,别人要是相中我觉得我不错,我就陪个酒啊,吃点儿喝点儿,我陪他唱一段儿行,我不卖身。"

王大眼皮啊还挺仗义的,就说:"那你找个男的得了呗。"

她就说:"找一个也行。"

这个女的长得挺好看,王大眼皮就说:"我们这有一个姓郭的,这个小伙儿二十多岁,家过得还真不错。"

这个事儿还真行了，一保媒还给保妥了，就来了。

这来了，结婚的时候得大办啊！也挺热闹的，都吃到晚上去了，就和这个女的结婚了。

结婚以后，到下晚儿入洞房，这下晚儿黑啊。这个女的就商量，和这个男的说："我现在啊，身体不好，咱俩不能同床。在傍拉待着、存着都行，我现在有点儿毛病。你不能动，你要是动了，我就得丧命，你也得得病！"

男的说："那行啊。"

这俩人就这么过，一晃儿到半年了，也没到一块儿。

这个小伙儿呢，有个妹妹，十七八岁。这个妹妹和这个嫂子处得特别近，老叨咕想出去玩。这嫂子就说："你这么办，别着急。等到种完地，到六七月我领你串门儿去，我娘家过得也不错。"妹妹就寻思和嫂子去串门去。

这一晃儿就到六七月了，这天头热，都穿裤衩了。她也不穿裤衩，穿长裤子。

要不说人这玩意儿，就艺高人胆大呢！她这天上厕所去了，后面跟个小孩儿。是谁家的呢？是她嫂子家的小孩儿。多大呢？六七岁儿。这个小孩儿也跟去了，她就没注意。到了那撒尿，就没蹲下撒，这个女的就站着撒泡尿。这小孩儿看着了，看着了之后回来就喊，说："我婶儿撒尿，站着撒尿，把裤子就浇了。"

别人一听，说："出奇啊！女的撒尿哪有站着撒尿的？还能浇着裤子？"

完了下晚儿就问："怎么回事儿啊？"这个嫂子就问他小叔子，说，"你媳妇结婚半年多，她怎么还站着撒尿，腿有毛病咋的？"

他就说："没毛病啊？"

他嫂子就说："你俩男女的事儿，行不行？"

"行啥啊？俺俩还没到过一回呢！她就说她有病，我也没敢动她。"

"你啊，真是傻透了！你太孬了！"

这之后，大伙儿就访他，就告诉他说："下晚儿，你这么办，你动真格的，你就说不让碰不行！"

这她就不让碰啊，到最后俩人就干起来了。干一宿架，也没让碰。

天亮了人家就报当地的官儿了，警察也来了，就问："怎么回事儿？找个老太太检查检查她！她是不是有毛病，还真有什么事儿？出啥毛病了？"

要检查了，这个女的没办法了，跑到外边去了，投井了。

伍 生活故事　　·899·

那个井水不太深，正是六七月干旱的时候。虽然是掉井里头了，那时候是大井啊。她笨！不是脑袋先蹦下去的，先是腿下去的，到里面那水没腰，在里面站着。

大伙儿一看，就弄个绳子把她拽上来了，下去几个人把她抱上来了，一检查是男的！

"哎呀！"大伙儿一看说，"你可把人糟践坏了！"。

这下他说了："我家没办法，我家就一个老爹爹，岁数大了。我家也穷，我是个剃头的，干别的挣不来钱了，这个世上就是装女的来钱快，都稀罕女的，所以我就装女的，骗两个钱儿。"

他们就问："你为什么不走呢？"

他说："说实在话，我挂着我小姑子。我把她带走，能给我做媳妇儿。但我没敢动她，打我来以后，我怕露馅。"

一看，说："这么办吧。"就把他判刑了，把他押起来了。押了几年，他也没啥大事儿。他没把人伤怎么的，就想骗两个钱儿，押了一年多就松开了。

从那以后，大伙儿闹笑话，说老郭头："你说你这一辈子娶个媳妇儿呢，还娶个男的！太倒霉了！"

从那以后，大伙儿都知道，男的也能装女的骗人。

尼姑背醉壶

有一个好喝酒的老头儿，有四五十岁，非喝不行，不喝不行啊！有个外号叫"醉壶"，就是一喝就醉，不喝还不行。

这天啊，这个"醉壶"正在大街上呢，就喝醉了。那喝醉得不像样啊，起不来了。四五十岁就穿着裤衩子、背心子在那儿趴着。

这时候来个尼姑，尼姑岁数小，二十几岁，长得挺漂亮。到这儿一看，说："哎呀！怎么又醉在这旮旯儿了！"

大伙儿一看，就往这儿凑。这个尼姑就说："不用，我给他背起来，在这儿多受罪啊！"一伸手就把这个"醉壶"给背起来了，就把胳膊搭她身上了，贴身上背起来就走。

大伙儿中就有不少才子们,和赶考举子们都在这儿站着卖呆儿的,就说:"这个尼姑真不贞洁!一个大姑娘出身,二十几岁背个'醉壶',多碜碜!"

尼姑就笑了,说:"赶考的举子你莫笑嘻嘻,'醉壶'和我有关系。'醉壶'的亲侄儿是我表弟,我表弟的姑母是'醉壶'的妻。你们寻思寻思是谁和谁吧。"

这个赶考的举子就想不出来啊,最后来了一个老乡就说:"你不用问了,人家是爹和女儿。你明白了吗?你看,'醉壶'的亲侄子是她表弟,她表弟的姑母是'醉壶'的妻,她不是他亲女儿吗?"

"啊!"大伙儿说,"对啊!"

尼姑这才把"醉壶"背进院儿去。

尼姑还俗

有一个尼姑多大岁数呢?有二十一二岁。这尼姑从小有点儿小病。过去那是专讲许愿,她爹妈就去庙里许愿,说:"我这姑娘啊,根子不太好。那这么办,老仙人堂啊,如果真要我姑娘好了,她长大后,我就让她当尼姑去,让她出家,我也不图她养我就得了!"

完了这尼姑的爹妈就给她许回愿去了。

许完愿之后,她这病真就好了。好了之后,就得还愿呀,她就去当尼姑了。

其实这小尼姑不愿意出家,每天在庙里,她就苦闷得邪乎。但她一说还俗呢,这老尼姑就不允许,说:"那不行!你走了之后,就没人伺候我了,那还行了?"老尼姑说啥也不让她走,这事儿就难得邪乎!

没有办法了,这小尼姑就告到县太爷那儿了。

那时有个知县姓王。这王知县是个小伙儿,长得挺帅,三十多岁。这王知县就爱什么呢?就爱在判案、审案的时候写判词,写特别简单的,写几句诗文就行。他不愿看长篇大对的,写状词你就写准确、写明白就行,是越短越好,写几句就行。

这小尼姑告到王知县那儿,王知县一看,这小尼姑写得挺简单,就几句话,怎么怎么要还俗。他就批了,说:"好,可以还俗!"

他怎么批的?是这么批的,说:"准准准准准准准,准你嫁个有情人。脱去袈裟换罗裙,免得僧敲月下门。"

老尼姑一看,就直眼了,这是啥呢?就是说这王知县批文批得不错。

这以后,人们都捧这王知县,说:"这王知县确实有才,你看把这事批得挺好!"

小尼姑对着王知县磕了俩头,说:"大人你把我成全了,我真还俗了!"

再后来,她还跟人生了一儿一女,去过好日子了。

女的放鹰裁衣服

放鹰儿就是骗人,过去叫放鹰儿都是女的,就是在女的当中,找都结婚的女的,把女的集在一起,想办法骗人去。

这个女的怎么样呢?这就是过去到沈阳大街上就有,不但咱这有,过去别的省里也有,都是和那儿勾上了。你正在那儿忙着走呢,就来骗你。

有一个老头儿,是个挺实惠的农民,就上沈阳去了,到沈阳寻思买点儿啥,买点儿好东西,就去了。正好一个姑娘,二十几岁的一个小媳妇儿,到他傍拉说:"大叔啊!"

老头儿说:"啊,我也不认识你啊!"

她说:"我知道不认识啊。你老啊,我瞅着啊,开始我认错人了,我寻思是我爸爸呢。"

你看这他能急吗?她就说:"你和我爸爸,模样一点儿都不差啊!我到傍拉一看才知道不是。"

老头儿说:"啊,人长得一样的都有啊。"

她说:"不是别的啊,我跟你说个事儿。你老啊,你这个个头啊,和我爸爸长得一点儿不差。我给我爸爸打算买一个长袍儿,在这儿做,就是怕做完不合体啊。我看你和我爸爸身体一点儿不差。我买点儿布,我请你到这个缝纫铺去给我裁一裁去。你帮我裁一裁,他那儿有布。"

老头儿说:"那我没工夫啊!"

她说:"哎呀,得了,你老抽烟吧!"

她就掏出一颗烟来,点了就给老头儿抽了。老头儿磨不开,她又说:"后院儿就是。"

走了不远儿,真到缝纫铺了。他这一看,这净是做缝纫活儿的,好几个人在那儿做呢。

她就说:"这么办吧,你掘对给我裁点儿布,给我裁件儿衣服吧。就照着这个老头儿裁,给我爸爸裁一个。"

他们就说:"好吧。"

人家下去一个女的,到这来约巴约巴,大致舞巴两下,把布拽过来,"咔咔"剪两剪子,就裁巴了。裁完之后,她就说:"这么办吧,二十两银子。老头儿拿钱!"

老头儿一听说,回头一看,说:"我拿啥钱啊?我给人家裁衣服!"

裁缝说:"给谁裁衣服?"

老头儿一看这个女的没了,说:"那个姑娘说求我给他爸爸裁,他爸爸和我模样长得一样,个头也高。"

裁缝说:"在哪儿呢?俺们布都剪完了,你不拿钱行吗?"

这老头儿一看就直眼儿了,他说:"我找那个女的!"

裁缝说:"拉倒吧,别走!你跑不行啊!"

这过来好几个人,都拽着他说:"你跑不行!"

这老头儿没有办法,捏着鼻子就把腰里两个钱儿拿出来,就开了人家的布钱。

他就落着点儿破布,一共不值一两银子。他花了二十两银子买了这么块破布,上了个大当!

要不说女的放鹰儿裁衣裳,那人家裁衣裳的人儿蹽了!就是这么个骗人的方式。

女的放鹰扔戒指

有这个老李头儿,到沈阳去了。正忙着走道当中呢,就看前面儿有一个女的,干什么呢？就顺着哪儿呢，就一伸手的地方，地下有个金戒指。他也看到了，那个女的也看到了。但是人家是在前一步，人家就在前面儿不远，一伸手就到地下，把大金戒指就捡起来了，有好几钱重啊大戒指。

这个女的回头儿一看，说："大爷在后面儿呢！你看，我捡个戒指。你别吵吵，别吵吵！见面儿有一份儿！不能让你白看着。咱俩不能不捡，你看咱俩顺着这儿再走一走，到没人的地方再说。"

走过几步去，她说："这么办，这个戒指，你老看这个戒指的大小。"就给老头儿看看，老头儿说："这个戒指不小啊！"

她就和老李头儿说："这么办吧，你看这是归你还是归我？归你呢，你给我钱；归我呢，我给你钱。这个戒指啊，这么沉最低能值多少呢？最低也能值个二十两银子。"又说，"这么办吧，归你吧。咱俩一人一半，你就给我十两银子就得了，我就不多要了。"

老头儿说："那我没有那些钱，哪来的那么多钱啊？要不然归你吧，我现在没带钱。怎么能归我呢？我拿钱给你，我能给你吗？"

这个姑娘看着人来撵她，就说："赶快的吧！"

饿饿半天，老头儿就说："这么办吧，我腰里就有五两银子。"

那女的说："五两就五两吧。"给了她五两银子，戒指归老头儿了。

老头儿拿着戒指走了，回去一看，挺高兴啊，到家了一说，家里人说："去看看去吧，是什么戒指吧？"

老头儿说："是金戒指！"

到了银匠铺，一打听，一看，银匠说："这不是铜，凤毛铜吗？不值五个大钱儿啊！什么五两银子？你上老大当了！"

你看，他这么上的当，这叫扔戒指。

女的放鹰屋里空

有这么一个刘宏雁，老伴儿死了，就寻思办个人儿吧，托人弄的。这保媒的就来了，上赶着这保媒的人来的。

保完之后，女的也领来了。一看这个女的长得好啊，长得真确实不错。

刘宏雁那时候已经五十来岁了，这个女的也就四十岁。差十来岁，年轻，瞅着挺好就待下了。大伙儿一看，说："这么办吧，也操办操办。"

接上点儿礼钱，办完之后，两人就在一起过日子！

女的是春天来的，到这儿待着一看啊，老头儿那时候挺能挣钱啊，连挣钱带种地。她在里边儿忙活，这么忙那么忙，也帮着干。

干到六七月，小麦全都下来了。麦子打完了，卖了钱了，就得有五六十两银子。一看麦子也卖完了，钱挣得差不多了，这就够活几年了。

这个女的会来事儿，把老头儿哄的就不用说了。刘宏雁全信她，说："这么办，我相信你，你当家。钱归你拿着，我不管。"

媳妇儿说："你看咱俩人结婚这么长时间，我也没上娘家串串门儿去。我还有个娘家妈，还在沈阳。咱俩到时候给买点东西呗。"

刘宏雁就说："去呗，正好是闲着的时候了，我手里也没有活儿了。"

刘宏雁就和她收拾好了，这个媳妇儿说："这么办，到沈阳啊，有便宜东西。我们家就在当铺傍拉住。那当铺到时候当号啊，到六个月不出就死号，就是下当的货物，特别便宜。因为什么呢？那些东西啊，在市场当中啊，就得十元啊，下当铺有六元、七元就能买。咱们去看看去，发批货来。回到家还能卖，一般买不着，俺在傍拉能买着。"

刘宏雁说："那行，拿着吧。"

就把钱全包上了，把银子包好之后就拿着。媳妇儿就告诉说："你拿着！我不能拿，这个挺沉的。"

刘宏雁说："我信不着你吗？"

她说："得了，得了，你拿着吧，拿着吧！"

刘宏雁就拿着。这个女的心里还有主意：我拿钱干啥？还挺沉的！这个男的就往这兜儿一围，在腰上绑着呢。

去了之后，就到沈阳了。到她家一看，一趟房儿。趟房儿，都是单屋。

到了屋，她说："我妈就在这屋住，这屋没谁，就老太太自己。"

一看，就一个老太太在屋。

哎呀！老太太一看见她，就哭了，说："你可回来了！女儿啊，你去了半年才回来啊！也不惦记妈妈。"

她一指说："这是你姑老爷。"

哎呀！老太太就拽他，一拽他说："你可真是太好了！这真是我姑老爷啊？我女儿得你这小伙子，是得着个好人啊！"

老太太说："都挺好，预备做饭吧。"这媳妇儿亲自下去整的饭菜，挺便利。

吃喝完了不说，就在这儿住吧，就在这儿住了一宿。

住了一宿，老太太说："这么办吧，你们俩在炕头存，两口子嘛。我在这头儿存一宿。"

睡觉的时候，就不用说了。这东西就拿下去了，媳妇儿说："搁柜子里，我妈这儿有柜子。"就把银子搁衣服柜子里。

老太太说："我这儿有锁头，你们把东西往里一锁，这个柜子就归你们了。"就把柜子的钥匙、锁头，"嘣"一声，都扔给他了。

媳妇儿一看，就说："你看多好，多方便。"就把柜子盖儿打开之后，把箱子打开之后，就把这钱拿来，就都锁这柜子里头了，搁钥匙"啪啪"都锁上了。

锁上以后，媳妇儿就告诉刘宏雁："钥匙给你。"

刘宏雁说："你别胡扯了！咱俩人还多心啥啊！"

媳妇儿说："给你带着钥匙，我不带钥匙。万一明儿这钱少了呢？"

刘宏雁还挺高兴的，心里想：这媳妇儿真挺懂事儿！这钥匙还归他了。

天亮了，这媳妇儿说："这么办，咱俩人啊，一早晨起来溜达溜达，买点儿好菜去，把我妈好好恭敬恭敬。昨天回来之后啊，我们俩回来就睡了，就是随便做的菜饭。"

刘宏雁说："走吧。"

这俩人就去了。这腰儿里有零钱啊，到市场上买点儿肉，买点儿这、买点儿那。她让他拿着，他就拿着，她说："我再买点儿水果儿去。"

刘宏雁左等媳妇儿也不回来，右等也不回来。等到一看快到傍响了，也没回来。他就说："这不对啊！这都好几个点儿，吃上饭了？她怎么还不回来呢？是不是有差了？我得回去！"他就先买点儿东西，拎着就回来了。

回来开大门到院儿里一进，出来俩小伙儿，说："哪儿的你？"

刘宏雁说:"我是到这儿串门的。"

小伙儿就说:"上哪儿串门的?"

刘宏雁说:"这是我老丈母娘家,还到哪儿串门的?我就是这儿的姑老爷!"

小伙儿说:"哪儿的姑老爷你啊?你姓什么?这儿谁是你媳妇儿啊?你就在这儿胡说八道!"

刘宏雁说:"就这儿,是啊!"

小伙儿说:"你别说别的。你到屋看看,是不是你媳妇儿家?"

往屋一进,不对啊!原来那是两间房,现在这是三间房。这屋里摆得柜箱挺整齐,不是原先的破箱子了。没有锁头,啥也没有了。一看屋里还坐着一个小媳妇儿,二十多岁儿姑娘。哪有别的了?净小伙子!

这下刘宏雁直眼了。

小伙儿说:"是不是?"

刘宏雁说:"不是啊,我来就是这屋啊!"

小伙儿说:"认错门儿了,不是这院儿!上别的屋找去吧,哪是这屋的,别胡扯了!快走吧!"

刘宏雁就走了,一找哪哪儿都不是。找到下晚儿啊,最后遇到有那个上岁数的人说:"你啊,回去吧。拉倒吧,你上当了!叫人家骗了,这叫空屋计。就是这么个空屋就把你坑了!你还找啥找啊?你上哪儿告去啊?哪儿也不行了!"

刘宏雁没办法,就回去吧。干了一年,再加上原来攒的点家底儿,都让人家给骗去了。

怕考

有这么几个公子,念书的学生。其中有谁呢?有孔尚任。孔尚任是孔子的后代,那时候念书念得好,是不错的学生。

在清明的时候,他们就溜达玩儿,下山游山玩水去了。正好走半道儿上,遇到啥呢？遇到一个女的在那儿推碾挨磨呢，挨磨推碾的时候就套头叫子[1]。她就在这儿挨，这头驴就在这儿"咯嘎"叫唤，这头驴就起性子[2]。

这几个学生就看着笑了，心想：你是个女的，想叫住驴，驴起性子，你这当场就这么让人瞅着，多寒碜啊！这时候，他们都是念书的，就爱胡扯。

这时候就有个学生说："咱们快回去吧！老师要考啊，要是考不过，老师还不得打咱们！"

他们就说："不行！你看这多好啊！看看这个女的她能有啥招儿？"

这头驴起性子，她打这个驴，这个驴就在这儿嗷嗷。这个时候，这个农村妇女一看，心想：啊，驴不懂事在这起性子，你们还在这儿起屁儿闹事。好！一伸手就把炉铐子拿起来了，拢把火就烤这个驴。

这个女的就说："你怕烤吗？怕，你就给我碾！"

这时候这个驴就拉着碾子跑，不跑不行啊！这烧得不行啊！这壶嘴就插卡巴裆子[3]上，这驴就跑！

"不烤你就给我碾！"这话就是说：碾就是让这帮学生念书去，烤就是考你们的去！

听到那儿以后，他们就说："听到没？咱们怕考，溜达玩儿来了。告诉咱们要是怕考，就要咱们念！"

后来，他们就说："咱们别在这儿待着了，这女的太歪，把咱们全都骂了！咱们怕考让你撵，咱们等于驴了！"

于是这个孔尚任就回去了，心里想不能惹这个女的。农村女的，你惹也不起！他不敢惹了。

1　叫子：驴。
2　起性子：耍脾气。
3　卡巴裆子：屁股。

怕老婆（一）

这怕老婆分好几种，有这么个人哪，他怕老婆啥样呢？他一般还不敢到外边说，在外边还得说我不怕老婆。

有这么个人，他不但怕老婆，还怕得邪乎，家里有活儿都让他一个人干了。这天，他就和老婆商量，说："今后啊，在人前你可别让我丢丑啊。要是今后我总丢丑，如果我要没脸活着，谁伺候你呀？我一出门人家都说我怕老婆，你给我做做主。"

他老婆一听，说："行，我给你做主。"

"正好儿，明天有几个朋友要来，你就听我的，叫你干啥你干啥。"

"好。"

他说："那得有一件就是以后你得啥都听我的。"

他媳妇儿说："行，那能不听你的吗？"

这天客都来了，他在炕上一坐，就对他老婆说："贤妻，来客了，快下去烧水。"他老婆就下去把水烧开了。

水烧完之后，他又说："赶快沏茶，给大伙儿倒水。"他媳妇又挨个儿给倒的水。

大伙儿一看，这小子行啊！自个坐在那儿指挥他媳妇。指使得来回跑，倒茶倒水的，挺好。一会儿又说："快去预备饭。"媳妇又把饭也预备好了，大伙儿又在这儿吃的饭。

大伙儿全在这儿吃的，媳妇也欢天喜地，说说笑笑。大伙儿就寻思，说他怕老婆是假的，不能怕老婆。完了吃完饭了，谁也不能住啊，吃完了就走吧。就把大伙儿都送走了。

等送走亲戚以后，媳妇到屋儿就急了，说："快，扎洗脚水！"

他说："我早预备好了。"

媳妇说："跪那儿洗！"说完，媳妇脚一伸，他就跪那儿给媳妇洗脚，一点一点地洗。全洗完之后了，他媳妇说："今天的水不大适合，有点儿凉，不信你喝两口尝尝。"

他说："那埋汰。"

媳妇说："埋汰也不行，你喝！"这媳妇儿当时就急了，摸出剪子来了。

他说:"我喝,我喝。"

跟着要喝,单说这客走了不多一会儿,就寻思,说:"都知道他怕老婆,咱们走了以后还怕不怕呢?这工夫咱回去看看去。"有年轻好胜的小伙儿就回去了,扒着窗户瞅着,一看正跪着给人家洗脚,正要喝洗脚水,这哈哈大笑就往里边一闯。

他一看,来人了,赶紧把洗脚水倒了。他还说:"我说不用不用,你还非要给我洗,洗完之后还怕水凉了。你看我脸贴着水呢,不凉不热正好啊!瞅瞅,还是老婆惦记着我。"

大伙儿一看,说:"行了,你怕老婆怕成那样,还装凶呢!就这么的吧。"大伙儿就走了。

怕老婆(二)

这怕老婆也分多少种,有这么个男的,他也是那样。每天凡是活都干到了,可他老婆歪,要不就不跟你过,再不就打你。他就没办法,怕老婆怕得邪乎。

有一天,他就和老婆说:"外边现在有传言哪,都说我怕你,我也没法活了。你倒是给我做点儿脸儿啊,别说我怕你呀,怕老婆那出去也不好干事啊。"

他老婆说:"行啊。"

第二天,他们就请客,请了几桌客。朋友也都来了,到他家连吃带喝的,他老婆就伺候着,做的面,这么做、那么做的。就给做的饭,整的菜,答对得特别好。这别人一看,他这也不像是怕老婆的样儿啊,真瞅着挺好。

吃完饭以后都走了,他这媳妇一考虑就急了。他媳妇说:"你,快点儿过来!今儿一天你把老娘给指使坏了,脚都冒火,你快给我洗洗脚!"

他就把水给端来了,一看脚上有皴,他老婆就说了:"不是有皴嘛,你用牙啃,用舌头舔。拿牙啃!你不啃那能下去吗?"

那就啃吧,他就站在那儿啃那皴,一点儿一点儿地啃,嘴就贴在脚后跟上。

这工夫就有没走的,又回来的,看他到底怕不怕老婆。到这儿扒着窗户一看,他正在那儿抱着老婆的脚啃皴呢!就在外边哈哈大笑,说:"朋友你在屋儿干啥呢?"

他说:"你来得正好,她太不像样了!你们来呀,她没待好你们,把我气坏了!我一看打她不赶劲[1],我就咬她,咬完之后我把她吹起来!我把她吹起来之后再打她。你们看我这不正要把她的脚咬破了,咬完之后拿气管子打她,揍她。"

大伙儿一看:"行了,不是你把她吹起来,是有个人会吹呀!"

从那以后,这个怕老婆的也出名了。

怕老婆(三)

这个老婆就是后边几句话不同,前边都相似。

男女结婚以后啊,这老婆特别强势,他也就怕这个老婆,没办法。言听计从啊,是一点不敢不尊敬啊。朋友们常来,这天来了几个朋友。他偷着和他老婆说:"这回你给我装装脸。不管怎么的,我说啥你办啥,完了哪怕我给你下跪我也甘心了。"

他媳妇儿就说:"行行行!"

那整饭做菜都是媳妇儿做的,往外端菜,伺候得特别应时。

这帮客吃完饭以后就走了。走到半道儿以后,大伙儿说:"咱回去,看他在家里干啥呢,是不是真怕老婆。"大伙儿就回来了,一看,他正在地上跪着呢。就看见他老婆罚他在地下跪着呢,手扶炕沿跪着呢。

别人一看,说:"大哥,你这是干啥呢?跪着呢呀?"

他一看就把手伸开了,还说呢:"跪什么,你们没看明白吗?你大嫂说这炕沿有一丈三,我说有一丈八,她不相信我,我跪地下量量炕沿,看看到底多长。"

大伙儿说:"行了,你这怕老婆的劲儿还真能造文章。"

他可真会说,还说是量炕沿呢。

---

[1] 赶劲:解气。

怕老婆出奇

有这么一个知县，怕老婆，所以他就合计：我怕老婆，是不是别人也有怕的呢？就告下面人说："去，把怕老婆的人，全都给我抓来。"

一访抓了有二十多个人，都怕老婆。把这些人找来，到屋坐下之后，县太爷说："我打听打听，你们都谁怕老婆。咱们今儿个得真诚，不真诚不行。这么办，一个一个出来，谁怕老婆，到北面站着去，不怕的不动。"

大伙儿瞅瞅，不一会儿过去站一个，再过一会儿又过去一个，二十多个就剩一个没动。

县太爷笑了："看来你胆子不错，你不怕老婆？"

他说："不！"

县太爷说："那你没过来呢？"

他说："我老婆说了，人多的地方不许去。"

县太爷说："唉，你比我们怕得还邪乎啊！"

拍花的

过去那时候叫拍花的，现在也有，过去拍花的人有一种药，那玩意儿往小孩儿脑袋上一拍，你就不明白了，就跟着他走。说实在话，大人也能被拍住，这拍花是了不得！要么说呢，人一般都这样儿。

在中华民国的时候，沈阳市有个公安局局长，他的女儿在学校念书，那就十七八岁了。这天正好回来之后，看两个小伙子一过去的工夫，俩人一碰，她就不明白了，不明白就给拍走了。

单表这局长，这儿也下通知，那儿也找女儿，哪儿也找不着了。最后没有办法，怎么办呢？

单说这个女儿被拍去之后，到哪儿去了呢？就把她领到关里最背最背的陕西的一个地方,领到那个山沟里去了。这姑娘到那儿一看,没有别的办法,这人地两生的地方儿,不过也不行,你就是想别的也不行了,只能认可就这么的了,就跟人家在那儿过上了。

这一过过了不少日子,该然,正赶上沈阳市有耍戏法儿的过去了,这帮耍戏法儿的在关里耍戏法儿,她也去看了。正好,是她舅舅跟着耍戏法儿的,这姑娘就看着了,等到人都少的时候她就跑到傍拉去,拽她舅舅就哭起来了。他舅一看,哎呀!这不是外甥女吗?她把怎么怎么去的一说。

最后就把这家整个全抓着了,抓着一问,叫他们说实话,这家说:"俺们不是把她骗来的,俺们是花钱买的,人家骗子早就跑了,现在你们说怎么办吧?"

"怎么办?还能在这儿待着?你买都犯错误了。"领回来之后,这个公安局局长暴哭了一场儿啊!

当时群众对这事儿呢,还没有什么好评,说这局长他贪污太邪乎了,所以他女儿给做一个补偿了。所以人这玩意儿还得做点儿好事,那别人咋没被拍去呢!这些群众不但没恨这个骗人的人,反倒对这局长印象不怎么的。最后这公安局局长就下通知,对这个拍花的和骗人的要严厉处理。

要不说这过去拍花的最严重,俺那时候念书都那样儿,一走时候家里就告唤:注意拍花的!注意拍花的!大人孩子都怕拍花的,怕得邪乎!

刨风根儿

有这么一个老头儿,这老头儿过去的时候没怎么念过书,念的不多,但他就是好云山雾罩的。娶的几个儿媳妇中大的、二的都挺听他说,就是三儿媳妇对老人说话有一些挑,但还不敢深挑,她只能说一说,三儿子对他也有看法。

这天正赶傍拉儿一个屯的二大爷来了。他到这儿坐下之后,老爹说:"这么办,别走了,喝点儿酒吧。"这老爹还挺能客气,就留人家在这儿吃的饭。这老哥俩吃完饭就唠起来了,三儿媳妇在这儿伺候。

老爹就说了:"你看,老二哥,世界上的出奇事儿真有的是啊,咱们现在是没赶上，我听我爷爷的爷爷说过，有一天他看见日头搁西边出来了，那日头睡蒙了，从西边出来干到晌午，一寻思，不对，就又回去了，你听说过没？"

二大爷说："我没听人家说过。"

老爹说："真有，不能差！"

二大爷说："啥？这日头能睡蒙？"

老爹说："可不咋的！你不信？那还不算呢，有一年，应该十五月儿圆，大年初一月亮出来了，它出来溜达一圈儿，还溜圆呢！"

儿媳妇一听，叨咕说："这也不像话啊！"

后来这儿子进屋儿了。他进屋儿一看，就说："爹，你别往下说了，喝多了你，你怎么顺嘴还胡说呢？"

"什么喝多！"老爹就急了，"啪"给儿子一嘴巴子，"说啥呢你？我正忙着说，没有'话把'了，让你给挡去了！"

老爹把儿子打了，儿子就下地走了。儿媳妇说："你赶快走，赶快走，出去躲躲。"

老爹说："赶快搬家！我也不留你们了，你抢'话把'，把'话把'拿走了怎么办？你给我找来！"儿子就躲出去了。

老爹还找儿子，儿媳妇说："你别找了，他刨风根儿去了，风太大，地里庄稼都剥了，把风刨完之后，省得剥地。"

老爹说："那风怎么还有根儿呢？"

儿媳妇说："风没有'根'，那话能有'把'吗？那'话把'在哪儿搁着呢？"

老爹寻思：这儿媳妇真歪呀，可了不得！

老爹就说："行了，拉倒了，完事儿，我也不找'话把'了，让他也别刨'风根儿'了，回来吧！"这就把老太爷给治住了。

这老爹怎么那么听三儿媳妇的呢，他知道三儿媳妇有两下子，能治住他。人家不光顶，还总有理，能顶住他。这歪老公公是不行了。

喷钱兽

过去有钱的人家,办事情都办得大,婚丧喜事都要有名儿,要的是名誉。过去在这红事情上边花得多。这娶媳妇其实花不过死人,办白事情特别能花,有多少钱都能花。

有一家大财主啊,自己也挺善良。老人死了之后他就考虑:老人这一辈子攒下家财无数,确实有钱。但是老人这一辈子又特别刻薄,自己舍不得吃舍不得穿,临死就告诉儿子,说:"我死之后,你不用太花销,不大离儿就行。"

但是儿子不能那样,他还要脸呢。这么办,多发送一点儿。主要是想把钱多舍出一点儿去。

他就找到当地的一个老师合计,说:"你是老师,你应该懂得这发送的规矩。我爹死之后我想多花俩钱儿,看看怎么把钱都花出去,好有点儿名儿。"

老师说:"那好办啊!你扎纸车纸马,扎完之后都花不了那些钱。你最好扎个喷钱兽,这是花钱的玩意儿。它给你爹喷钱,你爹给群众舍善,一舍善就享福了。"

他说:"那好吧。"就扎了个喷钱兽。他一看这家趁万金,就得照着一半儿花出去。

老师说:"那好,能发送。"

这家里就准备好了,凡是来坐席的,搁前院儿进,在这儿坐席,到后院儿,有个账桌子,吃完以后到账桌子那儿都写个名儿,写完之后一人不用多,一两银子。吃顿饭还给拿一两银子,这坐席的人就不用说了,拉不开厢[1]了。后边人走出去,前边来还站排,还坐,坐完之后还拿一两银子。这多合适啊,做工一个月、两个月才挣上一两银子,这比做工都合适多了。

都说这家心善,那还不算,尤其这个喷钱兽。这喷钱兽出来之后,前边是两个大疙瘩嘴,后边是喷钱兽,扎得像麒麟似的。这麒麟不善嘛,就扎了个大麒麟。放在车上推着走啊,里边站着人,大洋在里边搁着。这个人就拿着大洋顺着嘴就往外扔,大人小孩儿就在地上捡。一边儿走一边儿扔,整喷了三天哪!把家都喷出去一半。他媳

---

[1] 拉不开厢:形容人太多了。

妇说:"别喷了,喷得够多的了,再喷家里就喷完了。"钱财撒出去老多了,大伙儿也都说他是王善人,扎了个喷钱兽。

从那以后传下来的喷钱兽,其实就是散财,就把钱财拿出来给大伙儿分了,让大伙儿都得一得。其实散财散的就是跟前的人家,他们都得着了。远处的没法去呀,也够不着。所以说,有钱的人家就应该多做善事。

骗不孝子(一)

这个故事就说人老了不容易。

有一个老头儿他老伴死了,就剩一个人了。老头好几个儿子,儿子就是不养活爹,三个儿子都不养活。老头没办法,一点招儿都没有了。最后自己就在小东屋住,人家都在西屋,四间房子。没人过去,哪哪不爱要。

没办法,他天天儿出去之后回来就叨咕:"兔崽子,叫你们不认爹就认钱,幸亏当年我留点儿后手,要没这步啊就完了!"就在地下,下晚点灯时候不睡觉,唧唧刨地,就把灶坑门刨开了。把灶坑门刨开之后,往里挖,挖个大坑,往里扔东西,一个包,上面用土垫好了。

儿子一看说:"这干啥呢?"

媳妇说:"不用问,这埋金银财宝呢,老头有后手,要不总叨咕呢。"

老头儿还叨咕说:"看谁有福吧,归他;要没福啊,我宁扔了它,谁也不归谁,没福让你们捞不着,都烧成灰,都是牲口一个。"

叨咕完之后,开始大儿子说:"这么办吧,爸,你别自己做饭了,俺们给你做吧。也没啥,你这么大岁数,给你吃点儿。"这大儿子、大儿媳妇主动买菜买肉,就吃好的。

老头吃了就笑,就叨咕:"嗯,你们有点眼力啊。行啊,人都这样,不能劳而无功啊,都是按劳取酬啊。"

这二儿子、二儿媳妇一听,说:"哎呀,我大嫂人这真怪,怎么这么恭敬老太爷呢,肯定有事啊。"一点一点探索消息,也没探出来。

他们就商量：这么的，咱们也接着来。老二就提出："这么办吧，大哥大嫂啊，别可着你们伺候了，也不方便，我们接来吧。"

老头说："我哪也不能去，不能离开这屋，屋不能离。"

二儿子明白了，说："屋不用你离，到时候俺们给你送来。"一替俩月，大儿子伺候俩月，给做吃做喝，二儿子也做、给送来，三个儿子都这么伺候，那恭敬得特别好啊！

这个老头儿没女儿。这一晃啊，老头就老了，话说就完了，要死了。儿子都跪下说："爸爸，你那东西？"

老头儿说："你们不用着急，我告诉你们就知道。我就在炕洞里搁着呢，那里有遗嘱。遗嘱上怎么分怎么算，这会儿打开我一点不给你们。等我死了、发送完了，回来再打开。你们是为了爹，还是为了钱啊。要是为了钱，那就拉倒，不用你们。为了伺候爹，把爹伺候完，发送完以后你们再打开、再分。三人三十一，回来看我那有遗嘱。"

大伙儿一看，等着吧。这三个儿子就等着，一晃老头死了。死了之后都葬下了，大伙儿一看谁都没有哭，都不哭啊，都乐呵的，发送老人，拿两个钱儿。大伙儿说："老陈家死，得哭两声啊！"

他们说："拉倒吧，老丧，都喜丧，不能哭，这么大岁数，都七老八十了，都没有眼泪，都不能哭啊，这是喜丧。"

发送完了之后，大伙儿回来一看。老头有个小舅子，小娘舅也来了。他们说："你别走，老头有遗嘱，打开之后，你做个公证人，怎么分。"

娘舅说："那好。"

这亲娘舅啊，也五六十岁了。就把炕刨开了，刨开以后扒开，一看怎么回事儿，整个搁麻袋包着呢，麻袋里面用黄布包着，打开一看，啥呢？一封信，信里面有几块砖。信里面写着："人老心不甘，生活实在难；儿子不认爹，就是认金钱。长夜痛流泪啊，夜晚心太酸；万般无其奈，巧埋两块砖。"意思要儿子看去吧，打开啥也没有。

这儿子看到砖，花了不少钱，就哭起来了，你也哭，他也哭。左邻右居一看，说："这家怎么回事儿？老人发送死都没哭，说是喜丧；抬出去以后，回家可屋哭呢，呜呜哭。"一打听是什么呢，是哭这两块砖呢！

骗不孝子（二）

这故事说什么呢，世界上啊不都是好人，也有对老人不尊敬的，也有不养活老人的。你看过去老人们说得好啊，"能养活十个儿子，十个儿子养活不了一个爹"。这句话是一点儿不差呀。

就是有这么一个老头儿，在早啊和老伴儿辛辛苦苦养活了好几个儿子，连女儿也有。但是老了之后啊，老太太一死，剩一个老头儿，就完了。老头儿寻思：到儿子那儿去吧，儿子也不爱养活；到女儿那儿吧，女儿也没得家产。女儿也说："你那点儿地盖那房子都给你儿子了，俺们得啥了，啥啥没有。"但是呢平常到女儿那儿还都挺热情。

这老头就合计：怎么办呢？吃没吃、烧没烧，谁也不爱供。轮到谁那儿谁也不爱养活。最后他在哪儿呢？在老儿子那儿待着，和老儿子盖完房子在东西屋住，老儿子在西屋，他在东屋，就自个儿在那小屋住。

没办法呀，吃也吃不上好的。他就叨咕：怎么办呢？这老头早也念过书，有点智谋。有一天自个儿就从外面弄了个大木头箱子回来，搁女儿那儿拿一个大锁来，就把这箱子锁上了。儿子和儿媳妇就说："这老头怎么的，作妖呢。"锁好之后不说。

单说这老头每晚溜达回来，像怕有人看见似的，拿眼睛瞅瞅外面有没有人，偷摸地把箱盖儿打开，就"嘣棱""嘣棱"地往里扔东西。儿子和媳妇寻思：这扔啥呢？这边儿就听老头说了："兔崽子哦，看你们谁有福。叫你们不养活我，我让你们哭不上溜来！你们看吧，杂种的，有你们后悔那天！看到时候谁有福啊，箱子就给谁。看看谁对我啥样吧，好的多得点儿，不好的啥也不给他。"说完就把箱子"咯噔"一锁。

儿媳妇瞅瞅老头，就跟她男的说："咱爹这两天怎么回事儿？天天回来往大箱子里扔东西，那箱子看得可紧了！哎呀，是不是你爹在外面攒下啥了，这都拿回来了。"

儿子就说："嗯，也不一定。我爹那时候我知道啊，他过去做活当中老头有这个后手啊，爱攒钱哪。兴许哪个姐姐妹妹那儿拿回的东西也不一定。"

他媳妇说："这也没听谁说过啊？"

儿子说了："那能说吗？品点儿吧！"

这天老头晚上溜达回来了,他俩就偷瞅着,就看老头从兜儿里拿出来的纸包纸裹地呀往箱子里扔。他俩"啊"这就明白了。

第二天这老儿子就说:"爸,你别整饭了,和我们一堆儿吃吧,你自己做饭费劲巴啦的。"

这媳妇也说了:"得了,你别做了,这么大岁数了,跟我们吃现成的。"

老头说:"你们那饭硬啊。"

媳妇就说了:"我们单给你做,硬啥呢,给你做点细粮吃!"

这可妥了,每天还给供养上了,这供养没有半个月就传出去了。这老的供养了,大的不让了。大媳妇说话了:"那老兄弟和弟媳妇那是人尖子,他们要供养老人的话肯定是看到实物了,要不他们不能供养呀。咱不能让他独吞了,咱也看看去。"

这跟老头一唠。老头就笑了,说:"这么回事,我也不想和你们说啥。你们愿意找我吃饭我就去,不愿意呢我就在这儿待着也行。我自个儿也够用,这说实话。这都是儿子,我这一碗水都平端着,端是端着,反正有薄有厚,看谁对我啥样吧!"

大儿子说:"这么办吧,那没别的,你就上俺们那儿住些日子。"

老头说:"那哪行,我不能去,我这家不能离呀,这屋子不能离。"

大儿子就说:"啊,我明白了。这么办吧,我给你送。"

从那以后是大儿子也送,二儿子也送,这四个儿子就把老人供养起来了。这老头女儿还差点儿,女儿不在傍拉儿啊,不知道这些事。最后女儿也知道了,女儿也常来,也是惦记爹,也是挂着分点儿。

一晃过去四五年,老头就病了,躺在炕上就不能动了。这儿子们都问,尤其老儿子媳妇,说:"爸,你老趁着明白把东西给我们分了呀!"

老头说:"别着急,我有遗书。按我的遗嘱分的话,一分,一点儿不差。"

他有个老女儿,最明了。老头就告诉他老女儿:"这么办,我死后你把箱子打开,钥匙别我腰上呢。按我的遗书给,他该得多少就得多少,那上边东西我都写好了。现在打开可不行,把钥匙看住。"

他女儿就说:"啊,好吧。那哪天打开呢?"

老头说:"多咱我死了,发送完了,埋完以后,回来再打开。"

他女儿说:"好吧。"这家伙连忙带伍的,这不用说。

单说老头死了以后发送的时候,一声哭的没有!邻居就问:"这爹死了咋不哭呢？"

儿子们都说："老丧，喜事，哭什么哭！好好发送发送。"花了不少钱哪，这就拿东西发送出去了。

发送完之后，老女儿一看，说："这么办，打开吧。"就把箱子打开了。

打开一看，里面干脆净是小石子，都小石头一块一块的。有几个字写啥呢："石子石子，胜如老子，要不叫石子，就饿死我老子了！"这一看，完了，大伙儿都直眼儿了，这家伙的哭起来了。

邻居还寻思呢：怎么回事呢这家，发送前儿不哭，送完葬回到家哭起来了，真是孝子啊！到那儿一看，都直眼儿了，这都哭石头呢！

骗子手老王

这老王是哪的人啊？还真离咱这儿不远，就是南边大屯子的人。他有四五十岁了，但是没什么营生干，在沈阳挺不好生存的，这怎么办呢？没办法，他就得想法当骗子手了，骗子手也有他的方式。

那时候，人都见老，他五十七八岁就留着胡子，胡子都多长。这天早上他起来，把小白胡子一收拾，干净利索，穿得也不错，就到沈阳北行去了，那时候的沈阳北行是马行。

他寻思到北行看看，走走道儿。后儿一考虑，这没有烟抽呀！咳，这么办，他一看前面有卖凳子的，屋里是卖家具的，挺漂亮。他到屋瞅瞅，那大凳子好，一个一个的都挺像样，都挺标准。

他说："这凳子怎么卖的呀？"

"二两银子。"

"那好，我拿一个。"

"那行，你拿一个吧。"

"我拿一个是拿一个，咱说好，你打发小伙计给我送到家，我宁可多给半两银子，也不能白用你小孩。"

"那行,那太行了,多挣半两银子够做好几个工的钱了!"人家小伙儿搬着凳子,就跟着走了,给他往家送凳子。那时候的规矩都是货到钱回。

走到前面,有一个卖大烟袋的。过去那长烟袋都是玉石嘴儿呀,挺出奇。他到那儿一看,挑了个好烟袋买下了。

"多少钱?"

"一两银子。"

"行行行,你派个小伙计给我送到家,这不送凳子的嘛,你们一堆儿就跟我回去了。"

"那行。"他就又把烟袋也买了。

这个小孩儿拿着烟袋,那个小孩儿搬着凳子,这工夫就走到沈阳北行马行了。

到马行以后,他就告诉这两个小孩儿说:"撂下,撂!"他们就撂下了。撂下之后,他往大凳子上一坐,腿一伸,一比画,小孩儿就把烟袋拿过来,把烟装上了,他在那儿一坐,抽起烟来,那真像大老板一样,一边站个小打儿。这俩小打儿是这个看着凳子,那个看着烟袋,但旁边人一看,他们就像小打儿伺候人似的。

他瞅了半天,卖马那里都在骑马,都这么赛、那么跑呀。"嗯,这马还真不错,那马就不怎么的!"他就叨咕这事儿。

那卖马的贩子多,就说:"哎呀,老爷你要买马呀?"

"我打算选匹好马。"

"那你看看哪个好?"就上来不少人,都是卖马的,他们看这老头够瓷实,凳子也搬来了,旁边还站着俩人在那儿伺候着。

这时候就看有个最好的马被拉过来了,那马瞅着正经不错呢,他说:"这马走着怎么样?"

卖马的说:"你要纯心买,你可以遛一遛,压一压,走一走,你光看能看出来嘛!"

他说:"压一压行吗?"

卖马的说:"那有啥不行的,你到市场上骑去吧,跑二里地,跑到东头再回来,来回跑去吧,怕啥!"

"那好。"他就把烟袋一放,说,"拿着!"就交给小打儿拿着,这边儿也从凳子上起来了。

伍 生活故事

卖马的一看小打儿在这儿呢，说："骑吧！"他把马就拉过来了。把马拉过来之后，给它抹拉抹拉毛儿，顺当顺当，他跨上就骑走了。

他骑了一个来回，说："这马的脚步略微不那么整齐。"

卖马的说："你再遛一趟，不忙，你远点儿遛。"

他说："好。"这回可远遛了，这一趟就干出集了，搁北行一直干到沈阳中街，跑了能有一二十里地去，他就不回来了。

他就到中街集市了。这集市上有穿堂的、掌柜的，他进院儿就喊。掌柜的一看，就说："干啥的？"

他说："我是张大帅府的，现在我们五太太准备买身皮袄，有没有好的白狐狸皮袄？"

掌柜的说："有。"

"那好，把马接过去。"掌柜的就把马接过去了，一看这马挺像样，不错呀！

这工夫他就跟人家到屋里去了，挑了一个男皮袄、一个女皮袄，都是白狐狸皮的，那时候能值个二三百两银子。

买完以后，他说："哎呀！这么办吧，皮袄是买了，但是钱我没带来。要不这么办吧，你们跟我取去也行；要不我就暂时先回去，马留在这儿，那马也值不少银子，我打车回去取钱。"

那沈阳马车有的是呀，他就一摆手，马车就过来了。他说："这么的，上帅府，我回去取钱还人家。"

那跑堂的和掌柜的一看，说："行，你自个儿走吧，那马留着怕啥。"

他就上了马车。上马车以后，他哪是去帅府呀，一出了小北[1]，他就和拉马车的说："你先回去吧。"把钱给人家，他就骑车走了。

在那儿待了半天，下晚就跑家里来了，这就把人家骗了。

这沈阳市就乱了。首先是卖马的找俩小孩儿，说："你们掌柜的上哪儿去了？把马给我骑哪儿去了？"

"哪有掌柜的呀？"

"你们那不是掌柜的吗？"

---

[1] 小北：小北门，位于沈阳市大东区。

"我们是卖东西的,他买了我凳子,是货到钱回。"

另一个小孩儿说:"他买了我们个烟袋,货到钱回,我没抓住,就可哪找吧。"

他们一找,就找到了集市丝坊,到那儿一看,马在那儿拴着呢,真找到了,集市丝坊也出来找呀。

卖马的一说,集市丝坊说:"那不行呀,他拿走俺两身皮袄,你如果真打算要那个马,先得把皮袄给我拿回来。"

没办法,他们就打官司吧。打完官司,就下了个通缉令似的,结果他吓得就跑家去了。

最后这案子也没破,这个骗子手还真骗成了。

七活八不活

这个故事就发生在咱这新民县的南边。

在早,有个书生叫李文齐,他爹是两榜进士,也是个读书人,村里人都称他李举人。

男大当婚,女大当嫁,李文齐到了该结婚的年龄了。以前结婚讲究门当户对,李文齐娶的是老魏家的姑娘,这老魏家也是书香门第,姑娘她爹是个秀才,她爷爷是进士,她太爷更不得了,给皇上当过老师。

李文齐结完婚,娶完媳妇,还得回去念书。他在哪儿念书呢?就在沈阳以南,离他家有五六十里路的地方。

在早不像现在有汽车,上哪儿去都靠走或者骑马。李文齐在外面读书回家一趟不容易,再加上还有一年就科考了,课程也紧,他就不常回家。

一晃儿,李文齐结婚七个月了,他媳妇怀孕也有七个月了。这一天,他媳妇就觉得肚子疼得邪乎,没一会儿,就生下来一个呱呱叫的大胖小子。

李文齐他爹李举人一掰手指头,心里直画魂儿:都说"十月怀胎,一朝分娩",儿子媳妇怎么才七个月就把孩子生出来了呢?哎呀,不用说,肯定是她结婚以前就怀孕了,从娘家带来的孩子。这还得了?!这也太辱没咱家的名声了,太埋汰人了。

伍 生活故事

李举人认定这孩子不是李家的血脉，连看都不看孙子一眼，也不让他老婆伺候儿媳妇坐月子。李文齐的媳妇知道自己清白，可也不好说什么呀，就在家憋屈得直哭。

李举人越合计心里越气，和他老婆说："这么办吧，这砢碜事儿也不是咱家干出来的，得让他们老魏家知道知道他们养的好姑娘！过些日子孩子满月，把她娘家人都请来。我倒要看看他们怎么个说法儿。"

他老婆说："咱儿子也得捎个信儿，让他回来拿个主意。"

这事儿就定了，老李家就开始下帖子，把老魏家的亲戚请了个遍儿。媳妇娘家人一接到信儿，也都直眼儿了，寻思：咱姑娘在家也没做过出格儿的事儿啊，咋过门七个月就把孩子生了呢？看来这回他们老李家给孩子做满月是另有说道啊，把咱都请去了，老李家是要得论道论道啊。

这时候老魏家的老太爷，也就是李文齐的爷丈人说话了："咱家也是书香门第，不能给祖宗丢脸。要是她姑爷认这孩子，没啥说的。要不认这孩子，我就一刀把孙女杀了。让他们老李家看看咱家不是没有家法。杀完之后，亲戚一断，就完事。"

李文齐也接到信儿了，到了孩子满月这天，他就快马加鞭地往回赶。

单表办满月这天，媳妇娘家人全来了：爷丈人、老丈人、叔丈人、姑丈人，还有一大帮亲戚。

姑娘娘家人来了以后，进屋一看，李举人那脸拉得老长，也不吱声。娘家这边人也都不好先吱声啊，两头都绷着，就等李文齐回来。

大约有半个时辰，李文齐回来了，进屋一看，两伙人都闷着呢。

这时候他爹说话了："文齐啊，你媳妇七个月就生个大胖小子，肯定是在娘家的时候不正道啊。这太埋汰咱家了，你看看这事儿怎么办吧？"

李文齐说："我先看看我媳妇和孩子去。"

到里屋一看，媳妇抱着孩子，哭得跟泪人一样。看见李文齐回来了，她哭得更邪乎了，说："相公啊，你爹冤枉我，你可得给我做主啊。"

李文齐一瞅就心疼了，瞅瞅孩子，说："你别哭了，这孩子是我的，谁说啥都没用。"

说完他就出来了，当着两家长辈的和亲戚们的面，说："这孩子眉眼儿和我长得一样一样的，不是我的孩子是谁的孩子？"

他爹一愣："文齐呀，咱老李家行得正，不能收这孩子。"

"爹你说啥呢,是不是我的孩子我还不知道啊。这亲戚都来了,咱赶紧喝酒吃饭吧。"

娘家人一看,都松一口气。可不松口气咋的,娘家爷丈人把刀都偷摸带来了,寻思还不一定怎么闹呢。

这下谁都没啥说的了,就吃饭吧。吃完了之后,娘家人就都走了。

一转眼儿,到京城科考的日子了。那时候科考都是一个考生一个屋。李文齐入场之后,就听见有人喊:"现在马上就要开考了!上方神灵,地下冤鬼们听着,有冤的报冤,有仇的报仇啊。"说完就开始发考卷了。

过去科考就是做文章,李文齐一看考试题目,哎呀,挺难哪,他没准备到啊。他就坐那儿想,干想也想不起来,越想不起来就越着急,一着急就更想不起来了。他正在那儿搜肠刮肚地琢磨呢,不知怎么困劲就上来了,就觉得困得邪乎。他心里明镜似的,咋困也不能睡啊,十年寒窗,就为了今天考试呢。可说来也奇怪,他心里明白,可还是抗不住那个困劲,笔"啪哒"撂下了,趴桌子上就睡了。

迷迷糊糊中,就看见有个小孩儿领着一个瞎老头进屋来了,这老头儿挂个棍儿,像个算命先生似的。老头儿照李文齐的脑袋上就拍了一巴掌,说:"文齐,快起来啊,还在这儿趴着,一会儿到时辰了,就交卷子了。"

李文齐说:"我是真不会呀,啥也想不起来了。"

"别着急,不会的地方我告诉你。"老头就告诉他怎么怎么答,都告诉完了,又一拍他的脑袋,说,"快写吧!"

这一拍,就把李文齐给拍醒了。他醒了一寻思,敢情刚才是做了一个梦,梦里的事还清清亮亮地记着呢。再一看卷子,老头告诉他的,正是卷子上的考题,李文齐还都在心里装着哪。他提笔就写,刷刷点点,一个字不差,全答出来了。答完之后,自己一看,这卷子答得真是太好了!

等到一出榜,你猜咋样?李文齐中个头名状元。他乐坏了,心里合计:"哎呀,是那个算命老头给我成全了,没有这老头给我托梦,我是绝对考不上啊。"

那时候考中状元都要回家祭祖夸官,没过几天,李文齐就披红挂彩,坐着八人抬的大轿,锣鼓开道,回家去了。这还了得呀,真是春风得意呀,把他全家人都乐坏了。

李文齐这回出息了,也得去看看老丈人哪。老丈人家也是满门的喜庆。老丈人就说:"我姑爷中状元了,咱家祖宗脸上也有光啊,你去拜拜咱家祖宗吧。"

李文齐知道老丈人家出过不少有功名的人,也想拜拜这些前辈,就拿着香去了。

过去有钱的大户人家都有自己的祠堂,供着祖宗。李文齐进去一看,老丈人家把祠堂都布置好了,把历代祖宗的画像都挂上去了。李文齐上完香之后就挨个磕头。他拜一个,就抬头瞅一眼画像。拜着拜着,他的心咯噔一下子,你说怎的?就见有一幅画像上画着一个瞎老头儿,拄个棍子,有一个小孩儿领着他,就和李文齐在考场上梦到的一模一样。

他就问:"爹呀,这是谁啊?"

"那是我爷爷,当年也是状元哪,后来一辈子给皇家教书。因为老看书啊,到老之后,眼睛就累坏了,眼睛坏了不能看书了,他就爱出去溜达。邻居有个小孩儿爱听他讲故事,就总领着他。所以他死了之后,画像也把小孩儿画上了。"

李文齐一听,心里明白了,原来是媳妇的太爷帮他呢。就又拜了好几拜,心里说:"太爷恩师啊,感谢你老的指教!我明白你老的意思,你重孙女本来就是清白的,你们家也都是清白的,这我心里有数。"

李文齐拜完之后,回去就把这事和媳妇说了,媳妇说:"我太爷是谢你哪,是你把我娘家的清白给保住了。所以他看你做文章做不上来,才特意到考场助你的。"

李文齐也把这事和他爹说了,他爹一合计:可能真错怪人家了,人家祖上也都是明白事理的,不然也不能帮文齐啊。

又过几天,李文齐就上京城赴任去了,把媳妇孩子都接去了。

转过年来,他媳妇又怀了第二胎,你说也怪,还是到七个月就生了。之后,她又生了三个孩子,这一帮孩子个个都是七个月生的。这下子,谁都知道他媳妇是清白的了。

后来人们才知道,生孩子不一定非得满九个月,七个月产下的孩子也能成活,但八个月生的孩子就不容易活,这就叫"七活八不活"。

七岁孩子当家

有这么一家,姓成。这个老头儿啊岁数大了,有儿子有孙子,一帮人,四五十口人,家过得有钱,像样。

这老头儿就想啊,选这当家的,选不出来,都不会当家。都是大的大,小的小,都不可心。老头儿一辈子,可惜没人儿当家。这攒着这两个钱儿,舍不得早使唤完。

这天一看,怎么办呢?心寻思,就把那外面儿的黄豆啊,扔地里一把,就扔外头地下了。扔地下,这黄豆粒儿这儿、那儿,哪儿都有啊。

正晌午吃饭来,都回来吃饭来,小孩儿上学的也都回来了,儿子也都回来了,人家都不稀理它,踩着黄豆粒儿人家进屋就吃饭。媳妇儿也没理它,就吃饭。

单表他有一个小孙子儿,叫成香知。念书回来,到这儿一看,有豆粒子。七岁孩子,到了那儿就没进屋,书兜儿往旁边儿一撂,就捡豆粒儿。全捡完之后,装兜子里了,到屋就告诉他爷爷说:"爷爷,这豆粒子可地啊!都撒了,我给你拿屋来了。"

老头儿一听,说:"你行啊,这孩子!"

老头儿说:"这么办,咱们以后就这么办,当家的事儿归你啊,你七岁孩子当家,你敢当不?"

这个孩子就说:"爷爷,我敢当!爷爷给我权,我就敢当!"

爷爷说:"那好!那我就举你吧!"

大伙儿一看,这大伙儿也不敢说啥,老头儿有权啊,就给他当家了。

当完之后,他就说话了,说:"当家是当家,从今之后,别看我七岁,我说了算,都得听我的!不听我的之后,咱们家法处置!我不能打,怎么办呢?就给祖先跪着,给老太爷、给老祖宗跪着。罚跪一天,你也得跪着。谁不从的话,当场撵出去!地啥玩意儿的一垄都不给他,啥也不给他,爱走就走!"

大伙儿一看,真有杀气啊!这个小孩儿真就把家当了。

从那以后,这家过得还真不错。

千里访知县

这个故事是说，一个人啊，不管做什么工作，当官也好，当民也好，都得务其正、守其分。

就说有这么个知县啊，姓什么呢？姓施，施大人，在县里当知县。他不是当地人，是外地人来这当知县。一晃在这儿干好些年了，干得特别好。那真是爱民如子啊，群众对他特别拥戴。他来了以后，连自己家都没带来，老婆都没带来，就独身一人在这县里待着，有两个伺候人的伺候他。

这年啊，就是从春天到秋天啊，是一点儿雨没下啊，这干旱得邪乎啊！那时候没有雨啊，庄稼在秋天是一点儿都没得到。那真是连寸草都没结籽，就是那么苦，苦得邪乎，庄稼是一点儿没得！

等到第二年，种地就种不起了。那群众都是哭哭喊喊的，都活不起了。你看这一年没打庄稼，就有点儿陈粮都吃了了。就是捡点儿草籽都捡不着了，活不起了，地种不上。

这群众一看，怎么办啊，就到县衙门去哭。这个施大人说："这么办，我去给你们申请去，我已经报上去了，咱们县有济谷粮。"

什么叫济谷粮呢？那县里每年一田地收二升粮，收八斤谷子，这个谷子能放住啊。国家入国库，就保障到灾年以后供应伍的。因为国家有规定，国家粮食是济谷粮。俺们小时候都收过，我还都记得。

这一收谷子不是收得少啊，年年收，年年收，这是收了多少年的积累。那国库里的有好几十吨啊，最起码能有上千石粮食收上去的。

县大人就说："把这个粮食供应给大伙儿。"那时候是备战粮食，现在供应给他们。看到大伙儿一个人弄点儿之后，能活几个月，还能过活。他就报上去了。

报上面批不下来，这玩意儿邪乎不？他着急啊，那是知府啊，上面得一步一步报啊。人家中央不批，谁也不敢动，那是国家粮食。

这一报，报了多长时间？都快要开始种地了，都快到三四月了。这粮食整不上，这地全都得撂荒。

他一看急坏了，群众也哭。他一狠心，知道不赶趟了，就说："这么办，开仓！

爱怎么的怎么的,砍脑袋砍我自己脑袋!"就明说了,他告诉下边的人:"砍我自己头。大伙儿都不死的话,地种好之后,我九泉之下,也对得起群众了!"

这个施大人义气来了,热血喷头,就啥也不顾了,就把仓给开开了。这照顾地,也照顾人,把粮发下去了。

发下去之后,那群众就不用说了。群众对他那是感激不尽,感动得邪乎了。但是发下去之后没有十天,上面来信儿了,底下有人把他告了。

怎么还有人把他告了呢?地主们都憎恨起来了。他家也不发粮,有存的粮,多好卖钱啊!他这一发,地主的粮卖不出去了,也没那么贵了。

原来哪个县没有几个大地主啊!人家粮屯着,专等着灾年头卖,一斤的粮都得卖八斤的钱。平时卖一分钱,灾年都卖十块钱!他这一开仓之后,卖不出去了。要不那些卖儿卖女的,什么都不管了,都得买这粮啊。

这大地主就把他告了,说他动用国粮。上面知道这事儿不行啊,上面没批,动用国粮是犯错误,你给群众吃也不行。就给他干脆革职了,没杀。革职之后,工钱一点儿不给发,发配原籍,回家了。哎呀,他是江南的,把他发配走了。

把他发配走了之后,这边百姓就开始种地了。一晃就过去三年了,这三年的年头还真不错。这群众把粮食得到了,好不容易得到三年好年头啊。到第三年头上,又来了一个新知县,又转来一个,这个知县也是挺正义。

单说谁呢?单说这群众啊,当地有个士绅,有个不错的想法,就说:"哎呀,当年的那个施大人确实好啊!咱们是不是应该看看他去。他在哪儿住啊?人家为了咱们,可官都革了!人家没来老婆没来孩子没有家,现在情况什么样?是不是在家受辱了?咱们这年头这么好,得了三年大丰收。要没当年垫底,咱们都得饿死,还有今天吗?"

士绅说:"这么办,咱们访问他去。"他们就找了两个人,当地有文化的两个人,到江南访问他。

走了好几天,到江南了。就打听,打听一看,就找施家庄。到了施家庄一打听,说没在这儿。有这么个人是有这么个人,过去是念书人,他自己当县太爷被革职之后,就没脸儿回这地方来了。据说他是在西边那一带待着,可能在苏州待着,可能去做买卖去了。这些人又赶到苏州。

这天该然,就到了哪儿呢?就到了一个饭店,他们饿了想吃饭。在饭店一看就有不少伺候人的。其中有一个老头儿，能有四十多岁，就把酒壶拿出来，说："这么办吧，远路的客人，多喝点吧。"

完了他们喝完酒一唠扯，老头就问："你们是什么地方的？"

这俩去的人就说："我们是山东的，是山东王家庄的。"

老头说："哎呀，山东王家庄？你们那边的年头怎么样了啊？"

这俩人说："不错啊！这三年确实不错啊，这三年粮打不少！"

老头说："那挺好啊，那百姓们都吃饱饭了。"

但是他们俩人就太没注意，就唠扯，这个老头就说："我打听不是为了别的。"后来又唠扯一阵子。后来他又说："你们随便吃点儿，喝点儿。我在这儿不是我的买卖，是人家的管账先生，管管账。我看你们俩的穿戴像山东人，说话也像。"

这俩人就说："我们来这啊，是有点儿事儿啊。老先生你是不知道啊，我们是特意来访个人啊！我们原来有一个知县啊，姓施，施大人啊。他那个人对我们特别好。他当年是怎么开仓放粮，怎么仗义群众，因为这个事儿他就被革职了，回家了，不知道他现在生活怎么样啊？我们群众就打算组织起来访访他、看看他。"

老头就说："那你还访啥啊？他一走就拉倒呗，他怎么也得混生活。他还能写两下子，会写、会算的就能生活。这个人，听你们说的话，我一寻思这个人也是不想着吃喝玩乐，能够活着就算了。"

这俩人就说："这个人确实挺朴素。"

老头就说："能对付那就行。"

后来这俩人就问："掌柜的你姓什么？看你挺熟悉啊！"

老头说："哎，我姓方啊，我叫方人也。"

这俩人说："啊，你叫方人也。"他俩就没往下细合计，别看念过书。

他俩就在这待着，吃完饭儿之后，就说："我们要走了，算算账。"

算完之后，老头就说："这么办，你们回去之后这么办。我在那边也待过，我也知道，那个地方确实不错，人都挺朴素，挺好。我有亲戚在那旮旯儿，听你们说完以后，你们好了，我的亲戚也错不了啊。"

这俩人就说："你亲戚姓啥？"

老头说："我亲戚姓王。"

这俩人问："姓王的大户有的是，你是哪家儿啊？"

老头说:"我也把名忘了。好吧,你们回去以后就告诉群众好好干,没说的!只要是好好干就错不了。"

他俩就回来了。回来以后,这个县太爷就说:"你们回来了?"

这俩人就说:"我们回来了。"遇到知县就和知县说,"我们没访问着,最后遇到一个饭店,遇到一个老头儿挺好,"就把这个情况说了。

知县就问:"那他姓什么?"

这俩人:"姓方,叫方人也这个老头儿。"

县太爷一拍桌子说:"行了,你俩念啥儿书啊,真是白念了啊!你们俩去怎么还没寻思开?那'方人也'念啥?不念施嘛。"

这俩人说:"哎呀,对啊!"一个方字右边加个人下面加个也字,不就念施嘛!那不正是施大人吗?施县太爷吗?

这俩人说:"哎呀,对啊!要不他怎么还打听群众生活怎么样了呢!我们说不错。我们怎么没寻思到,我们赶快回去!"这俩人骑着快马就回去了,就请他去了。

到那儿一打听,店长说:"这个人已经走了好几天了,不在这儿待着了。人家辞职不干了,怕有朋友找他。"

从那以后,施大人就没露面,他们回来之后啊,就把这个情况说了。

这个县太爷就说:"这么办吧,画个图像吧,这是救命的恩人啊!"就给施大人画个了像,再给他塑了个像供起来了。

这就是千里访知县,特别访这个施大人,要不说当官的还得干好事儿啊。

抢寡妇

这个故事发生在什么时候呢?就是在过去的民国二十六年,那时候正是大乱的时候。到处都是互相争战,就是在抗日战争的时候。当地就没有什么制度王法,谁硬的话谁就打赢。在那个时候,有枪就是草头王啊!

那时候咱这旮旯儿,就是有那些寡妇没出门的,男的死了,就不管你出门不出门就敢抢!抢去以后硬结亲,成男女。姑娘大了之后,也硬抢过去,做媳妇。

有这么一年啊,河南[1]有这么一个姓李的寡妇,家里有一个男孩、一个女孩,男的死了,在家守寡,家里日子过得不错。这个老太太多大岁数呢?那个时候也就四十来岁。

那时候怎么来的呢?河北[2]这家(抢人的)在哪儿?就在山北屯北丁家房,这个人也是没娶过媳妇,家里穷。后来到了四十来岁了,就和别人闲扯,别人就说:"你何尝不抢一个呢?"

他说:"我抢谁去啊!抢回来能在这待长吗?"

他开始不想抢,后来挡不住别人老来劝他。他说:"那抢也行!"他就抢去了。

有个人儿就说:"我河南有个亲戚的那个堡子,南边有一个王屯,那儿有一个寡妇,人真的不错,人挺好。我看明白了,到那就能抢来,她在那个堡子单人独户,都是庄稼。"

这人就说:"那好吧。"

这晚间就赶大车[3]来了。来了十多个小伙子啊,都是拎着刀来的!那个时候没有使唤枪的,来了以后,进了堡子,真就奔到屋去了。

这个女的也没准备啊!还有俩孩子,都不大,都才十几岁!到了屋那些人就说:"赶快上车,不上车攮死你!"硬把这个女的给拽扯过去,就抢走了!

抢走了以后,这女的说:"这么办,你别着急,你们不用拽我,我撒泡尿。"

他们就说:"哪有这么办的!你去撒尿,我们上哪儿去找去?"

她说:"你们别过来,我就到东屋撒一泡就行。要不我怎么走啊,我一走尿裤兜子里了!"她就到东屋去撒泡尿,撒完以后,一伸手有把剪子,她就揣怀里了。一把大剪子,这女的揣兜里了,要不怎么说四十来岁的人有主意呢!揣上以后就上车了,就走了。

到了河北以后一看,这个老头儿多少年没娶过媳妇,一个老光棍,一看抢来了挺高兴。一看,人儿真不错,挺沙楞的。他到屋就说:"这么办吧,大伙儿到屋喝点酒,整点菜。"整得挺晚的,大伙儿喝完以后就回去了。

剩他俩人了,这女的就说:"这么办吧,天挺晚了,咱俩准备睡觉吧。"这个男的

---

[1] 河南:辽河南岸。
[2] 河北:辽河北岸。
[3] 大车:马车。

就上炕了,就一个小炕,家里穷,转圈儿没有啥,门帘子一挂就趴下了。

这女的说:"你看你这个衣服多埋汰,这衣服怎么能睡觉?你还想结婚,连个衣服都不换,还有虱子!你看这么办,你把衣服拿来,我看有没有虱子,我给你拿拿。咱俩男女了,我也信命了,不走了。"

这个男的挺乐,就把外面棉袄脱下来了,棉裤也脱下来了。就穿个破裤衩子,坐在被窝里盖上被子。

她把棉裤拿过来,翻过来一看,看啥虱子!拿过来叠巴叠巴就扔外面的柴火堆里,藏起来了。一回身之后就告诉他说:"你这么办,你啊放我走,我也走;不放我走,我也走!你要是说别的,我就要你命!我就豁出来了,我家有孩子,我不能在这儿待!"

男的说:"那不行!走不了!"男的就起来拽她,她回手一剪子就扎男的肋叉骨上面,顺着肋叉骨往下冒血,这个女的就蹽了。

这时候是冬天啊,她顺着河北往河南蹽,那时候有四十里地啊!一下子就干到家了。

男的想穿上衣服跑,这时候就不赶趟了!抢是抢不回去了,想找那些人,那些人晚上喝了点酒,都回屋睡觉去了。男的在当地有亲戚,听说他受伤了,就都来了,远处的亲戚也来了,这些人说:"你还抢?谁让你抢人?抢人不犯法吗?伤你算便宜!不是没死吗?"

后来,这个男的让这个女的扎也扎了,也就拉倒了,没去找。赶那以后他不敢再抢了。河南那边抢寡妇抢得多,要说这时局不稳定之后啊,什么新奇的花样都有!

劁母猪误听劁母亲

人这一聋啊,没好处,聋这玩意儿确实耽误老多事儿了。

这俩人是姑舅弟兄,这大哥耳朵沉点儿,正好这弟弟看到大哥在道边走,就问:"大哥你上哪儿去啊?"

这大哥"啊"了半天。

弟弟又问他:"你上哪儿去啊?"

大哥心寻思:有个母猪要劁它。就说:"我上西街老周家去。"

弟弟说:"啊,你老母亲好不?我舅母啊,身体好不?"

大哥说:"我要劁它呢!"

弟弟一听,这可了不得,这是逆子啊,要劁他舅母,就跑回家告诉他妈了:"我这大哥太不像话了,要给我舅母劁了。"

他妈说:"哪能呢?那不劁死了,人还能劁吗?"他妈是老太太的亲姑子呀,就说:"我看看去!"就去了。

到那儿一打听,老太太说:"不能啊,劁母猪啊。"

他妈说:"哎呀,别提了,弄串透了,你儿子说要把你劁了,我吓得跑过来看看怎么回事,整的激个闹的[1]。"

所以这小伙儿回来之后,一听啊,自己也窝火,耳朵聋确实耽误事儿。明明是劁母猪,别人就认为是劁母亲!

荞面屁

有这么一家过得不错,大女儿、二女儿都出门了,就剩个老女儿,这么选那么选的。正赶上有一家也过得不错,就这么一个儿子,就把这姑娘给订去了。她不知道这小子有点儿缺心眼,结婚以后就不行了,就看出来了。姑娘哭了好几回,但人家家好,有钱。这小子说话还冒冒失失的,姑娘就愁啊,怎么办呢,这事儿呀。

正赶上姑娘要来月子,就告诉他:"你上我妈那儿去,和我妈说一下子,把她接来伺候几天,要不我来月子了,我还没啥主意,我害怕。"

"那行!"

"另外你去的时候,你看看我哥我嫂子他们对你热情不热情,如果给你吃的啥的,你记住吃的什么饭,回来之后咱好对照。如果他们高待你,咱就走动走动;要是不高

---

[1] 激个闹的:情急,生气。

待你，别人瞧不起你，咱就不和他走动。"

"好！"

这傻子就去了。傻子有名，堡子都知道他缺心眼。那时候白面缺，有荞面，他到那儿之后，老太太说："姑老爷来了，这么办吧，就擀点荞面片儿吧，荞面条还不好做，就荞面片子，里面下点儿肉丁，不挺好嘛。"就给整的荞面片子下肉丁。

这傻子不知是啥饭，吃着还真挺好吃，吃半道儿就问丈母娘："丈母娘啊，你这什么饭菜啊？"

"这叫荞面片子。"

"啊，荞面片子。"记住了，荞面片子，回家好告诉媳妇呀。

饭也吃完了，没任务了，就回来了。走到半道儿，那是冬天景儿，正赶上要过年了嘛，有冰啊，一过冰的时候他们堡子有几个人说："哎呀，傻子你上哪儿去了？"

"上老丈人家串门去了。哎呀，老丈人不错。"

就逗他一阵儿，闲扯一阵儿："你把媳妇领去没？"

"没有。"

说一阵儿，一转身，忘了。就想：吃的什么玩意儿呢？荞面啥呢？说啥也想不起来了。"唉，我就在冰那儿忘的，我上那儿找去吧。"

他就在冰上找，吃得还多了，捂个肚子哈腰在冰上找，就找那句话。正赶上来几个奸子："欸，看看去，傻子在那儿找什么呢，不是钱丢了吧，咱们到那儿看看去。"一下子来好几个，就问："傻子，丢啥了？"

"不告诉你，我这玩意儿值钱。"

这大伙儿就帮着找，找一溜十三招找不着啊，正好前面有个奸子放个屁，"哪"一个响了，他一听，"啊，荞面屁。哎呀，对对对，我想起来了！"荞面片子就误记成荞面屁了。这转身捂着嘴就跑啊，大伙儿说："什么玩意儿？"

"我捡着了，捡着了。"

"捡着啥了？"

"荞面屁。"

大伙儿一看什么东西呀这是，这工夫傻子就跑家去了。到家和媳妇一说，吃的是荞面屁，媳妇说："什么样的？"

他一说，媳妇就知道了："啊，荞面片子。"

"不,片子是片子,在河沟那儿已经丢了,捡着个荞面屁带回来的。"

媳妇说:"你呀,不愿说你,你是真傻呀!"

要不说傻子结婚不行呢。

巧财主

巧财主其实他就是总想巧事儿,他自己合计这玩意儿:打点儿粮食怎么能多卖钱,哪样粮贵,哪样能多卖?

那时候豆子贵,豆子那时候论斗啊,不论斤。过去舀粮食啊,那是有数的,两下算一斗,一下算半斗;十升是一斗,半斗是五升。要论斤的话呢,那一斗能有三十八斤,过去咱这秤两下能有三十八斤。他一看豆子贵,那时候豆子多少钱一斗呢?五块钱一斗!就是豆子五块钱一斗,别的粮都贱,那谷子伍的合着就几毛钱一斗,三毛钱两毛钱的,连五毛钱都用不了,合着五斗都不抵豆子一斗的钱,不值钱哪!那时候正赶上大豆出口,哪儿都收啊!他一看打完豆子之后,卖豆子也来道儿啊!

正赶上有一天黑夜来了个买豆子的,人家不过斗,告他说:"明天早晨天亮以前把它约好,我这儿等着赶路。"

他说:"好吧!"他半夜就来约豆子,他上半夜就没闲着,和老伴儿说:"咱俩倒腾吧,把谷子掺里头多卖两个钱儿啊!"说完俩人就把谷子"丁零当啷"往豆子里和弄,一晚上没歇着就往里头和弄,最后三石豆子掺进一石谷子去。老头一看说:"这回咱多卖不少钱了!一石谷子卖不了十元钱,这回掺里头能卖五十元。这顶几个年头了!"俩人掺完了累挺了,也乏了,老头说:"咱俩好好歇着吧!"俩人就歇了。

半夜人家来了,说:"约吧!"

他们就丁零当啷、丁零当啷地约。约完之后一算钱,人家走了。老头就和老婆合计,说:"怎么个事儿呢?咱这有四石豆,掺了一石谷子,怎么没多分量啊,还是那四石豆呢?怎么个事儿呢,犯啥病呢?豆子有数啊,可钱没多啊。"

第二天早上他女儿来了。女儿一听,女儿说:"哎呀!你呀巧一辈子了,你这什么巧财主啊,你是笨透了!那谷子给豆子填上缝儿了。那整个豆子有缝儿,你那谷子给填上缝儿了,它没顶分量,没顶斗。不是你在那儿约它多少分量啊,不是论斗约啊!你如果要约大土豆子,你里面掺上粮食,它能显多粮食吗?那土豆都膨起来了,那缝儿不就得空让粮食填了嘛!"

老头说:"是吗?"

女儿说:"你试一试吧!"

一试验,约了约豆子,完了把谷子撒进去。好家伙,一称那谷子,一点儿没显出来。

他就哭起来了:"天哪,看起来还是不行啊!巧了半天还弄巧成拙了,白把谷子搭进去了。"

巧得匣儿

过去啊,人家都这样,穷的就当胡子,富的就自己守份。

胡子当中就有一个姓李的,是河北的。他刚开始没有手枪,当不了胡子。他就考虑怎么样能当上,就想怎么能当上胡子呢?

这天,他手里拿把镰刀出去溜达去了,像割草似的走到三台子以北,看见一个堡子头上有不少人在那儿盗坟。

那时候就是在六七月。他到那儿一看,盗坟的胡子们就问他:"你干啥的?"

姓李的小伙儿说:"我是来帮忙盗坟的。"

大伙儿正嘀咕呢,搁那边儿来了一个挎匣子的,挎的是镜面匣子,戴得挺像样儿,就是这个当家的来了。他多大岁数呢?五十多岁。

大家一看挎匣子的到这儿来了,就说:"当家的来了!"

他一看就是当家的,带着手枪呢。大伙儿唠扯了一阵子。人家当家的不干活儿啊,到这儿来看看这些盗坟的。当家的对大伙儿说:"好好盗啊,细点儿盗!"

大伙儿说:"没事,你安心吧。"

说完以后,当家的就那么走了两步。走了多远?也就离他没有一百米远,那儿有棵倒了的树,他就坐在那上面了。

单说拿镰刀的姓李的小伙儿。他就跟着当家的往前走了两步,说:"哎呀,当家的,你站一站。"

当家的说:"有事吗?"

小伙儿说:"我和你唠点儿事儿。"

说完他也坐木头上,掏出烟来了,给了当家的一根烟。

当家的一看,烟还不错,就说:"好吧,抽!"

小伙儿说:"不是别的,我打算买头驴,你看你这旮旯有卖驴的没有,咱俩唠唠?"

当家的说:"那好吧,你先坐一会儿吧。"

相距那些盗坟的多远呢?就一百米远。那时候,盗坟的好几十号人。

这小伙儿就是胆子大,唠唠之后,他看没人注意这边儿,就把镰刀"啪"地操出来了,直接搭在当家的脖子上,说:"痛快点儿,把枪拿给我。你要是一说话,我就把你脑袋拽下来!"

当家的一看刀在脖子上忙活呢,哪敢说别的啊,连喊都不敢喊,要是喊了,他一拽,脑袋就下去了。他要是跑了,你也找不着他。

让人逼得实在没办法了,当家的就把匣子解下来给了他。

匣子到手了,小伙儿又说:"不许动啊!不许说话,跟我走。"

就跟着他走,这当家的不走不行啊,小伙儿这回拿手枪逼着他呢。俩人走到高粱地边儿上的道儿,小伙儿说:"你去吧,我走了!"他就"噌"一下子钻进高粱地了。

当家的赶忙把盗坟那帮人喊了过来。过来也没用了,上哪儿找去?那一大片高粱地,人家早就跑了。

从那以后就说,人家巧得匣当的胡子头儿,当胡子头的就叫巧得匣儿。这个胡子头儿在河北挺出名儿的,名儿就叫巧得匣儿。他就是这么得个匣子,当的胡子。

巧女一封信

关里有一对儿男女,结婚以后不到一年,男的为了做买卖,就到外地去了。

去的时候,这男的说:"我几年就回来,最低一年回来一趟,回来看看家。"

但是他这一去，去了七八年也没什么音信。他这媳妇在堡子里就毛了，一方面是新结婚，另一方面是他这家虽然有点产业，但是一个小农村妇女也不容易呀！

正好赶上她那堡子有做买卖的要去外地，能看到他，就说："这么办吧，我给你带封信去吧。"

这女的就说："那你给我带封信吧。"

那小伙儿在家的时候，他俩没事也好写个诗句，就写："一去二三里，沿村四五家，楼台六七座，八九十枝花。"这首平常写的诗，就是用这么二十个字写的。那她是怎么写的信呢？她这信写得是真不错，先用"一"，一个数字儿写一句。

她是这么写的：一封书信送夫难，去在外边身体安。二老在家多康泰，三年不见你回还。里程虽隔千里路，烟台龙口有客船。村中也有人在外，四季来往书信传。五月初五端阳节，家中二老盼你还。楼中无眠梦见你，抬头不见在哪边。六十老母常惦念，七十家人心不安。坐在牙床常思想，八月十五将月圆。九岁孩子想他父，十月立冬寒又寒。栀子生芽春又到，花开能有几时鲜？

意思就是：咱俩十七八岁结婚，现在我都二十五六了，孩子都八九岁了。现在年轻的时候，你就不回来，那"花开能有几时鲜"？这最后一句就是说我特想你，再不回来我就老了。

巧嘴媒人

要说这个媒人保媒呀，也得会说。

有这么一家，姑娘有十八九岁了，长得挺好，做活、说话啥都好，就是瘫巴，腿走不了道儿。

这家那旮旯儿不是有个会说的媒人嘛，这家老先生就跟这媒人说："你这给人保媒的，给你侄女保个媒，找个人家好不好？"

媒人说："不好找啊，这问题是怎么跟人家说？"

这家老先生说："你嘴会说，给白话点呗！咱们家银子多，不管怎么的就陪上点！"

媒人说:"好吧!"

这媒人一合计,正好有一个订媳妇的,她就给保去了。

保完之后,她就跟小伙说:"小伙,咱们看一看!因为什么,这姑娘家不错,家里有钱,你就是做买卖,开点啥的,要几百两银子也能给你拿。但咱不能不通知这家,咱得看看人儿,我保媒就这样,咱这是明媒正娶的事儿,你得瞅好!"

小伙说:"我相信你!"

媒人说:"你别相信我,你得看好!可有一件事得说明白,那人家可不让人!一句话,你要说订了、多会儿结婚,那就是男女了,你要再休人家,你可不能行!"

小伙说:"那哪能休哇!"

媒人说:"你看看吧!"

小伙说:"好!"

小伙就跟这媒人去了。

夏天前儿,正好走那旮旯儿,一看,随街都像煎饼铺似的。媒人就跟小伙说:"咱俩到煎饼铺去,她家是开煎饼铺的,她在煎饼铺里干活儿。"

小伙说:"那好吧!"俩人就去了。

俩人进去之后,一看,姑娘正在那儿坐着烙煎饼呢,已经烙了不少了。这小伙瞅着姑娘一看,这姑娘确实长得好,确实不错!二十岁大的姑娘,瞅着齐眉盖眼、前瓦齐眉、后瓦盖顶的,这门脸儿长得也好。小伙就说:"不错!这姑娘,确实挺好!"完了他又跟这姑娘唠嗑,一看,这姑娘唠得也挺好。

媒人就说:"这说实话,你得看好啊。"说完,这媒人又拿起煎饼来,那时还有别人在那儿,这媒人就拿着煎饼跟小伙说:"你看摊得好不好,瘫巴好不好?"

小伙说:"好!我愿意要这样的,摊得好!"

媒人说:"你说好,你认可瘫成这样的?"

小伙说:"我认可摊成这样的,这行!我回去能吃煎饼,也能做买卖,我觉得她摊得好!"

媒人说:"你认为瘫得好就行,你要认为这瘫得不好……"

小伙说:"好!摊不好也不怕,她这能做活不也挺好嘛!"

这就把婚事订妥了。

婚事订好,结婚那天,就用轿子把这姑娘送去了。那不入洞房就不让道喜,不让看呀，姑娘入洞房是一家人送进去的。到了洞房，俩人趴炕上了，小伙也没留意。

第二天，这姑娘起不来炕了。这前天黑夜，俩人已是男女了，小伙一看，这姑娘起不来，小伙就说："这是怎样？这不行，你瘫巴那还行？保媒的没说你这身体不好呀？"

姑娘就说："我就告你说我是这样嘛，是你说瘫巴好！我告你说瘫巴，瘫巴，你说瘫巴好！你这人咋能这样呢？"

小伙一看，没办法了，这不要不行，是自己说瘫巴好的。

因为瘫巴，就这么着了，小伙就把这姑娘娶下来了。

要不说巧嘴媒人会配人呢，说的就是这一段儿。

妾打贼

有这么一个有钱的老头儿，老头儿有六十多岁了，家里有个老伴儿。美中不足的是没有儿子，有女儿没儿子。

正好有两个走道儿要饭的，就来了，一个老头儿，一个女儿。这个老头儿还有病。大伙儿说："这么办吧，你这姑娘就找个人家呗，给人家做妾也行，不是为了救你爹嘛！"这当家的就和这要饭老头儿说好了，给了他二十两银子，然后让这姑娘给他做妾。要饭老头儿把银子收下了，这姑娘把他爹也将养好了，把他爹打发回去了，她就在这儿待着。

结婚以后，这大老婆子不好，大老婆子总给她气受。今儿给打俩嘴巴，明儿就把这媳妇给弄一顿！这老头儿娶了这媳妇之后，肯定挂着生儿育女，和小老婆子近便，大老婆子气得慌。和小老婆子睡觉，她不敢熊老头儿，就熊这个妾，说你还把他迷住了，你这小老婆子啊！堡屯子人都有点儿气不愤，都说这事儿不应该："这老太太五十多岁了，眼瞅着不能生孩子了，人家过来给老头儿生个一男半女的，老头儿都五十多岁了，没事儿还熊人家这小媳妇儿。"这小媳妇儿老实，一点儿不伸手，你打我就打我了，叫我跪我就跪了。堡屯子上的人都有气儿不愤的，说："太不应该了，做妾也没有这的啊！"先这样不说。

一晃儿过去了几个月之后，这天来贼了。贼进屋之后，就是抢东西来了。其实就不是贼，来了有十来个，都带着家伙来的。那时候都带刀来的，到屋儿之后没由分说就把老头儿给看住了。先把老头儿抽俩嘴巴，把老太太也打了。这媳妇到别处挑水去了，大门敞着，他们就进来的。打完之后就叫："赶快拿钱，没钱不行！你们家有钱，不是没钱。"这堡屯子人一看谁敢上前哪！这屋儿有胡子。

单表这会儿，这小媳妇儿回来了，到屋一看，呃，来了十来个胡子，把这老头儿也绑上了，老太太也被按着打呢，媳妇儿就告诉他们说："你们别打了，真的有什么事儿，你们不就是要钱吗？你为得钱给钱不就得了，何必打人呢？钱在我这儿，我有钱，他没钱，钱让我掌握着呢。"说得这大老婆心说：她怎么还往自己身上揽呢？

她说完，一伸手就把水扁担钩儿"啪"摘下来了，剩个空水扁担，说："来吧！我这水扁担值钱，你们要把我水扁担抢到手我把钱都给你。"这一下都上来了。这一上来"哪"一下就撂倒一个，这下这水扁担就飞起来了。这大扁担耍的！把这十几个贼呀，全打得趴地上起不来了。

打完以后，这工夫一喊，堡屯子卖呆的都来了，这胡子一看，快跑吧，就说："大家快跑！"就看这媳妇儿就用土豆块"哪"就打下一个来，摸一个土豆块实在没有了，就摸一个茄子又打下一个来。就把这十二个胡子全打中掉下来了，说："你不用跑，跑不了，都给我跪那儿！"

这十二个胡子都跪那儿了，不跪不行啊，一看这扁担拎着呢，这媳妇儿说："我告诉你们，这家你们来不得。我今天不要你们命，因为这点儿事儿你们也没抢去啥。我教育教育你们，今后这儿少来了，行不行？"

完事儿胡子吓得说："我的姑奶奶呀！今天你饶命之后啊，我们下回哪儿还敢来呢！我们一看您这就是高手啊！"

她说："行，那你们都走吧！"这胡子就都走了。

都走了之后，这堡屯子来的人说："哎呀！你这媳妇儿这么高的武术，这么好的能耐，你怎么忍心受气呢？叫大老婆子这么熊你，今天这儿打一嘴巴，三天两头地打你，瞅着都气得慌。你怎么不还手呢？"

这媳妇儿就说："唉，我也就是这个命。我爹闹病，我图给我爹治病，我情愿做妾，这做妾不得听人家大的管吗？我从我这个认命就不能打。但是胡子打我不行，我不能让他抢啊！"

这大老婆一听，说："得了，今后我对你一定像我亲妹妹一样看待，你就不用说别的了。今后这家都归你管，我就不管了，我就等着吃现成的了。这家就都给你们，要是生儿育女更不用说了。"

从那以后，这个妾就成名了，堡屯子里人也特别尊重她，这大老婆也特别尊重她，待她比妹妹还亲。要不咋说妾打贼呢，主要是人家有能耐。后边儿一打听，她是干啥出身的呢，这妾他爹原来是练武术的，净卖艺了，耍戏法的，所以她学了点儿武术。

驱匪记

过去闹匪闹得多，人要有智慧的话也能化险为夷。

有这么一家是独门独院儿，过得是不错，挺有钱，还有四杆枪。胡子开始不敢打，因为这家父子兵，还有外边来的客，这家人的枪打得可好了，那是出枪见物，但这枪少啊！只有四杆枪，放在院儿的四面，它一面才一杆枪，胡子也合计：咱们要是去个二三百人把它围上，打死咱三个两个怎么的，还是能把它破了，那得的钱就老了，他家有钱往外掏。

这胡子就来了。这边知道胡子都来了，他们现在住别的堡子，夜里指定往这摸。这下可怎么办？这家老头也伤心，一合计，这老头就要套上车把全家搬走，啥东西也不要了，就把值钱东西拉走算了。

后来他家这个老儿子，是念书人出身，他说："你走也不赶趟了，你走完之后，家东西还拿不走，这第一个；第二个，在半道儿让胡子抢去也不一定，那胡子能不劫咱们吗？那不还得完吗？干脆呀！咱就和他们拼吧！"

老头说："那哪能拼呢？咱们没有那么多的枪？"

老儿子说："想想办法。"

老头说："办法？哪能整着枪来？"

这老儿子把那木头棒子拿来了，就告诉他，说："搁火烧。"

他们就把棍子都烧得煳了巴黢的，烧完以后，把它拿炮台上，炮台多呀！把烧完的棍子全吊在炮台上，一个炮台一杆"枪"，在外边看像吊有七八杆枪，上下间都有，都在那炮台上杵着呢！

那胡子有拉线的，吃完饭以后，胡子头儿说："你得看看去，看他们有什么准备没？咱们是不是能进去了。"

到那儿一看，拉线的胡子说："了不得！听着真真儿的啊！那院儿里头不少人哪！枪老多了，一个炮台一杆。"

胡子头说："是吗？"

胡子离远看的，拉线的胡子说："去了一看，那枪杵着，一个炮台十来杆啊！这四个炮台有几十杆枪，那还进得了？咱这点儿胡子得全给牵住了，把你打得服帖。"

所以这些胡子干脆就没敢进，都跑了，搁那胡子跑了之后，这家过的日子就火了，提起来了。

这家伙！胡子胆子大，可他怕烧火棍。这烧火棍就把他们撵跑了，烧火棍烧煳了像枪似的，把他们吓蹿了。

这就是驱匪记。

劝渔翁及早回头

有这么一个年轻老师，有三十多岁，教了几个学生，这几个学生都大了，都有十五六岁了。这老师呀教学生教得狠点儿，爱打学生，他问问题，这学生答不上来就得挨揍。

这天，先生就开始问学生，说："我给你们出个题吧！"

学生说："出吧！"

先生一看那儿有个姓张的学生，就对他说："你过来！"

这个学生过去之后，先生就问他："你这耽误了好几天的工夫，干啥去了，现在才来？"

他说："我娶媳妇去了。"

先生一听，说："啥呀，你十五六岁就娶媳妇？"

他说:"啊,我娶媳妇了!"

先生又问:"你家里有什么人?"

他回答说:"家里有个姐姐,还有娶的媳妇。"

先生听后,说:"这么办吧!那我就给你出个题,按你娶媳妇算。'你们家离这儿有多远?'这是头一个让你回答的;第二个,'堡子有多少户?';第三个,'有多少所房子?';第四个,'你有几个小姨子,就是你媳妇姐几个?'"

他一听,心想问得特殊啊!

他回家后,就跟媳妇叨咕先生问他的问题,问媳妇,她也不怎么的,答不上来。他姐姐一看,就说:"不要着急,明儿我给答,怕啥呀!"他姐姐念过书,有二十多岁,就给答上来了。

第二天,他姐姐写好了,他拿去给先生看,问"多远呢?",写的是"一去二三里";下面说"堡子",写的是"沿村四五家";说"房子呢",写的是"楼房六七所";说"小姨子",他有八九个小姨子,写的是"八九十朵花"。

先生一看,这对得好啊!再一看,这是女人的字迹,先生就来心了,说:"这女的,如果把她娶回来,回头打扫屋子,这女的不用说!"

这先生就又跟他说:"这么办,再写几个对子。"

后来先生一问他,明白是他姐姐对的,先生就说:"那好哇,你姐姐是才女呀,就再对个吧!"就又让她对对子。

这先生写的啥呢?写的是"桂香菊到梨花白,这些花草什么花盛开?"

先生写上后,他拿回去,他姐姐一看,寻思这先生歪道出来了!就又答上了,完了跟他说:"拿去!"

他又拿去给先生看。他姐姐是怎么答的呢?说"倒粮鼠麦充饥,这一个杂种是什么杂种先生?"

先生一看,说:"这怎么骂人呢,这女的了不得呀!"

后来先生心想咱还有才,就又写了一个。写完后又跟他说:"你给你姐姐拿去,再让她对一对。她要对上之后,我就收你;对不上,我就不收你了。"

这次先生写的啥呢?写的是"山深林密,樵夫无处下手"。这先生的意思是在哪儿下手,用什么方法把你弄到手。

他拿回去以后,他姐姐一看,就写回来了。先生一看,写得还挺详细。写的是

"水净沙明,网鱼处勿取留神",意思是:你下不了手,你不行,"水净沙明"嘛,"勿取留神"。

先生一看,直眼了,人家这女的生气了。

搁那么的,这先生再也不敢挑剔这学生了,因为他知道这姐姐不是一般人。

热的好

这个故事就是说,这农村的和市里的做亲属,有的人吧,他没有文化,说话不应时,令你想不到。

农村的这个去串门了,人家这个市里的有钱哪。就预备的好茶,真是好茶!人家把西湖龙井茶都端上来了,就给他沏上了。沏完以后给这个农村老头儿,他虽是个庄稼人,也明白啊!茶水端上来就喝,喝完之后,紧叨咕说:"好!好!"盯架[1]说"好",但没说出啥好来。

人家城里这个亲家就说了:"亲家,你光说好,究竟是我这个茶叶好还是水好啊?"

农村老头儿说:"不是别的,热的好!水热乎的好!"

市里的亲家说:"行了,行了,不要再说了!"

认小偷做儿子

这个老王头啊,心挺好。他呢?有几个儿子,过得也不怎么富裕,反正一般家庭还行,有点土地,不怎么多,但也能维持生活。

这天啊,正赶上过年啦,三十下晚儿,老头乐呵呵的,饭也吃了,还喝点儿酒。儿子儿媳妇们那时候就是住两间大方筒——长炕,都是东西屋。他那是五间房子,西

---

[1] 盯架:一直。

屋住老头，南炕头，那炕梢都是有住人的。尤其是哪呢？尤其是这个老祖宗在西墙下面供着呢，西墙下边有八仙桌，这上面上供啊，大馒头都在上边，这不说。

单说谁呢？单说离他这堡子不远，北边有一个堡子，离那儿能有五六里地儿吧！那儿有一家人家，这家是挺困难的，这家是干什么的呢？是给人家扛活的。这家有个姓李的小伙子，他有个媳妇，有孩子，还有一个老妈，爹死了。这家过年时，没有一点吃喝啊，不用说吃饺子了，就是连饭都没有。

一合计，媳妇说："咱怎么办呢，人家过年吃饺子乐呵呵的，咱孩子们不用说吃饺子，连饭都没有，还得喝这个面糊豆，你说难不难吧！这日子过得，孩子们都还这么小！"媳妇说着就哭了。

他说："怎么办呢？要不我想想办法，上哪儿借点儿去？"

她说："你这是取借无门啊！你穷得都还不上，哪有能借你的。人要一穷，亲戚们就没有了，这亲戚就穷没了。"

他说："我就这么办吧，我不怕砢碜了，我今儿去偷点吧。偷点面回来吃一顿，偷不着肉，吃不上饺子，那管吃顿面条呢，说是给孩子们也过个年。"

媳妇明白这个干不得，这是可耻的事啊，得让人笑话他。但到了现在，不管寻思啥，就偷点去吧。媳妇说："咱俩都不大岁数，都三十多岁，要想偷，就偷这一次呗，咱还能老偷了？"

他说"好吧！"这就去了，个人夹了个小破口袋，就寻思：到哪儿偷点儿去呢？

正好儿，到了南庄那头，就到了谁家呢？就到老王头这儿了。到老王头这儿一看，这家伙，过得不错啊，挺好的院，挺齐刷，房子挺大！虽然不是个大财主，也是个一般人家，够生活的人家。他合计着就进去了。

顺北墙进去之后，一看，仓房都锁着呢，有俩仓房，哪个也进不去。他这一考虑，心说："年饺子你这屋子有啊，我进去之后，就把年饺子偷来，够吃一顿两顿的呢！饺子包完之后，我就拿点儿，不用别的，我就用口袋装点回去，煮上吃了就行，这也就过个年。"他个人寻思着就进屋了。

进了屋，这一看呢，正赶上人家包饺子那屋，要接神。没接神那工夫，大家伙儿就在那摆弄牌玩呢。他就顺着爬进屋来了，爬进屋之后，他一看没什么地方猫。西边有个上供的供桌，供桌前面有帷子，哎，他就钻到供桌底下去了，有帷子挡着看不着啊！

伍　生活故事　　　　　　　　　　　　　　　　　　　　　　　　　　·947·

他就心说:"哎,我就猫着、瞅着吧。"一看这饺子包完之后,都在这个炕上搁着,桌子上也摆着呢!但他不敢明装,就在那儿瞅着,等着呢,左等也不得劲儿,右等也不得劲儿,人家这些人不走啊!

过一会儿要接神了,"叮当"放鞭炮了。他一看这不好办了,得据对着想法弄啊!他老在那儿猫着也害怕,再一个,蹲的工夫多了,身上也乏,也戗不住乏啊,就这么大一个小地方。他就动了,这一动弹,帷子也动弹。帷子一动怎的呢?他就露出脑袋来了,老头就看着了。

这老王头就搁南炕头一看,哎呀,那儿还蹲着个小伙子呢,就知道是小偷了,这不是好人啊!完了老头就咳嗽一声,他就吓得颏那块儿了。这老头就明白了,他看到了脸面,这小伙子也就三十来岁,就合计这是贼。

这工夫,媳妇们在外屋煮饺子呢,饺子煮完之后,就端上来了。老头夹了一个饺子,往那儿一搁,就把碗"啪"地摞下了。

摞完之后,大伙一看,就问:"爹,你怎么了,怎么不高兴呢?"

老头儿说:"高啥兴啊,咱们吃饺子呢,你哥来了!"

大伙儿说:"他在哪呢?"

"我先头有个老伴,我没跟你们说。老伴儿最后当中死了,有个孩子我没要。这娶了你妈,我就再没提,所以他一直在你姥娘那儿待着呢!现在他来了,磨不开面见你们,这不嘛,在这个高桌子底下蹲着呢!快出来吧,怕啥的!"

这小偷听得明明白白的,心想这老头真会说。

大伙都说:"出来吧,赶快出来吧!"

这个老头也接着说:"出来吧小子,到爹这儿来,再有困难也没啥关系!"

这小伙出来之后,真就给老头磕了个头,就说:"爹你好啊!"

完了老头就说:"好好好,快起来吧!"老头明白了,"吃饭,把饺子端上来。"

他就在那儿吃了几个饺子,吃完之后,说:"这么办吧,我得回去,家还那么困难。"

老头说:"我知道你困难,我打听着找你,不知道你在哪儿住,你个人也不告诉我,我上哪儿知道去!这么办吧,孩子们,把你哥答对走[1],头一个先给拿吃喝,给

---

[1] 答对走:打发走。

拿一袋面,别的什么都不缺,菜他有,把猪肉砍十斤八斤的,这就扛着。"顺手又掏出十两银子来,说:"孩子,你拿回去吧,够你活一年半载的,回去好好干,人都能过得好,不泄劲就行!你就记住我这一句话,好好干就行!"

这个小伙拿起银子,又给老头磕了两个头,他说:"行了,我一定记住你的话,爸爸!"他拿着银子,把这袋子面扛回家了。

到家了,跟媳妇一说,这就哭起来了,全家都哭。哭完之后,就现剁馅儿,现包点饺子,这就过去了,不说。

这一晃就多少年了啊,这老头儿呀岁数也大了,那时候五六十岁,现在有七八十岁了。十多年了,这地方就不一样了,他这边就泛水涝,招水灾了。这水才大呢,整个一年的工夫,这点地啊、庄稼啊,一点没剩下不算,整个房屋都塌了,老头的这个堡子全塌了。没办法了,出不去啊,就在房子里等着吧。过了好几天,没有吃的,地都涝空了,本来也不是那么富裕的人家啊!

最后,等水下去点儿的工夫,说这么办吧,没吃的咱们想办法淘弄点儿去吧。这工夫车也通了,就看前面来了个大车,车上坐着好几个人,拉着粮食就进来了,直接找老王家,根本谁也不认得。

到院之后,就问别人,说:"我爹还在不在?"

"哎呀?"大伙说,"你爹?你哪儿的啊?"

他说:"我就是你们这院儿的小子,那年三十下晚,我就搁这儿拿的粮食。"

"哎呀!"大伙说,"老头儿在屋呢!"

这老头儿出来了,他就给爹跪下了,说:"爹呀,我今天特意给你送粮来了。我知道今年你们这儿涝啊,没办法了。我心想,我这兄弟们和兄弟媳妇们都得怎么过?我把这粮食都拉来,现在俺们过好了,我回去之后,把儿子也供出去了,现在当官了。现在你别老在这儿待着了,上我那儿去吧,我一定要恭敬你!"

一看老太太没有了,他就把老头接去养活到老了。

从那以后,全家都知道这个事了。要不说还得做好事,这干儿子认到了呢!

赛东坡

原来有个县太爷,自称是"赛东坡",就因为他文化高。意思是就赶上苏东坡的文化高了,就自称"赛东坡"。个人老牛哄哄的,其实他文化不咋高。

有这么一天,正赶上来了俩打官司的。谁呢?就一个和尚和一个学生。正好儿赶上两个才子今年科考,走到半道儿上,就到了一座庙上。这庙是啥庙呢?一看其实是文庙和武庙,也就是孔夫子的庙和关老爷的庙。关老爷不是武圣人嘛,孔夫子不是文圣人嘛。

这小伙儿一打远没看着就说:"哎呀,文朝啊!"他把"廟"字上边的偏旁给忘了,就念成了朝廷的"朝"了。

那边学生一看,说:"不对,那念丈庙,前面的念'丈',底下的念'庙'。"

他说:"那哪儿对,那念'文'!"

他俩就相互之间争讲起来了。一个说"文朝",一个说"丈庙"。后边他俩说:"行了,咱俩别吵了,咱俩到庙上,问问老和尚,究竟是啥玩意儿?"

他俩就到和尚庙上去了,到那儿一看,说:"老师父,你说俺俩到底谁念的对?你这庙是'文朝'啊,还是'丈庙'啊?"

老和尚瞅他俩一看,说:"行了,拉倒吧。我真的没有工夫答对你俩呀,我还得化齐去呢!"

他俩一听:"哎呀?都说和尚是化'斋'讨饭,还没听说过哪个化'齐'呢?那不是念'斋'吗?怎么念'齐'呢?"

和尚说:"这么办,你俩别吵了,后边有个老师,找个老师看看,那是有文化的老师,那是老饱学儿。"

他们就到书房了,就问老师,说:"老师,你看看究竟是怎么回事儿吧?他说'文朝',他说'丈庙',我说化'齐'去,他说不对,念'斋'。"

老师听着就全写下来了,说:"这么办吧,我给你找找字果,看看字果里边能不能找着?"

这学生一听:"那不是念'字典'吗?你这老先生怎么还念'字果'呢?"

这几个人就嘀咕起来了,就到县太爷那儿去了。最后就说:"走,去问问县太爷,看他说怎么办。县太爷是赛东坡,这文化准能行啊!"他们就去了。

去了之后,一看这赛东坡正在那儿坐着呢,牛哄哄的。他当然也有师爷,师爷挺有文采,也不吱声。但凡有点儿文采的人,他也瞧不起这县太爷,但是不敢说。县太爷说:"怎么回事?我赛东坡看看。"

他们就把情况一说。赛东坡一看,说:"哎呀,说你们这是文朝丈庙两相宜,庙上和尚学化齐。教员先生查字果,别拿我当苏东皮。"他把苏东坡的"坡"都念成"皮"字了。

这会儿正赶上啥呢,正赶上有家请客的。人家来请客的人告诉他,说:"请县太爷午时赴席。"

他一看完请帖接着说:"别拿我当苏东皮。一群混蛋滚下去,别耽误我牛时赴宴席。"就把那"午"念成"牛"了。

师爷这老头儿在旁边坐着,捋着胡子就笑了,说:"行了,行了,念书不用多少功,说话净瞎蒙啊!三人一对半,都是白字老先生啊!"就把他们三个人都批了。

后来,仨人一看拉倒吧,都回去了。"三人一对半,白字老先生",叫这师爷给批评了,连县太爷都批了。

异文:文朝丈庙

有这么两个书生,到京城科考也没考上,回来之后俩人一瓶子不满半瓶子摇,认识点字还认得不多,自己还觉得挺荣耀。

这天俩人正好经过一个大庙,大庙门口写着"文庙"俩字。其中有个王生就说:"啊,这是'文朝'啊,'文朝'是干啥的呢?"

另一个李生一看,说:"那不是'丈庙'吗?"

这俩人就"文朝""丈庙"地嘀咕开了,王生就说:"咱俩别吵吵,到屋里问问别人去。"这工夫一个老和尚正好出屋了,王生就问他:"老师父你说吧,我说这俩字念'文朝',他说念'丈庙'。"

老师父一听,这不胡闹嘛!就说:"我没空搭理你们呀,我还得'化齐'去呢。"

"不对呀,不都'化斋'讨饭吗?这念'斋',不念'齐'呀。"

"不对,那念'齐',不念'斋'。"

王生说:"你先别走,你这么些年的高僧怎么念白字呢?这么办,旁边有个学校,咱们问问先生这几个字到底念啥。"

这先生一听他们吵吵就说:"我真没工夫,我要有工夫我给你们查查字'果'。"

他们一听,说:"不对呀,那不念字'典'吗?怎么念字'果'呢,先生你怎么教书的?"这一嘀咕,"这么办吧,找县太老爷去吧,县太老爷明白。"县衙就在傍拉儿,就找县太老爷去了。

这县太老爷也是个糊涂虫,正好在堂上坐着呢,就问:"怎么回事?"

王生就说了:"我念'文朝',他念'丈庙',这和尚化'斋'的说化'齐',先生还要查字'果'。"

县太老爷一看,这帮混账东西,这不胡闹嘛。这工夫他把案一拍,说:"你们,唉,别胡说了。文朝丈庙两相宜,庙上和尚去化齐。教书先生查字果,别拿我当苏东皮。"一看有个请帖在桌上搁着呢,上面写着:午时三刻赴席。就接着说:"叫你们一声全滚下去,别耽误我牛时去赴席。"

大伙儿一看,"哎呀!"王生说:"得,咱都回去吧,净混蛋啊,这帮玩意儿。"

三个姑老爷给丈人办寿

这家有三个姑娘,大姑娘、二姑娘都给的是有权威的,大姑娘给的是举人,二姑娘给的是秀才,就三姑娘给的是庄稼人。三姑娘挺朴素,她也愿意给庄稼人,但这庄稼人也念过书。

这天赶上拜寿,老丈人就不愿意款待三姑老爷,就怨他递不出手去,不会做也不会说,啥也不会。老丈人想,这怎么办呢?来这儿之后,也不能不待啊!

在酒宴间,这老丈人心就有歪思了,这样的姑老爷,干脆你就下去,别坐这儿了,看着砢碜。但他还不好撵,这三姑娘还挺要脸。这怎么办呢?他一合计,得了,这么办!

这三姑爷手还勤,到那儿就先抓着吃,有吃的不等上桌,他就花生米什么的抓两个吃点儿。老丈人一看,这太没规矩了,这不像样,就说:"这么办吧,今天咱这喝酒当中,大伙得说酒令。酒令说好之后,可以坐这儿吃菜喝酒。说不好,可以下去给人家端盘端碗,伺候人家去。不管谁,啃骨头可以蹲地上啃,就是不能上桌子。"

这三姑娘、三姑老爷一听,这整个就是针对他们来的,他们不吱声也不行哪!俩人商量该怎么办呢?就等着吧!

饭菜上来,酒也上来之后,老丈人说:"这么办吧!我给出个题,必须是什么呢?头一个说天上有的,第二个说地下走的,第三个说屋里放的,第四个说厨房使用的,这四个都得说对。"

大伙儿一听,说:"好!"

大姑老爷有才呀,那是举人出身,张口就来,说:"天上飞的是鸳鸯,地下走的是绵羊,屋里放的是文章,厨房使的是春香[1]。"

老丈人说:"好,你这对得不错,挺好,喝酒吧!"大姑老爷就喝酒了。

完了二姑老爷一听,也不含糊,人家是个秀才呀!二姑老爷就说:"天上飞的是斑鸠,地下走的是牦牛,屋里放的是《春秋》,厨房使的是丫头。"

老丈人说:"好!"

二姑老爷说完后,这三姑老爷一考虑,这怎么办呢?这不说没办法!他寻思半天,就说:"天上飞的是秒枪,地下走的是棍棒,屋里放的是火炉,厨房使的是儿郎。"

大伙一听,说:"这不对呀!"

大姑老爷也说:"那哪对呢!这天上秒枪不能飞呀!"

他说:"不飞?那子弹不能飞,但它可以打得沙子满天飞嘛!"

这大姑老爷没话说了。

二姑老爷说:"那也不行!那你地下棍棒还能走啊,你使用的棍棒能走吗?"

他说:"人拿着不就能走了嘛!"

老丈人说:"这么办!你不管他能不能走,你把它说成句,我就说你行,你说不

---

[1] 春香:丫鬟。

成句，那就不能行，你这不是胡扯起来了！"

他说："那好！老丈人你听吧，天上飞的是秒枪，专打斑鸠和鸳鸯。地下走的是棍棒，专打牦牛和绵羊。屋里放的是火炉，专烧你这个《春秋》和文章。厨房使的是儿郎，专娶你这个丫头和春香。"

小舅子一听，"啪"一拍桌子，说："姐夫，还是你打腰啊！你这妥了，这占上风了，给书童娶俩媳妇来。"

大伙一听，哈哈大笑。

老丈人一看，弄了半天让他赢了！

三个姑爷对诗

有个老员外要办寿。这老员外呀，他有几个姑老爷，大的、二的、三的。大的是个举人；二的是个秀才；三的是个庄稼人，也念了点书。但这老员外就瞧不起这庄稼人，老爱捧这大姑老爷和二姑老爷。

这天老员外办寿啊，在宴前当中，他就想说话了。他一合计，正好瞅见这三姑老爷在那儿坐着，没等别人动筷子呢，他馋哪，在那儿一伸手，就抓个花生粒吃了。老员外一看，这真不懂规矩，太不像话了，于是就说："这么办，今天咱喝酒就行个酒令，说好了咱就喝酒吃菜；说不好，离了姑娘，得把姑娘送人，他先别吃！"说完就要开始对诗了。

这三姑娘一听，她爹为啥提呢？是她爹明白她姑爷不会说，是庄稼人哪！

不是要出题嘛，大伙儿就说："那好吧，请岳父大人提个题吧，按啥说呢？"

老员外说："我提个题，必须啥呢？必须得说出一个谱来。说什么呢？是一样的字头，一样的字旁，这你得说出来，完了还得连起来。"

三个姑爷一听，说："那好吧！"

这老大穿得好，有钱哪！老大一看身上的衣服就说了，说："要是官宦家，必穿绫罗衫。"

老丈人一听，说："对得好，你可以喝酒吃菜！"

接着老二也笑着说:"要盖房屋库,必须檩梁柱。"

老丈人一听,说:"好,你也喝酒吃菜!"

这三姑爷一听,哎呀妈呀!就瞅着他女的看,转眼想了半天想出来了,就说:"我呀,也能对,不过啥呢?就是说得实惠点。"

老丈人一听,说:"那可以,说对就行,你说吧!"

三姑爷就说:"老大说的是'要是官宦家,必穿绫罗衫',老二说'要盖房屋库,必须檩梁柱',我说什么呢?这人哪,'要生疾病疗,必须吆嗨哼!'"

老丈人一听,说:"喝酒喝酒,吃菜!你这对得挑不出毛病来,可这也太挫了,'要生疾病疗,必须吆嗨哼!'"

三姑老爷上寿

这个故事呢,是三姑老爷上寿。

要不说这三姑老爷呀,大致都有这情况,都是什么呢?这老丈人有些嫌贫爱富,看不起这三姑老爷。

那时候,这老丈人把姑娘给完人之后,大的给的是举人,二的给的是秀才,大部分三姑娘都给的次,给的是庄稼人。三姑娘那都是劳动人民出身,她爱惜这庄稼人。但这庄稼人也念过书,有庄稼院。

这天,正好老丈人过生日,给办置办置吧。这三位姑老爷就全来了,另外还有亲朋好友,三五十个人,都坐在屋子里了。

姑老爷往那儿一坐,这老丈人就瞅,瞅这大姑老爷、二姑老爷就觉得特别地顺气,那都是当官的,戴的是乌纱帽,穿得也好。瞅三姑老爷土头土脑的,是庄稼人,就怎么瞅怎么不顺气,不高兴。

这老丈人就心里寻思,你不能上桌子,你要是把自己弄得不上桌子,比什么都强。你上桌多砢磣,这有好几十人,没法儿陪你,败不起呀。但三姑老爷不懂事,非坐不行,就坐那儿了。

老丈人一看,说:"这么办吧!今天大伙儿都坐这儿之后,咱这喝酒得说酒令。

说好了，咱们是吃菜喝酒；说不好，讲不了，他以后就不能吃，可以伺候人，端盘端碗的。要不这也没有伺候的人，这伺候的人也不够。"

三姑娘一听，这是说给她听的，给她女婿听的，就说："好吧！"三姑娘、三姑老爷俩人相互一瞅，就笑了，意思是给咱俩听的。

大伙儿说："这么办吧，要不你出个题吧！怎么做吧？"

老丈人说："我出题这好出。说啥呢，上边说一个字必须是相重的字，能分开的字，分不开不行。第二个字说啥，必须是同色的字，这才行。你这俩字说完之后，还得能一起配上句。"

大伙儿说："那好！"

大姑老爷一听，说："我先说吧！'吕字上下两个口，一样同色水和酒。不知哪一口喝水，不知哪一口喝酒。'"

老丈人一听，对呀！一个"吕"字分俩"口"，一个喝水，另一个喝酒，水酒都一样色的。

老二一听，说："我说吧！'一个出字两座山，一样同色锡和铅。不知哪座山出锡，不知哪座山出铅。'"

老丈人一听，说得也好，就说："吃吧！"

三姑老爷寻思了半天，瞅了瞅，说："老岳父，我也得说？"

老丈人说："说吧，不说咋行呢！"

三姑老爷说："好！"就告诉其他俩姑老爷说，"大姐夫、二姐夫你们听好，我拿你们俩也能说。'一个炎字两个火，一样同色你和他。不知哪个火烧你，不知哪个火烧他。'"

大伙一听，说："这玩意儿虽然说得不太顺，但也合这意思。一个'炎'字，两个'火'嘛，但一个烧大姐夫、一个烧二姐夫，就不太合适。"

老丈人一听，说："喝酒！喝酒！别说了！"

大伙儿说："这说得不合押韵。"

老丈人说："不怎么押韵也算了，就这么的吧！"

最后，三姑老爷就将下他了。

三个近视眼

在过去，近视眼也不少，因为什么呢？不是读书十年寒窗苦嘛，这书念多了之后，尤其是盘腿坐炕上，桌子也没有，眼睛一直盯着书看，念书念近视了这有的是。

这儿有三个人都是近视眼。这三个近视眼一个姓赵，一个姓钱，一个姓孙。这三个人的文化都挺高，确实不错，但他们三个谁也不承认自己是近视眼，嫌砢碜。

老大老说他这俩兄弟："你们俩人念书得注意了，这如果近视了就受罪呀！"

这二弟就笑了，说："大哥，你别说了，你不也近视！"

老大说："我可没有！"

老三也说："我不是，你们是近视！"

这三个人就争论，谁也不承认自己是近视眼，都说自己眼睛好，但其实三个都是近视眼。

一晃过去几天之后，这天，三个人在饭店喝了点儿酒，就提起这近视眼来，唠上了。有人说，明天这西头的老爷庙挂匾，这匾可大了，是哪儿哪儿送的，明天那儿很热闹，还唱戏。他们一听，就说："咱明儿也看看去！"

唠完之后，这老三高兴了，就说："这么办，咱哥仨明儿起早去。那匾挂上之后，咱看看到底谁是近视眼，谁要是能瞅到这匾上写的什么字，谁就不是近视眼，谁瞅不着，谁就是近视眼。"

其他俩人一听，说："好，就这么的！"

这就定好了，三个近视眼要观匾去。

单表下晚儿吃完饭，黑天了，老大心里就寻思：不行啊，我自己没底呀，我真是近视眼哪！到那儿真要看不着了，那俺的俩兄弟得瞧不起我呀！他一合计，就说："哎，讲不了，挨点儿累吧！"他个人不一会儿就去庙里了。

他去了之后，"啪啪"一拍庙门，这老道就出来了，问："干啥呢你？你是谁呀？"

他就说："道爷，麻烦你，我打听打听，明天早上挂的匾上写的是什么字呀？"

老道说："是'有求必应'！"

他一听，说："好，谢谢！"

他转身就回来了。他这回心里就有主意了，说："好！我先得了底儿，我到那儿就能说出来。"

回家之后，睡着觉不说，他这一宿都挺高兴的。

单表老二，老二睡到人静的时候，心里一合计，说："这不行！我是近视眼，人家俩不是啊！我真要说错了，会让人家笑话。我得去打听打听，看那匾是啥样的名儿！"他也去了。

他到那儿之后，这老道刚躺炕上，还没等睡着呢，这门又响了，讲不了，这还得起来。老道就起来问："谁呀？"

他说："是我！道爷，麻烦你了，太对不住了！"还挺客气。

老道说："什么事儿，你说吧！"

他说："我打听打听明天这匾是什么样的名儿，是哪儿给挂的，我挺好奇的。"

老道就告诉他了，说："我告诉你，这匾是'有求必应'！"

他又问："是什么底儿，什么边儿？"

老道说："是白底儿，金边儿。"

他一听，说："好，谢谢啊！"他就回去了。回来之后不说。

单表这老三睡到多半夜的时候，他想起来了，说："不行！我得看看这匾，不问清楚的话，明天我得甘拜下风呀！"他就去了。

他去了之后，那会儿都快鸡叫了，他一拍门，这老道就心里寻思，这一宿净拍门的！老道就出去开门。

他到那儿也挺客气，说："道爷，对不住啊，打扰你睡觉了，我以后再谢你。我向你打听打听，这送的匾是什么样的名儿？"

老道说："我告诉你吧，这匾是'有求必应'！"

他问："什么底儿，什么边儿？"

老道说："白底儿，金边儿。"

他说："我再请问是谁送的？"

老道说："哎，旁边儿有几个小字儿，写的是'阿木林所送'。"

他听了以后，说："行了！"

他问的全面哪，完了他就回去了。

回去后，他又睡了个觉，睡到八九点的时候，正好这老大也来了。完了你喊他，他喊你，哥仨凑一堆儿，这就到十点了。这工夫就听那边鞭炮响，三个人一听，说：

"妥了，咱看看去吧，看看到底是怎么回事儿！"

"行，走吧！"三个人就去了。

三个人到庙门那旮旯儿，就在百步以外看匾，就都瞅着匾。

三个人瞅了半天，老大问："二位兄弟，看到没？"

"大哥，你先说吧！"

老大说："我看得明明白白，上面写着'有求必应'！"

老二说："大哥，你既然看出'有求必应'来了，那请问你，这匾是什么底儿、什么边儿？"

老大一听，个人心里就寻思："这下栽了，我没问清楚，就问了一句。"他这就答不上来了。

老二一看，说："大哥，你眼睛还真有点儿近视，这字儿大你看到了，这边儿小你没看到，这不是白底儿、金边儿，真准的在那儿挂着呢嘛！"

这老三一听，说："二位哥哥说得都对，但还差一点儿，请问旁边的小字儿写的什么呀？这匾是谁送的？"

这一听，更完了，他俩都答不上来了。

老三就说："咳！二位哥哥，你们还是不行，这眼睛还是近视。那不写得挺详细的'阿木林所送'嘛，那还有啥差呢！"

三人正嘀咕呢，这老道出来了。

老道出来一看，三个人眼睛瞪着，正瞅庙门呢！

三个人一看老道来了，挺客气地说："道爷来了！"

老道说："啊！"

老大说："我说这匾是'有求必应'！"

老道说："你说得对！"

老二说："我说是白底儿、金边儿！"

老三说："他们都是近视眼，我说是'阿木林所送'的，他们没看清！"

老道说："行了，行了！那匾还没挂呢，你们来早了！"

伍　生活故事

三忍救妻女

过去，在沈阳以北有个堡子叫韩家窝堡，堡子里有一个姓韩的小伙儿，长得挺英俊。小伙子在二十几岁时就和村里一个姑娘结婚了，婚后生了个姑娘，他家的日子虽说过得挺紧巴，但也还算幸福美满。

这一年，孩子长到四岁了，这男的就和媳妇商量说："眼看孩子越来越大了，快上学了，往后用钱的地方也多了。我听说南方那边儿买卖挺好做，我合计去那边儿碰碰运气，要不你说就在咱这小堡子，啥年月能攒下钱啊！"

媳妇虽说舍不得丈夫，可一合计，也是这么个理，就让他去了。临走之前，媳妇千叮咛万嘱咐，告诉丈夫挣了钱就快点回来。丈夫又会了堡子里的几个年轻人，就搭伴一块儿到南方做买卖去了。

这姓韩的小伙儿天生就是做买卖的料，去到南方不到几年的工夫，就跟别人合开起了买卖，当上了掌柜的。韩掌柜的每年都托回村的人给媳妇捎两个钱儿，供孩子读书和家里日用花销。因为是和别人一起开的买卖，韩掌柜的不放心自己的买卖让别人打理，所以离家十多年了，一次也没回去过。

这一年年终，韩掌柜的分红分了不少钱。他一合计，十多年没回家了，挺想老婆孩子的，就准备回家过年。他跟另一个掌柜的说："我得探探家了，一晃出来已经十四年了，再不回去，孩子都不认识我这个爹了。"

就这样，一过腊月十五，韩掌柜的便带上一些钱，回家过年去了。没想回家时还好，一想回家了，这心就急得慌了，韩掌柜的回家心切啊，每天贪黑起早地往家赶。

这一天，从早上就开始下雪，到天黑时，那雪都没腿肚子了。韩掌柜的走了一天，累得筋疲力尽的，才走了几十里路。天黑的时候，他正好走到一个山坡，就见前面有座大庙。韩掌柜的心想：我得找点儿水喝，不然的话，我就走不动了。

韩掌柜的进了庙，一看，庙里只有一个老道。老道看见他，就问他是从哪里来的。韩掌柜的说："唉，老师父，你快给我点儿水喝吧，我渴得走不动道了。"

老道就给他端来了一碗开水。韩掌柜的一边喝水一边使劲吹，说："这水也太热了，一半会儿也凉不了，我还得赶路呢。"

老道一看，便问："哎呀，你怎么这么急呢？"

韩掌柜的说:"我有要紧事啊,必须得回家。"

老道看他心慌慌的样子,就说:"我看你气色不太好,印堂发暗,最近恐怕要有事儿。这么办吧,我给你三个锦囊,你带在身上,你回家后遇上大灾大难解决不了的时候,就把我的锦囊打开一个;再解决不了,就看第二个;要是还不行,就看第三个。看完第三个肯定能解决。"

韩掌柜的一边儿说"好,好,谢谢道长",一边儿接过锦囊揣在兜儿里。喝完这碗水,气还没喘匀呢,他就又上路了。

就这样没白天没黑天地又走了几天,韩掌柜的终于到家了。他到家那天正好是大年三十儿,在离堡子三四十里地的时候,他就听到了"叮当"的鞭炮响。这鞭炮声更催人,他赶紧加快了脚步。等到他进堡子的时候,正好家家户户刚接完神,有的人家已经吹灯睡觉了,一些亮着灯的人家正在耍钱呢。

虽说韩掌柜已经离开堡子十四年了,但自己的家门忘不了。他借着雪光和别人家微弱的灯光,走到了自己的家门口。他一看,十几年了,自己的家没有什么变化,这院墙还是他十多年前垒的土墙,院门还是那个用木头板子钉的那个小木栅门,韩掌柜的眼睛就红了,心说:这么多年,这娘俩在家肯定遭了不少的罪啊!我应该早点儿回来啊。

韩掌柜擦了擦眼泪,进了院子。一看,门没有插,就进屋了。走到外屋,就看见里屋亮着灯呢。他一撩门帘儿刚要进屋,不料,借着灯光,看见屋里炕上有个女的正搂着一个男的,头冲下、脚冲上地在炕上躺着呢。韩掌柜一下子就把脚缩回来了。放下门帘,他就合计:是不是自己眼睛花了?他揉揉眼睛,悄悄地把门帘子掀开个缝,细一看,没错,那个女的就是自己的老婆,她搂着的那个男的还穿着马靴呢。韩掌柜心里"咯噔"一下子,心想:"我老婆原来是多好的一个人啊,我走的时候还说等我回来,可她怎么就变坏了呢?还搂着个男的在那儿趴着?这多亏我回来看见了,要不还被蒙在鼓里呢。"

韩掌柜的越想越憋气,这火就"腾"一下子上来了,自言自语说:"可惜我一个人在外边儿风里来雨里去地拼命,你可好,在家都跟人家过了,你这不是往我脑袋上戴绿帽子吗?我今天非把你俩砍死不可。"

这么一合计,韩掌柜便伸手到菜板上拿了菜刀,准备进屋砍这两个人。可他又一合计,说:"不行,那个老道还给我三个纸包呢?说遇上大灾大难解决不了的时候让

伍 生活故事

· 961 ·

我看看纸包，我得看看他都给我写了些什么。"韩掌柜坐在院子里，就打开了一个纸包，只见上面写了一个"忍"字。韩掌柜心想：这老道莫非知道我家的事儿，特意提醒我要忍耐？好，我先不动手，等你俩醒了再说。于是，韩掌柜就拿出了烟袋，自己蹲在院子里吧嗒吧嗒地抽起烟来，顺手将纸包扔在了地上。一袋烟抽完了，他磕磕烟袋，一看，炕上这俩人还没醒，这气就不打一处来，心里寻思：这回非杀了你们不可，于是他操起菜刀，又要杀进去。

可是他转念一想，还有个纸包呢，再看看再说。他又打开一个纸包，一看，上面还是一个"忍"字。他心里合计：看来这老道还是让我忍啊，好，我就再等一会儿。韩掌柜又等了一会儿，又一袋烟的工夫过去了，炕上还是一点动静没有。这回韩掌柜可有点儿心焦了：忍，忍，忍到什么时候啊？我在这儿忍着，屋里奸夫淫妇睡得可香呢！不行，我非杀了他俩不可。他操起菜刀，又要杀进屋去。可是他一摸兜儿，还有最后一个纸包呢，算了，打开看看，完了再杀也不迟！他又掏出第三个纸包，打开一看，还是一个"忍"字！哎呀，这个老道，三番五次地让我忍，这里边儿究竟有啥事呢？行了，再等一等吧！韩掌柜又装上了一袋烟。

这回还没等他抽完半袋烟，韩掌柜的媳妇就醒了。她翻身下地，刚一撩门帘，就看见有个人坐在外屋地上，把她吓了一跳。看看这人没啥反应，她就凑到跟前仔细端详，一看，是自己的丈夫回来了，一下子就扑到丈夫怀里了，边哭边问："你多会回来的啊？咋不给个信儿呢？回来了咋不进屋呢？"说完，她就转身朝屋里喊："姑娘，快醒醒，你看你爸爸回来了。这孩子，快下地啊！"

这边儿韩掌柜正准备操菜刀呢，一听到"爸爸"两个字，连忙把刀藏在身后了，问："怎么回事啊？炕上那个人是我姑娘？那不是个男人吗？怎么？"韩掌柜一时间不知道说什么好了。

他媳妇一把就把他从地上拽起来了，说："你说什么哪，是这么回事儿，你这年年也不在家，别人家过年都是男人接神，咱家也没有男人啊。这没有男人也不能供香蜡纸马。今年姑娘长大了，过年非要供香蜡纸马，这不就穿上了你的靴帽蓝衫，女扮男装，就为了接神，供香蜡纸马呀！"

这工夫，韩掌柜的姑娘也从炕上下来了。媳妇说："还不赶快把你爸的衣服脱下去。"姑娘就把靴帽蓝衫都脱了，果然是个十七八岁的大姑娘。

韩掌柜傻了，上前一下子就把老婆孩子都搂怀里了，挺大个男人像个孩子似的呜呜地哭起来,一边哭一边说:"天哪,天哪!和为贵,忍为高,不和不忍祸先遭啊。要不是老道给了我三个'忍'呢,我今天杀妻杀子多心焦啊。"

打这儿以后,韩掌柜再也不往南方跑了,就在当地开了一个大买卖,一家三口在一起过起了团圆日子。

傻姑爷捉丑

这个故事啊听起来就和笑话似的。其实呢实在是那样,姑老爷多了之后,肯定就有捉丑的,也有当令的。不管有几个姑老爷,他都有一个像下三烂似的人。在哪个单位也总有几个捉他丑、拿他作乐的人,也不能都一样看待。

说有一个老员外家有三个姑老爷。这大的、二的姑老爷啊都有能耐,是举人、秀才的,他们都是当官的。这三姑老爷呢,是个庄稼人。其实他也不怎么傻,但家过得不错,要不人家姑娘能给他吗?就是因为他家过得好,他是庄稼人,实惠、老实、没话儿!结婚以后这两口子处得还不错,姑娘对他也都还行。

这一晃过去了一二年的工夫,正赶上春天景的时候老丈人过寿,这三个姑老爷就都来了,这三姑老爷也来了。来了之后到这儿一看呢,大姑老爷、二姑老爷都在屋里坐着正座呢。他一看,也在旁边那旮旯坐了。人家唠什么南汤北武,但他接不上,没话儿。因为他没有念过书,也不懂,另外还有点儿孬,就接不上。

他这个媳妇儿就偷偷捅他一家伙,说:"你上哪儿溜达会儿吧!干吗非在这儿坐着,一句话也不能接。这大伙儿在这旮旯净听人家讲呢,你何必在这儿傻不棱登地坐着?"

他说:"对!"听完这话就溜出去了。

他到屋外溜达会儿,正赶上碾豆儿呢,他就到碾房去了。正赶上小石屋人家哗哗地在磨上拉料呢!拉的什么料呢?就是豆子。那过去牲口都得喂豆子,猪倌就把这豆子炒香喷了之后就拉,拉好了之后拌炒,牲口爱吃。

拉的什么豆子呢?一色儿都是磨子豆,还不是黄豆。他在磨豆槽里也待不住,磨两个豆就一扔,咯噔一咬,吃着还挺香,也挺好吃。完了他就左一粒、右一把地吃着磨子豆。时间长了，他就老那么叮当扔。他还年轻，才二十几岁还能嚼动，就在那儿一直吃。那猪倌哪能管他一个姑老爷呢，他就在那儿吃。这吃完以后就到下晚儿了，席也好了，他就回去吃饭去了。

在酒宴中，他就吃不下去了。因为他还不喝酒，就吃点儿饭。但他豆子吃得太多了，所以吃不下饭了。他寻思那就喝点汤吧，他就喝了点儿汤。可这汤一到肚子里可就作用喽，因为他吃的是干豆子，豆子在汤里一泡就全胀开了。那豆子能有多大占位儿啊，可在汤里一泡就滂滂啊，一滂滂肚子也就胀得难受，肚子里就搁不住了！

到下晚儿睡觉了，老丈母娘说："这么办吧，你们仨姑爷在一屋睡吧！给你们腾一屋。"腾出一挺干净的大厨房来，说，"你们哥三个在这屋住。"人家姑娘都在别的屋住啊，各有各屋，他仨人在这屋住。大姑老爷、二姑老爷一看，住就住呗，就住一堆儿了。

住下之后，人家俩个姑爷都瞧不起他。人家该喝喝、该吃吃，说点儿笑话啊，嗑点儿瓜子儿，吃点儿花生，喝茶水啊，也不理他。他一看，就坐旁边瞅着，瞅着不一会就去趟厕所，他肚子不好受啊！

人家说睡觉吧，他们就睡觉了。那时候就兴锁门了，人家门带活锁，一掰就开，有钱儿嘛！人家大姑老爷把大门咯噔就自动锁上了，那开的时候一拧就开了，但是他不懂啊！屋里摆设东西也不少，那时候也有暖壶了，喝茶水呢，炉子里也有水。

他睡到半夜肚子就疼了，那疼得不得了。他一看，不好，要拉尼尼了！一考虑，这怎么办？就开门出去。到那儿一看，门整不开！怎整整不开，怎整整不开，他也不好喊人家，喊人家不让出去怎么办！他一寻思，唉，干脆吧！我就想办法吧！他一看，正好有一个炉子在那儿搁着呢，炉子里面茶水也都喝没有了，他就把炉子盖儿拿下去，到里屋蹲炉子上拉去了。他呀拉稀，"刺啦"一下子就干半炉，拉完以后给盖上搁桌上，完就趴下了。

趴了一会儿他又来尼尼了，又拉，把这一壶都拉满了。拉完之后就搁那儿了。他一看，还不行，肚子还疼得邪乎，这怎么办呢？正好暖壶里水也没有了。干脆往暖壶里拉吧！又往暖壶里拉，暖壶也拉一壶。拉完之后半夜肚子又疼得邪乎，那上锅吧。那小锅也不大，他揭开锅盖蹲下就往小锅里拉。锅里原来有点儿水，他又拉了点儿，等全拉完了的时候，鸡都叫了。他肚子不疼了，就趴炕上了。

第二天早上大姑老爷、二姑老爷起来了，二姑老爷说："大姐夫，咱上外边儿，去不去？"

"走吧！咱练腿去！"人家俩就去了。俩人回来之后，大姑老爷说："妈的，渴了！嗓子干的！"

"咱喝点儿水！"

"如果有茶水就好了！"

"有凉茶。"

"凉茶也没事儿，不怕！"说完大姑老爷就拿起炉子来把水倒碗里了。那时候灯不太亮啊，洋油灯啊！一喝："呀！咋这么臭呢？咋的不是味儿啊！"

"怎么个事儿？"

"不像样！"

"那暖壶里有热水，你搁暖壶里倒点儿！"

大姑老爷听完就搁暖壶里一倒，说："还是不行！"

"怎么个事儿？锅里有！"说完二姑老爷到锅里扠一把，一尝："哎哟！这锅里水怎么像屁屁一样臭呢？"俩人点上灯一看，锅里全是屎！

他俩人一看，就把他叫起来，和他干起来了，"起来！你睡死，俺们都要喝死了！你太能睡了！"

他起来了，"你们把门插上我出不去，要拉屁屁怎么办？"

最后这仨人就干到老丈人那儿去了。老丈人一看，说："拉倒吧！别打屎官司了，你们因为这玩意儿还干起来了！"

后边小姨子来了一看，"对！你们牛哄哄地喝茶叶，最后尝到屎啥模样了吧？！庄稼人就这样！"

她姐夫一听，"你这算不错，找着这三女婿啊！俺们在这屋待着还喝了一顿屎！"

傻老婆学舌

有这么一个人娶个老婆，娶的时候，当时不知怎么样；娶完以后，他老婆还不是那么傻，就是说话多少有点儿二性，干啥啥不行，嘴还要强，还不服气。

这个男的也是念书人。这天到他同学那儿串门去了,人家比他大,叫兄弟。到屋一看大哥没在家,就大嫂在家了。到屋就笑了,问:"大嫂,我大哥呢?"

她说:"啊,你找你大哥,你贵姓?"

"我姓张。"

"兄弟,你是立早章还是弓长张啊?"

"我是弓长张。"

"嗯,我知道了,这是兄弟来了,快坐下。你大哥出门了。"

"多会儿回来?"

"下晚回来。坐下吧。"

他就坐下了,说:"请问你是我大哥什么人?"

"我是你大哥桃花一枝美。"

"啊,你是我大哥的爱人,原来是大嫂啊。大哥给我拿一部书来,我打算回去看看,还没得看呢。"

"有,他还有书。"

"还有什么书?"

"他还有《前七国》《后七国》呢。"说完就给他拿过来了。

"大哥看《前七国》讲什么意思呢?"

"《前七国》孙庞斗智、《后七国》乐毅伐齐。"

"这书好啊,我得借看看。"

"这么办,你别走了,吃完饭再走。"

"好吧!"他回头一看,老太太在屋呢。

大嫂说:"到屋吧。"

他到屋一看就说:"老干妈真硬实啊,这你们的孝心感动了我啊。"

大嫂说:"唉,到这儿有啥孝心啊,稀粥烂饭将就点,到时候吃点儿大锅饭就壮了。"

他一看小孩在炕上趴着玩呢,说:"小孩这么胖呢。"

大嫂说:"祖宗吉祥,要不小孩能这么胖吗?"

他一寻思,人家媳妇真会说话。他一看说:"小毛驴挺好啊。"毛驴正叫唤呢。

大嫂说:"那是用软草芯喂的,这么欢实。"

大嫂擀的面条，面条擀好了之后就往锅里下，她抓一下没注意就掉下来了，掉她脚上了，脚上穿的三寸金莲小鞋，她脚一抬，"嘣"一下，面条又落锅里了，落得准得劲。他就笑了，说："大嫂，你干啥呢？"

大嫂说："金钩钓鱼啊。"

他一看，哎！大嫂真会说，面条掉了，捡起来还"金钩钓鱼"。

这饭也吃完了，全喝好了以后，他就说："这么办吧，我得回去了，多咱让我大哥去串门。"

大嫂说："行，去吧，我告诉他。"

他就回来了。媳妇说："你回来了。"

他说："回来了。你看人家，我今天上王大哥人家那边去了。到屋我不认得老王大嫂，就问是大哥什么人，人家说是'桃花一枝美'，人家就是拐弯说是老婆。另外，我说人家老太太硬实，人家说'稀粥烂饭将就的'；说小孩好，人家说'祖宗吉祥'；说毛驴壮，人家说'软草芯喂的'。你看人家说得多好听。我又说看看书，人家说'《前七国》孙庞斗智、《后七国》乐毅伐齐'，人家说的都是书名。人家怎么娶个好老婆，像你啥啥不懂。"

媳妇说："怎么不懂，我还不懂？这两句话，我还记不住？等他来，我给你说说，比她说得还好听。"

他说："那好吧，你记住没？"

媳妇说："记住了，就'桃花一枝美'记不住。"

他说："那有办法，你把桃树掰一枝搁屋里，一看桃树就记住了。"

媳妇就把屋外桃树掰一枝，插外屋老祖宗傍拉了，还结几个桃。没事她就叨咕："桃花一枝美。"记不住，就看桃树，就想起来了。

正好，过了不多日子，这男的没在家，走了，人家就来了。大哥知道这是兄弟媳妇。她一开门，说："进来吧。"

到屋一看，说："王公子没在家吧，你是王公子什么人啊？"

她一下就忘了，就往屋里瞅，一看桃，桃放时间长了，就烂了，就说："我是他烂桃烂杏啊。"大哥一看，哎呀，这兄弟媳妇真不会说话。

到屋一看，问："老干妈在屋没？"

她说："在屋呢。"

"老干妈挺硬实啊。"

"软草芯喂的嘛!"

"小孩不错啊。"

"众人帮的。"

他一听,我的先生,可别说别的了。就问:"我兄弟的书,《前七国》《后七国》看完没?"

"看完了,书不错。"

"我兄弟看书净什么意思?"

"前部是前脚腕,后部是捅后屁股蛋。"

他一听,说:"不用再说别的了,我得走了。"

她说:"不能走,得吃饭,不吃饭不行啊!你兄弟知道不吃饭,回来能让我吗?"

也擀面条,会擀面条。擀完往锅里下,故意弄几根到脚上了,她穿的大鞋,这一卷,连鞋扔锅里了,连面条带鞋帮都掉锅里了。大哥说:"哎呀,弟妹干啥呢?"

她一看没法说金钩钓鱼,反应也挺快,就说:"大脚鲇鱼喝老汤。"

这个大哥说:"哎呀,行了,行了,我要回去了。"就回去了。回去告诉媳妇:"这个女的可了不得,顺嘴开河啊。"

异文:笨媳妇学舌

有这么两个书生,张生和李生。有一天李生上张生家串门去了,想到那儿借本书。到地方了,张生没在家,他媳妇在家呢,李生就问:"我大哥没在家吗?"

那媳妇说:"没在家出门了,一会儿就能回来。"

李生就问:"你是我大哥什么人哪?"

那媳妇说:"我是'桃花一枝美'。"

这李生就明白了,说:"你是大嫂吧?"

那媳妇说:"是,我是你大嫂。"

这俩人进屋了,李生到处瞅瞅,说:"大哥这屋不错,挺宽敞,房子盖得挺好啊。"

这大嫂就说了:"可不是盖得好呢,我们个人没多少钱,众人帮的,大伙儿帮着盖的。"

李生一听这说得挺好听，看到老太太了，就说："老大妈挺硬实。"

大嫂说："也没有好吃的，就稀粥烂饭将就的，到岁数了吃点烂糊的不就好吗？"

李生说："小孩不错。"

大嫂说："祖宗吉祥。"

李生又说："毛驴挺欢实呀。"

大嫂说："那是原料精着喂的，不喂好能这么欢实吗？"

李生一看，这大嫂太会说话了。等不一会儿张生回来了，就留他吃饭。这媳妇煮的面条，往锅里下前儿一下子没注意，就有一绺掉下来了，这媳妇麻利呀，用穿的小鞋一勾就踢进锅里了。李生就问："大嫂你干啥呢？"

大嫂说："我这是金钩钓鱼。"

李生说："哎呀，你的手艺使唤得太好了。"

吃完饭要走了，李生就说："大嫂，我大哥说的那书好不好？"

大嫂说："这书不错，《前七国》孙庞斗智、《后七国》乐毅伐齐，挺好，你拿去吧。"

这李生是特别佩服，觉得人家大嫂真会说话，他就回家了。回家以后他就跟他媳妇唠叨："你看人家媳妇多会说话。"

李生这媳妇说话有点咬舌子，还不服气，还笨得邪乎，这时候就说了："她怎么会说，你教教我她怎么说的，我学一学。"李生就把人家媳妇说的都说了一遍。

他媳妇说："那我还不会说了，我也会说，你让他来我给他说一个。"

李生就嘱咐她，她就记不住这"桃花一枝美"，李生："这么办，我折一桃枝插外屋，你忘了往外看就想起来了。"

他媳妇说："对，好。"李生真折了一枝，上面带两个小桃还挺好，就插外屋了。

过去没有七八天人家取书来了，李生故意躲出去了，跟他媳妇说："你在这儿说，我上书房待着去。"就躲到书房了。

张生这工夫就进来了，说："哎呀，我兄弟没在家吗？"

伍　生活故事

她说:"没在家出门了,一会儿回来。"

张生就问:"你是我兄弟什么人哪?"

她就往外瞅,一看那桃时间长都烂了,就说:"烂桃烂杏。"

张生到屋了一看:"这是老干妈吧,挺硬实的。"

她说:"那原料精着喂呀,要不能这么硬实吗?"

张生一听说的什么玩意儿,看着小孩了,说:"小孩挺好。"

她说:"众人帮的。"

张生说:"房子挺好。"

她说:"祖宗吉祥。"

张生说:"毛驴挺欢实。"

她说:"稀粥烂饭讲究的。"

整个这点事儿全让她说反了。这时候李生过来了,一听她说得乱七八糟的就不高兴了,说:"别说了,赶快整饭吧!"

等到面条擀好了,她往锅里下的时候故意也掉一撮,她鞋大呀,这拿脚一踢"啪嚓"一下连鞋带面条全砸锅里了。张生就问她:"弟妹,你那是干啥呢?"

她说:"我这是大嘴鲇鱼喝老汤。"

这给李生气的,说:"我的先生啊,拉倒吧你呀。"

等临走了,张生就说:"弟妹,我兄弟看的书好不好?"

她说:"好,前部书兜你前大绊儿,后部书兜你屁股蛋儿。"

这张生一听:我是你大伯子,你说的什么乱七八糟的,转身就走了。

李生说:"行了,下次咱俩也别出去就完事了。"

傻子办年货

有这么一家啊,哥们儿三个,这个老的是傻子,但是媳妇挺尖。一年当家办事儿啊,总是大哥办事儿。这兄弟媳妇就寻思:大嫂搽胭脂抹粉的,买点什么就不难,是不是大哥办完事儿之后剩两个钱儿,回来之后好给她买点儿啊?你说大哥办什么事儿都是他办，俺们这个傻子光干活儿，哪儿也出不去，一分钱也捞不着。我连个买洋火儿钱都没有，我和你一起过得多难吧。

这媳妇儿就和傻子说："这傻子，你太完蛋了，我和你冤得慌啊！你啥也不能办。"她这一说，把傻子激火了，傻子来劲儿了，就和他大哥说："今年过年，买东西我去，不用你们。办年货找我办去。"

他大哥也笑了，别人也笑了，嫂子说："让他去吧，照顾照顾吧，要不他还寻思多大便宜呢。"

大哥就说："好吧。"傻子就去了。媳妇儿告诉他怎么怎么办货。他就去了。

傻子嘛，他去了一考虑，拉个毛驴，拿个口袋，拿着钱就去了。到了京城，大买卖不少，他也不知道在哪儿办哪，上哪儿买去呀。他一考虑，说这上哪儿买去呢？他瞅了不少下，也没有适合的东西。

这年货买啥东西呢？正好儿，到了晚间，天黑了。他想：我得找个住处，得住一宿再说。一看，哪儿也没地方住，也不知道住旅店。一看旁边有一个大猪圈，猪圈挺干净。里边养几个母猪，有那么几头猪。有一个格儿还闲着了，里边还铺着草。他一想，在这个里边过一宿也不能冻着，也没事儿。他就把这个驴拴到外边了，驴身上有个褥套，他就连着搬到猪圈里边，就趴下了。

他这一进去猪就叫唤，"哏儿嘎的"，这一叫唤东家出来了，说："干什么？偷猪的！"就把傻子给拽住了。

他说："不是啊，我是办年货的。"

"你办年货咋跑猪圈办来了？"这家就要打他。后边就说："罚你！"

他说："罚什么都行啊。"

人家说："那你给拿二两银子吧。你把猪给整惊了，不爱长了。"

傻子说："二两银子，行啊。"他就给拿了二两银子。他把二两银子给了人家，一合计，一共带了几两银子，这都给人家一半儿了。这年货怎么办呢？这办年货也不够了。他这才把驴拉出去，没走多远就听见有人喊："打牙八个，打牙八个。"他一摸自己的牙，心说：我这满嘴的牙打完了，还能卖不少钱呢！一个牙卖八个大钱儿，我要是打上三个五个的，卖上二十几个大钱儿也顶点事儿。也值惊动人家猪给人家拿的那二两银子了。他说："这么办吧，你给我打吧。"

"打几个？"

他说:"打五个八个都行,你就打五个吧。"就给打了五个牙,打完之后,人家说拿钱吧。

他说:"什么?!你不给我钱吗?"

人家说:"还给你钱?你牙疼给你打牙,还给你钱?一个牙八个,你给四十个大钱。你不一共打了五个牙吗?"

傻子一看,哎呀!这可憋气透了。这活儿给办的,没啥事儿还给人家拿了四十个大钱儿。这也没办法,就把钱给人家了。

完了正往那边走呢,就又听到人家喊:"黏货,黏货。"欸,傻子看这回总算遇着年货了!这是干啥的呢?卖切糕的。大切糕坨子,他一摸兜里还有一两多碎银子,还有大钱二三十个。"这么办吧,就可着这货,买吧。"买完就回去了。就全买了,买完就驮着。就把切糕给驮回来了。别的香火、纸马、财神爷什么的都没买,他也不懂啊,就回来了。

回来之后就到家了,到家他大哥大嫂一看,说:"这回来了?"

他说:"回来了,买住了。"

到这儿他媳妇一看:"这买的什么呀,都是?"

他说:"年货呗!"

媳妇就说:"你呀,你呀!年货在哪儿呢?什么叫年货?"

"你尝尝那黏不黏哪?不黏你再找他去。"

"年货是这玩意儿吗?你净胡扯!"

他说:"人家招呼着卖的就是年货。"

他大哥说:"你钱怎么花的?"

他说:"花得一点儿没剩,剩的全都买年货了。"

他大哥就问:"那么些钱呢?"

他说:"那我给你报个账。惊猪二两。"

他大哥说:"惊猪二两,我看看是什么样的?"

他说:"什么,能看着吗?打牙五个,余下的买年货。"

大伙儿一看他还挺横的。什么惊猪二两、打牙五个的?他媳妇就说:"你拿出来,我看看还不行吗?"

他说:"什么看哪!"他就把怎么住人家猪圈,将人家猪给整惊了之后,包人家二两银子,又打五个牙的事儿说了。"不但没给我钱,还给人家钱,把我给骗了。"

大伙儿一看,他媳妇也哭了:"你呀,你呀!这跟你过这一辈子我冤不冤啊,叫你出去办点年货,出息出息,寻思能剩下给我买点儿东西,不但没剩下,把牙还给掉光了,还打下去五个牙。我说你冤不冤哪?拉倒吧,今后就别出门儿了。"从那以后他就不出门儿了。

傻子卖马

有这么一个媳妇儿,她挺尖,虽然她尖,但这个女婿傻点儿,不过家过得不错,有钱,要不她怎么嫁给他了呢。媳妇儿挺正义,就跟他过得不错。

正赶上这工夫他家牲口多,牲口多就不能养闲马了,骡马下了小马,小马长大之后,一骠子马得把它卖了,所以媳妇儿就告诉傻子,说:"傻子,你去把马卖了吧!"

傻子说:"去吧!"

他这个傻子还有个爹,临走之前他爹说:"你去是去,到那儿卖马的时候,你记住,现在的人好说没有钱,就想赊。到集上,你把人家名儿记住,叫他开个名儿来,在哪儿哪儿住,到什么时候好取钱去,要不你怎么能把赊的钱要回来呢?"

他说:"那行。"

媳妇儿说:"你去吧!没事儿。"

他就去了,他到集市上一卖,别人一看这马好啊!就有个三十来岁的半大小伙儿来搭个,一说,讲妥了。讲妥了之后,这小伙儿说:"这么办,我现在是没有钱,到时候我给你送去,再不你找我去我再给也行。"

他说:"赊你也行,你姓什么?"

小伙儿说:"我告诉你真话,我叫'西北风一条道',你到时候找我就行。"

他一看,说:"你在哪儿住啊?"

小伙儿说:"我在北头洼住。"

他说:"行啊!"

他就记住了。回家之后一说,老头儿一听,说:"这叫什么名儿啊?咱也没听过这个名儿啊,又什么北头洼,又一条道,西北风的,叫的啥玩意儿?"

媳妇儿说:"不用问,没事儿,能找着。"

媳妇儿精明。一晃儿到冬天了,到要钱的时候了,媳妇儿告诉傻子要钱去。

傻子说:"到哪儿啊?"

媳妇儿说:"我告诉你,到塞北川。"这是那人住的地方,她告诉他:"都是最寒冷的时候有西北风,一条道是路,你找韩路就行。"这个人姓韩名路。

傻子就去了,到那儿之后一打听:"韩路呢?"

韩路真在家,哎呀!这傻子真找着了,这家伙找得真挺准。到这一唠扯,说:"好吧!马钱给你拿去。"傻子就把马钱照数拿去了。

韩路问他:"谁告诉你找到我的呢?"

傻子说:"我媳妇儿。"

这么一说,韩路说:"好啊!这么办吧,这要是你媳妇儿找着的话,那说明你媳妇儿挺聪明啊,我给她捎点儿东西去,你别给别人,给你媳妇儿就行。"

傻子说:"好吧!"

包完东西就让他给捎回去了,这傻子回来之后,把钱扔炕上,看韩路给了东西他挺乐,就捅咕媳妇儿:"他让我给你捎点儿东西来,一个包呢!"

媳妇儿打开一看,什么呢?有一个肉疙瘩,一朵花,一棵葱,媳妇儿寻思:哦,你这是告诉我,聪明伶俐一朵花,何必配一个死肉疙瘩呢?这肉疙瘩就是傻子,我太屈了。就告诉傻子:"我不能跟你过了,你太不像话了,啥也不是呀!你看人家韩路多聪明,我非嫁韩路不行。"

傻子一看,就哭起来了,他没办法,就跑韩路那儿去了,到那找他,说:"得了,你让我拿那个包,这回粘包[1]了,她不跟我过了。"怎么怎么跟韩路一说。

韩路说:"那好吧!不怕不怕,你不骑马来的吗?马上不备着鞍吗?你回家之后再备一个,备两个鞍子,她看着以后就不来了。"

傻子说:"是吗?"

韩路说:"是。"

所以傻子回家了。媳妇儿一看,傻子回来了,他下马之后,没由分说,到下屋

---

[1] 粘包:被讹诈、出事。

把鞍拿出来，又扣上一个，扣上以后，就不能骑了，高，骑不上。媳妇儿一看，说："咳！韩路韩路啊！你的意思是'好马不备双鞍鞯，一女不嫁二夫郎'！韩路你这一封信不要紧，但把我命坑了。"所以怎么的呢？媳妇儿一听说韩路，"我就死你跟前吧！"所以他回去以后，他媳妇儿就死屋里了，马也不备了，媳妇儿也不离婚了，算完事儿了。

这是什么呢？后尾儿这成了个谜语，意思就是在骂她，过去不是有那会唱的蝈蝈嘛！这东西到寒露非死不行呀，那再早不是有说的嘛！"寒露不算冷""寒露霜出变了天"，到寒露地里这蝈蝈还有那蚂蚱呀，虫虾儿啥的都死，所以一到寒露全完，不到寒露还行，一到寒露就"把我命坑"，把命要去了，意思就是死在寒露跟前了。

上行下效

要不怎么说父母是孩子的老师呢。这话一点不差，上行下效！

有这么一家，儿子和媳妇，还有一个老头儿。老太太死了，剩下个老太爷。老太爷岁数也大，也七八十岁了。因为身体不好，走也不能走，哪儿也不能走，瘫在炕上，屁屁、尿啥的都在炕上，就能挂个棍子将将巴巴走两步。走不了，就只能在炕上待着。有时候走道走不了，拉屎就往炕上拉。儿子就给打扫，媳妇就骂："老不死的！老不死的！"儿子也骂："老不死的！"

这两口子骂完，他家有个小孩儿。那个小孩儿多大呢？一个十二三岁的小小子儿。

这个小小子儿就叨咕，到学校也叨咕，他说："谁都能死，俺们家就我爷不能死！"

别人就问："怎么不能死呢？"

小小子儿就说："我爹说他是老不死的！这老不能死！"

老师一听，心想：这是孝子啊！盼着他爹老也不能死啊！

其实这是恨他爹，骂他老不死的。这是误解，还以为他是一个孝子。

这小孩儿的老师就说："好啊，你跟你爹算学对啊！你爹怕你爷爷老，不让你爷爷死，这事儿对！"

这个小孩儿就回家了，就说："我在学校说了，我爷爷是老不死的。"

过几天了，他爹就烦大发劲儿了，和老伴儿一合计了，说："干脆吧，这也开春了，这么暖和了，就领他洗洗澡去。我抬他，抬过去，洗完澡把他一扔就完事儿，就淹死他算了！就说他个人洗澡淹死了。"

他就说："这个主意好不好？还不在家，还不用发送了。在家死的，还得发送，还得求人，还得吃饭，还得买棺材，还得穿衣裳……这一发送得钱了！这在河里呢，大筐往里一抬就完了呗，他死里就完事儿了。"

他媳妇说："这是个办法！神不知鬼不觉的。"

第二天，他一合计就告诉他爹，说："走吧，我领你洗洗澡去，身上太埋汰了。"

因为这夏天，这堡子小，没多少人家。就抬到荒郊野外一个泥水坑就去了，小孩儿也跟着去了。就想着玩去了，就跟着去了。

抬到河边上之后，就找到有水的地方，他俩（儿子和媳妇）就下去了。扔不了啊，就往下下。等水没腰身，一看这个时候行了，下下去之后，按下去之后能没了，就把筐一点点没下去。

老头要没影了，剩不多少了，儿子就说："走吧。"俩人就回来了。

回来之后，小孩儿也回来了。小孩儿走半道就问他："爸爸，那回家你怎么说啊？"

他爸就说："爷爷就这样，让他下河里去算了。到老了之后，没用，就不如早死一步，省得累赘人！"

小孩儿就说："对啊！爸你说得对！爸爸，你的筐怎么没拿回来呢？不拿回来拿啥用啊？爸你等会儿我，我取去。等你老的时候，我也好把你装里头，往里扔啊！要不没有筐啊，我不用整（编）筐。"

他爹一听，说："哎呀！我的天啊，可了不得了！我还没怎么的，他就要学我的方法就要扔我了，还要把筐捡回来！"

他爹说："这么办，孩子咱回去取筐去。不但取筐，把你爷爷也取回来。我是看你爷爷身上埋汰，我是想给他涮涮，在水里泡一会儿，要不能洗净吗？我回去给你爷爷好好擦擦。"

他爹就对他儿子说："这老人你得恭敬啊！不恭敬不行啊！老人死了以后你给他埋起来多好啊！另外，你也不能让他死啊，他活一天算一天啊！"

他爹回去之后，就给老头儿搓搓身上。擦完身上之后，又抬回来了。

抬回来以后，他孩子说对，和他爹说："爹你说得对，这回洗完了干净。明儿个你到老了以后，我也给你擦身上，我也天天这么恭敬你！"

他爹一看，心想：这上行下效啊！就告诉他老伴说："不行啊！在孩子跟前，你可得注意啊！你看咱们还没怎么的呢，就要学咱们，到老了把咱们扔河里头！"

要不怎么说是上行下效呢！

烧麻花圈

过去那个时候啊，细粮少，困难得邪乎，吃点白面都吃不着。

有这么一家，这家有老头儿，有老太太，还有两个儿媳妇，大儿媳妇和二儿媳妇还挺和，都不错。

这天俩儿媳妇都在炕上干啥呢？都在炕上整纺线车子，那时候没有布，都纺线织布嘛，纺完线才能织布呢！

到傍晌了，老太太没在屋儿，这大儿媳妇一合计，就捅二儿媳妇，说："你去弄点啥吃，咱就偷着吃点啥。"

这二儿媳妇说："咱有面，和点儿面吧。"

这二儿媳妇就搁外屋儿偷着和了点儿面，和完之后，就把面搓成了小麻花，搓完之后就往灶坑去了，到那儿把它转成一个圈儿一个圈儿的，就搁灶坑里烧。那白面烧好之后，比别的好吃呀，之前她也烧过，这回又烧上了。

正烧呢，老太太回来了，回来坐屋儿就瞅着儿媳妇纺线，"扑棱棱"的。

大儿媳妇一看，寻思：怎么办呢？别烧煳了呀，烧这玩意儿是要吃的，要烧煳了吃不着，不就白扔了吗？她是想告她兄弟媳妇儿："你看看行不行，扒出来，别烧煳了，完了咱偷着吃。"

这大儿媳妇就说了，怎么说的呢？说："纺线车扑棱棱，我说话，弟妹听，咱俩的圈儿圈儿还生不生？"

这老太太一听，心寻思：什么圈儿圈儿的，熟没熟、生不生的！

这工夫，这二儿媳妇就假装上外头去了，其实她是到外屋的大灶坑看去了，那

伍 生活故事

是烧木头的灶坑呀，她到那儿扒拉扒拉，一看，稍微差点儿，没太熟，里边儿还黏点儿。

这二儿媳妇过来之后，纺着线，心里就叨咕：说啥呢？她寻思一会儿，就说了："纺线车扑棱棱，弟妹说话嫂子听，咱俩的圈儿圈儿还半边儿熟来、半边儿生！"

老太太寻思："这玩意儿是什么意思呢？哎呀，她俩这是暗语呀！我看看去！不是在里屋纺线，咋还上外屋那儿鼓捣去呢？"不说。

单表老头儿回来了，他到外屋儿一看，灶坑上冒着烟，他就扒，一扒就扒出白面圈儿了，烧得喷儿香呀！老头儿一闻，挺香，他也有牙口，就拿出来吃了。

他寻思：不用问了，这准是老太太馋了烧的。他没承想是儿媳妇烧的，他要知道是儿媳妇烧的就不吃了，老头儿也挺有自知之明呀。

那白面圈儿烧得不多呀，他吃完之后，一看，就剩了几个，这老头儿寻思：咳，把它都吃了吧！正吃呢，老太太去了，老太太到那儿一看，说："哎呀，你给吃了？"

"啊，这不是你烧的吗？"

"哪是我烧的呀，怨不得俩儿媳妇在那旮旯念咒，'纺线车扑棱棱，圈儿圈儿熟没熟、生不生'的，原来是指这玩意儿说的呀，你都给人吃了？"

"可不是嘛，我吃得都撑得慌，可撑坏了！我给你剩点儿吧，还不好办，我以为是你烧的，寻思都给它吃了得了，我怕人家儿媳妇看见了不好看。"

"咳，你可真是呀！哎呀，人家儿媳妇在屋儿还等着呢，得了，我得告诉儿媳妇一声去！"

老太太就到屋儿了，一看，那纺线车"扑棱棱"地正纺着线呢，老太太就也纺上线，叨咕说："纺线车扑棱棱，我说话儿媳妇听，你俩那个圈儿圈儿事儿啊，好悬没撑死老公公。"

俩儿媳妇一听，就笑了。

时来易借银千两

有这么一个学生，叫张公子，结婚以后，两口子确实处得也不错。他们有一个小孩儿，不大。这个媳妇能干，他也挺能干。但是张公子还想念点儿书，考个一官半职的，他就黑天白天地苦读。

媳妇说："这么办，活儿你少干，多看书。凡是地里的活儿，都是我个人伺候。"

媳妇也挺要强，就那么干。一晃多咱呢？他俩都二十七八岁，快到三十岁了。这天张公子说："三年一科考，今年是大比之年，这书我都念得不错。头一回没考上。这次我还得到京里考一考，万一能考上呢？"

媳妇说："你去吧。"

去是去，这钱也是问题，家里实在是没有钱。张公子说："没钱不要紧，我半道儿要着吃，够我吃饭就行，别的不寻思。"

"你光要着吃也不行，住店不给人钱行吗？"媳妇没办法，就说，"这么办！"她就把结婚时候的首饰全都拿出来，连几件好衣服都卖了，给他凑了几两银子，说："你这回拿着做盘缠，去吧。"

临走那天，媳妇说："咱俩要分别了，你明天就走了，今晚儿欢送欢送你。"媳妇就个人炒了点儿土豆片，又整了两个菜，说，"我弄点儿酒去，为了欢送你，和你喝两盅，答对答对你。你这回高兴的话，好能高中呢！"

正赶东街有个卖酒的杂货铺儿，挺大的铺儿，掌柜的也挺好的，大伙儿都管掌柜的叫大叔。媳妇就去了，说："大叔啊，正好，我来这儿没别的事儿，我打点酒！"

掌柜的说："打吧。"

媳妇拿出一个酒壶，这么大的酒壶能装四两酒。到那儿打完以后，她说："大叔，可有一样儿，我没拿钱来呀！你侄儿今年科考去，我寻思欢送欢送他，打壶酒，你也写上账，到时候我给你钱。"

掌柜的说："那可不行！那俺们做买卖有个规矩，不能赊账，现金交易。那你赊账，哪天能给呢？"

媳妇说："你看，我都打了。"

掌柜的说："打了你不会再倒里嘛！"他拿过去"哗"地就把打好的酒倒酒缸里了。

媳妇一看，眼都愣了，这打完的酒都倒回去了，说啥也不给赊。她打了个唉说："可惜啊！"她出来就淌眼泪了，说，"人要穷啊，就完哪，哪儿有这么撵人的？"她就回家了。

伍 生活故事

到家，媳妇和他男的说："得了，你别喝了！"

媳妇就怎来怎去地一说，张公子就说："咱不喝就不喝！我就不让你去，你这还愿意去。没事儿，不喝酒不也一样儿嘛，那也不是喝酒就能考上，不喝酒就考不上。再说等考上之后，有钱再喝酒。"

俩人还说了两句笑话，男的挺会来事儿，就把媳妇拽过来，俩人握握手，说："这么办，咱俩再见吧，我走了。"

第二天早上他就走了。

张公子走了以后，媳妇就寻思，看他考得怎么样吧。

到了京城还不错，张公子去了没有一个月，那边儿喜报先回来了，真考上了！

这媳妇在家就等喜报。这天从外边儿来了两个骑马的，到这儿说："报喜！报喜！你们家张公子考上头名状元啦！"

一听，这媳妇就跑出去了，这家伙乐坏了！人家俩报完之后，就等着要喜兴钱儿呢，她一看，马上就直眼儿了，说："哎呀，这怎么办啊？"

她明白啊，媳妇也念过书，心里说："我没喜兴钱儿，答对不了人家！"她就说："这么办，二位公差，你们稍微候一候。说实在话，我们家穷，没钱。没钱也不能就让二位空手走，我哪管给买几包烟，给你们拿去呢！"

媳妇就意思说不能让人空手走，这是规矩。她急速一看，就那一个商店，没别的，还得上那家去啊。到了那儿，她也不会说啥，就说："大叔啊，你高低把那小包烟给我拿两包，我没钱，明儿我要有钱再给你。你赶快，我有急用。"

掌柜的当时就说："没有了，小包烟卖没有了，一点儿也没有！"

"哎呀！"媳妇说，"那可怎么办哪？大叔啊，你侄儿考上了头名状元，人家报喜来了，我不给拿两包烟说不下去啊！"

掌柜的一听，笑说："你这孩子，真实诚啊！那小包烟没有，我有大包的呀！你看，拿小包的多不好看哪，来！"

这掌柜的就上了个大包烟，这一包好几斤，是好烟，最好的烟。他说："拿两包！这是喜事儿，拿去，拿去！状元郎多咱回来？"

媳妇说："明天到了。"

掌柜的说："好！我帮你张罗，这得贺喜！"

媳妇就把大包烟拿走了。单表第二天，这掌柜的就来张公子家了，说："这么办，人家车来之后，你没有东西哪行！你急速到我那儿去，我那儿有油、有酒、有菜。"

媳妇说："我也没有银子。"

掌柜的说："没有不要紧，先记上账，以后再说。"他就把东西拿来了不少，有几十两银子啊！东西全预备好了，就预备酒席。

正好到下午，张公子就回来了。这是前有顶马，后有人马，坐着八抬大轿，那人多得邪乎，兵也来不少，像样啊！这边儿席也给预备好了。

张公子到家一看，就问媳妇，说："你这是怎么预备的呢？我寻思没预备，咱就不待了，咱穷，没办法。我现在还带回钱来了，外边儿赏我的钱，赏我挺多银子。"

媳妇说："别提了，我到那儿买两包烟，他不卖。后尾儿我一说你考上了，那当时掌柜的就给我拿大包烟。这回都是他主动，都是他拿来的，这席都是他拿来的，都是大叔给操办的。"

他就说："那行啊！"这个状元爷一寻思，寒心地说，"可惜啊，这人太眼薄啦，瞅这人真了不得！"

他就拿起笔来写了副对联。这联写的啥呢？上联是"时来易借银千两"，下面儿说"运衰难赊酒一壶"。就是运气走了，那是一壶酒都赊不来啊！

掌柜的一看，这不正是说他呢嘛，他头低下就回去了，也没跟张公子唠。人家张公子算完账，把钱也还了。从那以后张公子就不交那掌柜的了。

世上哪有脱尘人

有这么一个王公子，他是进京赶考的公子，家过得还不错，也有钱，他就带着钱进京赶考去了。

到天要黑的时候，前无村后无店的，他正好走到一个山坡上。那儿有个大庙，庙里头修了像，他在远一看，是山观寺。他到那儿去一看，大门插着，就拍门说："老师父，请方便方便吧。"

这时候门就打开了，一个小和尚出来说："你是干啥的呀？"

王公子说："我是走道进京赶考的一个举子，走半道赶不上村店了。另外，我还饿了，能不能方便方便，我到屋吃点饭，在这儿借一宿？"

这个小和尚说："这么办吧，你上后尾儿去，我和师父说说。"

小和尚到师父那儿一说，老师父岁数大了，那庙里有好几十个和尚呢，他说："行，那进来吧，咱庙还能差一个人吃饭嘛！"就让他进去了。

让进屋以后，老师父一看这小伙儿长得挺好，挺精神的，还是念书的学生样。老师父就说："好吧，这学生还挺稳当，挺好！这么办吧，吃饭。"

饭就做好了。

饭全吃完了，要睡觉的时候，老师父说："这么办，这位施主呀，咱庙有个规矩，不管哪来的，找宿的还是干什么的，咱们是吃四方，予四方方便。但有一件事，你住下之后，必须得拜拜佛，要获得老佛爷的准许。咱不要求别的，你到佛前拜一拜，然后回来就可以睡觉了，意思就是俺们已经申请老佛爷的同意，让你在这儿存了。"

他说："那行。"他就去了。

这庙是个有钱庙，那大佛堂修得像样呀，到那儿他就跪下了。香是现成的香，他点了三炷香，点着以后就往香炉里插。往香炉里插的时候，他一看，这个香炉是个金香炉，这么大的香炉要论分量得有个十斤八斤的，那锃亮的黄金呀！

他就合计：这太有钱了，这庙里有个金香炉！一般都用铁香炉、铜香炉，它用金香炉，这个庙真有钱呀！

他这一打神[1]的工夫，这个老师父就看出来了。这老和尚也挺精，也就五六十岁。

他上完香之后就回去了，回去他就寻思："今年科考我还说不定考不上，那个金香炉要是到我手上，够我活一辈子了，这可是个宝呀！那么多黄金，寸金寸金，一寸就一斤，那么大一块得有个十斤八斤的，够活一辈子的。"他就这么寻思着。

单说老和尚。老和尚回到方丈那屋后，就寻思："今儿这个学生瞅着挺好，但是心太小。另外，我看他上香，看到金香炉一打哽儿[2]，一瞅脑子立马就有反应。我今儿晚上得搁人看着，别让他给我偷跑了。偷跑了，我不是白给庙上攒这么多年了嘛！"他就告诉两个小徒弟："你俩去看着，就在门口这旮旯儿坐着，装着念念经，

---

[1] 打神：走神。
[2] 打哽儿：停顿。

也别特意看着。"

小和尚说:"好吧。"这俩小和尚就去了,把板凳一搬,堵在门那儿就念经,一个夏天景儿,搁屋外也不冷。

这个学生半夜起来了两回,一看进不去屋,人家和尚堵在那儿念经呢。他就知道这是看上了,心想:"这是完了,没个动了。"他就没敢再动。

到天亮了他也没偷。天亮之后,他就起来了,刷刷牙,漱漱口。一看老师父正摆弄药材呢,他就问老方丈说:"这是药材?"

"嗯,这是药材。"

"这药可不少采。"

"俺们这药都是搁这山上和远处山上采来的,采来的百草之药。采完之后配配药,俺们好舍药,当地群众有点病啥的,吃这药能治治病。"因为那时候大夫也不方便,不像现在呀。

王公子一看,说:"啊,这药挺全呀!"

老师父说:"不全呀!都采全了,就缺一样药,俺这山上没有,最远的东边山上有,就是冬虫夏草。这个药冬天是虫子夏天是草,虽然是不太屈贵,但也挺值钱,咱这儿就是没有,要能采到那药就好了。"

他问:"什么样的?"

老师父说:"俺这有几棵,不大点儿,你看看。"

一看,他说:"啊,就这样的呀。"就是草切完之后搁水一泡就变成虫子。

他吃完饭就走了,就奔东山走,走了半天,又走一个山,正好看见山上有冬虫夏草,他说:"哎呀,这里有,太好了!正好几堆呀,我撅了吧。"他就"咔咔"往外撅,撅了那么一捆冬虫夏草,能有不少呀。

"这么办吧,我别走了,给他送回去吧,老师父需要这个药呀,挺缺的。"他背着草又回来了。

走了半天,下晚回到庙里天就黑了,他说:"师父,我又回来了,特意给你送冬虫夏草来了。我在道上捡的冬虫夏草,看到我就给撅折了背回来。"

老师父说:"哎呀,这太好了,这么不老少,这可太值钱了,买不着!"

他说:"我啥也不要,就给你送来就行,你也舍善,我也送个人情。"

老师父挺乐,就说:"好吧,预备饭。"又预备了饭优待他。

待完他之后，老和尚和徒弟们说："不用看着了，这个人挺正义，冬虫夏草这么屈贵他都没拿去卖，他要拿到市场上还不卖十两八两银子的，他都没要，这么远，还特意给我送来，挺正义！"

这就没再看着，老师父也睡觉了。

老师父睡到天快亮的时候起来了，起来看看烧火没有，人家学生还要走呢。出去以后，老师父就寻思："我再看看，他动没动庙里的啥。"就把庙门打开了，一看，香炉没了。再到学生那屋一看，巧了，学生也没了。

老师父一问底下的人，底下人说："昨晚黑的时候，他就起夜走了。"

老和尚说："得了，这看起来都是胡扯，这什么学生呀？冬虫夏草还是没有黄金值钱呀！这不行，我得撵他去，他往东去的，进京赶考的道我知道，我得撵他去！"

这学生什么事也不知道，他走得早呀，半夜走的。

老师父吃完早饭就撵他去了，一走就走了一天，也没撵上这个学生。那学生走得也快呀，还不知道奔哪个线儿走。

老师父一直走到天黑，走到哪了呢？走到一个堡子西头的一个大院，天就黑了，走不了了。就这么孤单单的一个院，院子挺大，瞅着修得挺像样，雕梁画柱的，是个有钱人家。

他到大门那就拍大门。一拍门，屋里就问："干什么？"

他说："开开门。"

门开了，他一看出来个女的，二十四五岁，长得挺漂亮的一个小媳妇。

过去和尚都尊称女的为菩萨，老师父就说："菩萨呀，我是庙里的，走到赶不上路了，到这旮儿还没吃饭，能不能在你这儿住一宿？饭不饭的不说，我倒是不饿，我住一宿，不能住露天地呀。"

女的笑了，说："老师父呀，我这里不方便啊，你看看。"她把门又打开一点儿，他就看见一个"贤孝牌"，写着"冰身守节"。

女的又说："我有男人了，男人死了之后我就守寡，没出门子，所以受皇封了。经县太爷报到县里，县报到省，又报到京城，京城批下来，给我立了'贤孝牌'。我这个立着'贤孝牌'的人，哪能招男的搁这儿住呀。"

老师父就说："那不对，你要是不招我，我就是住在露天地里让狼吃了，你也于心不安呀！我一老和尚都五六十岁了，还有啥可怕的！"

女的一寻思，说："那行，你进来吧。"

和尚就进来了。

进来以后，到了西厢房，那女的说："这么吧，这北头现成的有床、有铺的，挺干净，预备早晚来客住的，你在这屋住吧。"

老和尚就在这屋住下了。住下之后，女的给他拿来了点吃的，和尚说："我不太饿，垫巴点就行。"

这是黑天的事儿。不一会儿，点了灯之后，和尚就听大门"拨棱"响一下子，他挺精神，扒窗户一看，是这女的出去把大门开开了，进来个小伙儿，二十多岁，挺帅，长得挺好，一个阔公子样儿。小伙儿进来以后，俩人手拉手就进屋了。

和尚就寻思：哎呀，这怎么回事呢？她是一个冰身守节的寡妇，怎么和小伙儿拉手进屋了呢？和尚就睡不着觉，到小半夜就出去了，想听听怎么回事。出外面一看，这屋点着蜡烛，撩着窗户帘，他往窗户里一瞅，这俩人在被窝里嘻嘻哈哈地扯淡呢。他说："哎呀，真扯透了，这还冰身守节呢！这还贤良女子呢！"

心正寻思呢，没注意就把栽花旁边的砖头踩倒了，有了动静，屋里就说："外面有人！"他一激动，急速跑到东厢房里去了。人家出来一看没动静，就说："没人呀，回去吧。"俩人就回去了。

他到东厢房那屋里头一看，屋中央冒热气，原来是个厨房。这边是厨房，里面还有间屋子，也像是睡觉的屋似的，挺讲究，有个大办公桌，有纸有笔。

他到屋坐了一会儿，就闻到外屋香得邪乎，心想是什么味这么香呢？他到外面打开锅一看，一色儿烀得猪肘子，那肘子一烀好喷香呀。师父一看，说："妈呀，我出家好几十年也没吃到猪肘子，今儿我也破破戒，尝尝肘子肉好不好吃。"他拿起猪肘子在桌子旁边就啃，越吃越香，越吃越香，一连下吃了俩大肘子。

吃完以后，他就合计，说："哎呀，我今儿犯戒了！"他拿起笔来就搁纸上写，这么写道：不爱虫草爱黄金，贤良女子偷情人，受戒和尚吃猪肉，世上哪有脱尘人！

叔侄儿结婚

这个故事说的是过去的事儿。要说这个叔叔、侄女儿呀，话说他俩的岁数也相当，都不差啥。

沈阳有一个木匠铺，叫"耿木匠铺"，掌柜的姓耿。这木匠铺里头，有几个大劳匠，其中有一个姓李的老头儿，这老李头当时也就三十多岁。这家木匠铺掌柜的有五十多岁，老板娘也五十多岁，他俩有几个儿子，过得都不错。

单说这"耿木匠铺"是搁哪儿来的呢？这掌柜的是海城人，这老耿家，有亲哥儿俩。这个老大呢，过去在外面当过差，也混过事儿，这就正经不错了，他有个老婆，这老婆长得也不错；老二呢，是个木匠。这兄弟俩都不错。

这老二岁数小，他和老大当中隔一个姑娘，这姑娘没有活。这哥哥、弟弟能差十七八岁。那老大快四十岁了，他有个大姑娘，十八；这个老二呢，也十八，和他侄女儿同岁。他俩人在一个院儿住，这就有了感情，没事儿就在屋当中闲扯。

最后，俩人就跑一起胡扯上了。扯完一看，这姑娘已经给人家了，给了一个堡子，剩三天结婚，人家那边都唠桌[1]了。这边她叔叔一看，说："不好，你结婚以后，咱俩就到不了一堆儿了，那就完了！"

这姑娘就哭："那怎么办？要不咱俩跑？"

叔叔说："跑吧，到哪儿不是吃饭呢？"

这叔叔、侄女儿岁数都年轻啊，顺着海城就干到沈阳。到沈阳，他有手艺，会做木匠活儿呀。他就在沈阳找了个木匠活儿干着，给人家吃劳匠[2]。他养活一个女的，也养活得起呀，他俩就找了一个小房，待下了。

待下之后，在这儿生儿育女，一待就待了多少年啊，这儿子都不小了，他俩也都五十多岁了。后尾儿，他给人家干好了，就自己在沈阳小东门开一个木匠铺，就是这"耿木匠铺"。这木匠铺开了之后，老李头儿就来做木匠活儿了。

有一天，正赶响午前儿，就来一个老头儿。这老头儿多大岁数呢？也能有七十岁

---

1 唠桌：婚宴。
2 吃劳匠：干木匠。

吧，拿个文明棍儿，自己来的。他到这儿了，就打听，说："'耿木匠铺'是在你们这旮旯不？"

老李头说："啊，对呀！俺们这儿就是'耿木匠铺'呀！"

"啊，好！俺那屋儿有个做活儿的，原来在你们这儿干过活儿，说你们这是'耿木匠铺'，你们是不是海城搬来的？"

"对啊！俺们掌柜的是海城人。"

"那就好了。"

那老头儿到屋儿了，说："你们都是谁负责啊？是谁领着做啊？"

这李木匠就说："是我在领着做，我在这屋儿管着这几个人儿，有什么事儿您老说话吧！"

"没啥事儿，就我一点儿私人事儿！"

"那咱俩到屋儿唠一唠！"俩人就到屋儿了。

那老头儿一看，说："我和你们木匠铺掌柜的是同乡，我到这儿也就是打听打听，你们掌柜的叫啥名儿？"这李木匠就说叫耿啥耿啥，一说。

"对，这没错！你们老板娘长哪样儿？多高个儿？"

"高个儿，脸上有点细麻子，不多，不太显，挺沙楞一个老太太。"

"哦，那对！你们掌柜的是不是不在这屋住？我啊，麻烦麻烦你，你把你们掌柜的找来。"

"对，不在这儿住，人家在东关住，这木匠铺单就是木匠铺，就一帮做活儿的在这儿待着，人家老板没事儿不来，这儿子们也都不来，人家都有工作，都开木匠铺，人家家趁钱！"

正说呢，这老李头一看，说："咦？这不正好来了嘛！"

这老头儿一看，真来了："好啊！"

就听那老李头喊："掌柜的，掌柜的！快来吧，来客了！人家是海城人，找你来了！"

掌柜的进院儿了，一瞅，俩人一搭眼神，都直眼儿了，就听来的这个老头儿说："你呀，你呀……"就说了句"你呀"，没说出话来。

这个掌柜的就告诉老李头："你去吧！"这老李头就走了。老李头走了，这掌柜的就和那老头儿唠上了，唠一阵，也不知道唠了点儿啥。

伍　生活故事　　　　　　　·987·

掌柜的出来以后，又把老李头找来了，说："怎么办？这个客和我是有亲缘的呀，这是近亲。我这两天忙，也没工夫答对他，你就在这儿好好陪他，下晚掂对什么菜好，就做什么菜，咱柜上有菜、有饭，大伙儿掂量着好好儿做，好好待他，千万别饿着他，得顺着他！你饿着他之后，他砸你东西都不一定呀，这老头儿脾气暴，我知道。"

老李头说："那好吧！"这掌柜的就走了。

下晚儿老李头就陪着那老头儿喝酒、吃饭，这工夫就来了个小伙子，谁呢？木匠铺掌柜的儿子。他到这儿一看说："哪儿来的客？"

老李头说："海城的！"

这老头儿一看，就问他叫啥，他就叫啥叫啥一说。

掌柜的儿子说："这个木匠铺掌柜的是我父亲！"

那老头儿说："你回去吧！"

掌柜的儿子说："不知道您老叫啥？"

那老头儿说："不用论，咱没有论头儿！"掌柜的儿子就回去了。那老头儿一合计，心凉半截，寻思："你说怎么论吧？是叫大爷呢，还叫姥爷呀？这玩意儿没法论呀！"这亲戚就没论。

到吃晚饭的时候，那老头儿喝醉了，酒后吐真言，他就和老李头说了："你说世今什么没有吧，真是太糟了，有叔叔和侄女儿结婚的，你听说过这事儿没？"

老李头说："那哪有的？！"

那老头儿说："没有？这事儿就是你们柜上的！我告诉你啊，这个柜上的老板娘啊，是我女儿，这掌柜的，那是我亲兄弟呀，你说这糟不糟？我姑娘订完婚以后，剩三天结婚，她就跑了，把我可惹透了！人那家就把我告了，说我嫌贫爱富，我打官司能打过人家吗？最后就输了。我卖了两垧地，才给人家拿的钱，包了人家损失，现在我都抬不起头来。你说他俩跑这儿过来了，还给我扔了一堆孩子，这都多少年了，事儿都过去了，我也忘了。上回俺们海城有个做活儿的，回去说有个姓耿的，在哪儿哪儿开买卖，挺好。他一说是哪儿的人，脸上许微儿有麻子，我想那就是我女儿了，所以我今天来啊，就是想招呼招呼！"

老李头说："那就这么的吧，这些年怎的孩子也在一堆儿了，那还能咋的，还提啥？"

那老头儿说:"你告诉你们掌柜的,我这回来不为别的,就为了要钱。我回去得养老呀,不用别的,拿一千两银子就行。我卖了两垧地,这回我得得到买五垧地的钱,要不我这辈子就净受罪了,那可不行。这是第一个。另外呢,你就告诉他们,我不希望见他们!"

完了老李头说:"好!"那老头儿就回去了。

第二天,那老头儿来了,老李头就告诉他说:"这回齐了,老板娘要见见你。"

"不见她,我不会见的!"

"不行呀,她当时就哭坏了。说实话,我也不瞒她,这是你们父女的天性呀!她一时错都是爱情问题,也不是和你掰生,你在这儿她能不想你吗?"这老头儿就是不去,也哭了。

这工夫,老板娘进屋儿了,一头扎她爹怀里就哭起来了:"爹啊,爹啊!"哭得邪乎,爹长爹短的。

她爹说:"爹就想死之前看你一眼,这些年都没看着你,还寻思你都没有了呢!"

"我太对不住你了!"

"拉倒吧,你们就好好过吧!"

"别让这孩子知道了,孩子知道了也没法叫呀,这没法说呀!拉倒吧!"

"你给我拿钱吧!"

"拿钱?有,都预备好了!我预备了一千五百两银子,多预备了,俺们有钱,不是没钱,你就回去享齐天之福吧!你回去谁打听,你就说没能看着我!"

"我也不能提啊,能提这事儿吗?你就搁这儿好好过吧!"

从那以后,他俩就过上了,留一帮儿女,这也是一家人家。要不说叔叔、侄女儿结婚了,就是这么结的婚。

摔王八

这是什么呢?有这么亲哥几个,老三是个小伙,刚娶媳妇。

老三这小伙挺滑稽,老大和老二都还行。可是你说这哥几个的爹呀,天天咋呢?

就瞧不起这老三，就瞧着俩大儿子好，会说会道的。

这天正要下地去呀，这爹就在家说："这么办！你们去，我身体不好，在家歇半天。"

这去半天也得去呀，哥几个就下地去了。

在哪儿铲地呢？在河边铲地。这大河还不小，哥几个在那儿铲，这小伙老想洗洗脸，就说："哎呀，我洗洗脸去！"说完之后，就拿着锄头洗脸去了。

小伙到了洗脸的地儿，老二挺稳当，人家不吱不叫，老大一看他兄弟洗脸没回来，就在那儿嘀咕了："这怎么回事，怎么没回来呢？"

其实这小伙没回来，是怎么回事呢？正好啊，有个王八在河边上呢。小伙一看，这是个好玩意儿，抓住它能当肉吃哪，一个王八吃八两菜呢！于是小伙就用锄头扒拉着把它往那儿推，一推，那王八一蹭，头就不伸出来，他也不敢招惹它，就等它。这王八头一冒，他就一勾，弄了三四遭，过了一小会儿，他才把王八摁住。

摁住之后，他大哥就赌气找他来了，说："你干啥呢，还不上来？好好的干啥呢，你这是？"

小伙一看他哥来了，说："干啥呢？啥也没干！"

"你这不是还抓王八呢！"

"抓你呢！抓啥？"小伙在那儿嘀咕。

哥哥一看弟弟在那儿抓呢，就说："你还抓我呢！"

小伙说："是你要吵吵呢嘛！"

"那你在这里，也不吱个声？"

"我吱声，王八不就听见了吗？"

大哥一听，这太憋气了！心想："你在那儿抓王八，我让你吱声，你还怕我听着！"他就赌气说："回家再说，回家就告诉咱爹去！"

小伙说："告诉咱爹能咋的？"

之后俩人就回地里去了。

下晚儿，哥几个干了点活儿就回家了。到了家，小伙还乐乐呵呵的，把王八撂地下，还告诉他媳妇，说抓王八回来了。媳妇说："你呀，净胡扯，整这玩意儿干啥，爹在那儿坐着呢！"

大儿子就告诉他爹，说："爹呀，这日子过不了了，分家吧，这没法过了！这三儿不像话呀，你说他啥也不干，还抓王八，喊他他也不吱声。你说他在那儿抓，我还寻思掉河里淹死了呢，你说这怎么办吧？把我吓唬的，我到那儿一看，他说啥？说抓我呢，我气得就骂他。"

他爹一听，说："你这什么玩意儿，三儿？你这像样吗？"

他爹一说完，老大就把王八拿过来说："你瞅瞅！"

他爹又对小伙说："那你就不能吱个声吗？"

小伙说："我吱声，怕大哥听着！"

他爹又问："你不抓王八呢吗？"

小伙说："对！怕王八听着，听着不就跑了嘛！"

他爹听了以后，说："你这什么玩意儿？"

他大哥也说："你太不像样了！"就把他好骂一顿，还要揍他。

小伙说："得了，别打我，摔了它不就行了吗？"

他爹就说："你摺地下得了！"

小伙说："不要它了！"说着就把王八"哪"地摔了，摔得那王八蹭壳子蹬腿的。

这大儿子一看，说："你这不就是摔我呢嘛，你摔我，对爹厉害啥？你摔王八，你这不就是摔爹呢吗？"

这爹就说："行了，行了！"

这家老太太也说："行了，行了，别说了！干脆都成王八了，你看摔你爹，摔你，这还落热闹了，这真是的！"

这就因为王八，哥俩干起仗来了。

摔眼镜

摔眼镜是现在的事儿，过去没有那事儿，就是在我们沈阳市都那样。正赶上你往前走着呢，只要看你是孤身一人，还穿戴不错，瞅那样还有两个钱儿，就容易被骗。

骗子就一个人儿，在那儿拿个镜子，在那儿瞅。看旁边儿来了一个人儿，就把眼镜"啪嚓"一声就扔了，就掉地下。

掉地下之后，骗子就哭起来了，就说："哎呀我的天啊，可了不得了！我的眼睛不好，买了一个新水晶眼镜，花了一千买的！现在怎么办啊，你给我摔碎了。"

他就说："我没碰你，是你碰的我啊。"

骗子就说："你不碰我，我能撞你身上？我愿意让你碰啊！"说着就哭起来了，拽着他不让走。

这会儿工夫，就来了两个小伙儿，到这儿一看，说："你这不对啊！人家这么困难，还让你碰了，你得包人家。你给拿一千块钱吧，要不就别走！"

就这么耗着[1]，完了之后，他们三个人对半分，按三分之一、三分之一那么分。搁那么以后，这个摔眼镜的就出名了。最后，当地就报道了，政府知道了。以后有的警察就知道了，有个女的专门撞男的，摔眼镜，他们就想去除这样的事儿。

但是除也除不掉，要不说这个世界上，骗人的方法有的是啊！要在出门当中，是东西别捡。有不少捡金戒子上当，捡东西上当的。

这个就是摔眼镜，她经意儿[2]往你身上碰，你得躲开这些摔眼镜的。碰上就粘包，你还惹不起。

这是一个，还有一个事儿，这也是真事儿。

就是俺们屯子当中，有个老师，上沈阳去。他们一堆儿旅游去，计划到小东关聚齐。他走那之后，正赶上人家也整眼镜，他走那旮旯儿一看，他没碰着人家，就扔地下了，非得包不解啊。

正撕啰的时候，老师们都到了，一看，说："你这是骗人的方式，揍他！"这摔眼镜的吓得蹽了，那两个小伙儿子也吓蹽了。搁那么把这个老师给救下来了，他没怎么的，没让人骗去多钱。

就是说世界上骗人的方式有的是，这个法律啊再严也管不了这些坏人。坏人的毒性还会慢慢施展，就是再严也不行，你也管不净。就是出门啊，就得靠自己多加紧点儿，别上当。

1　耗着：骗人。
2　经意儿：故意。

谁更"聪明"

有这么一个小抠儿，专占便宜，没有钱还硬装有钱。

有一天，他老伴儿说："馋了，吃点儿啥？这顿顿白菜也不好吃啊！没有多少油不好吃，没有猪肉哪怕放里点儿肉皮也能见见荤哪！"

他说："看看办吧，我想想办法解解馋！"

正好到晌午那会儿，就来了个卖肉的。该然哪，那卖肉的在外面推车喊："卖肉！卖肉！"他一看，来了！就到傍拉去了，让人家拉下来一刀，左看右看，但是他光看不买，里外抹扯这肉，这肉说不太肥，那肉说不太瘦，都相不中。

卖肉的说："你到底买不买啊？你直门儿鼓捣这肉，一会儿就鼓捣臭了。"

他说："那我不买了，你做买卖一点儿也不和气！"不买就回家了。

回家之后一合计，说："急速把盆拿来！"盆拿来就弄点儿温乎水把手洗了，手有油啊，他净摸油了。又告诉老伴儿，"炖白菜！我给你炖，不用你。"他也没告诉老伴儿怎么回事儿。他就自己把白菜切了炖的白菜，炖完以后，儿子也回来了，儿子岁数小也就十几岁，是个念书学生。

三个人都进屋了，就吃上饭了，这一吃，儿子就说："哎呀！好吃！"老伴儿也说："好吃，怎么今儿你炖菜炖得这么好吃呢？"

"咳！"他就说了，"你们不想窍门儿，窍门儿到处有啊！就看你找不找！"他说他怎么怎么买肉，又怎么怎么做的。

老伴儿说："你呀，真完蛋！你要是在水缸里洗，能吃好几天，你在盆里洗，一顿就吃完了，如果在水缸里洗，好几天净吃肉菜了。"

儿子说："那也不行啊！你要是倒井里，那全堡子都能天天吃肉菜了！"

他爹说："还是我儿子聪明啊！"

谁养活我

这个小伙子,生下来就靠爹妈生活,他就没有一点创造能力,一晃他今年六十二岁了,他爹八十多岁了,家过得还不错。爹死了,他就哭,哭倒对,但声哭得小,别人听就没有不笑的,他哭:"爹啊,您老死了,八十多岁了,您死了,我怎么活啊,我才六十二啊,再活二十年的话,谁养活我啊?谁供我吃、供我穿啊?你这一死,太不仁德了,把我扔下了。"

大伙说:"行了,行了,别哭了,你愿意走就跟你爹去吧!不愿走拉倒。"

这就形容这人一点创造能力没有,一点自力更生没有。爹死,他哭的词儿是太出奇了,哭的是没有人养活他,没有人照顾他了。

说梦话丢钱

这个人他好说梦话,正好他在外边儿挣两个钱儿回来,他家里有爹有妈有老婆,这钱他拿回家正正可以养活家。晚上他住进旅店里了,他那是多少钱呢?他数数,能有二三十两银子,银子就在自己一个包儿里搁着呢!他就搁枕头枕着。

这黑家儿他又说梦话了,意思是看到媳妇儿了,他就说:"娘子,我回来了,挣回来三十两银子,够花几年了,咱俩人饿不着了。我现在把钱搁我枕头底下枕着呢!没毛病,再有两天我就到家了。"

他说完之后,正赶上院儿里头有一个伙计,这个伙计他挺爱小[1],一听这人说有钱在哪儿放着了。他就没由分说,在旁边儿捆一个别的包儿,轻轻把这包儿给换下来了,把那个搁那儿了。搁那儿之后换下来,一查,正是三十两银子,他就把这银子拿家去了。

这伙计在一个堡子里住啊,回去把这钱财怎么偷来的一说,他妈他爹说:"哎

---

[1] 爱小:贪小便宜。

呀！这不应该啊！人家那养家费你哪能偷来呢？这善有善报恶有恶报。"

他说："哪儿那些报应啊？别整那事儿！"就收起来了，收好了之后这伙计又回去待着了。

天亮的时候小伙儿知道这钱丢了，知道丢了，这小伙儿他不能走了，就在那儿待着。自己就寻思，怎么丢的呢？到晚间之后，他个人就和店东说："店东啊！你有香卖我两扎儿。"

这店东说："卖你吧！"就给他拿两扎儿香。

他说："我上上供，许许愿！"

就在外边儿摆上香蜡纸马了，摆完之后就写上"过往神灵"。写完之后他就磕头嘱咐："神哪！你保护着，不是保护我，我就说啥呢？我挣两个钱儿是不容易，本想着回家之后养活我老婆、孩子和妈，但是现在已经丢了，丢是丢了。我希望啥呢？偷钱那人他平平安安的，回去他养活老婆、妈也行，别胡扯就行，保佑他别有什么报应。我情愿丢了，不寻思那事儿了。"他就左一遍右一遍地在那儿叨咕。

正赶上偷钱那人看着他了，寻思他在那儿叨咕啥呢？一听他不但没骂还保佑呢！说这人儿的心太好了，还嘱咐我顺当，让我好好养活老婆孩子。他就良心发现了，回家和他爹妈说了，说："那人儿可太好了，他不但没怨恨我，还嘱咐我。"

他爹妈说："你赶紧把东西给人家送回去吧！拉倒吧！可别再干那事儿了，人家这么好心，咱偷人家的不对啊！"

到下晚儿这小伙儿又睡觉了，天亮一摸，嗯？这钱它回来了，他又嘱咐："这还得是老天保佑的，给我送回来了，这人儿太好了。"然后他就回家了。

要么说这丢东西当中你不用恨不用骂嘛！他这不但不恨不骂，还给人家求保佑让人家得好，把这人感动了，然后把钱拿回来了。

死后不赊

有个大地主是财迷，攒了多少钱财啊，就个人守着，舍不得吃、舍不得花。临死儿子、女儿、老伴都在，告诉女儿："你不用管，我儿子会处理我的问题，你们都不用管。"就告诉儿子:"处理我的问题,你们不用糊纸活,不用雇喇叭,也不用发送,怎么简单怎么办,就把钱省了就算,钱儿不容易挣,我攒的钱,能不明白吗?我死之后,你别磨不开,我这一身肉你别白扔去,你把我的肉卖给屠户,他回头爱怎么卖就怎么卖呗。把皮剥下来,可以卖鼓乐房子,把骨头卖给熬胶地方,这玩意儿都能值钱。还卖钱了,还不用搭钱。就这么办啊,你们要不听我的,我死之后也拿你们,不让你们稳当了。"

儿子说:"我记住了,一点不差。"全说好了,他就眼睛一闭,死了。

死没半个点儿,又活过来了,说:"我走不放心,我走半道又回来了,还有两句话没说,千万要现钱啊,别赊给他,我死了之后,身体也别赊给他们,就这么个事儿。"

儿子说:"好!"

死后不赊,就这么回事,你说这地主多贪财。

孙家窝棚范奔娄

这故事就是闹胡子,要说这胡子得有智谋、有智慧。

孙家窝棚不远,就在咱北边儿,这是个实际事儿。那时候我就是八九岁,老孙家有个窝棚,窝棚是个大房子,也不算是窝棚,就在那儿住着老孙家。有五间正房,五间厢房,五间门房,都像样儿,过得不错。地也有七八十垧地,转圈儿都是地,就是中间一个大高岗子。现在找那孙家窝棚还有这个房子。

这一天哪,就来个胡子,叫范奔娄,那是胡子头儿。他就犯大烟瘾了,跑到老孙家抽大烟来了。到屋里老孙家一看,他也来常了,都认得他。那孤户的话,胡子也待、兵也待,那都惹不起啊。老百姓哪儿敢惹他,谁也没有他打腰啊。到里边儿一看,说:"这么办吧,我还没吃饭呢。"

没吃饭,老当家的说:"这么办,让我媳妇烙饼。"媳妇在外边烙饼,他就在屋里趴着,老当家的把大烟、灯也拿过来了,就趴在炕上抽大烟。

他手下的胡子呢没在这儿,在别的地方呢,就他个人进堡子抽大烟来了。不知怎么的，他抽大烟这工夫就让人家跟上了，就瞄上他了。这馅就露了，这兵就知道了。新民县，咱们新民二十七师就跟下来了，能有二百来人就把孙家窝棚给围上了，这是个真事儿。围上之后，二百多人抓他个人，好了，就把院儿给围上了。

他正抽大烟呢，顺着大门推门就进来一个兵，大门那时候没插，进来一个，后边儿又进来一个，带枪的。这媳妇儿多说一句，就说他们："你看，你们人又来了。"就没说胡子你们又来了，看着穿的灰衣服，还带枪。

这范奔娄一看，心说：不对呀。他知道，那是兵啊！一抬手，"啪"就倒一个。前边儿的一倒，后边儿的就跑出去了，就不敢往这里边儿进了。他拎枪就跑出去了，到院里这工夫就把大门插上了。你说他能耐不？插上就进屋了，进屋之后这烟就不能抽了，这外边儿都围上了，他在里边儿。到墙外边儿一看，"啪"东边儿枪响了，打几个，就干倒两个。打完那边儿，他又跑到西边儿，一枪又打倒几个，就这四面啊，都叫他打过来了。

外边儿一看，这院子进不得，这胡子不是一个。这线拉错了，能是一个人吗？这四面都枪响，都把人打住了？要不怎的，他四面跑着打。可当院儿跑着打，四处打枪，足有一个点啊，打死不少兵，但他还没怎么的。外边儿上不来人，哪边儿一上来，"哪"就打下去一个，就那么打、那么靠。

最后怎么的呢？就在西边有一个下屋儿，有个草垛，范奔娄就把草垛给点着了。他给点着草垛之后，就在下屋里猫着，这烟一起来，他顺着草垛边儿就下去了，那外边儿兵还都趴着等着。那是当天晌午，是白天还不是黑天呢，就没看见他爬下去。那烟罩着都没看见，他就爬下去了，顺着一点一点儿地就钻到高粱地了，这转圈儿不都是高粱地嘛！这兵还围着呢，这里边儿都不打枪了。后来兵才敢进来呀，进来一看，哪儿还有人了。

进屋没有，这回这兵可就来能耐了，进屋就把老孙头儿给绑上了，他媳妇儿也绑上了，告他通匪，二百多人抓一个人没抓住，还说老百姓通匪。

这整了半天之后，最后怎么办呢？这些兵就把受伤的和打死的兵往外边儿抬，这兵抬到哪儿呢？就抬到马门子，有病的、死的都抬到马门子。这老百姓有去看的，卖呆儿去的啊！当中范奔娄还是胆大，他就整个把衣服换了，换成老百姓的衣裳，戴个草帽，枪当然不能离身，带着枪他也去了。

到了马门子一查，打死的竟然就有二十三个，受伤的有十来个，死伤了四十多个。他一看点点头,回来之后偷着告诉老孙头儿:"不用害怕,没事儿,你们这又不通匪伍的,胡子来了能不招待吗?"

最后当中的话,他又写了一封信,给新民这个二十七师的人,信上写着说:"我犯我自己犯,人犯家不犯,这老孙家还不是我家。胡子来了老孙家敢不给我做饭吗?你们一帮二百多人,愣是没抓住我一个,人家老公公和媳妇还能戗过我了?不给我整饭行吗?我不毙了他吗?你们不应该难为老百姓,你们来找我呀!"

他写完之后,没找着就走了。这就是范奔娄。搁哪一提都知道范奔娄。你看,这二百多人没抓着他一个,最后连打死、带受伤的还有四十来人。

孙子媳妇给爷爷公公拜小

这个故事啊,据讲是个挺实际的事儿,还不是个笑话。

过去讲产业,这家老头儿姓孙,这孙老员外有财,家过得趁钱,但这家呀是财旺人不旺。

这孙员外有个儿子,十七八岁,给儿子娶完媳妇,他也就三十多岁。这新媳妇结完婚,生了孩子之后,他儿子就死了,这个儿媳妇也没出门,就在这儿待下了。他家有钱呀,有上百垧地,雇的人也多。这孙老员外就盼孙子长大,孙子到十六七岁,就娶了孙子媳妇。这孙子娶完媳妇,结婚没有三年,也死了。这孙媳妇呢,还没孩子。最后怎么的?除了老头儿没老伴,这整个儿老少辈都是寡妇,他的儿媳妇是个寡妇,孙媳妇也是寡妇。

这一看,这家庭就要完了呀!他家地多,什么都多呀,本族户的叔伯侄儿、叔伯孙子也有几家,你也争,他也抢,都要往这儿过继。哎呀,一看他们都要来,这孙媳妇精明,她心寻思:他们要来就完了!人家要来这儿当家,我们就都是外人了。你说这家里根本就没有年轻男的,他们当家之后,肯定要欺压俺们的大权,弄不好的情况下,把俺们这家都破了也不一定!人家说了算呀,没有权了,有啥办法?"这怎么办呢?"孙子媳妇黑天白天寻思。

这天,她就考虑好了。她在外边搂了一盆沙子,到厕所就给垫上了。那时候没有那么些厕所，都是一个，一般都在东房山、西房山上。这厕所没有挖坑，也没有捂的，就在平地上撒尿、平地上拉屁屁，完了再撮。她就把这个厕所当中，她爷爷公公撒尿的犄角旮旯儿垫上了沙子。垫有多少？垫有三尺厚。她爷爷公公多大岁数？那都八十岁了！垫完沙子之后，她就品上了。

这爷爷公公到那儿一看，垫完沙子了，那浇尿吧，就浇上了。浇完以后，这孙子媳妇一看，那个沙坑浇得挺深，她就打个唉说："唉，还行啊，看来爷爷公公还有这个力量，夜里还能发生男女关系。"她就试验完了。

能发生关系就能有精子，有精子就能留后呀，她说："好，我必须给我爷爷公公拜小！"她当时就宣称出去了："爷爷要娶奶奶婆婆！谁愿意嫁姑娘，给十垧地，这姑娘得好，不好不行！"

别看那老头儿岁数大，那时候贪财的有的是呀，有个人一合计，说："到他家之后，娘家能得十垧地，另外姑娘也享受呀，行，就把姑娘嫁给他！"

这老头娶完媳妇儿之后，真那样呀，确实还真行了。你看，正好结婚不到一年，这十九岁的姑娘就怀孕了。这个小老婆子最后真生了个小子。这老头儿就许愿，说："我八十岁留一娃，以后我儿做长沙。"这个老头儿真说对了，这小老婆子生的孩子以后真的做长沙太守了，真当官了。

大伙儿说："这孩子还真是人家个人的孩子。"

从那以后，就传出来了，说："八十也能留子。"要说"孙媳妇给爷爷拜小"，那孙媳妇最后也成名了，人家是正义的。

贪吃的媳妇

这两口子过日子，男的是做买卖的，这个媳妇儿就是好吃，好提的词儿专往吃的上说还比什么都乐。这男的就烦她，说她这吃还非得搁嘴叨咕着。

这天一早上起来天头儿下小雪了，这男的就着急，怕雪大出不去做买卖啊！就问他媳妇儿："你看看外边儿雪下得大还是小？有多厚？"她看完回来说："哎呀，不太厚，也就像煎饼那么厚吧！"你看，她往吃的上说。男的不大高兴，说："你咋单往吃的上提呢？"

又待了一会儿，雪还在下，男的说："你再看看去！有多厚？"她一看，说："这回也就像筋饼那么厚。"这又厚点儿了。他寻思：你这真气人哪！

待一会儿饭吃完了，男的说："你再看看去，能不能出去？有多厚？"不一会儿又回来了，她说："也就像发糕那么厚。"

这男的就急眼了，本来雪厚就出不去了。就操起个炉钩子，什么拧的呢？是铁丝儿拧的带麻花儿的炉钩子，拿起来抡脸上打一家伙，她说啥？"哎呀，好疼啊！你不应该啊！你拿那个麻花的炉钩子打得我雪白脸蛋儿肿得像馒头似的，我这样儿谁找我吃饭，我还怎么能去吃呀？"

男的说："得了，得了！完事儿，你去你的，我去我的，咱俩离，我这见不得你这吃老婆子！"

这就是爱吃的女人，句句不离吃。

贪心的伙夫

要说人这玩意儿啊，你别贪心。

有这么一个伙夫，掌柜的买卖当中连他带乱七八糟能有三十多个人儿，三十五六个人儿吃饭。

这个掌柜的，心挺好，每天就告诉他："这么办，好好整点儿菜，到初一、十五的时候，咱们肉就不吃足也得差不了多少，管够！"

伙夫就整肉。但是整完了，吃完以后，底下就反映，他们说："掌柜的，你这肉买多少？俺们没怎么吃呢？"

掌柜的说："那么能吃？一人都够一斤多肉了，还不够吗？"

"不够嘛，没有几疙瘩啊。"

"那咋能没有呢？我看看。"他就瞅。

等下回整饭了，掌柜就细心了，三十六个人，就下三十六斤肉，给大勺说："你拿去吧！把这个肉都切了吧！"

"好！"大勺切去了。大勺没都切，他留一半儿，往家拿，剩下的就给人吃上了。这一吃怎么的？还是不够啊！七嘴八舌的。

"巧啊！"掌柜的就约莫这里边儿有事，大厨留肉了，不怨人家底下反映。

到十五了，掌柜的合计：这回就有办法，把买完的肉都切好了，一块一斤，一块一斤，切成四方肉。这回就这么办，他们说吃不好，就给它弄成方子，一人一方子。我买三十六块肉，一人一块，这约好的分量了。

"哎呀！"大勺一看，"这掌柜的方式太绝了，这回没法儿整了。"他一合计，说："哎？有办法！你有办法算计啊，我也有一定办法。"到晚间把肉下锅以前，他就把刀拿过来，这么一刀，这么一刀，横一刀，竖一刀，一边儿切一片儿，还是见方。他一边儿切有二两肉，一块四两，三十块肉不就是十二三斤嘛！最后就够他全家吃些日子了，这半个月都够吃了。

这肉上来之后，大伙儿一看，这肉块儿不是那么大，寻思说："这哪儿有一斤肉呢？不是胡扯呢？最多有六七八两。"就喊掌柜的。

掌柜的一看明白了，掌柜的是高手，还留了一手。肉是他切的，他知道啊，他切时留暗记了，一看，有的肉就没有那暗记了。吃完饭以后，掌柜的就说大厨："咳！你回家吧，卷行李走吧，我用不起你。"

他说："为啥叫我走？我又没犯啥错误。"

掌柜的说："不行，你个人知道就行，我也不能太诬蔑你，你回去就行了，你钱也挣足了，你回去就慢慢多吃几天肉吧，现在这肉的事儿，人家都有反映了，我也细心了，你确实挺怪，不管你怎么怪，我那玩意儿有数儿，我也不能说别的，我这儿有几句话告诉你。"

掌柜的怎么说的呢？他说："我这啊，是有数儿的，一共能有三十六块肉，'一去三十六，回来十八双'，你看一去是不错，三十六块，回来十八双，还是三十六，还是一人一块，'点兵兵排队，各个受刀伤'，你这个做法太阴了。"

掌柜的就给他算刷了，不要他了。把他算刷完之后，这伙计们当时全都挺高兴，活儿的质量也上去了。完又雇个大厨，就这么给原先的大厨刷了，不要他了。这就是"贪心的伙夫"嘛！

唐二里打赌

有这么一个大地主他雇了伙计，他专想骗人。做活的给的工钱不低，但是他说，到年末开工钱时候必须打个赌，要是打赢了，工钱一分钱不欠全给；要是打输了，就给半份。所以做活当中，谁也得不全，到了年末整个七个月工钱算不错，白干半年。

单表唐二里他不服气，说还有这样人，我较量较量去。他挺有智谋地就去了。地主说："行！打赌什么时候打都行，如果我打赢了，工钱我随便给，也许不给半年的，给一个月，半个月的；如果你打赢了，不但给十二个月的工钱，还额外给你奖赏。"

唐二里说："那好吧，这么办，你就别和工人一个一个地打了，他们十几个人都听我的，我要是打输了，他们工钱也随便给；我要是赢了，他们也算赢，俺就打一次。"

地主说："行，那好。"大伙也同意。

一干干一年了，到年根底下了，地主一看要拿钱，这些人都给得多少钱啊。就说："唐二里，过来，现在开始打赌。我穿整齐的衣服在屋里凳子上坐着，你想办法把我弄到外面去，给你一个点的时间，不兴抱，不兴拉，不兴拽，用一切方式，我自动地上外面去，就算你赢。你要弄不出去，一个点以后，我算赢。那你工钱给多少算多少。"

大伙一看："唐二里你可别上当，我们干一年了，累得不像样啊，就看你本事大小吧。"

唐二里一看，说："好，你等着吧。"

财主说："还就这么一个赌，不能更改。"

他说："好，咱不更改。"

唐二里就到外面去了，说："财主，我有个要求，你看行不行。一考虑，我现在穿得太冷，戗不住冻，你穿得多，你搁屋里一坐暖和和的。这么办，咱俩变个方式，你到外面坐着，我在屋里叫你，你要是能进屋之后，就算你赢；不进屋就算你输。"

地主说："那也行啊，那也费事，我也不怕冻，穿个大皮袄，到那外面凳子一坐能怎么的。"

唐二里说："这么办，你出来吧。"地主穿个皮袄就出来了。唐二里就进屋了。到屋里唐二里就笑了:"地主,你输了,我用这个方式把你调出去了,你一句没反驳。"

地主一听,说:"哎呀,你这是一计啊,把我调出去了!"所以他给伙计工钱照常开,给不少奖金。

大伙都感谢唐二里。那地主就说:"行了,你永生不要在我这儿干活了,我也不敢要你了。"唐二里就赢了。

桃花儿认夫

过去说这个有钱的人,娶媳妇也好,怎么也好,都是要选一选。有钱的能选个好女,长得好,尤其门当户对。

这家姓王,当爹的叫王二算子,专讲"算着花、算着吃",就是这么个人家。儿子呢?叫王有财,小伙儿也不错。

单说庙上有个老和尚,和王二算子不错,这天来串门了。正好王家儿子念书呢,王二算子就喊儿子:"快过来,来见见这个老师父,你还没见过呢。"

见完以后,老师父一看,说,"哎呀!"就打个诹[1],说,"王员外,你命中都不错,有财呀,现在这钱攒得不老少。你有财,可你这孩子命薄,他命薄得邪乎,第一个,没财;第二个,还恐怕寿时有问题啊!"

王二算子说:"那怎么办呢?你这大哥,咱别的不说,咱俩都好这些年了,你想想办法吧,能不能解除呢?"

这个老和尚说:"这么办,订有福的媳妇就能压住这个祸。'一福压百祸',你不订有福的媳妇,就压不住,光你们,这财守不住!"

王二算子说:"这么办吧,你帮我选一选。"

和尚说:"那好!"

待了一些日子,这天正赶上老和尚的鞋坏了。和尚说修鞋去,就到掌鞋的那儿去了。

---

[1] 打个诹:心里犯了嘀咕。

到掌鞋那儿一看，正好掌鞋的在家呢！一看鞋坏了，掌鞋的说："等我给你修一下！"

修鞋的工夫，和尚一看鞋匠有个姑娘，姑娘有十七八岁，长得挺精神，头发黑个嚓儿的，有福相，怎么看怎么有福，就是长得一般，细瞅还不错。完了和尚就问鞋匠："孩子叫啥名儿啊？"

鞋匠说："孩子叫桃花儿。"

和尚说："啊，你这小孩儿叫李桃花？"

鞋匠说："对！"

和尚说："你这么办吧，明儿我给你小孩儿找个人家儿吧，真有相当的，小伙儿也不错，家也有钱。我就看你这孩子实惠，人家就找个实惠的姑娘，不论穷富。你愿意的话，我给你提提。"

鞋匠说："哪儿的吧？"

和尚说："我告诉你，就是咱这儿最有钱的王二算子，他家那是家财万贯哪，有钱！儿子也好。"

鞋匠说："那不扯呢？人家能订咱这穷姑娘？我这一破掌鞋的姑娘，那人能订了？根本就不能行！"

和尚一看，说："我给你保保吧！"

鞋匠说："保，那不用说。人家愿意订，咱是说的都没有。"

和尚回去了，一提，当时这个王二算子一听，就笑出来了，说："老师父，这不扯呢，那能行吗？这也太不是门当户对了。她是什么人家，我是什么人家啊？"

和尚说："你要那么找，你个人找去吧，我真找不了了。我说句实在话，你信着我，就这个姑娘，就能压住你这个祸，就完全能把你这个财保住。她真有财命，看起来是个聚宝盆。"

王二算子一听，说："那你看，那么不错？"

和尚说："那不带差的！"

后儿喝了点儿酒，吃完饭，王二算子说："这么办吧，那你就给我提提吧。"

一提就成了。东西啥也不用买，都是人家王二算子的，娘家也不用陪送，就把姑娘交了。

结婚以后，两口子真处得特别近，这王有财也好，对媳妇好，也近密。每天俩人在一起欢心，乐呵乐呵。

王有财念书呢,他的同学们贫贱得邪乎。大伙儿踢球玩儿,就说:"有财,就你没事儿,你鞋踢坏了有老丈人啊,老丈人会掌鞋,你娶个掌鞋的姑娘,俺们这不敢净踢呀!"

大伙儿说:"对,人家是皮匠铺老爷!"

管他叫皮匠铺的老爷。王有财一听,越听越不顺耳,贫贱得邪乎啊!

这个说:"来吧,皮匠铺老爷!"

那个说:"皮匠铺老爷,你明儿长大,不用干别的,不用考状元,就当个皮匠就行!"

王有财一寻思,怎么就见不起人了呢,这玩意儿?个人淌眼泪就哭,和他爹说。

他爹说:"别哭,小子,师父不都说了嘛!"

他就压着,也有他爹压着呢。一晃儿过去两年,王有财的爹妈都死了,就剩他和他媳妇俩人了,发了[1]之后,他自己就更觉着窝火了,出门也出不去,到哪儿人们都管他叫"皮匠铺老爷"。

这天王有财和桃花儿就哭了,他说:"这么办吧,贤妻啊,我不是嫌乎你长得不好,也不是嫌乎你家穷,我是没法儿出门,都出不去屋了。到哪儿,哪儿管我叫皮匠铺老爷,你说我这怎么整,能出屋吗?太贫,就贫得邪乎!俺这家庭还这么大!"

桃花儿一听,就说:"那现在怎么办呢,你是不打算咱俩单过?"

王有财说:"你就走你的吧,另找一个人儿。我家里的东西随便你拿,你稀罕什么拿什么,金子、银子牛车拉也行。我不是不要你,我对不起你,就是现在我没法儿在这儿待了。"

王有财就哭起来了,桃花儿说:"得了,你不用哭,那我走就算了,我啥也不要,你给我一匹马就行。"

王有财就给了她一匹马,马背上还有鞍子。王有财说:"我给你拿点儿银子。"

她说:"不要!"

不要不行,王有财给她装了八块银子,一个驮子有四个犄角儿,一个犄角儿两块。

银子装好之后,王有财说:"你就走吧,不管多咱,到哪儿没钱了,你回来

---

1 发了:办完丧事。

取。你和谁过也好，他没钱，我供你们生活。我要不死，有没有钱都行，我只要不穷到极点。"

桃花儿说："那好吧。"

单表这个王有财就自己过了。正好桃花儿走了没有十多天的工夫，王有财家就着火了，着了一把天火。着了火之后，他这渐渐就穷了。这一着火，哪还有土地呢？土地也变卖了，他个人身体也不太好，老有毛病。

单表这个桃花女怎么样儿呢？她骑着马，那就信马由缰走吧！她跟马说："马啊，咱俩这一条缰绳两条心哪！你一个心，我一个心，拴着两条心，你看哪儿好，就到哪儿去，咱再嫁。不管说屋儿也好，哪也好，他穷得叮当，我也嫁给他，我就听你的了。"

这个马就"刺刺"走，正好走到一个山坡上，这个马就不走了，它饿了，吃上青草，说啥也不走了，打也不走！

桃花儿抬头一看，正好上边儿有个小房，是两个斜小房，转圈垛着小破墙儿，上边儿压两个檩子。

桃花儿说："哎呀，这小屋儿太小啊，莫非这屋儿就是我家？行啊！"

她就自己往山上走，急速到山坡上了，到房那儿一看，正好，一个老太太在门墩那儿站着呢。

桃花儿说："老妈妈，你在这块儿住啊？"

老太太说："啊！姑娘你搁哪来呀？"

桃花儿说："我走道儿的，我渴了，到哪儿喝点儿水？"

老太太说："水有，到屋儿吧，到屋喝吧。"

老太太挺好，头发也白了，五六十岁了。桃花儿到屋一看，就一个炕儿，不大。

桃花儿说："你老多少口人哪？"

老太太说："咳，哪多少口人，就两口人啊。"

桃花儿说："两口人是什么人儿？"

老太太说："我有一个儿子，加我一个，儿子不天天儿打柴火嘛，打点儿柴火供我活，别的是没有啊。"

桃花儿一听，说："那什么呢？那你……老太太我给你做饭呗，你这啥也没有啊！"

桃花儿就一边儿喝，一边儿寻思，瞅这屋，心说：我就得在这屋儿将就下了。

不一会儿，这小伙儿回来了，砍些柴火，"颠儿颠儿地"造回来了。

造回来之后，柴火往那儿一撂，一看有一匹马，就问他妈："妈，那谁的马呀，拴上的？"

老太太说："那不是这个姑娘的嘛，在这儿喝水呢。"

桃花儿一看，小伙儿也就二十上下，长得瞅着黑个嚓儿的，大眼睛，小伙儿确实不错。你别看他是穷人，体质好，样儿都好，瞅那样儿挺善处。

桃花儿寻思："我就应该跟他过？"

唠一会儿别的嗑儿，她就说："这么办吧，老妈妈，我无家无业，没地方去，我家的老爷都没有了，家着火了，穷得我这骑马跑出来，到这旮旯马就不走了，待下了。我没地儿，我就在您老这儿待着行不行？我认您老当干妈，你就收我这干女儿行不行？"

老太太说："那还不行呢嘛，那我这可穷，你也没法儿待呀，俺这小子这么大，你也这么大！"

桃花儿说："那不要紧，我腾个铺，怎么都能说，没说道。"

后儿老太太一问岁数，比那小子还大两岁，小伙儿二十，她二十二。

小伙儿到时候就进屋儿了，老太太告诉他说："这么办，叫姐姐吧，叫桃花姐。"

桃花儿问小伙儿："你姓啥？小伙儿叫啥名儿？"

小伙儿说："我叫张武。"

桃花儿说："武弟啊。"

桃花儿待得好，勤劳能干，连做饭带收拾屋儿。虽然屋儿不太大，一天抹擦收拾，收拾得干干净净的，还挺利索。

这老太太就专门儿打唉，桃花儿就问："老妈妈，有什么愁事儿，老打唉呢？"

老太太说："我啊，不是别的啥，没有好命啊，我认你干女儿就知足了。单有一件，女儿不能长啊，你能老在我身旁待着吗？要总在我身边儿待着，我就知足了！如果真要有你这个媳妇，我不是真说，我不敢说。"

桃花儿说："那就这么办呗，我就和我兄弟结婚得了，那我跟武弟也不错。"

老太太说："那敢情好了，你要愿意就行！"

桃花儿说："好！"

又问这个张武，他更愿意，能不愿意嘛！

桃花儿说："好。这么办吧，那咱就结婚吧。"

老太太说："结婚这么办，咱不有几个小鸡子嘛，攒点儿鸡蛋，攒十天半月的时候，卖喽，买件衣裳给你，结婚得有件儿新衣裳啊。跟俺们过，得穿俺们一件儿衣裳，不能净穿你带来的衣裳。"

桃花儿说："好吧！"

说到这儿之后，到晚间，桃花儿说："这么办，妈，你不用攒鸡蛋了，鸡蛋留着你吃吧，这么大岁数了。我这儿有几块银子，你拿去变卖。完了回来，咱们连买嚼谷，带买东西，这屋儿得收拾收拾嘛！再多就买点儿粮食。"

桃花儿就把马套子搬过来，掏出一块银子来。老太太一看，张武一瞅瞅半天，说："姑娘，这是什么玩意儿？这不石头吗？"

桃花儿说："石头？这是银子！"

张武说："花大钱儿，还能花银子吗？"

桃花儿说："这银子能换大钱。"

张武说："这玩意儿啊，不值钱，这旮旯有的是，这还值钱？"

桃花儿说："哪儿有啊？"

张武说："后边儿沟里全是这玩意儿啊，没人要这玩意儿！"

桃花儿说："哪儿能呢？"

张武说："你看，不知道吧？我领你看看去！"

这正好，俩人就去了。到那儿一看，山沟里全都是雪花儿白银子。"哎呀，这！"桃花儿一看，"可了不得了，这地方，整个儿一个沟的银子啊！"

桃花儿问："这是什么村？"

张武说："这叫八叉沟。"

"啊，全是银子！"桃花儿说，"这么办，咱俩明天就往屋儿搬。"

一看太多了，桃花儿就说："搬也不行啊，咱把它盖上吧。"

桃花儿就整个儿把这个山圈上，搁柴火盖上了。盖完之后，这个山就归她一家儿了。她第二天把银子捡来之后，就说："这么办吧，我急速去变卖！"

桃花儿就把银子变卖了。从那以后，他俩急速把婚也结了。当地群众有困难，桃花儿说："这么办吧，咱俩就开助锅，谁没有钱就给他们点儿，不用借。"

最后一看，开助锅，就要买多少粮食。年头儿一困难，他俩就开上助锅了。一晃儿过几年之后，他们这已经有一个孩子了，是一个小子，小孩儿挺好。她这儿一天比一天像样儿，三里五里八里都来喝粥了。另外，种不起地的，到这儿借粮食也能借。

后儿这个张武就成为张员外了，那名儿就出去了。

单表这天，放粥的自己正赶放粥呢，从东头往西头放，放到西头，有一个小伙子没吃着，这个粥就没有了。

放粥的说："你个要饭花子，你来差一步啊，你看这粥一点儿都没有了，差一两个人没看着。"

"唉！"要饭的打个唉，说，"我两天没吃着饭了。"

放粥的说："这么办吧，明儿早上你早点儿来。"

第二天早上，放粥的一看，说："昨天在西头儿的没吃着啊，今天我就先给西头儿放吧。"

搁西头儿放，放到东头儿又没有了，要饭的又没吃着。

"哎呀！"这要饭的一看，说："我这真穷命啊！"

放粥的寻思寻思，说："你没吃着，那明天你再来。"

要饭的说："明天我来！"

第三天又来，要饭的说：今天我坐当间儿。

放粥的也好心，说："头一天没吃着，第二天没吃着，这回搁两头儿放，我这回夹着放。"

放到当间儿呢？要饭的又没吃着，他个人就哭了："我真是饿死的命啊，不怨人说我是饿死的命！"

后儿桃花儿赶到了，就问咋回事，放粥的这一说。

桃花儿说："那这么办，你问问他是哪个地方的，怎么回事儿？"

要饭的说："我叫王有财呀，我原来是有钱的，现在穷得叮当的，吃粥都吃不着了。"

桃花儿一看，就认出来了，这是她家公子，她还不认得吗？对放粥的说："这么办，你把他让到屋，咱们提前煮点儿饭，叫他吃饱。"

要饭的吃完之后就有精神了。完桃花儿过来了，到这儿瞅瞅他，说："你家搁哪儿住啊？"

王有财咋咋地一说。

桃花儿说："打听你个事儿，你能知道不？那你原来没订过媳妇吗？"

王有财说："哎，别提了，我不是没订，订过。我那时候让别人贫气完了，我俩感情还没伤，也没打、也没骂，我忍心含着泪把她打发走的呀。走的时候，我给拿了多少银子，我告诉她多咱用完回去取去。还取啥？我家着天火，地都充朋友了，现在啥也没有，穷得叮当的，东西都给我卖没了，我现在都要饿死了。我也就对不起她了。"

桃花儿问他："你还认识我不？"

王有财瞅半天，说："哎呀！"

他拽着桃花儿就哭起来了。这两口子对哭，桃花儿说："这么办吧，把我男的找来。"

张武来了，这回穿得也好了，员外爷的样儿啊。

桃花儿对张武意思说，这是她先夫，当初他俩没伤感情儿，他怎么怎么打发她走的，没打她一下儿，没碰她一下儿，就因为人家贫气他，他没办法了，把她打发走的。临走她拿了银子，他对她还特别客气得邪乎。她现在没法儿，就得说他好，"人为先夫，地为门主"啊！这回她得跟他走了，她不能在这儿了。"现在我给你扔一个儿子，也就行了。你这孩子也能生活儿了，都没说道儿。"

张武一听，说："那好！你要说这话，桃花女，我现在也挺寒心，我是不舍得你走，但是我不能让你们太离别，因为原来没有我。这个争争怨怨都从爱情当中分离，现在让你俩团圆，我打发你走。我这家是给你一半儿，咱俩一人一半儿，因为你的福嘛！你俩乐意盖房子盖房子，乐意在别的地方住也行。这个孩子呢？给我扔下，咱们该走就走门亲戚。那还不是不能生，年轻，再生个孩子再说。"

桃花儿说："那好吧！"

这四个人所以怎么呢？在那当中说："这么办吧，咱就来个大欢乐，磕把大'把拉'头吧。"

摆上席，像办喜事似的，搁那都预备好几十斤醋，就像亲舅甥一样，对着天凭誓，磕了几个头。

搁这么之后，桃花女也回来了，她丈夫也认了，这边儿也过好，那边儿也过好了。

就说桃花儿还没坏良心，桃花儿认夫。

替夫答对

有一个小伙子新娶个媳妇，娶的这个媳妇长得挺漂亮。

这个老师啊，有些个不正经。这个老师也年轻啊，那时候这个小伙子还是一个念书的学生。这个小伙儿一结婚了，就不来上学了。

这个老师就问他："你说你还是个学生，你这些日子老不来了，待在家里净干啥啊！"

这个小伙子就说："哦，我结完婚就多在家住了一段时间，所以就这么的耽误些工夫。"

这个先生一听，就说："哦，那这么办吧，你自愿耽误工夫。那我就这么办，我就给你出一联，你要是能对上就行。"

这先生就写了：新婚之喜贪贪恋恋恋恋贪贪越贪越恋越恋越贪。先生就说："你给我对上吧。"

这个学生一看，他对不上啊！他上哪儿对上去？

他回去了就愁啊，他媳妇一看，就问他："你这是怎么回事啊你？"那时候，他媳妇大，他的媳妇比他大两岁，有钱人都娶大媳妇。媳妇也是念书人出身，他就说这个事儿，他就说："我对不上。"

他媳妇儿就说："那不要紧！你吃饭吧，明儿我给你对。"就拿去写了。第二天早上，这个小伙儿就给拿去了。

写的什么呢？怎么对的？这么对的：天地造化生生死死死死生生先生先死先死先生。

老师一看，就说："媳妇对的这个歪劲儿了！了不得啊！哪有这么对的？哪有这样的女子啊！"心里想：这个女的确实行！不服不行！

完了以后，他就告诉他学生，说："今后你啊，你好好念书吧。你媳妇错不了啊！你媳妇确实有才，你听你媳妇的吧，我也不给你写（对联）了。"

从那以后，他路子走正了，不敢调戏人家媳妇了。那以后，这个学生念书念得还真不错。

天下第一俭

江南有一个"天下第一俭"，姓王。他都够俭省了，但听说塞北有个姓李的比他还俭省，就跟他儿子说："我岁数大了，你到老李家看看，听说他比我小，你就看看你大叔去，看人家怎么俭省的，学习学习。"

他儿子说："那得拿点礼物去。"

他说："好，你掂量着拿，我看你也不是不懂得俭省的方式。"

小伙儿就拿张纸，在纸上拿笔画了两条大鲤鱼，说："就拿这俩行了。"

他爹瞅瞅，说："还行，挺得体，还不错。"临走前他爹又说："我再看看，这用料大点儿，还是有点儿浪费，行啊，都画完了。"

这到塞北了，就为了看看谁最俭省。老李头一听江南"天下第一俭"的儿子来拜会了，说："好好，特别欢迎啊。"

小伙儿说："我父亲让我带两条鲤鱼来。"

老头说了："叫你们破费了，这么大老远还拿两条鱼来。"

等待两天要回去了，姓李的这个"天下第一俭"就跟他儿子说了："你看人家来多省，人家不是拿两条鱼来嘛，人情也走了，还没花钱。"

老李家这儿子说："那不行，那也不俭省，我比他还得俭省。"

老李头说："那好。"

等临走了，老李家儿子就说了："兄弟你要回去了，我给我叔叔也没别的拿的，你们江南鲤鱼好，我们塞北胖头鱼好。"就搁手一比画，多粗多长就算胖头鱼了。

王家儿子说："那好，我得到了，我带回去了。"

他比画完之后他爹把他踹一脚，说："混蛋，哪儿有比画那么大的，那多浪费呀，你少比画点儿不行！"

挑豆种

有这么一个地主,特别赖,那捣蛋得邪乎啊!他怎么样呢?他一天早上起来就对雇的人喊:"起来吧,日头高了,日头高了,你还不起来,还趴着!"其实外边黢黑得很啊!他就天天儿这么吼,所以这普通人给他起了个名儿叫"日头高"。一说"日头高"的话就是这地主。他喊人家都喊"日头老高了!日头老高了",其实他在喊的时候还黢黑呢,那还没亮天呢,他就喊"日头老高了",他就喊惯了。

这天雇了个打油的,雇了个刘大个子,脾气挺倔。大伙叨咕说:"你在那地方干活可不好干哪!这个老地主啊,一天地就喊'日头高,日头高'的,你就得起来,不起来就不愿意。"

"咱干咱的活儿,咱对得起咱两个钱儿就行!咱挣下钱就给人家干。干是干,但得有个谱。他说的日头老高,半夜日头能出来吗?干活儿它也得真出来啊!"

搁那上班好几天了,这天打油的在屋趴着呢,根本那外边儿还没鸡叫呢,还黢黑呢!他就喊:"打油的起来,日头老高了,日头老高了!还不起来!"

屋里不吱声,他就又喊,喊半天了,就听见打油的在那屋说话了,"东家,你别号了!俺们早就起来了。"

"早起来了?"

"啊!俺们这不是在这屋挑豆种呢嘛,都挑半天豆种了。"

"挑豆种?"地主笑着说,"这不扯呢!你想想吧,屋里头黑咕隆咚的,你说你还能挑成豆种?屋里黢黑,能看到挑吗你们?"

打油的寻思寻思,笑了说:"哎呀,老员外你听听吧,你老说日头老高,黑咕隆咚,挑豆种看不见,外边儿干活也不中啊!"

他一听,说:"哎,打油的答复得好啊!"完他就不吱声了,搁那他就再也不喊日头老高了,所以打油的就把他给顶住了。

从那以后,再说日头老高,打油的话有的是。要不说呢,最后这打油的一下把他给治住了,他再也不敢说日头老高了。

铁匠教徒弟

要说教徒弟呀,这也不容易。

有这么一个老铁匠,他自己也没儿子,他就一心想着把这徒弟传成正式人。其中有一个小伙儿就要学他的手艺。他到那儿去之后特别殷勤,说:"老师傅,你要是把我这徒弟教好了,你把你的手艺教给我之后,我情愿给你养老送终,给你做儿子一样。"

老铁匠一看,说:"那好,我一般教徒弟都得交一俩钱儿的,我啥也不要你的,你就在这儿待着吧。"这铁匠挣俩钱儿,供着徒弟吃饭,还供着穿。这铁匠心特别好,待这小孩儿待得特别好,他就在这儿学。

一学学了好几年了,这老铁匠就六七十岁了,身体软弱了,就把这点儿手艺全都教给他这徒弟了。那教得是一点儿不错,这徒弟心就变了。一看这你都教会我之后,我个人觉得也行了,我就不能养活你了。意思就是自己要出去单干了,你也这么大岁数了,就自奔自食吧。你就讨着要着吃吧,我这就出去单干去了。

铁匠一看,糟了,就和别人说了。别人串门儿的就说:"人这手艺呀,你得留一手儿啊。当初啊,猫教徒弟的时候,教老虎就留一手儿,要不是留下上树那一手儿啊,老虎早就把猫给吃了。所以那都是过去的经验哪!"

他说:"说起来我也留了一手儿,不能够全教给他。这要是全教给他以后,这徒弟要走,他能在外边干得了吗?他不行。我最后还有一手儿没教给他呢。"

他这一说,别人就告诉他这徒弟说:"你呀,你先别吵吵着走啊。你师父说还有一手儿绝活儿没教给你呢,你走了也白扯。"

他说:"是吗?我觉得没有啥了。那好,就先不走了。"他就又回来了,说,"师父你得教给我,我还养活你。"又说养活他了。但他知道啊,又在这儿待着了。

这一晃儿又干了二年多,这老师傅身体就已经不行了,说话间就要死了,有俩钱儿拿出去也都花完了。这时候这徒弟就说话了:"师父啊,我又伺候你二三年,你要死了,你最后得把这绝活儿教给我。"

他说:"我告诉你,但得等到明天。"说临死的时候告诉他。等到要死了,大伙儿都来了,他说:"你得听明白了,我教他这些年哪,手艺全教好了,就是一句话没告诉他呀。你总得记着，这铁烧热了，别直接搁手拿，那会烫着。那俇不住就兴许把手烫坏了。这你得记住，一定不能拿热铁。"

哎呀！徒弟一看，心说："原来就这么一手儿没教给我？！"这就是把他骗了。要不他真的就不养活他呀。

异文：铁匠收徒留一手

有个老铁匠，手艺特别好，打算招一两个徒弟。

过了几天，他就招了一个徒弟。老铁匠和徒弟说："我教你是行，但是我有一个要求，我没有后人，你得像我儿子一样，我是一分钱也不取你。另外挣钱之后，我供你吃，供你穿，全供你，你好好把手艺学成。最后你别忘了我就行！"

徒弟说："好，那没说道！"

这徒弟，小伙儿也挺会来事儿，学着干。一学就学了三年，把手艺全都学好了。他那是哪有活儿就到哪，一直跟着师父，很怕有什么学不会。

学到三年的工夫，这个小徒弟就坏心了，合计："我手艺也学成了，我伺候你？你那么大岁数，花你的就花你的吧！"

这个徒弟就蹽了。徒弟蹽了之后，老铁匠还纳闷儿，说："这小伙儿没在家，怎么走了呢？"

第二天小伙儿回来了，说："不是别的，师父，我回来了。我昨天打算找个地方，上别人那干去。我想回来看看啊，师父你还有什么嘱咐没，还有什么规矩没？"

老铁匠打个唉声，说："哎，你回来，我告诉你，你手艺没成啊，师父还有最后一个手艺没教给你！我还有一句话没告诉你，你出门去干，有性命之忧啊，你干不了这活儿啊！"

徒弟说："是吗？师父。"

老铁匠说："可不是？你在这儿，你再干一个时期，我再告诉你。我那最后的绝招没告诉你，你能干得了了？"

徒弟一听，说："好吧！"

就又在这儿干，又干了有一年多，徒弟说："师父你得教我绝招啊，还有什么招儿教我?"

师父说:"好吧,你再干一年吧。"

徒弟又在这儿一连干了三年,到最后老铁匠都要死了。眼看快死了,体格要完,徒弟就说:"师父,你都要死了,就告诉我绝招儿吧!"

老铁匠说:"绝招儿我告诉你,你不管到任何新家当中,再忙的话,铁烧红啊,千万别搁手拿,搁手拿就把你烫坏了!"

"哎呀!"徒弟一听,说,"师父,就这点儿事儿啊!"

老铁匠说:"就这点儿事儿。"

老师父眼睛一闭,就死了。这就是最后的绝招:铁烧热了别搁手拿!

偷状元

这个故事是啥呢?据讲过去关里的南方蛮子,都"眼毒眼毒"的,他们专讲看坟茔地,到哪儿看阴阳宅子,那确实有两下子。

过去南方人出门都骑骆驼。有这么一次,这蛮子上东北来,骑着骆驼走,走到哪儿呢?正赶走到一个农村的庄稼院儿,瞅着这院儿也不小,挺不错,哪儿都挺好,他就寻思说:这家确实不错,瞅这阳宅挺好,说不上阴宅怎么样。他一时到门口了,就喊,说:"当家的在屋吗?"

屋儿里有人应道:"哦!"

他说:"我是南方人,是看风水地的先生,我看你们这阳宅太好了,有发展,我到这儿看看吧。"

当家的说:"那好!那到屋儿吧,眼目前儿也不差你吃饭。"就把他让到屋儿了。"这么办,你在这儿住吧!"

他说:"行!"他就住下了。一唠,他跟当家的说:"我看看阴宅吧。"第二天,看完了阴宅,他心寻思:哎呀,这阴宅真好啊,这阴宅能出一个状元,还能修成一个有名的大仙人。哎呀,看起来这旮旯确实好呀!他也会瞅啊,瞅了半天,就寻思:根据我掌握的情况,这个二的是状元,大孩子就是仙人,这家看起来是有这个命运。他帮着看看这儿、看看那儿的,都挺好。喝完酒之后和当家的处得也挺近,他说:"这么的吧,咱就拜磕头弟兄吧!"他俩就拜磕头弟兄了。

他待了一阵,要回去了,就说:"我要回去了,不是别的,俺们家你弟妹现在老说东北不错,想上东北来看看。"

当家的说:"那就来呗!"

他说:"来了也没有地方住呀,就只能在你这地方待了,完我领着她溜达溜达。"

当家的说:"好吧!"他就回去关里了。

他回去不多日子就把媳妇儿领来了。这媳妇儿年轻,二十五六岁,这个南方蛮子也就三十来岁,当家的能有三十五六岁。在这旮旯看了些日子,他就跟当家的说:"这边的买卖没多少了,我打算到黑龙江那边走一走,走的时候带你弟妹也不方便啊,我就让她在你这儿待着吧,讲不了要多费你点儿饭。"

当家的说:"什么饭不饭的,那没说道,还能差她这点饭了?你就到外边做买卖吧,哪有问题你就给看看风水,把钱挣完、挣足之后再带她回去。俺们弟妹来没说道。"

他说:"好。"媳妇儿就在那儿待着了。不说。

单说这女的和掌柜的。这女的也爱唠,一唠和掌柜的唠得挺近便,她就故意撩这当家的,俩人最后就有感情了,就跑一起去了。一待待了多少日子呢?在这旮旯待了三年的工夫。这个风水先生一直都没回来。到三年头上,他回来了,这边儿已经俩孩子了。他走的第二年生一个,完第三年又生了一个,现在都满月了。

"哎呀!"这当家的一看,磨不开了呀,"我对不起朋友呀。"

他说:"这不能说别的,也怨我女的,我老婆她要懂事也不能这样呀,这也明说,该怨我家门不幸,遇到了这样的老婆,大哥你没说道。"

当家的说:"得!你可别说别的了,我也错了,我哪能占朋友妻呢?过去说得好'穿朋友衣,不占朋友妻',这就是我的不对了。"

他说:"你没说道,这么办,我也明说,我没孩子,我明儿就带走一个吧,这小崽儿我就抱走,要不他刚满月扔这儿也没人奶他呀,这大的就给你扔下。"他就把大的留下了,带走了小崽儿。他就知道这小崽子准能当状元。

回去过了几年,这两个孩子真的就成功了。这个大的呢,就是纪学堂,他成仙了;这个二的呢,真中状元了。

这哥俩到晚年又见面了，一提起来，这南蛮子才说实话，他说："说实在话，你这坟茔好，我是特意把你弟妹安排来和你睡觉的，就为了讨你一个种，做状元，要不我能把她留下吗？她能愿意那样吗？"当家的这才知道实情。

"偷状元"就是这么"偷"的。

村女戏和尚

要不说过去和尚出家的，真有一心务本守正的，意思就是咱们说的修成正果、好好修的。也真有出家以后，担个和尚名儿的，胡扯胡闹的，这样的也有。就讲有一个和尚，他有香火地，庙里有十垧八垧的地，能收两个钱儿啊，他个人不想买香火，也不想把庙修好，他就胡闹，找女的耍。

有这么一个秃驴和尚，就不正。他怎么不正呢？正好东院庙院子不远有一个媳妇的，这媳妇长得挺漂亮的，家里男的在外边儿干活，家过得一般。这女的一天就推碾子、拉磨，干点儿活儿养活孩子，大概有二三十岁儿，挺能干。这和尚就盯上她了，寻思怎么能弄到手呢？见面之后就和人家赶着说话，意思就是问人家困难不困难，有钱没钱，没钱他有钱。

这天他没事儿，下晚黑夜就站在庙西厢和人家叨咕。因为他俩离得不远，他就老和人家叨咕：好啊好啊好啊好。女的晚间就和她男的说："这什么意思啊，老和尚见我就'好啊好啊好啊好'的。"

男的一看说："他调戏你呢，他再喊的话，你就答应说'你好我也好'。"

媳妇说："那什么意思呢？"

他说："你尽管答就行。"这男的挺有智谋。

第二天下晚和尚又叨咕她说："好啊好啊好！"

媳妇就笑了，说："你好我也好。"

哎，老和尚就乐了，一摆手就跑过来了，说："明天我上你那儿去。"

"来吧，你好我也好。"回去告诉男的说和尚明天要来。

"来来吧，你就招呼他。"

女的说:"别胡扯了,我正经人能和他扯去吗?"

男的说:"让他来吧,我有办法。"

第二天下晚了,媳妇就告诉和尚说:"你买点儿菜买点儿好的,预备好酒菜。"

"那行。"老和尚拿了不少钱买的菜、买的酒,媳妇给预备好了。男的就告媳妇说:"咱这么办……"

等到天一黑,这老和尚就来了。那时候都是有北屋、南屋啊,大屋挺大,老和尚就进屋了。进来她就告诉这和尚:"我男的不回来了,出门了,得一两天回来。"

他说:"那好,我洗了澡就来。"他点灯前就来了。

来了以后,媳妇在那屋炒菜呢,就说:"你别着急,你等着,菜炒好以后咱俩喝点儿,喝完酒再睡觉。"

和尚说:"那好吧!"

这媳妇炒了好几个菜,这和尚乐坏了,等着吧!菜都摆上之后,她告诉和尚说:"你把衣服脱下来吧,别穿老和尚衣裳了。"

他说:"好。"

就把外衣脱下来,穿上衬衣了。和尚一看要睡觉了,媳妇把被子都拽下来了,媳妇说:"咱俩喝点儿吧。"

"好吧!"

正要喝酒,一看院子大门"咔嚓"一开,这男的回来了。媳妇说:"呀,男的回来了!"

和尚一看,真回来了。和尚心寻思:这怎么办?衣裳没穿,就穿的衬衣,那哪像样儿,还在女的这屋。他说:"这怎么办?害怕!"

女的说:"不用害怕,他不能待长,他待会儿能走。他有事儿,回来取东西来了。你呢上北屋,上北屋之后你在那儿猫着不行,猫着有动静,外露怎么办?俺们北屋那儿正好有个磨,那儿有粮食,你在那儿待着给拉点磨吧!他问我,我就说毛驴拉磨呢,他就不能过去瞅去了。要不每天他拉磨,到北屋要问料拉没拉怎么办?你拉他没说的。"

他说:"那好!"这和尚到北屋就自动地把磨杆抄起来,料搁里头就哗哗拉起来了。

人家男的回来到屋之后,俩人一鼓嘴一笑,没说啥,丈夫说:"喝吧,咱俩喝点儿！"他们就喝上酒了。男的喝，女的也陪着喝，俩人连喝带说笑的。和尚拉磨就憋气，越拉磨人家越喝，还没睡成觉！等着吧，等你男的走了再说吧！

这工夫男的就问女的说："这料拉多少了？"

女的说："怎么也拉有斗了八升吧。"

"不行，多拉点儿，拉少了不够喂呀，那不扯呢，这么些猪！这个老驴子怎么不干活呢，抽两鞭子去！"

"不用你去，我抽去吧！"媳妇拿着鞭子到那儿就乓里乓啷地抽了两下子，把和尚打得一撅一撅的，说："你个老驴，快走！"这和尚就哗哗地拉。

这男的越喝越不走，整整拉了半宿，天要亮了，男的说："这么办吧，天也亮了，外头也得了，你给我掂对，把北门子开开，把驴拉出去拴圈去吧，我还有事儿。"

这媳妇到外面拿钥匙把北门打开，跟和尚说："你赶快走吧！"这和尚低个头把衣裳提上就跑回去了，累得可脑袋汗哪！男的看见就笑了。

到了第二天下晚儿了，男的告诉她媳妇说："你今儿还到那儿叨咕好啊好。"

这媳妇吃了下晚饭，就又在墙头叨咕说："好啊好啊好啊好！"

老和尚一听，说："唉，拉倒吧！你好我不好啊！一宿没睡觉，身上挨了鞭子打，还给拉了一宿料啊！"

王八变水蛇

以前，有这么一户姓李的人家，老头老太太死得早，家里就剩下李老大、李老二哥俩过日子。哥儿俩过日子，自然是这李老大又当爹又当妈，种地除草、缝补洗涮，辛辛苦苦地把弟弟拉扯大了。

哥儿俩长大成人了，先后娶了媳妇，又分了家。李老大是一把过日子的好手，从小就磨炼出来了，家里家外的活计都能拿得起来。李老大结婚以后，就盼着能生个儿子，可媳妇一连生了好几个都是姑娘，两口子不甘心，等啊盼啊，到最后，可算是生了一个男孩。儿子是有了，可家里孩子也多了，吃穿就更紧巴了。就这样，李老大家的日子就一直没过起来。

再看李老二，人家成了家之后这日子就过起来了。这小子点儿正，也走字儿，种地、养猪、养鸡，干啥啥挣钱，就连赌钱，人家都没输过。没用几年，李老二就发了财了，家里有个五十垧八十垧好地，成了当地有名的财主了。

李老二看不上他哥，别看是他哥把他拉扯大的，可他打小就半个眼珠没看上他哥。分了家，又成了财主，再看见他哥，那眼皮都懒得撩，就不用说了。跟他哥说话也没好气儿："你也不会过日子啊，你瞅那日子让你过得，炕席都过没了，那炕上一半炕席，一半黄土。"

李老大的孩子从老二家门口过，他这个当叔的从来没给过一分钱，连口水都不让进屋喝。他也不是小气，就是看不上他哥，和他哥不对脾气。他对待堡子里的邻居都比对他哥好，今天请这个朋友吃饭，明天找那个朋友喝酒，就是对他哥没有一点热乎气。

李老二这样，李老大心里能没有气吗？可是俩人毕竟是亲兄弟，他也就不跟老二一般见识了。

虽说哥俩别别扭扭的，但也算相安无事地过了几年日子。

这一年的春脖子[1]长，李老大家的口粮眼瞅着就要没了，米缸都快见底了，这可把李老大愁坏了。大人怎么都好说，饥一顿饱一顿无所谓，可是家里这一帮孩子咋办？一饿就嗷嗷直叫唤啊！眼下又是青黄不接的时候，到哪去弄粮食啊？李老大耷拉着脑袋，蹲在房檐底下，整天愁眉苦脸的。

俗话说："巧妇难为无米之炊"，李老大的媳妇也着急，就说："当家的，怎么办哪，眼瞅着都要到夏天了，这么长的天头儿，孩子们一点粮食吃不着，净剜野菜吃怎么能活呢？要实在不行，你去找你二弟看看去，让他想办法串换点粮食给咱，咱到秋连本带利一起还他。这到真格的时候，你亲兄弟就能眼瞅着不帮忙啊？"

李老大没吱声，他心里寻思："要是去了，老二这个驴玩意儿真把我损一顿不说，到末了还没借给粮食，你说这脸往哪搁啊？要是不去吧，还真就没有什么别的办法了，这全家人就得饿死。"老大心里也打着鼓，不知咋办。

看李老大老半天也没吱声，媳妇就知道他那点心思，就说："李老大，你怎么那么窝囊呢？想当年你爹妈死得早，就扔下你哥儿俩，要不是你把老二拉扯大，说不定

---

[1] 春脖子：春末夏初。

他早就让狼叼去了。没有你能有他的今日吗?他现在是发财了,咱们过得穷,那咱也没说非得赖着他啊!就管他串换点粮食都不行啊,就你这样的还叫老爷们?"

经媳妇这么一激,李老大也觉着自个太窝囊,老二不该那么绝情,抬腿就朝老二家去了。

到了李老二家,李老大把借粮的事和他兄弟一说,李老二一听就炸了,说:"没有钱,一分钱没有!我有钱压着也不借给你!"

他哥一听这话,气就不打一处来,心寻思:"李老二啊,李老二,你真不像话,想当年没有我,你都得饿死。我那时候不管多累,都得想办法挣两个钱儿养活你,把你拉扯大。可没承想啊,你现在过好了,翻脸连你这个大哥都不认了,老李家怎么出息你这么个牲口!"

老实人上来脾气也不得了,李老大心里的火"呼"的一下子点着了,上去就扇了老二一个大嘴巴子。这下子,可把老二给惹急了,说:"快点来人,把他给我绑上。"

李老二家雇着不少下人,就从屋外跑过来几个人,几下子就把李老大给绑上了,李老二还不解气,让人把他哥吊到东屋的房梁上头了。

李老二对这些下人说:"没有我的命令,谁也不兴把他放下来。我就看他什么时候服软。他多咱松口,多咱服软了,多咱让他走,不服软就给我吊着。"

这李老大本来就是个倔强人,从来不服软,能哀告他兄弟吗?李老大说:"绑就绑着,爱怎的怎的,我宁可不回家,饿死在这!咋不是死呢!"

单说李老二,把他哥打了以后,心里的窝囊气还没出透。把他哥吊那之后,就一个人到集市上溜达散心。溜达了一大圈,也没看见什么新鲜玩意儿,正四处撒目呢,就看见道旁有个卖王八的。李老二合计,买个王八回家,炖了下酒,也正好解解气。他就挑了一个最大的王八,能有七八斤重,乐呵呵地拿回家去了。

到家后,李老二告诉媳妇:"今晚上把这个王八给我炖了,我要好好喝点酒。"他又吩咐下人把王八挂到下屋去,下屋里有阴凉,别把王八晒死了,就不新鲜了。下人就把王八挂到下屋了。

他家的下屋是三间房,房顶有一根大梁,李老大就被吊在这根大梁上了。离李老大也就三米多远的地方有根柱子,柱上有个钉子,下人就把王八挂这柱子上了。李老大就瞅着这王八,心里骂那个下人:"你也真是的,没看见这边吊着我嘛,那边吊王八,你真是个王八犊子!"

这工夫，李老二也进下屋来了，他是看王八死没死，也顺便问问他哥服软没。一看，李老大压根就没有服软的意思，可把他气坏了。他就告诉李老大："不服软也没事，你就在这待着吧。你看这回还有和你做伴的了，它也绑着，你也绑着，你俩没事唠唠嗑吧。"说完了就走了。

李老二走了之后，屋里就没动静了。过了挺长时间，李老大就瞅这王八一动不动，他就合计："这王八怎么没动静呢？怎么回事呢？"

正合计呢，就看见这王八开始动弹了，不一会儿工夫，顺着王八尾巴爬下来一条大长虫。这长虫足有擀面杖那么粗，顺着柱子就往下爬，这可把王老大吓坏了。王老大假装咳嗽一声，这长虫听到有动静，刺溜一下子，又缩回王八壳里，外表看上去和王八没什么两样。

王老大一下子合计过味儿来了，说："哎呀，这哪是什么王八啊，这不是个大长虫吗？这玩意儿可有毒，吃了还了得了，不都得死了啊？"

王老大心合计，说："杂种，这回就让你吃，吃完叫你死了。谁让你那么牦口。"

可是他又一合计，说："不行啊，我爹妈死了，就扔下俺们哥儿两个，他不仁我不能不义呀。毕竟我是他大哥啊。我得告诉他，要不他吃完死了，你说怎么办？扔下他媳妇一个人守寡不说，还扔下一帮子女，以后可怎么过啊？他再怎么驴我也不能这么办哪，我这个做大哥的有责任哪。"

李老大再三寻思，最后决定还得告诉老二，不能吃这个王八。

说话工夫，这天就擦黑了，要做下晚饭了。李老二领着他媳妇就进了东屋了。他把王八从柱子上拎下来，告诉他媳妇说："来，把它拿厨房去炖了，今儿吃王八肉。"

李老大赶忙说："慢着，你站一站，老二。"

李老二瞪了一眼他哥，说："干啥，你服软了吧？"

"哥跟你说，那个王八肉不能吃啊。"说着说着，李老大就哭了。

李老二说："你哭什么玩意儿呢？哭也不给你王八肉吃！"

"你呀你呀，你不知好歹呀，别看你不仁，哥我不能不义呀！我是当长兄的，不能不告诉你。这个王八你不能吃呀！它不是王八，是个大长虫变的。刚才我看见它显原形了。你要是吃了它之后肯定得死，它有毒气呀！"李老大哭得有点说不下去了。

李老二说："不可能，你肯定是嫉妒我吃王八肉，你这辈子也吃不着，所以就不想让我吃。"

李老大说:"不信你就试试,你把它还挂那儿,你们都出去,这屋里一会儿没动静了,它就变成长虫了。"

李老二半信半疑地把王八又吊到柱子上,和他媳妇站在窗外瞅着。果不其然,没有一会儿工夫,这个大长虫就从王八尾巴那爬下来了。

这可把李老二和媳妇吓坏了,两口子一下子醒悟了。李老二媳妇说:"这回你都看见了吧!我说你呀你呀,你怎么那么糊涂呢?这回要不多亏你哥,咱们这一家子全得毒死。你哥来求借,你不帮忙不说,还把你哥绑起来了。你说你还是人吗?还在这傻站着干啥啊,赶快进屋去给你哥解绳子啊!"

李老二赶忙跑到下屋,把他哥从梁上放下来,把他身上的绳子也解了下来。绳子解开后,李老二两口子"扑通"一下,就给李老大跪下了。李老二边哭边抽自己嘴巴子,说:"哥,我不是人啊,我不该那么对你啊!我真是畜牲啊!哥,你原谅我吧。要没有你的话,我这家呀,都全完了,都得让这王八把我害死。"李老大这工夫也哭了。

李老大把老二两口子扶了起来,李老二拽着他哥的手说:"哥,我错了,以前啥样你就别看了,从今往后你家就搬过来,咱两家一起住,咱们不分家了。俗话说'打虎亲兄弟,上阵父子兵',咱哥俩一起干。"

看老二说的是真心话,李老大说:"兄弟,你要这么说的话,你从现在开始就啥也不用管了,家里交给我,我全管了。你呢,就好好念书,将来好考取个功名,这样也就对得起咱死去的爹妈了。"

从那以后,两家又合成一家了,李老大掌管家务,把这一大家子管得井井有条,那日子过得火炭儿似的,成了当地最有钱的大户。李老二发奋读书,后来真就考取了功名,当上了知府。

这就是王八变水蛇,因祸却得福啊!

王二爷捣蒜两耽误

人们总叨咕说"王二爷捣蒜两耽误",这是一个俏皮语,其实真是这么个事儿,不差!这是怎么个事儿呢?

这个王二爷有个女儿，他们俩对门住着。女儿对他挺尊敬，凡是吃点什么东西，都惦记着她这个娘家爹。这老头生活也不低，也爱吃，就爱吃饺子，女儿一包饺子就给他送去，一包饺子就给他送去，一顿不带落的。这王二爷个人也有包饺子的时候。

就说今天一早上起来，他上街回来，一回头搁门口就看见女儿正在那儿"哪哪"地剁肉馅呢，他就合计，今天又吃饺子！他就回家了。

他回家就合计："今天我这么办，我个人早点捣点儿蒜，早点预备。"他就把大蒜拿出来剥了。那正是春天景儿，屋里挺热的，他就把蒜拿到外面去，"哪哪"地捣，这就让姑老爷看见了。

这姑娘饺子整好之后，就叨咕，说："给我爹送点饺子去。"

姑爷就说："你不用送了，老太爷那儿也吃饺子，一早上我看他在外面捣蒜呢！"

这不"捣蒜两耽误"嘛！他捣蒜是寻思着女儿送来饺子了正好吃；他女儿认为他个人包饺子了，要不不能捣蒜呀，就没给他送。

这老头蒜捣完了就等着，左等也不送来，右等也不送来，他酒也烫好了，光等饺子来呢！

这工夫堡子有个串门的来了，到这儿一看，说："大哥你还没吃饭呢？"

他说："没吃呢，我不是寻思那屋包饺子，她能给我送来嘛！"

他一等等了一两个点儿，人家全吃完饭了，没事了，这女儿就到他这儿溜达玩来了，说："爸，你也吃完饭了？"

他说："我吃啥饭呀，我还没吃呢！"

"你不包饺子了吗？"

"谁包饺子呀？"

"你姑爷看见你捣蒜了！"

"我捣蒜不是寻思你们包饺子，我就省事了，我捣完蒜回来还能吃现成的，省着你给我拿蒜了！"

"哎呀，可糟透了！俺们寻思你包饺子了呢，不知道你到现在还没吃上饭，你这捣蒜耽误事儿可耽误透了！"

从那以后传出去的"王二爷捣蒜两耽误"，就是这么耽误的。

王二爷装死

这个故事发生在关家甸,王二爷他们有哥儿几个,王二爷他会抽大烟,有点儿武术。

正赶上在伪满洲国那时候,他那三间房子,房子上边儿大梁都没栅。单表他自己在东屋抽大烟,正抽着呢!署长看他去了,署长听说他抽大烟,但人家署长也是挺文明的,就去看看他,他过得好,有钱哪!

署长进屋一看,说:"王二爷在屋吗?"

哎呀!王二爷一看,这正端着烟枪呢!他个人寻思:这怎么办呢?这工夫他兄弟就着急了,说:"你呀!二哥,你还鼓捣这玩意儿呢!人家署长来了多不好看哪!"上去就给他一脚,他借着这一脚"嗖"一家伙就搁东屋房子上蹦过俩大梁到西屋了。

这署长翘着大拇指说:"够说道!二爷,我算看明白你了,你的武术确实不错!越过两道梁。"这是头一次。

又过了不少日子,有个耍戏法儿的来了。这耍戏法儿的到那儿一看,就瞅瞅他这个房子,看哪旮儿都挺好,耍到半道儿就说开密语了。说:"好清一片水啊!"那边儿就说:"有水就有鱼呀!"这个又说:"可以下网了!"

这王二爷正在那儿站着呢!说这是黑语啊!是不是有什么事儿啊?完了回去一合计,说不是要偷东西吧?好像打鱼一样儿,咱得注意啊!

单表到晚间了,睡到半夜觉的时候一看那伙儿人真就来了。来了以后人家没有准备,他们到那旮儿就没下去手,这一看说不服啊!怎么办呢?就盯到天亮才进来,进来之后王二爷正好在屋呢。

王二爷意思说,这么办,就抓他们!这一抓没抓住,但是有一个给打受伤了,这些耍戏法儿的就都跑了。跑了以后人家走的时候就有这么一句话:"你等着吧,王二爷!"他一看,这事儿不好啊,人家非要找晦气呀!临走之后,他就告诉放猪的小猪倌,说:"小猪倌啊,你得学学武术啊,你小啊,不学点儿不行呀!给我放猪你得学。"

这小孩儿十四五岁,他教了三年,到了第三年这个耍戏法儿的又回来了,搁沈阳来的耍戏法儿的,还是那伙儿。王二爷说:"妥了!管保晦气来了。"

这一点儿一点儿要到这旮旯儿来了，王二爷说："这么办，我就装死吧！"就把一个棺材里一色儿搁的石头，意思他没趴里，告诉小孩儿怎么怎么说，全告诉好了他就在背地方儿猫着。

单表这个耍戏法儿的老头儿四十多快五十岁，到门口就招呼："王二爷，我特意拜访你来了。"这就到屋了，一看说王二爷死了，死好几天了，这灵还没出呢。拜访啥？他说："是吗？能死这么痛快吗？当初把我们打受伤一个，打得可确实挺苦哇。现在还残废着哪！我今天特意找他评评，这回怎么找呢？"就哭了，说，"王二爷王二爷，我太对不住你了，我还没和你近便呢！"

这老头儿就捋捋棺材，"啪！啪！啪！"拍三掌，拍完三掌一转身，这小猪倌到傍拉儿上去"哪"的一脚，这一下子老头儿借脚力就落到门口儿了。到门口儿那儿又吐了三口血，回头儿一看是个小孩儿，十四五岁儿。

咳！王二爷这家真是武术高尚啊！这小孩子都这么大武术，可了不得！一下把他腾废了，吐血残废了。

他走了以后，这边儿把棺材打开一看，石头全都化了，全都打碎了，那叫铁砂掌，隔着棺材把石头打碎了。那王二爷装死，他要是在里边儿就会"啪"的一家伙把他打死了，要不说这耍戏法儿的可了不得呢！

这王二爷从那以后，说："今后咱不能惹他们，惹不起这玩意儿。"

这就是王二爷装死。

王货郎用计杀奸夫

有这么一个挑货郎挑扁担的做买卖的小伙儿，他和他媳妇儿俩人过日子，结婚时候他也就二十几岁，媳妇儿二十三岁，俩人都年轻。但他老不在家，在外边的时候多，这媳妇儿个人在家，清闲当中守一阵就守不住了，和谁扯上了呢？烧锅掌柜的有个侄儿，那小伙儿有钱，他一天没事儿也清闲自在，在傍拉溜达，就和她扯上了。

这扯上不要紧，单表谁呢？这个王货郎，他几个月之后一回来，回来以后就瞅着人家唠嗑当中，他到傍拉人家就不唠了，他不去人家就唠，指着他脊梁骨，还老瞅着他。他觉着这里有事儿，就寻思啥事儿呢？一考虑，是不是在别的事儿上有问题？他挺尖，就寻思到媳妇儿身上去了。因为他一看，媳妇儿屋里那东西当中，擦胭抹粉的东西都预备得挺全面，他想：我不在家，她这么梳妆打扮，那是必有所爱啊！

待几天的工夫，这天他就和媳妇儿说："我不能常在家，还得走，还得做买卖去，我搁外边你别做亏心事儿。"

媳妇儿说："你在家呗！好不容易回来，才两天半就又走。"她拦着他，留他一回。

他说："不行，我得走！"

媳妇儿说："你多咱回来？"

他说："多则一年，少则半年，我就能回来。"

媳妇儿说："好吧！"媳妇儿在他临走的时候还眼泪巴嚓的，挺舍不得，还送他一程，他就走了。

他走了没有四五十里地，就住了个店。旁边有个铁匠炉，他就在铁匠炉上打一把刀，带刀库的尖刀子。打完以后，个人就预备个小棒，刀的一头能固定在木棒上，又把刀放傍拉，用就抓，不用就不管，这都预备好了。其实他没走多远，就走这么几十里地，住两宿就回来了。他到店里，对东家说："我把东西搁这儿，我上亲戚家去。"

东家说："去吧！"

他把扁担等东西就全搁店里了，到了下晚儿自己独身回来了。他把那棒子和刀都揣起来了，一共得有一米多长。

这是个夏天景儿啊！他就回家了。他回个人家那是容易，轻车熟路。他到家一看，家点着灯呢，屋里没那些人影儿，一考虑：我看一看。俗话说得好嘛，"要是心有事儿，得听背后言"！他上哪儿听的？北窗户！要不一般都搁北窗户出事儿呢！偷东西往北窗户来，听声儿往北窗户来，北窗户背静儿啊！在南窗户的话，你干什么人都能瞅着你，北窗户墙一般都高，外边儿瞅不着，他就蹲北窗户了。

媳妇儿正在北屋坐着呢！他把这窗户纸就舔破了，那时候窗户没有玻璃，全都是报纸糊的，他舔破窗户纸往里一瞅——哎呀！酒菜都在桌子上摆着，有炒的两个菜，还有酒壶，两个酒盅。他正瞅着呢！不一会儿顺外边就进来个人，到这儿就问："整好了？"

媳妇儿说："整好了，还有酒啊！"

这个人说:"整好了,来吧!正好。"一看,正是烧锅的小掌柜的,小伙儿二十四五岁,长得挺壮,他说:"他走了,咱俩还得近便。"

俩人说着笑着就到一块儿堆儿了,先抱着嘬个嘴儿,完就喝上酒了。喝一阵酒之后就不喝了,酒多伤神,他俩就睡觉去了。他们已经像男女一样了。这是个夏天景儿,南窗户都没关,就那么敞着俩人睡的。这俩人先到一起乐一会儿,然后个人盖个人被,没在一个被窝睡。被子都蹬了,都穿个裤衩子,就这么睡上了。这时候他都瞅明白了,眼睛都气红了,个人媳妇儿让人家给睡着,还能不红眼的?!过去说男子最烦这个事儿了。

他就把扎枪理好之后,顺北边绕过来,绕到南边。一看,正好啊!就对准那男的心口窝,比画好了,"咔嚓"一下就削过去了,就听"嗯"一声,这男的就完了,他就拔出来了。他这么一"嗯",媳妇儿就醒了,说:"怎么回事儿?你叫唤什么?'嗯'什么玩意儿?"接着就喊他,喊他他不吱声,一摸,说,"哎呀!怎的,你尿炕了呀?"点上灯一看,干脆炕上全是血,心口窝给扎着呢!枪头没拔走,还在那儿攮着呢!一合计:哎呀!可惜呀!这谁攮的呢?这么缺德。

她没办法,就把扎枪拔下来了。他没走,还在北窗户看着:就看你怎么办,怎么销毁的。这女的起来之后,把烟袋拿来抽了袋烟。抽完之后,把被单儿全拽下来扔灶坑了,塞里之后没由分说,把柴火抱来开始烧水,烧了一大锅水之后,就拿刀把这个人全卸了。这工夫,她把肉扔锅里烀上了。她整个小坛子,就把烀好的肉都装小坛子里了,把水缸搬下来之后,就埋水缸底下了,再把水缸重新坐上。所以说这女的挺有主意。屋里那一锅水全都弄得干干净净,啥都没有了,全弄利索了,这女的也没睡觉,因为天就要亮了。

这男的看明白就走了。走了有十多天半个月的,他又回来了。这边烧锅掌柜的找人找不着啊!但知道他侄儿和她有关系,老上这来,但是人家男的没在家,也不能寻思这事儿啊!那没有根据也不行,烧锅掌柜的怎么找这人也找不着。

王货郎回家以后两口子挺近便,媳妇儿也挺乐,说男的回来了,一点儿没露风声,到屋里了,俩人该怎么的怎么的,炒的菜弄点儿酒,一起吃点儿喝点儿。到晚间睡觉,头一晚儿啥事儿也没说,俩人没唠别的,该近便的还近便,跟男女一样。到第三天晚上了,唠嗑的时候他就提起来了,说:"我老在外边儿待着,你在家不容易啊!你生活怎么混的呀?"

媳妇儿说:"赶着艰苦呗!不过怎么办,你也没往家拿多少钱来,还净在外边儿,一去一年半载的才回来一次。"

该然这玩意儿,人怕出事儿。烧锅掌柜的就要找人,心想:"他男的回来了,这么办,我到那儿听听声儿去。"他就到王货郎家的房后听声去了。

这工夫他俩就唠了,男的就和这女的说:"我不和别人说,水缸底下那什么?"

当时这女的就不吱声了,这话被掌柜的听着了:"哦!水缸底下。"这第二天掌柜的就告到县政府了,县太爷一传一问,他俩不承认,不承认就看水缸底下,骨棒子在底下埋着呢!这不承认也不行了。最后这案就破了。

就说这人命案多咱都能破,另外奸情出人命,王货郎用计把他杀了,但货郎也没偿命,因为他是有奸情的。

王老大装疯打警察

在伪满洲国的时候,那警察也确实牢。有个警察姓张,这个警察老欺负这个堡子的人,一到这堡子就把大伙儿挤兑完了。

这王老大是挺正义的一个人,他个人就寻思:"早晚我得打你一顿,让你知道知道。"但是不敢打呀!没办法。所以怎么办呢?他头两天正赶上人家办事情,在办事情时候他就耍回酒疯,疯了就闹。把他二叔也骂了,把他大爷也噘了。大伙儿一瞅,说这小子真疯了。

过没有五天的工夫,正赶上这个张警长也来了,到这儿有事儿。他一看,正好,他放牲口呢!拿着那牲口的笼头都是皮笼头带铁珠子的,箍得挺结实,这驴在地下跑,他就打驴。警察骑着车子到傍拉了,他一脚把车子踹倒了,撵下来就打,一边儿打还一边儿喊:"吁!吁!我让你跑,让你跑!"

叮了咣当地揍哇,打得不像样儿啊!打得这张警长鼻青脸肿,大伙儿就拉着。后儿打完之后这警察急了,一问怎么回事儿,他就不明白了,半天他才说:"叫驴它淘气,盯架跑,气得我是打它来着。"人家这警察一看一听说,最后大伙儿也跟他说了:"你呀!错了,你把人家张警长给打了。"

他说:"是吗?"一看,打得都起不来了,他没办法,亲自串门儿去给人家磕头,到那儿磕头不起来:"你处理我得了,我那时候就疯了,不知道是你,要知道是你,我哪敢打去呀!我能敢打吗?那我是没办法,我那是打驴哪!那驴不听说,我打它哪!"

这警察到那堡子,一听人说,这是没办法,头两天把他叔叔大爷都骂了,他有疯病儿,这玩意儿你说到哪儿也不能处理一个有病的人哪!后来这警察干憋着火没办法,人家买点儿药串个门也就那么的了。

完了他说啥?我打你,我说个实在话,是为了大伙儿倒出了气,让你再生?搁那时候警察就萎了,"我看你们这儿不行啊,他这打死我都不偿命啊!这是疯人哪!这以后可了得?"从那以后,这警察也老实了。

王千金下厨房

王千金是王老员外家的女儿,王老员外家过得不错,就这么一个女儿,小名叫招弟,因为她下面没有兄弟啊。王千金结婚之后,就嫁给一个书生,王千金在家就没煮过饭,这个男的还比她强,还能对付整点儿,一整这饭俩人就糊里糊涂。

这天,这个男的买块豆腐,说:"招弟啊,你把这块豆腐给我煮了。"

她说:"好。"就把豆腐扔锅里煮上了,也没搁油,也没搁盐,啥也没搁,就那么整上了。煮开了以后,就告诉男的:"好了,你来吃吧,还热乎乎的。"

男的一吃,说:"哎呀,啥咸淡没有啊,你没搁盐呢?"

王千金说:"你不叫我煮一煮嘛,你也没提搁盐啊。"

男的说:"得了,得了,没搁就没搁吧。"也没好说啥,就拌点酱对付吃吧。

第二天,男的回来买的咸卷鱼,都是做好的,就是有点凉。他说:"娘子,你把鱼搁锅里馏一馏,我好吃。"

王千金说:"好。"一想,对呀,昨儿个没搁盐,今儿个我得搁啊,到那儿抓把盐就扔鱼上了,那本来咸卷鱼就够咸了,她又给抓一把盐。

男的一吃:"哎呀,坏了,今儿怎么了?"

王千金说:"你看昨儿没搁不对,今儿搁还不对,今后怎么是对啊?"

男的一听,说:"行了,行了,别说别的了。"就把鱼洗一洗,对付吃顿饭。

又过了两天,来了几个客。这个男的跑回来说:"正好,你呀,今儿个露一手,好好做做吧,今天来客了,你好好弄点菜。我也别的不说,今儿你也做做人,像个样儿。"

王千金说:"那行,我明白,你走吧。"

他走了王千金就寻思:啊,叫我做做人,这是让我做个面人待客。就把白面和好了,做个挺大的面人,做得挺细致呢,有鼻有眼,全都整好了,搁大帘子就蒸上了,一看锅盖盖不了,就用笼屉盖上了,挺有章程。

男的回来一看,就寻思:蒸屉蒸的馒头咋的,应该不错。

王千金说:"你不是说做做人嘛!"

他说:"对,你应该做做人,像个样儿。"

这客一来到屋,男的揭锅一看:"哎哟,我的妈呀,这什么玩意儿啊?"

王千金说:"你不叫我做人吗?"

"你扔两耳朵去。"

"耳朵做好了,粘上了,我做耳朵了,不是没做。"

"哎呀,我的妈啊。"

"你看,你连辈分都弄错了,我是你媳妇,叫啥妈啊。"

王全认子得妻

这个也算新故事。

在旧社会的时候,有一个叫王全的。王全家过得也就一般。一般的话,他是个木匠,也就是靠他在外边儿做点儿木匠活儿对付混生活。三十多岁媳妇就死了,孩子也没留下,还得靠他个人。他在哈尔滨,个人度生活就做点儿木匠活儿。

这天,王全在饭店吃饭就看见有个小孩儿整个破车子,一骑就摔、一骑就摔。看孩子也就十来岁,骑一个小破车,摔得都不像样了。他们就都瞅着,饭店老板说话了:"看这小孩儿多苦啊!整个破车子学,念书也上不了,就靠一个继母养活。"

大伙儿说:"怎么没爹呀?"

老板说:"妈也没有,爹也没有啊!就一个后妈,还是认的,他都不知道自己姓啥?"这老板又说了,"他小的时候啊,妈先死的,爹没把他拉扯大呢,就把他给人了。一给给了好几家,到那家人也死了。那个王太太就把他给了这家,这家才讨来的。结果到这儿了都不知道姓啥,这不苦了这孩子了?"

就说这王全挺有智谋,一看这小孩儿还挺好的,挺好的一个孩子,十几岁。他意思也没有深问,就瞅一会儿这孩子。这头一天吃完饭以后没说什么,到第二天吃饭了,晌午的时候,那小孩儿又在那儿学破车呢,他就出去了,说:"小孩儿,来来来,你吃饭没呢?"

小孩儿说:"没吃啊!"

王全说:"到屋儿吃点儿饭来。"就把他领到饭店吃饭,买的东西吃了不少,吃饱了。孩子吃完饭以后,王全就问小孩:"这么办,你家在哪儿住啊?"小孩儿就说在哪儿哪儿住,把家怎么回事儿一说。

这饭店掌柜的也知道,说:"这小孩儿可苦命了,你让他吃点儿饭是对呀!他那妈挺能干,就一个人啊,三十来岁,也就一天给人家洗洗涮涮挣俩钱儿,讲维持啊也维持不了这生活,也没男的。"

他一听,呃,又待了两天,他就把小孩儿领到哪儿了呢?就到卖车店去了,说:"这么办,你这破车搁这儿,我给你买个新的。"就告诉这孩儿,要给他买个新车子,就给买了辆小新自行车。买好以后小孩儿挺乐,买了个新车子,王全还给这小孩买了套衣裳。

他说:"这么办吧,我,你不知道啊,孩子,我就是你爹呀!当年,你妈死了以后,我那时候自己一个人苦闷哪!你太小啊,我带不了你,就把你给人了。就给了谁谁谁家,就给人家了。到那家之后,你命苦啊!那家人没多长时间都死了,又把你给这儿了,所以我回来就找不上了。最后我听说你在这儿,我就特意找你来了,来看看你呀!"

这孩子说:"我不认得你。"

王全说:"你咋能认得呢?我们都没见过面,你一两岁就给人了,明天我到你家里看看,看看你妈去。"

到了第二天，早上起来，也吃完早饭了。还是那时候，小孩儿在门口呢，王全就去了。

单表一下头一天小孩儿把车推家去了，推家之后他妈觉得可疑，就问："哪儿来的车呀，是不是偷来的？"

他说："是我爹给买的。"

"你哪儿有爹呀？"

第二天，他就领孩子去了，又给拿的衣服，拿的东西。到那儿之后，女的一看，说："你哪儿的人？"

王全说："你别吵吵，我就和你说实话吧，我是绝对不能抢你儿子，告诉你实底儿，我和你说说就行了。你这孩子，当初是我的儿子，我女人死以后他也就两三岁啊，我那时候也没办法，闹心闹得邪乎，将养不了就给人了。给老张家，到老张家过了没几年，那人都死了，孩子才到你们这儿。"

她说："是我们打那儿要来的。"

他说："对呀，这孩子他原姓啥你知道不？他姥爷姓刘，我姓王，我叫王全。我不是管你要孩子，你放心吧。我来这儿是啥意思呢，我从小对不起这孩子啊！因为他妈死以后，我就没尽到过父亲的责任，所以我今天吧，也挣了俩钱儿，我给他买点儿衣服，买辆车子，买点什么伍的。买完以后啊，孩子还归你，最后当中孩子还养活你。因为从小到这么大，你拉扯好几年了，你也没人，我哪儿能抢了你的孩子呢？就明说，我在他身上花俩钱儿，我于心就稳当了，也就不愧对我心似的。"

女人一听，人家说的也对，"那好吧，那你要不吃点儿饭再走吧？"

王全说："那也好。"

小孩儿说："那我买菜去。"这小伙子挺会来事儿，到门口买了点儿菜，买点儿肉，买了不少东西，回来了，给做的饭。

搁这么的，三天一来到这儿看孩子，五天一来看孩子，到这儿有活儿还帮着做。那女的家一个人啊，一个院里的活儿啥都帮着做，这么处了有半年多。

这左右邻居就说了："这胡扯，还不如你俩就和好不好？这孩子是人家的，他对这孩子照看又这么亲近，对你还不错，还帮你干活儿，什么活儿都干，什么都整，这和你俩结婚过日子还有啥区别呢？"

这一劝她，她一听，心想，我的男人也死了，没有了，就一个寡妇守着一孩子也没啥意思，孩子是人家的，人家这么待见早晚还得归人家。最后王全和这个女的就通过这媒人帮忙，找了个介绍人，俩人就结婚了，妥了。

这说的什么呢？说这话王全就捡了便宜了，又得着儿子，又得着媳妇儿啊！儿子呢，不是他亲的，媳妇呢也不是亲的，但现在都变成亲的了。说老婆是亲的，孩子是亲的，他落个团圆。

王生娶麻风女

有一个王生，是咱东北的，他就在吉林一带住。他自己家正好有个舅舅在关里，他亲娘舅。后来来了几封信哪，说舅舅一个人，到老了就想外甥、想姐姐了，自己也回不来。王生这一看，他妈就告诉他了："你看，要不你到关里去看看你舅舅。"这王生家里有钱，日子过得不错，自己有买卖，还开烧锅，开杂货铺。王生就自己拿着些金银财宝，拿着信就去了。一走走了不少日子，那时候车也不通啊。到了关里，打听他舅住的堡子。

到堡子一打听呢，就失望了，他舅头半年前就走了。堡子上有是有这么个人，走了。这个人原来是教书的，可后来走了，走得有半年多、一年吧！也不知道哪儿去了，他走前也没嘱咐啊！

王生已经是到十八九岁的小伙子，长得挺帅气，都挺好。王生一听这怎么办呢？他一合计就挺闹心，寻思：我看就这么办吧，先打听打听这儿有没有店。就和饭店老头儿一说。老头儿说："俺们这堡子真没有旅店，到旅店还得几里地，你今儿夜里能去了吗？这么办吧小伙儿，我看你人挺不错，你到我家住一宿吧，明儿你再去！"

王生说："那好。"老头儿就把他让家里去了。

到他家之后，吃完饭喝点儿水，同堡子西边儿有个老头儿就过来了，也就四十多岁、五十来岁，和这老头儿确实不错还，俩人就唠扯，唠了一阵儿，俩人一拱嘴就到外屋儿去了。

俩人到外屋儿，不一会儿回去就跟王生说："这么办吧，我看你呀，小伙子不错，你哪儿都不用去，我看这么办得了，俺们这儿有个姑娘，姑娘挺好，还没给人家呢，就给你做媳妇儿吧！你在家也没订媳妇儿呢，你在这儿待一年，万一你舅要是回来呢？"

他说："不行，我在家没订，保媒的也不少，是因为我岁数小不能订。"

老头儿说："你订吧，这姑娘长得好！"说这么好、那么好的，又说："要不看一看。"

就把这姑娘和小伙子一见，姑娘确实长得好。那真长得粉面桃花，如花似玉一般的，长得确实好的一个姑娘。王生他自己也相中了，心说：在吉林看的姑娘确实有几个，还就真没这个好，那瞅着太好了这姑娘。王生看完就说："行。"

老头儿说："那好吧，这么办，你们俩唠一会儿吧！"

一唠扯，姑娘也同意，他也同意。后尾儿这老头儿说："这么办吧，如果真是双方都同意啊，咱们就这么办吧，'钉是钉铆是铆，多咱结婚多咱好啊'！今儿你俩就入洞房结婚，我给你们主婚，就在我家。"

王生说："好吧！"当时俩人就自己预备一桌儿，连那老头儿找去了，就找两个人吃点儿饭，吃完以后下了酒桌就入洞房了。

就入洞房那下晚黑，小伙儿心说：这姑娘长得确实好，不是夸这事儿。要说这个男女之间从来就有恩爱情意，他一见面关系好得特别这情意就重。这王生一看这姑娘，到睡觉的那会儿一拽着人家手，姑娘就往后退一步。姑娘就说话了："王生啊，王生，你长这么漂亮一小伙儿我不忍心和你同床啊！"

他一瞅，"怎么办？你不愿意我吗？"

姑娘自己打了个唉声，说："唉！可惜我没那个命啊！你呀，你呀！你死在眼前都不知道啊！你还贪恋红尘？"

他一听，"这怎么回事？莫非你不是人吗？"

她说："不是我不是人，我是人哪！现在俺们这个地方你不知道啊，到十八九岁的姑娘都犯病，犯麻风。一般都犯，我这不也要见形嘛，要犯了。要犯病怎么办呢？必须男女到一起，男女到一起婚配之后，通过发生性欲关系之后，这个病整个儿就归男的了，都推男的身上，女的就好了，女的然后再找人家，就什么事儿也没有了。非得接过一个茬儿不结，把这病都传出去。所以这边儿姑娘，头一个姑娘给人家都没人要啊！非得给过人以后，平安了再给人才有人要。你是不知道啊，我是看你长得太好了，另外你家也好，你也仁德，我不忍心把你给害了呀！"

他一听，那怎么办啊？他也不知道怎么办，他也傻了。后来这姑娘说："你走，我爹也不能让你走。你就堆在这旮旯了。要不你就这么办，你就在我这儿存吧！咱俩不能发生关系，我不能坑你。"就这样在这儿待着，存一宿，俩人唠一宿。最后，她说："这么办吧，你呀，你过来，你把衣服解开。"小伙儿就把衣服解开，露出前胸脯来了。她说："我给你咬两个印子吧！"她就用嘴再搁手在他前胸咬了几块印儿，咬紫了都。姑娘说："行了，这样我爹一看就知道我把病传你身上了。咱俩到一起之后，过不了两天你身上全是紫皮疙瘩，这是发病的标志。"咬完之后，这姑娘就说了："我不能害你，你家在哪儿住啊？虽然咱俩没成男女，我也得知道你家在哪儿住，我就是死了以后也是你的媳妇儿。"

小伙子就把家在什么什么地儿一说，还说家里怎么怎么有钱。

姑娘说："好，等我病好了以后就找你去。"

小伙儿说："你找我去吧！我宁可不娶也等你！你多咱好我多咱娶你。"

她说："我这病还能好吗？"这姑娘待这儿，他俩就在一起整存了七天。到五天头儿上，老丈人请他吃饭。吃饭当中的话，天头儿热了。这个老丈母娘说："你这孩子，天这么热，你怎么不闪衣裳，把衣裳解开吧！"就把他这纽儿给打开了，一看：前胸脯疙瘩儿露出来了，就一比画，告诉老头儿，意思是成功了。生这个病有这个标志。

老头儿说："好。"

小伙儿就说："到七天头上了，我得回去，回去之后呢，先让您女儿在这儿待着，过一年半载呀，我再回来接她回我们那儿过日子。我现在想我舅舅，得找我舅舅回家。"

老头儿说："好，你走吧！"老头儿心说："你走啊，你过不了五个月就死了，还娶啥媳妇儿呢，还娶媳妇儿！"他一看，这好吧，第二天他自己就走了。

王生回到家了，到家以后他啥事儿没有啊！到家了以后，待了几天就有保媒的来了。保媒的这儿也保、那儿也保，他告诉爹妈说："我不能订，暂时还不能订媳妇儿。我现在良心上有愧，我不能订。"

父母说："不订就不订吧，有钱儿，也不在乎这事儿。"

就单说这女的。这姑娘啊，过了没有两个月就犯病了，犯到第三个月，身上完全出点子。她妈一听，说："哎呀！整好几晚，你没和他同床吗？"

这一问，姑娘就哭了，说："我没有，我没忍心害他。"

她爹就说："你个混蛋！好不容易这么一个机会，你还不敢碰他，这把你病惹回来了，你糟不糟吧！一看你这也没办法了，太出奇了你呀！"后尾儿这之后了，她爹又说："这么办吧，你就别逃了，逃完之后还兴许把你抓回来，还得抓你呀！"

正好，这事儿就瞒不住啊！那边儿有个狱，这堡子一传就知道了。那儿有专管麻风医院的地方。因为这儿有个麻风大夫，有个老太太，她是专管麻风的。一听，哪儿有的话就抓，后边儿带人就把她抓去了。这地方就跟监狱一样，她就给抓到麻风院里了。哪儿也不让去，就天天在这旮儿，那就不是打药也不是治疗了，就养着他们哪，多咱死多咱拉倒了。有的还故意趴在窗户外边儿传人。他们都是这种情况，十个人有八个得麻风病的，都是这种病，那儿邪乎的也有。

后尾儿她个人在这儿待着，待了有十来天哪。个人越寻思越憋气，说："我这辈子怎么办呢？"这黑夜里待着凉快一点儿，她也精神好点儿了，就顺北窗户，把窗户踹开就跑出去了。年轻，二十来岁就跑出去了。这一跑她个人就记住了，往东北。她手上有两个钱儿，麻风也是脸上少，身上多。就奔着东北干下去了。这么一走，连走带跑伍的，这一路上要饭吃啊！能足足有一个来月，真走到吉林了，这就找到了。

找到吉林之后，一打听这个买卖，人家王生家有钱哪，都知道，说："那家就是。"到那儿一看，院儿里大买卖，人真就不少啊！她一看，哎呀，是有钱的儿子，真那样啊。她一说找王生，人家一说，王生一听，哎呀！真就来了。到屋儿王生一看就哭了，说："哎呀！你都这样了？"

姑娘说："可不这样咋的，我这病犯了。我来不是别的，我来不求和你在一起，也不求你答应我，就求和你见一面，看看你人心坏没坏就知道了。"

这王生也哭了，说："我坏啥坏呀！到现在这儿保媒的我一份儿都没订，我在等你呢！"

姑娘就说："那你就订吧，就别等我了。"

王生说："不行啊！"姑娘完在那儿吃的饭，吃完饭了，王生对姑娘说："不准走，就在我这儿待着。多咱死多咱算，不死就是我媳妇儿。"那姑娘对他特别好，这王生也不忘恩啊！王生又说："这么办吧，你就在柜房存，我在柜房念书，北边儿就是仓库。"这姑娘就在柜房存，那柜房是搁酒的大仓库，到处是大酒篓子。她就在那个屋待着。

这姑娘就待着,有一天下晚黑啊,这姑娘烧得难受,烧得邪乎啊!她就烧得难受得邪乎了,就想:我这喝点儿水,渴得邪乎,身上也凉了。她一摸,外边儿瞎摸就摸到了什么呢?就摸到了一个大酒篓,一个酒箱啊!一个大木头箱子,有五六百斤、一千来斤的大箱子。她一点点儿就把那盖子给错开了,错开之后就闻见这酒打鼻子。她把手伸进去,就撩着往外喝,满满一大箱子就撩着往外喝。喝着就觉得:哎呀?心里还痛快了。越喝越好,就撩着喝了有一二斤酒啊,都没觉得醉,不但不醉,她还觉得身体不刺挠了,还好受了。她把盖儿错上点儿,就又上炕趴着,睡着了。

睡到天亮醒了一看,身上这麻风病的茧子疙瘩全都掉了,变成嫩肉皮儿了。心也不那样了,这心里顺畅得邪乎了。完她一看,哎呀,怎么回事儿?这酒有效果了,莫非能治我这病?

这工夫王生也来了,她就和王生说了,说昨晚儿我怎么怎么回事儿:"我烧得扛不住了,就打哪个酒缸里捧着酒喝了。喝完以后这酒真好!不但把我病治好了,连肉皮都露出来了。老疙瘩全掉了,另外我心里也不烧了,好了。"

他问:"哪一个?"王生一看,北边儿这缸这是,还错着没盖严呢!

姑娘说:"这个,是这个。"

打开一看,王生"嗯"了一声,安慰她说:"妥了,可了不得了,你这喝的是毒酒啊!"

"什么酒?"一看,里边是一条大白花儿蛇,一大白长虫!带花儿的,在上边儿飘着呢。王生说:"看来,这玩意儿能治你这病,要不这酒哪儿能治病啊!再洗洗。"就给她把酒舀出来,洗把脸伍的。

后边儿说:"这么办吧,你这连身上也得洗。"

姑娘说:"得了,咱俩也是男女,我也不怕你,你就给我洗吧!"就整了个大盆,把酒拿出来了,把身上全洗了。洗了有七天,这病全好了。这诊断一看,当时就经过医疗检查,说这白花蛇药酒是断定了,能治麻风病。

搁那儿说什么呢,这白花蛇药酒就出现了。所以要管理麻风病的话,就用白花蛇药酒给解决好了。东北那时候一年出一条白花蛇,就白菜地里出来的。在种地当中不能都出,有那么个特殊的,有那么一棵白菜长得特别大,像样的,到割白菜的时候,你得骑快马去,骑马当中跑的时候,要有人骑马往北跑,你得跑到前头,日头照着,正晌午的时候,你的影儿在前,这白花蛇出来之后就撵你、打你,但跑到百米之外,它打不着你影儿了,这白花蛇它自己就回去气死了。打这儿这白花蛇药酒能治麻风病就传开了。

最后,这王生和这麻风女还结婚了,俩人确实处得就特别好。以后又生了一帮儿女,啥说道都没有,要赶在现在说人还是得心好。

王掌柜的买货存货

这个故事就是做买卖这玩意儿要有脑力,没脑力不行。

沈阳市吉特隆掌柜的姓王,他上天津去,往沈阳拉来不少货。一色儿拉的布啊!到那儿去一看,开始时候,一匹货五十块钱,他卖些日子,价格就掉了,四十八、四十七。他去的时候,布也是按四十七的本钱买的,到那儿卖五十有点利钱,他要卖四十七八,那本都不够啊!布钱够了,车船钱没够啊!这不白扯吗?他这就愁着,这买卖做的,怎么办呢?一做做了两个月,这买卖也上不去,干赔。他卖不动货,干着急啊!那样卖有捞的吗?

后尾儿他一看,寻思寻思,就看做这布买卖的不这么多,市场就有那么十几家卖布的,还都是老陈货。他一看,有了,干脆我就握吧!反正价钱也不贵。他第二天就握,你好比三十块钱一匹吧,他全要,点完货就给钱。他自己把这货全握下了,一共是十几家,握了之后,把个人这个布匹钱和卖的钱给堵上了,不够就搁别的买卖处又借点儿。

一晃儿过去个把月,这布匹就渐断了,他这一握,外面没有来货的了,外面不来了,货就缺了。他一看,说:"这么办,咱们把货挑一挑,三十买进来的,要四十卖,少了不卖,就四十。"

这一憋,货就没有了。他还造谣,说:"这货现在没有了,天津、上海都不织了,这货还得等。"这买布的更着急了,所以都加价钱,最后卖到多少钱?一匹卖四十五,他都卖出去了,这一下子,把他握的这些货啊,整个十天就卖下来了,这一下就发财了。

要不说他会做买卖呢!其实他还不是买卖人,最后因为握货挣到了。

为友报仇

在当地有个王老员外，他儿子叫王其，这是个土子人家，抢男霸女，无恶不做。

单说老张家有个张玉，张玉有个妹妹叫莲香，他们都在一个堡子过日子。这个张玉和王士路俩不错，王士路他是个武差子，但谁也不知道他，他是从外地来的。那时候，他俩一起吃喝一起住着，挺近便的，但一般也有知道的。单说王士路有这么一天就出门了，去做保镖了，没在家，出去已经有一二年多了。

他走了之后，这个老张家就摊着事儿了。张玉这个妹妹在街上买东西，正好让王其看着了。王其他是个阔公子呀！人家是员外的儿子，但他是恶公子，不是好人。看着莲香之后，托媒非娶人家不行呀！人家不愿娶亲，他是个恶霸地主，莲香能愿意嫁给他吗？这老张家不给。但不给不行，就在最后当中，下晚儿硬把人家莲香抢去的。抢完以后，这个莲香气性也大，晚间非让她拜天地不可，她就没拜，个人就用剪子自杀了。这一死之后，她爹看着有气呀，就在道上找两回，也找不起人家呀！叫人家打出来了。他个人在家天天哭，他这哥哥也说："我这妹妹，让人害得太苦了。"

一晃过去有半年。半年之后，这个王士路就回来了，张玉最好的朋友回来了。回来也是一个人呀！进堡之后吃饭的时候，就听人家说了，乡人说："你没在家都出事儿了，你这个最好的朋友叫人家伤了，人家把他妹妹给抢去了，他妹妹到那儿之后硬是给逼死了。他家人去找两回，不但没找好，还挨顿揍。现在你回来了，你看怎么办？"

这个王士路一听就明白了。到第二天吃完早饭的时候，他个人带着刀和枪就到张玉家来了。他一进院，堡子人不少都过来了。大伙儿说："正好，你朋友回来了。"

张玉出去一看，说："哎呀！兄弟可回来了。"

王士路到那儿把手"啪"一拍，说："什么兄弟？你够朋友了？我到江南去之后，你说你有朋友叫我找去，到那儿人家不认，说没有这个事儿，哪有这个事儿？你不够朋友，我算瞎了眼了，交你这个朋友。"他就把张玉好个骂。

张玉上去还要说什么，王士路"啪啪"打张玉两撇子，把张玉打得摔个跟头，王士路说："咱俩没别的，画地为牢，绝交！就算完事儿。"

大伙儿都是那个堡的，一看都说："这小子太牲口了，当初你没有吃的没有住处，在人家待着,张玉跟你也近乎,妹妹对你都不错,都对你挺好。现在人家摊着事儿了,你不但不管,还闹个绝交?"

闹一场子不说啊!这大伙儿一传他俩绝交了,别人都知道了。原先这个地主还寻思王士路回来能管呢,这一听他也不管,这几天地主家也挺乐呵。

有一天到晚间了,这个王士路半夜时候就起来了,个人跑到地主家,想着为朋友报仇。这小伙儿就从楼上把老王地主这家十三口全杀了,一个没剩。杀完以后,就写:王士路亲杀,为当地除恶霸!写完之后他就走了。

第二天,公家到这儿一检查,一问王士路和张玉的关系,有人说:"他和人家老张家没关系了,昨儿个回来把老张家还好个揍呢!他俩都绝交了,没亲戚了,不是老张家指使的,他说是因为私仇才杀地主家的。"

所以王士路杀完之后,没给老张家留下祸乱,但仇已经给张家报了。

这说的就是"亲者远,远者近"的问题,所以这亲者疏远了,他要不干那一架,或许还真牵连到老张家。但王士路最后杀完以后,过些日子又偷着回来一回,还给张玉家送来不少黄金,他家可有钱呢!王士路说:"大哥,那天我打你两撒子,我是咬着牙含着眼泪打你的,为了遮众人耳目,没办法啊!要不你妹妹被杀,我要为她报仇,怕把你连累上,所以我当时就整个绝交,我再给你报仇,今后咱俩这重归旧好,以后要找我处的话,你就找我去,这地方我回不来了。"从那以后他就走了。

要不说,这是为朋友报仇呢,他俩真就是好朋友。

我几时养过你这样的儿子

有这么一个老头儿,多大岁数呢?也能有啊,六七十岁了。他自己出门,女儿不放心。这女儿也是十七八岁的姑娘了,这姑娘就扶着她这个爹上火车,到火车上之后一看,座已经都坐满了,就前面有一个闲座。一个小伙子在那坐着呢,腿一支。小伙子二十四五岁,瞅着像念书又不像念书的,瞅着嘎巴溜丢[1]的,叼个烟卷子,在那躺

---

[1] 嘎巴溜丢:不正经模样。

着呢。

这老头儿到小伙傍拉一看,拍拍他,说:"学生,请你往那旮旯儿一点,这旮旯我坐一坐。"

小伙回头一看,"不行!这儿有人坐着,给人家留的!"

小伙腿都没拿下来,那俩座,没让老头儿坐。老头儿一看没让坐,拉倒呗,老头儿挺老实。旁边不少人瞅着,都说:"这小伙子,真是,没给老头儿让个座,不但不让座还占俩。"

这老头儿就站着。老头儿的女儿,这姑娘就扶着她爹,让他稍微在座位那靠着点儿,靠后面座位的帮儿上了。这姑娘这时候就转过来了,离小伙不远。

小伙抬头一看,说:"来来来,你坐这旮旯吧,坐着吧。"

老头儿一看,说:"这学生,你刚才不说这儿有人坐着吗?你怎么让她坐着呢?"

"她是我妹妹,你知道谁!她是我亲妹妹,我是她亲哥哥,不让她坐让谁坐?"

大伙儿一听,啊,人家妹妹,怪不得让坐。

老头儿打个咳声,说:"咳!我几时有过你这样的儿子啊?她是你妹妹,你不就是我儿子嘛,我多咱生过你这样的儿子?"

我来也

要说过去这个贼呀,做贼有做贼的办法,都有脱身之计。

有这么一个县,这个地方是老闹贼。不是这儿丢东西,就是那儿被盗洞的盗出去了,但偷的都不是小东西,都是哪个员外家的钱财多,偷得多。都是黄金哪,首饰什么的偷得多,但走的时候还留个名号,写啥呢,写上"我来也"。就偷完之后,在屋里写上三个字"我来也"。代表这东西是他偷出去的。

这三班衙役就开始破案哪。那谁也破不了,抓不着这人,谁也不认得。一看光知道"我来也"这个名,光说"我来也",但没看见过"我来也"长啥样啊!就是大白天在街上走着,你也不敢抓人家呀。不认识啊,偷得特别精,他们也巡夜,就是没堵住一回。最后"我来也"在饭店喝酒,他爱喝酒。酒后他就说两句酒话,这回身边的人算是听明白了，可能这就是"我来也"，到那儿就把他抓回去了。

抓回去就绑上了，带到衙门，县太爷一问他。他说："不是我，我不是贼，我喝了酒了，瞎说两句胡扯的话，他们就误认为我是'我来也'了。"

县太爷说："关押起来，这偷得太不像话了，天天偷，天天丢，哪儿有你这么邪乎的。"县太爷就把他押在监狱了。押在监狱这一看，一押押了好几天，一看是挺稳当，是没偷的了。

单说这个"我来也"，他就和这个看守混熟了。看守每天往里边给他送饭，他就和这个看守说："这么办，我老婆送饭也没工夫来，讲不了，你帮我个忙，我也不让你白帮，你就给我买点饭、买点儿菜，买点儿伍的。"

看守说："行。"

他就拿出二两银子来，说："你给我买去吧。"

看守说："哪儿用得了这些？"

他说："拿去，剩下归你，也别寻思啥事儿。"

这看守还挺好，到外边花几个大钱儿就买上了。买点儿饺子，买点儿卤味，一看还剩下不少，剩的一两银子都够他一个月工钱了。买了这几回当中，都有近便情了，钱财当中这玩意儿是通神气的，就把这看守给交下了。交下之后他对这看守说："这么办吧，你这一个月是挣多少钱？"

看守说："我这一个月就挣一两银子，一年才挣十几两。"

他说："那你这也不到哪儿啊？"

看守说："那没办法，我家里有孩子有老婆。要不做这个，活不来呀，多了哪儿有啊！"

他打了个唉声："这么办，你呀，我有个方式能让你发财。"

看守说："那有啥方法？"

他说："我也不瞒你身份，'我来也'别管是我不是我，明天下晚儿你把我放出去，你不是看我一宿嘛，你把我放出去，我天亮就回来，就完事儿了。我准对得住你，这样对你有好处、对我也有好处。"

看守说："那你要是跑了怎么办？"

他说："我绝对不干这缺德的事儿，我这人就这样。"

看守一看，这人还挺实惠的，也挺义气，说："行，我就豁出去了，交你这个朋友。"

到第二天下晚儿吃完饭以后，到点灯以后了，别的人都走了，他个人看个人的，这段儿归他管。他到这儿轻轻地把门给打开了，说："你出去吧，我也不走远。"他就出去了，他出去之后不说。

单表这"我来也"。他是有目标的，到财主家，到那儿就偷去了，偷得老满了，净银子，有四五十块呀！上几百两银子他就偷回来了。偷完之后他就放哪了呢，正好南边有个养鱼池，养鱼池有缸，他就放那里了。那是公家像花园似的一个地方。那白天没人往里边下，底下是臭鱼塘，里边养的荷花。

他就回来了，天没亮就回来了。一看这个看守，看守说："回来了，到屋儿吧。"就到屋里了。

到了之后，他说："来，我还带酒了，咱喝点儿。"他俩一个在外边一个在里边，还喝点儿酒。喝完酒之后又说："这么办吧，我告诉你，我不白出去一宿啊，我偷回来足有二百两银子，够你挣一辈子了。在哪儿搁着呢，就在外边那个莲花池，大树底下有三棵莲花，就在那莲花底下呢。那水不太深，也就是没腰深。就在那小缸里装着，封着呢，你把它抱出来就归你家了。天黑前去，你就不用在这儿待着了。你干这还行，你不干这个就不用说了。他当官的不管怎么问，要是问我的话，千万别说我出去过，说我出去你也犯罪、我也犯罪。"

看守说："不，不能说。"

他说："行。"

这看守没等天亮就回去了，到那儿一抠，真在里面搁着呢！就在那缸里了，就把一缸银子抱家去了，乐坏了。

到了第二天白天，又有人报案来了。又出抢案了，偷案。说："县太爷，俺们家昨儿二百两银子又失盗了。"

县太爷问："谁偷的？"

报案人说："'我来也'，还是'我来也'偷的。"

县太爷说："不对呀，他还在那儿押着呢！还赖啥'我来也'呢？"

报案人说："不，你看看去！"

到那儿一看，还真是"我来也"那几个字。县太爷一查，这笔体和别处的那几个"我来也"都一样，都是那几个字。一看还是他呀！看来这"我来也"不是啊，不怪人家不认哪。回去就问那个看守,说:"你看得怎么样?"

看守说:"我看得紧,他哪儿能出去呢?我看得紧,都锁着门呢。"

一看是什么事儿没有。他还挺正义的,不像个小贼样儿。县官说:"对,咱把人家抓屈(错)了,昨晚上'我来也'又出现了,又偷一场子。他在这儿押着哪儿能办呢,这么办吧,把他放了吧。"所以就把这"我来也"给放了,释放无罪。所以他也回家了之后,看守也得笔财,俩人都挺高兴。这就完事儿了。

我是老虎

这个故事说的是一个怕老婆的人。

有这么一个人,他最怕老婆,什么都是老婆说了算,他没有说了算的事儿。凡办完事儿回去之后,老婆说"不行",那马上就黄,说"行"才成功呢!但他个人到外边还吹,说:"我多咱都不怕老婆!"

他朋友们多啊,有一天他在客人家喝酒,老婆也串门去了,朋友约在一起都说怕老婆,他说:"不行,我不那样,我们家我是老虎,那都是我说了算!别人啊,谁也不行!"

老婆一听就不愿意了,寻思:"哦,你还敢当老虎啊?了不得,你还吹牛,不怕?"到屋儿一伸手就过来了,说:"干啥?你是老虎啊?你谁也不怕啊?!"

"不,不,不!"他怕老婆当众搠桌子就说,"你可别说了!我说我是老虎,那你是武松还不行吗?"

大伙儿一笑,说:"对啊,武松打老虎嘛,老虎还怕武松呢!"

抱个老婆还是武松,都怕成这样了。

我也凉快凉快去

这故事是说啥呢？人都有势利眼，这老太太也有势利眼。这个儿子好、儿媳妇好，她也势利眼。有能耐的她也就重视，没能耐的她也有点儿瞧不起。

老太太有三个儿子，都是念书的。大儿子、二儿子、三儿子，仨念书的，儿媳妇也都在家干活儿。但家里呢，也雇几个人干活儿做饭，但不雇大厨，就媳妇整饭整菜。

这天哪，正赶上春天种地的时候啊，儿子念书不说，这大的今年科考去了。家里正整饭的时候，儿媳妇在外屋捞黍米干饭呢。这开锅了就得捞啊！下边正在捞饭呢，捞在半道儿上，外边锣一响，报喜的来了，说："老李家，你们家头名状元！你们家谁谁谁中了。"

这大儿媳妇一听，男人中状元了！赶紧捞这饭，老太太这就过来了，说："儿媳妇，天头挺热的，你一边凉快凉快去吧，叫你二妹子捞。"就对二儿媳妇说，"来来，你捞吧，叫你嫂子一边上凉快凉快去吧！她在咱家里也待不长了，你哥当官儿当状元了。"老太太乐坏了。这二儿媳妇捏着鼻子就到那儿去了，就捞吧。

这一晃儿，过去了又二年，正赶上她二小子也进京科考去了，考的时候，他媳妇正好响午也捞饭。做的小米捞饭。这报信的又来了。

到这儿之后就一报，说："老李家，你们家二小子中了头名状元，又中了状元！我这是给你报喜来了。"报喜得给赏钱哪！这老太太乐得，说："二儿媳妇你歇会儿，三儿媳妇你捞。赶快凉快凉快去吧，这多热的天头呀，捞这饭哪！"就也让二儿媳妇别在这儿待着了，这待不了几天也该走了。

三儿媳妇就憋气，心说：你这老太太也太势利眼了！你这也真是一有这事儿就让别人捞，就捞饭这事儿能差一会儿了？所以说这老太太还没有感觉这事儿，心里觉得还挺对的似的。儿媳妇都不佩服她。

这一晃儿又过去二年，这老儿子今年科考去了。儿媳妇也在家，正也是捞饭呢。老儿媳妇正捞响午饭，报信的又报来了。跑到房前边说："报！你们这三儿子谁谁谁中了头名状元！特意前来报喜！"

老太太说："太好了！"她乐坏了，才说完，三儿媳妇就把这笊篱"啷"一扔，说:"我也凉快凉快去了!"

老太太一听,呃,这找这个份儿,你找得太准了。她也凉快凉快去了,就是这么一个势利眼的老太太。

乌纱帽越多越好

这是什么呢?有这么一个小故事,过去呀,人都愿意当官,说当官的打腰嘛,头戴乌纱,身穿蟒袍!

就有这么一家过得不错,挺有钱。正赶上啥呢?这家老人死了,要找风水先生,当地没有,这工夫正好就来了个南方人,他也会看风水。

这风水先生穿得挺朴素,是骑个毛驴来的。风水先生到那儿说:"我给看看吧!"

他一看,这家挺善处[1]的。到这家之后,风水先生就说:"这么办吧,我不用提给多少钱,你看着给,给多少就多少,我给你看看风水。"说完之后就到地里了。

到地里一看,正打墓呢,风水先生就说:"这地方好!八荫棚护,一年之后入坟,这以后日子会过得一天比一天强。"

另外,这风水先生到后面一看,说:"你要入葬呢啥的,这虽然是土葬啊,但今后得换金葬、玉葬,这样,日后你家是一年出一个县太爷,两年出一个知府,'乌纱帽'是一年出一个,准得有十个八个的,辈辈当官,辈辈有。"

这家大媳妇一听,说:"先生啊,你再给看看,争取多出两个'乌纱帽',越多越好啊!"

这风水先生听了之后,说:"这么办!一个不行就戴两个乌纱帽,是先出翰林,后出宰相,完了最后是王爷。"

这媳妇听了还说:"不行啊,'乌纱帽'还是要越多越好!"

"哎呀!"这风水先生先答应说,"行啊,这么办吧,你这么贪心不足,就多给你一些吧。乌纱帽成挑荷挑荷地给你,挑荷挑荷保管你!"说完之后,人家一摆手,啥

---

[1] 善处:友好相处。

也没要，就驾云走了。

"哎呀！"这媳妇说，"这老道不简单哪，了不得！"

单表啥？这媳妇回去之后，家里也没人当上官。最后，这家的日子一天比一天过得不怎么样了。

最后，这家干啥呢？开始做乌纱帽，真的成挑了，挑着乌纱帽出去卖，之前说的乌纱帽越多越好嘛！

再后来，这家当家的就明白了，说："你呀，老婆，就你说的'乌纱帽越多越好'，人家给你挑荷挑荷，一成挑荷挑荷那就啥也不是了！这不就是做买卖，卖乌纱帽呢嘛！"

最后，这家开了个乌纱帽铺子，卖乌纱帽，当官的一个也没有。

附记：

打墓，旧时通行土葬习俗，称为"入土为安"。人死后，就要挖墓穴，俗称"打墓"。墓建在祖坟内，由南到北最顶端的坟墓即称祖坟，亦称老坟，是为家族立祖的坟墓。其下是其子孙的坟茔，每代一排，按大小自东而西排列。

打墓前，要请阴阳先生，负责择日、破土等相关事宜。破土由孝子承担，破土前要给祖坟的每个坟茔烧纸。烧纸后，长子长孙要按照阴阳先生的吩咐，在已定墓穴处开挖第一锹土，并将其放到阴阳先生指定的位置，下面垫以红纸，将第一锹土放在上面。等下葬后，把这锹土倒回到新起的坟丘上。孝子破了土后，其他人就可以开挖了。如果是孝子或本家亲属，打墓时必须戴全孝。如是外人，则要戴臂孝，并要在衣服上挂一红布条避邪。

五个鸡蛋

有这么一个老员外，自己家过得确实不错，老头儿有点儿钱。他有五个儿子、五个儿媳妇，瞅着都挺好，都不错，你也说会过，他也说行。

这天,老头儿从下屋捡回了五个鸡蛋,回来之后,和这五个儿媳妇说:"五个儿媳妇,你们都过来,我没别的希望,我这五个鸡蛋就分给你们,你们爱怎么利用就怎么利用,我就不管了,我就这么点儿心思。"

大伙儿寻思:这还能有啥心思?五个鸡蛋又不是什么出奇玩意儿,一个鸡蛋能怎么样?大伙儿说:"那行,给我们吧!"这个说"给我们吧",那个说"给我们吧",就都拿过去了。这不说。

大儿媳妇回去了,跟孩子说:"正好,把这鸡蛋给你煮了吃吧!"就煮着吃了。大伙儿有煮着吃的、有摊着吃的、有蒸着吃的,都不一样,唯有五儿媳妇没吃。

人家怎么回事儿呢?回去就用这鸡蛋抱崽儿了,抱了一只小鸡子。这一只小鸡抱完崽儿之后,第二年,这崽儿下了鸡蛋,整个儿又抱了一窝儿小鸡子……三年的工夫,这个鸡蛋就攒多了,鸡蛋卖完之后的钱,就够买驴钱了呀,整个儿能买一头驴。

到三年头上了,老爹就问她们:"我给你们的五个鸡蛋,你们五个人都是怎么处理的?"

大儿媳妇说:"回去给你孙子煮着吃了。"

老头儿说:"哦,我孙子知道解馋了!"

大儿媳妇说:"对呀!"

大伙儿都说吃了。

老头儿说:"你们还有别的用处没?"

五媳妇儿说:"我搁一个鸡蛋买了一头驴。"

大伙儿一看,说:"你一个鸡蛋能买头驴吗?!"

这五儿媳妇就说她是怎么抱的鸡崽儿,怎么发展的,一说。老头儿一举手说:"你是好当家的!今后咱家,谁也不用,我死之后,当家就搁五媳妇儿!"

这当家的就选出来了,就是搁这五个鸡蛋的发展。这老五媳妇儿人家懂事,蛋抱鸡、鸡抱蛋,最后攒成一帮,还买了头毛驴子。

五鬼怕阎王

过去,有这么一家姓李的员外,过得挺富裕,李员外对街坊四邻也挺热心的。

有这么一年夏天,正赶上六七月打麦子的时候,李员外领着子孙一大家人正在院子里打麦子,进来一个过路的。看打扮,这个过路人是个打南方来的看风水的先生。就见他满头是汗,走得饥渴难耐的,进了李员外家的院门,说:"老员外,我讨杯水喝。可把我渴坏了,热水不方便,给我来瓢凉水就行。"

"可以,快取去。"李员外就打发一个小孩儿用水瓢端来一瓢凉水。

李员外家水缸里的水是刚从井里打来的,拔凉[1]拔凉的。风水先生接过水瓢来刚要喝,李员外一看,这水挺凉啊,就往水瓢里扔了点儿麦皮子(麦芒)。风水先生一看,心说:这家人家太恶了,喝点儿凉水都不让你喝好,还搁点儿麦皮子。可是他渴呀,也顾不得了,就用嘴吹麦皮子,吹一口麦皮子喝一点儿,吹一口麦皮子喝一点儿,一边吹一遍喝,一瓢水喝了有十来分钟。喝完了,把剩下的水倒了,他心里说:你这人家,外人喝点儿水都舍不得,太熊人了[2]。好,等一会儿我就调理调理你们。

风水先生喝完水没走,站在李员外身边,和他聊了起来,说:"看你老这面相不错啊。"

"啊,不错,还行。"

"不错是不错,我是风水先生,是打南方来的。走到你门前了,就得给你看一看。你们家样样都好,就有一样,你的后人中有一支有缺失啊!"

李员外一听,说:"对啊,你看我那老儿子,结婚多少年了,还没生孩子,都把我急死了。"

"哎,你看怎么样?就他这支有缺失呀。你知道为啥呀?你家的坟茔地有毛病。"

"是吗?"

"你领我到你们坟茔地上看看去吧,毛病就出在那儿。"

"好吧。"

---

[1] 拔凉:某物或某处非常冷,冷到了极致。
[2] 太熊人了:太能欺负人了。

李员外不敢怠慢，马上就把风水先生带到了自家的坟茔地。风水先生在坟地四处转了一转，说："你家这坟茔地有毛病，得挪坟。"

李员外说："好吧，劳烦先生给看看往哪挪好哇？"

风水先生就取出罗盘，测了测，给李员外家相中了一块坟茔地，李员外家就把坟茔地给挪了。

风水先生给李员外家相的坟茔地咋样呢？他给相了个五鬼汇聚之地，心说：杂种，我让你坏，这回让你家败人亡啊。你想想，把五鬼汇聚之地做坟茔地，那还有好？

风水先生说："这块坟茔地能助你家人丁旺，但家里过得穷不穷，我可管不了，到时候可别怨我啊，能给你生孙子就行呗。"

李员外千恩万谢，二话没说，就把祖坟挪过去了。随后，风水先生就走了。

说话工夫，一晃儿二十年过去了。风水先生当年才三十几岁，这工夫五十多岁了。要说两座山到不了一起，两个人总是能见面的。这一年，这个南方的风水先生又走到李员外家的这个村子了。他想，我得到当年挪坟那家看一看，他家是不是已经家破人亡了。

到了李员外家的大门口，他一看，哎呀，二十年不见，这户人家过得可真是太像样了！院套[1]又大了许多，房子新盖了不老少，家里人口进进出出的，骡马满院子，是哪哪都好呀。

风水先生心里奇怪呀，急忙去到李员外家的坟茔地，一看坟茔地，还是当年挪坟的位置。他心想，这家人家可太出奇了，我明明给他家相看的是五鬼之地，铁定得家败人亡啊。他家怎么还越过越好了呢？他怎么想也想不明白，就硬着头皮到李员外家去了。

进了李员外家大门，就问："李老员外在家没？"

"在家。"

李员外已经是一个八十多岁的老头了，一看风水先生，就认出来了，是喜出望外呀，说："快请进来吧，老先生，多亏当年你给咱家看的坟茔地。你走后，这日子就起来了，那可真是人财两旺呀！"就把风水先生请到屋里去了。

---

[1] 院套：院落。

风水先生一看,这老头满面红光,家里儿孙一大帮,日子过得真挺像样啊。李员外赶紧叫人把老儿子叫来了,说:"你啊,那阵儿结婚好几年都没有孩子,多亏这老先生给咱们挪挪坟茔地,你看,咱们家不但日子过得更好了,你还连着生了两个儿子。赶快把你那两个小子叫过来,见见老先生。"

这就把俩孩子叫来了,风水先生一看,这两个男孩子大的有八九岁,小的有六七岁,长得虎头虎脑的,挺招人稀罕[1]。俩人到了跟前,给风水先生行了礼。

风水先生问:"这俩孩子不错,长得都挺好,都叫啥名啊?"

李员外说:"唉,乡里人家也不会起什么名,图着好养活,这个大的就叫大阎王,那个二小就叫二阎王。"

哎呀,风水先生一听坏了,可了不得了,闹了归齐[2]栽在这了!怪不得我相看的五鬼之地没治住他们家,敢情他家有两个阎王啊,五鬼怕阎王,这俩阎王就把五鬼给镇住了,那还有个跑?

看李员外一家还对自己千恩万谢的,事到如今,风水先生只得说实话了:"你啊,家里过得好可别再感谢我了,是你老的命太好了。"

"那哪能呢,都是你给看的好坟茔地呀!"

"哎呀,我就跟你说实话吧:当年我上你家讨口水喝,因为你心眼不正,让我喝那个麦皮子水,我恨你,就想调理你,坑你家一把。我是没安好心,就给你看了个五鬼之地,是想叫你家败人亡啊。没承想,你这孙子的名字起得好啊,大阎王,二阎王,一个阎王就足以把这五鬼镇住,何况俩阎王呢?五鬼一镇住,就都为你家服务了,所以你家才过得人财两旺啊!"

听风水先生这一说,李员外也想起来了,说:"哎呀,当年你是误会我了。我是看你走得又热又渴的,我家缸里的水凉,我怕你急着喝下去喝炸肺,所以才往水瓢里扔了把麦皮子,是想让你慢慢喝,吹着喝,喝得慢就不能炸肺了。要不,你喝出毛病怎么办呢?你看,我就少说一句话,你就领会错了!"

话说开了,俩人哈哈大笑。风水先生说:"哎呀,看来人还是得行好啊。得,就这么的吧,你家的坟茔地也不用挪了。"

你看,歪打正着,这家人家的日子就这么过好了。

1　稀罕:喜欢。
2　闹了归齐:原来,结果。

五湖与四海（一）

这个故事啊，就是大伙儿常讲的话。人们见面一介绍的时候，总说谁和谁处得近，不就常说"我们都是来自五湖四海"吗？其实啊，这个话儿，有不一样的说法。

现在说"来自五湖四海"就是说从四面八方来的，但是这回有一个不一样的讲究。五湖、四海是两个朋友，俩人近便，后来的人都是学习人家。

五湖是老大哥，四海是兄弟，两个人是磕头弟兄，处得挺近。但是四海家过得穷，五湖的家挺有钱，过得不错。

五湖多大岁数呢？都已经二十五六岁了。娶完媳妇之后呢，媳妇就生了个孩子，孩子也不大。

四海这个时候也就二十岁，念完书之后啊，经济上困难，寻思到五湖这儿借点钱儿，准备进京科考去。

这天，四海就来五湖家了，到屋里一看，五湖和媳妇俩人正在家呢。在家干啥呢？炕头上有不少被子，倒腾被子呢，孩子就在炕头上坐着。不虑乎[1]就把一个被单盖住这个孩子了。

这个四海，早晨来得早，愣冲[2]似的就说："大哥，我明天就要走了，你把钱给我安排怎么样了？"

五湖说："全安排好了。你就进京赶考去吧，这回饿不着！"

四海一听，"嘭"一下子就坐孩子身上了！坐孩子身上，"吭哧"一下子，他是一点也没感觉出来啊！在底下转圈，露出被子来了，孩子一声也没吭就没了。

但是五湖两口子看见被单，听到"嗷"的一声，就知道孩子完了。一合计，要是说了，四海当时就得急死！说也没用，怎么着也是出这个事儿了。俩人一递眼色，就合计别吱声了。忍吧，就当没生！俩人不是朋友嘛，就没吱声。

四海唠了一阵子走了，拿着钱进京科考去了。但是四海走了以后，五湖一看，这孩子被坐得扁扁乎乎的了，一点气儿没有了，这个孩子死了，就把这孩子扔了。

1　不虑乎：不注意。
2　愣冲：鲁莽冒失的样子。

咱不说五湖了，单表四海。四海到京城科考，一考真考上了！考上之后就封他做七品知县，做县太老爷，当官了。他那时候来五湖家看过，知道五湖家有个小子，几个月大。

一转眼过去二三十年了，四海就给五湖写信，意思说"大哥如果你有时间就上我这来吧。我现在没工夫回家看你去啊，现在我的侄儿都不小了吧？"他还打听他这个侄儿！

五湖一听就哭开了，还不小了！你给坐死了，你个人还不知道！

这时候，四海两口子一合计，四海媳妇就说啊："你啊，带不[1]就去看看五湖吧！"

五湖这个时候岁数也大了，身体也不好，干不了活了，家里也困难了。四海当官有钱啊，发财了，就带着媳妇儿，坐着大轿回来了。

到了这儿，四海进了屋，就拽着他哥哥的手说："哥哥、嫂子，我特意看你们来了。当年要不是你们帮助我，我不能念书，也不能成名，也不能有钱。今天我特意来接你们到我那去享清福去。另外，我要看看我侄儿念书念得怎么样，我培养培养，到我那儿，我给他安排工作。"

"哎呀！"五湖媳妇儿一听，就哭了，说，"你这个好心啊，我谢谢你啊！我这回不能不说了！"她就说，"（孩子）让你给压死了！坐死了！当年你来取钱那工夫，'吭哧'一声就给坐了，俺俩当时没吭声。"

"哎呀！"这时候四海说，"哥，你咋不说啊！"

五湖说："我当时要是说了，有啥好处？我要是说了，你当时就不能去考去！你不就完了吗？就可你成名吧，我自己忍了。"

四海说："五湖啊，你真是好兄弟啊！咱俩是患难之交，比亲弟兄都近啊！哪有这么大事都能忍，你可真了不得！今天这事儿这么办，今后你的生活我掂对。"

从那以后，四海就把五湖两口子接到他家去了，一直过到老，伺候到死。

这虽然说是异姓兄弟啊，那比亲兄弟都近便。四海为了报答五湖的恩情，弥补压死孩子的错，对五湖特别好。要不现在都说学五湖四海呢，人家的交情这么深！

---

1 带不：要不。

五湖与四海（二）

一般都说俺们来自五湖四海，可以做个相当朋友。这是因为古来五湖与四海是莫逆之交，后来群众为了纪念他们，就用"五湖四海"这几个字来形容交往相当近的朋友。其实人家五湖四海是真正的朋友，就说说他们的故事。

五湖家有钱，日子过得不错，老婆孩子都挺好，有一个小孩，不大，就十来月大。四海和五湖是同学，他念不起书，家穷，最后索性不念了。五湖在山上溜达呢，就看到四海了，就问他："四海，你怎么这些日子不上学了呢？"

四海说："唉！念不起了，没办法。我家里一个老妈，没有爹，我妈自己哪能供得起我念书呢！我自己还得每天打点儿柴火养活我妈，念不起了。"说完他就哭了。

五湖一看，说："别啊，那哪行呢，你还得念。你念书念得比我都好，哪能不念呢，还得念。我回去和我爹商量商量，看是不是能帮你一下子。"

这五湖回去把情况一说，五湖父亲也不错，说："你既然有这心思支援你的朋友，那就让他念吧，咱们给拿两个钱儿。"所以五湖给他拿了学费、拿了吃的，就等于五湖他们家多个学生一样。他俩天天在一起念书，处得特别近，是莫逆之交。

一晃过去四五年了，四海念成了书，五湖身体不太好，家业大。后来，四海对五湖说："大哥，我打算进京科考去，较量较量，你看怎么样？"

五湖说："那你去呗。"

他笑了，说："去是去呀，这盘缠路费得不少钱。"

"不要紧，我给你拿。我爹也答应了给你拿。明天你上俺家去，给你拿五十两银子，就够你去了。"

"那还了得，拿那么多！"这四海感恩不尽啊。回家之后，就告诉他妈说："我打算进京科考去。"

他妈说："你有钱吗？"

四海说："五湖大哥给我拿五十两银子，我给您老十两就够过了，这四十两就够我过了，您老就安心在家。"

他母亲说："你受人这么大恩惠，将来怎么报答人家啊，人家对你这么好。念书供你，吃饭供你，进京科考拿盘缠钱，你将来可别忘了人家。"

四海说："不能。"他就去了。

他起早去的，五湖两口子正睡觉呢，一听叫门，就"噼里啪啦"地急速起来了，被窝没来得及叠，就下地了。他还有个小子，不大，也就一岁上下，在炕头趴着呢，这媳妇一寻思春天天凉，就把褥子扔小孩身上了。

四海来了多少回了，对五湖家也熟识，说："大哥才起来？"

嫂子说："啊！"

他说："天挺冷啊。"

五湖说："快上炕来暖和暖和吧。"

四海说："好！"他一上炕"砰"地就坐下了，小孩儿"嗯"了一声他也没听到，一屁股就坐五湖的孩子身上了。这五湖媳妇看见了，一听孩子"吱呀"一声，寻思说：完了，孩子完了，当时她脸煞白，也没敢说啥。一说四海就下不来台啊，马上要科考去了，五湖也没吱声。四海坐了一会儿，把钱拿好了，乐呵呵地就走了。她打开一看，孩子脸憋得黢青，当时孩子就死了，这俩人就哭起来了。媳妇说："你交了这么个朋友，花了这么多钱，把孩子命搭他身上了。"

五湖说："就这么着吧，咱也不能说啥，说啥就对不住他了。他要进京科考去了，说完他就不能去了，心情不舒畅了。"

单表这四海到京一考，真就考上了。考上一个进士，做了新民县太爷。回来以后，过了三四年，他手里有钱了，过得不错了。这五湖就来信了，说家里涨大水了，家里涝得邪乎啊，庄稼都扔下了。

四海回了封信说："五湖大哥，我已经当了三四年县太爷，手里有钱了，宽裕了，你能来就急速来吧，你来的时候把侄儿也带来，叫侄儿在这儿念书，侄儿有六七岁了吧，也不小了，都这些年了。"

这五湖拿完信一看就哭了，媳妇也哭了。

送信人说："你哭啥呢？"

五湖说："唉，你们县太爷还不知道呢，当年他科考那天上我这儿拿钱，就把我孩子坐屁股底下坐死了，我当时没敢吱声，怕他伤自尊心，他个人愁了就没法考了，我寻思我俩好就好到底吧，豁出去一个孩子就这么着了。"

送信人说："你俩可好得太邪乎了！"就回去了。

他回去把情况和县太爷一汇报说："县太爷，你惹祸了！"

四海说:"怎么了?"

"你取钱那天把五湖孩子坐死了。"

"怨不得嫂子那脸煞白,连声都没吱。"

"怕吱声之后你科考受影响啊!"

"这完了,到老了没儿子怎么办呢?"当时,四海就告诉五湖,必须安心上他这儿来。

五湖岁数大了,也五十多岁了,他把家收拾收拾,四海就把他接到家了。四海这时候也当知府了,虽然五湖两口子没儿子,但四海比亲兄弟待他都好。五湖四海一直处到老,到晚年,五湖两口子死在四海家,四海待他好得邪乎,那一点儿都不分心。要不现在一直说五湖四海皆兄弟呢,这就证明人家俩处得好,人家俩人没变心,真是一对真情真意的好朋友。

五马换六羊

这人啊,得学得聪明点儿。

有这么一家,哥儿好几个,有老大、老二,还有个兄弟。这个老兄弟有点儿憨不楞登[1]的,但他媳妇儿挺机灵、挺怪,他俩结婚以后,是逢办事儿净是老大老二出去。这个老三傻,家里就不让他出去,这媳妇儿就不高兴。

这媳妇儿就跟老三说:"人家出去回来能弄点儿钱,拿一百两银子花点儿,回来剩三两、二两往兜儿里一揣,人家媳妇儿也能买穿的,孩子也能吃着好的,你这啥时候也出不去,啥钱儿也摸不着,一分钱落不下,我跟你不白过一辈子吗?!"

这个小儿子本来就缺点儿心眼儿,他就跟媳妇儿干架,说:"那怎么办呢?"

他媳妇儿说:"你也出去,不出去不行!找老人说去,都是儿女嘛!"

他就和他爹说:"我得出去,买东西我去,我不去不行,媳妇儿非让我出去!"

他爹一看,告诉老大、老二说:"这么办吧,你俩别出去了,再买东西让他出

---

[1] 憨不棱登:形容憨傻、糊涂的样子。

去吧！"

老大、老二说："那行！"

他爹待下一寻思，说："正好，这牲畜现在多，要卖，那马下了不少马驹子。这么办吧，你要出去好办，去拉五匹马，把它卖了吧！回来换回点儿啥值钱东西也行，回来就行了。"

他说："那好！"他就把这五匹大马用链子拴着出去卖去了。到集市上一看，有的人认得他是缺心眼儿，有的人不知道他呀，他就来回走。有个人过来买，但价钱说不好，弄不通，他不敢卖，一看，给的少，他一寻思说："不行，那钱得多一点儿，这五匹大马多大啊，你看给俩钱儿哪支得住呢？"

正好有一个卖羊的，看他卖了一天也没卖不出去，就喊他："哎！来，来，来！咱俩合计合计，我用六匹羊换你五匹马，你干不干？"

哦！他寻思：那真行，还多一匹，五马换六羊嘛！

"那行！"他一合计说，"就这么办吧！"

卖羊的说："那你就把马给我吧！"

他就把马给人家了，个人拉六匹羊就美滋滋儿回家了。到了家告诉他爹妈说："这回行了，没吃亏，一个换一个，还多搭一个，总共六只羊！"

他爹妈说："我的先生啊，你呀，把人糟践坏了！"

他这回来一说，媳妇儿说："行了，你就看着六只羊过吧，五只羊脱缰回家，剩下这只羊就给你做媳妇儿吧，我就走了，不在这儿了，你太不像话了！"搁那么媳妇儿蹽了，不在那儿待了。

这"五马换六羊"就是这么得来的。

西瓜没熟

这个故事发生在军营里头儿。

过去军营里都是长炕,两面炕当中有个办公桌,这一屋能存三四十人儿,都是长炕啊!一边儿也就十四五个人儿,墙上面都有钉儿挂着每个人的东西,那时候士兵穿得也都不错。

就是有这么一天哪,正赶上半夜,有个小伙子上外头去——有尿了,这小伙子是新当兵去的,这兵营里都是新来的,新兵多。尿尿之后他回来了,睡不着觉,他想家呀。他在那炕上就围着被子趴着,趴那儿之后不说。

单表他瞅着哪儿呢?顺炕梢儿起来一个,也是个当兵的,穿了一身衬衣,也像是撒尿去了,这小伙子抹擦一下脑袋就急速去了。他奔外屋去了,外屋不就是厨房嘛!到外屋就把切菜那朴刀抄起来了,就奔里屋来了。到里屋了他就在南炕开始摸脑袋,就瞅那比画着,摸摸这儿弹弹不动换,摸摸那儿弹弹不动换,就在炕头儿一溜摸到炕梢儿,从炕梢又往回摸。

这小伙儿一看,说:"我的妈呀,可了不得!"

他就吓得把脑袋钻到被子里边儿,到他那儿没摸着也就拉倒了。那小伙儿摸了半天,这三十多个人他都挨排儿摸了弹了,完了就把刀扔在外屋厨房了,他回来就睡觉了。

他睡下之后,这小伙儿就起来了,起来到办公室就报告长官儿,说:"可了不得了!有个小伙儿要行凶,怕他还起来,我不敢不报告啊!"

关键是连长在那屋里,他这怎么怎么一说,就都起来了。这连长、副连长都来了,到那儿就告诉他起来,他还趴着呢!

他起来之后,连长说:"你干啥呢?你说实话,是不是你刚才起来拎朴刀要行凶?"

他说:"我不是啊!我不知道,没起来呀!"

连长问:"没起来?你说说,你是不是拎朴刀?"

他说:"噢!这么回事儿,我梦到我走瓜地了,渴了,我寻思弄个西瓜吃,我就在那儿拎个朴刀寻思砍个西瓜。我一弹,它们都没熟,我一赌气,拉倒吧!没熟,不吃生的了，把朴刀扔那边儿去了，我又睡的觉。"

哎呀！这一听，连长说："你这先生啊！西瓜没熟，大伙儿捡命了，这西瓜要是熟了，你不得砍个'噼里啪啦'的？你赶快回家吧，这兵营里不能要你这兵了。"所以他就回去了。

这就是"西瓜没熟"。他是怎么了？就是梦游症。

儿媳妇不叫公爹

这故事是说啥呢？有这么一个儿媳妇，挺精挺精的，结婚以后把家庭事务哪儿都料理得挺好，就有一个毛病，不管公爹叫"爹"，她就没喊过"爹"，天大的事儿也不喊！

这老公爹心里寻思：真出奇了，人都有双生父母，她就不叫！但是她没别的缺点，什么活儿都干，挺勤快，就是没叫过"爹"。

这天早起吃完早饭的工夫，老公爹就告诉她说："儿媳妇啊，你明天早上起来给我弄点儿面汤吃，早点儿整，我要上扬州赶大集去，到时候就喊我一声儿。"

"哦！"儿媳妇说，"那行！"

这儿媳妇一早起来了，天见亮儿就整出面汤了，面汤整好之后一看：外头太阳也出来了，屋儿里也见亮光了，就是老公爹不起来，在那儿趴着不动弹。

你说她不喊吧，老公爹交代了；喊吧，没叫过爹，没法儿喊。搁外头心里就挺着急！憋得没办法，她就说话了："屋儿里头明晃晃，屋儿外头亮堂堂，谁上扬州去赶集，赶快起来吃面汤！"

"咳？"这个老公爹也憋不住笑了，"唉，行了，我起来吧！"他起来吃口面汤就赶集去了。

这儿媳妇把这话说了，就算是交差了，她到最后也没叫成公爹。

异文：儿媳妇不叫公爹

有个女的嫁到这家之后，多咱也不爱叫这公爹，结婚也没叫过。这老爷子心里就不高兴，说："娶个儿媳妇不叫公爹，你说这真出奇透了。"

这天，正赶上老太爷要上扬州赶集买点东西去，他一看就想：我看你还叫不叫。他头天晚上就告诉她："儿媳妇呀！明早你早点整饭，饭整好的时候，见天儿亮了你就喊我，我吃完饭上扬州赶集去。"这老婆婆都在屋里听着，意思是看你叫不叫，试验试验你。

老太爷说："整点面汤就行，不用整别的。"

儿媳妇说："好！"

儿媳妇沙楞，一早起来把饭整好了。一看，老爷子不起来，在被窝子里趴着呢！媳妇儿一看外边天都见亮儿了就说话了，她不叫公爹，怎么喊的？她说："房屋外，亮堂堂，屋里灯，明晃晃，谁上扬州去赶集，赶快起来吃面汤。"她还是没叫他"爹"。

老婆子一看，说："你起来吧！还是没叫到你呀！"

老头一看，寻思寻思就憋气。"谁上扬州去赶集，赶快起来吃面汤"，老太爷一看，到最后也没叫他，吃完面汤，他就赶集去了。

就是这巧儿媳妇。

儿媳妇有才不说酒

有这么一个老头，最好喝酒，嗜酒如命。

他儿子娶了个媳妇，这儿媳妇就不愿意让他喝酒，一直劝他。后来，他和儿媳妇说："儿媳妇，不是我好喝，是我犯了个病，你要是不提酒啊，我不想酒，就怕谁提酒，一提酒了，我就要喝酒。"

儿子说："那怎么办呢？"

老头说："你别提酒，我就不能喝啊！你别说酒就行。这一说话唠嗑，一提酒，我就馋了，酒瘾就上来了。"

儿媳妇说："那好，俺们就不提'酒'字了。"

他说："那好吧！"

这以后，儿媳妇就板着，说什么也不提"酒"字，要查数，查到八就奔十，也不提"九"字，"九"是要"喝酒"啊！

这老头好喝酒，自己馋酒馋得邪乎，怎么办呢？他就合计，没法儿就出外叨咕。别人都知道他叫"王老九"。人们说："王老九，你没喝酒吗？"

王老九说："喝啥酒啊？我儿媳妇聪明，会说，说话都不谈'酒'字。"

人们说："那有办法，你让她说酒她就得说嘛！"

他说："这怎么能说呢？你们说怎么办？"

人们说："俺们去，管保她提'酒'字。"这几个老头没事，合计好了，说："有个张老九，有个李老九，我们明天找你去，手里拎着酒，再拿着韭菜，你看她说不说！咱们多咱去呢？九月九日去，到你那儿喝一场。"

他说："好吧！"

他回家就寻思：儿媳妇是挺精明，但精明是精明，这下可得挫得够呛，她非说不可了。这老头有意思：他怕真说出去，儿媳妇失败了，说了让人笑话，他老夸儿媳妇才高，不说酒；又怕不说呢，他喝不到酒，也就这两个心思。

这天，正赶上他在屋里坐着呢，人们就来了。一拍门，"啪"大门开了，儿媳妇说："谁呀？"

张老九说："我是张老九！"

李老九说："我是李老九！找你们家的王九爷来了！今儿个是九月九，我们拿着韭菜，又拿点儿酒，俺们喝一场！"

媳妇一听，明白了：这是来找晦气了。正在这儿说着，王老九就出去了，问："儿媳妇，谁来了？谁来了？"他问得还勤。

儿媳妇一看：你要我说这个"酒"字是吧！好，媳妇就说了："咳！您老听着吧！张三三，李四五，左手拎着长生草，右手拎着人参乳，重阳节，天乐会，俩四加个五！"

大伙儿一看，说了半天，哪个也没离"九"，但是一个"九"也没说。

他们一看，说："得了，你这一辈子别喝酒了，你儿媳妇聪明啊！到了不说'酒'啊！"他这次也没喝着酒。

喜鸟和鸠鸟的对话

有这么一个老丈人,有这么几个姑老爷。大的、二的都是文质彬彬的,出门儿专讲转文[1]。就这个三姑老爷是庄稼人,念的书不多。到那儿去了,老丈人多前儿[2]都瞧不起。

这也不是办寿的时候,正好赶上正月去串门,初一前儿。到那儿去了,老丈人和这俩姑老爷正咬文嚼字的,说这个诗句啊、说个字儿伍的。就把这个三姑老爷黜得都不像样啊!因为他在那儿坐着就是干吃饭,也没人和他唠嗑儿。

这小舅子心挺顺着他,说:"你说句话,三姐夫!你怎么不吱声?你看人家,转转股股地多会说,你怎么不会说一点儿呢?你让人瞧着笨!"

三姐夫说:"我不是不会说,我也会说,我不爱说。"

小舅子就说:"你说!"

这老丈人瞪着眼睛,心里寻思:"你会说个屁!你会说?"

他大姐夫、二姐夫也不愿意。完了这个媳妇儿瞅瞅他,意思是说"你要能说就说两句儿呗,训训他们!"

完了,他就说了:"哎,小舅子你啊,我给你讲个故事吧。"

小舅子说:"那好吧,那你就讲个故事吧。我看你会讲不?"

他说:"我会讲,我讲个故事。"

说一棵大树,大树上有一个窝,是喜鹊絮的。絮完之后,喜鹊还没等在窝里抱蛋下崽儿呢,这斑鸠来了。鸠鸟来了,鸠鸟王啊,就把喜鹊给叼跑了。它就在上面絮上窝了,它下蛋了!完了这两个鸟怎么回事儿?它俩就在里面掐,最后它俩都发大发劲儿[3]掐死了,都掐死了。

掐死了以后,就到阎王庙去了。阎王爷一看,就说:"怎么回事儿?你俩都说一说。"

---

1 转文:掉文,卖弄口才辞藻。
2 多前儿:总是。
3 大发劲儿:也作大幅劲儿。指过分、过头,超过一定程度。

这个喜鹊就说:"这是我絮的窝!完了让它给我鹐[1]走了,硬叫它夺取的。"

鸠鸟就说:"不是,是我絮的窝!"这俩鸟就又干上了!

阎王就说:"那你俩谁有证实人呢?"

喜鹊说:"俺们树下面儿,有一个蚯蚓老先生。"就是瓷虫啊,瓷虫不就是蚯蚓嘛。就说,"蚯蚓老先生在我们树根儿底下住,你把它老先生给找来吧。"

阎王就说:"那好。"

这蚯蚓就来了,鞠了个躬,就趴在那儿了。这阎王爷一看他不认得,就说:"什么玩儿意这么长?滴了当啷的挺长的,就趴在这块儿了?"

下边儿的判官就说:"这是蚯蚓老先生。"

阎王就说:"啊,它就是蚯蚓啊!这么办吧,你说说吧老先生,到底他俩谁絮的窝?"

这个老蚯蚓就说:"哎,阎王爷在上,我说着你听着吧,'喜鸟砌之,鸠鸟夺之。蚯蚓在下,岂不知乎?'"

这阎王爷一听,说:"这是什么玩意儿啊?这转转股股的!"就问这判官,说:"它在这儿干啥呢?它说啥呢?"

判官就说:"这是转文,这就是念书的转文!"

阎王就说:"转文啊?啊,转文啊!哎,它真有意思!你看他那猪鞭子样儿,还给我拽文,给挑出去!挑出去,不让它进来!"

完了,这大伙儿哈哈一笑,这小舅子就说:"还是我三姐夫厉害啊!"

三姑爷把一屋子的人全给骂了,把老大、老二都给骂了。

老丈人瞪着眼睛说:"你真会说话儿啊!"

---

[1] 鹐:鸟禽啄东西。

异文：喜鹊和鸠鸟对话

有这么一个老丈人，自己有钱，日子过得不错。他有几个姑老爷，大的、二的都有文化，文化程度特别高，都是一说话就转文。就这个老兄弟，是个庄稼人。姑娘倒是不错，嫁给了个庄稼人，家里过得也不错。

正好一天到这儿串门之后，就闲扯上了。大姑老爷、二姑老爷的意思是砢碜砢碜这三姑老爷，净转字说，转转呼呼的。老大、老二都有文化，就转呀，就把这三姑老爷竖起来了。他越寻思越憋气、越寻思越憋气，就没人搭理他。这小舅子就说话了："老姐夫，你怎么不吱一声呢？你看大姐夫、二姐夫都说话了，你也讲两句呀！"

一合计，他非要讲两句不成，这么办，说："在酒席饭前我讲两句也行，我就会讲故事，就讲个故事吧。"

他小舅子说："行，那你讲一段吧。"

他说："有这么一个喜鹊，和一个鸠鸟，两只鸟在一棵大树上絮窝。喜宝宝絮的窝，絮完之后，这鸠宝宝不会絮窝，它蛮横嘛，这斑鸠就把这喜鹊叮跑了。它占了这窝，这俩鸟就干起架来了，干得'噼里啪啦'的。干完之后，这俩鸟就捣死了，捣死了之后阴魂不散的，就跑阎王爷那儿去了。阎王爷一看，怎么回事儿？它就一说怎么怎么回事儿，怎么捣死的，因为什么，因为争个窝。

"'到底谁絮的窝？'

"喜宝宝说：'我絮的！'

"鸠宝宝说：'我絮的！'

"后来喜宝宝说：'这么办，咱俩别争，现在在咱树下住着个蚯蚓老先生，找他说一说，看它说公道话。'

"阎王爷说：'好吧，把它找来。'就把蚯蚓找来了。

"这蚯蚓先生曲曲弯弯[1]地就来了，到那儿之后就跪下了。阎王爷一看：这是什么玩意儿啊？一看是蚯蚓。'啊，这叫蚯蚓哪！'阎王爷还不太认得，'你说说吧，蚯蚓，怎么回事儿？'

---

[1] 曲曲弯弯：形容有很多曲弯之处。

"蚯蚓说：'哎，阎王爷，我说说吧。喜宝宝之窝鸠宝宝夺之，蚯蚓在下岂不知乎？'它也转文。

"阎王爷一看：这是什么玩意儿？它说啥呢？就问判官。

"判官说：'这是转文。'

"阎王爷说：'去去去，你像个猪鞭子似的，还转文？！不知道砢碜，像个猪鞭子似的，把它挑出去！'就把这'猪鞭子'给挑出去了。"

然后大伙儿就"哈哈"一乐，他小舅子说："还是我老姐夫讲得好啊！你看，你们都像猪鞭子一样会转文，人家不转文把你们都给骂了。"

瞎子偷钱

有这么一个旅店，这个旅店招过往的客商、过往的行人在这儿住。

这天，来了一个小客商，这旅店没有那么多屋儿了，要单屋儿也贵呀，他就想并间而住，那屋儿和谁住都行。他是倒腾买卖的，就倒腾点零碎儿，做点儿小买卖。他带点儿货、带点儿钱，就搁这儿住下了。

最后来个瞎子，小客商一看，瞎子自己一个人儿，挂个棍儿摸着走道，也找地方，就说："那你来这屋儿住吧！"

瞎子说："那行！"就在北炕上住下了，他俩人就挨着住了。不说。

单表这个客商。客商有一部分钱，不多，能有多少？能有整五千吊！那就是五千个大钱。那大铜钱是过去嘉庆年间的大钱，这边是字，那边是白。过去有清朝年号，白那边是弯弯字，怎么写的？就好比"嘉庆元年"之类的。这个五千大钱人家成串穿着呢，就搁那包儿里包着。

他睡下了，等睡到鸡叫以后，天要亮了，这个商人起来一看："哎？我这个包儿怎么瘪了呢？"他一摸，包儿还在，钱没了。哎呀，巧了，这工夫别人没来，就一个瞎子，他俩住了一宿这钱就不翼而飞了，客商寻思：肯定是瞎子偷去的！他没有明说，偷摸到瞎子那儿看，瞎子那包儿也包着呢，一摸梆梆硬，这客商就寻思：不用问，就是瞎子干的！他到那儿打开包，抖搂出来一看，真是钱，正好五千吊，俩人就干起来了。

客商说:"这是我的钱,哪儿是你的钱?"

瞎子说:"我的钱!"

客商说:"我的是五千个!"

瞎子说:"我的也是五千个,我搁家带来的!"俩人就干起来了。

店东一看解决不了:"这么办吧,这屋儿没别人,就你俩住,说实话,偷也好,没偷也好,你俩这一屋插间[1]而住,俺们店里是没责任。"

最后告到县里,经由县太爷审问。县太老爷是清官,他一看,说:"这好办,调上来!"一看俩人都跪下了,县太爷说,"说吧,怎么回事儿?"县太爷问这个丢钱的商人,"你的钱有什么记号儿没有?有线绳没?"

商人说:"我有记号,我的线绳是蓝线绳儿,他的线绳变成红线绳儿了。"

县太爷说:"哦,那还有别的记号吗?"

客商说:"没有别的记号,钱有啥记号?随时花、随时拿的问题,我也没记是什么样儿的钱,五千大钱哪儿能记住净是什么钱呢?"那时候有"嘉庆通宝""万历通宝",都是管那个年代的。

后尾儿县太爷就问瞎子:"你的钱有什么记号没?"

"我的钱可有记号呀!"

"有啥记号?"

"我的钱是相对着搁的,脸对脸,你看去吧,那钱都是字对字,字对字的,字冲里,白冲外,整五千大钱。"

这县太爷一检查,真是一点不差呀!你看这五千大洋都是字冲字,"嘉庆年"对"嘉庆年";两边都是白,都是清朝字。哎呀!县官一看:"你咋搁得这么好、这么有规矩呢?一点不差呀!"这县官就说:"你不用问,钱还是人家瞎子先生的,不是你的钱!"

县官就硬把钱判给了瞎子,商人不服,不服也不行呀。你不服,你没有记号,人家有记号,这五千大洋说得是一点儿也不差呀,都字对字在家摆好拿出来的,你能怎么办?后尾儿县太爷说:"这么办吧,你们都散了吧,回去吧!"大伙儿就回去了。

---

[1] 插间:又名掰间,也就是与他人合住一套住房。

瞎子乐呵呵地也走了。

单表这个小商人。他一看，就哭了，说："这钱我确实冤啊，回去之后要没有这个钱，我都过不起日子呀，你是清官，你好好断一断吧！"

这个县太老爷一看，他说得挺恳切，就喊："瞎子，回来！"就把瞎子喊回来了。这个大人是清官，一考虑："你瞎子有能耐啊，眼睛看不到但手能摸呀，你是不是一宿捋的？""你过来，回来，回来！你把钱撂下，跪下来！"瞎子就跪下来了。

县太爷说："把手都举起来，我看你手！"

这瞎子一抬手的工夫就哆嗦上了，县官说："哦，一看就知道你怯官了，哆嗦上了！"县官拿他手一看，他手上净是钱锈啊，县官说："你怎么摆弄一宿啊，你瞎子摸字，是给人家现穿的，你说实话吧，你是不是现穿的，你手上净是铜锈，都哪儿来那些锈呢？"这瞎子没办法了，不吱声了。

你看，这个县官不是清官嘛，他说："你整个儿穿了一宿，人家睡着了，你就俩一穿一对，俩一穿一对，对上穿，你还能有记号，敢情你的记号是现穿的呀？！"

这回瞎子没嚷嚷了，说实话了，说："不错，我见钱眼开，我是现穿的。"

县官说："好了，这么办吧，你虽然是瞎子也得判刑，就判你二年刑，押你二年！"

这县官又和商人说："你就把钱带回去吧，下回出门注意！"这小商贩就磕头作揖谢了大人。

附记：

嘉庆通宝铸于清嘉庆年间(1796—1820)。钱径2.2—2.6厘米，重2—4克。面文用宋体，背文为满文局名。但有背文于穿左用草书，穿右用楷书，有"福、寿、康、宁、桂"。也有穿左为满文"宝"字，穿右为楷书"福、寿、康、宁"，连在一起为一种吉语，是钱局为吉庆所铸之钱，也叫"吉语钱"，参与流通。

有些古钱币在潮湿的环境中会产生粉状锈，它们会像病毒一样传染给其他铜钱，严重的会深入铜质内部，造成危害。铜钱上的锈迹中含有铁锈或其他难以清洗的物质，这些物质在接触到皮肤后可能会留下色素沉淀。所以故事中瞎子摸了钱后，双手会染上钱锈。

先生有病

这个小故事是什么呢？

有这么一个老师，是个念书人，学生出身，去科考了。科考去之后，头一次没考上，他就在北京傍拉找了一个教书小馆儿，那儿正好请老师，他就去了。这先生多大岁数呢？也有三四十来岁了。

这老师到那儿去之后，教得也不错，可他教书的这家财主呢？太刻薄，那是什么都不行，吃得也不像样，就舍不得给人家吃，舍不得给人家喝。这老先生一看，也没办法，就这么教吧。

有一天，这先生就病了。怎么回事儿呢？就是感冒，浑身难受，起不来了。有一个小使唤人——小书童，跟他处得也不错，可这书童伺候得是不错，但他能怎么办呢，他说了不算呀！

完了这先生就跟书童说："你呀，和东家说一说，把他找来，我这浑身不好。"

东家一早过来，看到先生闹毛病了，就说："哎呀！给你整点啥吃呢，没吃点儿啥吗？"

先生说："我这没有别的，就寻思你们那儿有一帮小鸡，能不能给我杀个小鸡，熬点汤喝。我哪怕不吃，就喝点汤呢，这样身体就能好。"

东家一听，说："哎呀，先生，这错了！俺们家有规矩，祖宗留下的，早上不能吃鸡呀！鸡不能杀，这是有规矩的，如果我给你杀小鸡，那不是就破坏祖宗规矩了嘛，这对不起老祖宗啊！"

先生一听，说："那怎么办？"

东家说："那就不能吃，啥也不能弄！"

先生说："啊！"

到晌午了，这东家又过来了，问："先生，这晌午吃的啥哩？"

先生说："没吃呀！我现在口渴得邪乎，你那点儿梨能不能给我摘下来，我解解渴。"

老东家一听，说："哎呀，这真糟透了！我们祖宗就有这规矩，晌午不能吃梨！"

"哎呀！"先生一听，"这么办吧，下晚儿再说吧！"

到了下晚儿，东家又过来了，说："老先生，你看你想吃点啥，我给你弄点？你这净赶上吃不得的东西！"

先生说："我看你们这养鱼池里的鱼不小，给我弄条小鱼儿吃。"

东家一听，说："哎呀，那哪能吃鱼去！这鱼养得也有规矩，老辈说了下晚儿不能吃鱼！"

先生一听，心想，哎呀，拉倒吧！啥也没吃上，还跟自己不过活[1]。先生就说："这东家太刻薄了！"

下晚儿遇上谁呢？就是这个小书童。这书童心肠挺好，就说："老先生啊，你来这儿干了好几年了，想吃啥也不给你吃，我给你从外面偷点吧！"于是，这书童就想办法在养鱼池钓了两条小鱼儿，给他整着吃了。完了之后又给弄了点面汤，整了点饭给他吃。

这先生生病后，书童就给他做饭，待他不错。

待得先生好了，先生说："我不能在这儿待了，这地方待不了了，我得进京，到时候我得科考去。现在科考时间到了，我不能教了。"

之后这先生账也算了，钱也拿走了，他就进京了。

这次他一考，真考上了，中了二十七名顶甲，中了一个举人，然后就派他去当县太老爷。

他当了县太爷之后，就给这书童来信了，说："你呀，你要是在那儿不愿意干，就到我这儿来。到这儿之后，我想办法照顾照顾你，这回我有钱了，当官了！"

这书童就去了。他到那儿待了好几天，连吃带喝不算，回去时这先生还跟书童说："我给你拿一百两银子，你回去做个小买卖，开个饭店，你也不是不会做，你做饭挣俩钱好存着。"

书童说："好！"

这先生又说："你千万别给他干了，那东家干不得！"

之后这书童就回来了。这书童回来之后，就开了个大饭店，干得挺热闹，买卖也大了。人们一打听，书童嘴软就说实话了，说："我哪有钱？这是县太爷给我的钱，县太爷当初在这儿教过书，那时我和他处得不错。"

---

[1] 不过活：过不去。

之后这话就传到哪儿呢？传到那东家耳朵去了。老东家一听，说："哎呀！他那时教书，正给俺们教的。他现在当官了，有钱了，这都给书童一百两银子，我去不还得多给啊！"完了他和老婆子一合计，说，"咱也去！"两口子就这么去了。

俩人走了好几天，到了县政府就打听。一听说谁谁来了，这县太爷说："接进来吧！"于是就把老东家和东家奶奶接进屋里了。

这县太爷对他们也不错，该预备席就预备席，待了他们好几天，也不提别的。这老东家一看，这不像样，你得提些事儿啊！

他们又待了四五天，完了就对县太爷嘀咕，说："没别的，先生！咱这不看别的，就看在当时你是一伙计，在俺们那儿待着，我现在有困难，俺们家过得不像样了，年头儿有点饿，我寻思到你这儿来寻求些帮忙，看你给想点儿办法。"

后边儿先生一听，笑了，也没说啥。

到了晚间，这县太爷整个纸条就给贴到屋里了。纸条上说啥呢？说："早不鸡来午不梨，下晚儿何必要吃鱼！"就是说，你们家早上不吃鸡，晌午不吃梨，下晚儿不吃鱼，那我们也有规矩。

县太爷又说："我是两袖清风，没有能力支持你呀，你回去吧！你家银钱万万有，何必等我支持呢？"

这东家一看，人家把这短处说出来了。后来没办法了，老东家想，这么办吧，到书童那儿吧。

俩人到了书童那儿，在书童饭店吃了饭，书童说："你呀，回去吧，来这儿不行啊！这县太爷他没有多余的钱，这是他的薪俸钱啊，是他个人少吃少花给我的。他现在哪，是清官，一子儿不贪，给你拿啥钱呢？你想想当年你对人家什么样，你不知道？"

最后他两口子一合计，窝着憋气，就跑回来了。

这故事就是说，人这玩意儿，打算得人家好处，必得有个预先，没有这预先呢就不行，要不说"早不鸡晚不鱼"呢，就是这句话！

贤孝儿媳妇救婆婆

有这么一个儿媳妇，特别孝道，老婆婆对她也不错。

有这么一天，就来暴天头[1]了，这雨"哗哗"的，云也黑，雷也响得邪乎！

老婆婆在上屋，儿媳妇在下屋，下屋也是大房子，是客厅，反正她俩都在屋待着。这工夫怎么了？雷响得更邪乎了，这媳妇就在屋里待着。谁来了呢？就看外边儿来了一个老头儿，白胡子的老头儿就跑到下屋来了，奔自己过来了。

老头儿到了下屋说："儿媳妇，儿媳妇！"

儿媳妇一看，说："你找哪儿的？"

老头儿说："我是走道儿的[2]，是个神仙，我是上面的神仙。你呢？你现在有股子灾呀！因为你太好了，对你婆婆都好，我知道，我特意来救你啦。你赶快坐这旮旯，我坐你傍拉，咱俩背靠背，脊梁挨脊梁趴着。要不雷非殛你不行！雷取你来了，我不能见死不救！"

儿媳妇一看老头儿这么大岁数了，就说："行啊！"

俩人就背对背坐上了。这工夫雷就不怎么响了，但到上屋响去了。就是到老太太住的那屋去了，这雷"咔咔"响得要命，响得邪乎！

儿媳妇一看不好啊，就要去救老太太，说："雷要殛我妈！不行，我不跟你坐着了，宁可我死，也得护着老婆婆去！"

儿媳妇扯开老头儿就往外跑，跑到老太太那屋，刚到上屋，下屋"咔嚓"一个雷，就把老头儿殛了。老头儿死之后，雷也不响了，雨过天晴了。儿媳妇一看，雷殛的是啥？是一条大长虫，是个长仙。

这是因为什么呢？这个儿媳妇有孝心，老天爷不能殛她，她好命。老天爷要殛这长虫，长虫跑这儿来，跟儿媳妇坐一起，老天爷就没法儿殛了。这个儿媳妇有孝心，不能把儿媳妇伤了呀！所以，老天爷就想了一招儿，殛老太太，儿媳妇好心为救老太太，就躲过这个长虫了。最后老天爷就把长虫殛了。

---

1 暴天头：天气阴雨得很厉害。
2 走道儿的：路过的。

搁那以后,这院儿是什么长虫都没有了,天天过平安日子。

这儿媳妇心好,这雷得瘥坏人。

县官与小孩

说有这么个县官,这天从家出来,坐的是八抬大轿,后边儿还有骑马的,跟了不少人就走了。

走到哪儿呢?他就走到平道当中,正好有几个小孩儿在那玩儿。一个小孩儿搁旁边儿站着瞅,有几块石头在那儿摆着,这几块石头上面搪一块,像个洞似的。骑马的人也没注意,轿子到那儿就把这个石头给踢倒了。

骑马的过去之后,这个小孩儿就说:"站下,站下!"

小孩一喊,他们就站下了。小孩儿说:"你们讲不讲理啊,你们这是哪儿的?"

县太爷说:"哪儿的?县太爷!"

小孩儿站在旁边儿,说:"县太爷就更得说理,不能走!"他就站在旁边儿,把手扎扎爹爹[1]着。

县太爷一看,这个小孩儿不大,有七八岁、八九岁。他就把轿子的帘子撩开了,笑说:"你说说有啥事儿吧。"

小孩儿说:"不是别的,我这个搪的是桥,你不能把我的桥碰坏了啊,谁碰了也不行!"

县太爷说:"那怎么办呢?"

小孩儿说:"这么办,你是县太老爷,现在我就说一个上联,你要是能对上这下联的话,那我马上就请你走。你要对不上,那可就别过了!"

县太爷一听,说:"好,这小孩儿,你说吧!"

小孩儿说:"我这个桥是三块石头垒的,三个'石'字儿念'磊',你们是'炸破磊桥三块石',你对下一句吧。"

---

[1] 扎扎爹爹:展开。

县太爷就合计，哎呀，不好对呀！三块石头念"磊"，炸开了，变成三块石头了，下句不好对。寻思半天，天也快黑了，他说："这么办，小孩儿啊，我对是能对，就是今天太忙，有公事，我在这儿想的话就耽误事儿。明天早上我回来，还搁这儿走，明天给你对上，好不好？"

小孩儿说："那行！明天早上我搁这儿等你，恭候。"

县太爷坐着轿子回家了，到家了就寻思这个对联，饭也没吃好。个人就在那儿叨咕着"炸破磊桥三块石"，人家说得一点儿不差啊，那三个"石"字念"磊"，人家是磊桥，石头炸开就归三块石了。这玩意儿不好对呀！

他就在这儿想。后尾儿，他老伴儿就说："你怎么回事？今儿吃饭你咋这么愁，不吃呢？"

县太爷说："得了，有个小孩儿把我难住了。"

他就把怎来怎去地一说，老伴儿说："哎呀，你有这么大的文采，念书都当举人了，还对不上？别着急，吃饭吧，明儿我帮你对。"

县太爷说："你帮我对，你能对上吗？"

老伴儿说："我还对不上了？对得上！"

县太爷一听，就去吃饭了，说："你对吧，我听着。"

老伴儿说："我告诉你啊，他不是说'炸破磊桥三块石'吗？你就说'剪开出字两座山'，'出'字搁剪子铰断的话，不就剩俩'山'了嘛，不也配得上嘛！"

县太爷说："对呀，这对得正好啊！"

睡一宿觉，天就亮了，这个县太爷坐着轿子又搁那儿走，他上班得搁那儿走。他走到那儿一看，小孩儿正等着呢，摆手说："县太爷！"

县太爷说："都站下！"

小孩儿就说："县太爷，昨天一宿，你对好没有？我听听您的佳句儿是怎么对的？"小孩儿挺客气，有文化嘛！

县太爷说："我对好了，'剪开出字两座山'，你看怎么样？"

小孩儿一听，说："对得好，一点儿不差！好是好，可是这个就不是你对的。"

县太爷说："哎呀，这怎么个说法呢，怎么就不是我对的呢？"

小孩儿说："这不是你对的。根据你对的句儿，对得是不错，可能是你夫人对的。"

县太爷一听："你这小孩儿怎么看出来的？"

小孩儿说:"我知道你夫人有文化,我也听说过。另外,'剪开出字两座山',谁使用剪子?除了女的使用剪子,男子哪有使用剪子的?你怎么没说'砍开出字两座山'呢?你单说'剪开',这不就是女的使用剪子吗?"

这个县太爷当时就下轿了,说:"好,你是好孩子,确实行啊!你家里净有些什么人?"

小孩儿说:"家里就一个老妈妈,别人没有。我念不起书,人家念书的时候,我就到学校外边儿听一会儿。"

县太爷说:"你不用那么办了,今后你妈的生活我供养,我认你当干儿子,供你念书,你看好不好?"

小孩儿说:"好!"趴地下就叫干爹。

后来,小孩儿真成功了。最后县太爷供完这小孩儿,小孩儿真就中状元了。就说这个小孩儿是真聪明。

县太爷神明

就说中国国也大,人也多,尤其民族也多,所以这话有些语音都不同。就说这个发音和话语不同,就有耽误事儿的时候,有这么一段故事。

有这么个县太爷,他是哪的人呢?是山东人。山东人的话做事特别清明,挺好。这天到什么时候呢?眼瞅到春节了。县太爷一看要到春节了,这得挂旗啊!一看挂旗的竹竿子不行了,就告诉师爷了,师爷说那就买吧。

这时县太爷把衙役找来了一个,这是个小孩,不大,也就十七八岁,姓李。县太爷说:"来来来!小李子,你去,去上街买个竹竿子去!买俩竹竿去!"小衙役一听,拿了二两银子,就走了。

小衙役到街上一考虑,心说:啊,县太爷可能过年喝酒啊,来客,买俩猪肝吃。他好喝酒啊,不用问。所以他上街之后就到屠户铺了,正好人那儿有卖烀猪肝的,就挑俩大的买了。

小衙役买完猪肝一看,二两银子没花了,花了一两半,还剩半两银子。他一看猪耳朵挺好,心想剩下的银子就买俩猪耳朵吧,完事回去他不要我吃。这小孩挺高兴,把猪耳朵买回去就揣兜里了,他没让猪耳朵露面,就回来了。

小衙役回来以后,到了县政府了。县太爷就问:"买回来了?"

"买回来了!大人,特别好!新鲜!"顺包打开一看,是俩大猪肝。

"哎呀!你呀,小鬼,怎么整的?你这耳朵,我叫你买竹竿,你买俩猪肝!你俩耳朵呢?"

"大人,你别说我,我耳朵在兜揣着呢啊,我也没敢贪污啊,给你拿回来了,县太爷你太神明了啊!"

这时师爷告诉小衙役说:"你呀,别胡扯了,叫你买竹竿挂旗啊!你弄哪去了?"这小衙役才知道。

要不说这话语不同,也能误事呢!

县太爷雪地买帽子

过去的七品知县哪,虽然是七品芝麻官,官不大,但是当的是父母官,说了算,掌管着全县的生杀大权。

有一天半道上就死了两个人,不知道怎么死的,县太爷去验尸。正好赶上下大雪,他坐的轿子,到了那儿之后他验尸下轿子,那雪"哗哗"地下。他一看尸首,一瞅一摸伍的,就说这是冻死的,不是谁害的,没被杀,这俩人就是挨冻冻死的。

验完以后他抬头一看,就看见对面有一个二十几岁的小伙儿,别人身上都有雪,他身上一点儿都没有,穿个棉袄棉裤,戴个帽子,雪落到他身上之后就两边儿分开,"哗哗哗"地全分开了。他一看,说:"哎,这小子出奇呀!为什么雪不往他身上落呢,咋在别人身上落得邪乎呢?"就叫公仆把那小伙儿喊过来了。

小伙儿来了之后,他就问:"小伙儿,你是什么人?"

"我家不管我,我姓王,叫王小,是个穷孩子,就是每天打点儿围[1]呀、打点儿

---

[1] 打点儿围:打猎。

猎混生活。"

"你这个身上怎么没落雪呢?"

"我也不知道怎么回事儿,我的帽子也不落雪,可能是帽子的毛病。"

"我看看。"县太爷拿上帽子一看,帽子不落雪,雪到帽子那儿就分开了。县太爷又问:"你这帽子搁哪儿得来的?"

"哎,提起这哪儿得来的啊,我有一天打了个动物,像个大兔子似的。当时不好打,我打它就躲,我枪一摆弄,它'哪'一下就躲了。最后没办法了,我就整来两支枪,这个冲北边儿,那个冲南边儿,一个打一头,俩枪一块响的,它没躲过去,就把它打住了。打完之后,回来扒了皮,就做了个帽子嘛!"

"哦!你这个帽子卖不卖?"

"那还能值多少钱呢,卖你啥啊,你是县太爷,那想要就拿去呗!"

"那哪能要去呢。多少钱吧你说,我不少给你,你家不是困难吗?"

"困难哪!"

"没娶媳妇儿呢?"

"没呢!"

"我给你个娶媳妇儿的钱,再给你点儿生活费。娶个媳妇儿有五十两银子够了吧,这个帽子我给你一百两银子。"

"这,别说笑了,这么个破帽子,一张皮子。"

"中,就这么办!你说的这个帽子是出奇,你不知道。你不信咱们买完以后试试。"

给完银子以后,当时就有问他的:"那你怎么花这些钱买个帽子?"

县太爷说:"你得识货,这是个宝皮呀,这个是飞貂!你把这个帽子挂在墙上,你用枪打都打不上。"

"那哪能呢!"有好事儿的打围的人就把帽子给挂上,"嘣"一打,这帽子就能两边儿来回蹿着躲枪子儿。

"哎呀!这玩意儿可了不得,穿上它之后我都能躲过枪去了,不用说下雨了。看起来这是飞貂嘛!"

所以县太爷买个帽子,得了个无价之宝,小伙子娶了个媳妇儿,全家有了生活费了。要不说东西呢,有的人就不识货,就是人家县太爷识货识宝,雪地里买了一顶帽子。

相字先生

　　有一个老先生啊,会相字[1],虽然说不是那么灵,但在北京城,也确实是天天摆着个"相"字牌匾。

　　正赶上北京这个道台[2]大人心里高兴了,寻思说:"他相得那么好,都夸他好,我看看他去。"他就去了,穿上便衣,打扮成一个四五十岁的老头儿,还拄个棍儿就去了。等到那儿了,他就说:"老先生,你给我相个字儿吧!"

　　先生说:"相一个吧!"

　　"好吧!"

　　"那你就写一个字儿吧!"

　　大人一合计:你不用问,相字儿就是问卜嘛,那我就写个"卜"字儿吧!你不是个相字先生嘛!这个督军大人就用棍子在地上一竖一点,写了个"卜"字儿。

　　写完以后,这相字先生就急速起来了,对他深施一礼,说:"大人,请坐!"

　　他说:"哎?你咋不问呢?"

　　相字先生说:"你是个当大人的,你要是朝中官,就起码得够府官以上;要是陆军官就能带兵当元帅!你是个大人物,所以称你大人!"

　　他心说:哎呀,巧啊!但他说:"那好了,不用说了,我也不是,我也是老百姓,我到这儿来看看你!"说完就走了。

　　走了以后呢,正好看到堡子里一个要饭花子,也四五十岁,瞅着也挺丰满,他就说:"来来来,你别要饭了。我给你两个钱儿,你给我办点儿事儿去!"

　　花子说:"好吧!"完了这大人就给他买身好衣服,说你把这衣服穿上!他就穿上了。

　　"你也拿个棍去,到那里也写个一竖一点的'卜'字儿!"

　　花子说:"那行!我写字儿能写,反正写不太好!"

　　大人说:"能写就行,就一竖一点嘛,还不好写?"

1　相字:也称"测字",是一种根据写字而占卜的方式。
2　道台:又称道员,根据清代的官阶制度,道台是省(巡抚、总督)与府(知府)之间的地方长官。

"那我会写!"

"去吧!"

要饭花子就去了,大人就想看看相字先生到底怎么回事儿!他去了,大人也偷着在后边跟着听着。

他到了,说:"老先生,麻烦你给我相一个字儿吧!"

先生说:"相一个吧!"

他说:"这么办,我写一个吧!"就在那儿一竖一点也写一个"卜"字儿。

写完一看,先生抽抽气儿说:"你这命啊,可不咋样啊!根据你写的这字儿一分析,你是一个乞丐!"大人带着好几个护兵呢,这一听都直眼儿了,这家伙了不得啊!

叫花子说:"那怎么看我是乞丐呢?"

"我不看你穿的,也不看你的样儿,就看你这个字儿是乞丐字儿。"

这回大人来了,说:"怎么是乞丐字儿了?你说一说,方才我也写了个'卜'字儿,你说我是能掌握兵权,能当元帅,朝中能当官;他也是个'卜'字儿,他这个'卜'字儿怎么就当乞丐啦?"

"唉!大人哪,你有所不知啊,你这'卜'字儿一竖这一拉那一下子的时候那就是杆大旗啊!那一竖好比旗杆,这一点好比旗飘扬,是扯在这个角上了;他这一竖一点啊,那是棍子加个要饭罐子,一竖是个棍子,这边儿是要饭罐子,没拉出去角!"

大人说:"哎呀,你这相得可了不得!"这就服了。

从那以后,这相字先生就出名了。

小接媳妇

过去小接媳妇[1]是最受罪的人。谁家孩子愿意当这小接媳妇呀,都是因为她小、家里穷,没办法。她小时候四五岁、五六岁的时候就给人家了,算是订婚了。订婚以

---

[1] 小接媳妇:童养媳。

后到十一二岁，能干点儿活儿，就要上人家家去了，给人家喂猪、喂鸡、剜菜、捡柴火……什么活儿都得干，像小奴隶似的，人家有钱的这家就拿她当奴隶使唤。

要不说小接媳妇不是干脆受罪吗？满十七以后，到十七八岁，男女就结婚了，这一结婚，她女婿就能护着她点儿了，搁那儿她才能得点脸，要不都不行。

就有这么一家，这家小接媳妇的女婿小的时候，她就来了。她当小接媳妇，每天饭也吃不足，衣裳也穿得少，冬天穿破棉袄，夏天穿破布衫儿，就干活儿。这家过得还都不错，就是不给她穿，她一天干活儿干得没头儿[1]，什么活儿都让她干。

这天啊，他家找了个木匠干活儿。木匠干活儿当中，老听老太太说小接媳妇嘴馋，爱偷东西吃，往往剩点儿饭菜就没了，都是她吃的。这小接媳妇没少挨打，还没人护她，她女婿小，还不懂得啥玩意儿呢。

这天木匠来了，他家擀的白面卷子。吃完以后，老太太一看，剩了几个，就寻思：这么办吧，挂起来吧。就把它挂外屋儿檩子[2]上的窗户钩儿上了。挂上之后，老太太又寻思：这就够木匠晌午吃了。

到晌午，老太太来这儿一摘筐，一看，筐里卷子一个都没了，她就急了：不用问，准是小接媳妇吃了。她到那儿就把小接媳妇暴打一顿，把她打趴地上了，她在那儿说一个没吃、两个没吃的。

木匠一看，心就挺着急，说："这么办吧，你别打，我有啥吃啥，你们要有剩饭，给我盛点儿冷饭我泡着水吃也行，我也不是非得吃那白面卷子，你把孩子打成这样儿怎么行。"

老太太说："不，她不打不行，这孩子偷嘴[3]吃，这是毛病，完了她还说一个没吃、两个没吃的。"他瞅这小孩儿，寻思：十四五岁的小姑娘，打得太可惜了。

第二天一早上起来，老太太就整点儿馒头，这吃完之后还剩点儿，老太太寻思：就挂到那儿，我看你还怎么吃，我就瞅着你。就又挂外边儿了，还是那儿。

木匠在外头做活儿没理乎[4]，心里寻思：我偷偷看着，我看小接媳妇吃不吃。

这小接媳妇在屋儿里干活儿，他在外头干活儿，正瞅着屋里窗户，瞅得真真儿

---

1 头儿：极点；尽头。
2 檩子：又称檩条、桁条，垂直于屋架或椽子的水平屋顶梁，用以支撑椽子或屋面材料。
3 偷嘴：背着人吃东西，也就是偷吃东西。
4 没理乎：没太在意，没注意。

的。他正瞅呢，就看见一个大黄狗进了屋儿，这狗有能耐，没由分说，一伸脑袋就伸到小板凳底下去了，他把小板凳驮到筐边撂那儿，完了爪子一蹬就蹬上去了，那小板凳大，他后爪蹬凳子上，前爪起来把这筐摘下来了，之后就都吃了，吃完以后，他又给挂上了，这狗就走了。

哎呀！木匠想想，心里寻思：这狗可了不得，你把小接媳妇坑坏了，你再吃就把小接媳妇苦透了，杂种，我今儿得告诉老太太。正好到下晚狗又偷吃，老太太一看馒头没有了，又要打小接媳妇。木匠指控说："老太太，你别打，你过来，是你们养活的这个畜生吃的，就是这个黄狗，我看得真真儿的。"这狗听懂了，没等打就蹽了。

听这木匠一说，老太太说："真的吗？"

木匠说："那还有差？"他就把狗怎么端的、怎么摘的、怎么吃的和老太太一说，老太太就和小接媳妇说："那好了，我打错你了，搁那儿不打你了，都怨这黄狗。"不说。

单表木匠吃完饭回家。木匠回家要走山道，他离家远，路上拿个木头锛子[1]，怕有狼伍的。呵！走到半道儿一个半山坡上，黑天乌拉的，狗顺山上下来了，恶扑[2]就奔他来，要咬他。"哦！"木匠说，"你来报仇来了！"这木匠就把锛子操起来，左一锛子、右一锛子，一锛子削狗脑袋上，把它脑袋锛破了，这狗脑袋就坏了，被他锛死了，他这就把这狗打住了。

第二天他又上老太太家干活儿，就告诉老太太："你去看看，把狗取回来吧！他咬我去了，非要拿我报仇不行，因为这事是我说的呀，没办法，我就把他砍死了！"

老太太说："真的吗？"到那儿一看，狗在那儿趴着，真被砍死了，她就把狗整回来了。

从那以后，小接媳妇才得脸[3]。

1　锛子：削平木料的工具，柄与刃具相垂直呈"丁"字形，刃具扁而宽。
2　恶扑：凶狠地扑过来。
3　得脸：露脸，受宠爱。

小抠吃鱼

有这么一个地主，抠得特别邪乎！他自己就是什么钱也舍不得花，但是还想吃。他买一斤酒，回来还要兑二斤水，反正就是有点儿味儿就行，这酒兑水才经得住喝呀！

这天他就跟老伴儿说："这么办吧，你给我煮个鸡蛋，我真馋得邪乎了。"

老伴儿说："好！但是那桌上不是还有鱼嘛，这鱼买回来还没吃呢！"

他说："这么办，先把鸡蛋煮上，明儿再吃鱼。"

头天老伴儿就把鸡蛋煮上了，就煮了一个！煮好后，他拿过来一看，就想要把鸡蛋扎个窟窿眼儿。

老伴儿一看，说："我给你整把筷子。"

他说："不行，那得多大地方呀！找个器皿来。"

之后他就拿个小器皿一扎，然后喝一点酒，嘬一下这器皿，要是筷子，那得捅多大的窟窿呀！

老伴儿一看，说："你这鸡蛋最少能吃半个月！"

他说："不行，准照一个月吃，半个月那哪儿行！"

第二天起来，他说："这么办，我得显摆显摆，让别人知道咱有。你还得把鱼摊出来。"老伴儿就把鱼给摊出来了，摊得挺好吃。

摊好后，老伴儿把鱼端上来，他一看，就说："那能吃了吗？这多贵呀，你给我放筐里吧！"正好棚子上有个钩，他就把筐挂钩上了。

他就喝点儿酒，用筷子在鱼上一指捅，然后一嘬，说："真香！"他就这样喝酒。

他一喝喝了两三天，谁呢？他有个小伴拉儿[1]来他家，正好看见他在指捅鱼，就寻思这是捅什么呢？

后来到晚上，这屋就没有人了，他们吃饭是在另一个屋。这时候小伴拉儿就来了，一看，筐里有鱼，他就把鱼拿起来啃巴啃巴，把鱼脊梁肉吃了，啃完没吱声，又给搁筐里了。

---

1 小伴拉儿：意为朋友。

单说他,第二天早上他还是那么杵,鸡蛋也那么杵,鱼也那么杵,还吵吵说:"我享福了,我是顿顿鱼、鸡蛋不断啊,谁能有我这么讲究!"

这天来客人了,他就想显摆。他就把鸡蛋拿出来了,一看,怎么呢?这鸡蛋都干巴了,他就说:"这鸡蛋怎么干得不像样了呢?"说着又拿出鱼看看,把鱼拿出来一看,"嗯?"鱼上没多少肉了,他就说,"哎呀!看你这玩意儿,也费呀,你架不住这日子往长算呀!我就这么捅,这鱼的肉就没了,这才半拉,就吃得这样了,不得了!"

这客人一看,就说:"行啊,你今后吃鱼就怎么办呢?你就往河里指捅就行了。"

他一听,说:"还是你高!"

笑话闹不得

过去沈阳那儿有染布的,就是白布织完都得染上颜色。

有个染坊,这个染坊雇了不少人,这个老板也挺有钱,雇的人里岁数大的岁数小的都有,其中有一个染坊雇的大部分是关里人。这家染坊有个小伙儿叫张三,这张三也就十七八岁儿,是当地人,小伙儿干得挺好,这不说。

单表那时候关里涝了,涝得挺邪乎,关里人过得挺苦,就有逃荒的。其中有母女二人到东北来讨饭,正好走到张三所在的张家庄了,这个张家庄在沈阳城边儿,离沈阳有四五里地儿。大伙儿一看,正赶上张三他舅舅也看着呢。老头儿人挺不错的,说:"你母女二人找个吃饭的地方不好吗?何必要饭呢?这姑娘也十五六了,也行了。"

老太太说:"主要是没有合适的。"

他说:"你要是不嫌恶的话,我有个外甥,这小伙儿可能会成,叫张三。家有俩染坊,有点儿地,过得还不错,他现在还学染匠呢!他哪儿都挺好,你把女儿许配给他吧!"

这一说,老太太已经愿意了,她都五十来岁了,姑娘十七八岁,就要把姑娘许配给他。张三一看,说:"这么办吧!你们就在这儿待着吧!"待下也没操办婚事,张三就糊里巴涂地连老丈母娘带她姑娘都养活着,这一家人就过上了。这一过能有半个来月了,确实这小两口挺亲近,哪儿都挺好啊。这不说。

单表他们这个柜上有个干活儿的老王头儿,老王头儿也是关里人,在这儿做活的,这老头儿好说笑话。意思就是说啥呢?说:"张三你娶媳妇儿俺们那会儿都没吃着喜宴啊!你媳妇儿什么样儿俺们都没看着呢,大伙儿都说你媳妇儿挺不错的,到底怎么样儿?"

除了老王头儿还有个小徒弟,这小徒弟说:"那媳妇儿长得可漂亮了!"

这个老王头儿也不是岁数大的,四十三四岁儿,说:"漂亮咱们哪天看看去!瞅瞅,和她唠扯唠扯看怎么样儿。"这说得就像闲扯似的啊。

这天这个老王头儿干活儿去的时候,就跟张三说:"你媳妇儿确实不错,我说实在话,昨天我还真就去了,到那儿看你媳妇儿了,聊得还挺投缘,唠扯得还真挺近便,俺们还都是一个家乡的人。"

张三问:"是吗?"

他说:"啊!你媳妇儿和我确实不错,老让我串门儿去,哪天天黑之前我在那儿住一宿。"

张三说:"你别瞎扯了,大叔。"

又过了两天,就是说这个老王头儿好闹笑话,就把染布的颜色搁手抠下来一点儿。这儿离张三家不远儿啊,也就一二里地,晌午休息时他就到那儿溜达去了。一看人家尿盆儿在外边儿搁着呢。那时候媳妇儿都有尿盆儿啊,他就往尿盆儿上转圈儿抹上一点儿蓝色儿,抹完之后他就回来了。

到第二天早上起来,人家张三从家睡完觉回来了,老王头儿就叨咕:"你媳妇儿确实不错,昨天你没回来以前我真到那儿去了,还真挺好,说实在话,俺俩还真到一块儿堆儿了。"

张三说:"你别胡扯,大叔。"

他说:"不信你回去看,你媳妇儿那腿上管保有蓝色儿,我给她抹的记号。"

张三问:"是吗?"

他说:"不信你回去看,大腿那地方不看着能抹上吗?那一圈儿都是蓝的,我给她抹的记号,让你看看!这么办,将来你要是生活不如意,我挣的工钱都补给你们。"

张三一听啊,半信半疑的。晚上回家了,睡觉的时候,两口子一个屋,老丈母娘在那屋住。点蜡灯当中他也像好信儿似的，说我看看，到底这老头儿说的是真是假。当他一看，那家伙真是瓦蓝的一块儿的，哎呀！真的呀！上去就给他媳妇儿一下子，说："你呀真不是人！你不知羞耻。"

媳妇儿问："怎么？"

他说："你个人干的事儿你不知怎么说？你还不知道？你腿怎么的？"

媳妇儿说："没怎么的。"

他说："没怎么的？你和人家睡觉了，都让人打上记号了，你还说不怎么的！"就叮当地把媳妇儿好顿揍。这揍完告诉了，"你滚！我说啥不能要你了！"就把媳妇儿撵出去了，撵出去就把门插上了，这一插上她就哭了。

老太太被惊醒了，说："怎么回事儿了呢？这屋闹得。"

一看女儿没在屋，这女儿就跑了，不知道哪儿去了。一找，正好老太太出去之后，这就是冥冥之中注定的。要么说人不该死有救嘛，这女的越合计越憋气，这事儿太憋气，这么远找了男的还逼着让我死。外边儿正好有小树啊，她就整个绳儿把自己挂上了，就挂上这工夫老太太就出去了，一看女儿真要吊，她就找个刀到那儿把绳子割折了，女儿摔下来了。

老太太就哭了，女儿还没怎么的呢！女儿说："我没法儿活了，这太砢碜了，他也不讲理啊！"

她妈说："这么办，咱得告他，他不要咱们，咱也不能随便儿走啊！待这么些日子了，姑娘都变媳妇儿了。"当时这老太太就不让了。

这老太太就到县里把他给告了，县太爷一看，说："你这是怎么个事儿呢？把张三传来！"

这张三说："有证据，谁谁和我说的，他都睡上觉了，你把他传来。"

就把这老王头儿传去了，这四十岁老头儿一到那儿，县太爷就问他，他说："没那个事儿，我和他说笑话哪。"他就说实话了，怎么说笑话的，怎么抹到盆上的。"她撒尿能不挨上吗？挨上蹭上的。"

县太爷说："哎呀！你这笑话说得可太过火儿了，要不是她妈，她就死了。把她们找来，你看看怎么答对吧。向人家求求情儿。最低你也得被判个无期徒刑，你这太不像样儿了，差不点儿没死人。"

后来就把这老太太和姑娘都传去了，往屋一进，老太太一看，傻眼了。这老王头儿一看,说:"哎呀!这不我姐吗?"

老太太说:"你在这儿呢,兄弟!"

这老头儿就哭起来了,说:"这是我外甥女啊!亲外甥女!"

你看这舅舅差点儿把外甥女害了,因为说笑话。后来说要判刑,这姐姐说:"拉倒吧!县太爷,这是我亲兄弟啊!他这是好说笑话,年轻时候就好说笑话,耽误可多事儿了,你说怎么办?俺能判他刑吗?俺们要是不追究就算完事儿吧!俺们认可这样儿了。"

最后这外甥女婿也没办法,瞅瞅他,最后说:"这么办吧!我怎么也得管你叫一声舅舅,不是别的,差点儿没把家给整散了,你这笑话闹得,今后你这笑话少来吧!"

至此以后人们不再那么说笑话了,就是说笑话闹不得嘛!这是过火了!

写春联出笑话

这是什么呢?是写春联。要说这个春联写法都一样,但念法不同。

就说有这么个秀才,过年到老丈人家串门儿去了。老丈人说:"你来得正好,这不过年写对子嘛,你给写个春联吧!"秀才一看,写个春联,这还不简单吗?一写,心说:我编一个瞅着新鲜的。过去都是新年好什么的,我不写那样的,编个别的样的,就寻思好了。他寻思好新编一个,就写上了。写完以后自己念念觉得还挺好,不错。就把春联贴上了。

到正月初一,拜年的都来了,有认得几个字的一念,就笑了,说:"你这春联写的不咋样啊!"

这老员外一听,"咋还不咋样呢?我姑老爷写的,秀才写的难道还不好吗?"

那人说:"好了,我给你念念。'一祝新年好晦气',你看这多不好啊!'少不了打官司,肥猪大如象耗子,都死了。'肥猪大得像耗子那么大,还都死了。"

老丈人一看,不像话呀这姑老爷!怎么写的这是?还秀才呢!

这工夫,姑老爷也来拜年了。听大伙儿这么一说,"哎呀!你们断句没断对呀,那哪儿行啊?我给你念一个,还是那几个字儿,我念它就是祝愿的话了,'一祝新年好，晦气少，不打官司，肥猪大如象，耗子都死了'。"

大伙儿一看，哎呀！你这没点点儿，能念出来吗？你没点点儿不就念错了吗？你看，"一祝新年好，晦气少，不打官司，肥猪大如象"，那还能不好吗？耗子还都死了。他是连句念的，一祝新年好晦气，少不了打官司，肥猪大如象耗子，肥猪都长耗子那么大，还都死了。

这要不说写春联也都那样呢，都得点个点儿，不点点儿就不行。

新船配新篙

有一个特别有钱的老员外，家里有一个姑娘。姑娘文化特别高，就想个人选夫，就是想念字选夫。二十个字儿，谁能念下来，全念下来的，当她丈夫就行。要求是：头一个是年龄相当，第二个小伙儿岁数好、长得好，第三个是得把这二十个字儿念下来。

一晃贴出这二十个字儿二年了，就没有一个念下来的。家里面哥哥、父亲就着急，说："你整那么个玩意儿，难人的玩意儿，你丈夫上哪儿选去？你再选十年不就老了吗？"

姑娘心里也挺着急，心想：怎么选二三年了，还没选着呢？这可怎么办呢？

这天就来一个小伙儿，其实没啥文化，出身低，他是掌鞋的出身。一看，这事儿这么不同，就想试试看。

他到了员外家，就在外面瞅，把门的就说："你是干什么的？"

这个人就说："这不是选婿吗？我到这来看看。"这个小伙儿长得挺帅，挺好，不错。

把门的就说："你是打算要投投标咋的啊？"

小伙儿说："啊，我投标是投标，但是这二十个字儿啊，可惜啊，一个字儿不认得！"

把门的一听，说："哎呀，就一个字儿不认得，这问题不大！"

小伙儿是说这二十个字儿，一个也不认得，觉得可惜。但是把门的以为他是就一个字儿不认得。就跑到屋里和老员外说:"员外啊,这回可来个才子!就一个字儿不认得!"

老员外说:"哎呀,有希望啊!"

老员外就和小姐说:"这回心别太高了!差点儿也行!二十个字儿,就差一个字儿了。"

姑娘来了一看,这小伙儿长得好,确实好,哪儿都不错。就笑了说:"就一个字儿不认识啊?也可以,就这么的吧!"就把这个小伙儿给招去了,招成女婿了。

这个小伙儿就说:"好啊,你们招了行。但是我啊,还要取点东西去。我还有点东西没拿,还在船上呢。"

他是坐船来的,就到船上去取东西了。到船上一看,发现船夫把苇子换了,换新苇子了,苇子颜色挺新鲜。船上有两个才子,正在那儿作对儿玩儿呢。

他就听那个小才子说:"新船配新篙啊。"意思是说新船配外面这个新苇子,太新鲜了,太好了!

这个掌鞋的一听,这句话好听啊!"新船配新篙"他就记住了。记住了以后,他就把个人随身带的东西,带的被子就拿下来了。以前的人怕出门住店不方便,就出门时带床被子。

这个掌鞋人来这个小姐家,就和小姐说:"我还带了床被子,我这回拿来了。"

小姐说:"好吧。"

俩人就入洞房了,结婚了。入洞房这工夫,小姐一看,他一句话也不说,也背不出文词儿啊!就想他是不是不会说文词儿啊?是不是不懂得文词儿啊?

小姐就问他:"公子你念那么多书,怎么一句文词儿不说呢?"

小伙儿就说:"我就是不爱说!那我说一句,'新船配新篙'。"

小姐一看,这词儿挺有文化啊!小姐就笑了,说:"任君动来任君游。"姑娘意思是说,我身子就交给你了,你爱怎么样就怎么样吧。至此,这两个人就安心结婚了。

其实,他俩真的就是配错了。他没文化,但是把小姐给骗去了。他是答岔了,才结的婚。

新儿媳妇当家过荒年

有这么一家啊，是员外之家，过得不错，有四五个儿媳妇。但是这一年遇上了荒年，就没有吃的。明明需要二十石粮，这家连十石也没有了，还没等种完地，粮就没有了。这当家的就愁了，那时候他们没有粮，别人家就更没有了，这是取借无门啊！

当家的一看，这怎么办呢，没有能够张罗的人了，就合计开个会吧，寻思着看看是不是得分家。分家之后，哪管吃糠咽菜也能活着，要这么待在一块儿，这一大帮好几十口人，怎么活呢？要不就再选个当家的。反正我这干不了了，岁数大了，都六七十岁了，真不行了。

这大伙一合计，七嘴八舌地讨论了半天，张罗选谁呢？

就有人提出了，说："我看啊，咱们那老儿媳妇挺有能耐，和她合计合计，看看她是不是能想想办法。"

之后就问她，这老儿媳妇说："这好办，只要是打算选我做当家的，我就当，不就是困难嘛，怎么着也能度过这个事！当是当，可是我当家，大家就都得听我的。你就不能不服从我的安排，不服从我的安排可不行，叫谁干啥，谁就得干啥去！"

大家都说好。

她当上家了，就说："从现在开始，到外边去的人，回来的话，每人必须带一把土，回来扔院儿里头，不能空手回来。"

大伙说这家伙可真了不得啊！他们真就把土带回家里来了。

然后她就告诉大伙说："就这么办，咱们粮食不是少嘛，大肥猪就几口，猪崽儿不卖，咱喂肥猪，有糠就喂，实在不行再配点粮。"

大家心说：这越不够吃，还越整这玩意！

她说："就这么整吧！"

都得听她的，就整上了。没用俩月，这猪就上膘了。"这粮食得多喂，"她这样说，"这猪要是肥就好了，肥了就有油。要是没有油，吃不了菜，人他就站不住！"

从今之后，这野菜全长起来了。另外再加啥呢？她告诉大家，种一垧[1]地的小白

---

1 垧：中国特有的土地面积计量单位，不同地域标准不一。

菜，见一茬，拔一茬，就吃小白菜，不能把菜全剜了去。

到春天，这白菜全下来了，整个儿白菜，就那么剁巴剁巴，加点苞米面、高粱面，一压，就把那菜滚得像个黄元团儿似的，上面滚一层面，不用包，包它费东西啊，整点儿面来回滚一滚，一斤面就能滚出来可多了。里面馅呢，就搁点猪肉炼的荤油。

整个一碾粮到秋天还没吃了，半碾粮吃了一年还没吃了，大伙吃得还都不错，挺乐。大伙就没有不佩服这儿媳妇的，这真是有章程啊。这大伙在一起，还真是挺和乐的，还真挺好。这是一个事儿。

再一个，这土就堆起来了，一抓着土就抓多了，一整干了三年的工夫。这天她在家待着，就来了两个南方蛮子。

南方蛮子到这儿一看，转圈瞅了半天，就进院了，说："能不能让俺们在这儿住两天，让俺们借个宿啊？"

媳妇说："那住吧！"

那南方蛮子就住下了，住在西厢房。

这媳妇最精致，最有心了，就合计他们为啥在这儿住呢？偷着看一看吧。

他们住的头天晚上这儿媳妇没理会。第二天晚上，这媳妇就没有睡觉，她告诉男的，你睡你的觉，我起来。她就偷着趴在东厢房瞅着，就看这两个蛮子起来了，就围着这土堆转圈旋，这土堆大，就跟个小山儿似的。

这是旋什么呢？就听那个蛮子说话了，说："快了，快出来了！"

另一个蛮子说："别着急，今晚儿不行，明天晚上差不多能出来。"

那个蛮子就说："预备好，把裤子预备好！预备个裤子，就能抓住它。"

另一个人说："这可值老钱了，这金马驹！它在这里就卧成了，这要是把它抓着之后啊，可以说价值连城！"

这儿媳妇听得明明白白的，心说："啊，你们跑这儿来盗宝了啊，我这土堆里出宝了！"

她回去之后，自己就拿个新裤子预备好了，就跟男的说："咱俩起来。"

蛮子他俩趴着趴着就趴睡着了。盯到半夜，就看见金马驹顺着土堆里头就造出来了，就乱蹦乱跳，这男的女的一迎，就把这裤子给扣它脑袋上了。他们抱起来一看，不大，比猫大不了多少，就说这回妥了，绑起来就搁柜里了。它就变成个金的了，就不是活的了！

又待了一天，第三天，蛮子说话了："行啦，俺们走了，你们是有财啊，俺们住几宿是白住了！"

那儿媳妇说："好吧，你们走吧，就该是我们有福哇！"

他们就走了，没窃走这宝。

单说这儿媳妇，过了一年多二年来的，这日子过得不错啊！嫂子们就愿意分家了，不乐意在一起过了，说这么地太挨大累了，净你说了算了。大伙儿就研究着要分家。

研究好了之后，媳妇就说话了，说："分家倒是行，我得说个事儿，还有一项没分清呢！"

大伙儿说："还有啥没分清呢？"

"这么办，我多咱都是一分不占，一分不取。我当这三年家，没有什么缺点，你要愿意分，咱就分；如果不分，咱们这日子也是好日子，你们考虑考虑呗！你们要分家之后，就恐怕分不清了。"

大伙儿说，"不都摆着呢嘛，就这点儿玩意！"

她说："还有见不着的东西哪！告诉你们实在话，我算是不图这事儿，我是正人。"就跟她男的说，"把柜打开。"男的就把柜打开了，她说，"你们看看，我这三年，给你们攒了个金马驹儿！"

大伙儿一看，就都直眼儿了，说："哎呀，可了不得了！"

她说："我为什么修这大土堆呢？土堆里头是养金子的地方，正赶上他们拿完麻袋之后，他没卸走，然后我们赶紧着急忙慌地绕回去，我要是不拿回来，你们谁知道？我不能昧下这东西，你们要是愿意，咱们就继续这么过，有了金马驹，就够活一辈子了。"

大伙说："妥了，咱就啥也不用寻思了，就在一起过吧，就听你的吧，这小孩儿们怎么安排也听你的。"

至此之后，她确实干得不错，没跟你讲嘛，那小孩儿也出息了，出了两名状元，这家真是过上好日子了！

就这样，人家发财了。

兄弟变心

有这么亲哥俩过日子，哥哥娶媳妇了，弟弟也娶媳妇了。哥哥心不错，哥哥多大岁数？已经有二十七八岁了，兄弟十七八岁，也快到二十了，娶媳妇有孩子了，孩子不太大，两三岁。

过了几年之后，哥哥告诉弟弟："咱们家人多，咱也这么穷，没有发财，现在咱家还能将就着维持生计，我挣两个钱啊，还有几亩地，种粮吃，你就好好念书，你还可以攻读，咱们这儿有私学馆。"

弟弟就念书，一念到多大？到二十六七了，孩子都十二三岁了。嫂子就说哥哥："你呀，净没事找事，放着活不干，净咱俩干，养活他念书，趁啥呀？现在这日子也不得过了。"就愁啊。

兄弟看出来了。就说："这么办吧，哥哥，我就不念书了，想法干点啥，到北面找个地方干一干，要不家里日子也难过了。"

他哥一看，说："去就去吧。"

兄弟就跟个人老婆嘀咕："我走了，多则三年，少则二年，我就挣两个钱儿回来，要不咱家没有填补了，哥哥嫂子养活咱们，咱们于心不安。"

媳妇说："你去吧，早点回来，孩子也不小了，也十来岁了。"兄弟就走了。

一去走了三年也没回来。他干啥呢，他找着好地方了，就到北面黑龙江给人管账，因为他有文化，那时有文化人特别少啊。他连管账带在大殿里给人家当经理，干了三年，干得不错，钱攒下不少。没办法，他就捎了个口袋信回来，说在哪哪给人家做买卖管账的。他哥哥说："这么办，我去找他去。不回来不行，兄弟媳妇在家，孩子也不小了。"

兄弟媳妇说："这么办，你要去把小孩也带去得了，他准想孩子。"所以哥哥就去了，把侄儿也带去了。

临走的时候，嫂子告诉男的："你可有点心眼，咱们养活他多少年了，咱叫他累得穷困潦倒的，他也不能发财。"嫂子一说出点儿坏道儿，哥哥心中就有数了。

到北面一找，真找到他兄弟了，在那儿管账，挺好，他待了些日子，小孩也待了些日子。三年算下来，一算多少呢，一共二十两银子。那就不少了，能买一二十亩田地了，兄弟就和他说："哥，你回去多买点儿地，这就是咱俩养生之源。我这孩子你带他回去让他念书，你不是还没有孩子呢，咱俩守这一个。"

哥哥说："那好，哥带他回去。"走半道他心就来坏道了：我媳妇告诉我有心眼，怎么能有心眼？这回去之后俩人一分不还得完吗？人家有孩子，我没儿子，早晚都得归人家，干脆我就独吞吧，我把这孩子卖了，然后我回去钱不交，就说没看着。他走到一个大店子，就把孩子卖给大店子了，说："你们缺不缺小孩伺候人，我卖你，就卖五十两银子。"

店主就买下了，说："正好，我们缺个小跑堂的。十来岁小孩，连扫扫地带收拾收拾。我正好还没儿子呢。"就买去了。

他就把这钱财带回来了，进院就哭啊，告诉兄弟媳妇说："你女婿死了，到那儿没找上啊。我一哭，这孩子也哭，孩子夜里跑丢了，哪也没找到啊。"这兄弟媳妇一气，哎呀，这可怎么办你说，没办法。

待了两天工夫，兄弟媳妇哭得没办法。他就告诉兄弟媳妇说："你就出门吧，别守啦，守也没用啊。"就给找个人家，正好有个收木炭的，家挺有钱，过得不错，要娶小老婆子。兄弟媳妇小啊，才二十多岁啊，就给妥了，又卖了五十两银子也归他了。

单表过了些日子兄弟翻来覆去睡不着觉，闹心啊，他寻思说："我得回去看看去，是不是家有事啊，怎么这么闹心呢！"正好走半道住了个店，一看小孩，说道："哎呀，这是我的孩子啊，怎么在这伺候人呢？"

一问，孩子还认得他爹，说："我大爷让我在这儿待着，卖给这儿了，卖多少银子我不知道。这家看着不让我走，我还老挨打。"

这一听，他说："哎呀完了，我哥坏心了，都是我嫂子出的坏道啊。"就把店主找来了，说，"这么办吧店东，这孩子是我的孩子，当初被人家拐骗给卖了，你多少钱买的，我赎去行不行。"

店主说："你们真是父子？"

一问小孩，小孩说："是我爸爸。"

店东说："你们父子团圆吧，那时候卖我五十两银子，给我五十两银子吧，我一分也不多要。"

他就掏五十两银子，把儿子赎回来了，他就领儿子回家了。到家那天，正好媳妇在屋里哭呢,大车在门口站着呢,非逼她上车不可,不去行嘛,钱都给人家了。

他一进屋,媳妇一看他和孩子回来了,媳妇就乐了,说:"你回来正好,要不逼我出门呢。这不,把门的用车堵着门呢。"

他一看,行啊,我哥哥真行啊,说:"这回没事,我回来了。"

这把门的就不走啊,他哥一看没有颜面,到后面整根绳子吊死了。邻居们问:"这怎么办呢?"

他一看说:"这么办吧,叫我嫂子去吧,我哥没有了。"就把他嫂子,也不大岁数,差不几岁。嫂子就让人娶走了。

这不,哥哥吊死了,嫂子替他媳妇嫁人了。人家一家人回来团圆了,有钱有势,过得不错,哥哥嫂子坏良心弄得啥也没捞着,最后都没得好。

修桥补路双眼瞎

过去不是有这么两句话嘛,叫"修桥补路双瞎眼,孝子贤孙万辈穷"。这是怎么个意思呢?就是说"做好事不得好报"的意思。这句话其中还有一个故事。

听老人讲,过去,在靠山的一个村子里,有这么一个姓王的老头,他可是个苦命的人,从小就没了爹妈,是吃百家饭、穿百家衣长大的。长大以后,他就靠给人家扛活维持日子,过着房无半间、地无一垄的生活,结果到老了,也没能说上个媳妇。媳妇虽说没娶上,但老王头劳作了一辈子,到老的时候也攒下了一些钱儿。

老王头这个人心眼特别好,村子里谁家要是有点困难事跟他说,他保准就帮助人家。附近谁家小孩儿有个什么灾病啊治不起的,他就拿钱给孩子看病,从来也不要什么回报,就这样的事,他这辈子也没少做。

老王头的家门口有一条河,这条河可太难走了,村子里的人谁提起这条河都犯愁。夏天呢,它就涨水,那大水急得邪乎,不管什么东西掉进去都得冲跑。等到冬天呢,那河就上冻了,可是那冰就薄薄的一层,冰底下就是流水,谁也不敢从这河上过。按理说这条河是村里人出村的必经之路,不修个桥也不行啊,可这桥一直也修不起来,谁也不肯拿这个钱。最后,老王头看看自己攒的钱差不多了,就说:"就这两个钱儿,我拿出来,我修吧!"

这年开春,河水刚开化,土地刚一解冻,他就买了一些石料、木料,又雇了一些工匠,叮叮当当地开始修这个桥。这个桥别看是老王头个人建的,那架势和官府公家修建得不差哪去,修得正经不错呢!在五六月那会儿,这个桥就全修完了。修好之后,桥上就通车了,村里人都觉得来来回回方便多了。自打那以后啊,大家伙儿对老王头就更感激了。

有一天,正赶上下大雨,这雨下得啊,一个雷一个闪的呀。老王头赶集回来,浇得跟个落汤鸡似的,浑身上下都呱呱湿,湿透了。老王头是一路小跑往家赶,刚上桥,还没等下桥呢,这工夫,天上一个响雷就把他击倒了,老王头一下子就摔桥上了。当时他上身就穿个布衫儿,下边是条灯笼裤,一双布鞋上沾的都是黄泥。

雨停了,村里人都嚷嚷说桥上有人让雷击死了,大伙儿跑到桥上一看,说:"哎呀,这不是老王头嘛,他怎么让雷给劈死了呢?这老天爷也不睁眼啊,太不公平了!"

这时候,知道信儿赶来的人在桥上越聚越多,凡是这附近村里的人,就没有不骂老天爷的,都说:"老天爷不睁眼哪,这么好的人,从来就没做过坏事,怎么就偏偏把他劈死了呢?这指定是老王头前三辈儿作了孽了,雷公找他算账来了啊!可就是上三辈儿再有不是,他这辈子做的好事也应该赎回来了,也不能把他劈死呀!雷公你真不公平呀!"大伙儿就搁那叨咕。

一群人正叨咕呢,就见从桥的那头过来一个八抬大轿,轿子里抬的是谁呢?是当朝宰相。他办完公事,正好从这路过。宰相到这一看,这桥上站的全是人,里三层外三层的,也不让路,轿子也过不去啊,就命令抬轿子的人落轿,看看前面是怎么回事。

这宰相下了轿,走到人群跟前,问怎么回事。大伙说:"哎呀,当朝宰相来了,俺们不是为别的呀,这个老王头儿哇,净做好事了,可惜死得太惨了,叫雷劈死了。"

宰相说:"是吗?"他到那一看,真劈死了。

大伙就说:"真的,他净做好事了,刚帮大伙儿把桥给修好了,一分钱没跟村里人要,净是他个人拿钱修的呀。连修桥带补路一辈子,结果最后还被雷击死了,这可真应了过去那句话,'修桥补路双瞎眼',反正是没好事儿呀!你看他脑袋都让雷给劈红了。"

宰相说:"是吗?把这老头翻过身来,给我看看。"

大家伙儿把尸首翻过来，一看后面，这家伙，后脑勺让雷击得通红啊。老宰相一看，也挺气愤，说："这么好的人给击成这样，死得这么惨，将来谁还做好事呀！"

宰相说："这老头做了这么多好事，不能就这么白死了。这么办吧，我给他提几个字儿吧。"就命人拿来笔墨，在老王头后脊梁上写上了"修桥补路双瞎眼，孝子贤孙万辈穷"两行字。他这也是泄愤的两句话，意思是说，别做好事，做好事将来也没好处。写完之后，他又吩咐村里人好好安葬这位大好人，随后就上轿回京城了。

宰相回到京城第二天，宫里差人来禀报说，皇后昨天生了个太子，叫大臣们都到金殿上去。这皇后生太子可不是小事，那是举国欢庆啊，大臣们都得前去朝贺，这一人之下、万人之上的宰相自然就更不能例外了。

宰相和大臣们都到了大殿之上。皇帝对宰相说："爱卿，你跟我到后宫去一趟，我有件重要的事和你商量商量。"

宰相是个有学问的人，皇帝有啥事都找他商量。在往后宫走的路上，宰相就发现皇上愁眉苦脸的，就问："皇上喜得贵子，为何还闷闷不乐呢？"

皇帝一看四下没人，就悄悄地对他说："我这个太子生得出奇呀，跟人家别的小孩儿不一样，一生下，后背上就有字儿，你说这事稀奇不？"

宰相说："是吗？什么字啊？那我得看看去。"

说话这工夫就到了后宫。皇帝对娘娘说："你把太子抱出来，让宰相给看看，这到底是怎么回事？"

娘娘说："这么办吧，孩子还太小，这地方有风，别把孩子吹着，你和宰相到里屋看吧。"娘娘就把孩子抱到里屋了。宰相到了里屋，娘娘把包着小太子的黄缎子小被打开了，嘿，这孩子不光长得俊，小胳膊小腿一蹬一蹬的，那才结实呢！娘娘把孩子穿的衣服脱了让宰相看，宰相一看，这孩子后背上是一行红字儿："修桥补路双瞎眼，孝子贤孙万辈儿穷。"

宰相忽一下子冒了一身冷汗，说："哎呀，这不是我写的字吗？怎么能在太子身上呢？"宰相"扑通"一下就跪下了。

皇上连忙把老宰相扶起来，说："爱卿，这到底是什么事啊？你怎么说这字是你写的呢？"

宰相说："皇上，这事我知道哇！就前几天，我在回京的路上路过了一个村子，这村子有一个老王头，他一辈子积德行善做好事，自己掏钱帮村里修桥，结果昨天，他在自己修的桥上让雷把他击死了。这不，我正好路过，有点气老天不公，一赌气就把这字写到他后脊梁上了。我是想说谁也别做好事了，这好人没好报啊！可谁承想，他托生到这当太子来了。昨天是太子出生的日子，雷要是不击死他，他能赶趟儿当上太子吗？看来这是老天爷安排他来投胎当这个太子啊。这辈子托生个太子，洪福齐天，那是上辈儿做好事修来的福分，看来啊，人做好事还是有好报啊！"

皇上听了，长叹了一口气，说："是啊，这人还得是做好事才能得好报啊！"

这就是"修桥补路双瞎眼，孝子贤孙万辈穷"这句话背后的故事。

秀才当小偷

过去，读书科考的第一关就是考秀才。秀才虽说不是什么官职，但是你考上秀才了，这身份和地位就和别人不同了。还真别不把秀才不当回事儿，那时候，一个县里能考上秀才的也就那么三五个人。

有这么一点，秀才的家里一般都没钱，生活都挺困难。穷秀才，穷秀才嘛！这不，咱这个故事里说的秀才就挺穷，他那日子过得是吃不上穿不上的，光有学问有啥用？不顶钱花啊！

这个秀才日子过不下去了，挺犯愁。他心里合计着，怎么办呢？整天光这么待着，要吃没吃，要喝没喝的。得！考虑不了那么多了，我偷点东西去吧！

趁着天黑，说走就走，这个秀才就出了门。前边就有个屯子，就奔那个屯子去吧，外边正下着小雨呢，这秀才顶着雨就去了。

进了屯子之后，秀才先转了一圈儿，相中头趟街的第三家了，这第三家瞅着房宅就不错，秀才顺着北墙就跳进院子去了。

那时候正是夏天天正热的时候，家家的北窗户都开着呢。秀才摸着黑儿，顺着北窗户就进了屋。到屋里就开摸，一摸摸到啥了呢，哎呀，怎么净是书啊。其实呢，这家住的也是个秀才，也是个读书的，日子过得也挺困难，没有多少钱。这个偷东西的秀才是走错门了，没走到有钱儿的人家。

这屋里头的老秀才五十多了，听到有动静，他就醒了。他往窗户那一瞅，呀！顺北窗户爬进来一个人,不用问哪,黑夜入宅,非偷即盗,这是偷东西来了。老秀才也没着急,心知家里没啥东西怕人偷。他想,这个人看来也是过不下去了才走这步,可惜呀兄弟,你走错人家了,我手里头哪有钱啊。可他再一合计,"得!我告诉你一声吧,别在这摸了,费半天劲还偷不走啥,趁早儿上别的地方偷点儿去吧。"

老秀才就说话了,怎么说的呢?人家是文化人儿啊,当即就作了首诗:

细雨蒙蒙夜宅关,累兄贵步到寒门。
案前自有书万卷,囊中且无钱半文。

其中的意思是说:我家里就有万卷诗书,兜里一分钱都没有,你白来了呀!

来偷东西的秀才一听,心里说:"书,我家里就不缺书!我一个秀才还缺书吗?我就缺钱。行,你这没有钱,那我就走吧。"

他刚要走,又一合计,"不对啊,我得告诉主人一声,别合计我拿走啥了",当即也作了一首诗:

闻得兄家贵是如,今日专访到华屋。
囊中既然无他物,不要兄家万卷书。

其中的意思就是:我看你家好像挺有钱,特地到这来偷点儿东西。既然没什么钱,你家的书我是不会拿的。

说完,他就往外走,怎么来的怎么走。来到北窗户边上,一蹦多高地出去了。

老秀才在屋里一看,急了。心说:"我房后还栽了不少花草树木呢,可别给我踩坏了。"又一想,也怪呀,自家养的那只小黄狗,刚才进来人了怎么也没咬?

老秀才随即又作了一首诗:

来时未听黄犬吠,去时休伤路旁人。
更深不得披衣起,心送高兄往别村。

老秀才的意思是说,你进来的时候狗没叫,走的时候也稳当点,可别伤着我的花草树木。这三更半夜的,我也不能披衣服送你了,就用心送送你,往别的村子偷点东西去吧。

你说这事巧不巧,秀才可算拉下脸面当了回小偷,却碰上一个更穷的秀才,结果什么也没偷到。

秀才请客

这秀才啊,你别看他念不少书当个秀才,但大部分都是穷人,没有那些钱。但又想好吃好喝,吃人家的行,吃个人的舍不得。

这是四个秀才,一个姓秦的,一个姓黄的,一个姓姜的,还有一个姓孙的。他们这几个秀才一考虑,说:"这么办!咱这哥儿四个得上饭店好好吃一顿、喝一顿。"

其他人说:"好吧!"

一合计都寻思这吃完以后谁花钱呢?又说:"这么办!完了抓阄,谁抓着谁花钱!"

"这么行,走吧!"就去了。

到饭店一看,这儿做得确实不错,要菜吧!他们说:"这么办!你看我们几个人儿就随便给上吧!"

有鸡有鸭有鱼有肉,上得挺全面。这上来的菜怎么个吃法儿呢?这姓姜的秀才一瞅,说:"这么办!咱们都得说出个古人名儿来再吃,不说古人名儿不能吃饭,都是代表古人嘛!"大伙儿都说这个法子好!

"这么办!我姓姜,我是姜子牙钓鱼,先来条鱼。"他就把那大鱼拎过去了。大伙儿一看,净挑好的拿过去呀!

他拿过去以后,轮到谁呢?姓黄的秀才,说:"咳!我跟你们说吧!反正我也不怕你们笑话,过去说得好,黄鼠狼奔鸡,专爱吃鸡,我先来这鸡。"就把这整鸡端过去了。

他把鸡端过去了,这几个一瞅怎么办呢?这个姓秦的秀才说:"这么办吧!看透了,你们都拿鸡拿鸭,过去那秦始皇并吞六国,都归我吧!"一划拉他都归拢过去了。

姓孙的秀才一考虑：我啥也捞不着啦！憋气儿了，"没别的，孙悟空大闹天宫，干脆全拿吧！"就乒乓一顿给所有菜都全打散了，谁也不用吃了，打得菜撒得满地都是。

一看这些人，店东说："你们这怎么算吧？也没吃着，噼里啪啦的弄得满地都是，怎么办吧？"

这四个说："俺们还真都不算一般人儿，这说实在话，俺们是秀才。"

店东说："秀才也不行，也得拿钱！没别的，你们几个人儿先由那个拿大菜的拿钱。"

没办法这个姜太公钓鱼的姓姜的他先拿一部分钱，后来决定这么办吧！大伙儿摊吧！估计这顿饭四个秀才谁也没吃着但还都花不少钱，菜还被打得满地都是。

绣楼会

这个绣楼会是怎么回事儿呢？就是当年的时候，有一个周老员外和陆老员外，两人处得特别近，他俩原来都是念书的秀才出身。

俩人处得特别好，后来正好都生孩儿了，老周家生了个女孩儿，老陆家生了个男孩儿。两个员外就说："这么办吧，咱俩主婚，让俩孩子从小就成娃娃亲，给他俩订婚吧！"

婚就给订下来了。订下来之后，到一定期限婚约都不能变动了。老陆家的小孩儿叫陆灵春，老周家的小孩儿叫周云娟。

一晃过去多少年了呢？这就过去六七年了，老陆家的陆灵春一直上学念书。该然的事儿，正赶上怎么呢？老陆家着火了，就着了把天火，这火烧得邪乎啊，烧得片瓦无存！

烧完之后，陆家的老头儿老太太就死了，就剩陆灵春自己了。十几岁的孩子，他个人就合计自己先将就着念书。后来一看，念书也没法儿念哪，钱也没有，也困难，他这时候就想了，说："哎呀，老周家那是从小订的婚，我到周大伯我大爷那儿，他原来和我爹俩人还挺好，看是不是能帮个忙。"

陆灵春到老周家一说，周老员外挺同情，一看是没过门的姑爷佬儿，另外小孩儿长得也好。

周员外就说："这么办吧，你暂时先上我这儿念书，我这有学馆。"

那时候就十几岁了，劝陆灵春先念几年书以后再说别的。一连在那儿待了三年，他这书念得真不错。老周家的学馆一共就三个学生，除了陆灵春，还有一姓陈的，一姓张的，他们都在这儿念书。

这一晃儿到十六七岁了，就变成大人了。这年正赶春天的时候，百花盛开，他们仨念完书，老师说："今天天多好，也到清明了，你们都溜达溜达，放一天假。"

他们仨就从老周家学馆里出来溜达一圈儿。这个学馆不在老周家院儿里，在一个山坡上。他们出去一看，一个大院儿，在后边儿一瞅，前街不少呢，一趟街里不止这家！这家还有个大花园。

陆灵春说："这花园是谁的呢？"

这俩学生瞅半天，说："去看看吧。"

陆灵春说："哎呀，不用问了，这肯定是我老丈人的。前边儿看得清楚，后边儿不好瞅。"

大伙儿就趴墙上往里瞅，说："里边儿的花太好看了！"

这个姓陈的同学，叫陈栓。陈栓有点滑稽，就说："你还不如进去呢，去看看你夫人，没结婚的媳妇多近密，看看好不？"

陆灵春一听，说："我不去，哪能去呢？我们见过面，认得是认得，但也不太熟啊！"

陈栓就说："不管咋的，你俩闲扯两句，扯点儿别的也行。"

陈栓也是淘，就把陆灵春的帽子拿下来，"啪"就撇园子里去了。

这一撇，陆灵春看没办法了，就去取帽子，不取帽子不行啊！还说陈栓："你呀！太气人了，哪有说把别人帽子撇进去的？"

陆灵春就搁墙外边儿一点一点，让大伙儿扶着他下去取帽子。正好这工夫，就来了一条大黑狗。这条狗撵他了，他吓得就在院里跑。人家那俩学生跑了，怕被咬啊。陆灵春就在这个院子里，这么跑，那么跑，就是为了躲这只狗。后来一不小心，就跑哪儿去了呢？他就跑到人家花厅里去了。

到花厅之后，陆灵春没法儿，就进去了。正赶一个丫鬟在那儿，就问："谁？"

陆灵春一听，说："狗撵的！"

丫鬟把狗撵跑了，他就进屋了。陆灵春就进到小姐周云娟的屋了，说我是谁谁谁。

小姐一听，就明白了，心里说："哎呀，是没过门儿的女婿呀！"

进屋之后，小姐就告诉丫鬟："你去打两壶水去，让他喝点儿水。"

丫鬟就打水去了。陆灵春在这儿坐着，周云娟原先也知道他不错，现在当面一看，他长得真挺好。这一对儿男女没结婚，周云娟也挺大方，让人家喝点儿水。这俩人儿就唠，越唠越近密，越唠越近密。

周云娟问："你来多长时间了？"

陆灵春说来几年几年了。

周云娟说："你家着火了，我一回都没见着你，没办法。"

和陆灵春见了面以后，周云娟内心就合计："我妈有嫌贫爱富之心，头些日子跟我说过老陆家已经穷啦！现在正好县太爷有一个儿子，有人来保媒，想把我给他。我当时就没应，想着不能黄了陆灵春这个亲。"

她这一看，陆灵春长得也好，就看上他了，想着这亲不能黄。

后来这俩人越唠越近，就唠到了天黑。周云娟就告诉丫鬟说："你去休息吧，我俩在这儿再唠一唠。"

丫鬟走了。他俩一唠唠到半夜，陆灵春要走了，周云娟说："你别走，咱俩已经是订婚的男女了，怕啥的，你就在这儿住吧！"

他俩就在一个屋住了一宿。住完之后，俩人就更不用说了，恩恩爱爱呀！

第二天天亮了，陆灵春说："我得走了，天亮必须得走，要不让人看着了，不好看啊！"

当时周云娟就拿一张纸条给他，说："你看看纸条。"

陆灵春一看，怎么写的呢？这么写的："人生难得遇知音，一夜夫妻心对心。绣楼已上龙找凤，留下证物给后人。"

"啊，要证物啊！俩人到一起了，以后要有孩子了怎么办哪？没证据，这不好办啊。"陆灵春一看，说："那好，我也没啥给你的，这么办，就我这靴子给你吧。"

他就把脚上穿的一只靴子给周云娟扔过去了。周云娟说："那好。"

周云娟把靴子拿来之后，弄个皮儿包好，就给存起来了。完了，她一伸手又掏

伍　生活故事

· 1103 ·

出来一个金簪,说:"这是我小时候,母亲给打的金簪,你拿去作为表据。有金簪在,多咱咱都是男女,没金簪在,就拉倒了,就不能说了。"

陆灵春带着金簪就走了。但他剩一只靴子,寻思穿一只靴子到哪儿再配一只?他就先跑回去了。

后来他就合计:这要回了书房,那俩小孙肯定得笑话我,说我搁人家那住一宿,剩了一只靴子。我还是别回去了!

他就往下走。但是,该然哪!他走了没有十里地,到一个山坡上,就来胡子了。胡子把陆灵春绑走,叮叮当当把他打了一阵子,身上有两个钱儿也被摸去了,衣裳都扒去了,就把他扔那儿了。

这陆灵春就有点儿糊涂,不明白了,恍恍惚惚听见有人儿叫他。明白过来之后,他看见山坡站了一个老头儿,老头儿挺高,还有一匹马在那儿站着。

老头儿问:"学生你怎么的了,怎么身上脸上有血呢?"

陆灵春就哭了,说:"哎呀!我叫陆灵春,俺们家原来着天火了,我现在搁这儿念书,无家可回。实在没办法了,我今天搁这儿走之后,就被绑手给打了,现在我走不了了。"

陆灵春没说和媳妇怎么的了。老头儿说:"哎呀,小伙儿多大岁数?"

陆灵春说:"今年十八。"

老头儿说:"这么办吧,你到我家,来,你上马。"

陆灵春说:"好,走吧。"

俩人就骑这匹马,走出去没有几十晌地就到老头儿家了。到了之后,他一看,这个老头儿家有钱啊,过得像样儿!家里能有好几十晌地,房子什么的都有。陆灵春就说:"你老贵姓啊?"

老头儿说:"我姓李。"

陆灵春说:"那好吧。"

老头儿说:"我无儿无女,就和老伴儿二人,你就搁这儿待着吧。如果小伙儿不嫌弃呀,我就认你当干儿子。"

陆灵春说:"那好啊!"

他趴地下就叫爹。老头儿一看,小伙儿真好,越说越亲近,说:"什么干儿子啊,你就做我亲儿子吧,我让你念书,媳妇也给你娶,都给你!你在这儿念书,我把家都给你。"

他还说没媳妇，老头儿就给说娶媳妇，但看了几回他也不订。

这一晃就过去多长时间了呢？这就过了十几年了，老头儿、老太太都死了，这个大家就全交给陆灵春了，他在那儿掌握着这个家。一看家有钱了，这天陆灵春寻思，得想法儿回去看看周云娟，看她是不是找人家出门了？这一晃十四五年了，你说我这哪像样子啊？

他有钱了，就告诉家奴说："这么办，把马备好，套个车，搁马拉着银子。"马身上驮个垛子，拉着不少人就走。

单说周云娟。陆灵春走以后，周云娟自己一看，这事儿挺闹心。她爹妈对她还有意见了，说："你这不是胡扯吗？"

他俩为什么有意见呢？周云娟怀孕了！到第二年春天，周云娟就生了个胖小子。周云娟心里寻思说："怎么办呢，这个事儿啊？"

她爹妈当时就不愿意了，意思是让她找人家儿。

周云娟说："我不能找，我一定给人家老陆家留个后，这个得留着！"给这小孩起名儿叫陆冲，就把这个小子留下了。

她自己拉扯着孩子，自己就连干这带干那，幸亏原来手里儿有两个钱儿，能勉强对付活。

谁不错呢？姓张的和姓陈的不错，就是陆灵春这两个同学。他俩就觉着是他俩整的这个事儿，把人挤兑走了，扔下个女的。他们对不住人家，所以差不多的时候就给周云娟送点钱，送点别的。他俩管周云娟叫嫂子，说："嫂子，你个人带着孩子过吧，别伤心，外边儿我哥准能回来。"

所以周云娟就往前过，一过就是十五六年。这工夫陆冲就大了，长得好，长得挺像样儿，正好就要到订媳妇的时候了。恰好订媳妇那天，陆灵春回来了。大车到这儿，他一看，正好看着陈栓和张力俩同学在这儿。

俩人一看是陆灵春，就说："咦呀，你搁哪儿回来？这十几年了，我们都不认得你啦！你看你还搭大车回来，发财啦？"

陆灵春说："是啊，我发财了。"

陆灵春问："你们干啥呢？"

同学说："给你儿子娶媳妇呢！"

陆灵春说:"哎呀,我儿子娶媳妇了都?"

他俩说:"可不都娶媳妇了咋的!"

陆灵春就要进院。他到院儿一看,还真有不少人,都是贺喜的。

以前婚礼吃饭有个"礼账桌"的说法,就是客人把贺礼都写上,你也写,他也写。陆灵春挺高兴,像笑话似的寻思,正好赶上了,我也得写点儿礼呗?

他就写上"一垛银子",那一垛银子都得上千两银子,还没写名儿,就光写白银多少多少两。写完以后,大伙儿就告诉组织的人说:"有一个写一垛银子的人,这礼怎么个送法儿?"

一说这事,陆冲这小孩也十五六岁儿,就找他妈去,说:"妈,你看看,这人写了一垛银子。"

"啊,一垛银子?"周云娟说,"你去问问他是哪地方的人,怎么回事,为什么写这么些银子?咱们跟人家没有亲没有故啊,他还没写名,就写了白银多少两。"

这小孩儿去了一问,这个陆灵春就笑了,说:"我这儿有一个包,你拿回去给你妈看看,她一看就知道了。"

他把靴子那个包拿出来,这陆冲就拿过去了。陆冲就拎着这个包儿说:"妈,他有一个纪念品,拿来让你看看。"

周云娟打开一看,就明白了。这包儿里不但有那个靴子,那首诗也搁里放着呢,她一看,正是她那天写的那首诗。

她就跟陆冲说:"这是你爹回来了!"

周云娟急速就跑过去了,到那儿一看,正是陆灵春,虽然说十几年没见了,但是还认得。然后俩人当时拽着手就哭了。

陆灵春赶忙问:"那你家是?"

周云娟就笑说:"我并没成家,我就等你呢。那边儿多少保媒的都没敢订,我怕你守着我。"

陆灵春说:"我能不守着吗?"

就这样,两个人就团圆了,家也过好了。最后俩人就说:"咱俩一起供养陆冲吧!"这两口子就把陆冲供足了。

最后陆冲考上头名状元,做了巡按。这个故事就落个团圆的结局,就叫"绣楼会"。

徐家的裤腰带

老徐家有个有钱儿的人家,叫徐宝,家里有多少多少地!但是他吃也舍不得,喝也舍不得,挺抠。别的都抠,就有一样不抠,凡是新雇来的人,徐宝都给买一条新裤腰带,上班就给一个裤腰带。为什么他会这么样呢?

头一年当中,徐宝雇了几个做活儿的。正赶上秋天时候啊,扛口袋。先得在前边儿长房那扛,就正好得经过徐宝的女儿和孙女住的绣楼,经过之后才能到后长院儿扛。

有一个做活儿的正好到那旮旯儿。这个做活儿的刚到那儿,"啵儿"这家伙裤腰带折了,裤子就掉下来,全露出来了。这一看,女儿也叫唤,孙女也喊,"嗷嗷儿"地叫唤。

老先生到这儿一看,说:"这事弄的,你赶快给系上吧!"

这做活儿的都蒙了,"噼里扑棱"的,裤子干提也提不上,你看这时候谁能系啊!姑娘们肯定没办法儿系,后来徐宝没办法儿,他帮着系上了。

徐宝说:"这么办吧,今后凡是到我这儿做活儿的,我都给买条新腰带,别整折喽!他折一回,这也不是那么回事啊!"

就这么,就有了这个不成文的规矩,兴上令儿了。所以一打听"老徐家裤腰带"就知道是找这家儿人了。原来是一个小抠,现在还给条裤腰带。当地的群众都知道,老头外名儿"徐裤腰带",这个名儿就是这么叫开的。

徐破帽子包银市

这故事发生在哪儿呢?发生在邋遢屯儿。邋遢屯儿有个老徐家,这是个大财主家。当家的老头儿啊,能有六七十岁,就是不穿好的,戴着这么一个破帽子,恨不得从小一直戴到老,不管冬夏,都戴着那冬天的破棉帽子。到夏天的时候,把皮子拆下去,到冬天的时候,把皮子再钉上。就是这么个老头儿,所以外号叫"徐破帽子"。

正好在哪儿呢？走到桥北，沈阳那儿卖银子有市儿。今儿个银子多少钱，明儿个多少钱，得有价钱，这样好限制行情和这些买银子的。他就去了，卖银子那儿摆得挺齐整，他到那儿就问："今天这银子多少钱？"

当时卖银子的就势利眼，一看这老头儿穿着也破，还戴着破帽子，就说："你多余问哪！问那干啥？你能买起咋的？"

他说："怎么不能买起？不行我少买点儿。"

卖银子的说："你买？告诉你实在话，今儿这儿一两银子是卖二十元钱，你买少算，算你十块钱！你买多少吧？"

老头儿一寻思说："十块钱一两，我要是多买点儿，还能贱点儿不？"

他说："你要是都包了，我算你五块钱一两！"那银市儿有不少卖银子的，能有上千两，那得多少钱！

老头儿问："你说能算吗？"

他说："那怎能不算呢？"完了大伙儿都说算。

老头儿说："那好了，这么办吧，你给我点点多少数吧！"

大伙儿说："不用点，有数的玩意儿！一共能有八千两。"

老头儿说："那行了，那都给我装上！来！"完就一摆手，他后边儿有一个孙子跟着呢！

老头儿说："你去把车套来，全把它拉上！"孙子回去之后就套的大马车，来了就要装银子。

这大伙儿一看，都蒙了。一打听，说这是老徐家的"徐破帽子"，那人家有钱，别说包这银市儿，包啥也包得起呀！这家伙，大伙儿都给他跪下了，说："老太爷！俺们都错了，你别包了，包了俺们都得赔死啊！这家都养活不起了！"

就这样，老徐家就出名了。徐破帽子包银市儿，人家真包得起，真有钱哪！这告诉我们一个什么道理呢，就是做买卖你别眼高了瞧不起人！

选女婿认十个字

有这么一个财主,他有三个女儿,大女儿、二女儿都许配给人家儿了,给的人家儿的文化都相当高,一个是秀才,一个是举人。到他这个三女儿许配给人家儿的时候,财主心就高,说:"选的还得好,文化必须得超过我这俩姑老爷的。"这一般的也没人敢来呀,他还写了十个字,这十个字净是生字,不知搁哪选来的,在字典上都找不着,现配的字儿似的,就连他这个大姑老爷和二姑老爷也不认得。财主说:"谁要能认得这十个字儿的话,我就把姑娘嫁给他。"他就把告示贴上了。

这一贴贴上有半年多,一个选上的也没有,就没有敢来看的人。这不说,单单表啥呢?有一个掌鞋的,小伙儿二十五六岁了,也没订着媳妇儿,挺会说,长得也帅。他一看这几个字儿,天天瞅,都挺熟悉,但就是不认得,自己合计:我蒙吧!这天晚上,他就像做梦似的,个人就梦着了,说:"我去试试,照量照量,看行不行。"

一早上起来他就去了,到那儿一看,就要揭人家贴的那张告示,说:"我能认得。"

家丁说:"你先不用动它,不用扯,你说说吧,你都认得吗?"

他说:"我就一个字儿不认得。"他其实是想说我一个字儿也不认得,他没这么说,他说"我就一个字儿不认得"。

家丁说:"哎呀!你才一个字儿不认得,那问题不大,我去回禀一声。"

家丁一回禀,老头儿说:"哎呀!找有半年了,也没有人认得一个字儿,他就一个不认得,认九个,这问题还不大,小伙儿长什么样?"

家丁说:"小伙儿长得还不错,叫姑娘看看吧!"

姑娘一看,这小伙儿长得好,就不提字儿了,老头儿直接就把姑娘许配给他了,说:"这么办,结婚吧!"

俩人就把婚结了。结完婚以后,老头说:"我那几个女婿都是当官的,不在家,我这土地这么多,马场那儿也有地,你上马场给我经管那块儿地去吧,那有上百垧地,雇七八十个干活儿的,你带你媳妇儿过去,暂时在那实习,之后再回来。"

小伙子说:"好吧!"

他就领媳妇儿去了。到那儿干了几天的活儿,这粮米拿得不够啊!他们就没有吃的东西了,这得让家里送粮送米呀!媳妇儿说:"你赶快写封信吧,咱们也回不去,你回去之后,谁管这摊儿事啊!叫他们给你送信。"

小伙子说:"好吧!"叫了个十五六岁的半大小孩儿,说:"你给我爹送去。"他就拿起笔要写,一考虑,他不会写信,根本就不认得一个字儿,写啥写!没有办法,哎!正好看着一只大土蜘蛛在地下趴着哪!一合计,正好没有人儿,他就整点蜜,把蜘蛛蘸上蜜就往纸上撂,用手拨弄着,一趟一趟,爬了四五趟,完了之后就把蜘蛛扔了,也没整死,他自己把那蘸过蜜的蜘蛛爬完的纸晒干,就叠巴叠巴让小孩儿拿走了,告诉他:"给送去吧!"

这个小孩就送过去了,老员外一看,一个字儿也不认得,净一趟趟的,这写的是啥玩意儿?说这么办吧,找别人看看。找老师,老师也不认得,又找大姑老爷和二姑老爷,他们也不认得。大伙儿说:"得了,把他找回来吧!别费那劲了,咱们认不得他写的这玩意儿,写的什么玩意儿?净一趟一趟的,还弯儿弯儿的,像啥字儿呢?"

老头儿派人去找他了。家丁说:"让你回去呢!谁也不认得你写的信。"

媳妇儿说:"你真是,你写的……"

他说:"我这是梅花篆字,他们能认得吗?"

他就回来了。大姑老爷问他,说:"你写的什么啊?是啥字儿啊?俺们都不认得。"

他说:"哎呀!这不挺简单嘛!'曲曲弯弯一道镰,铲完地北铲地南,晌午没有下锅米,下晚儿没有开过工钱。'就是要用钱用米呀!"

老丈人说:"哎呀!下回你个人回来吧!你可别写梅花篆字了,俺们都不行啊!"

自那时候起,他还成名了。

丫鬟戏老先生

这个故事是啥呢?就是一个老先生,有点自觉性,他老了也要有自觉性。这丫鬟哪,和这先生都是哪儿的呢?都是有钱的人家,请这先生,教这家公子。公子有个丫鬟晚上就送这先生啊,丫鬟一去,这公子不是水就是茶,特别麻烦,麻烦得邪乎。

这丫鬟一看，自打她来了以后，这儿又来了个老师。他一进去旁边就有人介绍，说这先生牛透了。小丫头一看，进去就给先生倒上水了，就问这先生："请问先生贵姓高名啊？"

先生就说了："咳，我家住十字路口，嫦娥贴边儿走，就这地方。"

丫鬟不假思索就问他了："莫非先生姓胡吗？"先生一看，哎呀，有两下子。"家住十字路口"，一个"十"字一个"口"字嘛；"嫦娥贴边儿走"，嫦娥不月宫嫦娥吗？一个"月"字嘛，就说："莫非，您姓胡吗？"

先生说："对呀，姓胡。你还有两下子呢！那丫鬟你姓什么，你叫啥名儿啊？"

她说："先生你那样说，我也得说一说。我这姓麻烦点儿，是一点一画，两点一画，目字短下横，上字短下画，几字画三画。"

哎呀，他一听，太麻烦了你这玩意儿，就说："你再说一遍。"

丫鬟就说："一点一画，两点儿还一画，目字短下横，上字短下画，几字呢画三画。"

先生说："你这净是画了啊？"他就没猜对。当然这田员外也没好说呀！这先生这么有学问竟然被一个丫鬟问住了，这不好说。

到晚上吃饭的时候，这丫鬟没在，东院儿的员外来了。先生在说话当中就提了，说："员外，你们这个丫鬟姓什么？"

员外说："姓龍呗！"

呃，对呀！他就一合计：一点一画，两点儿还一画，底下"目"字呢短底下那画，就是个"月"字。大写的，不是简写的"龍"啊！上边儿呢，没上画，一个"几"字旁边有三点儿，那不真是大写的"龍"吗？

他说："呃，对呀！净剩画了这个。"

就问这丫鬟："你这姓怎么这么麻烦呢？"

丫鬟说："嫌我这个姓麻烦，但也不能不姓啊，是吧？"

后来一看，从那儿以后，老先生对这丫鬟挺重视，要不说这丫鬟有两下子，确实不错。要不怎么说呢，人这玩意儿你出门之后不一定遇到什么样的人，人家一个丫鬟竟然把老师给难住了。

眼不见为净

有这么一个元帅，他的手底下有个大厨。元帅在屋待着，大厨干净得特别邪乎啊，哪儿都收拾得挺干净，老认为自己干净得邪乎啊。

这天呢，大厨挑担水就搁外屋了，撂那儿之后就出去不知道干啥去了，这狗就进屋了，就在那桶里"呱唧呱唧"喝水。元帅一看狗能干净吗？那是吃屁屁吃米汤的玩意儿啊。这大厨回来也不知道啊，就搁这水整的汤。

等汤端上来了，元帅就问他："老师傅，咱们以什么为净？"

他说："以水为净呗！"

元帅说："不对！"

他说："那怎么不对呢，什么玩意儿一洗就能净啊，还有不以水为净的吗？你不管什么埋汰东西，多洗两遍不就干净了吗？"

元帅就说："那水要埋汰怎么办呢？"

他说："水哪儿能埋汰呢？"

元帅说："哎，以水为净不对啊，是眼不见为净，看不着都干净，看着都埋汰呀！你这个水呀，今天在外屋撂着，叫狗喝了半天，你回头又用这个水整的汤。我要看不着这还是干净汤，我看到了今儿就是埋汰汤了，你怎么让它净，你还能把这汤给我洗洗吗？"

大厨一看，说："哎呀，大人说得对，眼不见为净！"

异文：眼不见为净

有个官手底下有个大厨，这大厨总觉得自己干净。这天，正好这大厨就弄了不少菜来，全都是鲜菜，结果鸡也来了，狗也来了，鸡也啄、狗也欸，霍霍半天，最后猪还来拱一阵。

这大厨都不知道，还在那儿收拾菜。官瞅着这也太埋汰了，心寻思：以水为净，洗洗就好了。该然哪，挤一块儿了，大厨把水挑来撂这儿就走了，猪到这儿喝几口，狗也喝了。不一会儿他就洗菜，洗完之后还用这水炖的菜。

他个人总叨咕自己干净哪,官就说了:"大厨,我认为都是眼不见为净,这干净的瞅着了都不干净。"

大厨说:"那哪能呢,怎么都得干净。"

官就说:"你这菜啊,猪、鸡跑完之后你搁水洗,水也让狗喝了、猪欻了,之后你拿这水炖菜了,那怎么还能干净呢?"

这大厨一听,就笑了:"大人哪,如果以后再吃别的水不干净,就拿来给你炒芸豆吃吧!"

爻卦先生也骗人

就是在过去啊,这个相面、爻卦先生一般得少信,不可信。

有这么一年哪,一个老头儿——相面先生——就到这个堡子了。有这么一家姓刘,就几口人,个人打点儿粮食全卖完之后,再卖几口猪就预备好了春天种地钱。能有多少钱呢?用银子的话,也就三二十两银子。这预备好了,两口子挺高兴。

正赶上这个相面和爻卦都会的爻卦先生来了,穿得挺好。这个小伙儿没在家,媳妇儿在家,就说招他进屋来看一看,"我俩结婚二三年没小孩儿,让他看看我命中有子没子"。她想到这儿了,就把先生请到屋了。到屋之后说了这事儿,他说"我得看一看",看完之后说:"你呀,命中有子,但是犯天犬。这天狗有点儿克子,你得送送,不送不行!"

她说:"那怎么办呢?"

他说:"咳!有办法!你怎么办呢?你就是在屋里摆上香蜡纸马,在老祖宗和灶王爷跟前就行,我帮你送送!"

她说:"那好吧!"就全摆好了。

他说:"摆好以后送是送,灶王爷旁边儿有天狗啊!你搁啥打呢?你现在就得搁钱打,没钱打不出去,把银子压上之后,它怕银子怕金钱。不是说:金蛋打得天狗去,余钱引得子孙来嘛!所以就得搁金钱把天犬打了去,得有银子压上,没银子不行。压得越多,分量越重,越能镇得住这天狗,你放少了压不住。"

她说:"那……"就不情愿拿出来。

他说:"你有多少银子就拿出来吧!没事儿,你个人搁着怕啥的呀?还在你那儿搁着,是说道儿没有。"

她自己就说:"好吧!"打开箱子一伸手就拽出来了。

他说:"你要是没有东西包,我这儿有。"就拽出一块白布来,"你把它包上,就在这儿搁着,你看着它,这还不行吗?"

她说:"好吧!"十两二十两银子不那么大,能有一斤多重,也就比拳头大点儿,她就包上了。

包上之后,他说:"这么办,你磕头吧!"这媳妇儿就去磕头,东家也磕西家也磕,老祖宗也磕灶王爷也磕。

磕完以后,他说:"这么办吧!天地牌儿在外边儿,你再上天地牌儿那儿磕头去!"她就磕去了。

这不说,单表这先生在屋就给白布里包的银子换了,他随手在外边儿弄块儿石头给包上了,就把银子揣兜儿里了,石头就搁那案上了。

磕了不少头,也磕乏了,她回来以后这先生说:"你把这收起来,这些银子连我写的符都搁柜里,把它锁上,过三天以后再打开就好使了。"

她说:"那好吧!"这媳妇儿把柜打开了,他就把那包东西连符都锁在里面了,这钥匙还给媳妇儿了。

这先生说:"这么办吧,我还得上街走走!"

她说:"先生,你别走,在这儿住吧。"

他说:"行,我看要是晚就不走了。"这先生出去以后直接走了,有看着他的,出堡子就把那一身长衣裳脱了就走了。

单表这媳妇儿啊,一等等到晚上,得三天哪!

男的回来了,她就和男的一说,男的说:"能是真的吗?那银子……"

她说:"银子没事儿,我包的。他又亲自交给我放柜里搁着的,那还怕啥的?我给他点儿钱不多,就拿十吊钱给他拿走的。"

他一看,老是寻思这事儿啊!睡了宿觉也没稳当,这男的还在寻思,天亮时候说:"不行!咱俩得看看!"

这男的伸手进柜里摸,说:"这不像银子呀!"

她说：“不像？打开看看！”一看，是块石头，这家伙儿俩人就撵，还撵啥呀？跑了一宿了，上哪儿撵去？所以就给骗走了。

这个爻卦先生他用迷信的方式把钱给骗走的，所以说爻卦不可信哪！

叶马台张

叶马台就在咱们沈阳的西北方向。过去叶马台有一个大烧锅，有个姓张的掌柜，他是由小老板变成了大老板的。他是怎么升的？就是用做买卖的方式。

在这个张老板还是三等掌柜的时候，正赶上叶马台烧锅用粮食、用高粱多，烧酒那时候全是用高粱，那烧锅也大，都是供沈阳那地方的酒。

单表那天哪，他就带几个车买粮食去了。叶马台烧锅大，他带七台大车，能买着不少粮啊！钱带得也多，就去了，到法库县。咱们法库和康平是出粮地区，是沈阳的粮囤子，别看康平、法库地区不大，那净是地多的地方，所以出粮多。他到法库就住店了，晌午前儿车就到了，到店里住下了之后，吃饭的时候有不少辆大车进院了。他一看，这什么地方的都有。

张老板就打听：“你们干什么的？”

进车的说：“我们买高粱的。”

一问，能有上百辆大车都是来买粮食的。这老张头叫张安木，后来捧他一步叫他张老木。这个张安木一看就寻思：这粮食非涨不行，哪有这么些车买粮的？可不能让别人把着这个出粮地区！他想了个办法。

这些人住店后都喝上酒，吃上饭，谈天论地的。因为买粮得明天买，黑天能买粮吗？他吃完饭以后带上伙计，说：“咱俩走。”他就拎着钱带着伙计走了。

走了之后，就去了法库街上头一个粮站，到粮站他找到掌柜的，掌柜的那时候都是自家的买卖，不管是黑天白天都在粮站看着。

张老板说：“我们是叶马台烧锅的，打算到这儿买一部分粮，听说你们这粮不错。”

掌柜的说：“我们的粮是不错。”

张老板说：“看看吧！”一看，高粱确实好。他说：“你们这粮能有很多吗？我们多买点儿。"

掌柜的说:"能有!要论石的话俺这能有一千石,差不多能有四十万斤。"

张安木说:"好,这么办。这粮我都留下,在十天以内,我都拉走。"

掌柜的说:"那行。"

张安木说:"这么办吧,我给你定钱,我给你一万块钱作定钱。"他就把钱给掌柜的了,那好几万粮食在这儿定下了:"我半个月不到这儿拉粮,定的钱算作废。"

掌柜的说:"那好,得签合同啊!"他们两个就签了,两家买卖的名章都盖上了,叶马台烧锅那是大烧锅,有名啊!

搁这家又奔那个粮库,就这样,从法库粮库走之后,又走了七家粮库,他这一宿没睡觉,把这些粮库的粮食都买了,让他全握下了。他就拿着七车粮食钱全都定下了,也没装粮。第二天拉粮的时候钱要交齐啊!所以只是暂时说定下。他买完回去之后,天快亮了,他告诉这个伙计:"咱俩睡觉。"俩人就呼呼睡上觉了,装作不知道。

从早上到傍晌还没起来,还在睡。晌午前儿,这些买粮食的大车都回来了,回来就喊他:"张安木,张掌柜的,怎么回事儿?你还睡呢?"

张安木说:"我怎么的了?"

进车的说:"怎么的?你这也太不像话了。这粮哪能都给你……俺们这么远来的大车,这一宿工夫全都被你握下了,这八家粮站的粮都没有了,全被你买走了,定金都交了,你吃饭让我们喝点米汤呀!"

张安木说:"你不知道,我们烧锅缺粮缺得邪乎啊!掌柜的在我来的时候告诉我多握多握,俺这不是嘛!得半个月全拉完。"

这些大车的说:"那不行,俺们不能空手回,这么远来的,你得给我们匀点儿啊!"

你也要匀,他也要匀,张安木说:"匀可以匀,这么说吧!你们给我点利钱。"

进车的说:"不能白匀,给你点利钱。你那粮食,好比说五毛钱买的,我们给你六毛钱。"

张安木说:"那不行,你得给我七毛钱,六毛不行。"

最后整妥了,六毛五。讲妥了他一斤就挣了一毛多钱,这一握粮食啊,那钱就能挣八千多元,等于说卖粮食就能卖上千石的钱那么多。第二天,张安木说:"这么办,钱交给我吧。"大伙儿就把钱都交给他了,他握下了,第二天搁粮库他挨个给换的粮。

用这些利钱他整拉走七车粮,而且一分钱没花。

张安木回去之后告诉财东,说:"我一分钱没花,捡七车粮回来。"

掌柜一看,说:"好,你是大老板!"

这下他连二老板都没当,直接当大老板了,是这么上去的。

要不说得有才呢!得有这个知识,要没这个知识能做这个买卖吗?所以人给他送个外号,管他叫张老木,特别捧他。人们都说:"张老木来了!他的买卖做挺大。"一提叶马台张,大伙儿都知道。

夜不留门

这是个家常规矩,过去在中国啊,自古以来不是说"天天吃饭,夜夜防贼"嘛!就得防贼,防坏人,这每天都那样。每天男的不在家,走了之后,你把门一敞着,多咱回来多咱进屋,你知道是好人来还是坏人来吗?所以必须得插门,进来叫门,这是第一个。

第二个,插门以前必须得瞅瞅屋里,得撒目,看看北屋、前屋,哪儿底下猫没猫人,完了再把门插上。这是为什么呢?你别把贼都插屋里头啊,那你睡觉时不正好偷你、抢你的,啥坏招都来了,不是吗?你必须得看看有没有,完了再插门,这是一个。

就说有这么一家,这女的她就大意了,没把门插上。男的不在家,她就寻思:这不定上哪儿去了。她就趴下了。等什么呢,等半夜了,有个男的进屋了。她正睡着的时候,她认为是她男人回来了。男的到炕上也没说话,那儿有个孩儿,把孩儿推开,就趴她傍拉儿了。她一看男的回来了,没别人,俩人就把觉睡了,也到一起了。她睡了,不想有别的,男的就把她手镯子、金镏子都给撸去了,完了人家男的走了。

走了之后,等到下半夜,这家男的真回来了。这男的在外边儿喝点酒,进屋之后就看女的在那儿趴着呢,就给她喊醒了。女的就说了:"你才刚上哪儿去了?"

男的说:"我才回来。"

女的说:"你才回来?刚才搁这被窝趴这么长工夫,才回来?"

这男的急了,说:"谁趴着了,我多咱趴着了!"

"哎呀!"这女的就哭起来了,说,"我让人给骗了!"一看,手镯子、金镏子全让人撸走了。

这不说嘛,就把男的恼坏了,男的就说:"这事确实怨我!"

要不说"夜不留门"呢,不能留门。你必须插上门,插上以后,贼来撬门能知道,这是一个家用常识。

一百两银子

有这么个两口子,男的也到外面做买卖去了。他们堡子就像打工似的,去了不少人。小伙子干了一二年,攒了不少钱,媳妇挺精明,自己在家。

正赶上他们堡子回来人,小伙子对写信的人说:"这么办,俺家里你弟妹在家,我妈在家呢,恐怕不能太充裕了,你给捎两个钱儿去吧。我这儿没多少,有一百两银子,你给捎回去。"

那写信的人说:"好吧。"

"你告诉家里人说我在这儿挺好。"

"你不好写封信啊?"

"写也行。"拿来纸,小伙子拿纸就画了。写信的人一看,画的是斑鸠和八哥,画了四个斑鸠鸟和八个八哥,在那儿吃食呢。完事就和银子一起,让他捎回去。

这人一看,真出奇啊,啥信呢,干脆我到那儿不把钱都给他媳妇,我给她一半银子,我匿下一半,反正他也没写捎多少钱。

到那儿一看,女的在家呢,一个堡子住着,都认识。女的说:"大哥,你回来了。你兄弟没回来啊?"

那人说:"怕你手头不足,给你捎点银子来。还带了封信。"就把信交给她了。

女的拆开信一看,有八个八哥,四个斑鸠,啥也没写。那人掏出五十两银子,说:"这是给你捎回来的。"

媳妇把五十两银子掂搭[1]半天,说:"大哥,不对啊,你兄弟拿回一百两银子,你怎么捎五十两?"

那人说:"是吗?"

"这不信上写着呢。"

"是吗,没写啊。"

"你看,八个八哥,八八六十四两;四个斑鸠,四九三十六两。正好一百两。"

"哎呀!贤妹,你真够数啊!当时他就画了,我不知道什么意思,特意试验试验你,看你是不是精明,所以五十两在兜里搁着呢。"

他没敢说匿下了,掏出来交给人家了。回家后,他说:"这女的真不简单,人家俩说暗语就给我唬了。"

一寸佳人

旧中国以前有钱那时候,市场里一到正月十五专猜灯谜。在关里[2]——北京城,灯谜写完之后,你要是能猜着,还给你点儿奖赏。猜灯谜就跟那破闷儿[3]似的,有不少都在那儿摆着,你猜着这个之后给你多少钱,猜着那个给你多少钱。

正好这家做的买卖挺大,一色儿做西洋瓷器的。做了个什么呢?做了个西施女,这西施女是做得真好看,就做这么一寸长,做得带劲!精致得邪乎啊!名叫一寸佳人,其实不是一寸,得有一尺多高,挺大的一个佳人,在那门口写的是'一寸佳人'。

做完以后,掌柜就说了:"不管谁买东西,你要是能把一寸佳人解开,那我一定有重谢!要是解不开就没办法了。"这个东西要是卖的话,能卖几百两银子,就是那么贵重的玩意儿。

这些东西搁了一正月了,别的都让人给解开了,就是这个一寸佳人,谁也解不开,谁也挣不去这钱。

---

[1] 掂搭:用手托着上下颤动来估量东西的重量。
[2] 关里:关内,山海关以西、嘉峪关以东一带地区。
[3] 破闷儿:猜谜语。

这天，掌柜的就拿着这个一寸佳人，说："这么个玩意儿，谁都解不开，你们都没有才啊！"不少人都瞅着，还有徒弟们也瞅着，谁也搭不上话。

这工夫，就来了个小伙子，他到那儿瞅了瞅，一伸手就抓住了一寸佳人，抢下来就跑。徒弟们一看，说："抢跑了，快撵！"

掌柜说："不撵！不撵！"

其他人问："怎么不用撵呢？"

他说："不用撵了，他有才，应该他拿去。"

大伙儿就问："掌柜的，到底怎么个事儿？"

掌柜说："你们个人合计吧！你们合计我写这'一寸佳人'怎么个事儿就行了。他拿去就对了，就是他有才，给他了。"

这说的是啥呢？正是个"夺"字，你看，一个"一"，底下一个"寸"字儿，中间一个"佳"字儿，上面一撇一捺不是个"人"嘛！

"一寸佳人"，这配起来念"夺"，他夺走那算对了！所以他干捞着个佳人儿跑了。

大伙儿也都服这个小伙子了，说掌柜的这个谜出得真是好，但还真是有才人，让人给猜着了。

异文：一寸佳人

那时候关里专讲破谜，猜哑谜。到五月节[1]，纪念节日，各家都猜哑谜，谁猜着，这个物就给谁，猜不着拉倒。

这年到五月节了，有个做买卖的掌柜，弄些东西摆这儿了，谁能猜着都行。其中有个东西是个玉雕的美女，很漂亮，雕得好啊，能有一寸来高，能值百八十两银子，上面写着个名签，写的是"一寸佳人"。写完之后，别人谁也解释不开怎么回事，你也看，他也看。掌柜的没事儿的时候，就拿起来看看，寻思：都没有才啊，谁也猜不去啊。

这天来了个才子，穷书生，秀才样，到这儿瞅瞅看，说："嗯，一寸佳人？"

掌柜的说："啊，对，一寸佳人。"

---

[1] 五月节：端午节，东北满族人过五月节，驱邪除病、防治虫灾。

这个掌柜的就拿起来了,没承想这个书生伸手夺过去就跑。大伙一看被抢了,这还了得,底下人就要撵。掌柜的说:"不用撵,他猜对了,就给他了,就是人家的。"

大伙一看,问:"怎么回事儿?"

掌柜说:"一寸佳人,不念'夺'吗?底下是'寸',上面是'佳',再上面是一横一撇一捺,'一寸佳人'。人家看到了,夺走就算对了。"

一袋烟丧命

什么命好,什么命不好?人这玩意儿啊,不是有这句话嘛,"但能饶人且饶人",但能错过去就错过去,故事也都是这样。这"一袋烟丧命"是怎么个事儿呢?

有一个做活儿的,是打头的[1],他下边有几个随班的,其中有一个小半拉子,多大岁数呢?十六七岁,但他做的是大人活儿。

那时候困难啊!没有钱也想抽烟。但没有烟抽呀,没办法!这小半拉子好抽烟,打头的也好抽,但都是给人家地主干活儿的,买不起烟。他小啊,淘,就想办法:怎么办呢?他就偷着上人家老板那车上去了。

过去那时候都养马,那马都有长尾子[2],那好呀!那时候马尾子值钱得邪乎,值钱!但不能随便铰啊,人家东家能让你铰吗?人家有尾子的是成马呀,你给铰了行吗?

这小子狡猾,他就偷着搁那儿铰,把长的捆起来,顺里边儿铰下两股儿一个手指头粗的马尾子来。那点玩意儿就能换二斤烟抽,马尾巴贵嘛!他拿回来以后,打头的知道,他不瞒打头的,打头的说:"你换烟吗?"

这小半拉子说:"换了,换了!"就换了一斤多点儿红烟,那好呀!打头的也抽,小半拉子也抽。

---

1 打头的:方言,领头干活的人。
2 长尾子:方言,马尾巴毛。

小半拉子和这打头的挺对脾气,就给他抽,打头说了算呀,他领头呀,这小半拉子也就管这打头的抽烟抽足。其中还有一个小伙子,是个二混子,他不是打头的,也是一般干活儿的,特别生。他告诉小孩儿:"你把烟给我拿过来点儿!别净溜须打头的,你不让我抽不行!"这小伙子就硬要抽。

抽了几回他俩就吵吵起来了,小孩儿说:"那不行,你不能老抽我的烟!"

这小伙子说:"不让抽?不让抽我告诉东家你偷马尾子,把你打一顿!"

打头的也不愿意这小伙子这样,说:"你这么多余,怎么净揭人家短,有啥好处呢?"小孩儿也说这小伙子,他俩就干起架来了。这一干起来,这个小半拉子岁数小啊,十五六七岁,个儿矮,长得还不怎么样,这小伙子壮,一家伙就骑小孩儿身上,左右开弓,连拳头带撇,揍得他不像样,这小伙子把小孩儿打地上趴着,起不来,大伙儿拦这小伙子还拦不住,他还打。

这一打,小孩儿怎么的?他就激了,正赶有人倒粪时候,他一抬手就把耳权拿起来了,那小伙子还顶,这小孩儿上去"啪"一耳权扔那小伙子身上了,该然出事儿呀,他打得准,一下子扔脑袋上,削太阳穴上了,确生生把他打死了,还顺鼻子蹿血,止不住了,那时候不能抢救啊,那小伙子就死了。

人死了,小孩儿一看完了,就哭起来了:"你呀,赶快起来吧,我偷马尾子挣的俩钱儿都给你买烟抽,我不要了还不行吗?"可那小伙子也起不来呀。最后没办法,那小伙子死了。

那小孩儿怎么办呢?讲不了就报给公家了!公家说:"这么办吧,你也得偿命啊!"

两撮儿马尾子就失两条人命!要不说这玩意儿不是容易的事儿,确实一袋烟就丧命!

一个烟荷包

这个故事讲的是一个老王太太。这个老太太岁数不小了,四五十岁了,儿子媳妇儿都有了,差不点孙媳妇儿都有了。儿子也多,女儿也多,一老帮人。老太太干活沙楞,明白事儿,哪儿都行。

有一次，正赶上女儿出门子[1]，她就准备取两个钱儿去。上哪儿取呢？在那儿叫钱庄，那时不叫银行，有钱人家都在钱庄存钱。老王太太想让别人去取，又怕露白，就是露富，她还不放心。她不是做事沙楞嘛，她自己去。老头说你去就去吧，老太太就去办事了。她拿着大烟袋，烟袋上吊着个绣花的烟荷包。烟荷包挺大，那玩意儿装烟、装东西都行，拿着就走了。老王太太穿的挺立整[2]儿，钱庄离家不远儿，也就四五里地儿，她就去了。

到钱庄了，不光她自己取钱，还有别人儿取。取钱的有个挑货郎扁担做买卖的小伙子，二十多岁儿，卖的东西挺全，里面针头儿线头儿多，不少东西都在外面搁着呢，他自己也取钱去。

那时候——到了民国的时候，不花银子了，花啥钱？花金票[3]，那票儿就跟现在的钱似的。一取取出来多少钱呢？老太太取出来有五百元，那就不少了啊！都能买一垧地那么多。取完以后她拿完钱往里揣，一看不放心哪！就把烟荷包打开了，上边嘴儿掰开了，就把钱塞那里边了，塞完卷好又把烟荷包绑上之后，拿着烟袋和烟荷包就抽。她寻思："我这钱手拿着它没事，你谁偷我也能看着。"就走了。

这工夫她走不说，就说她取钱被人家看着了，谁呢？就是这个挑货郎扁担的小伙子，他看着了，说："这老太太的烟荷包，我抢到手就妥了。"

老王太太出来之后往家走，挑扁担的货郎就跟着喊里咔嚓地撵，那是紧追不舍呀。但老太太走得挺快，走到前边一个树趟儿根儿底下，还蹲着就地撒了泡尿。这个货郎扁担这昝儿就没往前撵，他站了一站儿，没紧着追。走的话咋的？这老太太就起来了呀！起来了之后又走了，他就接着撵。

一撵撵到哪儿去呢？就是这个和那个堡子中间的那轱辘，两头都接不上气儿的时候，他就紧走两步撵傍拉之后，一看没有人跟着，就把箱子撂下了，扁担抽下来，说："站下！"

老太太一看，问："干啥你？"

"你坐那儿！你把烟荷包给我！"

---

[1] 出门子：出嫁。
[2] 立整：衣着打扮干净得体。
[3] 金票：在光绪三十年（1904）爆发日俄战争之后，日本作为获胜方，势力在东北日渐延伸，其通过朝鲜银行发行的纸币也大量流入东北，称为"金票"（民间俗称"老头票"）。

老太太说:"那哪儿行呢?"

"不行!我要抽袋烟!"

"不行,那我不能给!"

他这就急了,说:"痛快点儿!"就抡起扁担了。

她说:"不用!别打我,我是老太太,五十多了,这能禁住让你打吗?实在不行这给你吧!"完了没办法,就把烟荷包连烟袋都给他了。

他拿着烟荷包连烟袋,回头一看,这箱子东西还在地上搁着呢。老太太就喊,这一喊,他扯着荷包就蹽了,箱子也不要了。他往回跑老太太没撵他,老太太看没别的吧,我看着这小伙儿的挑子吧!离家没有一里多地儿了,她就一路地喊。这一喊,正赶那边儿人家有种地的,说这老太太喊什么呢?就过来好几个种地的人,都是和她一个堡子的。

老太太说:"我这不是嘛!我这烟袋荷包被他抢了之后,这个胡子就把他的东西给我扔这儿了。你这么办吧,你帮我挑回家去吧!"这堡子的人就帮她挑回去了。

到家了,她说:"我捡了这一个挑子。"到屋她就笑了,"你这货郎就行了,你贼鬼过我了?我蹲那旮旯儿把钱挪出来了,别看我往烟袋荷包装钱时你看着了。我挪完之后又揣裤兜儿里了,裤里有六个兜儿呢,我是用裤裆那儿的兜儿装的钱!在钱庄那屋里人多,我没法往这兜儿里装啊!"那老太太搁裤裆里有个兜儿,钱装那儿去了。

"我拿一个烟袋荷包换一个货郎扁担挑子。一看那针啊线啊老鼻子了。"老太太告诉儿媳妇儿,"你们使唤吧!这一辈子都够使唤了,这回妥了。"

一个烟袋荷包换个挑子,要么说嘛,这半大小子都没鬼过老太太!

一壶酒

过去做活儿的,给人家扛活儿不容易。有一个刘打头的,就是扛活的领班,他到了一家,这家过得不错,挺讲究,当家的还挺有钱,就是有点小抠门儿。

刘打头的到那家去了,钱也都讲好了。他当打头,领着二三十人种地,这地有上百垧。刘打头的就问当家的,说:"当家的,你们这初一、十五给酒不?"

当家的说:"给酒,给一壶酒。"

刘打头的说:"啊,一壶酒,行!当打头的,得掌握着一壶酒。"

当家的说:"对,一壶酒。"

"好吧!"打头儿的心里寻思,俺们这二十人呢,那时候活儿不好讲,没人要,就说,"行行行!"

他又问:"烟呢?供火不?"

当家的说:"烟不供火,你个人想办法点火。"

刘打头的说:"行行行,那也行。"

说好了就开始上工了。上工没有五天的工夫,正好就到初一了,人家东家大厨整完之后,二两壶那样的小壶,整一壶酒就端过来了。

他们二十多个人呢!打头的拿来了一看,说:"哎!酒来了,赶紧拿来尝尝。"拿过来以后,吃了两口菜,"咕嘟咕嘟"地嘴对嘴,把一壶酒都喝进去了。

打头的拿着酒壶就找当家的去了,说:"当家的,我这壶酒喝完了,他们那壶酒还没倒呢!"

"不对,讲的不就是一壶酒嘛!"

"我讲的是一个人一壶酒,也没说是我们二十多个人一壶酒呀!"

"那不行,就一壶酒,再多不行。"

打头的说:"哎呀!就这么的吧,我也没讲明白,等下期见吧。"

回去了,他就和大伙儿说:"你们都包涵点,没喝就没喝吧,等下回我给你们打,管保让你们喝到得劲!"

干活儿干到十五了,初一、十五得犒赏呀,人家炒点小豆腐、炖点菜,那就算犒赏了。喝一壶酒,当家的还不给人家,二十多人就给一壶酒。这回打头的有办法了。过去办事有那个大座壶,烫酒的壶,那一壶能装七八斤酒。他搁家特意借了一个大壶,白天一早上就给揣去了。

到了下晚喝酒的时候,他就把那壶掏出来了,说:"当家的,倒酒吧。"

"这家伙!你搁哪弄这么个玩意儿呢?"

"不对呀,我讲的就是这个壶,上回忘拿来了,要不那小壶只有二两,能够谁喝?你要不给这壶酒,翻过来还讲,我们就不干了。咱得说理,我讲的就是这个壶,那天忘拿来了,这回你得补上。"

伍 生活故事

· 1125 ·

当家的一看，这家伙，这壶倒完之后，能有七八斤酒，就说："得，算了吧，你是大爷还不行嘛！今后这酒，你就随便喝吧，别提那一壶了。"

打那以后就改了，不是一壶酒了，是随便喝，一人喝三斤也好，二斤也好，这就改了。

又过些日子，这个烟是个问题了。在地里的人都买不起洋火，也不好买。没洋火，这烟抽着是个问题。他们就问这个打头的，说："这怎么办？"

打头的说："这么办，你们在地里歇着，我回去取火去，家里有火。"家里那时候都扒火盆呀，他就回去取火了。

他回去之后，不由分说就到柴火垛上撅那个树杆儿，挑那高粱树杆儿，撅了十多根。撅完之后，就把那皮都剥下去了，只剩下瓤，他到火盆那旮旯儿就吹，吹着了。

吹着了以后，当家的就看见了，说："你干哈呢？"

"这不抽烟没有火嘛，我得给人家取火，不取火行吗？"

"哎呀，还取火，快走吧你！"

"我走，走！"他就拿着火走了。

走半道不远的地方，他就把火给掐灭了，回来他就说："火灭了！风大，这火着不了，还得点。"又在那儿点。

一连下点了两个点儿，就是两个钟头，这火也没点着，当家的说："哎呀，我的先生呀，赶快回去吧，我明儿给你火吧，你这样还能干活吗？"

打头的说："这没抽着烟能行吗？"

从那以后，不光"一壶酒"改了，抽烟的那个火也给了，把这个地主算是治好了。

这穷人也得有智慧。

一计害三贤

这个是怎么个意思呢？说有这么一个王二，他这个人哪，最轻飘。

有一天，他就闲溜达着玩儿，溜达到一个庙上，一看庙上有个老尼姑，下边有两个小尼姑，长得漂亮。尼姑都是落发修行，头发剃了之后像个小子似的，但长得细发，白净，粉面桃花一样。

他一看，这尼姑长得太漂亮了，长得好啊！他就故意到那里上点儿香。上香当中，他就说点儿风凉话，这个尼姑呢，她也不太正，也贪这事，他俩眉来眼去当中就有情了。

就在尼姑搀他的时候，他就一把把这尼姑扳过来，嘬个嘴。但这尼姑也没急。这尼姑就告诉他："你要处也可以，你下晚儿来。"

他说："那好吧。"搁这么，这个王二就每天都上这尼姑那儿去。这尼姑也好这个事儿，他俩处得挺近便。

这尼姑有多大岁数呢，也就是二十五六岁的小尼姑。王二也三十来岁。这一晃儿过去不少日子了。要不怎么说这事儿都这样，燕尔新婚都觉得好似的。为什么他个人不跟老婆一块儿睡去，就是因为他有新的了。过了一段时间，他和这尼姑也不是那么近便得邪乎了，这也是时间长了。

这也该然，这正赶县街有个陈斌，他是县里边站堂的，就是县衙里边的一个三班衙役。他也有个老婆，长得挺漂亮。正赶上他给这县太爷办事儿去，出去得半年才能回来。他这就要走了，临走还告诉老婆说："你注意。"

他老婆说："你走吧，我注意啥呢？"他老婆挺正义的，长得还好看。他走了，咱先不说。

单表谁呢？单表这王二，正好走到门口，这女的抱柴火，他就看着了。他心说：哎呀！这女的好看哪！比那尼姑强百倍呀。他一打听，这是陈斌老婆，陈斌还没在家。这事儿怎么办呢？他回去就合计。

过两天，他就跑到尼姑那儿一叨咕，就和尼姑说："你呀，能不能帮我个忙？"

尼姑说："好啊！"

他就把怎么怎么回事儿和她一说，尼姑说："你好啊！吃盆子望锅子。你先相中我了，这又拉呱儿别人了？"

他说："我不能忘了你，我就和她睡一宿就行，你帮我拉呱儿拉呱儿。"

她一看王二直门说，没办法了，就答应了，说："行。我照量照量吧。"

他说："你得前一天去。"她就拿着花儿什么的到人家陈斌家去了。人家陈斌媳妇一看，尼姑化缘来了，就让到屋儿里吧。都是女的对女的，俩人唠得挺近便。

伍 生活故事

这尼姑也会说，多少说点儿风流话，说点儿爱情话，说："你男人呢？"

他媳妇说："先生出外了，出去办事儿得半年能回来。"

尼姑说："哎呀？太新鲜了，半年回来，把你一个人扔家里边，也不怕你寂寞？"

他媳妇说："那能有啥办法，咱是女的，咱不应该看家吗？"

俩人唠着唠着就唠到情意上去了。这媳妇就说了："咱是正经人家，也不能胡扯呀，人家有的胡扯找个男的，咱也不是那样的人。"

尼姑说："那也不能老那样，人这玩意儿嘛！"就劝她一阵，这女的也没怎么说她不对，就把话撂下了，没往下接。这是前一天晚上。

第二天，她就和这王二说："你去吧，今天晚上我就带你去。"

第二天晚上，黑天就去了。这尼姑带的酒，带的菜，这王二就在房后边听声啊，这尼姑就进屋了。说："正好，大姐，我这带的酒菜，我愿意和你喝一场。"俩人就喝完酒了。

要不说酒这东西不是好玩意儿，酒最能含情。借着这酒劲儿说点儿情话，这女的就情不自禁了，她就笑，说："你净在这儿胡扯了。"

尼姑说："不，我给你找个朋友来，管保对你心。"一开门，她说，"进来吧！"就把王二叫进来了。

王二到屋里之后，陈斌媳妇一看他长得挺精神、挺好。尼姑一看时机成熟了，把门一关，说："你俩在屋儿里喝吧，我走了。"她就走了，门就打外边给关上了。这时候这王二就抱这女的，她就已经允许了，俩人就亲近了，这就待下了。待下之后，这躺炕上就没说啥的了。

一晃儿就过去了一两个月，也没有事儿，不说。

单表这陈斌回来了，到家了之后，媳妇儿和陈斌躺下睡觉，俩人也知情知意。

第二天醒来之后，他们的房子棚矮，陈斌看见这棚子顶上怎么有口黏痰，不知道谁吐的？这就是夜里那男的吐的，也没掉下来，就黏在房上成黑渍了。

他就问："这棚上是黏痰不？痰渍子。"

他媳妇一看，真是痰渍子。

陈斌就问："谁吐的？"

媳妇说："我吐的。"

"你能吐上去？这站着不能吐，趴在炕上你根本就没那么大气力。不是男的能吐上去？谁上咱家来着，你说说吧。趴在炕上吐的那男的是谁？"

这样一问，媳妇答不下去了。这就是那天王二高兴，"呗儿"把黏痰给吐棚上去了。

陈斌说："那你趴炕上吐给我看看。"

这女的趴在炕上，"呗儿"一口接着一口，吐了多少口也没吐上去，因为她没那么大的气力。这一看，陈斌急了："你说实话吧，到底怎么回事儿？"

这没办法了，她一看，这不说不行了，就吓得给陈斌跪下了，说："我那是一时错了，怎么怎么的。"

"谁把你拉上的？"

女的说："是那尼姑拉的，还有王二。"

陈斌一听，呃，尼姑和王二，说道："好，说到这儿的话，那就这么办吧，我现在是不太追究这个问题，我告诉你个事儿，我明天还出差，我还走。我出差是假的，你必须还得听我的。明天哪，这王二肯定还来，他要是还来，明儿你就狠狠地跟他嘬嘴，把他舌头给我咬下来，他打你也不用怕，我就在房后边听着。我在那儿，他不敢打你，完了咱就完事儿，你个人得完成任务。"

这媳妇一看他挺狠的，说："行。"就答应了。

第二天，这陈斌走了，对外边说又出差了。但是他没走，晚上天黑了就在屋外边等着。正好儿，王二来了。和陈斌媳妇俩人手拉手乐呵呵地进屋儿了。

那都是夏天景儿，开窗晾阁的。俩人到屋里趴着就到一起了，之后这女的"吭哧"一口就把他舌头咬掉了，咬得这王二"嗷嗷"直叫唤哪！咬完之后，这男的起来就要打她，她就个人站起身来了，陈斌就进屋了，说："干什么你！"就把刀拎起来了，这男的吓得只剩半截舌头就蹽了。

蹽完以后他就告诉这女的："你把那半截舌头吐出来。"女的就把那半截舌头给吐出来了。"行了，你完事儿了，在这儿待着吧。"完了，这陈斌就拿着舌头走了。自己到这庙上，半夜三更的，穿个衣裳也没说话，就拍这庙门，拍这窗户。

小尼姑一听，说："你是王二吗？"

他说："啊，啊。"

小尼姑说："那好，你进来吧。"就把窗户打开让他进去了。

陈斌进去之后，尼姑没由分说就把他搂过来了，这俩人兴冲冲地就到一起了。之后，陈斌就把这女的给睡了。这尼姑正睡觉的时候，陈斌没让她穿裤子，他就把这刀拿出来，一刀把这尼姑脑袋给砍下来了，净是血，又把这舌头塞到她嘴里，塞完之后他就回去了。

小尼姑死了，老尼姑就报案了。第二天临堂，县太爷说验尸去吧，陈斌就带来不少人，那时候都是县里边的衙役们验尸。

验尸的一看这是怎么回事儿？这人是怎么被杀的？一瞅，是这女的被强奸了，底下还没穿衣服呢，这是有奸情。

但为什么要杀她呢？一看嘴张着。他们再看看嘴里边，欸？有半截舌头！这不用问哪，这女的不乐意呀！男的硬要强奸她，她就把这男的舌头给咬下来了。这是疼了，把她杀了，要不她不张嘴呀！

县太爷一看，说："好，找没舌头的！"

这就好找了，没有三天工夫，找到了王二，他没舌头，说不了话呀。前后院儿的都知道，就把他抓起来了。

抓来之后，他不认哪。县太爷问完之后，说："你，奸完之后还把人家给杀了，你舌头做证，不认也不行。"

他"呼噜呼噜"地说不出来什么呀。所以这小尼姑也死了，陈斌把王二也杀了。

杀完之后陈斌还憋着气，心说："这老婆，不正啊！我教她咬舌头，她就咬下来了。"

又过了些日子，两口子说话，讲到老长时间也没一块儿到娘家串门儿去了，就和媳妇说，媳妇说："去吧。"俩人就串门儿去了。

到了老丈人家以后，正好老丈母娘看见姑娘和姑爷都来了，一个夏天景儿啊，就说："这么办吧，咱们煮点儿面条儿吃吧。"

"那好吧。"

老丈母娘就擀点儿面条，煮点儿过水面，完了就说："再炸点儿酱吧。"

陈斌就说："媳妇你去，别让妈一个人忙活了。"他就和媳妇去了，去淘酱。正赶上那酱缸也大，媳妇淘酱的工夫他就过去了，一㧟腿就把媳妇脑袋送到酱缸里了，然后他就回来了。

陈斌回来之后，老太太等了半天，她还没回来，老太太就叨咕说："看看去，这是怎么回事儿？"

到那儿一看,老头儿说:"可了不得了,栽大酱缸里去了!"

一看,都淹死了,她栽进去有半缸酱,脑袋一浸,那就硬呛死了。

所以说,这个陈斌一下子就把这个尼姑害死了,奸夫也害死了,他老婆也害死了,这一个道儿把三个人全害了,三个坏人。这厉害的人哪!

一句笑话两条人命

闹笑话也得有分寸,要是没分寸闹过了火,都能出人命。

有这么一个屯子,住着一户姓耿的人家,就哥俩,爹妈都死了。老大有二十四五岁吧,新结的婚,娶了个十九岁的媳妇,正好和老二同岁。老二还没媳妇呢。哥俩平常就侍弄侍弄三垧地,养一头毛驴。其实这点儿活呀,一个人就能干好,用不着两个人干。

这年过年的时候,有一天,老大就和他弟弟商量:"二弟呀,我和你嫂子也结完婚了,咱家拉的那些饥荒[1]也得想法儿还了,就靠咱俩在家干这点儿活也不行啊,都泡在家里多窝工[2]啊,咱这么办吧:家里这三垧地和一头小毛驴,就你侍弄吧,你嫂子在家也能给你搭把手儿。我呢,会点儿木匠手艺,等过了年就出去找点儿活。我寻思干零活也挣不了多少钱,得找个长期的,到木匠铺常年干,还能多挣点儿,这饥荒不就能早点儿还上了嘛。"

老二一听就急了:"那不行,哥你可不能走,不能那么办,你和我嫂子新结的婚,你走之后,我在家怎么住呀,我嫂子她十九我也十九,咱家还就一个小屋。"

老大说:"你跟亲嫂子怕啥的,你俩住还能有啥事。"

老二说:"不行!还是你和我嫂子在家,侍弄那点地吧。我出去找点儿活儿,挣俩钱儿。"

老大说:"你又不会什么手艺,能挣多少钱?白搭个身子。还是我出去吧。你听

---

[1] 饥荒:指债。
[2] 窝工:因安排不当,工作人员无事做或不能发挥作用。

我的，我是你哥。"

老二没办法，只能听他哥的，老大就在过年期间和一个木匠铺把活讲好了。

一晃儿过完年，出了正月奔二月，二月初一这一天，老大就背着行李，拿着木匠家伙什，到木匠铺上工去了。

老大刚走出家门口不远，就看见他二叔带着几个儿子在那淘粪。他二叔和他是本家，虽说是叔叔辈分，可平时就爱说个笑话。看见老大过来，他二叔就说："大侄儿，你这是干啥去呀？"

老大说："我呀，找了个木匠铺，讲好了在那长期干木匠活，也好挣两个钱还饥荒。"

"那你家的地不种了？"

"不是还有我二弟嘛，他一个人就侍弄过来了。"

他二叔就笑着说："哎呀，好，你二弟在家，你媳妇也在家，你走之后，就把他俩成全了，这俩人在一块儿挺好，岁数也相当。你真有样啊，你是兄宽弟让，媳妇都让给兄弟了。"

老大一听不愿意了，说："你别胡扯！"

他二叔说："谁胡扯啥呀！我前儿还看见你媳妇和你兄弟两人挤眉弄眼儿呢，俩人还调情呢。"

老大一听，心里有点儿犯合计[1]，但也不好说什么，啥也没说就走了。

木匠铺离家也就十几里地。老大在那干了一天活，下晚儿就跟掌柜的说："掌柜的，不行，我得回去，来时太急了，一点烟都没拿来，没烟抽了；再取件衣裳来。"东家说："行，十几里地，回去吧。"

老大又说自己胆子小，不敢走夜路，东家就给他拿了一把劈柴火的斧子。老大就拎把大斧子，连夜奔家来了。其实，他是没和掌柜的说实话，哪是什么烟呀、衣服呀落在家了，他是放不下他二叔说的那话，想瞅冷子[2]回家看看，家里那叔嫂二人是不是真有事。

再说这家里，老大走后不一会儿，媳妇的娘家哥哥就来了，娘家不远，在西庄，

---

[1] 犯合计：对于一件事情，总是拿不定主意，瞎琢磨。
[2] 瞅冷子：冷不防，乘人不备。

也就三四里地。娘家哥哥说:"妹子,赶快走吧,我妈闹病了,想你呢。"媳妇急得直跺脚,怎么办啊?我去不去呢?丈夫没在家,自己也做不了主啊。过去的媳妇规矩可多了,回娘家必须得公婆准许,没有公婆也得丈夫准许。

这时候小叔子说话了:"那就去呗,嫂子,你妈有病,我哥没在家,你还非等他回来啊?再说我哥也不是糊涂人,老人有病,应该看去。"

老大媳妇还有点儿拿不定主意。

老二急了:"你放心去吧,肯定啥事儿没有!就说是我让去的,有事儿我给你担着!"

嫂子一听,笑了,说:"行,那我去!家里这些活你就多受累了。"就和她娘家哥哥回去了。

嫂子走了以后,老二拾掇拾掇院子,又喂喂毛驴,转眼儿就到吃下晚儿饭的时候了。老二正吃呢,就看见打门口进来个姑娘,是谁呢?是他嫂子的亲姑舅妹妹,就是他嫂子舅舅的女儿,接到信儿说她姑姑闹病了,她住在东庄,离耿老大家也是十几里地,她来找姐姐一起去看姑姑。到这儿一看,姐姐已经走了,姑娘和耿老二认识,管他叫二哥。

姑娘问耿老二:"二哥,我姐走多大工夫了?"

"走半天了。"

姑娘傻眼了:"这怎么办哪,外头都快黑了,咱家离这儿十里地呢,我也不敢走,二哥。"

人家老二仁义,一想,说:"你别着急,这么的吧,这眼瞅天就黑了,你也别走了,就在这住吧,我出去找宿[1]去。前头有个杀猪卖肉的铺子,他家有闲地方,我上那睡去。"

姑娘一看也没有别的法儿啊,就在这住吧。

老二说:"你在这住,啥也不用害怕。你把门一关,门后边有划棍,一划,啥事没有。"

姑娘说行。

这姑娘十八岁,看看南炕炕梢摆着柜子,就那种过去的老柜,挺老高的,自己就

---

[1] 找宿:借宿。

在南炕炕梢，挨着柜熰被躺下了。

再说老二去了卖肉的铺子，杀猪的屠夫一看："哎？这么晚了，你买肉？"

老二说："我哥做木匠活去了，我找个宿来。"

屠夫说："那你还出来干啥呀，你不在家守着你嫂子？"

这屠夫也是个爱讲笑话的，又说："你傻呀，好不容易你哥不在家，你还不守你嫂子一堆儿睡，还跑这来干啥？"

说得老二挂不住脸儿了，赶紧说："哎呀，大叔，你别说笑话，瞎扯啥呀！我嫂子回娘家了。"

"那你家不要了？"

王老二又解释说："我嫂子回娘家了，偏赶上她姑舅妹子来了，人家十八九岁姑娘，咱怎么好意思在一个屋存哩，我得找地方在外边住一宿了。"

这个屠户三十多岁，平时屁扯扯的，他嘴上说："行，我这闲地方有的是，你就在这住下吧。"心里想：今晚正好，你不走了嘛，她一个姑娘胆子小，我就去找她便宜去。

屠夫这人心眼儿挺活，他寻思：来找宿的姑娘是一个人儿，人生地不熟的，今晚我去时再拎把杀猪刀，叫她应也得应，不应也得应。反正黑灯瞎火她也不知道我是谁，白捡一宿便宜。要不咋说这人心眼儿坏呢。

先不说他，单说这姑娘在炕上躺着，不一会儿来个女的，有四十来岁吧。谁呢？是老耿家的叔伯婶娘，就在西院住。她到屋一看，新媳妇不在家，炕上躺着一个姑娘，不认识，就问："你哪儿的？这家的大媳妇哪去了？"

姑娘说："我是她姑舅妹妹，她妈有病了，她上我姑那串门去了。我也寻思去看看我姑，就先到这想和她一堆儿去，谁承想她都走半天了。眼瞅这天都黑了，怎整啊？我二哥就让我在这睡一宿。"

西院婶娘说："那就你一人在这看家啊？"

"啊。"

"你一个人敢吗？"

姑娘说："敢哪，我就把脑袋一蒙，在南炕梢一躺，什么事儿没有。"

西院婶娘转圈儿一看，哎呀！南炕上摆的是旧柜，这北炕摆的可是新媳妇的新柜啊，新结婚的东西都在柜里放着呢。杂种，今晚上我偷你来，反正你一个丫头片子胆子小，还蒙脑袋。我下晚儿来黑咕隆咚的，量你也不知道我是谁。

她顺北窗户一看，窗户用一个划棍划上了，这划棍在外边一伸手就能打开。等她看好了，就回去了。

约觉着姑娘睡着了，西院婶娘就过来了。她把手顺窗户伸进去，把窗划给拧开了，这窗户一推就开了，开了之后，她就把那两扇窗户从外边给摘下来了。

这姑娘在南炕躺着，一直也没睡着。听着北炕上有动静，睁眼睛一看，可不好了，顺北窗户进来个人，窗户都打开了。她吓得一下儿就把脑袋给蒙上了，蒙了脑袋，她还往炕梢儿那柜里缩，腿就往柜里伸，最后整个身子都蹭柜里头去了，就剩脑袋在外边卡着呢，她就在那偷着瞅。

就见那个人上了北炕，没容分说就打开了北炕的新柜子，翻腾起来。

先不说这个。再说那个杀猪的屠夫，他看天黑得差不多了，老二也睡着了，他就偷摸儿过来了。走到门口一想，不行，我得先到房后听听，看那姑娘睡没睡。

他绕到北窗户一看，窗户竟是开着的！哎哟，这姑娘胆儿可够大的，二月挺冷的天头，睡觉还敢开窗户。往里一看，好家伙！敢情没睡觉，正在炕上翻腾人家炕柜呢。

屠夫心说：哎呀，这姑娘也不是好人哪，爱财，人家借你住一宿咋还偷人家东西呢？杂种，正好，你不偷东西吗？这回我强奸你，你也不敢吵吵了，这就更怪不得我了。瞧瞧，他还说别人不是好人呢。

杀猪的屠夫就从北窗户"嗖"地跳到北炕上，不由分说一下子就把"姑娘"抱住了，这"姑娘"能让嘛，就拼命地挣啊，挣是挣，可是她不敢喊，因为她是来偷东西的西院婶娘，她也不知道和她撕巴[1]的是什么人，屠夫也不知道撕巴的不是那个姑娘，这屠夫就连扒衣服带扒裤子，他俩就在炕上撕巴起来了。

再说这个耿老大。他从木匠铺拎把斧子回来了，琢磨一道，进院之后还合计呢，老二和我媳妇是不是真有那事呀？我二叔说有那事是不是闹笑话呢？我还是先听一听声吧。

他先趴南窗户一听，哎呀，屋里北炕上还真有动静！他又绕到北窗户底下，北窗户正开着，抬头一瞅，正好看见有两个人搂在一起，在北炕上连滚带爬的。

---

1 撕巴：互相扭打或拉扯。

老大顿时就一股火顶到脑门了：好哇，你们俩还真到一块儿堆了！这还了得！他拎着斧头就跳到北炕上，屋里黑咕隆咚的，就凭着那点月亮光，也看不太真切呀。他也不知道那俩人脱没脱衣裳，反正一看正抱着滚呢，他一股气儿冲上来，上去抡开了斧子，把两个人的脑袋全砍下来了。

脑袋砍下来之后，他一伸手，在地下的板柜里拽出来个麻袋，把俩人头装进麻袋里，背上了，心里合计：我这就去老丈人家，看看你家养的好闺女！我给你杀了！拿奸要双嘛，这回奸夫也抓着了，女的也抓着了，我看你们家怎么办！老大在气头上，背着两个脑袋就去了。

老丈人家离得也不太远，就四五里地儿。路上黑得邪乎，老大也没害怕。话说回来，再胆小的人现在胆子也大了，杀人都不害怕了，还怕啥呀？

他半夜到了老丈人家。老丈人家三间房子，是口袋房子[1]，头一个屋是插间，里面还有一个小屋。老大一拍门，屋里问："谁呀？"

"我。"

小舅子把门打开了，老丈人闻声也跟着起来了。

小舅子十四五岁，一看姐夫背个麻袋，进了房门就上去摸一把，摸着那两个大脑袋像西瓜似的，就说："呀呵！姐夫，这大冬天的，你在哪弄来俩西瓜呀？"

老大啥也不说，把麻袋往地下一摆。

老丈人说："你不做木匠活去了吗？多咱回来的？哎呀，是不是听说你老丈母娘有病你也奔来了？没大病，没事儿，你媳妇来就行了呗。"

这时候，老大媳妇听见声儿了，也顺里屋出来了，说："你多咱回来的？也来了？"

老大一看："哎呀我的妈呀！你咋在这呢？"

媳妇说："我上午就来了。"

老大都直眼了："怎么回事，我不把你杀了吗？你怎么在这儿待着呢？"

媳妇说："你喝醉酒了，你疯了。"

老大说："得了，看看吧，我到底杀的谁吧。"就把麻袋拽过来，一倒，血淋淋的

---

[1] 口袋房子：外表看起来像口袋一样的房屋建筑，多以3间房在东面第一间南侧开门或者5间房在东面第二间的南侧开门为主。口袋房起源于两三百年前，主要是满族人在东北生活时期为了抵御严寒而建造的。

两颗人头滚了出来,洒了一地的血。

老丈人说:"你把谁杀了?"

大伙说看看吧,用灯一照,虽然都血糊了,媳妇还是瞅出来了,说:"哎呀,这个不是西院婶娘吗?那个不是前院杀猪的屠夫吗?你怎么把这俩人给杀了?"

"妈呀,杀错了!我杀的是老二和你呀,你们两人通奸,把我气的,咋变成他俩了?再说这事儿出奇呀,他俩咋跑到咱家北炕上滚去了?"

一屋子人都造[1]蒙了。

老丈人和他媳妇也顾不得生气了,说:"这事可不得了,你赶紧投案去吧!"

老大这时候也害怕了,说:"那我就投案去吧!"话说回来,这是两条人命啊,不投案也不行啊,这事儿早晚得露。

老大就连夜跑到县衙,击鼓找县太爷,说自己身有命案,来投案了。县太爷一听,人命关天哪,马上升堂。老大把经过一说,县太爷听完也糊涂了,没法断啊,就说:"这么的吧,先验尸去。"

等到天亮,县太爷坐着轿子,带着一班衙役就来了。到耿老大家一看,呀,南炕上还趴一个呢,吓得都快没气了,叫了半天才明白过来。

你道谁啊,老大媳妇的亲姑舅妹妹啊,她这一宿还不知道怎么熬的呢。

等这姑娘明白过来以后,就问她是怎么回事,她就说起来,自己怎么串门来了,西院婶娘怎么过来搭的话,晚上睡觉之后怎么进来个人,这个人怎么偷东西;后来又怎么进来个人,这个人怎么抱住先前那个人,他俩怎么在炕上滚;再后来又怎么进来个人,怎么把先前那两个人的脑袋都砍下来了,然后就用麻袋把那两个脑袋都背走了……看到这儿自己就吓糊涂了,后面的事儿就啥也不知道了。

这伙人越听越糊涂,就县太爷还算清醒,问她:"那你二哥呢?"

"我二哥找宿去了,上前院还没回来呢。"

这工夫,老二碰巧回来了,到家一看,欻?这咋满院子的人哪?到屋一看,更直眼[2]了。

他哥哥说:"你上哪去了?"

---

1 造:使得,做,弄。
2 直眼:只能眼看着而无计可施。

伍 生活故事

老二说:"我上前边肉铺子找宿去了。"

"哎呀"一声,老大就跪下了,"请大老爷好好查查吧,这到底是怎么回事呀?"

县太爷说:"我先问问你,你不是到木匠铺上工去了吗?怎么又连夜跑回家了呢?"

老大说:"我二叔跟我说,说我媳妇和我兄弟不清楚。我连夜回来就是想看看他俩是不是真有事,哪承想回来一看,一男一女正抱在一起在炕上滚呢,这把我给气的,就把这俩人的脑袋砍下来了,哪承想砍的是屠夫和西院的婶娘啊?"

县太爷又问老二:"你到肉铺子找宿时,怎么和屠夫说的?"

老二就把他和屠夫说的话原原本本学说了一遍。

县太爷又叫人把耿老大的那个本家二叔叫来,说:"你说人家耿老大的媳妇和小叔子之间有事,是怎么回事?"

"我那是和他闹笑话呢,谁想他这么不识逗!"

县太爷说:"这件事现在已经清楚了,可以结案了,众人听判,屠夫强奸人家姑娘,该杀;西院婶娘偷人家的东西,也该杀;耿老大杀了这俩人,虽是误杀,也是犯法,念他事出有因,又主动投案,判六个月刑,再罚两口白茬[1]棺材,给这俩人下葬。这件事呢,闹了归齐,都是一句笑话引起的。耿老大的二叔,你闹什么笑话不好?扯这事,就为这句笑话,本县要押你三年,看谁以后还敢再闹这种笑话!"

附记:

找宿,即借宿,在20世纪六七十年代的北方农村地区十分常见。这主要是因为家中火炕的铺位不足(那时北方农村普遍没有使用床铺),人们往往需要临时到邻居家借住。导致铺位紧张的情况通常有两种:一是火炕正在维修,无法使用;二是家中来了访客,原有的铺位无法满足所有人的住宿需求。

---

1 白茬:未经油漆的(木制器具)。

一块假银圆

这是中华民国时候的一件真事。

那时候都使用大洋买东西。大洋是什么呢？就是银圆，不是纸币。袁世凯当政的时候使用大洋，民国孙中山当政的时候也花大洋。那时候大洋特别值钱，要是挣大洋的话，干一年到头，也挣不了几块，多的能挣二三十块大洋到头了。

有一个老太太，在沈阳的北市场做点小买卖，卖点儿吃喝、卖点儿烟卷，靠这点小买卖挣点钱，维持生活。

这一天，老太太的生意挺好，卖了不少烟叶，挣了能有三两块钱毛票[1]。这时候就来个当兵的，穿着制服，扛着个大杆枪，晃晃荡荡就朝老太太的烟摊来了。

他来到烟摊跟前，看了看，说："老太太，你做这买卖也不容易，成天风吹日晒的，我买你两盒烟吧。"一边说着，一边递给老太太一块大洋。

老太太接过来大洋，看了看，说："早听说大洋这玩意儿是好东西，可是我还真没见过这钱。哎呀，你就买两盒烟，这钱也太大了，我怕找不开呀。"

老太太一边说着，一边就把口袋里的毛票全都划拉划拉，捧了一捧，就都找给这个当兵的了。这些钱是老太太卖了一个月的烟卷挣来的，这回一股脑儿就让一块大洋全给换了去了。找完人家钱之后，老太太兜里就剩下这一块大洋了，老太太还挺高兴，心想这下可挣着钱了，还挺乐。

这当兵的刚走，旁边做买卖的就过来了，说要看看老太太的大洋。老太太小心翼翼地把大洋拿了出来，生怕掉地下。这伙人里有懂行的，一看，说："哎呀，老太太，你上当了，这大洋是假的啊，不是真的，是钢镚。真的大洋是银子的，这是白钢的。这不是钱呀，不能花，你这个月算是白干了。"

老太太一听这大洋是假的，当时就背过气了。大伙儿一看老太太昏过去了，又是扇风，又是掐人中，好歹把老太太弄醒了。

老太太醒了之后就哭了，说："我做了一个月买卖，挣块大洋是假的，我可怎么活啊。这钱还得给老头买药呢，没钱买药，老头就得死了。"

1　毛票：对面值一元钱以下的纸币的俗称。

老太太正哭呢，这工夫，又过来一个当兵的。他到这一看，怎么围了这么多人啊？他就挤到人群里，一打听是这么回事，这个当兵的就笑了，说："大妈，你不认得我了，我就是刚才给你这个假大洋的人，这大洋是我留着玩的，刚才我拿错了，你把这个假大洋给我吧，我给你换个真的。"

说着，这个当兵的就从兜里拿出一块真的大洋给了老太太。周围看热闹的人一看，这块大洋可是真的，就劝老太太别哭了，说："你赶快起来去给老伴买药去吧。"

老太太把眼泪擦干了，站起来一看当兵的，说："不对啊，刚才给我假大洋的那个人比你个儿矮啊，你比他个儿高啊。不对，你弄错了吧？"

还没等老太太回过神来，这个当兵的已经把那块假的大洋揣兜里走了。

这工夫，老太太也顾不上合计那么多了，心里寻思自己没吃亏就得了。她赶忙收拾了东西给老伴买药去了。

单表这个给老太太真大洋的小伙儿，也就是这个当兵的，其实那块假大洋真就不是他的。这个当兵的小伙儿刚开了军饷，合计到市场买点东西回家看看爹娘。正巧碰到卖烟的老太太被骗，他一合计，自己的老娘和卖烟的老太太年纪仿佛，真是不容易呀，看得他心里挺难受的，他就故意说自己拿错了大洋，用自己一个月的军饷把老太太的假大洋换下来了。因为知道是假的，小伙子也没放腰包里，就随便装在上衣口袋里了。

小伙儿一看自己没钱了，也不能回家看爹娘了，就回部队了。

回到军营没过几天就打仗了，这场战斗才激烈呢。小伙子发起冲锋时，没留神，就被敌人一枪打倒了，这一枪打得真准，正打在他的左前胸，也就是心脏的位置。看小伙子中弹了，他的战友赶紧把他架到一边，一看，就见衣服上有个窟窿，可是怎么没出血呢？

大伙儿正纳闷呢，就看见小伙子醒过来了。小伙子一摸左胸前的衣兜，从兜里掏出来一块大洋。大伙儿一看，这一枪正好就打在了那块大洋上，上面被打出来一个坑，正是这块假大洋救了小伙子的命。

小伙子的战友都说："哎呀，这事出奇了，多亏了这块大洋，要不是它，你早就死了。"这个小伙子也说，多亏了这块假大洋啊。

战争结束后，回到营地的第二天，小伙子就去北市场找那个卖烟的老太太去了。见到老太太，小伙子"扑通"就给老太太跪下了，说："大娘，我告诉你实话吧，你这块假大洋不是我的,我看你和我娘年纪差不多,觉得你挺可怜的,我就把我刚发的一块真大洋给了你。可是没想到啊,你这块假大洋可真是宝贝啊,多亏它帮我挡了颗子弹,要不然,我现在早就躺在棺材里了。就冲这个假大洋,我认你当干妈,没有这块假大洋,我就没有了,是你把我救了,以后我一定好好孝敬你。"

搁那以后,这个当兵的和卖烟的老太太走得确实不错,逢年过节都大包小裹[1]地去看望老太太。

要不怎么说人还得做好事呢,你看,这一块假大洋救人一命!

一匹布做一个裤衩

这个故事是说啥呢?有的人啊,手不行,嘴还要强,非说自己行。

有这么一个女的,她本来就不行,干啥啥不妥,嘴还要强,还非说自己行。她和这个男的结婚以后还老抢着管事,这男的没办法,订不起媳妇儿呀,只好将就她。男的说:"你啊,真也是,要像人家穿得齐齐整整的,像个样也行。"

她说:"穿啥?我没有穿的,你不给我买布。你要是买布,我不也做件衣裳像个样?"

他说:"好,明儿给你买匹布。"第二天,这男的就买一匹好布拿回来了,他"啪"扔炕上了,说:"你掂对做吧!"

她说:"行,我啥也不用找别人,找别人他就匿下了,我个人做!"

男的说:"好吧!"

她就回来个人做,心里寻思:裁大布衫吧!就开始裁,裁了一个一看,不像样儿,"哪"就扔过去了,不要了。又裁,裁这个又不是样儿。她把这点儿布铰巴铰啊,裁了几个布衫,哪儿个也不行。后尾儿她男的回来了,她说:"你买这布不是样儿,我裁一个,它不像样儿,裁一个不像样儿!"

男的一看,她铰的那些,离拉歪斜,拎起来一块一块的:"哎呀,你可真是,你

---

1 大包小裹:大包小包,行李很多。

这啥玩意儿，怎么这么做呀？这么办吧，你看能做点儿啥就做点儿啥吧！"

她一考虑说："那行！我不能白整，这么办吧，做大布衫不行，做裤子吧！"她就"噼里啪啦"地裁裤子，裁完以后一看，还不像样！最后把这布全都铰那旮旯儿了，没办法！最后怎么办呢？她一看，又说："这么办吧，做个裤衩儿还差不多！"她就裁个大裤衩，心里寻思：欸，这个瞅着挺好啊！其他的那都铰得不像样，就剩一个大裤衩。男的回来了，她就告诉他说："这回成功了，不管怎么的，大裤衩叫我给做出来了！"

男的说："你穿上吧！"她穿上后，男的一看，笑了，说："你做得不错啊，一匹布做个裤衩，你还自己表扬自己做得不错呢！要照这么的，咱家不就穷完了吗？"

她说："不管怎么的，我成品做上来了，你嘴还叨咕啥，你还不知足？"

你看，一匹布就做个裤衩，这真是笨媳妇儿！

一条绝妙的批语

有这么一个学生，自认是个才子。你说是秀才吧，还没考上！但文采还不错，自认为文采挺高。在一起念书的几个同学，知道他是挺轻狂的，但没两下子。

这天，这个人不服劲，说："我写两篇文章、几个诗句给老翰林看。"那翰林过去在朝廷当官，很有名，都七十多岁，告老还乡了。他拿着礼物到那儿，先去瞧瞧人家，完了说："翰林老先生，你看看我写的文章怎么样？"

翰林看完就笑了，后面批两句话："高山打鼓，闻声百里。"

批完他一看，寻思：好啊，"高山打鼓，闻声百里"，一百里都知道我文章好啊，这批得好啊。他就拿回去了。同学们拿着一看，说："瞧啊，看这文章写得不怎么样，老翰林怎么批的这么一句话，批得这么好呢。"

就有那好事儿的说："这么办，找翰林问问去。"

这天正好，老翰林正在饭店吃饭呢，他们就都去了，说："老翰林，你一辈子在朝中当翰林，文采最高，是咱们这旮旯的文圣人，你批这句，俺们不太明白呢！他的文章，俺们看写得不咋样啊！你批语批得这么好呢？还'高山打鼓，闻声百里'呢!"

老翰林就笑了:"你细琢磨琢磨,'高山打鼓,闻声百里',打鼓什么声?是不是'扑通、扑通'声?'扑通扑通'就是'普通普通',这个文章作得太普通了,我没好明批。"

大伙哈哈一笑,笑他文章普通得啥也不是。

一物降一物

有个财主啊,他姓窦名甫,叫窦甫。他年年雇人不好雇,做完活之后啊,他不是嫌人活儿没干好,就是嫌人有的活儿干不了,他就和人家打赖。钱连一半也给不上,所以干活儿的都伤心,不愿上他那儿去。

这天来了个讲活儿的,问他说:"我想在你这儿讲活。"

他说:"哎!好啊!"一讲价钱讲得不低,因为什么呢?他多给钱啊!比方说人家八百块钱吧,他也八百块钱,甚至八百五,他还多一点儿,但他喜欢扣钱。他说:"讲活儿都好说。但是说实在话,我的活儿反正挑剔。我的活儿杂,什么活儿都有。反正价钱问题不大,讲好就行。"

做活的问:"多少钱?"

"这么的吧,五百块钱。"

"五百块钱行!这么的,讲好了。"

"但有一件啊,你要不会做的活儿可要扣钱哪。这活儿今儿不会做,我今儿扣一百;明儿那活儿没做好我扣五十,完了剩多少是多少。如果最后真要扣没都不一定,就看你会做不会做。"

"行!那你说得合理,你随便扣,看我都能不能做?你有这东西就能做,帮个忙也能做。"

"那行,好。你姓什么?"

"我姓卢名水呀。"

"好。老卢家小伙子,你就干吧!"

就这样小伙子就上工了。头一天上工干得挺好,一干从春天干到五月节了,这下得使唤钱了,因为半年一使唤钱嘛!财主一看,这下得想办法了。

有一天,他看见做活的正一早上起来挑水,走得还挺稳当。他就说:"你看你这水不挑满,多跑一回,多冤得慌!那水要挑满,不得洒得两边都是?"

做活的说:"哪能不满呢,满呢!你看满不满?"说完他就自个儿一栽,满地的水呀,就哗哗地整个屋地洒了。

"得,得,别颠跶了你,你都颠跶洒了。"

"你看你不是说不满吗?"

财主一听,心里合计:这小子难谈,看起来做事儿挺有眼神啊!他颠起来了。

第二天财主一合计,说:"你就合计合计吧,你把那井搬回家来算了,别在那儿挑了,在那儿挑得多费事呢!你要把那活儿做了之后,不是省老事了吗?"

伙计说:"那行!走吧!"说完就去了。到那儿一看,把东家也喊来,说:"我搬的时候,你得瞅着去啊!"

"行,走吧!"东家也去了。

去了之后,伙计和财主说:"来,老东家,你掴啊!"

"那能掴得了井吗,那还能掴?"

"你掴不了我怎么能搬呢?那你不难为我吗?"

财主一听,心里合计:得!话说漏嘴了。他说:"那行!不搬就不搬吧。"他这也没罚人家,罚不了款哪,就回家了。

回家后又干了一段时间,到秋天打场[1]的时候了,财主就告诉这个做活的说:"伙计呀,你把那骡子好好遛遛它。"

做活儿的问:"上哪儿遛去?"

"上树干儿上遛去。大树上遛还招风,还宽敞,还挺好,不要在平地遛。"

"那行啊!"

"能成?"

"能遛。"

"能遛就行,好。"

---

[1] 打场:在禾场上将收割的麦子、稻子、高粱等脱粒。

这天一早上起来,小伙子就上树去了,到了树上就喊:"东家,你来呀,把牲口赶上来呀!"

财主说:"那我能赶吗?你个人赶一下子吧!"

"那好,我个人赶!"说完小伙儿就从树上下来了。他下来就把滚套套在俩骡子上,拽着整个绳子,用鞭子一伙子"噼里啪啦"地把牲口打得暴跳。那往树上拽,能拽上去吗?他转着树不停地打骡子。他这么打,把东家都打得心疼了,东家赶紧说:"得了,别打了!把牲口打死怎么办?"

"那你说不打能上去嘛!"

"得了,得了,拉倒吧!这个活儿你做不了,不用你做了。"

"可不是我不做啊,这活儿是你不让我干的。"

"行!算你赢。"这下财主也没办法。

结果第二天财主就想:这可怎么办呢,遛不了了?他一合计,说:"这么办吧,你就在墙头房檐上遛算了!"

伙计说:"那也行!"说完,他还那样,把牲口往墙头上赶,财主还是不让赶。最后强晃晃到冬季了,也没有什么愁人的活儿,他就问东家:"东家,还有什么特殊活儿没啊?"

正好堡子里有不少人在那儿坐着呢,大伙儿都瞅着就说:"这个财主啊,每年算账都不能全给人家,每年都给得少,今年看怎么算?"

卖呆儿的人多啊!东家一听,说:"咳!今年你这活儿可有好几样没做好啊,我得扣你一部分钱哪!"

"哪儿个没做好?树上遛牲口,那是你怕我打坏牲口不让我赶哪,那我不也赶上去了嘛,不是也遛了嘛!墙头也能遛,不是遛不了,哪不行?要不这么办,我上你房顶上遛去,我把牲口赶上去。"

"得了,你也别赶了,活儿也就这样拉倒吧!"

"那钱呢?"小伙儿寻思半天,"你得照数给我,差一点儿也不行。"

"唉!今天我算遇到茬头[1]了,给你吧!"财主说完就照数给了。

旁边儿大伙儿就有不少人笑着对财主说:"看起来你这个豆腐财东啊,真遇到卤

---

[1] 茬头:吹毛求疵地进行挑剔、批评的人。

伍 生活故事

水了,'卤水点豆腐,一物降一物'啊!"

财主一听,心想:哎呀!真的是啊!这小伙子来了就给我下夹子[1]啊!我姓窦名甫叫窦甫,他姓卢名水叫卢水,这不就是碰我来的吗?看来我是惹不起他啊!

有话别和外人讲

有这么一家,这个老头,有三个儿子,这老头姓于,老于头。西边有一家,姓李。这两家在一个院里住。

说这个界壁儿,就是邻居家墙倒了。那过去都是啥规矩呢?界壁儿之间就是东院儿垛西边墙。这一看,西边墙倒了,东院儿得垛。俺们现在也这样,都管西边,不管东边,就是都管一面墙。要是房子仅住一头儿就不行了,两面都得垛。

这个老头带三个儿子,爷儿四个垛墙。那西院得给整饭哪。

剁墙不说吧,夏天剁墙,小孩跑去玩。正赶上西院儿有个孩子,就三四岁吧。他二小子垛墙,这个孩子不懂事,一下子跑到墙堆那儿了,"啪"一下子,墙就干倒了。这孩子当时就完了,就没气了。

他这一看,没办法了,就说:"快,这么办,赶快垛里头!"这么宽的墙根子,就把这个三四岁的小孩给垛里面了,两下子就垛满了。

垛上不说。那院儿孩子没有了,能不找吗?东找也没有,西找也没有,哪也没有啊。说这孩子也不能跑远啊,怎么能没呢?他们也没寻思垛墙里头,最后没办法,就这么的吧。这老头心里也硌硬,心里忐忑不安的,寻思说缺良心、缺德啊!

这一晃能有二十年了,老头也到八十来岁了,那些儿子都有了媳妇,孩子也都不小了。这天他就有病了,要死了,就告诉这三个儿子,说:"儿子啊,我要死了。最后一句话啊,你们要记住。"别的媳妇没在屋,就三媳妇在屋呢。他没注意,就说:"有话别和外人讲啊!记住没,别和外人讲啊!"

大儿子就问:"什么事儿,你就说吧,别又这那的!"

---

[1] 下夹子:俗语,比喻设下埋伏抓人。

"咳！就是垛墙那个事啊，有事别和外人讲啊！"说完就拉倒了。可这个老媳妇听着了，她误解了，就寻思是金银财宝呢，怕别人知道。

到晚上睡觉的时候就问她男的，说："老太爷临死的时候一直嘱咐你们说'别和外人讲'，到底什么意思？在哪搁着呢啊？什么墙墙的，是不是埋黄金、埋银子了？"

男的说："哪有啊，净瞎扯！"但男女的事啊，架不住女的磨叨，一个劲地央求他。他就说："哎呀，我就告诉你，你不能出去说这事啊！那不是垛墙时，我二哥一时失手，把人家孩子给碰死了嘛，要不那院儿怎么丢个孩子呢？没找着不是嘛！就在墙底那旮旯垛着呢，所以不能说啊！怕说完之后，多咱也是人命啊！"

媳妇说："那能说吗？别说了，拉倒算了，我能说吗？"就拉倒了。

正好没有一年，这两口子干架生气了。因为什么呢？这男的在外边胡扯，走邪道，这女的就和男的干架。

男的就说："我就不要你了！我有钱，宁可再娶一个，非得要你这样的啊！"

这媳妇也挺泼妇的，就干急眼了，就吵吵："你娶！你娶！你娶啥娶？我告诉你，你老于家没好东西，把孩子给垛墙里了！"这一吵吵，这媳妇别说干架了，你说她能不闹嘛。这媳妇就组织几个人扒墙，这扒了墙一看，都是骨头渣子，人没有了。她就给告了，之后老二偿命了，这人家的几个人都给判徒刑了。

有缘千里来相会

男婚女嫁那是大事，过去一般都靠媒人保媒，也有个别的是当事人自己选，那都不是一般人家。自己选也得靠缘分，说不上谁和谁就能瞅对眼儿了。

单说有个员外家的闺女，特别精明。到谈婚论嫁的时候，她就寻思："我得自个选个有能耐的女婿，文化高低不说，得有一技之长。"

这天，她就和他爹说要自己选女婿，要符合她说的三个条件的。她爹就这一个闺女，娇惯得不行，啥都信他闺女的，就在他们家大门上贴了个告示，说谁要是符合小姐提出的三个条件，就可以招为女婿。哪三个条件呢？第一，年龄得相当；第二，小伙儿品行得好，长相也不能差；第三条最重要，小伙儿得有一技之长。

这告示一贴出去，没过几天，就来了四个小伙儿。

头一个说："我是个打猎的，专能打老虎，山狍野鹿更不用说。我弹弓打得也准，百发百中。就靠这，我将来也能当个武官。"小姐一看，确实不错，就说："好吧，你先等一等。"

第二个小伙儿是个剃头的，刀法快呀，眨眼工夫就能剃个头。小姐一看，也挺好，说："你也等一会儿吧。"

第三个小伙儿是专门给人家跑腿送信的，说："我是飞毛腿，送信的地方不管多远，我到天黑都能跑回来。"

第四个小伙儿是个远道来的书生，说自己能识字，会写文章。其实这哪算什么一技之长啊，哪个书生不会啊。

要么怎么说"有缘千里来相会"呢，这小姐偏就瞅这个书生对心思了，可她也不能直说啊，还有前面那三个人拉着架式要比试比试，等着回话呢。

小姐合计一会儿，心里有了谱，就和这四个小伙儿说："这么办吧，你们四个人，每人给我办一样事，谁先办妥我就嫁给谁。"

她就对第一个小伙儿说："你不是弹弓打得好吗？俺们家院里有棵梧桐树，你用弹弓把树叶全打净。"

对第二个小伙儿说："你不是剃头刀使得好吗？俺们家院里有个老牛，你把牛毛全剃净。"

对第三个小伙儿说："你不是腿快吗？给我千里以外的舅舅送封家书，再把我舅舅的回信拿回来。"

又对第四个小伙儿也就是那个书生说："公子，你哪也不用去，就在这屋里，能作出一篇好文章就行。"

你看看，这小姐对书生是不是偏心。

这四个人就各干各的事儿去了。

书生就在这屋里写文章，小姐也在这屋里啊，俩人就唠上嗑了。这书生就写两句唠两句，小姐也寻思，就这一篇文章，不着急。俩人光顾着唠嗑了，越唠心越近乎，结果到天黑了，文章还没作出来。

这时候，送信的小伙儿回来了，来回两千里地呀，愣是把小姐她舅舅的回信拿回来了。小姐一看，直眼了，说："哎呀！这也太快了！"她再出门口一看，这边打弹弓的小伙儿"啪啪"还打呢，树叶打得可地飞。那边剃牛毛的小伙儿剃得牛"哞哞"直叫，这俩人紧忙活，还没弄完呢。

小姐打个咳声，就说："行了，公子，你就算写一个字，我也觉得是好文章。"

送信的小伙儿一听傻眼了。

小姐的爹看明白是怎么回事了，在旁边就说了几句话。人家员外有文化呀，说出的话都是有含义的，咋说的呢："弹打梧桐白费功，刀剃牛毛也不中。有缘千里来相会，无缘对面不相逢。"

小姐到底跟了那个书生。

于阁老难堪

过去有位阁老大人，他是一个清官，是一个不错的人，办事儿挺公正，但到老了就退休了。

这一天，正好赶上老和尚请客，就把他请去了，当时有几个当官的都请去了。当时为什么请呢？这个老和尚的朋友里面，有一个摊到官司的，这个案子不好完。

这个当知县的挺认真，老和尚的意思就想让于阁老给说情儿，老和尚就说："你帮个忙儿，不管怎么的，多少轻判一点儿。这是我一个邻居托我的，你看看怎么办。"

所以到庙上去那天，老和尚就对于阁老说："这么办吧，我不好说，我是住在庙上的，你帮着说一说。"

被摊着事儿的这家，就买不少菜，预备了不少饭菜，请了老和尚、一位当官的，还有于阁老。

大伙儿都去了，坐下来在吃饭，于阁老就说话了，意思就是说：不管怎么的啊，你帮个忙，给我个面子，不管怎么的看我这个老人的面子。

县太爷的师爷也去了，师爷也在场。阁老说完之后，县太爷一看就笑了，说："哎呀，大人啊，这么的吧，我们对首诗吧。"

这时候大伙儿就都明白了，因为一看庙上有"湘溪淇清"四个字儿。这时候这个县太爷说："这么办吧，我先说头一个字儿。"

伍　生活故事　　　　　　　　　　·1149·

大家说:"好。"

县太爷就说:"有水也湘,无水也念相,去了'湘'边水,添雨便念'霜'。"

接下来,要接一句诗文,县太爷就说:"管好自家门前雪,休管他人瓦上霜。"意思是说:阁老你不应该管这事儿啊!

阁老一看:"哎呀,你没瞧得起我啊!看来这是不行啊!"心里一寻思:这真是没办法!就不太高兴了,但是一看说别的也没法说啊,他一合计寻思半天,就打个"唉"声。

后来,阁老打个"唉"声说:"有水也念溪,无水也念奚,去了'溪'边水,添鸟念个'鸡'。得势狸猫欢如虎,落飞凤凰不如鸡。"意思是说:这真是没办法啊,我这这落魄了,不行了。

后来,老和尚哈哈大笑就说:"这么办吧,我说后边这个吧!有水也念清,无水也念青,去掉'清'边水,添心念个'情'。鱼情水情全不看,看看老头我的情吧!"意思是说,看在我的面子上就给办了吧。

这个县太爷一看,打了个"唉"声就说:"行,那就办了吧,就这么办了吧!"这里面有阁老的人情了,阁老从那以后,就不敢管事儿了。难堪了,今天这事儿没给面子难堪了,再也不敢管事儿了。

现在也那样,古代也那样。为官的有权的能管事,你要是没权你让人家办事,就没人听了。

御史夫人施妙计

这个故事就说:做官不容易,你做个清官不容易,打算终身做清官更不容易。

这个李御史做官都不错,但得罪奸臣了,把皇宫这些太监得罪了。太监到哪儿?他就搁哪屋管着,太监们就恨他。

有个最贴皇上身边的太监说了算,皇上也是昏君,大太监说:"现在李御史太不像样儿了,他干的坏事儿老鼻子了!现在他早就应该够死罪了,皇上都没处理这事儿啊。"

皇帝一听，说："好！这样的奸臣能留吗？"

皇帝信了这个太监的话，就把李御史抓来了。抓来了不由分说，就是判死刑。

那皇帝还有个迷信令儿，判完死刑之后，凡是他杀人的时候都得抽签儿，写一个"活"，一个"死"。抽到"活"字儿就不杀，"死"就杀。写俩签儿，让你抓，你要抓着"活"的，那行了，就说你命大，不管怎么的，虽然犯死刑不杀啦，就罢黜人名，让你当百姓。你如果真要是抓着"死"字儿，那就是死。

皇帝就把李御史抓去了。皇上说："这么办吧，你先回家，明天早上抽签儿，来看你命大命小吧。你和夫人再团圆一宿，你和她说吧，你要命大，就拉倒！"

李御史回去和老婆子说："抓阄，那没个抓好，太监写的阄儿，还有好的？把太监得罪了有好吗？"

御史夫人尖，就说："我有个办法，你就把它吃了。他抓阄儿本不能写两个'死'字儿，望着好良心。他要写俩'死'字儿的话，你把抓到的吃了，他那儿剩个'死'字儿，你这就好说话儿了！"

御史说："好！"

到第二天早上，他到那儿跪着。皇上说："这么办吧，李御史，李爱卿，你做这些年的官儿，虽说没功劳，也有苦劳，朕不能当时就杀你，看你这抽签吧，你要抽着'活'的呢，你个人就罢免了，带老婆回家种地去；要是抽着'死'签儿，那就该死了，你已经够死罪了，这就明说了。好吧，你们太监把签儿写了。"

这个太监正好就写俩签儿，都是"死"。写完就扔那儿，说："你抓一个吧。"

抓了一个，御史拿起来没看，就说："天哪，天哪！我现在呀，做这些年官就没满足皇上的需要，没给群众做过好事儿啊！现在应该死啊，没别的，我就把你吃了吧！"

御史"噗儿"就把签儿吃了，就搁嘴里咽下去了。

太监说："你咋咽下去了呢？"

御史说："咽下去不怕，还有一个，看看那个吧，看那个是什么字儿，反正就一个'活'，一个'死'呗！"

皇帝一看，说："打开。"

太监打开，一看是个'死'字儿，皇帝就说："那你吃的是'活'字儿，你不应该死，那你就可以罢官为民了。"

所以李御史被罢官为民，带老婆孩子回去了。要不是他媳妇，他不死了？那他不就完了，上当了？

宰相肚子能行船

有这么一个老宰相，岁数大了。他老伴儿也老了，身体也不行了，他就办了个小老婆子。小老婆子岁数小，宰相能有五六十岁，小老婆子只有二十几岁。要不说过去有钱的，专娶小老婆子。

过了几年，小老婆子对老宰相不满，他岁数大了，身体根本就不行了。这小老婆子和谁扯上了？就和她院儿里那个教书先生扯上了，那个老师，教小孩子的。

老宰相天天上朝，那时候天天去得早。什么时候去？五更天就去。他到五更天就得走，要不上朝的时候不赶趟儿，那皇帝都临朝了，他不到还行了？那晚了不行，过去说得好嘛，说这个当大臣的，"朝臣待漏五更寒"[1]，五更就得到。所以老宰相四更就得搁家走，提前一更走。

一更就两点儿，他那是天天走！靠什么把握时间？那时候没有钟，啥也没有，门口有一个老鸹窝。有几个大老鸹，到了四更天就叫唤，"嘎儿嘎儿"叫唤。这老鸹一叫唤，宰相就得走，听好时间出发，一点儿不差，到了之后，皇上就临朝。

再单说小老婆子和教书先生挺好的。这小老婆子就说这个老师："咱俩都没时间欢乐！每次都得等他临朝走了，天要亮了，你才能到这儿，欢乐一会儿就得躲起来，怕让别人看着。你说他要早走两步儿，咱俩不就能多乐一会儿了吗？这么办，明天早上我把老鸹轰一轰，让它们早点儿叫唤。早点儿叫唤，咱俩不就能在一块儿多趴一会儿吗？"

教书先生说："好！"

这天半夜才一更多天，小老婆子就起来了，整个大棍子一捅树，这树一"哗啦"，

---

1 朝臣待漏五更寒：戏文常见唱词，明清较为流行。漏指的是漏刻，是古代的一种计时工具。整句话意思是，上朝的臣子们在严寒的五更天起早赶朝会。

老鸹就"嘎儿嘎儿"都叫唤起来了。

"欸?"老宰相说,"今儿咋这么快,天亮了吗?老鸹都叫唤了!"

小老婆子说:"走吧,到五更天,再不走就不赶趟儿啦!"

老宰相就走了。他到朝上一看,谁也没去,他左等人不来,右等人也不到,等了一两更,别人才来。

老宰相就寻思说:"怎么回事儿,老鸹出奇,今儿咋叫唤差了呢,每天都准时啊?"

结果到第二天,老鸹还在那时候叫唤,宰相到那儿还早。老宰相就说:"不对,我得看看这里怎么回事!"

老宰相挺尖,第三天怎么样了?听老鸹叫唤之后,这个宰相就走了。轿子到堡子外边儿,他就说:"站下轿子!我落了点东西,回去拿点儿东西。"

他就回来了。宰相回来以后,这个奸夫淫妇正在炕上趴着呢,他们正是年轻,身体正好的时候。那时候都是窗户纸儿,没有玻璃啊,一眼看不见里面。老宰相就点着灯,贴着窗户根儿底下一看,屋里有俩影儿晃荡,他合计这有事儿!

于是他就贴窗户根儿听,俩人正在唠嗑。小老婆子说:"这好,我把老鸹一轰,他就得走。搁这以后,我天天儿轰,让他早点儿走。咱俩趴着,多好,多近便,和那个老头子有啥意思?"

教书先生说:"咱俩多好啊,在这儿趴着!你身上多细粉儿[1],像绒团儿似的。"

小老婆子说:"你身上像粉团儿[2]似的。你说我那老头子像啥玩意儿?就像个老干柴桦子[3],半夜搂身上梆硬啊!"

老宰相一听就伤心了,说:"可惜啊!人家是绒团儿、粉团儿,搂着细细粉粉的,我像干柴桦子似的!"

老宰相一个人也没吱声,到外边儿之后,就对轿夫说:"走!"又临朝去了。他也没说啥,要不说"宰相肚里能撑船",真是度量大,也没吱声!

一晃儿过去有半年多了,这天到八月了,正赶有点儿饭菜,老宰相就跟小老婆子说:"整点儿饭菜,把教书先生请来喝点儿酒。他在这儿教书,教咱们的孩子们也挺

---

1 细粉儿:细嫩。
2 粉团儿:比喻身体又嫩又白的样子。
3 老干柴桦子:桦子,指大块劈柴。老干柴桦子形容身体干硬,摸起来粗糙。

辛苦。"

这小老婆挺乐,说:"那好吧!"就把菜全整好了,把东西都预备好了,把教书先生也请来了。

先生很年轻,二十多岁。坐上之后,老宰相说:"咱们喝酒得说酒令儿,我先说两句,'月儿弯弯照正中,乌鸦不叫有人轰。绒团儿搂着粉团儿睡,干柴梆子外边儿听!'"

这个教书先生一听就明白了。"哎呀!这事儿不是说我们嘛,我们睡觉唠这事儿他咋知道了?"

老宰相对教书先生说:"先生该你说了!"

先生就说了,说啥?说:"月儿弯弯照正南,提起此话有半年。大人不见小人怪,宰相肚子能行船!"

说这宰相宽宏大量!说到这儿之后,宰相瞅瞅他,也没往下吱声,就瞅这个小老婆子。

小老婆子说:"我也说?'月儿弯弯照正西,老人跟前儿女稀。情夫留下儿和女,谁敢嘲笑谁马屁!'"

宰相一听,对呀,我正好儿女少,就一个孩子,说:"好,喝酒,这没说道儿了!"

小老婆子对老宰相说:"俺俩人搁一块感情好,留个儿女,谁敢说是野孩子,不都得管你叫爹嘛!"

老宰相说:"对,对,那对!这说得一点儿错没有!"

从那以后,老宰相、小老婆子和教书先生还过团圆日子。

炸活人脑袋

这个故事的中心目的,第一个,就是告诉大家人多的时候咱说话别过火喽;第二,多咱吧,别把事儿说得太瞧不起人。

有这么个饭店,饭店里一共有两三个跑堂的,其中有个跑堂的小伙儿,十六七岁儿,长挺帅,老是晕得乎的,掌柜的对他也挺好,买卖做得也不错,吃一顿饭能招待二三十个人,卖饺子什么的,眼目前儿[1]的都有,货是挺全,要什么菜都有!这人在哪儿?这人在沈阳,这故事说的就是过去中国沈阳的事儿。

有这么一天,他正卖菜当中[2],就看见有三个老头儿背着匣子进来了。什么匣子?板匣子,就是钱褡子[3],那玩意儿后边是木头匣子。这都是跑山东[4]的,都是到东北来的关里人[5],有挖棒棰[6]的、有跑山货[7]的,干这行当的挺多。他们打工回家路过这儿,穿得都不怎么的,造得不咋着的。

仨人进屋之后就饿了,心想:正好!就说:"跑堂的过来,咱们买点儿啥吃!"

"好,来吧!"小伙儿问,"你们仨吃点儿啥?"

"净有啥[8]?"

"什么都有!"

"俺们这也明说,都这么大岁儿了,都是四五十岁的老头子了,俺们就看哪儿个适当,能吃点儿,只要吃得好,不多花钱就行!"

"想吃啥就说话吧,还非得给你报菜名咋的!"

"那倒不用。"

"告诉你,什么都有,你要吃活人脑袋,给你现炸去!"

"啊!你们这儿挺全,什么都有,还有活人脑袋,能现炸去?"这时就有一个人笑了,说:"那活人脑袋多钱一个呀?"

"两块银子一个!"

过去那一块银子是四十二两,搁现在合二万块钱一个,就那么大数。两块银子一个那是相当贵的,得挣十年八年才能挣来,这就像说笑话似的。

老头儿说:"那能有现炸的吗?"

"有,现给你炸!炸活人脑袋嘛,死人的不算!"

---

1 眼目前儿:用于描述非常近的距离或时间,这里指饭店里的菜品很全,平常能见到的菜都有。
2 当中:……的时候。
3 钱褡子:存钱的长方形布袋。
4 跑山东:即闯关东,是清末至民国时期,大批中原百姓被迫或主动跨过山海关、渡过渤海到东北地区闯荡的事件。因为需要跨过山海关,又称跑山东。
5 关里人:关指的是山海关。
6 挖棒棰:这里的棒棰并不是平常的木棍工具,而是对人参的"俗称"。清朝时关东长白山人参为皇家贡品,不许挖采。挖人参的人为了躲避灾祸,用棒棰作代称。"挖棒棰"即是闯关东发财致富的一个手段。
7 跑山货:上山采摘山中出产的野菜、蘑菇、中药等食物。
8 净有啥:都有啥。

"那你是不是炸'活人'脑袋呀,搁哪儿整去?"

"我现给你割嘛,割脑袋嘛!"

"那好,好,行!"

说完之后,人家就把这钱褡子拽出来了,从里边掏出来了四块银子,说:"这么吧,不多,来俩就行,这就够俺们吃了。"

这家伙!吃饭的人也多,一看银子,都直眼了,那老头儿说:"你给我取去吧!"

这跑堂的就没章程了,他就笑,说:"老爷子,你看,我是说笑话呢!"

"说笑话?买卖营生客点头,说笑话行吗?把掌柜找来!"

掌柜到了一看,点头哈腰地说:"这小子说话不知好歹!"

"那不行!俺们今儿非吃活人脑袋不行,要不然咱就到公家说说!你咋卖别人不卖我呢?你一天能卖多少个活人脑袋,怎么到今儿我买,你跟着说完就不卖了呢?这咋回事?"老头儿就嘀咕。

这一嘀咕,吃饭卖呆儿的人多,还有官样儿的,什么样的都有。最后,来个警察,这警察一看,说:"你瞅瞅,你吧,不能怨人家,你们说卖活人脑袋,所以人家才头的,要不能让你们现炸去吗?"

后来,这掌柜一看,没办法,寻思:这可咋整?

正好,这儿有一个明白事儿的人,他就捅那跑堂的,说:"你赶快使软招儿,你不使软招儿不行,这是非让你炸了,说别的都不行了。这是急了。你别嚷嚷,警察也管不了,你是卖这玩意儿的,你不给人家拿能行吗?你能说那么一句话吗?"

这跑堂的没办法,到那儿就跪下了,说:"爷爷在上,我是你孙子!我说完之后,你不管怎么的都行,我是没办法了。"

老头儿说:"咳,今后你说话要注意呀,我要不起你这个孙子!你知道谁没钱,谁有钱吗?那准是他们吃饭的都有钱吗?俺们穿破烂儿衣裳就没钱吗?还说啥'要活人脑袋现炸去',告诉你这话,我买十个也买得起,这都不愁!"

"得,得,得,你别说了,我明白了。"

要不一般下饭店的,都爱拿这个说笑话,说:"吃吧!要活人脑袋现炸去!"

打那以后,这句话就流传下来了,那是个笑话,其实谁吃活人脑袋?上哪儿给炸去!

张大力

　　这个张大力是干什么的？他就是一个赶车的。

　　这天他出车拉点粮食，就准备上集市去卖，正走了几十里地，到了个山坡儿上，就来了七八个贼。这帮贼"咣当"一声挥舞起棒子，告诉他："站下，站下！你把车、牲口撂下，急速走，你不走就打死你！"

　　张大力一看，车上还有一个掌包儿的，就是跟车管事的，他就告诉掌包儿的，说："你往后去，我看看！"

　　那时候是什么车？铁车，不像现在的车，轴和车胎是活的，扣上的，车轱辘转，车轴也跟着转，那么个车，俺们小时候赶上了。那时候有铁车，还有花轱辘车，花轱辘车是光轱辘转，车轴不转，轴挺老粗，都是柞木轴。

　　张大力穿个大布衫，说："你稍微等一等，我把衣裳脱喽！脱完了你们站好，都上，你们几个人我还伺候不过了？"

　　这帮贼一看，这小子牛得哄[1]的，一伸手就把大衫脱下来了。张大力合计把大衫放地下怕埋汰，还怕让贼给拿去，就说："我把它放车底下。"

　　他一伸手就把车"叭"地抬起来了。这车能有好几千斤分量，张大力一胳膊全抬起来了，就把衣裳压底下了。

　　贼一看，说："得了，得了！我的先生啊，行了，你一个手都抬出好几千斤，我们打过你了，就在这告饶得了。你要是不走，俺们这山上胡子头就搁你做头儿了！"

　　张大力说："我能干那玩意儿吗？"

　　贼说："你走吧，完事儿，咱谁也不碰谁！"

　　他一把就把车抬起来了，贼一看，就走了。走了以后，张大力就找旅店住下了。这天粮全卖完了，他就说："我看钱数目对不对，我查查钱。"

　　他就回屋，正要查钱呢，来俩"胡把手"[2]，拿把刀就进来了，就要抢他。他一看俩贼进来了，伸手一看没家伙。那时候是什么炕沿子？是柞木的炕沿子，那柞木硬，

1　牛得哄：东北方言，自高自大，十分了不起的样子。
2　胡把手：土匪。

挺结实。他一伸手就把炕沿掰下来半拉,"咔"一声就给掰成两半儿了!

这俩贼一看:"我的妈,这还了得?这木头不用劈,一个人手一掰就开了,这炕沿子用手一掰就掰下来半拉!"

最后这俩贼就给吓跑了。他从那时候出的名儿,叫张大力。

张生学戏法得妻

有这么个老张家,老头儿、老太太都四五十岁了,他俩就那么一个儿子。这个儿子有多大呢?十六七岁。这小孩儿长得好,在念书呢。

这天,老张家的儿子张生正好搁学校回来,看见一个耍戏法儿的。这个耍戏法儿的耍得好,那耍得精样儿!他就心里寻思:要是把这个学会多好啊!

所以他怎么办呢?耍戏法的搁这个堡子耍,他也看,到那个堡子去,他也看。后来书就不念了,他就天天撵着学戏法儿。

最后他家也没办法了,后来他爹出面和耍戏法儿的说:"这么办吧,如果你能教我儿子的话,就让他跟你去学吧。"

张生就跟着去了。耍戏法儿的住龙潭寺,那是个大地方。人家要回去了,就不耍了,张生跟着到那儿一看,他进不去,大门两边儿都是拿刀拿枪的弥像。

耍戏法儿的说:"你先别进,你进不了。我先进,你瞅瞅。"

张生一看脚底下,那地方像翻板似的。耍戏法儿的一踩,这个弥像拿刀扎一下,那个拿刀砍一下子,"噼里啪啦"的。耍戏法儿的就用刀挡,"喊里咔嚓"地挡,挡完以后就进去了。

张生一看,说:"可了不得!这没有武术进不去啊,要没点儿能耐就被砍死了!"

耍戏法儿的说:"不怕,我带你,我抱着你。"

耍戏法儿的就抱着张生,一闯的工夫,弥像还这么砍,耍戏法儿的把人家的刀、枪、剑全给蹬开了。

张生一看,就伤心了,说:"这耍戏法儿学成可好了,要是学不成,回都回不去啊,这大门都出不去,多难哪?"

耍戏法儿的说:"你就好好学吧!"

一连在这儿待了几个月,净教些不正经的给他,耍戏法儿的没工夫教。张生天天儿只能给人家干点活儿,收拾收拾院子。这时候他想家了,他就哭了。

一天半夜,张生哭得特别邪乎。突然后边儿来了一个姑娘,有十七八岁。姑娘到这儿一看,说:"你这个学生干啥呢,哪的呀,在这儿哭什么呢?"

张生就把怎么怎么学耍戏法儿、他是哪哪地方人、家庭啥啥样儿一说,耍戏法儿的还不教他,他在这啥也没学着啊!

姑娘说:"那怎么办呢,你学着啥了?"

张生说:"也没学着啥,就学点儿眼目前儿的,也不会啥啊。"

姑娘说:"你耍耍,我看看。"

张生练的属于练把式、练武术,也不怎么的。

姑娘看完说:"那哪行,差老远了!来,我教你两手儿!"

这姑娘教了他两手儿,教完之后,这张生也会来事儿了,趴地上就说:"大姐,你教我吧,要不我都回不去家。"

姑娘一看这小孩儿也会来事儿,就说:"好,我就认你个兄弟。从今以后,你就天天来,我教你,当我表弟来。"

从那以后,张生天天到绣楼前边儿。这个姑娘就每天教他武术,抓打擒拿、高来高去,他全学得差不多了。

姑娘一看,说:"你确实学好了。这么办吧,我看你也好,咱俩岁数相当,我就跟你去吧,你能收我不?"

张生说:"那我能不愿意吗?你给我做媳妇,我不乐坏了嘛!"

姑娘说:"好吧!咱俩得这么办,咱俩得走,不走不行啊!因为我们家不能让俺们出去,因为俺们有社规,功夫不让外传。我已经传你,就犯错误了,咱俩就得走。"

张生说:"走吧!"

这俩人根本不用顺门走,会腾云驾雾,高来高去啊,俩人顺房顶就出去了。

出去以后,俩人就奔家走了。走了一天一宿,饿了,姑娘说:"住店吧。"他俩就住旅店了。

这天下晚儿,他们就住在一个店里了,店东问:"你们俩住单间儿屋?"

他俩说:"对,住单间儿屋。"

店东一看他俩身上带的东西挺多，能有钱。在单间儿里吃饭的时候，姑娘觉着桌子底下冒风，就趴在八仙桌底下，说怎么回事儿呢？撩开桌布一看，桌子底下有块板子。姑娘又把这板子揭开一看，有一个大陷堂。姑娘就明白了："啊！这是贼店儿啊！"

　　俩人吃完饭之后，姑娘告诉张生："你得注意，这是个贼店。黑天以后，咱这儿准有事儿。"

　　姑娘和张生把刀全预备好了，睡到半夜，就听板子里边儿说话："先探探，看他们睡着没。"

　　姑娘一翻身，就起来了，说："不许你吱声，你在板子旁边儿站着，我压刀站着，我削人，你拽人！"

　　不一会儿，就看这个盖儿一点儿一点儿就挪到旁边儿去了。一冒蒙儿上来一个人，姑娘"啵儿"一刀就把那人的脑袋削下来了。张生手就拽住他的身子往上一提，就搁旁边儿了。

　　张生一看，姑娘武术真高，确实真行啊！

　　板子里边儿还说："有人没，你吱声啊，上边儿咋没动静呢？"

　　过了一会儿，又上来一个，姑娘"啵儿"又一刀，又削下一个来。

　　后面儿的贼就说："怎么回事儿呢，没动静呢？"

　　这回又上来一个，姑娘一削，张生稍微慢了一点儿，没拽住，身子就掉下去了。下边儿一看，说："了不得了，出事儿了，这人都被杀了！"

　　这一看出事儿了，下边儿就喊。姑娘就说："这么办，把死尸都堵在门子上，这回他们准在正门来。"

　　他俩就拿刀在门那儿，一边儿一个站着，不一会儿的工夫，就来了二三十人，有的顺门，有的顺窗户往里进，进一个杀一个，进一个杀一个。后来姑娘说："咱俩出去吧。"

　　俩人顺窗户就出去了。这一宿他们杀了二十多条人命，全杀完了。

　　完事儿姑娘说："咱俩走吧。"

　　俩人走了。姑娘走之前还写了一封信，扔地下了，意思说这是个贼店，怎么怎么的。正好第二天别人一报，县太爷一看，说："啊，这是贼店，贼要杀人，现在遇到两个侠客，两个飞侠，结果贼被他们杀了！"

所以怎么样呢？这名儿传出去了，当地都知道出了俩飞侠。有飞侠的话，坏人也知道再做坏事就占不住命了，所以当地的贼店都不敢开了。

他俩回去就落个团圆，张生得了个媳妇。

张生装鬼吓李生

人闹笑话儿这玩意儿，什么都可以闹，有的过分的时候就不行啦。

那时候上学堂馆儿，没有多少同学，就有十七八个念书的，都是一个老师教，那都是隔行隔屋儿，俩人儿一屋儿、俩人儿一屋儿地住。

正好张生和李生他俩人就住一个小屋儿，别人还住了几个屋儿。

那天正赶什么时候呢？十四五月亮圆的时候，月明如水正亮的时候，屋里也亮。这个张生没事儿就想起来了，他趴那儿待不住啊！他就想啥呢？整一张大白纸就剪，剪完以后，张生就把眼睛鼻子都糊脸上，抠个眼儿，一张大白纸就全都贴身上，全包上了，像个白大衫似的，完又弄个红纸贴舌头上了，他眼睛都能瞅着。

李生睡着了，正"仰巴壳儿"呼呼睡觉呢。张生就下地起来，扒拉李生的脑袋，这么扒拉，那么扒拉，这李生就醒了。

李生一看，"哎呀妈呀"，那还了得！那大舌头老长了，通红的；那个白纸一身白，趴着瞅着，这个高啊，上通房顶下通地，这家伙高得邪乎！李生吓得"啊"了一声儿，就没动静儿了。

哎呀，张生一看，粘包惹祸了这是。他也害怕了，怕把李生吓死，就急速回去把这身儿衣裳和破纸，全部拽巴拽巴、卷巴卷巴搁起来了。搁起来之后，张生就急速讲："李生、李生，你怎么的了？我听你'嗯嗯'地，怎么不动，怎的了？怎的了？"

张生在板子上推李生。推老半天，李生明白过来了："哎呀，可了不得了，我活见鬼啦。这回我让鬼给抓去了，没个好啦！"

张生说："怎个事啊？"

李生说："别提了。"

这会儿别的屋也都起来了，来了几个同学，不少啊，六七个。之后老师也过来了，老师说："怎么回事儿，你们这屋儿吵吵的？"

李生说："老师啊，我是没个活了，这鬼回来要命来啦！它呀，到这儿扒在我头顶上，要我命啊！"

老师说："什么样儿啊？"

李生说："那一身白呀，舌头长多长啊！它是个吊死鬼儿，舌头勒多长。那家伙，底下站地下，上头顶棚顶上。吓得我，吓坏了。我幸运啊，他们叫我，把我叫明白了，要不都完了，吓死了！"

李生说完就哭起来了，大伙一看，劝了一阵。第二天，李生就起不来炕了，就吓颓废了。

老师说："这么办吧，回家吧。"

李生就回家了。回家后，他的病是一天比一天大发，一天比一天严重啊。这就找大夫，大夫给他吃药也无效。李生就承认："是鬼抓我来了，吃什么药也白扯。阎王找你三更死，何人敢留五更天？没人留得住我，留不下了，吃药都白受罪！"

一晃能有一个月。最后李生也吃不了多点儿东西，就喂他点儿粥啥的。爹妈都愁坏了，就这一个小子，没有第二个了。

这个张生自己就闹心哪！他一考虑，这事儿办得太缺德了。他也有爹妈，也就哥儿一个，回去就给爹妈跪下了，爹妈还挺明白。

张生说："爹妈，我惹祸了！"

爹妈问："怎么回事儿？"

张生说："我没心活了，我愿意死。"

爹妈问："怎么回事儿，你说吧。"

张生把怎来怎去一说。

爹明白，就诚心诚意说："这孩子，看起来这还得'解铃还须系铃人'哪！还得你想法儿给他解释，就认可被对方怨恨，你也得露面，不怕。现在就算他死了，你就是伏法也应该，你不能把人吓成这样。你就去，把你这玩意儿还拿着。白天到那儿，说明之后，你把它戴上给他看一看，他这一看是假的，他就合着能好得快点儿。"

张生说："好，我就去！"

他爹又说："他就是真死了，就是打撑你，你也得去。因为你对不起人家，这是缺德事儿，不能干！"

张生一听，真就这样儿，搁小包儿把那玩意儿，还是那个破纸，还是那个盆儿，全拿着，他就去了。

到了之后，李生还在炕上趴着呢，瘦得不像样儿了。人家爹妈守着，这家伙，亲戚姑姥儿都在那儿呢。

张生就说了，说："李生。"

李生说："哎呀，张生大哥，我没个好了，我见着鬼哪能好啊，我不是和你说了嘛！我就先去等一死啊，你看我这骨瘦如柴，瘦得不像样儿了，还能好啥？你看看，现在还有啥用！"

唠一阵，张生说："你不用害怕，我告诉你实在话。你们大伙儿不用吵吵，我说完之后，我就怎么都行，我现在认可被打撑也甘心。咱俩是闹笑话，我跟你玩啊，不是真正吓唬你呀。"

他就把怎来怎去一说，李生说："不能，不是这样！"

张生说："这么办，你还趴那儿，我还装鬼，你看看是这么回事不？"

这李生就又趴那儿了，仰壳儿趴下之后，张生就把窗户全挡上了，就李生一个人在里屋。张生从外屋穿好，就进屋儿来了，到这儿就一趴。

"哎呀！"李生说，"是这么回事儿啊！"

那一看，真像啊，那阴份儿阴份儿的。大伙说："哎呀，这笑话闹到过火儿了，哪儿行哪！"

张生说："不，我就不管笑话不笑话，现在他就是打撑我，我也甘心，我认可，我就是良心有愧了，特意承认错处儿来了！"

李生说："你起来吧。"

张生说："就这么回事，把你吓得，世界上哪有鬼呀，你别老寻思鬼！"

搁这儿，李生解除心疑了。这回当中，吃药也见效，他也就好了。后来张生天天儿来陪他唠会儿嗑儿。一晃没有半个月，李生好得利利索索的，也恢复原状儿了。他俩人还做了莫逆之交！

闹笑话这玩意儿别闹过火儿喽！过火儿容易，如果张生还不发现呢？他要不来，不承认呢？李生也就完了。这说明啊，还得有个好心，错了得承认。

张先生治病

这张先生在哪儿住呢？在沈阳住。过去，在旧中国的时候，沈阳是挺繁盛的一个地区，那是八门八关[1]，挺像样。

单表张先生他是个老中医，治病治得确实不错。这就说啥呢？当个医生得有医德，看医生有没有医德就是他这一段。他治病当中，治得哪儿都知道他的好医术，有名儿，挺冲，办事厉害。

这天，谁接他呢？就是沈阳将军，伊将军，将军儿子生病了，他干治不好啊，没办法，一听底下有人说："有一个张先生，治病治得挺好的，在小北，在北关，叫人到北边把他接来吧？"就接去了。

伊将军亲自招待张先生，说："正好，老先生，我就这一个儿子，闹病闹了好长时间，能有半年了，干治不好啊，这药也吃不少了，他倒是不硬实，您给好好看一看吧。"

张先生一看哪，人家一将军在沈阳说了算啊，那还了得，答道："好吧！"他亲自给摸摸脉，一看哪，这孩子不太大，就十来岁，念书的学生。他号号脉，号完之后一看，寻思着他心里就有点数儿了。

"你这孩子，沾点啥呢，沾点这个青年痨似的，就像痨病似的，倒是没到那步，没那么严重。这病是不太好治啊！说不太好治是不太好治，但我是能治，治是能治啊！"这张先生说了，"可惜我这药不全哪，没有那么好的药，治不了，我得搁人打药去。得上哪儿呢？得上华北哪！不到华北洛阳地区，没有好药啊，得打洛阳那儿买药啊，我那旮儿有朋友，托人买药，那是能把病治好的药，讲不了就是那路费呀、医药贵点儿。"

大将军说："那不要紧，药费贵不贵没说道，俺们是为治病，俺们又不是没钱，只要能治病，你只要把病给治好就行。"

张先生一看，答道："那好吧！"看完病以后说，"得这么办……"

将军说："得多少钱？"

---

[1] 八门八关：古时盛京的八个城门，八个关口，文中形容繁盛。

"得一千两银子。"张先生一合计,一千两银子能买多少地,按当时来说,能买十垧地,这么多钱哪!他一考虑,够我活一辈子了,我回去之后,一辈子什么都不干也知足了。揩他一千两吧,你将军有钱哪,儿子有病得治好了。

将军说:"行,这么办吧!"

他说:"那好吧,这么办,我得打发人去,你们去还不行,淘弄不来。"

第二天,将军就把银子全给送去了,一千两,雪花白银,那么多!张先生拿到银子以后,回家说:"这么办吧,这孩子我暂时先给他吃点儿药,别让他闹大发了,得保持现状。等那药一回来,吃完药,药到病除,这病就能好。"

将军说:"好吧!"

他给那孩子摸完脉之后,回去就给配了点儿药。

他回去自己心里寻思,老伴儿就问他:"你给人治病,不得上华北买药去,谁去啊?"

他笑了:"谁去?谁也不用去呀!我那是托儿啊!当个大夫不托儿,怎么能挣着钱呢?我要说在沈阳买药,那能多要着钱吗?关键是要不了多少。"

他老伴儿说:"好吧!"

他就自己配点儿药,配完之后干什么呢?这孩子啥病呢?就现在讲,就是沾点儿肺病,病已经好得差不多了。他身体虚呀,另外他也害怕,他就老吃药,天天吃,药吃得都中药毒了!他一看,要不这么办吧。药毒大,就得甘草引哪!这甘草能解百毒啊,他回去把那甘草熬了,甘草那是不值钱的药,能解百毒。他回去把甘草熬出来之后,做成面丸子,一天拿一个,给送去一丸,教他先吃这个,就这意思。

做出不少面丸子来,做完以后,第二天,他就到将军家去了。去了之后,就说:"这么办,我暂时有这药,这药是没人家那好,也不错。你呀,一天吃两丸,早起晚上各一丸,不用水,就搁点儿糖水吃就行。"这小孩儿就吃进去了。

他说:"吃完就能见好,你不用害怕。"

吃了五六天,病的这小孩儿,其实没啥病,就是药吃多了。他一摸脉,说:"你看,见好不少了吧?那药要来了,当时吃了就见好,你别着急。"

小孩儿也挺乐。张先生还天天给小孩儿说说笑话,主要是他会讲,没事儿讲点儿小故事什么的,孩子听了"咯咯"挺乐。将军也乐啊,这孩子病轻了,这药来了更好了。

一晃儿，能有二十天哪，他来说："将军哪，这下妥了，我打发买药的那人回来了！"

将军："多咱回来的？"

张先生："骑快马去的，一去跑十天，回来跑十天，药给您带回来了。"

就等看那药呢，看那药医拿来了，就拿三盒药。这药可像样啊！药皮子外面都是纸盒钉的，犄角都是金叶子镶的，一看都是黄金叶子，这光药盒儿就能值不少钱哪！要不这药怎么能值钱呢？穷人能吃得起吗？这金叶子还能卖三两五两银子的呢！哎呀！将军一看，这真是好药！一打开这药都打鼻子，这药喷儿香啊！因为什么呢？张先生搁的麝香，他把麝香抹在盒盖儿上了，一打开，那麝香多大的香劲儿啊！将军一看，这药真是好药，那就吃吧，这就吃了。

一吃把药吃了几天，一天吃一丸，这三盒药吃了三天。就拿三丸来了，多了没有，贵嘛！吃完以后，配的药。这孩子基本就吃这甘草丸，这药的劲都解没了，这中的药毒都解得剩没多少了。这三丸一下去，这药其实还是甘草丸他就多少配点儿麝香，吃完以后，他说："你这好了，孩子，你顺当地蹦跶着玩儿去吧！"

这孩子就蹦跶着玩儿去了，乐啊！这真好了。一听大夫都说真好了，这将军也乐坏了，一千两银子以外又给拿了三百两，作谢礼。他得到之后就回来了，这回发财了！哎呀，就告诉他老伴儿啊："这回，咱俩儿可妥了，干了半辈子没攒下钱哪，这回一个病人就全妥了，一千两银子，咱就回去，回农村之后啊，不愿意当大夫，就光生活买点儿地呀，就够咱俩儿活一辈子了。"

老伴儿一听也乐坏了，"这么办，咱炒点儿菜，喝点酒的。"

就炒了点菜，喝了点酒的，酒饭过后，下午两口子睡觉啊，都不大岁数，五十多岁，就躺下睡觉。半夜，老头一激灵就醒了，说道："老伴儿，老伴儿，我做了个梦，这是个不好的梦。就梦到一老头，一白胡子老头说，'你呀，当大夫没有医德。'就对着我腰眼子这地方撑一杵子，我觉着这旮肿得邪乎，你看看我这旮是不是肿了？"

老伴儿说："哪能呢？做梦就给撑肿了？这梦嘛，不是？"

他说："不，疼得邪乎！"

老伴儿一看，那旮旯起了个小泡儿，说："不但肿了，还起了个小红泡儿啊！"

哎，怎么样？第二天早上起来就开始淌水儿，越来越大发了，那就治吧。越治越大，越治越大发，这小泡儿变成小红疙瘩了，后来千治百治总算保住命了，治了三年哪！这一千两银子一点儿没剩下，都花了，这才把他这病治好了。银子花了不算，他受三年罪呀！

大夫不当了，还遭三年罪。"天哪，天哪！这人哪，光有医术不行，没有医德不行啊！见钱不能揩人家钱哪！我这辈子，钱不但没剩下，还受三年罪。这三年肿得还天天疼不说，这药吃完了，银子也花空了。看来这大夫是不能当啊！当你也得有医德。"从那以后，他就弃行了。

找哥哥当兵

说当年哪，有一群穷哥们儿，都在一起给人家扛活儿，有七八个。这几个人都是二十多岁的小伙子，干得是热火朝天哪！一天也吃不上穿不上，累得不像样儿。

这天，这哥儿几个正赶上人家东家送点儿饭，就烀点儿黏豆子给他们拿去了。他们几个人正好饿得急眼了，到那儿就一人盛了一碗饭，奔着这黏豆子罐子去了。一个没加小心，就被这老的，十八九岁的一个小伙子把罐子碰打了，豆子干得能掉满地呀！地不是光溜地啊，净草片子。大伙儿打个唉声，就吃吧，能怎么办呢！就扒拉口饭，从地上草片子里抓一把豆儿吃了。一边吃一边笑："这也太难了，这饭吃的。我们再有二分胆儿咱不能扛大活了。这么办吧，咱们哥儿几个磕头吧！"

几个人一合计，就拜了把子成弟兄了，在地上，这草地上席地而坐，插草为香，就拜了生死弟兄。有官同做、有马同骑，不能同生、但愿同死。就写了这几个大字。一共他们是哥儿七八个，大的是打头的，岁数大点儿，都挺冲的小伙子，大的有三十来岁。

正好干活儿干几年之后，就到乱军之时了，就有当兵去的。这大的有才，他有文化就当兵去了。一干，他干得也快，没有七八年的工夫就弄个团长当上了。当上了团级干部，团长就不小了，过去那国家兵少的时候。

当上官儿以后，这帮弟兄们有一天聚一块儿了，有一个就说："咱们大哥呀，当团长了，荣耀得邪乎，咱们是不是找他去呀？是不是能当个兵啊，混碗饭吃，何必还扛活呢？"这一合计，老二说："我去！"老二就和老三俩人去了。

磕头弟兄去了，老兄弟没去。到那儿一找就找上了。到了门口，让看门的一禀报，看门的就跟这团长说："您磕头的二爷儿和三爷儿来了，找您来了。"

这团长就说："好吧，请吧。"就把他俩请进屋了。

进来俩人一看，大哥屋里团部人那么多，上下的护兵有的是啊！团长一看就说："你俩我怎么想不起了，你俩在哪儿来的？"

他们就说："哎呀大哥，你忘了？有一回咱们在地里，你忘了铲地那时候吗？拜的把子，黏豆子掉一地那回，那时候正挨饿。"

他大哥说："没有那事儿！我没铲过地！你们去去去。"就没认。

这哥俩一看，太憋气了，你当官儿就忘本了，不认得俺们了。他俩一看周围兵有那么多，官也不少，就回来了。回来之后，就和老兄弟说："得了，现在大哥是忘本了，咱们去了之后啊，不但没认还把咱们撵出来了，还说没那个事儿！说没拜过把子，没吃过黏豆子。"

老兄弟问："你怎么说的？"

老二和老三就说怎么怎么说的，怎么吃饭那天，怎么罐子让你碰撒了，碰完了怎么在草里挑豆儿，就全说了。老兄弟一听，说："哎呀！你也真是的，在那场合咋能这么说呢？我去，大哥哪儿能不认得呢？他一准能认。我去。"老兄弟已经不再是十七八岁了，都二十七八岁了，人家就去了。

到门口，老兄弟就跟看门的说："你禀告一声，就说你们团长他老兄弟来拜访他来了。"之后老兄弟就被请进去了。

进去一看，这屋里边护兵啊、连那官儿不少，还有几个团里参谋。他大哥一看，说："哎呀，老兄弟，我怎么当年事儿想不起来了呢？"

他说："大哥，那时候我可不是这个样儿啊！当年咱哥们儿谁都打过腰、提过气啊！你忘了？咱们是骑着青龙马，手持弯弓枪，杀死草兵百万，打过罐头城，把豆王爷打得是遍地翻滚哪！你还没想起来？把豆将军打得遍地滚那时候，那时候咱都荣耀，现在我是落魄了。"把罐子干撒了嘛，豆子不撒了可地吗？

大哥说："对对对，有那么回事儿，你是好兄弟。这么办吧，把那些兄弟都找来。"就把他留下了。

这老兄弟就把那些兄弟都在哪儿在哪儿一说。这老兄弟一回去说："妥了，大哥认咱们了。"

他们都回去之后，到那儿这团长给他们都安排了工作。一样的事情，换个说法，这老兄弟成功了，他二兄弟就没成功。要不说在人前当中说话都得考虑呢！

肇知县请客

原来有这么一个县，新转来一个县太爷，姓肇。这肇知县是个清官，老伴也挺尊敬他，俩人感情挺好。

有一次，他闹了点病，小病。这一看病，下边送礼的就多，县太爷有病了不得送礼嘛！你也送礼，他也送礼，就送来不少的东西，送来就收吧，肇知县就全都收了。收完最后一看，就论银子说话吧，他都有个册子。他一查，有送三十两的、二十两的，还有送一两的，都不一样，有的根据买卖大小，有的根据人情薄厚，这都是自己有钱没钱的问题了。

肇知县是个清官，他就和老伴说："你看咱新来乍到的，就有这么些人送礼，咱们接这些个礼，是不是打算请请客人呀？"

老伴就笑了，说："呀呵，今儿真是日头从西边出来了啊！你怎么还打算请请客呢？多咱你是不愿意走这个私人情，送礼接客你都不爱接，这回你还都接了，还要请请客！你答答礼，这是对的，应该答答人家礼，在外面应该有个人情，应该在外面活动一点儿！"

他说："对，请请客，这回我得好好请请！"

这就预备好了，过礼那天就把请帖发下去了，凡是送礼的全请。他请完之后，就该做席了。现请了两个厨子，告诉他们做两样席，还告诉他们怎么怎么做。

到请客那天，客人到这儿一看，公馆这院挺宽敞，两边都是大坯房，他就在东屋和西屋请客。东边的坯房，客人扒窗户一看，那煎炒烹炸的，肉山酒海，桌上摆得特别丰盛。客人再到西屋扒窗户一看，桌上就是茄子土豆，有点菜，也不多，都是庄稼菜，没有肉、没有鱼。

这送礼的一考虑，说："啊！这是什么客什么待遇呀！庄稼客豆腐菜，这不用问，肯定是庄稼人送的少，送一两二两银子，送两壶酒这样的，都是不值钱的！"

谁也没法进屋，你说该往哪屋进？客人就都搁那儿杵着。

肇知县笑着说："大伙儿请，到屋呀！这么办，我要不说，你们也不敢让，那我就先让让东屋的。"他就站在那儿提名，喊那些个送礼最薄的到东屋，他们有拿二斤蛋糕的，有拿两只儿（两把）挂面的。他就净喊这样的，说："东屋请，东屋请！"

喊了半天往里进，这当中有几个是县里军队的待客匠，他们一看，说："不对吧，大人，你错了！"

被喊的人也说："这哪对呀，俺们礼这么薄，能坐这么好的席吗？那屋是干啥？"

"那屋是给人家预备的。"肇知县就开始喊那边的，都是送高礼那样的，说，"到西屋吧！"

这些送大礼的一看，就寻思这是怎么回事呢？送大礼还坐到这屋来了！

肇知县就告诉下边人："你们不用惊慌，这是对的！"

他又告诉穷人："你们到屋吧！他们在家都常吃好的，今儿个都换换肠子，吃点次的。"

这客人一看都让完了，到屋就不服帖儿了。

穷人坐在这屋，心里都忐忑不安的，都寻思：咱坐这席，瞅着太说不过去了，咱送那么一斤挂面都不够自己（个人）吃呢，吃这么好的席，哪说得过去呀！今儿个这县官是怎么回事呢？

西屋坐的就更不用说，都来气儿了，说："这席还能吃？拿俺们赶着玩呢，我送这么些礼，几百两银子送给你了，你也不够意思呀！"人都骂骂咧咧不愿意，尤其送得多的更不愿意。

后来，肇知县说："吃吧！"

东屋有的人一看，说："咱吃，叫吃就吃，不吃也白不吃呀！"这东屋就吃了。

东屋吃得酒足饭饱呀，净是好菜！西屋没动多少筷，有个别的吃了几口，有没吃的。

这工夫就散了。散了以后，东屋的穷人当时就没走，都站下说："大人哪，你今儿是怎么个意思呀，唱的什么戏呢？俺们吃完你这饭菜都不明白，为什么高礼厚礼你不满待，把俺们这穷人待这么好有啥用啊？"

大人说："咳，不对呀！我做县太爷，你们都是我的子民，不管穷和富。而且你们拿来的东西不少，他们拿来的不多，他拿来一百两银子，家里能有一千两；你们拿一两银子,家就没了,上我这串趟门都是拿着家底来的,串不起门,硬拿来一子儿挂面,孩子大人都舍不得吃。你看这情况,这是多高的礼啊!他们那儿扔的东西都有的是,还能在乎这点儿玩意儿吗?"

大家说:"这样啊!"

"你们这么办,我跟你们算算账。"肇知县就找了个会算的,说,"你帮我算算账,我接这礼一共接了一千八百两银子,帮我打打算盘。"早年那穷人也有念书的,打完之后,就是一千八百两。

肇知县说:"这么办,一千八百两,看看今儿个这席刨去多些钱!"最后一算,刨去八百两,一共剩一千两。

肇知县又说:"这一千两这么办,你们就把这一千两带着,你上街门口,看见那些没上我这儿送礼的,要饭花子、穷人,你都给我分了它。他们没送礼的有功,你们落顿饭吃就行了,你把这都给我分了它。你看凡是要饭花子,一人给他一两。"

大伙儿一听,就说:"可了不得,这官太清得邪乎了!"就把这银子拿到街上,年轻人确实也好事,就挨个分,都给分了。

单说西屋,西屋有一个姓王的,也是个有钱的,憋气,一出门就骂:"这怎么的?县太爷今儿有病了,喝酒喝死了!"

大伙儿就想是怎么回事呢?这时候就上来不少人,这说话的人就该倒霉呀,他正好绊个石头上,正好也摔死了。他就是当地一个臭嘎子,还有钱,他就摔死了。

从那以后,群众都说:"看起来善有善报,恶有恶报呀,人家县太爷请客请得真是太好了!"

知人知面不知心

过去常说,人哪,处人不容易!相处完之后哇,交了不弃,弃了不交。

这个故事是怎么一回事呢?有一个农村人和市里的沈阳人处亲戚。这个农村人啊,那时候种什么东西呢?种些瓜果梨桃,庄稼啥的,种得挺多。这个沈阳人是做买卖的。

这个买卖人瞧不起农村人,但他俩在哪儿遇见了呢?正好在市里碰到了。这农村人当时在卖粮食,沈阳人一看,豆子挺好,挺羡慕,就说:"这么办吧,大哥,你如果真要赶上手里没钱的话,我那儿有,我借你。咱俩就做个朋友。"

农村人说:"那好吧!"农村人就在城里留了几天。

这之后,他俩你来我往,就处得挺好的。处得近之后,沈阳人说:"这么办吧,咱俩就处个亲戚吧,就做干兄弟!"

俩人就认了干兄弟。自不用说。

这沈阳人有时也到农村来,农村人也到沈阳去。但大部分都是农村人往沈阳拿东西,粮啊、米啊,吃的东西都拿去。沈阳人则没啥往回拿的,因为沈阳这地方比农村有钱,但他也不能直接拿钱啊!

时间长了之后哇,这天,沈阳人就到农村来了,说:"这么办吧,我没别的,我今天说实在话,真的还得搁你这儿弄点儿粮食,我口粮现在不足。"

农村人说:"那行,拿吧,不要紧!"

沈阳人说:"好吧!"农村人就给他拿来了粮食,沈阳人一看,说:"这太多了,没法儿拿。"

农村人说:"这么办,把毛驴也拿去吧!"就把毛驴也给他了。沈阳人就用毛驴驮着几斗粮米,驮着点儿菜回沈阳去了。

单表沈阳人这两口子有啥毛病呢?两口子好抽烟。过去抽大烟费钱哪!

沈阳人把粮食拿回来以后,他两口子一合计,说:"这么办吧,等这大烟抽完以后,咱把这毛驴卖掉,这毛驴挺值钱的,能买不少大烟泡,要不咱钱不足。"

他俩有个女儿,那姑娘有十七八岁。姑娘说:"那你们还做得对呢?你在人大叔那儿拿粮、拿米,完了你还背着人家卖驴呢!"

她爹说:"你别提那事儿,他这人好处,一说就行,一忽悠,一白话就行,告诉他毛驴丢了,不就完事了。"完了沈阳人就把驴给卖了。

卖完驴之后,第三天,这农村人就来了。他一打听驴,沈阳人说:"别提了!驴我拉这儿,给失盗了,不知道被谁给偷去了,这贼真可恨!"

农村人一听,说:"哎呀,那丢就丢了吧,有啥办法!都丢了,那还让你包吗?就拉倒吧!"这农村人其实也不怎么信,但他一考虑,说别的也没用哪!

这农村人在城里待了几天,说:"这么办,你们这城里没什么事的话,就让你丫头到俺们那儿串两天门吧!"

沈阳人说:"去吧!"

农村人说:"正好俺们农村那儿有粮食,回来时给你们拿点儿。"

沈阳人就对他女儿说:"跟你大叔去吧,到那儿拿点儿粮食,待十天八天没说的!"

这农村人一看姑娘挺诚实的,不错,就领着姑娘到农村来了。

姑娘到农村待了几天的工夫,这农村人就说:"姑娘,你来这,你爸跟你说没说啥?"

姑娘说:"没说啥呀!"

农村人说:"你爸让你和俺们家你哥哥订婚,俺俩的意思都愿意。要是没人告诉你,我告诉你之后,你就在这儿待着吧,我给你买点儿穿的。"

这姑娘还真相中那小伙了,小伙还真不错,姑娘就说:"那也行。"

农村人说:"行,好吧,咱这就买衣服!"

这农村人就把衣服啥的都买了。他没通知姑娘家的父母,就让俩人结婚,入洞房同房了。

没过十来天的工夫,那边说:"咋没有回来呀,这?"

正好姑娘就来信了,说:"你不是说让我结婚吗?我跟人家结婚了!"

沈阳人一看,说:"哎呀,太了不得了!看来这'人心隔肚皮,做事两不知'啊!咱们贪图小利,还把姑娘搭上了,白给人做媳妇了!"

要不说人就这样,这故事就这样,叫"知人知面不知心"嘛!这么就把姑娘套给人家了,你别看这农村人老实,他也有办法!

知足堂前戏腊梅

有这么一个李老员外。这个李员外,他住在哪儿呢?在一挺大的屯子叫东头路,他住在一头儿。个人院子大,四合房子,五间正房,五间厢房,五间门房,全都像样儿。门口东边儿是道,道里有沟,沟里有大桥,他紧挨一头儿住。

这天，正赶上冬天下大雪的时候，这个李员外在外头溜达，数九隆冬的，天气虽然冷，但人家穿着皮袄、戴着帽子，也不冷。到了吃过下晚饭，要黑天的时候，就听东边儿村里有人喊："天哪！天哪！我今天太知足了，太享福了！今天我头一次这么知足，这么享福啊！"

这李员外一听："哎呀！这是谁喊呢？听这声音也是一个五六十岁的老头啊！他得啥便宜这么知足、这么享福呢？我这老员外家里都有一百垧子地，儿女成群，我也没知足啊！这人可是太有知足性了！我看看他去，究竟怎么个人儿？"

他就搁大门出去了，往东走，一共走了没有二百米远，走到傍拉，就看见在一个桥底下倒着堆灰。这灰呢就是他们家来回扒灰，没准倒桥底下了。火没灭，灰里的火死灰复燃了。这家伙，好嘛！火"腾"的一下就着起来了！有一个老头正在这儿坐着烤火呢！天儿多冷呢，他在这儿烤火都暖和了。哦！原来就这么个"知足"！员外到这儿一看，瞅着老头说："哎呀！方才谁喊知足了？"

老头说："啊！我喊的，我这今天太享福了。这堆火给我成全老了！要不多冷啊！今天我头一摸太知足了！"

员外一听，说："第一，你这人可太细心了啊！第二，你知足性儿也强，一堆火就喊知足了，你是什么人哪？"

"我是个要饭花子！没办法，儿女没有，家没人，啥也没有，就我自己啊！"

"多大岁数啊？"

"我今年五十五啊！"

"你五十五？"

"可不是，不带差的！五十五岁，是五月初四生日，辰时！"

"哎哟，咱俩人赶得巧了，我也是五月初四生日，也是辰时！咱俩同岁同时生啊！"李员外说完心里就寻思：天哪！这玩意儿过去说这生日时辰有关系，我这员外养活着百垧子地，家里这么有钱；他穷得叮当当的，烤点儿火就知足了！俺俩同年同月同日同时生，那怎就不统一，不一样儿呢？！

李员外说："哎呀，这么办吧！我看透了，不管怎么的，你的命好也好、不好也好，你既然和我一个时辰生的，你就跟我去吧！我供你吃喝得了，你就别要饭了！反正你也五十五六岁了，活个十年二十年的，我也供得起你。你在我家一待，就像个客似的，饭好了就吃，吃完就睡，啥也不用你干，你看咋样？谁让咱俩同年同月同日生呢!"

"那谢谢你了!"说完老头就要磕头。

"不用磕了!走吧!"员外就把他领家去了。

回到家后,员外对老头说:"今后你在这儿待着就和住店的人似的,该吃饭的时候就到伙房去吃饭,该吃啥吃啥,吃饭呢在家里头吃,别跟伙计一块儿吃。"

吃完饭之后睡觉时候,员外又给老头匀一屋,然后告诉一个叫腊梅的丫鬟:"腊梅呀,今后你管他伙食。到吃饭的时候,伙房他不愿去也行,你把饭菜给他端来,晚上给他焐被伺候他。他和我同年同月同日生,借我这个生日时辰也享点福。"丫鬟一听就笑了,这个老员外还真挺善良的,就把老头请去了。

去那儿之后,大伙儿就问员外:"他姓什么呀?"

员外说:"我没问他呢!"说完员外就把老头喊过来,"这么办吧,今后你也不用提姓,不用提名儿的,俺们给你起个名儿吧,就叫'知足先生'吧!你不老喊'知足'嘛,就叫'知足先生'吧!"

从那以后,不管男女老少都喊他"知足先生"。丫鬟喊"知足先生",老员外也喊"知足先生",都叫遍了。只要一打听知足先生都知道是他。他就在那儿待着,越待着越觉得挺自然的。这回有吃有喝了,早晚三顿饭吃得也殷实。该吃吃、该喝喝,人家茶水供着,到时候了还给送来,还有一丫鬟腊梅单另伺候他,他就特别高兴。

一待就待够三年了,这三年的工夫他也不让人嫌了。五十五六现在他都五十七八了,也胖了,也白净了,脸也有光了。不说嘛,那样就好了,老头也知足了,也高兴。

古语说得好,"人心不足蛇吞象",他也应了"饱暖思淫欲,饥寒起盗心"哪!他现在生活一好,就看着腊梅不错。这天丫鬟倒水时他就考虑:"我要能娶个媳妇在这儿一待,这不就更好了嘛!于是在腊梅倒水的时候,他就摸人家手一把,腊梅吓得一躲就过去了。等他坐下来以后,一没注意就把人家抱着坐怀里了,腊梅急速起来,但没坐也坐他怀里了,腊梅低头就走了。

走了以后,腊梅就到正宅子去找老员外,和员外说:"李员外啊,知足先生不知足了!"

员外说:"怎么的呢?"

"他今儿调戏我,他把我抱他怀里坐着,还拽我手。"

伍 生活故事 ·1175·

员外也没吱声，啥也没说，说："去吧！"腊梅听完就回去了。

又过了两天，他一看腊梅没动静儿，觉得腊梅还行。正赶上腊梅给他焐被去了，焐完被之后，腊梅一下地，他立马就把人家抱住搂怀里不撒手了，非要和人家欢乐欢乐不行。这腊梅可说啥也不干，把他推倒就走了。

走了之后，腊梅就又找老员外去了，说："员外啊！他确实不像样啊！"

员外说："去吧！"员外也没说怎么的。

又过了几天，这知足先生一看腊梅没动静儿了，心里头寻思：她还是没敢和谁说，可能倒是有意，我再试验试验吧！正好腊梅一早上叠被去了，知足先生本来就准备那样了，叠被的时候他就没穿衣服。腊梅问他："你起来不？起来我把被叠一下。"

他说："好。"他起来光着屁股就把腊梅抱住了。这腊梅扯脱了就跑，一边儿跑着一边儿哭。他一看人跑了，穿上衣裳啥也没说。

腊梅就又找员外去了，说："员外啊，知足先生太不像样了，太失态了！今天他连衣服都没穿就要搂我，我跑出来。下回我不伺候他了，你让我干啥都行，我就不伺候他了！再伺候他，他的名儿不好听，我的名儿也不好听了，我本来是个正经人。"

员外说："那好了！去吧！"

又睡了一宿觉，到天亮的工夫，员外告诉腊梅说："你去把知足先生请来，就说我请他有事儿。"

腊梅说："好吧！"她就去请知足先生了。到了知足先生那儿，说："员外请你，有事儿商量！"

知足先生心里寻思：有事儿商量？是不是要把小丫鬟给我？他就去了。

到那儿之后和人一唠扯，员外说："不是别的啊，知足先生，你到我家来也三四年了，我看你也太准正、太好了！我对你也确实有点儿事儿要求。我有个姑舅表弟呀在江南住，江南离这儿挺远的，好几天才能到呢，车也不通，啥也没有啊！我在那儿呢，有笔债，他给我在那儿管着呢！估摸有几千两银子，得需要把它取回来。他来信已经告诉我取去。我一看打发谁去也不放心，我怕半道儿给拐跑了。我一考虑，就你知足，你知足先生没有二心哪！你去吧，你把银子给我取回来！我给你拿封信！我信上写着名儿呢！"

说完员外就拿信去了，只见信封上写着"吴德"俩字。员外说："我表弟姓吴，叫吴德。"

知足先生说:"行!"

员外给他钱,整好行李,马匹也都备好,对他说:"行!去吧!"

他就拿着银子走了。知足先生挺乐,他也骑上大马了,路上又有银子了,他就开始走。

他没去过江南,其实江南远着呢!不是一天两天就能到,得三四五六天才能到呢!他不知道啊,他就走,走到离江南不远的地方他银子就全花尽了。他花得大了点儿,连吃带喝的,钱都花尽了,没钱了,走不了了。一打听,还有一两天才能到呢,没钱可怎么办呢?他心里一想:"唉!干脆吧,没有吃的不行,没有马行啊!那我就把马卖了吧!卖完以后到那旮旯有了钱还怕啥,再买马不一样嘛!骑马一两天就到了,那我走的话十天半月的也到了。一天走个七十里、八十里的,走个二十天的也到了。"于是他就把马也卖了,行李也卖了,拿起银子就继续走。

一走走了半个多月到江南了,到江南就打听王家庄,打问到了之后住了一宿店,第二天就找吴德。那个地方不是大城市,是个小集镇,一般有那么三百户五百户的。一打听,别人说:"没有这吴德啊!"

他说:"那哪能呢!"他就找。一连待了三天,他挨着地方前后街打听,也没有这人。他心头寻思:这是怎么个事儿呢?这回他把马匹钱花空了,行李钱也花空了,手下没钱了,这下干脆没招了,最后他就跑学校去找着一个老师,就问说:"你教这么多年书了,你知道不知道这儿有个吴德?他也是个挺有钱儿的财主。"

老师说:"没有啊!你干啥的?"

他就跟人家说:"我给人家取钱来了,另外还有封老员外给我拿的信。"

"那信我看看,信上不是有名儿吗?"

"有啊!"说着他就拿出信来,信封写着"王家庄吴德收"。

"没有这个名儿啊!你没看看信里头叫啥名儿啊?"

"我没打开信啊!我也不认得字儿啊!"

"你能不能打开,我给你看看?"

"你打开吧!"

先生打开信一看,他就笑了:"这也没写啥呀!我给你念念你就明白了!"这信怎么写的?是这么写的:

知足堂前戏腊梅，忘记桥下那堆灰。

江南没有我表弟，一去江南永别归。

行李马匹全卖尽，再到桥下去守灰。

这一念，他就明白了，他就哭起来了："我啊，错了！犯错误了！"

老师说："你啊，回不去了，就在这儿待着吧。这么远，你能回去吗？到哪儿守灰呢？你呢干脆就在这儿守着要饭吧！"

从那以后，知足先生就落魄要上饭了，员外就把他发配走了。

种地得金印

这事出在哪儿呢？在洮南，就是吉林省西北部一个地方。在洮南有一老王家，这家过得不错，是大财主。老王家雇了几个做活的，就在地里种地，正好这种地的有两个整人，一个半拉子，做半工的人。

那前儿正赶上春天，风就把地剥了，还剥得挺深，那不也得种嘛！这一种一翻，就"咯噔"一下，出来一个四方的家伙儿。雇工们打开一看，说："这什么玩意儿？这么大个玩意儿，还带把儿呢？"不认得啥玩意儿，大伙儿就你瞅他也瞅。

这工夫谁来了呢？正赶上来了一个"锅炉锅子，严锅炉锅子！"的人。他们堡子过来一个锅炉匠子，就是锔缸、锔锅、能生火、能打钉的那个人。到那儿，大伙儿一说，他就说："我看看。"

他懂得，一看，就说："这么办吧，我看这上面生锈了，我给烧上火，烧烧就能看出来了，锈掉了就知道啥玩意儿了。"他就把火生着了，搁点儿煤，生完之后就"呼呼呼"地烧。

烧完，他一磕打，那皮全掉下去了，里面干脆是黄澄澄的，是金的！"哎呀，这是黄金呀！"他一看，里面还有字。写的什么呢？写的是"李靖王印"，是个王爷印，他说："这可值老钱了！"

这工夫谁来了呢？正赶上王老当家的去了，也就是去卖呆儿，看种地种得怎样。一看大伙儿正瞅呢,他就问:"什么玩意儿?"

大伙儿说:"你看看吧。"

他一看,当下就明白了,说:"这是宝啊!这个金印子就算论分量也能有个十斤八斤的,寸金寸金的,别说还这么大!另外这还是古物,不知是哪个朝代的靖王印掉这儿了。这么办吧,你们这几个人抱着金碗不挨饿嘛!你们干脆就卖给我吧,我给你们两个钱儿,你们大伙儿用,就吃点儿喝点儿多好呀!再说这还没法分,也不能给砍开。"

"可也行呀!"大伙儿合计给多少钱呢?这一算,就连锅炉匠也算一份,他给烧出来的呀,一共是四个人。那时候论钱呀,好比说呗,要多少呢?这几个人要的钱合四十两银子。

王老当家的说:"那不行,不能给那些个,也就能值三十五两。"

他就讲三十五两,讲妥了,当家的就现回家取了银子,三十五两给大家分了。这妥了,顶着一人干好几年活儿呀,干一年活儿顶多挣个四两五两的,这一人分十两银子还少嘛!

大家一分,三十五两,正好半拉子就弄到五两,整人都是十两,人人都十两,他少五两呀。这小半拉子十三四岁了,跟人家干活,也拿着银子乐呵呵回家了。他小孩不懂呀,回去一说,他爹不干了,说:"那不行呀,干活半拉子,捡银子还半拉子?一人八两就八两,九两就九两,你不能把俺们当半拉人看待!"他爹就找他们去了。

他爹找去,那打头的不干,谁也不给,他爹就说:"告他!"就把当家的告到公家了。这一告到公家就漏了,那时候,当地的县太老爷能让他嘛,就说:"好,急速把他传来,把金印拿回来。"

当家的就把金印拿来了。拿来一看,这是古物呀,县太老爷就说:"黄金宝印你随便传还行了,那还了得?这么办,我先没收,你财主有钱,买算白买,你的钱花就花了。"

他们没赔上,这个财主吃苦了。所以他这黄金算归公了。

周仓怒斩四龟

有一个老员外家办寿，老员外有五个姑老爷，五个姑老爷都来了，这就办得挺像寿宴。

员外人不老，可客人不少，这姑老爷们都和老丈人坐在一张桌上。酒宴也全上来了，那家伙，全着哪！桌上满席呀，桃鲜果的什么都有。这大姑老爷是个举人，二姑老爷是个秀才，姑老爷们都有文采，有当县太爷的，有当知府的，就老的是个庄稼人。小伙儿也挺会说，但就是个稳稳的庄稼人。桌上还有小舅子在那儿陪着吃饭，小舅子也十八九岁，二十来岁。

老员外是个读书人，在开席之前，他就说："这么办，以前啊，咱们在吃饭的时候，把桌上的东西都得说上几句，对对诗，说完以后咱们再吃。必须把桌上摆的一样菜对到你的诗句上才能吃菜，要不你就别喝酒、别吃菜。"

大伙说："那好，那好！"姑老爷们都是有文化的人啊，这四个大姑老爷都愿意，这个老的也得算着啊，桌上还有五个姑娘也都瞅着呢！这老姑娘有点儿担心，寻思说：我丈夫是庄稼人，是不是会说呢？不会说也得听着啊，旁边还有小舅子和小舅子媳妇，十多个人都瞅着呢！

大姑老爷瞅了一眼桌上的菜，一看有大桃摆着呢，他就说："好，我说一个。"那说得好的得有古人名儿啊，没有古人名儿不行。他就说："刘备走马要抬膝。"这是说刘备那时候走马抬膝蹦过去的，那是为了"逃"命啊！

老太爷一看说："对呀，这儿有桃啊！"

小舅子说："不错呀，你吃桃吧！姐夫说得对，走马要抬膝嘛！"

二姐夫一看，说："曹操拉着云长衣。"那桌上有石榴，就是偷着"溜"，说的是曹操过华容道的时候，曹操败了，没办法就要哭似的拽住云长的衣服哀求云长把他放过去。

三姑老爷一看，正好有枣上来了，他就说："孔明三更去点将。"意思是那诸葛亮三更半夜去点将就是太"早"了嘛！

最后这四姑老爷一看桌上有梨，就说："吕布长门别爱妻。"说的是那吕布死在白门楼，把爱妻扔下了，把他斩了，活"离"了嘛！

"啊！大伙儿说得对！"

这工夫没别的，该五姑老爷说了，五姑娘着急啊，说："你得说啊！"

五姑老爷就笑了，说："这么办吧，我就别说了，我就给大伙儿讲一段故事吧！"

小舅子说："好！讲什么故事？"

他就说："我讲一段故事，正赶天上王母娘娘三月三开会的时候，玉皇大帝请客，就把关云长请去了，下面的神去的不少。他们走到南天门的时候，四龟大将就不让进，说：'你们不能进，你们不是真正的君子，这个关老爷酒色财气都好！'

"周仓就问他说：'好啥呢？你说说吧！'

"'头一个上马金下马银，是爱财；第二个还有十二美女给你连唱带跳，是爱色；另外喝酒前儿温酒斩华雄，一怒之下过五关斩六将，酒色财气都好，你说他够什么英雄，怎么能进去呢？'

"他说到这儿，周仓一看就急眼了，把刀一抡，说：'你们够什么资格，四个龟鳖还讲三国！'所以大刀一抡就把他们撇开了！"

小舅子一听就说："还是我五姐夫说得对，你们四个龟还敢在这儿评三国呢！"说完大伙儿就哈哈大笑起来了。

住店

要说过去那店里的房间都特别狭窄，不好住，像大车店[1]似的，人还多得邪乎！开旅店的都那么挤着住。

有一天，这旅店住的人特别多，干脆这炕上都住不下，地下都住满了。这会儿就来了这么一个老头，五六十岁，身体还不太好。

店东说："你住不住哇？这会儿花店钱可没有炕，你个人掂掂，能住下就好，住不下拉倒。"

---

1 大车店：中国传统民间旅舍。因行贩常用的交通工具大车而得名，暗示旅舍简陋，服务对象是经济实力薄弱的行贩。

老头说："好吧！"他就决定住那店里了。

他到那儿一看，在地下住还勉强有个地方，炕上一点儿地方没有，可挤得邪乎，但他这人天生还不爱挤。

他一看，夜长没有觉啊，就叨咕："这地方干能待着，人这么多，没有热闹，这地方没有说书馆吗？"

大伙儿说："这地方哪有说书馆，你咋净想这好事呢！"

老头说："要是有说书馆，听评书也不错。这评书太有意思了，说实在话，我倒好看书，那《西游记》确实不错！"

大伙儿说："是吗？那你会讲吗？"

老头说："那还不会讲？不就说套子[1]嘛！我给你们讲段儿《西游记》，唐僧取经。"

大伙一听，说："来吧，坐这旮儿！"

老头说："这坐也坐不住！"

有人就说："给串[2]个地方，大伙儿挤一旁。"

这一串，串出个地方，他就爬上去了。完了傍着枕头，攒着袖子，他就趴那儿了。

大伙儿说："你讲啊！"

老头说："讲！《西游记》，你不知道啊，那唐僧取经骑着白龙驴，那可快得邪乎了！"

大伙一听，有人就说："不对！有说白龙马的，哪有说白龙驴的呢？"

老头说："不对？那你讲啊，我就知道是白龙驴嘛！"完了他就在那儿睡大觉了。

大伙一看，白让他睡炕上了，他倒好，一个也没讲！

这就是住店讲《西游记》。

1　套子：固定的模式或形式。
2　串：文中表示挪个地方。

状元挂匾

有个王生，他今年去科考。这人文采特别高，虽然说心挺傲，但是念书念得好。

一天，他走到这么一个城市边儿上，一看西头儿有一家挂着一个大匾，写着什么呢？写的"天下第一"，这匾修得像样儿，是泥塑的匾，匾修得好。王生心寻思：哎呀！这人家儿口气太大了，我文章念得这么好也不敢说"天下第一"啊，我还打算考状元呢，他这一个庄稼院儿里写"天下第一"？我去打听打听！

他就到门那儿坐下了，一拍门屋里出来人了，他说："我请问一声，你们这匾上写'天下第一'是什么意思？我怎么不明白呢？"

"咳！"那人说，"真也是，你是过路君子，你不知道呀！俺们家这'天下第一'是因为下象棋下得好，是天下第一棋，这是受过封的，所以才有了这块匾。"

王生说："是吗？"

屋里人说："你不服气，你就到屋儿咱比画比画。"

王生说："那好吧！"这王生就到屋了。

到屋儿一看，一个老头儿出来了。老头多大？能有六十岁，白胡金星的，挺清秀。老头儿说："这位公子你打算进京科考？"

王生说："哦，我科考去，我现在走到这旮儿，看见这块匾了，很好奇，我也好胜，听说您老天下第一，我倒要和你下盘棋比画比画。"

老头儿说："那好吧！"就把棋盘摆上了。

老头儿下了有一两个点儿就输了，王生一看："您老这棋也下得不咋好，只是一般呀，不然怎么还把棋输了呢？"

老头儿说："哦，我今天不行，那好吧，我服输。"

王生说："那你这匾怎么办呢？"

老头儿说："那你给我摘下去得了，那我不是'天下第一'，匾挂错了还不行吗？"

这书生真就把匾给摘下去搁屋儿里了，他说："我进京科考去了。"

老头儿说："你去吧，祝你成功！"

王生就去了，到京城真考上了，这小伙子中了头名状元。他考上以后打腰就回来了，回来又走这门口儿来，到门口儿一看，这堡屯人还挺不少，这个匾还没挂上，他就拜拜老头儿说："我这走之后就科考去了，我虽然说摘过你牌子，但是现在我已经考上状元了，我今天特意拜谢你来了。"

老头儿说："拜谢好，这么办，你还玩玩儿棋不？"

王生说："我玩玩呗！"

老头儿说："那好，不用我下，我有个七岁的小孙子，叫我孙子和你下。"

王生："那他能会下吗？"

老头儿："来吧，陪陪你，你不是爱下棋吗？"

这小孙子虎头虎脑[1]的，这就跟他下上了，下没一个点儿就把棋硬给他憋住了，把这个状元就赢了。

王生说："哎呀，我输了，看来你这匾还得挂上，你这孙子把我赢了，说明你棋术也很高呀，那为什么那天你没下过我还输了呢？"

老头儿说："咳！你想想吧，你进京科考，心好胜，一心挂着取功名，这下棋是个个人兴趣的事儿，我让你赢，你心里高兴，到那儿能考得好，我要把你赢了的话，你到那儿就没心考功名了，你就光在意这事儿了，所以我那是故意输给你的，今天我孙子就把你赢了！你知道这个匾是谁给我挂的不？"

王生："谁挂的？"

老头儿："当年康熙皇帝搁这儿路过，是俺俩下的棋，我把他赢了，他亲手给我挂的匾。现在这个匾你就再给我挂上吧！"

王生："那好，我挂，我挂！"

这不，状元亲自给挂的匾，完了还给庆祝庆祝才走。

审抬筐

有这么一个唐知县，一个街上有两个买卖：一个卖米的，张掌柜的；一个卖蔬菜的，李掌柜的。两人处得还都不错，没什么大来往，互相串借东西，都借过。

1　虎头虎脑：形容壮健憨厚的样子（多指男孩）。

这天张掌柜看见李掌柜说:"李掌柜,我家筐装米都不够用了,你借的二十个筐拿回来吧!"

李掌柜说:"没有啊,我的筐都是新买的,哪有借你的?"

张掌柜说:"不对,你看你借,我给你拿来的啊!"

这两人越说就干起来了,大筐挺好,挺值钱啊。一个说借,一个说没借,正好县衙门衙役看见了,说:"这么办,别拗了,到县衙门去吧!"县太爷说过堂。

过堂一问,他说他筐,他说他筐。县太爷说:"这么办,把筐抬来。"就把二十个筐抬大堂上了。县太爷说:"不审它不能说。你们俩都各说各的理,我问问筐,到底是谁的。"

大伙一看,唐知县像傻子一样,筐还能问出来?就把筐摆那旮了,说:"筐,你说实话,你们姓张、还是姓李?你们是老张家筐、还是老李家筐?"问了好几遍,筐不吱声。

知县说:"看来得打,不打是不行啊。你们把棍子拿过来,挨个打。"衙役就乓里乓啷打,打罢一阵子,唐知县走过来说:"李掌柜的,你过来说实话,你借人家筐,为什么不还人家?"

李掌柜一听就不吱声了,蔫巴了,跪下了说:"大人啊,我错了,你审得真对,确实是我借的筐,我那时候就不想给他了。因为他当时也有点儿过马儿[1],也整过我东西。所以我就把筐匿下,不给他了。请问大人你怎么审的。怎么看出来的?我明白我就服罚!"

唐知县说:"不用服罚,筐都打坏了,你给人家买二十个新筐,给人家赔礼道歉。再磕两个头,赔礼,请人吃顿饭就行了,俺们是啥也不要。"

李掌柜问县太爷是怎么审的。唐知县说:"你细瞅!"他趴地上一瞅,县太爷说:"人家筐是装过米面,装过米,你装菜的筐眼儿不能密实,你那筐怎么抖搂尽了,筐里也夹着碎米粒。我这一打,碎米粒就掉地下了。你看有碎米粒儿没有?"

李掌柜一看,真有,说:"哎呀,大人你真是清官啊!"

李掌柜给人家包二十个新筐,让人家带回去了,搁那说唐知县真是清官。

---

1 过马儿:纠葛,不对付的地方。

国家级非物质文化遗产
名录项目

中共辽宁省省委宣传部文艺精品创作生产
专项资金扶持项目

辽宁省文联文艺创作生产专项资金
扶持项目

谭振山故事全集 下

江帆 宋长新 主编

中国文联出版社

目　录

陆　精怪故事

1188　狐仙遇人结良缘
1191　张振环与狐狸精交友
1196　石佛寺娄老娘婆给狐仙接产
1204　胡四姐
1210　扬州逛灯
1215　火烧林家坟
1222　朱尔旦参加狐仙婚礼
1224　李先生遇狐女
1225　狐仙改文章
1226　狐狸精戏财迷
1227　狐戏（一）
1232　狐戏（二）
1234　聂小倩
1243　青凤
1247　婴宁姑娘
1254　狐仙助姻缘
1256　卖身陪葬
1262　贪心人金子变水
1264　王明太变心
1269　雨钱
1270　捉狐
1271　出会狐仙显圣
1275　双仙争会斗法
1277　王成
1283　七星山狐仙显圣
1284　宫梦周
1293　一袋烟
1295　老曲头儿新城子卖粮狐仙相助
1295　老曲头儿得外财狐仙送粮
1298　孙七打黄皮子受害
1299　供蟒仙
1300　金花蟒逛沈阳
1302　李半仙斗蛇仙
1305　马神庙蟒仙显圣讨会
1307　蟒仙度化孟老道
1309　蟒王入海想成龙
1310　红蛇改嫁
1313　癞蛤蟆大战蛇精

1313	李家挪坟，蛇盘坟顶	1369	韩信智擒河怪
1315	挪坟砍蛇	1370	金精戏窦
1316	人蛇结良缘	1372	柳毅传书
1324	青龙盘仓	1380	柳秀才
1325	人心不足蛇吞相	1381	马骨头闹鬼
1330	水耗子精迷人	1382	骂鸭子
1331	龟仙	1383	梅凤
1333	老鼋报恩	1390	木骨儿
1339	甘兴霸捎书	1393	泥鳅精讨饭
1341	老龟报恩	1395	泥鳅精讨封
1343	乌龟护人	1396	螃蟹精怒杀黑鱼精
1344	井坑子老项	1396	王老三大战蜘蛛精
1345	金马驹喝水	1398	蛐蜒张
1346	白于玉	1399	张生巧遇蜂仙女
1353	兔子精迷人	1402	桃花女与胡元庆
1354	蛤蟆儿子	1406	二娃子和花仙
1359	泥鳅精是干老	1407	认花得妻
1360	泥鳅精入不了海	1409	树姑娘
1362	雷殛蜈蚣精	1410	张铁匠吹喇叭
1364	雷殛蜘蛛精	1411	树影落水缸
1365	白蹄猪	1415	张天化打豆仙得妻
1366	财主与美女	1417	小牛倌得宝参
1368	海公子	1424	棒槌孩

1426	笤帚头子坐车		1499	阿宝
1427	刷帚头子买花戴		1505	断手姑娘
1429	十七养十八		1518	三个瞎姑娘
1434	尿炕精		1521	月老配婚
1434	王小修仙		1524	不见棺材不掉泪
1438	夜叉国		1527	千手千眼佛
1443	莲香		1529	雹神（一）
1449	纸扎活儿变成真媳妇		1530	雹神（二）
1454	"浪柴"计		1531	泥像抽大烟
			1533	黄金财宝搬家
			1534	点正穴先生失目

柒　幻想故事

			1543	老关头儿得元宝
1458	老虎妈子		1544	门东讨债
1461	小铜锣		1547	一福压百祸
1465	孙太生感化山神		1548	舅舅变牛还债
1474	康大饼子接喜神		1551	挖大钟
1477	王本接穷神		1552	卖屁股先生
1480	白菜上的蝈蝈		1553	库官保管
1482	神奇的蝈蝈		1554	张老坦聚酒
1484	画中驴		1555	一文钱娶媳妇
1486	黄狗大狸猫		1560	龙珠
1490	口吐金银的小女孩儿		1561	虎须
1493	当"良心"		1563	龙落平阳

1564	小猪与小鹅		1610	戏鬼讨封
1565	换手指		1612	张才还魂错投胎
1566	陈龙脊背土		1614	惊魂三千里
1569	甩发作画		1618	李家车赶不动
1570	温泉是火烧的		1619	铁匠娶鬼妻
1572	神牛山		1621	磷火烧胡须
1574	谎屁张三		1622	拉坟土女鬼缠身
			1623	王姑娘死后报仇
			1623	讨债鬼和还债鬼

捌　鬼故事

			1626	李公子遇鬼同眠
1584	饭店遇见死去的二叔		1628	死媳妇给家托梦
1586	老李头儿遇鬼		1630	连成姑娘
1587	老刘头阴城下饭店		1635	和淹死鬼为友
1588	老刘头游阴城		1640	借尸还魂
1589	鬼买烧饼（一）		1644	淹死鬼找哥哥
1591	鬼买烧饼（二）		1644	淹死鬼认外甥
1592	马场闹鬼		1645	看地与鬼同眠
1593	盛京将军打鬼认义女		1649	死人回家喂牲口
1598	死人把招		1650	枪杀媳妇闹鬼
1599	太平寺的鸡骨寺		1652	五鬼推碾子
1600	替鬼伸冤		1653	五鬼闹石磨房
1605	王二乐看牌		1654	赵警官和鬼说话
1607	王作成与鬼同眠		1655	科考路遇武则天

1657	财迷死后见阎王	1683	阎王爷判案
1659	赵二中指点鬼		
1660	鬼请客		

附 录

1662	崔判官		
1667	李兵遇"鬼"结婚	1686	附录一：谭振山故事总目
1673	徐木匠遇鬼	1703	附录二：方言注释表
1674	财主吃鸡而死问阎王	1707	附录三：谭振山年谱
1675	死人回家	1716	附录四：谭振山自传
1677	猪圈做坟茔	1719	附录五：谭振山记录的故事
1679	李大仙过阴	1724	附录六：主要采录者简介
1680	教书先生驱恶鬼		
1681	王公子遇阎王治恶嫂子	1732	后 记

陆

精怪故事

狐仙遇人结良缘

这个故事发生在大辛屯。

有一老李家,老李家这小伙子也就二十五六岁儿。他是干啥出身呢?当地药铺或先生看病的地方净有人赊账,今儿个看看病不拿钱,明个儿看看病赊上了,所以他们各屯子的一堆儿雇外柜拉马去齐钱齐粮[1]。他就是给人家齐粮,就是在早的外柜,他拉着匹马到东家西家齐粮,这一冬天要是能齐完就算不错的了,那时候都不拿钱,净赊账啊!

这天正赶上快到冬景儿了,他点灯的时候才回来,回来晚了,就看着前边儿有一个人,穿着白大衫儿在壕上坐着。他一看,哎呀!这是个女的,还穿的白孝衫啊!到傍拉一听,这女的在那儿哭呢!听着这哭声挺凄惨。

他寻思寻思,来热心肠了,就顺[2]马上下来了,问:"这位大姐啊,你哭什么?天都这么晚了,眼瞅着都黑天了,待会儿天头儿[3]还冷。这地方还不干净,要是有个狼有个啥伍的把你再吓着,你快溜儿进堡子吧!这傍拉还没屯子,好几里地还没人家。"

这女的还哭,他说:"你怎么的了?还哭呢?"

她说:"唉!我没有人了,我有个男的已经死了,我自己没办法,所以打算投亲,到亲戚这儿,人家搬走了,我一看没有奔头儿了,所以在这儿哭起来了,狼吃我我就省心了,我也就不能哭了。我这是有家难奔有国难投,我往哪儿去啊?我认得谁?"

这小伙儿一看,说:"这怎么办呢?"一看这女的,她把头发往上撩撩,长得还真不错!二十多岁儿。他寻思寻思说:"大姐,要不你到我那儿,俺们家也没别人,就我自己,爹妈都死了,我给人家当外柜,你就跟我去吧!"

---

1 齐钱齐粮:收集钱、收集粮。
2 顺:从。
3 天头儿:天气。

她说:"你要是救我一命,我感恩不尽了,我就跟你去吧!"

他说:"那你就上马来吧!"他把她搁前头了,俩人骑一匹马就回家了。

到大辛屯了,回家之后进屋了,他说:"你在炕头儿存,我在炕梢存。"他这人挺正义!

存了一宿,天亮了,这女的就说:"你家净啥人呢?"

他说:"我不就自己嘛!"

这个女的洗完脸收拾完挺漂亮,她说:"你要是不嫌弃的话,咱俩就作为男女得了,我给你烧烧茶做做饭,缝缝补补干干,不也挺好吗?"

他说:"我家穷啊,你能愿意吗?你说就我一个人儿,连个柜箱儿都没有,屋里也没有什么东西,恨不得被都少,就那一床被我还得另外买,你要是真愿意,我还有不愿意的吗?"

她说:"那好吧!"这俩人就在一块儿堆过上了。

自从她过门之后,这女的养活猪养活鸡都挺顺当,养活猪猪长得也快,养活鸡鸡也不死,这家的小日子几年就过起来了,过得还确实不错。俩人感情还越过越好,就生儿育女,生了好几个姑娘好几个小子,这就妥了!一问她姓啥?她说:"这么办吧!这孩子都是我生的,就姓我的姓吧!"

他问:"你姓啥?"

她说:"我姓伛。"

他说:"姓伛?还有这个姓吗?"

她说:"俺们这是特殊姓,百家姓没有还不算,连十二大姓也没有,你姓我这个姓吧!做个纪念,我也没要啥!"

他说:"那行啊!姓伛吧!"这小伙儿家就成了老伛家,谁都知道。

这一晃过了多少年,儿子也娶媳妇了,姑娘也结婚了,都挺好!这一年老太太多大岁数了?都六七十岁了。这天她的小孙女一早上起来,说:"奶奶,我给你梳梳头,你头发乱糟的,我给你梳梳吧!"她梳完头之后,就喊,"奶!奶奶!你脑袋怎么有个窟窿在那旮旯呢?"小孙女一摸,确实是个窟窿。

老太太"嗯"了一声,说:"行了,你别摸了,去吧!急速把你爷找来,把你爹也找来。"他们都来了,她就告诉了,说,"我要走了,咱俩人夫妻缘分算到头儿了,咱俩应该有这缘分。我和你说实话,我是一个狐仙,当年那时候,你父亲救我们老狐家一命,俺们为了报答你们的恩情,所以我才到你们这儿来,你急速把我的大布衫儿拿来,大布衫儿我个人知道,在你道儿上的石头底下压着呢!你到那儿把白大布衫儿给我取来。"

到那儿一看,真在那儿搁着呢!还没坏,挺好挺新的。这老头儿问:"你多咱搁的?"

她说:"我当年自己搁的。"

衣服拿过来了,这孙男娣女都过来一帮啊!她告诉儿子儿媳妇和孙媳妇,说:"你们啊!打算看我是看不着了,要是打算恭敬我还能恭敬得到。我好抽烟,从今之后啊!三年以内,每天你们哪个媳妇煮饭的时候,哪个媳妇就给我装袋烟,装完以后你就放北窗户上,烟袋嘴儿冲外面搁着,烟袋锅儿冲里面搁着,你们把烟给我点着就行,我这每天就来抽烟。另外,你们搁房后给我修个小庙儿,小庙儿前头扫得溜光就行,你们或者上上供,那都是小事儿,主要得有个小庙儿。你们要是哪个孩子真要闹,没人带没办法的时候,你送小庙儿上往那儿一搁就行,告诉他奶奶给带孩子,我就给你带一带瞅一瞅。"

大伙儿都说行呗!这老太太说完之后眼睛一闭,真就死了。死完以后,家里人就按她说的方法发送的。搁那以后孙子媳妇们就品哪!装袋烟点着以后就瞅着往外冒烟儿,烟袋锅儿一着还往外鼓火儿,那要是不抽能冒烟吗?哪天都得抽一袋烟。这不算,孙子媳妇中有的小孩儿闹腾,说送那儿去看她行不行,送那儿就告诉:"奶奶!你给我带会儿孩子吧,孩子闹得邪乎!"就搁那儿了,不用管,那孩子就在庙门口玩儿上了,又摆土了圪儿又画道儿,在那儿一玩儿一天,也不闹,不感冒还没有病。

整三年的工夫,到三年以后再送去就不行了,孩子也不在那儿待了,总跑,也没有动静了,那之前总能听到老太太哼哼哄孩子,这三年一过,老太太哄孩子声儿也没有了,烟也不抽了。所以这老佫家搁那儿就传开了,现在还姓佫,要么说这狐仙她是善良的,不像别的动物,一般狐仙跟人结婚的有的是。

附记:

"四大门"又称"狐、黄、灰、柳"或"狐、黄、白、柳",即指我国北方乡村常见的狐狸、黄鼠狼、老鼠(或兔子)与蛇四种动物。在北方农耕地区,民间社会对这些动物有着深广的信仰传统,民众对其既敬又畏,一些人家视"四大门"为可以庇佑家族的"保家仙"而崇信至深。因此,北方乡间流传有许多有关"四大门"作福或作祟于人类的传说与故事,这类叙事与当地民众的日常生活多有紧密交织,"在地性"特点十分突出,是谭振山故事的重要构成,凸显着辽河流域农耕文化的特色。(江帆)

张振环与狐狸精交友

过去,有这么一户姓张的人家,男人叫张振环,夫妻俩有几个孩子,日子过得挺穷的。张振环没什么大能耐,平素又有点好吃懒做的,过了半辈子了,啥家底也没攒下,一年到头就靠媳妇娘家接济着。媳妇娘家过得不错,当妈的可怜闺女,常给他家送点这个,送点那个,他家的日子是全靠老丈人家贴补,要不早就揭不开锅了。

这一年傍年根儿了,屯子里家家都办年货准备过年,他们家一点动静也没有。可也是,一年了,他家连一个钱也没攒下,拿什么置办年货?张振环也不着急,他心里有数,每年临年根儿下的腊月二十几,老丈母娘都打发小舅子给他们家送一坨子年货过年,所以他一点都不愁过年没嚼谷。他等啊等,从腊月二十三就等着,等到年三十了,老丈人家也没动静。他就急了,在家骂开媳妇了:"你说你这娘家缺德不,该送来东西咋不送啊,还直门儿闷着,等大年初一送来啊?"

媳妇说:"你这人咋不知道寒碜呢?挺大个男人,全指着我娘家给你撑门户。送年货这东西,人家愿意送就送,不愿意送拉倒。年年指着人家,还嫌人家送晚了?有能耐你自己买去啊。"

三说两说,两人就干起来了。张振环怎么也是个大男人,让媳妇说得挂不住脸,有点恼羞成怒,上来不说理的劲儿,过去就给媳妇两个嘴巴子,把媳妇脸都打肿了。媳妇气得一边哭一边和他撕巴。他俩正闹呢,张振环就看见两个小舅子拉着毛驴,驮一大口袋年货进大门来了。

他一看,心说:"不好!小舅子要知道为这事儿打他姐还不得揍我啊。"转身就顺着后窗户跑了。

他一口气跑到房后的山上。在这山上,能看到他家的房子。他就合计:"我在这等着吧。我就瞅烟囱，烟囱要是不冒烟，说明他俩不在这吃饭，一会儿肯定就能走，我就回去。"

这边小舅子进屋一看，他姐正哭呢，脸也肿了，就问："姐你咋的了？"

他姐说："和你姐夫打架了。"

"是因为年货送晚了吧？这个鳖羔子，俺们今儿不走了。姐你做饭吧，看他回来俺们怎么收拾他！"

他姐就烧火做饭了。

张振环在山头上一看："糟了，烟囱冒烟了，他们一时半会儿也不能走了，我还是先在这山上待着吧。"

待着待着，他就趴在山坡上睡着了。正睡呢，就听见噼里啪啦的炮仗响，这一响，就把他震醒了，他一睁眼睛，哎呀，天都黑了，往山下一看，家家户户都开始接神了。他寻思，小舅子这工夫肯定走了，我赶紧回家吧。

他刚要起来，就听旁边有人说话："哎呀，三十下晚儿真热闹啊。可比起扬州来还差点儿。"

张振环借着山下的亮光一看，原来是个老头儿。

他就问那老头儿："你去过扬州啊？"

老头儿说："不瞒你说，我家就是扬州的。我到这儿来做买卖，过年了，正打算回家过年呢。"

张振环说："扬州这么远，等你回到家，年早过完了。"

那老头儿就笑了，说："以前有个人教我个走路的法儿，可快了，一会儿就能到。你要是愿意去，我带你上扬州看看哪？"

张振环这辈子还没去过扬州呢，看这老头儿挺有诚意，就说："行啊。大哥，你这人太好了。"

老头儿说："我看你这人也挺实在的，要不，咱俩就拜个磕头兄弟吧。"

两个人就拜了把子。

张振环问："大哥你贵姓啊？"

老头儿说："我姓胡。咱们赶快走吧，一会赶不上接神了。我带着你，你别吱声，把眼睛闭上，我叫你睁开你再睁。"

说完，老头儿一把就把他夹起来了。张振环闭上眼睛，就觉着耳边的风呼呼响。

不一会儿，就觉得脚落地了。老头儿说："你睁开眼睛吧，到了。"

张振环睁眼一看：哎呀，这街上太热闹了，人山人海，灯笼火把的，家家户户都接神呢，炮仗放得叮当的。

老头儿说："你先跟我到家吧。"

就带着张振环来到一家大门口。张振环一看：嚯！一个挺带劲儿的四合院儿大院套，黑油的大门，转圈都使一人多高的大高墙。

老头儿一拍门，大门儿就开了，出来几个年轻媳妇，都笑盈盈地说："呀！老太爷回来了！"

老头儿笑呵呵地拍拍张振环，和那几个媳妇说："这是我磕头兄弟。你们管叫二叔。"

这些媳妇就前呼后拥地把他和老头儿让屋里来了。进屋一看，好酒好菜都摆好啦。

老头儿说："兄弟，到这来你就像在家一样，别见外啊。"

张振环连忙点头，就和老头儿上桌吃饭了。

老头儿这一大家子，有好几十口人，上上下下都对他客客气气的。

等吃完饭了，老头儿就说："兄弟，我的书房最暖和，你晚上就在那睡觉吧。"

张振环就在书房睡下了，这天晚上他睡得挺香，一宿到亮。

第二天，老头儿就带他在扬州到处溜达。到了晚上，张振环刚要睡觉，就听有个姑娘哭，一边哭一边叫唤。整整哭了一宿，哭得他也没怎么睡好。

第三天，还是这样。他受不了了，白天就问老头儿："大哥，我这两天晚上老听见有个姑娘哭，咋回事啊？"

"唉，你不知道，是咱家西院王员外家的闺女，这两天突然得怪病了，浑身疼得邪乎。这姑娘说了，谁要把她病治好了，愿意给他做媳妇儿。"

张振环这人别看懒，心还挺软，就说："这可真遭罪了，这病就没法儿治了吗？"

老头儿说："兄弟，不瞒你说，我这有一包药，兴能治好她的病，可是咱家以前和他们家有点小过节，就不怎么来往了。所以我也没去送药。这么办吧，兄弟你去送药吧，也别说是咱家亲戚，就说是京城来的大夫。"

张振环说："我去送药倒是行，可我也不懂这病啊。"

"没事儿，到姑娘家你就说她得的是心脏病，吃上这药准好。"

"那行，我这就过去。"

张振环把药装兜里，就上西院了。

到了门口，和把门的说："我是京城来的大夫，听说你们府上有病人，我来看看。"

王员外家的人一听，赶紧给让屋里来了。

张振环进屋一看，王小姐疼得直打滚儿，就说："我看这病在心脏。把我这包药吃下去保管能好。"

家人赶紧把药给姑娘吃了。一吃下去，马上就不疼了。

王员外乐坏了，说："这位大夫，你有什么要求就说吧。"

张振环说："我有老婆，再说也这么大岁数了，不能娶她做媳妇儿。我也不是冲钱来的，就是看你家姑娘太遭罪了，想帮帮她。"

王员外一听，挺看重张振环，就说："这样吧，就让我闺女认你当干爹吧，咱俩以后就是兄弟。"

张振环推辞不过，就答应了。

回去以后，张振环就把这事和胡大哥说了，胡大哥比他还高兴，说："这回你又多个兄弟，是好事儿，咱俩得喝一盅。"

喝着喝着，胡大哥就哭了，张振环连忙问："大哥，你咋了？"

"二弟啊，我有点闹心事儿。"

"什么事儿？你说说。"

"前几天有人给我算命，说我全家今年有灾啊，得有张天师的印纸才能避开。"

"那就冲张天师要呗。"

"我也不认识张天师啊，就知道他和西院的王员外关系挺好。可咱两家又一直合不来，我舍不下脸去求他呀。"

张振环一听，说："大哥，这事兄弟给你办。我去找王员外，让他向张天师要印纸。"

胡大哥一听，一把抓住张振环的手，说："哎呀，大哥没白拜你这个兄弟。这么着，他们要是问你要这印纸干什么，你就说你家小孩儿闹夜，黑天睡不着觉。"

张振环说："行，大哥你就放心吧。"

第二天一大早，胡大哥给张振环七张白纸，说："你让他把这七张纸都盖上张天师的印就行了。盖完之后，我每天晚上烧一张，烧完就没事了。就他的印最好使。"

张振环就拿着纸往西院去了。过去和王员外一说，王员外立马答应了，说："行啊，张天师和我最好，肯定能给你把印盖上。可是，他几个月以前出门了，也不知道什么时候能回来。"

说来也巧，正说着呢，家人来报说张天师来了。王员外一听赶紧出门迎接。原来，张天师今天才回来，一回来就来看老朋友。

等张天师进屋了，王员外就指着张振环说："这是我新结拜的兄弟，他家的小孩儿闹夜，正想让你给打几个印纸，辟辟邪呢。"

张天师挺爽快，说："行，把纸拿来吧。"

张振环就把那七张纸递过去，张天师接过来，他的印就在身上带着，掏出印来，啪啪就盖。

盖完第三张，要盖第四张的时候，张天师的手停下了，不盖了，说："这位兄弟，你说实话，这个纸是你的吗？"

张振环厚着脸皮说："是啊。"

"肯定不是你的，你跟我说实话，这是谁的？"

张振环一看瞒不过了，就说："是隔壁我胡大哥的，他自己不好意思来，就求我给他办的这事儿。"

张天师一听，气呼呼地说："果然是他！"就指着那七张纸说，"你们看看，前面三张和后面三张都是白纸，就中间第四张是人皮。"

张振环上前仔细一看，哎呀，可不是人皮嘛，就问张天师："这怎么回事儿啊？"

张天师说："狐仙也是有好有坏，那些做坏事的狐仙一般都得遭雷劈。要想躲过雷劈，就得有我的印。有了我的印，狐仙干什么坏事都没人能降住了。你那个胡大哥是个狐狸，前几年作孽的时候，被我抓住了，他求我放了他，说以后再也不害人了。我就把他放了。今天我要是给他打上这张印纸，往后就没人能管他了。"

张振环一听，吓坏了，说："怪不得王小姐得了怪病，他给我一包药，说肯定能治好呢，原来他是狐仙啊。"这下子，他也不敢再瞒着了，就把自己怎么认识的胡大哥，怎么给王小姐治病，一五一十都说了。

张天师对王员外说："你家小姐的病就是让这个老狐狸给迷的，他就是想利用你拿到我的印符哇。我今天非治治他不可。"

陆　精怪故事　　　　·1195·

说着，张天师就把那张人皮纸拿过来，在上面画了一道符。

刚画完符，就见顺大门口跑进来了大大小小好几十只狐狸，都老老实实地在张天师前面蹲着。最后，一个大狐狸也低着头进来了。

张天师一见，上去就对着大狐狸左右开弓，又打又踢。这大狐狸"嗖"的一下子就跑到张振环前面，抱着张振环的大腿不松开了。

张振环低头一看，这只大狐狸正看着他呢，眼泪汪汪的。

张振环知道这狐狸就是他胡大哥，想想胡大哥对他一直都挺好，他就心软了，给张天师跪下了，说："天师，你饶他一命吧。不管怎的，他对我挺好的。"

张天师就和大狐狸说："孽畜，这回有人给你求情，我就留你一命。下次你再不务正，我一定不饶你。"

大狐狸就带着那一群狐狸灰溜溜地走了。

话说回来了，张天师的印纸是什么？是符啊，专门辟邪的。狐仙当中也分善恶两道，想做坏事的狐仙怕遭报应，就想法淘弄张天师的护身符来辟灾。没想到魔高一尺，道高一丈，最后还是让张天师识破了。

石佛寺娄老娘婆给狐仙接产

说一段石佛寺姓娄的老娘婆给狐仙接产的故事。

早些时候，在这石佛寺一带，山里有很多狐狸。这娄老娘婆是石佛寺人，岁数不大，也就三十五六岁，家还有个吃奶的孩子，不到一岁。啥叫"老娘婆"？就是现在的接生婆、助产士，过去都叫老娘婆。娄老娘婆接产的手艺特别高，一般的难产都能接。

这天，天要黑的时候，娄老娘婆家来了两个姑娘，进门就说："哎呀，老娘婆，急着救命吧！我大姐闹难产，你赶快去给看看吧！"

娄老娘婆说："我也离不开呀，家里这孩子闹，也没人带呀。"两个姑娘中那个大一点的说："这不要紧，让我妹妹留下来帮你看着孩子，我们一会儿就能回来。"娄老娘婆心眼儿特别好，她知道难产很危险，弄不好要死人的，就把家里的孩子托付给其中一个姑娘，二话没说跟着出门去了。

到外面一看，外面停个小车。娄老娘婆和姑娘坐上去以后，就见这小车子"嗖嗖"地走，快得邪乎。娄老娘婆就觉得耳儿边生风，不一会儿，车就停了。姑娘说："到了。"

娄老娘婆下车一看，这院儿好哇！青砖瓦舍的。就见这家人全都出来了，说："哎呀，这娄老娘婆可算来了，赶快救命吧。"

娄老娘婆到屋里一看，一个产妇正在炕上趴着打滚呢，一看就是难产。娄老娘婆就说："好吧，那我给你看一看吧。"娄老娘婆确实有点儿经验，就连擀带推，帮着产妇助生，不一会儿工夫，就把孩子生下来了。娄老娘婆对生下来的孩子瞅一眼，说："哎呀，大姐生了个大白胖小子。"她把孩子一抱，嗯？不对，怎么回事？这胖小子的尾巴骨那块儿怎么多块肉啊？她再一看，哎呀，是一条小尾巴！娄老娘婆这人也挺精挺灵的，她从小就住在石佛寺山上，常年在山沟里头，没少听人讲一些狐仙的事儿，心里就明白了：敢情今天她给接生的这位大姐不是人，是个狐狸呀，要不然怎么能生个带尾巴的呢？她心里有数了，可也没说什么。

孩子生下来了，这家人可都乐坏了，都说，这娄老娘婆可帮大忙了。就都忙着给端茶倒水，想留娄老娘婆吃饭。娄老娘婆急着要回去，说怕家里的孩子闹。大伙儿都说不能闹。那个姑娘说："我妹妹在那儿，你就放心吧。"可娄老娘婆非要回去。这家人一看留不下，就端出个盘子，说："没别的，这是点儿礼物，多了没有，请收下吧。"

娄老娘婆一看，盘子里清一色是黄金锭子，这得多少钱呀。娄老娘婆就说："这我可不能要，我啥时候接产也不要人家东西，能救一命就挺好的。"这家人都说："那怎么行呢？管什么得拿点儿啥呀。"

娄老娘婆说："这么办吧，我瞅你们家那烟挺好抽的，给我拿两把红烟[1]就行。"大伙儿说："那还不容易。"就打发人拿出五把红烟来。

娄老娘婆收下红烟就上车回来了。到家后一看，自个儿的小孩儿还睡着呢，呼呼的，那个姑娘在一边拍着。那姑娘说："大娘，都完事儿了，我要跟车回去了。"那姑娘就跟车回去了。

---

[1] 红烟：关东烟。

娄老娘婆也累了，就睡下了。第二天，她想抽烟了，就把拿回来的烟打开一把，你猜怎么的，这烟是真好哇！不光好抽，还抗抽，点上一袋烟，三袋烟的工夫都抽不完，抽起来呀，身子就跟腾云一样，好得邪乎。娄老娘婆心里明白，这是狐仙的烟呀。这堡子的人听说了，就都上娄老娘婆家讨烟抽，你也尝一袋，他也尝一袋，大家就都知道了娄老娘婆为狐仙接产的事。

从那以后，娄老娘婆家的日子过得的确也不错，因为狐仙大姐总打发姑娘前来串门送些礼物，送什么礼物呢？无非就是送一些财宝什么的，你说这娄老娘婆的日子还能差得了？

异文一：娄婆婆遇狐仙

"接生婆，接生婆，接了一个又一个。"这句顺口溜说的是，老年间、新城子石佛寺村，有位娄老太太给女人家接生的故事。

当年在石佛寺附近，只要提起娄老太太来，十里八村的没有不竖大拇指的。为啥呢？因为这个娄老太太，心肠热，待人特别好，她给乡亲们接生，从来不收分文。而且不论哪家妇女难产了，生孩子了，只要找上门来，娄老太太不管路有多远，也不管白天黑夜，刮风下雨的，她总是随叫随到。乡亲们都亲热地叫她娄婆婆。

有一天晚上，娄婆婆正在家侍候生病的儿媳妇呢。这时就听门外传来"啪啪啪"一阵急促的敲门声。娄老太太忙出去开门。打开门一看，门口站着两个十四五岁模样、长得都挺俊的小姑娘。其中一个稍大点儿的姑娘，泪流满面地说："娄婆婆，请您快去救救我娘吧，她生孩子生了三天还没生出来，疼得快不行了。"

"你家住哪儿呀？快点儿领我去吧！"

娄婆婆披上衣服，二话没说就要跟她们往外走。可她刚走到门口，脸上又出现了难色，她迟迟疑疑地对两个小姑娘说："哎呀，这可怎么办？我家还躺着一个生病的儿媳呢，我儿子没在家，咋能把她一人扔在家不管呢？"

"这样吧娄婆婆，让我妹妹在这侍候嫂子一会儿吧！门外有马车，走得也快，您给我娘接生完后，赶紧就给您送回来，不知行不？"

"行，那就麻烦你了大侄女，咱俩快走吧！"

娄婆婆说完,便跟另一个姑娘来到门口,就见外边早有一辆带篷的马车等着呢。俩人上了马车,放下帘子,就听得耳边风声呼呼直响,这马车像腾云驾雾一样,轻飘飘地飞着。娄老太太坐在车篷子里,心里画魂儿,心想:这马车咋跑得这么快,再说咋听不见马蹄声和车轮子响呢?娄老太太想看看咋回事,可又看不着,因为有帘儿挡着。娄老太太正纳闷儿呢,这时马车忽然停了下来,小姑娘说:"娄婆婆,到了,请下车吧!"

娄老太太稀里糊涂地下车一看:嗬!好一处青砖瓦舍,修得富丽堂皇。这时大门"嘎吱"一声开了,打里边跑出来一群穿着绸衣缎裤的大姑娘、小媳妇。这帮人上来,连搀带扶地将娄老太太簇拥到一间宽敞明亮的屋子里。屋子里几十支蜡烛一起点着,把整个屋子照得如同白天一样。娄老太太一看,这屋里摆设也挺讲究,她连见都没见过,自己好像走进神仙洞府一般。

娄老太太由那个小姑娘领着,走进了紧里边的一间屋子里。只见床上躺着一位三十岁左右如花似玉的女子。这女子面色焦黄,呻吟不止,豆粒大的汗珠正从她那俊俏的脸上一对一双地往下掉。

娄婆婆见状,忙走到这位夫人跟前,轻轻地为她擦去额头上的汗珠,摸摸脉,看看她的腹部,夫人微微向她点点头,眼中滴下了晶莹的泪珠。娄老太太从大衣襟中,掏出来一个红色药丸,随手接过丫鬟递过来的水,慢慢用小勺把药丸灌进了夫人口中。随后又给她按抚肚子,不一会儿就传来了婴儿落地的哭叫声,一个白胖胖的大小子生下来了。娄婆婆高兴地抱起孩子一看,又把她吓了一大跳。就见孩子的屁股上,长着一条小尾巴。娄婆婆一见顿时心里就明白了八九,这是狐狸的尾巴,原来自己来到了狐仙家。娄婆婆没有吭声,给这孩子洗了洗澡,把孩子包好后,交给了身边的老妈子。

再说那位"夫人",生完了孩子,不疼也不叫了。她笑吟吟地对娄老太太说:"老人家,多亏您救了我和孩子,我家金银财宝有的是,您想要什么?就请随便拿吧!"

"夫人"刚说完,就见两个小仆妇抬着个大箱子,走到了娄老太太跟前。呀!里边全是金光耀眼的珠宝。娄老太太望着这些珠宝,竟毫无表情地摇摇头。

"夫人"吃惊地问道:"这样的财宝你不想要你想要什么?"

"这些金银财宝我啥也不要,请夫人给我一点治病的药吧。我儿媳妇这些日子,不知得了啥病,不吃不喝的,昏昏沉沉地躺在炕上有好几天了。俺儿子碰巧又出了门,家里只剩我一人,我只能给人家接生孩子,可却治不了儿媳妇的病。夫人,我看你家要啥有啥,你如果能给我点药,我也就心满意足了。"

"好吧,我有能治你儿媳妇这种病的药。小娟,把我的那个药盒拿来!"

这时就见刚才那个小姑娘捧过来一个描龙雕凤的小药盒来。"夫人"打开药盒,从里边拿出一粒黄豆大的药丸,递给了娄老太太说:"老人家,你回去后,把这药丸放在你儿媳妇的口中,让她含一会儿,病就会好了。可要注意点,千万别让她咽下去啊!这粒药丸啥病都治,只要含上它,百病皆除。"

娄老太太一听这药能治儿媳的病,乐得嘴都合不上了。她谢过了这位"夫人",又坐上马车。这马车仍和来时一样,只听耳边呼呼风声,一会儿就回到了自己的家。

娄婆婆刚到家门口,来时留下的那个小姑娘,急忙跑出来关心地问:"婆婆,我娘生了吗?"

"生了,又给你生了个小弟弟。"

娄老太太边说边往儿媳妇住的屋走去。娄老太太来到昏迷不醒的儿媳身边,掏出了"夫人"给她的那粒药丸。只见这粒药丸在她手心里闪闪发光,把整个屋里照得亮堂堂的。娄婆婆明白了,这可不是一般的药丸,这是一颗夜明珠啊!娄婆婆忙将这颗夜明珠轻轻放到儿媳口中。嗬!这夜明珠真是无价之宝,儿媳果然睁开眼了。她眼含泪水地望着婆婆,轻轻地叫了一声"娘"!

娄婆婆高兴极了,上前一把搂住儿媳,把刚才发生的事,对儿媳说了一遍。娄婆婆说着,说着,忽然想起了刚才留在家陪儿媳的那个小姑娘。她连忙起身找去,可一见屋里没有,娄婆婆又急忙追出门外,就见马车拉着那个俊俏的小姑娘,早已跑远了。小姑娘坐在马车上正向娄婆婆招手呢。

打这天起,娄婆婆不但能给妇女接生,而且还能用这颗夜明珠给乡亲们治病了。这下娄婆婆的美名也就传得越来越远了。

(项阳采录,1987年)

异文二：娄老娘婆给狐仙接产

说一段娄老娘婆给狐仙接产的故事。早些时候，在俺们石佛寺一带，山里的狐狸可多了。这娄老娘婆是石佛寺人，就是现在的助产士，过去叫老娘婆。她手艺特别高，一般的难产都能接。娄老娘婆岁数不大，多大岁数呢？也就三十五六岁，家还有个吃奶的孩子，不到一岁。这天晚间的时候，要天黑了，就看来了两个姑娘，到家就说："哎呀，老娘婆，急着救命吧！我大姐闹难产，你赶快去给看看吧！"娄老娘婆说："可我这孩子闹。"其中一个姑娘说："不要紧，孩子让我妹妹来帮你看着，我们一会儿就回来。"娄老娘婆心眼儿特别好，她知道难产很危险，弄不好是要死人的，就把孩子托给其中一个姑娘，二话没说跟着出门去了。

到外面一看，外面停个车，娄老娘婆和姑娘坐上以后，车"嗖嗖"地走得快得邪乎，就觉得耳边儿生风，赶着不一会儿就到了。说到了，下车一看，院儿里也好哇！青砖瓦舍的。一家人都接出来了，说："哎呀，这娄老娘婆可算来了，赶快救命吧。"

娄老娘婆到屋里一看，一个难产妇在炕上趴着打滚呢，一看就是难产。就说："好吧，那我给你看一看吧。"娄老娘婆确实有点儿经验，就连揎带推，帮着产妇助生，不一会儿就把孩子生下来了。生完之后一瞅，说："哎呀，大姐生了个大白胖小子。"可她一抱，嗯？怎么的？原来尾巴骨那块儿多块肉。哎呀，这可巧了，怎么还出个小尾巴呀？娄老娘婆也挺精的，因为她住在山沟里头，也听人说过一些事儿，心里明白，这大姐八成不是人是个狐狸，不然怎么生个带尾巴的呢？孩子生出来了之后，大伙儿可都乐坏了，都说，哎呀，这娄老娘婆可做德了。就都忙着给端茶倒水，想留娄老娘婆吃饭。娄老娘婆急着要回去，说怕家里孩子闹。大伙儿都说不能闹。那个姑娘说："我妹妹在那儿，你就放心吧。"可娄老娘婆非要回去。大伙儿看留不下，就端出个盘子，说："没别的，这是点儿礼物，多了没有。"娄老娘婆一看，一色是黄金锭子，这得多少呀。娄老娘婆就说："这不能要，我多咱接产也不要人家东西，能救一命就挺好的。"大伙儿说："那怎么行呢？管什么得拿点儿啥呀。"娄老娘婆说："这么办吧，瞅你们家那烟挺好抽的，给拿点红烟就行。"大伙儿说："那还不容易。"就打发人拿出五把红烟来。

娄老娘婆收下红烟后就上车回来了。到家后一看小孩儿还睡着呢，呼呼的。

姑娘拍着，不醒也不闹。那姑娘说："大娘，都完事儿了，我要跟车回去了。"她就答应那姑娘跟车回去了。娄老娘婆天亮醒来以后，把那烟打开一看，怎么的，这烟真好哇！每回她抽一袋烟，三袋烟的工夫都抽不完，一抽起来呀，就跟腾云一样，好得邪乎。后来明白了，这是狐仙的烟呀。这堡子就你也尝、他也尝，大家都知道了，这娄老娘婆接产是救了狐仙一命。

搁那以后她家过得的确也不错，因为狐大姐总打发姑娘来送串门些礼物。什么礼物呢？无非就是送一些财宝什么的，保证娄老娘婆往后过上好日子。

（江帆采录，1992年）

异文三：旱三七的来历

在早，生孩子都不去医院，农村有老娘婆，就是现在的接生婆。在石佛寺山脚下不远的村子里有个娄老太太，能有四十来岁，挺精神个老太太，接生手法好，一左一右的村子谁家生孩子都找她，她人还热情，所以大家都叫她娄姥姥。

单说有一天下晚儿，冬季天短，刚擦黑儿，娄老太太就带着孩子上炕睡觉了，就听见外面有敲门的声，挺急促的，伴着敲门声就听见有人喊："娄姥姥在家没，救命呀！"

娄老太太赶紧披件衣服就起来了，一开门，看见两个女娃娃，大的能有十四五岁，小的能有七八岁，小的眼泪瓣还挂脸上呢，稍微大点的说："姥姥，我娘早产，孩子生不出来，您快跟我走救救我娘。"

"哎呀，我这今天走不开呀，这咋办，老伴儿摔了起不来炕，孩子还小没人带。"娄老太太也干着急，人命关天的事儿。

"姥姥，让俺妹妹留下给您看孩子，您跟我去吧，我怕我娘挺不住了。"大姑娘指了指七八岁那小的。

"行，那我拿上东西，咱们这就走。"娄老太太赶紧把小的带屋里去了，娄老太太老年才得一子，所以孩子小。

拿上东西后，娄老太太就着急往院外走，边走边问这姑娘："刚才也着急，忘问你哪个村的了，咱们快走吧。"

"姥姥,咱们走不赶趟儿了,我带着轿来的,您跟我来。"说着就前面带路往出走。

娄老太太之前没看到,这会儿趁着点月光才看清门前的轿子,赶紧跟姑娘坐上去了。上轿子后娄老太太就感觉不对,这轿子快得邪乎,那耳边呼呼生风,有心想掀开轿帘看看,姑娘说到了,轿子就停了,下轿一看,这家也太漂亮了,黑漆漆的晚上让大红灯笼衬得亮堂堂的,跟着姑娘七拐八拐就进入一个主人房了,刚一踏进门就听见有人哭着说:"哎呀,姥姥你可来了,您快去看看我娘吧,我娘已经没有力气了,还出了不少血。"

"产妇在哪呢?快带我进去。"娄老太太也顾不得寒暄了,赶紧救人要紧。

进到里屋一看,产妇能有二十六七岁,脸色煞白,头上都是汗珠,被褥上还有血迹,娄老太太一看这孩子横了,再晚一会儿怕是要出人命了,赶紧吩咐烧热水,铲小灰,烧剪刀,娄老太太把手搓搓,有点热气了抚在产妇的肚子上,左推右按地来来回回折腾不少时间,这孩子总算生下来了,是个男孩,娄老太太擦了擦脸上的汗,也挺高兴,救人一命。

娄老太太就想把孩子放在产妇边上,让当娘的看看孩子,再给孩子打包的时候,这用手一挡孩子小屁股,你说怎么着?感觉有个小尾巴,心里"咯噔"一下,这不用看呀,我这接生的不一定是人呀,娄老太太也没敢露声色,给孩子包巴包巴就放产妇边上了,说道:"夫人,您命好,母子平安,这孩子白白净净的也招人稀罕。"

"姑娘,你先带姥姥去厅里,给姥姥准备酬金。"

娄老太太忙跟姑娘说:"不用不用,邻里住着都是应该的。"实际上娄老太太也害怕呀,都说这山里有狐仙,八成刚接生的就是,现在就想赶紧离开。

这姑娘还没去拿呢,产妇就出来了,穿个青绿色的裙子,头发一直披到腰间,脸上也红润了,虽然没有戴首饰,但是长得跟画里的人似的,这会儿看着怎么也不像刚生完孩子的,一般刚生完孩子哪有能马上下地的,这就更肯定了娄老太太心里想的。

"姥姥,今天我儿能顺利出生,还要感谢姥姥的救命之恩,报酬是一定要给的,姥姥也沾点儿喜气儿不是。外面天黑,让我姑娘再送您回去。"说着就拿了一个大包交给那大姑娘。

娄老太太一合计,也别推辞了,赶紧能回家就回家吧。就跟着姑娘出门了。

门口的轿子还在,娄老太太衬着月光看看轿子,外表就是普通蓝花轿子,就跟姑娘上去了,这刚上去,感觉没一袋烟的工夫就到了。

进门一看,小姑娘拍着自己儿子睡觉呢,看见娄老太太回来了,姑娘赶紧起身了。

"姥姥,这是我们给您的诊金,还有一袋药,您老头儿不是伤到了吗?这个是旱三七,您给煮水喝,没有几服就能好,这是一些旱三七种子,您来年开春就种上,以后能用上。"说完两个姑娘就出门了,老娄太太也没敢出门去送,她害怕呀。但是接生这个事儿她跟谁也没说。

第二天,娄老太太就把旱三七给老头儿冲水喝了,三五天的工夫老头儿都能下地了,她一看这药有用,早就听说人家狐仙的药好使,这真好使。来年春头,娄老太太就把种子分给村里人了,让大家都种了,平时都干农活免不了受伤,这草药可真管用,到现在农村还有旱三七,就是那时候传下来的。

(谭丽敏采录,2010年)

胡四姐

有这么一个尚公子,这个尚公子家过得不错,尚老员外就这一个儿子,每天自己在书房,天天读书。

这天,尚公子正在花园里溜达玩儿,夜半更深的时候,月亮已经上升了,那正是玉兔高升的时候,他就觉得那边儿有动静儿,顺着墙上,忽悠就过来一个女的,也就十七八岁儿,一看这女的长得是天姿国色啊!长得好!

他就说:"哎呀,这是搁哪儿来的漂亮女的呢?"

这个女的一下子就笑了,说,"尚公子,不认识我吧?"

"哎呀!"尚公子就说,"我确实不认得,不知是哪位小姐?"

这个女的说:"我姓胡。我今天和你挺有缘,特意到你这儿会会你。"

他说："那好吧。"这一看，这女的长得好啊！

这尚公子也不虑乎[1]这害不害怕，就手拉手进屋了，到书房了。

俩人就唠扯，越唠越近便。

她说："我和你说实话，我叫胡三姐，俺们是狐狸。"

他说："哎，我不管狐狸不狐狸，你是人形，好看就行，我就稀罕你。"他也不管狐狸不狐狸，这俩人就同床共枕地睡觉。

从那以后啊，胡三姐天天来，天天来，一晃来了有十来天了。没有事儿，俩人儿就喝点儿酒，吃点儿喝点儿，高兴得邪乎！

这天，胡三姐喝完酒就躺炕上了，这个尚公子就转圈儿瞅胡三姐。瞅瞅脑袋、瞅瞅脚，摸摸手、摸摸这儿、摸摸那儿，就这么稀罕。

胡三姐就笑，说："你对我这么爱戴，这么稀罕？"

尚公子说："是啊，你确实好看！你真是天下绝色佳人！"

胡三姐说："你啊，这是看着我，你要是看到我妹妹来啊，你就稀罕得更了不起了，我妹妹胡四姐比我长得还好！"

他说："是吗？那把你四妹妹领来，我看看不好吗？"

胡三姐笑了说："你看，你真是吃盆里望锅里的。看着我，现在又想我妹妹了。"

他哀求她说："哎呀，你把她领来，让我看看。"直门儿哀求。

她说："行啊。明天早上我看她有没有时间，我叫她来看看你，让你看看来。"

到第二天下晚儿，她果然就带一个妹妹来。妹妹也就十五六岁儿，那时候十六岁就是大姑娘了。一看，长得确实比胡三姐好，真漂亮，长得好！他们就在那儿跳舞，三个人在那儿玩儿。

吃完饭儿以后，胡四姐就要走。他和她商量，说："胡四姐，你别走了！你姐在这儿待两三天了，你也陪我在这儿待两天。我知道你们都是狐仙，我不在乎这个。"

听他说完，胡四姐不答应他，他就和胡三姐说："三姐，你劝劝她，让她待一宿呗。"

胡三姐笑了说："行啊！"心想这就是一个馋狼啊！就说，"四姐，你在这儿待两天吧。"胡四姐就待了两天。

---

[1] 虑乎：顾虑。

但是胡四姐比胡三姐本领大，在那儿待着的时候，胡三姐说："咱们今天喝点酒，弄点儿菜。"

胡四姐人家就用手比画，一点，菜就"唰唰唰"都从外边儿来了，酒也来了。一色儿鲜酒、鲜菜，特别好。

一晃儿待了几天的工夫，这个胡四姐就有点儿嫉妒性了。胡三姐来了，她说："她来，我不能来，我们不能赶一堆儿来。一堆儿来哪能行呢？"

胡四姐说："那这么办吧，我明后两天不来了。我有点儿事儿，要出门。"

胡三姐就说："那好吧。"胡四姐就走了。

胡三姐看胡四姐没来，她就自己和尚公子在一起。尚公子就合计惦记这事儿啊，就在花园里溜达。

嗯？就看顺花园儿外边有一个女的，一个小媳妇儿。这个不是姑娘，是小媳妇儿。二十五六岁儿，长得漂亮，不低于胡三姐、胡四姐。

她就摆手儿，说："尚公子。"

尚公子一看，说："哎呀，这少见啊！"然后问她，"你家在哪儿住着？"

她说："我家就在这儿傍拉住着。"

他说："来吧。"她就奔他来了。

到了跟前儿，她说："尚公子，我久慕你的豪爽气概。我想会会你，今天我特意找你来了。"

他说："既然你找我来，那就到屋吧。"

俩人就到屋了。尚公子说："哎呀，咱俩也没有啥吃喝的。"

这个女的说："你稍候一会儿，我取点儿酒菜去。"

就看这个小媳妇，虽然说是出屋了，但是不一会儿就端来了猪肘子、猪蹄髈，还有鸡腿儿，又拿来了不少熟食，都是烀好的，把酒也拿来了。

这俩人就喝上了，连吃带喝。喝完以后，俩人在一起住的，一连住了四五天的工夫。两个人如胶似漆，那个邪乎啊，比前面那两个还恋得邪乎啊！

这天，正赶上尚公子在屋里趴着呢，就听见外面有动静。小媳妇说："不行，来人了，我得走，我得快走。"

这个小媳妇说快走，但还是走得慢了一点儿，把鞋落下了，没穿鞋就蹽了。

这胡三姐、胡四姐就来了，看见地当间儿有双鞋。她们说："你啊，真不应该！

你和骚狐狸胡扯什么？那是个骚狐狸，她最容易伤人！在和你的感情当中，她没有保护的方式。"

他就说："那怎么办呢？"

她们就说："你啊，今后拒绝她吧，别让她来了。你要是让她来了，你就完了。"

但是虽然不让她来，她有时候还来，偷着来。这个尚公子啊，相中她了。

过去不少日子了，这天，胡四姐说："这么办，我给你写道符吧，她就来不了了。"

胡四姐就画道符贴门上了，贴门上以后，这个骚狐狸来不了了。就她们姐俩到这旮旯维持，在那儿待着。

待的日子多了，有一天下午，她俩正搁外屋那儿坐着呢。这个尚公子的父亲和母亲，尚老员外老两口就来了。他们知道公子每天晚上都有女的陪着，寻思就闹心，心想：怎么办呢？就问他："你天天净干啥呢？天天有女的在这屋，不离院啊！不来书房，就在这儿鬼混呢？"

这天正好，赶上门口来了一个南方人，背个褡裢。到这儿一看，就说："老员外，我还没吃饭呢。我到这儿打算化个缘，混顿饭吃。"

老员外说："那可以，行！吃顿饭我不在乎。"就让到屋了。

老员外就说："你没吃饭呢，我们也不整什么好的，随便煮点饭，现在我们自己家园子里有菜。"就整点儿菜，他就吃了。

吃饱了，这个南方人就说："我啊，是南方的。我和你说实话，你这块儿有妖气啊！这有狐仙作怪，我特意来的。我一考虑啊，你的儿子叫狐仙迷住了。我今天来，特意治这个狐仙来了。这俩狐仙啊，在关里把我兄弟迷死了！我回到家一看，他已经被迷死了。兄弟死以后，我特意找这股晦气来了，她不应该迷人。在关里，这些日子死三个了，都因为她们迷死的。现在又跑你这儿来了，你儿子用不了几天，也得让她们迷死。所以我一考虑，我就想制服她们，省得再害别人。"

老员外一听，说："哎呀！那好啊！那你就想办法吧，这事我支持你。"

他说："好吧。这么办，你把这个屋铺开。"老员外就把屋收拾收拾。收拾好之后，他就把桌子摆上，把香蜡点着了，然后他就拿出来个瓶儿来。

这两个瓶儿拿出来之后，他说："你不用管了，我现在要作法。"

作法，就是对花园那门支上法器，支好之后，他就念咒，这念咒的工夫就看见出来一股白烟儿，"嗖嗖"地在空中悬着。不一会儿，就见白烟儿回来了，像两道金线似的,"呲呲"地都往瓶里进。进到瓶儿里之后,他就把瓶口盖上了。

搁什么盖着呢?搁猪尿脬绑的,这猪尿脬,是杀猪时留的。一盖,一绑,就给绑上了。

绑上之后,他在那门口大院里边儿还立个旗呢,是个酱杆[1]旗。

单表尚生,尚生正在屋里和胡三姐她俩近便呢,就看进来一道白烟儿,把胡三姐她俩变成烟儿给抽去了。眼瞅着被白烟儿抽走了,奔门口去了。

他说:"今儿个这是怎么回事儿呢?怎么能让一股烟儿给抽走了?"他就跟着撵出来了。

到前院儿一看,南方人正作法呢。他一寻思:这儿哪儿来这么一个南方人呢?

他爹说了:"你啊,别说了,你让狐仙儿给迷住了。这人是特意来捉狐狸精的。他是给咱们除妖的,我把他找来的。"

这尚生才不高兴呢!他说:"爹啊,你没事儿找事儿啊?这是干啥呢?你这是多余!"

这工夫一看,那边儿也作完法了,这老头儿挺高兴,说:"咱们今天喝点酒,喝点儿太平酒。"又派人买的酒,打的好菜,请这个南方人吃饭。

正吃饭的工夫,这个尚生心不安啊。心里说:"这玩意儿,俺仨人这么好,让他抓走了!我听听,我看看到底在没在瓶子里?"

他就到那儿去听声儿去了。一听,里面有哭声,正是胡四姐的哭声。这瓶儿是胡四姐,那瓶儿是胡三姐的哭声儿。完了,胡四姐就说话了,说:"尚生,尚生啊,你在旁边儿站着,我知道是你。咱俩感情这么好,你就忍心让这个人抓我,害了我?你不好救救我吗?"

尚生说:"我怎么能救呢?我救不了你,我没有章程啊。"

胡四姐说:"你这么办,你上前院儿,把那个酱杆旗扳倒。他们喝酒呢,不知道,你把那个旗扳倒就行。放倒以后回来,你弄个针,那盖儿上绑着猪尿脬,把这个猪尿脬扎个眼儿,你不用搭理他。"

他说:"那好吧。"他就去了,到那儿把大旗就扳倒了。然后拿个大锥钉,就在用猪尿脬绑的盖儿上扎了一个眼儿。

---

[1] 酱杆:高粱秸秆。

就听"扑哧"一下子,气儿就出来了,一股烟儿走了。

他一看,也不懂怎么回事啊,就蹽了。

这工夫屋里就知道了,那个人就跑出来了,说:"哎呀,公子,你这是干什么呢?"

尚生就说:"你不用问!"

他就说:"哎呀,幸亏跑一个,那个别走。这个作怪小点儿,作怪大的那个没走。还行,就留一个算了。该着她命不该绝,你把她救了。这是害人的玩意儿,把她放了干啥玩意儿啊?"

就这样,胡四姐蹽了,胡三姐死在里头了。

这不说,单表尚公子啊,这回自个儿就好好念书,从那以后就啥也不寻思了。

一晃就过了十七八年,尚公子已经在科考中中了一个举人了,当上了县长,县太爷,还真当上官儿了。

这年,他正在一个山坡上溜达玩儿。一看,哎呀,这上面坐一个姑娘。他一瞅,那不是胡四姐吗?

他就上去问了,说:"这不是胡姑娘吗?胡四姐啊?"

胡四姐笑了,告诉他说:"是我。"

他到傍拉了,胡四姐说:"现在啊,我已经成正神了,不能和你再贪恋红尘了。我今天特意来看看你,这是第一个。第二个,我谢谢你救命之恩啊!那回你救我一回,通过那次我就悟正道了,我回去之后,就干脆修仙了,现在已经成正果了,我已经成仙了。我今天特意来看看你。"

他俩就唠扯一阵子,他就说:"你能不能到我那儿去啊?"

她就说:"我不能去了,红尘我已经脱了。我到你那儿去,你缠上我,我道行就失了,现在我已经是悟正果了。还有,我要告诉你个事儿。再有几年,我还得来一趟。再来一趟,我就有重要的事儿和你说。"

他就说:"那好吧,你多咱来都行啊。"

于是,她就回去了。

俩人分开,又过了能有六七年儿。这天下晚儿,天黑了,胡四姐亲自来的。外面风响,风响完就进屋了。到屋一看,正好这个尚生,现在得叫尚老爷了,现在是县太爷了,正在屋里坐着呢。

陆 精怪故事　　·1209·

一看是胡四姐,他就说:"胡四姐你来了,你赶紧坐。我听外面有响动,知道是你胡四姐来了。"

她说:"好,我就不坐了。我今天来啊,是为了最后再见你一面。"

胡四姐说:"我来是和你说件事儿。因为咱俩好过一回,今天我特意告诉你啥呢? 你现在寿命到了,你应该归位了,用不了五天就得死。所以我今天来,就是特意来告诉你的。你准备一下子,别悲观。把家庭、儿女的事儿全准备好吧。"

完了,她又告诉他:"你个人就干等死,到了七天头上,就有人来取你。你死了之后,不用害怕。我现在已经给你布置好了,现在已经能成鬼仙了。你不能成正仙,成鬼仙,你在阴曹地府里也能当官了。你成鬼仙了,也能说了算了。"

尚生说:"那我谢谢你吧。"

胡四姐说:"好吧,你就去准备吧。七天之内肯定死,五六天头上就得死。"

尚生就说:"好吧。"这俩人说完话之后,她就走了。

正好到六天头上,这个尚生真死了! 他死后第二天,就从上面儿来了块祥云似的,有喇叭轱辘响,就把他接走了,让狐仙接走当鬼仙了。

就这么的,他就走了,虽然没团圆,但是他也成正果了。

扬州逛灯

在早些年,有个叫郝门远的人,二十几岁的时候,爹妈都死了,就他自己一人过日子。小伙子人挺善良的,每天以打柴为生。

这天,郝门远正在山上打柴,就看见山上跑下来一个瘸狐狸,一瘸一拐地跑过来了。他一看这狐狸腿受伤了,跑到他旁边就跑不动了,钻到他脚下,求救似的直门儿向他点头儿。郝门远往山上一看,追过来了一群打围的,正往这边奔下来。他明白了,就对狐狸说:"看来他们是追你的,别害怕,这么办吧,你钻柴火底下吧。"就把刚捆好的柴火捆子打开了,狐狸连忙钻进去了,他又把棉袍盖在上面,自己没事儿似的坐旁边了。

不一会儿,打围的就追过来了。一个骑马的人看见他了,就问:"哎,小伙子,看见一只瘸狐狸没，往哪边儿跑了？"

他说："看见了，往南跑了，对，是一瘸一瘸的。"

"那好，谢谢啦。"

这帮人一会儿就走远了。郝门远一看没事了，就叫那个狐狸："你出来吧，没事了，这回他们都走了。"他看狐狸的脚还淌血呢，就说，"你别着急，你也别怕我，我不伤你，我这还有刀口药，是怕打柴火时哪弄破了，自己预备的。"说完，就拿出药给它抹上点，还弄块布给它包好了，才说，"这回你逃命去吧，赶快走吧，下回你可千万要注意呀。"这狐狸就瘸着脚跑了。

这一晃儿就过去了多少日子，有二三年过去了。

这一年，正赶上正月十五这一天，街上到处都是灯，各种各样的，大伙儿都出来逛灯，人来人往可热闹了。这郝门远也挺好信儿[1]的，也出来到大街上看热闹。

这工夫儿，顺那边墙上就下来一个白胡子老头儿，瞅着也就六十来岁儿，看见郝门远就说："小伙子，你看这街上热闹吗？"

郝门远说："怎么不热闹呢！"

老头儿说："这照扬州可差老了，那扬州的灯会才叫热闹呢！"

郝门远说："那能去得了吗？扬州离这老远啦，上千里呢。"

老头儿看看他说："你要想去啊，也不难，我领你去。我呀，还真能把你捎上，咱俩这会儿去正赶趟儿。"

郝门远奇怪了："今个儿都正月十五了，咱到那得半个月，灯会不都完事了吗？"

老头儿说："别着急啊，你要是相信我，就跟我来。"

"好，我跟你去，我看看你怎么去。"

老头儿把手往他肩膀上一搭，说："那好，你蹲下吧，闭上眼睛。"

郝门远赶紧蹲下，刚闭上眼睛，就觉得两耳生风，这风"呜呜"地一直叫唤。老头儿还嘱咐他："不许睁开眼睛啊。"刮一阵风过去了，就觉得不一会儿工夫，老头儿说："睁开眼睛吧，到了。"

郝门远睁眼一看，好家伙，真到扬州城了！街上灯火辉煌的，灯又多又好看，逛灯的人老鼻子，热闹得邪乎。郝门远第一次到这么热闹的地方来，有点看傻了。老头

---

[1] 好信儿：好奇。

儿提醒他:"你可别走散了。你别害怕,这里我没事常来,我这里亲戚朋友多,你跟住我就行了。我还知道你叫郝门远,对吧?"郝门远点头称是。

老头儿说:"我姓胡,叫胡培选,咱们两人交个朋友吧。"

郝门远也是个喜欢交友的人,就挺痛快地答应了:"那敢情好啊。"

"咱们也不用拜把子,也不用磕头,你就管我叫大哥,我就管你叫老弟。咱俩就是生死兄弟了,你就跟我在这好好玩玩吧。"

郝门远挺高兴,他看见街上来来往往有各种小车子,都用马拉着,车上面还搭着棚子,里面坐着大姑娘小媳妇的,都挺好看的,他的眼睛都看直了。

胡培选见了,说:"你要是爱看,大哥我就给你个帽子,你只要戴上它,哪都能去,想看什么,干什么都行,没人能看见你,也没有人能拦你。不过,你可别吱声,一吱声不就让人看见了吗?"说完,就拿出一个帽子给他,其实就是个小帽头。

郝门远说:"那好啊,我试试。"

老头儿说:"记住,你真要碰上什么急事,就喊'胡培选大哥',大声点,我就能到你这。"

"那好吧。"郝门远答应着,就把帽子戴在了头上,也没觉得怎么特别,还是他自己啊!他再一回头,发现就在他戴帽子这工夫儿,胡大哥已经走了。

这回就剩下他一个人了,他就向前走去。走不多远,看见前面有个饭馆儿,屋里摆着不少肉菜和馒头什么的。正好他也饿了,心想,我试试这个帽子好使不,就进屋了,抓个馒头就吃。嘿,还真没人管他,他又吃了几块肉,也没人拦他。他心里寻思,还真没人能看见我,看来这帽子真是个宝贝啊。

这时候,饭馆儿门口停了一辆车,车上坐了一位长得特别好看的富家小姐,看样子也是出门观灯的。郝门远就凑合到车旁边了,看没人理他,就坐在车沿儿上头,伸手拉小姐的手。小姐觉着好像有什么人在拉她,可她看来看去,身边也没人啊!郝门远的胆子就大了,对人家动手动脚的。这小姐更觉得别扭了,就喊车老板:"回家回家!不看了!"说啥也不看了。

郝门远一看小姐要回家了,就从车上蹦下来,跟着车走。跟到地方一看,原来是个员外之家,敢情是员外家的小姐,他就跟着小姐进府了。当然,谁也没看见他。小姐上了绣楼,他也跟着上了绣楼。

小姐回到房间里,就觉得晚上逛灯时的事儿奇怪,心里挺生气的。明明觉着有人碰她，还没看见是谁。丫鬟端了饭菜来，小姐也没吃多少，可眼见着这饭菜一点点没了，小姐就纳闷了："这可真出奇了，这是怎么回事儿啊，我没吃多少呢，怎么就没了呢？"原来，都叫郝门远用手抓着吃了。

小姐心想："得了，我也不吃了，睡觉。"就命人撤下碗筷，自己躺在床上。刚躺下，就觉着被窝里多了个人，她吓了一大跳，也看不见是谁，也没有人吱声。就这样，郝门远一连几天住在小姐的房间里。

这一天，小姐忍不住说话了："你究竟是人，还是神，还是鬼啊，咱俩前世有多大的冤仇啊，你这样缠巴我？我也看不见你。无论如何，你也要让我看看你长得什么样儿啊，我和你在一起睡觉也得知道你是谁啊，你是人还是鬼啊？你叫什么名字啊，我都和你一块儿住了好几天了，你还不出来吗？"

郝门远看小姐这么一说，也来实惠劲儿了，把帽子也摘下来了，说："我在这儿呢。"

小姐一看，是个二十多岁的小伙子，就问他："那我怎么看不见你啊？"

郝门远说："我戴上这个帽子，就没人能看见我了。"说完还给小姐又表演了一下，可不真的，只见他一戴上帽子就不见人了，一摘下来又看见了。

小姐问他："你叫什么，哪地方的人啊？"

"我家是山东王家庄的，我姓郝，叫郝门远。"

"你这个帽子太出奇了，能不能让我看看啊？"

"你看看倒行，看完了得还给我。"

"那能不给你吗？"

小姐把帽子接过来，说时迟那时快，她就把大柜子一开，"啪"往里一扔，完事就把柜子"咔嗒"一声锁上了。

郝门远一看，这回糟了，没帽子了，他哪也跑不了啦，这下他可害怕了。小姐也没闲着，开始喊人了，员外啊，家丁啊，跑来不少人，把道给堵上了，要把郝门远抓住。郝门远一看，北屋门没关，就跑进北屋了。大伙儿一看，就嚷嚷："小姐，这么办吧，就把他圈在北屋吧。"

原来，三楼的北屋是个空闲的屋子，很严实。员外叫人把楼上楼下的门都锁死了，说："要是跳楼就得摔死他，先关他一宿，明儿个再说。咱们不能私自打死他，明个儿把他送官府，让官家处理这事。"

郝门远一看这架势，没办法逃了，先猫着吧。到了半夜，他心里合计，这回完了，没跑了，明天这关是过不去了。

过了一会儿，他忽悠想起了胡大哥的话，有办法了，快喊胡大哥呀。没等天亮，他就使劲儿喊起来："胡培选大哥，胡培选大哥！我现在落难了，你给我的帽子被人家劫去了！"

这工夫，就听外面有人说话了："不用害怕，我来了。"

郝门远一看，真是胡大哥来了。胡大哥不由分说，还像上回一样，又叫郝门远闭上眼睛。就听又刮了一阵风，这阵风刮的时间可不短，有一两个时辰吧，胡培选说话了："行了，睁开眼吧。"

郝门远睁眼一看，到自己家门口了。胡培选说："你回家吧，好好过，慢慢等着吧。"郝门远也觉得自己这事做得不咋的，想和胡大哥解释解释，可是他回头一看，胡培选已经没了。

再说扬州这边的员外家，第二天早晨天亮一看，北屋门锁得好好的，关着的人没了。哪去了呢？怎么回事呢？这家的人就到处找，找到小姐的房里一看，桌子上留了一张纸，上面写着"大哥胡培选，二弟郝门远，扬州来逛灯，留下二相公"这么几个字。

老员外就问小姐："这是怎么个意思啊？"

小姐就哭了："我现在已经身怀有孕了。"老员外一看这不用问了，那肯定是了。幸好小姐还知道是什么地方的人，就把字条、地址什么的都记下来了。

到了临产的时候，小姐一块儿生了俩男孩儿。这俩男孩特别聪明，员外家也有钱，就供他们念书。两个孩子念书都好，长大了一起进京赶考，都考上了，一个状元，一个探花。皇上给他们封了官，一个是巡按，一个是知府。

这兄弟俩做了官，就回家问他们的母亲："我们的爹在哪地方住啊，咱们姓什么啊？"他们的妈，就是员外家的小姐，后来一直没嫁人，一听这话就哭了："你们爹叫郝门远啊，就在山东王家庄住。"就把当初是怎么回事都告诉这哥俩了，还把留下的字条拿出来给他们看了。

这哥俩一看说："妈呀，咱们得去找我爹。"

这娘儿仨就带着车马去山东王家庄了。到那儿一打听"郝门远"，大伙儿都知道。郝门远这时候都五六十岁了，还是一个人过呢。别人到他家告诉他："你们家来了好几辆大车，像是个有钱人家，来了不少人啊，找你的。"

郝门远纳闷儿，心寻思："我也没有这样的亲戚啊，连老婆都没有，我就一个人啊。年轻时算有个老婆，在一块没待几天就被撵回来了，还有谁能来找我啊？"

大队人马说话就到院了。小姐进屋一看，郝门远虽说岁数大了，模样可没变多少，就问："你是郝门远吗？"

"是啊！"

小姐就哭了："我就是你年轻时在扬州的媳妇啊，你看看吧，这是你的俩儿子，你留下的二相公啊。"郝门远一听，想起当年的事，自己也觉着挺不好意思的，也跟着哭了。

儿子们一看，说："你就是我们父亲了，别再难过了，咱们也不说过去了，现在，咱们一家团圆了，你也和我妈正式成亲吧。"

大伙儿一听都高兴了，都来向郝门远庆贺道喜。这下子，郝门远不再是一个人了，老婆孩子什么都齐了，一家人过起了团圆日子，幸福透了。

其实，那个胡大哥胡培选不是别人，就是郝门远当年在山上救下的那个狐狸，是个狐仙。郝门远心善救了狐仙，狐仙就成全了他一家人家。

火烧林家坟

这个故事发生在几百年前。在沈阳有个依将军，依将军有个女儿。那时候他们住在一个单院儿里，前面有院子，后面有房子，紧后面有花园和菜园子。老将军就这一个姑娘，没有儿子，姑娘娇生惯养的就不用说了。

一晃这姑娘到十七八岁了。有一天这姑娘不知怎么的，搁花园回来之后，到前院儿就糊涂了，开始说疯话，净说些难听的不正经的话。他爹妈一看，这是怎么回事呢？后尾儿就合计，这么办吧，干脆找个大神跳神吧，他们信邪嘛！

可怎么跳也不好，治不了呀，姑娘得邪了！严重的时候，这姑娘不穿衣服，在炕上光个屁股趴着。趴着还不算，还到外面踢操去，连踢带舞，最严重的是，她脚一跺就能上房。那时候都是平房呀，她就上平房上坐着去，上了房顶还拍着大腿哈哈乐。

将军一看，这可糟透了，就想："我当将军这些年，没做过什么恶事呀，怎么摊上个逆女呢？"打她吧，不是那回事，姑娘有病，她不是真正作你。但是这治那治也治不好。

正赶上锦州将军来了。那时候都叫将军，其实就像省长似的。他到这儿开会，依将军一提这事，他说："不要紧，依将军，俺们那儿有一个外号叫'徐半仙'的，专看邪，看得好呀，一般的都能治。"

依将军说："是吗？那你赶快把他请来吧。"

"好！"锦州将军说完，就回去了。

锦州将军回去一说，管家说："那他不得急速来么！"来了几个当兵的，搁车给徐半仙送来了。

这个徐半仙就五十多岁，老头儿挺好。来了一看，这姑娘正在房上坐着呢，比比画画的。他到那儿也没吱声，依家把他让到厨房，他在厨房喝了点水。正喝水的工夫，这姑娘就蹦下来了。

这姑娘蹦下来以后，就喊："你不是徐半仙吗？咱俩比比武吧，来呀！"

徐半仙这老头儿一听，这真是个茬口呀，找上来了，他还没找她，她就找他来了。

徐半仙说："咳，我并不是要怎么治你，我到这儿就是看看，看你究竟是哪位？你要是打算谈道，就进屋儿急速把衣服穿上，穿上衣服咱俩再谈。"

"那好，我这就去穿上衣裳。"姑娘到屋把衣裳穿上，就过厨房这屋来了。

她到厨房以后，自己搬个凳子就坐在徐半仙傍拉了，那徐半仙傍拉的将军身旁还有护兵呢，她一点儿也不害怕。

这时候，徐半仙说："你呀，真不用闹，我也看明白你了。我这么远来呀，也不愿意杀人害命，也不愿意把事做绝了，你信我的话，你好好离开就算了，咱俩都方便。"

姑娘哈哈大笑，说："你净说狂话，你有啥能耐能治住我，就动动手吧。"

徐半仙掏出来一个线儿，就是一个大穿针，上面是一个线儿穿的符，能有十多张符，他摸到第三张符，打开后就搁那儿了。

把符拽下来以后，他说："你看看这张符，你看看就行，你如果怕这张符，你就会急速颓了，那你就向我求饶，我还不用杀人害命；你要不怕，那你就随便。你说实话，你到底是哪个大仙？"

这姑娘一看这个符就吓颓了，就哆嗦，当时就说："大仙饶命，大仙饶命！"

徐半仙说："你到底是谁吧？"

她说："我是狐仙，我就是这北院的一个狐狸。要不是因为这个姑娘不知道好和赖，我也不能找她。她到花园里溜达玩儿，正赶上来例假，例假的纸擦完就扔我洞里面了，她哪儿扔不了呢！我在井旁边的大树那儿，有一个仙洞，都知道有那么个洞，她就把那玩意儿扔那里了。她这一扔，我就失去五百年道行。我一恼怒才拿她，非要她命不结。我不能走，她得想办法给我赔道行，另外得给我修庙。"

徐半仙说："你呀，别胡作了，我告诉你，这道符我要拿起来升[1]了之后，就能要了你的命。"

这半天，徐半仙光顾唠扯了，当兵的有手勤快的，这护兵在旁边偷着把这个符给拽过来了。一看，这个符画了有五六个狐狸，他就和旁边那个兵说："咱俩试验试验，点点看行不行。"那兵不管那个事呀。另一个兵抽了根烟，把烟头拿过来之后，就给点着了。这时候，就听这屋"咔嚓"一个雷，劈了一响，这姑娘顺屋儿一下就蹿出去，摔到外边的地下了。这一下大伙儿都吓够呛，可了不得，怎么的了？这两个点火的兵也吓颓了。

徐半仙说："这事干得糟透了。"

这时候，依大人就说："怎么回事？"

"你不用害怕了，依将军，你女儿好了，但我来事了，你这兵太不懂事了。你接受教训，把你女儿抬屋去吧，抬屋里养一会儿，我暂时先不走。"

到屋养了没有几个点儿，姑娘就明白了。明白过来一看，自己身上没穿衣服，就穿了一个罩裤，上面穿个破布衫子。姑娘就哭开了，告诉她妈："给我找衣服，太砢碜了！"

穿上衣服，她又告诉她妈说："我饿了，好几天没吃饭了。"

衣服也穿上了，饭也吃了，这回徐半仙说了："那个鬼魂已经全走了，她现在是好人了，就是折腾得有点弱，再养几天，你女儿就能恢复原状。我现在就成问题了，告诉你实在话，这个东西它们是哥儿好几个，别的都叫我治住了，就剩这一个老疙

---

[1] 升：点火焚烧。

陆　精怪故事　·1217·

瘩[1]没治,我寻思留它一命,没承想,今天就把符点着了,把它殛了。它上面三代也好,二代也好,能让[2]我吗?我这是摊着官司了。依将军,没别的,讲不了了,你急速把我送回家去吧,在这儿不行,我得回家。"

将军说:"你在这儿住一晚再走吧。"

"我住也不能住,你给我送走吧。"将军套好车之后,就把这徐半仙送到锦州了。

送到锦州咱不说。单表回来以后,这姑娘真养好了,好利索了,啥事儿没有了。这个依将军一看,心里寻思:真是巧透了,哪有你这么惹祸的呢!

依将军告诉老伴儿说:"这么办吧,你暂时和姑娘在家待着,明天我上锦州去一趟,我得看看人家徐半仙,现在人家为了咱们弄得不知死活!"

第二天他骑着快马,带着护卫就去了。他到了那儿一看,徐半仙的三间房子转圈门上、窗户上都贴着符,一色儿是护身符,鬼神进不去。到屋里一看,徐半仙正在炕上打坐呢,手掐着念咒。

他们去了之后,徐半仙睁开眼睛说:"大人来了啊。你看我这没别的办法,我知道这几天它们已经来了,进不了屋,我外面贴了符,加上我念咒,它近不了我身。但是我不能老下符念咒呀,这一年三百六十五天,我能天天防御吗?我也防御不到呀,我要上趟厕所去,那还能念咒吗?早晚不得亡吗?这讲不了,我为你姑娘治病落下的这个仇恨,就得你帮我解一解。怎么办呢?你赶下晚儿黑,半夜十二点以后,急速去沈阳市城乡西北转角,那儿有个府,它们都在那儿住呢。到那儿去,你能看到个大门洞,那大院挺像样。你就进院和大太爷、三太爷好好商量商量,替我求求吧。"

依将军说:"那行。"他就回来了。

他回来就合计:为了我女儿的事我也得去,管他有没有呢!但是白天走过那旮儿,是有挂着牌子的,这个仙那个仙的,也没有大庙院呀,就是犄角的一个小地方。他一合计,去吧,看看这三更半夜能有人么。

但是,他去的时候谁也不能带,不能带护兵。这依将军真信他的了,穿着便衣,为了女儿,自己就去了。

依将军半夜到那儿一看,那地方就不像白天一样了,那灯光闪闪的,瞅着那院里

---

[1] 老疙瘩:家里最小的孩子。
[2] 让:饶。

的庙挺像样。

依将军说:"真巧啊,白天都没有,晚上哪来的庙宇呢?"他就开门进院了。

大门一开,就出来几个人接他,说:"这不是依将军吗!"

依将军说:"啊,我是,我想见见你们家大太爷和三太爷!"

"好,他们在院儿呢。"接的人就给他让进去了。

到院儿一看,都在那儿坐着呢。三太爷起来说:"将军来了!"对将军那还算行,特别尊敬。

将军说:"不是别的,我到你们大院,就是打听打听。那天我们女儿闹病,把你们孩子给惹着了,惹着之后,让你们孩子迷了些日子。徐半仙来了之后,误会了,护兵把这符给点着了,就把那孩子给伤了。"

三太爷说:"我知道,我也听说他伤了我们孩子。你看看吧,伤那孩子在那儿呢。"依将军一看,亭子里有一个大狐狸在那儿停着呢,死了。

三太爷说:"我这三个儿子,让他治死俩了,就剩一个,他又给我治死了。我们合计好了,没别的办法,就要他命,一命抵一命!"

将军说:"那可不行,不管怎么的,你得想办法开个恩。"

依将军这么哀咕一劝,三太爷说:"这么办吧,说实话,我们到他那儿也去过两回。不管去几回,也进不去屋,他那四门紧闭,封着呢,他还念着咒,下了诀,俺们也近不了身,俺们合计他不能老这样吧。你来之后,俺们大仙说了算,给你个面子,你这是将军,不是一般人。你告诉他吧,我们三年以内不找他,叫他三年以内好好修德立功,别管闲事,三年之后咱再说。"

将军一听,说:"那好吧。"应了他们之后,就回来了。

第二天,依将军打发人到徐半仙那儿告诉他,说:"徐半仙呀,将军去了,那边已经答应三年之内不找你,三年以后你再自己防御。"

徐半仙说:"好了,老仙从来不说谎,我相信。"说完他就把外面的符都起下来了,该干啥干啥,穿衣、吃饭,上哪去就像没事一样。这就压下去了。

这光阴过得快呀,一晃三年就过去了。徐半仙没记得那么清,因为他不是过年时候去的(将军家),就是三四月去的,日子记得模糊一点,就过了几天。

这天,他还像没事似的溜达呢,就看到顺南边来了个车,是一个小车,套了两个骡子,速度挺快。

到傍拉，从车上蹦下来一个小伙儿，车上还有一个女的，女的说："哎呀，这不徐半仙吗？"

"啊，是呀。"

"正好，赶快去吧，俺们家我妈得病了，你赶快给看看。"

"不行，我从今之后洗手不干了，不治病了。"

"不行呀，您老给看看去吧，不管怎么的，走吧。"这家伙，连推带搡的，他也拽不过人家，就上车了。

到车上以后，车一赶，当时就走了。他总觉得这车走得特别，车轱辘不响但是车快，就像飘着走似的。他一考虑就觉得不对劲儿，车快得邪乎，车轱辘还不响，那时候都是铁车，车轱辘"咔咔"下地还不响吗？

走了一阵工夫，这时候都黑天了，走了老远，他也不知道是哪儿，就听说："到了，下车吧。"他就下车了。

他下车一看，一个黑大门洞，青色大瓦的房子也像样。他进院一看，院里站了好几个人，只听有人说："好了，徐半仙你来了就好，你看看吧，俺们这儿死的人，都是你给治死的。"

他一看，这屋停着好几个，他们的大儿子、二儿子都在那儿搁着呢，这老的也让他治死了。

三太爷说："这几年你治死的人都在这儿搁着呢，俺也没埋。你做这恶术，你治病治邪吧，也不能这样呀！"

徐半仙说："其实不怨我，你们要不捉弄她，我能管这事吗？"

三太爷说："管也没有这么恶治的呀，你太不仁德了。今天没别的，讲不了，杀人偿命、欠债还钱，你就一命抵三命吧。"

他一听，就寻思哀咕也没用了，说："这么办吧，我抵命行呀。"他就站起来了，说，"我到外面对家乡拜拜吧，我还有一个老妈，不用问你们也知道，我临死之前给她磕几个头也不屈呀，让她自己在家安稳些吧。"

三太爷说："那行，你去吧。"

徐半仙就出来了。他到外面就冲着西北青天跪下了，西北为大。他跪下以后暗暗嘱告，其实他在念咒呢。念完之后，这手往前一张的工夫，就听"咔嚓"一下子，一个大霹雷一样，因为他的功力大，屋里全响，他就迷糊了。过了多长时间就不知道了，等他醒来以后，看见太阳都要爬晌了。他一看，在哪趴着呢？他在一个大坟茔地趴着，一个雷把那坟茔都劈开了，棺材木头都着了。他一看那狐狸洞里，老多死的狐狸了，能有百八十个。

这时候，徐半仙打唉说："哎呀，可惜呀，咱俩这是冤冤相报，你不该这么治我，我也不该这么激你，为给你这一掌，我把最后的功力全使出来了。"他对着天上磕了两个头，说，"老天爷，我太作孽了，杀了这么些动物呀！"

没办法，他就走出来了。他出来一看，那庄稼高出地挺高。他就顺着地一点点走，正好离那儿二里地的地方有个大道。到大道上他就寻思：我得掂对吃点饭呀。他一看，南边傍拉没堡子，离那儿四五里地才有个堡子。

他进堡子以后，人家一看都不认得他，就问："你这老头儿是哪地方的？"

他说："咳，我搁南边的坟茔来的。"

"什么？你搁坟茔来？"

"对呀，我搁坟茔来的，我是沈阳的。"他就怎来怎去的一说。

"这不是笑话么，那坟茔你敢去？多少年的老狐仙在那儿守着，咱都不敢去，小孩儿们去了，回来都得病，都治不好，那谁敢碰一点！"

"嗯，这回你们看看去吧，这回你们能敢碰了。"

堡子里有好事的，这年轻的就去了好几十个。到那儿一看，这下好了，狐狸没有了，坟也完了。再看这狐狸皮，有烧得糊了巴曲，糊得挺邪乎的，有被砸但皮没烧着的，他们就把好狐狸皮全扒下来了。

最后他们一打听，这是林家坟，是把林家大坟给劈了。

后来，徐半仙说："我得回去了。"

大伙儿说："这么办，这些皮你拿着卖两个钱，你这是为我们当地除了个恶害呀。这个坟茔才恶呢，谁也不敢动一点，这是狐仙家！"

后来，大伙儿都给徐半仙凑银子，凑了几十两，他就回来了。

回家以后，徐半仙到将军府上怎的怎的一说，将军就告诉他姑娘说："你认徐半仙当干老吧。"

他姑娘就要认徐半仙为干老了，徐半仙说："我以后洗手不干了，你也不用认干老了，这碗饭我也不吃了，这就完事了。"

从那以后，徐半仙虽然成名了，但是他以后都不给别人治了，也不敢治了，已经怯手了，他说："我伤的命太多了。"

把林家坟烧完以后，这姑娘也好了，徐半仙也洗手不干了。

这就是"火烧林家坟"。

朱尔旦参加狐仙婚礼

这个朱尔旦啊，他自己也聪明，资历也强倍，经过好好念书，也当上官了，当了个举人。

一天，正赶上他自己在家看书的时候，就觉得后花园里头有动静，他寻思说："怎么有动静呢？我看看去！"他就走了。

这是夜里啊，他走到后花园一看，后花园书房里那家伙，灯火辉煌，瞅着闹闹哄哄的，他寻思：咿呀，我的书房哪儿来的人呢？我这一天天的也不常住这书房呀。他去了到那儿一看，那干脆就是一个宴会，人都来不少了。这工夫就出来一个老头儿，老头儿说："哎呀，原来是朱公子、朱员外啊，俺们对不起你，借用你的地方办办喜事。"

朱尔旦一听，寻思：你办喜事，怎么没给我说一下？

老头儿说："到屋儿吧！"就把他让到屋儿去了。朱尔旦到屋儿去之后，老头儿就说了，"我们是意外之人，不是一般的人，你不用寻思别的。"

朱尔旦说："好吧！"

老头儿就在这儿办着喜事，朱尔旦就在那儿跟着喝酒。他正喝酒当中一看：那酒杯那好啊！什么呢？一色金杯！那酒杯全是一色的金杯子呀，一共八个，是搁玉石镶的。他喝完酒之后，心寻思：这酒杯太好了，现在是真事儿啊，还是做梦啊？我怎么在我这书房喝上酒来了呢？还有，我这书房后边儿也没有人家啊，这人哪儿来的呢？我偷一个杯吧。就把这杯揣他兜儿里了，没给人家，酒喝完以后，他就回来了。

回来趴到天亮，到那儿一看，啥也没有，但他这玉镶的金杯还在，他就寻思：这玩意儿出奇，人家那杯一共八个，我偷他一个，还剩七个，我偷的这个杯还有。不说。

一晃过去几个月了，上边圣旨下来了，叫他上南方，到哪儿呢？到杭州做知府，他就去了，在那儿待着，一待待有好几年。

这天正赶上杭州有一个大户人家陈家办宴会，人家请客就把他请去了，请去以后，他到那儿心里就挺高兴。这杯他到晚儿都没离怀，在兜儿里揣着，到哪儿喝酒他爱使用这个，他寻思这出奇嘛，这回他就又带去了。到那儿之后，最后上杯的时候，他一看，寻思：出奇啊！这家的杯啥样儿呢？都是他那样儿的杯，整七个，摆上来了。他一寻思：咿呀……酒喝一半之际，他是知府大人，也敢说话，就问："陈老员外，我打听你个事，你们这杯这么多，这么丰满，怎么不买全呢？怎么单有七个杯呢？"

陈员外说："唉，别提了，俺们不是七个，原来有八个杯，在头些年当中不翼而飞了，这杯不知道怎么就丢了，在仓库里搁着不知道怎么飞的，短一个，所以俺们剩七个，现买配都不好配啊，这都有意义的。"

"是吗？哎呀，可有一件事啊，我有个杯看看和你的是不是一样，拿出来看看？"

"拿出来看看吧！"朱尔旦顺兜儿打开就拿出来了，一看，和人家的杯是一点儿不差，陈老员外说，"正是我的杯，那是怎么到知府大人手上去的？"

朱尔旦说："唉，看起来狐狸这玩意儿真是能耐啊，当年我那书房里遇着狐狸办事情，我参加它这婚礼了，我也不知道是狐狸，它有八个酒杯，我喝完酒，闹了个笑话，我就揣兜儿一个，所以人家给送回七个来，这个杯它没送回来，在我兜儿里搁着呢，今天我给你，物归原主，你看看吧！"

陈老员外说："哎呀，这狐仙可了不得，真是有能耐啊！你看，他就能这么远盗杯，上千里地把杯盗过去，办完事情又给我送回来，这个你要不揣着不也送回来了吗？我看这狐仙一般不可惹它，如果惹它，你什么都容易被它盗走，什么都容易失败。"

朱尔旦说："哎呀，这狐仙和神仙都是一样的呀！"朱尔旦参加婚礼得出这么个结果。

陆　精怪故事

李先生遇狐女

这李先生哪,其实就是一个教私学的先生,岁数不大,二三十岁儿,没媳妇儿。他每天教完私学就天黑了,晚上挺黑,道儿还不好走。有一个山岗,他多咱到那儿都打怵。

这天,他到山岗那儿就看见前面有个灯亮,他就跟着这灯亮往前走。一连几天都是这样,天天到那旮旯都像有灯送他似的。他寻思:我看一看,究竟是什么?怎么有这么亮的一个灯在前边儿给我晃道儿呢?怎么还瞅不着人儿呢?

这天,他就特意紧走几步撵上了,一看是一个姑娘,长得挺漂亮。这姑娘笑了,说:"我好几天没让你见着,这回你见着我了,我特意来送送你。"

他问姑娘,说:"你家哪儿的?"

她说:"我家不远儿,就在上边儿,要不你到我家?"

他说:"我不到你家了。"

这是头一天,又送了两天,这姑娘就提出了,说:"咱俩人看这真是有缘哪!这么办吧,我到你家吧!"她就到他家去了。

姑娘说:"咱俩是有缘,我应该在这儿陪你。"后来两人一唠扯,就睡在一起待下了。待下之后,俩人还处得特别好,感情挺好。他问她:"就问个实在的,你究竟是谁家姑娘?怎么回事儿呢?"

她说:"我是应该这样做的,咱俩有这缘分,你不用细问,我也不能害你,你也不能害我。"这俩人就这样待下了。

一待好几年,他们生了两个孩儿了,这孩子也大了。这个姑娘就说了:"我之前什么也没跟你说,咱俩现在应该分开了。当初啊,我为啥没告诉你呢?当初俺们家受你恩惠,我们是狐狸。我爹那时候已经落难了,叫人家把他逮住了,多亏你爹把我爹救下来的,你爹花俩钱儿把我爹买下之后松开了。我爹感激你家的恩情,现在你不是没有媳妇儿嘛,所以我到这儿陪你了,这俩孩儿给你扔下,之后我就得走了。走了之后,咱俩一半会儿见不着面,除非等你死那天我们还能见一面。你就好好供孩子念书吧!这个男孩儿最后有状元之命,你让他好好念书。"

他说:"真那样儿吗?"刚说完,他一眨巴眼儿,这个女的没了!走了!他就供孩子读书，从八九岁供到十几岁。

这个男孩儿有一天进京科考去了，正好骑着马走半道儿之后，前边儿就来贼人把他给围上了，围上之后几个棒子手就上来了。他正没章程的时候，南边儿就来了一个小车子，小车子上面下来几个人都使刀子，把贼人全撵跑了。

撵完之后，顺车上下来个女的，这孩子也不认得啊！那女的笑了，说："孩子，我就是你妈，当年我走得急呀，没和你多说啥，回去给你爹带个好吧！咱俩这见一面，我今天应该救你，所以来了。你好好念书，现在你进京科考去吧，保证能考上状元。"

这孩子最后真就考上状元了。搁那么，这女的也不再出现了。等李公子死的时候，女的回来了，特意到傍拉儿看一看，说："咱俩人哪，一世团圆算完事儿了，现在临死我再送送你，再送你一步吧！"说完俩人握握手。这女的就没有了，他也死了。

狐仙改文章

这个故事是狐仙改文章。

有这么一个王生，他是念书的，自己挺用功，早就准备好要进京科考。

单说他这书房里老有狐仙闹事儿，往往这狐仙在屋里现原形，变人的时候还跑出去。他心里就寻思，这书房我待不了了！

他就跟张生唠嗑，说："大哥，我这书房有问题。"

张生说："怎么的？"

他说："我这书哇，被整得乱七八糟的！你看看吧，这狐仙给我改文章，改得乱七八糟的！"

张生说："是吗？"

他说："我做篇文章吧，他都给我勾得不像样了。"

张生说："我看看！"这张生比他文采高，拿来一看，点点头，说，"你可别搬哪，就在这屋里待着吧！这个狐仙有文化，文采比你高。你看改的都是正句呀，你写的句子不适合，它在旁边给你用小字批了，这批的比你的正啊，你就按它的做，没差！"

他说:"是吗?"张生就给他指着,他一看,说,"真对呀,人家是给改得好!"

于是,他把香纸摆好之后,跪下了,说:"狐仙大人,咱们做朋友吧,你是我老师,我认你做老师。今后你随便出入,我也不挡你。我也不说你不对了,我的文章你随便改,不好的你给改完之后,我好上去交。"

搁那以后,这王生的文章往往都是狐仙给改,他也真按人家给改的文章学。学成之后,到了京城,他真考上了,做了七品知县。

从这以后,他就成名了。

所以说,这狐仙也有道行高的,也有文化高的,不服不行。

狐狸精戏财迷

从前,有这么一个老王头儿,是个财迷,整天琢磨着怎么发财。

有一天,他正赶在回家的路上,路过坟地时,看见一只白色的大狐狸迷糊在一个坟堆傍拉了。俗话说"千年狐狸万年白"啊。原来这是一只狐狸精,喝多了酒,醉在这了。

老王头儿一看机会来了,就顺手把裤腰带解下来,不声不响地就把狐狸精给绑上了。那狐狸精醉得东倒西歪的,也不能走路,叫老王头儿连拉带拽的给弄家去了。

过了一时,狐狸精酒醒了,一看自己被拴上了,它就明白过来了,这是叫人给抓住了,走不了啦。狐狸精就作揖苦苦哀求老王头儿,让他放了自己。

老王头儿就趁机说:"这么办吧,你叫我松了你也不难,你必须得保我发财。"

狐狸精也没打唪儿:"行啊!"

老王头儿一听狐狸精说话了,更乐了:"好啊,能吐人语。你只要能保我发财就行。"

狐狸精想了想说:"怎么保你呢?这样吧,明天我就给你送钱来吧!"

"送多少?送少可不行,你得给我多送一些!"老王头儿还挺贪。

狐狸精就说:"我给你送来两个钱垛子,驴驮的垛子钱,放在你家房后的山包儿上,行不行啊?"

"还行,好吧。你要不送来就遭天谴,被雷劈。说话算数啊!"

"说话算数!"

老王头儿这才把狐狸精放开,狐狸精头都没回就跑了。

第二天一大早,老王头儿就在房后山包上等,左等右等,等了半晌也没来。他心说:"怎么没来啊?这狐狸精也不能撒谎啊,送两垛子钱也不少啊,怎么连个影儿也没有呢?"

晌午快过了,他才觉得脚底下蹦蹦跶跶有点动静。他低头一看,傻眼了,啥呀?两个大蚂蚱!过去有种蚂蚱就叫"三叫驴"。一个蚂蚱身上驮两个细草棍儿,草棍上一头儿一个大钱儿,一共四个大钱儿。

这可把老王头儿气坏了,冲山上就喊:"狐狸精,你骗我!这也叫驴驮垛子?什么驴?三叫驴!还两个垛子,一头一个?"

嗓子喊破了也没用。到末了,老王头儿只好把那四个大钱儿拿下来,气得他三脚两脚把"三叫驴"卷跑了。也是他使的脚劲大点,一脚卷到树上了,脚撞了个大口子,出了不少血,这个疼啊。那也没办法啊!回家赶紧买了两贴膏药贴上了,两贴膏药正好花去这四个大钱儿。这倒好,老王头儿是钱没闹着,脚上还闹了个疤瘌,你说亏不亏?

狐戏(一)

有这么一个王知县,四十来岁。他是个清官,官做得还不错。他家在苏州,自己在山东做知县。

这天晚上,他正判公案呢,判着判着渴了,就想喝点水。他刚要拿碗倒水喝,就见从碗里能倒出水来。他心想:"出奇呀!我没让人倒,这是谁给我倒的水呢?"他抬头一看,一个姑娘在那儿呢,也就二十几岁吧。

这姑娘看到他就笑了,说:"大人,你渴了吧,我给你倒了点儿水喝!"

他说:"哎呀,那还了得!"

这姑娘就给他倒了水。

他拿着水就问："你是哪儿的，我咋不认识你呢？你怎么三更半夜跑我这书房来给我倒水呢？"

姑娘说："咱俩有缘哪，我今天特意会你来了。"

他说："那可不行，你可别胡说！"

姑娘说："你不用说别的，咱俩是前世姻缘今生相会，应该这样的。"

搁那么，这姑娘就不走了。但这王知县精，他一考虑，说："这不能是人，准是狐仙，我这儿狐仙多，供得也多。"

他就笑着对这姑娘说："你是人也好，是仙也好，你不害我，我也不能害你；你尊敬我，我也尊敬你；你和我亲近，我也和你亲近。咱俩就往近处[1]，没说的，但咱俩互相谁也别怀疑谁。"

姑娘笑着说："可以！"她就待下了。

他俩就像男女一样，这姑娘就每天陪他睡。但王知县告诉她说："你陪是陪，但别人来了，我不让你见面，你不能现身，但说话行。"所以那女的就在那儿关着。

时间长了，外边伺候他的人就知道了，听这县长没事儿就和一女的唠嗑，这女的唠嗑挺清楚的，但就是看不到人。这就传出去了，人们就知道了。

王知县有几个朋友，都是过去在一块儿念书的，一个叫陈所见，一个叫陈所闻，一个姓孙，他们是莫逆之交。这几个人老来他家，他们来了就老叨咕："你这狐仙夫人老不让我们见！你请出你这狐仙夫人，让俺们看看呗！"

王知县说："别着急，贤弟！"这不说。

单表谁呢？他这个狐仙老婆手腕挺大，就是出手挺大方的，谁来之后，那赏钱给得都挺多，一般叫花子来，给钱就是给抓一把。王知县没这些钱，但这娘子有钱，不用他拿。搁这么，人们也都知道了。

这天正赶上请客人，王知县就说："我打算明天请桌席，得找几个厨子。"就在当地外边儿请了好几十人。

王知县告诉下边衙役在当地找两三个厨子，衙役找了半天，没有相上几个好厨子，就只找到一个。这王知县就不愿意了，说："这怎么办呢，人都请了？"

这狐仙夫人就说话了。这狐仙啊，只有王知县能看到，别人看不到。狐仙就

---

[1] 处：交往。

说:"你如果真要不嫌掷脸面,我给你做,能赶趟儿,不就是几十人呗,不用请人遭罪了。"

王知县说:"你能做吗?"

狐仙说:"那咋不能做,我也不是没做过!"

王知县说:"那好了!"

狐仙说:"你要真让我做的话,你就把找来的厨子打发走,别让他们在这儿待了,我自己一个人做,你找几个人端菜就行了。"

王知县说:"那行!"

就这样,选好了大堂旁边有个小屋,小屋有个北窗户,把这小窗户开开之后,下面搁一个小桌,狐仙说:"这么办,菜往桌上放,你就给往屋端。"

王知县说:"那好!"

第二天,客人就来了。来了之后,大伙儿一看,这干坐着菜没上呀,就问:"菜在哪儿呢?"

王知县说:"在后边儿做着呢!"这时就听后面"当嘟咔啦"特别地响,瞅着没人,就听勺响。

不一会儿,就看一直往桌上摆菜,一个一个地摆。这边一看,真来菜了,端吧,就找几个跑堂的,侍弄起来端。

这菜做得特别丰盛,做得挺好。

菜做好,酒也全端来之后,大伙儿是越吃越高兴,都说:"这菜做得挺好,做得不错!"

菜吃完之后,王知县就跟这狐仙说:"哎呀,咱得吃点啥,不能光在这儿坐呀。"他又说,"是不是有饼啊?有春饼、煎饼啥的烙点儿。"

这时就听后边的狐仙说:"哎呀,你当时也没说吃饭哪,不是说喝酒吃菜吗?饼没预备!"

王知县说:"这怎么办?"

狐仙说:"不要紧,我出去给你借点儿去!"

王知县说:"能借来?"

狐仙说:"随时能借来!"

不到十分钟,这烙好的春饼就弄来了,那往酒席上上了好几摞,一张一张的,能

陆　精怪故事

有上百张饼。狐仙说:"够吃!"

大伙儿就把饼全吃完了。吃完以后,到晚间了,请的人全走之后,狐仙夫人就和王知县说:"大人,咱这饼呀,得给人钱,这是我借来的,不是我自个儿烙的。"

王知县说:"那就给吧,给送去!"

狐仙说:"前面离这儿几百米,不太远的地方,有一个山珍园,那是个大饭店。这是他们那儿烙的饼,我看他那儿饼多,就找他借来的。这得把饼钱给人送过去,有一百张饼钱。"

王知县说:"那好吧!"就打发个下边的衙役拿着钱去了。

衙役到那山珍园,说:"掌柜的,今天你是不是短了不少饼啊,俺们借你一百张饼,俺带钱来了,给你们把钱送来了!"

掌柜的一听,出奇了,说:"巧了,俺们今天的饼真丢了,烙完就没,烙完就没,这烙下根本吃不着啊,大伙儿还犯疑呢!你们是哪儿的?"

衙役说:"你不用问,俺是王大人府的,王县长府的。"

掌柜的一听,说:"哎呀,是县太老爷!"掌柜的想,这得有神仙帮忙哪,要不这饼他绝对拿不回去呀,这就把饼钱收下了。

那边人听着挺出奇,就说:"都说这县长有个狐夫人,这小妇人真是有两下子。"

一晃,过去几天,王大人家又来两个客人,还说要喝酒。王大人说:"这么办,喝吧!"大伙儿就喝。

这王大人喝点酒之后就叨咕:"这酒啊不咋着,在俺们家杭州那边,酒不差劲儿,俺们家有绍酒红啊什么的,什么酒都有,俺们家真有好酒!"

大伙儿一听,说:"有好酒喝不着,有啥办法!"

这狐夫人一听,说:"啊,你要喝好酒啊!"她就在那儿瞅着王大人叨咕。她能瞅着别人,别人瞅不着她,但她说话别人能听到。她就喊县长过来,说:"你喝酒当中,我给你取两瓶去,管保你。你不说你家里的好嘛,我给你取去!"

王知县说:"那哪赶趟儿呀,有上千里地呢!"

狐仙说:"你等着吧!"

不一会儿工夫,酒回来了。这狐仙跟王知县说:"酒取回来了,在窗户外头呢,你取去吧!"

王知县到那儿一看,有一坛子酒,是绍兴老酒。他又一看,酒封着呢,正是王家封的。他打开酒坛子一闻，好酒啊！

大伙儿就喝上了。

又待了些日子，这王家家里过得不错，这天，他家里来了两个家将。他们到这儿干啥呢？是来送信的。

这俩人来前儿，其中一人就叨咕："都说咱们县太爷娶了个狐仙老婆，这老婆有能耐呀！上回说请席没有饼，能借饼。还有钱，手脚还宽大，还能撒钱。咱俩去的话，这狐仙老婆能不能给咱们两三个钱呀，咱们回来一人买个小羊皮袄穿穿呢？"另一个人说："那就去看看吧！"这俩人就去了。

这俩人来了之后，一进县府大门就脑袋疼。

一个人说："我今儿脑袋疼！"

另一个说："我也疼啊！"

俩人就说："可了不得了，脑袋疼得邪乎！"

这王大人一看，说："你俩搁家来没病，怎么到院里来就疼上了，这了不得！"王大人就问他俩其中一人，说，"你该不是说了啥吧！"

他说："没说啥呀！"

王大人说："你说实话，不说实话你就好不了！你没叨咕啥？"

他说："俺们俩就叨咕，到这儿来之后，这狐仙老婆能不能给俺们多赏俩钱，俺们回去买小皮袄穿。"

这王大人说："你们呀，你们去见见我的少夫人去吧！你见也见不着，你就到那儿哀告哀告吧，你到那儿一跪就行，她在那儿坐着，你瞅不着。"

这俩人到那儿就跪下了，说："夫人哪，俺们俩没说别的！"

就听这狐仙说话了，说："你们俩不应该啊！你们要这皮袄，问题不大，你还非得管我叫狐仙老婆，你说这多难听！你说狐夫人也行，说二夫人不也一样嘛，咋还非得称个狐仙老婆？"

这俩人就说："俺们下回再也不敢了！"

狐仙说："行了，愿意买小皮袄也行，下回说话稳重点儿，留点儿心！"说完，"啪啪"地给撒下一包东西。

俩人打开一看，一人十两银子，够买个小皮袄了。这俩人磕着头就说："可了不得了！"

俩人回去之后就说:"证明这个狐仙确实不错,确实善德!"

这是第一个狐戏。

狐戏（二）

这个王大人的狐仙夫人确实了不得!

这天谁来了呢?王大人的同学来了。他这同学老说看狐夫人,就跟王大人说:"王兄,你这夫人俺们能不能看一看,见见面儿?见一面儿就行,完了俺们说话也方便。"

王大人说:"我回去给你和她商量商量!"

王大人就回去和他老婆一说,狐夫人说:"看一看行,多了不行!明天晌午让他们看,就在这屋,把帘撩开让他们瞅瞅!"

第二天白天,陈所见、陈所闻来了,姓孙的也来了。到晌午的时候,人家狐仙把帘"啪"地撩开了,他们往屋里一瞅,好漂亮的媳妇啊,有二十几岁,那长得如花似玉,真是好啊!这几个人心里就寻思,哎呀,这王县太爷,王兄真有福啊,他有这么漂亮的媳妇。但是他们心里有顾虑,也没敢寻思别的,怕她派人抓他们哪,就拉倒了。

吃饭的时候,姓孙的说:"能不能让二夫人陪我们喝喝酒,唠唠嗑?"

王大人说:"那可以!面不都让你见了?再见一面儿就行了!"

他这几个同学说:"好!"就给这狐夫人留了个座位。

大伙儿在喝酒当中,狐夫人在那儿坐着,也用筷子夹菜,连吃带喝的,就是瞅不着人。这个陈所见爱说笑话,就说:"二夫人,你就多吃多喝点儿,下晚儿好伺候大哥,要把大哥侍弄好,要不你应付不了大哥,大哥体格很好啊。"

狐夫人说:"你胡说!"

陈所见说:"不是胡说,实在是都那样!要不这样,你要会说笑话,你就给我们讲一段儿!"

狐夫人说:"那好,我给你们讲一段儿!当年哪,乾隆当皇帝最勤勤。有一天,这底下有人禀报,说啥呢?说在农村有一个骡子下了个马。"

陈所见说:"哎呀,这骡子还能下马,骡子不是一闷货[1]吗?"

狐夫人说:"乾隆爷一听,就问底下的人:'你看到没?'底下的人说:'没看到。'另一个大人说:'俺们那边是马下骡子。'"

陈所见说:"那没啥说的呀!"

狐夫人说:"皇上啊,说实在的,马下骡子是臣所见,是臣所见到的。但骡子下马是臣所闻,是臣刚听到的,没看到!"

姓陈的俩人一听,心想,这把俺俩的名儿都用上了,一个陈所见,一个陈所闻。俺俩成马驹、骡驹了!他俩就对王大人说:"你这狐仙老婆太有才了。"

姓孙的说:"你这狐仙可了不得,张嘴就骂人哪,还不跟人说!你再骂骂我,我不怕你,咱俩也闹个笑话!"

狐夫人说:"咱俩别闹笑话了,其实……"

姓孙的说:"那你骂骂你个人!"

狐夫人说:"好,我骂骂狐狸,不骂你,我就讲段儿狐狸故事!"

她就讲了。

"说有这么个开旅店的,店开了之后就闹狐狸。店里天天住旅客,这狐狸在黑夜就丁零当啷地闹。那还不算,这狐狸把人家买的吃的也吃了,把人家的衣裳也偷出去穿,所以这地方就没人敢住了,这店主也很闹心。

"过了一两个月,这天正好搁南方来了俩人。这俩人到店里一看,店挺好,就是没人住哇。他们就说要住店,店主说进来吧,他俩就进来了。这店主特别殷勤哪。他俩到屋坐下之后,不一会儿钱也交了,饭也吃完了,他俩就想要上街溜达溜达。

"在街上,有人告诉他俩,说:'你们在这儿不能住哇,这儿闹狐狸,闹得邪乎。'

"他俩说:'是吗?'

"那人说:'那狐狸可了不得!所以现在那儿没人敢住了,狐狸闹得可邪乎了!'

"他俩说:'不能啊!'咱俩瞅着那屋挺干净、挺利索的。

"那人说:'你们今晚儿看吧!'

"他俩说:'那好!'他俩就回来了。

---

[1] 闷货:指不能生育。

"到晚间之后，哪有狐狸，其实是那儿老不住人，有耗子了，是大耗子这个'哧溜'窜出去了，那个'哧溜'跑出去了。

"他俩一看，说：'可了不得了，这家狐狸来了！'又说，'咋就这么点儿呢？'这边不说。

"单说店主跑过去，说：'怎么回事儿，吵吵什么？'

"这俩人就说：'你这屋不能住了，俺们退款呀，俺们不住了，退店，住不了！这狐狸闹得邪乎！'

"店主说：'哪儿有狐狸？'

"正好跑过去一只耗子，那俩人指着耗子说：'那不是吗！'

"店主说：'狐狸没那么点儿！'

"那俩人说：'咳，你不知道，那不是狐狸儿子，就是狐狸孙子！'"

这姓孙的一听，说："得了，你可别说别的了，都把我骂坏了！"

这是第二段狐戏。

聂小倩

这个故事属于什么呢？属于鬼狐故事。

在过去的时候，人是生是死，不一样，死了以后他有灵气。有这么一个公子，姓宁，叫宁采臣。这个小伙儿特别义气，跟着爹妈长大，长大之后，念书念得特别好。

这一天，他爹妈一看他都二十三四岁了，还没娶媳妇儿呢，就说："你怎么办啊？"

他就说："我先不订媳妇儿了。因为什么呢？我这忙念书呢，我一定取个功名。我现在到了二十多岁了，正赶上大举之年，今年要去科考。"

他妈、他爹就给他凑两个钱儿，他家过得也一般，不是那么特别有钱得邪乎。凑两个钱儿之后，这个宁采臣带着书、带着行李就到京城来了。

到了北京一看，来得早啊。科考的话，这考场去早了，还得一个月才正式开考。北京的科考举子太多了，这个店房都贵啊，都涨价了。这一宿店原来是五个大钱儿，现在是就变成十五个大钱儿了。涨了三倍，涨得邪乎，饭也贵。

他一看，心想：这怎么办呢？我要到哪儿去看书啊？这饭店这么贵，我看看能不能到别的地方借一宿？但是他就想图个幽静，宁采臣胆子大，哪儿都敢住。他就说："我看看哪儿有闲的地方，我去溜达溜达。"他就顺北京出来了，就沿着北边儿走，能走了四五十里地。有个大山坡，有个大庙院子。

他就说："哎呀，这个庙挺清静，我和老道说一说。管他说是和尚也好、老道也好，我到屋里看是不是能借我一宿？我就找个小房儿，我在那儿念一个月书，不也挺好吗？"

到院儿里一看，院里的花草树木都长着呢。但是院里草多，大都是草。

他就说："这个庙院子，不像住人儿的院子。要是住人的话，这院子里怎么有这么多草呢？这和尚怎么也不收拾呢？"

到了屋面前，五间正房，大庙院子里都有泥像。东西配房都是住和尚的地方。他一看都没有人，这门都开着呢，也没有锁头。走到南边犄角有一个门，一把新锁头锁着呢。一看那屋里有床、有被子、有褥子。

他一合计，说："啊，这儿看起来是没有人儿啊！"他就寻思，没人倒是没关系，我自己倒是敢住，主要是这个没经人准许啊，没人准许不能住啊。他就等着，盼到晌午了，就看南边门开了，他就奔南边儿去了

到了那儿一看，也是一个小伙儿，二十多岁儿。他到屋一抱拳，说："这位朋友，请了。"

小伙儿就说："你是哪儿来的？"

宁采臣就说："我是进京科考来的。城里头的店啊，住得太不方便了，价钱特别高。我寻思看这个庙院子挺清静，我打算在这儿找一个屋啊，借宿几天，待十天半个月的，我考完了我就走了。我想找找这个庙的主人，和他商量商量看行不行。"

小伙儿就笑了，说："你啊真不用找，这院儿没有主人！我也是和你一样，也是来找宿的。"

宁采臣说："啊！"

小伙儿就接着说："你要是愿意住啊，你不用问，你就看哪屋你相中了，搪[1]个床

---

[1] 搪：搭。

就行啊,在那儿睡上,就完事儿。整饭你自己整,这儿都还有锅。就是庙院子的和尚没有了,说不清是怎么回事儿。"

宁采臣就说:"那好吧。"

宁采臣就和他唠扯,俩人唠扯得挺近便,宁采臣就说:"你贵姓啊?"

小伙儿就说:"我姓燕,叫燕赤霞。"

宁采臣说:"我叫宁采臣。"

俩人一唠,挺近便,确实挺对劲儿。唠完之后,燕赤霞就回北屋了,到北头上那个屋去了。宁采臣在东南角,他在北头那个犄角,离得也挺远的。

宁采臣一看是空屋子,把那破板子搪巴搪巴弄好之后,把外边烧火用的稻草、柴火铺上点儿,就把随身带的这小行李铺上了。就趴那儿了,觉得挺好,挺宽敞,还没人吵扰。外边的屋里有一个锅,自己做点饭。

这不说,单表宁采臣吃完饭这工夫,一看天黑了,睡觉吧。躺下之后,冷丁[1]换地方睡不着。点灯一看,就听后边儿,房子后面儿有人说话。

宁采臣就说:"这后面有人家吗?我觉得我来的时候没看着人家啊,我看到的不就是这么一个公庙吗?"

宁采臣就起来了,起来之后就到这个后窗户后头,一看也是院子,也是庙的后身。一瞅就都是草地,那时候也是春天前儿[2],草都不太高。

一看后面儿有趟人家,有好几所房子。就看一个大高院子里面有一个老太太在那儿坐着呢,能有五十多岁儿。老太太瞅着长得挺恶,恶头恶眼地在那儿坐着呢。一看傍拉还有一个女的,一个小媳妇儿,三十多岁儿,俩人唠嗑呢。

老太太叨咕说:"这个孩子啊!今天这小倩怎么还没来呢?"

这时候,这个女的就说:"她啊!现在是高兴就来,不高兴就不爱来呗。她还能天天给你来吗?"

她俩正讲着呢,就看来一个小姑娘,就进院了。十六七岁儿,真是如花似玉、天姿国色啊,长得真好啊。

这老太太就笑了,说:"你看你啊,你叨咕人家不来,你再叨咕别让人家听着

---

1 冷丁:突然。
2 春天前儿:春天的时候。

了！背后一听，说咱俩不是人了啊！"

小倩就说："怎么的，老叨叨！老太太我又哪个地方不对了，你又在这儿说我？"

老太太就说："不是说你不对，我这是在叨咕[1]你呢。我夸你呢，我说我的小倩长得好啊！你怎么怎么不错啊！将来就得找个好人家。"

小倩就说："得了老太太，你就夸我两句儿，我就知道你就是夸我。"

宁采臣一看，这怎么还有住家呢？他就没寻思，然后回来了。回来之后就躺在床上了，过了不一会儿的工夫吧，就觉得屋里的门"扑噔"，自动就开了。他也没有锁，门就自己开了。

进来的正是大高院子里的小姑娘，来的就是那个小倩。小倩到屋就笑了，说："哪儿来的客人呢，在这儿搪个床，不凉吗？"

宁采臣一看，就起来了，说："你是哪儿的？你三更半夜闯我的私宅！"

小倩就笑了，说："你的私宅？这是公家的庙，你不是来这儿找宿吗？就不兴我到这儿看看吗？"

宁采臣一看，这个小姑娘挺会说话，一看长得好。姑娘到了那儿以后，就直接坐床边儿上了。这时候宁采臣就起来了，宁采臣是个正人，说："你别在这儿坐着！多不好看！"

小倩就说："那有啥的啊？那过去说得好啊，男女搁在一起念个好字啊！光一个男的在这儿有什么意思啊？"这就是说一些调情话儿。

宁采臣说："不行！你别说别的！你这么个大姑娘，我是一个男的，咱俩在一块堆儿坐着，传出去不好听。你有什么事儿就干啥事儿。你就说吧，别整别的！"

小倩就说："我今天来没别的，今天正好外边儿天气也好，月光也足，正是花好月圆的时候，我到这儿来就是想会会你，咱俩团圆团圆。"

宁采臣就说："那不行！你不用寻思别的事儿，我是正人君子！"不干。

宁采臣一跺脚，小倩就看他，说："那我起来还不行吗？我到外头蹲着去。"宁采臣就不许这姑娘在屋里。

小倩就说："那这么办吧，你要是不要的话，我没别的。我看你是正人君子，那好吧，我太感谢你了！我就给你点儿赏吧。"

---

[1] 叨咕：此处为想的意思。

她就把银子"唞"地扔宁采臣那儿了，把一块大银子扔炕上了，就要走。

宁采臣急了，就到屋把银子抄起来了，一个元宝，四十两，说："我不要你这玩意儿！你这埋汰玩意儿我不要。我看你不是正经人，我不要你这玩意儿！""唞"一下子就撒外面了。

小倩一看，这是银子也不要，钱财也不要，人也不要！在地上把银子抄起来就走了。

小倩走了之后，宁采臣心里就寻思：这真是糟透了！还有这个地方！

这小倩走了，宁采臣就自己对付睡了一宿啊。到了第二天下晚儿，天黑了他赶紧锁门，说："可别来了！再来我觉都睡不好，昨晚就没睡好啊。"

没想到，不一会儿门一开，又来了。到屋之后，一说还是那样。

宁采臣说："这么办，咱俩远日无怨，近日无仇。我是不能碰你，你何必厚脸皮赖激我呢？如果你认为我是正人，人不错，你就别来，你别给我找麻烦！你要是认为我不行的话，我就搬走，不在这儿住还不行吗？你要是真的爱上我，你就不能害我，非让我和你做不良之事！你也是好人家的女的，你和我扯，对你有啥好处呢？"

说到这儿，小倩就哭了，她说："你是君子啊！我算服你了，我和你说实话吧。我是一个鬼，不是人！我叫聂小倩，我头几年就死了，我十七岁死的，就在这儿后面的山坡上有个白杨树，上面有一个老鸹窝，在那儿底下埋着坟呢。我爹是聂大人，是当官的。我是路过的时候死的，当时没地方埋就把我埋那儿了。我爹爹不久就搬走了，他是路过这个地方，就去上任去了。我也是没有办法在这旮旯。我在这儿之后，受后面的妖仙支配我，一个老妖精、一个鬼仙，那是个老太太，了不得！我不干坏事不行啊！我非干坏事才行！"

宁采臣就问她："你干什么坏事了呢？"

小倩说："说实话，我是害人的。你是君子，我才告诉你。"

宁采臣就说："你怎么能是害人的呢？"

小倩说："谁和我到一块堆儿，到一块堆儿正高兴的时候呢，不虑乎的时候，我就把针拿出来，扎他脚心。一扎，脚心一出血他就什么都不明白了。我就顺身上喝他的血，喝完血之后回去给老太太喝，吐给老太太。老太太是一个血养成的恶鬼，是一个恶鬼王，我得养活她。"

宁采臣就说："那银子呢？"

小倩说:"那银子不是银子,那不是狗头金。"

宁采臣说:"那是什么呢?"

小倩说:"那是一个恶鬼头!你要是拿起来那个银子,我走了也行。你抱起来之后,到下晚儿黑了,它就能抽你血,它就把你害了。你银子也不要,所以就害不了你。我看你是正人君子,我就告诉你了。"

小倩就开始哭了,就说了:"我看你是君子,你能不能救救我?"

宁采臣就说:"我怎么能救你呢?"

小倩说:"你要是救我也容易。你多咱呢?就是再晚一个月,正好你在这儿念完书,你科考完之后,把我的坟起走就行。在这后边儿有一棵白杨树,白杨树上面有个老鸹窝,老鸹窝底下的坟就是我。你把坟起完之后,把骨灰给我带回去,带回你们老家去,哪儿都好啊,埋一个平整的地方,我就不受她们管辖了。这旮儿的恶鬼管我管得太邪乎!"

宁采臣就说:"那行,我可以应你,这么样的事儿我能办到。"

小倩就说:"那好吧。"她就要走了。

他就问她:"你还来不?"

她说:"来,我天天来陪你。别的事儿你不用寻思,我就来伺候你。"

从那以后,她每天下晚儿都来。这个聂小倩可勤快了,每天都来给他烧火、做饭、整菜吃。他就说:"你这整的菜没问题,我敢吃。"

她说:"我不害你,你就吃吧。"做菜啥的都是她伺候他,一伺候就伺候他半个来月,他才科考去。

他科考去了不说,单表他没走以前的时候啊,他遇到小倩这个事儿就和谁说了呢?就是和燕赤霞说了,他就说:"燕赤霞,你怎么也在这儿待着呢?"

燕赤霞就说了:"我在这儿待着没事儿,你不信问问那个恶鬼,她不敢碰我。"

他说:"是吗?"

到了下晚儿的时候,这个聂小倩又来了。宁采臣就说:"聂小倩,那前边儿住个燕赤霞,他说你们不敢碰他,他是怎么的呢?"

小倩说:"他我们碰不了。他不是一般人啊,那是异人!和那一般人不一样,他有法宝。不用说我,就是那恶鬼王也不敢去碰他!那碰他,命就不在了。谁敢惹他?如果你打算和他靠近,那就好了。今儿个以后啊,你就搬他那屋去吧。省着我不在家,这个恶鬼王就要寻觅你来了。她要是来的话就是来恶的了,你就抗不住她了,你没能耐。"

宁采臣就说:"那好吧。"

第二天,这个宁采臣就和燕赤霞说了。燕赤霞说:"那你就搬我这屋来吧。"

他也没有啥要搬的,他就搪块板子,搪在燕赤霞的北边了。

燕赤霞就和他说:"你来是来啊,我和你说一下子,住我这屋之后,你黑夜里别管闲事儿!你也别打听,我这个东西你别碰!"

宁采臣就说:"你的东西我能碰嘛!"

燕赤霞就说:"不是。我不是怕你拿我东西啊!这里头的东西啊,你碰有危险,就在我这个兜儿里头。"

宁采臣就说:"好吧,我不动弹。"

但是睡觉的时候,宁采臣就寻思,有啥呢?正好那天睡到半夜,他就听外面"唰唰"进来东西了。一瞅啊,一个不长眼睛的大鬼头子来了!他心说:"这儿真有鬼头子!"

宁采臣正害怕的时候,这大鬼头子就奔着这屋来了。就看这会儿,书兜儿"啪"的一声开了,这个燕赤霞的兜儿自己就开了,顺着里边儿"唰"出一道白,就像柏树叶子那么白啊,刷白刷白的,像柏树叶子一样的东西就"唰"飞出去了。就听外面"哎哟"一声儿,这个鬼头子就跑了,一看这窗户棱都折了。

宁采臣一看,就没敢吱声,装不知道。不一会儿,燕赤霞就醒了,走到外面儿。那个叶子响完之后,又回来了,又入他兜儿了。燕赤霞起来把兜儿打开,抖搂出来一个大刀,就说:"这个恶鬼啊,你真不要脸,你今天晚上还真来了啊!"

宁采臣醒了,燕赤霞就说:"你醒了啊?"

宁采臣说:"啊,燕侠客,这到底是怎么回事儿?"

燕赤霞就说:"别提了,这些日子这个恶鬼没敢来。因为你来了,所以她就追随你来了,今晚儿才到这旮儿了。没承想,我这个宝剑出鞘了。我和你说实话,我这个宝剑专找这个恶鬼,自动就能杀人。"

宁采臣说:"我看看行不?"

燕赤霞说:"你看看没事儿。"

宁采臣就拽出来了,一看不大的一个小刀儿。这个宝剑能有多大呢?也就一拃长的小玩意儿。

燕赤霞说:"但是一出去它就长了,就能有上丈长。要不说这是宝物呢!"他说,"这玩意儿啊,无论多少恶鬼它都能杀。今天啊,那几个窗户棱耽误事儿了,把窗户棱伤完之后,她命保住了。就是在,她也受伤了。不信你看看,这道儿上都有血。"

第二天天亮了,宁采臣起来了,就看外面道儿上真有血,真有淌出来的血。一沿就沿到后面儿的大坟茔地,他就明白了,他就一直在那儿待着。

宁采臣上京赶考,考完之后榜没出来。他就想:先回家等着榜吧,等报喜吧,就回来了。回来他就来找燕赤霞,人家燕赤霞不是科考的,就是游山玩水在这旮儿玩的,特意在这儿住。

宁采臣说:"燕侠客啊,我啊,要走了,咱们哥俩好一回要分别了。我北边上头啊有个表妹,死了在这儿埋的尸体。我打算把她起出来,你能帮我的忙不?"

燕赤霞说:"那可以,走吧。"

去了到那儿一看,大白杨树下两个老鸹正在那儿"嘎嘎"叫呢,燕赤霞就说:"正好,还正是时候。"

他俩就把坟挖开了。挖开一看怎么样了?这个女的身体肉都烂了,就剩骨头了,都在那儿挨着呢。

宁采臣说:"那这么办吧,装吧。"

就这样,尸体全装兜子里缝上了。燕赤霞说:"你就背上吧!"

宁采臣说:"好吧。"他一拿起来,飘轻儿,没什么分量,就说,"背啥啊?这都没有五斤分量!"

燕赤霞说:"这么办吧,咱哥俩好一回啊,我没别的给你。我给你个东西做纪念,我这个兜子给你吧。"就把那个装宝剑的黑兜子,就是那个大黑兜子就给他了。他说:"这个黑兜子给你,我和你说,你到哪儿住的时候啊,如果你害怕,你就把它挂在门上就行,它能辟邪。"

宁采臣就说:"那好吧。"

宁采臣带着这个兜子回来了,这一路上他就天天背着啊,到下晚儿就住店。

有这么一天,他正在道儿上走着呢,就听后面"嚓嚓"有动静儿,他回头一看说:"哎呀,这不是小倩吗?"

小倩就来了,说:"是我,是我。我就是求你啊,你把你的那个黑兜子放那边儿,咱俩好见面。"

宁采臣就把兜子撂地下了，搁那边儿了。他就过来了，俩人见面近便近便，她就说："我就怕那个兜子。那是宝剑兜子，是装宝剑的，专门辟邪，一般的鬼神不敢接近它。但是它有用，你还得保存好。"因为这个他俩人才没见。

这小倩就说："这么办吧，我就跟你回去了。咱俩再也不用这么躲藏了，咱们就明走吧。"这就明走起来了，一走又走了几天。

这天又走了一天，就看这个小倩，精神不痛快，蔫得邪乎。

宁采臣就说："你怎么回事儿？今天怎么的了？"

小倩说："不好！今天恶鬼准备要来抓咱俩人来了，今晚就得来啊！我算到了。"

宁采臣说："那怎么办？"

小倩说："不用害怕，有办法。你在睡觉那屋把兜子挂起来，这个兜子好使！"

下晚儿的时候，果然是那样啊，俩人睡的时候，就听外面"咔嚓"一声。到外面一看，这个兜子鼓鼓囊囊震两下，宁采臣就到那儿把这兜子拆开，兜里边一打开，有个东西就像清水似的，一打开，就都化了。这是恶鬼钻兜子里，让兜子给她抓住了，她已经变成水了。

从那以后，宁采臣就安心了，啥事儿也没有了。宁采臣带着聂小倩就回家了。

到家之后，家里有一个老母亲，他就和他爹妈说："母亲啊，我想给你娶个儿媳妇。咱俩啊，太有感情了！不过怎么的呢？她不是人，她是鬼仙，是鬼。"

一说完，他妈就说："哎呀，那还了得？你怎么把鬼整家来了？这还得了吗？"

宁采臣就说："你看看人怎么样？"

这小倩到屋里就给这老婆婆跪下了，说："母亲在上，我从小就没有爹妈。你要是不娶我做儿媳妇，问题也不大，我认你当干妈，我管你叫妈。我在这儿待着，天天伺候你。"

他妈就说："那行啊。你也不害我命，那你愿意的话，就在这儿待着吧。"

小倩伺候她伺候得特别好，不到半个月，老太太愿意了，说："得了！你给我做儿媳妇吧，你就常伺候我吧，我就相中你了。"

从那以后，他俩过得确实都挺好啊。后尾儿，把三亲六故都请来了，俩人就正式结婚了。

小倩开始回来的时候不吃东西，经过有半年以后，也能吃东西了。经过人间这些日子，尤其是和这个男的结婚之后，在一起睡觉，也借男的阳气就还阳了。

最后，聂小倩生了两个男孩儿，宁采臣又娶个小老婆子，又生一个男孩。这三个男孩，后来都成名了，都考上了，中举人的中举人，中秀才的中秀才，都成名了。

宁采臣也考上举人了，当了个知府大人。从那以后，人家一家人团圆了。

附记：

此故事为《聊斋志异》中的故事，在谭振山家乡一带也有流传。

青凤

这是远年最初的狐故事。有个老耿家，过得特别像样，特别有钱，有个大院子。院子带花园，屋子起码能有二三十亩大。耿老员外在那儿住，人也没那么多，十来口。后来占不了那么多院子，就撂荒了。花园也不太侍弄了，也不太去，越住越不得利，不是你有病，就是他有事。另外，老听见花园里有人说话，看不见人，像闹鬼似的。

这耿老员外人是好人，一考虑说："我就不在这儿住了，我躲一躲。"但他有个侄儿叫耿去病，侄儿不管那些事，是个年轻人，挺豪爽的，挺好说，就和他说："叔叔，你要不在这儿住，你这院子借我念书。"

他叔叔说："去吧，还什么借不借的。你要不害怕，全家搬进去都行，把你媳妇领来住吧。"他一考虑，行，就搬进去了。

几个月以后的一天，下晚儿黑，耿去病溜达的时候就听后面有动静，回头一看，后边有不少闲房子。老耿家有钱啊，后边净书房，小姐待的房子都空着呢。他就过去了，听书房里有人说话，就顺着过去了，到那儿一看，屋里点着两个大蜡灯，那个大啊，亮得邪乎。一看正坐着一个老头儿，四五十岁，那边有个老太太四十来岁，那边有个小伙儿二十来岁，还有个姑娘十六七岁。耿去病寻思：谁在这儿住呢，我叔叔说闹鬼，还真有人在这儿住呢，他们住的都是楼房，他就自己鸟默悄地[1]顺楼梯上去了。

他刚上去，那边一惊，有人看到了，他就说话了："今天你们在这儿喝酒呢，我是不速之客，到这儿赶嘴来了。"

当时这人"唰"地都下去了，姑娘没有了，小伙儿没有了，老太太也没有了，就剩一个老头儿在那儿坐着呢，老头儿一看，说："你哪的？三更半夜闯我私宅。"

耿去病就笑了，说："你老太不说理了，我是这院的主人，这院是我叔叔的，我在这里看院子呢，你们到这儿消闲喝酒，把主人都忘了，都没请主人喝酒，还说我闯入。"

老头儿说："啊，你是这院主人，来，来，坐下吧。"

老头儿挺客气，四十来岁，黑不丫的。一唠，唠得挺近的，越唠越开心，耿去病也会唠，耿去病说："既然拿我不当外人的话，能不能把原来那几个人都请来，咱们就做个同家之好吧。你们在我院住，咱们都是一伙的，没说道。"

老头儿说："那好吧！"就把那小子喊来了，叫"唤儿"。

到这儿俩人一坐，真是一见如故，越唠越近密，唤儿比耿去病还大一岁，叫他叫哥哥，处得挺近。耿去病说："这么办吧，都来吧，这屋还有谁？"

老头儿说："那好吧，唤儿，去把你妈你妹妹都喊来！"

唤儿说："主人来了，咱们得好好陪人喝酒近乎近乎。"就都喊来了。

老太太带姑娘来了。姑娘往屋里一走的工夫，这耿去病一看这姑娘长得好，那真是千娇百媚，从来没看过这么好的姑娘，心就寻思：太好了，这长得和仙女似的。老头就说了："这是我老伴儿，这是我女儿，凤儿，叫青凤。"

这就喝酒，越喝越近，但耿去病眼光到了儿就没离开这姑娘，正好又挨着这姑娘坐着，耿去病就相中这姑娘了。就用脚勾这姑娘脚，姑娘紧躲，但也没急眼，还笑呵呵的。他一看，姑娘有意啊，这是没烦我，所以他就尽量往一堆凑合。

他们就在那儿待着，越唠越近啊，耿去病说："说实在话，我二十几岁念书啊，见到这么多女的，从来就没见过像青凤这么好看的姑娘。我今天的目标是打算娶青凤做媳妇，您老能不能给？"

这老头儿一看，这哪有当面就提亲的，这也太疯狂了。就一晃脑袋，说："不

---

[1] 鸟默悄地：悄悄地。

行,我不能随便把姑娘给你。"然后"唰啦"一下子就都没人了。席剩空席,碗筷在那儿搁着,就剩耿去病个人在那儿坐着,他觉得真憋气,觉得特别孤单。一连三四天,耿去病天天到屋瞅去啊,屋里酒香味还有呢,菜味也有,就是没有人了。自己挺惋惜,糟透了。

一天他在花园里溜达呢,就看见前面有个姑娘站着,正是青凤。他说:"这不是青凤姑娘吗?"

青凤就笑了,说:"是我。"

耿去病就到傍拉拽住青凤的手,青凤也没躲。他说:"走吧,到我书房吧,别在这儿了!"到书房之后就把青凤搂怀里了,说,"青凤,我想你想坏了。我不怕你笑话,从打看你之后我就得相思病了。再看不到你,我就得死了。"

青凤说:"你哪有这样的?"见面唠了一阵,青凤说,"可惜咱俩人没有缘分啊,我叔叔不愿意,俺们家法严,不敢和你太近密,让他看着就完了。另外,今天是最后一天,明天就搬家了,他们搬走了,一会儿回来接我,我明天也搬走了。在你这儿住不方便了,我叔叔看出你这莽撞样来了,怕以后我们不好处。"

耿去病说:"那今天咱俩好好近乎近乎,做到鱼水之欢。"

姑娘也没同意也没拒绝,正这工夫老头儿来了,俩人没有得到欢乐。老头儿说:"你俩干啥呢?"就把姑娘一顿好骂,说,"你大家闺秀,你怎么和人家在这儿手拉手坐着呢?"这姑娘吓得跑了,老头儿也走了。耿去病一看没办法,拉倒吧,人都走了,回家吧,心里寻思败兴得邪乎!

又过了半个月,耿去病上外面游山玩水去了。城外有个小荒山,他在那儿溜达呢,就看见顺那边跑过来了一个大黑狗,撵两个小狐狸,小狐狸不太大,小火狐狸,一个前面跑得快点,一个后面跑得慢点。就看黑狗寸步不让,眼看就抓住了。这小狐狸奔耿去病跑过去,嗷嗷叫唤,意思像求救似的。

耿去病看见,一喊:"站住!"就把黑狗吆喝住。伸手就把小狐狸抱起来了,说,"真挺招人喜欢,我把你抱家养活去。"就抱家去了。

到家之后,耿去病说:"你在这儿待着吧。"就听"嗷"一声,仔细一看正是青凤姑娘。耿去病说:"咦,你不是青凤姑娘吗?"

青凤说:"可不咋的,你把我救了,我才来呢。我跟你说,我们是狐仙。我今天带丫鬟游玩,丫鬟已经跑回去了,把我撵得没办法了。"

耿去病说:"哎呀,咱俩真是有缘分呀!"

青凤说:"不用问了,咱俩有缘了,你救我一命,我就嫁给你了。"他俩自动就在老祖宗牌位前拜天地,拜完就入洞房了。

他们越过越长远,一晃过了有半年了。这青凤也挺得脸[1],过得也挺好。这天耿去病正在屋里坐着呢,就看谁来了呢,唤儿跑来了,那慌得邪乎啊。小伙子就进屋了,到那儿就跪下了,说:"耿公子,我今天特意来求你了。"

耿去病说:"有事儿你说吧,怎么这样呢?"

"当年我对不住你,我妹妹的事儿我爹说的算,另外狐人不能做亲,所以没做。我妹妹最后还死了。都死去三年了,让黑狗撵死了,杳无音信。现在我特意来求你了,我父亲有难。明天中午有个莫三郎从这里路过,他武功高,是个打猎擒兽的好手,打了许多猎物。我父亲就在其中。这是命里注定,他明天得遇难,他明天过来就是个狐狸,一只大狐狸,你把他救下来。"

"那不能救,你父亲把我好个羞辱,我要和你妹妹订婚,不但不给我,还带走了,我哪能救他去。"唤儿就哭了。耿去病说:"你先回去吧,再说吧。"

耿去病一回后屋,一看青凤在那儿坐着呢,就把这事跟青凤怎么怎么的一说。青凤一听就吓得急速给他跪下了,说:"先生,你得救他,不管我叔怎么不对,我现在是你媳妇了,你不救,我对不住他。因为我小时候全是我叔叔给拉扯大的,要不我那时没有依靠。"

耿去病一看,就把青凤搀起来了,说:"贤妻,你别这样了,那我就救他吧。"

到了第二天白天的时候,正好耿去病门口有个大饭店,他在饭店坐着等着。真不一会儿,有人来了,一看是莫三郎,骑个高头大马,带着一帮家童,大车拉着打的不少野兽,獐狍野鹿啊,拉的有十来个,在车上扔着,当中有个狐狸,黑乎乎的在车上趴着,脑袋有血,活不活,不活也半死,不会动弹了。他一看,寻思寻思:嗯,你就是撵我的老头儿啊!他一看明白了,说:"正好,莫贤弟,我和你商量个事儿,我这棉袄坏了,我打算换个狐狸皮,这个黑的狐狸皮挺好,你就匀给我得了。"

他俩是同学。莫三郎说:"匀啥,咱哥俩,给你吧,拿去吧。"

他就把狐狸拎着抱到后屋,说:"青凤,给你抱来了。"

---

[1] 得脸:有面子。

青凤一看，说："对，不差。"青凤就急速搂着，说："你不用管了。"

青凤就给狐狸盖上被，给它亲自温暖，连摸脉、带按摩，两天的工夫不到，这狐狸活了。一扑棱，一看还是老头儿啊。一看是青凤，就说："哎呀，侄女青凤啊，是不是你也死了，我也死了，咱们阴间见面了？"

青凤笑了，说："死啥，我没死，你也没死。"然后说我怎么怎么的，谁给救活的，现在我嫁给他了，还是耿去病，救你的人还是耿去病。

老头儿说："哎呀，我也没有脸面见人家了，我把人家损了。"

青凤说："那没啥，现在不是你姑老爷了吗？"他主动找耿去病说道歉话。

耿去病说："拉倒吧，别说了，咱们就当做门好亲吧！"

从那，耿去病和青凤正式成了男女，俩人过团圆日子。狐仙说："俺们也放心了，就走了。"狐仙、唤儿都归山了，就把青凤留下，他俩过日子了。搁那青凤也不错，养活一个男孩、一个女孩，就和耿去病得着团圆了，后来耿去病也当官了。

附记：

故事与《聊斋志异》中的《青凤》故事大同小异。（隋丽）

婴宁姑娘

当年那时候鬼狐仙也作怪，鬼魂也成气，他们和人也闹，也做婚姻，也搿在一起。

单表谁？有一个王家，是大户，挺有钱。家里老头儿老太太中老头儿死了剩老太太，自己家过得有钱，儿子王子服是念书学生出身，念书念得好。王子服守正，是正人，哪儿都挺好，他一念书念到十八九岁，二十岁了也没订媳妇儿。原先订过媳妇儿，但没等结婚媳妇儿就死了，媳妇儿死了以后他就不想再订了。因为什么呢？订一个没有那个好看，订一个没有那个好看，他看了几个都不可心，王子服他就心寻思：没可心的怎么办呢？

这天正到清明的时候了，清明都踏青，都往地里溜达玩。他一看，说："我走走去吧!"他一看也挺闷,搁家也没说,自己就出去了。出去正好跟着踏青的队伍走呢,谁来了呢?胡生,是他亲姑舅哥哥,他舅家儿子。

他到这儿说:"我找你来了,听说子服兄这一阵子在家不太高兴,嫂子一死,你也没结婚,看一个也不行,看一个也不行,我打算领着你溜达溜达,散散心,走吧!"他俩人就出去溜达去了。

正好走到堡屯以外,胡生家来人找胡生了,来那人说:"你赶快回去吧,家来客了,没人陪客,老爷叫你回去呢!"

胡生说:"那这么办,大哥我得回去了,你自己溜达去吧!"

这个王子服就自己溜达,溜达到一个堡屯当中,这堡挺大,像一个小都市似的,就看见顺这路来两个女的:一个小姐,一个丫鬟。小姐也不是真正的小姐样儿,穿得不是那么好,一般,带个丫鬟,就是一般的半富人家。他一看:这姑娘长得好看啊!那真是如花似玉,真是沉鱼落雁、闭月羞花之貌,确实好!他就心寻思:哎呀,这个女的才好呢,比我死那媳妇儿好看,要能娶这么个媳妇儿我就心满意足了。

这女的拿一朵花,看着是梅花,他走到傍拉儿了,女的回头瞅瞅他,他一看,这女的可了不得,对他笑了,一看一瞅中三笑留情。他心寻思:这女的可太好了,我如果娶回去高低不能离开她,我看她是谁家姑娘,我一定跟到她家去,我瞅着她,我托人保媒。

那丫鬟就自己瞅着王子服,给小姐比画比画说:"走,后面这个书呆子,你看他这样儿跟着瞅你,紧瞅你!"

这工夫,这姑娘怎么回事儿?她把这花"啪"扔地上了:给你一朵花吧!这王子服到那儿就把这梅花捡起来了,一看这花,人珍贵花也珍贵啊,那是人家姑娘拿的花!完他就像等姑娘到手一样,拿着花就跟着走,走当中人家走得也快,他走得慢点儿,怎么回事儿呢?他撵不上,姑娘失踪了,人给走丢了,人家带丫鬟就走了。找吧?怎么去他也说不上了,他就自己拿朵花回家了。

到家以后,他自己精神不好,不高兴,这就哭丧着脸。他妈说:"你今儿怎么的,一天就成这样了?"

他说:"不行,我今儿精神不好。"

她说:"这么办吧,你休息休息!"他自己就在那儿休息。

单说谁呢?单说王子服。这王子服回家也不说怎么的,搁炕上趴着就开始沉睡,一天一天昏迷不醒，就像失去精神一样。待了几天，谁来了？正好他姑舅兄弟胡生来了。

这姑舅兄弟一说王子服的情况，他姑姑说："你大哥那天溜达一天，回头不知冲着啥了，回来以后那整个儿精神像失常一样，一天心里就有这一个花儿，花是没谢，但干巴了，第一闻这花儿，第二瞅这花儿，那不那花儿在那儿搁着呢吗？"

胡生一看，他姑姑说："你俩对视，你问问他，问他今后是什么心思，让他说一说。"

胡生说："那好吧！"他就和王子服待着唠上了，越唠越高兴，俩人唠完之后，胡生说，"你这么办，你有什么就说，我都能帮着解决！"

这个王子服说："不是别的啊，前儿我去溜达看见一个姑娘，比我那没结婚先死的媳妇儿还好看，我确实相中她了，她拿朵花儿，这女的好笑点儿，对我笑笑她就走了，现在不知在哪儿，你说吧，现在找也没有门路，不知她在哪儿住，现在你说你姑那么大岁儿，她也不能帮我张罗，所以我自己苦闷得邪乎啊！"

胡生说："哎呀，你这不要紧，我帮你打听打听，我看这个女的她要不坐轿就不是真正的大家姑娘，不是特别有钱的，就是一般的姑娘，身边只有个小丫鬟。她不能住太远，她走来的能太远吗？顶多离咱家三十里二十里呗，转圈儿一打听，谁谁姑娘好看还不知道吗？"

"那行，你给我帮忙吧！"

"那行，你安心吧，好好起来吃饭吧，这么办，起来就让下人做点儿饭。"胡生就告诉下人做了饭，做完饭之后，胡生陪王子服，他俩人吃了点儿饭，这王子服还真吃了点儿。

搁那么，这个王子服精神就好了，天天也能吃饭伍的，就盼他这个姑舅兄弟给打听好啊！但这个胡生呢，那找人像大海捞针一样啊，回去哪儿打听去？那胡生一打听没打听着，就把这事撂下了。

单表王子服，一晃过去七八天，他就寻思：怎么回事儿呢？胡生说姑娘离这儿不远，怎么还没消息呢？嗯？正寻思呢，正好胡生来了。

胡生说："大哥，我来了，来这儿看我姑，看她这些日子怎么样。"

王子服说："你打听着了？"

"打听着了，你别害怕！"这胡生顺嘴就说了，"不远，在西南，有三十里地吧，你要走也用不了一俩时辰就到了,这家都不错,另外,俺们还是亲戚,她是我叔伯姨的女儿,那没说的。她今年十八九岁了,没找人家儿呢,如果你俩相当的话我给你保媒,我做媒人!"

这不,王子服更高兴了,说:"好啊,行,你帮忙吧。"胡生就走了。

但他胡生说的都是假话,他根本就没打听,他也不知道,就把王子服糊弄过去了。糊弄了三四天,人想人这玩意儿了不得啊!这王子服想啊,就和他妈说:"这不行,我得看看去,胡生就光说不论。那三十里地的话,我就是走、溜达弯儿也有了,我自己看看去。"

他妈也拦不住他,就说:"你去了注意,早去早归。"

他说:"好!"他合计自己带点儿钱财,吃完早饭就走了。走能有两三个点儿就到三十里地处的一个小山坡上,真离他家不远儿,也就二三十里地。他到山坡上一看,正好山坡后边就是一个人家的后花园,院墙里头就是花园,院子里边儿有五间大正房,还有厢房,房子不少,过得挺像样儿,是大财主家有钱的样儿。

这工夫,他就听里边有女的说话,他一听,说:"哎呀,这说话声音好熟啊!"他就偷偷瞅着,不一会儿过来一个丫鬟,丫鬟一过来,他寻思:正好是前儿看见的丫鬟,前儿和那姑娘一起的丫鬟正是她。他就使劲往里瞅,一看,正好那姑娘起来了,拿着花儿,正是前儿的姑娘,他又寻思:哎呀,真在这儿住啊,这家过得不错啊,还是独院儿。他不好喊人家,喊吧,不认识,不喊吧,心还惦记人家,转到门口有个上马石,溜光,唉!我没别的,坐石头上等着吧,外头谁出来了就打听打听。

他就坐石头上等。一等等到多少时辰?从早晨等到下晚儿要点火吃饭了,他还坐着呢。这工夫从里边儿出来个老太太,这老太太能有六七十岁吧,拄个拐杖出来了,到傍拉儿说:"小伙子,我听说你一早晨来的,在这旮坐了一天了还没走啊,你是来找谁来了?"

他说:"老伯母,我来给你行礼了。"他行个礼,挺有规矩。

老太太说:"你找谁啊?"

王子服说:"我到这儿找我一个亲戚,我姨娘在这旮住,我来这儿来得仓促点儿没打听着。"

老太太说:"姓啥啊?"

王子服说:"我来得急了点儿,没问我妈我这姨娘叫啥名儿,我也不知道她姓啥就来了，我姨娘多年不见了。"

"哦！"老太太说，"那你在这儿干坐没吃饭也饿了，管你姨她在哪儿住，'人不吃路，虎不吃山'，这么办吧，到我屋儿里吃点儿饭吧。"

王子服说："那好吧！"老太太就把他让到屋儿里头了，他本身正愿意进屋儿：进屋儿万一能见着这姑娘呢？他就跟着进屋儿了。

到屋儿坐下了一看，老太太告诉下边儿丫鬟："小荣，做点儿饭去吧，这儿来客了，不管怎么的得吃点儿饭。"

这丫鬟就做点儿饭，炒两个菜。他一边儿吃饭，老太太一边儿就和他唠家常嗑，说："你在哪儿住？"

他说："我啊，姓王，叫王子服。"在哪儿哪住和老太太一说。

"王子服？你爹叫啥名儿？是不是叫王要啊？"

"哦，对啊！"

"哎呀！"老太太说，"弄了半天，你就是我外甥，我就是你姨娘啊！"

"哎呀，我真忘了姓啥了，不知道。"

"我姓秦嘛！你还不知道吗？你妈挺好？"

"挺好，哪儿都没说道。"

"好，你先住着吧。"老太太又对丫鬟说，"丫鬟，过来！"

丫鬟过来进屋儿了，老太太说："这是我外甥来了，不是外人，你把姑娘喊来，叫她来见她哥，俩人见见面，这不是别人儿。"丫鬟就把姑娘喊过来了。

老太太就告诉他："子服，这姑娘是我女儿，叫婴宁。这姑娘比你小，你今年十九岁，她今年十八岁，正好儿你们俩好好见见吧。那你到十八九岁儿了，俺那外甥媳妇儿是哪儿的姑娘啊，有几个孩子？"

"哪儿有啥孩子？没有，我还没订媳妇儿呢！"

"那怎么还不订媳妇儿呢？"

"没有相当的，我不愿意订，不乐意。"

"我知道你家过得不错，我去过，现在多少年没去过一次。哎呀，这么办吧，既然你没订媳妇儿，我看我这个女儿也不错，你俩就订婚吧，把我女儿给你吧。"

这王子服一听，正好儿，他不就奔这事儿去的吗？挺好！这么办吧！他就应下了："姨娘要有这个心思，那我就答应了。"

"那好吧！"老太太留下他之后，他就在那儿待着了，一待待了有一两天的工夫，老太太就告诉他，"没事儿，都是年轻人，上花园玩儿去吧！"

这王子服和婴宁、丫鬟小荣就在花园里玩儿，打打闹闹，玩儿两三天，王子服说："姨娘，我得回去了。"

老太太说："你要回去就回去吧，你回去这么办，叫婴宁跟你回家去，看看她姨娘，你俩是两姨亲嘛，你妈还在家呢。"

他一听，说："那好吧！"他本来就挺乐，能不带吗？他就连婴宁带小荣一起带回家了，他们三人一堆儿就回来了，回来以后这天到家了，他妈一听，说："咿？这回带这姑娘回来了。"她姨妈出去一看：确实不错！婴宁长得好，就是爱笑点儿。

他下晚儿没事儿和他妈把事情怎么怎么的一说："老太太说她是我姨娘，姓秦。妈，能靠点边儿吗？怎么回事儿呢？"

他妈说："对，是不错，我娘家有个姐姐，是给老秦家了，结婚以后死了，我姐姐死完以后，那男的又娶一个，生了一个孩子。他娶的什么呢？据说娶的第二房是狐仙，狐仙生一个女孩子，叫婴宁，这狐仙生完孩子就蹽了，不在这儿待了，所以这孩子就经她后妈、你姨娘给拉扯大的。虽然你姨娘死了，她也没有活着，那时候我也知道她死了，是个鬼仙啊。这个狐仙生的孩子，她就把她拉扯大了。这要是结婚，婴宁以后都不能生孩子，这怎么办呢？"

他妈当时有点儿顾虑劲儿，一考虑：你不愿意，孩子愿意，都领回来了，这么办吧，事儿先这么的，暂时该结婚结婚。

他妈说："结婚吧！"后来他俩就结婚了。结完婚之后，就在这儿待着，一待待到几天的工夫，也确实待得不错，挺好！过了几天，婴宁就提出了，她说："咱们是不是得上我娘家串趟门儿去啊，去看看我娘家。"

王子服说："去吧！"这王子服套上车带上马带着东西就去了，一走走了有两三个点儿到了南壁山那旮，一看那荒凉遍野，哪儿有房屋啊？也没有花园了，也没有房屋了，啥也没有了。"哎呀！"王子服一看，"这地方出奇啊，哪儿去了呢？"

这婴宁就笑了："你细细找找就知道了。"王子服就找，一看还是没有。

婴宁说："告诉你实话吧，我就是在这地方生的，这地方你也走了，我这个妈啊她是个鬼仙，我小的时候没人带，狐狸把我生完之后就走了，没办法，这鬼仙就是谁呢？就是我先段死的那个妈，鬼和鬼狐在一起嘛！是她把我拉扯大的。你上次来她用的是障身法，就让你看一看房屋，现在把我安排好了，人家就走了，不在这儿待了，这老太太她已经成地仙了。"

王子服说："哦！"

婴宁说："我希望你呢，不是别的，你能不能把坟茔给我并一并，把我妈的坟和我爹的坟都并在一堆儿，我爹在别的地方埋着呢。"

王子服说："那行！"他应下来之后第三天就大挪坟茔，把她爹的坟还有这儿她妈的坟全都并到一堆儿，并到这个山上了，修好以后埋了这几所坟。搁那么，这个婴宁就过得挺好。

有一次，西院儿有个小伙子看到婴宁了，婴宁二十几岁长得好啊！他就起了奸心，就逗婴宁，天天逗！他喊她："婴宁，婴宁！"

这个婴宁躲不开，没办法了就告诉他："你别大白天逗，没啥意思，你要愿意，你下晚儿点灯以后来，到这儿的桃树底下来。"

那小伙儿说："那好吧！"这个小伙子他自己疑心大啊，到晚间就来了，来了一蹦墙一看，正好儿婴宁在那儿站着呢，他跑过去抱着婴宁就要行其不轨，俩人打在一起的工夫，他就直门儿叫。你猜怎么回事儿？婴宁变啥了？他仔细一看是个大柳树，上面凿一个窟窿，他到那儿去，正好一个大蝎子在那儿呢，蝎子一叮就把这个小伙儿蜇死了。

人那家就告诉他说："婴宁是鬼，要不她不能变成树，不能变蝎子把我儿子蜇死，我儿子错是错了，但他最后也不至于成这样儿呀。"

婴宁说："我不是鬼，我就是人！"

后来经公家一说："人家没别的行为，你说人家不行，因为你儿子想行不轨事儿啊！"

就这么，过了几年，婴宁生了个大胖小子，这个家一看能留后就放心了，啥说道没有了。最后王子服这个儿子还成名了，考上状元了。

狐仙助姻缘

有一个杨公子,他是个念书的学生,杨府也大,挺像样儿,他自己有个书房,他爹是员外啊!他每天念书之后也不出屋。

这天晚间的时候,吃完晚饭,他说:"我要到花园看看,念书念得太累了。"

到花园,就听花园那边"叽叽嘎嘎"笑,他一听:这谁呢?他顺便蹬石头上一看,原来人家那院的姑娘带着丫鬟溜达哪!那院是李府,他知道是李府,但是在邻居住着,一直没看着人家姑娘。杨公子心说:"哎呀!这不用问,这是李府的姑娘啊!这个姑娘我怎么从来没看过呢?怎么长得这么漂亮呢?"这李小姐一回头也看着他了,两人相互瞅一瞅,姑娘长得确实不错,这李小姐就低头带丫鬟进府了。

他回来之后,就得相思病了。白天夜里地想李小姐,还没法说,和爹妈不好说保媒这事儿,自己就愁啊!丫鬟来回送饭时候就看他一天比一天吃得少。这天丫鬟就想:怎么办呢?愁死人了,她就告诉老太太了,说:"公子有病了,天天吃东西吃得可少了,饭一天天地减量。"

老太太说:"怎么回事儿?"老太太到这儿一看,问他那姑娘长啥样,他啥事儿也不说。

这天下晚儿,公子告诉丫鬟:"你送完饭不用侍候我了,你回去吧!"他就趴着,在月光一晃当中,顺着窗户就过去一个影儿。他那时候身体就软弱了,起来都得打颤,要么说人想人了不得呢?他一看,顺门就进来一个姑娘,正是李小姐,"哎呀!你不是李小姐吗?"

李小姐说:"我是李小姐,我来看看你,这些日子我也知道你挺想我,我特意来会会你。"

杨公子说:"那好吧!"

两人到屋里,握握手就坐下了。两人越唠越近便,最后就趴在一起睡了。搁那以后,李小姐天天来,他这病也逐渐地一天天地好了,精神也舒畅了。好了以后先不说。

单表他这个爹妈,丫鬟告诉他的爹妈,说:"这阵儿好了,好是好了。"丫鬟就把这个消息给透露了,"可有一件事儿,这些日子我知道,我去的时候看见过,我送饭

· 1254 ·

得送两个人饭去，我常常能看着一个姑娘在屋里，是那院李小姐来了。"

杨员外说："哦，怨不得呢。"

这老员外到那儿一看，说："既然这个李小姐来了，那咱们就和她唠唠不行吗？"后尾儿杨老员外说："这么办，明天我让人去保媒，他家也有钱，是员外；咱也是员外，门户相对，我就一个儿子，他就一个女儿，有啥不行的呢？"

儿子说："好！"

第二天正赶上这杨老员外在街上赶集回来，就看顺那边来个轿子，"呼嗒呼嗒"的小轿，轿外边有个人骑有一匹马，正是李员外。这李员外一看见他就下马了。

杨员外说："你上哪去，大哥？"

李员外说："这不你侄女上她姥姥那儿串门去了吗？去了有半拉月了，也没回来，我把她接回来，老太太想女儿。"

杨员外说："哎呀！不对呀！你女儿昨天晚上、前天晚上，净跟我们那小子凑在一块堆儿混，我打算托人保媒，怎么去她姥姥那有半个月了？"

李员外说："是吗？"

杨员外说："那我这几天还看着你们家姑娘了呢！"

李员外说："那不是瞎话？你看错了，俺姑娘去有半拉月了，在她姥娘那儿。"

这会儿，杨员外心就动唤了：哎呀！这看起来那不是李小姐，这里有事儿呀！他就回去了，回去和儿子一说，儿子不信，说这绝对不可能。这老员外挺细心，正好在三道观有个老道和老员外不错，员外和老道一说，老道说："这么办，到底怎么回事儿，我看看去就知道了。"

这老道就来了，老道来了和杨员外一看这屋，有忽闪闪的什么玩意儿在屋里待着呢！老道说："你这屋有狐仙，狐狸把他迷住了，你看他这脉啊！整个是邪脉。这么办，今晚儿我就拘了它。我这道行行，它还没那么大道行。"

到晚间时候，这个老道就升了三道符，头一道符就像送信似的，二道符点到它，三道符就把它抓起来了。这时候眼瞅着这女的顺外边儿进来，就变成狐狸了，不是女的了，进来刚想猫一下子，到那儿就趴地下了，老道就骂："你这个恶畜，你魔怔人家男的……"

最后这狐狸就哀求了："老道啊！我不是魔怔人家男的，因为杨公子他想李小姐已经想出病来了，都要死的样儿了，你问他是不是？我因为在这旮，是保佑他们家的老仙儿，我也是一个母狐狸，一时心动我也相中他了。要不你问公子，我跟他说了：'你要相中我的话，你急速托人保媒，你何必自己在家这么愁呢？'我劝他之后，他不去保，还不让我走，俺俩就扯一块堆儿去了，可我并没有歹意。"

老道一听，也真是那个意思，一问公子，公子说："她是让我保媒去，我没去。"

老道说："这么办，那你就赶快走吧！俺们想办法再去保媒，你这缠磨缠不住啊！他还能架住你缠磨了？"

狐仙说："好吧！"

它就走了。这杨员外上老李家托的媒，托完之后，后来就保妥了，这双方结婚了。

这狐仙在这当中顶替李小姐，就是为了让他俩人团圆，这狐狸是只好狐狸。

卖身陪葬

在早，有个姓李的老头儿，老伴儿死得早，就留下一个儿子，起名叫李文才。为啥叫李文才呢？因为老李头儿自己不识字，没文化，只能靠给别人扛活挣点钱。他就想：我再累也得供我儿子念书，有了文化就不用像我这么受累了。就给这孩子起名叫文才，意思是让他儿子能识文断字，有才华。

老李头儿供儿子念书真舍得花钱，不光把他扛活挣的钱都搭在这上了，就连他家祖上留下的那点儿地也给卖了。

说话快，一晃儿，李文才十八九岁了，书也念成了。

这年正赶上科考，李文才要到京城去考试，可是家里没有盘缠哪！老李头儿走亲戚串朋友，也没借着几个钱。

一般来说，穷人都没有富亲戚，老李头儿认识的都是一帮穷哥们，这时候谁也帮不上忙，老李头儿是真愁啊！

李文才见他爹成天出去借钱也没借着多少，就说："爹呀，大不了我不考了，我读了这些年书，在买卖家当个管账先生不也行吗？"

他爹说："那可不行，爹供你这些年，不管你书念的咋样，咱得考一回，比试比试。你放心，爹明天肯定能给你借着钱。"

老李头儿这时候已经拿定主意了，啥主意呢？向村头的陈财主借。

不是万不得已，谁也不爱向陈财主借钱。为啥呢？陈财主这人心眼不正，有点儿巧取豪夺。对他没有用的人，他是轻易不借，他要是借了，肯定是图点啥，不是惦记人家闺女了，就是看上人家什么东西了。反正，他想要的东西没有弄不到手的。

老李头儿哪能不知道他那德行和人品呢，可现在等钱用啊。没办法，他第二天一大早就去村头找陈财主了。

可巧陈财主在家。看见老李头儿进院来了，他就顺窗户假模假样地喊："这不老李头儿吗？快进屋坐。"

老李头儿进屋一看，人家刚吃完饭，陈财主媳妇正把吃剩下的白面饺子喂狗呢。

陈财主说："我听人家说，你家文才要进京考试去了？"

老李头儿连忙说："我呀，正为这事来的。咱家你大侄儿念书念了十来年，这一回怎么的也得比试比试呀。可就愁这盘缠哪。"

老李头儿说完一看，陈财主没吱声，就说："我借完之后啊，没别的还钱道儿，我就给你扛活，一年挣三两五两银子的，三年也还完了。"

陈财主眼皮也没抬，沉着脸说："老李头儿呀，不是我不借你，咱家今年手头也紧哪。"

你说他家都能拿白面饺子喂狗，还能手头紧吗？就是不想借。

这时候，财主媳妇也不喂狗了，朝陈财主递个眼色儿，就出去了。陈财主一看，连忙和老李头儿说："你先在这儿坐着，我出外头（上厕所）。"

他哪是要出外头啊，是他媳妇叫他出来。他俩到个没人的屋，财主媳妇就说："我想起一件事，你老爹不是和你说要找个他死后给他陪葬的，好能在阴间有个伴儿唠嗑吗？正好老李头儿来借钱……"

陈财主不等媳妇说完，就高兴得一拍大腿："哎呀，我咋把这茬儿给忘了呢，亏你提醒我了。"

陈财主回去找老李头儿，这回脸色也好看了，话也软了："我说老哥呀，我刚才想好了，你家我大侄儿有福相，一考肯定中啊。我宁肯少吃几天饭，大侄儿这盘缠我也得给拿。"

老李头儿一听，乐坏了，就说："太好了，你大侄儿啥时候也不能忘你这恩

陆 精怪故事 ·1257·

情啊。"

陈财主也笑了,说:"一个堡子住着,说这话不远了吗?你说吧,借多少?"

"怎么的也得十两银子吧。"

"老哥呀,十两银子够干啥呀。我给你算算:这一路吃饭住店就得三十两二十两的。考完之后,还得走走后门儿呀,认个老师啥的也不能少花!不来这套肯定考不上呀。"

"我也不知道还有这些事儿啊,那你给算算,得多少钱呢?"

"得一百两。"

老李头儿吓一跳:"我这辈子也没见过这些钱哪。"

"没事儿,老哥,我借你。"

"你敢借我也不敢拿啊,这么多钱啥时候能还清啊。"

陈财主一看时机到了,就小声说:"老哥你要是能帮我个忙,这一百两银子不仅不用还了,我再给你一百两。"

"啥忙啊?"

"这事儿我不好开口,我让咱家管家和你说吧。"财主说完就出去了。

不一会儿,管家进来了,和老李头儿说:"老李大哥呀,咱都是当爹的人。哪个当爹的不希望儿子好哇。只要儿子能成气候,有出息,当爹的这么大岁数了,死都行啊。"

老李头儿一听这话,心里奇怪,就说:"老弟,你什么意思就直说得了。"

管家哈哈一笑,说:"大哥是直爽人,我就直说吧。怎么回事呢?咱当家的有个老爹,今年八十多岁了,现在卧床不起。我看也就有十天八天的活头儿了。这老头儿有个愿望,想找个人给他陪葬,在阴间能有个伴儿唠唠嗑。他说了,最好找个老头儿陪他。这老头儿不好找啊,你要是愿意的话,就给你二百两银子。你放心,一两都不短你。"

老李头儿一听,说:"银子是不少,可我这老命也没了啊!就算我儿子拿这钱考上了,我也看不着了,也借不着儿子的光了呀。"

管家说:"老哥你这话说得糊涂哇,孩子有出息那是他一辈子的事儿,大侄儿真要考中了,他这辈子就剩享福了。你当爹的为了多活那几年,大侄儿去不了京城,你就把大侄的前途给耽误了。到时候,你借不着光不说,还得落埋怨。你想想,少活这几年值不值？"

老李头儿一听，也有道理：我儿子将来能过上好日子是正经的，我这么大岁数了，多活那几年能怎的？

要不说当爹妈的心啊，为了儿子，一狠心，他就同意了，跟人家签了卖身契。管家当场给了他二百两银子。

老李头儿拿着银子，像掉了魂儿似的往回走，半道儿上没忘了买点酒，称点肉，爷俩要分开了，得吃一顿儿呀。

儿子一看爹回来了，手里拎着好酒好肉，就知道借着钱了，挺高兴，说："爹，你借多少钱不也得咱自己还吗，你还花钱买这些好吃的干啥呀？"

他爹说："这回不一样，你要科考去，咱爷俩这一分开，还说不上哪天才能见着呢！得吃一顿。"

儿子说："爹，瞧你说的，我考完还不回来呀？咱不就能见着了吗？"

"那也不一定啊，人有旦夕祸福，天有昼夜阴阳啊，我这么大岁数了，有早晨没下晚儿啊。"

儿子一听这话，有点儿不对劲呀，说："爹，你是不是遇上啥事儿了？"

老李头儿冲儿子一笑，说："人老了，就爱唠叨这些没用的，爹啥事也没有，爹今天还高兴哪，给你借了二百两银子。"

"二百两？我哪用得了这么些呀？"

"你拿着吧，穷家富路，再说，到了京城万一认个老师啥的，也得花钱啊。"

"那我给你留一半吧。"

"我在家要它干啥？你都拿去。"

儿子也没想别的，就把二百两银子收起来了。爷俩喝点酒，唠点闲嗑就睡觉了。

第二天，儿子要上路了，老李头儿送了一程又一程，就是舍不得离开，心寻思：儿子啊，等你回来就看不着爹了！

最后，还是他儿子说："爹啊，别送了，你放心吧，我考完肯定早早就回来。"

老李头儿这眼泪儿直在眼窝里转啊，强忍着没掉下来，说："爹这辈子就想让你有出息，你可别辜负了爹，好好考啊。"

儿子也掉眼泪儿了，说："爹，你就放心吧。"

等儿子走没影儿了，老李头儿就回家了。没出十天，陈财主他爹真死了，老李头儿没啥说的，拿了人家的钱了，就主动上门去陪葬了。

陪葬是咋个陪法儿呢？就是有钱人家死了人，一般就修个像大地窖似的坟，坟里跟活人住的屋一样，啥都有。坟里边停棺材的地方有个油缸，陪葬的人就得给点灯拨油。坟的门儿关上以后，人在里面三天两天的死不了，可慢慢就没有空气了，也得死。

临关坟门之前，陈财主一脸笑，说："老李头儿啊，这里面有吃有喝的，你和我爹两人没事就唠个嗑啥的，不也挺好吗？"

老李头儿能说啥呀，收了人家的钱，就得给人家办事儿呗。就迈进坟里了，陈财主就在外面把坟墓的门关上砌死了。发丧的人一看事情办完了，就都走了。

先放下这边不表。再说李文才，他这一走就走了十来天。这一天，他路过一个堡子，老远就看见前面一户人家的院里围着一群人。

他走过去一打听，原来这户人家的老头儿死了，剩下老太太和一个闺女。家里困难哪，老头儿死了都没有钱买棺材，老太太还有病，连炕都起不来。他家闺女二十岁左右，正坐在院儿里哭呢。

李文才一看，那姑娘哭的呀，跟泪人一样！可围着的这群人全是卖呆儿的，也没有人接济点儿钱。

李文才心肠热啊，一摸兜，心说：反正我这银子也花不了，就给她点儿吧，救救急。

他就挤出人群，来到姑娘身边，说："这位大姐呀，你别哭了，不就差点儿钱吗？我这进京赶考的银子花不了，给你点，把老人发送出去，再给老太太留一点儿治病。"当下就掏出五十两银子送给姑娘。

姑娘一看，连忙说："咱俩非亲非故的，哪好意思花你的钱啊？"

李文才说："谁没有困难的时候啊，大姐你就别推了，赶紧收下打理打理丧事吧。"

姑娘看他挺诚心，就收下了。

李文才刚要走，姑娘把他给叫住了，说："恩人哪，听你说要去赶考，我祖上留下有一支笔，可好使了，你高低得收下，考试的时候用，算是我的一点心意吧。"说着，姑娘马上回屋拿出一支笔来。

李文才一看，挺普通的一个笔呀。但这是人家的心意，得领，就收下了。

李文才又走了几天，终于到了京城。他待了一天，第二天就是考试的日子。

过去科考主要就是写几篇文章。李文才有点儿紧张，瞅着那些题目，一时不知道咋写了，有的也是没学到，急得他满脑袋是汗哪，越急越写不出来。他一下子想起来了，哎？那个姑娘不是说让我考试时用她给的那支笔吗？我试试吧。

他就换了姑娘给的那支笔。说来奇怪呀，那笔蘸上墨了就自己往纸上写字，不一会儿就写完了，李文才一看，这文章写得可好了。

结果一发榜，怎么样？李文才中个状元。他乐坏了，心寻思：多亏这支神笔呀，回去之后我真得谢谢那个姑娘。

中了状元以后，皇帝马上给他封了官。那时候考中状元的人都要回家祭祖夸官哪，李文才就披红挂彩，坐着八人抬的大轿，有人在前面铜锣开道，前呼后拥地回家来了。他心里这个美呀，心想，老爹看见还不得多高兴哪。

听说李文才中上了状元，这还了得，村里大人小孩早早就上村口接来了。李文才这风光法儿就别提了。

他亲叔伯叔叔也来了，文才在轿上一看：那不是我叔叔吗？赶紧就下轿了，他叔见着他就哭了，说："我大哥没福哇！你中了状元，他也没有命享福了。"

李文才一听，心里咯噔一下，就问："叔啊，我爹咋的了？"

"孩子你不知道哇，你爹因为你科考没盘缠，就自卖自身哪，卖给陈财主给他老爹做陪葬了。这事儿都有好几个月了。"

李文才都直眼了。

他叔说："你这回也见不着你爹了，他在人家坟茔里头哪，还不知道是站着死卧着死的呢！"

李文才一寻思，怪不得我爹借来这么多钱呢，还说怕见不着我了，原来是这么回事啊。爹呀，你糊涂哇！

这状元郎也不管是什么场合了，在地上打滚儿地哭哇。

最后还是他叔说："孩子你到老陈家坟去看看吧，在外面给你爹磕个头，让你爹也高兴高兴。"

李文才就听他叔的话，往陈家坟走。眼瞅要到了，就听见后面有人喊他的名字。他现在是状元啦，谁敢直接喊大名啊，那些侍卫就要过去训训那人。

李文才一摆手，说："别！我下去看看。"

他下轿一看，后头来个大马车，到他跟前站下了，顺车上蹦下一个姑娘来。李文才一看，这不是前几个月给他笔的那个姑娘吗？

姑娘冲他抿嘴一笑，从车上又搀下来一个老头儿。李文才一看："哎呀！爹呀！"当下眼泪儿就下来了，说："爹呀，我叔骗我，说你陪葬了。"

他爹说："孩子啊，走吧，咱到家再说。"

到家之后，他爹就说了："你走之后哇，陈财主他爹没几天就死了，我就去给人家陪葬。结果可倒好，陈财主刚把我给关里面，我就觉得有人拉我，一看是个姑娘，她不让我出声，等听着发送的那帮人都走远了，也不知道用什么法，'呼'的一下就把我给带出来了。然后就让我上她家，成天给我好吃好喝。爹看这姑娘心好哇，就替你做主，收她做儿媳妇了，她也愿意。"

李文才心里感激姑娘啊，哪有不愿意的道理，也说愿意。又对姑娘说："我还得谢谢你那支笔呢，帮我中了状元，那支笔可挺神哪。"

姑娘笑了，说："跟你说实话吧，我是一个狐仙，知道你爹心眼儿好，这辈子净做善事了，就想帮你们。可我还想先试验试验你，就假装我爹死了，没钱发送，还是你帮了我的大忙。这一看哪，你也是个善良君子，所以我就想办法把你爹救出来了。你要是不嫌弃我是狐家人，我就当你媳妇。"

李文才说："我不管你是狐仙还是人，心眼儿好就行。"

从这以后，老李头儿一家的日子过得比蜜还甜呢。

贪心人金子变水

有这么一个老财主，有一天，他去朋友家喝酒，酒足饭饱之后回家，正好走在半道上坟圈子根儿底下，看见那里趴着只大狐狸。此时正是秋季景儿，是个火狐狸，浑身通红。老财主心想："这家伙挺好啊！"他一摸，狐狸喝醉了，他就笑了："好啊！我也醉醺醺地回来，遇到你了，你也醉了，真是想不到啊！我就拿了你吧！"

他一伸手，把裤腰带解下来，系在狐狸脖子上，系脖子上之后就拉着它一点点地走。火狐狸被扯得疼得慌，没多久它就惊醒了，醒了就喊，但没说话。

财主就问它:"狐狸,你究竟怎么回事儿?你说不说话吧?你不说话我就不能放你。我看你也不是一般的狐狸,你一定也是狐狸成仙儿了,要不不能喝这些酒。"

这狐狸点点头,最后说话了:"这么办,你就放开我吧!我不让你白放,明天之后啊!我一定给你送一缸金子来。"

财主说:"能真吗?"

狐狸说:"那保证真。"

财主说:"那好,你得起誓,你要不起誓我不能放你。我知道当仙的起誓都得重才能灵。"

狐狸说:"好!如果我要不送你金子的话,那我一定会五雷轰顶。"

财主说:"那好了,我就松开你。"

把裤腰带解开之后,他摸摸狐狸,说:"你去吧!别忘给我取金子来。"

狐狸说:"行!"

这财主就回家了,一宿都没睡好。就黑天白天地盼天亮好取这金子。到第二天早上,他吃完早饭出来了,在这坟旁边一坐,就在那儿等着。

这时看见一个把式"嘎吱嘎吱"地来了,两个小伙子推着一个车子,车上面一个小缸,哎呀!他说:"真送来了,真不少啊!"他打开一看,小缸上面全都是金子,盖得严严实实,俩小伙也没吱声,扔下就走了。

他一看,心想:"行了,我也得到了。"就自己把这金子往下摁摁,就往家推,开始推着觉着挺稳当,后面推着感觉里面咣当咣当的,动弹之后还蹦呢!他就打开缸子,一看,是一缸子水呀!哪儿有金子呀?连一块金子都没有。哎呀!这是金子化成水了,他以为这是金子水,就拿起来摸摸,全是白水,也不是什么金子水。

他就寻思:天哪!看我这还真没财运呀!一赌气,把这缸"啪"一下扔地下了,缸也摔两半了,水也洒了,这破车也没有用啊!他就说了:"这做人心慈面软招祸害呀!我要不把它放了,杀了它,我还能得个狐狸皮,还能图两个钱,光贪金子贪多了,最后还啥也没捞着,自己捞一缸水。我今后见到狐狸,必须杀它。"从这以后,他就开始恨狐狸了。

老财主回去告诉老伴儿,说:"完了,我得一笔财,没得好啊!"

媳妇儿说:"那你没拿出两块金子来吗?"

他说:"对呀,我要拿出两块金子,就变不了了。"

媳妇儿说:"再有这时候,你就拿出两块来。"

他说:"还有这机会吗?再有机会再说吧!"

这个故事告诉我们,这人要是太过贪心,也不会成功。

王明太变心

这王明太是个科考举子,他家不太富裕,就凭自己念了点儿书,书念完了,家底儿也花穷了。

有这么一次,他强了巴火[1]地奔西京长安科考去了,考完之后也没考上,落榜了,成了个落榜的举子,然后他就自己回来了。

这一落榜就败兴透了,他自己当时就来火儿了。往前走吧,也没多少钱,就讨着吃、要着吃。他回家得坐一轱辘船,那是个夏天景儿,他上船之后,就来毛病了,在船上就吃不了多少东西了。

人家船夫也不是光载他一个人呀,人家还载有不少旅客呢。这船夫一看,说:"你这样在这儿占俺们个地方可不行呀!你船钱也不给,饭也不吃,病恹恹的,死在俺们船上怎么办呢?"

王明太说:"我动弹不了了,再动弹我就得死了。我是去京无门呀,我不是那地方的人,我家在京城傍拉儿住,这西京长安还有多远呢?我这一道儿都得坐船,你就先载着我吧,哪怕你把我搁岸上之后,我下了船再想办法还你呢?我现在也没有船钱呀。"

"那不行!"摆船的多仉呀,"没钱不行,那哪行呢!"

正好,前边不远有个漫滩,这船就在那站停了。停好之后,一看,上边都没多少旅客了,都下去了,眼前儿就只剩下几个人了。

船家说:"你下去吧,这旮水浅,你不下去,俺们就给你扔下去!俺们说实在话,要扔也只把你扔到河边上,俺们还不把你扔水里头,不让你死,爱活你活,不

---

[1] 强了巴火:勉勉强强。

爱活拉倒！"

"我一步都走不了，把我扔下去不就完了？"

"你走不了？好，这就抬你下去！"

这工夫，来个小船，就听船帮上有个女的说话："哎呀，船掌柜的，这位客人是怎么回事儿呢？我听你们馋馋说要把他往下扔呢。"

船家说："这不，他坐船不给船钱，吃饭也不给饭钱，俺们得供着他，他手里分文皆无，是个落第的举子，穷得叮当的，咱们这船出来图啥呢？俺们也不害他，就把他扔在河塘边，他爱怎么的怎么的，死活我不管了，这儿有个漫滩，就扔这儿吧。"

这女的说："哎呀，这扔下去不就完了嘛，他还有病。"一看，他这病就像痨病似的，就问他说，"你叫啥名儿？"

他说："我叫王明太。"

这女的说："这么办吧，把他抬到我的小船上，我看他还能不能治，我救他一命，能治好的话最好。"这女的多大岁儿呢？也就有三十来岁。这小伙儿王明太有二十五六岁。

大伙儿说："好吧，你要就给你拿去吧。"就没再呛呛。

大伙儿把他抬下来扔小船上，然后这女的就把小船给摆走了。正好摆到漫滩后面的一个山坡上，那里没什么人家，就一所房子。这女的到那儿之后就把他扶起来了，说："到家了，你下来吧！"

这王明太还能对付着走，她就扶着他一步一步走。到屋儿里以后，王明太一看，这小屋儿不大，就一铺炕，不太方便。这女的说："你不用害怕，你在那儿睡吧，我躺床。"她就躺床上睡。到晚间，这女的就给他熬了点儿草药。

王明太吃完药以后，这女的一看，说："吃了两天的药了，你这病怎么不爱好呀，肝痨气亏，像肺病似的，我去给你取点儿妙药吧。"

这女的到半夜就拿出了一丸红药，通红通红的，不大点儿。她说："你把它含着吃了吧，你不兴嚼，只兴咽。"

"好！"王明太把那药给吃了之后，这女的就告诉他说："这丸药能保住你的生命，不会死的。但你今后一定要善良，要做善事。"

王明太说："好，我知道。"就答应下了。

待了一段时间，王明太说："我也无家可归呀。"

那女的一看，说："这么办吧，你要不嫌我岁数大、模样丑，我就给你做媳妇儿吧，咱俩就在这儿过。"

那女的长得也不错，就是大几岁。王明太一看，心寻思：那还不好吗？差五到八岁能怎么的？就说："行，我愿意！"这俩人就搁这地方糊了巴涂地结婚了，他俩就同床而住，待下了。

一晃待了不少日子了，这女的说："咱俩人没事儿就在船里打点儿鱼吧。"

这女的能打鱼，那鱼打得多，卖的钱也多，就越过越好，越过越好，最后过得就相当不错了。她说："光这么指着打鱼也不行啊，你得掂对做买卖，苏州那地方不错，那边儿做买卖好，我有一部分积蓄，给你拿点儿银子，你去做吧。"

这女的就拿出一千两银子来："这是我早就攒下的，你把它拿去做买卖吧，你是个买卖汉子，练练吧。"

这王明太乐坏了，拿着一千两白银到苏州买了个地方，自己又做了个买卖，就把生意干上了。一干有一两年，给家也带有几封信，也回来过两回，确实不错！

苏杭那地方多热闹呀，人长得也好，漂亮女的有的是呀。这王明太一看，待三年多了，这个女的也不去，岁数还比他大几岁，他还有钱呀，雇了不少伙计，正好有相当的，他就又娶了个小老婆。

这小老婆大概多少岁儿？二十四五岁，比他原来那女的能差十岁多，那女的能有三十五岁，这王明太有三十岁。后来，俩人就消停儿过上了，过得特别好。

一过过了有三年，也不给家里来信了，人也不回来了，那女的一看："这个老王怎么回事儿呢，他也不来信了，我看看去吧。"把家收拾完之后，她就来了。来了到县城苏州一打听，就知道地点了，她就去了。

这王明太一看，还挺磨不开，不好说呀，他说："我对不住你呀，你不在我身边，我确实也太孤单了，没办法，我就娶了这个姑娘，她没家没业的，就跟我在这儿待下了。"

那女的说："那没说道。"

到屋儿一看，他小老婆子在傍拉儿坐着呢，她就对王明太说："如果你真诚心打算办个小老婆，也未免不可，我也不那么嫉妒人。你要办你就办一个，何必三年不给家去一点儿信儿呢，害得我找你来了。"她这么把他说了一顿，他就不吱声了。她说："你安心过吧，没说道！"就答应了王明太再办个小老婆。

这女的特别正义，她说："我主要是为了孩子，我也知道自己结婚三年没有孩子，这就算对不住你。你们俩新结婚，你俩在一张床上，我自己单独睡一张床。"这女的就在一边扛一张大床，自己睡，王明太和小老婆睡一张床。

这女的对这小老婆特别好，妹妹长、妹妹短的，这个小老婆对她印象也不错，姐姐长、姐姐短的，心里寻思：这女的太好了，太仁德了。俩人就相处得挺亲近。

有这么一天，王明太因朋友相邀，喝酒去了。这个女的和这房小的在家，俩人都挺高兴，这个女的说："这么吧，妹妹，他喝酒，咱姐俩也喝点儿，你不也会喝吗？"

这小老婆就笑，说："我也会喝两盅。"

那女的说："好吧！"就烫上酒了。她俩把酒端上来就喝，越喝越亲，这个小的就姐姐长、姐姐短的。

喝酒的时候，正好是八月十五，这女的倒的酒有些多，多喝了几盅，当时就堆那甘了。不一会儿，她就现原形了，是个大狐狸。这小老婆吓得说："哎呀！这是一个狐狸精，这还了得吗？"

那时候管狐狸叫狐狸精，她在地上趴着，眼睛"吧嗒吧嗒"地瞅着，完眼睛闭上了，睡着了。这小老婆胆子还真不小，把她捆巴捆巴就捆大床上了，把她的被子拿来给她盖上了，把家仆也全都撵走了，她寻思：等王明太回来，我得说说这事儿。

正好，不一会儿王明太就回来了。王明太进屋儿之后，她就跟他说："明太，你正好回来了，你看你这老婆是什么东西吧。"

"哎呀！"王明太揭开被子一看，"这不是个大狐狸吗？！"

"对啊，就是狐狸嘛！她喝多喝醉了，你看我怕她冷，给她盖上了。"

"这不能要她了！"

这工夫，王明太就明白了，心里寻思：哦！怪不得你这么有能耐，这么有钱，还会治病，把药也给我吃了，原来你是狐狸精呀！人不能和狐狸同床共枕呀，我搂着狐狸过了这几年，不管怎么的，俺俩早晚也不能在一起，干脆我把你杀了吧，把你杀了之后，我就和小老婆过了。

他一伸手就把刀摘下来了，摘下来就要剁去。这小老婆子就把他拽住了，"不应该，不应该！她对你没有坏处，这人都是有数的，恩来不能仇报，人家对你这么好，给你治病，给你拿钱开买卖，娶小老婆子都不管，你还能有心杀她？"

"不行，非杀她不结！"这王明太非要杀，这小老婆就拽着他。

这一吵吵，狐狸醒了。睁开眼睛一看，一哆嗦，嗯？变了！又变成人了！她起来了，说："你们吵吵什么呢，争执什么啊？"一看这架势就明白了，这女的说，"王明太啊，王明太啊，我今儿可是认识你了，你就是这种人啊？当年在船上，你得了痨病，像茄秧子似的，就快完了，我要不救你，你就死了！没想到我救完你之后，你这么狠毒，我就是狐狸，对你也没有坏处，你也不能恩将仇报呀！我对你净是好处，你不能把我杀了呀！你要斩草除根，你是啥心眼儿？不管怎么的，咱俩男女一回，你有害我的意，我没有害你的心。我不能照顾你了，也不能杀你。这么办吧，没别的，你急速把药给我吐出来，我那丸红药不能长给你，别的我不要，我就要那丸药。我给你的时候，就告诉你不兴嚼，你不是咽下去的嘛，给我吐出来吧！"

"行，那我吐！"这王明太干吐吐不出来，"我吐不出来呀！"

"你别着急，我吹口风就能让你吐了。"这狐狸就顺嘴吹了三口法气。

三口风吹到他脸上之后，这王明太就觉得前胸冷得邪乎，冻得直哆嗦。这就往上呕，这工夫，"咕嘟"一下上来了，吐出一口黏痰来，这里边除了一点儿饭外，还有一丸红药。终于吐出来了！还是那丸红药，没怎么的！

狐狸把它拿过来之后，擦巴擦巴，就"呗"搁嘴里吞咽下去了，完就跟王明太说："行了，咱俩今生就这么的吧，我也得走了，你自己就掂对活着吧！这回你也没大活头儿了。我那丸药不是一般的药，是多年的仙丹呀，我都给你了，让你养你身体，你是全指着我的这丸药才支撑到了现在呀，这仙丹取完之后，你也就不行了，咱们这状态也没法在一起了，永别吧！"

完这女的又对小老婆说："他有心害我也好，没有心害我也好，你对我也不错，我不能害你们，你就掂对着和他慢慢过吧，不行你再走，他也长不了，这病还得犯，他顶多活二年。"

这女的就走了，她走了以后，这王明太就觉得对不起她，自己大哭了一场。没几天他这病就犯了，唎喽气喘[1]的，起不来炕。

这小老婆倒真不差，伺候他有半年，他就死了。

---

[1] 唎喽气喘：气喘吁吁。

雨钱

什么叫雨钱呢？

有这么一个财主，他贪心特别大，这天正赶他走半道儿上就看见个狐狸，这个狐狸卧道儿上了，他一看是个火狐狸，寻思：这怎么是狐狸？这可值钱了！他不由分说拿个绳子套上它，就绑上拽着回家了。

到家之后这狐狸睁不开眼睛，醉得不像样儿，也不明白啥，这狐狸最后明白过来。他告诉狐狸："我绑上你，我不说放你你是走不了，你要我答应放你走，你得因为点儿事儿。"

这狐狸就点点头儿，问他，说："因为啥事儿呢？"

财主说："你把钱给我这个屋儿里装满了，你给我送钱来。"

这狐狸说话了，说："你让我装多少呢？我这么办，给你下场钱雨得了，这雨下一场钱，净下钱，好不好啊？"

"那行，那可以！"

"那好吧！"

"你要不下怎么办？"

"不下我准被雷击！"

财主说："那好！"他知道狐狸起誓是最算的，狐狸怕雷呀，起的是千斤重誓。他就把这绳子给它解开了，一松开，狐狸就走了。

单表这狐狸。它告诉财主多咱下呢？三天以内。这天下晚儿，那雷一响，财主就寻思：哦，钱来了！他在那儿等，就听这西屋儿里头"啪啪"下雨钱，他扒窗户一看，真下了。

到天亮，雨也不下了，也完事儿了。到屋儿一看，下多少呢你说？地下一共下了没有三十个大钱呀，还真有钱，下的这儿一个、那儿一个的。"哎呀！"他一看，"太不像话了！"他气坏了，骂骂咧咧的。

最后，有一个教书先生来了："人家说得好，人家下雨钱，像下雨似的，那雨哪有那么大呢？大雨是雨，小雨也是雨，下点儿小雨儿就掉几个雨点儿呗，那不算人家失约，人家怎么说怎么算了，那你就拉倒吧！钱是这样，钱要义取，你逼着要钱，他能爱给你吗？真要，除非它愿意给你，它想办法赏你，那行，你恨不得绑着管人家要钱，就跟绑票似的，那有啥好处呢？"

搁这么，这个地主有点失望了："狐狸这玩意儿狡猾得邪乎！你和它要不把事情说死了，它就调理你！"

捉狐

过去说狐狸这东西啊有坏的，也有好的，都不一样。

有这么一家啊，老头儿死了，他死了不多日子之后，家里人每天就总觉得院儿里有动静。头一个，牲口也叫唤；第二个，院儿里哪儿都响，所以弄得人都不敢出屋，一瞅就看见老头儿转成人形回来了。大伙儿一看这怎么办呢？就请和尚来给念经。但念经也治不住。一来了之后，那家伙就连风带雨地噼里啪啦闹一阵，把窗户打得稀烂，你念经也念不住，和尚一看就跑了。这一晃就闹了多少天。

单表他老头儿有个大姑老爷，大姑老爷就和老头儿大儿子说："这怎么个事儿呢，你不用害怕，哪天我去。老爷子活着的时候和我不错，我看看他究竟是真的还是假的。"

大姑老爷去了之后就告诉老大说："你这么办，今天你杀上几只鸡，弄点儿菜，我在东屋摆桌席等着他。"等席摆好了，姑老爷就在东屋坐着一盅一盅地慢慢儿喝着等他呢。正好半夜，"唰"一道白光就落地了，显形一看还真是老丈人。

老丈人到牲口、马槽、碾道走一圈儿，回来之后就直门儿抽鼻子。嗯？这家伙怎么这么香呢？就奔东屋来了。到这儿一看，有一桌席啊，大姑老爷在那儿待着呢！他就寻思，也不进屋，不进屋还不走，就在那儿闻。

姑老爷就说话了："老岳父进屋来喝一场嘛，何必在那儿站着呢！"

老头儿就打唉："这人啊，太冷淡了，你串门来了，小舅子都不陪你吃，你自己在那儿蔫不朽地吃呢！唉，我陪你喝一会儿吧。"他就进屋了。

到屋就坐那儿了，进屋别的不唠，就是干喝。姑爷就和他左喝右喝、右喝左喝，最后喝到顶点的时候就把他喝得堆到墙角了，趴下就显原形了，一看是只大狐狸。

· 1270 ·

姑老爷人也挺好，他一看就说："大狐狸呀，我也不能伤你呀！"说完就急速把他抱起来撂到炕上盖上被子了。

天要亮了，他就把小舅子喊出来，"你来看看吧，你爹在那儿趴着呢！"

他到屋一看，说："哎呀，是狐狸呀！"到晌午前儿了，狐狸清醒明白了，他醒了一翻身就易形了。

姑老爷就说："您老别动弹，不用害怕，俺们没人伤你！"

狐狸开口就说："对，我知道，你们是好人。"

他儿子们都过来了，就瞅着他，他说："你们都不用害怕，我过去的时候在你们家待过，我和你们这老头儿不错，所以才老装他的形儿。我回来是怕你们过不好，我老惦记着你们，所以就回来看看你们。我其实是个狐仙，你爹死了就是死了，还能回来吗？今后你们就安心，来，我永生不离你们家。"

大伙儿说："大仙，俺们就供奉你吧！"

他说："好，你们供奉也行，反正你们知道就行。我保护你们家一定要兴盛，要好！你们没伤我也不错。如果大姑老爷不懂事儿把我伤了，那就不行了！他没伤我，还给我盖上被了，所以我评论你们还是正经人家。"

搁那么的，这家还就真过好了。

出会狐仙显圣

在早咱东北农村有耍大钱的，在那时候叫押会[1]。现在不也有人押吗？那时候也押。

那时候是说啥呢？那时候有三十七门儿会，押一元赢三十元，赢得就这么多。所以那个时候大家都想"讨会"赢钱，讨会也叫"出门"，就是问老仙儿押哪门会能赢。那个时候都信邪，兴讨会，家家押家家押，押得挺凶挺凶的，你也供老仙儿讨会，他

---

[1] 押会：民国初年至20世纪30年代东北地区盛行的民间赌博，也叫"三十七门花会"。每道门会都有一个象征物，押会人往往根据各种兆头决定自己押哪门会，押对了即赢钱。

也供老仙儿讨会。

这"讨会"有时候也犯邪，先呈上纸、香，上完香之后就喊："出啥好呢，三太爷？"三太爷就是老仙儿，是狐仙，狐三太爷，就在三太爷前面儿叨咕。

他就问："出天龙？"

就看这火星子往上冒，往上冒，蹿得挺高，他就说："没准儿押这个能打腰。"

这边也有人"出门"讨会，问："出龙江？"一看这个也打腰。你管说上道门、下道门，不管说哪道门只要火苗子蹿得高就出哪个。这边人家供那个老仙儿是保会局的老仙儿，就是说这门会打腰，别的就不用押了。

这就快该出会了。单说有这么一家，这个老头儿和老太太在哪儿呢？就在这王家岗子住。她女儿家在哪儿呢？在张家窝棚，两家相距有十里地。

说这王家岗儿也流行讨会啊，这会讨得邪乎。当时讨会的时候，就有人抱着牌位儿，把老仙儿请来了。老仙儿下来就说："这回你们安心押。要是不赢的话，你就把我的牌位儿、把我的老祖宗、供我的玩意儿全扔它！我就下板去，再不用供我了！我保证让你赢！出天龙！"

这个人说："老仙儿说出这个天龙，他要是不出这个天龙，我现在就得和他动恶的了。他不出不行！他在这儿戗不过我。"

这边的人都说："好吧。"就都记着出天龙，押出多少钱啊，就都记好了。

单说到了第二天，他们押会去了。到了会局子，一看这会还没出呢。老王头儿在这看着谁了呢？就看到他女儿的老公公了，就是看着他亲家了。

他就问："亲家，有门儿没啊？"

亲家说："有门儿啊！我们昨儿个讨的会啊，说是要出龙江啊！"

他说，"不对啊！俺们昨天也讨了。俺们昨天从山上讨的老仙儿，那老仙儿告诉出天龙呀！他可灵得邪乎啊，那是赢神啊！"

亲家说："不对啊，俺们那后尾儿还有狐仙帮着合计的呢，说出龙江，说非出龙江不行。咱俩都讨两门儿去了，这都出两样儿呢？这会可怎么出呢？"

他说："俺那老仙儿可说了，不出的话，就把他的牌位儿踹了！"

亲家说："咱那老仙儿也说得邪乎，说不出就把他牌位儿扔茅栏子里，扔厕所里！不让我们供了。"

他俩一合计说："咱俩这么办吧，一下押一半儿吧。要不别出你的我没压着，出我的你没压着。咱俩都压一百块钱吧，押五十块钱天龙，押五十块钱龙江。"

这俩是亲家啊，还不光他，还有不少亲属呢，就带了不少钱财，就押上了。

单表出会那天，那人多的，都生往一块儿撞啊！到了大庙里之后，出会的这个人，就在这个牌位儿前头整上香，上上供了，就在那儿跪着，就叨咕，意思就是说各方神灵，上方的神仙啊，保佑我这个会啊出灵了，打腰了。你就是多吃一些，我年年供着你们，不能忘了你们。但是不能让我出这个糟糠，糟糠就是别赔多了。你要保佑我赢了，我多挣两个钱儿就行。

说出啥好呢？说如果哪门儿好，哪门儿的香就让它旺点儿，就好一顿叨咕。

他就说："出天龙？"这火苗子就往上一蹿。

他又说："出龙江？"火苗子也蹿。

叨咕说别的不蹿，就这两样蹿。

就是这两样儿了，他就寻思：出哪个呢？他就说："天龙、龙江？天龙、龙江？"足足叨咕有十分钟啊，就定不下来。

那边儿有桌子啊，就办公的有俩人啊，就拿着公章，出会的公章。公章盖哪个上，哪个就算赢。因为三十七门儿会都在那大册子上写着呢，那准得盖那会名啊，才能出啊。他们就拿着戳不盖，就等听他定下来，才能盖啊！

这最后当中，就听那边儿说："出天龙！"那边儿"叭"一盖。

那边儿又说："出龙江！"又一盖。盖戳儿的也没说，就盖俩戳儿。

大伙儿一看，这出完之后，这卖呆儿的也好，押宝的官员也好，就说："这出啥吧？"这俩戳儿都盖上了！

盖戳儿的就说："我盖俩戳儿？我多咱也没说盖俩戳儿的！那怎么跑出来俩戳儿，有这么出会的？还有盖俩的？这怎么还能出两门咋的？"

后来，就有人说："这么办吧，看来我们这老仙儿是真灵！"

盖戳儿的就说："我那时候就不知道了，糊涂了。不盖也不行了啊！这是硬盖的！"

管事儿的就说："那这样吧，一样出一半儿吧。出天龙也好，出龙江也好，在早一元钱不是赔三十吗？这回我赔十五，两门儿都赔。"

所以说这两门都赢了。要不这俩人回来，你也给老仙儿上供，我也给老仙儿上供。

完了就在这堡子里吹，他们就在堡子里讲，说这老仙儿看得真灵！说这老仙儿张嘴是圣旨呀，圣旨一下，都服了，硬迷住他们盖章的了。

陆 精怪故事

要不说这出会的也不容易！

附记：

民国初年至20世纪30年代，东北农村曾盛行名为会局的赌博形式，也叫"押会"。会，又叫"三十七门花会"，有音会，茂林，元吉，红春，根玉，口宝，占奎，合同，汗云，青云，青元，九官，火官，只得，必德，坤山，入山，光明，三怀，至高，上招，天龙，龙江，元桂，板柜，天申，太平，安士，永生，有利，明珠，河海，吉品，万金，正顺，井力，福孙，一共三十七门。后来又增加天皇、地皇、人皇三门，总计四十门，但民间仍习惯称三十七门花会。

这种赌博的组织形式是：有出会者，即坐庄的庄家。出会的可以是一个人，也可以几个人合伙。出会者手下有两人，一个记账的，一个喊会的。出会地点一般选择荒郊野外或者山坡破庙这种没人打扰的地方，准备好桌子、板凳、账本和笔墨纸砚，出会者先设摊摆供烧香，随后开始收押会的封包和钱。押会的封包上写有押会人名字和钱数，并标明押的哪一门会。押的会名要封严，不让出会人看到。记账的核对封包上登记的钱数，要与收上来的钱数一致，然后把押会封包绑到绳子上，悬挂起来，叫"挂封"，出会之前，谁也不能看这些封包。记账的看看没人再来押会，便在账本画上横线，加盖本会局的戳记，表示今天的押会环节结束，再有人来押也无效了。一个会局，一天只出一次会，一般由喊会的喊出今天所出花会的名字，出的会名确定以后，就按挂封的顺序一个个拆封，押中的叫红封，押一元钱赔三十元；没押中的叫白封，一般做上记号，留给喊会的做参考。出会结束后，记账的统计本次会局的盈亏。如果押中的多，庄家亏本，叫"遭夯了"；如果庄家赔光老本都不够赔付，叫"押打了"。

除了出会的，还有跑封的，就是给押会人写封包，并替出会人收钱。跑封的也有报酬，如果出会的赢了，一般拿出一成酬谢他，即便押会的没有赢，出会的也要以押会金额的一成酬谢。此外就是押会的，什么人都可以押会，其中有根据每天出会情况改变所押目标的，也有死押一门的。押会依据是会局统一编制的"会册"，四十门花会在会册上有不同的会徽，会徽像什么，人们就押什么。每个会名都有一个象征物，如音会是观音菩萨；茂林是先生一类的人；合同是兔子；汗云是乌龟；等等。押会人往往自己找各种兆头，如夜里做梦，梦见什么就押什么；把四十个花会的名字都写在高粱秸上，到庙里求神，把高粱秸放在供桌上，过一段时间去看，哪个高粱秸翻过来了，就押哪个；晚上在黑暗角落或自者灶坑前，用随便什么东西搭出个小庙形状，将门挡严，把光遮住，在小庙里燃香，查看其光亮烟影，像什么就押什么，甚至有人夜深人静去坟地向死尸讨教押哪门会……总之五花八门，无奇不有，这些带有占卜性质的行为俗称"讨会"。（江帆）

双仙争会斗法

这故事说的是双仙争会斗法。

过去旧社会时候，有会鱼，也就是一种赌博的方法，就是押会，你要是押上就赢，押不上就不赢。三十六门会，你押三十六门，赢三十钱，你要都押上输六门，所以说大伙儿都找乐子。有一般讨会的、做梦的、押会的、押彩会的，怎么押的都有。

有这么一家，特别信这老仙儿，他家老仙儿也特别灵，他们就信这狐仙。一到晚上，没事就一讨，就告诉别人抱狐仙牌位赢挺多，他家狐仙就说话了："这么办，你们不是要会吗？我一人给你一会。因为我在你们家，光闲吃多少年了，保佑你百口的老仙儿，你们也尊敬我，我今天给你一会，你押吧，明天出也是天龙，不出也是天龙啊！你押天龙准定能赢。"

他说："好。"

告诉他之后，这一家人第二天一早押去了，小伙儿也去了，老头儿也去了，那家伙保仙呢。到会那儿看着他家老姑爷，老姑爷住在离这儿十来里地的堡，他看老丈人来了，说："老丈人来了，你也来押会来了？"

老头儿说："对啊。"

老姑爷说："有门儿吗？"

老头儿说："有门儿，昨晚讨的会。"

老姑爷说:"怎么讨的啊?"

老头儿说:"昨晚讨的会可灵得很,这老仙说得好:'要不灵的话,你把我这牌位给我砸碎了,永不用供我了。'你们讨的什么呢?"

老姑爷说:"讨的龙江。"

老头儿说:"哎?这不对呀!俺们底下,仙儿告诉我们指定出天龙啊!出不出都是天龙,哪能出两门?出货就一家啊。"

老姑爷说:"对呀!那这怎么办呢?"

两人就商量押不押,最后一合计,说:"这么办,咱俩一家押它一半吧,天龙一半,龙江一半,咱俩这都是亲老姑爷、老丈人,怕它不出货。"好比压四百钱的话,一人压二百,就压上了。

等到要出会的时候,场面很隆重,出会的人拿出整匣的香,到庙上了,点着香之后,说:"大仙儿你保佑着,叫我回去打腰,我一定拿猪头上上供,谢谢老仙儿。"许愿后就看着香火儿念叨。

出会的最后喊,一会儿是"天龙",一会儿是"龙江",光喊不算,戳还得打上,这才准呢!但是他干着喊天龙、龙江、天龙、龙江……就听着"打腰","叭,叭"出来了,到那儿一看——指出两人来,盖俩戳,都盖一个,平时出一门,今天出了两门,天龙盖上,龙江也盖上了。

这底下人看不明白啊!这愁人了,他这是整岔了?多了他也赔不起呀!平时出一门,这回出了两门,就赔一半吧。

后面一问这出会的,出会的说:"我跟你说实话吧,我那时候就啥也不知道了,让人家迷住了一样,那不出又不行了,两边都喊着我出,两人就像干架似的,这个用刀逼着我出天龙,那个用刀逼着我出龙江,我哪敢不出啊?"

这大人一分析:看出来了,这神仙也有点儿能力,就为了争这个权力问题和名誉问题,就差点儿动刀了,硬把会给出去了,出天龙和龙江,一天出两门,所以赔双份,双份赔得照一半赔。但这也说明这老仙儿还真挺灵,这俩老仙儿,还真就把会给出了。

王成

　　王成这人不那么勤快，日子过得也挺散漫。

　　其实王成家原来是个官宦家，他也算是个官宦子弟，但到他那辈儿日子就穷了。他自己虽然有点土地，但也不爱勤种，所以庄稼长得也不怎么好。最后甚至是到了吃不上也穿不上的地步，日子过得挺困难。没有办法，他就只能每天在这儿溜达会儿，到那儿溜达会儿。

　　他家堡子东边有一个破公园，里面有一个过去用来奏乐的破亭子。他只要没事儿，白天晌午的就会在亭子里睡觉。

　　这一天，亭子那儿来了几个浪荡子弟，后来王成也去了。

　　去了以后，他就在亭子旁边整块砖头，就躺下睡着了。睡醒以后已经傍晚了，别人都走了，就剩他自己，他心想："哎呀，肚子饿了，回家吃点儿啥呢，看看有啥吃的没。"他心里就寻思，还挺伤心，就这样边想边离开了。

　　其实王成挺善良，就是人懒，不爱干活儿。他走出亭子没多远，就看见那草丛里有个小黄东西。他走到旁边捡起来一看，是支金簪。他寻思半天，就看见金簪上写着"玉屏"俩字。他说："哎呀，这'玉屏'金簪应该是俺们家的东西，俺们家那时候，我爷爷当过朝中的官呀，是玉屏王嘛。这是俺们家的簪子，怎么在这儿扔着呢？"于是他擦了擦簪子，就给揣兜里了。

　　没过一会儿的工夫，路对面来了个白发苍苍、看着有五六十岁的老太太，到那儿后，就看她在草丛里找什么的样子。后来，老太太看到王成了，就问道："小伙子，我有个簪子，我刚才从这儿过去，不小心丢这儿了，你看着没？"

　　王成笑着说："你簪子丢了？我还真捡着一个，你这簪子有记号没？"

　　老太太说："有哇，有'玉屏'俩字呀！"

　　王成一听，说："对，你老说得对，确实不差！"他就把这簪子拿出来了。

　　老太太一看，说："这正是我的簪子！小伙儿，你太好了，你拾金不昧，还给我了。小伙子，你姓什么？"

　　王成说："我姓王，叫王成。"

　　老太太说："王成？你怎么认得这簪子的？"

陆　精怪故事　　　　·1277·

王成说：“说实话，这'玉屏'俩字我特别熟悉。俺们家有个破老东西就写着'玉屏'俩字，俺爷爷过去是玉屏王。所以这东西俺认得！"

老太太说：“你爷爷是王监之吧？"

王成说：“对呀！"

老太太说：“哎呀，那就是你爷爷呀！你现在怎么落魄成这样呢？你爷爷当过王爷，你咋现在这么衣衫褴褛的呢？"

王成说：“我现在日子有点儿过不上来，太难了！"

老太太说：“哎呀，你不认得我，我是你奶奶，我是玉屏王的夫人。"

王成说：“那，你多大岁数了？"

老太太说：“我跟你说实话，我是个狐仙，当年我和你爷爷结婚，做人狐夫妻，俺俩感情特别好。他死了以后，我就归山修炼去了。我今天路过这儿，想看看老住址，就把簪子丢了，你拾金不昧还给我了。"

王成一听，说：“对呀，我听我爹讲过，我有一个狐仙奶奶呀！"

老太太说：“对呀，那就是我！"

王成说：“得了，奶奶进家吧，不管怎么的，我看见你了就高兴。"说完，俩人还挺亲切。

老太太说：“好吧，我到你家看看！"就跟着他走。

到王成家一看，家里那是四壁皆空呀，连个窗户门都破得不像样了。老太太说：“哎呀，王监之呀王监之，你这子孙咋这么穷呢？亏你还当过回王爷呢，哪像当年那么威武呢！"说到这她也想她男人了，毕竟当年俩人感情挺好。

王成说：“哎呀，先进屋吧！"

俩人就进屋了。

这一会儿工夫，王成媳妇也从炕上起来了，她看着也邋邋遢遢的，没办法，家里实在穷。她瞅瞅王成，说：“你这搁哪儿捡个奶奶来？"

老太太说：“我看我也吃不了饭，喝不了水呀！你们怎么可能整饭呢，家里米都没有啊！"

王成说：“确实没法儿，这是现对付现吃。"

老太太说：“这么办吧，我这儿有二两银子，另外把这簪子给你做个纪念，你把它卖了，买点儿米。三天以后我再来。"

王成说:"那好吧!"

老太太就走了。

到第三天,王成就买了点儿米,买了点儿菜。老太太来了,吃完饭后,就说:"我多的也没有,我来和你说一说,你先把粮米买下。"老太太就拿出十两银子来,又说,"你去买一担米、一担面来。"

王成就去把米面都买来了。

买来以后,老太太说:"你这样干待着也不行啊,你怎么能生存呢!你这啥也不干,能活得了吗?"

王成说:"我也没别的啥可干呀!"

老太太说:"你就没一点儿出路?"

王成说:"我知道有个买卖能做,但没有本钱。现在倒腾革的挣钱,冬棉夏革嘛,这革在北京值钱。但现在没有钱买呀,我要是买点儿革上北京去,准能挣上好钱,那儿就有倒腾的。但我没有本钱,这本钱小了可不行,没有三五百两银子能行吗?"

老太太一听,说:"这么办,我多还没有,我跟你爷爷过的时候,我不喜欢钱,我是世外之人,因为我知道,你爷爷死后,我还得归山,这钱没用。为了和你爷爷近便,我擦胭脂抹粉,收拾惯了。所以你爷爷给我的钱,除了买脂粉的钱,我那儿还攒下一百两银子,晚上给你送过来。你就拿这钱做本钱,去倒腾革吧,但是做买卖,你要知道做买卖的规矩,必须快。买卖价钱只要两天赶不上行情,那就废了,那玩意儿在这儿听着价钱挺高,去晚就不赶趟了。所以你还得手快,得看住本钱。"

王成说:"奶奶,我都知道。"

那之后,老太太先是在王成家待了两天,这媳妇一看,老太太在这儿住着,她心里害怕。她想:"这老狐仙在这儿住能行吗?"后来老太太在她家住的时间长了,媳妇对她就像对亲奶奶似的,奶奶长奶奶短的,这老狐仙还挺高兴,就跟王成说:"这么办吧,我就不走了,我和你媳妇看家,你做买卖去吧。你放心,家里的生活我负担。"

这老太太就拿了俩钱,和他媳妇俩人买这买那、连吃带喝的挺高兴。

王成这边呢,他就买了些革做的衣服,那时候是冬棉夏革,革挺值钱。但他倒霉,买完革以后,就下大雨了,这雨大得是哪儿也去不了,他就没法走了。就这么一连下了四五天的雨,等雨停了之后,他才走。但这道路不好走,车得一辆一辆地过。

到了离北京还有几十里地的时候,王成一打听,革价钱还挺好,他挺高兴。等他进去之后,再一打听,价钱就掉了三倍,人家原来卖三两银子一件衣裳,他现在一两都卖不了了。

这天,他出去卖衣服,一百两银子本钱的衣服卖完,才卖了五十两,还赔了五十两,他原以为能挣一百两。他心里寻思,哎呀,这可糟透了,这就剩五十两银子了!他就开始哭,觉得对不起奶奶,对不起家。他说:"我咋就这么穷命呢?"

没办法,他只能找个店先住下,就找了个王家店。

他把革卖完,晚上回去和店主哭诉,王家店主说:"这么办吧,你也别哭了,你就在这儿住吧。"他卖革的时候,还是人家帮他卖的,他就在那儿住下了。

等到天亮一看,卖革的钱又不知被谁给偷去了,他睡了一宿,这五十两银子一分没剩,王成哭得要死要活的。

王掌柜说:"你别死,死了能有啥办法,你家里还有老婆孩子。这么办吧,我宁可赔,不管怎么的,我是不能偷你那玩意儿。是你卖革的时候,有人跟你来了,一看你是庄稼人,就把钱偷去了。我给你拿五两银子做路费,你还能回趟家,到了家你就好好活着吧。"

他一听,就叨咕:"说实在话,除了卖革的钱以外,我手上还有四五两,还能对付回趟家,我就不要你掌柜的钱了。"

他又待了两天,掌柜的就叨咕:"你看看是不是能想点儿别的出路呢?"

他说:"想啥出路?"他就出去了。

他出去一看,街上鹌鹑挺贵,斗鹌鹑的人多,净是买鹌鹑的。他就想:"这么办,我买点儿鹌鹑倒腾去。"

完了他回去就跟王掌柜说:"我去农村买鹌鹑,回来以后卖了,挣俩钱不也能活嘛!"

王掌柜说:"那行!"

掌柜的给他拿了五两银子,他自己拿了五两,俩人凑了十两银子,他就到农村花了十两银子买了三十只鹌鹑,接着就用小挑货担把这三十只鹌鹑给挑回来了。

回来以后,王掌柜一看,这鹌鹑囫囵斗眼的,挺好。他就把鹌鹑搁王成屋里,对王成说:"搁你这屋里吧,你看着!"

王成睡了一宿,天亮起来一看,三十个崽就剩十四五个了,其他的十五个都死了。"哎呀!"他说,"这鹌鹑死得邪乎啊。"加上外面大雨下得哗哗地,他也没法出去卖。

他只好又睡了一宿,一觉醒来,这鹌鹑就只剩一个了,二十九个都死了。他一看,没办法,活不起了,就抱着鹌鹑哭起来了。

掌柜的过来瞅了半天,说:"你先别哭!我看那鹌鹑死得出奇,不像是正常瘟死的,像被咬死的。是不是这只鹌鹑特别凶,其他的都是它给叨死的?它要是能叨死二十九只鹌鹑,这可厉害得不得了。你就斗鹌鹑去吧,不用卖鹌鹑了,这样一准能把钱挣来!"

王成说:"能那样吗?"

掌柜的说:"能,看看吧!你先演习演习!"

他就练习怎么用鸡毛试验斗鹌鹑。试验了几次,就把鹌鹑试验好了,第二天,他就去了。

去了一比,就数他的鹌鹑好,凡是来斗的鹌鹑,都让它斗倒了。这斗一次挣一二两银子,这一天他就挣了五六两。他一看,这玩意儿行啊,都乐坏了!

他回去就跟掌柜的说:"这鹌鹑可了不得!看来这两宿,咱这二十九只鹌鹑,全是叫它叨死的,这是只神鹌鹑!"

后来,正赶上过八月十五,王爷府——皇上叔叔的府里设斗鹌鹑会,谁能斗赢一场就能得一百两银子。一看来机会了,这王掌柜的就说:"咱俩去,那老王爷要能相中咱这鹌鹑,他就会买,他就稀罕鹌鹑。"

王成说:"去吧!"俩人就去了。

他俩到了王爷府一看,王爷耀武扬威地在那儿坐着呢,下面溜须拍马的有的是。那别人的鹌鹑一个个看着都像样,但上去一个,三五回就被斗下来了,上去一个就被斗下来了。斗鹌鹑的小伙儿虽不少,但就是上不去,在上面没一会儿就被斗下来了,上面的鹌鹑就那么厉害。

王成一看,都斗倒十来个了,王掌柜的就说:"王成,你掂对掂对,你这鹌鹑到时候了,上面都斗倒十来个了,没人敢上了。"

王成说:"好吧!"他就拿着鹌鹑上去了。

王成一看,他这鹌鹑挺硬实,就让它去斗。他这鹌鹑在上面斗了十来回合,别的鹌鹑全都败下来。哪怕换了七八个也没斗过他的鹌鹑。王爷一看,说:"咦,这鹌鹑好啊！"就跟下人说，"去，把我那玉白眼鹌鹑抱来！"

那玉白眼鹌鹑长得特别好。王成一看，这鹌鹑长得大，翅膀一张开可了不得，他吓得就跪下了，说："王爷，你别斗了。我不能再斗了，我就这一个鹌鹑，我还指望它养活我全家呢。我一天斗一两二两银子能生活就行，你这鹌鹑上去两口就把我这鹌鹑叨死了，我这不就完了嘛，我还怎么生活？"

王爷说："不，看一看！真要能叨死，我多给你点儿钱，不让你白斗。我就看看你这鹌鹑到底怎么样！"

看来不斗不行啊，斗吧！王成心想，就把鹌鹑送过去了。俩鹌鹑斗了没一个点儿的工夫，那白眼鹌鹑就蹲下了，王成的鹌鹑把那白眼鹌鹑叨得趴下不动弹了。他这鹌鹑也就不叨了，自己回来了。

王爷一看，这鹌鹑了不得，就说："这么办，王成，你这鹌鹑能不能出卖？卖给王爷我吧！"

王成一听要买，就说："王爷，我不想卖。我还指着它养活老婆孩儿，我还有个老母亲、老爹，我卖完之后，就算卖一笔钱，这也算不得啥呀！"

王爷说："你要卖，我就多给你俩钱。你说你要多少吧！"

王成一听，说："你要的话，还不得一千两啊！"

王爷说："什么一千两，你咋这么敢要价呢？那不行！这么办，我不少给你，给你四百两！"

王成说："那不行，四百两不行！"

掌柜说："你说得好，我不点头，你别答应！"王掌柜是常做买卖的人，他懂这王爷的性子。

后来，王成一瞅那掌柜的，一看不行，又扯了半天，还跟王爷讲价钱。

最后，王爷说："这么办吧，多了不给你，就六百两！你卖就卖，不卖你就拿走，完事儿，不说别的！"

王成一听，心想：够本钱了，这六百两银子可不少，这回去能买上百垧地。这么些银子还少吗？他一合计，说："卖给你吧！王爷你真要稀罕，你就拿去吧。"

王爷说："那好吧，付银子！"就付给了王成六百两银子。

这六百两银子拿来后，王成乐坏了。王掌柜说："你少卖二百两啊，其实还能挣二百两，这能卖八百两！"

王成说:"行啦,我也知足了!"俩人就回来了。

回来以后,王成说:"这么办吧,王掌柜的,你看看,你随便拿,你拿多少是多少,剩下的是我的。这要是没有你,我王成也活不了,这银子全算我感谢您的,是您给我想的法子。"

王掌柜说:"别说别的,当初你把银子丢了之后,有人让你去告我,说我包银子,你没去告我,证明你是正人,所以我打算照顾你,想办法帮助你,你是好人哪!我不能多留,我把你饭钱、店钱留下就行,正常的还按买卖规矩做,一共是十五两银子,我就要十五两,别的多一点儿也不留,我不能要你那些银子。你赶快回家买房子、买地,当财主去吧。把你爹妈供应好,老婆孩子待好,这样我就知足了。你回去吧,咱俩做个朋友。"

王成收拾好之后,把银子拿着,自己雇了个车就回家了。

到家以后,王成见着奶奶就跪下了。跪下之后,他把情况一说,奶奶就说:"好危险啊,带回银子就行。这么办吧,我主张买地。"

王成就买了好几百亩河滩地,又买车、买马,盖了房子。最后他真的当上了大财主,成了有钱的王员外。

一晃三年过去了,老太太说:"孙儿,我得走了,不能在这儿了,我得归山了。"

王成一听,说:"那不行!"

孙子媳妇也跪下了,说:"奶奶,你不能走!没有你,就没有俺们的今天,我不能让你走!"

老太太叹气说:"行啊,我不走了,你们不用跪,都起来吧!"

俩人睡了一宿,天亮他们起来一看,老太太就不见了,也不知道去哪儿了。

原来老太太是黑夜偷着走的,归山了。

王成发大财之后,就一直供养着他这狐仙奶奶。

七星山狐仙显圣

这山就是咱们这的七星山,就在石佛寺那儿。什么时候呢?就在1931年左右吧,年头不多,那时候我就十一二岁吧。这山上有狐三太爷,那时候就挺灵,当地人都挺信这个东西,常有人去上香摆供。

这些咱不说。单表当地闹胡子,那时候这地方的胡子太多了!1931年那时候,大毛胡子有的是,尤其新民这地方,是胡子窝。一过新民县西,那就更多得邪乎了,到姚堡那旮旯,或者到黄家窝棚那一带,都是胡子。咱那时候说的老七呀、八点呀,又是老二哥呀,都是那边儿的胡子头,就那边儿多,尤其新民和黑山一带最多。

石佛寺那边儿那阵子还算富裕的,有个大堡子,就招来胡子了。那时候胡子多,一聚集能有上好几千口子,打一个堡子有啥难的,那还打不了吗?胡子就把整个一个石佛寺山四周都围上了,把山南边也给围上了。堡子里的人一看,寡不敌众,也打不过这帮胡子呀,没办法,老百姓都给吓坏了。

单表这帮胡子,守到半夜,就听山上号响。他们往山上一看,就不用说了,可山遍野都是穿军队衣裳的,这都是从哪来的兵啊?胡子一看,山上趴着的兵都下来了,都拿着枪、拿着炮的,就寻思不好了,吓得整个儿就都撤回去了。一阵儿的工夫,就全都撤回到西马场去了,这就把石佛寺给保住了。

等到天亮了,胡子一看,啥也没有!他们这就明白了,这是狐仙显圣了,是老狐仙用的掩身法,把石佛寺保住了,不让他们抢这堡子,要不然石佛寺就保不住了。

要不说石佛寺傍拉的人对狐仙特别尊重呢,它确实救过人。

这就是"狐仙显圣",把胡子惊跑了。

宫梦周

这故事发生在过去,年头也不少了。

有这么两个大人,都在朝中为官。有个姓柳,叫柳方,他是个吏部天官。还有个黄金燕,在朝中也是个官,是个侍郎。两人处得特别近,不是你今天到他家喝顿酒,就是他到你家吃顿饭。

正赶上这两天，这个黄金燕的夫人就生个女孩子，生完以后这边就下奶[1]去了，没满月。那边柳方也生一小子。这俩人见面一唠，挺客气。他俩就在柳方家喝酒，酒过三巡菜过五味，俩人越说越近啊。

黄金燕说："咱两个人就这么办吧，我看透了，我那女孩子啊，比你那儿子大十来天，你这小子比我姑娘小几天，咱俩就做个亲戚得了，虽然不是指腹为亲的话，这是指孩儿为亲。你那孩子也不错，我知道都挺好。咱们两个家庭当中，你也是独一个，我也就这一个孩子，没别人，咱俩做个亲属好不好？"

柳方一听，说："那好！"两人拍手击掌就把这亲事定下来了。柳方这个孩子叫柳和，黄金燕这个孩子叫黄玉梅。俩人定完之后就把双方的婚书名都写好了，都把婚书给对方送去了。

定完以后，一晃就过去了多少年了，到十几年以后，柳方和黄金燕就不在朝中当官了，俩人都告老还家了。他们各搬各的家，就不在一块堆儿待着了，有个在江南住，有个在江北住了，相离都有好几百里地啊！

这工夫不说，单表谁呢，单表老柳家，老柳家这个柳方特别善殊[2]，特别好，他家钱也大，有钱，回到柳家庄之后，自己那真是冬舍棉夏舍单啊！家里头就不断宾客，净是不错的宾客在那旮旯，才人啊、诗家啊，到那去一住十天半月啊。有的住三年五年柳方也不撵，反正天天一般的饭菜供你吃，也不撵你。所以他处的私家多。柳方这个儿子呢从小念书，书念得也不错，确实好。

到什么时候呢，到柳和十四五岁的时候了。也是该然的事啊，就美中不足嘛，不幸柳方家就遭天火了，老柳家一把火烧得片瓦无存啊！房子那全烧完了。那时候专讲啥，浮产[3]多，地有点儿，也不那么多，不养地，牲畜老马全被烧完了。这一烧完之后，柳方一看，地烧完了，岁数也大了，和老太太俩人就一股火都来病了。但老太太没怎么的，这个柳方就死了，就剩老太太和儿子自己过了。

这一过，没钱的人对付活都行啊，有钱的人一下变穷了，就活不起了。钱不足，买啥啥不足，老太太说："这怎么办呢？这怎么能过呢？你这书也难念啊！你也不小了，再对付二年就到十七八了，也结得婚了。我看你啊，急速上江南啊，找你老丈人

---

[1] 下奶：指为了祝贺新生儿出生去送礼的习俗。
[2] 善殊：善良。
[3] 浮产：不固定的资产。

去。到老黄家，从小订的婚，那都是你爹他们当官时订的。看看他那旮念书是不方便？在他那再念二年书，再请老师。完了你进京科考，得一官半职的。另外和你媳妇儿也能见见面啊！也不能老这么眯着[1]啊，一晃十来年都不通信了。那时候订婚你才几个月，现在多少年也没见过，你都没看过你媳妇儿，你媳妇儿也没看过你啊！"

他儿子一听，问他妈："妈，去能行吗？"

"怎么不能行呢！原来那都是定好了的亲嘛！你老丈人黄金燕也是个当官的。"

柳和一听："我就去？"

"你去吧！"

这个柳和就个人收拾收拾，也穿得一般朴素的，烧得没什么好衣裳了。凑两个盘缠，就去了。

柳和出来之后啊，省吃俭用啊，他走了不说。单说谁呢，单说柳和他家，这是倒插一笔。当年的时候，一般都是才子在老柳家吃吃喝喝。柳和他小时候，有个宫梦周，这人是个什么呢，他也是个大才子，他好写好作。宫梦周在老柳家待着，就每天领着柳和玩，这柳和对宫梦周印象特别好。这宫梦周一天没事就干啥玩呢，就搂石头子，外边那石头。俩人搂回来之后，那时候老柳家有五六间大磨坊子，厢房空房子，就刨土坑往地里埋，嘴里还说："埋黄金！埋黄金！"就说笑话，他俩人就埋着玩。老柳家遭天火了，家也不怎么的了，柳和他爹也死了，宫梦周就和柳和说："我得走了，你妈妈不让你到南边去嘛，到老丈人那去，你就去吧。我也这么大岁数了，还有你妈也五十多岁了，我在这待着也不方便。你这也真供不起我饭了，我也走了。"

柳和说："宫叔，你走啊？"

"我走了！你自己过，守着穷待着富你得掌握住，另外对你妈一定要好。"那宫梦周走了，柳和挺想念宫梦周。

宫梦周走了之后，单表柳和，柳和他妈说投亲去吧，他一看宫梦周也走了，家也没有依靠性了，原先就靠宫叔帮着张罗想着点儿什么事伍的。

柳和自己就去这个江南了，一走走多少日子，那时候没有车马，全都靠走啊。这天可到了江南了，一打听黄家庄，打听着了，那黄家庄老黄家有名啊。黄金燕家过得像样啊，有钱啊，那是告老还家的官，那谁不知道啊。

---

[1] 眯着：藏着。

柳和就到老黄家了，他一看大院也大，那都是四套院[1]的房子，后面都是大花园，前面都是上马石，那都有把门的。柳和就跟把门的说："请你给我回禀一声，你说我是他们姑老爷，没过门的姑老爷，前来到这旮儿投亲来了。"把门的说："那好！"跑进去一回禀，黄金燕一听姑老爷来了，急速就接出去了。

这黄金燕把柳和接进来一看，瞅着这柳和穿戴不对，穿的也不是公子衣服，挺朴素，另外面部也没有一点血色，黄巴溜叽的。把柳和让到屋里了，到屋之后，柳和拜完岳父之后，说："岳父啊，俺家摊着事了。"就怎么怎么一说，爹怎么怎么也死了，就剩一个妈。接着又说："我现在来投亲来了，看看你是不资助我一下？是我在这念书，还是你拿一部分钱，我回去念书？俺没有家，活不了了，不行了。"

黄金燕一听，心说：哎呀，我女儿怎么这么个命啊！他心疼他女儿了，怎么这么个穷人家呢，还遭天火了，那怎么能过？我女儿下辈子不就完了吗！他就没寻思支援柳和，就寻思他女儿命不好了，就愁坏了。黄金燕这个老伴儿也说："那怎么办呢，你打算？"黄金燕说："完再说吧，先在这待着吧。"

柳和一待能有十来天啊，黄金燕也没说帮，也没说不帮。最后到第十天，这吃饭的工夫，有个丫鬟就知道了，就跑到后边去和黄玉梅说了，说："你那男的投亲来了。"

黄玉梅说："是吗？"

"家中遭天火了。"丫鬟就怎么怎么的一说，还说，"现在你爹不想帮柳和，要悔亲，我听叨咕那意思，打算亲事要黄。小伙儿挺利索，挺好。"

小姐说："是吗？能不能让我偷偷看看去呢？"

"你看倒行，咱俩去。"当时正吃饭的工夫，她俩去了，到后窗户，就把窗户纸用手沾唾沫舔破了，扒眼儿一看，小伙儿挺忠厚一人，不错啊，就是穿得不好，那是穿的问题。玉梅姑娘说："这不应该悔亲啊！"但她说的不算啊，就回来了，她内心就知道了。

到第二天下晚儿的时候，这个黄金燕手托二十两银子，就跟柳和说："这么办吧，柳和啊，当年订婚那时候，说实在话，我和你爸爸给订的，你们俩孩子都没见过面，现在我这姑娘啊，不喜欢往江北去了。俺在傍拉找一个，离我们还近便一点儿，这婚

---

[1] 四套院：四进四出的院子。

陆　精怪故事

就算作废吧。就这么的吧，给你拿二十两银子，你就回去个人度生活吧。"

柳和一看就来气了，心说：哎呀！你这悔亲了不算，拿二十两银子搪要饭花子啊！柳和就跟黄金燕说："行啊，黄大人，你就把银子收回去吧，我再穷也不差十两二十两银子啊！我也不是为了二十两银子来的。悔亲没办法，那姑娘家不愿意就拉倒。那我就不能待了，我就走了。"

吃完晌午饭，柳和个人就出来了。一出大门啊，浑身一点力量没有啊，迈步都迈不动了，那灰心得邪乎了！走不远，心寻思，这怎么办呢？走到前面乏得不像样了，看见前边不远有一个小房，他到小房子里就坐下了。小房里有一个老太太，姓王，这老王太太说："你是哪儿的小伙儿，到我这来坐下了？"

柳和说："我就是你后院的姑老爷嘛！"就怎的怎的一说。

老王太太说："哎呀，这可不对，当初不好不能订婚，订婚怎么还能悔亲呢。这黄大人怎么干这事呢！小伙子，你到我屋吧，不用害怕，没事儿。"

柳和说："我姓柳，我浑身不好，像有病似的。"

老太太说："不要紧，你在这将养两天。"这柳和就在人那将养了几天。

老太太把柳和将养好了之后，说："这么办吧，多了我没有，我这有几两银子，你拿着回去做盘缠，你回去和你妈好好过，不管怎么的，你好好念书，你要真把书念好了，当上官之后，你再瞅一瞅。"老太太还挺鼓励柳和。

他一看，说："哎呀，老妈妈，你老可太好了！我到哪天也不能忘了你老的恩。"

她说："你不用说别的，你就待着吧。"柳和又待了几天，病也将养好了，老太太给拿了几两银子。柳和说："那我就拿，我也不能不拿，你的情我得拿着。"柳和带了几两银子，自己就回来了。

柳和回来之后，和他妈一说，他妈就哭了，说："哎呀，哪有这人家呢！当初不好也不能订婚啊，订婚以后哪能这么悔婚，说悔就悔了呢！"

后尾儿他妈一看，说："咱们就这么办吧，咱们穷就是咱的命！就别打算攀近了，别挂着攀枝登高了，那也登不上，人家不愿意有啥办法啊。"

娘俩待着就寻思，柳和他妈说："这么办吧，把咱们这个屋，这边西边两个院，那院的房子都租出去了，典给人家吧。"那给典的，就好比一个房子呗，一典三年多少多少钱，都典出去了，其实就是租出去。一看院里还一个屋呢，他妈说："这么办吧，咱们就在这对付过吧。"

这娘俩先不说，单表谁呢，单表这个黄玉梅姑娘，她自己在家越寻思越不是滋味，和丫鬟说："我可太闹心了！"

丫鬟说："怎么的，小姐？"

"我的爸爸这亲悔的。悔完亲以后，我就睡不着觉，我就寻思对不起人这事。我一直和你住，我都有心走啊！我寻思找他去。找这个柳和柳公子去。"

"那你要去，那不挺好嘛！那怕啥的？"

"这么办，你能不能帮我忙，咱俩去？"

"那我跟你去也行，那怕啥的？"俩人定好了之后，正好该然，事情不凑巧嘛。没几天这丫鬟还有病了，走不了还。玉梅跟丫鬟说："你走不了，我个人走吧！"她换上便衣，小姐衣裳全脱下去了，自己走了以后，又怕道上当中有坏人，她就把容貌给毁了，并没毁别的，就拍些油泥的东西，脸就造得不像样了，像个小疯子似的，头发一梳，连夜就赶出来了。

玉梅赶出来之后，披星戴月那么跑，走了一两个月，到了江北了。打听这个柳家庄子，到柳家庄子一打听，知道老柳家，破大户那还不知道嘛。玉梅到门口，一叫门，那时没有把门的，穷啊。屋里老太太出来一看，说："哎呀，你是干啥的啊？到我这要饭的啊？"

这姑娘说："你这是不是老柳家？"

"是啊！"

"当年是不是柳方大人家？"

"是啊，那是我老头儿，我是他的夫人，现在俺们这已经穷了，完了。"

"好，我上你这屋。"

"你有事说话啊，你是饿了咋的？你要是饿了在这吃点儿饭还行。"老太太就把玉梅让到屋了，姑娘到屋就说："我没别的，你儿子在家没？"

"在家呢！"老太太就叫柳和，说，"柳和，你出来，看看这是谁来了。"柳和出来看也不认得，姑娘就说："柳公子，我不是别人，我是你未婚妻，我叫黄玉梅啊！当年你投亲去之后，我已经知道你去，但我说的不算，我爸爸把亲就悔了，悔完以后，我拍拍良心对不住你。当年要不好不能做亲，做亲之后哪能随便悔亲呢。你回来之后，我听老王太太说你还闹病了，在她那待了好几天，老太太就把你答对回来的。我于心就不行了，病就来了，我就想你想得邪乎，想这个家。我就想对不住，所以我宁可小姐身份不当了，穿上便衣，把妆抹了，来找你来了。我不是长这样，这么办，老妈妈你把水拿来，我洗洗脸，完再唠。"

老太太就把水拿过来了，这玉梅在脸上可劲搓，把上边油泥搓下去之后，娘俩一看，好漂亮一个姑娘啊！老太太就说："哎呀，这真是我儿媳妇儿，看起来长得好啊！"就把玉梅收下来了。

黄玉梅收下来以后不说。就待两天的工夫，柳和说："这么办吧，咱也不正式结婚了，咱俩就在灶王爷根底下拜个天地算了。"

玉梅说："对，那也可以，俺俩是男女了，在一块儿能住啊，要不怎么待呀。"俩人就在灶王爷根底下外屋磕个头，就成男女了。俩人又拜拜老太太，老太太说："这么办吧，把那东西收拾收拾。"

这地上搁不下，得腾床啊！这柳和一看外屋净摆的小石头，那时候是宫梦周叔叔领他摆的石头啊，他俩摆的一堆呢。柳和说："我倒腾去。"

柳和就和玉梅俩人倒腾那石头，那石头上净尘土了，柳和就把尘土一扒拉一擦，直眼了，黄澄澄的，说："妈，都是金子啊！"

"哪来的？"

"宫梦周领我埋的小石头都变金子了！"

一看外屋全是金子，这媳妇儿一看，就搂这金子，能有好几百两黄金。柳和就问他妈，说："妈，你看咱们西院，咱典出的房子，那时候底下没少埋啊！宫叔没事待着，净埋石头玩，他一边埋一边吵吵'埋黄金，埋黄金'的。看来我宫叔不是一般人，是个神仙啊！"

他妈说："这么办，把那房子抽出来。"后尾儿一说，那典出去三年嘛，提前抽，就把房钱给人家了，西院的房子就抽回来了。一扒拉那西院的房子底下，土坷底下也都是金子。这回妥了，这回老柳家三年的工夫，把黄金一变卖啊，比财主还大得邪乎，成百万富翁了。当时就成为柳员外了，这媳妇儿也打腰了。

一晃到三年头上，柳和发大财了，他一看，"我得去瞧一瞧那老王太太去啊！我不能忘恩啊！"柳和就告诉媳妇儿："你在家，我到你们家前院看看老王太太去。"这媳妇儿也没敢说你到那看看我爹看看我妈，她哪敢说那话啊，也没敢提啊。

柳和就去了，骑着高头大马，像样啊！到老王太太那了，老王太太一看，哎呀，这柳和来了，这也不像原先那样，有钱了。柳和到屋之后，说："老王妈妈，没别的，这有十两黄金和一百两白银，你老太太一辈子花不了了，我给你拿来了。"老太太乐坏了，说："哎呀，后边这家也穷了，去年啊，也遭天火了，这火烧得邪乎啊！这老孤莫人[1]啊，也没有搭[2]啊，强活啊！一点儿也没有啊！"

柳和说："没烧死他们，烧死才好呢！"

老王太太说："你到那看看不？"

"我还看他？"

"黄金燕他那姑娘跑了，那姑娘恨他爹，说先头是找你去，她能找得上吗？一个姑娘，她说不上跑哪去了。"

这柳和也并没说他媳妇儿，就说："那她跑也不能丢，这有那好心的话，也有好报啊！"

柳和在老王太太那吃完饭以后，他就回来了。他回来以后，媳妇儿就和柳和说："你呀，你急速想办法还得念书。"

柳和说："我念书。"念好书求功名啊，搁那柳和就埋头苦干啊，学习念书。

一晃又过了些日子，单表谁呢，单表老王太太呀，她就跑后院去了，就和黄金燕他们说："我和你们说说吧，上回你这姑老爷不来了嘛，你不没招待嘛，在我那待了好几天。这回又来了，这回可发财了。他回来之后啊，人家爹临死以前埋的黄金他都逮着了，那黄金都上万两啊！现在光地就买不少，大楼盖得不像样啊！他现在奋进读书，还一心要求功名！他前两天来了，给我扔了十两黄金，还扔一百两银子，我一辈子都花不了啊。我要他到你这，他晃脑袋，他不来，说你对他太薄了。"

哎呀！黄金燕的老伴儿一听，心寻思，这可怎么办呢？咱们和人家也没什么挂牵了，咱也和他悔婚了，也不能去啊。

又待些日子，柳和又去找老王太太了，骑马去的。去了之后，就跟老王太太说："老王妈妈，我结婚了，好长时间了。现在都有一个孩儿了，男孩。我打算接你上我那儿待些日子，看我这家庭怎么样。"老王太太说："那敢情好了，我去！"

这柳和就给套上车了，老王太太坐大车就来了，柳和骑着马跟着回来了。老王太太到府院一看，柳和就给她让到上宅了，这个黄玉梅就出来，看见老王太太说："哎

---

1 老孤莫人：孤孤单单的老人。
2 搭：帮助。

呀，这不是我老王大妈吗！"

老王太太说："哎呀，你不是黄姑娘吗！你多咱来的啊？"

"我跑出来以后就跑这儿来了，和柳和结婚了。"

"哎呀，孩子，你可真有福啊！柳和到我那儿去之后，他就没提你啊，没提到这儿让我看你啊。"这俩人近得邪乎啊！以前俩人就前后院住着。

老王太太待了几天，就要回来啊，柳和又给拿了不少钱财，老太太乐坏了。老太太回家之后，没到一天的工夫，就跑后院去了。就跟黄金燕夫妻俩说："这回妥了，这回你俩去行了，你女儿还在那儿呢，黄玉梅和人家柳和结婚了。黄玉梅跑人家家去了，玉梅到老柳家那儿才发的财啊，人家把地下黄金全起出来了。你女儿在那呢，待得可好了。"怎么怎么的一说。

这老太太想女儿了，这当时就哭了，说："老该死的，你当时要不那么样，现在人能不知道咱们？咱看看人家去吧。咱骨肉在那呢，女儿在那呢，能不去吗？"

后尾儿黄金燕夫妻俩一合计就去柳和家吧，俩人想着把老王太太带着，人家柳和对老王太太有感情，去了不能撵出去啊，要不他俩人到那不开大门怎么能进去啊！有老王太太这一方面，比他们都亲了。老王太太说："没事，他不开我骂他。他不开能行吗！"

这老王太太挺乐，带着他们俩人就来了，到江北了，到柳府门口了，把门的一说："全请！全请！"老王太太带了黄金燕夫妇俩人就进去了，到里边一看，公子柳和一声没吱，头一低就出去了，没搭嗔¹。姑娘一看爹妈来了，那得待啊，但看柳和不搭嗔自己爹妈可也不高兴啊！

后尾儿怎么办呢，这老王太太就跟黄金燕夫妻俩说："这么办吧，你们就在这儿待着吧。"媳妇儿对着柳和就哭了，"不管怎么的，你也不能把我爹娘当生疏待。我是他女儿，当初要没有他们的教育我能找你来吗！能守贞洁吗！"

柳和抱着她说："别哭了！我明白了。今后就这么的吧，我也能照顾他们。但是真正在这待着不能待，我瞅着就来气。"

媳妇儿说："好吧！"

柳和又跟媳妇儿说："你当时跑到我家你也没怎么细说，我听老王太太讲了，当

---

1 搭嗔：搭理。

初，我走之后，你爹他要卖你，要不你不能跑，你没说。老王太太说你爹要把你卖给一个倒腾牲口的贩子，把你卖二百两银子，你没干就跑出来的。这回我给的，比牲口贩子给得还多呢。"

这一说，媳妇儿说："你这事都知道了？"

柳和说："能不打听出来吗！那时候你爹嫌贫爱富，把你卖给倒腾牲口的，你才跑出来。你是好样的，这还是我心里话。"

后尾儿黄金燕夫妻俩又待了几天，柳和就打发他们回去，给他们拿了不少银子，拿了点儿金子，说："你们回去吧！回到江南就好好度晚年吧。"老两口挺乐，千恩万谢就回去了。

单表柳和，自己用心读书，媳妇儿特别鼓励他，念了没有几年书，柳和真考上了二七品鼎甲[1]，当了个知府大人，但柳和当官也特别清廉。柳和当官后就一直找宫梦周，打听宫梦周。最后找到一个老道，这老道跟宫梦周不错，老道和柳和说："你不用找了，宫梦周啊，那是个神仙，他是个狐狸，老狐仙，转的是人啊，在你们那待着多少年啊。要不他埋的东西都成黄金了呢！他知道你们将来有难，特意为了照顾你们，就待这些年，因为你爹特别忠厚特别好。"

这柳和回去把宫梦周像画上了，就像供个人老祖先那么供着这个宫梦周，就供上这老狐仙了。就是这么一段故事。

一袋烟

有这么一个做活的，捡上活[2]之后，这家怎么的呢？当时就提出了，说："你做活儿倒是行，俺们可不供酒。人家初一十五给酒，咱这小抠儿啊，不给酒。"

做活的说："那不给酒，一年当中也没什么盼头儿啊！烟呢？"

这家人说："烟哪，也不能那么供，反正这么说吧，要是一天一棵两棵红烟给你

---

[1] 鼎甲：科举制度中状元、榜眼、探花之总称。以鼎有三足，一甲共三名，故称。
[2] 捡上活：揽到活。

还行。"

他说:"这么办吧,我也别抽别的,我就搁烟袋抽旱烟,你给我一袋烟就行,这扛一年活儿我抽一回烟就行。"

这家人说:"那妥!那行!没说儿,你可劲儿抽,抽一天也行,不就是一袋烟嘛!你怎么抽都行!"

他说:"那好了,这就积德了。"

这活儿一干干到五月节了,这过完节了,他说:"这么办!我得抽袋烟了。"

这家人说:"好吧!行,抽吧!"

他就告诉这家人:"买烟去吧!"

这家人说:"俺家有烟,给你红烟抽。"

他说:"那好吧!"

他一瞅,有两板儿烟,说:"那不行,不够!你最低也得给我买三十把五十把的。"

就问:"你怎么抽啊?"

他说:"我烟袋锅儿大,我第二天取来你看看。"

这第二天就取来了,烟袋锅儿搁推车推来的,一个小缸儿,底下安个竹筒子,他说:"我就抽这一袋烟就行。"

当家的一看,说:"我的妈呀!比喝酒都费啊!"他把烟全搁里边儿,就看他怎么样儿呢?就把那烟"咕咚咕咚"地抽,抽完以后那烟就冒啊!等抽了半天儿这烟也没抽了啊!

抽完以后这老头儿哈哈大笑,说:"行了,你这活儿我也不做了,咱这就算拉倒了,完事儿吧!我就是看看你这家人家,今后你们别太刻薄了,抽烟喝酒都得供人家。我说实在话,我今天是特意来试验试验你们。"

最后要走了,这老头儿忽然不见,不知道哪儿去了。一考虑,最后说啥呢?说是老狐仙试验他来了。

老曲头儿新城子卖粮狐仙相助

这个老曲头儿家过得不错。他有一年打点粮食出去卖。他家专供黄仙、狐仙，供得挺多。他还说狐仙和黄仙都帮他，头几年他就得过便宜。

最后几天，正好他也跟车去卖粮了，到那儿一看，前边儿车还不少，都是大黑骡子和大马，一问："这车是哪儿的？"

人家报了："写上山西曲家，曲老五的粮食。"

他一听，这写的是他名儿啊！他也写吧！他连着去了一两天，哪天都十好几车，他一看，又是狐仙帮我卖粮啊！自那回来之后，他对狐仙也特别尊敬。

但是老曲头儿还是舍不得吃舍不得喝，光能攒钱。他家是那么有钱儿的人家，还总是赊账，买小饼都不舍得，吃饭也不给钱，就老欠着人家，他是这么个人。但他钱大，是真有钱。

他家后边的柴火垛，就那麦秆垛，多咱不能烧到底，因为那垛底下老有一些黄皮子[1]窝，里头有很多黄皮子，所以他不让人弄。他说："第一，必须留个底儿在那旮；第二，我家的小鸡子一般还不丢不死，小鸡子不死，因为自己家养活的黄皮子不吃自己家的小鸡子。"

要不说，搁那么，他发财了呢！别人都知道老曲家发邪财，发黄皮子和狐狸财！

老曲头儿得外财狐仙送粮

有这么一个老曲家，过得不错，老头儿一辈子勤勉苦干，有二十来垧地，养活一头牛。他家后边有场院，平时场院当中的仓库没断过粮。但是去年的年头，粮都卖空了，全等秋天打粮。到六七月了，基本就没有粮食了，全是空仓子。

这天，正赶晌午前儿，他就趴在炕上，像做梦似的，这时来一个老头儿，说：

---

[1] 黄皮子：黄鼠狼。

"老曲头儿,你起来,精神精神,我给你送粮来了,我在你们这儿待多少年了,别白待呀!我得照顾照顾你们。"

老曲头儿一听,说:"你说什么?"

老头儿说:"你去把仓库门打开吧!我给你送粮食了。"

老曲头儿一惊,说:"哎呀!出奇呀!是我寻思的事儿,还是真事呀?"一合计,说,"不可能,这就是我寻思的事。"就又坐那儿打盹儿。

这老头儿又来了,说:"赶快去!一会儿粮食到了,你还不快点,要不不赶趟[1]了。"说着,他就往那儿去,把仓门子全都打开了,那后边场院净是小仓房啊!

老曲头儿开着门在屋里偷偷着瞅着。不一会儿,顺门口进来了三个小黄皮子,像搬家一样,一个小黄皮子牵着一个小黄皮子的手,它们在后肩上扛着口袋,这个扛个小红口袋,那个扛个小绿口袋,奔仓房里就倒,口袋往里一扔,说:"八石。"

这一听"八石,八石",他就笑,说:"哎呀!这一小口袋就八石,八石可就是三千二百斤啊!"

他就瞅着,不一会儿的工夫,没动静了,他一看,好几十个仓全装满粮食了!这得顶种三年地的粮食那么多呀!他就开始上香上供了,心里说:"这可了不得,粮食这么多,咱得掂量卖它,卖完以后,它是不是还能给送啊?"他得外财得惯了。

没过几天,他就准备卖粮去,当地的粮车都是闲着的时候啊!他求三个大车就去了。头一天去的,把粮都卖了,他老曲头儿写的名儿。

他这个人叫曲定武。第二天他就没去,让别人去的,别人回来告诉他说:"老曲头儿啊!你去看看吧!新城子粮栈卖粮食的车老多了,好几十个车,都写你名儿啊!都说是老曲家车。"

他说:"能吗?我看看去。"

第三天老曲头儿就跟大车去了,到那儿一看,净是大黑粮车,有好几辆,他就问:"你们这车是哪儿的?"

送粮的说:"俺们是山西曲家的,曲定武的车。"

他吓得也没敢吱声,一看这道上拉的都是啊!"咔咔"一卸,上写着"曲定武"。到下晚儿上,曲定武说:"哎呀!我得算粮账去。"

---

[1] 不赶趟:来不及。

送完粮得算账啊！他就出去了，那儿的人也常抽烟，他给人家拿两盒烟抽抽，到柜台上说："先生，你看看，今天俺们车拉多少粮来？"

粮栈的说："来不少车，我看看吧！"

老曲头儿说："曲定武的。"

粮栈的说："哎呀！车来老了，来好几十辆。"

粮栈的先生这一清点，一共来三十二辆车，老曲头儿自己就去两三个车，差二十多个。一连来了四五天哪！粮卖老多了！

到了秋天之后，这家伙开始买地，买上百垧田地呀！从那之后他发大财了。一说都知道老曲家得了外财，你看，它那一小口袋就整八石，这家伙！卖粮的也写他名儿，人家那车也大，装的粮也多。他家供的是狐仙也好，黄仙也好，反正从供的老仙儿中得利了。

附记：

东北地区地域辽阔，土地肥沃十分适合农业生产。新民地区地处辽河中下游，土质肥厚，至今一直是东北重要的产粮区，盛产大豆、高粱、玉米等多种农作物。近代以来，东北的粮食作物不仅运往国内各地，而且畅销国外。这些粮食在贸易的过程中，需要有加工、贩运、保管及营销的专门机构，这就是粮栈。东北粮栈在19世纪初就已经开始设立，兴盛于20世纪之后。20世纪20年代，东北南部各地都设有大量粮栈，商业资本十分雄厚。沈阳以及新民也设有大的粮栈，实力雄厚的如奉天的利达公司、纯益公司、东兴泉，大连的公济栈、杨大成的万生泉、铁岭的广泉公等。有些粮栈还兼经营马车店，以方便粮食的运输。

1931年九一八事变爆发，东北粮食贸易被完全控制在"伪满"政府手中，开始发生改变，逐步走向衰落。（隋丽）

孙七打黄皮子受害

孙七五十多岁了,有一个儿子,儿子十八九岁。他爱打黄皮子,黄皮子的皮值钱,过去也有人收。那时候一个黄皮子就能卖八斗粮,近一石粮。一年冬天打十个八个的就够扛过过年了,扛大年头充其量也就这样,所以他专打这黄皮子。他会看脚印儿,哪里有,哪里没有,从哪儿出,从哪儿入,又从哪儿走,他都知道。到地方他就把夹子放上。开始这夹子是木头夹子,就夹脖子,后来就放踩夹。孙七他打很多年了,儿子也不小了,他一出去就带着儿子,他亲手教儿子怎么打。

有一年,孙七在沈阳东陵,那地方黄皮子特别多,因为那是老陵,平时谁也不往那儿去,也不种地。老陵面积大,一共就一个坟,剩下的都是树木。所以那儿黄皮子特别多,他就在那儿打。

孙七从入冬就开始打,不到入冬不能打,必须得是数九[1]以后的黄皮子才值钱,在数九之前,那黄皮子都是少数的,那毛皮不亮,不值钱。到数九以后,黄夜子毛皮都扎起来了,人家买的时候一摸毛皮都冒星星,这种黄皮子才值钱呢,一张值两张钱[2]。所以他数九以后就天天打,白天验道,夜里就下夹子,赶明儿起早去取。

打了两三个月的工夫,他一共打了一百零七个,那就真老值钱了,能顶人家扛大年头给人干十来年的活儿了,扛一年也挣不了十个黄皮子钱。他就告诉儿子:"咱啊不用多,再打几个咱俩这回就妥了。"

但是有一天打完了就特别可疑,一个踩夹,没被踩中就被挪一边儿去了,他就对儿子说:"哎呀,这出奇呀!这都能把踩夹挪窝了,这黄皮子胆子不小啊,怎么没逮着它呢?这么着,咱俩看着它。"他就和儿子俩人看着,看看到底什么样的黄皮子挪的。

那天,他俩就趴在那儿看着,直到半夜,就听见"扑棱"一声,夹子翻了,好像是一只黄皮子被夹住了。他一听,还真有,他就没敢动,在那儿趴着。孙七精神,儿子不精神,在那儿趴着呢,就听见他儿子"嗷"的一声,孙七爬起来一看,一个三四年的小黄皮子竖着把他儿子脖子咬住了,这老头儿怎么也拽不下来,把它腿拽折了它

---

1 数九:民间从冬至开始"数九"。
2 两张钱:200元钱。

也不下来，就咬着脖子不撒口，硬是把他儿子咬死了。但是小黄皮子腿拽折了，也被拽死了。

孙七后来就在想，他打了一百零七个黄皮子，加上小崽是一百零八个，据别人说那里一共就一百零八只，像个大家庭似的，都让他打了，剩下的最后一只被他刺激到了，干脆就拿他儿子报仇，硬要他偿命了。所以说，动物不能赶尽杀绝，赶尽杀绝没好处，这就是打黄皮子的下场。

供蟒仙

这事儿是说哪儿呢？我们河北那旮有一个老张家，家里过得不错。虽然不是员外之家，但老张头儿也有几十垧地，儿子女儿都有好几个，孙男娣女的也有不少。

老张头儿六十岁那前儿，正赶他老女儿有病，什么病呢？就是让什么东西给邪迷住了。她成天不穿衣服，就是个闹啊，趴在地下仰壳儿爬，"呲呲"的。

大伙儿一看就明白了，说："这不是一般的邪啊，这么办吧，找大神儿吧。"

老张头儿把大神找来，大神一跳，说："不用跳了，你这姑娘是得罪蟒仙了，因为什么呢？她把蟒仙喜欢的一样东西整埋汰了，完了又扔人家洞里了，就在后花园儿。所以人就要迷她，现在非让你把蟒仙供上不行，你供上就算拉倒。"

这个老张头儿挺犟，说："供上？它多大个蟒仙让我供上，我根本就不信这个！这么办吧，让我供不难，你和蟒仙说一下子，让它明天来，我看看它啥样儿，完了我就供它。"

大神说："好，我问问它。"

完了大神说："我给你问好了，蟒仙明天中午顺大门进来，让你看看。"

老张头儿说："那好吧。"

这就定下来了。老张头儿根本就不信哪，一早上吃完饭后，傍晌儿就告诉人，把砍木头的斧子拿来，就是劈木头的大斧子，就预备在炕头上，说："我看它啥样，我不劈死它！"

不一会儿，老张头儿就看一个不大小长虫顺大门爬进来了，它一共也就能有二尺长，"吧嗒吧嗒"地顺着大门就进来了。老张头儿心说："哎呀，就这么小个玩意儿啊，我一刀就剁两半儿了！你这蟒仙，还供呢！"

这是夏天啊，老张头儿家开门撩户的。老张头儿坐炕头上就喊了："上这屋儿来吧，我在这屋等你呢！"

哎，这玩意儿还真就爬进来了，顺外屋就爬西屋来了，西屋长，有大梁，都是明梁，上边儿没栅[1]，都是活的。这会儿老张头儿看它刚到门槛子，取斧子这一举，刚要剁的工夫，就听"啪嚓"一声，老张头儿就被啥玩意儿打趴下了。一仰的工夫，老张头儿一看，这家伙妥了，了不得了！老张家一共五间房，长虫的脑袋在西屋，尾巴都到东屋去了，整个跟院儿一边儿长，能有四五丈长，能有缸粗！

老张头儿一看，还剁啥呀，吓得就跪下了，他说："得啦，蟒仙饶命吧，我现在看你显圣就明白了，真是惹不起，我直接供你得了！"

搁这么，老张头儿就供上蟒仙了，要不他都不信。

后来堡子人都知道这蟒仙是真了不得，真惹人！所以他那旮一般对蟒仙都挺注意，一般自己家供蟒仙的不少。

金花蟒逛沈阳

这个故事讲的是石佛寺有一个金花蟒仙，就是一个金花大蟒，它老显人形，这儿也去，那儿也去，后来年头儿也多了，就修炼到了上千年的道行。

有这么一天，正赶沈阳有一个七掌柜，是老天河的老掌柜。他正好在外边儿溜达呢，就看后边儿有个人影儿，一晃，过来一个老头儿。

七掌柜合计：咦呀！这怎么一晃没看着哪来的呢？他一看，来的老头儿挺清秀，胡子雪白的。

七掌柜就问他："阁下哪地方的？我瞅着咋面熟呢！"

老头儿说："我是城北石佛寺山的，我姓金哪。我听说七掌柜挺好友，今天特意

---

[1] 栅：围，围上。

到这儿来看看。"

七掌柜说:"那好吧,你要奔我来的话,就到客房吧。"

到了客房,茶也升上了,水也喝上了,俩人儿越唠越近密[1]。七掌柜说:"咱们就做个朋友吧,你在这儿住两天。"

老头儿说:"那好!"他就在这儿待着了。

住上以后,两人儿就开始喝酒,越唠越近密。老头儿就提了,说:"我来呀,没别的事儿,一方面瞅你们这买卖做得还真不错,挺公正。但另一方面呢,就是瞅你们资金不那么足。我看日本那旮旯有个大阪银行,开会局开得特别兴盛,群众老多了呀!我一看,别人押不起,就你能押起。我特意找你来了。我的意思是你就把它押垮算了,别让它在这儿这么横行暴烈的,把群众都整得空空的。你如果真赢了,之后哪怕贱点儿卖东西呢,照顾照顾群众,我就想让你把这钱赢来。"

七掌柜说:"能赢吗?"

老头儿说:"你押吧,保证让你赢!"

七掌柜说:"那行!"

他在这儿住了两天,俩人儿下晚儿就喝醉酒了。醉了之后,都搁一个大床上睡着了。这晚上黑当中,七掌柜脚一使劲就醒了,一闪着的工夫,就看着老头儿那旮旯发光亮儿。他偷着起来,仔细一看,就看一个金花大蟒在床上围着爬呢!

七掌柜合计:原来你是蟒仙哪,要不你让我押会呢!

也没敢吱声,到天亮了,七掌柜起来说:"好吧,老朋友,你让我押会,怎么个押法儿吧?"

老头儿说:"这么办,你今天就多押一会,出会当中,你不管他出啥,你押他三会,押垮他这个会。你不用写,你就看外边儿写上多少钱数儿就行,里边儿出会有名儿就行,出啥你写啥,我现给你写里头。"

七掌柜说:"那好吧!"

七掌柜按照他这方子,就跑屋拿钱去了,他有钱啊,一回家就拿了个三千五千的。那时候钱实啊,三千块钱顶现在四五万。他这一下就整个押了三场,把这个会全押垮了,日本就不敢开啦,被押垮了。

---

[1] 近密:亲近。

所以这老天河就开始大兴盛啊！后来他们的货物比人家都降两成，卖什么都便宜，大伙儿都奔他那儿买东西去。

所以说这蟒仙也是照顾群众，也是成全当地穷人，让有钱人帮助他们。

七掌柜和蟒仙的感情多少年都没断。后来，七掌柜把蟒仙的仙位供上了，他俩也常见面。

李半仙斗蛇仙

这故事发生在远年，就在咱辽河北有个三面屯，有个老李家，爹在屯子里当个村长，日子过得不错，光瓦房就有四五间，后边还有个大菜园子，整个儿就像个大四合院似的。

这家没有儿子，就一个姑娘，十八九岁了，长得也挺好。没想到，这姑娘不知不觉就得了邪病，每天不穿衣服，就闹啊，不管来不来人，就在炕上爬，有时候从炕上滚到地上爬。后来大伙儿哀咕她，这才把衣服穿上了。

家里找大夫治，也没见好。那时候跳大神的多，一找就五个八个地找，结果还是治不住她。她自己就报名了："我是蟒仙，你们谁治我？"那厉害得邪乎啊，一般老仙儿都惹不起她。

怎么办呢？最后村长就和她商量："如果你果真道行大，你给我们说一说，我们就供你。"

"那也不行，我就非要你姑娘命不行，你姑娘她不应该伤俺们。"后来还提出，"你找的那些大神跳得不行，你得多找，俺们比比武，比完武再说。"

于是，定七月十五办比武大会，老仙儿和老仙儿比武，看谁比得过谁。定下来之后，山南的大仙，海北的大仙，把百八十里地的都请来了，谁高请谁。

到七月十五那天，一请请了不少，能有二十来个，那都是巫婆神汉，女的也会跳，男的也会跳，都有两下子，不行的不敢去。

这天，姑娘也穿上衣服了，就在院子里等着。院子贼大，都摆上桌子了，两边就跟看台似的，都安排妥了。这边铁匠炉子升着火了，铁链子都预备好了。他们比武就比这个硬的,不是比别的呀。

这个姑娘说话了:"你们都来了,哪个出面,跟我比一比?"

这时出来个男的,姓葛,道行挺大,代表鹰神来的。人家那鹰神下来了,这姑娘就过去比武了,到那儿说:"咱俩不比别的,先捋捋'红锑'。"于是,就把铁链子搁铁匠炉子烧红了,这俩人把衣裳脱了,搭身上就捋啊。这姑娘也这么捋,大伙儿一看,了不得啊,这家伙!捋完以后一看,不行,还得吃"红枣",就把烙锑烧红了,搁嘴叼着。这太牛了!这一场子,也没治住。

后来,这大神儿也不行了,这也不顶事儿啊。姑娘就提出了:"那边不是还有烧的铧子吗,穿'红鞋'。"那铁铧子烧得通红的,搁木头穿着,俩人穿脚上就趿拉着走。最后一看还是不行啊,就有个女的上来了,也和这姑娘比画,也没行。

这一晃儿就到晌午了,大家都休息了,准备吃完饭再说。这姑娘就哈哈大笑,说:"晌午了,你们想想办法吧,说好了就比一天。"

到吃晌午饭的工夫,有个外号叫"李半仙"的,就是咱新民西的,他专能治黄皮、豆鼠这些玩意儿。他一看这事儿,离老远儿就瞅明白了,知道这不好治,治不了啊。正好下午有个女的比,他就问这女的:"你这道行是哪位大仙的?"那女的就把自己是哪哪的一说。"这么办,咱俩合作一下子。"就把这女的找旁边去了。

一合计,这女大仙儿说:"好,就这么办,我就照您老说的做。"这李半仙儿有两下子,这就是信他能治得了。

到下午的时候这,女的和这姑娘都站出来了,没等比呢,李半仙出来了:"二位大仙哪,这么比没意思,穿'红鞋'、捋'红锑'那正常现象,老仙儿都能糊弄。咱这么办,我今儿出个主意,咱们敢比画就是英雄,不敢比画就急速回神完事儿,就别在这儿堆拢。"

"那怎么办,比画啥?"

"这么办,剖腹剜心。"哎呀,这家伙!大伙儿都听直眼了。"我是老百姓,你们把肚子开开之后,我把心给你们剜出来。"

一看不行啊。那女的说:"那就试验试验吧。"

这姑娘说:"行。"

俩人冲着南边就站好了,过去都穿的小布裳,这女的不由分说,搁后边儿披着衣服出来就站那儿了,这姑娘就瞅瞅她。这女的姓王,李半仙就问那女的:"你是哪位大仙，我说不上来头。"

"我是鹰神。"

"好，那咱们就先剜你的，因为咱们是客，先剜你的，把你的剜下来再剜她的。站着吧！"这站下了，不由分说到那儿"哗"一下就把衣裳扯开了，一刀下去血就淌下来了，淌完之后一看这心露着呢，就把心给割下来了，割下来就装大冰盘里了，这女的站那儿把衣服裹上就不动弹了。

李半仙到那姑娘那儿，"这位大仙没别的了，该你的了。"他刚一拽衣服，她就一躲。

"哎呀，这个功夫还真不成熟。"

李半仙一伸手就抓住她胳肢窝了，胳肢窝里有个疙瘩在身下，说："你不诚实也得诚实，你光骗人行吗？你说实话到底是怎么回事儿吧，今儿就不能让你。"没办法啊，拿刀逼着呢，后来那姑娘就跪下来了。"为什么迷这姑娘、这么闹，说说到底怎么回事儿？"

"我是石佛寺山的，我是金花蟒大仙，是真正的圣仙。"

"你为什么捉弄那姑娘？"

"不怨我捉弄，在她后花园当中有我们蟒仙一个湖，她在那沓不管埋汰不埋汰，洗澡水就往里泼，那埋汰东西整我们可身。俺们一看，把俺们的道行都灭去了，不把她治住不行了，她太不懂事了，所以打算要她的命。"

"这么办吧，今后你们就急速撤了吧。"

"行了，不能再迷惑她了，俺们这正经是输了。"

"你必须放她，这是第一个；第二个，你得起誓。"

"好了，如果再遇见的话就五雷轰顶！"

"好了，不用说了，冲老天起誓最灵。你回去吧，永远不再来就完事了。"

得仙的一抖搂，就告诉姑娘："永别吧，我永远都不来了。"转身就走了。

走了之后，大伙儿一看那女的还在那儿待着呢，李半仙哈哈大笑，说："这是俺俩的一个策略。"那女的也笑了。这女的事先弄个猪脬膀[1]挂在怀里，然后弄个小猪的猪心也往里搁着呢。他一拉，把猪脬膀拉坏了，这血就淌下来了，露了心了就搁盘

---

[1] 脬膀：膀胱。

子里，别人也不得手，都拿衣服盖着呢。就这么的，那大仙就吓堆了，那剖腹剜心真了不得呀！

从那时起，李半仙就成名了，都说李半仙可了不得，专能辟邪。

马神庙蟒仙显圣讨会

在1945年的时候也好，在1931年的时候也好，咱这儿都有会局。会局是什么时候立的呢？就是国家一乱，或者两个朝代一打仗，尤其是打内战的时候，上边法律松了，治安也没有人管了，所以当地就出现会局了，有能耐的、有钱的大会局就干上了。

那时候咱们这儿会局多，孟家、山上、二道湾那野地都出过会局，都是些有钱的，尤其是一些有头有脸的会局，那会局一出来，了不得呀！

有这么一天，到马神庙讨会的人特别多。头一拨儿去了三四个人，跪在庙里，猪头什么的都供上了，他们就在那儿哀咕："蟒仙，你给俺们入会吧！"。那时候为什么找蟒仙呢？会局也是受老仙儿保护的，这老仙要是不硬，保不了会，人们就都请硬的老仙儿、打腰的老仙。蟒仙的脾气生，所以都请蟒仙。

这几个人哀咕了半天，时间一长就困了，这时候蟒仙就显圣了。整个儿一个大长虫脑袋出来了，给他们吓得就往外蹽，这可了不得！就在往外跑的工夫，外面也有来讨会的，还没进屋呢，合计等他们讨完再进屋呗！

这时候里面说话了，说："你不用跑，你押也是明珠，不押也是明珠。"明珠也是一个会。一共有三个会，明珠是其中的一个。

他们跑的时候也听见里面说话了，但是在跑的过程中着急，就给听错了，听成了"押也得输，不押也得输"，他们就没敢押。但人家在外边儿讨会的人听明白了，"押也是明珠，不押也是明珠"，所以人家就押了，搁那么，成了个大老板，这都不说。

过了几天，单说有这么一家，家里儿子在外面做买卖，娶了个媳妇，岁数不大，二十岁不到，俩人没孩子。媳妇和老太爷俩人东西屋住着，老太爷在东屋住，她在西屋住。

她自己就寻思："我怎么才能讨会呢？我就写上吧！"她想请蟒神庙的蟒神，就把蟒神给写上了，写完以后，供到外屋地上了。也不知道是谁告诉她，搁掏耙[1]掏灶坑！

她把蟒神供上之后，就把衣服全脱了。那时候讨会不管男的女的，都得光着屁股，赤身裸体的。她把掏耙伸到灶坑里去，脸冲外，屁股对着灶坑，倒耙灶，一边耙一边还得叨咕："请蟒神来，请蟒神来！"

原来，这媳妇结婚以后有点首饰衣服啥的都给卖了，都输了。她愁得没有办法，手里没几个钱，最后剩一个金镏子也给卖了，准备押这一茬，要好就好，不好宁可一死，死了也甘心了，没法活了，都输成这样了，她就耙！老太爷并不知道她在那屋讨会。

老太爷睡觉睡到半夜，就听外面"嗷"一声，这老太爷就起来了。一听那屋女的叫唤，就寻思怎么回事？就儿媳妇自己在那屋存呢。老太爷岁数也不大，五十来岁，到那儿一看，儿媳妇赤身裸体的，在那儿仰壳趴着呢，昏过去不明人事了，身上还有一个草袋子捆着呢。

"哎呀！"老太爷说，"这怎么回事？"

老太爷没法看着，那时候没有电灯呀，就点了个蜡烛。老太爷一看，就考虑这也不能不伸手呀，这是自己的儿媳妇呀！老太爷挺正义。他就把草袋子打开，把儿媳妇给抱到西屋去了，放到炕上之后，就急速把被褥拿起来给盖上了。衣服没法儿给她穿呀，就给她盖上被子了。盖上之后，他就喊他儿媳妇的名字，喊了半天，他儿媳妇"嗯"了两声才明白过来。

明白过来以后，看见老太爷在那儿坐着呢，媳妇就哭了，一头扎到老爷子身上说："爸，我没法儿活了。"

"你不用说别的，你是正人我知道。我知道你是为了讨会。你不用说别的，我先回那屋，你赶快把衣服穿上。"老爷子就回那屋了，她也把衣服穿上了。

她穿完把讨会的事儿一说，老太爷说："你拉倒吧，啥也不用寻思，咱们明天再押一回，你输了，我帮你押一回。你不是有两个金镏子卖了么，我还有两个钱，就这

---

[1] 掏耙：一种旧式工具。多在农村使用，一般为木制，头部呈方形，中央或中央偏上部开孔，并在孔中插入木柄。主要用于掏灶灰。

一回,赢就算赢,能全捞回来,还能有点儿本儿;输了就拉倒,就完事了。蟒神庙蟒神给会了,是龙形,你就押天龙,不用别的。"

第二天早上,这爷俩一合计,就把全身的力量都押上了,几两银子就全押上了。这一下就出了,正出的是天龙,这一下赢得老满了,把过去的钱全捞回来了,还有了不少利息。从这以后,就不再押了,就算完事儿。

第二天,他俩到蟒神庙去谢蟒神,连上香带上供的,跪在那儿连哭带磕头地说:"谢谢蟒神!我差点死了,你可不知道!"

这事传出去以后,大家都开始尊敬这个蟒神。这个蟒神确实真保过他。

蟒仙度化孟老道

这个"蟒仙度化孟老道"是哪儿的事呢?是河北巴喇山的。这个山是干什么的呢?就是个道观的地方,叫山乾观。这个山是不小,原来有个什么呢?有个孟老道。

这个老道自从出家以后在这个山上勤勤恳恳啊,一天天伺候点儿地,另外山上有个香火地方,还有几坰地,实在种不了就给群众再种点。群众也不白种,给拿点租子。

他每天的钱也够用,另外还有烧香念佛的去呢,还得扔两个钱。他生活也确实不错,没收徒弟,就他自己。老道每天早上一起来,不管冬夏,穿得立整整[1]的,尤其是到冬天的时候,他不穿棉衣裳,还是穿单衣裳。他那个腿啊,冻得都有皴[2]了,他也不知道冷。

这个庙后头有个大树,树里有个大窟窿,据说有蟒仙。说实在的,他倒没看到几个,反正就知道喂,每天一盆饭往这树窟窿一搁,他就进屋了,不敢在那儿瞅。然后待一会的工夫就没了,也没看到什么人吃,就没了。他搁那么一天不落,就那么个喂法,不管刮风下雨,他都多煮饭,明明吃一碗饭,就煮两份大米饭。

---

1 立整整:整整齐齐。
2 皴:一指皮肤因受冻或受风吹而干裂,二指皮肤上积存的泥垢。这里是第一层意思。

这一晃过去有几年的工夫了，他自己也觉着挺清闲，自己身体也没有病，一天天的都挺好。外面烧香许愿的到那旮旯之后，就往那个蟒洞里扔吃喝，但他告诉不许扔埋汰东西。

有一年到冬底了，外面下大雪了，路上连行人都没有！他在巴喇山上听见半夜有人"啪啪"拍门，他起来问："谁拍门啊？"

一个姑娘说话了，说："道爷啊，你把门开开吧，俺们是走道的，前无村后无店的啊，走不了啦，你再不行个方便，俺们就冻死在这外头了！"

老道说："好吧。"就把门开开了，一看进来俩姑娘，都二十三四岁，长得都挺好，穿得也都薄薄单单的。

她们到了屋之后，把脸上的雪扫了扫，老道说："你们吃饭了吗？"

姑娘说："俺们饭都吃了，不用再吃了，就是现在在这儿，待着背背雪，睡一会儿觉。"

老道说："看你们冷成这样，那赶紧睡睡吧！这么办吧，你们俩上炕，就一铺炕，我下地，我那有凳子。"老道说着就把这被伙[1]拿来一床，搁凳子铺上之后，他就趴凳子上了。

这俩姑娘就爬炕上了，姑娘一看，下雪衣服太潮，冻气太潮，不脱衣服是不能缓过来了，就把外衣都脱了，都穿着衬衣，盖被盖大衣的就趴[2]下了。

趴下之后，单表老道，不能在床上睡啊，睡到半夜睁眼一看，这俩姑娘怎么长得都那么好，如花似玉呀，长得都好了去了[3]！她们睡炕上热得把衣服全敞开了，胸脯子都露出来了，那身体刷白啊！老道心一动，说这俩女的太好了，又年轻又好，这要娶了这么个媳妇确实真不错。他心就动了，但没敢动人家。

他这动了心思不说，没等到天亮呢，他就起来了，然后整点饭答对着走啊。天亮他一看，怎么的？这俩女的没了，不知道哪儿去了！老道心想："咳，你说咋走了，连声招呼都没有啊！瞅透了[4]，那好吧！"

所以到第二天早晨起来，他就自己整饭，整饭时就觉着，今儿这天怎么这么冷，

1　被伙：被子。
2　趴：睡。
3　好了去了：方言，表示程度，最、非常、太的意思。
4　瞅透了：看透了。

怎么还冻腿呢？他想也许是下完雪就冷。饭整好了之后，就把一盆送到了树窟窿。奇怪的是，饭搁那儿供了一天也没被吃掉，供了几天，冻得都吃不了。那还不算，他身上就像暴皮了似的，唰唰的，黑皱全暴下去了。现在就不是原来那个体质了，他也知道冷了，不吃也知道饿了。另外他自己在山上待着，还总觉得像害怕似的，不敢待了。

他心想：得了，拉倒吧！这回知道了，原来这俩蟒仙是度我来了！他自己知道后，一个人在庙上哭了一堂。心说：得了，我就这么的吧！

搁那么的，这群众也都知道了，说这蟒仙从巴喇山走了，度过他，但没成，要不是他动了色心，就能把他带走。

蟒王入海想成龙

这是在千山发生的故事。

有个老和尚在千山闭修。单表一天，来了个小伙儿，二三十岁。他到那儿去以后，说："老方丈，我打算出趟门，你看看我，能不能顺当？"

老方丈一看就明白了，那和尚都不是简单的和尚，老方丈说："道友呀，你信我话，你别动弹，你的运气不祥，印堂发暗，你恐怕不能成功。"

他说："我意已决，一定要去。"

老方丈说："你就自己维持吧，我看怕是不行。"

这个人是谁呢？千山有个千年老蟒，这人就是这个大蟒，他在千山待得没意思了，就想入海成龙。蟒入海就成蛟龙嘛。

他说："到海里多好呀，看看海里是什么样的。"

这老方丈就不让他去，他不信，就奔营口去了。

他去营口是坐车去的，背个小蓝包，小伙子打扮得挺帅。到了营口以后，就上船了，他上船之后，要从营口入海。一到海口，这入海的工夫，那船正忙着走呢，就瞅见"唰"一下子，顺着海口两边起来两个像大旗杆似的东西，一边一个，细瞅是两个大虾米，这两个虾将是在那儿把门呢，就立起来了。这船当时就不走了，就在那打磨磨[1]。

当时这个船家一看,就明白了,说:"哎呀,过往的客商呀,咱们自己如果身上真带有什么不吉祥的东西,或者有什么事情,就请自己方便一下,得救这一船人的性命,要不这船走不了,就得沉呀,这了不得!现在这不是么,虾兵已经出世了,大旗杆子立起来了,两边一边一个,那还能走得了了?"

这工夫,他就说了:"这么办,不用害怕,我下去就好了。"他不由分说,把包打开就拎出两把单刀来,顺一头就挖进去了。他往下一挖的工夫,就看这虾将"唰"地并在一起,到下面去了,这时候水就翻腾下去了,"喊里咔嚓"地翻。

足足能有一个点儿的工夫,这水红了,就看里面一个虾将剩半截了,剩下那个虾将挑着把这长虫——一个大蟒——挑出来了,皮挑起多高来,挑出水了,他就死在海里了,没成功。

最后他的阴魂不散,回到千山,见到老方丈,老方丈说:"你看怎样,我不让你去,你还非去不可。现在你剩阴魂,我也没办法了。"

所以怎么回事儿呢?就是蟒王想"入海成龙"没成。要说这玩意儿,凡是哪个海口子都有动物把着,那不是个简单的事儿,所以他就没成功。

红蛇改嫁

有这么一个叫王小的,他就一个妈,没别人,他每天打点儿柴火维持生活,那时候没有别的呀。那堡子里打柴火的人多,在山坡打柴也就困难,他越打柴火越少,越打柴火越少,一天打的柴火就不够生活费了。这怎么办呢?

正好北边儿有个大山,那山上柴火多,但谁也不敢去,都说那儿有妖精。王小就和他妈说:"我今天到北山看看去,到那儿打点柴火回来多卖两个钱。"

他妈一听,"你可别去呀,那山上有妖精啊。你要让妖精吃了,我可怎么活啊!"

"我自己看看去,没事儿。"

---

[1] 打磨磨:原地转。

"你去千万注意！"

"行！"他就去了。

他去了一看，那北山柴火有的是，就在那儿"咔咔"地打。头一天打了几捆柴火挑了一挑子，不一会儿就回来了，到市场上卖不少钱，换了米。他就说："这也没啥，胡扯呢，哪有啥呢！"

第二天他就又去了，到了在那儿正打柴火呢，就出来一个小伙儿，穿得挺整齐，说："你是哪儿来的打柴火的呀？"

他就说："我是前山的，那旮柴火没多少，到这儿来打点儿柴火。"

"到这儿来打柴火，这地方随便能打吗？"

"怎么不能啊，这山都是大伙儿的山，有啥不让打的呢？"

"大伙儿的山？"小伙儿说话这工夫，就看那边儿出来一个女的，长得挺漂亮，穿一身红衣服，就喊他："相公啊，叫他打点儿吧！这时候都困难，没办法，家没有吃的，不打点儿指啥生活呢？"

小伙儿就说："你这还挺有恻隐之心呢。"转头对王小说，"既然是俺们娘子都说了，那你就打吧！"

打了一阵，小伙儿说："今天到俺们屋歇一会儿，吃点儿饭！"就把他让到屋。

王小到那儿一唠，还和他唠得挺近的！小伙儿就说："你今儿就别回去了，在这儿住吧。住下打两天，回去也能多卖两个钱儿。"他就在人家那儿住下了。

住了一宿天要亮的时候，小伙儿就和他娘子说："天都要亮了，把他吃了得了，留他干哈呀！"

娘子就说："你可别这样了，你怎么老伤害人呢，那有啥好处？咱就不好做一点儿德？"

"你是大早上学善人，明儿出家当和尚得了。"

娘子一看，"当和尚？和尚我是不能当，但我也不愿意把他害了。"

"你实在不愿意害就不害吧，咱就交他一个朋友。"

到第二天白天，吃完早饭，女的就掏出四两银子给他，"这位兄弟呀，你把这银子拿回去，你还有个老妈妈。不管怎么的，要是打柴火供不上，你就买点儿柴火、买点儿米。"

他说："好吧，既然你们有这个意思，那我就收下。"

他们问他："你多咱儿还来？"他说："我哪天再来。"挑着柴火就走了。

过了几天，他又去了。去了一看，正好穿着红衣服的女的在那儿站着呢！看见他了，就说："王小，你又来啦！"

他说："啊！"这女的在那旮精神不痛快，淌眼泪呢，他就说，"大姐，你怎么的了？你这家庭这么有钱，你怎么还直门儿哭呢？"

"我告诉你呀，俺们就不是人哪，俺们是蛇精啊。我是个红蛇，他是个青蛇。这小子狠毒呢，前儿要不是我，他就把你吃了，你不能老来这地方啊！现在他不仗义，和一个野妇俩胡扯，一会儿回来你就看到了。他这个野妇是个大蜈蚣精，他俩扯得欢。我一考虑，我要不把他们害了，早晚他得把我害了，他害人害得也太多了。"

"哦，那怎么办呢？"

"这么办，你帮我个忙，我已经预备好了，我就暂时跟你出去。"

"那行，你说吧！"

"我这儿有砒霜，你帮我下上。"说完回到洞里就把粮食、米面儿的都下上砒霜了。下完以后对王小说，"你走你的，别在这儿待着，我有脱身之计。"

这工夫王小就跑到山边儿上猫着，一看小伙儿还真带个女的回来了，这女的比红蛇还漂亮。回到洞里，红蛇就对他俩说："正好你们俩回来了，我有点儿事儿，我妈闹病了，我回娘家看看我妈去！"

小伙儿说："你去吧！"他正盼着红蛇走了他们好乐呢，她就走了。

红蛇走了以后，小伙儿就和这小老婆搞了一阵，俩人乐巴完之后就说整点饭吃吧，就吃了点儿饭，吃完饭以后俩人就都死了。

第二天红蛇和王小回来一看，他们都死了。红蛇就说："咱俩把这屋收拾收拾吧！"他俩就把整个屋里都收拾好了，金银财宝也收拾好了，接着就和王小说，"咱俩不能在这儿待了，咱们下山过去吧！我就改嫁嫁给你，我也不能伤你！"然后又告诉当地群众让他们都来北山打柴火，没人害他们了。

后来，王小就和红蛇结婚了，俩人真过得还不错。当地群众也都到北山打柴火了，也知道她是红蛇，有点儿小灾小病的，红蛇还采点儿药救大伙儿，人们就都尊敬她。他们就得团圆了。

癞蛤蟆大战蛇精

有这么一个叫王进的，从小就爱拿蛤蟆玩儿，养了个小蛤蟆，每天就喂点儿饭粒儿啥的。他从八九岁一直养到了二十来岁的时候，这蛤蟆就已经大得邪乎了，赶上小瓷盆了！他弄个大口袋一装，出门就带着它，那时候南方也暖和啊。

这天，他自己上山打柴去了，也没带蛤蟆。打了一会儿觉得累了，就趴到树根底下歇着，睡觉的时候就觉得身体底下有东西一起一起的，他就寻思：哎，这旮好啊，还能悬着，起完就落下，起完就落下，一呼扇，一呼扇的。可一摸也没啥，全是板石，他就瞅着这地方出奇呀！

第三天，他把蛤蟆带去了，又趴在树底下歇着，身体悬起来的工夫，就听见蛤蟆"呱"地叫了一声，一仰脖"啪"的一下，钻一个大仰壳。接着，它还起来钻，一蹬腿，又一个仰壳，一连叫了三声。他一看，寻思：哎，这蛤蟆多久没叫唤过了，头一次叫，怎么个事儿呢？抬头一看，可了不得了！吓得他直门儿哆嗦。

原来是一个粗得像蟒似的大长虫被蛤蟆一穿梭给打住了，动弹不了了。长虫的脑袋离他不远儿，大芯子还在那儿耷拉着呢，肠子也那么耷拉着。他摸摸蛤蟆寻思：哎呀！那蛤蟆累得不像样，把几十年养的穿梭功夫全打到长虫身上了。要不癞蛤蟆为什么它专能吃虫子，一抽就来呢？就是因为它有穿梭功。

他把长虫整个弄下来一看，长虫的眼睛亮啊，他也明白了，说："让你害我，我就把你害了吧！"说完他就把长虫的眼睛剜下来了。这长虫眼睛最值钱了，那是避神珠啊。他卖了不少银子，搁那就发财了。

后来，他把蛤蟆养大了，临死之前把它松开了，后来也不知道蛤蟆哪儿去了。这就是说，养蛤蟆也有效果，蛤蟆把他救了，他没白养。

李家挪坟，蛇盘坟顶

要说过去呀，挪坟、盖房子，这都是有数的，不是小事儿！不是说嘛，"穷搬家，富挪坟"，凡是挪坟茔的，都是家过得不错的。

　　这老李家，原来家不怎么的，但这坟茔占上之后吧！就过得不错了，开始养活车，养活马了，家也过得像样了。这小坟茔就在一个北边地边上占着。这家人说要把这坟茔挪好地方，因为家里地也多了，就想看一所好坟茔。他们家就准备要把这坟茔挪走，要不这坟在一个地边子上，四下不靠的，瞅着不好看。

　　他们准备六七月挪坟，到坟那儿一看，坟上那草啊、拉拉藤子，全都爬满了，有上岁数的人说："这坟不应该挪，这坟都被草爬满了，这是好地方。"

　　老李家说："不行，这么大排场，人都来了，哪有不挪的呢？挪吧！"最后就把这坟上的草全整下来了，整下来一看，一个大长虫在坟顶上趴着呢！

　　有的人就说："别动那大长虫，在坟上趴着，不能动它。"

　　可这老李家还是把长虫一步一步地往外边儿轰走了，长虫走了，他们就把坟打开了。这坟也埋有一二十年了，打开一看，棺材还鲜红鲜红的呀！也没烂。别人都说："这是宝地呀！在这地方的棺材都没烂，太好了！"全敞开一看，三个棺材，这几辈儿埋在一起的，过去都讲并骨嘛！

　　三个棺材都打开了，就要往出抬，可是怎么别也别不动，底下就像长上一样。这怎么回事儿呢？怎么这么费劲呢？

　　老李家说："这么办，咱们有办法，搁绳子兜。"

　　他们就把大粗绳兜棺材后头了，前面搁几个牲口拉，就把大骡子取来了，套上甲板就拉，连赶带拉，也拉不动，打那牲口，"噼里啪啦"地打，一顿折腾。到晌午时候，这三个坟的棺材才拉到沿儿上来。这一出来，棺材就飘轻了，没分量了，搁一个牲口就拉动了，不用三个牲口了。这棺材在底下时，三个牲口还拉不上来。

　　大伙儿说："这坟不应该挪，多咱也不能，这坟是宝地呀！不应该挪走，你看牲口拉得都喘。"

　　老李家说："吃完晌午饭，咱就把它拉走。"

　　吃晌午饭的工夫，老李家人回去一看，怎么的？三个大骡，已经死两个了！挪坟累死的！这一看，有点儿别扭，老李家说："这么办吧！咱得挪了。"就把坟挪了，新埋个地方。

　　搁挪以后啊，这家一天比一天穷，最后他这个老的都要饭吃，地都卖了。就这个原来的坟地没卖，还留着呢！

· 1314 ·　　谭振山故事全集/下

老头儿死之前告诉儿子,还把他埋这地方去,儿子就把他埋这坟坑里了,以后这家人家又过得不错,又缓起来了。

要不说和这坟茔地有关系呢!人们平时不能瞎鼓捣它。

附记:

并骨,是指夫妇合葬。古时风俗。夫妻二人之中有一个人已经去世下葬,另一个人去世之后,会与已经下葬多年的人葬在一起。

此习俗在我国传袭已久,可追溯至原始社会时期。新石器时代的合葬,常为同一家族,或兄弟姐妹,或一男子同其妻妾。(隋丽)

挪坟砍蛇

这个刘家的坟出奇啊!

他们家的坟埋在马场,老刘家过得不错呀!有钱了就准备挪坟,过得好就要建又好又大的坟茔啊!要把坟全归在一起,就准备把原来这坟挖开。

六七月去的,小年轻儿的也多。到那儿散开坟茔一看,长虫,那家伙!在那儿趴几根哪!都不动弹,大伙儿谁也不敢上前。

老刘家这些儿女的脾气也暴,老二过去了,说:"这怕啥的?剁它就完呗!"他拿来锋快的大铁锹,"咔咔"几下子就把长虫剁死三根。那时候剁完以后,哪儿都蹿血。他把长虫剁死以后,就把长虫扔旁边去了,他们把坟挪了。

挪完以后,没到三年,他们家就暴事了,那时候就国家一判刑,整死三个,当家的、这儿子和这兄弟都死了,都让人家枪毙了。

没说嘛,这就是挪坟的"好处"!他要是不剁长虫也犯不着这事儿,要不说,你逮着长虫不能动它,尤其是那盘坟顶上的蛇,坟顶盘蛇那是喜事儿,不能随便动它。

人蛇结良缘

几百年以前,在一座山脚下有一户李姓的人家,老两口带着一个姑娘过日子,虽说日子过得不太富裕,但也算过得去。可是这太平日子没过几年,这家的老太太就得病死了。

老太太死后,家里就扔下老头儿和姑娘了。姑娘名叫杏莲,也就五六岁,老头儿一看没办法,孩子小,也不能给她找个后妈让孩子遭罪啊,父女俩就只好相依为命过日子了。

都说穷人家的孩子早当家,小杏莲特别地懂事,屋里屋外的活都抢着帮爹爹做,爷俩的日子虽说苦点,也还过得下去。

一晃儿就过了小十年,杏莲也十四五岁了,眼看着从一个小丫头长成了大姑娘。这杏莲长得特别地俊俏,浓眉大眼,头发油黑。堡子里的人都夸老李头儿养了个好姑娘。

眼看着老李头儿的岁数越来越大了,杏莲想想着自己早晚有一天要出嫁,留下老爹一个人也不是办法,她就想让老爹再续个老伴儿。堡子里有热心人,没多久就给老头儿介绍了一个邻村的老王太太,这个老王太太也是老伴儿死了挺多年了,一直一个人带着姑娘过。经过大伙儿撮合,这个老王太太就和老李头儿走到一起了。

单说这个老王太太也有个女孩,名叫爱莲,这年也十四五岁,和杏莲一般大小。爱莲长得又胖又丑,什么活都不会干不说,脾气还挺坏,平日里说话办事处处占尖儿,净说上句,人家有妈撑腰啊,让老王太太给惯坏了。

老李头儿为人老实,后老伴儿过门后,他就什么事情都听信后老伴儿的。

老王太太过门后,家里所有的活完全让杏莲做,端茶倒水、做饭洗衣、刷锅炒菜,什么活都干。可爱莲呢,整天好吃懒做,在家什么也不干,还指手画脚的,吃饭得侍候着,好吃的得可她先吃,剩下的才能轮上杏莲,那才是"干啥啥不行,吃啥啥没够"。

这一天,姐俩一人拿一个筐上山去剜菜。正剜菜呢,草丛里爬出来一条小长虫,这小长虫浑身通红,不太长,有两个手指头那么粗。小长虫一爬出来,把两个姑娘吓了一跳。爱莲胆子大,上去一镰刀就砍长虫尾巴上了,再看这小长虫,在地上疼得来回骨碌,身子都缩成一团了。

杏莲一看小长虫挺可怜的,就说:"妹子,你砍它干啥?它也没碍咱们事,平白无故地你就杀它,该遭报应了。咱还是把它放了吧。"

爱莲看了看杏莲,一边笑一边说:"它算个啥呀?你还挺疼爱它,护着它的,明儿你嫁它做媳妇得了。"

杏莲说:"你别在那胡说八道了,它也不是人,它要是人我就嫁它。"

这两人就像说笑话似的,你一句我一句。说完了,杏莲把这小长虫用镰刀挑起来扔到草里,姐俩又去人剜野菜了。

这姐俩剜完菜回到家,谁也没把这事往心里去。过了两天工夫,这天下晚儿杏莲就做了个梦,梦见一个挺英俊的小伙儿在她家外屋地站着。

小伙子说:"姑娘,感谢你救我一命,今天我是特意来谢你的。"

杏莲愣住了,心里犯合计,说:"你是谁啊?我也没见过你啊,怎么还可能救你一命呢?"

小伙子笑了,说:"姑娘可真是贵人多忘事啊,那天你和你妹妹上山剜野菜,你妹妹差点用镰刀把我砍死,是你把我从她手上救下来的,你还说要嫁给我呢,你都忘了?"

一听这话,杏莲一惊,翻身就从炕上坐起来了。她定了定神,原来是一场梦。杏莲心想:"我怎么做这么个出奇的梦?怎么回事呢?"

杏莲正寻思呢,就觉得屋里地下真的站着个人,她赶忙点上灯,一看,正是刚才她梦见的那个小伙子,小伙子正冲着杏莲笑呢。

杏莲说:"你是谁?你怎么在我屋里?你怎么进来的?"

小伙子说:"姑娘别怕,我不是坏人,我就是前天被你救下的那个小长虫。我跟你说实话,我是一个蛇精,修炼了好多年了,现在已经成人形了。我今天就是特意感谢你来了,你不是说我要是个人你就嫁我吗?我就奔你这句话来的,你要是真嫁给我,我保证让你享一辈子福。"

杏莲一看小伙子长得特别英俊,有点动心。不过又一想,他是蛇精啊,心里又有点害怕,就说:"你的好意我心领了,我救你也是举手之劳,你不用放在心上。我现在不能嫁给你,这事以后再说吧。"

小伙子一看姑娘没答应,就说:"那也行,你再考虑考虑,我也不勉强你。不过你救我一命，我肯定得报答你，今后你要是遇到什么为难遭灾的事，就到山上大喊三声'蛇郎'，我就马上来帮你，你可千万记住喽。"说完，小伙子一转身就不见了。

单说这老王太太，她一看杏莲大了还没张罗找婆家，就和老李头儿说："你说杏莲都这么大了还不张罗找婆家，整天在家待着，也不是办法啊。我看赶快把她嫁出去算了，咱家可不能养个闲人。"

一听这话，老李头儿就来气了，说："谁说杏莲是个闲人啊，你心瞎了眼睛还瞎了吗？这家里家外的活都是谁干的啊？咱不能昧着良心说话，那爱莲一天什么活也不干，你不还照样养活着呢吗？你怎么不说把她也嫁了呢？"

老太太一听，觉得自己没理，就说："根本没这事，我姑娘怎么不能干活，她什么都能干。要不然咱明天就比试比试，把她俩分开，看谁干得快、干得好。"

到了第二天，吃过早饭，老太太就把俩姑娘叫到跟前，说："咱家有两块地，河东一块，河西一块。杏莲你去东边那块地，地里有不少石头你给捡出来，捡完铲地也好铲；爱莲你上西边那块地捡石头去，你俩不捡完不许回来。咱们看看谁干得快、干得好。"

说完姐俩就出门干活了，爱莲到西边地里一看，这块地是洼地，根本一块石头也没有。可是杏莲那块地就完了，紧挨着河床，地里全是石头，杏莲一看就哭起来，说："这下可糟了，这石头根本就捡不完，我怎么回家交代啊，回去我妈非打我不可。"

杏莲正哭呢，忽然想起蛇郎来了，她心想："管他灵不灵呢，横竖都是死，试试吧。"

杏莲一边哭一边说："蛇郎，蛇郎，我这可有罪受了。你要是听着了就来帮帮我吧。"

话音刚落，杏莲就看见眼前一阵白烟，烟散去之后，蛇郎已经站在她面前了，蛇郎看见杏莲哭得像个泪人似的，就问："杏莲，你这是怎么了？"

杏莲就把后妈设圈套赶她出门的事情跟蛇郎一五一十地说了。蛇郎说："你不用哭，不就是把地里的石头都捡走吗？这点事情好办，我帮你捡出去。"

蛇郎一变身，变成一条大长虫，把尾巴一抡，地里的石头"唰唰唰"都飞走了。转眼间，地里一块石头都没了。蛇郎又变成人形，说："你看怎么样，现在捡完了吧。你回家吧，你妈不能把你怎么样的。"姑娘谢过蛇郎就急忙赶回家了。

杏莲回到家一看，后妈和爱莲正坐在炕上嗑瓜子呢，她的气就不打一处来。可是，她能拿人家娘俩怎么样呢，只好忍着。杏莲说地里的石头捡完了，后妈说不可能啊。老太太不信，就带着爱莲到地里去看，到那儿一看，石头真捡净了。后妈和爱莲你看看我，我看看你，心合计："出奇了，这里头肯定有猫腻，不然就凭她一个人，根本不可能把石头都捡净。"

后妈一看这一招没奏效，第二天早晨，她又想出一招，说："昨天没分出胜负，这么办吧，今天你们两人都上山打点柴火去，看谁打得多。"

杏莲家附近山上的柴火不好打，针棵子多，一碰就扎手。爱莲上山一看，一屁股坐地下就哭了，说："姐，这可怎么办啊，这柴火可怎么打啊？"

杏莲想了想，说："你别哭了，咱俩一块儿打，打多少算多少吧，回去也别把柴火堆分开，那样还能显得多点。"

这姐俩从一大清早一直打到太阳下山，两人一共没打多少柴火，扎手巴拉的不好干啊。天黑了，姐俩把柴火捆巴捆巴就背回家了。到家后，后妈把两人好顿骂，骂完之后又说："你俩明天要是还打这点儿柴火，就不用回来了，在山里喂狼吧！"

第三天一大早，鸡还没叫呢，姐俩就上山砍柴了，爱莲边走边哭，说："姐，你有什么办法吗？今天要是还打不着柴火，咱俩就肯定得挨打了。"

杏莲说："我能有啥办法啊，没办法，那就得不怕扎手呗。"

其实杏莲早就想到要蛇郎来帮她了，可是这事她不想让爱莲知道。

杏莲边往山上走边想办法，到了山上，杏莲趁爱莲打柴的工夫，小声嘀咕："蛇郎啊，蛇郎啊，你赶快来帮我打点柴火吧，要不然我今天就得喂狼了。"

这话刚说完，爱莲就跑过来，说："姐，你先打吧，我有点困了，困得邪乎，我先睡一会儿，一会儿醒了再打。"话刚说完，爱莲就像是昏过去了似的一头栽倒地下，呼呼睡着了。

这工夫蛇郎就来了，他帮杏莲把柴火打完之后就走了。蛇郎走了之后，杏莲把爱莲喊起来，她起来一看，一大堆柴火整整齐齐地捆好了，放在一边。爱莲以为自己看错了，又揉了揉眼睛，这时杏莲说："还愣着干啥啊，赶快起来把柴火背回家吧。"

爱莲乐坏了，说："姐，你太能干了，你怎么打的呢？我刚才打那么一点柴火，手上划得全是口子，你打那么多，手还一点没划伤。"两人边说边笑把柴火背回家了。

回家以后，后妈看见俩人打了那么多柴火，心中就不免起疑，不过老太太没吱声。晚上睡觉的时候，爱莲就跟她妈说："今天那些柴火全是我姐打的，我也不知道她怎么打的，我刚上山就觉得特别困，等我睡醒了以后，那柴火都已经打好了。"

后妈说："这里肯定有事啊！你这么办，明儿你到那装睡，看她到底怎么打那么多柴火的。"

第四天清早，后妈又让她俩上山砍柴。刚到山上，爱莲就嚷嚷要睡觉，让杏莲一个人慢慢打柴火。其实爱莲没困，也没睡着，一直眯着眼睛瞅着，她要看看杏莲到底是怎么打柴火的。

杏莲哪知道爱莲是装睡啊，就还像前一天那样，小声喊："蛇郎，蛇郎，你赶快来帮我打柴火吧！"

蛇郎又应声而到，帮她打柴火，这些都被爱莲瞅得真真的。俩人正在那忙活呢，爱莲一下子就站起来了，说："怪不得你打柴打得那么快呢，原来是有人帮你打啊。你说，这个男的是谁？你俩到底啥关系？"

杏莲一看瞒不住了，就说："爱莲，你别着急，我告诉你实在话，他不是别人，他就是咱俩剜野菜时我救的那条小长虫，他已经修炼成人了。当时你不说让我嫁给他嘛，我俩现在已经订婚了。他是来帮我俩打柴火的，没有别的意思。你可千万别误会啊。"

爱莲不信，回家就把这件事告诉她娘了，说杏莲在外边有男人了，还和人家订了婚。这老两口子一听说杏莲没经过保媒就和别的男人订婚，这还了得？不由分说就打杏莲，把杏莲打得死去活来都起不来炕了。就这样，后妈还把杏莲一个人关在仓房里，不让她吃饭，也不给她水喝。

杏莲一个人趴在仓房里，边哭边说："蛇郎啊，蛇郎，咱俩再也不能见面了，我要死了。"

这工夫蛇郎就来了，一看杏莲被打得遍体鳞伤，那个心疼就不用说了。他把杏莲从仓房救出来，背到一座山洞里，说："你就在这吧，先别回去了，我回好好对待你的。不过，我现在道行还不够，暂时还不能跟你成亲。你先把伤养好，我得加紧修炼。等你的伤养好了，我也差不多修炼成了，到时候我一定风风光光地娶你。我有一颗仙丹，能包治百病，你把它含在嘴里，伤就能好。"

说完之后，蛇郎从嘴里吐出一颗仙丹让杏莲含在嘴里。杏莲含着仙丹感觉身上不疼了，也轻松了。蛇郎叮嘱她千万含住，别咽下去。

一晃就过了两个月。这两个月里，蛇郎对杏莲真可谓是无微不至，渴了端茶，饿了喂饭,冷了添衣,热了扇扇。眼看着杏莲身上的伤好得差不多了,蛇郎更是加紧练功,就希望能早一天修炼成了好娶杏莲过门。

再说老李家,自从杏莲丢了以后,家里可就乱了套,衣服没人洗,饭也没人做,地也全都撂荒了,杂草长得能有一人多高。老两口子也是三天一小吵,五天一大吵,日子过得简直不像样子。

单说这一天,杏莲正在山洞附近遛达呢,正好碰上了上山摘豌豆的爱莲。爱莲一看是杏莲,吓得什么似的,以为遇到鬼了。爱莲"扑通"一下子就跪在地上磕起头来,说:"姐啊,你可别怪我,我也是没有办法啊,都是我妈让我这么干的,你有什么冤情去找她,别来找我。"

杏莲赶忙上前把爱莲扶了起来。爱莲一摸杏莲身上是热的,才知道她没死,就赶忙问到底是怎么回事。杏莲是实惠人,就把实情全都跟爱莲说了,还说蛇郎有颗仙丹,她含在嘴里身上的伤就都好了。

杏莲一看爱莲的衣服又脏又破,就把妹妹带到山洞里,让她换上了自己的衣服。杏莲又给爱莲做了顿饭,让她吃饱了再回家。

爱莲一边吃饭一边寻思:"我当初要是不砍那条小长虫就好了,说不上现在嫁给蛇郎的就是我了。现在杏莲嫁他了,得了个好丈夫。"

爱莲晚上回家,就把在山里看见杏莲的事都告诉她妈了。后妈说:"蛇郎的那个仙丹肯定是个好东西,咱要是能弄来,那以后的日子还愁什么啊。这么办吧,咱俩明天去找你姐,完了看看能不能把那个仙丹骗来。"

第二天一大早,娘俩也没吃早饭,就上山了。爱莲带着她妈直接找到了杏莲和蛇郎住的山洞。

杏莲一看后妈来了,虽说心里憋气,但表面上还不能说什么。

一进屋,老王太太就拉着爱莲给杏莲跪下了,鼻涕一把眼泪一把地说:"孩子,是妈不好,妈当初不该打你,让你吃了这么多的苦,你原谅妈吧。妈这几个月也遭了报应了,你爹成天不着调,吃喝嫖赌,把家里的钱都败光了不说,现在动不动就打我一顿,我实在是没办法才找你的,你不能看着妈被活活打死吧。你就可怜可怜我,收留我吧!"

杏莲心眼实,一听家里出了这么多的事,挺惦记的,就把这娘俩留下住了。晚上蛇郎回来,一看是丈母娘来了,虽说不太高兴,可毕竟是老人,也就认了妈。

吃过晚饭，天就黑了。到点灯时候，后妈就吵吵肚子疼得不得了，爱莲说："姐，帮帮忙吧，我妈肚子疼得受不了了，快想想办法吧。我姐夫不是有颗仙丹嘛，能不能先让我妈含一会儿。等不疼了就马上还给他。"

杏莲说："这可不好说，那仙丹关乎你姐夫的性命，要是我妈不小心给咽下去，那你姐夫就完了。"

可是看到后妈难受的样子，杏莲就心软了。她跟蛇郎一说，蛇郎说："含含行，可别咽下去，咽下去我的道行就没了。你也知道，我也修炼得差不多了，现在皮都蜕了。她要是把仙丹咽下去，我就白修炼了。"

杏莲说："还是救人要紧哪，你放心吧，我妈不能给你的仙丹咽下去。"蛇郎这才不大情愿地把仙丹吐出来，交给杏莲。

老王太太把仙丹含在嘴里，就感觉浑身发热，早年身上落下的病好像一下子都好了。老太太一合计："这可真是个好东西，我就算是不咽进去，也不能给你。"她正合计着如意算盘呢，一不小心，把仙丹"咕噜"咽进到肚子里了。

蛇郎一看，这下子可完了，仙丹没了，这么多年的道行白炼了。蛇郎当时就走不动了，瘫痪了，不一会儿又变回长虫了。

杏莲就哭起来了，埋怨自己不应该相信后妈那娘俩的花言巧语，结果把自己的相公害死了。

爱莲一看事情不好，赶快就带她妈回家了。

到家之后，也该着这后妈倒霉，不知怎么的肚子绞劲儿地疼起来，没到半夜，她大叫三声就死了。爱莲想想心里也憋气，一心想害别人，可没承想把自己的妈给害死了。

蛇郎一看仙丹没了，自己也变不成人了，就对杏莲说："完了，咱俩婚姻不能成了，我难得人形了，你还是收拾收拾东西回家吧。"

杏莲边哭边问还能有啥办法弥补，蛇郎说："办法是有，不过得看老天能不能成全咱俩了。你得上山捡一百张蛇蜕[1]，每天半夜三更烧一张，每天烧一张，烧完一百张我就能恢复原状，能成人形。可是现在是夏天了，蛇早就蜕完皮了，现在找蛇蜕可是大海捞针啊。"

---

[1] 蛇蜕：蛇皮。

杏莲说:"都是我害了你,不管多艰难,我也要救你!我一定找到一百张蛇蜕,你可要等我啊。"

从这一天起,不管阴天下雨,还是骄阳暴晒,杏莲是天天扎在山上,到处找蛇蜕。她饿了就吃点野菜,渴了就喝一口泉水,就这样天天在大山里转。你别说,苍天不负有心人,杏莲每天都能找到一张蛇蜕。到了晚上三更天时,杏莲一边烧蛇蜕,一边向老天祈祷。

就这样,一直烧到第九十九天,就差一张就到一百天了。偏偏这时候,爱莲听说了这件事,找上山来了。她是怎么想的呢?她心想:"你把我和我妈害得这么惨,你现在马上要得好了,没门儿!我非得把这事搅黄不可。"

爱莲看到杏莲就说:"姐,你干啥呢?我今天来是来向你赔礼的。你看我妈也死了,现如今这世上就你我最亲了,以后我俩就相依为命吧。"

杏莲一听爱莲说得挺有诚意的,就原谅她了。

杏莲又把为蛇郎烧蛇蜕的事儿告诉爱莲了,说:"就差一张蛇蜕,今晚烧完就行了。你以后就跟着我过吧,我和你姐夫一定好好待你,给你找个好人家。"

爱莲说自己没看过蛇蜕是什么样,想看看。杏莲也没防备,就把最后一张蛇蜕拿出来了,爱莲一把抢过来,拿着蛇蜕就跑了。

杏莲这才醒过味儿来,原来爱莲是来报复她的,可是说什么也没用了。眼瞅着天黑了,到哪再去找一张蛇蜕呀?杏莲急得哭起来,对蛇郎说:"这不完了嘛,就差一张了,看来咱俩真是没缘分啊。"

蛇郎说:"你先别哭,我自己蜕那张皮你不是还留着吗?咱俩刚见面时,我把皮蜕在床上,被你用布包起来了,你忘了?"

杏莲说:"对呀!我怎么把这茬给忘了?"

杏莲赶忙翻包去找,还真找着了,这工夫就到三更天了,杏莲赶紧把最后一张蛇蜕给烧了。一阵火光之后,杏莲就听蛇郎在她的身后笑,杏莲转过头一看,蛇郎果真站在她的身后!

蛇郎说:"我回来了,这回咱俩再也不分开了。"

两个人后来在堡子里置办了房屋田地,杏莲生了一个大胖小子,小两口的日子过得可红火了。

青龙盘仓

有这么一家，家里有两口人，这媳妇儿结婚以后挺能干，哪儿都挺好。不过家没多少地，有个小粮食囤有那么点儿玩意儿，还不够吃，咱明说，吃十天八天就得掂对买点儿，但俩人挺能干。

这天，这个小媳妇儿正在园子里侍弄园子呢，就看见一个老公鸡一蹦，"咯"一叫，一蹦一叫，她寻思：干啥呢？她到傍拉儿一看，有个小长虫不大点儿，能有多大呢？能有两拃长，是一个小青蛇，小鸡正叨它呢！叨得它身上都出血了，脖子两边都被叨肿了。她一看："哎呀，这脖子一肿就完了，过去说嘛，'蛇打七寸'，那旮最邪乎！这公鸡的口功最厉害！"她就把公鸡给撵跑了，她用棍儿把长虫扒拉扒拉，长虫就打成一团子了。她叨咕说："哎呀，你也是个命啊，你咋让它叨住呢？我要不来，那公鸡不就把你叨死了？这么办吧，我想办法儿给你治治吧！"她就把它整屋儿里了。

到屋儿一看，怎么办呢？那时候没有药，没别的办法，就弄点儿面给它按巴按巴、糊巴糊巴，完了就拿着它："这么办吧，我把你送到安全地方，俺们下屋儿[1]有一个高粱囤，那儿有点儿粮食，不多，能有一斗来粮。就在那儿垫个板儿，你在这板儿上趴着，别动弹了，趴两天好了再走吧！"它就趴那儿，不说。

单表这个媳妇儿，她每天去，到那儿喂它点儿饭，就把它喂大了。把它喂大以后，青蛇就不走了，眼瞅着过半年了它也不走，就在那儿趴着，把它撵走了，天黑它还回来。"哎？"媳妇儿说，"巧啊！"

但是巧不巧不说，媳妇儿感觉出来了，这个仓粮食见涨，原先就有那么一斗来粮，现在顺底下涨一仓粮食，这个男的就和这女的说："这粮仓是个宝贝。"

这女的说："那好吧，这粮食你就卖吧，你别卖净，剩下一斗二斗粮，明天早上还是一仓子。"

搁那么，媳妇儿就发财了，她就特别感谢青蛇，所以把蛇供上了，这是什么意思呢？保护老家！这蛇属于青龙，要不怎么都说"青龙盘仓"呢？这家整个儿就发财了！要说人还得做好事。

---

[1] 下屋儿：指正房下边的偏房。

人心不足蛇吞相

这个故事是听人家讲的。

人们常说"人心不足蛇吞象",什么意思呢,是说人不自量力,人心不足,就像蛇吞大象一样。其实这话原来不是这么个意思,蛇吞的不是大象,是吞了个宰相,是宰相的相。说起来,这里有段故事。

在多少年以前就不知道了,有这么一座大山,山下住着一个叫菊花的姑娘。菊花平时就爱上山剜山菜,每天都和她嫂子搭伴上山剜菜。

这一天,菊花正在山上剜菜,就看见一个老公鹰在那叼一条小白长虫。这长虫不大点儿,老公鹰一叼,小长虫一扑棱,叼得直门儿翻个儿,身上都被叼出血来了,老公鹰也不撒手,直劲地叼。菊花一看,小长虫长得挺好,挺干净的。哎呀,让老公鹰叼得太可怜了,一会还不叼死啊!菊花就扔了一块石头,把老公鹰给撵跑了。再看受了伤的小长虫,疼得身子直拘挛。菊花也不敢动它,就弄根棍挑着,挑到山上,说:"我就叫你白姑娘吧,你急速逃命去吧,以后你得在山里待着,可不能往山下爬,你看今天多悬,要不是我,你这小命不就完了!"

这件事过去以后,菊花就忘了。

一晃儿过了二十年,菊花已经三十多岁了,嫁到离娘家不远的一个村子,还有了孩子。这一年,她回娘家,就听说娘家这边的山上最近总闹事,一条大长虫时不时就出来,不是吃鸡,就是吃鸭,还吞牲口,大牲口都给吞下去了。有人看见过这条长虫,是条挺老粗的白色大蟒,大得邪乎。

这天,菊花在娘家闲不住,又上山剜菜去了。上山以后,她也有点害怕,心想,都说山上的大蟒吃人,可别让我碰着啊,得加点小心。她正寻思呢,就见跑过来一个兔子,紧接着,后面一个大蟒就追上来了。兔子跑过去了,大蟒就蹿到她跟前了,菊花吓得"妈呀"一声,腿就软了。

就看这个大蟒站下了,不往前爬了。你说怎么样,这工夫就听这个大蟒说话了:"你是不是菊花呀?"

菊花吓得哆哩哆嗦,说:"是呀!"

大蟒说:"恩人哪,你想不起来了吗?当年的时候,是你救了过我呀,救过我之后，你还把我送上山了，管我叫白姑娘，我就是那个白姑娘呀。"

菊花明白了，说："哎呀，你都长这么大了！"

白姑娘说："你往我身边来，不用害怕，我不能碰你。"

菊花就奓着胆子到了大蟒的身边，哎哟，这蟒可真大。

白姑娘说："都二十年了，我能不长大吗？"

菊花说："妹子，你既然长这么大了，我就说说你。你不能老祸害牲口、祸害东西，更不能祸害人。你想想，当年老公鹰叨你的时候，你知道那滋味吧？挺可怜的。我把你救了，现在你咋能祸害别人呢？"

白姑娘说："你管我叫妹妹吗？那我就管你叫姐姐了。我今后一定听姐姐的话，再不惹祸了。"

"这就对了。"

"菊花姐姐，你今后要有什么难事的话呢，就吱一声，到山上喊一声'白姑娘'就行，我一定要报你的救命之恩，不管你提什么事都行。"

菊花一听挺高兴，说："那好吧。"心想，还算不错，没白救你一回，还能听我的劝。她在山上剜完菜就回去了。

菊花从娘家回到自己家里，一晃儿，又过去了不少日子。

这一天，京城里贴出告示，让老百姓献宝，献宝就给封官，封献宝官。原来，当朝皇帝做了一套龙袍，上面需要镶几颗避水珠，没有珠子。告示上说，说谁要能献出一颗宝珠的话，就可以封一个七品知县。告示一贴出来，各地方都传开了，都知道了这件事。菊花也听说了，回家就叨咕了："这避水珠可不好淘弄，我听人说，长虫眼睛就是避水珠。"

她当家的一听，来精神了，说："你不是救过白姑娘嘛，能不能和她说一说，把她的眼睛给咱一只呢？我要是当上官，你不也省得受穷，咱何必一辈子过这么穷的日子呢！"

菊花说："这话我可没法说，我虽然救过她，那是怕她被老公鹰叨死，我哪能再害她，要她眼睛呢！"

当家的就再三哀求她，左磨右泡地说："你还是去吧，要不咱们都穷死了，你也得想想孩子啊，去吧。"菊花被磨得没办法了，只好说："好吧，我试试看。"当家的怕她到时候张不开口，就和她一块去了。

两人到了山上，菊花就喊："白姑娘啊，白姑娘啊，白姑娘啊！"一气喊了三声。就听一阵风"呜呜"响，白姑娘随后就到了，可高兴了，说："哎呀，菊花姐来了，这是谁呀？"

她当家的抢着说："白姑娘，我是你菊花姐的男人，就是你姐夫啊。"

"你们今天来有事吧？"

菊花吭吭哧哧地说："没别的呀，今天来是有点事和你商量。"

"啥事呀？"

"哎呀，我还真不好说。"

她当家的一看，幸亏跟来了，赶紧凑过去："我说吧，京城现在张榜了，皇上打算用几颗避水珠镶龙袍，谁要是献一颗珠子就能当上知县。俺们家现在穷得邪乎，你的眼睛就是宝，能不能把眼睛给你姐一只？我献上去，俺们也好得个一官半职的呀。"

白姑娘一听，说："是我姐姐当年救的我呀，没有我姐，也没有我了，不就是一只眼睛嘛，姐，你来剜吧！"

菊花一看，哪忍心哪，就说："哎呀，我认可不要也下不去手啊。"

白姑娘说："姐，你快来剜吧。"

菊花说啥也不肯动手。

她当家的说："我来剜。"他拿着刀就过去了，到那就把大蟒的一只眼睛剜下来了。当时把个白姑娘疼得，就地打了好几个滚儿，最后，一阵风地走了。

菊花也心疼得直掉眼泪。

回来以后，菊花的男人就拿上这颗宝珠，进京献宝去了。到了京城，见了皇帝，把宝珠递上去，一瞅，真是避水神珠哇！皇帝高兴了，说："好，好，献宝人，你姓什么？"

菊花男人说："我姓王。"

皇帝说："君无戏言，这么办吧，就封你个七品知县，到你本县做知县去吧。"来了个就地封官，菊花男人回去就变成了本县知县。

没过几个月，皇帝又下旨："把王知县调来。"王知县进京去之后拜见皇帝，"启禀皇上，找我还有啥事呢？"

皇上说："你上回献的宝珠是哪来的？"

"啊,这事呀,有一个长虫叫白姑娘,我媳妇儿从小救过它的命,这珠子是长虫的眼睛,是它给的。"菊花男人就把事情经过怎来怎去地一说。

皇上说:"那长虫不是还有一只眼睛吗?你和它说说,它一个也是给,俩也是给,它有没有眼睛在山上也能待呀。你再去把那只也取来,这回我封你做个宰相!"菊花男人一听乐坏了,宰相那是多大的官呀,想都不敢想的事,这回可妥了。他一口就答应了。

回来后,他就和媳妇儿商量:"菊花啊,你还得去帮我的忙啊,如果咱要不献那个宝,不但官不让咱当了,皇帝还要斩咱们。你再和白姑娘说说吧,把那个眼睛也给咱们,你要不去,我就得等死了。"

菊花说:"我可不去,哪能那么做事?"她当家的就天天哀求,说:"我都答应皇上了,你要不去的话,再有几天限制,我就活到头了。另外,人家不信咱没拿来,肯定寻思都剜来了,在家搁着隐宝不献,还兴定咱们灭门之罪,到那时候,可就连孩子都保不住了。"他就这么胡编一通,菊花相信了,一看没有办法,就和他上山了。

到山上,菊花就喊:"白姑娘!白姑娘!"连喊几声之后,又来一阵风,白姑娘随后就到了。菊花一看就哭了,说,"我没法和你说,妹妹啊,这太不像样了,你这个眼珠子是个宝珠哇,上回那颗献出毛病来了,皇帝非要你剩下这颗不可,要不献上去,你姐夫就没命了,皇上要杀他呀,说他隐宝不献,说你这两颗珠子俺们都拿来了,藏下一颗没献,俺们留着呢。其实,你就两只眼睛,俺们能忍心都给你拿下来吗?"

菊花男人有点不耐烦了,啰唆啥呀,就凑上去说:"白姑娘啊,我想你就成全我们吧,要不价你在山上待着也不用上哪去,吃点啥你也能活得了,你要这个眼睛有啥用呢?"

白姑娘寻思半天,说:"行啊,那你们就剜去吧。"这回还是菊花男人下的手,上去就把白姑娘的另一只眼睛也给剜下来了。白姑娘在地上打了好几个滚儿,疼坏了,跟着就走了。

菊花男人马不停蹄地赶紧进京,把这个珠子献上去了。皇上也没食言,真就封他一个一品官,封宰相了。菊花男人做上宰相,可就抖起神来了,先把家搬到京城,再一看,就一个媳妇儿哪行,这得娶两个啊,就又娶了两个媳妇儿,日子越过越像样,家里金银无数,丫鬟妈子成帮。

又过了几年。这一年，正赶皇宫娘娘有病了，得个啥病呢？心口疼。有人给相看了，说非得吃蛇心病才能好。皇上一听就想起来了，哎呀，王宰相的媳妇有个干妹妹就是大蟒啊，要是把那个大蟒的心给割一点的话，不就把娘娘给救了吗？于是就把王宰相给宣来了。

皇上说："爱卿啊，娘娘现在有病，非得吃蛇心不可，如果你能剜来蛇心的话，我就封你个'献宝忠心王'，封你做王爷，比我仅仅差一点了，你看好不好？"菊花男人一看，这回的官更大了，这可了不得，又一口应下来了。

回去还得找他媳妇商量啊，菊花说："这回我算不去了，这事做得太缺德，缺德得邪乎。我没法说。"

看菊花不同意，她男人就想出个鬼道道，说："我也没说清楚，不是取蛇心，是要取点她肚子里的粪，就是蛇粪，这是治病的方子，咱就是到它肚里，剜点蛇粪就行。"

菊花说："那我也不能去。"她男人就又连哄带吓的，加上皇帝那边直门儿地追呀，没办法，菊花只好又和她男人上山了。

到山上之后，菊花就喊："白姑娘！白姑娘！"连喊几声，白姑娘到了。菊花一看就哭了，说："我都没法跟你说了，你姐夫他说了，皇宫里娘娘有病了，非用蛇粪做方子不可，说吃下去就能好。"

白姑娘说："真要是那样的话，我就拉一点，你拿走吧。"

菊花说："那不行呀，必须是没拉出来的粪，在肚里里的粪，那得上哪取去？"

白姑娘寻思一会儿："那好，我张开嘴，你就进来取点粪吧。"白姑娘就把嘴张大了。

这个宰相就站过来了，他也不害怕，事先在身上偷偷带了一把小刀，顺着蛇嘴就爬进去了。进去以后，他就直接奔蛇的心去了，一把就抓住了蛇的心。

白姑娘疼啊，就问他："你干什么呢，蛇粪你不拿，乱抓什么？"

王宰相就笑了，"告诉你实在话吧，白姑娘，你忍一忍，娘娘有病，要吃你的心！你干脆就把心给我拉下来一块吧，以后还兴有别的用场，也省得再进来取。"

菊花一听，"呜呜"地就哭开了，说："妹妹呀，白姑娘，他骗了你，他这人太贪心，这事没头啊。你干脆就把他治死吧，要不，他要把你的心拉下来，你就没命了。"

白蛇一看,说:"好,姐姐,我听你话。"往高一耸,就攀缠到一棵大树上了。只见它使劲往树上一勒,就把这个贪心的宰相勒死了。这才是"人心不足蛇吞相"啊。

水耗子精迷人

过去在这动物当中,时间长了,什么动物大了都能成精,这耗子也有精灵。咱们家的耗子不那么大,水耗子比较能吃,所以它长得大,一般在河边上挖个洞住。

有一年,涨了大水之后,据说,辽从河上游来了一帮水耗子,时间长了之后它们就成精了。

有一个姓李的小伙儿,在这河边住,这家就妈妈和儿子在家。一天这小伙儿自己从外边回来,就看见他家门口叽叽喳喳地站着五个女的,年轻小伙儿,瞅着她们就站住了,问道:"你们哪儿的呀?"

女人说:"俺们走错道儿,找不着家了,你有没有地方?俺们想在这借住一宿。"

小伙儿说:"俺们家地方小,住不开。"

女人说:"挤着睡呗!"

他一看,天也黑了,说:"那好,进屋吧!"

这些人就进屋了,老太太一看——好家伙!领来五个姑娘。他这儿子也没媳妇儿,说:"这么的,你们在这儿睡,我找地方睡去。"

这老太太就去别人家住了。这个小伙儿开始说:"你们几个在炕上睡,我在地下睡。"他在地上搭个铺,就睡了。

睡到半夜,这女的把他拽过来,说:"过来跟我们一块儿睡吧!"这五个女的缠磨他。他虽然年轻,但这些女的白天走、晚上来,他没有五天的工夫就起不来炕了,谁也架不住五个人缠磨啊!

这老太太一看,儿子瘦得不行了,说:"你这不正常啊!哪有五个女的缠着一个呢?哪有那样的呢?"但是她也没有办法。

这天晌午前儿,有一个老道化缘来了。老太太说:"哎呀!老道,你还化缘呢?俺们这都有愁事呀!"

老道说:"啥事呀?"

她说:"我儿子没说媳妇儿,这回不用说了,来了五个女的,白天黑夜缠着我儿子呀!她们还不走,所以我没法儿了,该怎么办呢?"

老道一瞅这屋就看明白了,说:"今儿夜里她们还会来,今儿个我也不走,我看看她们到底是什么玩意儿。"

老太太说:"好!"

这老道在下屋自己整了个座儿坐着,就开始念经。到了晚上点灯的时候,这群女的又叽叽喳喳地来了。老道一看就明白了,原来是耗子精捉弄人哪!等她们睡到半夜要走了,这走的时候,老道就跟着一起出去,跟着这群女的正好走到一个坑边上,到坑边有个柴垛,她们就钻进柴垛底下了,原来它那儿有个洞,水洞是在那儿盗的。他看好之后,回去告诉小伙儿,说:"你赶快起来,干脆你就把这柴火点着,我给你想办法把洞口封上它。"

这老道画俩符,就把这个柴垛前边的洞封上了,几道符把这洞闭上,让她们出不来,柴垛一点着之后啊!那里边"嗷嗷"直叫唤。烧完以后,那几个女的再也不来了,河里水耗子也烧净了,从那以后,这些水耗子算是消灭了。

要不说,这精灵儿也迷人哪!

龟仙

有这么一个小孩儿姓何,这小孩儿他从小爹妈就没有了,就靠哥哥嫂子拉扯拉扯他,一直拉扯到他十四五岁了,他这也大了,他自己也有个小房。他嫂子说:"这么办,你个人锻炼锻炼自己过一过吧!"他哥哥也这么说了。他就个人过,每天自己剜点儿菜,人家到河边整点儿小鱼回来,反正也能对付吃。另外还刨点儿荒,种点儿地,反正打点儿粮食能对付活着。

这天他正在河边打鱼,就看上边来个小鹰子,"唰"一下大膀扎下来了,扎下来就奔前边往下硬扎,就听底下"嘎嘎"叫唤,他跑那傍拉,说:"什么玩意儿?这叨啥呢?"到那儿一看,是一个小王八,不大点儿的小金龟,小得也就有饭碗那么大。

他一看，这玩意儿倒挺好，金龟瞅着金的乎的，他说："别叨！我拿着玩儿也不让你吃。"他就把那个鱼鹰给打跑了，打跑之后就把那金龟拿起来回家了。他细瞅着这金龟也没什么玩意儿，两头儿都缩回去了，这怎么也没有脑袋没屁股？这不就是个龟壳吗？其实都缩回去了。

那过去不是说，这个龟能耐，十天不吃也行嘛！这是不差。过去不说喝西北风嘛！这是闹笑话说的"喝西北风去"，就指的龟说的，它不吃东西也能活，三天五天、十天半个月的，它可以啥也不吃活下来，最皮[1]了。

他回来之后，就把它搁这个小炕梢儿上了。一天当中，赶吃饭的时候给它两个饭粒吃，赶上吃汤了也给它两口吃，他挺稀罕，不时抱着这小龟稀罕稀罕。

一晃过去半个多月，这天他回来之后，一看锅里冒气儿，他说："哎呀！我这锅怎么冒气儿呢？今儿个我没烧火啊？"

他就把这锅揭开一看，锅里干脆是馒头和菜，"哎呀！太好了，这是谁给我做的？我家也没有面哪？"他一合计：我就不管那事儿了，我也没有仇人，他也不能害我，我就吃吧！不管谁做的，他就吃个老饱。

吃完以后，搁那么他天天回来天天有饭。一连过去四五天了，他就寻思：这谁做的呢？这回我得看看到底谁做的。

这天，他一早上吃完早饭就走了。其实每天他都得响午才回来，今天走一圈就提前回来了。正烧响午火的时候，他就回来了，回来就到院里一看，烟囱冒烟呢！他说："又烧火了，我看谁烧的？"他就轻轻地跑到窗户根儿底下，用舌尖舔破窗户纸，眼睛往里面一看，一个大姑娘，他说："哎呀！这不是个大姑娘吗？这怎么回事儿？这哪来的呢？"他没吱声，就那么瞅着，瞅着饭做完了，这大姑娘"扑棱"往炕上一蹦，就蹦龟壳上去了，进龟壳里了。"哦，原来这小王八它能变姑娘，好！今儿个不算，明儿个再说。"

第二天早上起来，他就把这小王八搁北窗户台上，这窗户是活的。他走了以后，傍响又回来了，一看这姑娘又做饭哪！他一看，那龟壳在那儿搁着，这个大姑娘正做饭呢！他到北屋窗那儿轻轻地开开了，就把龟壳给抱到怀里了，说："让你回不去。"他就搁前屋进屋了，说，"你帮我做饭呢？"

---

[1] 皮：皮实。

这女的一看，有心要躲，一看龟壳没了，让他抱着呢，姑娘说："你给我龟壳。"

小伙子说："我不能给你。你要做饭，就常年在这儿待着呗！何必你做这一顿呢？"

这女的笑了，说："你愿意让我做？"

小伙子说："怎么不愿意呢？"

女的说："那好吧！我就在这儿，你把龟壳好好收着，保存起来就行。"

他就保存起来了，两人就在这儿过上了。一过过了两年，这当中就生个小子，小孩儿挺精明，挺好，还确实不错。

这天，正赶上这小伙子和他媳妇儿俩就在地里侍候点儿地，这龟壳他没带去，他就搁柜沿儿上后头了。这小孩也有三四岁了，就把这个龟壳逮住了，逮着一看，像个小陀螺似的，这小孩儿就整个棍子"梆梆梆"地敲，这一敲不说，单说他这媳妇儿龟精就在地里打滚，疼得直叫唤："身上疼……疼……"

小伙子说："你这怎么的了？"

媳妇儿说："赶快回家吧！我不行了。"

这俩人就回去了。到家一看，孩子在那儿敲龟壳呢！他那一伸手，把孩子"啪"打个大撇子，把龟壳抢过来了，抢过来之后媳妇就入龟壳了，变成龟了。接上以后，这女的点头说："行了，咱俩人缘分满了，孩子一敲龟壳，我这老人就都知道了，我算还完你的债了，我也得回去了，再待待不了了，人家都找我来了。他要是不敲，我还能待二年，要不我也得走。"又告诉孩子，"你就自己和你爹过吧！咱们就此分别，母子关系就这么断了吧！"说完这之后，瞅着龟壳一动弹，往地下一蹦，这女的就没有了，搁那么的她再也没回来。

他最后捞得一个孩子，他爷俩在一起过日子了。

老鼋报恩

在早，盛京城北面石佛寺附近有一户刘姓的买卖人家，家里开了个小杂货铺子。掌柜的名叫刘振江，为人忠厚，心地善良，周围三里五村谁家有个大事小情，为难遭灾的，他都乐意上前，时间长了，东施西舍的，买卖始终没发起来。

有一年秋天，刘振江出外办货，回家途中，碰见了本村财主李二搂。李二搂手里拎着个大龟，那大龟的后爪穿着一根柳条，鲜血顺着柳条直滴答，疼得大龟直拘挛。李二搂今天心里高兴，就先和刘振江打招呼："刘掌柜的，上哪儿发财去啦？你看这个龟值多少钱哪？"

刘振江说："这家伙个头真不小，八成是个龟精，你买它花了不少钱吧？"

李二搂得意扬扬地说："花钱的买卖谁干？我在大道上捡的！谁知道它怎么跑大道上来了，我老婆正好猫月子，用它大补！"

刘振江看看那个大龟，它好像通人性，看着刘振江，两只小眼睛吧嗒吧嗒掉起眼泪，看神情，是向他求救。刘振江心软了，对李二搂说："它也是条命啊，你把它放了吧，瞧着怪可怜的。"

李二搂把眼一瞪，说："那可不行，我捡的东西我说了算！"

刘振江说："你放了它，我把刚办来的这筐红枣给你，猫月子的人，吃红枣也是大补。"

李二搂有点活心了。不过他这人搂劲太狠，他知道刘振江心肠软，看不得大龟受罪，就故意拎着柳条抡一圈，疼得大龟拘挛成一团，然后才说："就这筐枣？我不干，除非你再给我三升小米子。"

刘振江实在看不过眼了，把牙一咬，说："好，再给你三升小米子。等会儿到我家去拿，你先把龟给我！"

李二搂乐坏了，生怕刘振江再变卦，马上把龟一递，说："吐唾沫就是钉儿，你可不兴反悔。"说完，他拎过那筐红枣，乐得像拾了狗头金，颠颠儿地回家了。

刘振江小心地把柳条从龟爪上取下来，然后，特意拐了一段路，来到辽河边，把它送进河里。那个大龟回头看了他一眼，爬走了。

刘振江回家后，给李二搂量了三升小米子。不久，他就把这件事忘了。

进了冬月，有人捎信来，刘振江远在京城的姑姑生了病，身边没啥近人，让他去照应些日子。刘振江打小就是这个姑姑给抱大的，接到信儿哪能不去？他把买卖交代家里人，带了点银钱就上路了。一路上紧赶慢赶，到了京城已经摸腊月边了。

刘振江在姑姑家一住就是十来天，每日请医抓药，尽心服侍。姑姑的病倒是见轻，可他的心病却越来越重。咋的？带来的银钱眼瞅花光了，在人地两生的京城里，没有钱，一天也活不了啊。刘振江临来时，媳妇把她娘家陪嫁的一个金镏子给他带上了，让他留着应急时用。刘振江想想没别的道了，唉，先把金镏子卖了再说吧。

他来到京城里有名的珠宝胡同，找到一家金店，把金镏子递进栏柜。这家金店掌柜挺势利眼，他看了看刘振江的穿戴，不像是有钱的阔人，就开了个最低的价。刘振江也是买卖人，不好唬，他看看别的金镏子卖价，就说："掌柜的，你开的价太低了吧？"

金店掌柜的说："你卖的货成色不好，给你的价已经够高了。"

刘振江心里挺憋气。卖吧，明摆着叫金店敲了竹杠；不卖吧，自己还真等着钱用。就在他闹心的时候，门外进来一个六十来岁的老头儿。这老头儿脑袋不大，脖子挺长，长得倒是一副善相，穿戴挺阔气。老头儿看见刘振江，先是一愣，紧跟着喜出望外地一把拉住他的胳膊，说："这不是老刘大兄弟么，你多咱来的京城？"

刘振江看看老头儿，不认识。老头儿说："哎哟，兄弟，想不起来了？咱俩当初好得像一个人似的，就差插草为香，结拜成磕头兄弟了，你咋都忘了呢？"

刘振江还是瞪眼想不起来啥时认识的这老头儿！老头儿看他那个糊涂样儿，就说："你不是家住盛京城北面石佛寺跟前儿的刘家窝棚，名叫刘振江吗？"

刘振江说："对呀！"

老头儿说："那你还合计啥呀，你正是老刘大兄弟！还卖啥金镏子，快走，到哥哥家喝一盅，有话咱慢慢唠。"老头儿说着，拉着刘振江就往外走。

这一来，刘振江还真不好办了，有心问问这老头儿姓甚名谁，人家和他这样熟，怎好再张口问？有心不跟这老头儿走吧，人家实心实意地拿他当兄弟待，怎么好冷了这份情？他只好跟着走了。

一路上，老头儿问他："兄弟，你来京城干啥？"

"唉，我姑闹病了，我来照看照看。"

"你卖金镏子干啥？"

"给我姑抓药。从家带点钱不多，住了这些日子，花得不剩啥了。"

"你今天碰见哥哥了，这些都好说。来，到家了。"老头儿伸手往前一指，刘振江一看，嘿，好一所大宅院！外面修着大门楼，进院来，迎面是坐北朝南的五间大瓦房，两旁东西厢房各五间。真是雕梁画栋，龙飞凤舞。走进正房的客厅，里面摆着八仙桌椅，宝器古玩，墙上挂着名人字画，一看就不是一般人家。老头儿对刘振江说：

"我家没有旁人，就我和你大嫂，孩子们都不在身边。"说完，冲里喊了一声，"来贵客了！老刘大兄弟来了，还不快出来迎接！"

老头儿话音刚落，就见里屋出来一个干净利落、精精神神的老太太。老太太满脸带笑，那亲热劲，真像见了娘家人。

"哎哟，这是哪阵风把我兄弟吹来了？大兄弟，你可把人想坏了，这些年，你大哥天天叨咕你，就盼你来！"

刘振江越听越纳闷儿：这是哪葫芦里的药呢？我在京城也没有这样一家亲戚呀？他心里这么想，嘴上也不好说什么，就含糊答应着坐下来。

老太太挺麻利，不大工夫，就摆上一桌酒菜，请刘振江入座。

老头儿给刘振江满上酒，说："不瞒老弟，我平素就好喝几盅。咱哥俩兄弟一场，还没一块儿摸过杯呢，今天你得多喝几盅。喝完酒，就住在我家好了。"

刘振江一听急了，说："那可不行，我家还有个病人呢。哥嫂的情我领了，改天再登门拜谢，我得给我姑抓药去。"

老头儿说："也好，等你姑病好了，再来哥家多住几天。我看你那金镏子也别卖了，我开了好几处买卖，有的是钱，给你十两金子，带回去给姑姑看病。你别多心，你的姑姑也是我的姑姑。"说完，掏出来十两黄金。

那时候，一两黄金抵得上百两白银，十两黄金该是多大一笔数目！刘振江别说不认识这老两口子，就是多年的老朋友，他也不敢要哇，这人情太大了。他把金子使劲往老头儿怀里推，说啥也不要。

老头儿有点动气，急皮酸脸地说："你这人可真是，咱俩生死兄弟一样，你咋还这么外道？莫非你看我不可交？"

刘振江一看，再往下啥话也不能说了，只好收起金子。老头儿这才有了笑模样，又给刘振江满上酒，说："兄弟，我还得求你一件事呢。我离家挺长时间了，想托你捎这封信回去，看看我那帮儿孙过得怎样。"

刘振江说："大哥放心，我一定亲自捎去。但不知大哥家住在哪里？"

老头儿说："我家也在石佛寺附近。你在刘家窝棚，我在马门子东边二道湾。捎信的事儿不急，等你回家时再说。"

两个人又唠了一会儿，刘振江便告辞了，老头儿和老太太一直把他送出大门外。

有了钱，刘振江给姑姑治病更上心了，他请来最有名的郎中，抓来最好的药，没多久，姑姑的病就好利索了，满打满算，才用了二两金子。

姑姑的病一好，刘振江心里就长了草，着急往回走了。姑姑知道留不住他，就为他收拾好了行装。刘振江正想到大哥家里辞行，顺便去取那封信，还没动身，老头儿却打发一个小孩把信送来了。

小孩儿说："你是刘大叔吧？我们掌柜的听说你要走了，让我把这封信交给你，还给你带来三十两金子做盘费。"说完递过来一个红绸小包。

刘振江一看，这还了得？他说啥也不收，要给老头儿送回去。

小孩儿看他真急了，才说："实话告诉你吧，我们掌柜的怕你往回送金子，他昨天就上外地去了，家也搬了。"

刘振江眼睛瞪得挺老大，说："这怎么可能？是他叫你这么说的吧？"

小孩儿说："不信？我领你去看。"小孩儿领着刘振江，三拐两拐找到那座大院套。刘振江进院子一看，可不，房子已经换了主人，里面的陈设全变样了。刘振江没有辙了，只好收下了金子，把那封信精心收藏起来。

看看小孩儿要走，刘振江实在忍不住了，问："小伙计，你们掌柜的说没说过我是他什么人？"

小孩儿说："掌柜的就跟我说，你是他的好兄弟，下话没说。"

刘振江又问："那你们掌柜的姓啥？"

小孩儿嘻嘻笑起来，说："你们俩那么好，你还不知道他姓啥？他姓袁呗，人都叫他袁掌柜。"

刘振江在心里记住了，小孩儿蹦蹦跳跳地走了。

刘振江走了半个多月，傍年根儿才回到家里。到家后，他就把在京城遇上的这件事儿对媳妇一学，媳妇惊得直咂舌，说啥也不信。刘振江把黄金一亮，媳妇这才知道是真的。

半晌，她像想起什么似的，问刘振江："那位大哥叫你把信送到哪儿？"

刘振江说："他说家住马门子东边二道湾。"

媳妇自言自语地说："怪了，我娘家离马门子不远，我去过那个二道湾，那儿也没有人家呀？"

刘振江说："有没有人家我也得去一趟，大哥就托我这点事儿，我说啥也得给办好！"

陆　精怪故事

第二天，刘振江就去了马门子。进堡子一打听，东边是有个二道湾，堡子里的人都说那儿没有人家。刘振江没管那些，出堡子往东奔去了。二道湾是辽河的一个叉子，腊月里，河面上结了冰，溜光铮亮的就像一面大镜子。刘振江还没来到河边，就见对面不知啥时来了一个小孩儿，这小孩十四五岁，斯斯文文，走到刘振江身边，施了一礼，说："你是刘爷爷吧？我在这候你多时了。"

刘振江说："你是谁家的孩子？"

小孩儿说："我爷爷头些日子捎来口信，说他有书信让你带来，我估摸这两天你该来了。"

刘振江惊奇地问："你家到底在什么地方啊？"

小孩儿伸手往河面一指，说："就在这儿，刘爷爷到家坐会儿吧。"

刘振江往河面一看，怪呀，刚才还是一片亮冰，转眼间不知怎么出现了一个热热闹闹的大堡子，鸡鸣狗叫，人来人往。刘振江不明白是怎么回事儿，不敢去串门，就推说有事，把话岔开了。小孩也没深让，把信拆开，一目十行地看完了。

看完信，小孩儿说："刘爷爷，我爷爷在信上说，你是他的救命恩人，他要报答你呢。"

刘振江慌忙摆手说："可别，可别！你爷爷他是弄错了，我什么时候救过他的命？"

小孩儿看看信说："这上面写着嘛，三年前，他喝醉了酒，落到一个坏人手里，是你用一筐红枣、三升小米子把他救了出来。你怎么忘了呢？"

刘振江一听，心里"咯噔"一下子，他想起来了，三年前，他用红枣、小米救了一个大龟，敢情那是一个老龟精呀！那个老头儿，这个小孩儿，还有河底的堡子，不用问了，他全明白了。这他才想起在京城遇见的那个老头儿有点颠脚，那是当初叫柳条穿伤的呀，怪不得他姓袁，他原来真就是个老鼋！

小孩儿看刘振江走了神，就说："我爷爷还有话呢。他说你是个好心人，他要帮助你过上好日子。咱这辽河两岸，自古就有规矩，'隔河不找地'。河北岸都是李二搂的田，这几年，我爷爷年年让河水往北岸淹，他的地都快叫河水吞光了，气得他要卖地，你手头不是有金子嘛，他卖你买！"

刘振江说："我做买卖还行，种地可是外行，买那么多河套地干什么？"

小孩儿说："你把地分给穷人种啊，你还做你的买卖。有我爷爷保佑，你一定能发财的。"

说完，小孩儿又从怀里掏出几颗耀眼的珍珠，说："这是我爷爷叫我给你的，让你把这珠子卖了做本钱，今后做点大买卖。"小孩儿把珍珠往刘振江手里一塞。不等他答话，就"噔噔噔"地跑进河上的堡子里去了。

刘振江追了两步，再看，眼前哪有什么村庄房舍，依旧是白亮亮的一片冰。

刘振江信了老鼋的话，一开春，就找李二搂，要把北岸的地全买下来。李二搂心里偷着乐，笑刘振江是个大傻瓜，谁不知道河水年年往北岸上滚？他觉得自个儿又占了个大便宜。

不料，这年夏天，辽河发水使了反劲。一股脑儿往南边滚，滚啊，滚啊，一直滚到石佛寺山根下，南岸上千垧地都过到北岸了，并且，河道从此就在山根下定住了。

李二搂白白丢了上千垧地，气得他一股气胀死了。刘振江白白得了上千垧地，真就把地全分给了穷人，他自己呢，也用珍珠作本钱开起了大买卖，过上了好日子。

甘兴霸捎书

在早，石佛寺有个姓甘的，叫甘兴霸。他在哪儿呢？在北京，自己做个买卖。他在那儿做的时间挺长，处得也不错。他住的那个胡同，有个姓袁的老头儿，俩人处得也挺近便。人家也做买卖，就卖珠子、翡翠那些值钱的玩意儿。他在那儿跟人家做买卖，管人叫大叔，大叔长、大叔短的。

正赶过年的工夫，过春节了，甘兴霸说："我得回家，回东北，好几年没看到我妈了，得探探家去。"

这个老头儿就说："那正好，你回去的时候给我捎封信吧，俺那孩子都搁家呢，我也好几年没回家了，我给他们写封信吧。"他就亲自写了封信，下面写了"袁小玉收"。

甘兴霸说："你们家在哪儿呀？"

老头儿说："我们家就在你们马门子南边的二道湾，到二道湾你就知道了。"

"啊，那行。"石佛寺离二道湾五六里地，他也不老在家，他想那旮肯定有住户，就答应下来了。

甘兴霸回到家以后，在家待了一两天，他寻思：我得把信给人家送回去呀！他一问那地方有人没,就有人说:"那儿也没有个人家呀,二道湾那儿有啥人家!"

他说:"不,肯定有人家,这不信上写着呢,袁小玉么!那好吧,那我去看看吧。"他就去了。

这冬天景儿,他穿着大袄,长袍大褂,穿得也不错,买卖人嘛,就去了。到那二道湾一看,这儿没有什么房子,就有个沙滩,下面冷冰冰的一块。他就搁东边走到南园那旮旯儿。这时,他就看一个小伙儿在那儿站着呢。

这小伙儿就笑了,说:"你是不是甘大叔啊?"

"啊。"

"你是不是搁北京来的,我爷爷是不是捎来信了?"

"对。"

"我就是袁小玉,那到屋吧。"小伙儿就往河里指叄[1],这一指叄,河水就变了,整个儿都是青堂瓦舍的房子。

甘兴霸一看就明白了,心寻思:哎呀,我来的时候瞅着还没有冰呢,这是精呀!

小伙儿说:"到屋吧。"

他说:"不了,我就不到屋了,这信给你吧。"

"不能,你就这么办吧,到屋吧!"小伙儿非要他到屋不介[2]。

他说:"我不能到屋。"

小伙儿一看,这没办法,就说:"那这么办吧,你实在不到屋,我也于心不安,也不能留你吃饭,我给你拿点儿东西,做个纪念。"就回去拿了一棵人参。

那时候一棵人参值老钱了,那是长白山参呀。

"这是我爷爷那时候往家整的,你帮我爷爷捎信,你就是俺们家最屈贵[3]的人了,这个你拿回去做个纪念吧。"

他说:"好。"就回去了。

甘兴霸捎完书,再回到北京之后,就没有这个老头儿了,找不到了。那个老袁头儿不在那儿做买卖了,走了。他就寻思:原来我和王八精到一堆儿做买卖,做这些年都不认识,最后我还给他捎了封书信!

---

1 指叄:也说指唤,指。
2 不介:不同意。
3 屈贵:指地位高的人主动地降低身份,接近地位低的人。

要不说呢，二道湾那时候每年都有人看到，到春秋就有一个小车来。赶车的搁大道来，到二道湾以后，随着一赶就没有了，不知哪儿去了。但是往往还有看到这车从二道湾出去走的时候，那就是二道湾在北京做买卖的王八精出来了。

所以搁那么它就传出来了。

老龟报恩

这井坑子在沈北新区，是辽河的一个河叉子，这井坑子北边儿就挨着一条河。单表有一个老马头儿，他是河北梁家庙的，这个老头儿是做买卖出身，也摆船，他有个小船，早晚渡渡河摆摆人，没事儿还做个买卖。

这天老头儿正摆船哪！没有人他就准备回家吃点儿饭，看见一个老头儿比画，"站下！站下！"他看这个老头儿五六十岁了，胡子挺老长，白白净净的，还背着个钱褡子，他就站下了。老头儿说："我搭你船过去一下！"他说："行啊！来吧您老！"他们就上船了。

那时候渡船也不要钱哪！一般的都是在傍拉的，到秋天齐点儿船粮，到各家时候，人家就说老马头儿齐船粮来了，这家给三升那家给一斗的，一齐也能齐七八千斤粮。

上船之后到北边儿，老头儿下船了，老马头儿回头一看，这老头儿着忙走了，钱褡子落下了。他寻思：这怎么把钱褡子落下了呢？一喊他，他走老远听不着了。这怎么办？看看他有什么东西吧！打开一看，干脆啊都是小王八，那小王八都活蹦乱跳的，能有百八十个。

"哎呀！"他说，"这是搁哪儿整的这些小玩意儿呢？这我不能碰，这可了不得。"一寻思：这么办吧！我给送辽河里吧！我不能给伤喽！他就轻轻地回河边儿，把这些小王八都冲到辽河里了，这小王八到河里"哗"地都跑走了，他就回家了。

回家吃完饭，他又回来了，寻思摆船还能载载座，哎？老头儿回来了，这回没背褡子。老头儿到这儿就摆手，他说："哎呀！您老回来啦！"

老头儿说："我不是为别的来，我一早上坐你船走得太忙了，有个褡子落你船上了，你看着没？"

他说："看着了！"

老头儿问："在哪儿呢？"

他说："褡子在这儿呢！我看了，说实在话，里面净是小王八。我一考虑，您老是落下了，我一看天头这么热，非得晒死啊！我寻思这么办吧！就放到辽河里让它们逃命去吧！这不褡子在这儿搁着呢！"

老头儿说："好啊！你做得好啊！这么办吧！咱俩人都上岸上去，找个地方喝点儿，我今儿个请请你，你这人不错！"

这就到岸上了，有一个小饭店，这俩人喝上酒了就越唠越近便，老头儿说："咱俩就拜磕头弟兄吧！我比你大几岁，你管我叫大哥，你是我兄弟。"从那以后，他俩就处得挺近。

老马头儿问："你贵姓？"

他说："我姓项，你管我叫项大哥就行。"

老马头儿说："我姓马，在梁家庙住。"

两人处了能有半年多，他就告诉了："你呀！这么的不行，你们辽河北这儿是好地方，宝地！在这儿你就栽树吧！多栽树多买地方，这地方它不值钱，你花两个钱都买到手，你没钱不要紧，我有钱。"

这老头儿就掏出来能有上百两银子，说："多咱你发财再还我，不发财就算拉倒！你把那地方全买下来栽上大树，远年富，多栽树啊！你栽上树过了十年八年那全是钱哪！哪个树不是钱呢？"

他说："对啊！好吧！"这就信他话了，回去就把那地方都买下来了，那是公家地方他都买下来了，他就年年栽上树。

没有一年多，这河就滚起来了，顺河北就往河南滚哪！净给他腾地方，腾点儿地方他就栽上树，最后成了梁家庙大树林子，这能有十里的大树林子，多少万棵树啊！老马家最有钱了！

从那以后他明白了，噢！发的是王八财，因为他救那些王八了。从那儿起，老马家就出名了，城里那最有钱的人家跟他嘎东，他说："你钱再多的话，你往我树上挂，不用多，一棵树上挂十块钱你都挂不起。"他树多啊！你要是到河北，那一二十里地全是那大树林子，那树林子老宽了。

所以说，动物你也得救它，你不能伤它，他要是给扔了都晒死不就完了吗？

附记：

故事发生在辽河岸边，其中提到辽河能滚起来，顺河北往河南滚，河北岸逐渐成为方圆一二十里的树林，这一情节真实地反映了辽河河床动态变迁的特性。

历史上辽河称"潦水"，取大水泛滥之意而得名，广大的辽河流域甚至还被称为"辽泽"之地，其水患之苦可见一斑。历史上的"辽泽"，主要是指辽河的中下游地区，即新民到北镇之间，主要位于今天的台安、盘锦一带的辽河三角洲上。

由于辽河流域土质和地质构造特点，且鲜有山峦阻挡，辽河不仅河道历史上几经变迁，河床同样也不够稳定。辽河河床的地质多是由细粒的泥沙组成，在水流和河床的相互作用下，河床逐年向左右两岸兑岸，尤其向右侧兑岸突出。据《台安县水利志》统计，从1949年到1958年的8年中，台安境内辽河有18处因向右岸兑岸而进行退堤改线。辽河历史上曾数次改道，这种改道有些是自然形成的，在地理作用下，河流自然取向，使河道新开，旧河道废弃，也有些是由于人为的弯道裁直，疏浚之需。但无论如何，辽河的自然改道和摆动，对于中下游来说无疑是形成水患的一大因素。（隋丽）

乌龟护人

话说过去那时候，三天两头下大涝雨，尤其是这个低洼地区，辽河两岸哪，那就涝得邪乎，大水一出来就了不得了。

有这么一家，就只有娘俩。这家男的给人家扛活去了，就剩下妈妈领着个孩子。这个孩子有多大呢？也就五六岁。这女的在家侍弄点儿园子，连着种点儿地，就她自个儿护着这家，家里有两间房。

这天来大水了，这水下来得大啊，起码都没人深，没腰深哪！那水头从多高来的,这家伙,"呜呜"地叫!

那水过去之后,全都没腰深了,那房子也有塌了的。她就抱着孩子在哪儿呢?就在房顶上坐着。她在房顶上坐着说:"不管怎么的呀,别把房子冲倒就行!"

不一会儿,就看那边漂来个大王八,挺长的身子,长得像个簸箩子似的,眼睛通亮呀。这小孩儿一看,瞅着害怕,就说:"妈,妈,那什么,是王八不?"

他妈说:"不是,不是!那是你姥爷来了,这回不用害怕了。你姥爷来了,就没事儿了!"

孩子就说:"姥爷来了!"

那也是该然呀,要不说这老王八也爱占便宜,它一听喊姥爷呢,脑袋一立,就见这水"哇哇"地从旁边走了,这地方水就不来了,就把她俩那儿的水全分走了。

这水过去之后,别的房都撂倒了,就她家的房子没怎么的,她这房子上边的土一点儿没堆,这水就从两边全过去了。她在房子上坐了半天,就护着小孩儿。

她回来,堡子中的人说:"你怎么好好的,一家人没事儿?"

她就说:"看起来人这玩意儿还是说好话好啊,这乌龟也愿意听好话,也愿意当长辈。"

所以乌龟就把她救了。她说"你姥爷来了"这样的话,这姥爷那是人的爹呀!她说:"不怕,你姥爷来了,我爹来了。"这乌龟就把她救过去了。

井坑子老项

这个井坑子啊,它位置在哪儿呢?就在辽河一个河叉子里。辽河里出了个河叉子,但是这个坑特别深,比辽河深多少倍,历史上多少年以来这个地方也没干过,所以说井坑子就是井子深的意思。但是这坑大,不是小,那儿的鱼啊数量特别多,多少年的鱼都在那儿汪着,大鱼小鱼都有的是。有些人去拿鱼,但这玩意儿不好拿。

有一年,大伙儿去了不少人拿鱼,把这网子都旋好了,撒到里头去了,往出拿鱼,网"唰"一下撒完之后,就感觉有鱼咬着似的,兜上来一看,网兜子全坏了,鱼却上不来。大伙儿就说:"这挡饬什么?真憋气啊!"最后挡饬妥了,网"唰"一下下去之后，网半截都折了，网都掉里了，结果谁也拿不了这鱼。大伙儿一看，没一个拿的，就说："那捞吧！"大伙儿就整个捞网子在那儿捞啊！

有个叫郭成的整了个虾米网捞鱼，捞了半天，往那旮也拽不上去、往这旮也拽不上去，来回拉锯，在当中间干捞，就是不上岸。最后他一使劲，拽得网就剩个圈下来了，那网像刀切的一样，全没有了。

有个叫李武的小孩儿挺猾，他说："这地方鱼啊不能随便拿！咱们要不就别拿了。"

他们说："不拿，你来！"

他说："今儿我妈有病想吃鱼，没有办法。没别的吧，我得拿点儿，我拿个旋网子来。不管怎么的，就都明说了，河太爷也好，谁也好，你给我们拿一条鱼吧！回去我给我妈炖条鱼吃！"说完他趴地下磕俩头，磕完以后旋网子"嘣"一下就扣住了一条鲤鱼，三斤多重。他说："就这一个得了，多就不要了。"他说完扛起就走了。

大伙儿一看，说："井坑子老项真有灵啊！"老项就是王八，井坑里的王八。

打这以后，谁到那拿鱼，都得先上点儿香、上点儿供，叨咕叨咕，说："我来取了，我拿几条鱼吃！不多拿，拿两条就走。"你别没头儿[1]，那地方多拿不行。老项就是这么个地方，所以人们对老项就都很敬重。虽然说它是个王八嘛，但也挺灵验。

金马驹喝水

当年石佛寺这山哪，是有金马驹的，这山上有黄金，那是多多了。不是有这么句话嘛，说："九王十八坡，不在南坡在北坡，南坡北坡全不在，就在老迟家院里头。"就有这么个口号，说这山上有很多黄金。

有这么一家啊，过得也不错，这媳妇每天挑水，有一天早上起来之后，这老婆婆一看水快没了，就叨咕，说："二媳妇啊，你挑水多挑点，别一整就不够。"

媳妇说："不会啊，我这挑了一缸呢！"

---

[1] 没头儿：无限制。

婆婆说:"哪有?你看哪有了?一点儿都没有了!这也就将打将[1]使霍[2]一顿,就没水了!"意思说还得挑去。

媳妇说:"不对,这里头有事儿,怎么回事呢?"媳妇寻思:这怎么早上挑的水,下晚儿就没有了?心说我得看着。这天,她真就看着,在这屋趴着假装睡觉。一看也没啥动静,她心说不行,我上下屋儿都看看去。

下屋儿有门廊,就是挂家伙器皿、搁农具那屋。她来那屋趴着,就瞅着这水缸。哎!不一会儿,就看顺门口进来一个马驹子,"唰唰"地进来了。哎呀!她心说这大马驹子太好了,金金乎乎的!她倒没承想这金马驹儿直接就奔水缸喝水。

她说:"啊,兔崽子,原来是你喝水,怨不得婆婆说这水挑得不够!"那儿正好有家什,她一伸手就把锄头抄起来,没分说就冲着马驹跑过来了。这马驹一回头的工夫,她"啪嚓"一下就削马驹的脖子上了,马驹的脖子上正好戴着个金锁链,这么"咔嚓"一下子就砍掉一轱辘来,这马驹顺势就蹽了。

蹽了之后,她这就喊开了,说马驹儿喝水,叫她给打跑了。老婆婆那院儿还有别人,都出来了,一看,一轱辘黄金的锁链,能有好几两啊!这一轱辘黄金卖了,够种好几年地了。

老婆婆就告诉媳妇,说:"这个马驹再回来啊,你可别这么砍了,咱们得想办法把它截住,你说砍这么点儿,何必呢!"

搁那么,金马驹就再也不来了,她们也就是这点儿命。

白于玉

这个故事发生在几百年前。

有这么一个太史——葛太史,太史大人家中老辈儿人都当官,他也当一辈子的官儿,膝下就有一个女儿,女儿叫琳娘。他没儿子,就对这个姑娘宠得邪乎。但是这个

---

[1] 将打将:勉强够。
[2] 使霍:使用。

姑娘找人家可就难了，他是当官的呀，这个葛小姐长得也好，所以一般的她完全看不上，看了几份全不行，又挑家，又挑人。有的人家只要家好，就不挑人，她人挑得邪乎，向她求婚的也多。

当时在当地有一个书生——吴军公子，吴军公子长得好，帅，哪儿都行，家也不错。但是呢？不错是不错，毕竟不能和葛太史家比，他家没功名，就图个衣饱。葛太史要求他说："这么办吧，你要打算订我女儿也不难，你必须得金榜题名，你要能金榜题名，我女儿给你。"这个女儿也那意思，得金榜题名。

吴军一看，说："那好，你等我一时，我现在不是秀才嘛，你看我一定能考上举人。"一等，等他三年。

这三年当中，吴公子因为肝炎，又没考上举人。没考上举人，就没题名。那时考举人是在京城考，题名的话就能封个县太爷伍的，他没提上。

他就回来告诉葛太史家说："这回我肝有病，是有毛病去考的，所以你们再等我三年就行，不用多，我准能考上，考不上琳娘就给别人。"但是呢，葛太史还真愿意他这家，就差他没有功名，姑娘也这么寻思。撂下不说。

单表这个吴公子。他个人在家念书，寻思起这事儿也挺着急，挺愁：怎么回事儿呢？怎么到那儿不成呢？最后又一寻思：这也是，这世界上哪有她这么好的美女呢？另外人家要求也高。

那天他正在书房念书呢，外边来一个拍门的，说："先生，开开门，现在外头下雨呢，我想进去避雨。"

他打开门一看，来一个公子，穿得齐整，一身白。他一看说："阁下，你贵姓？"

那人说："我姓白，叫白于玉。"

"哦！"吴公子说，"好，到屋儿吧。"

白于玉到屋儿了，一看，他说："我是路过这旮，赶上下雨了，打算到这儿避避雨。"

俩人到屋儿一唠，越唠越好，越唠越高兴，唠得高兴得邪乎！最后一点儿一点儿提起来功名的事了，白于玉说："你的功名怎么样？"

吴公子说："我的功名现在老没成就。"

白于玉说："我也是念书人。"

这个白于玉把书都给它撂下了，吴公子也顺便看看这书，一看，说："嗯？你这书怎么不是'四书五经',净些个别的书。"

白于玉说:"我是什么书都看。"

他说:"哦,你别走了,就待下吧。"白于玉就待下了。一待待了几天,俩人越唠越近,最后俩人就成莫逆之交了,近得跟磕头弟兄似的,那么近得邪乎了。

白于玉说:"这么办,你搁家赶上闷的时候,就到我这儿走一走,到我家串串门儿看看,我那地方儿比你这儿还能多少硬实[1]点儿。"

吴公子说:"那好吧,你在哪儿住啊?"

白于玉说:"离不太远,你去就不远,离的有几百里道,四五百里道。"

"咿呀!"吴公子说,"这么远啊!"

白于玉说:"那好办,咱们可以坐车去,骑牲口去也行,怎么都行。"

吴公子说:"怎么都行,怎么快怎么好吧。"

白于玉说:"那好!"

这不已经说了吗?他这个婚姻几乎定了,临走的时候他不得和人家葛太史说一下吗?后尾儿他就去了,说:"我打算出趟门儿。"要到哪儿哪儿去,和葛太史一说。那虽是没订婚,也算是差不多了,那葛小姐相中他了,就差这功名没成,打算等二年考上再说,考不上这婚事也不能黄,就这么个意思。

葛太史告诉他:"你好好念书。"他告诉完人家,就走了。

他回来了,就和这白于玉说:"多咱咱走吧,看怎么预备马、预备车。"

白于玉说:"不用,真愿意走,马上就走都行。"

吴公子说:"那怎么能走?"

白于玉说:"那容易!"

白于玉往树上一指,就看树上"扑啦扑啦"飞来两个大蚂蚱,吴公子一看,就笑了,说:"在哪儿整来这俩大蚂蚱?"

这家伙瞅着青头愣大蚂蚱,膀子"嗡嗡"飞,白于玉说:"咱俩坐它就能去!"

吴公子说:"真能扯呢,咱这么大身子,它那么小,能行?"

白于玉说:"别着急啊,你看看!"完他手一摇,说,"趴下!趴下!"这蚂蚱都扑那耷了。白于玉说:"你上去,看宽敞不宽敞!"

---

[1] 硬实:指殷实。

这吴公子一看，寻思：这不是说笑话呢吗！

"我站上了！"他往那儿一坐，"嗯？那瞅着不大，坐上比炕还宽呢，这家伙宽得邪乎啊，两边可宽敞了，这怎么这么宽，有这么大个肩膀呢？"

白于玉说："走吧！"他也坐上了，一拍，"走！"那蚂蚱"唰"地起来了，居然赶上坐飞机一样，腾云驾雾就飞起来了，一会儿的工夫就到了。白于玉说："下来吧，到地方了！"

吴公子一看，说："这是哪儿？"

这就是赶不上别墅仙地，也像走入仙境一样，都是真山真水，那花草树木鲜得邪乎，好得邪乎！一看走到哪儿？走到一个像大书房似的地方，白于玉说："到了，到我家了。"

到屋儿一看，这家伙，丫鬟侍女可院子，这个说少爷回来了、那个说少爷回来了，"哎呀！"吴公子一听，"你家过得挺像样的。"就到屋儿坐下了。

丫鬟侍女们就去做饭，那饭菜就不用说了，煎炒烹炸，什么菜都有啊，那好得邪乎！一屋的宫女就伺候他，他吃完以后就寻思这姑娘长得好，白于玉问他，说："吴兄，你看我这里的宫女们，这些伺候人的，能不能比上你订那个琳娘？"

吴公子说："这些姑娘琳娘都赶不上，确实，你这搁哪儿选的，净这么好的姑娘呢？"

这时有一个紫衣女子亲自到他傍拉儿斟酒，吴军酒后就失态了，拽人家手就亲一下，这女的说："干啥呢这是？"就躲开了。白于玉就笑了，没说啥。

到晚间了，要睡觉时候，他就问白于玉，说："白兄，你这么些丫鬟侍女，能不能给我找个伴儿陪我睡一睡。"

白于玉说："那可以，你相中哪一个？这么办吧，我给你派个得了，就方才那个紫衣女子，你不和她挺近，亲她一口吗？让她陪你睡一宿吧。"白于玉就把紫衣女子喊过来，"你过来！今天晚上你在这儿陪吴公子。"

那女的脸一红，说："那能行吗？"

白于玉说："怎么不行？你就在这儿陪着！"

"陪吧！"她就陪了。她穿的紫衣，就睡一宿觉，就像男女一样。睡到天亮，这个女的就说话了，"你不能常待，你得走。"

吴公子说："咱俩存一回，已成男女了，我要走了，你不得给点儿纪念？"

女的一看没别的："这么办吧，这镯子给你吧。"那女的顺手就摘下了一个玉镯，这是个并口儿的宝玉镯子，不是圆圈儿的，当中有口儿，能动弹，能大能小。她说："这是活的，不是死的。"她就给他戴，一拽有缝儿，很容易戴进去了，挺好。

玉镯戴完之后，就听这个白于玉过来了，说："吴兄，那你醒来了，咱们吃饭喝酒吧。"

吴公子说："好吧！"饭吃完之后，吴公子说，"我得回去了，不能长在你这儿待。"

白于玉说："回去不难，我把你送过去。"

吴公子说："好吧。"

白于玉说："你就坐这个玉垫上吧。"就看有个玉垫子似的东西，白于玉说，"你坐那上吧！"

吴公子往那儿一坐，觉得"呼呼"的脑袋就迷糊了，他一惊，醒了，原来是一梦：哪儿有啥？这回啥也没有。他寻思：这出奇透了，我怎么和他去的，怎么回来的呢？一抖衣裳，"扑腾"那玉镯掉下了，一看，还真有镯子。这玩意儿出奇，这镯子能戴了。他就想起那紫衣女子了，这女子太好了，不行，葛小姐，我暂时不能订婚了，如果这紫衣女子能到我手之后，我何不要她呢？还用你这么拿唬[1]我、那么拿唬我？今儿中举、明儿中举的，不中举还不给我。葛太史那边也不追问婚事，他也不提，一晃能有一年多。

这天正睡觉的工夫，有人来了，就听"啪啪"拍门，他开门一看：谁呢？正是那紫衣女子，她是带个丫鬟来的，到屋儿就说："吴公子，这是你的儿子，给放炕上了。咱俩同床一枕我就怀孕了，现在孩子生了，已经有好几个月了，给你送回来了。"他一看，小孩儿那都会笑了，都好几个月了。

把孩子扔炕上之后，紫衣女子一看，说："这么办吧，给他扔几件衣裳你掂对给他穿。"

"哎呀！"他一听，"你就不能来这儿陪我？"

她说："不能陪你，咱们人天相隔呀，俺们都是月里的神，你去的那地方是月宫，白于玉是月宫里的玉兔，转来和你做朋友了，要不他能那么说了算吗？他是玉兔。"

---

[1] 拿唬：方言，要挟。

他这才知道去的是月宫，说："那好吧！"就打发她走了。他就在家伺候这孩子。不说。

就说谁呢？葛小姐听说了。她一听说他这个情况，一看，说："爹，不行啊，咱们得结婚啊，不结婚他越弄越散心了，咱们都说给他，大伙儿都知道了，你看怎么办呢？"葛太史就把葛小姐硬给送来了，意思是：你娶也得娶，不娶也得娶，俺们现在已经不找别人了，帮你伺候这孩子。这个孩子小名儿叫琳儿，大名叫吴杰。在这儿待下来，现在念上书了。

单表这个吴公子，他这会儿就没心念书了，一心就想月宫里的事儿，他说："我得出家，得成功。"后尾儿又待了一些日子，他就出家了，上庙里去了，他说，"我就云游海外，我多咱回来多咱算，不回来不用找我。"他就个人带钱财走了。他走不说。

单表这一晃就过去有十来年了，这天怎么回事儿呢？就着上大火了，下晚儿这火大得邪乎啊，家外边全着火了，天空火焰烧得很大，眼瞅着就离他家那大门不远了，吴公子有钱，那院子大呀，这工夫怎么回事儿呢？这工夫就看这镯子顺柜子"嘭"就蹿出来了，这个镯子是琳儿他娘的，她临走没拿走就给扔家了，吴公子的媳妇儿琳娘就收拾着了。

"哎呀！"琳娘说，"镯子咋出来了呢？"就看镯子奔天空去了，到天空就张开了，越张越大，越张越大，就把她这个院子全罩住了，这玉镯子套住院子之后，一看，火进不来了，一个镯子就把火全闭住了。但是火着了一天一宿啊，那外边着得不像样儿，她家怎么回事儿？仅仅把东南角的仓房烧了。为什么这旮被烧呢？那个镯子有个缝儿，那个缝儿里进来点儿火把仓房烧的，大房没烧到一点儿。琳娘一看，就寻思：看起来吴军已经修成了，现在他遇着仙人了。

她也知道了吴公子到月宫上遇着仙人的事了，要不这个镯子不能这么珍贵，所以这个孩子错不了，就好好供孩子读书。一供供到多大呢？供到十七八岁儿，这孩子就进京科考去了，一考真就中头名状元了。中完状元之后，自己"夸夸"回来了，不说。

这说话都好几十年了，这孩子都大了，二十来岁了。他回来正走到半道上，就遇到胡子了，顺山就下来了，这家伙，连敲鼓带抢都带来了，那些人恶，吴杰是当官的呀，带的兵少，就被围上了，这兵就吓堆了，不敢伸手了。这工夫吴杰就有点儿害怕，这怎么办呢？他是个文官，没有武术啊，在轿里就吓哆嗦了。

这工夫就来个老道，顺山下来，大袖子一摆，顺袖子就出个剪子，把这胡子全杀败了。杀败之后，到吴杰傍拉儿就笑了，说："吴杰，你赶快下车吧！"

"哎？"这个吴杰一听老道知道他名儿，"那你是怎么知道我名儿的呢？"

老道说："我知道你名儿，我今天特意救你来了。"

吴杰说："哦！"

老道说："这么办，没别的，这儿有一丸药，你回去给你妈吃，就告诉她说可以长生不老。另外，我这儿有一封信，你给我捎去，捎到你们家交给她。"

吴杰一看上边写着"王林"，他一瞅"王林"心里寻思：俺们家也没姓王的啊。

老道说："你拿去吧，你不认得，叫你妈找找这人。"

吴杰就说："谢谢老道，谢谢老道！"

老道说："我要走了，以后见面时候就少了。"人家就走了。不说。

单表这个吴杰。他带着药回来了，和他妈一说，这是一个后妈，不是亲妈，他亲妈是神仙。他妈一看信就笑了，说："哎呀，孩子啊，你看错了，那老道就是你爹呀。'王林'，我叫琳娘，就是王字旁一个林字儿，这俩字儿给我分开写，你就不明白了？另外，他捎这丸儿药是长生不老药。"

吴杰说："哎呀，我怎么错过这个机会没认我爹呢？"

琳娘说："他没告诉你吗？"后尾儿这个葛小姐没舍得个人吃这一丸药，她把她爹葛太史找来了，一说这情况，他俩就分着吃了，一人一半。

葛太史那都六十多岁了，吃完之后赶上转老还童了，那精神像二十多岁的小伙儿一样。葛小姐更不用说，吃完之后更面少了。

所以搁那么，就知道这个吴军修成了，借这机会，他们家也过好了。

附记：

这个故事与蒲松龄《聊斋志异》中的《白于玉》内容基本相同。

兔子精迷人

从前,有一对四五十岁的夫妻,他俩有个女儿叫王月英,姑娘十八九岁,不仅样貌好,其他地方也都不错。

关里种麦子的人家多,每到打场的时候,大家自己的院子都舍不得祸害,就建了一个官场,所以一个堡子就专有一个打麦子的地方。那时候麦秆子并不值钱,大麦秆子往那儿一扔都没人要,那麦秆子垛得像个小山似的,好几年的麦秆子都在那儿放着。

轮到老王家打麦子,王月英就跟着去了,但到那儿还没一会儿,她就觉得浑身不好受,像感冒似的,就跟她妈说:"我今儿浑身不好受,我得回去。"

她妈说:"你回去吧!"她就回去了。

到了晚上,她感觉屋里有动静,一看,进来五个挺精神的小伙儿,啥也没说就都钻她被窝了。这一宿工夫她也没得闲着,就把她捂扯[1]了。等到天亮,王月英就开始哭,跟她妈说:"我完了,不知什么精把我迷住了,有五个缠巴我呀。"

她妈说:"哎呀,那是怎么回事?"

连着好几天,那五个小伙儿天天晚上都来。他们一进屋的时候王月英头脑还清醒,之后就啥也不知道了,等他们走了之后她才有意识。老王家是个挺善良的人家,也不敢把这事儿到处说。因为这事儿月英姑娘天天在屋哭,连炕也不起。

不久,家里就来了个老道化缘,这老太太就说:"哎呀,师傅呀,俺们还哪儿有闲心给你吃的呀,俺们家都愁死了。"

老道说:"你有啥愁事儿说说,我帮你想想办法。"

老太太说:"不能说,说不出口啊。"

老道说:"啊,是不是姑娘有病呀。"

老太太挺惊讶,说:"对呀!"

老道说:"那好吧,你给我一顿饭吃,我帮你们想想办法。"

老太太说:"好吧,来,屋里请。"老道就进去了。

---

[1] 捂扯:指强暴。

进屋了一看，姑娘还在那儿趴着呢，老道看了看说："对。"然后就对老太太说："我有个办法，你们找几个人跟我去，带着火柴、带着棒子。你西边树根底下有个麦秆垛，那麦秆垛底下有五个兔子精，在那底下很多年了，你姑娘打麦子时，看中你姑娘长得漂亮了，所以把它们引来、被它们纠缠上了。这回得把它们治住，我把符贴一圈在麦秆垛上，闭上让它们出不去，然后把洞点着，它们只要一往外跑就用棒子打，咱们烧死它们。"

老太太说："好。"

到了晚上，老道就拿几张符围着麦秆垛贴了一圈，这一闭住，兔子精就跑不了了。一点完火，那麦秆子里面嗞哇叫唤，发着"呜呜"的声儿。再定睛一看，往外蹿的东西挺大一只，但看起来都不是兔子，这帮人"叮咣"抄起棒子就打。最后大火烧完一看，剩下五个大兔子的尸体，这兔子精都死了。

就这样，姑娘就恢复了。

蛤蟆儿子

过去，有一个姓王的员外，家里特别有钱，两口子为人也挺善良，可就是没有儿子。就为这事儿，王员外老两口急坏了，这烧香、那许愿，没少拜菩萨。老两口子总念叨说，管他丫头小子的，有一个就行啊，有个孩子就行，不管怎么的，过日子也有个盼头啊！

这一天，老太太在养鱼池边乘凉，心里又合计上这个事了：这一辈子可冤透了，连个孩子都没有，是我俩谁的毛病呢？她这正寻思呢，养鱼池里蹦出个蛤蟆来，蹦到她身旁，被她一手抓住了。老太太说："蛤蟆呀蛤蟆，我哪管有你这么一个儿子呢，我也有个盼望。你看你身下生了一堆，我还不如你呢，我有个蛤蟆儿子我就知足了。"说完了，老太太拍拍蛤蟆，就把它顺河里去了，自己回家了。

说也巧，这事过去有一两个月，老太太真就怀孕了！哎呀，可把王员外一家乐坏了，都四十多岁了才怀上孩子，不容易呀，王员外家乐得像过年似的。

喜事传得快，左邻右舍很快也都知道了。王员外有个好朋友，是张家庄的张员外,平时他们两个人处得最好,两家虽说离得挺远,但两人隔一段时间就聚在一起喝酒。张员外听说王员外的老伴儿怀孕了,特意赶过来登门道喜,两人一边喝酒就一边叨咕孩子的事。张员外四十多岁,夫人才三十几岁,正好也怀着身孕,张员外喝酒喝高兴了,说:"这么办吧,咱两家干脆指肚为亲得了,两家要都生男孩呢,就让他俩同窗念书,做磕头兄弟;两家要都生女孩呢,就让她俩拜干姊妹;要是生一男一女呢,不管谁家是男,谁家是女,就让俩人将来做夫妻,婚事这就订下了。"王员外一听,正对心思,就说:"好吧,咱们一言为定!"两人就把这事定下来了。

一晃儿到了孩子出生的时候。张员外家的孩子先出生的,是个小女孩。王员外的老伴儿怀的孩子也足月了,可没承想生下来一看,是一个蛤蟆。王员外当时就蒙了,打了个唉声就蹲地上了。老太太一看,小蛤蟆不大,挺欢实的,心想:哎呀!这都是我当初许的愿呀,我说哪怕有个蛤蟆儿子也好哇,这佛爷真就给了我一个蛤蟆当儿子。行了,不管怎么的,这是我向佛爷求的,是个蛤蟆儿子我也得养活。

老太太就告诉王员外对外面瞒下这事,可别说生了个蛤蟆,让人家笑话,对外面就说生了一个儿子吧。王员外也没招儿,就答应了。就这样,家里该怎么侍候月子就怎么侍候,街坊邻居都以为王员外家生了个大胖小子。

这件事也传到张员外的耳朵里了。听说王员外家生了一个大胖小子,张员外乐坏了,妥!没到半个月,他就叫人把自家孩子的庚帖捎来了,还写了一封信,信上说:"咱们两家这回可以把婚事定下来了,我女儿就给你儿子了。"

王员外看了信,这回可挠头了:自个儿子是个蛤蟆,可怎么娶人家姑娘呢。咳,反正两个孩子现在都小,先把这事应下来吧。他就给张员外回封信,算是含混地应下了。

又过了几年,到了孩子上学的年龄了,张家的小姑娘上学了。王员外的蛤蟆儿子也不敢在学堂里亮相啊,他就给张员外捎信,说自己的儿子长得砢碜,不像样,又罗锅又瘸腿的,不但不能上学,婚事也废了吧,不能坑了你家姑娘,咱俩说的话作废吧。

没想到张员外还认准他家了,回话说:不管你儿子长什么样,就是像个豆鼠子[1]，我们也不悔婚约。

这可怎么办呢？王员外就只好回话，说把儿子送到外地念书去了，不在家，这样谁来他家也见不着了。实际上，这工夫蛤蟆儿子也长大了，长成一个大蛤蟆，天天在屋里屋外地蹦跶，老两口子看着，不让出去。

一晃儿，张员外家的姑娘十七八岁了，张家就开始催婚了：你们得准备结婚呀，男大当婚，女大当嫁，孩子到岁数了还不结婚，要等到什么时候啊！

王员外心里发愁，嘴上还是那套话："没准备结婚哪，咱家孩子长得太不像样，别屈着你家姑娘。"

张员外哪知道这里的事呀，就紧着说："没事，没事，你家不准备啥东西也行，我就这一个姑娘，用啥的家里都陪送。"

王员外还是紧打葫芦语[2]，没个痛快话。

张员外不高兴了，拉下脸来，说："你是不是因为我们老张家没你家的地多，日子不如你们家好，你们心高啊？还是你们没看上我家的姑娘啊？"

看张员外误会了，王员外赶忙说："不是那样，我是怕对不住你呀。"

"行了，别说了，你家公子长得好赖，我姑娘也没挑儿。要是不差别的，就把迎娶的日子定下来吧！"被张员外按着脑门儿，王员外是啥也说不出来了，就把迎娶的日子择了。

迎娶的日子定下来就不能改。到了那天，张家就把姑娘送来了。王员外对送亲的人说，新郎在外地念书没赶回来，现在正在路上呢。怎么办？到了拜天地的时候，还不见新郎官儿，就让姑娘抱着一只公鸡拜了天地。

晚上，客人都散了，新媳妇也入洞房了。新娘子左也盼，右也盼，新郎官儿还是没回来。

王员外的老伴儿说："你先睡觉吧，也许等你一觉醒来新郎就回来了。"新娘子就上炕睡觉了，她一觉睡到天亮了，还是没回来人。

早上，新娘子叠被时，被里"嗖"地蹦出一只蛤蟆来，把个新媳妇吓得大喊大叫的："蛤蟆！蛤蟆！"就拎起笤帚追着打。

---

1 豆鼠子：一种小动物的名字，灰色毛、大眼睛，体形比黄鼠狼略小，擅长挖洞，喜欢群居，据说这种动物可以迷人，当地人都尽量避开这种动物。
2 紧打葫芦语：支支吾吾。

王员外老两口看看实在瞒不住了,就说了:"别打了,这就是你女婿啊,当初我们说孩子长得不像样,你们家非得愿意嫁过来,我们也不好说呀。你爹不是说豆鼠子也嫁嘛,这可不是豆鼠子,是个蛤蟆,这就是你女婿啊,我就生了这么个玩意儿。"

媳妇一听,心"咯噔"一下子,可了不得了,管他长得丑俊,好歹也得是个人哪,怎么是个蛤蟆呢?这往后的日子可怎么过呀?姑娘就哭起来了。哭了一会儿,想想人家把丑话都说在头里了,是自己爹妈非要结这门亲的,好赖都答应给人家了,也怨不着旁人,就怨自己的命苦吧,好赖也得过啊。那时候结婚都是爹妈做主,姑娘也贤良,心想认命吧,什么时候死什么时候算,糊里巴涂地过吧。这么一想,也就不再闹了。

一晃儿结婚不少日子了。这一天,正赶上邻村堡子唱戏,王员外知道儿媳妇心里不舒坦,就想让她去看看戏解解心焦,对老伴儿说:"你陪媳妇看看戏去吧。"

那时过得不错的人家都有大车,出门都套上大车代步。老太太就让人张罗套车要去看戏。不承想蛤蟆儿子在一旁说话了,跟他妈说:"我也要看戏去。"

老太太吓了一跳,蛤蟆儿子有点神通啊,还会说话呢。老太太又是高兴又是心酸,说:"你可不能去啊,你一蹦一蹦的,让车压死可怎么办。"蛤蟆非要去不行,老太太连说带劝的,才算把它安抚住,说不去就不去吧。

老太太带着媳妇坐上大车就走了。没走出多远,就看见打后面上来一个骑马的小伙子,长得黑嚓嚓[1]的,模样那叫帅,带劲儿。小伙子的马快,几步就走前头去了。

那时候都是搭野台子唱戏。等老太太和媳妇到戏台子底下时,那个小伙子早早就到了。看着这娘俩过来了,他也凑过来,就站在新媳妇旁边,挨着她站着。新媳妇躲一步,他往旁边跟一步,躲一步跟一步,寸步不离。新媳妇心里合计:这小伙子真不错,我要是能嫁给这样的人,这辈子可就烧高香了。可惜我没这个命啊,嫁了个蛤蟆,跟谁都说不出,真挺败兴的。

老太太看见这小伙子单往媳妇身边挤,也没好说啥,这一天就过去了。

邻村堡子唱的是还愿戏,要连唱三天。头一天看戏,媳妇让这小伙子闹的,心里觉得挺败兴。

回来睡一宿觉,第二天,媳妇又跟老太太去看戏了,那个小伙子又打马从她们身

---

[1] 黑嚓嚓:形容皮肤黑。

边过去了,到那儿后又站在媳妇身边看戏。第三天还是这样。媳妇就不高兴了,跟婆婆说先回去一步,看见小伙子还在那站着看戏,她就自己先回家了。

到家后,王员外不知上哪去了,家里没人。媳妇就哭了,她心里想,可惜了我呀,我这辈子算冤透了,嫁了个蛤蟆,我怎么就是这个命呢?!哭了一气儿,天黑了,家里人都回来了,媳妇就上炕睡觉了。蛤蟆也蹦到炕上来了,媳妇没理乎。

睡到半夜,媳妇就觉得旁边像躺个人似的,一摸,好像是个大小伙子。她吓坏了,问:"你是谁?"

小伙子紧躲着,说:"我就是你丈夫,你不用害怕。我是看你白天哭得太可怜了,就现出原形来陪陪你。跟你说实话吧,我是天河里的金蛙童子,因王员外家积德行善地积下福了,我才到他们家的。我本不打算现在就现原形,想再对付一个时期,我要是早现原形就得早走几年。"

媳妇说:"那你怎么是蛤蟆呢?"

小伙子说:"那就是披了件衣服,不信你点灯看看。"

媳妇连忙下地把灯点上,一看,可不,炕上有一件绿袍子。小伙子披上绿袍子就变成了蛤蟆,他再脱下绿袍子,又变成了一个俊小伙子。

媳妇说:"哎呀,你不就是白天看戏那个小伙儿吗?"

小伙子说:"我要是和你不是夫妻能往你身边站吗?天天的。"

媳妇乐得又是哭又是笑的。他俩唠嗑的工夫,正赶上王员外老两口子上外边解手,老太太一听媳妇屋子里有一男一女的说话声,就趴窗户看,就见媳妇和一个大小伙子在一个被窝里趴着呢。

老太太脸上挂不住劲了,跟老头儿说:"不好,咱媳妇有外心了,在咱家待不住了,招个小伙子在屋里呢。"

王员外说:"我看看。"也凑到窗户跟前去看。

屋里的媳妇早听见窗外的动静了,知道是公公婆婆来了,隔着窗户说:"爹,娘,你们进屋来吧。"

王员外老两口就进来了,一看,屋里的小伙子不认识,就问怎么回事。媳妇说:"他就是你们的儿子。"

王员外说:"我儿子长得可不是这模样!"

媳妇就把绿袍子拿起来让丈夫披上,眼见着,小伙子就变成了蛤蟆。把王员外老两口惊得眼睛瞪得挺老大。

小伙子说:"爸爸,妈妈,我就是你们的蛤蟆儿子呀。"

老两口赶紧让他把衣服脱下来,又变成小伙子了。王员外乐坏了:"天哪,看来我们真是有德啊,老天给我们这么一个好儿子。"老两口眼泪吧嚓[1]地去拜老佛爷,又冲天上磕了几个头,一家人就这么团圆了。

又过了四五年工夫,媳妇一胎就生下一对双胞胎,一个男孩一个女孩,两个孩子长得可周正了。

又过了几年,有一天,下晚儿吃完饭,小伙子躺在床上说话了:"贤妻呀,我们俩分别的时候到了。我注定命有一儿一女,本来应该分开生的,他们要是隔个两三年出生的话,我还能多待些年头。可这俩孩子一齐生了,我就得先走了,得回天上去了。"

小伙子又到上屋去向爹妈辞行,说自己得走了。老两口哪能舍得呀,说啥也不让他走,媳妇也不给他绿袍子。小伙子也挺难受的,说不让走也得走。媳妇没办法了,只好打开柜门,把绿袍子拿给他。

只见小伙子把绿袍子往身上一披,人就没影儿了。这工夫就听见外面又是琴声又是鼓声,天上的五彩祥云也降下来了,等着呢。就看小伙子站在彩云上了,冲着爹妈磕了几个头,走了。

后来听说王员外的孙子长大以后也做了官。是他家积了德,天河里的金蛙童子才转世给他家做了一段儿子。

泥鳅精是干老

就说当年涨大水的时候,在咱新民哪,柳河那水是大得邪乎啊,这水一过去之后就是沙淤沙。所以这柳河是个穷河。不像辽河,辽河涨过水之后是黑土,到哪儿都是黑土,第二年准长好庄稼。这个柳河盘沙,大水过去之后第二年就种不了地,一色的

---

[1] 眼泪吧嚓:含着泪。

白沙，是个穷地方。

单说有这么一家，男的没在家，就一个媳妇带一个孩子在家呢。正赶上这柳河水来了，"哇哇"的冲得邪乎啊！顺着南边巫山庙就冲下来了。眼瞅着顺着大门就淌进来了。

孩子吓得站在炕上就喊："妈，妈，你看前边那是什么东西？黑咚咚的。"媳妇儿一看，就知道是柳河泥鳅精来了，就说："不用害怕，你干老来了，你怕啥呢？你不认识？"哎？一听她说干老吧，这水就过去了。水径直往东淌下去了。大门像一道墙似的就给栅上了，就不往里淹了，还真就好使了。

要不说呢，这泥鳅精也愿意当大辈儿，它也愿意认亲戚，所以就把这娘俩保住了。要不说咋认泥鳅精做干亲呢，小孩儿认干老呢。就这么保住了这家，没淹着。

泥鳅精入不了海

这事儿发生在哪儿呢？就是我们柳河的大泥鳅精。

它啊，在柳河待着待着就待腻烦了，就不爱待了，一合计，说："没啥意思！"就在心里寻思，都说龙王的龙宫好，我是不是应该到他那儿看看去？它就想到龙宫看看去。一合计龙宫哪儿有啊？就海里面儿有龙宫。

它一合计，说："哎，这么的，我走一走。"

它临走之前，自己穿戴整齐，收拾行李。它打扮得像个老头儿的样儿，身上还带把刀，别在腰里头，就这样上了大船。

这会儿正赶上咱们这个辽河的河上有大船，下营口入海送往的船。

它就和船家一摆手，和船家说："船家，我打算坐船。我有个女儿在营口住，闹病了，想我想得挺邪乎，我打算上营口串串门儿。我搭你的船，就是空手一个人，啥也不拿。行不行，我坐坐船？"

摆船的老头儿挺利索、挺干净，黑嚓嚓的，瞅瞅它，说："也行啊，没啥的。你上来吧，俺们就拉你一趟，俺们没说的。"

泥鳅精说："好，我坐船不能白坐，你只要是拉我，我就是感恩不尽了。"顺手掏出来二十两银子，说，"我这二十两银子就做船费，不管够不够的，就是这点儿心思。"

摆船的说："不行！我们说好了不能要。"

他说啥也不要，老头儿非给不行。摆船的没法儿，就要了。

这船就走了，走到哪儿呢？就到了营口了，这营口往海里一入这工劲儿，怎么的了呢？这到入海口了，这船就不走了，直打磨磨儿。

哎呀，这船把头[1]出来看，这摆船的好几个人啊，怎么回事呢？这老船把头出来一看，船两边儿起来了好多大虾枪啊，像大旗杆似的，一边儿四根儿旗杆，起来八根儿杵着。

摆船的就说："哎呀，这可了不得了！这不是虾神起来了吗？看来是咱们船是进不去了。"干在那儿打磨磨儿，走不了了。

这船把头就说话了，说："咱们船上的人也没有什么埋汰的，过不起河的东西，也没什么违禁海的东西啊？要有禁海之物可以啊？我这船上，就坐了两个客人，不多啊！"

这工劲儿一看，没办法了，他就和乘客商量："咱们客人有没有带不相当的东西了？要是有的话，请下船，现在船就开始沉了，还走不了，要不这一船人都完了。这可怎么办呢？"

这工夫，这个老头儿就起来了，说："你不用着急，我下去就好了，可能我沉。"老头儿没说别的，一伸手掏出两把单刀来，一头就扎海里去了。

往海里一扎，就看这工劲儿，两边儿的大枪，"唰"都倒下去了。就在里面儿"叮叮当当"地干上了！

这工夫，干了半天，大家一看还是不行啊！这时就看顺船上"唰"一下子，这老头儿又蹦船上来了。

老头儿弄了可脑袋汗啊，说："不行！不行！"然后对船家说，"你不用害怕，你船往旁边靠一靠，我走后路。"

船不让入海，船往回来行。船往回摆，摆没有半里地远，它说："我要走了，算了。"

---

[1] 船把头：船长。

陆　精怪故事

"唰"往水里一扎，就入辽河口了，又入辽河了。它搁那儿回柳河来了，又当它的泥鳅精，没入了海。

这以后，大伙儿都知道，泥鳅精入不了海这一段儿事儿。

附记：

辽河，流经河北、内蒙古、吉林、辽宁四省（自治区），蜿蜒千里，在盘锦市注入渤海。在1958年辽河下游改道之前，辽河是由营口入海的，所以至今营口还保留着"辽河口"的石碑。

柳河，是辽河流域中一条含沙多、洪水泛滥频繁的支流，发源于通辽奈曼旗南部双山子东坡，两大支流即养畜牧河与厚很河汇流于库伦旗三家子镇乌兰胡硕后称为柳河，柳河流经库伦旗，辽宁省阜新蒙古族自治县、彰武县，于新民南汇入辽河。

历史上营口作为辽河入海口，民间贸易非常繁荣，是东北地区物资输送的重要港口。1861年，营口正式开埠，成为中国东北第一个对外贸易港口。相继有英法日俄美等国来营口设领事馆、海关、教堂，开办银行、洋行，进一步促进了商业贸易的发展，往来船只"日以千计"。（隋丽）

雷殛蜈蚣精

有这么一家，家里有老头儿、老太太，还有个孙子，孙子不大，才十二三岁，在后边书房念书，这老头儿、老太太在前屋住。

这天清早起来之后就阴天，霹雷闪电就响得邪乎。这老太太说："怎么回事呢，在咱院里直劲儿[1]响呢？"

老头儿说："咱没亏心事，啥也不怕，还怕雷吗？在头顶打雷咱也不怕。"

老太太说："那倒是。不过，雷引贼火碰了啥的也不行，也得多加小心呢。"

---

[1] 直劲儿：一直。

话音刚落，就见顺门口来个要饭的老太太，穿得还不错，到院里说："大姐啊，我走道儿走饿了，讨碗饭吃。"

"哎呀，你？"

"你看我穿得不错，我是走道儿的，不是要饭的。"

"到屋吧。"到了屋，就一张桌，她就坐老太太傍拉儿了。老太太说："你在这儿吃点儿吧。"她就在那儿吃了。

外面的雷就喊哧咔嚓响，这走道儿的老太太就说："我是个算命的老太太，会算命、会相面。我今天不能白吃你的饭，我看你这老太太太善德，太好了，你什么都挺好，可惜你命不好啊，上辈子就应该遭天谴，遭雷殛，没殛你，所以这辈找上你了，可能今天雷就找你来了，你千万注意！"

"那怎么办啊？"

"不要紧，我给你想个办法。我给你在身上画道符，画完以后我在你傍拉儿待着，雷就不能殛。"说完就在老太太后脊梁画巴画巴，然后，她紧挨着老太太后脊梁就坐那旮了。

这雷就喊哧咔嚓响，响也不殛，干响。这工夫，只见她孙子念书那屋，一个雷"咔嚓"把窗户殛开了。

"可了不得，我孙子那屋进去雷了！"老太太就跑。

"别跑别跑，跑兴把你殛着了，找你呢，不是找他。"

老太太说："不行了，我宁可死也得去。"

老太太就往那跑，老头儿也跑过去了。他们一出屋，后面"咔嚓"一个雷，把这屋殛了，把那走道的老太太被殛了。后来一看，那雷也完事了。

看来雷公开始就找这老太太，殛死一看是个大蜈蚣，在那儿趴着呢，眼睛都剜走了。

老头儿说："啊，不用问哪，应该殛她，咱们命大，就借咱们的力量保护她。一看咱们在这儿离不开，雷就吓唬孙子去了，咱俩一跑就腾出地方，雷就把她殛了。看起来还得做好事，这精怪她也奔着好人来。"

老太太说："不错，我要知道我也能照顾照顾她，但我是为了我孙子啊。"

就这么，雷把蜈蚣殛了。

雷殛蜘蛛精

这个是雷殛蜘蛛精。

人们都说"人没亏心事,不怕鬼敲门"嘛!

那时候打雷天,人们都害怕。那时比现在雷多呀,一个雷跟着一个雷,还有闪电啥的。那时候人们不懂嘛,就知道害怕。那一霹雷闪电,人就都吓得哆嗦,都往被窝里跑。那时候男的不在家,一打雷,女的就都搂着孩子在被窝里趴着,都吓成那样了。

单说有一个王公子,这天他心情好,一上午都在下屋的书房里看书。这工夫,他一看,可了不得了,这雷"咔咔"地先在下屋不停地殛,殛得邪乎。但殛不着,就只是干雷响。接着,那雷不殛下屋了,又跑到上屋殛,跑到他妈那屋"咔咔"地殛。儿子一看,不好,这要把我妈给殛死了可不行,我得跑过去!

他正要往外走,一看,地上有一个老头儿说话了,"别,小伙子,我是大房的土地老爷,我在这儿蹲半天了,你没看着啊?你这人该遭天谴,应该雷殛你呀,我特地护你来了。你要走出去就会被雷殛,我在这儿护着你,你坐下吧,蹲下!"然后,土地老爷就扶他坐下了。

小伙子坐下以后,他就想着去找他妈,就跟那老头儿说:"不管怎么的,大爷!宁可殛我,我也不要我妈被雷殛,我得出去看看我妈去!"说完,顺门"哗"一开,他一闯,就蹦出去了。

他刚跑出去,后面"咔"一个雷,就把下屋那老头儿殛了。

他回头一看,雷殛完了,屋里通红亮,也没得黑了。又一看,他妈那屋的雷也不殛了。

他回到下屋一看,地上有一个大蜘蛛精,眼睛没有了,身上就剩骷髅了。这雷把蜘蛛精给殛了。

这故事就说,人要有好心哪,就惊动天和地。这蜘蛛精算到这公子是天文才命,能当状元,所以它就来投奔他了,要他保护它。这公子是为了救他妈跑出去,雷才把蜘蛛精给殛了。

要不说这蜘蛛精有道行啊!

白蹄猪

要么说呢！这人的生与死啊，这玩意儿也该然，不是小事儿。这出门要是遇着狼或虎了，这也像该然似的。

就说有这么一个小伙儿是做买卖的，他自己挑个挑子，正经过一个山岗儿，到山岗儿已经是下午时候了。正好就听着上面说话，他就把这挑子撂下了，心说，这干啥呢？瞅瞅也没有人，可哪儿说话呢？

这个小伙儿也挺细心，他就往上瞅。嗯？一看，咋的呢？上面坐着一个神仙，像山神爷似的。就看底下，狼在那儿跪着呢！哎呀，这狼给他下跪呢！这是神哪！

那狼就说话了："山神爷！是不是准许我今晚儿吃她去？让我吃个饱？"

山神爷就说："上哪儿吃去？你打算吃谁吧？"

它说："我打算到堡子里，有一个白蹄猪，我要吃那白蹄猪去！"

山神爷说："噢！那这么办吧！那白蹄猪你要是吃可得瞅好，不兴吃错，吃那个老母猪，我准许你吃！"

这狼说："那好！"

这说完之后，小伙子一听，那个白蹄老母猪在堡子东头儿那家，这个做买卖的小伙子他挺细心哪！噢！这狼吃东西还得请山神爷批，不批都不能吃，看来这吃东西也不是简单事儿，他就挑挑子走了。

到堡子了，生开火了，一看正好！东头儿那家一个老太太抱柴火，穿一双白鞋，噢，他就明白了。一到那家他就站下了，心说，我看这白蹄猪在哪儿搁着呢？有没有白母猪？他到那儿坐下了，就说："老太太啊！我真挺渴，有水吗？"

她说："有水，到屋吧！小伙子。"老太太还挺客气，就把他让到屋了，到屋之后喝点儿水。

他就问她："你们这家当中养活猪没呀？这地方养活点儿猪还行，能有点儿出路。"

她说："哪有猪啊！原先养活一个猪崽儿，后来没养活，死了，就没养猪了。这不嘛！就我一个老太太，人家别人都没在家，儿女都干活去了，我这一天就跑里跑外的。"

噢！小伙儿一听，寻思，它可能就是吃你呀！我得掂量掂量救你。小伙儿就说："老太太啊！今儿个我就打算在这儿借一宿，不走了，你老就像是我干妈似的，挺大岁数也没说滴，我在这儿住一宿行吗？"

老太太说："当然行，那就住一宿吧！不管怎么的，吃的俺这儿有，人这玩意儿还能背着房和地走吗？这么晚你也走不了了。"

小伙儿说："这么办！你老在屋里住，我在这外屋搭个铺。另外，我还胆儿小，晚上害怕，你给我预备点儿家什，有扎枪伍的给我预备一个。"

她说："这么办！俺这儿没有扎枪，有铁叉。"

他说："那也好！铁叉也行。"

那长点儿的叉子预备好了，小伙儿就告诉老太太，"万一有什么动静伍的，你别出去，我出去就行了。"这小伙子黑家儿就准备上了。

正好！那有时辰的，盯到半夜子时外边儿就响，"乒乓！乒乓"！老太太一惊醒说："不好，外边儿有贼，我得出去！"

他说："你不能出去！"他就往屋里推老太太，这就看着狼来了，他拿着叉子护着这个老太太，就没让它进屋，狼几次往屋扑也没吃着。

过了时辰了，老太太就不张罗出去了，外边儿也不蹦了，他就说实话了。小伙儿说："老妈妈，你今天该死啊！我把你救了，我在哪儿哪儿山上啊，遇着山神爷和狼俩说话，它就说吃白蹄老母猪。我一看你没有猪，你穿白鞋，那肯定就是你啊！所以我这是来保你一宿，该着你不死。"

老太太一听，说："噢，对呀！要么说我今儿黑家儿心慌，就是慌得邪乎，说不上怎么回事儿，这是应该让狼吃没吃着啊！这回好了，今后的话你就明说吧！要是有事儿就到我这旮儿。"

他说："没事儿了，他给了一个时辰，它这过了一个时辰就不能吃你了。"

这说的是哪儿呢？就是人让狼啊虎豹的吃是应该的，不是犯清规戒律的事儿。

财主与美女

有这么一个大财主啊，家过得挺有钱。他每天供这个狐仙供得挺上心，这么上香，那么上香。

这天大财主就叨咕说:"狐仙大人,都说你们灵验,谁信神,谁就能得到好报应。你能不能想想办法,给我一个报应?都说狐仙女的好看,我现在这个家妇人岁数太大了,我打算娶个狐仙女的。能不能你降下来以后,陪陪我呢?"

他天天拜,天天叨咕。这天怎么的了呢?真就来个女的,半夜三更拍门。

大财主一看,真来了,女的笑了,说:"我就是狐仙,特意陪你来了。"

大财主说:"那好吧。"

就待着,待了些日子之后,这个财主就说:"你陪陪我是挺高兴,但是都说狐仙能致富发财,能不能让我有钱啊?能不能让我有屋子啊?"

狐仙女说:"啊,那好。那我明儿个就帮你把房子变了,我说变就变。"

狐仙就往窗户外面儿一指换[1]当中,"唰"一下子房子全倒了,就变成高楼大厦了,全变成大瓦楼阁了。一色儿都是新木头盖的,像样了。

这回财主乐坏了,说:"你能不能再待些日子啊,狐仙!"

狐仙说:"好!"又待些日子。

待些日子当中,财主说:"我还缺钱啊!你能不能把钱给我指换一下?"

狐仙说:"那官衙门后面儿有的是钱,我给你变点儿。我一指换,就把银号里的钱全都给偷出来。"那时候叫官银号。

就瞅那一色儿的银子,就都过来了。光大银子就来了可仓库啊!他下屋都是银子啊!这回可是足足发财了。

完了这个女就在这儿待着,待了没有五天的工夫,这回人家就都来找了。这一天就看着国家军队来了,把他的府邸就围上了。

兵说:"不好,你这个府邸啊,这儿有妖仙!俺们这国库啊全丢了,是给盖金銮殿的房子的木头都丢了。那还不算,国库银子一点儿没有了,全在你这个院儿呢。"

说着就把财主也绑上了,财主说:"是那女的,是狐仙偷的!"

兵就说:"在哪儿呢?"

一看女的没了,不知道哪儿去了。搁那么,这个女的也丢了,这个老财主自己就给人家偿命去了,东西都被没收了。

要不就说,这是贪心不足呢!

---

1 指换:指。

海公子

有这么一个公子叫张生,是个才子,念书没事儿的时候,总愿意溜达溜达,老寻思走走,好游山玩水。这天,自己就往山上走,这山是没人去的山,挺孤单的一个山,有海岛大。他个人就上山去了。走到东坡就没有人了,正好树底下有一个女的,在那儿坐着呢。他寻思:哎呀,这没人地方,怎么有一个女的,这么漂亮!

这女的起来就笑了:"你是哪儿的,这么闭塞的地方,你也来溜达了?我寻思到这儿挺孤单,竟遇到同心人了。"

两人越唠越近,凑合一块堆去了。这女的长得挺漂亮,这张生也挺贪事儿,越唠越近乎,就拉拉扯扯,张生求欢,两人就到一块堆了。出去正要穿衣服的工夫,就听风"呜呜"响。女的说:"不行,快穿衣服,海公子回来了。"

说完,这女的就没有了,他慢回头一看,一个大长虫,像蟒似的,噼啦一缠,小树拉倒了,大树就缠上了,就给张生缠上了,动弹不了了,缠得挺紧。大长虫脑袋下来就咬他,脚咬破了,抽血。他就寻思:这玩意了不得,我得让它抽死啊!

正闹心怎么办,该然正赶上上衣兜里揣一包药,药狐狸的药,过去有狐狸闹事,所以他买的药,药狐狸、药耗子的毒药。他就顺兜一点儿一点儿抠出来,一点一点撒血上了,长虫还喝他血,这药效快。当时长虫就耷拉脑袋了,脑袋也不支了,顺着上面一点一点卸下来了,他就慢慢退出来了,长虫死那儿块了。

死完以后,他看那女的也没有了,就剩长虫了。他一看,不用问哪,和我同床共枕胡扯那个,也是个长虫精,他俩是男女,要不她怎么一下就吓跑了呢。

海公子死在高山之上,张生吓得跑回来了。这么一段爱情,差点没把他吓死。

韩信智擒河怪

有这么一个打鱼的老头儿,每天打鱼,老太太在家看家。他岁数儿也不太大,五六十岁儿,打点鱼,卖两个钱儿,就够供养老太太买点儿米、弄点儿柴火烧,就可以够吃了。

这天他正在河边打鱼,这一网扣下去就拽不动了,怎么拽都不行,沉得邪乎!强拽拽不出来!最后一看,什么呢?拽出一个大罐子!

他一看,说:"哎呀,这个大罐子可太大了!这里面是不是有珠宝玉器、有好东西啊?"老头儿挺高兴,他心动了,说,"我看看它!"

这河上边就是大道,他就走到道上来了,到道上之后,老头儿就把这个盖儿慢慢儿一点儿一点儿撬开了,撬开之后有个东西顺着罐子就一点儿一点儿升出来了。

这一看:青脸红发,兽不像兽,人不像人,那嘴张多大啊!

它出来就说话了:"正好,我在这海河里待多少年都没吃饱,净挨饿了!这回你把我整上来了,我就吃你吧!"就要吃这老头儿。

老头儿说:"你别吃我啊,你本来在海河里就吃不着东西,这你也活了,你现在上来了还要吃我?多亏我把你救上来了,要不你能上来?"

"不行,你整上来的,就得吃你!"就非要吃他不介,老头儿就哀咕它。

正赶这工夫,来两个走道儿的,走道儿的到傍拉儿了,老头儿一看,就和他们说:"你们帮我说说情儿,我把它打上来之后,这玩意儿就非要吃我不介!"

这个河怪就说话了:"这么办,你们说话吧,是吃你们对,还是吃他对?"

走道儿的一看,寻思:谁愿意惹事呀!就说:"这么办吧,你吃他吧,俺们走俺们的道儿,你别吃俺们!"人家就走了。

河怪说:"你看人家是让吃你不?"

过来几个人,它一问,都让吃老头儿,都打这儿走过去了。这工夫,老头儿就没章程了。

正赶韩信搁这边儿溜溜达达,像溜达玩儿似的来了。韩信到傍拉儿了,他一看,小伙儿挺帅,长得瘦,挺精神!他就说:"这位壮士,你帮我个忙吧!我把它打上来之后它非吃我不介,不吃不行!因为它觉没睡足呢,我把它打上来了,它恼我。"

陆 精怪故事 ·1369·

河怪就和韩信说："这么办，你说吧，我是吃他还是吃你吧？反正我准得吃一个，要是你让我吃你也行！"

"哦……"韩信心寻思，说："你说你在哪儿待着了？"

河怪说："在罐子里待着了。"

韩信说："我不相信，这罐子这么点儿，你这么大，能装下你？你吃他也好，吃我也好，你就试验试验，你这大个子如果能回到罐子里去，你上来吃我也行，吃他也行，我叫你吃！"

河怪说："那好，你瞅着吧！"它就往后一缩一缩，缩成不大点儿，"呗"就蹦罐里去了。

韩信一声不吭把罐子拿过来，"啪"就把盖儿扣上了，说："赶快扣好，扣好！"扣住之后说，"急速把它撇河里去，让它永生不得上来！"

老头儿一看，说："哦，这是把河怪擒住又扔河里去了，怪不得多少年它都出不来，这盖儿是用封口封上的。"

韩信说："你不应该把它打上来，也不该救它，这回，它再也出不来了！"

老头儿说："我这辈子也不打它了，打上我也不会打开盖儿了，也不能要它了，多亏你这个壮士把我救了，要不我就完了！"

金精戏窦

窦僖是窦燕山的第五个儿子，过去《三字经》中不是说"窦燕山，有义方，教五子，名俱扬"嘛！老窦公最有才华，最能教育人，他有五个儿子，个个都成名了。

老五叫窦僖，他今年科考去，搁家走的时候也就十八九岁。在去科考的路上，正好夜里住到店里了，他点上灯，正在看书的时候，就听外边拍门。开门进来一个姑娘，长得如花似玉，她进来就笑了，说："窦哥，不乏吗？我到这儿陪你唠唠嗑儿。"就坐他傍拉了。

窦僖当时就站起来了，说："你是干啥的？你是哪儿的？你走你的道儿去。"

女的说："我是这屋的。"

窦僖说："你是这屋的？你到底上这儿干啥来了？"

女的说："你没来时候，我白天在这屋睡的，我做活时候，把针落这屋了，我来找针，这针是我舅的。"

窦僖一听，说："那不行，三更半夜你找什么针呢？我花钱来住店，谁管你找针不找针呢？你赶紧走，别找了，等我明儿个走了你再找。"

窦僖就撵她，这女的就赖赖唧唧往窦僖傍拉凑，把窦僖吓得就起来了，"我告诉你啊！你再别这样，要不我就打你了。"

那时候有压书宝剑，他一伸手就把压书宝剑抽下来了，窦僖说："干啥呀？你这女的怎么不知羞耻呢？"

这女的并没害怕，笑嘻嘻地还过去抱窦僖，窦僖把宝剑"啪"一比画的工夫，就听"咔嚓"一下，那女的一道火光就蹽了。窦僖一看，这不是人哪！带火光蹽的，他就撵人家去了。

窦僖顺屋出去撵。北边有砖墙，砖墙有个缝，她钻那缝里去了。窦僖说："哦！你钻这里去了，我找个锹剜出你来。看你到底是什么玩意儿！"就把这大砖剜出来，一看，好几个金子在里面搁着呢。哎呀！这里有黄金，他就看见那金子上面有个铁匣，匣皮子上写着："单等有福人，单等窦僖来。"意思就说了，"单等窦僖来"，这给他预备的。

窦僖一看，自己搁兜里拿个笔，就写了，意思就说，买臣那时候就是拾金不昧，我也是那样的人，说："财产不要，拾金不昧。爱谁谁的，我不要。"他就把这个金子给封上了，心说："把它封上吧！谁爱要谁要。"

这个窦僖没爱财，没爱色，第二天他就走了，去京城考试了。

没等出榜，皇上就问袁天罡，他是个大谋士呀！皇帝就说："这回你看，状元谁能中？"

他说："这个状元中的是个有德之人哪！"

皇帝说："你能知道吗？"

他说："我知道。中的是见色不爱、见钱不贪的人。这个人是名家的，此人姓窦，叫窦僖。有那么两句话说得好嘛，'窦僖不爱色来不爱金，天生造就命穷人'！"

出榜的时候，一看，写的正是窦僖，这乾隆一看，说："确实，你说的不差啊！"

后来，窦僖就成名了，金子精戏窦僖，结果没戏成。

柳毅传书

这个柳毅是哪儿的人呢？那时候是属于关里。

他准备上京科考去，就是上长安。他是柳公子，家里过得不错，有爹有妈，过得挺好。上北京考完之后，没中上，挺败兴，就对自己说："回去吧。"他就回家去了。

他路过钱塘江。那时候跟现在没法比，没有车辆，就是骑马走。柳毅刚出来就起风了，刮的是暴风，这风大得邪乎！他骑马，这马都惊了，拽不住！

他一合计，就说："哎呀，干脆吧，我就听天由命、信马由缰吧！"他就趴在马鞍子上，抱住马鞍子。这风太大，马"嗖嗖"地就被风刮起来了！

这一阵风足有两三个点儿才过去。风过去，柳毅就下马了，他一看，这是到哪儿了？就到钱塘江边了。他一看，这时候走不了了，这儿是个没有人家的地方，只有江啊，再就是白沙滩子。

柳毅挺毛愣[1]，心寻思：这是什么地方呢，也没有人儿，怎么说刮就刮到这儿了？

他走了不远，再一看，前边有一群羊，一个女的在放羊呢！这女的岁数也就二十岁左右，瞅着长得还挺漂亮，但穿得一般。

柳毅到傍拉一看，下马对牧羊女说："这位大姐，我请问一下，这是什么地方啊？我是让大风刮来的，走蒙了，想打听一下。"

牧羊女就笑，说："这叫钱塘江，这就是钱塘江畔。"

柳毅就问她："那我到苏州还有多远？"

"你要是搁这个道儿走，老远了！"待了一会儿，牧羊女说，"你这么办吧，从洞庭湖走呗，那儿有船，这不挺好吗？"

柳毅说："那也行。"

接着柳毅又问牧羊女："大姐，你牧羊，家在哪儿呢？我看这街上没有堡子呀？"

牧羊女笑了，说："你看我这是牧羊吗？"

柳毅说："这不是牧羊，是干啥呢？"

---

[1] 毛愣：受惊吓。

牧羊女说:"你是不懂啊,这不是羊!"

柳毅说:"那是个啥呢?"

牧羊女说:"我跟你说实话吧,我有相求你的地方。我外号叫三娘,是个龙女,是洞庭湖洞庭君龙王的三女儿,嫁到钱塘江畔,嫁给钱塘江龙王的儿子做媳妇。这些都是雨公,是行云布雨的神,出来溜达溜达,你没看这毛里头有鳞吗?"

柳毅扒开毛一看,里面真有鳞,头上还有犄角。柳毅很惊讶,他以为是毛,原来里面是鳞。就说:"原来这么出奇呢!"他挺惊讶。

柳毅说:"那你为什么自己放羊呢?你要是龙宫的一位夫人的话,怎么不找别人放羊呢?"

三娘就哭了,说:"我说实话吧,我在这儿受气!到了这儿以后,我这个男的拿我不当回事儿。他和别的虾兵蟹将的女的胡扯,他不正经。所以就让我在这儿牧羊,干受罪。正好,我看咱俩今天挺有缘的,柳公子你回去的时候,给我捎封信。"

要不说柳毅传书呢!

柳毅说:"捎到哪儿?"

三娘说:"捎到洞庭湖,到洞庭湖给我父亲。"

柳毅就笑了,说:"那能去得了吗?洞庭湖水那么深,我也就坐船到过那儿,我上哪儿找你父亲去啊?"

三娘说:"你不用着急,我有办法让你见到。"

柳毅说:"好,那你就写吧。"

三娘看别的东西也没有,就把自己的白裙子"唰"地扯下来一块,咬破中指写了一封信。

她写完缠巴好之后,说:"你去了怎么办呢?我告诉你,你家离洞庭湖也不远,先回家也行,回家以后,你到洞庭湖去。洞庭湖南边儿,有一棵大橘树,叫涩橘。你把我这腰带拿去,到那儿之后,把这个带子往树上绕三圈儿,再磕打三下子,就能有人接你了。湖里就能出来人,不管谁来,你都别害怕,都跟着去。没事,绝对没有险处,你就说给我捎信。"

柳毅说:"那好。"

这封书信就给他了。柳毅揣好了书信,看这女的正经[1]长得挺漂亮,笑说:"咱俩还能见面吗?"

三娘说:"能见面,你要是信捎到了,就能见面。"

柳毅说:"好吧,咱俩再见吧!"说完就走了。

柳毅上马就走了。他按三娘说的道走,确实没走多少日子,就到家了。到家以后,他家里也没谁,就有爹妈。他待了两天,说:"我得送封信去。"就去了。

到了洞庭湖南岸,柳毅一看,真有棵大橘树,就把三娘的腰带围在树上,绕了三圈儿,敲了三下。

哎,他看见啥了呢?就看见洞庭湖里头的水"哗"地翻上来,出来一个穿着盔甲,像战士一样的武将,那家伙穿着盔甲就站起来了,上前就说话:"哪方的客人前来叫门?"

柳毅说:"我是替三娘下书来的,现在要见洞庭君!"

洞庭君就是龙王,是洞庭湖的君王。

武将看柳毅有信,就说:"可以,来吧。"他用手一指画,湖水"唰"地出来一条道,水全分开了,像条大马路出来了!

柳毅想:"害不害我的不说,我下书了就得去。"

他就跟着下去了。下去之后,走了挺远,柳毅看见前边有个像样儿的大堡子。到了堡子里一看,那家伙,雕梁画栋修得好,像金銮殿一样。

武将说:"到了,到洞庭君府了!"

他们到府之后,把门的兵一禀报,上边儿说:"让他进来吧!"

柳毅进去,到屋一看,修得像金銮殿似的,上边儿正座就是洞庭君——老龙王。洞庭君大高个儿、黑个嚓儿的当中就是王脸膛,一看这老头儿就是精神!

洞庭君说:"你哪儿传信的?"

柳毅说:"我是给三娘传信的。"

洞庭君说:"给三娘传信的?你在哪儿看着她了?"

柳毅说:"在钱塘江。"

洞庭君说:"哎呀!好,把信拿上来!"

---

[1] 正经:确实。

拿上来看完，洞庭君就把信往桌上一拍，拍得这个响，说："这个孽畜！我女儿这么好，嫁给他，还要受他的气！"

洞庭君说："传到后屋！"就告诉下边儿的丫鬟把信带到后屋，让老龙王的老伴看去了。

洞庭君对柳毅说："你这么办吧，暂时就在这儿休息吧。"

柳毅说："好。"

正唠着呢，柳毅就觉着后边儿"咔嚓"一个霹雷响了，吓得直躲。回身一看，顺后院儿起来一个金鳞的大龙王，黄不颠儿的，直接奔天上去了！

柳毅吓颓遂[1]了，喊："我的妈，可不得了了，真有龙啊，这家伙！"

洞庭君说："不用害怕，这是我老兄弟，脾气最暴。他听说侄女受罪，就解决问题去了，你在这儿待着吧。"

柳毅一听，说："可不得了了！洞庭君啊，这么回事，我来是活着来的，给你女儿送信也是好意，我希望还活着回去。"

洞庭君说："你这不多余吗？我能害你吗？这地方你待着，不用怕！他走得就是急，回来就不急了，就不这样了，待会儿他回来，你就知道了。你坐会儿吧，喝水！"

洞庭君命人给柳毅沏茶水，人家那茶也好。

柳毅喝上茶，不一会儿工夫，就听外边儿连琴声带乐器声响了。

洞庭君说："回来了，你瞅瞅吧，受罪的回来了！"

柳毅回头一看，真是三娘回来了。前边儿一小伙儿，穿得精神，领着三娘回来了。

洞庭君说："这不是嘛，刚才呀，那条龙就是这小伙儿，现在你看看，还害怕不？"

柳毅一看，不害怕了，十八九的小伙儿，面善，笑呵呵的。

他们到了之后，就下来了。下来之后，洞庭君对小龙王说："你走太急了，把贵客吓颓遂了，吓得够呛，赶快赔不是！"

---

[1] 颓遂：瘫倒。

陆　精怪故事

小龙王急头[1]到那儿，深施一礼，说："柳公子，我走得太急了，原形毕现。我对不起你，把你吓着了，这就给你赔不是了，你叫我怎么整都行！"

柳毅一看，小龙王跟人一样儿，长得这么精神，还这么好，就走近握了握手，俩人显得还挺近便，说："好吧，我不害怕了。"

完了，三娘到屋就亲自给柳毅行了个礼，说："柳公子，我多谢你救命之恩啊！你要是不捎信的话，我就回不来了，我就得被囚在他那旮了。"

这时候，洞庭君就问他兄弟："你到那儿怎么处理的？"

小龙王说："我到那儿和他武斗来着，叫我把他吞了！"就是把他吃了。

洞庭君说："哎呀！那你伤着群众没？"

小龙王说："百姓倒是没伤着，主要是地涝点儿，我到那儿把水发下来之后，和他大战了一场，他没战胜我！"

洞庭君说："你这还了得？这祸让你惹的！"

小龙王说："后来我惊动玉帝了，我已经到玉帝那儿去认罪了。我把情况一说，是为救我侄女。玉帝今天特别宽宏大量，恕我无罪，叫我回来，啥事没有，因为我救我侄女有功！"

说到这，洞庭君对他们说："好吧，你们都休息去吧！"

三娘到柳毅那儿又深施一礼，柳毅这会儿对三娘就有些好感了，柳毅就问她，意思说能不能再见一面。

三娘说："能见面，你再待两天吧。"

柳毅不能一直在这儿待着啊，就要回去了。

到了第二天，临朝的时候，这个小龙王就说话了，说："哥，我看啊，咱侄女回来多亏了柳公子。柳公子也没有家，我看莫不如就让他俩成了男女吧。正好是受恩的人和恩人同床共枕，多咱都是对待恩人最好的事！你寻思寻思，你看这么办怎么样？"

洞庭君说："看看柳公子愿不愿意吧。"

他们一问柳毅，柳毅也愿意。他看三娘长得好，说："我同意！"

洞庭君说："那好了，那就结婚！"就准备结婚。

---

[1] 急头：连忙。

后来又问他:"多咱结婚啊?"

柳毅一想,又变卦了,说:"有一样啊,洞庭君,我现在有这么一个考虑,杀其夫而夺其妻,谓之不义啊!因为我捎来的信,我爱中三娘了。当时没考虑就要娶她,现在我捎来信,你又把人家杀了,又要我夺他媳妇,这说不下去啊,谓之不义啊!这事还是撂一撂,以后再说吧。"

洞庭君一听,说:"这没办法了,那就拉倒,不娶就不娶,以后再说吧!你还打算待多少日子?"

柳毅说:"我得回去。"

"回去?这么办吧,急速给拿些东西。"洞庭君给柳毅拿了不少珠宝玉器和黄金,说,"你回去之后,掂对做个买卖,你干点啥都行。你回去的时候,我再给你拿点药,世间上的药特别缺,有闹病的干脆治不了,你就当个医生,行行善。"

柳毅说:"好吧。"他就回去了,这兵给他送出来了。

走前,柳毅跟三娘见了面,又问以后有没有见面的机会。

三娘说:"这就不一定了,可能还有见面的时候。"

柳毅回去,待了几个月之后,就默默想三娘,想她长得好。但就差在一个事,他总觉着,杀其夫而夺其妻谓之不义,这是孔夫子说的话,他记住了。

这工夫就有保媒的,说的是南庄老王家的姑娘,说姑娘好,怎么怎么不错。

一听,柳毅想,自己也有钱了,就说:"订吧!"就把这个姑娘给订了。

订妥之后,也有了些日子,柳毅有钱了,办事也痛快,就把结婚用的全买了。

结婚那天,入洞房之后,就要睡觉,柳毅把幔帐一撩,就说这个老王家姑娘:"嗯?我瞅你这么面熟呢?"

老王家姑娘说:"你看我面熟啥呀?"

柳毅说:"我瞅你好像三娘似的呢!"

完了她就笑了,说:"你真的看对了,我就是三娘!老王家就是我设的个假局子。因为你不娶我,我问父亲怎么办。我父亲说的这么办,先搁个托儿。这回你不用别的,我是老王家姑娘,不是我本身了,这回你可以要我了吧?"

柳毅说:"这回我得要了,娶了能不要吗?"

两人就结婚了,娶的还是三娘,俩人感情特别好。

又待了有三四年的工夫,柳毅和大伙儿说,就是和堡子的朋友们说:"我得走,不能在这儿待着,因为三娘要求上她那儿去,我得入海。海里生活特别好,我不能在世上待着了。"

大伙儿都不信。没几天就看不着柳毅了,哪儿都没有,不知搬哪儿去了。

一晃过去又有十年,就说谁呢?柳毅有个亲姑家兄弟,叫贾翔,今年科考去。贾翔带着家奴,正坐小船过洞庭湖,走到湖当间儿就起风了,"呼呼"的风就转起来了!他一看这风止不住啊,就告诉船家注意点儿。

顺着风,船就被刮到南岸沙滩子边儿上,停在岸上了。

说话天就黑了,贾翔看上边儿有两个打灯笼的来,他就蒙了,心想这是什么地方啊?打灯笼的一看就是两个女的,(她们)到了旁边儿就说话了,"船上坐的是不是贾公子啊?"

贾翔一听,说:"对呀,你们是谁呀?"

打灯笼的说:"我是奉你表兄柳毅的信,请你来了!我们赶快上去吧,你嫂子和你哥等你呢!"

这个贾翔就合计,说:"对呀!我哥柳毅走了多少年了都没音信,在这儿呢?我得去!"

俩女的这就一路带着他下船了。走了挺远,他们到了一个山岗上,贾翔一看,山挺清秀,花草树木特别吸引人,就赶上[1]世外桃源一样!他到里边儿一看,正殿坐的就是柳毅,旁座就是三娘。

贾翔急速到那儿深施一礼,跪着说:"哥哥在上,嫂子在上,我给你们行礼了!"

柳毅一看,让个座,说:"坐!坐!"

唠了一阵,贾翔说:"我今年科考去。"

贾翔一看,柳毅走的时候二十几岁,现在还像二十几岁似的,过了十年也没变!他多大?他比他哥差四五岁,他比人家还老得邪乎呢!他就说:"哥,你怎么没变模样,还这么年轻呢?"

柳毅说:"你不知道啊,龙王有宝丹。有了这个长寿丹,吃完它之后,人就不老也不死,所以我现在已经可以排成仙位了!我就不能死了,我在这儿就算修行成了,我得着不老丹了。"

---

1 赶上:像。

贾翔说："啊！那哥哥这么办吧，科考我就不去了，也在这儿待着得了，你想办法照顾照顾我。"

柳毅说："那哪行？你现在有状元之命，你还得实现状元去。你去吧，我给你算好了，你还得干十年，完了再回来。"

贾翔说："干十年我就老了，完了到这来就没意思了。"

后尾儿三娘说："这么办吧，咱不有还青丹嘛，给他拿一丸。这个青丹，就能保年轻，总也不老！"

贾翔当时就吃进去了，说："好吧，哥嫂，我这就去了，以后咱们再见！"

到了京城，贾翔确实中状元了。中了状元之后，当官的时候，他就老叨咕，说："我当十年就不当了，完了我就找我哥、我嫂子去，我入海！"

大伙儿都不信。

果然到十年以后，贾翔就不知去哪儿了，谁也找不着。后来大伙儿一合计，准是到那儿去了，因为他走的时候，自己也说了嘛。

要不说呢，五虫当中，人为裸虫，龙为鳞虫，其中最大的就是鳞虫，鳞虫道行大，身子也大。

所以，要是人龙结婚也确实可以，之后柳毅也生了一帮儿女，也传流后世了。

附记：

《柳毅传书》故事原型为唐代传奇《柳毅传》。《柳毅传》是唐代文学家李朝威创作的传奇作品，其内容与上文故事内容大同小异。《柳毅传》被鲁迅视为与元稹的《莺莺传》具有同等地位的传奇作品，后世戏曲家多以此作为戏剧题材，成为戏曲中的经典剧目。经过后世传播，这个故事家喻户晓，成为民间流传很广的爱情故事。（隋丽）

柳秀才

在关里青州一带，那旮有蝗虫，蝗虫一来，就整个把庄稼都糟践得邪乎！青州太守是个清官，特别爱护群众，就寻思：这蝗虫怎么办呢？就天天儿嘱托天神，甚至蒸上馒头供天神。

这天夜里，太守睡觉做了一个梦，梦见来了个小伙儿，长得一般，挺高个子，瞅着黑不拉碴的，到他傍拉了就说："老大人啊，我和你说个事，我姓柳，我叫柳公子。"

"啊，有事儿你说吧！"

"这蝗虫啊，可要攮啊，你这旮还得有蝗虫啊，还得下，马上就得来，这庄稼还得完，黎民可就成问题了。我看你是清官，对群众太爱护了，这么上香、那么供火，我有点接受不下去了，所以来告诉你的，我也不用你干啥。明天中午你去南边儿大山坡，那山坡有个大道，大道旁的柳树边，你必须赶去那里，那里有个女的，长得一般，个子高，挺胖，骑个牝驴。到时候你就哀咕她，叫她想办法。她就像蝗虫祖宗一样，她说得算。"醒来就是一梦。

第二天吃完早饭，他就告诉老伴儿，急速预备点儿吃喝，蒸的馒头，菜、酒，全都预备好了，他就端着跑树边等着去了。到了晌午，真看见顺着山坡下来了一个女的，挺胖。他急速站起来，说："这位大姐，请你站一站。"

这女的说："有事儿咋的？"

"不，大姐站一站吧。我特意备点薄席，有点儿淡酒，请你多饮一点。我特意给你预备的。"

"你怎么给我预备这呢，你不是个官吗，你不是这地方的太守吗？"

"是，我特意备点酒席。"

"不喝不行吗？"

"不喝，我就端着杯不撂。"

女的没办法，就喝了一杯，说："你是有事咋的？"

他说："不是别的，俺这地方太苦了，蝗虫下得了不得，请你高抬贵手，把蝗虫整走吧，别让蝗虫再下了，再下俺就活不起了。"

女的一考虑,说:"啊,是谁让你找我的?"

"我昨晚做梦,有一个公子,告诉我姓柳。"

"啊,又是他干的事,这小子不懂好赖,这能擅自更动上天之命?他让救你,我就找他,我今天就喝两杯。"

女的连酒带菜吃完,说:"你回去吧,安心吧。"

这柳公子就是山上大柳树林子的大柳树仙,他变成人样告诉太守的。第二天,女的就把这蝗虫整个下柳树林子里了,这山上就都长蝗虫了,这柳树叶子都长虫子、起包了,但是庄稼一点没事儿,柳树仙子把老百姓救了。从那时起,老百姓就知道,这蝗虫确实有人撒,上面玉帝有命令,不是随便撒的,这柳树仙子心特别好,被太守感动了,就托一梦。

马骨头闹鬼

有这么一家啊,也十来口人。每天下晚儿前儿就听着外面有人说话,说:"辣、辣、辣,好辣!辣!"

哎呀!大伙儿就说,这是怎么回事呢?大当家的出去一看,也没有人,回到屋一趴下,就听那炕洞子傍拉老吵吵"辣、辣、辣",房前也吵吵。就听桌子底下有东西走似的,还没看着人儿。

他说:"什么玩意儿呢?"

大家说:"咱们都起来,今儿就看看,到底是什么玩意儿?"于是所有人都在外面趴着。

这一趴,趴了一天。半夜又去趴着了,又听着"辣、辣、辣……"

最后,他二儿子看着了,说:"这儿呢,这儿呢!在这儿呢!"大伙儿一下子,"啪"就给它按住了。

一看这是什么呢?是一个马骨头,就是马脑袋的骨头。就是它喊的声儿!

这小叔一听是马脑袋骨头,就说:"哎呀,这个马脑袋我可知道!在山上我们放猪的时候,就拿着这个马脑袋。俺们没事儿,就合计干点啥,就整辣椒往它嘴里塞，塞了不少。没承想它成气候了，成精了，吵吵'辣、辣、辣'。它嫌辣了，把它炼了吧！"

这大伙儿一合计怎么呢？就把它给炼了。炼完以后，马脑袋"吱吱"直门儿往外蹿血。

大伙儿一看，就说："在这动物当中，马脑袋还听挺出奇呢，你看这马脑袋还闹鬼呢？"

骂鸭子

这个故事挺出奇。

有这么一家，这家和另一家东西院儿住着，那家的鸭子长得大，每只都有二三斤重。这天就跑过来一个，他一看，这鸭子挺好、挺肥，就偷着抓起来给人家杀着吃了。

吃完可吃完，人家那屋儿找找没有就拉倒了。他可来劲儿了，吃完以后怎么回事呢？这肩膀上顺着胳肢窝长一些鸭毛，这鸭毛老多了，他就着急："这怎么办呢？"

他就找个大夫给相，大夫一看说："这怎么像鸭毛一样呢，治不了啊，你找算命先生看看吧，他们会算。"

当地有个算命先生，挺出名。他把事情和算命先生一说，那算命先生说："哎呀，你呀不用问，你偷吃人家东西了。"

他说："我虚心接受，我确实偷鸭子吃了。"

"你就得让那家骂，那家一骂，你挨顿骂，你这鸭子毛就掉下去了，不挨骂你掉不下去，人家鸭子丢了，拿你出出气，要出完气就没事了，骂你一顿的话，你别吱声，完了鸭毛就下去。"

"她不骂呀！"

"你可以告诉她你偷鸭子的事，撩[1]着她骂。"

1　撩：招惹，吸引别人注意力。

"好！"他就回来了。

回来他就和人家老太太唠上了："老大娘，你们昨晚儿不是丢一个鸭吗？"

"可不是，鸭丢了一个嘛，丢就丢一个吧，俺们养活好几个，也不差一个鸭子，谁吃都是吃。"

"那你怎么不骂呢？"

"得了，一个鸭子哪能骂，犯不着，那哪能骂去，大伙儿傍拉住着，谁吃不是吃呢？"人家不骂。他寻思：这玩意儿不行。人家不骂，他就急了，鸭毛下不去呀，那玩意儿没办法。

第二天早晨，他又和人家说："你骂吧，骂吧，骂完我才能好呀。"

老太太说："骂啥骂啊，不能骂呀！"

后尾儿，他又来了："大娘啊，你要不骂，我就完了！我说实话，鸭子是我偷吃了，你要不骂，我这鸭毛你看看……"老太太一看，他可胳肢窝全是鸭毛，下不去。

他说："人家算命先生告我了，你骂一阵子，我这鸭毛就能下去。"

老太太说："那让骂就骂吧。"这老太太就当着他的面什么"该死的、该杀的"骂一阵。嗯？这毛"哗哗"直门儿掉呀，骂完鸭毛也掉完了。

他说："下次你给我吃，我也不吃了，就这一次！你这叫'骂鸭'，你要不骂，那鸭子毛就没得掉了！"

梅凤

这是听老人讲的一个故事。

有一个王家庄，庄里有个王员外，家有一个公子，十八九岁了，每天都去学堂里念书。王公子念书的学堂挺远，家里人看他中午不能回家吃饭，每天都给他带点吃的当晌午饭。

有一天，王公子上学，半道上碰到了一个老头儿。这老头儿面黄肌瘦的，身上还背个破行李卷儿。

老头儿对王公子说："这位学生啊，你有吃的吗？给我一口，我好几天都没吃饭了。"

王公子看他可怜,就把自己带的饼子饽饽给了他一个,老头儿接过来,三口两口地吃了,吃完就走了。

第二天,王公子在半路上又碰到昨天那个老头儿,好像在那儿等他一样。那老头儿一看见王公子就说:"公子啊,你能不能再做点好事儿,我昨天吃了你一个大饼子,一直挺到现在,饿完了[1]!"

王公子一想,说:"也行,我今儿早晨也吃饭了,不差晌午这一顿饭。给你吧!"老头儿就把干粮接过来,吃完就走了。

结果,一连三天,王公子带的晌午饭都给这老头儿吃了。

到了第四天,老头儿还在路上等着王公子。不过,这回他吃完饭没走,从破行李卷中拿出一个纸卷,对王公子说:"公子,你确实是个好人啊,我也没什么可给你的,这有一张画,你拿去吧。"

王公子接过画,问:"这是什么画呢?"

老头儿说:"你拿回家再看吧,现在卷着,就别打开了。"

王公子心里挺纳闷儿,就收起来了。

晚上放学回家之后,打开一看,原来,画上画的是一个二十来岁的大姑娘,画得可好看了。过去,这种画就叫"美人头",一般人家都爱挂着看。老头儿给王公子的这张画,上面的姑娘就像活的一样,真真亮亮的。王公子觉着画得挺美,就挂在墙上,天天都看几遍。

不料,家里的怪事就接着来了。

王公子每天上学回来之后,饭菜都是做好了放在锅里了,又是馒头又是炒菜的,香味飘出多老远。王公子心想:"出奇了啊,我爹妈也不可能天天给我做这些好嚼谷啊,哪儿来的呢?"他心里奇怪,可是上来饿劲儿,还是很高兴地吃了,心里想,这事我得弄清楚。

这一天,王公子吃完了早饭,就假装上学,半路上又回来了。他轻手轻脚地扒在窗户上,把窗户纸捅个小窟窿,一看,被他看个正着,就见画上的姑娘"唰"一下子从墙上下来了,两脚一落地,就手脚麻利地开始忙着做饭。

---

[1] 饿完了:饿坏了。

王公子开门就闯了进去,抢先把画收了起来。姑娘一见,想回到画上去也晚了,被王公子一把拽住了:"你是谁家的姑娘啊,为什么跑到我这儿做饭来了呢?"

"我叫梅凤,不是凡人,是上方的一个仙子。前些日子每天在路旁要你馃馃的老头儿就是我父亲。他看你人挺好,我们俩也有一段缘分,就让我嫁给你,也算是来报恩吧。"

王公子一听就着急了,说:"不行啊,我有媳妇了,是张员外家的小姐,今年也十六七岁了,就差年龄没到,我们还没成亲。我怎么能再要你呢?"

梅凤说:"不管怎么说,我已经在你家这些日子了,我也不能走了。"

说心里话,王公子也不愿意让她走。两个人是你有情我有意,她就悄悄地在王公子的屋里一起过起了日子。

可老是这样也不是办法,时间长了,王公子还是把这件事和他父母说了。王员外两口子听了,也觉得这事不好,对他说:"你已经订了媳妇了,哪能再娶?张员外家也不是一般人家,挺有势力的,人家也不会同意你另娶的。你还是赶快打发梅凤走吧。"

王公子没有办法,回房就跟梅凤说了,梅凤挺伤心的,哭着说:"那咱们就只好分开了,我明天就走吧。"

第二天,梅凤就走了。她一边哭一边回头看王公子。走到快看不见时,她才喊了一声:"你要是打算找我,就到梅园去,往南走,过了南海园,就是梅园了,在那儿就能找到我!"王公子也回答了一声:"我记住了!"他也哭了。

梅凤走后,王公子一直闷闷不乐,吃啥啥不香,干啥啥没劲儿。家里人看了也不忍心,就张罗让他和张家小姐完婚,好解解苦闷。

可你说怪不怪,还有三天就结婚了,张家小姐就得急病死了。

这回,王公子的心又被伤了一下,他就到爹妈跟前,说:"看来,我就是孤单命啊,头一个媳妇是家里不愿意,把人家打发走了。这个媳妇差三天就过门了,又死了。我不能再在家里待着了,得出去走走了,要不,还不得憋屈死!"其实,他心里是想去梅园找梅凤。

王员外老两口一看,也拦不住哇,就给他备上马匹,带上钱财,放他出去了。

王公子孤身一人走出家门,在外面到处游逛,走遍了名山大川,经过了好多城市乡村,遇见了各种各样的人。最后,钱财都用尽了,连马都卖了,也没打听到梅园在哪。

这天,他来到一座大山前,实在太累了,过不去了。这时他看见山脚下有一间小房,就想到那借住一宿,歇歇脚。

进屋一看,一个老头儿坐那画画儿呢。看见王公子进来,就问他:"没吃饭吧,先吃点儿饭吧。"

王公子一边吃饭一边跟老头儿闲聊。老头儿一听说他要找梅园,就说:"你要去梅园不难,就在山那边。可这个山不知道啥时候才能打开一回,不到时候它不开,你就过不去。"

王公子一听发愁了:"到啥时才能开啊?"

"我给你算算吧。"老头儿掐手指头一算,笑了,说,"你来巧了,明天早上五更天,这山就能打开,你来得可真巧哇。"

王公子一听也就来精神了,说:"太好了!真是踏破铁鞋无觅处,得来全不费功夫啊。"

老头儿说:"你先别高兴得太早了,山开了你得快跑,那也不一定能过去,以前有不少人都被夹在这山里了。"

"我也顾不得那么多了,明天我一定得过去。"

第二天没到五更,他四更就起来了,直奔山上去了。到山根儿底下,正好起了一阵风,呼呼的,不是好动静。风过之后,大山"咔吧"一声巨响,就裂开了。王公子不敢怠慢,顺着裂缝就拼命往那边跑,一路上看见路边有好多尸首,尽是没跑过去被夹死的。他紧跑慢跑的,连气也不敢多喘。刚跑过山来,大山就"咔吧"一声合上了。他回头一看,好玄啊,差点没被夹里啊。

闯过了这一关,他松口气又往前走。走着走着,就见面前有条小河,河上有座独木桥。这桥上的木头特别烂糟,尽是窟窿眼儿,眼瞅着禁不住人似的。他就犯愁了,怎么过呢?不过吧,到不了梅园;过吧,他还真不敢走。正寻思着呢,就见后边有个小伙子挑着柴火过来了。人家也没有理会他,顺着那桥就过去了。王公子一看,行啊,人家挑柴火都过去了,我空手一个人还有啥可怕的?他就大着胆子上了桥,没想到,啥事没有,也轻松地过去了。

过了桥,见前面有一个大宅院,想必就是梅园了。他就上前敲敲门,出来一个老头儿。王公子一看认识,正是那个一连几天在路上跟他讨吃的那个老头儿,也就是梅凤她爹。不过，这回老头儿对他可挺冷淡。

王公子施了一礼，说是来找他媳妇梅凤的。老头儿说："不错，我是有个闺女叫梅凤，你到屋里吧。"

进了屋，老头儿又说："我有好多女儿，不知你说的是哪一个。你自己的媳妇，你想必一定认得。明天你再来吧，要是能认出来，你就可以把她带走。"王公子想解释解释把梅凤撵走的事，老头儿没理他，转身出去了。

第二天早晨，王公子又来到梅园，进门一看，院子里站了九个姑娘，长得都是一个模样，他根本就分不出来谁是谁啊，当时就蒙了。老头儿一看，绷着脸说："好了，人你也看了，认不出来就怪不得谁了，我看你还是自己回去吧。"

王公子心里也纳闷儿，怎么这么奇怪啊，怎么会认不出呢？我还得去问问那个画画的老头儿。

他就照原路往回走。碰巧山又开了，他急忙跑出去，一走又走到画画儿的老头儿那了。

老头儿看他一个人回来了，就说："你们现在还是没有缘分啊，有缘分就能见到了。你干脆先回家吧。"

王公子还挺倔："不行，我不能回家，我还没找着梅凤呢。"

他就在这附近晃荡。这天，他走进一片大松树林子，没想到，里边竟藏着一个大堡子。他进堡子一看，东头有一家，院子里站着一个姑娘，他瞅着这个姑娘挺面熟，那姑娘也瞅他半天，两个人好像互相认识似的。

姑娘问他："你是不是王公子啊？"

"是啊。"

"进屋吧。"公子就跟她进屋了。

姑娘进屋就哭了："我是你的未婚妻张小姐啊！我本来不应该死的，是判官把我抓来当媳妇的。我没有死，我的尸首在家还没埋呢！"

王公子心里一惊："是吗？那怎么办啊？"

张小姐说："你就回去等着我吧。"

这时候，就听外边风呜呜响，"不好，判官回来了！"王公子赶紧猫起来了。

判官到屋就问张小姐："这屋里怎么有股子生人味儿，怎么这味儿这么邪乎啊？"张小姐一看瞒不住了，只好说是她娘家兄弟来了。

判官问:"在哪儿呢?"

"在后屋藏着呢。"

"藏着干啥?叫他出来,你兄弟怕啥?"

"他不是怕你那长相嘛。"

"把他请出来吧。内弟来还有啥说的,把他留下住几天吧。"王公子就出来了,和判官见了面。判官倒挺认亲,让张小姐赶紧预备酒菜,他要和小舅子喝酒。

王公子一看判官对张小姐还挺好的,就不怕了。吃完饭,王公子问判官:"姐夫,你每天上哪当差啊?"

"上阴曹地府,保阎王爷去。"

"那你带我去行不行?我也想看看阎王爷是什么样的。"

"你不能去啊。不过,好吧,到时候你可以藏起来,别让他看见就行。"

"行啊。"

商量好了,第二天,判官就带着王公子去了阎王殿,叫他藏在自己的八仙桌底下,说:"我在这边判案,阎王爷在上边坐着也不知道,再说了,他也不是天天都来。"判官坐下后,王公子就在下边蹲着。

偏赶上这天阎王爷还真来了。判官也不敢吱声,王公子在桌子底下更是直哆嗦。

阎王爷来了就觉得有事,一看说:"哎呀,桌子底下是怎么回事儿啊?"

判官没办法,只好实说了:"不是别人,是我小舅子在那。"

阎王爷说:"你小舅子还有啥说道啊,都是亲戚,请出来吧。"王公子这才从桌子下面爬出来。

阎王爷一看见他说:"你好面熟呀,你是不是王公子啊?"

"是啊。"王公子纳闷了,这阎王爷怎么认得我啊?

阎王爷提起了旧事:"你呀,把我忘了。那年春天,你们家办事情,请客吃席。那时候我们正好路过,闻到你们家做的腌菜味,我就馋了,就一阵风把菜全刮地上了。你们家人就大骂起来,就你这公子好啊,没有骂。还说,说不上是哪方神灵来了,咱们也请他坐一桌,吃顿饱饭。"阎王爷一说,王公子也想起了这回事。

阎王爷又说:"到今天我还认得你啊。你确实是个好人。可你怎么跑这来了?"

王公子一看,阎王爷还记着当年的事,挺感激他的样子,胆子也就大了,就把实话都跟阎王爷说了,他是怎么来到这的,他媳妇张小姐是怎么冤死的,怎么让判官留下的。

阎王爷一听就急了，骂起判官来："你太可恶了，人家姑娘没到寿路，你怎么就把人留下了？"他又翻看了生死簿，张小姐确实不应该死。阎王爷就命人把判官押起来了，又下令把张小姐的阴魂送回阳世。接着，他又对王公子说："你回家吧，这回你连阴曹地府都待过了，哪也别去了，回家就和你媳妇成亲吧。"说完，就让人把王公子送回到山北了。

到了山北，王公子一看，又到了那个画画老头儿的小屋。他心里想，虽说这回把张小姐救活了，可我还是不能回家。他心里惦记着梅凤，还是不甘心这样往回返。

他就和画画的老头儿说："老人家，你能不能教我画画呀，我也想学画画。"老头儿答应了，就让他住下来，每天教他画画。

这天，王公子一边画画一边寻思，梅凤呀梅凤，你太不应该骗我了。你不是让我来找你嘛，我费了这么大的劲找到你了，你咋就不认我了呢？他越想心里越生气，就在纸上写了梅凤的名字，说："今天，我要暴打你一顿！"说完就把鞋底子操在手中，使劲朝纸上打去。

这工夫，听见有人说话："慢着！先别打。"

王公子顺声一看，梅凤在地下跪着呢，笑着对他说："你还真打我啊？我也没说不和你回去啊？就是我现在不能跟你回去，只有你到了家，我才能见你呢，我和你不能走一条道。再说了，这回你媳妇张小姐也活了，你还想要我吗？"

王公子高兴坏了，说："我能不要你吗？咱明天就回家。"

第二天早晨起来，梅凤用衣服往王公子头上一盖，说："你也不用走，你就蹲下吧，拽着我的衣服，一会儿有多大风也不用害怕。"说完，梅凤一跺脚，风就起来了，两个人像驾云似的，呼呼的，一会就到了王家庄。

到家后第三天，老张家就捎来信儿了，说张小姐活过来了，这回可以结婚了。原来，这张员外家就一个女儿，死了以后一直舍不得埋，就在屋里放着，老两口每天都瞅着姑娘的尸首。就在前天，张小姐的尸首有点变化了，先是脸红扑扑的，接着就能出气了，慢慢地就活过来了。这不，昨天还吃了两碗小米粥，今天就和好人一样了。你说把张员外两口子乐得，搂着姑娘又是哭又是笑的，赶紧差人给王员外家送信来了。两家人都觉得这件事太稀奇了，只有王公子和张小姐心里明白是怎么回事。

王公子把梅凤重新引见给自己的父母。经历了这么多的事，王员外两口子也就不再阻拦儿子和梅凤的婚事了。张小姐感激王公子救了自己的命,也同意王公子娶梅凤,王员外就择了个日子,给这两个儿媳妇一天都娶进门了,梅凤排老大,张小姐排老二,王公子一天迎来双喜,夫妻团圆了。

木骨儿

有这么一户李员外家,有哥儿仨,很有钱哪。这老三结婚不到一年多就生个小子,小孩挺好挺好的,该然哪,不到一两年这老三就死了,老三媳妇就守着这小子过日子。

老三媳妇这一守守到这小子都七八岁了,她也到二十五六岁了。有一天夜里她睡觉,觉得顺着这房子"忽悠"落下来个东西似的,就钻她被窝里去了。这时,她就不省人事了,迷迷糊糊的。她醒了之后就觉得浑身不好,感觉已经让人给睡了。

搁那么,一天一天,她肚子也见大了,身体也不好,就怀孕了。她就寻思:怎么办呢,这话说不出口啊!我是个寡妇,还带个儿子,家里还有钱,也不是没钱,我哪儿也没去呀,受这个污蔑之罪,可怎么办哪!她自己就哭了。

后来时间长了,不到十个月她就真生了,生了个胖小子。生完之后,当家的是大伯子,那都四五十岁了,在全家秘密开会前儿就说了:"你们不兴说别的,你老婶是正经人,我知道,别看是兄弟媳妇,结婚这么些年一点儿事都没有。她这说不上有什么原因,怎么生的,你们不能说别的,说别的她就得玩命,就得死。你们一定在月子当中好好伺候人家,得比咱们的孩子都要好好伺候,千万和颜悦色,啥也不用寻思,不提这事。"

就这么的,连嫂子带侄儿媳妇都换班伺候这个三媳妇,确实对她都挺客气。到满月了,这老三媳妇自己就哭,告诉她大儿子:"你去把你大爷二爷都请来。"

这小子就跑过去了,说:"大爷,我妈请你说话。"

这俩个大伯子都来了,那时候快满月了,幔子都要搁了,他俩就坐南边了,这三媳妇叫玉萍,他俩就问:"玉萍,什么事啊?"

"哎呀!"这三媳妇说,"我王玉萍啊,又给你家生了一个,你们看着高兴不?"

俩大伯子说:"高兴,没说的,咱们家不正缺人呢嘛,还怕多一个人嘛,多一个人咱就多一支人家。"

"好,这事我也挺高兴。我有个希望,能不能把它操办操办,好好请请客,大办一场。"

当家的一听,心咯噔一下,寻思说:我的弟妹呀,真不懂事啊!你生这孩子俺们都不能说啥,没有男的生孩子就够丑了,你还要大办喜事,操办操办?咱们这么有钱的员外家,那怎么出去见人啊!但是这兄弟媳妇娘家过得好,还有势力,还不敢不应。这可糟透了,他就琢磨半天,说:"弟妹,你自己考虑,我看还是不办好。"

"不,你这么办,哥,你要能办咱们就好好办,你要不办,那我今天马上死在你面前让你看看。"不由分说,她就把剪子拿起来对心口比画。

"好,办,办,给你办,安心吧。"

离满月没有四五天,员外家就下请帖了,不请不行啊。三媳妇还告诉了:"把我娘家人全请来,旁远的亲戚也都请来,我娘家人非来不行。咱们这亲戚全都请来,不怕多,三里五村的都请来,另外越有知名度的人越请来。你看这是大喜事,没有男的生孩子,多大的喜事呀,这不老天特殊照顾嘛!"

哎呀,这俩大伯子一合计:真是呀,砢碜到极点啊,怎么抬头啊!可不办不行啊,就得办啊。这请帖下去之后,三里五村的没有不笑的。这媳妇真是啊,你没男人生个孩子,拉倒得了呗,你还非得要操办。

这天到日子了,真热闹啊,满院子都是人哪,搭台唱戏的,三里五村的,都来了,没事干,就都在散台子看戏,吃饭又不花钱,坐席你愿意上礼[1]就上,不愿上拉倒,谁不来卖个呆儿。这媳妇当时就挺高兴,饭菜还没上来,就坐那儿了。办事情都是流水席,一共得吃两拨,坐了一拨,没等人走,她就说:"大家先别走,我讲几句话。"

她吩咐人在外面摆桌几张桌子,预备点香,香案馒头都整好了,就说:"我得好好祭祭祖啊,祭祭咱们老人哪,这老人又得一代后人哪,我哪能不祭祖呢?"她就照祖宗牌位磕了几个头,磕完以后就说了,"亲朋好友都来了,我娘家人也来了,我生

---

[1] 上礼:送礼金。

这孩子你们看是不是大喜？我男的都死七八年了，我还生孩子，这是该沉底[1]的事，可我也没被沉底，这不是老天照顾我嘛！"这大伙儿有的点头，有的打哼哼，也没人敢吱声啊，没法儿接呀。

这会儿她又说了："我今儿细说一下子，我不怕碜碜，我为什么还要这么办呢，我不这么办的话就碜碜到死了。我爹是有功名的人，当过举人，今儿也来了。我根本没有别的肮脏事，和别的男人也没接近过，也没接触过，为什么能生孩子呢？有这么一天，我睡觉睡到半夜，就看见顺着房子'忽'地下来一个人影似的东西就钻我怀里了，我就人事不知了，之后我总觉得身体被他污了，从那以后，我就怀了孩子。我就怀疑房子有问题，肯定是木头大梁有问题。那肯定不是人，今天我就证明一下子，这孩子骨头绝对不是人骨头。今天我怎么办呢，就把这孩子剖骨让大伙儿看看，证明我是纯洁之身。"

说完一伸手就把小刀掏出来了，这工夫，他大伯子就告诉她儿子："跪下跪下！"兄弟媳妇拉孩子就跪下了，就哀咕她。

"不行，你要不让我剖这孩子的骨，我就自刎。要不，我能活得起吗？我是什么人，我可是名门之女。"

这大伯子一看，明白了，说："这么办，可以剖骨，我支持。"

"好！"就把小孩拉开了，拉开一看，里边什么样呢？那个肋条骨头啊都是木头的，大伙儿轮着看。这小孩活不长，他能活长嘛，是有人体，打开一看净木头渣子。这三媳妇就说："这个大梁有问题，它忽悠一下子把我迷住了，要不不能那样。"

这当家的一看："好，拆梁！"这回当家的急了，哪儿能有这种事呢？

第二天就拆梁，一拆正好，大梁头上有个坑，里边有个木头人，这就是被人下的，当年木匠盖房子没盖好，为了报复主人家，下了这个木头人，木头人抹中指头血，就成气候了，就把她污了。

之后，这三媳妇就好了。大伙儿哈哈大笑，都说这女的真精明。那木头孩子死了，也埋上了。这就证明这女的是真正的烈女，一点儿不差，人们也给她立了个烈女牌坊，上面写"贤孝之女"。

1　沉底：指沉塘。

附记：

在中国古代，妇女深受封建伦理观念的束缚，"饿死事小，失节事大"，"从一而终"，这些思想成为社会对女性评价的标准，也成为禁锢女性的枷锁。从而出现了限制妇女再嫁，逼其为夫守节的非人道的现象。明清时期，这种情况愈演愈烈，要求女子恪守贞操，对于那些贞洁烈女进行表彰，并把这种对贞节的旌表变得制度化、系统化，在全国官修贞洁牌坊。《明会典》规定："凡民间寡妇，三十以前，夫亡守志，五十以后，不改节者，旌表门闾，除免本家差役。"清朝的时候，对贞烈节妇的旌表条件有所放宽，改为四十岁以上而已守寡十五年的可以旌表。在统治者的倡导下，妇女们被"旌表"和"贞节牌坊"的所谓"美名"裹挟，而忍受着巨大的身心痛苦。对于有违反贞洁行为的女性，惩罚的措施也很残酷，有的家族会对其施行沉塘、沉井等酷刑。（隋丽）

泥鳅精讨饭

这个说的是咱们新民柳河的泥鳅精。

单说有这么一家姓常，常老爷子家过得不错，好几个孩子，儿女一帮，大院墙盖得也挺好。

这天正赶中午的时候，眼瞅着门口来了两个小伙子，小伙子趴在门边问："老大爷，有没有水能喝点，渴得太邪乎了。"

老头儿说："有，有。"老头儿一看，这俩小伙儿真不错，虽然年轻，二十多岁，穿得挺整齐，不是那么堆帮样[1]。一考虑，说："小伙子，别说喝点水，没吃饭，吃点饭也行，咱饭也有。"

---

[1] 堆帮样：过去东北农村人们都穿"千层底"的手工布鞋，制作布鞋的材料一般用旧的碎布零布头，做的时候先用面粉熬上一锅糨糊，再卸下一块门板来。这是为做鞋打袼褙，在门板上糊上一层糨糊，然后将布头一层层拼糊上去，刷平整后，再放到太阳底下晒。袼褙干了以后，就变得硬邦邦的。用它来做鞋底和鞋帮，鞋帮由于用糨糊浆过，通常都是很硬挺。堆帮，指的就是鞋帮不硬挺了，软塌塌的。这里形容不整洁的样子。

小伙子说:"是吗?俺们真没吃饭。"

常老头儿就把他俩让进屋,说:"这正好剩的小米水饭,早晨剩的,可凉快了。"他又摘点黄瓜,整点黄瓜菜。

吃完了,天热得邪乎,小伙子说要凉快凉快。常老头儿说:"在炕上躺会儿吧。"

小伙子说:"不用,哪有下屋,我们去下屋躺会儿。在屋里多不好。"

常老头儿说:"那要去下屋也行,咱们搪的铺,来人时存。"

老头儿就把下屋扫净了,抱的大褥子,铺好了,说:"你哥俩就在这儿躺着吧!"

这两人一看,老头儿太好了,就躺下了。

常老爷躺一会儿,寻思:我扒开窗户去看看,他俩是不是睡着了?扒窗户一看,一惊,吓得一闪,一看床上两个大泥鳅,一尺粗,二三十尺长。他明白,这是泥鳅精。一声也没敢吱,就回来了。回来之后,不一会儿就烧好了开水,他沏好茶水就端过去了,在门外喊:"两位先生喝水不?"他在门外喊,没敢进屋。

两泥鳅一惊,又变成人了,说:"不喝。"

待一会儿,老头儿说:"你们两人也没吃好吧,别着急,你们也不能太忙,我也挺爱交你们俩的,我正好还有点菜,我炒点菜,咱们喝两盅。"

泥鳅精客气说:"那还了得!"

"不,这么办!"老头儿说就这么办,让儿女现上街买的菜、肉,炒了几个菜,就喝上酒了。酒越喝任人越近乎,酒过三巡,老头儿说:"你们俩小伙子,太够仁义了,太好了。我爱直话,别烦我就行。你俩是做什么的啊?做买卖的?当官的?"

他俩互相瞅瞅,说:"我俩告诉你实话,您老是好人啊。俺俩是验道的,你们这儿要涨水,俺们验验道,柳河水从这儿过。"

老头儿说:"哎呀,涨水我院子不就完了吗?我东西都没得收拾,不赶趟了。多咱涨水?"

泥鳅精说:"明个儿涨。不用着急。俺俩是验道的,您老明白就行。您老也待我俩这么好。"说着顺兜里就掏出四个珠子来,说,"这么办,这四个珠子就埋四个墙犄角,挖坑埋上就行,不用管了。埋的时候扣个碗,有个记号。涨多大水,你不用吱声,瞅着就行。"老头儿就把四个角埋好了,扣上碗。他俩下晚儿吃完饭就走了。

到第二天早上,这水就来了,连泥带水可劲造啊,这水都比大墙高,就是不进院。

老常头儿寻思:这顿饭供得太好了,要不就完了。

这水涨完之后,第二天白天过去了,老头儿寻思:这么办吧,我把碗拿起来,把这珠子抠出来,给人保存,多咱取来呢。

他把碗拿起来,一抠,珠子哪有了?不翼而飞,走了,人家收回去了!老头儿寻思:那不用考虑,让人家给收回去了。要不说泥鳅精真有能耐,这顿饭把全家护住了。

泥鳅精讨封

那时候正赶上康熙从关里来,路过新民,走大御路,正好路过柳河边的时候,泥鳅精就寻思:我得讨封去!他就来了,顺着河鼓涌,驾着云彩就来了。泥鳅精大、长啊,他就寻思:能封它个什么官、什么神呢?

康熙就问文武:"这是什么玩意鼓涌来了?"

文武说:"这是柳河的泥鳅精,可能来讨封了。"

康熙说:"这还能讨啥封啊,叫它滚。"

就是这一句话,其实泥鳅精在新民那时不滚,奉公守法,就在柳河一待。皇帝封它叫滚,它一赌气:啊,叫我滚,那我就滚吧。所以泥鳅精就滚了,东河也滚,西河也滚,把柳河滚得不像样,所以新民这块儿都犯涝。当时就是怨泥鳅精,皇帝亲口封它叫滚,所以谁也抓不住。

附记:

大御路,也称"京奉大御路"。始建于后金时期,为努尔哈赤、皇太极时期进兵辽西和关内所铺筑的通道。清王朝定都北京后,皇帝要定期东巡祭祖,此路也成为清帝东巡和运送"御物"的重要通路。清顺治十四年(1657)设奉天府,沈阳又有了"奉天"之称,因此大御路也称为"京奉大御路"、京奉官道。到乾隆皇帝弘历东巡时,大御路的修筑基本定型,全长700多千米,历经近300年历史。其具体行经路线是:沈阳→永安桥→老边→巨流河→白旗堡(今新民市大红旗镇)→二道井→小黑山(今黑山县)一广宁(今北镇市),然后经锦州、山海关可直达北京。

大御路是一项重大的交通工程，意义重大。它缩短了盛京至北京的里程，加强了盛京与关内的联系，对促进东北地区政治、经济和文化的发展都发挥了重要的作用。民国以后，大御路所经之处大部分开辟为良田，至今只有沈阳市于洪区永安石桥被完整地保存下来，成为这一重大历史工程的重要物证。（隋丽）

螃蟹精怒杀黑鱼精

要说这水怪当中啊，最仁义的是螃蟹；黑鱼最坏，它就爱吞人、爱吃人。有那么一个事儿，在哪儿呢，就在辽河里头。

辽河里有个打鱼的小船，小船小，划船的撑个橹子。这黑鱼精大呀，那大浪"哗哗"地起来就奔小船来了，眼瞅小船就被拱翻了。划船的是个明白人，船翻个儿了，手没离船，扶着船帮就往下冲啊。

这工夫，黑鱼精撵得邪乎了，就看前边出来两垛山，两边像山似的，中间有个夹空。这小船也没管那事呀，人顺着那船就过去了。它这一过去，黑鱼精就从后面撵上来了。就看"啪嚓"一声，两山并一块堆儿了。并完之后，那边儿也水平浪静，风也不刮了。划船的没事了，过去到那儿一看，整个儿一个大螃蟹俩夹子把大黑鱼夹死了。黑鱼也现原形了，那家伙，好几丈长的大黑鱼！

这划船的怎么的呢，为了感谢这个螃蟹，就在二郎山那给螃蟹修了个水神庙。

要不说螃蟹精是保护人的东西，黑鱼精不行。

王老三大战蜘蛛精

王老三是个打围的，还是过去打围的大把头。

那时候的北山，什么动物都有，狼虫虎豹的都多。王老三带着十二三个人，在山上盖了个小房儿,夜里他们就在那儿住,有个大厨在那儿做饭。

有一天,大厨正煮饭呢,就来了一个手里拿着旋网的老头儿。到房里一看,说:"烧火呢?"

大厨说:"啊,烧火呢,进屋吧。"

老头儿说:"我进屋喝点水,渴了。"水喝完后,他就问煮饭的,"你们这么大点儿的小屋住多少人啊?"

大厨说:"得有十二三个人。"

老头儿说:"啊,十二三个人,那能挤下吗?"

大厨说:"能挤下,搪铺就行。"

老头儿就问:"他们天黑才回来啊?"

大厨说:"啊,得天黑才回来。"

俩人聊了一会儿后,老头儿说:"我走了!"就走了。走了以后,大厨也没跟其他人提到老头儿来这件事儿。

饭做好后人都回来了,王老三就问厨子:"咱们这儿白天来什么人没?"(那时候的把头都特别有经验呐!)

大厨就说:"没谁,就一个打鱼的老头儿。"

王老三说:"长什么样啊?"

大厨说:"皮肤黑黝黝的,高个子,挺圆的脑袋,手里拎个旋网,说是打鱼的。"

"啊!"王老三一想:山场这儿没有水,这哪儿有河,打啥鱼?这也不是在湖边,他还拎个旋网,就说:"好,先吃饭。吃完饭以后这么办,等天完全黑了,咱把枪都拎出去,别在屋里待着,让这屋空着,咱把这屋围一圈,盯着他,你们听我枪声。"

一直等到点灯以后,就看老头儿"掺嚓""掺擦"从东边走过来了。大伙儿一看,真来了,手里拎个网,个头还不小,黢黑又壮。他到小房那儿把旋网"唰"一下撒过去就把小房全扣下了。扣上之后,把网一捆他就进去了。

他一进去,枪就响了,枪一响,他就顺那儿一路"咣咣"爬下来,跑了,没捉住。大伙儿心想进去看看吧。一看那个网,根本进不去人。别看这个网瞅着不怎么的,但摸起来就像铁丝那么结实,拽也拽不动。没办法,大伙儿只能把它撬开。王老三一看,说:"这是个蜘蛛精啊,要不咱在这屋等着吧。"

等到第二天白天,大伙儿把这网拆下来一看,像粘摽子那么结实,看着不像铁丝。要说出门在外不容易呢!

大伙儿说:"走吧,看看打没打中。"大家就往前走,就看地上有血印,这是打在它身上流的血。一行人一直走到北边的一个大树林子,大树林子里有一棵大枯树,一看,血到这儿就没有了。王老三就说:"找吧。"

这不一会儿工夫,天就暗了下来,连雷带闪"咔嚓"响。他们就瞅着,这时候雷就没停过,一直响得"叮当"的。王老三抬头一看,那玩意儿正好在上面呢,像个小孩儿似的,黢黑,手拿个草在那儿绕呢,王老三说了:"就这个东西,是蜘蛛精,给我打!"

底下人就"哪哪"开了两枪,一哆嗦,上面的蜘蛛精"咔嚓"一下让雷击下来了。他们在底下一看,那蜘蛛眼睛全让雷给剜去了,像一堆烂肉似的,摔得稀碎。就这样,王老三把蜘蛛精给消灭了,他们接着在那儿打围。

要不说出门在外干啥也不容易,都要有经验呢!正是因为他们有经验,所以才能保住自己的性命。

蛐蜒张

下边讲啥呢?讲蛐蜒张。怎么讲蛐蜒张呢?这个老张头儿啊,他是打围出身,每天都上山去打围,打着点儿獐狍、兔子咧,打点儿这些玩意儿维持生活。

这天,他在山上打围的时候,怎么的呢?他就听着来大雨了,这雨"咔咔"的,这雷就直门儿响啊!他一看来雷了,那时候也不懂得不能在树林里待着。他就抱着枪跑到那个大树底下,树的缨子上面挺大,他在树根底下一蹲,避雨。虽然说不顶多大事呗,雨也是浇不着多少啊!这雷就"咔咔"在树根底下,响得邪乎。

他说:"哎呀,莫非我应该死?这雷怎么不离树墩子这旮旯[1]响呢,轰隆了半天还不走!"他就把帽子拿下去了,草帽拿下去一看,啊,哪儿呢?看那树杈上头有什么呢?有一个东西,瞅着上边像什么呢?像个小孩儿的脑袋似的。一下雨黑咕隆咚

---

1 旮旯:连续。

的，瞅不着啥玩意，下边就像一个大尾巴似的，挺长。他一看，那东西手上拿着什么呢？拿了一个草。叫什么草呢？叫褥草，其实就是过去老娘们儿来月子铺的那个草，所以叫褥草。老娘们儿老月子血都在那上。它在那儿晃，这雷就不能殛，怕染了雷锤子，所以雷就干响。

"啊！"他心里想，"原来你在这儿闹事呢！你不是人哪，原来这雷是要殛你呀，你拿那个破草，我打你一下子。"他就把枪拿过来，对着那玩意儿，"叭"的一声，枪响过后，这玩意儿"叭"的一下子就刮下来了。老张头儿吓得"哎呀"了一声，眼睛就疼得邪乎，这雷接着就"咔嚓"一声。

全完事儿了，他明白过来了。一看怎么回事呢，眼睛怎么这么干巴呢？后来自己回家一看，眼睛小了，不那么大了。这就不是他自己的眼睛了，换了俩眼睛！

到最后，一看，是一堆大蛐蜒，像烂泥似的在那儿搁一堆。那是蛐蜒精，把蛐蜒眼睛给他换上了。因为什么呢？他一枪打完之后，把蛐蜒眼睛给剜出来了，雷公就把蛐蜒眼睛给他安上了，这速度那个快啊！

他这回妥了，这俩眼睛虽然小，但管事了，瞅地三尺，地里三尺的东西他都能瞅着。蛐蜒那玩意儿能往地里头瞅，地里三尺有什么东西、有什么宝贝都能看着。

那过去拾金子伍的，一看这旮有黄金，就自己往外挖。所以搁那么的，人们就称他为"蛐蜒张"，他就成名了。

张生巧遇蜂仙女

过去有这么一个秀才，是张公子，他家过得也不错，自己住一个深宅大院，什么都有，哪儿都挺好。

有这么一天，他晌午在书房睡晌觉的时候，就忽忽悠悠的感觉有人叫他，他抬头一看，来了两个女的，拿着灯笼，说："请张公子到我们府里去一趟，我们府里的老爷请你。"

他一听，就说："好吧。"他就跟人家走了。

他瞅着这道就像山路似的，曲曲弯弯也不太平，但是还行，还能好走，他就继续往前走。

走了几里地，就听姑娘说："到了！"

他到那儿一看，前面是楼房殿阁，这家伙，净是楼房啊，那房子一层一层的，那楼房正经挺高，修得好呀！他就跟人家进去了，到里面一看，前面就像一个王爷府似的，像皇帝待的金銮殿一样，他就上去了。

人家告诉他王爷在里面坐着呢，他到了那儿，身子就不摇自动啊，就进去了，就给人家跪下了，说："王爷在上，小生有礼了。"

王爷说："好，请坐，请坐！你这是贵人来此呀！"

他坐下之后，王爷说："俺们是邻居呀，多少年了，今天我特意请你来，咱们谈一谈。"

王爷就打听打听他家乡的事儿，唠扯了一阵儿，挺对事，唠得挺好。

王爷就说："不是别的，张生啊，因为你这人特别忠厚老实，特别的好。我有个女儿，现在还没找人家呢，她就想找一个好男子，家庭一般就行。像你的家庭这样的还真不错，我打算把我姑娘给你。"

张生说："哎呀，那不行，我家有老婆了。"

王爷说："有老婆了可以做二夫人么，做二夫人怕啥的！那没说道，我知道你有老婆。"

张生一听，说："能不能让我看看你女儿的样子呀？"

王爷说："啊，你是怕我女儿不好看？那好，可以看。"又对丫头说，"你把他带到花园去，上花园门口看看就行。"

这丫头就把张生领到花园去了，小姐正在花园的凉亭那儿坐着，拿扇子扇着玩呢！张生一看，这小姐长得漂亮呀，真是天姿国色，那瞅着乌黑的头发，眼睛长得也好看！

张生说："好看，行，挺好！"

王爷说："那这么办吧，你就准备着按时结婚吧，结婚不用你买啥，我这全是现成的。"

饭都给他预备上了，张生就在那儿吃了饭，连吃带喝的。

吃完以后，王爷说："这么办吧，你们今天就入洞房！"

这时候就把香蜡什么的都摆上，把王爷的小女儿也领过来了，几个丫鬟架着这姑娘,这边有几个男的架着他,把这个天地就拜了。天地拜完之后,他俩就入洞房了。

入洞房之后,就看这个女的身上特别细嫩,他睡上觉以后,就摸这个女的的脚,这脚特别的小,三寸金莲,小得邪乎,他就搁手抓这个脚。

这女的就笑了,说:"你抓什么呢,怎么我这浑身你哪都不稀罕,单稀罕我脚呢?"

他说:"不是别的,我看你的脚特别像三寸金莲,小得邪乎,你身上我都喜欢。我总觉得咱俩这夫妻做得有点太急迫了,是不是能长做夫妻呢?"

女的说:"那哪能不长呢,除了你不要我,要不能做不了长夫妻吗?"

这俩人就睡了两宿觉,到第三天早上起来的工夫,就听见外面跑来一个家将,说:"启禀王爷,可了不得了,咱国来了一个巨蟒,这个巨蟒粗大得要命,伤了不少人呀,可了不得,咱们派了多少个武将都打不过它。"

王爷说:"是吗?"这家伙,当时王爷就害怕了,心里寻思着这该怎么办。

他到外面一看,回来打了个唉,说:"完了,确实完了,咱们国家叫一个巨蟒就给伤完了!这么办吧,贤婿呀,你就暂时回家避一避吧,过了这个难以后,你再来接你媳妇,你先回去吧。"

"那好吧!"张生还不愿意走,就和媳妇俩人握握手,俩人近便近便,说,"以后能不能见到都不一定了。"

媳妇说:"不容易了,巨蟒来这儿之后,家就要散了啊!"这他俩就分手了。

王爷告诉丫鬟说:"送回去吧。"丫头打着灯笼就把这张公子送到家了。

送回家以后,张生一翻身,就醒了,原来这是一个梦。他一看外边晌午了,晌午前做的梦,一下做到晌午了,做了一个多点儿,将近俩点儿,连娶媳妇带喝酒闹得挺圆全。他自己就寻思,真像是遇见了这女的一样,尤其摸身体的时候,真像挨着那女的趴着呢,这是怎么个事儿呢?

这工夫就听外面的蜜蜂"嗡嗡"地叫唤,他们房后有蜜蜂,他就合计,这蜜蜂怎么叫唤得这么邪乎呢?他就出去了。

他出去一看,那儿有个蜂窝,里面的蜜蜂在那儿叫唤,这工夫就听东边的那个箱子里的蜂子也叫唤。

这时候养蜂子的人就过来了,跟他说:"启禀公子,可了不得了,咱们这个蜜蜂里有个大长虫,它把蜂子给吃了不少啊!"

他说:"是吗?"他就过去了。

陆 精怪故事 ·1401·

到那儿一看，挺长一个大长虫，专吃蜂蜜，把蜂子咬死了不少。

他一听里面"嗡嗡"地叫唤，就说："哎呀！弄了半天，我跟谁结婚了呢？"他都看明白了，说，"哎呀，原来那是蜂王的女儿啊，要不她身上怎么有蜂蜜，闻着那么甜呢！原来就是这个长虫把她的窝给祸害坏了，这么办，我得急速再给她续个蜂窝。"他就在西边又给搭了个蜂窝，把那些飞走的蜂子又都给聚集来了，还把那个长虫给整死了。

把长虫整死以后，他就回去了。到下晚儿黑的时候，他又做了个梦，梦里来了几个人，说："张公子呀，俺们的国王专门谢你来了。你和我们家黄蜂有了两夜的夫妻感情，现在夫妻团圆也好，不团圆也好，就这么完事儿了。你把巨蟒给消灭了，又帮我们国家建了楼房，现在我们特意来感谢你来了，以后要是有机会咱们再相遇吧，我们暂时都要躲一躲了。"

他一惊，就醒了，又是一个梦，他就盼呀，寻思着多咱还能见面，多咱做梦还能梦着这事儿呢？

搁那以后，他再也没做梦，就梦见那一回，和人家结婚之后，只近便了那么两天。

就这样，最后这个巨蟒他也给整死了，死了不少蜂子，活的又聚一块堆了。

桃花女与胡元庆

这个故事说的是，过去有一个妈妈和儿子，儿子为了生活，跑去城市里打工挣钱，养活在家里的妈妈。他这一去，就二三年没回来。

老太太总想她儿子，也老是担心儿子的情况。

正好，城里头有个卦摊儿，有个算命先生，这个老先生叫胡元庆，专门爻卦的。老太太就去了。

到了那儿，老太太瞅瞅，就说："老先生，我儿子已经出去三年了，一点儿音信没有。你帮我算算他怎么样，什么时候能回来呢？"

老先生说："那好，你摇卦吧！"

老太太摇完卦之后，先生一算，叹了口气，说："哎呀，你儿子是挣了两个钱儿，可惜呀……"

老太太说："怎么的呢，有啥事儿啦？"

胡元庆说："现在啥事没有，他现在准备要回来啦。可惜啊，再过几天，他可能有一个坏事，他要么被土雷轰死，要么被房压死！"

老太太说："哎呀！不能破解吗？"

胡元庆说："那咋解啊，已经定型的玩意儿，非死不解。这不写了么，让土雷轰死，那没办法。"

老太太就哭起来了，说："哎呀！我就一个儿子啊，你说怎么办？"一边走道儿一边哭。

胡元庆这个老头儿岁数也不大，也就三十多岁儿，但是家里有钱啊！

老太太就说："胡先生，你不能骗我呀！"

老太太给钱都不要，胡元庆说："解不了，我不要你钱，我家不在乎这些钱，赶快拿走吧。"

老太太正哭呢，就看从后边一个大花园儿里出来一个女的。老太太一看是个小姐样儿，瞅着二三十岁。她一看老太太哭了，就摆手，说："老妈妈，你哭什么呢，怎么这么叹息呢？"

"咳！"老太太说，"别提了，不是别的呀。我儿子在外边儿已经好几年了，我想找一找，所以就找胡先生来给算一算。他说我儿子得让土雷轰死，非死不结，要不了几天的工夫了！"

她说："他说啥时候出事儿？"

老太太说："他说啦，再有五天，就是死的那一天！一算日子，就是初八那天。"

这个女的就说："这么办吧，老太太你进我屋，不忙。"

老太太说："我不进屋了。"

她说："这么办，我给你想想办法，他就不能死。"

老太太说："哎呀，你有办法？"

她说："太有办法了！"

老太太就进小姐这个屋了。进屋之后，老太太喝了点儿水，她就说："你这么办，不用着急，我算了，再有五天的工夫啊，到初八那天，天头准阴，准下雨，你就记

陆　精怪故事　　·1403·

住，外边儿一下大雨，你就拿饭勺子，站在门槛上，你别怕雨浇，就一边磕门槛子一边喊你儿子的名儿。你儿子叫啥名，你就喊他啥名。他不是叫李七儿嘛，你就喊'李七儿跟妈来，李七儿回家来'。你就一直磕门槛子，就是把饭勺磕坏了你也得磕，磕哒半个点儿的工夫，就没事儿了。这样你儿子就能听着，他就能回来。"

老太太说："我儿子能听着吗？"

她说："你就照我说的这么办吧，准能保住他命。"

老太太说："那好！"老太太就回去了。

一晃儿，四五天儿的工夫就到了。这天到下午，天就阴了，到天黑的时候，雨就下上了。老太太一看，到点灯的时候，这雨就下大了，老太太就把饭勺子拿出来了。这个女的之前就告诉她，"你头发别拢扎上，倒披布衫子，倒趿拉鞋就行"。这老太太就倒趿拉着鞋，倒披个布衫子，头发披着，也没拢上，就站在门槛子上，脑袋冲屋外，身子冲屋里，让雨浇着，就磕门槛子，就喊："李七儿，跟妈来！"一直这么喊。

再说她儿子，真挣了两个钱儿。想他妈了，他就带两个钱儿往回走。这天正好走到这旮旯儿，天就黑了，下大雨，还没有店。一看那边儿正好有一个破砖窑，能避雨，他就在里面蹲着。不一会儿的工夫，他就听着有人喊："李七儿，跟妈来！"

"哎，谁喊我名儿呢？"他一听，说，"这是我妈来了，这是我妈的声儿啊！这是淋着雨来了？这还了得！"他就不管了，急速往外跑，喊："妈——妈——"

"轰隆"一下子，他回头一看，砖窑上面儿全塌下来了，说："哎呀，我的妈啊！要不是我妈喊我，我就被砸死在里头了。"

他掉过来头，对着破窑磕了几个头。心里想："得了，我也别搁这儿待着了，背着雨往家赶吧。"

他就连夜赶路，晚上就到家了。她妈一看儿子回来了，就说："你可回来了，儿子啊！"她挺乐。

儿子问他妈："你是不喊我名字了？"

老太太说："我喊你了啊。我喊你，你能听着吗？这么远，好几十里地呢。"她这一算，能离着四五十里地。

儿子说："娘是生亲，是亲人喊亲人啊！昨天路挺远，天又黑，就像神景儿似的。你要不喊，我就让土雷砸死了！"他把来龙去脉说了一遍。

老太太说："对啊！人家算命先生说你得让土雷轰死。幸亏有个姑娘把你救了，她告诉我这个方法,来喊你的啊!"

第二天,儿子去谢谢这位姑娘。姑娘说:"不用谢,你回去就完事儿。"

儿子回来了,也没事儿。这个老太太爱到处说,那天就看见这个胡元庆老先生了,老先生就问:"你儿子有信儿没?"

老太太说:"还有啥信儿,我儿子都回来了,啥事儿没有,你算得不灵!"

胡元庆说:"不能不灵啊,怎么回事?你站住。"

这个老太太就站住了。他就问怎么回事,说:"你从我这儿回去后,你看着谁没?"

老太太说:"我看着啦,有一个姑娘叫桃花女。她看我哭得太厉害,告诉我该怎么喊,我真这么喊了,喊的时候,我儿子正在砖窑里避雨呢。我一喊,他听着之后,就出来了,这土窑就塌了,就没砸着。多亏这个姑娘了!"

"哎呀!"胡元庆说,"这姑娘得高我多少倍呀?有她就不显我!"他有点儿忌妒。他家里有钱,是个公子,也没媳妇,于是就想托人保媒,非要娶那个桃花女不行。

保媒的一说完,桃花女一占卦,就明白了,说:"啊,你不是来娶我,你是要害我!好,那我就和你比比看。"就回媒婆说,"好,我嫁给他。"

就这样,桃花女就答应嫁给他了。这之后她一占卦,不好,她一看是个"四绝"易相,这看样子新媳妇下不来花轿就得死,如此危险!

原来胡元庆是想害她,不是真想娶她。结婚那天是犯红煞的日子,那叫"红煞不离轿"。接着胡元庆又特意找了一个不吉利的日子。之后就把日子告诉桃花女了。

桃花女明白这个术爻,心想:"你要害我!好,我就跟你去,没事儿!"

到了结婚那天,桃花女也准备了一些东西:在炕席上扎的喜车,车两边儿挂铜镜、红簪、彩条。这都是桃花女家里流传下来的习俗,她传下来的东西也多:头上要戴个红簪,骑卫要拿着红布娶媳妇,古时候娶媳妇的那些事儿她全安排好了。

这天,桃花女穿个大红袄,打个抓髻[1],手里抱着两个铜镜,像个妖精似的,就坐上了车。上车之后,在这半道儿上,五鬼就来缠车了,桃花女抱着铜镜坐在车里,像神仙一样。

---

[1] 抓髻:发髻。

五鬼一看，说："可了不得，这是哪个大神坐着呢！"都不敢靠近了。一看这照妖镜也邪乎啊，铜镜是照妖镜，他们也不敢在旁边待，所以这一车啥事儿也没有。

桃花女下车之后，到拜天地的时候，这回胡庆元蔫儿了，说："完喽！"他一看她这设备就服气了。

结婚以后，胡元庆向桃花女磕头说："桃小姐，我算佩服你了！你愿意跟我过就过，不愿意过你就回去。我佩服你了，我认你为师了！我就是成心想害你，没想到你用这个方式把我全都给毙[1]了！"

桃花女就说："我知道你，你家也不错，我可以跟你过。"

要不说"可惜桃小姐，错配胡元庆"嘛，桃小姐长得漂亮，配胡元庆是一赌气配给他的。

所以，现在娶媳妇的规矩都能解释得清了。

二娃子和花仙

这二娃子他是个小伙子，他最殷勤。他在这财主家里做伙计，每天打打柴火，上山放放羊什么的。山顶上有三棵桂花树，那时候大旱哪！旱得邪乎！这树也是蔫巴得邪乎。他一看，这眼瞅着就要旱坏了，这么好的桂花。他就天天从这山沟里整点水，整个小柳子[2]，天天浇，这桂花开得新鲜，开得好得邪乎。他也挺稀罕。

就有一天，他正溜达呢，就在山坡儿上，就看见有一个姑娘过来了，说："你是不是小二娃子？"

他说："呃，是啊。"

姑娘说："你没少帮我们忙啊！"

他说："我帮你什么忙了？我又不认识你。"

姑娘说："这么办，走吧，到你们院儿唠唠去。"这就到了山下之后，到了他们院

---

1 给毙：打败。
2 小柳子：小壶。

儿了，就是东家的院儿。

进院儿之后，院子里边有个仓房，下边有个下屋儿。就到了下屋儿了，姑娘说："我和你说实在话，你呀，把我救了。我其实就是花仙，就是山上的桂花，山上的三棵桂花，其中就有我一个。我们姐儿仨个被你浇活了，要不我们就死了。所以现在我要来配你，咱俩做男女。我今儿主要是看看你人怎么样，所以就和你先唠扯唠扯。眼看天亮了，这么办，我还得先回去，天亮之后我姐姐和我妹妹都在那呆呢。你明天一早上就到山上去，这三棵桂花，你要是能认出哪个是我来，你就把那个桂花掐出来。你要是能掐出来我就嫁你，你要是认不出来咱们就拉倒。就说明你没那个机灵劲儿，你也没那才，也没那个福。"

二娃子说："好，你回去吧！"她天亮就回去了。

第二天，二娃子就上山上去了。到山上一看，三棵桂花长得都挺新鲜的，他到那儿就把溜边儿的一朵给掐下来了。掐完以后一回身，一看那姑娘正在那儿站着笑呢。

她说："二娃子，你真不错，真把我选着了！那你怎么把我选着的？"

二娃说："那太容易选了，你和我待了一宿，你再回来变花儿，那两朵花满树都是露水，就你没露水。你和我待了一宿，你夜里也没打着露水呀！所以我就把你掐下来了。"

姑娘说："行，你有智慧，我嫁你不屈。"

所以二娃子把这花仙娶来了。

认花得妻

有个王生，是过去念书的学生，十六七岁了，从小就爱花。他们家过得不错，家里有一个花园，他经常在花园里浇水呀、栽培呀，这些花都是他伺候。这花开得确实新鲜，桂花也好，牡丹也好，满园的鲜花都新鲜。

到了十九二十岁的工夫，他就瞅着他的花特别好，连媳妇都不想要了，就寻思和花在一起就行了。他的书房就在花园里头，花园里面有个凉亭，凉亭里有张大床，他有时候也在那儿住。

这天，天要亮的时候，王生一开门，就看里面飘悠悠进来一个女的，女人进到屋里就问："王公子醒没醒？"

王生一看是个姑娘，长得挺漂亮，就说："啊，你是哪儿的？"

姑娘说："我是东院儿来的客人。听说你的花特别好，我特意上你这儿看看，观望你的花，打听打听你栽花的经验，怎么把花伺候得这么好呢？"

王生回道："人只要一勤快就好啊，下苦功什么都能办好，一勤快就无难事啊。"

俩人就越唠越近便，姑娘就问："你这么大岁数怎么还没结婚呢，你家里没给你找媳妇？"

他说："没媳妇，我也没想着找媳妇。"

听完这姑娘就笑了，说："咱俩是有缘分哪，我今天特意上你这儿跟你唠一唠。现在告诉你实话，你已经感动花王了，我是花中一神，咱俩有缘分，花王叫我见见你。这么办，我马上去花园变成一朵花，你要是能把我认出来，咱俩就有缘，花王就准许咱俩结婚；你要认不出来，没办法，咱俩还是没缘。花王就是这么批复我的。"

他一听，说："好！"这姑娘一转身就奔花园去了，就看不着了。

王生就洗洗脸、擦擦汗，那时候是三伏天哪，他就从屋里出来了。花园里的花真不少，有上千朵花啊，又新鲜又好。他走了一会儿，就看见一枝牡丹花，就把这牡丹花抱在手里，是连贴脸带亲嘴儿啊，说："我就爱你呀。"说完就把花掐下来，拿回来了。

拿回来以后，到屋里把花一撂，就看那女的从门口进来了，她笑着说："你怎么把我认出来的？"

他说："太容易了。"

姑娘说："这回花王允许了，咱俩有缘，我就是这朵花。"那都亲嘴了就必须要她了。

这时候姑娘又问了："为什么你认得这么快呢？"

这回他说了："咳，太容易了，你方才说的'好，我现在上花园去'，那是什么时候啊，是大早上啊，昨晚下露水，别的花满花都是露水，就你这花没露水，是干花。我一看，你刚去哪有露水呀，所以就把你掐下带回来了。"

姑娘说："好，你真高，该是我男的！"

这俩人就结婚了，在一起了。

树姑娘

有这么一个人叫王小，他十四五岁儿爹妈就死了，自己一个人过。但他挺勤俭，给人家放猪啊，小时候自己干点儿傍拉的活，也能维持这生活。

单说这一年怎么的呢？大旱哪！从种地之后，苗将出来就开始旱，一点儿雨不下，大部分苗儿都旱死了。就是说什么呢？旱得那苗还不像六七月旱哪！小苗儿它架不住旱啊！他自己说这怎么办呢？没办法，就下地自己去剜点儿菜活着。

这天他正剜菜去，在石头上坐着，正好就瞅着这石头缝儿里出来个小榆树。不大，干干巴巴，叶子都干巴了。哎呀！他就寻思这个榆树怎么旱这样儿呢？再旱就干巴完了。正好他带个喝水小壶儿，他喝了几口，说："这么办吧，我少喝几口给你救救命吧！"就把这小树浇一浇，这玩意儿确实啊！树见着水当时就扎实了，都旱得不像样儿了，不一会儿这叶儿也吹开了，瞅着特别精神。他一看，行啊！

所以他每天去打柴都多少在家带点儿水去浇浇它，就这么浇。他这一浇不要紧哪，这小树眼瞅着长啊！青儿啊绿儿的长得可好了，长得挺大了，确实不错。后来这王小自己就天天去呀！还挺爱惜这树，到那儿多会儿都摸摸那树，这半年多树长得有一人来高了。

这天他又去，怎么样儿呢？一看一个毛驴子在那儿拴着呢！这个毛驴子戴个笼头啊，就跑那旮儿撞那树，把树叶子撞得乱七八糟的。这一看他心疼的，说："我这天天儿浇，你跑这儿耍来，这个毛驴子！"

他拿着棒子就撵这驴，这驴一躲一使劲一蹦跶，怎么的呢？这驴的笼头就把树枝儿缠上了。这驴有劲哪，一使劲儿把这树根儿都拔下来了。小树不大，根儿拔下来就跑了。他更来气儿了，说这驴也太气人啦！他撵了半天哪！驴也不跑了，把这树也解开了。一看那根儿拽了之后也不能活了，他就在跟前儿淌了眼泪，说："榆树榆树啊，可惜我救你一回啊！把你救活了，现在你还让驴给拔下来了，这么办吧，我把你抱家去吧！到家之后能栽活更好，栽不活也不怨我了。"

他下晚儿就回去了，回去之后就把这小树栽院儿里了。单表这棵树啊，他吃完饭儿抬头一看，这树没啦！哪去了呢？

他就听外边儿有人说话，说："我在这儿呢！你不用找了。"

一看一个大姑娘，长得挺漂亮。他问："你是谁啊？"

她说："我是榆树姑娘，是榆树仙子，我特意来看看你，都说你心眼儿好，你心确实不错。"

俩人越唠越近便，她说："这么办吧，我就不走了，我在这给你做媳妇儿吧！"就在这儿待下了。待两天的工夫，他说："我这么办吧，光看着媳妇儿不行，没柴火烧，我得打点儿柴火去！"

媳妇儿说："你不用打柴火，咱俩够花。"

他说："怎么够花呢？"

她说："这不有榆树吗？树不是在那儿搁着吗？树可以做柴火。那有榆树钱，可以花。"

说完这女的就把榆树叶儿撸下来一把，"哗"地扔水缸去了。扔完以后，榆树是杆儿也没了，就剩树叶儿在缸里了。她说："你捞捞吧！这就够咱花了。"搁笊篱一捞，干脆都是金钱。

搁那么的，王小得了这个姑娘之后，他俩团圆了，还得着不少金钱。王小说："这么办吧，咱俩不能自己活啊！大伙儿这么苦哇，咱俩开粥铺吧！"所以怎么样儿呢？他俩就拿了不少粮食，给大伙儿供吃，白供不要钱。因为他这样儿做，所以他这粥救了大伙儿，全堡子的人都没死。

过了几年，这棵榆树告诉他："咱俩三年的缘分到了，我得走了。"人家走了，这个堡子就把她供上了，供上榆树仙子，修了个庙。现在那儿不是有个榆树仙子庙吗？就是搁那时候留下来的。

张铁匠吹喇叭

有这么个张铁匠，他好吹喇叭，没事儿下晚儿就把这小喇叭拿上吹一通。他那时候年轻，也就是二十来岁，家里有爹伍的，下晚儿就吹着玩。

他吹了些日子，因为是夏天景儿，卖呆儿的人就多，有不少人到那旮就说："张铁匠，吹一段，大伙儿听听。"他就吹一段。他不太会吹别的玩意，就会吹个《巴山楼楼》《句句双》伍的,唱个《闹鬼灯儿》的,他就只会吹这玩意儿。

这天吹了一阵呢,他就乏了,就歇下了。歇下之后就看见有一个小伙子拿起喇叭递给他:"吹一段!吹一段!"

他一看:这小伙儿不认得啊,也不是我们堡子的,这是谁呢?就说:"好!"他就又吹了两段。

吹完之后小伙儿就说:"你吹得不错,你能不能让我吹吹你这喇叭啊?"

他说:"你吹吹吧!"就把喇叭给他了,这小伙儿吹不太响,"嘎嘎"地瞎吹一阵。

搁那么的这小伙儿天天儿来了要喇叭吹,来了就不让张铁匠吹了,就说:"喇叭我吹一段。"他就要吹一段。

这日子长了,大伙儿就说:"这玩意儿是哪儿的?这也不是咱们这儿的人哪,这是哪儿的货?"一看瞅着他来的时候没动静,"唰"地就走,大伙儿就说,"不用问哪,你招鬼呀,你把鬼招来了!"

他说:"是吗?"

大伙儿就说:"这玩意儿有办法,今晚儿铁匠你把铁炉生着火,把那钎子烧红它,他再要吹的时候就烫他一家伙,看他到底是啥玩意儿。"

正好晚上小伙儿就来了,来了还要吹一段,他把炉钩子烧得通红:"你吹吧!"他往前一拿,铁匠一杵就杵到他脸上了,"嗷"的一声就跑了。

这一跑,大伙儿都说这什么玩意儿呢?天亮了一找,正好前边儿有个大榆树,那榆树上半截上杵着一个烫得通红的印子,那旮还有一个窟窿眼子。大伙说:"哦,这榆树成精了,天天就是他去听吹喇叭呢!"

搁那么的大伙儿就品,这榆树没事儿天天下晚儿就"呜呜"响,就像喇叭声儿似的。这就是榆树听喇叭嘛,要不说什么都能成精呢!

树影落水缸

这个故事发生在哪儿呢?就发生在咱们石佛寺,是七星山的事。

在石佛寺有这么一家人,姓王。这家有个童养媳,过去的童养媳是最受气的,他们还没结婚，女婿又小，不能给她做主，老婆婆还看不上她。

但你别看这人小，她总是干大人的活，家务活全得她做，不管是择菜呀、整柴火，还是挑水，全是她的事儿。小媳妇还吃不饱，一吃饭，婆婆就嫌吃得多，她就受气了。

有一次，老太太跟她说："你得多挑水，这水缸不管远近都得锻炼，就算挑得少也得挑，水缸得老是满着。"但是这小媳妇挑不起呀，一挑水就累得哭哧挠眼的！这一缸水能有七八担，她得挑十来回才能挑满一缸，但她挑不了一担，只能挑多半担。所以天刚蒙蒙亮的时候，别人还没起，她就得先挑，要不然的话，她挑不完，她还要干别的活呢！把小媳妇累得啊，真是天天的以泪洗面！

这天，小媳妇实在累得没办法了，她哭得死去活来的，恨不得死的心都有了。活一干得少了，老太太就说："今儿你别吃饭了！"小媳妇自己感觉窝火，没办法就在井院儿跟前拔水[1]，总算弄了两筲，过去那大井院儿得用柳罐打水，那柳罐还挺沉，两柳罐是一桶，一下就得拔满，自己硬生生拎上来。

她正拔完的时候，还没等挑呢，就来了个老头儿。是个挺干净的白胡子老头儿，拄个棍子气喘吁吁地，到她旁边坐了半天，说："姑娘啊，我喝口水行不行？我这走得太渴了，看见你在这儿挑水，就过来喝口水。"

小媳妇说："那行，您老喝吧！"

老头儿说："哎呀，我看你拔水太难了，我有点儿不忍心喝！"

她说："没事儿，你又喝不了多少！"

这老头儿埋汰，一边喝水一边顺着嘴淌沫子[2]。他喝水喝得不多，没喝几碗水，这水就全都是沫子，埋汰了。老头儿说："哎呀，我喝完，这水就太埋汰了！这么办吧，这筲倒了吧，你再拔一筲。"就把水倒了。

小媳妇说："那行。"小媳妇就又拔。拔完之后，他没走，搁那儿坐着，坐着坐着，小媳妇就说："你怎么还不走呢？"

老头儿说："我还打算再喝点儿，我又渴了，没解渴！"

她说："那好吧，你喝吧。"

---

1 拔水：指将水从深处向上抽取出来。
2 沫子：口水。

"哎呀!"他说,"我喝完之后,那你不还得拔?"

她说:"你喝吧,我宁可拔。"

他就又喝,喝的当中就又给造劲埋汰了,那筲水又给倒地下了。倒地下之后,媳妇就又拔,拔完之后,一看,他还搁那儿坐着。

媳妇说:"你还想喝,咋的?"

他说:"这水挺好喝,我有点渴得太过了,见到水就离不开了,我再喝点儿,待会儿我给你拔呢!"

她说:"您老喝吧!"

老头儿又喝了,喝完了之后,整个水又埋汰了,又倒了。倒了以后,媳妇就又拔。拔完以后,媳妇就问老头儿,说:"老头儿你还喝不?喝了我宁可再拔,您老这么大岁数了。"

老头儿说:"哎呀!"寻思寻思,又说,"你这心太好了,我也不能再喝了。这么办吧,我这儿有个树叶。"这小树叶不大,他搁兜掏出来,"你拿回去,谁也别和他说,你自己知道就行。你回去悄悄地往水缸里一放,明儿你就不用挑水了。放一宿,明儿早上水缸就满了!"

姑娘一听,说:"哎呀,能那样吗?"

他问这姑娘叫啥名呢,她说叫小梅。他说:"小梅,你信我话,别和别人说。"

小梅说:"那行。"

这姑娘挺高兴,就挑着水回来了。等到了晚上就把树叶放水缸底下。第二天早上起来,真的不用挑就满满一缸,从那之后就妥了,水是天天满缸还清亮。

这老太太一看,寻思怎么回事呢?这媳妇没挑水,咋还有那么多水,怎么用不完呢?看着就出奇啊!

老太太中午前儿跑去屋里,往水缸里一看:一棵树在里面长着呢,一棵绿绿的小树。出奇呀,水缸里长出棵树来!她就喊来小媳妇,小媳妇明白是她放的树叶。

婆婆说:"这是怎么回事啊?"

小媳妇没办法,瞒不住了,就说:"实不相瞒,我挑不起水啊,一个老爷爷就给了我一个树叶,叫我放在水缸底下,这水缸里的水所以就总是满的。"

婆婆心想,啊,这树出奇啊!你瞅这树是哪儿的树呢?这么粗细,像哪里的树呢?她就转圈儿瞅它,咱院子里也没有这棵树啊!另外,远处也晃不来啊,这还隔着窗户隔着门呢！这树长得特殊，长得出奇！

婆婆说："我像是在哪个山坡上看到过这棵树。"

小媳妇就说："哪儿呢？"

婆婆也不说。

一晃过去几天了，正赶上四月十八的庙会。这马门子有庙会，就是娘娘庙会，她们都逛庙会去了。到那儿一看，就在娘娘庙后的山坡，有个小土地庙，土地庙那儿有个小榆树。这小媳妇小梅一看，心想：哎呀，我们院儿那树就像这棵小榆树似的。她心里寻思，但没敢说。

这时，小榆树的土地庙显灵了，有的到这儿挂彩，有的到这儿给上供，有的小孩儿不好养活了，做个红兜兜也挂树上，树上挂的净是五红大绿的。

她瞅完之后呢，就寻思家里的树是不是也是这种？回去之后，把水缸打开一看，这水缸里的树，也挂得五红大绿的，她就说："哎呀，这就是山上那棵树啊，太出奇了！"

这老太太说："这么办，你也别说山上那棵树，我也不说。你去晃晃那棵树，我看这树动不动，要是动，这棵树就是那棵树。"

她说："好吧！"这小媳妇就跑山上去了。到山上，她就把这树哗哗一晃，这家里水缸的水就哇哇地翻起来了。

她回来了，婆婆就说："确实是那棵树啊，在这边不停翻呢，现在都下去了。"

她说："是吗？我捞捞。"

她这一捞，"唰"一下子捞出来了，不是树叶子，是金叶子，这回可发财了！

老太太说："那就好办了，金树叶子好办，我今晚儿去把那树砍了，那不就都是金子么，何必得这点儿！"

到晚上，婆婆就去了。到了之后，她就拿个斧子，砍了半天也没砍倒，斧子倒砍坏了。突然，这树倒下去，就把这老太太压死了。

小媳妇把这树叶捞净之后，那老头儿就来了。这老头儿来了就告诉她："这么办吧，孩子，你今后啊，就一切都好了！你好好过吧，啥也不用做，这金子攒起来之后，就够你花了，但你一定要行善！"

这姑娘就给老头儿磕头，说："你是哪里来的呢？"

老头儿说："你不用问我哪的，我就告诉你吧，我是特意来救你了，要不然你这命难保住啊，你今后做好事就行了！"

之后这小媳妇就和那男的结婚了。从那以后，她就开始行善了，一到冬天就给棉被，夏天给单被。老百姓真挨饿的时候，她就立个小粥锅，照顾照顾大家。

就这样，小媳妇她发财了，日子越过越好。

张天化打豆仙得妻

有这么一个二十几岁的小伙儿叫张天化，他家后边儿山旁有地。这天正赶上下小雨的时候，他戴个草帽，披个蓑衣，他手拿锄头就在那儿"梆当梆当"铲地。

小伙儿正干活呢就听前边儿说话："铲地的，你看我像个人像个神儿？"

他一听，寻思这谁说话呢？他瞅半天没有人，后来一看，噢！在傍拉呢！啥呢？一个豆杵子，脑袋立起多高来了，腿站起来了，它在那儿说话哪！小伙儿心里寻思，它也能说话啊！他就没吱声，还继续铲。铲到半拉还问他："你看我像个人像个神儿？"他把锄头"梆"的一下就打上了那东西，只听见"嘎"的一声就蹽了。他下晚儿回家了，这先不说。

一晃春种秋收，他铲完以后到秋天了，这一年的工夫，打完场豆子得卖啊！河北有集，大家都得去辽河北有个收粮食的粮站，头天赶车去在那儿住下第二天卖。他凑几个人儿，装一车粮食就去了，那儿离家能有四五十里地，隔着辽河。

到那儿已经下晚儿了，店东就说："你不卖呆儿去啊！俺们后院儿老王家的姑娘得邪了，姑娘十八九岁，家可有钱了，得邪之后哪也治不好，成天叨叨咕咕的。今晚上请几个大神老爷给治，那排成歌儿可好听了，有不少卖呆儿的。"

大伙儿说看看去吧！这张天化也待不住，小伙儿好事儿，说我也去看看！他也跟着去了。

到那儿一看，这姑娘不穿衣服光着屁股啊！这当家的都愁坏了，她就叨咕："我天不怕地不怕，就怕河南张天化，身上一身毛，脑袋多老大，手杵弯棍枪，照脑袋打一下。"

他堡子去了好几个人哪！有人说："她怎么怕你呢？你叫张天化啊！"

他一听,说:"怕我?噢!我今年春天铲地时候打着个豆杵子,我搁锄头打它一家伙,是它把她迷住了?"

他就听着外边儿还叨咕:"我天不怕地不怕,就怕河南张天化,身上一身毛,脑袋多老大,手杵弯棍枪,溜脑袋就一下。"

他说:"这么办!我找当家的。"他就把当家的找出来了,说,"你们这个姑娘得这个病多长时间了?"

当家的说:"好长时间了,春天就得了。"

他说:"大叔啊!我跟你说一下子吧!行不行说不上,我春天在地里铲地的时候,遇着一个豆杵子,它在那儿立根儿。我穿着蓑衣戴着草帽,我拿锄头打它一下,它'嘎'地就蹽了,是不是那玩意儿啊?"

当家的说:"那你给看看吧!"

他说:"我哪能看出来啊?这么办!你给我找个蓑衣,找个草帽,找个锄头。"

那是冬天前儿啊!人家说好,各家都有的是啊!都在库房里,到下屋就给他找出来了。他把蓑衣就给穿上了,帽子也戴上了,锄头拿着就蹽屋里了。姑娘正闹腾呢!他"嗷"的一声,说:"好!杂种!你在这儿呢!我张天化来了。"一举锄头,这家伙"嘎"的一下就吓得跧地上了。

跧地上之后就明白了,这就妥了。姑娘就哭起来了:"我没穿衣服。"他爹说赶快穿,现把衣服抱屋来给她全穿上了。这就好好的了,也不叨咕了,搁那一吓豆杵子就吓跑了,这张天化就回去了。

第二天卖粮的时候,这姑娘又小声嘟囔,当家的就又把张天化给找来,他一进院儿,不穿蓑衣就给吓跑了,就怕他!

当家的一看,这么办吧!张天化也没媳妇儿,就把姑娘给他做媳妇儿了,省得她以后犯病。所以张天化得了个媳妇儿,娶了个有钱的姑娘。搁那么他也发财了,日子过得确实不错,这豆杵子再也没找上门来。

小牛倌得宝参

在早有句老话：关东山，三件宝，人参、貂皮、乌拉草。这关东山说的就是长白山。长白山上的棒槌鸟叫得最好听，长白山上的人参挖也挖不尽，那些说挖参的故事更是千奇百怪，讲也讲不完。

说的是很久以前，山西有个姓亢的穷孩子，名叫亢小三。亢小三他爹死得早，他和病病歪歪的老娘一起过日子，家里穷得连耗子都饿跑了，日子甭提多苦了。

这一年，亢小三满十四岁了，看村里年年有人到关外去放山，真有放山发了家的，他也活心了，把老娘托给村里人，跟人搭上伙儿，来到关外放山。

亢小三第一次出远门，又惦记生病的老娘，心里头火咪火燎的，一出关外就病倒了。放山的把头本来就不愿意带他来，嫌乎他岁数小累赘，见他病了，更没个好脸儿了。好容易挨到长白山下的王家店，亢小三病得实在起不来了，把头跟大伙儿一喳咕，干脆把他甩给了店里的王掌柜，留下有数的几个钱，下话没说就进山了。

亢小三见大家把他扔下了，心里又气又急又怕，一憋屈就哭起来了。店里的王掌柜平时为人心慈面软，看他挺可怜的，连忙过来好言安慰。王掌柜老伴儿死了，身边只有一个十三岁的女儿，名叫灵芝。王掌柜为亢小三抓了几服药，灵芝每天做些热汤热水的照料他，过了一个多月，小三的病才一点点地好了。

这工夫，放山的全都进山了。小三搭不上伴了，王掌柜说："孩子，反正你今年也放不成山了，莫不如留下，给我放一年牛，明年再做打算，你总不能连棒槌模样都没见着就回去呀！"亢小三想想也是，就留下了。

这一年，小三给王掌柜放牛，王掌柜待他像自家人一样。灵芝更不用说，每次小三回来，她都做好热饭热菜，摆上三副碗筷，让小三上桌一起吃饭。小三放牛时也格外精心在意，遇见好看的野花啦、好吃的野果啦，都要采下来留给灵芝，时间长了，两个孩子情投意合地好得掰不开了。

到上秋，放山的人下山了，小三搭的那一伙儿，今年最不走运，只下了几个二品叶的参苗子。他们看看小三，一年光景，个头儿竟蹿起来了，人也长壮实了，都说小三今年没放山是占了便宜。小三一笑没搭话，心说，你们待人心不诚，山神爷老把头能给你们指路吗？明年看俺的！

这一冬，小三没回山西老家。他把王掌柜给他开付的放牛工钱，找个托底的老乡捎给了老娘。

第二年开春，这伙人又来放山了。到了王家店，亢小三早就等在那里。把头虽说还嫌他未成年，可是找不出别的嗑儿，只好带他上山。

到了长白山下，把头先领大伙儿拜老爷府，也就是老把头庙。烧上香饭，摆上供品，把头领大伙儿磕完头，就许愿说："山神爷老把头在上，俺们要进山了，请给俺们指指路，让俺们开开眼，拿了大货，发了大财，杀鸡宰猪再来还愿报答你。"

小三也在心里叨咕说："山神爷老把头，俺有一年多没看见老娘了，看在俺在山下蹲了一年的分儿，今年不管怎么让俺有点抓挠再下山啊！"

进山后，他们用树干、树皮搭了个地窝子，一个个带上鹿骨钎子、索拨棍，还有红绒绳和铜钱儿，开始放山压趟子。

啥叫压趟子呢？就是放山的人按照一定的距离排成一排往前走。可是，一连压了半个月趟子，就是不"开眼"，挖参人管发现人参叫开眼，大伙都有点泄气了。

这天早上，把头扒开眼皮就说："好梦！好梦！山神爷托梦了，在这附近就有大棒槌！"接着，他就挨个问大伙儿昨晚都做了什么梦，有没有梦见长虫、老头儿、老太太、大姑娘，或者梦见大火、大水和棺材什么的。

放山的都知道把头是在向大伙儿讨吉利，有人就顺嘴里胡诌了一通。问到亢小三时，他舌头在嘴里打了个沉儿，吭哧起来。原来，他昨晚真做了一个梦，梦见王掌柜答应过两年把灵芝许给他，灵芝在一旁，小脸蛋羞得通红，还跟他贴耳说了几句悄悄话，叫他挖着棒槌就下山。十五岁的小三也是半大小伙子了，这样的梦怎么说出口呢？

把头追得紧了，小三脸涨得像块红布，说："梦见王掌柜了。"

把头高兴得一拍腿："好！大小也是个老头，他跟你说什么了？"

小三磕磕巴巴地说："他叫俺下山。"

小三的话一出口，大伙儿就知道他闯祸了！犯了放山人的大忌。梦见老头儿、老太太、大姑娘叫下山是最不吉利的。做了这样晦气的梦是绝对不能说的。果不出所料，把头的脸一下子变了，一扬手，"啪"地给了小三一个大嘴巴子，骂骂咧咧地说："你这个倒霉蛋，丧气鬼！就是你害得我们放空山！你赶紧给俺卷铺盖滚蛋！"

大伙儿一看把头真动了气，都上来替小三求情。怎奈把头连放半个月空山，早憋了一肚子邪火，好容易做了好梦，又叫小三给冲了，这口气横竖顺不过来。小三一看待不下去了，只好哭哭啼啼卷行李。大伙儿看他可怜，这个半两银子，那个一两银子的给他凑了点盘缠。小三用索拨棍挑着小行李卷，走出了地窝子。

往山下走，小三的两只脚好像拴了个大磨盘，真拉不开步哇。想一想，出来两年了，第一年没上去山，第二年上山又让人撵回来了！可有什么脸去见王掌柜和灵芝姑娘？怎么又对得起日夜想他、盼他的老娘呢？小三越想越心窄，不知怎么竟转悠到一个悬崖上了。他闭上双眼，把心一横，干脆死了干净，就想往下跳。

就在他要跳未跳的工夫，忽然，一种"咝咝"的声音从崖下传来，小三往崖下一探头，吓得他心里忽悠一下子，差点没一头栽下去。原来，崖下根本不是什么万丈深渊，而是一个不大的石台，离他站的崖顶也就一人多高，石台上卧着一条黑花长虫，正"咝咝"地吐着黑芯子。长虫不远处，长着一棵奇异的棒槌！那棒槌的叶子、秧子和普通的棒槌不差样，就是参榔头太奇怪了：普遍的棒槌都顶着榔头，鲜红的参粒像一粒粒玛瑙珠儿，这棵棒槌的参粒却是绛紫色的，一粒粒就像发着幽光的紫宝石。

小三两眼直勾勾地看着，直到长虫扭动一下身子，他才打了个激灵清醒过来。他心想，得先把这长虫干掉！小三举起一块大石头，照长虫的头狠命一砸，长虫抽搐一会儿，放扁了。小三又等了一会儿，看长虫确实死了，便放下绳子，下到石台上。

他掏出系着铜钱的红绒绳，套在棒槌上，听人说这样棒槌就跑不了了。然后，他才破开土，用鹿骨钎子一根一根地扒拉棒槌须儿，把棒槌须儿周围的土全都抠干净了，这棵棒槌就起出来了。小三一看，乐得嘴都闭不上了，好大一棵棒槌呀，七两为参，八两为宝，这棵紫花棒槌足有一斤重！他剥了一块桦树皮，把大棒槌一包，乐得一路撒着欢下山了。

到了王家店，正是响午头，亢小三怕招惹人耳目，没敢进村。他在村外找地方一猫，直到天黑透了，才神不知鬼不觉地钻进了王掌柜家的大门。

王掌柜和灵芝吓了一跳，摸不清他怎么这么快就下山了。小三想试探试探这父女俩，没露那个棒槌，只说被把头撵回来的，还装着挤了几滴眼泪。王掌柜和灵芝信以为真，都连声劝他别着急上火，灵芝麻溜上灶间给他忙乎饭。

王掌柜叹口气，说："你一个人回家我也不放心，还在这给我放牛吧，上秋，我多给你拿上几个钱，和放山那伙人搭上伙再回家。"几句话，说得亢小三心里热乎乎的，这样的好人上哪去找哇，人家和自己非亲非故的！他没等饭桌摆上炕，就从怀里掏出来那个大棒槌，只一晃，王掌柜和灵芝都惊得"啊"了一声。这爷俩守着进长白山的道边儿开店，棒槌着实见了不少，这么大的棒槌还是头一遭打眼皮下过。再听小三说起这棒槌的榔头，王掌柜不吭声了，他知道是遇上奇宝了。

这工夫，灵芝已经将饭菜端了上来，小三挖着"大货"是喜事，她特意给爹爹和小三一人满上一盅酒。小三端起酒盅说："大叔，俺有句话在肚里憋了不少日子了，你老让俺说俺再说。"

王掌柜端起酒盅，说："这孩子，有话就讲嘛！"

小三说："没有大叔一家对俺的照料，俺亢小三没有今天。你们一家都是好人，俺不愿意离开你们，大叔如不嫌弃，俺想请大叔全家和俺一道进京卖棒槌，咱们今后有福同享。"王掌柜一听这话乐坏了，说："小三呀，我早就看出你和灵芝对心思了。这话今天叫你说出来了。这样吧，你和灵芝现在岁数还小，我做主给你俩定下亲，等大一大再完婚，你看怎样？"

小三巴不得呢。灵芝看了他一眼，红着脸低下了头。王掌柜看看他俩，乐得连喝了几盅酒。

过些日子，王掌柜处理了全部家产，雇了一辆车，带着小三和灵芝直奔京城。

到了京城，爷几个找个店住了下来。王掌柜开店多年，满肚子生意经，买卖上的事挺在行。他叫小三把宝参藏好，说："走吧，咱爷俩先去探探行情。"

小三说："咋不把棒槌带上？"

王掌柜笑了，说："你这就不懂了。是宝就不可轻易往外亮，一亮就容易出岔，不是叫人家换了，就是叫贼人盯上眼。我先领你寻下买主，叫他上门看货。"

王掌柜带着小三，来到京城里有名的珠宝玉器胡同。这里，一家家珠宝店连着玉器行，遍收天下奇珍异宝，满街都是珠光宝气。小三哪见过这个，简直看花了眼。两人逛了半天，找到一家大珠宝行，掌柜的是一个干巴瘦的小老头儿。

王掌柜说："我有一件宝想出手，掌柜的有心抬，就跟我去看看货。"

瘦老头儿看王掌柜穿戴整齐，一脸憨厚相，不像蒙人的主儿，再加上这阵子各家买卖都在憋着劲地往里抬宝，他麻溜跟着小三和王掌柜坐车一起来了，生怕晚了一步，宝叫别家撬去。

到了店里，亢小三取出棒槌包，瘦老头儿没急着打开，只用手掂掂分量，就掂出这是一件宝了。打开包，他一眼瞄见了绛紫色的参榔头，惊得叫起来："紫花棒槌！"

他早听人说起过，这种棒槌是稀世珍品，只长在长白山，可是多少年来从未听说有人挖到。瘦老头儿咋也没想到今天在这碰上了，还是这么个"大货"！

黄金有价宝无价，瘦老头儿知道钱少了不行，说话都有些结巴了："这，这得什么价？"

王掌柜和亢小三真就说不出价来。王掌柜想探探瘦老头儿的口风，说："掌柜的想给多少钱呢？"

瘦老头儿一咬牙说："刚才，我那个珠宝行你们见到了吧？像这样的珠宝买卖，我在京城里还有两家，另外，我还有一处私房，几家烧锅。我把这些买卖全兑给你们，换这棵棒槌怎么样？"

小三一听，心里直叫妈！这玩意儿怎么这么值钱哪？王掌柜却摇了摇头，说："给价太低了，太低了呀！"

瘦老头儿耷拉脑袋了，叹口气说："我准知道你们不愿干，这个价是屈你们点儿，可我就这些家底儿，再多了也拿不出哇。算了，我没这个财命啊！"

瘦老头儿撂下棒槌要走，王掌柜连忙拦住他，递过去一个银子包，说："有劳老掌柜，您能不能指个道，还有哪家买卖能收我这货？"

瘦老头儿看看银子，说："哪家你也甭去了，我知道他们的家底儿，谁也抬不起这个宝。你直接到东头那家最大的珠宝店吧，找店里的袁掌柜试试看，只有他够分儿！"

王掌柜和小三对瘦老头儿谢了又谢，瘦老头儿像没听见，一路叹着气走了。

王掌柜和小三又来到珠宝玉器胡同，找到那家店，叫伙计去请袁掌柜。

工夫不大，从里屋出来一个满面红光的胖老头儿。小三见了，憋不住乐了，这老头儿胖得身上肉直颤，活像一尊大肚子弥勒佛！袁掌柜听说是瘦老头儿举荐，请他前去抬宝，一口答应下来，店门叫了一辆车，叫小三他们一块儿坐上就走了。

来到小三的住处，灵芝取出棒槌包，袁掌柜打开一看，两只眼睛顿时一亮，哈哈大笑说："紫花棒槌！好宝哇，好宝！我总算找到了。"

小三和王掌柜心里都挺惊奇：真不愧开宝店的，这些人是真懂行，没见过世的宝物也能叫出名来！

袁掌柜问："你们谁是这棒槌的主家呀？"

王掌柜往前推推亢小三，说："他。"

袁掌柜问小三："你能做得了主吗？"

小三挺了挺胸脯子，说："是俺亲手挖的，咋做不了主！"

袁掌柜说："那好，你这宝我诚心抬了，你出个价儿。"

小三也学精了，说："袁掌柜是识货人，想给多少呢？"

袁掌柜说："实不相瞒，这宝价值连城，你找我算找对了，我是这行首富。在京城，我开有十几家珠宝店、玉器行，当铺和烧锅就更多了。不过，我把这些买卖都给你也不够捻儿，不够捻儿也得这样了，你再多抬我也买不起了。可有一宗，我要买不起，这货就甭卖了，你再也找不出第二个买主，这宝就窝在手里了！"

袁掌柜掰皮儿说馅儿，把话说到了家。小三看看王掌柜，王掌柜朝他轻轻点点头，小三说："好，就依你说的办！"

袁掌柜生怕再出岔头，立马追驹就找人写了字据，把他在京城所有买卖都兑给亢小三。亢小三由一个穷小子一下变成了京城的首富。他把母亲从山西接来，娘俩抱头痛哭一场。他引母亲见过王掌柜和灵芝。老太太见小三订下的媳妇这么俊俏，直乐得不知冲哪方烧香才好。从此，两家都在京城住下了，王掌柜帮助小三经营买卖，生意越来越红火。现在你到北京城，打听起一些老铺面字号，还有人说是山西老亢家开的呢！

亢小三卖宝一夜发了家的事，像一阵风刮遍了京城。不知怎么就到了当朝皇帝耳中。皇帝心想，有这样的宝物，哪能落在民间，得收进宫中才对。他立即下一道圣旨，派一名钦差大臣，命他尽快找到紫花棒槌，不惜任何代价收进宫里。

钦差大臣领旨，立即去找亢小三。亢小三说："棒槌已经卖给袁掌柜了。"

钦差大臣又问："袁掌柜家住何处？"

亢小三摇摇头说："不知道。"

钦差大人只好去找袁掌柜原来的店伙计。不料，他连问了十几个伙计，谁也叫不准袁掌柜家住哪里。

有个伙计说："问问店门外拉脚的张五，他或许知道袁掌柜的家。以往，见天都是他拉掌柜回家。"

钦差大臣连忙叫人把张五找来了。钦差大臣说："你知道袁掌柜家住在哪吗？"

张五说："不知道。"

钦差大臣有些奇怪，问："袁掌柜不是常坐你的车回家吗？"

张五说:"那倒不假。不过,他每次叫我拉到北海沿上,从不叫我拉到家门口。"

"你最近见到他没?"

"没有。自从他得了那苗大棒槌,就再也没照面。"

钦差大臣发愁了,自言自语地说:"糟了,这么大的京城可上哪去找他呀?"

张五看钦差大臣那副愁相,想了想,说:"我看大人甭找了,找也是白费力气白搭工。"

钦差大人有些奇怪,说:"你这话是什么意思?"

张五知道失言了,支支吾吾地把话往回拉。钦差大臣看他吞吞吐吐的样子,知道里面有事,一句接一句往紧里逼。张五一看瞒不住了,才哭丧个脸说:"小人不是不讲,是实在说不出口哇!钦差大人不知,那袁掌柜的本不是人,他是一个老王八精啊!"

钦差大臣"腾"地站起身来,往前凑了凑,说:"有这事?"

张五说:"一年以前,有一天,袁掌柜喝醉了酒,坐我的马车回家,他告诉拉到北海沿上,随后一麻达眼皮就睡过去了。谁知,车子越走越沉,到后来,累得马身上热气腾腾,腿都拉不开步了。我心里纳闷,车上就拉一个客人,怎么会把马累成这样啊?我回头往车里一看,我的亲妈呀,车上躺着一个碾盘大的大王八!小脑袋不大,两只圆眼睛通亮,酒气熏天。我说马怎么拉不动呢,敢情是个精灵,凡人能比得了么!这种事在早听说过,今天自个儿摊上了,咋办?我就装不知道呗。到北海沿上,老王八精又变成了袁掌柜,他给过车钱,我赶紧打马走了。第二天,他又要坐我的车,我甩他还甩不及呢,就拿话点他说:'你别坐我的车了。这事咱俩知道就行了。你太沉,我的马受不了。'袁掌柜脸一红,说:'你知道了,我更得坐你的车了。这样吧,你拉别人一天挣一两银子,我一天给你五两银子,你今后光拉我得了。'我一算,这买卖干得过,打这往后就光拉他了。每天,他到北海沿下车就没影儿,我心里明白他到哪儿去了,嘴上从没跟别人露过。为这事,袁掌柜挺感激我,平时也送过我些小稀罕物,不用说,都是海里的。"

张五说完了,钦差大臣半晌说不出话来。他想,怪不得袁掌柜在京城开了这么多珠宝店,老王八精坐镇,海里的珠啊宝啊还不是现成的?可也是,老王八精不在海里好好待着,跑到陆地上散的哪门子宝呢?

张五说:"大人,那个袁掌柜是得了紫花棒槌回海里了吧?"

钦差大人一下子醒了腔,说:"对呀!紫花棒槌准是叫他憋到海里去了!它是用海里宝换咱陆地上的宝哇！"

钦差大臣把这事如实奏明给皇上。皇上权力再大，也管不到海里呀，只好作罢了。从此，再也没听说有谁见过紫花棒槌。

棒槌孩

有这么一家姓王，就在哪儿呢？就在山帮儿上有个屯子，有几户人家，就在那儿住。这家老两口子有个小孩儿，叫王小儿，不大，也就是八九岁。

这老两口子，每天到山上刨点荒、种点儿地伍的，就扔这个小孩儿个人在家。那个时候也不念书，也没有老师啊。

这天玩儿的时候，这个小孩就发现从这个树林子里出来一个小孩儿。穿个红兜兜儿，底下穿个小裤衩儿，就出来了，能有多大呢？也就是六七岁的小孩儿。

俩人一摆手，就凑一块堆儿了，王小儿就喊这个小孩儿说："来吧小孩儿。"这俩小孩儿就玩上了。

一玩儿玩得挺厉害啊，玩了好几天啊！天天见面，天天在一块堆儿玩儿。

以前这个小孩儿在家，他老在屋待着，他就扫扫地，收拾收拾屋，这回光玩儿了，连屋都不收拾了。

他妈回来，就说："你净玩了，那屋都不收拾了。"

"我去玩儿去了。"

"你跟谁玩儿去了？你和什么人去玩儿去了？"

"有个小孩儿，天天来。"

"什么小孩儿？"

"穿个红兜兜。"

"哎呀，咱们这儿就四五户人家，没第二个孩子啊？"

"他穿个红兜兜，就搁山里来的。"

他妈就说："哎呀，出奇啊！"从山里来，穿个红兜兜的小孩儿，这事儿挺奇怪啊！他妈就说："这么办，明天啊我回家。我偷着猫着，你别说我在家呢，你还带他玩儿，我看看怎么回事儿。"

这个老太太，岁数也不大，三十来岁儿，她就猫在一个屋后头，挡上点儿。不一会儿，这个孩儿就来了，顺着山上的路，蹦跶地就来了。

她一看那个孩儿，就跟个娃娃似的，瞅着长得挺白净，挺好看个小孩儿，胖乎乎的。

老太太一寻思说：出奇，就觉得他不是人，这真是宝啊！就明白了。

这娃儿玩到下晚儿就走了。她就告诉她儿子说："孩儿啊，明天我给你点线穗子，一个大线穗子前面有个针，你玩完之后，你给它别在他后面的兜兜带上，在他走的时候别上就行了。"

他儿子就说："那好。"

就是该人家有财，这天玩完之后，就给他别在兜兜带儿上了。这个小孩儿走了，这回他妈也没走啊，就在旁边看着。他妈就说："别动弹，看他往哪儿走，看他到哪儿去。"

这线穗子，这边走，那边就放，顶架儿[1]放，就为了别缠住啊，就一直走。到下晚儿了，不走了。他爹也回来了，他妈一看线穗子不动弹了，就停住了。他妈就说："我们看看去，找吧。"

这两口子带小孩儿就找，一找找到北山的大山里头，能有四五里地的一个大山林子，这旮儿是没人去的地方。

就在大深坑底下，一个悬崖下面不走了。一看，线穗子进了像一个洞似的地方，他爸就下去了。下去了一看，洞下面是个什么呢？是整个一棵大人参！一个人参娃娃在那儿呢，那大缨子才大呢！一看是棵老人参。

他说："哎呀，这是人参娃娃啊！这不是大老参的缨子在这搁着吗？这旮儿是来不了人的，谁也想不到的地方，咱们这么办吧，咱们把它挖出来吧。"

这俩口子回家，现削的木剪。挖人参不兴动铁器弄那玩意儿，得搁木头，就用木头削个剪子、削个刀。就揭碴[2]，把土全整净，一点儿一点儿，连须子都挖出来了。

好嘛！这人参挖出来以后，一看就和那个小胖子一样，长得一点儿不差！这个人

---

1 顶架儿：同"顶巴儿"，毫不间断地。
2 揭碴：刮。

参能有八九两重。过去七两为参，八两为宝了。那个能有八两多，一斤来重。

挖出来之后，就这一棵人参他卖钱了，这参卖了能有上万两银子，搁那么他发财了。

附记：

文中提到的棒槌孩，在东北民间故事中多有提及，大多以身穿红肚兜、白白胖胖、光着屁股的小孩形象出现，也有部分以头插红花的美丽姑娘、善良的白发老翁形象展现，内容多以同小初把、小半拉子、小牛倌等小孩玩耍，玩耍和劳动中同穷人孩子们结下了深厚的友谊，最后以几种结局呈现，或用自己神奇的力量帮助他们干活，或帮助辛苦的参农战胜敌人，或发财致富，或获得爱情、健康和幸福。（谭丽敏）

笤帚头子坐车

凡是世间动物，经过风吹日晒都会变成精怪。

有这么一户财主人家，日子过得不错，这天，老员外正在屋外面坐着，就看见门口来了一辆大马车。大马车过来到门口站下，就在这儿待着，也不走。

这员外就想："它在外面待着干啥啊？"就看那马车还是个拉座儿[1]的马车。

他就问："那马车在那儿等谁呢？咱家里谁雇车了？"

底下的人就说："没谁啊！我去问问去。"这个下人就去了。

老员外看车夫正在拴马，就问道："车夫，你在这儿干啥呢？等这么半天都不走。"

车夫就说："你们这儿，有两个头上簪满花儿的姑娘。坐了我车没给我车钱呢。我来取车钱，但她们也不给我送出来，我也磨不开喊。"

这个下人就说："是吗？没谁坐车啊！"

车夫就说："是姑娘还是媳妇我分不清，反正都是女的，二十岁左右。"

---

[1] 拉座儿：有车厢。

老员外就说:"那我回去问问去。"

到了屋里一问,他说:"没有啊!我们家大家庭,上上下下那么多人,我到晚上再给你问问。"

但他心里说:这也没人坐了车啊!

到了晚上,老员外问完大伙儿了,他就回车夫说:"还是没有。"

这个马夫说:"不对,指定是这两个女的下了车,直接就从前院奔后院去的。"

老员外就说:"后院那么远,也没什么房子,但我给你找找吧。"

接着到后院一找,就看见门后面有两个破笤帚头子,戴着花在那儿,看来是它俩坐车呢。

哎呀,这老头儿一看,这怎么它还成精了?再一瞅,那笤帚头子当初就是老头儿、老太太使唤的。

这老头儿就说:"我明白了!看来是闹鬼儿了。那天我扫院子,使唤笤帚来着,一不小心扎中手,中指出血了,蹭在这两个笤帚头子上。我就把它扔在旁边了,没想到中指血闹事了。那这么着吧,给您开车的钱。"

把车钱开走之后,老员外就把这俩笤帚头子给烧了。火烧起来的时候,两个笤帚头子在"吱吱"冒血。

所以说,这中指血是关键,一般中指血能辟邪,它也能让物件成精。

刷帚头子买花戴

从前有一个货郎,用扁担挑着花篮卖花。过去的女人都爱戴花,就是用铁丝簪花,那花可好看,可新鲜了。

这一天,有个崔货郎到一人家门口卖花。这时,家里就出来一个女的,是个二十几岁的小媳妇,她说:"花卖给我点吧!"

崔货郎说:"卖吧!"

她就开始拿,一拿就拿了十朵,都插脑袋上了。她把花都戴上以后,就对崔货郎说:"你等着,我给你取钱去!"说完这小媳妇就回家了。

过了好久，可左等她不出来，右等她也不出来，这崔货郎就说："这家人怎么回事呢？买了十朵花，又不是一朵，不给钱咋行，这花挺贵的！"于是他就朝那家喊，"当家的，你这儿有个女的买了我的花，把钱给我送过来呀！"

这当家的老头儿听到外边有人喊，就出来了，说："谁买的花？"

崔货郎说："一个媳妇才买的嘛！"

老头儿说："我问问去！"

老头儿到屋里一问，两个儿媳妇说谁也没买。

这老头儿出来就说："她们没买呀！"

崔货郎说："不对呀！你让她们出来，我看看谁买的！"

这家老头儿就把两个儿媳妇都叫出来，就连这家老太太也出来了。

崔货郎一看，说："不对，不是她俩买的，应该还有个媳妇！"

老头儿说："没有了哇！还有啥媳妇呢？"

崔货郎说："不对，她买了十朵花，都戴脑袋上了。"

老头儿一听，说："哎呀，这可新鲜哪，一脑袋上戴十朵花？咱哥俩找找看是谁！"

两人就开始找，但是哪儿都没有这个人。

后来一看，在水缸底有个不知道扔了有多长时间了破刷帚头，他们又一看，十朵鲜花都在那上面插着呢，崔货郎说："还到处找啥，不都在这儿插着呢嘛！"

老头儿说："哎呀，先生，俺们这刷帚头子都成精了！"

崔货郎说："你给结个钱吧！"

老头儿就把钱结给了崔货郎，然后把那刷帚头子赶忙拴住，扔火里一烧，那刷帚头子"吱吱"地冒花，那是因为它成精了。

后来风水先生一算，说："就是你们媳妇刷锅的时候把手碰破了，中指的血蹭上了，刷帚头子就成气候了。"

十七养十八

这就奇怪了，为什么十七岁的姑娘养十八岁的儿子呢？

当年，有这么一个张老员外，他家挺有钱，雇了不少干活儿的工人。可他老伴儿挺邪乎，一天整饭、整菜伍的，让大伙儿吃得不太满意，这做活儿的人也都有意见，但光他们说也不顶事儿。

那时候穷啊，不找活儿干不行呀，其中有个小猪倌，这小猪倌十四五岁，人挺精明。他每天放猪，一放就放了三年，这眼看就到了十七八岁。他穷呀，员外也给不了他多少钱，一天就给点儿吃的，一年给点儿零花钱儿，也给不了多少呀！

这小猪倌在哪儿存钱呢？南边的更房里有一个屋，他就在更房里存。这更房是什么时候用的呢？打场、种园子的时候有人在那儿住，平时是空房子。这小猪倌就一个人在那屋住，每天一早上起来，赶着猪就走。

正好赶上过年了，这个东家就告诉他说："小猪倌，你过来干点活儿，你把上屋[1]屋顶的画都给它摘下去，弄干净，把对联也都扯下去。"那屋里贴的净是画呀，这东家有钱，年年贴画、贴对联。

"好！"这小猪倌就把画、对子"啪啪"扯下来了。

上屋里的画都是成套的画，小猪倌他也不懂，但扯到角落里的时候，就看有幅画上画着个大美人儿。他用手擦了擦，一看挺新，这小姑娘挺好看，还没怎么有毛病，就没舍得扯，把它卷好就放起来了。他寻思：我拿到下屋贴去！这玩意儿没用，也没人管，他就把这个画拿回去了。

到睡觉那工夫，他就把它贴好了，贴到了脚底下。完他就瞅着那画说："这么办吧，我这儿没有伴，你来给我做个伴吧，那样我醒来一睁开眼就能看到你了！"他意思是：我没有媳妇儿，就拿你当媳妇儿了。这小猪倌就把这画自己用上了。

很快就到了春天。有一天晚上他放猪回来了，到屋一看，屋里有热气，他寻思：这屋哪来的热气呢？这屋平时没人来，是一年都没人来的地方。他一瞅，那锅底下冒

---

[1] 上屋：正房。

热气，揭开锅一看，啥呢？有馒头，有菜，都在那儿馏[1]着呢。"哎？这是谁整的饭菜呢？"这小猪倌就觉得出奇，他说，"东家也不会跑到这屋整饭菜来呀。"一看，这灶上还有火，炕上也烧热乎了。他一合计，说："爱谁谁，我就吃吧，也不能药死我呀！"他就吃，很快就吃饱了。

第二天早上，他又去放猪，这心里就寻思昨天的事儿。晚上回来一看，又是一锅饭菜，他就觉得出奇了："哪儿来的米，哪儿来的饭呢？我屋也没有米，啥也没有呀，她怎么给我做的呢？"一连吃了三天，一天三顿。

这小猪倌聪明啊，这一天，他就寻思：今儿个我早点儿回来，我就堵着她，看到底是谁整的！这猪倌每回都是吃晚饭的时候才回来，今儿个提前回来了，他过晌午就往回赶，赶到家边就把猪圈上了。接着他偷偷跑到屋外一看，那屋正冒气、正烧火呢！"啊！"他到那儿扒窗户偷偷一瞅，一个漂亮大姑娘在那儿烧火呢，他说："出奇了，是一个大姑娘呀！"

这姑娘挺机灵，一看，她在家用水、用火不一般呀，那水瓢一划一扠，这水就来了，就不知是从哪儿来的！她一伸手，这面也来了，接着她就又和面、又蒸馒头，整这整那的。"哎呀！"他寻思，"这姑娘太好看了！"

他又往屋里一瞅：哎呀，出奇呀，那个画上的大姑娘没有了，就剩下个白纸，这是画上的姑娘下来了呀，那姑娘正是这个模样儿呀！他就亲自把门打开了，一下子就把这姑娘抱住了，说："仙姑啊，你不能走呀，你就在我这儿待着吧！"

这女的回头儿一看，正是小猪倌，她说："你松开，松开！你这是干啥呀！"

"不行！你得答应我，你不答应我，我不能松开你，我宁可抱着你。"

"那行了，我就答应你了！我明告诉你吧，我就是那张画上下来的姑娘。这画不是一年换一张吗？我今年就偏偏被你弄到这儿来了，你要是当时把我扯坏了呀，我也就不能从画上下来了。我看你哪儿都挺好、挺诚实，我就嫁给你吧！"

这猪倌说："这么办吧，咱俩就在这儿拜堂成亲吧！"这俩人就在外屋对着灶坑磕了个头。

就这样，这俩人就成了夫妻，一天天的在这儿住下了。这天，她说："这么办，咱俩夫妻是夫妻，但白天我还得回画上待着，你别瞅我，到晚间我就回来陪你睡觉，

---

[1] 馏：蒸。

帮你整饭。"

他说:"那行!"

一晃有一年多了,这姑娘就生了个胖小子。这小孩儿没地方搁呀,她就对小猪倌说:"你不用害怕,这孩子就搁在炕上,他白天不能饿,夜里我来给他喂奶。"就这样,她白天就到画上去,这小猪倌就去放猪。

这小猪倌不放心呀,他惦记孩子、惦记媳妇儿,不一会儿把猪放到地里就往家跑。

这地主婆邪乎,地主婆一看,寻思:这小猪倌怎么回事儿呢?怎么放个猪还不乐意放,老往家跑呢?我得看看去!她到那儿扒窗一看:啊?!一个孩子在炕上搁着呢!这工夫,就听那孩子"哇哇"哭,她说:"哎呀,出奇呀,哪儿来的孩子呢?"她就到傍拉儿瞅瞅那孩子,一看,这孩子长得挺精,哪儿都挺好,她就寻思:这是哪家的孩子呢?不管怎么的,我得看看到底怎么回事儿。

到了晚上,她就故意偷听来了。正好,小猪倌夫妻俩人团圆了。一看画上的人没有了,她一听,这画上的姑娘说话了:"白天我就待在画上,到了晚上,我就下来陪你。"

地主婆说:"哦,原来是这画,这是个宝画,是值钱东西呀,干脆明儿我就把画给你拿走!"第二天早上,地主婆就拿画来了。她到这儿之后,一看,这画在那儿挂着呢,她就把画往下摘。一摘,怎么回事儿呢?这姑娘就开始哭,这个画就"哗哗"淌眼泪。

地主婆说:"哎呀,成妖精了,在画上还能哭呢!我扎你,让你掉眼泪!"

她就拿个大锥子,搁眼睛扎了一下,这眼睛就冒血了,她一看,说:"可了不得!"就把画扔在那儿就跑回家了,回家就得病了。

不说她,单说这个姑娘。这姑娘一看,不行了,她就合计:我在这儿待不了了,再待这事儿就完全泄露了,这地主婆也不能容我,这么办吧,我走吧。她自己一合计,就把孩子擩炕上,抱着给他吃了点儿奶。孩子吃完以后,她自己也哭了一场。接着就在这个画后边写了几句话,写的是:"我儿好命苦,三天离了母,要想母子重相见,去到扬州府。"意思是要想相见,小猪倌就要上扬州,我是扬州人。下边写个什么呢?写个"张洁,父亲:张员外",意思是,父子俩按照这名字到那儿找她去。接着又写道:"找我得十八年以后,现在暂时不行。"告诉父子俩十八年以后再相见。这几行字交代得挺详细。

小猪倌晚上回来一看,孩子饿得直哭。他进屋一看,姑娘也没在,他寻思:这人去哪儿了?该上哪儿找去呢?一看那画,人消失了,只剩下白纸,那白纸还顺着画往下淌血,一点儿一点儿的。再一瞅,画后边还有字,这小猪倌也认得几个字,他一看,说:"她跑扬州府去了,说十八年以后才见面呢。"

这会儿工夫,地主婆就过来了,说:"小猪倌,你弄的什么破画,简直是妖画!它还会哭,会淌眼泪,我扎它一下,还冒血,什么玩意儿,赶快给我烧了它!"这地主婆就把画硬给抢过去烧了。

然后小猪倌把孩子抱回来了,待了些日子,他寻思:我得走呀,扬州离这儿有上千里地,我什么时候才能找到呀,那就一边做活儿一边找吧!所以他就背着孩子走,一边走一边要饭吃,一边走一边要着吃,这孩子就这么一路走到大,在路上走了十几年。路途遥远,等到扬州府,孩子已经十八岁了。

到了扬州后,小猪倌心想:"这么办吧,找个店住吧!"这小猪倌到那儿一看,一打听,不远处有个大店,是住散客的店,住店的人一般都是做买卖的。他就到店里去,对店东说:"我打算住店!"

店家说:"你住吧!"

"住是住啊,我可没钱呀,我是个穷人。"这小猪倌就说,"我到这儿找个人。"

"你就说找谁吧。"

"找张老员外。"

"张老员外?后院儿就是张老员外家啊!"

"是吗?"

这店家就问小猪倌说:"你们是什么亲戚呀?"

"俺们是原来的老亲。"

"哦!好吧,你就在这儿先住着吧。"店家说道。这小猪倌就住下了。

这张老员外。在头十七年以前,他老两口就没孩子,到四十多岁了,才生了个丫头。这丫头生下来就哭呀,她妈就抱怨:"你这孩子,怎么老哭?我生完你之后,你就哭,真糟透了。你说你这孩子是怎么回事儿呢,你又不是像人家为儿女哭,你哭什么呢?"

这小孩儿就说话了:"我想我儿子!"

她妈说:"哎呀,你这孩子出奇呀,你生下来就有儿子?"这姑娘生下来之后就在那儿待着,在家啥也不说了,就是哭。

一晃待了些日子,这姑娘长大了,也念了点儿书。这姑娘可长得不错,描龙绣凤都行。她妈说:"这么办吧,你找个好人家吧!"

她就告诉她妈:"妈,我不能找人家,我已经有男人了。"

"你胡说八道啥呀,你是我生的,这才十五六岁,生下来到现在,我都没给你找人家,你上哪儿找的人家?"

"我已经有家了,我都有孩子了!"

"你胡说!"

正好到姑娘十七岁那天,这小猪倌和孩子就找来了。她在家就知道信儿了,说:"妈,我男人来了,他在旅店住呢,我儿子也来了。"

"能有那事儿吗?"

"是呀,你叫我爹把他找来吧!"

张员外说:"我看看去!"

一打听,他们真的来了。这张员外一看,说:"你们是哪儿的?"

他俩就把怎么来的一说,这小猪倌说:"我媳妇儿到你们张老员外这儿来了,她是在这儿生的,今年十七岁,我儿子十八岁。"

"哎呀,这太出奇了!"张员外说,"这么办吧,就让你们见个面,看认识不?"

一见面,这媳妇儿就把她儿子抱住了,十七岁的姑娘抱着十八岁小伙子,儿子长儿子短的,这儿子也哭。张员外一看,说:"这么办吧,你们今后就恢复婚姻吧,也不管他大你多少岁了。"

小猪倌岁数大,他都四十来岁了,这儿子都十八岁了那姑娘才十七岁。就这样,孩子也找着妈了,这男人也找着媳妇了,家庭就团圆了,一家三口过上了幸福的生活。

所以这"十七养十八",妈十七,儿子十八,就是这么来的,是因为他俩的两次婚姻。

尿炕精

有这么一家，家里哥儿四五个，连娶进来的女的，一家子净人口有二十口人。家里住的是大房子，五间房子，过得挺像样。

这天下晚儿，就听到外边儿有人叨咕：尿炕！尿炕！大伙儿说他叨咕什么玩意呢？也没人吱声。可一早上起来，大伙儿都把炕尿了。不但小孩儿尿炕，连小媳妇儿、男的、老头儿也尿炕了。大家都晒被呀，晒得可院子！这一大家子可憋气了，大伙儿就说："怎么个事儿啊？"

大伙儿就问老头儿，老头儿说："我也不知道怎么回事？尿来了就憋不住，没辙！"

他媳妇说："那可不咋的，外面儿乱哄哄地叨咕'尿炕尿炕'的，他一叨咕完之后就憋不住，尿就来了！"就这样闹了好几天。

年轻好胜的小四、小五说："这么办吧！我们今儿看着它！看看来的是什么人，这到底是什么神，这么出奇呢！"说完这俩人一个人拎个棒子就猫在门外一个柴火垛旁边儿等着它。

盯半夜，就看它顺着门外边儿进来了，还不那么高，拖拉跑着就喊"尿炕尿炕"。他还在喊"尿炕"，这俩人到后面"咔嚓"一棒子，一家伙就把它打倒了，起不来了。

大伙儿看这是啥玩意儿呢？打开一看，是个啥呢？是个尿罐子，尿罐子成精了，"哎呀，这什么都能成精啊，尿罐子成精了！"

打这以后，屋里大伙儿都不尿炕了，就给它闭住了。要不人们怎么都说"尿炕精尿炕精"呢，它就是这么来的！

王小修仙

有这么一个王小，他呢？父母都死了，自己在家给人放猪。

这天，他正好看到搁北边来了一个老道，那老道瞅着有仙风道骨的样儿，走道儿特别快，快得邪乎，就像从山上飘过来似的。

这老道走到傍拉，王小一看，就站起来了，笑着说："老先生，你怎么走得这么快？"

"啊，我走道儿就是快！"

"你上哪儿去？"

"我今天特意找你来了。咱俩有仙缘哪，我打算收你做徒弟，你愿不愿意去？"

"我自己去了待不住哇！"

"还有俩，你的两个师兄也在后面呢！"

不一会儿就看走来俩小孩儿，也有十七八岁。老道一合计，就跟王小说："这么办吧，你要愿意就跟我去，你家也没啥人！"

王小说："我家啥人也没有，如果你愿意收我，我就跟你去！"

"那好吧！"老道又说，"那你长这么大，是谁把你养大的？"

"我家没有人，爹妈全都死了，是我一个姑姑把我养大的，我就在我姑姑家待着呢！"

"那好！你和你姑姑说一声去吧！"

"我不用说了，我就这么去！"

"不说就不说吧！"

后来这老道就把这三个人带走了。

老道带着这三个人走，一走走了一两天，大伙儿都饿了，饿急眼了。正好，四人就走到一个像店似的地方，到店里就坐下了，坐下吃喝完了之后，这四个人就又走了。

四人一走走到哪儿了？走到离山不远的一个庙。这庙里有一个老姑子带着三个小姑子，这些小姑子二十几岁，长得都挺漂亮。

老道到那儿一去，这老仙姑就说话了："老师父，你来了。正好，我这个出家人不愿意出家了，出家没好处，出家太孤苦了，人这一辈子为了什么呢？我让我这三个徒弟都从良，让她们都走吧。你看看，是不是你能在这儿待下，咱俩做男女吧，把这三个小姑子给你那三个徒弟，咱就过个好日子。这山上地多，也够咱用了。"

老道听后，笑着说："我是不能待，问问他们谁待吧！"老道又问他的三个徒弟："你们谁待？"

问了半天，问谁谁也不爱待，最后谁呢，这个老二说："要是你们都不愿意待，我待这儿也行！"这老二又问这老道姑，"我要在这儿待，你那三个徒弟哪个给我？"

"哪个给你？那好办，你看你相中哪个，她要愿意，就给你，要是她三个都愿意你，你就弄三个媳妇！"

老二说："那行！"他就在那儿待下了。

老二待下之后，这老师父就领着王小和大徒弟走了。

三人一走就走了一天多，老师父一看，我这个念珠丢了！他就想落哪儿了？一定落在庙里了，落姑子庵了。老道说："这么办，王小，你去吧，给我取一取，到那儿取了就完事儿！"

老道又说："你必须取回来，看你的心诚不诚！"

王小说："那我还取不来？只要那儿有人就能拿回来，在哪儿我都敢拿！"

老道说："那行！"

说完王小就去取了。他走了一天，到那庙里一拍门，发现门没插，他就进屋了。进屋一看，不是庙形了，里面像个山洞似的。又一看，啥呢？一个老虎带着三个虎崽子正吃一个人呢，吃的正是他二师兄。这哪有什么女的，都是老虎！

他说："哎呀，我的妈呀，可了不得了！"再一看，老虎把他二师兄啃得稀烂，都啃死了。他吓得"哎呀"一声，说，"我要在这儿不就完了嘛！"

他看到那念珠在哪儿呢？在老虎脖子上挂着呢！王小想，哎呀，我的妈呀，这哪儿敢拿？可不拿又对不起师父啊！看到二师兄也死了，他心想，天哪，该然啊！在这儿待着，我这心惶戚[1]惶戚的。他又寻思："我豁出去了，死了我也要拿回来！"然后，他就把眼睛闭着，"扑"一下就奔老虎去了。

他到了那儿，真把念珠摘下来了。摘到手之后，回头一看，他在大道上站着呢，哪儿有庙，啥也没有！他就往回跑。

跑了半天，跑到师父那儿，他就给师父跪下了，说："师父啊，可了不得了！"

老道问："怎么回事？"

他说："我二师兄让老虎吃了。一个老虎带着虎崽子，那哪是女的呀，那是老虎啊！我看念珠在老虎脖子上，没敢摘，我是闭着眼去的，才摘下拿回来！"

1　惶戚：惶恐不安。

老道说："行呀，你心诚，好！"

三人到庙里之后，老道跟王小说："你就在这儿待着吧，我跟你大师兄要出门，今天这屋里，就你自己待着！"老道又说，"这儿的四个门许你开三个，就是北门不许看，北边的门不许打开！"

他说："那行！"

说完这老道就走了。师父走了以后，他一个人待不住哇。一早起来，他就把南门打开了，一看，这家伙，像御花园一样好啊，花草树木特别好，好得邪乎！他就扒着窗户出去溜达，玩得特别高兴才回来。

第二天他开了西门，一看，西门也好，像到西天边儿我佛那儿一样，他又出去溜达了一天。

第三天打开东门，他一看，东门也好。

到第四天，他心里寻思，这北门会不会更好！又想，师父不让看呀！后来，他想，我还是看看吧！他就把北门打开了。

打开一看，直眼了，他姑姑正在屋里干啥呢？正在那屋哭呢。她姑姑把他拉扯大，正哭他呢。他一想，哎呀，这糟透了！就把门急速关上了。

到晚上，他师父回来问："你怎么的了？"

他就说实话了，说："我不小心开北门，看见我姑姑在那儿哭我呢！我不回去，我姑姑得哭死！"

老道说："那你回去吧！"

他说："我不能回去，这出家我是铁了心了，哪儿能回去呢！"

老道说："这么办，你实在不想回去，你诚心，就把你姑姑杀了！"

他说："师父，她把我拉扯大，有救命之恩，我怎么能杀她？"

老道说："你不铁心不成！不把她杀了，你修行不成！"老道又说，"你信师父话，你就得杀她去！"

他心里寻思半天，说："行，我杀她！"

老道说："给你把刀！"就把刀给他了。老道又说，"你连夜回去。杀完之后，把刀往门槛上一挂就行，然后你就回来。杀完，这人头你就扔灶坑里。"

他就回去了，回去时自己走了一宿，他心诚啊！

他到姑姑家一看，没别人，就他姑姑在炕上趴着呢。他也没吱声，过去就用刀把他姑姑杀了。杀了之后,把这人头扔灶坑里,把刀挂在门槛上了,他就回来了。

回来了他也不说话。

他师父说:"行了,这回你不用惦记家了,你姑姑让你给杀了,你回去之后,谁认你呀!你就在这儿一心修炼吧,你是仙体,所以是上之仙洞人士叫我把你收回来的。"

单表他姑姑。他姑姑其实没有被杀,那会儿她在外面撒尿没回来呢。

第二天她醒来,一闻,说:"嗯?这屋什么味儿,咋有血味儿呢?"到那屋一看,"哎呀,我侄儿这回来,咋上吊了呢?"她侄儿真的吊死在门槛上了。她再一看灶坑里,一个大狗头金,那时候,这就值千两白银哪!

她说:"哎呀,这是我侄儿给我回来送金子了,咋吊死了呢,咋把自己害了呢?"她就把侄儿发送出去了。

弄完之后,她看着她侄儿送回来的金子,哭着说:"不用惦记了,侄儿已经死了,他给我送了金子回来。"后来她就发大财了,搁那么她就过好了。

这就说什么,要这样试验他几次,他才能修炼成仙,最后这王小真修成了。

夜叉国

有这么个姓徐的,在胶州住。胶州是中国一个挺大的地方。姓徐的是做买卖出身,他家里有老婆,还有孩子。他卖各种吃的东西,连做买卖。

这天,他打算办点货去,就带着钱,带着吃的,因为出门买东西不好买,带点肉,带点咸菜,带点油炸的东西,麻花啊,酥饼啊,带一面袋子。就准备这几天在道上不吃了,上船上吃,上船后自己摆小船就走了。

该然,他走了之后,就来风了,风暴大得邪乎,就拢不住[1]了,这小舟直门儿要翻个儿啊。这老徐头看怎办啊?听天由命吧!站不住了,大海浪大,他就把后面舵把住了,舵要不栽巴、不翻个儿,就不怕,爱刮就刮哪去吧,听天由命。风呜呜刮,刮

---

[1] 拢不住:禁不住。

了一天一宿，风不刮了，停了，一看前面一个大岛子，一个山坡，前面好大的山啊。他就把船停到山根底下的水边。

他一看：哎呀，这地方怎么办呢，离家多远都说不上了，刮了一天一宿，刮出老远了。到山上看，有冒烟的地方，还像有人说话似的。他寻思：我到那打听打听什么地方，离我家多远。就上去了。

上去之后，还没吃东西，把烤的肉片，炸的麻花、果子，自己用小兜拎点就上山了。上山一看，净山洞，洞里还有人说话。心寻思，在洞里住着，野人一样。扒洞看，一闪的工夫，有两个夜叉神一样，长得不像样，瞅着挺吓人，毵毛瞪眼，肉皮也粗，是人形，但长得不像样，砢碜。

他吓得一闪的工夫，里面就已经看见了，"嗷嗷"喊，不是喊站下，是说别动，不让动弹。他就进来了，夜叉说话不懂，他就和人家比画，就给他拽进屋来了。

他到屋一看，这两个夜叉干啥呢，正整鹿肉呢，鹿皮掰开之后，就吃生肉。一看可了不得，还吃生肉。接着夜叉就拽他衣裳，要扒衣裳，他就寻思：这还要吃我啊？就害怕了，比画说："别啊，别啊，我这儿有吃的。"就把炸的麻花、果子掏出来，给人尝尝。

夜叉一吃，这玩意儿香啊，就乐了，拍他肩膀，意思说你这好啊！

"还有。"他俩就吃，吃完以后的工夫又来几个夜叉，大伙儿一尝，几口工夫就吃了了。完事之后，还管他要，他说这么办吧，我船上还有，我有船，连比画带说。好几个夜叉就跟他到了船上，一看，船上有小锅，有预备做饭的地方。

夜叉说："走吧！"没办法，就都搬下来了，带点肉，带点炸的就搬山洞里了。来了十几个夜叉，说："真好吃。"

老徐头儿说："我再给你们做点。"就把小锅坐落上了，把火生着了，把鹿肉煮了。煮完之后一吃，这家伙夜叉乐坏了，之前没吃过熟肉，净吃生的。

他说："锅小煮不下。"夜叉就不让他走了，在门口看着他，叫他给煮鹿肉吃，煮饭整菜吃。

第二天，夜叉扛个大锅来，就把锅架上了，这回妥了，他就给整鹿肉啊、兔子肉啊、狍子肉啊。一整整了七八天啊，天天还害怕。但人家对他没恶意，没想吃他，意思让他伺候人家。老徐头合计：在这儿待着吧！

这一天，两个夜叉带了个母夜叉来，这个母夜叉是女的啊，就比画说给你做媳妇，你就别走了，在这儿待着吧。他一看女的长得挺砢碜，瞅着他笑呵呵的，他不敢到她身边。这个女的主动往近凑，到晚间钻他被窝里求欢，搁那他俩就到一起了，就像男女似的，也懂这事儿了，不用说了。

一晃有了十来天的工夫，这个地方就都知道这事了，都知道外面来了个人。第三天，母夜叉比画告诉他说："明天开会去。"他多少也懂得一点儿夜叉的话了。母夜叉告诉他："这个地方叫卧眉山，离你家有一千里。"

开会的时候大伙儿都来，母夜叉说："开会的时候你给做点儿好吃的，俺们山大王最爱吃，把他答对好就妥了。"这他就现把狍子肉、鹿肉都整好了，搁上咸淡[1]。

夜叉他们都戴大念珠，那都是珍珠串的，母夜叉就告诉别人说："他还没有那个珠子呢。"大伙儿一看这怎么办？母夜叉有一串珠子，给他解下来五个，别人这个解一个，那个解两个，都值钱啊。解完之后人家都大长串，他弄个短的，因为什么呢，没那些啊，他就戴脖子上了。他一看，这珠子可了不得，这要到中国，一个珠子能卖上百两白银哪，这点儿珠子值老钱了，他内行啊。

这天到那儿开会，到了一看，会场老大了，在山坡上，一块大板石，溜光。大王来了，多少人抬的，可威风了，坐那儿了。坐那儿之后，这边儿吃喝的就献过去，这一吃大王乐坏了，说："哪做的？这么好啊！"

底下说谁谁做的，有个姓徐的，后来的。大王说："把他叫来。"

叫来一看，比画意思说，你做得好啊！一看他的珠子短，就问他："你那珠子怎么这么短呢？"

母夜叉就跪下了，说："他的珠子是大伙儿凑的，他没有珠子。"大王就顺手解下十多个，他那珠子好啊，那是一号大珠子，给他串上。大伙儿让他磕头谢恩。他就串好戴上了。

一晃过去三年的工夫，母夜叉就生孩子了。一胎生三个，生了两个男孩，一个女孩。这边都懂男女的事了，但还是愿意和人。这天正赶上他在家待着，母夜叉没在家。那天又来个母夜叉，到这儿拽他，就不撒手，求欢。

他说："那不行，我和你不是男女。"

不行，人家就揍他，正打呢，他老婆回来了。到这儿一看一说，这老婆急了，就

---

[1] 咸淡：盐。

护他、打那个。这工夫就把她送那家了,这家男的还挺感谢他,说他是正人,没睡他老婆,搁那对他挺好。

他一晃待了挺长时间,去了能有十几年工夫,差不多十二三年了,大小子都十二三岁了。大小子叫徐彪,二小子叫徐豹,还有个小丫头叫叶荷,他们其实都同岁,就是分大小,一胎三个嘛!他把中国话都教给这三个孩子了,他老婆也学会了。

有一天,他就和大小子叨咕说中国怎么怎么好:"这地方啥地方,净吃生东西。我做的好,到中国比我做的还好,有厨子,早晚我得领你们走啊,回去看看去。"

大儿子说:"我跟你去。"

这天正赶上刮北风,他就在河边溜达,一看十几年了船没坏,还在那儿停着呢。他说:"正好,咱爷俩坐船逃走。"也没告诉老太太,谁也没告诉,他就带大小子上船了,上船借北风的力量,一宿就出了大海,离中国不远了。

第二天下午的时候就到胶州了,回家一看,老婆出门了。他出去十多年了,十三四年了,老婆就出门了,寻思他死了呢。他一看,怎么办?暂时就待着吧。他把戴的珠子卖几颗,一颗卖了二百两银子,卖几颗就卖了上千两银子,这回妥了。做买卖发财了,这些珠子可以让他在胶州当首富了。

他大儿子就学武术,这小子武术好,力量大,谁也比不上,最后就参军了,干了没有三年工夫,就当上了领兵先锋,一看这小子干得好,成绩好,元帅就重用了他。

这地方又有一个行商的,也是摆船的,姓张。这天风大,也把船刮跑了,也刮到卧眉山去了。这个人吓坏了,说:"我这船跑走了。"一看没有人啊,再一看,山上有个小伙儿在那儿站着,一摆手,小伙儿过来了,正是徐豹,会中国话,一说:"我叫徐豹。"

那人问:"你怎么在这山上呢?"

徐豹说:"俺们这都是夜叉,你可别在这儿待,待不了。我给你藏个地方吧,不然找着你就完了。"就把他藏到山沟里,藏了一宿。

等第二天早晨北风起来了,那人就说要走,问:"你呢?"

徐豹说:"我哥哥叫徐彪,我爹也是中国人,现在我哥跟着我爹回中国了。"

那人说:"徐彪打腰啊,现在当前部先锋了,那当官了,元帅女儿都给他做媳妇了,那你还不去吗?"

徐豹说:"真的吗?我给写封信。"

那人说："真的。"就把徐彪的信给带着了。

那人回去到帅府，找到徐彪，把信给他。这徐彪惦记家惦记得邪乎啊，兄弟、妈都惦记啊，第二天带几个警卫员、带俩兵，坐船就走了。

这该人倒霉呀，走半道大风起来了，一个大风就把船干翻了。两个兵都淹死了，但徐彪在夜叉那边长大，他会水啊。就划水在水里冲啊，冲了半宿啊，就到了独龙国，那也是夜叉，但他会夜叉话。有个夜叉挺好，说："咱们都是一样的，你是卧眉山的，都有交情，不管怎么的，等风平浪静之后，我就把你送回去。"等了一天，就坐船把他送到卧眉山了。

徐彪到卧眉山，找到自己的妈了，找到兄弟妹妹了，把情况一说。他说："中国最好了，咱这是什么地方，吃点破鹿肉。说这么办吧，等刮北风了，咱们就走，我现在有权力了。"

他就整了一艘大船，他们娘几个都来了，到了中国。见着老头儿了，这母夜叉给老头儿埋汰够呛，说："你偷着走了，给我扔下了，你带孩子跑了，我能不惦着吗？"他向人道歉，直门儿说客气话。

大儿子说："拉倒吧，老夫老妻的。"劝了一阵。

搁那么，徐豹来了就送他去学校念书去了。徐豹念书好，过目成诵，看一遍就会，"五经"啊、"四书"啊，看啥都行。最后当上文状元了。

叶荷这丫头，武术学得高，可了不得。正赶上有一个师总长他老婆死了，徐彪亲自保媒把他妹妹给他。那边儿有点儿打怵，徐彪说："不用不敢订，没事儿，他到咱们中国，吃咱们正常食，她肉皮子也变了。原来在夜叉国，肉皮粗糙得邪乎，麻麻约约的不像形。一吃咱们这饭菜，蜕了皮和咱们一样，细皮嫩肉，跟好人一样。"

叶荷也妥了，嫁给这个男的之后练了一身好武术，建功立业，男的打仗也带着她，不行她就出马，最后替这个男的立了不少功，搁那么叶荷也过得好，老徐家过得兴旺，文的武的都有。

莲香

多年以前，有这么一个姓尚的公子，叫尚子明，这人是挺老实、挺真诚忠厚的人。自己叔叔那院有个大花园，大花园一般没人住。他和叔叔说："你要不用的话，借我念念书。"

他叔叔说："那你去呗，咱那书房什么都有。"他就去了。

他去念书，同学有去的，今天去三个，明天去两个，白天就扯呗。大伙儿就叨咕："这花园可不太稳当啊，要不你叔叔都不住了呢，闹鬼啥玩意儿啊。"

他说："别胡扯了，不能。闹鬼也不害怕，要来男鬼，就把他打跑；要来女鬼，就留下她住，我正好缺少媳妇呢。"

大伙儿一听，说："好啊，你这胆子不小啊。"

一晃过了两三天的工夫，同学就来坏道了，就把窑场的妓女雇一个，说："你按我说的事儿去办，吓唬吓唬他，大伙儿逗逗他，他要你在那儿住，你就在那儿住，不要住，你就回来。你就装鬼。"

妓女说："那好吧！"这窑子娘们得了钱就不管那事了，他们就在后面跟着，就来了，进花园了"啪啪"拍门。

尚子明说："谁啊？"

她说："我啊，我是女鬼啊，你不希望女鬼来嘛，我今儿个就来了，特意会你来的。"

他一听吓一哆嗦：哎呀，我的妈啊，说的是笑话，女鬼来做媳妇，真来真害怕。这还了得，真来了。他扒窗户头一瞅，这家伙真是个女的，披个白大衫，穿一身蓝衣服，可了不得，他说："咱俩远无冤、近无仇，你快回去吧。我可不敢接待你啊，我哪有那胆量啊。"

哀求半天，女的走了。他个人吓坏了。第二天白天，他告诉他叔叔说："我不在这儿住了，不给你看院了。"也没敢说闹鬼。

他叔叔说："你就住吧！"

他说："我不爱住了。"

叔叔说："你就住吧！"

这会儿同学来了,和他说:"昨晚上怎么样啊,来女鬼了吧?"

他说:"哎,你们怎么知道呢?"

同学说:"俺们怎么不知道,你昨晚住没住,女鬼好不好啊?"大伙儿就笑。

他明白了,说:"你们做鬼儿了,昨晚那女鬼是你们打发来的?"

同学说:"你呀,熊蛋,昨晚我们特意给你找个姑娘,你还不敢要,把人还打发走了。"

他说:"这不扯蛋嘛!"他知道没有女鬼,是假的,他就个人还在那儿住,还在那儿念书。

一晃待了有一个多月,这天他正在墙头溜达玩呢,就看墙头过来一个姑娘,叫他:"尚公子,开开门。"

他说:"你找谁啊?"

女子说:"我就找你,有事。"

他就把门开开了,女的说:"你在这花园待这么长时间了,原来俺们亲戚在这儿,我在这儿做活,做活把针丢这旮了,我到这儿找找针。"

他说:"这上哪找去,我住这些日子没看见,什么样的针?你到屋吧!"

女的就到屋了,女的到屋就笑了,他一看女的确实长得好看。但他一想:不用问哪,这又是妓女来了。那时候是城市里头,妓女有的是啊,不是没有。他说:"你是哪的?"

她说:"我和你说实话,我是西街美容院的妓女,我看你个人在这儿挺孤单的,听说你人不错,我特意来会会你。"

他一听是妓女,那他就不害怕了。两人越唠越近密,就在一块睡觉了。

在一块待了几天工夫,俩人越处越近,处的近得邪乎。这天他就问:"你来这儿,你家在哪住啊?"

她说:"我就告诉你实在话,我叫莲香。"

"我叫尚子明。"

"那咱们就处个朋友呗,我就在你这儿待着,不走了。"

"那好吧。"

又待了几天,莲香说:"这几天我不能来,我家有点特殊事,得七个礼拜以后来。"莲香就走了。

到第二天下晚儿,又听外边墙根底下有人拍门。他一寻思:谁喊开门呢?打开一看,来个姑娘,也就十七八岁,长得漂亮,甚至比莲香好看,大辫子。到屋了女的说:"我今天特意来会你,因为你没有媳妇,我现在打算和你订婚。"

尚子明说:"你来这儿倒行啊,你是哪地方人士?"

姑娘说:"我姓李,你管我叫李姑娘就行,我是李同汉女儿,我爹他们走了,我自己来念书了。我相中你了。"他俩也在一起住了。俩人睡觉当中,尚子明一看,她真是个姑娘,一点儿不差。

又待了几天,他就问她:"李姑娘,你身上怎么这么凉?"

她说:"那我搁家走这儿好几里地,还能不凉?这春秋景。"

"可不一样,女的一般身上都热得乎的,你身上凉。"

"那凉,你别挨我了。"

"那我不是嫌你凉,我就是说说。"

两人越处越近啊,到七天头上的时候,这女的就走了。女的就告诉他:"我跟你说实话,你别害怕,我是女鬼,不是人,我是李同汉的女儿,我爹当官走了,我有病,死了就把我埋在你下边,离这儿不远。所以我阴魂不散,就相中你了。阴曹地府也一样,男的和女的,都愿意处美男子,我特意来的,我今年十六岁,我给你留一只鞋,你要想我的话,就拿鞋,喊'李姑娘',我就来了。你就不喊我,一摆弄鞋,我准到。"

尚子明说:"那好吧。"

第二天晚上,她没来,他把鞋一摆弄,李姑娘就在那儿站着。李姑娘说:"你看我来得快不快。"两人就同床了。

待了几天,李姑娘说:"我这些日子不能来了,我还有几件事。"就走了。

到第三天晚上,莲香来了。这回尚子明就闲不着了,除了这个就那个来。莲香到屋一看,说:"怎么回事呢,尚公子,你这气色不好啊。"

尚子明说:"我气色怎么的了?"

"不好!你气色瞅着眼睛发涩,眼壳也塌下去了,你是有外遇了?"

"没有,没有第二个女的,就你和我扯来着。"

"不对,不是那样。"

后边又待了两天,莲香说:"你说实话,到底你和谁有啥关系。"

尚子明说:"没有。"他就说没有。

莲香说:"好吧,没有就没有吧。"这女的就走了。

又待了几天李姑娘来了,他俩又在一起了。前前后后你来她走,能有一个月工夫。这时候尚子明就不行了,病了,吃饭吃得也少了,身上也瘦了,走道儿都费劲了。这回莲香来了,说:"你得说实话,你现在有病了,再不说你得死了。你这是有人磨你呀,不是我。"

他说:"除了你,没有。"

她说:"你说实话吧。"

没办法,他说:"就这一双鞋,这个女的是李同汉女儿,她是鬼,告诉我了,我俩不错。"

她说:"那好,给我鞋。"

莲香把鞋一摆弄,这女的就来了,一看她在就要跑。莲香说:"你回来,跑不了。怎么办吧,我也不碰你,尚子明小伙这么健壮,让你缠巴这么样,你不知道你鬼体吗?害人不能,得救人啊!你有什么药?想法救活了!爱男子不怕,谁都稀罕男子,但你保住他的命,你都把命给要去了。"

后来,这个女的不吱声了,说:"我没有办法,没有药。"

莲香说:"暂时你俩不要到一块堆了。尚子明,我说实话,她是一鬼,我是一狐仙。"

尚子明说:"那狐仙害人吗?"

莲香说:"不管是狐仙还是鬼,都能害人,你个人贪得多就害人。人就不害人了吗?人一天弄它八遍,你看你死不死,不也得死吗?你这真气给盗走了,还能不死吗?黑白你这么扯。你一点章程没有,没有节制。这么办,你俩现在躲一躲,不能到一块,我给你想法儿采药去。"

这莲香没办法,就给他采药去了,一去有一个来月,回来了,这回把药拿回来了,这回安心吧。尚子明都起不来炕了,李姑娘伺候他,还真不错,这女鬼天天伺候他。莲香到屋就笑了,和女鬼说:"小妹啊,你还真不错,你伺候他一个来月,你俩也真没到一块,你俩确实守住了,要信我话就能保住他命了。药拿来了,还得你想法救济他,我还不能。用你的嘴吐沫,不是你的阴气把他害得嘛,用你的阴气换他的阳气,把药咽下去。"

李姑娘说:"还嘴对嘴啊？"

"得了，别磨不开，都在一块趴着了。"

他药都吃不了了，这李姑娘自动就搁嘴含着药往他嘴送，一晃待了有十天，药都吃了，这回尚子明好了，好了之后啥说道也没有了。

莲香告诉女鬼说:"你今后不能再来了，再缠巴就把他缠巴死了，你想办法修行，办点儿正事吧！"

这女鬼就哭了，说:"那以后再见吧，我想还能见到。"说完女鬼一阵轻风就走了，不知哪里去了。

单表城里有一家姓孙的，女鬼飘到老孙家，正赶上孙家姑娘死了，十六岁死了。她一看，就扑到姑娘怀里，借尸还魂了，借老孙家姑娘还魂了。这一还魂她就醒了，大伙儿一喊一叫，她就明白过来了，明白过来一瞅，个人就哭，说:"这儿是什么地方？"

老孙家挺有钱，她妈说:"这孩子，这不咱家嘛。"

她说:"我不认得你，我是李同汉女儿，我找尚子明，尚子明在花园念书呢，把鞋给我取来。"

大伙儿说怎么个事呢，她就一说，这一说第二天白天就传出去了，一打听真有尚子明啊，真有这么回事，就和尚子明说:"怎么个事儿，有个李同汉女儿和你不错啊？现在俺们这姑娘迷糊过去就报她名，不是借尸还魂啊，这怎么回事呢，不认得，说有只鞋在你这儿搁着哪。"

尚子明说:"啊。"

拿回去一照量，穿不得，这姑娘脚大，她鞋小。这姑娘就哭了，把脑袋一拍，"啊"就哭了。七天没吃东西，这身上暴皮啊，暴得不像样。第七天一照镜子，自己乐了，整个是李同汉女儿样子，模样变了，脚也小了，那鞋也能穿了。这回乐了，告诉他们:"你们来认啥，我也不管了，我就是李同汉女儿，我借你女儿身体活了，你们就是我妈我爹。"

这和尚子明一说。莲香说:"这么办，你求婚去。"

尚子明说:"求婚？人家那有钱的人家，咱也求不来啊。人家姑娘能给咱们吗？"

正好老员外过生日，尚子明说:"我也去。"这姑娘在旁边站着，一看尚子明来了，就跑去抱着尚子明说:"我男的来了。"

大伙儿一看，没办法了，后尾儿老员外一看，说："就给他吧，什么岁数差不差的也不管了，原来在阴间当鬼就好，借尸还魂就给他。"两人就正式结婚，日子过得还真不错。

单表莲香，没有三四年工夫，她就生了个小子，生完小子以后，她就得暴病死了。临死的时候把李姑娘哭够呛。莲香说："妹妹你不用哭，咱俩十四年以后能见面，暂时不能见。我这孩子就大胆交给你养吧，就是你的，你好好将养吧。"

李姑娘说："姐，你安心走吧，我能将养好。"

莲香死了以后，她将养这孩子，一将养到十几岁了。有这么一天，尚子明和李姑娘正在屋里坐着，外面来了个老太太，就喊："开门，开门。"大伙儿开门一看，老太太说："我是要饭的，没别的事儿。我有个女儿，我带不了她，去哪不得带。我想把这女儿给你们家留下，你们没有媳妇给你们做媳妇，没有丫鬟给你们做丫鬟。"

尚子明一看："哎呀，这不是莲香吗？"

李姑娘说："你傻啊，莲香不都死了多少年了吗？"

尚子明说："你看看。"

李姑娘一看，真是莲香模样啊，就急速叫进屋里了。莲香进屋一看，谁也不认得。老太太说："我也不要多少钱，只要她有安身之处，我就知足了，我就走了。"就把姑娘留下了，出门一看，老太太没了，无踪了。

这姑娘就待下来了，尚子明就问她："你究竟是谁？"

她说："我究竟是谁？我也说不上！我现在就像糊里巴涂似的。"

李姑娘一看，就顺她天灵盖"啪啪啪"拍三掌，就喊说："莲香姐姐，莲香姐姐，你不认得我了？我是你妹妹啊！"

这一喊，姑娘一睁眼，说："哎呀，你不是女鬼李姑娘嘛！哎呀，我的妹妹。"

这两人就抱一块儿哭了。莲香也明白了，说："我啊，听我妈说，我生下来就会说话，我妈怕我中邪，给我喝的黑狗血，喝下去之后就迷糊了，不知道啥，这十几年糊里巴涂的，啥也不知道了，老迷迷糊糊的。你这三掌把我打醒了，明白了。你不是李姑娘吗，这孩子不是我扔下的孩子吗？"

尚子明说："好了，咱们好好过日子吧！"

搁那么，尚子明发奋读书，到京城考中进士了，做了知府。这回莲香岁数小，成小老婆了，李姑娘也不是鬼了，借尸还魂都是人体了。后来她俩人都生孩子了，都生了一个儿子、一个女儿，整四个孩儿。最后小孩儿也出息了，都考上功名了，这一家就得团圆了。

纸扎活儿变成真媳妇

在过去，人再怎么能干，要是穷的话，娶媳妇也费劲。

有个叫张福的小伙子，人能干，还诚实仁义。他爹妈死得早，打小就一个人熬日子，今儿给这家扛个活，明儿给那家放放猪，日子过得挺苦，都二十多岁了，也没娶上个媳妇。

堡子里论亲都能叫上点啥，什么三叔二大爷的。这些长辈的有时候就爱和张福说笑话，说："大侄儿呀，你多咱能娶媳妇啊，我们好吃你的六碗儿呀，你得抓紧办事儿啊。"过去那时候，咱这地方娶媳妇，男方家都要备六碗菜，取六合六顺之意，所以娶媳妇也叫吃六碗儿。

张福每次听到这些话，心里都酸的溜的，说："不是我不娶啊，我穷，谁家把姑娘养活大了，愿意嫁给我个穷小子？还说吃六碗儿，影儿都没有的事儿。"他嘴上这么说，其实心里头也挺着急。

有一天，张福在河东边脱坯，那时候家家搭炕都使土坯。这时打西边来了两个姑娘，走到河西岸的时候，天气热啊，两人就进河里洗澡。张福那会儿正和泥，就听河西边有人喊："救命！救命！"张福心眼儿好啊，一听喊救命，扔下铁锹撒丫子就往西边跑。

原来，俩姑娘下河洗澡的地儿是个打坯挖土的大坑。这坑挖得挺深，河水一没过去，就瞅不出深浅了，她俩一不小心就出溜[1]进去了。

张福跑到河边就蹦进去了，救上来一个，另一个就沉底了，等把那个救上来，已经不赶趟了，淹死了。原来这两个姑娘是亲姐俩，都十八九岁，姐姐叫香兰，妹妹叫雅兰，淹死的那个大一点，是姐姐香兰。

---

1 出溜：滑。

有人把这姐俩的爹妈找来了,老两口子一看,俩姑娘就剩一个了,哭得什么似的。天正热,人死了就赶紧就地儿埋上吧。那时候的姑娘要是没出阁死了,尤其是横死[1]的,都不能埋自家祖坟。张福一看这家三口人哭得都拿不起来个了,不像样了,自己就用锹在河边挖了个坑,起了个坟堆,把姑娘埋了。

老太太趴在坟堆上就不起来了,呜呜哭。张福一看,心里也挺不好受,这真是"白发人送黑发人"啊!就说:"老太太,你就别伤心了,这么着吧,这事儿交给我。以后逢年过节,赶上清明的时候,我就来给她烧两张纸儿,她这是孤魂哪。"这家人对张福是千恩万谢,哭了一通,抹着眼泪走了。

张福还真说到做到,每年一到清明、七月十五、十月初一,这都是祭奠家里已故先人的时辰,张福在给自个儿爹妈烧纸的时候,都到那姑娘的坟上烧两张纸,还念叨着:也给你烧点吧,你也闹点儿钱花,年纪轻轻的在那边别亏着自己。

一晃儿二三年过去了,张福还是光棍儿一个。堡子里的人见了面还照样和他开玩笑,跟他讨六碗儿吃。

时间长了,张福挺不住了,这么多年了,连个媳妇也没娶上,太碜了。这天,堡子里又有人跟张福闹笑话,张福就顺嘴说:"娶媳妇算啥呀,娶就娶呗,我是没告诉你们,我就要娶媳妇了,日子都定好了,五月初五,端午节那天结婚,大伙儿都去吃六碗儿啊,早点儿去。"

这堡子里人一听,挺吃惊,哎哟,看不出张福这小子挺有道的,蔫不登地把媳妇就定下了,看来这回是真的,连日子都定下来了。大伙儿都挺高兴,说:"好啊,你的六碗儿咱们非吃不行。以前俺们谁家有事儿你都帮忙,俺们能不帮你吗?能不去吗?"就这么说定了。

话说出去了,张福就犯难了,自己本是顺嘴这么一说,大伙儿还都当真了。这眼瞅着就到五月初五了,我上哪找媳妇去啊?要是到那天,堡子里的人都来了,我这不是撒谎骗人家吗?再说自己也不好看啊!怎么办呢?张福愁坏了,心里合计半天,这么着吧,五月初二是集,集上西边有一个画匠,会扎纸活儿,我扎个纸人儿得了,唬唬他们。

等到五月初二,张福就去了。他这人实诚啊,到了画匠那,他啥也没瞒,实话都

---

[1] 横死:非正常死亡。

说了:"我没有媳妇,大家伙儿都要吃我六碗儿,没法儿了。老师傅,听说你纸活儿扎得好,你就给我扎个纸人儿吧,扎个大姑娘样儿,我黑天来取,把屯子里的人糊弄过去就行。"

画匠一听就笑了,说:"好吧。"

"你可得替我保密,别说出去,别让别人知道啊。"

画匠说:"行!"

黑天了,快到睡觉的时候,张福搭着月亮才去,去早了天还没黑怕被人看见呀。到了那,画匠已经给他扎好了,和人那么高,一点儿不差,姑娘样儿,跟真人似的。张福就找来一身衣裳给纸活儿穿上了,那玩意儿不沉,纸活儿嘛,轻飘飘的,他夹着就往回走。怕被人看见,他特意走的河边那条道,经过了一片坟茔地,到家了。

张福家就两间小破房,到屋他就把纸人儿撂炕上了,闹笑话似的说:"你也趴着休息休息吧,过两天还给我做媳妇呢,还得给我待客呢。"说完就倒炕上睡了。

一晃儿就到了五月节这天,堡子里的人都来了。张福一看,心说:这咋办?来了这么多人,露了馅儿可就砢碜了。一合计,就从里屋拿出床被子,给纸人儿盖上了,就露点儿头发,剩下的盖得严严实实的。

大家伙儿在屋外边可不干了,咱们这是来吃六碗了,新媳妇搁哪呢啊?有叫大侄儿的,有叫大兄弟的,说:"不行啊,得让咱们看看你媳妇啥样啊。"

张福说:"不行啊,她受风寒了,正发汗哪,怕把汗闪了,不能随便出来,过三五天再来看吧。"

大伙儿说:"那哪行啊,我们来一回,哪能不看看新媳妇呢!"

大伙儿又饿饿半天,张福也不答应,就吃饭了。

吃完饭以后,有几个壮小伙子还不走,年轻人爱闹笑话啊,就说:"不行,张福,不让他们看,我们得看看,看看我嫂子长啥样。"就喊,"嫂子,别在屋里趴着了,发点儿汗就行了,咋还发起没完了呢,也不是在月子呢,到时候了,你得出来见见客啊。"小叔子和嫂子之间都兴闹笑话。

张福听了也没办法。这工夫,就看屋里门帘一挑,真的出来个挺俊的大姑娘。就见她笑盈盈地说:"你们喊什么?到屋说话呗!有啥好看的,以后咱不常见面吗?"

大伙儿一看,说:"哎呀,嫂子长得这么好看哪,张福,你是真有福气啊,今儿你是得好媳妇了。"

张福这边可吓坏了，心里说：哎呀，这个纸人儿她怎么说话了呢？他都不敢看了。

媳妇说："你把凳子拿来，咱们大伙儿唠唠嗑。"

这伙人就坐在一起唠扯了一会儿。张福就对那个姑娘说："你进屋吧，你受了风寒还没好呢。"又对大伙儿说，"你们这也见着了，这回行了吧，大伙儿回去吧！"

大伙儿说："行了，我们见一面就行了，你媳妇病了，今儿咱们就不闹洞房了，你们好好睡一觉吧，早点生个胖小子。"一伙人就都回去了。

晚上，媳妇趴炕上了，张福就不敢上炕了。别人不知道，张福知道呀，这姑娘她不是真人，是纸扎活儿。

媳妇说："你咋不上炕睡觉呢？在地上多凉啊，上炕吧。"

张福就壮着胆子上炕了，一时还不好开口问，寻思半天，说："你，你搁哪来的？"

媳妇说："你不用问我哪来的，咱俩有缘分，现在就是夫妻了，睡觉吧，不用寻思别的。"就钻进被窝睡觉了。

一开始，张福还有点儿害怕，时间长了，一看媳妇这么漂亮，也就没啥想法儿了，也不管她是不是纸扎的了，反正和媳妇挺亲热的。

一晃儿到第八天了。媳妇说："不行啊，明儿个咱俩得回九[1]去啊。到九天了，我爹妈盼我，想我啊。"

张福一听，心里说：我的天啊，你上哪儿回九去啊，你是西街扎的纸活儿，那画匠就是你的爹妈。上那儿回九去？就问："上哪儿回九去？"

媳妇说："离这儿不太远，有五六十里地，你得借个车，没车没马多砢碜。"

张福一听，心说：哎呀，真出奇了啊，你是我搁腰夹回来的纸活儿，现在你还让我回九去？那就去吧。

第二天，两人收拾好东西，买了点儿礼物。张福赶着车，媳妇坐着车，两人这就回九去了。出了堡子，媳妇说照直往西走。张福就听着呗，心想，看你往哪去，两人就从早晨走到下晚儿。

也不知走了多远，媳妇说："到了，前面那堡子就是。"张福一看，就见山下边有户人家，孤孤单单的，就一户。虽说瞅着孤单，但这户人家院套挺气派，又黑又大的

---

[1] 回九：回门。

大门，大院墙，大院子，像个有钱的人家。

两人到了大门口，一叫门，大门开了，车就赶进院了。进院以后，出来不少人，这家的大媳妇就问："这是哪儿来的客啊？"

这时候，媳妇就搁车上下来了，说："大嫂，是我，我结婚了，今天到日子了，我回九来了。我爹我妈都在家吗？"

就见这大嫂打个愣怔，说："啊，啊。"她是干"啊"也没说出啥话来。

"在屋呢，到屋吧。"两人就到屋了。

进了屋，张福一瞅，心里犯合计：这家人对新姑老爷怎么一点儿也不热情，一个个都打着冷眼，冷冷淡淡的，还像有啥话说不出口似的。

吃完饭，到了晚上，张福被安排在另一个屋，人家姑娘要和她妈在一个屋住。

等屋里头没别人了，这家的老太太就哭了，拽着姑娘的手就说："你是不是香兰啊？"

姑娘说："是啊，妈，你还认得我啊？"

老太太说："香兰啊，这么多年了，你可想死妈了，你不死了吗？淹死好几年了，今儿个咋还回来了呢？"

香兰就哭了，说："我是真死了，多亏这张福啊，每年给我烧点儿纸，让我不那么孤单，有了个伴儿。他因为娶不起媳妇，没有法儿，就扎了个纸活儿当媳妇，唬他们堡子里的人。我想帮他一把，那天他路过我坟茔的时候，我就附纸活儿上了，跟他回了家，把客人都给应酬过去了。"香兰哭得跟泪人儿似的。

老太太听得将信将疑，到底是自己的姑娘，也忘了害怕了。

香兰又接着说："妈，张福是个好人，当年救过我和妹妹。今儿说实话，这次我把他招咱家来，是特意给你招的女婿。我是死了的人，活不了。你一定得把我妹妹许配给他，不能让他打光棍子，我得报答他的恩情。妈，你赶快和我爹商量一下，给我个回话，你们应不应这门亲？"

老太太赶紧出去把老头儿子叫了过来，两人商量了一下，一块儿到了香兰跟前，说："孩子，你不是放不下这个事儿嘛，当爹妈的就应了你，咱结下这门亲。"

香兰听了这话，"扑噔"就倒地上了，死了，又成了个纸活儿。她爹妈一看，一点儿不差，真是纸活儿呀！

老两口子就把张福找来了，说："你媳妇呀，现在变纸活儿了。"他一看，不差，就是他找人扎的那个纸活儿。

老两口说:"你媳妇临死有遗言呢,嘱咐我们,你有个小姨子,就是她的亲妹妹,名叫雅兰,让我们把她许配给你做媳妇,你看看行不?这姐俩模样差不多,就差几岁。"

这就把雅兰喊过来了。张福一看这雅兰,长得比她姐还好看,张福哪能不愿意呀,两人搁那就结婚了,住了几天就带着新媳妇回自己的家了。

张福扎纸活儿得了个真媳妇,以后就过上好日子了。

看来这人还得心好,好人才有好福气啊!

"浪柴"计

这个故事发生在哪儿呢?就是在大凌河附近。这大凌河在锦州,大凌河那地方每年涨大水。

有个小伙子叫王小,十八九岁了,跟父亲、母亲在大凌河傍拉儿住。他爱在大凌河洗澡,小河水量大,多大的水他也敢下去。每一年大凌河里都有从山上下来的陈木头,净是那倒的爬山树。那大杨树、松树倒了,河水一涨就冲下来了,也有那破房子冲倒的木头。

冲下来的这些陈木头有个称呼叫"浪柴",王小就捡。好样儿的都卖木匠铺了,劣的就做柴火烧了。

他老这么捡,他妈就说:"你别老捡这玩意儿了,为了江边儿浪柴没有不湿鞋的,万一要是掉里怎么办呢?你会水也不行呀!万一你出岔儿我怎么活呢?"

他说:"没事儿,我在那儿待五天都没事儿!"他就天天去。

这天哪,正赶涨大水,冲下来不少木头。他已经拽了好几根了,好多人都在那儿卖呆儿瞅着。就看着上边儿下来一个长的,那大树有好几丈长,他说:"这家伙大!好!"

他就"哇"一下奔着去了。他会踩水,手拿着一个铁钩子,打着能往上拽啊!

到那儿之后,大伙儿瞅真真儿的,都离着不远儿啊!他一钩子打那东西,就看那玩意儿一撅尾巴起来了,"啪"一下就把他打进去了,下去一翻的工夫他就没上来。

大伙儿过去一看,什么呢?一个蛟龙似的东西。大伙儿说:"哎呀!他这算完了。"王小就死了,死"浪柴"手了。

其实那不是个浪柴,那就是个水里的独角龙似的东西,他当时没瞅清啊!一伸手打下去就被它吞了。

这是"浪柴"的计谋,是个龙把王小杀了,水里有水怪,那水怪无论什么样儿,大了都是怪,都能伤人,都能吃人。所以他就死在这上了。

柒

幻想故事

老虎妈子

过去，老太太吓唬孩子都爱说："别闹了，快睡觉吧，再不睡觉，老虎妈子来了！"老太太为啥都用老虎妈子吓唬孩子呢？因为老虎妈子吃小孩儿。自古以来就有这么个讲究，什么年代传下来的也不知道，反正有这么回事儿。

说有一个大山下住着一家人家，老太太岁数也不大，四十多岁。四十多岁就叫老太太？那时候人的寿路都短，活六十来岁就不错了。老太太有三个孩子，大孩子十四五岁，二的也就十一二岁，老三七八岁，都是男孩。那时候的人也没有什么文化，也起不出什么好名字来，大小子就叫"门插子"，二小子就叫"门鼻子"，三小子就叫"扫帚疙瘩"，就这三个孩子。老太太还有个娘家妈，也就是孩子姥姥，六十来岁，不在一个村子住。这家就老太太带着三个孩子过日子，老头儿死了不少年了，每天给人家织补点衣服，靠洗洗涮涮，还养几头猪，开荒种点儿地，养活这三个孩子。这三个孩子多少也能帮着干点零活。

有这么一天，老太太对三个孩子说："你姥姥病了，我打算去看看她。我今天早晨去，明天在那儿住一天，后天一准儿回来。我走以后，你们把门关好，要注意，我要不回来，谁叫门也不能开门。"老太太为啥这么说呢？原来，他们住的村子离山很近，最近老出事儿，就是山上有个老虎妈子成精了，能变成人，什么都能变，经常下来吃人，吃大人，也吃小孩儿，在这附近住的人家没有不害怕的。怕是怕，可又治不了它。所以，谁家的小孩儿一闹，大人都用这老虎妈子吓唬孩子。

单表这老太太回娘家，走了一段山路，有点走乏了，坐下歇一会儿吧，就在一棵大枣树下坐下了，抽袋烟。这工夫过来个老太太，也有五六十岁的样子，挺亲热地和她打招呼："大妹子，你上哪儿去？"

这老太太一看，都是老太太，也觉得亲近，说："坐下歇一会儿吧，我上娘家妈那儿串门去，我妈有病了，我去看看她。"

那个老太太又问："你家在哪儿住？"

"就在这山下边儿，离这儿有十来里路吧！"

"那你家还有啥人？"

"家就有三个孩子，大小子十四五岁了，叫门插子；二小子十岁了，叫门鼻子；三小子叫扫帚疙瘩。"

"那你打算多咱回来？"

"这三个孩子还不太知事儿，我得尽快回来，后天吧！"

两人一问一答地，那个老太太就把什么全问明白了。抽完一袋烟后，那个老太太说："大妹子，你看是个什么虫子落在你脖梗上了，我给你拿下来。"她一伸脖，那老太太就显原形了，原来是老虎妈子变的。它一口就把老太太给咬死了，咬完后就把她吃了。吃完老太太后，这个老虎妈子就在山上睡觉了。

一觉醒来，到点灯时候了。老虎妈子心想，我还得吃老太太家那三个孩子去。它就变成死去的那个老太太的模样，顺她说的那条道找去了。老太太家好找，一会儿就到了。老虎妈子到门口就叫门，"啪啪"地拍门："门插子，开门来，妈回来了。"

门插子说："你是谁呀？"

"我是你妈。妈回来了，快给妈开门。"

"不对，你不是我妈。我妈说了，明天在我姥家待一天，后天才回来呢。你不是我妈，不能给你开门。"

老虎妈子又说："门鼻子，你给妈开门来，门都不给妈开，你让我在外头蹲一宿啊？"

门鼻子说："不行，我妈说了，明天待一天，后天才回来。你不是我妈，我不能开。"

老虎妈子说："这两个东西！扫帚疙瘩，你给妈开门来，妈给你买好吃的了，你给妈开门吧？"

扫帚疙瘩小，才七八岁，早就想妈了，说："好，我给你开门去。"

他就把门打开了。屋里没点灯，老虎妈子进屋后，屋里黑黢黢的，孩子们也看不清它的模样，就看有点像他们的妈妈，又有点不像。

老虎妈子说："天晚了，睡觉吧！"

家里两铺炕，一个南炕，一个北炕。孩子们在北炕趴下了，它在南炕趴下了。老虎妈子说："门插子，你过来跟我存吧？我给你带了点枣，可好吃了。"

"我不过去，你不是我妈，我妈后天才回来。"

老虎妈子又喊门鼻子："你过来跟妈存吧？"

"我不去，你不是我妈，我妈后天才回来呢。"

老虎妈子又喊扫帚疙瘩："你过来跟妈存吧？"

扫帚疙瘩说："行，我过去，妈你给我枣吃。"扫帚疙瘩岁数小，不知事儿，就过南炕来了，和他妈趴一个被窝里。一摸，"嗯？妈，你今天怎么了，怎么长了一身毛？"

"你姥姥怕我冷，给我买了件皮袄，我反穿上了。"

扫帚疙瘩又一摸："妈，你怎么腿上也有毛？"

"你姥姥怕我腿着凉，给我买个皮裤子让我穿。"

"那你脚上怎么也有毛呢？"

"你姥姥怕我脚着凉，买了一双皮袜子让我穿上。"

扫帚疙瘩三摸两摸，摸到老虎妈子尾巴上了，说："妈，你这后边儿是什么？毛茸茸挺长的，怪吓人的。"

"你姥姥给了我一绺麻，没地方夹，我就夹腿上了。行了，别问了，睡觉吧！"

睡了一会儿，北炕的门插子和门鼻子就听南炕有动静，嘎嘣嘎嘣地在吃东西。

门插子就问："你吃啥呢？"

"你姥姥怕我咳嗽，给了我几根胡萝卜压咳嗽。"

"我也咳嗽，给我一根呗！"

"这孩子，吃什么东西都落不下，给你一根吧！"老虎妈子就递过去一根。

门插子一咬，嘎嘣，细一摸，哪是什么胡萝卜？是一个手指头！不用问，这是我兄弟的手指头呀！门插子赶紧说："我肚子疼，我要上外头拉屎！"

"就在屋里拉吧！"

"那可不行，拉屋里多埋汰呀！"

"那就上外屋拉吧！"

"那也不行，外屋有灶老爷哪，不能在灶王爷前拉屎，我得上外头拉去。"

"这孩子，事儿真多，去吧！"

门插子走以后，门鼻子紧接着就嚷嚷："我肚子也疼，我也要出去拉屎。"

"净事儿,你也去吧!"

兄弟俩出去一合计,这可不行,老虎妈子一会儿还不得把咱们两人也吃了,怎么办呢?他们家住得和邻居也离得远。小哥俩没辙了,上树吧!门口有棵大柳树,两人就爬大树上了。老虎妈子在家左等不回来、右等也不回来,等了半天,没动静。不行,我得出去看看。老虎妈子出去了,一看没有人,就大声喊:"门插子,门鼻子。"

两人也不吱声。最后,门鼻子说:"我们在这儿呢!"

老虎妈子一看,小哥俩在树上,就说:"你们怎么在那儿呢?"

"俺俩在树上卖呆儿,看得远。"

"你俩快下来吧,还不睡觉了?"

"这上头可好了,俺们不下去了。"

"怎么好?把妈也抱上去吧,我也上去看看。"

"那也行,你到屋取个筐,拴上绳,俺们把你拽上来。"

老虎妈子就到屋里拿个大筐,筐上拴上绳子,绑好了,自己坐进去,把绳子撇树上去了。这小哥俩就使劲往上拽。拽到离地挺老高了,快到树上了,小哥俩往下一松手,"咣"的一下子,大筐蹾到地上了,把老虎妈子摔得"嗷嗷"叫,叫了半天,没动静了,再一看,摔死了。就这样,小哥俩也没敢从树上下来。直到天亮了,有路过的人走到这儿一看,嗯?地上怎么摔死个老虎妈子,就喊起来。这一喊,来了不少的人,小哥俩这才从树上蹦下来,把事情经过怎的怎的一说,大伙说:"还是你俩有智慧,这可给大伙除害了!"

从那以后,老虎妈子就没有了,再也不用担心它伤大人孩子了,就这样,留下了这段故事。

小铜锣

这个故事讲什么呢?就是讲小铜锣。

人哪,不一样,有的是慈善的,有的是奸诈的。

这家就是哥俩,老大和老二。这老大已经娶媳妇了,就剩老二这个兄弟还没娶。

兄弟特别老实忠厚，干活也挺能干。

但这个嫂子奸诈，老撺弄这个老大，说："让他急速出去单过吧，咱这地给他一点儿，让他出去！要不还得给他娶媳妇，他还能吃，娶媳妇要钱吧，还得给他盖房子。这让他出去单过，给人家对付干活儿去呗！"

哥哥说："你说得好听，俺母亲就留给我这一个兄弟，这也不能撵出去呀！"

嫂子说："他不走，我就走！"

这大哥一看，媳妇走了不行啊，可不能把媳妇打发走了，还是得听媳妇的话。他就说："今晚吃完饭之后，兄弟在地里干活呢，咱就把门全锁上！"

锁上门之后，他俩就全躲出去了。这老二回来一看，门锁着呢，进不去屋，他就寻思，哥嫂他俩这是在哪儿办事呢，咋的？他想：这么办吧，那我就先不进屋，我就在这窗户根儿底下眯会儿。这老二就在窗户根儿底下，整捆草趴着睡着了。

他俩回来一看，兄弟在睡觉呢，就没喊他，也没喊他吃饭。俩人到屋就趴下了。

俩人趴下之后，到半夜唠嗑，这嫂子就说："这样的人，干脆你不说明白，他不懂啊！你看他，就在墙根那儿趴着也不走，你干脆撵他算了。"

他哥说："明早儿我告诉他吧！"

这就被老二听到了。老二一听，说："拉倒吧，不用你撵我！"

天亮了，这老二就走了。

他走了之后，就想到外边找点儿活儿干。他一合计，没地儿干活，也没地方吃饭，怎么办呀？

到了晚上，他一合计，说："我今晚别回去了，正好东头有山神庙，我到山坡的山神庙看看去吧，看那儿有什么吃喝的没，寻摸点儿！"

这山神庙有什么呢？往往有不少上供的，有瓜果梨桃，还有不少上供馒头的。

"要是没人拿，我就进去寻摸点吃。"他寻思着就去了。

到那儿一看，正好没有别的玩意儿，有啥呢？有果木。他就吃点果木，在那儿待着了。怎么办呢，没有睡的地方？他一看，正好那头有八仙桌，前面有幔子，有桌围子。他就把桌围子揪开，弄个大草垫子铺里边，这就趴下了。

正趴到半夜，他就听着外边"呼呼"地一阵风来了。风过去之后，就进来三个东西。他趴在那儿故意看，三个瞅着像动物似的，你说是动物呢，它们还是人形，是人身，但脸上有毛，还会说人话。

这三个进来后，就开始说了：

"大哥！"

"二师兄！"

"众位都在！"

"二弟，坐下吧！"

"正好咱今儿个到这屋！"

"闻着这屋有什么味儿似的！"

"哪儿有味儿？这下雨天的，没啥味！"

"这么办吧，咱们在这儿吃点啥吧！"

"吃还不容易嘛，有现成的宝贝！"

"把宝贝取来！"

上面那大梁上有个小铜锣，这二师兄一伸手就摘下来了，敲了两下，就说："铜锣，铜锣！"意思就是说："铜锣你这一响啊，来点儿丰盛酒席让俺们尝一尝！"说完之后，就不管谁端的，这酒席就往上端哪，是连酒带菜的，都端上来。

他在上供的桌子下瞅得真真的，闻着特香！人家连吃带喝、连说带笑的。

吃完之后，天一亮，这三个就说：

"咱走吧！"

"把铜锣挂上！"

把铜锣挂上后，这三个就走了。

这老二看他们走了，就起来了。一看，它们剩的盘子是乱七八糟的，他想着吃点儿啥，都没了！他一看，铜锣在上面挂着呢，就心想，我试验试验，看看好使不！他就把铜锣解下来了。

他把铜锣摘下来以后，放在桌子傍拉，一敲，说："铜锣，铜锣，响！给我来一碗白面细粉汤！"敲完一看，不管谁端上来的，真就端桌上了。他一看，这好啊！就连吃带喝的，把这碗白面细粉汤吃了。

吃完以后，他一想，干脆我就拿走它吧！他就把这铜锣拿走了。

到家之后，他在离房子不远处寻了块儿地，就说："铜锣，铜锣，响！你给我来个大庄院，再来几匹牛马和骡羊。"这敲完之后，那可院的牛马骡羊都来了，大房子也来了，那就有钱了。他又敲着铜锣说："这么办吧，当地有好的姑娘，你给我订个媳妇。"

　　这过去几天之后，这事儿就传到哪儿去了？就传到他哥哥嫂子耳朵里去了。嫂子一听，说："哎呀，那老二哪儿来的钱？大院儿也修完了，媳妇也订了，咱看看去！"

　　他哥哥嫂子一打听，他实在呀，就说："哪儿来的钱？我这铜锣是宝贝。"他就怎么怎么的一说，他哥哥嫂子听后，就问："那你这是怎么来的？"他就说了怎么来的。

　　他嫂子要借，他没给借。他嫂子就说："好了，不用说别的，俺也去！到那儿，俺们再取回一个来，不用你那玩意儿！"

　　他嫂子回头就催他哥哥，说："你赶快去吧，人家傻兄弟都能整来，你还整不来？"哥哥一看，不去不行哪，就去了。

　　这哥哥也是去的那庙，他在供桌底下趴到半夜，就听到什么呢？就听到外边儿风响，过了一会儿，还是那三个，又进来了。

　　这三个到屋里一看，说："今儿这屋里味儿这么大，得找一找！上次有味儿没找，就把铜锣给丢了。今儿还有这味儿，得找找！"

　　它们一找，他在那儿趴着呢，"在这儿呢！"就把他拽出来了。拽出来之后，就说："这么办吧，抻他！这跑这儿偷东西来了，什么都偷啊！"

　　结果一抻，把他脑袋抻了个一二尺长，再把腿一抻，那腿也抻长了。就这么连抻带折，后面又打了他一顿，说："滚蛋吧！"就把他扔外头去了。

　　后来，他怎么回事儿呢？他是连滚带爬地到了家。到家就叫门哪，他媳妇一听，心寻思得来宝了呢！打开门一看，长脖子，长腿，那不像人形了，他媳妇就说："哎呀，这怎么啦？"就哭起来了。

　　他说："没别的，你去把兄弟的铜锣取回来吧！你跟他说说，叫他来，他不能给你呀，跟他说说吧，他一敲我就能回去，那铜锣是宝贝！"

　　他媳妇一听，说："那好吧！"

　　到他兄弟家，他媳妇就说："你去吧，你哥哥粘包了，叫人家把脖子抻挺老长了，腿也抻出来了。你把铜锣拿去，你给往回送送吧！"她就怎么怎么的一说。

　　兄弟说："好吧！"

　　兄弟到他家一看，他哥哥挺长的脖子，腿也长。他就说："铜锣，铜锣，响啊！叫我哥哥脖子往回走！"敲完，他哥哥这脖子就往回缩了点儿，然后就一小点儿一小点儿地缩回去了。

他嫂子一看，说："你真笨透了呀，还一点点儿地来，拿来！"嫂子就丁零当啷地"缩缩缩缩缩"，这一下就把他哥哥缩到腔子去了，最后出不来了，当时就死了。

哎呀！他哥哥这一死，嫂子一看没脸面了，就说："兄弟呀，我算完了，干脆呀……"他嫂子没办法，到房后找根儿绳子吊死了。

这哥哥嫂子死了之后，老二就成家了，把日子过好了。

孙太生感化山神

古时候，有个叫孙太生的读书人，命苦得没法说，那真是横垄地拉车——步步是坎。别人苦，是苦水里生，苦水里长，苦水里泡到大，也就苦惯了。他是怎么个苦法？他是从蜜糖缸掉进黄连罐儿——前半截甜后半截苦，这苦滋味儿就更难熬了。

说来话长。孙太生十岁以前，他家还是方圆百里拔了尖的富户，家里粮满仓银满柜的。他爹孙员外财大势大，一左一右的穷人都端他家饭碗过日子。孙员外敞开门往里搂钱，善门却关得紧紧的。他常说："心慈面软遭祸害，修桥补路双瞎眼。"穷人在他眼里不如一根草，路上遇见个草棍儿，他兴许捡回家；要是碰上有人饿倒在街头，他眼皮儿都不撩就过去。这话一点不来玄。

也是人不报天报。孙太生十岁这年，他家呼啦一下子着了场天火，不但家产烧得片瓦无存，孙员外两口子也随着大火升了天。幸好孙太生远在学堂里读书，才免遭大难。等孙太生赶回家时，已是人财两空了。他看着实在无路可走了，就硬着头皮去找东庄的李员外。

他为啥去找东庄李员外呢？原来，李员外有个独生女儿名叫李翠屏，长得挺俊俏，比孙太生小两岁。前几年，孙员外和李员外在一起喝酒时，闲说话就给两个孩子定下亲了。孙太生当时年纪小，听说了这事也没太放在心上，平时不去走动。眼下，他眨眼工夫变成了穷光蛋，甭说再接着念书，连口饭都混不上了，他爹在世时人缘又不好，谁能收留他？也只好去投奔李员外，看人家还认不认他这个姑爷。

到了东庄李员外家，孙太生哭着把家里的事一学说，李员外心里连连抱怨女儿命苦。他看孙太生这小孩儿挺仁义，不像他爹那么刁滑，像个读书的坯儿，备不住将来能有点出息，就认下了这个姑爷，留他在家里住下来，继续读书。

也不知道孙太生的妨性怎么那么大，他到李家一住，李员外家的日子就眼瞅着往下坡道上出溜，是先摊官司后遭贼，没几年的工夫，就破败得没了员外家的气派，和普通人家没啥两样了。李员外没恼恨孙太生，继续供他读书，一心巴望他将来能考取功名，求个一官半职，老两口也好跟着女儿、姑爷沾点光。

转眼间，孙太生十八岁了，不光书底儿学得挺厚，也出落得一表人才。

这一年是大比之年，李员外给他凑了笔盘缠，让他进京赶考。孙太生含泪拜别李员外一家，日行夜宿地来到京城长安。

大考这天，孙太生胸有成竹，不慌不忙地下了考场。

开考前，只见有人提着一面铜锣，在考场里边敲边喊："有恩报恩，有仇报仇！"

孙太生不太明白这是干啥的，问问左右，有个考生告诉他："这是喊给上方下界的神鬼们听的。考生的祖先要是行善，开考时百神相助，考生一定能考中；祖先要是作恶，鬼魂齐来报应，没个考好！"孙太生"哦"了一声，觉得这事挺新鲜的。

开考了，孙太生提起笔来，不知怎么，他脑袋里好像突然钻进了瞌睡虫，困得不行，笔"吧嗒"一声从手中掉到地上，他伏在案上就睡着了。一觉醒来，刚好散了考场。孙太生从考场出来，眼泪唰唰地流下来了，不用问，自己是遭报应了。要不，为啥早不困，晚不困，单等应考时睡上大觉了？

孙太生落榜了，没脸回去见李员外一家，就在长安城里游逛起来。

这一天，他来到闹市街头，看前面围着不少人，挤进去一看，是个卦摊，一个道士正在给人算卦。那道士算卦很灵，一说一个准，周围的人都是慕名而来的。孙太生想，让他给我算一卦，看看我先人干下了什么坏事，害得我遭这么大的报应？再问问他自己今后还能不能得好？有没有考中的希望？就这么憋在闷葫芦里，不明不白地落了榜，真是冤透了。孙太生问问旁边的人，知道这道士姓李，叫李函凌，人称"李半仙"，他就上前施了一礼，说："学生想请道长算上一卦。"

李函凌好像早知道他要问卦，眼皮没抬，冷冷地说了一句："你的卦不能现在问，等晚上我收摊时来吧。"说完，理也不理他了。

孙太生断定李道士能解自己的迷魂阵。日头一歪歪，他就候在卦摊旁，一直等到最后一个问卦的人走了，李道士刚想收摊子，他连忙走上前施了一礼，说："道长，学生的卦……"

李道士手没停，照旧往起收卦摊，嘴里说："孙太生，你今年落了榜，以后也考不中，你这辈子就死了这条心吧！"

孙太生一听就急了，问："我若不考，今后还有什么前程呢？"

李道士冷冷一笑说："你还有什么前程？看你的前半生就知道后半生了，先是家遭天火，失去爹娘，接着李员外收留你，李家就败下来了。你在考场里怎么了我就不说了，这宗宗件件我没说错吧？"

孙太生早就被李道士这番话惊呆了！他怎么也没想到，自己住在千里之外，这些年遇上的大灾大难，竟让这个道士说得一点不差！还有，自己以前和他素不相识，他怎么知道自己的名姓呢？这个人可真不得了！孙太生麻溜地跪下了，说："我后半世该怎么办呢？请道士指点指点吧。"

李道士说："你后半世还不如前半世，你是饿死街头的命！"

孙太生想想自己以前的遭遇都叫李道士说中了，后半世他说的准差不了，心就凉了，无心再问前程了。他起身想走，又觉得不死心，我怎么就该摊上这个命？这到底因为什么呢？他重又给李道士跪下，恳求说："我饿死也好，穷死也罢，只是得让我死个明白，请道长告诉我这究竟是怎么回事。"

李道士说："好吧，就跟你实说了吧，你现在是代父受过。你爹孙员外在世时，为富不仁。有一次，给你家看坟老王头儿的孙子得了急病，没钱抓药，老王头儿登门朝你爹借钱，你爹手里大把金、小把银，可就是连个铜板儿也不往外掏，还斥打老王头儿说，'骑马坐轿修来的福，推车挑担命中注定。你孙子生成的穷命，治好了病也得饿死，还不如早点死了好！'老王头儿怎么哀求，你爹也没借给他一个铜子儿。老王头儿的孙子到底病死了。他把孙子埋到山上，在孙子坟前哭得死去活来，边哭边数叨你爹说的那些话，抱怨自个儿命苦。后来，他一头撞死在孙子坟前的一棵老榆树上。这件事被山神看得一清二楚，山神被惹恼了，发誓要为老王头儿祖孙俩出这口气，改一改你家的命，不光要让你爹家破人亡，还得叫他的后代饿死在街头！你这些年摊上的一连串祸事，还有将来饿死街头的下场，都是山神定下来的，谁也帮不了你！"

孙太生听完，当时就傻了，半晌连眼珠都没动一下。他心里真恨爹爹，生前太作损，心肠如此狠毒，恶语连伤两条性命，自己如今代他受过也不多！孙太生知道自己没救了，站起身来，谢过李道士，低头耷脑地走了。

孙太生落榜了，已是没脸见人，如今又得知自己早晚要饿死街头，就不打算活了。他想，一死倒也痛快，只是不能这么不声不响地死在外头，要死，也得跟李员外一家打个招呼。李家抚养自己这么多年，受些牵连不说，李员外的女儿李翠屏还在等着自己回去完婚，自己若一死了之，害得人家姑娘苦守空房，岂不耽误了大好青春？自己这辈子也作损了。孙太生拿定主意，回李家把话挑明，说什么也得跟李翠屏退掉婚约，然后就寻死。

孙太生离开长安，开始往家走。路还是来时的路，心情可就两样了，这是瞧山山无光，望水水无色，闻花花不香，看人人变丑。可也是，一个想死的人，眼里还有什么风景。

这一天，他走得又累又热，看前面有棵几抱粗的大柳树，浓荫盖地，就紧走几步，想到树下歇歇。他来到树前，刚想靠着树坐下，就见树根那儿有个树洞，树洞里有个钱褡子。孙太生把钱褡子拽出来，打开一看，里边是雪花白银，足有几百两，还有一本账簿子。谁的钱褡子丢在这儿了？这么多银子可足够自个儿下辈子花了，也甭担心饿死街头了。可是，孙太生一下子想到了钱褡子的主人，那个倒霉鬼丢了这么多钱，肯定要急得发疯，寻死寻活的，弄不好，兴许全家人都没了活路，这钱可不能动！孙太生把钱褡子重新放进树洞里，他不敢走开，怕被哪个贪心人拿走，就守在树下等着失主。左等不见人来，右等没有人影，天快黑了，孙太生肚子饿得叽里咕噜直叫唤，他也没离开树洞半步。

月亮从东边升起来了，远处有一人打马飞奔而来。到了树下，那人一勒缰绳，翻身下马，浑身汗湿得像从水里捞出来似的，他呼哧带喘地问："兄弟，你看见一个钱褡子没有？"

孙太生用身子挡着树洞，问那人："钱褡子里都装了些啥？"

那人说："有几百两银子和一本账簿子。"

孙太生知道来人是失主了，他一闪身子，从树洞里拿出钱褡子说："你看看，里面的东西少没少？"

那人一把抓过钱褡子，打开数数里面的银子，分文不差。那人"扑通"就跪下了，五尺高的汉子像个孩子似的哭起来，边哭边说："恩人哪，恩人，你可救了我们全家了！"孙太生连忙把那人搀扶起来，问他是怎么回事，那人抹着眼泪一五一十地说开了。

原来，失主名叫苏兴，是一家大买卖的外柜。他家上有老下有小，日子过得挺窘巴。这次，他出去替主人收账，要上来不少银子，心里一高兴，就多贪了几杯酒，走到大柳树下时，酒劲儿上来了，他迷迷糊糊地将钱褡子往树洞里一塞，就倚着树睡着了。一觉醒来，酒劲还没过去，他急着赶路，上马就走了。马跑出几十里地后，酒才醒过来，一摸钱褡子不见了，他好玄没吓个半死！这还了得？银子丢了，就是把自个儿的家底儿全折腾了也抵不上！苏兴想不起来把钱褡子丢在哪儿了，只能没命地打马往回路上奔。哪承想，离开这么多工夫了，钱褡子还好好地放在树洞里，多亏遇上好心的人了！

苏兴说："兄弟，刚才我在路上就想过，要是找不到钱褡子，我们全家只有一死了。现在，你救了我一家老小，没说的，这银子你见面分一半吧！"说着，苏兴就要打开钱褡子往外拿银子。

孙太生连忙拦住苏兴，说："这银子又不是你的，你怎好拿来送人？再说，我也不需要这个了！"苏兴再往下问，孙太生多一句话也不说了。可有一宗，钱褡子里的银子他一两也不要。

苏兴没辙了，叹口气说："兄弟，我比你年长几岁，你若不嫌弃，我想认你做兄弟。往后，你用得着哥哥的时候，尽管来找我。"苏兴把自己做事的那家买卖在什么地方告诉了孙太生。

孙太生心里酸酸的，他想，我回去就一死了，你我哪能再见面？他心里这么想，嘴里还是一口答应下来。苏兴和他挥泪而别。

孙太生继续往家走。这一天傍晚，孙太生走到一个前不着村、后不着店的地方，天阴下来，一个雷一个闪的，不一会儿，瓢泼大雨下起来了。孙太生看前面不远处有座破庙，就一头扎了进去。他进去还没有一袋烟工夫，庙门"吱"一声开了，急慌慌跑进来一个姑娘，这姑娘长得十分俊俏，身上被雨淋透了，看上去，倒像一枝带雨的梨花。姑娘一看庙里有个男人，羞得脸一红，抹身就要往外跑。

孙太生连忙喊了一声："这位大姐，外面雨下得正大，何不进来避一下再走？"姑娘看看门外的大雨，也有些打怵。可是，她回头看看孙太生，还是要往外跑。

孙太生明白姑娘的心思，荒郊野外的，一个姑娘和一个男人同在一座庙里，心里怎么也不落底儿呀！孙太生说："大姐如觉得不便，还是我出去好了。"说完，不容那姑娘答话，他就走出了庙门，站在了廊檐下。

姑娘一看孙太生把庙让给自己避雨了，拦也不是，拽也不是，只好由他站在雨里，反身回到庙里。雨一直下个不停，小风飕飕地刮着，孙太生浑身直起鸡皮疙瘩，上下牙咯咯噔噔直打架。好容易挨到雨住了，已是半夜了，孙太生一看更走不成了，扔下那姑娘一个人在庙里过夜怎么行？送佛送到西天吧，他两手一抱肩，往廊檐下一蹲，瞪着两眼数开了星星。

天亮了，姑娘打开庙门，见孙太生蹲在地上睡着了。姑娘心里不是滋味儿，这么好的人，自己昨晚上还不敢留他在庙里，让他在庙外遭了一宿罪！姑娘赶紧叫醒了他。孙太生揉揉眼睛，看天已是大亮了，活动活动胳膊腿儿，才问那姑娘："大姐，你昨天是上哪儿去？怎么一个人赶路？"姑娘已认准他是个好人，就一五一十地说开了。

原来，姑娘名叫马玉蓉，是离这儿十里开外的一家员外的女儿。昨天她到姨家串门儿，和姨娘生点闲气，她一使性子，就从姨家偷着跑出来了。不承想，回家的途中遇上大雨，她没处躲避就跑到庙里，遇上了孙太生。幸亏他是个好人，若不，姑娘这一夜还不知怎么熬呢。

孙太生听完了，说："既是这样，我送你回家吧，让你一个人走我也不放心。你家里要是知道你偷跑出来，这一夜两头不见人，还不得急死？"马玉蓉这才划过拐来[1]，连连点头，跟着孙太生上路了。

到了马玉蓉家，果然，她姨家已经捎来信儿，家里听说姑娘昨晚就不见了，急得大呼小叫地要出去找人。马玉蓉一进家门，马员外夫妇好像见到失散多年的女儿，一起扑过来，又哭又笑地不知先问点啥才好。

马玉蓉把昨晚上的事情学说了一遍，马员外夫妇一听，世上还有这么好的人，不知怎么感谢孙太生了，又要给金，又要赠银。孙太生什么也不要。老两口越发过意不去了，一合计，孙太生这么好的人品，长相也不错，就当面锣、对面鼓地把亲事提出来了，还说，孙太生如果答应了婚事，马家的万贯家产拨给他一半做陪嫁。马玉蓉早就看好了孙太生，听爹娘说出了她的心里话，喜得脸红得像个熟透的桃子。

一边是月里嫦娥一样的美人儿，一边是万贯家产的陪嫁，孙太生只要一点头，这辈子就什么也不用愁了，也甭担心饿死街头了。可是，孙太生一下子想起了李翠屏，那个可怜的姑娘还在等着他回家呢。虽然，他回去是为了和她退婚，那是不得已呀，

---

[1] 划过拐来：明白了。

他受了李家的养育之恩,怎么能再连累李家的独生女儿和他一道饿死街头?这个头可不能点!

孙太生说:"多谢员外和夫人的好意,我在家已经定下了亲。"马员外再往下问,孙太生就说起了李员外和李翠屏。可有一宗,他回家要退婚的事一句也没提。

马员外死心了,叹口气说:"孩子,我女儿没有福啊。你若不嫌弃,我想认你为义子,往后,你若遇上什么难处,尽管来找我。"

孙太生心里酸酸的,他想,我回去就一死了,你帮财帮不了命,你我哪能再见面!他心里这么想,嘴里还是一口答应下来,跪拜了义父义母,马玉蓉也和他挥泪而别。

孙太生继续往前赶路,走啊,走啊,这一天终于回到了李员外家。

李员外夫妇看他赶考回来了,喜出望外。孙太生往四下看看,自己走了几个月,李家好像比原来又多几分穷寒气。他知道这都是受自己的挂连,一咬牙,就把落榜的事讲了,把算卦的事也说了,末了,提出来退婚的事。

李员外哪儿肯信,以为他变心了,就冷下脸,说:"想不到你如此忘恩负义,你落榜也好,受穷也罢,我家都忍了,你不该听说我女儿眼睛瞎了就赖婚!真是画虎画皮难画骨,知人知面不知心哪!"

孙太生一听,大吃一惊,怎么,走了这几个月,李翠屏的眼睛瞎了?这时候,李翠屏听说孙太生回来了,扠挲着双手,一路摸着走过来。可不,姑娘两只水灵灵的眼睛蒙上一层雾,什么也看不见了!孙太生见了,心疼得眼泪直往肚子里流,他心里明白,这是因为李翠屏许了他,受了山神的报应。他心里暗骂山神:你要报应我家,怎么着我都忍!你不该报应到人家姑娘身上,好好的一个姑娘,没了眼睛,叫她怎么活呀?孙太生再也说不出退婚的话了,姑娘要是好好的,退了婚,还能找别的人家,现在成了瞎子,还有谁要?他想,我命苦,李翠屏比我的命还苦,我不能再伤她的心。干脆到哪儿山说哪儿话,过哪儿河脱哪儿鞋,和她一块凑付着过吧。

孙太生连忙把话拉回来,同意和李翠屏结婚。李员外这才转怒为喜,麻溜张罗给他们办喜事。李家已经没有原来的气势了,就将在山根下的几间闲房收拾了一下,给他们做新房,李翠屏打扮打扮就入了洞房。

成亲没几天,孙太生就发现一件怪事,每到夜晚,院子的东北角和西北角总有火亮忽忽悠悠地来回蹿。他把这事告诉了媳妇,李翠屏本是大户人家的姑娘,知道的事不少,就说:"备不住是闹宝吧?我听说要是闹宝,火亮遇到金银就不动了,你拿这个去试试。"说着，她就褪下了手上的金戒指，递给孙太生。

孙太生拿着金戒指，来到院子东北角蹿火亮的地方，把金戒指往地上一放，果然，火亮落在地上不动了。他拿镐一刨，刨出一个坛子，打开一看，嘿，满满一坛金元宝，黄澄澄的晃人眼，搬回家坐在炕头一数，整整六百两！孙太生抓起一个金元宝，又来到院子西北角蹿火亮的地方，把金元宝往地上一放，火亮落在地上不动了。他拿镐一刨，又刨出一个坛子，打开一看，嘿，满满一坛子银元宝，雪亮亮的晃人眼，搬回家坐在炕头一数，整整四百两。

孙太生发了大财，先给李翠屏治好了眼睛，接着又买房子置地，成了附近首屈一指的富户。他把李员外夫妇接到自己家里，像亲生父母一样奉养起来。平日里他广开善门，一左一右的穷人都跟他沾了光。

日子是越过越好了，可有一宗，孙太生什么人都能接济，就是不搭理化缘的道士。为啥？他心里记恨着李道士李函凌。当初，李道士口口声声说自己是饿死的命，狠歹歹地差点没把人逼死！现在看，这一套纯粹是胡诌八扯，哪儿有半点应验了？道士的话不可信，都是坑人骗钱的，幸亏自己没上当寻死，要不，哪儿有今天？孙太生告诉家里人，只要是道士登门化缘，一概撵走。

这一天，孙太生的宅院外来了一位道士化缘。家人说："我家主人有话，道士化缘，一概不舍！"那道士一听，反倒不走了，非要找孙太生说道说道。

家人说："要是别人求见，我家主人兴许出来，要是你呀，没门儿！我家主人最恨的就是你们这些道士，你快走吧！"

那道士还是不走，说："不行，贫道今天一定要面见你家主人，问问他这是为什么！"

家人不耐烦了，说："你愿意问就在门外问吧。"说完，就把大门关上了。他想，这道士真不识好歹，随你在外面闹吧，反正这深宅大院的，主人在内宅也听不见。

不料，这道士挺有招儿，喊了一句："孙太生，贫道登门，你为何不见？"用手把话一接，往高墙里一扔，喊一句，扔一句，句句话都扔在孙太生窗下。孙太生在深宅里，听得清清楚楚！他挺纳闷，哪个大胆的道士，竟敢闯进深宅化缘来了？可他出来一看，声音响在窗根下，院里根本没有人。

孙太生问："你是哪方道士？若是化缘的，快快走开！"

就听墙外又扔进来一句话："贫道乃长安李函凌。"

孙太生一听，给他算卦的李函凌道士来了，心里的火"呼"地上来了。心说，我没去找你算账，你倒自己送上门来了！正好，我让你进来见识见识我家的日子，看你还有啥话可说！

孙太生盼咐家人："带那道士进来。"

家人出去不大工夫，跑进来说："那道士可真怪，不让他进时他非要进，让他进时他又不进了，眼下正在大门外的粉墙上题诗呢！"

孙太生急忙来到门外，只见粉皮墙上墨迹未干，李函凌却不见了。他打发家人往四下的路口追，连个人影儿都没见着。

他再看墙上的诗，是这么写的：

　　西地长安问子平，
　　函凌道你一身穷。
　　何故今日未饿死？
　　多亏苏兴马玉蓉。
　　时来运转三更天，
　　东北西北火亮蹭。
　　破开土皮捧出宝，
　　四白黄六整一千。

诗的下面落的名款，孙太生看了，嘴张得挺大，闭不上了，为啥？那落款分明写着：山神在此！

孙太生心说，怪不得李函凌神机妙算，未卜先知，原来他就是山神哪！这么说，自己没饿死街头，过上今天的好日子，也是山神的旨意了，他连忙俯身跪下，感谢山神的大恩。

就听半空中有个声音说："孙太生，你一路上济人救难，感化了本神，才免除了对你的报应，有了今天。本神见你至今还蒙在鼓里，不得不登门点化。你今后切不可走你爹的路，好好做人吧！"

孙太生连连答应，他参着胆子，抬头往空中一看，只见一朵白云托着一个白胡子老头儿，飘向山里去了。

孙太生记住了山神的话，打这往后，净做好事，家里的日子不但越过越好，他和媳妇还都活到九十九岁呢。

康大饼子接喜神

早先年，辽北有个姓康的小伙子，家里啥人也没有，就他一个人，常年给有钱人家扛活。扛活扛活，扛来扛去强活。几年下来，康小伙儿照旧穷得叮当的，只赚下个冒穷气的外号——康大饼子。

这一年年根下，有钱人家杀鸡褪鸭烙年饽饽，热气腾腾张罗年。康大饼子跟东家结完账，手掐着一脚踢不倒的几个工钱，回到自己那个窝棚。家里清锅冷灶，四壁挂满了霜。康大饼子心里挺难受的，想想自己快要奔三十岁了，还是光棍一条，屋里连烧口水的人都没有，自个儿也不懒也不馋，咋就命该受穷呢？不行，今年接神时，一定要拉住财神好好问一问。

有钱人家接神，用上等的好白面，蒸出雪白的开花馒头当供品。康大饼子穷，没钱买白面，就用苞米面贴了一锅焦黄焦黄的大饼子。到了大年三十晚上，他早早就扛着供品，来到堡子西头的十字路口，等着财神从这里路过。

偏赶上这天夜里，刮起了北风烟雪，康大饼子披紧了开花棉袄，还是冻得嘶嘶哈哈的，他冷得扛不住劲儿了，就蹲在地上。不知什么时候，他隐隐约约听见有马铃铛响，连忙站起身来，不好，前面有人骑马过去了。康大饼子一急，看后面又上来一个骑着马的老头儿，他不管三七二十一，上前就给拦住了，把贴的饼子递了上去。这个骑马的老头儿，穿着一身黑衣裳，满面红光，脸上罩着一团喜气，他看看康大饼子递过来的供品，嗯？和往年人们上供的馒头不一样，掰一块尝尝，冷不丁换个口味，倒觉得挺香，老头儿几口就把一个苞米饼子全吃了。

吃完了，老头儿抹抹嘴巴头，笑眯眯地说："你有什么事呀？"

康大饼子忙说："我是一个穷人，我家祖祖辈辈受穷，到我这一辈，日子不但没见缓，反倒更过不上溜儿了，请财神爷无论如何帮帮我的忙。"

黑衣老头儿捋捋胡子笑了，说："小伙子，你接错了。我不是财神，财神刚才已经过去了。"

康大饼子说："老人家，不管你是什么神仙，都请帮帮我的忙吧。"

老头儿说："我吃了你的供，就打算帮你的忙的。我是喜神，可以保佑你添个儿子。"

康大饼子一听，真是哭笑不得，说："我穷得连媳妇还没娶上呢，哪来的儿子呀！"

喜神说："这事不愁。我有个办法能帮你娶上媳妇，娶了媳妇就不愁没儿子了。不过，你得别怕付辛苦！"

康大饼子高兴了，说："只要能娶上媳妇，我什么苦也不怕。"

喜神这才指点说："从这往西一百多里外有个山沟，沟里有个村子叫旱庄。旱庄村外没有河水、泉眼，村里没有井，村里人夏天靠接雨水过活，冬天靠化雪水为生。明年夏天有一场大旱，他们恐怕挨不过去了。你去帮他们打一眼井，救了他们，你就能娶上媳妇过上好日子了。"

康大饼子一听，为难地说："这事好是好，可是我也不会看地穴打井哪！"

喜神让他附耳过去，教给他到时候这么这么办，保证能发现地穴，打出井来。康大饼子一一记下了，拜谢了喜神。

这一年夏天，果然老天滴雨没下。康大饼子连忙辞了活儿，顺着大路一直往西进山了。旱老虎在平原地界还差，越往山里走越凶。一路上，只见两旁庄稼旱得打绺儿，树叶子打蔫了，小鸟渴得扑棱棱往山外飞，一帮一伙的庄稼人都在烧香磕头，求云求雨。康大饼子顶着毒花花的日头赶路，嗓子干得起黏涎儿，硬是讨不着一口水喝。

康大饼子好歹赶到了旱庄，就见这地方地干得裂出大缝子，庄稼干得点把火都能烧着。进了村，家家没有一点活气儿，人们东倒西歪地在荫凉里躲着，眼看就要渴死了。

康大饼子走进一家，这家只有一个老太太。他给老太太作了个揖，说："大娘，能不能把缸里水给我喝一口？"

老太太瘪了瘪嘴，想笑，没笑出来。她觉得康大饼子说话太可笑，一看就知道他是个外乡人。老太太叹口气，说："我们这儿水比油还贵，家家都用小罐、小坛子盛水，没有用缸装的。没有水呀，哪来的水缸？"

康大饼子说："那怎么不打口井？"

老太太说："说得轻巧，村子周围都挖遍了，也找不出有水的地方。咱们庄主早就放话了，谁要能打出井来，就招他当上门女婿。这事要不难，庄主能出这大赏？他那闺女，花似的，多少人求都求不到手哇！"

康大饼子："我会看地穴，你们村能打出井来。大娘能不能带我去见见庄主？"老太太答应了。

康大饼子见了庄主，把打井的事一说，庄主心想，横竖也是死，不如让这个外乡人试试。就说："你要真能打出井，救了一庄人，我不毁言，一定招你做上门女婿。"

康大饼子说："打井这活不是一个人干的，你得给我派上几个年轻力壮的小伙子。"

康大饼子按照喜神事先的指点，直奔旱庄西北。

出去半里多地，果然看见一片老树林子。他围着林子转了一圈，装模作样地查看地势，就叫人开始放树，隔十来步放倒一棵树，又打发人回村取来一摞大碗，把放倒的树墩都扣上饭碗。做完这一切，康大饼子告诉庄主说："我们回去吧，明天再来重扣一茬碗，不出三天，我就告诉你们打井的位置。"

第二天早上，康大饼子又抱着一摞碗来到树林子。喜神说过，揭开碗后，哪个树墩下有水，饭碗上就挂水珠子。康大饼子挨个树墩查看一遍，发现东边第三棵树墩子上浸出的水珠最多、最大。他暗暗记在心里，又把捧来的这些大碗替换下昨日那些，重新扣好。

第三天早上，康大饼子来到树林子，直接奔东头第三个树墩，揭开碗一看，树墩上汪出了一摊水。康大饼子一看有门儿，就喊来庄主，叫人就地打井。

井打到两丈深，一股清水咕嘟一下子涌出来。打井的人都乐疯了，捧一捧尝尝，凉滋滋儿甜丝丝儿，还是口甜水井哪！这下子，旱庄的人得救了，人们把康大饼子当成了活神仙，这家请吃席，那家送银两，都要他在庄里住下别走了。

庄主说："当然不能走，我早有话，要招他为上门女婿嘛，快请小姐来！"

家人马上把庄主小姐引出来，庄主把婚事一说。小姐看康大饼子虽说穿着不咋样，但长得壮壮实实，浓眉大眼的，又有这么大的本事，就羞答答地应允了。

康大饼子看看庄主小姐，俊模样真如月里嫦娥，天上仙女，他心里是一百个愿意，做梦也想不到自己能娶上这么漂亮的媳妇。当天，庄主就让他们拜堂成亲了。

康大饼子没接来财神接来喜神，也娶上了媳妇，过上好日子了。

王本接穷神

过去讲接神，每逢年底三十儿晚上都要接神。这一天都愿意接个财神、接个喜神的，财喜临门，都为了得个顺便。可是王本是个穷人，啥也没有，没办法，就一个妈。他多大岁数呢，他已经二十多岁了，二十四五岁一个小伙子。她这就叨咕："你看，人家年底都接神哪，得个顺当。咱们到晚儿都没接着顺当，你是不想要今年也接接神？"

他说："我接人家也不能来，这么穷的家，能上咱家来吗？连个白面馒头都做不起！"

她说："你接接吧！"

"我今年接接吧！我信你话，妈。"他没办法就贴了两个大饼子。贴完之后三十儿晚上拿两个大饼子就接去了。在十字路口，也没有香，他就插草为香，把草点着了，拿俩大饼子在那儿接着。

他在那儿蹲着，不一会儿就听见西北天什么东西哗哗地过去了，他一起来的工夫，就过去了两匹马，一匹白马、一匹红马跑过去了。他一看，心说："没站住，跑过去了！这回再来骑马的我就接住他！"

等了不一会儿，又来了个骑黄马的，就他了！他赶忙拿着大饼子迎上去，说："神仙，神仙，站一站，请站一站！我是给你上供来了，解解馋吧！"这人就站住了，他把大饼子递了上去。

这神仙一拿，说："嗯？你这饼子怎么个事儿呢？每年我吃的供都是白面的，都是肉啥的，今儿怎么变得又一样呢？"

他说："实不相瞒哪，人家都接财神、喜神哪，其实我不想接他们，我就打算接穷神。"

"对呀，我就是穷神嘛！你要不叨咕穷神我还不能来呢，我听到你要接我。我这么在外边儿跑着，这些年就没有接我的。今年我走这旮一看，人家财神、喜神过去了，我看你这儿喊着说'接穷神，接穷神'，所以我是奔你来的。"

"那你就来吧！"

"行，那我就吃你俩大饼子吧！你这大饼子也不错，能止饿就行。"他俩就唠一阵。

他说:"穷神爷啊,我没别的,我就一个妈加我一个,家什么人也没有,太难了!想伺候我妈整点儿好的也没有,我妈吃的都没有,我哪儿有办法!我没办法就做两个大饼子接穷神来了。请你想法儿帮帮我,不用发财呀,叫我够吃够烧就行,还得能让我娶个老婆传宗接代呀!"

穷神一算,说:"那好,可以!你呀别的没能耐,光娶个老婆问题不大,能让你娶上!"

"娶上也不行,那我指啥生活呀,我没办法!"

"自己娶个有钱老婆不就有钱了嘛!"

"哦,对!"

穷神一伸手掏出个珠子来,"这么办吧,我这儿有个珠子,你把这个珠子拿着,你看谁家姑娘好,有钱的员外之家,她家不外乎钱!假设这姑娘在花园待着,你就把这珠子对她撒过去就行!完事后面你自然知道怎么办了,就不用细告诉你了!"

"能行吗?"

"行,你去吧!"

这个王本就信穷神的话了,回去了之后,他知道正好东村有个李老员外有钱,没儿子,就一个女儿,老寻思着给他女儿撒目一个有能耐的女婿,把家底都给他,但是选不上。

这天他正好溜达去了,一看李小姐带着丫鬟正在花园溜达着玩呢,他就把这个珠子对着李小姐"啪"一撒,到那儿就挂树上了。那珠子在树上眼瞅着就长成一个大桃,这个桃儿长得好!李小姐一看,说:"哎呀?这个桃儿这么好呢!"

丫鬟说:"太好了,这瞅着可好得太邪乎了!"

"摘下来,摘下来!"丫鬟就给小姐摘下了。小姐一看,那桃儿瞅着水灵灵的好啊!"我尝尝好吃不?"她就吃。吃完桃就不行了,就全身长毛,不用说都砢碜得邪乎了!这姑娘就哭了,"哎呀,我长了可身红毛,这还能活得了吗?"

她爹说:"这怎么办,得请大夫啊!"可是请哪儿的大夫也治不好,就没有敢治的。这要再不好,越长毛越多,明儿就和牲畜一样了!

有的说:"搁刀剃吧!"有个剃头匠会剃,就让他来家用刀剃,他就剃了。结果呢?咳!剃完这茬之后,后面长得比那之前还长,还快!

最后她爹就贴出榜了:"不管哪儿的大夫,不管是谁,要能把我女儿治好,他要没媳妇儿的话，我这女儿就许给他！不但把女儿给他，家底还给他一半儿。我就这一个女儿啊！"

这回妥了，这穷神来了就告诉王本说："你去治去吧！"

他说："我也不会治啊！"

"再给你个珠吧，那珠不是已经变桃儿让李小姐吃了嘛，这回我再给你个珠就行了！"

"那好吧！"穷神就告诉他怎么整，交代好了之后王本就去了。

"小姐的病我能治！"

员外说："你能治？"

"能治！"

"能治，你怎么个治法儿？"

"我有颗宝珠，但跟你得说好，如果真治好了，是不是姑娘许给我？"

"给你，指定给你！你个小伙儿穷富我都不管，我有钱，家底归你一半还怕啥呢！"

小伙儿挺会来事儿，说："那好吧，我就给她治！"他就把这个珠子拿出来了，说："你把这个珠子拿去让她吃了！"

"珠子能吃吗？"

"你别着急呀！"他说完把珠子搁手背上一盖，这一捂的工夫就暗暗嘱叨说："穷神爷你帮帮忙吧，你看看怎么办吧！"

他打开一看，珠子变成个通红的大仙桃。他说："妥了！你让她吃吧！"

员外说："公子，上回就因为吃桃长了一身毛，还敢吃桃吗？"

"这回你让她吃完毛就下去了！"

"好吧！"员外就把桃拿去了。这小姐一吃，桃没吃半拉呢，这毛就全下去了，那肉皮子比过去还细发，还好，油不棱登的，眼睛也瞅着水灵灵的，特别好看得邪乎！

员外一看说："这得给人家了，咱们说了得算呀，要不算再长毛怎么办呢？"

所以这王本就用桃把媳妇娶下了，老丈人把家底还给他一半，他就在这儿操持整个家了，全归他了。

搁那他就发财了！他接穷神没白接，媳妇也来了，也发财了。

白菜上的蝈蝈

有这么一个财主老王家,他家有上百垧地,财主家雇了不少干活儿的人,连大厨、更倌、猪倌……就有二十五六个吃饭的。单说这猪倌,一早上就得去放猪,放猪的地方离家挺远的。早上他走的时候,这东家就告诉他:"猪倌呀!你别来回赶那猪了,那道走起来挺费劲的,猪也累得慌,你响午就别回来了,早上也不用起大早,吃完饭赶就行。到那儿赶完之后,放到响午,让猪响午在树根底下趴趴、歇歇乏,你从家带两个大饼子,到那儿吃得了,回去不也就那点饭菜嘛!也没别的好菜。"

猪倌说:"好!"

这个王二每天带几个大饼子,多拿一个两个的,东家也不在乎,人家有钱儿呀!他拿俩大饼就去了。

他这连着放了好几天,这天,来了一个老头儿,这老头儿瞅着五六十岁,长着一脸白胡子,还拄个拐,到猪倌跟前了,说:"小孩,我可太饿了,你那大饼是不是吃不了啊?送我一点儿不好吗?"

这放猪的王二一看,瞅了瞅盆子,说:"行!我给你点儿,我吃不完本想着下晚上再吃呢!你这好几天没吃饭了,就给你吧!"他把大饼子给这老头儿一个。

这老头儿吃得乐呵儿的,吃完以后,还不愿意走,像还没吃饱似的,王二一看,他自己刚吃半拉饼,剩下半拉饼又给他了。老头儿就都吃了。

王二连着三天给这老头儿大饼子,这天,老头儿说:"这么办吧!你这些天给我吃的,什么都不给你,我也于心不忍。我也没有别的什么给你,这有老人祖传的一张画,给你做个纪念。这画也没啥,不值钱。"

这张画,是在白纸上画了一个大白菜,有个蝈蝈在大白菜上面啃那白菜叶。画挺不错,这个小猪倌不懂这个画是古画,他也不懂这是赖画还是好画。猪倌说:"那行,给我我就收下。"他就收起来了,收完之后他就回去了,回来以后他把这个画贴角落的墙上了。

小猪倌正好一个人住,他平时回来得晚,早晚的时间和人家其他做活的不一样。人家把他当小孩儿,不愿意和他一起住,他就一个人在屋里住,破鞋破袜子扔得满屋子都是。

有这么一天，外面"哗哗"地下上大雨了，他没法出门赶猪。上次看到那幅画的时候，一只蝈蝈在大白菜上吃露水珠儿和白菜心呢！这下大雨的工夫，怎么的呢？他一看，哎呀！出奇呀，这画上蝈蝈怎么没有了呢？突然间一看，原来它在白菜根儿底下蹲着呢！他心想这蝈蝈还能动弹哪！下雨天跑底下来了，他也没吱声。

到第二天天晴了，他出了一趟门，回来一看，这蝈蝈又跑白菜叶上蹲着去了。这品了两三回之后，一到下雨天这蝈蝈就跑白菜底下来了。他这一寻思：这是个宝画呀！他这小孩儿也明白。

这天一早上起来是个大晴天，蝈蝈却跑白菜底下蹲着去了。他就告诉其他打工的，他说："大叔！今儿个下地带蓑衣吧！天气不靠谱，今儿得下雨！"

大叔说："拉倒吧！你净瞎扯，满天瞅着日头这么毒，还有雨呢？"

他说："我得拿蓑衣，要不放猪下雨不好办。"

大伙儿说："你拿着吧！别听他的。"

他就把蓑衣拿着。咳！到地里还不到一会儿，大伙儿还没开始做活的工夫，这暴雨就来了，这雨唰里咔嚓地下得才大哪！把这些做活的工人都浇湿了，就他没湿，因为他带蓑衣了嘛！他把猪赶回来了。大伙儿一看，说："这小猪倌有两下子啊！就他知道带蓑衣，他瞎蒙的。"

又过了两天，这天正赶上阴天，天阴得黢黑，小猪倌一早上起来，一看这蝈蝈在白菜叶上待着呢！他就没拿蓑衣，光着脑袋赶猪要走。打工的说："你拿蓑衣吧！今儿个多阴，早上阴得黢黑黢黑的，你不拿的话再把你浇着。"

他说："今儿个没事儿，大叔，不用拿，我就敢保证不能下。"

不光大伙儿说，后来东家也说："这小玩意儿，他还知道阴天能不下雨？"

他说："你瞅着吧！东家，不能下雨。"

不一会儿，他们走到半山腰上，这日头就出来了，这是个热天，最后也没下雨。大伙儿一看，这小孩儿有两下子。东家一看，说："这不对，这小孩儿他是天才呀！真有能耐！"品了几回，真就那样。后面一看："这小孩儿错不了，将来准得成大才。"东家有个老女儿，他想着"舍不得孩子套不着狼"，他是天才，有能耐。而他这个小女儿还愿意跟这个猪倌，老女儿长得一般，这小猪倌挺好。他俩原来没事儿时候在院里也玩过，也闲聊过，这姑娘愿意，东家就把姑娘嫁给他了，两人就结婚了。

单说这个猪倌，结了婚之后，猪倌说，什么也不要。老丈人说："这么办，明儿让其他小孩儿给你来看这个小窝棚！你俩就在这儿住吧！"

他们就在财主家住下，他的画也拿到这儿了。时间长了，媳妇儿问他到底怎么回事儿，媳妇说："你怎么知道呢？"

猪倌说："我知道啥？"他就把这个蝈蝈怎么的跟她一说，这媳妇儿一听明白了，人家姑娘念过书。

媳妇儿说："这是宝物啊！神蝈蝈，这可是价值连城的，献宝得值老钱了，明儿咱去找献宝官吧！"

之后又待了些日子，这老丈人也知道了，老丈人一看，说："这么办吧！我姑娘都跟你睡觉睡好几个月了，我不能要画，也不能让她回来，你就献宝去吧！"

他就把这个蝈蝈献宝献到当今皇上那儿去了，这皇上给他个七品知县当，他当上县太爷了，从那之后，东家的姑娘享福了，东家也享福了。

神奇的蝈蝈

有这么个小猪倌，年纪不大，也就十四五岁，每天给老财主放猪。有天早上东家就告诉他："你晌午别回来了，你来回一赶还费劲，猪还不得休息。哪怕早上晚点去呢，吃完早饭再去，下午早点回来，你晌午多待会儿，饿了就带块大饼子。"

小猪倌说："也行！"他还挺听话，就答应了。

这天晌午前儿刚要吃饽饽，就看见来一个老头儿，挂个拐棍，到傍拉儿瞅瞅他，说："小伙子，吃饽饽呢？""唉！"老头儿叹了口气，说道："我呀两天没吃饭了，要饭要不着，我腿还疼，不敢下山。我没办法，你能不能把吃不了的饽饽送我一块哪？"

小猪倌虽然没念过多少书，但是挺仁义，说："这么办吧，我就不吃这块大饼子，我早上吃饭了，下午还没能吃，都给你吧，我就不吃了。"就把大饼子都给这老头儿了。老头儿吃完之后，心里就寻思：这小伙子的心太好了！

就这样小猪倌连着三天给老头儿饼子。到了第四天，老头儿就说："我连吃你三天大饼子，我腿也快好了，我也不会别的，正好前些天我捡着一张画，你住在哪个屋就贴在哪个屋，没事你就瞅瞅。"

小猪倌把画打开一看，就画着一棵白菜，上面有个蝈蝈，画得挺好，就是有点旧，他就说："行，谢谢你，老伯。"说完就把这画带回来了。过去做活的工人住的都是大长屋，他一个猪倌做活儿没早没晚的，就住里面一个小破屋。他自己整了点糨糊，就把画粘墙上了。

这天下雨了，赶猪去不了了，小猪倌就在炕上趴着，一看这画："咳，出奇呀，老头儿给我的时候这蝈蝈在白菜心上趴着呢，这会儿跑白菜底下趴着了。这是个死蝈蝈呀，它怎么还能动呢？"小孩挺聪明，他就品。

第二天是晴天，日头出来了，一看这蝈蝈又跑到白菜尖上趴着去了，他自己说："哎呀，这玩意儿厉害啊，晴天你就在白菜上面趴着，下雨你就在底下趴着。这我可有数了。"这又待了两天。

一天早上起来的时候，是晴天。他临走就跟打垄的说："今儿有雨，你带个蓑衣吧。"

打垄的说："这不扯嘛，响晴天哪儿来的雨，小孩胡闹呢！"

他说："不行，得下雨，我得拿着。"就拿个破斗笠出去了。

做活的这帮人到地里没铲上两垄呢，这雨"哗哗"就下开了，那下得可急，打垄的都被浇湿了。打垄的说："不对呀，这小猪倌有两下子，他就知道能下雨，他还告诉我，我没听他话，咱都挨浇了，他说得对，还真下上了。"

大伙儿说："对呀，他还真蒙上了，人家可带蓑衣走了。"

到第二天是个阴天，天黢黑黢黑的，大伙说："这回拿蓑衣吧，别挨浇了。"

他说："今儿不用拿，没事！"他看了，蝈蝈没下来还在白菜尖上呢，他就知道是晴天，但他没提画的事。

大伙儿说："还是拿着吧。"到地里呢，不大会儿天就晴了。大伙儿说："这还了得，这小猪倌不一般哪！"

这一传，就传到东家耳朵里了，东家寻思：看来这小子天文地理都懂得呀，会测量天时，这不是一般人呀。一考虑：这不行！过些日子一品，一点儿不差。

这东家有个老姑娘，就跟他姑娘说了："这么办，我看透了，这小子有宝，他有才啊。小伙儿长得不错，就是穷，穷就穷呗，咱家有钱哪，把你嫁给他吧。"

姑娘还挺愿意，她相中这小伙儿了，因为小伙儿长得好，就是穷点，可她家有钱。东家把这事儿和小猪倌一说，小伙儿也愿意，就把他俩的事儿订了。

结婚之后，画还在墙上贴着，这媳妇就套他话，说："你怎么知道下不下雨呀？"话架不住套，小伙儿就说实话了，他媳妇就把画拿去给他爹了，说："你看看，就是有这玩意儿他才知道的。"

她爹说："是吗？"就铺到外边墙上看看，正看呢就来一阵风，"飕"一下就把画卷走了，东家这就急着往前追，就看到外头有个老头儿一摆手，这画就奔老头儿去了，老头儿把画收起来，驾着云就走了。

画虽然被收回去了，但小猪倌娶到媳妇了，这也算个团圆。

画中驴

有这么一个老李头儿，老两口子没什么营生儿，就是做豆腐出身。年轻的时候做豆腐，到老了还是做豆腐。

老两口就是穷，买不起驴。怎么办呢？俩人就抱着磨杆儿拉，拉这么一天，卖这一板儿多豆腐，混三升五升米，就是混生活。

这个老头儿就叨咕，说："可惜咱俩啊，连个毛驴儿都买不起！就天天抱着磨杆儿拉。这要有个毛驴儿拉多好啊！"

正好要过年了，老头儿去买画儿。他就瞅画棚里有不少画儿，哎呀，他一看，画头驴！这个画里有一个小毛驴儿在那儿待着呢。

他就挺稀罕，说："这幅画不错，我买去。"就把这画儿买来了，瞅着这小毛驴儿眯缝着眼儿，鬃毛乱摆的，可欢实了！就把这幅画儿买回来了。

买回来了，他老伴儿就说："你也真是的，买不起活驴，买个死驴画儿回来了！"

老头儿说："别，死驴看它也高兴。咱俩明儿个拉磨，瞅着它也能拉。"就把这个驴贴在屋里了。穷啊，没别的可贴的。

哎，正好到正月春节了，他是拉磨的嘛，上香的时候就叨咕，说："这么办吧，咱也没老祖宗，也没张仙，就给这个毛驴儿上根儿香吧。"就给这画儿上根儿香。

老头儿说："神驴啊，如果你要是有灵验，你能不能帮忙下界拉点儿磨，我就感

·1484· 谭振山故事全集／下

恩不尽了！人家都说画儿能补嘛，你要是能下来就好了。"

哎，该然到初六、七、八那天拉磨，就看那驴画儿，"唰"地下来一个黑毛驴儿，就奔他来了。

老头儿说："哎呀！这真下来了！"

老头儿就瞅瞅老太太，老太太说："别说，别说了！"老太太就下来，磕两个头。这个毛驴儿也没回去，就把毛驴儿套上了，整个套儿，真就拉磨了。

从那以后，天天儿拉，天天儿拉，那就不用说了，就成功了。这以前每回就能做一板儿豆腐，这回能做两板儿、三板儿。有毛驴儿拉磨了，老头儿越过越好了。

这事儿就传得远，一传传到哪儿了呢？传到财主耳朵里去了。

有个大财主，有钱，钱大，就来了，说："老头儿，你不是有个神驴吗？我看看吧。"

老头儿说："哪有什么驴？"

财主说："不是在画儿上呢吗？我去看看。"

老头儿说："就在画上呢，这个就是。"

财主就说："这个不算，地下来的才算。这么办吧，你把这个画儿卖我吧。"

老头儿说："这不能卖！我指着这驴一辈子拉磨呢。"

财主说："这么办吧，我给你算一算。你今年都五十多岁了，再活三十年，八十岁。一年你需要十两银子，三十年给你三十两银子。我给你三十两银子，三十两银子都给你！就省你天天儿做豆腐了，你不用做了，干吃好不好呢？"

老头儿说："那不行！我舍不得这个毛驴儿。"

财主说："那这么办吧，我先给你一百两。"

老头儿说："一百两我也不卖！"

财主说："不行！你卖也得卖，不卖也得卖！"把银子"啪"就扔炕上了。

扔炕上就走了，财主上去"哗"就一下子把画儿给拽下来了，说："你不卖也行！"就拽下来，拿走了。

画被拿走以后，老头儿就说："你给它拿走吧。"没办法，惹不起人家！银子也挠着[1]了，给了一百两银子也行了。

---

1 挠着：得到。

单说这个财主,回去之后就把这个画儿给挂上了。挂上之后,就上点儿香,说:"毛驴子,你神驴也好,什么也好,今后我就不能让你白拉,天天儿我给你上香、上供。"

叨咕这工劲儿,财主就看它怎么也不下来!这个驴怎么上香也不下来,他就着急了,就到那儿"啪啪"拍这个画儿,打这个画儿。他说:"我打你吧!"

这打的过程中就觉得"嘣"一下子,就一蹶子蹶他脑门子上了。这个驴起来,一下就蹽了。

财主脑门子也卷破了,被踢了,驴还蹽了,剩张白纸。

财主又花了不少钱治的病,治好了以后,自己想开了说:"可惜啊!花了一百两银子,买了个大包!"

让驴卷了,驴还蹽了,你看这闹的!这是神驴。

黄狗大狸猫

过去有这么种说法,说是弟兄也不和。

有这么一家哥两个,这个老大娶个媳妇儿挺尖、挺滑,这个老疙瘩挺实惠、憨厚,但是也不傻,能干。这个老大的媳妇儿刁,刁得邪乎。

俩人干活时,大媳妇净让这个小叔子干重活儿,让她男的干轻快活儿。那还不算,吃的没有他哥吃得好。他哥哥吃剩下点儿菜给老兄弟吃,不剩拉倒。

这一晃儿就过去好几年了,这个媳妇儿就和老大说:"你算没算,想没想?他老叔都十七八,二十来岁的人了,眼瞅着要娶个媳妇儿了,你还留着他干啥?你怎么不把他撵走啊?你不撵走他,他再娶媳妇,他再生孩子,这个家还不得给他一半儿吗?你现在撵走他,给他点儿就行了。不用给一半儿,咱们多捞下点儿不是吗?"

这个老大挺蔫巴软弱,就说:"那他自己能过得了吗?"

大媳妇儿就说:"那他不过也得过!也不能就这么样了。"

一看没办法了,老大就说:"行,我和他说。"

儿媳妇儿就说:"这么办吧,你不用说了。我想办法把他害死算了,不费那劲了。"

老大就说:"那怎么能害呢?那不是那么容易的?"

大媳妇儿就说:"不信?我和你说,我这是为了你,不是为了我!他死了之后,咱落下个全家产业。这十垧八垧地,连这房屋啥的,这些产业都归咱们了。"

老大说:"那行吧,就这么办吧。"

正好这工劲儿,有一天这个老兄弟上山上干活去了,刨地、铲地去了。黄狗、狸猫都在家呢,趴着呢。

大媳妇就告诉她男的,这个男的不是伺候园子吗?她就说:"今儿晌午我包饺子,包一半儿白面的,一半儿荞麦面的。白面的我下上毒药,你可别吃,一个也别吃!我下了点儿红矾在饺子里头,你吃荞麦面的。"

老大就说:"啊,行。"

大媳妇儿就说:"叫他老叔吃白面的。吃完就死了,就完事儿了。"

老大就说:"好!"

这说完之后,谁听着了呢?大狸猫听着了。

这狸猫一听说这些话,就说:"这坏得太邪乎了!"

它就"嗷嗷"叫唤,顺着地下就跑了。跑到地里,到了那儿就喊他,管他叫小憨子,就喊:"憨子啊、憨子……"

老二就说:"大狸猫,你怎么来了呢?"

它就说:"今儿个晌午,你嫂子包饺子,白面的和荞麦面的。白面的下了红矾,你可别吃,吃下去就得死啊!你吃荞麦面的。"

老二就说:"啊,我记住了。"

大狸猫说:"你记住!"

老二说:"我记住了!"

猫就回去了。到了晌午,这饺子也好了,他嫂子就端上来了。说:"正好!你看你在这地里翻地干活儿,挺能干的。我给你包点儿白面饺子,白面不够了,就给你包点儿,叫你哥哥吃点儿荞麦面的算了。"

荞麦面的也端上来了,他一瞧是荞麦面的,一抬手就把荞麦面的夺过来了,说:"不,我吃点儿荞麦面的,叫我哥吃点儿白面的。他是哥哥,我是兄弟。我能忍心吃白面的吗?"

他把荞麦面的叮当吃了不少,吃饱了走了。他嫂子一看,憋气啊!她还没吃!

到了第二天白天,她就告诉了这个男的,说:"今天可变样儿了,今儿白面的是好的,他不是要吃荞麦面的嘛,我搁荞麦面里。这把红矾下荞麦面里头了。"

说完之后,狸猫又听着了,又跑地里去告诉他,说:"憨子,今儿你可别吃荞麦面的了,今儿下到荞麦面里了!白面的没下,你吃白面的。"

老二说:"好。"

它就回去了。到吃饭的时候,都端上来了,就端两盘饺子。这个嫂子就说:"你爱吃啥吃啥吧你!"

"嗯!"这时候憨子说了,"这荞麦面的我昨天吃了胃不太好,肚子疼,今天我吃点白面的吧,白面的多好吃。"

他叮当吃了不少白面的,嫂子一看,真憋气!她没整过这个憨不棱登的憨子!

第二天大媳妇儿就说:"这么办吧,小憨子,咱们分家吧,别在一块堆儿过了。俺们这还多一口人,今后还有孩子。你一个人多好,省心。自己过好不好呢?咱分家你要啥吧?"

老二寻思半天,他说:"那行,我合计合计。我看要啥。"

大媳妇儿就说:"那行,那你晚上告诉我。"

"行!"他说完就下地干活去了。

他干活去了以后呢,这黄狗大狸猫就跟去了。这个狸猫就说了:"你啥也不用要,你要了也鬼不过她!你要黄狗、要狸猫,要俺俩人就行。俺俩人帮你干,她给点儿地就算了。"

老二说:"那行!"

狸猫说:"你不要别的,你就要山前这点儿破地,不要好地。"

老二说:"行!"

他就回去了,他嫂子就问他:"你合计好没?"

老二说:"合计好了。多了我也伺候不过来,这不有十来垧地嘛,都给你们!你给我点儿破地就行,就山前那点儿破地给我就行。把黄狗、大狸猫给我,我稀罕这俩玩意儿。"

"那行!"嫂子乐坏了,都给她留下了,没分地,都给她留下了。

这憨子就不由分说,回去以后,就把这地种上了。

这个黄狗帮他干活儿,他把这个黄狗一套,人家一上午就干完了。黄狗能干,这地伺候得挺好挺好的。

　　他的哥哥本来身体不太好，地也侍弄不上，也就都撂荒了。他嫂子就说："你真熊啊！你看你那老兄弟？那地侍唤那么好，人家我听说净是狗侍唤的！你不好把狗借来，咱也干点儿？"

　　老大说："好吧。"

　　他就去把狗借来了，说："这么办吧兄弟，你把狗借我使唤使唤吧，我也种点儿地，要不怎么办，你说？"

　　老二一看，他说："那行，你把狗拿去吧。"

　　老大就把狗拿去了，套上之后，这狗拉犁也不拉，拉车也不拉，不给他干！这把他哥气得，就左右开弓用梆子打，把狗给打死了！

　　打死之后，就把它埋上了。他兄弟去取狗，老大就告诉他："你不用取了，让我打死了！不在那儿埋着呢吗？你爱挖就把它挖出去吧。"

　　这小憨子到那儿一看，心里说：怎么办？狗也死了！就在这儿哭上了。

　　哭了一会儿，见这树上就有小树枝儿，他就弄点儿树枝儿，回来就劈巴劈巴编个筐，编完以后，他就挂在树上了。

　　挂在树上之后，就自己叨咕："编筐编好了，是不是能有什么希望？"就也没说啥。

　　哎呀！天亮一看，怎么的了？下一筐蛋！

　　"哎呀！"老二说，"这筐好啊！"

　　后来这个狸猫说话了，说："你就得叨咕，越叨咕越下！你不叨咕不行，它还不来呢。"

　　老二就叨咕说："南方来的雁，北方来的雁，到我的窝儿里来，到我这儿下窝儿蛋。"

　　这天蛋下得多，从那以后，他就天天叨咕，这蛋就成天下。

　　这天狸猫就告诉他："你别光叨咕一样儿，你还得叨咕别的。你还得说啥呢？你光叨咕的这鸭蛋、鹅蛋，是公的话这不值钱！你还得叨咕母的呢。"

　　"对啊！"老二就叨咕，"南方来了一帮母，北方来了一帮母，到我这窝儿里焐一焐。"它这也下蛋。

　　这就传到他嫂子跟前儿了，他嫂子就说："这个筐好使啊！"

柒　幻想故事　·1489·

她就让老大上他那儿去借,说:"你这么办吧,你把你老弟的筐借来,咱们也叫它下点儿蛋。"

老大就去了,小憨子不敢不借!他就借人家了。

借来了,他哥也叨咕:"南方来的雁,北方来的雁……"也叨咕那词儿,一点不差,"到我的窝儿来下个蛋……南来了一帮母,北来了一帮母,到我的窝儿来焐一焐。"

等到晚上的时候,就下了,但全是雁子的稀屄屄,没有别的玩意儿!没有蛋。

他嫂子气得就和他哥说:"把树薅了!连树带筐都给砸巴了!"

等砸巴完树之后,树也倒了,筐也完了。他哥的眼睛也闭上了,动弹不了了,最后两口子都死树下了。

口吐金银的小女孩儿

这个说啥呢?就是丧妻,娶老婆子的事儿。

这家有一个老头儿,媳妇死了,扔下个女孩子。女孩子小,多大呢?也就是十来岁儿。

他又办个老伴儿,这个老伴儿多大岁数呢?她也有三十五六岁了,也带个女孩子来,带个十三四岁儿的女孩子来,比他自己的女孩子大三四岁。

来了以后,媳妇儿挺会来事儿,挺会说,和这个男的处得不错。但是,最缺德的是这个半道儿老婆子给这个小女儿气受,就是给先头儿的这个女儿,那时候她还小。

一干活儿,她就说:"你去干去!"让这个小女孩儿去干,她自己带的那个大女孩不指使,专指使这个小孩儿干活儿。屋里扫地、洗碗、剜菜、喂猪,都使唤这个小女孩子,一天天地给这个女孩子累坏了。

一到吃东西的时候,还不给吃饱,主要就是这个大女孩子吃好的,她吃点儿次的。要是好菜一分,大女儿多分点儿,她说:"她大,长得大,不够吃,你少吃点儿吧。"

小女孩儿一天哭哭啼啼的,哎呀,这一天怎么办呢?虐待她这还不算,还在生活当中老排挤她。这个小女孩没有办法，一合计："我就不能待在这个家，我得走了。"

就这么一个小女孩子，一早晨起来，黑咕隆咚就走了。自己有几件衣裳，就拿着，起来就走了。走到哪儿呢？她走了一天，走到一个山坡那儿，看前面儿有一个老太太在那儿坐着呢。多大岁数呢？一个有五六十岁的老太太，披头散发的，糟践得不像样，挺埋汰，长得还挺碜。小女孩吓得不敢到傍拉，老太太摆手儿说："小孩儿，来来来，别害怕。你别看我长得这个样，我心不坏，不坑你。你来，我和你说句话。"

这小女孩挺好，就到她傍拉了，她就说："你是苦命的孩子，我知道。你妈死得早，你爹给你娶个后妈，待你不好！哎呀没办法，我老太太也是落魄得没办法。吃没吃，着没着，没个着落，好几天没吃饭了，我看你是挺善良的小孩儿，你有吃的可不可以给我一点儿？"

小女孩就说："我啥也没带出来啊！我不是吃完饭出来的，我还没吃饭呢。"

老太太就说："你要是今天给我点儿吃的，我就能活下去。你要是不给我，我就活不下去了，就完了。"

这个小孩儿就说："那怎么办呢？"

她说："我要饿死了！"

小女孩就说："那这么办，老妈妈你等一会儿，我上街到堡子里头。我这儿有两件儿闲衣裳，我卖了给你买点吃的。"

这个小女孩心好，到堡子里就把这个衣裳给卖了，买了几个馒头给拿回来了。回到老太太这儿，老太太一看，乐着说："那好吧，谢谢你小女孩。"

这老太太就把馒头拿过来了，吃这个、拿那个。买的这点儿馒头，都被她吃了，小女孩儿一点儿没吃着。

哎呀，她一看，说："这个小女孩真是不错！"

这时候小女孩回头一看，老太太没了，不知道哪儿去了。心里说："这个老太太能耐啊！上哪去了呢？你说她走了，没看着她走。你说这都是平地，也没有沟，她猫哪儿了呢？咋就没有了呢？"小女孩一寻思，拉倒吧，随后她就笑了，说："老太太你上哪儿去了？这回你吃饱了，你要是走就走吧。我也要走了，我也要想法吃点儿饭。"

她又继续往前走，没走多远，就看见在一个大悬壁下，一个老太太在那儿沟边儿上坐着呢。到那儿一看，不是之前那个老太太，是另外一个老太太，她就说："老太太，你在那儿兴[1]摔下去，坐着不行啊！"

老太太说："那我上不去啊！"

小女孩儿说："那我拽你吧。"

这小女孩儿就上去了，连拽带拉，给她拽到上面儿来了。

老太太说："你这个小孩心太好了。我于心不安啊！这么办吧，你看你饿没饿？"

小孩儿说："我饿了，有啥吃的？"

老太太说："这么办，我这儿有吃的，你别嫌埋汰。"就随手掏出来一块饼子不是饼子、糠不是糠的东西，埋了巴汰，黢（很）红的，说："你吃了吧。"

小女孩看看她，老太太就说："你信我的话，吃了有好处。"

这小女孩一看，就咬两口，吃起来还挺甜，挺好，真就吃了。

吃完以后她一看，老太太没了！就想看看怎么样了？一说话，突然觉得闹心似的，吐出来一块银子。再吐出来一看，不是金子就是银子、金疙瘩，她认得。她说："哎呀，这回妥了，这可值钱了。"她到人家门口那是买啥都行，一说话稍觉得一闹心，就吐出来一块，一看不是金子就是银子。

搁那以后，她就妥了，天天儿金银吐老多了！她找了个地方待下来买房子买地。

待了不到半年，家里这边儿就知道了。她的后妈听说这个小女孩儿在哪儿吐金银了，就告诉她的大女儿，说："你去，把她找回来。这宝贝怎么还能让她走了？她怎么会吐金银呢？"她大女儿就去了。

这大女儿找了不少日子，终于把她找着了，问她，她就把怎的怎的一说。

说完了之后，大女儿就问她："你怎么学吐的呢？"

她说："我遇到个老太太。"

大女儿就说："啊！那我也去。"和她妈一合计，这个大女儿也就去了，装成小女孩儿那个样儿，也奔那个山去了。到那个山上之后，正好那个老太太也在那儿坐着呢。

她一看，瞅着老太太，也挺有礼貌的，就这么地、那么地恭敬老太太，老太太说："你看这么办吧，你的饽饽我也都吃了，我也教你吐吧。"

她说："那好吧，你教我吐就行。我吐完之后，将来恭敬你老来。"

---

[1] 兴：此处指容易。

这个老太太就给她块饼,说:"你吃了吧。"她就吃了。

这个大女儿学完之后就想试试看,这个老太太说:"你在这儿不能吐,你得回家才能吐。在这儿你吐不出来,准得到你妈傍拉才能吐呢。"

她说:"那行吧。"她就乐呵呵地回来了,告诉她妈,说:"这回妥了,我也觉得恶心了。她说见到你才能吐呢。"

她妈说:"你吐吧。"

说吐,大女儿就开始顺着嘴吐出来了,吐出来一看,是个什么?是个癞蛤蟆!一张嘴一个癞蛤蟆。

她妈说:"可了不得了!你吐的是癞蛤蟆!"

这吐完之后,可地都是癞蛤蟆,她妈就打癞蛤蟆。

这下子就怎么的了呢?她妈这一下子没打好,就摔倒了,她妈摔死了!剩下这个女孩子,生活当中也受罪了!

后来,吐金子的那个小女孩儿不见了,走了,最后成神了,让人家救走了。

要不说,人还得做好事儿呢!

当"良心"

在早有不少地方开有当铺,等钱用的人家可以把东西送进当铺押几个钱,等有钱时再赎出来。当铺里当东当西,谁听说过当"良心"的?这"良心"多少钱一斤?怎么个当法呢?别说,还真有过这事儿。

很早的时候,有个姓张的买卖人,他扔下家中妻儿老小,一个人到北边做生意,一去就是三年。

这一年进了腊月,张掌柜看北边家家都开始张罗年了,他就想家了。心想,三年一趟家,散金碎银如今也积攒了一些,该回去看看了。他托人给家中捎去口信,说他要回家过年。家里人一听乐坏了,正愁没钱置办年呢,这回可好了。全家老小天天掐着指头盼他回来。

那时候没有火车,张掌柜怀揣百十两银子,步行往家里赶年。

这一天晌午,他路过一个堡子,见前面围着不少人,里面有个姑娘在哭。张掌柜见这姑娘哭得伤心,就问:"姑娘,你哭什么呢?"

姑娘抬起头,看他是外地人打扮,就说:"我爹死了,没钱发送,没钱办丧事;娘又生病,吃不起药,家里穷得一个大钱儿没有,我怎么能不伤心呢?"

张掌柜看看四周,卖呆儿[1]的人不少,帮忙的人却没有,就叹了一口气,说:"姑娘,别哭了。你不就是缺钱嘛,大叔帮你一把,谁让我碰上啦。"说完,从怀里掏出二十两银子,递到姑娘手里,姑娘接过银子,问:"你老贵姓?"

张掌柜说:"姓张。"

姑娘马上给他跪下磕头,说:"你老是我们家的救命恩人,若不嫌弃,我认你老做干老(干爹)吧!"

姑娘非要认他做干老,张掌柜只好答应了,又给姑娘扔下十两银子,算是给干女儿的见面礼。他到姑娘家打了个坐,又上路了。

又走了一段路程。这一天,张掌柜肚子饿了,到一家饭馆吃饭。他刚抄起筷子,就见门外跑进一个姑娘,十七八岁,披头散发。随后,一个老太太拎着竹条追进饭馆,揪住姑娘就打。姑娘急忙跑到张掌柜桌前,向他求救。张掌柜放下筷子,问那个老太太说:"这姑娘是你什么人?"

老太太说:"是我女儿。"

张掌柜说:"亲生女儿你舍得这么打?"

老太太说:"我非把她打死不可!"

那个姑娘连忙抱住张掌柜的腿,说:"好心的大叔,快救救我吧!我不是她的女儿。她是开窑子的,我是被人拐骗后卖给她了,我是有家有父母的人啊!"

张掌柜一听,是这么回事,就劝老太太积德行善,放姑娘回家。老太太说:"放她走行。我买她花了五十两银子,你能给我倒回这个钱,我就积这个德!"

张掌柜怀中正好还剩五十两银子,一咬牙,全掏出来了,说:"这是我回家过年的钱,得,这年也甭过了,谁让我碰上这事啦,总不能见死不救哇!"他把银子给了老太太,转身对姑娘说:"大叔送你回家吧,让你一个人走,我也不放心。"姑娘忙给他磕头谢恩,跟他上路了。

---

[1] 卖呆儿:看热闹。

这姑娘的家正好同张掌柜顺路。张掌柜把姑娘送到家。姑娘的父母见女儿丢了这么多日子又回来了，喜得又哭又笑的。姑娘把经过一说，两位老人连忙向张掌柜拜了几拜，感谢他救了女儿的命。可是，姑娘家也是穷人家，拿不出五十两银子还给张掌柜。两位老人愁得直打磨磨儿。

张掌柜看出来了，说："你们也别还给我钱了，我腰里还有几两碎银，够到家的盘缠了。"他在姑娘家吃了饭，就告辞上路了。

头腊月二十三，张掌柜就赶到家了。媳妇和孩子这个乐呀，媳妇张罗着要割肉打酒，孩子们围着他要新衣帽，要花要炮仗，张掌柜摸摸怀里，一个钱也没有。媳妇好歹把孩子打发到外面去玩了，连忙关上门问他："你出外好几年，一个子儿也没挣回来？"

张掌柜把怎来怎去的一说，媳妇说："你做得都对呀！这年咱就凑付过吧，穷富也不能把咱留在年这边。"

媳妇虽然没说啥，可孩子们嚷嚷得厉害，小孩子盼的就是年嘛，天天叨咕让爹爹给置办年。张掌柜一看，到年根下了，怎么也得想点办法哄哄孩子呀。这一天，他信步来到城里最大的一家当铺，琢磨着想典当东西，换两个钱。

当什么东西呢？张掌柜看看自己，除了身上的衣服，真就没有什么可当的。不行，今天怎么也不能空手回家。张掌柜也没多想，开口就招呼掌柜："掌柜的，我当东西。"

当铺掌柜一看来生意了，满脸是笑地过来了，说："你当什么东西？"

张掌柜咔巴咔巴嘴，说："我当，我，我当'天地良心'！当二十两银子。"

当铺掌柜的没听明白，以为"天地良心"是什么值钱东西，就说："你先拿出来，我看看货再定价钱。"

张掌柜说："这良心我走哪都带着，就是没法拿给你看。眼下我是过不去年了，才把良心当给你们，二十两银子，我也不多要。"

当铺掌柜的"扑哧"乐了，说："我在柜上这么多年，当啥的都见过，还没听说有当良心的，这得怎么当呢？"

张掌柜说："就当个信用吧，过了年，我有钱就来抽当。"

当铺掌柜的一摆手说："别忙，这件事我做不了主，得向咱财东打个招呼。"说完就进屋了。

当铺掌柜进了内宅，见了财东说："老财东，可出了新鲜事了，外面铺面来个当东西的，你猜当啥？要当'天地良心'！"

老财东一听也乐了，说："真是啥人都有，他干吗要当良心？他要当多少钱？"

当铺掌柜的说："二十两银子。"

"我看看这是个什么人。"老财东也是个好事的人，就来到前柜。他一看张掌柜，不像个坏人，就对掌柜的说："不就二十两银子么，收下他的良心，给他写个当票，日后他也好抽当。"

当铺掌柜憋不住乐，老财东今天是怎么了？啥东西也没得，掏出二十两银子，还得搭张当票。心里这么想，可他还是照办了。

张掌柜揣着二十两银子回到家里，往外一掏，媳妇吓坏了，说："你是偷的还是抢的？"张掌柜说："我上当铺当的。"

媳妇哪能相信，家里没有好当的东西呀？就忙三迭四地问："你当的啥？"

张掌柜说："当的'天地良心'。"

媳妇一听着急了，说："这银子可不能花！要不过年以后你没钱抽当，不就成了没良心的人了？要我说，你还是早点把银子给人家送回去，五天以内没有利息。咱不挂心这档子事，年还能过得松心些。"

张掌柜一听，是这么个理儿，就抹身又回到当铺。赶巧，财东和掌柜的都在。张掌柜忙从怀里掏出银子和当票，说："掌柜的，我抽当来了。"

财东说："怎么这么快就抽当了？"

张掌柜说："刚才我是一时糊涂做差了事，回家后越想越后悔，人穷到什么分上也不能出卖良心啊！我怕日后没钱抽当，丧了良心，人可就不能活了。"

财东一听他说的在理，就问："你是干什么的？咋把家过得穷到这个分儿上？"

张掌柜打个唉声说："不瞒你说，我也是个买卖人，在北边熬巴几年，也挣了点银子，谁承想都舍在回家途中了。"他把事情经过从头到尾向当铺财东学了一遍。

财东说："你这人心肠太好了，好得难找哇！这样吧，你过了年别上北边做买卖了，我这当铺还缺一个掌柜，我信得着你了，那二十两银子算是提前支给你的工钱，过了年你就到铺子来吧。"老财东说着，又把银子退给张掌柜，把那张当票当场撕了。

张掌柜一听挺乐，把银子重新拿回家，对媳妇一学说。媳妇乐坏了，全家人过了个欢喜年。

到了初六，买卖全开市了，张掌柜就到当铺当了掌柜。老财东正好要带老婆孩子到南方省亲，临走前，嘱咐张掌柜说："铺子全交给你了，今天是开市第一天，不论谁来当什么，全都接。要价高点低点别计较，做买卖要图个吉利。"张掌柜满口答应了。

老财东带着家人刚走，事可就来了。

张掌柜带着伙计们"噼噼啪啪"放完鞭炮，打开铺子门，就见四个棒小伙子，抬着一具尸首，吆吆喝喝地进了当铺，把张掌柜和众伙计闹得一愣。

一个小伙子说："掌柜的，快来接当。我爹死了，尸首没处放，先当给你们，过后再说。"

张掌柜不听便罢，听完吓得心里忽悠一下子，心想，我年前来当铺当良心就够出奇了，这怎么还有来当死爹的呢？真是稀奇出花来了。伙计们都大眼瞪小眼地站在一边瞧热闹，看新掌柜怎么接话茬。

张掌柜心想，我接不接这个当呢？不接？老财东有话，买卖开市第一天，什么当都接；接吧？这死人尸首得怎么收呢？寻思半天，接！也许老财东知道今天有这个茬儿才留话的。张掌柜问这哥几个："你们想当多少钱？"

一个小伙子说："五百两银子。"

张掌柜一听，这要价也太高了，刚想往下落落价，几个小伙子看出来了，说："怎么，嫌价高了？这可是一个人哪！是俺哥几个的亲爹，真还不值五百两银子？"张掌柜没有话了，只好照价开了当票，付给他们五百两银子，这哥几个便扬长而去了。

开市不吉。张掌柜只好自认倒霉，吩咐伙计们把尸首抬到后院仓库放好，每天还得安排一个伙计专门看管着，不能让狗啃耗子咬呀，要不，日后人家抽当时，谁赔得出一个囫囵尸首？白天一个人看着还凑合，晚上一个人还不敢看着，害怕呀，就得安排两名伙计。一帮伙计谁也不愿出这个差，轮到谁时，背地里都把张掌柜好顿骂。

好容易挨过去一个月，老财东回来了。伙计们合伙奏了张掌柜一本。老财东一看，这件事做得是不招人爱。他也埋怨张掌柜，我让你什么当都接你就接尸首哇？还不如把我的银子扬到大街上呢，那样还省得操这个心！这可好，还得防备人家来抽当，搭上人看管不说，眼看天越来越热了，这尸首还不发了臭？老财东唉声叹气地强挺了一个月，看看还没人抽当，他实在忍不住了，就把张掌柜叫来了，说："我的买卖不大，用不了那么多人，你先回家吧，等以后用人时再去请你。"

财东的意思再明白不过了，张掌柜能说啥？只好卷铺盖回家。临走时，财东说：

"你这几个月的工钱别细算了,我给你五百两银子,没有现钱,你就把那个尸首抬走吧,什么时候人家来抽当,五百两银子就返给你了。"张掌柜是打掉门牙往肚里咽,谁让自己当初接这个当呢?认了吧。财东马上打发几个伙计把尸首抬到张掌柜家。

回家后,张掌柜对媳妇一说,媳妇弄得叽叽歪歪的,这叫什么事?没听说出外忙活几个月,挣回家一具尸首的。也不能这么明面摆着,大人孩子看着怪害怕的,张掌柜卷起北炕的炕席,把尸首裹好,戳到灶间墙旮旯。这往后,媳妇自个儿都不敢到灶间烧火做饭了,总觉得头皮发麻,上灶间做饭还得拉上张掌柜陪着。

不知不觉又过去一个月,还是没有人来抽当,赎回当票。张掌柜真发愁了,虽说时间长了家里人不那么害怕了,可总放下去也不是个事儿呀。

一天夜里,媳妇自己到灶间去拿东西,刚迈进门槛,就看见尸首倒在地上,全身亮得晃人眼。媳妇吓得忙喊张掌柜:"不好了,尸首着火了!"

张掌柜一听,这还了得,烧坏了尸首赔不起呀。他趿拉着鞋就跑到灶间,凑到跟前一看,哪是着火了?尸首分明变成了一个金人!再看金人的后背上,刻着四个大字"天地良心。"

张掌柜和媳妇一合计,这个财也太大了,何止五百两银子?自家收下了可不妥当,冲着天地良心,也得给当铺送回去。

第二天,张掌柜去找当铺财东,说:"老财东,我搬回家的不是一具尸首,是一个金子铸成的金人哪!该着柜上发财,当初收下了这个当。你快叫人搬回来吧。"

老财东先是不信,天下还有这种事?他赶去一看,可不是真的!再看金人后背上那四个字,老财东不言语了,半天才说:"这个财我不能要,实说吧,别人想要也要不去。金人是冲着你来的,换个人家,又是具尸首。"

张掌柜说:"那怎么会呢?"

老财东拍拍金人后背说:"'天地良心'这四个字说得明白,这个金人是老天给你的赏赐。看起来,这为人做事真得讲良心啊。"

张掌柜一家有了金人,从此过上了好日子。

阿宝

在多年以前有个大富商，在县城里是最有钱的，有些官宦人家都为他溜须。他的钱特别多，土地上千垧。

富商家有个女孩叫阿宝，这个姑娘长得特别好，二十来岁。但给姑娘找人家不好给，因为什么呢？她心高得邪乎，高的不成，低的不就。所以一晃，从十七八岁找，找到二十一二岁还没找到。看哪个哪个不行，姑娘心高，他这个爹也心高，一般的给不上，愿意给当官的。阿宝不爱给当官的，说："我不能给他受气，他当官我当官娘子，当官娘子是不错，但他说得算，我一点权没有。"

单表当地有这么一家姓孙的，叫孙知楚。孙知楚这个公子是个才子，孙知楚是个最忠诚老实的人，花言巧语一概不会，就是谁说啥他信啥，太实诚了。一般有个大事小情，他上那儿，人聚一堆，同学就逗他，往往就把窑子妓女整来一个到这旮陪酒，就告诉妓女说："你给他倒酒，陪他玩。"这妓女把酒一倒，孙知楚连饭都磨不开吃了，脸通红。一句话说不出来，大伙瞅着就笑。拿他就像宰着玩似的，但他是正经好人。

这一年，孙知楚的媳妇得暴病死了。孙知楚家过得也行，他是一般人家，不是特别有钱。媳妇死了以后，他一直没娶上媳妇。孙知楚是六指，小手指头旁多个指头。同学就逗他玩，说："你呀！急速找个有钱的姑娘，你媳妇死了，你岁数不大，二十五六岁正好，咱们那有个大富商阿宝，那姑娘长得多好，据说好得邪乎，家财大。你找么个老丈人，找么个媳妇，就什么也不用干了。还考官？都不用到京城考去了，当时就发财了。"

孙知楚说："能给我吗？"

"你这人实惠，能不给你？你多实惠啊！"他有个外号叫孙傻子，因为他实惠得邪乎。大伙一说他就真信了，他说："好，我托托媒。"

那时候当地有媒婆。他就找个老太太，说："你给我保保媒！"给老太太二两银子，别白去。

老太太乐呵呵地说："那人家难进啊，我进是能进去，我给保过，保两回没看成。"

孙知楚说:"你去吧。"老太太就去了。

老太太到那儿找到大富商,寻思寻思,说:"老员外。我给你女儿保个媒。"

大富商说:"保吧,哪地方的?"她一说孙知楚,老员外就笑了,说:"这不扯呢,我还不知道嘛,他有个媳妇死了,还填房,他还六指儿,家过得一般。这媒你保不成。你保真正好的那样的还行,这能保成吗?"

这会儿,老太太就出来了,正好经过阿宝的绣房,阿宝带丫头在门口站着呢。阿宝说:"老王妈妈你上哪去了?"

老太太说:"到你们家给你保媒来了嘛,你爹不愿意。"

阿宝说:"给哪?"

老太太说:"给孙知楚。"

阿宝说:"孙知楚,听说就是有六指那个才子。"

老太太说:"是啊。"

这个阿宝也好说笑话,二十一二岁,说:"老王妈妈,你和他说吧,他把六指削下来我就嫁他。我烦他多一个手指头。"丫鬟也笑。

这个老太太回去,还真信实了,说:"阿宝她爹不同意。他女儿说了,就烦你这六指儿,要把六指儿剁下来就嫁给你。"

孙知楚说:"那不难,有啥说的,好。"他当着老太太的面,把手指咔地就剁下来了。剁下来手就出血了,那时候没有药,和上面就包上了,剩五个手指头,说,"这回你给我保去吧。你把手指头拿去。"

老太太把手指头包上,第二天就去了,直接找阿宝。阿宝一听,吓一哆嗦,说:"真剁啊!我说的是笑话,哪能让他真剁,这不扯吗?这人太实惠了。这么办吧,回去你和他说,光剁手指头不行,他还有点儿傻性,太呆。你让他傻性没有就行了,我能嫁给他。"回去老太太就和他说:"人家说你太痴呆,有点傻性。说这痴呆性没有了,才能嫁给你。"

孙知楚一看这完了,这没法儿表现出来,手指头当时剁了就表现了。我说不痴呆,人家也不相信,表现不出来。一合计,打消态度了,说:"唉,拉倒吧,你也回去吧,不用保了,我也这么的吧,就这样了。别说她长得一般,就是再好,我也不争不攀,我一个人一辈子就这样吧。"

一晃过了不少日子,正赶清明佳节的时候,孙知楚同学来了,说:"今儿趁这机会咱们到山上去溜达踏青吧,今儿阿宝准去。姑娘们都到高山上玩去[1],她准去,看看去呗。"

孙知楚说:"去也行,那去吧。"孙知楚自己来的,没有书童,但有一个家人跟着。几个同学也都来了,他们正在山坡上溜达,到傍晌了,就看来了个小轿,黄花小轿。大伙说:"正好,不用看,这是阿宝。"

小轿撂下来之后,正是阿宝下来了,手里拿朵花,看花溜达玩呢。山上有的是人,都夸她好,这个夸好,那个夸好,甚至把古人的名都给她加上了。这个说比貂蝉都好,那个说西施也不敌她好。孙知楚到那儿一看,一瞅呆了,不怨人说,确实真好,心寻思:一辈子要娶这么个媳妇,就是死了也甘心啊!

单表这个阿宝丫鬟就告她说:"这个就是孙知楚,六指剁手指头那个。"

阿宝说:"嗯,这个就是他。"就瞅他笑了,笑不是相中他了,是说他太实诚了,你要订我,没承想把手指头都剁下去了,六指剁下去一个,你真信了,就笑了。

这工夫,大伙乌泱[2]都要看。阿宝说:"我不在这儿待了!"上轿就走了。她走以后,大伙也都走了。她走,谁还不走,在那儿待着?就孙知楚直呵呵不动弹。怎么回事不动弹呢?有同学用手扒拉也不动,说:"哎呀,他傻了。赶快整回家吧。"就现整个车把孙知楚拉回家了。

到家以后,就把他撂炕上了,怎么叫也不明白!大伙一看,有明白的说:"不用问,他的真魂让阿宝给勾走了,跟阿宝去了。真魂出窍了,剩个尸体一样。"大伙儿把他撂炕趴下,盖上被。气还出气,脉还有,就是一声不吱,眼皮不睁。大伙说:"这回糟了,真魂带去了。"

单表阿宝到家之后,下晚黑了,吃完饭以后,觉得傍拉有人老碰她。睡醒觉一摸,哎呀,有个男人身体一样,吓得一哆嗦,说:"你是谁啊?"

"我是孙知楚。"

"你怎么来了?"

"我真魂给你勾来了,身体没来,你不用害怕。我就不能离了,搂着你就知足了。"这阿宝说不害怕,也吓得够呛,和她爹说打听打听那头。一打听,孙知楚在家

---

[1] 清明节姑娘们到高山上玩,据说如此姑娘可以一辈子不得病,且手还能巧。
[2] 乌泱:形容人多。

背气死了，在家炕上趴着，没死还有口气，有口气还不活。阿宝一听，真魂在我这呢，尸体在家，怎么整呢，也闹心。

家那边也知道这事了。有个同学说："非得叫魂不行，你不叫不行，就得上阿宝家叫魂。"这没办法，老孙家托人去了，和大富商家商量。

富商说："哪能啊？我女儿也没和他见过面，也没看着过，怎么能把真魂勾来呢。"

老孙家说："那天在山上游山玩水都看见了。"

大富商说："那就这么办吧，既然这么说，就叫来吧。"

第二天老孙家来人了，拿的烧钱、黄表纸，写的符，老道来两个。老道一到，阿宝就出去了，说："别屋不用去了，就来我屋吧，他魂在我这屋呢，我知道，他整天不离我，天天晚上在旁边趴着，趴三天了，一个男的天天都挨着我。"

老道一进屋，孙知楚就起来了，真的好了，魂回来了，也明白了。大伙说："你去哪了？"

他说："我在阿宝那儿。"她家屋什么摆设，有哪些东西说得一点不差。

阿宝那边也出新鲜事了，别人也不知道她屋里东西，姑娘的屋子外人也进不去呀，但孙知楚把她柜子上摆的东西都能说上来了。另外，阿宝身上长得啥样，身体他都摸着了。阿宝心里也毛嘟噜地[1]害怕，寻思：我就和他的人一样，他都摸着了。

又过了些日子，到鬼节以后，有这么一个会，就像盂兰盆会似的。同学说孙知楚："你这回上山去吧，阿宝还能去。"

孙知楚说："能去吗？"

同学说："还得去。去之后，你到那儿看看。"

孙知楚说："我再看看也行。"他就去了。

正好阿宝也上山去了，坐轿子上扒轿子瞅，说："停，看看孙知楚到底啥样，和我梦中梦的一样吗？"一看和梦中梦的一点不差。

大伙说："这就是孙知楚。"他俩就答话了。

孙知楚说："我跟你说实在话，我这一生没有别人，就死跟着你也甘心。"说完之后，人家阿宝坐上轿子就回家了。

---

[1] 毛嘟噜地：心里发毛、害怕的意思。

回家之后，孙知楚躺炕上就起不来了。心寻思：怎么办呢，我怎么能跟阿宝见一面呢？正好他有个鹦鹉，老巴啦咯咯地叫唤。他就对鹦鹉说："鹦鹉，我要像你就好了，能飞进屋，还能见着面，我这也见不着啊！"

这工夫，鹦鹉就死了，孙知楚真魂出窍，就附鹦鹉身上直接飞到阿宝家了。阿宝正在绣房待着呢，一看从窗户进来个鹦鹉，说："哎呀，搁哪来这么个大雀呢？"就搂着，喜欢这小鸟，阿宝连嘬嘴带亲。这孙知楚更高兴了，就在这儿待着。

阿宝给鹦鹉绑个腿怕飞。鹦鹉说："姐，别绑，我就是孙知楚啊，我相中你了，特意变个鹦鹉来找你了。"

阿宝就给解开了，孙知楚说："我不能走，就在你这儿待着。待个一年半载的，我死也甘心了。"搁那，鹦鹉吃饭，喂什么东西，全得阿宝喂，别人喂它不吃。

一待时间长了，阿宝也哭了，说："你啊，这事怎么办呢？你这么惦记我，我也同情你。你能不能还转换成人体去。我前个儿托人打听去了，你的身体还在炕上趴着呢，死不死、活不活的样子，盖着被，心口窝稍有点热气，所以家里不能扔，还搁着呢，脉还没有了，就心口有气还跳，但起不来。你要真能变回人去，我宁可嫁给你了。"

孙知楚说："能是真事吗？"

阿宝说："真事。这么办，你要回去能活了，我起誓我要不嫁你五雷轰顶。"

"好了，姐，那就这么的，我回去了。"说完这鹦鹉"唰啦"就下地，把阿宝绣鞋叼起来一只飞走了。

阿宝说："我的鞋……"

鹦鹉做个纪念就叼走了，回来往家一落，鹦鹉就死了，可是孙知楚醒了，这回他真活了，醒了就说："绣鞋，给我绣鞋，绣鞋在哪儿呢？"

大伙说："哪来的绣鞋？"

他说："我变成鹦鹉叼来的嘛！"一看，真有只绣鞋，孙知楚把绣鞋抱在手里，乐呵呵地在那儿等着。

阿宝就把这事告诉爹妈了，爹妈说，还有这出奇事，去看看叼没叼去？打发丫鬟到孙家那儿一看，绣鞋在屋呢，孙知楚正抱着绣鞋呢！回去就说："真有只绣鞋叼回去了。"

一合计，大富商就派人订婚。富商老伴说："女儿一辈子怎么找这么个人家？"

阿宝说："妈，你不用寻思别的了，我活是孙知楚的人，死是孙知楚的鬼。他默念了我这么长时间，我也对不住人家了。人家为了我，死去活来了这么长日子。另外，他走的时候我起千斤重誓了，我要再不嫁他就五雷轰顶了，我起誓了他才回去。"

她妈说："那就嫁他吧，多陪送点东西，穷不怕。"他们是有钱儿人家，陪送了不少东西，他俩就正式把婚结了。

结婚之后，孙知楚过日子还没什么方式，阿宝有方式，会治理家。阿宝就告诉他说："知楚，你就好好读书，不用寻思，家有我张罗。"搁那，他们的日子一天比一天过得好起来了，家要地有地，要房子有房子，因为娘家陪送得多啊！

到三年头上了，孙知楚来急病就死了。这阿宝哭着说："哎呀，我费劲巴拉，就做了三年夫妻啊。"但她怎么叫孙知楚也叫不过来。阿宝一看，这么办吧，我也吊死得了，到阴间去过吧，她就上吊了。

她上吊不说，单表孙知楚阴魂不散，就来到阴间。阎王爷一看，说："这不孙知楚吗！"

他说："啊！"

阎王爷一看他阳寿没到，另外孙知楚在阳间人特别好，不能屈抓人家，就说道："送回去吧！"

判官说："送回去行嘛，他媳妇都上吊了。"

阎王爷说："那把他媳妇也带回去，不行，不能让他媳妇死，他媳妇也是好人。"这孙知楚急速回来之后，把他媳妇也托回来了。俩人都挺高兴，又过上了。

又过了几年的工夫，正赶上皇上大比之年科考，孙知楚要去科考，媳妇说："你去吧。"

一帮同学也来了，还把他当傻子，说："孙知楚，你去正好，俺们押的有九道正题，不带差一点儿的，指定能出这几道题，你准能考上。"

孙知楚一看，说："那好。"他就拿着。这九道题是什么题呢，是偏题，就是不能出这题。他们这是调理[1]孙知楚呢。可孙知楚认为是真的，就把偏题背下来了，这九道题背得杠熟[2]，就进京赶考去了！

1　调理：欺负、戏弄的意思。
2　杠熟：特别熟。

京城要科考，考官寻思：每回出正题都被押上，今个儿我不出正题，出偏题。正好出的九道题都出他身上去了。孙知楚不费吹灰之力就把这九道题全答上了，中了第一名。这回妥了，成名了，皇上亲口封的状元。封完，皇上问了问他家里的情况。

皇上对他说："我听说你和阿宝订婚有一段特殊的经过？"

孙知楚不瞒他，就把怎么剁手，怎么变鹦鹉全说了。

皇上一听，笑了，说："好。"

正宫皇后一听，说："这么办，你把你媳妇招进来，我看阿宝是什么样的人，怎么费这么大周折！"

后来阿宝也去了，到皇宫跪下了。皇上说："这么办吧，你男人是状元嘛，我封你一品夫人。"

皇后说："阿宝，你起来吧，我给你百两黄金。你和孙知楚俩这么大爱情，让你俩多发点财。"皇后给他俩一百两黄金，这下阿宝发财了，还当了一品夫人，孙知楚当了知府大人。

从那以后，老孙家发财得好了。

断手姑娘

几百年以前，有个李家集，堡子不太大，二三十户人家。

其中有户李姓的人家，当家的叫李有才。李有才从小念书，书念得不少，可是考了几次功名也没考上，后来就在家做点买卖度日子。李有才的媳妇叫赵氏，非常贤惠，两人夫唱妇随的，日子过得挺好。结婚没几年，赵氏就给李有才生了个女儿，取名月英。这孩子长得特别好，街坊邻居谁看了谁喜欢。李有才两口子对孩子非常疼爱，真跟掌上明珠一样，头顶着怕吓了，嘴含着怕化了。由于家境不错，这三口人的日子过得挺滋润。

可是好景不长，李夫人三十岁那年忽然得了暴病，不久就死了。扔下丈夫和五岁的小月英。孩子小，每天总嚷着找妈，李有才也非常思念妻子，爷俩天天泡在眼泪里过日子。

按照李有才的家境，再续一房媳妇一点没问题，保媒的人也不少。可李有才可怜孩子，小小年纪没了亲妈就够苦的了，再找个后妈，更可怜。要是娶个不讲理的，今天骂明天打，孩子更受气。一合计到这儿，李有才心想算了吧，我自己骨碌吧。

李有才整天是又当爹又当妈，屋里屋外、洗洗涮涮都是他一个人，白天忙忙呵呵地还好过，一到晚上他就一个人在炕上翻来覆去睡不着觉，日子就这么一天天过去了。艰苦困难的日子最难过，这李有才一天天盼呀，盼呀，总算把孩子盼大了，小月英长到十五岁了。

俗话说："女大十八变，越变越好看。"十五岁的月英可跟小时候大不同了，又明礼又知事，长得更是粉面桃花，别提多俊俏了，在她家的堡子中也是数一数二的。这姑娘还特别知事，每天跟爹一起看书写字，描龙画凤的，屋里屋外的活儿全能拿得起来。当爹的在她身上可省老心了，李有才想想挺知足的，这也行了，孩子总算长大了，自己就放心了。

在这时候，有个老辈叔叔就对李有才说："孩子，你都四十岁了，月英也十五岁了，再过两三年也得出门了。女儿再好她能老留在家侍候你吗？你还得办个人，老了身边没个人也不容易啊！年轻时怕孩子受苦你不找，岁数大了不容易啊！少年夫妻老来伴，没个伴能行吗？现在就有个机会，东屯有个寡妇崔氏，她男人死二三年了，与你岁数相当。人家今年三十岁，长得还不错。你要是订呢准行，我出面当媒人准成。"

说实话，李有才不想订，可叔叔一个劲儿劝他。这工夫月英在旁边，一看这阵势，也劝他爹，说："您就办一个吧，要不我走了谁侍候您啊！我这么大了也不能受气了，另外我也会处理事儿了。你放心吧爹，我能和后妈处理好关系的。"

这李有才一想，姑娘也让自己办，自己就别再辜负了大伙儿的一片心，那就办吧。这一商量就成了，把崔氏娶过来了。

这崔氏三十岁，打扮打扮，好像二十五六岁，长得也挺好看。结婚之后，月英一看爹和后妈两人感情挺好，自己心里也高兴，屋里屋外的活儿更是抢着做，总让后妈歇着。这一晃儿，又是一年过去了。

李有才一考虑："现在家里添人了，自己天天就这么光待在家里也不是回事，还得出去做买卖。"他就张罗着出去做买卖去了。

李有才走后，不久，小月英就发现情况了：这后妈哪儿都好，就是"底漏"。什么叫"底漏"呢？这个崔氏自己也有个孩子，她看李有才走了，就总从李有才家里拿东西给她自己孩子。月英想:"这哪儿行啊,我爹再挣也抵不过她这么拿啊,这不就完了嘛,'家贼难防'啊。"

光"底漏"还好说,过了些日子,月英又发现后妈有些不正经,总和一个男人闲扯乎。其实,这个崔氏当寡妇的时候就在外面和一个男人闲扯过,后来她和李有才结了婚,就和那个男人断了。这回李有才一走,那个男的又来找她了,俩人就又好上了。李月英最烦乎这事,心想:"爸呀爸,你办这个崔氏倒不错,可我嫁出去以后她要是常这么扯的话,你夹在中间不要出事儿吗?弄不好要出人命,出事儿可怎么办呢?"

又过了些日子,李有才从外面回来了。晚上,父女俩吃完饭就坐在当院唠嗑,月英说:"爹,咱家日子也过得去,您就别出去做买卖了,钱够花就得呗。我妈跟您刚结婚,您老把她扔家也不是回事,不方便的地方太多了。"

李有才也听出点话来,说自己闺女:"你这孩子净多心眼,哪有这么些事儿。"

这话就被崔氏听见了,崔氏就在心里犯嘀咕:这孩子不是话中有话吗?这个小杂种,像个狐狸精似的,什么都监视着,我对你没下手你倒对我下手了。还察看我,监视我了,好,"量小非君子,无毒不丈夫",我先治倒你再说。不把你治住,我在这个家也难待。从那儿往后,这崔氏就一直找碴。可是月英这姑娘特别精明,一直也没让崔氏找到机会。

正巧这一年月英十六岁了,身上来例假了。她第一次来例假也不明白怎么回事,一看大出血,可把她吓坏了。这旁边没别人,她只能问后妈。崔氏叫她别着急,赶紧趴下别动弹,崔氏就把月英扶到床上去,让月英盖上被好好趴着。

崔氏一想这回好了,机会到了,看我不整死你。崔氏回身到自己房里,把家里养的小花猫掐死了,把皮扒了,用布把血淋淋的小猫包上,又假惺惺地来看月英,问这儿问那儿,偷偷地把死猫塞到月英屋的柜底下了。

过了不大一会儿,李有才回来了,崔氏就到堂屋跟丈夫说:"咱们成亲两年了,你对我也挺好,所以有些话我必须得对你说。月英这孩子不错,我也特别喜欢,我就拿她当成我自己的姑娘一样对待。在咱们这堡子她是一等人才,谁都羡慕,保媒的也不少,可你非得留着留着。这俗话说'姑娘大了不可留,姑娘大了赛过贼',你留着她有啥好处呢?这到底出事了吧!"

李有才一听,说:"你这唠的什么嗑,你什么意思,怎么有事了?你说实话,到底怎么个事儿。"

"怎么回事？你看你这爹当的，你女儿干的好事你还不知道吗？你姑娘把孩子都养活在家了，你都当姥爷了。"崔氏幸灾乐祸地说。

李有才一听这话，气就不打一处来，上去就给崔氏一个嘴巴子，说："你放屁！我姑娘才不能干这事呢。"

崔氏"嗷"地一嗓子就开号，她一边捂着脸，一边拽着李有才，说："我胡说？走，咱们俩看看去。"

说着话，俩人推搡着就到了月英屋子里，崔氏一伸手把一个布包从柜子底下拽出来了，打开一看，里面血渍呼啦的一个肉团。崔氏又把月英被子揭开，白被单上蹭得全是血。

李有才一看，气得浑身直哆嗦，骂起来："月英，咱们家好歹也是书香门第，你看着也挺体面的，这堡子里的人还都羡慕呢，你怎么能做下这样的事儿？天啊，天啊，孽畜，我今天就算打死你也不能让你出去给我丢脸。"说着，举手就要搛月英。

崔氏把李有才从月英屋里拉出来，劝他说："你可千万不能打她，这一打嗷嗷直叫唤，要是街坊邻居听见了，大伙都知道了可怎么办？那咱们还在堡子里怎么待啊？"

李有才说："我干脆把她打死，就说是她得暴病死了。要不然，我就自己去死！"

崔氏说："当家的，你可千万不能死啊，你要是死了，我可怎么活啊？这么办吧，你赶紧把她送走吧，走得越远越好。"

李有才平静了好一会儿，才又进屋跟月英说："出了这事不好办，我干脆把你送你姑姑那儿去吧，过些日子你再回来。"

月英也委屈得直哭，一想：行了，我还是先躲躲吧，这节骨眼上，跟爹说啥他也不会信，等过阵子消停消停再说吧。我姑对我也挺好，我正好把后妈的事儿跟她说说，要不然，她泼我身上的这盆污水没法儿弄清。月英答应了，李有才套上车，趁着黑连夜就把月英送走了。

一走走了好长时间。月英估摸着该到姑姑家了，可是还没到，她就掀开车帘子，问她爹怎么走了这么长时间。

李有才回答说："这不是为了避开人，走小道绕远吗？"快到天黑的时候，走到河边的一片老林子里，李有才把车站下了。

李有才一把把月英从车上拽了下来,说:"你这个畜生,还惦记着去你姑姑那儿?我可不能让你去给我丢人,太不像话了。我今天非把你打死不可。"

月英一下子跪倒在地,边哭边说:"爹,你别听后妈的话,我根本没做过对不起您的事,她是在算计我呢,我妈她不正经,她怕事儿漏了就害我……"

李有才哪儿有心思听这些,就把话打断了:"你别说了,你自己闯下的祸还往人家身上赖,你怎么还越大越不懂事了呢?我真没想到,你能变得这么下作。"

月英抱着爹的大腿,说:"爹呀,你千万不能杀我,杀了我你会后悔的。"

"我要是不杀你才后悔呢。"李有才说着,从怀里抽出一把菜刀来就砍。月英抱着他不放,他一脚把月英踢地上了。月英当时就气抽了,不省人事,双手抱在一起躺地上了。

李有才把刀举起来,刚要落下去,又心软了,一想起从孩子五岁开始父女俩就相依为命,毕竟是自己的亲生骨肉,怎么忍心下手啊?可是不忍心也不行,回家没法跟老伴交代。干脆,李有才一狠心,一闭眼,就把刀抡下去了,正巧把月英的双手从手腕子上剁下来了,李有才顺手就给扔河里了,心说:闺女,你不能怨我啊,怨你自己不知好歹,我留你一条命,自生自灭吧。李有才转身赶着车就往回走了。

单说李月英,在昏迷中疼醒了,一看,自己的双手没了,顺着手腕子淌血。她就满地打滚地哭。哭完之后,心想:天啊,天啊,我犯了什么错,你对我这样,我一死拉倒吧,就要投河。可是,她转念又一想:不行,李月英啊,你这一死不就被冤枉一辈子吗?骂名千古啊!不行,不能便宜了后妈,一定要找清官大老爷告她。月英决定先活下来再说。她用树叶把手腕上的刀口包上了,又镇定了好一阵子,便顺着光亮摸进了一个堡子。

堡子东头有一家,院套挺大,一看就是一个大户人家。这家的后园子也不小,有一个大葡萄架,架子上结满了葡萄。月英这时候也饿了,她想,吃几个葡萄吧。她没有手不能摘,她就用嘴巴把能够着的葡萄都吃了,吃了不少。

天亮了,她也不敢在人家后园子久待,又跑出来好几里路,找个僻静地方趴了一天。天黑了又去这家园子吃葡萄,就这么过了四五天,侥幸没被饿死。

单说这是谁家的园子呢?是当地一个姓王的员外家的。这王员外家过得不错,在当地是小有名气的富户。老两口有三个儿子,大的、二的都娶媳妇了,就剩个老三,一直念书,打算求取功名。这三公子每天都在葡萄架西边的一间书房念书。平时这个后园子很少有人来，就是每天中午，三公子的嫂子来给他送顿饭。

这天早晨，三公子读书时渴了，去摘葡萄吃。他走到葡萄架下一看，这葡萄粒儿都特别小，那些大粒儿的葡萄都没了。三公子就犯合计了：这葡萄今天怎么这么小呢？我前两天来看还都挺大呢。他再走上前仔细一看，这葡萄秧上都有茬口，结的葡萄好像都是被咬下去的。三公子心想：可能是被什么动物偷吃了？不行，我得看看是什么玩意儿，要不然我晚上睡觉时把我咬了就完了。

这天刚一擦黑，三公子拿根棒子就在葡萄架旁边守着，他也没敢点灯。趁着月光，他就瞅见后园子里进来一个人，这人走到葡萄架下就仰头咬葡萄吃。小伙子心里一毛，以为是遇见鬼了，就大喊一声："谁？你是人是鬼？"

三公子这一嗓子，把月英吓得蹲下猫起来了。三公子壮着胆子往前迈了几步，说："别藏了，快出来，你到底是人是鬼，再不说就给你一棒子。"

月英赶忙说："别打，我是人，是一个落难女子，手被人砍掉了，我又渴又饿，实在是没办法才偷点葡萄吃。"

三公子一听是个姑娘声音，就走上前去，一看，是一个长得挺俊俏的姑娘，就是手没了。他就把月英拉起来，问她到底是怎么回事。

月英一看小伙子也是个通情达理的人，就把自己的遭遇向他讲了，边讲边哭。三公子一听，挺同情她，说："这事得找清官判判，你就这么躲躲藏藏的也不是回事。这么的，你先到我的书房吧，我还有中午我嫂子送来的吃的，你先吃吧。告状的事情从长计议。"

月英这时也顾不得男女之别了，就跟三公子到屋里了。进屋以后点上灯，三公子仔细一看，这姑娘长得确实好，比他的两个嫂子都好，而且挺文雅的，一看就是个正经的人，可就是手没有了，被人齐刷刷地从手腕的地方砍掉了，血渍还清晰可见。这没手没法吃饭，三公子说："你也别顾男女之别了，我就喂你吧。"他就拿着匙儿，一点儿一点儿喂月英吃了一顿饭。吃完饭后，三公子又问月英住在哪儿，月英说她没地方去，每天都睡在田地里。

三公子说："那你就别走了，住我这儿，把伤养好了再说，我这儿也有吃的。白天有人来你就藏在柜子里，你一边养伤还能和我做个伴，省得我寂寞。"从那时起，两人就这么住下了。白天月英就在屋里待着，等到中午嫂子来送饭时，她就藏在柜子里。

单说这家的嫂子每天给小叔子送饭，时间长了也能估摸出他的饭量。可是最近这些天，小叔子总吵吵饭不够吃。嫂子可纳闷了，心里合计，小叔子怎么突然就能吃了呢？不会出什么事吧？大嫂和二嫂就商量着说得去看看。这天，两人装着摘葡萄，就来到了后院西屋小叔子的书房外。天黑了，一点灯，两个嫂子就发现窗户上有两个人影儿。大嫂叫二嫂别出声，她自己凑过去用舌尖舔破窗户纸，往里一看，把俩人吓了一跳，屋里竟然藏了个大姑娘。两个嫂子回到自己屋里，说："怨不得小叔子最近能吃，闹了半天，屋子还有一个大姑娘。也不知道这姑娘是谁家的？她是小叔子的心上人？要真是的话，也不能自个儿就在屋里养野婆子，这事也得跟老人说！这么胡扯可不行。"两人商量以后，就先把这事儿跟婆婆说了。

老太太一听说老儿子书房里藏了个姑娘，这还了得，挂着棍儿就来了。

进到书房，看见老儿子正读书呢，老太太就假装问老儿子："王义啊，你这书看得怎么样了？今年能不能考取功名啊？"

王义放下书，扶老娘到炕上坐。这老太太也能识文断字，看看儿子功课还行，没因为姑娘荒废了学业。老太太接着说："我和你爹啊，总想给你订个媳妇，东庄老韩家的姑娘不错，哪天你看看去。你也老大不小了，也该成家了。"

三公子赶忙说："不行，妈，我不订媳妇，我还要求取功名呢，订了媳妇多费事啊。"

两位嫂子一听这话，就笑了，对小叔子说："兄弟，你不愿意定亲，莫非你有心上人了？你要是有，就直说，老人也是开明人，嫂子还能帮帮你，我们肯定成全你。"

王义一听嫂子话外有音，心想：完了，我收留姑娘的事让她们知道了，看来我不说不行了。王义"扑通"就跪地上了，把救姑娘的事一五一十地跟娘和嫂子说了，后来又说："娘，嫂子，这姑娘我看上了，我真想和她定亲。虽然她没手，我也愿意，要是你们不反对，我就娶她了。"说完话，王义就把月英从柜里叫出来了。月英从柜里出来的时候脸羞得通红，因为刚才王义说的话她都听见了。

月英捋了捋头发，扯了扯衣服，跪下来给大家行礼。两位嫂子赶忙把月英扶了起来。老太太一看这姑娘就相中了，虽然没手，但这孩子招人喜欢。老太太听月英讲了身世后，叹了一口气，说："这后妈也太狠了，真难为这孩子了。王义啊，这姑娘一看就是好孩子，今天我说的就算，这姑娘俺们老王家娶定了，但是有一点，她可没手啊，日后你如果考取功名，出息了，你还能要她吗？你别把人家孩子坑了。"

王义说："娘，你们放心，我要娶她，就是讨饭我也带着她。"

这时候月英说话了："大哥，你们全家的好意我心领了，我绝对不能嫁给你，因为我是没有手的废人。像你们这样的大户人家，订媳妇还不容易，说啥也不能订我这个废人啊！你们为了可怜我，给我点吃的我就感恩不尽了，别的我从来就没奢望过，我绝对不会连累你的。我不能耽误你的一生，要是你考中功名了，让人知道你有个残废媳妇，还不得把大牙笑掉啊。"

三公子说："你别担心，我绝对不是那样的人，就算我考上之后，也能像现在这样照顾你。"

两位嫂子也帮忙劝说："你是不知道，老王家是本分人家，我们小叔子说要娶你，你就不用担心了，你放心，定亲的事就包在我们身上了。"就这样，这门亲事就订下了。

大家伙一商量也别大办了，一张罗堡子里的人都知道老王家娶了个没手的媳妇也不太好，月英和王义就在灶王爷面前拜了天地，两人就做了夫妻。

婚后两人感情很好，女的尊敬男的，男的也爱护女的。因为月英没手，王家人处处照顾她。家里嫂子们对她也好，有什么活都不让月英干。老太太也心疼月英，盼着月英能早点给她生个大胖孙子。

第二年的开春，王义要上京赶考了，他想提前动身，就对媳妇说："我走以后，你安下心来等我，我考上考不上都先来信，你千万别着急！你快生孩子了，要注意身体，有什么事就招呼我嫂子，千万别不好意思，你这体格生个孩子不容易，千万当心。"

月英说："不论考上考不上，你一定要赶快回来啊！你这一走就是一年多，等你回来，估计孩子都会管你叫爹了，你先给孩子起个名吧。"

王义说："行，要是生个女孩你自己起名字，生了男孩就叫金宝吧。"说完之后，月英就把王义送走了。

王公子走后不到两个月，月英就生了，生了个大白胖小子，全家上下可高兴了。老太太对月英说："你好好把孩子养大，别的什么也不用你管，这孩子大了就是你的帮手，老天爷有眼，可怜好人，让你生了个大胖小子。"

自从生了儿子以后，王家人对月英就更好了，孩子办满月酒的时候，王员外宴请了堡子里的所有乡亲，乡亲们也都来给王员外道喜。

一晃又过了不到一年，王公子果然考中了。这一天全家人起来正准备吃早饭，就听有人进来报喜说："我是来报喜的，你家王公子中了头名状元，被皇上钦点为八府巡按，现在正在南边巡省呢，估计得三年以后回家。"

这可把大家高兴坏了，王员外忙把报喜衙役迎进家，招待他吃顿饭，又给了不少喜钱，然后给送走了。老头儿又拿出儿子捎来的家书给全家人念，念了一半，老头儿停下了，"啪"的一下把信摔地上了，气得大骂："这个畜生，我们王家是做下孽了。"说完一头栽炕上不吱声了。大嫂二嫂过来把信捡起来，看了后一半，看完之后两位嫂子也没声了。

月英接过信，一看傻了眼，原来王义在信上说，要家里人把月英赶走，说自己在京城已经定下亲了，是宰相的女儿。这样的话，日后借老丈人的光还能升官晋爵。另外，家里的媳妇在官场上根本带不出去，没有手，是个废人，没法抛头露面，太寒碜了。王义最后还说，要家里人赶快把月英和孩子撵走，不然，要是让宰相的女儿知道自己是停妻再娶的话，可是掉头之罪呀！所以务必尽快把月英撵走。

这封信看完，好家伙，王员外一家可就乱了套。老太太气得直骂儿子，对月英说："月英，你别走，他回来不让他看见你就是了，你一个人带这个孩子还能往哪儿去啊？再说了，这里就是你的家，只要俺们老两口子在这院里住一天，你就安心在这儿住。"

老头儿也一翻身坐起来了，说："管他什么宰相女儿，就是皇帝女儿我也不要。月英，你就是我儿媳妇，谁说啥也不好使。"

月英擦了擦脸上的眼泪，说："不行，我一定得走，你们想想，要是让宰相女儿知道了王义有媳妇，那咱全家就都活不成了，我不就更成罪人了嘛！当初王义娶我是可怜我，现在他考中功名后不要我了，我也不恨他。要不是他，我也活不到现在，更不可能有孩子了。你们一家都是好人，我不能连累你们，你们成全我吧，让我带孩子走，走哪儿算哪儿，老天爷饿不死瞎眼家雀儿，你们大伙放心吧，我指定把孩子拉扯大。"

大家一看怎么劝也留不住，没办法，就给月英拿了些钱，又烙了几张饼带着路上吃。老两口不忍心看她出门，就都趴在炕上哭。

月英背着孩子出了门，娘俩也没什么奔头，就赶着走，到哪儿算哪儿。天黑的时候，月英背着儿子实在走不动了，就来到一棵大树下，想歇歇脚。她刚把孩子放下，想坐下歇一会儿,就发现这个地方有点眼熟。她借着月光一看,原来她转悠到当年被她爹剁手抛弃的地方了。一看这地方,月英的心难受起来,就坐在地上"呜呜"地哭了起来,她是越哭越伤心,就想死了得了。可是,月英又一想:我一死,孩子没了娘孤苦伶仃的,不就和我当年一样了吗?可是要是不死,孩子跟着我也是遭罪,干脆我们母子同归于尽吧。

想到这儿,月英就背起孩子往河里跳。一跳进河,才知道这河水不太深,根本淹不死人。在水里,月英就觉得有东西咬自己手腕子,她一疼,就站起来甩甩手,哎呀,奇迹出现了,哪儿有什么东西咬手啊?原来是她的手腕子上又长出来两只新手了!

月英看着自己的手,又看了看背上的儿子,心想:"老天啊,你可真是可怜我,先前给我一个儿子,现在又还给我一双手。就冲着你对我的恩情,我也不能死了。我指定把我的儿子拉扯大,报答您的大恩大德。"月英又上岸了,给老天爷磕了两个头,背着孩子走了。

人有了奔头走路也快。这娘俩一夜走了好几十里路,天亮的时候,走进了一个小堡子。月英走了一夜,又饿又渴,看见前面道边儿有一家旅店,她就背着孩子进了店,想找碗饭吃,找口水喝。

这家旅店是一对老两口子开的,老两口一看这娘俩饿坏了,就把早上吃剩的饭菜热了热,给月英娘俩吃了。吃完饭后,老两口就问月英从哪里来的,月英就把自己的经历跟老两口讲了一遍。

老两口听完了,说:"姑娘,看来你是好人,要不然掉了的手怎么又长上了?这事咱们都没听说过。这么的,你看这店里正缺人,俺们也忙不过来,你要是没什么地方去,就别走了,在这儿帮帮俺们,俺两口子没儿没女,你要不嫌弃,从今天开始,你就把俺两口子当成你的爹娘,你看咋样?再说了,你在我这儿也好有口饭吃,把你的儿子养大。说不定哪天你男人回心转意了找你来呢,你就先在我这儿吧。"

月英说:"我这可是出门遇贵人啊,我遇到的净是好人啊,这是我上辈子修来的福分。从今天开始,你二老就是我的爹娘,我往后指定好好孝敬二老。"这可把老两口乐坏了,一下子就得了一个姑娘和一个大外孙子。月英就在这店里住下了。月英带着孩子在这家店里过了好一阵子的消停日子,娘俩也习惯了这种生活。

要不就说"无巧不成书"呢!这一天,正赶上新上任的八府巡按路过此地,要在月英落脚的这家店里打尖[1]。老两口子一看来的客人是一个大官，也不敢怠慢，赶紧忙前忙后地端茶倒水，月英也在厨房里忙着给这些官爷做饭。

再说金宝，这孩子生下来就认生，谁也不跟，就跟他妈。谁要是碰一下他，那就嗷嗷地号。这天，月英忙着给这些官爷做饭，也没顾得上照看金宝，这孩子钻来钻去就钻上屋去了。八府巡按正和手下的在上屋休息呢，一看进来一个小男孩儿，有三四岁，长得虎头虎脑的，特别招人稀罕，就让人把他抱过来。谁知道，这帮手下的人刚一抱金宝，这孩子就"哇哇"地哭起来了。巡按大人赶忙接过孩子，抱在怀里。这孩子一下子就不哭了，躺在巡按怀里哏儿哏儿直乐。

巡按大人觉得挺奇怪的，就逗弄这孩子，问他叫什么名，小孩说叫金宝；巡按大人又问他姓什么，回答说姓王。巡按大人这时有点愣住了，心想：几年前我上京赶考时，临走给我的儿子取的名字就叫王金宝，这不会是我的儿子吧？不会啊，我媳妇也不能在这儿待着啊，她不在家呢吗？

巡按大人就又问："你妈叫什么名你知道吗？"

孩子说："我妈叫月英，李月英。"巡按大人愣住了，把小孩放下来，孩子一下子跑了。

这工夫，正巧月英进屋给他们倒水，巡按大人一看，这女人长得太像自己媳妇了，不过自己媳妇没有手，这人有手。巡按大人就合计：这是怎么回事呢？这是不是我妻子呢？不管怎么的，一定得问清楚。

巡按大人就把月英叫到跟前儿，月英跪下磕头行礼，也不敢抬头。

巡按大人问："你叫什么名字？"

回答说："李月英。"

巡按大人又问："你家什么地方的？"

回答说："李家集。"

"你丈夫叫什么名？"巡按大人站了起来。

月英说："我丈夫姓王叫王义，他是念书人，进京赶考至今也没有音信。"

巡按大人走上前说："月英，你抬头看看，我就是王义，你丈夫王义，你丈夫回来了。"

---

[1] 打尖：吃饭、休息。

月英抬头看了看，说："大人，我丈夫没回来，我不认识你。"

巡按大人急了，说："月英，你怎么说不认识我呢？"

月英说："你考中功名之后，不是写信回来说要把我休出家门吗？你已经跟宰相女儿结婚了，我不恨你，因为你当初救我一命。我为了你，为了你的家人着想，就背着孩子走了。你现在又何苦来这一套呢？"

王义又问："那你的手是怎么回事呢？"

月英说："老天没有绝人之路，我本来想投河自尽，就在我手被砍掉的地方投的河。没承想，人没死成，在河里手又长出来了。就这样，我就不死了，走到这儿认了干爹干妈，他们待我挺好，我就留下了。"

王义一听，说："不对，我没写过你说的休书，我信上写的是让家里人好好待你，把孩子带好，没说不要你。不信我有东西给你看。"王义就吩咐手下人把凤冠霞帔拿出来，还有圣旨，圣旨上面钦定李月英为一品夫人。王义说："你看看，圣旨和凤冠霞帔还能有假吗？我要是娶了宰相女儿，还能把这些东西给你带回来吗？"

李月英一看，真是这么回事儿，也不能再埋怨男人了，这才跪地接了圣旨，把凤冠霞帔也穿上了。夫妻两人在这儿团圆了，高兴了一宿。

第二天，王义和月英带着孩子要走了，月英请两位老人一起回去，老两口子不愿意走。王义和月英给老人留下二百两银子，就上路回家了。

两人这回回家可像样了。王义坐着八抬大轿，月英抱着孩子坐着四人小轿，又有开路的，又有随从，可是气派了。一进堡子，王义就让人通报，说王大人和夫人回家探亲了。

老王头儿一听说儿子回来了，赶忙吩咐家里人把大门插上了，他以为儿子是停妻再娶，把宰相女儿接家来了。他还气得告诉家里人，谁也不许给开门。

王义站在门口叫了半天门，也没叫开，月英一看，就下了轿帮着丈夫一起叫门。月英一边敲门一边喊："爹呀，把门开开吧，我是你儿媳妇月英，我把孙子给你抱回来了。"

大家一听，都犯糊涂了，这是怎么回事儿？月英不是离家出走了吗？怎么又抱着孩子回来了？家里人赶忙把门打开，一看，还真是月英。这才把大队人马迎进屋里来。

王义和月英进屋拜见过父母哥嫂后，就把事情的前后经过跟大家讲了。不过，全家人有一点还是不明白，王公子捎回家的那封休书到底是怎么回事？到底是谁写的呢？大伙儿都说这事可得弄清楚。王义就把当初上家报喜送信的那个人找来了，问他当初送信的时候都在哪儿住过？是不是捎的信被人调包了？送信人说，他就在李家集他舅妈家住了一晚上，还喝醉了。

王义叫人把送信人的舅妈两口子都传到公堂上，月英一看，这女的不是别人，正是她的后妈！再一审问，崔氏承认了是自己捣的鬼。就把她怎么陷害月英的事都招了。原来，崔氏从送信的侄子嘴里得知月英不但没死，还嫁到了一个员外家，这回男人又考中了状元，心里是又气又恨。她就把侄子用酒灌醉，把王公子报喜的家信偷出来，换成了休书，是想再害月英一把。

王义一听，这个崔氏太不像话了，两次三番地害人，这种人留在世上也是害人的货！就说："把她押下去，斩了！"这就把崔氏给斩了。

接下来，王义又审问李有才。李有才已经认出来上边坐着的一品夫人正是自己的姑娘月英。他听崔氏招的供，知道自己当年冤枉了闺女，肠子都悔青了。不过，他见崔氏让人给斩了，也吓颓了。

月英走到堂下，跪在地上，说："大人，按理说这李有才也该被处理，可他是我的亲爹呀！他从小把我拉扯大不容易，又是受人欺骗，气糊涂了才犯下的罪，希望大人开恩，您就饶了他吧！"李有才一听这话，心里又羞又愧，这个啊，就哭起来了。

王义说："夫人说得有道理。李有才，看在你姑娘的情面上，本官就饶了你。"就把李有才放了。

事情真相大白以后，王老员外大摆宴席，把亲戚朋友都请来了。在宴席上，他跟大伙儿说："这才是善有善报，恶有恶报。我这儿媳妇虽说吃了不少的苦，可最后还是得好报了。为人还得做善事啊！"

这件事过去不久，月英就带着儿子陪夫君去京城上任了，整个事情也落了个圆满的结局。

三个瞎姑娘

从前，有这么一个老王头儿，家里过得不错，挺有钱的。他老伴死了，都说老年丧妻是最伤心的事，因此他又娶了个后老伴崔氏。

老王头儿先头儿的老伴扔下了仨姑娘，大的有十八九岁了，二的十六七岁了，小的也都十五六岁了，长得都挺好看的，可都是双目失明的瞎子，什么活儿也干不了。亲妈活着的时候总说自己没积德，生了三个瞎姑娘，可是对她们总还是好的。这后妈崔氏就不行了。她原来是个寡妇，嫁到老王家之后，一点也看不上这仨姑娘，对她们也不好，吃没好吃，喝没好喝的，还处处嫌弃，心里老想：我来你们家，伺候老头儿子不说，还得伺候仨拖油瓶子。

时间长了，她就天天在老王头儿耳朵边上吹枕头风："我说孩子他爹，家里虽然现在有些土地，过得还算不错，可自从我到了你们家，一天到晚伺候完老的，伺候小的，啥时候是个头儿啊？姑娘都老大不小的了，什么活儿也干不了。我可告诉你啊，以后就叫你姑娘伺候你吧，我可不想成天在这累死累活的。你呀，打发我走得了！要不然啊，你就打发你姑娘走！"

老王头儿也舍不得啊，说："姑娘是都不小了，可都是瞎子，给谁也不能要啊！她们自己也不能干啥，不在家怎么办啊？"

"把她们送走得了，不行就扔了吧。再说，还兴许谁捡着了领回家当媳妇了呢。反正是有她们没我，有我就没她们！你张罗着办吧！"这枕头风吹起来更硬啊，崔氏一边说还一边哭天抹泪的。老王头儿成天价叫媳妇这么作，也招架不住了，一寻思姑娘在家也早晚不能得好，就叹口气说："咳，行啊。我据对把她们送走吧。"

这一天，早晨起来梳洗完毕之后，老王头儿就对三个姑娘说："孩子们啊，你们这些年都没去过姥娘家，你们妈死了也没法领你们去，今天就送你们去姥娘家串个门吧。"

三个姑娘一听说去姥娘家还挺乐呵的，说："我们还没看见过姥娘长得什么样儿呢？那就去吧！"老王头儿把车套好了，三个姑娘就上车了。老王头儿就把车赶出了家门。

从早上走到晚上，一直走出了好远，老王头儿也没什么目的，就是把车一直往远赶,反正是越远越好啊。这时候,姑娘问:"爹呀,这怎么还没到地方啊?我姥娘家还有多远啊?"

老头儿就答应着:"快了,就要到了。"说完还是往前赶。

天黑的时候,正好赶到了一座大山根儿底下,这山挺老高的,看着是很少有人来往。老王头儿把车赶到一个山沟里站下了,回头对姑娘们说:"这回可到了,到你姥娘家大门口了。你们先下来站在这儿等着,我先到屋,一会儿和你们舅舅舅妈出来接你们。"

"唉。"三个姑娘答应着,都顺着车沿儿一个一个爬下来了,站在原地等着。老王头儿呢,偷偷把车划拉过来,看着姑娘们挤在一起很可怜,可是又害怕老婆跟他闹,终于一跺脚儿走了。他一边走,一边掉眼泪,心里说:"孩子们,爹对不起你们啊。"他也是没办法啊,就赶着车回家了。

过了一会儿,仨姑娘听着车轱辘儿动静越走越远,就纳闷了。可是她们也看不见车往哪走了呀,心里害怕了,就大声喊爹,也没有人搭理她们。她们左等右等也不见爹回应,这才明白过来,爹是不能回来了,这是狠心的爹把她们给扔了。姑娘们一看自己亲爹都不要她们了,真是伤透了心了,在山沟里就哭开了,越哭越邪乎,足足哭了大半天。

大姑娘二十来岁了,都懂事了,坐起身来往两边摸了摸,知道这是山里,就对两个妹妹说:"咱们别哭了,现在是在山里头啊,就往前摸着走吧,往山上爬也行,啥时候叫狼吃了咱们就算完事,咱们就听天由命吧。"

于是,她们三个就一边哭,一边往山上爬去。爬到半夜时,就听旁边有个老头儿说话:"三个姑娘啊,大半夜的,你们怎么跑到这山上来了?什么事哭得这么伤心啊?"

姑娘们一听,就问:"您是谁呀?"

"我是一个走道儿的。你们这是怎么啦?"

姑娘们悲从中来:"您别提了,是这么回事啊。"她们就把自己的身世讲给这老头儿听。"我们的命实在是太苦了,您老能不能救救我们啊?"

老头儿一听也哭了:"你们还是自己想办法吧。我是个瘫巴,走不了路,也是叫家里人挤兑出来的。到在这山里头,是能看见,可走不了啊,身上现在干粮一点儿没有,帮不了你们啊。"

"哎呀，您老多大岁数了？"

"我今年都七八十岁了。"三个姑娘一听，觉得这老头儿比自己还可怜呢。

"姑娘啊，我帮不了你们，还得累赘你们，我现在渴得要命啊，这山下边就有水，你们能不能爬下去给我弄点水喝？我这腿动弹不了啊。"

"行啊，可是我们瞅不着啊。"

"你们三个手拉手往下爬吧，底下就是水了。"老头儿越说气儿越短。

三个姑娘心想：咱们虽然看不见，可咱们还年轻啊，他都这么大岁数了，还渴成这样儿了，就给他弄点水喝吧。

她们就答应了，拿着老头儿的碗，手拉手往下爬。刚爬了几步，老大一下子脚踩空，栽了下去，紧跟着，三个人就连拉带扯地都掉进一个大窟窿里，扑扑棱棱一直往下滑。正往下面滑着，就听见脚下有水流的声音，还真有水啊！这时候，大姐就觉着身子猛一悬空，"扑通"一声掉进水里了，两个妹妹也跟着掉进了水里。

老大急得使劲一挺脑袋，钻出了水面，伸手去抹脸上的水，这一抹不要紧，眼睛能看清楚了！她赶紧喊她妹妹："哎呀，妹妹，我怎么能瞅见了呢！"她抬头一看："这是满天的星星啊，我真能看见啦！"两个妹妹也从水里出来了，也都能看见了，说："这水可是宝贝啊，我们的眼睛是这水给洗好的呀！"把这姐仨高兴得不知道怎么好了，半天才想起来那老头儿："说话那老大爷还渴着呢，咱们赶快给他弄点水回去吧。"

三个姑娘用碗盛了水，爬上山一看，老头儿不见了。三个姑娘一合计：看来是神仙救了咱们，咱们命不该绝啊。她们连忙跪在地上冲天磕头，心里默默地感谢神灵，求神灵保佑。

天亮了，姐妹三个走到山上一瞅，满山都是果树啊！正赶上是夏天，杏啊、李子、桃儿结得到处都是，这回可饿不死了。她们仨合计了一下，就在这山上住吧，果树这么多，再种点地，也能生活了。这三个姑娘就开始自己开荒种地，取木盖房，过起日子来了。

过了二三年工夫，姐妹三人越来越能干，日子也越过越好了。她们觉着不能姐妹几个就这样过日子啊，得找个伴儿才行。于是决定坐堂招婿，选了三个合适的小伙子，各自组成了家庭。这以后又新盖房子，又增添人口的，姐妹三人就给自己安家的地方起了个名字，叫"三女庄"。

一晃又是七八年过去了，姐妹三人过得更好了，种的地也多了，还养了不少牲畜，家里外头样样都挺好的。

这天，正晌午，就看山下边来了两个要饭的，一个老头儿，一个老太太，跌跌撞撞地往山上走。走到庄子前边就走不动了，他们是饿得动弹不了啦，趴在地上就喊："快救命啊，俺们饿得不像样了！"

老大就听见了，心说：这老头儿老太太怎么饿成这样了？到身边一看：哎呀，这不是我爹吗？那个不是后妈吗？老二也出来了，一看是自己的爹和后妈，就赶紧把他们扶起来，搀到屋里去了。

进屋之后，老三一看挺生气，她还怨恨着后妈，不愿意让她到山上来。老大就说："先在这待着吧，人都给弄上来了。"说完赶紧做饭给老头儿老太太吃，这才把他们将养过来了。

热汤热饭下肚，老头儿老太太精神了，可他们俩都不认识这三个姑娘了，老头儿就问："你们都是谁啊？"

老大就哭了："您好好儿看看啊，我们不就是你那三个瞎姑娘吗？你们真不认识啦？"

老头儿一看真是自己女儿啊，也大哭起来："我这辈子是对不起你们啊！可惜啊，不该为了这个老婆子把你们扔在山上。现在你们都过好了，我也没脸再活着了。"老头儿就哭开了，三个姑娘想起当年也都伤心啊，哭的是一团乱。

大伙儿哭了半天才都慢慢止住了。这时候，再一看老太太没了，人们就都出去找。到后山一看，老太太已经在树上吊死了。老太太当初太不容人，现在自己没脸活了。

大伙儿一看老太太已经吊死了，也就原谅了自己的父亲。三个姑娘和三个姑爷把老王头儿将养起来，一大家人在一块过上了团圆的日子。

月老配婚

过去都说婚姻是由月下老人给牵红线配对的。谁要是没媳妇的话，人家就说是月下老人没给他牵红线。

有这么一个姓王的小伙儿，叫王二。王二是个穷人，每天上山打柴，打完柴火卖点钱对付着过生活。王二不但家穷，命也挺苦，没爹没妈的，爹妈死得早。

这一天，王二在南山坡上打柴，看见一个白胡子老头儿。这老头儿有六十来岁，一个人在那儿搬弄石头，一个一个地搬，这么倒腾，那么倒腾。王二就凑到跟前，说："老爷子，搬石头干啥玩意儿呢？是不是要砌猪圈？"王二这人心眼挺好，他那意思是想帮老头儿倒腾倒腾。可他再一看，有点不对劲，老头儿搬弄的石头都是大的小的一对儿一对儿摆在一起的，在山坡上摆了不少对儿了。王二就问："你老摆弄这石头有啥说道吧？"

老头儿说："你说对了，我是月下老人，专给人家配婚姻的，这些石头就是男的和女的，谁和谁做夫妻就摆一对儿。"

王二一听，说："还有这事儿呢？"

老头儿说："那可不，谁和谁配一对儿都是前生注定了的。"

王二赶紧说："那你老给我看看，我能不能订着媳妇？"

老头儿说："行，我给你找找吧。"老头儿找了一会儿，说："嗯，找着了，在这儿搁着呢。"

王二纳闷，这么快就找着了？他一看，这一对儿石头，一个大、一个小，小的石头特别小。他想，这俩石头摆得也不般配呀？是我的吗？老头儿看出来了，说："你叫王二吧？"王二点点头。老头儿说："那就对了，你媳妇还在摇车里悠着呢！也就不到一岁大。"

王二急了，说："哎呀，这不扯起来了，不可能吧。"

老头儿见他不信，就说："我告诉你吧，你媳妇在哪儿。离这儿不远的东边，也就十五里地，有个李家庄，村里东头第二家，有个不满周岁的小丫头，名叫李英。你信不信，将来你的媳妇就是她，别人你想订也订不上。"

王二一听可真憋气，弄了半天是这么回事。他还想多问问，再一看，老头儿没有了，走了。王二心里合计：哎呀，这是神仙点化我来了，不行，我得去看看是真是假。他就往东边找去了，一打听，还真有个李家庄，到李家庄一瞅，东头第二家有两间小房，到院儿里一看，院儿里头没人。正是春天的时候，这家大人都去种菜园子了，屋里空空的，就有一个小孩儿在摇车里晃悠着呢。王二扒窗户一瞅，摇车里真就是个小丫头。王二看着这个憋气呀,心里寻思:你才这么大点儿,得啥时候能长大呀,我要和你配婚的话,那得等到四十岁往后才能结婚!他越寻思越憋气,一想:我还不如干脆把她打死算了。他就在外面捡了块石头,顺着窗户就撒进去了。他撒得也准,石头正好打在孩子额角上头,眼看着额角出血了,这孩子就哇哇地哭。王二一看慌了,这要出人命呀,扯腿就蹽了,也没敢回家,就蹽到关外一个挺远的地方,离他家有好几百里外的一个城镇,在那儿混起日子来了。

王二这小伙儿挺能干,干了几年就攒下两个钱儿,就地开了个买卖,雇了几个人,这买卖是越干越好。可他就是没订下个媳妇儿,高不成低不就的,一晃就到了三十八九岁了。

这一天,正赶上有几个伙计在前院歇着,来了个讨饭的,一个老太太领一个姑娘。老太太说她们是灾民,家在山东,那地方发大水,涝得可邪乎了,家里实在活不下去了,就领着姑娘要饭要到关外了,问王二家有没有剩饭讨一口。几个伙计说有饭,就把家里剩的饭菜都端出来了,这娘俩狼吞虎咽地把饭菜都吃了,吃得挺好,挺乐呵。吃完了,几个伙计问:"那你们打算往哪儿去呢?"

老太太说:"无家可归,往哪儿去呀,就赶着要着吃呗。"

伙计说:"那你们何必还走呢?你这姑娘眼瞅也十七八岁了吧?"老太太点点头。伙计说:"那你就给姑娘找个人家得了呗,不就落下脚了。"

老太太说:"哪儿有相当的人家啊?我也信不着人家。再说当地小伙儿要是不错的,都找差不离儿的,能看上我闺女吗?"

大伙儿一看,这姑娘长得确实不错,就说:"这么办吧,你要是真的不心高,俺们掌柜的还没媳妇儿呢,今年已经三十多岁了,和你闺女差十七八岁。虽说岁数差点,可有一宗,俺们掌柜的人家可好了,你看俺们的买卖都是人家的。"

老太太说:"那行呀,问问人家能愿意吗?"

伙计们赶忙去问,王二一听这事,心里合计:岁数也算相当,反正自己也没订上媳妇,去看看也行。到那儿一看,姑娘虽然没穿啥像样衣服,长相确实不错。王二心想,我也就这命了,顾不得她比我小这些岁数,订就订下吧,再拖下去自己岁数更大了,就把婚事订妥了,紧跟着两人就结婚了。

王二好歹也是个掌柜的,结婚当然少不了排场一下,这就不用说了。亲朋好友来的人挺多,吃喝玩乐了一天,人客都散去了,一对儿新人就入洞房了。

婚后头两天，王二没理会。到第三天的工夫，姑娘梳头，一边梳头一边收拾自己，打扮得挺俊。王二在一旁看着，说："你确实长得挺好看，我也没想到能娶你这么俊个媳妇。"

姑娘说："这也是该然的事儿，俺们离那么远，我千途万里地找到你这儿来，要不是家里遭灾能找到你这儿来吗？"

王二说："咱俩还真是有缘分。哎呀？你额角怎么有个疤呢？"

姑娘说："别提了，一提这疤我就气不打一处来。听我妈说，我七八个月的时候，在摇车里悠着，也不知道谁家小孩儿淘气，撇个石头把我额角打破了。"

王二听了一愣，马上问："你家是不是在山东李家庄住啊？"

姑娘说："对呀，是在李家庄，你咋知道的？"

王二又问："你家是东头第二家？"

姑娘说："对呀。"

王二听了，心说：哎呀，天哪天哪！怪不得月老说我早晚得娶她，看起来真是那么回事。事到如今，王二只能叹口气，说："当初就是我把你打的。"然后，他就把自己怎么赌气，怎么撇石头，怎么逃跑，后来怎么发的财全对姑娘讲了一遍，说："看来咱俩还真是有缘哪。"

姑娘说："你这人可真坏。不过不管咋的，看来咱俩是天定的姻缘，是棒打不散了，我走到哪儿看来都得嫁给你。"

这不，这两人到底配了夫妻。

不见棺材不掉泪

普通人常说"不见棺材不掉泪，不见黄河不死心"嘛！这其实就是一个小故事。

很早以前，有这么一个黄老员外，家过得有钱，有一个姑娘叫黄河，姑娘长得也好，每天在后花园的绣楼里待着，描龙刺凤，绣花。她天天一个人挺闷屈，有个丫鬟伺候她，为她买这买那的。

这天，这丫鬟去买东西，回来走到后山旁听见有个小伙子在唱。这小伙子是个在山上放牛的牛倌，叫棺材。一边儿放牛一边儿唱，唱得好，丫鬟寻思：这家伙唱得也太好了！她回去就和黄河叨咕说："小姐，今儿我看得出奇了，有一个牛倌唱得太好听了，就是真正的唱家也不及他唱得好。"

"能有那么好听吗？"

"你不信？你听完就知道了。"

"你这么办，你看看是不是哪天让他来唱唱，我听听。"

"那好吧。"丫鬟就又去买东西了。正赶上放牛的没事儿在那儿唱上了，丫鬟就说："这位小哥，你唱得太好了！"

"我就是随便唱着玩呢。"

"你能不能跟我走一趟，我们家小姐愿意听唱，能不能让她听一段？"

"可以呀，我在山上唱，不进你院！"他在后山外边儿就唱上了。他唱得好，那门儿中听啊！这黄河一听，心寻思：这确实好！怨不得丫鬟说他唱得好。从此他搁那天天儿唱，她就天天儿听。

后来有一次听完唱，黄河说："我见他一面，看看他究竟是怎么样的人？"这俩人就到后山花园外边儿见面，俩人那真是一见钟情。她一看小伙儿长得好，哪儿都好，就是家穷点儿。黄河说："你穷不要紧，我家不穷。我愿意听你唱一辈子，我不离开你。"俩人就私订终身了，愿意定婚。这许愿之后他就天天唱。

黄河家父母知道了，爹妈说："那不行，哪能给他？那棺材家最穷，就一个人，爹妈都死了，从小依靠姑丈拉扯大的，就这么一个人放牛，他有什么给头！"说啥也不给，就这么憋着。

这一憋憋的日子长了，棺材也见不着黄河了。黄河在家待着暗暗地哭，棺材也哭。最后棺材有病了，病得还挺重，心里想着黄河，寻思是不是还能和黄河见一面？后来一看见不着，他就去找丫鬟，走到山旁和丫鬟一说，丫鬟说："你呀再也见不着我们家姑娘了，她不能见你！因为什么呢，她是千金小姐，她那天见你一面，回去爹妈就不让她出屋了。"

"那我就完了！你告诉她吧，我说话间就不行了，叫她另配他人吧，我不能等她了。"棺材回去之后就病死了，家人在北山坡埋了一个孤坟。

黄河闷在家里每天心里老是想他。

这天，来了两个买货的南蛮子，走到北山坡，到那儿一看，觉得这个坟茔出奇，就和当地的人说："你们这个坟茔是谁的？"

棺材家里也没别人，就一个姐姐，他姐姐就说："这是我兄弟的。"

"你能不能把坟卖给我们，我要买他这个心。"

"还心呢，他小的时候会唱，现在死了有啥！"

"不，我要买他这心。"

"好吧！"

南蛮子给了她几十两银子，心买到手了。他们把坟挖开之后，一看这心崭新，通红！他们把这心扒拉出来了，扒拉出来这心就唱！南蛮子看明白了，知道这心会唱，把这心买完之后就搁大亮匣子一装，到哪儿就和棺材唱得一点儿不差，门儿中听啊！他们就天天儿拿着匣子挣钱，到哪个场所就唱一段，那唱得好听，叫唱就唱。

这事一传传得远了，就传到黄河耳朵里去了。丫鬟就和她说："可出奇透了，刚才有一个人说棺材死了以后心没死，还想你呢，他唱的段儿完全是想你的段啊！"

黄河说："是吗？"

"他现在叫人家南蛮子买去了以后，天天儿到哪儿就唱，那心没死。"

"我是不是哪天能看看他呢！这么办，你叫南蛮子来，我一个人花钱雇。"

丫鬟去和南蛮子一说："俺们家姑娘愿意听一听。"

"那好吧，多少钱听一段。"

"好吧，来吧！"他们就拿来了。

黄河到那儿一看，这心崭新哪，在那儿正唱呢，黄河越听越爱听，到哪儿都用手抱着听，心就想棺材了：咱俩没做成男女就怨我爹妈太横了。接着就哭了，这眼泪就掉在心上了。一掉在心上，这心"嘣"一下就不唱了，当时就干巴了。

南蛮子一看，说："哎呀，完了！我这个宝物，你给我破了。"

她说："我叫黄河！"

他说："对了！话说得好嘛，'不见棺材不掉泪'。"

这黄河多少年就没哭过，今儿看见棺材，她俩原来有爱情，所以她就哭。那眼泪也不是一般眼泪，掉下之后把心给点死了。这棺材见着黄河心才死，要不说"不到黄河不死心"，就是这么死的心。

后来黄河也死了，棺材家和娘家一说："这么办吧，给他俩并骨吧！"活着没并骨，死了把这心和黄河俩人就并骨了，修了个棺材和黄河的大坟，让他俩团圆了。

"不见棺材不掉泪,不到黄河不死心",就是说这人太犟了,不到顶数不行!黄河见到棺材才掉泪,她多少年没哭过,所以她今儿看见他真是伤心得邪乎了,因为他俩原来有份感情,她这眼泪一掉上之后,他心也死了,她也完了。所以这棺材的心是活心,非得黄河的眼泪才能点上,从那以后就留下了"不见棺材不掉泪,不到黄河不死心"的俗话。

千手千眼佛

有这么一个国王,这国王有三个女儿,这大女儿、二女儿和三女儿长得都不错。这国王一心就想选几个好驸马,大概选的都是当官的,或者家过得不错的。一选当中,大的和二的选完了,到三的时候,三女儿快二十岁了,就告诉爸爸,说:"爸爸,你不用为我操心了,我不愿意选。"

国王说:"那你干啥呢?"

三女儿说:"我愿意出家。"

国王说:"那不扯呢!出什么家?咱们这个家是皇宫,到哪也是吃香的、喝辣的,在这儿你一辈子享受。你不愿意当公主,你愿意礼佛去?天天三更半夜地敲木鱼子,天天受那罪呀!"

三女儿说:"不行,我愿意出家,只为图个清静。"

国王说:"好,那你出家,图清静吧!让你看看清静不清静。"国王就回去了。

正好有个姑子庵,三女儿顺着到那姑子庵去了。到尼姑庵了,尼姑们一看,三皇姑出家,那姑子庵哪有那待遇!皇上都御赐她们。那老姑子一看:"这么办吧,咱千万注意,人家是皇帝的姑娘,今儿出家了,说不定哪天不高兴就回去了,回去之后,还是那个皇姑。"所以大伙儿对她都好。这个人爱念经就念,不爱念拉倒,活儿一点不让她做,她在这儿待着,没事儿看看书,也挺清闲的。

一待待了一年上下,皇上就待不下去了,姑子回来告诉她:"皇帝让你回去呢!你别在这儿待了,皇上求你找驸马,你别在这儿扯,扯啥呀?"

她说:"不,你告诉我爹,我不能回去,在这儿比家都轻巧,可自在了,活儿也不干,啥事儿没有,我可清闲了。"

她爹一听,这孩子野!好!当时皇上就来气了,告诉这老姑子,说:"你给她罪受,叫她干活儿,搁那儿待着吧!我不见她。"

这老姑子一看,皇上下命令了,就这样吧!搁那以后天天让她干活儿,什么活儿都让她干,念完经让她扫地,埋汰活儿也让她做,什么都干。从那以后她这可受罪了,但她多咱也不叫苦,自己还那么干呢!还挺好的。一干干有一年上下,也不说回去,累也不说,别人不干活儿,都让她干。

单表皇帝,最后就有病了,病了就开始想这个孩子。他总觉得自己对不住她,孩子在那旮受罪,是因为他下的命令,所以他就想召三女儿回来。

正好一个老道来这儿化缘。他把这事儿跟老道一说,老道说:"这么办,我跟你说吧,你这病不是一个眼睛坏了,一个手不能动弹了吗?你这病谁也不能治,就你女儿能治,你把她找来,准能治好。她不回来,你的病谁也治不了。"

皇上说:"好吧!"

就给她捎信去了,让她回来,说她爹有病了。这个三公主就回来了,到这儿一看,她爹真有病了,眼睛看不见,一点儿也瞅不着,完全瞎了;手根本动弹不了,瘫巴了。她一来,她爹拽着女儿手就哭了,说:"我这辈子,因为你不听我说的,让你受点儿罪了,对不住你呀!我光想让你回来!没有别的心。"

她说:"爹你安心吧!你的病我能治好。你不就眼睛不行手不行吗?我给你换换就行。"

国王说:"换?哪换去?"

三女儿说:"我这儿不有吗?"这姑娘说完之后,自己就把自己的眼睛给剜出来了,这三姑娘把手拉下来就给她爹接上了,眼睛给换上了。

她爹睁眼一看,他女儿怎么样了呢?顺眼出现的那张脸上,眼睛不再是一个眼睛了,那发着光亮,脸上净是眼睛了,手七上八下,净是手。其实她不是故意显圣的。她爹说:"哎呀!你这成千手千眼佛了,不是吗?"这一句话,女儿"啪"就磕头,"谢主隆恩!我特意讨封来的。"

搁这么,就有了"千手千眼佛",她女儿真成神了,她把她爹也救好了。

雹神（一）

有个叫李玉和的，他是个商人。这天他搁北京办了点儿货回来，就搁大车拉着走，办的是行商贸易，拉了不少货。正走到一个饭店门口的时候他就饿了，那就吃点儿饭吧，把东西撂下之后就进饭店了。那吃饭的人不少，能有好几十人在那儿吃饭呢，饭店也大，他就要了点儿菜，要了点儿饭，要了点儿饺子，坐在那儿吃。

吃饭的时候他就瞅着有一个人，长得挺高个儿，也挺壮，就在那儿转脚尖走，不吃饭，就瞅着饭菜馋得都巴咂嘴呀也不吃。李玉和就问他说："朋友，你是什么地方人氏，这么转，在那儿直门儿瞅什么呢？"

他说："不是别的呀，我好几天没吃着饭了，饿得没办法了！手中没钱，吃不起，所以我就在这旮瞅一瞅。"

"那不要紧，我有钱！坐着吧，来来来，我供你，我供你个饱！"

"那还了得！"

"不，你来吧，我就供你个饱。"

"供我饱行！"

他就坐下了，说："来盘饺子！"就要了一碗。

"你要了你就吃吧！"他就左一碗、右一碗，一直吃了十来碗哪，就顶别人吃了十顿饭了，一大盆的饺子都让他吃进去了。

李玉和说："你这饭量太大得邪乎了！"

他说："我的饭量吃一顿呢就不用再吃了，就能挺个一两月的！"

"你这可真出奇啊！"吃完以后，李玉和说，"走吧！"俩人就走了。

出了饭店他就问："你往哪儿去？"

他说："我搁这儿过河回家。"

"正好，我也过河，一起走吧！"

"好吧！"俩人就一起走。

到河边儿之后，李玉和把那东西都弄到船上了，刚好这船摆进去没有多远儿的工夫就来风暴了，这一阵风暴船就干翻了，这一看人全都翻下去了，这下了不得了！李玉和也吓坏了，东西也没有了，他也淹住了，就看这小伙儿下来把他背回去了。背到

柒　幻想故事

· 1529 ·

岸上之后，李玉和一看就哭了："我东西全完了，小伙子。"

他说："你不用着急，我给你下去捞去。"他就奔河里去了，左一回捞送，右一回捞送，李玉和的车，船上的东西都栽河里，箱箱柜柜的。柜子里有黄金，有银子，有钱的，他都给弄回来了，啥也没剩，全捞尽了。

捞完以后，李玉和一看，"还有一样没整回来，我有个金项链儿，在脖子上戴着掉里了。"

他说："那我给你找去！"

"不好找，那项链掉水里了哪儿好找，净沙子！"

他就又扎进去了，足足去了有半个点儿，就把这金项链拖着给送回来了。李玉和一看说："哎呀，你这功劳太大得邪乎了，哪儿有这么大能耐呢，一个金项链掉河里了，净沙子你都能给摸出来，你这水平有多大啊！"

于是他们就唠上了，晚上吃完饭之后，这个人说："我得走啦，这回我是完事儿了，也不能待着。我告诉你个实情，我不是人，我是个神仙，是雹神，就是管下雹子的！因为我去年下雹子的时候喝了点儿酒，下错了。人家告我下四十公分，我下了六十公分，就把地皮给打坏了，庄稼也打了。上面把我罚了，叫我来人间在这河里待着帮干活，我这已经干到时候了，也不用干了，我要回去了！"

这两人越唠越近便，最后李玉和说："啊！你还是回去吧。"

从那以后，这个雹神就回去了！李玉和被雹神给救了，心里对雹神感恩不尽。

雹神（二）

有这么一个王老先生，考上举人，封到章丘当知县去了。他到章丘去了不多日子，一考虑：我得串趟门，这个张天师在这儿住，我得拜访一下。

张天师那时候挺有名，什么神仙都会他，另外他还辟邪。王知县就去会见张天师，两人一唠扯。聊得挺好，当官的来拜访他，张天师也挺高兴。

两人正唠扯，就瞅那边一个小伙子进来了，大高个子，瞅着愣愣的，到屋深施一礼，说："天师在上，我来了。"

天师说："坐，坐。"他就坐下了。

"你来有事咋的？"

"我来向你告别，我领命了，我要走了。"

"你上哪去啊？"

"我上章丘，下雹子去。"

当时张天师就告诉他说："我来介绍一下，这是咱们新来的知县，他是雹神，到章丘下雹子去，奉玉帝的命令，得下一尺厚。"

王知县说："那庄稼不全完了吗？我到这儿两天半，下这么大雹子，老百姓怎么活啊？张天师，你得帮忙。我和他不熟，你看怎么办吧。"

张天师一看，说："那不行啊，我不能违背玉帝命令，玉帝告诉我非下章丘不结，不下不行。"

王知县恳求说："不管怎么样，请高抬贵手，百姓活不起啊！我是当地的官，我来了，赶上了，怎么办？"就直门儿施礼。

张天师一看没法子了，就对雹神说："这么办吧，你错开着下吧，把雹子下到山沟里，不种地的地方，不打庄稼。"

雹神说："那好。"就走了。

张天师说："你慢点走啊，别惊动老先生。"

这雹神瞅瞅就笑了，就到外面一点儿一点儿慢慢地走。冰雹噼里啪啦地下，遍地像条龙似的。王老先生说："这么凶。"

张天师说："这是慢慢地走，要是蹦高，把房子都能崩了。"

过两天，王知县回去上任一看，庄稼一点儿都没打，山沟雹子下老高，一尺厚啊！都没化呢。雹神也有人情了，王老先生到那儿坐一会儿，把雹神哀咕好了，当地群众得了点儿好。

泥像抽大烟

有这么一个老员外，家过得不错，天天抽大烟，而且他总在晚上抽。这天他把大烟拿起来正要抽,就听外边儿有人说话:"员外啊,闷一口吧!给我一口吧,我身体也不好。"

那时候没有玻璃,都是窗户纸。老员外一听就笑了,说:"咦?你是哪儿的?"

"给我一口吧!"

"得!给你一口吧!"说完老员外就顺窗户纸扎个窟窿把大烟枪递给他了。就听外边"吧嗒吧嗒"地抽两口,抽完之后烟就拿回来了。

这人一天抽两口,可架不住习以为常,他一连抽了十多天半个来月,天天都来要。员外就说:"唉?出奇呀!这干啥呢?"所以白天他就问下边儿的人:"你们昨晚黑夜谁和我要大烟抽了?"

伙计们都说:"谁敢要大烟呢,没这个事儿啊!"

员外问谁谁都说没要,问儿女,儿女说:"俺们要抽,就上你这屋抽,还能从窗户眼要大烟吗?"

他说:"我听着也不是你们声儿,这出奇呀!"一合计,"不对,这不是好事儿,我这是中邪了似的,这是鬼!"

员外到晚间之后就预备好烟和洋炮,到了抽大烟的时候,就听见外边儿喊:"员外,闷一口!来一口,来一口!"

他说:"你等着吧,我给你拿!"结果他把烟换成洋炮了,把洋炮装好弹药对好嘴就给送出去了。外边还以为是大烟呢,用嘴叼住就吧吧抽,他一抽,"咣"一下,就听地上"咣当"一下一栽巴,员外一听就赶快出去撵,结果一看啥也没有。员外说:"没有,这伙计都翻了天了也没找着。"

到了第二天白天一找,在西边儿有个庙,庙里有个老土地像,发现土地像的嘴,烧得通红,熏得黢黑。一看,那牙花子都打坏了,嘴唇子都两半了。

员外看见了就对土地说:"哎呀,看起来神仙也有嗜好,你也抽大烟呢!我要知道你抽大烟,何必打你那一枪呢?这么办吧,我给你画画像,从此以后,你也忌大烟,我也忌大烟吧!咱俩都别抽了。"

黄金财宝搬家

在早有条大河叫辽河，辽河北有个王家窝棚，辽河南有个李家庄。

这个王家窝棚的老王家过得不错，一个老头儿，有五个儿子，这五个儿子过得都有钱，都有地，都有粮，另外拉大车也攒下不少钱。那时候人们都攒啥呢？就攒银子、攒金子。他光银子就攒了几缸，攒的金子也都在那里装着呢！他埋哪了？就埋那房后了，这也就他和几个儿子知道，外人不知道，就连媳妇们都没让知道。

埋好以后，不说。单表这天睡到半夜，这老头儿一激灵就醒了，喊大儿子："大儿子，赶快过来，过来！"

大儿子正睡觉，也正做梦呢，就给喊过来了，说："爸，啥事儿啊，你喊我？"

他说："可不好了，我做梦了，梦见来了十个小伙子，哥儿十个，红脸大汉的，到傍拉就给我行了个礼啊，说：'老员外，我们就要搬走了，不在你这儿住了。'"

他大儿子一听，说："哎呀，爸，我也做了这样一个梦，也梦到十个人和我说要搬家，说要搬到河南李家庄去。"

"对啊，我也是这么梦的。"他说，"妥了，赶快去看看走没走，不用问啊，是咱们这金子银子要搬家。"

这一老一少到那儿一看，土虚了，再往里面一摸，缸都没有了，这十缸金银元宝全没有了。哎呀，这可出奇透了！怎么的，这些东西不都白攒了么，这么些钱？他们说："好，赶快找去！"

第二天早上，老太爷骑着马，大儿子也骑着马，二儿子也去了。不远处，相距没有二三十里地，就到李家庄了。那都有钱啊，他们起码都认识，都是财主啊！

到那儿之后，找到李员外，他说："我是河北老王家，老王员外。"

李员外说："好吧，屋里请吧！"心想人家这是有事啊，就让到屋里了。

到屋之后，李员外说："咱这么办吧，你们吃饭没？"

爷儿几个说："我们没吃饭呢！"

李员外说："先吃饭吧！"就叫人预备了饭。

吃完饭之后，这王员外可就说话了，说："李员外啊，我来是有点事儿啊。这说实在话，我家啊，有十缸金银，银子多金子少，在那儿土里搁着呢。昨儿我做了个梦，说这十缸金银搬家了，就往你这儿搬。我寻思，看看是不真搬来了，我来看看就行！"

李员外说："不可能，可能那样吗？那好，我看看，它要是真搬来了，俺们也不能图外财啊，俺们也不是没钱！"

这工夫，李员外的二儿子就过来了，说："报告爹，咱们后边儿那土稀虚，那就拱起来了。"

李员外说："真的吗？"

他们到那儿一挖，干脆那缸是一个挨一个的，都在那地下埋着呢，那土都拱起来了，打开一看，真是黄金。

李员外说："这说实在话，王员外，你不用多心，这不是我的财，它就是搬到我家了，我也不能要你的财，你再拿回去吧！"

王员外一听，就说："这么办吧，李员外，我这不能往回拿。"

李员外说："那你不拿，怎么办呢？应该你们是主人，我就不是主人了。"

一唠，这李员外正好有个老儿子没订媳妇，说："我儿子十八九岁了。"

王员外说："正好我有个孙女，没别的，就给你吧，正好做亲戚，就拿这十缸金银财宝陪送我孙女了。"

李员外说："好吧！"

这两家就定上亲了，这十缸元宝整个陪送孙女，就给老李家了，老李家就发大财了，这两家走得特别亲。

就说这句话么：黄金遍地走，单等有福人哪！有福的话，它自己就去；没福的话，就守不住了。

点正穴先生失目

这个故事发生在远年，在什么时候呢？在民国年间，发生在河北。

有这么一个老梁家，家有念书人，过得不错。正好赶上老头儿死了，但是有不少地，有几十垧。

大伙儿说："就这么办吧，好好看看坟茔吧！"这儿也选，那儿也选，最后来个南蛮子，那时候咱们这边都信南蛮子，都说南蛮子眼毒嘛，南方人看坟茔看得好，就请来了。

这个南方老头儿多大岁数呢？老王先生那时候也就是五十多岁吧，挺沙楞[1]。他头一天把这地挨边走了一遍，那地多呀！不是"指地安坟"嘛，地少就只能是这块地，没第二块地，就得埋在这儿，人家地多，好几十垧地，哪好在哪埋。他就走，搁这块地看到那块地，搁那块地看到这块地，没啥太正经的玩意儿，这头一天没看成。

等到晚上黑了睡觉的时候，老梁家那当家的做了一个梦，梦着啥呢？梦着他爹回来了。他爹不是死了嘛，老头儿活到七八十岁死的，他爹挺精明，回来说："儿子呀，你为我看坟茔是应该的，你找的这个先生确实有才、有能，他是能看，可惜的是怕他不给你点正穴上。坟茔地选了，就是现在看的在山坡上的这块地，地方是行，就怕他不点正穴上，把坟埋在穴前白扯，埋穴后也不行，非得埋在正穴上，将来你才能发达，家也能过好，也能出当官的。"

"好。"他就在梦里说。

"你记住爸爸这句话，不见羊别点穴，非得见一只卧羊在那儿趴着才行，那时候你再点，就是这地方。"他爹说。

他儿子一听就明白了，说："好。"

他一惊醒，是个梦，寻思：哎呀，这是我爹给我托梦来了！他就记住了。到第二天了，一早，他就和先生说："先生，这么办吧，咱昨天看山坡那块地不错，咱就到那儿点穴去吧。"

先生说："好吧。"就拿着罗盘，带了不少人去了。

到那儿以后，先生吃完饭，到这头一看，那头一看，说："这旮行。"

当家的说："不行，还有比这好的，还得找。"

"这旮行。"先生说。

这老风水先生的罗盘就一直没撂下，到处看，可就是不行，从早上点到晌午也没点到穴。当家的不干，哪哪都不行，这个风水先生就来劲儿了，说："你这太气人了，是我说了算还是你说了算？我是风水先生，我点穴你不信，你自己点吧！"

---

[1] 沙楞：方言，指做事麻利、勤快。

"先生，你别说别的，你就点吧，到时候就能行了。"当家的说。

老先生一着急，他穿着皮袄没脱，春天天热了，他就把皮袄脱了，把羊皮袄一卷，毛冲外，"啪"就扔地下了。当家的聪明，一看，就说："正好，不用找了，就搁皮袄这旮旯吧。"那时候没有羊，当家的寻思，这不是"卧羊"吗？就说："就在这儿吧！"

风水先生一看直眼儿了，他正好把皮袄摺在正穴上，就给压上了，先生说："这么办，你是不错，你是有才，另外你也是聪明的人，这地方是正穴，但我不能给你点，你自己怎么埋都行，我不能给你点，点完之后，我就得双目失明。"

当家的说："你安下心来，老先生，你双目失明，我养活你一辈子，只要这穴好就行。"

"这我点不了。"

当家的就哀求他，他架不住劝呀，多给钱，另外以后还养活他。他说："哎呀，行了，我给你点吧。"他就把正穴给点了，当家的真就把他爹埋上了。

先生说："你这个地方是好地，是丹凤朝阳地呀，地方绝对是好地，最低得出几家官，金龙汉水皇朝[1]都能出来。"

当家的一听，说："好吧。"穴就点上了。

点完之后，过去没有十天，先生的眼睛就肿了。又过了正好不到一个月，先生的双眼就瞎了。眼睛没坏，但蒙上了，睁不开了，肿得噔噔的，就变成瞎子了。

他真瞎了，瞎了以后，人家待他不错。他自己住在一个上屋，每天吃喝都和他们一起，来客都恨不得让他陪客，他说："我不陪客，眼睛瞅不着，陪客不方便。你给我拿过来就行。"所以饭菜都给他拿去屋里吃，待他特别好。待他好是好，这一晃，当家的就死了。

这老梁家就出官了，在京里出了个梁道人，是京城的二品官，下面小孩还出了几个官，都确实不错了。

单表这当家的老头儿过年的时候死了，那都六七十岁了，风水先生这工夫也都六十多岁了。当家的死了，这下边人就差劲了，待他就没那么好了。青年人都起来了，当官的当官，都有能耐了，家里的小孩也都念书了。这年轻人一看，这不扯呢

---

1 阴宅风水用语。

嘛,整个瞎目糊眼的老先生搁这屋,还得天天伺候他,比伺候老爷子伺候得都好!"

老太太说:"你们得伺候好,人家当初给俺们点过穴。"

"点穴他也挣钱呀,不为挣钱吗?这待遇就不错了,他还非在这屋,哪屋不能待呀,要来客人一看,瞅着他像啥呀?像老太爷似的,他还不是咱老太爷!"这小年轻的都不愿意,尤其媳妇都不愿意。

后来,小年轻儿说:"这么办吧,到伙房屋儿吧。"就把他打发到下屋伙房的一个地方,他就在炕头儿一坐,在那儿待着。

一天长两天短,待时间长了怎么办呢?越整越不像样,衣服埋汰也没有人给洗了,没人管了。最后不仅上屋儿当家的烦他,就连伙计都烦他。他虱子多,满身是虱子,没人给他洗,就趴在那儿,做活儿的都不爱跟他睡。吃的饭和做活儿的一样,做活儿的做好饭,端来一碗,往这儿一送,你爱吃不吃,你要不吃,剩下的饭就喂狗了,人家也不在乎。他这就受罪了,自己没事就淌眼泪,说:"天哪!天哪!一步走错就步步错呀!这步走得,错得太邪乎了,不应该点到那个穴位上。"

过了春天的五月节,这天他拄着棍子自己在门口溜达。大门口外面有个上马石,他就眼睛眯眯着在上马石上坐着,自己叨咕:"我这怎么办呢,还不如死了呢,活受罪!"

正叨咕呢,就听有人说话:"哎呀,这不是我师父么!"

他一听,就问:"你谁呀?"

"我是李五呀!"

"哎呀!"他就哭了,说,"到我傍拉来坐下。"拽着李五的手就哭了。

李五说:"师父,怎么了,莫非给点正穴了?要不这眼睛怎么坏得这么邪乎呢,瞅着都全包着了。"

他说:"对呀,一点不差。这么办,你把我领走,找没人的地方,咱俩细唠唠。"

李五说:"好吧!"

这个李五就把老先生领到了南边,那儿有个树根儿底下,是个背人的地方,没人去,他们就在那儿唠起来了。

老先生说:"我太苦了!当时呀,我就一时错了!"他就讲了怎么怎么点的穴。"我也不想点,但正好人家有才,我把皮袄撂那儿了,人家自己点的。"他就一说那情况,说:"不点不行,要不人家也埋这旮儿了,所以我才给点的。"

李五说:"那怎么办呢?师父,你想想办法。"

"能破,你要能办到就行。"他就告诉李五怎么破、怎么点、怎么做,全告诉他了。

李五说:"那好吧!师父,我明天就走了,这么办吧,你跟我走吧,我给你送个旅店待下。"

师父说:"那行,我走了也没人找我,我在那儿,人家都烦了。"

徒弟就给他领走了,走到二三十里地以外的地方,有个旅店,他就在那儿待下了。

单表徒弟呀,徒弟第二天就穿得挺整齐的来了。到了坟茔,就这么走,那么布置的,来回转圈走。

人家有看坟的,看坟的就起来了,说:"来来来,你干啥的?在坟茔转圈寻摸什么?"

他说:"不是别的,你这坟茔是好地呀,是丹凤朝阳坟茔地,我看太好了,东北的坟茔数你这个好。"他这徒弟也是南方人,三十一二岁。

看坟的说:"是,不错,你真看对了!"

李五说:"哎呀,可惜了!"

看坟的问:"怎么的?"

他说:"凤现在已经长膀了,膀起来,就要飞了。那凤凰飞出去之后,不就剩枯山脚了吗?凤凰飞走剩下枯山脚,你这家门要完了呀!"

看坟的问:"哎呀,那怎么办呢?"

他说:"你和你的东家说一说,我有办法。"

"那好,你在这边等着。"看坟的把他留那儿,这就跑到上宅那儿了。那儿都是小年轻当家,都是那老头儿孙子辈的了。

看坟的说:"咱们那坟茔呀,是丹凤朝阳坟,现在那凤凰要飞,膀已经起来了,起来一飞,剩下枯山脚,坟就完了,官也占不住,什么都完了。"

当家的说:"那怎么办?"

看坟的说:"有个人能想出办法。"

当家的说:"好,那把他请来!"看坟的就把他请去了。

请来之后,当家的就问:"怎么办?"

他说:"好办,你按我的吩咐做,管保错不了。你记住,不用多,买二两金子。"

当家的说:"金子行,钱有的是。"

他说:"买二两金子做两座山,做个山的样子,金山压翅膀,它就起不来,不管大小,是金山就行。"当时就现找银匠烧完,做了两座金山,人家有钱呀。

做完之后,李五就说:"这么办,咱们去坟茔地吧!"

到坟茔地就找了个好地方。找完之后,就用土把金山埋祖坟两边了。把金山埋好了之后,他说:"这就好了!"

这先生要走了,东家就给拿了不少钱。

第二天半夜,这徒弟自己就来了,趴在坟茔傍拉,在那儿瞅着。这工夫,就看见树外面喇叭吹着、鼓敲着,有人进来了,坐着大轿。他手使唤竹剑,没拿宝剑,这是师父告诉他的。他一看是朝中的官,坐着大轿,威风啊!戴了一顶红顶子的官帽,耀武扬威地来了。他没由分说,上去把帘揭开,一剑就把大官刺死了,刺死后,血淌出来,人也没有了,都化了。一点点地刺死四五个,那都是官星,他把官星全刺完了。

他回身到坟茔,把坟茔的土给散巴散巴,就见顺着坟茔出来一朵莲花,莲花上面有个大鲫鱼在那儿趴着,他一下就把鲫鱼从莲花上割下来,然后把鲫鱼拖回来了。

他到师父那儿,说:"师父,我按照你说的办完了。"

他师父说:"那好了,你急速把鱼给我熬了,我吃了就好!"

他就拿生鲫鱼给他师父抹了眼睛,抹完以后,用鲫鱼熬了汤。师父喝完汤,没有两天眼睛就好了,能瞅着了,好得利利索索的!

这李五走了不说。单表这坟,第二天这坟自个就开了,"咕嘟咕嘟"地冒青气呀,冒了两三天。没有五天的工夫,北京来信了,说梁道人死了。怎么死的呢?让蟒吓死的。他从北京到南方去,到了南方,他的官大呀,那边就想送礼,人家那边吃蟒,咱东北人不认得蟒,那蟒大,人家就抬着个蟒给送来了。他到屋一看,那家伙,那大蟒,大长虫,那还了得?吓得连连摆手。

送蟒的一看,不用问,大人这是嫌小呀,就说:"抬回去!"就抬回去了。

人家那是养的蟒,那蟒有蟒圈,送礼的回去之后,就把这大蟒送蟒圈里了,说:"这回这么办吧,换个大的!"就又换了个大的,又给抬来了。

到这儿,梁道人一看,这家伙大呀,那长得邪乎!当时他就吓颓在那旮旯了,就给吓死了。

从那之后,老梁家当县太爷的有闹病死的,也有让人家革职的,这家就败了,最后家破人亡。

要不说嘛,"有福没福你得保住福,有财没财得养财",不是有那句话嘛,说:"创业容易守业难",这家就没守住,就给破了。

异文:林家坟

林家坟就在傍拉,现在咱都知道,多少年以前就有这个林家坟。

这林家有个林玉禄,他是总兵,他家他父亲死了,就到处请风水先生,这请那请的,一请请个南蛮子。这个南蛮子多大岁数,也就没有五十岁,请来了。请来以后他说:"这么办啊,得好好看看,看个好坟茔吧!"这老风水先生来了之后,大伙都尊敬他。风水先生这旮看、那旮看,就把老林家上百垧地看遍了,也没看出个好坟茔来。后边林玉禄一看,怎么办呢,也没有正经坟茔。

这是冬天景儿,这天林玉禄黑夜就做一梦,就梦见他爹来了。他爹说:"玉禄啊,你为我是想尽办法要看个好坟茔。你还得命啊、心好,豁不出命来、豁不出心来,也着不出好坟茔。我告诉你个底儿,明天还要看坟茔,今天踩这块地行,确实是块好地,好是好,可是先生不能往正穴上埋啊。我告诉你,你不见一只绵羊卧地下不能算,他怎么踩你也别听。一只绵羊卧地下,那就是正穴,才算是好。"

林玉禄一惊心,是一梦。他是当官的,说:"对啊,我爹还是有灵验,给我托梦来了,好。"

第二天早晨,风水先生就给看坟茔,那随从人多啊,有五十人八十人的,都跟着踩坟茔。老林家有钱啊,死人吊三七二十一天,有的是踩坟茔的。以前入冬天的时候穿皮袄,但天也热,虽然是冷景嘛,但跑多了也热。风水先生一看,这林玉禄说这也不行,那也不行,看了有十处地方,哪哪都不行。这风水先生就有点儿腻歪了,哪有这么看法,气人透了!一合计就把皮袄脱下,卷巴卷巴毛冲外,"啪"一下扔那旮了,说:"还有看的吗?"

林玉禄说:"行了,先生,不用再看了,就在皮袄底下。"林玉禄精明劲儿,一看,卧羊嘛!一只羊在那儿趴着。一只皮袄,那时哪有真羊,说这皮袄就是羊,是他爹托梦。

"哎呀!"风水先生一看就不吱声了,"你啊,林大人啊,你真是有好命啊,命是好命,我不能给你看这苫,你另找别人,我就要走了。"抱拳就要走。

林玉禄说:"老先生,你别走,你有话正经说,没有解决不了的问题,只要能看就行。"

风水先生说:"咳,看是能看,坟茔我也能踩,这块坟茔是正穴,踩完之后,我的眼睛过不去一年就得全瞎。踩正穴还不瞎嘛,我因为踩坟茔瞎了,下半辈子怎么活吧,你说。"

这林玉禄一摆手,随从也都跪下了,他说:"老先生,你的眼睛真瞎了,我拿你当我老人看待,上顿下顿一样吃好的,和我林玉禄吃一样,我不是官嘛,和我吃一样,绝不能坏良心。"

这老先生被感动了,没有办法,说:"唉,你们都起来吧,行啊,我给你踩吧,我就相信你了。"这坟茔就给踩在正穴上了,那是一点没差啊,人家扔那地方,盖上那苫,能让别人找去嘛。踩上之后不说,这坟茔盖上了,这老林家真过得好啊,越过越好,有当官的,地也买得多了。

一晃儿过去二十年了。老头儿看坟茔时,不到五十岁,现在七十来岁,六十八九岁了。这时,林玉禄也死了,踩坟茔那时林玉禄五十多岁。这老辈人就没有了。就剩二十几岁小年轻的起来了,到四五十岁当家说了算了。这老林家不像前些年朴素了,现在吃得好穿得好,有钱啊。当地没有不捧人家的。

小年轻里,最后又有一个当官的了。瞅了瞅就和下边人说:"这整个瞎子在这屋,多耽误事儿。正房还给他了,正屋坐着,来客他还陪客。那你说能递出去手吗?"大伙一看,有的小年轻说:"真那样。这么办吧,让他上东屋存去吧,别在这屋存了。这来客多难看、多砢碜啊!造得不像样,瞎呵呵的,也岁数不小了,七十岁老头儿子,说不能说,讲不能讲,瞎眼摸黑的。"就整到东屋去了。

到东屋存了些日子,别的人家也烦,就说到下屋吧,跟伙计一堆存不一样嘛,非得跟咱存啥,就到下面伙房屋挨伙计存去了。挨伙计存没几个月,伙计也烦了。他身上虱子多,没人给他整。那时有虱子,不像现在,人家有老婆、有孩子,回去能洗洗涮涮。没人给他洗涮呢,谁也不管他,虱子缕缕趔趔哪都爬。伙计说:"得了,你要在这儿存,俺们不在这儿存了。"伙计也烦,没办法,伙计就给他腾出个地方来,给他整出来一小旮,搁一床破被在那儿存,吃饭就跟伙计一堆吃,伙计饭好了,给他盛一碗就完事了,谁给你整好的啊。

他一寻思,不是滋味,说:"哎呀,看完坟茔以后,享了这二十年福,这回再活个十年八年不是干受罪吗?"他就哭了,说,"看起来,人不能心慈面软啊,我要不看坟茔多好,我何必给看个正穴呢!"

到第二年开春,春暖花开了,他自己在屋里待着闷屈了,就上外面蹲一会儿、走一会儿。村口有几个树,他就在树根底下坐着。他也瞅不着,眼睛一闭,就在板石上坐着,自己就寻思寻思。

这天他正坐着呢,就听有个动静到傍拉了,说:"哎呀,这不是我师父吗?"

他说:"哎呀,你谁啊?"

"我是王小啊。"

那时王小十八九岁,是他徒弟。他问:"你多大岁数?"

"我四十多岁。"他突然"啊"一声,说,"师父,你眼睛坏了?哎呀,你不是看正穴了吧?"

"对啊。就看这院正穴,我中病了。"

"那你不告诉我,不兴看正穴吗?你怎么看了呢?"

"我上人当了,叫人把我骗了,现在对我可不好了。你给我领走,咱到没人的地方好好唠唠。"

"好吧!"徒弟在前面走,他就跟着到堡子外面了。到堡子外面有个树林子,没有人了,他们就坐着唠嗑。

王小问:"师父,还有什么办法吗?"

师父说:"办法有。他对咱不仁,咱就对他不义。没别的办法,要不我眼睛没好啊。我这眼睛还能好,全是火蒙子盖住了,眼仁没坏。"

"那怎么办?"

"你破他坟茔。"

师父告诉他怎么破,全告诉他了:"徒儿,你记住,破坟茔后,来把我救走。"

"行,你就暂时先在这儿待着。"

"好!"

这徒弟回去之后,不由分说就按照师父说的方子,用个大竹子,撅哧一把竹剑，擤哧得锋快锋快的，竹尖蘸的油，搁火熏的。全整好之后，正赶上十五，春天景，他就去了，胆子也大。

到林家坟一看，进院，那有看坟的。啥动静也没有，他就走到正坟当间，正坟两边小坟，当中一个正主坟。他就在主坟那儿蹲下了。将半夜，就听外边鼓乐喇叭响，连吹带打进来了，他就起来操着剑，一看头一顶轿子上有个戴乌纱帽的官，他就转身咔嚓一刀攮死一个，咔嚓一刀攮死一个。一连进来三个，攮死三个。这就三个大官全完了。攮完以后，看全没有了，消停了。用铁锹挖主坟，挖不深工夫，就看"噌"蹿出来了，一朵莲花出来了。莲花上面有个鲫鱼，唰唰蹦跶。就把鲫鱼用布包好，搁兜里揣着。就把莲花根一切，咔切开了。切开之后，说："行啊，我的任务完成了，老林家你们受穷去吧，不但受穷还得完呢。"就回去了。

第二天白天去找他师父了，他师父知道这事，还在那石头上坐着呢。他出来"嗯"一声。他师父明白，就领走了，领到树林里。到树林里，他说："咱们走吧！"

师父说："走吧！"走能有四五十里地儿，找个店住下了。借个锅，把鱼整了，师父把这个鱼连吃带抹眼睛。在那儿住没有十天，眼睛好了，得瞅啦。

单说这林家坟啊。第二天白天就看出来了，那顺坟茔咕咚咕咚冒青气啊。大伙说，这老林家坟怎么冒青气呢，不是好信的，气冒得邪乎。

没有半个月，来信了，说林家有个在关里当官的，缠着事了，死了。三个当官的，一个没剩，两三个月，一个一个闹病死了。全死了，有暴死的、拽死的、闹病死的。老林家干啥都穷啊，哪都完了。一点一点地老林家搁那就穷下去了。要不说还得做好事呢！

老关头儿得元宝

这故事发生在万年台。

有一个做买卖的老关头儿，他家院儿里的西边儿厢房有磨坊，拉粉的、做干豆腐的磨坊都在那屋，最后就不敢待了。怎么回事呢？那家伙，到黑天就闹得邪乎！净撒石头伍的,叮当的老闹,你找里边儿还没有人儿,睡到半夜就开始撇,拉磨的话,一个人儿都不敢拉,就这么邪乎!

这老关头儿说:"怎么事儿呢?那么邪乎,我看看去!"人家搁家就搬来了,他是财东有钱哪!

他说:"把我行李搬西屋去。我在那儿睡两宿看还有没有动静儿。"他就搬那屋去了,行李搬过去之后就在那睡。

第一宿半夜就听着说话了,"哎呀,主人来啦!俺们给你看这些年了,主人你快点儿把俺们收去吧!"

他惊醒一看,怎么事儿呢?可屋都是元宝呀!这些东西到天亮之后都叫老关头儿给收去了。

这就是说嘛,财也找主人。人找财找不着,财找人好办,所以他搁那儿发了笔财。

这老关头儿挺善,从那以后,他就在那儿大减价卖东西,一年东西完全减价,明明八成买的也按七成卖,宁可赔点儿。尤其穷人过年的时候,一般你来的话要是没钱就在这儿拿点儿东西,还不要钱。所以他得了这笔财之后又发了大财。

门东讨债

这也是听说的一件事。在早,有个老王头儿,家里就两口子,开一个小买卖,卖点油盐酱醋、针头线脑的,平日里也挣不了多少钱,生活得挺困难。

有这么一天夜里,老王头儿睡觉时做了一个梦,梦见一个他不认识的人告诉他:"你急速去到南边沟里,沟南有棵大柳树,柳树底下埋有一缸银子,都是元宝啊,一个四两,一共五十块,二百两银子,你挖出来就可以发财了。"

老王头儿在睡梦里问那个人:"这是谁的钱呢?"

"这是门东的钱,你先花着。多咱他到你家讨债的时候,你必须如数还给人家。这些钱帮助你渡了难关,你不能没良心。"说完这么几句话,那个人就不见了。

老王头儿一惊就醒了,原来是一个梦啊。他半信半疑地嘀咕:这能是有准的事儿吗？偏巧这时候他媳妇也一翻身醒了，媳妇问他怎么了，老王头儿说："刚才做了一个梦，挺怪的。"

媳妇说："哎呀，巧了，我也做了一个梦。"

老王问："做啥梦了？"

媳妇说："我梦到一个老头儿，他告诉我，上南边沟里大柳树下面取银子，说是一个叫门东的人借给咱的。"

老王头儿一听："哎呀，对啊，我做的也是这个梦啊，真是不约而同啊。这么办，我得看看去。"

要是真有银子，大白天的也不能挖呀。老王头儿等到天刚见亮儿就去了。到了沟南边大柳树底下，这么一挖，真挖出东西来了！就见树根底下有块小石头板，掀开以后，有个小缸，一点儿没错，整整一缸银子，足足二百两。老王头儿心里头这个乐啊，就把一缸银子抱回来了。

这回好了，发财了，有这缸银子做本钱，两口子不用做买卖了，就合计着多买地往外租，一来二去的，这日子就起来了。

一晃儿二三十年过去了，老两口子有了五间正房，厢房东边还接出来两间耳房，过去正房边上只能接两间耳房，不能高过正房。家里儿孙一大帮，家家过得都不错。说起来，这可都靠当年那坛银子啊。

这年秋天景儿，老王头儿家门口来了一对儿两口子讨饭的，男的三十来岁，媳妇有二十多岁，怀着身孕。两人说是关里家遭灾，没活路了，就到关外讨饭来了，走到这儿，天下雨走不了了，这时候正赶上家家吃晚饭，老王头儿老两口心眼儿挺好，就让这逃荒的两口子进屋吃口饭。

老王头儿说："不用客气，'人不吃路，虎不吃山'，谁还能背房子背地走嘛。正好，俺们东边有厢房，过去是伙计住的，现在伙计们都自个儿成家了，那屋空着呢，你们就别走了，到那屋住下吧。"

关里来的这两口子就住下了。住到半夜，这家的媳妇肚子就开疼了，疼得邪乎，男的一算计，是孩子已经到月儿了，这是要生了。这可咋办呢？男人没招儿了，他也不懂生孩子的事儿啊，这心里一急，就找财东去了，"老当家的，怎么办啊，俺们娘们儿要生孩子了，俺也不懂，大婶儿明不明白啊？"

老太太心好，说："这么着，瞅着你家媳妇生孩子我也不能不管，生孩子的事儿我还懂得，我去。"老太太就去了。进了屋后，老太太帮那媳妇顺当顺当，孩子也就生下来了，是个大胖小子，挺招人稀罕的。

老太太抽完一袋烟后，瞅着那孩子这个稀罕啊，就说："这小子瞅着就有福，这么着吧，我给起个名儿，在东耳房生的，就叫门东吧。"

话一出口，老太太心里"咯噔"一下子，心说：哎呀，想当年我做梦梦到借咱银子的那个人就叫门东啊，现在怎么就顺嘴说出这句话了呢。老太太不往下说了，就回屋去了。

回去以后，老太太就跟当家的说："今儿个我说错话了。看人家生的大胖小子挺好，我就顺口给起个名，'东耳房生的就叫门东吧'，这说完了我一寻思，那年借咱银子的不就是门东嘛，现如今，是不是人家找上来了？"

老王头儿一听，说："对，你说就说对了，这财还是人家的财，咱只不过是当年借来用用，咱可不能见财失义啊。"

第二天早上吃完饭，老太太给那媳妇拿了点儿细粮，坐月子。小两口一看这家人挺热心肠的，也就暂时住了下来。

等到满月后，老王头儿说话了："这么着吧，你俩别走了，咱们这有笔账要算呢。"

小两口一听，说："哎呀，俺们在这儿待一个多月了，吃喝都还不起你，要算账咱也还不起呀！"

老王头儿说："不是让你们给我钱，是我给你们钱，我欠你们钱啊。"老王头儿就把三十多年前做的那个梦说了一遍。"这笔钱是门东的，我得谢谢门东啊，要是没当初那二百两银子，哪儿有俺们现在的好日子啊！现在门东来了，是该还他的时候了。"老王头儿说得挺诚恳的。

小两口一听，还有这档子事儿，忙说："这钱俺们可不能收，这算哪一说儿啊！"

老王头儿说："不收不对，是你们的钱财，俺们就必须还。俺们做事不能没有良心啊！这么着吧，就把我家给你们一半儿，你们从今往后就在这儿住下吧。正好，门东下生那会儿，我大儿子生了个姑娘儿，咱就做亲戚吧，就把我孙女给你孩子做媳妇吧，家业给你们一半，就算陪送我孙女了。"这样，两家就做了亲戚，门东的债也就讨回去了。

这就是门东讨债的故事，说的就是钱财都那样，不用贪不用占，该是谁的财就是谁的财，到最后都得财归原主。

一福压百祸

有这么个财主人家,财主家有个场院,场院上有个小房,这房就没人敢住,一般住的时候不是闹鬼就是闹事儿,最严重时,人住完就死,这人就剩骨头棒子,肉都给啃去一样。

这天来几个走道儿的,要找宿,是两口子带一小孩,小孩有四五岁,两口子年轻,三十来岁,抱着孩子来了。在道上跟这家人商量,说:"没有住处,能不能找地儿住一住?"

当家的说:"那哪行啊?没有住处啊!"

他说:"里面不有吗?你那场院小房也行。"

当家的说:"那哪能住人呢?都说实在话,到晚上它闹鬼。"

他说:"不怕,不怕,俺就是死了也不怨你。"

当家的说:"哎呀,你说的太冲[1]了,好吧!你们愿意住就住吧!饭我供你,爱住几天住几天。"

他说:"好吧。"

晚上,饭好了,他们跟伙计们吃点儿饭,这屋多咱不住人了,他们抱点儿柴火把这小炕烧巴烧巴,就在这儿住下了。

他俩住到半夜,就听屋里"咔咔"响,就听一阵风"呼呼"来了似的。他抬头一看,这家伙,"呼啦"一个大老鹰就进屋来了,到屋一看,鹰说:"主人来了,主人来了!"他们三人听着吓得不敢吱声,老鹰就对这两口子说:"主人啊!你可来了,俺们给你看多少年了,这小屋没有院主,东西都归你,你来了拿着,俺们就不给你看着了。"说完,就像一团大火似的"呜呜"地走了。

他们起来点上蜡灯一看,整个那地全都起来了,拱个包。扒开土一看,全地都是银的元宝,屋里全是呀!得有千八百块的。他们把这元宝一点点儿撂起来,撂完之后像一个元宝山似的。在这屋里就有一个小炕,地下大,就撂地下了。

天亮了,这东家说:"看看那三个人,他们还趴着没?还有没有?死没死?那儿

---

[1] 冲:方言,指说话不加思考,说得过头了。

老闹鬼呀！不让住，他非说没事儿还愿意住。"

做活儿的到那儿一看，说："还睡觉呢！没怎的。我怎么看屋里面煞白？那怎么回事儿呢？"

东家来了，他俩醒了，说："正好，你们来了，物交原主啊！这些是你的银子，我给你收下了，昨晚来个鹰给送宝了，到屋说什么'主人来了，主人来了'，俺们也不是主人，俺也不是这儿的房东，你是这儿的主人嘛！这些就交给你们吧！"

东家打个唉声说："哎呀！行了，看出来了，一福压百祸，你们是有福啊！这地方谁住谁闹事儿，不是闹病就是吓跑了，还有死了的。你们非要住，要不说这些财宝就是你们的，它给你保存到现在，你们来了就该给你们了。我不能要这不义之财，就归你们了，你们收下来吧！这个场院也归你们了，你们就好好在这儿过吧！"

这家就在这旮发财了，场院也扩大了，过得也好了。搁那他这家怎么的了呢？都超过这个老东家，甚至比东家还发财。

要说还得有福嘛！一福压百祸，你要没有福哪也待不了。

舅舅变牛还债

从前，有个小伙子，日子过得挺好的，可他娘舅家却很穷，他舅舅三天两头儿到他家来借钱借东西，做外甥的也不忍心看自己舅舅吃不上饭啊，也总是帮衬他。

这一天，舅舅又来到外甥家求借，说："外甥啊，不管怎的，你也得再帮舅舅一把。"

小伙子一看舅舅又来了，也挺没辙的，说："舅舅啊，我老这么拉扯你，也没有个头儿啊，俗话说'救急救不了贫'，你这可怎么办啊？"

"我以后还兴许能挣着钱呢，挣了钱一定还你。"

"那要是挣不着钱呢？"

"要是挣不着钱的话，舅舅我就是死了也要报你的恩，变牛变马也要还你的债！"老头儿被问得有点不好意思了，脸憋得通红。本来他就是个老实人，就是穷啊，没别的办法。

小伙子见舅舅误会了，赶紧解释说："我哪是这个意思啊？咳，您别说别的了，这点儿钱算什么，哪能叫您变牛变马的，就这么的吧，今天先给你拿着。"舅舅拿了钱走了，回去之后再也没回来。

一晃多少年过去了。

这一天下雨了，小伙子没出去干活，在屋里趴着窗户往外看。

这时候，就看见他舅舅顺门口进院来了。他心想：舅舅一定又是借钱来了。可是怪了，还没等他跟舅舅说话呢，就看他舅舅直奔牛圈去了。小伙子寻思：舅舅这是要使唤牛啊。他赶忙起身追到牛圈去，到那一看：唉？奇怪了，明明看到舅舅奔这边儿来了？人哪去了？他往牛圈里再一看，家里的大母牛刚刚下了一个小牛犊。他就更纳闷了：这是怎么回事啊，也没看见这母牛揣犊子啊，今儿个怎么生了？没看见舅舅，倒看见生牛犊了？这是做梦吗？

他正在瞎琢磨呢，这工夫儿来人报信了："你吊孝去吧，你舅舅死了！"

他心里一下子明白过味儿来了："哎呀，舅舅说过，死了也要变牛变马还我的债啊，这回还真的托生成牛了，这可真出奇了。"他连忙带了钱去舅舅家，好好地把舅舅发送[1]了。

再回头说他家这头小牛。这小牛自打生下来就蹦跶，一直闹腾，太不听话了，谁打都不听。小伙子一看没办法了，就求它："你是我舅舅托生出来的吧？舅爷啊，你可别这么作了。"还别说，一听小伙子叫舅爷，小牛就老实了。

打那以后，这小牛一听人叫它"舅爷"就老老实实的，怎么使唤都不闹，可懂事，可好使了。所以，小伙子一套上这牛就说："舅舅，走吧。帮我干点儿活去。"这牛就顺顺颠颠地拉车，去哪都行，多不好走的路都能走。平时，小伙子对牛也很好的，不打不骂，好吃好喝的，干活儿也不让它累着。

这年夏天赶上大涝，这雨水才大呢。过村的路上让雨水冲出了个大河沟，车马都过不去，到这就陷住了。小伙子就用牛套了个车，天天在这拉脚。他的牛好使啊，有力气又听话，什么东西都能拉过去，所以这一阵子还真是没少挣钱。要是这牛稍微打点儿懒，小伙子就对它恭恭敬敬地说："舅舅啊，你还得帮我拉一场啊。"这牛就来精神了，使劲拉，也不偷懒。

---

1 发送：方言，指办丧事。

这一天，北庄开买卖的老王家运了一车盐，盐车到这就走不了了，掌柜的看见小伙子赶着牛车在这拉载，就说："我这车怕拉不过去，能不能用你的车给我们拉一下啊。"

"行啊，那就拉吧。"讲好了价钱，就把盐扔在牛车上了。

谁知道车到了河中间儿，这牛就嗷嗷地叫唤起来了，还直蹦跶，像疯了似的，怎么说也不走了，把车也给掀翻了，连人带盐全给干到河里去了。小伙子强把牛车弄上了岸，人都湿透了，牛也折腾完了，累得趴在那直喘气。一车盐就全都糟蹋了，那玩意儿掉水里就化了，捞不起来了。

老王家一看一车货都泡汤了，就不干了："这盐你得照价赔吧，合银子十两，少给可不行。"

小伙子心里这个气啊："这牛今个儿是怎么了，这些日子挣的钱加一块还不够这一天赔的呢！"嘴上就叨咕："舅爷啊舅爷，你可真不应该啊！我对你那么好，今天你怎么耍这个脾气呢？把人家的盐都给糟蹋了，叫我怎么对得起人家啊，再说我也包不起这钱啊！"

王掌柜的一听，觉得稀奇："你怎么还管这牛叫舅爷啊？"

"唉，您不知道，当初我舅爷欠我俩钱儿，他就说变牛变马也要还我。你别说，他死后还真就到我家托生个牛犊还债来了。所以，我就管他叫舅爷，让他好好干活。平时，我这牛特别听话，可好使了。谁知道今天犯了什么病，耍这么大脾气，把您的盐都给掀河里了，我这才气得直叫'舅爷'啊。"

"啊？还有这事？你舅爷叫什么名字啊？"

"我舅爷活着的时候叫张三。"

"张三啊。"王掌柜听着觉得挺耳熟的。

一会儿，他突然想起了什么似的，对小伙子说："行了行了，你也不用包我的盐了。我想起来了，你舅爷张三年轻时和我一块做过买卖，我欠了他十两银子，中间这么多年我一直出门在外做买卖，也没见着他，这钱到现在也没给他。今天，他把我的盐都翻河里去了弄没了，这是他把这笔债要回去了。看起来啊，阴债阳债都得还，谁人也短不下谁人的钱啊。你也不用赔我的盐了，我还了你舅舅的债，你舅舅也还了你的债。我们就都算完事了。"

小伙子一听，心里也觉得是这回事，还挺庆幸的。他看事情解决了，牛也累得够呛，就拉着车回家了。

回家之后，这牛就死了。为什么呢？舅舅讨回了自己的债，也还完了外甥的债，就没有什么牵挂了呀！从此留下了一个"舅舅变牛还债"的故事。

挖大钟

这个事儿发生在哪儿呢？过去，兴安堡有这么一家儿，姓张。叔侄两家住三间房，东屋住的是叔公老太爷，西屋住的是侄儿和侄儿媳妇。侄儿媳妇挺厉害。

这天睡觉当中，老太爷听到外边儿有动静，就从东屋起来了。他到外边儿一看，就看外屋那旮的，地下像冒烟似的，他合计出奇啊，地冒烟儿了，这个地方能有啥呢？他想看看，就去找侄儿起来挖挖。

侄儿这一挖，就看下边儿好像有一个大钟似的，老太爷说："哎呀，这是个钟啊，这是宝地！"

他们正挖呢，侄儿媳妇出来了。没等别人说话，她就喊："等会儿！别动啊，这咱一人一半儿啊，你在这儿乱挖可不行！"

她就把锹抢过去了，她就挖。他们就眼瞅着钟往下落，越挖钟越往下落，这媳妇越吵吵越往下落。

后来，挖到天亮，都挖下去一大座山了，这钟没了，整个就挖断了。

大伙儿一看，有的人告诉老头儿说："你是没福啊，要是有福的话，就能把财挖出来，这里不光有一个钟啊！让你侄儿媳妇这么一吵吵啊，宝就走啦！"

从那以后，这房子就不住了。一看这里有个钟，大伙儿就考虑说这儿可能是个庙宇，要不不能有这大钟。之后，房子就扒了，啥玩意儿也没发现，就闹出了挖大钟那事。

卖屁股先生

过去有个教书的先生是个老饱学，老先生四五十岁了依然饱学，但是有些个邪术，没事儿替张家写个符来，给李家写个锁魂单来。写这个都行，你做好了行啊，但他能拘神弄鬼儿，能把这人拘去，他有这种造术，就写上你的名儿，画上你的形象就能把你拘来。

单说学校有几个学生在那儿念书，有一个张生，他有个姐姐长得好看，先生看见过两回，就相中张生姐姐了。人家二十岁大姑娘啊，他都四五十岁的老头儿子了，根本就不能娶人家呀，他就寻思怎么能得到手呢？

这天他就和张生说："张生啊，我有点儿毛病，胃不好，非得喝点儿药不行，非得姑娘的头发剪点儿来，我配方配上喝了就能好。我看你姐姐那头发挺好，你把你姐姐的头发剪来，不用多，剪来一撮就行。回头你给我拿过来，完了我用点儿。"

小孩儿一听，因为他这老师素日瞅着品行也不端，就说："好吧！"就回去和他姐姐一说。

他姐姐说："那不对啊，我大姑娘头发能给他？那老师本来瞅着歪门邪气的样子。"

他说："姐，那不行啊，你要不给我头发我就不敢上学了，老师非打我不行，他本来挺严的，非拿去不行，说今儿就得拿去，今儿黑夜就用。"

姐姐一看，说："好，你等着，我给你剪去。"说完小孩儿在屋吃饭，她就出去了。正好他们家东边儿有个关老爷庙，这姑娘是机灵啊，就搁家三步并两步走，紧走就到关老爷庙了，就把关老爷像的胡子剪了一撮，剪回来搁水洗洗之后就卷到纸里包上了。回家告她弟弟说："我剪好了，你拿去吧！"

张生挺乐，说："好！"就拿去了。张生拿上回学校就告他说："老师啊，我给你拿来了。"

他打开一看，说："好，谁剪的？"

"我姐亲自剪的！就剪了一撮，没剪多少。"

"行，有点儿就行，你回去吧！"张生就回去了。

半夜了，先生一看到时候了，这女的也趴炕上了，外边儿也没有人了，他就寻思：我把她拘来和她同床共枕啊！他就念上咒掐上诀拘上了。

这一拘，关老爷架不住了，他拿的那是关老爷的胡子啊！关老爷正在佛殿里待着呢，说："咦，谁请我呢，我得去啊！"

说完关老爷带着周仓领着官兵骑着马顺空中就来了。到了一看，白烟在睡觉那屋呢，他就奔睡觉那屋来了。这工夫先生就准备好要等睡女的了，就把衣服全脱了，也没盖被子，脱个光屁股在那儿趴着等着呢，寻思来了就捂扯[1]人家。关老爷到屋一看就问周仓："这是干啥呢这是？这不是教书先生吗？"

周仓说："不用问哪，这是个卖屁股先生，等你来，捂扯你呢！"

关老爷听完"啪"一巴掌，说："卖屁股先生，卖屁股去吧，胡闹什么玩意儿！"说完一转身就走了。

从那以后，人们就给先生起了个外号"卖屁股先生"，他没成功，最后还闹了个"卖屁股先生"。

库官保管

这个小故事是什么意思呢？就是过去说人的财宝由命，你想多要也不行。

有这么一个出京的官，他是京城的吏部天官，上下边儿去打听视察去，他要上江南。走到江南之后，正好走到一个庙，一看到晚上了，就对随从的人说："这么办吧，不用住旅馆，就住庙院里吧。"

他就在庙院里搭的公馆那里面住的。他睡到半夜做了一个梦：他看见来一个带着刀、带着剑的人来这儿说："大人在上，在这后边儿山里有个库，我给你保管两万两银子，已经保管好几年了，就应该是你得这个银子，现在你打算多咱取呢？"

"我暂时不取，没工夫取，我得上下边儿视察去呢！"

"那好，你多咱回来再取，我给你保管，你回来找我。"

"那我上哪儿找你去呢？"

---

[1] 捂扯：方言，撕扯，这里指强暴的意思。

"你回来不用别的,你就大喊,喊三声'库官,库官'我就能出来。"

"那好!"那人就走了。不说。

单表这位大臣。天亮他一惊,醒了,原来是个梦。但是寻思这事儿挺出奇,一看山上树木林子啥的瞅着也挺静、挺好,他一考虑,这事儿就像真事儿一样,就去了。

他到南方去了几年,这儿也送礼、那儿也送礼,光送礼都有两万多两银子,得了银子拿马车拉回来,发财了!他一合计:这回妥了,我到那山上还能取,这儿的山里能有库官给我保管着,还有两万呢!他到山上一喊库官,库官真就出来了,说:"哎呀,大人回来了?"

"回来了!"

"好吧!"

"你不是说回来给我取两万两银子吗?"

"大人啊,那里的银子不能取了。"

"那怎么回事儿呢?"

"你的命运就是两万两。这次你到南方去,光送礼的、受贿的就有两万多两了,顶这数儿了。这个银子就不能给你了,你命中注定是这样的数,所以山神爷把银子给你没收了。"

从那以后他一看,说:"哦,看起来银子在命运中是有数的钱财,你想多要也不行。"

张老坦聚酒

过去那时候都有邪术,有个张老坦[1],他是关里人,到东北来之后,就在咱这旮旯住。张老坦这人倔,有一天他就上南边孟家台,孟家台有个烧锅,他去打点儿酒喝。去了以后,他就和人家说:"你能不能把那个净酒卖我一点儿?就是出的净酒,那度数高啊,我这人好喝高度酒。"

---

[1] 老坦:方言,原意指从农村到城市里来的人,后来用以形容人的思想陈旧,或是指穿着及行为过时落后。

人家说:"那不行,那哪能随便卖呢?净酒谁也弄不去,俺们卖的就是兑完的酒。"人家把他撑了。

他一听,挺憋气,说:"那行啊!我不买了。"回来以后,就和大伙儿叨咕,说:"太憋气了,这么办!明天我取点儿净酒去,给大伙儿尝尝。"

那时候,这堡子人不少啊!人们说:"你怎么能取来呢?"

他说:"别看他不给我,明儿个我自己取去。"

到晚间,他就弄个铁叉擦巴擦巴,过去房里的大梁都有明柱,他像有邪术似的,把铁叉子"啪"扎明柱上了,扎上之后,就和酒相通了,就看这铁叉把上直淌水呀!一闻这酒味才大呢!这酒就"哗哗"淌。他就搁大盆接着,接一大盆。一大盆就有二三十斤,他又找了个小缸,又接了一缸,能有一二百斤哪!他想这就行了,把这个咒一闭,叉子拔下来了,一抿,大梁上三个眼儿也没有了,这酒也不淌了。

到第二天,大伙儿有到孟家台去的,到孟家台就听有人叨咕说:"昨晚可出奇透了,后面酒厂的酒篓漏了三个窟窿,酒淌出去不少,糟蹋不少啊!"

大伙儿一看,这老坦是有两下子。从那以后大伙儿都知道老坦了不得,就跟他商量:"这么办吧!你就不用打酒了,没事你就聚点儿,咱就喝呗!"

他说:"那不行,这事是邪术,教育一下就完事。咱拿做买卖来说,我都聚了,我开仓库好不好呢?何必自己做呢?可要那么整的话,我方法也不灵了,人家神也就不保我了。"这就是张老坦聚酒。

一文钱娶媳妇

"西北地的萝卜,兴隆台的瓜,小洋河的姑娘人人夸。"小洋河是咱这边的一条小河,河水清凌凌的、甜丝丝儿的,像有人放了冰糖,特别好喝。打从古时候起,小洋河两岸就出美女,喝这河水长大的姑娘,一个赛一个透着俊。小伙子要能娶上小洋河的姑娘做媳妇,那真是两天不吃饭也不觉得饿,睡梦里也要笑醒几回。

小洋河的姑娘出了名,身价也比别处姑娘高,一般的聘礼少了娶不走,拔尖的姑娘更是千金难求。可是,不知是哪一朝哪一代了,就听说有个扛活的穷小伙,只花了一个铜钱，就把小洋河最拔尖的姑娘娶走了，这姑娘不是别人，还是当地有名的大财主金百万的三闺女。

"洋河岸姑娘千朵花，俏不过金家姊妹仨。"大财主金百万不知哪炷香烧正了，虽没儿子，却得了三个天仙般的女儿。老大金枝嫁给了个文官，老二金叶嫁给了个武官，就老三金花还没寻下主儿。"吃豆腐吃边儿，娶媳妇娶三儿。"金花虽生在财主家，可她不像大姐那样馋，不像二姐那样懒，模样还比两个姐姐都俊，心地也善良，一双手更是巧出了花。这样的好姑娘爹娘还能留得住？一家女百家求，金财主家门前媒人好似走马灯，门槛踩得溜溜平，金花就是不吐口。金百万认定三闺女是棵摇钱树，一心指望她发大财，也不想轻易将她许给人家。他哪知道，金花心里已经有人了，她是不敢对她爹说，说出来，能把金百万的鼻子气歪歪。

金花看上谁了呢？她看上了给她家扛活的牛倌王二。谁也说不清两人是怎么好起来的，论长相，王二在小伙子堆里倒是数一数二拔了尖的，和金花真是天上一对儿，地上一双。若是看家产，可就完了，王二除了有个要他养活的瞎老娘外，再找不出能让贼上眼的东西，那真是离家三天不用锁门。王二心里明镜似的，自己和金花好到头来，也是竹篮子打水一场空，金百万绝不会让金花嫁给他这个穷扛活的。可是他心里就是放不下这个姑娘。金花呢，要是几天看不见王二，吃饭都不香，天底下小伙子万万千，她还就看中了王二。

金百万看金花有事没事往王二那儿凑乎。心里挺不得劲儿，可是没抓住啥把柄，也不敢贸然说自己闺女，就把一肚子邪火都撒在王二身上，每天不是嫌牛瘦了，就是嫌院子没扫干净，挤兑得王二站也不是、坐也不是，咋干也落不下个好。

王二正当年轻气盛，哪能总受这个？气得几次想摔耙子不干了，但想起瞎老娘和金花，只好咽下这口气。有一天，他也是气不过了，就对一起扛活的穷哥们说："我王二是被穷家逼得没有路走了，才在这受金百万的窝囊气，我要是哪天发了财，决不给他干了，你们看着，我只要捡着了就不干！"

哪承想，王二第二天放牛，真就在路上捡到一枚铜钱。他看着这枚铜钱，乐了，心说，我昨天说："捡着就不干，今天就捡着了，捡一文钱也是发财啊，看来，这是老天爷让我辞工，别再受金百万的气了！再说和金花的事，只怕这辈子也没指望，老在金家干下去，也把金花拖累了。"王二翻来覆去一合计，干脆，就借这个茬口辞了工算了。

第二天，日头老高了，金百万家的牛在圈里憋得乱撞，哞哞直叫，就是不见牛倌打开圈门。金百万刚要打发人去找王二，王二慢慢腾腾地来了。

金百万一瞪眼，说："王二，你怎么才来？还想不想在这干了？"他咋也没想到，王二接过话茬就说："不想干了，我今天就是找你辞工来了。"

王二这一招，金百万真没有想到。他打个愣，说："你不干也得赶个月份，这不年不节的辞的哪门子工？"

王二说："我说过，不论多咱，捡着就不干。我这话，扛活的活计都听到了，他们可以做证。"

金百万赶紧问："这么说，你是捡着了？"

王二拍拍腰包，挺神秘地一笑，说："当然捡着了，要不哪能来辞工！"

"捡着啥了？"

"这你就甭问了，天机不可泄露嘛！"王二说完，一拍身走了，嘴里还哼哼着小曲儿。

王二一走，金百万觉的挺闹心。他胡乱找个人把牛松开，大步小步就奔到地里。他想知道，王二到底发了哪路财。到了地里，他叫过来伙计们一问，大家都不知道王二捡着什么了，不过，有人告诉他，王二是说过"捡着就不干"这话。

金百万这人有个毛病，家里守着金山银树，看人家有个铜茶壶心里也痒痒。他摸不清王二到底捡着什么了，心里可就撂不下了，白天晚上地胡猜。他早就听人说起过，有人在附近山上捡过金元宝，王二是不是也捡着金元宝了？要是那样，他这财可就发大了，不能让王二一个人独吞！

金百万一咬牙，舍不得孩子套不住狼，我干脆这么办吧。他把老伴叫来，说："我琢磨王二这小子是发了大财了，要不说话哪能那么冲？我见他走时还唱小曲儿呢，财宝不能落外家，咱把金花嫁给他吧。"

老伴一听不乐意了，头摇得像拨浪鼓，说："你个老东西，我看你搂钱搂昏了头，咋不在心上过过，那王二要是没发财，你把闺女嫁过去怎么办？生米做成了熟饭，咱可就亏出个大天了！"

金百万说："我想让金花上他家探探底呀，不嫁过去，哪能套出实嗑来？换别人去，王二那小子更不能露口风。"

老伴心眼来得快，说："咱不好先让闺女和他定亲，没过门的媳妇也能住婆家，叫金花到他家住上几天，从王二他妈嘴里套出话来。到那时他要真发了财，咱金花嫁他也不屈；他要还是个穷小子，咱就赖婚！"

金百万说："嗯，这主意不错。不过，咱得跟闺女先交代好，叫她一定套出王二的底来。"

金百万跟老伴商量妥了，马上叫人去找王二。王二正想找金百万算工钱，撂下家里活就来了，金百万说："王二，咱们一码是一码，工钱到秋后再算。我今天找你有大事，咱们东伙几年，我看你小伙子挺仁义，想把我闺女嫁给你，你看怎样？"

王二以为自己听错了，忙问："把谁嫁给我？"

金百万嘿嘿一笑："我老闺女金花呗！不是我自夸，我家金花在小洋河也是数头一份儿！"

王二虽说做梦都盼着娶金花做媳妇。可是，还是不相信金百万说的是真心话，谁不知道，金百万是有名的"铁公鸡"，他怎么能把他的宝贝闺女白白嫁给一个穷牛倌？王二说："东家是在说笑话吧，我王二穷得两手攥空拳，拿不出聘礼呀！"

金百万说："拿不出聘礼不要紧，我是相中你人好，将来肯定有出息，才将闺女说给你。你要是乐意，就先把婚事订下来，让金花到你家住几天，侍候侍候你娘。你呢，还来我家放牛，咱们不是东家伙计了，全当姑爷帮老丈人干点活儿。"

王二满口应承下来。金百万叫来管家当媒人，把金花找来，当下给两人定了亲。金百万留了个心眼，故意没惊动外人，为的是日后好打赖。

金花怎么也没想到，她爹妈想出这个损招，叫她去当搂钱的耙，搂不来就赖婚。她偷偷问王二，知道他只捡了一文钱，这可咋办呢？金花一跺脚，还是到王二家去了。她想，不管怎么样，先见见瞎婆婆再说。到婆家住过了，日后爹娘要赖婚，她也有话对付他们。

王二家在傍山根压了两间小草房，四周用碎石头砌的院墙。平时，王二在外面扛活，顾不上家，院墙早该修了。这两天，王二划拉一些碎石头，刚搬回家来，就叫金百万找去了。等金花到他家时，院子里又是泥又是水，乱得下不去脚。金花没嫌乎，到王二家就手脚麻溜地拾掇开了，忙完屋里忙屋外，把王二的瞎老娘乐得直抹眼泪。

金花把碎石子儿往一起堆了堆，嗯？她眼睛忽地一亮，呀！这石头里，有好多是生了锈的银子啊！她急忙把银子挑出来，足足捡了半土筐。

过几天，王二回来了，金花说："你砌墙的这些石头是从哪儿捡的？"

王二说:"这玩意儿呀,咱家房后沟塘子里有的是,你要多少?"

金花说:"那不是石头,都是银子呀,你快去捡回来。"

"真的?"王二乐得一蹦老高,找个家什就跑了,没多一会儿,就捡了足足两大筐。

王二问金花:"山上哪来这么多银子呢?"

金花说:"听老辈人讲,这山上老早以前打过仗,一支队伍在这全军覆没了,该不是他们的军饷吧?真该着,我爹说你捡着了,你还真捡着了!"

王二说:"你爹叫你赶紧回家呢。"

金花说:"好吧,我走以后,你把这些锈银子都砌进院墙。"说完,金花带了两块银子走了。

金百万眼巴巴地盼着金花回来,金花一到家,金百万连忙问:"你在王二家都看见什么了?"

金花说:"他家能趁啥?满院子都是这破玩意儿,叽里咕噜直绊脚!"她把两块锈银子往金百万眼前一亮。

金百万瞪大眼睛一看,这不是银子吗?他眼睛都红了,着急忙慌地问:"你说什么?他家院子里净是这玩意儿?"

金花说:"可不,连院墙都是这东西垒的。我看王二家就数这玩意儿多,就给你带回来两块看看。"

金百万一听,这还了得,王二家有这么多银子?他信不实,一溜小跑来到王二家,在院墙外,他猫下腰仔仔细细一看,啊,这墙真是银子垒起来的!

这下子,金百万心里有底了。回到家,他对老伴说:"快找个人相个日子,打发咱金花过门!"

老伴说:"你探出王二的准信儿了?"

金百万得意地说:"那还有错?咱闺女是掉进银子堆里了,哈哈,王二的银子海了,你等着瞧吧,我今后是他老丈人了,那银子还不长翅儿往我这儿飞?"

没用王二张罗,几天后,金百万就将闺女金花披红挂彩地送上门了。小两口拜过天地,欢欢喜喜入了洞房。

金百万的算盘珠可拨拉错了。王二和金花对银子早有安排,两个人将一半银子自己留用,另一半分给了村里的穷乡亲。大伙儿用这钱买房子买地,别提多高兴了,金百万连银子边儿都没沾着。那还不说,过后,他又听说王二那天只捡着一个铜钱,是他把闺女送上门后,金花才发现了那些银子的。你说把他气得呀,窝了一肚子的火,对老伴说:"王二这小子真是太厉害了,我这个'铁公鸡'都叫他拔了毛,一个大钱儿就把我闺女娶走了!"

龙珠

有这么两个小孩,俩人在一起玩,一个叫张三,一个叫李四。这个张三小两岁,十二三岁,李四十四五岁。他俩看见山边有个挺大的枯水井,里面有蛤蟆,就拿石头打蛤蟆玩,拿石子往里一撇一撇的。这个李四淘,张三打的工夫,李四用脚扑棱他,张三咕咚一下子就掉进井里去了。他身体沉,没趴住。李四一看张三掉进去,完了,就往回跑。

张三往井里一掉,寻思完了!往下一坐,全是水。一下沉到底,觉得脚底下软乎乎的,寻思着是什么呢,一摸像海绵似的,但是什么玩意他也说不上。他一看,外面有亮光,就奔亮走过去了。走不远就看前面一条大龙在那儿趴着呢,两个眼睛挺亮。哎呀,他一看,害怕了。这个龙就说话了:"你是叫张三不?"

张三说:"是。"

大龙说:"你不用害怕,往前来吧,你饿不饿?我有龙珠,你舔一舔就止饿了。"说着,它就把龙珠顺嘴里吐出来了,说:"这龙珠是宝珠,咱俩有缘,你有这个命。"

张三胆子也大,拿过来舔一舔,觉得不但身上不饿了,身体也特别爽快,精神也好。张三哭了,说:"我打算上去,我想我妈了。"

龙说:"你别害怕,你现在没到日子,上不去,我不能动弹,我是龙,没到日子,非得二月二龙抬头,我才能上去,还得十天。你再待十天吧,不用害怕,你要饿就舔龙珠。你要觉得闷就去溜达玩吧。"就把龙珠给张三了,说:"这是个宝贝,就给你吧。回去你就带着,无论谁有灾病,舔上就好,能治百病。"张三就答应了,暂且不说。

单说李四。李四跑回家,他妈一问怎么回事,他就说实话了,他说:"我没注意,我踢了张三一脚,他就掉井里了。"

李四妈说:"这么办,装病吧。"就把李四摁到炕上装病。

正装病呢,人家张三妈找来了,说:"你们孩子在家没?"

李四妈说:"在家呢。"

张三妈说:"俺们那孩子他俩玩去了,孩子怎么还没回来,黑天还没回来呢。"

李四妈说:"俺这孩子今天没出去呢,这不闹病了嘛,在炕上趴了一天了,张三也没来。"这一看没办法,也不能赖人家,能赖人家嘛,这事就压下去了,不表。

一晃到十天了,这龙就和张三说:"我把你送出去,你来吧,到我傍拉。"他往龙身上一趴,龙一弓腰,就把张三拱上去,顺着枯井出来了,龙也升天走了。

张三得了龙珠,回去就妥了。他妈就和人叨咕,无论谁有病,一舔龙珠就好。这三里五村,都到那旮拜求龙珠,这来能空手来吗?你给扔五两银子,他给扔十两银子,张三就发财了。

这李四妈一看,就说李四:"你这孩子怎么这么完蛋,你怎么不掉进去呢,人家把龙珠得来了!你要蹦下去,你不就得来了?你比他大两岁,还不懂啊。完蛋透了,让人家得去了。明个儿我把你送去。"

他说:"好!"

他妈一合计就来坏道了,想钱道,寻思是好事呢,就把儿子送井里了,和他说:"你趴着,我推你。"她一推,儿子咕咚就掉下去了。他妈就在外面等着,等了三天三宿没动静,就喊:"儿子,儿子。"没动静。她一考虑:不用说,这里还有珠宝,龙珠也大,他拿不上来,我也下去吧。她也掉下去了,原来里面都是石头,儿子摔死了,她也摔死了。

从那以后,娘俩心不正,在井里都死了,人家张三得好了。

虎须

有这么个小伙子,每天上山打柴火,在这当中,得着个虎须。得完之后,不知道啥用处。

有个明白人告诉他,说:"这个虎须是宝贝啊!你不能伤它一点儿啊,你一定要揣好它!它能看到人原来的本相,这个人原来是什么托生的,就能看出来是龙啊、是虎啊还是什么托生的。"

他说:"是吗?当官的都是老虎托生的呗?"

明白人说:"对啊!"

小伙子说:"当皇上的是龙托生的?"

明白人说:"那不一样!你看完就知道了。但是你不能说,说完有杀身之祸!"

小伙子说:"我不能说!"

这个小伙儿是怎么得着的呢?原来他看见一只死虎,他就到那儿摸了摸,摸完之后,就掉了一根虎须,他就得着了。结果这个虎就蹦起来了,没死。他是命大,得了个虎须。

他得着之后,就回来了。这天,他把虎须带身上,走到城里去了。到城里头了,一走走到县衙门,走到县太爷那儿了。

走那儿,扒这门一瞅,搁眼睛一瞅,这屋里头哪有护兵护卫,哪有县里那些办公人员啊,都是四只眼睛的狗啊!一个一个和狗似的,就"汪汪"在那儿叫唤。

"不怪县太爷下面儿的官这么凶,原来都是狗托生来的啊!"他就在心里寻思。这会儿县太爷来了,他就起来了,不敢拿虎须了,就把它揣兜儿里头了,也不敢搁手拿着比画了。

县太爷说:"你比画什么玩意儿呢?"

他说:"我没比画什么!"

县太爷说:"你瞅啥呢?"

他说:"我啥也没瞅。我哪敢瞅!"

县太爷说:"我不是说别的,我看着你瞅来着。"

他就说实话了,他就说:"县太爷在上,我不应该说实话。但是不说的话,你问我了,我就说吧,我在瞅你的屋里头呢。我有个虎须,是宝贝,给我的那个时候,是一个老虎趴地下的时候,它趴在那儿不知怎么的,好像是迷糊了。我到那儿摩擦毛儿的时候,虎须掉下来一根儿,这样我就得着根儿虎须。这个虎就跑了,我也没打它。得着这个虎须,我就往人身上一比画,人是什么托生的我就知道。"

县太爷就说:"那你看看我这院子里的人都是什么托生的?"

他就说:"你院子里的人啊,都是四只眼睛的狗啊!一个一个的没正经货啊!"

县太爷说:"啊!你看看我,是什么托生来的?是老虎啊,还是什么玩意儿?"

他一瞅,他说:"那好吧。"

本来这个县太爷挺傲的、挺狂的,就坐那儿了,让人伺候他一坐。他就趴着瞅,瞅完一看,心里说:"我不能说啊!我要是说,就完了!"

他心里一寻思着,就说:"可了不得了!我不敢瞅啊!你老吓人啊!一坐着,那狐假虎威的!"

县太爷就说:"哎,这还真不错!你回去吧,没啥事儿。"

出大门以后,别人还有问他的,还有个师爷跟着他,就问他:"你到底看着啥了?"

他说:"我看他是一只大狼啊!长耳朵狼,它可厉害了,眼睛勾勾着!我哪敢说啊,说完我不就没有命了吗?"

师爷说:"你回去吧。这里头哪有好人啊?除了狼就是狗!你还待得了?"他从那就回家了。

就说这虎须这玩意儿了不得!有虎须的人,能看透人的原像。

龙落平阳

古代的时候,遇到天上大旱,百姓就要专程求雨,要不它不下呀。人们求雨的时候都是敲锣打鼓,这儿请龙王、那儿请龟王的。

据讲,西北地区有个地方,下小雨当中天上掉下一条龙来,这咱谁也没看着,但讲得挺真切的。这龙下来之后到地上,落到了小水坑傍拉[1]儿,那都有小多丈长。大伙儿一看,这是真龙呀,当地就有人组织群众营救它,这个挑水,那个挑水,都往龙身上浇。那龙脸上的眵目糊[2]都挂绿豆蝇了,天太热,不浇不行,最后有人就用草给它盖上浇。

---

[1] 傍拉:方言,旁边,附近。
[2] 眵目糊:眼屎。

大伙儿到这儿一看，说："这龙是落难了，它这是犯错误了，要不下不来，看起来大伙儿要救它不光要给它浇水还得给它求雨呀。"

这回又浇，一浇浇到三年头儿，越浇水这雨越大呀。终于这天下雨了，天刚黑，白花花的大雨就下来了。这雨刚歇口气儿，就听"轰隆"一声，大伙儿一看天上，这龙被带走了，叫人家给救回去了，下边儿那龙盘窝的龙印儿都还有呢。

大家都觉得它当初是因为犯错误行错雨了，才被打下来的，是大家的诚心感动了上苍，才免了这龙的错儿，据说从那以后，这地界儿一直风调雨顺的。

小猪与小鹅

一个大财主有个老姑娘叫小鹅。保媒的有的是，三天两头去她家，这个小鹅不愿意。

怎么回事儿呢？家里人问她，她也不说。

保那多媒，为啥一个不愿意？其实她家有一个叫小猪的牛倌儿，又放牛，又放猪。这个小孩儿长得好，勤快，还挺有才，关键是他俩处得不错。

这天，她家逼着小鹅找人家儿！小鹅没办法了。晚上，小猪正在牛棚子里睡觉，就觉得被窝直动弹，掀开一看，是小鹅。

"你干啥？"

"不干啥，我就是死也要嫁给你，你不用害怕。"他俩趁着黑夜就入了洞房。

她就在那儿待着，一来二去，在那儿待着能有不少日子了，没有不透风的墙，最后财主知道了。

这老财主说："这还了得！"把小鹅抓来了："小鹅啊，你这个孩子太不懂事儿了！敢跟这个小猪睡觉去！"老财主把她暴打一顿。

打完女儿之后，老财主就把小猪用绳子捆起来吊在树上，也一顿打，也没个轻重，竟给打死了。

财主不解恨："喂狼喂狗去吧！扔狼圈里去！喂狼狗虎豹去，给他扔出去。"小猪的尸体就被扔山坡上了。

小鹅知道了，大哭一场。跟他爹说："我明天非要看他去。"

他爹说："你不用看，我把他埋上了。"

晚上，财主就告诉仆人把小猪埋到坟上了，怕女儿到那儿再瞅着发疯。当晚儿，小鹅就寻思，不是个滋味儿，趁天黑也吊死了。

过了几天，小猪又缓过来了，扒开身上的土，渐渐就清醒了，心里惦记着小鹅，他还不知道小鹅死了。

一打听，小鹅吊死了，埋在山坡上。他就到小鹅坟茔上天天哭，天天哭，一直哭到第七天的工夫，这天就看坟从中间劈开了。他就往里头走，瞅着黢黑的。再往里头走，有点儿亮儿了，前边儿有一个山坡，有树林子，一看小鹅在那儿坐着呢。

"哎呀小猪，你搁哪儿来的？"

"我从你家来的。"

"你怎么来了呢？这是阴曹地府啊！我已经死了，你咋过来的？"

他就扑向小鹅，小鹅说："你扑也扑不着我！我是阴魂，别扯了。"

他一下子就哭了。

"你不用哭，你要是和我真心实意的，回去以后啊，就用你的中指血，天天往我坟上滴一滴。天天滴，滴满一百天，我就能活，咱俩一起过。"

小猪回来以后，每天到小鹅的坟上滴一滴中指血，一滴滴一百天。就在滴完最后一滴血之后，坟墓自动打开，小鹅就出来了。

她说："我现在确实活了，都是你的血让我重新活过来了，这回咱俩远走高飞吧。"

从那以后，这俩人走得远远的，过幸福的生活去了。

换手指

有这么一家，一个老太太带着儿子，儿子一辈子特别贪财，二十多岁没结婚，但他挺有孝心，对他妈不错。他妈在家里供奉神仙，这仙、那仙供得多，天天儿在那儿嘱托仙。这天就感动上仙了，太白金星就来了，到这儿一看，就和老太太说："你就一个儿子,还没娶媳妇,挺困难,今天我是特意来照顾照顾你们,我是出家人,来帮你们忙。"他告诉老太太儿子说:"孩儿,你去把石头搬两个。"屋外有石头,儿子就搬来撂地下了,太白金星说:"我给你点石成金。"

老太太说:"那还了得嘛!"

太白金星就念咒,一点,石头就变黄金了,他说:"搬点儿大的,多点点儿。"这他又搬了不少大石头,一点都点成金了。

老太太和儿子说:"这些我们一辈子都花不完啊!"

儿子说:"不要。"

他妈说:"哎呀,你这些黄金还不要?够花一辈子的了!"

他说:"不要。"

太白金星说:"哎呀,你这小伙子有点出息,不贪财啊,是不是不喜欢这玩意儿。"

小伙子说:"不是,我要黄金没用,不得要你的手指头,你剁下来,咱俩换,我什么时候点什么时候都能使唤,何必要这点,我自己在家慢慢儿点。"

太白金星一看说:"拉倒吧,这金子你没收,你不愿意要我就收回去了。"太白金星就把金子收回去,走了,他啥也没捞着,他就是不知足。

陈龙脊背土

就说人要是有病了呀,总是急得东找医,西找先生。

有一个李老员外,他有个公子。这个李公子生病了,怎么治也治不好,经多少人也没能治好这种病。这李员外就寻思:怎么能好呢?

正好,当地有一个算命先生,他算命算得挺准,这个李员外就说:"这么办,你到那儿看看去吧!"

到算命先生那儿,李员外就问,说:"先生,你能不能给我看看,我儿子是不是短命鬼儿啊?这病怎么干治不好呢?还能不能治好呢?"

算命先生一看,说:"他这病啊,我也给你掐算了,有一个偏方能治,但治是能治，药引子不容易遇着。"

"什么偏方呢？"

"必须是'陈龙脊背土'才能治好呀！"

"哦！"

"你慢慢等吧，要该然他不死你能遇上，要该他死了就没办法了！别的啥办法也治不了，你就是把这药铺的药全拉来也治不了！"

"那好吧！"李员外就回家细心等着了。

一晃，这春天景儿就过去了，到秋后了。正赶有一天，外面"哗哗"下大雨，就跑来几个进京科考的学生，几个学生到屋儿了，说："老员外啊，行行方便吧，俺们让大雨浇得走不了了，打算在这儿住一宿。"

李员外一看，是三个学生，说："住一宿？那这么办，到屋儿吧！"就把学生让到屋儿了。

到屋儿之后，李员外就给他们整了点便宜饭，这学生就随便吃了点儿。吃完饭了，到晚间的时候，老员外老是"哼呀哈呀"的，有一个人就笑，说："老员外，俺们吃你点儿饭，你怎么这么'哼呀哈呀'的呢？你这么大的财主还心疼了？"

"咳！"李员外说，"公子啊，我不是心疼呀，我现在心里闹心，我儿子有病了，干治不好呀！"

"怎么回事儿啊？"

"他这肚子整个儿胀得邪乎，下不去，不见好，没办法！"

"哦！"

这一说，就有一个学生说："他能治，他们家有祖传的良方，有妙方！"

那小伙儿一听这学生说自己有妙方，急得说："得，得，他会治啥呀，别听他的！"

老员外就急中生智，深施一礼，说："公子啊，你要能治好我儿子的病呀，我就好好谢谢你，不管怎么的，你把你那妙方说一说吧！"

后来大伙儿说："这么办吧，老员外，你先回去吧，俺们合计合计。"老员外就走了。

到晚间了，大伙儿说："你净给瞎扯淡！会治啥病呀？都是学生！你就为住一宿，对人家好点儿就完事儿了，你也没个准儿，在这儿瞎胡扯！"

柒 幻想故事　　·1567·

那学生说:"现在这么办吧,你们想想办法,看看能不能弄点儿什么药,或者看看有什么法,给我出一个!"

这到晚间了,也没办法呀,正好炕上热,有个小伙儿的身上就出汗了。其实啊,那小伙儿就真姓"陈",名叫"陈龙"。就他该然这事儿呀。这个陈姓小伙儿一看,身上这汗出得邪乎,就抹扯[1]汗,说:"我身上不光出汗,还净是汗泥呀!"这家伙,一搓搓一大团子!

大伙儿说:"得了,就把你后脊梁上搓下的汗泥子给他拿去吧,看他吃完之后,管他行不行呢,反正咱明儿个就走了。"

不一会儿,老员外过来了,说:"你们现在有什么药方没?"

那学生说:"俺们这儿有一丸儿药带给你,这是专方,你给你儿子拿去吃吧。"这李员外就拿去了。

拿回去之后,他就迫不及待地给儿子吃。他儿子吃完以后,当时精神就舒畅了,真就好了。员外说:"出奇呀,真的好了!"

李员外到那儿说:"你们三位公子贵姓啊?"

"我姓陈,叫陈龙。"

"你叫陈龙啊?!"

"哦?"

"哎呀!"李员外说,"先生啊,可太出奇了!你搁哪儿淘弄的这么好的药,怎么这么好呢?"

"说实话,我也没有好药给你呀,没有办法,我出汗多,就把后脊背的汗泥搓了一丸土药,拿给你儿子吃了,没想到你儿子吃完之后稳当了。"

"得!别说了,顺街爻卦的先生爻得真准啊!他说我儿子的病要想治得好,吃的药非得是'陈龙脊背土'。你叫陈龙,你的脊背汗土正好治我儿子的病呀,咱遇都遇不上呀!"这大伙儿就哈哈笑。

回去一看,他儿子怎么的?顺皮肤拉下了一色儿蚂蟥!那可多了!他堆个大汗泥团子下去,把蚂蟥一裹都裹下来了,要不它下不来!

这李公子是怎么回事儿呢?他在河边玩的时候喝河里的水了,把蚂蟥的籽儿给喝

---

[1] 抹扯:擦的意思。

进去了，搁肚子里就生了一些蚂蟥。

你看，要不说这个病方不好开，谁也不知道什么药能治病，他这个病竟让陈龙给治好了！从那以后都说"陈龙脊背土"能治大黑蚂蟥。

甩发作画

过去有一个张老先生专能写画，那字画确实写得好，不但写得好，写完后还有"蛊"。什么叫"蛊"呢？就是变活了，画鹅画虎"蛊"了之后，鹅、虎都能从画里走出来，那出名得邪乎啊！

正赶上他老女儿出门，那时候关里有这个规矩，专讲陪送画。姑娘出门了，这家送两张、那家送三张，山水人物画什么都行。这老姑娘一接有上百张啊，那画都画得像样。临出门之前就跟她爹说："爹，你老画一辈子画了，在咱这旮可以说首屈一指，你不送我一张画啊？那我过门之后如果男人问我，'你爹没给你画啊？'我也没话说，像父女处得不好似的。"

她爹说："别着急，没到时候呢，我明儿给你画。"当天下晚他就告诉女儿："你研墨吧。"女儿就研墨。

等研不少了，女儿就问："还得研啊？"

老头儿说："不够，还得研。"这研了一宿，都倒个小盆里了。

女儿就问："爹，咱能用得了这些墨吗？"

老头儿说："你就研吧。"到鸡叫的时候了，老头儿就说："你过去，我给你画。"老头儿就不由分说，也没拿笔，就把头发打开了。过去男的都留长发呀，就看老头儿拿头发蘸了一些墨啊，脑袋一低，"啪"一下就往宣纸上一捆，一个像牛爪似的就捆上了，捆完之后就写上落款了。

他女儿一看就笑了，说："这不笑话嘛，爹呀，我让你画一回，你就弄头发一捆，这像啥玩意儿呀，也拿不出手啊。"拿着吧，等晒干了包着就回去了。

单表结婚那天，客都来了，名画挂上去不少，能有上百张啊，大伙儿都看，就她爹那张画没挂，姑娘嫌碴碜哪。到晚间女婿说话了："贤妻，你父亲画得那么好，怎么你出门连张画都没送你呀？"

媳妇就笑了，说："不是没送给我，是我没敢挂啊。"

女婿说："怎么呢？"

媳妇说："砢碜呗。"

女婿说："那哪能砢碜呢，我老岳父那是有名的画画画得好啊，怎么还砢碜呢，我看看。"

媳妇说："别看了，不用看，没法儿看哪。"

女婿说："不行，我得看看，就咱俩也没别人。"俩人顺被窝出来之后把柜打开了，把画拿出来一看，女婿就笑了："这是啥呀？"

媳妇说："头发蘸完墨之后掴的。"

女婿说："这是功夫到了，不管怎么的也是我老丈人画的，挂着。"

媳妇说："你可别挂了。"

女婿说："挂一宿，明天再摘。"就挂墙上了。

俩人趴着睡着了，夜里女婿一惊醒，一看屋里通亮啊，就看那画发光，金丝金鳞的，瞅着里面像个大城市似的，人山人海。他跟媳妇说："你看看吧，画'蛊'了，老丈人还是和你好呀，一生的力量全画这张画上了，这不里面城市全出来了吗？把功夫全用这上了。"说完就把画收起来了。

第三天她爹串门来了，两口子跪下来了，说："爹呀，你的画俺们知道了，确实'蛊'了，是宝贝呀。"

老头儿说："唉，我这一生精力都给你们了，我用全部的力量给你画上去的。这张画完之后永远不能再画了，再画也画不好了，我也就弃行了，那点力量都给你画那上了。"

这就是甩发作画的故事。

温泉是火烧的

温泉里水的热度怎么那么高呢？它是怎么来的呢？这有一段小故事。

当年有一个放牛娃，谁也不知道他姓啥，因为过去那时候管小孩儿叫娃子嘛，大伙儿就叫他牛娃，因为他小时候穷，没爹没妈，他就每天给人家地主放牛，放到十几岁，他就累得挺不像样儿，那手都是黑的！

这天，他就得病了。什么病呢？那身上长得净像癞似的，完全不像样，吃东西也吃不进去。这地主一看，说："你都这样了，俺也不能要了！"就把他又撵出去扔到山沟里了，不要他了。"你爱怎么的怎么的吧，俺们不能要你了！"他就在那儿哭。

有一个老王太太，心好，恻隐之心大，寻思：这哪儿能扔了呢？这小孩儿虽然长得砢碜[1]点儿，身上埋汰点儿，这也是一条人命呀！她说："这么办吧，我无儿无女，老头儿也死了，就我自己，我靠养活点儿猪、秋天捡点儿庄稼活着，你上我那儿去吧！"老太太就把这个牛娃领去了，去俩人抬巴着[2]抬她家去了，她这么喂、那么将养[3]，还真把牛娃将养好了。

将养好之后，牛娃感恩不尽，说："老妈妈，你待我这么好，你图的啥呢？我是个穷孩子，也报不上你的恩啊！"

老太太说："不，我见死不能不救，你就好好长吧，别害怕！"他就在这儿待着。

他说："老妈妈，我身上能不能治好呢？这一身净像癞似的，这怎么办呢？谁看谁觉得埋汰！"

老太太说："你这个病啊，我也听人家说了，好是能好，但非得上温泉里洗热水澡才行，咱这旮[4]还没有温泉，洗不了。汤岗子那地方咱去不了，挺贵挺贵的。"

他说："咱们这旮不好出温泉吗？"

老太太说："那哪能出？温泉打哪儿出来呢？"

牛娃说："你不是说温泉能用火烧吗？"

老太太说："傻孩子啊，那得多少柴火才能烧啊，再说水从上边儿来，火也烧不着啊，除非你下井里去，在这个井水里边儿砌一个灶坑，在那里头烧，那还差不多。"

牛娃说："哦，还有那么个办法？好！"就又待了几天。

他家西边有个大井，挺大！这个牛娃就天天在那儿趴着井瞅[5]，瞅了好几天，老

---

1 砢碜：难看。
2 抬巴着：抬着。
3 将养：照顾。
4 旮：块。
5 瞅：看。

柒 幻想故事

太太说:"你干啥呢?"

他说:"我看这井,看怎么能下去,怎么能到那儿把灶坑头,看我把这井水烧完之后大伙儿都能洗上澡不。"

老太太说:"你呀,净说傻话,你能行吗?"

老太太说到这儿就睡着了。天亮一看,牛娃没了,不知哪儿去了,让几个人去找,一看在哪儿?就听那西头的井水"叽里咕噜,叽里咕噜",像是有人在那儿干活儿呢,那家伙,那里边的水翻得哗啦啦的,里边就像在砌东西似的。

过了两天的工夫,就看顺井上边伸出个大手来,毛嗒的大手在那儿伸着,大伙儿说:"可了不得,这家伙,闹古怪了,闹鬼了!那井里能伸出手来?"

老太太一看,说:"哎呀,这是牛娃啊,是他显圣了,这人不用问,这个准是他!哎呀,这么办吧,急速给他拿吃的!"

大伙儿就往这手里给拿吃的,但大伙儿拿完了,牛娃给撇出去了,不要!给钱也撇!老太太说:"我明白了,他想要柴火,他和我说过嘛,要烧温水!"

她就挪点柴火搁到牛娃手里,牛娃拽着就拿进去了,他拿完还要拿,老太太就让大伙儿连夜送柴火。大伙儿你送一捆、他送一捆地往那儿送,最后把井填满了,这工夫,他就不要了。

这时就看那井里头"咕嘟咕嘟"的,那家伙,直冒热水呀!水上来之后冒热气,那可热腾呀!那水全上来之后,把当地那个山沟里头全充满了,就真变成了个大温泉!

老太太为了感谢牛娃的热诚心,就把这个泉叫成是"牛娃温泉"了。从那以后,她和牛娃也见不着面儿了,就留下了一眼温泉。

神牛山

在一座古老的村庄里,有这么一户姓李的一家,挺穷,就妈妈和儿子过日子,这小伙子叫李小牛。

原来他家开过豆腐坊,后来这小孩儿长大了也开豆腐坊。这小孩儿十五六岁,能卖豆腐了，老太太就帮他做，没有牲口，得自个拉磨。日子久了，老太太就叨咕："咱这要是能买个牲口就好了，这自个拉磨可太费劲了。"

这天，外边儿就像下来一道光似的，照得院子里通亮，他们就寻思这是什么光呢？打开门一看，站着头大牛，它在那儿瞅着呢！

老太太说："这是谁家牛呢？赶快轰走它！"

怎么轰它也不走，在地上一趴，都天亮了，看那牛还没走的意思，老太太说："怪啦！这牛它怎么不走呢？它是不是能帮咱拉磨？要是能拉磨就好了。这么办，它不走，咱试验试验。"

李小牛说："咱堡子没这样儿的牛，咱堡子这几家我都知道，没有养这么大牛的，这牛不知搁哪儿跑来的，好吧！"就把这牛套上了。哎？这牛好使唤还听话，到那儿就"嚕嚕"地拉磨，一点儿错都没有。他娘俩儿挺乐，这回不用拉磨了。

这牛一连待了有一个多月了，做豆腐做得挺快，豆腐也卖得挺好。这牛还不吃草，晚上到拉磨时候就来，拉完磨就走，白天不在这儿待。

这天，来了个南方老客，这南方人是看风水的。到这儿之后就问他："你们今天没做豆腐吗？"

李小牛说："今儿个没做。"

他问："我听说你们这儿有个大牛啊！是哪儿的呢？"

小牛说："不知道，是有个牛，净黑天来白天走。"

他说："今天晚上能来吗？我看看这牛，什么样儿牛？要是好你能不能卖我？"

小牛说："不能卖，多少钱也不能卖，不是我的牛能卖吗？"

他说："我看看就行！"

他就在这儿待着，待一宿牛没来，他住了两天这牛也没来。小牛一看，这牛它怎么不来呢？南方老客可尖了，他就猫在堡子外边儿瞅着呢！

当天晚上，这头大牛就来了，他不在它就来了，它一来他就跟着去了。跟到屋里，这牛正拉磨呢！他往屋一闯，这牛就惊了，一使劲儿就把缰绳给挣断了，磨也干倒了，就要跑。这南方人一手就抓住犄角了，这抓着它就挣。李小牛就打这个南方老客，说："你不能抓这牛！这牛你抓它干什么玩意儿呢？"这说啥也不干哪！小牛他一急眼拿着棒子就削这南方老客后背上了。这牛还炸蹶子，这南方人就拽着跑，小牛在后边儿撵，一跑跑到堡子外边儿了。正好有一个山，山上有树林子，这牛没办法就钻进林子里了，这南方老客还拽着呢！牛一抬蹄子把南方老客硬踢死了，这牛就钻山里去了。

这牛钻山里之后，就死在山里了，到老儿也没出来，所以这个堡子为了纪念这牛，就把这座山叫"神牛山"。

谎屁张三

在早有个人叫张三，最能说谎，人都叫他"谎屁张三"。

张三他爹在世的时候，家里过得挺富裕，给他娶个邻村的媳妇。媳妇没啥可说的，人也贤惠，娘家也有钱。可是张三的老丈人特别抠门（吝啬），抠门得邪乎，还爱占小便宜。

过了几年，张三的爹娘都死了，他也就不正经干活了，整天懒塌塌的，东游游西逛逛，没多少日子，家里日子就过不下去了。他媳妇拿他也没有办法，那时候不像现在，说离婚就离婚，就凑合着过吧。

这天，家里一粒米也不剩了，孩子饿得直哭。张三就跟媳妇说："咱俩的穷日子过到这份儿了，你爹也不说接济接济咱们。管他要钱肯定是不能给了，咱们想个办法骗他点儿钱吧。"

媳妇说："拉倒吧，你自己不走正道还要骗我爹钱。"

张三说："你看孩子都饿坏了，咱们也没别的亲戚，就你娘家是门亲，他们不管谁管啊。可你爹这人你也知道，那么抠，你还指着他能给咱们钱啊。"

媳妇一听，可怜孩子啊，就心软了，问："怎么骗呢？"

张三就趴媳妇耳边嘀咕一阵。他媳妇一听，说："这个道儿损点。"

张三说："不这样，你爹就上不了套儿。"

媳妇也没别的办法啊，就答应了。

第二天一大早，张三就去找老丈人。到那儿一看，一大家子人都在屋呢。张三一进门就喊起来了："爹呀，你闺女得暴病死了，你快去看看吧。"

大伙儿都吓了一大跳，老丈人惦记闺女啊，就套上车带着老婆和三个儿子来了。

到了张三家一看，闺女真死了，在炕上躺着一动不动。家里人哪能受得了啊，一个个都哭得死去活来的。张三一看哭得都挺伤心的，就说："哎呀，我一着急差点忘了，你们别哭了，我能把她救活。"

老丈人、丈母娘和三个小舅子一听，都直眼了，十只眼睛全盯着他。

张三笑着说："好几年前我买了一根'拨魂棍'，时间长了我都忘了，今天正好能用上。"

说着他就把柜子打开了，拽出一个纸包，拆了左一层右一层，最后露出来个小白木头棒。

张三说："你们别看这东西不起眼儿，能把死人的魂儿叫回来。我用它拨拉脑袋，脑袋肯定动一动，拨拉脚，脚就能抬起来。"

他拿着"拨魂棍"，像模像样地大喊一声："'拨魂棍'，显显灵！"然后就去拨拉他媳妇的脑袋，哎呀，他媳妇的脑袋还真就动一动，又拨拉拨拉脚，说："赶快起来吧，你娘家人都来了。"刚说完，他媳妇就一骨碌翻个身，"哎呀"一声坐起来了。

娘家人全看傻了。

媳妇说："我都到阎王那报到了，这拨魂棍一拨，阎王爷也镇不住了，就把我打发回来了。哎呀，要没这个东西我就看不着你们了。"

老丈人一看，这个东西好，真是宝贝。他这人爱财呀，就厚着脸皮和张三说："姑爷，你把这玩意儿卖给我吧。"

张三故意说："那可不行，这宝贝是我费不少劲才淘弄到的。"

老丈人说："哎呀，我有不和你有一样么。咱家人多，用处大，你就卖我吧。"

张三挺为难，说："卖你就卖你吧，你也不是别人。钱我也不能管你多要，我一百两银子买的，就一百两卖你吧。"

老丈人一听，乐坏了，急忙回家拿了一百两银子，把拨魂棍换走了。

刚才说了，张三老丈人特别抠门。他回到家就想：眼瞅要入冬了，闲季里这么多人干吃干喝太费粮食了，干脆都让他们先死了得了，等开春再给他们拨拉活。

想好了他就把三个儿子召唤来了，说："这闲季就留你们三个，把家里其余的人都先掐死，开春再把他们拨拉回来干活。"

三个儿子也知道这拨魂棍的能耐，一点没多想，就把全家三十多口人连勒带掐，全用绳子弄死了。这三十多个尸首也没地方放啊，就把他们全摆在东下屋，像摞袋子似的都摆上了。

这一个冬天,张三老丈人心里都美滋儿滋儿的,觉得自己这一百两银子花得真是值啊。

转眼到了春天,要种地了,老头儿把拨魂棍拿出来,先拨拉自己老婆,拨拉拨拉脑袋,不动弹;拨拉拨拉脚,也不起来,反正怎么拨拉都没反应。这下老头儿和三个儿子都毛了,又挨个拨拉别人,都不好使。

老头儿对大儿子说:"快!你赶紧找张三去!"

大小舅子一口气儿也不敢歇,骑上马就去找张三。见到张三就说:"你快去看看吧,你那'拨魂棍'咋不好使了呢?"

张三脸不变色心不跳,说:"不能,我那宝贝万无一失。"说完,就和小舅子到老丈人家来了。

老头儿看张三来了,赶紧把他带到东下屋,他一看,一大家子人堆得跟柴垛似的。

张三"哎呀"一声,说:"坏了!这哪儿行啊,哪有成堆儿放的?五脏六腑不都焐坏了吗?再好的宝贝也不顶用啊!我媳妇死的时候是单摆的,五脏六腑都好好的。完了,这些人都让你们给体登[1]了!"

老丈人和三个小舅子一听,连跺脚再拍大腿,都号开了:"这一家人死得冤透了。"

张三说:"这事可不怨我,谁让你们没问清楚就下手呢。"

老丈人和小舅子一想,人已经死了,也没有办法呀。这事就这么过去了。

一晃过了多半年,张三从老丈人那骗来的一百两银子眼瞅要花光了,媳妇又发愁了。张三一眨眼又有了一个主意,和他媳妇商量,说咱们这么办。

第二天,张三去请老丈人和小舅子吃饭,爷几个来了以后,二小舅子说:"今天咱多吃点儿多喝点儿,这阵子我爹心里不痛快,也没怎么好好吃饭。"就催他姐赶紧烧火做饭。

他姐说:"谁还费那个劲啊,咱家有宝贝。"

大伙儿就问什么宝贝。张三媳妇拿出来一个像小孩儿玩具似的"哗啦棒",说:"用这个棒一敲,要啥来啥。"就问大伙爱吃啥,大伙就一人点了一样。

---

[1] 体登:祸害。

媳妇就在她家锅上敲了一下，说："哗啦棒，听明白，我要的东西全到来。"

敲完一掀锅盖，嚄！大伙说的菜都有，还冒热乎气呢。

这下把她老爹和几个兄弟都看傻了。老丈人心又活动了，说："张三啊，你把它卖我吧，咱们家四个大男人也没人整饭，你媳妇在家你留这个也没啥用。"

张三说啥也不卖，后来老丈人又答应给他一百两银子，他才勉强答应了。

老丈人得了宝贝，高兴得不得了，寻思这下吃饭可不愁了。刚回到家，爷几个就围着自己家的大锅，一个个美滋滋地，这个说要吃鸡，那个说要吃鱼，最后老头儿把"哗啦棒"拿出来，也像他闺女那样，一边敲锅，一边嘟囔："哗啦棒，听明白，我要的东西全到来。"

说完一揭锅盖，啥也没有啊。三个儿子也挨个敲，锅都要敲碎了，也没敲出东西来。

那能敲出来吗！张三媳妇的饭菜是事先做好的。她知道她爹和三个弟弟都爱吃啥，就把那几样菜做好了摆锅里了。

老丈人这下气得脸都歪了，说："怎么从他张三那买的宝贝一到咱家就都不好使了？这小子肯定是要咱们的。"

三个小舅子也来气了，说："找他去！看他怎么说。"四个人就直奔张三家来了。

张三早料到他们能来，就笑嘻嘻地说："变不出来那是你们没买咱家的锅和锅台，这三样东西都是配套的。"

老丈人一听，肺子都气炸了，说："那你卖我这个没用的棒子干啥？你这不是耍咱们呢吗？"

他三个儿子上去就把张三按地上了，说："你别胡扯了，你这些宝贝没一个好使的，把咱家都害惨了。"

张三说："你们怎么说话呢？我这宝贝你们不都看见了？都是好使的，你们不会用还来怨我。"

老丈人也不听他的了，和儿子说："把他装麻袋里，扔大河里去！"爷几个就把张三装麻袋里了，扎上口，抬到大河边。

这几个人还没吃饭哪，折腾这一阵也都饿了，老头儿就说："咱先吃点饭去，吃完有劲儿了再扔他。"

三小舅子说："不行啊爹，就这么把他扔这，他自己要是钻出来跑了呢？"

老头儿一听，还是我三儿子聪明，就说："这么办，咱把他先挂在河边那棵树上，就算他能从麻袋里出来，也得掉河里淹死。"

爷几个就把装张三的麻袋挂树上，一起吃饭去了。

先不说这爷几个去吃饭。单说有一个放羊的，三四十岁，是个罗锅，还有红眼病，这会儿正好赶一群牛羊奔河边饮水来了。

张三在麻袋里顺缝儿一看，马上来了主意，就使劲喊："直罗锅治红眼，直罗锅治红眼。"

放羊的一听，心想：谁啊，哪壶不开提哪壶？四下一看，还没找着人，挺生气，就喊："谁骂我呢？有种你出来。"

张三在麻袋里说："不是骂你，我在这麻袋里直罗锅治红眼呢，这是个宝袋，在这里待几个时辰以后，再大声喊几下'直罗锅治红眼'就好了，不信你把我放下来，看看我治好没？"

放羊的就把张三放下来了，把麻袋打开一看："哎呀，还真好了，眼睛也不红了，罗锅也没了。"

张三说："我原来比你还严重呢！我都好了，你肯定也能好。"

放羊的说："太好了，那你帮我也治治吧。"

"行，可有一点你得记住：进去之后，前几个时辰不管发生什么事你都不许吱声。等到时候了，我肯定过来告诉你什么时候开始喊。不然就不灵了。"

放羊的挺高兴，就钻麻袋里了，张三把麻袋口绑好，还挂在原来那棵树上。自己呢，哼着小曲，赶着那人的羊和牛回家了。

再说这爷儿几个吃完饭回到河边，看见袋子还在那挂着呢，一动也不动。老头儿就笑着说："张三，这回没劲儿扒瞎了吧？"就和三个儿子把麻袋扔河里了。

扔完了，老头儿说："你姐跟俩孩子还在家呢，咱把他们接来吧，还能给咱做饭。"

三个小舅子就一起上他姐家，进门一看：哎呀，满院子的牛羊，他姐正忙着喂食，张三呢，在窗台上一坐，端着酒盅喝酒呢。

看见他们来了，张三笑嘻嘻地喊："正好，来，喝两盅。"

小舅子以为见着鬼了呢，吓一跳，大小舅子问："你没死啊？"

张三笑着说："没死，还得谢谢你们呢。你们把我扔下去时候，正赶上龙王给三个闺女招女婿。龙王想让我娶一个，我说我有老婆了。龙王挺愁，因为他就得意地上的人，不想找河里的。我一看，就说：'这么办吧，我给你保个媒。我认识地上不少小伙儿都挺好。'龙王一听，直谢我啊，这不，还送我这么多牛羊。"

三个小舅子一听：哎呀，还有这好事呀？

张三说："不管怎么的，你们也是我的亲小舅子，我就不找别人了，你们去吧。"

三个人连跑带颠地回去告诉他爹，他爹不信，就亲自到张三家来了，一看，牛羊真在院里呢！当下也不找张三了，直接问他闺女："这牛羊真是张三赶回来的？"

闺女说是。老头儿这才信了，领着儿子进屋找张三，说："张三啊，你要是真把你这三个小舅子的亲事办成，咱俩这恩怨就一笔勾销了。"

张三说："小舅子的事儿包在我身上了。哎呀，老丈人，你不去看看啊，万一龙王高兴，给的牛羊太多了，小舅子赶不回来呢？"

老头儿求财心切呀，痛快地答应了。

到了河边，老丈人等不及，两手往上一竖就跳河里了。

张三说："你们看，爹摆手呢，你们也赶紧下去吧。"

这三个儿子也都跟着蹦下去了。

不用说，这爷几个都淹死了，张三就回家过自己的日子去了。

可这四个人死得憋气啊！就一起到阎王爷那儿告状，说被张三调理了，死得冤。

这时候，被掐死的老丈人一大家子人和那个罗锅也都来告张三的状，口口声声喊冤枉。

阎王一看，这么多人全是被张三害死的，这还了得，就打发两个驴鬼去抓张三。

张三会招算，知道驴鬼要来，对媳妇说："冤鬼把我告了，阎王爷派俩驴鬼来抓我。这么办，你把高粱、豆子给我预备点。"

不一会儿，两个驴鬼到门口了，喊张三出来，说要带他走。

张三说："我知道你们要带我走，可我媳妇和俩孩子没粮食吃，我得给他们磨点粮食。"说完就一圈一圈地拉磨。

两个驴鬼一看："你这也太慢了，这么一圈圈地走，得走到什么时候啊？干脆把咱哥俩套上吧，咱俩是驴鬼，干这活比你快多了。"

张三假装推脱一阵，其实他早预备好了，就用夹板把两个驴鬼给套上了，然后抡起大皮鞭噼里啪啦就是一通好打。

两个驴鬼疼得直咧嘴，实在受不了了，一使劲挣脱开了，炝蹶子就往回跑。

回到阴曹地府，两个驴鬼跟阎王爷说："我们可不去了，张三可了不得，把我们当驴使，让我们推磨不说，还使劲打我们。"

阎王爷哪能善罢甘休啊，就又派两个烂眼鬼去抓张三。

张三早就算出来了，就告诉媳妇熬了一锅阿胶。

刚熬好，烂眼鬼就来了，站在大门口喊："张三，我们是阴间当差的，喊你来了。"

"我知道你们要带我走，这不，我这几天闹眼睛，刚熬点眼药，我上完就走。"

两个烂眼鬼本来眼神儿就不大好，一听张三有眼药，就过去求他："把你的眼药也给我们抹点行不？"

张三说："那有啥不行的，你们是客，先给你们抹吧。来，你们都坐这磨盘上等着。"

张三事先已经把磨盘刷上胶了，两个烂眼鬼也不知道啊，一屁股就坐下了，等着上眼药。

张三就把熬好的阿胶给烂眼鬼往眼睛里抹，抹了左一层右一层。

烂眼鬼着急了，说："张三，咱们得快点儿，一会阎王等着急了。"

张三说："我不吝惜我这眼药给你们上，你们还着急了。行了，你们走吧！"

说着，他拿起棒子就开打，把两个烂眼鬼打得嗷嗷直叫，他们眼睛被胶糊上睁不开不说，屁股也和磨盘粘在一起了，最后粘掉一层皮，跑回地府了。

见了阎王，两个烂眼鬼就说："张三道儿太多了，太厉害了，我们可整不了他。"

阎王爷一看，也犯愁了。

这时候，两个蚊子鬼飞过来，说："让我们去吧，我就不信他能把我们怎么样。"

张三已经算出来蚊子鬼要来，他事先就把家里的门窗都糊严了，只在窗户上捅个洞，把猪尿脬伸出去，让蚊子鬼从这道门进来。

蚊子鬼来了一看，说："嗯？张三，你家这门怎么这么小啊。"

张三说："可不是呢，盖房子的时候门留小了，可不方便了。你们是来找我的吧，先进来吧，我收拾收拾东西就和你们走。"

两个蚊子鬼就钻进猪尿脬里了，张三把猪尿脬的口一扎，点着一袋烟，把烟袋锅顺进猪尿脬里，吧嗒吧嗒抽起烟来，不一会儿工夫，就把两个蚊子鬼熏迷糊了。后来，烟袋锅把猪尿脬烫坏了一个洞，两个蚊子鬼才逃了出来，跑回地府了。

见了阎王，两个蚊子鬼说："这个张三太厉害了，差点没把我们熏死，看来咱们谁也整不了他，都不是他的对手啊。"

阎王爷一听，不服气了，说："都是一群废物！这回我亲自去，我就不信治不了他！"

阎王爷骑着他的千里驹就去了。张三有准备，他算出来这回是阎王爷亲自出马，就把家里的一口老母猪拴上了，拿一把大刷子给老母猪刷毛。

阎王爷进院后，气势汹汹地说："张三，你知罪吗？还不快跟我走！"

张三说："你再等我一小会儿，我马上就跟你走。这不是嘛，我知道你骑着千里驹来，我怕跟不上，特意把我的'万里哼'牵出来了，这家伙哼一哼就是一万里，可比你那千里驹快多了！"

阎王爷说："是吗？那咱俩换一换吧？"

"不能换，万里哼认生，它只认我的衣服，除非咱俩连衣裳也换了，要不它不好使。"

"好吧，那就把衣裳也换一换。"两人就换了衣裳。

张三穿上阎王爷的衣裳，骑着千里驹，一会儿就到了阴曹地府。他大摇大摆地坐上阎王爷的宝座，这些小鬼都以为张三就是阎王爷，谁也没看出来。这帮小鬼还问呢："阎王爷，张三抓来了吗？"

"抓来了，他在后面骑着一头老母猪，等一会儿他到了，你们就一齐动手，把他给我打死。"小鬼们都恨张三，恨得牙根痒痒，齐声说好。

等了老半天，阎王爷才骑着老母猪一步三哼哼地到了阴曹地府，他这一路上遭老罪了，那老母猪干脆不走路啊，打一鞭子一哼哼，把阎王爷气得什么似的。可算到了阴曹地府，没等他发作，一帮小鬼一拥而上就开打，真是乱棍齐下啊。

阎王爷蒙了，大喊："别打了，别打了，你们打错了，我是阎王爷呀！"

小鬼们说："好你个张三，胆子太大了，还敢冒充阎王爷，今个儿非把你打死不可！"这就打得更凶了，不一会儿，就把阎王爷打没气了，打死了。

就在他们乱成一团的工夫，张三早就骑着千里驹，顺原道回家，和老婆孩子过他的日子去了。

捌

鬼故事

饭店遇见死去的二叔

这个故事啊，也是属于阴阳之隔。

有这么一个小伙儿，他自己赶车。在过去的时候，就是赶马车牛车。他赶着个大马车就上沈阳城边的饭店去，寻思吃点儿饭。

到了饭店坐下来之后，他点了几样饭菜，还没等吃，就看从外边儿进来一个四五十岁的老头儿。老头儿到这儿一看，就说话了："哎呀，二小子你在这儿吃饭呢？"

他抬头一看，哎呀，这是我二叔，他不是死好几天了嘛！他死了之后，还是我给抬出去的，前儿个刚埋的，我今天才上沈阳，他怎么来了呢？心里寻思，也没敢说啊，他明知道这真是他二叔啊。

二叔就说："来吧，我正好也在这儿吃点儿。"

他说："你老吃吧。"

二叔说："好！"

他又多要了点儿菜饭，那时候都是吃完给钱，他要完了以后没给钱。

二叔就说："这么办吧，你看我啊，前一阵出门，忙得邪乎。有个钥匙我带来了，那是东屋的大柜子的钥匙。你二婶她没有钥匙不行，开不开柜门。等你回去的时候，多咱给带回去。"就把这个开柜门的钥匙给他了。

他一看，就把这个钥匙接过来了，也没敢吃饭，悄悄溜到外边儿，心合计说："干脆吧，三十六招儿走为上！我就不管你的饭钱了，你就自己慢慢儿吃吧。"

他就坐上大马车，急溜赶着就回家了。

离开饭店之后，他是呜嗷地跑[1]哇。这地方离家也不太远，有四五十里地。到家

---

[1] 呜嗷地跑：使劲跑。

了，他跑得可身上都是汗，马也出汗，人也出汗啊。

媳妇儿在家，他进门就说："可了不得！活见鬼了！"

媳妇儿就问："怎么活见鬼了？"

他就说："我见着我二叔了！"

她说："你别胡扯了！你做梦呢吧！前儿埋的不就是你二叔嘛。"

这时候，他叔叔的儿子就来了，他二婶儿也来了，就问："怎么回事儿？"

他就说："二婶啊，你来得正好啊！你看钥匙我给捎回来了，这是我二叔给我的。我二叔死之后，钥匙没扔下，他带去了，他说给装一个小兜儿里，没拿出来。"

他二婶儿说："对啊！我正愁东边柜子锁着，没钥匙打不开呢。那里边儿还有东西呢。"

他说："我给你捎回来了，你看是真是假？"

她二婶就说："哎呀，这是真的啊！他真在那儿？"

他说："他在饭店吃饭呢。莫非他没死？"

二婶就说："没死他没回来？"

他说："啥没死啊？都埋上了不是吗？咱到那儿开棺看看，看到底还有没有这人儿了？怎么这么出奇呢？"

那时候人死了不炼，就是埋巴埋巴。他们就好信儿[1]，到那儿去了，把土挖开，把棺材轻轻地搬上来，打开一看，人在里趴着呢，还停着呢，那都死很长时间了！

他们就说："不对啊！还是灵气啊！"

待了两天，他们就说："走，咱们看看去。看看那个地方到底怎么回事儿？"

第二天又去了，这回谁去的呢？他二婶和他二婶的儿子，就是他二叔的儿子，加上他，又赶大马车去的。到了饭店就坐下了，就点饭菜。点饭菜这工夫，这个跑堂的就直门瞅他，瞅半天了，他就问跑堂的："你瞅我干啥？"

跑堂就说："我瞅你可疑。你前一回在这儿吃过饭，就在这旮儿。"

他说："怎么回事儿，你就说吧。"

跑堂的刚要说话，他又急着说："还是我先问你，前儿，是不是有个人来这儿吃饭？"

---

1 好信儿：方言，好奇。

跑堂的说:"对!是有个人来这儿吃饭的。"

二叔的儿子就说:"他吃了吗?"

跑堂的说:"没吃!我可疑啥呢?是这个赶车的先来的,是你要的饭菜。"

这个侄儿就问:"是不是后来又来个老头儿?"

跑堂的说:"对啊!你点的饭菜,老头儿在这儿坐着,你就走了。你就没回来,饭钱也没给我们呀!咱也没法要钱,那个老头儿人家没吃你的饭菜呀!人家在这儿坐一会儿,也走了。这桌子饭菜全让我们端回去了,账算我们的了。今天你又来了,是不是今天你们还是赊账不吃啊,光在这点菜玩啊?"

这个侄儿就说:"不,我们今天得吃饭,你别端回去这些饭菜了!"

这个赶车的就说:"前天啊,是我死去的二叔来这了,真见鬼了。"就把事情怎的怎的都和他们说了。

跑堂的说:"那还了得?"

这个侄儿就说:"你们不相信吧?今后你们就注意吧!"

从那以后,都说人死之后真有鬼呀,不是没有。这不,鬼把钥匙给送回来了。

老李头儿遇鬼

这个故事是讲什么呢?是说鬼魂也有灵气。

有这么一家姓李的,老头儿死了,他不找地儿吗?正好他亲侄儿上沈阳的旅店去,他也就跟着去了。他侄儿到沈阳是赶车卖东西去了。

这侄儿到了旅店,一进屋就先坐下了,他二叔也进屋来了。他二叔进屋后拍他肩膀,说:"小子,给我也吃点!"

他回头一看直眼了,心想:哎呀!我二叔死了好几个月了,我都把他发送出去了,埋棺材里了,怎么他还跑出来跟我要饭,要吃的?这侄儿一声没敢吱,说:"好吧,吃吧!"就跟旅店伙计说,"上菜!上菜!"他就又要了两个菜,要了点儿下酒菜,弄了点儿酒。

酒菜端上来之后,他二叔坐那儿了。他在那旮旯就合计:我三十六道走为上道,我这陪死人吃是怎么回事啊，招呼招呼还行，他要把我药死呢？他也没敢吃。下地之后，啥也没说就走了，菜还在那儿摆着没动。跑堂的一看有吃饭的在，怕啥呢！也没注意他赶车回家了。

他到家后，把这事一说，大伙儿说："那哪儿能？"

他说："哪能？你瞅去吧！"

他在家待了好几天，就又去那个旅店了。到了之后，他就向旅店的掌柜打听。掌柜的说："对呀！是有人要了饭菜，但根本就没吃！我们就端回去了。"

他一听，就问："是不有个老头儿在这儿吃的？"

掌柜的说："没看着哇！"

这时就有个上菜的说："是有个老头儿，他也没吃呀，二位都走了。"

他一听，就跟这家掌柜的说："可了不得了，你们这饭店招鬼呀！我在这儿吃饭，把我二叔招来了，他是死的人哪！"他又说："这么办吧！你们别说了，这讲不了，就得煞一煞这屋子！"

后来就叫了个风水先生，把这屋里的环境都煞了一煞，从那以后就煞尽了。但多少人都不敢再去这饭店吃饭，害怕呀，怕再遇着鬼。

要不说鬼魂不离家门呢，也跟这有关系。

老刘头阴城下饭店

就是说这人死之后啊，有的说死后是一场空，有的说这人还有灵气，说法都不一样。

就是有个老刘头啊，有一天睡觉，睡到小半夜就上外头去。就觉得前边儿啊有个大院。他就想，原来这儿就是一个山坡啊，没有人家。

他就说："这儿怎么这么热闹？怎么这么闹哄哄的呢？"

他就信步游方儿，走到山坡儿上去了。走到那儿一看，好大的一个市场啊！市场两边儿都是大饭店，大买卖，可热闹得邪乎了！

他就说："哎呀，俺们家门口多咱盖的这么个大市场，我怎么不知道啊？"

他就溜溜达达看，搁这头儿溜达到那头儿，自个挺高兴，一看这集市上卖这卖那的。但是瞅人家花钱都挺踊跃，他摸摸自己兜儿，没带钱。他心说："我没带钱呀，也不能吃点啥！"

正走到半截，看到啥了呢？一抬头看见一家饭店，卖吃喝的。往到饭店一瞅，就看见里面有人摆手说："哎，哎，来吧。"他一看里面有谁呢？是他们堡子的两个老头儿，老李头儿、老张头儿。

他一寻思，这俩老头儿不是死了吗？他们怎么搁这儿下饭店呢？莫非是我看错人了？他就进屋了，一看，真是这两人啊！俩人就说："来吧，一块吃点儿吧。"

他就一看，说："哎，吃就吃点儿吧。"

他就坐那旮旯，把酒盅端起来了，大吃大喝。正喝着呢，听外面鸡叫了。"咯咯"两声，眼前呼啦一下子全黑了，啥也没有了。

他一看在哪儿呢？搁山坡儿上一个坟茔里待着呢。

醒来以后，天亮了。他回来就把这事告诉大家，说了："这人死之后啊，不是真死了就没有啥了，还有灵气，还有人气。我就看见堡子里的谁和谁在那儿下饭馆儿呢，花钱买的饭菜，还让我跟着一块儿吃的呢。"

打这以后，老刘头逢人就说："人死之后啊，真得给他送点儿阴钱。没钱是活不了啊，我到那儿没钱就没下得起饭店。多亏了人家找我吃点儿，吃半道儿上还黄了。"

从那以后传下来了，这叫有魂灵啊。

老刘头游阴城

就说俺们这旮啊，原来有一个地方叫把旮子，把旮子那地方有一个老刘头儿。有一天他自己搁家睡觉，到黑天时候，打算上外头去，就走了。

他出来一看，前边儿这家伙，这个亮啊，通亮！心说这旮晃儿是哪个地方呢？原来不是个河泡子吗？南边儿有坟茔，这儿怎么这么亮呢？

因为是夏天，他就穿个单衣服出去了。走到那儿一看，好热闹的一个大城市，还有个大市场，这个市场他没见过，他就去了。这儿卖什么的都有啊，卖东西的连说带笑的，瞅着可热闹了！

老刘头儿就寻思：妈的，这地方太出奇了！他到那儿一看，也没啥可买的，天黑了，他也没钱啊！

他走到那市场头儿上，有个卖盆儿的，就是像小瓦盆儿似的。

他就拿着问："这个盆儿多少钱啊？"

卖东西的说了多少钱多少钱。

"啊！"老刘头儿想拿着，但一掏兜儿，没带钱，就说："这么办，我给你拿钱去，我钱没带来。"

那个人还挺客气，说："行，那这么办吧，你先拿去吧，回来给我钱。"他就拿去了。

老刘头儿拿着盆儿走到路口，就听见外边儿有鸡叫。"咯儿"一声，他一看，突然黢黑一片啊！

等他缓过神儿来再一看，自己在坟墓边儿上，他手还拿着这个盆子呢！

回家以后，他还拿着个瓦盆子，他就叨叨一说："哎呀，看那里头什么都有，要知道能得着的话，我当时为啥不拿好的呢，咋拿个破瓦盆子回来了呢？"

他这才知道那旮旯儿是个阴城！

鬼买烧饼（一）

这个故事是讲什么呢？

就是说早先年沈阳浑南有个烧饼铺，在街头上卖烧饼。这每天你也买、他也买的，所以这烧饼铺每天都卖到黑夜十多点钟。

这家烧饼铺卖的东西挺多，烧饼、麻花什么都有啊。这个烧饼是装在一个大簸箕里卖的，那一色儿的小烧饼，打得好啊！

当天卖完烧饼以后，卖烧饼的小劳力[1]就把卖烧饼的钱放在匣子里装着。

---

[1] 小劳力：雇的小工。

这天，天亮了，卖烧饼的小劳力一查钱，出奇了，有纸钱。

那时花的钱是铜子、奉票[1]都有，但这钱不是钱，像是烧给死人的纸钱似的。这是怎么回事儿呢？小劳力就喊，就去找店主，店主也觉着出奇。

小劳力说："咱这天天收的都有纸钱！"

"这哪能呢？"

"你看看吧！"

店主一看，真是给死人铰的纸钱哪，圆的当中有眼儿。这家店主说："你卖烧饼的时候，瞅不出来是纸钱？"

小劳力说："我瞅不出来。"

这家店主说："今儿我替你卖，我看看是咋回事！"他就卖烧饼。

他卖的时候特别注意，收的钱在当下都仔细看看，也没看出来。

最后怎么办呢？他说："有办法！"就弄了个水盆子把卖的钱往里扔，这铜子、纸钱扔下去就完事了。

那时候花的净是铜子，也就是铜大钱儿，一般都花铜大钱儿。那烧的纸钱不也有圆眼儿，跟大钱似的嘛！

这天，他正卖烧饼呢，拿起一个大钱"啪嚓"往水盆子一扔，哎呀，就漂起来了，不沉。他就说："就是它！"

一看，买烧饼的是一个小媳妇，能有二十多岁吧。店主就跟小劳力说："这么办，咱俩跟上她！"俩人就跟她走。

一跟跟到乱坟岗子，那儿有一个坟茔，这女的就进那里去了。这小劳力一看，说："啊，就是这个坟茔！"

店主说："好！"

到第二天白天，店主一打听是谁的坟，就报给公家了。

公家去了之后，经过人家家里人允许，就破开坟了。打开一看，一个媳妇死是死了，可旁边还躺着个活的婴孩儿！

要不说母子不并骨呢！她死了，把她埋上之后，就差几个时辰孩子就生了。

关键是啥呢？她死了以后，棺材还是白帮子的时候，就把她撂里面去了，给盖个

---

[1] 奉票：民国时期的一种纸币。

炕席，那时候埋不得，怕土王用事。所以她就天天出来给孩子买烧饼，回来就给孩子嚼着喂。

从那以后，凡住在东四城以内，有善地的地方，那过去花钱特别得注意，要不就会碰到鬼买烧饼。

后来把孩子抱出来之后，这女的就真死了。一殓这女的，那是哇哇地直叫，顺着身子淌血。她死是死了，就是她的真魂儿走了，但这尸体当中的血液没走，她这是依恋这小孩。

从那以后，这小孩儿还真的拉扯活了。

要不过去说，女子死了以后，生女孩的一准就死了，生男孩非生不行，那准得生下来，待三四月的还行，七八月以后的绝不能带到阴间去，准得生了。因此有在棺材里生孩子的。

鬼买烧饼（二）

有这么一个集镇地方，这块儿有个烧饼铺，这个烧饼铺每天晚上黑天的时候就有一个女的到这儿买烧饼。买完当时没理会，时间长了就品出不对劲来，这一兜子钱当中有纸钱，就好像是烧的纸钱似的。

这掌柜的就叨咕："出奇了，怎么卖烧饼卖出纸钱了呢？"他自己就品，总觉着这纸钱都在上边儿，寻思是不是那女的买的？要不它为什么有纸钱呢？他自己就寻思。

这天当中，他就预备了一个盆儿，装的水。到了晚上那个女的又来了，挺沙楞一个女的，能有二十多岁儿，到这儿一看，说："掌柜的，买两个烧饼！"就把钱扔那儿了。

人家把烧饼拿走了，他把这铜钱儿就扔水里了，不光它，先前的纸钱也扔里了。哎？这个不沉底，这一看，不一会儿工夫钱就漂起来了——纸钱！噢，这就是个鬼啊！这回知道了。

他说，这么办吧！我得报告一声，这地方儿天天和鬼打交道没个好啊！他就报告当地衙门了,衙门的人一看一打听,说我给你跟着。那时候县太爷也挺细心哪!就搁人跟着。

她买完,人就在后边儿跟着,一跟跟到南边儿一个乱坟岗子,一个新的大坟在那儿埋着呢!她就进那里去了。跟着的人说:"巧啊!这女的为什么在坟茔里住呢?是鬼是人呢?要是人的话不能在坟茔里住;要是鬼的话她不能吃烧饼,这还是有事儿。"

这么办!第二天一早就打听,就是本屯傍拉儿的一个老王家的媳妇儿死了,怀孕死的,要生孩子没生下来就死了,这不是嘛!埋了之后在那坟茔里呢!后来找着老王家一说,得破坟!看看坟里究竟有啥?那人家县里头说了,不让破不行啊!

一破开之后看这媳妇儿怎么样儿呢?媳妇儿眼睛已经能动唤了,但起不来,一看那怀里抱着小孩儿,已经能有七八天的孩子了,不能吃东西但是能喂嚼了的烧饼。噢!看着这孩子,一打听一问,当地先生说了:"她是难产,没生下来死的,到棺材里她生的孩子,生完以后一看她自己没有奶,所以她怎么办呢?就买烧饼嚼嚼喂那孩子,孩子没死。"

所以大伙儿就把这鬼买烧饼传出去了,从那以后,生下来的小孩儿被抱回去了,这家还真把孩子将就活了,最后这个女的也死了。后来,经衙门研究,说把这女的尸首炼了,不能留着,怕出事儿呀。

马场闹鬼

这是那儿呢?就是俺们村西边马场那个地方,早年间闹了多少年胡子,那旮儿就是胡子窝,那个地方始终被他们胡子占着,一伙一伙的胡子们自己就在那干仗,一闹闹多少年不说。

这段历史过去以后,太平了,人们得去那种地啊。有一天,俺们这旮儿有几个人自己上那儿种地去了,在黑天前儿睡觉,就在那儿趴着。趴着趴着睡到了半夜,其中有两个小伙子,就是去种地的人,突然就起来了。这两人起来之后,就打起来了。他们就喊着,就指着,说的都是以前胡子头的名儿和事儿,其中一人说:"张老疙瘩,你那时候不应该打黑枪,把我打死,今儿我非要你命不可!"完了他就冲过去,俩人就撕巴起来了,那是"噼里啪啦"地打呀。

别人一看,说这两个小伙子是被两个胡子头儿附体了,干起来了。后来,强说歹说,俩小伙子被劝过来了,明白过来了,这是头一天。

到第二天,大伙儿睡到半夜,整个窗户就翻了个儿,把他们全翻到外头去了。这时就听屋里有人说话,说:"腾地方!这是俺们的老窝子,你们在这儿待着,这还行了?"

大伙儿一看,这地方真有问题呀,这是胡子闹鬼儿呀,闹得邪乎!闹到这个程度了,这地方真住不了了。

还有一次,有一个当家的串门去了。去之后,到那块地了,他就说:"这儿不闹鬼吗?我照量照量,看怎么样。"他就住在那儿了。

住到半夜,他整个就不会说话了,鬼就把他迷住了。他动弹不了,就干"嗯嗯",大伙儿怎么弄也不行,叫了半天,他才明白过来,说:"我啊,叫人家绑票了。绑了之后,我也说不出话来,他们连打带捂扯的,你们看我后脊梁都被打破了。"大伙儿一看,他的后脊梁全都红了。

大伙儿说:"完了!"搁那以后,这窝棚就被扒了,谁都不敢在那儿住了。

要不说这鬼魂也不消停啊。过去有副对联说得好嘛,"天地之大也,鬼神其盛乎",这鬼神也被传得神乎其神的。

盛京将军打鬼认义女

这个故事发生在清朝末年。

那时候沈阳叫盛京,是由一个姓伊的将军管辖。将军是多大的官呢,就等于现在的市长吧,官不小,说了算。可有一宗,人家是个习武的。

伊将军老家住哪儿?就在离咱这儿不远的地方,有个叫小营子的村子。

有一天,伊将军他妈病了,想他,就给他捎去信了,叫他回来一趟。他白天也没工夫,公务繁忙啊。到晚间了,吃过晚饭,他一看,那有快马,心想:这么办,我趁黑骑马回去算了,穿上便服,谁也不带,省得麻烦,省得到哪儿还得见地方上的人。

他就把军衣全脱下去，换了一身便衣。人家是将军，当然便服也不是一般的衣服，都是相当不错的，骑上马就回来了。

伊将军顺着盛京城北门出来，一路飞马，不多工夫就到了现今道义这一带了。这时候天已经黑透了，他的马跑得挺快，跑着跑着，就觉着后面一阵风似的，抢过马头又过来一个人。伊将军一看，是一个女的，穿着一身白孝衫，瞅着挺漂亮的，骑着一头毛驴蹿过去了。过去有话说的好："十分白，十分俏"，是说穿白裳显得人特别有精神。伊将军一寻思：哎呀，不对呀，我这马骑得这么快怎么还骑不过一个毛驴？她骑个毛驴还能撵过我去？再说了，怎么也没听到驴蹄子的动静呢？这个驴怎么这么快？

那时候一般人没有穿白衣服的，伊将军看这女子穿一身白衣服，也挺奇怪的。他就马上加鞭，一路紧撵了过去。心想，我倒要看看你是干啥的，上哪去。

跑了快20里地了，就看那个白衣女子进了一个堡子，就是道边的一个大堡子。伊将军马上一拐弯，也跟进堡子去了。

进去以后，就见堡子西头有一户人家，大院套，五间正房，五间厢房，带门楼的，一看就是个有钱的大户人家。那个白衣女子到这家之后，也没见她叫门，一晃儿工夫，就连毛驴带人都顺墙进去了，也不知道怎么进去的。伊将军心寻思：哎呀，这玩意儿出奇呀，她怎么有这么高的武术？眼见着这个女的没有了，可毛驴确实在院里拴着呢，怎么进去的呢？伊将军合计：这事我得查一查，看到底怎么回事，先不回家了。

这时候还没到半夜，是点灯以后了。伊将军下马一拍门，院里出来一个老头儿，是这家的当家的。这老头儿能有60多岁，姓王。

老王头儿问："谁呀？"

伊将军说："哎呀，老当家的，我是盛京来的，是盛京吉顺丝坊的外柜。"

吉顺丝坊在盛京是有名的大买卖，一般人都知道，伊将军报号也挑大买卖人家，他就报吉顺丝坊："我是吉顺丝坊的外柜，赶路急了，多走了几步，现在人也饿了，马也乏了，打算在这儿借一宿，吃点饭。"

老头儿说："好吧，进来吧。"就把大门"咔"地打开了。

伊将军一看，老头儿穿戴不错，挺齐整的，大户人家的当家的嘛。进院子再看，这家日子过得委实不错，三个儿子，三个儿媳妇，再加上孙男娣女，雇工做活儿的，老老少少几十口子人哪。

老头儿把伊将军让到头里，吩咐家人说："把客人的马拴槽头上，给拌点草料。"那时候有钱的人，走哪人都尊敬，尤其听说是吉顺丝坊的外柜，那还了得？那是有脸面的人啊。

老头儿说："到东屋歇着吧。"他那是五间房子，厢房也是五间，东西各两间屋，中间外屋是厨房。老头儿把伊将军让到东屋，这是老头儿住的屋，也是待客的屋。到南炕坐下后，老头儿说："没吃饭吧？"

"没吃饭呢。"

"好，做饭。"老头儿就把三个儿媳妇都喊进来了，吩咐她们给客人做饭。要说过去有钱的人家也爱结交做大买卖的，也爱结交有钱的，过去说的一点不差：富辫富，穷辫穷啊。

三个儿媳妇炒菜、准备饭去了，老头儿就在屋里陪着伊将军唠嗑儿。伊将军一边搭着话，心里一边合计：那个穿着一身白衣服的女子上哪去了呢？这屋里也没有啊。他就假装上外头解手，到院子里东瞧瞧，西看看，又上做饭的厨房里看了看，哪也没有。真是奇怪了，眼瞅着这么个大活人进院了，怎么就没有了呢？

菜炒好了，端上来了。老头儿说："天头挺冷的，凉飕飕的，咱喝点酒吧。"就叫人烫上一壶酒，两人就喝起来。酒喝得差不多了，伊将军说："当家的，我不能再喝了，再喝就多了。"

老头儿说："不喝不喝吧，不喝的话就上饭。"就喊儿媳妇上饭。

那时候大户人家人口多，媳妇们做饭都讲排饭班，就是轮班做饭。这天正赶上这家三儿媳妇的饭班，大儿媳妇和二儿媳妇是帮忙，两人下灶炒的菜，三媳妇正应饭班，她就擀的面条，做好了盛在大瓦盆里，端上来了。

东屋门开着呢，当家的老太爷在炕头坐着，伊将军在炕梢坐着，中间隔着炕桌子。三儿媳妇走到门槛儿那，伊将军瞅着，瞅的真真的，就见顺门槛底下伸出来一只脚来，一下子就绊三儿媳妇的腿上了，三儿媳妇"啪嚓"摔了个大跟头，一盆刚出锅的面条全撒了，瓦盆也摔碎了。

当着客人的面出了这份洋相，这家的老头儿就急了，冲着三儿媳妇就骂了起来："饭桶，啥也不中用，整这么点玩意儿还撒了，这还等着吃呢！"

伊将军赶紧上来圆面子，说："哎呀，别着急，她又不是故意的。我还不太饿呢，咱们再等一会儿吃饭，我再喝点酒，还没喝好呢。"

老头儿的气还没顺过来,说:"好吧,再喝点儿吧,赶紧重新整饭!"一边叫过来大儿媳妇收拾地上的摊子,一边接着数落三儿媳妇:"你是真没用啊,这么点事都办不好!"又叫来了二儿媳妇:"你快去擀面条,接着整饭。"

那时候没有挂面,面条都是现擀。二儿媳妇马上又和的面,擀的面条。面条擀好了,二儿媳妇麻溜下锅煮,做完端上来了,这边酒也喝完了。伊将军吃了一碗面条,心里还在寻思刚才的事:啊,那个穿白衣服的女子可能就在门后猫着呢,刚才一准就是她伸腿绊的人,这我得注意。

吃完晚饭该睡觉了,老头儿把伊将军安顿好,自己回屋睡觉去了。

伊将军心里有事,哪能睡着呢。那时候,清朝驻防的将军都配有手枪,伊将军身上就带着手枪,在兜揣着呢,他就假装上外头方便方便,就在院里各地方来回查看。

这时候已经是半夜了,各屋的人都睡觉了。伊将军走到西屋窗底下,就听西屋里有人说话:"你呀,还不如赶快死了,上吊吧。你在这家也是不得脸的人,天天受气,有啥好啊?与其这样活在世上,还不如死了好,死了最享福。上吊好,上吊好。"

伊将军一听说话,就扒窗户往屋里看。就见这家的三媳妇正站在一个凳子上哭呢,旁边有一个穿白衣服的女人正在她身上忙活呢,拿一条麻绳往她脖子上套呢。伊将军吓了一跳,"哎呀,原来你是个吊死鬼儿呀,怨不得你走得这么快。"

吊死鬼把绳子在三媳妇脖子上套好了,这个三媳妇就哭啊,说:"我不是别的,我上吊行是行,可我舍不得孩子呀,我有个小孩子呢。"

白衣女子说:"没事儿,这么大家子人,你还怕孩子没有人带?没事儿,你上吊吧,一吊上去你就享福了,到了那边,你吃好的,喝好的,再也不用和谁惹气了。"

三媳妇说:"那行啊。"白衣女子就把绳套挂房梁上了,把三媳妇脚下的凳子一撤,她的身子就悬空了。伊将军一看不好,掏出枪来,"啪"的一枪,把绳子打断了,三媳妇"扑通"一下子掉到地上,吊死鬼吓得"嗖"一家伙就蹽没影了。

听见枪声,这一大家子人都醒了,急急惶惶地跑到院子里。老太爷说:"可了不得,枪响了。"

伊将军说:"不用害怕,是我打的枪。我告诉你们实在话,我不是做买卖的外柜,我是盛京府的伊将军。你们家招鬼了,我是特意跟来打鬼的。快去看看你们家三媳妇吧,她让吊死鬼撺掇刚才上吊了,这工夫还不知是死是活呢。"

这家人急忙跑到西屋,到那儿一看,幸亏三媳妇上吊的绳子被打断了,她没被勒死,迷糊过去了。这家人就连拍带叫地,老半天,三媳妇总算明白过来了,就呜呜地哭起来了。大伙儿就埋怨三媳妇:"有什么想不开的事儿,还值得上吊了?"

伊将军一看,这家人还蒙在鼓里,这事哪能怨三媳妇呢,就说:"你们快别埋怨她了,我说一说这事儿。"他就把从盛京来的路上遇着鬼这件事说了,说那个白衣女子骑着驴怎么走得特别快,到这以后,怎么又把三媳妇迷住了。三媳妇一听,又"哇"地一声哭了,说:"不是别的,我就觉得憋屈……"

伊将军说:"你有啥憋屈事,为啥非得上吊呢?"

三媳妇说:"我娘家穷啊。我当初嫁到他们家,就因为他们看我长的不错,他们家老三,也就是我男人看上我了,愿意娶我。咱俩念书的时候他就相中我了,要娶我。可我们家哪配得上人家啊,人家家趁百万,有上百垧地。我家地没一垄,我爹是给人扛活的。就为这,我娘家来人看我,人家谁也不待见。我在婆家不吃香,谁都看不上我。人家大嫂二嫂娘家都过得好,当面背后老说我是穷命鬼。所以我是天天地哭啊。这鬼都来过两次了,她总来找我,劝我,说'还是死了好',我是一直下不了狠心,舍不得孩子呀!今天我是太憋屈了,才信了她的话,要寻死的。"

伊将军一听,说:"啊,原来这么回事呀。这么办,你现在不就差个穷吗?好,不要紧,我认你做干女儿,今后我就是你爸爸。你爸爸是盛京将军了,这往后你就不穷了。"说着,顺手掏出几十两银子,作为见面礼,递给三媳妇:"给你留着花吧。"又转身叫过来这家的三儿子:"你过来,今后有事儿你就到盛京城里找我,我就是你老丈人了,我看谁还嫌你穷。"

那时候的钱实呀,几十两银子可不是小数,大伙儿都看直眼了。这家的大媳妇和二媳妇心眼来得快,麻溜就给伊将军跪下了,说:"这么办吧,既然你认弟妹做干女儿,那我俩也认你做干爹算了,咱们也管你叫爸爸得了。"

伊将军就笑了,说:"好啊,那我就收下了,今天我一下子就得了三个女儿,这太好了!"

从那以后,这家人和伊将军走得挺热乎。三媳妇现在活得硬气了,这鬼再也不敢来缠巴她了。

死人把招

在早些年，有这么一个大屯，那里有一座房子，这房子不太好，常常出事儿！这是怎么回事儿呢？就是在以前，有个媳妇死在这房子里了。

这个媳妇是怎么死的呢？最开始，这房子住的小伙儿娶了个媳妇。那时候小伙儿有钱，能有二十垧地，娶了媳妇，就在这三间大房子住着。

这个媳妇也是有钱的姑娘，挺知事。那个时候就流行枪，小伙儿就买了支枪。每天就打鸭、打雁，又打不下来。他打得不太好。

媳妇说："你看你打不下来雁还拿枪，子弹不都白扔了！你啊，打不住，你还能打住吗？"

这天就该然，一早上起来，小伙儿就告诉媳妇拿点吃喝儿。那时候人家是阔家啊，有糕点、果子，就在筐里搁着，媳妇就给他拿。

媳妇给他拿果子的时候，小伙儿说："哎，我看你像个雁子似的，我看打你能打上不？"他说完就把枪拃上，"叭"一枪，这一下子把媳妇打倒了！他在地下打的枪，她在炕上能打不上吗？媳妇就死了。

从那以后打官司，小伙儿连房子带伍的就卖了。卖完之后，这屋就不稳当了。

不稳当是不稳当，这就过去了。后来有一个老王头儿在这儿住着，带个老太太。正好老王头儿死了，老太太把儿子找来，说："这么办吧，晚上找几个人看牌，就是打麻将吧，明儿个好出殡啊。"儿子就找了四个人在这儿看牌。

四个人正忙着看牌呢，晚上死人在地上停着，他们在炕上看牌。看牌看到半夜，一个人说："打八饼。"

后边有个人说："不对！你打八饼不就打散了吗？你打七条才对呢！"

这几个人回头一看，正是这个死老头儿，都吓得"哎呀妈呀"，就整个儿全跑了，这还了得！死人把招儿还了得吗？这就闹了一场子，这人全都吓蹽了。

他们回来之后，一看这死人还在这儿趴着呢，大伙儿就说："不行了，这地方看来了不得了！"

大伙儿第二天就把死人发送出去了。一晃过去没有几年的工夫，这老太太也死了。死了之后还得发送啊，大伙儿就叨咕说："老头儿死的时候，看牌可是死人把招儿呀!"

有人就说:"这回就不能啦,今晚儿没事儿。"

这次是夏天死的,屋里开窗撩阁的。这回还是四个人看牌,看到半道儿上,后边儿又有人说话:"打五饼!"

大伙儿回头一看,老太太起来了,这几个人"噌噌"地顺窗户都蹽了。

把老太太发送出去之后,她儿子就想把房子卖了。卖也没人敢要它了,他就把房子点着,烧了,再没人住了。

这就说"四人看牌,死人把招",就是说这死人真成气候,真闹事儿啊!

太平寺的鸡骨寺

沈阳的北塔傍拉有个太平寺,这个太平寺傍拉有个鸡骨寺。人死了之后,把棺材一装,都往鸡骨寺那地方拉。这个鸡骨寺很大,小时候我们都看到过,黑大门,院儿挺整齐,白天黑天这大门都关着,除了谁送去了,看鸡骨寺的老头儿现开门。

这个鸡骨寺老闹事儿,一到下晚,院儿里就"叮叮当当"有动静。这个老头儿养活着一帮狗,有四五条大黑狗,要是闹得厉害的时候,他就把大饼子"啪"地往院里一扔,这狗一抢大饼子,"嗷嗷"一闹,院儿里就没动静了。

有一次,一辆马车赶到鸡骨寺门口这昝儿,有个人就下车了,他告诉这个赶马车的说:"你等一等,我进去给你拿钱。"就进去了。

这赶马车的姓张,叫张五。他左等也不出来,右等也不出来,就在门口喊。

他这一喊,看鸡骨寺的老头儿就出来了,说:"干啥,你搁这儿吼啥呀?"

他说:"你们这儿有个坐车的,上屋里了,他钱还没给我送回来。"

"什么样的人呀?"

"他报他是张七。"

"不能呀,你记错了,你还是先回去吧。"

后来,他一看没有办法了,自己憋着气就赶车回去了。

又过了两天,他又遇见这个张七了,说:"哎呀,张七呀,前儿个你可没给我钱啊！"

张七说："前儿个我身体不对了，回去之后就迷糊了，没得劲。今儿个我坐车给你钱，加倍都给你。"

张七坐完车，下车的时候就把钱开出来了。一点，真都给了，明明该二十元，人家给四十元，连上回的都给了，还挺仗义，赶车的就说："这人真不错。"

给完钱之后都黑天了，赶车的就回去了。回到家，他打开钱一看，"嗯？"都是纸钱。他说："哎呀！这出奇呀！弄了半天，还弄了点纸钱，这哪能花得出去呀！"那钱就是死人的时候捻的纸大钱。

第二天白天，他自己就又赶车找张七去了。他到了把门那旮旯，就问这个老头儿，说："你们这儿有个张七吗？你看昨天他这钱不知怎么的给弄串了，都是纸钱。"

"张七？"

"啊。"

"那行了，我领你去看看去吧。"

他到屋一看，有个大棺材，前面牌位上写着"张七"，在那儿停着呢。

老头儿说："就他出去的呀？"

他一看，说："哎呀，我的妈呀，行了，这钱我也不要了，就这么的吧，我下回不希望见到他了。"

搁那以后，确实一般人都不敢往这个鸡骨寺去。所以说拉车的这个张五没有经验，他应该预备个水碗，把钱往水碗里扔一扔，漂上来的不要。那时候不是都花大钱，就是铜钱吗？不像咱现在的纸票子，漂上来的不要，沉底的要。

搁那以后，这旮旯到晚间的时候，都使唤水碗来试验钱，要不真闹事儿。

替鬼伸冤

这个故事出来得远哪，在什么时候呢？它已经是几百年以前的事儿了。

有这么一家老朱家，日子过得不错，老头儿一辈子勤勤恳恳，挺能干，有一个儿子。老头儿到了四十五六岁，冬天的时候，老伴儿就死了，又办了个后老伴儿，这个后老伴儿年轻。因为什么呢？这后老伴儿家穷啊！没办法穷得活不起啊！这家就豁出来两垧[1]地，把姑娘给人家了。挺好一姑娘，也就二十三四岁，就配给老头儿了。那还不算，老头儿的儿子也娶了一个，老婆婆和儿媳妇儿两人就脚前脚后过门了。儿子娶的媳妇儿是相当不错的姑娘，家里有钱，姑娘也十八九岁儿。结婚以后，双方都不错。

这个小子是有名的愣头青，愣头吧唧的，老头儿挺尖挺滑。有一天，这小子下地帮着干活。那时地里也没什么活儿，已经雇了几个做活儿的，家有钱哪！下地之后，铲点地他嫌累得慌，他说："这多累挺！你们铲吧！我得歇着。"这时就有爱开玩笑的说："你还歇着，你啥不得歇着？没准儿你把媳妇儿明儿让给别人，你也歇着得了！"还有人说："那还用让啥？你回去吧，省事！你媳妇儿带孩儿来的。人家打那工夫都有孩儿了，先有后嫁，你这更省劲儿。"

他说："去你的吧！"

那人又说："去什么呀！你看那肚子鼓的，都快生了。我都知道，打听了。"

这些都是说笑话不能当真事听，可这小伙儿是个愣头青，他可不管那。到晚上回去，睡觉的时候他寻思：我媳妇儿是不是真有月子，真怀孕来的？怎么回事儿？这心就寻思。

这工夫，他爹好看牌，跟人家看牌场儿去了，家里就扔下他这个小妈。小妈比他们结婚早点儿，怀上孕了，有四五个月了，孩子都有形了。他媳妇儿没怀孕。房子是东西屋的，小妈和他爹在西屋住，他在东屋。

晚上小两口子睡觉，他就摸他媳妇儿肚子，偷着摸，一点儿一点儿的！他三摸擦五摸擦就给媳妇儿摸醒了，媳妇儿就问："干哈呢你哪？直门儿碰我！你怎么着了？"意思就是你何必这么缠磨我呢？

他说："我不是缠磨你，我总觉得你肚子有事儿，鼓！是不是有孩子了？"

她说："你别胡扯！我有什么孩子呢！"这两人就打起来了。

他说："你别说别的，我摸你那肚子溜鼓溜鼓。"这刚吃完饭儿能不鼓吗？他就愣起来了。

媳妇儿说："你别扯别的。我告诉你，回去我找我娘家去，我娘家是正经儿人家！你瞎胡扯我！"

---

[1] 垧（shǎng），同"垧"，东北地区土地计量单位。

两人就干起来了,他把刀拿起来,一刀就削肚子上,就把媳妇儿攮死了。攮死他有主意说:"杂种!攮死也不怕!要人要赃不是吗?我看看你这有没有赃!"就把肚子给豁开了,豁开一看,里面儿净是肠子肚子,年轻人吃的饭挺饱挺饱的,哪有孩子呀?哪儿也找不着孩子啊?这就直眼儿了。哎呀!这完了,我爹回来不能让啊!另外人家娘家也不能让,我得偿命去!这怎么办呢?

这左右一想:哎!有了!一不做二不休,杀人不死桩回头啊!干脆我把小妈杀了吧!她肚里有孩子,就算是她的。他妈睡觉哪!他爹还没回来,到那儿就把他妈给攮死了,攮死把肚儿剖开,把血淋淋的孩子拿出来了,拿出来一瞅,讲不了给我媳妇儿栽赃吧!于是就拿他那屋塞他媳妇儿肚里了。塞完以后他洗了脸搁外边找匹马,骑马找他爹去了。

他爹正在西街上看牌,西街有好几里地远。他爹一看,说你干哈呀?他说有点事儿,家来人儿了,你快回去吧,有客。他爹一看他挺着急,说那快回去吧,别玩了。到家之后这小子和他爹说:"我惹祸了!"

他爹问:"什么祸?"

他说:"那谁谁说我媳妇儿有孩子了,我当真了。杀完没孩子,这没办法了,把我妈杀了。"

他爹说:"你混蛋哪!就你哥儿一个,我寻思娶一个小妈,这有孩子了还挺乐,你有一个伴儿,咱家地还多,这又多一个儿子多好啊!你把她给杀了,孩子这不也完了吗?"

他爹就闹他,他说:"你闹也没招儿啊!要是把我打死你还绝后了呢?"老头儿一听他说,也对啊,把他打死还绝后了。这怎么办呢?他爹一合计说:"这么办吧,把你妈尸首暂时藏起来。"他就把他妈尸首卷好之后搁厢房藏起来了。他妈不是附近的姑娘,离着好几十里地,他不提那事儿,娘家也不告诉。

第二天,他给媳妇儿娘家去信了,告诉说你们来吧,你们姑娘怎么怎么的。娘家来了,下车一看说:"怎么了?"

"死人了!"

"哪能死了呢?"

"你家姑娘不守正道,生孩子!孩子也死了。"

娘家爹也好,还有不少人到这儿一瞅,血呼啦的孩子在那儿肚里搁着呢!你说啥吧?就说这姑娘家挺正派,平时啥事儿没有,但这孩子有了。那时候专讲名誉啊!一听有孩子,那还了得?那都砢碜死了。

得!娘家爹也好,娘家人也好,说赶快回去吧!啥也别说,死了算她命应该死,谁让她不懂好和赖了?不管她在哪儿胡扯,一共结婚才几个月,能弄出这么大孩子吗?一看那孩子都那么大了,结婚还没有俩月。这么办吧!也不要求怎么的,就埋吧!

过了四五天以后,他就和小妈娘家报丧了,说他妈得急病死的,也就埋巴上了。她小妈娘家那时候穷啊,惹不起啊!埋哪儿了呢?西头儿有个学校,学校后面是沙岗,埋岗子下面了,这婆媳两个屈死鬼就埋一块堆儿了。

一晃过去几年了,多少年了呢?得有十年八年的了。有一天下雨,学校里有个张老师,他的学生里有的是当官儿的。别看这是农村老师,教得还真挺好。他正教学生呢,赶上这天他有个学生当县太爷了,回来请老师喝酒,问老师去不去?他这儿离县里不远儿,在县城旁边。

老师说去,就告诉学生说:"你们好好待着,我有个学生当县太爷了,回来请我喝酒,我得去!你们把这书好好儿念,好好背课。"就告诉大学长说,"你领他们好好儿的,不许淘气!"大学长说:"哦!不淘气。"他就走了。

老师走了以后,这帮学生就不是他们了。一看老师走了,可算得工夫休息,得玩一会儿了。过去,那私学没有玩的时间,就丁零当啷地砸,砸一会儿说没意思,得玩出点儿意思来啊!一想到先生那个学生当县太爷了,"咱也不好也当个县太爷?这么办,我当县太爷,你们找我打官司,咱们演一场。"

"好!"这就把桌子立得好像大堂似的,这个大学长都十六七岁了,就坐在大堂上,假装整整衣裳,用黑板擦当印,往桌子上"啪"地一拍,就告诉:"谁打官司?上来吧!"底下这些家伙儿不少人嗷嗷儿乱叫。

这工夫,就有一阵阴风"呜呜"地从外面进来了。他一看直眼儿了,进来的是啥?进来俩女的,都是耷拉脑袋,到这儿就跪下了。就听见说:"大人,您替我们申冤吧!俺们死得太苦了。"这学生一看都直眼儿了,这大学长还挺冷静,说:"你说吧!怎么回事儿?"

她们说:"俺们是街上老朱家的婆媳。"把情况怎么的怎么的一说。"他一起杀了俺们两个人的命,现在没有清官哪!都断不了,我听说现在你要判案嘛,那好了,你今儿就给俺们判判这个案吧！"

这工夫正赶上老师回来了，老师也到外头了，没进屋儿，站在外面听着声儿，一看这屋里鬼告状啊！真审上案子了！一说是老朱家的，听得明明白白的，老师心里说："哎呀！这是假当县太爷真告状啊！"

这学生说："这么办！你们回去吧！明儿有事儿我再传你们。"这就回去了。这帮学生把凳子拆了，说快拆，老师要回来啦！拆完以后老师就进屋儿了，把学生叫过来，说："过来吧！我不说你们，因为你们玩儿就玩儿吧！"这学生告诉他不知道怎么回事儿，就来俩女的告状，说这学校后面是坟茔，老师说他打听打听。

老师把左右邻居一打听，说这俩坟茔是婆婆、媳妇儿，不是亲婆婆、亲媳妇儿，一共相差没有十天就埋俩坟，这是老朱家干的事儿。就说媳妇儿是杀的，因为有孩子了，这老婆婆有急病儿死的。老师说："好了，先这么的吧！明天再说吧！"

到第二天早上起来之后，他寻思憋气，哪儿有这样的事儿呢？我找县太爷说说去，县太爷是我学生，看他是否能管。这老师就去了，老师也挺正直。到那儿把情况跟那县太爷这么一说，这县太爷说："好啊！这事儿这么办，传他们！"

县太爷也挺正直，就把老朱家爷俩儿传去了。一传他们不认，他说："没那事儿，我媳妇儿是我杀的，但杀出孩子来了。谁都知道，娘家都承认了，要不我能埋吗？小妈是有病死的。"

大伙儿这一看，非得在堂上给你点儿厉害！县太爷升堂了，那衙役喊"威武威武"俩字，喊完说："带上来！"这可不像平常把俩人带上来，被推搡着带上来那俩人，他们跪下了还不认。

这工夫就听咋的？外面那阴风又"呜呜"响，俩鬼又进来了，到这儿跪下说："大人在上，俺们确实是屈死冤魂。"把经过一说，这俩父子没章程了，不承认不行了，就承认了，怎么怎么错埋错杀的。这工夫县太爷说："好吧，你俩该死刑哪！"就把他儿子报上去了，报上之后经过上批，儿子偿命，爹是有事儿瞒着不报，没判死刑也判个无期徒刑。另外，要把她们婆媳俩好好发送发送吧！就这样，又拿老朱家钱把她们第二次发送，说你们阴魂散了吧！这事儿就完了。

这个当大学长的小孩儿，最后出息了，确实也真当上县太爷了。

要么说呢？第一个是他真有那个命，第二个啥呢？就是说嘛，这个假当县太爷真把这案子给判了，真把老朱家案子给整清了。人命这种案件早晚都得漏，没法瞒住。

王二乐看牌

这是个真事儿,王二乐过去在哪儿呢?在南边边墙子。

他在师傅店里给人家当伙计,帮着收拾收拾院子,扫扫地伍的。他师傅是堡子里开大店的,店客一来他就收拾收拾马粪,白天在那儿干,晚上回家,等他把店客答对差不多了,一回家就黑了。那时店里关门晚哪!

他多大岁数呢?也就五十多岁。他为什么叫王二乐呢?他好乐,带个呱嗒板子,一从他师傅那儿出来,这呱嗒板子就响,"呱嗒!呱嗒!"连走带唱。他从堡子里走,一堡子的人都知道,这王二乐回家了,都知道他回家了,一个挺乐呵的老头儿。

这天他搁店里出来了,正"呱嗒呱嗒"打板子呢!打到半道儿就不响了,人们说这怎么不打了呢?也没动静了。

先不说大伙儿,单说王二乐,他为什么不走了呢?他走到边墙子南边儿,南边儿那儿正是进京大道,原来那有一个大坟茔,可到那儿一看,不是坟茔了!

"哎?"他说,"这怎么还有一个大院儿呢?堡子这又开一所店?没听说啊!"正瞅着呢!只见里头儿摆着桌子,有三四个人儿在那儿看牌呢!他往里边儿一看,有人摆手,说:"你到屋吧!"他就进里边儿去了,那人说:"正好!你要是玩你就玩吧!我有事儿不玩了。"他好乐,就跟人家看上纸牌了。

一边儿看,人家一边儿唠嗑,他有点儿接不上话儿。看了能有多半夜,要鸡叫了,快亮天了,他才瞅清这几个人儿,说:"你们这几个人儿怎么没有下巴呢?"这一句话说完,呼啦一下灯也灭了,啥都没有了。他一看一摸,正好在一个大坟圈子当间坐着呢!哎呀!他说:"我的妈呀!可了不得,这是什么地方呀!"

他不由分说,拿起呱嗒板子就跑,这回一边儿打板子一边儿不是好唱啊!呵呵咧咧地往家跑,一下子跑到家了。到家天也亮了,他说:"可了不得,和鬼看一宿牌啊!"家人问:"能是真的吗?"

他说:"你看看,我还赢他们钱了。"掏出来一看,净是纸钱,他自己的钱也没有了。

大伙儿说:"你再看看去吧!真要是的话,兴许你的钱还在那儿搁着呢!"这堡子就来几个人,到坟茔一看,正是大坟茔,他的钱在那儿摆着呢!他把人家纸钱揣回去了，他输的钱人家没拿走，留那儿了。

哎呀！他这一看，可了不得，真有鬼，真有阴魂哪！要不怎么传王二乐看牌呢！他这是真和鬼看牌了。

异文：王二爷与鬼看牌

这是一个传说。

在早有个王二爷，这个王二爷挺好玩儿，还好喝酒。这是在哪儿？就是咱们当地的马场。

一天，他出去上亲家串门去了，搁女儿那儿喝了点儿酒，溜溜达达要回来。他女儿说："你别回去了。"

"不，我得回去，虽然是走到你这儿了，这也到年根儿底下了。"

"这年根儿底下，你说还有啥办的？"

"不行，我得回去，家里得准备点儿乱七八糟的。"

吃完晚饭，黑天了，他就走了。他出门好乐、好唱，所以王二爷又叫"王二乐"。他喝了点儿酒，就连唱带走。他女儿那堡离家多远儿呢？也就三里地。完走一轱辘，家里这边儿就听见他唱了，说："哎呀，二爷回来了，就快到家了！"但是干等也不回，干等也不回，一直等到天亮他才回来。

回来家里人说："王二爷，你怎么才回来呢？"

他说："别提了，我走啊，从女儿家出来之后不远，就看那前边有个小屯子，那屯子在一个大树林子里边，有啥呢？有个屋儿，屋儿里几个人在那儿看牌，铺得也干净，收拾得像个大棚似的，我到那儿一看，正好短把手，有个人就比画手让我过去，我就坐那儿了，我也好看啊，就坐那儿看牌，就看了一宿。这鸡一叫，天亮了，我仔细一瞅，这帮人都没有下巴。我就问他们都是干啥的，怎么下巴都没有，这工夫'呼啦'一个火焰儿，全没有了，我一看是个大坟圈子，就南边那儿的张家坟，我就是在坟圈子看一宿牌。"

"是吗？"

"要不你看看去吧，我在那儿赢的钱还在这儿搁着呢。"

打开一看：有钱，有纸钱。真钱是他自己的，纸钱是人家的。大伙儿说：

"看看去吧，你的钱不够了呀，就剩下两杳子了，原来你有那么多呢！"

那儿一看，怎么回事儿？坟圈子上有钱，是他的，他没拿走，人家的纸钱拿走了，他就把他自己的钱拿回来了。

"和鬼看牌"就是这么传出来的。

王作成与鬼同眠

这是个新时代的故事。这故事发生在哪儿呢？在咱们沈阳塔湾附近。

有这么一个老太太，她有一个儿子，一个女儿。儿子二十几岁，女儿有十八九岁。这老太太自己一个人领着孩子过。这俩孩子都住在厂子里。

单表这儿子。这天，儿子没住厂子，要回家了。回来的路上，走半道儿，这汽车就坏了，坏在哪儿呢？就坏在西塔那儿，塔湾傍拉了。汽车坏了之后，他就下车修理。他寻思收拾好了就走，等一会儿能赶趟儿。

他正收拾汽车的工夫，来了个女的，长得还挺漂亮的。这女的到那儿就瞅着他看，问他说："同志，我借个信儿，请问往西边儿后塔怎么走哇？"

他说："往西走嘛！"

这女的瞅瞅他，他也瞅瞅这女的，俩人瞅着瞅着，互相就有点儿爱情似的。这女的就说："这么办，你送送我好吗？"

他说："那我送你回去吧！"

这俩人就走了。俩人走的是越走越没人的地儿，这女的就伸出手来拉着他走，越走俩人越来劲儿。这王作成就不知不觉地跟着这女的走。

俩人一走走得挺远，就到一个大门外，瞅着里面是个树木林立的地方。

他说："这是什么地方？"

女的说："你还不知道嘛，这是俺们家！"

他说："到家了？"

女的说："是呀，到家了，走吧！"

俩人说话时就黑天了。进女的家里之后，他一看，房子净是什么呢？不是楼房，都是小房，一所挨一所的。

这女的说："到家了！"

这女的把门打开了，他一看，屋里没人，就一铺小炕，一张大床，屋里收拾得挺干净利索。他说："这屋就一个床？"

女的说："不是，我自己在这儿单住，我爹妈在别处住，他们不怎么来，你就在这儿待着吧！"

他说："那不能！"

女的说："你就在这儿住吧，我都不怕，你还怕？咱俩早晚还不是男女夫妻！"

这王作成也不多说，你说住下就住下，之后俩人就到一起了。

俩人住了一宿，天要亮了，鸡要叫的时候，女的说："你走吧，早点儿走！我妈天亮上班的时候，要到我这屋来，不然她会看到！"这女的就把他送走了。

一送送到门口，王作成顺着大门出去，就走了。

他临走时，那女的说："明天来的时候，我等你，我到那旮旯接你去！"

从那以后，女的第二天又到那儿接他去。一连弄了三天，这王作成也没回家，天天来这儿住。

到了第四天头儿了，他妈就念叨说："这小子怎么不回来呢？也不能净值夜班，天天上夜班呀！"

他妹妹说："这么办，咱俩看看去，是不是他那儿有啥事儿，这没回来，不是有事吧？"俩人就坐着汽车来了。

母女俩正好到塔湾那旮旯，他妹妹就看见他回来了，还领了个女的。那天乌乌的就要黑了，他妹妹见他领个女的往前走，就跟他妈说："那不来了嘛，我哥哥拽着个女的！"

老太太一看，说："哎呀，这姑娘长得不错呀！不用问，这肯定是对象，你看，还真挺好！"

母女俩就趴车上看。这车走得慢，车过去之后，母女俩说："咱俩下来！"她俩到下一站就下来了。

下来之后，俩人没往回走，意思是再看看儿子，看看这女的怎么样，再回来。

一看，这女的没往前走，往西走去了，奔塔湾走去了。她俩就追着，一追追到了塔湾，他妹妹说："哎呀，这是塔湾茔地呀！这不都是埋死人的地方嘛，她咋到这儿来了呢？"这时就见他俩顺大门进去了。他妹妹一看，说："哎呀，他俩咋在这儿住呢？"

他妈说："不用问，他俩不是正常的处法儿，跑那儿胡扯去了。"

他妹妹说："那也不能到那儿扯去，这净死人屋啊，那坟茔地那么多，一个挨一个的！"

他妈说："这怎么办呢？"母女俩就回去了。

第二天，他妈和他妹妹又上厂子去了。到厂子一打听，厂子的人说："他天天回家，不在这儿住，白天来上班。但他上班干活不太好，现在他老是迷迷糊糊的。"他妈一听，心想这是有事儿呀！

他妹妹挺精的，第二天晚上黑天，他妹妹就到塔湾茔地了。那儿的门口有门卫，他妹妹进去把情况一说，就问："你们这里竟有住家？"

门卫说："哪有住家，除了死人就是死人哪！"

他妹妹说："不对！我哥哥领个女的来这儿，来好几天了，老是晚上黑天来的。"

门卫说："哎呀，那就出奇呀！你不用问，这死人怎么回事儿呢？这里一个住人都没有，哪有女的？女的是有，除了死的。女的坟有的是，上千所坟，还没有女的？"

他妹妹一听，说："这么办，我哥来了，你就告诉我一声，我哥是推着车来的。"

门卫说："那好，有车就好办！"

这天，他一到那儿，这门卫就给他妹妹打电话，他妹妹就找派出所。这派出所一听，就派几个警察掐着枪来了，说："找找吧！"

一找，就找到紧北头大里边儿了。车在坟的傍拉那儿搁着呢，自行车在那儿锁着呢。他妹妹到那儿一瞅，说："是我哥的车！"又一看，啥呢？那个坟，有一个棺材没埋，上边儿就只有个炕席盖着。

这一看，警察说："这么办，回去找找这个棺材是谁的！"

警察回去后，在存簿上一找，这家是什么呢？是在头俩月以前，死了一个姑娘，这姑娘在这儿存着呢，没埋，就在那儿干囤着。

警察说："那好，找她家吧！"就去找她家。

警察到她家一找，双方互相一协商，警察说："这棺材得撬开，看里头是不是有事儿。"

捌 鬼故事 ·1609·

这家说:"那行!"

到白天,王作成走了,警察就把棺材撬开了。撬开一看,这女的整个眼睛就能动弹了,那家伙,瞪得不像样儿了!大伙一看,说:"可了不得,成气候了!"

这边撬棺材,王作成他所在的厂子那边,就安排着大夫啥的预备着,就怕他出事儿。这边撬出来了,他那边就迷糊了。后来经过抢救,他才没死,抢救过来了。这边的女的后来也殓了。

要不说与鬼同眠嘛,这王作成就与鬼同眠了好几宿。

戏鬼讨封

有这么一个唱戏的,年龄也就四十多岁,戏唱得挺好,正当壮年就死了。

单说他死了以后,到了阎王爷那里,阎王爷一看,就问他:"你是做什么的呀?"

他说:"我是唱戏的。"

阎王爷说:"哎呀,唱戏的好哇,我们阴曹地府有些年没听着大舞台的戏了,俺们这儿是啥也听不着哇。你呢,今个儿就给俺们唱两段,让俺们听听好不好?"

唱戏的一听,说:"好吧,既然阎王爷想听,我就唱两段儿。"

阎王爷说:"这么办,我不能让你白唱,你好好唱两段儿,你要真唱好了,我也不亏待你,马上就要让你托生到好地方去。"

唱戏的一听高兴了,说:"那好吧。"

这他就唱上了,你别说,这个唱戏的真有两下子,唱得真叫一个好。他是急着托生啊,唱得比他活着的时候还卖力气,唱了一出又一出的。

等他唱完了,阎王爷也乐了,说:"唱得真不错!这么办吧,我说话算话,你想托生到什么地方呢?想要点啥呢?你尽管提出来,我都答应你。"

唱戏的一看,这回妥了,来机会了。他想了一想,说:"我呢,要求也不多,就这么几条,想托生的地方和想要的东西都在这里头了。"

阎王说:"那你说说吧!"

唱戏的就说了:"头一条是'良田千顷靠山河'。我托生的人家要有一千垧好地,这些地得一半儿靠山，一半儿靠河。"

"那为啥呢？"

"你想啊，要是发大水呢，这山地的收成就得了；天要是旱了呢，河边地的收成就得了，反正是旱涝保收。"

阎王爷一听，嗯，有道理。

"第二条是'父做高官子登科'。我托生的这家，父亲当大官，儿子也当官，我上辈儿能借老爹的光，下辈儿能借着儿子的光。反正我不当官，无官一身轻，当官多操心啊。"

阎王爷听得直点头。

唱戏的一看，得意了，接着说："这第三条和第四条嘛也不难做到，就是'娶妻要赛貂蝉美，寿比彭祖还得多'。不是说三国时候的貂蝉最好看嘛，我娶的媳妇要比貂蝉还好看，不是说彭祖活了八百多岁嘛，我的寿路比他还得长才行。你就掂对着让我往这地方托生就行了。"

阎王爷没吱声，停了一会儿，问："还有吗？"

"有，有，再就是每天吃的三顿饭，我不要求别的，简简单单的。早晨呢，是精米水饭咸鸭蛋（那时候这饭菜就相当不错了）；晌午呢，是牛肉包子蘸辣蒜儿；晚上呢，是鸡蛋打卤过水面。"

阎王爷一听，鼻子都气歪了，说："行了，行了，快别说了！有这好地方，我也跟你去吧，我都不当阎王爷啦！"

异文：阎王爷也愿去

早先，有个唱戏的叫张三。他得了重病，不久就死了。刚死就立刻来了两个小鬼，将他拖到了一座阴森森的大殿里。

张三进殿一看，只见殿内两旁站立着十几个龇牙咧嘴的小鬼。在大殿中央端坐着一个青嘴獠牙的大鬼。这张三是个唱戏的，活着时啥戏都唱过，知道的事也比较多。张三一见这场面，心里顿时明白了，这是自己死后下了地狱到了阎王殿。不用说，上面坐着的那个大鬼，一定是阎王爷啰。

想到这，张三赶紧趴在地上，当、当、当给阎王爷磕了仨响头。张三一边磕一边说:"阎王爷在上,唱戏的张三,给您老人家见礼了。"阎王爷一听张三是唱戏的,又见他挺懂规矩,便一反常态,露出笑容对张三说:"噢,来了个唱戏的,这好啊!俺们正闷得慌呢。你起来吧,先给大伙唱两段,唱好了,我不会亏待你的。"

张三听了阎王爷这话挺乐,因为他巴不得想借此机会,好好溜溜阎王爷,省得在阴曹地府遭二茬罪呀!于是,张三便卖力气地唱起来。张三一口气,一连唱了七八段。这戏唱得真是有板有眼的,比活着时在台上唱的,那可要强百倍。张三唱完后,阎王爷捋着胡子说:"嗯,唱得不错,挺有味儿,好吧,我不能让你白唱,我打算让你重新托生个地方。可不知你愿到什么地方去呀?"

张三见自己刚才只唱几段,就博得了阎王爷的欢心,还要给自己重新托生到一个好地方去。张三高兴极了,连忙又给阎王爷磕头谢恩说:"多谢阎王爷放我转世之恩,待我托生之后定给您天天烧香敬供,尽我犬马之劳。既然您问我愿到什么地方去,我就实不相瞒了。我想去的地方是:家有千顷靠山河,父做高官子登科,娶妻要赛西施美,寿与彭祖差不多。"

阎王爷听完张三这些话,不由得大吃一惊。他心中暗想:我阎王爷做了一辈子官,也不趁这千顷地。我活了这么大岁数了,不但儿子没有,连谁是我爹都不知道。别说美妻啊……想到这,阎王爷冷笑着对张三说:"嗯,张三你刚才说的那些事,真不错,我听了都眼馋,但不知这地方在哪呀?你告诉我,我宁可阎王爷不当了,咱俩一块去吧!"

张三一听这话傻了眼,呆呆地站在那里不动了。

张才还魂错投胎

这个故事就是说人这一生,你不管活着也好,死了也好,都得正义,要稍有些偏曲就出岔子。

这个张才,他是挺老实的人,人不错。他到十五六岁时候就来个急病死了。死了以后,他觉得三魂渺渺乎,就归地府走了。

他还不能死,他飘到哪儿了?就飘到阴曹地府了。到阴曹地府一看,正好就看到谁呢?就看到他原来一个挺好的老邻居,姓顾,叫顾生。顾生也看到他了,就说:"张才,你怎么也来了?"

张才说:"我怎么来了?我来这儿溜达来了嘛!"

顾生说:"你也死了吗?"

张才说:"哎呀,我怎么叫死了?"

顾生说:"你不死能来吗?"

张才知道顾生死了,就说:"你这死了一年了!"

顾生说:"你这人哪,不错!我知道我死之后,你没少照顾我家。我老婆带着孩子,往往没吃没烧的,你就给照顾点儿。"

其实张才这人不错,确实照顾他家,赶上没柴火啥的,给拽几捆柴火;没吃的,给借点儿米啥的。

顾生又说:"我确实感恩不尽。你现在来得正好,我看看是不是应该你死,不会是抓错魂儿了吧!"

张才说:"是呀,你看看去吧!"

顾生说:"这么办,我现在干啥呢?我现在正管这摊儿,就盯白无常这摊儿,接待来的死人到阎王爷那儿去,我把你领去吧!"

顾生领着张才到阎王爷那儿跪下了,说:"阎王你给查一查,我这朋友应该不能死呀!"

阎王一查,说张才没到寿。

这没到寿就得送回去呀,顾生说:"赶快送,晚了就不赶趟儿了,这是抓错了的鬼!"

阎王说:"好吧,送吧!"就要把张才给送回去。

顾生说:"这么办,我送你回去,你别着急!"

顾生送他,他就走了。正好出了大门之外,看到什么呢?就看前边儿来了几个女的,有十多个,那长得都漂亮。这几个女的就往张才身上一趴,说:"走吧,咱们一块儿过多好,回咱们家!"

张才一看,这些女的长得漂亮,他就跟着她们走了。顾生就喊他:"张才!张才!"就这么地喊他,他一听,就醒了,明白过来了。他睁眼一看,投胎了。又一看，什么？眼前是个猪圈，有一只老母猪，还有几只猪崽子。他一看，他也是猪崽子了，投错胎了。那老母猪是女的投胎的，来那儿的净是母猪崽儿。

张生一看，说："哎呀，这不是猪圈嘛，我怎么投错了？我还阳怎么还错了，不应该到这儿来呀！"

这时，就听到外边顾生还在喊："张才！张才！"他一考虑，干脆我撞死吧！想完他一脑袋撞门上，就撞死了。

但他在的这猪圈是怎么回事儿呢？是老张家的猪圈。老张家跟他一个堡子住。他知道这个猪圈，净是母猪。

他撞死之后，就明白过来了。顾生说："你呀，到哪儿走了，好几天地找你，你净胡扯，快走！"就把他送回去了，就让他还魂了。

张才还魂回来之后，就把情况跟家里人说了，还说："你不信，到东头老张家打听打听，老张家有个猪圈，那保管撞死个猪崽儿，那是我投胎投错了，我撞死的，是人家顾生把我送回来的。"

后来他到老张家的猪圈那儿一看，真的有个猪在深夜里给撞死了。

张才回来后，带着媳妇过团圆日子了。他叨咕说："今后哇，这酒色财金不敢贪哪！我是贪那几个美女才到那儿去了，就投错胎了。这能回来就不错了！"

惊魂三千里

这个故事说明什么呢？就是想当年，人死之后有魂灵，不是没有，就分怎么死，如果是正常死亡，人的魂灵就稳当，如果是不正常死亡，人的魂灵就走得远。

有这么一个磕头拜把子的弟兄，李生和王庆俩人。这个李生是刽子手，王庆是他处得最不错的朋友，俩人可以说老在一起喝酒吃饭，确实都处得挺近便。

这年该着，正赶上王庆摊着人命了，他误把人给碰死了，虽然他不是有意的，但是已经判刑了，秋后开斩。这个李生就挺闹心，心想：这事儿可怎么办呢？咱俩这么好，但我救不了他，这官是清官哪！可也不能说不救啊！

一晃儿就到老秋了，到老秋一派差事就派上他去杀王庆，他一听更闹心了：哎呀！这要是别人杀，我不瞅着能好点儿，可这叫我亲自监斩！他是刽子手嘛！叫李生杀王庆，因为派的差事轮到李生的名了。

那天他就去王庆那儿了，王庆一看，说："大哥啊！"

李生说："哦！"

王庆这就哭了。李生说："你怎么哭呢？"

王庆说："我知道我犯案了。"

李生说："可能一般人被抓也就抓了，你犯的案判死刑了。"

王庆说："那我也不能跑不能颠儿的，没办法啊！"

这工夫正说着话哪！人家就抓他来了，王庆就被抓去了。抓去以后，他就后悔，对李生说了："大哥，你是刽子手，你不说你是监斩官你来杀我嘛！那好，我就求你一样啊！你杀得痛快些，别让我受罪，最好杀我时我不知道死才好呢！"

李生说："那好办！我管保你不知不觉，不能让你疼痛一点儿，我没杀你之前，先在后边给你一掌，就像这个定神法似的，一掌打过，把你这惊魂打走了，没有魂灵儿再杀，你就啥也不知道了。"他都是有数的，就像使唤这个定身法似的。

王庆说："哦！那好。"

俩人合计好了，真正到那天杀的时候，这个李生就去了，拿着大鬼头刀，那家伙喝了点酒，虽然是喝好之后，但怎么让他狠点儿都不行，那是他的莫逆之交啊！到那咱寻思寻思：可惜啊！你死了之后，扔下孩子老婆怎么过呢？没办法，摊着人命了，还没别的章程了，唉！我杀吧！

就溜着后脖梗子，杀之前刀像手似的"啪"的一掌下去了，他弟一闪神儿，那真魂就已经走了，这"惊魂三千里"嘛！走挺远了。然后"咔嚓"一刀下去了，一点血都没迸，当时，血"唰"淌下来就死了。

杀完之后，他把刀一抱，回家告诉老婆说："今后我就不干了，这把我最好的朋友都杀了，你说哪能干这活计呢？我宁可要饭吃也不扯这套，我不干了！"

他就弃行了，媳妇儿说："不干不干吧！干啥都吃碗饭，咱不干这杀人犯的活儿了。"

搁那他就干点别的，家里没有事儿的时候就待着。一待待了三年的工夫，不仅自己考虑，媳妇儿也说："你这在家待着也不行啊！也得干点儿啥。"

他说："我做买卖去。"他有点本钱办点货，搁这个北方到南方，就是搁山东到河南地上做买卖去了，一走就好几千里地。

这一天正赶上他在这市场卖东西呢！他一抬头，说："哎呀！那不是王庆吗？巧啊！他怎么在这儿呢？他不是让我杀了吗？不对，八成是认错人了！"他又瞅着，第二次瞅，就越瞅越像，没说话就跑他傍拉来了。到傍拉一看，王庆就在那儿说："哎呀！这不李大哥吗？"

李生说："是啊！咱俩可老长日子没见了。"这俩坐一起可近便了，和好时候一点不差啊！李生想：哎呀！这可真出奇啊！他也没问。

王庆说："你来这儿干啥？"

李生说："到这儿做买卖来了。"

王庆说："这么办，到我家吧！别住店了，咱家有地方。"

把李生让到家。到家一看，王庆家里还有媳妇儿，他就寻思：这怎么回事儿呢？还没法问！但他去的时候还背着那个鬼头刀去的，怕在道上有啥事，如果碰上胡子啥的，这还有武器在手啊！所以他背着刀。

到那儿去了之后，人家媳妇儿把饭整好了，说："正好大哥来了，我再整几个菜。"俩人就喝上了，越喝越高兴，这多少年不见了，就像亲弟兄一样。

李生说："你在这儿孩子大人都挺好的？"

王庆说："嗯，都挺好的。"

李生一考虑，说："那你这孩子多大？"

王庆说："这孩子不都两岁了嘛！"

一看孩子都两岁了，他们又唠扯，唠完之后，李生在那儿住一宿，王庆陪他住，也没咋唠别的嗑儿。过了几天之后，因为住的时间长了，李生也就不见外了，就一点一点地提起这嗑儿来了。

王庆说："我是搁家来的，到这儿不是这家没有男的嘛！正好招养子，我就到这儿待下了，这不二娘生下一个孩子。她原来有个大孩子没在家，媳妇儿对我还不错，俺俩这就过得挺好的嘛！"

李生说："那真挺好。"

就提起来了，王庆说："那大哥你干啥呢？"

李生说："我现在不干那行了，一打你摊到事儿之后啊，我就觉着伤心得邪乎啊！杀朋友太不应该了，我所以就不干那个了。"

这一听，王庆说："那你现在干啥呢？"

李生说："我现在倒腾点买卖。"

王庆说："你背的那是什么？"

李生说："我的刀嘛！"

王庆说："是吗？什么样的鬼头刀？展开我看看。"

他就把刀打开了，这李生把刀一打开，王庆一看的工夫，还是原来杀他的那把鬼头刀。就看这个王庆怎么了呢？他一仰壳儿，没了！死了！死了之后也不知他哪去了，又一看，炕上躺着的是个纸人！

哎呀！这下兄弟媳妇儿说："那不行啊！大哥，来时候我男的好好的，没沾啥事儿，你来了之后，人给整哪去了？你怎么把一个纸活儿给扔炕上了？"

这就干起来了，一看不行，就去经官家吧！

经官家时，进来一个老道，给解释了："你们拉倒吧！别嘀咕了，我给你们说一下子吧！人没杀以前这魂是存在的，他拍那一掌，'惊魂三千里'啊！他到这旮之后借尸还魂，这旮正好有个扎纸活的，他就扑纸活身上，变成王庆的模样了，所以到你们这旮结的婚。你不信看你这孩儿吧！你这孩儿活不长，因为他不是真正人托生的，你就搁太阳光晃晃他，他没有人影。"

她说："那哪能呢？"搁太阳光下一晃，人都有影儿，他没影儿！这还真没影儿啊！

老道说："那还不算呢！他那血不是正色，像水一样稀的。"

这会儿媳妇儿才相信，这事不怨李生。搁那儿回来之后，他媳妇儿又问那老道："他现在这人又哪去了呢？"

老道说："他还得跑几千里地，还得生人，他还能借尸还魂活过来，他已经用过这个方式了，说不定以后在哪还能遇到。"

这个李生说："好了，我再也不摸刀了，也不能提这事儿了。"

这不是嘛：惊魂三千里！

李家车赶不动

有这么两家，一个老李家，一个老王家。这个老王和老李他俩人都出车，每天一出门之后，你约他，他约你的，这家套上车就喊那家。

有一个冬天，正赶这老李家又要上大街上去卖粮，那车是用三个骡一个马套的，车挺壮啊！粮食在这个车上装好了，就准备要往外走。

单表西街老王家也装车了。这老王家小伙儿早晨起来了，每天都是老李家喊他去，一块儿走。今儿老李家的没来，老王家小伙儿想：今儿怎么还没来呢？怎么晚了呢？这老王家小伙儿着急了，跟他爹说："我看看去！他今儿个怎么不去了？要是去的话怎么到现在还没来呢？"

老王头儿说："好！"

那小伙儿赶驴不得拿鞭子嘛！所以他拿个鞭子从家出来。走到半道儿上，离老王家不太远了，到老王家大门西北角那旮了，就觉着这个犄角的沟里头有动静，说："这是什么玩意儿？猫曲猫曲地蠕动？"一看，像个毛驴似的，说，"哎呀！这谁家毛驴子开了？"他到那仔细一看，不是毛驴子，什么玩意儿呢？他不认得，像个熊瞎子似的，还顺嘴喷火似的。"哎呀！这不是鬼火吧？"他就搁鞭子抽，抡起鞭子，"咔咔"左右抽啊！把那玩意儿打得直打滚，一顿火星似的蹿了，跑得没影儿了。他看没了，说："好！我尿泡尿，尿完尿我就去！"这先不说。

单说这时候老李家，车已经套上了，赶车准备出门，儿子赶车，爹在后面推着车，但是怎么赶这车也拉不动，那三个大骡一个马就是拉不起来。

他爹说："怎么回事儿呢？"就骂儿媳妇们，"是不是你们谁泼水了？"冬天时候有冻啊！"泼水把车圈都冻地下了，怎么拉不动这车呢？"

儿子机灵，就照着马屁股可劲儿一鞭子，"啪"一鞭子打下去了，马一蹿这车就起来了，这车扯起来之后，李家小伙儿一看就蒙了，就瞅那大门不是那么宽了，变窄了，精窄精窄的，那都没法躲了。那大门出去都得贴边走啊！他躲不开了，到那儿"嗯"一声。

妥了！前头的马就顶大门框上了，他被挤里边了，就把他前心撑到大门帮上了，这后边车板子也撑上了，这就要完了。只听他"嗯"一声，他爹说："可不好，这完了！"就喊："吁——吁——"！干喊"吁"也不行，牲口都站不下，老头儿虽然也不是多大岁数，也就五十多岁了，顺大墙就"啪"地蹦出去了，把大骡子往回倒。

这正倒的工夫，老王家小子在那边到了，说怎么回事儿，老李家说："摊事儿了，可了不得！赶快来。"大伙儿把这牲口一点点地都卸下去了，剩一个马往外边推，硬推，把大伙儿累够呛，总算推出去了，把他儿子从那旮拽出来了，要不他还在那挤着呢！

拽出来后，老李头儿说："完了，一点不吱声了。"拽出来到屋里，不一会儿，儿子顺嘴吐血，还喷血沫子，喷完以后就说话了："你们老李家有财有福，不应该死，我今天指定要你们一条命，没想没要成。因为我受一个小伙子一顿鞭子，把我这个运气打走了，这应该再抓抓地方，找找投胎的地方。他不打我的话，我就没事，就能抓住了。打我之后，耽误我时间了，另外把我的火力打没有了。"

说完之后，王家小伙儿说："哦，是你闹事啊！刚才我鞭子打的是你啊！"他把鞭子又拎来了，这把他吓得一仰颔就没动静了，半天人才明白过来了。

这李家小伙儿将近有一个来月才好利索。意外之后，一问他，他说："我那时候赶那车，套上车之后，就心不痛快，就看一个小伙儿来找我，召唤我'赶快走'，我这车赶不出去，又拉不动，我就使劲打。那大门窄得邪乎，快把我撞死了，我才知道那天差一点死了。"

后来一问当地的，原来在二十年以前，这地方轧死过一个人，是谁谁家的一个小伙儿在这儿轧死的，今天正是当年这人死的那天，正抓替身呢！多亏这王家小伙儿一顿鞭子把他打背运了，他没抓成跑出去了。

要不说人都这样，有时辰的嘛！他要错过时辰就完了，老王家小伙要不是找到老李家来，也就不行了。

铁匠娶鬼妻

有一个铁匠师傅，天天在铁匠铺给人家打铁，他三十来岁了，还没媳妇儿。

这天他从铁匠铺回家，正走到北山坡，就听一个女的在那儿哭。他一看，心里寻思：怎么一个女的在那儿哭呢？

这个女的有二十六七岁，瞅着挺好看。一问，她说："我呀！说实在话，家什么也没有了，这不是嘛！我有一个孩子，男的死了，孩子还丢了，不知哪儿去了，我也没法活了，所以我要一死啊！这连个吃饭的地儿都找不着啊！"

铁匠一看，岁数也挺相当的，他三十多岁，女的也就二十六七岁，他说："这位妹妹，如果真不嫌弃，我家可没有人，你是不是可以考虑一下，咱俩也合计合计。"

女的说："那敢情是好了，我也不嫌乎。"

他说："我是个打铁的。"

女的说："打铁的更好了，打铁的有手艺。"

两人唠得挺近便，他把她就搀起来，两人回家了。到家以后，这家也没什么人，就一个老妈在家，他妈说："这么办吧！你们就在里屋住，我在外屋搭小炕。"老太太在外屋接个小炕，老太太在外屋，给腾个小里屋，两人就在那儿住。

一住住了好几天了，这铁匠自从结婚以后，身体逐渐衰老，他觉着身体不好，老像有啥毛病似的，不得劲儿。

半个月以后，这老太太在晚间的时候，上外头撒尿去，那时候窗户是纸的呀！没有玻璃，老太太就听屋里"哗啦"一下，"嗯嗯"的，这老太太挺细心，就品这媳妇儿，说："这媳妇儿瞅着体轻，走道不是人体形，走的是小步，没动静儿，一点动静儿没有。"她就偷着用手指头在窗户纸上扎个小窟窿眼儿，扒窗户上眼睛往里瞅瞅，啊！这媳妇梳头把脑袋拔下来了，在炕上自己梳呢！哎呀！这可不得了，哪有把脑袋拔下来梳头的呢？这是鬼呀！看完老太太也没吱声，就进屋了。

进屋之后，天亮了。她男的回来晚，他不知道啊！回来以后，她就不梳了。他妈就告诉这铁匠，说："你媳妇儿呀……"她把怎么怎么的一说。这男的说："不能，那哪能呢？"

这老太太一辈子净做好事，老太太就在外边磕头拜天呢！求老天保佑他儿子。

到第二天白天，来了个老道化缘。老太太就出去了，老道说："我不化别的，我到你屋坐一会儿就行。"

老太太说："那好吧，进屋来吧！"

进屋之后，这老道看这老太太住的那屋和里屋，这女的正在里屋待着呢！老道一看就明白了，当时就说："咱们这么办！你们这家是正经人家，咱们是井水不犯河水，我这老道还不愿意杀生害命,你自己找个栖身地方待下吧!你别在这家了,你如果再不走的话,那我就动手了,我要保护这家。"

这女的不吱声,瞅着他,他说:"你寻思我治不了你呀!"顺手掏出符来,"啪"一下,对着她,说:"你看看这道符,你如果怕,就赶快走,啥也不用寻思;要是不怕,那你就在这儿等着,我就放你身上。"就看这女的吓得"啪"一下,一个跟头摔倒了。这家伙!"嗖"一道火光就蹿了。

老太太一看,这鬼了不得,老道说:"不用害怕,她不能回来了,我给你贴点儿符。"就在这屋里、窗上、门上贴了两道符。老道说:"永生她不敢回来,她害怕,我这符已经吓坏她了。老太太,告诉你儿子,在半道儿上,别捡媳妇儿,捡不着好媳妇儿,三更半夜,哪有女的在半道儿上哭呀!"

这次以后,铁匠再不敢捡媳妇儿了。

磷火烧胡须

那时候有个老王头儿,爱溜达,到晚上就出门溜达。从俺这堡子奔边墙子,那旮有个张家壕。那地方壕子埋的死人也多,像乱坟岗子似的。他穿个棉袍子,手在后边背着一叉,就那么背着手晃晃荡荡的。老头儿有五六十岁了,白胡子挺老长,挺干净利索。

这天,老王头儿正走那旮,"呼"一下子来一股鬼火,那大火团子顺着这边就来了,他紧走慢走,"喷儿"一下就顺嘴过去了。一摸——妥了!留的胡子没了,这胡子烧得煳了巴的,全卷没了,脸都烧出泡来了。

回家以后,大伙儿一看,说:"我的先生,你这可真是危险啊!"

他说:"危险?'呼'一下子,这火还没伤着我,如果火再大点的话,把头发都给我烧去了,把我也就烧死了。这一股火把脸都烤出泡来了。今后再出门,年轻人可千万别背手,手别在后边袖子里套着。我当时这手就拽不出来,要拽出来,我这手一拨拉也能把火拨拉下去呀!手在后边袖子里搁着哪!已经入扣了,那拨拉不着,以后出门可千万别这么的。"他还告诉人们:"出门手也别插合一起,别插手,一个是怕鬼火,另一个是怕摔跟头。岁数大的话,你要插合一起,摔跟头时候不赶趟扶地。出门不管怎么的,冷的话戴手套,手别叉在一起,这样有事儿手能摁地,要摔也赶趟,来鬼火也能躲开。"

从那之后,谁走那旮谁打怵,谁走谁加小心,鬼火邪乎,你看这老王头儿叫它把胡须给烧去了。

拉坟土女鬼缠身

有一个姓王的小伙子,他家有车,过去那时候,家家都得拉土回去用。有个乱坟岗子,那儿的土,你也去拉,他也去拉。但人家都躲开坟,他图省事啊!一看还得现挖,就搁这儿挖呗!坟就坟呗,能怎么的?都是埋完的玩意儿了。

这个坟是人家老王家十八九岁的姑娘死了以后埋在那儿的。他也不管那事儿,就给人家的坟土拉走了,那个棺材板子他没要,都扔出去了,把土都拉回来垛猪圈、垫院子了。这小伙儿也岁数不大,二十三岁,还没娶媳妇儿,拉完坟土以后,他就回家了。这不说。

过没有几天的工夫,他就来事儿了。晚间他梦得稀奇,就梦见老王家姑娘回来了,他认得这姑娘,都是一个堡子的。她来了,俩人挺近便,就同床共枕了。两人夜里趴着,天亮的时候她就走。那还不算,最后最严重到什么程度?大白天他也梦着,以后就干不了活了,渐天瘦。到哪儿串门去,人都不让他进屋了,为什么不让他进屋呢?因为进屋之后,他就抱明柱,家家都有那明柱,他抱住那个明柱,脱裤子就捂扯,就以为是那个姑娘来了,那是大白天啊!他不管夜里、白天,他逮哪就捂扯,实在没办法,就逮着个电线杆子,抱着也能捂扯一阵,他也花心花得邪乎。从那以后就治也治不好了,最后真就那样死了。

要不说这玩意儿让青年人赶上了,你不能说全不信。有的人是说拉了坟土也没怎么的,但他就遇到这个茬口了,这天天梦她,就离不开她了,硬把他缠磨死了。要不说这是拉坟土拉的呢!

王姑娘死后报仇

有这么一个老王家姑娘，长得真不错，跟一个男的在一起处上了。这个男的原来有媳妇儿，王姑娘不知道他有媳妇儿，俩人处的时候，发千年誓愿，谁也不能把谁扔了。

这处到顶点时，俩人就跑一起住去了。那时候，讲究贞节问题，姑娘已经交给他身体了。住长了，这男的就考虑，不行啊！他媳妇儿不能让，人家家过得不错，不能要这女的，女的家过得穷，他就告诉王姑娘，说："不行，我家确实不能容你，今后咱俩还是各奔前程吧！你找你的人家，谁也不耽误谁。"

这姑娘就哭，说："我这太……"这一哭，怎么了？哭完之后，就背气了，背过气之后，她就一点一点病啊！最后干脆就起不来了。这个李公子从来也不去看她，这王姑娘最后病重就死了，死了以后，就埋北岗子上了。

单表这个李公子，他心中有愧，从来也不往那边去。这天正赶上是五月节，他喝点酒高兴了，自己溜达溜达吧！他溜达的时候顺着脚就往北走过去了。到下晚上也没回来，家里人说："这人哪儿去了呢？怎么没回家呢？"

有的人看见了，说："他往北去了，你们找找。"到那儿一看，他在王姑娘坟顶上撅个屁股死那旮了。大伙儿一看，可了不得了！

从那以后大伙儿都说："人有亏心事，早晚得完哪！王姑娘真有灵，活着的时候没把他治死，这死了以后把他迷住了，硬是死在坟茔那旮了，气儿都没有了。"

要不说，你要有亏心事，到啥时候也是自己心发怵。要不说人还得做好事嘛！这男的就这么死的。

讨债鬼和还债鬼

这个故事就是说人的儿女啊！它有要钱的鬼，有还钱的鬼。就是一般儿女被生完之后，你拉扯他一生也好，十天半月或几年以后，他要是死了，他就属于讨债鬼。真有人就有这样不幸的。

单说有这么一家,这老头儿已经生了两三个儿子了,但都死了。这年他正好上山上香去了,从庙上回来,黑天时候,走到庙根儿底下,就听土地庙里有人在说话。

小孩儿说:"老土地啊!这个俺们还得去啊!"

土地神说:"你去吧!你们去了之后啊,你二年,你三年,然后你俩都得回来。你俩是讨债鬼,这家该你钱,必须把它要来。"

小孩儿说:"是吗?"

土地神说:"对啊!"

一个小孩儿说:"那好!我什么时候回来?"

土地神说:"你呀!他该你的,给完你就回来,不给完你就别回来。"

这个小孩儿说:"那行。"

土地神告诉他之后完又告诉另外一个:"你呀!先暂时不动,等他回来以后你再去,你是还债鬼,你到那儿去之后给人家干活。"

另外一个小孩儿说:"好吧!"

这老头儿回来了,他听明白儿的。正好,到家没有几天,老伴儿就生了个小子,他就寻思:这是讨债鬼啊!我能不能养活他呢?爱怎么的就怎么的吧!

他们就这么养活着他,一养把他养到十来岁了。这小孩从小就娇生惯养,要啥给啥,讨债鬼他知道不给足钱了他不能走啊!到十六七岁了,这天他就来病了,来病之后,先生治也治不了,他还不死。他就和他爹说了:"这么办吧!爹啊!我不是稀罕别的,我现在病得挺重!就想样儿东西吃,吃完能好。"

他爹说:"吃什么呢?"

儿子说:"吃骡子肉,就咱那大黑骡子,你给我杀一个。"他家有钱嘛!"吃完肉能好。"

他爹说:"行行行!"他爹就明白了,说:"行!"看看是不是讨债鬼。

他爹就把骡子给他杀了,骡子杀完之后他吃了没两口,还没喘上气儿真就死了!死了之后,老太太就哭,他说:"你不用哭,讨债鬼,哭啥哭!"就不搭理她,糊弄糊弄地过去了。儿子死了以后不说。

单表这老员外自己也伤心,就寻思:我就没有这个命,等着吧!再生一个就能行了。

他们堡子的人，有上这个泰山的，到泰山都是办事儿去了，或者旅游去了。这会儿到泰山去的人多，到山顶上一看，正好，那小伙子在山上骑个大骡子玩儿呢！

大伙儿一看，说："咱堡子老王家死那小伙子在这儿骑个大骡子玩呢！怎么没回家呢？"大伙儿就喊，有的胆儿大的就号他一声。

他就站起来，"哎呀！你们多咱来了？"

大伙儿说："俺们也来溜达溜达。"

小伙子说："来吧！坐一会儿吧！"

唠扯一阵之后，大伙就问他，说："你不回家？"

小伙子说："回哪儿的家啊？"

大伙儿说："你爹很惦记你，确实是老想你了，你不回家看看去？"

他一听，待半天，就不再理这问题了，也没说怎么的，后来他说："好吧！让他来吧！"他这就走了。

单说这帮人回来之后，就和老王头儿说，"今天我们上山，可出奇了，在山上看到你儿子了。"

老王头儿说："这不扯吗？我儿子都死了，看啥？"

大伙儿说："他骑个大黑骡子，在山上玩儿哪！你应该看看他去。"

老王头儿说："是吗？"

这一说，老太太也想看去。老头儿就来劲了，堡子也有人去的，他们就都去了。正七月，那山上正是好时候啊！到山上之后，山坡上有个大店，他就住店去了。住店里之后，这帮人都等着这小伙子。这帮人又上山溜达去了，正好又看见这小子，就对他说："你爹来了，他惦记你，你看看他去吧！"就告诉他了他爹在山上。

小伙子说："那好吧！"

单表他爹，他爹这工夫就没在店里，出去溜达去了，他就来了。第一句话就喊他爹名儿，没喊他"爹"，说："来了吗？老王头儿！"

店主说："那不是你爹吗？"

小伙子说："谁是谁爹啊！该死不死的老头子！"

店主一看，这了不得啊！这小伙子那手愤叨叨地一指，说："我找他呢！"

这话说完以后，小伙子就走了。一会儿他爹就回到店里，店主说："你啊！别见你儿子了，我看你儿子的口气都想把你治死那样啊！你俩像仇人一样。他像是要找你晦气呢！他没去你家找你，因为那不是你儿子。"

老王头儿说："他是我儿子，不过他也是讨债子，我在庙里都听说了，所以说他要啥得给啥，临死给他杀了一个大骡子，他吃完死的。看来人这儿女啊！非得是真正的儿女他才是还债的，讨债的他是管你要钱来了。"

店主说："那你就急速回去吧！"

老王头儿说："好吧！那我就回去了。"

这正说着，小伙子骑骡子来了，到这儿就喊他爹："老王头儿来没来？在哪儿呢？"

店主一看这小伙子的怒样儿，说："来是来了，一看又回去了。"

小伙子说："回去倒便宜他了，不回去我今儿非要他命不行！"

他爹一听，这小子不是东西样啊！

从那以后，老王头儿才不想着儿子了，回去以后又过了二年，家里又生个小子，他告诉老伴儿说："这回妥了！没事儿了，你不用怕，这是个还债鬼，我听土地老分配，告诉这个还债鬼来还债了。"

从那以后，这小孩儿一年比一年大，确实知事理，老王家过个团圆日子，因为这是还债鬼。

这个儿女都这样，分讨债的和还债的，要不说，这个儿女有份，财宝有份，不是儿子别强求，强求也不行。

李公子遇鬼同眠

有这么一个李公子，他是个念书的公子，学校离家能有十来里地，每到礼拜六他就回家一趟。

这天他搁学校回家，正走到北山坡，就看山坡后边有个大花园，李公子说："谁家花园这么大呢？我来回走也没看见过花园啊！这怎么有个大花园呢？真没理会儿过。"

他站着瞅了一瞅。这一瞅不要紧，一看花园里有个长得挺漂亮的小姐，这小姐带着丫鬟正在那儿望风景呢！他在那儿瞅了一会儿，这姑娘就回头了。他一看姑娘长得挺漂亮，就相中这姑娘了，他就往里凑一步两步，姑娘先说话了，说："公子，你找谁？有事儿吗？"

公子说："我不是找谁，我看你这花园里的花太好了，都把我恋住了，所以我有心到这儿摘一朵。"

这女的说："那好吧！你请进，随便寻一朵吧！"

请进来之后俩人就唠扯，他摘花是假话，光和姑娘唠扯，俩人越唠越近便。到晚间，姑娘说："你别走了，咱俩还有缘呢，你在这儿住吧，咱俩好好乐一场。"之后，两人出诗作对，连作带伍的乐了一场，俩人到一起了。

李公子一住住了三天的工夫，这女的就说："你得回去了，你再不回去你家就把你反了，他们该找你了。你是李府的，能不找你吗？你回去之后，咱俩缘分已尽，我也没啥给你的，我就送你把古扇，你拿回去做个纪念吧！"扇子给他之后，说，"你拿回去以后就知道了。"

李公子说："好吧。"

第二天早上他拿着扇子就回去了，他先回到学校，到学校之后同学说："你正好回来了，你们家都反天了，找你好几天你不回家。"

李公子说："我哪也没去，到亲戚家串个门。"

他家也是个员外人家，挺有钱的，所以他能去念书。晚上他回了家，他爹问他："你这两天哪去了？"

公子说："我到亲戚家串门去了。"

他爹说："说实话，到底怎么回事儿？"

他就说："爹呀！有个事儿我和你说一说。我走半道儿遇到个挺大的花园，在这个花园当中有个女的，她让我到那旮，到那儿俺俩一唠扯，确实挺投缘的。说实话我相中她了，要订她做媳妇儿，俺俩也在一起住了，她还给我把扇子做纪念。"

他爹说："这旮没有谁有个好花园啊？咱这旮我还不知道吗？我看看扇子！"

他爹一看，扇子上写的什么呢？写着"马秀莲"，上面还有一首诗，写得挺简单，就是个清明诗。他爹一看："这是个清明诗，这诗倒是一般，是李白作的，这都知道，你这个扇子挺出奇呀！"看这扇子是骨扇，那扇架儿都是骨头做的，挺小的一个扇子。他说："我觉得这扇子挺出奇呀！我想不起来了，这么办，找老师问问。"

正好老师也来打听了，老师来了一看，说："哎呀！你这扇子是名女的，过去她爹当过知府大人,她是马知府的小姐,叫马秀莲。这不说吗?现在你看这诗不正是清明的诗吗?这事儿正对着清明去的嘛!"

他爹说:"怎么整?咱们看看去吧。"

到那儿一看,哪有花园了?啥也没有,就在一个山坡儿当中有两个坟。一打听当地人,当地人说:"这不是马知府的女儿马秀莲嘛!死了埋这儿了,后来马知府人家转走了,把坟茔扔这旮了。"

李公子一看,说:"那不可能,人死,鬼能有这样的吗?"打开一看这个扇子,其实是骨扇,是殉葬用的东西。

后来李公子到这坟茔来哭一场,说:"马小姐,你爱我,我也爱你啊!咱俩今世不能同生,来世再见吧。我就和你做这么几天的朋友,你确实可爱呀!"

从那之后,李公子就搁那旮把这坟茔重修了,又新立的碑,李公子说:"今后你就好好清闲一些吧!别这样了。"

要不说呢!这人死之后,情意不断,鬼也有爱情,她相中这小伙儿了,所以他俩就有一段死后的婚缘。

死媳妇给家托梦

这家哥儿三个,老大老二老三,家过得不错。这老大的媳妇可会说会道了,哪都好,几个小叔们对她印象也好,街坊邻居对她也不错。

这家姓李,虽然不是员外家,过得也不错。这天老大媳妇得暴病就死了。这一死,全家哭坏了,连老太爷、老太太、男的、小叔子都哭。这个人特别好,长得好,还会说。

死了以后,就埋吧,就没埋远。六七月她年轻死的,也不能入祖坟,就在南沟边上边有个小蔓岗,就埋那儿了,离家连一百米都不到。

埋完以后第三天工夫,这老大就做了一个梦,就见一个白胡子老头儿来了,说:"小伙子,赶快起来吧,你媳妇活了,在那南边,你快把她救出来吧。她死是一股烟气熏的,不应该死,她活了在棺材里出不来。"

他一惊醒，是一个梦，就起来了，他说："这出奇啊，我惦记这事儿啊！"

这时老太爷开门，说："儿子，醒没醒？"

他说："怎么了，爹？"

"我做了一个梦，梦见你媳妇活了。"

"对啊，我也梦见她活了。"

这工夫他兄弟起来了，说："哥哥，我梦见我嫂子活了。一个老头儿托梦让我急速去。"

他说："这真出奇了，说话天就亮了，咱们就去！"这就去了。这爷几个带着工具去了。到了坟茔，一听里面有嗡嗡声，说真的活了，不怕，自己家人的坟怕啥。就把坟叮当扒开了，把棺材撬开了，一看媳妇真起来了。一百米不太远，老大就把媳妇背回来了，到家一看，一两天，媳妇没烂没伍的，挺好挺好的。

老公公乐坏了，说："大媳妇做德了，还能活了。"

到晚上睡觉，老太太说："这么办，媳妇你自己在一屋吧！"过了两三天，老太太告诉老大说："去和媳妇一起存吧。"老大不敢存，寻思她死了活这么快呢。

一晃过去十天了，老太爷说话了："你熊蛋包，你过去存呗，你自己媳妇，她孤单单在那儿待着，她也没怎么的。她到棺材埋两天就完了，就是鬼了？"

男的一看，他和媳妇感情也好啊，媳妇笑着说："你愿意过来就过来，不愿意我自己睡也不错。"

他说："我过去。"黑夜就去媳妇床上去了。

老太爷寻思：人死之后还能活，为什么还单有一个老道托梦来？她有这么大魅力能把人感动？感动好多人都做梦，做一样的梦，儿子在屋待着别有事儿！我得去听听声，不是听别的声，别有事。儿子在那屋存着，那屋都是带走廊的，外面有一个窗户，他就黑夜假装守卫去听。

儿子俩人乐呵呵的，吃完晚饭，盖了一床被就上床趴下了，窗帘撂下来了。听到半夜，就听"啊呀"一声，老头儿说："不好！"老头儿一脚把门踹开了，灯一照，炕上被一掀一看，儿子身上净血，被窝掏开一看，媳妇没了，儿子心口窝掏个大窟窿，心没了。这就喊："赶快起来！了不得，了不得，来妖精了。"这都起来了，一看儿子心没有了，媳妇也没有了。就开始找。到坟茔一看，坟茔也没有。

从那以后，就一直找，找了多长时间，连登报也没找着。这是实际事儿，就这媳妇究竟怎么回事儿，是真活了还是变成气候了？就把他真心掏出去了，走了。要不说人就是什么稀奇事儿都有。

连成姑娘

有这么个乔生，挺忠厚老实，也是个念书的才子，秀才，对人也特别好。有两个钱，有那困难户、要饭花子，他都直门儿周济人家。尤其是他有个同学，叫顾生，他俩处得最好。可顾生却死了，多大死的呢？二十四五岁。他媳妇也二十四五岁，有两个孩子，顾生媳妇还不改嫁，情愿守着。

乔生一看，对她说："我大哥死了，大嫂你这么守着，生活怎么办？"

她说："不还有几亩地，我收拾收拾，能活。"

乔生说："行，愿意守行，那我周济你点儿。"

这乔生就常常给送点粮食、送点米啊，赶上孩子没有零花钱了，也给孩子拿两个零花钱。但乔生一片正义，别的思想啥也没有，就对她好，因为他和顾生好，对得起大哥，所以群众对乔生评价特别高。

县里有个王知县，来当了几年知县，明如水、清如镜，特别好，但得罪了上级，上级是个贪官，他没送礼，就把他刷了，不用他了，说他不贪、不占、不给送礼，就把他刷下来了。他一被刷了，回不起家，没招了，家里远啊，路费都没有，清官嘛！当地群众也没有人理了。

乔生一看，这没办法，清官清如水，脸如青靛，怀抱明月，哪有钱啊？乔生就说："王知县，王大人，你不用愁，我还有几亩地，我变卖几垧地，我打点你回去。你是清官，我特别赞同你。"所以他就变卖几垧地，拿钱把王知县全家给送回去了。他这一送，传出去之后，大家对乔生印象特别好，认为乔生忠诚信义。尤其是当地念书人，对乔生特别信任。

单表当地有个史大人，史大人是知府，有个女儿叫连成，这个女儿长得特别好，所以求婚的特别多，你也求、他也求，都要来保媒，但史姑娘没有相中的，不愿意。史姑娘文化高，她说："我这有个刺绣，像门帘，挂外面，你们看我的刺绣怎么样？

如果你文采好，留首诗，我看你写得怎么样。"

大伙一看，她文化高啊，就没人敢写，怕写不好。最后乔生到了，乔生顺手掏出笔就写。家人拿过去，连成一看："写得好啊，诗写得好，词编得也好，可以，把这个人叫来看看。"就把他叫来了，俩人一见面，一看乔生长得也不错，哪都挺好，一打听就是家不行，家困难，要比人家老史家差老了，人家是大家。

知府大人说："那不行。"就告诉他女儿了："你赶紧找个差不多的，你不能找个穷相如啊！"家里说啥也不愿意，别提了。没办法，连成也没别过她爹，就撂下了。

撂下以后，过些日子，就把她给出去了，给老王家了。老王家是个大财主，有钱，儿子叫王若成，他爹有钱，上千垧地。保媒之后，连成姑娘不愿意，和她爹说："保这么一个，一点文采也没有，就光图家发财，爹你怎么这么爱财呢？"不愿意也没办法，拗不过她爹。

这个乔生很想念她，就跟丫鬟说："你让我见她一面，没别的，我对她是十分爱慕，她对我印象也不错，能让我见一面，对我笑一笑，我就知足了。"

丫鬟回去和小姐说了，连成说："真是痴心男子啊，笑笑就知足了。"

正好清明佳节，人们都到地里踩青去。连成坐着轿，乔生就走着。乔生见来个小轿，一看这不是史府的轿子吗？丫鬟在地下走，就告诉丫鬟让小姐停轿，告诉是乔生。连成就停下来，说："我看看。"就把轿门打开，坐轿边，默默对他笑一笑，这一笑表示挺歉意。这乔生一看乐坏了，心寻思：哎呀，我没白惦记你一回，确实长得好，真是我的心头肉啊，你不管有什么难心事，找我都能帮你办。

过去没几天，史连成就来病了，啥病呢，就像心脏病似的，那疼得要命，好不了，是非死不结了。后来来个南方老客会看病。老客还是个和尚，到这儿一看，说："你这病治是能治，不过必须是男子心头肉，得男子把前心肉割下一块，给你熬三丸药才能治好，没有心头肉治不好。你是心脏病，准得心头肉能治。"

史大人一看，这怎么办，找王若成去，订婚没结婚，找她男的去，看他是不是能舍得。一找一说，王若成说："这不扯吗？为个女的，我割心头肉给她？她就是不在了，我还能娶第二个呢！我也不能把肉割下去一块啊！"

这家奴回来一说，史大人没招了。这连成哭起来了："不能割心，他是有钱，能舍心吗？"

这事传哪去了，就传到乔生耳朵里了。乔生就跑来找史大人，说："我听说连成有病了？"

史大人说："是有病了。"

乔生说："这么办，我们两个人不管好不好不说，我对她一心扑实，我现在给她割肉、给她治病。"他拿个刀，眼没眨巴，肉就割下一块。

这老和尚一看：真舍得肉。老和尚说："别动，别动。"就拿着药给他上药，说，"这男的，太有勇气了，瞅着心太好了！你女儿给他做媳妇，绝对屈不了。"肉割完之后，他就摁着心口窝回来了，加上老和尚有好药啊，不久也就好了。

单说连成，老和尚配三丸药，连成就吃下去了，吃完病就好了，啥事没有了。史大人说："我决定了，给乔生，老王家那边儿悔婚。"

这一悔婚，老王家不干了，说："不行！要不就打官司。"但史大人要面子，打官司砢碜啊，一女二聘啊，人家钱大，哪都能花钱。没办法，还得给人家吧。

这连成也哭，乔生也哭，后来乔生去和连成见面了，连成就说乔生："你啊，别哭了，你回去吧，我知道我的病，还得犯，我顶多活三年，三年以内必须死，我死了，家里灵堂还得哭一场，你现在就等于我死了一样。他娶，我嫁他就完事了，我也知道，我不等嫁他就得死。你该定定一个，就别等我这个死鬼了。"她说完就哭了，乔生一看，也没办法，就回去了。

乔生说："我不能娶，你啥时候死了再说。"

确实没有半年多，连成真有病了，治不了，真就死了。王若成一看她死了，拉倒吧，订婚花两个钱不在乎，人家有的是钱。乔生哭得不像样："这可了不得，真死了。"就哭背气了，也死了。两个都死了，两边发送。但不能发送，连成心口窝还有点气没断。

单表乔生知道自己死了，他就想：这回我死了，连成也死了，我就能到阴曹找她。就感觉飘飘悠悠来到一条大道，都是人，正走着，到一个大院，一看，到阎罗殿了，老阎王坐堂呢，再往前一走，看顾生来了，说："哎呀，那不是乔生嘛。你怎么来了？"

乔生一说，我怎么想她，怎么想死的。顾生拽着他手说："这不扯呢，你还来这地方啊，我感谢你啊，我死后家里大人孩子都你没少照顾，我都知道啊，你真是我好同学啊。这么办，我在这块还行，管户籍账的小判官，你有点事，我能帮你忙。你别着急，你来有啥目的。"

乔生说:"我主要找连成,能看看她就行。"

顾生说:"那好,我领你找去。"就找去了,走过两个院,看后面花园大板石上,在那儿坐着呢,还有一个女的,也一个姑娘,二十几岁,在那儿坐着呢,她俩在那儿唠扯呢,都长得不错。

后来乔生到傍拉了,连成抬头一看:"哎呀,乔生你也来了。"

乔生说:"是啊,你来我不来,能安心吗?"

连成介绍说:"这个叫宾娘,也姓史,我俩同宗,人家在江南,离这儿两千道,一打听,都是同宗。她也死得挺屈的,二十几岁,得急症病死的。俺俩在这儿唠扯呢。"

顾生就告诉乔生说:"这么办,你们俩别着急,我回去看看有什么安排法,我但凡能帮你忙就急速帮你忙,没事。"他就回去了。

去了不一会儿,回来哈哈大笑说:"好了,没事了,你和连成急速回去吧,我给你们送回去,你俩阳寿还没到。"俩人乐坏了。

那个女的一听,哇哇哭,拽着连成:"姐姐,你来,我认你这个干姐姐,你走就把我扔下怎么办?"说完哇哇哭,这连成也哭,就对乔生说:"能不能和顾生说把她带回去,都是新来的,新死的,尸首都没动弹呢!"

顾生说:"不好说,你俩说了,我还怎么说。"

架不住哀求,顾生就说:"我到那儿照量照量。"回来说,"不行,不能再改了。"

这宾娘哭得邪乎,顾生心软了,就说:"你就跟着走,豁出我犯错误,不行我就不干这个了,干别的去,阴曹地府,怎么也是个鬼。"这三个人乐坏了,谢了顾生。谢完就走了。

宾娘就说:"我跟你们去吧。"

乔生说:"你跟我去哪行呢,你尸首在江南呢,你能还魂吗?俺们家没你尸首啊!"

顾生说:"这么办吧,有两个江南办公的女鬼,派她们给你送回家,给你还魂。"就把她送回去了。

连成和乔生回来了,两人合计先到哪,先到乔生家。一看乔生尸首在屋里停着,没敢进屋。连成说:"咱俩活了,老王家还得纠缠。你爱我吗?"

乔生说:"我怎么不爱你呢,我都为你死了。"

连成说:"你是鬼,我也是鬼,咱俩就以鬼的身体做男女吧。"他俩就在下屋住一起了,做了男女,睡了几宿觉。俩人也挺高兴。

到了第三天,连成说:"不行啊,你得还魂,再不还魂,你尸首不搁烂了吗?我也不行啊。要不咱俩还是鬼,怎么结婚?"

乔生往屋一进,附到身体上就活了,就去找史大人,说:"你女儿能还魂,魂在我家,你必须把尸首抬来。"

史大人说:"是吗?那好啊!"把尸首抬来了,往屋里一撂,就活了。史大人说:"好,那你俩就结婚吧。"

王若成又听说了,还往回要。史大人说:"不行,人家搁死里救回来的,你还要啥?"就不给了。这连成和乔生正式结婚了。结完婚以后,俩人都挺高兴。

一过过了有半年的工夫,连成就叨咕:"宾娘回到江南,不知道怎么样。我挺惦记她。"

乔生说:"别着急,有时间我陪你看看她去。"

正说着,就听门口跑进人来了,就报告史大人:"外面来辆车,找连成的。"

连成出来一看,正是宾娘。坐轿来的,一看人家有钱。宾娘下来,就喊:"姐,姐。"

宾娘她爹也来了,她爹也是个知县,和史大人一唠扯,说:"咱俩人是同宗啊,都姓史,你也姓史,咱俩没见过面,我女儿和你女儿处得这么近乎,所以来了。我说实话,我来是什么目的,我女儿说了,找谁也不干,非找乔生,和连成做姊妹,同嫁给他一人行不行。我合计死人都活了,有啥不可的。"

史大人说:"那好,咱们再正式拜拜天地吧。"

这就办了,乔生和她俩拜天地,不分大小,以姐妹相称,都是夫人。从那以后,连成也好,乔生也好,宾娘也好,都团圆了,过上了好日子。

和淹死鬼为友

有这么一个老王头儿,好打鱼,打鱼也卖钱。正赶着有个河,河当中没有桥,水还不那么深,最深的地方也就是没人,浅的地方也就是没腰,四处都没有走的地方,所以人不可能走。

他一打春天开河就来搬鱼搬网,夏天也得搬。他家在哪儿呢,就在河上岸一个小窝堡里住着,他也没老伴,就自己。老头儿岁数也不那么大,也就是五十七八岁,六十来岁,那时候五十七八岁就是老头儿了。老头儿好喝,嗜酒如命,酒得打。打上酒之后下河搬点小鱼煎巴煎巴,自己倒上酒就喝。

这天正喝着呢,就看顺河边来了个小伙子,也就是二十七八岁吧,小伙儿到屋就笑了,说:"王大爷,喝酒呢?"

"啊,喝酒喝酒,来来,小伙子!"他就坐下了。老头儿说:"你喝两盅不?"

小伙儿就笑了,说:"那不好意思!"

"来吧,别不好意思。古语说得好'烧酒不分家',来吧!"

他一看小伙儿坐傍拉了,就给小伙拿一个酒盅倒了盅酒,"我这儿有现成的盅!"俩人就喝上了。

俩人越喝越近便,越喝越近便,小伙就说:"一天能搬多少鱼啊?"

他说:"我一天呀搬三斤五斤的,卖上三斤五斤的就够我买米了。"

"你这旮鱼不那么多。"

"哪儿多呢?"

"这地方我知道,你在这旮不那么多。这旮来回走人多,耽误事儿。你往西那旮不走人的边儿上你再搁网,那能多搬点,一天搬点儿多卖两个钱儿,多买点儿菜、喝点儿酒也好啊!"

"啊!是吗?"

"我看好这地方了,你去吧,保证行!"

"那好,搬多了好喝酒。"

"对,好喝酒。"老头儿就答应去了。

第二天吃完早饭,老头儿就把网下那旮搬上了,这回妥了,这搬的净是好鱼啊!

平常每天要搬十斤鱼，今儿搬了有四十斤，顶平时四五天的分量了。这老头儿一卖就卖了不少钱，买的肉、买的菜回家了。

晚上小伙儿又去了，老头儿说："来吧，正好，你说得真对了，这地方真是好地方，我今儿搬了不少，咱俩喝一嗓子吧！"

从那以后，他俩就天天儿喝、天天儿搬，这鱼天天儿搬四五十斤、四五十斤的。为什么搬那么多呢？这小伙儿他就是个淹死鬼儿。他在河里帮忙给赶鱼，都赶网里去了。要不他还能在那么背的地方搬着鱼来吗？

这日子长了，俩人也没说道了。但老王头儿也不知道他是淹死鬼，问他说："你干啥呢？"

"我也没事儿，也消遣，待在家没事儿也好溜达。"这天晚上他又来了，"大爷啊，我今天晚上喝你最后一碗酒啊，不能再喝了！"

他说："怎么的了？"

"我和你说实话，我是淹死鬼儿啊，不是人！头三年以前淹死的，我是哪儿哪儿地方人，现在到三年头啦，这阎王爷让我托生去了，明天抓替身。"

"什么叫抓替身？"

"对呀，你不得抓个替身怎么能走呢？我还得抓个淹死鬼，还得淹死一个人来替我。"

"哎呀！那你走了，我到哪儿搬鱼，还怎么搬鱼呢？"

"那我就不来帮你忙了呗，你慢慢搬吧！"

"你抓的什么人？"

"明天来的人啊是个女的，她老婆婆有病，男的没在家，她给老婆婆取药去。她着急，到这旮搁河过去的时候，到这儿就淹死了，就该淹死在这旮了。"

"她家没有孩子？"

"有啊！还有个小孩儿。"

哎呀！老头儿一听，说："孩子多大了？"

"孩子有四五岁吧！"

"那家伙太可怜了！"

"该她死啊，没办法！就应该抓她当替身。"

"那你什么时候抓？"

· 1636 ·　　谭振山故事全集/下

"明天正晌午巳时，头晌午一个多点儿，就快晌午了，她过这旮，到这旮像疯子似的往河里闯的就是。"

"啊！"

"你明儿给瞅着卖呆儿吧！"

"好！"老王头儿就记住了。

到了第二天，老王头儿就留心瞅着，一早上他也不理乎。没等到晌午，就在十点来钟的工夫，老头儿瞅着就看顺南边儿来了一个女的，着急忙慌地跑啊！他一看，寻思说：啊，就是你这个女的啊！女的岁数也不大，也就三十来岁儿，瞅着个儿还挺高，像疯婆子似的往这儿跑，就奔这河要蹚水。到这旮她衣服都没脱就往下迈。这老王头儿着急得倒拉她一把，手一挡给她拽住了，说："不行！姑娘这时候不能下河！"

"不行！我得给老太太打药去，不过也不行！河北边儿有个药铺。"

"不行，不能过这河！"

她又要下河，老头儿就抱她，老头儿也不管男女了，就拽着不让她下，俩人就撕巴起来。他说："你不能过河，这会儿过河不行！你过不了，别过！"

一扯就扯了一个多点儿，过巳时了，都到午时了，老头儿说："这会儿你过吧！"

媳妇儿寻思寻思，说："那我就不去了！老太太万一好了呢，我回去看看！"媳妇儿就不过河了。

"那你咋来了呢？"

"我也不知怎么个事儿，心就寻思一个道似的，非拿药去不行，所以就来的，我来老太太都不知道。"说完她就回去了。

到了晚上，他预备好饭菜，淹死鬼儿又来了，他笑皮溜道地说："哎呀！王大爷你可太不对了！我盼了三年哪，就给我这么一个托生的机会呀！你说你把她拦住了，错过时辰之后她还能死嘛！就一个时辰，错过时辰就完事儿！你把她扯了一个时辰，把我耽误了！"

老头儿说："不管怎的，我愿意交你。你走了咱俩还怎么喝酒啊！我来滚酒，你在这儿待着吧！别扔下我了，咱俩做个朋友。"

淹死鬼一听，也笑了："哎呀！我啊，不能说你别的，我知道你是好人哪！我知道你是为了救人，你是好人哪！但是把我坑了！"

"得了！宁可一人单，可别二人寒了！你一个人就够苦了，你把她尸收了，小孩谁给带呀！那老太太能带得了吗？你说多难呀！"

"事儿倒是那么个事儿呀！那好吧！喝酒！"

"喝酒。"

一晃又过去一年多了，一天晚上，淹死鬼又来告诉他说："这回呀阎王爷对我印象特别好，因为那会儿没抓，这回呀提前一年就让我抓一回，这回又给一个机会。"

"是吗？"

"这回你可别拦了！"

"这不能拦！不能拦！"

"这个人是个小伙儿，二十六七岁儿，骑着一匹马，明天哪，他搁这儿过河。他骑马过河，我到马上把他拽下来淹死就完事儿了，你可不许拦着！"

"啊！好。什么时辰？"

"明儿早啊！这回是辰时，就是一早上起来见亮儿、日头刚出来的时候。"

"好！"淹死鬼走了之后，老王头儿心好啊，一合计：我还得救他，不能让他淹死。一个小伙儿那么点儿大，他淹死之后，爹妈能不想吗？

第二天一早上起来，他就瞅着从南面过来一个挺帅的小伙儿，二十几岁，骑着大马过来了。过来了他就摆手，小伙儿站住了，说："你干啥？"

老头儿说："不是别的，我现在呀有个事儿，你下来我打听你点儿事儿！你妈和你爹身体都好吗？"

"我妈身体也好，我爹也好，我舅舅有病，我妈让我打听我舅舅去，这不起早让我去呢嘛！"

"不行，我跟你说句话。你舅舅我认得，俺俩是朋友。你下来吧！"

小伙儿就从马上下来了，下来之后老王头儿拽住他说："你不许走，这旮不能走！"

"不行，我得赶快过去，晚了看我舅舅就耽误了。"

"不行！"老王头儿就扯，说啥也不让走啊！这连扯带伍的又扯了一个点儿，也过时辰了。

老王头儿说："那你去吧，没事儿了！小伙子你今天呢是走到这儿遇到我了，要不你的命就不在了！"他就和小伙把事情是怎么的一说。

小伙儿一听，说："我不去了！"说完骑马就回去了。

晚上，这淹死鬼儿又来了，说："王大爷，你这可太不对了！再一不能再二啊，可一不可再啊！你两次都把我耽误了。"俩人待着还喝酒。

一晃儿又过去一年多。这回淹死鬼来了，到这儿就笑了，说："王大爷，这回咱俩可得真分别了。"

"你还抓谁啊？"

"不抓了。我这二年没抓，阎王爷也好，玉帝也好，都对我印象特别好，说我真是'宁可一人单，不叫二人寒'啊！他们说我有功了，现在把我升城隍了，比土地还大一级呢！城里有城隍庙，到那儿当城隍老爷管这个小鬼儿去了。"

"是吗？那你妥了！"

"可不是嘛，以后你要不相信你就去一趟，去了之后到城隍庙就知道了。"

"行！我明儿就去！"

"你瞅去吧，在明天中午的时候就有喇叭鼓乐响，但你看是看不着，只有响的，那会儿我就走！你看去吧！"

"好！那我就瞅着！"正好第二天傍晌就听见天空中鼓乐响、喇叭响的，外头还有块彩云啊，就看见顺河底下起来一股白烟儿，落彩云上就走了。老王头儿说："哎呀，真走了！"晚上小伙儿再也不来了。

小伙儿走了之后老王头儿还真挺想念他的，一考虑说："城镇离得也不远儿，我到城隍庙看看去，看看有没有这个事儿！"他就真去了。

他到城隍庙那里一看，就看见那儿供着城隍像，哪儿有人呢？他就寻思说这不扯蛋呢！上哪儿找去？这屋里净老泥像。他正在那儿寻思呢，从后院就过来一个小道童说："王大爷，我家主人请你到后厅，走吧！"

他就跟着走，越走越深，越走越深，走到后边儿一看，有一座大楼大得像办公厅似的。他进屋一看，正好城隍在那儿坐着呢，瞅见他就急速下来了，说："哎呀，这不是王大爷来了嘛！我就是当年的那个淹死鬼儿，现在当城隍了！"

城隍就留他在那儿一住住了好几天，吃了饭。城隍最后说："这么办吧！没有别的可以给你拿的了，现在我这儿有不少施舍的黄金，把这给你拿去。十两金子够你活一辈子了。你不搬鱼也行了！"

城隍就给他拿了十两金子，从那以后，老王头儿也发财了，也享福了。但下回城隍也不让他见了，就见这一次面，这就是与淹死鬼为友的好处。

借尸还魂

在一九三几年的时候，日本人侵占沈阳以后，那时候是吃不到饭的时候，咱们新民有个说书先生李先生，他在中街说评书。

正赶上六七月，他就得了快感病，那是传染病，就死了。他家里没别人，就一个老婆、一个孩子、一个妈。老婆多大岁数？老婆也就四十多岁儿，他也四十多岁儿，妈岁数大，六十岁。媳妇儿一看这怎么办呢，得发送吧！那也没怎么发送，捆巴捆巴就把他埋巴上了。埋完了她哭，孩子也哭，老太太说："这么办吧，你不用哭了，咱这个家境也没有啥，就那个破房子也没守头啊，你们就急速出门再找一个吧，要不这孩子都将就不了啊！我就在这儿对付要点儿吃的，将就对付自己吧！"这媳妇儿一看也没办法啊，再贤良也不行啊，这活不起啊，带着孩子就出门了。

单说死的这个李先生，他死之后阴魂没散，就飘啊飘啊地往北飘去，最后就听有人叫他，他一惊醒，就听见有人喊："站长！站长！"哎呀，站长？他就明白了，这是车站上的啊！他眼睛半睁不睁，一看，他在铁道上趴着呢，还有不少穿铁路衣服的都喊他。他一看，心里就明白了：哦，我可能是借尸还魂了！他是个说书的，有文化啊，他就啥也不吱声。

"明白了？"

他说："嗯，我明白过来了！"

"赶快上医院！"就把他抬到医院去了。

到医院以后他就在那儿装得迷迷糊糊的，其实他已经全都明白了，他就是不敢吱声，吱声露馅儿啊，所以就在那儿装得迷迷糊糊的，别人给他喝水他也喝。他说："我现在啊就是糊涂，这心闹得慌，别的不知道啊，连喊我都糊里巴涂的！"

"呀，李站长，你糊涂啥啊你？你摔了！这不大伙儿吃完晚饭没事儿走铁道走着玩嘛，你一下没踩住，摔一跟头，这不就摔迷糊了！"

"啊！"

大伙儿一看他明白了，就问他："是回家还是在医院住着？"

"回家吧！"其实他连家在哪儿也不知道，就知道回家。

"好吧，抬家去！"大伙就把他抬家去了。

到家之后,大伙儿把他抬炕上了。一个老太太就过来了问他:"哎呀,你怎么摔成这样了?怎么摔的?"

他说:"好了,没事了!"

一个女的就过来拽住他的手了,他就明知这是他媳妇了,一看这媳妇也就二十五六岁儿,长得挺漂亮,他就寻思:这壶醋烫得热乎啊,究竟怎么个事儿,我慢慢儿得摸清情况啊!他就告媳妇说:"你不用唠别的,我就是摔得糊涂,脑袋可能像脑震荡似的糊涂,我慢慢养个两天能好,不养不行!"

"好吧,你就养吧!"

"我就是糊涂。"

"糊涂啥呀,这不是你妈嘛,我是你老婆。你还糊涂啥!"指着炕上的小孩儿说,"这是你的孩子。"

"啊!"他就寻思:我这跟学艺一样才知道啊!他就在那儿趴着。

第二天天亮了,站里的人都看他去了,媳妇就给他挨个介绍说这个是副站长,这个是调度员……他就寻思寻思,暂时记了两个主要人物。他就告诉副站长说:"你就多挨点儿累吧,我得休息十天半个月的,我请半个月假!"

"可以,你那摊儿我替你。"所以他就在家一天天地趴着。时间长了,那男女都告诉啊,他一问,媳妇就把家里的事儿全都说了。他本来是个说书先生,有文化,那掌握得特别快啊,没有七八天的工夫就把家里的事儿全摸清了。他就寻思寻思说:我死了,死了以后扔下一个妈,还有一个老婆、一个孩子,我跑这旮来借人家尸首还魂了,老婆孩子是不是能过呢?

待了七八天以后,他就和副站长说:"我闷屈,在家待不住啊!"

"待不住你上站里去吧!"

"好,我上站里去,在那儿消停,我到那儿待一待。这些日子事儿我不管,还你们管。"

"好!"他就去了。他干啥去?学艺去了。他到那儿坐着,看怎么支配车,怎么学,怎么调度。他有文化,学得也快,过来半个月就把技术学得差不多了。他就和副站长说:"我明天得上班了,上班以后要忙不过来你们就伸手。"

"那俺们伸手,没事儿,你就瞅着就行。"他就上了一个月班,没怎么太管事,全操作了。他是北边长途车站的站长,那时候的规矩是正站长是调度,副站长管小

捌 鬼故事　·1641·

路。一晃干了俩月,他全弄清了,就和站里说:"我有点事儿,到沈阳去一趟,请几天假!"

"去吧,下班吧!"他就走了。

他上哪沈阳啊,他是直接回新民来了!一下车的工夫就看见他姑舅嫂子了,他姑舅嫂子正拿着点儿粮食被铁路警察拽着,"你拿着粮食,你是粮食贩子!"

他一看,这是亲姑舅嫂子,他认得她,但这姑舅嫂子不认得他呀!他就告警察说:"算了,这点儿玩意儿拿去吧!"

那铁路警察一看站长说话了,虽然不是本站的,但一看级别在那儿搁着呢,说:"好,拿去吧!"

她姑舅嫂子走了几步,他就喊:"嫂子,你站一下,我和你说句话!"

嫂子瞅他一看,说:"你是谁呀?"说完吓得就直要蹽。

"我都帮你甩开警察了,我还能害你,还能要你这点儿东西吗?我打听打听,我姑姑好不好啊?"

他姑舅嫂子一看,说:"谁是你姑姑啊!"说完就蹽了,也没搭理他。他直接就奔个人家去了。个人家那是常走的地方,轻车熟路啊!

他家小院不大,他进去以后到屋里一看,就他妈在炕上坐着按牙巴子呢,牙疼得哼呀哼呀的,眼睛也瞅不真,眼睛就像火盆子似的,倒能瞅着点儿。他说:"妈,我回来了,你儿子回来了!"

老太太说:"什么?"

"我是你儿子,我回来了,妈!"

"哎呀,你呀可别糟践我了,我已经够苦了!我儿子死了以后媳妇就出门了,剩个孩子也带走了,好好的一家人就剩我一个人,孤苦伶仃的,你咋跑来逗我玩来了?你没事还骗我呢,你该干啥干啥去吧!"

"不是,我确实是你儿子。"

"什么,你是我儿子?"他就把事情怎怎的一说。老太太说:"那不行,我不认得,我把你舅舅找来,叫你舅舅看看是不是?"

他后院就是他亲娘舅家,老太太就趴墙上喊,这娘家兄弟就过来了。这娘家兄弟是买卖人,娘家兄弟说:"我看看,我还能认得。"到那儿一看,不认得!一看是站长级别,也挺像样,他娘家兄弟就笑了,说:"姐,我哪儿能认得!你看他也不是那个模样了，哪是我外甥？我外甥死的时候都是我装的、埋的，他要回来不还得是那模样吗？"

他说："不对！"就把借尸还魂的事儿怎么怎么的一说，和老太太说，"老太太你想想，你有什么贪头让我认你这个妈？你要真有家私，我贪你也行，得你点儿家私；你要真有好儿媳妇，我到这儿娶这个儿媳妇也行。你老太太要有能耐也行，你啥啥没有，一个破屋，一个老太太，我要来干啥呀？我不是你儿子我认你吗？"

老太太说："事儿是那么个事儿，我老太太一点儿用没有，接济我也不是。那事儿可太出奇了，世上真有借尸还魂的吗？"

他说："我就是。你要不信我就把家里事儿说说。"他就把家里谁该谁、谁短谁的家庭事儿一说，一点儿不差，老太太一听，说："是我儿子，你待着吧！"

待了两天，他和他妈说："我得回去了，那边儿还不得信呢，以后我想办法接你来，我得捅明这事儿。"

"好！"他舅舅也来了，大伙儿买点儿酒、买点菜伍的，大伙儿喝点酒，吃完饭他第二天就回来了。

过了几天快到八月十五了，这天吃完饭他妈在傍拉，他就站起来下地给他妈磕了个头，说："妈在上，我给你磕头了！"

他妈说："你这不年不节的磕啥头？"

他又拽住媳妇的手说："咱俩今天说个实话，我不是你女婿，你也不是我媳妇。"

"妈，我不是你儿子，你也不是我妈！"

"你喝两盅酒喝多了，咋胡说八道呢？"

他说："我是借尸还魂哪，我家在哪哪地方，我是干啥的，现在我妈还活着呢，我上回回去就是特意看我妈去了。我今天和你说实话，你要认我是你儿子，那我还把你当妈养，还恭敬你，因为我的肉体是你养活的。你要认我这个男的，行，那咱俩还是男女，啥说道都没有；你要认为不合理了，那你走你的，我走我的，也啥说道没有，我就这玩意儿，干不干都不在乎，我还可以回家。"

媳妇儿瞅着他就说："那没说道，我就是照模样给的，还是你这人，人没换就不怕，那就是我女婿，你是我男人。"又拽着他手说，"你别说别的，我就是照你模样给的，这不还是你嘛，你没差，谁管你灵气不灵气，你不傻就行。"

老太太说："你别说别的，你这块肉是我生的，那我就认你是我儿子。别的不说，我就冲你这块肉。"

他就把家庭怎怎的一说，老太太说："不要紧，把她接来，不就一个老太太嘛，咱们过团圆日子有啥不好呢！"待了俩礼拜，他就亲自回家把他妈接去了，搁那儿他们就过团圆日子了。

最后这一家过得真就挺圆满，俩老太太，媳妇都不错，他的孩子最后他都拉巴起来了。那个媳妇出门了，不能回来了，他和那个媳妇说："你别回来了，回来也没法儿收你，你不能跟我去。"但那俩孩子他都拉巴起来，都念书了，他们最后就都团圆了。

淹死鬼找哥哥

这个故事，发生在最近，就是在俺们这个地方。

在几十年以前，有哥俩，哥哥二十来岁，弟弟小，只有十四五岁，他们是给人打工的。他们夏天就在俺们这二道湾河里洗澡，洗澡的时候这河水深，小孩儿一下子就掉河里了。哥哥一看拽不上来，没办法，小孩儿就淹死了。

小孩儿淹死以后，他的哥哥一看待不下去，就往北边儿走了。从那以后，那块儿就不稳当了。天天晚上就有个小孩儿进堡子，进堡子之后就鼓弄种地的犁杖，可到那儿一瞅就没有了，而且一到晚上点灯就喊"哥哥、哥哥"，可带劲地喊"哥哥"。所以大人小孩儿一到天黑都不敢出去，怕一屁股掉河里给抓替身了。所以大人们就告诉小孩儿："别出去了，淹死鬼在那儿找哥哥呢！"

从那以后，这件事就传开了，你一打听"淹死鬼找哥哥"，人们都知道。

淹死鬼认外甥

在咱们南边附近，有这么一个大坑。堡子里有个孩子，他的舅舅是个木匠。有一天，他背着家具来他外甥家串门了，做完活儿之后就晌午了，天也热，他说那洗洗澡去吧，就和外甥俩人一起去了，但其实他不会水。那个坑平时也没什么深的地方，但西边那旮有一个打坯坑，没水的时候打坯，坑就挖得深，水一泡，就瞅不着深浅了。他不知道，一下杵那里就没影儿了，上不来了。他就喊："外甥！外甥！"外甥小，十来岁儿，救不了他，就往家里跑，等跑到家以后他就已经淹死了。

过了些日子，这天几个小孩正在街上玩呢，一看南边儿一个背着木头家具、背着锛子的人就来了，到这儿摆手就喊他外甥名儿，外甥一看，寻思说：哎呀，这不我舅舅吗？他不是淹死了嘛！别人也看到了，和他说："你舅舅不是淹死了吗？"

这工夫他舅舅奔他来了，这小孩吓得撒腿就往家跑，跑回家就说："可不好，可不好，我舅来了！我舅来了！"他一喊，这三四个孩子都看到了，他们就见到那一回，再也不来了。

搁那之后，堡子一到晚上谁也不敢出去，那坑也不敢洗澡了，说不行，木匠不离河，到这旮来找外甥。要不说这屈死的淹死鬼他不离坑呢，要不说什么都得注意呢，这就是说淹死鬼也有他的灵气。

看地与鬼同眠

在新民附近有这么一个种白菜的地方，有一个老头儿家在那儿有一块大白菜地。到秋天的时候白菜下来了，就得个人看着。儿子们和爹一看，老头儿说："我看去，不用你们去！"老头儿多大岁数了？老头儿已经有六十岁了，他就下地看白菜去了。

到那儿一看，白菜地呀都整好了！在地里搭了个小窝棚，是搁树蔓架夹的窝棚，底下转角夹着树蔓，上边搁个小棚。虽然不太大，因为是秋天景儿，也不太冷，搭铺炕也能烧点儿火，他就在那儿待下了。

他吃完饭去的，到那儿就已经快黑了，他在屋烧完炕了坐着。就看外边儿一撩门帘进来一个女的，女的大高个，长得挺漂亮，大概也就有三十多岁儿，到屋就笑了，说："大叔啊，你在这儿看菜呢？"

老头儿回答说："啊！我看菜呢！"

"我是串门的,我是回娘家来看看。不是因为别的事儿,是犯烟瘾了,大叔有烟没有,我抽一袋!"

"有,有,我有烟盒嘛!"

"我卷一盒。"这女的个人卷一颗烟就吧嗒吧嗒地抽,卷这根抽那根、抽那根卷这根,她就在那儿"叮当"抽"叮当"卷,这一晃就抽好几根了。

抽烟老头儿倒没心疼,但一看外边儿黑了呀,老头儿就说:"姑娘呀,你还不走吗?外边都黑了,你还等什么时候呢?你娘家离这儿多远啊?"

"就在西边儿嘛!"女的说完也不抽了,开门一看外边真黢黑了,女的说,"哎呀!大叔这怎么办呢?我也不敢走啊!要不你送我?"

"那我哪能送你去,我送你那白菜谁看呢!也没人看啊,叫你早走你不着急!"

"这么的,大叔,我就不走了!不管怎么的,我在这儿存一宿吧!"

"那哪能行呢?我一个老头儿子!"

"那你睡你的觉,我存我的怕啥呢?"

老头儿一看:"那你愿意存你就存吧!"老头儿小炕也不是太大,老头儿在炕头把行李都给她预备好,把褥子给她拽下一个,说:"姑娘,你在炕头,给你个褥子,要不没点儿盖的也不行,你压压脚。"说完就趴下了。

那地方是河南面种菜,没人去。白天都没人去,更何况黑天呢!趴到点灯之后,这女的就钻他大被窝去了,说:"大叔冷啊,我和你黏着盖一床被吧,压上衣裳还暖和点儿。"

老头儿说:"那多不好看哪!"

"没事儿,谁也不来,怕啥呢!"女的就钻他被窝去了。

要不说得好嘛,"英雄难过美人关"!老头儿虽然六十多岁了,但也有欲行啊,老头儿一看这女的长得挺漂亮,还挺会说,就让她趴在傍拉了。女的直接装冷就搂老头儿,老头儿也让她搂,俩人三搂两搂就抱一起了。老头儿一看说:"你这家伙啊!"

女的说:"咱俩这有缘,近密[1]一会儿是一会儿吧,近密一宿吧!"这俩人就到一起了。

老头儿觉着虽然六十来岁了,体力还行,但是俩人刚到过一起,这个女的就又趴

---

[1] 近密:方言,亲热。

着搂他，老头儿就说："睡会儿再来吧！"俩人趴着搂着就睡上了。

外边儿鸡一叫，老头儿就惊醒了，说："听到外边儿鸡叫了！"他意思是说天亮了，万一谁再看到不好看哪，叫这女的早点儿走啊！一摸这女的，没了！哎？他一惊，寻思说：巧了，这女的在被窝趴着走了？不用看了，肯定跑炕头去了。他就整个洋火把灯点着了，一看屋里哪儿也没有。没有还不算呢，外面这个破门还绑着呢，她怎么走的呢？她要走的话这门得开呀，这还搁里边儿扣着呢，她怎么能扣上呢？他越想越害怕，说："哎呀，不用问哪，我这是活见鬼了，这哪儿有门还没开半夜就走的！活见鬼我活不了啊！"他越寻思越害怕，越寻思越害怕，就觉着浑身哆嗦，浑身发抖，不好受啊，最后连小便都往外抽。他说："哎呀，这可糟透了！"

刚见天亮啊，他就整个棍儿挂着回家了，离家也不远，也就三里多地儿，过了梯田和山就到家了。他还有老伴和一帮儿女呢，他到家了就喊，到屋就低个头。

"怎么的了低个头？"

他说："没怎么的，非常不好，要来病。"

老伴问他："怎么个事儿？"

他说："你敢吗？"

"什么敢吗？"

和老伴不能不说，就说："烧包儿了，叫鬼把我迷住了！"

"怎么了？"

"怎么怎么的，俺俩人就到一起了。"

"你这么大岁数了缠巴人家干什么？"

"不是我缠巴她，是她缠巴我。那你说能躲开那事儿吗？这回够呛，现在我心也跳，没有底儿，浑身也冷！"

"你寻思得也害怕。"

"不对，我魂让她勾去了。"

老伴就告诉儿子去找大夫来看看，大夫到这儿一看，摸不出什么病来，就给他整点儿眼巴药吃着吧，顶了三个时辰，老头儿一命呜呼，死了！

老伴就哭着说："你呀，但摊这个闲事儿啊，和人家女的睡觉啊，硬让鬼把你磨去了。"这一哭闹就妥了，瞒不住了，大伙都知道了。

瞒不住了不说，大伙儿都说这怎么办呢？这菜地也不能看着了。后来关里有个男的，一个人，胆子大，和他们还是亲戚，估计在他们傍拉住。他说："这么办，大叔他不死了吗？我自个去！我正没媳妇儿呢，我再看看这女的啥样，我再睡她一宿！"

大伙儿说："你别胡扯了，他妈玩命去了。"

他说："不，我去！"

这个男的岁数不大，三十来岁儿，临走整个枪头子就去了。到小窝棚一瞅，没有女的，哪儿也没有啊，寻思到晚上再说吧，就趴下了。他开始胆子挺大，到黑天儿吃完饭没人儿的时候他就寻思：真要来了一个人儿，还挺怕的！要是那女的好看还行，好看的女的我就是怕她我也上；那真要来个青脸红嘎的或者大舌头的那可真不行，害怕啊！一合计：我把门绑上它。就把门搁屋里头绑好了。

不一会儿，就听见外边儿有"嘎嘎"的笑声。他扒开窗户一看，不是一个，来了三四个女的，就围着小房在那儿跑啊！那个说她进屋，这个说她进屋，你先进屋，她先进屋的！男的一看，这回更热闹了，了不得了，一来来三四个，还净是女鬼！这男的一看就把大枪抡起来了，他那家树还栅着，他"嘎嘎"一叫，"吭"戳一下子，顺屋子里就穿到外面去了："杂种，你再霸我，我攮你！我攮死你，不让你进屋。你想那事儿，不可能！"

一直弄到半夜他也没敢睡觉啊！睡不了觉，外边叽里旮旯地溜着房子跑啊！半夜不跑了，就听门外有人拍门就喊："快把门开开吧，我可冷得邪乎啦，我呀死得屈啊！"

他一看，那个看白菜的老头儿又回来了。他这可害怕了，哎呀，这老头儿死了他知道啊，白天都抬出去了，这下他来拍门，这他可害怕了，就把大枪一抡，说："你赶快走！你苦的诉苦，也能不让你进来。谁让你贪恋女色要和人家胡扯了，那还怨我？你来我就攮你！"就整个枪叮当攮啊，强巴弄到天亮了，最后没动静了。

天亮了他回去就告诉老头儿子说："你的菜呀，就扔了它，也别要了。别看了，看不起那菜啊！可了不得！"

从那以后，大伙儿就说"看菜！看菜"，要不闹个笑话就说："你去吧！没事儿看菜去吧，还送你个媳妇儿。"

从那以后也宣传开了，看菜有媳妇儿嘛！要不说，和鬼同眠哪儿能好呢，最后老头儿也死了。

死人回家喂牲口

过去有这么一家姓白，老头儿死了之后，剩下几个孩子们也都小，老伴就带着几个孩子过。老头儿死了之后，老太太就叨咕："这日子怎么过呢？你死得太早了，五十多岁就死了，孩子们都小，都十几岁，有一个毛驴还劲小，搭犋[1]还搭不过去，别人也不爱要，这怎么办你说！"

过了些日子，就听外边儿有动静，老太太扒开窗户一看，就听那个料草叉子磕着槽响。她说："咦？这不老头儿回来了嘛！"他这一拌草，牲口就吓得"嗯啊嗯啊"地叫。

这孩子们一听，也扒上窗户上一看，还真是他爹。有一个孩子要叫的，她就吓住说："去不得，别叫！"就不让叫。

这一看，怎么办呢？她说："这么办吧，就让他在那儿喂吧！"这越喂牲口就越不爱吃草，还吓得直门儿哆嗦。

一晃过了几天，老太太就说，这么办吧，求人做个伴儿吧！她不敢在这屋睡了，就求人来做伴儿。开始求做伴儿还有人去，后来求就没人去了，因为去了一看，她老头儿天天还真回来，吓人哪！后来这老太太有个娘家兄弟姓李，这娘家兄弟听说了这事儿就来了。他姐姐就和他说："你说这怎么办？你外甥们岁数都还小，有一个毛驴搭犋子还搭不过去。你说人家谁爱用它搭犋？没有壮牲口，这是第一个；第二呢，你姐夫还天天回来，你说怎么办？"

他说："真糟透了啊，他还天天回来！他回来怎么没把牲口好好喂喂呢？何必怪牲口不行呢。要不他回来给种地去，何必这样呢？我看透了，明儿这牲口得卖，卖完以后换个壮牲口，回来买个马，换个壮牲口搭犋也好搭了，你牲口不壮它不爱借你力啊！那你又不多种地，人家也就愿要你的牲口了。"

老太太一听，说："行！"

"那就这么办，我明儿就捎饬着给你换一个。不管怎么的，我照顾照顾你们。"他

---

1 犋：牵引犁、耙等农具的畜力单位，能拉动一种农具的畜力叫一犋，有时是一头牲口，有时是两头或两头以上。搭犋，就是出牲畜，合伙干农活的意思。

说完之后就喝了点儿酒，回去也没办这个事儿，过了二十来天也没办。

这天他又来串门来了，晚上上屋就存了。睡到半夜就听到外边儿牲口槽子丁零当啷地响。大伙说："又来了！"

他说："哪能呢？"

他就觉得迷迷糊糊地前头站着个人扒扯他说："李德山，起来，起来！你就吹牛呀，你说给你外甥买个马、买个驴，咋还没买来呢？你跑这儿吹牛来了。"

他仰脸一看，是他姐夫！他吓得头就往里缩啊缩的，一声不敢吱了。又告他说："赶快买马、买驴，你别吹牛了。你还跟你外甥这么吹、那么吹的，我不在家你怎么还能不帮忙呢！"

大伙儿一听，吓得谁也不敢动了，他就说："就这一次，我再也不来了。"

这老白头还邪乎，真显圣啊！这样足足闹了有半年多，最后才消停了。

枪杀媳妇闹鬼

过去在大屯，有这么一家老李家。这家过得不错，爹妈死了，还扔下一部分地，能有二十垧好地，就一个小子，还有个叔叔，叔叔说："这么办吧，我的侄儿啊，我得订个好媳妇儿，能把这家操罗起来啊！"所以他在十四五岁就把媳妇儿订了，媳妇也好，比他大三岁。他十四岁，媳妇十七岁，就结婚了。结婚之后自己有三四间的房，家过得也不错。那会儿全以土地为标准嘛！

那时候兴买枪，他也稀罕枪，就买了一个快枪。每天出去人家打鸭雁，他打不住，砰砰地放空枪也打不上。他心里也憋气，"买个枪一个雀儿也打不住，一个鸭也吃不着。"

媳妇儿说："你还是不行，打得不好！"媳妇儿就哄他，有钱人子弟不就哄嘛！

这天他一早上起来就告他媳妇儿说："去，你给我拿点儿点心！"估摸他有钱人家的孩子，那筐里多咱也断不了点心，果子啦、蛋糕啦、汽水啦。她就像哄小孩似的给他端，她正端的工夫，他就说："哎，你这一张膀儿也像那鸭子似的。那鸭子往河里头落也张膀儿，我是打不住，这我照着你比画看行不行？"

她说:"你别胡扯了!"说完他把枪举起来"砰"一下子,一下就打媳妇儿心口窝上了。他在炕上趴着,那才多远,没有五尺远,能打不住吗?当时一下就打倒了,媳妇儿当时就死了。

这一死,人家娘家能让吗?你们把人给打死了还了得!这就打上官司了。一打官司,这就不用说了,就是偿命的事儿嘛,但他动员上人了,就说大罚一笔吧!他别的没有啊,宁可给你们家土地吧,二十垧地就给了人家娘家十垧地,他情愿拿出去十垧地养活她爹和妈,这娘家就弄了十垧地,他这还剩十垧地,他自己一个人就过吧。

可过着过着,这屋就不行了,不能住了。"这么办吧,找个铁匠炉吧!"铁匠炉那是避邪的,就请了几个关里的铁匠黑夜在那儿待着。那时候是点洋油灯,头两天没大理会,到第三天的时候,铁匠点完之后就告他:"你后睡的,把灯闭上啊!"

他说:"啊!"

他吹灭灯之后刚趴下,铁匠就说:"你吹了它啊!"

他说:"我吹了啊!"一看,灯还着着呢!这灯就是干吹不灭,吹灭了还着,吹灭了还着。别人一看,就说咱们少添油,没有油它就不着了。

第二天这灯就没搁多少油,够着一会儿就完事儿,看你还着不着!结果怎的?点的时候啊是干点不着,不管你是用洋火点呢,还是用牛粪烧呢,咋点也不着。大伙说这屋可真是问题呀!

后来没办法了,住了两天铁匠说:"这么办,生火!"就生着火打铁。这天晚上,半夜就听外边铁炉叮当儿响。铁匠说:"这外屋怎么铁匠炉响呢?"一看,那家伙!有好几个人在那儿打铁呢!"叮叮当,叮叮当",他说:"哎呀,可了不得了呀!"他一咳嗽,点着灯了,啥也没有了,一看炉子里火还着着呢!这是头一天。

第三天睡下了,这回不打铁了,那个锤子、榔头乒哩乓啷地往炕上扔,差点儿没砸铁匠脑袋上啊!大伙儿一看,说:"这屋待不了了,这一下打脑袋上就打死了。他在暗处,咱在明处,瞅不着啊!"他们这也不敢住了。

最后就去警察所把警察找去了,警察说:"不怕,有枪!"晚上就有七八个警察都到那屋住去了。

头一晚还没怎的,第二天早上起来一看,这枪都在房上搁着呢!大伙儿一看,说:"这了不得了!要被它凿着,半夜就被喂了枪了,这里住不了了。"

大伙里有一个姓张的,他胆子大,就说:"没事儿,怕那事儿呢?不寻思就行啦,没事。"

结果第二天睡到半夜,他就嗷嗷叫,大伙儿问:"怎么个事儿?"

"不行啊,我这嘴啊,嘴巴子打得邪乎,你们谁打我嘴巴子了?"

"谁打你了!"一看,他的嘴被打得全都肿起来了。大伙儿一看,这儿不能住了!

所以这房子搁那就不住了,最后那房子也扒了,扒完之后谁也不敢住。要不说屈死的在这屋啊,确实住不了人儿!

五鬼推碾子

有这么一家,日子过得还真不错,碾子、磨俱全。但有一年不知怎么个事,天天晚上听见这个碾子、磨啊有动静。当家的一看,这怎么回事儿呢?他就偷偷地上碾房去看,结果一看,就看见碾子在那呼呼地自个儿跑呢,没有牲口拉啊!他就寻思,这坑意可出奇透了!回去之后就自己寻思,这可怎么办呢?

后来这当家的有个舅舅,舅舅懂得点儿,他舅说:"那好办,他不推碾子吗?你不有粮食嘛,你就把粮食放那儿搁着,挂个斗子,让他推谷子、推高粱,让他推去吧,那他爱咋推咋推,推啥样都行!"

当家的一听,就把斗子挂上了。结果推了三天,这碾子就不推了,净落着谷子哗哗哗地不推了。到三天头上一看,他就告诉他舅舅:"不推了!"

他舅舅说:"不推你就把谷子扫下来看看怎么的!"他就扫下来了。

这天晚上这当家的又去了,去了就听到里边儿说话,一个说:"这地方来不得了!不行了,这地方有财啊,咱推碾子净给他白推了。不但没害着他,大伙儿还给他用力了,今后这推碾子活儿是不能干了!"

另一个说:"那怎么办你说,怎么才能调理他这家人家呢?"

"这人家调理不了。第一个,这人家有财;第二呢,他要没财的话,咱一推他家早就闹病了!咱们鬼呢也是这样,见壮就得回呀,比咱硬咱得回去躲着他,他如果真要是囊呢,再推他也行。咱们明儿呀没别的,是不是到磨房里,看看磨怎么样呢?"

搁那他们就天天到磨房去摆弄磨，哗哗哗地推磨。

当家的一看，这磨又响了，这怎么办呢？后来，他舅舅就又告诉他说："你别害怕，有办法。你把磨脐摘下去，你让他推。"他晚上就偷偷地把磨脐摘下去了。

半夜就听见这磨房里砸得嗷嗷叫啊！它一没磨脐，他们一推，磨盘就掉下来了，把鬼腿拉着了，这家伙他们一边儿跑一边儿叫啊："这地方来不得了！这地方来不得了！这地方净事儿啊，有福啊！"

从那以后，鬼就不敢来了，碾子、磨也都不推了。要不说嘛，鬼也是怕恶人！

五鬼闹石磨房

有这么一家，家过得确实不错，西边儿有套碾磨房。每天晚上就听这磨房响，碾子也响，磨也响，就哗哗哗地响啊。老头儿老太太一看，这是妖啊！白天使唤碾磨也害怕，黑夜也害怕，就说这怎么个整法呢？

一晃儿这个老儿子娶了个媳妇儿，媳妇儿娶来之后老太爷就特地告诉她说："媳妇儿啊，你千万不要上西屋去，西屋那屋里闹鬼儿啊，那碾子、磨天天儿黑夜转啊！"

媳妇儿说："能那样吗？我今天白天看看去。"她就过去了。

到那儿一看，那磨没转。到晚上就听到有动静了，媳妇说："好，有办法，我去！"媳妇儿就拿着粮食伍的把碾子、磨都填满了，说："你们拉吧，我瞅着你们。"

这碾子、磨就拉，拉到半夜的工夫，这磨就说话了："看起来有福之人不落无福之地呀！俺们这磨房给你们看了好几十年，就请贵人收了吧！"

说完她就见地往上拱啊，地皮"唰"一下就全起来了，干脆都是银子，这磨也不转了！这媳妇儿一看就笑了，"你别动弹了，我保护你，你就别动弹！"

她就回去告诉老太爷说："西屋那鬼我都抓住了。"

"怎么抓住的？"

她说："去看看吧，都在地下呢！"

老太爷一看，直眼儿了，全是银子！就拽着媳妇的手说："哎呀，你是有财有福的人哪！你是'有福之人不落无福之地'呀，这都是给你保存的，看来今后我这家就你当吧！"所以这银子就都归人家媳妇儿了。

从那以后，这家人家就发财了。要不说这个闹鬼呢，其实就是没有财，是财闹事呢！

赵警官和鬼说话

在民国以前的时候，有这么一个赵警官，跟警察似的，他是个挺好的警官。他在沈阳以北的石佛寺当警官，对群众也不错，哪儿都挺好。

有这么一天，天黑了要巡夜的时候，就看前面有个黑影儿在那儿站着，他一看就寻思：你半夜在墙根底下站着，非偷即盗啊，要不跑人墙根底下瞅啥！他本身是个警官，要是旁人早就走了。他一看，说："你别动！"说"别动了"之后这人还大踏步地往里走，就奔着山坡走，他就撵，一撵撵到山坡了，这人就站那儿不动弹了，脑袋靠着树，脸贴着树就在那儿站着。

他就把枪掏出来了，"过来，再动我就搁枪打你了。"

结果那人回头一看，"你不用打我了，我不能见你，我是一鬼。"

"鬼也不害怕，你过来吧，我倒看看你到底真假，你别耍我。"

后来，这鬼就用鼻子撞他脑袋了，"你呀，今天做了一件好事。我今天是准备抓个替身，打算要取个人。叫你一下把我撵回来之后，我就没取上人，那人他现在便宜了，不能死了。我还得到阴曹地府蹲个三年啊，还得等三年再找。你今天做一件好事不错，你明天就能晋一级。你回去听信儿去吧，这个德让你做了，管保你晋一级。"

"真是这么个事儿吗？要真是这么个事儿的话，我明天就给你多多烧纸，让你早日托生，我给你多买纸。"

"那好吧，你要真给我烧纸的话，你就看那纸烧完之后管保它飞走，不能落地，那灰都给旋走。"

赵警官说："那好吧，我做个实验。"这赵警官就回去了。

第二天早上真那样，县里来通知了，说给他警官升警司，升一级。他就寻思说：

哎？这玩意儿真准呀，这鬼说话也算，好！他就买了好几捆纸，在山坡上点着火就烧，平风无浪地烧。正烧着半道上，一阵旋风"呜"一刮，这点儿纸和灰就全兜走了，旋风把灰刮走了。他一看，"鬼这玩意儿确实也有点灵验，也不是一点神奇没有啊，真就全取走了！"

要不从那以后就说，这鬼也不能说没有，也不能说一点不信它，这赵警官不是升了一级嘛！

科考路遇武则天

有个李公子，他在荒凉之际进京赶考去了。这天他走得挺乏挺乏的，已经是前无村后无店的地方，他就走不了了。一看前边儿正好有个荒山片子，荒山下边儿有不少大坟茔，他就寻思：这么办吧，什么坟不坟的，我这一个穷书生，啥也没有，第一不怕胡子抢，第二不怕贼偷，胡子抢就随身翻我，贼头他也翻我，我就一件衣裳他也不能翻我，何必怕呢！他就趴下睡觉。

不一会儿他就迷迷糊糊地睡着了。正睡着呢就觉得前边来了四个女的，拿着灯笼，到这儿一看，"李公子，起来，起来。"

他一听，寻思说："李公子？"

"俺们家王爷请你，叫你去。"

他就寻思：哎呀，你们家王爷？那就去吧！他一看，说："好吧！"他就跟着起来了，就在梦中跟人去了。走了不少偏僻小路，小路过去就变大道了，大道过去之后一看，一个好大的堡子！又走到一个大宅子前，他就寻思，这像是大官住的房子，就进去了。

进去一看那房子修得像样啊，他就觉得这不是一般人家，是官相人家，赶上金銮殿修得好了。他进去一看，两边儿站的都是女兵，女兵告诉他跪下，他一看，那就跪下吧，"扑通"一声就跪下了。这兵问他："你今年进京赶考是吧？"

"嗯，我是赶考的。"

"科考的为什么在这儿睡觉呢？怎么不进堡子睡呢？"

"我已经走得太黑了，走不起了，所以就在这儿待着了。"

"俺们家王爷是不想逮捕你，要是想逮捕你的话，你在这儿睡觉那还行吗？"

这时候上边王爷就说话了，"你不用害怕，抬起头来，你看看。"

他在梦中抬起头来一看，上面坐的是个女的，穿得一般，素服捯饬的，他一看就又马上跪下，"我不知怎么称呼？"

"你称呼我则天皇帝吧！"

"则天皇帝？武则天皇帝不是多少年之前的事儿吗？"

"对呀！"

"武则天皇帝应该穿龙袍啊！你不是皇帝吗，得穿龙袍、戴凤冠霞帔呀，你怎么穿便衣呢？"

"你不知道啊，现在时局不一样了，当初我是皇帝。我原先是个百花王，生到人间的时候最后就做了皇帝。我死了以后，我的坟茔你不知道嘛，你看看我这金银首饰还有吗？我身上戴的也没有了嘛！当年黄巢造反的时候啊，都把我坟给挖出去了。这你还不知道吗？挖完以后宝器都拿走了，都没有了，所以就剩个空屋了，我就带着一帮兵在这儿待着呢！"

"那你既然是武则天皇帝，那黄巢造反的时候你没治了他吗？你这么大威力，你还打不倒他吗？"

"不行啊，那黄巢造反是奉玉帝的旨文，是奉天王的命令哪，那谁敢抵抗啊，那还了得嘛，那是应该造反。"

"哦，原来是这么个事儿啊！"

"你呀这次去进京科考啊，你好好去吧。你能考上，你好好考吧！你在这儿睡了一宿觉，我就告诉你，你急速去吧，能考上。你千万到那儿要注意说话，样样得注意。"

"那好。"

"你今后回来就知道我这坟是怎么回事儿了。"

"这么办，如果我真的能考上的话，回来一定到你的坟茔上好好祭祀祭祀。"

"用不着，你也不用那样，我告你一声就行了。告诉你一句话，你就能考上。第一个，你在道上千万要注意；第二呢，你就记着不贪财就行。"

"那好，我谨记着。"所以这李公子磕了一阵头。

起来抬头一看，一惊醒，这是一个梦，原来他就在坟茔趴着做了一个梦。他说："哎呀，做一个梦天就亮了。"他就向当地群众打探，"这沓有武则天的坟墓吗？"

人们告他说："有，不是这个，前边儿那个大的陵里头有武则天的坟墓。"

他就说："啊，还真有这回事儿啊！"

后来，这李公子进京还真考上了，他回来好好祭祀武则天了呢！要不说这武则天原来她也不是一般人，原来是花中之王，所以生到世间之后就当了皇帝。她死了以后，也还是说了算。

财迷死后见阎王

有这么一个老地主，是个财迷，最能攒钱。他攒钱之后，一点儿不花，省得邪乎。

到老了之后，他已经有病要死了。他有三个儿子，就把儿子喊来了，"这么办，我给你们攒万贯家财，那么些钱财呀，你们三个人怎么花？"大伙儿说怎么怎么花。

大的说一套："我做买卖。"

二的说："我种地。"

小的说我怎么的，意思就是当个行商贸易。

他说："不是别的，我死了，你们怎么发送我？说说吧！我这说话工夫就死了，这样了，你们看怎么发送我？说说我听听。"

大的说："爸爸一死啊，留给我们万贯家财呀，我给你供一盘金，一盘骨头，好好地悼四天，发送发送像个样儿。"

他把腿一拍说："不行。"

老二一看，哥说少了，这么大个家，"爸，那不行，确实不行！我合计好了，最起码悼七天，这是第一个；第二呢，两盘骨头，一盘金，好好殓去。殓完之后，人死之后用四人抬的，一人给人家一块布，压肩膀头儿，这样总得对得起人家，心地得好点儿。我爸爸攒一千两银子咋不花呢？我们得给我爸爸赎赎罪。"

老头儿把桌子一拍，"我罪在哪儿了？赎什么罪呀！你个败家子，都花了？！

我叫你花！我的性子你不知道？怎么花！你快说说吧，老三！你说说，到底怎么发送我？"

三儿子一看，"爸，我早就给您想好了，就是没说。您老别不乐意，您老一向爱财如命，爱钱就舍不得花钱，但我相信您保存下来的钱，得留着才对。"

老头儿说："你说吧，怎么发送？"

三儿子说："你死之后啊，一不供骨头，二不供金，咱啥也不供。你头一天死，咱就炖点菜，一般来客，待待就完事了。"

老头儿说："待完之后那还怎么办呢？"

"我看哪，不能随便糟损您的身体呀！怎么办呢？您老又是这么胖，这肉也多骨头也多，肉剔下来，剔完之后熬油，熬完油之后人不能吃，塥地呀，多打点儿粮食，那是多大事儿啊！骨头熬成胶，熬完胶之后也能塥地，那玩意儿还能做膏药。这样你看行不行？我打算这么办。"

他一听，"嗯，还是我三儿子懂得我的性子。就按你说的这么办吧！跟我一点儿不差。不糟践钱比啥都强，你们俩都滚出去，不是我儿子，都不知道我的性子！"

这三儿子得脸了，真那么办了。死之后就照他说的办的，就把肉也剔了，骨头也揭唬了，骨头炼胶了，肉也都炼油了，也没预备什么嚼货就把他发送完了。

他死了以后到阎王爷那儿，正赶上白无常、黑无常取他来了，两人打个正照面。取去了之后，到那儿一看，说："阎王爷，把这财迷取来了，您看看吧！"

阎王爷一看，就笑了，"财迷呀，你在这世界上净攒钱了，啥也舍不得花，你怎么这样呢？你看看这人死了之后，这群众都告你，现在你说，人家出人你不给那么多钱数儿，人家花八百，你给人家六百，老勒人家，给人家勒得不像样，都告你，我得据对处理你。这么办吧，先给他下油锅，把油整热了，炸！"就把油锅"哗哗"地热了。

烧着油锅，他说："阎王爷啊，你别那么处理呀！那一锅油得多少钱哪！炸完不白扔了嘛，炸完我还能吃吗？你别那么处理，你搁热水烫烫不一样？你拿热水烫不也烫死我了吗？这不也省点儿油钱吗？"

阎王爷一听，你真太抠了你："好，叉他！"

一拿那钢叉，钢叉上有大弦儿响，他说："都别动，这钢叉大弦儿要掉！掉锅里不白扔了吗？你拿下来再叉我。你看，钱财来之必不易，闭上眼睛就省心。"

阎王爷说："你死在眼前还这样！给我炸！"就把他炸了。

赵二中指点鬼

有个叫赵二的,他多大岁数呢?也有四十多岁了。他每天到外边儿就搂点柴火,干点活儿。

这天,他回屋之后,就觉得外边有人一阵风似的过来了,他一瞅,问:"谁?谁?"没听见有人吱声。

"怎么回事呢?这大门后边怎么有影子呢?"一看这影子,赵二心里合计:啊!瞅那家伙不是人形儿,指定是个鬼啊!这鬼要有什么恶行,我今儿非抓住它不行!

赵二听过去老人讲"中指血最好使,能点住鬼"。"我试验试验中指血。"他就合指咬了一口,把中指搁牙齿上给嗑出血了,完他到那儿"啪"下就戳到鬼身上去了。

这一戳,那鬼当时就动不了了。赵二说:"这回好了,你动弹不了了!"他就整个绳子把它绑上了,完就拽出屋儿去了。

拽出屋儿了之后,他就喊左邻右居说:"都起来看看吧!我抓个鬼!"

大伙儿到屋儿一看,怎么的?赵二抓的那东西不是人形儿,脸上麻麻约约的啥也不像,灰了突噜,跟那苞米粒儿差不了多少,就搁那儿撅着,不动弹。

这赵二神气了,说:"你咋不动呢?"这一晃,人就多了,你也看,他也看。

到天亮了,来个老头儿,老头儿搁门口儿说:"我也看看鬼是什么样儿的!把鬼都能抓住,真能耐啊!"

到屋儿一看,这老头儿就笑了,说:"小伙子啊,你今后不要再抓这玩意儿了,没好处!你这么用中指血点它,是点住了,你以后要是有什么事儿的话,它也和你作对呀!另外,鬼有鬼的世界,它是堆了,还有别的鬼呢,你何必惹这事儿呢?没好处,你快拉倒吧!这么吧,我赶上了,你给我个面子,就把它放了吧!"

"我也不是没放它,它不走呀!"

"你是用中指血点的,它能走得了吗?来吧,我把他放了吧!"

点血这块有血印儿呀,老头儿到那儿就弄个剪子,把有血印儿那旮给剪下去了。全剪完之后,老头儿一拍那鬼,说:"你下回注意吧,别再出来了,这回幸亏让我赶上了,救你一命,要不你这下就完了!"

说到这儿,老头儿一笑,说:"我去当我的土地了,走了!"他化作清风就走了,把鬼也带走了。

从那以后,大伙儿就知道了,"中指血能点鬼"。另外,赵二也明白了,鬼这玩意儿是不能再抓了,没好处!那土地老爷都下世特意救它来了,谁还敢再抓,谁惹得起土地了?

鬼请客

这个故事是一个妄想故事。其实有个怎么样的说法呢?都说故事就这样:讲啥有啥,不讲就没有。什么叫"鬼请客"呢?

这家有个老头儿死了,老头儿活着的时候挺聪明,对儿媳妇、儿子都不错,对孙男娣女也挺好。他死了以后,这天就给他儿媳妇托梦来了,在梦中就告诉她说:"大儿媳妇啊,我到这阴曹地府也过得不错,不错是不错,我现在打算请客,没人帮着料理,我就请你去帮我料理料理,你不用害怕,你别寻思你能死,你也不能死,我再把你送过来。明天中午以前,大概午时之前,巳时的时候,我来把你取去。我午时请客,你就帮我料理料理,你心里有数儿就行,告诉家里一声。你就好好一趴,别动弹,等晚上我把你送回来,你就活了。"

她一惊,醒了,是个梦。她和她男的一说,男的说:"这还了得?老爹这不是胡闹起来了吗?死就死了还托这梦,这人一去要回不来怎么办呢?"

她说:"那不行啊,已经和我说了,回不来我也得去,不去也不行呀,老爹要取我来了。"

男的说:"那好吧!"

到第二天巳时的时候,媳妇儿就趴炕上"等死"了。嗯?往那儿一趴,当时就没气儿了,男的一看女的这是真走了,就急速挡巴挡巴,不让她热着、被风吹着。挡巴好了之后,他就自己看着等着。

单说她这就去了,阴魂飘飘悠悠就走了。到哪儿了?正好到个城市,一个大酒店门口。一看,老爹站出来了,老爹说:"大媳妇儿,你来得正好!客都快来了,你来得正是时候。来吧,到屋儿吧!"

她一看，老爹就像好的时候一样，还那样，她说："爸爸，你要有什么事，你就支配我。"

完老爹说："好，不是别的，你就来这儿帮着让让酒就行了，瞅着就行。"到屋儿一看，那桌席都摆好了，有两个女的在帮着伺候。她就在傍拉儿瞅着，帮着让让酒。

不一会儿，来了不少客，不是想象的那样龇牙咧嘴的，都是文质彬彬的，挺文明，都不错。到屋儿了，这个掌柜长，那个掌柜短的，称谓特别客气。

她去了之后，这个老太爷就说了："这不是别人，这是我的儿媳妇，今天特意把她取来招待招待你们，要不怎么'阴阳合气'呢，有阳气的时候才有气氛呢，要不光有这阴气，也没气氛。"

那些客说："对啊，人家是阳间人嘛。"

老太爷说："喝吧，叫我儿媳妇给你们斟酒，我这酒特别有阳气味儿。"这儿媳妇就给他们斟上了。

这媳妇儿一看，那家伙！老太爷这屋儿买东西的银子还不少，能装满一个箱子，好几十块呢，那一块就有四十多两呀。哎呀！这老太爷真有钱呀！活着的时候他就能攒钱，攒吧也没攒几块，这家伙！现在这些块了！她心一寻思，就拿起两块，说："我要走了，这两块我能不能带回去呢，给我不就妥了嘛。"她摸着这银子就寻思往兜儿里揣。

老爹过来了，就笑了："大媳妇儿，那使用不得，拿走也不行，你们都花不了这银子，你带不去。"

媳妇儿就笑了，说："我稀罕稀罕这银子。"

老爹说："稀罕稀罕行，但你不能带，阴阳相隔，这钱你不能花。"

操办完之后，到晚间要走的时候了，老爹说："这么办吧，你要走了，我也没别的给你，我这银子的收入你也带不回去，老太太不先走的嘛，我到阴间的时候和她见面了，她说你特别好，对你的印象也不错，就把一副耳钳子给拿下来了，叫我给你做纪念，这你能带回去，这是老太太的物儿，还不是我的。"

那东西搁纸包着，拿来一看，是一副金钳子。老爹说："你揣怀里吧，这你最后能带回去，你来伺候一回客，就带回去做个纪念吧。"

到下午两点的时候，老爹就叫了个车，跟她说："你快走吧！"就把她送到了小车上。她就上小车走了。飘啊飘，飘，飘……到哪儿了呢？一个崖根儿底下。驾车的人说:"到你家了,快下去吧!"搁车上一拽,她就顺着滚下来了。

一看,哪儿?正掉大门口了。她一看到家了,乐了,就跑屋儿了。

这工夫,一屋人都在等着她呢。她到屋一看,屋里有不少人,那死尸还在那儿搁着,她就奔死尸跑过去了,到那儿就一头扎那死尸身上了。不一会儿,那死尸就一点儿一点儿醒了。

醒了以后,她男的一看,就哭了。这女的醒了,乐坏了,连喊带伍的把她的经历一说,大伙儿都不信。她说:"你们不信?你看我妈把钳子都给我带过来了,你看在我兜里没?"

大伙儿一看,真拿回来了,真是老太太那副钳子,就相信了,说:"可了不得,真有阴曹地府呀!"

崔判官

这个故事就算是鬼狐故事。

当时有一个学校,那时候的学校都是私校馆,学校不少。有个姓朱的学生,叫朱尔旦。这个朱尔旦特别忠诚老实,哪儿都挺好,就是心笨点儿,和别人一起念书,人家一遍就学会了,他得学三遍才能学会。虽然笨点儿,但心特别实惠,人家说啥他信啥。

一晃,他念书已经念到二十几岁了,科考两遍也没考上,只是个秀才。后来他一看就自己寻思:这还能念啊?

这天,正赶上大伙儿念了一夜书,他说:"这么吧,咱们大伙儿吃点儿饭吧。"朱尔旦家过得不错,大伙儿就到他家待着,做了点儿饭。做完饭,朱尔旦说:"今儿咱们喝点儿酒。"

大伙儿说:"好吧!"

朱尔旦把酒拿出来,大伙儿就喝。一共七八个同学,连吃带喝。朱尔旦就提起来,叨咕说他怎么怎么胆大,他说:"我是人都交。"

其中一个同学一听,说:"朱公子,你要真胆大的话,咱们说一个,你上西头关老爷庙,把那个判官背来一个,俺们和他唠唠,你不胆大谁都交吗?那崔判官可生了,我看见过他的像,凶得邪乎!你要敢把他背来,没别的,明儿晚上我请客,别看今天你请,我明天比你还得丰盛。"

另外一个同学说:"好,他请完我请。"好几个说要请,要挨边儿请。

朱尔旦说:"是真的还是假的啊?"

大伙儿说:"真的!"

朱尔旦说:"那我就去!"

大伙儿说:"你去吧。"他就去了。

他去了以后,大伙儿说:"这不扯淡呢,那家伙!阎王大殿那地方还去得了?"

朱尔旦去了,一看,关老爷庙和阎王庙修得紧挨着。他当时是借点儿酒力,说不害怕。真去了以后,到那儿一看,心里也毛嘟嘟的。他到关老爷庙瞅了瞅,给关老爷磕个头,说:"关老爷啊,我话已经说出了,你就保护着我,别让我出事儿,我把这个判官背去。"

到西边大阎王庙那院儿里了,他一看,崔判官在那儿站着。那家伙,威武的样子,有胡子,他就给崔判官磕个头,说:"崔判官啊,你是判官,是最清的,阴曹地府的案都归你判,我现在借点儿酒力,话也说出了,我打算请你去到俺们那儿帮我圆圆场。我就把你背去,不能伤你,也不能碰你,你就到那儿跟我们喝点儿酒,千万别吓着我呀,我这就背你。"

一看那判官,瞅着乐呵呵的。嗯?他寻思:行啊,没有恼怒样儿。他到那儿就把判官像背下了,咧咧歪歪背着一步一步走,这大泥像驮着背回去还挺沉。背到了,一进屋儿,大伙儿都毛嘟嘟的,寻思:这家伙,真背了,可了不得,朱尔旦这胆子太大了!赶紧说:"撂那儿,撂那儿,撂那儿!"朱尔旦就撂那儿了。

撂完之后,大伙儿一看,都打怵了,说:"这么办吧,这是你请来的,你就和他慢慢喝吧,俺们就不和判官同席了。"一个一个都蹽了,谁也不爱在那儿坐。那判官龇嘴獠牙的,这还了得?谁敢跟一个大泥墩子坐一起?就都走了。

他一看,自己背着判官来了,大伙儿却都走了,就撂那儿了。他和老婆说:"这么办,你去炒点儿菜,都已经让我请来了,我得掂对和他喝点儿呀。"

媳妇儿说:"你呀,净胡闹!一个大泥墩子能和你喝吗?"

朱尔旦说:"不,你炒菜吧。"

他媳妇儿人不错，是个贤良女，挺听他的，就是长得不咋的。就给他炒了几个菜，配一样肉菜，拿着酒端上来了。

他一看就坐那儿说笑话："判官老爷，你要不嫌弃的话，请下凡吧，下凡来了之后，你到这儿和我能培养感情，做个朋友。"

这工夫，就看"哗"一个闪过去了，朱尔旦吓坏了，这一打闪的工夫，就看一个黑胡子老头儿坐他傍拉儿了，这老头儿瞅着还行，胡子挺长，乐呵呵地坐在那儿，他说："好吧，你自愿请我，我就来了。"

这一看，那个泥像没了。哎呀，出奇呀！他寻思着心里也毛嘟嘟的，但毛也不行了，真请来了，这朱尔旦就说："喝吧！"俩人就喝起来了。

俩人越喝越近，还真闹得挺近便。从那以后，判官说："这么办，你有这心思啊，我就常来。"

朱尔旦说："那行，你来吧！多咱来，我多咱有酒，咱俩好好喝一茬子！"

一眨眼儿的工夫，崔判官来了五六天，天天儿喝。他媳妇儿说："你可真是，没事儿找事儿。"

但判官对他挺好，就提起来了，说："你光念书了，到后来怎么连举人也没考上？"

"我念书笨，记不上对。"

"我看看你怎么回事。"

崔判官一摸他的前胸，说："你这是开明悟晚呀，你这个知识从内里就不行，这是心脏有毛病了，这心不行，记不住。这么办，你别害怕，我想办法给你换换心脏，给你拢一拢，我看哪儿有好心脏就给你换一换。"

"那能行吗？"

"那没事儿，你等着吧。"

一晃又过了几天，这天晚上，崔判官就来了，一拍门，进屋儿了。朱尔旦说："判官来了？"

崔判官说："赶快，你趴下，趴下，趴下！"

媳妇儿一看，说："怎么回事儿？"

崔判官说："你出屋儿去，不用在屋儿，不用管，我不能害他，俺俩是好朋友，我能害他吗？"就把她打发走了。

朱尔旦趴下之后，这崔判官就把他膛子开开了，给他换了一颗透明心，完又把他的心拿走了，说："这回没问题了！那边这人已经死了，我趁这心还没死，就给它换来了，我这就给它换过去。"就送过去了。

天亮之后，朱尔旦一摸这旮，觉得凉哇哇的，一看，一个大疤瘌。虽然有疤瘌，但是长得好好的，啥事儿也没有。

最后，朱尔旦就变明白了，那精得邪乎！看了就能记住，他说："哎呀，这真换好了，我换了一个颗透明心啊。"他就很感谢这个崔判官。

这崔判官没两天又来了。朱尔旦说："崔判官……"

崔判官就说："你不用叫我'崔判官'，咱们就像弟兄一样，怎么论都行，你就管我叫大哥吧。"

朱尔旦说："你看你弟妹的脑袋长得不怎么的，砢碜，你能不能给她换换脑袋，变个好的、漂亮的女的，我也高兴。"

崔判官说："哎呀，这个事儿可得等机会，不管怎么的，你安心，安心是安心，你说出之后我也得答对你，你别着急，等着吧！也兴十天，也兴半月，哪儿有相当的女的死了，趁她灵心没走，我就给你换来。"

朱尔旦说："好！"

崔判官说："你别让她干啥，就在家等着吧！"

一等等了十来天。这天，崔判官就来了，一阵黑风到这儿落下了，他就告诉朱尔旦说："赶快吧，别磨叽，把你媳妇儿领过来，我已经把人头带过来了，你闪开，别在傍拉儿！"

把他媳妇儿吓坏了！崔判官按着这媳妇儿，就把她的脑袋拉下来了，拉下又把他带来的那个脑袋给接上了。接上之后，那确实一点儿不差，就稍微有个血印儿，脖子当时就长上了，真神了！

崔判官说："我就把你这脑袋给人家送过去。"到那儿一看，人家那家已经出灵了，就这么没脑袋出了，他一看不赶趟了，就把这个脑袋扔了。

单说他这边。这边弄好了之后，媳妇儿也明白过来了。朱尔旦一看，还是他媳妇儿，这回真漂亮了。他就望着媳妇儿笑了，说："哎哟，媳妇儿这回真漂亮啊，你看看你脑袋。"

媳妇儿说："看我啥脑袋呢？"

捌　鬼故事　·1665·

朱尔旦说:"你看看你脑袋,这回你可好看多了,不是你了。"

媳妇儿一看,吓摔了,说:"哎呀,怎么回事儿?我不是我了,怎么变样了呢?"

朱尔旦说:"我让崔判官把脑袋给你换了。"

她说:"你呀,真能胡闹!那你看能复活吗?"

朱尔旦说:"能不活吗!你这不挺好吗?"从那以后,她过得确实不错。

一晃过去有几个月了,正赶啥呢?正赶有一回唱戏,他们都看戏去了。正好在看戏当中,人家那边丢脑袋那个姑娘的哥哥来了。"咿呀!"他说,"我妹妹在那儿站着呢!"就到朱尔旦傍拉拽他"妹妹":"你不是我妹妹吗?你去哪儿了?你不是死了?怎么还在这儿待着呢?"

朱尔旦媳妇儿说:"我不认得你啊!"

于是两边儿就干起来了。这一吵吵,这事儿就经官家了。县太爷一问怎么回事儿,朱尔旦就怎来怎去,怎来怎去一说。

"哎呀!"县太爷说,"还有这么个情况?这么办,那我也拜访拜访这个崔判官,看看这事儿到底是真是假。"

朱尔旦说:"你不用拜去,你就上我那儿去吧,我给你请来得了。"

县太爷说:"那好吧!"

这个县太爷到朱尔旦家了,都在家喝酒呢,崔判官自己来了。他到那儿一看,这真是崔判官,崔判官一说,那真一点儿不差。崔判官说:"是我给换的!"

县太爷说:"好,神仙都能体会人情,我有啥不能体会的?那好,他俩就这么办吧,就让这姑娘认宗,认这哥哥,要一样尊敬、一样尽忠,这也算哥哥呀,他的爹妈也是爹妈,就多走一家人家吧!"

朱尔旦说:"那好吧!"所以那家就是他老丈人家了,这朱尔旦也到老丈人家去,人家也来认闺女、认脑袋。这不说。

单说一晃过了不少日子了,这朱尔旦就寻思:这挺好,啥说道没有了。从那以后,朱尔旦经过念几年书,到京城一考就考上了。他本就是个秀才,这回正好了,考个举人,就当了个府官。从那以后,这朱尔旦也成名了。

最后,当地群众还有老师们就都知道了:人和鬼能处朋友!要不现在大伙儿对各个阴曹地府的官儿都挺尊敬,因为这个崔判官从那件事上出名了!

李兵遇"鬼"结婚

这个故事呢,就是说世界上什么人都有。

有个小伙子叫李兵,家过得还真不错,也不那么穷得邪乎。他也念过点儿书,到十几岁,家里爹妈就没有了,剩他孤身一人,也没订上媳妇儿,有点儿地,不多,自己就能对付维持生活。但他最后那啥呢?他就不信世界上有鬼,谁提鬼魂闹事儿,他就说:"我没看着!"

这天他自己没事儿躺下就寻思:我能不能和鬼见个面呢?看鬼究竟啥样儿,我和他唠唠……他到底啥样儿呢?怎么都说怕鬼、怕鬼呢?他一合计:唉!干脆吧,我上坟圈子找鬼去吧!

离他们家不太远,能二三里地儿远,有个大坟茔。这坟茔是有钱儿人家的坟茔,那坟茔大啊!方圆论米的话能有一千多米,有一垧,十多亩地那么大!那里光坟就埋有好几十所啊!有祖坟,另外转圈还有不少亡死岗坟、乱岗子坟,都在那儿埋着呢!看坟的就俩人,俩老头儿看坟,那儿盖有看坟的房子,都挺像样,不错。

那是六七月,坟茔里草木都起来了,那大树呜呜叫呀!他说:"我上那儿看看去吧!"他就去了。

他开始去也没通知人家看坟的,自己就进院儿了。这小伙儿年轻,二十五岁,进到坟茔地一看:树木、草木都跟着起来了,不高。到这坟茔看看也没动静、到那坟茔看看也没动静,他一走走了半宿啊,这坟茔全走到了也没看着鬼。他寻思:这么大的坟茔竟没鬼,都说这坟茔谁也不敢来,闹鬼,我怎么就没看着呢?他就回家了。

他从那开始天天来,一来来了好几天。这天,人家看坟老头儿就发觉了,觉得有事儿,后头有动静!那大门也不对,人家门关着,他打开进去了。一个老头儿就说:"去看看!是不是有盗墓的啊,别把墓给挖开了,那样咱俩看坟的就完了!"

另一个老头儿说:"对啊!"这俩人就偷着听动静。嗯?最后一看他来了,啥也没拿,空俩手儿。那盗墓的都带小镐子、带铁锹啊!他空手儿进来的。嗯?看坟老头儿一看,是个小伙儿,寻思:干啥呢?这小伙儿穿得还不错呢!挺离奇呀,他怎么进坟圈来了?就跟着他走。

他就这坟捣捣、那坟捣捣……他走着还叨咕:"都说坟闹鬼,我怎么没看着呢?

是鬼仙也好,鬼也好,你出来吧,我们会会面,咱俩唠一唠!"

看坟的说:"这真出奇啊,还有找鬼的!"一看,那小伙儿走哪儿也没盗墓。跟着三天晚上,也没挖坟、也没盗墓。到了第四天,这老头儿一看,就问他了,说:"小伙儿,你站一站!"他一看站下了。

老头儿说:"你干什么的,这些日子天天儿来呀?"

他说:"我就是愿意会会鬼,这坟茔大,我听说有鬼,我愿意和他唠一唠,你不用害怕,我也不盗墓、我也不挖坟茔,看坟茔看你们的,我就溜达溜达!"

老头儿说:"哎呀,世界这么大,有游山玩水的,还没有溜达坟茔的呢,这坟茔你溜达什么玩意儿,这不扯呢吗?"

李兵说:"不,我想看看鬼什么样儿。"

他们一唠唠了半天,俩老头儿就笑了:"行,那你溜达吧,你要不盗墓咱们就不管,啥也不用说。"老头儿就走了。

这一晃又过了多少日子?过有十天半个来月。这天,半夜时候他又溜达过去了,就坐在那昝,他说:"我歇一歇!"嗯?觉得前边儿有动静儿。"这回真有动静儿了!"他往前走,走到那儿一看:正好儿前边儿一个女的在那儿坐着呢!穿一身白衣裳——白大衫儿。那白大衫儿也不像真正的布,像个缎子似的,白得邪乎!那女的头发上蒙个白布,长得还真不错,岁数儿也就在二十四五岁吧,正搁那儿坐呢!

他一看:哎呀,真遇着鬼了呀,我天天盼鬼,真的来了个女鬼!他也没坐着,就搁傍拉儿站着瞅,瞅了半天就听那边女鬼说话了:"你不天天找鬼吗?今天鬼来了你咋不往前来了呢?"

他一看,寻思:哎呀?说话了,我去!他就往前走两步,到那儿一看:好漂亮个女的,长得挺好看!他说:"你是鬼仙还是鬼呢?"

她说:"你既然也不怕鬼,你还问它有啥用呢?你要怕鬼就别来,你何必这样儿呢?"

他说:"我不怕鬼,我愿意和鬼唠唠。"

她说:"那来吧,咱俩唠唠吧!"

正赶上那儿有个石桌子,人都上坟,那坟傍拉有上供的大石桌子。女鬼说:"咱俩就坐石桌上吧!"

俩人就紧挨着坐下了。坐下一唠,那女鬼说:"你家在什么地方?"

小伙儿什么什么一说。他问这女鬼说:"你死多少年了?"

她说:"我这死好几年了,听说你天天找鬼、天天找鬼,我今天特意到这旮会会你!"

俩人越唠越近,唠了还真不害怕,他还真胆子大啊!这女的一看,说:"你看我这个鬼有什么特殊情况儿呢,你是不是害怕呢?这人和鬼有多少区别呢?不也都是这灵气人嘛!"

他说:"都说鬼没有身体。"

"我这不是有身体吗?你看看!"完这女的把手就伸过去了,"你摸摸我手!"

"嗯?"这个小伙儿一摸,"哎呀,都说鬼身体是凉体啊,你伸这手怎么还热乎着呢?!"

这俩人就手拉手,越唠越近便,就都有感情了。鬼说:"这么办吧,我得走了,天要亮了,我不回去不行了,鸡叫我就回不去了,明儿晚上我还来!"

李兵说:"我也来,咱俩还唠扯!"

一连唠了三天,这俩人就感情浓厚了,俩人你抱她,她抱你,感情就近得邪乎了!鬼说:"这么办吧,你不害怕?"

李兵说:"不害怕!你嫁我也要,同床共枕我也甘心了!"

她说:"那这么办,不能在这儿同床共枕,在这儿待着怎么办?这得解决,我找一个住处,你能来?"

李兵说:"我跟你去!"

女鬼说:"好吧!"

这俩人就出去了。一走走了挺远挺远的,能有十几里地,就走到一个大屯子,女鬼说:"这就是我家!"李兵一看:好大个院子!那是山坡当中的一个小院儿。

"我在这儿住!"这女的就把他领到屋儿去了。李兵到那里一看:三间正房,屋儿里头摆设还算不错,挺干净个屋儿。

女鬼说:"咱俩就在这儿过吧!"

李兵说:"好吧!"他俩每天一住,就在这儿过上了。

开始去的时候,一到白天,这女的就趴着不动弹。后来一看,她说:"咱俩到一块堆这几天,我借你灵气,也行了,成人样儿了,也能溜达走了!"

过七八天以后,这鬼和他每天白天也溜达,俩人溜达玩儿,晚上整饭,吃点儿饭，你也整饭、他也整饭，俩人抢着整。

这一过又过了多少日子？过了有将近半年了，三四五个月，这天，鬼就说话了："这么办吧，公子，现在咱俩人虽然是男女了，这也是挺长挺长时间了，我这鬼不能老陪你啊！阎王爷人家打发我来是有日限的，只能陪你百天呀！我这都多一两个月了，我再不回去人家就不让了，我得回去了！"

哎呀，他就哭了，他舍不得让她走，俩人儿有感情了。他说："那你走了，我想你怎么办呢？"

后来，她说："你不用着急，这么办，你实在想，我有个办法，我给你找个地方，你家有没有什么生活路？"

他说："没有啥生活路啊！"

"你这么办！"女鬼说她有个亲戚在哪儿在哪儿过得不错，"你上那儿去吧，我给你拿封信！"

这女的就给他亲笔写封信。"南边那儿有个大屯子，那是个大城市，到那儿你找姓徐的，他是管事的，你找他，能安排点儿工作，你在那儿安排了工作之后，以后我有时间，我上那儿去还兴能看着你。"

他说："那好吧！"这李兵一看，就得听她话了啊！人家这给他一封信当时就走了，俩人搁那儿就散了。

他就回家待着。待着还有心事，他想这个女的啊！越想越觉得闹心："不行，我得拿这封信找那地方去！"

他去了，就到王家庄这堡了，过去那屯子也不小呀！到王家庄一打听，人家说："那家姓什么？"

李兵说："姓徐。"

"姓徐那家？哦！"人家说，"姓徐的那是一个管事的，在这张府啊！"

"哦！"李兵说，"那好！"

到张府了，一看，那院子大啊！那人家有钱，过得像样儿！他到门口一看，有把门的，一问，说："我找个姓徐的，徐先生。"

"哦！"把门的说，"那是俺们主管事的。"

李兵找到姓徐的，把信递给了他，他一看，说："那好吧，你就在这儿待着吧，你要没别的可干，来我给你找点儿轻快活儿，你掌握掌握！"

李兵说:"好吧!"

姓徐的说:"这儿有花园,你就在这前院儿里每天起来浇浇花儿就行。另外有现成的井,你把那水打出来浇浇花儿,让这花儿保持住。花儿开了之后,俺们家都愿意看。"

李兵说:"那好吧!"他就待下了。不说。

他一晃待有多少时间呢?待有一二年的工夫了,自己也挺闷屈,但他吃得不错,人家供得挺好,还没人说他,他在底下挺自由。一晃到二年,赶上这家办丧事,这墙外边儿要搭个大灵棚,这工夫他也得帮着收拾收拾院子,那才干净啊!原先不让他进后院儿,他进不去,这回办丧事也让进后院儿了。正办丧事,就正要点灵、吃灵的时候,他一看:那家伙,穿孝衫的有多少个!

哎呀?他一看,有一个穿孝衫的在前面跪着,他心就寻思:这个好像我那鬼妻似的,我那鬼妻和她模样一样!一看:正是啊!她穿着白布衫在那儿跪着呢!他就一点儿一点儿蹭,一点儿一点儿往前走,就凑到傍拉去了。那时候人多,不管那事儿啊!正办事呢,谁知道真相?凑傍拉去之后,他就故意咳嗽一声,就看穿白布衫那个女的起来抬头一看,一直瞅着他,点点头儿。这李兵心就寻思:她还真认得我呢,可能就是那女鬼,我不能离这旮,串时间我也得和她说一句话!

后来这人都到外面去了,你也挤、他也挤,到晚间,这女鬼走到傍拉一看,就告诉他说:"李兵,你要好好在这儿待着,我有一定安排!"

他一看:正是女鬼啊!那好了!他就心寻思:哎呀,这家怎么整个鬼的老婆在家待着呢?

一晃过去两三天了,这个女鬼抽个工夫就来了,要直接找他谈话,人家丫鬟把他找去了。到那屋儿他一看:那是东家奶奶屋儿,像样儿、摆设好啊!他就说:"东家奶奶在上,我是李兵!"

她说:"那好,你坐,坐吧!丫鬟们,你们去吧!"到屋他一伸手,这女的就把他手抄起来了:"李兵啊,我好想你,这么长时间没见面了!"

他说:"我做梦呢?我是死了还是活着呢?你现在怎么在这旮,这是鬼世界咋的?那我怎么还和你在一起呢?"李兵还不明白点儿。

她笑了:"什么鬼世界!我也是人,你也是人!"这一看,就告诉他说,"你看看这炕上!"他一看:一个小孩儿在炕上趴呢!多大?两岁了。这女的说:"这是你的儿子，咱俩同床之后我怀的孕。"

李兵说："那怎么回事儿呢？"

这女的说："你别着急，我告诉你，当年的时候啊，我嫁的是个老员外，娶完我以后，他没有生育能力，他已经六十多岁了，男的感觉不行了，他就和我说：'你啊，想办法儿野一个，有一个孩子之后，你生的就是我孩子，一样的。省得我这个产业被叔伯侄儿、叔伯孙子争去，他们都争位啊！我能有个孩子就行了。'可是我也不能生啊，我还能怎么办？和别人怕传出名儿去。那看坟的老头儿说有一个小伙儿天天找鬼，所以我就装鬼上那儿去会你了，我合计你要真愿意，咱俩就在一块儿，待上半年我怀上孕了、看肚子成功了，我再回来。这不是把孩子养活二三年了吗？这回正好你来了，你就等消息，我有一定安排！"

说好以后，她就办丧事，大事办得挺热闹！办完以后，把老员外发送出去了，都成功了，就召集起大伙儿："俺们这家业啊，这么办，我现在有孩子，但是孩子小，才两岁，不能管理家业。我打算招夫养子，招一个男的，养我的儿子，管我的家业！"

大伙儿说："那对，古来有这条，不能出门，就招到自己家来，那不算错！那好，你看着选吧！"

她说："我不能选太远的，就找家边儿的准诚人，我看前院儿侍弄花儿的李兵不错，我要把他留下。"

大伙儿一看，说："那同意，好吧！"大伙儿就给他俩主婚，把李兵给留下了。

留下李兵之后，这女的就当大伙儿面儿告诉李兵说："李兵，你安心来，这孩子你一定要将养好呀！我的孩子等于你的孩子一样，你要将养好了，公子长大不能忘了你！我这儿子，你别看你不是他爹，但他就等于管你叫义父了，你是'招夫养子'嘛，你也算是后爹一样，也是爹！另外家产你自己支配，别人谁也支配不了，你要支配好。"

李兵就怎么回事儿？儿子也有了、媳妇儿也有了、产业也有了。但实际李兵和这个媳妇儿明白：孩子是他的，产业是借人家的光，别人谁也争不去。

所以这李兵闹了个媳妇，还闹了一份儿产业、闹个儿子，他闹了个大丰收！

徐木匠遇鬼

要说闹鬼啊,这个世上不一样,有的地方闹鬼是常事。

据讲俺们村过去有个徐木匠,他自己还真不太信有鬼。有一个秋天,他在地里趴着看高粱,睡到半夜,就觉得"唰唰"响,他起来一看:顺西南来了一个就像人似的东西啊,那高得邪乎!有好几个人那么高!那步子迈开之后,一步都迈好几丈远!就奔他这儿来了。

徐木匠一看,说:"哎呀,偷庄稼来了,偷高粱来了!"不用问啊,那东西不是人,这么大一个,哪是人偷高粱的样儿呢?那家伙高啊!顺着傍拉儿"嗖嗖"几步就干过去了,他一看,就心寻思:我的妈啊,这是没踩上啊,这要踩我身上不把我踩死了?怎么这样呢?这是啥玩意儿呢?他到那儿一看,得了,我躲一躲吧!他就不敢在那儿待了,就跑地头儿趴着去了。

不一会儿,"唰唰"顺西南来了一道白光,那就像下雪似的啊,也没看着啥东西就"噗噗"顺地皮过去了。他一看,心寻思:这地是难看啊,确实不行!一考虑,说:"我得掂对回家!"回家了以后,他就自己心寻思:怎么办呢?我咋遇着这事儿了呢?出奇透了!

后来一看这地铲完了,高粱也整完了。这天,他就做木匠活儿去,在那儿喝点儿酒,背着家伙、器皿就回来了,走到南边这旮,他就不敢走了,在早这是个大坟甸子。一看,前边有个像大毛驴似的东西,挺高,在那儿杵着正瞅他呢!哎呀,这是驴鬼!他一看,一伸手就把家伙箱拿起来了,抄起锛子说:"杂种,你来我就锛你!"

这驴鬼就冲他来了,他就整这锛子左一锛子、右一锛子,"叮叮当当"干,把那驴鬼刨得不像样啊!刨完之后,它就没动静了,他就拎着锛子跑着回家了。到家之后一说,大伙儿说:"天就要亮了,你呀,看看去吧!"

他到南边一看,怎么回事儿你说,那儿有个大树,锯和家伙箱子挂在大树上了,比小凿子小的小东西都被那锛子砍得细碎呀!搁那儿一看,他说:"这南边确实有鬼!"

后来,他就回去把那锯都取回来了。从那以后,这徐木匠不敢走黑道儿,他说:

"这里头确实有问题,不是没鬼呀!"这是一次。

还有一次,徐木匠做木匠活儿回来,遇着什么呢?这可不是鬼,遇着三个小孩儿。他大老远撂下锛子,一瞅:三个小孩儿在坟甸子那儿嘻嘻哈哈跑着玩儿呢!都是四五岁、五六岁。他一看,寻思说:哎呀,三更半夜哪儿来的小孩儿呢?他吓得也没敢动弹,就跑回家来了。回家一说,家里人说:"拉倒吧,今后你就别出夜门了,不行了!"这说明啥呢?就是过去扔的死孩子都活了。

要说鬼,那时候确实真有。要不徐木匠从那开始就说:"我再也不出夜门了,宁可白天做点儿活儿,黑天早点儿回来!"

财主吃鸡而死问阎王

有这么个财主,他自己抠搜得啊,舍不得吃、舍不得喝,光知道攒钱,养活多少只鸡,哪一只也舍不得吃。他没事到饭店去,到卖小鸡子的地方去,看见要饭花子要完饭后到那儿就喊:"来一个卤水鸡!"就在那儿撕巴撕巴吃。过去那会儿管清蒸鸡叫卤水鸡。

他馋得都淌哈喇子,那有钱也舍不得花呀,回去就和老伴叨咕:"我真馋小鸡子,就是舍不得吃,我都淌哈喇子了。那要饭花子要饭回来,整点儿破米卖巴卖巴就吃个小鸡子。"

老伴说:"你真屈啊,太屈了!咱家别说一个,上百个也吃得起呀。咱家就有小鸡子,你就吃一个呗!"

他说:"人家那卤水鸡好吃。"

老伴就说:"那你买一个去!"

这一说他心思就活动了,说:"那我吃一个去,也行!"他就到那儿买卤水鸡去了。

买回来之后,就跟老伴说:"预备点儿酒,我今晚喝点、吃点。"老太太烫酒的工夫,他把小鸡子打开了,一闻真香啊,就大嘴抹哈儿地吃。这一下没注意,一个鸡骨头卡嗓子了,卡得出不来气了,老伴就怎么叫也叫不上来,撑也不行,一下子卡死了。

这酒也没喝着,还让一块儿鸡骨头给卡死了,死也死得冤哪,就到阎王那儿诉苦去了。一看阎王爷在那儿坐着呢,阎王爷就说:"你来了,你这屈包,这回你也死了。"

他说:"阎王爷呀,这太不公道了,你算算吧,要饭花子天天吃卤水鸡,我今儿吃一个还卡死了,这哪公道啊!"

阎王爷说:"别着急,你屈不屈不说,你没那个命。那要饭花子人家有那命吃,你没命吃。你到房后看看,这鸡笼子里的都是要饭花子的小鸡子,这还有好几十只没吃呢。你就一个小鸡子,扒扫鸡啊,你吃了了,没有扒路的,哪有不死的?那鸡是给你死时预备的,你早吃就早死。"

他一看说:"哎呀,知道了,人死啥的都是命啊!"

死人回家

有这么一家,过得也不错,自己孤老有几个,这家老头儿就死了,多大岁数呢,老头儿到六十多岁死的。

死完之后,这家天天就不稳当。先开始是媳妇发现的,就告诉老太太:"昨晚像老爷子回来了似的。"

老太太说:"那哪能呢,这不胡扯吗?"

媳妇说:"你瞅着吧!"

等到大半夜一看,老头儿真回来了,到那儿喂牲口,"咔咔"拌草,还整个瓢在那儿敲,边敲还边骂:"我这一不在家就完了,你看这牲口都饿啥样儿了,没人拌草。"就"叮咣"一顿敲啊,弄得牲口乔拉打嘀(大声叫唤),还不敢到傍拉儿吃。

老太太一看真是老头儿啊,就说:"这怎么办呢?"越寻思越憋气。一晃这天天回来闹啊。

这天大姑爷来了,大姑爷是念书人,有点儿主意。大伙儿这一说,大姑爷就说了:"这哪有死人回家的,我看看!"就告诉他小舅子媳妇:"这么办,你炒几个菜,把小鸡子炖一个，香喷喷地整。东边厢房不有个伙房屋没人住嘛，那不有个闲炕嘛，我就在那屋待着，我今儿会会这老头儿。"

媳妇说："拉倒吧，吓着你吧！"

他说："没事儿！"

这菜炒好了，酒也烫好了，他就坐那屋了。夏天时候开着窗户，酒气都熏到外头去了，肉也香。他自己喝两口就叨咕："唉，这味儿太好了，太香了！"

老头儿到半夜了磕窗户，正磕呢，一闻东边有酒味，这老头儿奔东屋就去了，瞅瞅看看，不进屋。姑爷说："那不老岳父嘛，到屋来喝点呗，来来来，进屋吧。"到那儿一伸膀子给拽过来了，老头儿跟着就进来了。姑爷一看，真是老岳父啊。

老头儿说："不是别的，我喂喂牲口，这牲口他们都不喂啊。"

姑爷说："好吧，喝酒吧。"

这俩人就喝上了。老头儿爱喝酒，这姑爷就给倒，左一杯右一杯，最后喝到什么程度呢，他不让姑爷倒，自己端着酒壶就喝了。酒也预备得多，好几斤哪，最后老头儿不动弹了，趴那儿睡着了。

姑爷就瞅着，就看这老头儿一点点缩、一点点缩，缩没有了，是个大黄皮子。姑爷说："啊，原来是你作怪啊！"不由分说就把黄皮子装口袋里了，扎上口袋嘴，就背上屋去了。到那儿就喊小舅子："都起来吧，你爹我抓回来了，你看看吧。"

大伙儿说："净胡说！"

他说："你看看吧，在这里待着呢。"就把事情一说。

大伙儿说："摔！"就"叮咣"一顿摔，给摔死了。打开一看，真是个大黄皮子！

从那以后，他也不闹鬼了，人也不回来了。

猪圈做坟茔

　　这个故事是讲坟茔地在哪儿好的这么一个故事。

　　有这么一个老头儿,他做了一辈子的风水先生,他专给人看坟茔地,给张家看坟茔,给李家看坟茔。他看得还准,给他看过的坟茔地的人家过得都挺好。这个老头儿有好几个儿子,儿子们说:"您老给别人家看了一辈子坟茔地,那么厉害,给别人看的坟茔挺好,你看咱家哥们几个哪个有出息的?俺们都在家抱蹲[1],那是一个当官的都没有。那你净给人家看坟茔地,看看咱家有没有那坟茔地,要是有,那岂不是冒青气呀!咱家后辈也出息出息!"

　　他爹说:"咳!这是命啊!"

　　儿子说:"命你还看坟茔地?"

　　他爹说:"坟茔地倒有,就怕你们守不住。"

　　儿子说:"那有啥守不住的,让干什么就干什么呗!听你的。"

　　他爹说:"那好!"过了几天他爹告诉他,说:"我现在呀,命可是不太长了,我身子也瘦了,今年一年就差不多了,岁数到了。我死之后,你就信我的话,哪也别埋,坟茔地也不去,你就把我埋在咱家那猪圈里头。"

　　儿子说:"这不扯吗?埋那猪圈里之后,那猪一拱不就完了吗?"

　　他爹说:"你把猪圈起来呗!就把我在猪圈里埋着。"

　　儿子说:"啊!也行。"

　　他爹说:"埋可埋呀!你可得按我的说法埋,怎么办呢?第一个,不给我穿衣服,光屁股就行了;身子露着往猪圈里一埋,头冲西北,埋完以后你啥也不用动就行了。"

　　儿子一听,说:"这可真太难了,那埋完以后,谁到那里一看,临死你光屁股走的,又不是小孩儿,这太难了。"

　　他爹说:"你不会半夜三更埋嘛!不让人知道。"

　　儿子说:"也行。"这爷俩就说好了。

　　该然哪!一晃儿到秋后了,老头儿真就死了。他有个老女儿,这女儿二十五六岁

---

[1] 抱蹲:因为失业,没有饭吃,流浪街头。这里指失业在家。

了，挺沙楞，来了吊上孝之后，一说："埋在哪儿啊？"

大哥说："你别吵吵，我爹哪儿也不能埋，就搁猪圈。"

女儿一听，说："这不扯一样吗？你那点儿地都舍不得？我爸累了一辈子，咱家也不是没有地，外边好几垧地，埋多少坟埋不下，你整个猪圈把咱爹埋上了，还有你埋那猪圈里也不是个事儿，咱爸是去看猪去了？"这就闹了一阵。

大哥说："你别吵吵，这里有我的道理，因为我爹告诉我，这是宝地。"

老女儿犟不过他，也没办法，就说："那就这么办吧！"

但埋的时候，老头儿光屁股，女儿就急了，"那不行！有光肚皮走的，哪有光屁股走的？那是啥意思？不行！"闹得没办法，女儿说，"不行！死了哪有不穿条裤子的呢？怎么也不能光屁股啊！"女儿给整条裤子穿上了。

这大哥没办法，女儿非给他爹穿，穿就穿吧！以前那时候，裤子是什么样呢？底下都是系裤脚带的，上面一系，系上一条就行。她就给老头儿穿一条衬裤，裤脚带也系上了。这女儿犟，儿子说了不算，穿好就埋上了。

自打埋上他之后，他家这个老媳妇儿就怀孕了，怀孕了不算出奇，他家有个狗，青灰驹子，大青狗，这狗天天上平房上叫唤，就冲西北角"汪汪！汪汪"，就这么咬。这当家的说："怎么的？这狗穷咬啥玩意儿？天天在那咬空呢？'汪汪汪汪'的！"就这么一提，也没说啥。后来时间长了，就有人叨咕："你们家这狗咋天天像号丧似的？这天天咬，怎么回事儿呢？你知道不？"

大伙儿都说，这家老二脾气暴，说："把这狗勒死，照它这么天天咬，号丧似的，把爹嚎了不就完了吗？"这老大就不动弹。

这一晃儿就有七八个月了。老媳妇儿怀的这孩子有八个月了，再待一个月老媳妇儿就要生了。大的一看没办法了，说："把它整死吧！"联合左邻右舍小年轻的一起把这狗勒死了，狗被勒死以后就不咬了，没有狗了。

过去没有十天，悲剧来了，上面的钦天监下来了，说："可了不得！东北方向出一个混龙。"钦天监一访就访到他这儿了，说："就在他们这旮，就在这个堡子呢！"到堡子一看，"就在猪圈这旮呢！"人家就看出来了。它这狗因为什么咬呢？狗是龙天狗，保驾的，狗一咬，星它不露，人家瞅不着，就保护这个紫薇星；这狗一死，没有保驾的，这龙星就明显地露出来了，人家一看，龙星在这儿，所以这访的看出来了，要不说这家人是没那个命呢？

这老官就命人扒猪圈，扒完一看，死的人上面没穿衣服全都长鳞了，快变成龙形了，就底下裤子没脱下去，裤子都扒到脚底下了，就差两裤脚带没脱开，要是裤脚带不绑上，这工夫它就跑了，人家就抓不住它了，它这就没走了。挖出来一看，这家伙！它那已经变成一个像龙形似的了，后来人家拿回去把它殓了，那边把它殓完之后，这边儿媳妇儿也小产了，孩子生出来就死了。这下老头儿的儿女才全明白，自己爹用特殊办法占了风水位，给后人积大福报，结果没守住。大哥就暴哭一场啊！说："咱没那个命啊！不怨爹说，这一点事儿都没守住，你们净瞎吵吵吧！"

要不说，猪圈做坟茔，都是有目的的，你打算有那块坟茔地，你打算享福发财，你还得有这个命，没那命，就有人给你打破那劫，就给弄糟了。

李大仙过阴

在早，村子里有这么个李大仙，这李大仙儿会过阴，人们有病都找他看看："是不是我能死？""我是不是现在在阴间那边已经定型了？"都是问能不能死的。

单表谁呢？王老员外，这家过得不错，家挺有钱，就把李大仙请来了。

王老员外说："你看看我这病，已经挺长时间了，我能不能死？"

李大仙说："这么办，老员外，你安下心来，我过阴，可以跟你说，不是骗你，能准！"

他就去晃晃心，心晃好之后，就像死人一样，这个李大仙就趴炕上过上阴了。那阴间啥样咱不说，这一过，两天两宿才回来。

李大仙回来以后，从炕上起来就笑，他告诉王员外："王员外呀！你没事儿，我给你看好了，你是不能死，没你名儿。"

王员外说："是吗？那我怎么病得一天比一天重，一天不如一天，自己觉得就要这么完了呢？别人都说，儿子也都说。"

李大仙说："没有，挂的牌子中没有你的名儿。但是有一个张成的名儿，几天之内就得死了去阴间了。没有姓王的名儿，也就没有你王员外的名儿。"

王员外一听说："咳！行了。"他告诉儿子："你急速地准备吧！张成就是我，小时候因为怕不好养活,我爹妈那时候起了我现在的名,小时候起名叫张成,现在我这个本姓姓王啊!小时候叫张成叫惯了,别人都知道我叫张成,你不知道啊!"

正好,过没有几天,王员外他真死了。

大伙儿都说:"这大仙过阴确实有两下子,真就过到了,你看这过的是张成。

教书先生驱恶鬼

过去有这么个学校,说是学校,其实就是一趟大长房子,它东头是个关老爷庙,中间是闲房子,门锁着,就西头两三间房是学校,老师住一个屋,两间小房是学堂。

这学校新转来个老师,头一天半夜他就听到外面有动静,他就寻思:这屋什么动静呢,"呜呜"的。到外面一看啥也没有,就是能听到动静,他总觉得像有事儿似的。到第二天白天了,他就问校长:"你们学校这屋夜里怎么老'叮当叮当'有动静呢?"

校长就笑了:"这地方不干净啊,老像闹鬼似的,大事儿没有。"

"啊,大事儿没有,这有什么出入没?"

"俺们这儿有出入,有的家丢孩子,是不是跟鬼有关,俺们摸不清。"

"啊,好吧。"

第二天晚上他就不睡觉了,这老先生自己能画符、能写符,还有驱符咒,他自己有一套写法,在外面念上咒了,就等着这鬼。半夜,一阵风顺东屋那个门过来,门"咯噔"就开了,顺门出来个老道,戴着道冠就走出去了。他一想:哎呀,这哪儿来的老道啊,白天没有啊。不一会儿像阵风似的又回来了,一看胳膊里还夹个孩子,到屋把孩子"叭"扔了,孩子"嘎嘎"两声就不叫唤了。他一看这是恶道士,不是人形啊,正好他有两下子,就急速奔那儿去了,他一咳嗽那屋就没动静了,啥动静没有了。到那儿一看,有个大棺材在屋停着呢。啊,原来是这棺材闹的事啊!那孩子在地上趴着呢,他就扒拉扒拉小孩,孩子已经死了。

等白天了他就搁那儿画,把符全画好之后,就找学生和校长,说:"今天你们都别上学了,在家待着,你们这屋不干净啊,确实待不了。"就把昨晚的情况一说。

"死多年的老道能跟他有啥关系?"

"你打开看看吧。到晚上就得抓住他。"

半夜这老道又出去了,他就把符全贴上了,窗户门全贴满了,下半夜这老道回来就进不去了,"嗯嗯"在外面直叫,一看那些牛,"哞"跟着在外面叫唤。老先生一看,你回来了,好。他过去治过这东西,就拿黑驴蹄子"叮当"一顿打,把这玩意儿打得像牛犊子似的"哞哞"叫唤,最后连捆符就给捆不动弹了。大伙儿说:"打!"把这玩意儿硬给打死了,打死一看是什么呢,熊瞎子不像熊瞎子,啥也不像,就那么个玩意儿,但这东西吃人哪!

从那以后,那儿稳当了,小孩也不丢了,啥事也没有了。

王公子遇阎王治恶嫂子

这家姓王,过得不错,有哥俩,这哥哥呢,四十三岁,弟弟呢,二十三岁,兄弟处得不错。哥哥有个大老婆,这大老婆没有孩子,生了两个全死了,年纪大了也不能生了,这大哥又娶房小的,这小的才十八九岁。

开始时,大老婆还"妹妹长、妹妹短"的,挺好;小老婆年轻,大哥又挂着生孩子,就老在那屋存着,一看老头儿和小老婆近了,这大老婆就气上了,说:"你喜新厌旧啊!"没事就骂这小老婆,净干架。小老婆也没章程,她能说啥呢,给人家当小的了,大的就有权管哪,一整就挨两撇子,嘴巴子没少挨。

她这小叔子不错,还没订媳妇呢,就偷着和这个小嫂子说:"你别着急,慢慢和我哥说说,我这个大嫂脾气不正,没办法。"

正赶上这小的来月子,头一胎生个丫头。接产的时候这大老婆就说:"不用别人,我给接。"等到胎胞下来之后,她把大针准备好了,就扎小的下身,就带到肚里去了。从这以后,这小的就天天肚子疼,那针在里面能不疼嘛!还从小便往外淌血水,这小的就哭啊。这回她也不吱声了,装不知道。

这一晃过去能有一二年了,这小老婆又怀孕了,她也气不像样。但她睡一觉起来就来病了,心窝疼,全身起脓疱疮,流脓淌血的,哪儿也治不好,疼得邪乎。

这些不说,单表这小叔子。小叔子是做买卖的,天天背着布包子卖布。这天走远了，天挺黑，就找不着旅店了，一看前面有个旅店，人还不少，就奔那儿去了。到那儿一看，这么热闹呢，像个大城市似的。把门的一看："正好，到屋吧，正找你呢。"进去一看，是个办公厅，里面雕梁画柱像金銮殿似的，修得好啊！上面坐着三个官，一个比一个胖，底下有人喊："这里是阴曹地府，见着阎王爷还不跪下。"

他说："哎呀，我死了，到阴曹地府了。"就吓得跪那耷了。

阎王爷笑了，说："你不用害怕，王生，你不错，为什么让你来呢？有一天我们路过你家门口，正赶上你们图凉快在外头吃饭，俺们渴了，就刮阵风，把你们饭菜都刮埋汰了，你这小嫂子就骂，你没让她骂，俺们就借光在那儿喝点水，吃点饭。你是好人，我叫你来有一个事，你看看后头这人你认得不。"

到后面就像个刑场似的，王生一看是他嫂子，在那儿绑着呢，身上净扎着针。他说："哎呀，我大嫂呀，怎么扎这些针呢？她在家有病了，生一身疮，这阴间怎么把她抓来了呢？"

"俺们没抓来，俺们给她的身体上的远刑，这就是她身体的模型，扎它，她身体就生疮，就完。你嫂子太坏了，坏得邪乎啊！当初你小嫂子生孩子的时候，她给下的针，所以你小嫂子身子老淌血。不信你回去问她，她怎么都得承认，她承认就让她改过，要不改过俺们就把她扎死。你和她说吧，你这个人心太好了，另外叫你这个小嫂子生孩子的时候注意，能把针带出来，看着点儿。"

"好吧。"王生就出来了，一看外面漆黑一块啊，哪有市场，哪有大道呀，一个大树林子下边一个大荒场子，他就走，走到堡子做了两个小买卖就回家了。

到家一看他嫂子还叫唤呢，他就说："嫂子，你做损了。"

他嫂子说："你胡说！"

"你说实话，我就给你治好这病。"

"兄弟你能治给我治好吧！"

"我能治，你自己得悔过。我看到阎王爷了，要刑事你，我特意哀求的给你留一命，你要承认错误，你这疮就能治。当初我这小嫂子生孩子时，你下过针没？你是不是攮人一针哪？她给抽回肚里了，现在肚子里还淌血呢。"

"哎呀，我下是下了，谁也不知道呀。"

"你瞒得了阳间，瞒不了阴间，阎王爷能不知道嘛！"

这大老婆就哭了，跪下作揖呀，说："阎王爷你放了我吧，我下回再也不敢了，我一定对她好，像对我亲妹妹似的。"哎，这她身上就不疼了，一摸血也不淌了，没有两天这疮就定疙疤了，都好了。这大老婆子说："这回我得学好。"不由分说，就把这小的领过来，说："你是我亲妹妹，今后你就管我叫姐姐，咱俩以姐妹相称。你也别干活了，人都怀孕了，我就伺候你吧。"

小老婆这回生了个小子，生完一看，果然那针还在那儿扎着呢，她急速就拔下来了，说："针哪，针哪，因为你我差点没死了，因为你我做的坏事呀，下回我再也不敢了！"

从那以后这两个老婆处得特别近，这大老婆也好，小老婆也好，对这小叔子都特别尊敬，都说："多亏你有德，没德阎王爷不能告诉你。"

后来这小叔子也娶媳妇了，人家过得那是团圆日子，一直白头到老！

阎王爷判案

这故事叫阎王爷判案。

要说世界上最公道的地方，人们都说那要数阴曹地府。这回这故事就讲讲阎王爷，看他是不是公道，是不是也有偏向的地方，也有不对的地方，这当然就可以听一听了。

有那么一次，阎王爷坐堂之后开始判案，然后决定谁还可以回阳间多活几年。阎王爷说："把人带上来！"这死的冤魂都被带上来了，一共四个人，都在下面跪着了。阎王爷一看，头一个穿得特别好，就问："你是干什么的？"

"我是当官的。"

"啊，你是当官的。那第二个，你呢？"

"我是个财主。"有钱的大财主，穿得也不错。

第三个一看，说："我是小偷，穷得偷人东西。"

到第四个，阎王爷一看，稳稳当当的一个老头儿，阎王爷说："你是干啥的？"

这老头儿说："我是大夫，医院的大夫。"

阎王爷说："好，你们自己说一说吧。就说你当官的吧，你这辈子当官，净做什么事了?说你贪贪占占,投机取巧,你是怎么活下来的吧?"

他说:"呀!阎王爷呀,您老听一听吧。说我是当官的,贪贪占占,但我贪的钱呀,不是真的老弱穷人的钱呀,都是那有钱的人啊,他们把钱都挥霍了,都花得不像样了。我说怎么办啊,我就贪他一部分,贪完我就给它寄存起来,我也没花,真到有天灾大涝之后啊,那穷人困难我就给发下去,那个时候就把大伙儿给救活了嘛!我因为这么才贪。"

"哎呀,你这好样的,你这官不错啊,这么办吧,你回去吧,暂时不收你了,再多活几年,世间上待着去吧。"

这个当官的一看,乐呵地就回去了。你看,贪得还有理了!

阎王爷一看第二个人,说:"你是?"

"我是个财主。"

"你是财主啊!哎,你这财主,人家告你太苛刻了,雇人给人拿的钱少,干活老嫌人干得少,一天总是骂骂唧唧的样子,那哪兴许?"

"阎王爷,你不知道啊,穷人啊,他总是这样的,穷人不能得地啊,得地闹腾。我把他们的钱都收上来之后啊,收一部分钱我给他们攒着呢!多咱天旱水涝呢,穷人们也没钱了,我就把它发下去。"

"啊!"阎王爷说,"你这财主对啊,往善了说,这叫照顾群众。好,你也回去吧。"

阎王爷一看第三个,说:"你是小偷,你是无业游民啊,正事儿不干,现在你说说吧,你有啥理由吧。"

他说:"阎王爷啊,现在这人啊,都是不太守分的。是要要闹闹,天天耍钱、赌博、喝酒,那衣裳搁外边晾着,谁也不管,哪都是啊。我出去捋一部分衣裳,我也偷俩钱儿,我都偷完之后,就攒着点儿,多咱一旦天旱大涝之后,大伙儿、穷人都可以分一分,花一花。"

阎王爷说:"你也想着群众,也好啊。"也让小偷也回阳间多活几年去了。

"下面你说说,"阎王爷一看都走了,就剩一个大夫,说:"大夫,说说你是做什么事的呢?"

"阎王爷啊,我在家是闲不着啊,东山采药,西山采药,尽采这个冬虫夏草啊,或者是各种药物啊,菊花啊,苦叶啊都采。采完之后回头我自己晒干熬成药的话,给穷人治病，治好之后的话，有钱就给钱，没钱我也不要，我所以救了不少命啊！死人都能救活，我救了不少命啊！"

阎王爷一听，把桌子"啪"一拍，说："你恶毒啊，要不我这咋没人来呢，就你治好了这病人！给我押起来，省得你再治人。"

附　录

附录一：谭振山故事总目[1]（总计 1062 则）

祖母孙氏传承的故事（83 则）

1　二龙湾传说
2　石佛寺的来历
3　高丽城的传说
4　包公儿子尿憋种
5　闯王过年
6　韩信智擒河怪
7　唐王追混龙
8　陈广玉分家留诗
9　金家坟聂家看
10　张振环与狐狸精交友
11　韩生清明得妻
12　李二娶鬼为妻
13　丁强娶鬼为妻
14　门东讨债
15　像中像
16　鸡鸣谷
17　鸡鸭对话
18　白狗偷食
19　二龙湾水府求雨
20　井坑子老项
21　蛤蟆儿子
22　马猴子的来历
23　拉塔湖的来历
24　新安堡为啥立不起旗杆
25　二龙湾旱马桩子
26　干本接穷神
27　王三用计除奸夫
28　石佛寺老王太太得化石丹
29　王小得炸海干
30　王老大捡牌位
31　王姑娘死后报仇
32　王回回打狐狸
33　老王太太救狼
34　水耗子精迷人
35　石佛寺娄老娘婆给狐仙接产
36　狐仙遇人结良缘
37　七星山狐仙显圣

---

[1] 总目以谭振山故事采录的录音与录像为依据统计，由谭振山与江帆共同整理。总目中有的篇名可能与正文所收录作品篇名不一致，据谭振山所述，一些故事流传中本就没有名称，他往往是为回应采录者或听众询问即兴命名的，带有一定灵活性，故同一个故事在不同的讲述语境中可能被冠以不同命名。

38	七星山黄金游沈阳	70	黄米饭掺凉水丧命
39	金花蟒逛沈阳	71	毛老道
40	蛇盘大佛寺	72	娶妻冲喜
41	独角龙破冰	73	笨媳妇学舌
42	智捉老狼妖	74	弟替姐订亲
43	日头月亮是姐俩	75	贤媳妇救婆婆
44	马猴子不可养	76	公公耍掏耙
45	刘三戏猴	77	公公和儿媳通奸
46	拍花子害人	78	挑媳妇
47	开山取宝	79	一母生九子
48	金鸭子吃地	80	老虎妈子
49	树影射水缸得黄金	81	三个瞎姑娘
50	草死苗活	82—83	三个姑老爷给丈人办寿（两则）
51	打井出古钱		

继祖父赵国宝传承的故事（97则）

52	三人比穷	84	柳河泥鳅精受皇封
53	贼喝乳尿	85	马虎山的传说
54	惯子伤命	86	九门蝎子精
55	四个老头儿看牌	87	北陵的传说
56	傻子办年货	88	太平寺的传说
57	男女订婚大一半	89	望马台为啥又叫望宝台
58	鞋匠的女儿	90	马神庙的传说
59	继母害女	91	仁义胡同的传说
60	三个媳妇刽婆婆	92	三面船的传说
61	母子通奸	93	一文钱憋倒英雄汉
62	耍猴的拔灵头幡	94	鲁班显圣加三檐
63	小孩骂人丧生	95	孙思邈背运
64	金鸡崽	96	朱洪武放牛
65	金马驹喝水	97	肇知县认义女
66	不见棺材不掉泪	98	赵尔巽的保镖
67	犬两次救主	99	吴俊生认干老
68	挖大钟	100	黄老太太捉胡子
69	听错一个字三年变三天		

101 老龟报恩
102 甘兴镇王八传书
103 杀人不见血
104 知县当小偷
105 巧得匣子枪
106 浪子成才记
107 夜不留门
108 不说正经话的人
109 继母害先房儿子
110—111 有缘千里来相会（两则）
112 张生学戏法得妻
113 韩生戏妻
114 懒有懒的好处
115 十七养十八
116 木匠单眼吊钱的来历
117 狐狸精戏财迷
118 铁刹山朝阳洞探险
119 韩信活埋母
120 老君显圣治梦魇症
121 包公借猫
122 关公失职
123 马龙梅恩赐少年犯
124 张学良买帽子
125 王金山扒墙
126 扛车吓强盗
127 卖粮遇险
128 飞贼脱身
129 机灵的小偷
130 武功镇黑店
131 西瓜连秧提
132 路平旁人踩
133 有话别对外人讲

134 张大胆和李大胆
135 油炸活人
136 姐妹替嫁
137 打妻又得妻
138 穷打和尚
139 十亩地一棵苗
140 死保盒子
141 长工接穷神
142 老张供蟒仙
143 狐仙遇难
144 大神树
145 好马救主人
146 人头狗
147 王八变水蛇，兄弟手足情
148 木瓦石三条线的来历
149 癞蛤蟆战毒蛇
150 巡官和泥鳅
151 蛐蜒张的故事
152 天现铜桥
153 雹打出荞麦
154 扔刀禁冰雹
155 傻子请客
156 傻子报喜
157 王恩石义
158—160 三个姑老爷（三则）
161 三个姑子
162 花钱买官
163 狐仙替婚
164 老母猪大石槽
165 老王太太破鱼腹
166 王八串门
167 张仙的来历

168 螃蟹精怒杀黑鱼精
169 王老三大战蜘蛛精
170 蜘蛛精的传说
171 吃大肉片
172 对诗吃饺子
173 勒手了
174 巧匠翁国宝
175 三个傻子同眠
176 老师放屁
177 卖屁股先生
178 师生对诗
179 假干净
180 盛京将军打鬼认义女

伯父谭福臣传承的故事（108则）

181 赵匡胤与红煞神
182 彭祖的故事
183 插花老祖成仙记
184 插花老祖戏妓女
185 老关头得宝
186 徐破帽子抢银市
187 王青巧治李老虎
188 关公有后眼
189 李二孝母得元宝
190 李小柱得道
191 王半拉子看坟茔地
192 汤二虎葬父
193 康大饼子接喜神
194 蒋铁匠吹喇叭
195 万人坑的故事
196 刺儿庙的传说
197 土王入祠的传说

198 狗叩天求粮
199 回族的由来
200 戴戒指的由来
201 五鬼推碾子
202 小牛倌得宝参
203 财迷死后见阎王
204 出天龙蛇仙显圣
205 挖菜遇蛇仙
206 老道治狐仙
207 张二进阴城
208 赵全抓鬼
209 巡官与鬼对话
210 定计绑票
211 新媳妇拉婆婆
212 弟兄下饭馆
213 人心不足蛇吞相
214 洞房认父
215 吹鼓手的故事
216 吹鼓手借宿坟茔地
217 吹鼓手逗小孩
218 猪圈做坟茔
219 坏木匠和坏瓦匠
220 仇人做儿子
221 五鬼怕阎王
222 碾盘箍的传说
223 白莲教的传说
224 老娘婆的由来
225 死人戴孝的由来
226 福字的来历
227 财神与喜神对话
228 人与仙
229 李先生遇狐女

230 李半仙斗蛇仙
231 蟒仙渡化孟老道
232 黄仙装死人
233 豆腐郎遇狐仙
234 龙虎把门遇红煞
235 孙子坐船救祖父
236 孙子救爷爷
237 桃花女与胡元庆
238 大嘴姑娘找婆家
239 保媒的两头瞒
240 借女吊孝
241 火烧林家坟
242 点正穴先生失目
243 双胎是讨债子和还债子
244 石头人戏姑娘
245 木骨头儿子
246 教书先生驱恶鬼
247 巧媳妇遇歪公公
248 瞎子坐夜
249 蚊子请客
250 傻姑爷吃饺子
251 傻姑爷吃菜
252 傻姑爷学说话
253 仨姑爷说笑话
254 都来看
255 才刚
256 懒老婆
257 教书先生写名字
258 磕巴拣豆腐
259 卖豆腐的记账
260 虎和鹿谈话
261 炒豆芽（又名锔匠存精子）

262 公公和儿媳通奸
263 公公戏儿媳
264 紫金树下团圆日
265 捧臭脚的人
266 吹牛
267 吹牛办事情
268 吹牛桥高场厚
269 买镜子
270 撩大包（又名空手套白狼）
271 摔药壶
272 卖我
273 三人看牌
274 济小塘成仙
275 秃驴和尚
276 王八戏兔子
277 人狗通奸
278 伙计折腿
279 房事
280 公公葬儿媳
281 人蛇结良缘
282 谎屁张三
283 老猴子娶媳妇
284 月老配婚
285 找活佛
286 乳牛迈栏
287 袁天罡与李淳风
288 马神庙蟒神显圣

乡邻沈斗三传承的故事（99则）

289　孔子借粮
290—291　孔子认字（两则）
292　鞭打芦花

293	门神的来历	325	刘墉与皇上
294	朱买臣拾金不昧	326	施不全讨封
295	孙膑得天书	327	王尔烈写大字
296	科考路遇武则天	328	崇祯观画
297	醉酒成仙记	329	崇祯吊死煤山
298	萧何与韩信赛马	330	鲇鱼泡受皇封
299	韩信"乱"点兵	331	孙烈臣拔豆荏
300	岳飞杀鞑子	332	肇知县请客
301	赵匡胤骑水龙	333	知县打牌
302	肖烈与宋开国对对联	334	秀才吃包子
303	谢石相字	335	秀才当小偷
304	包公巧断强奸案	336	报恩踩鞋
305	包公巧断换孩案	337	李文奇救妻认子
306	金龙托刘备	338	薛娄好友断交
307	冯高造桥	339	三忍救妻女
308	苏小妹与母亲对话	340	张作霖鸡罩红裙女
309	罕王出世	341	大帅府的豆腐磨
310	罕王葬父骨	342	豆腐老头儿救大帅
311	罕王遇险	343	张学良骑飞车
312	罕王脱险	344	龙盘橘井
313	罕王兵过黄河	345	蛇影记
314	刘备转乾隆	346	拔苗
315	乾隆夜视赵昂	347	死不进坟
316	乾隆住店	348	黑夜抛银救老人
317	乾隆恩赐秃老婆店	349	七十二塔
318	兴隆店乾隆对对儿输马褂	350	虎守杏林
319	何中立	351	绣楼会
320	华佗母亲千里寻神医	352	临死留诗
321	金圣叹的故事	353	相思树连理枝
322	刘墉说吉利话	354	康熙皇帝认奶娘
323	刘墉圆梦	355	横日挂金钩
324	刘墉双梁救山东	356	君子报仇三年不晚

357 世上无烈女
358 科考丧命
359 桃花认夫
360 巧女写信
361 白吃侯
362 不会说话的人
363 学生戏老师
364 李安二子对诗
365 金精戏窦
366 喜鹊生斑鸠
367 厉害老婆
368 他妈谁你妈谁
369 可惜佳人配农郎
370 贪心金变水
371 一句笑话两条人命
372 宰相肚里能行船
373 老踢子抢银行
374 借锅
375 讨水
376 多添一笔
377 四人对诗
378 好酒和好穿的对话
379 忠实的更夫
380 双头人
381 自我误会
382 秃头娘娘
383 关内人到关外出笑话
384 牛犊子娶亲
385 白字先生
386 路遥知马力
387 唐伯虎与祝枝山

乡邻国生武传承的故事（54 则）

388 马神庙的传说
389 陷马坑的传说
390 鲇鱼泡的传说
391 喜利妈妈的传说
392 大烟的来历
393 烧纸的来历
394 父母死三天儿女不上炕的由来
395 丧事一月儿女不行床的由来
396 隔墙望见儿抱孙
397 芦苇叶上的指痕
398 桃山酒仙的传说
399 财神的传说
400—402 姜太公的故事（三则）
403 关公周仓比力气
404 龙凤出一家
405 小铜锣
406 乾隆选宫
407 冯玉祥拜缎子鞋
408 吴俊陞打媳妇
409 吴俊陞打哥哥庙
410 泰山石敢当
411 赶大车的求挽联
412 将计就计摔古董
413 一计害三贤
414 遭害遇花仙
415 一文钱娶媳妇
416 戏鬼讨封
417 得宝
418 俏姑娘串门
419 三姑娘放羊
420 锔大家伙

421	猎人折弓	452	修桥铺路双瞎眼
422	鬼妻	453	土龙传说
423	"捡小孩"去	454	王秀才告龙王
424	诸葛瑾之驴	455	蟒蛇入海想成龙
425	帅府大夫胜御医	456	断手姑娘
426—427	包公巧断冤案（两则）	457	扬州逛灯
428	没有保条的短工	458	作诗吃饺子
429	王老六装疯打老爷	459	豆鼠子讨封
430	当"良心"	460	张八爷得仙鹤
431	洞房认义女，黑狗护婴儿	461	蟒仙显圣出明珠
432	梅凤	462	李老大遇蟒仙
433	打鬼认义女	463	牛郎星下凡
434	泥鳅精做干老	464	孙家窝铺的传说
435	俏姑娘选女婿	465	丁先生下反药
436	父投子胎	466	刘泽民剁长虫
437	傻子买马	467	驱匪记
438	因祸得福	468	巧嘴相面先生
439	夜寻观星台	469	魏白扔进考场
440	穷亲家逛城	470	魏白扔修石佛山
441	百鸟衣	471	原汤化原食
		472	逛灯留二子

舅父崔文和长兄谭成山传承的故事（197则）

		473	一块假银圆
442	柳河水不淹老爷庙	474	店东帮买驴
443	悬阳寺	475	无情女
444	五大连池黑龙显圣	476	四楞眼老太太
445	五大连池拿鱼	477	不说话打赢官司
446	五大连池大战	478	飞贼闹沈阳
447	盐的传说	479	靳胖子捉胡匪
448	兴隆店乾隆夜访余善人	480	老张头买药
449	无佛寺	481	吴鹤轩买枯苗
450	刘和袁成仙	482	枪打扫帚星
451	石头瓢的传说	483	司令员点名

484	山神爷和狼（又名白蹄母猪）	517	一穗高粱
485	关公显圣劈逆子	518	董二力降工头
486	周仓当家	519	聪明的铁匠
487	老曲头儿黄仙送粮	520	王生娶麻疯女
488	铜帮铁底饮马坑	521	拉洋车的娶亲
489	九胎十八子	522	巧媳妇改牌子
490	刘八爷得奇书	523	打架吐真情
491	车砸人不要赔金	524	叔叔侄女通婚
492	耿先生下错药	525	姑娘不让份
493	匣子泄密	526	长工戏东家女
494	张生装鬼吓李生	527	雪地买帽子
495	狠后娘害先房女儿	528	李金生得外财
496	段知县判案	529	雷砸坏学生
497	眼不见为净	530	替鬼申冤
498	骄傲的神弓手	531	和淹死鬼为友
499	王二爷装死	532	女鬼还阳害男人
500—501	说梦话（两则）	533	风水先生与死人
502	色鬼见真情	534	舅舅变牛还债
503	吕木匠	535	看瓜遇女鬼
504	半拉子摸金镫	536	织布机坊闹鬼
505	河中救人认义女	537	鬼买烧饼
506	袁老爷打胡子	538	枪杀媳妇闹鬼
507	智买高粱烧锅	539	许木匠打恶鬼
508	种地得金印	540	李大仙过阴
509	穷人戏富翁	541	光腚夜训
510	傻媳妇请客	542	要饭花子坏良心
511	状元入府	543	黄金财宝搬家
512	豆腐孩儿	544	新媳妇当家
513	何人惊我銮铃响	545	王全认子得妻
514	甩发作画	546	巧媳妇护男人
515	猎人打野猪	547	计杀奸夫
516	猎人打虎	548	父子连襟

549 张二爷睡姑子	582—583 瞎子吃鱼（两则）
550 巧女戏大师	584 做贼的声高
551 黄狗大狸猫	585 做贼的大笑
552 万聚恒外柜做梦	586 一半递与曹丞相
553 狐女小梅	587 小抠吃鱼
554 老师抓鬼	588—589 过河（两则）
555 榆树姑娘	590 姓一辈子错姓
556 借尸还魂	591 神牛
557 风水先生打鬼	592 王八精现形
558 淹死鬼找哥哥	593 挖坟遇鬼
559 铁匠娶鬼妻	594 拉坟土招来女鬼
560 王二东与鬼看牌	595 挪坟拉死牲口
561 吊死鬼成妖	596 死后回家喂牲口
562 公安局闹鬼	597 坟内借火
563 刀剁毛鬼	598 不需捧臭的知县
564 张七捉黄皮子	599 乡人得白猪
565 厕所请客	600 抽烟不供火
566 厕所递手纸	601 徐家的裤腰带
567 半夜啃桌子	602 不雇抽烟的
568 秦家出车拉不动	603 箭箭不离腚
569 假先生看坟地	604 少点标点出笑话
570 坟地看地瓜	605 要饭人对诗
571—572 傻子娶妻（两则）	606 骗有钱的人
573 罚叫外号的人	607 一个烟荷包
574 输一坑泥蛋儿	608 人身保险
575 一壶酒	609 换衣服
576 荞面皮	610 酒后不哈腰
577 知府和书童	611 撸管大王服输
578 抬杠	612 当兵的吃切糕
579 最省的人	613 信中画王八
580 卖布买布赚钱	614 文朝丈庙
581 磕巴卖鱼	615 黑猫告状

616　是我的财自己来
617　不过如此
618　瘸三太爷的来历（又名乾隆打狐狸）
619　严嵩当宰相
620　聪明的丫鬟
621　五禽知五常
622　王母娘娘掐芦苇
623　两性人
624　小庙
625　秦少游与苏小妹洞房对诗
626　掏灰耙的来历
627　大财主王得一死壕沟
628　年中为啥有七十二天不能动土
629　哥俩分家
630　李连法与李连亭
631　人死成妖
632　柳更子
633　济公逛窑子
634　罪有应得
635　团山子的来历
636　背女过河
637　萧女
638　丢驴吃药

乡邻刘万信传承的故事（130则）

639　忘恩负义
640　马家堡子的传说
641　问活佛
642　夜叉国
643　巧媳妇治公公
644　鬼请客找儿媳妇帮忙
645　我几时养活过你这样儿子

646　我是老虎
647　领导打电话装相
648　色秀峰计杀吕子川
649　曾子固收降张作霖
650　张大帅除夕玩牌九
651　郭松龄反奉
652　刘海山三刺张大帅
653　一句话惹起战争
654　郭松龄私访查坏兵
655　肇知县设宴请客
656　康熙皇帝遇奶娘
657　洞房认父
658　风水先生赔礼
659　贴福字的传说
660　门神爷的传说
661　门神爷在后门倒坐的由来
662　张仙的传说
663　选当家的媳妇
664　知其里不知其外
665　乌鸦和狐狸吃肉
666　吃火烧
667　雷殛蜘蛛精
668　错投猪胎
669　与鬼看牌
670　扫帚头子成精买花戴
671　徐木匠遇鬼
672　老刘头夜游鬼市场
673　老温头和鬼在一桌吃饭
674　老天和俞掌柜押会金花蟒显圣
675　讨会出月宝
676　刨风根儿
677—678　三女拜寿（两则）

679	白兔姑娘		714	陆判官
680	棋盘山的传说		715	王作成与鬼同眠
681	卖身殉葬		716	李兵与女鬼张凤英相处
682—683	老坦儿吹牛（两则）		717	聂小倩与宁采臣人鬼同眠
684	假行家开药店当掌柜的		718	乾隆下江南半途留诗
685	长工打伞送长工		719	苏小妹入洞房留诗
686	狗腿子的来历		720	会说话的鹦鹉
687	空城计失败		721	象棋鬼
688	王先生下反药以毒攻毒		722	张福心诚得妻
689	狠丈夫害死奸夫淫妇		723	天地良心
690—692	狗救主人（三则）		724	为友报仇
693	天下第一吹		725	库官保营
694	两个蚊子请客		726	龙落难掉地下
695	要脸不要屁股		727	雨钱
696	媳妇贞节三年长草		728	妾打贼
697	两口子长得一样活不到天亮		729	姐妹易嫁
698	扫帚星保驾		730	黄粱梦当官
699	刘高手治外不治内		731	新媳妇当家度荒年
700	要饭花子与风水先生对诗		732	胡月娘
701	慈母心		733	白莲教扣碗
702	虎须		734	鬼备席请客
703	喜燕仙子		735	胡四相公
704	白菜仙子		736	认小偷为义子
705	报仇女侠		737	傻子办年货
706	捉狐狸		738	口技
707	宅妖狐		739	乾隆对对输马褂
708	人狗通奸		740	大力将军
709	白狗桥		741	骂鸭子
710	和尚吃驴吊		742	沈阳的来历
711	狗奸伤丈夫		743	曾大人修沈阳
712	雹神		744	老罕王葬东陵
713	狐家女结婚用金杯		745	浑河的传说

746　太清宫的来历
747　白塔底下埋智女
748　太子河的传说
749　望儿山的传说
750　鲁班和大石桥
751　千山夹扁石
752　汤岗子温泉
753　二姑娘大花鞋
754　黑傻子争王
755　刀笔邪神王绳志
756　一袋烟伤命
757　小旦儿穷八辈
758　龙女
759　和平与良心
760　鲁班与三个徒弟
761　关公负周仓
762　李傲得妻兰花姑娘
763　焗大家伙
764　五马换六羊
765　一尺布裁一个裤衩
766　赛东坡
767　半袋烟对诗
768　二郎担山赶太阳

乡邻张学富传承的故事（103则）

769　螳螂捕蝉黄雀在后
770　挖金银罐子
771　大孤山的棒槌
772　公冶长学鸟语
773　压倒三江王尔烈
774　王尔烈科考吃火锅
775　金茶壶的故事
776　青龙盘仓
777　聪明的孩子
778　喷钱兽
779　一物降一物
780　千里驹下蛋
781　巧财主
782　聪明的媳妇
783　王尔烈考途对对子
784　鱼精姑娘
785　望宝台的传说
786—787　聪明的猎人（两则）
788　张三闹鬼
789　乾隆观对联
790　康熙与和尚
791　童子贼盗嫁妆
792　罕王封树
793　苏小妹替夫答对
794　兄妹对诗
795　李清照望梅思春
796　蒲松龄改对联
797　郑板桥治狂生
798　白宇玉
799　抢寡妇
800　于阁老难堪
801　刀笔先生王思贤
802　三声上天
803　桐叶传诗深宫
804　孔尚任戏钦差
805　孔尚任淮阳显英豪
806　轻狂书生过曲阜
807　吴用戏县官
808　苏小妹嘲弄佛印和尚

809	神笔画匠嘲知县	842	后生长过先生
810	宰相肚里能行船	843	八不打
811	王金山扒墙	844	劝渔翁及早回头
812	清汤	845	背女过河
813	后娘胜亲娘	846	老翁挂匾
814	只识别字	847	假打官司真破案
815	新知县断案	848	媳妇替夫答对联
816	书到用时方恨少	849	媳妇不叫公爹
817	无赖饮酒	850	寡妇改嫁
818	中医与县官	851	尼姑还俗
819	杂种先生	852	掏灰耙来历
820	孔尚任骂县官	853	知县不断花花案
821	举人对二妻	854	不如送给作诗人
822	狗耕地	855	哪庙都有屈死鬼
823	乌纱帽越多越好	856	双喜字的来历
824	我和县太爷是一个爷爷	857	双扇门下落花枝
825	巧借盘费	858	怕考
826	鸡叫三声	859	早不汤来晚不梨
827	于凤至名字的由来	860	垒桥县官和小孩
828	爹满门	861	施大人庙的传说
829	三个姑爷对诗	862	秀水河子的传说
830	新船配新蒿	863	养息牧河的传说
831	烧麻花	864	顺治求药
832	三句半	865	蜜蜂记（又名后妈害先头儿子）
833	酒鬼	866	乾隆皇帝下考场
834	吃面条	867	陶阁老坟
835	西湖对诗难太守	868	左宝贵修清真寺
836	夫妻喜戏	869	喜晓峰和《忆真妃》
837	兄弟三人分兔子	870	关鸣凤查南海
838—839	说风不露风（两则）	871	郑奇闹宋庄头
840	风流诗案		
841	落榜秀才送考官		

教书先生李玉贵等人传承的故事（191则）

872　张大帅串闲门
873　先斩后奏
874　买布短尺
876　刻薄财主
877　大叫驴与大灰狼
878　王家起来了
879　女孩子为啥叫千金
880　送寒衣的来历
881　罕王取盛京
882　隐龙山罕王求贤
883　桑树的传说
884　喇喇咕的传说
885　螃蟹背上为啥有马蹄印
886　乌鸦的传说
887　庄妃夜送人参汤
888　顺治登基
889　康熙题词王登连
890　康熙寻长宁寺
891　康熙兴隆店买黄瓜认义女
892　乾隆三召关东付
893　乾隆不识字问老道
894　嘉庆怒斩挡驾官
895　道光皇帝选娘娘
896　谢大个子进沈阳
897　千里访知县
898　左宝贵进同善堂
899　肇知县痛打送礼官
900　郭松龄媳妇闯法场
901　张大帅请教师爷
902　掏粪老头儿当团长
903　花把式当厂长
904　关大舌头哨媳妇
905　四太太一笑当尼姑
906　少帅张学良查岗
907　一块银圆的秘密
908　耿梨除奸记
909　王殿荣传奇
910　韩小窗斗喜晓峰
911　红喜蛛和绿翡翠
912　郑板桥沈阳画蜈蚣
913　巧匠翁怀宝
914　圣人和尚
915　康道人葛月潭
916　狼老道奇闻
917　刘德随营说大鼓
918　小津舍身造桥
919　摔眼镜
920　扔金戒指
921—923　女的放鹰（三则）
924　拍花子的拍小孩
925　盗男婴儿胎
926　当鬼伤心
927　喜鹊和斑鸠打官司
928　刷子闹鬼
929　娄金狗的传说
930　黑狗熊的传说
931　算命先生的由来
932—934　给老丈人办寿（三则）
935　公鸡讨封
936　济小唐成仙
937　马骨头闹鬼
938—939　死人坐夜（两则）
940　咸鸭蛋是咸鸭子下的

941	白字员外这就去	975	笨人念书
942	父母亲不是骂的	976—978	老丈人办寿（三则）
943	热死我	979	打灯笼找不着先生
944	秀才买柴火	980	六十年陈坛绍黄酒
945	有钱坐上座	981	胭脂皇上"正法"
946	不识字拿川字当三字念	982	狼心难测
947	偷包子	983	驴和老虎、猴子
948	徐家的裤腰带	984	奸夫和淫妇丧命水缸
949	傻媳妇和面请客	985	二道湾水怪
950	拿袜子打人	986	二龙湾水怪在京城做买卖
951	傻媳妇过年说吉利话	987	刘二先生得天书
952	教书先生起名	988	刘二先生看病
953	傻子娶媳妇	989	刘二先生打鬼
954	傻子种豆子	990	辽太子读书楼
955	傻子放牛	991	凤凰洞
956	傻姑娘结婚	992	泪泉
957	一福压百祸	993	本溪水洞的传说
958	人生由命富贵在天	994	少帅查岗
959	王生上坟给孤坟烧纸	995	朱洪武放牛
960	死人烧五朵花的由来	996	华佗治心病
961	黄土岗子掉了球	997	供老祖宗的来历
962	父亲死为啥要扎纸马	998	世上哪有脱尘人
963	母亲死为啥要扎纸牛	999	巧嘴媳妇
964	盖房子木匠浇梁头的来历	1000	狗咬吕洞宾不识好人心
965	盖房子上梁挂红的来历	1001	分家产
966	乌龟护人	1002	黑猫告状
967	三根金条	1003	最好的菜和最坏的菜
968	哭丧	1004	混人买镜子
969	巧嘴妇人	1005	帮虎吃食
970—972	巧嘴媒人（三则）	1006	虎皮沟的传说
973	我都爱	1007	给小孩接腿
974	傻姑爷以为老丈人俩名	1008	没腿虾米

1009　乔太守断行乐图

1010　漏粉难学

1011　报应

1012　放下屠刀立地成佛

1013　塞翁失马

1014　说酒令

1015　阎王爷判案

1016　死错了人

1017　五月节戴红兜肚的来历

1018　小孩剃"鬼见愁"的传说

1019　指虹烂手指的传说

1020　娘家土沾不得

1021　结婚做被子找全科人

1022　此墙是你祖先堂

1023　乾隆与瓜农交友

1024　门对青山绿更多

1025　酒鬼

1026　观棋不语真君子

1027　不再上当

1028　秀才请客

1029　耗子给猫戴响铃

1030　三面船土地显圣

1031　鲇鱼泡王八大阅兵

1032　换衣服

1033　没爱情的人

1034　小女婿和大媳妇

1035　磷火烧胡须

1036　妹替姐出嫁

1037　王屠户卖肉

1038　白卷中状元

1039　左宝贵雪地奇遇

1040　左宝贵怒斩放粥官

1041　不守分的姑子

1042—1043　老公公耍掏耙（两则）

1044　王二爷巧睡姑子

1045　母子通奸生儿女

1046　人狗通奸伤命

1047　人狗通奸生一女

1048　人狗通奸白狗桥

1049　人头狗

1050　工钱输掉

1051　姑娘不吃亏

1052　顾脸不顾屁股

1053　撸管先生吃亏了

1054　马先生写对联

1055—1056　巧媳妇治歪公公（两则）

1057　巧治花和尚

1058　旱三七的来历

1059　娄婆婆遇狐仙

1060　阎王爷也愿去

1061　防风的来历

1062　济公逛妓院

附录二：方言注释表

A

挨排：①挨着排行次序。②一个不漏地。

哀咕：哀求。

B

傍拉：旁边、附近。

不知事儿：不懂事。

不好遇：不容易找到、遇到。

半拉：一半。

棒槌：棒子，人参。

不兴：①不能。②不许。

病看老了：看了很多病人。

抱胛：抱着肩膀。

不得离：差不多，指好的。

不带劲：不标准。

不结：不得不。

不介：不同意。

抱蹲：因为失业，没有饭吃，流浪街头。

拔水：指将水从深处向上抽取出来。

C

哧溜：迅速、敏捷。

欻工夫：挤时间。

存：睡觉。

出息：有成就。

揣度：猜测。

吃不住：掌握不了。

扯：开玩笑。

呲儿：斥责。

处：交往。

吵吵：吵闹。

出门子：出嫁。

眵目糊：眼屎。

D

掂对：①斟酌，商量。②看着办。

一打多咱呢：从什么时候开始呢。

带劲：好，漂亮。

打绺了：指条、丝状物聚集在一起。

垛儿：墙垛儿，院墙上每隔一段距离加厚的柱状结构。

对对儿：对对联。

搭咕：搭理。

对过儿：对面。

頽缩：①瘫倒在地。②缩小。

多咱：什么时候。

答对：应付。

得脸：①受重视。②露脸，受宠爱。③有面子。

点咕：和某人说话。

打腰：①说得算、神气。②硬气，神气；做主，说了算。③吃得开，有地位。

搭脚：顺路搭车。

顶老事：起了很大作用。

打怵：害怕、畏惧。

叨咕：①小声说话，商议。②想。

当啷：垂下来，耷拉下来。

颠：跳起来跑。

提溜：悬挂，悬垂。

搭嗔：搭理。

倒腾：有折腾的意思，也有运作的意思。

顶架儿：同"顶巴儿"，毫不间断地。

到老儿：到最后。

E

耳钳子：耳环。

F

发送：送终，办理丧事。

浮产：不固定的资产。

G

个人：自己。

归齐：结局，结果。

光溜：平整无障碍。

搁那么：从那个时候开始。

乸：读音 [gǎ]，①脾气怪僻。②行为怪诞，脾气不好。

鼓捣：摆弄、研究、琢磨。

古嗑儿：古话。

姑老爷：女婿。

赶趟：时间来得及。

该然：①该当，理应如此。②赶巧儿。③命中注定。

干老：干爹。

过马儿：纠葛、不对的地方。

够说儿：厉害。

尬东：打赌。

归拢：整理，总结，办理。

咕涌咕涌：慢慢地蠕动。

旮：块。

椁子：棺椁。

杠熟：特别熟。

H

后尾儿：也作"后允儿"，后来。

哄哄：传。

哈喇子：口水。

好事儿：看热闹。

好损：批评。

灰突：不精神。

虎劲儿：莽撞。

黑家儿：①天黑。②晚上。

胡子：土匪。

糊了巴曲：形容血肉模糊。

哏（hēn）叨：批评、骂，数落，呵斥。

含不见儿：有意无意地。

J

将养：照顾。

叽歪：生气，愤怒。

卷：踢。

尖：聪明。

紧尖儿：最上面。

据讲：据听说。

精稀：非常稀。

精囊：暄软但不密实。

近便：关系亲密。

激个闹的：情急，生气。

K

棵子：植物的茎和枝叶，长满庄稼的庄

稼地。

可身：满身。

可地：满地。

可河：满河道。

砢碜：①丢人，没面子。②难看，丑。

口食：口粮。

可：满，遍布。

L

老鼻子：老多，很多很多。

老庄：乡下人

撂荒地：荒废的耕地。

撂撂整整：齐齐整整。

撂：①方言，放下。②搁置，放。

溜平：特别平，短。

两撇子：耳光。

乐景：乐呵、希望。

离了歪斜：不端正。

老娘婆：接生婆。

拉泡稀屄屄：拉屎。

俩点儿：两个小时。

老公母二人：没儿没女。

绺子：聚众掠夺民财的土匪。

蹽：①跑。②溜走。

唠扯：很随便地说话，闲谈，唠家常。

老令儿：老规矩。

拉咕：联络。

撩：招惹，吸引别人注意力。

M

磨死：折磨死。

秘着：蒙着，私藏着。

没吐口：没告诉他。

沫嘴：快嘴。

卖呆儿：看热闹。

磨不开：①不好意思。②有思想包袱、放不开。

马褥子：木制条凳。

毛了：受惊而狂奔。

蒙：（带有撞运气性质的）试验。

眯着：藏着。

毛嘟噜地：心里发毛、害怕。

抹扯：擦。

N

囔叽：抱怨、发牢骚。

鸟悄儿：小声、悄悄地。

拿唬：要挟。

O

炕：用烟熏。

P

破囊囊片：破布片。

笸箩：盛谷物等的一种器具。用柳条或篾条编成。

皮：皮实。

破闷儿：猜谜语。

Q

戗不住：顶不住、受不了。

戗得住：支撑得住。

屈才：委屈、不受重用。

去：表示程度，最、非常、太。

屈贵：指地位高的人主动地降低身分，接近地位低的人。

R
人事儿不知：晕过去，啥也不知道。

S
水泡子：池塘。

垧：面积单位，东北地区一垧约合15市亩。

顺蹄子刨：顺势扬起前蹄蹬踩。

上黑儿：傍晚，天快要黑的时候。

生了：生分、生疏。

撒目：到处闲看。

甩厢：器物两部分脱离。

适当：家境好。

耍人：磨人。

送小家：此指送到订婚的婆家当童养媳。

莳弄：管理，经管。

善殊：善良。

实诚：实诚。

T
屯：堆土。

秃噜：脱落，滑出来。

搪不起：应付不了。

颓：腿吓软了，站不直。

捅咕：指怂恿做某事。

贪贪点儿：延长休息时间。

淘换：淘弄、搜寻。

调理：①欺负、戏弄。②哄骗。

抬巴着：抬着。

W
尾子活儿：事情、事物的最后部分。

剜：扦插的动作。

外屋儿：客厅。

往往：经常。

乌拉：旧时东北的一种防寒皮鞋。

呜嗷地跑：使劲跑。

伍的：①等同类的东西。②等等、之类。

X
邪乎：①厉害、严重。难以对付或忍受的事儿。②非常的意思。

虑乎：①注意。②顾虑。

下晚：晚上。

熊瞎子：黑熊。

兴开：流行、产生。

心就灰突：心灰意冷。

下晚黑：晚上。

宣土：垫土。

踅摸：看一看，找一找。

下奶：指为了祝贺新生儿出生去送礼的习俗。

小接媳妇：童养媳。

下屋：指正房下边的偏房。

Y
一晃儿：转眼间。

一打：自从。

一堆儿：一块、一起。

一猛一猛：一点一点。

一色儿：一律，全部。

仰歪：仰卧。

怨不得：怪不得，原来是这样。

蝇甩子：拂尘。

有两下子：有才华。

约莫：估算。

阴：坏、损。

哑默悄：悄悄地、不声张。

仰颏趴：仰倒。

约：量、称。

硬实：殷实。

Z

在早：以前，形容时间久远。

龇着：张开。

直门儿：一直。

最靠：关系最紧密。

这旮：这地方。

找秤：嫌少。

这轱辘：这段。

扎扎岑岑：展开。

粘包儿：①"没能耐"。②惹麻烦。

章程：办法。

造回来：赶回来。

造巴：吃饭。

夯着胆子：勉强鼓勇气。

捆巴出去：指发丧，送葬。

指矣：也说指换，指。

附录三：谭振山年谱

1925 年

　　农历十一月初十谭振山出生于辽宁省沈阳市新民县罗家房乡太平庄一普通农家。时家有祖母孙氏，继祖父赵国宝，父谭永春，母崔氏，兄谭成山、谭凤山，姐傅氏，共 8 口。

1930 年（6 岁）

　　谭振山对听来的故事开始记忆，储存。此间，接收的故事主要来自祖母、继祖父。

1932 年（8 岁）

　　谭振山随家迁沈阳市新城子区兴隆台乡盘古台村其伯父谭福臣处，开始接收伯父谭福臣的故事。

1934 年（10 岁）

　　谭振山随家迁至新民县罗家房乡达子坟村，进入新安堡小学读书，接收乡邻人称"老饱学"沈斗山的故事。

1936 年（12 岁）

　　谭振山随家迁回太平庄新安堡。此间，接收的故事主要来自乡邻国生武，舅父崔文，长兄谭成山，同时，开始在同龄人中讲述故事。

1940 年（16 岁）

　　谭振山国民高等小学毕业，此后务农两年。

1942年（18岁）

谭振山到家乡附近的一家鞋铺做工并管理账务，工作两年。

1944年（20岁）

谭振山被"伪满州国"征兵到沈阳市陆军卫生学院学习司药与医疗器械操纵。

1945年（21岁）

8月15日后，谭振山回乡务农。

1948年（24岁）

秋天，谭振山结婚，娶妻刘淑琴。参加村土改工作，任村农民会文书。进入故事讲述活跃期，讲述的故事深受村内民众欢迎，被乡邻誉为"开心钥匙"。

1948—1955年（24—31岁）

谭振山担任村文书，继续从事故事讲述活动。

1956—1965年（32—41岁）

合作化、人民公社期间，谭振山担任村社会计。工作、生产之余进行故事讲述活动。

1965年（41岁）

谭振山调至罗家房公社农田水利办公室任总务工作。此间经常吃、住在农田水利建设工地上，讲故事名声大震，每晚都有公社农田水利干部、民工、当地民众前往驻地听他讲故事。

1966—1967年（42—43岁）

"文化大革命"，讲传统故事活动被禁止，谭振山在隐蔽状态下偶有讲述活动。1967年回家务农。

1967—1986年（43—62岁）

谭振山在家务农，基本未从事故事讲述活动。此间，将8个儿女抚育成人。

1986年（62岁）

在太平庄村担任出纳员。春天，中国民间文学集成普查工作开始。新民县罗家房乡广播站站长李会元登门到谭振山家进行故事普查与采录工作。数次动员之后，谭振山打消顾虑，开始对储存的所有故事进行讲述，李会元以录音方式进行采录并整理。

时任新民县文化局局长王文明、文化馆馆长朴云良以及罗家房乡文化干部吴书纯、李会元登门动员谭振山多讲故事。

1987年（63岁）

谭振山数次应邀赴新民县参加民间文学集成普查、采录会议，向与会者讲述故事。沈阳市民间文艺工作者项阳，新民县民间文艺工作者方学斌等人多次登门采录故事，此间李会元继续进行故事采录。经粗略统计，上述采录者采录的故事已逾600则。同年，谭振山荣获"沈阳市优秀民间故事家"称号，并被家乡所在地曹家小学聘为校外辅导员，多次应邀到曹家小学、曹家中学给学生们讲故事。

8月，新民县将全县在民间文学集成普查中发现的数十位故事家集中于县内的林业招待所，举行讲故事擂台比赛，时任辽宁省民间文学集成编委会副主编的江帆到会对全体故事家进行鉴别。谭振山在会上讲述了《洞房认义女》，江帆首次聆听了谭振山的故事，予以很高的评价。

9月，江帆乘长途汽车到新民县罗家房乡太平庄村，初次登门对谭振山进行家访，在其家住宿，开始采录谭振山的故事并对其故事活动展开研究。

11月，江帆再次登门对谭振山的故事进行调查采录。

1988年（64岁）

5月，日本国学院大学教授、文学博士野村纯一，大阪大学教授、文学博士依田千百子来辽宁省进行学术交流。辽宁省民间文学集成编委会副主编江帆向日本学者介绍了谭振山的故事活动，引起日本学者的兴趣。此后，在辽宁大学乌丙安教授及江帆的陪同下，日本学者前往罗家房乡登门拜访谭振山，现场采录了部分故事。其时，谭振山刚得一孙，尚未满月，野村纯一教授应谭振山之请给其孙子起名谭洪彦，并赠送孩子贺金以做纪念，一时传为佳话。

5月，新民县广播电台登门采录谭振山的故事。

6—7月，沈阳广播电台、沈阳日报社登门采访谭振山。

8月，谭振山应邀赴沈阳出席"中国故事协会第二届学术研讨会"，在会上，向来自国际、国内的百余名专家学者讲了两则故事。日本野村纯一教授偕夫人野村敬子前来参会，在沈阳与谭振山再次会面并采录了故事。

9月，谭振山以民间文化代表人物身份当选为新民县人民代表大会代表、新民县政治协商委员会委员。此后连任三届县人大代表及政协委员，共计15年。

10月，谭振山被命名为"辽宁省优秀民间故事家"。

11月，江帆到谭振山家进行故事采录与调查研究。

是年，由中国民间文学集成辽宁卷沈阳市卷编委会，沈阳市新民县谭振山故事选编委会共同编纂的《谭振山故事选》（内部资料本）完成。

1989年（65岁）

3月，江帆撰写的《民间文化的忠实传人——民间故事家谭振山简论》一文在《民间文学论坛》1989年第2期发表。此刊为国家级专业学术杂志，该文对谭振山故事活动的文化背景、传承状况、故事特点等进行了比较全面的论述。至此，谭振山的故事活动开始为国内学术界所了解。

11月，江帆赴谭振山家采录故事，继续展开追踪研究。

1990年（66岁）

4—10月，江帆两次赴谭振山家进行故事采录与故事家追踪研究。此间，新华社辽宁分社、《沈阳日报》、沈阳电台、新民电台等媒体开始陆续登门对谭振山的故事活动进行采访。

12月，江帆赴谭振山家采录故事，继续展开追踪研究。

1991年（67岁）

5月，江帆撰写的《燕赵民间文化出关——对辽宁故事家谭振山的寻根分析》一文在"中国耿村国际学术讨论会"发表，并被收入该次会议论文集。谭振山的故事活动进一步引起国际、国内学术界的关注。

11月，江帆赴谭振山家采录故事并展开深入访谈。

1992年（68岁）

7月1—8日，应日本学界邀请，谭振山与辽宁大学乌丙安教授、江帆一道赴日本出席"'92世界民话博览会"，成为迄今为止中国第一位走出国门讲故事的民间故事家。谭振山在日本讲述了《断手姑娘》《狐女小梅》等故事。会议期间，江帆向与会各国学者做了"中国农民故事家谭振山及其故事活动"的专题报告。

赴日归来后，省、市、县各级媒体纷纷对谭振山进行登门采访。

9月，江帆赴谭振山家采录故事，展开追踪研究。

1993年（69岁）

1月，江帆采录的《谭振山讲述的故事》（四则）在《故事家》杂志发表后被该刊评为1992年"大禹杯"故事大奖赛一等奖。

6月，谭振山应邀到曹家中学讲故事；新民县老干部学会专车将谭振山接到县里给离退休老干部讲故事。

8月，谭振山被曹家小学再次聘为校外辅导员，不定期到学校为孩子们讲故事。

10月，江帆到谭振山家进行故事采录与追踪研究。

同年，新民县改为新民市。陆续有媒体登门采访谭振山的故事活动。

1994年（70岁）

9月，国家艺术规划重点项目《中国民间故事集成·辽宁卷》出版，该书收入谭振山讲述的七则故事：《望马台为啥又叫望宝台》《康大饼子接喜神》《狐女小梅》《老鼋报恩》《穷打和尚》《当"良心"》《洞房认义女》。同时，还配发了谭振山小传，刊登了其讲述故事的图片资料。

10月，江帆在《中国民间文化》第3期发表了《AT706故事研究——谭振山讲述的〈断手姑娘〉及其比较研究》一文。

1995年（71岁）

陆续有媒体登门采访谭振山的故事活动。

4月，江帆到谭振山家进行故事采录与追踪研究。

11月，中国民俗学会在江西上饶举办国际学术会议。会议期间，台湾中国文化大学副教授陈益源与江帆结识，获悉了辽宁故事家谭振山的相关资讯，陈益源深感兴趣。回台湾后，陈益源开始与江帆建立起学术联络，并首次将大陆故事家谭振山的故事活动列入教学之中，在台湾大学生中引起回响。

1996年（72岁）

7月，已调任台湾中正大学任教的陈益源专程来到辽宁沈阳市，与已调任辽宁大学任教的江帆一起奔赴太平庄拜访谭振山。江帆与陈益源住在谭家，对其生活环境，故事活动状况及文化背景进行了全面的实地调查，同时采录了部分故事。此次采录中又发现一些20世纪80年代民间文学集成普查中未曾触及的故事线索。陈益源还就台湾大学生对谭振山故事活动提出的问题对其进行了深入访谈。

1997年（73岁）

4月，辽宁电视台拍制了专题片《农民故事家谭振山》，并在黄金时间播出。此事在谭振山家乡引起轰动。

5月，北方电视台制作、播放了文化专题片《故事大王谭振山》。

7月、12月，江帆两次赴谭振山家继续进行追踪研究。

1998年（74岁）

7月21—22日，在谭振山家采录26则故事。

8月，由台湾中正大学陈益源主持，辽宁大学江帆协同合作的专题计划"民间故事家谭振山及其讲述作品之调查与研究"，在台湾通过立项，正式展开两岸联合对大陆谭振山故事及其讲述活动的调查与研究，制订出在台湾出版谭振山研究与故事精选专集的计划。

10月，江帆邀请谭振山到辽宁大学给大学生讲故事，受到热烈欢迎和好评。

1999年（75岁）

5月，新民市电视台摄制了谭振山故事活动专题，一经播出，在当地引起较大反响。

10月，辽宁省文化厅授予谭振山"辽宁省优秀民间艺术人才"称号。

2000年（76岁）

6月，沈阳市委授予谭振山"沈阳市荣誉文艺家"称号，新民市副市长、宣传部部长，罗家房乡乡长、书记，太平庄村领导等市、乡、村三级政府领导，至谭家将证书、奖牌、奖金颁发给谭振山。

8月，江帆赴谭振山家继续进行追踪调查与研究。

2001年（77岁）

陆续有《辽沈晚报》、辽宁电台等媒体登门采访谭振山。

8月，江帆赴谭振山家继续采录故事，进行追踪调查与研究。

12月，陈益源专程从台湾来沈阳，与江帆赴谭振山家进行故事采录与专题追踪研究。同时，两位学者就谭振山的故事活动专题在辽宁大学进行了学术讲演，并邀请谭振山到辽宁大学为大学生、研究生讲故事。

2002年（78岁）

辽宁省、市媒体陆续登门对谭振山进行采访。

4月，新民市文化局、文化馆领导登门看望谭振山。

10月，江帆赴谭振山家继续采录故事，进行追踪调查与研究。

2003年（79岁）

4月，新民市文化局、文化馆领导及专业人员登门看望谭振山；不断有媒体采访及慕名者前来谭振山家拜访。

8月，江帆赴谭振山家继续进行作品采

录及追踪研究。

9月19—21日，江帆赴谭振山家采录故事并在太平庄村内展开调查研究。

2004年（80岁）

12月，辽宁电视台《第一时间》节目登门拍摄专辑，录制了谭振山所讲述的《老鼋报恩》《箫女》《丢驴吃药》三则故事。

新民市电台，《沈阳晚报》，沈阳电台登门采访。

2005年（81岁）

3月11日，时调任台湾成功大学任教的陈益源教授率研究生林丽蓉专程来到沈阳，对谭振山故事及讲述活动进行采录与调查研究。谭振山应邀到辽宁大学向本科生及研究生讲述了《洞房认义女》等数则故事。随后，谭振山应邀住宿在江帆家，此间两岸学者联合对谭振山的故事活动及其口述史进行了深入访谈。

3月12日，江帆教授带领辽宁大学民俗学专业两位研究生及台湾中正大学研究生林丽蓉赴谭振山家，继续以"民间故事家谭振山及其讲述作品之研究"为题，进行实地调查。

4月，新民市文化局、文化馆领导到谭振山家，研究将"谭振山的口头文学"申报首批"国家级非物质文化遗产保护名录"一事。

4月26日，辽宁卫视电视台"精彩辽宁"专题部记者及摄制人员在江帆教授的带领下到谭振山家中进行实探踏察，并在太平庄制订了将故事家谭振山列入"精彩辽宁"专题节目的拍摄计划。

6月，由台湾陈益源教授指导，台湾中正大学研究生林丽蓉撰写的以《民间故事家谭振山及其讲述作品之研究》为题的8万字硕士学位论文在台湾中正大学通过答辩。

6月，江帆来到谭振山家研讨申报"国家级非物质文化遗产保护名录"一事。

8月，辽宁省启动首批国家级非物质文化遗产保护名录申报评议工作。时任辽宁省非物质文化遗产保护专家的江帆教授在评议会上建议将"谭振山的口头文学"列入辽宁省第一批申报国家级名录之列，此建议被辽宁省文化厅采纳。

25—26日，新民市文化馆副馆长宋长新等有关人员急赴沈阳，在江帆家中，由其指导连夜对"谭振山的口头文学"申报文本及申报视频片进行修改与完善，保证了此专案的如期申报。

10月，江帆撰写的论文《民间叙事的即时性与创造性——以故事家谭振山的叙事活动为对象》获中国文联第五届文艺评论大奖理论文章一等奖。

12月，"谭振山的口头文学"获批"国家级口头与非物质文化遗产保护名录"，成为中国首批528个国家级名录项目中唯一的以个人命名的项目。

2006年（82岁）

1月21日，山东电视台文化频道记者一行4人专程来沈阳，在江帆教授家中对其进行了采访，了解其对故事家谭振山近20年的追踪研究。

1月22日，山东电视台文化频道记者一行4人在江帆陪同下，驱车到罗家房乡太平庄村谭振山家中，对谭振山进行了为期一天的采访与拍摄。

1月23日，应江帆邀请，故事家谭振山到辽宁大学文化传播学院，给中文专业的本科生讲述了《老鼋报恩》《石佛寺娄老娘婆给狐仙接产》等故事，受到大学生的热烈欢迎。

2月10日，辽宁电视台新北方节目组分别到谭振山家和江帆家进行采访拍摄，对谭振山的故事讲述活动以及江帆对其的追踪研究进行了双向性报道。

3月1日，江帆邀请谭振山到辽宁大学给本科生与研究生讲故事。

3月中旬，新民市文化馆有关人员到谭振山家商讨将其申报"国家级非物质文化遗产优秀传承人"一事。

5月20日，"谭振山民间故事"经国务院批准列入第一批国家级非物质文化遗产名录，遗产编号为Ⅰ-20。

其后，中央电视台栏目组随后便登门对谭振山进行了拍摄与采访，以"故事大王谭振山"为名，在《东方之子》栏目对谭振山进行了20分钟的专题报道。

6月，第二个周六为中国政府制定的首个"文化遗产日"。当日，谭振山赴沈阳故宫出席辽宁省首届非物质文化遗产保护大会，受到辽宁省政府领导的接见。"文化遗产日"期间，中央电视台、《人民日报》、《光明日报》等国内多种媒体集中对谭振山的故事活动及其影响进行了报道，谭振山的故事活动名气与影响大振，声名远播。

6月10—12日，江帆带领研究生到谭振山家，对谭振山进行故事采录，对其故事活动继续进行追踪调查研究。

6月19—22日，江帆到谭振山家，对谭振山进行故事采录，对其故事活动进行追踪调查研究。

9月，辽宁省、沈阳市有关部门领导登门拜访谭振山，送达国家有关部门颁发的"国家级非物质文化遗产优秀传承人"证书与奖杯。

同年，山东电视台、大连电视台、天津电视台、中央电视台等国内各地媒体纷纷登门对谭振山进行采访并报道。

2007年（83岁）

2月，江帆采录整理的《谭振山故事精选》由辽宁教育出版社出版，此书一经出版，即被国家出版总署列为2007年值得向读者推荐的好书之一，同时，被文化部列入我国农村3000个图书室建设计划入选书目。

4月，江帆赴德国进行学术交流访问。此间，向德国学术界介绍了对故事家谭振山进行长达20年的追踪研究成果，引起反响；江帆向德国"世界童话百科全书"编纂中心及柏林图书馆赠送《谭振山故事精选》。

5月，中央民族大学博士生王志清在《重庆文理学院学报（社会科学版）》发表《非物质文化遗产保护工程中民间故事的传承发展策略探究——以"谭振山民间故事"为例》一文,对谭振山的故事讲述活动及江帆的追踪研究进行了分析与研究。

6月5日,经国家文化部确定,谭振山作为"谭振山民间故事"非物质文化遗产项目的代表性传承人,被批准列入第一批国家级非物质文化遗产项目226名代表性传承人名单。

6月,谭振山被中宣部、中国文联等部门授予"中国民间文化杰出传承人"。

7月,美国威涞大学民俗学家张举文教授率五名美籍学生来辽宁大学,与江帆进行民俗学学术交流。次日,江帆与张举文教授携中外学生三十余人登门拜访谭振山,在谭家住了一天一夜,中外学生聆听了谭振山讲述的数则故事,反响热烈。

7月,新民市政府领导及文化局、文化馆领导登门看望谭振山。

9月29日,由辽宁省委宣传部、辽宁省社科联举办的"辽海讲坛"文化讲座在辽宁省图书馆举行,辽宁大学江帆教授向百余名市民听众介绍了著名故事家谭振山的故事活动及其影响,对谭振山讲述的故事《孙太生感化山神》进行了深层解析,获得热烈反响与高度评价。

10月21日,日本放送协会、日本国家电视台在江帆陪同下赴太平庄谭振山家中采访,对谭振山的日常生活及其故事进行拍摄,对谭振山讲述的《老秋莲》《门外青山绿更多》《李连成让地》《井坑子老项》等故事进行了采录。

11月,江帆采录整理的《谭振山故事精选》获"中国民间文艺山花奖"。

2008年(84岁)

1月26日,江帆教授与沈阳师范大学副教授詹娜、北师大博士生张莹一同访问谭振山家,采录故事十余则。

2月,新民市文化馆领导率有关人员来谭振山家,商讨运用摄像采录谭振山掌握的千余则故事,最后确定在年内集中时间,由新民文化馆李雄伯、孟祥颖两位同志来谭振山家,进行全部故事的摄像采录。

6月,中央民族大学民俗学博士王志清在《鞍山师范学院学报》发表了《"从知其然到知其所以然"的深描与阐释——论江帆持续性追踪研究故事讲述者的启示意义》一文,以谭振山的故事讲述活动以及江帆的追踪研究为物件,论析了学者与故事讲述者在田野中互动的学术伦理与意义,阐释了故事讲述者及其作品的内涵与价值。

8月,沈阳大学新民师范学院聘请谭振山为校外辅导员。谭振山受邀到沈阳大学新民师范学院为大学生讲故事,江帆同时受邀对谭振山的故事进行了现场文化解析。

12月,江帆与辽宁省民间文艺家协会领导,沈阳师范大学副教授詹娜登门拜访谭振山,新民市文化局、文化馆领导及有关人员闻讯也来到谭家,共同商议对民间故事家的保护及故事传承活动等事宜，江帆采录了谭振山的数则故事并对其进行了访谈。

同年，《辽宁农民报》《沈阳日报》等媒体登门采访谭振山。新民市文化馆李若柏、孟祥颖两位同志历时5个月，往返谭振山家，完成了对他1062则故事的摄像采录。

2009年（85岁）

5月，谭振山赴沈阳"辽宁会堂"出席"中国非物质文化遗产保护大会"。辽宁会堂为大会分会场，辽宁省政府及沈阳市政府有关领导出席会议。辽宁省副省长滕卫平代表国家有关部门向谭振山颁发了"全国非物质文化遗产保护先进工作者"奖励证书，此奖项由中华人民共和国人力资源和社会保障部、文化和旅游部联合评定，辽宁省仅谭振山一人获此殊荣。

6月、8月，《沈阳日报》等媒体继续登门对谭振山进行采访。

11月，沈阳市非物质文化遗产保护中心领导登门送来上级颁发的对谭振山的奖励证书及慰问金。

12月，省、市文化有关部门领导及江帆登门看望谭振山。

2010年（86岁）

2月4日，沈阳电视台新闻部记者在江帆陪同下赴谭振山家，就民间文化及传承人的保护与现状进行采访。

2月5日，沈阳电视台新闻部记者来到江帆家，就谭振山故事的文化价值与意义，目前在民间文化保护方面存在的问题等对其进行了采访。

2月8—9日，江帆率辽宁大学民俗学硕士研究生崔丹来到谭振山家，对谭振山个人生命史及其故事活动进行追踪调查。下午采录7则故事，晚上住在谭家，继续对谭振山进行访谈。机缘巧合，当晚，江帆便接到台湾成功大学陈益源教授的电话，正式邀请谭振山、江帆及新民县文化馆宋长新馆长在2010年5月访问台湾，进行学术交流暨故事家形成与传承之演说。谭振山非常高兴地接受了邀请，并现场与陈益源教授通话。由此，谭振山也成为中国大陆第一位受邀赴台湾讲故事的故事家。

5月27日，《谭振山及其讲述作品》新书发布会在台湾文学馆举行。该书由台湾成功大学陈益源教授、辽宁大学江帆教授共同主编，该书遴选收录了谭振山讲述的52篇故事及部分研究文章。

此次新书发表会，谭振山虽因健康因素未能跨海出席，但其录制了10分钟的视频讲话，在新书发表会上播放。老人朴实且饱含深情的寄语，在台湾与会媒体及与会学人中引起轰动。会后，台湾《联合报》头版以"全中国最会讲故事的人"为题，对大陆故事家谭振山的故事活动及其影响进行了专题报道。

6月13日，新民市文化馆邀请谭振山、杨久清两位千则级故事家举办"民间故事家进校园"活动，江帆从沈阳赶来参加活动，并对两位故事家进行了访谈。

2011年（87岁）

3月，谭振山老人因病住进沈阳陆军总院，江帆前往医院看望。

4月16日，谭振山老人因病逝世，享年87岁。

（江帆编撰）

附录四：谭振山自传

余谭振山，1925年生，现年72岁，出身于乡村农民家庭。家中有祖母、继祖父赵国宝、父亲、母亲及两个哥哥、一个姐姐，八口之家。继祖父是制作辽河大船和帆船的木匠，大哥也是木匠，建筑房屋、打柜箱的木匠，每日都在外佣工，家有少量土地，靠父亲在家耕种。每年靠外边做工收入及自家种地收入尚能维持生活，虽有结余也不太多，但可庆幸的是家中和睦。虽然是继祖父，老头儿特别和善，对我们特别爱护，老头儿好讲古往今来的故事和世界上做人之常情，我们也都爱听。

我祖母娘家姓孙，家在石佛寺居住，她家是开大车店的。当时石佛寺街有12个大车店，因为黑龙江、吉林通北京的大御路由石佛寺经过，每天黑夜白日大车陆续不断，到晚间石佛寺街这12个大车店都住得满满的。12个大车店不下千辆大车，南来北往的客人，到晚间有讲这个故事那个故事的。我祖母也爱听，所以我祖母故事特别多，有些个鬼狐故事，还有一些人物传说故事。所以当我到五六岁时，老听她给我讲，大部分故事内容都是叫人做好事、艰苦肯干、孝顺老人。有些故事结尾，做好事的人都得着善报。尤其是我继祖父由外地做工回来，到晚间我叫他给我讲故事，他正好也考考我，叫我把过去讲的故事讲一遍，我那时候虽然才六七岁，但我记忆力很好，我就给爷爷奶奶讲一遍。虽讲不那样全，但讲大意也差不多，当时我祖父祖母很高兴，所以抽出时间就给我讲。等到我继祖父年过花甲之年，就在家啦，更爱给我讲啦，因为不出外做工去，有时间啦。有时小孩子在一起玩，有十个八个的，我也给他们讲，都爱听，我像个小先生，他们像学生似的，也很有兴趣。

那时，我家在新安堡住，在我7岁那年秋天，就是1931年，日本占了沈阳。当时地方学校、机关都没有啦，地方匪盗遍起。尤其1932年，我8岁，胡匪成群结队，家家匪不离门，抢拐一空。我家搬到盘古台我伯父谭福臣家居住避难，因为那街上成立自卫队有枪，胡匪不敢去。在那住一年多。我伯父谭福臣是看风水先生，就是看阴阳宅地先生。老人家爱讲故事，他讲的都是鬼狐故事和看坟茔故事、风物传说等，我学了很多。等我10岁搬回达子坟住，那时已建立"伪满州国"，地方管理人员已派齐，胡匪已剿灭，地方安宁，建立新安堡小学和优级学校，我才上学。我虽然上学，也爱听故事，我邻居沈斗山是个"老饱学"先生，爱讲故事，我每天放学晚饭后到他家中听几段故事。老人家讲的名人事迹、风物传说、人物传说，听到高兴时，连睡觉都不爱回家。在那住两年，又搬回新安堡住。回新安堡后，后院有个国生武老先生，也好讲故事。离我家后院很近，我晚间抽出时间就去听听。老人家如不爱讲时，我就把听别人讲的故事给他讲一段，同时引起他高兴又讲起来啦。我娘舅崔文来我家串门，也给我讲几段故事。大哥出外做木匠活回来，听别人讲故事，他也讲给我听。当时我父亲、母亲也考虑到我这样爱听故事是否对读书有影响，耽误课程，可是我念书特别好，在班内名列前茅，每次都考第一，老师特别重视我。尤其是学校每星期六班里也有两小时的故事会，我在本班和外班都讲过。

等我在16岁由国民优级(即后叫高专)毕业后，做了2年庄稼活，在家帮助父亲，又住2年鞋铺管账。等到20岁，被征兵到沈阳陆军卫生学院，是医疗士兵，学司药技术和医疗器械技术，念了不到一年，就"8·15"光复回家来，即1945年，我21岁。回家后，在家种点地，1946年和1947年我们地区还是国民党和共产党战争地区，今天你来明天他来，战火是令人惊心，百姓东奔西逃，在战火中度日。1949年后，人民才得以安居乐业生活。

我于24岁结婚，我妻刘淑琴虽没有多少文化，但很有德，对于家母侍奉很有孝道。家务劳动、日常生活都能维持，对家庭妯娌方面也很会处，真是和睦。乡邻近乎人情，在这一点使我特别安心。在我12岁时，继祖父和祖母相继去世，当时使我痛哭流涕，回忆再想听祖父母的故事无处可听。父亲是1945年去世的，4位老人仅剩老母一人。我25岁，弟兄分居另住，大哥、二哥都自己住，老母在我这边。

1949年后，我就参加村土改工作，在农民会行政村担任文书。那时候农民会人很多，我没有事时就给大伙儿讲段故事，无论男女都爱听,所以大家也对我特别尊敬,在我内心中也特别高兴。因为我和别人讲上故事,胸中特别开朗,能解除一切愁思和苦闷。同时别人也说:"听着你讲故事,我们心中特别快活,把一切愁事都忘了,你的故事像'开心钥匙'一样,像服了顺气丸,增添我们好多知识。"1948年到1955年,我做村文书工作,1956年走合作化高级社,我就担任会计,那时村文书没有啦,生产社就是村社,工作到1965年才到乡农田带工,担任总务工作,管账。在村社时,我有时间就给村社干部讲,分社干部来时都知道我会讲故事,都要我讲几段。我讲惯啦,也不在乎那个啦。尤其在农田出民工时,我和乡干部及民工在外地,到时间都凑到屋子来听,我给他们讲故事。当地老百姓更爱听,也都来听。但是我讲的内容都是真善美教育,人修德立功、奉公守法、尊敬老人。就是有些神话故事、鬼狐故事,也是知恩报恩,所以群众都爱听。

可是到了1966年"文化大革命"时,被"四旧"找上门来啦。由乡来人告诉我今后不许讲故事了,故事属于"四旧",迷惑群众。还不错,没给我什么处分。但是我内心想,要不是素日在村上生产社工作多年,人情不错,肯定是要受辱,所以下决心不讲故事。可是出工时我和分社王胜岩书记一起住,到晚间睡不着,他就说:"老谭会计,你说过去那个各种故事都有毒,今天咱几人把这几个故事好好批判批判,倒看看这个故事究竟有多毒?在住处有时你讲几段,大家你一言我一语的也批一批。"实际这些干部都好听,借说批故事,实在借机听一听,这就说明故事渊源是很深的,很有吸引力,广大群众从内心愿意听。

一般在家不讲。可是到1986年4月,乡广播站李会元同志到我家找我,说明国家收藏几千年埋没人间的故事——宝库三集成(江帆注:指搜集、编纂《中国民间故事集成》《中国民间歌谣集成》《中国谚语集成》,开始叫我讲所有故事。当时不但我有疑虑,连我家老伴及儿子、女儿都不叫我讲,说别找麻烦,别找千年累赘,知道国家什么时候有运动找着你。我一考虑,对,不能讲。我当时和乡干部李会元讲,这些年老不讲,都忘啦,根本想不起来啦。经李会元再三动员,讲些真正实在情形,我的心被他说动啦。我当时也考虑李会元本来是忠诚讲信义的人,他绝不能叫我往火坑跳,我才答应再讲故事。李会元领着我几次到县、社讲,有县文化局局长王文明和朴云良馆长启发指点,以后经市刘振操、刘怡和刘英男这些个领导来探访,我才正式写点笑话,自己写不太好,李会元用录音机录了几百则故事,经李会元整理以后,到县上正赶上省文联江帆以及辽大(辽宁大学)乌丙安教授几次探访,经各级领导协助,出来一本故事选。1988年5月,日本野村纯一教授、依田千百子教授和省文联领导乌丙安、江帆同志,以及县文化局局长王文明、朴云良馆长及乡长和有关部门领导来我家访问,大伙儿共聚一堂研讨故事意义,劳动了日本外宾和省、市、县、乡各级领导如此重视,由这以后让我对故事更加爱护,愿意把故事都讲出来留于后世，供青年人品赏。当时正赶上我四儿子得个男孩将满月没起名，是我的大孙子，我也很高兴，因以先前各家都生的女孩，唯独见到头一个男孩，日本野村先生给起个名叫洪彦，当时按日本规，叫谁起名是最敬谁啦，他还给小孩扔下压岁钱。当年8月我又参加全国故事研讨会，在沈阳召开，日本野村先生和他夫人野村敬子又参加这个会议，并事先约求把他给起名的孩子谭洪彦带到沈阳看看。因为到我家来时间不够，由新民来专车把我四子文海、四子妻陶艳姝抱着洪彦拉到沈阳，用两小时，我们和野村先生和野村夫人会面，野村夫人由日本给孙子洪彦带来的纪念品，同时和日本人在一起照了好多照片。1992年我又和省文联领导乌丙安、江帆同志被日本邀请到日本参加"世界民话博览会"，往返七天，一切费用由日本负担。

我这一生爱为大家做点好事，年轻时农村婚丧嫁娶，我都帮忙张罗、招待客人，我常讲帮婚嫁丧，人之美德。我今年七十有二，但身体非常好，从目力到体力都行，骑自行车日行百里不嫌累，精神记力不见衰弱。我愿意把我一生所学的故事贡献给大陆和台湾同胞，如果需要叫我赴台湾讲演，我都奋身前往。

这是一段简单经历，善祈作为参考，还请江帆加工整理。

（谭振山写于1997年）

附录五：谭振山记录的故事

断手姑娘

在几百年前，有个李家集，住着一家姓李的，男的叫李有才，自幼读书，娶妻赵氏，非常贤惠，也有才华容貌。小两口那年已有三十来岁，跟前有一个女孩，乳名月英，虽然是个女孩，两口子特别喜爱。月英这孩子长得特别好，毛嘟噜的两个大眼睛，水汪汪的，谁都喜欢，家中又很富裕，过着幸福的生活。

可是好景不长，祸从天降，老婆赵氏突然暴病死亡，扔下五岁的月英和李有才父女二人。小月英天天哭找妈，可李有才看着孩子哭，他也随着鼻涕一把眼泪一把地哭，真是难到极点。李有才抱着五岁的月英对天常喊："天啊！这个人生的苦难怎给我摊上了呢？"从这天起，李有才又当爹又当娘拉扯孩子，洗洗涮涮，煮茶打饭都是李有才自己干，每天眼不断泪地陪伴他父女度生活。根据李有才这个人家很富裕，要想办个后老伴不难，手拨拉挑保媒的有的是。李有才这样想，月英这样小，娶个后妈恐怕受气，所以坚决不娶，大不了自己累吧！一天一天过去了，可是艰苦岁月过得特别慢，好不容易度过十年，月英十五岁了，虽然十五岁的孩子，长得像大姑娘一样，家中一切活计都能做好，看书不懂找她爹教。李有才看着女儿长大成人，尤其是人才出众，真是如花似玉，又贤惠，也感觉特别高兴，有这样好女儿，也算没白拉扯一回。

在这个时候，宅中老长辈和李有才说："有才啊，都四十岁啦，月英都十五啦，还能在家侍奉你几年？男大当婚，女大当嫁，还能留几年，我看你应当办个老伴吧！东庄老家寡妇崔氏，长得又好，今年三十岁，比你小十岁，你两人结婚多好啊！"李有才一想也对，不同十年前，孩子小怕给孩子气受，这回月英都十五岁啦，可也行啦！经媒人保妥，就和崔氏结婚啦！可这崔氏虽然是三十岁女人，长得特别白少，也会插花描鬓，李有才丧妻十年，四十五岁娶这样一个老婆也心满意足啦！月英看到爹爹和继母这样和好也很高兴。

几个月后，月英就有所发觉，她这后妈往娘家倒腾东西，惦记着先头的儿子，最可气的是后妈品行不正，经常趁她爹不在家就有男人和她来往。小月英看到眼里苦在心头，我爹岁数大，后妈年轻，长期过下来非出事不可，暗中没少掉眼泪。有时也跟她爹说："家中生活够用你就在家吧，何必老上外边做买卖。"李有才也不以为然，可是后妈心虚，听在耳里，在心里暗说："你这死丫头，你找我毛病，我要不赶紧除掉你，早晚也是我的祸害。"事又凑巧，月英十六岁头次来月经，是大流血呀。后妈知道了，就告诉她说："月英，你别动啦，就在炕上躺着吧，越动越多。"月英信她，就这样盖着棉被躺在自己卧房里了。这后妈回到自己屋把小花猫弄死扒去皮，偷偷地送到月英卧室的柜底下，然后，她就找李有才，说："你当爹的每天就知道干活吃喝，对月英这孩子的终身大事不想，俗语说的好'女大不可留，留来留去仇怨仇'。"

李有才说："你这是什么意思？苦着盖着的，小英子怎的啦？"

崔氏说："我常说你女儿长得好，有多少小伙惦念着，干柴怕烈火，烈女怕缠郎！你看吧，你女儿给你把私孩子生到家啦，我还得帮她猫月子呢！"

李有才气糊涂了："你胡说！"

崔氏一把拉住李有才的袖子："咱俩到那屋看看吧！"崔氏到姑娘卧室，顺柜底下拉出来那只死猫，又一掀被，看到月英的床上有血，李有才哪能细看，心里这个气呀，心说："英子，你太不像样了，可惜我把你拉扯这么大，给我丢人，给你死去的妈丢脸啊！非杀你不可。"

这后老婆大哭大闹："姑娘在家生私孩子，咱这日子还能过好吗？"

李有才本是书香门第人家，最怕丢脸，和老婆一合计："赖我家教不严，这传出去太不好听，我干脆把她领到山沟里，杀掉一埋算了！"

李有才就过来和月英说："你跟我上车，上你姑妈家住几天再回来。"

月英一想："也行，再把我受的不白之冤和姑妈讲讲，再说说后妈的缺德事。"

父女俩上车走了三十多里地，来到一座大山脚下一个大河边上，李有才气昂昂地说："快下车！到你死的地方了！可惜我把你从小拉扯大，自己不往好道走，做下丢人现眼的事。"

月英一看，她爹手拿菜刀，凶得很，月英大哭起来，和爹说："你屈死我啦！这是后娘设计害我呀，这可怎么说？"

她爹也听不进去，一脚把月英踹倒，月英一气之下就晕眩过去啦！李有才刀举起来也难下，一狠心："把你双手剁去吧！"就砍掉月英的双手，抛到河里，赶车就回家了。

等月英疼醒过来，才知道被她爹砍去了双手，她对天大哭："天啊！天啊！太没眼睛啦！好人遭此冤屈，只有老天知道哇。"

她手疼，天又黑了，自己摸道往前走。看到前面有灯光，她奔灯光扑去，一看，是一座大园子，里边有一大架葡萄。她走到葡萄架下一看，这葡萄可好，都黑了，又大又都熟啦！她正又饥又渴，就抬头用嘴咬着葡萄吃，白天就猫到山沟里，晚间就来偷葡萄吃。

一晃过去七八天了，园子里有座书房，王公子在这里读书。他每天看到葡萄都有啃吃的印儿，心想："这是什么吃的呢？我今天晚上看看，倒看看是什么人吃的？"

等到黑夜，月英又来偷葡萄吃。王公子出声问："什么人？"

李月英吓得蹲下了，王公子到跟前问："你是人是鬼？起来！"

月英吓得站起来，赶紧向公子明说："救命啊！我是一个残废没手的人。"

王公子仔细一看，面前站着一个满脸泪水的女子，没有双手，王公子问："你是怎么落魄到这样呢？"

月英就把自己遭遇后妈陷害，爹爹听信后妈之言，害得自己终成残废这些事都说了。

王公子一听很同情她，说："你跟我进屋，我给你找点吃的。"姑娘跟他到屋，王公子借烛光一看，见月英如花似玉，水汪汪两个眼睛特别精神，他心想这样好的姑娘，人才出众，怎遭这样命，这老天无眼啊！当时给姑娘找来草药，把被砍掉手的胳膊包扎好，又把自己晚间读完书用的夜宵给姑娘端来，让姑娘吃。

月英这时饿昏啦，不考虑啥了，就吃啦！由这天起，姑娘和公子就在书房同住，白天她猫起来，两人有相当的感情啦。

王公子说："别看你有残疾，我不嫌你，咱俩订百年之好。"月英有王公子照顾，心里也得到平静了。

日子长啦，这事瞒不住了，王公子父母都在，还有两个兄嫂，他是老三，该娶媳妇了。有一晚，他嫂子上园子，看到书房屋内有女子身影，到窗下一听，王公子在和一个姑娘说话，用舌头舔破窗纸一看，王公子和一个如花似玉的姑娘并肩阅读呢！她回房和她男人说了，也告诉老人了。

第二天，老太太和两个嫂子来到后园子书房，王公子走出来给妈妈问安，给嫂子们道好。老太太说："义儿，我打算给你订婚做媒，昨天来的，今天咱就看姑娘去。"

王公子着急了，说："妈，我不去。"

老太太气冲冲地说："男大当婚，女大当嫁，不结婚，这是忤逆不孝。"

王公子当时说不出话来，急得眼中流泪。大嫂接着说："三弟，你不愿结婚，莫

附录

· 1721 ·

非你有意中人？是那个漂亮姑娘吗？当着母亲应该说实话啦！"

王公子一看瞒不住了，他跑到老太太面前："妈，我错啦，不应该瞒着你。"

他就把这个残疾女子的遭遇说一遍，又说："我同情她，和她已经有男女之情，宁可陪她一辈子。"

老太太说："在哪儿呢？还不把她叫出来，叫我和你嫂嫂看看。"

王公子打开大立柜，走出来李月英。大伙一看，心说，难怪公子爱她，真是如花似玉、温柔典雅的美人啊！月英走到老太太面前，身子下拜，又给两个嫂子见礼。说来也巧，老太太和两个嫂子都喜欢月英，老太太说："就这样吧！"

由这以后，他俩人补拜了天地，就算结婚了。

半年过去了，到春三月，王公子要进京科考。临走时，他和月英唠了半宿知心嗑，天亮走的时候，又和父亲母亲哥哥嫂嫂说了不少嘱托的话，嘱咐大家好好关照他的残废媳妇。最后月英送他到屯外处，夫妻洒泪而别。走不远，月英又紧赶几步，把王公子赶上，说："公子，我和你说句话，你走后不定几时回来，我现怀孕六七个月啦，不久就要生啦，希望你为孩子取个名吧！"

王公子说："那好，生女孩你就随便起吧，如生男孩，就叫王金宝吧！"

这俩人分开不到两个月，果然，月英生了个男孩，就按王公子取的名，叫金宝。全家都对月英好，知道她没手，不让她干活，只养孩子，嫂子们帮助李月英，人情也好，和老人处得好像妈和自己女儿似的，和两个嫂子处得像亲姐妹一样。

一年后，京城来了喜报，有个骑马的官员到门前报喜说，王公子中了状元，现任八府巡按，并有书信一封。全家欢喜得不得了，赏了报喜官员银子。

老头把书信拆开一看，当场把信摔到地下，大骂逆子、畜生！大家捡起来看，才知道信中写的是王公子中举后，嫌残废媳妇带不出去，有羞官场，他在京中已另娶宰相之女，告诉家里立即把残废老婆和孩子赶走。

李月英当场哭倒在地，等她明白过来，老太太和嫂子们都劝："你别走，爱怎的就怎的。"

李月英说："嫂嫂，我要不走，他要把宰相女儿领到家，那是有罪的，停妻再娶，我必须走，因为当时王公子对我有恩，可怜我才娶我的，要不然能要我这缺手的残废老婆吗？我不能恩将仇报，我得给他腾地方。"

月英要带孩子远走，全家人挡也挡不住，嫂子们就只能给她烙点饼带上，把孩子绑在月英后背上，把她娘俩送出门啦，大家痛哭一场。

李月英背着孩子信马由缰往前走，走到黑啦，来到一个山脚下小河边。月英坐到河边歇歇，喘喘气。细一看，这里正是她爹把她拉到这砍手的地方，不觉放声大哭，思前想后，现在背个孩子怎活啊？她有心投河一死，又舍不得一岁的孩子，但又实在没法生活。一狠心，死了吧！闭上眼睛就跳到河里了。她在河里一扑腾，觉着有两条鱼奔来咬住胳膊腕子了，她狠劲一挣，游到岸上，再一看，她长出两只手了，和原来自己的手一样！月英当时跪下，向河中磕头，心想这是河神帮助我把手长上了。这回月英有主意了，心想，有两只手了，就啥也不怕，干点活也能把孩子抚养大啦！

她背着孩子顺道往东走，见到前边大道旁有个大院。她进去一看，是个大车店，她进屋想要点饭吃，一打听，这院就老头、老太太两个人，没儿没女，指着开店为生。一听说月英无家可归，老太太说："我就认你当干女儿吧！你在这儿帮忙打点，大家混碗饭吃吧！"由此，她母子就依靠干妈开店为生。

单说王公子身为八府巡按，各府访查，三年工夫来到本省。这天正走到这月英住的大车店，人马驻扎在店内，巡按大人单住一屋，兵卒们住在大屋。

单说月英这个孩子金宝，已经三岁啦，满地跑，这些兵卒叫他，他只管自己跑，一步跑到巡按大人的屋里去。巡按大人喜爱小孩，问他姓什么，小孩说姓王叫金宝，王公子一愣，这个名怎么这么巧呢？心想我临走和月英也是给孩子起的这个名。小孩走后，大人留心上了，李月英给端菜，王公子一看，正是妻子李月英！他刚要喊名，可又一想，自己妻子没手，人家有手，对不上。

可他还是想问问，就告诉当差的："把开店的少妇找来，我要问话。"李月英就来到大人跟前，飘飘下拜。

"你是何处人氏？叫什么名？"

李月英听上边问话的大人声音很耳熟，但她不敢抬头看，说："我叫李月英。"

"你丈夫何名？在哪居住？"

"我丈夫姓王名义，进京科考，没有回来。"

"你抬起头来看我是谁。"

月英抬头一看，当场火冒三丈，痛哭流泪，说："王公子你当年救我，对我有恩不假，最不该赶考得中就另娶佳人，来信把我母子赶出家门。"

王公子说："没有此事，我也没停妻另娶，其中肯定有差。那你的手是怎么回事？"

月英把经过一说，王公子连忙跪地对天谢恩，说："贤妻别多心啦，你来看看就明白啦，现有当今圣旨批的，赐你一品夫人，赏给你凤冠霞帔。"

月英一看，真有圣旨批文和凤冠霞帔，这才信了。两个人在店里住一宿，说不完离别之情。第二天，王公子和月英一起拜过开店的老夫妇二人，给他们留下不少银子。

第二天，巡按坐八名大轿，月英是夫人，坐四人彩轿，夫妻俩一起回家。

到家大门外，往里传禀，说："巡按王公子带着夫人回来了。"

老头由屋跑出来，把大门关好，不让进，说："没有你这样的儿子，当状元不要老婆，你要当宰相，还得要爹妈呢！"

这时候，就看由两轿内出来大人和夫人，就听夫人喊："爸爸妈妈开门来，儿媳和你儿子回来了。"全家人一看，"可不是月英媳妇抱着小金宝吗？这是怎么回事？"

"到屋再讲吧！"

进屋后，王公子和月英把详情一讲，大家都哭啦！大伙异口同声地追问，是谁这么害人？是谁改的信呢？

最后，把送喜报和书信的差人找来了，一问，才知道差人来时住在李有才家，后老伴是差人的叔伯姑母。原来这个崔氏早就听说月英被砍了双手，但是没死。又听说这个没手的姑娘叫王公子收下做媳妇了。崔氏一直惦着这件事。赶巧给王公子报喜捎书信的差人是她侄子，她把侄子灌醉，夜晚打开信一看，心说不能让月英得好，才偷偷把信更换的。

王公子是巡按，他升堂后，把李有才和他后老伴都提来当堂问案。案情清楚，崔氏想抵赖，一看，有送信侄子在场指认，也就承认了，磕头向巡按大人求饶，把如何害女儿月英的事都一一招了，她都承认了。八府巡按带天子剑，可以先斩后奏，命令斩首。当时可把李有才吓坏啦，跪在地下直门磕头。大人问李有才："你偏听老婆邪言，杀害女儿，该死不？"就看头戴凤冠霞帔的月英上前撩衣跪倒了，说"望大人息怒，我爹虽然有错，但念他从小拉扯我一回，看为妻面上，饶饶他吧！"

王公子说："李有才案情应该重判，念有你女儿讲情，下堂去吧！"

第二天，老王家大请亲朋好友前来贺喜。酒席宴后，王公子和李月英抬着典供蜡纸，快马到东山脚下小河边，祭奠河神再造手掌之恩。几天后，王公子同月英抱着小金宝回京上任去了。

附录六：主要采录者简介

江帆，女，汉族，1952年生人，辽宁大学教授，国家非物质文化遗产保护专家委员会成员，中国民间文学大系出版工程学术委员会委员，故事卷专家组副组长，谭振山故事的主要采录者，采录有其讲述的800余则故事。

江帆主要从事东北地域文化与口头传统研究，民俗学与文化人类学研究，非物质文化遗产理论及其保护实践研究，曾推介出多位"国宝级"民间故事家。发表学术论文近百篇，出版学术著作20余部。主持国家哲学社会科学基金项目等各类学术项目20余项，参与中日、中日韩、中德等国际及海峡两岸学术项目多项。学术成果获中国民间文艺山花奖、中国文艺评论奖理论文章一等奖、辽宁省哲学社会科学成果奖、辽宁文艺评论奖等国家级及省级奖项。

1987年，江帆时任《中国民间集成·辽宁卷》副主编，因编纂工作需要，前往新民县（即今新民市），对该地区文化部门上报的数十位故事家进行学术鉴定。在带有"打擂比武"的新民县故事讲述者的讲赛会上结识了谭振山，被这位故事家的故事及其讲述风格吸引，开始对谭振山进行长达24年的学术追踪研究。其间，无数次往返于城乡之间，不仅住在谭振山家中访谈采录，也数度将谭振山请到沈阳自己家中小

江帆

住，与谭振山及其家人结下了深厚友谊。同时，对谭振山及其故事讲述活动、故事文本展开了深入研究。

1992年，受日本学术界邀请，与谭振山共同赴日本出席"世界民话博览会"，向与会的70多位来自世界各地的学者介绍了谭振山及其故事活动特点；1998年，与台湾中正大学陈益源教授共同主持"民间故事家谭振山及其讲述作品之调查与研究"专题计划，并在台湾通过立项；2006年，参与并执笔论证"谭振山的口头文学"项目，助推其成功获批第一批国家级非物质文化遗产代表作名录。此后，中央电视台《东方时空》栏目以及国内多家媒体先后对谭振山这位国宝级的故事家以及江帆的追踪研究进行了报道，引起国内外学术界的关注与好评。

对谭振山24年追踪研究的主要成果有：专著《民间口承叙事论》（2003）；采录作品集《谭振山故事精选》（2007）；《谭振山及其讲述作品》（台湾，2010，与陈益源共同主编）；主编《故事大王讲述的经典民间故事》（2012，收录谭振山36则故事），此书被列为辽宁省农家书屋入选书目。

发表有系列研究论文，主要有：《民间文化的忠实传人——民间故事家谭振山简论》（1989）；《燕赵民间文化出关——对故事家谭振山的寻根分析》（1991）；《AT706故事研究——谭振山讲述的〈断手姑娘〉及其比较研究》（1994）；《口承故事的"表演"空间分析——以辽宁讲述者为对象》（2001）；《故事讲述与文本重构——以故事家谭振山的故事讲述为例》（台湾，2001）；《走进文化持有者的真实世界——对著名民间故事家谭振山20年追踪研究的田野感言》（2008）；《〈断手姑娘〉与民间家庭伦理观》（2010）；《〈当"良心"〉与民间社会诚信观》（2010）；《谁在叙事，为何叙事，如何叙事："非遗"保护的田野立论与概念拓展》（2014）；《关键词：民间故事家》（2019）；等等。

其中采录作品集《谭振山故事精选》先后荣获辽宁省2007年度优秀文艺作品奖、第八届"中国民间文艺山花奖"；论文《民间叙事的即时性与创造性——以故事家谭振山的叙事活动为对象》获中国第五届文艺评论奖理论文章一等奖。

陈益源

陈益源，男，1963年生人，台湾彰化人，现任台湾成功大学中国文学系特聘教授，兼任国际亚细亚民俗学会副会长、台湾中国民俗学会理事兼秘书长、汉学研究中心指导委员会委员、中华民俗艺术基金会董事、府城观兴文化艺术基金会理事、金门县闽南文化协会总顾问、泉州《闽南》杂志编辑顾问等职。曾任成功大学中文系主任、人文社会科学中心主任、台湾文学馆馆长、金门大学人文社会学院院长、台湾中文学会理事长。学术专长为古典小说、民间文学、民俗学、闽南文化、越南汉文学，撰有学术专书《民俗文化与民间文学》《台湾民间文学采录》《民间文化图像——台湾民间文学论集》等二十几部；编有《罗阿峰、陈阿勉故事专辑》、《谭振山及其讲述作品》（与江帆共同主编）、《彰化县民间文学集》、《云林县民间文学集》等60余种，发表期刊论文200多篇。曾获中国文艺协会"文艺奖章"、越南社会科学翰林院"越南社会文化贡献奖章"、彰化县磺溪文学奖之"特别贡献奖"等。

陈益源与谭振山结识，缘起于1995年11月，陈益源参加在江西上饶召开的"首届民俗文化与民俗旅游国际学术研讨会"，会中结识了辽宁大学江帆教授，第一次从她口中听到"谭振山"，当时谭振山被采录的故事作品有600多则，是辽宁省著名的民间故事家。

1996年7月，陈益源参加在辽宁大连召开的"第三届大连明清小说国际会议"，会后专程到沈阳，由江帆陪同去到新民市罗家房乡太平庄，第一次见到谭振山，住在他家，躺在他家火炕上，听他滔滔不绝地讲述动听的故事，从此跟着江帆称他为"谭老叔"。

1997年8月，陈益源开始执行"民间故事家谭振山及其讲述作品之调查与研究"专题研究计划，江帆是计划的共同主持人，谭振山则亲笔撰写《自传》，并且拿出他1992年出席日本"世界民话博览会"时备忘用的《断手姑娘》手稿，供陈益源参考。

此后，陈益源一有机会便常到沈阳去看谭老叔，和他的家人（如孙女谭丽敏）、亲戚（如李会元先生）逐渐熟稔起来。其间，江帆更是从未间断地勤跑新民市的太平庄，有时则特意把谭老叔接到她家中，进行民间故事的采录；经过江帆和她的学生记录整理之后，谭振山讲述作品从600多则增加到800多则，后来突破1000则，成为超大型的民间故事家，是当时全中国最会讲故事的人，被列入中国第一批国家级非物质文化遗产保护名录,由新民市文化馆执行保护暨作品保存的相关工作。

陈益源一直认为把谭振山这位杰出的故事家介绍到台湾,意义非凡,因为透过调查研究他讲述能力的养成,他故事活动的进行,他故事内容的特点,以及他被发掘重视的过程,不仅可以反映中国民间文化活泼的传承方式,还将有助于民间存在故事家的观念的推动,有助于台湾民间文学的采录活动。事实上,1998年6月由宜兰县立文化中心印行的台湾第一部故事家专辑《罗阿蜂、陈阿勉故事专辑》,正是陈益源运用执行谭振山专题研究计划的田野经验所得到的具体成果。

陈益源曾完成过两件工作,让谭振山先生颇感欣慰。其一,2005年6月陈益源指导台湾中正大学中文研究所林丽蓉完成她的硕士论文《民间故事家谭振山及其讲述作品之研究》;其二,2010年5月,陈益源和江帆合作主编《谭振山及其讲述作品》,由台湾乐学书局出版,并在台湾文学馆隆重举行新书发表会,引起媒体很大的关注,例如中新社记者6月27日即有专题报道,盛赞"这是两岸学者在民间文学研究上,一次难得的共同研究成果发表"。

宋长新,男,汉族,1965年生人,辽宁新民人,1981年参加文化工作,1984—1987年就读于鲁迅美术学院,现任辽宁省新民市文化馆馆长,新民市考古和文物保护中心主任,国家级非物质文化遗产名录项目"谭振山口头文学"保护单位法人代表,新

宋长新

民市第六届、第七届人大常委会委员,辽宁省群众文化学会理事,沈阳市文化发展促进会理事。

宋长新从事基层文化工作44年,在区域性社会文化事业开展、非物质文化遗产保护、文物普查与保护工作等方面都曾发挥了重要作用,贡献了自己的智慧与才干。1986年与所辖县境内的民间故事家谭振山结识,并与之建立了亲密的关系,经常保持联络与互动。在2005年至2010年间,作为该项目保护单位的法人代表与负责人,全程安排、指导了"谭振山口头文学"的采录、整理、宣传及推广工作。与此同时,还组织领导了新民地区"全国第一次非物质文化遗产普查",主持编纂出版了历史文献小说《契丹皇子》,主编出版了《王树铮民间故事精品选》《故事大王讲述的经典民间故事》《杨久清精品民间故事百则》等书籍。

2010年5月,应台湾成功大学陈益源教授邀请,赴台湾参加《谭振山及其讲述作

品》新书发表会，其间访问了成功大学、东华大学、嘉义大学、中正大学、台北文化大学，并在成功大学、东华大学以"谭振山及其讲述作品"为题进行了讲学，推动了两岸文化的交流与发展。

李若柏，男，汉族，1966年生人，现任辽宁省新民市文化馆副馆长。2005年负责"谭振山民间故事"申报国家级非物质文化遗产名录工作，独立完成了申报片录制及图片的拍摄与编辑。2006年，"谭振山民间故事"成功申报为国家级非遗项目后，负责新民市的文化遗产保护工作至今。此间，成功申报了"杨久清民间故事""王树铮民间故事""新民传统二人转"三个辽宁省非物质文化遗产保护名录项目及三个沈阳市级非物质文化遗产保护名录项目。此外，还为辽宁省文联、沈阳市于洪区文化馆完成了国家级非物质文化遗产名录项目"辽东满族民间故事""何钧佑锡伯族长篇故事"的申报片录制工作，主持编纂出版了《王树铮民间故事精品选》《杨久清精品民间故事百则》等故事集。

自2008年开始，与新民市文化馆孟祥颖一起，历时两年，全程采录"谭振山民间故事"，共采录故事1062则。"谭振山民间故事"采录完成后，负责该项目具体的保护、整理、宣传等工作，主动积极地推进《谭振山民间故事》全集的出版及项目的推广。

谭丽敏，女，汉族，1985年生于辽宁省新民市，东北大学毕业，谭振山的孙女，国家级非物质文化遗产名录"谭振山民间故事"项目辽宁省级代表性传承人。

谭丽敏从小听爷爷谭振山的故事长大，由于家里有个故事家，因此从小就浸润在故事的环境里，听着老辈人的故事长大。她喜欢听故事，也喜欢讲故事，在田间、在庭院、劳作时、休憩中都能听到口口相传的精彩故事，开始在生活、学习和工作中给老师、同学、同事及朋友们中间分享这些故

李若柏

谭丽敏

事，由于这些故事富有乡土气息，很受欢迎。她在讲述中注意吸纳新的故事，用心琢磨故事讲述技巧，丰富故事细节，使讲述的故事更加贴近生活，也适应青年一代听众的接受心理，更加为人们喜闻乐见。

谭丽敏对传承爷爷谭振山的故事有很高的积极性，尽其所能参加各种故事讲述活动，在学校读书期间，每周都在读书社给同学们讲故事。参加工作以后，利用闲暇时间先后走进十余所学校分享爷爷讲述的精彩故事。近年来，随着时代的发展和网络的兴起，更是通过各种现代传媒传讲爷爷的故事，如参与中央电视台十频道《方言志·新民篇》栏目的拍摄，在此中展现"谭振山民间故事"的当代传承；参加辽宁电视台二十四节气·谷雨篇的拍摄，讲述从爷爷那里听来的与之相关的故事；等等。此外，还经常以一些公益活动为平台以及举办故事主题座谈会等形式传讲谭振山留下来的故事。

近年来，谭丽敏更是与时俱进地拓展了传承幅面，为讲好中国故事，将传承目标转向更为年轻的受众群体，积极招徒传艺，至今已收徒5人，分别是小学、初中及高中学生，希望能将爷爷谭振山留下的这笔珍贵的文化遗产薪火代传，发扬光大。

李会元，男，汉族，1944年生人，沈阳市作家协会会员，故事家谭振山最初的发现人。

李会元20世纪80年代参加"中国民间文学集成"普查工作，时任辽宁省新民县（今新民市）罗家房乡广播站站长，在到罗家房乡各村落进行民间故事普查时结识了民间故事家谭振山。他发现谭振山非常会讲故事，开始搜集采录他的民间故事。在此后一年多的时间里，采录整理了谭振山讲述的数百则故事。搜集谭振山自己撰写的故事手稿20万字，至今这些手稿仍保存在李会元家中。

李会元

在搜集整理谭振山民间故事的过程中，李会元对谭振山和他的家人也有了充分和深刻的了解，结下了深厚的友谊。不久，通过李会元的牵线，其妹妹与谭振山最小的儿子结为终身伴侣。

2004年，李会元在公务员的岗位上退休，现旅居海南东方市。

《中国民间文学集成辽宁卷·沈阳市资料本·谭振山故事选》收录李会元采录整理的7篇故事作品。

孟祥颖，男，汉族，1971年11月生人。

孟祥颖

聂树新

1992年参加工作，任新民市文化馆文化遗产部主任。2005年至2010年间，因工作接触到了谭振山、杨久清和王树铮的民间故事，对民间故事产生兴趣，为其对民间文学遗产的保护与探索奠定了基础。

2008年至2010年，在新民市文化馆的统筹安排下，和副馆长李若柏历时两年，对谭振山的民间故事进行了全程采录，共摄像采集民间故事1062则。这项工作对于民间文学的传承与保护具有重大意义，通过这次采录工作，深刻体会到非遗保护工作在挖掘、收集、整理中的艰辛，意识到保护传承人更是非物质文化遗产保护工作的重中之重。

聂树新，男，1968年出生于辽宁省沈阳市新民县（现新民市），1990年从辽宁省新闻出版学校毕业即进入新民县文化馆创编部工作。自我国实施非物质文化遗产保护以来，即在文化馆专职从事非遗保护工作，参与了新民境内所有非物质文化遗产保护名录申报文本的制作工作，经其参与申报并确立的县级以上非遗项目30余项。参与国家级非物质文化遗产保护名录项目"谭振山民间故事"和省级非物质文化遗产保护名录项目"杨久清民间故事"的摄录文字整理工作。至今仍专职从事新民市的非物质文化遗产发掘、保护及推介等工作。

方学斌

方学斌(1948—2021),男,汉族,辽宁新民人,大专文化。20世纪80年代参加"中国民间文学集成"普查工作,时任辽宁省新民县(今新民市)文化馆调研部主任,在新民县境内进行民间故事普查时结识了民间故事家谭振山,开始搜集采录他的民间故事。在此后几年中,采录整理了谭振山讲述的数十则故事。《中国民间文学集成辽宁卷·沈阳市资料本·谭振山故事选》收录了方学斌采录整理的11篇故事作品。

项阳,女,汉族,沈阳市人。20世纪80年代参加"中国民间文学集成"普查工作,结识了新民县民间故事家谭振山,开始搜集采录他的民间故事。在此后几年中,采录整理了谭振山讲述的数十则故事。《中国民间文学集成辽宁卷·沈阳市资料本·谭振山故事选》收录了项阳采录整理的32篇故事作品。

后 记

谭振山是东北辽河平原上的一位普通农民，1925年生人，是一位能讲述1062则民间故事的著名故事家。

1987年，我在编纂《中国民间文学集成·辽宁卷》的工作中偶然听到了谭振山讲的故事，这个朴实的农民连同他讲的故事深深吸引了我。几天后，我便辗转乘车，沿途问路，风尘仆仆地找到他居住的那个村子，想对他的故事展开深入一点的探究。由于那时农村还未通电话，谭振山事先并不知道我的到来。当我在日暮时分一身征尘地出现在他的面前时，谭振山和他的家人的讶异程度可想而知。谭振山欣喜于我专程来听他讲故事，当晚杀了一只家养的土鸡款待我。是夜，我便坐在烧得滚烫的乡村土炕上，美美地听谭振山打开了他的故事话篓。那是我第一次做故事家的田野，那种感觉真是至今难忘！

自此，我开始了对谭振山及其故事的追踪研究。谁能想到，这条蜿蜒通往谭振山所居住的太平庄村的乡间土路，我竟往返了24年。这24年里，频繁的来往使我与谭振山一家建立了深厚的感情。因我的祖籍与谭振山的祖籍同为燕赵河北，谭振山执意要我改口，将此前对他的称谓改为以家族父辈排序而论，由"大爷"改称"老叔"。我深知，这不是一般的改口，这里面包含着情感上的认同，意味着我的"研究对象"已将我视为家人，与我无"隔"，这无疑是对一个民俗学研究者的最高礼遇。

伴随着故事的采录发表以及追踪研究成果的陆续刊出，谭振山逐渐声名远播，先后有国内外学者慕名登门拜访。1992年，日本学术界邀请我与我的老师乌丙安教授以及谭振山一同赴日出席"世界民话博览会"，谭振山也因此成为当时第一位走出国门讲故事的故事家。1996年，台湾学者陈益源教授加盟，和我一起对谭振山及其故事进行追踪研究，并在台湾通过了"民间故事家谭振山及其讲述作品之调查与研究"的专题立项。2006年，在我国公布的第一批国家级非物质文化遗产名录中，"谭振山的口头文学"作为唯一的个人项目，被列入国家级非物质文化遗产代表作名录。一时间，境内外各家媒体纷至沓来，争相对谭振山和他的故事进行报道。中央电视台栏目组也登门对谭振山进行了拍摄与采访，并以"故事大王谭振山"为名，在《东方之子》栏目对谭振山进行了20分钟的专题报道。可以说，在各大媒体的推动下，谭振山已经成为名副其实的"国宝"。然而，据我观察，这种喧嚣与热闹并没有改变这位质朴的农村老人的心态，他所关注与放不下的仍然还是他的前辈们传下来的那些精美的故事。他曾在私下里对我说："电视这玩意太厉害了，现在的人都看电视去了，听故事的人越来越少了。我不希图别的，就是不想把这些故事带到棺材里。"彼时我已与这位故事家有了近20年的田野追踪互动，不仅深入他的生活，记述了他的口述史，而且已采录了他讲述的绝大部分故事。因此，我当时便信誓旦旦地说："老叔您放心，您的故事都是宝贝，国家肯定要保护的，我都录下了，我一定争取把您的故事全部出版，出全集！"谭振山听了，好像没有多少底气，只是幽幽地说："那敢是好了，你得赶快啊。"

2011年4月16日，谭振山因病逝世，享年87岁。当谭振山的儿子在第一时间将电话打到我家，告知我老人"走了"那一瞬间，宛如一座巍峨的民间文化博物馆在我心中轰然坍塌！我即刻启程，前往那个我已十分熟稔的小村，无论如何，我要再送可亲可敬的谭老叔最后一程。在谭振山的灵前，我任泪水流过面颊，看着他的遗像，我们之间交往的无数画面尽在眼前浮动，心里涌动万语千言：老叔，您就这样走了么，我们之间还有未竟之约啊！是的，2007年，我编纂出版了您的《谭振山故事精选》，收录了您讲述的70则故事；2010年，台湾学者陈益源教授又与我共同编纂、在台湾出版了《谭振山及其讲述作品》，收录了您讲述的50余则故事，还有，作为这一国家级非物质文化遗产项目保护单位，新民市文化馆也已将您讲述的1062则故事全部用影像设备予以了摄录……但是，我知道，您心心念念的还是您的故事全集的出版！可是，您终未等到这一天，未见到您的"一千零一夜"全集出版，这怎能让人释怀？！

谭老叔走了，至此，编纂出版《谭振山故事全集》也成为我的意难平。

其实自2000年起，我便结合自己在辽宁大学的本科与研究生教学，在课堂上引入对谭振山故事的文本分析,这种形式很受学生欢迎。而这时,我已经开始着手整理采录的谭振山故事文稿,并组织民俗学专业的部分研究生参与了这项工作。当时参与这一工作的研究生,有吉国秀、关溪莹、叔翼健、吴世旭、朱艳菊等人。随着此后继续对谭振山故事的采录及田野研究的深入,采录的故事数量也在递增,整理故事文稿的工作也因此持续多年。此间,又陆续有后几届的民俗学专业研究生参与了文稿整理,有梁聪、王琨、刘智杰、王东芝、杜实、刘芳、刘楠楠、谷凤娟、赵华梅、廖子宜、梁爽、胡金旭、崔丹、徐瑶、刘娟等人。经过我们的辛勤工作,谭振山的千余则口头故事最终汇集成了百万字的电子文稿。应该说,此时出版谭振山故事全集的文稿基础已初步具备,只是囿于出版经费尚无着落,全集的编纂工作也未能完善付梓。然而我深知,我的内心是多么渴望让当代民众及后世子孙知道,辽河岸畔还流传着这么多优美的民间故事,也希望能在学术界广而告之,在辽宁,在中国,还有谭振山这样赫赫有名的千则级大故事家。

2011年8月,我应邀到台湾东华大学做客座教授。年底的一天,正在台湾讲学的我接到新民市文化馆宋馆长的电话,告知我一个喜讯:国家有关部门为"谭振山民间故事"的出版与推介下拨了专项经费!电话的另一端,我的眼睛瞬间湿润了,《谭振山故事全集》出版有望了!那一刻,我仿佛看到谭老叔的在天之灵露出欣慰的笑容。其时,恰逢台湾东华大学学报约稿,约我写一篇介绍大陆学术及文化方面的文章,我便欣欣然以"与故事家谭振山的相识、相知、相约"为题,写下了《我从山中来,带着兰花草》一文。文章在《东华大学学报》刊出后,引起一些反响,随之又应邀在台湾的东华大学、中国文化大学、成功大学这三所大学以谭振山及其故事研究为题做了几场专题讲座。

从台湾回来后,我又开始着手谭振山故事全集文稿的编纂工作。2015年之后,新民市文化馆也组织了部分人员开始整理谭振山的故事文稿,做了大量工作。岂料好事多磨,国家有关部门下拨的专项经费因种种原因,在准备启用时或是受限,或是不能具体到位,致使谭振山故事全集的出版又耽搁了十数年。

直至今年上半年,事情终于有了进展。这一天,新民市文化馆宋长新馆长突然找到我,告知《谭振山故事全集》的编纂出版工作可以启动了,新民市政府已经将出版《谭振山故事全集》纳入本年度计划,并希望尽快推进和落实。我知道,作为该项目保护单位的法人代表,这位资深的文化馆馆长自始至终参与了"谭振山民间故事"这一国家级非物质文化遗产项目的申报与保护工作，他和文化馆参与项目申报与保护工作的同志也都在盼望这一天。我马上搭建起由数位专业学者、专家组成的编委会，着手对谭振山千余则故事文稿进行遴选、整理与修订。根据民间文学研究的当下语境，为提升《谭振山故事全集》的文化价值与学术价值，本次编纂又为部分故事文稿补做了附记，同时，在正文的后面，增加了谭振山故事总目、方言注释表、谭振山年谱、谭振山自传、主要采录者简介等多项附录内容，以供读者及研究者更好地阅读、理解谭振山的故事。

在此书即将付梓之际，由衷感谢辽宁省、沈阳市、新民市各级文化部门与相关机构多年来为这一项目所做的保护工作，给予的各种支持！感谢为本书的编纂出版付出辛勤劳动的辽宁大学民俗学专业的相关师生！感谢中国文联出版社的鼎力支持以及责任编辑王素珍博士精益求精、高质专业的工作加持。

《谭振山故事全集》已向世人徐徐展开。本书的出版，不仅可以告慰谭振山这位可敬的农耕文化最后的歌者，告慰这位优秀的民间文化传承人，也终使这一优秀的民间文化遗产能以相对完整的面貌传之后世。我相信，谭振山留下的这笔珍贵的文化财富必将伴随着岁月的延展而越发显示出其恒久的价值，同时，辽河沃土滋育的这一民间文化瑰宝也必将在历史长河中熠熠闪光，烛照千秋。

江帆
2024 年 10 月于沈水之阳